खंड 1

सम्पूर्ण कहानियाँ

अमरकान्त

सम्पूर्ण कहानियाँ–1

सम्पादक

अरविन्द बिन्दु

राजकमल प्रकाशन

ISBN : 978-93-6086-312-8

मूल्य : ₹2500
(दो खंडों का पूरा सेट)

पहला संस्करण : 2026

प्रकाशक : राजकमल प्रकाशन प्रा. लि.
1-बी, नेताजी सुभाष मार्ग, दरियागंज
नई दिल्ली-110 002

शाखाएँ : अशोक राजपथ, साइंस कॉलेज के सामने, पटना-800 006
पहली मंजिल, दरबारी बिल्डिंग, महात्मा गांधी मार्ग, प्रयागराज-211 001
1, अनमोल सोराबजी सन्तुक लेन, धोबी तलाव, मरीन लाइंस, मुम्बई-400 002

वेबसाइट : www.rajkamalprakashan.com
ई-मेल : info@rajkamalprakashan.com

मुद्रक : विकास कंप्यूटर एंड प्रिंटर्स
ट्रॉनिका सिटी-201 102

SAMPOORNA KAHANIYAN-1
Stories by Amarkant
Edited by Arvind Bindu

खंड 1

क्रम

1960 के दशक की कहानियाँ

1970 के दशक की कहानियाँ

दो शब्द

अमरकान्त का रचनाकाल 1954 से प्रारम्भ होता है। 'अमरकान्त कथा समग्र' तैयार होकर आ गया है। इस सन्दर्भ में पाठकों से कुछ बातें साझा कर रहा हूँ। अमरकान्त के बारह कहानी-संग्रह, उनकी सम्पूर्ण कहानियों के प्रकाशन से पूर्व प्रकाशित हुए थे। पहली बार अमरकान्त की सभी कहानियों के दो खंडों का संकलन सन् 1998 में अमर कृतित्व प्रकाशन, इलाहाबाद से प्रकाशित हुआ। यह मात्र बयासी कहानियों का संकलन था जिसे मैंने एक योजना के अन्तर्गत प्रकाशित किया था। दोनों खंडों का लोकार्पण सन् 1998 में प्रख्यात आलोचक प्रो. नामवर सिंह ने इलाहाबाद विश्वविद्यालय के यूनियन हॉल में किया।

उन दिनों पिता (अमरकान्त) गम्भीर रूप से अस्वस्थ, बिस्तर पर, किन्तु मानसिक तौर पर पूर्णत: चैतन्य थे। वे अपने आत्मविश्वास एवं संकल्प शक्ति के प्रति हमेशा से आश्वस्त रहे। उन्होंने ही कहानियों के क्रम एवं इनके प्रकाशन के समय की जानकारी दी और आत्मकथ्य के लिए सलाह दी, जिसे अरमकान्त की सम्पूर्ण कहानियों में शामिल किया गया। तत्पश्चात् यह संकलन दुबारा सन् 1913 में 'भारतीय ज्ञानपीठ' से प्रकाशित हुआ इसमें कहानियों का विस्तार हुआ। ज्ञानपीठ के तत्कालीन निदेशक, 'ज्ञानोदय' पत्रिका के सम्पादक और साठोत्तरी पीढ़ी के जाने-माने रचनाकार रवीन्द्र कालिया जी के सम्पादन में यह आया। इसमें मात्र एक सौ सत्ताइस कहानियाँ संकलित हो पाई थीं। संकलन में कुछ कमियाँ रह गईं। पाठकों और शोधकर्ताओं को ध्यान में रखते हुए जिसे संशोधित करना आवश्यक हो गया। यह अमरकान्त कथा समग्र रचनाकार की कहानियों का सम्पूर्ण संकलन है। यह उनके कथा लेखन के सरोकारों और दृष्टि को समझने में महत्त्वपूर्ण सिद्ध होगा। इस नये कथा-संकलन में, जिसे अमरकान्त 'सम्पूर्ण कहानियाँ' के नाम से प्रकाशित किया गया है उन कहानियों को भी शामिल किया गया है जो कतिपय कारणों से पहले के संकलनों में आने से

रह गई थीं, साथ ही कहानियों के प्रकाशन के समय (दशकों में) की जानकारी भी दी गई है।

'अमरकान्त कथा समग्र' के सन्दर्भ में दो शब्द लिखने बैठा तो भाव-विभोर हो गया, पिता पर कुछ क्षण स्वाभाविक तौर पर केन्द्रित हो गया, उनकी कभी रचनाओं, तो कभी उनके साथ बीते हुए समय एवं स्मरणीय पलों पर ध्यान चला जाता। उनके द्वारा दिया गया इतना विस्तृत फ़लक, उसका भी खिंचाव महसूस करने लगा या यूँ कहूँ, सभी कुछ एक ही बिन्दु पर स्थिर हो गया। मगर मेरे लिए उनकी रचनाओं पर लिखने के लिए साहस जुटा पाना सम्भव नहीं, अपने विचार रखने का न तो अधिकार है और न ही सामर्थ्य। विद्वान आलोचकों, पाठकों और रचनाकारों ने उनकी रचनाओं पर बहुत कुछ लिखा और कहा है। सभी उनकी सर्जनात्मक शक्ति को स्वीकार करते हैं। फिर मुझे उस अधिकार पर ग़ौर करना उचित लगा जो पुत्र को स्वत: प्राप्त है।

बचपन का एक वाक़या जो आज तक मेरे जेहन में गहरी पैठ बनाए हुए है। करेलाघग कॉलोनी जहाँ पर हम लोगों ने बीस-बाईस वर्ष गुज़ारे। शायद यहाँ कभी करेला का बाग़ हुआ करता था। कॉलोनी का बाहरी क्षेत्र, पश्चिम से लेकर दक्षिणी, जहाँ तक नज़र पड़ती, खेत-खलिहान, झाड़-झंखाड़ बड़े-बड़े पेड़ों से, हरियाली परिदृश्य परिलक्षित होता। उत्तरी क्षेत्र, गूलर के बड़े-बड़े पेड़ एक विशाल क़ब्रिस्तान के चारों तरफ़ फैला हुआ था।

वहाँ रंग-बिरंगी तितलियों की ज़बरदस्त भरमार थी। मेरे साथ एक मित्र 'विनय', जो कक्षा एक से लेकर आगे की पढ़ाई तक साथ रहे, हम अक्सर तितलियाँ पकड़ने जाया करते थे। उन दिनों हम कक्षा छह के छात्र थे। अलग-अलग रंग की तितलियाँ पकड़कर कुछ देर लुत्फ उठाते, फिर छोड़ दिया करते। एक दिन भिन्न-भिन्न रंग की तितलियाँ पकड़कर एक सफ़ेद काँच की बोतल में डालकर घर पर ले आए। हम इस बात से बेख़बर थे कि इस हरकत पर कोई फटकार, नसीहत भी मिल सकती है। अवकाश का दिन, पिता घर पर ही थे। उन्होंने तितलियों से भरी बोतल देखी तो उनकी नज़र कुछ क्षण के लिए स्थिर हो गई। जानकारी होने पर उन्होंने हम दोनों को अपने पास बुलाया, प्यार से पूछा, "इन तितलियों को बोतल में क्यों डाल रखा है?"

जवाब हमारे पास नहीं था।

"देखो बेटा, इस ख़ूबसूरत निरीह प्राणी को बोतल में बन्द करके रखना ग़लत है। यह बाग़-बगीचों की शोभा हैं किसी का कुछ बिगाड़तीं भी नहीं, फूलों पर रहती हैं, वहीं पर इनका जीवन है। अगर बोतल में बन्द करोगे, पकड़ोगे तो इनकी जान चली जाएगी, क्या अच्छा लगेगा?"

माँ की तरफ़ देखते हुए—चिरई की जान जाए, लड़िका का खिलौना।

"अपनी ख़ुशी के लिए ऐसा कोई काम नहीं करना चाहिए जिससे किसी अन्य को परेशानी या नुक़सान उठाना पड़े। इनकी जगह अपने को रखकर देखो, तब पता चलेगा। बाहर फूलों के पास जाओ, इन तितलियों को निकाल दो, इनका जीवन वहीं पर है।"

फूलों के बाग़ में जाकर तितलियों को बोतल से बाहर निकाल दिया गया, कुछ तितलियाँ उड़ गईं मगर कुछ असमर्थ हो गईं। यह देखकर मन दुखी हुआ फिर कभी भी ऐसी हरकत करने की इच्छा नहीं हुई। विनय जब सी.बी.आई. मजिस्ट्रेट हुए तो समय-समय पर उपर्युक्त सन्दर्भ का ज़िक्र किया करते।

ज़्यादा कुछ न कहकर पत्नी रीता का अवश्य ज़िक्र करना चाहूँगा, जिनके सहयोग से यह सब सम्भव हो पाया।

पिता की नसीहत हमारे लिए प्रेरणादायी रही, उन्हें स्मरण करते हुए हमारी भावपूर्ण श्रद्धांजलि।

—**अरविन्द बिन्दु**

इंटरव्यू

भीड़ में से एक छोटे बालों वाले नौजवान ने दीर्घ नि:श्वास छोड़ते हुए सामने नीम के पेड़ पर अपनी नज़र अटका कर कहा, "पता नहीं, क्यों इतनी देर हो रही है?"

वैसे देर का कारण सबको मालूम था। 'इंटरव्यू' शुरू होने का समय दस बजे बताया गया था, किन्तु अभी तक इंटरव्यू-कमेटी के दो सदस्य—ज़िलाधीश तथा नगर-राशनिंग अधिकारी नहीं आए थे। उम्मीदवार लोग नौ बजे से ही ज़िलाधीश के बँगले के सामने मँडराने लगे थे। दस बजे तक तो लगभग तीन-साढ़े तीन सौ व्यक्तियों की एक भारी पंचमेल भीड़, त्योहारों के अवसर पर किसी निर्द्वंद्व, धर्मात्मा सेठ के हाथ से सत्तू के लड्डू खाने के लिए एकत्रित कुत्तों के समूह के समान इकट्ठी हो गई थी।

प्रतीक्षा में ग्यारह बज गए। लोग फुस-फुस बातें कर रहे थे। अभी भी इक्के-दुक्के उम्मीदवारों का आना जारी था। ऐसे आगन्तुकों का, अक्सर उनके दो-तीन साथी या परिचित, बिना आगे बढ़े ही, 'आ गए?' कहकर व्यर्थ में मुस्कराकर, भद्दी हँसी हँसकर स्वागत करते। आगन्तुक भी भीड़ में खो जाते और बात का सिलसिला जारी हो जाता। सबके दिल बुरी तरह धड़क रहे थे और वे बिना बात की बात या लगभग प्रत्येक बात पर अस्वाभाविक रूप से मुस्करा पड़ते। उनके मुँह लाल हो उठते और वे कलक्टर के आलीशान बँगले, अहाते में खिले रंगीन तथा ख़ुशबूदार फूलों और फाटक पर खड़े अकड़ू चपरासी को प्रशंसापूर्ण नेत्रों से देखते।

राशनिंग विभाग में 60 रुपये की क्लर्की के एक रिक्त पद के लिए आए इन उम्मीदवारों की बेचैनी धीरे-धीरे बढ़ने लगी। छोटे बालोंवाले नौजवान ने अपनी अँगुलियों को चटकाकर शून्य में देखते हुए पुनः मत प्रकट किया, "बड़ी देर हो गई।"

एक बड़े उम्र के सज्जन ने नपे-तुले, विश्वासपूर्ण शब्दों में ढाँढस बँधाया, "भाई, उनका दोष नहीं है, यह काम ही ऐसा है कि देर हो जाती है। मुझे तो सब मालूम है।"

"बड़े आदमियों की बात बड़ी होती है।" किसी ने तेज़ आवाज़ में व्यंग्य किया।

"भैया, धीरे-से। कलक्टर के बँगले के सामने पढ़े-लिखे लोगों का गला फाड़कर

चिल्लाना शोभा नहीं देता।" अपने ढीले-ढाले सूट में सिकुड़े हुए एक व्यक्ति ने उदारतापूर्वक सलाह दी।

गोल नाकवाले एक काले तथा नाटे सज्जन ने ऊपर देखते हुए अपनी सम्मति प्रकट की, "आज का दिन कितना सुहावना है! कम-से-कम मुझे तो ऐसा मौसम बहुत पसन्द है।"

पास में खड़े एक अन्य व्यक्ति ने अपनी मौलिकता जताते हुए कहा, "यह जगह भी बड़ी सुन्दर है। सड़क कितनी साफ़-सुथरी है, तबीयत करती है यहीं लेट जाऊँ। बँगला भी लाजवाब है, किसी विदेशी इंजीनियर का बनाया हुआ मालूम पड़ता है। ऐसे दृश्य दिल्ली, बम्बई में ही पाए जा सकते हैं। मैं तो सब घूम चुका हूँ।" यह कहकर वे नम्रता, आत्म-सन्तुष्टि तथा गर्व के साथ उस कूपमंडूक महाब्राह्मण की तरह हँसे, जो दान-दक्षिणा पाने के लिए अपने यजमान के सामने चारों धामों का गुणगान करने के पश्चात् 'हें-हें' करके कर्णस्पर्शी हँसी हँस पड़ता है।

"भाई, मैं तो तभी से इस चपरासी को देख रहा हूँ। कमाल का आदमी है। इस तरह सीधा खड़ा है जैसे दरख़्त का तना। मजाल है कि वह एक इंच भी टस-से-मस हो जाए। मुझे ऐसे चपरासी बहुत पसन्द हैं।" ढीले-ढाले सूटवाले व्यक्ति ने चपरासी की तरफ़ प्रशंसापूर्ण नेत्रों से देखते हुए अपनी प्रसन्नता व्यक्त की।

छोटे बालों वाले नौजवान ने जिज्ञासा की, "क्यों जी, सुनते हैं यह हाई स्कूल पास है और किसी बड़े घराने का आदमी है?"

"सही कहते हैं आप।" एक कुछ लम्बे, पतले, छोटी-छोटी आँखों तथा भद्दे चेहरे वाले व्यक्ति ने आगे बढ़ते हुए जिज्ञासा का समाधान किया, "मैं सब कुछ जानता हूँ। कुछ दिन पहले मुझे इस आदमी से अचानक बात करने का मौक़ा मिला। काफ़ी नेक और धर्मात्मा है। गोश्त नहीं खाता और रोज़ दोनों जून हनुमान चालीसा का पाठ करता है। सत्तावन के गदर के समय उसके दादा एक हिन्दू राजा थे, किन्तु ज़माने का फेर, वह आज यहाँ पड़ा हुआ है। उसमें ख़ास बात यह है कि एक बार भी जिसको वह जान लेता है, उसका भला करने की कोशिश करता है। साहब उस पर जान देते हैं।"

"और उस कुत्ते को तो देखो भाई, क्या शान से बैठा है, जैसे शेर हो।" एक काफ़ी मोटे खद्दर की चुस्त शेरवानी तथा चूड़ीदार पायजामे में कसे बड़े-बड़े दाँतों वाले महाशय ने सामने अहाते में पलाश के पेड़ के नीचे साफ़-सुथरी ज़मीन पर इत्मीनान से बैठे हुए झबरे बालोंवाले कुत्ते को देखते हुए कहा। उनकी आँखें सबसे पहले कुत्ते का अनुसन्धान करने के महत्त्व से करुण हो गई थीं और वे गद्गद मुद्रा में मुँह बाए सामने की ओर देख रहे थे।

गोल नाकवाले काले, नाटे सज्जन ने अपने अपार ज्ञान का परिचय देते हुए कहा, "कुत्ता अमेरिकी मालूम पड़ता है।"

अधिक अनुभव प्राप्त बुज़ुर्ग की तरह धीरे-धीरे सन्तोष के साथ रहस्यपूर्ण हँसी हँसते हुए शेरवानीवाले महाशय ने उदारतापूर्वक प्रतिवाद किया, "आप थोड़ी ग़लती कर गए। फिर से देखकर बताइए तो?"

गोल नाकवाले सज्जन असमंजस में पड़ गए। उन्होंने कुत्ते की तरफ़ ग़ौर से देखकर अपने ललाट को सिकोड़ते तथा निचले होंठ को दाँत से चबाते हुए दार्शनिक की तरह एक क्षण कुछ सोचा और फिर अपनी अमूल्य सम्मति प्रकट की, "वैसे तो अमेरिकी मालूम पड़ता है, बहुत होगा तो ब्रिटेन का हो सकता है। ब्रिटिश कुत्ते भी ऐसे ही होते हैं।"

शेरवानीवाले महाशय ने एक-दो व्यक्तियों की ओर आत्म-प्रशंसापूर्ण दबी-दबी आँखों से देखकर तथा हँसते हुए नम्र शब्दों में सत्य की उद्घोषणा की, "कनाडा का है। स्वभाव का अच्छा है। शरीफ़ों से कुछ नहीं बोलता किन्तु बदमाशों को फ़ौरन सूँघ लेता है, उन पर पिल पड़ता है। मैं तो उसके पास चला जाता हूँ और वह चुपचाप पड़ा रहता है।"

बातचीत का प्रवाह इसी तरह चल रहा था और कलक्टर से सम्बन्धित एक-एक अदना चीज़ से निकटतम सम्बन्ध बताने में होड़ लगी हुई थी। प्रत्येक एक-दूसरे से घृणा करता और अपने को सबसे अधिक योग्य समझता। किन्तु सबका मानसिक तथा सामाजिक स्तर लगभग एक ही प्रकार का था और एक-दूसरे की अनभिज्ञता से वे बुरी तरह से बेचैन थे और उन्माद के रोगी की तरह प्रलाप कर रहे थे। उनके हृदय में अनजान आतंक व्याप्त था और वे सूअरों की तरह मुँह चला और मूर्खों की तरह मुस्करा रहे थे। वे खुलकर हँस नहीं सकते थे। उनके मुँह ताँबे की तरह लाल हो जाते और आँखें उल्लू की तरह फैल जातीं। कभी-कभी अचानक वे चुप हो जाते और शरीर को एकदम कड़ा करते हुए सीधे खड़े हो जाते। उनकी हालत उन भंगियों की तरह थी जो किसी बड़ी दावत के बाद पत्तलों के जूठन के लिए किसी घर के सामने एकत्रित हो जाते हैं तथा काले, गन्दे, बदसूरत नौकरों को 'बाबू जी, राजा जी' आदि कहकर सम्बोधित करते हैं।

एक बज गया था और इसी समय चपरासी ने आकर सूचित किया, "आप सब लोग अहाते में चलिए, 'इंटरव्यू' शुरू होने वाला है।" चपरासी को पास आया देखकर छोटी-छोटी आँखों तथा भद्दे चेहरेवाले सज्जन ज़मीन की ओर देखते हुए मुस्कराने लगे और उन्होंने अपने दाएँ हाथ को ऊपर-नीचे हिलाया। चपरासी किसी की तरफ़ देखे बिना अपनी जगह पर जाकर फिर वैसे ही खड़ा हो गया।

सब चले। धीरे-धीरे, पैरों को कड़ा करके और क़दमों को तौलते हुए वे आगे बढ़ रहे थे। उनके दिल बुरी तरह धड़क रहे थे, होंठ काँप रहे थे और बरबस हल्की, टेढ़ी तथा मूर्ख मुस्कराहट उनके मुँह पर फूट रही थी। उनकी आँखें नीचे थीं और उनमें व्यर्थ महत्त्व, बनावटी सभ्यता तथा तुच्छ शर्म के ऐसे भाव थे जैसे

शादी के दिन मंडप की तरफ़ बढ़ते हुए दूल्हे के पीछे-पीछे धीरे-धीरे चलनेवाले दूर के ऐरे-गैरे भाइयों के मुख पर दृष्टिगोचर होते हैं।

अब अहाते में सब आ गए थे। जाड़े का दिन, धूप ख़ूब साफ़ तथा सुहावनी थी। सामने के बड़े कमरे में इंटरव्यू कमेटी के तीन सदस्य विराजमान थे। पहले कौन बुलाया जाएगा, यह किसी को ज्ञात नहीं था, अतएव सब बुरी तरह चुप थे। कभी कोई फुस-फुस बोल देता और फिर सन्नाटा।

मोटे तौर पर वहाँ तीन श्रेणियों के व्यक्ति उपस्थित थे। पहली श्रेणी में ऐसे लोग थे जिनकी योग्यता अधिक-से-अधिक इंटरमीडिएट तक की थी। उनकी पढ़ाई एक-दो साल पहले छूट चुकी थी और वे किसी बीमा कम्पनी के मारे-मारे फिरने वाले एजेंट या किसी मिल-फैक्ट्री या छोटे-मोटे प्रेसों में तीन-चार मील पैदल आने-जानेवाले क्लर्क थे। उसमें दिवालिये प्राथमिक तथा हायर सेकेंड्री स्कूलों के ऐसे मास्टर भी थे जो दिन-भर लड़कों को धमाधम मारा करते, गप्पें उड़ाया करते तथा अवकाश मिलने पर किसी नीम-बरगद के पेड़ के नीचे खुलेआम बीड़ी पीकर नाक से धुएँ निकालते? परन्तु इस श्रेणी में सबसे अधिक संख्या बेकारों की थी। उनको चन्द महीनों या सालों से नौकरी नहीं मिल रही थी। वे बिना सिफ़ारिश, योग्यता तथा स्वास्थ्य के दिन-भर या तो लू या पानी या कड़ाके की सर्दी में छोटे-बड़े प्रेसों, प्राइवेट दफ़्तरों, मिलों तथा फैक्ट्रियों के चक्कर लगाया करते और सभी जगहों से कुत्तों की तरह दुरदुराए जाते।

दूसरी श्रेणी में खोटे सिक्कों की तरह बेचलतू वकील, होमियोपैथ डॉक्टर, वैद्य तथा हकीम थे। वे नई सनदें प्राप्त करके दो-तीन साल से 'प्रैक्टिस' कर रहे थे और उनके यहाँ मुवक्किल तथा रोगी उसी तरह नहीं आते थे जिस तरह एक थाली में थोड़े-से गन्दे और मसालेदार छोले के नये विक्रेता को छोड़कर लोग बग़ल की मशहूर और पुरानी चाट की दुकान पर गोलगप्पे और चटपटे उड़ाने चले जाते हैं। उनकी नाममात्र की इज़्ज़त थी। वे घर के बाहर निकम्मे, चापलूस और झूठे थे और घर में उनका काम बीवी-बच्चों को डाँटना-डपटना और मारना था।

तीसरी श्रेणी में कुछ ऐसे ख़ानदानों के विद्यार्थी थे जिनकी आर्थिक स्थिति तेज़ी से बिगड़ रही थी और उनके घरवालों ने उन्हें यहाँ ज़बरदस्ती भेजा था। आड़े समय में जो कुछ सहारा मिल जाए! दुनिया में इन लोगों ने हल्ला मचा रखा था कि वे आगे पढ़ेंगे और यहाँ पकड़े जाने पर भाव-भंगिमा और बात करने का ढंग ऐसा था जैसे वे इस नौकरी को अत्यन्त तुच्छ समझते हों और मिलने पर भी उसे छोड़ देंगे। जैसे 'चलो थोड़ा मज़ाक़ रहेगा' की भावना से वे आए हों।

लोग अलग-अलग गुटों में बँटे पास-ही-पास खड़े थे। अधिकतर पैंट और कोट में थे। सभी के कपड़े मँगनी के या अपने ही सही, या तो नये या धुले-धुलाए थे। छोटे-मोटे दर्जियों के यहाँ सिले हुए कपड़े शरीर से बुरी तरह पेश आ रहे थे।

पैंट या तो इतने ढीले थे कि नितम्बों और पैरों का कुछ अन्दाज़ ही नहीं मिलता था या इतने चुस्त, पेट पर कसे हुए तथा नाटे थे कि सामने से देखने पर पहननेवाला पूरा बदतमीज़ मालूम होता। कोट अक्सर छोटे थे और दोनों हाथ ऊँचा करने पर लगी हुई बटनों के टूटने का ख़तरा पैदा हो जाता था। उनके जूतों के फीते कस-कसकर बाँधे हुए थे और अधिकतर के मोज़े गन्दे थे।

'इंटरव्यू' शुरू हो गया। जब पहला उम्मीदवार हाल से बाहर निकला तो दो-तीन व्यक्ति धक-धक कलेजे से इधर-उधर चोरों की तरह दबे पाँव उत्सुकतापूर्वक आगे सरक गए और पूछा, "क्या हुआ जी, क्या हुआ जी?"

आनेवाले को ख़ुद नहीं मालूम था कि वह चुना जाएगा कि नहीं और उसकी तबीयत बोलने की ज़रा भी नहीं कर रही थी। उसने अनमने भाव से उत्तर दिया, "यही, नाम गाँव पूछते थे।"

प्रत्येक गुट ने उसे अपने पास बुलाया या उसका बीच में ही स्वागत किया और उससे खोद-खोदकर सवाल पूछने लगे। उसको काफ़ी देर में छुट्टी मिली।

लोग इंटरव्यू देकर बाहर निकलने लगे और प्रश्न किस प्रकार से पूछे जा रहे हैं इसके बारे में ठीक से पता लगने लगा। कलक्टर ने कई व्यक्तियों से पूछा कि देश का राष्ट्रपति कौन है और यह ख़बर बिजली की तरह फैल गई। 'भाई, राष्ट्रपति कौन है? भाई राष्ट्रपति कौन है?' ऐसी फुसफुसाहट चारों तरफ़ होने लगी। लोग एक गुट से दूसरे गुट में पीछे जाकर खड़े हो जाते और ध्यान से सुनते। एक कुछ बड़ी उम्र के होमियोपैथ डॉक्टर ने घोषणा की कि भारत के राष्ट्रपति माननीय श्री चक्रवर्ती राजगोपालाचारी हैं।

यह निश्चित सूचना दूर-दूर तक फैल गई। लोग एक जगह से दूसरी जगह इस ख़बर को ले जाने लगे और अन्त में इस प्रश्न पर कुछ मतभेद हो गया। एक कुछ अधिक पढ़े-लिखे व्यक्ति ने कहा, "यह ग़लत है। राजा जी पहले गवर्नर-जनरल ज़रूर रह चुके हैं, किन्तु आजकल राष्ट्रपति डॉक्टर राजेन्द्र प्रसाद हैं।"

पीछे खड़े किसी लम्बे उदार व्यक्ति ने हँसी उड़ाई, "ऐसा जाकर आप कलक्टर से न कह दीजिएगा। मैंने स्वयं आज तीन बजे सवेरे पढ़ा था कि राष्ट्रपति राजा जी ही हैं। राजेन्द्र बाबू ने बीमारी की वजह से इस्तीफा दे दिया है।"

जब होमियोपैथ डॉक्टर को उसकी सूचना के खंडन का समाचार प्राप्त हुआ तो उसने गर्व के साथ ललकारा, "लोग आज़ाद होने पर भी गवर्नर-जनरल और राष्ट्रपति का भेद नहीं समझते। इन दोनों में उतना ही फ़र्क़ है जितना राजेन्द्र बाबू और राजा जी में। माननीय श्री चक्रवर्ती राजगोपालाचारी को राजा जी इसलिए कहा जाता है कि वे देश के राजा हैं, यानी राष्ट्रपति हैं। चाहे तो कोई दस-दस रुपये की बाज़ी लगा ले।"

एक पाजी विद्यार्थी ने चिढ़ाया, "भ्रूः भ्रूः!"

दूसरे ने कहा, "अगर कलक्टर मुझसे पूछेगा कि इस देश का राष्ट्रपति कौन है तो मैं कहूँगा, 'हुज़ूर, आप ही तो हैं।'"

इस पर एक शंकालु तथा डरपोक व्यक्ति ने निन्दा की, "ये स्टूडेंट लोग अपने को न मालूम क्या समझते हैं? यह कलक्टर का बँगला है, कलक्टर का, कोई ठट्ठा-मज़ाक़ नहीं है। चला आएगा तो सबकी आई-बाई गुम हो जाएगी।"

लगातार खड़े-खड़े थककर एक जगह कुछ व्यक्ति घास पर बैठ गए थे और जनरल नॉलेज की एक किताब का अध्ययन कर रहे थे। इनमें से एक ने अपने हाथों को फैलाते हुए कहा, "क्या पढ़ते हो यार। मुझे तो मालूम है, चुना जानेवाला पहले ही चुन लिया गया है। इंटरव्यू तो ढोंग है।"

दूसरे ने विश्वास के साथ इसका प्रतिवाद किया, "अरे नहीं, ऐसा नहीं हो सकता। कलक्टर ऐसा नहीं है।"

किसी ने कहा, "इंटरव्यू के लिए उन्हीं को बुलाया जा रहा है, जिनको बुलाने का पहले ही से निश्चय कर लिया गया था।"

छात्र-विरोधी शंकालु तथा डरपोक सज्जन ने बात को उड़ाते हुए कहा, "यह सब आप लोगों से किसने कहा? सब गप है।"

इतने में एक व्यक्ति इंटरव्यू ख़त्म होने पर बाहर निकला। उसे लोगों ने घेर लिया। शंकालु सज्जन भी धीरे-से इधर-उधर देखते, अपने कपड़े को सँभालते आगे बढ़े और लोगों के पीछे पंजे पर खड़े हो कान खोलकर सुनने लगे।

इंटरव्यू से निकला व्यक्ति कह रहा था, "मैं गया और 'गुड मार्निंग' की...।"

शंकालु महाशय पीछे से ही बीच में बोल उठे, "ग़लती कर गए भाई साहब। आज़ादी के बाद 'जयहिन्द' करने से अफ़सर लोग ख़ुश होते और अधिक नम्बर दे जाते हैं। 'गुड मार्निंग' के वे ख़िलाफ़ हैं। सरकार ने भी ऊपर से ऐसी हिदायत दे रखी है। ख़ैर, कोई बात नहीं, आगे कहिए।"

किसी ने शंका प्रकट की, "एक आदमी का इंटरव्यू ख़त्म होने के बाद दूसरे आदमी को बुलाने में कलक्टर इतनी देर क्यों करता है?"

"ऐसा-वैसा कलक्टर थोड़े है? काफ़ी सोचता-विचारता है।" शंकालु सज्जन ने झट्-से समाधान किया।

वे पूरी उम्मीद में रहना चाहते थे कि सिर्फ़ वही लिये जाएँगे। वे ही क्या, सब की यही हालत थी।

अभी दूसरा व्यक्ति नहीं बुलाया गया था। सभी हाल की तरफ़ झाँक रहे थे कि क्या बात है? लगभग चार बज गए थे और सूरज नीचे की ओर बढ़ता जा रहा था। पाँच मिनट बाद नगर राशनिंग अधिकारी बाहर निकल आए और उन्होंने निम्नलिखित सूचना दी।

"यह सूचित करते हुए हमें ख़ुशी हो रही है कि हमने इस जगह के लिए एक

योग्य व्यक्ति को चुन लिया है। इस हालत में अब और लोगों का इंटरव्यू लेना सम्भव नहीं था। अब शाम भी हो गई है। आप लोग जिस तरह यहाँ कष्ट करके आए और शान्तिपूर्वक खड़े रहे, उसके लिए हम आपको धन्यवाद देते हैं, साथ-ही-साथ यह भी आश्वासन देते हैं कि भविष्य में और जगहें ख़ाली होने पर आप सबको मौक़ा दिया जाएगा।"

सभी के मुँह शर्म और अनजान अपमान से लाल हो गए। वे एक-दूसरे की ओर तिरछी नज़रों से देखने लगे और इस समय उनके काँपते होंठों पर आई अस्वाभाविक मुस्कराहट मुँह पर फूटे कोढ़ के समान लग रही थी। वे धीरे-धीरे उसी तरह वापस चले जिस तरह बड़े लोगों के किसी समारोह में कभी निम्न-मध्यवर्ग का कोई अनिमंत्रित व्यक्ति पकड़ा जाकर निकाले जाने पर चलता है।

लोग बाहर आ गए और अलग-अलग दलों में संगठित होकर पास-ही-पास शहर की ओर बढ़ चले।

गोल नाकवाले काले, नाटे सज्जन ने कहा, "अरे हम तो पहले ही से जानते थे।"

किसी ने सन्तोष प्रकट किया, "चलो, घूमना तो हुआ न?"

एक विद्यार्थी ने हल्के-फुल्के कहा, अगर पिताजी ज़ोर न देते तो आता थोड़े ही? उनका मन रखने के लिए चला आया था।"

पाजी विद्यार्थी बोल पड़ा, "अगर कलक्टर मुझे बुलाता तो मैं यह कहता कि साहब मेरा नाम क्या पूछते हो, सूची में होगा, देख लेना। और जो यह पूछते हो कि क्या काम करता हूँ, तो मुझे गाना आता है, कहो तो रेकूँ।"

एक दूसरे विद्यार्थी ने बताया, "और जानते हो मैं क्या करता? मैं एक लाठी लिये जाता और कहता कि साहब, मैं लाठी घुमा सकता हूँ और उनका ऑर्डर पाए बिना लाठी घुमाने लगता।"

सभी ज़ोरों से हँस पड़े। एक-दो के हँसते-हँसते आँखों से पानी निकल आए। छात्र विरोधी शंकालु तथा डरपोक सज्जन को विद्यार्थियों के बारे में अपने पूर्वघोषित मत में आमूल परिवर्तन करना पड़ा। उन्होंने बग़ल में चलनेवाले एक व्यक्ति से प्रसन्नतापूर्वक कहा, "ये दोनों विद्यार्थी बड़े क़ाबिल हैं और आगे चलकर देश के नेता बन सकते हैं।"

अचानक किसी ने प्रश्न किया, "क्यों जी, सुनते हैं यहाँ के अफ़सर लोग घूस लेते हैं।"

शंकालु तथा डरपोक सज्जन आगे बढ़ आए और उन्होंने गाल फुलाकर उत्तेजित स्वर में अपनी सम्मति प्रकट की, "हो सकता है साहब, हो सकता है। इस ज़माने में किसी के बारे में कुछ कहा नहीं जा सकता।"

"राशनिंग डिपार्टमेंट तो भ्रष्टाचार का अड्डा है।"

एक ने ख़ुशी प्रकट की, "चलो अच्छा हुआ कि नहीं लिये गए।"

"मंत्री तक खाने लगे हैं, फिर इन छोटे-मोटे अफ़सरों की क्या बात!"

शंकालु सज्जन ने ऐलान किया, "अत्याचार बहुत बढ़ गया है और देहात की जनता बौखला गई है।"

"सरकार निकम्मी है।"

"इन नई-नई स्कीमों से किसी को खाना-कपड़ा नहीं मिलेगा और जनता क्रान्ति कर देगी।"

भीड़ के बीच से कोई पतली तथा उत्तेजनापूर्ण आवाज़ में चिल्ला पड़ा, "इंकलाब!"

गले की जंजीर

मुझे ख़ूब अच्छी तरह याद है कि रात को जंजीर पहनकर सोया था, लेकिन सवेरे उठकर देखा कि वह गले से ग़ायब थी। खटिया पर से उछलकर खड़ा हो गया। बिछौने को उलट-पुलट डाला। ऊपर देखा, नीचे देखा, अगल देखा, बग़ल देखा। दौड़कर कमरे में गया, कोना-कोना छान डाला, परन्तु वह नहीं मिली। सम्भवत: किसी ने चुरा ली थी।

जहाँ तक मुझे याद है, प्रेस में ऐसी घटना पहले कभी नहीं हुई थी। मैं गत ढाई-तीन वर्षों से प्रेस की छत पर एक कमरे में बिना किसी द्वंद्व एवं भय के रहता हूँ। बग़ल के कमरे में चार कम्पोज़ीटर भी रहते हैं। चौबीसों घंटे चपरासी, हॉकर, मशीनमैन, फोरमैन, कम्पोज़ीटर तथा कितने ही अन्य बुरे-भले लोग ऊपर से नीचे तथा नीचे से ऊपर किये रहते हैं, किन्तु किसी ने कभी मुझ जैसे सीधे-सादे पत्रकार का एक तिनका भी न उठाया। बड़ी बुरी रात थी।

वह सोने की जंजीर अपनी भी नहीं थी कि सन्तोष कर लेता। दो दिन पूर्व शहर से मेरा मित्र जगदीश आया था। वह लम्बा, तगड़ा तथा ख़ूबसूरत तो है ही, उस रोज़ उसने महीन सफ़ेद धोती तथा रेशमी कुर्ता पहन रखा था। इसके अलावा उसके गोरे गले में एक सोने की जंजीर सुशोभित थी, जो पुए पर चीनी का काम कर रही थी। अब झूठ क्यों बोलूँ, मैं उसके रोब में इतना तक आ गया कि इच्छा करने लगी कि मैं भी उसी पोशाक में तथा गले में वही या वैसी ही जंजीर पहन चारों ओर घूमूँ और लोगों पर रोब जमाऊँ।

"आज तो गुरु, ख़ूब जँच रहे हो। गले में सोने की जंजीर तो बस, पूछो मत।" मैंने मुँह बाकर हँसते हुए प्रशंसा की।

वह कुछ नहीं बोला और मेरी बात पर केवल हँसकर रह गया। किन्तु, चार-पाँच मिनट बाद मैंने बेशर्मी के साथ उससे जंजीर माँगी और उसने फ़ौरन निकालकर दे भी दी। पहनने के पश्चात् मैंने अपने चारों ओर आत्म-प्रशंसा से देखा। मैं उसे पहने ही रहा और फिर हम कोई दूसरी बात करने लगे। और वह जब जाने लगा, तब भी मैंने जंजीर निकालकर नहीं दी और उसने शिष्टाचार में माँगी भी नहीं और दो-तीन दिन में आने का वायदा करने के बाद चला गया।

वैसे मैं यह बता देना चाहता हूँ कि मेरी नीयत पूर्णतया साफ़ थी। मैं केवल यही चाहता था कि जंजीर एक-दो दिन पहनने के बाद उसे लौटा दूँगा। इसके अलावा हम दोनों लँगोटिया यार थे और अक्सर एक-दूसरे की चीज़ें पहना भी करते थे, अब मुझे क्या मालूम था कि ऐसा भी होगा! मैं एकदम घबरा गया।

कुछ देर तक सुन्न होकर कमरे में खड़ा रहा, फिर दौड़ा हुआ मिश्र दादा के यहाँ गया। वह भी सहायक सम्पादक थे, लेकिन चूँकि उन्होंने दाढ़ी रख छोड़ी थी और धड़ल्ले से बांग्ला भी बोल लेते थे, अतएव हम उनको दादा कहते। वह छत ही पर सामने के कमरे में रहते थे।

जब मैं पहुँचा तो वह लेटे-लेटे अख़बार निहार रहे थे। मैं चुपचाप चारपाई पर एक तरफ़ बैठ गया और जब उन्होंने मेरी ओर देखा तो मैंने गम्भीर आवाज़ में सूचना दी, "दादा, जंजीर तो चोरी चली गई।"

वह चौंककर उठ बैठे। दुख एवं आश्चर्य की बनावटी भावना से मुँह और आँखों को फैलाते हुए उन्होंने पूछा, "अरे, कैसे?"

मैंने सारा क़िस्सा कह सुनाया।

वे घोर चिन्ता में पड़े मालूम हुए और निचले होंठ को दाँतों से हल्के-हल्के काटते हुए पास में रखे गन्दे तकिये को अपने दाएँ हाथ से धीरे-धीरे ठोंकने लगे।

एक-डेढ़ मिनट पश्चात् आँखों को थोड़ा ऊपर करते हुए नपे-तुले शब्दों में उन्होंने किसी जासूस की भाँति पूछा, "तुम्हें ठीक-ठीक याद है कि जब तुम सोए थे तो गले में जंजीर थी?"

मेरे ठीक-ठीक बता देने से वे जंजीर का भी पता बता देंगे, इस आशा से उत्साहित होकर मैंने उत्तर दिया, "हाँ दादा, इसके बारे में तो आप निश्चिन्त रहें।"

"भाई, मैं तो निश्चिन्त हूँ, लेकिन सभी बातें देख-सुन ली जाती हैं। बड़े-बड़े भूल जाते हैं, फिर हमारी-तुम्हारी गिनती किसमें है!" उन्होंने तर्क किया।

मैंने ज़ोर दिया, "नहीं, मुझे ख़ूब अच्छी तरह याद है कि सोते वक़्त गले में जंजीर थी।"

एक-दो क्षण वे चुप रहे, फिर मेरी ओर थोड़ा खिसककर अपनी अर्थपूर्ण आँखों को मेरी आँखों में गड़ाकर दुष्टतापूर्वक मुस्कराते हुए इधर-उधर देखने के पश्चात् धीरे-से पूछा, "क्यों जी बड़े साहब, ठीक बताना, उसे किसी कोठे-ओठे पर तो नहीं दे आए?"

मुझे यह मज़ाक़ बड़ा बुरा लगा, रुखाई से बोला, "आप तो साहब मज़ाक़ कर रहे हैं, किसी की जान जाए और कोई मल्हार गाएँ।"

वे शरमा गए और उल्लू की भाँति हँसते हुए उन्होंने समझाया, "अरे यार, मज़ाक़ की बात नहीं। आदमी, आदमी ही है, भगवान् तो नहीं; ग़लतियाँ हो ही जाती हैं।"

मैं चुप रहा और वे भी चुप रहे, फिर थोड़ी देर बाद जब मैं उठकर जाने लगा तो उन्होंने पुकारा, "अरे जा रहे हो? ज़रा सुनना!"

मैं लौट आया तो उन्होंने सिर को कुछ आगे बढ़ाकर फुस-फुसाकर शंका प्रकट की, "भाई, मेरा तो शक उस रामधन पर जाता है। वह रात में देर तक कम्पोज़ करता रहता है। ग़ौर करना, उसकी आँखें अत्यन्त रहस्यमयी हैं। हमेशा तिरछी नज़रों से तरेरता है, जैसे चोर हो। उसके घर का भी तो किसी को पता नहीं, न मालूम कहाँ का रहनेवाला है! भाई, मेरा तो सन्देह सोलहो आने उसी पर है।"

रामधन हमारे बग़ल के कमरे में रहता है और अभी दो दिन पूर्व मिश्र दादा से उसकी ज़बरदस्त मौखिक लड़ाई हुई थी। मैं सोचने लगा।

मिश्र जी ने निश्चित सम्मति प्रकट की, "मारो साले को, दो फैट में सारा उगल देगा।"

"अच्छा, देखा जाएगा।" मैं लौट पड़ा।

"इससे काम नहीं चलेगा, कुछ कड़े बनो।" मिश्र जी चिल्ला पड़े।

कुछ ही देर में यह समाचार प्रेस में आग की तरह फैल गया। सहानुभूति से सभी विगलित हो गए और सबकी ज़बान पर यही चर्चा थी। जिससे भेंट होती, वह अवश्य पूछता, "कहिए शर्मा जी, आपकी जंजीर खो गई?" उत्तर देने से पहले ही तैयार प्रश्न आता, "कैसे?" सभी लगभग यही प्रश्न पूछते और मैं विस्तार के साथ बताता। मुझे आशा थी कि शायद किसी को पता हो और सभी बातें बताने से सम्भवत: रहस्य का उद्‌घाटन करने में मदद मिले। लेकिन प्रश्नकर्ता रुचि के अनुसार एक-आध मिनट तक चुपचाप अफ़सोस की मुद्रा में ज़मीन की ओर देखते, फिर सिर को झटका देते हुए 'हुँह' या 'क्या बताएँ साहब?' कहकर और मेरी ओर एक रहस्यमयी दृष्टि डालते हुए धीरे-धीरे खिसक जाते, जैसे मैं ही चोर हूँ।

प्रेस-मैनेजर गुलजारी लालजी ने मुझे बुलवाया और सभी बातें जानने के पश्चात् बोले, "शर्मा जी, माफ़ कीजिएगा, आपको दूसरे की चीज़ लेने की आख़िर हिम्मत कैसे पड़ी? वह भी सोने की जंजीर। मैं तो साहब, कोई देता भी तो इनकार कर देता, और ली भी जाती हैं छोटी-छोटी चीज़ें कि...। क्षमा कीजिएगा, यह आपने बहुत भारी ग़लती की।"

रामविलास जब ड्यूटी पर आया तो सबसे पहले मेरे कमरे में पहुँचा। उसने पहले मेरी ओर घूरकर देखा, फिर आँखों को मटकाते हुए धीरे-से पूछा, "कहो गुरु कहाँ दे आए? देखो, छिपाओ मत, मैं सब जानता हूँ।"

मैंने मुँह फुलाकर उत्तर दिया, "यार, तुम लोगों को हमेशा मज़ाक़ ही सूझता है। अब मैं तुम लोगों को कैसे विश्वास दिलाऊँ कि जंजीर सचमुच ग़ायब हो गई है।"

वह झेंपकर हँसने लगा, लेकिन अपनी बात के समर्थन में तर्क पेश करने से बाज़ नहीं आया, "अरे भाई, मछली को पानी पीते कौन देखता है!"

मुझे बड़ा बुरा लगा और मैंने चुप ही रहना उचित समझा।

मेरी मुद्रा देखकर रामविलास अचानक गम्भीर हो गया। उसने अब ईमानदारी के साथ सम्मति प्रकट की, "ख़ैर, यह तो मज़ाक़ की बात रही, लेकिन यार शर्मा, बुरा न मानना, तुम्हारी लड़कपन की आदत अभी छूटी नहीं। इतने बड़े हो गए, यूनिवर्सिटी में भी पढ़े हो, इसके अलावा एक पत्र के सहायक-सम्पादक हो, लेकिन शौक़ क्या है कि जंजीर पहनूँ! ठीक देहातियों की तरह। मेरा ख़याल है, डेढ़ सौ की चपत पड़ी। तुमसे मैंने कल रात को ही कह दिया था कि देखो, जंजीर खो न देना। लेकिन तुमने कहना माना ही नहीं।"

मैं अब खोज-बीन, पूछ-ताछ तथा जाँच-पड़ताल कर रहा था, लेकिन इसके बावजूद प्रेस कर्मचारियों ने इस सम्बन्ध में अपनी धारणाएँ बना ली थीं। मोटे तौर पर तीन मत संगठित हो गए। प्रथम दल का कहना था कि शर्मा ने जंजीर किसी रंडी-मुंडी या किसी लुगाई को दे दी है। इसमें उसका कोई दोष नहीं। जंजीर साफ़ दिल से लौटा देने के लिए ली होगी, किन्तु कोठे पर जाकर मजबूर हो गया होगा। रंडी ने नख़रे से मचलकर जंजीर माँग ली होगी और वह इनकार नहीं कर सका होगा और अब यहाँ आकर चोरी का बहाना कर रहा है।

दूसरी पार्टी के लोग, चोरी का कैसे पता लगाया जाए, इसकी ज़रा भी चर्चा न करते हुए इस पर ज़ोर देते कि मैंने जंजीर लेकर भारी ग़लती की। तीसरे दल के लोग अत्यन्त ही ईमानदार एवं गर्म विचार के लोग थे और उनकी राय थी कि कुछ लोगों को पकड़कर उल्टा टाँग दिया जाए या मुर्गा बना दिया जाए और उनकी समुचित रूप से तब तक पिटाई की जाए, जब तक वे सब कुछ उगल नहीं देते। "उगलेंगे क्यों नहीं, मार से तो भूत भाग जाता है।"

लगभग दस बज रहे थे और मैंने अभी तक मुँह में कुछ भी नहीं डाला था। मैं अब तंग आ गया था। चुपचाप आकर कमरे में बैठ गया। मैंने मन-ही-मन निश्चय किया कि प्रधान सम्पादक तथा जनरल मैनेजर के आने पर उनसे ही सब कुछ कहूँगा। वे शरीफ़ आदमी हैं, जंजीर का पता लगाने में कुछ उठा नहीं रखेंगे।

लगभग ग्यारह बजे प्रधान सम्पादक दफ़्तर पहुँचे और चोरी की बात सुन फ़ौरन मेरे कमरे में आए।

वह गोरे, मोटे तथा नाटे थे। उन्होंने पैरों को थोड़ा फैला तथा कमर पर दोनों हाथ रखकर और ज़मीन को तिरछी नज़र से देखते हुए प्रश्न किया, "बड़ी कमीनी चीज़ हुई। यह सब कैसे हुआ?"

मैंने विस्तारपूर्वक बताया।

वे दायाँ हाथ ललाट पर रखकर कुछ सोचते रहे, फिर चौंककर बोले, जैसे न जानते हों, "जंजीर कहाँ थी?"

मैंने फिर बताया कि गले में थी।

अचानक वे तेज़ी के साथ कमरे में चारों ओर घूमकर इधर-उधर पड़ी चीज़ों को देखने लगे। मेज़ की दराज में देखा, एक कुर्सी पर चढ़कर एक ऊँची आलमारी का निरीक्षण किया और नीचे बैठकर एक चूहे की बिल में झाँका, फिर धीरे-से 'बड़ा आश्चर्य है' कहकर चारपाई पर बैठ गए। उनकी मुद्रा एवं चेष्टाओं से लगा कि उनको विश्वास हो चला था कि मैं जंजीर के साथ बाहर नहीं सोया था। उसे कमरे में भी तो छोड़ सकता हूँ।

कुछ देर तक चुप रहने के पश्चात् वे अचानक बोल पड़े, "लेकिन मेरी समझ में नहीं आता कि आप जैसा होशियार आदमी जंजीर को गले में पहनकर बाहर कैसे सोया!"

मैं बिलकुल डर गया और मैंने स्वीकार कर लिया, "यही तो मेरी एक ग़लती है और इसे मैं मानता हूँ।"

उन्होंने उत्साह में आकर ज़ोरदार शब्दों में समझाया, "ग़लती ही नहीं, सख़्त ग़लती है। जानते हैं साहब, डेढ़-सौ, दो सौ रुपये की चीज़ है। फिर पहले का ज़माना भी तो नहीं रहा कि आप कमरा खुला छोड़ जाइए और लौटने पर एक-एक सामान अपनी जगह पर वैसे ही मिलें। लोग बेईमान हो गए हैं। वे एक-दूसरे की चीज़ें हड़पने की फ़िराक में रहते हैं। यह सब आप जानते थे, फिर भी आपने यह ग़लती की। कहिए, मैं झूठ कहता हूँ?"

मैंने अत्यन्त ही गद्‌गद होकर उत्तर दिया, "नहीं साहब, नहीं।" जैसे इस तरह बोलने से उनके हृदय में मेरे प्रति सहानुभूति जाग पड़ेगी।

वे और जोश में ओ गए, "भाई, मैं खरा कहता हूँ। लाख बात की एक बात। मैं यह जानता हूँ कि अगर हम ठीक से रहें तो किसी की मजाल नहीं कि हमारा बाल भी बाँका कर सके। हमारा ही देख लो, आज तक कभी मेरी एक चीज़ भी ग़ायब नहीं हुई। मैं सभी चीज़ों को ढंग से रखता हूँ और सबकी हिफ़ाज़त की मुझे परवाह रहती है। अगर मैं ऐसा न करूँ तो पढ़ने-लिखने से लाभ! शाम होते ही सभी क़ीमती सामानों को ट्रंक में मज़बूत ताला लगाकर बन्द कर देता हूँ। मजाल कि कोई चोर साला ले जाए! तुमने भी अगर उस जंजीर को ताले में बन्द कर दिया होता तो आज वह तुम्हारे पास होती। हुँह, एक सोने की क़ीमती जंजीर को गले में पहनकर खुले में सोना कितनी बड़ी बेवक़ूफ़ी है!"

यह उपदेश देने के पश्चात् वे चले गए। सचमुच मेरा मन मुझे धिक्कारने लगा। मैं कितना बेवक़ूफ़ और गँवार हूँ—इस छोटी-सी चीज़ को भी नहीं समझ सका। उफ़, यदि जंजीर को ट्रंक में बन्द कर दिया होता तो आज ऐसी हैरानी-परेशानी नहीं उठानी पड़ती। मेरी तबीयत रोने-रोने जैसी होने लगी और मैं चादर ओढ़कर चारपाई पर लम्बा तान गया।

मैं सोने की चेष्टा करने लगा, लेकिन नींद आती ही न थी। छाती पर जैसे किसी ने भारी बोझ रख दिया था। मैं अत्यन्त ही कठिनाई से साँस ले रहा था। चाह रहा था कि कोई कमरे में आकर मुझसे बातचीत न करे, लेकिन साथ-ही-साथ मेरे हृदय के अन्तरतम गह्वर में यह भी उम्मीद थी कि शायद अभी कोई आकर जंजीर का पता बता दे, और इसीलिए बाहर की तरफ़ कोई खटका होने पर मेरा दिल ज़ोरों से धड़कने लगता। मैं साँस रोककर सुनने लगता, लेकिन जब कोई नहीं आता तो मुँह पर से चादर हटाकर दरवाज़े की ओर देखता। किन्तु निराश होने पर फिर उसी तरह लेट जाता। वैसे हृदय में एक विचित्र प्रकार का सन्तोष भी होता कि चलो कोई नहीं आया, अच्छा ही हुआ, और फिर तबीयत करने लगी कि मैं अनिश्चित काल तक उसी तरह पड़ा रहूँ और किसी से भेंट न हो।

मुश्किल से बीस-पचीस मिनट बीते होंगे, कि मेरा टेलीग्राफ़िस्ट दोस्त जोसफ धमक पड़ा। मैंने सिर उठाकर देखा तो वह अत्यन्त ही चिन्तित एवं गम्भीर नज़र आया। आते-ही-आते उसने सहानुभूति प्रकट की, "दोस्त, मुझे बड़ा अफ़सोस है। दो सौ की चपत पड़ गई।"

मैं उठकर बैठ गया। और प्रश्न को टालने की गरज़ से मैंने ज़बरदस्ती मुस्कराकर पूछा, "अरे छोड़ो भी, पहले यह बताओ कि कहाँ से आ रहे हो?"

"घर से चला आ रहा हूँ। मैं क्या जानता था कि यहाँ आकर यह ख़बर सुननी पड़ेगी। वैसे जंजीर कितने की थी?" वह उतना ही गम्भीर एवं चिन्तित था।

मैंने बात उड़ाने की कोशिश की, "हटाओ भी यार, गई, गई। बहुत क़ीमत होगी तो सौ रुपये। ऐसे रुपये तो आते-जाते रहते हैं।"

पर वह नहीं माना, '"क्यों झूठ बोलते हो, दोस्त, मैंने भी वह जंजीर देखी थी। दो सौ से कम थोड़े बैठेगा।"

मैं चुप रहा और दरवाज़े के बाहर देखने लगा। कुछ देर चुप रहने के पश्चात् उसने प्रश्न किया, "जंजीर कहाँ रखी थी तुमने?"

इस सवाल से मैं डर गया और मशीन की तरह उत्तर दिया, "बाहर सोया था और जंजीर कमरे में ट्रंक में बन्द थी और उसमें मज़बूत ताला लगा हुआ था।"

वह किसी रिश्तेदार की भाँति साधिकार बिगड़ उठा, "यही तो काल हो गया! जंजीर क्या ताले में रखने की चीज़ है, जिस पर सबकी नज़र लगी रहती है? यार, तुम अजीब बुद्ध हो!"

मैं उसे वनमानुष की तरह देखने लगा।

उसने समझाया, "भले आदमी, तुम्हें तो मालूम ही है कि क़ीमती चीज़ों को ऐसी जगह रखते हैं कि जहाँ किसी व्यक्ति की नज़र न पड़ सके। जंजीर ही का मामला ले लो, तुम मेज़ की दराज में एक किताब के अन्दर रख सकते थे। किस साले का दिमाग़ वहाँ पहुँचता? भाई, मैं तो आज एक ट्रंक को सुरक्षित नहीं समझता।"

सचमुच वह ठीक कहता था। बात मनोवैज्ञानिक थी और यदि इस तरह से सोच-समझकर काम किया जाए तो चोरी मुश्किल से हो। मुझे अपनी बेवकूफ़ी पर बार-बार अफ़सोस और पश्चाताप होने लगा।

जोसफ के जाने के पश्चात् मैं फिर उसी तरह लेट रहा। पर इत्मीनान नहीं हुआ तो उठकर दरवाज़े को भीतर से बन्द कर लिया। पाँचेक मिनट के बाद ही यूनाइटेड प्रेस ऑव इंडिया का संवाददाता परेश बैनर्जी पहुँच गया। पहले तो मैं कुछ न बोला, लेकिन उसने बाहर से जब ज़ोर-ज़ोर से किवाड़ थपथपाना शुरू कर दिया तो बाध्य होकर दरवाज़ा खोलना पड़ा।

उसने भी आवश्यक प्रारम्भिक जाँच-पड़ताल करने के पश्चात् पूछा, "जंजीर रखा कहाँ था?"

मैंने ज़ल्दी से थूक घोंटकर बताया, "इस मेज़ की दराज में एक किताब के अन्दर थी।"

मुझे विश्वास था कि कम-से-कम कोई जंजीर को दराज में रखने का विरोध नहीं कर सकेगा, लेकिन परेश का दूसरा ही मत था।

उसने अपने सिद्धान्त पर विस्तारपूर्वक प्रकाश डाला, "दराज में रखा? जैसे किसी सेफ में रख दिया हो! तुम तो यार, लड़कों से भी गया-बीता आदमी है! तुम यहाँ एडिटरी ख़ाक करता है! जंजीर दराज में रखने का चीज़ है? तुमने बहुत-सा नावेल पढ़ा होगा कि चोर-डाकू लोग दराज का अच्छी तरह तलाशी कर लेता है। इस पर भी तुमने दराज में रख दिया। जंजीर को रखने का सबसे अच्छा तरीक़ा तो यह होता कि उसे मनीबेग में रखकर तकिया के नीचे दबा देता और ऊपर से सो जाता, बस किसी के बाप को पता नहीं लगता कि जंजीर कहाँ रखा है।"

परेश बैनर्जी की बात भी बड़ी युक्ति-युक्त थी। उसके जाने के बाद मैं कुछ देर तक गाल पर हाथ रखकर चुपचाप सुन्न बैठा रहा और फिर अचानक उठ खड़ा हुआ। जल्दी से क़मीज़ बदली, जूते पहने और दरवाज़े को बन्द करके बाहर निकल पड़ा। कमरे में या प्रेस में रहना असम्भव-सा हो गया था।

परन्तु अभी खुली छत पर आया ही था कि प्रधान सम्पादक के कमरे से ठाकुर कुलदीप सिंह निकलते नज़र आए। वे हमारे गाँव के ही रहनेवाले थे और हमारा उनका हमेशा मिलना-जुलना होता रहता था। वह मेवाड़ के राजपूतों के समान लम्बे और तगड़े तो थे ही, साथ ही गप्पें लड़ाने में भी उस्ताद थे। उनका दृढ़ विश्वास था कि पत्रकार भगवान् से भी टक्कर ले सकते हैं।

मैंने उनको नमस्कार किया। उनसे मिलकर मुझे अत्यन्त ही सन्तोष हुआ। वह मेरे गाँव के थे और मुझे ऐसा मालूम हुआ कि इस संकट में शहर के लोग मुँह छिपा लेंगे, लेकिन अपने गाँव के लोग...फिर ठाकुर साहब तो बिलकुल नज़दीकी आदमी हैं। मेरी तबीयत करने लगी कि रो पड़ूँ।

मैं दरवाज़ा खोलकर उनको कमरे के अन्दर ले गया। कुछ देर तक हम दोनों ही चुप रहे। मैं इसी उधेड़बुन में था कि कैसे बात शुरू करूँ! लेकिन उनको सब पता था। उन्होंने बात स्वयं शुरू की और बड़ा अफ़सोस प्रकट किया तथा अन्त में मुँह बाकर ज़मीन की तरफ़ देखने लगे।

कुछ देर बाद उन्होंने भी वही परिचित प्रश्न किया, "लल्लू, जंजीर रखी कहाँ थी तुमने?"

मेरा कलेजा धक्-से कर गया, लेकिन मुझे बंगाली की बुद्धि पर गहरा विश्वास हो गया था, अतएव कुछ निर्भयता से उत्तर दिया, "मनीबैग में रखकर तकिये के नीचे दबा दिया था और ऊपर से सो गया था।"

ठाकुर साहब धीरे-धीरे ठनक-ठनककर हँसे, फिर बुज़ुर्गी प्रदर्शित करते हुए बोले, "लल्लू, थोड़ा ग़लती कर गए।"

मैंने रुआँसी आवाज़ में पूछा, "क्या ठाकुर साहब?"

ठाकुर साहब पास खिसक आए और चारों ओर सशंकित दृष्टि से देखने के बाद बोले, "देखो लल्लू, मुझे चारे-उचक्कों से पाला पड़ा है, इसलिए मैं उनकी बात जितना जानता हूँ, उतना कोई नहीं।"

मैं उनको मूर्ख की भाँति निहारने लगा।

उन्होंने उत्साह के साथ मंत्र बताया, "उपाय साफ़ और सीधा है, पर उसे कम लोग जानते हैं। भाई देखो, चोर का दिल आधा होता है और वह वहीं पर चीज़ें चुराने की कोशिश करता है जहाँ से लोग दूर रहते हैं। तुमने जंजीर तकिये के नीचे रख दी थी, वह थोड़ी होशियारी तो थी, लेकिन पूरी नहीं। अरे कहा भी गया है सोना-मरना एक समान। मान लो, सिर तकिये से खिसककर नीचे चला गया या तकिया इस तरह खिसक गया कि जंजीर दिखाई देने लगे तो क्या होगा?"

उन्होंने यहाँ रुककर मेरी ओर प्रश्नपूर्ण दृष्टि से देखा। उनकी आँखें किसी विश्वविद्यालय के उस शिक्षक की भाँति चमक रही थीं जो विद्यार्थियों को कोई कठिन विषय सफलतापूर्वक समझा रहा हो।

फिर उन्होंने होंठों को चाटते हुए रहस्योद्घाटन किया, "अरे होगा क्या, चोर देखेगा तो जंजीर या मनीबैग, जो चीज़ हो, अवश्य उठा लेगा। छोड़ेगा थोड़े? इसलिए तुम्हें जंजीर को गले में पहनकर सोना चाहिए था। एक तो किसी की कल्पना ही वहाँ तक नहीं जाती और यदि किसी भी हालत में जाती भी तो किसी की हिम्मत नहीं पड़ती कि हाथ लगा दे। लल्लू, मेरा तो सब जाना-सुना है।"

सन्त तुलसीदास और सोलहवाँ साल

सन्त तुलसीदास अभी-अभी आए थे। उनके कद्दावर शरीर पर चिपका डबलंग चेहरा शीशम के तने की छाल की भाँति सुख-पकठा चला है। पोशाक उस मदारी की तरह, जिसने दो बार, छोटे-मोटे शहरों में जादू का कमाल दिखाने के पश्चात् अपने को 'प्रोफ़ेसर' घोषित कर दिया हो। दो फेरे की उटुंग धोती, काफ़ी लम्बा कुर्ता, उस पर एक जाकेट, उसके ऊपर एक कोट, पैरों में बिना मोज़े के फ्लैक्स जूते तथा हाथ में एक लाल सोंटा। किन्तु, उनकी रसिकता अब भी नहीं गई है। बातचीत के दौरान अपने लम्बे, अनोखे दाँतों को उद्घाटित करते हुए बोले, "वर्माजी, जब कली चटकते-चटकते फूल हो जाती है; नदी में पूरी बाढ़ बरसात ही में होती है, जाड़े-गर्मी में नहीं...याद है?"

नाम बबुआ रणबहादुर सिंह, पर हम उनको 'सन्त तुलसीदास' ही कहते। ऐसा हमने बहुत सोच-समझकर किया था और इस पर उनको कोई आपत्ति भी नहीं थी। दरअसल, रामचरितमानस के महान रचयिता के साथ जैसी घटना घटी, ठीक वैसी ही घटना बबुआ रणबहादुर सिंह के साथ भी घटी, परन्तु...उनका यह नामकरण किस तरह हुआ, इसकी एक कहानी है।

वह पूरे बबूल के लासा था, चिपक जाते तो जान ले लेते। वैसा भावुक, रसिक और उदार व्यक्ति तो आज तक देखने को नहीं मिला। हाई स्कूल पास करने के बाद इंटरमीडिएट की पढ़ाई के लिए मैं चाचा जी के पास गोरखपुर चला गया था और वह इलाहाबाद। छुट्टियों में हम गाँव आते और तब उनसे मुलाक़ात होती। पैरों में उनके बाई थी, कहीं-न-कहीं मुझको तथा कृष्णमोहन को जा पकड़ते और हमें खेत-बगीचों की सैर कराते, जुम्मन हलवाई के यहाँ पेड़े-गुलाबजामुन खिलाते तथा साथ-ही-साथ अपने नव दाम्पत्य-जीवन से सम्बन्धित हरेक बात एवं करतब का इस तरह रस ले-लेकर वर्णन करते, जैसे कोई ग़रीब लड़का स्वादिष्ट मिठाई को उलट-पुलटकर देखता और थोड़ा-थोड़ा दाँत से काटते हुए काफ़ी देर तक अपूर्ण सन्तोष के साथ खाता रहता है।

पढ़ने-लिखने में वह इतने तेज़ थे कि कभी फेल नहीं होते, हर साल तीसरी श्रेणी में निकल भागते, उस रुके पानी की तरह, जो छेद पाकर बाहर निकल जाता है।

दुनिया के हर ज्ञान और रुचि से वह सम्पन्न थे। उनका साहित्य-प्रेम इतना बढ़ा-चढ़ा था कि महादेवी और बच्चन की कविताओं को ज़बानी याद करके अपने को कवि समझने लगे थे। राजनीति के प्रति भी उनकी दिलचस्पी कम न थी। हिटलर के सम्बन्ध में उनकी राय थी कि वह हिन्दू है और छोटी चुटिया रखता है। उनकी यह भी सम्मति थी कि भारत कभी भी उन्नति नहीं कर सकता और बहुत ही जल्दी संसार का प्रलय हो जाएगा। प्रत्येक विषय के बारे में उनका एक निश्चित मत था, जिसको वह असाधारण विस्तार के साथ समझाते।

अपनी बुद्धि के अनुरूप ही उनकी इच्छाएँ भी थीं। उनकी प्रबलतम कामना यह थी कि वह कभी शादी नहीं करेंगे, क्योंकि इससे आदमी बन्धन में फँस जाता है। किन्तु, उनकी माँ उनके इस निश्चय की शत्रु सिद्ध हुईं। जब बबुआ रणबहादुर सिंह हाई स्कूल पास करके एफ.ए. में पहुँचे तो उनकी माँ ने घोषणा कर दी कि आम पक गया है, क्योंकि ढेले चलने शुरू हो गए हैं। उसी वर्ष उनकी शादी तय हो गई। रणबहादुर सिंह ने इस जुल्म को बड़ी बहादुरी के साथ बरदाश्त किया, और जब हमने नई परिवर्तित स्थिति के प्रति उनका ध्यान आकर्षित किया तो उन्होंने किसी महात्मा की भाँति मुस्कराकर कहा, "होने दो यार शादी, मुझे परवाह थोड़े है! मेरे विचार तो वही हैं।"

एफ.ए. प्रथम वर्ष करने के बाद गर्मी की छुट्टियों में उनकी शादी हो गई। उनकी बीवी काफ़ी माशूक़ मिली, वही बताते थे। नाम उसका शकुन्तला था। वह सुन्दर तो थी ही, साथ ही शोख़ भी बहुत थी। हर समय गौरैया की भाँति चह-चह करती रहती। तीखा गोरा चेहरा, आम की फाँक जैसी आँखें तथा कंतरे पान जैसे होंठ। लम्बे, पतले तथा मक्खन की तरह चिकने गले पर बाईं ओर एक काला तिल था, जिससे उसका सौन्दर्य अछूता लगता। रणबहादुर सिंह उस पर लट्टू थे।

मुझे ठीक याद नहीं, वह अधिक पढ़ी-लिखी नहीं थी, शायद उसने छठीं कक्षा तक शिक्षा प्राप्त की थी। किन्तु उसकी बुद्धि प्रखर थी। उसकी उम्र का अधिकांश अपने मामा के यहाँ कलकत्ते में व्यतीत हुआ था। उससे हँसी-मज़ाक़ में पार पाना कठिन था, रोज़ नई-नई शरारतें सूझतीं। रणबहादुर सिंह उससे दो-तीन साल बड़े थे, लेकिन वह उनको चिढ़ाने के लिए बिना बात की बात पर कह देती, "चलिए-चलिए, आप अभी लड़के हैं, आप क्या जानें?" मेरे मित्र कभी झेंप जाते, कभी खीझ जाते, पर वह अपनी आदतों से बाज़ नहीं आती।

बबुआ रणबहादुर सिंह द्वारा वर्णित एक घटना याद आ रही है।

उस दिन वह ज़रा विलम्ब से घर पहुँचे। खा-पीकर जब वह अपने कमरे में गए तो शकुन्तला बहुत ख़ुश नज़र आ रही थी। खिड़की से चाँदनी छन-छनकर भीतर बड़ी चारपाई पर लोट-पोट हो रही थी और बाहर चलती तेज़ और बेकरार हवा बन्द दरवाज़े को धकिया-खटखटा जाती।

रणबहादुर सिंह ज्यों ही चारपाई पर बैठे कि शकुन्तला ने उनके सामने स्टूल पर एक तश्तरी में दही और पेड़े लाकर रख दिये, फिर पास बैठकर आग्रह करने लगी, "लीजिए, अम्माँ से चुराकर रख छोड़े थे, झटपट साफ़ कर जाइए।"

रणबहादुर सिंह का पेट भरा था और खाने की उनकी रत्ती-भर भी इच्छा नहीं थी। उन्होंने समझाया, "देखो, इस समय ज़रा भी तबीयत नहीं। इसकी ओर देखने को भी जी नहीं करता। रख दो, बाद में देखा जाएगा।"

"बाद में देखा जाएगा का क्या मतलब होता है! दो-एक मिनट में तो सो जाना है, फिर क्या सवेरे उठने पर खाइएगा?" शकुन्तला ने अत्यन्त गम्भीरतापूर्वक प्रश्न किया।

"रणबहादुर सिंह ने मूर्ख की भाँति खिड़की से बाहर देखते हुए कहा, अभी नींद थोड़े आ रही है? रख दो, थोड़ी देर बाद खाऊँगा।"

"करना ही क्या है? सोना ही तो है, जहाँ लेटकर आँखें बन्द कीं और नींद आई।" उसने बहस जारी रखी।

अब उन्होंने शकुन्तला की ओर ठीक से देखा। वह हँसी को दबा रही थी, जिससे उसका मुँह लाल हो गया था। रणबहादुर सिंह ने भी झेंपकर ठहाका मारते हुए कहा, "अच्छा, तो आपका यह मतलब है?" और फिर उसको अपनी ओर खींचने के लिए हाथ बढ़ाए। वह अब खिलखिलाकर हँस पड़ी। रणबहादुर सिंह ने उसको पकड़ लिया। इस पर शकुन्तला ने एक क्षण पति की ओर शरारतपूर्ण नज़र से देखा, फिर स्टूल पर रखी तश्तरी में से दही निकालकर मेरे मित्र के मुँह में बेधड़क पोत दिया।

भाई रणबहादुर सिंह को बड़ा क्रोध आया और उन्होंने उसको घूरते तथा ग़ुस्से से हकलाते हुए कहा, "अजीब आदमी हो। हमेशा लड़कपन किया करती हो।"

वह ज़रा भी भयभीत नहीं हुई, बल्कि थोड़ा और दही लेकर चेहरे में जहाँ अभी नहीं लगा था और पोत दिया।

रणबहादुर सिंह को भी अब सूझ गई और उन्होंने यह कहकर कि, "अच्छा तो यही सही" शकुन्तला को पकड़कर ज़बरदस्ती चारपाई पर लिटा दिया, और फिर उसके लाख छटपटाने, हाथ-पैर फेंकने तथा दुआ-विनती करने के बावजूद अपने हाथ में पूरा दही लेकर बलपूर्वक उसके सारे चेहरे, गले तथा हाथ-पैर में लगा दिया। तत्पश्चात् सेंट में तर उसकी साफ़ साड़ी और ब्लाउज में इत्मीनान से अपना मुँह भी पोंछा और अन्त में उसको देखकर खिलखिलाकर हँसने लगे। वह इतने से ही नहीं माने, बल्कि दीवार पर टँगा बड़ा आईना लाकर उसके सामने रख दिया। शकुन्तला अपनी शक्ल देखकर 'हाय राम' कहकर रोने लगी।

रणबहादुर सिंह कुछ देर तक हँसते रहे, किन्तु जब वह उसी तरह रोती रही तो उन्होंने व्यंग्य किया, "अपनी बार तो लड़कों की तरह रोने लगती हो, अपने चाहे जो भी कर लो।"

शकुन्तला बोली, "कहीं ऐसा भी करते हैं! हाथ-पैर सब। मुझे आपने डरा दिया।"

वह आँखों को बाँहों से ढककर कुछ देर तक हिचकती रही। फिर उसी तरह चुप पड़ी रही। रणबहादुर सिंह ने सचमुच उस पर बहुत ज़्यादती की थी, और यह सोचकर उनको उस पर दया भी आ गई। उन्होंने धीरे-से उसकी आँखों पर से बाँह हटाई तो उसने मुस्कराकर ठेंगा दिखा दिया।

एफ. ए. फाइनल में रणबहादुर सिंह लटक गए। इसमें आश्चर्य की कोई बात नहीं। शकुन्तला के पीछे वह पागल हो गए थे। चौबीस घंटे उसकी ही बात सोचते। पढ़ने में उनकी तबीयत लगती ही न थी। मन को सन्तोष देने के लिए वह किताबों को सामने रखते, किन्तु शकुन्तला की मीठी-तीखी बातें आँखों के सामने नाचने लगतीं। मामूली छुट्टियों में घर पहुँच जाया करते। कभी-कभी बिना छुट्टियों के भी घर का टिकट कटा लेते। घरवालों को भरमाने के लाख बहाने थे। चार दिन की छुट्टी को आठ दिन तथा दस दिन की छुट्टी को पन्द्रह दिन की बताते। संक्षेप में, उन्होंने त्योहारों के न होते हुए भी अक्सर होलियाँ और दिवालियाँ मनानी शुरू कर दीं। ऐसी हरकतों का नतीजा क्या हो सकता था?

किसी को उनसे ऐसी आशा नहीं थी। गाँव-भर में थुड़ी-थुड़ी मच गई। लोग कहने लगे, ठाकुर का लड़का तो आवारा निकल गया। अंग्रेज़ी पढ़ने का यही नतीजा होता है, जोरू का ग़ुलाम हो गया है। ठाकुर तो नमक चाट-चाटकर एक-एक पैसा जोड़ रहे हैं और बेटा सब पर चूना फेर रहा है। यही नहीं, घर में भी उनको व्यंग्य सुनने पड़े और एक रोज़ अपने बाप की भी कड़ी डाँट खानी पड़ी। किन्तु, इतना सब होते हुए भी उनको किसी बात से चोट नहीं लगी, चोट लगी तो शकुन्तला की एक छोटी बात से।

एक दिन भोजनोपरान्त जब वह अपने शयनकक्ष में गए तो अपनी शिकायत करनेवालों को जली-कटी सुनाने लगे, "सभी साले जलते थे कि मैं शहर में अंग्रेज़ी पढ़ता हूँ। फेल होने पर उनका कलेजा ठंडा हुआ। पर गँवार क्या जानें कि वहाँ कैसी पढ़ाई होती है? वहाँ सारे यू.पी. में फर्स्ट आनेवाले तक फेल हो जाते हैं तो मैं किस खेत की मूली हूँ। बाबूजी भी कुछ सोचते-समझते नहीं, जो मन में आता है, बक देते हैं। कहते थे, बहू को मैके भेज देता हूँ।"

शकुन्तला का चेहरा फक पड़ गया और उसने रुआँसी आवाज़ में कहा, "हाय राम, अब मैं क्या करूँ? बेकार में मैं बीच में सानी जा रही हूँ। आप भी तो दौड़े चले आते थे। मेरी क़सम, सच बताइए, बाबू जी ने सचमुच यह कहा? हाय दैया, आँगन में मैं उनके सामने कैसे निकलूँगी?"

उसकी इस बात से रणबहादुर सिंह को बड़ा आघात पहुँचा। जिस शकुन्तला के लिए उन्होंने दिन को दिन और रात को रात नहीं समझा, अपने को बरबाद कर दिया, वही उनके सिर पर दोष मढ़ रही है? सच है, दुनिया में किसी का कोई नहीं।

उनके हृदय में ज़बरदस्त अभिमान एवं विराग की भावना उत्पन्न हुई और उन्होंने दीर्घ नि:श्वास छोड़ते हुए कहा, "ठीक कहती हो, सारा दोष मेरा ही है।"

शकुन्तला ने फ़ौरन ताड़ लिया कि उससे बड़ी ग़लती हुई है। उसने व्याकुल स्वर में कहा, "तो आपने क्या समझ लिया? देखिए, बुरा न मानिए। बाबूजी की बात सुनकर मुझे बहुत दुख पहुँचा था, इसलिए मुँह से निकल गया। आप कोई रंडी-छिनाल के यहाँ नहीं आते थे, आते भी थे तो अपनी स्त्री के पास। मैं आपके पैरों पड़ती हूँ कि आप बुरा न मानिए और मुझे माफ़ कर दीजिए।"

उस समय रणबहादुर सिंह कुछ नहीं बोले, पर उनके दिल में बात लग गई थी, उन्होंने मन-ही-मन प्रतिज्ञा कर ली कि एफ. ए. पास करने के पहले वह घर वापस नहीं आएँगे। ऐसा करके ही वह अपने भारी अपमान एवं बेइज़्ज़ती का बदला चुका सकेंगे। साल-भर तक अपनी बीवी से भी कोई सम्बन्ध न रखने का निश्चय कर लिया।

गर्मी की छुट्टियों के बाद रणबहादुर सिंह जब पढ़ने गए तो वे एकदम बदल चुके थे। वह एक संन्यासी की तरह जीवन व्यतीत करने लगे। सिर के बाल मुँड़वा लिए और खद्दर के मोटे-मोटे कपड़े पहनने लगे। स्लीपर्स की जगह खड़ाऊँ का इस्तेमाल होने लगा। ख़ूब तड़के उठकर योगासन और प्राणायाम करते। फिर एक गिलास धारोष्ण दूध पीकर पढ़ने बैठ जाते। ख़ूब मन लगाकर साढ़े नौ बजे तक पढ़ते और फिर बिना मसाले के साग के साथ मोटी-मोटी रोटियाँ खाकर कॉलेज चले जाते। कॉलेज से आने के बाद भी कठिन परिश्रम करते। उनका प्राण केवल अध्ययन ही में बसने लगा था।

रणबहादुर ने शकुन्तला के पास कोई पत्र नहीं भेजा। किन्तु दो-तीन मास बाद अपने पतिदेव का कोई ख़त न पाकर शकुन्तला ने उनके पास एक पत्र भेजा। इस पत्र में बड़ी कारुणिक भाषा में अपनी ग़लती की क्षमा माँगी थी और कम-से-कम एक दिन के लिए गाँव आकर दर्शन देने की प्रार्थना की गई थी।

पत्र पढ़कर रणबहादुर सिंह इस तरह हँस पड़े, जैसे वह कोई अत्यन्त मामूली चीज़ हो। उन्हें अपने अपमान की बात याद आई और उनका कोमल हृदय कड़ा हो गया। उन्होंने अत्यन्त सरलता से हँसकर पत्र के टुकड़े-टुकड़े कर डाले।

और शकुन्तला के पत्र आते रहे। वे पत्र लम्बे होते और उनमें टेढ़े-मेढ़े तथा काले-काले अक्षरों में भोली नारी का आत्मसमर्पण एवं निश्छल निमंत्रण होता। किन्तु उनका रणबहादुर सिंह पर कोई असर नहीं होता। कभी-कभी पत्रों के छोटे-छोटे अक्षर अपूर्व माधुर्य से हृदय में प्रवेश कर तूफ़ान मचा देते, किन्तु वह अपनी भावनाओं को बलपूर्वक कुचल डालते।

फिर, उनको शकुन्तला का एक ऐसा पत्र प्राप्त हुआ जो करुणा एवं प्रेम से लबालब था और उसमें उसने अपना दिल ही निकालकर रख दिया था।

उसमें उसने लिखा कि, "मैंने आपका क्या बिगाड़ा है? आना तो दूर रहा, आपने मेरे किसी पत्र का उत्तर तक नहीं दिया। दिन-रात मेरी तबीयत आप ही में लगी रहती है। आँखें भर आती हैं और दिल छटपटाने लगता है। जी में आता है, पृथ्वी पर तड़प-तड़प कर जान दे दूँ। मेरा दिल चौबीस घंटे क़िस्म-क़िस्म की शंकाओं और चिन्ताओं से भरा रहता है। सच कहती हूँ स्वामी, अगर आप अपनी दासी की ख़बर नहीं लेंगे तो मैं रोकर जान दे दूँगी।"

इस ख़त को पढ़कर रणबहादुर सिंह स्तम्भित रह गए। वह बहुत देर तक पत्र लेकर उसी तरह बैठे रहे और तब उनको याद आया कि उनके सूटकेस में शकुन्तला की फ़ोटो भी है। वह जाकर फ़ोटो निकाल लाए और एकटक उसको निहारने लगे। उनका दिल इतना बेक़ाबू हो गया कि उन्होंने झुककर फ़ोटो को चूम भी लिया। किन्तु, यह कार्य करते हुए उनकी चेतना पुनः जाग्रत हुई। उनको अपनी बेइज़्ज़ती की बात याद आई और उन्होंने एक ज़िद्द में आकर फ़ोटो के टुकड़े-टुकड़े कर डाले।

इसके बाद उन्होंने अपना जीवन और अनुशासित कर लिया। सवेरे उन्होंने प्राणायाम और योगासन के अलावा सूर्य नमस्कार करना आरम्भ कर दिया। भोजन अत्यल्प करने लगे और जो करते वह भी अत्यन्त रूखा-सूखा। सायंकाल तो नमक का सर्वथा परित्याग कर दिया। कभी-कभी सोते वक़्त पेड़ू पर गीली मिट्टी भी बाँधते। कभी-कभी पेड़ू-स्नान भी चलता और वह इस तरह कि टब न होने की वजह से लोटे से ही पेड़ू पर शीतल जल गिराते। रात को सोने के पूर्व हाथ-पैर के अलावा अपने सिर को तीन-चार लोटा ठंडे पानी से भिगोना न भूलते। ऐसी क़िलाबन्दी के सामने कामदेव ठहर सकें, यह असम्भव था और बबुआ रणबहादुर सिंह की लिखाई-पढ़ाई पूर्ववत् चलने लगी।

धीरे-धीरे दिन बीतते गए और परीक्षा निकट आ गई। इस दौरान में शकुन्तला के पत्र उनके पास आते रहे थे, और उन्होंने उनको फाड़ डाला था और अब उनके दिल में एक अपूर्व विश्वास की भावना जागृत हो उठी थी। अब उनको अपने से कोई भी भय नहीं था। अब परीक्षा कितने दिन रह गई है? 'मैंने बाज़ी मार ली और अब दुनिया की ऐसी कोई शक्ति नहीं है, जो मुझे अपनी प्रतिज्ञा से विचलित कर सके।' इस विचार से उनका दिल अत्यन्त नरम और उदार हो गया और वह भी इतना कि उन्होंने अब शकुन्तला को एक छोटा पत्र डालने की भी कल्पना कर डाली। बेचारी नारी! वह मर्द के सामने क्या खाकर ठहर सकती है! वह दया से मुस्करा उठते और उन्हें अपने ऊपर गर्व होता। किन्तु, हाय रे वह! होली की छुट्टी होने के दो दिन पहले उनका शकुन्तला का ऐसा पत्र मिला कि उनकी सारी प्रतिज्ञा ताक पर रखी रह गई।

उस वर्ष जैसा वसन्त आया था, वैसा पहले न कभी आया था और न भविष्य में कभी आएगा—ऐसा ही बबुआ रणबहादुर सिंह बताते थे। ऐसी मस्त हवा चलती कि दिल किसी भी जवान स्त्री का साथ पाने को व्याकुल हो-हो उठता। रंग-बिरंगे फूल तथा कोयल की कूक हृदय में कोमलतम भावनाओं का तूफ़ान उठा जाती। किन्तु पत्र मिलने के पूर्व उन पर इन चीज़ों का कोई असर नहीं हुआ, यह गर्व की बात थी, ऐसा रणबहादुर सिंह कहा करते।

कॉलेज से छात्रावास में अपने कमरे में आकर वह बैठे ही थे कि चपरासी एक पत्र दे गया। पत्र शकुन्तला का ही था। उन्होंने मुस्कराकर लिफ़ाफ़े को फाड़ डाला। अब उनको शकुन्तला के पत्रों से कोई डर नहीं रह गया था। पत्र बहुत छोटा था किन्तु उसको पढ़कर रणबहादुर सिंह का मुँह काठ की तरह हो गया। वह बहुत देर तक इसी तरह खड़े रहे और फिर अचानक चौंककर अपना सामान बाँधने-बूँधने लगे। वह टूट गए थे...।

पत्र सचमुच बहुत ही पहुँचा हुआ था। जब हम लोगों ने प्रथम बार उनके मुँह से यह क़िस्सा सुना था तो हम लोग लोट-पोट हो गए थे। मैंने कहा था कि "हे भाई रणबहादुर सिंह, तुम पूरे सन्त तुलसीदास हो। जिस तरह रामचरितमानस के रचयिता अपनी स्त्री के पीछे पागल थे, ठीक उसी तरह तुम पागल थे, और अपनी बीवी तक पहुँचने के लिए यदि तुम्हें शव की नौका और सर्प की रस्सी की सहायता नहीं लेनी पड़ी तो इसका कारण यह है कि तुम्हारी पत्नी तुमको सूचना दिये बग़ैर अपने मैके नहीं चली गईं तथा इस ज़माने में रेलवे का ईजाद भी हो गया है। फिर उन्हीं गोस्वामी जी की तरह तुमको भी पत्नी की छोटी-सी बात ऐसी लग गई कि तुमने एक वर्ष का संन्यास ले लिया। इस संन्यास की रक्षा के तुमने ऐसे अद्भुत प्रयास किये जो गोस्वामीजी ने भी अवश्य किये होंगे—ऐसा मैं आश्वासन देता हूँ, क्योंकि जो स्त्री से दूर भागता है, वह लगभग एक ही प्रकार के आचरण करता है, इसमें कोई सन्देह की बात नहीं। तुम्हारा संन्यास नौ-दस मास तक चला और गोस्वामीजी का जीवन-पर्यन्त, तो इसका यह मतलब नहीं कि तुम रामचरितमानस के लेखक से किसी भी मायने में कम हो। यदि गोस्वामीजी के पास भेजा होता तो गोस्वामीजी का भी वैराग्य अखंड नहीं रह सकता था और यदि तुमको ऐसा पत्र न मिलता तो तुम जीवन-पर्यन्त वैराग्य का पालन न करते और उसके फलस्वरूप एक भारी कवि नहीं हो जाते, इस पर सन्देह करने की ज़रा भी गुंजाइश नहीं। इसलिए हे मित्र, तुम पूरे सन्त तुलसीदास हो।" इस तरह बबुआ रणबहादुर सिंह का नाम 'सन्त तुलसीदास' पड़ा।

हाँ, वह पत्र बहुत ही अनोखा था। वह लगभग इस प्रकार लिखा गया था—

मेरे पूज्य स्वामी,

जाइए, आप जैसा काठ का कलेजा किसी का न होगा। सारी बरसात और सारा जाड़ा बीत गया, पर आप नहीं आए। इन्तज़ार करते-करते मेरी आँखें पथरा गईं। मैं भी तुल गई हूँ। जी तोड़कर काम करती हूँ और खाने-पीने की परवाह नहीं करती। जब आप ही नाराज़ हैं तो जीकर क्या करूँगी? आज रात में काम करके आई तो ख़ूब-ख़ूब रोई। अभी-अभी उठी हूँ। दिन तेज़ी से भागे जा रहे हैं। इस ज़िन्दगी का क्या ठिकाना? सच बताइए, क्या मैं ज़रा भी आपको याद नहीं आती? किस तरह मुझको गोद में लेकर आप प्यार करते थे? मैं तो पागल हो उठती हूँ? अब यह होली पास आई है? आपकी कमी कैसे सहूँगी? आज दिन में आँगन में बाबूजी और अम्माँ अपनी-अपनी उम्र का हिसाब लगा रहे थे। मैंने भी अपने कमरे में आकर अभी-अभी अपनी उम्र का हिसाब लगाया। मैं आज पन्द्रह वर्ष, ग्यारह महीने और चार दिन की हो गई। मेरा सोलहवाँ तेज़ी से भाग रहा है, स्वामी, यह सोलहवाँ साल कभी लौटकर नहीं आएगा। क्या आप होली में एक रोज़ के लिए भी नहीं आ सकते?

सवा रुपये

मेरे बाबा पूरे अस्सी वर्ष के होकर मरे। वे अन्त तक पूर्णतया स्वस्थ दिखते रहे। किन्तु उन्हें दिल के दौरे की बीमारी थी, और उसी ने अचानक एक दिन उनके गौरवशाली जीवन का अन्त कर दिया।

बाबा हम लोगों से अलग रहते थे, जिसके स्पष्ट कारण थे। उन्होंने तीन शादियाँ की थीं। पहली शादी से मेरे पिताजी तथा दो लड़कियाँ थीं। दूसरी शादी से कोई नहीं और तीसरी शादी से दो लड़के और एक लड़की थी। दादी, बाबा की तीसरी पत्नी, दिमाग़ की गर्म और ज़बान की तेज़ थीं। पिताजी जब अपने पैरों पर खड़े होने लायक़ हुए तो बाबा ने यही उचित समझा कि अलग हो जाएँ। घर के दो हिस्से कर दिये गए और एक में बाबा, दादी, कमला बुआ, रग्घू और चन्द्र चाचा के साथ रहने लगे।

हमारे बाबा काफ़ी मोटे थे। मुँह पर बड़े-बड़े गलमुच्छे थे, जो कानों से लिपटे रहते। उन्हें देखकर पुराने ज़माने के मेवाड़ के राजपूतों की याद आ जाती थी। मूँछों में वे बाक़ायदा तेल लगाते, और उन्हें रोज़ कंघे से देर तक झाड़ते। मोटी, बड़ी-सी चुटिया के महत्त्व को क़ायम रखने के लिए, वे सिर को बराबर घुटाते रहते। नहाते समय पीछे से बाएँ हाथ में चुटिया उठाकर, उस पर दाहिने हाथ से मारते। पट-पट की आवाज़ होती। इस अवसर पर घर के या मोहल्ले के कुछ शैतान लड़के अवश्य उपस्थित रहते। पट-पट की आवाज़ सुनकर ही-ही करके हँसते और उनसे वैसा फिर करने का आग्रह करते।

बाहर बरामदे में लम्बी-चौड़ी खटिया पर मसनद का सहारा लेकर बाबा जब आराम से बैठते तो उनकी तोंद अपनी बहार दिखाने लगती। सवेरे नहा-धोकर तथा पूजा-पाठ करके तैयार होने के फ़ौरन बाद, ताजा हलवा तथा हुनमानजीवाले ख़ानदानी चाँदी के कटोरे में एक अँगुल मोटी मलाई से आच्छादित गैया का गाढ़ा दूध आता। बाबा डकार-डकारकर हलवा खाते; फिर एक साँस में दूध पी जाते। उस समय मूँछ के बालों से लटकती-खेलती हुई दूध की बूँदें साफ़ देखी जा सकती थीं। इस डबल नाश्ते के बाद भोजन दिन के डेढ़-दो बजे के लगभग करते। शाम को भी हल्का नाश्ता चलता, कभी चने की घुघनी, कभी मटर की फलियाँ,

कभी गाजर और कभी शकरकन्द। रात का भोजन कहीं ग्यारह-बारह बजे तक होता।

बाबा के अपने नियम थे, और अपने आचार-विचार। महीने में घर से केवल एक बार बाहर निकलते। घुटने तक मोटी धोती, पुरानी शानदार मिरजई, सिर पर मोटे रस्से की तरह लिपटी पगड़ी और पैरों में कड़वे तेल से मुलायम किये चमरौंधे जूते। मिर्ज़ापुरी लाठी के सहारे, ठक-ठक करते, बहुत धीरे-धीरे चलते। एक क़दम लगभग तीन-साढ़े तीन इंच का पड़ता। खस-खस की आवाज़ होती रहती। चुपचाप चलते जाते। रास्ते में कुछ खाना-पीना हराम था। गन्तव्य स्थान पर भी पहुँचकर, घंटों बैठे गप्पें लड़ाते रहते; दुनियावालों को गालियाँ सुनाते, अपने ज़माने के तौर-तरीक़ों की अथक सराहना करते। परन्तु इस बीच एक बूँद जल भी वहाँ का अपने मुँह में न डालते।

गालियाँ उन्हें अत्यन्त प्रिय थीं। कोई बात इधर-उधर की हुई नहीं कि मुँह से भर-भर टेढ़ी-तिरछी, मँजी-मँजाई गालियों की बौछार होने लगती; जैसे छेड़ने पर क्रोधित मधुमक्खियाँ छत्ते से भर-भर निकल आती हैं। बच्चे हों या बड़े, अम्माँ हों या बाबूजी, नानी हों या दादी। सबके सात पुश्तों की ख़बर लेते घंटों—बड़बड़-बड़बड़। पिताजी ने उनके आराम में कोई कमी की, दादी गिर पड़ीं, लड़कों ने शोर मचाया, किसी ने देर से भोजन किया, कोई फ़ैशन से रहने लगा—सभी मौक़ों पर बिना पक्षपात, अबाधित गति से, गालियाँ उनके मुख से निकलतीं।

अभी उस रोज़ की बात है। मैं छुट्टियों में कॉलेज से घर लौटा था। यहाँ मैं यह कह दूँ, कि मैं ज़रा फ़ैशनपरस्त और घुमक्कड़ क़िस्म का व्यक्ति हूँ। इस पर बाबा ने ऐलान कर दिया है कि मैं पूरा आवारा हूँ। ख़ैर, मैं स्टेशन से घर आकर, सबसे पहले बाबा के पैर छूकर, उनके पास बैठ गया। कॉलेज की इधर-उधर की बातें पूछने के पश्चात् वे गाँव का हाल सुनाने लगे।

"देख रे बाबू, तेरे जाने के बाद गाँव पर बड़ी आफ़त आई। भोला, कुंजन, जतिया और ढेला मर गए। गंगा मैया की भी कृपा न रही। ज़ोरों की बाढ़ आई, और सारे खेत-खलिहान चौपट हो गए। कलजुग आ गया है! आपस में भी प्रेम नहीं रहा। गुंडे-लफंगे बढ़ रहे हैं। यह चन्दू बड़ा आवारा निकला। हमेशा फ़ौजदारी करने को तैयार रहता है। बहू-बेटियों की इज़्ज़त को इज़्ज़त नहीं समझता। साले की खोपड़ी पर एक लट्ठ पड़ जाए, तो सारी लफंगई हिरन हो जाए..."

इतना कहकर, बाबा अचानक मेरी तरफ़ घूरने लगे। फिर कड़ी आवाज़ में बोले, "और तू ही कौन अच्छा है! आवारा तो तू भी है। नालायक़, गधा कहीं का! चुपचाप सुन रहा है। तेरे लच्छन क्या अच्छे हैं? तू तो चन्दू से भी दो जौ आगे है। निकल जा यहाँ से, स्साले!"

तब मैं यह सोचते हुए, कि बुड्ढा पागल हो गया है, भीतर चला गया था।

वे एक बड़ी भारी समस्या थे! बाहर बरामदे में वे बैठते, परन्तु घर में कहाँ क्या हो रहा है, इसके प्रति सर्वदा उनका आकर्षण एवं सतर्कता बनी रहती। कहीं दूर घर में 'खट्' हुआ बाबा चिल्ला पड़े, "क्या हुआ, रे?" कौन सुनता है, पर वह हैं कि बड़बड़ाए जा रहे हैं, "कोई साला नहीं सुनता। ज़रूर थाली गिराई होगी। घर को चौपट कर देंगे। यह बुढ़िया (दादी) साली भी नहीं बोलती, कब से चिल्ला रहा हूँ।" कोई बाहर जाने को हुआ, तो उसे ललकारा। कोई बहू अनजान में ज़रा ज़ोर से हँस पड़ी, तो उसे गाली दी। सामने से चुपचाप जानेवाले प्रत्येक अनजान व्यक्ति का नाम-गाँव पूछा। कोई बहस हो, ख़ुद भी कूद पड़ते। कोई घटना उनकी आलोचना से नहीं बचती थी। कोई भी व्यक्ति उनकी पूछ-ताछ और जाँच-पड़ताल का ख़तरा उठाए बिना सामने से नहीं गुज़र सकता था। एक ही जगह से कई-कई मोर्चे सँभालते थे।

उनके मारे घर के लोगों की नाक में दम था। कभी कोई शान्ति से नहीं बैठ सकता था और इसीलिए शायद लोग उन्हें मन-ही-मन कोसते थे। घर की औरतें फुसफुसातीं, "बुड्ढा कौए की जीभ खाकर आया है, मौत भी नहीं आती उसे।" घंटों चिल्लाते रहते, और सब कान में तेल डाले बैठे रहते। रात को प्यास लगने पर पानी देनेवाला कोई न मिलता। काँखते-कराहते रहते, "बुड्ढा इसी तरह बर्राता रहता है। कौन उठे? उँह?" बेचारे हारकर अपने आप ही उठते, धीरे-धीरे किसी तरह घड़े के पास जाते, और गटर-गटर पानी पीते। सिर में दर्द होने पर लौंग पीसकर लगा दी जाती। चलो छुट्टी हुई। फिर कोई पास न फटकता।" बुड्ढे को बकने-झकने दो। झूठ-मूठ का बहाने किये करता है।"

अब किसी में उनका सेवा-सत्कार करने का उत्साह शेष नहीं था। उसकी भी एक हद और मीयाद होती है, जिसे बाबा अपनी लम्बी उम्र के कारण पार कर गए थे। पिताजी और चाचाजी कितना ध्यान देते! उनकी अपनी झंझटें थीं। उनके पुत्र-पुत्रियाँ, पौत्र-पौत्रियाँ हो गए थे, और उनका प्यार इतना बँटा हुआ था कि बाबा के लिए शायद ही कुछ बचा हो। वह प्यार उस समय पानी के बुलबुले की तरह प्रकट होता, जब कोई असाधारण घटना घट जाती—जैसे उन्हें कहीं चोट आ जाती, या ज्वर आ जाता, या पेट में शूल उठता। पिताजी या कोई चाचाजी ध्यान आने पर कहते, "अरे बहू, हल्दी गर्म करके लगा दे।" या "तुलसी का काढ़ा पिला दे। तुम अपनी देह की परवाह नहीं करते। थोड़ा टहल ही लिया करो।" यह कहकर, भीतर या बाहर जैसी ज़रूरत हो, चले जाते। बहुत देर बाद एक छोटी-सी लड़की आती और कहती, "लो, बाबा, लगा लो" या " पी लो।" जवान बहुओं और लड़कियों को पास आने में इसलिए एतराज़ था कि बाबा हमेशा डकारते रहते और खौं-खौं खाँसकर वहीं ज़मीन पर थूकते रहते।" बाबा रे बाबा, कौन जाए बाहर!"

उनकी उम्र इतनी अधिक हो गई थी कि लोग साफ़-साफ़ ईमानदारी से कह देते, "अब उनके आराम से प्राण निकल जाएँ, तो अच्छा हो।" कभी पिताजी या चाचाजी कहते, "कक्का, अब तो यही अच्छा है कि हौसले से तुम्हारा क्रिया-कर्म करूँ।" और बाबा इस पर दब्बू झूठ बोलनेवाले की तरह सिर हिलाते, जो भरी महफ़िल में अपने झूठ का भंडाफोड़ होने पर 'जी हाँ, जी हाँ' करता है। जैसे बाबा के पास अपने ज़िन्दा रहने के पक्ष में कोई दलील न हो, और वे कोई अपराध करते हुए, रँगे हाथों पकड़े गए हों।

और बड़े लोग बाबा के प्रति जितने लापरवाह थे, उतनी ही बच्चों को उनमें दिलचस्पी थी। दिनभर वे उनके चारों ओर मँडराया करते, और बाबा जितना उन बच्चों के हंगामे और नाज़-नख़रे बरदाश्त करते, उतना घर का कोई नहीं। उन्होंने उन्हें सिर पर चढ़ा रखा था। दूध से भरा गिलास पटक, बाल्टी के साफ़ पानी को ख़राब कर, अम्माँ की साफ़ साड़ी में मिट्टी से सने हाथ पोंछ, वे सरपट बाबा के पास भाग आते। और वहाँ किसी का बस न चलता। उन्होंने कह दिया था, 'ख़बरदार, लड़कों को कोई न मारे! किसी ने हाथ चलाया तो मुझसे बुरा कोई न होगा।"

सचमुच वे बड़े बुरे हो जाते थे। किसी ने कहा नहीं कि अम्माँ या दीदी ने मारा है, कि वे आपे से बाहर हो जाते। लड़के को हाथ पकड़कर, ग़ुस्से से काँपते सीधे भीतर चले जाते, और ललकार उठते, "किस हरामज़ादी ने मुन्ना को मारा है? आए सामने तो हाथ तोड़ दूँ। बार-बार कहता हूँ कि बच्चों को न मारो। लेकिन कोई सुनता ही नहीं।...बहू, तुम एक बात साफ़-साफ़ सुन लो। अगर तुमने आगे लल्लू पर हाथ उठाया, तो तुम्हारा गला मरोड़ दूँगा। किसी साले की न सुनूँगा।" यह बड़बड़ बहुत देर तक चलती रहती।

बड़ी मुश्किल तो यह थी कि वे सभी लड़कों से खोद-खोदकर पूछते, "किसी ने कुछ तुझे कहा तो नहीं, मारा तो नहीं।" इससे कोई मतलब नहीं, कि आज मारा है या कल। बस, मारा है कि नहीं। और लड़के तो लड़के ही ठहरे। यदि सामने हलवे का कटोरा या नमकीन की तश्तरी हुई, तो उनके लिए मारने या लगभग मारने की सही कोई बात कह जाना कुछ कठिन नहीं और तब घर सिर पर! कभी-कभी तो ऐसा होता, एक दिन की मार के लिए कई दिनों तक डाँट चलती रहती। कारण यह, कि बच्चे कहते कि अम्माँ या दीदी या बुआ ने कल मारा था। और छोटे बच्चे तो महीने-भर पुरानी घटना को भी कल ही की समझते और बताते हैं। और बाबा समझते कि जिस घटना के लिए कल डाँट चुके हैं, उससे कोई भिन्न बात हो गई है। उनके वाक्-बाण निकलने लगते और घर के लोग स्तम्भित हो जाते कि बेबात की बात पर बुड्ढा आफ़त मचाए दे रहा है।

खाने के समय तो ग़दर-सा मच जाता। बाबा जब तक सब बच्चों को बुला न लेते, खाने में हाथ न लगाते। बुलाने की अक्सर उन्हें ज़रूरत ही न पड़ती।

वे ख़ुद लालची पिल्लों की तरह उनके खाने के समय न मालूम कहाँ से, किस कोने से भर-भर इकट्ठे हो जाते। सबसे छोटे बच्चे, मुन्नी और शेखू, उनकी गोद में डट जाते और अन्य थाली के सामने, दाएँ और बाएँ। अक्सर जगह के लिए युद्ध हो जाता। 'बाबा के पास मैं बैठूँगा,' या 'कल यहाँ मैं बैठा था। ऊँ, ऊँ!' बाबा किसी तरह समस्या को हल कर देते। फिर खाने के दौरान भी महान कठिनाइयाँ उपस्थित हो जातीं। कोई रोटी खाते-खाते वहीं चावल सान देता, तो दूसरा उधर से हाथ-पैर पटकता उठ जाता, कि 'मैं इधर नहीं खाऊँगा। उसने चावल सान दिया है' अपनी तरफ़ भात कौन कितना खींचे, आलू की तरकारी कितनी खाए, घी की दाल का कितना उपयोग करे, इन प्रश्नों पर भी गम्भीर मतभेद हो जाते, और फ़ौजदारी तक की नौबत आ जाती! इधर दो वर्ष की छोटी मुन्नी सत्याग्रह कर देती। उसको एतराज़ होता, कि बाबा शेखू या श्याम को पहले क्यों खिलाते हैं? वह बाबा की छाती पर नन्हे-भों नन्हे हाथों से मारने तथा हाथ-पैर पटकने लगती। परन्तु बाबा इन बखेड़ों से ज़रा भी विचलित न होते और सभी समस्याओं को अहिंसात्मक तरीक़ों से हल करते। अगर कोई लड़कों से कहता, 'भागो, बाबा को खाने दो।' तो अपना ही अहित करता। बाबा कहते, "क्यों भागे? तू भाग, जा।" और वे उसे वहाँ से हटा कर ही मानते।

बाबा की एक और आदत थी। वे रोज़ टेंट में एक या सवा रुपये की रेजगारी बाँधते, जो लड़कों के लिए सुरक्षित रहती। यों बाबा एक नम्बर के कंजूस थे। उनके पास चार-पाँच हज़ार रुपये थे, किन्तु किसी भी महत्त्वपूर्ण मौक़े पर उन्होंने उन रुपयों में से एक पाई भी नहीं निकाली। घर का काम चूल्हे-भाड़ में जाए, वे रुपये अपनी जगह पर बने रहते। घर की और प्रकार की फिजूलख़र्चियों पर वे बड़बड़ाया करते, किन्तु जहाँ तक बच्चों के लिए टेंट में एक या सवा रुपया बाँधने का प्रश्न था, इसमें ज़रा भी भूल-चूक नहीं होने देते थे। वे टेंट से पैसे ख़ुद कभी न निकालते। बच्चे उनके शरीर पर कूदकर, कमर में हाथ डालते और पैसे निकालते। कभी-कभी नन्हे-नन्हे हाथों से पैसे न निकलते, तो बाबा उन हाथों पर अपना हाथ रखकर निकलवाते, जैसे उसका सब श्रेय बच्चों को ही हो। पैसे निकलते समय उनकी आँखें चमक उठतीं, यद्यपि वे झूठी गम्भीरता से कोसते जाते, "अरे, क्या करता है, लल्लू? क्या करती है, मुन्नी? मुझे पल-भर को भी चैन नहीं तुम शैतानों के मारे।" कौन सुनता है? और अन्त में पैसों का समान वितरण होता।

घरवालों को, बच्चों को इस तरह पैसे देने की बाबा की आदत पसन्द नहीं थी। प्रथम तो उससे बच्चों की आदत और सेहत ख़राब होती थी। वे उन पैसों से अगड़म-बगड़म चीज़ें ख़रीदकर खाते थे। इसके अलावा एक दूसरा भी पहलू था। दोनों ख़ानदानों के लोग यह सोचते, कि बुड्ढा जो कुछ इकट्ठा कर सका है, वह झूठ-मूठ पानी की तरह बहा रहा है। मरने तक तो शायद एक कौड़ी भी न बचे।

लोग बाबा से कहते, "तुम नाहक पैसे बर्बाद करते हो। इससे लड़के चौपट हो जाएँगे।" परन्तु बाबा ने इन बातों पर कभी कान नहीं दिया।

उन दिनों बाबा की तबीयत गिरी हुई थी। वे कमज़ोर हो गए थे और रात को बुरी तरह कराहते थे। प्रथम बार जैसे उन्हें दिल का दौरा हुआ था, वैसे ही आसार नज़र आते थे।

मुझे याद है कि इतवार का दिन था। रोज़ की तरह बच्चे पैसे लेने को इकट्ठे हुए। कई हाथ लगे टेंट में। हरि अभी नहीं आया था। वह भी आ गया। वह ख़ुशी से चिल्ला उठा, और बाबा के सिरहाने पहुँचने के लिए पास में रखे स्टूल पर चढ़ गया। वह खटिया पर छलाँग मारने ही वाला था कि स्टूल उसके पैरों के धक्के को सँभाल न सका और हरि को लिये नीचे गिर पड़ा। पास ही रखी एक छोटी चौकी का एक कोना उसके माथे में धँस गया। ख़ून का फव्वारा छूटने लगा।

बाबा 'हाय, हाय' कर उठे। चारों ओर शोर मच गया। लोग दौड़े आए। बेहोश हुए हरि को लेकर दो व्यक्ति अस्पताल गए। औरतें चीख़-चिल्ला रही थीं। हरि के अस्पताल से वापस आने पर कुछ शान्ति हुई तो लोग बाबा को बुरा-भला कहने लगे। हरि मेरा ही लड़का है। मुझे बाबा पर सख़्त क्रोध आ रहा था।

पिताजी रुखाई से बोले, "कक्का, तुम लड़कों में बन जाते हो। इन सालों को ऐसा सिर चढ़ा रखा है, कि पूछो मत। हरि तो किसी का कहना मानता ही नहीं। कमबख़्त किसी दिन जान से हाथ धो बैठेगा।"

बाबा, जैसे अपराध किया हो, धीरे-से बोले, "मैंने क्या किया, भाई?"

मैं खार खाए बैठा था। अवसर पाते ही भभक पड़ा, "अगर तुम साफ़-साफ़ सुनना चाहते हो, तो मुझसे सुनो। यह सब तुम्हारे ही कारण हुआ है, बाबा। तुमने उन्हें सभी प्रकार की छूट दे रखी है। वे चाहे जो कुछ करें, कोई कुछ बोल नहीं सकता। यह भी कोई बात हुई! मैं उसका बाप हूँ, पर हरि मेरे कहने में ज़रा भी नहीं है। सारी खुराफ़ात की जड़ यह पैसा देना है। यह मुझे कतई पसन्द नहीं। तुम पैसा देना बन्द कर दो, ती सारी गड़बड़ी ख़त्म हो जाए।"

किवाड़ की आड़ में खड़ी कुछ औरतों ने आपस में आलोचना की, "ठीक ही तो है। पैसे देने के कारण तो यह सब हुआ ही है। बाबाजी पैसा देना बन्द कर दें, तो सब ठीक हो जाए।"

बाबा कुछ शरमाकर नीचे देखते हुए बोले, "तो तुम सब यही चाहते हो कि मैं पैसे न दूँ? तुम्हें बुरा लगता है तो आज से पैसे देना बन्द।"

पिताजी ने चापलूसी भरे स्वर में, झुककर धीरे-से कहा, "देखो, पैसे देने से लड़कों की आदत ख़राब हो जाती है। अगर खाने की चीज़ घर में ही तैयार हो जाए तो पैसे देने की ज़रूरत क्या है? वे अंड-बंड चीज़ें खाते हैं और सेहत ख़राब हो जाती है।"

मेरी गर्मी अभी शान्त नहीं हुई थी, बोला, "यही नहीं, बच्चों को अपने साथ बिठाकर खिलाओ भी नहीं, और न किसी को उन्हें मारने से रोको। देखता हूँ कि वे चौपट होते जा रहे हैं। ऐसी ही हालत रही तो वे लिखे-पढ़ेंगे तो क्या, आवारा ज़रूर हो जाएँगे। बताओ, आज हरि मर जाता तो? साफ़ बात तो यह है, तुम टेंट में पैसे बाँधा ही न करो।"

बाबा जैसे ज़बरदस्ती बोले, "हाँ रे लल्लू, समझ गया। क्या मुझे उल्लू समझ रखा है? देखना, अब कोई साला मेरे पास फटकने नहीं पाएगा।"

"तुम उन्हें डाँट दिया करो, और ज़रूरत पड़ने पर मार भी दिया करो, कक्का। कमबख़्त इसी तरह ठीक होंगे।" पिताजी जैसे गद्गद होकर बोले।

दादी, बाबा की तीसरी धर्म-पत्नी, भी आ गई थीं। तुनककर बोलीं, "अब और पैसे दो! बार-बार कहा कि तुम्हें दूसरों से क्या मतलब? चुपचाप बैठकर राम-नाम जपा करो। परन्तु तुम तो पागल हो गए हो। इसी तरह किसी दिन किसी की हत्या का दोष तुम्हारे सिर पर मढ़ जाएगा और तब सभी थू-थू करेंगे। कोई बात न पूछेगा।"

बाबा शर्म से थोड़ा मुस्कराकर चुप रह गए। आश्चर्य था कि उन्होंने कुछ विरोध नहीं किया।

उसके बाद सब शान्त हो गया। सब काम-काज ठीक से चलने लगा। दूसरे दिन बाबा उठे और उन्होंने चुपचाप अपना काम किया। नाश्ते के समय में अभी देर थी। वे खाट पर लेट गए। उन्हें नींद आने लगी। चादर से मुँह ढककर सो गए।

सब लोग भीतर अपने-अपने काम में व्यस्त थे। लगभग एक घंटा बाद दादी एक हाथ में हलवे का कटोरा और दूसरे हाथ में गिलास लिये बाहर आईं, उन्होंने कहा, "उठो, जी, कलेऊ कर लो।"

बाबा कुछ नहीं बोले। दो-तीन दफ़ा कहने पर भी कुछ उत्तर न मिला तो दादी कटोरे और गिलास को स्टूल पर रखकर, यह कहते कि, "भाड़ में जाए ऐसी नींद!" चादर हटा दी। पर बाबा को देखते ही चीख़ मारकर रो पड़ीं, "हाय राम!" बाबा की आँखें फटी-फटी-सी थीं और मुँह कुछ खुला हुआ था। वे महानिद्रा में निमग्न थे।

चीख़ सुनते ही, लोग दौड़े आए और छाती पीट-पीटकर रोने लगे। चारों तरफ़ कोहराम मच गया। मोहल्ले के लोग भी आए और समझाने-बुझाने लगे, "अरे, मिश्रजी (बाबूजी), आप रोते हैं? आप ख़ुशियाँ मनाइए कि इतने बूढ़े होकर कितनी शान्ति से मरे! ऐसा तो सतजुग में ही होता था। उठिए, अर्थी बनवाने का इन्तज़ाम कीजिए।"

धीरे-धीरे रोना-पीटना बन्द हुआ। अर्थी बनने लगी। बाबा को नहलाने के लिए आँगन में ले जाया गया। बनियाइन उतारी गई। फिर धोती खोली जाने लगी। तभी झनझन कर बहुत से पैसे गिर पड़े। गिनने पर वे पैसे पूरे सवा रुपये के निकले।

नौकर

वकील साहब का ख़ानदार काफ़ी बड़ा था और घर में अक्सर ही काँव-काँव मची रहती। सदा कोई-न-कोई काम लगा रहता। और इतने बड़े परिवार के बीच जन्तू अकेला नौकर था।

तड़के ही उठकर जन्तू आँगन और बरामदे में सोने वाले प्राणियों की बड़ी-बड़ी खाटों को भीतर करता। कुछ लोग उठने में लेटलतीफ़ थे और उनको भिनकती हुई मक्खियों के सहारे छोड़कर वह घर को शुरू से आख़ीर तक झाड़ने-बुहारने में लग जाता। बाहर दरवाज़े से लेकर पूरा अहाता, और तब अनगिनत छोटे-बड़े गन्दे कमरे जिसमें थूक-खँखारों, चिड़ियों के घोंसले की तरह सिर के झड़े हुए बड़े-बड़े बालों के गुच्छों, घर के मर्दों से बचाकर खाए गए छोले और कचालुओं के बासी दुर्गन्ध देने वाले दोनों—पत्तों तथा पाजी ज़िद्दी बच्चों द्वारा छोटे-मोटे सूपों में लाई गई गन्दी सड़क की धूल और कंकड़ों की भरमार होती। अन्त में बड़ा आँगन आता, जिसमें मच्छर आनन्द से अंडे दिया करते और मेढक-समूह स्वच्छन्दतापूर्वक मटरगश्ती किया करता। ग़न्दगी की खान! कहीं रात को खाने से बची ज़मीन पर गिराई हुई दाल, कहीं जूठी भिनकती थालियाँ, कहीं राख की ढेर! आँगन-भर में बच्चों द्वारा घूम-घूमकर छितराए गए चावल के घिनौने दाने और घर में झाँकते पिछवाड़े के पेड़ के सूखे पत्ते पड़े होते। नाबदान दुर्गन्धिपूर्ण मिट्टी, गन्दे चींथड़ों तथा हल्के-फुल्के तिनकों से पट गया होता। जन्तू इनको साफ़ करता—चमाचम।

और तब बच्चों का छिटपुट जगना शुरू हो जाता। उठते ही ऊँ-ऊँ करके अम्माँ से पैसे माँगना और जन्तू की तरफ़ भागना कि बाज़ार से जलेबी ख़रीदवा दे। पैसे खाने का व्यापार शुरू हो जाता। मुश्किल तो यह थी कि सभी लड़के एक साथ जगते नहीं थे। कोई तड़के उठता तो कोई दो घंटे बाद। किसी को यह भी पसन्द नहीं था कि जन्तू सबका घर ही पर ला दे और वे खा लें। आदत बिगड़ी हुई थी और सभी जन्तू की गोद में बैठकर हलवाई की दुकान पर जा, अपनी पसन्द की चीज़ें लेना पसन्द करते। कभी चार वर्ष का राजू आँखों में रात को लगे काजल को मुँहभर में पोते गोद में बादशाही इत्मीनान से बैठा एक आने की जलेबी के साथ आ रहा है, कभी पाँच वर्षीया ऊषा बालों को फैलाए भवानी की तरह लदी हुई जा रही है।

कोई पीठ पर, कोई गोदी में, कोई कन्धे पर और कभी-कभी सभी सीटें भर जातीं। हरेक बच्चे की शक्ति एक आना थी और इससे या तो एक घटिया मोतीचूर या मगद का लड्डू या एक गुलाबजामुन या डेढ़-दो जलेबियाँ या थोड़ी दालमोठ मिल सकती थी।

कभी छोटी या मँझली चाची के लड़के से जन्तू प्रेम से कह उठता, "मुन्ना, तुम यहीं बैठो, मैं लाए देता हूँ।" और तब आफ़त हो जाती। चाची आगबबूला हो जातीं और फुँफकार कर विष छोड़ने लगतीं, "क्यों यहीं बैठे रहे जी, क्या किसी लौंडी-मजूरन का लड़का है जो इस तरह बोलते हो? ख़बरदार, जो हमारे लड़कों से इस तरह ज़बान ऐंठकर बात की! मैं मलिकाइन-वलिकाइन से नहीं डरती, ज़बान खींच लूँगी।"

जन्तू का मुँह भय और आतंक से काला पड़ जाता।

यह तो हुई लड़कों की बात, किन्तु सभी औरतों को भी जलपान के लिए पैसे मिलते। वे चटोरी थीं और उनको बाज़ार की चीज़ें चाटने-उड़ाने में मज़ा आता था। उनकी भी अपनी-अपनी फ़रमाइशें थीं। बड़ी दीदी-वकील साहब की बड़ी लड़की को दो आने की पूड़ी के साथ जलपान करने की आदत थी। धीरे-से जाकर कहतीं, "जन्तू, दो आने की पूड़ी ला दो।" यदि जन्तू कोई काम करता होता तो गिड़गिड़ा कर बोल उठता "अभी आया दीदी दो मिनट में।" किन्तु दीदी तुनक जातीं और वकील साहब को सुनाते हुए ज़ोर से बोलतीं, "देख री अम्माँ, जन्तू नहीं ला रहा है।"

वकीलाइन खटोले पर बैठी मुँह में पान दाबे बोलतीं, "क्यों रे जन्तू, तेरी यह मजाल कि बिट्टी का कहना न माने! हम तो उसका मुँह देखते रहते हैं कि वह कुछ कहे, लेकिन वह इतनी शर्मीली है कि ज़बान खोलकर कुछ कहती नहीं। कभी दुकान से एक-दो पैसे की चीज़ लाने के लिए कह दिया तो वह काल हो गया? इस तरह से तो नौकरी हो चुकी। यही करना है भैया तो तुम अपना रास्ता लो। पैसे हैं तो बहुत मिलेंगे तुम्हारे जैसे।"

कमरे में पूजा करते हुए अचानक वकील साहब गरज़ उठते, "सूअर का बच्चा! सुन ले जन्तू, अगर आइन्दा तूने ऐसा किया तो नौकरी से निकाल बाहर कर दूँगा।"

जन्तू मन-ही-मन प्रतिज्ञा करता कि दीदी की चीज़ लाने में वह कभी देर नहीं करेगा।

और यही नहीं, और भी जनाना लोगों के नियमित रूप से हुक्म निकलते। बड़ी चाची एक मील की दूरी से—क्योंकि यह विशेष दुकान घर से एक मील दूर थी ही—साफ़ अँगोछे में लाई हुई गर्मागर्म मुरमुरी लाई तथा परमल खाना पसन्द करतीं। छोटी चाची का कोई ठीक नहीं था, मौसम के अनुसार कभी बेर, कभी शहतूत, कभी बिज्जू आम के लिए दौड़ातीं। बुढ़िया दादी जब तक ठीक दस बजे सवेरे डेढ़ आने का अमरूद का चोखा या सत्तू का नमकीन घोल न पी लेतीं, उन्हें चैन नहीं था।

ऐसा न करने पर उन्हें ज़ुकाम हो सकता था और साफ़ बात है कि हो जाता था। कभी ऐसा होता कि जन्तू से देर हो जाती और बुढ़िया दादी की नाक-आँखों से अचानक पानी गिरने लगता, उनके सिर में दर्द पैदा हो जाता और वह एक टूटे खटोले पर चित्त लेट जातीं और सिर पीट-पीटकर विलाप करने लगतीं, "हाय-हाय, पापी ने मार डाला। उसको मिट्टी लगे। अरे बाप रे बाप, अब मैं नहीं जी सकती! अरे कंचन (बड़ी चाची का बड़ा लड़का), हकीमजी को बुला ला, रे। उई दैया, कोई नहीं सुनता, सब पत्थर हो गए हैं। ए दुलहिन, ज़रा कड़वे तेल की बोतल दे देना, अपने हाथ से सिर में लगाऊँगी। अरे राम हो, अरे राम हो...।"

घर में कोहराम मच जाता। लगभग सभी एक हो जाते और जन्तू पर कड़ी डाँट-फटकार पड़ती। वह भौंचक होकर देखता रह जाता क्योंकि बुढ़िया दादी के लिए अमरूद लाने में इसलिए देर हो गई होती कि या तो वह मलिकाइन जी की कोई अटल फ़रमाइश पूरी करता होता या वकील साहब के स्नान के लिए पानी भरता होता। उसे क्रोध आ जाता और वह मन में सोचता कि जितनी औरतें हैं, उतने ही नख़रे हैं।

इन जलपान-यात्राओं के बीच और भी अटरम-सटरम काम करने होते, मसलन कभी एक आने की हींग, कभी दो पैसे का नमक, कभी दो आने, दस पैसे की लकड़ी और कभी चार आने का घी। सामने वाले गुप्ताजी के यहाँ से कभी दो गिलास आटा, कभी एक मुट्ठी चीनी और आध सेर मूँग या उड़द की दाल उधार लाना होता। राशन आने पर उतने ही लौटा दिये जाएँगे। तरकारी-भाजी भी लाने का नियम था।

इसके बाद लगभग साढ़े दस बजे के क़रीब उसे भी जलपान मिलता। रात की बची हुई जली, मोटी लिट्टी और बासी, खट्टी महकती हुई जमी तरकारी। तरकारी न हुई तो पाँच-सात वर्ष पुराना आँवले का भुरभुरा गन्दा अचार साथ में रख दिया जाता। जन्तू टूट पड़ता और उसके बाद एक लोटा पानी चढ़ा जाता—गटर-गटर।

जलपान के बाद पानी भरने का सिलसिला शुरू हो जाता। सभी लड़कों को अपने हाथ से मल-मल कर नहलाना, देह पोंछना और तब उनको नेकर और क़मीज़ पहनाना। इसके बाद उनके कपड़े छाँटकर धूप में पसारना। लड़कों से छुट्टी पाने पर औरतों के लिए पानी भरना। घड़े-पर-घड़े और सभी इत्मीनान से छक-छक कर नहातीं। अलावा इसके साड़ी, ब्लाउज, पेटीकोट, तौलिये, छोटे बच्चों के नेकर, क़मीज़, गद्दे, लारगद्दियाँ सभी साफ़ किये जाते। पानी भरते-भरते जन्तू का दम फूलने लगता, हाथ अकड़ जाते और गले की नसें उभर जातीं। कभी चौखट पर झिर-झिर हवा में दो मिनट के लिए सुस्ताने के निमित्त बैठ जाता तो एक-दो औरतें हँसकर कहतीं, "काम से कितना जी चुराता है!"

औरतों के नहाने का व्यापार लगभग एक बजे तक चलता। इसके बाद जन्तू स्वयं कुएँ पर नहाने जाता। सिर और पूरे शरीर को ख़ूब तर करता और उससे निवृत्त होकर जब घर में आता तो लगभग डेढ़ बजा होता। सब खा चुके होते और केवल वही बाक़ी होता। कोई औरत पीतल की थाली में केवल उसी के लिए बनाए गए मक्के का या सेल्हा भात, ऊपर आधी लिट्टी, बची-खुची तरकारी और पानी की तरह दाल परोस देती। जन्तू थाली लेकर बाहर चला जाता। खाने के समय थोड़ी दूर पर दो-तीन कुत्ते आकर जीभ लपलपाते बैठ जाते। जन्तू दाल-भात को सानकर असाधारण ग्रास बनाता। चबाने से कोई मतलब नहीं, गट-गट नीचे निग़लता जाता। अक्सर ग्रास गले में अटक जाता और तब पानी पीता।

खाने के बाद दो घड़ा पानी लाकर आँगन में रख देता और फिर बाहर पड़ी गन्दे टाट वाली चौकी पर लेट जाता, फ़ौरन नींद आ जाती।

लेकिन पूरा आराम करना हराम था। कोई-न-कोई, किसी-न-किसी काम से जल्दी ही जगा देता। पानी नहीं है, दो घड़े पानी दे दो; रंगरेज के यहाँ से साड़ी ला दो; खटिया को घाम में पटक दो, बड़े खटमल हैं; नाग बाबा की पूजा है, तुलसी के पत्ते और खील ला दो आदि-आदि। फिर छाती फाड़कर शाम के कार्य होने लगते। लगभग वही काम जो सवेरे हुए थे। और करते-करते उसे रात को बारह-साढ़े बारह बजे तक कहीं छुट्टी मिलती।

कभी-कभी उसकी तबीयत थोड़ी ख़राब हो जाती, फिर भी वह सभी काम करने की कोशिश करता। एक बार उसे मलेरिया हो गया और पाँच-छह दिन तक वह कुछ भी नहीं कर सका। दो रोज़ से उसे जाड़ा देकर हरारत हो जाती, पर वह ज़बरदस्ती टाल देता था कि हवा-बतास होगा, सब ठीक हो जाएगा। तीसरे दिन उसे जाड़ा देकर ज़ोरों का बुख़ार चढ़ आया। वह अपनी बाहर की छोटी, गन्दी और अँधेरी कोठरी में पड़ रहा और कराहने लगा। लड़कों ने शोर मचाया कि जन्तू को बुख़ार आ गया है, जन्तू को बुख़ार। किसी ने विश्वास नहीं किया।

"शुरू से ही कामचोर है। नख़रे फैला रहा है।"

"ऐसा-वैसा दिन भी तो नहीं कि बुख़ार हो जाए।"

"हरारत है, ठंडे पानी से नहा ले, सब ठीक हो जाएगा।"

"क्या कभी ऐसे में काम छोड़ा जाता है? ऐसे लक्षणों से तो बड़े लोगों की नौकरी हो चुकी।"

"कह दो जाकर उससे कि चुपचाप काम करना शुरू कर दे। बीमार ही पड़ना है तो अपने दादा के यहाँ जाकर बीमार पड़े।"

लेकिन बच्चे दौड़-दौड़कर आते और कहते, "री माँ, जन्तू बड़ा छटपटा रहा है। पानी माँग रहा है, दे आएँ एक लोटा?"

माँ डपट देती, "ख़बरदार कि उधर पाँव किये! तोड़ दूँगी पाँव। बड़ा आया जन्तू का नकड़दादा!"

इस फुस-फुस, बहस-मुबाहिसे तथा विरोध के पश्चात् कहीं जाकर शाम को उसकी बीमारी को मान्यता मिली। पहले एक-दो औरतें दूर से झाँक गईं, फिर बाद में ओढ़ने के लिए मोटा टाट और बोरे, एक बड़े लोटे में पानी और एक मिट्टी की ख़ाली हंडिया भिजवा दी गई कि वक़्त-बेवक़्त काम आए। फिर सब सन्नाटा, केवल जन्तू अपने कमरे में कराहता रहा।

दो-तीन दिन तक दवा-दारू की किसी ने परवाह नहीं की, क्योंकि सभी की यही राय थी, "दवा-दारू की ज़रूरत ही क्या है! छोटी जाति के लोग तो हवा-पानी से ठीक हो जाते हैं।"

पर बुख़ार न उतरा। बुढ़िया दादी ने कहा, "बड़े घर का अन्न लग गया है उसे, नहीं तो क्या कमकर-कहार इतने दिनों तक बीमार रहते हैं? तीन-चार गोलियाँ कुनैन की मँगा दो, पानी के साथ खा लेगा, चंगा हो जाएगा।"

वकील साहब ने क्रोध में कहा, "और अगर नहीं चंगा होंगे बच्चू तो निकाल बाहर कर दूँगा। बताओ तो, कितनी तकलीफ़ हो रही है! नौकर अपने शरीर के आराम के लिए रखा जाता है कि...।"

कुनैन की गोलियाँ खाकर जन्तू सचमुच चंगा हो गया और जैसे सभी इसी की प्रतीक्षा में थे। कई दिनों से एकत्रित काम जन्तू पर पहाड़ की तरह टूट पड़े।

बड़ी चाची ने जन्तू को सुनाकर कहा, "बाबा रे बाबा, नौकर-चाकर इस तरह बीमार पड़ने लगें तो बड़े लोग कहीं के न रहें।"

बुढ़िया दादी ने कनखी से जन्तू की ओर देखते हुए कहा, "अरे दुलहिन, उस रोज़ बड़े बाबू (वकील साहब) बहुत बिगड़ रहे थे। कहते थे, मरीज नौकर को घर में रखने से क्या फ़ायदा, मैं उसे निकालने जा रहा हूँ। लेकिन तुम जानती हो, मैंने उनको रोका। समझाया कि गँवार-अपढ़ है, धीरे-धीरे ही सब समझेगा। बहुत कहने-सुनने पर बाबू माने।"

जन्तू डर गया और उसने सोचा कि वह कभी नहीं बीमार पड़ेगा।

शाम को वकील साहब ने भी रूखे स्वर में कहा, "जन्तू, क्या बात है? पहले की तरह काम नहीं करते। अगर नहीं होता है तो साफ़-साफ़ कह दो, हम कोई दूसरा आदमी खोजेंगे।"

जन्तू हाथ जोड़कर गिड़गिड़ाकर बोला, "नहीं माई-बाप, आगे से कोई ग़लती नहीं होगी। आपका अन्न खाता हूँ, इधर-उधर की सोचूँ तो भगवान मुझे आज ही उठा ले।" जन्तू और परिश्रम से काम करने लगा। वहाँ से निकाल दिये जाने पर वह कहाँ जाएगा! सारे शहर में मज़दूरों में भयंकर बेकारी फैली हुई है, दो कौड़ी को भी कोई न पूछेगा, भूखों मरना पड़ेगा। यहाँ दोनों जून भरपेट अन्न तो मिल जाता है।

दिन बीतते गए और गर्मी आ गई। भीषण गर्मी और लू चलने लगी।

उस रोज़ काम करते-करते जन्तू का शरीर चूर-चूर हो गया था। खाने के बाद दोपहर के समय सोया तो देह में भयंकर दर्द होने लगा। नस-नस में भयंकर पीड़ा। उसने शरीर को ढीला किया और भगवान का नाम लेकर आँख मूँद ली। फ़ौरन खर्राटे भरने लगा। किन्तु थोड़ी देर सोया होगा कि उसकी नींद खुल-सी गई। उसे प्यास लगी थी। और तब उसे याद आया कि थकावट के मारे वह आँगन में भी पानी भरकर नहीं रख सका था। कुएँ तक जाना। उफ़, थोड़ा आराम कर ले। उसने आँखें फिर मूँद लीं और कुछ देर तक उसी तरह पड़ा रहा। लेकिन प्यास अत्यन्त ज़ोर की लगी थी। हलक सूख गया था। जम्हाई लेते हुए उठ बैठा। बाप रे बाप, बाहर आग बरस रही है, कुआँ एक फर्लांग दूर और शरीर में भयंकर पीड़ा। बदन चूर-चूर। आराम करने की तबीयत हुई। सोने में कितना सुख? फिर टेढ़ा होकर वहीं पड़ रहा। वह सपना देखने लगा कि वह कहीं रेगिस्तान में प्यास से छटपटा रहा है। वह आधा सो गया और आधा जाग रहा था। बार-बार उसकी तबीयत उठकर पानी पीने की कर रही थी, किन्तु शरीर इतना थका तथा बाहर इतनी भयंकर लू चल रही थी कि वह सोचता, थोड़ा आराम कर लूँ, पानी तो पीना ही है।

इतने में खड़ाऊँ की आवाज़ हुई। वकील साहब बाहर आकर कड़े शब्दों में बोले, "जन्तू! तुम्हारी क्या आदत हो गई है! हमेशा सोते रहते हो और इधर घर में पानी की एक बूँद भी नहीं। जानते तो हो कि गर्मी का दिन है, जाओ दो घड़ा पानी भरकर रख दो आँगन में।"

जन्तू बिजली की तरह उठकर बोला, "अच्छा हुजूर।"

केले, पैसे और मूँगफली

पहली तारीख़ के रोज़ पूर्व आनन्दमोहन असाधारण रूप से उत्साहित हो उठा था। दिन के तीन बजे थे और उसका लड़का राज़ीव मार खाने के बाद रोते-रोते सो चुका था। कई दिनों की बदली के बाद आसमान साफ़ हो गया था, आँगन की धूप हट कर दीवार पर चली गई थी और पास की गली से दो लड़ती हुई औरतों की चीख़-चिल्लाहट कभी-कभी सुनाई पड़ने के अलावा, मुहल्लेभर में अपेक्षाकृत शान्ति थी।

महीना ख़त्म होते-होते पैसा या राशन होना कोई आश्चर्य की बात नहीं थी। आनन्दमोहन 'राष्ट्रीय अग्रदूत' नामक स्थानीय दैनिक समाचार-पत्र में उप-सम्पादक के पद पर कार्य करता था और उसको नब्बे रुपये वेतन मिलता था। उस दिन घर में एक पैसा नहीं था और किसी तरह उधार लेकर नमक और तरकारी ख़रीदने के बाद खाना बना, यह एक बात थी, पर जब भोजनोपरान्त केला बेचनेवाला, 'केला मलाई' कह-कहकर गली-भर में फेरी लगाने लगा और राज़ीव केला ख़रीदने के लिए ज़िद्द करने लगा, तो इसका कोई जवाब नहीं था। फलवाला नया था, इसलिए उससे दो पैसे का एक केला उधार मिलना कठिन था, और मिल भी जाता तो उससे कहने की न किसी में हिम्मत ही थी कि और न इच्छा ही। उसकी पत्नी सुमंगला ने समझाया, उसने स्वयं दलील पेश की कि वह कम तनख़्वाह पाता है, और दो दिन बाद वेतन के रुपये या कल ओवरटाइम के रुपये मिल जाने पर वह केले ख़रीद देगा। लेकिन लड़के के दिमाग़ में यह दलील न घुसी और वह थोड़ी देर बाद ज़मीन पर लोटकर हाथ-पैर पटकने लगा। खामख़्वाह आनन्दमोहन को ग़ुस्सा आ गया और उसने लपक-कूदकर लड़के के गाल पर दो तमाचे जड़ दिये।

भोजन करने तथा अन्य छोटे-मोटे काम समाप्त करने के पश्चात् सुमंगला जब कमरे में आई तो वह अख़बार पढ़ रहा था। सुमंगला उसके पास आकर खड़ी हो गई और सोते हुए राज़ीव की ओर एक क्षण देखने के पश्चात् वह मुस्कराती हुई बोली, "इतने ज़ोर से नहीं मारना चाहिए था। आख़िर है तो बच्चा ही!"

"जी हाँ, आप जैसे मारती न हों! तुम तो इसको दिनभर मारती रहती हो, और मुझसे भी ज़ोर-ज़ोर से, पर जहाँ मैंने थोड़ा मार-मूर दिया, बस काल हो गया।" आनन्दमोहन ने अख़बार में मुँह गाड़े ही अनमने स्वर में उत्तर दिया।

सुमंगला ने सफ़ाई पेश की, "अब लीजिए, आपने दूसरा ही मतलब लगा लिया। अरे, मैं वह थोड़े कह रही हूँ कि आप मारा न कीजिए। पर आपके और मेरे मारने में फ़र्क़ है न जी! आख़िर मर्द का हाथ है, धीरे-से चलता है तो भी ज़ोर-से बैठता है। स्त्री कितना भी मारे, कोई बात नहीं। अब मुझे ही देखिए, जी जल उठता है तो मारना ही पड़ता है, पर कभी भी मैं उसके गाल पर नहीं मारती। फिर जिस दिन मारती हूँ, दिनभर जी छटपटाता रहता है, और जब तक रात में उसके माथे और पैर में तेल नहीं लगा लेती दिल को सन्तोष नहीं होता। अरे, लड़का है न जी, मोहल्लेभर के लड़कों को खाते-पीते देखता है तो ज़िद्द कर बैठता है, नहीं तो मेरा बच्चा लाखों में एक है।" अन्त में उसकी आँखें भर आईं।

आनन्दमोहन ने उसकी बात का कोई उत्तर नहीं दिया। वह कुछ देर तक अख़बार पढ़ता रहा, फिर शरीर पर से रजाई फेंककर उठ बैठा और पत्नी से पूछ बैठा, "क्यों जी, सचमुच घर में एक पैसा भी नहीं है?"

सुमंगला अब आईने के सामने बैठकर बाल गूँथने का उपक्रम कर रही थी। उसने पति की ओर चौंककर देखते हुए उत्तर दिया, "पैसा रहता तो क्या मैं देती नहीं? कभी छिपाकर कुछ रखा भी है कि आज ही रखूँगी?"

"नहीं, मेरा यह तो मतलब नहीं। हो सकता है घर में कहीं पैसे हों और हमको-तुमको मालूम न हो।" उसने मुस्कराकर सुमंगला की ओर तिरछी नज़र से देखते हुए कहा।

सुमंगला खिलखिलाकर हँस पड़ी। फिर बोली, "यह आपने ख़ूब कही! हाँ हो सकता है, इसी घर में कहीं राजा-महाराजा का ख़जाना गड़ा हो और हमको पता तक न हो।"

आनन्दमोहन भी हँसते हुए बोला, "देखो भाई, मज़ाक़ नहीं। मैं सचमुच कहता हूँ। मेरा ख़याल है, हम कोना-अँतरा, ट्रंक-सूटकेस ठीक से झाड़-साफ़ कर देखें तो कुछ पैसे तो मिल ही जाएँगे। तुम चाहे जो सोचो, मेरा तो दिल कह रहा है। बोलो, क्या कह रही हो—हाँ या नहीं?"

सुमंगला ने बात का मज़ा लेते हुए कहा, "ढूँढ़ लीजिए, मैं तो कहती हूँ, नहीं।"

आनन्दमोहन उठ खड़ा हुआ और पत्नी के पास पहुँचकर अपना दाहिना हाथ उसकी ओर बढ़ाते हुए कहा, "अच्छी बात है। मैं कहता हूँ, घर में पैसे हैं, इसी बात पर आओ बाज़ी लग जाए।"

सुमंगला ने स्नेहपूर्वक पति की ओर तिरछी नज़र से देखते हुए व्यंग्य किया, "वाह, बड़े चालाक हैं! बाज़ी मुफ़्त की लगेगी? बताइए, कितने की बाज़ी लगाने को तैयार हैं?"

"अच्छा, अधिक की नहीं, दस-दस रुपये की रही। आओ, हाथ मारो।" आनन्दमोहन गम्भीर था।

"सुमंगला ने उसके हाथ पर अपना हाथ मारते हुए मुस्कराकर कहा, "आपका दिल बहुत बड़ा है जी, एकदम दस रुपये पर पहुँच गए। पर याद रखिए, अगर हार गए तो दस रुपये वसूल करके चैन लूँगी। अलग से लूँगी।"

"अच्छी बात है, लेना। और हार जाओगी तो दोगी?" उसने पूछा।

"मैं क्या दे सकती हूँ, ज़िन्दगी-भर की ग़ुलामी लिखा लीजिएगा।" वह मुस्करा पड़ी।

"अच्छी बात है, पहले अपना ट्रंक खोलो।" आनन्दमोहन यह कहकर कमरे के एक कोने में बढ़ गया, जहाँ एक ट्रंक और सूटकेस रखे हुए थे।

सुमंगला भी बढ़कर वहाँ पहुँच गई और नीचे बैठकर साड़ी के खूँटे में बँधी चाबी से ट्रंक खोल दिया। आनन्दमोहन झुककर ट्रंक में से एक-एक चीज़ निकालकर ढूँढ़ने लगा। साड़ी-ब्लाउज हटाकर देखा, गहने के दो डिब्बों को खोलकर देखा, आए हुए पत्रों के पुराने लिफ़ाफ़ों को खोलकर देखा—कहीं कुछ नहीं था। उसने सभी चीज़ें यथास्थान रख दीं और सीधा खड़ा होकर पत्नी की ओर देखा तो उसने अँगूठा दिखाकर चिढ़ा दिया।

उसने 'कोई बात नहीं' कहकर अपना सूटकेस खोल डाला और उसकी पड़ताल करने लगा।

"इसमें क्या होगा? सब रुपये तो आप मुझे दे देते हैं।" सुमंगला ने टोका।

"बस चुप रहो।" कहकर आनन्दमोहन अपने कार्य में व्यस्त हो गया। उसने सूटकेस की एक-एक चीज़ तथा एक-एक कोना खोज डाला, पर कुछ हो तब तो मिले। सूटकेस को बन्द कर वह फिर खड़ा हो गया। उसके माथे पर बल पड़ गए थे और उसकी मुद्रा से लगता था कि वह कुछ सोच रहा है।

"क्या बात है? दस रुपये देने की बात सोचकर चिन्ता में पड़ गए?" सुमंगला ने पूछा।

आनन्दमोहन ने उत्तर दिया, "अभी हारने की बात कहाँ आती है? सारा घर पड़ा हुआ है। लेकिन मैं सोचता हूँ, सूटकेस में से रुपये गए तो कहाँ गए? तुमने तो नहीं निकाले?"

"कैसे रुपये, जनाब?" सुमंगला ने चौंककर प्रश्न किया।

आनन्दमोहन ने स्थिति पर प्रकाश डाला, "अरे भाई, जब हम अहियापुर में थे न, उस समय मैंने एक बार दो रुपये अपने सूटकेस में डाल दिये थे। मुझे ख़ूब अच्छी तरह याद है कि तब से मैंने रुपये निकाले ही नहीं, कभी याद ही नहीं पड़ा। फिर वे रुपये कहाँ उड़ गए?"

दो वर्ष पूर्व आनन्दमोहन अहियापुर में रहता था, लेकिन वहाँ का मकान रद्दी और महँगा था, इसलिए बैरहने में अच्छा और सस्ता मकान मिलने पर छोड़ दिया और यहीं पर आकर रहने लगा।

उसकी बात पर सुमंगला अचम्भे से लगभग चीख़ती हुई बोली, "वाह-वाह, आप बड़े भुलक्कड़ हैं जी। आपको याद नहीं? हम सब सिनेमा देखना चाहते थे, पर पैसे कुछ कम पड़ रहे थे, तो आपने सूटकेस में से दो रुपये निकाले थे। आप इतनी जल्दी भूल गए, पर मुझे तो सब कुछ याद है। बाप रे, मैं तो डर गई थी कि पता नहीं, आप किस रुपये की बात कर रहे हैं।"

अब आनन्दमोहन को सब कुछ याद पड़ गया। रुपये उसने सचमुच निकाले थे। उसे दो वर्ष पूर्व रुपये निकालने पर आज बड़ा अफ़सोस हुआ। काश, वे रुपये न निकाले गए होते तो आज कितना मज़ा आता!

परन्तु उसने हिम्मत नहीं हारी और पुन: उत्साहपूर्ण स्वर में बोला, "अच्छा, कोई चिन्ता की बात नहीं, अब इस पटनी को देखूँगा, इस पर ज़रूर कुछ-न-कुछ होगा।"

"अरे भाई, इस पटनी पर एक कानी कौड़ी भी न होगी, मेरा कहना मानिए।" सुमंगला ने मना किया।

"तुम क्या जानो जी, बस चुपचाप खड़ी तमाशा देखो।"

कुछ ऊँचाई पर एक लम्बी पटनी बनी हुई थी और आनन्दमोहन कभी-कभी मौज़ में आकर उस पर चार-छह आने पैसे फेंक दिया करता था, जिससे संकटकाल में उस पर से पैसे लिये जा सकें। उसे उम्मीद थी कि कहीं-न-कहीं पर एकन्नी या दुअन्नी अवश्य पड़ी होगी।

उसने अपनी खाट पर का बिस्तर लपेटकर बग़ल में पड़ी कुर्सी पर रख दिया, खाट खड़ी कर दी, और स्टूल के सहारे खाट पर चढ़कर खड़ा हो गया और ऊँट की तरह सिर उचका-उचकाकर पटनी पर इधर-उधर देखने लगा। कहीं कुछ नहीं था। निराश होकर वह उतरने लगा कि उसका एक पैर चारपाई की पाटी से बिछल गया। उसने अपने को गिरने से बचाने के लिए पटनी के किनारे को पकड़ने की कोशिश की, जिसमें सफल वह अवश्य हुआ, पर उसका दाहिना हाथ पटनी के किनारे से घिसकर छिल गया और ख़ून निकल आया।

नीचे उतरा तो उसके हाथ की ओर देखकर सुमंगला चिन्तातुर स्वर में बोली, "भाड़ में जाए पैसा। आपको भी जब ज़िद सवार होती है तो किसी की नहीं सुनते। बार-बार कह रही हूँ, उस पर कुछ नहीं है, कुछ नहीं है, लेकिन आप तो तुल गए थे। बेकार में लेने के देने पड़ गए न? अच्छा ठहरिए।"

यह कहकर वह दौड़ती हुई गई, जल्दी से हल्दी पीस लाई और ख़ून को एक कपड़े से पोंछकर घाव पर हल्दी लगा दी।

उसकी अनुपस्थिति में आनन्दमोहन किसी जासूस की भाँति आँखें घुमा-घुमा कर कमरे में देखता हुआ कुछ सोच रहा था, और जब सुमंगला हल्दी लगा रही थी तो वह बोला, "तुम ठीक कहती हो कि जब मुझ पर ज़िद्द सवार हो जाती है तो मैं किसी की नहीं सुनता। अब मुझ पर ज़िद्द सवार हो गई है और मैं कहीं-न-कहीं

से पैसे लाकर ही छोड़ूँगा। ये अख़बार कितने होंगे?" यह कहकर उसने बग़ल की अलमारी की ओर इशारा किया।

सुमंगला ने उधर देखकर कहा, "यही आधा सेर होगा। बेचिएगा क्या?"

आनन्दमोहन को 'राष्ट्रीय अग्रदूत' मुफ़्त में मिलता था। इकट्ठा होने पर उनको वह बेच देता था। चौक की तरफ़ का एक पंसारी कभी-कभी आता था और अख़बार ले जाता था। कुछ ही दिन हुए उसने अख़बार बेचे थे, इसीलिए अख़बार इतने कम थे।

सुमंगला ने विरोध किया, "अब रहने दीजिए अख़बार-सखबार। होगा भी क्या, दो दिन बच रहे हैं, राम-राम करके कट ही जाएँगे। फिर इतने कम अख़बार, कितने पैसे आएँगे इसके?"

"बस रहने दो जी अपनी बहस तुम। ख़ूब जानती हो कि क्या होगा, पर अपनी बके जा रही हो। अरे कुछ नहीं होगा तो सिगरेट पीने को हो जाएगा न? सवेरे से सिगरेट के नाम पर बीड़ी पीने को भी नहीं मिली है। बस, अब मैं नहीं रुक सकता। तुम भी क्या कहोगी कि कोई था!" अन्त में वह अस्वाभाविक रूप से हँस पड़ा।

आख़िर में आधा सेर अख़बारों के बंडल को झोले में कस तथा झोले को साइकिल की हैंडिल पर लटकाकर जब वह बाहर निकला, तो जहाँ वह बेहद उत्साहित और ख़ुश था, वहीं उसके दिल में एक डर भी हुआ। पहले वह कभी भी अख़बार बेचने बाहर नहीं गया था, फिर आधा सेर अख़बार बेचने की तो उसने कल्पना भी नहीं की थी। कोई क्या कहेगा! पंसारी सोचेगा कि कोई चिरकुट आदमी है। उसका हृदय अचानक शर्म एवं तुच्छता के भाव से भर गया। वह चाहता था कि किसी तरह बाज़ार पहुँच जाता और बीच में कोई जान-पहचान का न मिलता, और गली के अन्त में पहुँचने पर जब उसी मोहल्ले में रहनेवाले उसके प्रेस के कम्पोज़ीटर रामलाल ने अपने घर के चबूतरे पर खड़े 'नमस्कार सम्पादकजी' कहा तो वह इतना शरमाया और घबराया कि फ़ौरन साइकिल से नीचे उतर गया तथा रामलाल के घर की ओर साइकिल बढ़ाकर पूछ बैठा, "कहो भाई, क्या हाल-चाल हैं?"

कम्पोज़ीटर भी उसके इस अप्रत्याशित शिष्टाचार से इतना प्रभावित हुआ कि चबूतरे से नीचे उतरकर हाल-चाल पूछने लगा।

आनन्दमोहन ने कम्पोज़ीटर से आँखें चुराते हुए स्थिति पर प्रकाश डाला, "क्या करूँ, कभी बेगारी भी करनी पड़ती है। हमारे दफ़्तर के जोशी जी हैं न, उनको एक लेख लिखना है। उन्होंने अपने अख़बार तो बेच दिये हैं, लेकिन लेख के लिए उनको पन्द्रह-बीस दिन पुराने अख़बार की ज़रूरत पड़ गई। उन्होंने मुझसे कहा था और सौभाग्य से पुराने अख़बार मेरे पास थे। वही देने जा रहा हूँ। अच्छा चलूँ, देर हो रही है।"

उसने पहले ही हाथ उठाकर नमस्ते किया और फिर मूर्ख की तरह मुस्कराकर जब साइकिल पर चढ़ गया तो अपने व्यवहार पर इतना लज्जित हुआ कि साइकिल काफ़ी तेज़ी से चलाने लगा।

रास्ते-भर उसे डर लगा रहा कि कोई जान-पहचानी बीच में रोक न ले। बहादुरगंज के पास उसे लगा कि उसका मित्र कमलेश 'अरे सुनो यार' कहकर पुकार रहा है। उसने घूमकर देखा तो उसको अत्यन्त सन्तोष हुआ, क्योंकि वह कमलेश नहीं बल्कि एक दूसरा लड़का था, जो कुछ दूर पर जाते हुए अपने किसी मित्र को बुला रहा था।

कुछ देर में वह चौक पहुँच गया। अब उसके सामने समस्या उपस्थित हुई कि आख़िर अख़बार बेचे जाएँ तो कहाँ बेचे जाएँ! वह पंसारियों की दुकानों के इर्द-गिर्द चक्कर काटने लगा। पर उसकी हिम्मत न हुई। वहाँ बड़ी-बड़ी दुकानें थीं और सबके यहाँ अच्छी-ख़ासी भीड़ लगी हुई थी। वह उनके बीच जाकर कैसे कहे कि आधा सेर अख़बार ले लो? बड़ी-बड़ी दुकाने हैं, अगर दुकानदार ने लेने से इनकार कर दिया तो? उसकी हालत चोर की-सी हो रही थी और वह डर के मारे किसी व्यक्ति की तरफ़ देखता तक नहीं था। उसके दिल की परेशानी बढ़ती गई और एक तो उसे ऐसी इच्छा होने लगी कि वह किसी ट्रक के नीचे आ जाता तो अच्छा होता। लेकिन इस भयंकर विचार के आने के फ़ौरन बाद ही उसका हृदय एक ज़बरदस्त विद्रोह से भर गया। उसका कोई क्या कर लेगा! वह किसी से भिक्षा माँगने तो नहीं जा रहा! वह अपने अख़बार बेचना चाहता है और यदि उससे एक भी पैसा मिलता है तो उसमें शर्म की कौन-सी बात है?

वह अपने हृदय से समस्त सन्देह, भय एवं लज्जा को हटाकर एक दुकान पर एकत्रित ग्राहकों की भीड़ के पीछे खड़ा हो गया। लेकिन अभी खड़ा ही हुआ था कि पीछे से किसी ने उसकी पीठ पर हाथ मारा। उसका हृदय धक-से कर गया और उसने पीछे घूमकर देखा। उसका एक पुराना मित्र था, जिससे पिछले डेढ़-दो साल से कभी भेंट नहीं हुई थी। उसका नाम वेदव्रत था और विश्वविद्यालय में वह उसके साथ पढ़ता था। अब वह वहीं टेलीफ़ोन ऑपरेटर था।

वेदव्रत ने मुस्कराते हुए पूछा, "कहाँ रहते हो, दोस्त? इसी शहर में रहते हो पर मुलाक़ात नहीं होती। मैं कभी से तुमको देख रहा था, एक बार बुलाया भी, पर हुजूर तो कहीं दूसरी जगह गुम थे। ख़रीद-फरोख़्त हो रही है क्या?"

आनन्दमोहन ने अपना अता-पता बताने के बाद कहा, "अरे यार, घर-गृहस्थी का मामला, एक मिनट की फ़ुरसत नहीं। श्रीमतीजी सवेरे से ही शोर मचा रही थीं कि मसाले नहीं है। मैंने भी कहा, चलो भाई, पेटीकोट गवर्नमेंट है, काम से निबट लूँ, नहीं तो ख़तरा हो जाएगा।" उसने ज़ोर का ठहाका लगाया और उसका मुँह लाल हो गया।

वेदव्रत ने भी अपनी गृहस्थी का रोना रोने तथा आनन्दमोहन को कभी अपने घर आने का निमंत्रण देने के पश्चात् मुस्कराते हुए कहा, "अरे भाई, सीधे का ज़माना नहीं है, आगे घुसो।"

"यार फ़ेहरिस्त ज़रा लम्बी है। सोचता हूँ, भीड़ छँटे तो जमूँ। कोई बात नहीं, तुम्हीं बढ़ो।"

वह इतने ही से नहीं माना, बल्कि वेदव्रत की पीठ पर हाथ रखकर उसको आगे ठेल दिया। वेदव्रत ने भी उसके स्नेहपूर्ण हठ के सामने आत्मसमर्पण कर दिया और मुस्कराता हुआ आगे बढ़ गया।

आनन्दमोहन के कान जल रहे थे, जैसे किसी ने ऐंठ दिये हों। वेदव्रत के भीड़ में ग़ायब हो जाने से उसे अप्रत्याशित सन्तोष हुआ और कुछ देर बाद ही साइकिल घुमाकर चुपके से वहाँ से चोर की भाँति हट आया। वह दुकान से काफ़ी दूर चला गया और तब उसे एक नया विचार सूझा। जब वह अहियापुर में रहता था तो उसके मकान से कुछ ही दूरी पर एक पंसारी की दुकान थी। उस दुकानदार में एक ख़ास बात यह थी कि वह काफ़ी शरीफ़ था। वह उसी के यहाँ चीज़ें ख़रीदता और कभी-कभी उधार भी चलता। क्यों न वहीं चलें! इस विचार से उसे बड़ी ख़ुशी हुई, जैसे किसी ने उसे बहुत भारी संकट से उबार लिया हो। उसने आगे कुछ नहीं सोचा, बल्कि झट्-से साइकिल पर चढ़कर अहियापुर के लिए रवाना हो गया।

जब वह दुकान पर पहुँचा तो दो-तीन आदमी कुछ ख़रीद रहे थे। वह साइकिल से उतरकर उन लोगों के जाने की प्रतीक्षा करता रहा और जब भीड़ साफ़ हो गई तो वह आगे बढ़ गया।

दुकानदार ने उसको देखकर पहचान लिया और शिष्टतापूर्वक मुस्कराते हुए प्रश्न किया, "कहिए बाबूजी, आजकल कहाँ रहते हैं?"

आनन्दमोहन ने सन्तोष के साथ हँसते हुए कहा, "रहता तो अब बैरहने में हूँ। कल्याणी पर एक दोस्त रहते हैं। कुछ दिन पहले एक लेख लिखने के लिए उन्होंने कुछ पिछली तारीख़ों के अख़बार माँगे थे। आज जब उनके यहाँ गया तो उन्होंने अख़बार वापस कर दिये। मैं ले तो नहीं जाना चाहता था, पर उन्होंने कहा, ले के जाओ यार, यहीं पड़े रहकर क्या होंगे! उन्हीं दोस्त के यहाँ से आ रहा हूँ। तुम्हारी दुकान से जब गुज़रा तो ख़याल आया कि क्यों नहीं अख़बार यहीं बेच दूँ? अख़बार के दफ़्तर में काम करने से सारे घर में अख़बार छितरे पड़े हैं। अब इन अख़बारों को घर ले जाने से गन्दगी और बढ़ती ही। लड़के फाड़-फूड़कर इधर-उधर फैला-फूलू देते हैं। वैसे अख़बार अधिक तो नहीं है, पर ख़ैर! देखना तो ये कितने के होंगे।" वह धड़ल्ले से इतनी बात इस तरह कह गया, जैसे रटकर आया हो, और अन्त में वह अस्वाभाविक रूप से हँस पड़ा।

पंसारी ने बिना किसी दिलचस्पी के उसके हाथ से अख़बारों का झोला ले लिया और उसमें से अख़बार निकालकर तौलने लगा। कार्य समाप्त कर उसने गली की दूसरी ओर देखते हुए बताया, "अख़बार तो आधा सेर से कुछ कम ही पड़ेगा, जाइए पाँच आने ले लीजिएगा।"

आनन्दमोहन को अत्यधिक सन्तोष हुआ कि पाँच आने पैसे तो मिले सही, यद्यपि उसे मालूम था कि उस समय अख़बार एक रुपया सेर के हिसाब से बिकते थे।

उसने हँसते हुए कहा, "ठीक है, कोई बात नहीं, पर बहुत सस्ता ले रहे हो, भाई। पाँच आने तो बहुत कम हैं।"

"कम तो नहीं बाबूजी, आप कहीं चले जाइए, दस आने सेर से एक पाई भी अधिक नहीं मिलेगा। अच्छा, आप पुराने ग्राहक हैं, एक आना और ले लीजिएगा।"

आनन्दमोहन ने ख़ुशी-ख़ुशी मान लिया और छह आने पैसे लेकर वहाँ से चलता बना। वह बड़ा प्रसन्न था। अब साइकिल पर चढ़कर गुनगुनाता हुआ चौक की तरफ़ जा रहा था। छह आने पैसे जेब में रहने से उसे बड़ा सन्तोष था और उसके हृदय में एक ऐसा उत्साह था, जो समा नहीं पा रहा था। वह लड़के के लिए कुछ-न-कुछ ख़रीद सकता था और दुकान से सिगरेट लेकर कश लगा सकता था। अन्त में उसकी प्रसन्नता इस हद तक पहुँची कि उसकी इच्छा करने लगी कि उसकी साइकिल पंक्चर हो जाए और वह दो आने में किसी दुकान से पंक्चर बनवा ले।

चौक पहुँचकर उसने तीन आने के आधा दर्जन केले और बिस्कुट की दुकान से छह पैसे के छोटे-छोटे बिस्कुट ख़रीदे तथा पान की दुकान पर जाकर एक आने की दो कैंची सिगरेटें लीं। एक सिगरेट तो वहीं सुलगा ली और दूसरी जेब के हवाले की। अब उसके दो पैसे बच रहे थे, उसने उसको कोट की भीतरी जेब में सँभाल कर रख लिया कि कभी सिगरेट की इच्छा होगी तो ख़रीद कर पिएगा। लेकिन कुछ दूर आगे बढ़ने पर उसे ख़याल आया कि उसकी पत्नी को मूँगफली बेहद पसन्द है। उसे अफ़सोस होने लगा कि उसने दो पैसे और क्यों नहीं बचा लिये जिससे वह एक आने की मूँगफली ख़रीद सकता। दो पैसे की दस-बारह मूँगफलियाँ मिलेंगी और अचानक एक विचार से उसका दिल एक ज़बरदस्त ख़ुशी से भर गया और उसे गुदगुदी-सी होने लगी। वह मन-ही-मन हँस पड़ा। अब वह एक ऐसे खोमचे वाले की तलाश करने लगा, जो ग़रीब और बेचारा मालूम पड़े और जिसके यहाँ कोई ग्राहक न हो। कुछ दूर जाने पर उसकी इच्छा पूरी भी हुई और एक पेड़ के नीचे एक आदर्श खोमचेवाले को देखकर उतर पड़ा और उससे दो पैसे की मूँगफली ले ली। मूँगफलियाँ मुट्ठी में फैलाकर उसने देखी, फिर उनको जेब में रखकर मन्द-मन्द मुस्करा पड़ा।

जब वह घर पहुँचा तो शाम हो चली थी और उसकी पत्नी बाहर के दरवाज़े पर खड़ी सिर उचका-उचकाकर गली को उत्सुकतापूर्वक निहार रही थी। वह पति को देखकर ख़ुश हो गई और अन्दर चली गई।

आनन्दमोहन चुपचाप अपनी साइकिल चढ़ाकर जब भीतर के कमरे में पहुँचा तो राज़ीव ज़मीन पर बैठा दिन का बचा दाल-भात खा रहा था। उसने साइकिल आँगन में खड़ी कर दी और फिर कमरे में जाकर झोले में से केले निकालकर राज़ीव को दिखलाते हुए मुस्कराकर पूछा, "कहो भाई, कितने केले लोगे?"

लड़के की आँखें आधा दर्जन केले देखकर चमक उठीं। उसने उत्तर दिया, "दो लूँगा।"

"अच्छा भई, तुम सभी ले लो और यह बिस्कुट भी ले लो।"

उसने यह कहकर बिस्कुट का पैकेट भी निकालकर दिखलाया। राज़ीव खाना छोड़कर उठ खड़ा हुआ तो सुमंगला ने उसे मना करते हुए कहा कि वह पूरा खाना खा ले और तब केले और बिस्कुट ले। बात लड़के की समझ में आ गई और उसने कहना मान लिया।

अब दोनों पति-पत्नी एक-दूसरे की ओर देखकर हँस पड़े, एक ऐसी हँसी जैसे वह जानते हों कि ऐसी स्थिति में उनको हँसना ही चाहिए और अब काफ़ी मज़ाक़ हो चुका है।

आनन्दमोहन ने जान बूझकर छेड़ा, "आख़िर मेरी जीत हुई न! पैसे लाकर ही मैंने चैन लिया। अब नहीं कहोगी न!"

सुमंगला हँसती हुई बोली, "हाँ भाई, हैं तो आप पूरे! पर आपकी जीत कैसे हुई? मैं इस तरह नहीं छोडूँगी, घर में तो पैसे नहीं मिले न? दस रुपये वसूल करूँगी आपसे, यह समझ लीजिए।"

"अच्छा, दस रुपये लोगी न कि जान खाओगी? अभी लो। पहले ही से इन्तज़ाम करके लाया हूँ।" उसने गम्भीरतापूर्वक कहा।

"लाइए।" कहकर सुमंगला ने अपना दाहिना हाथ फैला दिया। आनन्दमोहन ने जेब में हाथ डालकर दो पैसे की ख़रीदी सारी मूँगफली निकाल ली और उसमें से पूरी दस लेकर सुमंगला के हाथ पर रखते हुए बोला, "लो अपने दस रुपये। गिन लो, पूरे दस हैं।"

इतना कहकर वह ज़ोर से हँस पड़ा, सुमंगला ने मुस्कराते हुए स्नेह से एक क्षण अपने पति की आँखों में देखा, और फिर एक मूँगफली को जोकर की भाँति मुँह करके दाँत से फोड़कर बोली, "हाँ जी, ये दस रुपये की नहीं, मेरे लिए तो दस हज़ार रुपये की हैं।"

दोपहर का भोजन

सिद्धेश्वरी ने खाना बनाने के बाद चूल्हे को बुझा दिया और दोनों घुटनों के बीच सिर रखकर शायद पैर की उँगलियों या ज़मीन पर चलते चींटे-चींटियों को देखने लगी। अचानक उसे मालूम हुआ कि बहुत देर से उसे प्यास लगी है। वह मतवाले की तरह उठी और गगरे से लोटा भर पानी लेकर गट-गट चढ़ा गई। ख़ाली पानी उसके कलेजे में लग गया और वह 'हाय राम' कहकर वहीं ज़मीन पर लेट गई।

आधे घंटे तक वहीं उसी तरह पड़ी रहने के बाद उसके जी में जी आया। वह बैठ गई, आँखों को मल-मलकर इधर-उधर देखा और फिर उसकी दृष्टि ओसारे में अधटूटे खटोले पर सोए अपने छह वर्षीय लड़के पर जम गई। लड़का नंग-धड़ंग पड़ा था। उसके गले तथा छाती की हड्डियाँ साफ़ दिखाई देती थीं। उसके हाथ-पैर बासी ककड़ियों की तरह सूखे तथा बेजान पड़े थे और उसका पेट हँड़िया की तरह फूला हुआ था। उसका मुख खुला हुआ था और उस पर अनगिनत मक्खियाँ उड़ रही थीं।

वह उठी, बच्चे के मुँह पर अपना एक फटा, गन्दा ब्लाउज डाल दिया और एक-आध मिनट सुन्न रहने के बाद बाहर दरवाज़े पर जाकर किवाड़ की आड़ से गली की ओर निहारने लगी। बारह बज चुके थे। धूप अत्यन्त तेज़ थी और कभी एक-दो व्यक्ति सिर पर तौलिया या गमछा रखे हुए या मज़बूती से छाता ताने हुए फुर्ती के साथ लपकते हुए-से गुज़र जाते।

दस-पन्द्रह मिनट तक वह उसी तरह खड़ी रही, फिर उसके चेहरे पर व्यग्रता फैल गई और उसने आसमान तथा कड़ी धूप की ओर चिन्ता से देखा। एक-दो क्षण बाद उसने सिर को किवाड़ से काफ़ी आगे बढ़ाकर गली के छोर की तरफ़ निहारा तो उसका बड़ा लड़का रामचन्द्र धीरे-धीरे घर की ओर सरकता नज़र आया।

उसने फुर्ती से एक लोटा पानी ओसारे की चौकी के पास नीचे रख दिया और चौके में जाकर खाने के स्थान को जल्दी-जल्दी पानी से लीपने-पोतने लगी। वहाँ पीढ़ा रखकर उसने सिर को दरवाज़े की ओर घुमाया ही था कि रामचन्द्र ने अन्दर क़दम रखा।

रामचन्द्र आकर धम्म-से चौकी पर बैठ गया और फिर वहीं बेजान-सा लेट गया। उसका मुँह लाल तथा चढ़ा हुआ था, उसके बाल अस्त-व्यस्त थे और उसके फटे-पुराने जूतों पर गर्द जमी हुई थी।

सिद्धेश्वरी की पहले हिम्मत नहीं हुई कि उसके पास जाए और वहीं से वह भयभीत हिरनी की भाँति सिर उचका-घुमाकर बेटे को व्यग्रता से निहारती रही। किन्तु लगभग दस मिनट बीतने के पश्चात् भी जब रामचन्द्र नहीं उठा, तो वह घबरा गई। पास जाकर पुकारा, "बड़कू, बड़कू!" लेकिन उसके कुछ उत्तर न देने पर डर गई और लड़के की नाक के पास हाथ रख दिया। साँस ठीक से चल रही थी। फिर सिर पर हाथ रखकर देखा, बुख़ार नहीं था। हाथ के स्पर्श से रामचन्द्र ने आँखें खोलीं। पहले उसने माँ की ओर सुस्त नज़रों से देखा, फिर झट्-से उठ बैठा। जूते निकालने और नीचे रखे लोटे के जल से हाथ-पैर धोने के बाद वह यंत्र की तरह चौकी पर आकर बैठ गया।

सिद्धेश्वरी ने डरते-डरते पूछा, "खाना तैयार है, वहीं लाऊँ क्या?"

रामचन्द्र ने उठते हुए पूछा, "बाबूजी खा चुके?"

सिद्धेश्वरी ने चौके की ओर भागते हुए उत्तर दिया, "आते ही होंगे।"

रामचन्द्र पीढ़े पर बैठ गया। उसकी उम्र लगभग इक्कीस वर्ष थी। लम्बा, दुबला-पतला, गोरा रंग, बड़ी-बड़ी आँखें तथा होंठों पर झुर्रियाँ। वह एक स्थानीय दैनिक समाचार-पत्र के दफ़्तर में अपनी तबीयत से प्रूफ़रीडरी का काम सीखता था। पिछले साल ही उसने इंटर पास किया था।

सिद्धेश्वरी ने खाने की थाली लाकर सामने रख दी और पास ही बैठकर पंखा झलने लगी। रामचन्द्र ने खाने की ओर दार्शनिक की भाँति देखा। कुल दो रोटियाँ, भर कटोरा पनियाई दाल और चने की तली तरकारी।

रामचन्द्र ने रोटी के प्रथम टुकड़े को निग़लते हुए पूछा, "मोहन कहाँ है? बड़ी कड़ी धूप हो रही है।"

मोहन सिद्धेश्वरी का मँझला लड़का था। उम्र अट्ठारह वर्ष थी और वह इस साल हाई स्कूल का प्राइवेट इम्तहान देने की तैयारी कर रहा था। वह न मालूम कब से घर से ग़ायब था और सिद्धेश्वरी को स्वयं पता नहीं था कि वह कहाँ गया है।

किन्तु सच बोलने की उसकी तबीयत नहीं हुई और झूठ-मूठ कहा, "किसी लड़के के यहाँ पढ़ने गया है, आता ही होगा। दिमाग़ उसका बड़ा तेज़ है और तबीयत चौबीसों घंटे पढ़ने में ही लगती है, हमेशा उसी की बात करता रहता है।"

रामचन्द्र ने कुछ नहीं कहा। एक टुकड़ा मुँह में रखकर भर गिलास पानी पी गया, फिर खाने में लग गया। वह काफ़ी छोटे-छोटे टुकड़े तोड़कर उन्हें धीरे-धीरे चबा रहा था।

सिद्धेश्वरी भय तथा आतंक से अपने बेटे को एकटक निहार रही थी। कुछ क्षण बीतने के बाद डरते-डरते उसने पूछा, "वहाँ कुछ हुआ क्या?"

रामचन्द्र ने अपनी बड़ी-बड़ी भावहीन आँखों से अपनी माँ को देखा, फिर नीचा सिर करके कुछ रुखाई से बोला, "समय आने पर सब ठीक हो जाएगा।"

सिद्धेश्वरी चुप रही। धूप और तेज़ होती जा रही थी। छोटे आँगन के ऊपर आसमान में बादल के एक-दो टुकड़े पाल की नावों की तरह तैर रहे थे। बाहर की गली से गुज़रते हुए एक खड़खड़िया इक्के की आवाज़ आ रही थी। और खटोले पर सोए बालक की साँस का खर-खर शब्द सुनाई दे रहा था।

रामचन्द्र ने अचानक चुप्पी को भंग करते हुए पूछा, "प्रमोद खा चुका?"

सिद्धेश्वरी ने प्रमोद की ओर देखते हुए उदास स्वर में उत्तर दिया, "हाँ, खा चुका।"

"रोया तो नहीं था?"

सिद्धेश्वरी फिर झूठ बोल गई, "आज तो सचमुच नहीं रोया। वह बड़ा ही होशियार हो गया है। कहता था, बड़का भैया के यहाँ जाऊँगा। ऐसा लड़का..."

पर वह आगे कुछ न बोल सकी, जैसे उसके गले में कुछ अटक गया। कल प्रमोद ने रेवड़ी खाने की ज़िद पकड़ ली थी और उसके लिए डेढ़ घंटे तक रोने के बाद सोया था।

रामचन्द्र ने कुछ आश्चर्य के साथ अपनी माँ की ओर देखा और फिर सिर नीचा करके कुछ तेज़ी से खाने लगा।

थाली में जब रोटी का केवल एक टुकड़ा शेष रह गया, तो सिद्धेश्वरी ने उठने का उपक्रम करते हुए प्रश्न किया, "एक रोटी और लाती हूँ।"

रामचन्द्र हाथ से मना करते हुए हड़बड़ाकर बोल पड़ा, "नहीं-नहीं, ज़रा भी नहीं। मेरा पेट पहले ही भर चुका है। मैं तो वह भी छोड़नेवाला हूँ। बस, अब नहीं।"

सिद्धेश्वरी ने ज़िद की, "अच्छा आधी ही सही।"

रामचन्द्र बिगड़ उठा, "अधिक खिलाकर बीमार डालने की तबीयत है क्या? तुम लोग ज़रा भी नहीं सोचती हो। बस, अपनी ज़िद। भूख रहती तो क्या ले नहीं लेता?"

सिद्धेश्वरी जहाँ-की-तहाँ बैठी ही रह गई। रामचन्द्र ने कटोरे को उँगलियों से बजाया, फिर हाथ को थाली में रख दिया। एक-दो क्षण बाद रोटी के टुकड़े को धीरे-से हाथ से उठाकर आँख से निहारा और अन्त में इधर-उधर देखने के बाद टुकड़े को मुँह में इस सरलता से रख लिया, जैसे वह भोजन का ग्रास न होकर पान का बीड़ा हो।

मँझला लड़का मोहन आते ही हाथ-पैर धोकर पीढ़े पर बैठ गया। वह कुछ साँवला था और उसकी आँखें छोटी थीं। उसके चेहरे पर चेचक के दाग़ थे। वह अपने भाई ही की तरह दुबला-पतला था, किन्तु उतना लम्बा न था। वह उम्र की अपेक्षा कहीं अधिक गम्भीर और उदास दिखाई पड़ रहा था।

सिद्धेश्वरी ने उसके सामने थाली रखते हुए प्रश्न किया, "कहाँ रह गए थे बेटा? भैया पूछ रहा था।"

मोहन ने रोटी के एक बड़े ग्रास को निगलने की कोशिश करते हुए अस्वाभाविक मोटे स्वर में जवाब दिया, "कहीं तो नहीं गया था। यहीं पर था।"

सिद्धेश्वरी वहीं बैठकर पंखा डुलाती हुई इस तरह बोली, जैसे स्वप्न में बड़बड़ा रही हो, "बड़का तुम्हारा बड़ी तारीफ़ कर रहा था। कह रहा था, मोहन बड़ा दिमाग़ी होगा, उसकी तबीयत चौबीसों घंटे पढ़ने में ही लगी रहती है।" यह कहकर उसने अपने मँझले लड़के की ओर इस तरह देखा, जैसे उसने कोई चोरी की हो।

मोहन अपनी माँ की ओर देखकर फीकी हँसी हँस पड़ा और फिर खाने में जुट गया। वह परोसी गई दो रोटियों में से एक रोटी, कटोरे की तीन-चौथाई दाल तथा अधिकांश तरकारी साफ़ कर चुका था।

सिद्धेश्वरी की समझ में नहीं आया कि वह क्या करे। इन दोनों लड़कों से उसे बहुत डर लगता था। अचानक उसकी आँखें भर आईं। वह दूसरी ओर देखने लगी।

थोड़ी देर बाद उसने मोहन की ओर मुँह फेरा, तो वह खाना लगभग समाप्त कर चुका था।

सिद्धेश्वरी ने चौंकते हुए पूछा, "एक रोटी देती हूँ?"

मोहन ने रसोई की ओर रहस्यमय नेत्रों से देखा, फिर सुस्त स्वर में बोला, "नहीं!"

सिद्धेश्वरी ने गिड़गिड़ाते हुए कहा, "नहीं बेटा, मेरी क़सम, थोड़ी ही ले लो। तुम्हारे भैया ने एक रोटी ली थी।"

मोहन ने अपनी माँ को ग़ौर से देखा, फिर धीरे-धीरे इस तरह उत्तर दिया, जैसे कोई शिक्षक अपने शिष्य को समझाता है, "नहीं रे, बस। अव्वल तो अब भूख नहीं। फिर रोटियाँ तूने ऐसी बनाई हैं कि खाई नहीं जातीं। न मालूम कैसी लग रही हैं। ख़ैर, अगर तू चाहती ही है, तो कटोरे में थोड़ी दाल दे दे। दाल बड़ी अच्छी बनी है।"

सिद्धेश्वरी से कुछ कहते न बना और उसने कटोरे को दाल से भर दिया।

मोहन कटोरे को मुँह से लगाकर सुड़-सुड़ पी रहा था कि मुंशी चन्द्रिका प्रसाद जूतों को खस-खस घसीटते हुए आए और राम का नाम लेकर चौकी पर बैठ गए। सिद्धेश्वरी ने माथे पर साड़ी को कुछ नीचे खिसका लिया और मोहन दाल को एक साँस में पीकर तथा पानी के लोटे को हाथ में लेकर तेज़ी से बाहर चला गया।

दो रोटियाँ, कटोरा-भर दाल, चने की तली तरकारी। मुंशी चन्द्रिका प्रसाद पीढ़े पर पालथी मारकर बैठे रोटी के एक-एक ग्रास को इस तरह चुभला-चबा रहे थे, जैसे बूढ़ी गाय जुगाली करती है। उनकी उम्र पैंतालीस वर्ष के लगभग थी, किन्तु पचास-पचपन के लगते थे। शरीर का चमड़ा झूलने लगा था, गंजी खोपड़ी आईने की भाँति चमक रही थी। गन्दी धोती के ऊपर अपेक्षाकृत कुछ साफ़ बनियान तार-तार लटक रही थी।

मुंशीजी ने कटोरे को हाथ में लेकर दाल को थोड़ा सुड़कते हुए पूछा, "बड़का दिखाई नहीं दे रहा है?"

सिद्धेश्वरी की समझ में नहीं आ रहा था कि उसके दिल में क्या हो गया है, जैसे कुछ काट रहा हो, पंखे को ज़रा और ज़ोर से घुमाती हुई बोली, "अभी-अभी खाकर काम पर गया है। कह रहा था, कुछ दिनों में नौकरी लग जाएगी। हमेशा 'बाबूजी, बाबूजी' किये रहता है। बोला—बाबूजी देवता के समान हैं।"

मुंशीजी के चेहरे पर कुछ चमक आई। शरमाते हुए पूछा, "ऐं, क्या कहता था कि बाबूजी देवता के समान हैं? बड़ा पागल है!"

सिद्धेश्वरी पर जैसे नशा चढ़ गया था। उन्माद की रोगिणी की भाँति बड़बड़ाने लगी, "पागल नहीं है, बड़ा होशियार है। उस ज़माने का कोई महात्मा है। मोहन तो उसकी बड़ी इज़्ज़त करता है। आज कह रहा था कि भैया की शहर में बड़ी इज़्ज़त होती है, पढ़ने-लिखनेवालों में बड़ा आदर होता है और बड़का तो छोटे भाइयों पर जान देता है। दुनिया में वह सब कुछ सह सकता है, पर यह नहीं देख सकता कि उसके प्रमोद को कुछ हो जाए।"

मुंशीजी दाल लगे हाथ को चाट रहे थे। उन्होंने सामने ताक की ओर देखते हुए हँसकर कहा, "बड़का का दिमाग़ तो ख़ैर काफ़ी तेज़ है, वैसे लड़कपन में नटखट भी था। हमेशा खेल-कूद में लगा रहता था, लेकिन यह भी बात थी कि जो सबक़ मैं उसे याद करने को देता था, उसे बर्राक रखता था। असल बात तो यह है कि तीनों लड़के काफ़ी होशियार हैं। प्रमोद को कम समझती हो?" यह कह वह अचानक ज़ोर से हँस पड़े।

मुंशीजी डेढ़ रोटी खा चुकने के बाद एक ग्रास से युद्ध कर रहे थे। कठिनाई होने पर एक गिलास पानी चढ़ा गए। फिर खर-खर खाँसकर खाने लगे।

फिर चुप्पी छा गई। दूर से किसी आटे की चक्की की 'पुक-पुक' आवाज़ सुनाई दे रही थी और पास की नीम के पेड़ पर बैठा कोई पंडूक लगातार बोल रहा था।

सिद्धेश्वरी की समझ में नहीं आ रहा था कि क्या कहे! वह चाहती थी कि सभी चीज़ें ठीक से पूछ ले, सभी चीज़ें ठीक से जान ले और दुनिया की हर चीज़ पर पहले की तरह धड़ल्ले से बात करे। पर उसकी हिम्मत नहीं होती थी। उसके दिल में जाने कैसा भय समाया हुआ था!

अब मुंशीजी इस तरह चुपचाप दुबके हुए खा रहे थे, जैसे पिछले दो दिनों से मौनव्रत धारण कर रखा हो और उसको कहीं जाकर आज शाम को तोड़ने वाले हों।

सिद्धेश्वरी से जैसे नहीं रहा गया। बोली, "मालूम होता है, अब बारिश नहीं होगी।"

मुंशीजी ने एक क्षण के लिए इधर-उधर देखा, फिर निर्विकार स्वर में राय दी, "मक्खियाँ बहुत हो गई हैं।"

सिद्धेश्वरी ने उत्सुकता प्रकट की, "फूफाजी बीमार हैं, कोई समाचार नहीं आया।"

मुंशीजी ने चने के दानों की ओर इस दिलचस्पी से दृष्टिपात किया, जैसे उनसे बातचीत करनेवाले हों, फिर सूचना दी, "गंगाशरण बाबू की लड़की की शादी तय हो गई। लड़का एम.ए. पास है।"

सिद्धेश्वरी हठात् चुप हो गई। मुंशीजी भी आगे कुछ नहीं बोले। उनका खाना समाप्त हो गया था और वे थाली में बचे-खुचे दानों को बन्दर की तरह बीन रहे थे।

सिद्धेश्वरी ने पूछा, "बड़का की क़सम, एक रोटी देती हूँ। अभी बहुत-सी हैं।"

मुंशीजी ने पत्नी की ओर अपराधी के समान तथा रसोई की ओर कनखी से देखा, तत्पश्चात् किसी छँटे उस्ताद की भाँति बोले, "रोटी? रहने दो, पेट काफ़ी भर चुका है, अन्न और नमकीन चीज़ों से तबीयत ऊब भी गई है। तुमने व्यर्थ में क़सम धरा दी। ख़ैर, क़सम रखने के लिए ले रहा हूँ। गुड़ होगा क्या?"

सिद्धेश्वरी ने बताया कि हँड़िया में थोड़ा-सा गुड़ है।

मुंशीजी ने उत्साह के साथ कहा, "तो थोड़े गुड़ का ठंडा रस बनाओ, पीऊँगा। तुम्हारी क़सम भी रह जाएगी, ज़ायक़ा भी बदल जाएगा, साथ-ही-साथ हाज़मा भी दुरुस्त होगा। हाँ, रोटी खाते-खाते नाक में दम आ गया है।" यह कहकर वे ठहाका मारकर हँस पड़े।

मुंशीजी के निबटने के पश्चात् सिद्धेश्वरी उनकी जूठी थाली लेकर चौके की ज़मीन पर बैठ गई। बटलोई की दाल को कटोरे में उड़ेल दिया, पर वह पूरा भरा नहीं। छिपुली में थोड़ी-सी चने की तरकारी बची थी, उसे पास खींच लिया। रोटियों की थाली को भी उसने पास खींच लिया। उसमें केवल एक रोटी बची थी। मोटी, भद्दी और जली उस रोटी को वह जूठी थाली में रखने जा रही थी कि अचानक उसका ध्यान ओसारे में सोए प्रमोद की ओर आकर्षित हो गया। उसने लड़के को कुछ देर तक एकटक देखा, फिर रोटी को दो बराबर टुकड़ों में विभाजित कर दिया। एक टुकड़े को तो अलग रख दिया और दूसरे टुकड़े को अपनी जूठी थाली में रख लिया। तदुपरान्त एक लोटा पानी लेकर खाने बैठ गई। उसने पहला ग्रास मुँह में रखा और तब न मालूम कहाँ से उसकी आँखों से टप-टप आँसू चूने लगे।

सारा घर मक्खियों से भिन-भिन कर रहा था। आँगन की अलगनी पर एक गन्दी साड़ी टँगी थी, जिसमें पैबन्द लगे हुए थे। दोनों बड़े लड़कों का कहीं पता नहीं था। बाहर की कोठरी में मुंशीजी औंधे मुँह होकर निश्चिन्तता के साथ सो रहे थे, जैसे डेढ़ महीने पूर्व मकान-किराया-नियंत्रण विभाग की क्लर्की से उनकी छँटनी न हुई हो और शाम को उनको काम की तलाश में कहीं जाना न हो...।

ज़िन्दगी और जोंक

मोहल्ले में जिस दिन उसका आगमन हुआ, सवेरे तरकारी लाने के लिए बाज़ार जाते समय मैंने उसको देखा था। शिवनाथ बाबू के घर के सामने, सड़क की दूसरी ओर स्थित खँडहर में, नीम के पेड़ के नीचे, एक दुबला-पतला काला आदमी, गन्दी लुंगी में लिपटा चित्त पड़ा था, जैसे रात में आसमान से टपककर बेहोश हो गया हो अथवा दक्षिण भारत का कोई भूला-भटका साधु निश्चित स्थान पाकर चुपचाप नाक से हवा खींच-खींचकर प्राणायाम कर रहा है।

फिर मैंने शायद एक-दो बार और भी उसको कठपुतले की भाँति डोल-डोल कर सड़क को पार करते या मोहल्ले के एक-दो मकानों के सामने चक्कर लगाते या बैठकर हाँफते हुए देखा। इसके अलावा मैं उसके बारे में उस समय तक कुछ नहीं जानता था।

रात के लगभग दस बजे खाने के बाद बाहर आ लेटा था। चैत का महीना, हवा तेज़ चल रही थी। चारों ओर घुप्प अँधियारा। प्रारम्भिक झपकियाँ ले ही रहा था कि 'मारो-मारो' का हल्ला सुनकर चौंक पड़ा। यह शोरगुल बढ़ता गया। मैं तत्काल उठ बैठा। शायद आवाज़ शिवनाथ बाबू के मकान की ओर से आ रही थी। जल्दी से पाँव चप्पल में डाल उधर को चल पड़ा।

मेरा अनुमान ठीक था। शिवनाथ बाबू के मकान के सामने ही भीड़ लगी थी। मोहल्ले के दूसरे लोग भी शोरगुल सुनकर अपने घरों से भागे चले आ रहे थे। मैंने भीतर घुसकर देखा और कुछ चकित रह गया। खँडहर का वही भिखमंगा था। शिवनाथ बाबू का लड़का रघुवीर उस भिखमंगे की दोनों बाँहों को पीछे से पकड़े हुए था और दो-तीन व्यक्ति आँख मूँद तथा उछल-कूदकर उसे बेतहाशा पीट रहे थे। शिवनाथ बाबू तथा अन्य लोग उसे भयजन्य क्रोध से आँखें फाड़-फाड़कर घूर रहे थे।

भिखमंगा नाटा था। गाल पिचके हुए, आँखें धँसी हुईं और छाती की हड्डियाँ साफ़ बाँस की खपचियों की तरह दिखाई दे रही थीं। पेट नाँद की तरह फूला हुआ। मार पड़ने पर वह बेतहाशा चिल्ला रहा था, "मैं बरई हूँ, बरई हूँ, बरई हूँ..."

"साला छँटा हुआ चोर है, साहब!" शिवनाथ बाबू मेरे पास सरक आए थे, "पर यह हमारा-आपका दोष है कि आदमी नहीं पहचानते। ग़रीबों को देखकर

हमारा-आपका दिल पसीज जाता है और मौक़ा-बे-मौक़ा ख़ुद्दी-चुन्नी, साग-सत्तू दे ही दिया जाता है। आपने तो इसको देखा ही होगा, मालूम होता था महीनों से खाना नहीं मिला है, पर कौन जानता था कि साला ऐसा निकलेगा! हरामी का पिल्ला...!" फिर भिखमंगे की ओर मुड़कर गरज़ पड़े, "बता साले, साड़ी कहाँ रखी है? नहीं वह मार पड़ेगी कि नानी याद आ जाएगी।"

उनका गला ज़ोर से चिल्लाने के कारण किंचित् बैठ गया था, इसलिए सम्भवत: थककर वह चुप हो गए। पीटनेवालों ने भी इस समय पीटना बन्द कर दिया था, लेकिन शिवनाथ बाबू के वक़्तव्य से रामजी का शोहदा पहलवान लड़का शम्भु अत्यधिक प्रभावित मालूम पड़ा। वह अभी-अभी आया था और शिवनाथ बाबू का बयान समाप्त होते ही आव देखा न ताव, भीड़ में से आगे लपक, जूता हाथ में ले गन्दी गालियाँ देते हुए भिखमंगे को पीटना शुरू कर दिया।

"एक-डेढ़ हफ़्ते से मोहल्ले में आया हुआ है।" शिवनाथ बाबू जैसे निश्चिन्त होकर फिर बोले, "लालची कुत्तों की तरह इधर-उधर घूमा करता था, सो हमारे घर में दया आ गई। एक रोज़ उसे बुलाकर उन्होंने कटोरे में दाल-भात-तरकारी खाने को दे दी। बस क्या था, परच गया। रोज़ आने लगा। ख़ैर, कोई बात नहीं थी, आपकी दया से ऐसे दो-चार भर-भिखमंगे रोज़ ही खाकर दुआ दे जाते हैं। यह घर में आने लगा तो मौक़ा पड़ने पर एकाध काम भी कर देता था, अब यह किसको पता था कि आज यह घर से नई साड़ी चुरा लेगा।"

"आपको ठीक से पता है कि साड़ी इसी ने चुराई है?"

मेरे इस प्रश्न से वे बिगड़ गए। बोले, "आप भी ख़ूब बात करते हैं! यही पता लग गया तो चोर कैसा? मैं तो ख़ूब जानता हूँ कि ये सब चोरी का माल होशियारी से छिपा देते हैं और जब तक इनकी कड़ी पिटाई न की जाए, कुछ नहीं बताते। अब यही समझिए कि क़रीब नौ बजे साड़ी ग़ायब हुई। जमुना का कहना है कि उसी समय उसने इसको किसी सामान के साथ घर से निकलते हुए देखा। फिर मैं यह पूछता हूँ कि आज दस वर्ष से मेरे घर का दरवाज़ा इसी तरह खुला रहता है, लेकिन कभी चोरी नहीं हुई! आज ही कौन-सी नई बात हो गई कि वह आया नहीं और मोहल्ले में चोरी-बदमाशी शुरू हो गई। अरे, मैं इन सालों को ख़ूब जानता हूँ।"

वह भिखमंगा अब भी तेज़ मार पड़ने पर चिल्ला उठता, "मैं बरई हूँ, बरई हूँ, बरई हूँ..." स्पष्ट था कि इतने लोगों को देखकर वह काफ़ी भयभीत हो गया था और अपने समर्थन में कुछ न पाकर बेतहाशा अपनी जाति का नाम ले रहा था, जैसे हर जाति के लोग चोर हो सकते हैं, लेकिन बरई कतई नहीं हो सकते।

नये लोग अब भी आ रहे थे। वे क्रोध और उत्तेजना में आकर उसे पीटते और फिर भीड़ में मिल जाते। और जब लगातार मार पड़ने पर भी उसने कुछ नहीं बताया तो लोग ख़ामख़ाह थक गए। कुछ लोग वहाँ से सरकने भी लगे।

किसी ने उसे पेड़ में बाँधने और किसी ने पुलिस के सिपुर्द करने की सलाह दी। मैं भी कुछ ऐसी ही सलाह देकर खिसकना चाहता था कि शिवनाथ बाबू का मँझला लड़का योगेन्द्र दौड़ता हुआ आया और अपने पिताजी को अलग ले जाते हुए फुस-फुस कुछ बातें कीं।

कुछ देर बाद शिवनाथ बाबू जब वापस आए तो उनके चेहरे पर हवाइयाँ-सी उड़ रही थीं। एक-दो क्षण इधर-उधर तथा मेरी ओर बेचारे की तरह देखने के बाद वह बोले, "अच्छा, इस बार छोड़ देते हैं। साला काफ़ी पा चुका है। आइन्दा ऐसा करते चेतेगा।"

लोग शिवनाथ बाबू को बुरा-भला कहकर रास्ता नापने लगे। मैंने उनकी ओर मुस्कराकर देखा तो मेरे पास आकर झेंपते हुए बोले, "इस बार तो साड़ी घर में ही मिल गई है, पर कोई बात नहीं। चोर-सियार डाँट-डपट पाते ही रहते हैं। अरे, इस पर क्या पड़ी है, चोर-चाई तो रात-रात-भर मार खाते हैं और कुछ भी नहीं बताते।" फिर बाईं आँख को ख़ूबी से दबाते हुए दाँत खोलकर हँस पड़े, "चलिए साहब, नीच और नींबू को दबाने से ही रस निकलता है।"

कभी-कभी मुझे आश्चर्य होता है कि उस दिन पिटाई के बाद भी खँडहर का वह भिखमंगा मोहल्ले में टिके रहने की हिम्मत कैसे कर सका? हो सकता है, उसने सोचा हो कि निर्दोष छूट जाने के बाद मोहल्ले के लोगों का विश्वास और सहानुभूति उसको प्राप्त हो जाएगी और दूसरी जगह उसी अनिश्चितता का सामना करना पड़ेगा।

चाहे जो हो, उसके प्रति मेरी दिलचस्पी अब और बढ़ गई थी। मैं उसको खँडहर में बैठकर कुछ खाते या चुपचाप सोते या मोहल्ले में डग-डग सरकते हुए देखता। लोग अब उसको कुछ-न-कुछ दे देते। बचा हुआ बासी या जूठा खाना पहले कुत्तों या गाय-भैंसों को दे दिया जाता, परन्तु अब औरतें बच्चों को दौड़ा देतीं कि जाकर भिखमंगे को दे आएँ। कुछ लोगों ने तो उसको कोई पहुँचा हुआ साधु-महात्मा तक कह डाला।

और धीरे-धीरे उसने खँडहर का परित्याग कर दिया और आम सहानुभूति एवं विश्वास का आश्चर्यजनक लाभ उठाते हुए, जब वह किसी-न-किसी के ओसारे या दालान में ज़मीन पर सोने-बैठने लगा तो लोग उससे हल्के-फुल्के काम भी लेने लगे। दया-माया के मामले में शिवनाथ बाबू से पार पाना टेढ़ी खीर है, किन्तु भिखमंगा उनके दरवाज़े पर जाता ही न था।

लेकिन एक दिन उन्होंने किसी शुभ मुहूर्त्त में उसे सड़क से गुज़रते समय संकेत से अपने पास बुलाया और तिरछी नज़र से देखते हुए, मुस्कराकर बोले, "देख बे, तूने चाहे जो भी किया, हमसे तो यह सब नहीं देखा जाता। दर-दर भटकता रहता है। कुत्ते-सूअर का जीवन जीता है। आज से इधर-उधर भटकना छोड़, आराम से यहीं रह और दोनों जून भरपेट खा।"

पता नहीं, यह शिवनाथ बाबू के स्नेह से सम्भव हुआ या डर से, पर भिखमंगा उनके यहाँ स्थायी रूप से रहने लगा। उन्हीं के यहाँ उसका नामकरण भी हुआ। उसका नाम गोपाल था, लेकिन शिवनाथ बाबू के दादा का नाम गोपाल सिंह था, इसलिए घर की औरतों की ज़बान से वह नाम उतरता ही न था। उन्होंने उसको 'रजुआ' कहना आरम्भ किया और धीरे-धीरे यही नाम सारे मोहल्ले में प्रसिद्ध हो गया।

किन्तु रजुआ के भाग्य में बहुत दिनों तक शिवनाथ बाबू के यहाँ टिकना न लिखा था। बात यह है कि मोहल्ले के लोगों को यह कतई पसन्द न था कि केवल दोनों जून भोजन पर रजुआ शिवनाथ बाबू की सेवा करे। अब भगवान ने उनके बीच एक नौकर भेज ही दिया था तो उस पर उनका भी उतना ही अधिकार था और उन्होंने मौक़ा देखकर उसको अपनी सेवा करने का अवसर देना आरम्भ कर दिया। वह शिवनाथ बाबू के किसी काम से जाता तो रास्ते में कोई-न-कोई उसको पैसे देकर किसी काम की फ़रमाइश कर देता और यदि वह आनाकानी करता तो सम्बन्धित व्यक्ति बिगड़कर कहता, "साला, तू शिवनाथ का ग़ुलाम है? वह क्या कर सकते हैं? मेरे यहाँ बैठकर खाया कर, वह क्या खिलाएँगे, बासी भात ही तो देते होंगे?"

रजुआ शिवनाथ बाबू से अब भी डरता था, इसीलिए उनसे छिपाकर ही वह अन्य लोगों का काम करता। किन्तु उसको पीटने का और व्यक्तियों को भी उतना ही अधिकार था। एक बार जमुनालाल के लड़के जंगी ने रजुआ से तीन-चार आने की लकड़ी लाने के लिए कहा और रजुआ फ़ौरन आने का वायदा करके चला गया। पर वह शीघ्र न आ सका, क्योंकि शिवनाथ बाबू के घर की औरतों ने उसे इस या उस काम में बाँध रखा। बाद में वह जब जमुनालाल के यहाँ पहुँचा तो जंगी ने पहला काम यह किया कि दो थप्पड़ उसके गाल पर जड़ दिये, फिर गरज़कर बोला, "सूअर, धोखा देता है? कह देता नहीं आऊँगा। अब आज मैं तुझसे दिन-भर काम कराऊँगा, देखें कौन साला रोकता है? आख़िर हम भी मोहल्ले में रहते हैं कि नहीं!"

और सचमुच जंगी ने उससे दिन-भर काम लिया। शिवनाथ बाबू को सब पता लग गया, लेकिन उनकी उदार व्यावहारिक बुद्धि की प्रशंसा किये बिना नहीं रहा जाता, क्योंकि उन्होंने चूँ तक नहीं की।

ऐसी ही कई घटनाएँ हुईं, पर रजुआ पर किसी का स्थायी अधिकार निश्चित न हो सका। उसकी सेवाओं की उपयोग-सम्बन्धी खींचातानी से उसका समाजीकरण हो गया। मोहल्ले का कोई भी व्यक्ति उसे दो-चार रुपये देकर स्थायी रूप से नौकर रखने को तैयार न हुआ, क्योंकि वह इतना शक्तिशाली कतई न था कि चौबीस घंटे नौकर की महान ज़िम्मेदारियाँ सँभाल सके। वह तेज़ी के साथ पचीस-पचास गगरे पानी न भर सकता था। बाज़ार से दौड़कर भारी सामान सौदा न ला सकता था, अतएव लोग उससे छोटा-मोटा काम ले लेते और इच्छानुसार उसे कुछ-न-कुछ देते।

अब न वह शिवनाथ बाबू के यहाँ टिकता और न जमुनालाल के यहाँ, क्योंकि उसको कोई टिकने ही न देता। इसको रजुआ ने भी समझ लिया और मोहल्ले के लोगों ने भी, वह अब किसी व्यक्ति विशेष का नहीं, बल्कि सारे मोहल्ले का नौकर हो गया।

रजुआ के लिए छोटे-मोटे कामों की कमी न थी। किसी के यहाँ खा-पीकर वह बाहर की चौकी या ज़मीन पर सो रहता और सवेरे उठता तो मोहल्ले के लोग उसका मुँह जोहते। नौकर-चाकर किसी के यहाँ बहुत दिनों तक टिकते नहीं थे और वे भाग-भागकर रिक्शे चलाने लगते या किसी मिल या कारख़ाने में काम करने लगते। दो-चार व्यक्तियों के यहाँ ही नौकर थे, अन्य घरों में कहार पानी भर देता, लेकिन वह गगरों के हिसाब से पानी देता और यदि एक गगरा भी अधिक दे देता तो उसका मेहनताना पाई-पाई वसूल कर लेता। इस स्थिति में रजुआ का आगमन जैसे भगवान का वरदान था।

लोग उससे छोटा-बड़ा काम लेकर इच्छानुसार उसकी मज़दूरी चुका देते। यदि उसने कोई छोटा काम किया तो उसे बासी रोटी या भात या भुना चना या सत्तू दे दिया जाता और वह एक कोने में बैठकर चापुड़-चापुड़ खा-फाँक लेता। अगर कोई बड़ा काम कर देता तो एक जून का खाना मिल जाता, पर उसमें अनिवार्य रूप से एकाध चीज़ बासी रहती और कभी-कभी तरकारी या दाल नदारद होती। कभी भात-नमक मिल जाता, जिसे वह पानी के साथ खा जाता, कभी-कभी रोटी-अचार और कभी-कभी तो सिर्फ़ तरकारी ही खाने या दाल पीने को मिलती। कभी खाना न होने पर दो-चार पैसे मिल जाते या मोटा, पुराना कच्चा चावल या दाल या चार-छह आलू। कभी उधार भी चलता। वह काम कर देता और उसके एवज में फिर किसी दिन कुछ-न-कुछ पा जाता।

इसी तरह वह मेरे घर आने लगा था, क्योंकि मेरी श्रीमतीजी बुद्धि के मामले में किसी से पीछे न थीं। रजुआ आता और काम करके चला जाता। एक-दो बार मुझसे भी मुठभेड़ हुई, पर कुछ बोला नहीं।

कोई छुट्टी का दिन था। मैं बाहर बैठा एक किताब पढ़ रहा था कि इतने में रजुआ भीतर आया और कोने में बैठकर कुछ खाने लगा। मैंने घूमकर एक निगाह उस पर डाली। उसके हाथ में एक रोटी और थोड़ा-सा अचार था और वह सूअर की भाँति चापुड़-चापुड़ खा रहा था। बीच-बीच में वह मुस्करा पड़ता, जैसे कोई बड़ी मंज़िल सर करके बैठा हो।

मैं उसकी ओर देखता रहा और मुझे वह दिन याद आ गया, जब चोरी के अभियोग में उसकी पिटाई हुई थी। जब वह खाकर उठा तो मैंने पूछा, "क्यों रे रजुआ, तेरा घर कहाँ है?"

वह सकपकाकर खड़ा हो गया, फिर मुँह टेढ़ा करके बोला, "सरकार, रामपुर का रहने वाला हूँ।" और उसने दाँत निपोर दिये।

"गाँव छोड़कर यहाँ क्यों चला आया?" मैंने पुनः प्रश्न किया। क्षण-भर वह असमंजस में मुझे खड़ा ताक़ता रहा, फिर बोला, "पहले रसड़ा में था, मालिक।"

जैसे रामपुर से सीधे बलिया आना अपराध हो। उसके लिए सम्भवतः 'क्यों' का कोई महत्त्व नहीं था, जैसे गाँव छोड़ने का जो भी कारण हो, वह अत्यन्त सामान्य एवं स्वाभाविक था और वह न उसके बताने की चीज़ थी और न किसी के समझने की।

"रामपुर में कोई है तेरा?" मैंने एक-दो क्षण उसको ग़ौर से देखने के बाद दूसरा सवाल किया।

"नहीं मालिक, बाप और दो बहनें थीं, ताऊन में मर गईं।" वह फिर दाँत निपोरकर हँस पड़ा।

उसके बाद मैंने कोई प्रश्न नहीं किया। हिम्मत नहीं हुई। वह फ़ौरन वहाँ से सरक गया और मेरा हृदय कुछ अजीब-सी घृणा से भर उठा। उसकी खोपड़ी किसी हलवाई की दुकान पर दिन में लटकते काले गैस-लैम्प की भाँति हिल-डुल रही थी। हाथ-पैर पतले, पेट अब भी हँड़िया की तरह फूला हुआ और शरीर निहायत गन्दा एवं घृणित...मेरी इच्छा हुई, जाकर बीवी से कह दूँ कि इससे काम न लिया करो, यह रोगी है...फिर टाल गया, क्योंकि इसमें मेरा ही घाटा था। मैं जानता था कि नौकरों की कितनी क़िल्लत थी और रजुआ के रहने से इतना आराम हो गया था कि मैं हर पहली या दूसरी तारीख़ को राशन, मसाला आदि ख़रीदकर महीने-भर के लिए निश्चिन्त हो जाता।

"इनख़िलाफ़ ज़िन्दाबाद। महात्मा गान्ही की जै!"

कुछ महीने बाद एक दिन जब मैं अपने कमरे में बैठा था कि मुझे रजुआ के नारे लगाने और फिर 'ही-ही' हँसने की आवाज़ सुनाई दी।

मैं चौंका और मैंने सुना, आँगन में पहुँचकर वह ज़ोर से कह रहा है, "मलिकाइन, थोड़ा नमक होगा, मिसिर के यहाँ से रोटियाँ मिल गई हैं, दाल बनाऊँगा।"

मेरी पत्नी चूल्हे-चौके में लगी हुई थी। उसने कुछ देर बाद उसको नमक देते हुए पूछा, "रजुआ, सच बताना, तुझे नहाए हुए कितने दिन हो गए?"

"खिचड़ी की खिचड़ी नहाता हूँ न, मलिकाइनजी।" वह नमक लेकर बोला और हँसते हुए भाग गया।

मैं कमरे में बैठा यह सब सुन रहा था। सम्भवतः उसको मेरी उपस्थिति का ज्ञान न था, अन्यथा वह ऐसी बातें न करता। लेकिन यह बात साफ़ थी कि अब वह मोहल्ले में जम गया है। उसको खाने-पीने की चिन्ता नहीं है। इतना ही नहीं, अब वह मोहल्लेभर से शह पा रहा है। लोग अब उससे हँसी-मज़ाक़ भी करने लगे हैं और उसे मारे-पीटे जाने का किंचित् मात्र भी भय नहीं। अवश्य यही बात थी और वह स्थिति में परिवर्तन से लाभ उठाते हुए ढीठ हो गया था। इसीलिए उसने अपने आगमन की सूचना देने के लिए राजनीतिक नारे लगाए थे, जैसे वह कहना

चाहता हो कि मैं हँसी-मज़ाक़ का विषय हूँ, लोग मुझसे मज़ाक़ करें, जिससे मेरे हृदय में हिम्मत और ढाँढस बँधे।

मुझे बड़ा ही आश्चर्य हुआ। लेकिन कुछ ही दिन बाद मैंने उसकी एक और हरकत देखी, जिससे मेरे अनुमान की पुष्टि होती थी।

सायंकाल दफ़्तर से आ रहा था कि जीउतराम के गोले के पास मैंने रजुआ की आवाज़ सुनी। पतिया की स्त्री बर्तन माँज रही थी और उसके पास खड़ा रजुआ टेढ़ा मुँह करके बोल रहा था, "सलाम हो भौजी, समाचार ठीक है न।" अन्त में बेमतलब 'ही-ही' हँसने लगा।

पतिया की बहू ने थोड़ा मुस्की काटते हुए सुनाया, "दूर हो पापी, समाचार पूछने का तेरा ही मुँह है? चला जा, नहीं तो जूठ की काली हाँड़ी चलाकर वह मारूँगी कि सारी लफंगई..." यहाँ उसने एक गन्दे मुहावरे का इस्तेमाल किया।

लेकिन, मालूम पड़ता है कि रजुआ इतने ही से ख़ुश हो गया, क्योंकि वह मुँह फैलाकर हँस पड़ा और फिर तुरन्त उसने दो-तीन बार सिर को ऊपर झटका देते हुए ऐसी किलकारियाँ लगाईं जैसे घास चरता हुआ गदहा अचानक सिर उठाकर ढीचूँ-ढीचूँ कर उठता है।

फिर तो यह उसकी आदत हो गई। सारे मोहल्ले की छोटी जातियों की औरतों से उसने भौजाई का सम्बन्ध जोड़ लिया था। उनको देखकर वह कुछ हल्की-फुल्की छेड़खानी कर देता, और तब वह गधे की भाँति ढीचूँ-ढीचूँ कर उठता।

कुएँ पर पहुँचकर वह किसी औरत को कनखी से निहारता और अन्त में पूछ बैठता, "यह कौन है? अच्छा, बड़की भौजी हैं। सलाम भौजी। सीताराम सीताराम, राम-राम जपना पराया माल अपना।" इतना कह वह दुष्टतापूर्वक हँस पड़ता।

वह किसी काम से जा रहा होता, पर रास्ते में किसी औरत को बर्तन माँजते या अपने दरवाज़े पर बैठे हुए या कोई काम करते हुए देख लेता तो एक-दो मिनट के लिए वहाँ पहुँच जाता, बेहया की तरह हँसकर कुशल-क्षेम पूछता और अन्त में झिड़की-गाली सुनकर किलकारियाँ मारता हुआ वापस चला जाता। धीरे-धीरे वह इतना सहक गया कि ग़रीब जाति की किसी जवान स्त्री को देखकर, चाहे वह जान-पहचान की हो या न हो, दूर से ही हिचकी दे-देकर किलकने लगता।

मेरी तरह मोहल्ले के अन्य लोगों ने भी उसके इस परिवर्तन पर ग़ौर किया था, और सम्भवतः इसी कारण लोग उसे रजुआ से 'रजुआ साला' कहने लगे। अब कोई बात कहनी होती, कितने गम्भीर काम के लिए पुकारना होता, लोग उसे 'रजुआ साला' कहकर बुलाते और अपने काम की फ़रमाइश करके हँस पड़ते। उनकी देखा-देखी लड़के भी ऐसा ही करने लगे, जैसे 'साला' कहे बिना रजुआ का कोई अस्तित्व ही न हो। और इससे रजुआ भी बड़ा प्रसन्न था, जैसे इससे उसके जीवन की अनिश्चितता कम हो रही हो और उस पर अचानक कोई संकट आने की सम्भावना संकुचित होती जा रही हो।

और अब लोग उसे चिढ़ाने लगे।

"क्यों बे रजुआ साला, शादी करेगा?" लोग उसे छेड़ते। रजुआ उनकी बातों पर 'खी-खी' हँस पड़ता और फिर अपनी आदत के अनुसार सिर को ऊपर की ओर दो-तीन बार झटके देता हुआ तथा मुँह से ऐसी हिचकी की आवाज़ निकालता हुआ, जो अधिक कड़वी चीज़ खाने पर निकलती है, चलता बनता। वह समझ गया था कि लोग उसे देखकर ख़ुश होते हैं और अब वह सड़क पर चलते, गली से गुज़रते, घर में घुसते, काम की फ़रमाइश लेकर घर से निकलते और कुएँ पर पानी भरते समय ज़ोरों से चिल्लाकर उस समय के प्रचलित राजनीतिक नारे लगाता या कबीर की कोई ग़लत-सलत बानी बोलता या किसी सुनी हुई कविता या दोहे की एक-दो पंक्तियाँ गाता। ऐसा करते समय वह किसी की ओर देखता नहीं, बल्कि टेढ़ा मुँह करके ज़मीन की ओर देखता हुआ मुँह फैलाकर हँसे जाता, जैसे वह दिमाग़ की आँखों से देख रहा हो कि उसकी हरकतों को बहुत-से लोग देख-सुनकर प्रसन्न हो रहे हैं।

सायंकाल दफ़्तर से आने और नाश्ता-पानी करने के बाद मैं हवाखोरी करने निकल जाता हूँ। रेलवे लाइन पकड़कर बाँसडीह की ओर जाना मुझे सबसे अच्छा लगता है। सरयू पार करके गंगाजी के किनारे घूमना-टहलना कम आनन्ददायी नहीं है, लेकिन उसमें सबसे बड़ी कठिनाई यह है कि बरसात में दोनों नदियाँ बढ़कर समुद्र का रूप ले लेती हैं और जाड़े में इतने दलदल मिलते हैं कि जाने की हिम्मत नहीं होती। लेकिन कभी-कभी ऐसा भी होता है कि मुझे देर हो जाती है या अधिक चलने-फिरने की कोई इच्छा नहीं होती और स्टेशन के प्लेटफ़ार्म का चक्कर लगाकर वापस लौट आता हूँ।

पन्द्रह-बीस दिन के बाद एक दिन सायंकाल स्टेशन के प्लेटफ़ार्म पर टहलने गया। स्टेशन के फाटक से प्लेटफ़ार्म पर आने के बाद मैं बाईं तरफ़ जी. आर. पी. की चौकी की ओर बढ़ चला। किन्तु कुछ क़दम ही चला था कि मेरा ध्यान रजुआ की ओर गया, जो मुझसे कुछ दूर आगे था। वह भी उधर ही जा रहा था। मुझे कुछ आश्चर्य नहीं हुआ, क्योंकि शहर के काफ़ी लोग दिशा-मैदान के लिए कटहर नाला जाते थे, जो स्टेशन के पास ही बहता है। मैं धीरे-धीरे चलने लगा।

पर रजुआ कटहर नाला नहीं गया, बल्कि जी. आर. पी. की चौकी के पास कुछ ठिठककर खड़ा हो गया। अब मुझे कुछ आश्चर्य हुआ। क्या वह किसी मामले में पुलिसवालों के चक्कर में आ गया है? मेरी समझ में कुछ न आया और उत्सुकतावश मैं तेज़ चलने लगा। आगे बढ़ने पर स्थिति कुछ-कुछ समझ में आने लगी।

चौकी के सामने एक बेंच पर बैठे पुलिस के दो-तीन सिपाही कोई हँसी-मज़ाक़ कर रहे थे और उनसे थोड़ी ही दूरी पर नीचे एक नंगी औरत बैठी हुई थी। वह औरत और कोई नहीं, एक पगली थी, जो कई दिनों से शहर का चक्कर काट रही थी।

उसको मैंने कई बार चौक में तथा एक बार सरयू के किनारे देखा था। उसकी उम्र लगभग तीस वर्ष होगी और वह बदसूरत, काली तथा निहायत गन्दी थी। वह जहाँ जाती, कुछ लफंगे 'हा-हू' करते उसके पीछे हो जाते। वे उसको चिढ़ाते, उस पर ईंट फेंकते और जब वह तंग आकर चीख़ती-चिल्लाती भागती तो लड़के उसके पीछे दौड़ते।

रजुआ उस पगली के पास ही खड़ा था। वह कभी शंकित आँखों से पुलिस वालों को देखता, फिर मुँह फैलाकर हँस पड़ता और मुटर-मुटर पगली को ताकने लगता। परन्तु पुलिसवाले सम्भवत: उसकी ओर ध्यान नहीं दे रहे थे।

मुझे बड़ी शर्म मालूम हुई, किन्तु मैं इतना समीप पहुँच गया था कि अचानक घूमकर लौटना सम्भव न हो सका। असली बात जानने की उत्सुकता भी थी। मैं शून्य की ओर देखता आगे बढ़ा, लेकिन लाख कोशिश करके भी दृष्टि उधर चली ही जाती।

रजुआ शायद पुलिसवालों की लापरवाही का फ़ायदा उठाते हुए आगे बढ़ गया था और सिर नीचे झुकाकर अत्यन्त ही प्रसन्न होकर हँसते हुए पुचकारती आवाज़ में पूछ रहा था, "क्या है पागलराम, भात खाओगी?"

इतने में पुलिसवालों में से एक ने कड़ककर प्रश्न किया, "कौन है बे साला, चलता बन, नहीं तो मारते-मारते भूसा बना दूँगा।"

रजुआ वहाँ से थोड़ा हट गया और हँसते हुए बोला, "मालिक, मैं रजुआ हूँ।"

"भाग जा साले, गिद्ध की तरह न मालूम कहाँ से आ पहुँचा!" सम्भवत: दूसरे सिपाही ने कहा और फिर वे सभी ठहाका मारकर हँस पड़े।

मैं अब काफ़ी आगे निकल गया था और इससे अधिक मुझे कुछ सुनाई न पड़ा। मैं जल्दी-जल्दी प्लेटफ़ार्म से बाहर निकल गया।

किन्तु मामला यहीं समाप्त नहीं हो गया। घर आकर मैंने आँगन में चारपाई डाल, बड़ी मुश्किल से आधा घंटा आराम किया होगा कि मेरी पत्नी भागती हुई आई और कुछ मुस्कराती हुई तेज़ी से बोली, "अरे, ज़रा जल्दी से बाहर आइए तो, एक तमाशा दिखाती हूँ। हमारी क़सम, ज़रा जल्दी उठिए।"

मैं अनिच्छापूर्वक उठा और बाहर आकर जो दृश्य देखा उससे मेरे हृदय में एक ही साथ आश्चर्य एवं घृणा के ऐसे भाव उठे जिन्हें मैं व्यक्त नहीं कर सकता। रजुआ स्टेशन की नंगी पगली के आगे-आगे जा रहा था। पगली कभी इधर-उधर देखने लगती या खड़ी हो जाती तो रजुआ पीछे होकर पगली की अँगुली पकड़कर थोड़ा आगे ले जाता और फिर उसे छोड़कर थोड़ा आगे चलने लगता तथा पीछे घूम-घूमकर पगली से कुछ कहता जाता। इसी तरह वह पगली को सड़क की दूसरी ओर स्थित क्वार्टरों की छत पर ले गया। ये क्वार्टर मेरे मकान के सामने दूसरी पटरी पर बने थे और वे एक-दूसरे से सटे थे। उनकी छतें खुली थीं और उन पर मोहल्ले के लोग जाड़े में धूप लिया करते और गर्मी में रात को लावारिस लफंगे सोया करते थे।

तभी रजुआ नीचे उतरा, किन्तु पगली उसके साथ न थी। हम लोगों की उत्सुकता बढ़ गई थी कि देखें, वह आगे क्या करता है! हम लोग वहीं खड़े रहे और रजुआ तेज़ी से स्टेशन की ओर गया तथा कुछ ही देर में वापस आ गया। इस बार उसके हाथ में एक दोना था। दोना लेकर वह ऊपर चढ़ गया और हम समझ गए कि वह पगली को खिलाने के लिए बाज़ार से कुछ लाया है।

इसके बाद दो-तीन दिन तक रजुआ को मैंने मोहल्ले में नहीं देखा। उस दिन की घटना से हृदय में एक उत्सुकता बनी हुई थी, इसलिए एक दिन मैंने अपनी पत्नी से पूछा, "क्या बात है, रजुआ आजकल दिखाई नहीं देता। अब यहाँ नहीं आता क्या?"

"पत्नी ने थोड़ा चौंककर उत्तर दिया, "अरे, आपको नहीं मालूम, उसको किसी ने बुरी तरह पीट दिया है और वह बरन की बहू के यहाँ पड़ा हुआ है।"

"क्यों, क्या बात है!" मैंने अपनी उत्सुकता प्रकट किये बिना धीमे स्वर में पूछा।

पत्नी ने मुस्कराकर बताया, "अरे वही बात है। रजुआ उस पगली को छत पर छोड़ नरसिंह बाबू के यहाँ काम करने लगा। नरसिंह बाबू की स्त्री बताती है कि वह उस दिन बड़ा गम्भीर था और काम करते-करते चहककर जैसे किलकारी मारता है, वैसे नहीं करता था। उसकी तबीयत काम में नहीं लगती थी। वह एक काम करता और मौक़ा देख कोई बहाना बनाकर क्वार्टर की छत पर जाकर पगली का समाचार ले आता। नरसिंह बाबू की स्त्री ने जब उसे खाना दिया तो उसने वहाँ भोजन नहीं किया, बल्कि खाने को एक काग़ज़ में लपेटकर अपने साथ लेता गया। उसने वह खाना ख़ुद थोड़े खाया, बल्कि उसको वह ऊपर छत पर ले गया। रात के क़रीब ग्यारह बजे की बात है। रजुआ जब ऊपर पहुँचा तो देखा कि पगली के पास कोई दूसरा सोया है। उसने आपत्ति की तो उसको उस लफंगे ने ख़ूब पीटा और पगली को लेकर कहीं दूसरी जगह चला गया।"

"तुम्हें यह सब कैसे मालूम हुआ?" मेरा हृदय एक अनजान क्रोध से भरा आ रहा था।

"बरन की बहू बता रही थी।" पत्नी ने उत्तर दिया और अकारण ही हँस पड़ी।

बहुत दिन हो गए थे। गर्मी का मौसम था और भयंकर लू चलना शुरू हो गई थी। छत पर मार खाने के चार-पाँच दिन बाद रजुआ फिर मोहल्ले में आकर काम करने लगा था। लेकिन उसमें एक ज़बरदस्त परिवर्तन यह हुआ कि उसका स्त्रियों के साथ छेड़खानी करके गधे की भाँति हिचकना-किलकना बन्द हो गया।

"रजुआ ने आजकल दाढ़ी क्यों रख छोड़ी है?" मैंने पत्नी से पूछा।

रजुआ की बात छिड़ने पर मेरी बीवी अवश्य हँस देती। मुस्कराकर उसने उत्तर दिया, "आजकल वह भगत हो गया है। बरन की बहू को उसके कृत्य की सज़ा देने को उसने दाढ़ी बढ़ा ली है और रोज़ाना शनीचरी देवी पर जल चढ़ाता है।"

मेरे प्रश्नसूचक दृष्टि से देखने पर पत्नी ने अपनी बात स्पष्ट की, "बात यह है कि रजुआ पिछले कुछ महीनों से रात को बरन की बहू के यहाँ ही सोता था और उससे बुआ का रिश्ता भी उसने जोड़ लिया था। रजुआ दो-चार आने जो कुछ कमाता, वह अपनी बुआ के यहाँ जमा करता जाता। वह बताता है कि इस तरह करते-करते दस रुपये इकट्ठे हो गए हैं। कई बार उसने बरन की बहू से अपने रुपये माँगे तो वह इनकार कर गई कि उसके पास रजुआ की एक पाई भी नहीं। रजुआ के दिल को इतनी चोट लगी कि उसने दाढ़ी रख ली। वह कहता है कि जब तक बरन की बहू को कोढ़ न फूटेगा, वह दाढ़ी न मुड़ाएगा। इसी काम के लिए वह शनीचरी देवी पर रोज़ जल भी चढ़ाता है।"

शनीचरी देवी का जहाँ तक सम्बन्ध है, मुझे अब ख़याल आया। शनीचरी अपने ज़माने की एक प्रचंड डोमिन थी। ताड़का की तरह लम्बी-तगड़ी और लड़ने-झगड़ने में उस्ताद। वह किसी से भी नहीं डरती थी और नित्य ही किसी-न-किसी से मोर्चा लेती थी। एक बार किसी लड़ाई में एक डोम ने शनीचरी की खोपड़ी पर एक लट्ठ जमा दिया, जिससे उसका प्राणान्त हो गया। लेकिन एक-डेढ़ हफ़्ते बाद ही उस डोम के चेचक निकल आई और वह मर गया। लोगों ने उसकी मृत्यु का कारण शनीचरी देवी का प्रकोप समझा। डोमों ने श्रद्धा में उसका चबूतरा बना दिया और तब से वह छोटी जातियों में शनीचरी माता या शनीचरी देवी के नाम से प्रसिद्ध हो गई थी।

"मैं कुछ नहीं बोला, लेकिन पत्नी ने सम्भवत: कुछ उदास स्वर में कहा, 'उसको आजकल थोड़ा बुख़ार रहता है। उसका विश्वास है कि बरन की बहू ने उस पर जादू-टोना कर दिया है। वह कहता है कि शनीचरी बहुत चलती देवी हैं। अरे, एक महीने में ही बरन की बहू कोढ़ फूट-फूटकर मरेगी।"

पता नहीं, उसका ज्वर टूटा कि नहीं। मैंने जानने की कोशिश भी नहीं की। बीमार तो वह सदा ही का था। सोचा, शायद उतर गया हो, क्योंकि काम तो वह उसी तरह कर रहा था। हाँ, बीच में उसके चेहरे पर जो चुस्ती और ख़ुशी चमक-चमक उठती, वह तिरोहित हो गई थी। न वह उतना चहकता था, न उतना बोलता था, अपेक्षाकृत वह अधिक गम्भीर और सुस्त हो गया।

उसकी रुचि धर्म की ओर मुड़ गई और शनीचरी देवी की मन्नत मानते वह अच्छा-भला भगत बन बैठा।

मेरे घर के सामने सड़क की दूसरी ओर क्वार्टर में एक पंडितजी रहते हैं। यों तो वह लकड़ियाँ बेचते हैं, लेकिन साथ-साथ सत्तू-नमक-तेल वग़ैरह भी रखते हैं। फलस्वरूप उनके यहाँ इक्के-ताँगेवालों और गाड़ीवानों की भीड़ लगी रहती है, जो पंडितजी के यहाँ से सत्तू लेकर अपनी भूख मिटाते हैं और उनकी दुकान के छायेदार नीम के नीचे पाँच-दस मिनट विश्राम करते हुए ठट्ठा-मज़ाक़ भी करते हैं। रात को वहीं उनकी मजलिस लगती है।

उस रात गर्मी इतनी थी कि आँगन में दम घुटा जा रहा था। मैं खाने के पश्चात् चारपाई को घसीटते हुए लगभग सड़क के किनारे ले गया। उमस तो यहाँ भी थी, पर अपेक्षाकृत शान्ति मिली।

मुझे लेटे हुए अभी दो-चार मिनट ही बीते होंगे कि पंडितजी की दुकान से आती हुई आवाज़ सुनाई पड़ी, "तो का हो रज्जू भगत, गोसाईं जी का कह गए हैं? महाबीरजी समुन्दर में कूदते हैं तो ताड़का महरानी का कहती हैं?"

"सुनो-सुनो..." प्रश्नकर्त्ता की बात के उत्तर में रजुआ (शायद वह भगत कहलाने लगा था) तत्काल जोश से ऐसे बोला, जैसे आशंका हो कि यदि वह देर कर देगा तो कोई दूसरा ही बता देगा, "बजरंगबली बड़े ज़बर थे। वह समुन्दर में कुछ दूर तक तैर लेते हैं तो उनको ताड़का महारानी मिलती हैं। ताड़का महारानी अपना रूप दिखाती हैं तो बजरंगबली किससे कम हैं? ये मियाँ एढ़े तो हम तुमसे ड्यौढ़े, बजरंगबली भी उतने ही बड़े हो जाते हैं। इसके बाद ताड़का महारानी और बड़ी हो जाती हैं तो बजरंगबली मच्छर बनकर ताड़का महारानी के कान से बाहर निकल आते हैं।"

"तो ए रज्जू भगत, गान्ही महात्मा भी तो जेहल से निकल आते हैं?" किसी दूसरे ने पूछा।

रजुआ ने और ज़ोर से बताया, "सुना-सुनो, गान्ही महात्मा को सरकार जब जेहल में डाल देती है तो एक दिन क्या होता है कि सभी सिपाही-प्यादा के होते हुए भी गान्ही महात्मा जेहल से निकल आते हैं और सबकी आँखों पर पट्टी बँधी रह जाती है। गान्ही महात्मा सात समुन्दर पार करके जब देहली पहुँचते हैं तो सरकार उन पर गोली चलाती है। गोली गान्ही महात्मा की छाती पर लगकर सौ टुकड़े हो जाती है और गान्ही महात्मा आसमान में उड़कर ग़ायब हो जाते हैं।"

इसके पूर्व महात्मा गाँधी की मृत्यु का ऐसा दिलचस्प क़िस्सा मैंने कभी नहीं सुना था, यद्यपि गाँधीजी की हत्या हुए चार वर्ष गुज़र गए थे।

उसकी दाढ़ी जैसे-जैसे बढ़ती गई, रजुआ के धर्म-प्रेम का समाचार भी फैलता गया। निचले तबके के लोगों में अब वह 'रज्जू भगत' के नाम से पुकारा जाने लगा। बड़े लोगों में भी कोई-कोई हँसी-मज़ाक़ में उसको इसी नाम से सम्बोधित करता, लेकिन उनके कहने पर वह शरमाकर हँसते हुए चला जाता, पर छोटी जातियों के समाज में वह कुछ-न-कुछ ऐसी कह गुज़रता जो सबसे अलग होती। अक्सर उनकी मजलिसें रात को पंडितजी की दुकान के आगे जमतीं और रजुआ उनसे राम-सीताजी की चर्चा करता, भूत-प्रेत, बरम-डीह के महत्त्व पर प्रकाश डालता और झाड़-फूँक, मंत्र जप का महत्त्व समझाता। वे नाना प्रकार की शंकाएँ प्रकट करते और रजुआ उनका समाधान करता।

लेकिन इतनी धार्मिक चर्चाएँ करने, शनीचरी देवी पर जल चढ़ाने तथा दाढ़ी रखने के बावजूद उसकी मनोकामना पूरी न हुई।

शाम को दफ़्तर से लौटा ही था कि बीवी ने चिन्तापुर स्वर में सूचना दी, "अरे, जानते नहीं, रजुआ को हैज़ा हो गया है।"

उन दिनों गर्मी अपनी चरम सीमा पर थी और गड्ढे तथा बमपुलिस की गली में, जो शहर के अत्यधिक गन्दे स्थान थे, हैज़े की कई घटनाएँ हो गई थीं। मुझे आश्चर्य नहीं हुआ, क्योंकि रजुआ को हैज़ा न होता तो और किसको होता!

"ज़िन्दा है या मर गया?" मैंने उदासीन स्वर में पूछा।

मेरी पत्नी ने अफ़सोस प्रकट करते हुए कहा, "क्या बताएँ, मेरा दिल छटपटा कर रह गया। वहीं खँडहर में पड़ा हुआ है। कै-दस्त से पस्त हो गया है। लोग बताते हैं कि आध-एक घंटे में मर जाएगा।"

"कोई दवा-दारू नहीं हुई?"

"कौन उसका सगा बैठा है जो दवा-दारू करता? शिवनाथ बाबू के यहाँ काम कर रहा था, पर जहाँ उसको एक कै हुई कि उन लोगों ने उसको अपने यहाँ से खदेड़ दिया। फिर वह रामजी मिश्र के आसारे में जाकर बैठ गया, लेकिन जब उन लोगों को पता लगा तो उन्होंने भी उसको भगा दिया। उसके बाद वह किसी के यहाँ नहीं गया, जाकर खँडहर में पेड़ के नीचे पड़ गया।"

मैंने जैसे व्यंग्य किया, "तुमने अपने यहाँ क्यों न बुला लिया?"

पत्नी को यह आशा नहीं थी कि मैं ऐसा प्रश्न करूँगा, इसलिए स्तम्भित होकर मुझे देखने लगी। अन्त में बिगड़कर बोली, "मैं उसे यहाँ बुलाती, कैसी बात करते हैं आप? मेरे भी बाल-बच्चे हैं, भगवान न करे, उनको कुछ हो गया तो?"

मैं हँस पड़ा, फिर उठ खड़ा हुआ। "ज़रा देख आऊँ...," दरवाज़े की ओर बढ़ता हुआ बोला।

"आपके पैरों पड़ती हूँ, उसको छुइएगा नहीं और झटपट चले आइएगा।" पत्नी गिड़गिड़ाने लगी।

जब मैं खँडहर में पहुँचा तो दो-तीन व्यक्ति सड़क के किनारे खड़े होकर रजुआ को निहार रहे थे। वे मोहल्ले के नहीं, बल्कि रास्ते चलते मुसाफ़िर थे, जो रजुआ की दशा देखकर अकर्मण्य दया एवं उत्सुकता से वहाँ खड़े हो गए थे

"रजुआ?" मैंने निकट पहुँचकर पूछा।

लेकिन उसको किसी बात की सुध-बुध न थी। वह पेड़ के नीचे एक गन्दे अँगोछे पर पड़ा हुआ था और उसका शरीर कै-दस्त से लथपथ था। उसकी छाती की हड्डियाँ और उभर आई थीं, पेट तथा आँखें पिचककर धँस गई थीं और गालों में गड्ढे बन गए थे। उसकी आँखों के नीचे भी गहरे काले गड्ढे दिखाई दे रहे थे और उसका मुँह कुछ खुला हुआ था। पहले देखने से ऐसा मालूम होता था कि वह मर गया है, लेकिन उसकी साँस धीमे-धीमे चल रही थी।

मैं कुछ निश्चय न कर पा रहा था, क्या किया जाए कि मालूम नहीं कहाँ से शिवनाथ बाबू मेरी बग़ल में आकर खड़े हो गए और धीरे-से उन्होंने अपनी सम्मति भी प्रकट की, "ही कांट सरवाइव—यह बच नहीं सकता।"

मैंने तेज़ दृष्टि से उनको देखा। शिवनाथ बाबू पर तो मुझे ग़ुस्सा आ ही रहा था, लेकिन अपने ऊपर भी कम झुँझलाहट न थी। कभी जी होता था कि जाकर घर बैठ रहूँ, जब और लोगों को मतलब नहीं तो मुझे ही क्या पड़ी है! लेकिन उसे यों अपनी आँखों के सामने मरते हुए देखा नहीं जाता था। पर मैं उसका इलाज भी क्या करवा सकता था? मैं लगभग सौ रुपये वेतन पाता था, इसके अलावा महीने का अन्तिम सप्ताह था, मेरे पास एक पाई नहीं थी। पर उसे अस्पताल भी तो भिजवाया जा सकता है! अचानक मन में विचार कौंधा, मेरी झुँझलाहट जैसे अचानक दूर हो गई और मैं तेज़ी से अस्पताल रवाना हो गया।

अस्पताल पहुँचकर मैंने सम्बन्धित अधिकारियों को सूचित किया। वहाँ से अस्पताल की मोटरगाड़ी पर बैठकर मैं स्वयं साथ आया। रजुआ की साँस अब भी चल रही थी। अस्पताल के दो मेहतरों ने, जो साथ आए थे, उसको खींचकर गाड़ी पर लाद दिया। जब गाड़ी चली गई तो मैंने सन्तोष की साँस ली जैसे मेरे सिर से कोई बहुत बड़ा बोझ हट गया हो।

सबकी यही राय थी कि रजुआ बच नहीं सकता, परन्तु वह मरा नहीं। यदि अस्पताल पहुँचने में थोड़ा भी विलम्ब हो गया होता तो बेशक काल के गाल से उसकी रक्षा न हो पाती। अस्पताल में वह चार-पाँच दिन रहा, फिर वहाँ से बरख़ास्त कर दिया गया।

किन्तु उसकी हालत बेहद ख़राब थी। वह एकदम दुबला-पतला हो गया था। मुश्किल से चल पाता और जब बोलता तो हाँफने लगता। न मालूम क्यों, वह अस्पताल से सीधे मेरे घर ही आया। यद्यपि मेरी पत्नी को उसका आना बहुत बुरा लगा, लेकिन मैंने उससे कह दिया कि दो-चार दिन उसे पड़ा रहने दे, फिर वह अपने-आप ही इधर-उधर आने-जाने तथा काम करने लगेगा।

वह चार-पाँच दिन रहा, खाने को कुछ-न-कुछ पा ही जाता। वह कोई-न-कोई काम करने की कोशिश करता, पर उससे होता नहीं था। किसी को घर में बैठाकर मुफ़्त खिलाना मेरी श्रीमतीजी को बहुत बुरा लगता था, परन्तु सबसे बड़ा भय उनको यह था कि उसके रहने से घर में किसी को हैज़ा न हो जाए।

और एक दिन घर आने पर रजुआ नहीं दिखाई पड़ा। पूछने पर बीवी ने बताया कि वह अपनी तबीयत से पता नहीं कब कहीं चला गया।

वह कहीं गया न था, बल्कि मोहल्ले में था। लेकिन अब वह बहुत कम दिखाई पड़ता। मैंने उसको एक-दो बार सड़क पर पैर घिसट-घिसटकर जाते हुए देखा। सम्भवतः वह अपना पेट भरने के लिए कुछ-न-कुछ करने का प्रयत्न कर रहा था।

फिर एक दिन मैंने उसे खँडहर में पुनः पड़ा पाया।

शिवनाथ बाबू अपने दरवाज़े पर बैठ अपने शरीर में तेल की मालिश कर रहे थे। मैंने उनसे जाकर नमस्कार करते हुए प्रश्न किया, "रजुआ खँडहर में क्यों पड़ा हुआ है? उसे फिर हैज़ा हुआ है क्या?"

शिवनाथ बाबू बिगड़ गए, "गोली मारिए साहब, आख़िर कोई कहाँ तक करे! अब साले को खुजली हुई है। जहाँ जाता है, खुजलाने लगता है। कौन उससे काम कराए! फिर काम भी तो वह नहीं कर सकता। साहब, अभी दो-तीन रोज़ की बात है, मैंने कहा एक गगरा पानी ला दो। गया ज़रूर, लेकिन कुएँ से उतरते समय गिर गए बच्चू। पानी तो ख़राब हुआ ही, गगरा भी टूट-पिचक गया। मैंने तो साफ़-साफ़ कह दिया कि मेरे घर के अन्दर पैर न रखना, नहीं पैर तोड़ दूँगा। ग़रीबों को देखकर मुझे भी दया-माया सताती है, पर अपना भी तो देखना है।"

मैं कुछ नहीं बोला और चुपचाप घर लौट आया। इस बार मेरी हिम्मत नहीं कि जाकर उसे देखूँ या उससे हालचाल पूछूँ।

घर जाकर मैंने पत्नी से पूछा, "तुमने रजुआ से कुछ कहा-सुना तो नहीं था?" मुझे शक था कि बीवी ने ही उसको भगा दिया होगा और इसीलिए वह मेरे घर नहीं आता। मेरी बात सुनकर श्रीमतीजी अचकचाकर मुझे देखने लगीं, फिर तिनककर बोलीं, "क्या करती, रोग को पालती? कोई मेरा भाई-बन्धु तो नहीं।"

मैं क्या कहता!

रजुआ को भयंकर खुजली हो गई थी, लेकिन उसने मोहल्ला नहीं छोड़ा। वह अक्सर खँडहर में बैठकर अपने शरीर को खुजलाता रहता। खाने की आशा में वह इधर-उधर चक्कर भी लगाता। कभी-कभी वह मेरे घर के सामने लकड़ी वाले पंडित के यहाँ जाता और पंडितजी थोड़ा सत्तू दे देते। मैंने भी एक-दो बार अपने लड़के के हाथ खाना भिजवा दिया। इस तरह उसके पेट का पालन होता रहा। उसका चेहरा भयंकर हो गया था—एकदम पीला और हाथ-पैर जली हुई रस्सी की तरह ऐंठे हुए। वह बाहर कम ही निकलता और जब निकलता तो उसको देखकर एक अजीब दहशत-सी लगती, जैसे कोई नर-कंकाल चल रहा हो।

आषाढ़ चढ़ गया था और बरसात का पहला पानी पड़ चुका था। शनिवार का दिन, सवेरे लगभग आठ बजे मैं दफ़्तर का काम लेकर बैठ गया। लेकिन तबीयत नहीं लगी। बाहर नाली में वर्षा का पानी पूरे वेग से दौड़ रहा था और शरीर पर पुरवाई के झोंके आ लगते, जिससे मैं एक मधुर सुस्ती का अनुभव कर रहा था। मैंने क़लम मेज़ पर रख दी और कुर्सी पर सिर टेककर ऊँघने लगा।

यदि एक आहट ने चौंका न दिया होता तो मैं सो भी जाता। मैंने आँखें खोलकर बाहर झाँका। बाहर ओसारे में खड़ा तेरह-चौदह वर्ष का एक लड़का कमरे में झाँक रहा था। लड़के के शरीर पर एक गन्दी धोती थी और चेहरा मैला था।

मुझे सन्देह हुआ कि वह कोई चोर-चाई है, इसलिए मैंने डपटकर पूछा, "कौन है रे, क्या चाहता है?"

लड़का दुबककर कमरे में घुस आया और निधड़क बोला, "सरकार, रजुआ मर गया। उसी के लिए आया हूँ।" और अन्त में हँस पड़ा।

"मर गया? कब मरा? कहाँ मरा?" मैंने साश्चर्य मुँह बाकर एक ही साथ उससे कई प्रश्न किये।

लड़के ने फिर हँसते हुए कहा, "हाँ सरकार, मर गया। मालिक, इस कारड पर उसके गाँव एक चिट्ठी लिख दीजिए।"

मैंने इसके आगे रजुआ के सम्बन्ध में कुछ न पूछा। मैं अचानक डर गया कि यदि मैंने मामले में अधिक दिलचस्पी दिखाई तो हो सकता है कि मुझे उसकी लाश फूँकने का भी प्रबन्ध करना पड़े।

लड़के के हाथ में एक पोस्टकार्ड था, जिसको लेते हुए मैंने सवाल किया, "इस पर क्या लिखना होगा? उसके गाँव का क्या पता है?"

"मालिक, रामपुर के भजनराम बरई के यहाँ लिखना होगा। लिख दीजिए कि गोपाल मर गया।" लड़के की आवाज़ कुछ ढीठ हो गई थी।

"गोपाल!"

"जी, वहाँ तो उसका यही नाम है।"

मैंने पोस्टकार्ड पर तेज़ी से मज़मून तथा पता लिखा और पत्र को लड़के के हवाले कर दिया।

मैं लड़के से पूछना चाहता था कि तू कौन है? रजुआ कहाँ मरा? उसकी लाश कहाँ है? परन्तु मैं कुछ नहीं पूछ सका, जैसे मुझे काठ मार गया हो।

सच कहता हूँ, रजुआ की मृत्यु का समाचार सुनकर मेरे हृदय को अपूर्व शान्ति मिली, जैसे दिमाग़ पर पड़ा हुआ बहुत बड़ा बोझ हट गया हो। उसको देखकर मुझे सदा घृणा होती थी और कभी-कभी सोचकर कष्ट होता था कि इस व्यक्ति ने सदा ऐसे प्रयास किये, जिससे इसको भीख न माँगनी पड़े। और उसको भीख माँगनी भी पड़ी है तो इसमें उसका दोष कतई नहीं रहा है। मैंने उसकी दशा देखकर कई बार क्रोधवश सोचा है कि यह कमबख़्त एक ही मोहल्ले से क्यों चिपका हुआ है! घूम-घूमकर शहर में भीख क्यों नहीं माँगता? मुझे कभी-कभी लगता है कि वह किसी का मुहताज न होना चाहता था और इसके लिए उसने कोशिश भी की, जिसमें वह असफल रहा। चूँकि वह मरना न चाहता था, इसलिए जोंक की तरह ज़िन्दगी से चिमटा रहा। लेकिन लगता है, ज़िन्दगी स्वयं जोंक-सरीखी उससे चिमटी थी और धीरे-धीरे उसके रक्त की अन्तिम बूँद तक पी गई।

रजुआ को मरे तीन-चार दिन हो गए थे। सारे मोहल्ले में समाचार उसी दिन फैल गया था। मोहल्लेवालों ने अफ़सोस प्रकट किया और शिवनाथ बाबू ने तो यहाँ तक कह डाला कि जो हो, आदमी वह ईमानदार था।

रात के क़रीब आठ बजे थे और मैं बाहरी ओसारे में बैठा था। आसमान में बादल छाए थे और सारा वातावरण इतना शान्त था जैसे किसी षड्यंत्र में लीन हो। बग़ल की चौकी पर रखी धुँधली लालटेन कभी-कभी चकमक कर उठती और उसके चारों ओर उड़ते पतंगे कभी क़मीज़ के अन्दर घुस जाते, जिससे तबीयत असह्य खीझ से भर उठती।

मैं भीतर जाने के उद्देश्य से उठा कि सामने एक छाया देखकर एकदम डर गया। रजुआ की शक्ल का नर-कंकाल भीतर चला जा रहा था। सच कहता हूँ यदि मैं भूत-प्रेत में विश्वास करता तो चिल्ला उठता, 'भूत भूत!' मैं आँखें फाड़-फाड़ कर देख रहा था। नर-कंकाल धीरे-धीरे घिसटता बढ़ा आ रहा था। यह तो रजुआ ही था, ठठरी मात्र! क्या वह ज़िन्दा है?

वह मेरे निकट आ गया। सम्भवत: वह मेरी परेशानी भाँपकर बोला, "सरकार, मैं मरा नहीं हूँ, ज़िन्दा हूँ।" अन्त में वह सूखे होंठों से हँसने लगा।

"तब वह लड़का क्यों आया था?" मैंने गम्भीरतापूर्वक प्रश्न किया।

उसने पहले दाँत निपोर दिये, फिर बोला, "सरकार, वह गुदड़ी बाज़ार के बचनराम का लड़का है। मैंने ही उसको भेजा था। बात यह हुई सरकार, कि मेरे सिर पर एक कौवा बैठ गया था। हजूर, कौवे का सिर पर बैठना बहुत अशुभ माना जाता है। उससे मौअत आ जाती है।"

"फिर गाँव पर चिट्ठी लिखने का क्या मतलब?" मेरी समझ में अब भी कुछ न आया था।

उसने समझाया, "सरकार, यह मौअतवाली बात किसी सगे-सम्बन्धी के यहाँ लिख देने से मौअत टल जाती है। भजनराम बरई मेरे चाचा होते हैं। मालिक, एक और कारड है, इस पर लिख दें, सरकार कि गोपाल ज़िन्दा है, मरा नहीं।"

मैंने पूछना चाहा कि तू क्यों नहीं आया, लड़के को क्यों नहीं भेज दिया! लेकिन वह सब व्यर्थ था। सम्भवत: उसने सोचा हो कि उसका मतलब कोई न समझे और लोग बात को मज़ाक़ समझकर कहीं दुरदुरा न दें।

मैंने पोस्टकार्ड लेकर उस पर उसकी इच्छानुसार लिख दिया।

पोस्टकार्ड लौटाते समय मैंने उसके चेहरे को ग़ौर से देखा। उसके मुख पर मौत की भीषण छाया नाच रही थी और वह ज़िन्दगी से जोंक की तरह चिमटा था—लेकिन जोंक वह था या ज़िन्दगी? वह ज़िन्दगी का ख़ून चूस रहा था या ज़िन्दगी उसका?...मैं तय न कर पाया।

डिप्टी कलक्टरी

शकलदीप बाबू कहीं एक घंटे बाद वापस लौटे। घर में प्रवेश करने के पूर्व उन्होंने ओसारे के कमरे में झाँका, कोई भी मुवक्किल नहीं था और मुहर्रिर साहब भी ग़ायब थे। वह भीतर चले गए और अपने कमरे के सामने ओसारे में खड़े होकर बन्दर की भाँति आँखें मलका-मलका कर उन्होंने रसोईघर की ओर देखा। उनकी पत्नी, जमुना, चौके के पास पीढ़े पर बैठी होंठ-पर-होंठ दबाकर मुँह फुलाए तरकारी काट रही थीं। वह मन्द मन्द मुस्कराते हुए अपनी पत्नी के पास चले गए। उनके मुख पर असाधारण सन्तोष, विश्वास एवं उत्साह का भाव अंकित था। एक घंटे पूर्व ऐसी बात नहीं थी।

बात इस प्रकार आरम्भ हुई। शकलदीप बाबू सवेरे दातौन-कुल्ला करने के बाद अपने कमरे में बैठे ही थे कि जमुना ने एक तश्तरी में दो जलेबियाँ नाश्ते के लिए सामने रख दीं। वह बिना कुछ बोले जलपान करने लगे।

जमुना पहले तो एक-आध मिनट चुप रही। फिर पति के मुख की ओर उड़ती नज़र से देखने के बाद उसने बात छेड़ी, "दो-तीन दिन से बबुआ बहुत उदास रहते हैं।"

"क्या?" सिर उठाकर शकलदीप बाबू ने पूछा और उनकी भौहें तन गईं।

जमुना ने व्यर्थ में मुस्कराते हुए कहा, "कल बोले, इस साल डिप्टी-कलक्टरी की बहुत-सी जगहें हैं, पर बाबूजी से कहते डर लगता है। कह रहे थे, दो-चार दिन में फ़ीस भेजने की तारीख़ बीत जाएगी।"

शकलदीप बाबू का बड़ा लड़का, नारायण, घर में बबुआ के नाम से ही पुकारा जाता था। उम्र उसकी लगभग 24 वर्ष की थी। पिछले तीन-चार साल से बहुत-सी परीक्षाओं में बैठने, एम.एल.ए. लोगों के दरवाज़ों के चक्कर लगाने तथा और भी उल्टे-सीधे फन इस्तेमाल करने के बावजूद उसको अब तक कोई नौकरी नहीं मिल सकी थी। दो बार डिप्टी-कलक्टरी के इम्तहान में भी वह बैठ चुका था, पर दुर्भाग्य! अब एक अवसर उसे और मिलना था, जिसको वह छोड़ना न चाहता था, और उसे विश्वास था कि चूँकि जगहें काफ़ी हैं और वह अबकी जी-जान से परिश्रम करेगा, इसलिए बहुत सम्भव है कि वह ले लिया जाए।

शकलदीप बाबू मुख़्तार थे। लेकिन इधर डेढ़-दो साल से मुख़्तारी की गाड़ी उनके चलाए न चलती थी। बुढ़ौती के कारण अब उनकी आवाज़ में न वह तड़प रह गई थी, न शरीर में वह ताक़त और न चाल में वह अकड़। इसलिए मुवक्किल उनके यहाँ कम ही पहुँचते। कुछ तो आकर भी भड़क जाते। इस हालत में वह राम का नाम लेकर कचहरी जाते, अक्सर कुछ पा जाते, जिससे दोनों जून चौका-चूल्हा चल जाता।

जमुना की बात सुनकर वह एकदम बिगड़ गए। क्रोध से उनका मुँह विकृत हो गया और वह सिर को झटकते हुए, कटाह कुकुर की तरह बोले, "तो मैं क्या करूँ? मैं तो हैरान-परेशान हो गया हूँ। तुम लोग मेरी जान लेने पर तुले हुए हो। साफ़-साफ़ सुन लो, मैं तीन बार कहता हूँ, मुझसे नहीं होगा, मुझसे नहीं होगा, मुझसे नहीं होगा।"

जमुना कुछ न बोली, क्योंकि वह जानती थी कि पति का क्रोध करना स्वाभाविक है।

शकलदीप बाबू एक-दो क्षण चुप रहे, फिर दाएँ हाथ को ऊपर-नीचे नचाते बोले, "फिर इसकी गारंटी ही क्या है कि इस दफ़े बाबू साहब ले ही लिये जाएँगे? मामूली ए.जी. ऑफ़िस की क्लर्की में तो पूछे नहीं गए, डिप्टी-कलक्टरी में कौन पूछेगा? थर्ड क्लास बी.ए. आप हैं, चौबीसों घंटे मटरगश्ती आप करते हैं, दिन-रात सिगरेट आप फूँकते हैं! आपमें कौन-से सुर्ख़ाब के पर लगे हैं, जनाब? बड़े-बड़े बह गए, गदहा पूछे कितना पानी? फिर करम-करम की बात होती है। भाई, समझ लो, तुम्हारे करम में नौकरी लिखी ही नहीं। अरे हाँ, अगर सभी कुकुर काशी ही सेवेंगे तो हँड़िया कौन चाटेगा? डिप्टी-कलक्टरी, डिप्टी-कलक्टरी! सच पूछो, तो डिप्टी-कलक्टरी नाम से मुझे घृणा हो गई है!" और उनके होंठ बिचक गए।

जमुना ने अब मृदु स्वर में उनके कथन का प्रतिवाद किया, "ऐसी कुभाषा मुँह से नहीं निकलनी चाहिए। हमारे लड़के में दोष ही कौन-सा है? लाखों में एक है। सब्र की सौ धार, मेरा तो दिल कहता है इस बार बबुआ ज़रूर ले लिये जाएँगे। फिर पहली भूख-प्यास का लड़का है, माँ-बाप का सुख तो उसने जाना नहीं। इतना भी नहीं होगा, तो उसका दिल टूट जाएगा। यों ही न मालूम क्यों, हमेशा उदास रहता है, ठीक से खाता-पीता नहीं, ठीक से बोलता नहीं, पहले की तरह गाता-गुनगुनाता नहीं। न मालूम मेरे लाडले को क्या हो गया है!" अन्त में उसका गला भर आया और वह दूसरी ओर मुँह करके आँखों में आए आँसुओं को रोकने का प्रयास करने लगी।

जमुना को रोते हुए देखकर शकलदीप बाबू आपे से बाहर हो गए। क्रोध तथा व्यंग्य से मुँह चिढ़ाते हुए बोले, "लड़का है तो लेकर चाटो! सारी खुराफ़ात की जड़ तुम ही हो, और कोई नहीं! तुम मुझे ज़िन्दा रहने देना नहीं चाहती, जिस दिन मेरी जान निकलेगी, तुम्हारी छाती ठंडी होगी!" वह हाँफने लगे।

उन्होंने जमुना पर निर्दयतापूर्वक ऐसा ज़बरदस्त आरोप किया था, जिसे वह सह न सकी। रोती हुई बोली, "अच्छी बात है, अगर मैं सारी खुराफ़ात की जड़ हूँ, तो मैं कमीनी की बच्ची, जो आज से कोई बात..." रुलाई के मारे वह आगे न बोल सकी और तेज़ी से कमरे से बाहर निकल गई।

शकलदीप बाबू कुछ नहीं बोले, बल्कि वहीं बैठे रहे। मुँह उनका तना हुआ था और गर्दन टेढ़ी हो गई थी। एक-आध मिनट तक उसी तरह बैठे रहने के पश्चात् वह ज़मीन पर पड़े अख़बार के एक फटे-पुराने टुकड़े को उठाकर इस तल्लीनता से पढ़ने लगे, जैसे कुछ भी न हुआ हो।

लगभग पन्द्रह-बीस मिनट तक वह उसी तरह पढ़ते रहे, फिर अचानक उठ खड़े हुए। उन्होंने लुंगी की तरह लिपटी धोती को खोलकर ठीक से पहन लिया और ऊपर से अपना पारसी कोट डाल लिया, जो कुछ मैला हो गया था और जिसमें दो चिप्पियाँ लगी थीं; और पुराना पम्प शू पहन, हाथ में छड़ी ले, एक-दो बार खाँसकर बाहर निकल गए।

पति की बात से जमुना के हृदय को गहरा आघात पहुँचा था। शकलदीप बाबू को बाहर जाते हुए उसने देखा, पर वह कुछ नहीं बोली। वह मुँह फुलाए चुपचाप घर के अटरम-सटरम काम करती रही। और एक घंटे बाद भी, जब शकलदीप बाबू बाहर से लौट उसके पास आकर खड़े हुए, तब भी वह कुछ न बोली, चुपचाप तरकारी काटती रही।

शकलदीप बाबू ने खाँसकर कहा, "सुनती हो, यह डेढ़ सौ रुपये रख लो। क़रीब सौ रुपये बबुआ की फ़ीस में लगेंगे और पचास रुपये अलग रख देना, कोई और काम आ पड़े।"

जमुना ने हाथ बढ़ाकर रुपये तो अवश्य ले लिये, पर अब भी कुछ नहीं बोली।

लेकिन शकलदीप बाबू अत्यधिक प्रसन्न थे और उन्होंने उत्साहपूर्ण आवाज़ में कहा, "सौ रुपये बबुआ को देना, आज ही फ़ीस भेज दें। होंगे, ज़रूर होंगे, बबुआ डिप्टी-कलक्टर अवश्य होंगे। कोई कारण ही नहीं कि वह न लिये जाएँ। लड़के के जेहन में कोई ख़राबी थोड़े है। राम-राम!...नहीं, चिन्ता की कोई बात नहीं। नारायणजी इस बार भगवान की कृपा से डिप्टी-कलक्टर अवश्य होंगे।"

जमुना अब भी चुप रही और रुपये को ट्रंक में रखने के लिए उठकर कमरे में चली गई।

शकलदीप बाबू अपने कमरे की ओर लौट पड़े। पर कुछ दूर जाकर फिर घूम पड़े और जिस कमरे में जमुना गई थी, उसके दरवाज़े के सामने आकर खड़े हो गए और जमुना को ट्रंक में रुपये बन्द करते हुए देखते रहे। फिर बोले, "ग़लती किसी की नहीं। सारा दोष तो मेरा है। देखो न, मैं बाप होकर कहता हूँ कि लड़का नाक़ाबिल है। नहीं-नहीं, सारी खुराफ़ात की जड़ मैं ही हूँ, और कोई नहीं।"

एक-दो-क्षण वह खड़े रहे, लेकिन तब भी जमुना ने कोई उत्तर नहीं दिया तो कमरे में जाकर वह अपने कपड़े उतारने लगे।

नारायण ने उसी दिन डिप्टी-कलक्टरी की फ़ीस तथा फ़ॉर्म भेज दिये।

दूसरे दिन आदत के ख़िलाफ़ प्रातःकाल ही शकलदीप बाबू की नींद उचट गई; वह हड़बड़ाकर आँखें मलते हुए उठ खड़े हुए और बाहर ओसारे में आकर चारों ओर देखने लगे। घर के सभी लोग निद्रा में निमग्न थे। सोए हुए लोगों की साँसों की आवाज़ और मच्छरों की भनभन सुनाई दे रही थी। चारों ओर अँधेरा था। लेकिन बाहर के कमरे से धीमी रोशनी आ रही थी। शकलदीप बाबू चौंक पड़े और पैरों को दबाए कमरे की ओर बढ़े।

उनकी उम्र पचास के ऊपर होगी। वह गोरे, नाटे और दुबले-पतले थे। उनके मुख पर अनगिनत रेखाओं का जाल बुना था और उनकी बाँहों तथा गर्दन पर चमड़े झूल रहे थे।

दरवाज़े के पास पहुँचकर, उन्होंने पंजे के बल खड़े हो होंठ दबाकर कमरे के अन्दर झाँका। उनका लड़का नारायण मेज़ पर रखी लालटेन के सामने सिर झुकाए ध्यानपूर्वक कुछ पढ़ रहा था।

शकलदीप बाबू कुछ देर तक आँखों को साश्चर्य फैलाकर अपने लड़के को देखते रहे, जैसे किसी आनन्ददायी रहस्य का उन्होंने अचानक पता लगा लिया हो। फिर वह चुपचाप धीरे-से पीछे हट गए और वहीं खड़े होकर ज़रा मुस्कराए और फिर दबे पाँव धीरे-धीरे वापस लौटे और अपने कमरे के सामने ओसारे के किनारे खड़े होकर आसमान को उत्सुकतापूर्वक निहारने लगे।

उनकी आदत छह-साढ़े छह बजे से पहले उठने की नहीं थी। लेकिन आज उठ गए थे, तो मन अप्रसन्न नहीं हुआ। आसमान में तारे अब भी चटक दिखाई दे रहे थे और बाहर के पेड़ों को हिलाती हुई और खपड़े को स्पर्श करके आँगन में न मालूम किस दिशा से आती ताज़ी हवा उनको आनन्दित एवं उत्साहित कर रही थी। वह पुनः मुस्करा पड़े और उन्होंने धीरे-से फुसफुसाया, "चलो, अच्छा ही है।"

और अचानक उनमें न मालूम कहाँ का उत्साह आ गया! उन्होंने उसी समय ही दातौन करना शुरू कर दिया। इन कार्यों से निबटने के बाद भी अँधेरा ही रहा, तो बाल्टी में पानी भरा और उसे गुसलख़ाने में ले जाकर स्नान करने लगे। स्नान से निवृत्त होकर जब वह बाहर निकले, तो उनके शरीर में एक अपूर्व ताज़गी तथा मन में एक अवर्णनीय उत्साह था।

यद्यपि उन्होंने अपने सभी कार्य चुपचाप करने की कोशिश की थी, तो भी देह दुर्बल होने के कारण कुछ खटपट हो गई, जिसके परिणामस्वरूप उनकी पत्नी की नींद खुल गई। जमुना को तो पहले चोर-वोर का सन्देह हुआ, लेकिन उसने झटपट

आकर जब देखा, तो आश्चर्यचकित हो गई। शकलदीप बाबू आँगन में खड़े-खड़े आकाश को निहार रहे थे।

जमुना ने चिन्तातुर स्वर में कहा, "इतनी जल्दी स्नान की ज़रूरत क्या थी? इतना सवेरे तो कभी भी नहीं उठा जाता था? कुछ हो-हवा गया, तो?"

शकलदीप बाबू झेंप गए। झूठी हँसी हँसते हुए बोले, "धीरे-धीरे बोलो भाई, बबुआ पढ़ रहे हैं।"

जमुना बिगड़ गई, "धीरे-धीरे क्यों बोलूँ, इसी लच्छन से परसाल बीमार पड़ गया था।"

शकलदीप बाबू को आशंका हुई कि इस तरह बातचीत करने से तकरार बढ़ जाएगी, शोर-शराबा होगा, इसलिए उन्होंने पत्नी की बात का कोई उत्तर नहीं दिया। वह पीछे घूम पड़े और अपने कमरे में आकर लालटेन कर चुपचाप रामायण का पाठ करने लगे।

पूजा समाप्त करके जब वह उठे, तो उजाला हो गया था। वह कमरे से बाहर निकल आए। घर के बड़े लोग तो जाग गए थे, पर बच्चे अभी तक सोए थे।

जमुना भंडार-घर में कुछ खटर-पटर कर रही थी। शकलदीप बाबू ताड़ गए और वह भंडार-घर के दरवाज़े के सामने जाकर खड़े हो गए और कमर पर दोनों हाथ रखकर कुतूहल के साथ अपनी पत्नी को कुंडे में से चावल निकालते हुए देखते रहे।

कुछ देर बाद उन्होंने प्रश्न किया, "नारायण की अम्माँ, आजकल तुम्हारा पूजा-पाठ नहीं होता क्या?" और झेंपकर वह मुस्कराए।

शकलदीप बाबू प्रयागराज में निवास करने वाले एक साधुबाबा से, जो एक बार पर्यटन करते हुए यहाँ आ पहुँचे थे, गुरुमुख हो गए थे। आशा उनको यह थी कि घर की औरतें भी उन्हीं बाबा से गुरुमुख हो जाएँगी, परन्तु जैसा कहा जाता है, औरतों की जात का कोई ठिकाना नहीं, उन्होंने दूर के रिश्ते की एक बुढ़िया चाची के प्रवचन से प्रभावित होकर चुपके से राधास्वामी धर्म की दीक्षा ले ली।

शकलदीप बाबू इसके पूर्व सदा राधास्वामीवादियों पर बिगड़ते थे और मौक़ा-बे-मौक़ा उनकी कड़ी आलोचना भी करते थे। इसको लेकर औरतों में कभी-कभी रोना-पीटना तक भी हो जाता था। इसलिए आज भी जब शकलदीप बाबू ने पूजा-पाठ की बात की; तो जमुना ने समझा कि वह व्यंग्य कर रहे हैं। उसने भी प्रत्युत्तर दिया, "हम लोगों को पूजा-पाठ से क्या मतलब? हमको तो नरक में ही जाना है। जिनको सरग जाना हो, वह करें!"

"लो, बिगड़ गईं।" शकलदीप बाबू मन्द-मन्द मुस्कराते हुए झट से बोले, "अरे, मैं मज़ाक़ थोड़े कर रहा था। मैं बड़ी ग़लती पर था, राधास्वामी तो बड़े प्रभावशाली देवता हैं।"

जमुना को राधास्वामी को देवता कहना बहुत बुरा लगा और वह तिनककर बोली, "राधास्वामी को देवता कहते हैं? वह तो परमपिता परमेसर हैं; उनका लोक सबसे ऊपर है, उनके नीचे ही ब्रह्मा, विष्णु और महेश के लोक आते हैं।"

"ठीक है ठीक है, लेकिन कुछ पूजा-पाठ भी करोगी? सुनते हैं सच्चे मन से राधास्वामी की पूजा करने से सभी मनोरथ सिद्ध हो जाते हैं।" शकलदीप बाबू उत्तर देकर काँपते होंठों से मुस्कराने लगे।

जमुना ने पुनः भूल-सुधार किया, "इसमें दिखाना थोड़े होता है, मन में नाम ले लिया जाता है। सभी मनोरथ बन जाते हैं और मरने के बाद आत्मा परमपिता से मिल जाती है। फिर चौरासी नहीं भुगतना पड़ता।"

शकलदीप बाबू ने सोत्साह कहा, "ठीक है, बहुत अच्छी बात है। ज़रा और सवेरे उठकर नाम ले लिया करो। सुबह नहाने से तबीयत दिन-भर साफ़ रहती है। कल से तुम भी शुरू कर दो। मैं तो अभागा था कि मेरी आँखें आज तक बन्द रहीं। ख़ैर, कोई बात नहीं, अब भी कुछ नहीं बिगड़ा है, कल से तुम भी सवेरे चार बजे उठ जाना।"

उनको भय हुआ कि जमुना कहीं उनके प्रस्ताव का विरोध न करे, इसलिए इतना कहने के बाद वह पीछे घूमकर खिसक गए। लेकिन अचानक कुछ याद करके वह लौट पड़े।

पास आकर उन्होंने पत्नी से मुस्कराते हुए पूछा, "बबुआ के लिए नाश्ते का इन्तज़ाम क्या करोगी?"

"जो रोज़ होता है, वही होगा, और क्या होगा?" उदासीनतापूर्वक जमुना ने उत्तर दिया।

"ठीक है, लेकिन आज हलवा क्यों नहीं बना लेती? घर का बना सामान अच्छा होता है। और कुछ मेवे मँगा लो।"

"हलवे के लिए घी नहीं है। फिर इतने पैसे कहाँ हैं?" जमुना ने मजबूरी ज़ाहिर की।

"पचास रुपये तो बचे हैं न, उसमें से ख़र्च करो। अन्न-जल का शरीर, लड़के को ठीक से खाने-पीने को न मिलेगा, तो वह इम्तहान क्या देगा? रुपये की चिन्ता मत करो, मैं अभी ज़िन्दा हूँ।" इतना कहकर शकलदीप बाबू ठहाका लगाकर हँस पड़े।

वहाँ से हटने के पूर्व वह पत्नी को यह भी हिदायत देते गए, "ये एक बात और करो। तुम लड़के लोगों से डाँटकर यह कह देना कि वे बाहर के कमरे में जाकर बाज़ार न लगाएँ, नहीं तो मार पड़ेगी। हाँ, पढ़ने में बाधा पहुँचेगी। दूसरी बात यह कि बबुआ से कह देना, वह बाहर के कमरे में बैठकर इत्मीनान से पढ़ें, मैं बाहर सहन में बैठ लूँगा।"

शकलदीप बाबू सवेरे एक-डेढ़ घंटे बाहर के कमरे में बैठते थे। वहाँ वह मुवक्किलों के आने की प्रतीक्षा करते और उन्हें समझाते-बुझाते।

और वह उस दिन सचमुच ही मकान के बाहर पीपल के पेड़ के नीचे जहाँ पर्याप्त छाया रहती थी, एक मेज़ और कुर्सियाँ लगाकर बैठ गए। जान-पहचान के लोग वहाँ से गुज़रे तो उन्हें वहाँ बैठे देखकर आश्चर्य हुआ। जब सड़क से गुज़रते हुए बब्बनलाल पेशकार ने उनसे पूछा कि 'भाई साहब, आज क्या है?' तो उन्होंने ज़ोर से चिल्लाकर कहा कि 'भीतर बड़ी गर्मी है।' और उन्होंने जोकर की तरह अपना मुँह बना दिया और अन्त में ठहाका मारकर हँस पड़े, जैसे कोई बहुत बड़ा मज़ाक़ कर दिया हो।

शाम को जहाँ रोज़ वह पहले ही कचहरी से आ जाते थे, उस दिन देर से लौटे। उन्होंने पत्नी के हाथ में चार रुपये तो दिये ही, साथ ही दो सेब तथा कैंची सिगरेट के पाँच पैकेट भी बढ़ा दिये।

"सिगरेट क्या होगी?" जमुना ने साश्चर्य पूछा।

"तुम्हारे लिए है।" शकलदीप बाबू ने धीरे-से कहा और दूसरी ओर देखकर मुस्कराने लगे, लेकिन उनका चेहरा शर्म से कुछ तमतमा गया।

जमुना ने माथे पर की साड़ी को नीचे खींचते हुए कहा, "कभी सिगरेट पी भी है कि आज ही पीऊँगी। इस उम्र में मज़ाक़ करते लाज नहीं आती?"

शकलदीप बाबू कुछ बोले नहीं और थोड़ा मुस्कराकर इधर-उधर देखने लगे। फिर गम्भीर होकर उन्होंने दूसरी ओर देखते हुए धीरे-से कहा, "बबुआ को दे देना।" और वह तुरन्त वहाँ से चलते बने।

जमुना भौंचक होकर कुछ देर उनको देखती रही, क्योंकि आज के पूर्व तो वह यही देखती आ रही थी कि नारायण के धूम्रपान के वह सख़्त ख़िलाफ़ रहे हैं और इसको लेकर कई बार लड़के को डाँट-डपट चुके हैं।

उसकी समझ में कुछ न आया, तो वह यह कहकर मुस्करा पड़ी कि 'बुद्धि सठिया गई है।'

नारायण दिन-भर पढ़ने-लिखने के बाद टहलने गया हुआ था।

शकलदीप बाबू जल्दी से कपड़े बदलकर हाथ में झाड़ू ले बाहर के कमरे में जा पहुँचे। उन्होंने धीरे-धीरे कमरे को अच्छी तरह झाड़ा-बुहारा, इसके बाद नारायण की मेज़ को साफ़ किया तथा मेज़पोश को ज़ोर-ज़ोर से कई बार झाड़-फटककर सफ़ाई के साथ उस पर बिछा दिया। अन्त में नारायण की चारपाई पर पड़े बिछौने को खोलकर उसमें की एक-एक चीज़ को झाड़-फटकार कर यत्नपूर्वक बिछाने लगे।

इतने में जमुना ने आकर देखा, तो मृदु स्वर में कहा, "कचहरी से आने पर यही काम रह गया है क्या? बिछौना रोज़ बिछ ही जाता है और कमरे की महरिन सफ़ाई कर ही देती है।"

"अच्छा, ठीक है। मैं अपनी तबीयत से कर रहा हूँ, कोई ज़बरदस्ती थोड़ी है।" शकलदीप बाबू के मुख पर हल्के झेंप का भाव अंकित हो गया था और वह अपनी पत्नी की ओर न देखते हुए ऐसी आवाज़ में बोले, जैसे उन्होंने अचानक यह कार्य आरम्भ कर दिया था।" और जब इतना कर ही लिया है, तो बीच में छोड़ने से क्या लाभ, पूरा ही कर लें।"

कचहरी से आने के बाद रोज़ का उनका नियम यह था कि वह कुछ नाश्ता-पानी करके चारपाई पर लेट जाते थे। उनको अक्सर नींद आ जाती थी और वह लगभग आठ बजे तक सोते रहते थे। यदि नींद न भी आती, तो भी वह इसी तरह चुपचाप पड़े रहते थे।

"नाश्ता तैयार है।" यह कहकर जमुना वहाँ से चली गई।

शकलदीप बाबू कमरे को चमाचम करने, बिछौने लगाने तथा कुर्सियों को तरतीब से सजाने के पश्चात् आँगन में आकर खड़े हो गए और बेमतलब ठनक कर हँसते हुए बोले, "अपना काम सदा अपने हाथ से करना चाहिए, नौकरों का क्या ठिकाना!"

लेकिन उनकी बात पर सम्भवत: किसी ने ध्यान नहीं दिया और न उसका उत्तर ही।

धीरे-धीरे दिन बीतते गए और नारायण कठिन परिश्रम करता रहा।

कुछ दिनों से शकलदीप बाबू सायंकाल घर से लगभग एक मील की दूरी पर स्थित शिवजी के एक मन्दिर में भी जाने लगे थे। वह बहुत चलता मन्दिर था और उसमें भक्तजनों की बहुत भीड़ होती थी। कचहरी से आने के बाद वह नारायण के कमरे को झाड़ते-बुहारते, उसका बिछौना लगाते, मेज़-कुर्सियाँ सजाते और अन्त में नाश्ता करके मन्दिर के लिए रवाना हो जाते। मन्दिर में एक-डेढ़ घंटे तक रहते और लगभग दस बजे घर आते।

एक दिन जब वह मन्दिर से लौटे, तो साढ़े दस बज गए थे। उन्होंने दबे पाँव ओसारे में पाँव रखा और अपनी आदत के अनुसार कुछ देर तक मुस्कराते हुए झाँक-झाँककर कोठरी में नारायण को पढ़ते हुए देखते रहे।

फिर भीतर जा अपने कमरे में छड़ी रखकर, नल पर हाथ-पैर धोकर, भोजन के लिए चौके में जाकर बैठ गए।

पत्नी ने खाना परोस दिया। शकलदीप बाबू ने मुँह में कौर चुभलाते हुए पूछा, "बबुआ को मेवे दे दिये थे?"

वह आज सायंकाल जब कचहरी से लौटे थे, तो मेवे लेते आए थे। उन्होंने मेवे पत्नी के हवाले करते हुए कहा था कि "इसे सिर्फ़ नारायण को ही देना, और किसी को नहीं।"

जमुना को झपकी आ रही थी, लेकिन उसने पति की बात सुन ली, चौंककर बोली, "कहाँ? मेवा ट्रंक में रख दिया था, सोचा था, बबुआ घूमकर आएँगे तो

चुपके से दे दूँगी। पर लड़के तो दानव-दूत बने हुए हैं, ओना-कोना, अँतरा-सँतरा, सभी जगह पहुँच जाते हैं। टुनटुन ने कहीं से देख लिया और उसने सारा-का-सारा खा डाला।"

टुनटुन शकलदीप बाबू का सबसे छोटा बारह वर्ष का अत्यन्त ही नटखट लड़का था।

"क्या?" शकलदीप बाबू चिल्ला पड़े। उनका मुँह खुल गया था और उनकी जीभ पर रोटी का एक छोटा टुकड़ा दृष्टिगोचर हो रहा था।

जमुना कुछ न बोली।

अब शकलदीप बाबू ने ग़ुस्से में पत्नी को मुँह चिढ़ाते हुए कहा, "खा गया, खा गया! तुम क्यों न खा गईं। तुम लोगों के खाने के लिए ही लाता हूँ न? हूँ! खा गया!"

जमुना भी तिनक उठी, "तो क्या हो गया? कभी मेवा-मिश्री, फल-मूल तो उनको मिलता नहीं, बेचारे ख़ुद्दी-चुन्नी जो कुछ मिलता है, इसी पर सब्र बाँधे रहते हैं। अपने हाथ से ख़रीदकर कभी कुछ दिया भी तो नहीं गया। लड़का ही तो है, मन चल गया, खा लिया। फिर मैंने उसे बहुत मारा भी, अब उसकी जान तो नहीं ले लूँगी!"

"अच्छा तो खाओ तुम और तुम्हारे लड़के! ख़ूब मज़े में खाओ! ऐसे खाने पर लानत!" वह ग़ुस्से से थर-थर काँपते हुए चिल्ला पड़े और फिर चौके से उठकर कमरे में चले गए।

जमुना भय, अपमान और ग़ुस्से से रोने लगी। उसने भी भोजन नहीं किया और वहाँ से उठकर चारपाई पर मुँह ढककर पड़ रही।

लेकिन दूसरे दिन प्रात:काल भी शकलदीप बाबू का ग़ुस्सा ठंडा न हुआ और उन्होंने नहाने-धोने तथा पूजा-पाठ करने के बाद सबसे पहला काम यह किया कि जब टुनटुन जागा, तो उन्होंने उसको अपने पास बुलाया और उससे पूछा कि उसने मेवा क्यों खाया? जब उसको कोई उत्तर न सूझा और वह भक्कू बनकर अपने पिता की ओर देखने लगा, तो शकलदीप बाबू ने उसे कई तमाचे जड़ दिये।

डिप्टी-कलक्टरी की परीक्षा इलाहाबाद में होनेवाली थी और वहाँ रवाना होने के दिन आ गए। इस बीच नारायण ने इतना अधिक परिश्रम किया कि सभी आश्चर्यचकित थे। वह अट्ठारह-उन्नीस घंटे तक पढ़ता। उसकी पढ़ाई में कोई बाधा उपस्थित नहीं होने पाती, बस उसे पढ़ना था। उसका कमरा साफ़ मिलता, उसका बिछौना बिछा मिलता, दोनों जून गाँव के शुद्ध घी के साथ दाल-भात, रोटी, तरकारी मिलती। शरीर की शक्ति तथा दिमाग़ की ताज़गी को बनाए रखने के लिए नाश्ते में सवेरे हलवा-दूध तथा शाम को मेवा या फल। और तो और, लड़के की तबीयत न उचटे, इसलिए सिगरेट की भी समुचित व्यवस्था थी। जब सिगरेट के पैकेट ख़त्म होते, तो जमुना उसके पास चार-पाँच पैकेट और रख आती।

जिस दिन नारायण को इलाहाबाद जाना था, शकलदीप बाबू की छुट्टी थी और वह सवेरे ही घूमने निकल गए। वह कुछ देर तक कम्पनी गार्डन में घूमते रहे, फिर वहाँ तबीयत न लगी, तो नदी के किनारे पहुँच गए। वहाँ भी मन न लगा, तो अपने परम मित्र कैलाश बिहारी मुख़्तार के यहाँ चले गए। वहाँ बहुत देर तक गप्प-सड़ाका करते रहे, और जब गाड़ी का समय निकट आया, तो जल्दी-जल्दी घर आए।

गाड़ी नौ बजे खुलती थी। जमुना तथा नारायण की पत्नी, निर्मला, ने सवेरे ही उठकर जल्दी-जल्दी खाना बना लिया था। नारायण ने खाना खाया और सबको प्रणाम कर स्टेशन को चल पड़ा। शकलदीप बाबू भी स्टेशन गए।

नारायण को विदा करने के लिए उसके चार-पाँच मित्र भी स्टेशन पर पहुँचे थे। जब तक गाड़ी नहीं आई थी, नारायण प्लेटफ़ार्म पर उन मित्रों से बातें करता रहा। शकलदीप बाबू अलग खड़े इधर-उधर इस तरह देखते रहे, जैसे नारायण से उनका कोई परिचय न हो। और जब गाड़ी आई और नारायण अपने पिता तथा मित्रों के सहयोग से गाड़ी में पूरे सामान के साथ चढ़ गया, तो शकलदीप बाबू वहाँ से धीरे-से खिसक गए और ह्वीलर के बुकस्टॉल पर जा खड़े हुए।

बुकस्टॉल का आदमी जान-पहचान का था, उसने नमस्कार करके पूछा, ‘कहिए, मुख़्तार साहब, आज कैसे आना हुआ?”

शकलदीप बाबू ने सन्तोषपूर्वक मुस्कराते हुए उत्तर दिया, “लड़का इलाहाबाद जा रहा है, डिप्टी-कलक्टरी का इम्तहान देने। शाम तक पहुँच जाएगा। ड्योढ़े दर्जे के पास जो डिब्बा है न, उसी में है। नीचे जो चार-पाँच लड़के खड़े हैं, वे उसके मित्र हैं। सोचा, भाई हम लोग बूढ़े ठहरे, लड़के इम्तहान-विम्तहान की बात कर रहे होंगे, क्या समझेंगे, इसलिए इधर चला आया।” उनकी आँखें हास्य से संकुचित हो गईं।

वहाँ वह थोड़ी देर तक रहे। इसके बाद जाकर घड़ी में समय देखा, कुछ देर तक तारघर के बाहर तार बाबू को खटर-पटर करते हुए निहारा और फिर वहाँ से हटकर रेलगाड़ियों के आने-जाने का टाईम-टेबुल पढ़ने लगे। लेकिन उनका ध्यान सम्भवत: गाड़ी की ओर ही था, क्योंकि जब ट्रेन खुलने की घंटी बजी, तो वहाँ से भागकर नारायण के मित्रों के पीछे आ खड़े हुए।

नारायण ने जब उनको देखा, तो उसने झटपट नीचे उतरकर पैर छुए।

“ख़ुश रहो बेटा, भगवान तुम्हारी मनोकामना पूरी करें!” उन्होंने लड़के से बुदबुदाकर कहा और दूसरी ओर देखने लगे।

नारायण बैठ गया और अब गाड़ी खुलने ही वाली थी। अचानक शकलदीप बाबू का दाहिना हाथ अपनी कोट की जेब में गया। उन्होंने जेब से कोई चीज़ लगभग बाहर निकाल ली, और वह कुछ आगे भी बढ़े, लेकिन फिर न मालूम क्या सोचकर रुक गए। उनका चेहरा कुछ तमतमा-सा गया और जल्दीबाज़ी में वह इधर-उधर देखने लगे।

गाड़ी सीटी देकर खुल गई तो शकलदीप बाबू चौंक उठे। उन्होंने जेब से वह चीज़ निकालकर मुट्ठी में बाँध ली और उसे नारायण को देने के लिए दौड़ पड़े।

वह दुर्बल तथा बूढ़े आदमी थे, इसलिए उनसे तेज़ क्या दौड़ा जाता, वह पैरों में फुर्ती लाने के लिए अपने हाथों को इस तरह भाँज रहे थे, जैसे कोई रोगी, मरियल लड़का अपने साथियों के बीच खेल-कूद के दौरान में कोई हल्की-फुल्की शरारत करने के बाद तेज़ी से दौड़ने के लिए गर्दन को झुकाकर हाथों को चक्र की भाँति घुमाता है। उनके पैर थप-थप की आवाज़ के साथ प्लेटफ़ार्म पर गिर रहे थे, और उनकी हरकतों का उनके मुख पर कोई विशेष प्रभाव दृष्टिगोचर नहीं हो रहा था, बस यही मालूम होता कि वह कुछ परेशान हैं। प्लेटफ़ार्म पर एकत्रित लोगों का ध्यान उनकी ओर आकर्षित हो गया। कुछ लोगों ने मौज़ में आकर ज़ोर से ललकारा, कुछ ने किलकारियाँ मारीं और कुछ लोगों ने दौड़ के प्रति उनकी तटस्थ मुद्रा को देखकर बेतहाशा हँसना आरम्भ किया। लेकिन यह उनका सौभाग्य ही था कि गाड़ी अभी खुली ही थी और स्पीड में नहीं आई थी। परिणामस्वरूप उनका हास्यजनक प्रयास सफल हुआ और उन्होंने डिब्बे के सामने पहुँचकर उत्सुक तथा चिन्तित मुद्रा में डिब्बे से सिर निकालकर झाँकते हुए नारायण के हाथ में एक पुड़िया देते हुए कहा, "बेटा, इसे श्रद्धा के साथ खा लेना, भगवान शंकर का प्रसाद है।"

पुड़िया में कुछ बताशे थे, जो उन्होंने कल शाम को शिवजी को चढ़ाए थे और जिसे, पता नहीं क्यों, नारायण को देना भूल गए थे।

नारायण के मित्र कौतूहल से मुस्कराते हुए उनकी ओर देख रहे थे, और जब वह पास आ गए, तो एक ने पूछा, "बाबूजी, क्या बात थी, हमसे कह देते।"

शकलदीप बाबू यह कहकर कि, "कोई बात नहीं, कुछ रुपये थे, सोचा, मैं ही दे दूँ। तेज़ी से आगे बढ़ गए।"

परीक्षा समाप्त होने के बाद नारायण घर वापस आ गया। उसने सचमुच पर्चे बहुत अच्छे किये थे और उसने घरवालों से साफ़-साफ़ कह दिया कि यदि कोई बेईमानी न हुई, तो वह इंटरव्यू में अवश्य बुलाया जाएगा। घरवालों की बात तो दूसरी थी, लेकिन जब मोहल्ले और शहर के लोगों ने यह बात सुनी तो उन्होंने विश्वास नहीं किया। लोग व्यंग्य में कहने लगे, हर साल तो यही कहते हैं बच्चू! वे कोई दूसरे होते हैं, जो इंटरव्यू में बुलाए जाते हैं।

लेकिन बात नारायण ने झूठ नहीं कहीं थी, क्योंकि एक दिन उसके पास सूचना आई कि उसको इलाहाबाद में प्रादेशिक लोक सेवा आयोग के समक्ष इंटरव्यू के लिए उपस्थित होना है।

यह समाचार बिजली की तरह सारे शहर में फैल गया। बहुत साल बाद इस शहर से कोई लड़का डिप्टी-कलक्टरी के इंटरव्यू के लिए बुलाया गया था। लोगों के आश्चर्य का ठिकाना न रहा।

सायंकाल कचहरी से आने पर शकलदीप बाबू सीधे आँगन में जा खड़े हो गए और ज़ोर से ठठाकर हँस पड़े। फिर कमरे में जाकर कपड़े उतारने लगे।

शकलदीप बाबू ने कोट को खूँटी पर टाँगते हुए लपककर आती हुई जमुना से कहा, "अब करो न राज! हमेशा शोर मचाए रहती थी कि यह नहीं है, वह नहीं है! यह मामूली बात नहीं है कि बबुआ इंटरव्यू में बुलाए गए हैं, आया ही समझो!"

"जब आ जाएँ, तभी न!" जमुना ने कंजूसी से मुस्कराते हुए कहा।

शकलदीप बाबू थोड़ा हँसते हुए बोले, "तुमको अब भी सन्देह है? लो, मैं कहता हूँ कि बबुआ ज़रूर आएँगे, ज़रूर आएँगे, ज़रूर आएँगे! नहीं आए, तो मैं अपनी मूँछ मुड़वा दूँगा। और कोई कहे या न कहे, मैं तो इस बात को पहले से ही जानता हूँ। अरे, मैं ही क्यों, सारा शहर यही कहता है। अम्बिका बाबू वकील मुझे बधाई देते हुए बोले, इंटरव्यू में बुलाए जाने का मतलब यह है कि अगर इंटरव्यू थोड़ा भी अच्छा हो गया, तो चुनाव निश्चित है। मेरी नाक में दम था, जो ही सुनता, बधाई देने चला आता।"

"मोहल्ले के लड़के मुझे भी आकर बधाई दे गए हैं। जानकी, कमल और गौरी तो अभी-अभी गए हैं।" जमुना ने स्वप्निल आँखों से अपने पति को देखते हुए सूचना दी।

"तो तुम्हारी कोई मामूली हस्ती है! अरे, तुम डिप्टी-कलक्टर की माँ हो न, जी!" इतना कहकर शकलदीप बाबू ठहका मारकर हँस पड़े।

जमुना कुछ नहीं बोली, बल्कि उसने मुस्की काटकर साड़ी का पल्ला सिर के आगे थोड़ा और खींचकर मुँह टेढ़ा कर लिया।

शकलदीप बाबू ने जूते निकालकर चारपाई पर बैठते हुए धीरे-से कहा, "अरे भाई, हमको-तुमको क्या लेना है, एक कोने में पड़कर रामनाम जपा करेंगे। लेकिन मैं तो अभी यह सोच रहा हूँ कि कुछ साल तक और मुख़्तारी करूँगा। नहीं, यही ठीक रहेगा।" उन्होंने गाल फुलाकर एक-दो बार मूँछ पर ताव दिये।

जमुना ने इसका प्रतिवाद किया, "लड़का मानेगा थोड़े, खींच ले जाएगा। हमेशा यह देखकर उसकी छाती फटती रहती है कि बाबूजी इतनी मेहनत करते हैं और वह कुछ भी मदद नहीं करता।"

"कुछ कह रहा था क्या?" शकलदीप बाबू ने धीरे-से पूछा और पत्नी की ओर न देखकर दरवाज़े के बाहर मुँह बाकर देखने लगे।

जमुना ने आश्वासन दिया, "मैं जानती नहीं क्या? उसका चेहरा बताता है! बाप को इतना काम करते देखकर उसको कुछ अच्छा थोड़े लगता है!" अन्त में उसने नाक सुड़क लिये।

नारायण पन्द्रह दिन बाद इंटरव्यू देने गया। और उसने इंटरव्यू भी काफ़ी अच्छा किया। वह घर वापस आया, तो उसके हृदय में अत्यधिक उत्साह था, और जब उसने यह बताया कि जहाँ और लड़कों का पन्द्रह-बीस मिनट तक ही इंटरव्यू हुआ,

उसका पूरे पचास मिनट तक इंटरव्यू होता रहा और उसने सभी प्रश्नों के सन्तोषजनक उत्तर दिये, तो अब यह सभी ने मान लिया कि नारायण का लिया जाना निश्चित है।

दूसरे दिन कचहरी में फिर वकीलों और मुख़्तारों ने शकलदीप बाबू को बधाइयाँ दीं और विश्वास प्रकट किया कि नारायण अवश्य चुन लिया जाएगा। शकलदीप बाबू मुस्कराकर धन्यवाद देते और लगे हाथों नारायण के व्यक्तिगत जीवन की एक-दो बातें भी सुना देते और अन्त में सिर को आगे बढ़ाकर फुसफुसाहट में दिल का राज़ प्रकट करते, "आपसे कहता हूँ, पहले मेरे मन में शंका थी, शंका क्या सोलहों आने शंका थी, लेकिन आप लोगों की दुआ से अब वह दूर हो गई है।"

जब वह घर लौटे तो नारायण, गौरी और कमल दरवाज़े के सामने खड़े बातें कर रहे थे। नारायण इंटरव्यू के सम्बन्ध में ही कुछ बता रहा था। वह अपने पिताजी को आता देखकर धीरे-धीरे बोलने लगा। शकलदीप बाबू चुपचाप वहाँ से गुज़र गए, लेकिन दो-तीन गज ही आगे गए होंगे कि गौरी की आवाज़ उनको सुनाई पड़ी, "अरे, तुम्हारा हो गया, अब तुम मौज़ करो!"

इतना सुनते ही शकलदीप बाबू घूम पड़े और लड़कों के पास आकर उन्होंने पूछा, "क्या?" उनकी आँखें संकुचित हो गई थीं और उनकी मुद्रा ऐसी हो गई थी, जैसे किसी महफ़िल में ज़बरदस्ती घुस आए हों।

लड़के एक-दूसरे को देखकर शिष्टतापूर्वक होंठों से मुस्कराए। फिर गौरी ने अपने कथन को स्पष्ट किया, "मैं कह रहा था नारायण से, बाबूजी, कि उनका चुना जाना निश्चित है।"

शकलदीप बाबू ने सड़क से गुज़रती हुई एक मोटर को ग़ौर से देखने के बाद धीरे-धीरे कहा, "हाँ, देखिए, जहाँ एक-से-एक धुरन्धर लड़के पहुँचते हैं, सबसे तो बीस मिनट ही इंटरव्यू होता है, पर इनसे पूरे पचास मिनट। अगर नहीं लेना होता, तो पचास मिनट तक तंग करने की क्या ज़रूरत थी, पाँच-दस मिनट पूछताछ करके..."

गौरी ने सिर हिलाकर उनके कथन का समर्थन किया और कमल ने कहा, "पहले का ज़माना होता, तो कहा भी नहीं जा सकता, लेकिन अब तो बेईमानी-बेईमानी उतनी नहीं होती होगी।"

शकलदीप बाबू ने आँखें संकुचित करके हल्की-फुल्की आवाज़ में पूछा, "बेईमानी नहीं होती न!"

"हाँ, अब उतनी नहीं होती। पहले बात दूसरी थी। वह ज़माना अब लद गया।" गौरी ने उत्तर दिया।

शकलदीप बाबू अचानक अपनी आवाज़ पर ज़ोर देते हुए बोले, "अरे, अब कैसी बेईमानी साहब, गोली मारिए, अगर बेईमानी करनी होती, तो इतनी देर तक इनका इंन्टरव्यू होता? इंटरव्यू में बुलाया ही न होता और बुलाते भी तो चार-पाँच मिनट पूछताछ करके विदा कर देते।"

इसका किसी ने उत्तर नहीं दिया, तो वह मुस्कराते हुए घूमकर घर में चले गए।

घर में पहुँचने पर जमुना से बोले, "बबुआ अभी से ही किसी अफ़सर की तरह लगते हैं। दरवाज़े पर बबुआ, गौरी और कमल बातें कर रहे हैं। मैंने दूर ही से ग़ौर किया, जब नारायण बाबू बोलते हैं, तो उनके बोलने और हाथ हिलाने से एक अजीब ही शान टपकती है। उनके दोस्तों में ऐसी बात कहाँ!"

"आज दोपहर में मुझसे कह रहे थे कि तुझे मोटर में घुमाऊँगा।" जमुना ने ख़ुशख़बरी सुनाई।

शकलदीप बाबू ख़ुश होकर नाक सुड़कते हुए बोले, "अरे, तो उसको मोटर की कमी होगी, घूमना न जितना चाहना!" वह सहसा चुप हो गए और खोए-खोए इस तरह मुस्कराने लगे, जैसे कोई स्वादिष्ट चीज़ खाने के बाद मन-ही-मन उसका मज़ा ले रहे हों।

थोड़ी देर बाद उन्होंने पत्नी से प्रश्न किया, "क्या कह रहा था, मोटर में घुमाऊँगा?"

जमुना ने फिर वही बात दोहरा दी।

शकलदीप बाबू ने धीरे-से दोनों हाथों से ताली बजाते हुए मुस्कराकर कहा, "चलो, अच्छा है।" उनके मुख पर अपूर्व स्वप्निल सन्तोष का भाव अंकित था।

सात-आठ दिनों में नतीजा निकलने का अनुमान था। सभी को विश्वास हो गया था कि नारायण ले लिया जाएगा और सभी नतीजे की बेचैनी से प्रतीक्षा कर रहे थे।

अब शकलदीप बाबू और भी व्यस्त रहने लगे। पूजा-पाठ का उनका कार्यक्रम पूर्ववत् जारी था। लोगों से बातचीत करने में उनको काफ़ी मज़ा आने लगा और वह बातचीत के दौरान में ऐसी स्थिति उत्पन्न कर देते कि लोगों को कहना पड़ता कि नारायण अवश्य ही ले लिया जाएगा। वह अपने घर पर एकत्रित नारायण तथा उसके मित्रों की बातें छिपकर सुनते और कभी-कभी अचानक उनके दल में घुस जाते तथा ज़बरदस्ती बात करने लगते। कभी-कभी नारायण को अपने पिता की यह हरकत बहुत बुरी लगती और वह क्रोध में दूसरी ओर देखने लगता। रात में शकलदीप बाबू चौंककर उठ बैठते और बाहर आकर कमरे में लड़के को सोते देखने लगते या आँगन में खड़े होकर आकाश को निहारने लगते।

एक दिन उन्होंने सवेरे ही सबको सुनाकर ज़ोर से कहा, "नारायण की माँ, मैंने आज सपना देखा कि नारायण बाबू डिप्टी-कलक्टर हो गए।"

जमुना रसोई के बरामदे में बैठी चावल फटक रही थी और उसी के पास नारायण की पत्नी, निर्मला, घूँघट काढ़े दाल बीन रही थी।

जमुना ने सिर उठाकर अपने पति की ओर देखते हुए प्रश्न किया, "सपना सवेरे दिखाई पड़ा था क्या?"

"सवेरे के नहीं तो शाम के सपने के बारे में तुमसे कहने आऊँगा? अरे, एकदम ब्रह्ममुहूर्त में देखा था। देखता हूँ कि अख़बार में नतीजा निकल गया है और उसमें नारायण बाबू का भी नाम है। अब यह याद नहीं कि कौन नम्बर था, पर इतना कह सकता हूँ कि नाम काफ़ी ऊपर था।"

"अम्माँजी, सवेरे का सपना तो एकदम सच्चा होता है न?" निर्मला ने धीरे-से जमुना से कहा।

मालूम पड़ता है कि निर्मला की आवाज़ शकलदीप बाबू ने सुन ली, क्योंकि उन्होंने बिहँसकर प्रश्न किया, "कौन बोल रहा है, डिप्टाइन हैं क्या?" अन्त में वह ठहाका मारकर हँस पड़े।

"हाँ, कह रही है कि सवेरे का सपना सच्चा होता है। सच्चा होता ही है!" जमुना ने मुस्कराकर बताया।

निर्मला शर्म से संकुचित हो गई। उसने अपने बदन को सिकोड़ तथा पीठ को नीचे झुकाकर अपने मुँह को अपने दोनों घुटनों के बीच छिपा लिया।

अगले दिन भी सवेरे शकलदीप बाबू ने घरवालों को सूचना दी कि उन्होंने आज भी हूबहू वैसा ही सपना देखा है।

जमुना ने अपनी नाक की ओर देखते हुए कहा, "सवेरे का सपना तो हमेशा ही सच्चा होता है। जब बहू को लड़का होने वाला था, मैंने सवेरे-सवेरे सपना देखा कि कोई सरग की देवी हाथ में बालक लिये आसमान से आँगन में उतर रही है। बस, मैंने समझ लिया कि लड़का ही है। लड़का ही निकला।"

शकलदीप बाबू ने जोश में आकर कहा, "और मान लो कि झूठ है, तो यह सपना एक दिन दिखाई पड़ता, दूसरे दिन भी हूबहू वही सपना क्यों दिखाई देता, फिर वह भी ब्रह्ममुहूर्त में ही।"

"बहू ने भी ऐसा ही सपना आज सवेरे देखा है!"

"डिप्टाइन ने भी?" शकलदीप बाबू ने मुस्की काटते हुए कहा।

"हाँ, डिप्टाइन ने ही। ठीक सवेरे उन्होंने देखा कि एक बँगले में हम लोग रह रहे हैं और हमारे दरवाज़े पर मोटर खड़ी है।" जमुना ने उत्तर दिया।

शकलदीप बाबू खोए-खोए मुस्कराते रहे। फिर बाले, "अच्छी बात है, अच्छी बात है।"

एक दिन रात को लगभग एक बजे शकलदीप बाबू ने उठकर पत्नी को जगाया और उसको अलग ले जाते हुए बेशर्म महाब्राह्मण की भाँति हँसते हुए प्रश्न किया, "कहो भाई, कुछ खाने को होगा? बहुत देर से नींद ही नहीं लग रही है, पेट कुछ माँग रहा है। पहले मैंने सोचा, जाने भी दो, यह कोई खाने का समय है, पर इससे काम बनते न दिखा, तो तुमको जगाया। शाम को खाया था, सब पच गया।"

जमुना अचम्भे के साथ आँखें फाड़-फाड़कर अपने पति को देख रही थी। दाम्पत्य जीवन के इतने दीर्घकाल में कभी भी, यहाँ तक कि शादी के प्रारम्भिक दिनों में भी, शकलदीप बाबू ने रात में उनको जगाकर कुछ खाने को नहीं माँगा था। वह झुँझला पड़ी और उसने अपना असन्तोष व्यक्त किया, "ऐसा पेट तो कभी भी नहीं था। मालूम नहीं, इस समय रसोई में कुछ है या नहीं।"

शकलदीप बाबू झेंपकर मुस्कराने लगे।

एक-दो क्षण बाद जमुना ने आँखें मलकर पूछा, "बबुआ के मेवे में से थोड़ा दूँ क्या?"

शकलदीप बाबू झट-से बोले, "अरे राम! मेवा तो, तुम जानती हो, मुझे बिलकुल पसन्द नहीं। जाओ तुम सोओ, भूख-वूख थोड़े है, मज़ाक़ किया था।"

यह कहकर वह धीरे-से अपने कमरे में चले गए। लेकिन अभी वह लेटे ही थे कि जमुना कमरे में एक छिपुली में एक रोटी तथा गुड़ लेकर आई; शकलदीप बाबू हँसते हुए उठ बैठे।

शकलदीप बाबू पूजा-पाठ करते, कचहरी जाते, दुनियाभर के लोगों से दुनिया भर की बातचीत करते, इधर-उधर मटरगश्ती करते और जब ख़ाली रहते, तो कुछ-न-कुछ खाने को माँग बैठते। वह चटोर हो गए और उनको जब देखो, भूख लग जाती। इस तरह कभी रोटी-गुड़ खा लेते, कभी आलू भुनवाकर चख लेते और कभी हाथ पर चीनी ही लेकर फाँक जाते। भोजन में भी वह परिवर्तन चाहने लगे। कभी खिचड़ी की फ़रमाइश कर देते, कभी सत्तू-प्याज की, कभी सिर्फ़ रोटी-दाल की, कभी मकुनी की और कभी सिर्फ़ दाल-भात ही की। उनका समय कटता ही न था और वह समय काटना चाहते थे।

इस बदपरहेज़ी तथा मानसिक तनाव का नतीजा यह निकला कि वह बीमार पड़ गए। उनको बुख़ार तथा दस्त आने लगे।

उनकी बीमारी से घर के लोगों को बड़ी चिन्ता हुई। जमुना ने रुआँसी आवाज़ में कहा, "बार-बार कहती थी कि इतनी मेहनत न कीजिए, पर सुनता ही कौन है! अब भोगना पड़ा न!"

पर शकलदीप बाबू पर इसका कोई असर न हुआ। उन्होंने बात उड़ा दी, "अरे, यह भी कोई बीमारी है! थोड़े दस्त आ रहे हैं और कुछ हरारत है। अरे, मैं तो कचहरी जानेवाला था, पर यह सोचकर रुक गया कि अब मुख़्तारी तो छोड़नी ही है, थोड़ा आराम कर लें।"

"मुख़्तारी जब छोड़नी होगी, होगी; इस समय तो दोनों जून रोटी-दाल का इन्तज़ाम करना है।" जमुना ने चिन्ता प्रकट की।

"अरे, तुम कैसी बात करती हो! बीमारी-हैरानी तो सबको होती है, मैं मिट्टी का ढेला तो हूँ नहीं कि गल जाऊँगा। बस, एक-आध दिन की बात है।

अगर बीमारी सख़्त होती, तो मैं इस तरह टनक-टनककर बोलता?" शकलदीप बाबू ने समझाया और अन्त में उनके होंठों पर एक क्षीण मुस्कराहट खेल गई।

वह दिन-भर बेचैन रहे। कभी लेटते, कभी उठ बैठते और कभी बाहर निकलकर टहलने लगते। लेकिन दुर्बल इतने हो गए थे कि पाँच-दस क़दम चलते ही थक जाते और फिर कमरे में आकर लेटे रहते।

करते-करते शाम हुई और जब शकलदीप बाबू को यह बताया गया कि कैलाशबिहारी मुख़्तार उनका समाचार लेने आए हैं, तो वह उठ बैठे और झटपट चादर ओढ़, हाथ में छड़ी ले पत्नी के लाख मना करने पर भी बाहर निकल आए। दस्त तो बन्द हो गया था, पर बुख़ार अभी था और इतने ही समय में वह चिड़चिड़े हो गए थे।

कैलाशबिहारी ने उनको देखते ही चिन्तातुर स्वर में कहा, "अरे, तुम कहाँ बाहर आ गए, मुझे ही भीतर बुला लेते।"

शकलदीप बाबू चारपाई पर बैठ गए और क्षीण हँसी हँसते हुए बोले, "अरे, मुझे कुछ हुआ थोड़े है! सोचा, आराम करने की ही आदत डालूँ।" यह कहकर वह अर्थपूर्ण दृष्टि से अपने मित्र को देखकर मुस्कराने लगे।

सब हाल-चाल पूछने के बाद कैलाशबिहारी ने प्रश्न किया, "नारायण बाबू कहीं दिखाई नहीं दे रहे, कहीं घूमने गए हैं क्या?"

शकलदीप बाबू ने बनावटी उदासीनता प्रकट करते हुए कहा, "हाँ, गए होंगे कहीं, लड़के उनको छोड़ते भी नहीं, कोई-न-कोई आकर लिवा जाता है।"

कैलाशबिहारी ने सराहना की, "ख़ूब हुआ, साहब! मैं भी जब इस लड़के को देखता था, दिल में सोचता था कि यह आगे चलकर कुछ-न-कुछ ज़रूर होगा। वह तो, साहब देखने से ही पता लग जाता है। चाल में और बोलने-चालने के तरीक़े में कुछ ऐसा है कि...चलिए, हम सब इस माने में बहुत भाग्यशाली हैं।"

शकलदीप बाबू इधर-उधर देखने के बाद सिर को आगे बढ़ाकर सलाह-मशविरे की आवाज़ में बोले, "अरे भाई साहब, कहाँ तक बताऊँ! अपने मुँह से क्या कहना, पर ऐसा सीधा-सादा लड़का तो मैंने देखा नहीं, पढ़ने-लिखने का तो इतना शौक़ कि चौबीसों घंटे पढ़ता रहे। मुँह खोलकर किसी से कोई भी चीज़ माँगता नहीं।"

कैलाशबिहारी ने भी अपने लड़के की तारीफ़ में कुछ बातें पेश कर दीं, "लड़के तो मेरे भी सीधे हैं, पर मँझला लड़का शिवनाथ जितना गऊ है, उतना कोई नहीं। ठीक नारायण बाबू ही की तरह है।"

"नारायण तो उस ज़माने का कोई ऋषि-मुनि मालूम पड़ता है।" शकलदीप बाबू ने गम्भीरतापूर्वक कहा, "बस, उसकी एक ही आदत है। मैं उसकी माँ को मेवा दे देता हूँ और नारायण रात में अपनी माँ को जगाकर खाता है। भली-बुरी उसकी बस एक यही आदत है। अरे भैया, तुमसे बताता हूँ, लड़कपन में हमने इसका नाम

पन्नालाल रखा था, पर एक दिन एक महात्मा घूमते हुए हमारे घर आए। उन्होंने नारायण का हाथ देखा और बोले, इसका नाम पन्नालाल-सन्नालाल रखने की ज़रूरत नहीं, बस आज से इसे नारायण कहा करो, इसके कर्म में राजा होना लिखा है। पहले ज़माने की बात दूसरी थी, लेकिन आजकल राजा का अर्थ क्या है? डिप्टी-कलक्टर तो एक अर्थ में राजा ही हुआ।" अन्त में आँखें मटकाकर उन्होंने मुस्कराने की कोशिश की, पर हाँफने लगे।

दोनों मित्र बहुत देर तक बातचीत करते रहे, और अधिकांश समय वे अपने-अपने लड़कों का गुणगान करते रहे।

घर के लोगों को शकलदीप बाबू की बीमारी से बहुत चिन्ता थी। बुख़ार के साथ दस्त भी था इसलिए वह बहुत कमज़ोर हो गए थे, लेकिन वह बात को यह कहकर उड़ा देते, "अरे, कुछ नहीं, एक-दो दिन में अच्छा हो जाऊँगा।" और एक वैद्य की कोई मामूली, सस्ती दवा खाकर दो दिन बाद वह अच्छे भी हो गए, लेकिन उनकी दुर्बलता पूर्ववत् थी।

जिस दिन डिप्टी-कलक्टरी का नतीजा निकला, रविवार का दिन था। शकलदीप बाबू सवेरे रामायण का पाठ तथा नाश्ता करने के बाद मन्दिर चले गए। छुट्टी के दिनों में वह मन्दिर पहले ही चले जाते और वहाँ दो-तीन घंटे, और कभी-कभी तो चार-चार घंटे रह जाते। वह आठ बजे मन्दिर पहुँच गए। जिस गाड़ी से नतीजा आने वाला था, वह दस बजे आती थी।

शकलदीप बाबू पहले तो बहुत देर तक मन्दिर की सीढ़ी पर बैठकर सुस्ताते रहे, वहाँ से उठकर ऊपर आए तो नन्दलाल पांडे ने, जो चन्दन रगड़ रहा था, नारायण के परीक्षाफल के सम्बन्ध में पूछताछ की। शकलदीप बाबू वहाँ पर खड़े होकर असाधारण विस्तार के साथ सब कुछ बताने लगे। वहाँ से जब उनको छुट्टी मिली, तो धूप काफ़ी चढ़ गई थी। उन्होंने भीतर जाकर भगवान शिव के पिंड के समक्ष अपना माथा टेक दिया। काफ़ी देर तक वह उसी तरह पड़े रहे। फिर उठकर उन्होंने चारों ओर घूम-घूमकर मन्दिर के घंटे बजाकर मंत्रोच्चारण किये तथा गाल बजाए। अन्त में भगवान के सम्मुख पुनः दंडवत् कर बाहर निकले ही थे कि जंगबहादुर सिंह मास्टर ने शिवदर्शनार्थ मन्दिर में प्रवेश किया और उन्होंने शकलदीप बाबू को देखकर आश्चर्य प्रकट किया, "अरे, मुख़्तार साहब! घर नहीं गए? डिप्टी-कलक्टरी का नतीजा तो निकल गया।"

शकलदीप बाबू का हृदय धक-से कर गया। उनके होंठ काँपने लगे और उन्होंने कठिनता से मुस्कराकर पूछा, "अच्छा, कब आया?"

जंगबहादुर सिंह ने बताया, "अरे, दस बजे की गाड़ी से आया। नारायण बाबू का नाम तो अवश्य है, लेकिन" ...वह कुछ आगे न बोल सके।

शकलदीप बाबू का हृदय ज़ोरों से धक-धक कर रहा था। उन्होंने अपने सूखे होंठों को जीभ से तर करते हुए अत्यन्त ही धीमी आवाज़ में पूछा, "क्या कोई ख़ास बात है?"

"कोई ख़ास बात नहीं है? अरे, उनका नाम तो है ही, यह है कि ज़रा नीचे है। दस लड़के लिए जाएँगे, लेकिन मेरा ख़याल है कि उनका नाम सोलहवाँ-सत्रहवाँ पड़ेगा। लेकिन कोई चिन्ता की बात नहीं, कुछ लड़के तो कलक्टरी में चले जाते हैं, कुछ मेडिकल में ही नहीं आते, और इस तरह पूरी-पूरी उम्मीद है कि नारायण बाबू ले ही लिये जाएँगे।"

शकलदीप बाबू का चेहरा फक पड़ गया। उनके पैरों में ज़ोर नहीं था और मालूम पड़ता था कि वह गिर जाएँगे। जंगबहादुर सिंह तो मन्दिर में चले गए। लेकिन वह कुछ देर तक वहीं सिर झुकाकर इस तरह खड़े रहे, जैसे कोई भूली बात याद कर रहे हों। फिर वह चौंक पड़े और अचानक उन्होंने तेज़ी से चलना शुरू कर दिया। उनके मुँह से धीमे स्वर में तेज़ी से 'शिव-शिव' निकल रहा था। आठ-दस गज आगे बढ़ने पर उन्होंने चाल और तेज़ कर दी, पर शीघ्र ही बेहद थक गए और एक नीम के पेड़ के नीचे खड़े हो हाँफने लगे।

चार-पाँच मिनट सुस्ताने के बाद उन्होंने फिर चलना शुरू कर दिया। वह छड़ी को उठाते-गिराते, छाती पर सिर गाड़े तथा 'शिव-शिव' का जाप करते, हवा के हल्के झोंके से धीरे-धीरे टेढ़े-तिरछे उड़नेवाले सूखे पत्ते की भाँति डगमग-डगमग चले जा रहे थे। कुछ लोगों ने उनको नमस्ते किया, तो उन्होंने देखा नहीं, और कुछ लोगों ने उनको देखकर मुस्कराकर आपस में आलोचना-प्रत्यालोचना शुरू कर दी, तब भी उन्होंने कुछ नहीं देखा। लोगों ने सन्तोष से, सहानुभूति से तथा अफ़सोस से देखा, पर उन्होंने कुछ भी ध्यान नहीं दिया। उनको बस एक ही धुन थी कि वह किसी तरह घर पहुँच जाएँ।

घर पहुँचकर वह अपने कमरे में चारपाई पर धम्म-से बैठ गए। उनके मुँह से केवल इतना ही निकला, "नारायण की अम्माँ!"

सारे घर में मुर्दनी छाई हुई थी। छोटे-से आँगन में गन्दा पानी, मिट्टी, बाहर से उड़कर आए हुए सूखे पत्ते तथा गन्दे काग़ज़ पड़े थे, और नाबदान से दुर्गन्ध आ रही थी। ओसारे में पड़ी पुरानी बँसखट पर बहुत से गन्दे कपड़े पड़े थे और रसोईघर से उस वक़्त भी धुआँ उठ-उठकर सारे घर की साँस को घोट रहा था। कहीं कोई खटर-पटर नहीं हो रही थी और मालूम होता था कि घर में कोई है ही नहीं।

शीघ्र ही जमुना न मालूम किधर से निकलकर कमरे में आई और पति को देखते ही उसने घबराकर पूछा, "तबीयत तो ठीक है?"

शकलदीप बाबू ने झुँझलाकर उत्तर दिया, "मुझे क्या हुआ है, जी? पहले यह बताओ, नारायणजी कहाँ हैं?"

जमुना ने बाहर के कमरे की ओर संकेत करते हुए बताया, "उसी में पड़े हैं, न कुछ बोलते हैं और न कुछ सुनते हैं। मैं पास गई, तो गुमसुम बने रहे। मैं तो डर गई हूँ।"

शकलदीप बाबू ने मुस्कराते हुए आश्वासन दिया, "अरे, कुछ नहीं, सब कल्याण होगा, चिन्ता की कोई बात नहीं। पहले यह तो बताओ, बबुआ को तुमने कभी यह तो नहीं बताया था कि उनकी फ़ीस तथा खाने-पीने के लिए मैंने छह सौ रुपये क़र्ज़ लिये हैं। मैंने तुमको मना कर दिया था कि ऐसा किसी भी सूरत में न करना।"

जमुना ने कहा, "मैं ऐसी बेवकूफ़ थोड़े हूँ! लड़के ने एक-दो बार खोद-खोद कर पूछा था कि इतने रुपये कहाँ से आते हैं? एक बार तो उसने यहाँ तक कहा था कि यह फल-मेवा और दूध बन्द कर दो, बाबूजी बेकार में इतनी फिजूलख़र्ची कर रहे हैं। पर मैंने कह दिया कि तुमको फ़िक्र करने की ज़रूरत नहीं, तुम बिना किसी चिन्ता के मेहनत करो, बाबूजी को इधर बहुत मुक़दमे मिल रहे हैं।"

शकलदीप बाबू बच्चे की तरह ख़ुश होते हुए बोले, "बहुत अच्छा! कोई चिन्ता की बात नहीं। भगवान सब कल्याण करेंगे। बबुआ कमरे ही में है न?"

जमुना ने स्वीकृति में सिर हिला दिया।

शकलदीप बाबू मुस्कराते हुए उठे। उनका चेहरा पतला पड़ गया था, आँखें धँस गई थीं और मुख पर मूँछें झाड़ू की भाँति फरक रही थीं। वह जमुना से कहकर कि "तुम अपना काम देखो, मैं अभी आया", क़दम को दबाते हुए बाहर के कमरे की ओर बढ़े। उनके पैर काँप रहे थे और उनका सारा शरीर काँप रहा था, उनकी साँस गले में अटक-अटक जा रही थी।

उन्होंने पहले ओसारे ही में से सिर बढ़ा कर कमरे में झाँका। बाहरवाला दरवाज़ा और खिड़कियाँ बन्द थीं, परिणामस्वरूप कमरे में अँधेरा था। पहले तो कुछ न दिखाई पड़ा और उनका हृदय धक-धक करने लगा। लेकिन उन्होंने थोड़ा और आगे बढ़कर ग़ौर से देखा, तो चारपाई पर कोई व्यक्ति छाती पर दोनों हाथ बाँधे चित्त पड़ा था; वह नारायण ही था।

वह धीरे-से चोर की भाँति पैरों को दबाकर कमरे के अन्दर दाख़िल हुए। उनके चेहरे पर अस्वाभाविक विश्वास की मुस्कराहट थिरक रही थी। वह मेज़ के पास पहुँचकर चुपचाप खड़े हो गए और अँधेरे ही में किताब उलटने-पुलटने लगे। लगभग डेढ़-दो मिनट तक वहीं उसी तरह खड़े रहने पर वह सराहनीय फुर्ती से घूमकर नीचे बैठ गए और खिसककर चारपाई के पास चले गए और चारपाई के नीचे झाँक-झाँककर देखने लगे, जैसे कोई चीज़ खोज रहे हों। तत्पश्चात् पास में रखी नारायण की चप्पल को उठा लिया और एक-दो क्षण उसको उलटने-पुलटने के पश्चात् उसको धीरे-से वहीं रख दिया। अन्त में वह साँस रोककर धीरे-धीरे इस तरह उठने लगे, जैसे कोई चीज़ खोजने आए थे, लेकिन उसमें असफल होकर

चुपचाप वापस लौट रहे हों। खड़े होते समय वह अपना सिर नारायण के मुख के निकट ले गए और उन्होंने नारायण को आँखें फाड़-फाड़कर ग़ौर से देखा। उसकी आँखें बन्द थीं और वह चुपचाप पड़ा हुआ था, लेकिन किसी प्रकार की आहट या किसी प्रकार का शब्द नहीं सुनाई दे रहा था। शकलदीप बाबू एकदम डर गए और उन्होंने काँपते हृदय से अपना बायाँ कान नारायण के मुख के बिलकुल नज़दीक कर दिया। और उस समय उनकी ख़ुशी का कोई ठिकाना न रहा, जब उन्होंने अपने लड़के की साँस को नियमित रूप से चलते पाया।

वह चुपचाप जिस तरह आए थे, उसी तरह बाहर निकल गए। पता नहीं कब से जमुना दरवाज़े पर खड़ी चिन्ता के साथ भीतर झाँक रही थी।

उसने पति का मुँह देखा और घबराकर पूछा, "क्या बात है? आप ऐसा क्यों कर रहे हैं? मुझे बड़ा डर लग रहा है।"

शकलदीप बाबू ने इशारे से उसको बोलने से मना किया और फिर उसको संकेत से बुलाते हुए अपने कमरे में चले गए।

जमुना ने कमरे में पहुँचकर पति को चिन्तित एवं उत्सुक दृष्टि से देखा।

शकलदीप बाबू ने गद्गद स्वर में कहा, "बबुआ सो रहे हैं।"

वह आगे कुछ न बोल सके। उनकी आँखें भर आई थीं। वह दूसरी ओर देखने लगे।

दो चरित्र

जनार्दन ने दातौन की कूची नीचे थूकी और कहा, "अरे भाई, यह हिन्दुस्तान है! यहाँ कुछ हो सकता है? यहाँ के लोगों के लिए ग़ुलामी ही ठीक है।" जनार्दन एम.ए., एल.एल.बी. पास करने के बाद अभी हाल ही में कोऑपरेटिव इंसपेक्टर के पद पर नियुक्त हुए थे। वह ठिगने तथा मोटे थे और उनके गाल मालपूए की भाँति फूले हुए थे। वह हर प्रकार से सम्पन्न और ख़ुशहाल थे। कमी केवल एक थी : अभी हाल में उनका नौकर भाग गया था।

जाड़े के दिन थे। मकानों के सामने सड़क और सहन में धूप का एक पतला, सुनहला खंड किसी नव-प्रसूता माँ के स्नेहाँचल जैसा फैल गया था। लोग अपने घरों से बाहर निकलकर ठिठुरते-काँपते घाम खा रहे थे। जनार्दन ने चारपाई खींचकर धूप में बिछा दी थी, और उन्हें देखकर जब अपने-अपने मकानों के सामने खड़े उनके मित्र कन्हाई और अर्जुन पास को सरक आए तब उन्होंने उपर्युक्त मत घोषित किया था।

"साहब, मेरा तो ख़याल है कि जितने भिखमंगे हमारे देश में हैं, उतने और कहीं नहीं।" अर्जुन ने बात बढ़ाई।

जनार्दन बिगड़ उठे, "आप इन्हें भिखमंगा कहते हैं? अरे भाई, ये पूरे ठग हैं। ये ऊपर से ही ग़रीब दिखाई देते हैं, इनके घर जाइए तो पता चले। इनकी हमसे-आपसे अच्छी हालत है।"

हर रविवार की तरह आज भी सवेरे से ही भिखमंगे इकट्ठे हो रहे थे, और अब तक उनकी एक अच्छी-खासी भीड़ रामदरिद्र बाबू पेशकार के घर के सामने से आरम्भ होकर पूर्व की ओर मुनीर मियाँ की टूटी चौकी तथा पश्चिम में जनार्दन के घर के सामने गड़ी नाँद तक फैल-छितर चुकी थी।

पेशकार साहब के प्रताप से यह सब होता था। कचहरी में वह मुवक्किलों को चाहे जितना मूड़ते हों, परन्तु घर पर प्रति रविवार बाम्हन-बिसुन तथा अपाहिज-भिखमंगों को दान-दक्षिणा देकर उसका विधिवत् प्रायश्चित भी करते। उनकी इस दयालुता से सभी अवगत हो गए थे। परिणामस्वरूप नियत दिन तथा समय पर न मालूम कहाँ-कहाँ से चिरकुट-गुदड़ी और फटे बोरों में लिपटी अधनंगी औरतें, सूखी लौकियों की तरह ठूँठ लड़के तथा बीमार एवं बेजान बैलों की तरह

बूढ़े और जवान वहाँ आ जुटते। वे लालची कुत्तों की भाँति हाँफते, जीभ लपलपाते, थूकते, खखारते और हटर-हटर गन्दी बातें करते।

जनार्दन की बात का किसी ने उत्तर नहीं दिया, और सभी भिखमंगों की भीड़ को उत्सुकतापूर्वक निहारने लगे।

जनार्दन ने भी कुछ देर उधर देखने के बाद दातौन का छिल्ला किया, फिर जोश में बोले, "आप देख रहे हैं न इनको? अब आप ही ईमानदारी से बताइए, इनमें से कौन ऐसा है जो कोई-न-कोई काम नहीं कर सकता? लेकिन आप इनसे कुछ काम करने को कह दीजिए न, बस इनकी नानी मरने लगेगी। मैं सालों की नस-नस पहचानता हूँ।" उनके मुख पर सन्तोष की हँसी बिखर गई थी।

"कहाँ से काम करें साहब? कहीं काम भी तो हो! सरकार तो कान में तेल डाले पड़ी है।" कन्हाई ने अपना गर्म विचार प्रकट किया। उत्तेजना से उनका चेहरा भी कुछ तमतमा-सा गया।

जनार्दन ने भड़ककर उत्तर दिया, "भाई, ऐसी बात तो कहिए मत। यह आम फ़ैशन हो गया है कि कोई बात मन के ख़िलाफ़ हुई नहीं, और हमने उसका दोष सरकार के सिर पर मढ़ दिया। आख़िर आप ही बताइए, सरकार करे तो क्या करे! नई-नई नौकरियाँ और डिपार्टमेंट खुल रहे हैं, यह सब किसके लिए? लेकिन, लोग करना ही नहीं चाहेंगे तो इसका इलाज किसके पास है? फिर हमारे-आपके घर ही में बहुत-से काम हैं। कितने लोग यहीं खप जाएँ पर आपसे क्या छिपा है, कोई टिकता है? और, आप यह सोचें कि ये आपके मेरे नौकर-चाकर भागकर कोई अच्छा काम-धाम थामते हैं, तो यह आपकी भूल है। ये सभी या तो भीख माँगते हैं या आवारगी करते हैं। मैं चुनौती देकर कह सकता हूँ कि इन्हीं भिखमंगों में से किसी को बुलाइए और काम देने की बातचीत कीजिए, अगर वह भाग न चले तो मेरा नाम नहीं। मेरा तो सब जाना-सुना हुआ है भाई।"

उनके इस लम्बे वक़्तव्य के परिणामस्वरूप उनके मुँह के दोनों कोनों में गाज निकल आया, और कन्हाई निरुत्तर होकर दूसरी ओर देखने लगा।

"अरे, वह देखो यार।" देर से भिखमंगों की ओर देखते हुए अर्जुन ने हँसकर सबका ध्यान आकर्षित किया।

जनार्दन तथा कन्हाई दोनों ने सिर घुमाकर उधर देखा। एक अधेड़ भिखमंगिन एक बूढ़े भिखमंगे की टाँग पकड़कर खींचने का प्रयास कर रही थी। बूढ़ा दाँत खोलकर बेहयाई से हँसते हुए कुछ कह रहा था, और अगल-बग़ल के भिखमंगे ललकार रहे थे, "खींच ले तो जानें, खींच ले तो जानें!"

"देखा आपने?" जनार्दन ने मुँह बिचकाकर कहा, "ये भिखमंगे हैं? जो सचमुच ग़रीब और अपाहिज होगा, वह इस तरह की बदतमीज़ी और बेहूदगी नहीं करेगा। अरे जाइए भाई साहब, यहाँ डिक्टेटरशिप नहीं है, नहीं तो ऐसे सारे निकम्मों को

एक लाइन में खड़ा करके गोली से उड़ा दिया जाता। मैं तो साफ़-साफ़ कह देता हूँ कि बिना डिक्टेटरशिप के देश एक क़दम भी आगे नहीं बढ़ सकता।" अन्त में वह सन्तोष से बिहँस पड़े।

अर्जुन ने अपनी स्पष्ट सम्मति प्रकट कर दी, "सुभाष बाबू होते तो ये दिन देखने न पड़ते। भाई, किसी को बुरा लगे, चाहे भला, मैं यह ज़रूर कहूँगा कि नेहरूजी बहुत ही कमज़ोर..."

जनार्दन ने बीच ही में इनकी बात काटकर कहा, "फिर, हमारा-आपका भी कर्तव्य होता है। भिक्षावृत्ति इसलिए बढ़ी है कि हम-आप भीख दे देते हैं। अगर हम-आप दें ही नहीं तो किसी साले की माँगने की हिम्मत पड़ेगी? हारकर सबको कुछ-न-कुछ करना ही पड़ेगा। मैं तो यहाँ तक कहता हूँ कि जो लोग भीख देते हैं, वे देश के सबसे बड़े दुश्मन हैं।"

उनकी बात का किसी ने उत्तर नहीं दिया, क्योंकि इसी समय सबका ध्यान भिखमंगों की ओर खिंच गया। पेशकार साहब का लड़का चन्दू बाहर निकलकर भिखमंगों को पैसे बाँटने लगा था। पैसे ले-लेकर कुछ तो बग़ल की गली में घुसकर ग़ायब हो गए, और कुछ बकते-झपकते मालगोदाम की ओर चलते बने। और इस तरह कुछ ही देर में मैदान साफ़ हो गया।

"अब ये दूसरी जगह जाएँगे और वहाँ भी इसी तरह 'चौथ' वसूल करेंगे। इस तरह इनका सिलसिला शाम तक जारी रहता...।"

जनार्दन की बात समाप्त नहीं होने पाई क्योंकि ठीक इसी समय बारह-तेरह वर्ष का एक लड़का उनके दरवाज़े के सामने आ खड़ा हुआ था। उसने अपने होंठ पर होंठ दबाकर मुँह फुला-फुलाकर अपने हाथ के छोटे डंडे के हूर से अपने ठोड़ी के नीचे इस क़ायदे से मारना शुरू किया कि मुँह से पड़-पड़ की आवाज़ निकली, फिर खोमचेवाले की तरह गर्दन की नस फुलाकर बोला, "देना माई जी, राज-दरबार बना रहे, कोई फटा-पुराना...!"

"सुन बे इधर, वहाँ हल्ला मत कर। जो कुछ कहना है, आकर अपने बाबूजी से कह।" जनार्दन ने चिल्लाकर कहा, और आख़िर में अपने साथियों की ओर कनखी से देखकर इस तरह मुस्की काटी, जैसे भिखमंगों के सम्बन्ध में जो उनकी सम्मति है उसकी पुष्टि में प्रत्यक्ष उदाहरण प्रस्तुत करने जा रहे हों।

लड़का चुपचाप फ़ौरन उनके पास आकर खड़ा हो गया। वह दुबला-पतला था, और उसका हड्डीदार चेहरा ऐसा फक्क और स्याह था, जैसे दूध की नई हँड़िया के पेंदे पर आँच लगाने से शुरू-शुरू में कालिख की एक हल्की पर्त जम जाती है। उसके शरीर पर एक लँगोटा और बनियाइन थी, और सिर पर उसने एक फटा-पुराना अँगोछा लपेट रखा था। हाथ में उसके एक छोटा डंडा था, और कड़ी सर्दी होते हुए भी वह बेंत की तरह सीधा यों खड़ा था जैसे कोई योद्धा लड़ाई के मैदान में आ डटे।

जनार्दन ने हँसकर पूछा, "क्यों बे, कहाँ रहता है?"

"यहीं रहता हूँ, मालिक।"

"देखा आपने! आप इससे चाहे जितना पूछें, ही विल नॉट टेल यू। अरे, आप घबराते क्यों हैं? मैं एक-एक बात साबित करता हूँ न!"

जनार्दन ने मुस्कराकर अपने साथियों से यह बात कही। फिर झट्-से भिखमंगे की ओर मुँह करके गम्भीरतापूर्वक पुनः प्रश्न किया, "कोई काम क्यों नहीं करता बे?"

लड़के ने बताया, "मालिक, गर्मी में कचहरी में पंखा खींचता था।"

जनार्दन ने अपने मित्रों की ओर देखकर 'कम्पलीट लाइ' कहा, और फिर उत्साहपूर्ण स्वर में भिखमंगे से पूछा, "अब कोई काम क्यों नहीं करता रे? इतना हट्टा-कट्टा है, कुछ कर नहीं सकता? पर तुम लोगों को तो भीख माँगने का चस्का लग गया है न!"

"कहीं कोई काम नहीं मिलता, सरकार।" लड़के ने संक्षिप्त उत्तर दिया।

जनार्दन कन्हाई की ओर साभिप्राय देखकर हँस पड़े, फिर आवाज़ पर ज़ोर देकर लड़के से इस लहजे में बोले, जैसे किसी को चुनौती दे रहे हों, "बोल, काम करेगा?"

लड़के ने कोई उत्तर नहीं दिया, भक्कू की तरह प्रश्नकर्ता की ओर देखने लगा।

जनार्दन ने ठहाका मारकर हँसते हुए अपने दोस्तों से कहा, "अरे मैं इनकी नस-नस पहचानता हूँ। काम के नाम पर ही तो इनकी नानी मरती है। यह शुरू से आख़िर तक झूठ बोलता है। यह पास के किसी गाँव-देहात का रहनेवाला है और इन सबों ने माँगना-मूँगना अपना पेशा बना लिया है। माँ कहीं माँगती है, बाप कहीं माँगता है, यह लड़का कहीं। अब क्या चाहिए साहब? भरे जाओ घर को। जाओ बच्चू, मिडिल ईस्ट में नहीं हुए, नहीं तो गोली से उड़ा दिये गए होते।"

व्यंग्य और क्रोध से उनके होंठ टेढ़े हो गए और वह अपने वक्तव्य से इतने उत्साहित हुए कि उन्होंने लड़के से फिर पूछा, "क्यों बे, बोलता क्यों नहीं, काम करेगा?"

लड़का उनको भय-विस्फारित आँखों से देख रहा था, लेकिन इस बार उसने उनके प्रश्न का उत्तर दिया, "हाँ मालिक, करूँगा।"

"झूठ बोलता है, साला। अब देख रहा है न कि हम लोग ऐसी बातें कर रहे हैं तो अपने को अच्छा साबित करने के लिए ऐसा कह रहा है। जानता है, ये लोग काम-वाम तो देंगे नहीं।" उन्होंने अपने मित्रों से कहा और उनका मुख शर्म से कुछ तमतमा गया।

भिखमंगे ने उनकी शंका का समाधान किया, "नहीं मालिक, झूठ नहीं बोल रहा हूँ, काम करूँगा सरकार।"

"अच्छा बच्चू, तो ठीक है। मैं तुमको काम दूँगा, करो। पर ठीक से समझ लो, अगर तुमने इधर-उधर की तो मारते-मारते भुरकुस निकाल दूँगा और पुलिस के भी सिपुर्द करूँगा। चलो, दो रुपये महीने तुम्हारी तनख़्वाह और खाना-पीना मुफ़्त। वह ओसारे में झाड़ू देख रहे हो न, उसको उठाओ और बाहर मैदान को चमाचम साफ़ करो।"

अब कन्हाई जनार्दन की ओर देखकर ज़ोर से हँस पड़ा, तो उन्होंने समझा, "अरे, देखते रहो भाई, साला पूरा धोखेबाज़ है। बच्चू, पूरा फँस गए, यहाँ टिकेंगे थोड़े? फिर मैं तो काम दूँगा, मैं और लोगों की तरह थोड़े हूँ।" उनका चेहरा लाल हो गया था।

कन्हाई तथा अर्जुन चुपचाप इस दिलचस्पी से उनकी बात सुन रहे थे, जैसे मदारी का खेल देख रहे हों। सबको उम्मीद थी कि लड़का काम देने पर इनकार कर जाएगा या सरपट भाग चलेगा, लेकिन ऐसा हुआ नहीं। उसने ओसारे में जाकर झाड़ू हाथ में ले ली, अपना डंडा एक कोने में दीवार के सहारे खड़ा कर दिया और झुककर झाड़ने-बुहारने लगा।

थोड़ी देर बाद जब कन्हाई और अर्जुन अपने-अपने घर चले गए तो जनार्दन धीरे-से उठे और ओसारे में जाकर भूखे शेर की तरह टहलते हुए घूर-घूरकर लड़के का झाड़ना-बुहारना देखते रहे। उनको सचमुच उम्मीद थी कि लड़का टिकेगा नहीं, लेकिन काम के प्रति उसकी लगन देखकर उनकी...पर तुषारापात ही हुआ।

कुछ देर तक वह उसी तरह घूरते रहे, और फिर सहसा आगे बढ़कर एक स्थान की ओर अँगुली से संकेत करते हुए तड़पकर बोले, "साले, यहाँ भी कामचोरी? यहाँ कितना कूड़ा रह गया है, देख!"

जिस स्थान की ओर उन्होंने इशारा किया था, वहाँ गन्दगी के नाम पर दो-चार तिनके पड़े हुए थे। लड़का पहले तो भय से सहम गया, फिर दौड़कर वहाँ की सफ़ाई करने लगा।

इसी समय उनका भतीजा जलपान के लिए एक कटोरे में नमकीन और मिठाई लाया। उन्होंने कटोरा हाथ में ले लिया और बाहर बिछी चारपाई पर पुनः बैठकर जलपान करने लगे। उनकी मुद्रा ऐसी हो गई थी जैसे वह क्रोध में हों और नाश्ता अनिच्छा से कर रहे हों।

जब भिखमंगा निर्देशित स्थानों की सफ़ाई करके जनार्दन के पास आकर खड़ा हो गया, तो उनका नाश्ता अभी समाप्त नहीं हुआ था। उन्होंने मुँह में रखे लड्डू के बड़े टुकड़े को जल्दी से घोंटते हुए रुखाई से पूछा, "कर चुका बे?"

लड़के ने नाश्ते के कटोरे की ओर ललचाई दृष्टि से देखते हुए हामी भरी।

उन्होंने गम्भीर स्वर में आदेश दिया, "अच्छा अब दूसरा काम कर। यह सामने नाली है न, इसमें तिनके, पत्ते, काग़ज़ वग़ैरह पड़े हैं। उन्हें निकाल-निकालकर इकट्ठा करके कूड़े पर फेंक।"

उनके मकान के सामने एक नाली थी, जिसका पानी बहता न था, और वह बरसों से इकट्ठा होकर काला-बदबूदार हो गया था।

जनार्दन को आशा थी कि लड़का अब इनकार कर जाएगा, क्योंकि वह कार्य घृणित था, और नाली में डोम-मेहतर ही हाथ लगाते थे। लेकिन लड़के ने उनके प्रस्ताव का ज़रा भी विरोध नहीं किया, बल्कि ख़ुशी से दौड़कर नाली में झुक-झुककर काले पानी पर उतराई हुई गन्दगी को निकालने लगा। उसकी लगन और परिश्रम वैसे ही थे, जैसे प्राइमरी स्कूल का कोई छात्र सवेरे-सवेरे उत्साह में सब कुछ भूलकर बड़े जतन से अपनी तख़्ती में कालिख लगाने, उसे सुखाने तथा गेल्हने में व्यस्त हो जाता है।

जनार्दन का हृदय एक ग़ुस्से से भरता चला आ रहा था। वह चुपचाप लड़के को संकुचित आँखों से देख रहे थे। सहसा, कुछ सोचकर वह उठे ही थे कि कन्हाई वहाँ फिर आ पहुँचे और हँसकर पूछने लगे, "कहो भाई, क्या हालचाल हैं, तुम्हारे नये नौकर के?"

जनार्दन ने मुँह फुलाकर कहा, "हालचाल क्या होंगे, साला पूरा कामचोर है। मैंने तो पहले ही कह दिया था। भला, उसकी काम में तबीयत लग सकती है?"

"वैसे यार, देखने से तो यही मालूम होता है कि बहुत मेहनत से काम कर रहा है। शक्ल-सूरत से भी सीधा ही लगता है।" कन्हाई ने अपने हृदय की बात कही।

जनार्दन ने व्यंग्य से थोड़ा हँसकर कहा, "भाई, सीधी गाय ही खेत चरती है। मैं तो बैठा-बैठा सब देख रहा हूँ न! साला एकदम चोर मालूम पड़ता है। बार-बार सिर उचकाकर घर के भीतर देखता है। साले ने अपने घर का अता-पता भी तो नहीं बताया। जाति-वाति का भी कोई ठिकाना नहीं। ऐसों का क्या विश्वास? अगर रात को गहना-वहना या कोई और चीज़ चुराकर चलता बना तो कहाँ ढूँढ़ते फिरेंगे? ख़ैर, मैं डरता थोड़े हूँ? मैं तो इनको काम दूँगा, देखें बच्चू कहाँ तक चलते हैं?"

कन्हाई जब चले गए, तो जनार्दन कुछ देर वहाँ खड़े रहे। धूप अब तेज़ तथा चटक हो गई थी, मोहल्ले के कुछ लोग अपने मकानों के सामने घाम में बैठकर शरीर में कड़वे तेल की मालिश कर रहे थे।

लड़का उसी मेहनत से काम कर रहा था। जनार्दन कुछ समय तक खड़े-खड़े लड़के की ओर देखते रहे। फिर धीरे-धीरे बाहर वाली कोठरी में चले गए, वहाँ भी कुछ देर खड़े सामने सड़क की ओर देखते रहे। एकाएक फिर लड़के को पुकारा, "सुन बे इधर।"

लड़का फुर्ती से दौड़कर आया।

उन्होंने अनमनी आवाज़ में कहा, "इस कमरे को भी साफ़ कर दे।"

लड़का दौड़कर बाहर गया और झाड़ू लाकर कमरे की सफ़ाई करने लगा।

जनार्दन कुछ देर वहीं खड़े रहे। फिर सहसा बिजली की फुर्ती से लड़के के पास गए और उसे एक लात जमाते हुए मुँह विकृत कर फुसफुसाहट-भरी आवाज़ में बोले, "भाग साले यहाँ से, चोट्टा कहीं का!"

लड़का मुँह के बल गिर पड़ा, और जब वह सँभलकर उठा तो जनार्दन ने भौंहें ऊपर चढ़ाते हुए कहा, "भाग जा यहाँ से, कभी इधर आने का नाम न लेना। तेरे जैसे चोर का यहाँ काम नहीं है। यह ले दस पैसा, और जा यहाँ से चुपचाप। चल!"

यह कहकर उन्होंने जेब से दस पैसा निकालकर लड़के की ओर बढ़ाया। पर भिखमंगा इतना डर गया था कि वहाँ से यों ही खिसकने लगा।

चुपचाप ले ले, साले!" जनार्दन गरज़ पड़े।

लड़के ने हाथ बढ़ाकर अपनी हथेली पर पैसा रोक लिया और वहाँ से भाग चला। उसका चेहरा भय से सूख गया था और जल्दी में अपना डंडा भी लेना वह भूल गया!

पलाश के फूल

नये मकान के सामने पक्की चाहरदीवारी खड़ी करके जो अहाता बनाया गया है, उसमें दोनों ओर पलाश के पेड़ों पर लाल-लाल फूल छा गए थे।

राय साहब अहाते का फाटक खोलकर अन्दर घुसे और बरामदे में पहुँच गए। धोती, कुर्ता, गाँधी टोपी, हाथ में छड़ी...हाथों में मोटी-मोटी नसें उभर आई थीं, गाल भुने हुए बासी आलू के समान सिकुड़ चले थे, मूँछ और भौंहों के बालों पर हल्की सफ़ेदी...

"बाबू हृदय नारायण!...ओवरसियर साहब!" बाहर किसी को न पाकर दरवाज़े के पास खड़े होकर उन्होंने आवाज़ दी।

कुछ ही देर में लुंगी और क़मीज़ में गंजी खोपड़ीवाला एक दुबला-पतला और साँवला व्यक्ति बाहर निकल आया। उसको देखकर रायसाहब के मुँह पर आश्चर्य के साथ प्रसन्नता फैल गई। उन्होंने रहस्यमय ढंग से पूछा, "मुझे पहचाना?" और जब हृदय नारायण ने कोई उत्तर न देकर संकुचित आँखों से घूरना ही उचित समझा, तो वह बोले, "कभी आप यहाँ गवर्नमेंट स्कूल में पढ़ते थे? अरे, मुझे भूल ही गए क्या?...मेरा नाम नवल किशोर राय..."

दोनों सहपाठी गले मिले।...फिर वहीं बरामदे में कुर्सी पर आमने-सामने बैठे वे नाश्ता करते हुए बातों में खो गए, जो अपने स्कूल के अध्यापकों की विचित्रताओं से आरम्भ होकर बाल-बच्चों, ज़माने और इनसान की चर्चा से गुज़रती हुई आसानी से परमात्मा से सम्बन्धित विषयों पर आ गईं।

"ब्रदर, स्त्री माया है?" सामने शून्य में एक क्षण खोए-खोए-से देखने के बाद राय साहब बोले, "उसमें शैतान का वास होता है, वही भरमाता, चक्कर खिलाता और नरक के रास्ते पर ले जाता है।... र, भाई जान, मैं सिर्फ़ एक बात जानता हूँ, उसके सामने किसी की नहीं चलती, वह चाहता है, तभी हम चोरी-डकैती, हत्या, जना, बदकारी, सब कुछ करते हैं, और जहाँ उसकी मेहर हुई, सब मिनटों में छूट जाता है...।"

"उसकी बड़ी कृपा है, नहीं हम तो कीड़ों-मकोड़ों-से भी गए-बीते हैं।"

हृदय नारायण ने भक्ति-गद्गद स्वर में कहा।

"गए-बीते कहते हो, अरे एकदम गए-बीते हैं! मैं तो भई, अपने को जानता हूँ मेरे—जैसा झूठा, बेईमान, नीच, घमंडी, बदकार कोई नहीं होगा। परन्तु मुझ पापी को भी सरकार ने चरणों में थोड़ी जगह दे दी है..."

नौकर पान की तश्तरी लिये आ खड़ा हुआ था, दोनों मित्रों ने दो-दो बीड़े जमाए, फिर राय साहब ने कहना आरम्भ किया, "तुम तो नहीं जानते न, बिहार के तराई इलाक़े में सौ बीघा ज़मीन ख़रीदने के बाद ही पिताजी का स्वर्गवास हो गया था। यहाँ भी डेढ़ सौ बीघा ज़मीन थी। घर-गृहस्थी का सारा बोझ अचानक मेरे कन्धों पर आ पड़ा। लेकिन मुझे कोई चिन्ता नहीं थी...कैसा शरीर था मेरा, याद है तुम्हें न? ताक़त, ज़िद्द और क्रोध तीनों मुझमें थे। सच कहता हूँ, जब अपने बँगले के सामने खड़ा हो जाता तो लगता, किसी क़िले के सामने खड़ा हूँ। ऊँचाई दो पोरसा अधिक बढ़ गई है, सिर में पक्का दस सेर लोहा भर गया है...किसी को अपने पैरों की धूल के बराबर तो समझता नहीं था। लोग मुझसे डरते और उनसे मुझे बेहद क्रोध और नफ़रत होती। मारने-पीटने, तंग-परेशान करने, जब इच्छा हो वसूली-तहसीली करने में ही तबीयत लगती। मामूली रोब नहीं था अपना...मेज़-कुर्सी लगी है, अफ़सरान आ रहे हैं, गप्पें लड़ रही हैं, दावतें उड़ रही हैं, नौकर-चाकर दौड़-दौड़कर हुक्म बजा रहे हैं, 'आवाज़ अचानक धीमी पड़ गई'...और वह शैतानवाली बात कही न! बिरादर, क़सम खाकर कहता हूँ, पता नहीं क्या हो गया था, जहाँ किसी जवान स्त्री को देखा नहीं और पागलपन सवार हुआ! ख़ास तरह से इसका मज़ा बिहार वाले इलाक़े में ख़ूब था। वहाँ के लोग बहुत ग़रीब और पिछड़े हुए थे। मैं साल में आठ-नौ महीने तो वहीं रहता और ऐश करता। बीच में वैसे कभी कुछ दिनों के लिए आकर बाल-बच्चों और यहाँ की गृहस्थी की खोज-ख़बर ले जाता। एक तो मैं ख़ुद ख़ासा जवान था, इस पर पैसा और शक्ति ...न मालूम कितनी ही...लेकिन, बाबू हृदय नारायण, ठीक बयालीस वर्ष की उम्र में शैतान की चपेट में इस तरह आ गया कि क्या बताऊँ! जानते हो, कौन था? पन्द्रह-सोलह वर्ष की एक लड़की!"

"लड़की?" हृदय नारायण चौंक पड़े, जैसे उनको ऐसी उम्मीद न हो।

"हाँ, लड़की!" रायसाहब हास्यपूर्ण मुँह बनाकर इस तरह बोले, जैसे बहुत साधारण बात हो, "वह भी एक मामूली किसान की! फसल की कटाई के समय में अपने बिहार के इलाक़े में पहुँचा था। वहाँ मेरा बँगला एक छोटे मैदान में है, जिसके दक्षिण में ख़ास गाँव है और उत्तर में ग्वालों का टोला। वह लड़की इसी टोले की थी।...उधर ही मेरा बगीचा पड़ता है। एक दिन खाना खाने के बाद टहलते हुए बगीचे तक गया। वहीं उस लड़की को देखा। वह दो और लड़कियों के साथ टिकोरे बीन रही थी। मुझको देखकर पहले तीनों भागीं। फिर वही लड़की पेड़ के नीचे छूटी खँचोली को लेने वापस आई, तो एक क्षण ठिठककर शंकित आँखों से

उसने मुझे देखा, जैसे पक्षी दाना चुगने के पहले बहेलिया को देखता है और आख़िर में खँचोली लेकर भाग गई। मैं तो दंग रह गया था। वह कैसी हैरत की बात थी कि इस गाँव में ऐसी ख़ूबसूरत लड़की बढ़कर तैयार होती है और मैं जानता तक नहीं!" और जैसे वह अपने मन के भाव ठीक से व्यक्त न कर पा रहे हों, इस तरह होंठों पर अँगुली रखकर कुछ देर तक सोचते से रहे, "क्या बताऊँ?...शाम को वकीलों के डेरों के सामने मुवक्किल लोग बाटी बनाने के लिए उपलों का जो अंगार तैयार करते हैं, उसको तो देखा ही है तुमने, उसी तरह वह दमक रही थी। कहीं खोट नहीं। भरी-पूरी। क़ुदरत ने जैसे पीठ और कमर पर हाथ रखकर उसके शरीर को पहले तोड़ा, ऐंठा और ताना, फिर किसी जादू के बल से बड़ा और जवान कर दिया था। बड़ी-बड़ी रसीली आँखें, छोटा मुँह...बड़ा भोलापन था उसमें।"

सूरज डूब गया था। आँगनों से उठनेवाले धुएँ और सड़क की धूल से चारों ओर कुहासा-सा छा गया था। सामने से कभी कोई एक्का या रिक्शा गुज़र जाता। कभी घर के अन्दर से छोटे बच्चों का गिरोह पास आता, उनको कौतुक से देखता, चीख़-चिल्लाकर खेलता और चला जाता। और वे हर चीज़ से बेख़बर बात करने में इस तरह मशग़ूल थे, जैसे कई दिनों का भूखा सब सुध-बुध खोकर खाने पर टूट पड़े।

"समझे, भाई हृदय नारायण, उस लड़की की सूरत ध्यान पर क्या चढ़ी कि खाना-पीना-सोना सब कुछ हराम हो गया!" रायसाहब का कथन जारी था, "इतनी उम्र हो गई थी, लेकिन किसी स्त्री के लिए ऐसी बेक़रारी कभी महसूस नहीं हुई थी। उसको पाने के लिए मैं क्या नहीं कर सकता था! उसका बाप भुलई मेरा ही असामी था, सीधा-सादा किसान, जिसे पेट भरने के लिए खेती के अलावा इधर-उधर मज़दूरी भी करनी पड़ती। मैंने अँजोरिया को, लड़की का यही नाम था, अकेले में पाकर एक-दो बार छेड़ा भी, पर वह नई घोड़ी की तरह बिदककर भाग जाती। मुझमें अब इन्तज़ार और बरदाश्त करने की शक्ति नहीं रह गई थी। हारकर एक दिन मैंने चार आदमियों को लगाकर रात के अँधेरे में भुलई को ख़ूब अच्छी तरह पिटवा दिया..."

"भुलई को पिटवा दिया?...क्यों?"

"नहीं जानते?...अरे, हमारे देहातों में यह आम रिवाज था। जब बाबू लोगों को किसी ग़रीब की बहू-बेटी पसन्द आ जाती, तो वे उसको तंग-परेशान करते, मारते-पीटते, खेतों से बेदख़ल कर देते, और सफलता न मिलने पर बुरी तरह पिटवा देते। फिर रात में उसके घर में घुसकर या किसी दूसरे तरीक़े से उल्लू सीधा करते। यह बहुत ही कारगर तरीक़ा समझा जाता। मैंने भी सभी फन इस्तेमाल किये।...भुलई के हाथ-पैर बेकाम हो गए थे, सिर फट गया था, शरीर में और भीतर घाव थे सो अलग।...अब भी नहीं समझे?...फिर मैं ही उसके आड़े वक़्त काम आया। उसकी दवा-दारू के लिए मैंने ही पैसे उधार दिये, खाने के लिए गल्ला भेजवा दिया। भुलई की स्त्री हाल ही में मरी थी, एक लड़की और दो छोटे-छोटे बच्चों को छोड़कर,

कोई नहीं था घर में। वह भारी मुसीबत में था और मुझे वह देवता समझने लगा। मैंने उसको राज़ी करवा लिया कि अँजोरिया को मेरे यहाँ भेज दिया करे, वह घास या चारा काट दिया करेगी...खाने-भर को निकल आएगा।"

"फिर लड़की आने लगी होगी" जैसे कोई उत्सुकता न हो, इस तरह हृदय नारायण ने प्रश्न किया।

"आती नहीं तो जाती कहाँ?" रायसाहब बोले, "बस, सुनते जाओ!...हाँ, तो वह आकर काम करने लगी। मैं बेवकूफ़ नहीं था, ज़िन्दगी-भर यही किया था, जल्दीबाज़ी से मामला बिगड़ जाता।...चिड़िया को मैंने परचने दिया। रोज़ मौक़ा देखकर उससे बात करता, उसके बाप की तकलीफ़ के लिए सहानुभूति प्रकट करता, मुझसे दूसरों का कष्ट देखा नहीं जाता, उसकी चर्चा करता और उसके हाथ पर मज़दूरी से अधिक पैसे रख देता। वह बड़ी भोली थी, कुछ न बोलती और मेरी ओर टुकुर-टुकुर देखती रहती। ख़ैर, धीरे-धीरे उसकी भटक खुलने लगी!...एक दिन दोपहर में जब लू चल रही थी और चारों तरफ़ सुनसान था, मैंने उसको अपने कमरे में बन्द कर दिया..." उन्होंने मित्र के आश्चर्य-विमुग्ध मुख को एक क्षण ग़ौर से देखा और बात का प्रभाव पड़ रहा है, इससे आश्वस्त और सन्तुष्ट होकर आगे कहा, "तो, ब्रदर किवाड़ बन्द करते ही उसका मुँह सूख गया। रोनी शक्ल बनाकर वह बाहर जाने की ज़िद्द करने लगी। जब मैंने आगे बढ़कर उसका हाथ पकड़ लिया, तो सचमुच रोने लगी। मेरे शरीर में अजीब झनझनाहट और सनसनाहट हो रही थी, मैं बेक़ाबू होने लगा। मैंने उसको बहुत पुचकारा और समझाया। क़समें खाईं कि मेरा प्रेम सच्चा है और उसके लिए अपनी ज़मीन-जायदाद, जान, सब कुछ कुर्बान कर सकता हूँ। आख़िर में इतना उतावला हो गया कि नीचे झुककर उसके पैर पकड़ लिये। यह मेरे लिए अजीब बात थी, क्योंकि औरत से इस तरह विनती करने का मैं आदी नहीं था, परन्तु पता नहीं, मुझे क्या हो गया था!...वह रोती और सुबकती रही...।"

अँधेरा फैलने लगा था। सड़क की बिजली और बाईं ओर कुछ ही दूरी पर हलवाई की दुकान की गैसबत्ती जल चुकी थी। रायसाहब कभी ऊँची आवाज़ में और कभी फुसफुसाकर बोलते और अक्सर कनखी से चौखट या अहाते की ओर देख लेते।

"भैया, अब देखिए, क्या होता है!...वह रोज़ आने लगी।" रायसाहब कुछ देर तक अपने दाहिने हाथ को विचारपूर्ण दृष्टि से देखने के बाद बोले, "शुरू-शुरू में वह बहुत उदास और दुखी रहती, पर मुझे होश-हवास नहीं था। लगता, इसको जितना प्यार करने लगा हूँ, उतना कभी किसी को नहीं करता था।...देर तक उसके बालों पर हाथ फेरता, अपने प्रेम की सचाई की दुहाई देता। कभी-कभी पागल की तरह उसके पैरों को चूमने लगता। उसको हमेशा देखता रहूँ, यही इच्छा बनी रहती।

वह ख़ुश रहे, ऐसी हमेशा कोशिश करता। अपने हाथ से रोज़ मिठाई खिलाना, अच्छी-अच्छी साड़ियाँ, साबुन-कंघी, इत्र-फुलेल, रुपये-पैसे देना...धीरे-धीरे उसकी तबीयत लगने लगी। कुछ दिनों बाद चहकने लगी। औरे मेरे देखते-ही-देखते वह भोली-भाली लड़की इतराना, नख़रे करना और रूठना-मचलना सीख गई। मुझे देखते ही उसकी आँखें चमक उठतीं...दौड़कर मुझसे चिपट जाती। उसे मज़ाक़ करना भी आ गया था, मेरी पकड़ से छटक-छटक जाती और ख़ूब हँसती। पर उसका भोलापन कहीं नहीं गया। उसे मैं जब और जहाँ बुलाता, वह बिना हिचक आ जाती। उसकी ख़ुशी का अन्त नहीं था और वह कहती कि मेरे यहाँ छोड़कर उसकी कहीं तबीयत नहीं लगती। ख़ास तरह से उस समय उसकी हालत देखने लायक़ होती, जब मैं कुछ दिनों के लिए बाहर चला जाता और वापस लौटता। मुझे देखते ही वह बहुत उत्तेजित हो जाती और सिसक-सिसक रोने लगती। कभी मेरी तबीयत ढीली होती, तो वह बहुत चिन्तित और परेशान हो जाती।...सच कहता हूँ, वह मेरे पीछे पागल हो गई थी, उसे किसी बात का ग़म नहीं था, जान देने के लिए भी कहता, तो वह ख़ुशी-ख़ुशी दे देती। उसे क्या हो गया था? मैंने सपने में भी नहीं सोचा था कि ऐसा भी होगा...लेकिन जानते हो, सीधी गाय ही खेत चरती है...और इस तरह पूरे तीन वर्ष बीत गए..."

"माया का चक्कर था!" बहुत देर से हृदय नारायण अपने को ज़ब्त किये हुए थे, मौक़ा पाकर उन्होंने अपनी सम्मति प्रकट कर दी।

"मामूली चक्कर था? मुझे घर-गृहस्थी, बाल-बच्चों, किसी की कुछ परवाह नहीं थी। जानता था, गाँववाले, खुसुर-पुसुर करते, पर मुझसे सभी काँपते, मेरी प्रजा जो थे। रुपये के बल से भुलई का मुँह बन्द था। फिर अँजोरिया किसी की नहीं सुनती। उसकी शादी हो गई थी, उसका पति अभी बच्चा था और एक बार ससुराल जाकर दो ही दिन में वह भाग आई थी। उसका यौवन गदरा गया था।...ये तीन वर्ष नशे में बीत गए थे।...और एक दिन उसने क्या कहा, जानते हो?" प्रश्नसूचक दृष्टि से उन्होंने हृदय नारायण की ओर देखा और बोले, "बरसात की काली अँधेरी रात थी। वह आई। बहुत दुखी और उदास दिखाई दे रही थी। मैंने कारण पूछा। उसने मिन्नत-भरे स्वर में कहा, मुझे कहीं लेकर भाग चलो! उसकी लम्बी, काली आँखें मेरी आँखों में खो गई थीं।

"क्या बात है?" मैंने पूछा।

"नहीं, मैं यहाँ नहीं रहूँगी!" उसने मचलते हुए कहा, "लोग न मालूम कैसी-कैसी बातें कहते हैं!...कोई ठीक से नहीं बोलता। मुझे काशी ले चलो, वहाँ कोई मकान ले लेना, मैं उसी में रहा करूँगी।"

"उसने गाँव के बालकृष्ण मिश्र का उदाहरण दिया, जिन्होंने अपनी प्रेमिका के लिए बनारस में एक मकान ख़रीद दिया था और ख़ुद वह अक्सर वहीं रहते थे।

उसकी बात से मैं चौंका और घबरा गया। मैंने उसे समझाने की कोशिश की कि जब तक मैं ज़िन्दा हूँ, उसको डरने की ज़रूरत नहीं, उसका कोई बाल बाँका नहीं कर सकता, वह लोगों के नाम बताए, मैं उनकी खाल खिंचवा लूँगा। पर वह कुछ बोली नहीं और रोने लगी!...कुछ दिनों बाद उसने कहा, मुझे रखैल रख लो, मैं कहीं नहीं जाऊँगी, तुमको छोड़कर मुझे कुछ अच्छा नहीं लगेगा।...मैं बहुत हैरान था। आख़िर यह क्या चाहती थी? तीन वर्ष तक तो उसने कोई ऐसा सवाल नहीं उठाया, अब कौन-सी ऐसी बात हो गई थी? जब वह चली गई, तो मैं देर रात तक सोचता रहा। अब देखिए, अचानक मुझमें क्या परिवर्तन होता है!...भैया, ऐसा लगा कि मेरे दिमाग़ में एक रोशनी जल उठी है। सब कुछ साफ़ होता गया। मेरे अन्दर कोई कह रहा था, नवलकिशोर, तुम आज तक शैतान के चक्कर में रहे, वही शैतान तुम्हारी इज़्ज़त, ज़मीन-जायदाद, बाल-बच्चे, सभी कुछ छीनकर तुम्हें बरबाद करना चाहता है!...और बात सच थी! तुम्हीं बताओ, हृदय नारायण, एक फाहशा औरत में ऐसी ईमानदारी और लगाव का कारण क्या हो सकता है? उसने पहले अपने रूप के जादू से मुझे वश में किया, फिर अपना प्यार जताकर मुझे उल्लू बनाती रही, मेरा रुपया-पैसा बरबाद करती रही...माया का असली रूप यहीं देख सकते हो!... तो मैं ज्यों-ज्यों सोचता गया, मुझमें उस औरत के लिए नफ़रत-सी भरती गई। मैं देर तक पश्चाताप की आग में जलता रहा और रोता रहा...

"यही भगवान है!" हृदय नारायण का मुख उत्तेजना से चमक रहा था।

"और किसको भगवान कहा जाता है!" राय साहब छूटते ही बोले, तुमने देखा, मेरे-जैसा नीच कोई नहीं होगा, पर उनकी कृपा से सारी नीचता छूमन्तर करके भाग गई। मेरा हृदय एकदम पवित्र था। मैं चाहता था कि उस लड़की से किसी तरह छुटकारा मिले। पर उसके सामने कुछ कहने की हिम्मत नहीं होती थी। और एक रोज़, भैया, मैंने सोचा कि अब तक मुझ पर शैतान का असर है, जब तक मैं यहाँ से टलता नहीं, वह ख़त्म नहीं होने का।...तुम समझ रहे हो न? सब भगवान सोचता रहा था।...अब देखिए कि मैं एक रोज़ वहाँ से चुपके से घर के लिए रवाना हो जाता हूँ!...फिर मैं वहाँ कभी नहीं गया। अपने भाई और लड़कों को भेजता रहा।" कुछ देर तक वह चुप रहे, जैसे कोई मंज़िल तय कर ली हो। फिर गहरी साँस छोड़कर बोले, "तब से मेरा जीवन ही बदल गया।"...अब सारा जीवन सरकार के चरणों में अर्पित है। मैं अच्छी तरह समझ गया कि सब उन्हीं की लीला थी! वह चाहते थे कि मैं शैतान के चक्कर में फँसूँ, जिससे मेरी आँखें खुलें! अब मैं सवेरे नहा-धोकर चौकी पर पूजा करने बैठ जाता हूँ, तो घंटों सुध-बुध नहीं रहती। शाम को भी ऐसा ही चलता है। चौबीसों घंटे मन उन्हीं में रमा रहता है।" उनकी आँखें चमक रही थीं। और तब से उनकी बड़ी कृपा रही। जानते हो, जब मैं बिहार...से भाग आया, उसके कुछ ही दिनों बाद ज़मींदारी टूटी थी।

मैंने बड़ी दौड़-धूप की, रुपये ख़र्च किये और किसी तरह पचहत्तर बीधे ज़मीन ख़ुद काश्त करवा ली। बताओ, अगर उसकी दया न होती, तो सारी ज़मीन चली न जाती?...कहाँ तक गिनाऊँ? छोटा लड़का आवारा निकला जा रहा था, मैंने मिल-मिलाकर दो-तीन ठेके दिलवा दिये...अब हज़ारों पीटता है। बड़ा लड़का बनारस में कमिश्नरी में वकील है। गाँव पर आटा चक्की और चीनी का कारख़ाना खुल गया है। पिछले साल से पंचायत का सभापति भी हो गया हूँ...सच पूछो तो रोब-दाब में कमी नहीं आई है। और यह किसकी बदौलत? सब सरकार की कृपा का फल है!" वह कुछ उदास-से हो गए। तुम्हारी दुआ से मुझे किसी बात की कमी नहीं, ज़मीन-जायदाद, बाग़-बगीचे, इज़्ज़त-आबरू, बाल-बच्चे सब कुछ हैं...पर सच कहता हूँ, मुझे किसी से कोई मतलब नहीं। भैया, इस जीवन में कोई सार नहीं...।"

वह सहसा चुप हो गए और उनकी दृष्टि शून्य में खो गई। अँधेरे में पलाश के फूल बिहँस रहे थे।

शुभचिन्ता

दोनों घर से निकले। पश्चिमी आकाश से बादल का एक बड़ा, काला टुकड़ा फैलता आ रहा था। हवा के झोंके पेड़ों को झकझोर और धूल को जैसे फूँककर उड़ा जाते।

"गली से चलेंगे, रिक्शा खोजने में देर हो जाएगी।" ज्ञान ने ठिठककर आसमान की ओर देखा।

"हाँ।" सीता मृदु स्वर में बोली।

ज्ञान लम्बे क़दम रखते हुए आगे बढ़ा। उसके छरहरे मज़बूत शरीर का सौन्दर्य हल्के चाकलेटी पैंट और श्वेत क़मीज़ में और निखर आया था। उसकी चाल की बराबरी करने की चेष्टा में सीता इस तरह तेज़ और डगमग चाल चल रही थी, जैसे नाव को अनुकूल हवा का सहारा मिल गया हो। वह क्षण छाती पर सिर गाड़ देती और क्षण सिर उठाकर सामने देखने लगती। उसकी आँखें चमक उठतीं और होंठों पर मुस्कराहट फिसल जाती...।

सीता से आज ज्ञान सब कुछ कह देगा। जिसने ट्यूशनी और पार्ट-टाइम नौकरियाँ करके ऊँची शिक्षा और नौकरी प्राप्त की थी, उसके लिए वह अस्वाभाविक नहीं। वह उन नवयुवकों में से था, जो मेहनत, सफ़ाई, सुरुचि, स्वतंत्र चिन्तन और जॉनसन तथा शॉ की हाज़िरजवाबी के भक्त होते हैं। वह औरतों के जागते-जागते अँगीठी जला देता, रोज़ अपने जूतों की पालिश कर, स्वयं तरकारी-भाजी ख़रीदता और प्रगति तथा स्त्रियों की आज़ादी का समर्थन करता। विचार और कार्य की इस एकता के कुछ ठोस नतीजे निकले थे। वह अपने को ऐसा व्यक्ति समझने लगा था, जो सही सोचता है और जिसको दूसरों की ग़लतियों को सुधारने तथा साफ़-साफ़ बातें कहने का अधिकार है। वह मौक़ा आने पर टोक देता कि तेज़ी से चापुड़-चापुड़ खाना, दूसरे के कन्धे पर हाथ रखकर चलना और बिना बिस्तर किसी के यहाँ पहुँच जाना अनुचित है।

पहले-पहल सीता जब मंजू के साथ आई, तो ज्ञान को कुछ आश्चर्य हुआ था। सुन्दर और सलीके से रहनेवाली उसकी छोटी बहन की सहेली ऐसी क्यों? छोटा क़द, दुहरा शरीर, साँवला रंग, छोटी आँखें और गोल नाक। चेहरे का सारा मांस जैसे गालों पर सिमटकर फूल और लटक गया था। होंठ बिचके-से। उसके पहनावें,

चाल तथा दृष्टि में ऐसी प्रभावहीनता थी, जो कभी-कभी प्रौढ़ा समाज-सेविकाओं में दृष्टिगोचर होती है।...आते ही वह किसी बच्चे को गोद में उठा लेती, बार-बार सभी औरतों के पास बैठ आती, बात करते ख़ामख़ाह हँस पड़ती, जैसे किसी मज़ाक़ का जवाब दे रही हो और किसी भी घरेलू काम में हाथ बँटाने की चेष्टा करती।

उसके प्रति सबका व्यवहार सहानुभूति का था, जैसा कि उन लड़कियों के प्रति हो जाता है, जो रूप और गुण में हीन समझी जाती हैं। परन्तु धीरे-धीरे उसमें कुछ परिवर्तन हुए। वह उल्टे पल्ले की साड़ी पहनने लगी थी और उसकी चप्पलों या सैंडिलों में अब पालिश होती। कभी-कभी दो चोटियाँ भी बाँधने लगी। वह हफ़्ते में कई बार आती, आते ही जल्दी जाने की इच्छा प्रकट करती, बार-बार उठती और देर तक नहीं जाती। किन्तु, समयानुसार नाश्ता या भोजन का इन्तज़ाम होने लगता, तो वह अचानक सबको धड़-धड़ नमस्कार करके चलती बनती। जिन दिनों उसका आगमन नहीं होता, वह अपने छोटे भाई के हाथ मंजू के नाम अवश्य पत्र भेजती, जिसमें कभी कोई किताब भेजने, कभी विश्वविद्यालय साथ-साथ चलने के लिए, अगले दिन किसी स्थान पर मिलने और कभी ज़ुकाम या सिरदर्द से पीड़ित होने की बात होती। आख़िर में सदा 'अम्माँ, बड़े भाई साहब, ज्ञान भाई साहब, भाभी को नमस्कार तथा दोनों मुन्नों को प्यार' लिखा होता...

"इधर से दो बार आ चुकी हूँ!" इसका गर्व हो, इस तरह सीता मुस्कराकर दबी ज़बान से बोली।

आगे-पीछे क़रीब दस क़दम चलने के बाद बाईं ओर घूमकर वे एक नाली को लाँघ गए, जहाँ से गली काफ़ी सँकरी हो गई थी। ज्ञान ने दो-तीन बार खाँसा। फिर दोनों के जूतों और चप्पलों की मिली-जुली आवाज़ें साँझ के गहरे होते धुँधलके तथा आसपास के शोरगुल को बेधकर आगे बढ़ने लगी...।

ज्ञान शीघ्र ही सतर्क हो गया था उस व्यक्ति के समान, जिसकी नज़र दूसरों की दुर्बलताओं पर आसानी से चली जाती है। सीता अब ज्ञान के कमरे से फ़ौरन नहीं उठ जाती। मंजू के किसी काम से बाहर चले जाने पर भी वह कोई पुस्तक या पत्रिका उठाकर पढ़ने लगती या सिर झुकाकर अपने नाख़ूनों से उलझ जाती। कुछ ही देर बाद अचानक सिर उठाकर तीखी और अस्वाभाविक-सी आवाज़ में कोई बात पूछ बैठती।...पब्लिक लाइब्रेरी कब तक खुली रहती है? या कोई ऐसा ही अप्रत्याशित प्रश्न। कैरम के प्रति उसकी अरुचि समाप्त हो गई थी।...भाई, मैं भी खेलूँगी, सीखना ज़रूर पड़ेगा!...धीरे-धीरे वह ताजी राजनीतिक घटनाओं, खेल-कूद के समाचारों, सिनेमा और पब्लिक सर्विस कमीशन की परीक्षाओं के सम्बन्ध में होनेवाली बातचीत में भाग लेने की चेष्टा करने लगी थी।...कई बार मंजू, उसकी एक और सहेली, लीला, जो बहुधा आती थी, सीता और ज्ञान को किसी सार्वजनिक सभा या पार्क या बाज़ार साथ-साथ जाना पड़ा था। दो रिक्शे आने पर सीता पहले

बड़ी ही फुर्ती से सवार हो जाया करती थी। परन्तु अब उसकी चप्पल में कोई ख़राबी पैदा हो जाती, जिसको झुककर वह निहारने लगती या रुककर साड़ी का पल्ला ठीक करने लगती या किसी चीज़ को ग़ौर से देखती-देखती पीछे छूट जाती। इस विलम्ब से मंजू और लीला एक ही रिक्शे पर बैठ जातीं।...और उसकी दृष्टि में अजीब कोमल उत्सुकता होती। कभी उन छोटी-छोटी आँखों की गहराई में कोई एकाग्र भाव झिलमिला जाता। ज्ञान के देखने पर झट नज़र फेर लेती।

"उधर से ही तो आपके दफ़्तर का रास्ता है, मेरे घर कभी क्यों नहीं आते? माँ मेरा सिर खाती रहती हैं।" ज्ञान के कमरे में अचानक पहुँचकर सीता ने एक दिन कहा था। वह इसी तरह तेज़ी से अपनी बात पेश करती, जैसे कई दिनों से रट रही हो। सिन्दूर गिरकर ज़मीन पर फैल जाए, इसी तरह उसका मुँह लाल हो गया था।

"आऊँगा।...क्या करूँ, फ़ुरसत ही नहीं मिलती।" ज्ञान ने हक्का-बक्का होकर उसकी ओर देखने के बाद उत्तर दिया था।

"मैं क्या जानूँ, मैंने तो माँ की बात कह दी।" वह उसी स्थान पर टेढ़ा मुँह करके एकाध मिनट तक बरबस मुस्कराकर डोलती-सी रही थी, फिर धीरे-धीरे चली गई।

ज्ञान को पहले विस्मय हुआ था। इसकी वह कल्पना तक नहीं कर सकता था। फिर वह सरलता से उस व्यक्ति के समान क्रोध के वश में होता गया, जिसको अच्छाई का बदला कुछ दूसरा ही मिला हो। यह छुपा नहीं था कि उसकी शादी कानपुर में लगभग तय है। इसके अलावा वह बेहद शराफ़त से पेश आता रहा था। तब किस अधिकार और साहस से वह ऐसा सोच भी सकी थी? सब कुछ कितना अस्वाभाविक, हास्यास्पद और अपमानजक है!...परन्तु बाद में उसने जीवन के अन्य पहलुओं और मजबूरियों पर विचार किया, तो लगा कि वह कुछ ग़लती पर है। उसके जैसे सुलझे दिमाग़ के व्यक्ति को इस तरह सोचना शोभा नहीं देता। निस्सन्देह उसका कर्तव्य था कि वह एक नासमझ और लाचार लड़की का जीवन चौपट न होने दे। इस निर्णय पर पहुँचकर उसका हृदय असीम दया और उत्साह से भर गया।

परन्तु अपने सन्देह को अन्तिम रूप से पुष्ट कर लेना ज्ञान ने उचित समझा। आज साढ़े तीन बजे की मैटनी शो में अवसर मिला था। वह जानबूझकर सीता के पास बैठा। घायल पक्षी बार-बार पंख फड़फड़ाकर उड़े और गिर जाए, उसी तरह सीता कभी सिर का पल्ला सँभालती, कभी सीधे बैठती, कभी आगे झुक जाती, कभी कुर्सी पर पीठ टेक देती और कभी दाईं ओर मुड़कर मंजू से हँसकर कुछ भुनभुन कहती।...इंटरवल के बाद ही ज्ञान ने जानबूझकर धीरे-धीरे अपना दाहिना पैर इस तरह फैला दिया कि सीता के पैर से हल्का-सा स्पर्श हो गया। लेकिन सीता ज्ञान की तरह ही अनजान-सी अकस्मात् बहुत ही ध्यान से पर्दे की ओर देखने लगी थी।...पैर हटाकर ज्ञान ने दूसरी परीक्षा ली। उसने अपना दायाँ हाथ सीता के पीछे

कुर्सी पर इस तरह रख दिया, जैसे बिना जाने ऐसा हो गया हो। पीठ से छू जाने के बावजूद सीता की अनभिज्ञता और एकाग्रता और बढ़ गई थी।

"मुझे भी उधर एक काम है। चलो, तुमको बस के अड्डे पर छोड़ दूँगा।" सिनेमा से घर पहुँचने पर ज्ञान ने कहा था।

सीता सहसा घूमकर मंजू से बात करने लगी थी, जैसे कुछ भी न सुना हो। परन्तु उसकी ठोढ़ी छाती पर कस गई थी। उसका शरीर फूल-सा गया था। उसका गम्भीर और तमतमाया मुख जैसे हँस रहा था।

गली से सड़क तक आते-आते अँधेरा छा गया। वहाँ से बस का अड्डा क़रीब चार फर्लांग था।

"बाएँ होकर चलना ठीक होगा।" ज्ञान ने सड़क के दोनों ओर देखकर कहा।

वे फुर्ती से दूसरी ओर पहुँच गए। तारकोल की सड़क जितनी चौड़ी थी, उसके हिसाब से आमद-रफ़्त बहुत कम थी, यहाँ तक कि प्रथम दृष्टि में निर्जनता का आभास होता। बिजली के प्रकाश में वह चाँदनी में नहाई गर्मी की किसी स्थिर, कृशगात नदी के समान प्रतीत हो रही थी। ज्ञान ने सहसा चाल धीमी कर दी। एक ज़िम्मेदार व्यक्ति की भाँति उसके ललाट की रेखाएँ सिमट आई थीं और दोनों हाथ पीछे बँध गए थे। बग़ल में कोई साइकिल या रिक्शा या ताँगा तेज़ी से निकल जाता, कभी दो-चार पदयात्री गुज़र जाते।

"सीता...।" वह आगे बोल न सका। पीछे देखने पर उसका अनुमान ठीक निकला। कोई तेज़ी से लपककर बढ़ा आ रहा था।

सीता ने उसकी ओर ढीठ उत्सुकता से देखा। उसकी दृष्टि में अनोखी चमक और कोमलता थी। वह भी चुपचाप चलती रही। कभी-कभी उसकी तिरछी नज़र ज्ञान के मुख को जैसे स्पर्श करके लौट आती। आसमान काले-काले बादलों से घिरता जा रहा था। हवा और तेज़ हो गई थी, जो आँखों में धूल और तिनके झोंक जाती तथा अगल-बग़ल के मकानों के करकट वग़ैरह को खड़ाखड़ा, भड़भड़ा देती। सीता रुक-रुककर अपने उड़ते आँचल को सँभालती। कभी-कभी टाँगों के बीच चिपककर सरसराती साड़ी को ठीक करने के लिए शरीर दाएँ या बाएँ मोड़ लेती। हवा की शरारत पर उसको कभी ग़ुस्सा आ जाता, कभी मन-ही-मन वह हँस पड़ती।

"सीता!" मुसाफ़िर आगे निकल गया, तो ज्ञान ने गम्भीर स्वर में कहा, "कई दिनों से मैं यह कहना चाह रहा था। यह मेरी आदत है कि जो बात मुझे पसन्द नहीं आती, उसको साफ़-साफ़ सामने रख देता हूँ। किसी को बुरा लगे या भला, इसकी मैं चिन्ता नहीं करता, क्योंकि मेरी नीयत साफ़ रहती है और मैं दिल से दूसरे का भला चाहता हूँ। इसीलिए मैं चाहूँगा कि तुम मुझको ग़लत न समझो।" उसने एक क्षण रुककर सीता की ओर देखा, जिसकी आँखों में अनजान आशंका उतर आई थी। उसका स्वर दृढ़ होता गया, "मैं यह सब नहीं कहता, लेकिन इसके

अलावा कोई चारा भी नहीं था। मैं नहीं चाहता कि कोई किसी झूठी आशा में मेरे लिए अपनी ज़िन्दगी ख़राब कर ले। मुझसे क्या आशा की जा सकती है?...मैंने देखा कि शायद तुम कोई ऐसी कमज़ोरी पाल रही हो, जो ठीक नहीं...हमारे और तुम्हारे दोनों के लिए..."

वह सोच-सोचकर धीरे-धीरे बोल रहा था। सीता के मुख पर कालिख-सी पुत गई थी। उसकी चाल की चुस्ती ख़त्म हो गई थी और हाथ ढीले पड़ गए थे। वह सिर पर भारी बोझ लेकर चलनेवाले बेगार मज़दूर की तरह सीधे देख रही थी।

दोनों चुपचाप चलने लगे थे। बाज़ार की जगमग रोशनियाँ समीप खिंचती आ रही थीं। आसमान बरसने-बरसने को हो रहा था। ज्ञान का सिर झुका हुआ और होंठ सिकुड़े हुए थे, लेकिन उसका ध्यान बार-बार सीता की चप्पलों की ओर चला जाता। चुट-पुट के साथ कभी-कभी खसर-खसर। और वही मशीनी आवाज़ पता नहीं उसमें कैसी शक्ति उत्पन्न करती गई जिसने उसके हृदय को एक ही साथ उच्चता, पवित्रता, करुणा, दया और ममता से भर दिया।

"मैं जानता हूँ सीता, कि तुम बहुत समझदार हो।...मैं दिल से चाहता हूँ कि तुम धैर्य से काम लो। दुख और सुख तो लगा रहता है। आख़िर इस जीवन का उद्‌देश्य क्या है? मैं चाहता हूँ कि तुम अधिक-से-अधिक पढ़ो और अपने जीवन को देश और समाज की भलाई में लगा दो। इससे बड़ा कोई काम नहीं। देश में कितनी ग़रीबी और अशिक्षा है! हमारे देश का यह दुर्भाग्य है कि यहाँ की स्त्रियाँ यह सब नहीं सोचतीं। मुझे पूरा-पूरा विश्वास है कि तुम यह कर सकती हो, क्योंकि तुममें लगन..."

ज्ञान का आवेश यकायक ठंडा पड़ गया। उसने चौंककर देखा। सीता की आँखों से तेज़ी से आँसू गिरने लगे थे। वह अपने होंठों को भींचे हुए थी। बार-बार आँचल को वह आँखों से लगा लेती।

"अरे!"

"नहीं-नहीं!" वह दोनों हाथों में मुँह छुपाकर सिसकने लगी।

इसके बाद बहुत दिनों तक सीता का आना नहीं हुआ।

फिर एक दिन वह आई। शाम को सभी चाय पी रहे थे। उसने आते ही सबको चहकती आवाज़ में नमस्कार किया। चिकन की सफ़ेद साड़ी और नीले धारीदार ब्लाउज में वह बहुत ख़ुश नज़र आ रही थी। उसने हँस-हँसकर काफ़ी दिनों पर आने के कारण बताए।

सीता की प्रसन्नता से ज्ञान को जैसे हल्का-सा आघात लगा। फिर वह सन्तुष्ट हो गया। और शीघ्र ही उसकी हालत उस शिक्षक की भाँति हो गई, जो फिसड्डी विद्यार्थी को उसके पास होने पर सफलता के और उपाय बताने लगता है।

"कहो सीता, ठीक-ठाक है?" उसने साभिप्राय मुस्कराकर पूछा।

"हाँ, भाई साहब।"

"लिखना-पढ़ना होता रहा?"

"हाँ, थोड़ा-बहुत।...अम्माँ की तबीयत ख़राब हो गई थी।"

"अच्छा।" वह अनमने स्वर में बोला। वह कुछ क्षण इस तरह नीचे देखता रहा, जैसे कुछ सोच रहा हो। फिर धीरे-से मुस्कराकर, उसने प्रश्न किया, "सवेरे कब तक उठ जाती हो?"

"पाँच बजे।"

"हाँ, भई!" ज्ञान ने उत्साह में कहा, "मुझे लेट उठना कतई पसन्द नहीं। यह आदत ही गन्दी है। सवेरे उठकर पहले दातुन-कुल्ला किया, फिर घर की सफ़ाई। गन्दा घर तो नरक के समान है, बाद में नाश्ता। भई सीता, यह आदत बहुत ही ख़राब है कि घर के सभी लोग अलग-अलग नाश्ता करते हैं। इससे कितनी परेशानी होती है! बच्चे बारी-बारी से सबके पास बैठकर खुचुर-खुचुर खाते रहते हैं। नाश्ता, नाश्ता की तरह कीजिए। चाय बना लीजिए, कोई नमकीन छान लीजिए...फिर सभी साथ बैठिए। इससे बच्चे अनुशासन भी सीखेंगे। इसी समय कोई बाहर से आ जाता है, तो उसको प्रेम से साथ जलपान कराइए...लेकिन इसके बाद आनेवाले व्यक्ति से सीधे भोजन के लिए ही पूछिए।...और तब पढ़ना-लिखना। बच्चों को भी साथ में बिठाइए। भई सीता, मैं बच्चों को राष्ट्र का धन समझता हूँ। उनके खाने-पीने, पढ़ने-लिखने और खेल-कूद का समय बँधा होना चाहिए। और मैं इसमें भी विश्वास करता हूँ कि प्रेम-पुचकार के साथ-साथ उनको कभी-कभी दंड भी देना चाहिए।"

उसने सन्तोष और विश्वास से सबकी ओर देखा। सीता के चेहरे का रंग अकस्मात् उड़ गया था और उसने सिर नीचा कर लिया था।

"और हाँ भई, मुझे गन्दी औरतों से सख़्त नफ़रत है। मैं उन सभी औरतों को गन्दी मानता हूँ, जिनकी आदतें भद्दी होती हैं। आख़िर सलीक़े से रहने में क्या जाता है? साफ़ और अच्छा पहनिए-ओढ़िए, क़ायदे से रहिए, सबसे शिष्टाचारपूर्वक बात कीजिए, अपने से बाज़ार-हाट कर लीजिए। उन स्त्रियों से मुझे बहुत चिढ़ है, जो सुस्त पड़ी रहती हैं, हमेशा व्यर्थ हँसती रहती हैं और बैठकर दूसरों की शिकायत करती हैं।...और, सीता, मैं उस औरत को पसन्द करता हूँ, जो थोड़े ही पैसों में अपने बच्चों को ढंग से रखे, घर का ख़र्चा ठीक से चला ले, बेकार समय में कुछ हुनर-गुण सीखने की फ़िराक में रहे, दूसरों से बेकार शर्म और संकोच न करे और स्वाभिमान के साथ रहे। फिर शिक्षा को तो मैं बहुत ज़रूरी समझता हूँ। हर स्त्री इतना ज़रूर पढ़ ले कि मौक़ा आने पर अपने पैरों पर खड़ी हो सके..."

वह सदिच्छापूर्वक अपना जीवन-दर्शन पेश करता रहा। उसका स्वर नाटकीयता के साथ चढ़ता और गिरता। वह कभी मुस्कराने लगता और कभी इस तरह बोलता, जैसे क्रोध में हो। सीता के मुख की कालिख गहरी होती गई। वह उस व्यक्ति के

समान सिर झुकाकर चुपचाप सुनती रही, जिस पर पंचायत में किसी अपराध में कड़ी डाँट-फटकार पड़ती है।

धीरे-धीरे सीता का आना कम होता गया। वह हफ़्तों और कभी महीनों नहीं आती। आने पर अधिकतर बुज़ुर्ग स्त्रियों के बीच बैठती। उसका चेहरा गम्भीर और उतरा हुआ होता। बातें करते नज़रें चुराती। एकाध घंटे से अधिक वह नहीं टिकती।

एक दिन ज्ञान सायंकाल दफ़्तर से आने के बाद आलमारी में एक पुस्तक खोजने लगा। उसको दो पुस्तकों के बीच एक खुला लिफ़ाफ़ा मिला। उसमें से उसने पत्र निकालकर देखा। वह सीता का पत्र था, जो उसने क़रीब पन्द्रह दिन पूर्व मंजू के नाम लिखा था। मालूम होता है, मंजू ने पत्र पढ़कर वहीं छुपा दिया था। ज्ञान पढ़ने लगा—

प्रिय मंजू

मुझे अचानक पटना जाना पड़ा, इसलिए तुमको कोई सूचना न दे सकी। छुट्टियों में मामाजी आए और मुझको लेते आए। मैंने भी सोचा कि स्थान बदलने से तबीयत बहल जाएगी। इस बीच कई बार तुमको पत्र लिख-लिखकर फाड़ दिये। आख़िर में यह भेज रही हूँ...त्रुटियों पर ध्यान न देना।

तुमने मुझसे कई बार पूछा था कि मैं इधर क्यों इतनी निर्जीव-सी रहने लगी हूँ। क्या बताऊँ...मैं ख़ुद समझ नहीं पाती। तुम तो बहुत कुछ मेरे बारे में जानती हो। तुमसे मैंने क्या छुपाया है? तुमको ज्ञात होगा, तुमसे जान-पहचान होने के पहले मैं बहुत ही लापरवाह और बोदी थी। मैं ऐसे घर की हूँ, जहाँ के लोग बहुत ही पुराने ख़यालों के हैं। मैं भी अपने जीवन को इससे अधिक कुछ नहीं समझती थी कि एक दिन माँ-बाप शादी कर देंगे और मैं दूसरे की हो जाऊँगी। लेकिन तुम्हारे यहाँ आने पर कुछ दूसरा ही देखने को मिला। मैंने पहली बार जाना कि आदमी चाहे जैसा हो, उसका जीवन बहुत ही मूल्यवान है। वहाँ एक ही व्यक्ति के स्वतंत्र विचारों की गहरी छाप थी। मैं उन विचारों की ग़ुलाम हो गई। मैं अपना जीवन बनाने को उत्सुक हो उठी और देखते-ही-देखते मेरा सब कुछ बदल गया। आलस्य को मैंने त्याग दिया और ढंग से पहनने-ओढ़ने लगी। मैं घर को साफ़-सुथरा रखती, काम-धाम और छोटे भाइयों की पढ़ाई-लिखाई में गहरी दिलचस्पी लेने लगी, पत्र-पत्रिकाएँ पढ़ने के लिए रोज़ पब्लिक लाइब्रेरी जाती, ख़ुद बाज़ार-हाट करती...

और जानती हो, मंजू, मैं जल्दी ही एक अजीब आशा और उमंग में बहने लगी। यह सब कैसे हो गया? मैं ऊँचा उठ सकती हूँ, इस कल्पना से,

मुझको लगा कि मैं दूसरों को प्रभावित कर सकती हूँ। इस ख़याल ने मुझको पागल बना दिया। तुम हँसोगी, लेकिन मुझे अपना शरीर, अपनी शक्ल, अपनी चाल-ढाल, सब कुछ बहुत अच्छा लगने लगा था। फिर मैं बहुत डर गई और तब मेरे दिल में यह इच्छा उत्पन्न हुई कि मैं जीवन-भर शादी नहीं करूँगी। मेरे अन्दर गम्भीर उथल-पुथल मची थी। मैं अपने से लड़ती रही। जितना मैं सोचती, मुझको लगता, मुझको अपने आदर्श और उत्साह के अलावा कुछ नहीं चाहिए...

परन्तु इधर पाँच-छह महीनों से मैं बहुत कष्ट पा रही हूँ। मैं घंटों सुस्त-सी बैठी रहती हूँ। इच्छा होती है कि कुछ न करूँ। मेरा उत्साह कहाँ चला गया? जिन ऊँचे विचारों ने मुझ पर जादू की छड़ी फेर दी थी, उन पर अब भी चलना चाहती हूँ, उनको अब भी श्रद्धा करना चाहती हूँ, लेकिन यह श्रद्धा मेरे भीतर कहीं मर गई है। लगता है, जैसे मुझसे कोई कह रहा है, तुम बहुत बुरी हो, तुम अपराधिनी हो, तुमसे जीवन में कुछ भी नहीं हो सकता। सच मंजू, मैं अपनी अयोग्यता और असमर्थता के अलावा कुछ नहीं सोच पाती। मुझे अपने और अपने आदर्श से घृणा हो गई है। मैं इसको कह नहीं पा रही हूँ, मंजू। कभी इच्छा होती है आत्महत्या कर लूँ। मुझे माफ़ करो, पता नहीं क्या-क्या लिखती जा रही हूँ..."

ज्ञान की आँखों के सामने नीचे के अक्षर धुँधले-से हो गए। शेष पंक्तियाँ जल्दी-जल्दी बेमन से पढ़ीं। फिर पत्र लिफ़ाफ़े में छोड़कर यथास्थान रख दिया और सिर झुकाकर कमरे में धीरे-धीरे टहलने लगा।

गगनविहारी

बी.ए. करने के बाद एक साल तक नौकरी न मिली, तो सुन्दरलाल का उत्साह बहुत बढ़ गया। उसने निश्चय कर लिया कि होमियोपैथी डॉक्टरी करके ही अब वह जीवन में आगे बढ़ेगा। यह कार्य कठिन नहीं। शहर के क़रीब सभी होमियोपैथ डॉक्टर क्या कम पढ़े-लिखे और लफंगे नहीं रह चुके थे? फिर उसका व्यक्तित्व भी प्रभावशाली था। पतले-लम्बे शरीर, बड़ी नाक और साँवले, गम्भीर मुख से कौन रोगी प्रभावित नहीं होगा! वह डटकर मेहनत करेगा, सबसे मिलने-जुलने और मीठा बोलने की आदत डाल लेगा, फ़ीस और दवाओं की क़ीमत बहुत कम रखेगा... असम्भव कुछ नहीं है इस दुनिया में।

"बाबूजी, मैं सोचता हूँ कि होमियोपैथी डॉक्टरी करूँ।"

"होमियोपैथी?" सुन्दरलाल के प्रस्ताव पर उसके पिताजी ने दबी, लगभग जनानी और हास्यजनक आवाज़ में इस तरह आश्चर्य प्रकट किया, जैसे किसी नगण्य चीज़ का ज़िक्र सुन लिया हो।

"जी, मैंने अच्छी तरह विचार कर लिया है। मुझे लगता है कि मैं इसी लाइन में उन्नति कर सकूँगा। नौकरी से तो यह बहुत अच्छा रहेगा।...बस, थोड़ी हिम्मत और सूझ-बूझ चाहिए। यहाँ का मामूली-से-मामूली होमियोपैथ भी तीन-चार सौ रुपये पीट लेता है।...लेकिन हम तो आज़ाद होकर भी ख़तरा उठाना नहीं चाहते, सौ-सवा सौ पर जन्म-भर घिसेंगे, पर कोई काम-धन्धा नहीं करेंगे..."

उसका मुँह जोश से फूल और तमतमा आया था। शीघ्र ही वह कुछ आदर्श डॉक्टरों के क़िस्से सुनाने लगा, जो कॉलेज-यूनिवर्सिटी में भी नहीं पढ़े, जाकड़ी मेज़-कुर्सी पर बैठकर चार-पाँच रुपये की दवाओं से काम शुरू किया...और आज उनकी कोठियाँ खड़ी हैं...!

सुन्दरलाल उन सीधे-सादे नवयुवकों में से था, जो कठिन काम को बहुत आसान समझते हैं। माँ-बाप की अन्तिम सन्तान होने से लड़कपन में उसको ख़ूब लाड़-प्यार मिला। उसकी सेहत ख़राब रहने लगी और पढ़ाई भी लेट शुरू हुई। लस्टम-पस्टम आठवीं कक्षा पास की, तो गाना और ड्राइंग छोड़कर अंग्रेज़ी, हिसाब आदि सभी विषयों से घृणा करने लगा था। अनिच्छा के बावजूद उसको विज्ञान दिला दिया गया,

क्योंकि घरवाले नौकरी-चाकरी का कोई ठिकाना न होने से उसे इंजीनियरिंग लाइन में घुसाना चाहते थे।...हाई स्कूल में एक साल और इंटरमीडिएट में दो साल फेल होने पर उसने विज्ञान छोड़ने का निश्चय कर लिया। और दो वर्ष में बी.ए. पास होते-होते वह काफ़ी कल्पनाशील हो गया था। वह सोचता कि उसको कोई रोग-शोक नहीं हो सकता और कठिन परिश्रम करके वह एक दिन सफलता की चोटी पर पहुँच जाएगा। इसके लिए वह उन विज्ञापनों में गहरी दिलचस्पी लेने लगा था, जिनमें जल्दी ही इंजीनियरिंग, होमियोपैथी, अच्छी अंग्रेज़ी तथा अन्य कला-विज्ञान और व्यवसाय में पारंगत करने के आश्वासन दिये जाते हैं।

"तो करो यही तुम भी बेटा! कोई ग़म नहीं, मैं तो अभी ज़िन्दा हूँ ही।" उसके पिताजी ने ऐसे स्वर में कहा, मानो किसी को ललकारकर लड़ाई के मैदान में भेज रहे हों।

मुस्तैदी से काम करने का तो सुन्दरलाल ने फ़ैसला कर ही लिया था। मद्रास के किसी होमियोपैथी कॉलेज से योग्यता का सर्टिफ़िकेट प्राप्त करने में ज़रा भी कठिनाई नहीं हुई। दो पुस्तकें, काठ की पेटी, मीठी दवाइयों की शीशियाँ, स्टेथेस्कोप... सभी ज़रूरी सामान लाकर रख दिये गए। भविष्य में उपयोग के लिए उसने एक साइनबोर्ड भी बनवा लेना ठीक समझा, जिस पर मोटे-मोटे अक्षरों में लिखा था, 'सुन्दर होमियो हॉल'। वह ईमानदारी से सोचने लगा था कि वह साहसी, योग्य और कर्मठ हो रहा है, इसलिए उसने दाढ़ी-मूँछें बढ़ने के लिए छोड़ दीं, ताकि दूसरे भी वैसा ही समझें। अपने महत्त्व से आश्वस्त होकर वह काफ़ी गम्भीर रहने लगा, सबको घूरकर देखना और कुटुम्ब-जनों के स्वास्थ्य पर नज़र रखना कर्तव्य समझने लगा। अन्त में सन्तुष्ट होकर उसने अपने सभी बाहर रहनेवाले मित्रों और नौकरीपेशा भाइयों को भावपूर्ण पत्र लिखे, जिनमें जीवन का विस्तृत विवेचन किया गया था।

सवेरे नहा-धोकर वह बाहर अपने कमरे में आता, तो उसका हृदय असीम उत्साह से भर जाता और वह अपने चारों ओर विश्वास से देखता। फिर गम्भीर अध्ययन के लिए कॉपी, पेंसिल और पुस्तक लेकर बैठने में उससे देरी नहीं होती। शुरू, बीच और अन्त के कुछ पन्ने पढ़कर उसे महसूस होता कि रोग के सभी लक्षण उसी के शरीर में मौजूद हैं। परन्तु, अगर उसे सफलता प्राप्त करनी है तो वह ऐसी बाधाओं की परवाह क्यों करे?...वह मुस्कराने लगता और यह सोचकर कि कल से ख़ूब मेहनत करेगा, वह कुछ मीठी, नाज़ुक और ऊँची कल्पनाओं में खो जाता, जो परिस्थिति विशेष में ही उत्पन्न होती हैं।...वह बहुत नामी होमियोपैथ हो गया है और असंख्य ग़रीब लोगों को रोग मुक्त कर रहा है। उसके पास दूर-दूर से लोग आ रहे हैं और पैसा भी पानी की तरह आ रहा है। वह देर तक सोचता रहता और उसको परिश्रम, सफलता और मान-प्रतिष्ठा की कल्पना में वास्तविक परिश्रम के समान ही सुख मिलता।

दोपहर में भोजन के बाद वह सिर्फ़ आधा घंटे विश्राम के लिए लेटता, चार-पाँच घंटे तक डटकर सोता और उठने पर किन्हीं रहस्यमय कारणों से अपने को बहुत महत्त्वपूर्ण समझता। कुछ ही दिनों में वह कल्पना में अपने को योग्य होमियोपैथ डॉक्टर समझने लगा। यहाँ तक कि किसी मेहमान के अचानक आ जाने पर तरकारी लाने की ज़रूरत पड़ती या घर का कोई लड़का उससे कोई-कोई सवाल पूछने आ जाता, तो वह साधिकार बिगड़ जाता, "मैं नहीं बताऊँगा, मेरे काम में हर्ज़ होगा!"

किसी से मिलने पर वह धर्मान्ध व्यक्ति के आक्रामक उत्साह से वे क़िस्से सुनाता, जो मध्यमवर्ग के ग़रीब और महत्त्वाकांक्षी लोगों को प्रिय होते हैं। वह कभी कहता, "एक मेरे मित्र के मित्र हैं...तो उनको साहब, एक बार अजीब ही बीमारी हो गई! उनको मौक़े-बेमौक़े जब देखो, नींद आ जाती और वह उठाने पर बहुत ही मुश्किल से उठते। पहले एक फर्स्ट क्लास एलोपैथ, फिर हकीम और आख़िर में बनारस के एक मशहूर वैद्य की दवा कराई गई। एक प्राकृतिक चिकित्सक ब्रह्मचारीजी भी अपनी शक्ति आजमा गए। सभी मिलकर सैकड़ों रुपये हज़म कर गए, पर कैसा फ़ायदा, साहब! अब देखिए, क्या होता है! चौक के नुक्कड़ पर बाईं ओर एक छोटी दुकान है, चौबे होमियो हॉल, देखा होगा आपने। इन चौबेजी को किसी तरह इस रोग की सूचना मिली, तो उन्होंने कहा कि रोगी को लाइए। उन्होंने रोगी से एक-दो मामूली प्रश्न किये, फिर बोले, एक पुड़िया देता हूँ, इसको साफ़ पानी से कुल्ला कराके खिलाइए और ठीक आज के इकतीसवें दिन हाल बताइए। दवा का दाम उन्होंने ज़रूर दो रुपये ले लिये। पन्द्रह दिन तक रोगी की हालत वैसी ही रही, सोलहवें दिन से ख़राब होने लगी, यहाँ तक कि बीसवें दिन दशा इतनी बिगड़ गई कि लोग डॉक्टर को गालियाँ देने लगे। लेकिन, उसके बाद, भाई साहब, जो सुधार शुरू हुआ है, तो ठीक तीसवें दिन रोगी एकदम चंगा हो गया!"

इसी तरह कुछ महीने बीत गए। परन्तु, एक दिन ऐसी बात हुई, जिसकी उसने कल्पना तक नहीं की थी। वह अपने कमरे में बैठा था। बाहर बरामदे में एक सज्जन उसके पिताजी से बातें कर रहे थे, "भैया, इस बुरे ज़माने में कोई अपनी खेती-बारी क्यों छोड़े? पता नहीं, कैसा समय आए!...संकट में पैर रखने का ठौर तो होगा? अपने छोटे लड़के से तो मैंने कह दिया है कि गाँव में ही डटे रहो, शहर में पैर रखने का नाम न लेना।...डटकर खेती कराता है, भाई साहब!...धान, गेहूँ, जौ, मकई, तरकारी-भाजी, घास-चारा, सब कुछ पैदा हो जाता है। अब आपकी दुआ से घर का क़रीब साल-भर का तो ख़र्चा निकल ही आता है, ऊपर से दो-चार पैसे बच भी जाते हैं..."

सुन्दरलाल के मन ने इन बातों को अमृत की तरह ग्रहण किया। उसके हृदय में न मालूम कैसी ख़ुशी की फुलझड़ी छूटने लगी! उसका दिमाग़ स्वतः ही मधुमक्खी की तरह व्यस्त हो गया।...यह तो ठीक ही है कि खेती कराने-जैसी उत्तम चीज़ कोई नहीं। वह कितना बेवकूफ़ है कि इस चीज़ को नहीं समझ सका। जिसके पास खेत-बारी है,

उसको दूसरा काम करने की क्या ज़रूरत? होमियोपैथी में पता नहीं कितनी प्रतीक्षा करनी पड़े, लेकिन इसमें तो चट बोइए और पट काटिए। यह तो अब निश्चित है ही कि पढ़ाई-लिखाईवाले काम में उसका दिमाग़ नहीं लग सकता। खेती में उसकी प्रतिभा निश्चित रूप से चमक सकती है। इस विचार का वह शीघ्र ही इस तरह क़ायल हो गया कि होमियोपैथी बहुत ही फटीचर और अशोभनीय लगने लगी। वह ज्यों-ज्यों सोचता गया, उसके शरीर में मिट्टी का सोंधापन, दूर तक फैले लहलहाते खेतों की ख़ुशबू और एक अनोखी उत्तेजनापूर्ण उत्साह की गर्मी फैलती गई।

"माँ, गाँव पर हम लोगों के पास कितना खेत है?" भीतर जाकर उसने अपनी माँ से पूछा।

"यही बीस-बाईस बीघे। क्यों?"

"मैं अब गाँव पर ही रहूँगा, माँ। हाँ, बताओ, गाँव पर इतना खेत है, लेकिन कभी एक दाना अन्न मुँह में जाता है? चाचाजी लूट मचा रहे हैं, वहाँ मेरे रहने से ख़त्म हो जाएगा। डटकर खेती कराऊँगा...किसी का लेना, न देना! ज़माना बड़ा ख़राब आ गया है, कोई ठौर-ठिकाना तो चाहिए ही..."

"ठीक तो है? इससे अच्छा क्या होगा? तुम लोग तो घर-ज़मीन की फ़िक्र ही नहीं करते। तुम्हारे बाबूजी एक ग़ैरपट्टीदार को सारी जायदाद सिपुर्द करके आँखें मूँदे बैठे हैं! बाप रे, कहीं कोई इस तरह अपनी चीज़ दूसरों को दे देता है! यह सोचकर तो मेरी छाती फटी जाती है कि सब कुछ बिला रहा है...!"

सुन्दरलाल एक बहुत ही गम्भीर दायित्व वहन करने के लिए पूरी तरह तैयार हो गया था। दाढ़ी मुँड़वाकर उसने मूँछों को स्वतंत्र छोड़ दिया, एक कर्मठ किसान की तरह! गाँवों में फ़ौजदारी और डकैती होती है, इसलिए वह नियमित रूप से कसरत करने लगा। अकस्मात् मोटी रोटियाँ भी उसको पसन्द आने लगीं। वह सोचता, खेती में है ही क्या, वह गाँव पहुँचकर दो बैल और एक मन का हलवाहा रख लेगा, खेत जुतवाकर अच्छे बीज डलवा देगा, ट्यूबवेल से सिंचाई की व्यवस्था करा लेगा, खेतों की निगरानी के लिए रात को मचान पर ही सो जाएगा, हलवाहे या किसी अन्य व्यक्ति पर अधिक विश्वास नहीं करेगा और कोई गड़बड़ी न हो, इसलिए थानेदार और पटवारी को मिलाए रहेगा।...बढ़िया अन्न, दूध-घी, भाजी-तरकारी!...धीरे-धीरे और खेत ख़रीदकर काम काफ़ी बढ़ा लेना मुश्किल नहीं होगा। बाद में दुग्धशाला और कोल्ड स्टोरेज की व्यवस्था कर शहर में दूध, मक्खन, आलू, टमाटर वग़ैरह सप्लाई करके काफ़ी पैसा पीटा जा सकता है। सचमुच पढ़े-लिखे लोग गाँव में चलें तो देश का कितना कल्याण हो!

अब वह लोगों से कहता, "हमारे देश में यही तो एक ख़राबी है कि लोग पढ़-लिखकर नौकरी के ही पीछे भागते हैं। ये लोग गाँवों में चले जाएँ, तो देहातों की हालत सुधर जाए। हिन्दुस्तान तो देहातों में ही बसता है।...साहब! इसी ज़िले के

एक ठाकुर साहब हैं। उनका लड़का फर्स्ट क्लास एम. ए. करके यूनिवर्सिटी से निकला, तो उसके सामने समस्या उठी कि अब वह क्या करे? लम्बा-तगड़ा, ख़ूबसूरत, बुद्धिमान...उसको नौकरी एक-से-एक मिल जाती। घरवाले कह भी रहे थे कि कलक्टरी और डिप्टी-कलक्टरी में बैठो। लेकिन उसने कहा, आज़ाद देश का नागरिक हूँ, क्यों किसी की ग़ुलामी करूँ?...और आज, साहब, वह डटकर ट्रैक्टर से खेती कराता है, कितने कलक्टर और डिप्टी-कलक्टर उसका पानी भरें।"

आषाढ़ नज़दीक आ गया। सुन्दरलाल के पिताजी ने एक दिन उससे पूछा, "कहो बेटा, तुम्हारे गाँव जाने का क्या हुआ?"

"सोचता हूँ, अगले हफ़्ते चला जाऊँ।"

हफ़्ता आया और निकल गया। उसने कुछ कारणों से अपना प्रस्थान एक हफ़्ते के लिए और स्थगित कर दिया। वह भी हफ़्ता आया और निकल गया।

"बेटा।" उसके पिताजी ने फिर टोका, "अगर जाना है, तो देर करने से कोई लाभ नहीं। ख़ूब सोच-समझ लो, तबीयत-तबीयत की बात होती है, नहीं करती, तो वह भी खुलासा कह दो।"

"नहीं, अगले सोमवार को ज़रूर चला जाऊँगा।"

परन्तु, शनिवार की रात ही को पता नहीं क्या हो गया कि उसका ध्यान एक बहुत ही आवश्यक समस्या की ओर आकर्षित हुआ। बरसात के कारण कुछ दिनों से उनके घर की मरम्मत हो रही थी। सुन्दरलाल को लगा कि मज़दूर काफ़ी कामचोरी करते हैं। यह सोचकर उसको ईमानदारी से बहुत क्रोध आया। नीच लोगों में यही तो है कि खड़े होकर काम न लो तो वे सब कुछ चौपट करके रख दें। अब भी घर का चूना बन्द थोड़े होगा? परन्तु, वह यह सब नहीं चलने देगा। गाँव तो चलना ही है एक दिन, लेकिन मज़दूरों की इस लूट को वह बरदाश्त नहीं करेगा। वह अपनी इस दूरदर्शिता से इतना प्रभावित हुआ कि अगले दिन यानी रविवार को सवेरे से ही सामने खड़ा हो गया और क्रोधपूर्ण, व्यस्त मुद्रा में मज़दूरों को घूरता और अक्सर कड़ी आवाज़ से आदेश देकर उनसे काम लेने लगा। उसने धूप और थकान की परवाह नहीं की और शाम से पहले वहाँ से नहीं हटा।

सोमवार को भी वह उसी तरह डटा रहा। ऐसा प्रतीत होता कि उसको खाने-पीने की भी सुध-बुध नहीं है। घरवालों को काफ़ी अचम्भा हुआ कि जो व्यक्ति एक पत्ता भी खिसकाने से कतराता है, वह अचानक इतना कर्मठ कैसे हो गया! परन्तु शुभ लक्षण समझ किसी ने कुछ नहीं कहा।

और दो दिन बाद ही फिर सुन्दरलाल के जीवन में एक बहुत ही महत्त्वपूर्ण परिवर्तन हुआ। सायंकाल वह चौक में घूम रहा था कि उसकी मुलाक़ात अपने एक पुराने मित्र गिरिधर से हो गई। दोनों मिलकर बड़े ख़ुश हुए। गिरिधर कितना मोटा-ताजा हो गया था!

"यार, जो मज़ा धन्धा-व्यापार में है, वह किसी चीज़ में नहीं! किसी की नौकरी नहीं, बल्कि दूसरों को नौकर रखो!...तुम तो जानते ही हो कि पढ़ने-लिखने में मैं घोंघाबसन्त था। टेन्थ पास करने के बाद सीधे मैं कलकत्ता चला गया था। दो साल तो बड़ी मुश्किल से कटे। एक मारवाड़ी के यहाँ नौकरी कर ली थी। लेकिन इसी बीच कुछ बचाता गया था।...बाद में चाय-पकौड़ी की दुकान खोल ली। पहले तो बड़ी तकलीफ़ उठानी पड़ी, फिर दुकान चल निकली। धीरे-धीरे ठेके का कुछ काम भी करने लगा। इसमें दो चीज़ों की ज़रूरत होती है, मेहनत और तकदीर।... अब तुम लोगों की कृपा से मेरे यहाँ दो भट्ठे चलते हैं!" गिरिधर शीघ्र ही अपनी तरक़्क़ी का इतिहास सुनाने लगा था।

"यहाँ कुछ क्यों नहीं करते?" सुन्दरलाल आसानी से बेहद उत्तेजित हो गया था।

गिरिधर ने उत्तर दिया कि अवश्य वह यहाँ भी ठेके का कुछ काम करना चाहता है। इसके अलावा यहाँ से आलू ख़रीदकर आजमगढ़ में थोक बिक्री करने की लाभप्रद योजना भी विचाराधीन है।

सुन्दरलाल को सचमुच नई रोशनी मिली। कितने अन्धकार में था वह अब तक! व्यापार! मित्र से विदा लेकर वह घर आया, लेकिन खाने-पीने, बात करते, बैठते, लेटते हर वक़्त उसका दिमाग़ मशीन की तरह काम करता रहा। और अन्त में इस विचार का वह पक्का ग़ुलाम हो गया कि व्यापार ही उसके लिए सबसे उपयुक्त है। सचमुच इस औद्योगीकरण के युग में इनसान और देश की तरक़्क़ी वाणिज्य-व्यापार से ही हो सकती है। इसी रास्ते पर चलकर अमेरिका इतना सम्पन्न और शक्तिशाली हुआ है। और वह दूर क्यों जाए? कुछ ही साल की बात है पंजाबी लुट-पिटकर यहाँ आए और अपने परिश्रम, सूझ-बूझ तथा व्यवहार-कुशलता से देखते-ही-देखते यहाँ के सारे कारोबार पर कब्ज़ा कर लिया। कितने स्वस्थ हैं और कितना अच्छा खाते-पीते तथा मौज़ से रहते हैं! एक भी पंजाबी कभी भीख माँगते हुए नहीं देखा गया।

उसने अपनी योजना तैयार कर ली। वह सोचता, व्यापार करना कौन मुश्किल काम है! चूँकि इनसान मूलतः नीच है, इसलिए वह आसानी से व्यावहारिकता, चापलूसी, झूठ-फरेब, चार सौ बीसी आदि सीख लेगा, दिन-रात धुआँधार मेहनत करेगा और उसका धन्धा चल निकलेगा। उसको लगा कि ठेके का काम ही उसकी प्रतिभा के उपयुक्त पड़ेगा। वह अफ़सरों से रोब तथा प्रेम से मिलेगा और उनको घूस देकर अपना टेंडर स्वीकार करा लेगा। सस्ते में अपने गाँव से मज़दूर भी पा लेना मुश्किल नहीं है। एक बार फ़ायदे से सालों की छुट्टी हो जाएगी। परन्तु कुछ ही दिनों बाद कुछ अनजान कारणों से उसको आलूवाली बात अधिक पसन्द आने लगी। फिर वह गम्भीर अनिश्चय और मानसिक द्वंद्व का शिकार हो गया, जिसको उसने बहादुरी से बरदाश्त किया और आख़िर में आलू बेचने की स्कीम के पक्ष में ही निर्णय देना उचित समझा।

"माँ, हमारे खेत तो काफ़ी अच्छे होंगे। मेरा ख़याल है, एक बीघे खेत का एक हज़ार तो मिल ही जाएगा?"

"हाँ, और क्या?" उसकी माँ रहस्यमय कौतुक से उसको देखने लगी थीं।

"मैं सोचता हूँ माँ कि व्यापार किया जाए। खेती तो करनी ही है, लेकिन उसके लिए भी रुपयों की ज़रूरत पड़ेगी। रुपये रहेंगे तो खेत भी बढ़ाए जा सकेंगे और नये तरीक़े से खेती भी हो सकेगी। अगर दो हज़ार रुपये कहीं से मिल जाएँ, तो यहाँ से ट्रक पर आलू लादकर आजमगढ़ में बेचा जाए।...बड़ा फ़ायदा होगा। मैं चाहता हूँ कि गाँव के दो-तीन बीघे खेत बेच दिये जाएँ तो काम बने।"

उसकी माँ बहुत बिगड़ी तो उसने धैयपूर्वक अपनी योजना समझाने की चेष्टा की, जिसमें उसे सफलता नहीं मिली।

परन्तु उसको विश्वास था कि वह अपने माँ-बाप को राज़ी कर लेगा। अब वह पूरी तरह व्यापार की दुनिया में खोया रहता। पहले की तरह उसने दाढ़ी-मूँछ सफ़ाचट करा लीं, कपड़े ढंग से पहनने लगा तथा व्यावहारिकता, जाल-फरेब आदि सीखने के लिए मित्रों से गहरे मज़ाक़ करने और बिना बात भी झूठ बोलने लगा। उसने जल्दी ही शिक्षित निर्धन लोगों में प्रचलित वे क़िस्से याद कर लिये थे, जो व्यापार के ज़रिये काफ़ी धनी हो गए व्यापारियों के बारे में प्रचलित होते हैं।

वह व्यापार के पक्ष में दलील पेश करने से न चूकता, "साहब, लखनऊ की बात है। एक पंजाबी, जो सेक्रेटेरियट में काम करता था, अपनी आर्थिक हालत से बहुत परेशान था। उसका ख़ानदान बड़ा था और उसका काम तनख़्वाह से ठीक से नहीं चलता था। उसने, साहब, एक उपाय सोचा। उसने अमीनाबाद में एक छोटी-सी जगह में लस्सी और समोसे की एक दुकान खोल ली। वह दफ़्तर से सीधे अमीनाबाद जाता और सिर्फ़ दो घंटे दुकान पर बैठता। परन्तु उतनी ही देर में सब साफ़। पाँच वर्ष तक मौसम के अनुसार कभी लस्सी और कभी चाय बेचता रहा। फिर, साहब, उसने कपड़े की एक छोटी दुकान कर ली। दफ़्तर वह अब भी जाता। फिर दो-तीन वर्ष बाद उसने नौकरी भी छोड़ दी। और आज वह लखपति है।"

"बेटा, सुना है कि तुम अब बिजिनेस करना चाहते हो?" उसके पिताजी ने उससे एक दिन पूछा।

"हाँ बाबूजी, सोचता हूँ, बिजिनेस से ही हम लोगों के घर की हालत सुधरेगी। खेती में भी तो रुपये की ज़रूरत..."

"ठीक है, बेटा।" उसके पिताजी ने बीच ही में निहायत संजीदगी से कहा, 'तुम बिजिनेस करो या कुछ और, इसमें मुझको कोई एतराज़ नहीं। करनेवाले तो तुम हो, एतराज़ करनेवाला मैं कौन होता हूँ?...लेकिन अगर मुझसे पूछो तो मैं यही कहूँगा कि तुम कुछ भी न करो। मैं ज़िन्दा हूँ, तुम्हारे भाई कमा रहे हैं, क्या ज़रूरत है काम-धाम करने की? मेरे भाई, घर ही में इतने काम हैं, कि अलग से

एक इन्तज़ामकार होना चाहिए। ढंग से रहो, घर का बाज़ार-हाट कर दो, तुम्हारे भाई के लड़के हैं, उनको पास में बिठाकर कभी पढ़ा दिया करो, बहन ग़रीब रोती रहती है कि उसको अंग्रेज़ी बतानेवाला कोई नहीं, आख़िर काम की क्या कमी है?"

वह दो क्षण चुप रहे। फिर बोले, "और बिजिनेस ही करना चाहते हो तो शौक़ से करो। खेत बेचने की क्या ज़रूरत है, दो हज़ार रुपये देने को मैं तैयार हूँ। कल ही तुम मुझसे दो हज़ार रुपये ले लेना और आलू-वालू या जो मन में आए बेचना। नहीं, कल मुझसे रुपये ले ही लो...समझे, भैया?"

"जी।" दबी ज़बान से स्वीकृति देकर सुन्दरलाल बाहर चला आया था।

साँझ का वक़्त। सुन्दरलाल घूमते-घूमते दूर निकल गया। उसने अपने पिताजी के ठोस प्रस्ताव से उत्साहित होने की भरसक कोशिश की। परन्तु अचानक उसको याद आया कि वह दो दिनों से ज़ुकाम से पीड़ित है। ज़ुकाम! इसका उसने ख़याल ही नहीं किया था। क्या वह बीमार पड़नेवाला है? यह सोचते ही उसके शरीर में बिजली-सी दौड़ गई और हृदय में अपूर्व, अनोखी ख़ुशी फूटने लगी। हो सकता है, वह इस बार सख़्त बीमार हो जाए और महीनों चारपाई से न उठे। इस विचार से उसको बड़ी ही राहत मिली और उसका हृदय एक अजीब ही अभिमान से भर उठा। और शीघ्र ही वह किन्हीं असम्भव कल्पनाओं में खो गया।

दूसरे दिन सवेरे ही उसने अपनी माँ को बताया कि उसके सिर में सख़्त दर्द है और उसकी छाती जकड़ गई है। दिन-भर वह चारपाई पर चादर ओढ़कर पड़ा रहा। दो दिनों तक उसकी यही हालत रही।

फिर तो उसकी तबीयत अक्सर ख़राब रहने लगी। कभी उसके पेट में दर्द हो जाता, कभी टाँगों में, कभी गले में और कभी बेहद कमज़ोरी मालूम होने लगती। अब वह सबसे अपने अस्वास्थ्य की शिकायत करता। किसी को पत्र लिखता, तो शुरू में ही यह सूचित करना न भूलता कि आजकल उसकी तन्दरुस्ती ठीक नहीं। लेकिन घबराने की कोई बात नहीं, इस संसार में दुख-सुख लगा रहता है। अब वह पीड़ा, निराशा, वेदना, मृत्यु और संसार की असारता की बातें गहरी रुचि और उत्साह से करता। परन्तु, उसके भीतर कहीं अब भी यह दृढ़ विश्वास था कि वह एक दिन ख़ूब तन्दरुस्त और तगड़ा हो जाएगा और कठिन परिश्रम करके अपने कुटुम्ब और देश का नाम ऊँचा करेगा।

म्यान की दो तलवारें

एक म्यान में दो तलवारें नहीं रह सकतीं, इसीलिए जितनी आसानी से दोस्ती हुई थी, उतनी ही आसानी से दुश्मनी भी हो गई। एक दिन कार्यालय में आनन्द सिंह ने राजशेखर 'मदमस्त' से कहा, "प्यारे, देवकी नन्दन 'विकल' तेरी बड़ी आलोचना कर रहे थे। कल तेरी कविताओं की चर्चा चलने पर बोले, सभी ट्रैश हैं।"

'मदमस्त' का हृदय क्रोध और अपमान से जलने लगा। वह सब कुछ सह सकता था, किन्तु एक सच्चे कवि की तरह, अपनी कला का अपमान बरदाश्त करने को किसी भी सूरत में तैयार नहीं था। ऊपर से तो मित्र बनता है, पर असल में ऐसा नीच है कि मौक़ा पाकर मित्र को भी मारकर धड़ाम से फेंक दे। घृणा से होंठ बिचकाते हुए भाड़ के चने की तरह बोला, "मैं किसी साले की परवाह नहीं करता! उसके जैसा घटिया कवि मेरी रचनाओं की प्रशंसा करे, इससे बड़ा अपमान मेरा हो ही नहीं सकता!"

'स्वतंत्र-जीवन' नामक दैनिक समाचार-पत्र के सम्पादकीय विभाग में केवल यही दोनों कवि थे। इसके पूर्व दोनों में बड़ी मैत्री थी। 'मदमस्त' उम्र में छोटा था, किन्तु समान स्तर की असमान उम्रवाली दो विवाहिता स्त्रियों की तरह समान स्तर के दो कलाकारों की मैत्री में उम्र बाधा नहीं पहुँचाती और इसी नियम के अनुसार महत्त्व और मान्यता प्राप्त करने के उद्देश्य से 'विकल' और 'मदमस्त' के बीच दोस्ती हुई। यह दोस्ती तेज़ी से बढ़ी और दामन-चोली की तरह हो गई। दोनों बैठकर घंटों गप्पें लड़ाते, घूमते-फिरते, खाते-पीते और अन्त में कहीं एकान्त में बैठकर एक-दूसरे को अपनी कविताएँ सुनाते। धीरे-धीरे उनकी मैत्री ऐसी पूर्णता पर पहुँच गई कि दोनों एक-दूसरे की कविताओं को रद्दी समझते हुए भी उनकी भूरि-भूरि सराहना करने तथा अपनी महानता सिद्ध करने के लिए एक-दूसरे पर अपने जीवन के निकृष्टतम रहस्य भी प्रकट करने लगे।

'मदमस्त' ने अपने अपमान का बदला फ़ौरन लिया। उसने आँखें छत पर टाँग कर कुछ देर के लिए सोचा और फिर एक काग़ज़ के टुकड़े पर दो पंक्तियों की एक कविता लिख दी। अन्त में काग़ज़ आनन्द सिंह के हवाले करते हुए बोला, "दिखा देना उस साले को!"

आनन्द सिंह ने आदेशानुसार कार्रवाई की।

कविता यों थीं—

देर हो रही है, देर हो रही है,
जौनपुर की लोमड़ी शेर हो रही है!

निस्सन्देह देवकी नन्दन 'विकल' जौनपुर का रहनेवाला था। कविता पढ़कर वह बौखला गया। उसने उसका यह अर्थ लगाया कि 'मदमस्त' की दृष्टि में उसकी साहित्यिक स्थिति लोमड़ी जैसी नगण्य है, और यदि वह ('विकल') अपनी हरकतों से बाज़ नहीं आया, तो वह ('मदमस्त') उसके साहित्यिक जीवन का समूल नाश कर देगा। ऐसी सारगर्भित कविता बनाने की 'विकल' में योग्यता नहीं थी, पर इसका जवाब देना बहुत ज़रूरी था। उसने काफ़ी सोच-विचार के पश्चात् लिखा—

देर हो रही है, देर हो रही है,
'मदमस्त' जैसे गीदड़ों की ढेर हो रही है!

एक-दूसरे के प्रति अर्पित की गई इन श्रद्धांजलियों का यह नतीजा निकला कि आपस की बोलचाल फ़ौरन बन्द हो गई, जो उनके शारीरिक हित के अनुकूल ही था, यह सबने मन-ही-मन स्वीकार कर लिया।

साहित्यिक जगत में लोकप्रियता के सम्बन्ध में दोनों की समान स्थिति थी। कविताएँ कम छपने के मामले में दोनों ही बहुत भाग्यशाली थे और कुछ स्थानीय पत्रों को छोड़कर किसी बाहरी पत्र-पत्रिका में उनकी कोई चीज़ कभी प्रकाशित हुई हो, इसको जाननेवाला कोई था ही नहीं। स्थानीय कवि-सम्मेलनों में निमंत्रित किये जानेवाले कवियों की सूची में उनके नाम आख़िर ही में आते, लेकिन कविताएँ उनसे पहले ही पढ़वा ली जातीं। प्रेस के अपने साथियों में भी उनकी ख्याति, उनकी योग्यता के अनुरूप ही थी। दरअसल, पिछले कुछ वर्षों से उन्होंने लिखना बन्द कर दिया था, पर साहसी इतने थे कि अपने साथियों को मामूली और तुच्छ तथा अपने को महान समझते। दोनों को दृढ़ विश्वास था कि वे एक दिन कठोर साधना करके ऐसे अमर काव्य की रचना करेंगे, जिसको पढ़कर सभी आश्चर्यचकित हो जाएँगे।

गुणों की प्रतिद्वंद्विता में अवरोध होने से उनके बीच अवगुणों की प्रतिद्वंद्विता स्वाभाविक थी। किन्तु इस मामले में 'मदमस्त' कुछ उन्नीस पड़ता। 'विकल' लापरवाह, रसिक, मुँहफट और नाना प्रकार के दुर्व्यसनों से लैस था और उसके महान कलाकार होने के पक्ष में एक बहुत बड़ी दलील यह थी कि उसके मित्र और परिचित उसको बहुत ही आसानी से व्यभिचारी समझ लेते। कोई-न-कोई स्त्री उसको सदा प्यार करती रहती और वह अपनी प्रेम-लीलाओं का ऐसी गन्दी भाषा में बख़ान करता कि सबको वाकई आश्चर्य और ख़ुशी होती। 'मदमस्त' को नारी

दुराचरण और दुर्व्यसन का अत्यन्त ही दयनीय अनुभव था, किन्तु वह जानता था कि सभी महान व्यक्ति, टॉलस्टाय, रूशो आदि साधारण दुर्बलताओं के आगार थे, इसलिए उसने 'विकल' से महान बनने के लिए उससे अधिक व्यभिचारी और दुर्व्यसनी होने का निश्चय कर लिया।

इस निश्चय के अनुसार 'मदमस्त' ने आश्चर्यजनक रूप से तेज़ी के साथ अपने दुर्गुणों का विकास करना आरम्भ कर दिया। पहले वह कभी-कभी सिगरेट चख लेता, लेकिन अब धड़ल्ले से फूँकने लगा। पान का शौक़ भी करना उसने शुरू किया और साधारण साहस तथा निरन्तर अभ्यास द्वारा उसने ऐसी दुर्लभ कुशलता प्राप्त कर ली कि 'विकल' से दूना ज़र्दा तो खाने ही लगा, साथ ही, जितनी देर तक 'विकल' अपने मुँह में पान जमाता, उससे दूने और तिगुने समय तक वह अपने मुँह में पान रखे रहता। गन्दी गन्दी बातें करने में तो उसने सबसे अधिक कमाल हासिल किया। दोस्तों से गालियों में बात करने के अलावा अपनी हर बात में दाल-भात में तरकारी की तरह स्त्री-पुरुष के विभिन्न अंगों के नाम इस अप्रत्याशित और कल्पनातीत निर्लज्जता के साथ लेने लगा कि उसका लोहा मानने के अलावा कोई चारा नहीं रह गया।

उसके पास रूप नहीं था, न ही रंग था और इनके अभाव में अन्य दुर्व्यसनों और अन्य स्त्रियों को आकर्षित करने की गुंजाइश अत्यन्त ही सीमित थी। किन्तु दफ़्तर आने पर 'मदमस्त' ऐसा प्रदर्शन करता कि विभिन्न प्रान्त, उम्र और क़िस्म की औरतों के शरीर और मनोविज्ञान का वह उत्साद हो। वह 'विकल' को सुनाते हुए अपने किसी मित्र से गम्भीरतापूर्वक कहता, "मित्र, तुमसे बताता हूँ, सेक्स मेरी सबसे बड़ी दुर्बलता है, किसी भी जवान स्त्री को देखकर मुझमें ज़बरदस्त वासना जाग्रत हो जाती है।" कभी सुनाता, "प्यारे, रात को ज़रा पी ली थी। बग़लवाली लौंडिया से कह दिया था, वह आई भी, पर बेचारी को बड़ा तंग होना पड़ा।" उसके घर के सामने रहनेवाले बाकर अली की रूपवती लड़की पूरे एक साल तक अपने माँ-बाप से छुपकर उसके पास आती रही। गोआ, महाराष्ट्र, राजस्थान और मैथिल प्रदेशों की स्त्रियाँ सुन्दर तथा विशेष रूप से आनन्ददायी होती हैं। स्त्रियों को आकर्षित करने का सर्वोत्तम और शर्तिया तरीक़ा उनका तिरस्कार करना है। विश्वविद्यालय की शिक्षा के समय एक बंगालिन लड़की ने उसके प्रेम में निराश होकर आत्महत्या कर ली थी। ...इन और ऐसे ही कितने क़िस्सों तथा उसके व्यक्तिगत अनुभवों से उसके साथी बहुत जल्दी अवगत हो गए।

'विकल' को अन्य बातों में भी पराजित करने की 'मदमस्त' ने ठान ली। पोशाक के मामले में तो वह अपने को श्रेष्ठ ही समझता, क्योंकि जहाँ 'विकल' धोती-कुर्ता पहनता, वह पैंट-क़मीज़ में आता। किन्तु इसके अलावा 'विकल' जब एक दिन की छुट्टी लेता, तो वह अवश्य दो दिन की छुट्टी लेता और 'विकल' कार्यालय

में रखी पत्रों की फ़ाइलों में से किसी लेख, कविता या समाचार की कतरन काटता, तो वह उत्तर में उन फ़ाइलों में कितनी खिड़कियाँ बना देता, इसका कोई हिसाब नहीं। 'विकल' कभी अगर ड्यूटी से पहले चला जाता, तो वह उस दिन थोड़ा-सा काम करके ऐसा ग़ायब होता कि ड्यूटी ख़त्म होने के समय ही पहुँचता। 'विकल' उसकी इन हरकतों से मन-ही-मन बहुत कुढ़ता। वह मित्रों से कहता, साला, इरखा में तुर्क हो गया है! 'मदमस्त' इसका जवाब भेजवा देता, तुर्क ही सही, हिम्मत है, तो आ जाए! कभी 'विकल' कहता, नई घोड़ी चाल दिखा रही है, तो 'मदमस्त' मुँहतोड़ उत्तर देता, 'साला, बूढ़ा गदहा कविताएँ नहीं लीद करता है!'

प्रेस के सम्पादकों की अब यह धारणा हो चली थी कि मौलिकता में 'मदमस्त' अधिक श्रेष्ठ है और इससे 'विकल' की मानसिक स्थिति उस बिन्दु पर पहुँच गई, जब अवगुण का गुण से प्रतिकार करने के अलावा कोई चारा नहीं रह जाता। परिणामस्वरूप 'विकल' के दिमाग़ में कुछ गम्भीर सात्त्विक विचार उत्पन्न हुए। उसने सोचा, मैं अपनी कला की दलील से अपनी श्रेष्ठता की स्थापना करूँगा। वह कुछ गम्भीर रहने लगा और उसने घर पर आठ-दस दिन के अथक परिश्रम से एक कविता की रचना कर डाली। सौभाग्य से कविता कुछ अच्छी उतर आई, जिसको उसने दिल्ली की प्रसिद्ध मासिक पत्रिका 'ज्योति' में भेज दिया। रचना स्वीकृत हो गई और कुछ दिनों बाद छप भी गई।

अभी तक उसने यह सब गुप्त रखा था, पर जिस दिन दिल्ली से वह पत्रिका उसके पास आई, उसी दिन उसको लेकर वह 'मदमस्त' की ड्यूटी के समय दफ़्तर पहुँचा। महादेव सिंह शिफ़्ट इंचार्ज था। 'विकल' पत्रिका को मेज़ पर महादेव सिंह के सामने रखकर नीचे झुककर इस भाव से पैर खुजलाने लगा, जैसे पैर में वह खुजलाहट पैदा न हुई होती, तो वह पत्रिका हाथ ही में लिये रहता।

"कैसी पत्रिका है, विकलजी?" महादेव सिंह ने सहज कुतूहलवश पूछा।

'विकल' अब सीधा हो गया था, अत्यन्त लापरवाही से बोला, "वैसे ही, कोई ख़ास बात नहीं। बहुत दिनों से 'ज्योति' के सम्पादक तंग कर रहे थे, कोई भी रचना भेज दो। अपने मित्र हैं, बात रखनी थी, एक रोज़ पाँच मिनट में एक कविता लिख दी और उसी दिन भेज भी दी। वही छपी है।" आख़िरी वाक्य उसने इतने धीरे-से कहा, जैसे रचना छपने से बहुत उदास हो।

महादेव सिंह और शिफ़्ट के एक अन्य सम्पादक बलराम ने पत्रिका लेकर कविता पढ़ी और उसकी तारीफ़ की। 'विकल' ने और लापरवाही से कहा, "कविता कोई ख़ास नहीं। मैं इसको अपनी सबसे रद्दी कविता मानता हूँ। अब आलोचकों की बुद्धि को मैं क्या कहूँ! 'ज्योति' के सम्पादक का एक लम्बा पत्र आया है, जिसमें उन्होंने कविता की हर दृष्टि से समीक्षा प्रस्तुत करने के पश्चात् लिखा है कि इस रचना ने हिन्दी काव्य-धारा में एक नया मोड़ पैदा कर दिया है...पर मैं इसको नहीं स्वीकार करता।"

उक्त अमूल्य सूचनाएँ प्रदान करने के पश्चात् वह फ़ौरन चला गया। 'मदमस्त' मन-ही-मन कुढ़ता हुआ सिर गाड़े इस भाव से समाचार का अनुवाद कर रहा था, जैसे उसके कान के भीतर कोई बात पहुँची ही न हो। उसने पत्रिका की ओर एक बार भी नहीं देखा था, और सच बात तो यह है कि 'विकल' की कोई कविता 'ज्योति' में छपी है, इस पर उसने ईमानदारी के साथ विश्वास नहीं किया। पर दिल में खलबली मची थी, इसलिए छुट्टी मिली, तो आँख मूँदकर सीधे रेलवे स्टेशन गया और वहाँ ह्वीलर के स्टाल पर 'ज्योति' का अवलोकन किया। सचमुच 'विकल' की कविता छपी थी। उसको असीम निराशा, दुख, ईर्ष्या और क्रोध ने जकड़ लिया।

उसने सबसे पहले प्रेस के साथियों और नगर के साहित्यिकों के बीच यह अफ़वाह उड़ा दी कि 'विकल' की नवप्रकाशित कविता निराला और महादेवी की कविताओं से प्रभावित है। पर, इतने से ही उसे सन्तोष नहीं हुआ। बाहर की पत्र-पत्रिकाओं में आज तक उसकी कोई चीज़ नहीं छपी थी। जब तक उसकी कोई कविता 'ज्योति' या उसी जैसी प्रसिद्ध पत्रिका में नहीं छपती, उसके मन को शान्ति नहीं मिल सकती थी। उसने रात-रात-भर जागकर कविता लिखनी आरम्भ की। कितनी कविताएँ लिख-लिखकर फाड़ दीं। बहुत माँजने-रगड़ने के बाद अन्त में एक कविता तैयार हुई, जो उसने बम्बई की 'उषा' नामक पत्रिका में भेज दी। 'उषा' की साहित्यिक ख्याति 'ज्योति' से किसी भी माने में कम नहीं थी। सौभाग्य से कविता छप गई।

अपनी कविता के प्रकाशन का 'मदमस्त' ने धुआँधार प्रचार किया, 'विकल' पर असंख्य व्यंग्य-बाण छोड़े और कुछ दिनों बाद 'विकल' के सामने उसने घोषणा कर दी कि कविता की सराहना में उसके पास दूर-दूर से पत्र आ रहे हैं और तेलुगु साहित्य के एक प्रसिद्ध आलोचक ने तो यहाँ तक लिखा है कि उसकी रचना हिन्दी ही नहीं, बल्कि समस्त भारतीय साहित्य की अमर निधि है। 'विकल' जल-भुनकर कोयला हो गया! वाकई यह एक नई स्थिति थी। अब तक दोनों को विश्वास था कि दूसरा उन्नति नहीं कर सकता, लेकिन अब दोनों की प्रतिभा की सम्भावनाएँ सामने आ गई थीं। अब सब कुछ बर्दाश्त के बाहर हो गया। अब दोनों की स्थिति ठीक छत्तीस की तरह हो गई। उनके सम्बन्ध आसानी से उस चरम स्थिति पर पहुँच गए, जब एक के दिन कहने पर दूसरे का रात कहना लाज़िमी था। संक्षेप में, दो ग्रामीण सन्तों या एक मर्द की दो स्त्रियों या दो मोहल्ले के दो कुत्तों के बीच जैसा स्नेह होता है, ठीक वैसा ही स्नेह उन दोनों कवियों के बीच क़ायम हो गया।

इसी बीच प्रेस में एक ऐसा अकल्पित तूफ़ान आया, जिसने 'विकल' और 'मदमस्त' की परस्पर-विरोधी, साहसी प्रवृत्तियों को पूरा-पूरा उभरने का सुअवसर प्रदान किया। पिछले चार वर्षों से सम्पादकीय मंडल के सदस्यों के वेतन में वृद्धि नहीं हुई थी। कुछ सीनियर सम्पादक 150 रु. से 200 रु. तक वेतन पाते थे और

शेष सौ और सवा सौ के बीच लटके हुए थे। इससे भीतर-ही-भीतर एक असन्तोष सुलग रहा था। इस वर्ष भी जब कुछ न होने का लक्षण दिखा, तो सबने मिलकर मालिक को एक स्मरण-पत्र भेंट किया, जिसमें सम्पादकों की दयनीय आर्थिक स्थिति का उल्लेख करने के पश्चात् अत्यन्त ही विनम्र शब्दों में प्रार्थना की गई थी कि वेतन बढ़ाने की कृपा की जाए, जिसके लिए सम्पादकगण उनके सदा कृतज्ञ रहेंगे।

इस सामूहिक अपील से मालिक बहुत रंज हुए, जिसके परिणामस्वरूप कुछ ही दिनों बाद सम्पादकों के लिए एक अनोखा आदेश निकाला गया। आदेश में लिखा था, पत्र काफ़ी घाटे में चल रहा है और इसका दायित्व सम्पादकों पर है। सम्पादकगण परिश्रम और ईमानदारी से काम नहीं करते, अधिकतर लोग समय से ड्यूटी पर नहीं आते, ड्यूटी ख़त्म होने के पहले चले जाते हैं और काम के समय अवांछनीय गप्पें मारते हैं। कार्यालय का अनुशासन हर हालत में क़ायम रहना ही चाहिए। सबको कम-से-कम पाँच कॉलम समाचार अवश्य करना चाहिए। आवश्यक अनुशासन क़ायम करने तथा पत्र के स्तर को उन्नत करने के लिए अगले रविवार से सम्पादकों की ड्यूटी का समय सात घंटे से बढ़ाकर आठ घंटे कर दिया जाता है। आज राष्ट्र तथा हिन्दी के पत्र अभूतपूर्व संकट से गुज़र रहे हैं और त्याग तथा परिश्रम से काम करने की जितनी आवश्यकता आज है, उतनी कभी नहीं थी। आशा है, सम्पादकगण शक्ति-भर सहयोग करेंगे।

पहली तारीख़ को जब सभी सम्पादक वेतन के लिए कार्यालय में एकत्रित हुए, तो उक्त आदेश हाज़िरी के रजिस्टर में लगा हुआ था। आदेश पढ़कर बहुत असन्तोष और क्षोभ मिला। सबके मुँह पर ज़ोरदार तमाचा लगा था। कुछ लोग तो बहुत डर गए और उन्होंने उस समय खाँसने तक से इनकार कर दिया।

"ख़ून-पसीना एक करके काम करो और जब पैसे देने का समय आए, तो सुनो कि तुम कामचोर और बेईमान हो!" सहन-शक्ति के बाहर हो जाने पर बलराम का क्रोध विस्फोट कर उठा।

"साहब, एक बात मैं ज़रूर कहूँगा। पत्र में घाटा-वाटा कुछ भी नहीं है।" महादेव सिंह बाहर की ओर सशंक दृष्टि से देखने के पश्चात् सायँ-सायँ आवाज़ में बोले।

"शोषण का नियम है कि शोषित जितना दबेगा, उतना ही दबाया जाएगा। हमको जल्दी-से-जल्दी श्रमजीवी पत्रकार संघ का सदस्य बन जाना चाहिए। संघ हमारे सामूहिक स्वाभिमान और अधिकार की रक्षा का हथियार है। पूँजीवादी व्यवस्था में वर्ग-संघर्ष के अलावा कोई रास्ता नहीं।" अतुल ने, जो कम्युनिस्ट था, सुझाव पेश किया।

गजानन चौबे अब तक अत्यन्त ही शराफ़त से सिर नीचे करके असाधारण व्यस्तता के साथ समाचार का अनुवाद कर रहा था, वर्ग-संघर्ष की बात सुनकर चीख़ पड़ा, "अपनी कम्युनिज्म आप अपने पास रखिए। यह गाँधी और बुद्ध का देश है, यहाँ सभी समस्याएँ प्रेम, अहिंसा और त्याग से हल होंगी।"

"भारतवर्ष की एक अपनी आत्मा है। हमारे देश की एक निराली ही संस्कृति है। यहाँ का ग़रीब मज़दूर और किसान कठिन परिश्रम के बाद जिस स्वर्गीय आनन्द के साथ रूखा-सूखा खाता है, वह कहीं भी सम्भव नहीं। विद्वेष और हिंसा विदेशी संस्कृति की देन है।" देवकी नन्दन 'विकल' ने अपने मुँह के पान और पीक को सन्तुलित करके होंठ ऊँचा करते हुए कठिनतापूर्वक कहा।

राजशेखर 'मदमस्त' अभी तक चुपचाप खड़ा अख़बार देख रहा था, किन्तु जहाँ 'विकल' के मुँह से आवाज़ निकली कि उसके कान खड़े हो गए। कमीना कहीं का! अपनी कायरता को छुपाने के लिए संस्कृति की बात करता है! छिनाल सतीत्व की दुहाई दे रही है! शरीर में जितने रोएँ नहीं, उतने दुर्गुण होंगे, पर आत्मा की बात करते शर्म नहीं आती!

"नहीं, पत्रकार संघ का सदस्य बनना ज़रूरी है!" अचानक क्रोध में मेज़ पर हाथ पटकते हुए वह इस तरह बोला कि सभी वाकई डर गए।

'मदमस्त' स्वयं पत्रकार संघ का सदस्य बन गया और अतुल तथा बलराम के साथ मिलकर अन्य पत्रकारों को संघ का सदस्य बनाने के लिए कभी-कभी काम भी करने लगा। दरअसल, उसको यह सोचकर बहुत ही ख़ुशी हुई कि सम्भाव्य औद्योगिक संघर्ष में 'विकल' मालिकों का साथ देगा और वह विरोध करेगा। उसको दुनिया में इससे अधिक स्वाभाविक बात कोई न लगी कि 'विकल' नीच और कायर तथा वह महान और साहसी है। उसको राजनीति में कभी कोई दिलचस्पी नहीं रही, पर 'विकल' को धोखेबाज़ समझकर वह अपने को ईमानदार और क्रान्तिकारी के रूप में देखने लगा। उसने कल्पना में मालिक-विरोधी आन्दोलन का नेतृत्व करने और इस तरह 'विकल' का मुँह काला करने की एक ठोस योजना भी बना ली।

घटनाएँ तेज़ी से घटीं। काफ़ी दौड़-धूप के बाद लगभग सभी सम्पादक श्रमजीवी पत्रकार संघ के सदस्य बन गए। इससे प्रेस अधिकारी बहुत बौखलाए। अभी तक संघ पर उनके आदमियों का कब्ज़ा था, पर असली श्रमजीवी पत्रकारों के आ जाने से स्थिति दूसरी हो गई। इसका अर्थ था पत्रकार अपने हितों और अधिकारों के लिए संगठन के रूप में जाग रहे हैं। यह ख़तरनाक चीज़ थी और इस भावना को कुचलना ज़रूरी था।

अधिकारियों ने योजना बनाई कि जो पुराने सम्पादक हैं, उन पर हमला किया जाए। इसके कई कारण थे। एक तो सीनियर सम्पादक अधिक सजग, कार्यशील और अकड़ू थे और चूँकि जूनियर सम्पादक अधिकारियों की नज़र में कमज़ोर लोग थे, इसलिए यह आशा थी कि इस मामले से सीनियर और जूनियर सम्पादकों में फूट पैदा की जा सकेगी। इधर लाभ यह था कि मौक़ा आने पर सीनियरों को निकाल बाहर किया जाएगा, जिससे आर्थिक बचत भी होगी और आन्दोलन के नेता मार्ग से हटाए जा सकेंगे। इसी नीति के अनुसार सीनियर लोगों से रोज़

लिखित पूछताछ की जाने लगी। आप क्यों देर से आए, फलाँ समाचार क्यों नहीं जा सका, प्रूफ़ की अशुद्धियाँ इतनी क्यों गई, आपके काम का कोटा क्यों कम है, ड्यूटी से पहले क्यों चले गए, कैंटीन में इतनी देर क्यों लगाते हैं? ऐसी न मालूम कितनी छोटी-छोटी बातों के लिए लिखित स्पष्टीकरण की माँग की जाती। लेकिन इसका नतीजा उल्टा ही हुआ और असन्तोष बढ़ता गया।

एक दिन देवकी नन्दन 'विकल' हक्का-बक्का हो गया, फिर ग़ुस्से से फड़ककर बोला, "मैं किसी का ग़ुलाम नहीं! ख़ुद प्रबन्ध सम्पादक और प्रधान सम्पादक दो-दो, तीन-तीन घंटे देर से आते हैं, पर उनसे कौन पूछे? ड्यूटी की ख़ातिर कोई अपने लड़के की जान नहीं ले लेगा! यह ज़ुल्म सहने का नतीजा है!"

'विकल' अब तक श्रमजीवी पत्रकार संघ की कार्यवाहियों के प्रति लगभग तटस्थता का दृष्टिकोण अपनाए हुए था, पर नोटिस पाकर उसका दिल फट गया। जो लोग इतने अमानवीय हैं कि लड़के की बीमारी की बात जानकर भी अकारण तंग-परेशान करने पर उतारू हो जाते हैं, उनके अन्याय को बर्दाश्त करने से तुच्छ बात कोई हो नहीं सकती। वह पत्रकार संघ की कार्यवाहियों में खुलकर भाग लेने लगा। उसको और कई नोटिस मिले, जिनको पाकर उसकी विरोध-भावना और दृढ़ होती गई।

'विकल' को इस नये जामे में देखकर 'मदमस्त' को असीम निराशा और क्रोध ने जकड़ लिया। कितना स्वार्थी है! पहले तो हिम्मत नहीं पड़ती थी, पर जब अपने पर बजी, तो बहादुरी की बात करने लगा। बहुत संघर्षशील बनता है, अगर चार बेंत लग जाएँ, तो थूककर चाट ले! उसका क्रोध बढ़ता गया। जिसको कायर समझता रहा, वह आगे बढ़कर क्रान्ति और संघर्ष की बात कर रहा है, यह बर्दाश्त के बाहर की बात थी। उसको लगा कि उसको नीचा दिखाने के लिए जानबूझकर 'विकल' बढ़-बढ़कर काम कर रहा है। इस प्रतिकूल प्रतिक्रिया स्वरूप आन्दोलन के प्रति उसका सारा उत्साह तो मर ही गया, साथ ही उसके प्रति उपेक्षा और विरोध का भाव उत्पन्न हो गया। जिस 'विकल' के कारण वह आन्दोलन का पक्षपाती हो गया था, उसी 'विकल' के कारण उसका विरोधी भी हो गया। अधिकारियों के आदमियों द्वारा प्रचारित इस अफ़वाह पर उसको आसानी से विश्वास हो गया कि चूँकि सीनियर सम्पादक काम से जी चुराते हैं, इसलिए केवल उन्हीं को नोटिस दिये जा रहे हैं। इस अफ़वाह से उसको एक मनचाही दलील मिली और वह ईमानदारी के साथ मानने लगा कि पत्रकारों का सारा आन्दोलन स्वार्थ पर आधारित है।

वह इतने से ही सन्तोष करनेवाला नहीं था, बल्कि आन्दोलन का विरोध करके 'विकल' को नीचा दिखाने की बात सोचने लगा। और तब उसको एक बात से बड़ी प्रसन्नता हुई। जब उसकी 'विकल' से दोस्ती थी, तो 'विकल' ने उस पर एक गुप्त रहस्य प्रकट किया था। उसने बताया था कि दरअसल वह हाई स्कूल ही पास है,

पर नियुक्ति के समय दी गई अर्ज़ी में उसने लिख दिया था कि वह बी.ए. पास है। हिन्दी के पत्रों में यह सब चलता है, क्योंकि यहाँ होनेवाली नियुक्तियाँ योग्यता पर नहीं, बल्कि सिफ़ारिश पर होती हैं।

'मदमस्त' को आश्चर्य हुआ कि यह बात वह कैसे भूल गया था! उसका दिल उछल पड़ा। अब बच्चू को बताऊँगा! अधिकारी उससे बिगड़े ही हुए हैं, धोखेबाज़ी की इस बात को जानकर उसको नौकरी से निकाल बाहर करने का उनको मनचाहा आधार मिल जाएगा। यह निकम्मा आदमी धोखे से जो पत्रकार बन बैठा है और पत्रकारों के अधिकारों के लिए संघर्ष करने का जो दम भर रहा है, वह असहनीय है। इसकी मैं बखिया उधेड़कर रख दूँगा! या तो इस कार्यालय में 'विकल' ही रहेगा या मैं!

और तब उसने अधिकारियों की चापलूसी करने की सोची। अभी तक उसको प्रबन्धक सम्पादक या प्रधान सम्पादक से इतना ही मतलब रहता था कि वह उनको एक हाथ उठाकर लापरवाही से सलाम कर देता। वह उनको बहुत मामूली आदमी समझता। कभी वह उनसे यह नहीं कहने गया कि मुझे ओवरटाइम दिया जाए, मेरी कविता छाप दी जाए या मुझे कुछ दिनों की छुट्टी दे दी जाए। कभी उसने उनसे अवांछनीय विनम्रता से बात नहीं की। पर यह पहले की बात थी। उसके दिमाग़ में पहले यह प्रश्न उठा ही नहीं था, इसलिए उस पर उसने गम्भीरतापूर्वक विचार ही नहीं किया था। अब स्थिति दूसरी थी। साफ़ बात तो यह है कि वह अधिकारियों की चापलूसी करना चाहता है। चापलूसी में है ही क्या? जाकर उनसे मीठी-मीठी बातें करनी होंगी, उनकी अनुचित तारीफ़ कर देनी होगी, अपने साथियों की ग़लत-सही शिकायत कर देनी होगी और बस। यह बहुत आसान बात है। और तब उसके दिल मैं एक लालच का भाव भी जाग उठा। वह सौ रुपये वेतन पाता है, जिससे उसके घर का काम मुश्किल से चल पाता है। चापलूसी करने और 'विकल' को निकलवाने से अधिकारी उससे बहुत ही ख़ुश होंगे और उसकी पदोन्नति कर देंगे। एक ढेले से दो शिकार होंगे।

वह बहुत ही उत्साह में रहने लगा। 'विकल' के ख़िलाफ़ उसके हाथ में एक ब्रह्मास्त्र आ गया था। वह रोज़ यह सोचकर दफ़्तर जाता कि आज प्रबन्ध सम्पादक की चापलूसी करेगा और फिर 'विकल' की नीचता का रहस्योद्घाटन भी करेगा, पर दफ़्तर में पहुँचकर वह इस तरह व्यस्त हो जाता कि कुछ हो नहीं पाता। दो-एक बार प्रबन्ध सम्पादक उसके सामने से होकर गुज़रे भी, पर अपनी तमाम सदिच्छाओं के बावजूद वह मुस्कराकर दोनों हाथ जोड़ नहीं सका। उसका केवल एक ही हाथ लापरवाही से उठा और मुस्कराहट के बदले उसकी भौंहें तन गईं। पर इससे उसको निराशा नहीं हुई। उसको अपने ऊपर पूरा विश्वास था। वह जब चाहे अपने हथियार का इस्तेमाल कर सकता था। वह उस अवसर की प्रतीक्षा

करने लगा जब 'विकल' उसका अपमान करेगा या उसके साथ बदतमीज़ी से पेश आएगा, वही असली मौक़ा होगा।

जल्दी ही वह अवसर आ गया। श्रमजीवी पत्रकार संघ के नये चुनाव हुए और उसमें मालिकों के आदमी बुरी तरह पराजित हुए। देवकी नन्दन 'विकल' अध्यक्ष तथा अतुल मंत्री चुन लिये गए। 'मदमस्त' ने जानबूझकर चुनाव का बहिष्कार कर दिया था, किन्तु जब उसको 'विकल' के अध्यक्ष निर्वाचित होने का समाचार मालूम हुआ, तो वह जल-भुनकर ख़ाक हो गया। 'विकल' को देखकर तो वह ग़ुस्से से पागल हो गया। 'विकल' मुस्कराकर और दोनों हाथ जोड़कर लोगों से इस विनम्रता से बातें करता, जैसे बहुत भारी नेता हो। यह शख़्स सब लाज धोकर पी गया है। ईंट पर चढ़कर बड़े हो गए हैं बच्चू! जब ऊपर से पड़ेगी, तो दादा याद आएँगे! ऐसा गया-गुज़रा आदमी अध्यक्ष होने के क़ाबिल है! यही मौक़ा है। जब तक वह इस नीच आदमी को दफ़्तर से बाहर नहीं निकलवा लेगा, उसको चैन नहीं।

सब कुछ भंडाफोड़ करने की नीयत से एक रोज़ राजशेखर 'मदमस्त' रात में ड्यूटी पर होने पर भी दिन में लगभग ग्यारह बजे प्रेस पहुँचा। नीचे प्रबन्ध-सम्पादक अपने कमरे में आ गए थे। उसने सोचा, चलकर सम्पादकीय विभाग में थोड़ा आराम कर लूँ, और तब प्रबन्ध-सम्पादक के पास चलूँगा। वह ऊपर चढ़ गया और अपने दफ़्तर में जाकर बैठ गया। साथियों ने पूछा कि कैसे आए हो? तो उसने कह दिया कि कोई ख़ास बात नहीं। चुपचाप बैठकर अख़बार पढ़ता रहा। सोचता, अब चलूँ, अब चलूँ, पर उठा नहीं। अन्त में उसने निश्चय किया कि जब ठीक साढ़े बारह बज जाएँगे, तो वह उठकर चल देगा, किसी भी हालत में रुकेगा नहीं।

जब साढ़े बारह बजे, तो वह सचमुच उठकर नीचे चल दिया। नीचे पहुँचकर उसको अचानक याद आया कि उसे भूख लग आई है। पास में पैसे नहीं थे, पर कोई हर्ज़ की बात नहीं थी। वह कैंटीन में घुसा, एक रुपये के उधार कूपन ख़रीदे और एक आने की चाय और दो आने के दो समोसे लेकर खाने लगा। काफ़ी धीरे-धीरे वह खा रहा था। लेकिन इतने से ही उसे सन्तोष न हुआ। उसने फिर समोसे लिये, फिर मिठाई, फिर चाय, फिर केक और इस तरह उसके सभी कूपन ख़त्म हो गए।

खाना समाप्त होने के बाद सिगरेट पीने की उसकी इच्छा हुई। और बाहर जाकर वंशी की दुकान से उधार लेकर पीने लगा। पान की दुकान पर उसका मित्र रामकृष्ण मिल गया और उससे मिलकर वह इतना उत्साहित हुआ कि उसके साथ घूम-घूमकर देर तक गप्पें लड़ाता रहा। रामकृष्ण को वह छोड़ना नहीं चाहता था, किन्तु आख़िर में जब रामकृष्ण ने ही उससे ज़बरदस्ती अपना पिंड छुड़ाया, तो हारकर वह प्रेस में फिर आया। लगभग तीन बज गए थे। प्रबन्ध-सम्पादक अपने कमरे में बैठे कुछ लिख रहे थे। उसने सोचा अभी वह व्यस्त हैं, चार बजे उनके पास वह जाएगा। ऊपर जाकर फिर दफ़्तर में बैठ गया। ठीक चार बजे नीचे पहुँचा।

और तब उसने सोचा कि पाँच बजे जब प्रबन्ध सम्पादक अपना कमरा बन्द करके बाहर निकलेंगे, तो वह उनके साथ लग जाएगा और उनके सामने सभी बातें रख देगा। वह कैंटीन के सामने चुपचाप टहलने लगा। आशा के विपरीत जल्दी ही पाँच बज गए। प्रबन्ध-सम्पादक अपना कमरा छोड़कर बाहर निकल आए। वह उसकी ओर आने लगे। यही मौक़ा था, किन्तु पता नहीं उसको क्या हो गया कि वह मुँह घुमाकर दूसरी ओर देखने लगा। जल्दी ही प्रबन्ध-सम्पादक उसकी बग़ल से होकर गुज़र गए और वह जहाँ-का-तहाँ खड़ा रह गया।

दिन थककर उदास और हतप्रभ हो गया था। वह ख़ुद भी थक गया था और उसके शरीर के पोर-पोर में न मालूम कैसा दर्द उभर आया था! उसके मुख पर एक अनोखी, अस्पष्ट उदासी उतर आई थी। वह साइकिल लेकर धीरे-धीरे चल पड़ा। फाटक पर चारपाई पर बैठे चौकीदार ने पूछा, "कहिए बाबूजी, आज दिन-भर यहीं बने रहे?"

"हाँ भाई, आनन्द सिंह ने कहा था, आऊँगा, साथ सिनेमा चलेंगे। उसी का इन्तज़ार करता रहा। पता नहीं, क्यों नहीं आया, पूरा दिन ख़राब हुआ।" और वह आगे बढ़ गया।

किन्तु इससे राजशेखर 'मदमस्त' को निराशा नहीं हुई, बल्कि इससे उसका निश्चय और दृढ़ तथा उग्र हो गया। यदि उस दिन उसने प्रबन्ध-सम्पादक से शिकायत नहीं की थी, तो इसका यह मतलब नहीं कि उसने 'विकल' को क्षमा कर दिया था। यह असम्भव था। उसको अपने ऊपर पूरा विश्वास था, इनसान नीचे-से-नीचे स्तर तक उतर जाता है, फिर इसका कोई कारण नहीं कि वह भी न उतर सके। नीचता ऐसी चीज़ नहीं है कि आदमी उसको अपने में पैदा न कर सके। एक दिन जब 'विकल' अपनी बुढ़िया बीवी, पाँच बच्चों और मरणासन्न माँ को लेकर दर-दर भटकेगा, तो मालूम होगा। मैं ज़रा भी दया नहीं करूँगा। नरक का कीड़ा!

दिन बीतते गए। 'मदमस्त' रोज़ निश्चय करके दफ़्तर जाता कि आज 'विकल' की धोखेबाज़ी का पर्दाफ़ाश करेगा, फिर उसे दूसरे दिन के लिए टाल देता। पर भीतर-ही-भीतर अपने फ़ैसले पर वह अटल था। जब तक चुप हूँ, चुप हूँ, पर आख़िर अपने को कब तक ज़ब्त रख सकूँगा? वह अब उस दिन की प्रतीक्षा करने लगा, जब उसको बहुत ग़ुस्सा आ जाएगा और वह अपने को रोक न सकेगा।

मालिकों और पत्रकारों का संघर्ष उग्र रूप धारण कर चुका था। चुनाव हारने से अधिकारी सख़्त नाराज थे। वे अब सीनियर सम्पादकों पर झूठे-झूठे आरोप लगा कर रोज़ सवाल-जवाब करने लगे। वह चाहते थे कि सम्पादक उत्तेजित होकर कोई अवैध काम कर दें, जिससे कुछ लोगों को नौकरी से बरख़ास्त किया जा सके। किन्तु सम्पादकों ने धैर्य और शान्ति से काम लिया। उन्होंने वैधानिक तरीक़ों से लड़ने का फ़ैसला कर लिया था। उन्होंने काफ़ी सोच-विचार करके एक लम्बा

विरोध-पत्र तैयार किया, जिसमें प्रबन्ध-सम्पादक द्वारा किये जानेवाले अन्याय का विस्तारपूर्वक उल्लेख करते हुए उनको पद से हटाने की माँग की गई थी। साथ में सम्पादकों के वेतन बढ़ाने, प्रेस मशीनों में सुधार करने, टाइप बदलने, सम्पादकों की संख्या में वृद्धि करने आदि की माँगें भी जोड़ दी गईं। विरोध-पत्र मालिक के पास भेज दिया गया।

विरोध-पत्र पर सभी ने हस्ताक्षर कर दिये, यहाँ तक कि अधिकारियों के दो आदमियों ने भी ख़ुशी से दस्तख़त कर दिया। 'मदमस्त' ने उस पर हस्ताक्षर करने से इनकार कर दिया था, किन्तु उसका मित्र अतुल उसके पीछे इतना पड़ा कि उसने चुपचाप कर दिया। लेकिन उसने मन-ही-मन निश्चय कर लिया कि जब उससे पूछताछ होगी, तो वह बता देगा कि उससे ज़बरदस्ती हस्ताक्षर करवाए गए हैं। इसी समय वह 'विकल' का भी पर्दाफ़ाश कर देगा।

विरोध-पत्र भेजे जाने के चार दिन बाद शाम को चपरासी ने आकर राजशेखर 'मदमस्त' से कहा, "आपको नीचे प्रबन्ध-सम्पादक ने बुलाया है।"

उस समय शिफ़्ट सदस्यों के अलावा देवकी नन्दन 'विकल', अतुल और बलराम भी मौजूद थे। आन्दोलन के प्रति 'मदमस्त' की उदासीनता और उपेक्षा का भाव देखकर 'विकल' की धारणा हो गई थी कि यह शख़्स प्रबन्ध-सम्पादक का आदमी है, इसलिए जब 'मदमस्त' उठकर नीचे जाने लगा, तो उसने व्यंग्य किया, "भाई बलराम, प्रबन्ध-सम्पादक ने कभी तुमको भी नीचे बुलाया है।"

'मदमस्त' का मुँह तमतमा आया। उसका दिल असह्य क्रोध और अपमान से जलने लगा। उसने बलराम की ओर लाल-लाल आँखों से घूरते हुए कहा, "घर-भर देवर, भतारे से ठट्ठा!...बलराम, कह दो, कुछ ही देर में मालूम हो जाएगा!"

इतना कहकर वह ग़ुस्से में पैर पटकते हुए नीचे चला गया। आज वह इस नीच को इसकी नीचता का मज़ा चखा देगा! अब ज़रा भी नरमी बरतने से काम नहीं चलेगा! तरह देने से नीच सिर पर चढ़ जाते हैं, लात के आदमी बात से नहीं मानते! उसने दृढ़ निश्चय कर लिया।

नीचे कमरे में प्रबन्ध-सम्पादक, प्रधान-सम्पादक और साहित्य-सम्पादक बैठे थे। 'मदमस्त' सबको नमस्कार करके बैठ गया।

प्रबन्ध-सम्पादक ने गम्भीर स्वर में उससे कहा, "मिस्टर राजशेखर, आपको ख़ास उद्देश्य से बुलाया गया है। आपके ख़िलाफ़ यह शिकायत है कि आप आवश्यकता से अधिक छुट्टी लेते हैं। दफ़्तर का आपका काम सन्तोषजनक नहीं। इसके अलावा आप यहाँ छुट्टी लेते हैं और चौक में जाकर घूमते हैं। आपको इन आरोपों के सम्बन्ध में कुछ कहना है?"

राजशेखर 'मदमस्त' सन्नाटे में आ गया। उसको सपने में भी उम्मीद न थी कि उससे पूछताछ की जाएगी। उसको मन-ही-मन सन्तोष भी रहता कि चूँकि वह

चापलूसी करना चाहता है, इसलिए उसका कुछ भी नहीं हो सकता। उक्त आरोप सभी मिथ्या थे। वह बहुत डर गया और उसके मुँह से कुछ नहीं निकला।

साहित्य-सम्पादक प्रेम से बोले, "मेरा ख़याल है, राजशेखर जी के ख़िलाफ़ ये शिकायतें सही नहीं हैं। वह बहुत ही योग्य और परिश्रमी सम्पादक हैं। मैं उनका काम अक्सर देखता हूँ न।"

अचानक प्रबन्ध-सम्पादक ने सम्पादकों द्वारा भेजा गया विरोध-पत्र जेब में से निकालकर सामने मेज़ पर रखते हुए कहा, "और मान लीजिए, ये आरोप मिथ्या हैं और मेरा भी विश्वास है कि ये मिथ्या हैं, पर यह क्या चीज़ है? राजेशखर जी से मुझे कम-से-कम ऐसी उम्मीद नहीं थी कि वह इस विरोध-पत्र पर हस्ताक्षर करेंगे। इनके ख़िलाफ़ न मालूम कितनी शिकायतें मेरे पास आती रही हैं, पर मैंने उन पर कभी विश्वास नहीं किया। मैं इनको सदा ईमानदार और परिश्रमी सम्पादक मानता रहा। आप लोग तो जानते ही हैं..."

"हाँ-हाँ, वह तो है ही। राजशेखर जी इससे अपना नाम वापस ले लेंगे, यह मैं आश्वासन देता हूँ।" साहित्य-सम्पादक ने कनखी से 'मदमस्त' की ओर देखते हुए कहा।

"वह तो ख़ैर मुझे विश्वास है। हाँ, नारायणदत्त और जानकीनाथ ने भी अपने नाम वापस ले लिये हैं। भाई, मैं बस एक बात चाहता हूँ, लोग काम से जी न चुराएँ। कुछ इने-गिने लोग हैं, जो ऐसा करते हैं और उन्हीं के ख़िलाफ़ कार्यवाही की जाती है। ठीक है, मुझे कोई आपत्ति नहीं।"

यह बाचतीत सुनकर 'मदमस्त' को ऐसा लगा, जैसे उसकी साँस रुक गई हो। अधिकारियों की एक योजना थी। वे ऐसे लोगों को बुलाकर विरोध-पत्र पर से नाम वापस लेने के लिए ज़ोर दे रहे थे, जिनको वे कमज़ोर समझते थे। यदि नाम वापस लिये जाएँगे तो एक-दो जूनियर सम्पादकों को बरख़ास्त कर दिया जाएगा। यह विरोध-पत्र का समुचित उत्तर भी होगा और इसका यह भी अर्थ होगा कि अधिकारीगण केवल सीनियर सम्पादकों को ही नहीं बल्कि जूनियर सम्पादकों को भी कुचलने को तैयार हैं।

'मदमस्त' को यह सब पता नहीं था। उसको एक दहशत ने जकड़ लिया था। उसने सोचा कि वह नाम वापस ले ले और 'विकल' की धोखेबाज़ी का भंडाफोड़ कर दे। इससे अच्छा सुनहला अवसर अब नहीं मिलेगा। इसी मौक़े की तो तलाश में वह था। किन्तु, पता नहीं क्यों, उचित मौक़े पर उसको एक मजबूरी ने जड़वत् कर दिया। उसका शरीर ऐंठने लगा।

"तो ठीक है न, राजशेखर जी?" साहित्य-सम्पादक ने उसके कान के पास मुँह ले जाकर बुज़ुर्ग आत्मीय की तरह अत्यन्त मिठास से पूछा।

"जी नहीं, मैंने सोच-समझकर दस्तख़त किया है।" उसके मुँह से निकल गया।

"समझ लीजिए, आप क्या कह रहे हैं?" अब तक चुप बैठे प्रधान-सम्पादक गरज़ पड़े।

"समझ लिया है।" उसके मुँह से निकला।

"यह आपका आख़िरी फ़ैसला है?"

"जी।"

"अच्छी बात है।" कहकर प्रबन्ध सम्पादक ने एक काग़ज़ पर कुछ लिखा, उसको टाइप कराया और उसकी एक प्रति राजशेखर 'मदमस्त' को दे दी। वह उसकी बर्खास्तगी का आदेश था, जिसमें 'मदमस्त' पर अयोग्यता और आवश्यकता से अधिक छुट्टी लेने का आरोप लगाया गया था।

आदेश को लेकर राजशेखर 'मदमस्त' मूर्ख की तरह देखता हुआ बाहर चला आया। उसके दिल की सबसे बड़ी तमन्ना उसके दिल ही में रह गई थी। उसको अपने से ऐसी उम्मीद नहीं थी।

अमेरिका की यात्रा

मैं अमेरिका जा रहा था। बात उस समय की है, जब मैं अपनी ज़िन्दगी के अठारह साल पार करने के बाद उन्नीसवें के झोंके बरदाश्त कर रहा था। झूठ क्यों बोलूँ, पिछले दो सालों से मुझे ऐसा लगने लगा था कि एक बहुत बड़ा आदमी बनने के लिए ही मेरा जन्म हुआ है। इसके कुछ ख़ास कारण थे, जिसमें से एक यह कि मैं लम्बा और वाकई ख़ूबसूरत था। इसके अलावा और भी गुण थे मुझमें। मसलन, पढ़ने-लिखने में मैं ख़राब नहीं था, अच्छा ही कहा जाता। खेल-कूद का इतना शौक़ कि फुटबाल, हॉकी, वॉलीबॉल, कैरम, ताश आदि उत्साह के साथ खेलकर खिलाड़ियों की कोटि में सम्मिलित हो गया था। संगीत, साहित्य और राजनीति के प्रति इतनी गहरी दिलचस्पी थी कि बयान नहीं कर सकता। किस विषय में मेरी रुचि नहीं थी? कौन-सी ख़ूबी मुझमें नहीं थी? दाल-भात में घी के समान भावुकता तथा आदर्शवादिता भी वरदान स्वरूप मुझे प्राप्त हुई थी। मैं सड़क पर निकल जाता, और जब जवान, सुन्दर लड़कियाँ अपनी भौंहें तानकर मुझे घूरने लगतीं तो रोमांच हो आता। आँखें भर आतीं। पवित्र उत्साह से छाती फूल-फूल उठती और लगता कि मैं पहाड़ तोड़ सकता हूँ, मुझे कभी कोई रोग नहीं होगा और अपने घर की छत टूट कर मेरे सिर पर गिर जाए तो भी मेरी मृत्यु नहीं होगी। मैं सोचता कि महान बनने के लिए कठिन परिश्रम की ज़रूरत होती ही है, और मैं जब चाहूँगा, दिन-रात परिश्रम करके महानता प्राप्त कर लूँगा।

स्पष्ट है कि मैं इतने से ही सन्तोष करने वाला नहीं था। मैंने घोर मेहनत करने की एक योजना बनायी। इस योजना के अनुसार मुझे रोज़ घर पर दस घंटे पढ़ना था। पाठ्य-पुस्तकों का अध्ययन तो आवश्यक था ही, साथ ही बाहरी किताबों की भी उपेक्षा नहीं करनी थी। बाहरी पुस्तकों को पढ़ने से ही दरअसल ज्ञान वृद्धि होती है, यह मैं बख़ूबी जान चुका था। इसके अलावा डायरी लिखने का समय, आत्म-चिन्तन का समय, अंग्रेज़ी और हिन्दी के नये शब्द याद करने का समय-सच पूछा जाए तो दस घंटे अपर्याप्त ही थे। पर चिन्ता की बात नहीं फ़िलहाल चलने दिया जाए, ऐसा मैंने फ़ैसला किया।

एक महीने की पहली तारीख़ को—शायद जुलाई या अगस्त का महीना था—

मैं प्रातःकाल कसरत और स्नान करने के पश्चात् पढ़ने बैठ गया। दिल में बड़ा जोश था और जब मैंने किताब पर आँखें स्थिर कीं तो मन उड़ने लगा।...मैं दिन-रात पढ़कर भारी विद्वान हो गया हूँ...सारा देश आश्चर्य से स्तम्भित रह गया है...मेरे भाषणों की विद्वत्ता से लोग श्रद्धावनत हो-हो जाते हैं...सुन्दरियाँ अपनी बड़ी-बड़ी कजरारी आँखों से स्नेहपूर्वक कटाक्ष करती हैं...फिर...फिर एक ऐसी ख़ूबसूरत लड़की से भेंट होती है, जो शिक्षित होने के अलावा किसी अत्यन्त ही सम्पन्न घराने की है—पहले वह तनती है, अकड़ती है, पर अन्त में एक दिन एकान्त में मेरे सामने ज़मीन पर कटे वृक्ष की भाँति गिरकर फफक-फफककर रो पड़ती है...प्यार...प्यार...। ख़ैर, उस रोज़ पढ़ाई न हो सकी और दिन-भर मैं ऐसी ही मीठी-मीठी कल्पनाओं की बहार लूटता रहा।

दिन बीतते गए। पहली तारीख़ के बाद मैंने अध्ययनार्थ उसी मास की पन्द्रह तारीख़ निश्चित की। पर वह तारीख़ भी इसी तरह निकल गई। फिर तो तारीख़ें टलने लगीं। हर महीने की पहली और पन्द्रह तारीख़ों पर विशेष कृपा होने लगी। निश्चित कार्यक्रम में एक मिनट की भी बाधा उपस्थित होती तो मैं पूरा-का-पूरा दिन टाल जाता। इस तरह आँखों के सामने से ही रात और दिन भविष्य के गर्भ से निकल-निकलकर इस तरह भागने लगे, जैसे छोटे-छोटे बच्चे बिस्तर पर पड़े अपने अशक्त बाबा की डाँट-फटकार और चीख़-चिल्लाहट की उपेक्षा कर खेलने-कूदने के लिए घर से भाग निकलें। कुछ ऐसा मुहूर्त ही था कि जब पढ़ने का समय आता तो शरीर में अजगर की तरह आलस्य घिर आता और समय बीतने पर ज़बरदस्त फुर्ती फैल जाती। ऐसी ही विडम्बना में दो साल सरक गए।

इंटरमीडियेट में थर्ड क्लास मिला। पर, मुझे ग़म नहीं था। मुझे अब भी विश्वास था कि कठिन परिश्रम मेरे बाएँ हाथ का खेल है और मैं कठिन परिश्रम करके एक-न-एक दिन दर्जे में अवश्य 'टॉप' करूँगा। बल्कि डिवीज़न बिगड़ने से मेरा जोश और बढ़ गया, उसी तरह जैसे वायु के अल्प दबाव के पश्चात् अचानक आँधी चलने लगे। मैं अब नित्य पन्द्रह घंटे पढ़ने का मन-ही-मन फ़ैसला कर रहा था, क्योंकि समय बहुत ख़राब हो गया था और अब विलम्ब करना ठीक नहीं था।

पर, इसी बीच एक पुराने मित्र से मेरी भेंट हो गई, जो काफ़ी सज्जन थे। वह बनारस में पढ़ते थे। उन्होंने बताया कि भारत में रहकर उन्नति करना मुश्किल है और इसके लिए अमेरिका जाना आवश्यक है। यहाँ लाख रगड़ो, कोई नहीं पूछेगा, और वहीं अमेरिका से लौट आओ तो सभी चरण पकड़ेंगे। कौन बड़ा आदमी अपने लड़के को अमेरिका नहीं भेज रहा है? श्रीमती विजयलक्ष्मी पंडित की लड़कियों ने अमेरिका में शिक्षा प्राप्त की कि नहीं। प्रसिद्ध नेता जयप्रकाश नारायण भी क़रीब आठ वर्ष तक अपने बूते पर अमेरिका में पढ़ते रहे। इसमें कोई ख़ास ख़र्च भी नहीं। किसी तरह अमेरिका पहुँच जाना है, फिर तो आराम-ही-आराम है।

छुट्टियों में किसी होटल-वोटल में काम करके इतना पैदा किया जा सकता है कि आराम से यूनिवर्सिटी में शिक्षा प्राप्त की जा सके।

भई, बात मुझे जँच गई। सचमुच साहस के साथ संकट का सामना करने से ही आदमी आगे बढ़ सकता है। इस दुनिया में इनसान क्या नहीं कर सकता? जब मैं सात-आठ वर्ष बाद संसार के समस्त ज्ञान से सम्पन्न होकर देश वापस लौटूँगा तो लोग कितने चकित होंगे! न, मुझे चलना चाहिए। अब समय आ गया है, अब मुझे दिखा देना चाहिए कि मैं कौन हूँ, क्यों हूँ और क्या-क्या कर सकता हूँ! यही अवसर है, यही अवसर है...।

और एक रात मैं घर में किसी को सूचना दिये बग़ैर हृदय में महानता का अभिमान लिये बाहर निकल पड़ा। मुझे किसी तरह बम्बई पहुँचना था। वहाँ पहुँचकर अमेरिका जानेवाले किसी जहाज़ में कोई मज़दूरी कर लेनी थी। फिर तो कोई बात नहीं। अपने पैरों पर खड़ा होने की भावना ऐसी उत्कट थी कि मैंने अपने साथ एक पैसा भी न लिया। दरअसल जेब में एक अठन्नी थी, पर उसको भी अम्मा के कमरे के ताक पर चुपके से छोड़ आया था। मुझे किसी प्रकार की भी सहायता की ज़रूरत नहीं थी। सिर पर रूखे बाल, पैरों में चप्पल और शरीर पर पायजामा-कुर्ता—यही मेरा वेश था उस समय।

गाड़ी दानव-दूत की तरह द्रुत वेग से बढ़ी चली जा रही थी। खिड़की से बाहर व्याप्त अन्धकार को मैं चुपचाप निहार रहा था, वह अन्धकार, जो मेरी जन्मभूमि को अपने आँचल में ढककर सुला रहा था। हे मेरी जन्मभूमि, तुमको प्रणाम, माता-पिता, भाई-बहन, नाते-रिश्तेदार, दोस्त-मित्र—सबको प्रणाम। मेरा दिल भरा आया। मेरा हृदय न मालूम कब से अकथनीय नरमी, अनजान स्नेह और निस्सहाय करुणा से परिपूर्ण हो गया था। लेकिन, फ़ौरन ही मैंने अपनी भावनाओं पर क़ाबू पा लिया। मुझे मोह नहीं करना है...मुझे बढ़ना है...मुझे बढ़ना है...।

स्टेशन-पर-स्टेशन पीछे टूटने लगे और जब गाज़ीपुर में गाड़ी आकर रुकी तो वहीं भीड़ काफ़ी छँट गई। यहाँ कुछ डर लगने लगा। बिना टिकट के था, इसलिए जहाँ ठसाठस भीड़ हो जाती थी, वहाँ मन को बड़ा सन्तोष होता था कि इसमें टी.टी. आई. आएगा तो कैसे? भीड़ कम होने पर दहशत-सी हो जाती। यहाँ कुछ मुश्किल थी। एक टी. टी. आई. को प्लेटफ़ार्म पर टहलते हुए देखा भी था।

मेरी आशंका सच निकली। कुछ ही देर में एक टी. टी. आई. डिब्बे में घुस आया। खाकी पैंट और कोट में कसा मोटा शरीर, घोड़े की तरह लटका-लटका चेहरा, शराबी की तरह उल्टी-उल्टी आँखें...मैं झट से आँखें बन्द कर बैठा-बैठा इस तरह झूमने लगा, जैसे गम्भीर नींद में होऊँ। जैसे सोता देखकर वह मुझे छोड़ देगा।

पर वह माना नहीं, बल्कि मेरे कन्धे में हल्के से ऊँगली गड़ाते हुए बोला, "ऐ मिस्टर, ज़रा टिकट दिखाइए तो।"

इच्छा हुई कि उसके जगाने पर भी न जागूँ, पर अचानक ऐसी घबराहट होने लगी कि हड़बड़ाकर उठ खड़ा हुआ, उसी तरह जैसे मास्टर के दर्जे में घुसने पर लड़के खड़े हो जाते हैं।

"टिकट?" इस बार उसके स्वर में कुछ रूखापन था!

यहाँ एक बात मैं साफ़ कर दूँ। घर से प्रस्थान करने के पहले मैंने अच्छी तरह सोच लिया था कि अगर टी.टी.आई. टिकट के लिए पूछेगा तो मैं उसको 'भाईसाहब' सम्बोधित करने के पश्चात् अपनी सारी योजना साफ़-साफ़ बता दूँगा। मुझे विश्वास था कि मेरी ईमानदारी की बात सुनकर वह कुछ न बोलेगा, बल्कि मुझे श्रेष्ठ ही समझेगा।

किन्तु अपनी योजना पर प्रकाश डालने में मैं पूरी तरह असमर्थ रहा। पता नहीं क्या हो गया! बड़ी मुश्किल से आवाज़ निकली, "नहीं है।"

"अच्छा, तो किराया निकालिए।"

"नहीं है।"

"नीचे उतर जाइए फ़ौरन।"

"अच्छी बात है।"

झट्-से नीचे उतर गया। इससे बड़ा सन्तोष हुआ। लगा कि सब कुछ बड़ा आसान है। मैं बेकार में बिना टिकट यात्रा करने से डर रहा था। इसमें है ही क्या? बस गाड़ी पर चढ़ जाना है, जहाँ तक निभ जाए ठीक है, और जहाँ टी.टी.आई. टोक दे, नीचे उतर जाना है। फिर दूसरी गाड़ी पर सवार हो जाना है। बिना पैसे बम्बई पहुँचने का ऐसा सरल तरीक़ा दूसरा कोई नहीं था। साधु लोग भी तो ऐसा ही करते हैं।

रात गाज़ीपुर के प्लेटफ़ार्म पर कटी और दूसरे दिन लगभग दस बजे इलाहाबाद जानेवाली गाड़ी आई। मैं चुपके से उस डिब्बे में चढ़ गया, जिसमें सबसे अधिक भीड़ थी। दिल ज़ोरों से धड़क रहा था, पर जब गाड़ी खुल गई तो इत्मीनान हुआ।

बनारस में फिर आफ़त! प्लेटफ़ार्म पर रुकते ही दस-पन्द्रह टी.टी.आई. फ़ौजी सिपाहियों की तरह गाड़ी पर टूट पड़े। समझ में नहीं आ रहा था कि क्या करूँ। अचानक दहशत गर्दनतोड़ बुख़ार की तरह इस क़दर बढ़ गई कि इच्छा करने लगा जाकर कह दूँ किसी टी.टी.आई. से कि "साहब, मैं बिना टिकट हूँ, पकड़ लीजिए मुझे।" एक टी.टी.आई. मेरे डिब्बे की ओर आता दिखाई पड़ा और मुझमें न मालूम कहाँ की शक्ति आ गई कि मैं दूसरी ओर नीचे कूदकर वहाँ से सरकने लगा। इत्तिफ़ाक से किसी ने मुझ पर ध्यान नहीं दिया और मैं लाइन पकड़कर काफ़ी दूर निकल गया। तत्पश्चात् एक स्थान पर चुपचाप खड़ा हो गया। कुछ देर बाद जब यह विचार आया कि अब टी. टी. आई. लोग चले गए होंगे तो वापस लौटने लगा, पर कुछ ही दूर पहुँचा होऊँगा कि गाड़ी सीटी देकर खुल गई।

इस रात बनारस के प्लेटफ़ार्म और मुसाफ़िरख़ाने में चक्कर लगाता रहा। क़रीब दो बजे इलाहाबाद की गाड़ी मिली। बनारस से प्रस्थान कर इत्मीनान हुआ। मुझे जल्दी-से-जल्दी बम्बई पहुँच जाना था। मैं रुक नहीं सकता, "मैं रुक नहीं सकता। ये बाधाएँ तुच्छ हैं और इनसे बड़े संकट आते हैं। क्या इनसान इससे डरता है?

इलाहाबाद के रामबाग स्टेशन से जब मैं पैर घसीटता हुआ बाहर निकला तो मैंने निश्चय किया कि बम्बई जाने का कार्यक्रम फ़िलहाल स्थगित कर दूँ। इसके कई कारण थे और इन कारणों में से एक ख़ास कारण था—भूख!

गाड़ी से उतरने पर मैंने बचकर बाहर निकलने की कोशिश की और अगर प्वाईंटमैन की गिद्ध की तरह आँखें न होतीं तो मैं इस कार्य में सफल भी हो गया होता। पकड़कर टिकट कलक्टर के सामने लाया गया। उसने डरा-धमकाकर पैसे वसूल करने की चेष्टा की, और उसमें पूरी तरह असफल होने के बाद मुझे जी.आर.पी. के सिपुर्द कर दिया। जी.आर.पी. के दरोगा ने मेरी तलाशी ली। एक भी पाई न मिली। फिर उसने मुझसे ज़िरह आरम्भ कर दी। भय की चरम सीमा के प्रतिक्रिया-स्वरूप कभी-कभी एक उद्धत साहसिकता का उद्‌भव होता है—कुछ ऐसा ही मेरा हाल था। किन्तु, इसका परिणाम अच्छा निकला। उसके प्रश्नों के मैंने कुछ ऐसे उत्तर दिये, जिससे उसने मुझे शायद सनकी या पागल समझ लिया। अन्त में चेतावनी देकर छोड़ दिया।

हाँ भाई, इस समय मुझे ज़ोर की भूख लग आई थी। दरअसल, मैंने इस प्रश्न को बहुत महत्त्व नहीं दिया था। मैंने सोचा भी नहीं था कि मुझे कभी ऐसी भूख लग सकती है। मेरा यह विचार रहा है कि मैं बिना खाए बहुत दिनों तक रह सकता हूँ और मौक़ा पड़ने पर देश के लिए गाँधीजी के समान ही अनशन कर सकता हूँ। इसी कारण अमेरिका की यात्रा में कसके भूख लगने की आशंका ने मुझे कभी चिन्तित नहीं किया। अब मुश्किल थी।

इस भूख ने दो कठिनाइयों की ओर संकेत किया। एक तो यह कि अगर मैं अपनी यात्रा के दौरान इसी तरह बिना टिकट कई बार पकड़ा गया तो बम्बई पहुँचने में काफ़ी विलम्ब हो जाएगा। दूसरा, कि मैंने बड़ी लाइन से कभी यात्रा नहीं की थी और उससे सफ़र करने में 'पता नहीं क्या हो' के एक अज्ञात भय ने मेरे समस्त विवेक को जकड़ लिया था। इस दौरान मेरी भूख का क्या होगा?

इसलिए मैंने निश्चय किया कि इलाहाबाद में फ़िलहाल कोई नौकरी कर ली जाए और कुछ रुपये इकट्ठे होने पर बम्बई के लिए प्रस्थान किया जाए। किसी भी नौकरी से काम चल जाएगा। किसी मिल या दफ़्तर में क्लर्की। अगर यह भी न मिले तो किसी अफ़सर के यहाँ नौकरी या किसी हलवाई के यहाँ नौकर का काम, या कहीं भी कोई भी काम। छोटा-से-छोटा काम भी मैं करने को तैयार था। इसमें हर्ज़ ही क्या है! इसमें कोई कठिनाई भी नहीं थी। मैं जाकर साफ़-साफ़ हालत बता दूँगा,

काम मिलेगा कैसे नहीं! एक रोज़ जब मैं महान हो जाऊँगा तो दुनिया यह जानकर कितना अचम्भा करेगी कि मैंने ऐसा तुच्छ काम भी किया था!

हाँ, वह भूख! सिर के ऊपर सूरज चमक रहा था और पैर के नीचे तारकोल की बलखाई सड़क गर्म उसाँसें फेंक रही थी। मैं निरुद्देश्य आगे बढ़ता जा रहा था। नौकरी की तलाश में निकला था, पर ध्यान कहीं दूसरी जगह पर था। उस रोज़ घर से चलने के पहले मैंने बहुत कम खाया था। यह मेरी ग़लती थी। मुझे डटकर खा लेना चाहिए था। खाने का मज़ा उस समय है जब पेट तन जाए। और अचानक मुझे लगा कि मेरे घर पर जैसे दाल-भात पकता है और आलू की भुजिया बनती है, वैसी दुनिया में कहीं भी नहीं!

दिन-भर मैं घूमता रहा, पर किसी से नौकरी के लिए कहने की हिम्मत नहीं हुई। कभी-कभी किसी दफ़्तर या किसी बड़े मकान को—अफ़सर का मकान समझकर—सामने खड़ा हो जाता, पर सारा शरीर ऐसी अकर्मण्यता से जकड़ जाता कि और आगे बढ़ने की हिम्मत न होती। भूख तेज़ होती जा रही थी और उसको बम्बे का गर्म पानी पीकर मैं बुझाने की कोशिश करता था।

धीरे-धीरे शाम हो गई। अचानक मेरा ध्यान एक हलवाई की दुकान की ओर आकर्षित हुआ। क्यों नहीं इसी से जाकर कहूँ कि "भाई, मैं बेकार हूँ, अपने यहाँ रख लो, मुझे तनख़्वाह नहीं लेनी, केवल दोनों जून खाना पर काम करने को तैयार हूँ।"

मैं आगे बढ़ा और दुकान के पास पहुँचा ही था कि चिथड़ों में लिपटा एक गन्दा और थका-माँदा मज़दूर न मालूम किधर से आया और चार पैसे के नमकीन सेव ख़रीदकर शैतान की तरह जल्दी-जल्दी खाने लगा। मज़दूर कितना सुखी है-मैंने सोचा।

खाने के समय सेव का एक लम्बा टुकड़ा ज़मीन पर गिर गया था। न मालूम कैसे मेरे दिमाग़ में यह विचार आया कि मज़दूर के चले जाने पर मैं सबकी आँखें बचाकर उस टुकड़े को सफ़ाई से मुँह में डाल लूँगा। किन्तु, मज़दूर मुझसे अधिक चालाक था। दोने साफ़ करने के बाद उसने ज़मीन पर गिरे उस सेव के टुकड़े को उठाकर गले में सरका लिया और फिर चलता बना।

मैं कुछ देर तक वहीं खड़ा हलवाई और उसकी दुकान पर रखी मिठाइयों को घूरने लगा। हलवाई ने शायद यह समझकर कि मैं कोई चोर-चाई हूँ, झिड़क दिया, "कौन हो जी तुम? चलो यहाँ से रास्ता नापो।"

मैं फ़ौरन घूमकर वहाँ से हट गया। अच्छा, अब कल किसी से नौकरी के लिए कहूँगा, यह सोचकर मैं सड़क पर चलने लगा।

मैं चलता गया। रात गाढ़ी होती जा रही थी। चाँदनी छिटक गई थी और सारा शहर जैसे दूध से नहाया हुआ था। दूर से कभी हँसी-क़हक़हे की आवाज़ सुनाई पड़ जाती और कभी-कभी बग़ल से गहरे-बाज इक्के सरपट दौड़ जाते।

फिर शान्ति! मैं बहुत देर तक निरुद्देश्य सड़कों का चक्कर काटता रहा और अन्त में थका-माँदा एक पार्क में आकर एक बेंच पर बैठ गया।

भूख से मेरा पेट ऐंठ रहा था। मुझे काफ़ी कमज़ोरी मालूम हो रही थी और मेरी आँखों तथा सिर में भीषण पीड़ा हो रही थी। मैं कभी बेंच की एक तरफ़ बैठता और कभी दूसरी ओर। कभी लेट जाता तो कभी पैर उठा लेता। चाहता था किसी तरह नींद आ जाए ताकि पेट की तरफ़ ध्यान जाए ही नहीं।

धीरे-धीरे पार्क के आसपास बँगलों की खिड़कियों की रोशनी बुझती जा रही थी। मेरा पेट ख़ाली था और बाहर का वातावरण भी हर शब्द से ख़ाली होता जा रहा था, बहुत देर से दर्द और तकलीफ़ में रहने से मैं उनके अस्तित्व का ज्ञान भूलता जा रहा था और धीरे-धीरे मैं उसी बेंच पर सो गया।

अचानक किसी आवाज़ से मेरी नींद खुल गई। मैंने देखा कि उसी बेंच पर एक आदमी एक ओर बैठकर मुझे घूर-घूरकर देख रहा है। गन्दे और फटे कपड़े तथा रूखे-रूखे बाल। मैं डर गया और भड़ककर तेज़ आवाज़ में पूछा, "कौन हो जी तुम?"

वह कुछ नहीं बोला और फ़ौरन ही उठकर अँधेरे में गुम हो गया।

रात के लगभग दो बजे होंगे। चाँद पीला होकर एक पेड़ की ओट में छिप गया था। चाँदनी पत्तों से छन-छनकर ठंडी हवा में तैरती हुई हरी-भरी ज़मीन और सफ़ेद, रंगीन फूलों पर थिरक-थिरक रही थी। सारा पार्क बिहँस रहा था।

सुबह हुई और देखते-ही-देखते प्रभात की शीतलता ने दहकती आग का रूप धारण कर लिया। मैं सड़कों पर इधर-उधर भटकने लगा। भूख से बुरा हाल था। जब भूख बरदाश्त न होती तो मैं हकर-हकर पानी पी लेता। कभी किसी पार्क में किसी बेंच पर लेट जाता, कभी बैठ जाता। सड़क पर घूमते हुए मैं लोगों को आशा व करुणा भरी दृष्टि से देखता, जैसे वे लोग मुझे देखकर दया करेंगे और मुझे खाने को दे देंगे। दुकानों के सामने मैं देर तक खड़ा रहता ताकि दुकानदार मुझे देखकर मेरी इच्छा समझ जाएँ और नौकर के रूप में मुझे अपने यहाँ रख लें। पर ऐसा कुछ भी नहीं हुआ, बल्कि एक दुकानदार ने मुझे चोर-चाई समझकर वहाँ से भगा दिया।

शाम तक मेरी हालत बदतर हो गई। एक बार मुझे लगा कि मेरा इसी शहर में प्राणान्त हो जाएगा। यह ख़याल आते ही मैं बेहद डर गया। और इसके फ़ौरन बाद मुझे अपने फूफा की याद आने लगी, जो इसी शहर में रोशनबाग़ मोहल्ले में रहते थे। मैं उनका घर जानता था और पहले कई बार उनके यहाँ जा चुका था। और पता नहीं क्या हुआ कि मेरे पैर उधर ही सरकने लगे अपने-आप। मैं फूफाजी के मकान के सामने जाकर सड़क की पटरी पर टहलने लगा, पर किसी का ध्यान मेरी ओर गया ही नहीं। फिर तो वहीं इतनी बार टहलता रहा कि अन्ततः फूफाजी के लड़के का ध्यान मेरी ओर चला गया। मुझे देखकर वह घर के अन्दर पिनपिनाता हुआ भागा।

इस तरह मैं अपने को पकड़वाने में सफल हुआ। फूफाजी को सब कुछ मालूम था। उन्होंने मुझे पहले ज़बरदस्त डाँट पिलाई, फिर धाराप्रवाह लेक्चर देने लगे। कल्पना में महान बनना आसान है, पर ऐसी किसी बड़ी इच्छा को पूरा करने के लिए घोर परिश्रम की ज़रूरत होती है ...।

इसके बाद मेरे सामने खाना परोसा गया। खाने पर मैं टूट पड़ा। जब मेरी क्षुधा शान्त होने लगी तो मुझे फिर अमेरिका की याद आई। हाँ, अमेरिका तो मुझे जाना ही है...बस एक वर्ष और देख लेता हूँ...।

कम्युनिस्ट

मक्खी की टाँग और दायाद (पट्टीदार) की बोली नहीं सही जाती; और विशुनीपुरी के तीनों ठाकुर अपने पिता के मरने के पश्चात् जब से अलग हुए, उनमें नहीं पटी। छोटी-छोटी बातों पर तकरार हो जाती, लाठियाँ तन जातीं और फ़ौजदारी की नौबत आ जाती। तीनों के घर सटे-सटे थे, किन्तु वे एक-दूसरे का मुँह भी देखना नहीं चाहते थे।

बड़े ठाकुर विशाल सिंह लगभग पचास वर्ष के होंगे। दुबले-पतले और कुछ नाटे। पास में ज़मीन काफ़ी थी, किन्तु वह धर्म के सागर में डूबे रहते और उनका सारा काम-काज उनका बड़ा लड़का देखता।

ज्ञानी होने के साथ-साथ वह बड़े दयावान भी थे। इस जग को माया का बाज़ार बताते, किन्तु दुखी जीवों को देखकर उनकी आँखों में आँसू आ जाते। चलते तो निगाह नीचे बनी रहती कि कोई कीड़ा-मकोड़ा, चींटी-चुरंग पैरों के नीचे आ न जाए। मुर्दे को देखते तो घंटों सर पर हाथ रखकर गहरे विचार में निमग्न हो जाते। कहते, कोई महात्मा था चला गया, एक हम पापी हैं कि किये का भोग रहे हैं।

साधु-फ़कीरों से उन्हें बहुत प्रेम था। गाँव में कोई भटकता भी आ जाए तो बुलवाकर उसका आदर-सत्कार करते। घंटों धर्म की चर्चा चलती। एक-एक शब्द को वेदवाक्य की तरह हृदय में पिरोते जाते। औघड़दानी शंकर भगवान की अपार लीलाएँ सुनकर उनका हृदय गद्‌गद हो जाता। व्याकुल होकर पूछते, क्या भगवान हमारे जैसे कीट को भी दर्शन देंगे? साधु के आश्वासन देने पर उनकी आँखें भर-भर आतीं और भगवान की महिमा के बारे में रामायण की एक-दो चौपाइयाँ मुँह से निकल पड़तीं।

उनके त्यागमय जीवन को देखकर लोग उन्हें 'गांधीजी' कहकर पुकारते। थे भी वह महात्मा गांधी के पक्के भक्त। महात्माजी को वह श्रीकृष्ण भगवान का अवतार मानते। वह अक्सर कहते कि कृष्ण-कन्हैया दुष्टों के विनाश के लिए सुदर्शन चक्र रखते थे और हमारे बापू ने विदेशी राक्षसों को भगाने के लिए यरवडा चक्र (चरखा) का प्रयोग किया था। गांधीजी के निधन पर उन्होंने तीन दिन तक भोजन नहीं किया, ऐसा लोग कहते हैं। रोते रहते। अक्सर चिल्ला पड़ते, "हाय, हत्यारे

ने हमसे उनको छीन लिया!" उसी दिन से उन्होंने खद्दर पहनना, चरखा कातना तथा गीता-पाठ नियमित रूप से आरम्भ कर दिया। कहते, कोई कुछ भी कहे, मेरे मन को तो इससे शान्ति मिलती है। गीता को कई बार उन्होंने आद्योपान्त पढ़ा था और उनका मत था कि ऐसा उत्तम ग्रन्थ संसार में इस समय न है और न होगा। झगड़ा-फ़साद, ख़ून-ख़राबा आदि से उनको घृणा थी। उनका कहना था कि जिस देश ने गांधी और गीता को जन्म दिया, वहाँ हिंसा-उपद्रव आदि करना देश के साथ गद्दारी करना है। गांधीजी ने जो रास्ता दिखाया, वह अपूर्व है।

छोटे ठाकुर विजय सिंह का रास्ता दूसरा था। उम्र चालीस वर्ष के लगभग होगी। लम्बे, स्वस्थ्य, गोरे तथा सुन्दर। बड़े ठाकुर से असली दायादी उन्हें ही थी और इसीलिए उनसे दो जौ आगे रहने की कोशिश करते थे। ज़मीन कुछ अधिक ही कर ली थी। पुराने क़िस्म के साधारण मकान को पक्का तथा दोमंज़िला कराके दोनों ठाकुरों से अपनी शान भी ऊँची कर ली थी। बड़े ठाकुर के पास घोड़ा था, तो उनके पास टमटम! उनके दरवाज़े पर गुलाब, बेला, चमेली तथा रात की रानी शोभा पा रहे थे तो इनका सारा घर दूर-दूर से मँगाए गए देशी-विदेशी, रंग-बिरंगे, सुगन्धित फूलों के गमलों तथा गुलदस्तों से सुशोभित था! वह खद्दर पहनते, तो यह महीन धोती तथा सफ़ेद दूधिया तंजेब और मलमल का कुरता डालते। वह निरामिषभोजी थे, तो इनके यहाँ हफ़्ते-दो-हफ़्ते पर नियमित रूप से खसी कटता। वह नशाबन्दी के पक्ष में थे, तो यह सिगरेट-पान के शौक़ीन।

वह गांधीवादी थे, तो यह समाजवादी।

छोटे ठाकुर का कहना था कि जो अपने को गांधीवादी कहते हैं, वे ढोंगी हैं। असली गांधीवाद तो समाजवाद है। सही अर्थों में जनता के राज्य की स्थापना से ही देश की समस्याओं का हल हो सकता है और इसके लिए शान्तिमय बौद्धिक एवं आध्यात्मिक क्रान्ति की आवश्यकता है। वर्ग-वैषम्य और हिंसात्मक क्रान्ति के नारे लगाना देश की अतुलनीय, गौरवशाली संस्कृति एवं परम्परा के साथ गद्दारी करना है। चरखा डुलाने तथा चींटियों को चीनी खिलाने से कोई काम आज तक नहीं हुआ, लेकिन उत्तेजित होना भी अकल्याणकारक है। जनता अपने नेताओं पर विश्वास करे। एक रोज़ कल्याणकारी राज्य की स्थापना अवश्यम्भावी है। हम उसी में तो लगे हैं।

मझले ठाकुर राज सिंह अपने दोनों भाइयों को ढोंगी और कमीना समझते। वह एकदम निराले थे। उम्र लगभग 45 वर्ष, किन्तु पहलवान दिखते। दोनों जून सैकड़ों दंड पेलते। ज़मीन दोनों भाइयों से ज़रूर कम थी, किन्तु इसका कारण यह था कि वह बादशाह तबीयत के आदमी थे। अपनी ज़िन्दगी में उन्होंने पैसे को हाथ का मैल समझा, पानी की तरह बहाया। सर पर क़र्ज़ चढ़ गया, तो उसको चुकाने के लिए कुछ ज़मीन बेच देनी पड़ी, परन्तु थे मस्तमौला। किसी ससुरे की परवाह नहीं करते, चाहे वह लाट साहब ही क्यों न हो! गाँजा, भाँग, चरस आदि को देखकर

नाक-भौं नहीं सिकोड़ते। दिल खोलकर पीते और पिलाते। कहते, साधु-महात्मा भी तो इनका उपयोग करते हैं। सोमरस आख़िर किसे कहते हैं? संस्कृत में शराब का ही तो नाम है? इन अमूल्य पदार्थों के सेवन से ब्रह्म को जगाया जा सकता है।

मोटा लम्बा कुर्ता, दो फेरे की उटुंग धोती, गले में सोने की जंजीर, भारी फ्लेक्स जूते, बाल छोटे-छोटे, मूँछे नुकीली, हाथ में सोटा—यही उनका रूप है। कुछ वर्ष पूर्व इनके दरवाज़े पर एक बूढ़ा खफ़्त हाथी बँधा रहता था। कहते, घोड़ा-टमटम रखना विदेशी ग़ुलामी का चिह्न है। हाथी ही हमारी पुरानी संस्कृति का प्रतीक है। क़र्ज़ के कारण यह हाथी बाद में बेच देना पड़ा। अब दरवाज़े पर दो शिकारी कुत्ते बँधे रहते। पिंजड़े में तीतर और तोता-मैना पाल रखे थे। तीतर लड़ाते और तोता-मैना पढ़ाते। दरवाज़े से कुछ दूर हटकर एक अखाड़ा ख़ुदवाया था, जिसमें गाँव के नये पट्ठे ज़ोर करते। गाँव के नवयुवकों का उन्होंने संगठन किया था। उन्हें उपदेश देते कि बलवान बनो। हिन्दुओं पर चारों ओर से ज़ुल्म हो रहे हैं। धर्म पर चारों ओर से हमले हो रहे हैं। सत्य और अहिंसा की बात करनेवाले ढोंगी और कमीने हैं। वास्तविक किसान मज़दूर राज्य की स्थापना हम करना चाहते हैं और इसके लिए ज़रूरी है कि भारत में हिन्दू राज्य की स्थापना की जाए।

तीनों ठाकुर अपनी निश्चित विचारधाराओं के अनुरूप राजनीतिक कार्य भी करते। गाँव में उनकी धाक थी और अँगुली उठानेवाला कोई नहीं था। दूर-दूर तक यह बात प्रसिद्ध थी कि विशुनीपुर की जनता एकदम सुखी है, क्योंकि वहाँ के ठाकुर देशभक्त तथा जनता के हितचिन्तक हैं। वहाँ के ठाकुरों और किसानों में प्रेम है और उनमें संघर्ष नहीं होता। ठाकुरों में आपस में चाहे कितने मतभेद हों, किन्तु उनकी मान्यता थी कि सार्वजनिक मामले बिना दंगा-फ़साद के तय किये जाएँ। जनता शान्ति से रहे, इस सम्बन्ध में तीनों एकमत थे।

बड़े ठाकुर के पुराने हलवाहे भोलू ने उन दिनों दूसरी शादी की थी। उसकी उम्र लगभग 45 वर्ष की थी, किन्तु वह था थोड़ा हट्टा-कट्टा। उसको खेत जोतने के लिए नियुक्त किया गया था, किन्तु उसे सभी प्रकार के काम करने पड़ते। खेत जोतना, गोड़ना, बोना, सिंचाई करना, सोहनी, फसल की रखवाली करना, गाय-भैंसों तथा बैलों के लिए चारा काटना, मवेशियों को सानी-पानी चलाना और ज़रूरत पड़ने पर पानी भी भरना। बड़े ठाकुर ने उसे थोड़ी-सी ज़मीन दे रखी थी। इसके अलावा आधा सेर सूत्त भी उसे रोज़ मिलता, किन्तु इतने से उसके घर का काम नहीं चल पाता था। इसलिए उसकी पहली स्त्री घास काटकर बेचती, पीसती-कूटती, रोटियाँ बनाने के लिए आम की गुठलियाँ इकट्ठा करती, खलिहानों में बिना पचे हुए अन्न के दानों को निकालने के लिए बैलों का गोबर एकत्रित करती तथा जीवन-यापन के अन्य छोटे-मोटे और घृणित कार्य करती, पिछली बरसात में हैज़े से चल बसी थी।

भोलू की दूसरी स्त्री सुनरी जवान और देखने में अच्छी थी। गर्मी के दिन थे और वह बड़े ठाकुर के यहाँ उन दिनों कूटने-पीसने का कार्य करती।

उस दिन बाहर की बैठक में जब वह बड़े ठाकुर को दूध का कटोरा देने आई तो उन्होंने उसकी ओर ग़ौर से देखा।

वह दूध का कटोरा चौकी पर रखकर जाने लगी, तो बड़े ठाकुर ने इधर-उधर देखने के बाद पुकारा, "ज़रा सुनना रे इधर।"

सुनरी ठिठक गई और फिर धीरे-धीरे पास आकर पूछी, "क्या है सरकार?"

"भोलू कहाँ है, रे!" विशाल सिंह ने मीठे स्वर में पूछा।

"खलिहान में हैं मालिक।"

जैसे बहुत बड़ी ख़ुशख़बरी मिली हो, इस तरह ख़ुश होकर बड़े ठाकुर ने जैसे पुचकारते हुए कहा, अच्छा-अच्छा। बड़ी अच्छी बात है। मैं भी सोचता था कि आख़िर क्या बात है! अच्छा सुनरी, तू जा। जाकर कूट-पीस।"

यह कहकर उन्होंने उसकी ओर घूरकर देखा और फिर हँस दिया। वह तेज़ी से कमरे से ग़ायब हो गई।

बड़े ठाकुर सुनरी के प्रति स्नेहशील होते गए। उनका उत्साह बढ़ता गया और उन्होंने उससे एक रोज़ कह दिया उसे कोई ज़रूरत पड़े तो सीधे उनके पास चली आए, किसी दूसरे से कहने की क्या ज़रूरत है?

उस दिन लगभग डेढ़ बजे थे और बाहर भयंकर लू चल रही थी। बड़े ठाकुर बाहर की बैठक में बैठे गीता का पाठ कर रहे थे।

सुनरी बड़े ठाकुर के घर से जा रही थी। बड़े ठाकुर ने उसे दरवाज़े से निकलते समय ही देख लिया था। जब वह बैठक के सामने से गुज़री तो विशाल सिंह ने धीरे-से पुकारा, "सुनरी, ज़रा सुनना तो। बड़ा ज़रूरी काम है।"

सुनरी अनजान आशंका से भयभीत हो गई तो ठाकुर ने गद्गद होकर पूछा, "कहाँ लू में जा रही है रे पगली। यह कमरा बड़ा गन्दा हो गया है। उस झाड़ू को लेकर ज़रा साफ़ कर देना तो।"

यह कहकर वह हँस पड़े। सुनरी डर गई। उसने कहा, "सरकार, ज़रूरी काम से जा रही हूँ। अभी लौटकर साफ़ किये देती हूँ।"

"अरे अभी हुआ जाता है पगली।" विशाल सिंह ने धड़कते हुए दिल से धीरे-से इस तरह कहा जैसे उसका और कुछ भी मतलब न हो।

मजबूर होकर सुनरी को झाड़ू लगाना पड़ा। वह झाड़ू लगाने लगी और विशाल सिंह उठकर बाहर निकल आए। उन्होंने चारों ओर नज़र दौड़ाई तो कोई चिरैया का पूत भी नहीं दिखा। फिर वह भीतर गए। सुनरी झुककर झाड़ू लगा रही थी। वह उसकी ओर घूरते रहे। फिर अचानक दरवाज़े की ओर नीचे झुककर बोले,

"अरे, यहाँ दरवाज़ों के पास तो बड़ी धूल है रे। रह गई तू वही। पहले यहाँ लगाते हैं कि...आ, आ इधर झाड़ू लेकर आ।"

सुनरी ने कहा, "इधर से साफ़ करके अभी आ रही हूँ मालिक।"

बड़े ठाकुर का हृदय क़ाबू में नहीं था, वह गीता के अनासक्ति योग से हटकर वात्स्यायन के कामसूत्र की ओर लपक रहे थे। उन्होंने जैसे ग़ुस्से में कहा, "अरे तू झाड़ू लगाना जानती भी है। चल, मैं तुझे दिखाऊँ।" यह कहकर उन्होंने पास जाकर सुनरी का हाथ पकड़ लिया और उसे दरवाज़े के पास खींच लाए। किवाड़ों को भेंड़ दिया और उसके हाथ को छोड़कर बोले, जैसे उनकी नीयत ख़राब नहीं है, "देख, तू ही देख। यहाँ कितनी गन्दगी है, बाप रे बाप! पहले यहीं झाड़ू लगाते हैं कि..."

सुनरी डर के मारे पसीना-पसीना हुई जा रही थी। वह झुककर वहाँ की धूल साफ़ करने लगी। बड़े ठाकुर फ़ौरन चौकी की ओर गए। कुछ क्षण इस तरह खड़े रहे जैसे किसी गहन प्रश्न पर विचार कर रहे हैं, फिर अचानक लौटकर सुनरी के पीछे खड़े होकर नीचे इस तरह उत्साहपूर्वक देखने लगे जैसे स्टेशन में प्लेटफ़ार्म पर जाने के लिए ताँगे पर से सामान उतरवाते कोई बाबू दुनिया की सभी बातों को भूलकर अपने सामान को देखता है।

सुनरी जब वहाँ से झाड़ू लगाकर खड़ी हुई तो बड़े ठाकुर ने तमतमाते हुए चेहरे से कहा, "ला, झाड़ू मुझे दे दे, तुझसे नहीं होगा।"

यह कहकर उन्होंने उसका दाहिना हाथ पकड़ लिया और झाड़ू लेने लगे। किन्तु झाड़ू लेने के बजाय उन्होंने उसको दूसरे हाथ से भी पकड़ लिया और अपनी ओर खींचा।

सुनरी डर के मारे थर-थर काँप रही थी। उसने विनती करते हुए कहा, "सरकार, मुझे जाने दें। मैं आपके पैरों पड़ती हूँ।'

"कोई देखता थोड़े है?" फुसफुसाकर यह कहने के बाद बड़े ठाकुर ने उसे अपनी ओर फिर खींचा। स्वाभाविक आत्म-रक्षा की भावना से प्रेरित होकर सुनरी ने छटपटाकर ज़ोर लगाया और बड़े ठाकुर के कब्ज़े से बाहर हो गई। विशाल सिंह आगे कोई कार्रवाई करें कि वह दरवाज़ा खोलकर बाहर भाग गई।

वह सीधे घर गई। गर्मी के दिन थे और उस समय कोई विशेष काम न होने से भोलू भी घर ही था। सुनरी फफक-फफककर रोने लगी।

जवान स्त्री का अधेड़ पति भोलू उत्तेजित होकर बोला, "क़सम मेरी, तू मुझे बता, किसने तुझे आँखें दिखाई हैं, उसकी आँखें फोड़ दूँ। सालों ने समझ क्या रखा है? खोपड़ी रँग दूँगा।"

सुनरी ने रोते-रोते सब सुनाया और फिर कहा कि वह यहाँ नहीं रहेगी; उसे बड़ा डर लगता है। भोलू पहले तो मुँह बाए देखता रहा। फिर अचानक पुनः उत्तेजित होकर बोला, "तू यहीं बैठी रह। ज़रा मैं ठाकुर से पूछकर अभी आता हूँ।"

सुनरी उसे बरजती ही रह गई और वह तूफ़ान की तरह धड़धड़ाता हुआ बड़े ठाकुर की हवेली पर पहुँच गया। बड़े ठाकुर कमरे से बरामदे में आ गए और शान्तिपूर्वक गीता पढ़ रहे थे। भोलू वहाँ पहुँचकर बाहर ही से बड़बड़ाने लगा, "बड़े ठाकुर, मैं यह पूछने आया हूँ कि ग़रीबों की इज़्ज़त होती है कि नहीं! आज मैं इसका फ़ैसला कर दूँगा। जेहल-फाँसी का मुझे डर नहीं है। क्या समझकर आपने सुनरी को पकड़ लिया था। तुम्हारा दिया खाते हैं तो छाती फाड़कर काम भी करते हैं। जन्म-भर की ग़ुलामी तो नहीं लिखा ली है? आख़िर हमारी भी इज़्ज़त-आबरू है...।"

बड़े ठाकुर अवाक् रह गए, क्योंकि आज तक इस गाँव में किसी नीच जाति के व्यक्ति ने उनसे इस तरह बातचीत करने की हिम्मत नहीं की थी। वह बाहर निकल आए और इधर-उधर देखते हुए भय से अनमने होकर उन्होंने पूछा, "क्या कहता है?"

भोलू बड़बड़ाता रहा और उसकी आवाज़ और तेज़ हो गई। इस अपमान के धक्के को सँभालने के लिए बड़े ठाकुर पास ही एक पेड़ की छाया में लघुशंका करने बैठ गए और फिर उठकर ज़ोरों से क्रोध से काँपती आवाज़ में चिल्लाने लगे, "क्या कहता है तू? हरामी का पिल्ला। तेरी यह मजाल कि तू ज़बान लड़ाए! तुम साले लात के आदमी हो, बात से नहीं मानोगे। मेरा ही नमक खाकर मुझे गालियाँ दे रहे हो। तुमसे जूते-डंडों से बात करनी चाहिए...।"

बड़े ठाकुर इतने ज़ोरों से बोल रहे थे कि भोलू डर गया और उसका मुख काला पड़ गया। इतने में मझले ठाकुर राज सिंह, जो दरवाज़े पर खड़े सब कुछ सुन रहे थे, बाहर निकल आए, उन्होंने बड़े ठाकुर से पूछा, "क्या हुआ भैया, क्या हुआ?"

बड़े ठाकुर और ज़ोरों से चिल्लाकर बोले, "अरे यही साला है भाई, ज़बान लड़ाता है। बात यह हुई, मैंने कहा कि भोलू ज़रा वह चौकी उठाकर भीतर कर दे। अकड़ गया और कहने लगा कि यह मेरा काम नहीं है। मैंने कह दिया, यह तेरा ही काम है बस, यही तो काल हो गया। लगा माँ-बहन की गालियाँ देने। तुमे जानते ही हो, मैं अहिंसा में विश्वास करता हूँ और मानव-मात्र की भलाई करना मेरा ध्येय रहा है। इन हरामज़ादों के लिए दिन को दिन और रात को रात नहीं समझा, किन्तु ये साले इसका बदला चुका रहे हैं।"

मझले ठाकुर आगबबूला होकर गरज़ने लगे, "क्यों बे, तेरी हिम्मत अब यह हो गई कि जिसको सारा गाँव देवता समझता है उसको माँ-बहन की गालियाँ दे। तुम साले जूतों के देवता हो..."

इतना कहकर पहलवान मझले ठाकुर ने भोलू को पकड़कर ज़मीन पर पटक दिया और उसको लात ज़माने लगे।

छोटे ठाकुर भी अपने बैठक में लेटे सब कुछ सुन रहे थे। वह भी बाहर निकल आए और पूछा, "क्या हुआ मझले भैया! यह सब क्या शोर मचा है?"

मझले ठाकुर– "क्या बताऊँ, यह ज़माना ही उल्टा है। जिसके साथ नेकी करो वही काटने दौड़ता है। थोड़ी देर पहले भैया ने इसे बुलाकर कहा कि भोलू घर में कुछ आटा-दाल है, लेते जाना अपने घर। इस पर यह बिगड़ गया, कहने लगा, तुम्हारे ग़ुलाम नहीं हैं। भैया ने हँसकर कहा, अरे भाई ले जा, इसमें ग़ुलामी की क्या बात है! इस पर इसने भैया को गालियाँ दीं और उनको मारने दौड़ा। यह तो कहो कि मैं आ गया, नहीं तो आज भैया का ख़ून हो जाता।"

छोटे ठाकुर ने जब यह बात सुनी तो क्रोध से काँपने लगे। दौड़कर भोलू के पास गए और उसके बाल पकड़कर दो-तीन बार ज़मीन पर पटका और फिर जूता निकालकर उसे मारने लगे। साथ-साथ गन्दी गालियाँ देते जाते थे।

रास्ते से पास ही के गाँव के एक पंडितजी जा रहे थे। शोर-हल्ला सुनकर दौड़े आए। छोटे ठाकुर से पूछा, "क्या हुआ मालिक?"

छोटे ठाकुर गरज़कर बोले, "क्या बताएँ साहब, यह आदमी अजीब ख़तरनाक है। आप तो जानते ही हैं कि बहुत दिनों से यह भैया के यहाँ काम कर रहा है। यह रास्ता थोड़ा सुनसान पड़ता है। कुछ देर पहले यह आकर बड़े भैया से तिजोरी की चाबी माँगने लगा। भैया ने इनकार कर दिया तो मारने दौड़ा। यह तो कहिए कि हम लोग समय पर पहुँच गए, नहीं तो आज न मालूम क्या होता? मुझे मालूम हुआ है, यह साला कम्युनिस्ट हो गया है। मैं अभी इसे पुलिस को सुपुर्द करता हूँ...।"

['कहानी', 1954]

दोस्त का गम

सेठ हरिजी गुप्त ने घर में प्रवेश कर अपनी पत्नी बसन्ती देवी से कहा, "बहुत अफ़सोस की ख़बर है, रामकरण की दादी स्वर्ग सिधार गईं। अभी-अभी तार आया है।"

"अरे! कब? क्या हुआ था?" बसन्ती देवी ने चौंककर ठोड़ी पर एक अँगुली रखते हुए इस तरह पूछा, जैसे आसमान से नीचे गिर गई हों।

"अब यह तो कुछ नहीं लिखा है, तार है, उसमें इतना ही है कि कल रात को इन्तकाल हो गया! सोचता हूँ, एक दिन के लिए हो आऊँ।"

सम्भवत: बसन्ती देवी का ध्यान अपने पति की बात की ओर नहीं था। उनकी स्वप्नमयी आँखों एवं मुद्रा से लग रहा था कि वह कुछ दूसरी ही बात सोच रही हों। बोलीं, "हो आइएगा। क्यों जी, मरने के बाद प्राण कहाँ जाता होगा?"

हरिजी ने जिज्ञासा का समाधान कर दिया, "भगवान में मिल जाता है। अरे भाई, ज़िन्दगी का क्या ठिकाना, आज हैं, कल चल पड़े। कौन जानता है कि मैं इस समय टन-टन बोल रहा हूँ और एक ही मिनट बाद सब बोलती बन्द हो जाएगी। कोई नहीं कह सकता। जब ये प्राण उड़ जाएँगे, तो कहाँ के भाई और कहाँ की स्त्री और कहाँ के लड़के, सब पराये हो जाएँगे। सब भगवान की माया है। सोचता आज पटना चला जाऊँ।"

सेठ हरिजी और सेठ रामकरण गहरे दोस्त थे। एक समय था, जब सेठ रामकरण केवल यहीं कारबार करते थे, किन्तु कुछ दिनों बाद उनका व्यापार फलने-फूलने लगा! विशेष रूप से बिहार उनकी व्यापारिक हलचलों का गढ़ बन गया था और एक दिन वह स्वयं कुटुम्ब सहित पटना जाकर रहने लगे। उन दोनों में बहुत पटती थी। दोनों एक-दूसरे के लिए जान देने को तैयार रहते। रोज़ का उठना-बैठना, खाना-पीना, घूमना-फिरना, औरतों का एक-दूसरे के यहाँ आना-जाना, हर ख़ुशी और ग़म में वास्तविक सुख एवं दुख की भावना शरीक होना—दोनों मित्र क्या, सगे भाई ही थे।

जब सेठ रामकरण पटना चले गए, तो दोनों को एक-दूसरे से बिछुड़ने पर बड़ा क्लेश हुआ। लेकिन इससे दोस्ती न छूटी, बल्कि लम्बे-लम्बे पत्रों द्वारा वे नियमित रूप से अपने हृदय की भावनाओं का इजहार करने लगे। जब रामकरण लिखते कि,

'मैं पटना तो आया, पर यहाँ मेरी तबीयत ज़रा भी नहीं लगती और मुझे बार-बार उन दिनों की याद आ जाती है, जब हम साथ-साथ रहते थे' तो हरिजी मित्र-स्नेह से विगलित होकर उत्तर देते, 'मेरी भी वही हालत है। भाई रामकरण, मेरी एक यही इच्छा रही है कि मैं तुम्हारे किसी काम आ सकता, तुम्हारे लिए अपनी जान दे सकता।'

लगभग दो-तीन वर्ष तक उत्साहपूर्वक यह पत्र-व्यवहार होता रहा। लेकिन इसके पश्चात् उसमें ढिलाई आने लगी। दोनों घर-गृहस्थी के दलदल में धँसते चले गए और जब किसी को पत्र लिखने में विलम्ब हो जाता तो वह लिखता कि 'क्या करूँ, इधर कुछ तबीयत ठीक नहीं थी', या 'बच्चा बीमार पड़ गया था' या 'मैं कहीं बाहर चला गया था। दिन-पर-दिन पत्र-व्यवहार कम होता गया और एक दिन ऐसा आया कि वह पूर्ण रूप से बन्द हो गया।

और तब सेठ रामकरण का तार प्राप्त हुआ कि उनकी दादी की मृत्यु हो गई। सेठ हरिजी का पटना जाना कर्तव्य था। जब दोनों मित्र एक साथ रहते थे दोनों एक-दूसरे की ख़ुशी एवं ग़म में शरीक होते। लेकिन जब रामकरण चले गए तो ख़ुशी में व्यक्तिगत रूप से सम्मिलित होने की परम्परा टूट गई। जहाँ तक दुख का सवाल है, सौभाग्य से उसके बाद दोनों घरों में कोई ग़मी नहीं हुई और अपनी दादी के मरने की प्रथम ग़मी में जब सेठ रामकरण ने तार दे दिया, तो सेठ हरिजी का जाना आवश्यक था।

उन्होंने उसी दिन पटना जाने की तैयारी भी कर डाली। सामान बाँध-बूँध लिया गया, किन्तु जब गाड़ी का समय आया तो उनके पेट में भयंकर शूल उठा और सारा कार्यक्रम स्थगित कर देना पड़ा।

हरिजी ने सोचा, कोई बात नहीं, तेरही तक किसी-न-किसी दिन पहुँच जाएँगे। रोज़ आज-आज होता और चुपके से वह दिन खिसक जाता। जिस दिन तेरही थी, उसके एक दिन पूर्व हरिजी ने पटना जाने का निश्चय किया। फिर सामान बाँधा-बूँधा गया। लेकिन ज्यों-ज्यों स्टेशन रवाना होने का समय निकट आता गया, सेठ हरिजी के शरीर में न मालूम कहाँ का आलस्य एवं दिमाग़ में अनिश्चय बढ़ने लगा।

पत्नी से कम घीवाले फीके हलुवे की तरह मुँह करके बोले, "तुम्हें छोड़कर कहीं जाने की तबीयत नहीं करती, सच कहता हूँ।"

बसन्ती देवी चिढ़ गईं, तीखी आवाज़ में बोलीं, "किसी दूसरे को बनाइएगा जी, मैं सब जानती हूँ। अरे, यह कहिए कि जाने की तबीयत ही नहीं है। न सही! दोस्त-मित्र सबके प्यारे होते हैं, पर अपने भी तो बाल-बच्चे हैं, घर-गृहस्थी है। नहीं छुट्टी मिली। लिख दीजिए, मुझे बुख़ार आ रहा है।"

"सचमुच, मज़ाक़ नहीं, मेरा शरीर आज-कल ठीक नहीं रहता। अगर गाड़ी ही में पेट में फिर वैसा ही शूल उठा तो?" हरिजी ने बच्चे की तरह प्रश्न किया।

"सत्तर-अस्सी वर्ष की बुढ़िया के लिए कौन रोता है, ऊँह!" बसन्ती देवी ने ज़मीन पर थूकते हुए कहा।

"हाँ जी, यह तुमने ख़ूब याद दिलाई।" हरिजी मुस्कराकर बोले, "दादी तो सत्तर से कम न होंगी, बल्कि अधिक ही होंगी। भगवान करे, अगर किसी कम उम्र के आदमी को कुछ हुआ होता तो मैं अवश्य जाता, चाहे लाख शूल पेट में उठते। पर, बहुत बूढ़े का मरना तो ख़ुशी ही है। बेचारी इतने वर्षों तक सभी सुख और हौसले पूरे कर सबको आशीर्वाद देती हुई चली गईं। फिर, अब तो गाड़ी भी नहीं मिलेगी!"

"चिट्ठी लिख दीजिए, सामान खुलवा देती हूँ।"

"तेरही के बाद एक दिन के लिए हो आऊँगा।" हरिजी ने अपनी सम्मति दे दी।

और वह नहीं गए और अपने मित्र को चिट्ठी लिख दी कि 'क्या बताऊँ, मेरी तबीयत ठीक नहीं रहती, हल्का-हल्का बुख़ार रहता है।' इस तरह लगभग मास बीत गया और तब सेठ रामकरण की एक चिट्ठी सेठ हरिजी को मिली, जिसमें लिखा गया था कि वह ज़रूरी काम से दो दिन के लिए आ रहे हैं।

इस शुभ समाचार से सेठ हरिजी अत्यधिक उत्साहित हुए। कई सालों के बाद उनके मित्र आ रहे थे। उन्होंने ख़ुशी में सारे घर की चूनाकली करवा डाली और बाहर के बैठके को चमाचम सफ़ाई कराके सजवा दिया। घर के सभी सुन्दर-सुन्दर चित्र दीवार पर टँग गए, नेवार की बड़ी पलँगरी पर मोटी तोशक, दूधिया चादर तथा बड़ा तकिया बिछ गया, एक कोने में काठ के बड़े तख़्ते पर टाट, दरी, कालीन तथा सबसे ऊपर लम्बी सफ़ेद जाज़िम की पर्तें लग गईं। इसके अलावा चित्रमय मेज़पोश सहित दो आराम-कुर्सियाँ भी डाल दी गईं।

सवेरे आठ बजे सेठ रामकरण की गाड़ी आनेवाली थी और उनको लेने स्वयं हरिजी स्टेशन पर गए। दोनों मित्र एक-दूसरे को देखकर अत्यधिक ख़ुश हुए और एक-दूसरे के गले मिले।

घर पहुँचने पर हाथ-मुँह धोकर कपड़े बदलने के पश्चात् जब सेठ रामकरण नेवार की पलँगरी पर तकिया के सहारे तथा सेठ हरिजी बग़ल ही में आराम-कुर्सी पर बैठे तो दोनों अत्यधिक गम्भीर हो उठे और किसी के मुँह से आवाज़ न निकली। सेठ हरिजी तो शोकाकुल आँखों से ज़मीन को देख रहे थे।

कुछ देर बाद सेठ हरिजी ने आँखें उठाईं और गम्भीर आवाज़ में बोले, "मेरी चिट्ठी तो मिली थी न? क्या बताऊँ, सेहत इतनी ख़राब रहती है कि कहीं आ-जा नहीं पाता। दादी तो अभी तन्दरुस्त दिखती थीं, कोई रोग भी नहीं था। अचानक यह सब कैसे हो गया?"

दरअसल सेठ रामकरण को दिल-ही-दिल मलाल था कि तार भेजने पर भी हरिजी एक दिन के लिए पटना नहीं आ सके। पटना है ही कितनी दूर, दस-बारह

घंटे का रास्ता है, चाहते तो आसानी से आ सकते थे। पर, दोस्त-मित्र को कौन पूछता है? ठीक कहा है, दुनिया परिवर्तनशील है।

उन्होंने ऐसे स्वर में उत्तर दिया, जैसे वह अब भी शोकाभिभूत हों, "क्या बताऊँ भैया, बूढ़ी तो थीं, पर उनके चले जाने से हम लोग निःसहाय हो गए। दोपहर का वक़्त था, मैं अभी-अभी गद्दी से उठकर आया था। वह अपने कमरे से उठकर आँगन से होकर मेरे ही पास आ रही थीं। आँगन में न मालूम उन्हें क्या हो गया, और वे थोड़ी काँपकर कटे वृक्ष की तरह ज़मीन पर गिर गईं। हम लोग दौड़े हुए गए। थोड़ी देर तक तो उनका सारा शरीर ज़ोर-ज़ोर से काँपता रहा, फिर सब कुछ शान्त। वे परमात्मा के पास चली गई थीं। हम सब ज़ोर-ज़ोर से रोने लगे थे।"

हरिजी गद्गद स्वर में बोले, "अफ़सोस मत करो भैया, वह पुराने ज़माने की कोई महात्मा थीं, किस तरह चुपचाप चली गईं, किसी को कष्ट नहीं दिया। हम लोगों का सौभाग्य है कि हमें ऐसी दादी मिलीं।"

रामकरण ने सफ़ाई पेश की, "रोता नहीं हूँ भाई, कभी-कभी सोचता हूँ, यह ज़िन्दगी क्या है?"

सेठ हरिजी ने गाल फुलाकर बताया, "सब माया है भैया। कौन किसका है? माता-पिता, भाई-बहन, स्त्री-पुत्र सभी पराये हैं। यह सब माया का बाज़ार है। दुख मत करो भैया, धैर्य से काम लो।"

रामकरण मुँह बाए एक क्षण अपने मित्र की ओर देखते रहे, फिर अचानक खोए-खोए से बोले, "मैंने दो दिन तक अन्न ग्रहण नहीं किया। कुछ अच्छा ही नहीं लगता था, बार-बार दादी का प्रेमपूर्ण व्यवहार और मरते समय का उनका निःसहाय चेहरा आँखों के सामने नाच जाता। तीसरे दिन लोगों के बहुत कहने पर कहीं जाकर रोटी के दो टुकड़े तथा थोड़ा पानी मुँह में डाला।"

हरिजी की आँखें जैसे तरल हो गईं और उन्होंने मुँह को इस तरह कर लिया जैसे रोमांच हो रहा हो। उन्होंने इस तरह कहा, जैसे कोई रहस्योद्घाटन कर रहे हों, "तुमसे झूठ कैसे कहूँ, मेरी भी ऐसी ही हालत रही। तुम्हारा तार पढ़कर धम्म-से बैठ गया। सारा संसार जैसे सूना हो गया हो। आँखों से झर-झर आँसू गिरने लगे। घर में उस रोज़ खाना नहीं बना। दूसरे रोज़ भी वही हालत। पेट ससुरे को न मालूम क्या हो गया था, खाने की इच्छा ही नहीं होती थी। लोगों ने कहा, पागल हो गए हो? मैं चुप रहा, क्या कहता! तीसरे दिन रात को जाकर कहीं मैंने मुँह में अन्न डाला।"

रामकरण की मुद्रा रूखी और आँखें तेज़ हो गईं। उन्होंने जैसे व्यंग्य से कहा, "जिस पर पड़ती है बस वही जानता है। भाई, माँ को तो मैंने जाना ही नहीं, दादी ने ही मुझे लड़कपन से पाल-पोसकर बड़ा किया। उन्हीं की गोद में बैठकर मैं जवान हुआ। दुख-सुख में उन्हीं के पास दौड़ा जाता था। मेरे लिए तो वह जान देती थीं।

एक बार मैं बीमार पड़ा और वे तीन दिन तक मेरी चारपाई के सिरहाने बिना कुछ खाए-पीए बैठी ही रह गईं। मैं ही जानता हूँ कि उनके चले जाने पर मुझ पर क्या बीती।"

हरिजी सजल नेत्रों से मित्र को देखते हुए धीरे-धीरे मुस्कराते हुए बोले, "ठीक कहते हो भैया, दूसरे क्या जानें! सचमुच पराई पीर कोई नहीं जानता। दादी मुझे भी कम नहीं मानती थीं। मेरे आने पर कितना ख़ुश होती थीं? उन्होंने एक बार मेरे सिर पर हाथ रखकर कहा भी था कि हरि भी मेरा ख़ून है। मैं तो उनकी माँ से भी अधिक इज़्ज़त करता था। ज़िन्दगी-भर मुझको इसका भारी दुख रहेगा कि मैंने उनके आख़िरी दर्शन नहीं किये। उफ़, मैं अपना दुख कैसे बताऊँ?"

सेठ रामकरण बेचैन से हो गए। उनकी भृकुटी कुछ चढ़ गईं और उन्होंने जैसे ज़िद में शोक की अन्य बातों पर प्रकाश डालना आरम्भ कर दिया, "मैं ही क्या, मेरे घर में शोक छा गया। यह थोड़े था कि दादी एक को मानतीं और दूसरे को नहीं। क्या मैं, क्या स्त्री, क्या बच्चे, सबको वह समान भाव से स्नेह करती थीं। इसीलिए सभी उन पर जान देते थे। मेरे घर में तो दो दिन तक खाट पर पड़ी रहीं। बच्चे गन्दे कपड़े पहनकर इस तरह उदास इधर-उधर घूमते, जैसे उनके माँ-बाप हों ही नहीं।"

सेठ हरिजी ने उत्साहपूर्वक अपनी सुनाई, "बात ही ऐसी थी भैया! कौन किसी को रोके? मुझमें तो शक्ति ही नहीं थी कि मैं किसी से कुछ बोलूँ। दूसरे दिन घर में कहा कि तुम लोग अपने लिए खाना बना लो, मुझसे तो भाई नहीं खाया जाएगा। पर वह तो सर्प की तरह फुँफकार उठी, 'आप ही की दादी हैं, हम लोगों की नहीं? आपसे अधिक दुख मुझे हुआ है। ऐसे समय में खाना खाएँ हमारे दुश्मन।' मैं क्या करता भाई, साँस खींच गया। और लड़के! उनको कौन पूछता है? पर, वे थे बड़े उदास, और जब रमेश ने रो-रोकर कहना शुरू कर दिया कि मुझे भी दादी के पास ले चलो, तो मैं हक्का-बक्का रह गया। मन-ही-मन सोचा, देखो, यह बच्चे भी न दुख-सुख को समझते हैं!"

सेठ रामकरण की ऐसी हालत हो गई, जैसे वह फाँसी पर चढ़ाए जा रहे हों। उन्होंने आख़िरी बाण फेंका, "उस समय अगर पड़ोसवाले न होते तो मेरा घर तो बरबाद हो गया होता। बड़े लड़के की परीक्षा हो रही थी और वह लखनऊ में इम्तहान दे रहा था, वह आने से रहा। बचे रहे हम दो प्राणी और छोटे-छोटे लड़के। नौकरों पर तो कभी विश्वास करना ही नहीं चाहिए। इस आड़े वक़्त पड़ोसी काम आए। घर का, सामान का, बच्चों के खाने-पीने का बन्दोबस्त करना उनका काम, अन्त्येष्टि का प्रबन्ध करना उनका काम, किसी चीज़ की कभी ज़रूरत हुई, उसका इन्तज़ाम करना उनका काम। कहाँ तक गिनाऊँ, जहाँ अपने काम न आ सके, वहाँ...मैं उनका कितना कृतज्ञ हूँ!"

सेठ हरिजी का मुँह कुछ छोटा हो गया, लेकिन फ़ौरन ही उन्होंने अपने को किसी मज़े हुए योद्धा की भाँति सँभाल लिया। 'हें-हें' हँसते हुए बोले, "सचमुच कोई-कोई पड़ोसी ग़ज़ब के होते हैं भैया, मौक़े पर जान भी कुर्बान कर देते हैं। तुम्हें तो मालूम ही है, दो साल पहले कुछ कारोबार के सिलसिले में मुझे दो-तीन महीने के लिए बनारस रहना पड़ा था। एक रात हमारे घर में चोर घुसे। मैं शायद कहीं गया हाँ, हाँ, उसी शाम को इलाहाबाद चला गया था। भगवान की दया से बग़ल में एक ऐसे पड़ोसी रहते थे, जो काम आए, मैं तो कुछ नहीं कर सका। नाम था उनका चंडी बाबू। बड़े वीर थे। उन्होंने डटकर चोरों का मुक़ाबला किया और आख़िर में उनको भगाकर चैन लिया। हाँ साहब भगा दिया, जबकि चोरों ने उनको इतना मारा कि वे एक महीने तक अस्पताल में पड़े रहे। अरे क्या बताऊँ मैं मौक़े से पहुँच ही नहीं सका, नहीं तो तुम्हें जो तकलीफ़ हुई है, ज़रा भी नहीं होने पाती। पड़ोसी-वड़ोसी करते हैं, पर मैं आ जाता तो इत्मीनान न हो जाता? मेरा दिल ही जानता है कि वहाँ न जा सकने के कारण मैंने कितना कष्ट सहा है। पर, क्या बताऊँ सेहत ही ठीक नहीं रहती। एक रोज़ तो पेट में ऐसा ज़बरदस्त शूल उठा कि मालूम होने लगा, अब चलने की तैयारी है।"

अब सेठ रामकरण पूरी तरह परास्त हो गए। एक तो उन्हें दुख था कि हरिजी उनकी दादी की मृत्यु में नहीं आए, दूसरे जब उन्होंने अपने महान शोक की बात बताई तो देखा कि इस मामले में जहाँ वह सेर हैं, वहाँ उनके मित्र सवा सेर। उनका हृदय एक अनजान क्षोभ से भरता गया। वह अपने शोक को अतिरंजित रूप में पेश करते गए, लेकिन उनके मित्र ने अपने को उनके बराबर सिद्ध करके ही दम लिया।

एक दूसरा भी कारण था उनके चुप रह जाने का। नौकर ने मेज़ पर जल-पानहलवा, मेवे, फल और दूध लाकर रख दिया। रामकरण यात्रा से थक चुके थे और उनका शरीर ख़ुराक माँग रहा था।

सेठ हरिजी के कहने पर उन्होंने खाना शुरू कर दिया। हरिजी ने भी उनके साथ हलवा खाना आरम्भ किया, किन्तु कुछ ही देर बाद हाथ रोक दिया।

सेठ रामकरण का ध्यान जब उनकी ओर गया तो उन्होंने कहा, "खाओ भाई, खाना क्यों बन्द कर दिया?"

सेठ हरिजी के चेहरे पर उदासी घिर आई थी और वह इस तरह बोले, जैसे अभी-अभी रो देंगे, "इच्छा ही नहीं, तुम्हीं खाओ।"

"नहीं, तुम भी खाओ, आख़िर क्या बात है? तबीयत तो ठीक है?"

सेठ हरिजी ने अब वास्तविक कारण पर प्रकाश डाला, "भाई, तुमसे क्यों झूठ बोलूँ, पहले तो कुछ इच्छा भी थी पर बाद में अचानक दादी का ख़याल आ गया। बस यही कि दादी कितना मानती थीं और मैं उनके आख़िरी दर्शन भी न कर सका। न भैया, तुम खाओ, अब मुझसे नहीं खाया जाएगा।"

सेठ रामकरण ने मेवे पर हाथ मारते हुए आँखें मलकर उनको समझाया, "अफ़सोस करने से क्या फ़ायदा भैया, वह महात्मा थीं, जहाँ कहीं भी होंगी, हम लोगों को आशीर्वाद देती होंगी। अधिक नहीं तो थोड़ा ही खाओ।"

सेठ हरिजी गहरे ग़म में डूबकर बोले, "भाई, और चाहे जो कहो, करूँगा, पर खाया मुझसे नहीं जाएगा। दिल में तूफ़ान मचा हुआ है। दिल चीरकर कैसे दिखाऊँ? कभी-कभी तो यह सारा जग मुझे असार लगता है। सोचता हूँ, दादी मुझे क्या समझती होंगी? मैं पूरा अभागा ही रहा।"

सेठ रामकरण ने एक केला छीलकर काटते हुए तपाक से कहा, "दादी, तुमको पूरा अच्छा समझती होंगी, भैया! अफ़सोस मत करो। मरना-जीना तो लगा हुआ है, फिर यह तो ख़ुशी की बात है कि वह पचहत्तर वर्ष की होकर मरीं, उनको किस बात की कमी थी? उन्होंने नाती-पनाती तक देख लिया। न, दिल को ढाँढस दो, अफ़सोस करने से कोई लाभ है?"

"सोचता तो मैं भी यह सब हूँ, पर दिल को इत्मीनान जो नहीं होता। बार-बार दादी का स्नेही चेहरा आँखों के सामने नाचने लगता है। बार-बार यही ख़याल आता है कि मैं कितना अभागा हूँ कि उनका आख़िरी दर्शन न कर सका!"

सेठ रामकरण ने उनको समझाया। वह इस तरह समझा रहे थे, जैसे उनकी नहीं बल्कि सेठ हरिजी की ख़ास दादी आज ही मर गई हों।

लड़की की शादी

मेरे चारों ओर घोर अन्धकार कुंडली मारकर बैठा है। रात को मुझे देर तक नींद नहीं आती। खाने बैठता हूँ तो दो कौर मुँह में डालकर उठ जाता हूँ। उत्साह एकत्र कर किसी दूसरे काम में मन को लगाने की चेष्टा करते ही मेरी हालत उस फुटबॉल की तरह हो जाती है, जिसकी हवा सहसा निकल जाए। इस दुनिया को मैं मूर्ख समझता रहा, और हर बार अपनी शक्ति और कौशल से उसको अपने पक्ष में कर लेता रहा। परन्तु अब लगता है, कि इस दुनिया में कुछ नहीं कर सकता।

अपने धन और ख्याति से फूलकर सबसे पहले मैंने एक मंत्री के यहाँ कोशिश की थी। उसका लड़का ख़ूबसूरत था। साथ ही वह एक रोब-दाब की जगह पर काम करता था, काश, कि वह हाथ आ जाता! परन्तु उसका बाप बड़ा होशियार निकला। राज्य की जनता पर शासन करने के अलावा उसने मुझे एक वर्ष तक इतना दौड़ाया कि मेरे पाँवों के जूते घिस गए, और आख़िर में माफ़ी माँगते हुए कहा, कि अपने एक ख़ास रिश्तेदार की सिफ़ारिश के कारण उसको अपने लड़के की शादी दूसरी जगह करनी पड़ रही है।

इससे भी मेरी आँखें नहीं खुलीं। अब मैं एक कलक्टर के लड़के के लिए कोशिश करने लगा, जो पुलिस कप्तान के पद के लिए चुन लिया गया था। लड़के को देखकर छींक आती थी। बोलता, तो फूल झड़ते। कई बार बुज़ुर्ग रिश्तेदारों और प्रभावशाली मित्रों का प्रतिनिधि-मंडल लेकर मैं वहाँ पहुँचा। बातें प्रेम के वातावरण में कुछ इस प्रकार होतीं, कि कोई ख़ास नतीजा न निकलता, और आगे के लिए उम्मीद काफ़ी बढ़ जाती। अन्त में हुआ वही—लड़का अभी शादी के लिए तैयार ही नहीं।

यह सच है कि दो-तीन और सम्पन्न तथा ख़ूबसूरत लड़कों के लिए मैंने दौड़-धूप की, परन्तु उत्तर मुझे दूसरा नहीं मिला। अब मैं एक अनजान जंगल में भटक रहा था। मेरी बुद्धि काँटों पर फन मारनेवाले सर्प की तरह क्षत-विक्षत हो गई थी। साफ़ बात है कि मुझसे पहले ही मेरी लड़की की ख्याति पहुँच जाती। वह ख़ूबसूरत नहीं थी। शरीर थुलथुल था और नाक चिपटी। जनमते ही चेचक से एक आँख जाती रही थी। वह इतनी घमंडी, हठी, क्रोधी और आलसी निकली, कि इंटर से आगे पढ़ने से उसने इनकार कर दिया। लाड़-प्यार के कारण वह कोई

शऊर-वऊर भी सीख न सकी। ख़ैर, वह इकलौती सन्तान थी, और मैं उसको बेहद प्यार करता था। मैंने निश्चय किया था, कि जीवन में उसको कोई कष्ट नहीं होने दूँगा, और उसकी अच्छे-से-अच्छे लड़के से शादी करूँगा, क्योंकि मेरा विश्वास था, कि सुख स्वयं नहीं आता, बल्कि वह शक्ति, साहस और चतुराई से ख़रीदा जाता है।...फिर यह कैसे सम्भव नहीं है, कि ऐसे व्यक्ति की लड़की रानी बनकर न रहे?

कई दिनों तक मैं बेपनाह दुख और निराशा में झूलता रहा। एक उमस भरी शाम को जब मैं अपने बाग़ीचे में छाती पर सिर झुकाए, पागल की तरह टहल रहा था तो मुझे एक नौजवान की याद आई। मुझे बड़ा अचम्भा हुआ। इस नौजवान से मेरा कभी परिचय नहीं हुआ था। सम्भवत: उससे दो या तीन बार रास्ते में आते-जाते मुलाक़ात हुई थी, और एक बार किसी सार्वजनिक सभा में। सामने आते ही वह काफ़ी आदर के साथ झुककर नमस्कार करता। उसके होंठ मुस्कराहट से फूल जाते। आँखें बाहर निकलकर चमकने लगतीं, गोया कि कुछ कहना चाहता हो। रुखाई से सिर हिलाकर, मैं उसके अभिवादन को स्वीकार करता। आख़िर प्रथम बार क्यों मैं उसका ध्यान कर रहा हूँ? शायद मानसिक परेशानी और थकान की हालत में कभी-कभी सर्वथा बेकार और असम्बद्ध विचार मन में उठते हैं।

लेकिन दूसरे दिन से ही मैं उस नौजवान की बेचैनी से तलाश करने लगा। क्यों? यह मैं नहीं जानता। बस, उससे मेरी मुलाक़ात होनी ही चाहिए। हो सकता है कि भेंट होने पर मैं उससे बात न करूँ। शायद मैं उसके चेहरे को फिर से देखना चाहता हूँ। दरअसल मैं कुछ कह नहीं सकता। मुझे उस नौजवान पर बेहद ग़ुस्सा आने लगा। शायद मैं उसको डाँटना-फटकारना चाहता हूँ।

और दो महीने के बाद उससे मेरी ऐसे समय में मुलाक़ात हुई, जब मैं सारी उम्मीद लगभग खो चुका था। मैं सपरिवार गंगा नहाने गया था। वह अपने कुछ साथियों के साथ एक पंडे की मड़ैया में खड़ा, बालों में कंघी कर रहा था।

अचानक मेरा कलेजा तेज़ी से धड़कने लगा। पता नहीं कैसी दहशत ने मुझे दबोच लिया! फिर भी अपनी पत्नी और बेटी को एक दूसरी ही मड़ैया में खड़ा कराके, मैं उधर ही धीरे-धीरे बढ़ गया। जब नौजवान की दृष्टि मुझ पर पड़ी, तो उसने फ़ौरन आईना और कंघी पास की चौकी पर रख दी और तपाक से झुककर नमस्कार किया। उसने धोती को लुंगी की तरह पहन लिया था। ऊपर से कुर्ता। माथे पर चन्दन का तिलक। उत्तर में मैं दोनों हाथ जोड़कर, अत्यधिक मिठास से मुस्कराया।

"मज़े में?" मैंने उसकी ओर बढ़कर पूछा।

पहले वह सकपकाया। शायद उसको मुझसे आत्मीयतापूर्ण व्यवहार की आशा नहीं थी। तत्पश्चात् वह एक गीदड़ की तरह लपककर मेरे पास पहुँच गया।

"जी हाँ।" उसने सूखी आवाज़ में कहा।

"नाम भूल रहा हूँ तुम्हारा। ज़रा..." मैंने शेष मन्तव्य कनखी के संकेत से प्रकट कर दिया।

"कृष्णमोहन।"

"ठीक, ठीक!" मैं इस तरह बोला, जैसे अब उसको पहचान गया हूँ, जबकि हालत उलटी ही थी, "अच्छा, तो भैया कृष्णमोहन, एक बात और पूछूँगा।... बात यह है, कि मैं बहुत भुलक्कड़ हूँ। अगर मैं इस समय भोजन करूँ, और एक घंटा बाद तुम मुझसे पूछो, तो मैं नहीं बता पाऊँगा, कि खाया था या नहीं! मैं जाति-वाति में विश्वास नहीं करता। केवल जानकारी के लिए...हाँ, तो तुम कौन बिरादर हो?"

"मेरा पूरा नाम है कृष्णमोहन चतुर्वेदी। लेकिन मैं भी जाति-वाति में विश्वास नहीं करता।" उसका मुँह काफ़ी लाल हो गया।

"वाह, यह तो बहुत अच्छी बात है! हम हैं भारतीय, और भारतीयता के अलावा हमारी कोई जाति नहीं हो सकती। डाकखाने में हो न?"

"डाकखाने में?" पहले वह चौंका, फिर मुस्कराने लगा। शिष्टतापूर्वक बोला, "मैं तो नगर विद्यालय में पढ़ाता हूँ। आपने ही तो वह नौकरी मुझे दिलाई थी।"

मेरा शरीर सनसनाने लगा, सिर चकरा गया, परन्तु ऊपर से मैं सौम्य मुद्रा धारण किये रहा।

"जानता हूँ, भाई।...ख़ूब याद है!" मैंने मुस्कराकर, मृदु स्वर में कहा, "बाल-बच्चे मज़े में हैं न?"

"मेरी अभी शादी नहीं हुई।" वह देह को ऐंठता हुआ, बेहद शरमाकर बोला, "गाँव में घर के लोग हैं—माँ-बाप, भाई-बहन। पिताजी ने मुझसे कहा था, कि शहर पहुँचकर आपके दर्शन कर आऊँ। बड़ा संकोच होता था।...मुझमें यह भारी कमज़ोरी है।"

"कोई बात नहीं। संकोच कैसा?...गाँव कहाँ है? बुलन्दशहर ज़िले में न? ...देखो...मैं भूल रहा हूँ।"

"नहीं। बस्ती ज़िले में—गंगापुर। मेरे पिताजी का नाम राममोहन चतुर्वेदी है।"

"बस-बस। तुम तो घर के आदमी हो। कैसा शर्म-संकोच? आधी रात को भी तुम मेरे घर आओ तो भी तुम्हारा स्वागत होगा। आया करो।...हाँ, ज़रा यहाँ का अपना पता तो लिखा दो। कभी इधर से गुज़रा, तो आऊँगा। कितनी ही बातें पड़ जाती हैं...!"

उसका पता मैंने अपनी डायरी में नोट कर लिया। फिर यह प्रदर्शित करने के लिए, कि उससे मिलने में मेरा कोई ख़ास मतलब नहीं, और मैं बहुत ही व्यस्त आदमी हूँ, मैंने अचानक अत्यधिक गम्भीर और किंचित रूखा चेहरा बनाकर, जिसका मुझे काफ़ी अभ्यास है, वहाँ से चला आया। भीतर-ही-भीतर मैं उत्तेजित था।

महीनों से दुख, निराशा और असफलता की जो शिला मेरी छाती पर रखी पड़ी थी, वह सहसा हट गई। शायद दो या तीन वर्ष पहले एक ऐसा वृद्ध देहाती मेरे एक पुराने मित्र का पत्र लेकर आया था, जो काँवर की तरह झुका था, और जिसकी आँखों में कीचड़ भरा था। उसका लड़का बी.ए., एल. टी. था। मुझे याद नहीं, कि उसके लिए मैंने क्या किया। शायद स्कूल की कमेटी के अध्यक्ष के पास फ़ोन किया। लेकिन यह सब मैं नहीं सोचूँगा। मुझे चाहिए एकान्त, कि मैं अपने दिमाग़ और कल्पना को उन्मुक्त छोड़ दूँ एक खिलाए-पिलाए फुर्तीबाज़ घोड़े की तरह।

घर आकर, मैंने जल्दी-जल्दी भोजन किया, और बाहर आराम करने वाले कमरे में लेट गया। तेज़ हवा की हरहराहट के अलावा चारों ओर ख़ामोशी थी। मेरे सामने उस नौजवान का चेहरा उभर आया—पतला, लम्बा शरीर, गोरा रंग, सुडौल नासिका, बड़ी-बड़ी आँखें, ऊँची ललाट। अच्छी ख़ुराक और आराम से जब उसका शरीर भर जाएगा, और आत्म-विश्वास से हीनता ग़ायब हो जाएगी, तो वैसा जवान ढूँढ़े न मिलेगा। परन्तु पहले मैं अपने को बधाई देना चाहता हूँ। वही बातें निकलीं, जिनकी मैंने कल्पना की थी। इसीलिए मैं कहता हूँ, कि अपनी मृत्यु के समय का भी मुझको पहले से ही पता चल जाएगा। किसी व्यक्ति को देखकर, या किसी ख़ास परिस्थिति में पड़कर, मेरे दिमाग़ में अनोखे विचार और कल्पनाएँ उत्पन्न होती हैं। दुनिया जैसी है, उसको देखते हुए, यदि कोई अनजान व्यक्ति मुझको बार-बार नमस्कार करता है, तो इसका मतलब है, कि वह मेरे प्रति कृतज्ञ है, या कृतज्ञ होने का आकांक्षी है। इसको कहते हैं विचार! इसीलिए मैं अपने को विचारक और विद्वान कहता हूँ। मैं छोटे-से-छोटे विचार की भी अवहेलना नहीं करता। उसको पालता-पोसता हूँ। और अन्त में उस पर सवार होकर इस दुनिया को जीत लेता हूँ। ज़ाहिर है, कि इस दुनिया का शासक घोड़ा या चमगादड़ नहीं हो सकता। इसी से मेरे पास धन है, और शक्ति भी। सोलह वर्ष पहले मैं साधारण कार्यकर्ता था। मैं जनसभाओं और साहित्यिक गोष्ठियों में भाषण देता, और जोशीली कविताएँ करता। कुछ मामूली विचार उठे, और मेरे पास दो ट्रकों के लाइसेंस आ गए। विचार, विचार, विचार! मैं लोगों से कहता, कि वे चतुर्मुख क्रान्ति करें। इसके बाद तो देश-भर के अख़बारों में मेरी प्रशंसा निकलने लगी। मेरी साहित्यिक कृतियों और सेवाओं की भी। इसके बाद पाठ्य-पुस्तक समिति का अध्यक्ष। विचार! और आज नगर की जितनी शैक्षणिक और सांस्कृतिक संस्थाएँ हैं, उनका मैं कोई-न-कोई पदाधिकारी। राष्ट्रीय महत्त्व की बहुत-सी सरकारी और ग़ैर-सरकारी समितियों का सदस्य हूँ। मेरे सहयोग के बिना कोई राष्ट्रीय या साहित्यिक आयोजन नहीं होता।

परन्तु मैं बहक रहा हूँ। जब तक मुझे सफलता नहीं मिलती, मैं अपनी छोटी-से-छोटी योजना को गुप्त रखता हूँ—अपने से भी। आख़िर मुझे क्या हो गया है?

ऐसी उत्तेजनापूर्ण दहशत का तो मैंने कभी अनुभव नहीं किया। ऐसा लगता है, कि मेरा जीवन, मेरी शक्ति, मेरा धन, मेरी प्रसिद्धि, सब व्यर्थ हो जाएगी। मेरे आगे वैसा ही अन्धकार अब भी है, और वैसा ही अनिश्चय। यदि इस बार असफलता मिली, तो मैं क्या करूँगा? अधिक सम्भावना इसी की है। तब शायद मैं आत्महत्या कर लूँ।

डेढ़ महीना मैं पटाए रहा। ये दिन मेरे किस तरह बीते, इसका बयान नहीं कर सकता। फिर सितम्बर की एक शाम को, जब आकाश बादलों से घिरा था, और तेज़ हवा चल रही थी, मैं सफ़ेद खद्दर की धोती, कुर्ता और टोपी पहन, तथा हाथ में छड़ी ले उसके यहाँ पहुँच गया। मकान खोजने में कठिनाई नहीं हुई। लेकिन वह एक ऐसी पतली और अन्धी गली में था, कि मुझे उबकाई आने लगी। वह ऊपर की मंज़िल में एक कमरा किराया पर लेकर रहता था।

मुझको देखकर उसका चेहरा फक पड़ गया, मुँह लाल हो गया और शर्म-संकोच तथा हीनता के भाव से बदन और हाथ ऐंठने लगा। मैंने बहुत ही स्नेह और आत्मीयता के साथ उसके कन्धे पर हाथ रख दिया, और उसको भीतर खींच ले गया।

"अरे, मुझे इतनी जल्दी भूल गए?"

वह बेहद दुबक गया था, और आँखें चुराकर मेरी ओर देख लेता था। एक ओर मामूली-सी बँसखट पड़ी थी, जिस पर दरी और चादर बिछी थी। दूसरी ओर एक बाँस की मेज़ तथा कुर्सी थी। एक कोने में एक पुराना ट्रंक था, तथा दूसरे में एक स्टोव और कुछ बर्तन एवं कप-सॉसर पड़े थे।

मैंने हँसकर, उसे बँसखट पर बिठा दिया, और कुर्सी को उसके पास खींचकर, उस पर स्वयं बैठते हुए बोला, "तुम मेरे लड़के के समान हो। इसलिए संकोच-वंकोच छोड़ो। मैं बहुत ही ज़रूरी काम से इधर आया था। सोचा, कि ज़रा तुम्हारा हाल-चाल लेता चलूँ। यह सच है, कि बड़े-बड़े मंत्री और अफ़सर लोग मुझको अपने यहाँ बुलाकर गौरव का अनुभव करते हैं, लेकिन मुझे तो ग़रीब की कुटिया में ही आनन्द आता है।"

कृष्णमोहन ने शिष्टाचारवश कुछ बोलने की कोशिश की। लेकिन उसका मुँह खुला-का खुला रह गया, और उससे कोई आवाज़ न निकली। "मैं, भाई, बातें साफ़ कहता हूँ। जब से तुमसे मेरी बातचीत हुई है, मुझे तुम्हारे लिए बड़ी चिन्ता हो गई है। रोज़ ही मैं सोचता रहा हूँ, कि देखो न, एक होनहार नौजवान इसलिए सड़ रहा है, कि सामाजिक व्यवस्था ठीक नहीं। मैं आदमी को देखकर पहचान जाता हूँ। बुद्धिमान और प्रतिभावान मुझको आकर्षित करते हैं। प्रतिभा, कला और संस्कृति को मैं धन और शक्ति से ऊँचा समझता हूँ, इसीलिए मैं प्रतिभावान नवयुवकों को उत्साहित करता हूँ, उनकी मदद करता हूँ, उनको आगे बढ़ाता हूँ। इसमें जो स्वर्गीय आनन्द है, वह कहीं नहीं। मैं तो पहले ही तुम्हारे पास आ गया होता, लेकिन मेरी लड़की कभी-कभी बहुत परेशान करती है..."

मैं ज़ोर से हँस पड़ा। मैं मृदु स्वर में बोल रहा था। कृष्णमोहन का संकोच बहुत हद तक दूर हो गया था, और उसकी आँखें अचम्भे और प्रसन्नता से चमकने लगी थीं।

मैं कहने लगा, "बात यह है, कि मेरी लड़की को कभी-कभी अजीब झक सवार हो जाती है। एक दिन बोली, 'पापाजी, मैं शहर के ऐतिहासिक स्थानों को फिर से देखना चाहती हूँ और आपको भी साथ चलना पड़ेगा। हारकर उसके साथ जाना पड़ा। क्या करूँ, वह मेरी अकेली सन्तान है। वह मेरी लाखों की जायदाद की उत्तराधिकारिणी है। उसकी उपेक्षा तो मैं भी नहीं कर सकता। तुमने तो उसको देखा है न? देखने में वह ख़ूबसूरत तो बहुत नहीं है, लेकिन उसका दिल मक्खन की तरह मुलायम है। घमंड उसे छू भी नहीं पाया है। ग़रीबों के लिए तो उसका दिल स्नेह से भरा रहता है। घर में कई नौकर-चाकर हैं, लेकिन सब कुछ वही करती है—गृहस्थी के सारे काम-धाम। और इस व्यस्तता में भी पता नहीं वह कैसे समय निकालकर टैगोर, टॉलस्टाय, शेक्सपियर, बर्नाड शॉ, विवेकानन्द, ग़ालिब वग़ैरा का भी अध्ययन कर लेती है। उससे बहस करके तुमको आनन्द आएगा। अपने तर्कों से वह तुम्हें लाजवाब कर देगी। उसको शान-शौक़त और प्रदर्शन पसन्द नहीं। कहते तो संकोच होता है, लेकिन तुम तो निकट के हो—वह शादी एक ऐसे साधारण नौजवान से करना चाहती है, जो ग़रीब, सीधा-सादा और आदर्शवादी हो। इस प्रश्न पर मेरा उसका बड़ा झगड़ा होता है। बताओ मैं ऐसा कैसे होने दूँ? बड़े-से-बड़े मंत्रियों और अफ़सरों के लड़के मेरी लड़की से शादी करने के लिए लालायित हैं। मैं अपनी इज़्ज़त पर कैसे आँच आने दूँ?"

सहसा चुप होकर, मैं कमरे के बाहर देखने लगा, जैसे किसी के आने की प्रतीक्षा हो, या कोई और महत्त्वपूर्ण बात याद आ गई हो। लेकिन वास्तविकता यह थी, कि मैं अपने झूठ से बेहद डर गया था, और मुझे आशंका हुई थी—व्यर्थ में ही—कि कृष्णमोहन मेरे रहस्य को ताड़ गया है। उसका मुँह मूर्खतापूर्ण आश्चर्य के भाव से उसी तरह खुला था, और आँखें श्रद्धा के भाव से भरी थीं।

"हाँ, मैं तुमसे यह पूछने आया हूँ, कि क्या तुम किसी दूसरी लाइन में काम करना पसन्द करोगे—मेरा मतलब है, टीचरी लाइन को छोड़कर? समझो, कि 800 रुपये तनख़्वाह होगी।" मैंने सिर घुमाकर, उसकी आँखों में साहस के साथ घूरते हुए कहा।

उसकी आँखें बैंगन की तरह निकल आईं। उसने सूखी आवाज़ में पूछा, "वह कैसे? मैं तो..."

"यह मुझ पर छोड़ो। मैं किसी मंत्री या अफ़सर से कह दूँ तो तुम कल ही मोटर वाले हो जाओ। मैंने हज़ारों को ऐसा बना दिया है। मैं जिसको प्यार करता हूँ, उसके लिए क्या नहीं कर सकता? साथ ही मुझमें यह ख़राबी अवश्य है कि

जिस पर मैं नाराज हो जाता हूँ, उसको मैं नेस्तनाबूद भी कर देता हूँ। बस, तुम हामी भर दो।"

"जी हाँ।...आपकी कृपा..."

"भैया, कृपा वग़ैरा की बात न करो। मैं किसी पर एहसान नहीं करता। एहसान करने के लिए मैंने आज तक कुछ किया ही नहीं। मैं तो एक तुच्छ व्यक्ति हूँ।... अच्छा, तो ठीक है न? इस बात को अपने तक ही रखना। बस, चलता हूँ।""

मैं लापरवाही से उठ खड़ा हुआ, और हाथ उठाकर, दरवाज़े की ओर बढ़ गया। कृष्णमोहन ने हड़बड़ाकर खड़े होकर, नमस्कार किया। सहसा मैं घूम गया, और माथे पर अँगुली रखते हुए, जैसे कोई भूली बात याद आ गई हो, धीरे-से बोला, "हाँ, भाई मुझको इससे एक बात याद आ गई, कोई ख़ास बात नहीं।...हाँ इससे तुम्हारा भला ज़रूर होगा। साफ़-साफ़ बताना। बताओगे न?"

"जी हाँ।" श्रद्धा एवं कृतज्ञता से जैसे कृष्णमोहन पिघल गया था।

"ठीक है। समझ गया मैं। मुझे पूरी उम्मीद है, कि मेरी राय को ठुकराओगे नहीं। अगर तुम मेरे कहे अनुसार चले, तो कुछ ही वर्षों में मैं तुमको बहत बड़ा आदमी बना दूँगा। हर इनसान की ज़िन्दगी में एक ही अवसर आता है। इस अवसर को बिरले ही पकड़ पाते हैं। जो इस अवसर को पकड़ लेता है, वह बहुत ऊँचा उठता है। जो नहीं पकड़ता, वह ज़िन्दगी-भर रोता है।...तुम्हारे घरवाले तुम्हारी शादी कब करेंगे?"

"मैं नहीं जानता!" उसके मुँह से किसी तरह निकला।

"भाई, ठीक-ठीक बताओ।" मेरे स्वर में रुखाई थी।

"शायद अगले वर्ष गर्मी में।"

"ठीक है। ठीक है। ...मैं तुम्हारे संकोच को समझ रहा हूँ। लड़के को ऐसा होना ही चाहिए। उसको अपने माँ-बाप के कहने पर चलना चाहिए। ठीक है। ...लेकिन तुम भी जानते हो, कि ज़माना तेज़ी से बदल रहा है। लड़के की मर्जी के ख़िलाफ़ आज कुछ भी नहीं किया जा सकता। मैं केवल तुम्हारी मंजूरी चाहता हूँ। तुम्हारे पिताजी को तो मैं राज़ी कर ही लूँगा। मेरे कहने को वह टाल भी नहीं सकते। वह पुरानी नैतिकता और आदर्श में फले-फूले हैं। वह उसकी बात तो जान देकर भी मानेंगे, जिसने उनके साथ एहसान किया हो। हालाँकि मैं इसलिए कभी एहसान नहीं करता। ...बात यह है, कि एक मेरे दोस्त हैं। नाम अभी नहीं बताऊँगा। इस प्रान्त के बहुत बड़े आदमी हैं। इसी शहर में बहुत बड़ा बँगला है, कई मकान किराये पर हैं, कई फ़र्मों में शेयर हैं, बैंक में लाखों का बैलेंस है। अगर वह किसी भी सेठ से तुम्हारे लिए कह दें तो तुम कल ही दो हज़ार तनख़्वाह झाड़ने लगो। अपनी ही बिरादरी के हैं। तो उनकी एक लड़की है-एकलौती सन्तान, मेरी ही तरह। भाई, बहुत सुन्दर तो नहीं, लेकिन बड़ी क़ाबिल, काफ़ी पढ़ी-लिखी, घर-गृहस्थी में निपुण।

सारा परिवार बड़ा ही सरल। ...हाँ, तो वह मेरे मित्र पक्के गाँधीवादी हैं। ख़ुद उन्होंने एक बहुत ही ग़रीब विधवा ब्राह्मणी से शादी की थी। वह तो अपनी लड़की की शादी हरिजन से करने को तैयार हैं। लेकिन मेरे कहने से उनका दिमाग़ कुछ बदला है।...तुम कहो, तो उस लड़की से मैं तुम्हारी शादी तै करा दूँ।"

मैं बड़ी तेज़ी से बोल रहा था। मेरे मुँह के कोरों पर गाज आ गया था। कृष्णमोहन का चेहरा तेज़ी से उतर गया। उस पर जैसे स्याही पुत गई। वह कुछ बोल न सका, और नीचे देखने लगा।

"भाई, तुम चुप क्यों हो गए?" मैंने कुछ रुखाई से कहा, "मैं तुमसे निश्चित जवाब चाहता हूँ। मैं जानता हूँ, कि तुम मेरी बात नहीं टालोगे। इससे मेरे दिल को बड़ा धक्का लगेगा। लेकिन मैं इसकी परवाह नहीं करता। हर व्यक्ति आज स्वतंत्र है। वैसे तुम्हारा जीवन बदल जाएगा। लाखों के मालिक हो जाओगे। पत्नी ऐसी पढ़ी-लिखी मिलेगी कि तुम्हारी गृहस्थी को स्वर्ग बना देगी। तुम्हारे माँ-बाप और परिवार के लोगों का दुख सदा के लिए ख़त्म हो जाएगा। उनके प्रति भी तो तुम्हारा कर्तव्य है। बस, एक बार 'हाँ' कर दो। फिर मैं सब देख लूँगा।"

"दो दिन का समय चाहता हूँ।" उसका डूबता हुआ स्वर था।

"ठीक है। तीन दिन का समय लो। आज है सोमवार। मंगल, बुध और बृहस्पतिवार तक तुम सोचो, और शुक्रवार को आकर मुझे बता दो। ठीक?"

"जी हाँ।"

मैं चला आया। बाहर आते ही, उस पर मुझको बड़ा ग़ुस्सा आ गया। स्वीकृति को टालने की उसे हिम्मत ही कैसे हुई?

तीन दिन तक मैं धैर्य धारण किये रहा। जब चौथे दिन शाम तक उसका कोई जवाब नहीं आया, तो मैं समझ गया कि उसको प्रस्ताव मंजूर नहीं। शायद वह मेरे पास कभी नहीं आएगा और न उसका उत्तर ही। मुझे लगा, कि क्रोध और निराशा से मैं पागल हो जाऊँगा। इस अपमान का बदला मैं ज़रूर लूँगा। जो मेरी इच्छा को ठुकराएगा, उसको फल भुगतने के लिए तैयार रहना चाहिए। स्कूल की मास्टरी तो कल ही चली जाएगी। लेकिन इतना ही काफ़ी न होगा कोई कड़ा दंड ...!

मैं ग़लती पर था। उसी दिन दस बजे रात को एक अपरिचित नौजवान मुझे एक लिफ़ाफ़ा दे गया। वह कृष्णमोहन का पत्र था। उसमें लिखा था—

"...पिछले तीन दिन मैं जिस परेशानी और उलझन में रहा, उसको बता नहीं सकता। मैं जानता हूँ, कि इस दुनिया में आप मेरे सबसे बड़े हितैषी हैं, इसलिए आपसे कुछ छिपाऊँगा नहीं। जब मैं शहर में पढ़ता था, तो एक लड़की से मेरी जान-पहचान हो गई थी। उससे मैंने शादी का वादा किया था। वह एक ग़रीब घर की मामूली लड़की है। उसी की बातें मुझे याद आती रहीं, और मुझे कष्ट पहुँचाती रहीं। परन्तु सबसे बड़ा है इनसान का कर्तव्य। आपने मेरे और मेरे कुटुम्ब के साथ

जो एहसान किया है, उसको मैं भूल नहीं सकता। उस उपकार का बदला नहीं चुकाया जा सकता। मुझे धन से मोह नहीं। उससे अधिक मैं सिद्धान्त और कर्तव्य और आदर्श को प्यार करता हूँ। कर्तव्यपालन के लिए मैं सारी दुनिया का विरोध कर सकता हूँ, चना-सत्तू खाकर रह सकता हूँ। आपका प्रस्ताव तो मामूली बात थी। यदि आपने जान देने को भी कहा होता, तो मैं उसके लिए तैयार हो जाता...।"

पत्र कुछ और लम्बा था।

बहरहाल, उसी वर्ष गर्मी में कृष्णमोहन की मेरी लड़की से शादी हो गई बहुत धूम-धाम से। इसके पूर्व डेढ़ हज़ार रुपये मासिक वेतन पर वह एक फ़र्म में मैनेजर हो गया था! मुझे पक्का विश्वास है, कि वह ज़िन्दगी-भर मेरी लड़की का आज्ञाकारी पति बना रहेगा।

लड़की और आदर्श

नरेन्द्र ने एक असाधारण लड़की को प्यार करके अपने इने-गिने स्नेही मित्रों को चकित कर दिया। सवेरे ही वह श्याम के कमरे में आकर कुरसी पर बैठ गए और मुस्कराने लगे। लुंगी और बनियान में उनका ठिगना और दुबला-पतला शरीर हमेशा की तरह ढीला-ढाला नज़र आ रहा था। उनकी कनपटी की स्वाभाविक तमतमाहट और गहरी हो गई थी, जैसे मुँह को तौलिया से रगड़कर पोंछ लिया हो।

"चलिए श्यामजी, आपकी ही बात सच निकली।" नरेन्द्र ने मुस्कराकर आहिस्ते से कहा।

"कौन-सी, नरेन्द्रजी?"

"याद कीजिए।"

"ज़रा सुनूँ भी!"

"अरे, नहीं समझे! वही कमला वाली बात! आपने मज़ाक़ किया था और मैं रात-भर सपने देखता रहा।"

"सच?" श्याम लगभग उछल पड़ा।

"तो और क्या झूठ?"

श्याम अपनी हँसी रोक न सका। कुछ दिनों से वह देख रहा था कि नरेन्द्र बातचीत के बीच कमला की चर्चा छेड़कर उखड़े-उखड़े सवाल करने लगते। एक दिन उसने टोका भी था कि कमला ने जादू-टोना तो नहीं कर दिया? उसका उद्देश्य उन छात्रों से भिन्न नहीं था, जो लड़कियों का ज़िक्र आने पर इस क़िस्म के मज़ाक़ करना अपना अधिकार समझते हैं। उत्तर में नरेन्द्र ने तेज़ी से सर हिलाकर इनकार ही किया था।

कमला विश्वविद्यालय की ऐसी लड़की थी, जिसको हर नवयुवक कल्पना में अपने ही लायक़ समझता है। उसकी सुन्दर नासिका, बड़ी-बड़ी भावपूर्ण आँखें, शिष्ट धीमी चाल, सादगी और कुशाग्र बुद्धि की सदा हसरत से चर्चाएँ होतीं। परीक्षा में तो उसने कभी दूसरा स्थान पाया नहीं। वह पढ़ने आती तो उसके दरजे के आसपास प्रेम और सौन्दर्य के शौक़ीन कितने ही भावुक छात्र विभिन्न मुद्राओं में मँडराया करते। परन्तु एक ही बात उसकी खेदजनक समझी जाती। वह एक नेपाली छात्र

को प्यार करती, जो पढ़ने में तेज़, कुछ सनकी और लगभग कुरूप था। उसके इस कृत्य ने बहुत से छात्रों को घोर राष्ट्रीय बना दिया था, क्योंकि इसका अर्थ तो यह हुआ कि भारतीय नौजवानों में बुद्धि और प्रतिभा का सर्वथा अभाव है।

"अब आप ही का सहारा है। आपकी तो दूर-दूर तक पहुँच है।" नरेन्द्र उस व्यक्ति की तरह हँसे जिसने समस्त शील और संकोच का त्याग कर देने का निश्चय कर लिया हो।

श्याम ने उनका यह संकेत समझ लिया कि विश्वविद्यालय यूनियन का एक पदाधिकारी होने के नाते उसका सबसे मिलना-जुलना होता था, इसलिए उनके प्यार के लिए भी उसको कुछ-न-कुछ ज़रूर ही करना चाहिए।

"सचमुच आपकी यही इच्छा है?"

और कैसे कहा जाए, श्यामजी?" बड़ी ही मजबूरी के स्वर में नरेन्द्र ने कहा।

श्याम ने सपने में भी न सोचा था कि ऐसा भी हो सकता है। शुरू-शुरू में उसको बड़ा अचम्भा हुआ था। परन्तु अब किसी खेल की तरह उसको मज़ा आने लगा।

"तो मैदान में उतरिए, महाराज! ग़म किस बात का है?" उसने आश्वासन दिया।

नरेन्द्र एक ऐसे व्यक्ति थे, जिनके सम्बन्ध में लोग आसानी से कह देते हैं कि बेचारा बड़ा सीधा-सादा जीव है। होस्टल में श्याम और उनके कमरे पास-ही-पास थे। श्याम उनके ज़िले का था और उसकी हर व्यक्ति से दोस्ती और मनपसन्द मज़ाक़ करने की दुर्बलता थी, इसलिए वह उससे काफ़ी हिल-मिल गए थे। अन्य छात्रों से वह कटे-ही-कटे रहते। बेहद चुप्पे और शर्मीले होने के कारण विश्वविद्यालय-भर में उनके दो या तीन ही मित्र थे। ज़रूरत आ जाने पर वह अपरिचित लड़कों से दूसरी ओर नज़र करके बात करते, शिक्षक की दृष्टि से बचने के लिए दरजे में सबसे पीछे बैठते और किसी मित्र को साथ लेकर डाकखाने में मनीऑर्डर या रजिस्ट्री करने जाते। लड़कियों से तो वह कोसों दूर रहते और कोई लड़की बाईं पटरी से आती होती तो झट दाईं पटरी पर हो जाते। दरअसल कुर्ता, पायजामा और फ्लेक्स जूते पहनकर नाक की सीध में पढ़ने जाते और वापस आकर कमरे में सोने से अधिक प्रिय उनके लिए कुछ भी नहीं था। असाधारण जुलूस, प्रसिद्ध अभिनेत्री का नृत्य और राष्ट्रीय महत्त्व के खेल-कूद भी उनको आकर्षित नहीं कर पाते। सबसे ख़ुशी उनको उस समय होती जब उनको कब्ज़ नहीं रहता था, वह लोटा लेकर श्याम के कमरे में पहुँच जाते और टेढ़ी गरदन करके कहते, "श्यामजी, आज पेट साफ़ होने से मन बड़ा पवित्र हो गया है।"

परन्तु अन्दर से वह बहुत रसिक और महत्त्वाकांक्षी थे, उस ज्वालामुखी की तरह, जो बाहर से शान्त नज़र आता है। वह मन-ही-मन अपने को बहुत ही सुन्दर, आधुनिक और प्रगतिशील समझते। मित्रों के यह कहने पर कि ज़रा लोगों से मिलिए-जुलिए, वह जवाब देते, 'इसमें मुश्किल ही क्या है?' वह ईमानदारी से

सोचते कि जब चाहेंगे वह ख़ूब आधुनिक और विद्वान हो जाएँगे तथा लोगों से ख़ूब मिलने-जुलने लगेंगे। उनका दृढ़ विश्वास था कि किसी बड़ी नौकरी के इंटरव्यू में कठिन सवालों के बहुत अच्छे जवाब देकर वह सबसे अधिक नम्बर ला सकेंगे। सफल व्यक्ति और उसके अच्छे कार्यों को वह नगण्य समझते। उनको कभी कोई अच्छी फ़िल्म या नाटक या कविता पसन्द नहीं आती। बड़े नेताओं के सम्बन्ध में उनकी राय थी, 'बिना किसी मेहनत या चिन्ता के जिसको भी मक्खन-मलाई खाने और सन्तरे का रस पीने को मिलेगा, वह महान हो सकता है।' वह उन नौजवानों में से थे जो सोचते हैं कि वे ही सफल खिलाड़ी और सफल लेखक होने के अधिकारी हैं।

लड़कियों को तो वह बहुत ही तुच्छ समझते और उनके प्रति गहरी उपेक्षा प्रकट करते रहते। इसका कारण यह था कि वह स्वयं अपने को कल्पना में ऐसा आदर्श पुरुष मानते, जिस पर सुन्दर-से-सुन्दर और योग्य-से-योग्य लड़की मुग्ध होकर सब कुछ न्यौछावर कर देती है। वह कहते कि लड़की तो लड़की ही है, चाहे वह किसी देश की और कितनी भी सुशिक्षित हो, भारतीय पुरुष से प्रभावित होकर अवश्य चरणों में झुकेगी, क्योंकि वह बहुत अहम्मन्य और सुसंस्कृत होता है। इसी दृष्टिकोण, विश्वास और आकांक्षा के कारण उन्होंने अपने दरजे में बहुत-सी लड़कियाँ होते हुए भी एम.ए. फाइनल की सर्वगुण-सम्पन्न लड़की को प्यार करके पराजित करने का निश्चय कर लिया था।

"श्यामजी, चलिए न, ज़रा उधर चलें।" दूसरे दिन विश्वविद्यालय में नरेन्द्र ने साभिप्राय मुस्कराकर श्याम से कहा।

"नरेन्द्रजी, आप बहुत बड़ा काम कर रहे हैं। एक दृष्टि से आपने राष्ट्रीय चुनौती मंजूर कर ली है। उस नेपाली का पत्ता काट दें तो आनन्द आ जाए।" साथ में चलते हुए श्याम मज़ा लेने की गरज़ से बोला।

"अरे श्यामजी, आ रही है!" नरेन्द्र ने श्याम का हाथ दबाते हुए उस स्त्री की तरह कहा, जो मेहमानों की उपस्थिति में अपने बच्चे को दबी ज़बान से डाँटती है।

बाईं ओर फाटक से आनेवाली सड़क से कुछ दूर पर कमला आ रही थी। वह पीले मक्खन के रंग की साड़ी और हल्के गुलाबी रंग का ब्लाउज पहने थी। वह अपने सामने गुज़रनेवाले लड़कों को क्षीण मुस्कराहट और विश्वासपूर्ण दृष्टि से देखती जाती।

"उधर ही चलें। नरेन्द्रजी, तनकर...समझ गए न मेरा मतलब?"

"हाँ-हाँ, श्यामजी!" नरेन्द्र ने कहा। परन्तु जब कमला निकट आई तो उनका मुँह इस तरह दूसरी ओर घूमकर स्थिर हो गया, जैसे गरदन मोच के कारण अकड़ गई हो। चेहरा इस क़दर लाल हो गया कि उसको पहचानना कठिन हो गया।

दिन बीतने लगे। नरेन्द्र के रोम-रोम में कमला का प्यार तरंगित होने लगा था। वह अपने मित्रों से सदा उसी के बारे में बातें करते। अपने मित्रों को कमला के दरजे के ओर खींच ले जाते, उसको देखकर दोस्तों की उँगलियाँ दबाते और धीरे-से, सिसियाते स्वर में बोलते। परन्तु निकट आने पर वह उससे नज़र भी न मिला पाते।

"नरेन्द्रजी..." श्याम ने एक दिन कहा, आप ज़रा साहस से काम लें। कम-से-कम आपको उससे परिचय तो कर ही लेना चाहिए। मेरा कहना मानिए तो मैं एक तरक़ीब बताऊँ। बी.ए. में आपका भी एक विषय राजनीति है और वह भी राजनीति में एम.ए. कर रही है। वह आज दरजे से निकले तो आप लपककर पूछ लीजिए कि मिल और स्पेंसर पर कौन-सी पुस्तक सबसे अच्छी होगी!"

इस प्रस्ताव से नरेन्द्र बहुत उत्साहित हुए। उन्होंने सोचा कि इसमें कठिन ही क्या है! वह कमला के सामने दृढ़तापूर्वक चले जाएँगे और आँखों में आँखें डालकर पहले कहेंगे, 'नमस्कार।' फिर आसानी से कहेंगे, "देखिए मुझको नरेन्द्र कहते हैं। मैं आपको एक कष्ट देना चाहता हूँ। क्या आप कृपया बता सकेंगी कि मिल और स्पेंसर पर कौन-सी सर्वोत्तम पुस्तक है?"

निश्चित समय पर श्याम ने उनको दरजे की ओर भेजा और आप कुछ दूर पर खड़ा हो गया। नरेन्द्र आगे बढ़े भी। परन्तु कमला ज्यों ही निकट आई, वह बहुत ही व्यस्त होकर अपनी एक पुस्तक खोलकर कुछ ढूँढ़ने लगे, जैसे कोई नोट-वोट गुम हो गया हो। कमला बग़ल से गुज़रकर दूर चली गई।

"यह क्या किया, नरेन्द्रजी?" पास पहुँचकर श्याम ने पूछा।

"कोई बात नहीं, श्यामजी! कल हो जाएगा।"

नरेन्द्र ने सोचा कि वह कमला से अकेले ही बातचीत करेंगे। उस समय बहुत से लड़के आ-जा रहे थे, इसीलिए वह हिचक गए थे। जब कमला छात्रावास से आती होगी तो वह रास्ते में उसको किसी दिन रोककर पूछ लेंगे। वह मुस्कराकर कहेंगे, "देखिए मैं एक दिन आपसे मिलने गया था, लेकिन आप आगे निकल गईं..."

परन्तु दस-बारह दिन बीत गए और वह रोज़ उत्साहपूर्वक सोचते कि अगले दिन कमला से एकान्त में ज़रूर मिलेंगे।

"इससे काम नहीं चलेगा, नरेन्द्रजी!" श्याम ने उनको फिर उत्साहित किया, "आप यों समझिए। कमला क्या मामूली लड़की है कि जो चाहे वही उसका प्यार पा ले! अरे, वह तो आदर्श के समान है। आप लड़की को थोड़े, आदर्श को प्यार करते हैं। आदर्श को पाने के लिए साधना की ज़रूरत होती है। लेकिन आप हाथ-पर-हाथ धरे बैठे हैं। आज शाम को मेरे साथ चलिए, मैं अपने एक मित्र को लेकर कमला के छात्रावास चलूँगा और आपका परिचय कराऊँगा।"

"ठीक है तो श्यामजी! आप सही कहते हैं कि वह लड़की नहीं एक आदर्श है।

आदर्श के लिए तो आदमी जान की बाज़ी लगा देता है। आज से आप देखिएगा कि मैं पीछे हटनेवाला जी
व नहीं हूँ।" श्याम के तर्क से नरेन्द्र बहुत ही प्रभावित हो गए थे।

परन्तु उस दिन शाम को अचानक एक बहुत ज़रूरी काम से उनको एक रिश्तेदार से मिलने शहर जाना पड़ा। उसके अगले दिन भी कुछ सामान ख़रीदने बाज़ार चले गए। फिर दुर्भाग्य से दो-चार दिन शाम को ही उनके सर में दर्द होने लगता और चादर ओढ़कर पड़ जाते। और इसके बाद एक रोज़ हिम्मत करके श्याम के साथ होस्टल से बाहर निकले भी, परन्तु रास्ते में ही पेट में दर्द शुरू हो जाने से लौट आए।

इसी तरह पूरा साल बीत गया और इम्तहान के दिन आ गए। नरेन्द्र साल-भर कमला के वियोग में तरपते-तरसते रहे। सारा समय सपने देखने में गुज़र गया।

शाम का वक़्त था। नरेन्द्र और श्याम विश्वविद्यालय की सड़क पर टहल रहे थे कि विश्वविद्यालय की ओर से कमला दो लड़कियों से हँस-हँसकर बातचीत करते हुए आती दिखाई पड़ी।

"नरेन्द्रजी, आपको मालूम है कि आज कमला की परीक्षा का आख़िरी दिन था? अगले साल तो उसके दर्शन भी न हो पाएँगे।"

"हाँ, श्यामजी!" गहरा निःश्वास छोड़ते हुए नरेन्द्र ने उत्तर दिया, "इसी चिन्ता में तो मैं घुला जा रहा हूँ। मैं कभी-कभी सोचता हूँ कि उसके बिना कैसे ज़िन्दा रह पाऊँगा! मैं तो दिन-रात उसी के ख़याल में डूबा रहता हूँ।'

तीनों लड़कियाँ बग़ल से गुज़रकर दाहिनी पटरी पर स्थित सरदार के रेस्तराँ में घुस गईं।

"चलिए हम लोग भी चलें, श्यामजी!" नरेन्द्र उदास स्वर में बोले, "पता नहीं, अब उससे कभी भेंट हो या न हो! मैं आज कुछ भी न छिपाऊँगा। मैं उसके सामने बैठूँगा और अपनी आँखों से सब कुछ प्रकट कर दूँगा।"

"सच कहते हैं?" श्याम ने मुस्कराकर तिरछी नज़र से देखते हुए इस तरह पूछा, जैसे बाज़ी लगाना चाहता हो कि वह ऐसा नहीं कर सकते।

"सच। आपको विश्वास नहीं है?"

"ज़रूर है।"

वे तीन जीने चढ़कर चिक हटाकर रेस्तराँ में घुसे। लड़कियाँ एक मेज़ के चारों ओर बैठकर चिड़ियों की तरह तेज़ी से बातें कर रही थीं। नरेन्द्र और श्याम साथ-ही-साथ आए थे, लेकिन भीतर पहुँचकर नरेन्द्र ने बड़ी ही फुर्तीबाज़ी की। वह श्याम के पहले ही आगे बढ़कर एक कुर्सी पर इस तरह बैठ गए कि उनकी पीठ कमला के मुँह की ओर थी। घोर लज्जा की लाली उनके कानों से उठकर सारे चेहरे पर फैल रही थी।

इम्तहान ख़त्म होने पर छुट्टियाँ हो गईं। कमला सदा की तरह परीक्षा में प्रथम आई। श्याम और नरेन्द्र तीसरी श्रेणी में पास हुए।

अगले साल विश्वविद्यालय खुलने पर दोनों दोस्त बड़े प्रेम से मिले। नरेन्द्र पहले से मोटे हो गए थे। वे दोनों देर तक बातचीत करते रहे। उनको मालूम था कि कमला इस साल नहीं आई है। श्याम सोच रहा था कि नरेन्द्र अब कमला का ज़िक्र छेड़ते हैं, परन्तु उसको निराश होना पड़ा।

"नरेन्द्रजी, कमला के वियोग का तो आपके स्वास्थ्य पर बड़ा अच्छा असर पड़ा है।" आख़िर में हँसकर श्याम ने कहा।

"अरे छोड़िए, श्यामजी!" नरेन्द्र नाक सिकोड़कर गम्भीरतापूर्वक बोले, "ऐसी लड़कियाँ अच्छे आचरण की थोड़े होती हैं! हमारे घरों की औरतों में जो शील, संकोच और शरम-लिहाज होता है, वह इनमें कहाँ? ख़ूबसूरती में भी ये हमारे घर की औरतों को क्या खाकर पाएँगी? जो कुछ इनके पास मिलेगा वह है टीप-टाप, नाज-नख़रा और लचकना-मटकना..."

मैत्री

बाहर निकलने पर सुनील को क़रीब पाँच फीट के एक दुबले-पतले नवयुवक ने नमस्कार किया। उसके गोरे छोटे मुँह पर नाक और आँखें बड़ी थीं। शुरू दिसम्बर की शाम में भी वह खद्दर की धोती, कुर्ता-सदरी और पुरानी तंग चप्पलें पहने तन कर खड़ा था।

सुनील ने प्रथम दृष्टि में ही अनुमान कर लिया कि सम्भवत: वह उसके प्रशंसकों में से होगा, जो कभी-कभी दफ़्तर या कॉफ़ी हाउस या घर पर उससे मिल जाया करते थे। उस समय तक उसकी दो पुस्तकें—एक उपन्यास और एक कविता-संग्रह प्रकाशित हो चुकी थीं, जिनकी अच्छी चर्चा हुई थी। वह अपनी साहित्यिक सफलता से प्रभावित था, और अपने को ईमानदारी से ऐसा महान और युगान्तकारी लेखक समझने लगा था, जिस पर एक दिन सारे देश को गर्व करना पड़ेगा।

"बैठिए...कैसे कष्ट किया?" सुनील ने ख़ूबसूरती से किंचित् गर्दन मोड़कर कन्धे से घुटने तक अपने लम्बे श्वेत कुर्ते को निहारने के बाद मृदु स्वर में पूछा।

"यों ही...बहुत दिनों से आने का विचार था।" नवयुवक फुर्ती से एक कुर्सी पर बैठकर संकोच और हिचक से होंठ बिचकाते हुए बोला, "अभी हाल ही में 'फूल और मौत' पढ़कर समाप्त किया है...ख़ूब उपन्यास है साहब, विशेष रूप से लतिका तो हिन्दी साहित्य को अमर देन है।...कुलदीप के साथ ज़रूर कुछ अन्याय हो गया है...।"

"हाँ, सही है, मैं भी कुछ ऐसा ही सोचता हूँ। दूसरे संस्करण में सब ठीक हो जाएगा...लेकिन यह साहित्य-वाहित्य तो बाद में भी होता रहेगा, आपने अपना परिचय नहीं दिया।" सुनील के स्वर में उस व्यक्ति की उदारता, शिष्टाचार और लापरवाही थी, जिस पर प्रशंसा के नशे का फ़ौरन असर हो जाता है।

नवयुवक के मुख पर एक व्यर्थ हँसी फैल गई। उसका परिचय असाधारण नहीं था। नाम विमल कुमार, लिखने-पढ़ने का शौक़, यूनिवर्सिटी में रिसर्च स्कॉलर... इसी मास की 'रजनी' में उसकी एक कविता छपी थी।

"अच्छा!" सुनील ने इस तरह आश्चर्य प्रकट किया जैसे उसकी कविता सचमुच पढ़ चुका हो। फिर हल्की-फुल्की आवाज़ में बोला, "लिखे जाइए साहब,

बहुत उत्तम कार्य कर रहे हैं। कोई कठिन चीज़ नहीं, नियमपूर्वक लिखते-पढ़ते रहने से सफलता मिल जाती है। ज़रूरत है जमकर काम करने की, जो अपने से अभी हो नहीं पाता। आप ही बताइए, मुझसे तो मेहनत की उम्मीद की जाती है न? परन्तु आपसे सच कहता हूँ, यह उपन्यास मज़ाक़-मज़ाक़ में ही लिख दिया, इस पर कम-से-कम दो वर्ष और परिश्रम करना चाहता था। मैं इसको श्रेष्ठ कृति नहीं मानता, इसमें बहुत-सी ख़ामियाँ हैं। ...क्या बताऊँ, शुरू से ही कुछ निकम्मेपन की ऐसी आदत पड़ गई है...!"

सुनील का स्वर उत्साह से तेज़ होता गया और शीघ्र ही वह उस दौर से गुज़रने लगा, जब अपनी दुर्बलताओं के बख़ान से विचित्र और महान होने का सुख प्राप्त होता है।...कॉलेज-यूनिवर्सिटी में खेल-कूद, हुल्लड़बाजी और आवारागर्दी के दिन, अकारण घर बैठ जाने से एक साल पढ़ाई की बर्बादी, घोर निराशा और अकर्मण्यता में बीते कुछ वर्ष...। साहित्य में उसका प्रवेश 'बाई चान्स' हो गया था...मोहल्ले के कुछ नवयुवक एक हस्तलिखित पत्रिका निकालते थे, उसी के लिए बहुत आग्रह करने पर एक कविता लिख दी, जो वाकई में रद्दी थी। उसका अन्य लेखकों की तरह दिमाग़ तेज़ कहाँ है! जब तक एक रचना को तीन-चार बार लिख नहीं लेता, वह उच्चकोटि की बन नहीं पाती। सिगरेट को वह बुरा समझता है, परन्तु उसके बिना कुछ भी नहीं कर पाता। उसने जो कुछ अच्छा लिखा है वह बिस्तरे पर लेट कर मामूली होल्डर-निब से ही; मेज़-कुर्सी पर बैठकर फाउंटेनपेन से लिखने से पता नहीं क्यों उसकी प्रतिभा कुन्द हो जाती है...!

भीतर से नौकरानी चाय ले आई, जिसको पीने के बाद विमल कुमार ने कुछ साहस का परिचय दिया। वह बीच-बीच में बेमतलब ज़ोर से हँस पड़ता या आश्चर्यचकित होने का भाव प्रकट करता। कभी-कभी शिष्टतापूर्वक मुस्कराकर उस मुँहलगे तेज़ विद्यार्थी की तरह कोई मामूली प्रश्न करता, जो शिक्षक से मनपसन्द सवाल पूछकर शाबासी लूटता है। अन्त में क़रीब दो घंटे बाद भीतर से भोजन का बुलावा आया तो सुनील पूर्ण रूप से सन्तुष्ट हो चुका था कि विमल कुमार एक सभ्य, सुशील और समझदार लड़का है।

"कभी-कभी आया कीजिए...", बाहर सड़क तक छोड़ते हुए सुनील ने विमल कुमार से कहा, "इस साहित्य से बड़ी चीज़ है इनसान-इनसान का आपसी सम्बन्ध। मिलने-जुलने का महत्त्व कम नहीं। मैं तो लेखक और पाठक के अन्तर को नहीं मानता। मैं कोई चीज़ लिखता हूँ और आप पढ़कर उसकी प्रशंसा करते हैं, इसी से आप छोटे कैसे हो गए? मुझे मित्र ही समझिए। मैं मैत्री के स्तर पर व्यवहार का क़ायल हूँ। ...और हाँ, इसी नाते मैं यह भी चाहूँगा कि आप मेरी रचनाओं की तारीफ़ ही न करें, जो ख़ामियाँ हों, उनको भी साफ़-साफ़ बताएँ...।"

सुनील के विचारों का विमल कुमार पर अच्छा ही असर पड़ा, क्योंकि कुछ ही दिन बाद वह सायंकाल दफ़्तर से लौटा तो विमल कुमार उसके छोटे लड़के को गोद में लेकर बातें कर रहा था।

"अरे, आप?" सुनील के स्वर में अनोखी तटस्थता थी, जैसे निश्चय नहीं कर पा रहा हो कि उसके आगमन से ख़ुश हो या नाख़ुश।

"बहुत लेट करके आते हैं।" विमल कुमार ने लड़के को नीचे उतार दिया और खड़े होकर नमस्कार करने के बाद पुराने परिचित के विश्वास से मुस्कराते हुए बोला, "ख़ैर चिन्ता की बात नहीं, आपकी अनुपस्थिति में भी मैंने सबसे परिचय प्राप्त कर लिया है...भाभी की कृपा से एक कप चाय भी मिल चुकी है।"

सुनील ने एक क्षण उसको ग़ौर से देखा...उसके मामूली कपड़े, उसका ऊबड़-खाबड़ चेहरा, उसकी तुच्छ हँसी। उसका हृदय एक अनजान-सी झुँझलाहट और क्रोध से भर गया।

"बैठिए, कपड़े उतारकर आता हूँ...।"

भीतर जाकर उसने अपनी पत्नी को ऐसी दृष्टि से घूरा जिसका अर्थ हर पतिव्रता स्त्री समझ जाती है। पत्नी ने सफ़ाई दी कि इसमें उसका दोष नहीं, वह व्यक्ति अन्दर आकर 'भाभी, भाभी' कहने और बच्चों से खेलने लगा। लेखक मित्रों की ख़ातिर—बात न करने पर भी तो वह नाराज हो जाता है।

कपड़ा बदलने, आराम करने और चाय-पान में अनुचित विलम्ब करके सुनील ने प्रसन्नता का अनुभव किया। उसने सोचा कि दिन-भर के परिश्रम के बाद कभी-कभी मन ख़राब हो जाता है, अन्यथा छोटी-छोटी बातों में सिर खपाने की मजबूरी से वह बहुत ऊपर है। कुछ कारणों से उसको अपनी पत्नी पर भी गर्व होने लगा। यहाँ तक कि जब वह बाहर आया तो उसके हृदय में पश्चाताप के भाव भी उत्पन्न हो चुके थे।

"देर के लिए माफ़ कीजिएगा...।"

"कोई बात नहीं।" विमल कुमार बोला, "बैठे-बैठे बहुत आनन्द आ रहा था, मुझे तो एकान्त की आदत है...।" उसके मुख पर अर्थपूर्ण मुस्कराहट खेल गई।

सुनील ने सहसा काफ़ी गम्भीर होकर पूछा कि वह और चाय तो नहीं पिएगा? विमल कुमार ने आँखें झपकाते हुए कहा कि अब दूसरा कप अधिक हो जाएगा, वैसे चाय से वह कभी भी परहेज़ नहीं करता। इसको सुनील ने उसकी पूर्ण अनिच्छा समझा।

"कहिए, क्या लिखना-पढ़ना चल रहा है?"

विमल कुमार ने प्रश्न का महत्त्व समझकर अपने साहित्यिक जीवन का संक्षिप्त इतिहास पेश कर दिया, जिसके बाद सुनील ने सफलता के कुछ ठोस उपाय बताए। फिर दोनों ने छायावाद, प्रगतिवाद और प्रयोगवाद की चर्चा करते हुए पुरानी और नई पीढ़ियों के कुछ लेखकों की निष्पक्ष होकर निन्दा करने की चेष्टा की।

विमल कुमार असाधारण विश्वास के साथ मुस्करा और हँस पड़ता। उसने कई प्रश्नों पर हल्का मतभेद प्रकट करने के बाद ईमानदारी से पराजित होने का साहस भी प्रदर्शित किया। धीरे-धीरे उसका उत्साह बढ़कर उस बिन्दु पर पहुँच गया जब उसने यह बताना उचित समझा कि सुनील की आरम्भिक कविताएँ शिल्प की दृष्टि से कुछ कमज़ोर पड़ती हैं। इस पर सुनील ने उसको 'आलोचनाएँ' लिखने की सलाह देकर अपने लड़के से समय देख आने के लिए कहा।

"चलता हूँ।"

"चल रहे हैं? अच्छी बात है...।" सुनील ने अँगड़ाई ली।

परन्तु, विमल कुमार बैठा रहा और फ़र्श की ओर देखकर मुस्कराने लगा जैसे कोई दिलचस्प बात कहने जा रहा हो। उसके मुख पर हल्की लाली दौड़ आई थी। फिर अचानक कुर्ते की जेब में हाथ डालकर उसने एक मुड़ा हुआ काग़ज़ निकाला और भौंहें सिकोड़कर इस तरह बोला जैसे क्रोध में हो, "एक कविता सुनाऊँगा, कल ही लिखी है।"

"ठीक है।" सुनील की आवाज़ ऐसी थी जैसे विरोध प्रकट कर रहा हो।

तब विमल कुमार ने उत्तेजित स्वर में नई कविता की क़रीब तीस पंक्तियाँ सुनाईं जिनमें दर्शन के अभेद्य तत्त्व थे। वह उन्हीं कविताओं की महान परिपाटी में थी, जिनमें महाभारत के पात्रों या घटनाओं के प्रतीकों के सहारे निहायत ही अनोखी होशियारी की बातें पेश की जाती है। सुनील ने काफ़ी प्रशंसा की और अन्त में कहा कि एकाध जगह संशोधन कर देने से वह अच्छी कविता बन सकती है।

विमल कुमार का व्यवहार अधिक उत्साहपूर्ण होता गया। वह सप्ताह में एक बार, ख़ास तरह से रविवार को, अवश्य पहुँच जाता। आते ही वह सुनील से कोई साहित्यिक विवाद खड़ा करने की चेष्टा करता। लेखक होने के नाते वह अपनी बातों में 'आस्था', 'मूल्य', 'धुन्ध', 'कैक्टस' आदि शब्दों का ख़ूबी के साथ इस्तेमाल करता। अक्सर वह कुछ ऐसा कहने का प्रयास करता जो लगभग बुद्धिमत्तापूर्ण होता। उसकी विज्ञता ऐसे क़िस्सों और चुटकुलों के ज़रिये भी प्रकट होती जिनका आधार व्यक्तिगत अनुभव ही होता है और जो महत्ता प्राप्त करने की अधीरता के सूचक होते हैं।

"उस दिन बड़ा मज़ा आया..." वह आँखें मटकाते हुए कहता, "घूमते-घामते बहुत दिनों बाद एक लेखक-मित्र के यहाँ पहुँच गया था। वहाँ बम्बई के दो लेखक आए थे। वे एक सहकारी प्रकाशन संस्था के लिए चन्दे की बात कर रहे थे। मैंने हाथ जोड़कर कहा, 'मैं विमल कुमार हूँ, मेरे नाम दस रुपये लिख लीजिए...।' उसकी आँखें चमक उठतीं जैसे कोई बहुत बड़ी बात कह दी हो।"

वह अब अपनी कविताएँ अधिकारपूर्वक सुना जाता और आग्रह करके सुनी हुई सुनील की रचनाओं की प्रशंसा के साथ-साथ दोषों का भी ज़रूरी कर्तव्य की

तरह उल्लेख करता। कभी-कभी उसकी प्रवृत्ति उपदेश दे देने की ओर मुड़ जाती तो वह कहने से न चूकता कि प्रतिभा का अर्थ है घोर परिश्रम, जो सुनील जैसे व्यक्ति को अवश्य ही करना चाहिए। इतना ही नहीं, वह सुनील की अनुपस्थिति में भी उसके घर जा पहुँचता, नाश्ता-चाय के आग्रह को सहर्ष स्वीकार कर लेता, सुनील की पत्नी से 'भाभी-भाभी' कहके देर तक गप्प लड़ाता, लड़कों को सड़क पर घुमा-टहलाकर दुकान से टॉफी या बिस्कुट दिलवा देता और किसी होशियार वकील के समान ज़िरह द्वारा पता लगा कर एक-दो सामान बाज़ार से ला देता।

सुनील क़रीब-क़रीब हैरान था। कभी वह अपने को उस मुँहदूबर शरीफ़ बुज़ुर्ग के समान हतप्रभ महसूस करता, जिसकी बोलती कोई वाचाल नवयुवक भरी महफ़िल में बन्द कर दे। कभी-कभी उसका हृदय दुस्सह क्रोध से भर जाता। परन्तु बाद में वह सोचता कि विमल कुमार अति साधारण कोटि का व्यक्ति है और उससे अन्य बातों की आशा नहीं करनी चाहिए। इसके अलावा, पाठक और प्रशंसक के प्रति शिष्टाचार की लाचारी का भी वह अनुभव करता। उसके दिमाग़ में कुछ इस क़िस्म का विचार भी उठता कि अनुभवों की विविधता और सम्पन्नता के लिए ऐसे व्यक्तियों से सम्पर्क आवश्यक है। अन्त में वह उदार हो जाता और सोचता कि उदारता उसका स्वाभाविक गुण है।

"नमस्कार!"

सायंकाल सिविल लाइंस में टहलते समय सुनील एक तीखी आवाज़ सुनकर चौंक पड़ा। सिर घुमाते ही विमल कुमार दूसरी पटरी से धोती सँभालकर चप्पलें चटकाते हुए उसकी ओर आता नज़र आया।

"चलो, तुमको कॉफ़ी पिलाऊँ।" पास आकर विमल कुमार चहकते हुए बोला।

"नहीं, इच्छा नहीं।"

"वाह! एक कप कॉफ़ी तो ज़रूर ही पीएँगे।"

उसने सुनील को कुछ और कहने का अवसर नहीं दिया और हाथ पकड़कर आगे ले जाने की चेष्टा की, जिससे बचने के लिए सुनील ने उसका प्रस्ताव अविलम्ब स्वीकार कर लिया। विमल कुमार इतना प्रसन्न था कि कॉफ़ी हाउस में पहुँचकर उसने आधुनिक फ़ैशन के अनुसार अँगुलियों से ज़ोर-ज़ोर से मेज़ को बजाए तथा मुँह से शू-शू की विचित्र आवाज़ पैदा की और बेयरे के अलावा अन्य लोगों का भी ध्यान आकर्षित करने में सफलता प्राप्त कर ली।

"कुछ खाओगे भी?" बेयरा के आने पर उसने कुछ आगे झुककर सुनील से गहरे अपनत्व से पूछा।

सुनील ने दूसरी ओर देखते हुए सिर हिलाकर अस्वीकृति प्रकट की।

"ठीक है।...अच्छा तो दो कप स्पेशल क्रीम कॉफ़ी लाओ, ख़ूब गरम।" उसने अपनी आवाज़ पर बल देते हुए ऑर्डर दे दिया।

"सुनील भाई..." कॉफ़ी आने पर चुस्की लेकर वह बोला, "कॉफ़ी मेरी विशेष दुर्बलता बनती जा रही है। दिन में एक बार ज़रूर ही इधर आना हो जाता है। शाम को तो शहर के क़रीब सभी इंटेलेक्चुअल्स खिंचकर यहाँ आ जाते हैं...।"

इसके बाद वह विस्तारपूर्वक बताने लगा कि शुरू-शुरू में कॉफ़ी से उसकी कैसी नफ़रत थी और बाद में कैसे आदत पड़ी! वह ऐसे स्वर में बोल रहा था, जैसे वहाँ बैठे अन्य लोगों को भी अपने विचारों से अवगत करना आवश्यक समझ रहा हो। वह बदन ऐंठता, ललाट तथा मुँह सिकोड़ता, ज़ोर से हँसता और कुछ ऐसी ही चेष्टाएँ करता, जिनसे विशेष व्यक्तियों की अनजान स्थानों में भी पहचान हो जाती है।

अब विमल कुमार साहित्य की कुछ मूल समस्याओं का विवेचन करने लगा था। सुनील ने असीम संयम का परिचय दिया। उसने चुपचाप जल्दी से अपनी कॉफ़ी समाप्त कर ली, एक कप और पीने के आग्रह को ठुकरा दिया और जब बेयरा बिल लेकर आया तो झट से दो रुपये का नोट निकालकर तश्तरी में रख दिया।

"यह कैसे होगा?" विमल कुमार ने लगभग झपटते हुए तश्तरी के नोट को उठाकर सुनील के हाथ में ज़बरदस्ती पकड़ा दिया और उसके स्थान पर दूसरा नोट रख दिया।

किसी ज़रूरी काम का बहाना करके सुनील ने शीघ्र ही विमल कुमार से मुक्ति प्राप्त कर ली। सड़क और दुकानों की रंग-बिरंगी बत्तियाँ जगमगाने लगी थीं। परन्तु, उमंग में अकड़कर फुर्ती से आते-जाते स्त्री-पुरुष जोड़ों, इधर-उधर घूमते लापरवाह, उत्फुल्ल और फ़ैशनपरस्त छात्र-दलों और साफ़-सुथरे वातावरण के बीच भी सुनील ने अजीब थकान और उदासी का अनुभव किया।...तुम! किस सरलता से आज विमल कुमार 'आप' से 'तुम' पर उतर आया था! सम्बोधन के इस परिवर्तन ने यह स्पष्ट कर दिया कि विमल कुमार उसको मित्र मानकर बराबरी का व्यवहार करना चाहता है। यह 'तुम' ज़हर में बुझे तीर की तरह उसके दिल में चुभ गया था।

दाईं ओर मुड़कर सुनील ने सिनेमा-भवन से लगी पान की दुकान से सिगरेट ली और ज़ोर का कश खींचकर आगे बढ़ा।...उसने इस दृष्टिकोण से कभी भी नहीं सोचा था। विमल कुमार दूसरा अर्थ न लगाए, इसीलिए उससे कभी भी उसने मज़ाक़ नहीं किया और न ही कभी छिछली बातें की। उसने कभी उसे 'तुम' भी नहीं कहा। वह विमल कुमार से छह-सात साल बड़ा और प्रसिद्धि में बहुत आगे था, इसलिए उसने अपने को अलग माना तो क्या बुरा किया? निःसन्देह, उस जैसे लेखक का यह प्रथम कर्तव्य होना चाहिए कि वह एक मामूली व्यक्ति की हरकतों को असभ्यतापूर्ण समझते हुए भी नम्रता का बर्ताव करे। वह शुरू से अब तक भारी शराफ़त से पेश आया था, जिसका विमल कुमार ने दुरुपयोग किया। वह उस मैत्री को क्यों बरदाश्त करे, जो अयोग्यता, दूसरों की भावनाओं का आदर करने की असमर्थता और हवाई महत्त्वाकांक्षा पर आधारित थी? अनिच्छित दोस्ती और

आत्मीयता से बड़ा अन्याय क्या हो सकता है? उसका हृदय एक गहरे विक्षोभ, वितृष्णा और अपमान से भरता गया।

और कुछ ही दिनों में सुनील एक ऐसी अनोखी मन:स्थिति से गुज़रने लगा जिनमें उसको अपनी उदारता में कुछ सराहनीय संशोधन करने पड़े। स्वागत-बात में कमी न करने पर भी विमल कुमार जब कुछ कहता तो वह ऐसा मुँह बनाता जैसे ध्यानपूर्वक सुन रहा हो, परन्तु कुछ ही देर बाद ऐसा प्रश्न या बात कर उठता, गोया कुछ भी न सुना हो। 'ज़रा शुरू से फिर कहना तो ...।' वह बहुत ही शिष्टतापूर्वक कहता।

किसी मौक़े पर यदि विमल कुमार हँस पड़ता तो सुनील अत्यधिक गम्भीर होकर उसकी भद्दी चेष्टाओं और लजाई हुई मुद्रा का अध्ययन करने लगता। कभी विमल कुमार निहायत संजीदगी से कुछ कह रहा होता तो वह बीच-बीच में इस तरह हल्के-से हँस पड़ता जैसे उसकी बातों में हँसानेवाले तत्त्व हों। कभी दूर से विमल कुमार को आते देखता तो गम्भीर अध्ययन या लेखन में व्यस्त हो जाता। और कभी विमल कुमार के पहुँचते ही वह उसे बिठाकर बाहर निकल जाता।

"बैठो, दस-पन्द्रह मिनट में आया, बहुत ज़रूरी काम आ फँसा है।" कहकर वह निकल जाता और उस समय लौटता जब विमल कुमार जा चुका होता।

एक दिन सवेरे क़रीब आठ बजे जब सुनील शेव कर रहा था, विमल कुमार आ धमका। श्वेत पैजामा-कुर्ता, गले में गुलबन्द और सिर पर लम्बी पतली गाँधी टोपी, जो उलटकर टाँगी गई किसी काग़ज़ की नाव का भ्रम उत्पन्न कर रही थी।

नमस्कार करके वह चुपचाप कुर्सी पर बैठ गया; फिर उठकर जेब से डिब्बी निकालकर सिगरेट जलाई। आख़िर में पुनः कुर्सी पर बैठते हुए बोला,"सुनील भाई, मेरा एक काम करना है तुमको।"

सुनील ने अपने साबुन-पुते मुँह से लाभ उठाते हुए उसकी ओर तेज़ दृष्टि से देखा।

"भाई, 'मनमोहिनी' में एक जगह है। मैंने एप्लाई कर दिया है। सुना है श्यामसुन्दरजी से तुम्हारी बहुत पटती है, ज़रा कह देना होगा उनसे। यह बहुत ज़रूरी कार्य है, सुनील भाई, इसको करना ही पड़ेगा। इस समय हमारे घर की हालत अजीब चल रही है। फादर बीमार पड़ गए हैं, घर-गृहस्थी चौपट हो रही है, इस वक़्त कोई नौकरी मिल जाने से थोड़ी राहत मिलती...।"

"ठीक है...।" सुनील के गले से किसी तरह आवाज़ निकली।

"हाँ...अब यह कार्य तुमको सौंपता हूँ, इसको किसी-न-किसी तरह निबटाना पड़ेगा।"

"ज़रूर-ज़रूर, मैं कह दूँगा।"

विमल कुमार जल्दी ही चला गया। जिस अधिकार से वह बात कर गया था, उससे आसानी से सुनील जल-भुन गया। उसको किन्हीं कारणों से विमल कुमार बहुत ही नीच लगने लगा। फिर उसने एक अनजान-सी ख़ुशी महसूस की,

जैसे किसी दुष्ट को दंड देने का मौक़ा मिल गया हो। यह ख़ुशी शीघ्र ही इतनी बढ़ गई कि उसने निष्पक्ष होकर सोचने का प्रयास किया। और तब वह लगभग तैयार हो गया कि अपने पुराने मित्र तथा 'मनमोहिनी' के सम्पादक श्यामसुन्दरजी से कहकर विमल कुमार की मदद करके उसको बड़ी ही प्रसन्नता होती, लेकिन ऐसे व्यक्ति की सिफ़ारिश करना सम्पादक-मित्र के साथ विश्वासघात करना नहीं होगा? इसके अलावा, उसके जैसे लेखक की सिफ़ारिश को अनैतिक समझकर प्रश्रय न देने का अब निश्चय ही कर लेना चाहिए। आख़िर में वह अपनी मजबूरियों को खेदपूर्वक स्वीकार कर सन्तुष्ट हो गया।

शेव कर चुकने के बाद सुनील के शरीर और मन में सहसा एक अदम्य स्फूर्ति व्याप्त हो गई। तौलिया से मुँह पोंछकर वह कमरे में टहलने लगा। वह कुछ दार्शनिक विचारों में खो गया। उसने दिली सहानुभूति से उन नवयुवकों के बारे में सोचा, जो मेहनत नहीं करते, परन्तु मेहनत के परिणाम का महत्त्व भोगने के योग्य अपने को आसानी से समझ लेते हैं। उसे अचम्भा हुआ कि यदि वे आगे बढ़ना चाहते हैं तो स्वाभिमानी व्यक्तियों की तरह चुपचाप परिश्रम क्यों नहीं करते? अपने से योग्य व्यक्तियों के समक्ष अपने महत्त्व का ढिंढोरा पीटने पर शक्ति ख़र्च करके अपनी हीनता क्यों प्रकट करते हैं? उसको लगा कि ऐसी असंगति का कारण मन की दुर्बलता और अकर्मण्यता है, जो छिछली भावुकता को जन्म देती है।...इस निर्णय पर पहुँचते ही उसका हृदय एक समर्थ कलाकार की करुणा से भर आया। उसको अपनी मौलिकता और अनुभूतिशीलता पर भी गर्व हुआ। अन्त में किसी पवित्र भाव से विभोर वह नवचेतना के बारे में सोचने लगा, जिसका वह अपनी रचनाओं के ज़रिये सारे देश में संचार कर देगा...।

मूस

रात-भर तेज़ पुरवाई गली की धूल और दुर्गन्ध उड़ाती रही। मूस की नींद बार-बार उचट जाती। वह झोलर बँसखट पर करवटें बदलता रहा। कोई भी खटका होने पर वह चौंक उठता। ऊँट की तरह गर्दन उचका-उचकाकर देखता, बाहर जाकर खड़ा हो जाता और खँखारकर गला साफ़ कर कड़ी उत्तेजित आवाज़ में पूछता—कौन है? उसका दिल भूसी में लगी आग की तरह जल रहा था। वह तुल गया था कि आज जो न होना होगा, वही होकर रहेगा।

बन्ने मियाँ के मुर्गे बाँग देने लगे तो वह उठकर बैठ गया। रोज़ की तरह चन्नर ठठेरे की भी लगातार खाँसने की आवाज़ सुनाई देने लगी थी। उसकी छोटी-छोटी, मलकती आँखें बाहर फैले अन्धकार में जैसे कुछ टटोलने लगीं। फिर उसको भी खाँसी आने लगी। उसने कई बार ज़ोर-ज़ोर से खाँसा, जिससे नीचे कच्ची फ़र्श पर बिछी गुदड़ी पर बेंग की तरह पसरी परबतिया पहले कुनमुनाई और फिर आँखें मलते हुए उठ बैठी और भकुआकर इधर-उधर देखने लगी।

"जिलेबिया के बाबू, नींद नहीं आ रही है न? ससुरे बड़े मच्छर हैं।" फिर अपनी नाक की सीध में देखती हुई जैसे अपने से बोली, "पता नहीं मुँहझौंसी आज फिर कहाँ मर-बिला गई!"

पुरवाई के साथ मूस के शरीर की गाँठों का दर्द उभर आया था, इसलिए मुनरी की याद से खीझ और चिड़चिड़ाहट और भी बढ़ गई थी। परबतिया की आवाज़ सुनते ही सारा निरुपाय क्रोध उसी पर दौड़ पड़ा।

"क्या बकरी की तरह में-में कर रही है! चुपचाप टँगरी पसारकर सो! नींद चाहे आए, न आए, तेरे बाप का क्या जाता है?"

"ऐ-हे!" जैसे बुझती आग पर किरासिन का तेल पड़ गया हो, इस तरह परबतिया भड़क गई, "मैं देखती हूँ, आजकल दिमाग़ सातवें आसमान पर रहता है! मुझ पर काहे पिड़िकते हो, बाबा? यह धौंस उसी पर ज़माना जो तुम्हारी लौंडी-बाँदी हो। खेत खाए गधा और मार खाए जुलाहा! आँख की लकड़ी होगी तुम्हारी, तुम जाकर दीदे फोड़ो, मैं अपनी नींद क्यों ख़राब करूँ?"

"चुप, ससुरी!" मूस के मुँह से पटाखा फूटने-जैसी आवाज़ निकली। फिर उसने फुर्ती से खाट पर लेटकर दूसरी ओर मुँह कर लिया।

परबतिया चीख़ने-चिल्लाने लगी, "करइत है, करइत! यह कहने को ही सीधा है, इसके दिल में गज-भर का छुरा है, मौक़ा मिलते ही मारकर घाम में फेंक दें! सराही धिया डोम घर जाती है!"

मूस का ख़ून खौल रहा था। उसके जी में कई बार आया कि उठकर परबतिया का गला दबा दे। परन्तु वह इस तरह चुपचाप पड़ा रहा, जैसे सचमुच उसको नींद आ गई हो।

बाहर गली में कुछ कुत्तों के भौंकने की आवाज़ समीप आती मालूम हुई, तो परबतिया दोनों घुटनों पर हाथ देकर असीम घृणा से 'अँह' करती हुई उठी और मूस को बाघिन की तरह घूरती धीरे-धीरे बाहर निकल गई। परन्तु ओसारे के नीचे पहुँचते ही वह चौंककर उत्तेजित स्वर में बोली, "कौन है रे?"

मुनरी अँधेरे में खूँटे के पास साड़ी की फुफती पकड़े ठिठकी खड़ी थी। उसका शरीर ढीला-ढाला नज़र आ रहा था और बाल अस्त-व्यस्त थे। उसकी आँखें उड़ी-उड़ी थीं और मुँह पर थकान उतर आई थी। वह अजीब बनावटी, डरी-डरी आँखों से कभी परबतिया को देखती और कभी सर झुका लेती।

"बोलती क्यों नहीं, रे कुलखौकी?"—परबतिया मुनरी के पास जाकर, उसके मुँह के सामने अपने हाथों को करछुल की भाँति घुमाती हुए बोली, "मुँह में जाबी लगी है? किस हरामज़ादे के साथ अब तक मर रही थी?"

मुनरी बुत बनी रही।

"तू नहीं बोलती?" परबतिया ने लपककर मुनरी का आँचल पकड़ लिया और उसे ओसारे में खींच ले गई, जिससे मुनरी की साड़ी कमर के ऊपर खुल गई। फिर लड़ाई के मैदान में नंगी तलवार लेकर दौड़ते हुए योद्धा की तरह तेज़ी से बढ़कर मुनरी के स्तन में अँगुली गड़ाते हुए चीख़ पड़ी, "तुझ पर बहुत जवानी छाई है? मैं ऐसी जवानी में आग लगाऊँ...!"

मूस अब खाट से उछलकर खड़ा हो गया था और ग़ुस्से से तनकर मुनरी को देख रहा था। उसके ओसारे में जाते ही वह पास जाकर परबतिया से बोला, "तू हट यहाँ से! आज मैं इसकी सारी गरमी झाड़कर रख दूँगा!" इसके बाद मुनरी की ओर मुँह करके ग़ुस्से से काँपते हुए उसने पूछा, "तू कहाँ थी रे अब तक? सच-सच बता, नहीं तो आज मुझसे बुरा कोई न होगा!"

"मुख़्तार बाबू के यहाँ सो रही थी!" मुनरी ने उद्धत स्वर में कहा।

"फिर झूठ बोल रही है, ससुरी? उस दिन भी तो तू ललाइन के यहाँ सो रही थी! मैं तो सारी खेलकटई जानता हूँ! सच-सच बता, मुख़्तार बाबू के यहाँ सो रही थी या कहीं पेड़ू की कमाई खा रही थी?"

"एँ!" मुनरी ग़ुस्से से झनक गई, "ज़बान सँभालकर बोलना! ऐसी कमाई खाएँ तुम्हारे घरवाले! मुझसे ऐसी भाखा न बोलना, हाँ, ठीक नहीं होगा!"

"पेड़ू की कमाई तो तू खाती है, रे! नहीं तो तू कौन सदाबरत चला रही थी?" फिर माँ-बाप के बख़ान से अचानक उत्तेजित हो उसने लपककर कोने में रखी काँवर उठा ली और एक काँवर मुनरी के पैर में जमा दी। अन्त में काँवर को तान कर बोला, "बताती है कि नहीं? या दूँ एक हाथ?"

काँवर से मारना था कि परबतिया 'हाँ-हाँ' करते हुए बीच में आकर मूस को भला-बुरा कहने लगी, "कैसे निर्दयी मनई हो जी! मरद-पुरुष होकर तिरिया पर हाथ उठाते हो? कहीं इस तरह भी मारा जाता है? मेहरारू की बात में तुम क्यों कूदते हो? मैं तो पूछ ही रही थी, तुम क्यों दाल-भात में मूसलचन्द की तरह टपक पड़े? यह मरद या तो बोलेगा नहीं और बोलेगा तो जान लेने पर ही उतारू हो जाएगा!"

"अरे, पापी ने मार डाला रे!" मुनरी ज़मीन पर धम्म से बैठकर हाथ से छाती पीटते हुए चीख़ने-चिल्लाने लगी, "यह कसाई है, कसाई! इसका हाथ टूटे! इसके हाथ में घिनही चूए! इसका अंग-अंग गले...!

"तो रोती काहे हो, भाई?" परबतिया अब उसके पास बैठकर पुचकारने लगी, "पहले ही बता देती कि मुख़्तार बाबू के यहाँ सो रही थी! मैं तो जिलेबिया के बाबू से कह रही थी कि सुख-दुख का शरीर है, बेचारी थकी-माँदी होगी, कहीं पड़ रही होगी तो उठने को जी न किया होगा!...चुप रहो, तुम्हारे लिए ही तो कहा जाता है। कहीं भी जाओ तो मुझसे बता दिया करो।...किसी को कुत्ते ने काटा है कि तुमसे कुछ कहने जाएगा...।"

मुनरी अब राग बाँधकर रोने लगी।

क्रोध किस चिड़िया का नाम है, यह मूस एक-सवा साल पहले तक जानता भी नहीं था। उसका देह-धजा में वह शोभा भी नहीं देता था। चार फुट का मरद होने के कारण लोग उसके बारे में ख़ामख़ाह कह देते, जैसा नाम वैसा गुण। दुबला-पतला शरीर, छोटा चेहरा, बड़ी-बड़ी फरकती मूँछें, छोटी-छोटी मिचमिचाती आँखें और उभरी हुई गाल की हड्डियाँ। पाँच साल पहले उसने चालीस पार कर लिया था। उसके हाथों तथा पैरों में सिकुड़े हुए केंचुए की तरह मोटी-मोटी नसें उभर आई थीं। सम्भवतः उसकी सिधाई के कारण कभी-कभी लोग उसके नाम के साथ 'भगत' भी जोड़ देते थे, जो किसी हद तक उसके छोटे कद के प्रति सार्वजनिक हास्य का परिचायक था।

क़रीब बीस वर्ष से मूस इस छोटी, अँधेरी और सीलनदार कोठरी में रहता है। अकाल पड़ने पर वह परबतिया और छह मास की बच्ची जिलेबिया के साथ गाँव छोड़कर बाहर चला आया था। गड़ेरिये की जायदाद के नाम पर कुछ भेड़ें और बकरियाँ थीं, जो भूख से बिलबिलाकर मर गई थीं। तब भी यह गली ऐसी ही

कच्ची, टूटी-फूटी, गन्दी और बदबूदार थी, जिसमें डोम-चमार से लेकर रिक्शेवाले, खोंमचेवाले, मिलों में काम करने वाले मज़दूर और कुछ ठठेरे रहते थे।

आसपास के मोहल्लों में काँवर के साथ मूस की शक्ल वहाँ की टूटी-फूटी सड़कों और गन्दी नालियों की तरह चिर-परिचित-सी हो गई थी। छह-सात घरों में वह पानी भरता था। तड़के ही वह महादेव प्रसाद के हाते में घुटनों के ऊपर धोती खूँटे और सर पर लाल गमछा बाँधे पहुँच जाता। सर को आगे झुकाकर एक हाथ से काँवर पकड़े और दूसरे हाथ को चील के डैने की तरह फैलाए जब वह चलता तो लगता कि भारी-भारी गगरों के बोझ से ही वह अचानक छोटा हो गया है। रास्ते में दो-तीन जगह काँवर उतारकर वह कुछ देर के लिए दोनों घुटनों पर हाथों को तानकर बैठते हुए या खैनी फटकारते हुए या भरमती-सी आँखों से इधर-उधर देखते हुए सुस्ताता।

मूस का जीवन उस मरियल बैल की तरह था, जो चुपचाप हल में जुतता है, चुपचाप मार सहता है और चुपचाप नींद में भूसा खाता है। उसको देखकर यह कहना मुश्किल था कि उसकी कोई इच्छा या अनिच्छा भी है। उसके मुख पर कोई भाव नहीं था और वह ऐसी पुरानी मशीन की तरह लगता, जो वर्षों से काम करते रहने पर भी ख़राब नहीं होती। एक कोने में दुबककर वह रोटियाँ उस रोगी की तरह निगल जाता, जो मीठी दवाएँ खाने में आपत्ति नहीं करता है। वह काफ़ी मुँह-दूबर था और ज़रूरत पड़ने पर ही वह बोलता। मुँहचोर भी वह परले नम्बर का था। बड़े घरों के बाबू-बबुआनों को देखते ही वह झुककर सलाम करता और फ़ौरन खिसक जाता। औरतों की ओर तो वह देखता ही नहीं था। कुछ लोग तो अचम्भा करते थे कि उसकी बच्ची कैसे पैदा हो गई! बड़े घरों के लड़कों के सामने वह कभी-कभी अनजान चापलूसी में होंठों में मुस्कराता और उनको 'रामजी-रामजी' कहकर सम्बोधित करता।

"रास्ते से हट जाएँ, रामजी!" वह सर को शिष्टाचारपूर्वक हिलाता।

उसकी सारी इच्छा और अनिच्छा परबतिया ही थी। वह मूस से चार बित्ता लम्बी, बीमार गाय की तरह हाड़-हाड़, काली-कलूटी और बदसूरत थी। उसके मुख को देखकर आसानी से लखनऊ के हिजड़ों की याद आ जाती। बातूनी, मुँह-छुट्टी और काहिल। वह दमे की मरीज थी। वह महीनों नहीं नहाती और उसके मुँह पर सदा मैल जमा रहता। अक्सर झोंटा खोलकर ख़बर-ख़बर अपने बाल खुजलाती। वह एक साथ आठ-दस घरों में बर्तन मलने का काम थाम लेती, लेकिन काहिली, नागा और गन्दी मँजाई के कारण अन्त में तीन-चार ही हाथ में रह जाते थे। वह लड़ने-झगड़ने में उस्ताद और अव्वल नम्बर की लुतरी थी और दो घरों में झगड़ा लगाते उसको देर नहीं लगती थी। वह मकानों के अन्दर बेधड़क घुस जाती और उम्र के मुताबिक़ औरतों से चाची, बुआ, भौजी, बेटी आदि का रिश्ता जोड़ लेती।

दरअसल लोग जितना उसके क्रोध से डरते उतना ही उसके प्रेम से भी। उसकी यहाँ तक प्रसिद्धि थी कि उसने आवारा औरतों को बीड़ीवाले बन्ने मियाँ, ट्रकवाले चौबेजी और गाँव पर बाल-बच्चों को छोड़कर शहर में छुट्टा रहनेवाले बाबुओं के पास पहुँचा-पहुँचाकर काफ़ी पैसे बनाए थे।

मूस ने कभी भी परबतिया को ऐसी-वैसी ज़बान न कही थी। वह क्या करती है और क्या बोलती है, इसके सम्बन्ध में उसने कभी सोचा भी न था। वह जैसा खाना देती, वह सर झुकाकर खा लेता और डाँटती-फटकारती तो चुपचाप सुन लेता। उसकी गाय में भी हूँ, और उसकी भैंस में भी हूँ! वह इतना दबा-दबा रहता कि परबतिया उससे दो शब्द मीठा बोलना भी ज़रूरी नहीं समझती। वह सदा रुखाई से पेश आती। उस समय मूस हल्के-से सर हिलाकर, होंठों और मूँछों से मुस्कराता, जैसे यह दिखाना चाहता हो कि वह हीन और दया का पात्र है। परबतिया उसको अक्सर 'दो बित्ते का मर्द' कहकर अपनी उच्चता और प्रभुत्व की पुष्टि करती रहती। वह ख़ुद काम में नागा करती, परन्तु कभी मूस तबीयत भारी होने के कारण न जाने की इच्छा प्रकट करता तो वह घघोट उठती।

"देखती हूँ, बड़ी मोटइनी छा गई है!"

पेटू होने की वजह से वह अधिकांश रोटियाँ स्वयं चट कर जाती। जब मूस एकाध रोटी माँग बैठता तो तिनक जाती।

"पेट है कि भरसायँ है, बाबा!"

काम-धाम से मूस को लौटने में देर हो जाती तो वह झनकने-पटकने लगती, "बार-बार कह दिया, टेम पर खाना खाकर जहाँ जाना हो जाकर मुँह पिटाओ, पर यह दो बित्ते का मर्द जहाँ जाता है, लसरिया जाता है! कौन कमाई कर रहे थे अब तक?"

परन्तु मूस की काँवर बेकार हो गई। शहर में तेज़ी से सड़कें पक्की हो गई थीं, बिजली और नल लग गए थे। यह उस साल की बात है जब जिलेबिया का गौना हुआ था। परबतिया घूम-घूमकर चीख़ती-चिल्लाती रहती—

"सरकार कोढ़िया पर भर-बोरसी अंगार डालूँ!...बाल-बच्चे नहीं हैं क्या उसके? अब किसी का धरम-करम नहीं बचेगा!...डोम-चमार सभी एक ही घाट पानी पीएँगे।...हैज़ा-पिलेक से हज़ारों मनई मरेंगे! हे गंगा मैया! हे बाबा बलेसरनाथ! जो किसी की रोज़ी छीने उसकी आँखों में कच्चा बैठे! उसके अंग-अंग में कोढ़ फूटे...!"

देखते-ही-देखते मूस की हालत उस मुर्गी की तरह हो गई जो कमरे में फँसने पर बाहर निकलने का रास्ता नहीं ढूँढ़ पाती। वह सोच ही नहीं सकता था कि कुएँ से पानी भरने के अलावा भी कोई काम हो सकता है। फिर उसके शरीर के चमड़े चमगादड़ के पंख की तरह झूलने लगे थे और आँखों की ज्योति मन्द पड़ गई थी।

वह जिस आदत और अभ्यास के कारण एक रास्ते पर चलता रहा था, उसी के अभाव में दूसरे रास्तों पर चलना उसको बहुत कठिन लग रहा था, क्योंकि नया नाम नवहे को भी बोझ-सा भारी लगता

परन्तु आराम करने से थोड़े काम चलनेवाला था? परबतिया की दमे की बीमारी इधर उभर गई थी, उसने और भी हाथ-पैर समेट लिये थे। नागा करने से उसकी मज़दूरी कट जाती। हारकर मूस ने कुछ दूसरे काम पकड़े। वह कभी गल्ले और कभी सब्ज़ी की मंडी पहुँच जाता और वहाँ से सामान इधर-उधर पहुँचाकर कुछ कमा लेता। कभी वह सेठ लोगों के गोले में मोटियागिरी करने लगता। किसी-किसी दिन उसको काम नहीं मिलता तो फाकेमस्ती करनी पड़ती।

परबतिया थी बहुत दूरदर्शी। इन्हीं दिनों वह अपने नैहर गई तो लल्लू गोंड की लुगाई को देखकर उसके मुँह में पानी भर आया। मुनरी बहुत दुखित थी। उसने रो-रोकर परबतिया को बताया कि लल्लू ने चमार की लड़की घर में बिठा ली है और ताड़ी-शराब पीकर उसको बहुत पीटता है।

"जी छोटा न करो..." परबतिया ने मीठे स्वर में समझाया था, "बाबा बलेसरनाथ सब दुख दूर करेंगे! ऐसे मर्द का रहना, न रहना बराबर है। मर्द तो वह है जो तिरिया से दो गाल मीठा बोले, उसके सुख-दुख का ख़याल करे।...तुम समझो, बाबा बलेसरनाथ ने तुम्हारे लिए ही मुझे यहाँ भेजा है, नहीं तो कहाँ मैं रहती हूँ और कहाँ तुम! उनकी किरिपा से किसी बात की कमी नहीं, दो-चार आदमी बैठकर खा सकते हैं! जो हम खाते हैं तुम भी खाना, जो हम पहनते हैं तुम भी पहनना। फिर मन-लायक़ कोई मिल जाए तो हाथ पकड़ लेना।...शहरी मर्द होते हैं बड़े नेक, मेहरारू को फूल की छड़ी से भी नहीं छूते!"

ज़िन्दगी से ऊबी मुनरी भागकर परबतिया के साथ रहने लगी। परबतिया ने उसको बड़े प्रेम से रखा। वह उससे मीठा बोलती, उसको अपने साथ काम पर ले जाती और उसको बाज़ार-हाट घुमा लाती।

"इस घर को तुम अपना ही घर समझो!" कुछ दिनों बाद परबतिया ने मुनरी से कहा, "जैसी मैं वैसी तुम! अब इस घर को तुम सँभालो। छुट्टा औरत कोई ठीक थोड़े होती है! बड़ा ख़राब ज़माना आ गया है, किसी पर भरोसा करने लायक़ नहीं। फिर मर्द-पुरुष है कुत्ता, उसका कोई ठिकाना नहीं, काम निकल जाने पर पिछाड़ दिखाने लगता है।...लेकिन जिलेबिया के बाबू देवता हैं। ऐसा मर्द चिराग़ लेकर ढूँढ़ने से भी नहीं मिलेगा! अभी चालीस के भी तो नहीं हुए। झूठ बोलूँ तो आँखें बैठ जाएँ! तुमसे मुझको नेह हो गया है, नहीं तो अपनी छाती पर मूँग क्यों दलवाती?"

अन्धी को चाहिए दो आँखें। मुनरी बहुत ख़ुश हुई। वह अभी तक मन-ही-मन डरी थी कि पता नहीं भविष्य में क्या हो! वह जीवन में सद्व्यवहार की निश्चिन्तता

के अलावा कुछ भी नहीं चाहती थी। परन्तु परबतिया की स्कीम दूसरी ही थी। उसके लिए मुनरी कामधेनु गाय थी, जिसकी पगहिया को वह मूस-जैसे निरीह से बाँधकर अपनी काहिली और असमर्थता और पति की अर्द्ध-बेकारी की समस्या को हल करना चाहती थी।

मुनरी से गँठजोड़ होने पर सबने अचम्भे से यही कहा कि मूस देखने में ही बौना, सीधा और बूढ़ा है। परन्तु मुनरी बसन्त की ताजी और शक्तिदायिनी हवा की तरह आई। सत्ताईस-अठाईस की उम्र, गहरा साँवला चेहरा, गठीला-लम्बा शरीर; दृढ़ वक्ष, नुकीली नाक, देखने में वह अच्छी थी। मूस से वह क़रीब एक फुट ऊँची थी। वह बात-बेबात पर हँस पड़ती और उसके गालों में गड्ढे पड़ जाते और आँखों में बिजली की चमक काँप उठती। वह गुल्ली की तरह छटककर चलती और ख़ुशी से इधर-उधर देखती जाती। मेहनत से उसकी गलबहियाँ दोस्ती थी, उसने दस-बारह घरों में चौका-बर्तन का काम थाम लिया। इसके अलावा वह खाना पकाती, घर को लीप-बहार कर चमाचम रखती तथा और भी सेवा-टहल करती। मूस और परबतिया का रो-रोआँ जुड़ाने लगा।

शुरू-शुरू में परबतिया ने शादी के लिए कहा था तो मूस की समझ में कुछ नहीं आया था। उसने सोचा कि शायद परबतिया किसी बात पर कटाक्ष-व्यंग्य कर रही है। परन्तु विवाह के बाद उसके जीवन में उस बाँगर ज़मीन की तरह हरियरी छा गई, जिसमें प्रथम सिंचाई होती है। मुनरी ने भी सोचा कि करम-करम की बात होती है, करम में मूस लिखा था, तभी तो जवान पति मरखहा और मन-बिगड़ा निकल गया। फिर मूस कितना सीधा-सादा था! एकदम गोरू। वह मूस के पास जाती तो उस पर उसको दया आती। इस दया को वह प्रेम समझती थी। उसमें एक ऐसा उत्साह आया, जो बुरे मालिक से परेशान नौकर में दूसरे व्यक्ति के यहाँ कुछ देर के लिए काम करते वक़्त देखा जाता है। वह मूस के सर पर कड़वा तेल चाँप देती, बदन दबा देती, फटी बेवाइयों में गर्म-गर्म तेल चुआ देती। समय पर चिलम-तमाखू चढ़ा देना, समय पर गर्म-गर्म रोटी सेंककर खिलाना, फटे कपड़ों को आग्रहपूर्वक सिलना...धीरे-धीरे उसको इन सब बातों में बच्चों की तरह खेल का मज़ा आने लग। एक मर्द ने उस पर डंडे के बल से शासन किया था, अब दूसरे मर्द को प्रेम के बल पर नचाने में उसको सन्तोष होता। वह रात में मूस से चुहल करती, रूठती, मचलती, मान करती, देर तक ही-ही, ही-ही करती। मूस के मन-प्राण में नासमझ पशु की तरह ख़ुशी की बेचैनी छा जाती और वह सब कुछ भूलकर मर्द-स्त्री की मिली-जुली-सी आवाज़ों में कुछ अस्पष्ट-सा बुदबुदा उठता।

मूस को जीवन में पहली बार ऐसा सुख मिला था। उसको पहली बार अपनी शक्ति और पुरुषत्व का एहसास हुआ था। एक जवान, सुन्दर, गुणी और नख़रीली

औरत उस पर लट्टू है, इस भावना ने झकझोर और गुदगुदाकर उसमें अनन्त शक्तियाँ जगा दीं। वह अब साफ़-सुथरा रहने की कोशिश करता, देर तक नहाता, दाँतों को मज़े में साफ़ करता, अधपकी मूँछों को तेल से तर करता और उनको अक्सर ऐंठता रहता। वह अब अपना पुरुषत्व प्रदर्शित करने के लिए लालायित रहने लगा। अब तक उसका व्यक्तित्व इतना दबा-दबा था कि उसने प्रेम, सद्व्यवहार और सुख के बारे में सोचने का साहस भी कभी नहीं किया था, परन्तु अब यह सब उसको मिला तो उसका व्यक्तित्व माँद में सोए हुए बाघ की तरह जाग पड़ा। उसके हृदय में एक अनजान, अप्रतिरोध्य हिंसा तथा क्रोध की भावना जाग्रत हुई, जैसे वह सारी दुनिया से अपने अपमान और हेठी का बदला लेना चाहता हो। लोगों से बोल-चाल में उसमें अजीब ऐंठ पैदा हो गई। उसका मुँह रहिले (चने) की तरह टेढ़ा रहता और देह जेंवर (रस्सी) की तरह ऐंठी। दूसरों के प्रति वह ख़ामख़ाह दुष्ट व्यक्तियों की तरह जलन और घृणा से भरा रहता। वह अब लड़कों को अस्पष्ट स्वर में डाँट-डपट देता और कुत्तों को बिना क़सूर बुरी तरह डंडे से पीटने लगता। बड़े घरों के लोगों को देखकर वह उपेक्षा से दूसरी ओर मुँह कर लेता, जिससे उसको सलाम न करना पड़े। औरतों की ओर वह अब साहस से देखता। परबतिया से तो वह सदा जला-भुना रहता, जैसे उसके ख़िलाफ़ उसकी सबसे अधिक शिकायत हो। वह उससे छोटी-छोटी बात पर भी लड़ने लगता और देखते-ही-देखते उसको डंडे, काँवर से मारने को तैयार हो जाता। उसकी स्थिति उन त्यागी और अहिंसा प्रेमी राजनीतिक नेताओं की तरह थी, जो जीवन-भर त्याग करने के बाद बुढ़ौती में पदारूढ़ होने पर अधिकार और मलाल के साथ शक्तिलोलुपता तथा भ्रष्टाचरण का प्रदर्शन करते हैं।

साल-भर बीतते देर न लगी। अषाढ़ चढ़ गया था। लेकिन अभी तक वर्षा न हुई थी। आसमान में बादल विजयी सेना के घुड़सवारों की तरह दौड़ लगा रहे थे। कुछ दिनों से सड़क के चौराहे पर फुलौड़ी बेचनेवाला बिसुन मुनरी को देखकर कोई-न-कोई फिकरा कस देता। चौबीस-पचीस का नौजवान, साफ़ चेहरा; आकर्षक आँखें, बड़े-बड़े बाल। वह कैसा लम्बा और तन्दरुस्त था, शीशम के सीधे तने की तरह! मुनरी अब बार-बार उधर से गुज़रती। उसने कई बार अपने को समझाया कि यह ठीक नहीं है, परन्तु उसकी आँखों में बिसुन का भरा-भरा मुस्कराता चेहरा नाच उठता। उसके पैर स्वत: चौराहे की ओर सरकने लगते।

"कुछ लेते जाओ, कुछ देते जाओ!" बिसुन ने एक बार कहा था।

मुनरी की दृष्टि एक क्षण के लिए बिसुन की चौड़ी छाती और मज़बूत बाँहों में उलझ गई थी। वह अनजाने में ही मुस्करा उठी थी।

मुनरी इस बार ग़ायब हुई तो फिर न लौटी। काँवर से मारने के बाद मूस ने उसको कितना मनाया था! वह चार-पाँच दिन तक हँसी-ख़ुशी से रही थी।

परबतिया ने अपना माथा ठोंक लिया। मुनरी जब पहली बार लापता हुई थी, तब परबतिया को ख़ुशी और चिन्ता दोनों हुई थी। ख़ुशी इस बात की कि वह मूस के अलावा इधर-उधर भी मन दौड़ाने लगी है। परन्तु वह मुनरी से हाथ धोना न चाहती थी। ऐसी पट्ठी और मेहनती औरत उसके खोजे न मिलती। उसकी इच्छा थी कि मुनरी अगर रात में ग़ायब हो तो उसकी जानकारी ही में। वह चाहती थी कि वह मुनरी खूँटे से बँधी रहे, साथ ही पक्की खिलाड़ी भी बन जाए। वह मुनरी का पूरी तरह शोषण करना चाहती थी।

कई दिन तक मुनरी की खोज-ख़बर नहीं मिली। फिर तेज़ी से यह अफ़वाह उड़ी कि मूस की लुगाई बिसुन फुलौड़ीवाले के घर बैठ गई है। मूस ने सुना तो उसका ख़ून खौल गया। जो स्त्री उससे सन्तुष्ट और सुखी थी, उसको ज़बरदस्ती प्राप्त करने के लिए वह व्याकुल हो उठा। वह उसकी विवाहिता स्त्री थी और उस पर उसका अधिकार था।

सवेरे-सवेरे ही मूस और परबतिया जाकर बिसुन के दरवाज़े पर खड़े हो गए। मूस ने धोती खोंट ली थी। उसकी कमर में योद्धा की तरह लाल गमछा बँधा था और हाथ में टीकासन से बड़ा डंडा था।

"अरे बिसुनवा! मर्द का बच्चा है तो बाहर निकल आ!" डंडे पर अपनी पकड़ मज़बूत करते हुए मूस ललकार उठा।

"निकल आ मरकिलौना!" परबतिया भी हाथ नचाकर चीख़ने-चिल्लाने लगी, "तुझे नोच-नोचकर गिद्ध को खिलाऊँ...!"

बिसुन अभी सोकर उठा था। आँखें मलता हुआ वह बाहर निकल आया।

"क्या है?" वह सामने आकर, तनकर बोला।

"दूसरे की लुगाई घर में बैठाकर कहता है, क्या है? सीधे से लौटा दे, नहीं तो तेरी जो दुर्गति न होनी होगी, वही होगी।"

"तुम्हारी कोई लुगाई-वुगाई नहीं है!" बिसुन भड़क उठा, उसका चेहरा तमतमा गया।

अब उनके चारों ओर मोहल्ले की भीड़ इकट्ठी हो गई थी। सभी कोई गुल खिलने की उम्मीद में उत्साहपूर्वक उनका लड़ना देख रहे थे।

"साफ़-साफ़ बता, नहीं तो बहुत बुरा होगा!" मूस गरज़ उठा।

"क्या कर लोगे?"

मूस आगे बढ़कर कड़क उठा, "बिसुनवा! आज यहाँ लहास गिर जाएगी! तू नहीं जानता किसके मुँह लग रहा है!"

"ख़ूब जानता हूँ कि डेढ़ हाथ के मूस से लग रहा हूँ। तुम कोई बन्दूक नहीं हो कि छूटने लगोगे! और न मैं चटनी हूँ कि उठाकर चाट जाओगे!" बिसुन ने व्यंग्य से मुस्कराकर कहा।

"तू उसको निकालेगा कि नहीं?" मूस भगत का होश-हवाश लुप्त हो गया और वह डंडा लेकर बिसुन की ओर दौड़ा।

परन्तु बिसुन ने आगे बढ़कर मूस के हाथ से डंडा छीनकर फेंक दिया और एक धक्का ऐसा दिया कि वह गिरकर चारों खाने चित्त हो गया।

परबतिया छाती पीट-पीटकर चीख़ने-चिल्लाने लगी। वहाँ खड़े लोग जैसे इसी की प्रतीक्षा में थे। उन्होंने दोनों को पकड़-पकड़कर अलग कर दिया।

आसमान में रूई की तरह सफ़ेद बादल के टुकड़े तैर रहे थे। मूस अपनी कोठरी में बँसखट पर पड़ा दरवाज़े के रास्ते चुपचाप देख रहा था। वह एक पुरानी फटी चादर गले तक ओढ़े हुए था। उसके गाल चिपक गए थे, आँखें गड्ढे में धँस गई थीं और मुख पर पीलापन छाया हुआ था। कुछ दूर पर ओसारे में बैठी परबतिया अपने बालों को आगे फैलाकर ढील हेर रही थी और साथ में कुछ बड़बड़ाती भी जा रही थी।

मुनरी के मामले की रिपोर्ट मूस पुलिस में नहीं कर सका था, क्योंकि किसी ने बताया कि नया क़ानून बन गया है, पुलिस को मालूम हो गया तो उसी को जेहल में डाल देगी। परन्तु मूस के दिल में कहीं काँटा अटक गया था। सुख का एहसास होने के कारण उसकी दुख अनुभव करने की सजगता और शक्ति बढ़ गई थी। उसको विश्वास ही न होता कि मुनरी अपने मन से गई है। जो तन और मन से ऐसा सुख दे गई, वह ऐसा कर ही कैसे सकती थी! वह अनमना रहने लगा था। उसका उत्साह और ऐंठ ख़त्म हो गया था। उसको ठीक से भूख-प्यास भी न लगती। उस पर लोग अब हँसकर आवाज़ें कसते तो वह चुपचाप सर झुकाए चला जाता। परबतिया अब रोज़ उससे लड़ती और देर तक उसको कोसती रहती।

फिर काम की समस्या सामने आ गई थी। मुनरी के रहने पर वह ख़ुद कितना आलसी हो गया था! मन में आने पर न भी जाता काम पर। परन्तु, अब वह पहाड़ की तरह टूट पड़ा। परबतिया से तो कुछ न होता। मूस अब उसकी भी बर्तन मलने में मदद करता, साथ ही फ़ुरसत मिलने पर राशन की मंडी में जाकर सामान ढोता। परबतिया का दमा कभी-कभी ज़ोर कर देता, तो उसको ही सभी कुछ करना पड़ता था। इसके बाद उसको बुख़ार और खाँसी रहने लगी।

"पानी।" उसने कराह कर कहा।

परबतिया झनककर बड़बड़ाती उठी। पानी पीने के बाद मूस चित्त लेट गया। कोठरी की कमज़ोर धरन पर उसकी आँखें जमी थीं, लेकिन सामने बचपन के कुछ चित्र उभर रहे थे।...पता नहीं क्यों, उसको आजकल बचपन की बहुत याद आती है। उसको लगता कि वह बच्चा है और अपनी माँ के सामने खड़े होकर रोटी-गुड़ के लिए ज़िद कर रहा है। उसकी माँ उसी की तरह दुबली-पतली और छोटी थी। वह कितना उसको तंग करता था...मन की बात न होने पर खाने की छिपुली पटक देता,

पानी की घइली (घड़े) में थूक देता, ढेला चलाकर मार देता।...फिर सब कुछ ख़त्म हो गया। एक साल के अन्तर से माँ-बाप दोनों मर गए थे।...उसको आभास हुआ कि वह उसी तरह चौखट के पास खड़ा रो रहा है, जैसे माँ की अर्थी जाने के समय रोया था...।

मूस ने चुपके से अपनी आँखें पोंछ डालीं।...चाचा-चाची ने पाल-पोसकर उसे बड़ा किया। क़रीब आठ साल का वह था, लेकिन सभी काम उसको करने पड़ते। कोई ग़लती होने पर चाची रस्सी से बाँधकर मारती। वह खाने के लिए किस तरह तरस जाता था। वह कुत्ते की तरह हर समय दुरदुराया जाता।...दशहरे के त्योहार में उसके मामा आए थे तो एक गमछा और चार गंडे पैसे हाथ पर देते गए थे। वह बहुश ख़ुश हुआ था। किस तरह वह उछलता था। परन्तु अचानक उसके चाचा उसको पकड़कर बिला क़सूर बुरी तरह पीटने लगे थे। उसके सामने अँधेरा छा गया था। कई दिन बाद वह खाट से उठ सका था।...फिर परबतिया आई।...मूस ने गौने के समय परबतिया की शक्ल याद करने की कोशिश की, परन्तु उसको लगा कि परबतिया शुरू से ही ऐसी है।

खटका होने पर उसने सर घुमाकर देखा। उसका कलेजा धड़क उठा। उसने नहीं सोचा था कि मुनरी अब फिर उसके दरवाज़े पर आएगी। उस घटना के कुछ दिन बाद ही मुनरी घर से निकलकर अपने चहेते के साथ काम करने लगी थी, परन्तु मूस और परबतिया से कभी भी न बोलती थी। वह पहले से कुछ मोटी हो गई थी और उसके गाल मालपुए की तरह फूल गए थे। वह लाल चुनरी और पैरों में कड़ा-छड़ा पहने थी; उसके हाथ में एक पोटली थी। मूस के हृदय में एक अनजान-सा अभिमान मचलने लगा और उसने करवट बदलकर दूसरी ओर मुँह कर लिया।

"पाँव लागूँ, जिलेबिया की माई..." मुनरी संकोच से ओसारे में बैठ गई, "सुना था, जिलेबिया के बाबू बहुत दिनों से बीमार हैं।...कैसा जी है अब?"

"बैठो।" परबतिया बोली, "क्या कहूँ, बाबा बलेसरनाथ ही हमसे नाराज हैं। क़िस्मत फूट गई है। बीस-पचीस दिन से ऊपर हो गए, जिलेबिया के बाबू चारपाई पर पड़े तो उठे नहीं। खाँसी-बुख़ार छूटता नहीं। तुम तो जानती हो...मेरा जी अलग ख़राब रहता है। मैं तो अब यही कहती हूँ कि हे गंगा मैया, मुझको उठा ले!"

"दुख न करो, जिलेबिया की माई..." मुनरी ने दुखपूर्ण स्वर में कहा, "मैंने जब से सुना, मेरा जी छटपटा गया। मैंने सोचा, चलकर भूल-चूक की माफ़ी माँग आऊँ। तुम लोगों का उपकार क्या भूल पाऊँगी? तुम लोगों ने हाथ न पकड़ा होता तो ये दिन देखने को न मिलते। मैं दूसरे घर चली गई हूँ, पर मेरा मन बदला नहीं है। मैं तुम लोगों के लिए वैसी ही हूँ!" उसका स्वर आर्द्र हो उठा और वह एक क्षण के लिए रुकी। फिर साड़ी के खूँट से खोलकर पाँच रुपये का हरा नोट और पोटली आगे बढ़ाते हुए अनुनयपूर्ण आवाज़ में बोली, "यह रख लो; जब हो तो लौटा देना।

पोटली में चावल और मूँग की दाल है। जिलेबिया के बाबू को किसी डॉक्टर से दिखाकर इलाज कराओ...काली मैया अच्छा कर देंगी! मेरा मांस खाना कि कोई ज़रूरी बात पड़ने पर मुझसे संकोच करना!"

मूस का जी न मालूम कैसा होने लगा! उसको लगा कि अगर उसने उस दिन मुनरी को काँवर से मारा न होता तो वह उस छोड़कर कभी न जाती। उसके हृदय में एक असह्य पीड़ा और आकांक्षा उमड़-घुमड़कर उसको बेचैन करने लगी।

हत्यारे

क्वार की एक शाम को पान की एक दुकान पर दो युवक मिले। आकाश साफ़, नीला और ख़ुशनुमा था और हवा आनेवाले मौसम की स्मृति में चंचल। एक युवक गोरे रंग का, लम्बा, तगड़ा और बहुत सुन्दर था, यद्यपि उसकी आँखें छोटी-छोटी थीं। वह सफ़ेद क़मीज़ और आधुनिक फ़ैशन की एक ऐसी तंग पैंट पहने था, जिसको फाड़कर उसके बड़े-बड़े और सुडौल चूतड़ बाहर निकलना चाहते थे। पैरों में जूते थे, किन्तु मोज़े नहीं थे और बाल उलटे फिरे हुए थे। दूसरा युवक साँवला, ठिगना और तन्दुरुस्त था। उसकी दाढ़ी-मूँछ अपने साथी की तरह ही सफ़ाचट थी, पोशाक भी उसी ढंग की थी, किन्तु सिर पर कश्मीरी टोपी थी, पैंट का रंग चाकलेटी न होकर भूरा था और क़मीज़ की दो बटनें खुली होने के कारण बनियाइन साफ़ दिखाई दे रही थी।

"हलो, डियर!"

"हलो, सन!" गोरा पास आकर खड़ा हो गया।

"इतना लेट क्यों, बेटे?"

"भई, बोर हो गए!"

"कोई ख़ास बात?"

"यही नेहरू है, यार! आज उसका एक और पत्र मिला है।"

"आई सी!" साँवले की आँखों और होंठों के कोरों में हास्य की हल्की सिकुड़नें पैदा होकर विलीन हो गईं।

"हाँ डियर, यह आदमी मुझको परेशान कर रहा है। मैंने बार-बार कहा कि, भाई मेरे, भारत की प्राइम मिनिस्ट्री किसी दूसरे व्यक्ति को दो, मेरे पास बड़े-बड़े काम हैं। लेकिन मानता ही नहीं।"

"क्या कहता है?"

"वही पुराना राग! इस बार लिखा है अब मैं थक गया हूँ। गाँधीजी देश का जो भार मुझे सौंप गए, उसको मैं आपके मज़बूत कन्धों पर रखना चाहता हूँ। इस अभागे देश में आज आपसे क़ाबिल और समझदार दूसरा कोई भी नहीं है!"

दो लट्टू तेज़ी से नाचकर सहसा गिर गए हों, इस तरह वे कुछ क्षण हँसकर गम्भीर हो गए।

"और भी तो नेता हैं?" साँवले ने पूछा।

"नेहरू देश के और सभी नेताओं को निकम्मा और बातूनी समझता है। तुमको तो मालूम है न कि लास्ट टाइम जब मैं दिल्ली गया था तो नेहरू ने अशोक होटल में आकर मुझसे मुलाक़ात की थी?"

"नहीं! तुम हरामी की औलाद हो, कोई बात बताते भी तो नहीं!" साँवले की आँखें बटन की तरह चमकने लगीं।

"नेहरू मेरा हाथ पकड़कर रोने लगा। बोला, आज देश भारी संकट से गुज़र रहा है। सभी नेता और मंत्री बेईमान और संकीर्ण विचारों के हैं। जो ईमानदार हैं, उनके पास अपना दिमाग़ नहीं है। मेरी लीडरशिप भी कमज़ोर है। मेरे अफ़सर मुझको धोखा देते हैं। जनता की भलाई के लिए मैंने पाँचसाला योजनाएँ शुरू कीं, लेकिन ब्लॉकों के सरकारी कर्मचारी अपने घरों को भरने में लगे हैं। मैं जानता हूँ कि सारे देश में कुछ लोग लूट-खसोट मचाए हुए हैं, लेकिन मैं उनके ख़िलाफ़ कोई कार्रवाई नहीं कर सकता।"

"अरे!"

"किसी से कहना मत, साले!...उसने अन्त में कहा—देश को आज केवल आपका ही सहारा है। आप ही पूँजीपतियों, मंत्रियों और अफ़सरों के षड्यंत्र को ख़त्म करके समाजवाद क़ायम कर सकते हैं!"

"अब तुम क्या सोच रहे हो?"

"ऐसे छोटे-मोटे काम माबदौलत नहीं करते!"

"यार, तुमको देश की ख़ातिर कुछ तो झुकना ही चाहिए!"

"नहीं, बे! मैं सिद्धान्तों का आदमी हूँ। नेहरू को ट्रंक कॉल करके आ रहा हूँ, इसीलिए तो देर हुई।"

"अच्छा?"

"हाँ! मैंने साफ़-साफ़ कह दिया—भैया, देश की प्राइम मिनिस्ट्री मुझे मंजूर नहीं। मेरे सामने बहुत बड़े-बड़े सवाल हैं। सबसे पहले तो मुझे विश्व-शान्ति क़ायम करनी है!"

दोनों दाँत खोलकर हँसने लगे।

"तुम्हारा सोचना एक तरह से ठीक ही है। हाँ, मुझको भी एक मामूली-सी बात याद आ गई। कल मुझको भी अमेरिका के प्रेसीडेंट केनेडी का एक तार मिला था।"

"क्या लिखता है?" गोरे की आँखें सिकुड़ गईं।

"मुझको अमेरिका बुला रहा है। उसने लिखा है—आप-जैसा साहसी व्यक्ति आज संसार में कोई दूसरा नहीं। आप आ जाएँगे तो अमेरिका निश्चित रूप से रूस को युद्ध में हरा देगा।"

"तुमने कोई जवाब दिया?"

"मैंने भी केबुल कर दिया है कि मैं राष्ट्रीय विचारों का युवक हूँ और इस घोर संकट के समय किसी भी हालत में अपने देश को छोड़कर किसी दूसरी जगह नहीं जा सकता!"

"अच्छा किया। वैसे वह शख़्स है बहुत सीधा-सादा। मेरी तो बड़ी इज़्ज़त करता है। मैंने ही उससे तुम्हारी सिफ़ारिश कर दी थी!"

इस पर वे एक ही साथ इस तरह सिर नीचे करके हँसने लगे, जैसे अपनी निकली छातियों को देखकर ख़ुश हो रहे हों। परन्तु बग़ल में खड़े एक पैंटधारी सज्जन की खिलखिलाहट सुनकर फ़ौरन गम्भीर हो गए। उनकी आँखें सिकुड़ गईं, होंठों में दृढ़ता आ गई और गर्दनें तन गईं। इसके बाद गोरे ने अजीब शान से आगे बढ़कर पानवाले से कैपस्टन का डिब्बा ले लिया। फिर दोनों ने एक-एक सिगरेट सुलगाई और अन्त में शंटिंग करने वाले रेल के इंजिन की तरह लापरवाही से धुआँ छोड़ते हुए वहाँ से चलते बने।

एक चौड़ी और साफ़-सुथरी तारकोल की सड़क के दोनों ओर भव्य दुकानें थीं। अगल-बग़ल दोनों फुटपाथों पर हर उम्र, पेशा और रंग-रूप के स्त्री-पुरुषों की उत्साही भीड़ें विपरीत दिशाओं को सरक रही थीं। वे बाईं पटरी से आगे बढ़ रहे थे। उनके कूल्हे ख़ूब मटक रहे थे। उनके हाथ कुछ फैलकर इस तरह आगे-पीछे हो रहे थे, जैसे वे खड़े होकर तैर रहे हों। वे अक्सर अपने दाएँ और बाएँ अत्यधिक नाराज़ी से घूरते थे। एक बार जब भड़कीले वस्त्रों से सज्जित कुछ छात्राओं का एक दल सुगन्ध उड़ाता हुआ बग़ल से गुज़रा तो उन्होंने होंठ सिकोड़कर चुम्बन की आवाज़ें पैदा कीं। जब वे बाज़ार के दूसरे छोर पर पहुँच गए तो उन्होंने सरदार की दुकान के सामने खड़े होकर बादाम का शर्बत पिया, बनारसी पानवाले के यहाँ जाकर चार-चार बीड़े मगही पान खाए और अन्त में बाईं पटरी से वापस लौटने लगे।

"उस लौंडिया को पहचान रहे हो?"

"नहीं।" साँवले ने पीछे घूमकर एक दुबली-पतली लड़की को जाते हुए देखा।

"तुम साले गदहे हो! जब मैं प्रधानमंत्री बनूँगा तो तुमको सेक्रेटेरियट का भंगी बनाऊँगा! बेटे, यह है चन्द्रा सिन्हा। एम. ए. इंग्लिस से टॉप करके अब रिसर्च कर रही है। वह मुझको अपना पति मान चुकी है।"

"या पुत्र?"

"मज़ाक़ नहीं, डियर! कई बार चरण पकड़कर रो चुकी है। लेकिन तुम तो जानते ही हो कि मैं बाल-ब्रह्मचारी रहने की प्रतिज्ञा कर चुका हूँ!"

"तुम्हारे बाप भी तो बाल-ब्रह्मचारी थे।"

दोनों के मुँह कानों तक फैल गए।

"यार, तुम हर बात को नॉनसीरियस बना देते हो! मैं देश की कोटि-कोटि जनता के कल्याण के लिए अपील करता हूँ कि तुम गम्भीर बनो और अनुशासन में रहो!"

"अच्छा, फ़रमाइए, हुजूर शाहंशाह हरामी-उल-मुल्क!"

"तो है अर्जुन, सुनो! एक रोज़ प्रोफ़ेसर दीक्षित मेरे पास आकर गिड़गिड़ाने लगे।"

"इंग्लिश डिपार्टमेंट के हेड?"

"हाँ बे, और कौन प्रोफ़ेसर दीक्षित है इस अखिल विश्व में?" "ग़लती हुई, सरकार!"

"आते ही हाथ जोड़कर बोले—इस संसार में आप ही मेरी मदद कर सकते हैं। चन्द्रा सिन्हा के बिना मैं एक क्षण भी ज़िन्दा नहीं रह सकता। वह मामूली स्टूडेंट थी, लेकिन मैंने ही उसको टॉप कराया। मैंने उससे कई बार कहा है कि तुमको दो वर्ष में ही डॉक्टरेट दिला दूँगा। मैंने हर दर्जे के लिए पाठ्य-पुस्तकें और कुंजियाँ लिखकर जो लाखों रुपये कमाए हैं, उनको चन्द्रा के चरणों पर न्यौछावर करने को तैयार हूँ। लेकिन वह तो मेरी ओर देखती भी नहीं। वह आपके ही नाम की माला जपती रहती है। आप समझा देंगे तो कहना मान जाएगी!"

"तुम तो बेटा, फिर डरे होगे? तुम्हारा एक पीरियड वह लेता जो है!"

"हुश! सारा देश जिसकी पूजा करता है, वह उस पिद्दी से डरेगा? मैंने डाँटकर उससे पूछा—बच्चू, पाठ्य-पुस्तकों का रोब तो बहुत दिखाते हो, लेकिन क्या तुम इससे इनकार कर सकते हो कि तुम्हारी सभी पुस्तकें तुम्हारे शिष्यों की लिखी हुई हैं?"

"फिर क्या बोलिस?"

"बोलता क्या? थर-थर काँपने लगा। मेरे चरण पकड़कर प्रार्थना करने लगा कि मैं यह बात किसी से न कहूँ! मैंने कड़ककर उत्तर दिया—मैं जानता हूँ कि तुम बड़े-बड़े अफ़सरों और मंत्रियों की चापलूसी करते हो। तुमने अनगिनत लड़कियों की ज़िन्दगी इसी तरह चौपट की है। चन्द्रा सती-साध्वी नारी है, अगर आइन्दा तुमने उसको बुरी नज़र से देखा तो मुझे बाध्य होकर देश की शिक्षा-पद्धति में आमूल परिवर्तन करना पड़ेगा!"

सहसा एक बुक स्टॉल ने उनका ध्यान आकर्षित किया, जिसके सामने एक जवान, गोरी और सुन्दर महिला खड़ी थी। उसका जूड़ा सर्प की कुंडली की तरह पीछे बँधा था और उसके पुष्ट शरीर पर गेरुए रंग की एक रेशमी साड़ी सयत्न लापरवाही के साथ लिपटी थी, जिससे वह कोई बौद्ध भिक्षुणी की तरह दिखाई दे रही थी। वह 'ईव्स वीकली' को ध्यानपूर्वक उलट-पुलटकर देख रही थी, परन्तु उसके मुख पर इस आशा का भाव था कि लोग उसको अत्यधिक आधुनिक और प्रबुद्ध समझें। वे भी मुँह से धीरे-धीरे सीटी की आवाज़ें निकालते हुए निकट आकर खड़े हो गए और कुछ पत्र-पत्रिकाओं को उलटने-पुलटने लगे। उन्होंने बारी-बारी से 'रेखा', 'गोरी', 'रीडर्स डाइजेस्ट', 'इलस्ट्रेटेड वीकली', 'लाइफ', 'मनोहर कहानियाँ', 'फ़िल्मफेयर', 'जासूस महल' आदि पत्रिकाएँ देखीं। बीच-बीच में वे उस महिला को घूरते जाते थे और कोई बात कहके ज़ोर से हँस पड़ते थे।

"यार, लास्की भी अजीब आदमी था!" गोरे ने कहा।

"क्यों?"

"तुम तो जानते ही हो कि 'ग्रामर ऑफ पॉलिटिक्स' लिखने के पहले वह मुझसे मिलने आया था।"

"कुछ-कुछ याद आ रहा है।", साँवला महिला की ओर तिरछी दृष्टि से देखकर ज़ोर से हँस पड़ा।

"वह एक रात को चुपके से मेरे घर पहुँचा। गिड़गिड़ाकर बोला—जब तक आप मदद न करेंगे मेरी किताब लिखी नहीं जाएगी! मुझे दया आ गई कि आदमी शरीफ़ है और इसके लिए कुछ कर देना चाहिए। मैंने कहा—भाई, मेरे पास इतना समय तो नहीं कि तुम्हारे लिए पूरी पुस्तक लिख दूँ, हाँ, रोज़ मैं रात को दो घंटे बोल दूँगा और तुम नोट कर लेना।"

"तैयार हुआ?"

"अरे, बड़ा ख़ुश हुआ! मैंने दस दिन में ही पूरी किताब डिक्टेट करा दी। वह कहने लगा कि पुस्तक के असली लेखक आप ही हैं और उस पर आपका ही नाम जाना चाहिए, लेकिन मैंने जवाब दिया कि मैं सत्य और अहिंसा के देश का रहने वाला हूँ और मेरी सेवाएँ सदा निःस्वार्थ होती हैं।"

उस महिला ने शान से गर्दन घुमाकर उनकी ओर घूरती नज़र से देखा। फिर वह 'ईव्स वीकली' ख़रीदकर उपेक्षापूर्ण भाव प्रकट करती हुई चली गई। दोनों ने ज़ोर का ठहाका लगाया। फिर साँवला शीघ्र ही गम्भीर होकर गुनगुनाने लगा—'मुझे पलकों की छाँव में रहने दो...'

उन्होंने बाज़ार के दो और चक्कर लगाए। तब तक एक अँधेरा छा गया था। सभी दुकानें रंग-बिरंगी रोशनियों से जगमगाकर रहस्यमय स्वप्नलोक की तरह प्रतीत हो रही थीं। वे फिर उसी पान की दुकान पर आकर खड़े हो गए। इस बार साँवले ने सिगरेट ख़रीदी।

"डियर, हम काफ़ी विदेश भ्रमण कर चुके। अब हमको प्यारे स्वदेश की भी सुध लेनी चाहिए!" गोग जमुहाई लेकर बोला।

"हाँ। मेरी भी पवित्र आत्मा स्वदेश के लिए छटपटा रही है।"

"लेट अस गो!"

कुछ दूर चलकर वे 'दी प्रिन्स' में घुस गए। काउंटर पर बड़ी-बड़ी मूँछोंवाला एक अधेड़ व्यक्ति अत्यधिक तटस्थ और विनम्र भाव से बैठा था। उसने झुककर उनको सलाम किया। दाहिनी ओर चार केबिन बने हुए थे। पहले में चार व्यक्ति बैठे हुए थे और ज़ोर-ज़ोर से बातें करके ठहाके लगा रहे थे, जिनको देखते ही वे दोनों अत्यधिक गम्भीर हो गए और उनके चेहरों पर उच्चता और उपेक्षा के भाव अंकित हो गए। वे अन्तिम केबिन में जाकर बैठ गए।

"क्या लोगे?" गोरे ने पूछा।

"देश का सामाजिक और नैतिक स्तर ऊँचा करना है, ब्रांडी ही चलने दो!"

"एक अद्धा और साथ में अभी...उबले हुए अंडे।" गोरे ने ऑर्डर दिया।

जब बैरे ने सामान लाकर मेज़ पर रख दिये तो गोरे ने दो गिलासों में बराबर-बराबर मात्रा में शराब ढाली। साँवले ने चुपके से अपने गिलास की कुछ शराब गोरे के गिलास में उड़ेल दी और अन्त में झेंपकर हँसने लगा।

"साले! तुम कायर हो!" गोरा बिगड़ गया, "मैंने सोचा था कि प्राइम मिनिस्टर होने पर मैं तुमको भ्रष्टाचार निवारण समिति और जाति-भेद उन्मूलन-समिति का अध्यक्ष बना दूँगा। लेकिन जब तुम इतनी पी नहीं सकते तो अवसर आने पर घूस कैसे लोगे, जालसाज़ी कैसे करोगे, झूठ कैसे बोलोगे? फिर देश की सेवा क्या करोगे, ख़ाक?"

दोनों ज़ोर-ज़ोर से ठहाके लगाने लगे। फिर उन्होंने सिगरेट सुलगा ली। वे शराब की चुस्की लेने के बाद अंडे खाकर कुछ देर तक अपनी नाक की सीध में महत्त्वपूर्ण और बुज़ुर्गाना ढंग से देखते थे और बाद में सिगरेट के गहरे कश खींचकर धुआँ छोड़ने लगते थे।

जब वे बाहर निकले तो उनके चेहरे तमतमा रहे थे। फुटपाथों पर की भीड़ें हल्की पड़ गई थीं। गोरे ने हाथ ऊँचे करके अपने शरीर को तोड़ा।

"तुम्हारी लीडरशिप का मज़ा न आया। आज तो कुछ रचनात्मक कार्य होना चाहिए!"

"तो तैयार हो जाओ! मैं देश के चौमुखी विकास और विश्वशान्ति की स्थापना के लिए जो क़दम उठाने जा रहा हूँ, उसमें तुम्हारे जैसे नौजवान की मदद चाहिए! अगर तुम हिम्मत से काम लोगे तो माबदौलत ख़ुश होकर तुमको होम मिनिटर बना देंगे!"

"जो आज्ञा, हुजूर!"

"तो आओ बेटा, रिक्शे पर बैठो।"

कुछ देर बाद उनका रिक्शा एक ऐसी छोटी-सी बस्ती के पास रुका, जिसमें खपड़ैल और फूस के पन्द्रस-बीस छोटे-छोटे मकान थे। उस बस्ती में चौका-बर्तन करनेवाले कमकर, कुछ रिक्शा चालक और इसी क़िस्म के मज़दूर रहते थे। वह स्थान विश्वविद्यालय से लगभग एक मील दूर शहर की सीमा पर स्थित था, इसलिए दूर तक कोई अन्य बस्ती नहीं दिखाई देती थी। नुक्कड़ पर पान की एक ऐसी दुकान थी, जिसमें अन्य छोटे-मोटे सामान भी मिलते थे। झोंपड़ियों से मद्धिम मटमैली रोशनियाँ झाँक रही थीं। रात अँधेरी थी, परन्तु मौसम बहुत सुहावना था और नि:शब्द चलनेवाली पवित्र, स्वच्छ और शीतल हवा शरीर और मन को पुलक से भर देती थी।

वे पहली झोंपड़ी में ही घुसे। बाहर छोटे-से बरामदे में बाईं ओर दीवार से सटकर नाव की तरह गहरी एक पुरानी बँसखट पड़ी हुई थी। दाहिनी तरफ़ एक कोने में एक औरत चूल्हे के सामने बैठी खाना बना रही थी। वह चौंककर खड़ी हो गई, परन्तु गोरे को तत्क्षण पहचानकर सज्जनतापूर्वक हँसने भी लगी, जिससे उसके गालों के बीच में गड्ढे पड़ गए। उसकी उम्र चौबीस-पचीस की होगी। रंग क़रीब-क़रीब काला था, परन्तु शरीर मज़बूत था और वह देखने में बुरी भी नहीं थी। वह एक मैली-कुचैली साड़ी पहने थी। और उसके आँचल की अस्त-व्यस्तता के कारण उसके उन्नत और पुष्ट उरोज़ दिखाई दे रहे थे। वह एक सीधी-सादी और सरल स्वभाव की स्त्री प्रतीत होती थी।

"बहुत दिन के बाद दरसन दिया?...बैठिए।"

"यहाँ बैठकर क्या होगा, जी?" गोरा हँस पड़ा।

"तो भीतर चलिए!" वह भी हँसने लगी।

"आज तुम्हारी सेवा में विश्व के एक महान नेता को लाया हूँ।"

"मुझे तो आपकी बात समझ में नहीं आती। कौन हैं ये?" उसने अदा के साथ साँवले की ओर देखा।

"ये अखिल विश्व लेखक संघ के अध्यक्ष हैं। इनको हर तरह से तुम्हें ख़ुश करना है।"

"मेरे लिए तो सभी बराबर हैं। किसी तरह की शिकायत की बात नहीं मिलेगी।" वह फिर हँसने लगी।

"तुम्हारा दोपाया जानवर कहाँ है?"

"कहीं घास चरने गया होगा!" वह खिलखिला पड़ी।

"तो क्या देर है?"

"कुछ नहीं। दाल चुरती रहेगी।"

वह सहसा व्यस्त होकर चूल्हे के सामने बैठ गई। उसके होंठ अनजाने ही एक शिष्ट, हल्की मुस्कराहट से फैल गए थे। उसने एक लकड़ी निकालकर आँच धीमी कर दी, बटलोई की दाल को करछुल से चलाया और अन्त में आश्वस्त होकर उठ खड़ी हुई।

गोरा बाहर बँसखट पर बैठा-ऊँघता-सा रहा। थोड़ी देर बाद औरत तेज़ी से बाहर आई और बटलोई को चूल्हे पर से उतारकर पुन: कोठरी में चली गई। अब बाहर बैठने की बारी साँवले की थी। इस बीच बरामदे के ताक पर रखी डिबरी की रोशनी किसी बीमार की फीकी मुस्कराहट की तरह टिमटिमाती रही।

"दो-दो रुपये हुए न?" बाहर निकलकर गोरे ने हँसकर पूछा।

"आज तो चार-चार लूँगी! बड़ा परेशान किया है आप लोगों ने!" वह आँखें मटकाकर बोली।

"तुम तो पूँजीपति हो! तुमको किस बात की कमी है? अच्छा, आठ-आठ आना और। लेकिन दस रुपये का नोट है।"

"रुपये तो मेरे पास नहीं हैं।"

"पान वाले से भुना लेते हैं।"

"लाइए, मैं ले आती हूँ।"

"अरे, तुम देश की महान कार्यकर्त्री हो, तुम कहाँ कष्ट करोगी? अभी आते हैं।"

"अच्छी बात है।" वह हँसने लगी।

वे झोंपड़ी से बाहर निकलकर पान की दुकान की ओर बढ़े। वह औरत बरामदे में खड़ी उनको देख रही थी।

"साले, जूते निकालकर हाथ में ले लो!" गोरे ने दुकान के निकट पहुँचकर फुसफुसाहट के स्वर में कहा।

"क्यों?" साँवला चौंक उठा।

"मेरे आदेश का चुपचाप पालन कर। आज समय आ गया है कि हमारे नवयुवक बुद्धिमानी, मौलिकता, साहस और कर्मठता से काम लें! मैं पूर्ण अहिंसात्मक तरीक़े से उनका पथ-प्रदर्शन करना चाहता हूँ!"

दोनों ने झटपट अपने जूते उतारकर अपने हाथों में ले लिये।

"भाग साले! आर्थिक और सामाजिक क्रान्ति करने का समय आ गया है!"

वे सरपट भाग चले। साथ में वह 'ही-ही' हँसते भी जा रहे थे। वह औरत झोंपड़ी के बाहर निकल आई थी और छाती पीट-पीटकर विलाप करने लगी थी, "अरे, लूट लिया हरामी के बच्चों ने! उन पर बज्जर गिरे..."

झोंपड़ियों से कुछ व्यक्ति निकलकर युवकों के पीछे दौड़े। तारकोल की सड़कें जनशून्य थीं। दोनों युवक अरबी घोड़ों की तरह दौड़ रहे थे। वे कभी बाएँ घूम जाते और कभी दाएँ। पीछा करनेवालों में से एक फुर्तीबाज़ व्यक्ति तीर की तरह उनकी ओर बढ़ा आ रहा था। वह समीप आता गया। अब वह समय दूर नहीं था जब वह आगे लपककर साँवले युवक को पकड़ लेता, जो पीछे पड़ गया था। परन्तु सहसा गोरा रुककर एक ओर खड़ा हो गया। फिर फुर्ती से आगे बढ़कर उसने छुरा उस व्यक्ति के पेट में भोंक दिया, जो 'हाय मार डाला' कहके लड़खड़ाकर गिर पड़ा।

इसके बाद दोनों पुनः तेज़ी से भाग चले। जब बिजली का खम्भा आया तो रोशनी में उनके पसीने से लथपथ ताक़तवर शरीर बहुत सुन्दर दिखाई देने लगे। फिर वे न मालूम किधर अँधेरे में खो गए!

जनमार्गी

कमरा बन्द करके बलराज बाहर आ गया। दिन के लगभग दो बजे थे और आकाश साफ़ नहीं था, यद्यपि हल्की गँदली धूप निकली थी। दरवाज़े पर सोया कुत्ता चुपके से सिर उठाकर उदासीन दृष्टि से देखने के बाद खड़ा होकर उसके पीछे लग गया था। अकेला होने पर वह सदा इसी तरह तेज़ चलना आरम्भ कर देता था—एक पुराने विचित्र यंत्र की तरह जब उसका दाहिना कंधा उचकता था, हाथ भद्दे ढंग से झूलने लगते थे और टाँगें शरीर से उखड़ने की कोशिश करती प्रतीत होती थीं। वह अभी पचास का नहीं हुआ था और उसके सिर के बाल कपास हो रहे थे। वह ठिगना और दुबला-पतला था। उसकी गरदन छोटी थी और मुँह बड़ा तथा छुहारे की तरह सूखा था, जिस पर घोंसले के तिनके की तरह झुर्रियाँ उभर आई थीं। चश्मे के भीतर उसकी आँखें मलक रही थीं और होंठ एक हल्की मुस्कराहट से इस तरह खुल गए थे, जैसे वह दूर से ही किसी आत्मीय को देख रहा हो। इस समय उसको एक लड़की की याद आ रही थी, जिससे उसकी मुलाक़ात जवानी के दिनों में हुई थी और जो इसी शहर में रहती थी।

"जा जक्कू..." उसने सिर घुमाकर देखते हुए इस तरह कहा, जैसे किसी नासमझ बच्चे को स्नेहपूर्वक झिड़क रहा हो, किन्तु कुत्ता एक क्षण ठिठककर पुन: उसी निर्भयता से दौड़ने लगा।

"तुझे कुछ खाने को भी तो नहीं मिला।...मेरे साथ रहकर तू भूखों मर जाएगा..." वह बुदबुदाया। उसको कुत्ते पर, जिसका नाम उसने जक्कू रख दिया था, दया आ रही थी। एक दिन उसके हाथ से दो कौर भोजन पाने के बाद उसने किसी संन्यासी की तरह उसी के दरवाज़े पर अपना आसन जमा लिया था। जब कभी वह बाहर जाता था, तो जक्कू उसको पहुँचाने के लिए अवश्य साथ हो लेता था और कुछ दूर जाने पर दूसरे मोहल्लों के कुत्तों को देखकर पूँछ दबाकर टेढ़े-तिरछे वापस भाग आता था।

'वह हमेशा मुस्कराती रहती थी...' पक्की और चौड़ी गली के अन्त में नाली को लाँघने के बाद सड़क पर पहुँचकर वह उस लड़की के सम्बन्ध में ही फिर सोचने लगा था। वह गोरी, हल्की और तन्दरुस्त थी। वह इसलिए और भी ख़ूबसूरत

नज़र आती थी कि उसके माथे के बीच में लड़कपन में लगी किसी चोट का काला निशान था। अब वह कैसी हो गई होगी? उसने एक अधेड़ स्त्री की कल्पना करने की कोशिश की, परन्तु उसके सामने हवा की तरह चंचल एक सोलह-सतरह वर्ष की लड़की का चित्र उभर आया।

"बलराज जी!"

उसने चौंककर बाईं ओर देखा। अपने दरवाज़े के सामने लुंगी-बनियान पहने कमर पर हाथ रखकर दिलीप खड़ा था, जो एक पत्रकार था और इसके लिए भी विख्यात था कि उम्मीद और ज़रूरत न होने पर उससे अवश्य ही मुलाक़ात हो जाती थी। वह बहुत चलता-पुर्जा था और उसकी पहुँच बड़े-बड़े लोगों तक थी तथा एक साधारण अख़बार की नौकरी में ही उसने एक पक्का मकान खड़ा कर लिया था। बलराज बेहद घबरा गया और एक अनजान दयनीयता के भाव से उसकी आँखें बुरी तरह मलकने लगीं। उसने पास जाकर दिलीप को नमस्कार किया।

"कहिए, कहाँ जाना हो रहा है?"

"कहीं नहीं...एक मित्र से मिलने जा रहा हूँ।" झूठ बोलने के कारण बलराज का चेहरा लाल हो गया।

"तबीयत तो ठीक है?"

"हाँ...हाँ।"

"फिर कभी तो दौरा नहीं पड़ा?"

"नहीं तो..." बलराज इस तरह बोला, जैसे किसी आरोप का प्रतिवाद कर रहा हो।

"हाँ भाई, आप अपने स्वास्थ्य पर विशेष ध्यान दीजिए। यह रोग है बहुत ख़राब। सबसे ज़रूरी तो यह है कि आप कोई चिन्ता करें ही नहीं। जब कोई ऐसी बात आ जाए तो सोचिए कि जीवन में यह सब लगा ही रहता है। ऐसे विचार से मन को शान्ति मिलती है। मैं जब आपके बारे में सोचता हूँ, तो बहुत अफ़सोस होता है। आप मेरी एक सलाह मानिए। आदर्श, त्याग वग़ैरह ठीक है, लेकिन आदमी को ज़माने के अनुसार भी चलना चाहिए। अभी आपकी उम्र भी अधिक नहीं, आप किसी विधवा या किसी अन्य स्त्री से शादी करके घर-गृहस्थी बसाइए और कोई धन्धा शुरू कर दीजिए...।"

"हाँ-हाँ, कुछ-न-कुछ करूँगा।...अच्छा, ज़रा जल्दी में हूँ।"

उसका दम घुट रहा था। जब वह पुनः सड़क पर आ गया, तो उसको जक्कू का ख़याल आया, परन्तु कुत्ता लापता हो गया था। वह स्वयं भी दुबककर और दृष्टि नीचे गड़ाकर जल्दी-जल्दी चलने लगा। उसका हृदय दुस्सह अपमान, शर्म और निराशा से भर गया था। उस दिन के बाद, जब उसको बाज़ार में ही दौरा पड़ गया था, दिलीप मुलाक़ात होने पर सदा ऐसी ही बातें करता था, गोया अपनी

सफलता की ईर्ष्यापूर्ण ख़ुशी प्रकट करना चाहता हो। लेकिन इसके पहले से ही ये विचार बलराज का पीछा करते रहे थे। अपनी चोट से थकने और ऊबने तथा जीवन की एक नाज़ुक घटना के स्मरण से आज उसके मन की हालत उस शान्त तालाब की तरह हो गई थी, जिसका गँदलापन नीचे बैठ गया हो...और दिलीप ने उसमें पत्थर फेंक दिया था।

'उसका नाम सुशीला था...।' उसने अपने को नरम बनाने और सुखकर कल्पना में खोने की कोशिश की, किन्तु इस बार वह सफल न हुआ। वह एक क्रान्तिकारी रह चुका था और जनकवि था। वह रक्तचाप का मरीज था। उसकी तबीयत फिर ढीली चल रही थी तथा वह क़रीब एक हफ़्ते बाद बाहर निकला था। वह शहर के एक छोर पर एक कमरा किराये पर लेकर रहता था। आज़ादी मिलने के बाद उसने गाँवों में कुछ वर्षों तक राज़नीतिक कार्य किये थे, फिर अख़बार के एक दफ़्तर में नौकरी करने लगा था। जब वह बीमार पड़ा, तो उसको नौकरी छोड़नी पड़ी और वह अपने एक ममेरे भाई के साथ रहने लगा, जो उसके इस तरह निठल्ले बैठकर खाने से ख़ुश नहीं था। अन्त में वह अपने इसी पुराने शहर में आ गया था। उसके माँ-बाप मर चुके थे और उसने अपनी शादी नहीं की थी। वह प्रेसों के कुछ प्रूफ़ देखकर अपना ख़र्चा चलाने का प्रयास करता था। दो या तीन जून का खाना वह एक ही साथ स्टोव पर बना लेता था और जब इच्छा नहीं करती या पैसे नहीं होते, तो फेरीवाले से 'दिलबहार भिगोए चने' लेकर या चौराहे की परिचित चाय की दुकान 'सुभाष भंडार' में चाय पीकर दिन काट देता था

'जब मैं गिरफ़्तार हुआ, तो सुशीला बुरी तरह से रोने लगी थी...।' परन्तु उसकी कटुता घटने के बजाय और बढ़ गई। उसके मन की हालत उस हवा की तरह थी, जो निकलने का रास्ता न पाकर एक ही जगह पर घुमड़ती रह जाए। अब उसको यह कहते शर्म लगती थी कि वह एक ज़माने में पिस्तौल लेकर घूमता था, जेल में उस पर डंडे बरसे थे और उसकी कविताएँ सुनने के लिए हज़ारों की भीड़ एकत्र हो जाती थी। लोग उसको भूल चुके थे। किसी को अब उसकी क्रान्ति और कविताओं की ज़रूरत नहीं थी, न उसकी ईमानदारी की और न परिश्रम तथा साहस की ही। लोग अब अधिक चुस्त, होशियार, आधुनिक तथा महान हो गए थे। बुद्धिजीवी लोग उसको देखकर इसलिए व्यंग्य से मुस्कराते तथा उसको चिढ़ाते थे कि वह अपनी रचनाओं में तथा बात करते समय भी यह कह चुका था कि देश में आर्थिक और सामाजिक क्रान्ति होकर रहेगी।

उसने रूमाल निकालकर अपना मुँह पोंछा और हथेलियाँ भी, जहाँ से अधिक पसीना निकल रहा था। उसकी साँस फूल रही थी और पैरों में कमज़ोरी भी मालूम हो रही थी। वह 'मैकू गैसवाले' की दुकान पार कर चुका था और उसको इस पर अचम्भा भी हुआ, क्योंकि वहाँ तक आते-आते वह रिक्शा ले ही लेता था।

परन्तु आसपास कोई भी सवारी न दिखाई पड़ी और वह लाचार होकर छाती पर सिर गड़ाए धीरे-धीरे पैरों को घिसटने लगा।...और उसके साथी भी, जो आज़ादी की हर लड़ाई और जेल में उसके संग रहे थे, धनी, मोटे, सभ्य और सुसंस्कृत हो गए थे। वे उसको या तो पहचानते नहीं थे या देखकर मुँह फेर लेते थे। राजनीति, शिक्षा-संस्थाओं, सरकारी कार्यालयों में, जहाँ भी थे, वे जाति, धर्म और गुट का संगठन करके शक्ति हथियाये हुए थे और दूसरों को उपदेश देते थे। उनको भविष्य की कोई चिन्ता नहीं थी। उनकी काफ़ी इज़्ज़त भी थी। उसको इधर यह प्रश्न सबसे अधिक परेशान करने लगा था कि जब वह समर्थ तथा शक्तिशाली था, तो उसने लालच, झूठ, बेईमानी, चापलूसी वग़ैरह के सामने झुकने से क्यों इनकार कर दिया था? उसको यह सोचकर सख़्त अफ़सोस होता था कि उसने जीवन में कोई अपराध नहीं किया। यदि वह क्रान्तिकारी न होकर कोई डाकू या घूसखोर होता, तो क्या फ़र्क़ पड़ता? तब वह शायद सम्मान और निश्चिन्तता का जीवन व्यतीत करता...।

"ऐ रिक्शा!"

जब वह बैठ गया, तो उसको महसूस हुआ कि वह हाँफ रहा है। उसके दिल की धड़कन तेज़ हो गई थी। सारे शरीर में उसको कमज़ोरी मालूम होने लगी—ख़ासकर बाँहों और टाँगों में। उसका सिर भारी हो गया था, जैसे अन्दर सीसा भर दिया गया हो। वह डर गया, इसलिए उसने तेज़ी से भागते रिक्शे पर पीठ टेककर आँखें मूँद लीं और दिमाग़ को हर विचार से शून्य करने की कोशिश की। परन्तु उसके होंठ एक अनजान मुस्कराहट से बिचक गए। उसने आँखों पर हाथ रखा, तो यह जान कर उसको अचम्भा हुआ कि वह रो रहा है।

उसने सकपकाकर इधर-उधर देखा। वह जानता था कि जब किसी उत्तेजना को शान्त करने लगता है, तो उसकी ऐसी ही हालत हो जाती है। वह किसी वर्षा के दिन, ठंडी हवा तथा गुलाब के फूल की कल्पना करने लगा। धीरे-धीरे वह शान्त और ख़ुश हो गया। उसके हृदय में कोमलता भरती गई। उसको ऐसा लगा कि वह किसी हरे-भरे कुंज में पहुँचकर लेट गया है और मुस्करा रहा है...। उस समय उसकी उम्र चौबीस या पच्चीस वर्ष की रही होगी। गठीला शरीर, निकली छाती और बड़ी-बड़ी चमकती आँखें। वह बोलता कम था, क्योंकि उसके दिल में आग जलती थी और वह इस देश से हर क़िस्म के अन्याय को मिटाने के लिए तड़पता रहता था। वह फ़रार था और उसको एक व्यक्ति के मकान में छिपाने की व्यवस्था की गई थी। सुशीला उस घर में बसन्त की बयार की तरह डोलती रहती थी। उसके पिता बाहर कहीं नौकरी करते थे और बाबा पोस्टमास्टरी के पद से अवकाश प्राप्त करके अपने दिन गिन रहे थे। भोर होते ही वह चूड़ियों की खनक और कोमल पदचाप सुनने के लिए आतुर हो उठता था। वह रोज़ ही बाहर की कोठरी में बैठा-बैठा सुशीला को झाड़ू देते, नाश्ता लगाते, खाना परोसते, बाबा को गुड़गुड़ी देते,

बिछौना बिछाते भिन्न-भिन्न रूप और पोज़ में देखता था। कम पावर की बिजली की लाल-मटियाली रोशनी में उसकी पुष्ट देह अत्यधिक रहस्यमय लगती थी। रात में सोने के पूर्व वह उसके सिरहाने पानी रखने आती थी, तो उसकी आँखें नीची रहती थीं, परन्तु सारा चेहरा हँसता प्रतीत होता था और जब वह उसकी ओर देखती थी तो ऐसा लगता था कि वह किसी अँधेरे स्थान से अचानक धूप में आ गई हो...।

"अरे!" अचानक रिक्शा रुक गया, तो वह उत्साहपूर्वक बोला।

पैसे देकर वह फुर्ती से नीचे उतर गया। वह अब भी मुस्करा रहा था, जैसे कोई अच्छी चीज़ खाने का स्वाद ज़बान पर रह गया हो। बादल के एक बड़े काले टुकड़े में धूप छिप गई थी और सड़कों पर लोग आ-जा रहे थे। चौराहे के पास नीम के बड़े वृक्ष के नीचे कुछ रिक्शे खड़े थे। हवा अचानक तेज़ चलने लगी थी, जिससे कभी-कभी धूल सड़क पर हिरन की तरह भागती हुई उछल पड़ती थी। वह यह सोचकर कि कॉफ़ी हाउस में परिचित लोग मिल जाएँगे, 'अर्चना' की ओर मुड़ गया।

'आज़ादी मिलने के बाद जेल से छूटने पर पता लगा कि सुशीला की शादी हो गई है...।' 'अर्चना' में बैठकर चाय और स्लाइस का इन्तज़ार करते हुए वह बुदबुदाया। उसको कुछ दुख हुआ था, यद्यपि इसके अलावा कोई चारा नहीं था, क्योंकि वह उसका अनन्त समय तक इन्तज़ार नहीं कर सकती थी। फिर राजनीतिक हलचलों में वह सब कुछ भूल गया। शायद इसका कारण अपरिवर्तनीय अनिवार्यता और उसकी यह आशा भी हो कि कोई और स्नेहमयी नारी उसके जीवन में प्रवेश कर उसके दुख को दूर कर देगी। वह ख़ूबसूरत नहीं था और न ही स्त्रियों के मामले में साहसी ही। जब तक वह समर्थ और शक्तिशाली रहा, उसके दिल में यह आशा किसी-न-किसी रूप में पलती रही, लेकिन आज जब वह बीमार और बूढ़ा हो गया था और उसकी ज़िन्दगी का कोई ठिकाना नहीं था, उसको यह सोचकर दहशत हो जाती थी कि उसको स्त्री का सुख नहीं मिला...सिवाय एक रात के! यदि वह रात न आई होती, तो वह वीरानगी और व्यर्थता के एहसास से शायद आत्महत्या कर लेता। वह छोटी रात बढ़कर उसके समस्त जीवन पर छा गई थी। कितना घोर अन्धकार था! कार्तिक का मीठा-मीठा जाड़ा पड़ने लगा था। सुशीला उसके चेहरे को दोनों हाथों में लेकर उसकी आँखों में देख रही थी। उसका चेहरा तमतमाया था और वह बुरी तरह काँप रही थी...। क्या वह सुशीला को एक बार फिर देख नहीं सकता! वह बच्चे की तरह मचल गया।

"नमस्ते, जनाब!"

वह सिर उठाकर इस तरह नासमझ की तरह देखने लगा, जैसे उसको नींद से जगाया गया हो। फिर उसका चेहरा फक पड़ गया। उसको आशा नहीं थी कि सुरेन्द्र इस रेस्तराँ में भी आता है। उसके साथ एक नवयुवक था, जिसकी आँखें बड़ी-बड़ी और बाल बिखरे हुए थे और जो अहंकार से दूसरी ओर मुँह घुमाए हुए था।

सुरेन्द्र की भी उम्र पचीस वर्ष से अधिक नहीं थी और वह नई पीढ़ी का एक नवोदित कवि था, जो अपने को सबसे महत्त्वपूर्ण समझता था।

"आइए, बैठिए!" बलराज ने हड़बड़ाकर कहा।

"क्या बैठें, साहब!" सुरेन्द्र मुस्कराकर बोला, "आप तो आजकल लिफ्ट नहीं देते! कविताएँ सुनाने को कहें तो बैठें भी।" फिर अपने साथी से उसने कहा, "भाई कुसुम, आप हैं शहर के सबसे बड़े कवि। भाई मुझे तो इनकी कविताएँ निराला और पन्त से भी अच्छी लगीं। इन्होंने क्रान्ति-व्रान्ति भी की है।"

"अच्छा!" कुसुम ने बनावटी गम्भीरता से कहा, "तब तो इनसे मिलकर ख़ुशी हुई। हम तो अगले चुनाव में इन्हीं को वोट देंगे...प्रधानमंत्री की सीट ख़ाली होने वाली भी है।"

दोनों बेतहाशा हँसने लगे। बलराज का मुँह लाल हो गया और जैसे अपनी लज्जा और अपमान को छिपाने के लिए वह भी उन्हीं के साथ हँसने लगा।

"आपकी हँसी में आकर्षण है।" कुसुम ने सहसा गम्भीर होकर कहा। "अरे, ये पहुँचे हुए आदमी हैं! बलराजजी, आज कविता सुना ही डालिए...वह कुसुम साला भी क्या कहेगा!"

"भाई, इच्छा नहीं।" बलराज का चेहरा और लाल हो गया था।

"छोड़ो भी यार!" कुसुम सिर को झटका देते हुए बोला, "अब अधिक बोर होने की इच्छा नहीं।...चलो, उधर एकान्त में बैठें..."

जब वे चले गए, तो बलराज के मुँह पर कुछ देर तक एक दयनीय-सी हँसी ठिठकी ही रह गई। उसने अनजाने में दो या तीन बार अपनी गर्दन गिरगिट की तरह हिलाई और मेज़ को उँगलियों से बजाया। उसकी आँखें झुकी थीं, जिनको देखकर एक ऐसे बूढ़े साँड़ का आभास हो रहा था, जो अपने किसी शक्तिशाली प्रतिद्वंद्वी से पराजित होने के बाद चुपचाप अपनी चोट को बरदाश्त कर रहा हो। बेयरा चाय और खाने का सामान रख गया, तो एक स्लाइस को मुँह में रखते हुए वह सोचने लगा कि इन लोगों के सामने वह क्यों हतप्रभ, हीन और मौन हो जाता है? वह तो कभी भी किसी ख़तरे से नहीं डरा, लेकिन वह अब चाहकर भी अपने किसी अपमान का इसलिए जवाब नहीं दे पाता कि उसके जीवन की गति एक जगह रुक गई थी और उसको अपने में ज़रा भी विश्वास नहीं रहा। अपने इसी आत्म-तुच्छता के भाव के कारण उसको सदा ऐसा लगता कि दूसरे लोग उससे अधिक विज्ञ और श्रेष्ठ हैं। उसने अचानक सामने देखा, क्योंकि एक व्यक्ति दरवाज़ा खोलकर भीतर आया था, जिससे बाहर का उजाला एक क्षण के लिए भीतर के आंशिक अँधेरे में बिजली की तरह चमक गया। इसी समय उसको सुशीला का फिर ख़याल आया और यह भी कि वह कुछ देर पहले उससे मुलाक़ात करने की बात सोच रहा था। हाँ, वह उससे मिलने अवश्य जाएगा। इस निश्चय पर पहुँचते ही उसका हृदय न

मालूम कैसी ख़ुशी, घमंड, उत्साह और उच्चता के भाव से भर गया! वर्षों से उसने ऐसी सुखकर उत्तेजना का अनुभव नहीं किया था, जैसे उसके जीवन में गति आ गई हो और उसके लिए सुनहरे भविष्य की सम्भावना पैदा हो गई हो। उसकी छाती फूल गई और गरदन तन गई थी। उसको उन नवयुवक कवियों से घृणा होने लगी और वह भीतर-ही-भीतर जैसे क्रोध से उबलने लगा। वह उनसे श्रेष्ठ है, क्योंकि उसने एक पवित्र, सरल और सीधी लड़की को प्यार किया है। वह कुछ आदर्शों पर तो इसलिए दृढ़ रहा कि वे आदर्श उसकी जान से भी प्रिय हैं और उनका उसकी आत्मा से गहरा सम्बन्ध है। बस उनको सदा प्यार करता रहेगा...।

12, कैंट रोड। वह चाय पीकर उठा और तेज़ क़दम रखता हुआ रेस्तराँ के बाहर निकल आया। उस मकान की उसको हल्की-हल्की याद थी, जिसको सड़क से गुज़रते हुए उसने दूर से ही एक बार देखा था। वह जेल से छूटने पर सुशीला के मैके गया था, जहाँ सारी सूचनाएँ मिल गई थीं, किन्तु वह अभिमानवश कभी मिलने नहीं गया। सुशीला के पति एक प्राइवेट फ़र्म में अफ़सर थे। उसने 'स्वीट मार्ट' में जाकर पाँच रुपये की मिठाई ख़रीदी और उसके बाद एक रिक्शे पर बैठ गया। आसमान में बादल छा गए थे, जिसके कारण कुछ अँधेरा हो गया था। हवा अन्धड़ की तरह चलने लगी थी। वह अपने शरीर में शक्ति महसूस कर रहा था। दरअसल उसकी ख़ुशी और उत्साह बढ़ रहा था, जिसके कारण उसके दिमाग़ में कुछ अजीब और असम्बद्ध विचार तेज़ी से आ-जा रहे थे। वह सनकी की तरह मुस्कराकर तथा ऊँट की तरह गरदन उचका-उचकाकर इधर-उधर देख रहा था, वैसे देखकर भी वह कुछ नहीं देख रहा था।

रिक्शा से वह उतरा, तो उसको लगा कि उसके शरीर में ज़रा भी ताक़त नहीं है। उसके बाएँ पैर में झुनझुनी महसूस हो रही थी, जिसके कारण कुछ दूर तक वह लँगड़ाते हुए-सा चला। वही बँगला था, जिसके सामने मेंहदी की झाड़ी और बीच में लकड़ी का फाटक था। सामने सीमेंट का साफ़-सुथरा चौड़ा जनमार्ग गुज़रकर दूर शहर के मध्य में चला गया था। बलराज का दिल अत्यधिक तेज़ी से धड़क कर गले में अटक रहा था और वह पसीना-पसीना हो रहा था।

जब वह फाटक खोलकर भीतर घुसा और बरामदे में पहुँचा, तो खिड़की की मोटी जंजीर में बँधा एक अलशेसियन कुत्ता दहाड़ने लगा। शीघ्र ही भीतर से एक नौकर दौड़ता हुआ आया जो जवान और काला था।

"क्या चाहिए?" नौकर ने उसको सशंक दृष्टि से देखा।

"बाबूजी हैं?"

"नहीं...वे बाहर गए हैं। क्या काम है?"

"कुछ नहीं...यह भीतर ले जाओ। बच्चे हैं न?"

"हाँ। क्या कह दूँ?"

"बलराज...कहना, बलराज ने भेजा है।"

जब नौकर मिठाई का डब्बा लेकर चला गया तो वह आगे बढ़कर दीवार से सटाकर एक पंक्ति में रखी बेंत की हरी कुर्सियों में से एक पर धम्म-से बैठ गया। उसके पैर काँप रहे थे। दाहिने पैर को तो उसने किसी तरह सँभाला, परन्तु बायाँ पैर रुक ही नहीं रहा था। बाएँ हाथ का अँगूठा भी कभी-कभी फड़क उठता था। उसके शरीर में न मालूम कैसी गरमी फैल गई थी। उसने दो-तीन बार गहरी साँस लेकर फेफड़ों में काफ़ी ताजी हवा भर-भरकर शरीर में स्फूर्ति उत्पन्न करने की कोशिश की। इसमें उसको कुछ सफलता भी मिली और उसका ख़याल भीतर पहुँच गया। वह कल्पना करने लगा कि उसका नाम सुनकर सुशीला का चेहरा ख़ुशी से गुलाब की तरह खिल गया होगा। और वह शायद दौड़कर आ रही होगी। उसके आने पर वह क्या करेगा? शायद वह रोने लगे। वह उसको अपने साथ भीतर ले जाएगी और हाल-चाल पूछेगी। वह कहेगा, 'अभी नहीं...पहले तुम बताओ। क्या तुम ख़ुश हो?' उफ़, उसके दिल में दाहिनी ओर तेज़ दर्द होने लगा था। वह कुर्सी पर माथा टेककर मुश्किल से साँस लेने लगा। उसके मुँह पर पसीने की बूँदें चमकने लगीं।

कुछ देर इस तरह रहने से उसको आराम मिला, यद्यपि दर्द एकदम बन्द नहीं हुआ था। उसने सिर सीधा करके दरवाज़े की ओर देखा, क्योंकि किसी की पग-ध्वनि तेज़ी से नज़दीक आती मालूम हुई। परन्तु वह एक पाँच या छह वर्ष का बच्चा था, जो दौड़ता हुआ आया था। वह बहुत गोरा और सुन्दर था तथा काली नेकर, सफ़ेद क़मीज़ और काले जूते पहने हुए था। वह बलराज को कुतूहल तथा विरोध के भाव से घूर रहा था।

"आओ...!" बलराज ने मुग्ध भाव से उसको देखते हुए कहा।

लड़का उसकी ओर सशंक भाव से बढ़ने लगा, तो बलराज भी खड़ा हो गया। उसने स्नेहपूर्वक अपने दोनों हाथ बढ़ाने की कोशिश की, लेकिन उनमें ताक़त ज़रा भी नहीं रह गई थी और वे नीचे गिरकर लटकने लगे। वह आगे भी नहीं बढ़ सका।

"यू आर डर्टी!" बच्चे ने कहा और हँस पड़ा। फिर वह दौड़कर घर के अन्दर चला गया।

बलराज का मुँह एकदम पीला पड़ गया। उसके होंठों पर एक पीड़ामयी मुस्कराहट ऐंठ गई। उसने अपनी ओर देखा। सचमुच उसके कपड़े गन्दे थे। उसका कुर्ता बाँह पर फटा था और चप्पलें सड़क पर फेंकी हुई दफ़्ती की तरह घिसकर पतली हो गई थीं। वह फिर बैठ गया। लेकिन उसने बुरा नहीं माना। वह समझ गया कि वह सुशीला का लड़का है और इसी वजह से वह उसे बेहद प्यारा लगा था। उसकी इच्छा हुई कि वह दौड़कर जाए और उसको गोद में उठा ले, उसके साथ खेले। अब वह अपने को लड़के के रूप में देख रहा था और मानसिक रूप से उसके साथ खेल भी रहा था। उसको अपने शरीर में फिर शक्ति महसूस होने लगी।

सुशीला का बच्चा! यदि सुशीला को उससे भी एक बच्चा पैदा हुआ होता...! इस विचार से वह बेहद डर गया। उसने इधर-उधर चोर की तरह देखा। इस विचार के लिए वह अपने को अपराधी समझने लगा। फिर भी वह बेहद ख़ुश था। उसने पहले ऐसा क्यों न सोचा? यह जीवन कितना विचित्र और सुन्दर है! वह बहुत सुखी था। उसका शरीर बहुत हल्का हो गया और उसके होंठ कोमलता से काँपने लगे। उसको ऐसा लग रहा था कि उसने गड़ा हुआ धन खोदकर निकाला हो।

वह खड़ा हो गया और ख़ुशी की उत्तेजना में टहलने लगा। परन्तु चार-पाँच क़दम ज़बरदस्ती चलने से ही वह पसीना-पसीना हो गया। किसी तरह वह कुर्सी तक आया और बैठ गया। उसके हृदय के बीच में और ज़ोर से दर्द होने लगा था। बाएँ हाथ का अँगूठा ज़ोरों से फड़क रहा था। दोनों पैरों की एड़ियों में टपकन पैदा हो गई थी। सिर में भारीपन डोल रहा था और मुँह सूख रहा था। उसने फिर माथा कुर्सी पर टिका दिया! बाहर झिम-झिम पानी बरसने लगा था। इस मौसम-परिवर्तन से उसको ख़ुशी-सी हुई जैसे उसका वर्तमान कष्ट भी ख़त्म हो जाएगा। उसने सुशीला के बारे में फिर सोचना शुरू किया, लेकिन उसको झपकी-सी आ रही थी। उसको ऐसा लगा कि वह सपना देख रहा हो। वह पाँच-छह वर्ष का बच्चा होकर एक मैदान में तेज़ी से दौड़ रहा था। फिर वह पचीस वर्ष का नौजवान हो गया और अन्धाधुन्ध गोलियाँ चलाने लगा...।

कुछ देर बाद नौकर के साथ सुशीला आई, लेकिन उसको देखकर उसका चेहरा डर से स्याह हो गया।

"कौन है यह? क्या नाम बताया? कहाँ का रहनेवाला है? तुमने पूछा नहीं कि साहब से कौन-सा काम कराना चाहता था...?" सुशीला आतंक से अशक्त वाणी में नौकर से पूछ रही थी। वह मर चुका था।

सुख और दुख का साथ

सहसा औरतों की भीड़ में से शोक में डूबा एक तेज़ स्वर उठा और सभी भुनभुनाहटों को दबाकर वातावरण को और भी दुखमय बना गया। बबली की माँ शव के पास ज़मीन पर बैठकर छाती पीट-पीटकर चिल्लाने लगी, "अरे बहन...मुझे अकेला छोड़कर कहाँ जा चली गई बहन...मेरे बिना तुमको पल-भर भी चैन नहीं आता था बहन...मैं तुम्हारे लिए जान देती थी बहन...मुन्ना तुमको जान से भी बढ़कर प्यारा था बहन...मेरे दुख को कोई नहीं समझेगा बहन...।"

सवेरे-ही-सवेरे विमल की माँ के मरने की ख़बर सारे मोहल्ले में आग की तरह फैल गई थी और कुछ ही देर में शोकाकुल स्त्री-पुरुषों की भीड़ विमल के दरवाज़े पर इकट्ठी हो गई थी। विमल ने सिसकियों के बीच बताया कि नींद खुलते ही जब वह माँ के पास गया, तो उसकी माँ की आँखें पथरा गई थीं और मुँह खुला हुआ था। लोग-बाग़ विमल को घेरकर समझाने-बुझाने लगे। यह दुनिया है दुनिया, यहाँ कौन अमृत का घड़ा पीकर आता है। राजा और रंक सबको एक दिन यहाँ से जाना पड़ता है। वह तो महात्मा थी महात्मा! ऐसी औरत इस कलियुग में चिराग़ ढूँढ़ने पर भी नहीं मिलेगी। यह विचित्र बात है कि महात्मा लोग दुनिया से उठते चले जा रहे हैं और हम पापी लोग भव-सागर में डूब-उतरा रहे हैं। ठीक ही कहा है, 'पापी मरे न खँडहर ढहे।'

सभी औरतें शव के पास खड़ी नाक सुड़क रही थीं। जब उन्होंने बबली की माँ की तेज़ आवाज़ सुनी, तो वे चुप होकर उधर ही देखने लगीं। इससे प्रभावित होकर वह और भी ज़ोर-ज़ोर से छाती पीटने तथा चिल्लाने लगी।

"हाय बहन...अब मेरे दिन कैसे कटेंगे बहन..."

आठ वर्षों का साथ! क्या सचमुच एक कंचन काया मिट्टी के बेज़ार लोथड़े में परिवर्तित हो गई! लगभग आठ वर्ष पूर्व विमल की माँ जब इस मोहल्ले में आई तो उसका स्वास्थ्य बहुत अच्छा था। ऊँचा कद, मज़बूत काठी, हँसमुख चेहरा और मीठी आवाज़। वह उन औरतों में थी जो सदा दूसरों के लिए बेचैन रहती हैं। पहली मुलाक़ात में ही वह दूसरों को अपना बना लेती थी। अपने प्रेम को निबाहना भी वह ख़ूब जानती थी। मोहल्ले का कोई भी हो, वह उसके सुख और दुख में बिना बुलाए

ही पहुँच जाती और काम-धाम की ज़िम्मेदारी अपने हाथ में लेकर अन्त तक खटती और लोग-बाग़ भी कार्य-भार उसके सुपुर्द कर निश्चिन्त हो जाते। मोहल्ले में शायद ही कोई ऐसा होगा, जो यह कह सके कि विवाह या शादी या लड़का-बच्चा होने के समय विमल की माँ उसके यहाँ एक पाँव पर खड़ी नहीं रह रही थी।

बबली की माँ जब उसके पड़ोस में आई, तो विमल की माँ ने उसको भी अपने कलेजे से सटा लिया। बबली की माँ बहुत ही गोरी और फ़ैशनपरस्त स्त्री थी, इसलिए वह दूसरों से बहुत कम मिलती-जुलती और हर बात पर नाक-भौं सिकोड़ती, लेकिन विमल की माँ का व्यवहार इतना मीठा था कि दोनों बहुत जल्दी ही सहेलियाँ हो गईं। यह दोस्ती शीघ्रता से बढ़ी और इस हद तक पहुँच गई कि जब एक अपने यहाँ दातौन करती तो दूसरी के यहाँ नाश्ता करती, या जब दूसरी अपने यहाँ भोजन करती तो पहली के यहाँ कुल्ला करती।

उनकी यह दोस्ती विमल की माँ के व्यवहार से शुरू हुई थी और उसी के व्यवहार से उसमें वृद्धि होती गई थी, जैसे उसमें गूलर का फूल लग गया हो। दोपहर में जब मर्द दफ़्तर और बच्चे स्कूल चले जाते, तो दोनों सहेलियाँ अपना-अपना खाना एक जगह इकट्ठा करतीं और दुनिया-भर की बातें करती हुई भोजन करतीं। विमल की माँ हर साल क़िस्म-क़िस्म के अचार, पापड़, तिलौड़ी आदि बनाती थी, जिनमें से एक-चौथाई अब वह बबली के यहाँ भिजवा देती।

बबली की माँ ख़ुश होकर कहती, "बहन, अब मैं तुमको कभी भी नहीं भुलूँगी। मेरे साथ जो एहसान करता है, उसका एहसान मैं ज़िन्दगी-भर याद करती हूँ और मौक़ा आने पर उसके लिए जान निकालकर रख देती हूँ...

यही नहीं, बबली की माँ के घर यदि कोई बीमार पड़ता, तो विमल की माँ अपनी सहेली के कष्ट का ख़याल करके उसके सारे परिवार का भोजन स्वयं बनाती। इसके बाद वह तीमारदारी करने पहुँच जाती। वह सहेली की गृहस्थी सँभाल देती, घर में झाड़ू-बुहारू लगा देती और बच्चों को तैयार कर देती।

रविवार को या किसी अन्य छुट्टी के दिन बबली के पिताजी दोपहर के भोजन के बाद ही सबको सिनेमा दिखाने या कहीं घुमाने के लिए ले जाते थे। वे शाम को लौटकर विमल की माँ के घर बैठ जाते और उठने का नाम ही न लेते। विमल की माँ उनको नाश्ता तो कराती ही थी, साथ में अपनी सहेली के थके हुए शरीर को आराम देने के लिए उन सबका भोजन भी बना देती। आरम्भ में जो बात शिष्टाचार के रूप में आरम्भ हुई थी, वह आगे चलकर दोस्ती का अधिकार समझ गई। शहर से लौटकर सहेली के घर आते ही अब बबली की माँ हँसकर कहती—

"आज तो बहन, कोई ऐसी चीज़ बनाकर खिलाओ कि मज़ा आ जाए। ये भी कह रहे थे कि जी बहुत उदास है..."

"हाँ भाभीजी, मैं तो हमेशा आप ही की रसोई की तारीफ़ करता रहता हूँ। कमाल का हाथ पाया है आपने..." बबली के पिता कहते।

विमल के माँ के मुँह पर एक शिकन भी न आती, बल्कि वह दूने उत्साह से उनके लिए भोजन के अलावा कोई-न-कोई अच्छी चीज़ भी तैयार करती। बाद में तो बबली की माँ अपनी सहेली के प्यार से इस हद तक प्रभावित हो गई कि जब उसकी तबीयत खाना बनाने की न करती, तो वह बबली को विमल की माँ के यहाँ दौड़ा देती, "अम्मा की तबीयत ठीक नहीं, दो-चार रोटी हम लोगों के लिए भी सेंक दीजिए।"

विमल की माँ जानती थी कि इस 'दो-चार रोटी' का क्या मतलब है, लेकिन वह सदा मुस्कराकर उत्तर देती, "अच्छा...अच्छा।" इतना ही नहीं, जब बच्चे कुछ खाने के लिए बहुत परेशान करते तो बबली की माँ उनसे कहतीं, "जाकर चाची से हलुवा-वलुवा बनवाकर खा लो।" लड़के फ़ौरन विमल के घर की ओर थप-थप दौड़ पड़ते।

पाँच वर्ष के ये दिन बबली की माँ के लिए बहुत ही सुहावने थे। ऐसा आराम उसको मैके में भी नहीं मिला था। अब सारा मोहल्ला जान चुका था कि इन दोनों में चोली-दामन का सम्बन्ध है और इसी वजह से कुछ औरतें उनसे ईर्ष्या भी करती थीं। कइयों ने कोशिश भी की कि उनकी दोस्ती टूट जाए। विमल की माँ ऐसी बातों पर ध्यान नहीं देती थीं, लेकिन इसके बाद विमल की माँ ने चारपाई पकड़ ली।

जो बीमारी पेट की मामूली गड़बड़ी से आरम्भ हुई थी, उसने देखते-ही-देखते भयंकर रूप धारण कर लिया। उसके पेट में सदा दर्द बना रहता और उसमें कुछ सूजन भी आ गई। पहले लापरवाहीवश उसने अपनी तकलीफ़ छिपाई, परन्तु जब रोग बिगड़ गया तो उसके लड़के ने डॉक्टर को दिखाया। दवा-दारू से कोई लाभ न होने पर वह माँ को लेकर लखनऊ गया, जहाँ डॉक्टरों ने समुचित परीक्षण के बाद घोषणा की कि 'कैंसर है।'

विमल दवा-दारू कराके थक गया और अन्त में अपनी माँ को लेकर लौट आया। उसकी माँ का शरीर पीला पड़ गया था, जैसे हल्दी लीप दी गई हो। हाथ-पैर सरकंडे हो गए थे। आँखें गड़हों में धँस गई थीं। पेट नदिया की तरह फूल गया था। पेट में सदा पीड़ा बनी रहती, जो कभी-कभी इतनी बढ़ जाती कि वह ज़ोर-ज़ोर से चिल्लाने लगती।

सारे मोहल्ले के लोग एक-एक करके देख गए। विमल की माँ की बीमारी से उनको सचमुच दुख था। विमल की माँ ने किसके साथ एहसान नहीं किया था? वे उसको भूल भी कैसे सकते थे? चन्द्रा नामक एक औरत, जिससे विमल की माँ की घनिष्ठता बहुत अधिक नहीं थी, पर जिसके बच्चे की पैदाइश में वह उसको अकेले अस्पताल लेकर चली गई थी, उस बीमारी से बहुत दुखी हुई।

वह सदा विमल की माँ के पास जुटी रहती। कई बार तो वह घर आकर खाना भी बना गई, परन्तु विमल की माँ ने उसको मना कर दिया। एक दिन की बात तो थी नहीं। रोज़-रोज़ का यह एहसान लिया भी जाए तो कैसे?

पर विमल की माँ के दिल में एक काँटा धँस गया। यह देखकर उसको भारी आघात पहुँचा कि बबली की माँ शुरू-शुरू में दो-तीन बार आई, बहुत मामूली-सी सहानुभूति प्रकट की, परन्तु उसके बाद उसने आना ही बन्द कर दिया। उसने एक बार भी यह नहीं कहा कि चूँकि विमल उसकी बीमारी को लेकर बहुत परेशान है, इसलिए वह उन दोनों का खाना बना दिया करेगी। क्या वह चाहने पर इतना नहीं कर सकती? वैसे विमल की माँ उससे दो-तीन दिन से अधिक खाना नहीं बनवाती। इतना ही नहीं, वह जब भी आई, उसका चेहरा बहुत ही गम्भीर और फूला-फूला रहता, जैसे वह बहुत नाराज़ हो। और तो और, उसके पति और बच्चे ने भी आना बन्द कर दिया था। बच्चे घर से निकलते और दौड़कर सर्र-से बाहर निकल जाते और मुड़कर एक बार भी उस आंटी के घर की ओर नहीं देखते, जो उनकी दूसरी माँ के समान रही थी।

दिन और रात में जब विमल के यहाँ सहानुभूति प्रकट करने वालों का आना-जाना बना रहता; उस समय बबली की माँ का दरवाज़ा बन्द रहता; जैसे उसको कुछ भी पता न हो। बबली की माँ दोपहर को खा-पीकर चुपके से बाहर निकलती और एक बार अपनी सहेली के कमरे की ओर कनखी से देखकर जल्दी से खिसक जाती। इन दिनों उसकी दूसरी कई औरतों से बहुत घनिष्ठता हो गई थी और वह अपना सारा दिन उन्हीं के यहाँ गुज़ारती।

"मैं कहूँ बबली की माँ से?" एक दिन विमल ने कहा, "वह कुछ दिनों तक खाना बना दिया करे...मैं किसी महाराजिन की तलाश में हूँ। आशा है जल्दी ही मिल जाएगी।"

"नहीं, तुम ऐसा करो तो मेरा मरा मुँह देखो।" विमल की माँ की आँखें भर आई थीं।

"तुमने तो उनके लिए..."

"नहीं-नहीं, मरते समय मैं यह एहसान नहीं लेना चाहती।"

विमल चुप लगा गया। दिन-पर-दिन उसकी माँ की हालत ख़राब होती गई और उसकी परेशानियाँ बढ़ती गईं। लोग-बाग़ भी सहानुभूति प्रकट करते-करते थक गए थे और उनका अब पहले की तरह आना-जाना नहीं हो पाता था। विमल के चेहरे पर भी एक चिड़चिड़ाहट और रुखाई का भाव कभी-कभी दृष्टिगोचर हो जाता। विमल की माँ को अब अपनी बीमारी से बहुत संकोच होता और वह अपने को अपराधिनी समझने लगी थी। वह रोज़ भगवान से अपनी मृत्यु के लिए प्रार्थना करती। जब विमल दफ़्तर चला जाता तो वह चारपायी पर छटपटाती रहती।

उसको घर काटने को दौड़ता। उसके रोग के बीस हाथ हो जाते थे। वह तरसती रहती कि कोई आकर उसके पास कुछ देर के लिए बैठता। लोगों के अचानक आने से उसकी तबियत बहल जाती और वह अपनी पीड़ा की ओर से ध्यान मोड़ लेती, लेकिन जब कोई नहीं रहता तो मृत्यु उसकी छाती पर बैठकर उसका गला दबाने लगती।

कभी-कभी उसकी इच्छा होती कि वह बबली की माँ को अपने पास बुला ले। उससे कहे कि यदि किसी बात से वह नाराज़ है तो माफ़ कर दे। वे वर्षों सुख-दुख की साथिनें रही हैं, अगर वह कुछ देर के लिए उसके पास आकर बैठ जाएगी, तो वह मरते दम तक उसके उपकार को नहीं भूलेगी, लेकिन फिर एक अभिमान का भाव उसके दिल से उठकर उसको मौन कर देता।

जाड़े के दिन आ गए। मर्दों के दफ़्तर चले जाने के बाद मोहल्ले की औरतें बाहर बैठकर धूप खाती थीं, पर विमल की माँ अपने कमरे में पड़ी चिल्लाती रहती। उसको अपना सारा घर काटता रहता। उसको ऐसा महसूस होता कि उसकी अकेले में मृत्यु हो जाएगी और वह किसी को पुकार भी नहीं पाएगी।

एक दिन उसने दोपहर में बाहर धूप में बैठने की ज़िद्द ठान ली। फलस्वरूप विमल खाना बनाने के बाद एक खाट पिछवाड़े गली में निकाल देता। जब वह चला जाता, तो विमल की माँ दीवार पकड़कर बरामदे में आती और उसके बाद उड़ते हुए पत्ते की तरह तुलबुल चाल से आँगन को पार करती। पैरों में शक्ति न होने के कारण वह बेसहारा होने पर भागकर ही चल सकती थी, जैसे छोटा बच्चा पहली बार दौड़ता है।

बाहर पहुँचकर वह कुछ देर के लिए अपनी पीड़ा को भूल जाती थी। बाहर की चहल-पहल, लड़कों का दौड़ना, आवारा बकरियों, मुर्गियों आदि का चरना, छोटी-सी-छोटी बात भी उसके ध्यान को आकर्षित करती और उसके दर्द को दूर करने में मदद पहुँचाती। वह सिर उचका-उचकाकर देखा करती कि अगर कोई औरत उधर से गुज़रे, तो वह उसको रोककर अपने पास बिठा ले। अव्वल तो कोई भी औरत उसको वहाँ घाम में पड़ी देखकर बड़ी ही फुर्ती से अपना रास्ता काटकर दूसरी ओर मुड़ जाती, और यदि किसी को वहाँ आना भी पड़ता, तो वह जल्दी ही कोई-न-कोई बहाना बनाकर फ़ौरन खिसक जाती। बबली की माँ का तो अब पीछे का दरवाज़ा भी बन्द रहने लगा, जिसको वह अब भूलकर भी नहीं खोलती।

एक दिन बबली का छोटा भाई मुन्ना, जो लगभग चार वर्ष का था, उसी के पास आकर खेलने लगा। वह एक बकरी के बच्चे को दौड़ाते हुए विमल की माँ की चारपाई के पास आया था, फिर वहीं ठोकरों से खेलने लगा था!

"तुम्हारी मम्मी क्या कर रही हैं?" विमल की माँ ने पूछा।

मुन्ना ने अपनी बड़ी-बड़ी भोली आँखों से उसकी ओर देखा। फिर बोला, "हम तुमसे नहीं बोलेंगे। तुम जल्दी ही मर जाओगी।"

विमल की माँ उसको देखती ही रह गई। उसकी आँखों से अनायास झर-झर पानी गिरने लगा। बच्चे की स्पष्ट एवं निर्दोष बात ने उसके दिल को कहीं छू लिया। अब तक उसको महसूस होता था कि उसकी बीमारी के बारे में कोई भी सच्चाई से नहीं बोलता। लोग-बाग़ आकर सहानुभूति प्रकट कर जाते और हर आदमी यही कहता कि वह जल्दी ही अच्छी हो जाएगी उनके जाने के बाद संशय एवं ईर्ष्या से भर उठती। उसको लगता कि हर व्यक्ति झूठ-मूठ ही उसके प्रति सहानुभूति प्रकट करता है, जबकि वास्तविकता यह है कि वह उससे मन-ही-मन ऊब चुका है।

"तुम्हारी मम्मी मना करती है?" विमल की माँ ने लड़के से प्यार से पूछा।

"पापा भी मना करते हैं।" लड़के ने उत्तर दिया।

"तुम मेरे पास आया करो, मैं चूरन खाने के लिए तुमको पैसे दूँगी।"

इतना कहकर विमल की माँ ने अपने आँचल के खूँट से एक सिक्का निकालकर मुन्ना की ओर बढ़ा दिया। लड़का लालच में आ गया और अपनी मम्मी और पापा की सारी चेतावनियाँ भूलकर आगे बढ़ गया। पैसा लेकर वह दौड़ गया। दोपहर के वक़्त एक चूरनवाला प्राइमरी स्कूल के सामने आकर बैठता था। कुछ देर बाद चूरन लेकर मुन्ना वहीं आया। वह देर तक वहीं खेलता रहा, साथ ही बबली की शिकायत करता रहा कि वह बहुत ख़राब है और उसको मारती है तथा वह उसको चूरन खाने को नहीं देगा।

"मैं मेले में जाऊँगा तो तुम्हारे लिए खिलौने लाऊँगा।" मुन्ने ने विमल की माँ से कहा।

उसकी बात सुनकर विमल की माँ ख़ूब हँसी। वह देर तक उससे बातें करती रही और हँसती रही।

"कल भी आना। पैसे दूँगी।" मुन्ना जब जाने लगा तो वह बोली।

बच्चे के जाने के बाद वह उसी के बारे में सोचती रही और साथ-साथ मुस्कराती भी रही। वह अपने दर्द को एकदम भूल गई थी। वह स्वयं अपने को बच्चे के रूप में देख रही थी। 'यह ज़िन्दगी कितनी सुन्दर है' यह सोचकर उसकी आँखों में आँसू आ गए। बीमारी के बाद लोगों ने जो उसके प्रति उपेक्षा दिखाई थी, उससे वह अपने को अपराधी समझती थी। उसको अपना समस्त जीवन मिथ्या लगता था। यह देखकर उसका मन, भय और वितृष्णा से भर जाता कि हर जगह झूठ, प्रदर्शन एवं हृदयहीनता है। उसकी आत्मा सच्चाई के लिए भूखी रह जाती। बच्चे की बात ने उसको सच्चाई का फिर से एहसास करा दिया। उसके सामने उसका सारा जीवन खड़ा होकर मुस्कराने लगा। हाँ, वह सदा इस बच्चे की तरह निर्दोष एवं पवित्र रही। उसको अपने जीवन पर गर्व होने लगा।

उस दिन से उसकी सारी जीवनशक्ति मुन्ना में ही केन्द्रित हो गई। जब उसको तकलीफ़ सताती तो वह मुन्ना की ही याद करती और मुस्कराने लगती। रात में वह देर तक अगले दिन की प्रतीक्षा करती रही। दूसरे दिन भी मुन्ना भी उसी समय आया।

"तुम पहले क्यों नहीं आते थे?" विमल की माँ ने उससे फिर पूछा।

"मम्मी कहती हैं, तुम जल्दी ही मर जाओगी।"

एक भोली और सच्ची बात सुनकर विमल की माँ बहुत ही ख़ुश हुई। उसने आज मुन्ना को अधिक पैसे दिये, जिससे वह बहुत ही प्रसन्न होकर चूरनवाले की ओर थप-थप दौड़ गया।

जब मुन्ना चूरन लेकर आया, तो उसी समय एक आश्चर्यजनक घटना घटी। बबली की माँ ने अचानक पीछे का दरवाज़ा खोला और कौए की तरह देखने के बाद वह विमल की माँ के पास आकर खड़ी हो गई।

"तबीयत तो ठीक है न, बहन।" उसने गम्भीरतापूर्वक पूछा।

"हाँ, ठीक है।" विमल की माँ ने मुस्कराने की चेष्टा की "बैठो।"

"बैठे-बैठे तो थक गई...आपके यहाँ सूखी मिर्च होगी क्या?"

"हाँ-हाँ, ले लो।" विमल की माँ ने अपने खुले दरवाज़े से घर के अन्दर झाँककर कहा।

बबली की माँ सहसा तेज़ी से अपनी सहेली के घर के अन्दर घुसी और अपने आँचल में मज़े की मिर्च लेकर लौटी। वह विमल की माँ की ओर देखे बिना अपने घर में प्रवेश कर गई और अन्दर से पीछे का दरवाज़ा भी फटाक-से बन्द कर लिया। विमल की माँ आँखें फाड़कर देखती ही रह गई।

"हे भगवान!" उसके मुँह से एक गहरा उच्छ्वास निकल गया था।

इसके बाद कई दिनों तक दोपहर में जब मुन्ना पैसे के लालच से विमल की माँ के पास आता, तो बबली की माँ अचानक पीछे का दरवाज़ा खोलकर प्रकट हो जाती और अपनी सहेली से पूछकर कभी उसके घर से एक कटोरा दाल लाती, कभी चीनी, कभी चार-पाँच आलू और दो-चार टमाटर। कई बार नींबू के अचार के लिए गई और बड़ा कटोरा पूरा भरकर ले आई।

विमल की माँ चुपचाप उसको देखती रही और मुस्कराती रहती। वह जानती थी कि मुन्ना के साथ वह अपना जो समय प्रसन्नतापूर्वक गुज़ारती थी, उसका एहसान प्रकट करने तथा उसको वसूलने के लिए ही बबली की माँ ऐसा व्यवहार कर रही थी। इसीलिए विमल की माँ डरकर किसी बात के लिए मना नहीं करती थी। यदि उसने मुन्ना को आने से मना कर दिया तो वह क्या करेगी? उसका समय कैसे कटेगा?

परन्तु एक दिन बबली की माँ ने थोड़े घी के लिए फ़रमाइश की तो विमल की माँ को बहुत ही अफ़सोस हुआ। घर में घी ज़रा भी नहीं था। उसने गिड़गिड़ाकर कहा, "बहन, घर में ज़रा भी घी नहीं है। आज शाम को विमल से मँगवाऊँगी।"

“बहन, सबकी ज़रूरत पड़ती है। मैं तो किसी से कभी बहाना नहीं करती, मेरा दिल तो एकदम साफ़ है। मैं दूसरों के लिए भले ही कलेजा निकालकर रख दूँ, लेकिन मेरी ज़रूरत पर कोई भी काम नहीं आता।” बबली की माँ ने मुँह फुलाकर कहा।

“बहन, ऐसा न कहो। मैंने कभी किसी बात के लिए इनकार नहीं किया।” विमल की माँ ने गिड़गिड़ाते हुए कहा, लेकिन बबली की माँ ने अपना मुँह काफ़ी गम्भीर बना लिया और क्रोध से उसके नथुने फड़कने लगे। इसके बाद उसने बिजली की फुर्ती से लपककर पास ही में खेलते मुन्ना के गाल पर दो तमाचे रसीद किये और अन्त में उसको घसीटती हुई अपने अन्दर घुस गई।

दरवाज़ा फटाक-से बन्द हो गया। विमल की माँ का सर चकराने लगा। उसकी आँखों से झर-झर आँसू गिरने लगे। वह अपने मन में बेहद डरी हुई थी। यह निश्चित था कि बबली की माँ मुन्ना को उसके पास अब नहीं आने देगी। “हे भगवान, अब इस जीवन में मुन्ना को छोड़कर और किसी भी बात में मेरी दिलचस्पी नहीं है। मैंने कौन-सा अपराध किया है, प्रभो!” वह देर तक रो-रोकर बुदबुदाती रही।

शाम को विमल की माँ ने अपने लड़के से आग्रह करके घी मँगवाया, लेकिन दूसरे दिन सचमुच मुन्ना उसके पास नहीं आया। कुछ देर बाद बबली की माँ उधर ही से गुज़री। विमल की माँ ने उसको पुकारा, लेकिन वह मुँह फुलाकर वहाँ से चली गई। एक बार मुड़कर भी नहीं देखा।

इसके बाद विमल की माँ की हालत बहुत ख़राब हो गई। उसका बाहर धूप में बैठना-लेटना भी बन्द हो गया। वह दिन-रात चिल्लाती रहती। विमल ने दफ़्तर से छुट्टी ले ली, क्योंकि वह अब माँ को अकेले छोड़ नहीं सकता था। इस हालत में भी बबली की माँ एक बार भी उसको देखने नहीं आई; न उसका पति आया और न उसके बच्चे ही, लेकिन विमल की माँ अधिक नहीं चल सकी और बीस दिन के अन्दर ही उसका प्राणान्त हो गया।

लोग-बाग़ उसकी अन्त्येष्टि की तैयारियाँ करने लगे थे और बबली की माँ अब भी सिर पर हाथ रखकर उसी तरह विलाप कर रही थी, “हे बहन तुम्हारे बिना मेरे दिन अब कैसे कटेंगे...”

[‘नई धारा’, 1996]

बढ़ते पौधे

बेचू ने चाय पीने के बाद अंटी ओढ़ ली और बग़लवाले अख़बार को सामने खोलकर देखने लगा। उसके सूखे चेहरे की झुर्रियाँ सिमट आई थीं और उसकी छोटी, मटमैली आँखों में कोई लाचारी काँप-काँप उठती थी।

"कैसे हो रहे हो?" नीचे झुककर, चाय का गिलास उठाते हुए जानकी ने पूछा।

"ठीक तो हूँ।"

शाम को दुकान से लौटते वक़्त बेचू की चौक में हरिया से भेंट हुई थी। हरिया ने ही कहा था कि उसने स्वयं अपनी आँखों से मनि को तीन-चार दोस्तों के साथ हँसी-मज़ाक़ करते और सिगरेट फूँकते देखा था। ऐसे मोहल्ले में शरीफ़ आदमी रात को कहीं इस तरह घूमते हैं?

बेचू के सारे शरीर में न मालूम कैसी निष्क्रियता और दुर्बलता फैल गई थी। किसी गहरी पीड़ा और साथ ही अभिमान से वह स्तम्भित हो गया था।

अख़बार के काले-काले अक्षर उसकी दृष्टि के सामने धुँधले और अस्पष्ट होते गए। वह आख़िर पूछे तो कैसे पूछे? दीनू, आशा, जानकी...सभी उसको तुच्छ और पागल समझेंगे। दरअसल पिछले कुछ वर्षों से हर चीज़ उसके क़ाबू से निकलती गई थी। दो लड़के और लड़की जवान हो गए थे। हर दो-तीन वर्ष पर कुटुम्ब-जनों की संख्या बढ़ती गई थी। खाना, कपड़ा, पढ़ाई की फ़ीस, बीमारी, हैरानी, दुनियादारी, रिश्तेदारी...हर समस्या उसके अस्तित्व को झुठलाती गई थी। फिर देखते-देखते सब कुछ बदल गया था। हर काम अजीब ढंग से होने लगा था। कुटुम्ब का हर आदमी एक ख़ास तरीक़े से आचरण करने लगा था, जैसे पुरानी ईंट की दीवार पर अकस्मात् पौधे उग आए और बढ़ने लगें। इस घर में वह एक तमाशबीन नहीं तो और क्या है?

उसकी इच्छा हुई कि चलकर दीनू से पूछे। दीनू बाहर की कोठरी में लालटेन के आगे झुका पढ़ रहा होगा। उसकी हरकतों से मनि के विचार का पता चल जाता है, परन्तु बेचू के इस लड़के से सबसे अधिक डर लगता। यह कौन जानता था कि जो लड़कपन में इतना उपद्रवी, ज़िद्दी और क्रोधी था, वह पाँच फुट दस इंच का जवान होकर बेहद गम्भीर हो जाएगा। वह घर में सबसे नाराज ही रहता।

माँ सवेरे मुँह में कुछ क्यों नहीं डालती और समय से खाना क्यों नहीं खाती, इसको लेकर वह अपनी माँ से मुँह फुलाए रहता। बेचू से वह कहाँ ठीक से बोलता था! चौक की एक दुकान में काम करने और छोटी जाति के होने की वजह से उसके पिता अनावश्यक रूप से क्यों दबते? फिर वह क्यों सोचते हैं कि अपने बच्चों की तकलीफ़ के लिए वही ज़िम्मेदार और अपराधी हैं?...और इस कड़ाके की सर्दी में वह कोट नहीं पहनेगा, क्योंकि लल्लन के पास कोट नहीं है। बेचू के दिल में सदा यह भय समाया रहता कि सत्रह वर्ष का यह नासमझ लड़का किसी दिन अपने को कुछ कर न ले।

बेचू चारपाई से उठ खड़ा हुआ और कमरे से बाहर निकलकर आँगन और गलियारे से होते हुए बाहर की कोठरी के दरवाज़े पर आ खड़ा हुआ। दीनू चारपाई पर बैठा था। लालटेन के सामने झुके उसके शरीर की अपेक्षाकृत बड़ी छाया दीवार पर पड़ रही थी। उसने सिर उठाकर अपने पिता को एक क्षण देखा; फिर सामने खुली पुस्तक में खो गया।

बेचू कमरे के अन्दर जाकर बाँस की पुरानी, लचकती कुर्सी पर बैठ गया। आख़िर में खाँसकर बोला, "अख़बारवाले भी अजीब-अजीब ख़बरें छापते हैं!" वह हँसा और चुप हो गया, जैसे उम्मीद हो कि दीनू कुछ पूछेगा। फिर अपनी बात स्पष्ट की, "लिखते हैं, सिगरेट-तमाखू से कैंसर होता है।"

"ठीक तो लिखते हैं, "किताब में सिर गाड़े ही दीनू हलकी रुखाई से बोला।

"ठीक क्या लिखा है? लाखों-करोड़ों लोग सिगरेट-तमाखू पीते हैं, सबको कैंसर ही होता है? मैंने तो एक बार कहीं पढ़ा था कि सिगरेट पीने से बहुत फ़ायदे होते हैं...यही कि दाँत ख़राब नहीं होते और पेट का वायु-शूल दूर होता है।"

दीनू ने सिर उठाकर एक क्षण के लिए क्षोभपूर्ण आश्चर्य से अपने पिता की ओर देखा, फिर पहले की तरह सिर झुका लिया।

बेचू उठकर कोठरी से बाहर हो गया। उसका हृदय किसी गहरी आशंका और लज्जा से धड़कने लगा था। आख़िर वह क्या कहना चाहता था? उसको लगा, जैसे दीनू ने उसके मन की बात ताड़ ली हो।

वह पहले की तरह कमरे में आकर बैठ गया। ठार से रात ठिठुरती रही थी। सामने रसोई के ओसारे में लल्लन, दद्दन और शंकर बोरसी के चारों ओर बैठे आग ताप रहे थे। जानकी कड़ाही की तरकारी चला रही थी और आशा आँगन में नल के पास बैठी थाली, कटोरे वग़ैरह धो रही थी।

"आशा!" बेचू ने सोचा कि आशा को बुलाकर कुछ पूछे।

"आई पिताजी!"

जाड़े-पाले में साड़ी और सूती कपड़े के ब्लाउज में आशा को काम करते देखकर बेचू गहरे दुख से भर उठा।...लेकिन कितनी ज़िद्दिन है! जान दे देगी, पर उफ़ न करेगी। प्लूरिसी होने के बाद बेचू ने उससे कहा था कि वह आगे न पढ़े,

क्या करना है, हाईस्कूल बहुत हुआ। परन्तु वह खाना-पीना छोड़कर जान देने को तैयार हो गई।...दो मील पैदल चलकर, कॉलेज जाने और वापस आने से कहीं तन्दुरुस्ती ख़राब हो सकती है? उसको कपड़े नहीं चाहिए शौक़-सिंगार से वह दूर भागेगी।...और अब माँ से कहती है कि वह शादी नहीं करेगी, नौकरी करके पिताजी के दुख दूर करेगी।

"जी पिताजी।" आशा चारपाई के पास आ खड़ी हुई थी।

"खाना हो गया बेटा?" बेचू की कुछ और पूछने की हिम्मत न हुई।

"जी, थाली लग रही है।"

बेचू चुपचाप रसोई घर के ओसारे में आकर पीछे बैठ गया। जानकी थाली परोसने के बाद चूल्हे में से कुछ जलते हुए कोयले निकाल-निकालकर पति की थाली के पास रखती गई। पीछे बोरे पर बैठे चारों छोटे बच्चे पहले ही से खाने पर जुटे हुए थे।

बेचू जल्दी-जल्दी बेमन से खा रहा था। वस्तुतः उससे खाया नहीं जा रहा था। कर्तव्य और विवशता के बीच उसका मन छटपटा रहा था। जानकी से कहे, जो अपने बड़े लड़के की मेहनत और कष्ट की बात याद करके दिन में कई बार रोती है? वह क्या सुनेगी?

उसने जल्दी-जल्दी खाना ख़त्म किया। फिर सिर घुमाकर देखा, तो आशा वहाँ नहीं थी। लड़के अभी खा रहे थे।

"पंफंतांफां नंफंहींफीं मंफंनिंफिं कींफीं सोंफफंबंफंतंफं कैंफैंसींफीं हैंफैं?" बेचू दूसरी ओर देखकर बोला।

जानकी हक्का-बक्का होकर पति को निहारने लगी। बेचू का हृदय शर्म, ग्लानि और दुख से भर गया। पता नहीं, किस मजबूरी में उसने अपनी बात सीधे ढंग से न कहकर इस तरह कही थी। जवानी के दिनों में छोटे लड़कों की अनुपस्थिति में भी पति-पत्नी ने हर अक्षर के पीछे-आगे 'अं' और 'फं' की मर्यादा रखकर हँसी-मज़ाक़ करने का उपाय ढूँढ़ निकाला था, लेकिन वर्षों से उन्होंने इस तरह बोलना छोड़ दिया था।

बेचू जल्दी से हाथ-मुँह धोकर उठ गया और घर के बाहर निकलकर सड़क पर टहलने लगा।... 'पता नहीं मनि की सोहबत कैसी है', अपने इस प्रश्न का उत्तर पाने की उसने प्रतीक्षा नहीं की, जैसे जानकी जो कहेगी वह उसको मालूम हो।

वह अपने घर के सामने चुपचाप टहलता रहा। बार-बार उसके सामने मनि के शरीर का ख़ाका उभर आता और उसका मन एक आश्चर्य और अभिमानपूर्ण पीड़ा से भरता गया। दुबला-पतला, ठिगना शरीर, नुकीली नाक पर हल्की लाली, बड़ी-बड़ी निर्दोष आँखें। बेचू उससे बचता था और वह भी, जैसे दोनों को एक-दूसरे की बड़ी फ़िक्र हो। चुप्पा वह शुरू से था। इंटरमीडिएट का इम्तिहान देने के बाद टायफ़ायड

हुआ तो एक महीने से अधिक खींच ले गया। बेचू ने जो शक्ति में था वह किया। उस दिन उसकी तबीयत बहुत ख़राब हो गई तो वह कितना घबरा गया था। वह कभी बाहर जाए और कभी भीतर...आख़िर कमरे में सिर पटक-पटककर रोने लगा था, "हे भगवान्! मैं ठीक से दवा न करा सका, मैंने अपने बच्चे को मार डाला!"...

परन्तु भगवान् ने जैसे प्रार्थना सुन ली। अच्छा होने पर मनि बहुत गम्भीर रहने लगा। चुपके से दो घंटे के लिए उसने किसी दुकान पर नौकरी कर ली थी। बाद में एकाध ट्यूशन भी करने लगा था। आठ-दस महीने बाद अपनी माँ को कुछ रुपये दिये थे, और कहा था, "बीमारी में पिताजी पर जो क़र्ज़ा चढ़ गया है, उसको चुकता कर दो।" बेचू सारा क़िस्सा सुनकर फटी-फटी आँखों से अपनी पत्नी को देखने लगा था। तभी से उसने अपने को क्षमा नहीं किया।...सवेरे आठ बजे ही ट्यूशन के लिए निकल जाता है, वापस आकर जल्दी-जल्दी खाकर विश्वविद्यालय जाता है, फिर उधर ही किसी पुस्तक पर काम करता है और उसके बाद फिर ट्यूशन। क़रीब नौ बजे रात को घर लौटता है।...

बेचू से अधिक न सोचा गया तो वह अन्दर आकर अपने कमरे में बिस्तर पर लेट गया। सिर तक अपने को रजाई से ढकते हुए उसने क्रोध करने की कोशिश की, परन्तु उसका दिमाग़ शिथिल हो गया और एक बहाव में बहता गया। इस घर में जो लड़का सिर्फ़ कुछ घंटों के लिए आता है, उसका कितना बड़ा एहसान है!... बेचू के विचारों में ही कितना परिवर्तन हो गया है! उसके अन्दर बहुत-कुछ पुष्ट हुआ है और बहुत कुछ कमज़ोर। अपनी सारी पीड़ा के बावजूद उसके भीतर यह विश्वास जीता रहा है कि मनि एक दिन अपने देश और कुटुम्ब का नाम उज्ज्वल करेगा। मनि बेटा के साथ ही एक आदर्श भी था। बेचू को एक क्षण के लिए लगा कि वह मनि से अधिक उस आदर्श को प्यार करता है। अब उन विचारों का क्या होगा, जो अब तक उसके घर पर आशीर्वाद की तरह छाए रहते थे? वह एक अनजान भय से जकड़ता गया।

बाहर की कोठरी से बातचीत की आवाज़ आने लगी थी। मनि ही था, क्योंकि कुछ ही देर में दोनों भाई भीतर आकर रसोई के ओसारे में बोरसी के पास बैठ गए। बेचू ने रज़ाई से झाँका। आशा भी जाकर बैठ गई थी। दीनू और आशा बड़े भाई के आने के साथ-साथ खाना खाते हैं। वे एक ही थाली में बातचीत करते हुए देर तक खाएँगे। वे कभी उत्तेजित होकर ज़ोर-ज़ोर से बहसें करने लगेंगे, कभी हँस पड़ेंगे, कभी काफ़ी धीरे-धीरे बातें करेंगे।

बेचू के हृदय में न मालूम कैसी करुणा उमड़ने लगी। वह मनि को एकटक देख रहा था। अब भी कितना बच्चा लगता है। फिर भी उसकी मुस्कराहट में कितनी दृढ़ता है और जिसकी अनुपस्थिति में उसके हृदय में क़िस्म-क़िस्म की आशंकाएँ पैदा हो गई थीं, उसको देखते ही उसके मन को अपूर्व ढाँढस और विश्वास हो गया।

वह अपने को मन-ही-मन धिक्कारने लगा। अन्त में उसके लिए सब कुछ असह्य हो गया।

वह उठ खड़ा हुआ। आँगन में जाकर उसने नल से पानी लेकर कुछ देर तक इस तरह कुल्ला किया, जैसे इसीलिए आया हो। फिर घूम गया और ओसारे के पास खड़े हो मनि से पूछा, "हरिया को तो जानते हो न?"

"जी हाँ, पिताजी," मनि खड़ा होकर बोला।

"वह बहुत बुरा आदमी है, ज़रा उससे बचकर रहना, बेटा।" उसका गला भर्रा गया और वह घूमकर जल्दी-जल्दी अपने कमरे में लौट आया।

['नई कहानियाँ', 1960]

सुदर्शन सिंह

"ठहरो शैतानो!"

सुदर्शन सिंह के बिना कॉलेज में शान्ति और अनुशासन क़ायम नहीं हो सकता। कहीं भी हल्ला-गुल्ला होने पर वह 'स्टाफ़ रूम' से निकलकर अपना छोटा और मोटा डंडा धमकी की शक्ल में आगे ताने लपकते हुए आगे बढ़ जाते। लम्बे-चौड़े शरीर तथा भारी आवाज़ के कारण उनका काफ़ी आदर होता था। लड़के उनके दर्जे में शान्त रहना आवश्यक समझते। साथी अध्यापक भी उनकी बातें ध्यान से सुनते, विशेष रूप से उस समय, जब वह विस्तारपूर्वक बताने लगते कि कई प्रकार के तेल लगाने से उनके कुछ बाल सफ़ेद हो गए थे और उनके छोटे भाई की शादी के लिए पिछले दो साल से एक बहुत बड़े सरकारी अफ़सर तंग कर रहे हैं। वह सदा अनगिनत सिकुड़नों से युक्त एक लम्बा रेशमी कुर्ता पहनते। उनकी धोती मुश्किल से घुटनों के नीचे जाती, जो कुर्ते से क़रीब-क़रीब ढक जाती, जिससे प्रथम दृष्टि में उनकी पोशाक के सम्बन्ध में कुछ भ्रम पैदा हो जाता।

उनके पहुँचते-पहुँचते लड़के बरामदे से बादल की तरह छँट गए थे। उन्होंने अपने चारों ओर मुर्गे की तरह गर्दन घुमाकर गर्व और विश्वास से देखा, जैसे अन्य अध्यापकों से बहुत श्रेष्ठ हों। प्रसन्नता से उनका मुँह तमतमा आया। महत्त्वपूर्ण डगमग चाल से वह लौट पड़े।

"मास्टर साहब, सरकार आपको याद कर रहे हैं।"

प्रिंसिपल के चपरासी ने पीछे से आकर सूचना दी थी। सुदर्शन सिंह के चेहरे का रंग उड़ गया।

"क्या बात है जी।"

परन्तु, चपरासी घूमकर तेज़ी से लौट पड़ा था। क्षण-भर के लिए सुदर्शन सिंह की आँखों में एक अनजान लाचारी काँप गई। फिर उन्होंने धोती को नीचे खिसकाने की चेष्टा की और खाँस-खाँसकर गले को साफ़ किया। अन्त में भारी-भारी क़दमों से चलते हुए पर्दा हटाकर प्रिंसिपल के कमरे में दाख़िल हो गए।

"ठाकुर साहब, इतना शोरगुल क्यों हो रहा है?" प्रिंसिपल माताप्रसाद ने कुर्सी की बाँहों पर कुहनियाँ रखकर अँगुलियों को पंजा लड़ाने की शक्ल में फँसा दिया था।

वह रेशमी कोट-पैंट और लाल टाई में थे। छोटी आँखों, मुँह के लम्बे चीरे और बाएँ गाल पर काले तिल से ऐसा लग रहा था कि नाटे बलगमी शरीर में उनका सिर ही जानदार अंग हो।

"और कोई तो बात नहीं..." सुदर्शन सिंह कुछ सेकंड घबराकर चुप रहने के बाद बोले, "वही नये लड़के हैं, मानते ही नहीं। मैंने उनको बहुत डाँटा-डपटा... समझाया भी कि कॉलेज में पढ़ते हो तो प्रिंसिपल साहब को भी देख लोगे, लेकिन मौक़ा पाकर वे इधर ही सरक आते हैं...।"

"हाँ, मैंने भी सोचा कि क्या बात है," प्रिंसिपल के मुख पर सन्तुष्टि की मुस्कराहट फैल गई थी, "और सब ठीक-ठाक?"

"जी, सब कुछ अच्छा चल रहा है।" सुदर्शन सिंह साहसपूर्वक एक कुर्सी खींचकर इत्मीनान से बैठ गए।

इसी समय विजय प्रकाश ने प्रवेश किया। दुबला-पतला मझोला शरीर, साँवला रंग, बड़ी-बड़ी भावपूर्ण आँखें और बोलने को आतुर होंठ। सफ़ेद पैंट और हलके नीले बुशर्ट में वह अपनी उम्र से अधिक मासूम लग रहा था।

"कहिए मिस्टर विजय...क्या हाल-चाल है?"

"ठीक ही है", विजय प्रकाश सामने की कुर्सी की ओर बढ़ गया। उसके होंठ रूखी मुस्कराहट से टेढ़े हो गए थे।

अकस्मात् प्रिंसिपल साहब सिर झुकाकर सामने मेज़ पर अख़बार के खुले पन्नों में खो गए। इसके बाद दो-तीन मिनट तक चुप्पी रही। फिर विजय ने अपनी जेब से एक काग़ज़ निकालकर प्रिंसिपल के सामने रख दिया।

"क्या बात है?"

"पढ़ लेते तो...।"

"जो कुछ कहना हो ज़बानी कह डालिए न...।" प्रिंसिपल ललाट सिकोड़कर इस तरह बोले जैसे कोई महत्त्वपूर्ण समाचार पढ़ रहे हों और उससे ध्यान हटाने की इच्छा न कर रही हो।

विजय प्रकाश सहसा कुछ कह न सका। उसने अर्थपूर्ण दृष्टि से सुदर्शन सिंह की ओर देखा जो कभी ऊपर छत की ओर कभी सामने दीवार पर नज़र गड़ा देते, जैसे कमरे की बनावट में उनको कुछ ख़ामी नज़र आ गई हो या उसकी सज्जा में कोई महत्त्वपूर्ण परिवर्तन करना चाहते हों।

"साहब, स्टाफ़ के लोग बहुत ही कष्ट में हैं...।" आख़िर में स्पष्ट दृढ़ स्वर में कहना शुरू किया।

"क्यों?"

"आप तो सब जानते ही हैं। अप्रैल, मई और जून...पिछले तीन महीने की तनख़्वाह नहीं मिली। कॉलेज खुले हुए भी आठ-दस दिन हो गए। दोनों जून चूल्हा जलना मुश्किल हो रहा है...।"

“मिस्टर विजय, “प्रिंसिपल सहसा सिर उठाकर सुदर्शन सिंह की ओर तिरछी दृष्टि से देखते हुए रुखाई से बोले, “मैं यह ज़रूर जानता हूँ कि आपके घर की हालत काफ़ी अच्छी है। आपके पिता शहर के जाने-माने वकील हैं, आप तो नाहक परेशान हो रहे हैं और कुछ समय के लिए प्रबन्ध कर सकते हैं।”

“ओमप्रकाश की बीवी सख़्त बीमार है। उनके पास एक पैसा भी नहीं। दूध और सब्ज़ीवालों ने उधार देना बन्द कर दिया है। उनके चार बच्चे हैं...।”

“देखिए साहब,” प्रिंसिपल का स्वर क्रोधपूर्ण था, “अगर आप ओमप्रकाश के इतने ही सच्चे मित्र हैं तो आप शौक़ से उनकी मदद कर सकते हैं। हम तो इस समय लाचार हैं। बेशक बकाया चुकाने के लिए जी-जान से कोशिशें की जा रही हैं, लेकिन जिस संकट से हमारा कॉलेज गुज़र रहा है उसके लिए ज़रूरी है कि सभी कुछ-न-कुछ त्याग करें। आप समझते हैं कि हम गुलछर्रे उड़ा रहे हैं?”

विजय प्रकाश का मुख उत्तेजना से पीला पड़ गया। वह उठ खड़ा हुआ। उसने बेजान-सी आवाज़ में प्रिंसिपल से कॉलेज हॉल में सुदर्शन सिंह की अध्यक्षता में ‘टीचर्स एसोसिएशन’ की मीटिंग करने की इजाज़त माँगी। अन्त में उसने कहा, “आप भी उसमें आने की कृपा कीजिएगा।”

सुदर्शन सिंह का चेहरा फ़क़ पड़ गया। वह अपनी कुर्सी में बेचैन हो उठे। आरम्भ में वह इस बात में कोई दिलचस्पी नहीं ले रहे थे। एक साल पूर्व ‘बैडमिंटन टूर्नामेंट’ और ‘कैंटीन चलाने के सिलसिले में मज़ाक़-ही-मज़ाक़ में ‘टीचर्स एसोसिएशन’ की स्थापना हुई तो शरीर, आवाज़ और वाचालता के कारण उनको अध्यक्ष चुना गया था। शुरू-शुरू में कुछ मीटिंगें ज़ोर-शोर से हुई थीं, फिर सब-कुछ ठप। कल कॉलेज से घर लौटते वक़्त विजय प्रकाश ने यह सुझाव दिया कि बकाया वेतन के सम्बन्ध में सबकी ओर से एक दरख़्वास्त प्रिंसिपल साहब को दी जाए और उस पर भी कुछ कार्रवाई न हो तो ‘टीचर्स एसोसिएशन’ सरकार से मदद की अपील करे। सबने इसका समर्थन किया था और सुदर्शन सिंह ने जनमत के कारण हाँ में हाँ मिलाई थी, लेकिन उनको यह आशा क़तई नहीं थी कि विजय प्रकाश उनका नाम इस तरह लेगा। बरातियों के दुर्व्यवहार के कारण रूठे दूल्हे की तरह उनका मुँह शीघ्र ही फूल आता, जैसे विजय प्रकाश ने उनका भारी अपमान कर दिया हो और वह उसको क्षमा नहीं कर सकते।

“क्या ‘एजेंडा’ है?” प्रिंसिपल ने शान्त स्वर में पूछा।

“इस समय और क्या हो सकता है।”

“कॉलेज आपका है, लेकिन मैं यह चाहूँगा कि कोई ऐसी बात न होने पाए जो कॉलेज के हितों के ख़िलाफ़ जाए, फिर प्रेसीडेंट साहब की इजाज़त ज़रूरी है।”

दूसरे दिन सुदर्शन सिंह कॉलेज में असाधारण रूप से व्यस्त देखे गए जैसे प्रेसीडेंट साहब के आने की सूचना उन्हीं को हो। वह उसी पोशाक...सुटुक्की

पायजामा और तंग शेरवानी में थे जो पिछले पन्द्रह-सोलह वर्षों से 'इंसपेक्टर' या किसी अन्य प्रभावशाली व्यक्ति के आने पर ही पहनते और जिसमें उनका शरीर ऊबड़-खाबड़ ज़मीन की तरह उभर आता। कोई कक्षा ख़ाली न रहने पाए और लड़के बरामदे तथा मैदान में न घूमें, इसका पूर्ण दायित्व उन्होंने सँभाल लिया था। वह अपने साथियों से रुखाई से और चपरासियों से हँसकर बोलते।

'प्रेसीडेंट' की कार फाटक के अन्दर घुसते ही सुदर्शन सिंह ने कुछ लड़कों तथा चपरासियों को चिल्लाकर अनोखे आदेश दिये और कई बार कहा, "तो ठीक है न?" उनके हाथ में 'टाइमटेबल' भी था, जैसे अनुशासन क़ायम करने के लिए यह अत्यधिक आवश्यक हो। कार से उतरने पर 'प्रेसीडेंट' को उन्होंने क़रीब नब्बे डिग्री झुककर नमस्कार किया, जिसका उत्तर उत्साहवर्द्धक नहीं मिला। वह दबे क़दमों से पीछे-पीछे गए और चपरासी को अलग करके स्वयं 'प्रिंसिपल' के कमरे का पर्दा हटाया। 'प्रेसीडेंट' के भीतर चले जाने पर दरवाज़े पर कुछ हिचकिचाए और आख़िर में घूम गए। पूर्वी कक्ष की ओर कुछ क़दम चलकर पुनः लौट पड़े और इस बार बेधड़क कमरे के अन्दर चले गए।

"साहब, ज़रा 'टाइमटेबल'...।" उन्होंने दबी ज़बान से प्रिंसिपल से कहा।

"वह तो आपके हाथ ही में है...आपका ध्यान कहाँ है?"

सुदर्शन सिंह ने घबराकर अपने हाथ के काग़ज़ को देखा और अपनी जीभ को कुछ बाहर निकालकर दाँत से दबाया। फिर तेज़ी से बाहर निकल गए। इस बार पश्चिमी कक्ष की ओर बढ़ गए और एक छोटे लड़के को बरामदे में देखकर इस तरह डाँटा जैसे 'प्रेसीडेंट' की उपस्थिति में ऐसा करना एक शिक्षक की महान् सफलता हो।

परन्तु, कुछ ही देर बाद 'प्रेसीडेंट' ने उनको बुला भेजा। उनका मुख अचानक काफ़ी गम्भीर हो गया और मूँछें जैसे नीचे झुक गईं।

"कहिए साहब, क्या हो रहा है आजकल?"

"प्रिंसिपल साहब जानते हैं कि...।" सुदर्शन सिंह ने प्रिंसिपल की ओर तिरछी दृष्टि से देखकर 'प्रेसीडेंट' के प्रश्न का उत्तर दिया। उनका मुँह लाल हो गया था। उनकी बात पूरी होने के पहले 'प्रेसीडेंट' ने उनसे गड़बड़ी करनेवाले अध्यापकों के नाम की सूची देने को कहा। सुदर्शन सिंह ने सराहनीय फुर्ती से जेब से फाउंटेनपेन निकालकर होंठ-पर-होंठ दबाकर एक काग़ज़ पर लिखना आरम्भ कर दिया। इस कार्य में पाँच मिनट से अधिक नहीं लगे।

"देखिए," 'प्रेसीडेंट' ने अस्फुट स्वर में नामों को पढ़ने के बाद प्रिंसिपल से कहा, "आप सबसे ही स्पष्टीकरण की माँग कीजिए और जो उत्तर मिलें उनको मेरे सामने पेश कीजिए। हम एक महान उद्देश्य में लगे हैं, इसको कुछ लोग नहीं समझते तो मजबूरी है। शिक्षा को कोई नुकसान पहुँचे, यह बर्दाश्त नहीं किया जा सकता।"

'प्रेसीडेंट' के चले जाने पर अध्यापकों में एक रहस्यमय मौन का वातावरण छाया रहा। सभी एक-दूसरे से और विशेषतः विजय प्रकाश से नज़रें बचाते। सुदर्शन सिंह भी खिंचे-खिंचे रहे। वह कभी-कभी अपने साथियों को घूरकर इस तरह देखते जैसे चेतावनी दे रहे हों कि उन लोगों ने जो बचकाना काम किया है उसका परिणाम अब भुगतें। वह अक्सर कक्षा में पढ़ाने के बाद पीछे के बगीचे में जाकर टहलने लगते और बीड़ी पी-पीकर कुछ सोचते। उस समय उनके मुख पर एक अजीब ही अधिकारपूर्ण क्षोभ का भाव अंकित हो जाता, उस रूठे हुए लाडले बालक के समान, जो यह आशा करता है कि माँ उसे अवश्य ही मनाएगी।

सायंकाल छुट्टी होने पर सुदर्शन सिंह जब घर के लिए चले तो फाटक पर विजय प्रकाश खड़ा मिला। वह इस तरह आगे बढ़ गए जैसे किसी को न देखा हो।

"ठाकुर साहब!" विजय प्रकाश उनके बराबर आकर बोला।

सुदर्शन सिंह इस तरह खड़े हो गए जैसे उनको ज़रा भी फ़ुरसत न हो।

"एक सूचना देनी है आपको; कल सवेरे सात बजे मेरे यहाँ एक मीटिंग रखी गई है...।"

"मैं नहीं आ सकूँगा, मुझे काम है...।" सुदर्शन सिंह ने पीछे देखते हुए उत्तर दिया।

"आपका आना बहुत ज़रूरी है। अब पीछे हटने से काम नहीं चलेगा। हम कोई क्रान्ति-विद्रोह करने थोड़े ही जा रहे हैं, सिर्फ़ सरकार से अपील करेंगे कि कॉलेज की व्यवस्था में जो गड़बड़ी है उसको वह सुधारे। आख़िर कोई कब तक बर्दाश्त करे? ...सीधे का मुँह कुत्ता चाटता है, ठाकुर साहब।...आप समझते हैं कि रुपये-पैसे की कमी है? आपको उस साल की बात याद है जब आम चुनाव हो रहे थे? क़रीब सालभर तक आधी तनख़्वाह मिलती रही। सुना है इस साल 'प्रेसीडेंट' साहब मकानों का एक बहुत बड़ा ब्लॉक बनवाने जा रहे हैं, जिसके एक हिस्से में एक बैंक का दफ़्तर रहेगा और बाक़ी हिस्से रहने के लिए किराये पर उठाए जाएँगे।...आख़िर चारा क्या है? न तनख़्वाह का ठिकाना...न कोई ग्रेड है...।"

"कोशिश करूँगा आने की...।"

सुदर्शन सिंह आगे बढ़ गए। चौक में आकर वे घूम-घूमकर फलों की दुकानों पर केले के भाव निरुद्देश्य पूछते रहे। जब गोधूलि और हलवाइयों की दुकान में उठते धुएँ में अन्धकार घना होने लगा तो वह चौंक पड़े। फिर धीरे-धीरे उनके क़दम घर के बजाय उस सड़क पर बढ़ने लगे जो 'प्रेसीडेंट' के मकान की ओर जाती थी।

निर्जन स्थान पर आकर उन्होंने अपनी पोशाक पर ग़ौर किया। शेरवानी की ऊपर की दो बटनें खुली थीं। असह्य गर्मी थी और वह पसीने से तर-ब-तर हो रहे थे, लेकिन उन्होंने ख़ुशी से दोनों बटनें बन्द कर दीं। ऊपर वाली बड़ी मुश्किल से बन्द हुई, जिससे गले के आसपास का चमड़ा दबकर फूल आया, जैसे फाँस कस गई हो। आख़िर में अत्यधिक सन्तुष्ट होकर मुस्कराते हुए वह आगे बढ़ गए।

फाटक पर पहुँचकर वह किंचित हिचकिचाए, फिर सज्जन व्यक्ति की तरह दबे पाँव भीतर घुस गए। 'प्रेसीडेंट' का मकान बहुत बड़ा था। बैठका अलग। वह शहर के प्रसिद्ध वकील और राजनीतिक नेता थे। मंत्री या अन्य बड़े लोग बाहर से आने पर उन्हीं के यहाँ ठहरते थे। वे शहर की कई संस्थाओं के पदाधिकारी और संरक्षक भी थे।

'प्रेसीडेंट' अपने बैठके में कुछ छोटे-मोटे राजनीतिक कार्यकर्ताओं से बात कर रहे थे। पहले तो सुदर्शन सिंह ने सोचा कि वे अध्यापक जाति के सदस्य हैं, जिसकी बहुत इज़्ज़त है इसलिए उनको बेधड़क भीतर जाकर 'प्रेसीडेंट' से मिल लेना चाहिए। वह उन कार्यकर्ताओं से बहुत ऊँचे हैं, परन्तु बाद में सोचने पर उन्हें बरामदे में ही प्रतीक्षा करना ठीक लगा। वहाँ कुछ मुवक्किल भी बैठे थे।

बहुत देर बाद कार्यकर्तागण उठे। सुदर्शन सिंह सोचें-सोचें कि मुवक्किल भीतर चले गए। वह ठगे से रह गए। नौ बज गए थे। फिर बैठे-बैठे उनको झपकी आ गई। जब आँखें खुलीं तो मुवक्विल पहले की ही तरह बैठे थे। 'प्रेसीडेंट' साहब अपने सामने कुछ काग़ज़-पत्तर तथा नक़्शे खोले हुए थे। सुदर्शन सिंह ने कई बार सोचा कि घर लौट जाएँ। उनको बहुत ज़ोर से भूख लगी थी। देह चूर-चूर। उमस के कारण शरीर से जैसे तेल चू रहा था, परन्तु कोई मजबूरी उनके अंगों को शिथिल कर देती। क़रीब दस बजे 'प्रेसीडेंट' साहब अचानक उठ खड़े हुए। सौभाग्य से वह बाहर आकर मौसम देखने लगे। बेंच के पास कोई लम्बा-चौड़ा व्यक्ति खड़ा है, इस बात पर ध्यान देना उन्होंने ज़रूरी नहीं समझा।

"प्रणाम।" सुदर्शन सिंह ने दो क़दम आगे बढ़कर कहा।

"कौन है?"

"मैं...सुदर्शन सिंह।"

"कहिए...कैसे आए?" प्रेसीडेंट' नज़दीक चले आए।

"यों ही...दर्शन के लिए...।" सुदर्शन सिंह की आवाज़ गले में अटक गई।

"क्यों साहब, आपको और कोई काम नहीं रहता?" 'प्रेसीडेंट' हँस पड़े, जैसे हृदय का विष उगलने का और कोई उपाय न हो। फिर गम्भीर होकर घूमकर भीतर चले गए।

सुदर्शन सिंह का मुँह अंगार की तरह लाल हो गया। होंठों पर टेढ़ी-तिरछी मुस्कराहट। कुछ देर तक वह खड़े रहे, फिर भारी क़दमों से बरामदे से नीचे उतरकर फाटक के बाहर निकल गए। बार-बार 'प्रेसीडेंट' साहब की बात कई अर्थों सहित उनके दिमाग़ में प्रतिध्वनित हो उठती, लेकिन ज्यों-ज्यों वह आगे बढ़ते गए, उनका डर समाप्त होता गया और वह आश्वस्त होते गए। उनका यह विश्वास दृढ़ होता गया कि 'प्रेसीडेंट' साहब ने उनसे मज़ाक़ किया था।

['कल्पना', 1960]

छिपकली

लंच होते-होते बरामदे के खम्भों के पास धूप चढ़ आती थी। रामजी लाल ने पता नहीं कब अपने शरीर को मैनेजर साहब की मेज़ की दिशा में साध लिया था। उसका नीचे झुका चेहरा पत्थर की तरह था, केवल आँखें हल्के ढंग से ऊपर उठी थीं, जिस प्रयास में काली पुतलियाँ अदृश्य हो गई थीं।

इसी धूप को देखकर सभी बदन तोड़ने या जमुहाई लेने लगते। मालिक के प्रस्थान की घोषणा सबसे पहले मैनेजर साहब अपने असाधारण अट्टहासों द्वारा करते, जो शहर में अपनी लम्बी नाक और रूखे स्वभाव के लिए विख्यात होकर भी कुछ दिनों से मालिक की हर आदत का ऐसी कुशलतापूर्वक अनुकरण करने लगे थे कि मालिक ने दफ़्तर में क़हक़हे लगाना ही बन्द कर दिया था। बाहर से उनके दो मित्र आकर पास में कुछ देर से बैठे थे, जिनसे होनेवाली बातचीत ट्रेन-दुर्घटना के एक ताजे समाचार से प्रगति करके इस महत्त्वपूर्ण विषय पर आ चुकी थी कि वनस्पति के इस्तेमाल से निश्चित रूप से हृदय-रोग होता है।

वे तीनों उठकर जब बाहर गए तो रामजी लाल अपनी नाक की ओर देखकर मुस्कराया। उस मुस्कराहट का लक्ष्य मैनेजर साहब का नया स्टेनो विमल था, जो उसकी मेज़ के सामने बैठता था। रामजी लाल की उम्र पैंतालीस से कम न थी। साँवले रंग का उसका शरीर मोटा तथा नाटा था और छोटी गर्दन का मांस ढीला पड़ गया था, किसी बूढ़े हाथी की तरह। वह आज फिर उसी तंग और उटुंग पैंट में आया था, जो उसके शरीर से रबड़ की तरह चिपक जाती थी और जिसको वह कई वर्षों से एक या डेढ़ महीने में एक बार अवश्य ही पहनता था। दस बजे दफ़्तर शुरू होता था और वह नौ या सवा नौ बजे ही आकर रजिस्टरों और फ़ाइलों में खो जाता, फिर भी उसकी आत्मा पता नहीं कैसे सोखते की तरह हर बातचीत, हर गप, हर मज़ाक़ और कमरे में होनेवाले हर परिवर्तन को जज़्ब कर लिया करती थी। मसलन, वह बता सकता था कि रोशनदानों पर गौरैया के दो नहीं तीन घोंसले हैं, बड़ी आलमारी के पीछे चूहे का एक बिल है और अक्सर फ़र्श पर झाड़ू की एक या दो सींकें मिल जाती हैं। लंच में जब सभी अपने-अपने कमरों से निकलकर घूमते-टहलते या हँसी-मज़ाक़ करने लगते तो वह सबसे अन्त में पीठ सीधी करके

चारों ओर चौंककर देखने लगता जैसे गहरी निद्रा से उठा हो। वह किसी बात या घटना को मान्यता प्रदान नहीं करता था और बाद में उसका उल्लेख भी करता तो इस ढंग से, जैसे उससे सर्वथा अनभिज्ञ हो।

"आज का अख़बार क्या कहता है?"

वह तिरछी दृष्टि से देखकर बहुत ही धीमे स्वर में बात इस तरह आरम्भ करता था, जैसे अपने नये दामाद से सबसे पहले बोल रहा हो। मैनेजर साहब और उनके मित्र कुछ देर पहले अख़बार की ख़बरों के बारे में ही बात कर गए थे, इसलिए विमल चिड़चिड़ा गया। उसने घूरकर पूछा, "कैसा अख़बार?"

"अरे लोकल डेली में कोई पढ़ने लायक़ चीज़?"

"कोई ख़ास बात नहीं।"

"कोई मार-पीट, हत्या, दुर्घटना, कुछ भी नहीं?"

"मुझे कुछ पता नहीं।" विमल भड़क गया।

रामजी लाल का मुँह किसी फटी हुई गेंद की तरह दयनीयता के भाव से खुल गया। विमल सीधा-सादा था और उसने एक बार घोषणा की थी कि, 'मैं दुनिया में किसी साले की परवाह नहीं करता!' तभी से रामजी लाल उससे बातें करने लगा था, क्योंकि उसको यह सोचकर ख़ुशी होती थी कि अपनी स्वतंत्र प्रकृति की वजह से विमल एक-न-एक दिन अवश्य निकाल दिया जाएगा। वह अब जल्दीबाज़ी में खिड़की के बाहर कई बार देखने के बाद सहसा यह सोचने लगा था कि कुर्सी में काफ़ी खटमल पड़ गए हैं, जिसको सिद्ध करने के लिए वह शरीर को पीपे की तरह टेढ़ा करके खुजलाने भी लगा।

विमल को अपने क्रोध पर पश्चाताप हो रहा था, इसलिए कुछ देर बाद वह बोला, "हाँ...याद आया। आज के अख़बार में ट्रेन दुर्घटना की एक ख़बर थी। पचीस आदमी मर गए।"

रामजी लाल का दिल फिर उतरा गया। किसी रोमांचकारी उत्साह और बनावटी उत्साह के भाव से आँखें असाधारण रूप से फैल गईं। उसने स्वर को खींचकर पूछा, "पचीस?"

"हाँ"

"विमलजी, आप तो पढ़ते-लिखते हैं। दुनिया को क्या होता जा रहा है? डालडा का प्रचार भी काफ़ी बढ़ गया है..."

विमल को लगा जैसे उसके दिमाग़ की नसें फट जाएँगी। उसने कोई जवाब न देकर मेज़ पर से एक काग़ज़ उठाकर पढ़ना शुरू कर दिया; जब रामजी लाल यह सुनता कि दुनिया का प्रलय होनेवाला है या कहीं पर महामारी से हज़ारों आदमी मर गए या कोई व्यक्ति घोर कष्ट में पड़ गया है तो उसको सन्तोष और उत्साह से रोमांच हो आता। वह हर रविवार या छुट्टी के दिन किसी-न-किसी साधु-संन्यासी के

दर्शन करने भी जाता था और उसको निश्चित रूप से पता रहता था कि लकड़िया बाबा कहाँ रहते हैं, तुम्बड़िया बाबा का प्रवचन कब होगा और शहर में किस-किस व्यक्ति ने यक्षणियों को सिद्ध कर लिया है। बात का सिलसिला एक कमज़ोर धागे की तरह टूट गया था और खिड़की के रास्ते से तेज़ हवा आकर दीवार पर टँगे कैलेंडर को फड़फड़ा रही थी।

"थोड़ा-सा लीजिए न!"

स्टोररूम में स्टोव जलाया जा चुका था, जिसकी आवाज़ सुनते ही रामजी लाल मेज़ की दराज में से अपना झोला निकाल लेता था। पन्द्रह मिनट के भीतर रामदीन चपरासी चाय लाकर रख देता, उस समय तक वह किसी देहाती बनिये के पुराने घोड़े की तरह मुँह चलाता रहता। उसने अपने छोटे कटोरदान को ऐसी कोमल सतर्कता से खोल लिया था, जैसे वह कोई शिशु हो और उसको चोट पहुँच जाने का भय हो। उसमें चने की घुघनी थी, जिसके ऊपर प्याज के कई टुकड़े रखे हुए थे। उसने अत्यधिक स्नेह और रुचि के साथ प्याज को कटोरदान के ढक्कन में रख दिया। कभी-कभी साथ में वह बेसन के दो-चार चपटे-चपटे पकौड़े भी लाता था।

"नहीं, आप अपना मामला चालू कीजिए!" विमल ने हँसकर कहा।

एक विचित्र छोटी-मोटी चक्की चलना शुरू हो गई। वह चनों को हाथ में लेकर एक क्षण आतुर सन्तुष्टि के साथ देखने के बाद दूर से ही फेंकता और उसका पहले से ही सन्नद्ध मुँह भूखे कुत्ते की तरह झपटकर सब कुछ ग्रहण करके अपना कार्य शुरू कर देता।

"आपको चना बहुत पसन्द है न?" विमल अब भी हँस रहा था।

"विमलजी, यह कमबख़्त है बड़ी अच्छी चीज़! मैं तो घर पर भी इसका कुछ-न-कुछ बनवाकर खाता हूँ। हर चीज़ का तरीक़ा होता है, अगर रचकर तैयार कर दिया जाए तो चने के पकौड़े को भगत लोग खाने से इनकार कर दें। इससे पेट भी बड़ा साफ़ रहता है...सवेरे ऐसा खुलासा हो जाता है कि दिन-भर की छुट्टी। फिर ताक़तवर भी बहुत है। रात को सोते वक़्त आधे लोटे पानी में एक मुट्ठी चना भिगो दीजिए, ऊपर से किशमिश के दो दाने भी डाल दीजिए, फिर सवेरे उठकर दातून-कुल्ला करके उसको खाइए तो दूध, घी एक ओर और वह अकेला होने पर भी बीस पड़ेगा।"

गले में अर्द्ध-चर्वित ग्रास अटक जाने के कारण उसका स्वर अचानक उस ग्रामोफ़ोन के रिकार्ड की तरह मोटा होकर बन्द हो गया था, जिसकी हवा ख़त्म हो गई होती है। वह एक गिलास पानी चढ़ा गया। रामदीन दोनों के सामने एक-एक कप चाय रख गया था और विमल झुककर चुस्कियाँ ले रहा था।

"आपके कितने बच्चे हैं?" विमल ने पूछा।

रामजी लाल ख़रगोश की तरह चौंककर देखने लगा। धीरे-धीरे उसके चेहरे पर हल्की-सी लाली फैल गई। वह दाँत खोलकर हँसते हुए बोला, "दो महादेव हैं और समझिए, पाँच भवानियाँ हैं!"

"इस उम्र में आप यहाँ कैसे आ गए, लाल साहब? मैंने सुना है कि आप चार-पाँच साल से यहाँ पर हैं, तब से लोगों की तनख़्वाह कुछ-न-कुछ बढ़ी है, एक आप ही ऐसे हैं, जो सवा सौ पर अब तक डटे हुए हैं। आप साहब से कहते नहीं? मुझे बड़ा दुख होता है।"

विमल की बात में सहानुभूति उतनी नहीं थी जितनी दूसरे का रहस्य जानने और समय काटने की इच्छा। रामजी लाल ने कई बार सशंक दृष्टि से कमरे के बाहर देखा। सब ओर ख़ामोशी छाई थी। वह मुस्कराने लगा।

"कोई बात नहीं, विमल बाबू..." वह धीमे स्वर में बोला, "मेरे दिल में किसी क़िस्म की तमन्ना बाक़ी नहीं रह गई है। आपकी कृपा से मैं जो सुख भोग चुका हूँ, वह किसी को ज़िन्दगी-भर नाक रगड़ने पर भी नसीब नहीं हो सकता। लोग दिन-रात मक्खन लगाते हैं तो एक टूर मिलता है; वहाँ बन्दा, समझिए होल-सोल इंचार्ज था। पहुँचते ही मालिक कुर्सी पर से उठकर हाथ मिलाते थे। उस फ़र्म का सीनियर रिप्रेजेंटेटिव था, कभी कलकत्ता जाना हो रहा है, कभी बम्बई, कभी मद्रास, कभी नैनीताल...हमेशा हाथ में पाँच सौ-हज़ार रुपये रहते थे, जितना ख़र्च करो कोई पूछनेवाला नहीं। मजाल है कि पैंट-कोट-टाई छोड़कर किसी दूसरी पोशाक में निकल जाऊँ! पीछे-पीछे हमेशा दो-चार मित्र लगे रहते थे। भाई और रिश्तेदार इज़्ज़त करते थे। मैंने जुआ खेला, मैंने शराब भी पी, मैं रंडी के कोठे पर भी गया...मैंने सभी कुछ करके छोड़ दिया है। फिर मैंने वह भी समय देखा जब मित्र और रिश्तेदार दस्तरख़ान की मक्खियों की तरह उड़ गए और मैं दाने-दाने के लिए मोहताज हो गया..."

वह किसी लुतरी औरत की तरह जल्दी-जल्दी फुसफुसाई आवाज़ में बोल रहा था। यह उन्हीं क़िस्सों का सिलसिला था, जिनको वह दफ़्तर के हर व्यक्ति को विश्वास के क्षणों में सुना चुका था और जिनके बारे में अब कई धारणाएँ बन गई थीं सिवाय इसके कि वे सही हैं। देश-विभाजन के बाद वह मुस्लिम फ़र्म अपने एक अद्वितीय कर्मचारी के स्थायी वियोग को अत्यधिक कठिनता से बरदाश्त करती हुई पाकिस्तान चली गई तो वह बेकार हो गया, परन्तु शीघ्र ही भाग्य ने उसको ऐसी जगह पर पहुँचा दिया कि अगर आज वहाँ होता तो केन्द्रीय सरकार के कुछ मंत्रियों तक को उससे ईर्ष्या होती। वह एक अंग्रेज़ी फ़र्म के 'रोविंग एम्बेसेडर' के पद के लिए इंटरव्यू में गया था, जहाँ उसने जनरल मैनेजर को अपनी योग्यता से इस हद तक प्रभावित कर दिया कि उसने कहा, "मिस्टर लाल, आई एम ग्लैड टू मीट यू!" वह चुन लिया गया। परन्तु इधर वह बाज़ार से एक हँड़िया क़ीमती मिठाइयाँ लेकर उमंग में झूमता घर पहुँचता है और उधर इंग्लैंड से फ़र्म के मालिक का

केबुलग्राम आता है—एप्वाइंट मिस्टर हालसर्फेस। उसने वह तार स्वयं देखा था, क्योंकि जनरल मैनेजर ने उसको बुलाकर कहा था—मिस्टर लाल, एक्सक्यूज़ मी, आई एम हेल्पलेस! हालसर्फेस आज पाँच हज़ार रुपये तनख़्वाह पाता है, भत्तों का कोई हिसाब नहीं। वह अब किसी की ग़ुलामी न करके ख़ुद-मुख़्तार होना चाहता था। उसने प्रकाशन का काम शुरू करने का निश्चय किया जो सबसे आसान इसलिए लगा कि शहर में सौभाग्य से कुछ ऐसे भी प्रकाशक थे जो कुछ ही वर्ष पूर्व पीठ पर लादकर गली-गली किताबें बेचा करते थे। परन्तु वह इस क्षेत्र में केवल पैसे कमाने की दृष्टि से ही नहीं, बल्कि कुछ निश्चित आदर्श भी लेकर आ रहा था। उसका दृढ़ मत था कि भारत के लोगों में बिजिनेस टैक्ट और बिजिनेस मॉरेल्टी नहीं होती और वह दिखा देना चाहता था कि ऐसी उच्च कोटि की पुस्तकें भी छापी जा सकती हैं जिनसे देश का नैतिक स्तर उन्नत हो; कुछ रुपये तो उसके पास थे और कुछ बीवी के गहने बेचकर तथा शेष मित्रों से उधार लेकर उसने पाँच ऐसी किताबों के प्रकाशन की योजना बनाई, जिनमें पहली ही का नाम था, 'आर्ट ऐंड स्पिरिचुएलिटी।' किताब के लिए देश के बड़े-बड़े नेताओं और विद्वानों के सन्देश मँगाए गए और महर्षि कर्वे ने अपना सन्देश रजिस्ट्री से भेजा। उम्मीद यह थी कि पुस्तक की दो हज़ार प्रतियाँ एक वर्ष में समाप्त हो जाएँगी और जो पैसे मिलेंगे, उनसे आगे का काम बढ़ाया जाएगा। पुस्तक छप गई, परन्तु लगभग दो हज़ार रुपये की विज्ञापनबाज़ी और लिखा-पढ़ी भी चार वर्ष में सौ से अधिक प्रबुद्ध ग्राहक पैदा न कर सकी। बाक़ी रुपये पेट-पूजा में स्वाहा हो गए। इस ज़ाहिल देश की इसीलिए तो तरक़्क़ी नहीं होती।

रामजी लाल कहता गया, "मैं हिम्मत हारनेवाला नहीं था। इसके बाद मैं ऑफ़िसर्स ट्रेनिंग स्कूल में साग-सब्ज़ी, मक्खन-अंडे वग़ैरह सप्लाई करने लगा। इस काम में भी अच्छा नफ़ा था, विमलजी। मैं तड़के ही मंडी रवाना हो जाता और अच्छा-से-अच्छा माल ताँगे पर लदवाकर सीधे स्कूल पहुँचता। सभी लोग बड़े ख़ुश थे। एक डिप्टी-कलक्टर, जिसका नाम झुनझुनवाला था, मुझको देखते ही हँसकर कहता—ऐट लास्ट वी हैव फाउंड ऐन इंडियन हू इज ऑनेस्ट! परन्तु ईमानदारों का ज़माना नहीं, एक दिन यह ठेका मुझसे छीनकर एक सेठ के लड़के को दे दिया गया। मेरी बड़े लोगों तक पहुँच न थी और न ही मेरे पास घूस खिलाने के लिए पैसे थे।"

उसके मुँह की आवाज़ बन्द हो गई, जैसे कोई दीया देर तक फक-फक करने के बाद बुझ गया हो। बरामदे से चप्पलों की फटर-फटर तथा जूतों की खट-खट की मिली-जुली आवाज़ें निकट आ रही थीं। पग-ध्वनियाँ पहचानने में उससे भूल नहीं होती थी। उसने खिड़की के बाहर देखा, जहाँ कूड़े के पास एक मुर्गा कलँगी उठाए बाँग दे रहा था और इस पर उसको अचम्भा हुआ। उसको एक ऐसे ही मुर्गे की याद आई, जो उसके घर के बग़ल में रहनेवाले हसन मियाँ का था।

वह मुर्गा एक बार साँप खा गया था। इतना सोचकर वह प्रसन्न हो गया, जैसे इसके अलावा आज उसने कुछ भी न सोचा हो।

"अरे विमल बाबू! यार, तुम भी मनहूस होते जा रहे हो। ख़ैर, इसमें तुम्हारा भी दोष नहीं, सोहबत का असर है।"

मालिक का स्टेनो कमल, जो कुछ विशेष योग्यताओं की वजह से अपने को 'स्पेशल रिप्रेजेंटेटिव' कहता था और एकाउंटेंट अजय कुमार मिश्र विमल की मेज़ के सामने आकर खड़े हो गए थे। बात कमल ने कही थी, लेकिन उसके साथ अजय कुमार ने भी ज़ोर से ठहाका लगाया। जहाँ तक उनके आपसी सम्बन्धों का सवाल है, उनकी हालत एक पति की दो स्त्रियों की तरह थी, जो ईर्ष्या-डाह के जीवन में कभी-कभी दो-चार घंटे के लिए मेल-मिलाप से भी रहती हैं। मालिक जानबूझकर कभी एक के पुट्ठे पर हाथ रखते और कभी दूसरे के, क्योंकि वह जानते थे कि एक-दूसरे को नीचा दिखाने के लिए वे खच्चर की तरह परिश्रम करते हुए एक-दूसरे की नीचताओं पर पर्याप्त अंकुश भी लगाए रखेंगे। जब मालिक एक को बढ़ावा देते तो दूसरा सबसे कहता फिरता, 'मैं इस्तीफ़ा देनेवाला हूँ...चलकर गाँव पर खेती कराऊँगा। यहाँ से लाख दर्जे अच्छा रहूँगा।' उनके साल में कई बार इस तरह इस्तीफ़ा देने का नतीजा यही निकला था कि पिछले आठ वर्षों से वह जमे हुए थे और कई योग्य तथा प्रतिभाशाली व्यक्ति निकाल दिये गए थे।

कमल बाईं ओर गर्दन झुकाकर बहुत ही तेज़ी के साथ लपर-लपर चलता, जैसे फ़र्म पर ऐसा घोर संकट आ गया हो, जो सिर्फ़ उसी के किये दूर हो सकता है। वह सदा इस फ़िराक में रहता कि उसको बाहर टूर करने का अवसर मिल जाए। वह इसके लिए सर्वथा उपयुक्त व्यक्ति था, क्योंकि वह फ़ैशन से रहता, हर बात में 'जी हाँ जी हाँ' करता और उपयोगी अधिकारियों के पीछे इस तरह पड़ जाता, जैसे सेठों के पीछे पेशेवर तगड़े भिखमंगे। और जब वह हेड क्वार्टर पर भी होता, सभी अवसरों पर अनावश्यक रूप से उपस्थित रहकर मालिक के व्यक्तिगत कार्यों का दायित्व अपने ऊपर ले लेता। यात्रा के समय स्टेशन से टिकट कटा ले आना, फल-मिठाई ख़रीद लाना, बिजली का बिल जमा करना, नाजायज कार्यों के लिए मालिक की ओर से अफ़सरों से मिलना...वस्तुतः उसको दफ़्तर के कामों के लिए फ़ुरसत नहीं थी, जिनको वह रामजी लाल के सिपुर्द कर आता—'साहब ने कहा है, यह कर दीजिए।' रामजी लाल ने शुरू-शुरू में इसका विरोध किया, जिसका सुपरिणाम यह निकला कि वह मालिक से जल्दी-जल्दी डाँट खाने लगा, उसकी मेज़ पर मोटे-मोटे रजिस्टरों और फ़ाइलों की संख्या बढ़ गई और पास में एक पुराना टाइपराइटर और टिकट छापनेवाली मशीन आ गई।

अजय कुमार मिश्र की प्रतिभा से मालिक के लाखों रुपये इनकम टैक्स के बचते थे, साथ में फ़र्म सदा घाटे में रहती थी, जिससे शेयर होल्डरों को लाभ नहीं

मिलने पाता था। वह एक कुख्यात गाँधीवादी संस्था में काम करने का सम्मान प्राप्त करके यहाँ आया था, इसलिए उसको कई खातों का चक्रव्यूह बनाने में कमाल हासिल था। परन्तु दूसरों से घुल-मिलकर बात करके उनके पेट की बात उगलवा कर मालिक के पास शिकायत पहुँचाने में उसको सबसे अधिक आनन्द मिलता था। उसकी पक्की नीति थी कि दफ़्तर से दूसरी जातियों के लोगों को निकलवाकर अपनी जाति के लोगों को भरा जाए, जिसमें केवल यही साधारण संशोधन करने की कृपा करता था कि अपनी जाति का कोई योग्य व्यक्ति कभी न आने पाए। रामजी लाल से वह सिर्फ़ इसी वजह से सदा नाराज रहता था।

"चलो, उठो, यार।" अजय कुमार विमल का हाथ पकड़ते हुए बोला, "सड़क तक चलते हैं, तुमको रसगुल्ले खिलाऊँगा। तुम ज़रा इनसान की तरह घूमो-टहलो! तुमको बैठकर हरामख़ोरी तो करनी नहीं है न?"

वे व्यंग्यपूर्ण ठहाके लगाते हुए विमल का हाथ पकड़कर बाहर खींच ले गए। रामजी लाल का मुँह मिट्टी के पक्के बर्तन की तरह लाल होकर एक ही जगह पर गिरगिट की तरह हिल रहा था। एक मक्खी बार-बार उसके चेहरे पर बैठ जाती और वह सहसा उसको उड़ाने में व्यस्त हो गया। वह यह भी सोचने लगा कि भगवान आख़िर मक्खियों को क्यों पैदा करता है? उन तीनों के ठहाके दूर होकर बन्द हो गए थे और चारों ओर एक ख़ामोशी छा गई थी। रामजी लाल चुपके से उठकर बाहर निकल गया।

परन्तु नन्दलाल उसी के कमरे की ओर आ रहा था। उन दोनों ने उत्साहपूर्वक हाथ मिलाया और फिर कमरे में वापस आकर, बैठकर बातें करने लगे। नन्दलाल की उम्र बीस से अधिक नहीं थी; वह एकाउंटेंट का असिस्टेंट था, जिसकी तीन महीने पहले ही नियुक्ति हुई थी। वह हँसमुख और उदार तो था ही, लेकिन नवसिखुआ तथा मन्द बुद्धि होने के कारण उसकी उदारता सराहनीय थी, जिसकी मदद से वह अपनी अयोग्यता और विश्वासहीनता को छिपाया करता था। वह सबसे हँसकर बोलता, सबका कहना मान जाता और पैसे ख़ूब ख़र्च करता। उसकी हालत स्कूल के उस कमज़ोर विद्यार्थी की तरह थी, जो अपनी हीनता को ढकने के लिए घर से क़िस्म-क़िस्म के सामान लाकर अपने साथियों को देता है। रामजी लाल से उससे पटने का मुख्य कारण यही था, साथ में यह भी कि उसकी हाल ही में शादी हुई थी, जिससे लाभ उठाकर रामजी लाल नारी-पुरुष के गुप्त सम्बन्धों तथा पक्के अनुभवों की चर्चा करके उसके दिल को और भी मोहने में सफल होता था।

वे कुछ देर तक जब ऐसी बातें कर चुके जिनको सुनकर घोर व्यभिचारी भी शरमा जाएँ, तो रामजी लाल ने दीवारघड़ी देखकर कहा, "यार, तुम अपनी यह मेज़ दे रहे हो?"

"भाई, ले जाइए न, मैं तो कई बार कह चुका।"

"बाद में कुछ न कहना।"

"नहीं जी...यह मेरे लिए बहुत बड़ी भी है।"

उन्होंने एक चपरासी की ख़ुशामद करके तथा अपने भी सहयोग देकर अपनी मेज़ें आपस में बदल लीं। कुछ महीने पूर्व जब दफ़्तर में नये फर्नीचर आए थे तो सबने अपने लिए अच्छी-अच्छी मेज़ें चुन लीं और रामजी लाल के भाग्य में सबसे ख़राब मेज़ आई और सबसे छोटी भी। यह बात रामजी लाल के दिल में तीर की तरह चुभी हुई थी; एक दिन बात के सिलसिले में नन्दलाल ने कहा कि उसकी मेज़ आवश्यकता से अधिक बड़ी है, जिससे उसको बड़ी मानसिक उलझन होती है। रामजी लाल ने बात पकड़कर मेज़ बदलने का प्रस्ताव रखा मज़ाक़िया ढंग से, जिसको नन्दलाल ने गम्भीरतापूर्वक स्वीकार कर लिया। वह कुछ दिनों से नन्दलाल से मिलने पर हमेशा मेज़ की बात छेड़ देता।

परन्तु अजय कुमार जब चाय पीकर वापस लौटा और उसकी पारखी तथा अनुभवी आँखों ने देखते ही सब कुछ समझ लिया तो उसने फ़ौरन अपने असिस्टेंट को डाँटा, चपरासी को भला-बुरा कहा और रामजी लाल के कमरे के सामने से दो बार घूरता और भुनभुनाता हुआ गुज़र गया। और जब मालिक आए तो वह किसी अत्यधिक महत्त्वपूर्ण आर्थिक मामले में सलाह लेने के लिए एक मोटे रजिस्टर के साथ वहाँ पहुँच गया। कुछ देर बाद वह इधर कमरे से मुस्कराते हुए निकलता है और उधर चपरासी रामजी लाल से आकर कहता है, "साहब बुला रहे हैं।"

रामजी लाल फ़ौरन खड़ा होकर उस बहादुर कैदी की तरह चल पड़ा, जो अत्यधिक विश्वासपूर्वक फाँसी के तख़्ते की ओर तेज़ी से बढ़ता है।

"आपने नन्दलालजी की मेज़ बदली है?"

"जी हाँ, साहब।"

"आख़िर क्यों? आपने मुझसे पूछा?"

"मुझसे ग़लती हो गई, साहब! माफ़ कीजिए। अब ऐसी ग़लती न होगी।

"जाइए, मेज़ लौटा दीजिए। मेरी समझ में नहीं आता कि आप यहाँ काम करने आते हैं या हरामख़ोरी? मैं आपकी उम्र देखकर कुछ नहीं बोलता, लेकिन मैं जानता हूँ कि आपको मैं मुफ़्त तनख़्वाह दे रहा हूँ। ऐसे निकम्मे आदमियों को रखने की यह कोई धर्मशाला है? मैं सब कुछ देख-सुन रहा हूँ।"

मालिक कुर्सी पर बैठे-बैठे अपनी भूरी-भूरी आँखों को निकालकर घूर रहे थे। उनका साँवला शरीर भारी-भरकम था और वह पीले मक्खन के रंग का बढ़िया सूट पहने थे। वह प्रगतिशील विचारों के एक व्यापारी समझे जाते थे, जिनसे इस अभागे देश को बहुत आशा थी। वस्तुत: उनको कुछ पवित्र क्षणों में यह समझ में नहीं आता था कि वह रुपये कमाने के लिए पैदा हुए हैं या कला, संस्कृति एवं जनता की सेवा करने के लिए। अपने पिता की मृत्यु के बाद जब उन्होंने कार्यभार

सँभाला तो वह टाटा-बिड़ला से आगे बढ़कर राष्ट्र का मस्तक ऊँचा करना चाहते थे। दो मिलें तो पहले से चलती थीं, इनके अलावा उन्होंने अन्य दिशाओं में हाथ-पैर फैलाए, लेकिन फ़ौरन ही आशानुकूल सफलता न मिली तो टाटा-बिड़ला के ख़िलाफ़ होकर समाजवादी हो गए और कुछ वामपन्थी पार्टियों को चन्दा भी देने लगे। इससे उनकी इज़्ज़त काफ़ी बढ़ गई और वह देखते-ही-देखते कई विकासोन्मुख संस्थाओं के अध्यक्ष या संरक्षक बन गए। उनको अब विश्वास हो गया था कि वह पैसे इसलिए पैदा करते हैं कि देश की तरक़्क़ी हो और इसी तर्क से प्रभावित होकर वह निर्दयतापूर्वक पैसे कमाने लगे थे। परन्तु जिस तरह उनके लिए भोजन तथा अन्य सुख-सुविधाएँ आवश्यक थीं, उसी तरह निराशा और पराजय के अवसरों पर उनको सन्तोष की भी आवश्यकता थी, जिसकी प्राप्ति वह अपने कर्मचारियों को और विशेष रूप से रामजी लाल को डाँट-डपटकर करते थे। रामजी लाल सबसे कमज़ोर होने की वजह से अधिक पूर्णता के साथ उनकी शक्ति का एहसास करा देता था। कुछ लोगों का कहना था कि रामजी लाल कभी भी निकाला नहीं जाएगा क्योंकि मालिक को एक ऐसे व्यक्ति की ज़रूरत थी, जो सदा उनकी डाँट को चुपचाप बरदाश्त कर सके। और रामजी लाल भी जैसे इसको मन-ही-मन अच्छी तरह समझता था, इसलिए वह जाते-ही-जाते अपने पक्ष में कोई बात कहने के बजाय अपनी पूरी ग़लती स्वीकार कर माफ़ी माँग लेता था।

रामजी लाल मेज़ लौटाकर पुन: रजिस्टरों में डूब गया था। कमरे में कोई नहीं था, क्योंकि मैनेजर साहब बाहर से नहीं लौटे थे और विमल मालिक के पास गया हुआ था। चारों ओर शान्ति थी और बाहर धूप अजीब ढंग से झँवरा गई थी। रामजी लाल निचले होंठ को दाँत से दबाए हुए था, जैसे वह विश्वासपूर्वक कोई गुत्थी सुलझा रहा हो। परन्तु कुछ देर बाद उसकी गर्दन स्वत: ही उठ गई और वह अपने सामने एकटक देखने लगा, नासमझ की तरह। इसी समय उसका ध्यान एक छिपकली की तरफ़ गया, जो दीवार पर चुपचाप चिपकी थी और उसके सामने कुछ दूरी पर एक काला कीड़ा फड़-फड़ कर रहा था। रामजी लाल ने सोचा कि यह छिपकली पहले छोटी और दुमकटी थी, लेकिन अब उसकी दुम भी जम आई है और वह मोटी भी हो गई है। इस ख़याल से उसको बड़ा अचम्भा हुआ और उसके सूखे होंठों पर एक मुस्कराहट दौड़ गई। सहसा छिपकली कीड़े की ओर दौड़ी, परन्तु इसी समय कीड़ा उड़कर नीचे फ़र्श पर पट्-से गिर गया। रामजी लाल ने जल्दी से सिर झुका लिया, क्योंकि कोई आ रहा था, सम्भवत: मैनेजर साहब।

इसके बाद उसने सिर नहीं उठाया। बाहर धूप में वृक्षों की छायाएँ लम्बी होती गईं और दफ़्तर के हाथ तेज़ी से चलने लगे। जब पाँच बजे सभी उठकर चले गए तब भी रामजी लाल उसी तरह डूबा रहा। आख़िर चपरासी कमरे में आकर खड़ा हो गया।

“साहब, दफ़्तर बन्द हो रहा है।”

“अरे!”

वह रोज़ इसी तरह अचम्भा प्रकट करता था, जिसके उत्तर में चपरासी चुपचाप खिड़की की ओर बढ़ जाता था। उसने जल्दी-जल्दी रजिस्टरों को बन्द कर दिया और फिर पायजामे में क्लिप लगाकर बाहर निकल गया। वह साइकिल लेकर बाहर चला आया। उसकी साइकिल छोटी थी, जिसको उसने आठ-दस वर्ष पूर्व सेकंड हैंड में ख़रीदा था और जिसमें एक नया परिवर्तन यह हुआ था कि उसकी सीट जगह पर स्थिर रखने के लिए कपड़े से कस-कसकर बाँध दी गई थी।

वह आगे झुककर धीरे-धीरे साइकिल चला रहा था, जिसको देखकर उस चील की याद आती थी, जो कभी नीचे उतरकर ज़मीन के समानान्तर कुछ दूर तक उड़ती है। या जैसे वह किसी पुराने ज़माने के किसी राजा का कोई दूत था, जो मंत्रों के बल से उड़कर किसी महत्त्वपूर्ण कार्य से दूर जा रहा हो। उसका मुँह अजीब नुकीला हो गया था, किसी पके फोड़े की तरह, जो बहनेवाला हो। इसी समय उसकी नज़र एक गदहे की ओर पड़ी जो सड़क के किनारे चुपचाप खड़ा था और उसको लगा, जैसे उसकी लम्बाई उस गदहे से भी कम हो। उसको यह बात एक चुनौती की तरह लगी और वह साइकिल से नीचे उतरकर दूसरी ओर देखता हुआ गदहे के पास चला गया; वह आश्वस्त होकर मुस्कराते हुए फिर चढ़ गया। कुछ दूर जाने पर एक सरकारी दफ़्तर पड़ता था, जिसके मैदान में टेनिस का मैच चल रहा था और कुछ लोगों की भीड़ लगी हुई थी। वह अचम्भे से उधर देखने लगा। फिर उतरकर वह उधर ही बढ़ गया। खेल के नाम पर उसने लड़कपन में दो-चार बार फुटबॉल ही खेला था, इसीलिए वह स्थानीय मैच उसके स्तर से काफ़ी महत्त्वपूर्ण कहा जाएगा, जिसमें खिलाड़ी लोग अन्तरराष्ट्रीय खिलाड़ियों का अभिनय करते हुए प्रशंसनीय अयोग्यता से खेल रहे थे। वह देर तक खड़ा रहा और उसके मुँह पर एक लम्बी मुस्कराहट फैल गई थी, जैसे वह कोई विशेषज्ञ हो।

मैच ख़त्म होने पर वह जब वहाँ से रवाना हुआ तो चारों ओर शाम का धुँधलका फैल गया था। हवा गुमसुम थी और आसमान साफ़ था। थकान और पसीने से उसका चेहरा ऐसा लग रहा था जैसे उस पर रेंड़ी का तेल पुता हो। सामने तारकोल की सड़क चौड़ी और सूनी थी जिसके दोनों ओर इमली के बड़े-बड़े पेड़ खड़े थे। जब अंग्रेज़ी समाचार-पत्र ‘पीपुल’ का कार्यालय आ गया तो वह उतर पड़ा। सामने ही दीवार पर पत्र के ताजे अंक के पृष्ठ चिपका दिये गए थे। उसने एक ओर साइकिल खड़ी कर दी और फिर खड़े होकर अख़बार पढ़ने लगा।

पहले वह स्थानीय पृष्ठ और सिनेमा के विज्ञापन देखता था। फिर वह प्रथम पृष्ठ पर आ जाता था। इस तरह वह धीरे-धीरे सभी पृष्ठ पढ़ जाता था, एक-एक शीर्षक और एक-एक लाइन टटोलते हुए-से। फिर वह कुछ विज्ञापनों को कई बार

पढ़ता और दो-एक को एक छोटी-सी डायरी निकालकर नोट भी करता था। समय गुज़रता गया और रात उतरकर गाढ़ी होने लगी।

सहसा वह चमत्कृत हो गया। उसको लगा, जैसे उसके सारे शरीर में बिजली दौड़ गई हो। उसने जल्दी-जल्दी डायरी निकालकर कुछ नोट किया। फिर वह वहाँ से हट आया। वह साइकिल पर चढ़ा तो उसकी हवा निकली हुई मालूम हुई। उसकी जेब में एक भी पैसा नहीं था, इसलिए वह पैदल ही चलने लगा।

बाज़ार पीछे छूट गया था और चारों ओर सन्नाटा था, जिसमें उसकी चप्पलों की आवाज़ें गूँज रही थीं। उसकी छाती निकली थी और मुँह उत्साह से फूला था। वह उस विज्ञापन के बारे में ही सोच रहा था, जिसमें साबुन बनाने की एक पुस्तक की प्रशंसा की गई थी। वह कल ही पुस्तक के लिए ऑर्डर लिख भेजेगा। नहीं, यही ठीक होगा। शुरू-शुरू में उसने 'बुढ़िया के काजल' की तरह एक 'जयहिन्द काजल' बनाकर डिबिया में बन्द करके बाज़ार में चलाने का निश्चय किया था। लेकिन कुछ दिनों के बाद आँवले का तेल तैयार करने का विचार करने लगा। यह वास्तविकता थी कि लोग शुद्ध तेल के लिए तरसकर रहे जाते हैं, इसलिए वह गाँव जाकर अपनी आँखों के सामने आँवला तुड़वाकर तेली को पेरने के लिए देनेवाला था, जिससे पैसा मिलने के साथ ही देश-सेवा भी होती। लेकिन साबुन बनाने से लाभदायक चीज़ तो कोई होगी नहीं। सस्ता और अच्छा साबुन खोजे नहीं मिलता। उसकी पॉलिसी यही रहेगी कि वह पैसे कम लेगा और माल अन्त तक अच्छा देगा। पहले वह शहर के दुकानदारों के यहाँ माल रख आया करेगा। फिर गाँवों और क़स्बों में साइकिल पर माल लेकर घूमेगा। इस तरह परिश्रम करने पर उसको सफलता क्यों नहीं मिलेगी? फिर दुकानदार ही उसके पास दौड़ते हुए आएँगे। इसके बाद तेज़ी से उसके माल की प्रसिद्धि दूर-दूर तक फैल जाएगी। उसके चारों ओर रुपये बरसने लगेंगे। फिर एक बड़े-से कार्यालय की ज़रूरत पड़ेगी, जिसमें सैकड़ों लोग काम करेंगे...

उत्साह से उसकी आँखें अँधेरे में चमक रही थीं। उसके क़दम और तेज़ हो गए, जैसे वह भाग रहा हो।

देश के लोग

नौ बजनेवाले थे। तेज़ हवा चलने के कारण सड़क की गर्द उड़ रही थी और बिजली की रोशनी धुँधली नज़र आ रही थी। चौराहे पर पहुँचकर अखिल को याद आया कि उसने एक परिचित से शाम को घर पर मिलने का वादा किया था। उसको एक क्षण के लिए अफ़सोस के साथ डर भी हुआ कि वह शख़्स अब भी बैठा इन्तज़ार न कर रहा हो। फिर वह उस व्यक्ति की तरह क्षोभ का अनुभव करने लगा, जो ग़लती करने पर अपनी परेशानियों को बढ़ा-चढ़ाकर देखता है। आख़िर वह सवेरे से शाम तक कॉलेज में पिसता है, उस पर गृहस्थी का बोझ है...उसको और अनेक ज़िम्मेदारियाँ सँभालनी होती हैं...

"चौक एक सवारी! चौक एक सवारी!"

उसने सिर घुमाकर बाईं पटरी पर बिजली के खम्भे के पास खड़े रिक्शे की ओर दृष्टिपात किया। रिक्शेवाला लगातार चिल्लाए जा रहा था। पीछे सीट पर गन्दी खाकी पैंट और मुड़ी-सिकुड़ी क़मीज़ पहने एक अत्यधिक दुबला-पतला व्यक्ति बैठा था, जिसके बाल बड़े-बड़े थे और जो फटी-फटी, नासमझ आँखों से इस तरह देख रहा था, जैसे किसी गम्भीर दुर्घटना में बेहोश होने के बाद अभी-अभी होश में आया हो। आसपास कोई रिक्शा नहीं था। अखिल की नज़र अपनी झक-झक सफ़ेद क़मीज़ और पैंट पर फिसल गई। उसने वहीं रुककर किसी और रिक्शे का इन्तज़ार करने का निश्चय किया। वह अब भी खोया-खोया मुस्करा रहा था। उसका शरीर छोटा और थुल-थुल था। मुँह चुकन्दर की तरह छोटा और रूखा था, लेकिन पतली नाक और बड़ी-बड़ी आँखों के कारण उसको बदसूरत नहीं कहा जा सकता। माथा उसका चौड़ा था और बाल उलटे फिरे थे। वह शहर के एक प्रसिद्ध डिग्री कॉलेज में पढ़ाता था। वह एक लोकप्रिय अध्यापक था, अर्थात् वह अक्सर नये-नये फ़ैशन की पोशाक पहनकर आता, शरारती लड़कों से दोस्ताने ढंग से बोलता, पढ़ाते वक़्त कवियों तथा लेखकों की प्रेम-लीलाओं का विस्तारपूर्वक उल्लेख करता और ग़ैरहाज़िर छात्रों की हाज़िरी बना देता। शहर के प्रसिद्ध लेखकों, चित्रकारों, राजनीतिज्ञों, पत्रकारों वग़ैरह से उसका घनिष्ठ परिचय था और उसकी शाम अक्सर किसी कॉफ़ी हाउस या रेस्तराँ में गप-शप और बहस-मुबाहिसा करते बीतती थी।...

इस समय वह आज शाम की बातों को कल्पना में दुहराते हुए अपने ऊपर गर्व कर रहा था। मोहन जब हारने लगता है तो किसी तरह उत्तेजित हो जाता है। परन्तु उसको यह बात माननी पड़ेगी कि इस देश के लोग काहिल और कामचोर हैं, इसलिए न यहाँ कोई अच्छा कलाकार है, न कोई अच्छा वैज्ञानिक है, न अच्छी शासन-व्यवस्था है, न अच्छे नागरिक हैं...

"आइए, एक सवारी!"

अखिल चौंक गया। रिक्शेवाला बड़ी बेचैनी से इधर-उधर देखकर चिल्ला रहा था। कभी-कभी वह बढ़ी नदी में, टेढ़े-तिरछे रेंगनेवाले कीड़े की तरह सड़क पर चक्कर काटता। कोई मुसाफ़िर नज़र नहीं आ रहा था और न कोई रिक्शा ही। अखिल ने ईमानदारी से महसूस किया कि देर हो रही है। वह यह सोचकर घबरा गया कि जिस दिन वह पत्नी से जल्दी लौटने का वायदा करता है, उस दिन उसे ज़रूर ही बहुत देर हो जाती है। उसको, पता नहीं क्यों रिक्शेवाले और उसके पीछे बैठे मुसाफ़िर पर भी ग़ुस्सा आने लगा, जिसका मुँह बेहद पीला था और जिसके गाल की हड्डियाँ उभरी हुई थीं। वह शख़्स अब अजीब हरकतें करने लगा था। कभी वह अपने माथे को दोनों हाथों में पकड़ लेता, कभी विचित्र तरीक़े से सिर उचकाता और कभी अत्यधिक भयातुर दृष्टि से जल्दी-जल्दी इधर-उधर देखता। ...अजीब-अजीब लोग हैं इस दुनिया में! अखिल ने उदासीनतापूर्वक सोचा।

रिक्शेवाला अब उसकी ओर उस व्यक्ति के साहस के साथ देखने लगा था, जो दूसरों की मजबूरी ताड़ जाता है। अखिल भी समझ गया कि उसके सामने इसके सिवा कोई रास्ता नहीं है कि वह उस गन्दे और मरीज आदमी के बग़ल में बैठकर जाए। उसने सहसा चारों ओर सशंकित दृष्टि से देखा कि कोई जान-पहचानवाला तो नहीं है। परन्तु आश्वस्त होने के बाद भी वह पता नहीं कैसे अभिमान के भाव से भर गया, मानो रिक्शेवाले के अनुनय-विनय के बिना रिक्शे पर चढ़ना हेठी की बात हो। इसी स्वाभिमान की रक्षा के लिए उसने यह सोचकर पचास तक गिनती गिनना शुरू कर दिया कि इस बीच यदि रिक्शेवाला उससे बैठने के लिए आग्रह करेगा तो वह बैठ जाएगा। लेकिन ऐसा नहीं हुआ।

"चलो जल्दी!"

कुछ ही देर बाद रिक्शे पर बैठकर वह उपेक्षा-भाव से इस तरह बोला, जैसे रिक्शेवाले पर कोई एहसान कर रहा हो। साथ ही बग़ल के मुसाफ़िर की ओर उड़ती दृष्टि से देखा। मुसाफ़िर भी उसी की ओर देख रहा था। वह ज़ोर से होंठ भींचे हुए था। उसके शरीर का मांस गल गया था और उसकी उँगलियाँ सूखी भिंडी की तरह दिखाई दे रही थीं। उसकी असाधारण रूप से फैली आँखों की ज्योति में उस लालटेन की टिम-टिमाहट थी, जो बुझनेवाली होती है। सबसे अचम्भे की बात यह थी कि वह शख़्स मुस्कराने की चेष्टा कर रहा था। अखिल समझ गया कि वह उन

खलासियों या मज़दूरों में से होगा, जो दो-चार अक्षर पढ़ जाते हैं और अपने शरीर को वक्र करके मुँह टेढ़ा कर लिया।

अब रिक्शा तेज़ी से चल रहा था। हवा से अखिल की क़मीज़ फड़फड़ा उठती और बाल उड़ने लगते। उसके दिल में अब न मालूम कैसी गुदगुदी हो रही थी। उसका मन फिर कॉफ़ी हाउस में मँडराने लगा था। मोहन को कोई बात जल्दी समझ में क्यों नहीं आती! पहले वह हक्का-बक्का होकर देखता है, फिर बुरी तरह हकलाकर बोलने लगता है। अखिल ने कहा था कि इस देश के लोगों में आचरण की कमी है, इसीलिए यहाँ सारी बुराइयाँ इकट्‌ठी हो गई हैं। वे अपने से श्रेष्ठ लोगों से तो मिमियाकर बोलेंगे, परन्तु अपने से पद में छोटों से सदा नाराज रहेंगे। उसको तो इसका कटु अनुभव है। कॉलेज के प्रिंसिपल साहब नेताओं और मंत्रियों के सामने किस तरह भीगी बिल्ली बन जाते हैं और उसके सलाम का जवाब भी नहीं देते। वह ख़ूब जानता है कि उससे वे इसलिए जलते हैं कि वह उनसे अधिक योग्य है...

"भाई साहब, टाइम?"

बग़ल के मुसाफ़िर की आवाज़ थी, जो इस तरह बुदबुदाया था, जैसे उसका गला सूख रहा हो। 'भाई साहब' के सम्बोधन से अखिल का मन कटुता से भर गया। उसको लगा कि वह शख़्स यह प्रदर्शित करना चाहता है कि वह शिक्षित और बराबरी के स्तर का है, नहीं तो इन हजरत को समय से क्या मतलब हो सकता है? उसकी एक क्षण की इच्छा हुई कि वह कलाई-घड़ी देखकर समय बता दे। परन्तु इसके बदले उसकी गरदन अकड़ गई और शरीर टेढ़ा हो गया। वह तेज़ी से खाँसने लगा, जैसे वह दिखाना चाहता हो कि उसने कोई भी बात न सुनी हो। वह मुसाफ़िर किन्हीं कारणों से बहुत बेचैन दिखाई दे रहा था। उसने अपनी दोनों बाँहें तान दीं, जैसे उनकी अशक्तता को दूर करना चाहता हो। फिर उनको छाती पर बाँधकर मुश्किल से साँस लेने लगा। उसके गले से अब अजीब आवाज़ निकलने लगी थी।

"हे भगवान्!" सहयात्री ने बुदबुदाकर एक गहरी साँस छोड़ी।

फिर सब कुछ शान्त हो गया। मुसाफ़िर भी अपेक्षाकृत स्थिर दिखाई दे रहा था। रिक्शा एक वीरान और ढलवे रास्ते से भाग रहा था। अखिल के कानों के पास तेज़ हवा की सरसराहट गुज़र रही थी और उसके हृदय को एक संगीतमय तन्मयता से भर रही थी।...कैसा अच्छा मौसम है और कैसी प्यारी हवा चल रही है! अखिल ने आसमान की ओर देखकर सोचा और प्रसन्न हो गया। और इस ख़ुशी की वजह से उसको ख़याल आया कि एक मास में जाड़ा आ जाएगा। उस मौसम में आलू और मटर-भरी पूड़ी खाने का जो आनन्द है, वह अन्य किसी भी मौसम में नहीं मिलता। सब्ज़ियाँ भी ख़ूब मिलती हैं...खा-खाकर मुँह थक जाता है....

"भाई साहब, आप किस मुहल्ले में रहते हैं?" बग़लवाले मुसाफ़िर ने उसी स्वर में पूछा।

"मैं यहाँ का रहनेवाला नहीं हूँ।" अखिल ने एक क्षण रुककर रुखाई से उत्तर दिया।

"कहाँ काम करते हैं?"

"कहीं नहीं।"

अखिल को बड़ा ग़ुस्सा आ गया था। यह स्पष्ट था कि वह व्यक्ति उससे आत्मीयता क़ायम करने की कोशिश कर रहा था। उसने घूरकर उसकी ओर देखा। उसके मुख की रेखाएँ सिकुड़ गई थीं। साथ ही उस पर एक ऐसा अस्पष्ट झेंप का भाव अंकित हो गया था, जिससे उसका चेहरा काफ़ी वीभत्स नज़र आ रहा था।

"उफ़, कितनी देर है!" उस मुसाफ़िर का सिर आगे छाती पर लटक गया था।

अखिल के होंठों पर अब एक अनजान मुस्कराहट फिसल गई थी। वह अचानक सोचने लगा था कि उसको शीघ्र ही सोफा-सेट ख़रीदना चाहिए। उसके बिना उसका ड्राइंग रूम बहुत सूना-सूना लगता है। फिर उसका होल्डाल भी पुराना पड़ गया है और पुनः कॉफ़ी हाउस में हुई बहस की मिठास से भरने लगा था। वह उसके टूटे धागे को जोड़ने लगा...हाँ, जब वह मोहन से कहता है कि आज़ादी के बाद इस देश में कोई अच्छी पुस्तक प्रकाशित नहीं हुई न कोई अच्छा अनुसन्धान हुआ और न अच्छा शब्दकोष छपा, तो वह इसलिए नाराज हो जाता है कि वह कवि है और अपनी कविता-संग्रह को एक अभूतपूर्व प्रकाशन समझता है। परन्तु हीनता का भाव तो साफ़ मुँह पर झलक जाता है। वह क्या इसका कारण बता सकता है कि स्तालिन, रूजवेल्ट, पिकासो, आइंस्टीन, सार्त्र वग़ैरह प्रतिभाशाली लोग इस देश में न होकर अन्य देशों में ही क्यों पैदा हुए?

उसकी विचार-प्रक्रिया में फिर रुकावट पैदा हुई। उसने उस मुसाफ़िर के शरीर का भार अपने कन्धे पर महसूस किया। उसने दृष्टि घुमाकर देखा। उस शख़्स का सिर लटककर उसके कन्धे पर आ रुका था। वह ऊँघ रहा था।... कैसा बदतमीज़ आदमी है! अखिल ने सोचा। उसने अपने शरीर को धीरे-से अलग खींच लिया, जिससे सहयात्री झटका खाकर चौंका और पागल की तरह इधर-उधर देखने लगा।

"कौन तारीख़ है, भाई साहब?" मुसाफ़िर के मुँह से कठिनता से आवाज़ निकली।

"होगी कोई, साहब...याद नहीं!" अखिल ने अपना मुँह झटके से दूसरी ओर मोड़ लिया। वह अब अफ़सोस कर रहा था कि उसने कुछ देर और रुककर दूसरे रिक्शे का इन्तज़ार क्यों नहीं किया? तब तक चौक आ गया और रिक्शा कुछ बड़ी-बड़ी दुकानों के सामने से गुज़रने के बाद बड़े चौराहे के पास बाईं पटरी पर रुक गया। अखिल ने फुर्ती से उतरकर पैसा चुकाया और उस मुसाफ़िर की ओर तेज़ी से देखकर आगे बढ़ गया। वह मुसाफ़िर कराहते हुए एक टाँग को मुश्किल से नीचे लटकाकर उतरने की कोशिश कर रहा था।

अखिल कुछ दूर ही आगे बढ़ा था कि शोरगुल सुनकर ठिठक गया। मुड़कर देखने पर वह चकित हो गया। वह मुसाफ़िर बीच सड़क पर गिरकर छटपटा रहा था।

शीघ्र ही उस मुसाफ़िर के चारों ओर एक वृत्ताकार भीड़ बन गई। अखिल भी उत्सुकतावश भीड़ के अन्दर घुस गया। वह मुसाफ़िर अब बैठ गया था और एक हाथ छाती और एक माथे पर रखकर बुरी तरह खाँसने के बाद 'ओ-ओ' करने लगा था।

"अरे, ख़ून!" भीड़ में से कोई चिल्लाया।

सभी के चेहरे पर भय का भाव छा गया। वह मुसाफ़िर ख़ून के कै कर रहा था। कै करने के बाद वह भीड़ को ऐसी आँखों से देख रहा था, जैसे वह किसी को पहचान न रहा हो।

"अरे...पुलिस को बुलाओ!"

"अस्पताल भेजो, अस्पताल!"

"कहाँ घर है जी इसका?...पूछो तो!"

भीड़ में से कई आवाज़ें आईं। जो रिक्शेवाला उसको चौक से ले आया था, वही डरा-डरा आगे बढ़ा और झुककर उसका पता-ठिकाना पूछने लगा।

अरे दादा..." वह मुसाफ़िर उस बुढ़िया की तरह बोला, जिसका अपने बेटे की मृत्यु पर रोते-राते गला बैठ गया हो, "मुझे पहुँचा दो...कल्याणपुर गाँव...अस्पताल से ही आ रहा हूँ...अब वहाँ नहीं जाऊँगा। हो दादा, एक महीने से भर्ती था...पता नहीं कौन मर्ज़ बताते थे! आज शाम को डॉक्टर बोले...घर जाओ, अच्छे हो गए!...अरे दादा, दो मील चलकर आया हूँ..."

अचानक आवाज़ उसके गले में रुँध गई। वह ज़ोर-ज़ोर से साँस लेने लगा। इसके बाद उसको फिर ज़ोर की खाँसी आई। खाँसी के बाद फिर ख़ून की कै हुई। अन्त में वह नीचे लुढ़क गया।

अखिल चुपके से बाहर निकल आया, जैसे उसका वहाँ रुकना उचित न हो। उसने पान की दुकान पर जाकर दो बीड़े पान खाए और एक सिगरेट जलाकर उसका कश खींचते हुए आगे बढ़ चला। उसने कोई दूसरी बात सोचने की कोशिश की, परन्तु उसका ध्यान फिर उस मुसाफ़िर की ओर चला गया...वह शायद मर गया हो...मरा नहीं, बेहोश हो गया था...परन्तु वह रास्ते में अखिल का मोहल्ला क्यों पूछ रहा था? उसको लगा कि उसके दिल में कहीं दुख और पश्चाताप का भाव भर रहा है। परन्तु उसको उसने जल्दी ही उड़ा दिया। ये सब बेकार की बातें हैं। यह सब सोचना उसका भ्रम है और यदि मान लिया जाए कि उसने सही-सही जवाब दिया ही होता तो क्या उसकी यह हालत नहीं होती? मौत सबकी होती है, इसमें ख़ास बात क्या है?

उसका मन पुनः प्रफुल्लित हो गया। उसके क़दम तेज़ पड़ने लगे थे। वह मुस्कराने लगा था। वह पुनः अपने विचार के बिखरे सूत्रों को इकट्ठा करने में व्यस्त हो गया था...।

एक नौजवान की मौत

नया मरीज चीं-चीं कुछ बोल रहा था। वह एक कोने में कन्धों तक लाल कम्बल ओढ़े चारपाई पर निर्जीव-सा पड़ा था। तीस-बत्तीस वर्ष से अधिक तो वह नहीं होगा, पर धँसी हुईं आँखें, बैठे हुए गाल व जर्द चेहरे से उसकी उम्र का ख़ास अन्दाज़ा नहीं हो पाता था। पिछली रात एक घटिया चकले से उठाकर लोग उसे अस्पताल ले आए थे। उस समय उसके मुँह से गाज और गले से गों-गों की आवाज़ निकल रही थी। वह कभी अपने पेट को नोंचता और कभी माथे को। उसको तत्काल कोरामिन और कुछ सैडेटिव्य दिये गए थे।

सिस्टर सिंह तेज़, नि:शब्द चाल से उसके पास जा पहुँची, और उसकी कलाई को अपने हाथ में लेते हुए मीठे स्वर में बोली, "क्या हाल हैं?"

"क...म...ज़ो...री..." मरीज की आवाज़ उसके गले में कहीं खो गई।

"यह मामूली डिजीज़ है। मुझे ख़ुद कई बार हो चुका है। आप जल्दी ही अच्छे हो जाएँगे।" सिस्टर ने उसका हाथ धीरे-से बिस्तर पर रख दिया। अब भी उसकी नब्ज़ बहुत तेज़ चल रही थी। इसके बाद मुँह में थर्मामीटर लगाकर देखा तो बुख़ार नहीं था। फिर मरीज के चार्ट में कुछ नोट करके तथा आश्वासन के कुछ और शब्द भुनभुनाती हुई, वह आगे बढ़ गई जैसे गौरैया फुर्र से उड़ जाती है। मरीज की निष्प्राण-सी दृष्टि ने सिस्टर का पीछा करने की कोशिश की, पर उसकी गर्दन घूम न सकी, उसका माथा चकराने लगा और उसके दिल की अतल गहराई से ज़ोर का दर्द उठने लगा।

मई का महीना था, और सवेरे का समय। सहसा उस बड़े से वार्ड में सन्नाटा-सा महसूस होने लगा। यह शायद इसलिए कि दूसरे कोने में पड़ा कोलाइटिस का मरीज बलि के बकरे की तरह चिल्लाते-चिल्लाते थककर चुप हो गया था। कुर्सी पर बैठी स्टाफ़ को देखकर यह कहना कठिन था, कि वह ऊँघ रही है, या मेज़ पर झुककर कोई बादामी पुर्जा पढ़ रही है। हाउस फिजीशियन बड़े डॉक्टर के साथ दूसरे वार्ड में चला गया था। नया मरीज अब अजीब-से स्वर में कराहने लगा, जैसे दूर से कबूतर के बोलने की आवाज़ सुनाई दे रही हो।

फिर वह सन्नाटा टूट गया। बग़ल के मरीज की चारपाई से दो-तीन व्यक्तियों

के हँस-हँसकर बातें करने की आवाज़ें आने लगीं। वह चारपाई विश्वविद्यालय के एक मनशोख़ विद्यार्थी की थी, जो जनरल चेक-अप के लिए भर्ती हुआ था। जब हाउस फिजीशियन नहीं होते थे, तो वह अपनी ही तरह के कुछ अन्य मरीजों को गप्पें मारने या ताश खेलने के लिए बुला लिया करता था।

विद्यार्थी मरीज अपने साथियों को बता रहा था, "यार, दिल का दौरा तो मुझे होना चाहिए।...इस बेचारे की रात में हालत बहुत ख़राब थी। शायद बचेगा नहीं..."

नये मरीज ने अपने दोनों कानों को बन्द करने की कोशिश की। पर चारपाई पर निर्जीव से पड़े उसके हाथ टस-से-मस न हुए। हाँ, उसके होंठ काँपने लगे, और आँखों से पानी बहने लगा। उसके माथे के भीतर कोई गोला डोल रहा था। उसे महसूस हुआ, कि शायद उसका अन्त निकट आ गया है। और यह सोचकर वह बेहद डर गया। उसने चिल्लाकर स्टाफ़ को बुलाना चाहा, पर उसके मुँह से कोई आवाज़ नहीं फूटी। बस, होंठ हिलकर रह गए। भय तथा दुख से उसने आँखें मूँद लीं।

वह देर तक उसी तरह पड़ा रहा। उसकी आँखों से लागातर पानी बह रहा था। वह अभी मरना नहीं चाहता था। उसका जीवन मज़ाक़-मज़ाक़ में ही बीत गया था। उसने अपने जीवन और मृत्यु के बारे में ऐसी कल्पना कभी नहीं की थी, और उसके सपने उसके दिल में ही रह गए थे। वह इस समय अपने गाँव से सैकड़ों मील दूर था। और इस दुनिया में न उसका कोई सच्चा मित्र था, और न कोई हितैषी ही। कैसी निराधार मृत्यु है यह! वह भय से काँपने लगा।

स्टाफ़ उसको कुछ गोलियाँ और मिक्सचर दे गई, जिसके बाद उसके शरीर में एक अजीब-सी सुस्ती छा गई। कुछ देर बाद उसको नींद आ गई! नींद में एक बार वह चिल्लाया, तो हाउस फिजीशियन आकर उसको देख गया। उसकी नब्ज़ ठीक चल रही थी।

नींद खुलने के बाद वह इधर-उधर देखने लगा। उसकी आँखें लाल थीं, पर इस मामूली निद्रा से भी वह एक ताज़गी का अनुभव करने लगा। उसकी दृष्टि सिस्टर सिंह पर पड़ी, जो कोई चीज़ हाथ में लेकर उसी की ओर आ रही थी। सिस्टर अठारह-उन्नीस की होगी। वह साँवली थी, पर देखने में बुरी नहीं। उसका चेहरा सदा मुस्कराता रहता था। उसकी देह ऊँची और मज़बूत थी, और उसके क़दम जल्दी-जल्दी पड़ रहे थे। यह दुनिया कितनी सुन्दर है, किनारे से टकराकर लौटने वाली हल्की-सी लहर की तरह यह ख़याल उसके दिमाग़ में आया, और चला गया।

सिस्टर सिंह ने उसके पास आकर कोमल आवाज़ में उससे पूछा, "भूख लगी है न?"

"नहीं।" बहुत ही धीमे स्वर में वह बोला।

"सब्ज़ी का सूप है। थोड़ा-सा ले लीजिए, नहीं तो कमज़ोरी आ जाएगी।"

सिस्टर ने उसके उत्तर की प्रतीक्षा नहीं की। उसने तकिये को चारपाई के सिरहाने ऊँचाई पर रखकर, मरीज को उसके ऊपर खिसका दिया। फिर तौलिया लेकर, उसके गले के नीचे से छाती तक फैला दिया, और स्वयं एक स्टूल पर बैठकर, चम्मच से सूप खिलाने लगी।

"आपके घर के लोग कहाँ हैं?" सिस्टर ने पूछा।

"गाँव में..." वह चीं-चीं बोला।

"यहाँ कोई नहीं हैं?"

सिर हिलाकर उसने नकारात्मक उत्तर दिया।

"हाउस फिजीशियन को अपने गाँव का पता बता दीजिएगा। वह उनके पास चिट्ठी लिख देंगे। आप घबराइए नहीं। बहुत जल्दी अच्छे हो जाएँगे।"

वह कुछ नहीं बोला। सिस्टर को वह चुपचाप देख रहा था। दुख, पीड़ा एवं मृत्यु के बीच सिस्टर का निर्लिप्त चेहरा कीचड़ में कमल की तरह प्रस्फुटित था। वह अत्यन्त सहजता एवं कोमलता से चम्मच से सूप निकालकर खिला रही थी, जैसे माँ छोटे बच्चे को दूध पिलाती है। मरीज की आँखों में कृतज्ञता के आँसू भर आए।

फिर उसको घर की याद आई। दुख और दहशत से उसका दम घुटने लगा। उसके पिता मध्यप्रदेश के एक दूर गाँव में एक धनी किसान थे। उसने उनका एक भी कहना नहीं माना, और उनका पैसा पानी की तरह बहाया। माँ उसके लिए रोते-रोते मर गई थीं। क्या वह अपने पिता का एक बार भी दर्शन नहीं कर सकता? शायद वह उसको माफ़ कर दें।

सिस्टर सिंह ने उसको पानी पिलाया तथा तौलिया से उसका मुँह पोंछा। फिर वह उसके शरीर में हाथ लगाकर, उसको पहले की तरह लेटाने के बाद चली गई। मरीज ने अपनी आँखें मूँद लीं। क्या सचमुच उसकी ज़िन्दगी इतनी जल्दी ख़त्म हो जाएगी? पर उसके सपने भी क्या थे? उसने एक बार भी तो अपनी ज़िन्दगी के बारे में गम्भीरतापूर्वक नहीं सोचा। काश, वह कम-से-कम एक बार सोचने का अवसर पा जाता। पर इस समय तो वह बेहद लाचार था, और उसके दिमाग़ में इतनी भी शक्ति नहीं थी, कि वह कोई भी गम्भीर बात सोच सके।

एक बजे सिस्टर सिंह चली गई। हाउस फिजीशियन और स्टाफ़ तो पहले ही उठ गए थे। नया मरीज चुपचाप पड़ा रहा। उसके भीतर भय कुंडली मारकर बैठा था। वह कभी आँखें मूँद लेता, और कभी खोल देता। वार्ड में बातचीत, हँसी और कराहों का एक मिला-जुला शोर उठ रहा था। वे आवाज़ें उसको अजीब लग रही थीं। उसको महसूस हो रहा था, जैसे किसी गहरे गड्ढे में वह गिर गया हो, और वहाँ से अर्द्धमूर्च्छित अवस्था में ऊपर के लोगों की आवाज़ें सुन रहा हो। एक बार उसको झपकी भी आई थी।

चार बजे सिस्टर सिंह नज़र आई। वह ख़ुश हो गया। जैसे कोई भूली हुई बात याद आ गई हो। उसके मुख पर एक क्षीण मुस्कराहट चमककर विलीन हो गई।

सिस्टर स्टूल खींचकर उसके पास बैठ गई, और उसका टेम्परेचर लेने लगी। उसका चिकना, चमकता माथा स्वास्थ्य एवं पवित्रता का प्रतिबिम्ब-सा मालूम पड़ता था। उसकी आँखों में से मृदुलता और विनम्रता झाँक रही थी। वह समझा रही थी, कि वार्ड में अब तक रक्तचाप तथा दिल की बीमारी के जितने भी मरीज आ चुके हैं, वे सभी अच्छे होकर चल गए।

"खेल-कूद में आपकी दिलचस्पी है?" सिस्टर ने चार्ट में कुछ लिखते हुए, मुस्कराकर धीरे-से पूछा।

मरीज की आँखों में हल्की-सी नामसझी का भाव झलक गया।

"मैं कल और परसों नहीं आऊँगी। वॉलीबॉल के खेल में भाग लेने के लिए आगरा जा रही हूँ।"

सिस्टर ने यह भी बताया, कि वह वॉलीबॉल ज़िला टीम की एक खिलाड़ी है, और कभी-कभी टूर्नामेंट में भाग लेने के लिए बाहर भी जाती है। मरीज ने मुस्कराने की असफल चेष्टा की।

"दो दिन में आप काफ़ी अच्छे हो जाएँगे। मनाइएगा कि मेरी टीम जीत जाए।"

उसको देर तक सिस्टर सिंह की नुकीली नाक और काम में व्यस्त उसके फुर्तीले, मुलायम हाथ याद आते रहे। वार्ड मुलाक़ाती लोगों से भर गया था। लगभग सभी चारपाइयों को घेरकर खड़े और बैठे पुरुष-स्त्रियों में कुछ रो रहे थे, कुछ धीमे-धीमे बातें कर रहे थे, और दो-एक हँस भी रहे थे। साथ में आए बच्चे बाहर निकलकर बरामदे में दौड़ लगा रहे थे। सूरज डूबते ही, स्टाफ़ ने रोशनी के स्विच ऑन कर दिये।

पर यह सिस्टर सिंह के बारे में ही सोच रहा था। क्या सिस्टर की टीम टूर्नामेंट में जीत जाएगी? यदि सिस्टर जीत जाती, तो वह बहुत ख़ुश होता, क्योंकि सिस्टर नेक और परिश्रमी है। वह न मालूम कैसी ख़ुशी का अनुभव करने लगा! 'हे भगवान, मुझे दुनिया में कुछ नहीं चाहिए। मैं केवल दो दिन तक ज़िन्दा रहना चाहता हूँ—उस समय तक जब सिस्टर आगरे से लौटकर यह सूचित न कर दे, कि वह विजयी हो गई है...'

यह सोचते ही उसके जीवन को जैसे एक आधार मिल गया। वह दो दिन तक ज़िन्दा रहने की अवश्य कोशिश करेगा। चूँकि दो दिन से अधिक वह ज़िन्दा नहीं रहना चाहता, और केवल सिस्टर सिंह की जीत के लिए ही ज़िन्दा रहना चाहता है, इसलिए उसको उम्मीद थी, कि वह मरेगा नहीं। वह अपूर्व आत्मविश्वास, निडरता और पवित्रता का अनुभव करने लगा।

लेकिन रात में विशेष रूप से उस समय से, जब स्टाफ़ अपना काम ख़त्म करके चली गई, उसकी हालत काफ़ी ख़राब हो गई। उसके दिल की धड़कन बहुत तेज़ हो गई, और उसको बेहद घबराहट मालूम होने लगी। उसके सिर में बहुत तेज़ दर्द होने लगा। और पेट में आग की लपटें उठने लगीं।

शुरू-शुरू में वह बहुत डरा। क्या अब सचमुच उसकी मृत्यु आ रही है? लेकिन कुछ देर बाद उसको सिस्टर सिंह की याद आई, और उसको हिम्मत महसूस होने लगी। हाँ, वह सिर्फ़ दो दिन तक ज़िन्दा रहना चाहता है, ताकि वह सिस्टर सिंह की विजय के लिए प्रार्थना कर सके, और अन्ततः उसकी सफलता का समाचार सुन सके।

रात-भर वह मौत से लड़ता रहा। मृत्यु उसको तूफ़ानी लहरों से बहा ले जाना चाहती थी, लेकिन वह किनारे को मज़बूती से पकड़े रहा। इसके पहले उसने अपने जीवन के बारे में कभी नहीं सोचा, और न कभी उसका कोई उद्देश्य ही रहा, इसलिए इस नये अनुभव से उसमें एक अजीब-सा धैर्य एवं दृढ़ता आ गई। सिस्टर सिंह की विजय की आकांक्षा और कल्पना उसके दिल और दिमाग़ से भय, दुख और निराशा को दूर ठेलकर हटा देती, और वह पवित्रता, धीरता और निर्भीकता का अनुभव करने लगता। पहले वह मृत्यु से बेहद डरा था, लेकिन अब वह मृत्यु से आँखें मिला रहा था, उससे बातचीत कर रहा था। वह प्रस्तर शिला की तरह निश्चल और स्थिर पड़ा रहा, और मृत्यु बाढ़ के पानी की तरह उसके ऊपर से गुज़रती रही।

सवेरा होते-होते तूफ़ान निकल गया। वह बेहद थक गया था, और कमज़ोरी का अनुभव कर रहा था। पर उसमें आत्मविश्वास के भाव का उदय हो गया था। उसके मन में संघर्ष के अनुभव का सन्तोष पैदा हो गया था, और साथ ही संघर्ष करने की इच्छा भी। जब उसको दुख, निराशा, पश्चाताप और मृत्यु बेचैन करने लगती, तो वह सिस्टर सिंह और उसकी विजय की बातें सोचने लगता, और इस उपाय से सारे कष्टों को दूर ढकेलकर स्वयं तालाब के स्थिर एवं निर्मल जल की तरह शान्त हो जाता।

इस तरह सिस्टर सिंह की बातें सोच-सोचकर, वह दिन-भर मृत्यु की कोशिशों को बेकार करता रहा। रात में फिर उसकी हालत ख़राब हो गई, पर उतनी नहीं। बाहर और भीतर घोर अन्धकार था, और उसमें सिस्टर सिंह एक चिराग़ की तरह टिमटिमा रही थीं।

अगले दिन वार्ड में विशेष चहल-पहल रही। सवेरे ही विद्यार्थी ने अख़बार पढ़कर शोर मचाया, कि भारत का एक पर्वतारोही दल एवरेस्ट की चढ़ाई के लिए रवाना हो गया है।

"भारतीय इस काम में सफल नहीं हो सकता।" किसी ने कहा।

"मैं होता, तो सफलता मिल जाती।" विद्यार्थी कृत्रिम गम्भीरता से बोला।

मरीज का वह दिन लगभग आराम से ही बीत गया। रात में उसकी हालत फिर ख़राब हो गई, लेकिन वह विचलित नहीं हुआ, और सिस्टर सिंह की विजय की कामना करता रहा...।

तीसरे दिन सिस्टर सिंह दिखाई पड़ी। वह सदा की तरह मुस्करा रही थी। वह भी रूखे होंठों में मुस्कराया। उसकी आँखों में चमक आकर बुझ गई।

"क्या हाल है? ठीक है न?" सिस्टर ने पूछा।

"हाँ।" चेष्टा करने पर भी उसकी मुस्कराहट बनी न रह सकी।

सिस्टर ने विस्तारपूर्वक खेल का ब्योरा बताते हुए, अपनी टीम की विजय की सूचना दी। वह स्वयं काफ़ी उत्साह में थी, और शायद यह सब इस उद्देश्य से भी बता रही थी, कि मरीज की तबीयत बहल जाएगी। वह बहुत ख़ुश हुआ। पर साथ ही उसको अफ़सोस भी हुआ कि दुर्बलता के कारण वह अपनी ख़ुशी को गहराई एवं तीव्रता से अनुभव नहीं कर सकता और न ही उसको प्रकट कर सकता है।

सिस्टर चली गई। पर उसको यह जानकर अचम्भा हुआ कि वह इसी बीच भारतीय पर्वतारोहियों के बारे में भी सोचने लगा था। कल रात को भी उसने उनके बारे में एक-दो बार सोचा था। वह स्वयं चाहता था, कि वे पर्वतारोही सफल हो जाएँ। यह ज़िन्दगी कितनी अच्छी है! वह प्रार्थना करने लगा, "हे भगवान, मैं इस दुनिया में कुछ नहीं चाहता। बस, कुछ दिन और ज़िन्दा रहना चाहता हूँ, केवल उस दिन तक, जब पर्वतारोही एवरेस्ट पर चढ़ने में सफल हो जाएँ..."

वह उसी क्षण से उन पर्वतारोहियों की विजय की प्रतीक्षा करने लगा। शाम से उसकी तकलीफ़ बढ़ जाती। जब चारों ओर अँधेरा छा गया, तो उसके अंग फड़फड़ाने लगे। कभी उसका अँगूठा फड़ककर हिलने लगता, और कभी उसकी भौंहें। उसकी घबराहट बढ़ गई, परन्तु वह पर्वतारोहियों के परिश्रम, साहस और सफलता की कल्पना कर आशा तथा विश्वास की डोर मज़बूती से पकड़े रहा। एवरेस्ट अभियान की बात सोचकर वह अपने को पुराने जीवन से असम्पृक्त कर लेता, और स्वयं शान्ति, धैर्य और पवित्रता की मूर्ति बन जाता।

आधी रात के बाद उसको आराम मिलने लगा। फिर उसको नींद भी आ गई। सवेरे उठा, तो वह प्रसन्न था। शरीर में कुछ ताक़त भी मालूम हो रही थी। जब सिस्टर सिंह आई, तो उसने पर्वतारोहियों के बारे में पूछा। सिस्टर सिंह स्वयं खिलाड़ी थी, इसलिए वह इस सम्बन्ध में विस्तार-पूर्वक बताने लगी।

धीरे-धीरे उसने पुराने जीवन से अपने को मुक्त कर मृत्यु को पीछे ढकेलना शुरू किया। जब उसकी तकलीफ़ बढ़ जाती, तो वह पर्वत की ऊँचाइयों और विस्तार तथा उस पर आगे बढ़ते हुए क़दमों को अपने दिमाग़ में उतार लेता। सवेरे जब उसकी नींद खुलती, तो सबसे पहले उसको पर्वतारोहियों की ही याद आती। वह ख़ुश हो जाता। सिस्टर से ताजे समाचार सुनकर, वह नाश्ता करता और चुपचाप पड़ा रहता।

इसी समय उसको झपकी भी आ जाती। दोपहर में भोजन करने के बाद, कुछ देर के लिए वह फिर सोता। रात में भी उसको पहले की अपेक्षा अच्छी तरह नींद आती, यद्यपि वह उतनी गहरी नहीं होती थी।

कई दिन बीत गए। पर्वतारोहियों की सफलता की कामना एवं प्रतीक्षा करते करते, उसके स्वास्थ्य में कुछ सुधार नज़र आया। वह उठकर बिस्तर पर बैठ जाता था। वार्ड के लोग अचम्भा करते, कि जो इतने दिनों तक एकदम मुर्दा की तरह दिखाई देता रहा, वह कैसे सँभल गया!

बग़लवाला विद्यार्थी मरीज उसको देखकर, हँसते हुए कहता, "भैया, जो कौए की जीभ खाकर आता है, उसका कोई कुछ भी नहीं बिगाड़ सकता।"

सिस्टर सिंह उसको देखकर ख़ूब हँसती। वह भी हँस पड़ता। सिस्टर की नुकीली नाक उसके अन्दर अपार धैर्य उत्पन्न कर देती। कभी-कभी वह पर्वतारोहियों के साथ-साथ सिस्टर की भी याद कर लेता था।

एक दिन वह सवेरे उठा, तो बहुत प्रसन्न था। रात उसको पहली बार ख़ूब गहरी नींद आई थी, और इस समय वह कुछ शक्ति और ताज़गी महसूस कर रहा था। उसने प्रफुल्लित दृष्टि से चारों ओर देखा। सभी मरीज जाग चुके थे। वार्डबॉय चारपाइयों की दोनों क़तारों के बीच के स्थान में एक गन्दे मोटे लत्तड़ से पोंछा लगा रहा था। उसकी इच्छा हुई कि चारपाई से उतरकर कुछ दूर तक टहले। सिस्टर सिंह के आने पर उसने अपनी इच्छा व्यक्त की। पर सिस्टर ने मना कर दिया, क्योंकि डॉक्टर की सख़्त ताकीद थी, कि वह नीचे उतरकर चलने-फिरने न पाए।

"नहीं, अभी बिलकुल नहीं।" सिस्टर सिंह ने स्नेहपूर्ण आग्रह से कहा।

दोपहर के फ़ौरन बाद, जब सिस्टर सिंह चली गई, तो वह नीचे उतरकर दरवाज़े तक गया। लेकिन चलने में उसको अब भी काफ़ी तकलीफ़ मालूम हो रही थी। उसके क़दम डगमगा रहे थे, और उसका शरीर ताजिए की तरह हिल रहा था। बाहर मैदान में चटक धूप फैली थी, और हवा लगभग गुमसुम थी।

वह चारपाई पर वापस आकर लेट गया और कुछ गुनगुनाने लगा। उसको विश्वास हो गया, कि अब उसकी मृत्यु नहीं होगी, और इससे उसको गर्व भी हुआ। यह विश्वास उत्पन्न होते ही उसका मन बीते हुए दिनों में भटकने लगा। हाँ, वह अब अपने बारे में सोच सकता है। उस दिन उस चकले में कैसे क्या हो गया? उसकी तबीयत सवेरे से ढीली थी। उसके सारे शरीर में दर्द था। जब वह जहूरन यहाँ पहुँचा, उसके दो-ढाई घंटे बाद ही उस पर दिल का दौरा पड़ गया। वह अपने को सदा श्रेष्ठ और स्वस्थ समझता रहा। आख़िर यह सब कैसे हो गया?

हाँ, लड़कपन में वह पढ़ने में अच्छा था। उसकी लिखावट बहुत अच्छी थी। बड़ा होने पर वह एक तन्दरुस्त, शर्मीला और चुप्पा नौजवान बन गया।

उसको फूलों से बहुत प्यार था, पर लड़कियों को देखकर वह भागता था। हाई स्कूल में उसकी मैत्री एक सेठ के लड़के से हो गई, जो एक लड़की को प्यार करता था। सेठ के लड़के ने उसको सभी बातें बताईं, और इस तरह उसके दिल में प्यार के लिए अनन्त भूख जाग उठी। वह अपने मित्र की प्रेमिका को ही प्यार करने लगा, यद्यपि उसने अपने हृदय के रहस्य से किसी को अवगत नहीं कराया। वह रात में देर तक जागता रहता, अकेले में घूमा करता, और मन-ही-मन छटपटाता रहता।

विश्वविद्यालय में उसने एक-से-एक सुन्दर लड़कियाँ देखीं, और उसकी व्याकुलता हज़ार गुना बढ़ गई। वह चाहता था कि कोई ख़ूबसूरत लड़की उसको प्यार करे। लेकिन वह स्वयं घमंडी और शर्मीला था, तथा लड़कियाँ लड़कों से भागती रहती थीं, इसलिए उसका किसी लड़की से परिचय नहीं हुआ। लेकिन वह अपने को एक आदर्श और योग्य नवयुवक समझता था, और इसीलिए अपनी सत्ता प्रमाणित करने के लिए वह लड़कियों का पीछा करने लगा। वह कुछ मित्रों के साथ लड़कियों के ताँगों के पीछे अपनी साइकिल लगा देता, और अजीब भद्दी-भद्दी आवाज़ें करता।

फिर वह दर्जा में से हाज़िरी के बाद पीछे से कूदकर भागने लगा। वह किसी सभा-समारोह में अपने मित्रों के साथ पहुँच जाता, और आवाज़कशी तथा हुड़दंग द्वारा अपने महत्त्व को सिद्ध करता। कभी वह सुनसान सड़क पर किसी लड़की या स्त्री को आते देखता, तो अपने साथियों के साथ नृत्य करने लगता। वह घंटों होटलों और रेस्तराँओं में मौजूद रहता, और खाता-पीता तथा गप्पें झाड़ता।

फिर तीन वर्ष तक वह लगातार फेल हुआ। लेकिन उससे उसकी भूख और बढ़ गई। वह अब भी एक लड़की का प्यार चाहता था, और स्वयं अपने को आदर्श युवक समझता था। इसलिए अपनी अद्वितीयता को सिद्ध और महसूस करने के लिए वह वेश्याओं के यहाँ जाने लगा।

इसके बाद तो उसने पढ़ाई ही छोड़ दी। दो वर्ष तक वह अपने पिता से रुपये माँगता रहा। लेकिन जब उसके घरवालों को सब कुछ मालूम हो गया, तो उन्होंने रुपये भेजना बन्द कर दिया। उसके पिता ने उसको बहुत समझाया, पर वह गहरी खाइयों में उतरता गया। उसने एक-दो दफ़्तरों में काम किया भी, परन्तु अन्त में उनको छोड़ भी दिया। कभी-कभी उस पर घोर निराशा और दुख का दौरा पड़ता। उस समय ऐसा लगता, जैसे उसके कलेजे को कोई छेद रहा है। वह हफ़्तों छटपटाता रहता। वह सड़कों का चक्कर लगाता, और केवल चाय पीकर अपना समय काट देता। वह मन-ही-मन अब भी एक लड़की के प्यार की कामना करता था, और अपने को उसके सर्वथा योग्य समझता था। लेकिन इस दुख और अफ़सोस के बाद वह फिर उसी पुराने रास्ते पर चलने लगता। दिन-पर-दिन उसका स्वास्थ्य चौपट होता गया, और शक्ति क्षीण होती गई।

वह बुदबुदाने लगा, "हे भगवान, मैं एक लड़की के प्यार के अलावा इस ज़िन्दगी में कुछ नहीं चाहता था। मैंने न चोरी की, और न डकैती। मैं किंचित् भी किसी की बुराई नहीं चाहता था। यह सब कैसे हो गया? एक लड़की...सिर्फ़ एक लड़की..."

वह दिन-भर अपने बारे में ही सोचता रहा। जब पर्वतारोहियों या सिस्टर सिंह का ख़याल उसके दिमाग़ में आता, तो वह उसको दूर हटा देता।

शाम को सिस्टर सिंह आई, तो उसने मरीज को कुछ चिन्ता से देखा।

"क्या सोच रहे हैं?"

"कुछ नहीं।" वह टाल गया।

सिस्टर के चले जाने के बाद भी वह उन्हीं पुरानी बातों के बारे में सोचता रहा। दुख, चिन्ता और भय से उसका दिल और दिमाग़ फोड़े की तरह दर्द करने लगा। वार्ड में वैसा ही मिला-जुला शोर हो रहा था। विद्यार्थी मरीज घोषणा कर रहा था, कि कल सारे वार्ड को उसकी विदाई का दुर्भाग्य सहना पड़ेगा।

शाम के बाद रात का अन्धकार फैल गया। आधी रात को उस मरीज की हालत अचानक बहुत ख़राब हो गई। वह एक बार 'सिस्टर! सिस्टर!' बुदबुदाया। पर इस बार रात को लाँघ नहीं पाया।

महान चेहरा

उस दिन अमूल्य को देखकर बड़ा अचम्भा हुआ। यह दस वर्ष पहले की बात है। वह गर्मी की लम्बी छुट्टियों से लौटकर आया ही था। उसकी नाक और ऊपरी होंठ के बीच में एक मोटी-सी खुरदरी मूँछ लहलहा रही थी। कुछ लोग विचार से चेहरे की ओर जाते हैं। वे पहले किसी महान व्यक्ति के जीवन एवं विचार से आसानी से बेहद प्रभावित हो जाएँगे, फिर उसी की तरह शक्ल-सूरत भी बना लेंगे। किन्तु वह चेहरे से विचार की ओर गया था। इसको कहेंगे चेहरे की नियति। यदि कोई माँ के पेट से ही अरस्तु या नेपोलियन का चेहरा लेकर आए तो उसको पूर्ण अधिकार मिलना चाहिए कि वह अपने को भाग्यशाली, सफल और महान समझ सके। कुछ विशेष प्रकार की हस्तरेखाएँ जब रंक को राजा बना सकती हैं तो एक महान चेहरा किसी को महानता के शिखर पर क्यों नहीं पहुँचा सकता?

वह विश्वविद्यालय के होस्टल में मेरा रूम-पार्टनर था। गर्मी की छुट्टी होने के पूर्व परीक्षा समाप्त होने पर हम कुछ मित्र चाँदनी रात की बहार लूटने के लिए अल्फ्रेड पार्क में गए थे। उसी समय हँसी-मज़ाक़ और क़हक़हों के बीच किसी ने कह दिया कि यदि अमूल्य दाढ़ी-मूँछ रख ले तो वह प्रिंस क्रोपाटकिन की तरह दिखाई देने लगे। अमूल्य का शरीर तगड़ा, मुँह काफ़ी गम्भीर तथा वह राज़ीनति से कोसों दूर रहता था, इसलिए ऐसी तुलना केवल हास्य उत्पन्न करने के उद्देश्य से की गई होगी। लेकिन उसने अमूल्य पर गहरा असर डाला, जिसका प्रमाण उसकी तेज़ी से बढ़ती हुई मूँछ थी।

इस मूँछ ने शीघ्र ही कमाल दिखाए। जो एक नाचीज़-सी हस्ती पहले काले रिबन के एक छोटे टुकड़े की तरह दिखाई देती थी, उसके दोनों ही सिरे गुल्ली की तरह नुकीले होकर नीचे लटक गए और कुछ महीने बाद वही सिरे भाले की तरह ऊपर भी उठ गए। उसने इसी बीच सिर के बाल भी छोटे करा लिये तथा उसको उल्टा झाड़ने लगा, ताकि वे चिपक न जाएँ और महत्त्वपूर्ण ढंग से खड़े रहें।

उसमें कुछ और भी परिवर्तन तेज़ी से हुए थे। उसने अपनी पोशाक बदल डाली। पहले वह कुर्ता-पाजामा या साधारण पैंट-बुश्शर्ट पहनकर आया करता था, लेकिन अब अक्सर पैंट और खाकी बुश्शर्ट पहनने लगा। सहसा राजनीति के प्रति

उसकी दिलचस्पी बहुत ही बढ़ गई। वह बहस में इस तरह भाग लेने लगा, जैसे भादों की अँधेरी रात में कुत्ते भौंकते हैं। किसी साधारण-सी बातचीत में भी वह लंगूर की तरह कूद पड़ता और फ़ौरन ही उसको युद्ध-स्तर की बहस का रूप दे देता। उसकी बातों में 'ख़ून', 'विनाश' आदि शब्दों का उतनी ही बार प्रयोग होता, जितने शरीर में रोएँ हैं।

वह चीख़कर कहता, "यह दुनिया किधर जा रही है? चारों ओर अन्याय, शोषण, व्यभिचार का क्यों बोलबाला है? यह महानता और पवित्रता कहाँ गई? भयंकर विनाश और तबाही के बिना दुनिया की पवित्रता की रक्षा नहीं की जा सकती। आज दुनिया को एक भयंकर आणविक युद्ध की आवश्यकता है। उससे सारा कलुष जलकर ख़ाक हो जाएगा और उसकी राख पर एक पवित्र दुनिया का जन्म होगा...।"

वह अब निश्चित रूप से अपने को प्रिंस क्रोपाटकिन या उन्हीं की तरह योग्य समझ रहा था। किन्तु उस महान विचारक के बारे में भी उसके बड़े ही मौलिक विचार थे। एक तो उसने दाढ़ी में ही कटौती कर दी थी। फिर उनके विचारों में भारी परिवर्तन करके अपने मानसिक स्तर के सर्वथा अनुरूप बना दिया था; उसके लिए प्रिंस क्रोपाटकिन का अर्थ था सिर्फ़ एक ऐसी मूँछ जिसके नीचे वह सारे विचारों को दबाकर रखना चाहता था। उस मूँछ ने उसके व्यक्तित्व को इतना ऊँचा उछाल दिया था कि वह कल्पना में अपने को सर्वश्रेष्ठ समझने लगा।

आत्म-श्रेष्ठता के एहसास ने उसके हृदय में दूसरों के प्रति क्रोध एवं घृणा के भाव उत्पन्न कर दिये। अब उसको दूसरों का कोई भी काम पसन्द नहीं आता। किसी की अगर कोई तारीफ़ कर दे तो वह फ़ौरन कह उठता, "क्या अच्छाई है? ये सभी लोग मूलतः बड़े नीच लोग हैं।" उसकी बात से ऐसा लगता कि हर व्यक्ति अत्यधिक घृणित कार्यों में संलग्न है, और जब तक उनको कड़ा-से-कड़ा दंड नहीं दिया जाता, कोई भी सुधार असम्भव है। स्त्रियों के सम्बन्ध में तो उसकी और भी बुरी धारणा थी। किसी भी पढ़ी-लिखी लड़की को देखकर वह झट कह उठता, "अरे तुम क्या जानो, सत्तर चूहे खा चुकी है।"

मुझे याद आता है, उन्हीं दिनों कलकत्ते में भीषण हैज़े का प्रकोप हुआ था। देखते-ही-देखते हज़ारों व्यक्ति मर गए। लोग शहर छोड़-छोड़कर भागने लगे। हम लोगों ने ऐसे लोगों की सहायता के लिए कुछ चन्दा इकट्ठा करके भेजने का निश्चय किया। जो समिति बनाई गई, उसका मैं एक सदस्य था, इसलिए मैंने अधिकारपूर्वक अमूल्य से चन्दा माँगा।

"मैं तो एक नया पैसा भी नहीं दे सकता इस चन्दे के नाम पर। वैसे तुम अपने काम के लिए चाहो तो अभी पचास-पचीस निकालकर दे दूँ।" उसकी मूँछ के नीचे उसके होंठ एक खदबदाते हुए कीड़े की तरह काँपकर स्थिर हो गए।

"वाह यार, मैं तो चन्दा वसूल करने के लिए तुमको अपने साथ खींच ले जाने वाला था...निकालो, निकालो...।"

"नो।" उसका चेहरा क्रोध और जोश से तमतमा उठा, "यहाँ पैसे की नहीं बल्कि सिद्धान्त की बात है। मैं पैसा छोड़ सकता हूँ, पर सिद्धान्त नहीं। तुम्हीं बताओ आख़िर क्यों दूँ? तुम कहोगे देश की जनता मर रही है। लेकिन मैं यही तो चाहता हूँ। हमारे देश की आबादी 40 करोड़ से ऊपर है। इसमें से अगर 20 करोड़ आदमी मर जाएँ तो हमारा देश विश्व का सबसे शक्तिशाली और पवित्र राष्ट्र हो जाए। तुम पूछोगे कैसे? सुनो मैं बताता हूँ। अगर कोई भयंकर तबाही आएगी तो यह निश्चित है कि उसमें वही ज़िन्दा रह सकेंगे, जो शारीरिक और नैतिक रूप से काफ़ी मज़बूत हों। निर्बल, रोगी, दुराचारी, व्यभिचारी, घूसखोर, चोर, बदमाश, लफंगे सभी नष्ट हो जाएँगे।"

मैंने उसके साथ बहस करने की कोशिश की, परन्तु वह बहुत ही जल्दी क्रुद्ध होकर गरज़ने-तड़पने लगा। उसके साथ तर्क करना असम्भव था और किसी तर्क-संगत बात पर वह सबसे अधिक उत्तेजित हो जाता था। उसको अपने तर्कहीन विचारों के सामने अन्यों के विचार बहुत ही तुच्छ लगते थे।

शीघ्र ही एक ऐसी अनोखी स्थिति आ गई कि दुनिया के किसी भी हिस्से में यदि कोई भयंकर दुर्घटना हो जाती तो वह बहुत प्रसन्न हो जाता। उन दिनों अफ्रीका में भयंकर भूकम्प आया था, जिसमें हज़ारों व्यक्ति कीड़ों-मकोड़ों की तरह मर गए। हम सभी बहुत उदास और दुखी थे, पर अमूल्य की ख़ुशी का ठिकाना नहीं था। जोश-ख़रोश से उसका मुँह तमतमा आया और उसकी आँखें चमकने लगीं। वह दूसरों को देखकर बहुत ही ऊँचाई से मुस्कराया करता, गोया मानव-नियति का वह एक महान द्रष्टा हो। ऐसी ख़ुशी दूसरों के दुख में आनन्द मनाने के लिए नहीं पैदा होती थी, बल्कि इसलिए कि भूख, दुर्घटना, विपत्ति और मृत्यु से अव्यवस्था फैलेगी, मार-काट होगी, रक्त का दरिया बहेगा और उससे सारी ज़िन्दगी, सारा अन्याय, सारी नीचताएँ समाप्त हो जाएँगी और एक सर्वथा दोषहीन व्यवस्था क़ायम करने में सफलता मिलेगी।

मैं उसको 'प्रिंस' कहने लगा था। उसका वह बुरा नहीं मानता बल्कि बेहद ख़ुश होता। मैंने एक दिन कहा, "प्रिंस, कोई किसी के भाग्य को नहीं जानता। हो सकता है किसी दिन तुम भारत के प्रधानमंत्री हो जाओ।"

"यार, मैं तो एक दिन में सबको दुरुस्त कर दूँ!" अमूल्य पहले बेतहाशा हँसा, फिर उसका चेहरा गम्भीर और लाल हो गया, आँखें निकल आईं और मूँछ फड़कने लगी, "लोग शासन करना नहीं जानते। बिना हिंसा के कोई समस्या हल नहीं हो सकती। हमारे देश को आज रक्त-स्नान की आवश्यकता है..."

"कैसे सुधार करोगे देश का?"

"बड़ा आसान है। छोटी-से-छोटी भूल की सज़ा मौत। अगर कोई चोरी और पॉकेटमारी भी करे तो उसको सामने बुलाइए और गोली दाग़ दीजिए। कोई किसी स्त्री को बुरी दृष्टि से देखे तो सीधे उसको गोली से उड़ा दीजिए। कोई सार्वजनिक स्थान में लघुशंका करता हुआ पाया जाए तो उस पर भी दया न दिखाइए बल्कि उसका काम तमाम कर दीजिए। भैया बिना भय के कोई किसी की नहीं सुनता। गोली-डंडे के ज़ोर से सभी की अक्ल ठिकाने आ जाती है। छोटे-से-छोटे अपराध के लिए भी अगर कड़ा-से-कड़ा दंड नहीं दिया गया तो कोई सुधार नहीं हो सकता...।"

स्पष्ट है, वह एक मानसिक तानाशाही के दौर से गुज़र रहा था। कोई भी कष्ट और दुख उसको विचलित नहीं कर पाता था। किसी दुखिया भिखमंगे की वह भूल कर भी मदद नहीं करता।

वह कहता, यदि किसी को दया दिखाई जाएगी तो उसके अन्तर की आग बुझ जाएगी, उसके क्रोध की हवा निकल जाएगी। इन लोगों में अगर शक्ति होगी तो वे दुख-कष्ट बरदाश्त करते हुए हिंसात्मक क्रान्ति के लिए उठ खड़े होंगे, अन्यथा पतंगे की तरह स्वयं नष्ट हो जाएँगे। दुर्बल लोगों को जीवित रहने का कोई अधिकार नहीं, वे महामारी के कीड़े की तरह होते हैं।

उसके प्रति मेरी दिलचस्पी बढ़ती गई। वह सदा सिद्धान्तवादी बहसें किया करता था। इसलिए उससे बचने का कोई उपाय भी नहीं था। उसने अपने अन्दर एक अनोखा मनोविज्ञान विकसित कर लिया था। चूँकि वह अपने को बहुत ऊँचा समझता, इसीलिए दूसरों को तुच्छ, साधारण तथा दुर्बल। और इसीलिए दूसरों से यह आशा भी करता था कि वे अधिकाधिक त्याग करें तथा दुख उठाएँ। होस्टल में यदि कोई बीमारी-हैरानी में फँस जाता, तो भी वह चुपचाप अपने कमरे में पड़ा रहता। मुझे वे दिन याद आते हैं जब चौक के व्यापारियों और हमारे होस्टल के लड़कों में लड़ाई हो गई थी। जब दशहरे की छुट्टी में काफ़ी लड़के घर चले गए तो एक रात यह हल्ला मचा कि व्यापारी लोग अपने कुछ गुंडे लेकर होस्टल पर हमला करने आ रहे हैं। हम जितने लोग थे, हॉकी-डंडा जो कुछ मिला, हाथ में लेकर बाहर दरवाज़े पर इकट्ठे हो गए। बस एक अमूल्य ही था, जिसने साथ में चलने से इनकार कर दिया। इतना ही नहीं, बल्कि उसने भीतर से दरवाज़ा बन्द कर लिया और चादर तानकर सो गया।

बाद में हम लोगों ने उससे कुछ कहा तो वह समस्त छात्र समुदाय पर अत्यधिक नाराज हो गया कि इस विश्वविद्यालय में जितने तुच्छ और घृणित छात्र हैं, वैसे और कहीं भी न मिलेंगे। यदि व्यापारी सचमुच आ गए होते और उस संघर्ष में पचास लड़के मारे गए होते तो बड़ा ही अच्छा होता। ऐसे लोगों को ऐसा ही कड़ा दंड मिलना चाहिए।

इसी तरह एक अन्य दुर्घटना की बात याद आती है। हमारे ही कमरे में एक दिन एक काला साँप निकला। जब मैंने हाथ में हॉकी स्टिक लेकर हल्ला मचाया तो अमूल्य चारपाई से उछलकर खड़ा हो गया और फुर्ती से बाहर निकल गया। अगल-बग़ल के काफ़ी लड़के आ गए, पर उस काले भुजंग को मारना आसान काम नहीं था। वह फन काढ़कर बुरी तरह फुँफकार रहा था। हममें सबसे आगे फर्स्ट ईयर का एक पहाड़ी लड़का था जो इसी वर्ष आया था। हमने उसे बहुत मना किया कि वह बहुत आगे न जाए, पर वह न माना। वह पंजों के बल बैठकर हाथ आगे लपकाकर एक छोटा-सा डंडा घुमा रहा था; एक बार उससे थोड़ी-सी चूक हो गई और साँप ने उसके हाथ में काट खाया।

चारों ओर हो-हल्ला मचा और इसी में साँप पता नहीं किधर भाग भी गया। अमूल्य ग़ायब था। जब वह रात को आया तो हम उस पहाड़ी लड़के की अन्त्येष्टि करके होस्टल लौट चुके थे। हम सभी उस लड़के की मृत्यु के लिए बहुत अफ़सोस कर रहे थे। हमारी सबकी राय थी कि पहाड़ी लड़के ने व्यर्थ का ख़तरा मोल लिया था, और उसको इतना आगे बढ़ना नहीं चाहिए था।

अचानक अमूल्य ग़ुस्से में बोला, "कैसी बात करते हो जी? एकदम वाहियात। ऐसे साहस से देश का निर्माण होता है, युवकों का आचरण बनता है। जब नौजवान ख़तरा नहीं उठाएगा तो वह नौजवान क्या? मैं सिद्धान्ततः ऐसी मृत्यु को उचित समझता हूँ। मैं तो चाहता हूँ कि ऐसे लाखों-करोड़ों लोग आगे बढ़ें और अपनी जानें कुर्बान करें।"

"पर बुद्धिहीन साहस से क्या लाभ?"

"बेहूदी बात है। दिमाग़ से सोचो तो पता चले। तुम लोग कुछ पढ़ते तो हो नहीं, बस बहस करते चलते हो। साहस सदा साहस रहेगा...वास्तविक साहस मृत्यु की परवाह नहीं करता।"

मैं नहीं कहता कि वह असत्य बात कह रहा था। वह बुरी तरह चीख़ रहा था। उससे बहस करने में हम सदा धीरे-धीरे बोलते थे और वह गला फाड़कर चिल्लाने लगता था। वह अपनी कर्कश आवाज़ और विकृत चेहरे से समस्त विरोध को समाप्त कर देना चाहता था। मुझे बड़ा क्रोध आया, परन्तु चुप रहना मैंने उचित समझा।

अपनी इस महानता में वह केवल दूसरों से ही आशाएँ करता था। जब हम साथ बाज़ार या सिनेमा जाते तो ख़र्च करने का अवसर आने पर वह पीछे हो जाता या सड़क से गुज़रनेवाली किसी चीज़ को बहुत ध्यान से देखने लगता। होस्टल-रेस्तराँ में जब उसको दूसरों के मत्थे खाना होता तो डटकर हाथ साफ़ करता और बजट से अधिक पैसा ख़र्च करा देता। रिक्शा-ताँगा का तो वह भाड़ा कभी देता ही नहीं था, बल्कि अपने साथी को ही इसका सुअवसर प्रदान करता। परन्तु एक बार जब उसको मजबूरन ख़र्च करना ही पड़ता तो उसका मुँह काफ़ी गम्भीर हो जाता और वह चिड़चिड़ाकर बोलने लगता।

मुझे तो चौबीसों घंटे उसकी महानता को भोगना पड़ता। वह अपना तौलिया तो एकदम साफ़ अपने बक्से में बन्द रखता और जब गन्दे हाथ पोंछने, दाढ़ी बनाने या लैट्रीन जाने का अवसर आता तो अदबदाकर मेरे ही तौलिये का इस्तेमाल करता। उसके चादर की एक शिकन बिगड़ने नहीं पाती थी, पर जब उसे लुंगी पहनकर काम करने की इच्छा होती या कपड़े बदलने होते तो वह मेरी चारपाई की चादर उठाकर लपेट लेता। वह अधिकतर मेरे ही शीशे, कंघी, पालिश, स्नो, क्रीम, पाउडर वग़ैरह का इस्तेमाल करता। किसी बहुत ही ख़ास अवसर पर वह अपने सामान को निकालता था, परन्तु इस्तेमाल करके फ़ौरन बक्से या अलमारी में बन्द कर देता। घी या घर से आए सामानों की भी यही बात थी। वह काफ़ी उदारतापूर्वक इन सामानों का उपयोग करता। किन्तु जब उसके घर से कोई मिठाई या अन्य खाद्य पदार्थ आता तो उसमें से केवल एक या दो टुकड़े मेरे सामने रखकर उसको ताले के अन्दर बन्द कर देता।

वह यह सब किसी दुर्भावनावश नहीं, बल्कि सिद्धान्तवश ही करता था। वह एक ऐसे शिखर पर बैठा था, जहाँ उसको अपनी चीज़ों से बेहद प्यार था। उसको अपने आराम का बहुत ही ख़याल रहता—अपने सोने का, बैठने का, खाने-पीने का। इसी तरह उसको अपने विचार बहुत प्रिय लगते थे। अपने सभी सामान से उसको बहुत मोह था। उसने दूसरों की साइकिलों और घड़ियों का न मालूम कितनी बार इस्तेमाल किया होगा पर अपनी चीज़ वह किसी को भूलकर भी नहीं देता। दूसरों की साइकिलों के पीछे न मालूम कितनी बार गया होगा, पर स्वयं वह किसी को कभी भी डबल लोड करके नहीं ले गया। इतना ही नहीं, उसको अपने पैसों से बहुत प्यार था। वह किसी को पता ही लगने नहीं देता कि घर से उसके पास कितने रुपये आते हैं। उसके व्यवहार को देखकर तो यही लगता कि उसके पास पैसे हैं ही नहीं। पर मैं जानता हूँ कि वह दुनिया का सारा आनन्द उठाते हुए भी घर से आए पैसों में से काफ़ी बचा लेता और उनको चुपके से बैंक में जमा कर आता। अपने से मोह करना वह अपना अधिकार समझता था।

परन्तु ऐसा अधिकार वह दूसरों को नहीं देता। उनसे वह कर्तव्य की माँग करता। दूसरे भूखों मरें, महामारी के शिकार हों, त्याग करें, पैसे ख़ूब ख़र्च करें, अपना बलिदान करें, गोली-डंडा सहें, युद्ध या भूकम्प में तबाह हों। ये लोगों के कर्तव्य थे। इन्हीं कर्तव्यों का पालन करने से देश तरक़्क़ी कर सकता था। इन्हीं से मानवता का कल्याण हो सकता था।

एक दिन शहर में बहुत ज़ोरदार प्रदर्शन होनेवाला था। पुलिस ने एक रिक्शे वाले को इतना पीट दिया था कि उसकी मृत्यु हो गई थी। मैंने शाम को अमूल्य से कहा, "चलो, जुलूस में चलें..."

"अरे छोड़ो। कुछ होने-हवानेवाला नहीं है..." वह बिगड़कर कर्कश आवाज़ में बोला।

"इस अन्याय का तो विरोध करना ही चाहिए..."

"तुम लोगों के विरोध करने से क्या होगा? इस शहर के लोगों को मैं जानता हूँ। यहाँ के लोग पुलिस का डंडा देखकर भाग खड़े होंगे। किसी भी कष्ट को यहाँ के लोग बरदाश्त नहीं कर सकते। ऐसे लोगों का साथ कतई नहीं देना चाहिए। जब लोग मरेंगे तो सीखेंगे...।"

मैंने चुप रहना ही उचित समझा। वह कोई भी बात इस तरह गरज़कर कहता कि तर्कसंगत बहस के लिए गुंजाइश ही नहीं रहती। उसके विचार और भी उग्र होते गए। जहाँ तक मुझे याद है, वह कभी किसी भी मीटिंग में नहीं गया और न ही किसी जुलूस में शामिल हुआ, परन्तु किसी राजनीतिक आन्दोलन में जब तक ख़ून-ख़राबी नहीं हो जाती उसको सन्तोष नहीं होता, क्योंकि गोली खाने से लोगों को त्याग और बलिदान करने का सुअवसर मिलता था। उसको यदि किसी बात का असन्तोष होता तो इसी वजह से कि लोग अधिक क्यों नहीं मरे? जुलूस के लोग भाग क्यों चले? उनको खड़ा होकर उस समय तक मुक़ाबला करना चाहिए था, जब तक कि एक व्यक्ति भी जीवित था।

जनवरी के आरम्भ में हमारे शहर पर भी एक बड़ी विपत्ति आ गई। चेचक का भयंकर प्रकोप होने से काफ़ी लोगों की मृत्यु हो गई थी। हमारे विश्वविद्यालय के कई लड़कों को भी प्राण गँवाने पड़े थे। सहसा अमूल्य बड़ा ही गम्भीर रहने लगा। राजनीतिक बहस करना उसने एकदम छोड़ दिया। उसका मुँह बड़ा छोटा पड़ गया था। वह चुपचाप अधिकतर अपने कमरे में ही पड़ा रहता। यदि वह किसी से बात भी करता हो तो काफ़ी दूर रहकर। या वह अपना मुँह ही दूसरी ओर कर लेता। यदि निकट आने की बहुत मजबूरी आ जाती तो वह अपनी नाक पर रूमाल रख लेता।

मैंने एक दिन उसे छेड़ा, "भाई प्रिंस, आजकल हमारे शहर के नवयुवकों के लिए बड़ी आदर्श स्थिति है..."

मैं जानबूझकर उसके पास मुँह ले जाकर धीमी आवाज़ में बोल रहा था। उसने फ़ौरन अपना मुँह दूसरी ओर कर लिया था। निश्चित रूप से उसको डर था कि कहीं चेचक के कीटाणु मेरे मुँह में से निकलकर उसके शरीर में प्रवेश न कर जाएँ।

जब तक चेचक का प्रकोप रहा, उसकी ऐसी ही हालत रही। वह हमेशा अपनी नाक पर रूमाल लगाए रहता। इतने तगड़े शरीर की वह कर्कश आवाज़ पता नहीं कहाँ चली गई थी और अब इस तरह बोलता था जैसे मच्छर भनभना रहा हो।

चेचक का भय कम होने पर उसकी राजनीतिक बहस फिर आरम्भ हो गई। उसकी उग्रता और कटुता बढ़ती गई। परन्तु उसका साथ बहुत दिनों तक नहीं लिखा था, क्योंकि अगले वर्ष मुझे रेलवे में एक नौकरी मिल गई और मैंने पढ़ाई छोड़ दी। उसके बाद अमूल्य से मेरी कभी मुलाक़ात नहीं हुई, लेकिन मेरे एक अन्य सहपाठी से, जिससे एक बार ट्रेन में मुलाक़ात हो गई थी, ज्ञात हुआ कि वह इन दस वर्षों में ही एक लखपति सेठ बन गया है। मैं उस मित्र से अमूल्य की मूँछों के बारे में पूछना ही भूल गया।

विजेता

मैं जल्दी-जल्दी नीचे उतर गया। उससे बोला, एक बहुत ही ज़रूरी काम से कुछ देर के लिए शहर जा रहा हूँ। छह या सात दिन पहले भी उससे यही कहा था। मुझे विश्वास है, उसको कोई सन्देह नहीं होगा और वह मज़े में मेरी बहन के सामने अपनी फट फट जारी रखेगा।

अभी नौ नहीं बजे थे और रात अँधेरी थी। तेज़ हवा में कुछ-कुछ खुनकी थी। मैंने एक रिक्शा ले लिया और उसके घर की ओर चल पड़ा। मेरा हृदय प्रतिहिंसा में जल रहा था, गोया सूखे पत्तों में आग लग गई हो।

सचमुच मैं उसका मित्र हूँ क्या? पर अब मैं उससे, अपनी सारी शक्ति से, घृणा करता हूँ, इसलिए उस रात भी मैं उसके घर जा पहुँचा था। नीलम ने दरवाज़ा खोला, लेकिन मुझे देखकर दो क़दम पीछे हट गई। वह एक मैली साड़ी पहने थी और उसके बाल खुले थे। उसकी दृष्टि ज़मीन में गड़ गई। मैं सारा शर्म-संकोच त्यागकर कमरे के अन्दर दाख़िल हो गया।

"नहीं है क्या, भाभी जी?" मैंने पूछा।

"जी नहीं...आप ही के यहाँ गए हैं—कापी-किताब लेकर।" वह अब भी दृष्टि झुकाए हुए थी और मेरे जाने की प्रतीक्षा में दरवाज़े पर ही खड़ी थी।

"अच्छा!" मैंने कृत्रिम आश्चर्य प्रकट किया, "मैं तो बाहर-ही-बाहर हूँ। ठंडा पानी होगा? एक गिलास पानी पिला दीजिए, मैं चलूँ...।"

नीलम ने सिर उठाया। एक क्षण के लिए उसकी बड़ी-बड़ी उदास आँखें मेरी आँखों से टकराईं। फिर साड़ी की एक हल्की सरसराहट अन्दर चली गई।

जब वह वापस आई तो मैं उसके हाथ से गिलास लेकर इस तरह हकर-हकर पानी पीने लगा, गोया कई दिनों का प्यासा हूँ। फिर पास में पड़ी मेज़ पर गिलास को रखकर इस तरह दरवाज़े के बाहर देखने लगा जैसे मैं वहाँ से प्रस्थान करने ही वाला हूँ, लेकिन इसके बदले फ़ौरन ही लपककर नीलम के पास पहुँच गया और उसके दाहिने हाथ को अपने हाथों में लेकर यथासम्भव करुण स्वर में एक काइयाँ राजनीतिक नेता की तरह बोला, "भाभीजी, आप ही की तरह मैं भी एक दुखिया प्राणी हूँ। सच कहता हूँ आपको देखकर मुझे ऐसी पीड़ा होती है जिसका बयान नहीं कर सकता।

आपका कष्ट देखा नहीं जाता और दिन-रात मैं आपके बारे में ही सोचा करता हूँ। मेरा ख़ून खौलने लगता है। भगवान ऐसा क्यों होने देता है? मैं यही पूछने आया हूँ कि क्या मैं आपके किसी काम आ सकता हूँ? मैं आपका मूल्य समझता हूँ और दुनिया में आपकी सबसे अधिक इज़्ज़त करता हूँ...मैं आपकी ख़ुशी के लिए अपनी जान तक दे सकता हूँ...।"

मैंने बड़ी ही कोमलता से उसका हाथ दबा दिया। वह फटी-फटी आँखों से मुझे देख रही थी, जैसे कुछ भी समझ नहीं पा रही हो। यह सब इतना आकस्मिक था कि उसको सोचने का मौक़ा ही नहीं मिला था। सहसा उसने दृष्टि गिरा ली और झटके से अपने हाथों को छुड़ा लिया। फिर रुआँसे स्वर में बोली, "जाइए...।"

"अच्छा, फिर आऊँगा...मुझे अपना समझिए..." मैं होंठों में भुनभुनाया।

मैं गीदड़ की तरह जल्दी-जल्दी बाहर निकल आया था। मैं, पता नहीं क्यों, बहुत डर गया था और मेरी खीसें निकल आई थीं। जैसे मुझे कोई धिक्कार रहा था। झूठा! धोखेबाज़! उस निर्दोष स्त्री ने क्या सोचा होगा?

लेकिन दूसरे दिन मैं उसके यहाँ सवेरे ही पहुँच गया। रामायण घर ही में था। वह मुझे इतना नगण्य समझता था कि उसने मेरा हँसकर स्वागत किया। लेकिन इतने से ही मेरे दिल का काँटा निकल गया। इसका साफ़ अर्थ था कि नीलम ने अपने पति से कुछ भी नहीं कहा। इसी बीच वह दो-तीन बार कमरे के अन्दर आई भी। मेरे सामने वह अपने आँचल को कुछ सिर के आगे खींच लेती थी। उसने डरी-डरी दृष्टि से कई बार मेरी ओर देखा। एक बार, जब रामायण भीतर चला गया था, उसके होंठों पर एक क्षीण मुस्कराहट खेल गई। मेरा हृदय ख़ुशी से उछलने लगा। मुझे अपनी बुद्धि और शक्ति पर आश्चर्य होने लगा। अब मैं अपनी विजय की कल्पना कर सकता हूँ। मेरे सामने एक खुला मैदान था। सफलता की उम्मीद से मेरे हृदय में घृणा, क्रोध, तुच्छता एवं महत्त्वाकांक्षाओं की ऊँची-ऊँची लहरें उठने लगीं। मैं उस दिन की बेचैनी से कल्पना करने लगा जब मैं अपने मित्र को शर्म, अपमान और दुख में पतंगे की तरह फड़फड़ाते देखूँगा।

मेरा रिक्शा तेज़ी से सड़क पर भागा जा रहा है। रास्ता अभी चल रहा है। आज या तो इधर हो जाएगा या उधर। आज मैं एक शक्तिशाली पुरुष के साहस एवं दृढ़ता से आगे बढ़ूँगा और सफलता को हस्तगत कर लूँगा। डेढ़ साल की ऐसी दोस्ती का यह एक आदर्श परिणाम नहीं होगा? रामायण टेलीफ़ोन के दफ़्तर में मेरे साथ ही काम करता था। उसकी गणना उन्हीं व्यक्तियों में होनी चाहिए, जो सदा अपने ही बारे में सोचते और करते रहते हैं। वह ख़ूब टीम-टाम से आता और दूसरों को बहुत तुच्छ समझता। नाटा-चौड़ा शरीर, छोटी गर्दन और गोल दही-बड़े की तरह फूली हुई नाक। जब कभी वह बात करता तो अपने सामान और अपनी सफलता और महत्त्वाकांक्षाओं के बारे में ही। सदा टर्र-टर्र। यदि उसकी बात कोई काट देता

या उसी समय कोई अन्य बात करने लगता तो वह बेहद नाराज हो जाता। बस इतनी-सी बात पर वह अच्छी-से-अच्छी दोस्ती छोड़ सकता था और छोड़ देता था। दरअसल, जो उससे अच्छे कपड़े पहनकर चला आता, उसको बहस में पराजित कर देता या कोई अन्य सफलता प्राप्त कर लेता तो वह फ़ौरन ही उसका शत्रु हो जाता। इसी वजह से किसी से भी उसकी बहुत दिनों तक नहीं पटती थी और मित्रता ऐसे ही लोगों से होती, जो सीधे-सादे होते हैं और दूसरों की महत्त्वाकांक्षाओं को बरदाश्त करते रहते हैं।

अब, एक छोटा-सा बच्चा भी बता सकता है कि उससे मेरी क्यों दोस्ती हुई! सचमुच मैं हर जगह एक सभ्य और सज्जन व्यक्ति समझा जाता था। मैं लम्बा, चौड़ा और ख़ूबसूरत था और सबसे मीठा बोलता था। इसके अलावा हमको एक-दूसरे की दोस्ती की ज़रूरत भी थी। मैंने भी उसी की तरह एम.ए. किया था और अब उसी की तरह क़ानून की पढ़ाई कर रहा था। टेलीफ़ोन की नौकरी में यह लाभ अवश्य है कि शाम या रात की ड्यूटी की स्थायी व्यवस्था करके दिन में किसी कॉलेज या यूनिवर्सिटी में नाम लिखाया जा सकता है। क्या मुझमें महत्त्वाकांक्षाएँ नहीं थीं? मैं केवल इतना ही चाहता था कि कुछ डिग्रियाँ हासिल हो जाने से मुझे कोई और अच्छी नौकरी सम्भवतः मिल जाएगी। लेकिन रामायण की कल्पनाओं का क्या कहना! वह नौकरी उसके लिए बहुत ही छोटी पड़ती थी। वह कहा करता कि दुनिया में कौन-सा काम कठिन है? यह भी नौकरी कोई नौकरी है? थोड़े-से पैसों के लिए मरना-खपना। क़ानून पास करने के बाद आदमी वकालत करेगा और हज़ारों पीटने लगेगा। मोतीलाल नेहरू और तेजबहादुर सप्रू बीस-पचीस हज़ार रुपये कमाते थे कि नहीं? वकालत में जाने से ही आदमी राजनीति में प्रवेश कर सकता है और संसद-सदस्य तथा प्रधानमंत्री तक बन सकता है...!

हमारी दोस्ती तेज़ी से बढ़ी। मैं उसको कई बार अपने घर ले गया। फिर तो वह रोज़ ही धमकने लगा। आते ही वह इस तरह व्यवहार करने लगता, जैसे मकान मालिक वही हो। वह जहाँ चाहे, बैठ जाता, ज़बरदस्ती माँगकर नाश्ता-पानी करता और उन्हीं बातों का सिलसिला शुरू कर देता, जिनको दफ़्तर में हम कई बार सुन चुके थे। उसने बी.ए. कैसे किया? पर्चे करते समय कोटेशन्स कैसे दिये? उसके पास कितने पैंट, बुशर्ट और जूते हैं। आदमी चाहता है कि ख़ूब पैसे पीटे, एक फर्स्ट क्लास बँगला बनवाए, शान-शौक़त से रहे और राजनीति में प्रवेश कर देश का नाम ऊँचा करे। वह बड़ी ऊँचाई, विश्वास और हिंसा से बोला करता और अपनी बातों में एक क्षण भी दूसरों की भावनाओं या विचारों को जगह नहीं देता। यदि कोई अपनी बात छेड़ भी देता तो वह उसका कटुता और उपेक्षा से विरोध करता या दूसरी ओर मुँह घुमा लेता।

मैं चुपचाप उसकी बातें सुना करता और मुस्कराया करता। मेरी माँ और छोटी बहन, जो यूनिवर्सिटी में पढ़ती थी, उसका काफ़ी स्वागत-सत्कार किया करतीं। उसका साहस और इच्छाएँ दिन-पर-दिन बढ़ने लगीं। उसने अकेले में मुझसे अपने प्रेम-प्रसंगों की भी चर्चा आरम्भ कर दी। वह दूसरों की बीवियों के बारे में इस तरह बात करता, जैसे वे उस पर आशिक़ हों। वे बीवियाँ अपने पतियों से असन्तुष्ट होतीं और उनमें से कइयों से उसका शारीरिक सम्बन्ध भी स्थापित हो चुका होता।

"यार, पता नहीं क्यों जो स्त्री मेरे सम्पर्क में आ जाती है वह हमेशा के लिए मेरी ग़ुलाम हो जाती है...।" वह हँस-हँसकर कहता।

वह बहुत जल्दी मेरी बहन से भी भारी आत्मीयता प्रकट करने लगा। वह भीतर आकर मुझसे पहले मेरी बहन को देखता और हँसकर उसको नमस्कार करता। वह उसको 'कमलाजी, कमलाजी' कहता। 'कमलाजी, ज़रा पानी पिलाइए।' 'कमलाजी, ज़रा इधर आइए, मैं आपको बहुत दिलचस्प बात सुनाता हूँ।' वह उससे घंटों बातें किया करता और वह मेरा मुँह देखकर चुपचाप सुनने का अभिनय करती। वही बातें। किस तरह लोग उसकी सफलता से जलते हैं। वह किसी को कुछ नहीं समझता! इस दुनिया में कमीने ही-कमीने भरे हैं। बीच-बीच में वह अपनी टेरेलिन की क़मीज़ पर नज़र फेंकता और कभी अपने चमचमाते जूतों पर। कभी अपनी कलाई-घड़ी को देखता और कभी अपनी अँगूठियों को।

उसके संसर्ग में मैं अपने अन्दर एक अनोखे परिवर्तन का अनुभव करने लगा। उसकी बातों से मुझे ऐसा महसूस होता, जैसे वह मुझे बहुत ही नीच, कमीना और नगण्य समझता हो। वे बातें मुझे चुनौती की तरह लगने लगीं। दिमाग़ से पहले ही मेरा ख़ून गर्म हो जाता। मैं उसका जवाब देने के लिए व्याकुल हो उठता, और सहसा एक दिन मैंने अनुभव किया कि मुझमें वे सभी महत्त्वाकांक्षाएँ विद्यमान हैं, जिनकी रामायण डींग मारता था। वे प्रबल होती ही गईं। मैं धन-दौलत, शक्ति, यश और स्त्रियों के लिए बेचैन रहने लगा। क्या रामायण को पराजित करने के लिए ये आकांक्षाएँ पैदा हुई थीं? हाँ, इनका एकमात्र अधिकारी मैं था, रामायण नहीं। नीच और कमीना वह है, मैं नहीं। मैं दिल से उसकी असफलता और बुराई चाहने लगा। मैं मन-ही-मन उसका घोर प्रतिद्वंद्वी और शत्रु बन गया।

वह इम्तहान के दिनों में 'कम्बाइंड स्टडी' के लिए आता और गप्प छेड़ देता। बाद में मुझे ज्ञात हुआ कि उसका उद्देश्य था मेरा समय बर्बाद करना, क्योंकि वह ग्यारह बजे घर चला जाता था और वहाँ रात-भर पढ़ाई करता। फिर तो मैं उसके आते ही कोई पुस्तक पढ़ने का अभिनय करते फ़ौरन सो जाता और जब वह सन्तुष्ट होकर चला जाता तो मैं चुपके से उठूँ और रात-भर पढ़ता रहूँ। मैं उसको नीचा दिखाने के लिए छटपटा रहा था। मैंने एक और बदमाशी की। 'इंटरनेशनल लॉ' और 'लॉ ऑफ़ कांट्रैक्ट' की पुस्तकों से मैंने कुछ बहुत ही महत्त्वहीन प्रश्नों

को छाँट-छाँटकर दो सूचियाँ बनाईं और उनको रामायण के हवाले करते हुए कहा कि वे बहुत ही महत्त्वपूर्ण हैं और वे अवश्य ही आएँगे। अपनी सारी नीचता के बावजूद रामायण ने मेरी बात सच मान ली और सब कुछ छोड़कर उन प्रश्नों की तैयारी में प्रशंसनीय मेहनत की। इम्तहान के बाद तो उसने जीना मुश्किल कर दिया। मेरे बताए हुए प्रश्न न आने पर भी उसने उक्त दोनों विषयों में ख़ास तरह चार-चार कापियाँ ली थीं और ऐसे कोटेशंस दिये थे कि परीक्षक 90 प्रतिशत से कम नहीं दे सकता था। बहरहाल उसने मुझसे काफ़ी कम नम्बर पाए और मैं ख़ूब प्रसन्न हुआ।

इसी बीच नीलम को देखने का प्रथम अवसर प्राप्त हुआ। रामायण तो कभी भी हम लोगों को घर न ले जाता, लेकिन मैं और मेरी बहन उसके पीछे पड़ गए। कमला कहती, "भाई साहब, हमको भाभी के पास क्यों नहीं ले चलते?" मैंने यह सोचा कि यह आदमी हमारे घर इतना खाता-पीता है, इसके यहाँ एक बार दावत खाकर इसका कुछ नुकसान करना चाहिए। नीलम देहात की लड़की थी और कुछ अधिक पढ़ी-लिखी न थी। मज़बूत और लम्बी! रामायण उसके कान ही तक आता था। साँवला रंग! वह भौंहों तक अपने घूँघट को खींचे हुए थी। उसके मुख पर मैंने एक अजीब-सी उदासी देखी। परन्तु उसने बनाकर बहुत ही अच्छा खाना खिलाया। जब हम घर आए और मेरी माँ तथा बहन ने नीलम के बारे में जो कुछ बताया, उससे मुझे पता नहीं कैसी ख़ुशी हुई! नीलम ने स्वयं रो-रोकर उनको सारा क़िस्सा सुनाया था। रामायण अपनी पत्नी से इसलिए बेहद नाराज रहता है कि वह उससे लम्बी और देहात की रहनेवाली है। वह उसे सदा डाँटता-डपटता और मारता। वह उसको न कहीं घुमाने ले जाता और न उससे कभी प्यार से बोलता। वह उसको किसी से मिलने-जुलने भी नहीं देता। न उसके हाथ पर पैसा-कौड़ी रखता, और न उसके लिए कोई अच्छी साड़ी ख़रीदता। बस हर बात में मीन-मेख निकालता और गाली-गलौज़ तथा मार-पीट करता।

मैं क्रोध से अन्धा हो गया। इस कमीने व्यक्ति को दंड देने के लिए मैं स्वयं बेहद कमीना होना चाहता था। लेकिन सभ्यता की आदत छोड़े नहीं छूटती। आदर्श और शिष्टाचार मेरा गला पकड़ लेते। बहरहाल मेरठ यात्रा तक मैं किसी निश्चय पर नहीं पहुँच सका। वहाँ मेरे एक मित्र रहते थे और वे बहुत दिनों से हमको सपरिवार बुला रहे थे। मैंने एक हफ़्ते की छुट्टी ले ली, लेकिन रामायण चींटा हो गया। हार कर उसे भी मुझे अपने साथ ले चलना पड़ा।

रास्ते में उसने सारी सीमाएँ तोड़ दीं। मेरी ओर से वह इतना निश्चिन्त था कि मेरे ही सामने वह मेरी बहन के पीछे-पीछे लगा रहता। उससे हँस-हँसकर बात करता और हर बात में उसको ज़बरदस्ती राय देता। गाड़ी में वह उसी के पास बैठकर अपनी कुछ यात्राओं के वृत्तान्त सुनाने लगा। मैं वहाँ से क्षोभ के मारे उठकर चला आया तो मेरी बहन ने रुआँसी मुद्रा में मेरी ओर देखा। मेरी इच्छा हुई कि मैं उसको गाड़ी

से उठाकर बाहर फेंक दूँ, लेकिन पता नहीं कैसी निष्क्रियता ने मुझे जकड़ लिया।

मेरठ में हम लोगों का बहुत स्वागत-सत्कार हुआ। रामायण के आने पर उन लोगों ने कोई आपत्ति नहीं की, बल्कि उसके साथ ऐसा व्यवहार किया, गोया वह हम लोगों का ख़ास रिश्तेदार हो। मेरे मित्र की बहनें जवान और बहुत ख़ूबसूरत थीं। उसकी पत्नी भी कम नहीं थी। परन्तु वे सभी सीधी-सादी, मिलनसार और प्रेमी स्वभाव की थीं। हँसी-क़हक़हों में हम लोगों का समय बीतने लगा।

रामायण जल्दी ही सबसे घुल-मिल गया और सबसे इस तरह व्यवहार करने लगा, जैसे वह, उस घर का दामाद हो। विशेष रूप से, जहाँ स्त्रियाँ रहतीं, वहीं वह बना रहता। वह उनकी बातों में टपककर हँसी-मज़ाक़ करता और हर बात में अपनी राय प्रकट कर देता।

एक दिन शाम को हम सभी शहर घूमने गए। जब पैदल चलना पड़ता तो औरतें साथ-साथ हो जातीं और हम मर्द लोग आगे-आगे। परन्तु रामायण पाँच-दस मिनट के लिए हम लोगों के पास आता, फिर पता नहीं कब वहाँ से खिसककर औरतों के पीछे-पीछे चलने लगता।

यदि कोई औरत कुछ हँसकर कोई बात कहती तो वह पीछे से अपना मुँह सारस की तरह आगे बढ़ाकर हँसते हुए पूछता, "क्या है? क्या है?"

औरतें खीझ जातीं। कभी-कभी वह कहता, "मैं बॉडीगार्ड हूँ।"

एक बार मेरठवाले मेरे मित्र तथा उनकी पत्नी साथ-साथ चल रहे थे। रामायण पता नहीं कब उनके पीछे पहुँच गया और बोला, "राम, सीता और लक्ष्मण चल रहे हैं।"

जब हम लोग मेरठ से वापस रवाना होने लगे तो मेरी माँ ने मित्र के बच्चे के हाथ पर कुछ रुपये रख दिये। इस पर रामायण ने भी फ़ौरन अपनी जेब से पाँच रुपये निकालकर उस बच्चे को देना बहुत ज़रूरी समझा। लेकिन बच्चे की माँ ने वे रुपये लौटा दिये।

जब रामायण ख़ास रिश्तेदार की तरह से बहुत ही ज़िद करने लगा, तो मेरे मित्र की पत्नी को धीरे-से कहना पड़ा, "भाई साहब, आपसे हम लोगों की कोई घनिष्ठता नहीं, इसलिए यह उचित नहीं..."

इस पर रामायण काफ़ी नाराज हो गया। उसने हँड़िया की तरह मुँह फुला लिया। जब गाड़ी स्टार्ट हो गई तो वह शोले की तरह भड़क उठा, "ऐसे असभ्य और नीच व्यक्ति तो मैंने देखे नहीं। ये औरतें अपने को बहुत लगाती हैं, हमारे गाँव चलें तो मैं इनसे गोबर पथवाऊँ। इन लोगों ने अपने को समझ क्या रखा है? चाहूँ तो इनको ख़रीद लूँ।"

रास्ते-भर वह हम लोगों से भी मुँह फुलाए रहा, क्योंकि हमने उसकी हाँ-में-हाँ नहीं मिलाई थी। परन्तु मैं कुछ दूसरा ही सोच रहा था जैसे मेरे लहू को धीमी-धीमी

आँच पर गर्म करके खौला दिया गया है। मेरी सहन शक्ति समाप्त हो गई थी और मेरी घृणा क्रियात्मक बिन्दु पर पहुँच गई। ऐसा कमीना व्यक्ति क्या वकील बनेगा? वह क्या खाकर हज़ारों रुपये कमाएगा? मैं स्वयं नौकरी छोड़कर लाखों पैदा करूँगा और देश का नेतृत्व सँभालकर यश एवं प्रतिष्ठा अर्जित करूँगा। दोस्त के रूप में यह मेरा घोर प्रतिद्वंद्वी और शत्रु है। बहुत ही जल्दी मैं इसके घमंड, शान और प्रतिष्ठा को मिट्टी में मिला दूँगा।

और इसी समय मुझे उसकी पत्नी की याद आई। मेरा मन ख़ुशी से गेंद की तरह उछलने लगा। नीलम उसका सबसे दुर्बल क़िला है। शत्रु को कभी क्षमा नहीं करना चाहिए और उस पर वहीं प्रहार करना चाहिए, जहाँ वह सबसे कमज़ोर है। अब मैं उस पर निर्दयतम हमला करूँगा...।

रिक्शा मैंने इधर ही छोड़ दिया, फिर धीरे-धीरे लापरवाही से चलता हुआ रामायण के दरवाज़े पर पहुँच गया। दरवाज़े पर हल्की-सी दस्तक दी और वह जल्दी ही खुल गया। नीलम डर और आतंक से इधर-उधर देखने लगी। वह उस दिन की तरह नहीं थी, बल्कि एक रंगीन साड़ी पहने थी। चोटी गूँथी हुई। उसका चेहरा भी वैसा उदास नहीं था। मुझे अचम्भा हुआ कि वह अच्छी लग रही थी। वह कुछ बोली नहीं, बल्कि पीछे घूमकर तेज़ी से अन्दर चली गई।

मैं धीरे-से अन्दर दाख़िल हो गया। महत्त्वाकांक्षाओं ने मुझे काफ़ी साहसी बना दिया था। मैंने भीतर से दरवाज़ा बन्द कर लिया और हल्के क़दमों से अन्दर चला गया। नीलम भीतर वाले कमरे में दीवाल की ओर मुँह करके खड़ी थी।

"भाभी..." मैं उसके कन्धे को छूकर बहुत ही स्नेह से बोला।

वह बिजली की फुर्ती से मेरी तरफ़ घूम गई। फिर मेरी छाती पर दोनों हाथ से प्रहार करती तथा सिर को धुनती हुई वह बोली, "जाइए यहाँ से...जाइए यहाँ से...जाइए...।"

इस उम्र में भी मैं कच्चा खिलाड़ी न था। मुझे उसकी उस दिन की मुस्कराहट याद आई। मैंने उसको अपनी बलिष्ठ भुजाओं में खींच लिया। वह कुछ देर तक अपने छोटे-छोटे हाथों में मुझ पर प्रहार करती रही। फिर मेरी छाती पर सिर रखकर किसी छोटी बच्ची की तरह सिसकने लगी।

मैंने झुककर उसको चूम लिया। उसके आँसुओं के खारे स्वाद ने मुझे मेरी विजय और शक्ति का एहसास करा दिया। मैं ख़ुशी और घमंड से उन्मत्त हो गया। उसका इतना बड़ा नुकसान मैं कैसे कर सका? जैसा हीन वह मुझको समझता था, वैसा मैं नहीं हूँ। मुझमें बुद्धि है, मुझमें साहस है। मेरी अब अपनी अलग दुनिया है। उस दुनिया के सबसे बड़े सत्य हैं वकालत, पैसा और राष्ट्रव्यापी ख्याति। उसी दुनिया पर अधिकार करने के लिए मैं अपने शत्रु को पराजित करना चाहता हूँ। मैं सबसे श्रेष्ठ हूँ। मेरे रास्ते में जो आएगा, वह ध्वस्त हो जाएगा।

मैं नीलम से रोज़ छिप-छिपकर मिलने लगा। इसके साथ ही अपनी घृणा का तीव्रता से अनुभव करने के लिए रामायण के प्रति अपने कृत्रिम प्रेम को असाधारण रूप से बढ़ा दिया। नीलम में देखते-ही-देखते भारी परिवर्तन हुए। उसको एक सहारे की ज़रूरत थी और उसने ख़ुशी-ख़ुशी मुझ पर अपना सब कुछ न्यौछावर कर दिया। कुछ ही दिनों में उसके चेहरे पर दुख और उदासी की बदली साफ़ हो गई। आँखें प्यार से चमकने लगीं। मैं अक्सर रामायण को अपने घर में बिठाकर इधर खिसक आता या दफ़्तर से गोल होकर यहाँ पहुँच जाता। वह मेरी बेचैनी से प्रतीक्षा करती रहती थी। वह मुझसे चिपक जाती और सिसकने लगती। कभी हँसकर प्यार से मुँह और बालों पर हाथ फेरने लगती।

"दुनिया में आपको छोड़कर अब मेरा कोई नहीं..." वह अक्सर फुसफुसाती आवाज़ में कहती।

"घबराओ नहीं...जब तक मैं ज़िन्दा हूँ..." मैं उसको प्यार और विश्वास का एक लम्बा उपदेश पिलाता। अपने इस सम्भाषण से मैं स्वयं इतना प्रभावित हो जाता कि मैं अपने को उद्धारक समझने लगता। सचमुच एक दुष्ट व्यक्ति से मैंने एक सीधी-सादी महिला की रक्षा की थी या नहीं? तब मुझे ऐसा लगता कि मैं सारी बुराइयों से मुक्त हो गया हूँ। इसके बाद मैं अपने प्यार की ख़ूब डींगें मारता। मैं शुरू से आख़िर तक झूठ बोलता था, लेकिन नीलम पर उसके गहरे असर को देखकर अपने को कुछ देर के लिए सदाचारी, नेक और महात्मा समझने लगता।

परन्तु नीलम से अलग हटते ही महत्त्वाकांक्षाएँ मेरे अन्दर आँधी की तरह बहने लगतीं। रामायण अब उसी तरह बातें करता। उसके व्यवहार में वैसी ही उपेक्षा, घमंड और उच्चता थी। मैं पागल हो जाता। वह दिन कब आएगा, जब उसकी यह निश्चिन्तता समाप्त होगी? वह कब हताश और निराश होकर छटपटाएगा? कब मैं उस पर ऐसी गम्भीर चोट कर सकूँगा, जिससे वह शर्म, अपमान और दुख से तिल-तिलकर बर्बाद हो जाएगा?

प्रतिद्वंद्विता तथा घृणा की इस निर्मम भावना से सुन्न होकर मैं उन सभी आश्वासनों को भूल जाता, जो मैंने नीलम को दिये होते थे, और अपने साथियों में अपने प्रेम-कांड का प्रचार करने लगता। माने-मतलब से मैं साफ़-साफ़ कह देता कि रामायण की बीवी मुझसे फँसी हुई है। कइयों को मैंने इस प्रेम के राज़ की बहुत-सी बातें बताईं। पहले तो लोगों ने इस पर विश्वास न किया। परन्तु धीरे-धीरे वे उसमें रस लेने लगे। वे स्वयं खोद-खोदकर पूछते और अपनी शाबासी के लिए मैं बहुत-सी बातें गढ़-गढ़कर भी बताता।

नीलम मेरे प्यार में पागल हो रही थी। वह मेरे एक इशारे पर अपना प्राण दे सकती थी। वह सदा मेरे ही ख़यालों में डूबी रहती। मुझको देखकर उसका रोम-रोम हर्षित हो जाता। उसका एक-एक शब्द गहरे उच्छ्वासों से भरा रहता।

कभी-कभी रामायण किसी बहुत ही मामूली बात पर उत्तेजित होकर उसको बहुत मारता था। वह मिलने पर मुस्कराते हुए सब कुछ बता देती थी। उसकी आँखों से आँसू टपकते जाते थे। मैं उसको ढाँढस बँधाता और उसके बालों पर हाथ फेरने लगता।

वह कहती, "मैं परवाह नहीं करती। आपको पाकर मुझे किसी चीज़ का ग़म नहीं। अब मुझे मरना ही पड़े तो मैं हँसते-हँसते जान दे सकती हूँ। मैं तो मरी थी ही...आपने ज़िला लिया...।"

"मेरे रहते तुम्हारा कोई कुछ भी बिगाड़ नहीं सकेगा।" मैं वही झूठे आश्वासन देता था।

एक दिन उसने कहा, "मुझे आप यहाँ से कहीं दूर ले चलिए ...।"

उसने यह बात इतनी सादगी और विश्वास से कहा कि मैं भीतर से काँप गया। मुझे पता नहीं कैसी पीड़ा होने लगी। मैं क्यों उसको धोखा दे रहा हूँ? सचमुच वह अपने यौवन, प्यार और समर्पण से मुझे जो सुख दे रही थी, उससे मैं कभी-कभी अभिभूत हो जाता था। यह भी सच है कि उससे मिलने के लिए मैं स्वयं व्याकुल रहता। मैं कुछ भावुक क्षणों में उसका कृतज्ञ तक हो जाता। पर क्या मैं उसको सचमुच प्यार करता हूँ? मेरे इन आश्वासनों का तो बस एक ही उद्‌देश्य है—और वह है अपने शत्रु को अपमानित करना, बेइज़्ज़त करना, उसकी शान और घमंड को सर्प के विषदन्तों की तरह तोड़ देना। मैं ऐसे विचारों को हँसकर मक्खी की तरह उड़ा देता।

नीलम के साथ रहने पर रोज़ ही मुझे ऐसे विचार सताते थे। इसका कारण था, उसका प्यार, उसका भोलापन, उसका त्याग और उसकी सचाई। पर उससे अलग हटते ही मैं उनसे मुक्ति पा लेता और अपनी महत्त्वाकांक्षाओं के सपने देखने लगता। मैं अपने प्यार का धुआँधार प्रचार करने लगा। अब मैं चाहता था कि रामायण को मेरे प्रेम-कांड का पता लग जाए और वह अपनी हीनता को अपनी आँखों से ही देखे।

इन प्रचारों का असर होने में बहुत दिन न लगे। एक रात को जब मैं उसके घर में घुसा तो धोखा खा गया। रामायण घर के आसपास ही कहीं छिपा था। नीलम के किवाड़ खोलने पर ज्यों ही मैं अन्दर घुसा तो उसने तड़पकर ललकारा, "ठहर बे!"

मेरा ख़ून जम गया, यद्यपि मुझे इस पर ख़ुश होना चाहिए था। वह मेरे सामने खड़ा था। उसको देखकर मेरा ख़ून खौलने लगा। हम दोनों हिंसक जानवरों की तरह एक-दूसरे को घूर रहे थे।

"धोखेबाज़, कमीने...आस्तीन का साँप। अब मैं तुम्हें मज़ा चखाऊँगा ...।"

सहसा वह मुझ पर टूट पड़ा, पर मैं स्वयं उस पर प्रहार करने के लिए बेचैन था। मैंने उसको एक ऐसा ज़ोर का घूँसा लगाया कि वह चारों खाने चित्त हो गया। फिर अँधेरे में मैं ग़ायब हो गया।

घर आकर मैं चुपचाप लेट गया। मेरा मन, पता नहीं कैसे दुख और निराशा से भर आया था। लेकिन दूसरे दिन जब मैं दफ़्तर गया तो मैंने एक बहुत ही चिन्ताजनक समाचार सुना। नीलम अस्पताल में पड़ी अन्तिम घड़ियाँ गिन रही थी। रामायण को पुलिस ने गिरफ़्तार कर लिया था।

मैं सन्न हो गया। फिर मुझे ऐसा महसूस हुआ कि मेरे कलेजे को कोई आरे से चीर रहा हो। जैसे किसी ने मुझ पर हमला करके मुझे बुरी तरह ज़ख़्मी कर दिया हो।

मैं भागा-भागा अस्पताल गया। नीलम अचेतावस्था में पड़ी थी। उसके सिर पर पट्टी बँधी थी। रामायण ने उस रात क्रोध में आकर नीलम को बहुत मारा था। उसके पेट में तीन-चार महीने का बच्चा था।

मैं उसके पास चुपचाप खड़ा था। मेरी आँखों से लगातार आँसू गिर रहे थे। काश, वह अपनी आँखें खोल पाती तो मैं उससे माफ़ी माँग लेता। काश, मैं उसको यह बता पाता कि मैं कितना झूठा, दम्भी और कमीना हूँ। लेकिन उसकी आँखें उसी तरह बन्द रहीं। फिर शाम होते-होते वह मर गई।

मैंने उसके ललाट को चूमा और बाहर निकल आया। पता नहीं कब से मैं उससे अनजाने में ही प्यार करने लगा था। रामायण इससे बड़ी क्षति मेरी क्या कर सकता था! मैं बुरी तरह से घायल एक पशु की तरह लड़खड़ाते क़दमों से सड़क की धूल में लिपटा चलने लगा...।

बहादुर

सहसा मैं काफ़ी गम्भीर हो गया था, जैसा कि उस व्यक्ति को हो जाना चाहिए, जिस पर एक भारी दायित्व आ गया हो। वह सामने खड़ा था और आँखों को बुरी तरह मलका रहा था। बारह-तेरह वर्ष की उम्र। ठिगना चकइठ शरीर, गोरा रंग और चपटा मुँह। वह सफ़ेद नेकर, आधी बाँह की ही सफ़ेद क़मीज़ और भूरे रंग का पुराना जूता पहने था। उसके गले में स्काउटों की तरह एक रूमाल बँधा था। उसको घेरकर परिवार के अन्य लोग खड़े थे। निर्मला चमकती दृष्टि से कभी लड़के को देखती और कभी मुझको और अपने भाई को। निश्चय ही वह पंच बराबर हो गई थी।

उसको लेकर मेरे साले साहब आए थे। नौकर रखना कई कारणों से बहुत ज़रूरी हो गया था। मेरे सभी भाई और रिश्तेदार अच्छे ओहदों पर थे और उन सभी के यहाँ नौकर थे। मैं जब बहन की शादी में घर गया तो वहाँ नौकरों का सुख देखा। मेरी दोनों भाभियाँ रानी की तरह बैठकर चारपाइयाँ तोड़ती थीं, जबकि निर्मला को सवेरे से लेकर रात तक खटना पड़ता था। मैं ईर्ष्या से जल गया। इसके बाद नौकरी पर वापस आया तो निर्मला दोनों जून 'नौकर-चाकर' की माला जपने लगी। उसकी तरह अभागिन और दुखिया स्त्री और भी कोई इस दुनिया में होगी? वे लोग दूसरे होते हैं, जिनके भाग्य में नौकर का सुख होता है...

पहले साले साहब से असाधारण विस्तार से उसका क़िस्सा सुनना पड़ा। वह एक नेपाली था, जिसका गाँव नेपाल और बिहार की सीमा पर था। उसका बाप युद्ध में मारा गया और उसकी माँ सारे परिवार का भरण-पोषण करती थी। माँ उसकी बड़ी ग़ुस्सैल थी और उसको बहुत मारती थी। माँ चाहती थी कि लड़का घर के काम-धाम में हाथ बँटाए, जबकि वह पहाड़ या जंगलों में निकल जाता और पेड़ों पर चढ़कर चिड़ियों के घोंसले में हाथ डालकर उनके बच्चे पकड़ता या फल तोड़-तोड़कर खाता। कभी-कभी वह पशुओं को चराने के लिए ले जाता था। उसने एक बार उस भैंस को बहुत मारा, जिसको उसकी माँ बहुत प्यार करती थी, और इसीलिए उससे वह बहुत चिढ़ता था। मार खाकर भैंस भागी-भागी उसकी माँ के पास चली गई, जो कुछ दूरी पर एक खेत में काम कर रही थी। माँ का माथा ठनका। बेचारा बेज़बान जानवर चरना छोड़कर यहाँ क्यों आएगा?

ज़रूर लौंडे ने उसको काफ़ी मारा है। वह ग़ुस्से से पागल हो गई। जब लड़का आया तो माँ ने भैंस की मार का काल्पनिक अनुमान करके एक डंडे से उसकी दुगुनी पटाई की और उसको वहीं कराहता हुआ छोड़कर घर लौट आई। लड़के का मन माँ से फट गया और वह रात-भर जंगल में छिपा रहा। जब सवेरा होने को आया तो वह घर पहुँचा और किसी तरह अन्दर चोरी-चुपके घुस गया। फिर उसने घी की हँड़िया में हाथ डालकर माँ के रखे रुपयों में से दो रुपये निकाल लिये। अन्त में नौ-दो ग्यारह हो गया। वहाँ से छह मील की दूरी पर बस स्टेशन था, जहाँ गोरखपुर जाने वाली बस मिलती थी।

"तुम्हारा नाम क्या है, जी?" मैंने पूछा।

"दिल बहादुर, सा'ब।"

उसके स्वर में एक मीठी झनझनाहट थी। मुझे ठीक-ठीक याद नहीं कि मैंने उसको क्या हिदायतें दी थीं! शायद यह कि वह शरारतें छोड़कर ढंग से काम करे और उस घर को अपना घर समझे। इस घर में नौकर-चाकर को बहुत प्यार और इज़्ज़त से रखा जाता है। जो सब खाते-पहनते हैं, वही नौकर-चाकर खाते-पहनते हैं। अगर वह यहाँ रह गया तो ढंग-शऊर सीख जाएगा, घर के और लड़कों की तरह पढ़-लिख जाएगा और उसकी ज़िन्दगी सुधर जाएगी। निर्मला ने उसी समय कुछ व्यावहारिक उपदेश दे डाले थे। इस मोहल्ले में बहुत तुच्छ लोग रहते हैं, वह न किसी के यहाँ जाए और न किसी का काम करे। कोई बाज़ार से कुछ लाने को कहे तो वह 'अभी आता हूँ' कहकर अन्दर खिसक जाए। उसको घर के सभी लोगों से सम्मान और तमीज़ से बोलना चाहिए। और भी बहुत-सी बातें। अन्त में निर्मला ने बहुत ही उदारतापूर्वक लड़के के नाम में से 'दिल' शब्द उड़ा दिया।

परन्तु बहादुर बहुत ही हँसमुख और मेहनती निकला। उसकी वजह से कुछ दिनों तक हमारे घर में वैसा ही उत्साहपूर्ण वातावरण छाया रहा, जैसा कि प्रथम बार तोता-मैना या पिल्ला पालने पर होता है। सवेरे-सवेरे ही मोहल्ले के छोटे-छोटे लड़के घर के अन्दर आकर खड़े हो जाते और उसको देखकर हँसते या तरह-तरह के प्रश्न करते। 'ऐ, तुम लोग छिपकली को क्या कहते हो?' 'ऐ, तुमने शेर देखा है?' ऐसी ही बातें। उससे पहाड़ी गाने की फ़रमाइशें की जातीं। घर के लोग भी उससे इसी प्रकार की छेड़खानियाँ करते थे। वह जितना उत्तर देता था, उससे अधिक हँसता था। सबको उसके खाने और नाश्ते की बड़ी फ़िक्र रहती।

निर्मला आँगन में खड़ी होकर पड़ोसियों को सुनाते हुए कहती थी, "बहादुर आकर नाश्ता क्यों नहीं कर लेते? मैं दूसरी औरतों की तरह नहीं हूँ, जो नौकर-चाकर को तलती-भूनती हैं। मैं तो नौकर-चाकर को अपने बच्चे की तरह रखती हूँ। उन्होंने तो साफ़-साफ़ कह दिया है कि सौ-डेढ़ सौ महीनावारी उस पर भले ही ख़र्च हो जाए,

पर तकलीफ़ उसको ज़रा भी नहीं होनी चाहिए। एक नेकर-क़मीज़ तो उसी रोज़ लाए थे...और भी कपड़े बन रहे हैं..."

धीरे-धीरे वह घर के सारे काम करने लगा। सवेरे ही उठकर वह बाहर नीम के पेड़ से दातून तोड़ लाता था। वह हाथ का सहारा लिये बिना कुछ दूर तक तने पर दौड़ते हुए चढ़ जाता। मिनट-भर में वह पेड़ की पुलई पर नज़र आता। निर्मला छाती पीटकर कहती थी, "अरे रीछ-बन्दर की जात, कहीं गिर गया तो बड़ा बुरा होगा।" वह घर की सफ़ाई करता, कमरों में पोंछा लगाता, अँगीठी जलाता, चाय बनाता और पिलाता! दोपहर में कपड़े धोता और बर्तन मलता। वह रसोई बनाने की ज़िद्द करता, पर निर्मला स्वयं सब्ज़ी और रोटी बनाती। निर्मला की उसको बहुत फ़िक्र रहती थी। उसकी उन दिनों तबीयत ठीक नहीं रहती थी, इसलिए वह कुछ दवा ले रही थी। बहादुर उसको कोई काम करते देखकर कहता था, "माताजी, मेहनत न करो, तकलीफ़ बढ़ जाएगा।" वह कोई भी काम करता होता, समय होने पर हाथ धोकर भालू की तरह दौड़ता हुआ कमरे में जाता और दवाई का डिब्बा निर्मला के सामने लाकर रख देता।

जब मैं शाम को दफ़्तर से आता तो घर के सभी लोग मेरे पास आकर दिन-भर के अपने अनुभव सुनाते थे। बाद में वह भी आता था। वह एक बार मेरी ओर देखकर सिर झुका लेता और धीरे-धीरे मुस्कराने लगता। वह कोई बहुत ही मामूली घटना की रिपोर्ट देता।'बाबूजी, बहिनजी का एक सहेली आया था।' या 'बाबूजी, भैया सिनेमा गया था।' इसके बाद वह इस तरह हँसने लगता था, गोया बहुत ही मज़ेदार बात कह दी हो। उसकी हँसी बड़ी कोमल और मीठी थी, जैसे फूल की पंखुड़ियाँ बिखर गई हों। मैं उससे बातचीत करना चाहता था, पर ऐसी इच्छा रहते हुए भी मैं जानबूझकर बहुत गम्भीर हो जाता था और दूसरी ओर देखने लगता था।

निर्मला कभी-कभी उससे पूछती थी, "बहादुर, तुमको अपनी माँ की याद आती है?"

"नहीं।"

"क्यों?"

"वह मारता क्यों था?" इतना कहकर वह ख़ूब हँसता था, जैसे मार खाना ख़ुशी की बात हो।

"तब तुम अपना पैसा माँ के पास कैसे भेजने को कहते हो?"

"माँ-बाप का क़र्ज़ा तो जन्म-भर भरा जाता है।" वह और भी हँसता था। निर्मला ने उसको एक फटी-पुरानी दरी दे दी थी। घर से वह एक चादर भी ले आया था। रात को काम-धाम करने के बाद वह भीतर के बरामदे में एक टूटी हुई बँसखट पर अपना बिस्तर बिछाता था। वह बिस्तरे पर बैठ जाता और अपनी जेब में से कपड़े की एक गोल-सी नेपाली टोपी निकालकर पहन लेता,

जो बाईं ओर काफ़ी झुकी रहती थी। फिर वह एक छोटा-सा आईना निकालकर बन्दर की तरह उसमें अपना मुँह देखता था। वह बहुत प्रसन्न नज़र आता था। इसके बाद कुछ और भी चीज़ें उसकी जेब से निकलकर उसके बिस्तरे पर सज जाती थीं—कुछ गोलियाँ, पुराने ताश की एक गड्डी, कुछ ख़ूबसूरत पत्थर के टुकड़े, ब्लेड, काग़ज़ की नावें। वह कुछ देर तक उनसे खेलता था। उसके बाद वह धीमे-धीमे स्वर में गुनगुनाने लगता था। उन पहाड़ी गानों का अर्थ हम समझ नहीं पाते थे, पर उनकी मीठी उदासी सारे घर में फैल जाती, जैसे कोई पहाड़ की निर्जनता में अपने किसी बिछुड़े हुए साथी को बुला रहा हो।

दिन मज़े में बीतने लगे। बरसात आ गई थी। पानी रुकता था और बरसता था। मैं अपने को बहुत ऊँचा महसूस करने लगा था। अपने परिवार और सम्बन्धियों के बड़प्पन तथा शान-बान पर मुझे सदा गर्व रहा है। अब मैं मोहल्ले के लोगों को पहले से भी तुच्छ समझने लगा। मैं किसी से सीधे मुँह बात नहीं करता। किसी की ओर ठीक से देखता भी नहीं था। दूसरे के बच्चों को मामूली-सी शरारत पर डाँट-डपट देता। कई बार पड़ोसियों को सुना चुका था—'जिसके पास कलेजा है, वही आजकल नौकर रख सकता है। घर के सवांग की तरह रहता है।' निर्मला भी सारे मोहल्ले में शुभ सूचना दे आई थी—आधी तनख़्वाह तो नौकर पर ही ख़र्च हो रही है, पर रुपया-पैसा कमाया किसलिए जाता है? ये तो कई बार कह ही चुके थे कि तुम्हारे लिए दुनिया के किसी कोने से नौकर ज़रूर लाऊँगा...वही हुआ।

निस्सन्देह बहादुर की वजह से सबको ख़ूब आराम मिल रहा था। घर ख़ूब साफ़ और चिकना रहता। कपड़े चमाचम सफ़ेद। निर्मला की तबीयत भी काफ़ी सुधर गई। अब कोई एक खर भी न टकसाता था। किसी को मामूली-से-मामूली काम करना होता तो वह बहादुर को आवाज़ देता। 'बहादुर, एक गिलास पानी।' 'बहादुर पेंसिल नीचे गिरी है, उठाना।' इसी तरह की फ़रमाइशें! बहादुर घर में फिरकी की तरह नाचता रहता। सभी रात में पहले ही सो जाते थे और सवेरे आठ बजे के पहले न उठते थे।

मेरा बड़ा लड़का किशोर काफ़ी शान-शौक़त और रोब-दाब से रहने का क़ायल था और उसने बहादुर को अपने कड़े अनुशासन में रखने की आवश्यकता महसूस कर ली थी। फलतः उसने अपने सभी काम बहादुर को सौंप दिये। सवेरे उसके जूते में पालिश लगनी चाहिए। कॉलेज जाने के ठीक पहले साइकिल की सफ़ाई ज़रूरी थी। रोज़ ही उसके कपड़ों की धुलाई और इस्त्री होनी चाहिए। और रात में सोते समय वह नित्य बहादुर से अपने शरीर की मालिश कराता और मुक्की भी लगवाता। पर इतनी सारी फ़रमाइशों की पूर्ति में कभी-कभी कोई गड़बड़ी भी हो जाती। जब ऐसा होता, किशोर गर्जन-तर्जन करने लगता, उसको बुरी-बुरी गालियाँ देता और उस पर हाथ छोड़ देता। मार खाकर बहादुर एक कोने में खड़ा हो जाता—चुपचाप।

"देख बे..." किशोर चेतावनी देता, "मेरा काम सबसे पहले होना चाहिए। अगर एक काम भी छूटा तो मारते-मारते हुलिया टाइट कर दूँगा। साला, कामचोर, करता क्या है तू? बैठा-बैठा खाता है।"

रोज़ ही कोई-न-कोई ऐसी बात होने लगी, जिसकी रिपोर्ट पत्नी मुझे देती थी। मैंने किशोर को मना किया, पर वह नहीं माना तो मैंने यह सोचकर छोड़ दिया कि थोड़ा-बहुत तो यह चलता ही रहता है। फिर एक हाथ से ताली कहाँ बजती है? बहादुर भी बदमाशी करता होगा। पर एक दिन जब मैं दफ़्तर से आया तो मैंने किशोर को एक डंडे से बहादुर की पिटाई करते हुए देखा। निर्मला कुछ दूरी पर खड़ी होकर 'हाँ-हाँ' कहती हुई मना कर रही थी।

मैंने किशोर को डाँटकर अलग किया। कारण यह था कि शाम को साइकिल की सफ़ाई करना बहादुर भूल गया था। किशोर ने उसको मारा तथा गालियाँ दीं तो उसने उसका काम करने से ही इनकार कर दिया।

"तुम साइकिल साफ़ क्यों नहीं करते?" मैंने उससे कड़ाई से पूछा।

"बाबूजी, भैया ने मेरे बाप को क्यों लाकर खड़ा किया?" वह रोते हुए बोला।

मैं जानता था कि किशोर उसको और भी भद्दी गालियाँ देता था, लेकिन आज उसने 'सूअर का बच्चा' कहा था, जो उसे बरदाश्त न हुआ। निस्सन्देह वह गाली उसके बाप पर पड़ती थी। मुझे कुछ हँसी आ गई। ख़ैर, किशोर के व्यवहार को अच्छा नहीं कहा जा सकता, पर गृहस्वामी होने के कारण मुझ पर कुछ और गम्भीर दायित्व भी थे।

मैंने उसे समझाया, "बहादुर, ये आदतें ठीक नहीं। तुम ठीक से काम करोगे तो तुमको कोई कुछ भी नहीं कहेगा। मेहनत बहुत अच्छी चीज़ है, जो उससे बचने की कोशिश करता है, वह कुछ भी नहीं कर सकता। रूठना-फूलना मुझे सख़्त नापसन्द है। तुम तो घर के लड़के की तरह हो। घर के लड़के मार नहीं खाते? हम तुमको जिस सुख-आराम से रखते हैं, वह कोई क्या रखेगा? जाकर दूसरे घरों में देखो तो पता लगे। नौकर-चाकर भर पेट भोजन के लिए तरसते रहते हैं। चलो, सब ख़त्म हुआ, अब काम-धाम करो..."

वह चुपचाप सुनता रहा। फिर हाथ-मुँह धोकर काम करने लगा। जल्दी वह प्रसन्न भी हो गया। रात में सोते समय वह अपनी टोपी पहनकर देर तक गाता रहा।

लेकिन कुछ दिनों बाद एक और भी गड़बड़ी शुरू हुई। निर्मला बहुत पतली-पतली रोटियाँ सेंकती थी, इसलिए वह रोटी बनाने का काम कभी बहादुर से नहीं लेती थी, लेकिन मोहल्ले की किसी औरत ने उसे यह सिखा दिया कि परिवार के लिए रोटियाँ बनाने के बाद वह बहादुर से कहे कि वह अपनी रोटी ख़ुद बना लिया करे, नहीं तो नौकर-चाकर की आदत ख़राब हो जाती है, महीन खाने से उनकी आदत बिगड़ जाती है।

यह बात निर्मला को जँच गई थी और रात में उसने ऐसा ही प्रयोग किया। वह अपनी रोटियाँ बनाकर चौके में से उठ गई। बहादुर का मुँह उतर गया। वह चूल्हे के पास सिर झुकाकर चुपचाप खड़ा रहा।

"क्या हो गया, रे?" निर्मल ने पूछा।

वह कुछ नहीं बोला।

"चल, चुपचाप बना अपनी रोटियाँ। तू सोचता है कि मैं तुझे पतली-पतली, नरम-नरम रोटियाँ सेंककर खिलाऊँगी? तू कोई घर का लड़का है? नौकर-चाकर तो अपना बनाकर खाते ही रहते हैं। तीता तो इनको इसलिए लग रहा है कि सारे घर के लिए मैंने रोटियाँ बनाईं, इनको अलग करके इनके साथ भेद क्यों किया? वाह रे, इसके पेट में तो लम्बी दाढ़ी है! समझ जा, रोटियाँ नहीं सेंकेगा तो भूखा रहेगा।"

पर बहादुर उसी तरह खड़ा रहा तो निर्मला का ग़ुस्से से बुरा हाल हो गया। उसने लपककर उसके माथे पर दो-तीन थप्पड़ जड़ दिये, "सूअर कहीं के! इसीलिए तुझे किशोर मारता है। इसी वजह से तेरी माँ भी मारती होगी। चल, बना रोटी..."

"मैं नहीं बनाऊँगा...मेरी माँ भी सारे घर की रोटियाँ बनाकर मुझसे रोटी सेंकवाती थी।" वह रोने लगा था।

"तो क्या मैं तेरी माँ हूँ कि तू मुझसे ज़िद्द कर रहा है? घर के लड़कों के बराबर बन रहा है? मारते-मारते मुँह रँग दूँगी।"

पर उसने अपने लिए रोटी नहीं बनाई। मुझे भी बड़ा ग़ुस्सा आया। मैंने उसको डाँटा और समझाया। पर वह नहीं माना। रात-भर वह भूखा ही रहा।

पर सवेरे उठकर वह पहले की तरह ही हँसने लगा। उसने अँगीठी जलाकर अपने लिए रोटियाँ सेंकी। अपनी बनाई मोटी और भद्दी रोटियों को देखकर वह खिलखिलाने लगा। फिर रात की बची हुई सब्ज़ी से उसने खाना खा लिया।

लेकिन निर्मला का भी हाथ खुल गया था। वह उससे कुछ चिढ़ भी गई थी। अब बहादुर से कोई भी ग़लती होती तो वह उस पर हाथ चला देती। उसको मारने वाले अब घर में दो व्यक्ति हो गए थे और कभी-कभी एक ग़लती के लिए उसको दोनों मारते।

बरसात बीत गई थी। आकाश दर्पण की तरह स्वच्छ दिखाई देता। मैंने बहादुर की माँ के पास चिट्ठी लिखी थी कि उसका लड़का मेरे पास मज़े में है और मैं उसकी तनख़्वाह के पैसे उसके पास भेज दिया करूँगा, लेकिन कई महीने के बाद भी उधर से कोई जवाब नहीं आया था। मैंने बहादुर से कह दिया था कि उसका पैसा यहाँ जमा रहेगा, जब वह घर जाएगा तो लेता जाएगा।

पर अब बहादुर से भूल-ग़लतियाँ अधिक होने लगी थीं। शायद इसका कारण मार-पीट और गलौज़ हो। मैं कभी-कभी इसको रोकना चाहता, फिर यह सोचकर चुप लगा जाता कि नौकर-चाकर तो मार-पीट खाते ही रहते हैं।

एक दिन रविवार को मेरी पत्नी के एक रिश्तेदार आए। वह बीवी-बच्चों के साथ थे। वह अपने किसी ख़ास सम्बन्धी के यहाँ आए थे तो यहाँ भी भेंट-मुलाक़ात करने के लिए चले आए थे। घर में बड़ी चहल-पहल मच गई। मैं बाज़ार से रोहू मछली और देहरादूनी चावल ले आया। नाश्ता-पानी के बाद बातों की जलेबी छनने लगी। पर इसी समय एक घटना हो गई।

अचानक उस रिश्तेदार की पत्नी नीचे फ़र्श पर झुककर देखने लगी। फिर उन्होंने चारपाई के अन्दर झाँककर देखा। अन्त में कमरे के अन्दर गईं और फ़र्श पर पड़े हुए काग़ज़ों को उठाकर जाँच-पड़ताल करने लगीं।

"क्या बात है?" मैंने पूछा।

रिश्तेदार की पत्नी ज़बरदस्ती मुस्कराकर मजबूरी में सिर हिलाते हुए बोली, "क्या बताएँ...ग्यारह रुपये साड़ी के खूँट से निकालकर यहीं चारपाई पर रखे... पर वे मिल नहीं रहे हैं..."

"आपको ठीक याद है न...?"

"हाँ-हाँ, ख़ूब अच्छी तरह याद है। ये रुपये मैंने खूँट में बाँधकर रखे थे... रिक्शेवाले को देने के लिए खूँट खोला ही था, फिर वे रुपये चारपाई पर रख दिये थे कि चार रुपये की मिठाई मँगा लूँगी और कुछ बच्चों के हाथ पर रख दूँगी। रास्ते में कोई ढंग की दुकान नहीं मिली थी, नहीं तो उधर से ही लाती। किसी के यहाँ ख़ाली हाथ जाने में अच्छा भी नहीं लगता। बताइए, अब तो मैं कहीं की न रही।" फिर मेरी ओर झुककर धीमे स्वर में कहा था, "ज़रा उससे पूछिए न! वह इधर आया था। कुछ देर तक वह यहाँ खड़ा रहा, फिर तेज़ी से बाहर चला गया था।"

"अरे नहीं, वह ऐसा नहीं है।" मैंने कहा।

"यू डू नाट नो, दीज पीपुल आर एक्सपर्ट इन दिस आर्ट।" रिश्तेदार ने कहा।

मैंने बहादुर की ओर तिरछी दृष्टि से देखा। वह सिर झुकाकर आटा गूँथ रहा था। उसके चेहरे पर सन्तुष्टि एवं प्रफुल्लता थी। उसने ऐसा काम तो कभी नहीं किया, बल्कि जब कभी उसने दो-चार आने इधर-उधर पड़े देखे तो उठाकर निर्मला के हाथ में दे दिये थे। पर किसी के दिल की बात कोई कैसे जान सकता है? न मालूम अचानक मुझे क्या हो गया और मैं ग़ुस्से में आ गया।

"बहादुर!" मैंने कड़े स्वर में कहा।

"जी, बाबूजी।"

"इधर आओ।'

वह आकर खड़ा हो गया।

"तुमने यहाँ से रुपये उठाए थे?"

"जी नहीं, बाबूजी।" उसने निर्भय उत्तर दिया।

"ठीक बताओ...मैं बुरा नहीं मानूँगा।"

"नहीं बाबूजी। मैं लेता तो बता देता।"

"तुम यहाँ खड़े नहीं थे?" रिश्तेदार की पत्नी ने कहा, "फिर तेज़ी से बाहर चले गए थे। देखो भैया, सच-सच बता दो। मिठाई ख़रीदने और बच्चों को देने के लिए ये रुपये रखे थे। मैं तो बुरी फँसी। अब वापस जाने के लिए रिक्शे के भी पैसे नहीं।"

"मैं तो बाहर नमक लेने गया था।"

"सच-सच बता बहादुर! अगर नहीं बताएगा तो बहुत पीटूँगा और पुलिस के सिपुर्द कर दूँगा।" मैं चिल्ला पड़ा।

"मैंने नहीं लिया, बाबूजी।" बहादुर का मुँह काला पड़ गया था।

पता नहीं मुझे क्या हो गया। मैंने सहसा उछलकर उसके गाल पर एक तमाचा जड़ दिया। मैं आशा कर रहा था कि ऐसा करने से वह बता देगा। तमाचा खाकर वह गिरते-गिरते बचा। उसकी आँखों से आँसू गिरने लगा।

"मैंने नहीं लिया..."

इसी समय रिश्तेदार साहब ने एक अजीब हरकत की, "अच्छा छोड़िए, इसको पुलिस के पास ले जाता हूँ।" इतना कहकर उन्होंने बहादुर का हाथ पकड़ लिया और उसको दरवाज़े की ओर घसीटकर ले गए। पर दरवाज़े के पास उससे धीरे-से बोले, "देखो, तुम मुझे बता दो...मैं कुछ नहीं करूँगा, बल्कि तुमको इनाम में दो रुपये दे दूँगा।"

पर बहादुर ने इनकार कर दिया। इसके बाद रिश्तेदार साहब दो-तीन बार उसको दरवाज़े की ओर खींचकर ले गए, जैसे पुलिस को देने ही जा रहे हैं।" किसी झाड़ी-वाड़ी में छिपा आया होगा या ज़मीन में गाड़ आया होगा। मैं तो इन सबों को ख़ूब जानता हूँ। भालू-बन्दर से कम थोड़े होते हैं ये! चलिए, इतना नुकसान लिखा था।"

इसके बाद निर्मला ने भी उसको डराया-धमकाया और दो-चार तमाचे जड़ दिये, पर वह 'नहीं-नहीं' करता रहा।

इस घटना के बाद बहादुर काफ़ी डाँट-मार खाने लगा। घर के सभी लोग उसको कुत्ते की तरह दुरदुराया करते। किशोर तो जैसे उसकी जान के पीछे पड़ गया था। वह उदास रहने लगा और काम में लापरवाही करने लगा।

एक दिन मैं दफ़्तर से विलम्ब से आया। निर्मला आँगन में चुपचाप सिर पर हाथ रखकर बैठी थी। अन्य लड़कों का पता नहीं था, केवल लड़की अपनी माँ के पास खड़ी थी। अँगीठी अभी नहीं जली थी। आँगन गन्दा पड़ा था। बर्तन बिना मले हुए रखे थे। सारा घर जैसे काट रहा था।

"क्या बात है?" मैंने पूछा।

"बहादुर भाग गया।"

"भाग गया! क्यों?"

"पता नहीं। आज तो कुछ हुआ भी नहीं था। सवेरे से ही बड़ा प्रसन्न था। हमेशा माताजी माताजी, किये रहा। दोपहर में खाना खाया। उसके बाद आँगन से सिलबट्टा लेकर बरामदे में रखने जा रहा था कि सिल हाथ से छूटकर गिर गई और दो टुकड़े हो गई। शायद इसी डर से वह भाग गया कि लोग मारेंगे। पर मैं इसके लिए उसको थोड़े कुछ कहती? क्या बताऊँ, मेरी क़िस्मत में आराम ही नहीं..."

"कुछ ले गया?"

"यही तो अफ़सोस है। कोई भी सामान नहीं ले गया है। उसके कपड़े, उसका बिस्तरा, उसके जूते—सभी छोड़ गया है। पता नहीं उसने हमें क्या समझा? अगर वह कहता तो मैं उसे रोकती थोड़े? बल्कि उसको ख़ूब अच्छी तरह पहना-ओढ़ाकर भेजती, हाथ में उसकी तनख़्वाह के रुपये रख देती। दो-चार रुपये और अधिक दे देती। पर वह तो कुछ ले ही नहीं गया..."

"और वे ग्यारह रुपये?"

"अरे वह सब झूठ है। मैं तो पहले ही जानती थी कि वे लोग बच्चों को कुछ देना नहीं चाहते, इसलिए अपनी ग़लती और लाज छिपाने के लिए यह प्रपंच रच रहे हैं। उन लोगों को क्या मैं जानती नहीं? कभी उनके रुपये रास्ते में गुम हो जाते हैं...कभी वे ग़लती से घर ही पर छोड़ आते हैं। मेरे कलेजे में तो जैसे कुछ हौंड़ रहा है। किशोर को भी बड़ा अफ़सोस है। उसने सारा शहर छान मारा, पर बहादुर नहीं मिला। किशोर आकर कहने लगा—अम्माँ, एक बार भी अगर बहादुर आ जाता तो मैं उसको पकड़ लेता और कभी जाने न देता। उससे माफ़ी माँग लेता और कभी नहीं मारता। सच, अब ऐसा नौकर कभी नहीं मिलेगा। कितना आराम दे गया है वह! अगर वह कुछ चुराकर ले गया होता तो सन्तोष हो जाता..."

निर्मला आँखों पर आँचल रखकर रोने लगी। मुझे बड़ा क्रोध आया। मैं चिल्लाना चाहता था पर भीतर-ही-भीतर कलेजा जैसे बैठ रहा हो। मैं वहीं चारपाई पर सिर झुकाकर बैठ गया। मुझे एक अजीब-सी लघुता का अनुभव हो रहा था। यदि मैं न मारता तो शायद वह न जाता।

मैंने आँगन में नज़र दौड़ाई। एक ओर स्टूल पर उसका बिस्तरा रखा था। अलगनी पर उसके कुछ कपड़े टँगे थे। स्टूल के नीचे वह भूरा जूता था, जो मेरे साले साहब के लड़के का था। मैं उठकर अलगनी के पास गया और उसके नेकर की जेब में हाथ डालकर उसके सामान निकालने लगा—वही गोलियाँ, पुराने ताश की गड्डी, ख़ूबसूरत पत्थर, ब्लेड, काग़ज़ की नावें...।

जोकर

नलिन भाई को मैं मना नहीं कर सका। वे कुछ पहले ही आ गए थे। धूप सामने शीशम के शिखर पर किसी चिड़िया की तरह पहुँचकर चमक रही थी। वे पायजामा, क़मीज़ और सर्ज की एक काली-सी कोट में अकड़े पान से उलझे मुँह को बकरी की तरह तेज़ी से चला रहे थे। आषाढ़ की एक खुली और ख़ुशनुमा संध्या थी और मेरे शरीर में हल्का दर्द था।

"वाह साहब, वाह!। देखिए, कितना अच्छा मौसम हो रहा है!"

"बस, एक मिनट का समय दीजिए।" मैं उठ बैठा।

बाहर के ओसारे में मैं चारपाई पर लेटा था। परन्तु पाँवों में चप्पल डालकर घर के अन्दर पहुँचने पर मुझे झुँझलाहट-सी महसूस हुई। मुझमें एक कमज़ोरी अवश्य है कि जब किसी के दिल को ज़रा-सी चोट पहुँचने की सम्भावना हो, उस समय मैं अनुचित बात का भी विरोध नहीं कर पाता। कुछ देर बाद हम दोनों सदा की तरह ओसारे के तीन जीने उतरकर सड़क की ओर लपक चले।

"शंकरजी, वह तो माँ बनने लायक़ हो गई है।"

मैं चौंक पड़ा। नलिन भाई ने मेरे कान के पास मुँह ले आकर यह बात कही, तो पहले मुझे यह लगा कि वह किसी बछिया या कुतिया की ओर संकेत कर रहे हों। परन्तु उनकी पैनी दृष्टि का पीछा करने पर जब मेरी समझ में आया तो मुझे हँसी आ गई। मेरी बुढ़िया महरी दरवाज़े के सामने बैठकर बर्तन मल रही थी और उसकी लड़की आशा कुछ साफ़ किये हुए बर्तन लेकर अन्दर जा रही थी। उनका कथन एक हद तक ठीक ही था, क्योंकि आशा अभी पिछले वर्ष एक मैला-सा फ्राक पहनकर बाल फैलाए सड़कों और गलियों में दौड़ा करती थी, जो देखते-देखते ही लम्बी हो गई थी। उसका शरीर मानो किसी ने पीछे की ओर तान दिया था और उसके वक्ष उभर आए थे। फिर भी, यह कल्पना के बाहर था कि नलिन भाई भी ऐसी बातों में दिलचस्पी ले सकते हैं।

"इसकी शादी तै हो गई है।" मैंने शिष्टाचारवश गम्भीर होकर बात को उड़ाने की कोशिश की।

"अच्छा!"

नलिन भाई की आँखें अचम्भे के किसी भाव से फैलकर माथे पर चढ़ गईं। लिप्सा से तर उनके होंठों को देखकर ख़ामख़ाह मुझे किसी ऐसे व्यक्ति की याद आने लगी, जो आम के बगीचे में पहुँचकर किसी अधपके फल को खाने के लिए ललचा जाए। मैं बार-बार सड़क से गुज़रनेवाले किसी रिक्शे या पदयात्री को देखने के बहाने सिर घुमाकर अपनी उड़ती दृष्टि उनके चेहरे पर भी फेंक देता था। वे ख़ासे काले थे। नाटे और बेहद पतले भी। किन्तु सबसे विचित्र था उनका सिर, जो एक छोटी गेंद की तरह उनकी धड़ से चिपका, मामूली बात पर भी आगे-आगे हिलने लगता था। जब वे चलते तो उनके दोनों कन्धे कुछ ऊपर उठकर एक-दूसरे के काफ़ी पास आ जाते और शरीर मतवाले की तरह दाएँ-बाएँ डोलने लगता। उनकी नाक पसरी हुई थी और दाँत भी ऊबड़-खाबड़ थे।

नलिन भाई को मैं आज से नहीं जानता। जब मैं स्कूल में था, तो वह मुझसे दो वर्ष सीनियर तथा अपनी शारीरिक विशेषताओं और बौद्धिक फिसड्डीपन के लिए विख्यात थे। मास्टर लोग उनको ज़रूरत और सीमा से अधिक पीट देते और दर्जे के बाहर निकलने पर लड़के उनको 'मल्लू' या 'कालू कालू' कहकर चिढ़ाते। दुर्भाग्य से नलिन भाई इतने स्वाभिमानी और क्रोधी थे कि अन्त में उनकी हालत उस पागल सियार या कुत्ते की तरह हो जाती, जिसके पीछे लोग लाठी-डंडा लेकर पड़ जाते हैं।

टेन्थ के बाद वे किसी दूसरी जगह चले गए, लेकिन जब मैं बी.ए. करके क़ानून पढ़ने लगा तो उन्होंने मेरे ही विश्वविद्यालय में आकर नाम लिखा लिया और मेरे दर्जे में ही। वे शहर में रहते थे। मेरे छात्रावास में उनके कुछ पुराने सहपाठी भी थे, जिनकी मंडली में मैं जा पहुँचा। नलिन भाई बड़े होकर विचित्र हो गए थे, गोया कोई पालतू जानवर कुर्ता और पायजामा तथा चश्मा पहनकर दो पैरों पर चलने लगा हो। पहले उन्होंने एक चर्खा संघ क़ायम किया था। चर्खा के द्वारा वह देश में औद्योगिक क्रान्ति करना चाहते थे। वह अपने को गाँधीवादी कहते थे और देश के शासकों की निन्दा किया करते थे, क्योंकि उनके अनुसार वे गाँधीजी के सिद्धान्तों को छोड़कर देश को रसातल की ओर ले जा रहे हैं। उनका विश्वास था कि वे एक दिन हर गाँव में एक चर्खा संघ की स्थापना करने में सफल होंगे और हर गाँव को आत्म-निर्भर बना देंगे। इसके बाद पता नहीं कब वह चर्खा संघ से उदासीन हो गए और छात्रावास में रोज़ आने लगे।

उनके कुछ निश्चित समय थे। वे हर शनिवार को साढ़े तीन या चार बजे हमारे छात्रावास आते। आते ही शतरंज बिछा देते और लगभग आधा घंटा बहुत तेज़ी से खेलते। बेशक ऐसी बाज़ियों में बड़े-बड़े मोहरों को बिना सोचे-समझे पीट देना ही महान सफलता समझी जाती। मध्यकाल में वे जेब से एक सिगरेट निकालकर ज़ोर-ज़ोर से कश लगाते। और साढ़े चार बजे घड़ी देखकर उठ जाते और रोकने पर भी चलते बनते। इसके बाद रोज़ रमी या फ्लश जमने लगा।

नलिन भाई चाहे जितनी बाज़ी जीत जाएँ, लेकिन बीस आने से अधिक वह कभी भी नहीं हारते थे। फिर बहसें होने लगीं। नलिन भाई अब आते ही एक कप चाय बनाने के लिए कहते और चारपाई पर दीवार से पीठ टिकाकर बैठते हुए बातचीत छेड़ देते। उनकी बातें बहुत ही आदर्शवादी होती थीं। वे कहते थे कि एक-डेढ़ लाख वर्ष पूर्व आर्य लोग भारत आए थे और पचीस वर्ष तक हर व्यक्ति को ब्रह्मचारी रहना चाहिए। उनका यह भी विश्वास था कि लाज-शर्म, व्रत-उपवास, पर्दा, सास-ससुर तथा पति की सेवा में ही नारी जीवन की सार्थकता है।

जब हम दोनों साथ ही अपने शहर में आकर वकालत करने लगे, तब कहीं जाकर नलिन भाई ने मुझे मान्यता प्रदान की, यद्यपि मैं स्वभाववश अन्य साथियों की तरह उनके साथ दुर्व्यवहार नहीं करता था और सदा सीनियर समझकर उनके प्रति आदर प्रकट करता रहा। शुरू-शुरू में वकालत कम चलती और हम अक्सर बार-रूम में ख़ाली बैठे रहते। वे मेरे पास आकर बातें करने लगते। इसी तरह हमारे बीच घनिष्ठता क़ायम हो गई। कुछ दिनों बाद हम रोज़ शाम को घूमने-टहलने के लिए जाने लगे। नलिन भाई के उत्साह का अन्त नहीं था और वे अजीब-अजीब विषयों पर बात चलाते थे। वे नदी या मैदान की स्वच्छ और ताजी हवा से जैसे मदमस्त होकर कभी पूछते, "क्या आप बता सकते हैं कि वृक्ष का नाम वृक्ष क्यों पड़ा?" और बाद में स्वयं इसका उत्तर देते, "यह सिर्फ़ चांस है, उसका नाम कबूतर या गदहा भी पड़ सकता था।" शादी-विवाह की चर्चा चलाना उनको सर्वाधिक प्रिय था। उनकी शादी नहीं हुई थी और वे उसके सख़्त ख़िलाफ़ थे। जब मैं दाम्पत्य जीवन के पक्ष में दलील देता तो वह बहुत जल्दी अपने समर्थन में तर्क से कुतर्क पर उतर आते।

परन्तु उसी वर्ष गर्मी में मुझे एक-दूसरे वकील साथी से सूचना प्राप्त हुई कि उनकी शादी तै हो गई है। मुझे बड़ा ही आश्चर्य हुआ, साथ ही यह सोचकर प्रसन्नता भी हुई कि उनकी बारात में चलने का अवसर मिलेगा। मैं अन्तिम समय तक निमंत्रणपत्र की प्रतीक्षा करता रहा और वह नहीं आया। मुझे बड़ा दुख हुआ था। क्या वे मुझे मित्र नहीं समझते या लज्जावश उन्होंने ऐसा व्यवहार किया था?

"शंकरजी, वनली टू चिप्स।" नलिन भाई दाँत को अजीब ढंग से पीसकर बोले।

हम दरिया के ऊँचे कगार से उतरकर रेत पर चल रहे थे। मैं हैरान था। यह ठीक था कि कुछ दिनों से उनकी पत्नी की तबीयत ठीक नहीं चल रही थी, लेकिन चार वर्ष की इस मैत्री की ही बात नहीं, शादी के पूर्व भी मैंने एक बार भी उनको स्त्रियों के सम्बन्ध में इस तरह का अभद्र व्यवहार या बात करते हुए नहीं पाया था। शहर में रास्ते में उन्होंने अजीब हरकतें की थीं। जब कोई छोटी जाति की जवान स्त्री बग़ल से होकर गुज़रती तो वे उसको बेशर्मी से घूरने लगते। मैं उनकी दृष्टि पकड़ लेता और इसी में हमारी नज़रें मिल जातीं। तीन-चार बार ऐसा होने पर हम

दोनों के बीच एक गुप्त समझौता भी हो गया था कि मैं उनकी कमज़ोरी जानता हूँ।

घाट के पास मल्लाहों की तीन-चार झोंपड़ियाँ हैं। जब हम वापस आए तो एक झोंपड़ी के सामने पन्द्रह-सोलह वर्ष की एक लड़की खड़ी थी। अँधेरा फैल रहा था, फिर भी उन्होंने लड़की के सौन्दर्य को परख लिया।

उन्होंने सहसा रुककर पहले उस लड़की की दिशा में अपने दाहिने पैर को बढ़ाया और उसके पश्चात् रेस में दौड़ने को तैयार किसी खिलाड़ी की तरह अपने शरीर को इस तरह झुका लिया कि उनके दोनों हाथ आगे झूलते से नज़र आए।

"भाई, चीज़ है।" उन्होंने कहा।

"मुझे तो कुछ दिखाई नहीं देता।"

"सिगरेट पी जाए न?"

"हाँ।" मैं हँसने लगा।

उन्होंने सिगरेट निकालने और जलाने में इतना विलम्ब कर दिया तथा साथ ही कुछ ऐसी असाधारण चेष्टा की कि उस लड़की ने फ़ौरन झोंपड़ी के अन्दर चले जाना ही उचित समझा।

दूसरे दिन से वह हर रोज़ उसी जगह से गुज़रते, लेकिन वह लड़की कभी दिखाई न पड़ी। नलिन भाई अब सेक्स के अलावा अन्य किसी विषय पर बात करते ही न थे। उनका विश्वास था कि ग़रीब लोगों की स्त्रियों में आचरण नाम की चीज़ होती ही नहीं।

उनका साहस रोज़ कुछ-न-कुछ बढ़ने लगा। अँधेरी रात में वे मुझको अजीब-अजीब स्थानों में खींच ले जाते। वे सम्भवतः यह सोचते प्रतीत होते कि शहर में ग़रीब वर्ग के काफ़ी लोग हैं, इसलिए वहाँ व्यापक भ्रष्टाचार होगा और जिस तरह वे औरतों की तलाश कर रहे हैं, उसी तरह बहुत-सी आवारा औरतें होंगी जो मर्दों की तलाश में घूमती होंगी। ज़रूरत है सन्दिग्ध जगहों में पहुँचने तथा सन्दिग्ध औरतों की ओर इशारा करने की।

अँधेरे में उनकी भूख बुख़ार की तरह बढ़ जाती। किसी मैली-कुचैली औरत को देखकर वे शिकारी कुत्ते की तरह चौकन्ने हो जाते। जब औरत पास से गुज़रती तो वे घूमकर मेरे शरीर पर झुक जाते और गले की अतल गहराई से चिल्लाते, "शंकरजी!" वे सम्भवतः यह सोचते कि इस तरह चिल्लाने से औरत उनको निश्चित रूप से भ्रष्टाचारी समझेगी और स्वयं आकर आत्मसमर्पण कर देगी। इसके अलावा वह कुछ नहीं कर पाते और औरत उनकी इच्छा से अनभिज्ञ ही रह जाती।

इन्हीं दिनों उन्होंने एक टॉर्च ख़रीदी। अँधेरी रात में जहाँ वे औरत या औरत क़िस्म की किसी वस्तु को आते देखते तो झट्-से टॉर्च की रोशनी उस पर फेंक देते। काफ़ी सोच-विचार कर उन्होंने यह उपाय निकाला होगा। एक तो चोर-चाई तथा साँप-बिच्छुओं के कारण टॉर्च जलाने का उनको पूर्ण क़ानूनी अधिकार प्राप्त था

और कोई बदमाश औरत हुई तो उनका इशारा भी समझ लेगी। आख़िर एक अनजान औरत पर एक अनजान मर्द बार-बार टॉर्च क्यों जलाएगा?

इस तरह उनके साथ मुझे मेले-ठेले तथा मन्दिरों में होनेवाले धार्मिक उत्सवों में भी जाना पड़ता था, जहाँ काफ़ी संख्या में औरतें इकट्ठी होती थीं। मुझे बड़ा संकोच होता था, पर वे मुझे ज़बरदस्ती खींच ले जाते थे। राधाकृष्ण के मन्दिर के बाहर एक पान की दुकान थी। एक रात जब हम मन्दिर से बाहर निकले तो नलिन भाई सिगरेट लेने के लिए दुकान पर पहुँचे। उनका यह भी नियम था कि वे एक बार पाँच से अधिक सिगरेट नहीं ख़रीदते थे।

सहसा दो औरतें पान की दुकान से थोड़ी दूर पर आकर खड़ी हो गईं। उनके पीछे-पीछे दो मर्द आए। वे सिगरेट लेने के लिए पान की दुकान की ओर बढ़ आए। निःसन्देह वे औरतें निर्धन वर्ग की थीं, यद्यपि वे कुछ साफ़ साड़ियाँ और पायल पहने हुए थीं। नलिन भाई के कान खड़े हो गए। उन्होंने सिर झुकाकर उन औरतों की ओर कई बार देखा।

वे दोनों आगन्तुक भी पाँच सिगरेट चाहते थे, लेकिन दुकानदार के पास दो से अधिक नहीं थीं। नलिन भाई ने सम्भवतः यह सोचकर कि एक इनसान को दूसरे इनसान की मदद करनी चाहिए, झट् कहा, "तीन सिगरेट मैं देता हूँ।"

उन व्यक्तियों ने नलिन भाई के प्रस्ताव पर ध्यान नहीं दिया और दो ही सिगरेट लेकर चले गए। उनके जाने पर भी औरतें खड़ी होकर बातें करती रहीं। पहले नलिन भाई का ख़याल रहा होगा कि उन मर्दों ने औरतों को फँसाया है, इसीलिए उन्होंने सिगरेट देने का प्रस्ताव रखकर उनको मिलाने की चेष्टा की थी। अब उनको विश्वास हो गया कि वे आवारा क़िस्म की आज़ाद औरतें हैं और स्वार्थ साधने के लिए निकली हैं। वे फुर्ती से दुकान से हटकर सड़क के किनारे औरतों से कुछ ही दूरी पर आकर खड़े हो गए। फिर उन्होंने कई बार टॉर्च को जलाया और बुझाया। इसके बाद काफ़ी सूझ-बूझ के साथ अपनी पीठ के पीछे भी उन्होंने दो-तीन बार टॉर्च जलाई। वे जैसे कह रहे थे कि चूँकि मैं इस तरह टॉर्च जलाता हूँ। इसलिए मैं बदमाश हूँ। अगर मैं बदमाश न रहता तो औरतों के इतने पास खड़े होकर इस ढंग से टॉर्च क्यों जलाता! लेकिन उन औरतों की अकल छोटी थी और वे कुछ देर बाद चलती बनीं।

"एकदम आवारा हैं, शंकर जी। शर्त बदिएगा?" उनका मुँह शर्म से खिसियाना-सा हो गया।

कई दिनों धुआँधार वर्षा के बाद ख़ूब तेज़ धूप निकली है। सामने स्वच्छ नीला आकाश फैला है और शीशम की पत्तियाँ स्थिर हैं। भारी उमसवाले छुट्टी के उस दिन नलिन भाई तीन बजे ही आ धमके। पूरे एक वर्ष तक आवारा औरतों की तलाश करने पर भी उनको एक ऐसी औरत से भी मिलने का सौभाग्य प्राप्त नहीं हुआ था। वे गम्भीर थे और आँखें मिला नहीं रहे थे।

"सिगरेट पीजिए।" मैंने डिबिया उनके आगे बढ़ाते हुए कहा।

"हटाइए।" उन्होंने उत्तर दिया।

"क्यों? लीजिए न।"

"मैंने छोड़ दया है।" वे हँसने लगे।

"कारण?"

"क्या रखा है आपके इस सिगरेट में? हमारा एक-एक क्षण मूल्यवान है, उसको बुरे कामों में नष्ट क्यों करें? मैंने अपने को वृन्दावन विहारी के चरणों में अर्पित कर दिया है।"

उनकी हँसी में कहीं कोई अस्वाभाविक खिंचाव था। इसमें कोई सन्देह नहीं कि उन्होंने इधर घूमना-फिरना तथा स्त्री और सेक्स की बातें करना बहुत कम कर दिया था। वे कह रहे थे कि गोश्त-मछली खाना भी उन्होंने छोड़ दिया है और रोज़ मन्दिर में जाकर वे भगवान का दर्शन करते हैं।

"सचमुच मेरा मन इस दुनिया से विरक्त हो गया है। खाता इसलिए हूँ कि उसके बिना शरीर चल नहीं सकता। क्यों साहब? कचहरी इसलिए जाता हूँ कि वह भी एक कर्तव्य है। क्यों साहब? लेकिन यह सब भी व्यर्थ है। मनुष्य अपने साथ कचहरी को बाँधकर तो ले नहीं जा सकता, अकेला ही जाना पड़ेगा।"

उनके लिए मुझे अफ़सोस हुआ। सारे शहर को मालूम हो चुका था कि उनकी पत्नी को हड्डी की टी.बी. हो गई है और हालत बहुत ख़राब है। सबकी राय यही थी कि पत्नी की बीमारी से उनको चोट पहुँची है और वे सुधर जाएँगे। बेशक उनमें सुधार होता गया। शतरंज, रमी और फ्लाश के निकट तो वह भूलकर भी नहीं जाते। अगर मित्रों के बीच कोई गन्दा मज़ाक़ होने लगता तो वे स्वाभिमान के साथ वहाँ से चलते बनते।

एक दिन हम दोनों कचहरी से पैदल ही लौट रहे थे। नलिन भाई ने मेरा हाथ पकड़कर कहा, "आइए, शंकरजी!"

मुझे आश्चर्य हुआ कि वे बाज़ार की चीज़ें लगभग नहीं ही खाते थे। शहर की प्रसिद्ध दुकान मिष्टान्न भंडार में वे खींच ले गए। उन्होंने एक कुर्सी पर मुझे बिठाया और दूसरी पर स्वयं अकड़कर बैठ गए। फिर गर्दन को पीछे देखती बिल्ली की तरह मोड़कर लिप्त मोटे स्वर में बोले, "गोंद के दो-दो लड्डू देना।"

बैरे ने हम दोनों के सामने एक-एक प्लेट रख दी। नलिन भाई ने एक लड्डू को दो अँगुलियों और अँगूठे के सहारे उठाकर गहरे सन्तोष के साथ एक क्षण निहारा। फिर बड़े क़ायदे और सफ़ाई के साथ उसका ठीक आधा, दाँत से काटकर मुँह में विलीन कर लिया। इस तरह दोनों लड्डू चार बार में समाप्त कर उन्होंने एक गिलास पानी चढ़ा लिया।

"और लीजिए।" मैं अभी खा ही रहा था।

"बस।"

वे दो या तीन महीने तक रोज़ बिना नागा कचहरी से लौटते समय उसी दुकान पर गोंद के लड्डू खाते रहे, दो से न अधिक न कम। इसके बाद पूड़ियों पर उतर आए। उसी दुकान पर शाम को पूड़ियाँ और कचौड़ियाँ छानी जाती थीं। नलिन भाई विशेष रूप से सुर्ख, करारी पूड़ियाँ अपने लिए तैयार कराते थे। तीन-चार महीने तक यह भी रोज़ नियमपूर्वक चलता रहा। उसके बाद उनकी पत्नी की मृत्यु हो गई।

दो महीने बाद एक दिन वे मेरे यहाँ पहुँचते ही बोले, "सिगरेट पिलाइए, शंकरजी।"

"हाँ-हाँ।"

मैंने गम्भीर होकर सिगरेट उनकी ओर बढ़ा दी। वे एक भारी दुख से गुज़रे थे, इसलिए मैं टोकना नहीं चाहता था कि संसार से विरक्त होने के उनके निश्चय का क्या हुआ! बल्कि इससे मुझे ख़ुशी हुई कि वह अपनी चोट को भूल रहे हैं।

"शादी तो मैं करूँगा नहीं।" सिगरेट का कश लेकर वे बोले, "मैं जानता घरवाले ज़मीन-आसमान एक कर देंगे, लेकिन मैं माननेवाला नहीं। अगर कोई परेशानी मालूम होगी तो रखैल रख लूँगा। चीनी सामन्तों की तरह कनक्यूबाइन्स!"

वे इतने गम्भीर थे कि मुझे अपनी हँसी रोकने में सारी शक्ति लगा देनी पड़ी। वे तेज़ी से पुराने जीवन पर आने लगे। उन्होंने गोश्त-मछली खाना और रमी-फ्लाश खेलना तथा हँसी-मज़ाक़ करना पुनः शुरू कर दिया। लेकिन शादी की चर्चा वे रोज़ अवश्य छेड़ते तथा अत्यधिक उत्तेजित होकर कहते कि लाख जन्म में वे शादी नहीं करेंगे।

एक दिन शाम को जब हम नदी के तट पर नीचे पैर लटकाए बैठे तो नलिन भाई ने अफ़सोस के स्वर में कहा, "शंकरजी, आज कचहरी से घर पहुँचा तो चाय न मिली। मुझे ग़ुस्सा आ गया। मेरी माँ रोने लगीं। उन्होंने कहा, खिलाते-पिलाते बूढ़ी हो गई, जब जाँगर नहीं चलता तो क्या करूँ? मुझे भी बड़ा कष्ट हुआ। मैंने भी सोचा कि जब मैं उनकी सेवा नहीं कर सकता तो अतिरिक्त भार क्यों बनूँ उनके लिए?"

"चाय पिएँगे?" मैंने पूछा।

"अरे नहीं..." वे हँस पड़े।

मुझे लगा कि वे पुनः दुनिया से विरक्त होने की बात करेंगे। किन्तु दो दिन बाद दूसरे ही रहस्य का पता चला।

"आपने मेरे बाबा को देखा ही है, शंकरजी। वे अस्सी वर्ष के हुए और मैं उनका बड़ा आदर करता हूँ। वे ही मेरे दोनों बच्चों की देखभाल करते हैं। आज उन्होंने कहा, 'मैं तो आज-कल का मेहमान हूँ, मुझे बस केवल इसी बात की चिन्ता है कि मेरी मौत के बाद इन बच्चों का क्या होगा! मैं सिर्फ़ यही चाहता हूँ कि मरने के पहले उनका चार्ज दे जाऊँ।"

"तो आप शादी कर लीजिए न।" मैं भी उनके बाबा का अर्थ समझ गया और हँसने लगा।

"मैं तो नहीं चाहता, लेकिन ड्यूटी समझकर उनकी बात माननी पड़ेगी।"

जब वे चले गए तो देर तक मैं उन्हीं के बारे में सोचने लगा। किस तर्क की प्रक्रिया से वे विरक्ति के शिखर पर पहुँचकर पुनः सांसारिकता की खाई में लुढ़क आए थे! मुझे ऐसा प्रतीत हुआ कि पत्नी की मृत्यु की निश्चितता ने उनको इस हद तक ख़ुश कर दिया था कि वे पवित्रता का अनुभव करने लगे थे। किसी भूखे जानवर के सामने फेंके गए चारे की तरह उस मृत्यु के आश्वासन ने उनके आगे एक नये सुख की सम्भावना बिखेर दी थी।

चैत के महीने में अन्धड़ बहा करता था। उन दिनों मेरे हाथ में कोई मुक़दमा न था। इसलिए मैं बार-रूम में बैठकर अजीब ऊटपटाँग बातें सोचा करता। आख़िर ऐसा क्यों है कि हम इस हवा को देख नहीं सकते, केवल उसकी गति को महसूस करते हैं। हवा क्यों कभी धीरे-धीरे चलती और कभी आँधी-अन्धड़ का रूप धारण कर लेती है। काश, मैं इस हवा को मुट्ठी में बन्द करके देख सकता! अन्त में मेरा दिमाग़ थक जाता और मैं ऊँघने लगता।

नलिन भाई की दूसरी शादी हो गई थी। वे काफ़ी गम्भीर रहने लगे थे। वे मेरे यहाँ अब नहीं आते और मैं भी यहाँ यह सोचकर नहीं जाता कि उनकी आज़ादी में खलल पड़ेगा। कचहरी में मुलाक़ात होने पर हाँ-हूँ में ही बात करते। शायद नये सुख ने उनको गम्भीर और घमंडी बना दिया था।

परन्तु साल बीतते-बीतते उन्होंने अब एक ऐसा रूप दिखाया, जिससे सभी हैरत में आ गए। हो सकता है कि इस विश्वास से कि उनकी पत्नी उनके प्रति पूर्ण वफ़ादार है, उनका मन मुक्त हो गया और इसी मुक्ति ने उनके अन्दर गहरी असन्तुष्टि एवं अतृप्ति के भाव पैदा कर दिये हों।

एक दिन बार-रूम में उन्होंने एक साथी वकील के गले में हाथ डालकर कहा, "बेटा, जलते क्यों हो? अगर तुममें हिम्मत हो तो तुम भी फँसाओ। कोई एक-दो हैं? कई हैं। एक है नदी किनारे...एकदम बढ़िया।"

उन्होंने कुछ बदनाम और बदमाश वकीलों का साथ करने के बाद यह प्रचार आरम्भ कर दिया था कि वे स्वयं बदमाश और घटिया हैं। उन्होंने शायद यह सोचा हो कि यदि वे बदमाश का साथ करेंगे तो उनको कहना नहीं पड़ेगा और वे उनके लिए मनचाही सुविधाएँ जुटा देंगे। कुछ वकीलों के बारे में यह भी मशहूर था कि वे जवान डोमिनों के मुक़दमे मुफ़्त में करते हैं। नलिन भाई के ऐसे क़िस्सों पर कोई अविश्वास भी नहीं कर सकता था। भाई, वे भी वकील हैं, वकीलों के पास एक-से-एक अपराधी आते हैं, उनके पास आख़िर डोमिनें क्यों नहीं आएँगी? और शायद उनके मन में यह भावना रही होगी कि उन क़िस्सों को सुनकर वे वकील बन्धु उनके पास डोमिनें भेजेंगे।

"जाओ बेटा, गड्ढे में मुँह धो आओ..." कोई छेड़ता था।

"हाँ, साले, मैं बदसूरत हूँ, मैं कमज़ोर हूँ, तुम्हारे घर में कोई है?" नलिन भाई चीख़ने लगते थे। धीरे-धीरे उनको अपनी बदसूरती तथा पतन की घोषणा करने में जैसे घमंड का अनुभव होने लगा। अब वे कल्पना से गढ़-मढ़कर ऐसी कहानियाँ सुनाने लगे, जिनके नायक वे स्वयं ही होते। उनको इसमें बहादुरी महसूस होने लगी कि वे इतनी गन्दी और वीभत्स बातें कर सकते हैं।

मैं उनसे दूर रहने की कोशिश करता, क्योंकि वे निरन्तर तहों में प्रवेश कर रहे थे। उनके मुँह से शराब की बदबू आती और वे क्या कह दें, इसका कोई ठिकाना नहीं था। कुछ दिनों बाद तो वे दो-तीन मुँहफट और बदमाश वकीलों को साथ लेकर सीधे-सादे वकीलों को बेवकूफ़ बनाने का साहस करने लगे। वे सम्भवत: यह सोचकर जाते थे कि दूसरों को वे बहुत आसानी से बेवकूफ़ बना सकते हैं और यदि दूसरा कुछ कहेगा तो स्वयं उत्तेजित नहीं होंगे और उदारतापूर्वक हँसते रहेंगे, परन्तु वे बहुत जल्दी बुरा मान जाते और ज़ोर-ज़ोर से चिल्लाने लगते। उनका मुँह बैंगन की तरह लाल हो जाता और आवाज़ आकाश को छूने लगती। क्रोध करने और चीख़ने से वे अपने को बहुत वीर और साहसी समझते, जिसके परिणामस्वरूप उनका बहुतों से झगड़ा हो गया। कई मित्रों से भी बोलचाल बन्द हो गई और जल्दी ही ऐसी स्थिति आ गई कि उनको देखते ही सभी उनके पास आ जुटते और मिल कर उनको बेवकूफ़ बनाने लगते।

इसी समय शहर में नगरपालिका के चुनाव होने को आए, तो बहुत-से वकील भी विभिन्न दलों की ओर से उम्मीदवार के रूप में खड़े होने की तैयारी करने लगे। जो बचे, वे भी विभिन्न दलों के समर्थक बन गए। अब ख़ूब राजनीतिक बहसें चलने लगीं। एक दिन नलिन भाई ने सबके सामने घोषणा कर दी, "मैं भी चुनाव लड़ूँगा।"

"तेरी नीति क्या है?" किसी ने पूछा।

"मैं सभी सालों का विरोध करूँगा।" नलिन भाई ने मेज़ पर हाथ मारकर कहा।

"वाह रे दोगले!" कोई बोला। नलिन भाई स्वतंत्र उम्मीदवार के रूप में खड़े हो रहे थे और अपने को स्वतंत्र साबित करने के लिए सभी मान्य विचारधाराओं का विरोध करने लगे। बार-रूम में ख़ूब मोर्चे जमते। सारे लोग एक ओर हो जाते और नलिन भाई अकेले। वे चीख़ते-चिल्लाते रहते थे, जिसके परिणामस्वरूप उनके मुँह के कोनों में गाज भर आते।

"हाँ सालो...", वे मुक्का हवा में घुमाते हुए कहते, "मैं जाति-भेद भी मानता हूँ और छुआछूत भी। जो हमारे ऋषि-मुनि कह गए, उसके विरुद्ध उँगली उठाने की हिम्मत करते हो? तुम सभी का नाश होगा।"

इसी में एक दिन दुर्घटना हो गई। बार-रूम में रामचन्द्र राय वकील बैठे थे, जो पहलवान जैसे थे और एक विशेष सम्प्रदाय के दल के उम्मीदवार थे। नलिन भाई कमरे में आए तो राय साहब को देखते ही उनका मुँह गम्भीर हो गया।

"मैं नहीं समझ पाता कि कुछ लोग अपने को ऋषि-मुनि की सन्तान कैसे घोषित करते हैं, जबकि कर्म तो म्लेच्छों की तरह हैं?" नलिन भाई ने किसी दूसरे वकील से कहा।

"तू सूअर, बहुत सहक गया है।" इसके बाद यह नहीं कहा जा सकता कि पहले रामचन्द्र राय का भारी-भरकम शरीर उठा या नलिन भाई के गाल पर पाँच अँगुलियों के सट्टे उभरे। नलिन भाई किसी तरह गिरते-गिरते बचे।

"निहायत ग़लत बात है, वकील साहब..." मैंने उन दोनों के बीच में आकर कहा।

और लोग भी आ गए, जिनके बीच घिरे नलिन भाई उछल-उछलकर गरज़-तड़प रहे थे, "छोड़ दो मुझे, आज मैं इस ऋषि-मुनि के बच्चे का यहीं वध करूँगा। आई विल किल हिम।"

कचहरी-भर में तहलका मच गया, जिसके परिणामस्वरूप दो दल बन गए, जिनमें से एक नलिन भाई की ही निन्दा करने लगा। ऐसी स्थिति में मैंने यही उचित समझा कि नलिन भाई को वहाँ से हटा ले जाऊँ। उनको मैं अपने घर ले गया।

मेरे बैठकखाने में चारपाई पर लेटकर नलिन भाई, अब भी रामचन्द्र राय को ख़ूब गालियाँ दे रहे थे। मैंने घर में जाकर पत्नी से चाय बनाने के लिए कह दिया था। वे ख़ूब लाल-पीले हो रहे थे। कुछ देर में पत्नी चाय लेकर कमरे में आईं। साथ में मेरी साली भी थी, जो कुछ दिन पूर्व मेरे यहाँ आई थी।

नलिन भाई उनको देखकर एकदम सिटपिटा गए और फ़ौरन से पेश्तर उठकर बैठ गए। उनका सिर उस कर्मचारी की तरह झुक गया जिसकी कोई बुरी हरकत उसका मालिक पकड़ ले। किसी गहरी शर्म की लाली में उनके मुख की सारी रेखाएँ गुम हो गईं।

"चाय लीजिए।" मेरी पत्नी ने चाय का प्याला उनकी ओर बढ़ाया। नलिन भाई ने तब भी सिर ऊपर नहीं उठाया। उनके मुख पर एक खिसियानी-सी मुस्कराहट काँप रही थी। मुझे नलिन भाई की हालत पर बड़ा अचम्भा हो रहा था। इसमें कोई सन्देह नहीं कि नलिन भाई अपनी पत्नी को कभी बाहर नहीं निकालते थे, इसीलिए मैंने भी अपनी पत्नी को इतने दिनों तक उनके सामने नहीं बुलाया था। लेकिन इस प्रथम मुलाक़ात के समय भी इस तरह शरमाने की क्या ज़रूरत थी? अभी तो वे साहस के साथ राय साहब को गालियाँ दे रहे थे!

"कुछ दूर तक चलिए।" चाय पीकर वे उठ खड़े हुए।

हम दोनों बाहर जीने से नीचे उतर गए। परन्तु शीशम के पेड़ की छाया में पहुँचकर नलिन भाई रुक गए। फिर मुझको अजीब ही दृष्टि से देखकर उन्होंने कहा, "आप बड़े भाग्यवान हैं शंकरजी।"

उनको क्या हो गया था? उनका चेहरा उसी तरह लाल था। आँखों में असीम मृदुता का भाव तथा चमक थी। किसी भावावेश में उनकी नासिका फूल आई थी।

स्वर धीमा और मीठा था। मैंने आज तक उनको ऐसी हालत में कभी भी नहीं देखा था। मैं सोचता था कि उनके दिल में कोई भी कोमल भाव नहीं है। परन्तु अवश्य कोई ऐसा भाव उनके मन को मथ रहा था, जिसकी वजह से उनका मुख अत्यधिक वीभत्स हो गया था।

"क्यों?" मैंने पूछा।

"सचमुच आप बड़े भाग्यवान हैं!" उन्होंने मेरे हाथ को अपने हाथ में भींच लिया। उनकी अँगुलियाँ काँप रही थीं।

"बड़े भाग्यवान हैं, शंकरजी आप..." उन्होंने अपनी बात फिर दुहराई। फिर मेरे हाथ को स्नेहपूर्वक दबाया। अन्त में घूमकर चलते बने।

मैं आँखें फाड़कर उनका जाना देखता रहा। ऐसा क्यों? ऐसा क्यों है?

दूसरे दिन कचहरी में उनको देखकर मैंने बुलाया, "नमस्कार, नलिन भाई।"

नलिन भाई ने मेरी ओर देखा, लेकिन फ़ौरन ही मुँह को घुमा भी लिया, जैसे मुझको न पहचानते हों। कोई जवाब दिये बग़ैर वे वहाँ से चले गए। वे दिन-भर मुझसे भागते रहे! एक-दो बार बुलाया तो उपेक्षा से देखकर खिसक गए।

मुझे लगा जैसे वे मुझसे नाराज हों। नलिन भाई को मैं परिभाषा में नहीं बाँध सकता। उनको महसूस करता हूँ। मेरी पत्नी ख़ूबसूरत, स्वस्थ और आधुनिक महिला हैं। मेरी साली की सुन्दरता का कोई अन्त नहीं। शायद इसीलिए कल उन्होंने मुझको भाग्यवान कहा था और आज मुझसे नहीं बोल रहे हैं। शायद किसी ख़ूबसूरत स्त्री के इतने निकट वे कभी नहीं बैठे। हो सकता है कि उनके हृदय के किसी अबूझ अतल कोने में किसी सुन्दर नारी के दिल को जीतकर आदर्शवादी नायक बनने की इच्छा हो और उसके लिए अपने को असमर्थ समझकर वे खलनायक बनना चाहते थे। लेकिन वह खलनायक भी कहाँ बन पाए?

मित्र-मिलन

दूर पुल पर से ट्रेन गुज़रने की धड़धड़ाहट आने लगी, तो उमाशंकर बाबू ने अख़बार पढ़ना बन्द करके सिर कुर्सी पर टिका दिया और आँखें बन्द कर लीं। कुछ देर बाद नींद से जगी हुई बिल्ली की तरह उन्होंने सिर को धीरे-धीरे उठाया और उदासीन दृष्टि से इधर-उधर देखा। इसी समय डाकिया कमरे में एक चिट्ठी फेंक गया। वह भगवान का नाम लेकर उठ खड़े हुए और खस-खस चलते हुए दरवाज़े के पास पहुँच गए। उन्होंने कठिनाईपूर्वक झुककर पोस्टकार्ड उठा लिया और चश्मे के भीतर आँखें सिकोड़कर पत्र लेखक के नाम को घूरने लगे, लेकिन उनकी समझ में कुछ भी न आया। वह वापस आकर कुर्सी पर फिर बैठ गए और चिट्ठी को ऊपर से नीचे तक निहारने लगे। शिवनाथ! कौन शिवनाथ? ऐं...! वह सहसा चौंक कर पत्र को जल्दी-जल्दी पढ़ने लगे—

प्रिय उमाशंकर,

राम-राम! मेरा यह ख़त देखकर तुम अचम्भा करोगे। मुझे जानकर बहुत ख़ुशी हुई कि प्रभु की दया से तुम मज़े में हो, पचास साल की वे बातें तुमको याद हैं न? सचमुच उमाशंकर, मुझे बड़ी ख़ुशी हुई। तुम जानना चाहोगे कि मैंने यह चिट्ठी कैसे लिखी, मैं कुछ साल से रिटायर्ड होकर यहाँ पटने में अपने लड़के के साथ रहता हूँ। यहाँ मिस्टर जयनारायण भाटिया मेरे मिलने-जुलनेवालों में हैं, उनके लड़के की शादी में एक नौजवान से मुलाक़ात हो गई। बात-बात में पता लगा कि वह तुम्हारे साहबजादे हैं, मैंने बहुत सारी बातें पूछ डालीं और तुम्हारा पता भी ले लिया, मेरी उम्र इस समय इकहत्तर साल से कुछ ऊपर ही है। तुम मुझसे एक-आध साल छोटे थे। याद है न? यूनिवर्सिटी से निकलने के बाद मैंने कुछ दिनों तक लाहौर में काम किया, उसके बाद बंगलूर में एक फ़र्म में मैनेजर हो गया। शंकर भगवान की दया से सब ठीक है। मेरे साहबजादे सेक्रेटरियट में सुपरिंटेंडेंट हैं। तुम अपना पूरा हाल-चाल देना, चिट्ठी ज़रूर लिखना।

तुम्हारा पुराना दोस्त,
शिवनाथ

उमाशंकर बाबू का मुँह अचम्भे से थोड़ा खुलकर हँड़िया में बने छेद की तरह दिखाई देने लगा। वह आँखें फाड़-फाड़कर पत्र को देख रहे थे। उन्होंने पत्र को एक बार फिर पढ़ा। उनके दिल में अजीब-सी गुदगुदी होने लगी, मानो उमस और बदबू भरे कमरे में ठंडी हवा के ताजे झोंके आने लगे हों। शिवनाथ! उन्होंने स्मृतियों को कुरेदा और कुछ रेखाएँ उभरीं तथा जल्दी ही आपस में गड्डमड्ड हो गईं। वह उन रेखाओं को स्पष्ट उभारने की ज़ोरदार कोशिश करने लगे, लेकिन थक गए और कुर्सी पर सिर टिका दिया। उन्होंने आँखें मूँद लीं और दिमाग़ को सारे विचारों से शून्य कर दिया और कुछ देर बाद स्वतः ही उनके सामने एक आकृति उभरने लगी...लम्बा, छरहरा शरीर, गोरा रंग, छोटी गोल नाक, मज़ाक़िया-सा चेहरा! वह ज़ोर से हँस पड़े।

उनकी पत्नी रुक्मिणी कमरे में इस तरह आ गई, गोया किसी ने भीतर से वहाँ ज़बरदस्ती ढकेल दिया हो, "क्या अकेले में हँस रहे हो! सनक तो नहीं गए?"

"अरे...एक मज़ेदार बात है। एक मेरा लँगोटिया दोस्त था शिवनाथ। शायद कभी तुमको बताया हो, पचास साल बाद आज उसकी चिट्ठी मिली है! सब भगवान की दया है, पटने में है, लल्लू से मिला था..."

"लल्लू से मिला था?" रुक्मिणी ने उमाशंकर बाबू की गोद में पड़े पत्र को झपट्टा मारते हुए से उठा लिया और जल्दी-जल्दी पढ़ने लगी। फिर शिकायत भरे स्वर में बोली, "लल्लू को बुख़ार आ गया था, इसके बारे में तो लिखा ही नहीं...?"

"तुम अपनी वाली बात से बाज़ नहीं आ सकतीं!" उमाशंकर बाबू ने क्षोभपूर्वक पत्नी को घूरकर देखा।

रुक्मिणी जब कुछ बड़बड़ाती हुई भीतर चली गई, तो उमाशंकर बाबू फिर स्मृतियों की दुनिया में खो गए। उनके होंठ मधुर मुस्कराहट से फैल गए थे। उनको एक अजीब-सी अनुभूति हो रही थी, गोया वह एक लहलहाते मैदान में तेज़ी से उड़े जा रहे हों। वह सहसा उत्तेजित होकर वात-पीड़ित कमर पर ज़ोर देकर उठ खड़े हुए और कमरे में धीरे-धीरे टहलने लगे। ढीले-ढाले चमड़े और गहरी लकीरों वाला उनका चेहरा आन्तरिक हास्य और प्रसन्नता से एक विदूषक की तरह दिखाई दे रहा था, उनके हृदय की धड़कन तेज़ होती मालूम हुई। वह थकान का अनुभव करने लगे और कुर्सी पर आकर फिर बैठ गए।

वह फिर अपने सिर को कुर्सी पर टिकाकर स्मृतियों को मीठे पान की तरह धीरे-धीरे चुमलाने लगे। शिवनाथ आठवीं कक्षा से ही उनके सहपाठी थे। जब उनको जाड़े में खुजली हुई, तो उमाशंकर बाबू को छोड़कर अन्य सहपाठियों ने उनके साथ बैठने से इनकार कर दिया। इस साधारण-सी घटना ने उनके बीच ऐसी आत्मीयता और मैत्री क़ायम कर दी, जो दूसरों के लिए ईर्ष्याजनक सिद्ध हुई। शिवनाथ उदार, स्वाभिमानी और खिलाड़ी क़िस्म के व्यक्ति थे। वे दोनों साथ-साथ सवेरे गंगा नहाते,

दूर-दूर तक मैच देखने जाते और इम्तहान के दिनों में कम्बाइंड स्टडी करते। शिवनाथ अच्छे खाते-पीते ख़ानदान के लड़के थे। उनका हाथ खुला था। किसी भी अवसर पर वह झट् से पैसे निकाल लेते और उमाशंकर बाबू को भरसक कुछ भी ख़र्च नहीं करने देते। वे दोनों एक-दूसरे के लिए जान देने को तैयार रहते। उन्होंने उन दिनों की घटनाओं को विस्तारपूर्वक याद करने की कोशिश की, किन्तु उनका दिमाग़ फिर थक गया और उन्होंने आँखें मूँद लीं।

उनकी स्मृतियाँ पुनः सजग होकर उनसे टकराने लगीं। इंटरमीडिएट से एम.ए. तक उनकी यह घनिष्ठ मैत्री ख़ूब चली। शिवनाथ छात्रावास में रहते थे, वे दोनों साइकिलों पर सैर-सपाटे को निकल जाते और चारपाई पर लेटकर घंटों बातें किया करते। उनके उत्साह और उमंग का अन्त न था और वे सारी दुनिया को चुनौती देने को तैयार रहते। कभी-कभी उनमें गरमागरम बहस भी हो जाती। शिवनाथ कहते थे कि भगवान, धर्म और भूत-प्रेत मनुष्य के भयग्रस्त दिमाग़ की कल्पना हैं। एक बार उन पर अजीब झक्क सवार हुई थी। वे छोटे-छोटे डंडे लेकर रात में भूत-प्रेत की तलाश में श्मशान घाट निकल जाते। वहाँ शिवनाथ पहले ज़ोर-ज़ोर से क़हक़हे लगाते, फिर चिल्लाकर पुकारते—यहाँ है कोई भूत-प्रेत? मुझसे लड़ने का दम है किसी में? उनकी आवाज़ नदी के दूसरे किनारे पर प्रतिध्वनित हो उठती थी, बाद में उमाशंकर बाबू भी इस तरह चिल्लाते थे। उन दोनों ने शादी न करने का निश्चय किया था। न मालूम कितनी घटनाएँ, कितनी ही बातें! एम.ए पास करने के बाद शिवनाथ गाँव चले गए थे। एक साल तक उनमें पत्र-व्यवहार होता रहा, उसके बाद शिवनाथ का कुछ भी पता न चला।

उमाशंकर बाबू अपने अन्दर एक ऐसी ताज़गी महसूस करने लगे, जिसकी उन्होंने कल्पना भी न की थी। उनको लगा, जैसे वह तेज़ी से चल रहे हों, ज़ोर से क़हक़हे लगा रहे हों और मुट्ठी तानकर बहस कर रहे हों। वह उठ खड़े हुए और मेज़ पर रखी हुई एक कापी और कलम उठा लाए। उन्होंने फ़ौरन शिवनाथ को एक लम्बी-सी चिट्ठी लिखने का निश्चय कर लिया था। लेकिन चिट्ठी कैसी होनी चाहिए? जब पचास वर्ष बाद एक घनिष्ठ मित्र को चिट्ठी लिखी जा रही हो, तो उसकी विधि और विस्तार पर अच्छी तरह विचार कर लेना उचित ही है। एक तो चिट्ठी ख़ूब दिलचस्प होनी चाहिए, फिर उसमें कुछ पुरानी मज़ेदार घटनाओं का ज़िक्र हो, साथ ही उसमें कुछ हँसी-मज़ाक़ की बातें भी हों। वह वहाँ से उठकर बिस्तर पर जाकर लेट गए और एक अत्यधिक श्रेष्ठ, कलात्मक और लम्बी चिट्ठी के मज़मून पर विचार करने लगे।

तीन-चार दिनों तक वह चिट्ठी की योजना में उसी तरह उलझे रहे, जैसे कोई बूढ़ा व्यक्ति अपने बेटे की शादी या पोता-नाती होने के समय विभिन्न कार्यक्रमों की कल्पना में व्यस्त रहता है। उन्होंने कई बार पत्र लिखा और कई बार काटा।

जितना लम्बा वह लिखना चाहते थे, उतना लम्बा हो नहीं पाता था। न ही वह उतना दिलचस्प और मज़ाक़िया बन पाता था। अन्त में जो मज़मून बना, वह लगभग उसी पत्र की तरह था, जो शिवनाथ ने उन्हें भेजा था। बहरहाल, जीवन की इस बेला में अपने एक घनिष्ठ मित्र की सूचना पाकर और उसे चिट्ठी लिखकर वह बेहद प्रसन्न थे, मानो जीवन को एक नूतन, दीर्घकालिक आधार प्राप्त हो गया हो।

वह कुछ दिनों तक और इस घटना की मिठास में खोए-खोए रहे। कुछ दिनों तक उन्होंने शिवनाथ के पत्र का इन्तज़ार भी किया। उसके बाद सब कुछ भूल गए। लेकिन तीन महीने बाद उनको शिवनाथ की एक संक्षिप्त चिट्ठी मिली—

प्रिय उमाशंकर

तुम्हारी चिट्ठी मिल गई थी। पढ़कर बड़ी ख़ुशी हुई। सब बाबा विश्वनाथ की दया है। ख़ास बात यह है कि मैं कुछ दिनों से बनारस में ही हूँ। यहाँ से दिल्ली जाना है। वहाँ मेरा एक भतीजा है। बहुत दिनों से बुला रहा है। मैं 20 अप्रैल को इलाहाबाद से गुज़रूँगा। मेरी ट्रेन क़रीब साढ़े तीन बजे वहाँ पहुँचेगी। तुम स्टेशन पर ज़रूर मिलना...

तुम्हारा,
शिवनाथ

उमाशंकर बाबू उस पत्र को खोए-खोए भाव से देखते रह गए। क्या सचमुच पचास वर्षों बाद शिवनाथ से भेंट हो सकेगी? उनको लगा, जैसे एक नौजवान उनके सामने बैठा उत्साहपूर्वक बातें कर रहा हो। इसके बाद शीघ्र ही उनकी दृष्टि के सामने इस मिलन का एक सुमधुर दृश्य उभरने लगा...वह स्टेशन पर जाते हैं, तो गोल नाकवाला एक व्यक्ति उनको गले से लगा लेता है। वे दोनों ख़ूब क़हक़हे लगाते हैं, हँसी-मज़ाक़ करते हैं और ख़ूब बातें करते हैं...

"अरे, सुनती हो?" उन्होंने उत्साहपूर्वक पुकारा।

"क्या बात है?" रुक्मिणी ने कमरे में आकर पूछा।

"शिवनाथ आ रहे हैं!"

"कौन शिवनाथ?"

"अरे, शिवनाथ! मेरे बचपन के मित्र! तीन-चार महीने पहले जिनकी चिट्ठी नहीं आई थी? उनकी ट्रेन इलाहाबाद से ही गुज़रेगी।"

"जाओगे क्या स्टेशन?"

"कैसी बात करती हो!" वह बिगड़ गए।

"अच्छा, चले जाना।" रुक्मिणी ने समझौता कर लिया।

बीस अप्रैल को उमाशंकर बाबू एक घंटा पहले ही स्टेशन पर पहुँच गए। हवा गरम हो चली थी और कभी-कभी शरीर को सेंक जाती थी, वह प्लेटफ़ार्म का टिकट

लेकर अन्दर आ गए। वह सफ़ेद पैंट, सफ़ेद कोट पहने थे और लाल टाई लगाए हुए थे। उनको इस मुस्तैद पोशाक में देखकर जीन-रक़ाब से लैस किसी बनिये के बूढ़े घोड़े की याद आ जाती थी। कमर में आज कुछ अधिक दर्द था, लेकिन उसको मज़े से बरदाश्त कर रहे थे। अपने अन्दर वह एक अजीब-सी उत्सुकताजन्य उत्तेजना अनुभव कर रहे थे। पहले वह गाड़ियों के आने-जाने का समय बताने वाली पट्टिका के सामने खड़े होकर पूरी सूचना बार-बार पढ़ने लगे, इसके बाद बुकस्टाल पर आकर कुछ पत्र-पत्रिकाओं को उलटने-पुलटने लगे। अन्त में थक कर वह बेंच पर बैठ गए और अपनी दोनों टाँगों को हिलाने लगे।

जब गाड़ी आई, तो उमाशंकर बाबू उठ खड़े हुए और छेड़े गए ततैये की तरह इधर-उधर प्लेटफ़ार्म का चक्कर लगाने लगे। वह गाड़ी के हर डब्बे में झाँककर देखते और प्लेटफ़ार्म पर चलनेवाले व्यक्तियों को बुरी तरह घूरते। उनको विश्वास था कि शिवनाथ को देखते ही वह झट पहचान जाएँगे। उनको कुछ व्यक्तियों पर शक भी हुआ और उनसे उन्होंने पूछा भी, पर उत्तर कुछ दूसरा ही मिला।

इस तरह क़रीब पाँच मिनट बीत गए और वह लौटने का विचार करने लगे। लेकिन इसी समय एक अत्यधिक बूढ़ा व्यक्ति उनके सामने आकर खड़ा हो गया और ललाट पर बाईं हथेली का छाता बनाकर और अपनी गरदन को सारस की तरह आगे बढ़ाकर उन्हें किसी चोर-उचक्के की तरह घूरने लगा। वह सफ़ेद धोती और कुछ सिकुड़नों से युक्त एक रेशमी कुर्ता पहने था और आगे की ओर इस तरह झुका था कि उसका लम्बा धड़ किसी विमानबेधी तोप की नली की तरह प्रतीत होता था। किसी जोते हुए खेत की तरह कई गहरी लकीरों और दो-तीन गड्ढों ने उसके चेहरे को अजीब हास्यास्पद बना दिया था। उसके ललाट पर लाल टीका लगा हुआ था। वह कभी-कभी पगुरी करने की तरह मुँह चलाता था, जिससे उसकी सफ़ेद मूँछ नाक और होंठों के बीच दब जाती थी।

"तुम उमाशंकर हो क्या?" उस बूढ़े ने पूछा।

"तुम्हीं शिवनाथ हो?"

"वाह, ख़ूब मिले! मैं पाँच मिनट से खोज रहा हूँ! दो-तीन बार तुम्हें देखा भी था...!"

"अच्छा, उमाशंकर, भीतर आ जाओ...!"

शिवनाथ ने उमाशंकर बाबू की बाँह पकड़कर उन्हें खींचा और फिर घूम कर आगे-आगे चल पड़े। उमाशंकर बाबू स्तम्भित रह गए थे और उनको जैसे इस घटना पर विश्वास नहीं हो रहा था, जैसे वह किसी ऊँचाई से ज़मीन पर आ गिरे हों। उन्होंने क़हक़हे लगानेवाले एक हँसमुख और मज़ाक़िया व्यक्ति की कल्पना की थी और यह सोचकर अपने अन्दर अनोखी ताज़गी का अनुभव किया था। लेकिन इस समय उनके सामने जो व्यक्ति था, उसका शरीर और चेहरा इतना झुर्रीदार और

विकृत था कि किसी भी तरह उसे पहचाना नहीं जा सकता था।

वे डिब्बे के अन्दर आ गए। एक पूरी बर्थ पर शिवनाथ का होल्डाल बिछा था, जिस पर चौड़ी किनारी की सफ़ेद साड़ी में लिपटी एक दुबली-पतली, छोटी और बेहद हल्की-सी बुढ़िया बैठी थी, जो एक छोटी-सी गठरी को खोलने की कोशिश कर रही थी।

"अरे सुनती हो, यह उमांशकर आ गए...!" शिवनाथ ने कहा।

उमाशंकर बाबू ने दोनों हाथ जोड़कर नमस्कार किया। शिवनाथ की पत्नी ने मुलुर-मुलुर आँखों से उमाशंकर बाबू को देखा, फिर माथे पर अपने आँचल को थोड़ा आगे खींच लिया।

"इत्मीनान से बैठो, उमाशंकर! गाड़ी आधा घंटा बाद जाएगी।" शिवनाथ ने कहा।

दोनों मित्र खिड़की के पास बर्थ पर एक-दूसरे की ओर मुँह किये बैठ गए। बैठते ही दोनों ने दो-चार बार एक-दूसरे की ओर छिपी-छिपी दृष्टि से देखा।

"प्रभु की दया से तुम ख़ूब मिले! सब ठीक-ठाक है न? अच्छा, यह बताओ कि तुम किस सन् में रिटायर हुए?"

फिर उन दोनों में तेज़ और उखड़ी-उखड़ी आवाज़ में जल्दी-जल्दी ऐसी अनोखी बातचीत होने लगी, जिसमें तुलनात्मक विवरण का तत्त्व अधिक था... रिटायर कब हुए? उस समय तनख़्वाह क्या थी? लड़के कितने हैं? लड़कियाँ कहाँ-कहाँ ब्याही हैं? गाँव में कितनी ज़मीन है? बहुएँ कैसी हैं? नाती-पोते कितने हैं? इसके बाद वह अपने लड़कों की तारीफ़ करने लगे। बीच-बीच में यह बात टूट जाती थी, जब शिवनाथ पीछे मुँह घुमाकर अपनी पत्नी से जल्दी-जल्दी ऐसे भुन-भुन और नकियाए स्वर में बात करने लगते, जिनमें से सिर्फ़ 'कानपुर' शब्द को ही पकड़ा जा सकता था।

सहसा शिवनाथ 'अभी आता हूँ' कहकर उठ खड़े हुए और बाथरूम की ओर चले गए। फिर उन्होंने दरवाज़े के पास जाकर सिर उचका-उचकाकर दोनों ओर देखा और अन्त में अपनी जगह पर पुनः बैठते हुए वह बोले, "अरे उमाशंकर, तुमको कभी वह घोड़ीवाला मिला था? याद है न?"

उमाशंकर बाबू मुस्कराने लगे। उनको शिवचरण नामक उस सहपाठी की अब भी याद थी, जो स्कूल के मैदान में एक आवारा टट्टू पर से सिर के बल गिर पड़ा था और जिसकी वजह से उसका नाम 'घोड़ीवाला' पड़ गया था। फिर वह गम्भीर होकर अफ़सोस भरे स्वर में बोले, "यार, वह कभी का मर गया! गाँव में खेती करता था! किसी ने रात में सोते समय गला काट दिया...!"

"हे भगवान! बड़ा मस्त लड़का था! यार, यूनिवर्सिटी के आशिक़ अली की याद है न? कितना तेज़ था पढ़ने में! एक बार अलीगढ़ में मैंने उसको देखा था। वह बाज़ार में नंगा घूम रहा था। सबसे बीड़ी माँगा करता था...!"

"मैंने भी सुना था कि वह पागल हो गया है। पता नहीं किसने बताया था..."

"और यार, वह लड़का याद है, जिसको हम लोग 'मच्छर' कहा करते थे? बौना होकर भी वह कितना अच्छा फुटबॉल खेलता था!"

"वह भी मर गया!"

अचानक शिवनाथ ने खिड़की की ओर चौंककर देखा। बाहर एक बैरा एक कप चाय लेकर खड़ा था। 'लाओ भैया' कहकर शिवनाथ ने उसके हाथ से कप ले लिया और उमाशंकर बाबू से कहा, "अच्छा, उमाशंकर, ज़रा मैं चाय पी लूँ।"

इसके बाद शिवनाथ प्याले से तश्तरी में डालकर चाय पीने लगे, उनके मुँह से सुड़-सुड़ या सड़-सड़ और कभी-कभी चट-चट की आवाज़ आने लगी। उमाशंकर बाबू ने तिरछी दृष्टि से अपने मित्र को दो-तीन बार देखा, फिर वह सामने दृष्टि करके अपने सिर को धीरे-धीरे हिलाने लगे।

चाय पीने के बाद शिवनाथ ने हाथ से ही अपने मुँह को दो-तीन बार पोंछा। इसके बाद उन्होंने अपनी पत्नी की ओर देखा, जो सामने एक प्लेट में रखी पूड़ी, तरकारी और नमकीन की ओर इशारा कर रही थी।

"अच्छा, उमाशंकर, ज़रा मैं नाश्ता कर लूँ...बस, दो मिनट लगेंगे।"

शिवनाथ उठकर अपनी पत्नी के पास जा बैठे। कुछ देर बाद चापुड़-चापुड़ की विचित्र-सी आवाज़ आने लगी। उमाशंकर बाबू के चेहरे पर पता नहीं कैसा एक तनाव-भरा अपराध-भाव तिर आया। इसके बाद वह शराफ़त से हल्के-हल्के मुस्कराने लगे! सामने खिड़की के बाहर आकाश का एक छोटा-सा टुकड़ा दिखाई दे रहा था। गरम-गरम हवा धूल उड़ा रही थी। वह पता नहीं कब तक इसी तरह गर्दन अकड़ाकर सीधे देखते रहे। जब शिवनाथ खँखारकर उनके पास आकर फिर बैठ गए, तो उन्होंने दृष्टि घुमाई।

"हाँ, तो उमाशंकर...!" लेकिन शिवनाथ की बात मुँह के अन्दर ही रह गई। उन्होंने कुछ याद आने पर खिड़की से बाहर सिर उचकाकर देखा और चौंक कर बोले, "अरे उमाशंकर, ग्रीन सिग्नल हो गया! नीचे उतर जाओ। जल्दी करो! चिट्ठी लिखना...!"

उमाशंकर बाबू नमस्कार कर नीचे उतर गए। जल्दी ही गाड़ी सरकने लगी। वह उस समय तक चुपचाप वहीं खड़े रहे, जब तक गाड़ी आँखों से ओझल नहीं हो गई। इसके बाद घूमकर धीरे-धीरे चल पड़े। वह एक विचित्र थकान, सुस्ती और पस्ती का अनुभव कर रहे थे। उनकी कमर का दर्द अचानक काफ़ी बढ़ गया था।

उन्होंने नाक सिकोड़कर इधर-उधर देखा, फिर कुछ और तेज़ चाल से चलने लगे। फाटक पर उन्होंने प्लेटफ़ार्म टिकट लौटाया, इसके बाद बाहर निकलकर यात्रियों के आवागमन और शोरगुल के बीच से होते हुए बाहर खड़े रिक्शों के समूह की ओर बढ़ गए।

शाम

महेन्द्र बरामदे में पहुँचकर चारपाई पर चुपचाप बैठ गया। इस समय साँझ तेज़ी से भाग रही थी। उसने एक उचटी हुई-सी दृष्टि चारों ओर डाली। इसके बाद वह सिर झुकाकर फ़र्श की ओर देखने लगा।

लता एक कोने में दुबकी बैठी थी। वह एक मैली-सी साड़ी पहने थी। उसकी हँसली की उभरी हुई हड्डी दिखाई दे रही थी। वह भी कुछ नहीं बोली और अपने सामने देखती रही। फिर वह मुस्कराने की चेष्टा करने लगी। इस पर महेन्द्र को ग़ुस्सा आ गया।

"गुलाटी साहब की बीवी आई थी।" लता ने जैसे कोई शुभ सूचना दी हो! वह तुच्छतापूर्वक हँसने लगी थी। महेन्द्र ने न उसकी ओर देखा और न कुछ बोला ही।

"वह बुला गई है। मैं तो कल उनके यहाँ जाऊँगी और कहूँगी—जिज्जी चाय पिलाइए।"

"तुम यही किया करो।" महेन्द्र ने उसकी ओर तेज़ दृष्टि से देखा।

लता की हँसी में एक खोंचा-सा लगा, "क्या?"

"अब गली-गली जाकर चाय माँगो।"

वह सहसा गम्भीर हो गई, जैसे धूप की अन्तिम किरण ग़ायब हो गई हो। उसका चेहरा तलवार की तरह तन गया।

"जब घर में चाय न मिलती हो तो बाहर माँगूँगी ही।"

"तुम्हें शर्म-लेहाज तो है नहीं।"

"आप दफ़्तर से आकर खौखियाने क्यों लगते हैं? मामूली-सी बात पर पारा गर्म हो जाता है। आपको चाय-नाश्ता नहीं दे पाती, इसमें मेरा दोष ही क्या है?"

"बस तुम्हें यही तो आता है।"

"आप भी तो अपने दोस्तों के यहाँ जाकर चाय पिलाने को कहते हैं?"

"तुम झूठ बोलती हो। मैं यह सब नहीं करता।"

"ज़रूर करते हैं।"

उनकी आँखें बिजलियों की तरह टकराईं।

"तुम सबको जिज्जी क्यों कहती हो?"

"तो क्या हो गया? आपको क्यों तीता लगता है?"

"तीता लगने की बात है।"

"एकदम नहीं है।"

"ख़ुद अपनी उम्र तो देखती नहीं।"

"तो क्या हुआ जिज्जी कह दिया तो? कोई अपराध-ज़ुल्म तो नहीं कर दिया?"

"तुम्हें ऐसा नहीं कहना चाहिए।"

"तो क्या कहना चाहिए?"

"बहिन जी कहो।"

"बहिन जी और जिज्जी में क्या फ़र्क़ है?"

"बिलकुल है। जिज्जी का मतलब है कि तुम उससे अपने को कमसिन मानती हो। उसको अपने से बड़ी हैसियत देती हो। यह हीनता नहीं तो क्या है?"

"अम्मा भी तो कई बार अपने से छोटी उम्र की औरतों को जीजी कहती हैं!"

"इतना सफ़ेद झूठ न बोलो।" महेन्द्र का मुँह विकृत हो गया।

"मैंने ख़ुद अपने कानों से सुना है।"

"तुम अम्मा से अपना मुक़ाबला करना चाहती हो? तुम उनके चरणों की धूल के बराबर भी नहीं।"

"मैंने जो सुना, वह कह दिया। आपको बुरा तो लगेगा ही।"

"तुम्हारे माँ-बाप ने तुमको यही सिखाया है।"

"मेरे माँ-बाप की तरह कोई बन जाए तो देवता हो जाए।"

"और तुम्हारी तरह हो जाए तो देवी!"

"देवी मैं थी कभी...हाँ, यहाँ आकर मुझमें कुछ ख़राबयाँ आ गईं। साथ-संगत का असर तो पड़ता ही है।"

"अरे जाओ...भाग्य मनाओ कि इस घर में आ गई।"

"हाँ, स्वर्ग से नर्क में आ गई। आते ही खाना बनाना पड़ता। बाप रे, पूरी बरात खाती थी...।"

"ख़ूब खाना बनाती थीं।"

"छोटे-छोटे बच्चों का गू-मूत करना पड़ता था। रात में सबके शरीर में तेल लगाओ। हथिनियों की तरह शरीर। खाना-पीना भी ढंग का नहीं। मेरी सोने जैसी देह मिट्टी में मिल गई।"

"बाप के यहाँ तो तुम दूध-घी से नहाती थीं!"

"नहाती ही थी। बाबूजी कभी मेवा लाते और कभी सेब-सन्तरे। अखरोट, किशमिश चने की तरह फाँकती थी। दाल में एक-डेढ़ छटाँक घी कड़कड़ा कर डाल दिया जाता था। यहाँ आने पर सब कुछ छूट गया। यहाँ तो कभी दाल है तो सब्ज़ी नहीं और सब्ज़ी है तो दाल नदारद।"

“काली जी की क़सम खाकर कह सकती हो?”

“मैं क़सम क्यों खाऊँ? क़सम खाएँ वे, जिन्होंने दूसरे की आत्मा दुखाई हो।”

“नरक में जाओगी नरक में।”

“नरक तो यहीं भुगत रही हूँ।”

“एहसान को घोलकर इस तरह न पीओ।”

लता की आँखें लपटों की तरह लहक उठीं, “एहसान?”

“हाँ, एहसान।”

“मुझ पर एहसान किसी ने नहीं किया है।”

“तुम तो नमकहरामी की बात करोगी ही।”

“हाँ, मैं आपका खाती हूँ, पर उसका पाई-पाई चुका देती हूँ।” उसके मुँह से फिचकुर छूटने लगा।

“तुम क्या चुकाओगी?”

“दिन-रात लौंडी-मज़ूरिन की तरह काम जो करती हूँ!”

“तो क्या तुम पटरानी बनकर रहना चाहती हो?”

“वो मर्द दूसरे होते हैं, जिनकी बीवियाँ पटरानियाँ बनती हैं।”

“उसके क़ाबिल भी तो होना चाहिए।”

“मैं क्यों क़ाबिल बनूँगी? दूर क्यों जाऊँ, यहीं बग़ल के पड़ोसी हैं, वह अपनी बीवी का कितना ख़याल रखते हैं! वह न ख़ास सुन्दर है, न ख़ास पढ़ी-लिखी। उसके ट्रंक सामानों से भरे हैं। नई-नई साड़ियाँ लाकर वे देते हैं। नये-नये फ़ैशन के सामान। जब उसके सिर में हल्का-सा दर्द होता है तो वह बेचैन हो जाते हैं। रात-रात-भर उसके सिरहाने बैठकर उनके सिर में तेल डालते हैं। उसको फूल भी उठाने नहीं देते। जब मर्द ख़याल करता है तो सभी ख़याल करते हैं। कहा भी गया है, जैसा ताज वैसी शोभा।”

लता की ज़बान कैंची की तरह चल रही थी। वह सामने आँखें मटका-मटका कर देख रही थी और हाथों को नचा रही थी।

महेन्द्र ने क्रोध से फुसफुसाई आवाज़ में कहा, “तुम इतना लड़ती क्यों हो?”

“मेरी जैसी बर्दाश्त करनेवाली स्त्री तो चिराग़ ढूँढ़ने पर भी नहीं मिलेगी।”

“हमेशा चिल्ला-चिल्लाकर बोलती हो। बच्चों को गालियाँ देती हो और मारती-पीटती हो। तुम्हारा यश मोहल्ले-भर में ख़ूब फैला हुआ है।”

“यह आप ही कहते हैं, मोहल्ले का कोई आकर कह दे तो।”

“एकदम ज़ाहिल और बेवकूफ़ हो।”

“चलिए, आपका हमारा अच्छा जोड़ा है।”

"हमेशा उल्टी चाल चलती हो, ऊपर से रोती रहती हो।"

"एकदम झूठी बात है।"

"मैं तुम्हारी एक-एक नस पहचानता हूँ। जिस दिन तुमसे प्रेम से कोई बात कही जाती है उस दिन बच्चों को तुम ज़रूर मारती हो। जब तुमसे यह कहा जाता है कि सर्दी-ज़ुकाम में बच्चों को ठीक से रखो तो तुम उनको ज़रूर ही ठंडे पानी से नहलाती हो। बुख़ार होने पर तुम ज़रूर ही उनको रोटी-भात खाने को दोगी। जिस दिन तुम्हारी तबीयत ख़राब हो उस दिन तुम ज़रूर ही चार बार घर में झाड़ू लगाओगी, उस दिन ज़रूर ही ढेर सारे कपड़े लेकर गुसलख़ाने में छँटाई करोगी। खाना तो तुम समय से खा ही नहीं सकतीं। कभी दो बजे, कभी तीन बजे। जिस समय सारी औरतें अपना काम-धाम निबटाकर सिलाई बुनाई करती हैं, उस समय तुम्हारा खाना-दाना चलता है। दवा लाने पर तुम एकाध पुड़िया खाकर शेष किसी कोने-अँतरे में फेंक देती हो। डॉक्टर अगर मिर्चा खाने को मना करेगा तो तुम ज़रूर ही अदबदाकर मिर्चे की कलौंजी खाओगी। ऊपर से कहोगी, 'इसमें मिर्चा कहाँ है। वह तो सब जल गया है...' चलनी में जितने छेद हैं, उतने तुममें दोष हैं, पर तुम हमेशा दूसरों पर धौंस जमाती रहती हो। हमेशा रोती रहती हो। इसी ज़हालत की वजह से यह तुम्हारा हाल है।"

"ससुराल में आने पर दो-तीन बजे खाना मिलता था, इसीलिए आदत पड़ गई है।"

"तुमको जितना आराम मिलेगा उतना ही तुम अपना दुखड़ा रोओगी।"

"वह तो मेरा दिल ही जानता है।"

"क्या जानता है?"

"बस मुझसे अधिक न कहलवाइए।"

"तुम किस मुँह से कहती हो?"

"सच-सच सुनना चाहते हैं?"

"तुम क्या सुनाओगी?"

"आप में हिम्मत की कमी है।"

"हिम्मत की!"

"हाँ, मर्द में जैसी हिम्मत होती है, वैसी हिम्मत नहीं है।"

"ऐसा मेरे बारे में मेरे दुश्मन भी नहीं कह सकते—तुम किस खेत की मूली हो?" महेन्द्र गुर्राया।

"आप काम और परिश्रम से डरते हैं। आप पहले ही सोच लेते हैं कि आपको सफलता नहीं मिलेगी, इसीलिए आप कोई नया काम हाथ में नहीं लेते और न आप अपनी बुद्धि का इस्तेमाल करते हैं। आज का ज़माना मेहनत का है, जो मेहनत करेगा, वह सुख भोगेगा। लोग दफ़्तर में काम नहीं करते, बल्कि दो-दो, तीन-तीन

काम और करते हैं। दूर क्यों जाते हैं, बग़ल में जोशीजी को देखिए। वह दफ़्तर से आकर नाश्ता करते हैं, फिर चौक में कपड़े की दुकान पर जाकर दो-तीन घंटे काम करते हैं। इसीलिए उनके लड़के ठाट-बाट से रहते हैं। उनको अच्छी शिक्षा मिल रही है। वे लोग भी ठाट-बाट से रहते हैं। आप तो एक ही काम से इतना थक जाते हैं कि आगे की बात ही सोचना बन्द कर देते हैं...।"

"तुम सीमा से आगे बढ़ रही हो।" महेन्द्र चिल्लाया।

"आप लापरवाह और घमंडी भी हैं। आपको इससे कोई मतलब नहीं कि आपके बाल-बच्चे किस तरह रहते हैं। आपको ग़रीबी से, दुख से सन्तोष है। सन्तोष इसीलिए है कि आप कुछ करना नहीं चाहते।"

"मैं कहता हूँ, चुप हो जाओ।"

"मर्द आदमी वह है जो अपने भाग्य को सुधारने की कोशिश करे, अपनी आमदनी को बढ़ाए और बाल-बच्चों का अच्छी तरह पालन-पोषण करे। और जो कुछ आप कमाकर ले आते हैं, उसकी वजह से आप घर के अन्दर गरज़ते-तड़पते हैं। पर मुझे ख़ूब अच्छी तरह मालूम है, जहाँ आपको क्रोध करना चाहिए, वहाँ आप क्रोध नहीं करते और जहाँ नहीं करना चाहिए वहाँ क्रोध करते हैं!"

"तुम चुप नहीं रहोगी?"

"चुप क्यों रहूँ? जो कहेगा, वह सुनेगा। आपकी वजह से ही इस घर की ऐसी हालत है। आप ठीक कहते हैं कि मैं हर चीज़ का विरोध करती हूँ और ज़िद ठान लेती हूँ। पर आपकी वजह से ही मेरी ऐसी दशा है। आपके ही लक्षणों से मेरा दिमाग़ ठीक नहीं रहता। यहाँ तो महीना बीतने के पहले ही राशन ख़त्म हो जाता है। आप तो दोस्तों के बीच गप्पें लगाते हैं और मुझे मोहल्ले-भर में माँग-माँगकर बच्चों का पेट पालना पड़ता है। सबके सामने एक भगौना आटा और एक छटाँक चावल के लिए गिड़गिड़ाती हूँ और दूसरों की फुसफुसाहट और आनी-बानी बर्दाश्त करती हूँ। ख़ुद उपवास करती हूँ, पर सबके सामने दो रोटी रखने की कोशिश करती हूँ। ख़ुद पूरा वर्ष दो साड़ियों पर काट देती हूँ...।"

"लता, चुप रहो, नहीं तो मुझसे बुरा कोई न होगा।"

"मेरे बच्चे कम दुख उठा रहे हैं? छोटी-सी चीज़ के लिए तरसकर रह जाते हैं। इसी पड़ोस में दूसरे के बच्चे किस तरह रहते हैं? इनको चिप्पियाँ लगाकर कपड़े पहनाती हूँ। ये लड़के कितना बर्दाश्त करते हैं! इनका जी नहीं है? सारा जाड़ा बिना स्वेटर-कोट के काट देते हैं। न ठीक से लिखना न ठीक से पढ़ना। ये बड़े होकर क्या करेंगे? मर्द-पुरुष कहीं हिम्मत हारता है? पर आपको तो कोई शौक़ ही नहीं। आप ख़ुद भिखमंगा बना रहना चाहते हैं। और बाल-बच्चों को भी भिखमंगा बनाए रहना चाहते हैं।"

"मेरे घर में तुम मेरा इस तरह अपमान नहीं कर सकतीं।"

"हाँ, यह आपका घर है। इसीलिए मैं यहाँ से दूर चली जाना चाहती हूँ, मैं अब किसी को भी अपना मुँह नहीं दिखाना चाहती। अब मुझे बच्चों का भी स्नेह नहीं है। मुझे माँ-बाप का भी मोह नहीं है...किसी का भी नहीं...।"

वह घुटनों में मुँह छिपाकर सुबकने लगी। महेन्द्र चिल्लाकर कुछ कहना चाहता था, पर उसकी आवाज़ मन के अँधेरे में गुम हो गई।

शक्तिशाली

नाश्ता करके नरेन्द्र कमरे में बैठकर अख़बार पढ़ रहा था। भीतर बरामदे में, जहाँ चूल्हा जला था, वहाँ और आँगन की नीची दीवारों पर हल्की ख़ुशनुमा धूप फैल गई थी। वह एक ऊँची जाति और अच्छे खाते-पीते कुटुम्ब में पैदा हुआ था और जवान होने पर उसको एक अच्छी सरकारी नौकरी तथा पढ़ी-लिखी और वफ़ादार बीवी भी मिल गई थी। उसका क्वार्टर भी बड़ा सुन्दर था, यानी दो कमरे, दरवाज़े के सामने सहन, लैट्रिन, बाथरूम वग़ैरह आधुनिक। वह हँसी-मज़ाक़, सैर-सपाटा, सिनेमा, थियेटर और राजनीतिक बहस पसन्द करता था और उसकी ज़िन्दगी सुख तथा आनन्द से बीत रही थी।

"ज़रा सुनिए जी..." उसकी पत्नी सुषमा ने पुकारा। वह उठा और कटे हुए माल के डिब्बे की तरह आँगन में चला गया। बिस्तरों और कपड़े-लत्तों को धूप दिखाना उसकी पत्नी को बहुत पसन्द था और लड़कोरी औरत होने के कारण यह ज़रूरी भी हो जाता था, परन्तु यह देखकर अचम्भा हुआ कि एक दरी और एक चादर दाईं दीवार के पास नीचे गिरी हुई है।

"आप ज़रा कहिए न। मैंने दरी और चादर दीवार पर फैला दी थी, लेकिन उधर से किसी ने डंडे से ठेलकर इसे नीचे गिरा दिया है।"

ब्लाक के अन्त में नीचे उसके क्वार्टर की बाईं दीवार के पार मैदान था। दाईं दीवार के पास जो क्वार्टर था, वह बहुत दिनों तक ख़ाली रहा, लेकिन कुछ महीनों से उसमें एक व्यक्ति आ गया था, जिसका नाम था भोलाराम। बहुत जल्दी भोलाराम के बारे में कुछ महत्त्वपूर्ण सूचनाएँ बस्ती-भर में तैरने लगी थीं। एक तो यह कि सरकारी कर्मचारी न होने के कारण वह बस्ती में रहने का अधिकारी नहीं है, परन्तु एक बहुत बड़े आदमी की तरफ़ से उसको यह सुविधा और मुफ़्त तनख़्वाह मिल रही है। या वह चोरी-छिपे अफीम, गाँजा, भाँग और लड़कियों का व्यापार करके भी काफ़ी पैसे पीटता है। कुछ व्यक्ति तो निश्चित रूप से यह भी जानते थे कि उसने चार हत्याएँ भी की हैं। और भी न मालूम क्या-क्या! ख़ैर, उसका चेहरा ख़ासा डरावना था। लम्बा काला शरीर, भेड़िए की तरह छोटी-छोटी आँखें, चौड़ा मज़बूत जबड़ा।

"अरे ऐसा नहीं हो सकता..." नरेन्द्र ने सज्जनतापूर्वक मुस्कराकर कहा।

"वाह मैंने ख़ुद अपनी आँखों से देखा है।"

"तो तुम बाईं ओर की दीवार पर क्यों नहीं पसारतीं?"

"आप जानते तो हैं कि पिछले साल ही उस दीवार पर से मेरी नई-नई भागलपुरी चादर खींचकर चलता बना था।"

"तो मैं कहाँ कहता हूँ कि दीवार पर पसारो, मैं तो कई बार कह चुका हूँ कि आँगन में चारपाइयाँ खड़ी करके उन पर फैला दिया करो।"

"पहले तो इसी दीवार पर पसारती थी। सारी बस्ती ऐसा करती है—वे ख़ुद कभी-कभी अपना गन्दा तोशक इसी दीवार पर फैलाते हैं।"

"धीरे बोलो। तुम लोग बात को समझती नहीं और ऊपर से बहस करने लगती हो। हमारी कमज़ोरी यह है कि हम दूसरों की असुविधा का ख़याल नहीं करते... पता नहीं उन्होंने दीवार के गारा जमा रखा हो! हटो, मैं बताता हूँ।"

नरेन्द्र ने ज़मीन पर से दरी और चादर उठा ली और आँगन में पड़ी दो खाटें खड़ी करके उन पर बिस्तर को फैला दिया। ख़ैर, बात आई और गई। सुषमा सब कुछ भूल गई और अपने पति का कहना मानकर बिस्तरे को खाटों और अलगनी पर पसारने लगी। हाँ, दो दिन तक नरेन्द्र को कुछ उलझन और परेशानी महसूस होती रही। उसको रात में नींद नहीं आती। भूख उसकी मर गई और प्यास भी। लेकिन एक दिन जब वह दफ़्तर से लौट रहा था, तो उसका मन सहसा हल्का हो गया। वह सोच रहा था कि यदि दुनिया में झगड़ा-फ़साद, ईर्ष्या-डाह, घृणा, झूठ वग़ैरह न रहता तो यह दुनिया कितनी पवित्र हो जाती! मुहब्बत में जितनी ताक़त है, उतनी किसी चीज़ में नहीं। वह क्यों न ऐसी ही दुनिया क़ायम करने की कोशिश करे! सामने का नीला आकाश, वृक्षों की हरी पत्तियाँ, तारकोल की साफ़ सड़क और मन्द-मन्द बहती हवा आज उसको उत्साहित कर रही थी।

दो महीने बीत गए और जाड़ा आ गया। छुट्टी के एक दिन, नरेन्द्र सवेरे ही मंडी गया। दो घंटे बाद जब वह वापस लौटा तो घर में बेहद ख़ामोशी छाई हुई थी। सुषमा बरामदे में पीढ़े पर बैठकर तरकारी काट रही थी। लेकिन उसका मुँह बहुत गम्भीर था। पास ही में पड़ी चारपाई पर उसका बारह वर्षीय लड़का सुरेन्द्र तथा उससे छोटी दोनों बच्चियाँ नीलम और नन्ही असाधारण चुप्पी साधे पास ही-पास बैठे थे।

"अब मेरे बच्चों की जान नहीं बचेगी इस बस्ती में।" सुषमा ने बिना सिर उठाए ही रुआँसे स्वर में कहा।

"साफ़ क्यों नहीं बतातीं?" नरेन्द्र को अपनी पत्नी पर न मालूम क्यों क्रोध आ रहा था।

"साफ़ क्या बताऊँ? लड़कों में आपस में तो मारपीट होती ही है। सुरेन्द्र और बग़लवाले का लड़का खेल रहे थे। दोनों में किसी बात पर झगड़ा हो गया। इस झगड़े को देखकर उस लड़के का बाप निकल आया। उसने पहले सुरेन्द्र को मारा,

फिर उसके दोनों हाथ पकड़ लिये और सभी बच्चों को बुलाकर कहा 'मारो इसको।' उसके सभी बच्चों ने मिलकर इसे बहुत मारा है। क़मीज़ उठाकर इसकी पीठ देखिए न, लाल-लाल सट्टे उभर आए हैं..."

"इसी की ग़लती होगी..." नरेन्द्र का क्रोध भड़क गया।

"आप कैसी बात करते हैं?"

"मैं हमेशा सही और ख़री बात कहता हूँ, किसी को बुरी लगे या अच्छी, इसकी मुझे परवाह नहीं। मैं अक्सर देखता हूँ कि सुरेन्द्र लड़कों से मार-पीट करता रहता है। मैंने तो इससे बार-बार कहा कि घर पर रहकर पढ़ा-लिखा करो।"

"हाँ, सारा दोष इसी में है तो इसे मार डालिए। सारी झंझट ख़त्म हो जाएगी।"

"बेकार की बात न करो, मैं जो कहता हूँ, उसे ठीक से समझो। बच्चों को अच्छी आदतें सिखाओ, नहीं तो आगे चलकर रोओगी। लड़ने-झगड़ने की आदत सिखाओगी तो वे लड़ेंगे—और मेल-जोल से रहने और पढ़ने-लिखने की आदत सिखाओगी तो वे वैसा ही करेंगे। मैं तो मान ही नहीं सकता कि वह यों ही बिगड़ा होगा, सुरेन्द्र ने ज़रूर कोई भारी शरारत की होगी।"

दुख और क्रोध के मारे सुषमा को कोई जवाब नहीं सूझा और वह आँचल में मुँह छिपाकर रोने लगी। नरेन्द्र कमरे में आकर बैठ गया। इसमें कौन-सी ख़ास बात है, वह सोच रहा था। शरारत करने पर लड़के पिटते नहीं? वह उन व्यक्तियों में नहीं, जो अपने लड़कों की हर बात का समर्थन करके उनकी आदतें बिगाड़ दिया करते हैं। लोग कैसी छोटी-छोटी बातों में अपना समय बर्बाद करते हैं! वह एक ऊँचे ख़ानदान में पैदा हुआ है और वह कोई तुच्छ काम नहीं करेगा। वह एक अच्छा पड़ोसी है और अपनी महान ज़िम्मेवारियों को समझता है। वह तो एक दिन भोलाराम से कहेगा कि उसका दिल साफ़ है और वह अपने तथा भोलाराम के लड़कों में कोई अन्तर नहीं समझता। भोलाराम को पूरा अधिकार है कि अगर उसके लड़के को बुरा काम करते हुए देखे तो उसको पर्याप्त दंड दे। इस दुनिया को मुहब्बत की कितनी ज़रूरत है। मुहब्बत का फल हमेशा अच्छा होता है।

नरेन्द्र ने अपने जीवन को पूरी तरह शान्ति और मुहब्बत में ढाल लिया। बच्चों का खेलना-कूदना उसने एकदम बन्द कर दिया। वे बिना इजाज़त के बाहर नहीं निकल सकते थे। घर के अन्दर भी वे ज़ोर से चिल्लाकर बोल नहीं सकते थे, और न हुड़दंग ही मचा सकते थे। पड़ोसी की शान्ति में खलल न पड़े, इसलिए नौ बजे ही घर की बत्ती बुझा दी जाती। दो-तीन बार उसने देखा कि भोलाराम के कमरे से केला या अन्य फलों के छिलके उसके दरवाज़े पर फेंक दिये गए। एक बार भोलाराम के आँगन से एक हड्डी का टुकड़ा उसके आँगन में गिरा। लेकिन नरेन्द्र ने सुषमा को समझाया कि वह बहुत ही मामूली बात है, और किसी बच्चे ने बिना समझे-बूझे इधर फेंक दिया होगा। वह स्वयं वैसे कूड़े को बड़ी तत्परता से हाथ से उठाकर फेंक देता।

बाहर निकलने पर भोलाराम को दूर से आंते देखकर ही मुस्कराने लगता और नज़दीक आने पर बहुत प्रेम से उसको नमस्कार करता। भोलाराम नमस्कार के उत्तर में सिर हिलाकर हँस देता और अकड़कर चलता बनता। परन्तु नरेन्द्र का उत्साह कम न होता। उसको पूर्ण विश्वास था कि उसके व्यवहार का एक दिन भोलाराम पर गहरा असर होगा और वह पवित्र जीवन व्यतीत करने लगेगा।

जाड़ा बीत गया और गर्मी आ गई। बच्चों के इम्तहान नज़दीक आ गए। होली के बाद लू चलने लगी थी। एक दिन सुषमा कूड़ा फेंकने के लिए निकली, तो उसने देखा कि पिछवाड़े के उसके दरवाज़े के सामने की पक्की ईंटें ग़ायब हैं। ईंटों को उखाड़कर कौन ले गया? वह दौड़ी हुई घर के अन्दर गई।

"ज़रा चलिए न..." सुषमा घबराए से स्वर में बोली, "पता नहीं गली की ईंटें कौन उखाड़कर ले गया है? सबके दरवाज़े के सामने ईंटें हैं, केवल हमारे दरवाज़े की ही ईंटें ग़ायब हैं?"

"तो तुम इतना चिल्लाती क्यों हो? जाओ काम करो, मैं देखता हूँ न।"

बाहर आकर उसने देखा तो सचमुच उसे बड़ा अचम्भा हुआ। रात-भर में किसने ईंट उखाड़ ली और क्यों? फिर उसी के दरवाज़े के सामने यह हरकत क्यों की गई? देखते-ही-देखते वहाँ एक छोटी-सी भीड़ इकट्ठी हो गई, पर सबने अचम्भा व्यक्त किया और एक-दूसरे की ओर सन्देह की दृष्टि से भी देखा।

शाम को दफ़्तर से आने पर सुषमा ने फुसफुसाए हुए-से स्वर में जल्दी-जल्दी नरेन्द्र से कहा, "आख़िर मेरा सन्देह ठीक निकला। सारा काम बग़लवाले का मेरी ज़मादारिन उनके यहाँ भी काम करती है, वही बता रही थी। उसने रात-भर में ही उन ईंटों से आँगन में एक चबूतरा बना लिया है। आप पुलिस में रिपोर्ट क्यों नहीं करते?"

"मैं देखता हूँ कि छोटी-छोटी बातों पर तुम ध्यान बहुत देती हो। तुम औरतों का यही काम है। तुम लोग इन व्यर्थ की बातों में समय बर्बाद क्यों करती हो? बैठकर सिलाई-कढ़ाई करतीं, कुछ अच्छी किताबें पढ़तीं ; कभी पूजा-पाठ करतीं।"

"ठीक है, मैं नीच ही सही, आपकी तरह मैं महात्मा नहीं हूँ। मेरा सारा दरवाज़ा ख़राब हो गया।"

"सारी बस्ती ऐसा कह रही है।"

"बस बस्ती के लोगों की बात मुझसे न करो। मैं एक-एक का चिट्ठा जानता हूँ। वे लोग ख़ुद नीच हैं; इसलिए दूसरों को नीच समझते हैं।"

नरेन्द्र से बस्ती के और कई लोगों ने कहा कि यह भोलाराम की करतूत है, लेकिन वह नहीं माना। बस्ती के लोग तो चाहते हैं कि वह भोलाराम से झगड़ जाए और वे तमाशा देखें। भोलाराम ऐसा काम क्यों करेगा? वह बाज़ार से ईंटें ख़रीद नहीं सकता? अरे, यह बस्ती के किसी दूसरे व्यक्ति की करतूत है। और मान लिया

जाए कि भोलाराम ने कुछ ईंटें उखाड़ ही लीं तो कौन डाका पड़ गया? यह गली किस काम आती है? सभी लोग उसमें कूड़े फेंकते हैं और वह हमेशा गन्दी रहती है और औरतें बच्चों को टट्टी और पेशाब कराती हैं। फिर उसको गली बाँधकर अपने साथ ले तो नहीं जाना? इस गली से बड़ा है इनसान, मुहब्बत, शान्ति और सुख। और वह इतना नीचे नहीं गिर गया है कि इस सर्वथा नगण्य घटना को महत्त्व दे और अपने हृदय की पवित्रता और शान्ति को नष्ट करे। वह एक ऊँचे ख़ानदान में पैदा हुआ है और उसका हर काम ऊँचे स्तर को होना चाहिए। दरअसल वह मान ही नहीं सकता कि भोलाराम एक नीच व्यक्ति है। और यदि उसमें कुछ मामूली ख़राबियाँ हों तो वे एक दिन ज़रूर दूर हो जाएगी और वह पवित्र जीवन व्यतीत करने लगेगा। वह कैसा शुभ दिन होगा?

अब नरेन्द्र भोलाराम की सबसे तारीफ़ करने लगा। वह तो उसका पड़ोसी है और अपने अनुभव से वह बता सकता है कि भोलाराम का जीवन निष्कलंक है। उसमें कुछ साधारण कमज़ोरियाँ हैं, जो हर मनुष्य में होती हैं। उससे बड़े-बड़े अपराधी इस बस्ती में भरे हुए हैं। लोगों ने तो इस बस्ती को व्यभिचार का अड्डा बना रखा है। किसी की स्त्री पेशा कराती है, किसी का बेटा अपने बाप का घर चोरी बदमाशी करके भरता है, किसी की जवान बेटी रात-रात-भर ग़ायब रहती है। यहाँ के लोग प्यार-मुहब्बत से रहना नहीं जानते। प्यार जीवन की सबसे बड़ी शक्ति है, सबसे बड़ा सत्य। प्यार इनसान के भाग्य को बदल देता है, दुष्ट को महात्मा बना देता है।

बरसात आ गई। आषाढ़ के काले-काले बादल बस्ती के ऊपर झुक आए थे। हवा तेज़ चल रही थी। पानी हहराकर बरसता और निकल जाता।

एक दिन शाम को दफ़्तर से आने के बाद ही कुछ देर में नरेन्द्र एक मित्र के यहाँ दावत खाने चला गया। रात में वह बारह बजे लौटा। पानी तो नहीं पड़ रहा था, लेकिन चारों ओर घना अँधियारा था। उसने किवाड़ खुलवाया।

बरामदे में साइकिल रखकर जब वह कमरे में आया तो उसको बड़ा क्रोध आया। सुषमा फ़र्श पर बैठी माथे पर हाथ दिये रो रही थी। उसके बाल अस्त-व्यस्त थे और आँखें और मुँह सूजे हुए थे।

"अरे यह क्या मज़ाक़ है!" नरेन्द्र ने गम्भीर स्वर में पूछा।

सुषमा छाती पीटते हुए बोली, "अरे मेरी इज़्ज़त लूट ली। मैं अब ज़िन्दा रहना नहीं चाहती..."

"क्या बात कह रही हो? छोटी-छोटी बातों में तुम लोग रोने लगती हो। साफ़-साफ़ कहो क्या हुआ?"

"अरे, मैं पिछवाड़े का दरवाज़ा खोलकर आप ही को देखने निकली थी। मैंने सोचा कि न मालूम आप इधर ही से आते हों। पता नहीं कब से वह बदमाश भोलाराम वहाँ खड़ा था। उसने मुझसे कहा 'भाभी जी, नमस्ते।' फिर वह मेरे पास चला आया।

मैं घर में भागने को हुई, इसके पहले ही उसने मेरा हाथ पकड़ लिया। मैंने हाथ छुड़ाने की कोशिश की, लेकिन मैं ठहरी औरत, उससे क्या पार पा सकती थी? उसने मुझे अपनी ओर खींचा तो मेरे मुँह से चीख़ निकली। चीख़ से उसने मुझे छोड़ दिया और अँधेरे में ग़ायब हो गया। हाय, उसने मेरी इज़्ज़त लूट ली...मैं कैसे ज़िन्दा रहूँगी!" सुषमा सिसक रही थी।

"बस इतना ही न? उसने और क्या बेइज़्ज़ती की?" नरेन्द्र का चेहरा सदा की तरह सौम्य और शान्त था।

"इतना क्या कम है? यह क्या आपको बेइज़्ज़ती नहीं लगती?"

"ख़ैर, यह कोई ख़ास बात नहीं। मैंने तो समझा था कि उसने कोई और गन्दी हरकत की है। तुम चिन्ता न करो मैं देखूँगा।"

इसके बाद वह पत्नी से कुछ न बोला। दूसरे दिन भी वह गम्भीर रहा। दफ़्तर तो वह नहीं गया, लेकिन दोपहर में तीन-चार घंटे के लिए बाहर निकला था और रात में जब बस्ती के सभी लोग सो गए, तो उसके दरवाज़े के सामने एक ठेला और तीन रिक्शे आकर रुके। उसने शहर में एक मकान ले लिया था और बस्ती को सदा के लिए छोड़ रहा था।

जब उसका रिक्शा बस्ती से बाहर निकला तो उसने निश्चिन्तता की साँस ली। उसको अपने ऊपर गर्व हो रहा था कि उसने इस संकट के समय भी कोई ग़लत क़दम नहीं उठाया। वह लड़ाई-झगड़ा कर सकता था, क्योंकि वह स्वयं भोलाराम से कमज़ोर नहीं। इसके अलावा, वह यदि बस्ती के लोगों से कहता तो वे उसका साथ देते। फिर किसी का सर फूटता, किसी की जान जाती। इससे क्या मिलता? अगर भोलाराम को बस्ती छोड़नी पड़ती तो उसके बाल-बच्चे कहाँ-कहाँ भटकते? और सच पूछा जाए तो बात भी कोई ख़ास नहीं थी। हो सकता है कि किसी भ्रम या नशे-वशे की झोंक में कोई दूसरी स्त्री समझकर उसने ऐसा किया हो। सम्भव है कि बाद में अपनी हरकत पर उसे पश्चाताप हुआ हो। बहरहाल, वह इनसानियत के लिए और शान्ति-मुहब्बत के लिए इस बस्ती को छोड़ रहा है। जो उसको नया मकान मिला है, वह बस्तीवाले मकान से बहुत ख़राब है। वह एक गन्दी गली में है और उसमें केवल एक कमरा है। परन्तु मकान से बड़ा है इनसान, प्रेम, शान्ति। वह दिन दूर नहीं, जब भोलाराम उसके व्यवहार के बारे में सोचेगा और अपने जीवन को सुधार लेगा....

ऊबड़-खाबड़ सड़क पर रिक्शा हचक रहा था। ठंडी हवा चल रही थी। नरेन्द्र ऊँघने लगा था।

मुक्ति

माघ की तेज़ सर्द हवा का एक झोंका शरीर को छेद गया। चलते-चलते मोहन ठिठक गया था। मधु का कमरा वहाँ से लगभग पचास गज की दूरी पर था, जिसकी खिड़की से पीली, मटमैली रोशीन के कई त्रिभुज निकलकर अन्धकार में खो गए थे। उसने जल्दी-जल्दी सिगरेट के दो-तीन कश खींचकर अधजला टुकड़ा फेंक दिया, जिससे अँधेरे में एक लाल पतली लकीर बनी और मिट गई। फिर कोट की जेबों में हाथ डालकर खिड़की की ओर बढ़ गया। मधु बिस्तर पर चित्त लेटी थी और सूनी-सूनी आँखों से छत को घूर रही थी। उसने अपनी बाँहों को सिर की ओर मोड़कर अँगड़ाई लेने की शक्ल में फैला रखा था और किसी बढ़ी हुई नदी के जल की तरह उसका सौन्दर्य उसके वस्त्रों में सिमट नहीं पा रहा था।

"कौन है?" हल्की-सी खटखटाहट होने पर मधु ने नज़र घुमाकर देखा। फिर वह हड़बड़ाकर उठ खड़ी हुई।

मोहन अन्दर आ गया। मधु दरवाज़ा पुनः बन्द करके चुपचाप खड़ी हो गई थी। वह नीचे अपने अँगूठे को देख रही थी, पर उसके होंठ काँप रहे थे। इसके बाद अपने दोनों हाथों में अपना मुँह छिपाकर वह रोने लगी।...चार मास पूर्व मोहन ने मधु से कहा था कि वह बीस-पच्चीस दिनों की छुट्टी पर घर जा रहा है, पर लाख बचाने पर भी इस अवधि की समाप्ति के पहले ही एक दिन जब उसकी मुलाक़ात रास्ते में मधु से हो गई तो उसने बहाना किया कि वह बीमार पड़ गया था। इसके बाद भी दो बार वायदा करके वह मधु के यहाँ नहीं गया था। और आज मधु जब उसके कार्यालय में जा पहुँची तो उसको लगा कि उस पर एक महान दायित्व आ गया है और वह व्यर्थ ही एक अप्रिय कर्तव्य से बचता रहा है।

मधु अब सिर उठाकर मोहन को देख रही थी। उसकी बड़ी-बड़ी आँखें आँसुओं में डूबी थीं और कुछ बूँदें उसके कपोल और होंठों पर फिसल रही थीं। वह पच्चीस या छब्बीस वर्ष से अधिक नहीं थी। लम्बी और तन्दुरुस्त। उसका रंग गोरा नहीं था। चेहरा भरा हुआ। और आँखें काफ़ी लुभावनी थीं। वह रेशमी साड़ी पहने थी, जिससे सेंट की ख़ुशबू उड़कर कमरे में भर गई थी। वह दौड़कर मोहन से लिपट गई और सिसकने लगी।

"इतने दिनों तक क्यों नहीं आए?" वह बुदबुदाई।

"देखो, बातों को समझो और हिम्मत से काम लो..."

मोहन ने एक उच्च कर्तव्य-भाव से उत्साहित होकर बोलना आरम्भ किया, पर उसको अजब हँसी आने लगी। इसके पहले मधु उससे रूठती थी तो वह उसको देर तक मनाता, मिन्नतें करता, प्यार की शपथें दुहराता, उसके अश्रु-भीगे मुख पर हाथ फेरता। उफ़, आठ वर्ष का एक लम्बा मूल्यवान समय!...सबसे पहले मधु को उसने अपनी शादी में देखा था। गँवई-गाँव की औरतों में वह अलग ही नज़र आती थी। एक चहकती चिड़िया। कोहबर में उसने ही उसके मुँह में दही पोता था। बाद में उसने ज़िद्द करके उससे एक गाना सुना था और स्वयं भी दो गाने सुनाए थे। फिर एक-एक करके सभी औरतें चली गईं और वह अपनी एक सहेली के साथ रात-भर उसके पास बैठी रही। हँसी-मज़ाक़ ने एक गम्भीर बातचीत का रूप धारण कर लिया था। कॉलेज-यूनिवर्सिटी की बातें...नई-नई फ़िल्मों की समीक्षा...लड़कियों से छात्रों की छेड़खानी...प्रदर्शनी में मौत का कुआँ और न मालूम क्या-क्या! मोहन को मधु से ही मालूम हुआ कि वह गाँव की ही एक विधवा कमकरिन की लड़की है, और उसकी माँ लखनऊ के एक अस्पताल में नर्स का काम करती है...।

मोहन उस समय लखनऊ में ही एम.ए. में पढ़ता था। वह एक धनी ज़मींदार का लड़का था और उसके विचार आधुनिक एवं क्रान्तिकारी थे। लम्बा, तगड़ा और सुन्दर। दरअसल वह किसी सुशिक्षित लड़की से प्यार करके शादी करना चाहता था, पर जब ऐसा सम्भव न हुआ तो वह उम्मीद करने लगा कि उसकी पत्नी पढ़ी-लिखी और आधुनिक होगी। और शादी में भी उसको निराशा ही हुई थी। उसकी पत्नी की शक्ल-सूरत तो अच्छी थी, परन्तु वह पढ़ी-लिखी न थी। उसको देखते ही वह एक लम्बा घूँघट काढ़ लेती। एक रात जब वह अपने क़स्बे में उसके साथ सिनेमा देखने गया तो वह बीच ही खेल में कुर्सी पर सो गई और नाक बजाने लगी। मोहन को लगा जैसे क्रोध और निराशा से वह पागल हो जाएगा...उसकी समस्त आकांक्षाएँ धूल में मिल गई थीं। वह दूसरे ही दिन लखनऊ के लिए रवाना हो गया...।

फिर वह घर बहुत कम गया, और जब गया भी तो अपनी पत्नी से कोई भी सम्बन्ध नहीं रखा, जो सदा रोती रहती और जिसको एक वर्ष बाद उसके पिता ने घर बुला लिया। मोहन ने लखनऊ में ही एक सरकारी दफ़्तर में नौकरी कर ली। वह सदा दुख और क्षोभ में डूबा रहता। उसकी भूख-प्यास मरती गई। कभी-कभी तो वह दिनभर कुछ न खाता और सिर्फ़ चाय पर ही गुज़ार देता। रात में सड़कों पर निरुद्देश्य टहलता रहता या किसी पार्क में देर तक बैठा रहता। ऐसी ही हालत में एक बार हजरतगंज में उसकी मुलाक़ात मधु तथा उसकी माँ से हुई थी। मधु की माँ उसको ज़बरदस्ती अपने यहाँ खींच ले गई। वे दोनों नाका हिंडोला के एक साधारण मकान में रहती थीं। बार-बार आग्रह करने पर मोहन को वहीं भोजन भी

करना पड़ा। वहाँ वह और मधु देर तक बातें करते रहे—बहुत-सी बातें...भूत-प्रेत, मृत्यु, समाजवाद, राज़ीनतिक व्यवस्था...। इतने दिनों बाद मोहन भी खोलकर बोल रहा था। उसने यह भी कहा कि भारत के स्त्री-पुरुष बहुत पिछड़े हुए हैं और अब समय आ गया है कि वे साहस के साथ सभी श्रृंखलाओं को तोड़ दें...।

वह अक्सर मधु के घर पहुँच जाता। वे घंटों बातें करते रहते और उनमें अक्सर बहस छिड़ जाती। मधु कॉलेज से निकलकर विश्वविद्यालय में पहुँच गई थी। वह मोहन की हर बात की बाल की खाल उतारने की चेष्टा करती। मोहन भी बहुत जल्दी उत्तेजित हो जाता और उसका हृदय क्रोध से जलने लगता। कभी-कभी बातें करते-करते उनका चेहरा तमतमा जाता और दोनों मुँह फुला लेते। वे घूमने निकलते भी तो देर तक नहीं बोलते। परन्तु उसी बीच पता नहीं कब उनका क्रोध ग़ायब हो गया होता। अब वे एक-दूसरे की ओर देखते। मधु की बड़ी-बड़ी आँखें चमकने लगती थीं। मोहन के होंठों पर भी एक क्षीण मुस्कराहट थिरकने लगती। फिर पता नहीं कब, शायद किसी रेस्तराँ में पहुँचकर या किसी भीड़ के बीच वे फिर उसी उत्साह से बोलना शुरू कर देते।

एक दिन मोहन ने मधु को अपनी पत्नी से सम्बन्ध टूटने की बात बता दी... और यह भी कि उसके जैसा दुखी व्यक्ति इस पृथ्वी पर कोई नहीं। इसके बाद मधु ने उससे बहस करना छोड़ दिया। वह चुपचाप उसकी बातें सुनती रहती। एक बार मोहन ने बात करते हुए मधु का हाथ अपने हाथ में ले लिया। मधु का चेहरा ईंगुर की तरह लाल हो गया और उसने अपना हाथ धीरे-से खींच लिया। इस पर मोहन ने दुख से भरकर कहा कि उसकी तरह अभागा कोई नहीं और मधु उसको जो चाहे दंड दे। मधु रोने लगी। फिर वे एक-दूसरे को प्यार करने लगे...।

मधु की सिसकी अब बन्द हो गई थी। वह अब मोहन को स्नेहपूर्वक देखकर मुस्करा रही थी। उसने मोहन की कोट के कॉलर में अँगुलियों को उलझाते हुए पूछा, "क्यों नहीं आते थे? नाराज थे क्या?"

"दुनिया में सब कुछ यही तो नहीं है...बड़े-बड़े काम हैं...जो इनसान अपने जीवन में कोई बड़ा काम न कर सके वह भी क्या ...।" मोहन कोई खरी बात कहने जा रहा था, पर उसको खाँसी आ गई और वह देर तक खाँसता रहा।

"माफ़ करना...मुझमें बहुत-से दोष हैं। चलो, खड़े क्यों हो...तुमको सर्दी लग गई है। अब भी तुम अपने शरीर के प्रति बहुत लापरवाही करते हो। ओवरकोट क्यों पहनकर नहीं आए?...रहो, हीटर लाती हूँ।"

उसका स्वर ख़ुशी और उत्साह से काँप रहा था। वह मोहन का हाथ पकड़कर चारपाई के पास ले गई और उसको बिस्तरे पर बिठाकर उसके पैरों पर रजाई डाल दी।

"हाथ-पैर सेंक लो...फिर खाना लाती हूँ। देखो, बुरा न मानना...मैंने खा लिया है...सोचा कि आज भी तुम..."

"मैं भी खा चुका हूँ।" मोहन ने गम्भीरतापूर्वक कहा।

"नहीं...नाराज न हो...सचमुच मैं बहुत तुच्छ हूँ...मुझसे बड़ी ग़लती हो गई..."

"अच्छा लाओ...अधिक नहीं।" मोहन ने ज़ोर से खखारा, पर फिर उसको हँसी आ गई। दरअसल वह अपने मन की बात कहने ही वाला था, परन्तु खाद्य-पदार्थों का स्मरण कर उसका दिल कुछ नरम पड़ गया। वह खाकर भी नहीं आया था। मधु ख़ूब रच-रचकर भोजन बनाती थी और आग्रह कर-करके खिलाती थी। पूरी, खीर, अंडे का हलवा, पुलाव, रोगनजोश...। उसके मुँह में पानी भर आया।

मधु मुस्कराकर भीतर चली गई थी। जब तक वह रसोईघर में खटपट करती रही, मोहन चारपाई की पाटी पर अँगुलियों से तबला बजाता रहा। इस समय वह स्वीकार कर सकता था कि मधु में एक-दो अच्छाइयाँ भी हैं। मधु ने क़सम धरा दी थी कि वह रात में कभी भी भोजन करके न आया करे। वह इस तरह वर्षों उसके यहाँ रोज़ रात में खाना खाता रहा है।

कुछ ही देर में उसके सामने स्टूल पर भोजन की थाली परस आई, जिसमें उसकी पसन्द के सभी सामान मौजूद थे। सचमुच उसको ख़ूब भूख लग आई थी। जब वह खाने लगा तो मधु उसके पास बैठ गई और उसके बाएँ हाथ को अपने हाथ में लेकर उसकी अँगुलियों से खिलवाड़ करती रही। वह बताने लगी कि किस तरह मोहन के बिना उसका जीवन सूना-सूना हो गया था। मोहन ने जब घर जाने की बात कही, उसके दूसरे दिन ही मधु ने भी उसके यहाँ जाने की योजना बना ली थी। वह किसी होटल में ठहर जाएगी...कभी-न-कभी मोहन से मुलाक़ात होगी ही। वह कैसा पागलपन था! वह मोहन के बिना एक क्षण भी ख़ुश नहीं रह सकती। यह सब कहते हुए उसका मुँह तमतमा गया था और आँखें चमक रही थीं।

"खीर और देती हूँ..." इसके पूर्व कि मोहन हाँ-ना करे, मधु उठकर जल्दी से चली गई। उसने खीर और रसेदार सब्ज़ी उसकी प्लेटों में लाकर डाल दी और फिर उसी जगह पर बैठ गई। मोहन सिर झुकाकर ख़ूब छककर खा रहा था। उसको यह सोचकर गर्व हो रहा था कि एक स्त्री पागलपन की हद तक उसको प्यार करती है फिर यह सोचकर मधु पर दया भी आई कि कुछ ही देर में उसको भारी दुख और निराशा में डूबना पड़ेगा। हाँ, इस स्त्री ने उसको भेड़ा बनाकर रखा और वह अपने पारिवारिक तथा सामाजिक दायित्वों को एकदम भूल गया। वे रोज़ मिलते और यदि किसी कारण से उनका मिलना नहीं हो पाता तो वे एक-दूसरे को ख़त लिखते। मोहन अपने पत्रों में इस दुनिया को बदलने की बात करता था। वह समय आ रहा है जब इनसान और इनसान का भेद-भाव मिट जाएगा। दो वर्ष बाद मधु की माँ की मृत्यु हो गई और मधु ने एक स्कूल में मास्टरी कर ली थी। वे अब और भी शक्ति और उत्साह से प्यार करने लगे। मोहन कहता कि वह जीवन के अन्त तक उसका साथ नहीं छोड़ेगा और इससे मधु को बहुत ही ढाँढस होता।

वह शाम को दफ़्तर से छूटते ही मधु के घर पहुँच जाता, वहीं भोजन करता और रात गुज़ारता। उनका मिलन उनकी आकांक्षा को और गहरा कर देता और विदाई अतृप्ति और व्याकुलता को और बढ़ा देती। हाँ, पूरे आठ वर्ष!

"कुछ और लो।...अच्छा नहीं बना है क्या?" मधु ने पूछा।

मोहन ने हाथ समेट लिया था। उसने उत्तर दिया, "भूख नहीं है...चीज़ें अच्छी थीं।" फिर वह हँसने लगा।

मधु भी हँसती हुई थाली लेकर चली गई। मोहन फ़ौरन गम्भीर होकर डकार लेने लगा। हाँ, अब देर करने की ज़रूरत नहीं है। आख़िर इतने दीर्घ काल तक उसकी आँखें कैसे बन्द रहीं? पिछले वर्ष जब तार मिला कि उसके पिता बहुत बीमार हैं तो वह घर गया था। उसके पिता तो बीमार नहीं थे, लेकिन उसकी पत्नी तथा उसके श्वसुर अवश्य उपस्थित थे। परित्यक्ता पत्नी! जब वह अपने कमरे में गया तो उसकी पत्नी ने सहसा भीतर आकर उसके पैर स्पर्श किये। वह चकित होकर देखता रह गया था। मीरा अब एकदम बदल गई थी। वह उल्टे पल्ले की साड़ी पहने थी। उसके मुँह पर पाउडर! हाथ में घड़ी और होंठों पर लिपस्टिक। वह मुस्करा रही थी। उसने कोई शिकवा-शिकायत नहीं की। वह उससे हाल-चाल पूछती रही और बीच-बीच में अंग्रेज़ी के शब्दों का इस्तेमाल भी कर देती।

शाम को मोहन के श्वसुर उसको नदी के किनारे घुमाने के लिए ले गए। एकान्त तट पर, उन्होंने भी मोहन के पैर पकड़ लिये। उन्होंने गिड़गिड़ाते हुए कहा कि मोहन उसकी भूल-चूक माफ़ कर दे। उन्होंने मीरा को बी.ए. तक शिक्षा दिला दी है और मोहन अब उसको स्वीकार कर ले। जब से उनके लड़के की मृत्यु हुई है, मीरा ही अब उनकी एक मात्र सन्तान रह गई है। उनकी ज़िन्दगी का कोई ठिकाना नहीं और उनके बाद मोहन और मीरा को ही उनकी विशाल सम्पत्ति को भोगना है। डेढ़ सौ बीघा ज़मीन, बारी-बगीचे, हज़ारों रुपये के गहने तथा बैंक में जमा बीस हज़ार रुपयों की देखभाल कौन करेगा? वह आख़िर नीच जाति की औरत के पीछे अपनी ज़िन्दगी क्यों बरबाद कर रहा है? ज़माना बड़ा अच्छा आ गया है, लोग कोई व्यापार-धन्धा खोलकर ख़ूब रुपये कमा रहे हैं, अगर उसने अपना यह समय बर्बाद न किया होता तो वह आज एक बड़ा आदमी होता। फिर भी कुछ बिगड़ा नहीं है...।

मधु वापस आकर हँसती हुई उससे सटकर बैठ गई तो मोहन ने काफ़ी गम्भीर स्वर से पूछा, "मधु, तुम मुझको प्यार करती हो न?"

"यह भी पूछने की बात है! मैं तो भगवान से यही प्रार्थना करती हूँ कि अगले जन्म में भी तुम्हीं मुझको मिलो।" मधु मुस्कराती हुई मोहन की आँखों में देखने लगी।

"तो मैं जो कहूँ उसको मानोगी न?"

"हाँ-हाँ!" मधु किसी छोटी बच्ची की तरह बोली।

"तुम अपनी जाति के किसी लड़के से शादी करके अपनी गृहस्थी बसा लो। तुम्हारी जाति में भी...।"

"क्या?" देखते-ही-देखते मधु के चेहरे पर स्याही दौड़ गई।

"मधु, मैं ठीक कह रहा हूँ। तुम भावना में न बहो। मैं त्याग की भावना से ही ऐसा कह रहा हूँ। मैं तुम्हें सुखी देखना चाहता हूँ और उसके लिए बड़ी-से-बड़ी कुर्बानी कर सकता हूँ। तुम्हारा कल्याण इसी में है कि तुम सम्मानजनक ज़िन्दगी व्यतीत करो...एक सुखी ज़िन्दगी।"

"मुझे नहीं चाहिए ऐसा सुख। ऐसे सम्मान पर मैं थूकती हूँ।" मधु का स्वर काँप रहा था, "मोहन, क्या तुम सारे वादे भूल गए? क्या वह प्यार झूठा था? तुम्हारी प्रतिज्ञाएँ...।"

"तुम मुझे धोखेबाज़ बना रही हो? झूठा बना रही हो? मैं तुम्हारे भले के लिए कह रहा हूँ और तुम मेरी नीयत पर शक करने लगीं। अभी तक मैंने तुमको दुनिया में सबसे अधिक प्यार किया था, पर आज मेरी आँखें खुल गईं। तुम लोगों से यही उम्मीद की जाती है...।" मोहन खड़ा हो गया था और क्रोध से चिल्ला रहा था।

"मोहन! मोहन!" मधु की आँखों में भय की कालिमा फैल गई थी।

"हाँ-हाँ, मैं धोखेबाज़ हूँ। शायद तुमको इसका घमंड है कि तुमने मेरे लिए बड़ा त्याग किया है। लेकिन, त्याग तुमने नहीं, मैंने ही किया है। तुमको तो लाभ-ही-लाभ हुआ...तुम लोगों में तो यह सब होता ही है। तुम्हारे पास न धन-दौलत थी, न प्रतिष्ठा ही...। हाँ, नुकसान मेरा हुआ, तुम्हारी वजह से मैंने अपने पवित्र आचरण को नष्ट किया, अपनी जाति भ्रष्ट की, अपनी जायदाद छोड़ी, देवी की तरह पवित्र स्त्री को त्यागा...।"

"मोहन! मोहन! ऐसा न कहो!" मधु ने अशक्त फुसफुसाए-से स्वर में कहा।

"और तुमको मालूम होना चाहिए कि तुमने एक प्रतिभावान् पुरुष का जीवन बर्बाद किया। अगर तुमने मुझको अपने जाल में फँसाया न होता तो मैं आज कम-से-कम ज़िले का कलक्टर होता। हाँ, कलक्टर! अगर राजनीति की ओर गया होता तो उपमंत्री बन गया होता। देश को मुझसे काफ़ी आशाएँ थीं...और तुमने एक महान प्रतिभा की हत्या कर दी...आज से हमारा-तुम्हारा सम्बन्ध भंग...।"

"मोहन! मोहन!" मधु ने आगे बढ़कर मोहन के कन्धे पकड़ लिये, परन्तु मोहन ने झटके से अपने को मुक्त कर लिया और दरवाज़ा खोलकर तेज़ी से अन्धकार में ग़ायब हो गया।

मछुआ

भीतर से बन्द दरवाज़े की कुंडी खुलने की आवाज़ सुनाई पड़ी। क्षण-भर की प्रतीक्षा के बाद अनिलेश ने किवाड़ ठेलकर कमरे में क़दम रखा तो उसकी दृष्टि अदृश्य शरीर के पीछे बगुले के पंख की तरह श्वेत फड़फड़ाते आँचल को ही पकड़ सकी।

"चाचीजी नहीं हैं क्या?" बेंत की कुर्सी कुछ आगे खींचकर बैठते हुए उसने जैसे हवा से प्रश्न किया।

भीतर बरामदे से ख़ुशी और लज्जा की उत्तेजना तथा कम्पन से युक्त कोमल स्वर को सुनकर वह आगे कुछ न बोला और चुपचाप दरवाज़े पर टँगे लाल पर्दे को देखने लगा जो हवा में उड़ रहा था। फिर अपने चिकने, काले और उल्टे झाड़े गए बालों पर धीरे-धीरे हाथ फेरकर कमरे को निहारने लगा, जिसके बीच में दीवार से सटे तख़्त पर काली मोटी दरी तथा जोगिया रंग की साफ़ चादर बिछी थी। परन्तु सहसा नीरजा हवा के तेज़ झोंके की तरह भीतर आई और किताबों की आलमारी में से दो पत्रिकाएँ निकालकर तख़्त पर रखती हुई उसी तरह वापस चली गई। उसने अनिलेश की ओर एक बार भी नहीं देखा। उसका चेहरा तमतमाया हुआ था और बड़ी-बड़ी आँखें किसी उमंग से चमक रही थीं। उसकी चौड़ी मुलायम पीठ पर फैले लम्बे और घने बाल कमर के नीचे लहराते चले गए थे। अनिलेश खोई-खोई दृष्टि से उधर देखता ही रह गया।

पत्रिकाएँ लेकर वह उलटने-पुलटने लगा लेकिन उसकी तबीयत उचट-सी गई। उसका हृदय गहरे दुख से भर आया था। उसकी समझ में नहीं आता था कि इन कुछ ही महीनों में उसमें ऐसा परिवर्तन कैसे हो गया! स्नान-पर्व के समय ठसाठस भरी धर्मशाला के समान इस बस्ती में वह बहुत दिनों से रहता था और डेढ़ वर्ष पूर्व सीता देवी जब इस क्वार्टर में आईं तो उसका जीवन निर्द्वंद्व था। उसके मित्रों ने कहा कि उसकी पाँचों अँगुलियाँ घी में हैं क्योंकि माँ की उम्र चालीस से अधिक नहीं और बेटी का शरीर बरसाती नदी की तरह बढ़ा हुआ है। वह एक सरकारी दफ़्तर में काम करता था और अपनी पत्नी को सदा गाँव में रखता था। उसकी शक्ल-सूरत भी अच्छी थी। उसका जीवन-दर्शन था कि इस भवसागर में स्त्रियाँ मछलियाँ हैं और वह मछुआ! वह कहता था कि जाल डालने के लिए बुद्धि और अनुभव की

आवश्यकता होती है, बुरे काम के लिए कोई भी स्त्री बुरी नहीं होती और परिश्रम वहीं करना चाहिए जहाँ सफलता की आशा हो। इसीलिए वह ग़रीब या मर्द-शून्य कुटुम्बों, कमज़ोर पतियों की बीवियों तथा घरेलू अन्यायों से असन्तुष्ट युवतियों को ध्यान में रखकर अपनी योजनाएँ बनाता था। नीरजा को देखकर उसके मुँह में पानी भर आया। गोरा चेहरा, लचकदार मज़बूत शरीर, शब्दहीन चाल और नुकीली नाक, जो ख़ुशी का भार न सँभाल सकने के कारण हल्के-से सिकुड़ जाती थी।

परन्तु एक शाम को जब वह दफ़्तर से लौटा उसका शरीर चूल्हे के तवे की तरह जल रहा था। रात-भर वह बेहोश-सा पड़ा रहा और दूसरे दिन सीता देवी उसको कब देख गईं और कब डॉक्टर को ले आईं, यह भी उसको ठीक-ठीक याद नहीं। माँ-बेटी की तीमारदारी से ही वह शीघ्र चारपाई से उठ सका, लेकिन अचम्भे की बात यह थी कि बीमारी के बाद भी उसके प्रति सीता देवी का स्नेह बढ़ता गया था, जिसके कारण वह उनके परिवार में घुल-मिल गया। उसने उनके यहाँ कितनी बार भोजन किया या नाश्ता, इसकी कोई गिनती नहीं। घर में कोई ख़ास चीज़ बनने या किसी के यहाँ से मिठाईप्रसाद आने पर उसका हिस्सा अलग रख दिया जाता। शहर के किसी बालिका विद्यालय में पढ़ानेवाली वह साधारण-सी महिला जितनी कर्मठ थी, उतनी ही निश्छल भी। नौकरी के अलावा वह शाम-सवेरे ट्यूशन, बाज़ार-हाट, रसोई-पानी, सब कुछ करती थी। दस वर्ष पूर्व पति की मृत्यु के बाद से अब तक घोर परिश्रम करके उन्होंने अपनी लड़की को इंटरमीडियेट में पहुँचाया था। नीरजा अपनी माँ के कड़े अनुशासन में रहकर पढ़ने-लिखने के अलावा पुस्तकों पर कवर चढ़ाती, कमरे को सजाती, पर्दों और तकियों के गिलाफ़ को बदलती, दीवारों पर नये चित्र-कैलेंडर टाँगती और घूमने-टहलने या मनोरंजन के नाम पर बस्ती की शिक्षित नव-विवाहित बहुओं से सिलाई-कढ़ाई आदि के नये-नये गुण सीखती।

अनिलेश यह सोचकर मन-ही-मन बहुत प्रसन्न हुआ कि अब जाल डालना बहुत आसान हो गया है। उसका दिल साफ़ नहीं था इसलिए वह अपने एहसानों का पलड़ा भारी रखने की चेष्टा करने लगा। उसका यह भी कहना था कि पैसे से स्त्री का दिल मोम की तरह पिघल जाता है। इसीलिए वह अन्धाधुन्ध ख़र्च भी करता था। सीता देवी ने कई बार मना किया लेकिन वह आग्रह करके बाज़ार-हाट कर देता, अक्सर अपने पैसे से ढेर-से फल और मिठाई लाकर रख देता और नीरजा के लिए पत्र-पत्रिकाएँ और पुस्तकें ख़रीद लाता। परन्तु इतने से ही उसको सन्तोष न हुआ, जैसे उसके दिल में कुछ काटता हो। अब वह अपनी हैसियत तथा आचरण के सम्बन्ध में डींग भी मारने लगा। जैसे अत्यधिक महत्त्वहीन बात कह रहा हो, इस तरह हल्के-फुल्के ढंग से बताता कि गाँव में उसके सैकड़ों बीघे बाग़-बगीचे हैं, नौकर-चाकरों की भीड़ लगी रहती है, रोज़ ही बाहर के लोग आकर खाते-पीते रहते हैं और उसके पिताजी इतने हठी हैं कि अपनी छोटी ज़िद पूरी करने के लिए

हज़ारों रुपये ख़र्च कर देते हैं। उसने कई बार यह भी कहा कि उसके दिल की भावनाओं का लोग ग़लत मतलब लगाते हैं, जबकि वह दूसरों के लिए जान देने को तैयार रहता है। माँ और बेटी उसकी बातें सहास्य कुतूहल, विश्वास और आश्चर्य के भाव से ध्यानपूर्वक सुनती थीं।

वह शीघ्र ही एक ऐसी परेशानी महसूस करने लगा, जिसकी उसने कल्पना नहीं की थी। इसी बीच बस्ती में यह ज़ोर की अफ़वाह फैली कि अनिलेश का माँ और बेटी दोनों से सम्बन्ध है। लोग यह भी कहते थे कि सीता देवी बहुत घुटी औरत है और बेटी की जवानी का लालच देकर अपना स्वार्थ लाभ कर रही है तथा रुपये भी ख़ूब ऐंठ रही है। यही नहीं, धीरे-धीरे जान-पहचान की औरतों ने सीता देवी के घर जाना बन्द कर दिया। अनिलेश के मित्र उस पर व्यंग्य कसने लगे। जब वह सीता देवी के घर के अन्दर रहता तो पड़ोस का कोई लड़का किसी बहाने से भीतर आकर टोह लेता। एक दिन नीरजा बस्ती की अपनी कुछ सहेलियों से लड़ गई और उसने उनके आक्षेपों का उत्तर देते हुए कहा कि 'अनिलेश जैसा शरीफ़ व्यक्ति बस्ती में दूसरा कोई भी नहीं!' परन्तु इतने पर भी उस विधवा अध्यापिका के व्यवहार में कोई परिवर्तन नहीं हुआ। अनिलेश के हृदय पर किसी ने बोझ रख दिया था। वह गम्भीर रहने लगा। जब वह नीरजा के सामने जाता तो उसकी आँखें नीची हो जातीं। उसको कभी-कभी क्षोभ होता कि सीता देवी उस पर क्यों विश्वास करती हैं? वह अक्सर कहती थीं कि यदि उनका बच्चा जीवित रहता तो आज उसी की शक्ल-सूरत और उम्र का होता। उनकी बड़ी-बड़ी निश्छल और पीड़ामयी आँखें उसका पीछा करने लगीं।

नीरजा का जीवन सूखे धान की तरह था, जिसमें अब पानी पड़ गया था। परिचय के पूर्व उसने अनिलेश के सम्बन्ध में सोचा भी नहीं था, लेकिन माँ का रुख अनुकूल होते ही वह सहसा बसन्त ऋतु की हवा की तरह कोमल हो गई थी। माँ की असहायता, कष्ट और एकाकीपन के कारण वह सदा दहशत तथा घुटन के बीच रहती आई थी। जब दूसरों के घरों में रिश्तेदार आते जिसके कारण ख़ूब चहल-पहल तथा हुड़दंग होती या पड़ोसी लोग खेल-तमाशा जाते तो उसका हृदय एक अनजान उदासी और रिक्तता से परिपूर्ण हो जाता। परन्तु उसकी माँ किसी रिश्तेदार के यहाँ जाना नहीं चाहती थीं, क्योंकि उसके पिता की मृत्यु के बाद किसी ने भी उनसे अच्छा व्यवहार नहीं किया था। वस्तुत: परिस्थिति की मजबूरी और साहस की कमी के कारण नीरजा अपनी माँ के दिमाग़ से ही सोचती थी और उसमें एक ऐसा हीन परावलम्बन का भाव बना रहता कि उसने कभी अपने सम्बन्ध में विचार नहीं किया था। अनिलेश का आगमन उसकी ज़िन्दगी में एक नई घटना थी, जिसने उसके मन को स्फूर्ति और रहस्यमयता से भर दिया। वह अत्यधिक ख़ुश रहने लगी। उसको प्रथम बार महसूस हुआ कि उसकी माँ से अलग उसका एक स्वतंत्र जीवन है।

वह अपनी जवानी और उसके सुख तथा पुरुष के प्यार के सम्बन्ध में सोचकर अनिलेश के प्रति कृतज्ञता का अनुभव करने लगी। और जैसे उसी कृतज्ञता का बदला चुकाने के लिए वह अनिलेश को प्यार करने लगी।

"अरे, तुम बैठे हो? ...क्या बताऊँ, मुझे बड़ी देर हो गई।"

सीता देवी ने कमरे में क़दम रखा तो अनिलेश चौंककर खड़ा हो गया। उनके चढ़े मुख से प्रकट था कि वह धूप में पैदल चलकर आई हैं। वह दरवाज़े का सहारा लेकर सुस्ताने लगी थीं। उनके दाहिने हाथ में एक बड़ा झोला था और उनकी चप्पलें धूल से भरी थीं तथा ललाट के बीच में एक मोटी-सी नीली नस उभर आई थी।

"चाचीजी, मुझसे कह दिया होता।"

"अरे नहीं बेटा...तुम बैठो...खाने में क्या देर है, नीरजा?" वह फुर्ती से भीतर चली गईं।

"तैयार तो है!" नीरजा के उत्तेजित स्वर में कृत्रिम नाराज़ी और प्रच्छन्न ख़ुशी के टकराव का आभास था।

कुछ देर तक माँ-बेटी में न मालूम क्या खुसुर-फुसुर होती रही, जिसके बाद बर्तनों की झनझन-खनखन सुनाई देने लगी। हवा ख़ूब तेज़ चल रही थी, जिसके कारण पर्दा फड़फड़ाकर उड़ता था तो बाहर की धूप आँखों को चौंधिया देती थी। अनिलेश को अब पूरी तरह समझ में आ गया कि नीरजा आज प्रथम बार अपने हाथ से रसोई बनाकर उसको खिला रही है, इसीलिए बहुत ख़ुश और शरमाई हुई है और सामने आने से बच रही है। वह जानता था कि वह उसको बुरी तरह प्यार करने लगी है और आज वह एक हल्का-सा संकेत कर दे तो वह सब कुछ न्यौछावर करने को तैयार हो जाए। और यह विचित्र बात थी कि ज्यों-ज्यों वह गम्भीर होता गया, नीरजा उसके साथ और साहस तथा शोखी से पेश आने लगी। न मालूम कितनी बार उसके कमरे में आकर उसकी किताबों को उलट-पुलट गई है, उसके कमरे को सज़ा गई है और देर तक चिड़ियों की तरह चहककर पता नहीं कहाँ-कहाँ की बातें कर गई है...अकेले में वह उसको देर तक घूरती रह जाती थी। उसकी चाल, उसकी बोली, उसकी हँसी, उसकी पोशाक...उसकी हर बात एक खुले पृष्ठ की तरह थी। परन्तु अनिलेश ने कभी भी अपने हृदय की इच्छा प्रकट नहीं की—अपने किसी व्यवहार या संकेत से भी नहीं। आख़िर ऐसा क्यों? कोई दुख उसके हृदय में तेज़ छुरी की तरह धँसता गया।

नीरजा तेज़ी से कमरे में आकर अनिलेश के सामने एक छोटी मेज़ और स्टूल रख गई। उसने एक बार उसकी ओर ऐसी दृष्टि से देखा जैसे भारी प्रशंसा का काम कर रही हो। उसने अपनी सफ़ेद साड़ी बदलकर एक लाल रेशमी साड़ी पहन ली थी, जो हवा में सरसरा रही थी। नीले रंग के ब्लाउज में उसका शरीर कसमसा रहा था। उसने अपनी चोटी भी गूँथ ली थी जो उसकी कमर के नीचे हिल-डुल रही थी।

"काफ़ी चीज़ें बना लीं?" नीरजा ने फिर आकर मेज़ पर थाली रखी तो अनिलेश ने कहा।

"कुछ तो नहीं बनाया।" नीरजा ने तिरछी दृष्टि से देखा और फ़ौरन भीतर चल गई।

अब सीता देवी कमरे में आकर उसको पंखा डुलाने लगीं। नीरजा भीतर बरामदे में ही रह गई थी। सामान सचमुच बहुत अधिक था—पूड़ी, कचौड़ी, रसेदार तरकारी, खीर, दही-बड़े, पापड़, चटनी, अचार! एक प्लेट में फल तराशकर रखे गए थे। कमरे में घी और मसाले की मिली-जुली ख़ुशबू उड़ रही थी। अनिलेश को सचमुच ज़ोर की भूख लगी थी। और वह सिर नीचा करके चुपचाप खाने लगा।

"बहुत दिनों से ज़िद कर रही थी कि भाई साहब को एक दिन बनाकर खिलाऊँगी।" सीता देवी हँसकर बोलीं, "आज बहुत सवेरे ही उठ गई थी। मैंने कहा कि इतनी चीज़ें बनानी हैं, तू थक जाएगी, मैं मदद कर दूँगी। लेकिन यह बिगड़ गई। इसने झट क़सम धरा दी कि एक चीज़ में भी मैं हाथ न लगाऊँ..."

"अम्माँ!" नीरजा ने भीतर से रुआँसी आवाज़ में प्रतिवाद किया।

"अच्छा भाई, मैं अब कुछ न बताऊँगी।"

अनिलेश ने सीता देवी की ओर देखा। उसके होंठ एक व्यर्थ-सी मुस्कराहट में फैल गए थे। परन्तु वह कुछ बोला नहीं और चुपचाप खाता रहा। लेकिन उसको लगा कि खाने के प्रति उसका सारा उत्साह जाता रहा है और उसका हृदय एक बोझ की तरह भारी होता गया। वह ग्रासों को जल्दी-जल्दी चबाने लगा था। भीतर एक काला भँवरा आकर देर से भनभना रहा था और कमरे में बाहर की उदासी और सूनापन सिमट आया था।

थाली लेकर सीता देवी आँगन में चली गईं। अनिलेश हाथ-मुँह धोकर कुछ देर तक कुर्सी पर बैठा रहा। फिर सहसा उठकर बोला, "चाचीजी, मैं चलता हूँ... एक ज़रूरी काम है।"

"अरे बेटा, ज़रा इसकी तारीफ़ भी तो कर दो। यहाँ खड़ी मुँह फुलाकर भुनभुना रही है कि इतनी मेहनत से खाना बनाकर खिलाया और तारीफ़ का एक शब्द भी नहीं!" सीता देवी हँस रही थीं।

"ओह, मैं तो भूल ही गया। बड़ा बेवकूफ़ हूँ, मैं। भोजन वाकई में बड़ा अच्छा बना था।"

फिर वह भारी क़दम रखते हुए धीरे-धीरे बाहर निकल गया।

शाम का अन्धकार बढ़ता आ रहा था। आकाश में काले-काले बादल दौड़ रहे थे और हवा उसी तरह झकझोर रही थी। अनिलेश ने अपने शरीर पर से चादर हटा दी और हड़बड़ाकर इस तरह उठ खड़ा हुआ जैसे ज़रूरत से अधिक सो चुका हो।

परन्तु दरअसल उसको एक क्षण के लिए भी नींद नहीं आई थी। वह जल्दी-जल्दी कंघी से बाल झाड़ने लगा क्योंकि उसको याद आया कि सीता देवी इस समय ट्यूशन पर चली जाती हैं।

बाहर निकलकर उसने सीता देवी के क्वार्टर की ओर उड़ती नज़र से देखा, लेकिन दरवाज़ा भीतर से बन्द था। वह पान की दुकान की ओर बढ़ गया। बस्ती-भर में लड़के सड़कों तथा अपने दरवाज़ों पर पार्क में लड़ती चिड़ियों की तरह शोर मचाए हुए थे। क्वार्टरों के अन्दर से अँगीठियों के धुएँ उठकर फैल रहे थे। उसने दुकान पर पहुँचकर एक सिगरेट ली, उसको सुलगाया और कश खींचते हुए वापस लौट पड़ा। उसका हृदय घोर पश्चाताप, दुख और निराशा से भरा हुआ था।

कमरे में वह जब तक चारपाई पर लेटा रहा, उसके दिमाग़ में अजीब-अजीब विचार मँडराते रहे थे। यहाँ तक अब उसका सारा शरीर सुन्न-सा हो रहा था। सचमुच उसने अब तक अपने जीवन में एक भी अच्छा काम नहीं किया था, जबकि उसकी उम्र तीस वर्ष के लगभग थी और उसके कई बच्चे हो गए थे। शरीर में जितने रोएँ नहीं थे उससे अधिक तो उसमें दुर्गुण थे। वह अब तक झूठ, दम्भ, व्यभिचार और अकर्मण्यता के बल पर अपने को श्रेष्ठ समझता रहा। दफ़्तर में वह गप्प-सड़ाका में ही अपना समय गुज़ार देता था और जब अफ़सर आपत्ति करता था तो वह उसके व्यक्तिगत जीवन के सम्बन्ध में झूठी बदनामियाँ फैलाता था। उसको साथियों को आपस में लड़ाने तथा एक-दूसरे की शिकायत करने में आनन्द आता था। और अपने गाँव में जाकर तो वह और शेर हो जाता था। चूँकि वह शहर में रहता था इसलिए वह अपने को काफ़ी श्रेष्ठ समझकर वहाँ के ग़रीब और अशिक्षित लोगों की आलोचना करते हुए कहता था कि 'हिन्दुस्तान के लोगों की असभ्यता दूर नहीं की जा सकती।' इतना ही नहीं, अपनी उच्चता और अहम्मन्यता में वह कभी भी अपनी सीधी-सादी बीवी से प्यार से नहीं बोलता था, क्योंकि वह सब कुछ अधिकार के बल पर प्राप्त कर लेता था और काम निकल जाने पर उसको बेहद ग़ुस्सा आता था और वह उसको डाँटता-डपटता तथा कभी-कभी पीटता भी था।

सीता देवी के दरवाज़े पर पहुँचकर उसके क़दम ठिठक गए। बस्ती अँधेरे में खो गई थी, यद्यपि बिजली की रोशनियाँ बाहर निकलकर क्वार्टरों के अस्तित्व को प्रकाशित करने की कोशिश कर रही थीं। उसने दरवाज़े पर दस्तक दी।

भीतर से दरवाज़ा खोलकर नीरजा ने सिर बाहर निकाला, परन्तु अनिलेश पर दृष्टि पड़ते ही वह बिजली की फुर्ती से पीछे हट गई। वह भीतर पहुँचा तो नीरजा दीवार के सहारे चुपचाप खड़ी थी। उसकी दृष्टि नीचे थी और वह अत्यधिक गम्भीर भी थी।

"एक गिलास पानी पिऊँगा।" वह घबरा गया था क्योंकि उसकी सारी शक्ति जवाब दे रही थी।

पानी पीने के बाद उसने गिलास उसकी ओर बढ़ाया तो वह डर गया। वह उसके पास खड़ी थी और उसको एकटक देख रही थी। उसकी आँखों में प्यार की भूख थी—निर्लज्ज प्यार! उसके होंठ काँप रहे थे। उसको अपने शरीर का होश नहीं था और वह अपने स्थान-च्युत आँचल के सिरे को अपनी अँगुलियों के बीच में बुरी तरह मसल रही थी।

"नीरजा...यह उचित नहीं है।"

अनिलेश का गला सूख रहा था और वह डरकर चुप हो गया क्योंकि नीरजा का चेहरा फक पड़ गया था।

"हाँ नीरजा।" उसने फिर कहना शुरू किया, "तुम पर गम्भीर ज़िम्मेदारियाँ हैं। तुम्हीं को अपनी माँ के दुख को दूर करना है। तुमको आगे बढ़ना है।"

"जाइए...यहाँ से जाइए!" नीरजा सहसा चीख़ उठी।

अनिलेश ने स्तम्भित होकर क्रोध से तमतमाए उसके चेहरे को देखा।

"नहीं...नहीं ...आप जाइए। मैं पैर पड़ती हूँ, आप जाइए...

वह क्रोध से हाँफ रही थी, लेकिन उसकी आँखों से झर-झर आँसू गिरने लगे थे। अनिलेश अशक्त क़दम रखते हुए कमरे के बाहर निकल गया।

तन्दरुस्ती का रोग

उत्तरप्रदेश की राजधानी लखनऊ के प्रसिद्ध प्रूफ़रीडर यदुनन्दन शर्मा 'सुन्दर' एक बार अपनी पत्नी को अपना शत्रु और अपने लड़कों को अपना प्रतिद्वंद्वी मानने का साहस कर बैठे थे। क़िस्सा कुछ रोचक है।

इसमें सन्देह नहीं कि जब यदुनन्दनजी की रचना होने लगी, तो बढ़िया मिट्टी समाप्त हो गई थी, और विधाता कुछ जल्दी में थे। बड़े आदमियों की छड़ी के समान लम्बे और तन्दरुस्त, भौंरे की तरह चित्ताकर्षक रंग, गाँजे की कई वर्ष पुरानी चिलम के समान ख़ूबसूरत और मज़बूत नाक, सँड़ासी की तरह होंठ—ऐसी ही सुन्दर काया की उनकी आत्मा अधिकारिणी थी और यह उनकी अद्भुत हिम्मत ही थी कि ऐसे सुन्दर रूप के साथ वह विवाह के पूर्व 'सुन्दर' उपनाम रखकर कविताएँ लिखा करते थे। कविताओं से चाहे जैसी कुख्याति मिली हो, पर उनकी कवि-सुलभ रसिकता का उनके दाम्पत्य जीवन में काफ़ी अच्छा नतीजा निकल रहा था, क्योंकि छह वर्ष के अल्पकाल में उन्होंने प्रति डेढ़ वर्ष एक बच्चा के हिसाब से चार बच्चे पैदा करने का सम्मान प्राप्त कर लिया था, और पाँचवाँ पेट में आ गया था। सत्तर रुपये मासिक वेतन पाने पर भी वह अपने कुटुम्ब का भरण-पोषण कर लेते थे, यह इस बात का प्रमाण था कि उनका जन्म किसी अत्यन्त ही शुभ घड़ी में हुआ था।

ख़ानदान की गाड़ी सुचारू ढंग से चलने में उनका स्वास्थ्य विशेष रूप से उपयोगी सिद्ध हो रहा था। पाँच वर्ष पूर्व टायफायड की एक लम्बी बीमारी से उठने के बाद उनको न विश्राम और अच्छी ख़ुराक मिली, यह बात समझ में आ जाती है पर उसके बाद खाँसी तथा पेट और सिर के दर्द उनके अजीज दोस्त कैसे हो गए, इसको न समझना ही ठीक है। सबसे अधिक गौरव की वस्तु उनका पेट था, क्योंकि बीमारी के पश्चात् उनको ठीक से भूख लगती ही न थी। शाम-सवेरे नाश्ते में एक कप चाय पीने के अलावा वह भोजन के समय तीन-चार रोटी से अधिक न खा सकते थे। अपने इन लक्षणों द्वारा वह अपनी पत्नी के लिए चिन्ता के विषय बन गए थे।

एक रोज़ रात को जब उन्होंने दो रोटी से अधिक खाने से साफ़-साफ़ इनकार कर दिया, तो उनकी पत्नी गंगा ने कहा, "मुझे तो बहुत चिन्ता होती जा रही है।"

"तुम्हें तो हमेशा चिन्ता ही रहती है।" यदुनन्दनजी ने सम्भवत: गंगा की चिन्ता के कारण को समझते हुए चिड़चिड़ाकर कहा।

"नहीं, चिन्ता की बात ही है।" गंगा बोली, "मैं देख रही हूँ, न, कि आपका खाना दिन-पर-दिन कम होता जा रहा है। दिमाग़ी काम है, शरीर में कुछ जाएगा नहीं, तो कैसे काम चलेगा? आपको तो पाव-आध पाव दूध दोनों जून पीना चाहिए। ख़ैर, यह भाग्य में नहीं, तो न सही, पर दोनों जून डटकर भोजन तो कर सकते हैं।"

"अपना-अपना पेट होता है, और अपनी-अपनी ख़ुराक। समझ लो कि मेरी इतनी ही ख़ुराक है।"

गंगा ने विरोध किया, "यह शरीर है, जैसा बनाइएगा, वैसा बनेगा। भूख पेट की नहीं, मन की होती है। आप यह सोचिएगा कि मुझे भूख है ही नहीं, तो सचमुच भूख मर जाएगी। सोचिए कि मैं ख़ूब खा सकता हूँ, फिर देखिए भूख लगती है कि नहीं। आप ही बताइए, आप ही के शरीर से इतना बड़ा ख़ानदान चलता है, जब वही ठीक न रहेगा तो कैसे काम चलेगा?"

"मैं मर जाऊँगा क्या?" यदुनन्दनजी को ख़ामख़्वाह क्रोध आ गया, और उन्होंने शोले की तरह भड़ककर अनोखा प्रश्न कर डाला।

"कैसी कुभाषा निकालते हैं जी मुँह से। अब यही रह गया है? मरे सात घर दुश्मन। मेरा तो कहने का यह मतलब है कि सेहत ठीक नहीं रहती, ठीक से दवा-दारू करा लीजिए। जब सेहत ही ठीक नहीं होगी, तो यह नौकरी किस काम की?" गंगा ने अपनी बात समझाई।

"मेरे बाप डॉक्टर हैं?" यदुनन्दनजी ने अपने आर्थिक अभाव की बात कलात्मक संकेत के ज़रिये प्रकट कर दी।

यह बात सुनते ही गंगा भागकर कमरे के एक कोने में गई और जब वापस लौटी तो उसके हाथ में चाँदी का एक कड़ा था। उसने पति से कहा कि वह चाँदी का कड़ा बेचकर अपने को किसी बड़े डॉक्टर से दिखाए, क्योंकि गहना-गुरिया ऐसे ही दिनों के लिए है। यदुनन्दनजी इस पर बहुत बिगड़े किन्तु जब गंगा ने यह अल्टिमेटम दे दिया कि यदि वह कड़ा नहीं बेचेंगे, तो वह भी खाना-पानी त्याग देगी, तो उन्होंने पत्नी से पराजित होने का निश्चय कर लिया।

कड़ा बेचा गया और उसके चालीस रुपये आए।

और अब यदुनन्दनजी ने अमीनाबाद के एक डॉक्टर से अपने शरीर की परीक्षा करवाई। डॉक्टर ने कहा कि उनको कोई रोग-वोग नहीं है। उनको सारी चिन्ताओं से मुक्त होकर काम के साथ-साथ कुछ रेस्ट भी लेना चाहिए और दवा के नाम पर यदि वह कैल्शियम का एक कोर्स ले लें, और पन्द्रह दिन तक एक मीठा शरबत (मिक्सचर) पी लें तो सब दुरुस्त हो जाएगा।

उनको कोई भयंकर रोग नहीं है, इस आशंका के निर्मूल सिद्ध होने से यदुनन्दनजी इतने उत्साहित हुए कि उन्होंने तीन दिन की छुट्टी ले ली। फिर कैल्शियम की सूइयाँ लेनी और मिक्सचर पीना आरम्भ कर दिया।

दरअसल दवाओं का जादू की तरह असर हुआ। सिर और पेट का दर्द ग़ायब तो हो ही गया, साथ ही भूख खुलकर लगने लगी। फिर तो यदुनन्दनजी दोनों जून तबीयत से नाश्ता और डटकर भोजन करने लगे। दवा-दारू में लगभग पन्द्रह रुपये ख़र्च हो गए और शेष रकम से गंगा के बहुत ज़ोर देने पर फल-मूल के सेवन द्वारा उनके जटिल स्वास्थ्य का सुधार आरम्भ हो गया। दो-चार केले मँगाकर खा जाते, कभी एक-दो सन्तरे, कभी सेब और कभी अखरोट-किसमिस, एक दिन तो उन्होंने यह ग़ज़ब कर डाला कि जीवन की अपनी अदम्य इच्छा की पूर्ति के लिए दो रुपये के अंगूर मँगाकर गटक गए। फल के अलावा अन्य चीज़ों पर भी मन चलता, तो मूँगफली, चबेना, जलेबी, चाट, चटपटे आदि की ख़ुराक ले लेते। इससे उनका स्वास्थ्य जल्दी ही सुधर चला।

किन्तु ये रुपये जल्दी ही ख़र्च भी हो गए, और तब यदुनन्दनजी को कठिनाई महसूस होने लगी। उनका शरीर दोनों जून डटकर खाना और डटकर नाश्ता माँगने लगा। खाना तो मिल जाता पर डटकर नाश्ता मिलने की समस्या अत्यन्त ही गम्भीर थी। जलपान में दोनों जून एक-एक गिलास चाय के स्थान पर दो-चार मजगर पराठे और तरकारी मिल जाए, इसका इन्तज़ाम केवल भगवान ही कर सकता था। यदुनन्दनजी छछाकर रह जाते।

एक दिन शाम को जब वह दफ़्तर से आए तो थके हुए थे, और राक्षस की तरह भूखे भी। गंगा ने एक गिलास चाय और दो पैसे के दो छोटे-छोटे रामदाने के लड्डू जो नीचे की दुकान से उसने मँगवा लिये थे, सामने रखते हुए कहा, "नाश्ता कर लीजिए, भूख लगी होगी। घंटे-डेढ़ घंटे में खाना भी तैयार हुआ जाता है।"

"आटा नहीं था क्या?" यदुनन्दनजी का मुँह ग़ुस्से से फुटबॉल हो गया था।

इसका स्पष्ट अर्थ था कि दो हल्के-हल्के रामदाने के लड्डू सामने रखकर पत्नी ने ज़बरदस्त भक्षण शक्ति का अपमान किया था, और वह ठोस माल चाह रहे थे।

गंगा ने एक क्षण उनको ग़ौर से देखा, फिर दबी आवाज़ में बोली, "आटा है क्यों नहीं, आप नाश्ता कर लीजिए, मैं झटपट खाना तैयार कर देती हूँ।"

यदुनन्दनजी की तीव्र इच्छा हुई कि चाय का गिलास और रामदाने के लड्डू आँगन में फेंककर अपने पराक्रम का प्रमाण प्रस्तुत कर दें, लेकिन अन्त में चुपचाप मुँह फुलाकर खाद्य सामग्रियों को उदरस्थ कर ही सन्तोष करना पड़ा।

और कुछ ही देर बाद उनका चार वर्षीय पुत्र कुमार जब एक कटोरे में दाल और एक रोटी के साथ पहुँचकर नीचे फ़र्श पर बैठकर खाने लगा, तो उनका हृदय

एक भारी अभिमान से भर गया। लगा कि गंगा उनको बच्चों से कम प्यार करती है। यह विचार आते ही उनके दिल में चापुड़-चापुड़ खाते बच्चे के प्रति अचानक इतना क्रोध भर आया कि उन्होंने उससे डाँटकर कहा, "यहाँ क्या खाता है? जाओ, रसोई में खाओ।" और जब इस पर भी कुमार भालू की तरह अपने पिता को देखने लगा, तो उन्होंने लपककर उसकी पीठ पर दो हाथ जमा दिये।

लड़का कलेजा तोड़कर रोने लगा। गंगा रसोई घर से दौड़ती हुई आई और यदुनन्दनजी ने स्थिति के स्पष्टीकरण में कुछ ऐसा भाषण कौशल दिखलाया कि गंगा को वहाँ से पलायन कर रसोईघर में जाकर रोना पड़ा।

दिन बीतते गए और यदुनन्दनजी की उदरशक्ति की बढ़ौती में कमी न हुई। राशन का अपना एक हिसाब था। आटे की कोई बात भी थी, पर चावल, दाल तथा तरकारी तो इस हिसाब से बनती थी कि बस सबके मुँह में चली जाए, और आठ-दस रोटियों के अलावा जब यदुनन्दनजी काफ़ी भात खींच जाते, काफ़ी दाल सपोट जाते और कई बार तरकारी लेकर सफ़ाचट कर जाते, तो यही उपाय था कि गंगा बची हुई चीज़ों में से, हिसाब से बच्चों के लिए रख छोड़कर स्वयं कभी रोटी-दाल और कभी सिर्फ़ रोटी तथा लहसुन-नमक की चटनी पर सन्तोष करे।

जैसे कोई व्यक्ति ग़लती करके क्रुद्ध हो जाए, उसी तरह जैसे-जैसे यदुनन्दनजी के उदर का पराक्रम बढ़ता गया, उनकी धारणा पक्की होती गई कि गंगा उनकी उपेक्षा कर रही है, और मन-ही-मन उनको तुच्छ समझ रही है। विशेषकर सवेरे या शाम को जब वह एक गिलास चाय पीते होते और उनके लड़के रात या दिन का बचा बासी खाना लेकर खाने लगते होते, तो वह भावना ज़ोर पकड़ लेती। धीरे-धीरे उनको ऐसा लगने लगा कि गंगा न उनसे ठीक से बोलती-चालती है, न ठीक से उनका बिछौना बिछाती है और न ठीक से उनके अन्य ही काम करती है। औरतों के लिए बच्चे ही सब कुछ हैं, उनके लिए बच्चों के सामने और लोग नगण्य हैं, ऐसा वह अपने उर्वर मस्तिष्क से सोच जाते।

उनके जैसा महान् पुरुष यह स्थिति बर्दाश्त कर जाए, यह असम्भव था। एक दिन विस्फोट हो गया।

दिन के तीन बजे थे। यदुनन्दनजी का अवकाश का दिन था, इसलिए वह घर पर ही थे। उनकी छोटी लड़की निम्मो ज़ोर-ज़ोर से रो रही थी। गंगा ने उसको चुप कराने की बहुत कोशिश की, पर सब व्यर्थ। अन्त में उसने पति की ओर देखकर हँसते हुए कहा, "बेचारी भूखी है, अब दूध के बिना मानेगी नहीं। पर इस समय दूध लाऊँ, तो कहाँ से लाऊँ?"

"तुम हमेशा लड़कों को हँसने की फ़िराक में रहती हो, इसलिए उनकी सेहत ख़राब रहती है। उसका पेट गड़ता होगा।" यदुनन्दनजी को निःसन्देह ग़ुस्सा आ गया था।

गंगा गम्भीर होकर बोली, "कैसी बात करते हैं जी आप? बड़ा तो घर में घी-दूध की नदी बह रही है कि ठूँसती रहूँगी। करम तो इनका ऐसा खोटा है कि एक-एक चीज़ के लिए तरसकर रह जाते हैं, मैं क्या खिलाऊँगी।"

यदुनन्दनजी क्रोध में गरज़ पड़े, "मुझे झूठा बनाती हो? बैठा-बैठा मैं सब देखता हूँ। तुम्हारे लिए लड़के ही सब कुछ हैं, और लोग भले ही चूल्हे भाड़ में चले जाएँ।"

गंगा फक चेहरे से एक क्षण अपने पति को देखती रही, फिर बोली, "आप न जाने क्या कह रहे हैं? मैंने कब किसी लड़के को खिला-पिलाकर निहाल कर दिया, और दूसरों का कलेजा डाह दिया? फिर लड़कों के अलावा और कौन यहाँ बैठा है, मैं और आप। आपके कहने का तो यही मतलब हुआ कि लड़कों के आराम के सामने आपकी मैं कुछ भी परवाह नहीं करती। नहीं-नहीं, यह बड़ी बात है, आप खोलकर कहिए। भगवान जानता है कि..." रुलाई के वेग से उसका सारा शरीर काँप उठा, और आगे वह कुछ न बोल सकी।

"अब नख़रे मत फैलाओ।" यदुनन्दनजी वज्रघोष कर उठे, "मैं त्रिया-चरित्र ख़ूब जानता हूँ। कलेजा तो तुम डाहती ही हो जी...हाँ, हाँ, मेरा कलेजा डाहती हो। लड़कों के पेट भले ही ख़राब हों पर वे हमेशा कुछ-न-कुछ खाते रहते हैं, जबकि मुझे नाश्ते पर सिर्फ़ चाय ही मिलती है। क्या चाय के साथ एक-आध रोटी या पराठा नहीं दे सकती? अब अधिक मत कहलवाओ, मैं सब समझता हूँ।" यह कहकर वह कमरे के बाहर निकल गए।

परन्तु इसका अच्छा परिणाम निकला, क्योंकि दूसरे दिन से यदुनन्दनजी को नाश्ते में चाय के साथ दो-तीन पराठे या मोटी रोटियाँ मिलने लगीं। इस परिवर्तन से यदुनन्दनजी के हृदय में एक अजीब हिंसात्मक ख़ुशी भरने लगी। अब कहाँ से पराठे आ रहे हैं? ठीक कहा है कि जब तक औरत पर कंट्रोल न रखा जाए, वह ठीक से काम नहीं कर सकती। इतना नाश्ता देने पर बीवीजी जल तो जाती होंगी, पर वह जितना जलेंगी, उतना ही मैं जलाऊँगा, मैंने भी ठान लिया है।" वह गंगा की मजबूरी का मन-ही-मन मज़ा लेने लगे।

गंगा में भी उसी दिन से अभूतपूर्व परिवर्तन हो गया। वह गम्भीर और उदास रहने लगी। साथ ही उसके स्वभाव में एक चिड़चिड़ापन भी आ गया। वह या तो जी तोड़कर काम करती या गुमसुम बनी रहती या लड़कों को अकारण डाँटती, फटकारती या मारती रहती। वह अपने पति से उसी समय बोलती, जब यह देख लेती कि बिना बोले काम नहीं चलेगा। उसके इस व्यवहार पर यदुनन्दनजी को कभी-कभी बड़ा ग़ुस्सा आ जाता।

महीना समाप्त होने के तीन-चार दिन पहले, एक रोज़ शाम को यदुनन्दनजी के घर आने पर गंगा ने सूचित कर दिया, "कल के लिए राशन नहीं है।"

यदुनन्दनजी अचानक यह शुभ समाचार सुनने को तैयार न थे। उनका मन कह रहा था कि गंगा की बात सच नहीं है, बोले, "झूठ है। घर में अभी भी एक हफ़्ते का राशन है।"

"मुझे अपने बाप का घर भरना है न। नहीं, राशन एक हफ़्ते का नहीं, साल-भर का है। मैं सबका पेट काटकर बचाती हूँ और बेचकर अपने माँ-बाप का घर भरती हूँ। ठीक है...।"

"बक-बक मत करो।" यदुनन्दनजी के दिमाग़ का पारा एक सौ दस डिग्री पर था, "मैं सब समझता हूँ। तुम अपने बाप का घर नहीं भरती, तो क्या सारा राशन मैं खा गया? तुम्हारे हाथ में ख़र्चा चलाने का भार दे रखा है, तो यह मत समझना कि तुम मालिक हो। सारा राशन ख़ुद अपने लड़कों के साथ खा-पीकर ख़र्च कर गई हो, और आकर इस तरह बोल रही हो, जैसे मैं ही सब खा गया। मैं सब देखता हूँ...।"

उन्होंने अपनी पत्नी पर ऐसा प्रहार किया था कि वह बर्दाश्त न कर सकी और नीचे बैठकर विलाप करने लगी, "हे भगवान! हे भगवान!...मुझे उठा लो, अब नहीं सहा जाता। नौकरानी की तरह सेवा करने का यह नतीजा है। आठ-दस दिनों से आधा पेट खाकर रह जाती हूँ। हे भागवान!..." इसके बाद वह नीचे झुककर कमरे की फ़र्श पर अपना सिर पटकने लगी।

भावुक लोग अपने व्यावहारिक जीवन में अक्सर डरपोक होते हैं, इस कथन को यदुनन्दनजी ने सिद्ध कर दिया। गंगा के अपने अल्पाहार के रहस्योद्घाटन तथा रुदन क्रिया से वह इतने प्रभावित हो गए कि पत्नी के चेहरे को उन्होंने ग़ौर से देखा। उसका मुख चुचके आम की तरह सूखकर पिचक गया था, और आँखें धँस गई थीं। आख़िर में वह बहुत ही डर गए, और चुपके से बाहर निकल आए।

घर से बाहर आते ही डर से उनमें एक अजीब घबराहट पैदा हो गई और अपनी भावुकता की सहायता से उन्होंने स्थिति का ऐसा विश्लेषण कर डाला, जो वाकई आश्चर्यजनक था। ऐसी भूख तो मुझे कभी नहीं लगती थी। मैं अपने बच्चों और पत्नी के पेट पर प्रहार कर अपना पेट भरता रहा हूँ। मैं सब कुछ जानता था, पर जानबूझकर अनभिज्ञ बन गया था। अपनी बेहयाई की रक्षा में उस लड़के की तरह बार-बार बेहयाई करता गया, जो अपने से छोटे लड़के की चीज़ को नुकसान पहुँचाकर अपने बचाव के लिए उसी पर आरोप लगाकर उसको पीटता है। मैं अत्यन्त ही नीच हूँ। हे भगवान! मुझे क्या हो गया है।...अन्त में एक सच्चे महान कवि की भाँति उनकी आँखों में आँसू भर आए, और उन्होंने यहाँ तक सोच डाला कि इस दुनिया के पर्दे पर ऐसी भूख तो किसी इनसान को नहीं लगती होगी।

वह वहाँ रुके नहीं, बल्कि सड़क पकड़कर अमीनाबाद की ओर सरकने लगे। शाम गुज़र चुकी थी। मोड़ के पंसारी ने अपनी दुकान पर लालटेन जला दी थी, और सड़क के किनारे जले विद्युत के लट्टू लम्बे पथ को प्रकाशित कर रहे थे।

अमीनाबाद में अपने डॉक्टर की दुकान के सामने आकर यदुनन्दनजी रुके। सौभाग्य से दुकान में कोई मरीज नहीं था। वह घुसे और डॉक्टर के सामने आकर एक शरीफ़ पागल की भाँति खड़े हो गए।

"कहिए मिस्टर यदुनन्दन, क्या हाल-चाल है?" डॉक्टर ने उनको देखते ही ख़ुश होकर पूछा।

वह डॉक्टर के एकदम समीप की कुर्सी पर बैठकर सशंक दृष्टि से सड़क की ओर देखने के पश्चात धीरे-से बोले, "डॉक्टर साहब, इधर एक भारी फ़िक्र में फँस गया हूँ। इधर मुझे अक्सर बहुत ज़ोरों से भूख लग आती है, ऐसी भूख कभी भी नहीं लगती थी। मालूम होता है, मुझे कोई रोग हो गया है। कोई ऐसी दवा दे दीजिए, जिससे इतनी भूख न लगे।"

उनकी बात सुनकर पहले तो डॉक्टर ठहाका मारकर हँस पड़ा, फिर पूछ बैठा, "आपकी तन्दरुस्ती तो पहले से बहुत अच्छी है, साहब। ख़ैर, बताइए आपको प्यास बहुत लगती है?"

"नहीं।"

"मीठा खाने की बहुत इच्छा करती है?"

"नहीं।"

इसके पश्चात डॉक्टर ने उनकी नब्ज़ देखी, छाती पर स्टेथस्कोप लगाया, और अन्त में ख़ुश होकर बोला, "मौज़ कीजिए साहब, मौज़, डटकर नाश्ता और डटकर भोजन कीजिए। सवेरे-शाम नाश्ते में अंडे, टोस्ट, मक्खन और फल ले सकते हैं। भोजन में रोटी, दाल, घी और गोश्त-मछली खाते हों, तो कभी-कभी वह भी। आप अपने सारे वहम को दिमाग़ से दूर करके डटकर भोजन कीजिए, आपका शरीर ख़ुराक माँगता है। रोग की बात हमेशा के लिए भूल ही जाइए। आपको अगर कोई रोग भी है, तो वह तन्दरुस्ती का रोग है।"

डॉक्टर की बात सुनकर यदुनन्दन शर्मा 'सुन्दर' का ऐसा मुँह हो गया जैसे न वह कवि हों, और न प्रूफ़रीडर, बल्कि ऐसे अपराधी हों, जो रँगे हाथ पकड़ लिये गए हों।

स्वामी

सामने की धूल-भरी सड़क से एक आदमी जा रहा था। इसके पहले भी मैंने उसको दो या तीन बार देखा होगा। वह पूरब से सड़क की दाईं पटरी से आता था और साइकिल मिस्त्री महरज्जब की दुकान के पास पहुँचते ही सड़क को पार कर बाईं पटरी पकड़ लेता था। उसके शरीर पर एक ही क़िस्म की पोशाक होती...ढीला-ढाला पैजामा, तमाखू के रंग का लम्बा कुर्ता, सिर पर गाँधी टोपी, पैरों में पम्प जूते। उम्र उसकी पचास वर्ष से अधिक न होगी, लेकिन चलता था वह सत्तर वर्ष के बूढ़े की तरह। वह दृष्टि से जल्दी ओझल होता ही न था और इससे तबीयत खीझ जाती। किसी दाना चुगते कबूतर या मुर्गी की तरह वह क़दम रखने के पूर्व सिर उठाकर आगे देखता और क़दम रखते समय सिर नीचे झुका ले। उसका चेहरा साँवला, नाक लम्बी और आँखें छोटी-छोटी थीं।

"इनको जानते हो?" सुरेन्द्र ने पूछा।

"नहीं तो..." मैं हँस पड़ा।

"यार, यह भी एक विचित्र हस्ती हैं। मुझे तो कभी-कभी इन पर बहुत दया आती है। इनकी कहानी सुनोगे?"

"सुना सकते हो!" मैंने उदासीनतापूर्वक उत्तर दिया।

सुरेन्द्र सहसा गम्भीर हो गया। उसका मुँह खुल गया था और होंठ लटककर हिल रहे थे। वह मुख्य बात या कहानी आरम्भ करने के पूर्व इसी तरह सिर नीचा करके अपने होंठों को फड़फड़ाता था, जैसे अपने कथन को रूप और आकार देना चाहता हो। उसकी बड़ी-बड़ी आँखें बाहर निकलकर चमकने लगी थीं। हम उसी के बरामदे में बैठे थे। देर से रमी खेलते-खेलते हम थक गए थे और एक कप चाय का इन्तज़ार करते हुए सामने सड़क के मुसाफ़िरों और सवारियों को आते-जाते देखकर अपने दिमाग़ को आराम दे रहे थे। कई वर्ष पहले एक स्थानीय बारात में उससे मेरी प्रथम मुलाक़ात हुई थी, जिसने धीरे-धीरे मैत्री का रूप धारण कर लिया। निस्सन्देह उसमें बहुत-सी ख़ूबियाँ थीं। उसको गाँजा, भाँग, शराब, रमी, फ्लाश वग़ैरह से काफ़ी प्रेम था। वह गोश्त-मछली बहुत बढ़िया बनाता, हाथ अच्छा देखता और फर्राटे से अंग्रेज़ी बोलता। वेदान्त, हठयोग, बौद्धधर्म, सिनेमा, कला,

संगीत, समाजवाद और साम्राज्यवाद पर वह समान अधिकार से बोल सकता था। ऐसे प्रतिभाशाली मित्र पर मुझको अक्सर गर्व होता।

"भाई, इनसान की ज़िन्दगी विचित्र है..." सुरेन्द्र ने रहस्यमय ढंग से मुस्कराकर कहना आरम्भ किया, "जो कहानी मैं तुमको सुनाने जा रहा हूँ उसका एक-एक अक्षर सच्चा है। मुझे सब कुछ मालूम है, या कह कहना उचित होगा कि मैंने दिलचस्पी लेकर और कोशिश करके एक-एक बात का पता लगाया था। हाँ, मैं यह कहना चाहता था कि इस दुनिया में सारे दुख की जड़ है स्त्री ...।"

वह सहसा चुप हो गया और अपनी दाईं हथेली को दिलचस्पी से देखने लगा। गर्मी का मौसम था और दिन के चार बजे थे, परन्तु आकाश बादलों से घिर जाने के कारण ठंडी तेज़ हवा चल रही थी। इसी समय नौकर ने भीतर से चाय लाकर हमारे हाथ में पकड़ा दी। कुछ देर तक हम चुपचाप चाय सुड़कते रहे।

सुरेन्द्र ने दो-तीन चटखारे लेने के बाद अपनी बात जारी की, "इनका नाम है मनोहरलाल शर्मा। यह मेरे ही गाँव के रहनेवाले हैं और मेरे ही पट्टीदार होते हैं। मुझसे अधिक बड़े नहीं...समझो दस या बारह साल। गाँव पर इनके पचीस बीघा खेत हैं, सात-आठ बीघा बारी-बगीचा है, दो जोड़ी बैल हैं। इनके पिता लम्बे, तगड़े और दस कोस में सबसे अच्छे लठैत थे। ख़ैर, मनोहरलालजी ने अपने कुटुम्ब की परम्परा के विपरीत स्कूल में शिक्षा ग्रहण की। वे इसी शहर में पढ़ते थे। बड़े ही चुप्पा। किसी से मिलते-जुलते नहीं थे। वे केवल अपनी किताबों से ही मतलब रखते। नवें दर्जे में जब वे पहुँचे तो उनकी यह धारणा हो गई कि बिना डिक्शनरी रटे वे हाई स्कूल पास ही नहीं कर सकते, इसलिए उन्होंने अपनी पाठ्य-पुस्तकों के अलावा अंग्रेज़ी की कैम्ब्रिज डिक्शनरी शुरू से अख़ीर तक रट डाली। तुम इसकी कल्पना कर सकते हो? लड़के इनको 'डिक्शनरी बाबू' कहते थे। भाई, सच कहता कि उनको देखकर मुझे बहुत डर लगता था, यद्यपि वे मेरी ओर देखते भी नहीं थे। वे कभी हँसते भी नहीं थे...मुस्कराहट की एक क्षीण रेखा भी नहीं। किसी सभा-समारोह या तर-त्योहार में वे कभी किसी कारणवश जाते भी तो घंटों चुपचाप बैठे रहते। लोग ठहाके लगाते और उनके चहरे की एक लकीर भी न हिलती। अपना-अपना स्वभाव होता है। ख़ैर, दो वर्ष फेल होने के बाद उन्होंने हाई स्कूल पास कर लिया। आगे पढ़ने की उनकी इच्छा नहीं थी और वे कचहरी में नकलनवीस हो गए। अब वे मेरे ही मकान से सटा एक मकान किराये पर लेकर रहने लगे।"

"शादी नहीं हुई थी उनकी?" मुझे महसूस हुआ कि सुरेन्द्र व्यर्थ में ही अनावश्यक विस्तार में जा रहा है।

"उसी पर आ रहा हूँ। नौकरी करने के दो या तीन वर्ष बाद उनकी शादी हुई थी। उनकी स्त्री का नाम था नीलिमा! वह गोरी तो बहुत नहीं थी, लेकिन उसका

चेहरा बहुत सुन्दर था और शरीर भी। जवानी के साँचे ने उसकी देह को उभार दिया था और अत्यधिक कोमल भी बना दिया था। पीपल के पत्ते की तरह वह चंचल थी। परन्तु उसकी बड़ी-बड़ी स्वच्छ आँखों में अबूझ निर्दोषिता और पवित्रता थी। हँसना और गाना उसको बहुत प्रिय था। वह एक शिक्षित और सुसंस्कृत कुटुम्ब की बेटी थी और उसके पिता ने उसको पढ़ाने-लिखाने के साथ संगीत की शिक्षा भी दिलवाई थी। उसको अपने मैके से एक हारमोनियम भी मिला था और जब मनोहरलाल दफ़्तर चले जाते तो वह अलाप छेड़ देती। उसका स्वर तेज़ परन्तु मीठा था, जो हवा में गूँजने लगता। कैसा उत्साह था उसमें! मोहल्ले में किसी को लड़का होता, किसी के यहाँ शादी होती, कोई समारोह या त्योहार पड़ता तो वह इतनी ख़ुश हो जाती जैसे उसी के यहाँ यह सब होनेवाला हो। वह बार-बार अपने दरवाज़े या खिड़की पर आकर खड़ी होती और दिन-रात गुनगुनाती रहती। उदार भी वह बहुत थी। किसी बात का उसको घमंड नहीं था। जब वह कोई अच्छी चीज़ खाने को बनाती तो पड़ोसियों के यहाँ ज़रूर भेजवाती। पड़ोस के बच्चे जब उसके घर जाते तो वह उनको बहुत प्यार करती। उनको कुछ-न-कुछ खाने को देती, किसी की नाक पोंछ देती, किसी का मुँह धुलाती और किसी को अपने पास बिठा कर पढ़ाने लगती। और हँसने का तो पूछो नहीं। हँसी के बिना तो वह ज़िन्दा रह ही नहीं सकती थी। समझो, हर बात पर उसको हँसी आ जाती। कोई भी आता तो वह उससे हिलमिल जाती, उससे मज़ाक़ की बातें करती और ख़ूब हँसती। यहाँ तक कि वह गदहों और बन्दरों को देखकर भी खिलखिलाने लगती।"

सुरेन्द्र चुप होकर सामने खोया-खोया देखता रहा। आकाश में बादल दो-एक जगह फट गए थे और तेज़ धूप निकल आई थी। सड़क से एक भारी ट्रक गुज़र रहा था, जिससे धूल चारों ओर भाप की तरह उड़ने लगी। आरम्भ में मैं उदासीन अवश्य था, लेकिन अब मुझको कहानी में कुछ दिलचस्पी आने लगी। सहसा उसने एक लम्बी जम्हाई ली और अपनी अँगुलियों को पटपटाया। फिर मुस्कराने लगा, जैसे उसको ऐसा क़िस्सा सुनाने का गर्व हो।

वह कह रहा था, "मनोहरलाल शर्मा का स्वभाव तो तुम जानते ही हो। एक बार उनको अपनी योग्यता पर सन्देह हुआ था तो उन्होंने कैम्ब्रिज डिक्शनरी रट डाली थी। इस बार उनको अपनी पत्नी की हँसी पर सन्देह हुआ। निस्सन्देह वे अपनी पत्नी से पूर्ण समर्पण और वफ़ादारी की आशा करते थे, जैसा कि सभी मर्द चाहते हैं। इसीलिए वे चाहते थे कि नीलिमा उन्हीं की तरह किसी से मिले-जुले नहीं, ख़ूब गम्भीर रहे, ज़रा भी हँसे नहीं, गप-सड़ाका न करे। विशेष रूप से उनको यह समझ ही में नहीं आता था कि नीलिमा क्यों हँसती है! फिर सब हँसें, तो हँसें, नीलिमा क्यों हँसे? जिस स्त्री का पति नहीं हँसता है, अगर वह स्त्री हँसती है तो ज़रूर कोई ख़ास बात है। वह हँसी उनके प्रभुत्व को चुनौती देती।

नीलिमा पहले अपने पति के सन्देह को समझ नहीं पाई। इसीलिए जब मनोहरलाल उसकी आदतों की आलोचना करते तो उसके दिल को चोट न पहुँचती।

"शहर में नीलिमा के कुछ रिश्तेदार रहते थे। एक दिन वह अपने पति के साथ एक रिश्तेदार के यहाँ गई। सभी लोग बाहर के बरामदे में बैठे बातें कर रहे थे कि एक बौना मदारी दो बन्दरों को लेकर दरवाज़े पर आया। वह मदारी इतना नाटा और गोल-मटोल था कि वह भी उन बन्दरों का बड़ा भाई लगता था। सभी हँसने लगे। केवल मनोहरलालजी गम्भीर थे। नीलिमा देर तक खिलखिलाती रही, लेकिन जब उसकी दृष्टि सहसा अपने पति के चेहरे पर पड़ी तो उसके चेहरे पर आतंक और भय की एक छाया काँपने लगी। मनोहरलाल का चेहरा एकदम कठोर हो गया था। वह जल्दी ही वहाँ से उठकर चले आए, लेकिन अपने घर के अन्दर पहुँचते ही गरज़ने-तड़पने लगे। वे बार-बार पूछते—तुम क्यों हँसती हो? तुम ख़ानदान को कलंकित करने पर तुली हुई हो। तुम्हारे दिल में ज़रूर कोई खोट है...। उन्होंने नीलिमा के आचरण पर लांछन लगाया। नीलिमा ज़मीन पर बैठकर आँचल में मुँह छिपाकर सिसकती रही।

"दूसरे दिन से ही नीलिमा की ज़िन्दगी एकदम बदल गई। उसने सोचा कि पति के बिना स्त्री के जीवन का क्या महत्त्व! जैसा मर्द चाहे वैसा ही स्त्री को करना चाहिए। उसकी माँ ने उसको यही शिक्षा दी थी। वह गाना और हँसना कैसे छोड़ सकती है? यह सोचकर वह काँप गई। लेकिन उसने गाना, हँसना और पड़ोसियों के यहाँ आना-जाना छोड़ ही दिया। कभी-कभी वह रिश्तेदारों के यहाँ जाती तो एकदम गम्भीर रहती। सभी बहुत आश्चर्य करते, लेकिन पूछने पर भी वह कुछ नहीं बताती। वह यह सोचकर अपने मन को सन्तोष देती कि पुराने ज़माने की स्त्रियाँ अपने पतियों की सुख-सुविधा और इच्छा के लिए अपने जीवन को कुर्बान कर देती थीं। स्त्री-जाति तो तुच्छ होती ही है। उस पर अगर क़ाबू न किया जाए तो वह बिगड़ जाए। उसकी भलाई के लिए ही उसके पति उस पर ऐसा नियंत्रण रखते हैं।"

नौकर चाय के कप लेकर चला गया और कुछ देर बाद पान दे गया। पान मुँह में डालकर हम कुछ देर तक चबाते रहे। धूप फिर ग़ायब हो गई थी और पूरब में बादल जमकर काले हो रहे थे। हवा में ठंडक बढ़ गई थी, जैसे कहीं वर्षा हो रही हो। सुरेन्द्र ने बाहर जाकर पान को थूका, फिर वापस आकर बैठते ही कथा पुनः आरम्भ की।

"दो वर्ष निकल गए। इसी अरसे में नीलिमा के चेहरे में अद्भुत परिवर्तन हो गया था। उसके कपोल बासी सेबों की तरह मुरझा गए थे और उसकी आँखों के नीचे काले-काले गड़हे पड़ गए थे। वह काफ़ी दुबली हो गई थी। इतनी शोख़ और हँसमुख लड़की कैसे ऐसी हो गई? वह दिन-भर घर में बन्द रहती। पहले दिन भर उसके घर में मोहल्ले के बच्चे इकट्ठे रहते, लेकिन अब लड़के उससे भागते थे।

और मनोहरलाल? उनको अब भी सन्तोष नहीं हुआ था, बल्कि उनका सन्देह और बढ़ गया था। वह सोचते कि उनकी अनुपस्थिति में नीलिमा हँसती है। वह घर आने पर खोद-खोदकर पूछते कि वह दिन-भर क्या करती रही। कभी-कभी वह अचानक दोपहर में कचहरी से घर लौट आते, सिर्फ़ यह देखने के लिए कि नीलिमा किसी के साथ हँस-बोल तो नहीं रही है। देखते-ही-देखते वह घर एक चमन से क़ब्रिस्तान बन गया था।"

सुरेन्द्र सहसा फिर चुप हो गया। वह नीचे देख रहा था और उसकी आँखें दुख से चिकनी हो गई थीं। मैं चौंककर उसको देख रहा था। क्या सचमुच वह सच्चा क़िस्सा सुना रहा है या यह उसके उर्वर दिमाग़ की उपज है? परन्तु उसके स्वभाव को मैं कुछ जानता हूँ। जब वह झूठ बोलता है तो बात-बेबात पर हँसता है और हाथ-पर-हाथ मारता है।

"हाँ, मैं यह बताना भूल गया था कि मनोहरलाल के यहाँ एक गाय थी और उसकी देखभाल के लिए गाँव का एक नौकर था। उसका नाम था हरिया। उसकी उम्र पचास से कम न होगी। वैसे वह काला और तगड़ा था, पर वह गोरू की तरह सीधा भी था। वह घुटने तक उटुंग धोती, गाढ़े का एक मटमैला कुर्ता तथा चमरौधा जूते पहना करता था। उसकी अधपकी मूँछें बड़ी-बड़ी थीं और झाड़ू की तरह फरकती थीं। वह बहुत ही ईमानदार था। इतना शरीफ़ कि किसी से नज़र नहीं मिलाता। मनोहरलाल जैसा व्यक्ति भी उस पर अगाध विश्वास करता था। मोहल्ले के हम लोग भी उससे बहुत ख़ुश रहते थे क्योंकि वह मौक़ा पड़ने पर हम लोगों का भी काम कर देता था।

"एक रविवार की बात है। शाम का वक़्त था। उस दिन हरिया ने अपने कुर्ते और धोती में साबुन लगाया था और हजामत भी बनवाई थी। मनोहरलाल बाहर ओसारे में बैठे कोई किताब पढ़ रहे थे। इतने में हरिया भीतर से बाहर आया। वह साफ़ किया हुआ कुर्ता पहने था। उसकी मूँछें सदा की तरह फरक रही थीं और उसकी आँखें सज्जनता और अदब के भार से नीचे झुकी थीं।"

"सरकार, तरकारी के लिए पैसा...।" हरिया ने कहा।

"मनोहरलाल ने उसकी ओर नज़र घुमाई और एक हल्की-सी उत्सुकता की लहर उनके चेहरे पर दौड़ गई। इन्होंने उसको ऊपर से नीचे तक निहारने के लिए उसके छँटे हुए सिर के बालों से आरम्भ कर उसके चेहरे को ग़ौर से देखा। फिर उनकी दृष्टि उसके लम्बे गले से होते हुए उसके कुर्ते पर चली गई और छाती के पास एक जगह आकर सहसा रुक गई। एक क्षण तो वह विमूढ़ से कुछ सोचते रहे, फिर उनके मुख की रेखाएँ तन गईं...यहाँ तक कि कुछ ही देर बाद उनका चेहरा एकदम विकृत हो गया। हरिया की छाती के मध्य में कुर्ते पर सिन्दूर की एक छोटी लकीर बनी थी। उसने कुर्ता दिन में धोया था, यह लकीर कहाँ से आ गई?

सहसा उनको नीलिमा की याद आई। जब वह शाम को बाहर आ रहा था तो नीलिमा चोटी करके माँग में सिन्दूर भर रही थी। मनोहरलालजी अपनी उत्तेजना छिपाने के लिए उठकर तेज़ी से टहलने लगे। फिर फ़ौरन घर के अन्दर जाकर नीलिमा को ग़ौर से दखने लगे। वह गम्भीर थी, लेकिन उनको लगा कि वह हँस रही है। रात में उनको नींद नहीं आई। वे कभी टहलने लगते और कभी चारपाई पर लेटकर आकाश को निहारने लगते। दूसरे दिन सवेरे ही उन्होंने हरिया को अपने पास बुलाया।

"आज हम गाँव चलेंगे। वहाँ लेखपाल बहुत गड़बड़ करता है...उससे कुछ ज़रूरी बातें करनी हैं। कुछ चारा-वारा भी वहाँ से लाना है...।"

"हरिया बहुत ख़ुश हुआ, क्योंकि साल में सिर्फ़ एक बार ही उसको घर जाने की छुट्टी मिलती। अपने परिवार में पहुँचकर वह बहुत ख़ुश होता था। वह अपनी पत्नी मनराजन के लिए लाल चुनरी और बच्चों के लिए पाव-भर मीठा ले जाता था। वह जल्दी-जल्दी बाज़ार गया और कुछ सामान ख़रीदकर उछलता हुआ आ पहुँचा।"

"वे लोग गाँव चले गए, लेकिन दूसरे दिन जब मनोहरलाल वापस लौटे तो हरिया उनके साथ नहीं था। नीलिमा ने जब पूछा तो मनोहरलाल ने बहुत अफ़सोस प्रकट किया तथा यह बताया कि जब वे जंगल के पास से होकर जा रहे थे तो हरिया मैदान होने के लिए पोखरे की ओर गया। वह डेढ़-दो सौ गज आगे बढ़ा होगा कि जंगल से एक बाघ निकलकर उस पर झपटा। इसमें कोई सन्देह नहीं कि मेरे गाँव का रास्ता बड़ा बीहड़ है। स्टेशन से उतरकर पैदल ही गाँव जाना पड़ता है और बीच रास्ते में एक ऐसा जंगल पड़ता है जिसमें खूँखार जानवर भी रहते हैं। यह क़िस्सा सुनकर नीलिमा का चेहरा भय और आतंक से काला पड़ गया। वह कुछ देर तक सिसक-सिसककर रोती रही।

"सहसा मनोहरलाल गरज़-गरज़ बोले—रो क्यों रही हो? हरिया के लिए बहुत पीड़ा हो रही है? मुझे सब कुछ मालूम है। लेकिन तुमको मालूम होना चाहिए कि मैंने हरिया को मारकर जंगल के पोखरे में फेंक दिया। समझ में आया तुम्हें? तुम समझती हो कि मुझे तुम्हारा रहस्य मालूम नहीं है? अब तुम अपने पाप की आग में जलो। बस मैं तुमको जलते हुए देखना चाहता हूँ। कितने दिनों से तुम लोगों में यह सब चल रहा था? अब तुम झूठ बोलने की कोशिश मत करना। मेरे पास हर बात का सबूत है। हरिया ख़ूब सजा-धजा था और उसके कुर्ते पर तुम्हारी पवित्र माँग के सिन्दूर का निशान था। सच-सच बताना, तुमने कितनी बार उसके पहलू को गरमाया है?"

"हे भगवान!" नीलिमा चीख़कर ज़मीन पर लोटकर जलविहीन मछली की तरह छटपटाने लगी। वह बिलख-बिलखकर रो रही थी और रोते-ही-रोते कुछ बुदबुदा रही थी। उसकी बातों को समझना कठिन नहीं था। वह कह रही थी कि मनोहरलाल को भयंकर ग़लतफहमी हुई है। वह गंगा के जल की तरह पवित्र था।

वह नीलिमा को अपनी बेटी की तरह मानता था। उसने भूसाघर में एक खाँची में भूसा भरा। उसको उठाकर वह गाय के नाँद के पास ले जाना चाहता था, परन्तु वह खाँची उससे नहीं उठी तो उसने नीलिमा को पुकारा, 'बहू जी, ज़रा हाथ लगा दीजिए।' नीलिमा चूल्हा जलाने जा रही थी, इसलिए वह जल्दी-जल्दी आई और खँचोली पर झुक गई। उधर हरिया भी जल्दी में झुका। इसी जल्दबाज़ी में नीलिमा का सिर हरिया के कुर्ते में लग गया। उसकी नज़र हरिया के कुर्ते पर गई थी और इससे उसको बहुत लज्जा भी आई थी, और इसी लज्जा की वजह से वह कुछ न कहकर जल्दी-जल्दी आँगन में चली गई। उसने कल्पना भी नहीं की थी कि कोई इस तरह भी उसके बारे में सोचेगा।"

सुरेन्द्र चुप हो गया। वह मुस्करा रहा था, लेकिन उसकी आँखें करुणा में डूबी थीं। मैं इन्तज़ार कर रहा था कि वह आगे सुनाता है, लेकिन वह चुप ही रहा। शाम तेज़ी से उतर रही थी और कुछ बूँदा-बाँदी भी होने लगी थी। हवा की तेज़ी ख़त्म हो गई थी और आकाश में बादल घने होकर काले पड़ गए थे।

"फिर क्या हुआ?" मैंने अन्त में पूछा।

"होता क्या?" सुरेन्द्र ने चौंककर कहा, "वही हुआ जो होता है। जीवन उसी तरह बीतने लगा। हरिया के बारे में मनोहरलाल की कहानी पर सभी ने विश्वास कर लिया। परन्तु मनोहरलाल को नीलिमा पर विश्वास न हुआ। वे चट्टान की तरह दृढ़ थे कि नीलिमा अपने अपराध को छिपाने के लिए झूठ बोल रही है। वे नीलिमा को तिल-तिल जलाना चाहते थे। वे रोज़ उस पर व्यंग्य-बाण छोड़ते। और नीलिमा? वह दिन-पर-दिन दुबली होती जा रही थी। दो वर्ष वह और ज़िन्दा रही। फिर सर्दी की एक रात में वह मर गई। ख़ैर, इसमें किसका कितना दोष है, इसके सम्बन्ध में मैं कुछ कह नहीं सकता। और चाहे जो हो, लेकिन मैं स्त्री-जाति पर विश्वास नहीं कर सकता। जो स्त्री अपने मर्द को सन्तुष्ट नहीं कर सकती वह स्त्री कैसी? स्त्री तो आख़िर स्त्री है...।"

वह बग़ल में पड़े ताश को उठाकर जल्दी-जल्दी फेंटने लगा।

आमंत्रण

लगभग एक घंटा प्रतीक्षा करने के पश्चात भी जब ठाकुर जयमंगल सिंह बाहर न निकले, तो सबके चेहरे से लाचार खीझ का भाव प्रकट होने लगा। केवल सेक्रेटरी साहब कुछ निश्चिन्त दिखलाई दे रहे थे और उसका सम्भवत: यह कारण था कि वह देर करके यहाँ आए थे और उनको बैठे हुए मुश्किल से केवल दस मिनट हुए होंगे।

कमलदेव सिंह ने दरवाज़े से बाहर झाँकते हुए धीरे-से कहा, "बड़ी ग़लती हुई। किसको पता था कि...हुँह!" उन्होंने सिर को बाईं ओर झटका देकर आँखों को सिकुड़ते हुए अपना क्रोध व्यक्त किया।

"मैंने तो पहले ही कह दिया था कि इनको न बनाइए।" प्रोफ़ेसर चन्द्रबिहारी वर्मा ने स्मरण दिलाया।

"क्या बताया जाए! इस समय तक मैं दुकान खोलकर बैठ गया होता और रामजी की कृपा से कुछ-न-कुछ बिक्री भी हो गई होती।" जानकी प्रसाद ने अपनी मजबूरी प्रकट की। उनकी शहर में कपड़े की दुकान थी, परन्तु वह साहित्य-प्रेम के चस्के को विकसित करने का सुअवसर निकाल ही लेते थे।

सेक्रेटरी साहब ने रहस्योद्घाटन किया, "सच तो यह है कि इसीलिए मुझसे देरी हो गई। मैं कई दफ़े आया हूँ और भाई, यहाँ दो दफ़े आना बहुत बुरा मालूम होता है।"

आठ बजे थे। स्थानीय नागरी प्रचारिणी सभा के वार्षिकोत्सव के सिलसिले में उक्त चारों सज्जन ठाकुर जयमंगल सिंह के समक्ष यह प्रस्ताव प्रस्तुत करने आए थे कि वह स्वागतकारिणी समिति का सभापति पद स्वीकार कर लें तथा वित्तीय कठिनाइयाँ दूर करने में अपना अमूल्य सहयोग दें।

जयमंगल सिंह को सभापति बनाने के सम्बन्ध में उनके बीच कुछ मतभेद खड़ा हो गया था। चन्द्रबिहारी वर्मा तथा उनके नवयुवक साथियों का यह कहना था कि जयमंगल सिंह को साहित्य से उतना ही मतलब है जितना कि भैंस को संगीत से। अतएव नागरी प्रचारिणी सभा को उनसे कोई सम्बन्ध नहीं रखना चाहिए। लेकिन दूसरे दल का कहना था कि जयमंगल सिंह नवयुवक, धनी तथा महत्त्वाकांक्षी हैं, इसलिए भाषा व साहित्य का कल्याण जितना वह कर सकते हैं, दूसरा कोई नहीं।

सेक्रेटरी साहब ने जब इस प्रस्ताव का समर्थन किया तो यही रास्ता अख़्तियार करने का निश्चय कर लिया गया।

सेक्रेटरी साहब को छोड़कर शेष तीनों व्यक्ति प्रात:काल आठ बजे ही पहुँच गए थे। उन्होंने आते ही भीतर कहलवा दिया था, लेकिन इतनी देर हो गई, कोई चिरई का पूत भी भीतर से बाहर न आया।

थोड़ी देर बाद सेक्रेटरी साहब ने अँगुलियाँ चटकाकर जम्हाई लेते हुए कहा, "दस मिनट और देख लेते हैं। तब भी कोई नहीं आएगा तो क्या करेंगे, चल देंगे। अरे हाँ, हम भी गृहस्थ हैं, हमको भी तो काम-धाम होगा। कहिए जानकी बाबू?" उन्होंने जानकी बाबू की ओर तिरछी आँखों से देखा और शर्मीली हँसी हँसने लगे।

"लीजिए साहब, इसमें भी कुछ कहना है। काम-धाम न हो तो...।" वह आगे न बोल सके, क्योंकि बीच में ही नौकर ने आकर सूचना दी कि थोड़ी ही देर में 'सरकार' आ रहे हैं।

सभी देह कड़ा करके बैठ गए। सेक्रेटरी साहब तथा जानकी बाबू काँपते होंठों से धीरे-धीरे मुस्कराने लगे। कमलदेव सिंह मेज़ के नीचे पैरों को तेज़ी से हिला रहे थे। चन्द्रबिहारी वर्मा की भौंहें तन गई थीं और मुँह खिसियाना-सा हो गया था।

सेक्रेटरी साहब ने अचानक फुसफुसाकर व्यग्रता के साथ पूछा, "वह कहाँ है, जानकी प्रसाद जी?"

जानकी प्रसाद ने जेब से निकालकर एक काग़ज़ उनके सामने रख दिया। काग़ज़ में उन लोगों के नाम थे, जो स्वागतकारिणी समिति के सदस्य थे तथा जिनसे चन्दे लेने थे।

सेक्रेटरी साहब ने चन्द्रबिहारी वर्मा की ओर काग़ज़ बढ़ाते हुए कहा, "लीजिए वर्माजी, आप ही पेश कीजिएगा। आप इंटरमीडिएट कॉलेज में हिन्दी के प्रोफ़ेसर हैं तथा नवयुवक भी हैं। अब आपसे कौन योग्य होगा?" उनका मुँह कुछ लाल होकर फैल गया।

"साहब, यह मेरे सिद्धान्त के ख़िलाफ़ है। फिर आप तो हम लोगों में सबसे बुज़ुर्ग हैं।" वर्माजी ने मुँह फुलाकर उत्तर दिया।

सेक्रेटरी साहब हठात् गम्भीर हो गए, जैसे उनके खुले हुए मुँह को किसी ने ज़बरदस्ती बन्द कर दिया है। उन्होंने अपनी स्थति स्पष्ट की, "साहब, मैं तो तैयार हो जाता। मैं ऐसे कामों में कभी पीछे नहीं रहता। जानकी बाबू तो इसे अच्छी तरह जानते हैं, क्यों जानकी बाबू? लेकिन आज यहाँ का रवैया देखकर मेरी तबीयत फट गई और आज से मैंने अपने कान ऐंठ लिये कि ऐसे कामों में नहीं पड़ूँगा।"

जानकी प्रसाद को भय हुआ कि कहीं उनसे ही न कह दिया जाए, इसलिए उन्होंने झट से प्रस्ताव किया, "इसके लिए बाबू कमलदेव सिंह से उत्तम व्यक्ति कोई नहीं होगा। मैंने सुन्दर सिंह डिप्टी की अदालत में एक बार इनकी बहस सुनी थी न।

अरे साहब, इस फर्राटे से बोलते थे कि...।" उन्होंने आँखों को मटकाकर सिर को झटका दिया।

"हाँ साहब, हम तो भूल ही गए थे, देखिए न, कभी-कभी दिमाग़ ही नहीं काम करता।" सेक्रेटरी साहब ने झट से अपनी निन्दा की।

कमलदेव सिंह कहानी लेखक होने के अलावा वकील भी थे। उनको जानकी बाबू का प्रस्ताव बुरा नहीं लगा और उन्होंने उदारतापूर्वक उसे स्वीकार कर लिया। अपने इस दायित्व से उन्हें इतना उत्साह एवं प्रेरणा मिली कि वह होंठों को दाँत से दबाकर उठ खड़े हुए और दरवाज़े पर जाकर इधर-उधर झाँकने लगे। लेकिन दुर्भाग्य से अधिक देर तक झाँक पाना उनकी क़िस्मत में नहीं लिखा था क्योंकि थोड़ी देर बाद उन्होंने तेज़ी से आकर अपनी कुर्सी पर बैठते हुए सूचना दी, "आ रहे हैं।"

जयमंगल सिंह ज़िले के सबसे बड़े रईस स्वर्गीय बाबू यमुना प्रसाद सिंह के इकलौते बेटे थे। दो वर्ष पूर्व जब बाबू साहब की मृत्यु हुई थी तो जयमंगल सिंह लखनऊ में एम.ए. में पढ़ते थे। अपने पिता के देहावसान से वह विचलित नहीं हुए और उन्होंने एम.ए. द्वितीय श्रेणी में पास कर लिया। तत्पश्चात् कुछ दिन तक वह अपने गाँव में रहकर अपने बड़े से फ़ार्म का कार्य देखते रहे। किन्तु, केवल आधुनिक ढंग की खेती से ही वह सन्तुष्ट नहीं थे, बल्कि वाणिज्य, व्यापार, राजनीति एवं संस्कृति के क्षेत्र में भी वह देश का नाम ऊँचा करना चाहते थे। फलतः कुछ महीने बाद ही वह शहर की अपनी कोठी में आकर रहने लगे और उन्होंने अपने मित्रों को बताया, "मैं यहाँ जमना चाहता हूँ।" अब 'जमना चाहता हूँ' का क्या अर्थ है, इस सम्बन्ध में लोगों में मतभेद थे, लेकिन कुछ लोगों का कहना था कि अगले चुनाव में भाग लेने के लिए नगर के सामाजिक तथा राजनीतिक जीवन में अपनी साख़ तथा धाक ज़माने का सद्प्रयास करेंगे।

सेक्रेटरी साहब धीरे-धीरे मुस्करा रहे थे। जब जूतों की आवाज़ निकट आती मालूम हुई तो उन्होंने कमलदेव सिंह की ओर अर्थपूर्ण नज़रों से देखते हुए अत्यन्त ही धीरे लेकिन जल्दी-से कहा, "अच्छा तो बाबू कमलदेव सिंह...।" उन्होंने आँखें मटकाईं।

जानकी प्रसाद जी ने जैसे गद्गद होकर आश्वासन दिया, "अरे सब ठीक है। बाबू कमलदेव सिंह जैसा आदमी...।"

वह आगे बोल न सके, क्योंकि इतने में ही जयमंगल सिंह ने भीतर क़दम रखा। चारों आदमी उठ खड़े हुए और उन्होंने तपाक से नमस्ते किया। सेक्रेटरी साहब तथा जानकी प्रसाद एक-दूसरे की ओर बार-बार तिरछी नज़रों से देखकर मुस्कराने लगे। कमलदेव सिंह गम्भीर होकर नाक की सीध में देख रहे थे और चन्द्रबिहारी वर्मा ने सिर को टेढ़ा करके कुछ बाईं ओर झुका लिया था, जैसे सामने देखना अपमानजनक हो, यद्यपि रोकने की चेष्टा करने पर भी हल्की टेढ़ी मुस्कराहट उनके चेहरे पर थिरक रही थी।

जयमंगल सिंह लम्बे, तगड़े तथा सुन्दर थे। आँखें बड़ी-बड़ी, मूँछें सफ़ाचट तथा ख़त लम्बे-लम्बे। शरीर पर दूध की तरह सफ़ेद कुर्ता और पायजामा तथा पैर में चमाचम चमकते काले पम्प जूते!

उन्होंने कुर्सी पर बैठ हुए धीरे-से कोमल स्वर में कहा, "बैठ जाइए।"

सभी मुस्कराते हुए बैठ गए।

"कहिए, कैसे कष्ट किया?" उन्होंने अत्यन्त ही कंजूसी के साथ मुस्कराकर पूछा।

सभी कमलदेव सिंह की ओर देखने लगे। लेकिन इसी समय न मालूम क्या हो गया कि कमलदेव सिंह को वह काग़ज़ ही न मिल रहा था और वे परेशान होकर कभी इस जेब में और कभी उस जेब में हाथ डाल रहे थे।

सेक्रेटरी साहब ने स्थिति सँभाल ली। बोले, "आपको एक कष्ट देने आए हैं। आप जानते ही हैं कि...।"

जयमंगल सिंह ने बीच ही में टोका, "एक मिनट के लिए माफ़ कीजिएगा। आप तो म्यूनिस्पल बोर्ड के सेक्रेटरी हैं न? शायद आपका शुभ नाम रजनीकान्त उपाध्याय...?" उन्होंने मुँह बाकर सेक्रेटरी साहब की ओर देखा।

सेक्रेटरी पहले तो बुज़ुर्ग आदमी थे। उम्र लगभग पचास वर्ष। दूसरे यहाँ के सम्मानित नागरिक भी थे। ऊपर से उनको इधर कुछ वर्षों से साहित्य तथा समाज-सेवा का शौक़ भी पैदा हो गया था। अन्तिम बात यह थी कि वह ठाकुर जयमंगल सिंह के यहाँ एक-दो बार आ चुके थे। इन परिस्थितियों में जब जयमंगल ने उक्त प्रश्न पूछा तो उनका चेहरा सर्वथा लाल हो गया। उन्होंने बिना आवाज़ की हँसी हँसते हुए तपाक से उत्तर दिया, "जी हाँ, जी हाँ। नाम में ज़रा भूल हो गई। रजनीकान्त नहीं, सजनीकान्त। क्या बताएँ, मुझसे बड़ी ग़लती हो गई...। पहले आपस में परिचय तो हो ही जाना चाहिए...।"

फिर उन्होंने अपने साथियों का सविस्तार परिचय दिया।

कमलदेव सिंह को अब काग़ज़ मिल गया था, क्योंकि वह सामने ही था। वह बेचैनी से प्रतीक्षा कर रहे थे कि कब परिचय-वरिचय का झंझट ख़त्म हो और मामला पेश करें। और सचमुच जब सेक्रेटरी साहब ने अपना वक़्तव्य समाप्त किया, वह खड़े हो गए।

लेकिन वह अभी कुछ बोल भी न पाए थे कि ठाकुर जयमंगल सिंह ने मृदु स्वर में सुझाव दिया, "चूँकि यह बैठक औपचारिक नहीं है, इसलिए बैठकर ही सब काम हो तो उत्तम है।"

"नहीं ठीक है। आपकी ही बात ठीक है। हाँ, तो बाबू कमलदेव सिंह..." सेक्रेटरी साहब ने अर्थपूर्ण निगाह से बाबू कमलदेव सिंह की ओर देखा।

कमलदेव सिंह बिना किसी की ओर देख झटके से कुर्सी पर बैठ गए और उन्होंने बिना साँस लिये ऊँची आवाज़ में फ़ौरन बोलना शुरू कर दिया, "हम लोगों के यहाँ आने का उद्देश्य आपसे चन्दा लेना है। यहाँ की नागरी प्रचारिणी सभा ने...।"

सेक्रेटरी साहब होशियार आदमी थे। उन्होंने भाँप लिया कि कमलदेव सिंह सम्भवत: ऐसी स्थिति में थे, जिसमें सन्तुलित ढंग से बोलना सम्भव हो ही नहीं सकता। अतएव उन्होंने उनकी बात को बीच ही में काटते हुए मधुर स्वर में समझाना शुरू कर दिया, "जी हाँ, यहाँ एक नागरी प्रचारिणी सभा बहुत दिनों से काम कर रही है। लगभग तीस-चालीस बरस हो गए, क्यों जानकी बाबू?"

जानकी बाबू ने एक क्षण आँखें छत की ओर करके हिसाब लगाया, फिर बताया, "इस वर्ष पूरे पैंतीस साल हो गए।"

सेक्रेटरी साहब बोले, "जानकी बाबू यहाँ के साहित्यिक जीवन के प्राण हैं। अब यही लोग मुझको खींच लाते हैं, नहीं तो मैं साहित्य-सेवा जैसे महान कार्य के योग्य कहाँ हूँ? तो इन्हीं भाइयों ने इस साल सभा का वार्षिकोत्सव मनाने का निश्चय किया है। जब मुझे इनके फ़ैसले का पता लगा, मैंने फ़ौरन कह दिया कि काम तो बड़ा शुभ है। नागरी प्रचारिणी सभा तो बन ही चुकी थी, लेकिन जब से यह प्रोफ़ेसर साहब तथा वकील साहब नगर में आए हैं-जब से क्या, अभी पार साल ही तो दोनों आए—हाँ तो जब से आए, सभी में नवजीवन का संचार हो गया है। तुम लोग...।"

जयमंगल सिंह ने कुछ अधीर होकर पूछा, "तो मुझसे क्या सेवा चाहते हैं, पहले यही बताने की कृपा करें।"

चन्द्र बिहारी वर्मा मन-ही-मन बिगड़ रहे थे कि सेक्रेटरी साहब बेकार में चापलूसी कर रहे हैं। उन्हें स्पष्टता के साथ संक्षेप में अपनी बात रखनी चाहिए। डर कैसा? नहीं चन्दा देंगे, न दें। बड़े होंगे तो अपने घर के। जयमंगल सिंह की बात तो उन्हें और बुरी लगी और उन्होंने हृदय से साहस फूँका और फिर बोले, "श्रीमान् जी से हम दो बातें चाहते हैं। एक तो यह कि आप स्वागत-समिति के सभापति का आसन ग्रहण करने की कृपा करें। दूसरी प्रार्थना यह है कि सभा के सामने कुछ वित्तीय कठिनाइयाँ हैं। कार्यक्रम भी तो कुछ दिलचस्प होना चाहिए, क्योंकि ऐसा न होने पर लोग आएँगे ही नहीं। देश की जनता में निरक्षरता तो है ही, लेकिन जो साक्षर एवं शिक्षित हैं, उनमें भी साहित्य के प्रति उदासीनता पाई जाती है। इसीलिए तय किया गया है कि कवि-सम्मेलन तथा कवि-दरबार की भी व्यवस्था की जाए। इसके लिए रकम की ज़रूरत पड़ेगी ही। कुछ पैसा तो इकट्ठा हो भी गया है, लेकिन अभी और कुछ बाक़ी है। हम यही प्रार्थना करने आए हैं कि आप इस कार्य में योगदान करें...।"

अन्त में वह मुस्करा पड़े। लेकिन एक क्षण पश्चात उन्हें अपने ऊपर बड़ा क्रोध आया, क्योंकि वह जितना संक्षेप चाहते थे, उतने संक्षेप में अपनी बात नहीं कह सके थे।

इसके अलावा उन्होंने 'श्रीमान् जी' तथा 'प्रार्थना' शब्दों का अपनी इच्छा के विरुद्ध कई बार इस्तेमाल किया था।

जयमंगल सिंह कुछ देर तक अपनी अँगुलियों से मेज़ को धीरे-धीरे टिक-टिक करते रहे। फिर उन्होंने आसानी के साथ प्रश्न किया, "शहर के लोग चन्दा क्यों नहीं देते? क्यों नहीं इतना वसूल हो सका? यह तो बड़ी छोटी रकम है।"

सेक्रेटरी साहब ने उत्साहपूर्वक बतलाया, "हाँ साहब, हरिकीर्तन होता तो देते शौक़ से लोग। लेकिन साहित्य को तो कुछ समझते ही नहीं। अब आपको क्या बताऊँ? ये सभी भाई तो कल दिन दिन-भर हमारे साथ रहे। सभी के यहाँ गए, पर कोई नहीं सुनता। कहिए बाबू कमलदेव सिंह जी?"

कमलदेव सिंह ने समर्थन किया, "हाँ, कभी-कभी एक-एक व्यक्ति के पास तीन-तीन घंटे बैठना पड़ता था।"

जयमंगल सिंह ने कहा, "आश्चर्य है कि ये लोग इतनी छोटी रकम नहीं दे सकते।"

चन्द्र बिहारी वर्मा की तबीयत कोई बड़ी बात कहने के लिए मचल रही थी। उन्होंने कारण पर प्रकाश डाला, "राष्ट्र तथा समाज के जीवन में एक ज़बरदस्त गत्यावरोध उत्पन्न हो गया है और इसके कारण कुछ गम्भीर हैं।"

लेकिन उनकी बात पर किसी ने ध्यान नहीं दिया। सेक्रेटरी साहब ने तपाक से कहा, "अरे नहीं, यहाँ के लोगों की आदत मैं जानता हूँ न। पन्द्रह वर्ष से तो यहाँ रह रहा हूँ। आप हरिकीर्तन का आयोजन कर दीजिए, लोग फ़ौरन दे देंगे। हम लोग मुन्नू लाल सेठ के यहाँ तीन बार गए और दो-दो घंटे बैठे। अगर इतनी देर आप जैसे आदमी के यहाँ बैठे होते तो दो सौ, तीन सौ आसानी से मिल जाते।"

"मैं तो एक बात जानता हूँ। देनेवाले फ़ौरन दे देते हैं और न देनेवाले कभी नहीं देते।"

जानकी प्रसाद जी ने समर्थन किया, "और नहीं तो क्या, अब यही देखिए, हम चन्द्रिका प्रसाद के यहाँ गए और हमने कहा नहीं कि उन्होंने फ़ौरन निकालकर दे दिया। और वहीं बाबू रामचन्द्र बैरागी के यहाँ गए और पूरे तीन घंटे बैठे लेकिन कुछ न मिला।"

सेक्रेटरी साहब ने कहा, "नहीं, आपका कहना बिलकुल ठीक है। सचमुच, जो देनेवाले लोग हैं, फ़ौरन दे देते हैं।"

"तब इसका क्या उपाय हो?" जयमंगल सिंह ने पूछा।

सेक्रेटरी साहब ने साफ़-साफ़ कह दिया, "साहब, हम लोग पूरा उपाय कर चुके हैं, अब और आप ही पर भरोसा किया है। जो देना हो, कृपा करें। अगर न होगा तो बाक़ी हम आपस ही में चन्दा कर लेंगे। कितनी कठिनाई पड़ी थी चन्दा वसूल करने में। यहाँ तक कि गोपी राम दलाल के न देने पर उनके लड़के राम

मूरत ने बाप से चुराकर रुपये दिये। लोग कला-साहित्य के बारे में इस तरह नाक-भौं सिकोड़ते हैं, जैसे कोई बहुत ही ओछी बात हो। हरिकीर्तन में तो हज़ार-दो हज़ार तक देते हैं ...।"

"इस हरिकीर्तन से तो तबीयत आजिज आ गई है। रात को मैं दो बजे सोया था।"

उन दिनों शहर में तीन दिन का अखंड हरिनाम कीर्तन चल रहा था और चूँकि जनता भी उससे वंचित न रहे, इसलिए लाउडस्पीकर की भी व्यवस्था कर दी गई थी। छोटा शहर था और विशेष रूप से रात को 'हरे राम, हरे राम' की ध्वनि हर जगह सुनाई देती थी।

हरिकीर्तन के सम्बन्ध में जयमंगल सिंह के राय देने से सबका दिल हल्का हो गया, जैसे सबने सोचा हो कि यह शख़्स ग़ुस्सा नहीं है और चन्दा अवश्य देगा।

कमलदेव सिंह अभी चुप थे। अब उनको ख़ामख़्वाह ग़ुस्सा आ गया। उन्होंने क्रोध में कहा, "क्या बताऊँ साहब, मेरा तो घर वहीं मन्दिर ही के पास है। हम लोग तो दो रोज़ से सो ही नहीं पाए। धर्म के नाम पर जो न हो जाए!"

"पहले सिनेमा ही था, लेकिन अब हरिकीर्तन भी हो गया।" जानकी प्रसाद जी ने अर्थपूर्ण कनखी नज़र से जयमंगल सिंह की ओर देखा। वहाँ सभी विज्ञ पुरुष थे, उन्होंने जानकी प्रसाद जी के इस संकेत को फ़ौरन ग्रहण कर लिया कि जिस तरह सिनेमा से युवक-युवतियाँ 'प्रेम' का पाठ सीखते हैं, उसी तरह हरिकीर्तन के समय भी उनको एक जगह एकत्रित होने का अवसर मिलता है।

सभी मुस्कराने लगे। जयमंगल सिंह के चेहरे पर केवल थोड़ा कुतूहल प्रकट हुआ।

"हमारी सामाजिक चेतना काफ़ी नीचे गिर गई है, जिससे यह सब हो रहा है और इसकी ज़िम्मेदारी पूँजीवादी व्यवस्था पर है।" चन्द्र बिहारी वर्मा ने कुछ उत्तेजित आवाज़ में कहा।

जयमंगल सिंह ने एक क्षण रुखाई से वर्माजी की ओर देखकर अपना मुँह फेर लिया। सेक्रेटरी साहब ताड़ गए। उन्होंने कुछ जयमंगल सिंह की ओर मुँह बढ़ाकर धीरे-से कहा, "कविवर सुमित्रानन्दन पन्त का पत्र आया था। मैं आपसे राय न ले सका। भेंट ही न हुई। कोई न मिला तो मैंने जानकी बाबू से राय करके स्वीकृति सम्बन्धी सूचना भेज दी।"

चन्द्र बिहारी वर्मा का साँवला चेहरा कुछ बैंगनी हो आया था और वह टेढ़ा मुँह करके मुस्करा रहे थे।

जयमंगल सिंह ने अचानक घोषणा कर दी, "मैं तो तैयार हूँ। मुझसे एक हज़ार रुपये ले लीजिए।"

सेक्रेटरी साहब ने तपाक से कहा, "क्या हुआ, बहुत अधिक है। जहाँ और लोगों ने पचास दिये हैं, वहाँ एक हज़ार बहुत अधिक है।"

सभी तो ख़ुश हुए ही, लेकिन वर्माजी का हृदय विशेष रूप से गद्गद हो गया। उन्होंने गम्भीर होकर राय दी, "नहीं, अधिक है। इतने बड़े-बड़े तो सेठ हैं, लेकिन पचास से आगे बढ़ने का किसी का साहस न हुआ।"

"हाँ-हाँ, बहुत अधिक है...।" कमलदेव सिंह ने भी समर्थन किया।

सेक्रेटरी साहब ने सुअवसर देखकर निमंत्रण दे डाला, "आप साहित्य के क्षेत्र में पदार्पण कीजिए। अवश्य आपके पास और बहुत-से महत्त्वपूर्ण काम हैं। लेकिन जो करता है, उसी के पास लोग आते भी हैं। फिर साहित्य-सेवा जैसा महान कार्य कोई है भी नहीं। साहित्यकार किसी से भी छोटा नहीं, बल्कि वह सबसे महान है, क्योंकि वह लाखों-करोड़ों लोगों को हँसाता-रुलाता है। उसका सिर किसी के सामने नीचा नहीं होता। आप कचहरी में कुछ काम कीजिए। हिन्दी में लिखने के लिए वकीलों की एक मीटिंग बुलाई जाए। आप रहेंगे तो सब मान जाएँगे। अभी राष्ट्र-भाषा के लिए बहुत कुछ करना है। उसको अन्तरराष्ट्रीय प्रतिष्ठा दिलानी है। उसको विश्व-भाषा बनाना है। आप जैसे उत्साही लोग जिस रोज़ आ जाएँगे, उस रोज़ हिन्दी का भाग जग जाएगा।"

फिर यह साबित करने के लिए कि वह केवल चन्दे के लिए ही नहीं आए थे, उन्होंने जेब से काग़ज़ निकालकर जयमंगल सिंह के सामने रख दिये। वे वार्षिक सम्मेलन में पेश करने के लिए दो प्रस्तावों के मसविदे थे। एक प्रस्ताव में स्थानीय वकीलों से ज़ोरदार शब्दों में अपील की गई थी कि वे कचहरी का सारा काम हिन्दी में करना आरम्भ कर दें तथा दूसरे में सरकार से अनुरोध किया गया था कि वह हिन्दी के मामले में और भी साहस से कार्य करे।

सेक्रेटरी साहब ने बताया, "समय नहीं था, इसलिए आपसे राय न ले सका। यही दो मुख्य प्रस्ताव हैं। विभिन्न विषयों पर तीन और प्रस्ताव रखने की योजना बनाई गई है, जो आपसे राय लेकर तैयार किये जाएँगे।"

जयमंगल सिंह ने प्रस्तावों को ग़ौर से पढ़ना शुरू कर दिया। जानकी बाबू ने कमलदेव सिंह की ओर सिर बढ़ाकर फुसफुसाकर कहा, "बाबू कमलदेव सिंह, तीनों प्रस्ताव आपको तैयार करने थे न। आप मिल लीजिएगा। सब ठीक हो जाएगा।"

जयमंगल सिंह ने प्रस्ताव पढ़कर सेक्रेटरी साहब की ओर देखते हुए कहा, "ठीक तो हैं, एक-दो जगह पर संशोधन की आवश्यकता पड़ेगी, लेकिन कोई ख़ास नहीं, मामूली।"

"क्या हुआ? काग़ज़ छोड़े जाता हूँ, जैसा उचित हो, कर दीजिएगा।" सेक्रेटरी साहब ने उत्तर दिया।

जयमंगल सिंह ने दरवाज़े के बाहर धूप को निहारते हुए अपनी कलाई घड़ी देखी। पूरे नौ बज चुके थे।

सेक्रेटरी साहब ने मतलब समझ लिया। बोले, "अच्छा, तो अब आज्ञा दीजिए। आपको बहुत कष्ट दिया। मैं तो अभी से माफ़ी माँग लेता हूँ। क्या बताऊँ, मुझे फ़ुरसत ही नहीं मिलती। बोर्ड ही का बहुत काम रहता है। लेकिन हम हों या हमारे अन्य भाई, कोई फ़र्क़ थोड़े पड़ेगा। इन प्रस्तावों के बारे में बाबू कमलदेव सिंह आज-कल में आपसे अवश्य मिलेंगे। आप जो सुझाव देंगे, वह शिरोधार्य होगा। क्यों बाबू कमलदेव सिंह?"

"हाँ-हाँ, आ जाऊँगा।" यह कहकर बाबू कमलदेव सिंह उठ खड़े हुए तथा उनकी देखा-देखी चन्द्र बिहारी वर्मा और जानकी प्रसाद भी।

सेक्रेटरी साहब ने भी उठते हुए हाथ जोड़कर कहा, "अच्छा, तो आज्ञा दीजिए। फिर कभी दर्शन...।"

जयमंगल सिंह ने अचानक कुछ सोचते हुए कहा, "अरे, थोड़ी देर और बैठिए, चाय-वाय नहीं पीजिएगा?"

सेक्रेटरी साहब 'हें-हें' करके हँस पड़े। बोले, "अरे, इतनी तकलीफ़ करने की क्या ज़रूरत है? वह काम तो हो चुका है। क्यों बाबू चन्द्र बिहारी जी?"

"हाँ-हाँ। चाय की चुस्की तो ली जा चुकी है...।"

धरती के लिए

मैं बाहर निकलूँ तो निर्मल कहीं-न-कहीं अवश्य दिखाई दे जाते। लम्बा-तगड़ा शरीर। लम्बे ख़त। वह अचानक न मालूम कहाँ से प्रकट होकर बग़ल से हवा के एक तेज़ झोंके की तरह निकल जाते। वह उड़ती दृष्टि से एक-दो बार मेरी ओर देखते। उनसे मेरी बोलचाल नहीं थी, लेकिन मुझे यह मालूम था कि यह कुछ वर्ष पहले हेडमास्टर पर चप्पल फेंकने के अपराध में स्कूल से निकाले गए थे और शहर-हॉकी टीम के एक अच्छे खिलाड़ी हैं। एक दिन रात का खाना खाकर मैं अपने घर के सामने की सड़क पर टहल रहा था कि उनका एक शिष्य रवि बड़ी तेज़ी से मेरे पास आया और मुझे एकान्त में ले जाकर बोला, "मुझे पहचानते हो?"

शायद मैंने उसे कहीं देखा भर था। उसकी ऐसी शक्ल-सूरत थी, गोया उसको दुनिया के कुछ बहुत ही गम्भीर रहस्य ज्ञात हों। उसने अपना परिचय फ़ौरन दे दिया, जो सिर्फ़ इतना ही था कि पवन नामक एक गार्ड को पीटने के कारण उसको एक महीने तक बड़े घर की हवा खानी पड़ी थी। वह निर्मल की तरह ही कपड़े पहने था-अलीगढ़ी पैजामा और ढीला-ढाला कुर्ता। उसने अपने सम्बन्ध में सूचना इस प्रकार दी थी, जैसे वह बहुत बड़ा क्रान्तिकारी हो। इसी समय निर्मल भी पता नहीं कहाँ से ज़मीन फोड़कर सामने आ गए और मुझे उनको नमस्ते करना पड़ा। वह मुझसे बिना किसी संकोच क्रान्ति की बातें करने लगे...बम, पिस्तौल, भगत सिंह, कन्हाई लाल दत्त...। मेरे कान खड़े हो गए।

झूठ क्यों कहूँ, एक बार तो मेरी भी इच्छा हुई कि सारी बातें उनको बता दूँ। हाँ, मैं और मेरे दो साथियों ने ही शहर में पर्चे फेंके थे। हमीं ने पुलिस की आँखों में धूल झोंककर चौक पर राष्ट्रीय झंडा फहराया था। हमीं तीनों ने अंग्रेज़ों के पिट्ठू हनुमान पांडे को कटहरनाला के पास बोरा ओढ़ाकर पीटा था। शहर के सभी लोग उत्तेजित होकर चुपके-चुपके इस सम्बन्ध में बातें करते थे। वे कहते शहर में कुछ बड़े क्रान्तिकारियों का एक दल आया हुआ है। ऐसे अवसरों पर कभी-कभी मैं बहुत ही मासूम बनकर कहता, "हो सकता है स्कूल के छोटे-छोटे लड़कों ने ही यह काम किया हो।" लेकिन मेरी बात हँसकर उड़ा दी जाती। इससे आगे हम बढ़ भी नहीं सकते थे, क्योंकि हमने अपना रहस्य किसी पर न प्रकट करने की क़सम खाई थी।

सम्भवत: निर्मल को सन्देह हो गया था कि यह काम हमीं लोग करते हैं। उनका शिष्य रवि साये की तरह हम लोगों के पीछे घूमने लगा। वह हम लोगों को एक साथ रहने ही नहीं देता और पता नहीं कहाँ से उन सभी जगहों पर उसी वक़्त आ जाता, जब हम इकट्ठा होकर कोई गुप्त मंत्रणा कर रहे होते। एक दिन शाम को अपने स्कूल के मैदान के एक कोने में घास पर बैठे हम कचहरी के दफ़्तर में आग लगाने की योजना बना रहे थे कि रवि आ टपका। उसके साथ एक और लड़का था, जिसमें सिर्फ़ यही ख़ास बात थी कि उसका नाम भीम सिंह था। उन लोगों ने कहा कि हम अपने क्रान्तिकारी प्रोग्राम में उनको भी शामिल कर लें। लेकिन हम एकदम अनजान बन गए और फ़ौरन हँस-हँसकर वेश्याओं के बारे में बात करने लगे गोया सचमुच सिद्ध रंडीबाज़ हों।

फिर रात के ग्यारह बजे हम नगीना मुहर्रिर के कमरे में मिले। आज़ादी की इस लड़ाई में नगीना से हम लोगों का सिर्फ़ इस कमरे का ही गुप्त साथ था। हमारे साथियों में शम्भु नाटा और चौड़ा था, जैसे पत्थर की पटिया। वह शहर का एक मशहूर पाजी गुंडा रह चुका था, लेकिन गाँधीजी वग़ैरह नेताओं की गिरफ़्तारी के बाद जब मैंने उससे स्कूल में हड़ताल कराने की बात कही, तो वह जी-जान से 'भारत छोड़ो आन्दोलन' में कूद पड़ा और रेलवे क्रासिंग के पास लाठी चार्ज में अच्छी मार खाई। दूसरे साथी गौरी को कहना चाहिए खम्भा। काफ़ी लम्बा, सिर में भेजा नदारद...जहाँ कहीं भी भिड़ा दो।

दूसरे दिन रात को जब मैं घर से निकला तो सियार ने रास्ता काट दिया यानी मेरी मुलाक़ात नरेश मास्टर से हो गई। वह मेरे स्कूल के गेमटीचर थे। पर साथ ही पुलिस के इतने गहरे मित्र कि जब फ़ौजवाले लूटपाट करके चले गए तो उन्होंने बिना वर्दी-पेटी के ही डरे हुए लोगों को और डरा-धमकाकर हज़ारों रुपये झोर लिये। उन्होंने घूर-घूरकर मुझे देखा, पर मैं कन्नी काटकर निकल गया। कचहरी के दफ़्तर में आग लगाना कोई आसान काम न था। एक बन्दूकधारी सिपाही चारों ओर गश्त लगा रहा था। हमने पीछे से तार फाँदकर उस समय अहाते में प्रवेश किया, जब सिपाही दूसरी ओर चला गया था। अँधेरिया रात। हमारे साथ एक डंडा, किरासन तेल में भिगोया कपड़ा और माचिस। बिल्ली की तरह पंजे दबाकर चलने और भागने का हमको अच्छा अभ्यास हो गया था। बरामदे में पहुँचकर बड़े-बड़े दैत्याकार खम्भों के पीछे हम छिप गए। जब सिपाही चक्कर पूरा करके फिर दूसरी ओर चला गया तो मैंने लाठी के हूरे से ज़िला हाक़िम के दफ़्तर के दरवाज़े का एक शीशा तोड़ दिया। सुनसान जगह में वह आवाज़ गूँज-सी गई। हम दो-चार क्षण साँस रोककर खड़े रहे। डर के मारे शरीर में ख़ून नहीं था। सिपाही ने आवाज़ नहीं सुनी थी। अब मैंने डंडे में तेल भीगा कपड़ा लगाकर उसको माचिस दिखा दी। फिर फुर्ती से जलते हुए कपड़े को टूटे हुए शीशे के रास्ते अन्दर घुसाया। डंडा छोटा था और

उसकी पहुँच किसी काग़ज़ या आलमारी तक नहीं हुई। तब मैंने लाठी को अन्दर फेंका, लेकिन चूँकि सूराख़ छोटा था, इसलिए भरपूर ताक़त लगाकर मैं नहीं फेंक पाया। छोटे सूराख़ के किनारों से टकराकर डंडा दरवाज़े के पास ही अन्दर गिर गया और कपड़ा कुछ सेकंड में ही जलकर राख हो गया। हम अपने काम में असफल हो गए थे पर निराश नहीं। किसी रात को पक्के इन्तज़ाम के साथ आना पड़ेगा।

दो-चार दिनों तक हमने कोई काम नहीं किया। निर्मल से अब रोज़ ही मुलाक़ात होती। वह सदा बम पिस्तौल की बात करते और वह भी इस तरह से जैसे उनके घर में इन हथियारों का कारख़ाना हो, क्रान्ति और ख़ून। मैं यह देख रहा था कि शम्भु निर्मल के प्रभाव में आ जा रहा था। एक दिन उसने कहा कि रंडी मोहल्ले में पर्चे बाँटने चाहिए, क्योंकि पुलिस के लोग और सरकार के पिट्टू रईस हर रात को वहाँ जाते हैं। इससे सरकारी पिट्ठू घबरा जाएँगे और प्रोपैगेंडा भी काफ़ी हो जाएगा। यदि रंडियों में राष्ट्रीय जागृति फैल गई तो क्रान्ति की लपटें दूर-दूर तक पहुँच जाएँगी। मर्दों पर औरतों का भारी असर होता है और उनके मैदाने-जंग में आने से गीदड़ और गिरगिट जैसे लोग भी जोश, उमंग और त्याग के पुतले बन जाएँगे। उसकी बातों से मैं भी काफ़ी उत्साहित हो गया, यद्यपि मैंने कोई प्रसन्नता नहीं प्रकट की, जैसे रंडियों में मेरी कोई दिलचस्पी न होकर अपने काम में ही हो। निश्चित हुआ कि दस बजे रात में अड्डे पर मिलेंगे।

किन्तु जब मैं निश्चित समय पर वहाँ पहुँचा तो मालूम हुआ कि शम्भु पन्द्रह मिनट पहले महँगू के साथ कहीं चला गया है। शम्भु के जाने के बाद गौरी भी आकर घर लौट गया था। महँगू के साथ शम्भु का जाना मुझे बहुत बुरा लगा। महँगू से मेरी कोई जान-पहचान नहीं थी, लेकिन उसके बारे में सुना अवश्य था, क्योंकि गुंडों की मारपीट में वह अनिवार्य रूप से रहता था, यद्यपि बड़े गुंडों के सामने उसकी स्थिति वैसी ही थी, जैसी नौशे के सम्मुख नाई की। उसमें कोई राजनीतिक चेतना भी हो सकती है, यह उसके प्रशंसक भी नहीं कह सके थे, जिनकी संख्या आधा दर्जन से भी काफ़ी कम थी। फिर शम्भु पर क्या पागलपन सवार हुआ? मैंने आधा घंटा तक उसका इन्तज़ार किया। फिर निराश होकर घर आ गया।

उसी रात को लगभग बारह बजे शाहंशाहे टाइटिल तथा कला चक्रवर्ती यदुनन्दन बाबू मेरा दरवाज़ा भड़भड़ाने लगे। उन्होंने पिता जी को जगाया। घर की औरतें भी आँखें मलती हुई दरवाज़े की ओट में आ खड़ी हुईं। उन्होंने गम्भीर आवाज़ में घोषणा की—"विनय के साथी शम्भु रंडी मोहल्ले में पैम्फलेट बाँटते पकड़े गए हैं। साथ में नगीना मुहर्रिर भी गिरफ़्तार हो गया है। ख़तरा है कि विनय भी गिरफ़्तार हो जाए क्योंकि शम्भु और नगीना पिटने पर ज़रूर ही सब कुछ उगल देंगे।"

पिताजी को काटो तो ख़ून नहीं। वे सहसा कुछ बोल नहीं पाए। जब मुसीबत आने की आशंका रहती है तो पिताजी बहुत घबराए रहते हैं। वह अतार्किक तरीक़े

से ज़ोर-ज़ोर से डाँटेंगे, जैसे उनके डाँटने से मुसीबत डरकर भाग जाएगी। लेकिन जब मुसीबत आ ही जाती है तो वह यकायक बदल जाते हैं। उन्होंने अन्त में बहुत ही संयत और धीमे स्वर में कहा—"जेल से डरना क्या भाई साहब? अरे, जेल में तो गांधीजी, पंडित जी और एक-से-एक बड़े आदमी पड़े हुए हैं। क्या सरकार उनको मार देती है? अगर पंडित मोती लाल के लड़के जेल में रह सकते हैं तो मेरा लड़का क्यों नहीं रह सकता?"

घर के अन्दर दादी, माँ और दीदी हाय-हाय करने लगी थीं। फिर माँ मुँह में साड़ी का कोना दबाकर रोने लगीं। माँ को इतना विचलित देखकर दादी और दीदी की घबराहट रफ़ूचक्कर हो गई और वे माँ को सँभालने लगीं। मुझे ग़ुस्सा आ रहा था। मैं नहीं चाहता था कि वह मेरे लिए इस तरह प्यार प्रकट करें, क्योंकि इससे मुझे शर्म लगती थी। लेकिन वह मेरे पास ही आकर बैठ गई थीं, और वहाँ से जाती न थीं। उनको डर था कि पुलिस रात में आकर बिना किसी को बताए मुझे टाँग ले जाएगी। उनको सभी ने समझाया, पर वे नहीं मानीं। अन्त में मैंने बहुत ही विश्वास से कहा, "माँ, तुम विश्वास करो, मैं गिरफ़्तार नहीं होऊँगा।"

मेरे कहने में कोई तर्क नहीं था, लेकिन वह मेरी इस बात से इस तरह क़ायल हो गईं, जैसे किसी अच्छे तर्क से कोई विद्वान। इसके बाद तो सभी ने ऐसी ही बहुत-सी बातें कहीं, जिनसे उनको काफ़ी सान्त्वना मिली और वे कुछ देर बाद उठकर सोने चली गईं। लेकिन थोड़ी ही देर बाद वह एक बँसखट लेकर आईं, जिसको उन्होंने दरवाज़े के सामने बिछा दिया और उस पर लेट गईं, ताकि पुलिस के आगमन की सूचना उसको अवश्य ही मिल जाए।

ख़ैर, मैं पकड़ा नहीं गया। इसका अर्थ था कि शम्भु और नगीना ने कुछ नहीं बताया था। मेरा काम कुछ दिनों के लिए ठप पड़ गया। निर्मल से अब रोज़ ही मुलाक़ात होती, क्योंकि वह अब मेरे घर भी पहुँच जाते थे। पर मैं उनसे राजनीति की बात नहीं करता था। जब मैं अपने साथियों के साथ रहता था और वह चले आते तो हम लोग अंग्रेज़ों के समर्थन की बात करने लगते। शायद वह इससे दुखी भी होते थे। वह झारखंडे राय आदि कुछ क्रान्तिकारियों से अपनी दोस्ती के क़िस्से सुनाते थे। हम लोग उन बातों को एक कान से सुनकर दूसरे कान से फ़ौरन निकाल बाहर करते थे। उनकी कोशिश होती कि विशेष रूप से मुझे वह अपनी बहादुरी और योग्यता से प्रभावित कर लें। मुझे उनसे विरक्ति होती थी, क्योंकि कुछ लोगों का कहना था कि महँगू निर्मल का पक्का दोस्त था और उसी ने शम्भु को रंडी मोहल्ले ले जाकर तथा शराब पिलाकर पुलिस से पकड़वाया था।

हाई स्कूल की परीक्षा देकर मैं कुछ दिनों के लिए अपने गाँव चला गया था, जो शहर से बारह कोस की दूरी पर था। मेरा छोटा भाई बलराम मेरे साथ था। गरमी के दिन थे और दोपहर में लू चल रही थी। मैं आम के बाग़ में अपने भाई के साथ

खेल रहा था कि अचानक निर्मल तेज़ी से आते हुए दिखाई पड़े। मुझे बड़ा अचम्भा हुआ। वह आते ही क्रान्ति और अपनी बहादुरी के क़िस्से सुनाने लगे। मैं चुपचाप रहा। उनकी बातों से ऐसा आभास हुआ कि संगठन कार्य के लिए दौरा करते हुए वे यहाँ आ पहुँचे थे। वह पैदल चलकर आ रहे थे। लेकिन उनसे मुझे नाश्ता और खाने के लिए न पूछा गया। मैं एक काले धागे का माला पहने था। उन्होंने वह माला देखने के लिए माँगा, फिर उसको स्वयं ही पहन लिया।

"अच्छा, अब मैं चलूँगा। शहर में मुलाक़ात होगी।" यह कहकर वह सहसा वहाँ से घूमकर चलते बने। मुझे धक्का-सा लगा। क्या मैं उनका नाश्ता या भोजन के लिए नहीं पूछ सकता था? इच्छा हुई कि ज़ोर से पुकारूँ, लेकिन पहले ही वह बाग़ के सूखे पत्तों को चरमर रौंदते हुए दूर निकल गए थे। और मेरी माला?

जब मैं गाँव से शहर पहुँचा तो निर्मल ने बताया कि आज़ादी का भूमिगत आन्दोलन कार्यकर्ताओं के अभाव में ठीक नहीं चल रहा है और उसको मेरे जैसे ईमानदार और त्यागी लड़कों की ज़रूरत है। उन्होंने यह भी सूचना दी कि रामस्नेही लाल ने मुझे बुलाया है।

दूसरे दिन दो बजे जब बाहर तेज़ लू चल रही थी और ज़मीन तप रही थी, मैं घर से निकल गया था। मुझे ले जाने के लिए निर्मल आ पहुँचे थे। मेरी चप्पलें घर के अन्दर थीं, पर इस समय किसी को जगाना नहीं चाहता था, इसलिए मैं नंगे पैर ही था। भृगु आश्रम के पास ईश्वर सिंह के मकान में हम पहुँचे। वहाँ अन्य साथी पहले से ही एकत्रित थे। कुछ देर में रामस्नेहीलाल, निर्मल, रामस्वरूप, रामसेवक, ईश्वर सिंह, पंचदेव मिसिर और मैं गाँवों की तरफ़ प्रस्थान कर गए।

ईश्वर सिंह सदा रहस्यमय ढंग से मुस्कराया करता था। वह राजनीति और आन्दोलन के बारे में इस तरह बातें करता जैसे, अपनी लानत-मलानत कर रहा हो, लेकिन उन्हीं बातों में उसकी तारीफ़ छिपी रहती थी। उसकी सारी राजनीति अपने तक ही सीमित थी। रामस्वरूप 30 वर्ष का एक नाटा व्यक्ति था। वह पहले एक होटल चलाता था, लेकिन कांग्रेस आन्दोलन में भाग लेने के कारण उसको फ़रार होना पड़ा था। उसको राजनीति पर बात करते हुए कभी नहीं सुना, लेकिन जब खाने का अवसर आता तो वह तीन आदमियों की ख़ुराक फ़ौरन चट कर जाता। रामसेवक पच्चीस-छब्बीस वर्ष का एक नौजवान था। वह खाता तो अधिक न था, परन्तु खाने में उसकी रुचि बहुत थी, क्योंकि वह खाने के पहले, खाने के वक़्त और खाने के बाद ही देशभक्ति की बातें किया करता था। पंचदेव अपनी उम्र बीस साल बताता था लेकिन देखने में पैंतीस से कम का नहीं लगता था। उसका रंग पीला था। सिर के अधिकांश बाल ग़ायब, शरीर पर पीली खुजली। वह बज्र देहाती होते हुए भी काफ़ी रसिक था। वह रास्ते में हमेशा गन्दे-गन्दे गाने गाया करता था।

ज़मीन ख़ूब तप रही थी। बालू मिश्रित धूल इतनी गर्म लगती थी कि बर्दाश्त नहीं होता था। निर्मल ने मेरे एतराज़ पर भी अपनी चप्पल मुझे दे दी। वह मेरे साथ ही चलते थे और बहुत-से स्थानीय क्रान्तिकारियों के क़िस्से सुना रहे थे, जिनमें से कई अच्छे लठैत भी थे। हम सभी भूमिगत ज़िला सरकार के मंत्री थे। मैं अपने को काफ़ी गौरवान्वित महसूस कर रहा था, क्योंकि उम्र में मैं सबसे छोटा था और मुझ पर दायित्व बहुत ही भारी था।

दिन ढलते हम पुरास पहुँचे। किसी के घर के सामने दरी बिछाई गयी। रात को किसी के यहाँ शादी थी। हम लोगों को बरातियों के साथ बैठाकर खिला दिया गया। रामस्वरूप ने इतनी पूड़ियाँ खाईं कि हमें डर हुआ कि उसको हैज़ा हो जाएगा। लेकिन, पता नहीं क्यों उस पर कुछ भी असर नहीं हुआ। इस तरह हम लोग जनता में देशभक्ति की अग्नि पुन: प्रज्वलित करने के लिए दो-तीन दिनों तक चलते गए। हम भोर से ग्यारह बजे तक चलते। उसके बाद शाम तक कहीं विश्राम करते। फिर शाम को चलना शुरू करते। पर कोई ख़ास काम नहीं हो पाया। जिस ज़िले के लोगों ने कभी अपने क्षेत्र में अंग्रेज़ सरकार का नामो-निशान मिटा दिया था, वही फ़ौजी दमन के बाद बेहद डर गए थे। वे छिपकर मिलते और फुसफुसाकर बातें करते। एक गाँव के लोगों ने तो हम लोगों को दौड़ा लिया और हम लोगों को अरहर और ईख के खेतों में से होकर भागना पड़ा। निस्सन्देह फ़ौज ने उनका बड़ा नुकसान किया था। बहुतों के घर जला दिये गए थे और क़ीमती सामान लूट लिये गए थे। कई घरों के सवांग या तो गोली खाकर मर चुके थे या जेल में सड़ रहे थे और जो इन दोनों से बचे भी थे वे अरहर और ईख के खेतों में गीदड़ की ज़िन्दगी व्यतीत कर रहे थे। फिर भी लोगों के दिलों में कुछ को छोड़कर—हमारे लिए बड़ी ही इज़्ज़त थी। कई लोगों ने तो रामस्नेही लाल के पैर तक छुए थे। वे हमको छिपाकर रखते और बहुत ही स्नेह और श्रद्धा के साथ ताजा देहाती खाना खिलाते जिसकी मिठास और सुगन्ध को मैं अपने जीवन के अन्त तक नहीं भूल सकता।

उन दिन शाम को हम लोगों को ठहरने की कहीं जगह नहीं मिली। एक बगीचे में, जहाँ कुआँ था, हम लोगों को ठहराया गया। वहाँ चारपाइयाँ पहुँचा दी गईं। मेरी चादर पहनकर पंचदेव रोज़ नहाता था, जिससे निर्मल बहुत नाराज होते थे। पंचदेव को खुजली हुई थी, पर मैं उसको मना नहीं कर पाता था। वह भी तो मेरा साथी ही था! कुछ देर बाद सभी दिशा-मैदान चले गए। बचे सिर्फ़ मैं और निर्मल। सहसा निर्मल ने मेरी जाँघ पर अपना सिर रख दिया और यह भाव दिखाया, जैसे बहुत ही थक गए हों।

"तुम मेरे पिता हो या माँ हो या भाई हो या दोस्त हो, मैं कुछ भी समझ नहीं पाता।" कुछ देर बाद निर्मल ने कहा।

मैंने कोई उत्तर नहीं दिया। यह सच है कि उनके प्रति मेरे मन में जो सन्देह की भावना थी, वह समाप्त हो चुकी थी, बल्कि मैं उनका कुछ आदर भी करने लगा था। उनकी यह बात मुझे अच्छी न लगी। निस्सन्देह उन्होंने मेरे लिए बहुत त्याग किया था। स्वयं आग की तरह गर्म ज़मीन पर चलते थे और अपनी चप्पल मुझे दे दी थी। खाने-पीने का भी वे बहुत ख़याल रखते थे। मैं उनको हतप्रभ नहीं करना चाहता था, यद्यपि अन्दर बहुत ही ग़ुस्सा आ रहा था। ख़ैर, जल्दी ही रामस्नेही लाल वग़ैरह मैदान से लौट आए और निर्मल उठकर बैठ गए।

भोजन करने के बाद निर्मल ने यह अनोखा प्रस्ताव प्रस्तुत किया कि आधी रात को क़ब्रिस्तान में गाँव के मुखिया तथा कुछ अन्य ख़ास व्यक्तियों को बुलाकर क्रान्ति की बात समझाई जाए। क़ब्रिस्तान गाँव से बहुत नज़दीक नहीं था। पर निर्मल ने यही जगह क्यों चुनी? अपने को सबसे साहसी सिद्ध करने के लिए? या उनका यह ख़याल था कि ऐसी जगह पर पुलिसवाले भी जाने की हिम्मत नहीं करेंगे और हम, जो क्रान्ति के मार्ग पर अग्रसर थे, एक अपूर्व साहस का परिचय देंगे? निर्मल की क्रान्ति का ख़ाका मारपीट, बम, बन्दूक, श्मशान, क़ब्रिस्तान की मदद के बिना तैयार भी नहीं हो सकता था। या अभी हाल ही में उन्होंने मुझसे जिस प्रकार बात की थी, उसकी लज्जा से अपना और मेरा, दोनों का ध्यान मोड़ने के लिए यह प्रस्ताव रखा हो।

मुखिया के पास सूचना फ़ौरन भेजवा दी गई तो उन्होंने कहला भेजा कि आप लोग पहुँचिए, हम आ रहे हैं। क़ब्रिस्तान क़रीब दो मील की दूरी पर रहा होगा। हम लोग चल पड़े। निर्जन पथ। गहन नीरवता। शुभ्र चन्द्रमा आकाश पर तैर रहा था। खुले हुए खेतों के बीच आम के छोटे-छोटे बाग़ इस तरह दिखाई देते थे, जैसे कुछ दैत्य हमारी घात में बैठे हों। हम सभी के चेहरे पर कोई भय दिखाई देने लगा। पर इस भय को मैं स्वीकार नहीं करना चाहता था, क्योंकि मैं देश की आज़ादी के लिए लड़ाई में भाग ले रहा था। इसी भय के विरोध में मैं छाती निकाले चल रहा था। पता नहीं कब पंचदेव मेरे और निर्मल के बीच में आकर चलने लगा था। ज्यों-ज्यों हम अपनी मंज़िल के पास पहुँचते गए, हमारा रास्ता और बीहड़ होता गया। कितनी ही बँसवारियों से सटे-सटे हम चलते गए थे। न कहीं कोई गाँव, न कहीं कोई रोशनी। बाँस की पत्तियाँ सरसराती थीं तो ऐसा मालूम होता कि कोई साँप ज़मीन के सूखे पत्तों पर चल रहा हो। अपने पैर को, अपने पूरे शरीर को कहाँ समेट लूँ?

उस क़ब्रिस्तान में किसी बड़े रईस की एक बड़ी-सी क़ब्र थी, जहाँ बैठने के लिए एक बड़ा-सा चबूतरा भी बना था। हम लोग उसी पर बैठ गए। हम अचानक एकदम चुप हो गए। सभी के चेहरे आतंकित थे। यद्यपि इसको कोई स्वीकार नहीं करना चाहता था। हम या तो नीचे ज़मीन पर देखते या अपने साथियों की ओर। कभी-कभी इत्तफाक से नज़र इधर-उधर चली भी जाती तो लगता जैसे अपनी क़ब्रों

पर मुर्दे चुपचाप बैठ गए हों। पता नहीं क्यों, हवा ज़ोर से चलने लगी। बँसवारी की पत्तियाँ और ज़मीन पर पड़े हुए पत्ते हवा में उन्मत होकर झूमने लगे। कभी-कभी एक-दो सूखे पत्ते किसी हवा के झोंके से उठकर कुछ दूर चलते थे व गिर पड़ते थे। ऐसे कुछ पत्ते हम लोगों के चबूतरे पर भी आ जाते थे।

हम लोग बैठे गाँव के मुखिया का इन्तज़ार कर रहे। आधा घंटा एक युग के समान मालूम हुआ। पर कोई भी आदमी नहीं आया। अब तय हुआ कि वापस चला जाए। हम उठकर चलने लगे। लगा कोई पीछा कर रहा हो। पैरे सीधे नहीं पड़ रहे थे। मेरी टाँगें ऐसी लग रही थीं जैसे वो दो विरोधियों की तलवारें हों, जो आपस में क्षण-क्षण पर लड़ती जा रही हों।

सहसा हमको एक रोशनी दिखाई पड़ी, जो हिलती-डुलती हमारी ही तरफ़ आ रही थी। किसी ने पुकारा 'रामस्नेहीलाल हो'। यह आदमी की आवाज़ थी। हमारी हिम्मत लौट आई और हम बात करने लगे। पंचदेव ने श् श् कहके हम लोगों को बोलने से मना किया। उसकी राय थी कि भूत हमको धोखा देकर दूसरे रास्ते पर ले जाना चाहते हैं। हमने उसकी बात मान ली और पुकार का कोई जवाब नहीं दिया।

पर रोशनी और नज़दीक आ गई और पुकार और तेज़ हो गई। अब सन्देह की गुंजाइश नहीं थी। वे मनुष्य ही थे। उनमें भी किसी ने पुकारा 'निर्मल हो!' निर्मल ने कहा कि यह अल्ताफ़ की आवाज़ है! एक लालटेन के अगल-बग़ल दो आदमी आ रहे थे और उनकी छायाएँ आगे-पीछे डगमगा रही थीं। अभी तक उनकी पुकार का किसी ने जवाब नहीं दिया था। सहसा पंचदेव ज़ोर से चिल्लाया "अरे अल्ताफ़ जी!" उसकी आवाज़ भय से दो-चार बार टूट गई। तब तक निर्मल ने कहा,

"ऐ अल्ताफ़, आ आ!"

कुछ ही देर में वे लोग पास आ गए। अल्ताफ़ जेल से छूटकर सीधे हम लोगों का पता लगाते हुए यहाँ पहुँचा था। साथ में गाँव के मुखिया का आदमी था। उसने आश्चर्य प्रकट किया कि क़ब्रिस्तान पर मीटिंग बुलाई गई थी। भला कोई आदमी रात को उस क़ब्रिस्तान पर जाएगा।

अल्ताफ़ के आने से हम लोग बहुत उत्साहित हुए। वह बड़ा ही हँसमुख नौजवान था। लम्बा और तगड़ा। जेल में उस पर काफ़ी बेंत लगे थे। पर उससे उसकी हिम्मत और बढ़ गई थी। हम लोग देर तक बातें करते रहे। फिर पता नहीं कब सो गए।

सवेरे देर से नींद खुली। मुखिया ने कहलवाया कि रात को खाने में से काफ़ी बच गया है, क्या हम बासी खाना पसन्द करेंगे? रामस्वरूप ने झट सबकी ओर से हामी भर दी। एक काफ़ी बड़े कठवते में रोटी-सब्ज़ी आई। मैं डर गया कि इतनी रोटियाँ कौन खाएगा। मैं धीरे-धीरे खाकर यह सोच ही रहा था कि पूरे कठवते की रोटियाँ समाप्त। कोई किसी की ओर देख नहीं रहा था। कई जातियाँ और धर्मों के बहुत से हाथ मिल-जुलकर एक कार्य को सम्पन्न कर रहे थे। मैं भूखा रह गया।

फिर और एक कठवता रोटियाँ आईं। लेकिन इस बार सब्ज़ी नहीं थी। फिर वही हाथ और मुँह चलने लगे। उसी चाव और तेज़ी से वे भी रोटियाँ खाई गईं। दो-तीन दिन से उतना स्वादिष्ट भोजन नहीं किया गया था। हाँ, पेट अब भी नहीं भरा था, पर रोटियाँ अब थीं कहाँ? इसके बाद ख़ूब छककर पानी पिया गया और हम पूर्ण सन्तुष्ट हो गए।

अल्ताफ़ ने मुँह पोंछते हुए कहा, "हमको कलक्टरी और ख़जाने पर कब्ज़ा करने की कोशिश करनी चाहिए। इस तरह घूमने से कोई फ़ायदा नहीं। इस काम को नौजवान ही कर सकते हैं। हम क्रान्तिकारी नौजवानों की तादाद बढ़ाएँ। कुछ हथियार भी इकट्ठे करने चाहिए। इस समय लोग डरे हुए हैं, पर जब वे देखेंगे कि नौजवान आगे बढ़कर ठोस काम कर रहे हैं तो वे ज़रूर साथ देंगे क्योंकि वे अंग्रेज़ों से काफ़ी नफ़रत करते हैं। कहिए रामस्नेही भाई, क्या झूठ कह रहा हूँ?"

अल्ताफ़ की यह बात सबको पसन्द आई। सचमुच कोई ठोस और बड़ा काम करने का समय आ गया था। जनता हम लोगों को स्नेह करती थी, और हम लोगों की हर तरह से मदद करती थी, लेकिन खुलकर कम ही आना पसन्द करते। रामस्नेहीलाल ने आश्वासन दिया कि वे जल्दी ही प्रान्तीय सरकार से सलाह करके इस सम्बन्ध में कोई योजना बनाएँगे।

उस दिन हम लोग उसी गाँव में रहे और गाँव के कुछ उत्साही नौजवानों से बात करते रहे, जो देश के लिए कुछ करने को तैयार थे। रात को उसी बगीचे में सोए भी। दस बजे तक सभी नाक बजाने लगे। मुझे नींद नहीं आ रही थी। सहसा मुझे लगा कोई मेरी चारपाई के पास खड़ा है।

"कौन?" मैंने भड़ककर पूछा।

"मेरी चारपाई में बहुत खटमल हैं, क्या मैं तुम्हारे पास सो सकता हूँ?" निर्मल की आवाज़ थी।

पता नहीं क्यों मैं डर गया और मुझे उस समय की बात याद आ गई जब निर्मल मेरी जाँघ पर अपना सिर रखकर सो गए थे। मैं कहना चाहता था 'नहीं', पर मेरे मुँह से निकल गया 'हाँ'। निर्मल बिना कुछ कहे मेरी बग़ल में सो गए। मुझे अपने पर बहुत ग़ुस्सा आया कि मैं क्यों नहीं कड़ाई से पेश आया था। मैंने निश्चय किया कि इस बार सैंडल उठाकर दे मारूँगा या चिल्ला पड़ूँगा। इस इरादे से शरीर और मन में असीम साहस आ गया। निर्मल चारपाई की बाईं पाटी पर सटे लेटे थे। मैं सोया नहीं था, पर ऐसा दिखा रहा था जैसे गहरी नींद में हूँ। निर्मल भी सोए नहीं थे पर ऐसा दिखा रहे थे कि सोए हैं। हम दोनों साँस रोके एक-एक किनारे लेटे रहे। ज़ोर से स्वाभाविक साँस भी हम नहीं ले पा रहे थे। समय बीतता नहीं था। रात उतनी ही दुखदायी थी जितनी बुख़ार और दर्द में मालूम होती है।

आधी रात के लगभग निर्मल ने ऐसा दिखाया गोया अभी नींद से उठे हों। पूछा, "अगर मेरे रहने से तकलीफ़ होती हो तो मैं चला जाऊँ?"

मैं कितना चाहता था कि निर्मल वहाँ से चले जाएँ, फिर भी मेरी हिम्मत नहीं हुई कि बिना किसी सबूत के किसी को कुछ कहा जाए। मैंने बेरुखी से कहा, "नहीं।"

हम उसी तरह लेटे रहे। कितनी दफ़े मैंने एक से सौ तक गिनती गिन डाली कि नींद आ जाए, पर डर और घृणा के कारण नींद आँखों के पास भी नहीं आती थी। सारी दुनिया, सारी प्रकृति नींद से डूबी हुई थी। कहीं से किसी मनुष्य, पशु या पक्षी की आहट नहीं सुनाई पड़ती थी। क्षण-पर-क्षण बीत रहे थे, लेकिन रात नहीं कट रही थी। यकायक कुछ ठंडी मदमाती-सी हवा भी चल पड़ी। एक-दो गायें रम्भाई। फिर शान्ति। दो-चार पक्षी चहचहाकर सो गए। पास ही गाँव के किसी घर से तीन-चार वर्ष के बच्चे के रोने का स्वर कुछ सेकेंड तक तैर आया। कोई बूढ़ा खाँसकर चुप हो गया। प्रकृति ने करवट ली थी। फिर लम्बी ख़ामोशी।

चाँदनी रात के कारण समय का अन्दाज़ नहीं लगता था। सारा वातावरण इस प्रकार नीरव एवं स्पन्दनहीन हो गया, जैसे सुबह होते-होते हम आधी रात की तरफ़ चल रहे हों। अजीब बेचैनी थी। मुश्किल से आधा घंटा बीता होगा कि कहीं कोई गदहा रेंकने लगा। चाँद फीका हो गया था। मलयानिल के झोंकों में सितारों की आँखें झपकने लगीं और पाँच मिनट के अन्दर गाँव से कुछ लोग निकलकर कुछ बातचीत करने के लिए मैदान की तरफ़ जाते हुए सुनाई पड़े। प्रकृति जगने लगी। अन्धकार की कुछ और पर्तें हटीं। निर्मल अब भी जगे थे। हम दोनों जानते थे कि दूसरा जगा है।

मैं धीरे-से उठ खड़ा हुआ। फिर वहीं चुपचाप टहलने लगा। सामने मैदान एवं खेतों का असीम सिलेटी विस्तार फैला था। मुझे निर्मल के लिए अफ़सोस हो रहा था। क्या वह नहीं जानते कि मैं इसी धरती को प्यार करता हूँ? इस धरती को विदेशी लोग लूट रहे हैं और इसी की रक्षा के लिए मैं यहाँ आया हूँ और कोई भी कुर्बानी करने की आकांक्षा रखता हूँ। निर्मल को यह बात समझनी चाहिए और आज मैं उनसे साफ़-साफ़ कह दूँगा। यह सब सोचकर मैं हलका और प्रफुल्लित हो गया तथा आकाश एवं खेतों में फैली सुबह की सफ़ेदी को एक नई ताजी उमंग से देखने लगा।

निर्वासित

उस दिन छह नम्बर वाली बहूजी से मैंने सारा क़िस्सा कह दिया। बहूजी ने मुझसे केवल यही पूछा था, "तुम यहाँ के नहीं लगते, गंगू! तुम्हारे बाल-बच्चे कहाँ हैं?" अपने पुराने जीवन से मुझे क्या मतलब था? पर मैं बहूजी का इतना आदर करता था कि उनसे झूठ नहीं बोल सका। मेरा विश्वास था कि मैं पुराने जीवन को नमस्कार चुका हूँ, किन्तु बहूजी की एक मामूली-सी बात ने मेरी हालत उस व्यक्ति की तरह कर दी थी, जिसकी किसी पुरानी चोट का दर्द पुरवा चलने पर उभर जाए। मेरे कई दिन बड़ी बेचैनी से बीते थे। रात में मुझे नींद नहीं आती और न किसी काम में तबीयत ही लगती। मैं सबसे उखड़-उखड़कर बोलता। क्या मैं यहाँ से भाग जाऊँ? पर मैं बहूजी को कैसे धोखा दे सकता था?

हाँ, मैं यहाँ का नहीं, बल्कि ज़िला गाज़ीपुर का रहनेवाला हूँ। गाँव जाने के लिए स्टेशन से उतरकर डेढ़ कोस ज़मीन लाँघनी पड़ती है। वहाँ ब्राह्मण, ठाकुर, बनिया, कहार, कुरमी, पासी, चमार, जुलाहे सभी जातियों के लोग थे। मैं हूँ जाति का कुरमी। काली माई की किरपा से दिन मज़े में कट जाते। हमारे पास कुछ खेत भी थे। मेरा छोटा भाई कुंजन गाँव का बाँका नवहा निकल रहा था। हम दोनों डटकर मेहनत करते और गुज़र-बसर के लिए कुछ अन्न पैदा कर लेते। हम ज़मीन को प्यार करते और ज़मीन हमको माँ की तरह पालती-पोसती। बरसात के दिन भुट्टे पर कट जाते। जाड़े में साग-ही-साग हो जाता। मकई का भात और चना-बथुआ का साग खाकर जी अटंड हो जाता। कभी गन्ने का रस, तो कभी मटर-चने का होरहा। गर्मी चढ़ते ककड़ी, खरबूजा और आम हो जाते। गंगाजी दूर नहीं थीं। मैं तड़के नहाने चला जाता, वहीं मर-मैदान होता, खेतों से ककड़ी-खरबूजा वग़ैरह तोड़कर खाता, घंटों दरिया में तैरता और घर आकर छह-सात मोटी लिट्टी और लहसुन-अदरक की चटनी उड़ा जाता। सुख और मस्ती के दिन थे वे।

पर दइव को यह सुख देखा नहीं गया। तीन साल पहले की बात है, हमारे गाँव-जवार में भारी अकाल पड़ा। वहाँ आसाढ़ के शुरू में ही झमाझम पानी गिर जाता। धरती, पेड़, पौधे, चिरई-चुरंग सभी जुड़ा जाते। उस साल तो सावन-भादों भी बिना पानी के ही निकल गए। दिन-रात टिटहरी टी-टी बोला करती। कुआँ, तालाब तक सूख गए।

खेतों के अन्दर बीज काले पत्थर के टुकड़े बन गए। जहाँ कहीं अंकुर निकले भी, तो झँवराकर लुढ़क गए। ग़रीब लोगों को भदई की फसल का बड़ा धरान होता है, पर वह एकदम चौपट हो गई थी। हम दोनों भाई काम के लिए बाहर जाते और साँझ को हाथ हिलाते हुए वापस आ जाते। घर आते बहुत शर्म मालूम होती। मेहरारू बाबू लोगों के यहाँ कुछ काम-धाम करती, वहीं से कुछ मिल-मिला जाता। पर उतने से क्या हो सकता था! दिन में एक-एक या आध-आध रोटी खाकर हम सो जाते। रात में उपास। सबके चेहरे सूख गए। गाल चिपक गए। आँखें काले गड़हों में धँस गईं। बच्चों में इतनी ताक़त नहीं रह गई थी कि वे रो सकें। लोग-बाग़ गाँव छोड़कर भागने लगे। जो बचे, वे घास-पात की जड़ों को उखाड़-उखाड़कर खाने लगे। कुछ नहीं मिलता, तो पेड़ के पत्तों का काढ़ा बनाकर पी जाते। डर, तकलीफ़ और कमज़ोरी से कोई भी दूसरों से न बोलता था और न एक-दूसरे की ओर देखता ही था। दिन में स्यार और कुत्ते डहक-डहककर रोने लगे...।

उसी समय मुझे बुख़ार आने लगा था। कोढ़ में खाज! देह जैसे आग की लपटों में झुलस रही हो। दो महीने तक मैं इसी तरह चारपाई पर पड़ा रहा। सूखकर अंठई हो गया था। शरीर का पता नहीं, बस, हड्डी रह गई थी। बुख़ार साथ न छोड़ता। मैं काफ़ी ज़िद्दी और क्रोधी हो गया था। अब हमेशा 'खाना खाना' किये रहता। पर खाना था कहाँ? मेहरारू भी काफ़ी दुबली हो गई थी, पर अब भी वह बाबू लोगों के यहाँ से साग-सत्तू, ख़ुद्दी-चुन्नी ले आती और सामने रख देती। पर इससे मेरी भूख और बढ़ जाती। पेट की आग भड़क जाती। मैं खाना पूरा न मिलने पर मेहरारू और बच्चों को गालियाँ देता। मेहरारू रो-धोकर अपना जी ठंडा करती।

एक दिन शाम को मेहरारू बाबू लोगों के यहाँ से आई, तो उसका हाथ ख़ाली था। बच्चे भूख से बिलबिला रहे थे। मैं तो ग़ुस्से से पागल हो गया। चिल्लाकर बोला, "हरामज़ादी, अपने तो वहाँ लुक-छिपकर अपना गड्ढा भर आती है और यहाँ आकर बहाना कर देती है...!"

मेहरारू क्रोध में फूस की तरह जलने लगी। उसका मुँह लाल-भोथर पत्थर की तरह हो गया। आँखें निकल आईं। छाती को दोनों हाथ से पीटती हुई वह बोली, "हाँ, खाती हूँ, खाती हूँ, खाती हूँ! क्या कर लेगा? इसके पेट में हमेशा डाढ़ा लगा रहता है! आज साफ़-साफ़ सुन ले, मैं तेरा गड्ढा नहीं भर सकती! खाना है, तो अपना जाँगर चला। जाँगर नहीं चलता, तो भीख माँगकर खा! समझ ले, मैं तेरी दुश्मन हूँ...!"

वह ज़मीन पर बैठ गई और पास में ही रखे ईंट के टुकड़े को लेकर छाती पर मारने लगी। मैं सन्न हो गया था। उसकी बात मेरे कलेजे में तीर की तरह लगी थी। इसीलिए मैं कहता हूँ कि दुनिया में कोई किसी का नहीं है। अगर मैं तन्दरुस्त होता, तो वह ऐसी बात न कहती। पर मैं तो चारपाई पर बेसहारा पड़ा था।

मैं किसी भी क्षण मर सकता था। मेरा दिल टूट गया। मैं किसी काम का नहीं, इसीलिए मेहरारू का दिल भी मुझसे फिर गया था। मैं उसके लिए बोझ हो गया हूँ। ऐसी ज़िन्दगी से क्या फ़ायदा! ज़िन्दगी में जब इज़्ज़त न हो और शरीर में जब ताक़त न हो, तो उससे अच्छी है मौत। नहीं, मैं मर जाऊँगा, पर उसका दिया हुआ अन्न का एक दाना भी मुँह में नहीं डालूँगा। न मैं अब उसका मुँह देखूँगा और न उसको अपना मुँह दिखाऊँगा...!

उस दिन घर में चूल्हा नहीं जला था। दोनों बच्चे बिना खाए देर तक रोते रहे। फिर सो गए। मेहरारू ज़मीन पर चित दोनों टाँगें और हाथ फैलाए और गन्दे लटियाए बाल छितराए मुर्दे की तरह पड़ी थी। कुंजन का कहीं पता नहीं था। मैं आँखें खोलकर अँधेरे के ऊपर देख रहा था। जब आधी रात चढ़ गई, तो मैंने उठकर धीरे-से बाहर का दरवाज़ा खोला। फिर बाहर निकल गया। अँधेरी रात थी और उसमें अपना शरीर भी नहीं सूझ रहा था। गाँव से एक मील की दूरी पर एक अन्धा कुआँ था। मैं उसी में जाकर डूब मरूँगा, तभी जाकर उसका कलेजा ठंडा होगा। मैं किसी तरह पैरों को घिसटकर आगे बढ़ रहा था। मेरा शरीर थरथरा रहा था। जब मैं चलता, तो मेरा शरीर ताजिए की तरह हिलता। मैं बुरी तरह हाँफने लगता और कुछ क़दम चलकर बैठ जाता। फिर चलने लगता। कई बार मैं लुढ़क गया। मेरे पैर काँटों तथा ईंट-पत्थरों से लहूलुहान हो गए।

पर अन्धे कुएँ के पास आकर मेरा मन हिचक गया। यहाँ प्राण त्यागने से क्या फ़ायदा? मेरी लाश लोग निकाल लेंगे और मेरी औरत दुनिया को दिखाने के लिए उस पर सिर पटकेगी और झूठ-मूठ आँसू बहाएगी। मैं स्टेशन पर जाकर ट्रेन के नीचे कट जाऊँगा। मेरे पैर आगे घिसटते गए—खजाह कुत्ते की तरह। बीच-बीच में बैठकर मैं कुत्ते की तरह हाँफता और खाँसता। पता नहीं, कब मैं स्टेशन पर पहुँचा। रात बीत रही थी। पूरब का आसमान फट रहा था। गाड़ी आ गई। पर यह मन बड़ा पापी है। मैं गाड़ी के पहिए के नीचे आने के बदले गाड़ी के एक डिब्बे में ही चढ़ गया। अभी क्या जल्दी है! मैं दूर-से-दूर जाकर जान दूँगा, ताकि दुनिया मेरी गन्ध भी न पा सके।

मैं जिस गाड़ी पर चढ़ा था, वह इसी शहर में आकर रुक गई। रेल-बाबू ने मुझे भिखमंगा समझकर छोड़ दिया। मैं गाड़ी से न कटकर बाहर मुसाफ़िरख़ाने में चला गया था। मैं सोच रहा था कि भूख और बुख़ार से कमज़ोर हो ही रहा हूँ, किसी दिन इसी तरह मर जाऊँगा, फिर गाड़ी से कटने की क्या ज़रूरत? मैं मुसाफ़िरख़ाने में बैठ गया। लोग कितने ख़ुश थे! कोई खा-पी रहा था, कोई लेटकर आराम कर रहा था और कोई किसी से बात कर रहा था। मुझे ज़ोर की भूख लगी हुई थी और कमज़ोरी के मारे आँखों से चिनगारियाँ छूट रही थीं। मैंने कई बार उठकर हकर-हकर पानी पिया। नल से कुछ ही दूरी पर दो खोंचेवाले खड़े थे और ख़ूब

मन लगाकर सामान बेच रहे थे। मेरी इच्छा हुई कि चलकर गिड़गिड़ाते हुए उनसे माँगूँ, भैया, थोड़ा दे दो, तुम्हारा उपकार कभी नहीं भूलूँगा। तुम जो सेवा-टहल करने को कहोगे, वह करूँगा।' पर मैं उठ नहीं सका। पता नहीं, किस चीज़ ने मुझे रोक दिया। मैं भीख माँगूँ? यही तो मेरी मेहरारू भी चाहती थी! मैंने आज तक किसी के आगे हाथ नहीं फैलाया। अपनी मेहनत की कमाई खाता रहा। मैं मर जाऊँगा, पर किसी के आगे हाथ नहीं फैलाऊँगा...।

पता नहीं, कब मैं ज़मीन पर लुढ़ककर सो गया। मैं शायद कोई सपना देखने लगा। अचानक मेरी नींद खुली, तो कोई मुझे पुकार रहा था। मैंने उठने की कोशिश की, पर अचानक मुझसे उठा नहीं गया। सिर चकराने लगा। आँखों के सामने अँधेरा छा गया। मैंने बड़ी मुश्किल से अपने सिर और आँखों को घुमाकर उधर देखा।

"तुम कौन हो?" एक अधेड़ आदमी, जो मटमैली धोती-कुर्ता और बड़ा-सा पग्गड़ पहने था, मेरे कान के पास झुककर पूछ रहा था।

"एक दुखिया अभागा हूँ, बाबू जी!" मैं बीमार बन्दर की तरह चीं-चीं बोला।

"अरे हट, अभागा कोई नहीं होता, सब समय का फेर होता है! कोई काम-धाम करेगा?"

"बीमारियाँ हैं, बाबू जी...देह में कुछ है नहीं...!"

"दम-वम सब आ जाएगा, रे! तुझे कोई रोग थोड़े है! तेरा शरीर ख़ुराक माँगता है। ख़ुराक तो ऐसी चीज़ है कि उसको पाकर मुर्दा खड़ा हो जाए। जब तेरे पेट में गुद्दी पहुँचेगी, तो तू सुग्गे की तरह टाँय-टाँय बोलने लगेगा। समझा, भाई? तुझे एक डॉक्टर को भी दिखाऊँगा। वह मेरी जान-पहचान का है और उसका आला भी बड़ा मज़बूत है। तुझे कोई ख़ास काम नहीं करना है, बस, एक दूकान पर बैठकर कुछ हलके-फुलके काम कर देना है। दोनों जून डटकर भोजन करना, ऊपर से पाँच-दस रुपये अलग...समझा, भाई?"

मैं उसके साथ चला गया। वह शहर की एक बस्ती का बनिया था। वह अपने किसी काम से स्टेशन गया और उसकी नज़र मुझ पर पड़ी थी। सचमुच घर ले जाकर उसने मुझे ख़ूब अच्छा खाना खिलाया। मैंने डटकर खाना खाया। मेरी आँखों से झरझर आँसू गिरने लगे। इसी खाने के लिए मेरी मेहरारू ने मेरी बेइज़्ज़ती की थी और यहाँ मैं मरने के लिए आया था। मैं बनिये की बात सोचकर रो रहा था। इस दुनिया में जहाँ एक-से-एक पापी हैं, वहीं महात्मा लोग भी हैं। यह बनिया ज़रूर ही पहले जन्म का मेरा माँ-बाप रहा होगा। मैं इसका उपकार कभी भी नहीं भूल सकता और मौक़ा आने पर उसके लिए जान भी निकालकर दे दूँगा।

मैं उसके यहाँ काम करने लगा। लेकिन मेरे शरीर में ताक़त कहाँ थी? जहाँ होता, वहीं धम्म से बैठकर हाँफने लगता। मैं झूठ नहीं बोलूँगा, बनिये का मेरे ऊपर बहुत बड़ा उपकार है। उपकार चाहे जिस नीयत से किया जाए, है तो वह उपकार ही।

वही मुझे यहाँ पकड़कर न ले आया होता, तो मेरी क्या हालत हुई होती। यही नहीं, दूसरे ही दिन सवेरे वह मुझे अस्पताल ले गया और वहाँ से दवा दिला दी। डॉक्टर ने कहा कि मुझे मियादी बुख़ार था, पर अब कुछ भी नहीं है। कमज़ोरी से बुख़ार चढ़ जाता है। खाने-पीने और ताक़त आने से सब ठीक हो जाएगा।

डॉक्टर की बात सच थी। बनिया उस समय आटा-दाल, नून–तेल, मसाले के साथ-साथ दुकान पर सब्ज़ियाँ भी रखता था। दवा और ख़ुराक से मेरी हालत कुछ सुधर गई। पर अब भी बड़ी कमज़ोरी थी। मैं सवेरे से ही काम में जुट जाता। अधिक समय तो दूकान पर बैठकर सामान तौलता रहता। कभी-कभी बनिया मुझे सवेरे सब्ज़ी मंडी ले जाता और वहाँ से थोक भाव से ढेर सारी सब्ज़ी रिक्शा पर ले आता। वहाँ के कई थोक व्यापारियों से मेरी जान-पहचान हो गई थी और कभी-कभी मैं अकेले वहाँ जाता और तरकारी ले आता।

एक दिन बनिये ने मुझसे कहा, "देख रे, तू अब बहुत आराम कर चुका, अब थोड़ा दौड़-धूप का काम कर। मैं वह आदमी नहीं, जो दूसरों का जमा मार लूँ। अब तू मेरे घर का आदमी हुआ। जो हम खाते हैं, तू भी खाता है। जैसे हम रहते हैं, वैसे तू भी रहता है। बस, यही समझ ले कि यहाँ से तेरी एक पाई भी नहीं मारी जाएगी। बस, तू मेहनत किये जा, मैं तुझे मालामाल कर दूँगा। तू रोज़ सब्ज़ी लाकर बस्ती में बेचा कर। मेहनत और ईमानदारी से काम करेगा, तो बिक्री में से रुपये में से चार आने तेरा होगा। समझा?"

मैं काली मैया की क़सम खाता हूँ कि रुपये-पैसे का लालच मुझे नहीं। रुपया-पैसा लेकर मैं करता क्या? मैंने घर छोड़ा, बीवी-बच्चे छोड़े, भाई छोड़ा। मुझे इस संसार में किसी बात की इच्छा नहीं थी। अगर मुझे दो मुट्ठी अन्न खाने को मिल जाता है, तो यही मेरे लिए बहुत है। मुझे विश्वास था कि मेरी ज़िन्दगी चुपचाप बनिये के घर में कट जाएगी।

मैं सब्ज़ी लाकर बस्ती में घूम-घूमकर बेचने लगा। पर अभी देह में पूरी ताक़त आई नहीं थी। सिर पर टोकरी लेकर बहुत देर तक घूमा न जाता। बहुत ज़ोर से चिल्लाया न जाता। बीच में किसी जगह बैठकर हाँफने लगता। कई दिनों तक तो मेरे घिनौने शरीर को देखकर लोग मुझे दूर ही से दुत्कार देते। औरतें मुँह बिचका लेतीं। पर एक दिन छह नम्बर वाली बहूजी ने मुझे अपने दरवाज़े पर बुलाकर मुझसे सब्ज़ी ली। फिर वह मुझी से सब्ज़ी लेने लगीं—कभी-कभी वह मेरे सामने कुछ खाने को रख देतीं। बाद में उन्हीं की देखा-देखी और औरतों ने भी मुझसे सब्ज़ियाँ लेना शुरू कर दीं। और जब बरसात के मौसम में बाहर से आकर बेचनेवाले न दिखाई पड़े, तो मेरी बिक्री बढ़ने लगी। मैं सवेरे से लेकर आठ बजे रात तक सब्ज़ी बेचता। ख़ूब नफ़ा होने लगा। मैं जितना पैसा पाता, ईमानदारी से बनिये को देता। पैसा देखकर ख़ुशी से उसकी मूँछ के बाल फैल जाते। वह आँखें दबाकर मेरी ओर

चोरी-चुपके देखते हुए पूरा पैसा अपनी जेब के हवाले कर देता और छाती पर सिर गाड़कर घर के अन्दर चला जाता, जैसे कुछ सोच रहा हो...।

पर आदमी की नीयत बदलते देर नहीं लगती। कई महीने बीत गए। इस बीच सब्ज़ी ख़ूब बिकने लगी थी। पर बनिये ने कभी भी मेरे हाथ पर एक पैसा नहीं रखा। पहले खाना मज़े का मिल जाता था, लेकिन अब मेरे सामने बासी खाना लाकर रख दिया जाता। वह भी पूरा नहीं। यही नहीं, बनिये की लुगाई मुझसे शाम-सवेरे घर के बरतन मँजवाने लगी। काम से मैं डरता नहीं था पर उसकी बोली भी बहुत ख़राब थी। मामूली भूल होने पर वह घंटों बड़बड़ाती रहती। गाली-गलौज़ पर उतर आती। मुझे मन में बड़ा क्रोध आता। पर मैं उसको पी जाता। उन लोगों के एहसान को मैं मानता था और मैं कुछ ऐसा नहीं कहना चाहता था, जिससे उनके दिल को चोट पहुँचे।

पर मेरे कपड़े बहुत दिनों से चिथड़े हो रहे थे। मैंने सोचा कि कपड़े के लिए कुछ पैसे माँगने में हर्ज़ ही क्या है! मैंने एक दिन बनिये से इसकी चर्चा की। वह एकदम आग-बबूला हो गया। चिल्लाकर बोला, "अब तेरे पर जमने लगे! तू भूल गया कि मैं तुझे श्मशान घाट से उठाकर लाया था? अब तक तुझ पर हज़ारों रुपये ख़र्च कर चुका हूँ। इसीलिए कहा गया है कि नीचों के साथ एहसान नहीं करना चाहिए। देख, मैं सब कुछ जानता हूँ। सच-सच बता, क्या तू सब्ज़ी में से पैसे नहीं मारता?"

मुझे जैसे काठ मार गया। कुछ देर तक मेरे मुँह से आवाज़ नहीं निकली। वह कहना क्या चाहता है? क्या मैं बेईमान हूँ? मैंने सब्ज़ी की बिक्री में से किसी भी दिन एक पैसे की भी कोई चीज़ अपने लिए नहीं ख़रीदी। उससे एक पैसा भी कभी नहीं दबाया। मैं सब कुछ बर्दाश्त कर सकता हूँ, पर ऐसा इल्जाम बरदाश्त नहीं कर सकता। मेरी सिधाई का यह नतीजा है!

मैं उसकी ओर न देखते हुए गम्भीर स्वर में बोला, "मालिक, हमारी-आपकी नहीं पटेगी, हमारा हिसाब साफ़ कर दो...।"

"अच्छा!" वह आँखें चढ़ाकर बोला, "तू अभी निकल जा यहाँ से! मेरे ऊपर तेरा एक पैसा भी नहीं...तेरे ऊपर ही मेरे सैकड़ों रुपये आते हैं। अगर तू अधिक टर्र-टर्र करेगा, तो पुलिस बुलाकर तुझे जेल भिजवा दूँगा। भाग यहाँ से...।"

मैं चुपचाप बाहर निकल आया। दुख, अपमान और क्रोध से मैं काँप रहा था। रुपये-पैसे का मुझे लालच नहीं था। दुख मुझे बस इसी बात का था कि उसने मुझे बेईमान बनाया था। फिर मुझे अपने से ही घृणा होने लगी। मैं कितना नीच हूँ! कितना डरपोक हूँ! घर से आया तो था मैं मरने के लिए। अब मैं कहाँ जाऊँ? सारी ग़लती मेरी ही है। बनिये से मुझे कोई शिकायत नहीं। जितना उससे करते बना, उसने मेरे लिए किया। इससे अधिक कोई किसी के लिए क्या कर सकता है?

यही सब सोचते हुए मैं डग-डग भटकता रहा। एक बार तो डूब मरने के लिए मैं जमुना के किनारे पहुँच गया, जो वहाँ से दूर नहीं थी। पर वहाँ से मैं फिर लौट आया। इस तरह दो दिन और दो रात तक मैं बिना खाए रहा। रात को चुंगी के पास जो चबूतरा था, उसी पर सो गया।

तीसरे दिन सवेरे मेरी नींद खुली तो मैं उत्तेजित था। पता नहीं, मैंने कैसा सपना देखा था। मेरे पाँव सब्ज़ी मंडी की ओर घिसटने लगे। वहाँ मैं अहमद सब्ज़ीवाले के पास सीधे पहुँच गया, जो आलू का थोक व्यापारी था। उससे मेरी जान-पहचान थी। कई बार मैं उसके यहाँ से सब्ज़ी ला चुका था। मैंने अहमद से हाथ जोड़कर सारा क़िस्सा कह सुनाया।

अहमद कुछ देर तक मुझे घूरता रहा, फिर लापरवाही से बोला, "ले जा, भाई, तू जितना आलू चाहे। बस, दूसरे दिन मेरा पैसा चुका दिया कर। मैं अच्छों के लिए अच्छा हूँ और बदमाशों के लिए बदमाश। न मालूम कितनों को मैंने बना दिया। आज तुम यहाँ बड़े-बड़े सेठ आलू बेचनेवाले देखते हो, वे सब शुरू में मेरे ही यहाँ से आलू उधार ले जाते थे। सभी मेहनती और ईमानदार थे। भाई, बिना मेहनत और ईमानदारी के कोई तरक़्क़ी नहीं कर सकता। हाँ, बुरे लोगों के लिए मैं बहुत बुरा हूँ। आज तक कोई भी मेरा पैसा नहीं मार सका...मैं उसका दोजख तक पीछा करता ले जा, जितना चाहे। चल, और और भी सब्ज़ियाँ थोड़ी-थोड़ी दिला देता हूँ। मर्द का बच्चा है। हाथ-पैर चलाकर दो पैसा पैदा करना बड़ी अच्छी बात है...।"

अहमद ने मुझे एक टोकरी भी दिला दी, जिसमें सब्ज़ियाँ रखकर मैं बस्ती में आया। मेरी आँखों में आँसू भरे थे। मुझे एक बड़ा अनुभव हुआ था। अगर आदमी हाथ पर हाथ रखकर बैठा न रहे और हिम्मत से काम करे, तो दूसरे लोग उसकी मदद करने को तैयार रहते हैं। अहमद मेरा कौन था? मेरी उसने क्यों मदद की थी?

उस दिन से मैंने अपना करोबार शुरू कर दिया। सब्ज़ियाँ मेरी ख़ूब बिकीं—शाम होते-होते सारा माल ख़त्म हो गया। तीन दिन से मैं भूखा था। शाम को मैंने सत्तू ख़रीदा और चुंगी के चबूतरे पर बैठकर, उसको अपने अँगोछे में सानकर प्रेम से खाया। फिर वहीं चुपचाप सो गया।

दूसरे दिन मैंने जब अहमद के हाथ में पैसा रखा, तो वह बहुत ख़ुश हुआ। उसने मेरी पीठ ठोंकी। फिर तो मेरा यह धन्धा चल निकला। धीरे-धीरे मैं अधिक माल सब्ज़ी मंडी से उठाने लगा। पैसे का मूल्य मेरी नज़र में बहुत बढ़ गया। एक-एक पैसे को दाँत से पकड़ने लगा। वहीं बस्ती में मैंने चार रुपये महीने के किराये पर एक छोटी-सी कोठरी ले ली। अपने ऊपर मैं बहुत कम ख़र्च करता। दिन में सत्तू खाता और रात में लिट्टी पाथ लेता। धीरे-धीरे मैं पैसे जोड़ने लगा।

कई महीने बीत गए। इसी बीच छह नम्बर वाली बहूजी ने मुझसे मेरी कहानी पूछी थी। जब मैंने सारा क़िस्सा सुनाया, तो उनकी आँखों में आँसू भर आए थे।

वह बोलीं, "सब्ज़ीवाले, तुमने बहुत ग़लती की। दुख में किसी का दिमाग़ ठिकाने नहीं रहता। अगर तुम्हारी औरत के मुँह से कुछ निकल गया, तो तुमको बुरा नहीं मानना चाहिए। उसने मजबूरी में ही वह बात तुमसे कही होगी। तुम भी तो बहुत परेशान रहते थे। जो कुछ मिलता था, उसको वह सामने लाकर रख देती थी। जब नहीं मिला, तो वह कहाँ से लाती? फिर क्या तुमको एक दिन के लिए भी अपने बच्चों की याद नहीं आई? वे किस तरह होंगे? तुम अब कमा-धमा रहे हो। तुमको अपने बाल-बच्चों की अब तो खोज-ख़बर लेनी चाहिए। तुम वहाँ न जाओ, तो कम-से-कम उनके पास एक चिट्ठी तो लिख दो!"

बच्चे! मेरा कलेजा छटपटाने लगा। उन्होंने मेरा क्या बिगाड़ा था? मेरे सामने उनके भूख से बिलबिलाते चेहरे उभर आए। मैं इतना कठोर कैसे हो सका? स्त्री कैसी होगी? जब शादी करके मैं उसको ले आया था, तो वह कितनी अच्छी लगती थी! किस तरह हिरनी की तरह चौंक-चौंककर देखती थी! वह बहुत ही हँसमुख थी। मेहनती और लड़ाई-झगड़े से दूर रहनेवाली। पर अकाल ने उसके मन को बदल दिया। इसमें उसका क्या दोष? लेकिन मैं यह बेकार की बात सोच रहा हूँ। स्त्री को क्या ऐसी बातें कहनी चाहिए? स्त्री की शोभा तो झुककर रहने में है। उसने तो मुझे दुश्मन कहा था। मैं उसका मुँह कैसे देख सकता हूँ? जिस तरह से उसने मेरे मन को कष्ट पहुँचाया है, उसी तरह मैं भी उसके मन को कष्ट पहुँचाऊँगा। उसके लिए मेरे दिल में कोई जगह नहीं है। हाँ, बच्चों की मुझे ज़रूर याद आती है।

इसी तरह पता नहीं, मैं क्या-क्या सोचता रहा। पर मेरे मन में न मालूम कैसा डर समाया रहता। कभी-कभी मैं अपने को धिक्कारने लगता। बार-बार मेहरारू का चेहरा आँखों के सामने नाचने लगता। कैसे होंगे वे? कैसे होंगे?

और एक दिन मैंने कुंजन के नाम एक चिट्ठी लिखी। चिट्ठी मैंने बस्ती के एक बाबूजी से लिखवाई थी। साथ में सौ रुपये का मनीऑर्डर भी था। चिट्ठी में लिखा था :

"उससे कह देना कि उसका दुश्मनवा अभी ज़िन्दा है। पैसा भेज रहा हूँ। उससे कहना कि पीली चुनरी पहनकर देवी के स्थान में जाकर माथा टेक आए—माथे में सिन्दूर लगा ले। घर पर अंग्रेज़ी बाजा बजवा देना और पाँच ब्राह्मणों को पूड़ी खिला देना...!"

चिट्ठी और रुपये भेजने के बाद मेरी बेचैनी बहुत बढ़ गई। दिन-रात मैं सोचता रहता। मन में न मालूम कैसा दुख भर आया था। बार-बार मेहरारू का चेहरा सामने आ जाता। लगता था कि वह नई दुलहिन के रूप में मेरे सामने बैठी है। मैं बहुत गम्भीर रहने लगा था। तरकारी बेचने में मेरी तबीयत न लगती। हाँ, वह कितनी अच्छी थी! जब सुख के दिन थे, तो वह इस तरह बोलती, जैसे फूल झड़ रहे हैं। सबका कितना ख़याल रखती। रात को वह देर तक शरीर में तेल लगाती।

सिर चाँटती। दिन में खाना खाते समय पंखा झलती। अकाल के दिनों में वह मेहनत करती! उसका चेहरा मुरझाए हुए फूल की तरह हो गया था...हे भगवान!

पन्द्रह-बीस दिन बाद कुंजन मेरे पास आया। मैं मंडी जाने की तैयारी कर ही रहा था कि वह आकर मेरे सामने खड़ा हो गया। कुछ देर तक हम एक-दूसरे की ओर घूरते रहे। फिर रोता हुआ वह मेरी ओर लपका और मेरे पैरों पर गिर पड़ा। मैंने उसको उठाकर गले से लगा लिया। बहुत देर तक वह रोता रहा। मेरी आँखों में आँसू भरे थे।

जब उसके आँसू कुछ थमे, तो वह बोला, "दादा, हमने तो यह समझा था कि आप कहीं कुआँ-तालाब में डूब गए! भौजी को इसका इतना दुख था कि उसी ने उनके प्राण ले लिये...!"

"क्या? वह इस दुनिया में नहीं है?" मैं चीख़ पड़ा।

कुंजन फिर फूट-फूटकर रोने लगा। वह बोला, "हाँ, अब वह इस दुनिया में नहीं है! जबसे आप गए, वह गुमसुम बनी रहतीं। मैंने आपको बहुत खोजा-तलाशा। फिर घर आकर भौजी को बहुत समझाया। पर वह तो जैसे पत्थर की मूर्ति बन गईं। फिर उन्होंने चारपाई पकड़ ली। समय ख़राब था कि दवा-दारू भी नहीं हो सकी! वह देवी थीं, देवी...!"

मैं वहाँ से उठ गया। आकर अपनी कोठरी के दरवाज़े पर खड़ा हो गया—मेरा सारा शरीर काँप रहा था। सामने अँधेरा मालूम हो रहा था। अपने क्रोध और अभिमान से मैं अपने को उससे बड़ा समझता रहा, पर वह सबको तुच्छ करके चली गई थी। मैं घोर पश्चाताप और दुख में छटपटाता रहा।

सहयात्री

ट्रेन तेज़ी से भागी जा रही थी। मैं रात के अन्धकार में चढ़ा था। बीच में पता नहीं कब नींद आ गई, जो अभी-अभी खुली थी। बाहर कुछ चक्कर काटकर पीछे सरकते मैदान में सुनहरी धूप पिघलकर फैल गई थी। शीतल, स्वच्छ और ताजी पछुआ हवा के झोंके मन को पवित्र आनन्द से भर देते। मैं इतना सन्तुष्ट और प्रफुल्लित था कि मेरी इच्छा हो रही थी कि गुनगुनाऊँ या मुस्कराऊँ।

डिब्बे में अधिकतर देहात के लोग ही बैठे थे, परन्तु सामने की बर्थ पर दाईं ओर मुझसे कुछ दूर एक पढ़ा-लिखा, विचित्र नवयुवक भी विराजमान था, जिसने झट ही मेरा ध्यान आकर्षित करने में सफलता प्राप्त कर ली। वह दुबला-पतला, गोरा, सुन्दर और ज़रूरत से अधिक गम्भीर था। वह हलके नीले रंग की क़मीज़ और सफ़ेद जीन्स का पैंट पहने था। उसके बाल उलटे फिरे हुए थे और उसकी आँखें बड़ी-बड़ी और भूरी थीं। वह अपनी जगह पर बहुत अस्थिर नज़र आ रहा था। कभी वह पीठ पीछे टेककर अपनी आँखें ऊपर टाँग देता और मुँह इस तरह बना लेता, जैसे किसी बहुत ही गम्भीर समस्या पर विचार कर रहा हो। उसकी आँखें बार-बार मेरी दिशा में उलट जातीं जिनमें व्यर्थ आत्म-महत्त्व के भाव उभर आते।

कुछ ही देर बाद वह गुनगुनाने लगा, जिसकी धुन हवा के झोंके के साथ मेरी दिशा में तैर आती। संगीत की भाव-विभोरता में उसके नथुने फड़कने लगे और आँखों में तेल की-सी चिकनाई उभर आई, परन्तु वह शीघ्र ही सहसा बहुत गम्भीर हो गया और अपनी जेब में से डायरी और फाउंटेनपेन निकालकर ऐसी व्यस्तता और तेज़ी से लिखने लगा, जैसे वह नियमपूर्वक काम करनेवाला कोई कर्मठ व्यक्ति हो। फिर उसने लिखना भी बन्द कर दिया और डायरी और क़लम को यथास्थान रखकर, सीधा तनकर सामने इस तरह देखने लगा, गोया निश्चिन्त हो गया हो। इसके बाद उसने दो-तीन बार मेरी ओर दृष्टिपात किया और अन्त में चुपचाप सनकी की तरह मुस्कराने लगा।

"कहाँ चल रहे हैं, भाई साहब?"

मैं कुछ चौंका अवश्य, परन्तु उससे मैं ऐसे ही प्रश्न की आशा कर रहा था। मैं समझ रहा था कि किसी कारणवश वह मुझसे प्रभावित होकर मुझको अपना

परिचय देना चाहता है और जब मैंने बताया कि मैं दिल्ली जाऊँगा तो वह झट उठ खड़ा हुआ।

"मैं भी वहीं चलूँगा।" मेरे पास बैठकर वह किसी क्षमा-प्रार्थी की तरह मुस्कराते हुए बोला।

"आप वहाँ काम करते हैं?" मैंने हलकी रुखाई से पूछा।

"जी हाँ, "वह तपाक से बोला, "मेरा घर भी वहीं पर है। आपने विश्व प्रकाशन का नाम सुना होगा। उसी का मैं स्पेशल रिप्रेजेंटेटिव हूँ। आगरा में संस्था की एक शाखा खोलने आया था। मैंने तो श्रीकान्त जी से कहा था कि वह किसी दूसरे को भेज दें, परन्तु वह मेरे बिना एक क़दम भी आगे नहीं बढ़ते। प्रधानमंत्री से मिलना हो तो श्याम सुन्दर तिवारी! और मुम्बई-कोलकाता जाना हो तो श्याम सुन्दर तिवारी छोटी-से-छोटी बात के लिए ही मुझे परेशान किये रहते हैं। मैंने कई बार कहा कि भैया, इस संस्था के मालिक तुम हो, आज ख़ुश हो, पता नहीं कब नाराज़ हो जाओ, इसलिए मुझे छुट्टी दी कि मैं कोई सरकारी नौकरी करूँ और इत्मीनान से जीवन व्यतीत करूँ, लेकिन वह पैर पकड़ने लगते हैं और..."

मैं उसकी ओर देखकर सिर्फ़ होंठों में ही मुस्कराया।

"और सच पूछिए तो मेरी तबियत इस काम में लगती ही नहीं!" वह दो-चार क्षण चुप रहने के बाद गम्भीर स्वर में बोला, "समझिए, मेरी प्रतिभा का दुरुपयोग हो रहा है। मेरा झुकाव दरअसल राजनीति की ओर है। देश की ख़ातिर कुछ करने के लिए मेरी आत्मा छटपटाती रहती है। अब मैं भी मौक़ा मिलने पर देश के लिए जान दे सकता हूँ, नहीं तो घर पर मैं खद्दर पहनता हूँ। सच बात तो यह है कि हमारे देश की समस्याएँ अहिंसा के उपायों से ही हल हो सकती हैं। जब मैं आज के नौजवान को ग़ुमराह देखता हूँ तो मुझे बड़ा कष्ट होता है। उसमें उच्छृंखलता बढ़ती जा रही है।"

उसने सहसा रुककर मुझे तिरछी दृष्टि से देखा। मैं खद्दर का कुर्ता-पायजामा पहने था। मुझे लगा कि वह मुझको कोई ऐसा राजनीतिक नेता समझ रहा है, जिसका सरकारी दल से सम्बन्ध हो। शायद इसीलिए वह शुरू में मेरी ओर बार-बार देखता था। मैं मन-ही-मन हँसा।

"भाई, राजनीति से मैं कोसों दूर रहता हूँ। नेता भी नहीं हूँ मैं" मैंने मुस्कराकर कहा।

वह एक क्षण के लिए चौंका। फिर जल्दी से ही उसने अपने को सँभाल लिया। वह कुछ देर तक टेढ़ा मुँह करके, नीचे देखते हुए खोया-खोया मुस्कराता रहा। अन्त में इस तरह बोला, जैसे किसी निश्चय पर आ गया हो, "आपका ही कहना ठीक है, भाई साहब। आजकल कोई स्वाभिमानी व्यक्ति राजनीति में दिलचस्पी रख नहीं सकता! क्यों रखे, साहब? बस, किसी तरह ज़िन्दगी गुज़र जाए, यही बहुत है।

आज जिधर देखिए। उधर ही जातिवाद, भ्रष्टाचार, कुनबापरस्ती वग़ैरह का बोलबाला है। बड़े-बड़े लोग जनता का शोषण करके अपना घर भरने में लगे हैं। ईमानदार व्यक्ति को कोई नहीं पूछता। जो बेईमान हैं उनको क़ाबिल समझा जाता है। जिसके पास पैसा है उसके पास सभी गुण हैं। सच पूछिए तो इस पूरी व्यवस्था से मेरा दिल खट्टा हो गया है!"

उसने ऐसा मुँह बनाया, जैसे उसी तरह असन्तुष्ट और क्षुब्ध व्यक्ति इस धरती पर कोई न हो। मैंने हैरत से उसको देखा। इसी समय बग़ल में डिब्बे से एक चायवाला हमारे डिब्बे में आकर 'चाय गरम चाय गरम' चिल्लाने लगा था। कुछ मुसाफ़िर कुल्हड़ में चाय ले-लेकर सुड़-सुड़ पीने भी लगे थे।

"दो चाय देना, भाई!" इस नौजवान ने चायवाले की तरफ़ व्यस्ततापूर्ण दृष्टि से देखकर कहा।

"मेरी इच्छा नहीं है चाय पीने की, "मैंने उदासीन स्वर में कहा।

"यह कैसे होगा?" उसने झट कहा। उसके मुख पर एक विचित्र आत्म-सन्तुष्टि तथा आत्मीयता की मुस्कराहट थिरकने लगी थी।

मैंने कहा कि मेरा पेट ठीक नहीं, तो उसने कुछ विदेशी डॉक्टरों के मत का उल्लेख करते हुए कहा कि चाय किसी भी हालत में नुक़सान नहीं करती और अधिक-से-अधिक एक टॉनिक है। मैंने कुछ चिढ़कर फिर मना किया तो वह किसी निकट सम्बन्धी की तरह नाराज़ होकर बोला, "तब छोड़िए, मैं भी नहीं पिऊँगा।"

अन्त में मुझे हार माननी पड़ी।

"मैं आपको एक सच्ची चीज़ बताता हूँ।" चाय पीने के बाद उसने कहा, "मैंने इस पर बहुत सोचा है। बहुत चिन्तन किया है। मैं बार-बार इसी निष्कर्ष पर पहुँचता हूँ कि हम हिन्दुस्तानी किसी काम के नहीं। हम कोई भी काम ठीक से नहीं कर सकते। जब अंग्रेज़ थे तो यहाँ कितना अमन-चैन था! इस तरह की भुखमरी उस ज़माने में न थी। लोग-बाग़ डरते थे, दफ़्तरों में डटकर काम करते थे, दंगा-फ़साद से दूर रहते थे और अंग्रेज़ भी न्याय करता था। फिर हिन्दुस्तानी आए। बस, एक-दूसरे से घृणा शुरू हो गई। काले आदमी पर काला आदमी कैसे शासन करे? जब तक अंग्रेज़ का डर था, हम ईमानदार बने रहे और जब डर ख़त्म हुआ तो हम एक ही दिन में बेईमान हो गए। हमारी नैतिकता गिर गई। हमने राष्ट्रीयता को ताक पर रख दिया और धर्म, जाति, भाषा तथा क्षेत्र के आधार पर दल बनाकर अपना स्वार्थ साधने लगे। मैं तो यहाँ तक कहता हूँ कि हम आज़ादी के क़ाबिल नहीं। हम ढोर हैं। हम सिर्फ़ दूसरों के डंडे की भाषा समझ सकते हैं..."

जोश से उसका मुँह तमतमा गया था। वह धारा प्रवाह बोले जा रहा था। वह कभी आगे झुक जाता, कभी सिर को झटका देता और कभी हाथों को इस तरह नचाता जैसे चिढ़ रहा हो। उसने कहा कि जब दुनिया के सारे देश तेज़ी से तरक़्क़ी

कर रहे हैं, भारत के लोग अब भी हज़ारों साल पीछे हैं। भारतीय परिश्रम नहीं कर सकता और वह परले नम्बर का आलसी है। उसमें किसी बात के लिए धैर्य नहीं। वह ढोंगी है। वह मुँह से ब्रह्मचर्य और आदर्श की बात करेगा, परन्तु उसके जैसा पतित खोजे भी नहीं मिलेगा।

"और आप समझते हैं कि ऐसा देश कभी तरक़्क़ी कर सकता है? हरगिज़ नहीं, हरगिज़ नहीं?" उसके उत्साहपूर्ण स्वर में जैसे एक चुनौती उभर आई थी। मुझे लगा, जैसे वह मेरी निन्दा कर रहा हो। किसी अनजाने अपमान के एहसास से मैं अनमना हो गया। अब वह चुप होकर मुस्कराती नज़र से नीचे देख रहा था। उस दृष्टि में इस बात की सन्तुष्टि छलक आई थी कि मैं उसकी बातों से अत्यधिक प्रभावित हो चुका हूँ। जैसे मेरे मन की हालत को वह अपनी आँखों से देख रहा था। दरअसल मुझे कुछ समझ में नहीं आ रहा था। उसकी बातें ऊपर-ऊपर ही निकल गई थीं, मुझे स्पर्श नहीं कर सकी थीं, परन्तु मैं उदास हो गया था, जैसे कोई अप्रिय घटना याद आ गई हो। मैंने कोई जवाब न दिया और सिर घुमाकर खिड़की के बाहर नाचते मैदान को देखकर मन को प्रफुल्लित करने की कोशिश करने लगा।

"क्या सोच रहे हो, भाई साहब?" उसका मृदु स्वर सुनाई पड़ा। "कुछ तो नहीं", मैंने बाहर देखते हुए उत्तर दिया।

"कुछ-न-कुछ तो सोच ही रहे हैं।"

"कुछ नहीं, कुछ नहीं।" मुझसे अधिक उदासीनता नहीं दिखाई गई। मैंने उसकी ओर सिर घुमा लिया था। मैं होंठों से मुस्करा पड़ा था।

"अरे हाँ, आपका शुभ नाम? माफ़ कीजिए, परिचय पूछना ही मैं भूल गया!" इस तरह चौंककर बोला, जैसे उससे बहुत बड़ा अपराध हो गया हो।

"सुनील पांडे मेरा नाम है।"

"आप कहाँ काम करते हैं?" उसके स्वर में असाधारण आत्मीयता उभर आई थी।

"मैं लिखकर कमाता हूँ।" वह उत्साह से लगभग चीख़ पड़ा, "वाह, यह तो बड़ी अच्छी लाइन है! मुझे भी बहुत पसन्द है, परन्तु पेट के कारण मैं इस चक्की में पिस रहा हूँ। इसमें आज़ादी होती है। आज़ादी से रहिए, आज़ादी से घूमिए-फिरिए, मौज़ कीजिए और किसी का ताव बरदाश्त न कीजिए! क्या करोगे आप, यह दुनिया बड़ी ज़ालिम है। तुमको तो यार, एक-डेढ़ हज़ार तनख़्वाह पर किसी सरकारी दफ़्तर में काम करना चाहिए, लेकिन व्यवस्था ऐसी है कि तुम फ़ाक़ामस्ती कर रहे हो। इस देश के लोग बड़े कृतघ्न हैं। इंग्लैंड-अमेरिका होता तो तुमने लाखों पीटकर रख दिया होता अब तक। तुम्हारी किताबों को करोड़ों लोग पढ़ते। इस देश की जनता सचमुच बहुत स्वार्थी है।"

वह सहसा चुप हो गया। उसने तिरछी दृष्टि से अगल-बग़ल देखा, फिर सिर को कुछ आगे बढ़ाकर फुसफुसाए-से स्वर में किसी षड्यंत्रकारी की तरह बोला,

"जानते हो, मित्र, हम 'बी' लोगों की हालत बहुत ख़राब है। सबसे दुख की बात तो यह है कि जब तक 'बी' ऊँचे ओहदे पर पहुँच जाता है तो वह अपने अन्य 'बी' भाइयों से बहुत उपेक्षा से पेश आता है। एक 'बी' दूसरे 'बी' के लिए कुछ नहीं कर सकता, जबकि दूसरी जातियों के लोग ऊँचे ओहदे पर पहुँचते ही अपने लोगों को भरना शुरू कर देते हैं। इसलिए हम 'बी' लोगों की इतनी दुर्दशा होती है, घबराओ नहीं, मित्र!" उसने मेरे कन्धे पर हाथ रख दिया, "मैं तुमको अच्छी नौकरी दिलाऊँगा! मेरा मालिक श्रीकान्त भी अपना ही आदमी है। उसमें एक अच्छी बात यही तो है कि वह अपने दफ़्तर में सिर्फ़ 'बी' लोगों को लेता है। वहाँ चपरासी भी 'बी' है। तुम घबराओ नहीं, मुझे अपना मित्र समझो।"

उसका स्वर अब ऐसा ढीठ और साहसपूर्ण हो गया था, जैसे वह किसी अयोग्य मित्र से दयावश बातें कर रहा हो। उसने अपना कार्ड दिया कि मैं उसके दफ़्तर में आकर मिलूँ और न मिल सकूँ तो कम-से-कम पत्र-व्यवहार तो जारी रखूँ। इससे उसको मेरा केस हमेशा याद रहेगा, क्योंकि उसका जीवन इतना व्यस्त है कि उसको खाना-पीना भी भूल जाता है। इसके बाद वह फ़ौरन साहित्य के क्षेत्र में आ गया। उसने कहा कि हिन्दी में कुछ अच्छा नहीं लिखा जा रहा और आज का सारा साहित्य कुछ ही वर्षों में कूड़ा हो जाएगा। उसने यह भी बताया कि हमारा लेखक डटकर पढ़ता-लिखता नहीं, जैसा कि विदेशी लेखक करता है। आख़िर में वह कुछ प्रसिद्ध लेखकों से अपनी घनिष्ठ मैत्री की बातें अत्यधिक लापरवाही से बताने लगा।

मेरा ध्यान कहीं और था। मैं बहुत देर तक 'बी' का अर्थ सोचता रहा था। फिर सब कुछ स्पष्ट हो गया। कोई जब अपनी जाति का उल्लेख गुपचुप तरीक़े से अवांछित संकीर्णता व्यक्त करने के लिए करता है, तो शायद इसी उपाय का सहारा लेता है।

इसी उधेड़-बुन में दिल्ली का स्टेशन कब आ गया, मुझे मालूम ही न हुआ।

['नई कहानियाँ', 1962]

असमर्थ हिलता हाथ

झींगुरों के स्वर में रात की ख़ामोशी झनझना रही थी। मीना की नींद टूट गई। उसने हड़बड़ाकर खुले हुए दरवाज़े की ओर देखा और कमरे में नज़र दौड़ाई लेकिन कुछ नहीं था। और अब वह धीरे-से कुर्सी खिसकाकर चारपाई पर झुक आई तो लक्ष्मी पर दृष्टि पड़ते ही अँगूठे से लेकर माथे तक उसके शरीर का रक्त जैसे सूख गया। उसकी माँ का सिर तकिये पर एक ओर लटक आया था। मुँह खुला था, आँखें बन्द थीं और हाथ-पैर बेजान-से पड़े थे।

एक असहाय रुलाई और चीख़ उसके हृदय से उठकर गले में फँस गई। उसके हाथ-पैर काँपने लगे, इसलिए वह भागकर घर के अन्य लोगों को जगा भी न सकी। अन्त में मजबूर होकर लक्ष्मी की नब्ज़ टटोलने लगी। दिल अवश्य धड़क रहा था, परन्तु अनियमित रूप से—कभी धीमे-धीमे और कभी तेज़ चलनेवाली घड़ी की तरह। इतने दिनों की बीमारी में उसकी माँ को आज ही ऐसी बेहोश नींद आई थी। आश्वासन का आधार पाकर मीना का भय आँसुओं में बहने लगा।

वह दरवाज़े के बाहर देखने लगी। अन्धकार का पर्दा क्षितिज पर फट गया था और पूर्वी आकाश का गँदला नीलापन दिखाई दे रहा था। उसको यह सोचकर किंचित् आश्चर्य हो रहा था कि माँ के लिए वह इतनी क्यों दुखित रहती है, जबकि लक्ष्मी और उसका सम्बन्ध इधर छत्तीस के दोनों अंकों की तरह रहा है। जब फागुन के आरम्भ में लक्ष्मी की हालत गम्भीर हो गई, तो एक दिन ऐसी ही सुबह नींद खुलने पर मीना के दिमाग़ में यह विचार कौंध गया कि माँ की मृत्यु के बाद वह चिड़िया की तरह आज़ाद हो जाएगी।

परन्तु उजाला होने पर इसी विचार के लिए वह लज्जा और धिक्कार का अनुभव करने लगी। ऐसा तुच्छ और निर्दय ख़याल वह अपने मन में ला ही कैसे सकी? यह विचार उसका पीछा करता रहा तथा उसको भारी कष्ट देता रहा, जिसको झुठलाने के लिए ही वह माँ की जी-जान से सेवा करने लगी। इसमें सन्देह नहीं कि लक्ष्मी साठ पार कर चुकी थी और घर के अन्य लोग उसकी बीमारी के प्रति उदासीन हो चले थे, यहाँ तक कि भाभियाँ उससे मन-ही-मन नाराज भी रहने लगी थीं। किन्तु जब मीना माँ का चेहरा देखती, जिसके तनाव से एक समय लोग काँप उठते थे

और जो अब पतला, पीला तथा निस्सहाय सिकुड़नों से भयावह हो गया था, तो उसको बहुत दया आती। क्या वह सचमुच माँ की सेवा किसी ख़ुशी को छिपाने के लिए कर रही है?

"अम्माँ! अम्माँ!" उसने धीरे-से पुकारा।

लक्ष्मी के गले से घरघराहट की आवाज़ आई थी। फिर साँस उसी तरह चलने लगी। मीना अब कमरे के अन्धकार में ताक रही थी। यह ग़लत है। वह अपनी माँ की ज़िन्दगी के लिए कुछ भी कुर्बान कर सकती है! हवा में फूले हुए गुब्बारे की तरह ऐसे ही निश्चयों से वह इधर भरी रहती थी। और तब भी इन रातों में माँ के सिरहाने बैठी और झपकियों तथा थकान से लड़ती वह सर्वाधिक आतुरता के साथ किसी दूसरे के ही पैरों की आहटें सुनती रही है।...

लगभग चार वर्ष पूर्व, क्वार के अन्त में, जब हवा में शीत की खनखनाहट थी, दिलीप एक दिन शाम को छोटे भैया के साथ आकर इसी बरामदे में बैठा था। उसका रंग देखकर बड़ी भाभी ने कमरे में आकर कहा था, 'लालाजी को एक-से-एक मिल जाते हैं...एकदम लंगूर।' मीना हँसने लगी थी। वह आँखें नीची करके बातें करता था, जैसे उसको दूसरों की दृष्टि से बचने की चिन्ता अधिक हो। फिर वह अक्सर आने लगा, लम्बे-लम्बे डग भरते हुए, सामने के मैदान को पार करके। तब उसके रूखे बाल हवा में बढ़ी हुई घास की तरह फरफराते थे। वह घर के सभी लोगों से हिल-मिल गया। परन्तु मीना अब भी उससे भागती थी। वह उसको देखते ही कमरे के अन्दर छिप जाती और आँचल को मुँह में ठूँसकर ख़ूब हँसती। मीना की उम्र सोलह से अधिक न थी। एक दिन दोपहर में, जब भाई लोग नहीं थे और माँ कमरे में खर्राटे भर रही थीं, मीना ने उसकी चप्पलें छिपा दीं तथा बाद में उसकी परेशानी देखकर खिलखिलाती रही।

"बीवी, क्यों सताती हो उस गऊ आदमी को?" बड़ी भाभी ने कमरे में आकर हँसते हुए कहा था।

"आप मुझे झूठ-मूठ क्यों लगाती हैं? मैं क्या जानूँ किसी की चप्पल-वप्पल?... हाँ, आपके कहने से खोज सकती हूँ...।"

मीना ने जब चप्पलें ढूँढ़कर उसको दी थीं, तो शर्म से लाल हो गई थी, और वह स्वयं उसको इस तरह देख रहा था, जैसे उसके दिल को बहुत चोट पहुँची हो। इसके बाद एक दिन दिलीप के कन्धे पर काग़ज़ की एक छोटी-सी गोली आकर लगी। दूसरे दिन गेंदे का फूल। दिलीप चौंककर पीछे देखता और किसी को न पाकर हैरान हो जाता। वह इतना सीधा और काला था कि मीना को यह मज़ाक़ अनुचित नहीं बल्कि स्वाभाविक प्रतीत होता, परन्तु जब वह कुछ दिनों के लिए बाहर चला गया और उसके यहाँ नहीं आया, तो मीना को बड़ा सूना-सूना लगने लगा। कोई आहट होने पर उसका दिल धड़कने लगता। वह बार-बार बाहर के

दरवाज़े को निहारती। वह गम्भीर तथा उदास रहने लगी। उसको महसूस होता कि वह कभी नहीं आएगा। उसकी हालत उस शासक की तरह हो गई जिसकी गद्दी छीन ली गई हो।...

मीना सहसा कुर्सी पर से उठी और हलके क़दम रखते हुए बरामदे में चली आई। वह बीच वाले खम्भे का सहारा लेकर खड़ी हो गई थी। आँगन के गहन अन्धकार के ऊपर सामने का आकाश धीरे-धीरे उजला हो रहा था।...इस समय वह क्या कर रहा होगा? शायद सुखपूर्वक सो रहा होगा, और यह सोचकर उसका हृदय ईर्ष्या से जलने लगा। माघ महीने में माँ गंगा-स्नान करना चाहती थीं। छोटे भैया लक्ष्मी और मीना को बनारस ले गए। साथ में वह दिलीप को भी खींच ले गए। वे धर्मशाला में ठहरे। वे साथ-ही-साथ घूमने या स्नान करने जाते, एक ही साथ नाश्ता और भोजन करते, यहाँ तक कि किसी चीज़ पर आश्चर्य करने या हँसने की क्रियाएँ भी वे एक ही साथ करते थे। शहर में या नदी के किनारे भीड़ में दिलीप ने न मालूम कितनी बार मीना को हाथ का सहारा दिया था।

धर्मशाला में आकर जब माँ भोजन बनाने लगती, तो वे तीनों देर तक बातें करते रहते थे। दिलीप इस विशाल देश, इसके पुराने इतिहास, इसकी उन्नत संस्कृति और इसके महान भविष्य का उल्लेख करता था। वह कहता था कि जब तक यहाँ की औरतें तरक़्क़ी नहीं करेंगी, यह देश तरक़्क़ी नहीं कर सकता। मीना उसके विश्वास-युक्त भरे-भरे होंठों को हिलते हुए देखा करती थी। वह स्वयं इन बातों को अधिक नहीं समझ पाती थी, परन्तु उसके मन में अजीब-अजीब ख़याल उठा करते थे जैसे किसी ने शान्त नदी में ढेला फेंक दिया हो। रात में वह सोती, तो उसको देर तक नींद नहीं आती और वह पड़ी-पड़ी अँधेरे को ताकती रहती। एक रात को, जब सभी सो रहे थे, वह चुपके से बाहर निकल आई और मैदान में चबूतरे पर बैठ गई। चारों ओर अन्धकार था और आकाश शबनम के धुएँ से भरा था। उसको लगा जैसे अँधेरे के उस पार से उसको कोई बुला रहा है।

"मैदान में इस तरह बैठने से सर्दी लग जाएगी। नींद नहीं आ रही न?" उसकी पीठ पर किसी ने कोमलता से हाथ रख दिया।

मीना नीचे से ऊपर तक काँप रही थी। उसने सिर घुमाकर नहीं देखा। वह घुटनों में मुँह छिपाकर सिसकने लगी थी।...

फिर वह दिन आया। बोटैनिकल गार्डन में ऐसी ही तेज़ और ताज़ी हवा बह रही थी। ऊपर स्वच्छ नीला आकाश था और चटक धूप निकली थी। वे दोनों छिपकर यहाँ आए थे। मीना भी कुछ लड़कियों के साथ विश्वविद्यालय कनवोकेशन देखने गई थी, जहाँ दिलीप उसका इन्तज़ार करता रहा था। लज्जा और सम्भवत: भय से भी मीना ने रास्ते-भर दिलीप की ओर नहीं देखा, जैसे वह स्वयं अपनी भावनाओं को पढ़ लेगी। लम्बे और घने वृक्षों से घिरी ख़ामोशी में

पहुँचकर उसने मीना को अपने पास खींच लिया था। चंचल हवा घास तथा फूल की ख़ुशबू उड़ाती रही।

"अब चलें?" दिलीप ने कुछ देर बाद पूछा था।

"हाँ।" मीना ने उसकी ओर झुकी-झुकी दृष्टि से देखा। उसको लगा जैसे वह लजाया हुआ है। यह उसका प्रथम अवसर था जिसकी महानता से वह अभिभूत भी था। वह स्वयं वाणी से दूर पहुँच गई थी। वह सिर झुकाकर चल रही थी। वह जानती थी कि पेड़-पौधों में भी जान होती है। अनन्त बाँहोंवाले वे वृक्ष क्या उनको देखकर कुछ सोच रहे होंगे?

पूरे दो वर्ष बीत गए और मीना ने इंटरमीडियेट पास कर लिया, तो एक दिन दिलीप ने मीना के छोटे भैया से साफ़-साफ़ कह दिया कि वह उससे शादी करना चाहता है। देखते-ही-देखते कई वर्षों की प्रगाढ़ मैत्री टूट गई। घर में तूफ़ान मच गया। छोटे भैया ने मीना पर हाथ छोड़ दिया। वह देर तक गरज़ते-तड़पते रहे।

"मैंने आइन्दा तुमको कभी उसके साथ देख लिया तो मार डालूँगा। मैं नहीं जानता था कि वह आस्तीन का साँप है। रोज़ खिलाने-पिलाने और एहसान करने का उसने यह बदला दिया है। नीच जाति के लोगों से दोस्ती करने का यही नतीजा निकलता है। किस मुँह से उसने ऐसी बात कही है? मैं इसको बरदाश्त नहीं कर सकता...।"

"हे भगवान! इसने हमारी इज़्ज़त चौराहे पर फोड़ दी। मैंने पैदा होते ही इसका गला क्यों नही घोंट दिया! अब इसका पढ़ना-लिखना बन्द। ब्राह्मण की लड़की को पढ़ने-लिखने से क्या मतलब? बहुत क्रीम-पाउडर लगाकर और साड़ी का उल्टा पल्ला मारकर निकलती थी...अब निकलो तो मैं बताती हूँ।" लक्ष्मी दाँत पीस पीस कर अपना माथा ठोंक रही थी।...

मीना कमरे में आकर कुर्सी पर फिर बैठ गई। लक्ष्मी अभी तक सो रही थी। मीना की आँखें लाल थीं और होंठ काँप रहे थे। बड़े भैया के कहने पर उसकी पढ़ाई तो बन्द नहीं हुई, किन्तु उस पर कड़ा प्रतिबन्ध लग गया। दिलीप का आना-जाना तो एकदम बन्द हो गया था। घर के सभी लोगों का रुख ही बदल गया। भैया लोग, भाभियाँ, अम्माँ, कोई भी जब उससे बोलता, तो उनकी भौंहें सिकुड़ जातीं। वे सदा कोसते रहते। लक्ष्मी का मुँह तो हमेशा कुल्हड़ की तरह फूला रहता। अपनी कुछ सहेलियों की मदद से मीना दिलीप से पत्र-व्यवहार जारी रखती थी। इन सहेलियों में से कुछ बड़ी साहसी और तेज़ थीं। उन्होंने प्रस्ताव रखा कि यदि मीना तैयार हो जाए तो वे उसके घर के सामने आमरण अनशन कर देंगी। इस युग में स्त्री पर इस क़िस्म की पाबन्दी नहीं लगाई जा सकती। मीना में ऐसा साहस नहीं था। लेकिन एक दिन दिलीप का एक पत्र पकड़ लिया गया। घर में फिर तूफ़ान खड़ा हो गया।

"मैं आज जान दे दूँगी...।" लक्ष्मी ने दीवार से सिर टकराते हुए कहा था।

अम्माँ! अम्माँ! माफ़ करो।" मीना का चेहरा आतंक से स्याह हो गया था।

मीना ने घोर निराशा से भरकर दिलीप के पास पत्र लिखा था—'आप आज से यही समझिए कि मीना मर गई या उससे कभी कोई परिचय नहीं था...।' लेकिन जब कुछ दिन बीत गए, तो मीना का हृदय ज्वार के समय चट्टान से टकरानेवाली समुद्र की लहरों की तरह टुकड़े-टुकड़े हो गया। उसके दिल में कुछ नहीं, सिर्फ़ दिलीप का प्यार था, जो फागुन के अन्धड़ की तरह बह रहा था। वह चाहकर भी रुक नहीं सकी। बरसात के दिन थे, आकाश बादलों से ढका था, यद्यपि पानी नहीं पड़ रहा था। वह विश्वविद्यालय से चोरी-छिपे दिलीप के दफ़्तर गई। उसको देखते ही दिलीप का चेहरा सूख गया। वे दोनों पास ही के एक होटल में चाय पीने गए। केबिन में पहुँचकर वह दिलीप का हाथ पकड़कर काँप-काँपकर रोने लगी।

"मैं वह पत्र नहीं लिखना चाहती थी। उसकी बातें झूठी हैं...।" उसकी समझ में नहीं आया कि वह अपने हृदय की भावनाएँ कैसे प्रकट करे।

इसी तरह दिन बीतने लगे। एक ओर उसकी माँ थीं, जिसने उसके चारों ओर एक लकीर खींच दी थी। दूसरी ओर उसका प्यार था, जो उस लकीर को अस्वीकार करता था। अब उसका विश्वास हो गया था कि प्यार लकीर से बड़ा होता है। वह दिलीप को नहीं छोड़ सकती थी।

क्षितिज का उजाला फैलने के कारण आँगन का एक धुँधला अस्तित्व प्रकट हो रहा था। बाहर किसी वृक्ष पर दो-तीन कौए बोल उठे। दरवाज़े से ताजी और ठंडी हवा आ रही थी। मीना ने कुछ और सोचने की चेष्टा की लेकिन उसकी पलकें भारी होने लगीं।...

लक्ष्मी जागते ही कराहने लगी, परन्तु उसकी आवाज़ इतनी क्षीण थी कि उससे मीना की नींद खुल न सकी। उजाला कमरे से घुसने की चेष्टा कर रहा था। लक्ष्मी के दाहिने पैर और दाहिने हाथ में बहुत ज़ोर का दर्द हो रहा था। चेहरे का दाहिना हिस्सा सुन्न, जिसको अनुभव करने के लिए उसने मुँह को गाय की पगुरी की तरह चलाने की चेष्टा की। उसके पेट और छाती में भी बहुत बेचैनी मालूम हो रही थी। क्या उसका अन्त आ पहुँचा?

उसकी इच्छा हुई कि वह मीना को जगा दे। दो दिनों से वह लड़की से कुछ कहना चाहती थी, लेकिन इस आख़िरी समय में भी एक निरुपाय हठ उसका मुँह बन्द कर देता था। उसको डर हुआ कि कुछ कहे बिना ही उसकी कहीं मृत्यु न हो जाए। परन्तु वह लड़की को पुकार न सकी। अन्य कारणों के अलावा उसको यह सोचकर भी मीना पर बड़ी दया आ रही थी कि वह दिन-रात चुपचाप उसकी तीमारदारी करती थी और उस समय दुर्लभ अवसर पाकर सो रही है। मीना का चेहरा कुर्सी के ऊपरी हिस्से का टेक लेकर एक ओर लुढ़क गया था और उसके गालों की हड्डियों से गोया एक पवित्र और निर्दोष जीवन की निष्फलता झाँक रही थी।

मीना के प्रति उसने इतना अन्याय क्यों किया था? जीवन की आख़िरी मंज़िल पर पहुँचकर वह मीना के सिवाय हर चीज़ से उदासीन हो गई थी। उसने जीवन में हर सुख प्राप्त किया था—आज्ञाकारी पति, जो मर चुके थे, बच्चे, बहुएँ, धन, मकान, रोब-दाब, प्रतिष्ठा और फिर भी इनमें से किसी से उसकी जीवन-रक्षा नहीं हो सकती थी और न किसी को उसकी परवाह ही थी। छह माह पूर्व जब वह पहले-पहल रियूमेटिक फीवर का शिकार होकर बीमार पड़ी, तो उसको बड़ा ग़ुस्सा आता। वह कभी किसी से मुँह फुला लेती और कभी किसी से। उसको सब पर शासन करने की आदत थी, इसलिए बीमारी का ख़याल आते ही उसको उन लोगों की आज़ादी का क्षोभपूर्ण स्मरण हो आता। मीना की शक्ल से तो उसको नफ़रत हो गई थी और उसने कह दिया था कि वह अपनी शक्ल न दिखाए। कई बार तो मन का खाना न मिलने पर उसने थाली और प्लेट नीचे फेंक दी। फिर उसकी हालत ख़राब होती गई। उसको मधुमेह, रक्तचाप आदि की भी शिकायत थी। अब उसके शरीर का मांस गल गया था, चेहरे की हड्डियों का ढाँचा उभर आया था और सारे शरीर पर किसी बीमार गाय के पैरों का पीलापन छाया हुआ था।

हाँ, अब वह जीवन और मृत्यु के रहस्य को जान चुकी है। क़रीब दस दिन पूर्व एक रात को जब सभी सो गए थे, उसको ऐसा महसूस हुआ कि कोई दरवाज़े पर खड़ा है—एकदम काला। वह समझ गई कि उसका बुलाया आ गया है। उसी वक़्त से वह हर चीज़ के प्रति उदासीन हो गई थी। वह इतनी दूरी से अपने सारे जीवन को सामने पड़ा देखने लगी थी और किसी कुशल सर्जन की तरह उसके रेशे-रेशे को अलग कर सकती थी। उसने अपनी ज़िन्दगी की बहुत बड़ी इमारत बनाई थी, लेकिन वह झूठ, आडम्बर, दम्भ, ईर्ष्या और शासन की महत्त्वाकांक्षा की नींव पर बनी थी। वह जीवन-भर इसी झूठ के लिए मरती रही और अब मृत्यु के निकट पहुँचकर उसके प्राण रेगिस्तान में घिरे किसी प्यासे व्यक्ति की तरह जीवन की सचाई के लिए छटपटा रहे थे। क्या कभी उसका दिल सचाई से धड़का था? क्या कभी उसने अपने रक्त में सरलता, निर्दोषता, पवित्रता, समर्पण और त्याग का अनुभव किया था? और उसके भटकते हुए प्राण अब बड़े स्थलों को छोड़कर दूर, किसी भूले हुए कोने में जाकर धड़क रहे थे। वह सोलह-सत्रह वर्ष की एक लड़की हो गई थी; और उसके सामने एक उन्नीस-बीस वर्ष का नौजवान खड़ा था। ठिगना शरीर, गोरा दपदपाता चेहरा, विचारों में खोई आँखें।

लक्ष्मी को सन्तोष था कि उसने जीवन को एक बार सचाई और तीव्रता से भोगा था। वह गाँव का लड़का उसके कच्चे मकान के ऊपरी हिस्से में एक कमरा किराये पर लेकर रहता। वह बहुत ही परिश्रमी और हँसमुख था। लक्ष्मी को उस पर बड़ी दया आती और इसी तरह उससे प्यार हो गया। उन्होंने भगवान की मूर्ति

के सामने खड़े होकर एक-दूसरे का साथ देने की प्रतिज्ञा की थी, और फिर भी जब लक्ष्मी की शादी दूसरी जगह तय हो गई, तो वे दोनों कुछ भी नहीं कर सके।

लक्ष्मी को सम्पन्न ससुराल मिली और उसके पति भी निहायत सीधे थे, परन्तु उसके हृदय का रस सूख गया था। उसका सुख छिन गया था, इसलिए ज़िन्दगी-भर वह उसका बदला दूसरों से लेती रही। साहस के अभाव में उसने जाति और धर्म के सामने घुटने टेक दिये थे और शादी के बाद वह इसी धर्म और जाति का सहारा लेकर दूसरों की भावनाओं को कुचलती रही। उसके हृदय में सबके प्रति घृणा का भाव था, इसलिए किसी का सुख उसको बरदाशत नहीं होता था। एक ज़बरदस्त ईर्ष्या भाव ने उसके जीवन को आक्रान्त कर दिया था। वह घंटों पूजा-पाठ और व्रत-उपवास इसलिए करती कि इस तपस्या के द्वारा वह दूसरों को तुच्छ समझ सके। पहले उसने ससुराल के संयुक्त परिवार को तोड़ा, क्योंकि उसके पति की अपने भाइयों से बहुत पटती थी और यह उसको बरदाश्त नहीं था। अलग होकर वह पति पर शासन करने लगी। पति को उसने कभी प्यार नहीं किया। पति या दूसरे लोग उसको श्रेष्ठ समझकर उसकी ख़ुशामद करें, इसलिए वह सदा गम्भीर रहती। अपना अहंकार प्रकट करने के लिए वह पति को छूने के बाद अवश्य स्नान करती, चाहे वह असहनीय सर्द रात ही क्यों न हो। पति उसके मन के ख़िलाफ़ कुछ नहीं कर सकते थे, इसलिए उनके रिश्तेदार और मित्र छूट गए थे, तथा पड़ोसियों से उनकी खटपट रहती थी। लक्ष्मी जीवन-भर पैसे बटोरती रही और अपनी हठपूर्ण ईर्ष्या का किला मज़बूत करती रही।

और अब उसको सबसे पहले यह महसूस हुआ कि वह मीना से घोर ईर्ष्या करती रही थी। वह मीना उसी की तरह सुन्दर और जवान हो गई थी। जब वह लचककर चलती, मृदुता से बोलती, प्रफुल्लित नज़र से देखती तो लक्ष्मी को जलन होती। इसीलिए वह मीना को अपने कड़े अनुशासन में रखती। मीना एक पालतू जानवर की तरह हो गई थी। वह पढ़ने अवश्य जाती, लेकिन वह अपने दिमाग़ से सोच नहीं पाती। जो बातें उसकी माँ को अच्छी लगतीं, वही उसको भी अच्छी लगतीं और जो उसकी माँ को नापसन्द होतीं, उससे उसको भी नफ़रत होती। मीना इस उम्र में माँ की तरह पूजा-पाठ करती, छुआछूत मानती, खेल-तमाशे से नफ़रत करती, नये विचारों से दूर भागती थी। और जब लक्ष्मी को मीना के प्यार की बात मालूम हुई तो उसको जहाँ इससे दहशत हुई और आघात लगा, वहीं लड़की का यह कार्य उसको घोर चुनौती की तरह महसूस हुआ। यह उसकी आडम्बर-युक्त सत्ता को एक पवित्र सरल आत्मा की चुनौती थी। वह किसी भी हालत में इसको बरदाश्त नहीं कर सकती थी। उसने मीना को मारा-पीटा, कई बार कई दिनों तक उसको कमरे में बन्द रखा, उसको कोसा, उसकी आत्मा को खंड-खंड करने की न मालूम कितनी कोशिशें कीं।

मरने के पूर्व लक्ष्मी यही सब कहना चाहती थी। वह मीना को एक बार सरल-निश्छल दिल से प्यार करना चाहती थी। मीना को वह यह भी बता देना चाहती थी कि उसको अपनी आत्मा की रोशनी के अनुसार अपना रास्ता चुनना चाहिए और यह कि कायरता ज़िन्दगी को झूठा बना देती है। उसकी यही कामना थी कि मीना ज़िन्दगी में झूठ के पीछे न भागे बल्कि सत्य को साहस के साथ ग्रहण कर वास्तविक सुख और आनन्द को प्राप्त करे...

"बे...टी ...!" वह सारी शक्ति लगाकर बोली।

परन्तु इसके आगे आवाज़ उसके मुँह से न निकल सकी। उसके सारे शरीर में अजीब-सी सनसनाहट होने लगी। छाती पर गर्मी और बेचैनी महसूस हो रही थी। उसकी साँस उखड़कर चल रही थी। कमरे में उजाला फैल गया था और आँगन की अलगनी पर दो कौए बैठकर काँव-काँव कर रहे थे।...

"अम्माँ। अम्माँ!" मीना की नींद खुल गई थी। वह लक्ष्मी की हालत देखकर बेहद डर गई थी। लक्ष्मी का मुँह खुला था और उसमें से गाज निकल रहा था। चेहरा वीभत्स हो गया था।

उसने घर के लोगों को पुकारा, सभी दौड़े आए। बड़े लड़के ने दाहिना पैर और दाहिना हाथ हिलाकर देखा। वे बेजान-से बिस्तर पर गिर पड़े। फिर उसने मुँह में पानी डाला। पानी मुँह से बाहर निकलकर बिस्तर पर फैल गया।

"लकवा है! मुँह टेढ़ा हो गया है। अंगों पर है...।"

"माँजी, क्यों रो रही हैं? वह कुछ कहना चाहती हैं लेकिन कह नहीं पा रही हैं। उनके दिल में कोई इच्छा बाक़ी रह गई है। बच्चों को पास ले आइए तो...। दुलहिन, तुम गीता का पाठ करो...।"

छोटी बहू बिस्तर के पास बैठकर करुण स्वर में गीता का पाठ करने लगी और बड़ी बहू बारी-बारी से घर के लड़कों को लक्ष्मी के पास खड़ा करने लगी। बड़ी बहू के चिल्लाकर बताने पर भी लक्ष्मी ने किसी की ओर मुँह नहीं किया। फिर बड़े लोगों का नम्बर आया। लक्ष्मी ने किसी की ओर भी नहीं देखा। अन्त में जब मीना को उसके पास खड़ा किया गया, तो लक्ष्मी ने बहुत धीरे-से उसकी ओर सिर घुमाया। उसकी आँखों से और तेज़ी से आँसू गिरने लगे। उसका बायाँ हाथ बड़ी मुश्किल से कुछ ऊपर उठा और एक या दो क्षण हिलने के बाद बिस्तर पर गिर गया।

"बीवीजी, ज़रा इधर सुनिए। आप भी सुनिए, जी...।" बड़ी बहू ने जल्दी से मीना और अपने पति से कहा।

जब वे दोनों बड़ी बहू के पीछे-पीछे बरामदे में आकर खड़े हो गए, तो बड़ी बहू ने कहा, "बीवीजी, अम्माँजी का प्राण आसानी से नहीं निकल रहा है। वे आप ही से कुछ कहना चाहती हैं। उनको बस आपकी चिन्ता है, अब तो मैं यही कहूँगी कि आपकी चिन्ता से ही उनकी यह हालत हुई है, नहीं तो उनकी उम्र ही क्या है?

सत्तर भी तो नहीं पहुँचीं। आप अपनी ज़िद छोड़ दीजिए...देखा नहीं, वह हाथ हिला रही थीं? समझ लीजिए, आप ज़िन्दगी-भर अफ़सोस करेंगी। आपको किस बात की कमी है? आपकी अच्छी-से-अच्छी शादी की जाएगी। मैं तो अम्माँजी के लिए कह रही हूँ। वे आपको सबसे अधिक प्यार करती रहीं, आप उनका कहना नहीं मानेंगी, तो उनकी आत्मा चौरासी लाख योनियों में भटकेगी। जल्दी कीजिए, चलकर कह दीजिए, उनका प्राण तो आसानी से निकल जाए...।"

मीना का चेहरा स्याह हो गया था। उसकी आँखें आँसुओं से भरी थीं। वह एक क्षण अनिश्चित ढंग से खड़ी रही। फिर तेज़ी से माँ की चारपाई के पास जाकर बोली, अम्माँ, माफ़ करो, मैं वचन देती हूँ कि मैं वही करूँगी जो तुम्हारी इच्छा थी...।"

लक्ष्मी का प्राण निकल रहा था...।

मौत का नगर

राम घर से निकला। उसने कौए की भाँति सिर घुमाकर शंका से दोनों ओर देखा। ऊपर आकाश एक स्वच्छ नीले तम्बू की तरह तना था। सामने पार्क में तथा मकानों और वृक्षों के शिखरों पर एक सुहावनी धूप फैली थी। इस समय तक सारा मोहल्ला एक मीठे शोरगुल से गूँजने और चहचहाने लगता था, लेकिन अब कहीं भी औरतें और बच्चे दिखाई नहीं दे रहे थे। चारों ओर एक भयावह सन्नाटा कुंडली मारकर बैठा था। किसी-किसी घर के सामने दो-दो, चार-चार व्यक्ति मुँह-से-मुँह सटाकर षड्यंत्रकारियों की तरह बातें कर रहे थे। वह अधेड़ उम्र का एक ठिगना और दुबला-पतला व्यक्ति था, जिसकी क़मीज़ कन्धे पर फटी थी और सिकुड़नों से भरी पैंट पाजामे की तरह दिखाई दे रही थी। उसकी आँखें लाल-लाल और सूजी हुई थीं। उसने सिर उठाकर आकाश की ओर फिर देखा और उसके मुँह से एक गहरा नि:श्वास निकल गया।

कुछ क़दम आगे बढ़ने पर वह ठिठक गया। उसके चेहरे पर एक घबराहट-सी दिखाई देने लगी और उसने कान खड़े करके चारों ओर देखा। उसको लगा कि बाईं ओर के सटे हुए मोहल्ले से एक शोर उठ रहा है और बहुत से लोग 'मारो-मारो' की आवाज़ करते हुए इधर ही दौड़े आ रहे हैं। उसके आँखों के सामने एक छुरा चमक उठा। क्या वह घर के अन्दर भाग जाए? वह दो क़दम पीछे हट गया। पर कुछ मकानों के सामने खड़े गिरोहों के लोग उसी तरह बातों में मशग़ूल थे। वह कुछ आश्वस्त होकर शोर को ध्यानपूर्वक सुनने लगा, तो उसकी समझ में आया। बग़ल वाले मोहल्ले में बुहत-से कुत्ते लड़ रहे थे। 'आजकल कुत्ते भी ख़ूब लड़ रहे हैं,' उसने सोचा और मुस्कराने की चेष्टा की, पर उसकी मुस्कराहट पानी के बुलबुले की तरह समाप्त हो गई।

इस समय लगभग आठ बजे थे। कई दिनों के बाद कर्फ्यू आज सवेरे और शाम को चार-चार घंटे के लिए हटा था। घर से चलते समय उसकी पत्नी ने गिड़गिड़ा कर कहा था, "सँभलकर जाइएगा।" वह स्वयं इस हद तक भयभीत एवं सतर्क था कि किसी की सीख अशुभ लगती थी। वह गरज़ने लगा, "तुम चाहती हो कुछ हो जाए!" पत्नी रोने लगी और उसको घर से निकलते समय अपने व्यवहार पर

पश्चाताप होने लगा, पर भय एवं आतंक के वातावरण में हर सुन्दर भावना बाढ़ के पानी में छोटी कंकड़ी की तरह डूब जाती थी।

आगे चलकर उसने मोहल्ले के दो और व्यक्तियों को ले लिया। ऐसा पहले से ही निश्चित किया जा चुका था। वे तीनों आगे बढ़े, उनके चेहरे सूखे हुए थे। वे एक-दूसरे को इस तरह देख रहे थे, गोया उन्होंने कोई अपराध किया हो!

"कोई ख़ास बात?" उन तीनों में से एक ने होंठों में ही भुनभुनाकर पूछा।

"स्टेशन के पास एक आदमी को छुरा लगा है।" दूसरे ने सूचना दी।

"हिन्दू है?"

"नहीं, मोहमडन है।"

"क्या हिम्मतगंज की तरफ़ किसी लड़की की लाश मिली है?"

"हाँ।"

"मोहमडन है?"

"नहीं, हिन्दू है।"

राम चुपचाप सुन रहा था। उसको लगा, जैसे कोई उसके दिल को ऐंठकर रक्त को निचोड़ रहा हो। सहसा वे मौन हो गए थे। मोहल्ला जहाँ ख़त्म होता था, वहाँ ईंट की एक चहारदीवारी कुछ दूर तक चली गई थी। पर लोगों को अलग करने की कोशिशें सदा के लिए सफल नहीं होतीं और चहारदीवारी को बीच में तोड़-तोड़ कर कई रास्ते बना लिये गए थे। उधर वाला मोहल्ला मुसलमानों का था। आज़ादी के बाद दोनों मोहल्लों के लोग प्रेम से रहने लगे थे। वे आपस में व्यवहार रखते थे। मुसलमान ग्वालों के यहाँ से हिन्दू लोग दूध ले आते तो और हिन्दू बनियों के यहाँ से मुसलमान उधार सामान ले आते थे। शादी-ब्याह में वे एक-दूसरे के यहाँ जाते थे और एक-दूसरे की मदद करते थे। दोनों मोहल्लों के लड़कों के बीच अक्सर क्रिकेट या फुटबाल के मैच होते रहते थे। अभी दो-तीन वर्ष पहले जमील नामक एक लड़का राम के मोहल्ले में काफ़ी लोकप्रिय हो गया था। उसको नाटक और गाने-बजाने से बहुत प्रेम था। उसने 'वीर अभिमन्यु' नाटक में सुभद्रा का अभिनय किया था। उसने एक ऐतिहासिक हिन्दू महिला का पार्ट अत्यन्त सचाई से करने का निश्चय किया था। उसका उत्साह इतना अधिक था कि अभिमन्यु की मृत्यु के बाद विलाप करते समय उसने निर्देशक की हिदायतों की अवहेलना कर छह बार खड़े ही गिर-गिरकर अपना सिर फोड़ लिया, इससे हिन्दू जनता में वास्तविक कलाकार के रूप में उसकी ख्याति बहुत जल्दी ही फैल गई थी। लेकिन अचानक यह सब ख़त्म हो गया था और अब लोग हत्या, भय और अफ़वाहों के अलावा और किसी बात पर विश्वास नहीं करते थे।

वे तीनों चहारदीवारी से आगे बढ़ गए। उनमें से प्रत्येक बीच में रहने की कोशिश करता, पर किसी को भी इसमें स्थायी सफलता नहीं मिल रही थी।

इसी समय पीछे से उनकी ओर कोई लपका। राम बाएँ किनारे पर था, इसलिए सबसे पहले वही चौंका। लेकिन वह एक नौजवान पंडित था। वह धोती और बनियान पहने था और नंगे पैर था। उसकी चुटिया फहरा रही थी तथा उसके ललाट पर चन्दन का टीका लगा था। वह कर्फ्यू ख़त्म होने पर किसी उपाय से इस बस्ती में किसी के यहाँ पूजा-पाठ करने के लिए आया था और वापस जाने के लिए अपने धर्मावलम्बियों के किसी दल के संग-साथ का इन्तज़ार कर रहा था।

"मैं भी चला चलूँ..." वह होंठों में ही बोला, साथ ही उसने मुस्कराने की असफल चेष्टा की। पंडित भी बड़ी ही मुस्तैदी से उस गिरोह के बीच में ही रहने की कोशिश कर रहा था। चाल की गति के दबाव में वह गुल्ली की तरह इधर-उधर छटक जाता, लेकिन फ़ौरन ही चूहे की तरह पुनः भीतर आ घुसड़ता। पहले तो तीनों को उस पर बहुत ग़ुस्सा आया, किन्तु बाद में उन्होंने उसकी मजबूरी समझी, क्योंकि वह अपने पहनावे में सबसे अधिक हिन्दू था।

वह पतली सड़क विधवा की माँग की तरह सूनी थी। राम को किसी धुँधले स्वप्न की तरह याद आया कि पहले इसी सड़क पर दो-चार बुर्केवालियाँ अवश्य दिखाई दे जाती थीं। छोटे बच्चे धूल में खेलते और चहकते रहते थे। लकड़ी की टालवाली बुढ़िया करीमन सड़क को पार करती हुई या 'ए शब्बीर' चिल्लाती हुई अवश्य मिल जाती। नवहे लड़के अखाड़े में ज़ोर करने के बाद लँगोट पहनकर नल के नीचे नहाते होते थे। उनकी आँखों में कैसी चमक और आत्मविश्वास की भावना होती थी! लेकिन अब बाईं ओर की चाय की दूकान के सामने केवल बीस-पच्चीस व्यक्ति खड़े थे। वे सिर झुकाकर और आँखें उठाकर, जैसे उनको भौंहों से ही घूर रहे थे। उनके होंठ विषभरी मुस्कराहट से फैल गए थे।

वे और तेज़ी से चलने लगे। उनकी टाँगों में दम नहीं था। उनके शरीर ताजिए की तरह हिल रहे थे। जब वे होटल से आगे निकल आए तो पी.ए.सी. के पाँच जवान गश्त करते हुए मिले। कुछ दूर जाने पर हिन्दुओं की एक बस्ती थी। झोंपड़ी और फूस के मकान। जगह-जगह कूड़ों के ढेर पड़े थे। नाली का पानी जमकर काला पड़ गया था। एक बूढ़ा रोगी घर के सामने बैठा बुरी तरह खाँस रहा था। पंडित इसी बस्ती में रहता था, इसलिए यहाँ आकर वह गिरोह से अलग हो गया और छाती निकालकर चलने लगा।

"मैं अँधेरी रात में इसी तरह अकेले निकल जाता हूँ।" वह दाँत खोलकर हँसने लगा।

जब वे मुख्य सड़क पर आ गए तो दोनों मित्र दूसरे रास्ते से मुड़कर चले गए और राम अकेला रह गया। पहले इस सड़क पर कितनी चहल-पहल रहती थी। अब न कहीं रिक्शेवाले थे और न पटरियों पर साइकिल मरम्मत करनेवाली छोटी-मोटी दुकानें थीं, जिनके सामने स्कूल-कॉलेज के लड़कों की भीड़ लगी रहती थी।

बहुत-सी अन्य दूकानें भी बन्द थीं। लाई-चना और बर्फ बेचनेवाले ठेलेवालों का भी कहीं पता नहीं था। कभी-कभी निम्न वर्ग के लोगों का कोई गिरोह एक ओर से आता और दूसरी ओर निकल जाता। अभी मुसलमान मज़दूरों का एक जत्था दाहिनी ओर से तेज़ी से आया था और बाईं ओर चला गया था। कैसे वे भेड़ों की तरह एक-दूसरे से टकरा रहे थे। कभी-कभी वे कुत्तों की तरह चौकन्ने होकर इधर-उधर देख लेते।

राम आगे बढ़ता गया। बार-बार मुड़कर वह पीछे देख लेता शहर में घुसे हुए गीदड़ की तरह। डर के अलावा वह कुछ भी नहीं सोच पाता था। वह कायर नहीं था और ऐसी लड़ाइयों के वह सदा विरुद्ध रहा था। पर अनजान की भयावह कल्पना ने उसके शरीर के रक्त की एक-एक बूँद खींच ली थी। पता नहीं कैसे उसके अन्दर एक विष प्रवेश कर गया था और उसके भीतर-ही-भीतर भिन रहा था। इन सबकी वजह से वह अपने को कितना छोटा महसूस कर रहा था! कितना भयानक सन्नाटा था! उसमें एक छोटी-सी आवाज़ भीड़ के आक्रमण का आभास देती थी। काश, वह आज न आया होता! पर इसके बिना काम भी कैसे चल सकता था! वह सिविल लाइन्स की एक छोटी-सी दुकान पर काम करता था और काम पर लगातार न जाने से उसकी तनख़्वाह कट रही थी।

एक छोटी-सी मुसलमानी बस्ती आ गई थी। लोग कहीं-कहीं मकानों या दूकानों के सामने गिरोह बनाकर खड़े थे। वे उसको खूँखार आँखों से घूर रहे थे। कुछ अन्य लोग भी सड़क पर आ-जा रहे थे। राम के शरीर में ताक़त नहीं थी, पर जान का भय उसको भगाए लिये जा रहा था। वह बार-बार अगल-बग़ल या पीछे देख लेता। इसी समय बाईं ओर से एक नौजवान दौड़ते हुए आया। उसकी उम्र बीस से अधिक न होगी। वह जाँघिया और बनियान पहने था और उसके हाथ में एक छुरा था। पर राम की नज़र उस पर पहले ही पड़ गई थी। उसका सारा शरीर सुन्न पड़ गया था। पी.ए.सी. के जवान कुछ दूर पर बैठे थे, पर चाहने पर भी वह चिल्ला नहीं पाया। वह नौजवान उसी की ओर दौड़ते हुए आया, पर वह बड़ी फुर्ती से पीछे हट गया और नौजवान के आशंकित वार की जद से बच गया। नौजवान ने उसको घूरकर देखा, फिर हँसते हुए छूटे हुए बाण की तरह दौड़ते हुए दूसरी ओर की गली में घुस गया।

उसकी साँस जैसे रुक गई थी। उसको इतना भी होश नहीं था कि वह चल रहा है या नहीं। वह अपने को मरा हुआ देख रहा था। पता नहीं वह होंठों में बुदबुदा रहा था या उसके दाँत किटकिटा रहे थे। उसकी आँखों के सामने एक क्षण के लिए अपनी बीवी और उदास बच्चों के चेहरे उभर आए।

शायद कोई और भी उसकी ओर बढ़ा आ रहा था। वह लुंगी और क़मीज़ पहने हुए था। उसने कहा, "बाबू जी, आप सीधे चले जाइए, घबड़ाइए नहीं।

ये साले बाहर से आकर मोहल्ले को बदनाम करना चाहते हैं। मैं ज़रा दूसरी जगह चला गया था तो ऐसी बात हुई, नहीं तो मैं यहीं खड़े होकर सब कुछ देखा करता हूँ कि कोई वारदात न हो जाए। उफ़, कैसा ख़राब ज़माना आ गया है। आप मजीद दूधवाले के यहाँ से दूध लेते हैं न?"

राम ने उसको ग़ौर से देखने की कोशिश की, लेकिन उसकी समझ में नहीं आया। कहीं यह उसको धोखा देने की कोशिश तो नहीं कर रहा है। उसने बिना रुके हुए ही जवाब दिया, "हाँ..."

"मजीद मेरे मामू हैं। आप बेफ़िक्र चले जाइए। बाबू जी, आपसे एक बात कहता हूँ। आप दो-तीन दिन न निकलिए। समय ठीक नहीं है...अच्छा, आप चले जाइए...मैं यहीं खड़ा हूँ..."

राम बेहोशी की-सी हालत में चल रहा था। उसको अब भी लग रहा था कि वह जाँघिएवाला नौजवान उसका पीछा कर रहा है। वह क्यों हँसा था! उसको याद आया कि जब वह हाई स्कूल में पढ़ता था, तो एक बार ठीक ऐसी ही जाँघिया और बनियान पहनकर एक मील की दौड़ में दौड़ा था और जीत गया था।

चौक में पहुँचकर उसकी जान में कुछ जान आई। कुछ लोग सहमे-सहमे इधर-उधर चक्कर लगा रहे थे। वे एक-दूसरे से बच रहे थे, क्योंकि किसी का कुछ ठिकाना नहीं था। राम स्वयं दूसरों से बच रहा था। कुछ रिक्शे खड़े थे या इधर-उधर चक्कर लगा रहे थे। एक रिक्शावाला 'सिविल लाइन्स, एक सवारी' चिल्लाते हुए उसके पास से गुज़रा। रिक्शे की छतरी आगे की ओर तनी थी, जिससे वह उसमें बैठे हुए आदमी को देख नहीं सका। उसने भाड़ा तय किया और रिक्शे पर बैठ गया। बैठते ही उसका सारा शरीर फिर सुन्न हो गया। भीतर एक दाढ़ीवाला मुसलमान बैठा था, जो एक पतला-सा पायजामा और क़मीज़ पहने था। उसके गाल पिचके हुए थे और आँखें धँसी हुई थीं। वह राम को आतंक और आतंक के प्रति विरोध के भाव से देख रहा था।

रिक्शा चलने लगा। बार-बार दोनों की आँखें टकराती थीं। वे रिक्शा के दोनों किनारों से सटे थे, ताकि उनके शरीर स्पर्श न करें। दोनों शरीर को टेढ़ा करके अपने मुँह को दूसरी ओर घुमाए हुए थे, लेकिन बार-बार कनखी से एक-दूसरे को देख लेते थे। राम ने ग़ौर किया कि दाढ़ीवाले व्यक्ति की नज़रें उसकी कमर या पैंट की जेब की ओर भी चली जाती थीं। इसका कारण वह जानता था, क्योंकि वह स्वयं दाढ़ीवाले की कमर की ओर देख लेता था। जब रिक्शा सड़क पर हिचकोले खाता था तो उनके शरीर एक-दूसरे से आ सटते थे, लेकिन वे फुर्ती से अलग होकर अपने-अपने किनारों को पकड़ लेते थे।

अब रिक्शा एक ऐसी जगह से गुज़र रहा था, जहाँ एक होटल के सामने स्थित फुटपाथ पर आठ-दस आदमी खड़े थे। उनमें दो या तीन पहलवान की तरह थे और

लाल अँगौछा तथा बनियान पहने थे। उनमें से किसी एक ने रिक्शे की ओर इशारा किया। इसके बाद सभी ख़ूँखार दृष्टि से रिक्शे की ओर घूरने लगे। सहसा दाढ़ीवाले मुसलमान के मुँह से निकला, 'या ख़ुदा'। राम ने चौंककर देखा। दाढ़ीवाले व्यक्ति ने अपना माथा रिक्शे की पीठ पर टेक दिया था। उसकी आँखें ऊपर टँग गई थीं और उसके पैर बुरी तरह काँप रहे थे। कारण समझने में उसको देरी नहीं लगी; जिससे वह स्वयं इतना डर रहा था, उसको इस तरह डरा हुआ देखकर उसको कुछ सन्तोष हुआ। पर क्या वह मरनेवाला तो नहीं! कुछ देर पहले उसकी भी तो ऐसी ही हालत हो गई थी।

"सुनिए...होश में आइए..." राम ने उसके शरीर को हिलाकर कहा।

दाढ़ीवाले व्यक्ति ने बहुत ही बेचारगी से उसकी ओर देखा। पर उसके मुँह से कोई आवाज़ नहीं निकली।

"क्या तबीयत ख़राब है?"

"न ही..." उसके मुँह से अस्फुट स्वर निकला।

"कोई बात नहीं है।" राम ने आश्वासन दिया।

उसके मुँह से अनजाने में ये बातें निकली थीं और इस पर उसको कुछ आश्चर्य हुआ। उसको याद आया कि कुछ दिन पहले वह इनसान था। हाँ, इनसान! क्या अभ्यासवश उसके मुँह से ये बातें निकली थीं।

रिक्शा आगे निकल गया था। अब वह दाढ़ीवाला व्यक्ति सीधा बैठ गया था। वह कुछ सुस्थिर हो चला था।

"कैसा ख़राब वक़्त आ गया है।" वह बोला।

"हाँ, बहुत ख़राब समय आ गया है।" राम ने उसके शब्दों को दुहरा दिया।"

"प्लेग में जैसे चूहे मरते हैं, उसी तरह लोग मर रहे हैं।"

"हाँ, हिन्दु-मुसलमान दोनों मर रहे हैं।"

"सब ग़रीब मारे जाते हैं। रोज़ कमाने-खाने वाला हूँ। तीन दिन से घर में कुछ नहीं बना।"

"कहाँ काम करते हैं?" राम ने पूछा।

"नेशनल टेलरिंग हाउस में। अपने तो भूखा रह सकता है आदमी, पर बच्चों को भूखा नहीं देखा जाता जी। आज न आता तो क्या करता?"

"हाँ, यही तो बात है ....

"आपसे सच कहता हूँ, जैसे बाड़े में मुर्गियाँ ठूँस दी जाती हैं, उसी तरह औरतें भागकर आई हैं और एक-एक मकान में रह रही हैं। उनकी हालत क्या बयान करूँ! लोग भूखों मर रहे हैं। कोई अपनी साइकिल बेच रहा है, कोई अपनी घड़ी बेच रहा है। गहने गिरवी रखे जा रहे हैं..."

"ग़लतियाँ दोनों ओर से हो रही हैं।"

"कोई भी पाक-साफ़ नहीं है जी। मेरे दो-तीन दोस्त हिन्दू हैं, पर अब वे आँखें नहीं मिलाते। झूठ क्यों कहूँ, मैं भी उनसे नज़रें चुराता हूँ।"

"यही तो ख़राबी है। इसीलिए हम तरक़्क़ी नहीं कर पाते।"

"हाँ, मिल-जुल कर रहें तो आँख उठाने की किसी की हिम्मत न पड़े।"

सहसा वे चुप हो गए। उनका उत्साह भीतर ही न मालूम कहाँ गुम हो गया था। राम की इच्छा नहीं कर रही थी बात करने की, जैसे रोगी को खाने की इच्छा नहीं करती। रिक्शा तेज़ी से चल रहा था। वे सामने देख रहे थे। हर अच्छी बात कितनी अस्वाभाविक लग रही थी। राम के दिमाग़ में एक क्षण के लिए यह भी विचार उठा था कि उस मुसलमान ने आत्मरक्षा के लिए ही वैसी बातें की हैं।

सिविल लाइन्स आ गया था। दाढ़ीवाले व्यक्ति ने चौराहे के पहले ही रिक्शे को रुकवा दिया। उसने रिक्शा से उतरकर पैसा चुकाया और राम की ओर बिना देखे ही घूमकर चलने लगा। पर चार क़दम चलकर जैसे उसको कुछ याद आया और वह लौट पड़ा। राम के पास आकर जैसे कोई शुभ सूचना दे रहा हो, इस तरह मुस्कराकर वह बोला, "देखिए, आज शाम को लौटकर घर पहुँचता हूँ या नहीं!... अच्छा आदाबअर्ज़...कभी मुलाक़ात होगी।"

यह कहकर वह घूमकर तेज़ चाल से चलता बना। वह पत्ते की तरह उधियाता टेढ़ा-तिरछा चल रहा था। राम का रिक्शा आगे बढ़ गया। चौराहे पर वह स्वयं उतर गया। पता नहीं क्यों, उसकी आँखें भरी हुई थीं। ये आँसू उस व्यक्ति के प्रति कृतज्ञता के थे या अपनी मजबूरी के प्रति, यह वह समझ नहीं पाया। पर इस दुख के एहसास से उसको ख़ुशी हो रही थी। आह, डर के मारे वह न सुख का अनुभव कर सकता था और न दुख का, पर इस व्यक्ति ने उसके दिल को बहुत मुलायम बना दिया था और उसकी दुख की भावना को उभार दिया था। वह कुछ देर पहले इसको हत्यारा समझता था, पर यह मेमने की तरह प्यारा है। मजीद का रिश्तेदार भी ऐसा ही था...

राम चौराहे को पार करके आगे की सड़क पर निकल गया था। उसने चारों ओर ख़ुशी-ख़ुशी देखा। ख़ूबसूरत सड़कें और दूकानें। हरे-हरे वृक्ष। तभी उसको याद आया कि शाम को फिर उसे लौटना है। यह सोचते ही उसके दिल पर जैसे कोई भारी बोझ रख दिया गया हो। उसका मन फिर डूबने लगा। हवा तेज़ चल रही थी। उसको लगा कि हवा की हहराहट किसी स्त्री के रोने की आवाज़ ले आ रही है! या बच्चों के कराहने की आवाज़? तभी किसी वृक्ष पर कोयल बोलने लगी थी। कोयल की कूक! जब से झगड़ा हुआ था, पता नहीं कितनी बार कोयल कूकी होगी, लेकिन उसकी ओर उसका ध्यान नहीं जाता था। पर इस समय उसकी कूक बराबर सुनाई देती रही।

बस्ती

वह एक साधारण आदमी था। अब वह कविताएँ भी नहीं लिखता था। काव्य-उत्साह में उसने कभी अपना उपनाम रख दिया था 'आत्मानन्द'। इसके बाद वह नून-तेल-लकड़ी के फेर में पड़ गया। वह ठिगना और दुबला-पतला था। उसके चार टेढ़े-तिरछे बच्चे थे, जैसे शिवजी के बराती। वह सीधा और सरल था और दूसरों पर जल्दी ही विश्वास कर लेता था। वह उस समय एक सीलन-भरे बदबूदार मकान में रहता था, जहाँ चौबीसों घंटे अँधेरा रहता था। उसके मकान में एक ही कोठरी थी, जिसमें वह सपरिवार इस प्रकार निवास करता था, जैसे पुराने सामानों का एक कंजास अन्दर ठूँस दिया गया हो!

मकान मालिक हर वर्ष किराया बढ़ा देता, ऊपर से वह रोब भी ग़ालिब करता था। जब किराया देने में थोड़ा भी विलम्ब हो जाता, तो ऊपर से नीचे आँगन में कूड़े गिरने लगते और बिजली की लाइन काट दी जाती। मकान-मालिक इस तरह उसको फटकारता, मानो वह कोई चोरी करते पकड़ा गया हो। मकान-मालिक की बातों को वह हँसकर बर्दाश्त कर जाता था, क्योंकि उसके पास और कोई उपाय भी नहीं था। शहर में और भी बहुत से लोग ऐसी ही ज़िन्दगी व्यतीत कर रहे थे।

आसमान फटना चाहता है। न मालूम कब से बादल जमे हुए हैं। अँधेरी रात। रामलाल उसी समय बाँकेलाल के साथ आ पहुँचे थे। आत्मानन्द बाँके लाल से परिचित नहीं था। रामलाल एक लम्बे और ख़ूबसूरत व्यक्ति थे। उनकी गर्दन किसी दृढ़ संकल्प-भावना से शानदार ढंग से लोच खाए हुए थी। उन्होंने कोठरी में बिछी चारपाई पर बैठते ही चाय के लिए मना कर दिया। इसके बाद गम्भीर स्वर में बोला, "क्या हमारी ज़िन्दगी ग़ुलामों से बदतर नहीं हैं?" आत्मानन्द उनको चौंक कर देखने लगा। वह कुछ डर भी गया, क्योंकि वह वास्तविकता को टाल जाने का आदी हो चुका था। रामलाल ने कहा, "संघर्ष ही मुक्ति का उपाय है। हम सबको संघठित होकर यह माँग बुलन्द करनी चाहिए कि हमारे लिए एक नई बस्ती बनाई जाए।" वह धाराप्रवाह बोलते गए। आत्मानन्द के हृदय में न मालूम कैसा तूफ़ान उठ खड़ा हुआ। रामलाल का स्वर कभी-कभी उत्तेजना से काँपने लगता। किराये के रद्दी मकानों में रहनेवाले लोगों के दुख-दैन्य का वर्णन करते हुए वह रोने लगे।

जब उन्होंने आँखें पोंछ लीं तो आत्मानन्द ने उनमें एक अद्भुत चमक देखी, जैसे रात का अँधेरा सुबह होते ही फट जाता है।

आत्मानन्द को एक रास्ता नज़र आने लगा। इसलिए उसको अपनी अपमान-भरी ज़िन्दगी सहसा बर्दाश्त के बाहर हो गई। उसके हृदय में मुक्ति की एक तीव्र आकांक्षा उत्पन्न हुई, जिसके लिए वह रामलाल का अत्यधिक कृतज्ञ था। वह आन्दोलन में ख़ुशी-ख़ुशी शामिल हो गया। वह अधिक-से-अधिक परिश्रम और त्याग करके अपनी आकांक्षा और कृतज्ञता प्रकट करने के लिए उत्सुक हो उठा। वह जुलूस और सभाओं में भाग लेता। शहर में घूम-घूमकर वह अपने जैसे लोगों से मिलता, उनको समझाता और उनको आन्दोलन में खींच लाता। ख़बरें छपवाने के लिए वह अख़बारों के दफ़्तरों का चक्कर लगाता। सभाओं में दरी बिछा देता, कुर्सियाँ लगा देता और लोगों को ठीक ढंग से बिठाता। दौड़-धूप का काम करने को वह झट तैयार हो जाता। वह बहुत उत्साहित था, क्योंकि वह सोचता था कि अच्छे और पवित्र काम के लिए उसकी बेकार ज़िन्दगी का उपयोग हो रहा है। उसको ख्याति और प्रशंसा नहीं चाहिए थी और न वह अपने को इस योग्य ही समझता था। आन्दोलन के प्रति उसका लगाव इतना गहरा था कि वह काम करके पीछे हट जाता, ताकि अपने त्याग का उसको अधिक-से-अधिक एहसास हो सके।

दो वर्ष का तेज़ आन्दोलन। उसके बाद अधिकारियों को झुकना पड़ा। सफलता का कारण था एकता, परिश्रम और निःस्वार्थ भावना। फूट डालने की कोशिशें पत्थर की शिला तोड़ने के लिए समुद्र की प्रबल लहरों के प्रहार की तरह खंड-खंड हो गई थीं। शहर जहाँ ख़त्म होता था, वहाँ एक मैदान था। उसी में बस्ती बनकर तैयार हो गई। बस्ती से कुछ ही दूर पर एक पलाश का वन था। सभी मकान पक्के, मज़बूत और एक ही तरह के थे। बग़ल में ही एक पार्क था और एक खेल का मैदान भी। मकानों की दो लम्बी क़तारें थीं, जिनके बीच एक गली चली गई थी। वह पक्की थी और उसकी ईंटों पर सीमेंट की टिपकारी की गई थी। पार्क से गली को देखने से ऐसा लगता था, गोया एक लम्बी दरी मकानों के बीच में बिछा दी गई हो।

देखते-ही-देखते वह वीरान जगह चहचहाने लगी। मकान उन्हीं लोगों को दिया गया, जिन्होंने अपने अधिकार के लिए आन्दोलन किया था। लोगों में कैसी ख़ुशी और उमंग थी, मानो किसी पहाड़ से कोई सोता फूट आया हो—ऐसी ख़ुशी जो महान परिश्रम के बाद सफलता मिलने पर ही दृष्टिगोचर होती है। दीवाली के दो दिन पहले एक समारोह किया गया, जिसमें एक मंत्री भी शामिल हुए। इस अवसर पर रामलाल ने एक अत्यधिक प्रभावशाली भाषण किया। वह खद्दर की धोती, एक लम्बा कुर्ता तथा एक तिकोनी टोपी पहने थे, जैसे सिर पर एक पतली डोंगी उलट दी गई हो। उनका भाषण समुद्र में उठनेवाले बादलों की तरह ऊँचा उठता गया।

उन्होंने पहले विजय पर ख़ुशी प्रकट की और सबको बधाई दी। इसके बाद कहा कि यह सफलता साधारण लोगों के परिश्रम, एकता और त्याग की वजह से मिली है। वह बोलते गए। यह बस्ती हमारी न्यायसंगत आकांक्षाओं की साकार प्रतिमा है। इसकी एक-एक ईंट हमारे संघर्ष और इच्छा-शक्ति की कहानी कहती है। इन्हीं गुणों से कोई जाति तरक़्क़ी करती है।

अपने हाथों को नचाते हुए उन्होंने आगे कहा, "पर हर विजय के साथ कुछ गम्भीर दायित्व आ जाते हैं। हम ख़ुशी में अपने महान् आदर्श को न भूलें, क्योंकि सफलता मिलने से लोग निश्चिन्त हो जाते हैं। हम पहले की तरह ही लगन और परिश्रम से कार्य करें। अपने घर को साफ़ रखें, साथ ही दूसरों के घरों को गन्दा न करें। बाहर कोई कूड़ा न फेंके। आपके मकान के पीछे एक गली है। जितनी ख़ूबसूरत है वहाँ उसकी एक-एक ईंट एक-दूसरे से मज़बूती से जुड़ी हुई है। ऐसी ही एकता से मज़बूती आती है। यह गली केवल ईंटों की ही एक मामूली गली नहीं है, बल्कि यह हमारी सभ्यता, संस्कृति एवं उच्चादर्शों की प्रतीक है। एक सुन्दर और साफ़-सुथरी गली वहाँ के निवासियों की चेतनशीलता को प्रकट करती है। इसलिए गली को साफ़-सुथरी रखें और उसकी एक ईंट को भी उखड़ने न दें। यदि उखड़ जाए तो फ़ौरन जोड़ दें। हमको सारे शहर के सामने एक उच्चादर्श प्रस्तुत करना है...।"

कैसे ऊँचे ख़याल थे, जैसे पहाड़ की एक चोटी आकाश में उठती गई थी। आत्मानन्द का मुँह उत्साह से फूल गया था। भावनाओं की अकल्पनीय ऊँचाई पर पहुँचकर रामलाल की आँखों से झर-झर आँसू गिरने लगे। चारों ओर सन्नाटा छा गया। कुछ औरतें आँखों पर आँचल रखकर सुबकने लगीं। बहुत से लोग नाक सुड़कने लगे। सबके चेहरों पर एक दृढ़ संकल्प भावना। आत्मानन्द ने उसी समय मन-ही-मन एक प्रतिज्ञा कर ली...

सारी बस्ती पर आम के बौरों की तरह एक नई उमंग छा गई। सबके घरों के सामने अहाते बन गए, जिनमें फूल-पौधे आदि लगा दिये गए। वे रोज़ अहाते की सफ़ाई करते, क्यारियों को गोड़ते और पौधों की सिंचाई करते। इसके साथ ही वे अपने पीछे की गली को बेहद प्यार करने लगे। सचमुच वह केवल गली ही नहीं थी, बल्कि वह शीघ्र ही उनके सहकारी और चेतनशील ज़िन्दगी की एक मज़बूत कड़ी बन गई। सबने अपने आँगन में एक टीन का कनस्टर रख लिया। वे उन कनस्टरों में कूड़ा इकट्ठा करते जिनको सवेरे जमादार आकर उठा ले जाता। जमादार के अलावा वे स्वयं अपने-अपने मकान के सामने गली की सफ़ाई करते। उसकी ईंटों को पानी डाल-डालकर चमचमाया जाता। जाड़े में तो उस गली में एक अनोखी चहल-पहल व्याप्त हो जाती, गोया कोई बाज़ार या मेला लगा हो। दोपहर में एक चटक धूप वहाँ पसर जाती। औरतें काम-धाम करके वहाँ चारपाइयाँ डाल देतीं और बैठकर धूप खातीं। वे बातें भी करती जातीं और साथ ही कोई हल्का-फुल्का काम भी।

स्वेटर बुने जा रहे हैं। कढ़ाई हो रही है। कोई थाली में चावल-दाल ही लेकर बिनने बैठ जाती। किसी को खाट पर चुपचाप चित्त लेटने में मज़ा आ रहा है। जब गप्पें छिड़ जातीं उनका ताँता न टूटता। कभी मैके की और कभी अपनी पति की तारीफ़। कभी किसी के दुख पर अश्रु-प्लावन। कभी कोई सोंधी मूँगफली मँगा लेती। उसकी देखा-देखी अन्य भी ऐसा ही करती थीं, क्योंकि सभी के बच्चे थे। जो नहीं मँगाती, उसको पास वाली स्त्री ललकारती थी।

"आइए बहिन जी।"

"अरे, खाइए।"

"वाह, यह कैसे होगा? आइए तो।"

इस तरह चहचह और हा-हा-ही-ही शाम तक मची रहती। जब तक वे बैठी रहतीं, उनके छोटे-छोटे बच्चे खूँटों में बँधे बछड़ों की तरह किलकारियाँ मारते हुए दौड़-दौड़कर कुछ दूर जाते थे और फिर अपनी माँओं के पास लौट आते थे।

धीरे-धीरे एक स्वस्थ सामाजिक जीवन विकसित होने लगा। लोग धूमधाम से अपने सामाजिक और धार्मिक त्योहार मनाते। जब कोई बड़ा त्यौहार आता तो सबसे चन्दा माँग लिया जाता और समारोह का बहुत अच्छा प्रबन्ध हो जाता। किसी भी त्यौहार में सभी घरों के लोग मदद देते और शामिल होते। हिन्दू लोग कीर्तन भी करते थे जिसके लिए चन्दे से ढोलक, मँजीरा और हारमोनियम ख़रीद लिये गए। जिसके यहाँ कीर्तन होता, वह किराया देकर हारमोनियम, ढोलक आदि ले जाता। दूसरे अवसरों पर इसी नियम का पालन करके ये सामान ले जाए जा सकते थे। इस तरह प्राप्त रकम सामूहिक कोष में जमा कर ली जाती। साल में दो नाटक होते थे। कई बार फ़िल्में दिखाई जाती थीं। कभी खेलकूद प्रतियोगिता हो रही है। कभी फुटबाल या क्रिकेट मैच हो रहे हैं। कभी शिशु-प्रदर्शनी। इन सभी आयोजनों के लिए विभिन्न समितियाँ बन गईं तथा उनके कोष स्थापित कर दिये गए जिनके अध्यक्ष रामलाल ही बनाए जाते, क्योंकि उनके प्रति लोगों की अगाध श्रद्धा थी। हर समारोह में रामलाल का अवश्य भाषण होता, जो कहते कि यह एक महान् बस्ती है और वह शहर के अन्य मुहल्लों और बस्तियों के सामने एक आदर्श प्रस्तुत करती है।

इसी तरह दुख-संकट में सभी लोग शरीक़ होते थे। किसी के बीमार पड़ते ही लोग दौड़ पड़ते। कोई डॉक्टर को बुला लाता। यदि हालत गम्भीर होती तो आधी रात ही क्यों न हो, लोग उसको अस्पताल पहुँचा देते। औरतें मिल-जुलकर घर को सँभाल देतीं, दोनों जून चौका-बर्तन कर देतीं। खाना बना देतीं। बच्चों को खिला-पिला देतीं और पहना-ओढ़ा देतीं। यदि किसी के यहाँ कोई मर जाता तो लोग पहुँच जाते और श्मशान घाट या क़ब्रिस्तान तक हर तरह की मदद करते। किसी के पास पैसा न होने पर चन्दे द्वारा अन्त्येष्टि का सारा प्रबन्ध कर दिया जाता। इसी तरह अन्य संकटों में लोग जुट पड़ते थे। किन्हीं बाहरी तत्त्वों से झगड़ा होने पर सारी बस्ती

कमर कसकर बाहर निकल आती थी। इसी एकता, सतर्कता और कुर्बानी की भावना के कारण चोर-चाईं, लफंगों की बस्ती में फटकने की हिम्मत नहीं होती थी। संक्षेप में यह कहा जा सकता है कि लोग अपने प्रिय नेता और पथ-प्रदर्शक रामलाल के आदर्शों में अपने को ढालने का अधिकाधिक प्रयास कर रहे थे।

आत्मानन्द इन सभी कार्यों में महत्त्वपूर्ण हिस्सा लेता। कभी वह इस काम के लिए दौड़ रहा है और कभी उस काम के लिए। उसकी मेहनत और जवाँमर्दी के लोग अभ्यस्त हो गए थे। उसके पहुँचते ही लोगों को विश्वास हो जाता कि कार्य बहुत अच्छे ढंग से सम्पन्न हो जाएगा। आत्मानन्द जितना परिश्रम करता, उससे उसको उतनी ही प्रसन्नता होती थी, क्योंकि बस्ती और गली से उसका गहरा लगाव हो गया था।

सारी धरती फूलों से महक रही थी। बसन्त का महीना। पलाश के वन में लाल-लाल फूल बिछ गए थे, गोया वन में आग लग गई हो। बस्ती के बने चार वर्ष बीत गए थे। एक दिन सवेरे लोगों ने देखा कि दक्षिण के इलाक़े में गली की बहुत-सी ईंटें ग़ायब हैं। यह एक विचित्र घटना थी। चारों ओर तहलक़ा मच गया। एक बड़ी भीड़ इकट्ठी हो गई। लोगों के चेहरे क्रोध से दमकने लगे। जिस गली को लोग इतना प्यार करते थे और जिसको अपने पवित्र आदर्श की तरह रक्षा करते थे, उसकी यह बरबादी उनको बर्दाश्त नहीं हुई। किसी को शंका हुई कि यह बग़ल के मोहल्ले की कार्रवाई है। इस पर सभी मोहल्ले की ओर कूच करने को तैयार हो गए। इसी समय रामलाल आ गए।

रामलाल ने अत्यधिक शान्त वाणी में कहा, "हमको इतना अधिक उत्तेजित होने की ज़रूरत नहीं है। हमें जल्दबाज़ी में कुछ ऐसा नहीं करना चाहिए जिससे ख़ून-ख़राबी या मनमुटाव पैदा हो। इनसान से बढ़कर कुछ भी नहीं हैं, गली की समस्या तो एक मामूली समस्या है। ये ईंटें मनुष्य से बढ़कर नहीं है, हम गली को और ख़ूबसूरत बना सकते हैं, पर यदि एक भी आदमी मरता है तो उसको लौटाया नहीं जा सकता। आप शान्त रहिए और सारा मामला मुझ पर छोड़ दीजिए। मैं इस मामले का पूरी तरह पता लगाऊँगा, फिर कार्रवाई निश्चित करूँगा...।"

लोगों ने अचम्भे से रामलाल को देखा। गली की समस्या एक मामूली समस्या है! यह बात उनके कलेजे में बाण की तरह बिंध गई। पर वे फ़ौरन आश्वस्त भी हो गए। रामलाल पर वे किसी प्रकार का सन्देह कर ही नहीं सकते थे।

दिन-पर-दिन बीतने लगे और गली का वह हिस्सा उसी तरह उजड़ा पड़ा रहा। लोग रामलाल के निर्णय की बेचैनी से प्रतीक्षा करते रहे। पर रामलाल बहुत व्यस्त नज़र आते। किसी से मिलने पर वह दूसरी समस्या के बारे में बात करने लगते। कभी वह बड़ी रुखाई से बोलते। रामलाल को क्या हो गया है? ऐसे तो वह कभी भी नहीं थे। कम-से-कम सामूहिक कोष में से पैसा निकालकर गली की मरम्मत नहीं हो सकती थी?

कुछ दिनों बाद एक हवा उठी। उठकर वह बस्ती में धीरे-धीरे फैल गई। हर जगह खुसुर-फुसुर। बाँकेलाल एक दिन आत्मानन्द के यहाँ पहुँचा, वह रामलाल का ख़ास आदमी समझा जाता था। वह बहुत ही गम्भीर था। उसने धीरे-से पूछा, "जानते हो, इन ईंटों की किसने चोरी की है?"

आत्मानन्द आँखें फाड़-फाड़कर उसको देखने लगा।

"तुम किस दुनिया में रहते हो!" बाँकेलाल ने क्रोध में कहा, "यह सारी कार्रवाई रामलाल की है। उन्होंने उन ईंटों से अपने आँगन में एक छोटा-सा-गुसलख़ाना बनवा लिया है।"

"झूठ! एकदम झूठ! यह हो ही नहीं सकता।" आत्मानन्द ने तड़पकर कहा। उसका चेहरा ग़ुस्से से लाल हो गया था।

"हो ही नहीं सकता? पर ऐसा हुआ है। रामचन्द्र तिवारी रात में पेशाब करने उठा था। उसने देखा कि रामलाल, उसकी बीवी और लड़के सभी ईंटें ढोकर घर ले जा रहे हैं। यह है आदर्श! जिस आदर्श की दुहाई दी जा रही है, उसी की हत्या!"

"तिवारी ने टोका क्यों नहीं?"

"रामलाल की इतनी इज़्ज़त है...दुख और आश्चर्य से वह बोल नहीं पाया।"

"वह आख़िर ऐसा क्यों करेंगे? इन ईंटों की क़ीमत ही क्या है?"

"क़ीमत? भले आदमी, दृष्टि की बात होती है। जब आदमी की नीयत खोटी हो जाती है तो वह छोटा-से-छोटा काम करने को तैयार हो जाता है। तब वह सबसे पहले अपने आदर्श का ही गला घोंटता है। आदर्श ख़त्म होने पर वह एक पैसा के लिए भी कुछ भी कर सकता है। तुम तो सीधे-सादे हो, पर मैं रामलाल को नज़दीक से देखता रहा हूँ। तुम्हीं बताओ, पहले के रामलाल और आज के रामलाल में कोई फ़र्क़ नहीं है? सफलता और निर्द्वंद्व इज़्ज़त से उनको घमंड हो गया है। वह अब अपने को बहुत ऊँचा समझने लगे हैं और अपने साथियों को नीचा। बातें भी वह दूसरे ही ढंग से करते हैं। उनके घर जाकर देखो। यह ख़ुशहाली कहाँ से आती है, जबकि वह नौकरी वही करते हैं, जो हम करते हैं। रोज़ दावतें होती हैं। बड़े-बड़े लोग आते हैं। बस्ती के किसी को भी नहीं पूछा जाता। तुमको कभी दावत मिली है? सारी समितियाँ और उनका सारा कोष उनकी जेब में रहता है। कभी पैसे का हिसाब वह देते हैं? मैं इसका विरोध करूँगा क्योंकि मैं अपने महान् आदर्शों की हत्या होते नहीं देख सकता। मैं तुम्हारे जैसे ईमानदार और कर्मठ व्यक्ति की मदद के लिए आया हूँ...।"

बाँकेलाल के जाने के बाद आत्मानन्द बहुत देर तक सन्न बैठा रह गया। इसके बाद उठकर वह तिवारी के पास गया। तिवारी ने बाँकेलाल की बात का समर्थन किया। वापस आकर आत्मानन्द अपनी खाट पर मुँह ढककर लेट गया। उसको लगा कि उसके दिल के दो टुकड़े कर दिये गए हैं और वे नीचे गिरकर धूल में मिल गए हैं।

बाँकेलाल की बातों में तलवार की धार की तेज़ी थी। इसके बाद बस्ती दो टुकड़ों में बँट गई। हर संस्था और समिति दो हिस्सों में विभक्त हो गई। जहाँ ऐसा नहीं हुआ, वहाँ प्रतिद्वंद्वी संस्था बना ली गई। अब दोनों दलों की ओर से हर त्यौहार, ड्रामा, समारोह आदि मनाए जाते। ऐसे अवसरों पर दोनों समारोहों में ज़ोर-ज़ोर से लाउडस्पीकर बजाकर अपनी-अपनी विजय की घोषणा की जाती। दोनों ही दलों के लोग अपने को श्रेष्ठ, पवित्र और महान् कहते थे और दूसरे को नीच और भ्रष्टाचारी। दोनों ही अपने-अपने को गली के एकमात्र रक्षक और उसको अपने आदर्शों का प्रतीक घोषित करते थे। दोनों ही दलों के मुख्य-मुख्य व्यक्तियों के विरुद्ध आक्षेप और आचरण के ख़िलाफ़ कहानियाँ गढ़कर प्रचारित की जाती थीं।

बाँकेलाल बहुत ही गर्म और जोशीला भाषण देता था। ख़ूब ज़ोर-ज़ोर से चिल्लाना वह अपनी महानता सिद्ध करने के लिए बहुत ज़रूरी समझता था। रामलाल जितना लम्बा कुर्ता पहनते थे, उससे वह अधिक लम्बा कुर्ता पहनता था। रामलाल से अपने खत भी वह लम्बे रखता था। उसकी टोपी रामलाल से अधिक पतली और नुकीली थी। उसके भाषणों में 'आत्मा', 'नैतिकता', 'शहादत', 'क्रान्ति', 'रक्त' आदि शब्दों की भरमार होती थी। बीच-बीच में वह ललकार कर कहता था, 'मैं चेतावनी देता हूँ कि...।' उसका विश्वास था कि इस तरह चेतावनियाँ देने से लोग उसको रामलाल से अधिक बहादुर, त्यागी और गम्भीर तथा विद्वान समझेंगे। वह गरज़कर ऐलान करता कि आइन्दे यदि यहाँ कोई भ्रष्टाचार की घटना हुई तो जनता उसको बर्दाश्त नहीं करेगी।

आत्मानन्द अब बाँकेलाल के साथ हो गया था। वह बाँकेलाल के दल को संघठित करने में अपना सारा समय देता। वह उसी ईमानदारी और परिश्रम से काम करता। रामलाल की बातों से उसे घृणा हो गई थी, पर उसको विश्वास था कि बाँकेलाल के मार्ग पर चलकर एक दिन अवश्य इस बस्ती में एक आदर्श समाज की स्थापना होगी। वह अब प्रसन्न रहने लगा और उसकी निराशा समाप्त हो गई। उसको उन दिनों की याद आई जब वह उस रद्दी मकान में पशु की तरह ज़िन्दगी बिता रहा था। इसके बाद मुक्ति के आन्दोलन में शामिल होकर उसका सारा व्यक्तित्व ही बदल गया। तब उसने समझा कि उपयोगी और सार्थक जीवन का क्या अर्थ है और अच्छे उद्देश्य के लिए कठोर कर्म से बढ़कर कुछ भी नहीं है। वह कैसा दिन होगा जब लोग स्वार्थों से मुक्त हो जाएँगे! ऐसा दिन अवश्य आएगा...अवश्य आएगा...।

पर इस विभाजन तथा परस्पर आरोप-प्रत्यारोप का यह परिणाम हुआ कि बस्ती के लोगों में पहले जैसा उत्साह नहीं रहा। उनमें आपस में सन्देह, ईर्ष्या-डाह की भावनाएँ पनपने लगीं। आपस में लड़ाई-झगड़े खड़े होने लगे। गली में दो-चार जगह और भी ईंटें उखड़ गईं। ये ईंटें रात में उखाड़ ली जाती थीं।

कोई उनसे चबूतरा बना लेता और कोई हौदियाँ। रात-ही-रात में यह काम हो जाता था। कहने पर लोग कहते थे कि बाज़ार से ईंटें ख़रीदी गई हैं, यह बहुत पहले का ही बना है। लोग अब पहले की तरह गली को साफ़-सुथरा नहीं रखते थे क्योंकि ईंटों के प्रति उनके दिल में जो श्रद्धा-भाव था, वह कम होता जा रहा था।

आत्मानन्द को कुछ खटका मालूम हुआ। गली से खट-खट की आवाज़ आ रही थी। शायद कुछ पगध्वनियाँ भी। अँधेरी रात थी और उसको नींद आ रही थी। उसने टार्च लिया और धीरे-से किवाड़ खोला। तीन आदमी नाली में झुककर कुछ उखाड़ रहे थे।

"कौन है?" आत्मानन्द ने बुलन्द आवाज़ में पूछा।

आवाज़ सुनकर उन तीनों ने पीछे मुड़कर देखा। फिर वे भाग चले। आत्मानन्द ने टार्च जलाई। क्या बाँकेलाल? दो अन्य व्यक्ति पहचाने नहीं जा सके। बाँकेलाल यहाँ क्या कर रहा है? वह गली में घूम-घूमकर तथा टार्च जलाकर देखने लगा, पर कुछ विशेष समझ में नहीं आया। वह बहुत देर तक अँधेरे में ही खड़ा रहा। फिर घर में आकर लेटा रहा कि सवेरे बाँकेलाल से पूछेगा।

किन्तु सवेरे बस्ती-भर में एक खलबली मची हुई थी। गली में नालियों में जो लोहे की जालियाँ थीं और मैनहोल के जो ढक्कन थे, वे सभी शुरू से आख़िर तक ग़ायब थे। किसने किया यह?

आत्मानन्द निराशा की अनन्त गहराई में लुढ़कता गया। उसको अत्यधिक शर्म, अपमान और तुच्छता का अनुभव हो रहा था। उसके दिल के जैसे असंख्य टुकड़े कर दिये गए हों। क्या दुनिया ऐसी है? क्या विश्वास का यही फल मिलता है? कितना बेवकूफ़ उसे बनाया गया है! उसकी ज़िन्दगी का क्या महत्त्व है? उसने क्या पाया अभी तक? न उसे ख्याति ही मिली और न धन ही। उसने काम के पीछे अपने बाल-बच्चों पर ध्यान नहीं दिया। अपनी घर-गृहस्थी सुधारने की भी उसने कोशिश नहीं की। वस्तुतः वह पहले रामलाल की ग़ुलामी करता रहा, उसके बाद बाँकेलाल की।

बस्ती की हालत दिन-पर-दिन ख़राब होती गई। गली में अब किसी की दिलचस्पी नहीं रह गई थी। गली की काफ़ी ईंटें उखड़ चुकी थीं। ईंटों को उखाड़ कर घर में ले जाना लोग सबसे होशियारी की बात समझते। सबके सामने रामलाल और बाँकेलाल का आदर्श था। अब लोग अलग-अलग गिरोह बनाकर अपना स्वार्थ साधन करने लगे। कोई जाति के आधार पर गिरोह बना लेता, कोई धर्म के आधार पर और कोई क्षेत्र के आधार पर। आपस में तनाव बढ़ गया, और नये-नये प्रकार के झगड़े खड़े होने लगे। गली में ख़ूब कूड़े गिरने लगे और कई जगह कूड़ों के टीले बन गए। स्त्रियों में वाक्-युद्ध शुरू होता और उसके बाद झोंटा-झोंटव्वल भी होने लगती। सबके दिल पर ईर्ष्या और स्वार्थ की छाया मँडराने लगी थी।

बाहर के लोग भी अब आकर बची-खुची ईंटें उखाड़कर चलने बनते। बाहर के गुंडे और बदमाश बस्ती में घूमने लगे, क्योंकि एक गिरोह दूसरे को नीचा दिखाने के लिए उनको बुला लाता था। किसी को दुखी और अपमानित देखकर दूसरे बहुत प्रसन्न होते। वे घर में चुपचाप बैठे रहते और मदद को नहीं निकलते।

आत्मानन्द जैसे जड़ हो गया। उसने लोगों से मिलना-जुलना छोड़ दिया। वह चुपचाप सिर झुकाकर घर से बाहर निकल जाता। शाम को दफ़्तर से आने के बाद सिर नीचा करके घर के अन्दर घुस जाता। वह अक्सर चारपाई पर लेटकर या कुर्सी पर बैठकर अपने सामने एकटक देखा करता। उसके दिमाग़ में अनोखे विचार उठा करते। कभी वह क्रोध, घृणा और विद्रोह की भावना से काँपने लगता। कभी ईर्ष्या एवं महत्त्वाकांक्षाओं की लहरों पर झूलने लगता। कभी व्यर्थता और उदासीनता से ग्रस्त। कभी-कभी उसके सामने कई विचार और रास्ते उभर आते लेकिन उसकी समझ में नहीं आता कि सत्य क्या है। आख़िर सत्य क्या है?

घुड़सवार

मुझे एक दिन ज़िलाधीश का हुक्मनामा मिला। इसकी सपने में भी उम्मीद नहीं थी। उसमें लिखा था कि दो महीने बाद घुड़सवारी की परीक्षा होगी। मुझे लगा, गोया ताड़ के वृक्ष पर चढ़ते-चढ़ते फिसलकर ज़मीन पर गिर गया होऊँ। यह मेरी नौकरी का चौथा वर्ष था। उसके पहले मैं बहुत परेशान रहा था। लेकिन सौभाग्य से धर्मवाद, जातिवाद आदि मूँगफली की तरह लोकप्रिय थे। तो मैं विभिन्न धाराओं में कभी चित्त, कभी पट और कभी खड़िया तैरने लगा और चल निकला। उसके बाद मस्ती कटने लगी। गाँवों में लोग मुझे बहुत ऊँचा अफ़सर समझकर ख़ातिर करते थे और शहर में विद्वान। मैं शादी-बरात, पार्टियों और समारोहों में अनिवार्य रूप से बुलाया जाता। मैं सुग्गे की तरह टाँय-टाँय बोलना भी सीख गया और अन्तिम सत्य की मणि को मुट्ठी में लेकर लोगों को उनकी ज़रूरत के अनुरूप ज्ञान की बातें बताने लगा; किन्तु दाल-भात में यह ऊँट का घुटना कहाँ से आ गया! मैं बेहद डर गया।

"अजीब घनचक्कर है।" मैं बुदबुदाया।

यह सच है कि हाड़-मांस के जीवित घोड़े पर मैं आज तक कभी चढ़ा ही नहीं था, यद्यपि इनसान होने के नाते घोड़े से कुछ सम्बन्ध होना स्वाभाविक ही है। बचपन में लाठी के घोड़े पर बैठकर कुछ ऐतिहासिक लड़ाइयाँ जीती थीं और बड़ा होकर कल्पना के घोड़े दौड़ाने में दक्ष हो गया था। लेकिन एक तरह से मैं अपने को घुड़सवार भी समझता था—ठीक उसी तरह, जैसे हर व्यक्ति अपने को अच्छा अभिनेता और अच्छा निर्देशक समझ लेता है। दोस्तों से यदि इस विषय पर कभी बात चलती, तो मैं ऐसी कुशल अस्पष्टता का कमाल दिखाता कि वे मुझे अच्छा घुड़सवार समझ लेते। और मैं ईमानदारी से सोचता भी था कि मौक़ा आने पर घुड़सवारी कर लूँगा। उसमें है ही क्या, बस रक़ाब पर पैर रखकर चढ़ जाना है और एड़ लगाकर मुस्तैदी से बैठे रहना है।

सहसा मुझे ग़ुस्सा चढ़ आया। यह भी कोई न्याय है! यह ठीक है कि ब्रिटिश ज़माने से चले आते एक बहुत पुराने नियम के अनुसार 'कलेक्शन नायब तहसीलदारों' को भी घुड़सवारी में दक्ष होना चाहिए। क़ानूनी नियम तो बहुत होते हैं और होने भी चाहिए, क्योंकि उनकी एक महान् राष्ट्रीय शोभा होती है, लेकिन उनके परिपालन में

मानवीय महत्त्व की गूढ़ बातों पर भी सोचना-विचारना पड़ता है। आख़िर क़ानून बड़ा है या इनसान? यदि बाबू बलवीर को घुड़सवारी का सर्टिफ़िकेट मिल ही जाएगा, तो कौन इससे खाद्य-समस्या नहीं हल होगी! इससे पहले तो ज़िलाधीश सर्टिफ़िकेट दे ही देते थे! मैं इसके ख़िलाफ़ लड़ूँगा और सुप्रीम कोर्ट तक।

मैं ज़रूरत से अधिक उत्तेजित होकर उठ खड़ा हुआ और कमरे में टहलने लगा। खिड़की के बाहर शहर की इमारतें और वृक्ष आँखें चमकानेवाली धूप में चमक रहे थे और स्टेशन की ओर से किसी इंजन का धुआँ उठकर आकाश में भूरा-भूरा फैल रहा था।

'यह सब यहाँ नहीं चलेगा।' मैंने मन-ही-मन कहा और मुझे अपने शहर पर गर्व हुआ, जिसके दक्षिण-सीमान्त पर गंगा नदी बहती है। जब नियुक्ति के बाद मेरी पहली पोस्टिंग यहीं पर हुई तो मैं कितना प्रसन्न हुआ था! हमारे शहर का एक ख़ास व्यक्तित्व है। यह है बहुत चुनमुनिया, जहाँ मच्छरों और शीशम के वृक्षों की भरमार है। सबसे मुख्य बात यह है कि सन् 1942 के आन्दोलन में यहाँ के लोगों ने ब्रिटिश हुकूमत को ज़बरदस्त चुनौती दी थी। इस वजह से तथा कुछ अन्य कारणों से भी हम अपने को दूसरों से कुछ श्रेष्ठ ही समझने के अभ्यस्त हैं। यहाँ हर सार्वजनिक सभा के आरम्भ में ही यह उद्घोष सुनाई देता है, 'यह वही पवित्र भूमि है, जिसने कि...' लगभग हर व्यक्ति के पास उस ज़माने के क़िस्से, व्यक्तिगत अनुभव एवं त्यागपूर्ण दावे हैं। और मैं भी इस सम्बन्ध में किसी से पीछे नहीं रहता। यह हो सकता है कि हमारी बातों को सुनकर ऐसा आभास हो, गोया हमने अन्तिम सफलता प्राप्त कर ली हो और सारे देश को हमारा कृतज्ञ होना चाहिए। लेकिन इसके लिए हम क्या करें कि बाहर के लोग भी जब यहाँ आते हैं, तो अजीब ही प्रशंसापूर्ण गद्गद दृष्टि से देखकर ज़बान चटपटाते हुए कहते हैं, 'ख़ैर साहब, यहाँ की और ही बात है। आप लोगों ने कमाल कर दिखाया...'।

तो हम एक वीर शहर के हैं और यहाँ बड़े-बड़ों के छक्के छूट जाते हैं। साफ़ बात है कि हम दूसरे ज़िलों एवं क्षेत्रों के लोगों को अधिक लिफ्ट नहीं देते और उनसे अलग-थलग रहते हैं तथा अपनी हर चीज़ व आदत को श्रेष्ठ समझते हैं। हमारी वीरता की कुछ अन्य परम्पराएँ भी हैं। हमारे यहाँ वीरता के लिए बिना टिकट यात्रा की जाती है। और हर दो-चार महीने पर किसी टी. टी. आई. को पीट दिया जाता है। इसीलिए ही फुटबाल या हॉकी-मैचों में किसी बाहरी टीम के जीतने पर उसके सर्वोत्तम खिलाड़ी के हाथ-पाँव तोड़ दिये जाते हैं और दफ़्तरों में समय से न जाना, बीच में किसी ज़रूरी काम का बहाना करके चलते बनना और रोकने पर लड़ना या अफ़सर को अँधेरी गली में बोरा ओढ़ाकर पिटवा देना भी ऐसे ही कार्यों में शामिल है।

हमको गोष्ठी और बैठकी ज़माने में बड़ा मज़ा आता है और उनमें ख़ूब गप्पें

लगती हैं और हँसी होती है! किसी भी बैठकी में बातचीत बहुमुखी यात्राएँ करके अन्त में अपने शहर और ज़िले पर केन्द्रित हो जाती हैं। सर्वप्रथम इसकी चर्चा होगी कि कब कौन अफ़सर पीटा गया और किस मानववादी गुंडे ने पुलिस की नाक में दम कर रखा था। फिर इसकी गणना शुरू हो जाएगी कि यहाँ के कौन-कौन से व्यक्ति दूसरे प्रदेशों में ऊँचे पद पर विराजमान होकर इस शहर ही ख्याति और रोब को फैला रहे हैं। इस बीच उस गणितज्ञ का अनिवार्य रूप से उल्लेख होगा, जो अपनी प्रतिभा के बल पर विलायत गया था और एक महान् अन्वेषक बनते-बनते रह गया था। और उस विदेशी छात्र का भी, जो यहाँ भ्रमण करने आया था और जिसकी कुछ स्थानीय छात्रों ने घुमाते समय हँस-हँसकर हिन्दी में इसलिए चुनी-चुनी गालियाँ दी थीं कि वह हिन्दी ज़रा भी नहीं समझता था। हमको अपनी हर वस्तु पर अभिमान है और क्यों न हो; अपने चौक पर और अपनी लाई-मूढ़ी पर भी। पहले शाम-सवेरे नाश्ते पर लाई-मूढ़ी ख़ूब चलती थी, जिसको अब ग़रीब लोग ही अधिक खाते हैं, लेकिन टोस्ट-मक्खन उड़ानेवाला भी उसकी श्रेष्ठता को सिद्ध करने से बाज़ नहीं आएगा, 'यह चीज़ कितनी उत्तम है। यह सस्ती भी है और इससे पेट भी भरता है—खाकर अटंड हो गए। इसमें विटामिनों की भी भरमार है। दूसरे लोग कहाँ पाएँ इसे? अंडा-वंडा तो चाहे जितना खाया जाए, वह पेट में चिपका ही रह जाता है...'

'और यहाँ के मच्छरों को कम समझते हैं? वे भी सबसे आगे हैं।' कोई ख़ुश होकर कह देता है।

लेकिन इतना सब सोचने पर भी मेरा उत्साह और क्रोध पता नहीं कब खिसक गए और मैं अपने को एक बीमार गीदड़ की तरह महसूस करने लगा। यदि पहले का ज़माना होता, तो मैं भी देख लेता। मैं अपने तरकश में दो-चार बेजोड़ तीर हमेशा रखे रहता हूँ, लेकिन इस अजीब से नाटे, पागल और भौं सिकोड़ ज़िलाधीश के सामने मेरी भी हिम्मत नहीं खुलती। इस युग में घुड़सवारी आदि की बातें कैसी अवास्तविक लगती हैं? कौन इतना परिश्रम करेगा और किसमें इतना धैर्य है, आज हर चीज़ के आसान, मानवीय रास्ते निकाल लिये गए हैं। नहीं, चुप बैठने से काम नहीं चलेगा।

मैं कपड़े पहनकर बाहर निकल गया और शहर में दौड़ने लगा; कई लोगों से मिला और उनसे आश्वासन प्राप्त किये। अन्त में पहुँचा एक स्थानीय नेता 'मधुर जी' के पास, जिनसे गाहे-बगाहे कुछ काम निकल जाता है। वह सोकर उठे थे और शर्बत-वर्बत पी रहे थे।

"आओ जी, आओ, "वह देखते ही बोले, "सुनाओ क्या हाल है?"

मैंने सारी बात उगल दी। वह हँसे, "अरे कुछ नहीं...मैं कह दूँगा, वह तो मुट्ठी में है।"

"लेकिन...।"

"लेकिन-वेकिन कुछ नहीं। मैं सब ठीक कर लूँगा। अजीब कच्चे लोग भेज दिये जाते हैं। एक नौजवान मस्ती के साथ देश की सेवा कर रहा है और उसकी टाँग में रस्सी फँसाई जा रही है। मैं आज ही मिलने जानेवाला हूँ, जाते ही फटकारूँगा और हाथ पकड़कर मनचाहा लिखवा भी लूँगा। लोग कहते हैं कि वह किसी की नहीं सुनता, पर मैं उससे अब तक पचास काम करवा चुका हूँ, ठीक पच्चास। आदमी ज़रा झक्की है, पर है नेक।" फिर वह मेरी ओर झुककर बोले, "कल शाम को तुम भी उसके पास चले जाना, पाँच मिनट के लिए, इससे अच्छा रहता है।"

मैं वहाँ से निकला, तो मेरी अधिकांश शंकाएँ दूर हो चुकी थीं और मेरे पाँव फुर्ती से पड़ रहे थे। सिर्फ़ थोड़ी-सी गड़बड़ी ज़िलाधीश की बातें सोचकर ही हो रही थी। जब वह आया, तो किसी को कोई आशंका नहीं थी, बल्कि उसके नाम के आगे जातिसूचक शब्द न लगा होने के कारण बहुत से लोगों ने उसको अपनी-अपनी जाति का ही समझा। लेकिन कुछ दिनों बाद उसने एक अजीब ही रुख अख़्तियार कर लिया। उसने कहा कि दफ़्तरों में लोग समय से आएँगे जाएँगे, सड़कों पर मवेशी खुले नहीं छोड़े जाएँगे और शहर से होकर बहनेवाले नाले को पक्का कराया जाएगा। उसने अचम्भा प्रकट किया कि वर्षों से यह नाला टूटी-फूटी अवस्था में पड़ा है। उसका पानी जगह-जगह जमकर काला और बदबूदार हो गया है, लेकिन क्या बात है कि उसकी ओर किसी का ध्यान नहीं गया? यह हमारे नागरिक जीवन के आलस्य और लापरवाही को प्रकट करता है। इसी नाले की वजह से शहर का पानी ख़राब हो गया है और मलेरिया, फ़ाइलेरिया, घेघा, फीलपाँव आदि रोग यहाँ फैले हैं। जब लोग अपने भाग्य को सुधारने की चिन्ता नहीं करते, तो वे बहुत-सी ग़लत बातों के अभ्यस्त हो जाते हैं और उनको ही अपनी शक्ति समझने लगते हैं।

उसकी यह खरी-खरी बातें लोगों को बहुत बुरी लगीं। विशेष रूप से लापरवाही और आलस्य का आरोप। जब बड़े-से-बड़े नेता और विद्वान यहाँ आकर इस शहर की तारीफ़ कर जाते हैं, तो एक अदना से अफ़सर की यह हिम्मत? बहुत ही जल्दी आटा-दाल का भाव मालूम हो जाएगा। शुरू-शुरू में यहाँ आकर रंगबाज़ी सभी झाड़ते हैं। लेकिन उसने जल्दी ही तेज़ी से कार्रवाई शुरू कर दी।

वह स्वयं सरकारी दफ़्तरों में पहुँच जाता और एक-एक बात का निरीक्षण करता। वह दल-बल के साथ शहर का राउंड लगाना भी न भूलता। अब सरकारी कर्मचारी और अफ़सर बहुत व्यस्त नज़र आते।

कई लोगों के ख़िलाफ़ डिपार्टमेंटल कार्यवाही की गई और बहुत से मवेशी पकड़कर मवेशीख़ाने में बन्द कर दिये गए। एक आरामदेह, निश्चिन्त और ढली-ढलाई ज़िन्दगी में खलल पड़ने लगा। लेकिन सबसे अधिक बवंडर उस समय खड़ा हो गया, जब नाले की मरम्मत शुरू हो गई। नाले पर जहाँ-तहाँ पत्थर की पट्टियाँ रखकर दूकानें खड़ी कर ली गई थीं। क्या इन दूकानों को हटाना पड़ेगा? यह

राष्ट्रीय व्यापार-धन्धों पर एक धोखा भरा प्रहार है। इसको बरदाश्त नहीं किया जाएगा; कई प्रतिनिधिमंडल ज़िलाधीश से मिले। कई सभाएँ हुईं। दो-तीन जुलूस भी निकले। सरकार के पास काग़ज़ी घोड़े प्रेषित किये जाने लगे। अख़बारों में कुछ आक्रोश-भरे पत्र छपे। लेकिन वह कुछ नहीं बोला और चुपचाप दृढ़तापूर्वक काम बढ़ाता गया।

कुछ ही दिनों में सड़कें साफ़ नज़र आने लगीं और दफ़्तरों में काम-धाम भी होने लगा। इसके बाद साधारण लोगों में उसकी तारीफ़ें भी होने लगीं और उसकी दिलेरी के कुछ अजीब-अजीब क़िस्से भी उड़ने लगे। प्रशंसक तो मैं भी हूँ, लेकिन क़ानून के एक-एक नियम को बिना सोचे-समझे कार्यान्वित करना कहाँ की अक्लमन्दी है?

ख़ैर, मैं दूसरे दिन ज़िलाधीश से मिलने कचहरी की तरफ़ गया। बड़ी मस्त हवा चल रही थी। कचहरी के अहाते में मैंने एक नाटे और तगड़े व्यक्ति को बेंत हिलाते हुए एक बकरी को दौड़ाते हुए देखा, जो भीतर घुसकर फूल-पत्तियों को चर रही थी। मुझे हँसी आ गई। मैंने ग़ौर करके उस आदमी को देखा और मेरे शरीर का ख़ून अचानक सूख गया। वह ज़िलाधीश ही था। पता नहीं कैसे, यह ख़याल मेरे दिमाग़ में उत्पन्न हुआ कि यह पागल आदमी कहीं लपककर मेरी पीठ पर दो-चार बेंत न जमा दे।

मेरे मुँह से धीरे-से एक कराह की पतली आवाज़ निकल गई, "ऊँह!"

मैं प्रशंसनीय फुर्ती से छटककर सड़क की दूसरी पटरी पर चला गया और दुबक कर लौट चला। मैं बेहद घबरा गया और मेरे हाथ-पाँव फूलने लगे; काश, आज मैं घुड़सवारी जानता या उसको सीख सकता! लेकिन कोई काम परिश्रमपूर्वक सीखने-समझने की मेरे पास न हिम्मत है न इच्छा। मैंने जीवन को दूसरे ढर्रे पर चलाया है और ख़ूब चलाया है। जब सारी दुनिया यही कह रही है, तो आज मैं घोड़े-टट्टू पर चढ़ने जाऊँ? मैं दौड़ा-दौड़ा मधुर जी के पास फिर पहुँचा। मैंने झूठ-मूठ कहा कि ज़िलाधीश से मुलाक़ात नहीं हुई और वह मुझको लेकर उनके पास चलें।

"मैंने कह दिया है। पूरी बातचीत हो चुकी है। रस्मी तौर पर मामूली टेस्ट होगा और सर्टिफ़िकेट दे दिया जाएगा। तुम इतना घबराए हुए क्यों हो? तुम घुड़सवारी तो जानते हो न?"

'नहीं जानता हूँ' यह कहना हेठी की बात लगी। मैंने टीप छोड़ी, "आती है, पर इधर कुछ भूल-सी गई है।"

"भूल गई है? ख़ैर, किसी मामूली घोड़े पर दो-चार दिन चढ़कर अभ्यास कर लो। घोड़े पर चढ़ने में है क्या? बस, थोड़ी हिम्मत चाहिए। ख़ैर, मैं तो कह ही चुका हूँ, मैं हर हालत में तुम्हारा काम करा दूँगा।"

मैं निश्चिन्त हो गया। इसके बाद फिर दिन मस्ती में कटने लगे। जब तीन-चार दिन रह गए तो, मैंने बनिया के एक लद्दू घोड़े पर रात के अँधेरे में अभ्यास करने की कोशिश की। मेरा नौकर घोड़े की लगाम पकड़कर आगे-आगे चल रहा था।

बस काम चलाने के लिए काफ़ी है। रविवार के दिन घुड़सवारी की परीक्षा हुई, जिसके लिए मेरा एक और साथी भी बुलाया गया था। वह बहुत प्रसन्न था; उसने हँसकर कहा कि उसके जीजा जी सब-इंस्पेक्टर ऑफ़ पुलिस हैं और उनके घोड़े पर उसने लम्बी-लम्बी सैर की है। 'मैं तो वह आदमी हूँ कि बदमाश-से-बदमाश घोड़े को बैल की तरह सीधा और हुक्मपरस्त बना दूँ,' उसने दृढ़ विश्वास प्रकट किया।

आकाश पर हल्के बादल जमे थे और शीतल हवा चल रही थी। दुर्भाग्य की यह बात थी कि अशोक वृक्षों के नीचे कुछ ऐसे दर्शक एकत्रित हो गए थे, जिनको मनोरंजन की सदा ज़रूरत रहती है। ज़िलाधीश कचहरी के एक बरामदे में दो-तीन अफ़सरों के साथ खड़े थे। सामने एक बड़ा मैदान था, जिसकी बाईं ओर एक झाड़ी थी और जिसके आगे काँटेदार तार लगा था। मेरी घबराहट उस समय और बढ़ गई, जब मैंने घोड़े का दर्शन कर लिया। एक पुलिस के सिपाही ने लगाम पकड़कर ज़िलाधीश के सामने उसको लाकर खड़ा कर दिया था। घोड़ा क्या, पूरा जिर्राफ था, जिसके दोनों ओर रक़ाब झूल रहे थे। हे असरण-शरण, आज क्या होगा?

"मिस्टर अवधेशचन्द्र!" ज़िलाधीश ने पुकारा।

मेरा साथी उठकर फुर्ती से इस तरह बढ़ा, गोया ओलम्पिक की प्रतियोगिता में भाग लेने के लिए मैदान में जा रहा हो। वह सचमुच रक़ाब पर पैर रखकर झटपट चढ़ गया। फिर उसने एड़ लगाई या क्या किया कि घोड़ा दौड़कर मैदान में पहुँचा और पिछली दोनों टाँगों पर खड़ा होने के बाद दाहिनी ओर भाग चला तथा कुछ ही क्षणों में दृष्टि से ओझल हो गया। लगा, जैसे फ़िल्म के पर्दे पर कोई सकपकाया हुआ डाकू घोड़ा दौड़ाते हुए निकल गया हो। ज़िलाधीश आँखें फाड़कर उधर देखता रह गया। यह सहज कल्पना की जा सकती है कि उस समय मेरी क्या हालत हुई होगी। पता नहीं किस बुरी साइत में इस नौकरी में आया! इससे तो अच्छा होता कि मैं किसी दफ़्तर में कलम घिसटता होता या बेकार ही रहता!

"देखो, घोड़ा किधर गया है?" ज़िलाधीश ने कहा।

इसके बाद पुलिस के दो नौजवान सड़क की ओर दौड़ते हुए गए और लगभग आधा घंटे बाद घोड़े को लगाम पकड़कर ले आए। मेरा साथी अब भी युद्ध में हारे हुए किसी ऐतिहासिक राजा की तरह उस पर सवार था। उसका मुँह एक ख़ूब पके हुए टमाटर की तरह लाल था और वह एक शब्द भी नहीं बोला।

"मिस्टर बलवीर!"

मैं मन में जल्दी-जल्दी महावीर जी का जाप कर रहा था, लेकिन जब घोड़े की ओर चलने लगा, तो यह भी भूल गया। मेरा शरीर अकड़ गया था और छाती काफ़ी निकल गई थी, गोया मैं बहुत मशहूर घुड़सवार हूँ। पहले मैंने घोड़े की लगाम पकड़कर रक़ाब पर पैर रखने की कोशिश की, लेकिन घबराहट में वह धुँधला-धुँधला-सा नज़र आया और उस पर पैर जमा नहीं, जिससे वह पेंडुलम की तरह हिलने लगा।

मैं अब एक शिकारी के पोज़ में इन्तज़ार करने लगा कि रक़ाब स्थिर हो, तो उस पर फिर पैर जमाऊँ। मैंने जब फिर कोशिश की, तो फिर वैसा ही हुआ और अब की मेरा पैर ज़मीन पर थप-से नीचे गिर गया; मैं पसीना-पसीना हो गया और मेरा चेहरा बेहद गर्म महसूस होने लगा, गोया बटलोई से भाप निकल रही हो। जब दो बार और ऐसा प्रयास करने पर रक़ाब न सँभला, तो मेरे साथी ने अधिक अनुभवी होने का फ़ायदा पहुँचाने के लिए घोड़े की दूसरी ओर जाकर हाथ से पकड़कर उधर से रक़ाब को स्थिर कर दिया। इस पर मुझमें पता नहीं कैसा विश्वास उत्पन्न हो गया और मैं रक़ाब पर अपना पैर ज़माने में सफल हो गया।

"मैदान में जाकर घोड़े को पन्द्रह मिनट तक दौड़ाइए ठीक सामने।" ज़िलाधीश ने आदेश दिया।

उस समय मुझे ऐसा लग रहा था, मानो मुझे एवरेस्ट की चोटी पर बिठा दिया गया हो। समस्या यह थी कि लगाम खींचने के अलावा मैं क्या करूँ! और ज़ोर से खींचना या कोई और अनुभवहीन हरकत करना भी ख़तरे से ख़ाली नहीं था। यदि घोड़ा सरपट भाग चला, तो मैं यहीं रह जाऊँगा और वह अकेला ही नज़र से ग़ायब हो जाएगा। ख़ैर, ग़नीमत यही थी कि मेरे होंठ असाधारण विश्वास के प्रदर्शन के लिए एक-दूसरे से काफ़ी मज़बूती से सटकर आगे की ओर निकल गए थे। पर घोड़ा चल क्यों नहीं रहा है?

मैंने कनखी से ज़िलाधीश की ओर देखा। वही पत्थर की मूर्ति! मैंने धीरे-से घोड़े को पुचकारा और टिक-टिक किया, पर वह अब भी जहाँ-का-तहाँ खड़ा रहा, जैसे वह मेरी स्थिति से पूरी तरह वाकिफ़ हो और मुझसे मन-ही-मन सहानुभूति कर रहा हो। यदि सचमुच ही ऐसी बात है तो मैं इसके लिए उसका कृतज्ञ था।

मैंने लगाम को सँभालकर थोड़ा और खींचा। पैरों को भी हिलाया। अब की घोड़ा धीरे-धीरे आगे बढ़ा कबूतर की तरह, लेकिन दस क़दम ही चलकर वह कचहरी की दीवार से सटकर खड़ा हो गया। उसका मुँह दीवार सूँघ रहा था और मेरा पैर घोड़े और दीवार के बीच में पूरी तरह दब गया था, जैसे चक्की के दो पाटों के बीच में कोई गाजर। कोई दूसरा अवसर होता तो मैं चिल्ला पड़ता, मगर इस समय मैंने सराहनीय सहनशीलता का परिचय दिया।

घोड़ा अब टस-से-मस होने का नाम ही नहीं ले रहा था। मैंने उसे बहुत पुचकारा और लगाम हिलाया, पर बेकार! फिर मैं बहुत ही सँभालकर उसके लगाम की बाईं रस्सी को ढील देने के बाद दाईं रस्सी को धीरे-धीरे अपनी ओर खींचता गया, जब तक कि उसका मुँह पीछे घूम न गया और वह स्वयं भी घूमने को मजबूर न हो गया।

वह फिर धीरे-धीरे शरीफ़ व्यक्ति की तरह चलने लगा। मैंने अब अपनी मुस्तैदी और कुशलता का आभास देने के लिए अपनी रानों को घोड़े की पीठ पर दबाने की कोशिश की, जिससे मेरा बायाँ पैर पहले रक़ाब पर दबकर फैल गया;

उसका फैलना था कि दायाँ पैर भी उसी अनुपात में दूसरी तरफ़ फैल गया; और इसके एक क्षण बाद ही मेरे दोनों हाथ भी रस्सियों-सहित वैसी ही दूरियाँ बनाते हुए दोनों ओर डैनों की तरह फैल गए। यह सब अपने से हो गया और इस पर मेरा कोई वश नहीं था। उस समय ऐसा प्रतीत हो रहा था, जैसे मैं किसी सर्कस के एरिया में घोड़े की पीठ पर बैठकर कोई विश्व-दुर्लभ कमाल दिखा रहा होऊँ।

"शाबास!" अशोक के वृक्षों के नीचे से कोई चिल्लाया।

घोड़ा उसी चाल से चलता रहा। उसने मैदान पार किया और अशोक के एक वृक्ष के नीचे आकर इस तरह खड़ा हो गया कि मेरा पूरा मुँह एक झुकी हुई डाली की पत्तियों में छिप गया। सिर यथाशक्ति पीछे ले जाने पर भी स्थिति में विशेष परिवर्तन की गुंजाइश नहीं थी। ख़ैर, यह तो मैं अवश्य कहूँगा कि ऐसा दयावान घोड़ा मैंने कभी नहीं देखा, अन्यथा उसके आगे बढ़ने पर मेरे मुँह की जो दशा होती, इसकी सहज ही कल्पना की जा सकती है।

मेरी नाक कुछ देर तक पत्तियों की गन्ध खींचती और निकालती रही। आसपास से शोर उठ रहा था। इसके बाद फिर मैंने लगाम को पहले की तरह पीछे की ओर खींचा, जिस पर घोड़ा घूमकर फिर उसी चाल से चलने लगा। अबकी वह झाड़ी के पास पहुँचकर उससे सटकर चलने लगा। मेरा बायाँ पैर झाड़ी के नुकीले डंठलों एवं तार के काँटों से घिसटने लगा। पता नहीं किस जन्म का वैर यह घोड़ा निकाल रहा था! मेरी पैंट कई जगह फट गई और जाँघ में एक-दो काँटे भी गड़ गए।

कुछ दूर चलकर वह चुपचाप खड़ा हो गया। मैंने फिर उसका लगाम खींचा। अब की वह घूमकर ज़िलाधीश की ओर बढ़ा और कुछ ही देर में उसके सामने खड़ा हो गया। मेरा सिर झुका हुआ था। मैंने कुछ देर तक इन्तज़ार किया कि ज़िलाधीश आदेश दे, तो उतरूँ, लेकिन वह सीधा खड़ा रहा। जब पाँच मिनट तक आदेश नहीं आया, तो मैंने स्वतंत्र व्यक्तित्व का परिचय देने का निश्चय करके बायें पैर को रक़ाब पर जमाकर दाएँ पैर को उठाकर नीचे उतरना चाहा कि ज़िलाधीश चिल्लाया।

"डोंट गेट डाउन।"

मैंने फ़ौरन ही इस आदेश का पालन करने का फ़ैसला कर लिया और उसके लिए उठे हुए दाएँ पैर को फिर वापस ले जाना चाहा, लेकिन धनुष से छूटे हुए बाण की तरह वह आश्चर्यजनक गति से नीचे आ गया और मैं ज़मीन पर खड़ा नज़र आया।

ज़िलाधीश ने बहुत धीरे-से कहा, "आप दोनों अब जा सकते हैं।"

मैंने सोचा था कि वह फटकारेगा, लेकिन इस स्वर ने मुझमें अनन्त आशाएँ जगा दीं। मुझे मधुर जी की बातें याद आ गईं और मुझे पूर्ण विश्वास हो गया कि मैं पास हो गया। अपने साथी के बारे में मैं निश्चित रूप से कुछ नहीं कह सकता। किन्तु दो दिन बाद ही ज़िलाधीश का एक पत्र मिला, जिसमें मेरी असफलता की सूचना देने के बाद फिर दो महीने बाद परीक्षा लेने की घोषणा की गई थी।

मेरी निराशा का अन्त नहीं था। दुख इसी बात का था कि मैं अभी तक कभी भी असफल नहीं हुआ था। लेकिन भगवान जिसकी रक्षा करना चाहता है, उसको कोई नहीं मार सकता। दो महीने बीतने के पहले ही पता नहीं क्यों, ज़िलाधीश का अचानक तबादला कर दिया गया। दूसरे ज़िलाधीश ने बिना परीक्षा के ही मुझे एक बहुत प्यारा सर्टिफ़िकेट दिया, जिसमें एक वाक्य यह था—'वे एक मँजे हुए घुड़सवार हैं।' इसको कहते हैं सूझबूझ। मैं फूलकर कुप्पा हो गया। शाम को दावत उड़ी। रात में भी कुछ देर ख़ूब सुख की नींद आई। लेकिन बाद में मैंने एक अजीब सपना देखा। कचहरी के मैदान में खड़ा हूँ। अचानक मैं एक घोड़ा बन जाता हूँ। इसके पश्चात् वही नाटा और भौं सिकोड़ू ज़िलाधीश मेरे पास आता है और फुर्ती से मेरी पीठ पर बैठ जाता है। मैं सरपट भाग चलता हूँ...।

इसके बाद मेरी नींद खुल गई और मैं हड़बड़ाकर बैठ गया। मैं पसीने में नहाया हुआ था। मेरी साँस फूल रही थी। मैंने अपनी देह को छुआ और इधर-उधर देखा! नहीं, कुछ नहीं था। कैसा ग़लत, वाहियात और असम्भव सपना है!

काली छाया

एक काली छाया उस ओर बढ़ रही थी। भादों की अँधेरी रात। ऊपर आकाश एक टोप की तरह फैला था, जिसमें तारे जुगनुओं की तरह चमक रहे थे। जीने के पास दो खाटें पड़ी थीं पतली और गहरी। एक पर सोलह या सत्रह वर्ष की एक लड़की सोई थी। देह कोमल और पुष्ट। वह एक मैली-कुचैली साड़ी पहने थी। टाँगें नंगी घुटनों से कुछ ऊपर तक। उसके खुले बाल नीचे लटक रहे थे और उभरी छातियाँ निःशब्द साँसों पर लहरों की तरह उठ-गिर रही थीं।

दूसरी खाट पर लगभग पचास वर्ष की एक अधेड़ स्त्री थी, अकेली नहीं, बल्कि एक तीन वर्षीय बच्चे के साथ, जो काला भुजंग और नंगा था। सारे मोहल्ले में बड़ी जातियों और कुछ ग़रीब जातियों के लोग इसी तरह अपने घरों के सामने चारपाइयाँ निकालकर सोए थे।

वह काली छाया जवान लड़की की खाट के पास पहुँचकर खड़ी हो गई। चारों ओर अन्धकार झनझना रहा था। छाया लड़की पर झुकी। उसने पहले आँखें फाड़-फाड़कर लड़की को निहारा—उसके चेहरे को तथा उठती-गिरती छातियों और अधनंगी, चिकनी टाँगों को भी।

फिर उसने अपना दाहिना हाथ लड़की की गर्दन पर इस तरह रख दिया कि दो कनिष्ठ अँगुलियाँ उसके कपोल पर काँपने लगीं। देह हिलने पर भी लड़की नहीं जगी। उसके मुँह से शायद 'ॐ' की संक्षिप्त आवाज़ निकली और अन्त में करवट बदलकर उसने मुँह दूसरी ओर कर लिया।

काली छाया खड़ी हो गई। कहीं कुछ नहीं...सिर्फ़ मच्छरों की भनभनाहट। छाया फिर झुकी। लड़की कुनमुनाई...।

"चोर...र...!" अचानक दूसरी खाट पर से अधेड़ स्त्री उछलकर खड़ी हो गई और छाती पर हाथ पीटकर उत्तेजित, हकलाए स्वर में चिल्ला उठी, "चोर!...हाय मेरी बेटी की हँसुली...दौड़ो...ऐ सुरसती के बाबू...!"

काली छाया फुर्ती से तन गई, जैसे किसी क्रुद्ध करइत साँप ने फन काढ़ लिया हो। उसका चेहरा चारों ओर घूम गया...चारपाइयाँ-ही-चारपाइयाँ! उसने लपककर अधेड़ स्त्री के मुँह पर हाथ रख दिया।

परन्तु ठीक ऊपर, खुली छत पर, सुरसती के बाबू की नींद खुल गई थी। उसने झाँककर नीचे देखा। उसकी बुद्धि तेज़ थी और शरीर मज़बूत; इसलिए यह सोचकर कि उसकी पत्नी का कोई गला घोंट रहा है, उसने एक क्षण की देर किये बग़ैर वहीं से नीचे छलाँग लगाई। उसका निशाना अचूक था और वह फ़ौरन से पेश्तर एक निपुण घुड़सवार की तरह काली छाया की पीठ पर नज़र आया। हाँ, इस प्रयास में उसकी बाईं टाँग का नरहर सुरसती की माँ के मुँह से जा लगा, जिसके कारण उसको तत्क्षण कुछ विशेष गालियाँ भी सुननी पड़ीं।

हंगामा मच गया। लोग अपनी चारपाइयों से उठकर आँखें मलते हुए दौड़े—उन सैनिकों की तरह जो ख़तरे का बिगुल बजने पर अपने शिविरों से भरभराकर निकल पड़ते हैं। अब सुरसती के बाबू का क्रोध खूँटा तुड़ाए भैंसे की तरह उन्मुक्त हो गया। वह उछल-उछलकर उस काली छाया को मारते हुए गरज़ने लगा :

"तू कौन है बे? हरामी, साले! तेरी यहाँ आने की हिम्मत कैसे पड़ी? अब भी तेरे जैसे चार-पाँच को काँख में दाबकर कोसों दौड़ जाऊँ...पुरानी हड्डी है बेटा! क्या तूने नहीं सुना था कि रघुवीर पर क़तल का मुक़दमा चला था...वही रघुवीर ग्वाला हूँ मैं...साले,...सच-सच बता....!"

परन्तु दुर्भाग्य से उसको क़त्ल करने का अवसर नहीं दिया गया और मोहल्ले के दो नौजवानों ने आगे बढ़कर उस काली छाया को हिरासत में ले लिया तथा शेष लोग उसके चारों ओर घेरा बनाकर खड़े हो गए, गोया मदारी का खेल देख रहे हों। एक सज्जन अपने साथ टार्च भी ले आए थे, जिसकी रोशनी भुक-भुक जलकर अपने सीमित उद्देश्य को पूरा करने लगी।

वह काला नहीं था...हल्का साँवला रंग, उम्र बीस-बाईस और शरीर लम्बा परन्तु पतला। वह एक कत्थई रंग की लुंगी और फटी बनियान पहने था। मुँह चपटा और आँखें छोटी-छोटी। मार पड़ने से उसके बाल अस्त-व्यस्त हो गए थे और होंठों से ख़ून बह रहा था, फिर भी वह क्रोध में भीड़ को इस तरह देख रहा था, जैसे कच्चा ही चबा जाएगा।

"कौन है बे तू? मोहल्ले में चोरी करने की तेरी हिम्मत कैसे पड़ी?" किसी शरीफ़ व्यक्ति ने पूछा।

"चोरी-वोरी मैंने नहीं की।" उसने देह ऐंठ और गर्दन झटककर उद्धत भाव से उत्तर दिया।

"तो क्या तू यहाँ तीरथ करने आया था? सच-सच बता देगा तो हम छोड़ देंगे, नहीं तो समझ ले...।"

"साहब...मैं घर जा रहा था...अँधेरा बहुत था...तो...तो रास्ता भटक गया और खाट से लड़ गया...!"

"झूठ! सफ़ेद झूठ!" रघुवीर आगे बढ़कर हाथ भाँज-भाँजकर चिल्लाने लगा, "साले को मैंने अपनी आँखों से सुरसती की हँसुली में हाथ लगाते देखा। कितनी मुश्किल से वह हँसुली बनी है...कई साल से इकट्ठा करते-करते...।"

"मारो साले को! ये लोग बिना अच्छी कुटुम्मस के कुछ भी नहीं बताते," कोई चिल्लाया।

सभी ने इसका समर्थन किया और भीड़ में से चार-पाँच व्यक्ति निकलकर उसे पीटने लगे—बुरी तरह। स्थान की परवाह किये बग़ैर वे हाथ-पैर चला रहे थे। उसने सचमुच पहले मार को बहादुरी से बरदाश्त करने की कोशिश की। कभी वह बाईं ओर झुक जाता और कभी दाईं ओर...और कभी वह मारनेवालों को घूरता, वनमानुष की तरह। फिर अचानक वह ज़ोर से चिल्ला पड़ा, "अरे मार डाला रे...!"

मारनेवालों के हाथ सहसा रुक गए। सचमुच उन्होंने विश्वास नहीं किया था कि ऐसा बदमाश आदमी इतने दयनीय स्वर में क्रन्दन कर सकता है।

"अच्छा तो सच-सच बता कि कहाँ का रहनेवाला है?"

"क्यों आया था तू यहाँ?"

"शहर का है या किसी गाँव-देहात का?"

"अरे अभी और मारिए साहब...जमकर पिटाई कीजिए...अगर इस तरह छोड़ दिया जाएगा, तो आगे चलकर यही हमारे-आपके घर में सेंध लगाएगा। इसको ऐसा खाने-भर को दे दीजिए कि आइन्दा इधर पैर रखने की हिम्मत भी न करे...।" किसी विज्ञ ने राय दी।

उस पर फिर तेज़ी से प्रहार होने लगे, जैसे स्विच दबाने से कोई चक्की चलना शुरू हो जाए। वह फिर डाँक-डाँक चिल्लाने लगा। इसके अलावा वह और कुछ बताने का नाम भी नहीं लेता था।

अब निष्क्रिय खड़े लोगों में से कुछ धीरे-धीरे बातें करने लगे। आजकल शहर में पूरब से डाकुओं का एक दल आया है, इसीलिए आसपास के गाँवों में डकैतियाँ पड़ रही हैं। शहर में चोरियाँ बढ़ने का यही कारण है। साफ़ बात तो यह है कि पुलिस चोर-डकैतों से मिल गई है...अगर पुलिस ईमानदार हो तो यहाँ एक भी चोरी न हो।...कुछ वर्ष पहले यहाँ एक ऐसा ज़बरदस्त कोतवाल आया था कि एक हफ़्ते की कार्रवाई के बाद सभी अपराधी ज़िला छोड़कर भाग गए...।

"इसको पुलिस के हवाले कीजिए, साहब! पुलिसवाले ही इनसे निपट पाते हैं...मैं अपनी आँखों से सब कुछ देख चुका हूँ।" कोई चिल्लाया।

कई लोगों ने उनका समर्थन भी किया। निस्सन्देह मारनेवाले और खड़े होकर तमाशा देखनेवाले थक गए थे। साथ ही उन्होंने पिटाई की व्यर्थता महसूस भी कर ली थी। ऐसे भयंकर अपराधी इस तरह थोड़े क़ाबू में आते हैं?

पहले उन्होंने यह सोचा कि कोई जाकर पुलिस को यहीं बुला लाए, लेकिन जब उनको यह ख़याल आया कि इसके लिए भी किसी को सचमुच कोतवाली जाना ही पड़ेगा, तो वे चिन्ता में पड़ गए। फिर यह निश्चय किया गया कि तीन-चार व्यक्ति चोर को ही कोतवाली ले जाएँ। कौन जाए? एक तगड़े व्यक्ति से कहा गया, तो उसको सहसा पेट में दर्द होने लगा। इसके बाद तो कई लोगों ने यह राय दी कि इस समय कोतवाली ले जाना ठीक नहीं है, क्योंकि यहाँ की पुलिस ग़ैर-ज़िम्मेदार है और इस समय वहाँ कोई मिलेगा भी नहीं...मौज़-पानी ले रहे होंगे। इसके अलावा कोतवाली यहाँ से दूर है और बीच का रास्ता सुनसान भी पड़ता है, अतएव डर है कि चोर के साथी हमला करके इसको कहीं छुड़ा न लें।

"फ़िलहाल इसको इस पेड़ में रस्सी से बाँध दीजिए...सवेरे पुलिस को दे देंगे।" किसी ने जमुहाई लेते हुए रास्ता सुझाया।

इस उपाय को सभी ने पसन्द किया। वहाँ से पचास-साठ क़दम की दूरी पर एक शीशम का पेड़ था। लोगों का उत्साह इतना बढ़ गया कि वह कुछ ही देर में पेड़ के तने से चिपका नज़र आया, जैसे किसी अजगर ने उसको ऊपर से नीचे तक लपेट लिया हो।

सभी अपने शिविरों में ग़ायब हो गए...अब चारों ओर सिर्फ़ खाटें-ही-खाटें नज़र आ रही थीं। जीने के पास की उन दोनों खाटों के पास एक और खाट पड़ गई थी...सुरसती के बाप की।

वैसी ही ख़ामोशी! घना अँधेरा! दूर से कुछ कुत्तों के भौंकने की आवाज़ सुनाई दे रही थी। वह कुछ देर तक रोता रहा...बुद-बुद-बुद-बुद...जैसे किसी पोखरे में बुलबुले उठ रहे हों। फिर वह ख़ामोश हो गया। कुछ देर बाद उसकी देह तन गई, प्रश्न-चिह्न की तरह। अब वह अजगर से लड़ने लगा, शरीर को बाएँ और दाएँ से ऐंठते हुए। काफ़ी देर तक उसने कोशिश की और अन्त में थक गया।

उस पर काफ़ी मार पड़ चुकी थी। उसका शरीर कई जगह से फट गया था। उसके दाँत और नाक से ख़ून बह रहा था। उसकी बनियान फट गई थी...विशेष रूप से दाहिनी आस्तीन चिथड़ी-चिथड़ी हो गई थी।

रात गुज़रने लगी। हवा कुछ तेज़ हो गई। कभी-कभी सड़क पर धूल उड़ जाती। दूर कहीं एक मुर्गा बोला। पूर्वी क्षितिज पर एक हल्का उजाला पुतने लगा। वह अब अपने सिर को नीचे गाड़कर धीमे-धीमे बड़बड़ाने लगा, "धोखा...धोखा... देख लिया...ससुर दिन-भर का चक्कर...।"

वह न मालूम क्या-क्या बोलता रहा। क्षितिज का उजाला और चटक हो गया। दो आदमी हाथ में लोटा लिये उधर ही आते नज़र आए। पास आकर वे रुक गए। परन्तु उनको बड़ा आश्चर्य हो रहा था। रात के समय जिसको उन्होंने दैत्य से कम भयंकर नहीं समझा था, वही अब बहुत ही दयनीय प्राणी मालूम हो रहा था।

गाल की हड्डियाँ कैसी उभरी हैं! आँखें एकदम धँसी हुई हैं। चोर कहीं ऐसा भी होता है? रात के भय की समाप्ति और अच्छी नींद के बाद अब पावन प्रभात में उनके दिल उदारता, करुणा, और पश्चाताप से भर गए थे।

"उँहु...चोर नहीं है यह।"

"कैसा चोर, साहब?...मैं तो उसी समय यह कह रहा था...।"

"छोड़ देना चाहिए...बेकार में...

उन्होंने अपने सिर हिलाए शायद दयापूर्वक। फिर वे घूमकर तेज़ी से अपने गन्तव्य की ओर बढ़ गए। उसने एक क्षण तक उनको जाते देखा। अचानक बहुत ज़ोर-ज़ोर से चिल्लाने लगा, अब कोई आए सामने तो बताऊँ...चोर होगे तुम... तुम्हारे बाप-दादा...! मैं अपनी मेहनत की कमाई खाता हूँ। जिसको सुनना हो सुन ले...इसी शहर में एक हफ़्ते तक भूख से तड़पता रहा...पर किसी साले के सामने हाथ नहीं फैलाया। अब इसी शहर में रिक्शा चलाता हूँ...जिसको जो कुछ करना हो, कर ले। जो कभी चोरी की हो, तो मुझे कोढ़ फूटे। ग़रीब हूँ तो क्या...मेरा दिल राजा है...चलेगा मेरे साथ कोई...मैं उसको घर पर रखकर महीनों मुफ़्त खिलाऊँगा... है कोई माई का लाल!"

वह ख़ूब गरज़-तड़प रहा था, जैसे किसी फ़िल्म का मज़दूर नेता कोई क्रान्तिकारी भाषण दे रहा हो। अन्धकार काफ़ी झीना पड़ गया था और उसके चेहरे की रेखाएँ उभर रही थीं।

मोहल्ले से कुछ और लोग आकर रुक गए। उनको विश्वास ही नहीं हो रहा था कि इसी को उन्होंने पीटा था। यह तो एक इनसान...एकदम साधारण और दयनीय।

"साहब, यह तो ग़लत है...।"

"हाँ, चोर होता तो क्या यही घर रह गया था?"

"बेकार में बहुत मार खा गया।"

"खोल दीजिए रस्सी...।"

"चलिए-चलिए...सवेरे ही मुझे एक जगह जाना है...।"

वे जब चले गए, तो वह और ज़ोर-ज़ोर से गरज़ने लगा, "इस मोहल्ले पर बज्जर गिरे! सबका नाश होगा...मैं चोर हूँ? हे ईश्वर, इसका बदला देना। मैं कहता हूँ...तुम सभी नरक में जाओगे। मैं एक-एक घर की बात जानता हूँ। दूसरों का गला काटकर तुमने ऊँचे-ऊँचे घर बनवाए हैं। ख़ुद चोर हो...चोर...हे ईश्वर...हे ईश्वर...।"

सचमुच उसका मुँह ग़ुस्से से ख़ूब लाल हो गया था। आँखें सिकुड़ गई थीं। वह जैसे सारे मोहल्ले को खड़े ही निगल जाएगा। और कभी सिर को ऊपर उठा कर आकाश की ओर निहार लेता, गोया वह ईश्वर के आने की प्रतीक्षा कर रहा हो।

मोहल्ले के लोग जग गए थे। वे अब उसके सामने आकर खड़े हो गए थे। सभी अचम्भे से देख रहे थे और कुछ मुस्करा भी रहे थे।

वह अब आकाश की ओर मुँह करके किसी दार्शनिक की तरह बोला, "कलियुग आ गया है, यह शहर नर्क में जाएगा....यहाँ कभी थूकने भी नहीं आऊँगा, मथुरा विरिन्दावन चलकर बसूँगा...सबको कोढ़ फूटेगा...अंग-अपंग गलेगा...अपने किये का फल मिलेगा...सभी धोखेबाज़ हैं...झूठे...बेईमान...!"

वह आँय-बाँय-साँय धारा-प्रवाह बोल रहा था। भीड़ में सभी मुस्करा रहे थे काँपते होंठों में। वे सचमुच मन-ही-मन पश्चाताप कर रहे थे...कुछ लोग धार्मिक और नैतिक रूप से डर भी गए थे, विशेष रूप से सुरसती का बाप! और कुछ लोग इसलिए भी भय खा रहे थे कि कहीं वह पुलिस से पकड़वा न दे...ऐसे लोगों की आँखें बड़ी तेज़ होती हैं।

"छोड़िए साहब...खोल दीजिए इसकी रस्सी। यह चोर-वोर नहीं है...।" किसी ने ग़ुस्से में कहा।

"हाँ-हाँ छोड़िए...देश के लोग भूखों मर रहे हैं...।"

इस अन्तिम वाक्य का सभी पर बहुत गहरा असर पड़ा और कुछ लोगों ने दया, परोपकार आदि की भावनाओं से उत्साहित होकर उसकी रस्सी खोल दी।

वह सहसा चल न सका। उसके पैरों में झिनझिनी पड़ गई थी। दो क़दम बढ़कर वह खड़ा हो गया।

"कुछ खाने को दे दो बेचारे को।" कोई दयापूर्ण स्वर में बोला, "चाय पिओगे, भाई?"

सहसा उसने बहुत ही ज़ोर से 'थू' की आवाज़ करते हुए ज़मीन पर थूका और भीड़ को घूरकर तेज़ी से चलता बना, शान से, छाती आगे निकाले हुए।

कुछ लोग हँस पड़े। फिर भीड़ छँट गई। कुछ देर में लोग उस घटना को भूल भी गए।

लेकिन जीने के पास जो कोठरी थी, उसमें एक जवान लड़की ज़मीन पर सिर पटक-पटककर बुरी तरह रो रही थी...

प्रैक्टिस

बिहारीलाल पान की दूकान के आश्रय से बाहर निकलकर सिर के ऊपर फटे आसमान को देखते हुए सड़क पर आ गए। पानी बरसकर पश्चिम की ओर भाग गया था। तेज़ हवा से पेड़ों की पत्तियाँ सरसरा रही थीं। घर से चलने के बाद उनको इसी तरह एक जगह और रुकना पड़ा था। तीन-साढ़े तीन का समय। उन्होंने झोल और सिकुड़नेवाली वही पुरानी शेरवानी पहन ली थी, जो कचहरी-भर में कुख्यात थी। पान की पीक के छोटे-छोटे छींटों से युक्त अपने मटमैले-से पैजामे को ऊपर उठाते हुए वे कीचड़ भरे मार्ग पर क़दम सँभाल-सँभालकर चल रहे थे, जिससे उनका मोटा, थुलथुल शरीर तेज़ न चल सकने के कारण झटके नहीं खा रहा था। उनके चेहरे पर झुर्रियाँ और लकीरें उभर आई थीं, गोया काली मिट्टी सूखने पर चिटक गई हो। उनके गालों में कटोरियाँ बन गई थीं। वस्तुतः वे अपनी ऐसी उम्र पर पहुँच गए थे, जब वे बार-बार थूककर विचित्र ढंग से मुँह सिकोड़ लेते, जिससे उनकी ठुड्डी और नाक मिल जाती और उनकी बिच्छूनुमा मूँछें ऊपर तन जातीं।

उन्होंने बाईं ओर थूका। अखिलानन्द की बातें सोचकर वे अंडे की तरह उबल रहे थे। क्या पराजय और असमर्थता की हालत में ऐसा ही होता है? पिछले दो-तीन वर्ष से वे कभी-कभी इसी तरह दीये की तरह भकभकने लगते थे। इस समय उनके अन्दर क्रोध और उत्साह दोनों ही थे, जो एक-दूसरे को उत्तेजित कर रहे थे और उनके शरीर की खचड़ा गाड़ी को ठेलकर आगे भी बढ़ा रहे थे। अखिलानन्द ने उनके मार्केट को भरभष्ट कर दिया था। आज शहर के बुज़ुर्ग वकील जब सुख और इज़्ज़त की ज़िन्दगी बिता रहे हैं, वे दाने-दाने को मोहताज थे। अखिलानन्द ने उनको हर मोर्चे पर इतना दूर खदेड़ दिया है कि वे कल्पना में ही उसका मुक़ाबला कर सकते हैं। यह है साँप के बच्चे को पाल-पोसकर बड़ा करने का नतीजा! क़ानून पास करके जब वह कचहरी में आया, तो किस तरह गीदड़ की तरह डरा-डरा रहता था। हमेशा पीछे-पीछे लगा रहता। छोटी-छोटी बातें पूछा करता। उसको आता ही क्या था? न क़ानून और न अंग्रेज़ी! ससुरे को 'चुनांचे' शब्द का अर्थ तक नहीं मालूम था, उर्दू में दरख़्वास्त क्या लिखता और मिसिल क्या पढ़ता। लेकिन अपना काम निकल जाने पर वही व्यक्ति आज उनको पिछाड़ दिखा रहा है।

क्या अव्वल दर्जे का मक्खनबाज़ और तिकड़मी निकल गया है! टीमटाम कोई इससे सीखे! और अब वह उन पर नाक-भौं सिकोड़ता है, बातचीत में 'अरे यार', 'अरे भाई' कहता है। अपमानित करने के लिए तेज़ आवाज़ में बोलता है और पीठ पीछे उनको कहता है—'एक पुराना सड़ा अंडा।' यह है एक उगते वकील की नैतिकता।

'बेटा, तुम क्या मेरा मुक़ाबला करोगे?' वे मूँछों में ही भुनभुनाए। वे पुराने हो गए हैं ज़रूर, पर उन्होंने जो कमाया, वह कोई क्या खाकर कमाएगा! उन्होंने लाखों पैदा किया और फूँक-ताप दिया। 'बार' में कोई ऐसा है, जो उनके पैसे से परिचित न हो? शहर में कोई ऐसी रंडी थी, जो उनको न जानती हो? यह सब उन्होंने अपनी हिक़मत से किया, किसी हाक़िम की चापलूसी नहीं की और न किसी सीनियर की गोड़-धराई ही। रुपये उनके घर में बरसते थे, जैसे दुधार गाय के थन से दूध। ऊपर से तहज़ीब की मलाई। मजाल है कि किसी सीनियर से आँखें मिला लें। बस एक ही बार उनसे कुछ बदतमीज़ी हो गई थी। खाँ साहब कमरुद्दीन एक बुज़ुर्ग वकील थे, जो दिन-भर मक्खी मारा करते और नये-पुराने सबको 'माशूक़ा' कहा करते। उनके गन्दे मज़ाक़ों के कारण बिहारीलाल उनसे इतना परच गए कि रोज़ ही कभी उनकी चप्पल लेकर भाग चलते या तुर्की टोपी ही। खाँ साहब उनके पीछे चिल्लाते हुए दौड़ते, पर एक बार वे मुँह के बल गिर पड़े, तो बिहारी लाल को इतना अफ़सोस हुआ कि उन्होंने अपना वह महान अभ्यास ही छोड़ दिया। इसको कहते हैं ज़िन्दादिली! यह थी नैतिकता! अखिलानन्द में है क्या? न जाति और न ख़ानदान। उसके जैसे कितने तो उन्होंने नौकर रखे और कान पकड़कर निकाल दिये। कमबख़्त हमेशा एक-एक पैसा जोड़ने की फ़िराक में रहता है और अपने स्वार्थ के लिए कुत्ते की तरह चौकन्ना रहता है। पैसे और पोजीशन के लिए दिन-रात कोल्हू के बैल की तरह क़ानून की पुस्तकों, मिसिलों, ज़िरह और बहस में जुटा रहता है। सबसे मीठा बोलता है और अक्सर अफ़सरों को दावत देता है। साफ़-सुथरे कोट-पैंट पहनकर रोब जमाता रहता है। हमेशा गम्भीरता का ढोंग करता है और मौक़ा देखकर यह डींग मारता है कि 'मैंने धीरे-धीरे एक-एक मज़बूत ईंट रखकर अपनी वकालत का आलीशान भवन बनाया है।' पर यह 'हाय-हाय' की ज़िन्दगी भी कोई ज़िन्दगी है! मरना तो सबको है, फिर ज़िन्दगी में मौज़ न किया तो जीने से फ़ायदा? उन्होंने तो कभी हाय-हाय नहीं की। क़ानून की किताब का तो उन्होंने स्पर्श भी नहीं किया। अपना काम जानने और सीखने की तो उन्होंने कभी चिन्ता नहीं की। उन्होंने तो गदहे के समान कभी परिश्रम नहीं किया। उनकी ज़िन्दगी हवा की तरह उन्मुक्त थी। उन्होंने कलिया, मछली, मुर्गा, कबाब, शराब, रंडी-मुंडी कुछ भी न छोड़ा। उन्होंने बढ़िया-से-बढ़िया खाया-पिया और साथ में दस आदमियों को भी खिलाया-पिलाया, जुआ उन्होंने खेला, चकलों में वे गए—जीवन का

कौन-सा आनन्द उन्होंने नहीं उठाया? रुपया-पैसा तो उन्होंने हाथ का मैल समझा। यह सब वही कर सकता है, जिसका ऊँचा ख़ानदान हो और बड़ा कलेजा हो। यह है एक शानदार ज़िन्दगी। अखिलानन्द जैसा दरिद्र स्वभाव का व्यक्ति तो लाख जन्म पाए, तब भी ऐसी मस्ती नहीं काट सकता...

वे बाईं ओर से सँकरी गली में मुड़ गए। इन पुराने मुहल्लों में ही उनके बहुत-से मुवक्किल रहते थे, जिनको अखिलानन्द ने तोड़-फोड़ लिया था। नालियों की दुर्गन्ध, कूड़े, कचरे तथा अन्य कई प्रकार की गन्धों के साथ मिलकर उनकी नाक और दिमाग़ में तेज़ी से प्रवेश कर गई थी, जिसको निकालने के लिए उन्होंने अपने नथुनों को दो-तीन बार फटकारा। उस गली में एक विशेष सतर्कता बरतनी पड़ रही थी, जिसके मार्ग का कीचड़ लोगों के आने-जाने से लपसी की तरह फैल गया था। दोनों ओर खपड़ैल के पुराने, जर्जर मकान। कहीं-कहीं नालियों पर नंग-धड़ंग बच्चे किसी ख़ास उद्देश्य से मुद्रा विशेष में बैठे थे। एक छोटे-से ओसारे में मैले-कुचैले वस्त्रों में लिपटी एक औरत दो ईंटों के चूल्हों पर खाना बना रही थी। एक जगह बाहर खटोले पर एक दुबला-पतला अधेड़ व्यक्ति कच्छा और बनियान में बैठा अपनी नाक की सीध में बन्दर की तरह टुकुर-टुकुर देख रहा था।

उन्होंने कल्पना में ही अपने दुश्मन को दबोच लिया। तब उनको अपने ऊपर घमंड भी होने लगा। उन्होंने अपने सिर को उचकाकर इस तरह देखा, गोया दो पोरसा ऊपर उठ गए हों। क्या मज़े के दिन थे! डिस्ट्रिक्ट बार के लोग उनको कहते थे, 'डी.जी.एच.' जिसका अर्थ था—'डायरेक्टर जनरल ऑफ़ हरजाई।' हँसी-हँसी में ही यह नाम रखा गया था, पर इससे उनको बड़ी ही प्रसन्नता होती थी। सी.इन.सी. या डी.जी.सी. की तरह उनका यह नाम क्या विशेष हस्ती का सूचक नहीं था! उनका तर्क था कि जो हैसियत संगीत-क्षेत्र में तानसेन की या साहस और शूर-वीरता के मामले में नेपोलियन की है, उसी तरह वे भी अपनी लाइन के सिरताज हैं। उनको शहर और ज़िले के चोर, गिरहकट, उठाईगीर, जुआरी, जालसाज़, बदमाश, लफंगे, रंडी, हरजाई, छिनाल, कुटनी आदि 'अँधेरी दुनिया' के लोगों का वकील होने का सम्मान प्राप्त था। वे सभी सीधे उन्हीं के पास आते थे, जैसे चुम्बक के पास लोहा। यहाँ किसी की माया नहीं लग सकती थी, चाहे वह ब्रह्मा का बाप ही क्यों न हो। इन लोगों के बीच उनकी प्रतिभा बेहद चमक उठती थी, जबकि कोई बड़ा मामला लेने में उनकी नानी मरती थी और मजिस्ट्रेट के सामने जाने में उनकी रूह हिरन हो जाती थी। उस समय उनकी गम्भीरता देखते ही बनती, जैसे कोई पोप। उनके साथ वे नीचे-से-नीचे स्तर पर उतर आते और शीघ्र ही उनको गन्दे सम्बोधनों से विभूषित करके उनसे गहरा आत्मीय सम्बन्ध क़ायम कर लेते। इसके बाद उनको वह उल्टे उस्तरे से ही मूँड़ लेते।

उनका काम बहुत ही ख़ास क़िस्म का था। अपराधियों की जमानत कराते ही मज़े का पैसा मार लेना उनके लिए बहुत आसान बात थी। या इसके पहले ही पुलिस से मिलकर मामले को रफ़ा-दफ़ा करा देते। उस समय पाँचों उँगलियाँ घी में होती थीं। मौक़ा आने पर चोरी-गिरहकटी में डरा-धमकाकर वसूली हो जाती थी। चोरी का माल जब बरामद होता, तो पुलिस भी कुछ चटा देती। कई तो उनके यहाँ साग सब्ज़ी, फल-फूल, साड़ी-वाड़ी भी पहुँचा देते थे। कितना आराम का काम था। न मेहनत, न कोई परेशानी। ज़ाहिर है कि ऐसे काम में अनगिनत अवसर निकलते रहते थे। जब कोई काँटे का मामला फँसता या मुक़दमा बहस के स्तर पर पहुँचता, तो वे किसी सीनियर वकील को एंगेज़ कर लेते। ऐसे मौक़ों पर उनका रंग देखने लायक़ होता था। वे मुवक्किलों पर प्रभाव डालने तथा अपने कुछ ख़ास-प्रतिद्वंद्वियों को जलाने के लिए टेढ़ी गर्दन करके एक से दूसरी अदालत तक दौड़ते रहते। ऐसी रौनक़ अखिलानन्द ने स्वप्न में नहीं देखी होगी।

उनकी गाड़ी रुक गई। यानी वे उस कोठरी के सामने खड़े हो गए थे, जिसके दरवाज़े के दोनों ओर दीवार पर हाथी के दो चित्र बने थे। पीछे वही नीम का पेड़ और उसके नीचे वही पानी का नल! आकाश से बादल छँट रहे थे और गली के कुछ हिस्सों तथा मकान एवं वृक्षों के शिखरों पर एक चटक धूप निकल आई थी। पर कोठरी के बाहर ओसारे में या उसके अन्दर कोई दिखाई न पड़ा। वे वहीं एक सूदख़ोर बनिये की तरह टहलने लगे। वे इस जगह कई बार आ चुके थे—कई वर्ष पहले जब दयाल का बाप ज़िन्दा था। उसके समान गिरहकट दो-चार ज़िले में नहीं होगा। कुशल वैद्य की तरह वह चेहरा देखकर ही पहचान जाता कि गाँठ में क्या है! हमेशा लम्बा हाथ मारने की फ़िराक में रहता। पर था बड़ा ईमानदार और सिद्धान्त का पक्का। भेंट होते ही दस-पाँच रुपये से पूजा करता और कभी-कभी साग-सब्ज़ी और दही-वही भी पहुँचा देता। दयाल भी कम कुशल नहीं था, पर है नीयत का खोटा। जबसे अखिलानन्द के चक्कर में आया है, वह उनसे नज़रें चुराने लगा है...

उन्होंने सहसा एक शिकारी की तरह चौंककर देखा, एक मकान से निकलकर दयाल इधर ही आ रहा था। वह लाल गमछा और कुर्ता पहने था और आश्चर्यपूर्ण आशंका से उनको घूर रहा था।

"सलाम साहेब।" दयाल सामने आकर सिर झुकाकर खड़ा हो गया।

"क्यों रे, आजकल बहुत मोटाई छा गई है तुझे?" उन्होंने अत्यधिक रोबीले स्वर में कहा और व्यंग्य से उनकी खीसें निकल आई थीं।

"नहीं सरकार..." वह आँखों को बेहद मलका रहा था।

"तभी तो अपने बाप से नज़रें चुराते हो आजकल! यह अखिलानन्द तुमको फाँसी पर चढ़वाएगा, तब मैं देखूँगा कि कौन तुम्हारी रक्षा करता है...!"

इसके बाद उन्होंने अगल-बग़ल जल्दीबाज़ी में देखा और उसके कान के निकट अपने मुँह को चोंच की तरह ले जाते हुए धीमे स्वर में कहा, "मैं तो तुम लोगों के लिए अब भी जान देता हूँ। भगवान ही जानता है, यह नया कोतवाल बड़ा ज़ाबिर और ज़ालिम है। यह मेरा रिश्तेदार भी लगता है...क्या कहते हैं, मेरे फूफा के भाई का लड़का। मेरा पूरा भक्त बन गया है। वहीं से दावत खाकर आ रहा हूँ। बहुत-सी बातें हुईं। अखिलानन्द को ख़ूब गालियाँ दे रहा था। तुम्हारे बारे में बातें कर रहा था। बोला—इस आदमी के मारे किसी धनी-मानी का शहर में निकलना मुश्किल है। इसको दस साल के लिए बड़े घर की हवा खिलानी पड़ेगी। पर मैंने उसको समझा दिया। अब तुम्हारा बाल बाँका भी नहीं हो सकता। बहुत माल काट रहे हो, बेटा! निकालो बीस-तीस रुपये झटपट। कोतवाल तो कुछ न लेगा, पर सिपाहियों को तो कुछ चटाना ही पड़ेगा।"

वे उसको बुरी तरह घूरने लगे, यह देखने के लिए कि उनकी हवाई बातों का उस पर कितना प्रभाव पड़ा है! पर वह पूरा धूर्तराज था, नीचे मुँह करके हँसने लगा। पहले ये ही लोग पैर पकड़ लेते थे। वह बोला, "सरकार, मेरे पास तो ज़हर खाने को पैसा नहीं है। जनेऊ क़सम खाकर कहता हूँ, इस काम के पास अब मैं फटकता तक नहीं।"

"जनेऊ पहनता भी है रे?" उनको हँसी आ गई।

"इससे क्या मालिक!"

"अच्छा, अब हरामीपन न करो," वे फ़ौरन गम्भीर होकर और उसी तरह खीसें निकालकर बोले, "मैं तुम ससुरों को ख़ूब जानता हूँ। इस हफ़्ते तुमने जो कारनामे किये हैं उनकी पूरी रिपोर्ट मुझे मालूम है। कहो तो उँगली पर गिनाना शुरू कर दूँ।"

"हुजूर, काली माई की क़सम खाकर कहता हूँ, अब इस काम में कुछ भी नहीं रखा। पहले के लोग चार-छह हज़ार लेकर निकलते थे। ख़ूब मौज़ छनती थी। पर आजकल के रईसों की नीयत ठीक नहीं। चार-छह रुपये से अधिक किसी ससुरे की जेब में नहीं निकलते। ऊपर से बदनामी अलग। पुलिस भी पकड़ती है तो ख़ूब थूरती है।"

"देख बे, मैं तो वह आदमी हूँ जो उड़ती चिड़िया की दुम में हल्दी लगा देता हूँ। तू अखिलानन्द के बल पर कूद रहा है न, पर वह आदमी पन्द्रह-बीस दिन के अन्दर बड़े घर न पहुँच जाए तो मेरी मूँछें कटवा देना। सरऊ गाँजा-अफ़ीम की तस्करी करते हैं न। निकाल, निकाल जल्दी रुपये, नहीं तो तेरी भी ख़ैर नहीं..."

"नहीं हैं वकील साहब।"

"अच्छा दस ही निकाल तू मेरा पुराना मुवक्किल है...।"

"सरकार, बस जेब में एक चवन्नी है।" दयाल फिर हँस रहा था।

"अरे हरामी, अपने बाप का तो ख़याल कर। उसको जब पुलिसवाले उल्टा टाँगकर तलुवों पर डंडे बरसा रहे थे तो मैंने उसकी रक्षा की थी। इस एहसान को घोलकर न पी जा।"

"सच्ची बात सुनना चाहते हैं वकील साहब!"

"झूठी ही सुना जा।" वे डरे कि पता नहीं वह क्या कहनेवाला है।

"सच न बोलूँ तो मेरा शरीर सड़-सड़कर गले। मेरी जेब में सिर्फ़ एक रुपया है...इसको ले लीजिए, फिर कभी सेवा करूँगा।"

पर बिहारी लाल नहीं माने और उससे बहुत और हुज्जत करते रहे पन्द्रह-बीस मिनट तक तो वह 'दे दे' करते रहे और दयालु 'नहीं है, नहीं है।' इसके बाद वह आठ रुपये के लिए हठ करने लगे और झट पाँच रुपये पर उतर आए। फिर दोनों के बीच एक-एक पैसे के लिए मोल-तोल की बातें होने लगीं, जो दोकड़िये बनिये भी नहीं कर सकते अन्त में बिहारीलाल ने अद्‌भुत पैंतरेबाज़ी दिखाई और दयाल की हालत उस सेठ की तरह कर दी, जो विरोधी विचार की राजनीतिक पार्टी के लोगों को असन्तुष्ट नहीं करना चाहता और कुछ-न-कुछ देकर अपना पिंड छुड़ाता है। बड़ी मुश्किल से तीन रुपये पर मामला छूटा। दयाल रुपये लाने के लिए घर के अन्दर चला गया।

वापस आकर उसने डेढ़ रुपये ही हाथ पर टिकाए। आँखें चुराते हुए हँसकर बोला, "सरकार, इस समय इतने ही हैं, घरवाली ने सब ख़र्च कर दिये हैं, आप चलिए। मैं एक घंटे में एक जगह से बाक़ी रुपये लेकर आपके यहाँ पहुँचता हूँ।"

जो वह पहुँचेगा—यह बिहारीलाल ख़ूब जानते हैं। वे क्रोध में बँधे हुए बछड़े की तरह दो-तीन बार उछले-कूदे और फिर अपने से ही शान्त हो गए और सिर झुकाकर वहाँ से चलते बने।

वह हाँफ रहे थे। इतनी देर तक लगातार बोलते रहने से उनके फेफड़ों पर दबाव पड़ा था। वे थक गए थे। उनका मुँह सूख गया था और ज़बान चटचटा रही थी। उनको प्यास और शरीर में बेहद कमज़ोरी मालूम हो रही थी। फिर भी डेढ़ रुपये जेब में आ जाने से उन्हें अजीब इत्मीनान हो आया, गोया उनकी सारी समस्याएँ हल हो गई हों और वे हर संकट का मुक़ाबला कर सकते हैं, पर समय कितना बदल गया है और कैसे धूर्त हो गए हैं ये लोग! पहले का ज़माना कितना सुन्दर था! उस समय के अपराधी बेहद सीधे-सादे होते थे। वे मिलने पर इज़्ज़त करते थे और फ़ौरन झाँसे में आ जाते थे।

कलाप्रेमी

यह एक महत्त्वपूर्ण यात्रा थी। सुमेर ने सवेरे आने की सूचना दी थी, पर वह रातवाली ट्रेन से लगभग साढ़े दस बजे पहुँचा। उसने पहले डिब्बे से ही पजावा के नेउर की तरह बाहर झाँककर इधर-उधर देखा। फिर अटैची लेकर नीचे उतर गया। वह बड़ी ही फुर्ती से आगे लपकती हुई भीड़ के एक गोल में मिल गया और सिर झुकाकर सीधे फाटक की ओर बढ़ चला। उसे एक बार लगा कि कोई उसका नाम लेकर पुकार रहा है, किन्तु उसने सिर उठाकर किसी ओर देखा नहीं, बल्कि दुबककर आगे बढ़ता गया।

काली-सी छोटी, ख़ूबसूरत दाढ़ी के कारण दूर से ही देखकर यह समझा जा सकता था कि सुमेर एक आर्टिस्ट है। वह लगभग पैंतीस वर्ष का एक दुबला-पतला नौजवान था। उसकी आँखें बड़ी-बड़ी और ख़ूबसूरत थीं। वह छोटे-छोटे क़दम रखते हुए तेज़ी से चलता था। केन्द्रीय कला अकादमी का पुरस्कार तो उसे बहुत पहले ही मिल चुका था। और अब वह प्रादेशिक कला संघ नामक प्रभावशाली संस्था का सदस्य भी चुन लिया गया था। कला समीक्षक अब उसे 'कला जगत का जगमगाता हुआ सितारा' बताते हैं।

कला? सुमेर अब व्यंग्य से मुस्कराने लगता है। उसे अपने ही शहर के शुद्ध कलाकार रूपचन्द की याद आती है, जिसे पुरस्कार भी मिल चुका है, पर जो एक पतली, अँधेरी और बदबूदार गली में रहता है। आप कामर्शियल आर्ट नहीं अपनाएँगे और अपने प्रचार के लिए स्वयं आगे नहीं बढ़ेंगे, यह भी ठीक ही है। जब आप झुर्री-झुर्री हो जाएँगे और किसी देशी अथवा विदेशी समीक्षक की नज़र आप पर अचानक पड़ जाएगी तो आपका नाम रोशन हो ही जाएगा। तब आपको धन मिलेगा और यश भी। और ऐसा नहीं भी हुआ तो मरने के बाद यश कहीं गया नहीं। यह है अमरत्व प्राप्त करने का रास्ता। ठीक है, ठीक है, यह भी एक नज़रिया है, पर आप इन्तज़ार कीजिए और समय आने दीजिए...

मरकर यश प्राप्त करने की इच्छा सुमेर में कभी बड़ी ही तीव्र थी। ऐसे ही आदर्शवादी विचार से प्रेरित होकर उसने कला की दुनिया में क़दम रखा था। उसने घोर परिश्रम किया और उसे पुरस्कार भी मिला। पर इससे क्या? चार-पाँच वर्ष तक

उसने अपार कष्ट और घोर तिरस्कार सहे और अन्त में भुखमरी की गौरवशाली स्थिति से भी गुज़रने लगा। लेकिन क़िस्मत की बात होती है। एक दिन उसने सन्त विनोबा भावे का एक ऐसा भाषण पढ़ा, जिससे उसका जीवन ही बदल गया। उस महान सन्त ने कहा था कि धर्म और विज्ञान के समन्वय से भारत तरक़्क़ी कर सकता है। सुमेर के अन्दर भक-से एक रोशनी जल उठी। उसने इसके बाद ही अपने एक मित्र से कहा था, "कला की दुनिया को आज स्वाद और परहेज़ के समन्वय की ज़रूरत है।"

इसके बाद ही उसने योजना का महत्त्व समझा था। आज की ज़िन्दगी में योजना बनाना ज़रूरी है, अब यह बात दूसरी है कि लाटरी का दस लाखवाला पुरस्कार छप्पर फाड़कर मिल जाए। यदि आपको किसी व्यक्ति से काम निकालना है तो दो-तीन वर्ष पहले से ही योजना बनाकर उस व्यक्ति से सम्पर्क बढ़ाइए, ताकि जब आप उचित समय पर उससे कहें तो वह पके आम की तरह टपक पड़े।

उसके जीवन में एक नया सवेरा आ गया और वह उमंग और उत्साह की मूर्ति बन गया। उसने हाथ-पैर फेंकना शुरू किया और शीघ्र ही उसे एक विज्ञापन कम्पनी में अच्छी नौकरी मिल गई। इसके अलावा वह बाहर का काम भी करने लगा। जब सारी दुनिया सोई रहती थी, वह कामर्शियल आर्ट की दुनिया में खोया रहता था। वह हँसकर मित्रों से कहता था, "कामर्शियल आर्ट है साक्षात् लक्ष्मी...।" लक्ष्मी उस पर प्रसन्न थी और उसके रहने-सहने का ढंग एकदम बदल गया। वह सबसे मीठा बोलता और सदा मुस्कराया करता। वह ख़ूब लोकप्रिय हो गया। उसने एक बार अपने एक कलाकार मित्र से बहस करते हुए कहा था, "अब वह ज़माना गया, जब ठाकुर साहब अपने क़िले में अंहकार से अपनी मूँछों को ऐंठते रहते थे। भई, बाहर निकलिए, लोगों से मिलिए-जुलिए, उनको एक दीजिए और उनसे दो लीजिए...।"

और तब मिली मिसेज़ मालती रंजन। मिसेज़ रंजन अपने समय में ख़ूब हसीन रह चुकी थीं। सौभाग्य से वह एक ऐसे ऊँचे और सम्पन्न परिवार से सम्बन्धित थीं, जिनका हर सदस्य अथवा सम्बन्धी मंत्री या बड़ा अफ़सर बनने के लिए ही इस धरती पर अवतरित होता है। उनके पति नीहार रंजन विदेशी दूतावासों में एक उच्चाधिकारी रह चुके थे और उनके एक सम्बन्धी मंत्रिमंडल की शोभा बढ़ा रहे थे। वह शहर तथा प्रदेश में ख़ूब प्रसिद्ध हो गई थीं। वह अनगिनत संघटनों, संस्थानों, अकादमियों विद्यालयों आदि की संरक्षिका अथवा अध्यक्षा थीं। यह कहना उचित होगा कि उनकी इच्छा के बिना सामाजिक एवं सांस्कृतिक जीवन का एक पत्ता भी नहीं हिल सकता था।

मिसेज रंजन की विशेषताएँ असंख्य थीं। जब वह भाषण देने उठतीं तो यह घोषणा अवश्य करतीं, मैं बहुत संक्षेप में अपनी बात कहूँगी, और इस आश्वासन के परिपालन में कम-से-कम दो-तीन घंटे लग ही जाते थे। उनकी भाषा भी अत्यन्त

शक्तिशाली होती थी, जिसमें हिन्दी, उर्दू और अंग्रेज़ी शब्दों के अद्भुत मिश्रण के साथ स्त्रीलिंग और पुल्लिंग के इस्तेमाल में अविश्वसनीय मौलिकता से काम लिया गया होता था। उनकी उम्र पचास से ऊपर थी। वह दप-दप गोरी थीं और जवान स्त्री की तरह ख़ूब छनककर बोलती और चलती थीं। वह बार-बार कन्धों को उचकाती थीं, बदन को सिकोड़ लेती थीं और सिर को ख़ूबसूरती से झटका देती थीं। उनका जीवन कला और संस्कृति के लिए पूरी तरह समर्पित था और इधर कई वर्षों से वह प्रादेशिक कला संघ की अध्यक्षा थीं।

क़रीब चार वर्ष पहले की बात है। जाड़े की एक ख़ुशनुमा सुबह वह मालती, रंजन के घर पहुँचा था। पहली ही मुलाक़ात में उसने बीमा कम्पनी के एजेंट, कमज़ोर शिष्य, अंग्रेज़ी के प्रोफ़ेसर और सियार के गुणों का अद्भुत मिला-जुला प्रदर्शन किया। इसके बाद ही उसने अपने कुछ चित्र उनकी सेवा में प्रस्तुत कर दिये। मिसेज़ रंजन ने नाक-भौं सिकोड़कर उन चित्रों को देखा और कला की बुलन्दियों पर धारा-प्रवाह भाषण चालू कर दिया। जब वह अपने लम्बे प्रवचन और उसके प्रभाव से पूर्ण रूप से सन्तुष्ट एवं तृप्त हो गईं, उसके फ़ौरन बाद ही वह उसके चित्रों की प्रशंसक भी बन गईं। इसी समय उसने अपनी छोटी-सी संस्था 'कला परिषद्' की संरक्षिका बनने का निमंत्रण भी मिसेज़ रंजन को दे डाला।

दो-ढाई वर्ष बाद मिसेज़ रंजन ने एक दिन कहा था, "मैं तुम्हारे बारे में कुछ सोच रही हूँ...।"

"जी...।"

"डोंट वरी, यंगमैन। महत्त्वाकांक्षी बनो और साहस से काम लो। यह दुनिया नौजवानों की है...।"

एक महीने के भीतर ही वह प्रादेशिक कला संघ का सदस्य बना दिया गया था।

संघ की बैठक में भाग लेने का उसका यह पहला अवसर था। स्टेशन से निकलकर वह एक रिक्शे पर बाज़ार चला गया था और वहीं एक साधारण होटल में रुक गया था। उसे रात में ठीक से नींद नहीं आई। मच्छर ससुरे तो थे ही, लेकिन ठंडी, बासी दाल ने उसका हाजमा बिगाड़ दिया था। इसके अलावा उसके अन्दर एक अजीब खींचतान भी मची हुई थी। किसी ने सेकेंड क्लास के डिब्बे से उतरते हुए उसे देख तो नहीं लिया? उससे कोई पूछताछ तो नहीं करेगा? अचानक वह विद्रोह से तन गया। आज दुनिया में कौन नीति पर चल रहा है? जब सभी लोग लाभ के लिए धक्का-धुक्की कर रहे हों, उस समय सन्तई का प्रयास करना कहाँ तक ठीक है? और सिर्फ़ धन-लाभ की ही बात नहीं है, वह तो महत्त्वपूर्ण है ही, लेकिन इसके साथ ही आपकी चाल-ढाल, आपकी बातचीत, आपका सिद्धान्त, आपके विचार, सभी कुछ इस तरह सधे होने चाहिए कि लाभ सदा आपको ही मिले, आपको कभी भी क्षति उठानी न पड़े और कोई आपसे चालाक न समझा जाए।

और भी न मालूम कैसे अजीब-अजीब विचार उनके अन्दर उठते रहे। अन्ततः उसे मालूम भी नहीं हुआ कि उसकी आँखें कब लग गईं।

दूसरे दिन सवेरे ही नाश्ता करके बाहर निकल गया। सड़क पर आते ही उसके मुँह से एक गुनगुनाहट फूट पड़ी। कला संघ के कुछ सदस्यों और पदाधिकारियों के बारे में उसने थोड़ा-बहुत सुन रखा था, पर किसी से मुलाक़ात नहीं थी, बस सचिव से एक बार पत्र-व्यवहार अवश्य हुआ था, हाँ, इस शहर का एक आर्टिस्ट अवश्य एक बार उसके घर आया था, जिसे उसने नाश्ता-पानी और भोजन कराया था और देर तक उससे गपशप की थी। वह कलाकार बुरा नहीं था और उसे एक अच्छी जगह पर भी होना चाहिए था, पर उसकी हालत टेनिस-गेंद की तरह थी और वह फ्री-लांस आर्टिस्ट का अद्‌भुत जीवन व्यतीत कर रहा था। उसमें कई अच्छाइयाँ थीं, यहाँ तक कि वह कभी-कभी जोकरी पर भी उतर आता था, पर वह ग़ुस्सैल और अहंकारी भी पहले नम्बर का था, और जब ज़रूरत नहीं होती थी, उसी समय वह सही बात कह देता था और सबकी नज़रों से उतरा रहता था।

उसका नाम सुबोध राय था। सुमेर ने उसका नाम-पता अपनी डायरी में नोट कर लिया था। खोजते-खोजते वह उसके घर पहुँच गया। सुबोध एक बहुत पुराने मोहल्ले में रहता था, जहाँ आसपास के बच्चे इकट्‌ठे होकर शोरगुल मचा रहे थे। वह नाटा और गोल-मटोल था और उसकी तोंद नाद की तरह आगे की ओर निकली हुई थी। वह अपने घर के सामने पतले, लम्बे चबूतरे पर एक असाधारण ढीला-ढाला कच्छा तथा बनियाइन पहनकर चहलक़दमी कर रहा था।

"अरे...अरे...कहाँ से? अच्छा-अच्छा, समझ गया...वेरी गुड, वेरी गुड।"

सुबोध पहले ठहाका लगाकर हँसा, फिर बन्दर ही तरह नीचे कूदकर बहुत ही तगड़े ढंग से उससे हाथ मिलाया और अन्ततः उसे अपने कमरे में खींच ले गया। कमरा मँझोले आकार का था, जिसमें एक ओर कई तरह की कुर्सियाँ थीं और दूसरी ओर एक मेज़ पर काग़ज़, ब्रश, रंग तथा कई अधूरे चित्र बिखरे थे।

वे बैठते ही स्त्रियों की तरह तेज़ी से हटर-हटर बातें करने लगे। सुमेर बहुत ही होशियारी से काम ले रहा था, क्योंकि सुबोध के सामने कुछ कहना किसी जोख़िम को आमंत्रित करना था। उसने शिशु की तरह जिज्ञासाएँ प्रकट करके सुबोध को इस हद तक उकसा दिया कि सुबोध कला-जगत के दिग्गजों की खिंचाई करने लगा। कहा जा सकता है कि ऐसा सुअवसर सुबोध के लिए बड़ा स्वास्थ्यकर सिद्ध होता था, क्योंकि इससे निश्चित ही उसके भोजन का पाचन बहुत ही अच्छी तरह हो जाता था। ऐसी ही स्थिति का फ़ायदा उठाकर सुमेर ने एक उच्चकोटि की कहानी गढ़कर बहुत ही निर्दोष ढंग से सुनाई कि कैसे मजबूरन उसे सेकेंड क्लास में यात्रा करनी पड़ी।

"कौन कहता है, यार? भत्ता-वत्ता सब मिलेगा। कोई नहीं पूछता। पूरा राम-राज्य है। सभी यही करते हैं। जो नहीं आता वह ले जाता है, तुम तो शरीर के साथ आए हो..."

सुबोध फिर ठहाका लगाकर हँस पड़ा। सुमेर का चेहरा टमाटर की तरह लाल हो गया और अपनी शर्म छिपाने के लिए वह बेतहाशा हँसते हुए सुबोध को गुदगुदाने की कोशिश करने लगा। जब उसकी हँसी रुकी और वह बेहद गम्भीर हो गया तो उसकी इच्छा होने लगी वह कमरे से उछलकर बाहर आ जाए और भाग चले, लेकिन सुबोध भोजन कराए बग़ैर उसे छोड़ने को तैयार नहीं था।

"सुनाओ यार, अपने शहर का हालचाल।" सुबोध ने सुमेर की पीठ पर एक धौल जमाते हुए पूछा।

"कोई ख़ास बात नहीं। मैं तो तुमसे सुनने आया हूँ..."

इसके बाद सुबोध का धारा-प्रवाह भाषण चालू हो गया। लगभग डेढ़ घंटे बाद जब भोजन आया, सुबोध ख़ूब तृप्त हो चुका था। उसके भीतर जो कुछ था, उसने उगल दिया था और अब वह ख़ूब सौम्य दिखाई दे रहा था। लेकिन सुमेर का चेहरा सूखकर छोटा पड़ गया था। उसने जल्दी-जल्दी भोजन करके सुबोध से विदा ली और नीचे उतरकर गली में फुट-फुट चलने लगा। गलियों के पेंच को पार करके जब वह चौड़ी सड़क पर आया तो उसने मुक्ति की साँस ली। कैसा पागल व्यक्ति है! बोलते वक़्त वह कभी क्रोध से गरज़ने लगता था और कभी हँस पड़ता था। बीच-बीच में वह पीठ पर एक धौल जमा देता था। हँसते समय उसकी तोंद झटके से उछलने लगती थी। खलनायक, विदूषक और विचारक—तीनों का एक ही साथ वह अभिनय कर रहा था। ऐसे व्यक्ति से मिलना-जुलना कितना ख़तरनाक है!

अप्रैल का महीना था। सवेरे कुछ सिहरन मालूम हुई थी, पर अब धूप तेज़ हो गई थी और गर्मी-सी महसूस हो रही थी। उसने एक रिक्शा कर लिया। उसे जल्दी-से-जल्दी मीटिंग में पहुँचना था। एक तो उसकी यह पहली मीटिंग थी, फिर वह बहुत महत्त्वपूर्ण भी समझी जा रही थी जिसमें प्रदेश-भर के प्रतिनिधि पहुँचनेवाले थे। लेकिन उसका ध्यान बार-बार सुबोध की बातों की ओर चला जाता। उसकी बातों में कितना झूठ था, कितना सच? चाहे जो हो, थीं वे बड़ी ही विचित्र बातें।

सुबोध ने मेज़ पर हाथ पटकते हुए पूछा था, "सारे संसार को रास्ता दिखाने वाले इस देश में कोई परिवर्तन क्यों नहीं होता है?" फिर उसने आगे झुककर आँखों को सिकोड़ते हुए कहा था, "जानते हो, सदियों से यहाँ समाज पर कौन शासन कर रहा है? बड़ी-बड़ी जातियों के सामन्तवादी प्रवृत्तियोंवाले लोग। आज भी इन्हीं जातियों का शासन है। क्या बात है इन्हीं जातियों में ईश्वर के अवतार, धार्मिक सन्त, विद्वान, राजनीतिक नेता, लेखक, कलाकार आदि पैदा हुए? हर जगह इन्हीं जातियों का बोलबाला है। इन्हें सभी सुख-सुविधाएँ प्राप्त हैं, ये परिवर्तन क्यों चाहेंगे?

इनमें आपस में नेतृत्व और स्वार्थ के लिए टकराहट ज़रूर होती रहती है। आप जहाँ जाइए, ये लोग अपने स्वार्थों के लिए झट दो दल बनाकर आपस में लड़ना शुरू कर देते हैं। लड़ाई जितनी तेज़ होती है, उतनी ही ऊँची-ऊँची बातें की जाती हैं। इनमें से प्रत्येक अपने को एकमात्र देशभक्त घोषित करता है—एकमात्र क्रान्तिकारी। इनमें से प्रत्येक शोषणहीन समाज की स्थापना करने का दावा करता है। जबकि चाहिए इनको कुर्सी, सत्ता और सुख-सुविधा। वर्षों से वही लोग, वही बातें, वही आदतें, वही काम...और कभी एक गुट सत्ता में आता है और कभी दूसरा गुट...।"

सुबोध सहसा पागल की तरह हँस पड़ा था। फिर उसने सुमेर की पीठ पर एक धौल जमाते हुए कहा था, "गुरु, जब से मैंने होश सँभाला है इन्हीं दोनों दलों को शासन करते हुए देखा है। मूल रूप से इन दोनों में कोई अन्तर नहीं होता, बस व्यक्ति और नारे बदल जाते हैं। जब एक दल शासन में होता है तो दूसरा आसानी से विपक्ष में आ जाता है। इन दोनों दलों ने देश की सम्पत्ति, कला, संस्कृति, विभिन्न संघटनों, संस्थाओं आदि को दो टुकड़े करके आपस में बाँट लिया है। प्यारे, यहाँ हर चीज़ के केवल दो सत्य दिखाई देते हैं। ये दोनों सत्य उन दोनों दलों के व्यक्तिगत सत्य हैं और एक दल का सत्य आसानी से दूसरे दल का असत्य बन जाता है...।"

सुबोध का मुँह विकृत हो गया था। उसके मुँह से गाज निकल रहा था। सुमेर उस समय कितना घबरा गया था। वह सकपकाकर इधर-उधर देख रहा था। कुछ देर तक सुबोध चुप रहा, फिर ज़ोर से चीख़ पड़ा था "परिवर्तन कौन करेगा, दोस्त?" पता नहीं यह मनुष्य की आवाज़ थी या पटाखा! इतना बोलकर उसने पूरे शरीर को एक प्रश्नचिह्न की तरह गोलमटोल और टेढ़ा कर लिया, फिर उसकी वाणी की मशीन लगातार चलने लगी, "हाँ, दोनों ही क्रान्ति, जनतंत्र, मानवीय मूल्यों, कला, संस्कृति की बात करेंगे। दोनों ही एक-दूसरे की निन्दा करेंगे। दोनों ही निरन्तर सत्ता और सुविधाओं के लिए जी-तोड़ कोशिशें करेंगे। दोनों के काम एक ही तरह के हैं। कैसे अपनी जाति और गुट के लोगों को आगे बढ़ाएँ। कैसे उन्हें विदेश भेजें। कैसे उन्हें सरकारी समितियों में पहुँचाएँ। दोनों ही रद्दी कृतियों और तुच्छ, संकीर्ण गुटबाज़ लोगों को महान घोषित करते रहते हैं, क्रान्तिकारी विचारों की हत्या करते रहते हैं और घटिया लोगों को पुरस्कार दिलाते रहते हैं..."

सुमेर ने एक ओर सिर झुकाकर थूक दिया। उसको ज़ोर से उबकाई आ रही थी। झूठा! अकर्मण्य! जब आधी दुनिया पाताल में जा रही थी, उस समय तुम कहाँ थे? दरअसल तुम नकारा हो, इसलिए तुम इतना चिल्लाते और सबको गालियाँ देते हो। इसी से तुमको उत्तेजना मिलती है, जिसको तुम महान विचार और कार्य समझते हो। आख़िर तुम किस जाति के हो? सामाजिक और आर्थिक परिवर्तन के लिए तुम्हारा योगदान क्या है? तुम क्यों नहीं गन्दे, फटेहाल किसानों और मज़दूरों की बस्तियों में रहते? तुमने किसी भी दुखिया के आँसू पोंछे हैं? इस देश में लोग

भूख और रोग से मर जाते हैं, गोलियाँ खाकर टें बोल जाते हैं, निर्दोष लोग जेल के सींकचों में बन्द कर दिये जाते हैं पर तुम्हें तो कभी कुछ भी नहीं हुआ? तुम तो उसी तरह खाकर मोटे होते जाते हो और साथ में क्रान्ति भी बूकते जाते हो। देश के लोग विनाश की आग में झोंक दिये जाते हैं और तुम्हारी चमड़ी हमेशा बची रहती है। घोड़े की तरह हिनहिनाने और धूल में लोटने से कहीं क्रान्ति होती है? सुमेर को अफ़सोस होने लगा कि उसने मुँहतोड़ जवाब देकर सुबोध के ढोंग का पर्दाफ़ाश क्यों नहीं कर दिया! सुमेर सहसा बहुत ही कटु हो गया। उसने दो-तीन बार फिर थूका। उसने निश्चय कर लिया कि वह सुबोध जैसे मूर्ख और ख़तरनाक व्यक्ति से आइन्दा कोई भी सम्बन्ध नहीं रखेगा।

मीटिंग में वह कुछ विलम्ब से पहुँचा, क्योंकि सुबोध के यहाँ उसे समय से अधिक रुकने को मजबूर होना पड़ा था। धूप और तेज़ तथा हवा गर्म हो गई थी। उसने रिक्शा से उतरकर रूमाल से अपना मुँह पोंछा, हाथ उठाकर कलाई-घड़ी में समय देखा और अन्ततः लपकते हुए चल पड़ा।

बरामदे में दो व्यक्ति मुँह-से-मुँह सटाकर बातें कर रहे थे। आधुनिक आर्टिस्टों की तरह उनके भी छोटी-छोटी दाढ़ियाँ थीं। एक दुबला-पतला था और उसकी उम्र लगभग चालीस वर्ष की थी। वह अपने साथी की ओर अधिक झुका था, जो मोटा और अधिक लम्बा था और जिसकी उम्र पैंतीस के आसपास थी।

"मीटिंग शुरू हो गई?" सुमेर ने उनके पास पहुँचकर शिष्टतापूर्वक मुस्कराते हुए धीमी आवाज़ में पूछा।

"हाँ। आप?" दुबले-पतले व्यक्ति ने कुछ ऊँचाई से उसको देखते हुए पूछा।

"मैं आगरा से आ रहा हूँ—सुमेर हूँ...।"

"सुमेर?" दुबते-पतले व्यक्ति ने पहले इस तरह आँखें सिकोड़ीं, गोया कुछ याद करने की कोशिश कर रहा हो। फिर सहसा मुस्कराकर बोला, "ओ येस। ग्लैड टू मीट यू। मैं नाथ हूँ, ये नरहरि ...।"

उन दोनों ने सुमेर से हाथ मिलाया। शिष्टाचार और विनम्रता से सुमेर की खींसे निकल आई थीं। वह नाथ और नरहरि दोनों के नाम से परिचित था। नाथ इस समय अत्यधिक प्रचारित नाम था, यद्यपि पाँच-छह वर्ष पहले उसे बहुत कम लोग जानते थे। मिसेज़ रंजन बार-बार नाथ का नाम लेती थीं। वस्तुतः नाथ बहुत ही तेज़ और प्रभावशाली समझा जाता था और मिसेज़ रंजन के अलावा दिल्ली में उसकी शक्ति का व्यक्तिगत स्रोत भी था। एक समय ऐसा था, जब वह भूखों मरता था, पर बाद में उसने लाइन बदल दी और थोड़े ही प्रयास से वह स्थानीय कला संस्थान का निदेशक बन गया। निश्चित ही, उसने कला-जगत में अपनी एक हस्ती बना ली थी, साथ ही धन-सम्पत्ति के मामले में भी वह पीछे नहीं था। नरहरि एक मूर्तिकार था और एक कला प्रदर्शनी के बाद उसका भी नाम उभरकर लोगों के सामने आ गया था।

"मेरा सौभाग्य है कि आपसे..." सुमेर का स्वर गद्गद हो गया और उसकी वाणी बीच में ही रुक गई।

"अरे ठीक है...मिसेज़ रंजन के साथ आए हो?" नाथ ने दबंगई से पूछा।

सुमेर एक क्षण उसकी ओर देखते रह गया। नाथ तो मिसेज़ रंजन का आदमी है, इस तरह क्यों बोल रहा है? उसे नाथ की बेतकल्लुफ़ी और बॉसिंगवाली शैली बुरी लगी, पर उसने अपने को सँभाल लिया। उसने सार्थक ढंग से हँसते हुए कहा, "मैं तो आपसे मिलने आया हूँ जी।"

नाथ ने उसके अर्थ को इस ढंग से ग्रहण किया कि उसने आगे बढ़कर सुमेर के कन्धे पर हाथ रख दिया और उसको अलग ले जाते हुए धीमे से कान में कहा, "डियर, मैं आपसे मिलने को बड़ा उत्सुक था। आज शाम को यहाँ आओ...साथ खाएँ-पीएँगे और कुछ गप-शप करेंगे...।"

नाथ लोगों को पटाने में बड़ा उस्ताद था। वह देखते ही झट समझ जाता कि कौन उसके लिए उपयोगी है और कौन नहीं और जैसा व्यक्ति रहता था, उसी के अनुसार वह उसको डोज़ दे दिया करता था।

इसके बाद वे तीनों हॉल के अन्दर घुसे। नाथ और नरहरि सुमेर को आगे खींच ले गए। यह आम और खुला अधिवेशन था। हॉल खचाखच भरा हुआ था, जिसमें शहर के काफ़ी सम्मानित व्यक्ति उपस्थित थे। मंच पर एक मंत्री, कुछ पदाधिकारी और प्रतिनिधि बैठे थे। इस समय सचिव महोदय अपनी एक लम्बी रिपोर्ट पढ़ रहे थे। लम्बाई में उस रिपोर्ट की तुलना रावण के दरबार में हनुमान जी की पूँछ से की जा सकती है, जो गाँधीजी, पंडित नेहरू, मिसेज़ रंजन, राष्ट्र, मानवता, कला आदि की मिली-जुली जन्मकुंडली-सी प्रतीत होती थी। सारा हॉल असीम धैर्य के साथ जमुहाइयाँ लेता हुआ इस सारगर्भित रिपोर्ट को सुन रहा था।

इसके बाद अध्यक्षा मिसेज़ रंजन का अभिभाषण शुरू हुआ, जो एक पुस्तिका के रूप में छपा था, जिसकी पृष्ठ संख्या थी पूरी पचहत्तर। हिन्दी में लिखा भाषण मिसेज़ रंजन धीरे-धीरे पढ़ रही थीं। इसका प्रभाव इतना व्यापक पड़ा कि जल्दी ही आधा हॉल ख़ाली हो गया, जिसे विरोधी पक्ष का एक पूर्व-नियोजित षड्यंत्र समझा गया। जो लोग बच रहे थे, उन्होंने भाषण समाप्त होने पर गहरी जमुहाइयाँ लीं, पट-पट की आवाज़ के साथ बदन को तोड़ा-मरोड़ा और जब वे उठकर चलने लगे तो उनके पैर सीधे नहीं पड़ रहे थे और उनके चेहरे भारी होकर लटक आए थे।

दिन के तीसरे पहर कला संघ की प्रादेशिक समिति की विशेष बैठक थी। उस बैठक में 'कला और समाज' पर नाथ एक विशेष पेपर पढ़नेवाले थे और कुछ प्रस्ताव भी पास होनेवाले थे। खुला अधिवेशन समाप्त होने पर एक कला-प्रेमी सेठ ने वहीं पर बढ़िया भोजन का इन्तज़ाम कराया था। भोजन के पहले आपसी परिचय और गपशप का कार्य जिस तेज़ी से चला, वह सचमुच प्रशंसनीय था।

सुमेर ने भी जी भरकर सबसे भेंट-मुलाक़ात की। जब वह विरोधी गुट के नेता दलजीत से कुछ अधिक देर तक बातें करता रह गया तो उस समय मिसेज़ रंजन ने कई बार उसको नाराजगी से घूरा और बाद में उसे बुलाकर व्यक्तिगत ढंग से दो काम उसके सिपुर्द कर दिये, जिसमें एक था स्टेशन फ़ोन करके यह पता लगाना कि कल रिज़र्वेशन हो सकता है या नहीं। इनके उत्तर में सुमेर ने बड़ी तत्परता से स्वीकृति-सूचक सिर हिलाया।

शाम की मीटिंग बड़ी सरगर्मी से शुरू हुई, जिसके अध्यक्ष चुने गए श्री युगुल किशोर। वह एक भूतपूर्व क्रान्तिकारी थे, जो कभी जेब में पिस्तौल लेकर अंग्रेज़ सरकार ने टक्कर लिया करते थे, पर बाद में उन्होंने अपना सम्पूर्ण जीवन कला को ही समर्पित कर दिया। उनकी उम्र साठ के ऊपर पहुँच रही थी, लेकिन वह अब भी मोटे-ताजे थे और एक नाटे, बूढ़े साँड़ की तरह दिखाई दे रहे थे।

विरोधी गुट ख़ूब तैयार होकर आया था। उसके सभी सदस्य और समर्थक पीछे एक बड़ा जत्था बनाकर बैठे थे। विरोध का पवित्र कार्य उसी समय आरम्भ हो गया, जब नाथ अपना पेपर पढ़ रहा था और पीछे से कई बार 'शेम-शेम' की ध्वनियाँ गूँज उठीं।

इसके बाद गम्भीर बहस शुरू हो गई। नाथ ने अपने पेपर में आज़ादी के बाद कला के क्षेत्र में अब तक हुई प्रगति का लेख-जोखा प्रस्तुत किया था। उसका कहना था कि देश शोषणहीन समाज की ओर तेज़ी से बढ़ रहा है और इस प्रगति में कला एक महत्त्वपूर्ण भूमिका अदा कर रही है।

विरोधी पक्ष ने इस चुनौती को फ़ौरन स्वीकार कर लिया। उसके कुछ वक़्ताओं ने कहा कि देश विघटन और विनाश की ओर जा रहा है और आज कला सस्ती पोस्टरबाज़ी के अलावा कुछ भी नहीं है। इसके बाद दोनों गुटों में एक ऐसा महासमर शुरू हो गया, जिसमें एक गुट द्वारा प्रशंसित कलाकारों एवं कलाकृतियों को दूसरा दल अत्यन्त घटिया सिद्ध करने लगा। बहस के स्वर भी अब गर्जनापूर्ण हो गए थे।

इसके बाद विरोध पक्ष का एक नवयुवक नेता बोलने आया, जिसका मुँह पहले ही से काफ़ी तमतमा रहा था। उसने दस मिनट का पूरा समय भूमिका में ही बिता दिया। आठ मिनट उसने आत्म-परिचय क़िस्म के प्रवचन में लगा दिया और शेष दो मिनट प्रतिष्ठानों की मरम्मत में। बीच में उसने केवल यही सार्थक वाक्य कहा था—"प्राचीन मूर्तियों के भ्रष्टाचार के लिए कौन ज़िम्मेदार है?"

"महाशय जी, आपका समय ख़त्म हो गया।" अध्यक्ष ने विनम्रतापूर्वक टोका।

"मैंने तो अभी अपनी बात ही नहीं कही। पाँच मिनट मुझे और समय दिया जाए....।"

पर अध्यक्ष नहीं माने। नौजवान नेता भी ज़िद्द पर अड़ा रहा। दोनों में कहा-सुनी होने लगी। जब नौजवान नेता अत्यन्त उत्तेजित होकर चिल्लाया, "चुप्प!"

तो अध्यक्ष महोदय सहसा उठकर उसे पीटने के लिए लपके। ख़ैर, यह एक सीमा तक उचित भी कहा जा सकता है, क्योंकि जिसने एक समय अंग्रेज़ों कों नेस्तनाबूद करने का बीड़ा उठाया था, उसे दो दिन का लौंडा झड़प दे! लेकिन उनका बढ़ना था कि विरोध पक्ष एक साथ खड़ा होकर एक तेज़ तलवार की तरह आगे बढ़ा। इसके बाद एक अत्यन्त सफल शाब्दिक युद्ध आरम्भ हुआ, जिसकी एक ख़ूबी यह थी कि वह शारीरिक युद्ध में परिवर्तित होने से बाल-बाल बचा रहा और दूसरी यह कि इस मामले में सुमेर सबसे भाग्यशाली सिद्ध हुआ।

मीटिंग में दो प्रस्ताव प्रस्तुत किये जाने थे। एक, कला-भवन बनाने और दूसरा, एक कला-पत्रिका निकालने से सम्बन्धित था। लेकिन ये दोनों प्रस्ताव स्वीकार न किये जा सके और सब कुछ एक अभूतपूर्व हंगामे में समाप्त हो गया।

सुमेर एक दिन और रुका, जो लोगों से मिलने-जुलने और सैर-सपाटे में बीत गया। दूसरे दिन जब अटैची हाथ में लेकर होटल से निकला ही था कि नाथ की कार आकर सामने रुक गई।

"आओ डियर, भीतर बैठ जाओ...स्टेशन छोड़ देता हूँ...।" नाथ ने सिर कार से बाहर निकालकर कहा।

सुमेर एक क्षण के लिए भौकक्का रह गया। उसे ऐसी उम्मीद नहीं थी। सचमुच वह चुपके से स्टेशन निकल जाना चाहता था। पर अब कोई चारा नहीं था, क्योंकि उसे अचानक कोई बहाना ही नहीं सूझ रहा था। यह सही था कि नाथ से उसकी ख़ूब पटने लगी थी। नाथ ने उसको बहुत-सा काम दिलवाने, उसके चित्रों की एक प्रदर्शनी करवाने तथा प्रस्तावित कला-पत्रिका के सम्पादकीय मंडल में उसको शामिल करने के आश्वासन दिये थे। सुमेर उसकी बातों से समझ गया था कि अगले चुनाव में वह अध्यक्ष-पद के लिए खड़ा होना चाहता था। सचमुच सुमेर, नाथ से बहुत प्रभावित हो गया था। इस दुनिया में एक व्यक्ति का पल्ला पकड़ना कहाँ तक उचित है? महत्त्वाकांक्षा का भी तो एक सिद्धान्त होता है! अब वह स्वयं अपने प्रभाव-क्षेत्र को बढ़ाने के लिए अत्यन्त उत्सुक हो उठा था और नाथ के प्रस्तावों से वह बहुत प्रसन्न भी हुआ था। उसने नाथ को पूरी-पूरी मदद देने का वायदा भी किया था, फिर भी इस समय नाथ का आना उसे अच्छा नहीं लग रहा था।

वह अनिच्छापूर्वक कार में बैठ गया। जब कार चल पड़ी तो नाथ ने नई पीढ़ी की चुनौतियों पर एक प्रवचन चालू कर दिया। आकाश में बादल के कई टुकड़े तैर रहे थे। और हवा कुछ तेज़ चलने लगी थी। सुमेर 'हूँ-हूँ' अवश्य कर रहा था, लेकिन उसका दिमाग़ इस जोड़-तोड़ में लगा था कि किस तरह नाथ से पिंड छुड़ाया जाए।

सड़कें, मोहल्ले और बाज़ार गुज़रते जा रहे थे। सुमेर बार-बार देख रहा था। कार धीरे-धीरे आगे सरक रही थी। स्टेशन जब कुछ दूर रह गया तो सड़क की बाईं ओर एक पतली गली देखकर सुमेर ने कहा, "भाई, यहाँ रोक दीजिए...।"

"क्यों-क्यों?" नाथ चौंका।

"यहाँ गली में मेरी मौसी जी रहती हैं। गाड़ी खुलने में अभी देरी है। कुछ ज़रूरी काम हैं, सोचता हूँ उनसे मिल लूँ।"

"अच्छा...मैं कार रोके हुए हूँ, तुम मिल आओ...।"

"नहीं...आप जाइए। मैं चला जाऊँगा। वहाँ पता नहीं कितनी देर लगे...।"

नाथ ने कार रोक दी। जब सुमेर नीचे उतर गया तो नाथ ने उससे हाथ मिलाते हुए कहा, "अच्छा, तो ठीक है न?"

"ठीक है...इत्मीनान रखिए...।" सुमेर ने फिर आश्वासन दिया।

इसके बाद वह मुड़कर गली की ओर बढ़ गया। वह गली के अन्दर फुट-फुट बढ़ता गया। क़रीब एक फर्लांग जाकर वह एक पान की दुकान पर रुक गया। उसने दो बीड़े पान खाए और फिर पानवाले से इधर-उधर की बात करने लगा। लगभग बीस मिनट तक वहाँ रुका रहा। इसके बाद वह धीरे-धीरे क़दम रखता हुआ सड़क की ओर लौटने लगा। गली जहाँ समाप्त होती थी, वहाँ वह ठिठक कर खड़ा हो गया और सड़क के दोनों ओर देखने लगा। काले रंग की कोई कार दूर-दूर तक दिखाई नहीं पड़ी। इसके बाद उसने एक रिक्शे को बुलाया और उस पर बैठकर बोला—"स्टेशन।"

स्टेशन पर पहुँचकर उसने चोर की तरह इधर-उधर देखते हुए चुपके से सेकेंड क्लास का टिकट कटाया और तेज़ी से चलता हुआ वह गाड़ी के एक भीड़-भरे डिब्बे में धँसकर बैठ गया। वह दाहिने हाथ की कटोरी में अपने मुँह को टिका कर प्लेटफ़ार्म के दूसरी ओर बाहर देखने लगा। हर पल उसे डर लग रहा था कि कहीं नाथ अथवा कोई परिचित इसी डिब्बे में न घुस आए।

अब गाड़ी खुलकर तेज़ हो गई तो उसने अपना मुँह सीधा कर लिया। उसने डिब्बे के हर व्यक्ति को ग़ौर से देखा। जब हर चेहरा अपरिचित होने का आश्वासन मिल गया तो वह अत्यन्त प्रसन्न हो गया। उसका हृदय उछलने लगा। उसका मन ख़ूब हल्का हो गया और उसके मुँह पर स्वत: ही एक मुस्कराहट थिरकने लगी।

वह गर्दन उचकाकर डिब्बे से बाहर देखने लगा। हरे-हरे खेत पीछे भागे जा रहे थे। यह दुनिया कितनी सुन्दर है...कितनी सुखद! वह कुछ मधुर, पवित्र कल्पनाओं में खो गया।

प्रिय मेहमान

नीरज कमरे में टहलकर धीमे-धीमे स्वर में कोई गीत गुनगुना रहा है। दिन के दो बजे हैं। जुलाई के महीने में दो बारिशों के बाद मौसम लगभग साफ़ हो गया है और बाहर तेज़, आँखों को चौंधियानेवाली धूप निकली है। पत्नी और बच्चों के बाहर जाने के कारण वह इन दिनों अकेला है। उसका नाश्ता और भोजन एक बुढ़िया बना जाया करती है। उमस भरे उस रविवार के दिन उसने सवेरे-सवेरे हज़ामत बनवाई, पावरोटी, मक्खन और आमलेट का नाश्ता किया। फिर भोजन में पराठा, गोश्त, मीठी चटनी और सलाद का आनन्द उठाया और लगभग साढ़े ग्यारह बजे गुदगुदे, दूधिया बिस्तरे में धँसकर सुखपूर्वक खर्राटे भरने लगा। आधा घंटा पूर्व नींद खुलने पर उसने हाथ-मुँह धोकर नींबू का ठंडा शर्बत पिया था और अब उसकी तरावट का सुख अनुभव कर रहा था।

वह छत्तीस-सैंतीस वर्ष का ख़ूबसूरत नौजवान था। रंग गोरा, नाक नुकीली, मुँह बड़ा और दाढ़ी-मूँछ सफ़ाचट थीं। वह विश्वविद्यालय का सन्तुष्ट, सुखी और शान्तिप्रेमी शिक्षक था, जो लड़ाई-झंझट से दूर रहता, लोगों से बहुत कम मिलता-जुलता, बीवी को 'आप' कहता, बच्चों से सदा अंग्रेज़ी में बोलता और चुपचाप पैसा कमाने के कार्यों में लगा रहता...

वह सहसा चौंक पड़ा। बाहर से कोई दरवाज़ा खटखटा रहा है शायद!

उसने खूँटी पर से चिकन का कुर्ता पहना और आईने के सामने जाकर बालों को फिर सँवारा, फिर कमरे से निकलकर गलियारे को पार करने के बाद दरवाज़ा खोला। आश्चर्य से उसकी आँखें फैल गईं और मुँह खुल गया। नीलम! इस समय?

नीलम ने दोनों हाथ जोड़कर नमस्कार किया। फिर थोड़ा मुस्कराकर और यह कहते हुए कि 'बड़ी गरमी है' वह अन्दर चली आई। उसका गोरा चेहरा तमतमाया हुआ था और उस पर पसीने की बूँदें झलक रही थीं। वह चौड़े किनारे की सफ़ेद साड़ी पहने थी, जिसके आँचल के छोर से माथे को ढक लिया था। वह बहुत सुन्दर नहीं कही जा सकती लेकिन उसका लचकदार शरीर, और पतली कमर उसके व्यक्तित्व को आकर्षण प्रदान करते थे।

वह सहसा घूम गई और लोचदार स्वर में 'भाभीजी, भाभीजी' पुकारती अन्दर चली गई। नीरज का आश्चर्य और बढ़ गया। क्या उसे नहीं मालूम कि प्रमिला आजकल नहीं है!

जब वह कमरे के पास पहुँचा तो वह घर का निरीक्षण करके लौट चुकी थी। उसने पूछा, "भाभी नहीं दिखाई देतीं?"

"आपको नहीं मालूम?"

"नहीं।"

"अच्छा! एक महीने से वे लोग गए हुए हैं, मेरी ससुराल में शादी थी। अब आ जाना चाहिए।"

वह जैसे मजबूरी में हँस पड़ी। फिर गम्भीर होकर बोली, "मैं नहीं जानती थी... बेकार में आपको कष्ट दिया। मैं लायब्रेरी चली गई थी, वापस आई तो माताजी घर में ताला लगाकर कहीं चली गई थीं। चाभी-वाभी भी नहीं दे गईं। सोचा कि चलकर भाभी के यहाँ नहा आऊँ! ग़ज़ब की गरमी है..." इतना कहकर वह संकुचित-सी हो उठी।

"तो क्या हुआ? आप अब भी शौक़ से नहा सकती हैं। गुसलख़ाने में ख़ूब पानी आ रहा है, साबुन वग़ैरह भी वहीं पर है। कमरे में अलमारी के अन्दर आपकी भाभी जी के कपड़े हैं...किसी बात का संकोच करने की ज़रूरत नहीं।"

"आपको...?"

"नहीं, मुझे कोई असुविधा न होगी। जाइए, चली जाइए। संकोच-वंकोच की ज़रूरत नहीं।"

"मैं बहुत फ्रैंक हूँ..."

फिर वह मुस्कराती, शरीर को एक मनोहर लोच देती अन्दर चली गई। गुसलख़ाने में घुसकर जब नीलम ने दरवाज़ा भीतर से बन्द कर लिया तो नीरज कमरे में अन्दर जाकर खड़ा हो गया। उसने सहसा अनुभव किया कि उसका हृदय तेज़ी से धड़क रहा है।

वह लगभग तीन वर्ष से उसको जानता था। कभी-कभी वह उसके घर आ जाती थी। उसकी उम्र पच्चीस वर्ष से अधिक नहीं थी, यद्यपि दूसरों के मामले में बेहद दिलचस्पी रखनेवाले अनुभवी लोग तीस-बत्तीस बताते थे। वह प्राइमरी स्कूल की एक साधारण-सी अध्यापिका की लड़की थी, जिसको उसके पति ने जवानी में ही छोड़ दिया था और जिसे बाद में उसके पति के एक मित्र ने कुछ दिनों तक रखा और बाद में मार-पीटकर निकाल दिया। नीलम ने अंग्रेज़ी में एम.ए. कर लिया था। शादी और नौकरी के बारे में उसकी स्थिति लगभग समान थी। अचानक यह समाचार उड़ता कि फलाने से उसकी शादी होनेवाली है, जो कुछ दिनों तक ख़ूब गरम भी रहता और अन्त में धीरे-धीरे ठंडा पड़ जाता। नौकरी उसको जितनी आसानी

से मिलती उतनी ही आसानी से छूट भी जाती थी और वह इस तरह प्राइमरी से लेकर इंटर कॉलेज तक ऐसे विद्यालयों में साठ-साठ रुपये तनख़्वाह पर पढ़ा चुकी थी जिनके व्यवस्थापक बड़े-बड़े विद्वान और मानवतावादी नेता थे। यह भी कहा जाता था कि महत्त्वाकांक्षी लोग शादी का लालच देकर उसको अपने जाल में फँसा लेते हैं और अन्त में गन्ने की तरह चूसकर फेंक देते हैं और वह भी इस क्षेत्र की एक कुशल और अनुभवी खिलाड़ी बन गई है।

वह उसके यहाँ आती तो आते ही जाने को तैयार हो जाती, लेकिन थोड़ा-सा आग्रह करने पर बैठ जाती और चाय पीने के बाद गपशप करती रहती। वह अक्सर छोटी-मोटी चीज़ों के बारे में जिज्ञासा प्रकट करती। वह अपने बारे में बहुत ही कम बतलाती और अक्सर दूसरों से ही प्रश्न करती रहती। नीरज उसको देखते ही बहुत गम्भीर हो उठता। उसके आते ही वह अक्सर उठकर चल देता या बैठा भी रहता तो उसके चेहरे पर कुलीनता का गाम्भीर्य बना रहता। वह अपनी पढ़ी-लिखी और तेज़-तर्रार पत्नी से बेहद प्रभावित था और उसको एक आदर्श स्त्री समझता था और एक बदनाम लड़की के प्रति उपेक्षा प्रकट करके वह अपनी पवित्रता और पत्नी-भक्ति प्रकट करने का सन्तोष प्राप्त करता। किसी स्त्री या लड़की के सामने पहुँचकर वह 'बड़ा भाई' या 'उपदेशक' बन जाता था।

ख़ैर, इस समय एक प्रश्न उसके अन्दर मथानी की तरह घूम रहा था। आख़िर वह इस समय क्यों आई है? यह तो हो नहीं सकता कि उसको प्रमिला के मैके जाने की बात मालूम न हो। एक महीना पहले जब आई थी तो प्रमिला ने स्वयं उसको यह सूचना दी थी। और यदि वह उसकी बात भूल भी गई हो तो उसको दूसरी जगहों पर इसका पता अवश्य लग गया होगा क्योंकि प्रमिला की अन्य कई सहेलियों के यहाँ आती-जाती रहती है। फिर मान लिया जाए कि उसको कुछ मालूम न हो और वह यहाँ अचानक ही चली आई है तो वह नहाने को झट कैसे तैयार हो गई। यदि कोई अन्य शरीफ़ औरत होती तो अपनी सहेली के पति को पाकर फ़ौरन रफ़ूचक्कर हो जाती।

यह सब सोचकर उसके हृदय की धड़कन और तेज़ हो गई और उसके शरीर में एक अत्यन्त मीठी उत्तेजना दौड़ने लगी। उसने सम्भावनापूर्ण परिस्थितियों के केन्द्र में अपने को देखा और उसको अपने ऊपर गर्व हुआ—अपनी सुन्दरता पर, अपनी योग्यता और प्रतिभा पर और दूसरे पर विजय प्राप्त करने की अपनी शक्ति पर। इसमें तो कोई सन्देह नहीं कि वह बेहद प्रभावित है, सम्भवत: वह उससे मन-ही-मन प्यार भी करती हो, क्योंकि नारी इस संसार की अत्यन्त रहस्यमयी हस्ती है। प्रेम-रोमांस में हर्ज़ ही क्या है, विशेष रूप से ऐसी परिस्थिति में? घटनाशून्य ज़िन्दगी भी कोई ज़िन्दगी है? फिर वह तो कुएँ के पास गया नहीं बल्कि कुआँ ही उसके पास सरक आया, इसलिए उसकी व्यक्तिगत नैतिकता पर कोई आँच नहीं

आती और न उसकी किसी प्रकार की हेठी ही होती है। बहती गंगा में हाथ धोने की इच्छा किसे नहीं होती? ठीक से सोचा जाए तो यह एक मजबूर और सताई हुई औरत है। बेईमान अविवाहितों से तंग आकर एक शरीफ़ सुसंस्कृत विवाहित के प्यार का सहारा चाहती है तो हर्ज़ क्या है? ऐसी स्थिति में उसके दुख-दर्द कम कर देना एक परोपकार की भी बात होगी।

अब उसने एक शिकारी कुत्ते की तरह फ़ौरन कान खड़े कर लिये। गुसलख़ाने से पानी गिरने की आवाज़, बदन मलने की छपछपाहट और उसके भीतर से उभरती हुई मधुर कंठ की गुनगुनाहट सुनाई दे रही थी। उसकी दृष्टि के सामने जल में भीगा एक कमल काँपने लगा। दिमाग़ में एक ख़ुशबू भर गई और वह उस ख़ुशबू में स्वयं नहाने लगा। वह यह सोचकर बेहद अधीर हो उठा कि वह भी उसी के बारे में इस समय सोच रही होगी। लेकिन अचानक उसके मन पर एक बात बोझ बन गई। यदि प्रमिला को यह बात मालूम हो गई तो?

कुछ देर बाद गुसलख़ाने का दरवाज़ा खुला और नीलम निकलती दिखाई पड़ी। उसने अपनी ही साड़ी फिर पहन ली थी। वह आँख फाड़कर देख रहा था, गोया उसको पी जाएगा। आँगन में अलगनी पर तौलिया पसारने के बाद वह कमरे में आई। वह सिर झुकाकर चल रही थी।

कमरे में आने से पहले उसकी नज़र दरवाज़े की ओर चली गई थी। वह क्षण-भर के लिए सकपकाई, फिर मुस्कराने लगी थी।

"बड़ी गरमी थी..."

"स्नान हो गया?" उसने साहसपूर्वक ताजे फल के समान उसके शरीर का निरीक्षण किया।

"जी हाँ..." वह दूसरी ओर देखने लगी।

"अच्छा तो यह आईना है, कंघी, आदि है। मैं बाहर चला जाता हूँ..." उसने अपनी उदारता का प्रभाव जमाया।

"नहीं, इसकी ज़रूरत नहीं..."

"ज़रूरत कैसे नहीं, मैं जानता हूँ!"

इतना कहकर वह तेज़ी से कमरे से बाहर निकल गया, पर निकलते समय उसने तिरछी दृष्टि से उसको देखा, जो मज़ाक़िया ढंग से मुस्करा रही थी। इस मुस्कराहट ने उसकी उत्तेजना को कई गुना बढ़ा दिया। उसको अपने वाक्य से कई-कई अर्थ उभरते हुए महसूस हुए।

"आप बाहर क्यों खड़े हैं?"

वह बहुत ही उम्मीद से मुस्कराने लगा। उसने कल्पना की आँखों से देखा कि नीलम अपने शरीर को लोच दिये हुए खड़ी है और उसको बड़ी अदा से देख रही है। यदि उसने उसको इस तरह देखा तो यह निश्चित संकेत होगा कि उसके प्यार

की भूखी है। तब वह आगे बढ़कर उसका हाथ पकड़कर कहेगा कि मैं तुमसे...! हाँ, इसमें कोई हर्ज़ नहीं...

वह कमरे के अन्दर चला गया। लेकिन प्रवेश करते ही उसने देख लिया कि नीलम गम्भीरतापूर्वक दीवार पर टँगे एक चित्र को देख रही है। उसका रूप और भी निखर आया था। पता नहीं क्यों, आज वह उसे बहुत अच्छी लग रही थी। पर यह गम्भीरता क्यों? उसकी किसी बात से वह नाराज तो नहीं हो गई? या भीतर से दरवाज़ा बन्द करना उसको बुरा लगा है? कहीं उसका सोचा ग़लत न हो जाए और वह कहीं प्रमिला से शिकायत न कर दे! तब तो बड़ी गड़बड़ी हो जाएगी। देखते-ही-देखते उसके चेहरे पर आई, लम्बी मुस्कराहट लड़खड़ाकर लुप्त हो गई।

"बैठ जाइए न!" उसने स्वयं गम्भीर आवाज़ में कहा।

उसने नीरज की ओर चौंककर देखा, फिर एक कुर्सी खींचकर बैठ गई और अत्यन्त मिठास से मुस्कराने लगी।

नीरज की निराशा समाप्त हो गई और उसके हृदय में पुनः इच्छाओं का ज्वार उमड़ने लगा।

"अच्छा, मैं आपको चाय पिलाता हूँ! '

"नहीं...।" उसने सिर हिला दिया।

"वाह, चाय तो पीनी ही पड़ेगी। मैं अभी बना लाता हूँ...मेरी बनाई चाय उतनी अच्छी न बनेगी..."

"अच्छा तो चाय मैं बनाऊँगी...आप जगह और समान बता दीजिए...।" वह हँसने लगी।

"अरे, मैं पाँच मिनट में बना लाता हूँ।" उसने उसकी आँखों में मुस्कराती हुई दृष्टि से घूरते हुए कहा।

"अरे, मैं पाँच मिनट में बना लाता हूँ।" उसने उसकी आँखों में मुस्कराती हुई दृष्टि से घूरते हुए कहा।

"आप बैठिए, मैं यह काम अच्छा कर लेती हूँ। रसोई में सब सामान तो होगा ही। मैं अभी बना लाती हूँ..." वह गम्भीर हो रसोई घर की ओर चली गई।

नीरज कुर्सी पर हतप्रभ-सा बैठ गया। उसे शंका उत्पन्न हो गई। कहीं यह सचमुच अनभिज्ञता की स्थिति में न चली आई हो और इस समय उसकी भावनाएँ कहीं पवित्र न हों! सब गुड़-गोबर न हो जाए। लेकिन जल्दी ही उसने इस शंका को भगा दिया।

वह कुछ ही देर में चाय बनाकर ले आई। उसने छोटी मेज़ पर दोनों कप रख दिये और उसको उठाकर नीरज के सामने रख दिया। फिर एक कुर्सी खींचकर वह बैठ गई। फिर हँसकर बोली, "अब बताइए, कैसी बनी है चाय?"

नीरज जैसे किसी नशे में हो। उसने कप उठाकर चाय की दो-तीन चुस्कियाँ लीं, फिर उसकी आँखों में साहसपूर्वक घूरते हुए कहा, "वाह, ख़ूब बनी है!"

"सच?" वह मुस्कराई।

"मैं झूठ तो बोलता नहीं...।" उत्तेजना से उसके मुँह पर लाली दौड़ गई और वह नीचे देखकर मुस्कराने लगा। वह अब बेहद उतावला हो रहा था। फिर भी मन में एक दबा-दबा सन्देह था कि कहीं गड़बड़ न हो जाए! इस देश का दुर्भाग्य है कि यहाँ की लड़कियाँ पश्चिमी देशों की तरह फारवर्ड नहीं!

उसने जल्दी-जल्दी चाय पी। फिर कप को मेज़ पर रखकर बोला, "कैसा चल रहा है काम-धाम?"

"ठीक है..." नीलम ने भी चाय की अन्तिम चुस्की ली।

"यह संघर्ष का ज़माना है, तुमको अपना संघर्ष तेज़ करना होगा। डी.फिल. ज़रूर कर लो। ख़ूब मेहनत करो, मेहनत ही ज़िन्दगी है। मैं तो चाहता हूँ कि इनसान इस्पात का बने। मैं सब ठीक कर दूँगा। तुमको घबराने की ज़रूरत नहीं...अन्तिम वाक्य उसने कोमल भुनभुनाहट के स्वर में कहा और फिर हँसकर इधर-उधर देखने लगा।

नीलम गम्भीर हो गई थी। वह नीरज को देख रही थी। नीरज ख़ुश हो रहा था। उसको विश्वास हो गया था कि नीलम उसकी बातों से बेहद प्रभावित हो गई है।

उससे और आत्मीयता जतलाता हुआ बोला, "मुझे कभी-कभी तुम्हारे लिए बड़ा अफ़सोस होता है। कभी-कभी मैं तुम्हारी माँ के बारे में सोचता हूँ तो बड़ा कष्ट होता है। कैसी ज़िन्दगी है! दुनिया-भर की बातें! ख़ैर, मैं देख लूँगा सबको। बस, अपनी कोशिश यह रहनी चाहिए कि ग़लत लोगों से दूर रहा जाए। बस, तुम मेहनत करती जाओ। जो कठिनाई हो, मुझसे पूछ लिया करो।"

वह उसी तरह आँखें खोलकर उसको देखती रही।

नीरज उत्साहपूर्वक बोलता रहा, "मैं सब ठीक कर दूँगा। तुम्हारे भाग्य को बदल दूँगा। बस मिलते-जुलते रहना।" वह धीरे-से हँसा, "तुम निश्चित ही आगे बढ़ोगी। कोई तुम्हारा बिगाड़ नहीं सकता। तुम क़िस्मत की भी बहुत धनी हो, यह मैं तुम्हारे चेहरे को देखकर कह सकता हूँ। मैंने दो-तीन आदमियों को जो कुछ बताया है, वह ठीक-ठीक निकला है। तुम ज़रा अपना हाथ तो इधर करो..."

"हाथ?" वह धीमे स्वर में बोली।

"हाँ, इधर मुझे एक बहुत बड़े ज्योतिषी के संग-साथ का सुअवसर मिला है।"

"आप विश्वास करते हैं?"

"एक साइन्स तो है ही यह!"

"मैं भी जानती हूँ कुछ-कुछ।" वह व्यंग्यपूर्वक हँसी।

"तुम?" नीरज की आँखें फैल गईं।

"हाँ, आपके जानने में और मेरे जानने में फ़र्क़ है। आप हाथ देखकर बताते हैं, मैं बिना हाथ देखे ही बता सकती हूँ।" वह कटुता से बोली।

"अच्छा!" नीरज उसको पूरी नासमझी से देख रहा था।

"भाई साहब," वह आहत क्रुद्ध सिंहनी की तरह उसको देखती हुई अत्यधिक अभिमानपूर्वक बोली, "मैं अभी, इसी समय आपका हाथ देखे बिना आपके बारे में सैकड़ों बातें बता सकती हूँ। अच्छा, अब मैं चलूँगी...।"

"अरे..." नीरज के मुँह से इससे अधिक कोई बात न निकल सकी।

नीलम अचानक उठ खड़ी हुई और हल्का-सा नमस्कार करके इठलाती हुई बाहर निकल गई।

लड़का-लड़की

सितम्बर बीतते-बीतते बरसात समाप्त हो चुकी थी और आकाश निर्मल एवं नीला दिखाई देने लगा था। चन्दर ने उन्हीं दिनों एक फ़िल्म देखी। वह एक गोरा, ख़ूबसूरत और पतला-छरहरा नौजवान था, जिसको चलते हुए देखकर किसी वायु-प्रकम्पित ताजे बेंत की याद आ जाती। वह लाड़-प्यार में पला एक अच्छे खाते-पीते देहाती परिवार का लड़का था, जो बी.ए. की शिक्षा ग्रहण कर रहा था और विश्वविद्यालय के पास स्थित एक मोहल्ले में एक किराये के कमरे में रहता था। उस फ़िल्म का मुख्य अभिनेता उन्हीं फ़िल्मी लोकप्रिय नायकों की तरह था, जो सर्वगुण-सम्पन्न होते हैं और उछलकूद, फन, होशियारी और भावुकता का प्रदर्शन करके अन्त में एक लड़की का हृदय जीत लेते है। फ़िल्में तो उसने बहुत देखी थीं, लेकिन इसने उस पर गहरा असर डाला और कई दिनों तक वह सड़कों पर बेचैन घूमता रहा और अँधेरी रातों में आकाश एवं तारों की रहस्यमयता को निहारता रहा। उसके बाद वह शहर की उग्र राजनीतिक हलचलों में भाग लेने लगा। वह कभी किसी जूलूस या प्रदर्शन में शामिल होकर नारे लगाता, कभी किसी सार्वजनिक सभा में भाषण करता और दो बार आगे बढ़कर उसने छात्रों की हड़ताल में हिस्सा लिया। इसी रास्ते से वह महानता के शिखर पर पहुँचेगा और अपने देश को महान बनाएगा। लेकिन कुछ ही दिनों बाद वह तेज़ी से साहित्य की ओर मुड़ा, क्योंकि किसी पत्रिका में एक कहानी पढ़कर उसको सहसा महसूस हुआ था कि साहित्य का क्षेत्र ऊँची प्रतिभाओं से शून्य है।

वह अब लम्बी प्रेम-कहानियाँ और कविताएँ लिखने के लिए रतजगा करने लगा। उसने सम्पादकों के पास अपनी रचनाओं के साथ कुछ लम्बे आदर्शवादी और व्यक्तिगत पत्र भेजे और जब कुछ रचनाएँ लौट आईं, तो वह शहीदाना ढंग से व्यंग्यपूर्वक मुस्कराया कि ये लोग एक दिन उसके पैरों पर गिरेंगे। वह अब अपने जीवन से बेहद सन्तुष्ट रहने लगा और अब उसको एक ऐसी सुन्दर लड़की की ज़रूरत महसूस होने लगी, जो उसकी अद्वितीयता से प्रभावित होकर उस पर अपना जीवन न्यौछावर कर दे, किन्तु बहुत-सी घटनाओं में तलाश करने के बावजूद जब उसको ऐसी लड़की नहीं मिली, तो वह अत्यधिक परेशान हो उठा क्योंकि वह अधिक प्रतीक्षा नहीं कर सकता था।

एक दिन सवेरे, जब हवा तेज़ चल रही थी तथा वह अपने कमरे के सामने टहल रहा था, तो उसकी दृष्टि तारा की ओर गई, जो खुली छत पर खड़ी अपने बाल सुखा रही थी। वह उसी मकान में रहनेवाले एक क्लर्क की लड़की थी, जिसके एक कमरे का वह किरायेदार था। लड़की का रंग साँवला था और शरीर लम्बा तथा दोहरा, जिसके अलावा और कोई ख़ास बात उसमें न थी। वह बार-बार अपने बालों को झटक रही थी और उन पर धूप पूरी तरह पड़ सके, इसके लिए शरीर को कभी बाईं ओर मोड़ लेती थी और कभी दाईं ओर। एक बार हवा इतनी तेज़ चली कि उसके बाल उड़ने लगे, गोया असंख्य काले सर्प भाग रहे हों। उसका आँचल भी उड़-उड़ जाता, जिसको सँभालने में उसको खेल का मज़ा आने लगा और वह शरारत से मुस्कराई और तभी उसकी नज़र नीचे चन्दर की ओर गई और वह बेहद संकुचित हो गई और अपने शरीर को सिकोड़ तथा झुकाकर घर के अन्दर भाग गई।

चन्दर को बेहद आश्चर्य हुआ। उसने कभी सोचा भी न था कि उस लड़की में इतनी चंचलता और शोख़ी हो सकती है। कमल के नाल की तरह झूलती नंगी बाँहें और हथिनी की तरह मांसल शरीर। दरअसल उसने उस लड़की को कभी महत्त्व नहीं दिया था, यहाँ तक कि उसको ठीक से देखा भी नहीं था, यद्यपि वह उसके घर के अन्दर आता-जाता था और उसके यहाँ दावतों और समारोहों में कई बार शामिल भी हो चुका था। उसका ख़याल था कि वह एक भोंदू, गन्दी और आलसी लड़की है, जैसी कि क्लर्कों की लड़कियों के बारे में उसकी राय थी। वह तीन मील पैदल चलकर कॉलेज पहुँचती थी, उतनी ही वापस लौटती थी, मामूली कपड़े पहनती थी तथा घर में डाँट-फटकार सुनती रहती थी।

यह सब सोचकर चन्दर को उस लड़की पर इतनी दया आई कि वह वर्तमान सामाजिक व्यवस्था के प्रति प्रबल आक्रोश से भर उठा। वह उस लड़की के भाग्य को सुधारेगा और इस तरह समस्त सामाजिक व्यवस्था पर क्रूर प्रहार करेगा तथा एक साधारण लड़की को प्यार करके देश के सामने अपनी महानता को सिद्ध कर देगा और इस महत्त्वपूर्ण निश्चय पर पहुँचकर उसको अपने ऊपर एक वीर नायक की तरह गर्व हुआ। वह बहुत ही आसानी से उत्साह एवं उमंग की मूर्ति बन गया और दूसरे ही दिन से उस लड़की को एक ऐसे प्रेमी की नज़र से देखने लगा, जो अपने प्यार की ख़ातिर बड़ा-से-बड़ा त्याग करने को तैयार हो। जब वह कॉलेज जाने लगती, तो वह साफ़-सुथरे कपड़े पहनकर कमरे से बाहर आकर खड़ा हो जाता और कॉलेज से लौटने के समय भी वह वहीं मौजूद मिलता, कभी-कभी वह कुछ दूर तक उसका पीछा करता, कभी रास्ते में ही खड़ा दिखाई देता और कभी-कभी छुट्टी होने के समय कॉलेज के गेट के सामने व्यस्ततापूर्वक इधर-उधर जाते हुए नज़र आता। इसके बाद वह उससे बातचीत करने की कोशिश करने लगा।

"क्या समय है?"

"आज देर से क्यों जा रही हो?"

"कॉलेज में आज छुट्टी नहीं है?"

उखड़े-उखड़े प्रश्न। आँखों में दया, दुख और शहादत की भावनाएँ तैरा करतीं।

फिर तो उसकी गतिविधियाँ कुछ इस ढंग से बढ़ीं कि लड़की को सचेत हो जाने के लिए मजबूर हो जाना पड़ा। पहले तो उसको अचम्भा हुआ था, फिर वह उसको अविश्वास से देखने लगी, यहाँ तक कि कुछ ही दिनों बाद उसकी आँखों से एक अजीब भय झाँकने लगा।

उस दिन चन्दर काफ़ी आगे बढ़ गया, जब वह अपने कमरे में बैठा था और तारा कॉलेज से वापस आई थी। चन्दर ने पहले कमरे के दोनों दरवाज़ों के बाहर देखा और जब कोई दिखाई न पड़ा तो गलियारे से जल्दी-जल्दी गुज़रती हुई तारा को उसने पास बुलाया। तारा ने उसको चौंककर देखा, फिर उसका चेहरा फक पड़ गया और वह डरती-डरती कमरे के अन्दर आई और सिर झुकाकर खड़ी हो गई।

"तुम्हारी पढ़ाई कैसी चल रही है, तारा?" चन्दर ने किसी हितैषी के अधिकार से पूछा।

"ठीक चल रही है।"

"कोई कठिनाई है?"

"नहीं।"

"कठिनाई महसूस होने पर पूछ सकती हो। मैं कोई भूत नहीं हूँ। बस, यही समझ लो कि मैं तुम्हारा कोई नुकसान नहीं देख सकता।"

तारा का सिर झुका का झुका रहा। चन्दर ने उठकर कमरे में दो बार चहलक़दमी की, फिर वह तारा के एकदम निकट आकर बोला—"तारा, तुमको डरना नहीं चाहिए। अपने को हीन नहीं समझना चाहिए। तुममें बहुत-सी अच्छाइयाँ हैं। डरने की क्या ज़रूरत है?"

उसकी बातों का तारा पर न मालूम कैसा असर हुआ कि उसका चेहरा रुदन की हलकी लकीरों में खो गया और अचानक छटककर कमरे के बाहर निकल गई।

तारा ने जल्दी से किताबें रखीं और एकान्त कमरे में बैठकर चुपचाप आँखें पोंछने लगी। वह सचमुच अपने को बहुत छोटा महसूस करने लगी, गोया किसी ने संकेत करके यह बता दिया हो कि उसका स्थान कहाँ है। वह अपने माँ-बाप की प्रथम भूख-प्यास की लड़की थी और उसको कभी बहुत लाड़-प्यार भी मिला था। उसका दिमाग़ बहुत अच्छा था और वह अपने इम्तिहान बहुत अच्छे नम्बरों से पास करती रही थी। लेकिन धीरे-धीरे उसके परिवार के सदस्यों की संख्या बढ़ती गई और बाज़ार में ज़रूरी सामानों की क़ीमतें चढ़ती गईं और उसके परिवार पर एक काली छाया मँडराने लगी। अब घर में रोज़ ही लड़ाई-झगड़ा होने लगा। मामूली बात पर चख-चख और गाली-गलौज़। पिता नाराज होकर घर से निकल जाते।

कभी माँ खाना-पीना छोड़कर अपने को कमरे में बन्द कर लेती। स्वयं उस पर भी रोज़ ही डाँट-फटकार पड़ती। उसको छाती फाड़कर काम करने पड़ते, बच्चों को सँभालना पड़ता और छोटे भाई को गोद लादना पड़ता।

कई बार उसकी पढ़ाई छुड़ाने की बात आई, जिसके लिए कई बार उसकी माँ ने ज़िद ठान ली, लेकिन उसके पिता की वजह से ऐसा नहीं होने पाता था, क्योंकि वह जानते थे कि बिना पढ़ाई-लिखाई के शादी नहीं हो पाएगी और यदि शादी जल्दी न भी हो, तो लड़की कम-से-कम अपने पैरों पर खड़ी तो हो जाएगी, लेकिन घर के घुटन-भरे वातावरण ने उसकी उमंग को समाप्त कर दिया था और वह घर तथा काम से भागने लगी। जब कॉलेज जाने का समय होता था, तो उसके उत्साह की सीमा न होती। उसकी टाँगों में अजीब-सी स्फूर्ति आ जाती और वह जल्दी से काम निबटा कर बाहर निकल जाती। फुर्र-फुर्र बाहर निकलकर उसको अजीब-सी शान्ति महसूस होती। काश, वह अपने घर कभी न आ पाती और इसी तरह सड़कों पर घूमती रहती! लेकिन जब शाम को वह घर लौटती, तो उसको महसूस होता कि मानो उसके पाँवों में मन-मन के बोझे बाँध दिये गए हों और हृदय पर एक भारी शिला रख दी गई हो। कैसी मजबूर और हीनता भरी ज़िन्दगी थी!

उसका रुदन सिसकियों में बदल गया, जिसके थमने पर वह चन्दर की बातें सोचने लगी और उसको एक अजीब ताज़गी और नवीनता का अनुभव होने लगा तथा यह भी कि उसका भी कुछ महत्त्व है। बादलों की तरह निरुद्देश्य भागते हुए उसके मन को एक ठोस आधार प्राप्त हुआ था। देखते-ही-देखते सब कुछ उलट-पुलट गया और उसके मन में एक प्रबल आँधी चलने लगी। रात में वह चुपके से चारपाई छोड़कर खुली छत पर आ जाती और अन्धकार में कुछ तलाश करने लगी। लगातार बरसते हुए पानी को देखकर उसकी आँखें भर आतीं और कुछ ही दिनों बाद वह कुछ पूछने के बहाने किताब लेकर चन्दर के कमरे में पहुँच जाती और शीघ्र ही इस पूछने और बताने के बीच प्यार का नाटक खेला जाने लगा। अन्त में वे छिप-छिपकर मिलने लगे, कभी रात के अँधेरे में और कभी कॉलेज के फाटक पर।

"मेरा साथ दोगी?" चन्दर कभी पूछता था।

"मैं नहीं जानती!" तारा शरमा जाती थी।

"नहीं, मैं साफ़-साफ़ बातें सुनने का आदी हूँ।"

"दूँगी...दूँगी!"

"मैं दुनिया को दिखा दूँगा...!" चन्दर गर्व से कहता था। इसके बाद चन्दर बहुत ही ऊँचाई से अपना जीवन-दर्शन पेश करने पर आ जाता। उसकी बात 'मेरे विचार में' या 'मैं यह सोचता हूँ' से शुरू होती थी। उसको पूरा विश्वास था कि वह एक महान क्रान्तिकारी और परोपकार का कार्य कर रहा है, जिसमें अपनी पूर्ण विजय और सर्वोच्चता की बात सोचकर वह सारे समाज को अपने शत्रु के रूप में

कल्पना करने लगता। अपने प्यार को लेकर वह निरन्तर संघर्ष और लड़ाई की बात सोचता था और इसी के लिए तारा को तैयार करना चाहता था।

"तारा, तुमको बड़ी-से-बड़ी कुरबानी करने को तैयार रहना चाहिए। तुमको किसी से डरना नहीं है, तुमको अधिक-से-अधिक परिश्रम करके, अधिक-से-अधिक पढ़ना है। किसी के सामने अपना सिर झुकाने की ज़रूरत नहीं है। मैं सबको देख लूँगा। तारा, मुझे योग्य और स्वाभिमानी स्त्रियाँ पसन्द हैं। तुम्हें मेरे विचारों के योग्य बनना है।"

जाड़ा और गर्मी बीत गई और फिर बरसात आ गई। तारा इंटरमीडिएट पास करके बी.ए. में पहुँच गई। इन कुछ महीनों में चन्दर के प्यार और विचार ने उसके जीवन को सम्पूर्णतः बदल दिया। उसकी आँखों में सदा एक चमक दिखाई देती, जैसे प्रात:काल पूर्वी क्षितिज का अँधेरा फट जाता है। उसने अपने जीवन और दोषों को नई दृष्टि से देखा और वह जल्दी-से-जल्दी चन्दर के अनुकूल बनने के लिए उत्सुक हो उठी।

उसके होंठों पर सदा एक मधुर और विश्वासपूर्ण मुस्कराहट छाई रहती और वह उत्साह, स्फूर्ति, स्नेह और सद्भाव की मूर्ति बन गई। वह तड़के ही उठ जाती, घर की सफ़ाई-वफाई करके ख़ुद नहाकर अँगीठी जला देती और समय पर नाश्ता तैयार करके सबको आश्चर्यचकित कर देती। उसने दूसरों की अन्य आवश्यकताओं पर ध्यान देना शुरू किया। उसने सबके कपड़े प्रेस करने, पिताजी तथा छोटे भाइयों के जूते पालिश करने तथा माताजी के लिए तम्बाखू चढ़ाने का नियम बना लिया। अब माँ को सवेरे नियमित रूप से पानी भरे लोटे में रखी नीम की दातून तथा भोजन के समय सबको प्याज और चटनी अवश्य मिल जाती। वह छोटे भाई-बहिनों को समय पर उठाकर तैयार करा देती तथा उनको खिला-पिलाकर पढ़ने के लिए बिठा देती। जब वह कॉलेज जाती, तो उसका मन सदा चन्दर के प्यार से पुलकित रहता और वह अपनी सहेलियों के सामने भी बातचीत में सदा चन्दर के विचारों को ही दुहराती रहती। उसका जीचन एक महान दिलचस्पी, विश्वास एवं प्रतीक्षा में परिवर्तित हो गया था।

एक दिन जब वह कॉलेज से लौटी तो उसकी माँ उसके छोटे भाई पप्पू को गालियाँ दे रही थी।

"माँ, यह ठीक नहीं है" तारा ने कहा।

"क्या ठीक नहीं है?"

"गालियाँ देना।"

"अरे मेरी भौजी! तू मुझे ही सिखाने चली है? आओ तो झाड़ू से बात करूँ।"

तारा का मुँह क्रोध से तमतमाने लगा और आँखें चमकने लगीं। उसने झनझनाती आवाज़ में कहा, "आप मेरे प्रति ऐसी ज़बान का इस्तेमाल नहीं कर सकतीं!"

"क्या? तेरी यह हिम्मत?"

"मैं अब बड़ी और ज़िम्मेदार हो गई हूँ। मैं यह सब बर्दाश्त नहीं करूँगी!"

"अरे पप्पू, बुला अपने बाप को!" उसकी माँ चीख़ पड़ी, "आने दे उनको, मैं तेरा दीदा नवाती हूँ। बाप रे, यह लड़की तो हाथ से निकलती जा रही है! ठहर जा, मैं तेरा पढ़ना-लिखना छुड़ाती हूँ और इसी साल तुझे इस घर से भगाती हूँ...!"

"मैं कहीं नहीं जाऊँगी।" तारा ने दृढ़ स्वर में कहा।

"क्या कहा? तू शादी नहीं करेगी?"

"नहीं...नहीं!"

"तो क्या करेगी, छाती पर मूँग दलेगी?"

"मूँग क्यों दलूँगी? मैं अधिक-से-अधिक पढ़ूँगी और अपने पैरों पर खड़ी होऊँगी। मैं अपनी समस्या ख़ुद हल करूँगी, तुमको चिन्ता करने की ज़रूरत नहीं है।"

"पढ़ूँगी!" माँ होंठ विकृत करके बोली—"तू पढ़ेगी क्या, सारे ख़ानदान की नाक कटाएगी! रह, ज़बान लड़ाने का मज़ा चखाती हूँ!" इसके बाद उसकी माँ ने पास में रखे एक डंडे को उठा लिया और आगे लपककर उसकी पीठ पर प्रहार करने लगी। तारा पहले चीख़ी। इसके बाद काठ की तरह खड़ी होकर मार खाती रही। उसका मुँह लाल हो गया था और आँखों से झर-झर आँसू गिर रहे थे।। आँसुओं से भीगे हुए होंठों में वह बुदबुदाई—"मारकर तुम मेरी जान ले सकती हो, लेकिन मेरे विचारों को बदल नहीं सकतीं..."

तारा ने भोजन त्याग दिया। वह पहले की तरह ही सब काम करती रही, लेकिन अन्न को हाथ न लगाती। पहले तो माँ ज़िद में कुछ न बोली लेकिन जब दो दिन बीत गए तो माथा ठनका। इसको पता नहीं इधर क्या हो गया है, कहीं यह सचमुच जान न दे दे! इसके लक्षण इधर समझ में नहीं आते! देर तक बनाव-शृंगार करती रहती है। बातें भी एक बुज़ुर्ग की तरह करती है। लड़की को यह सब शोभा देता है? लड़की को तो हमेशा सिर झुकाकर चलना चाहिए। ज़माना कितना ख़राब आ गया है। इज़्ज़त आबरू से दिन कट जाएँ, यही बहुत है। उसने अब पति से सारी बात कह देना उचित समझा और कहकर वह स्वयं रोने लगी।

पति ने पहले पत्नी को बहुत फटकारा, फिर वह तारा के पास जाकर बैठ गए। उन्होंने साफ़-साफ़ बात करना उचित समझा। प्रश्न-पर-प्रश्न! तारा पहले हिचकिचाई। लेकिन पिता ने कहा कि वह पढ़ी-लिखी लड़की है और वह उससे साफ़-साफ़ बातें सुनना चाहते हैं। पिता के स्वर में अपार सहानुभूति थी। तारा अपने को रोक न सकी। उसने सब कुछ बता दिया और उसकी हिचकियाँ बँध गईं।

पिता का चेहरा गम्भीर हो गया और वह वहाँ से उठ आए। वह टहलने लगे। चुपचाप। कभी यह लड़की कितनी छोटी थी और आज बड़ी होकर ऐसी बातें कर रही है। ज़माना कितना बदल गया है। क्या ऐसा हो सकता है? काश, ऐसा हो सकता।

विभिन्न जातियों के बीच आज शादियाँ होने लगी हैं, इसमें ख़ास बात क्या है? फिर वह तिलक, दहेज से बच जाएँगे, जिसके लिए क़र्ज़ लेने के अलावा और कोई चारा नहीं है। लड़का बुरा नहीं है। वह देर तक सोचते रहे, फिर भी किसी निश्चय पर नहीं पहुँच पाए, क्योंकि तर्क एवं सच्चाई के सहारे जब वह दो क़दम आगे बढ़ते थे, पुराने संस्कार उनके क़दमों को पीछे खींच लेते थे।

रात में देर तक पति-पत्नी खुसुर-फुसुर करते रहे। बीच में पत्नी रोई-चिल्लाई। फिर पति देर तक समझाते रहे। स्पष्ट, दृढ़ आवाज़। तर्कसंगत बातें। नये ज़माने के विचारों को स्वीकार करने की दलीलें। पत्नी का विरोध मन्द पड़ने लगा। फिर पता नहीं कब सब कुछ ख़ामोशी में खो गया।

तारा सारी बातें छिपकर सुनती रही थी। जब वे सो गए, तो वह चुपके से पैर दबाकर निकली। ख़ुशी के मारे उसकी देह थरथरा रही थी। चन्दर को वह कब यह सब सुनाएगी? चारों ओर घना अँधेरा कुंडली मारकर बैठा था। हवा गुमसुम थी, जैसे किसी षड्यंत्र में लीन हो। चन्दर अभी सोया नहीं था। खटखटाहट सुनते ही उसने दरवाज़ा खोल दिया और हाथ बढ़ाकर तारा को अपने पास खींच लिया।

"आज मैं बहुत ख़ुश हूँ।" तारा ने मुस्कराकर कहा। उसकी आँखें प्यार से चमक रही थीं।

"क्या बात है?" चन्दर ने लापरवाही से पूछा।

"मिठाई खिलानी पड़ेगी।"

"ज़रूर! अब बताओ।"

"पिताजी राज़ी हो गए हैं।"

"राज़ी हो गए हैं? क्या मतलब?" चन्दर कुछ भी समझ नहीं पाया था।

तारा ने विस्तार से सारी बातें बताईं। उसके स्वर में उमंग की तेज़ी और चमक थी। चन्दर का चेहरा सहसा फक पड़ गया। उसने अपने को आलिंगन से मुक्त कर लिया और खिड़की के बाहर अँधेरे में देखने लगा। शादी! वह अपने को महान समझता था और उसकी कल्पना थी कि उसका प्यार महान संघर्ष महान तूफ़ान और महान कुरबानी के दौर से गुज़रेगा। उसके प्यार की ऐसी साधारण परिणति होगी, ऐसा उसने सोचा भी न था। उसका मुँह देखते-ही-देखते कठोर हो गया।

"क्या बात है?" तारा डर गई।

"यह धोखा है!" उसने घृणा से मुँह बिचकाते हुए कहा।

"क्या धोखा है?"

"तुम धोखेबाज़ हो। तुमने शुरू से आख़िर तक मेरे साथ धोखा किया है।"

"क्या धोखा किया है, आप बताते क्यों नहीं?" तारा ने रुआँसे स्वर में कहा।

"हाँ, किया है। इसी के लिए तुम मेरे पीछे पड़ी हुई थी, पर आज मैं समझ गया कि तुम जीवन में कुछ कर नहीं सकतीं। तुमसे कोई बड़ा काम नहीं हो सकता।"

"बड़ा काम और कैसे हो सकता है?" तारा का चेहरा अपमान से तमतमाने लगा।

"बड़े काम करने के बड़े तरीक़े होते हैं। उसके लिए बड़े संघर्ष से गुज़रना पड़ता है। तुम उनके क़ाबिल नहीं हो।"

"मैं सब समझ गई।" तारा के स्वर में तीखापन था।

"क्या समझ गईं?"

"आप मुझे प्यार नहीं करते। आप प्यार कर ही नहीं सकते।"

"क्या मतलब?" चन्दर चौंक पड़ा।

"मतलब स्पष्ट है। प्यार की चरम परिणति है शादी, इसी मंज़िल तक पहुँचने के लिए संघर्ष और कुरबानियाँ की जाती हैं। लेकिन जब यह मंज़िल प्राप्त हो जाती है, तो आपको ख़ुशी नहीं होती। इसका अर्थ है कि आपकी संघर्ष की बातें ज़िम्मेदारियों से बचने और स्वार्थ को छिपाने का बहाना है। मैंने तो जीवन के आरम्भ से ही संघर्ष किया है, आपने क्या किया है? आप भूख जानते हैं? आपको ग़रीबी, जलालत, घुटन, ऊब, निराशा का पता है? साफ़ बात तो यह है कि आपको एक नारी-देह की ज़रूरत है और ज़रूरत है अपने अहंकार की तृप्ति की।"

"तुम वाहियात बक रही हो।" चन्दर ने घूरकर कठोर स्वर में कहा।

"हाँ, वाहियात बक रही हूँ!" तारा और भी तीखी आवाज़ में बोली—"लेकिन आज आपको सब कुछ सुनना पड़ेगा। मैं आपको कितना प्यार करती हूँ यह नहीं बता सकती, लेकिन आज आपकी भी ग़लत बातों को मैं बर्दाश्त नहीं कर सकती। आपका भी ऐसा ही कहना है। आपके लिए तो मैं बड़ा-से-बड़ा त्याग करने को तैयार थी, लेकिन इधर मैंने यह महसूस करना शुरू किया है कि आप केवल अपनी ही बातों को महत्त्व देते हैं, दूसरों की भावनाओं की आपको कतई परवाह नहीं। कितनी बार मेरी इच्छा हुई कि आपसे अपने मन की बातें कहूँ...अपने दुख-सुख की, अपनी कल्पनाओं की, भविष्य की। कई बार मैं कोई अच्छी किताब पढ़कर आती थी और उसके बारे में आपसे बातें करना चाहती थी, लेकिन आप मेरी हर बात को काटकर अपनी बातें शुरू कर देते थे। वही उपदेश। वही छात्र-आन्दोलन के अनुभव। आपको दो ही बातों से मतलब है, एक मेरी देह से और दूसरा मुझे उपदेश देने से। मैं मेहनत करूँ, मैं कुरबानी देने को तैयार हो जाऊँ। आप क्या करेंगे? आप क्या मेहनत करते हैं? बात तो यह है कि आप सदा हवा में उड़ते रहना चाहते हैं और आज जब ज़मीन पर उतरने का मौक़ा आया है, त्याग करने का समय आया है, तो आप जान बचाना चाहते हैं, इसीलिए आप नाराज हैं, अपने लिए मौज़पूर्ण ग़ैर-ज़िम्मेदारी और दूसरों के लिए परिश्रम, कर्तव्य और ज़िम्मेदारी, यही आपका जीवन-दर्शन है। पर मैं आपसे यह पूछती हूँ कि आपने मेरा जीवन क्यों बरबाद किया? ख़ैर, आप यह गाँठ बाँधकर रख लीजिए कि मैं किसी की दया पर निर्भर नहीं रहना चाहती!"

अन्त में उसकी बातें रुदन में बिखर गईं और वह तेज़ी से बाहर निकल गई।

चन्दर कुछ देर तक कमरे में सुन्न खड़ा रहा। ऐसी उम्मीद उसको न थी। कुछ क्षणों के लिए उसको लगा कि तारा की बातें सही हैं। तब वह अपने को बहुत ही छोटा महसूस करने लगा। लेकिन शीघ्र ही उसने अपने को इस भावना से मुक्त कर लिया। अब उसका मुँह क्रोध और घृणा से विकृत हो गया। एहसान करने का यह फल मिलता है! जिसको उसने कीचड़ से निकाला था, वह अब उसी पर प्रहार कर रही है! यह है दुनिया! उसने अँधेरे में थूका और ज़ोर से दरवाज़ा बन्द कर लिया।

फ़र्क़

मोहल्ले में पुलिस थाना हो तो क्या पूछना! सवेरे सात बजे ही बहुत-से लोग एक लड़के को पकड़कर ले आए। उसकी उम्र पन्द्रह वर्ष से क्या कम होगी। वह एक गन्दा खाकी पैंट पहने था। क़मीज़ भी गन्दी और फटी थी। उसके होंठों से ख़ून बह रहा था, जिसको वह बार-बार जीभ निकालकर चाट रहा था। वह भय और आतंक से सकपकाकर दरोगा की ओर देख रहा था, जो कुर्सी पर दोनों टाँगें आगे फैलाकर बैठा था और बड़े इत्मीनान से अपनी बिच्छूनुमा मूँछों को ऐंठ रहा था।

लड़के को पुलिस के हवाले करके भीड़ सामने जम गई। भीड़ के आगे एक व्यक्ति लुंगी और बनियान में खड़ा था। उसका पतला छरहरा शरीर क्रोध में बटी हुई रस्सी की तरह ऐंठ गया था। वह अपने दाहिने हाथ को आगे डंडे की तरह तानकर चिल्लाया, "दरोगा जी, इसको कुछ ऐसा खाने को दीजिए कि छठी का दूध याद आ जाए!"

"हाँ, मारिए साले को...।" एक चीख़ गूँज उठी।

"अरे, बेकार यहाँ लाया गया। मैं तो इसको पाँच मिनट में दुरुस्त कर देता। ख़ैर मनाइए कि मैं ज़रा लेट पहुँचा।" एक व्यक्ति आत्मविश्वास-भरे स्वर में भुनभुनाया। वह केवल एक ढीला-ढाला कच्छा पहने था और उसकी छाती पर बाल झौवों की तरह फहरा रहे थे।

"ऐसे लोगों की दवा तो मैं जानता हूँ। इनको पेड़ पर उल्टा लटका देना चाहिए और नीचे से मिर्चे का धुआँ देना चाहिए।"

"नहीं-नहीं, ऐसे लोगों को तो चौक में खड़ा करके शूट कर देना चाहिए। अगर मेरे हाथ में शासन हो तो दिखा दूँ। एक दिन में चोरी-बदमाशी-भ्रष्टाचार आदि ख़त्म कर दूँ।"

"अच्छा जाने दीजिए...बच्चू मज़े का पा चुके हैं।"

भीड़ के लोग ग़ुस्से में बेहद उत्तेजित होकर आँखें फाड़-फाड़कर लड़के को इस तरह घूर रहे थे, गोया उसको कच्चा ही चबा जाएँगे। उनके शरीर तने हुए थे और छाती निकल आई थी। उनके चेहरों पर एक गर्वपूर्ण अधिकार का भी भाव था कि जो काम पुलिस नहीं कर सकी थी, उसको उन्होंने कर दिखाया था।

गर्मी की ऋतु और प्रात:काल का समय, वे जिस हालत में थे, उसी हालत में दौड़े चले आए थे। किसी के मुँह में दातून था और कोई अब भी आँखें मलकर कीचड़ निकाल रहा था।

लड़का थाने के दरवाज़े के सामने सिकुड़कर खड़ा था। उसका सिर झुका हुआ था। कैसा सूखा और चिचुका हुआ चेहरा था उसका। उसके गाल की हड्डियाँ उभर आई थीं। कभी-कभी वह भयातुर दृष्टि से भीड़ को या दरोगाजी को देख लिया करता था।

दरोगा ने उठकर उसको एक झापड़ लगाया, "हरामी, तुम लोगों को मैं ख़ूब जानता हूँ। तुम लोग माँ के पेट में से ही यह सब सीख आते हो।"

लड़का दो बार पतली आवाज़ से चिल्लाया, गोया किसी छोटी लाइन के इंजिन ने सीटी दी हो। फिर वह चुप हो गया। उसकी आँखों से आँसू नहीं गिर रहे थे, जैसे रोने के लिए आवश्यक चेतना उसमें शेष न हो।

"बता साले, यह हराम की कमाई कब से कर रहा है?" दरोगा ने एक लात जमाकर पूछा।

"दो महीने से सरकार।"

"वाह बेटा! यह सब क्यों करता है रे?"

"सरकार, खाने को नहीं मिलता।"

"देख बे, साफ़-साफ़ बता, नहीं तो मारते-मारते हलुआ बाहर कर दूँगा। मुझे जानता नहीं, बड़ों-बड़ों की हड्डी-पसली एक कर चुका हूँ, तेरी क्या हस्ती। मेरे हाथ से कोई बच नहीं सकता, यमराज के यहाँ से पकड़ मँगवाता हूँ। सब कुछ साफ़-साफ़ बता जा। कौन-कौन तेरे साथी हैं?"

"कोई नहीं हुजूर...।"

"तो अकेले करता है यह सब?"

"हाँ हुजूर...जब भूख बर्दाश्त नहीं होती तो...।"

"झूठ बोलता है। ये सब पेशेवर होते हैं।" भीड़ में से कोई चिल्लाया।

"मारिए...ख़ूब मारिए...।"

"मुर्गा बनाकर दस-बीस ईंटें पीठ पर रख दीजिए।"

"अरे, इसके घर जाइए तो पता चले। हम लोगों के घर में तो खोजने पर भी सोना-चाँदी के दो-चार गहने निकलेंगे, पर इसके घर में एक-से-एक बढ़िया माल देखने को मिलेगा।"

"यह किसी बड़े गैंग का मेम्बर मालूम होता है जी।"

"इनसे कुछ भी नहीं बचा है। चोरी ये करें, ठगी ये करें, डकैती ये करें, स्मगलिंग ये करें।"

"देश को इन्हीं लोगों ने तो चौपट कर दिया है।"

"बस, डिक्टेटरशिप की ज़रूरत है।" किसी ने समस्या का राजनैतिक हल पेश कर दिया।

दरोगा ने दो-चार झापड़ और लगाए। लड़का पहले की ही तरह दो-तीन बार चीख़ा। फिर वह चुपचाप बताने लगा। उसका बाप मर चुका था और उसकी माँ ने दूसरी शादी कर ली थी। उसकी माँ का दूसरा पति उस पर भारी अन्याय करता है। वह अपने लड़के को तो ख़ूब शौक़ से रखता है, पर उसको बहुत कष्ट देता है। वह उससे ख़ूब काम लेता है। उसको रोज़ मारता है और खाने को एकाध रोटी दे देता है। भूख के कारण उसकी चोरी की आदत पड़ गई। वह कोई भारी चोरी नहीं करता। वह घरों में घुसकर जो कुछ मिलता है खा-पी जाता है। दाल-भात, रोटी या दूध। एक बार वह एक घर में घुसकर आम का एक हँड़ियाँ अचार ही साफ़ कर गया था। कहीं-कहीं महीने-भर के लिए बनवाकर टिन में रखे बिस्कुट भी मिल जाते हैं। जब कुछ नहीं मिलता तो वह हल्के बर्तन या अलगनी पर टँगे कपड़ों को उठा ले जाता है और किसी के हाथ बेचकर कुछ पैसे पा जाता है। उसने कुछ दूकानदारों के पते भी बताए, जिनके हाथ वह कुछ बर्तन बेच चुका था। इस मोहल्ले में वह कई बार चोरी कर चुका है। आज सवेरे वह एक घर में घुसा। उस घर के बाबू आजकल अकेले हैं और सुबह ही दफ़्तर के लिए रवाना हो जाते हैं। अन्दर घुसकर उसने चार पराठे खाए और गिलास-भर दूध पिया। इसके बाद वह एक धोती और कुर्ता लेकर दीवार फाँदकर बाहर निकलने लगा कि उस पर कुछ लोगों की दृष्टि पड़ गई और वह पकड़ लिया गया।

"झूठ! एकदम सफ़ेद झूठ।" भीड़ में से कोई चिल्लाया।

"और मारिए...मारने से सब कुछ उगल देगा।"

भीड़ ज़बरदस्त नैतिक आक्रोश से उबल रही थी। घृणा और ग़ुस्से से लोगों के मुँह सिकुड़ गए थे और खीसें निकल आई थीं। पर इसी समय बाधा पड़ी। एक एक्का थाने के पास आकर रुका, सभी उस इक्के की ओर देखने लगे। उस पर चार सिपाही और एक भारी-भरकम व्यक्ति भी बैठा था, जिसके हाथ पीछे की ओर मज़बूती से बँधे हुए थे और कमर में रस्सी पड़ी थी।

सिपाहियों ने उस आदमी को उतारा। वह लगभग छह फुट का एक व्यक्ति था। काफ़ी तगड़ा, जैसे कोई पहलवान हो। काला रंग, बड़ी-बड़ी मूँछें। उसकी लाल-लाल आँखें थीं। घूरकर सामने भीड़ की ओर एक बार आग्नेय दृष्टि से देखा। वह सिपाहियों के बीच बन्दूक की नोकों से घिरा भैंसे की मस्त चाल से थाने की ओर बढ़ा। उसकी गर्दन घमंड से अकड़ी हुई थी।

दरोगा झटपट कुर्सी से उठ खड़ा हुआ था। उसने तड़पकर पूछा, "कौन है ये?"

"यह सुखई डाकू है हुजूर! बड़ी मुश्किल से हाथ में आया है। एक छिनाल के घर में घुसा रंगरेलियाँ कर रहा था।"

डाकू का नाम सुनते ही भीड़ के चेहरे पर सतर्कता और उत्सुकता के भाव अंकित हो गए। वे यंत्रवत् दो-चार क़दम पीछे हट गए। कई लोगों ने फुसफुसाई आवाज़ में कहा, "सुखई डाकू है, सुखई!"

सुखई उस ज़िले का कुख्यात डाकू था। चार-पाँच दिन पहले अख़बार में एक भीषण डकैती का समाचार छपा था, जिसमें तीन मर्द और दो स्त्रियाँ मारी गई थीं। डाकू क़रीब बीस हज़ार का माल लेकर चम्पत हो गए थे। इस डकैती के सिलसिले में सुखई डाकू के गिरोह का उल्लेख किया गया था।

"जाइए...जाइए आप लोग अपने-अपने घर।" दरोगा ने डपटकर कहा।

भीड़ के लोग फ़ौरन ही पीछे मुड़कर खिसकने लगे। कुछ दूर पहुँचकर मैदान में गिरोह बनाकर फिर खड़े हो गए। अभी कुछ देर पहले उनके तने शरीर अब ढीले पड़ गए थे। उनकी छातियाँ सिकुड़ गई थीं। क्रोध की जगह पर होंठों पर बेसमझ मुस्कराहट थिरक रही थी। वे बार-बार मुड़कर उस डाकू की ओर देखते थे।

"भैया, यह सुखई है सुखई। इसको मैं जानता हूँ। यह मेरे गाँव के पास ही तो रहता है। इसका जैसा ज़बरदस्त डाकू तो सारे देश में नहीं है।" किसी ने सूचना दी।

"अच्छा! कैसे पकड़ा गया, जी?"

"किसी ने धोखा दे दिया होगा, नहीं तो पुलिस क्या खाकर इसको पकड़ती एक-से-एक ज़ालिम एस.पी. आए, पर कोई इसको पा नहीं सका। कितने पुलिसवालों को इसने दिन-दहाड़े मार डाला।"

"सुनते हैं ये बहुत बहादुर होते हैं, जी?"

"अरे भाई, ये भगवान से भी नहीं डरते, उलिस पुलिस क्या चीज़ है? क़त्ल करना तो इनके बाएँ हाथ का खेल है। यही 205 क़त्ल कर चुका है। दिन-दहाड़े डाका मारते हैं।"

उक्त सूचना देनेवाला व्यक्ति हँसने लगा, जैसे कोई बहुत ख़ुशी की बात हो। इस पर सभी हँसने या मुस्कराने लगे।

"सुनते हैं, यह ग़रीबों का बड़ा ख़याल करता है।"

"हाँ, सुखई जब डाका मारता है तो उसका एक हिस्सा ग़रीबों में ज़रूर ही बँटवा देता है। मैं तो सब जानता हूँ।"

"देखो, अब भी क्या शान से अकड़कर खड़ा है?"

"अरे, इसके हाथ बँधे हैं, नहीं तो यह यहाँ जितने पुलिस के बच्चे हैं, उन सबको मार गिराता और देखते-देखते चम्पत हो जाता।"

"अच्छा?"

"सुनते हैं पुलिस में इसका जाल बिछा हुआ है?"

"पुलिस इससे बेहद डरती है। बहुत-से पुलिसवाले इससे तनख़्वाहें पाते हैं।"

"क्या इसकी प्रेमिकाएँ भी हैं?"

"इसको किस बात की कमी है? यह जिसको चाहे उठा ले जाए। पर यह है कैरेक्टर का बड़ा ऊँचा। भले घरों की स्त्रियों की ओर आँख उठाकर भी नहीं देखता।"

वे देर तक मैदान में खड़े इसी तरह बातें करते रहे। वे लड़के को बिलकुल भूल चुके थे। कभी वे मुस्करा उठते और कभी हँस पड़ते। फिर वे गम्भीर होकर डाकू की ओर सम्मान और प्रशंसा की दृष्टि से देखने लगते।

मुलाक़ात

एक अनजान व्यक्ति ने कमरे में प्रवेश किया, "नमस्कार।"

कुसुमाकर के चेहरे पर एक झीना-सा पर्दा तन गया। बड़ी मेज़ के सामने एक गद्देदार कुर्सी पर वह बैठा था। आँखों पर काला चश्मा। उसने मुस्कराकर आगन्तुक से हाथ मिलाया, "आइए।"

आगन्तुक मेज़ की दूसरी ओर क़तार में रखी चार कुर्सियों में से एक पर बैठ गया। वह खद्दर की धोती और कुर्ता पहने था तथा शरमाकर मुस्करा रहा था। उसको देखकर अधिक-से-अधिक यह ख़याल होता कि वह कोई अस्वस्थ राजनीतिक नेता है।

"आपके दर्शन करने की मेरी बहुत दिनों से इच्छा थी...।"

"परिचय-वरिचय तो होता रहेगा। पहले आप यह बताइए कि एक कप कॉफ़ी लेंगे न?"

"ठीक है...।" आगन्तुक का चेहरा लाल पड़ गया।

"देखिए, कम-से-कम मेरे यहाँ कोई संकोच न कीजिए। मुझमें तथा और लोगों में फ़र्क़ है। मैं साफ़ आदमी हूँ। कहिए, चाय बनवाऊँ?"

"जैसा आप समझें। मैं दोनों पी सकता हूँ।"

"तब चाय ही चलने दीजिए। मैं तो एक कप गर्म चाय पर दुनिया का सारा सुख कुर्बान कर सकता हूँ!"

इसके बाद कुसुमाकर ने फ़ौरन चपरासी को बुलाया और दो कप चाय लाने का आदेश दिया।

"अब सुनाइए...।"

"मेरा नाम प्रथमेश सिन्हा है। मैं जमशेदपुर से आ रहा हूँ।" आगन्तुक इस तरह बोला जैसे कोई रटा पाठ सुना रहा हो।

"किस राजनीतिक संस्था में...?"

"जी नहीं, एक कॉलेज में पढ़ाता हूँ। साहित्य में कुछ रुचि...।"

"हाँ, शरीफ़ आदमी राजनीति की ओर नहीं जा सकते। मेरा ही देख लीजिए। लिखते भी हैं?"

"मुझे पढ़ने का शौक़ है। आपकी रचनाएँ मुझे बहुत पसन्द हैं। इसी वर्ष जाड़े में हमारे कॉलेज की साहित्यिक संस्था 'संगम' ने अपने वार्षिक समारोह में आपकी कहानी 'मिरज़ई' का मेरे ही निर्देशन में नाटक खेला था।"

कुसुमाकर के चेहरे पर एक खिंचाव-सा आ गया। फिर जल्दी ही उसने अपने को सँभाल लिया और लापरवाही से बोला, "हाँ, वह चीज़ कुछ बन गई है, वैसे मैंने उसको दो घंटे में जल्दी-जल्दी लिख दिया था।"

"आपने तो अपनी किताबें स्वयं छापी हैं?" आगन्तुक ने पूछा।

"छाप लेता हूँ...यूँ ही। पर लोग जलते हैं।"

"जलते हैं?" आगन्तुक की आँखें फैल गईं।

"आदत। हर अच्छे काम से लोग जलते हैं। इस चीज़ पर मैं एक बड़ा उपन्यास लिखने जा रहा हूँ।"

"जी हाँ, यह बात तो है...जब मैं नाटक की तैयारी कर रहा था तो मेरे ही कुछ साथियों ने बड़ा मज़ाक़ उड़ाया था।"

"दुनिया का यही नियम है। आपने मेरी किताबें देखी होंगी? मैंने यूनिवर्सिटी-कॉलेज के कुछ नोट्स भी छापे हैं। कुछ बहुत ही मूल्यवान् धार्मिक ग्रन्थ भी। मैं एक घोर साहित्यिक व्यक्ति, जिसके जीवन का एक-एक पल साहित्य के लिए समर्पित है, क्यों ऐसा काम करता हूँ। आप ही बताइए...।"

"जी?"

"सीधी-सी बात है कि मुझे किताब पढ़ने और छापने का बेहद शौक़ है। मैं सिद्धान्ततः बहुत ज़रूरी समझता हूँ कि अच्छी किताबें ख़ूब अच्छे ढंग से छापकर लोगों के सामने प्रस्तुत की जाएँ।"

"मैं तो यह अनुभव से कह सकता हूँ कि आपकी किताबें बहुत ही आदर से पढ़ी जाती हैं।" आगन्तुक मुस्कराने लगा और उसके होंठ पत्ते की तरह काँपने लगे।

"दूसरा कारण है यह माया-जाल।" कुसुमाकर भुनभुनाया।

"जी?"

"अरे भाई, यह बँगला, यह मोटर...नहीं समझे?"

"समझ गया।" आगन्तुक हँसने लगा।

"लेकिन मेरे लिए धन-दौलत क्या है साहब?" कुसुमाकर क्रोध से बोला, "ठीक है कि मैं किताबें छाप लेता हूँ, पर जिस दिन मैं यह देखूँगा कि इससे मेरी साहित्यिक साधना में बाधा उत्पन्न होती है, उसी दिन मैं यह काम छोड़ दूँगा। अरे जाओ यारो, तुम क्या जानो कि लिखने-पढ़ने के काम में कितना ख़ून-पसीना एक करना पड़ता है, एक-एक पैसे की कमाई में त्याग-बलिदान का इतिहास छिपा है।"

"लोग ग़लत कहते हैं।" आगन्तुक को भी ग़ुस्सा आ गया।

"आप कहते हैं न। आप दूसरे ईमानदार व्यक्ति मिले हैं...पहला मेरा एक लँगोटिया यार है। वह तो सही बात कहने से भी कभी नहीं चूकता...कभी उसकी बातें सुनाऊँगा।"

कुसुमाकर का तना हुआ चेहरा सहसा ढीला पड़ गया और होंठों के बीच में मुस्कराहट की एक लम्बी लकीर खिंच गई। इसी समय चपरासी एक ट्रे में दो कप चाय और एक प्लेट में कुछ बिस्कुट ले आया। आगन्तुक एक छोटा-सा बिस्कुट कुटकुटाने के बाद चाय सुड़क गया। फिर नज़र चुपके से चारों ओर फेरी, जैसे अनजाने में ही ऐसा हो गया हो। दीवारों से सटकर पुस्तकों की आलमारियाँ और रैक। ऊपर ईसामसीह और टैगोर के दो बड़े चित्र। शेष कमरा ख़ाली, हवादार और साफ़-सुथरा।

"हटाइए इन बातों को, "कुसुमाकर ने चाय पीकर कप को एक ओर रख दिया, "दुनिया शुरू से ही ऐसी है।...हाँ, नाटक कैसा रहा?"

"आपकी कहानी का?

"हाँ-हाँ, वही। कोई ख़ास बात नहीं...यूँ ही पूछ रहा हूँ।" कुसुमाकर के स्वर में बेहद लापरवाही थी।

"अच्छा रहा...बड़ा अच्छा।" आगन्तुक का चेहरा उत्साह से फूल गया।"

"कितने दिन चला?"

"चलने का क्या? समारोह के दिन खेला था हमने।"

"भीड़-भाड़ थी?"

"जी हाँ, अच्छी भीड़ थी...लोग बहुत ही सन्तुष्ट थे।"

"कितने के टिकट बेचे आप लोगों ने?"

"टिकट?" आगन्तुक अचम्भे से देखने लगा।

"हाँ-हाँ। नाटक में यह सब चलता है। एक बार कलकत्ते में एक नाटक हमने खेला था और उसके पाँच हज़ार रुपये के टिकट बेचे थे। कोई ख़ास बात नहीं... यूँ ही पूछ रहा हूँ।"

"टिकट हमने नहीं बेचे। कॉलेज के वार्षिक समारोह में एक दिन ही नाटक हमने खेला था। नगर के कलाप्रेमियों को पास भेजे थे। टिकट लगने में शायद कम भीड़ होती।"

"क्यों?"

"लोग साहित्यिक नाटक पर पैसे ख़र्च करने से अच्छा समझते हैं सिनेमा देखना।" आगन्तुक हँसने लगा।

"देखिए सही बताइएगा। मैंने स्वयं कई जगह नाटक खेले हैं और सिर्फ़ तुलनात्मक अध्ययन करना चाहता हूँ। सचमुच कितने के टिकट बिके?"

आगन्तुक का चेहरा उतर गया। "मैं सच कहता हूँ, पैसे कमाना हमारा उद्देश्य

था ही नहीं। कॉलेज के फंड से कुछ पैसे मिले थे। पैसे की कमी से हमारे शो में बहुत-सी कमियाँ रह गईं।"

"सही कह रहे हैं न? बात यह है कि नाटकों के प्रति जनता की तथाकथित उदासीनता के बारे में एक विस्तृत लेख लिखना चाहता हूँ।"

"एक-एक बात सही है। आपके लिए मेरे मन में आदर भाव है, मैं आपसे क्यों झूठ बोलूँगा?" आगन्तुक का चेहरा शर्म से लाल हो गया था और उसने अपने हाथ को उठाकर इस तरह हिलाया, जैसे नदी में डूब रहा हो।

"अरे! आपने कुछ दूसरा ही मतलब लगा लिया। बात यह है कि लेखक होने के नाते मैं ज़रा स्पष्टवादी हूँ। ऐसा न करूँ तो समाज का सही-सही चित्र प्रस्तुत भी न कर पाऊँ। अन्यथा मेरे जैसा उदार व्यक्ति तो ढूँढ़े नहीं मिलेगा। मेरे निकट जो भी आया मेरा आत्मीय बन गया। नाराज तो नहीं हुए न आप?"

"नहीं-नहीं। ऐसा हो ही नहीं सकता।" आगन्तुक ने गिड़गिड़ाते स्वर में कहा।

कुसुमाकर ने अपने होंठों पर अँगुली रखकर विचार करने की मुद्रा में अपनी दोनों आँखें ऊपर टाँग दीं। फिर बोला, "लोग लेखक को भूल जाते हैं।"

"यह कैसे हो सकता है?"

"यह मैं एक सच्चे मित्र के नाते सलाह दे रहा हूँ। ऐसे आयोजनों पर एक लेखक को एक पत्र भेज देना चाहिए। अगर मेरे पास सूचना पहुँच जाती तो इसकी निश्चित सम्भावना थी कि मैं नाटक देखने पहुँच भी जाता। मैं इस प्रकार का व्यक्ति हूँ।"

"मैं इसकी माफ़ी चाहता हूँ। छोटा-सा आयोजन था और बहुत जल्दी में सब कुछ करना पड़ा। इसीलिए मैं जमशेदपुर से यहाँ आया हूँ।" आगन्तुक ने दोनों हाथ जोड़ दिये।

कुसुमाकर हँसने लगा, "अच्छा हटाइए इन बातों को। मैं इनको ख़ास महत्त्व नहीं देता। दुनिया में बहुत-सी बातें होती हैं, कहाँ तक कोई उनके पीछे पड़े। हाँ, एक साधारण-सी बात और रह गई है, भूल रहा हूँ।"

वह सिर पर हाथ रखकर सोचने लगा। इसके बाद उसका चेहरा चमक उठा और वह हँसने लगा, "हाँ याद आया...लेखक की रायल्टी कब दे रहे हैं आप लोग?"

"रॉयल्टी?" आगन्तुक जैसे आसमान से गिरा।

"देखिए, व्यक्तिगत रूप से मुझे इन बातों की ज़रा भी परवाह नहीं। हिन्दी साहित्य में मैं अकेला व्यक्ति हूँ, जिसने रुपये-पैसे को कभी महत्त्व नहीं दिया। पर जहाँ अधिकार की बात आती है, मैं पीछे नहीं हटता। सचमुच बड़े दुख की बात है कि लोग लेखक की सदा उपेक्षा करते हैं, जैसे वह बहुत दयनीय प्राणी हो। मैं नाटककार तो नहीं हूँ...पर कलकत्ता की एक संस्था ने एक बार मेरे उपन्यास का नाटक खेला था। वहाँ भी ठीक ऐसी ही बात हुई, पर मैं ज़रा डट गया और उनको एक हज़ार देने पड़े...।" कुसुमाकर हँस रहा था।

"मैं इसके लिए हाथ जोड़कर माफ़ी माँगता हूँ। सच कहता हूँ अगर इससे कुछ भी लाभ होता तो हमने आपकी सेवा में ज़रूर ही कुछ-न-कुछ प्रस्तुत किया होता।" आगन्तुक के स्वर में गिड़गिड़ाहट थी।

"कुछ तो मिला ही होगा, यार!" कुसुमाकर ने मुस्कराकर याराना ढंग से कहा।

"आप जिसकी क़सम कहें उसकी क़सम खाकर कह सकता हूँ।" आगन्तुक की आँखें डबडबा आईं।

कुसुमाकर सहसा काफ़ी गम्भीर हो गया, "देखिए, मुझे एक-एक बात पर विश्वास है। मैं इनसानियत के सामने रुपये-पैसे को ज़रा भी महत्त्व नहीं देता। मेरे जैसा भला व्यक्ति तो हिन्दी-जगत में कोई मिलेगा नहीं। मैं तो समूचे हिन्दी-जगत की बात कह रहा हूँ। लोग सबको तो पैसा देते हैं, पर जब लेखकों का मामला आता है, दबा जाते हैं। यह ठीक नहीं। अक्सर लोग मेरे ख़िलाफ़ यह प्रचार करते हैं कि मैं झगड़ालू व्यक्ति हूँ। ऐसी बात नहीं। मैं अपने हृदय में मानवता को प्यार करता हूँ। मैं देश में क्रान्ति चाहता हूँ जिससे शोषण आदि दूर हों। बस थोड़ा-सा वहीं अकड़ जाता हूँ जहाँ लेखकों के अधिकार की बात आती है। अच्छा हटाइए, ये निहायत छोटी-छोटी बातें हैं। हाँ, आप वहाँ कॉलेज-वालेज में हैं, मेरी कोई किताब लग सके...कोई ऑर्डर।"

"मैं इसका ध्यान रखूँगा। कॉलेज की मैनेजिंग कमेटी पर मेरा भारी प्रभाव है... मेरा विश्वास है कुछ-न-कुछ हो जाएगा।"

"सचमुच?"

"जी हाँ।"

"हाँ देखिएगा इसको। भई, मैं तो किसी से सिफ़ारिश नहीं करता, किसी को घूस नहीं देता। कोई और सेवा?" कुसुमाकर की खीसें निकल आईं।

"मैं एक बात पूछना चाहता हूँ।"

"पूछिए शौक़ से।"

"साहित्य और उपयोगिता के बारे में आपका क्या विचार है?"

कुसुमाकर कुछ देर तक खोया-खोया-सा नीचे देखता रहा। बोला, "साहित्य को किसी वाद से नहीं बाँधा जा सकता पर एक व्यापक मानवता से उसका अवश्य सम्बन्ध होना चाहिए। समाज में लोभ, अन्याय, शोषण, घमंड, ईर्ष्या आदि दोष हैं...लेखक इनकी उपेक्षा नहीं कर सकता।"

"पर कुछ लेखक तो कला की पवित्रता की बात करते हैं।"

"करने दीजिए...उनको ऐसा करने का अधिकार है। देश में दुख और दैन्य है। अन्धविश्वास है, पिछड़ापन है। क्या लेखक इनसे अलग रहकर हवा में रह सकता है? कला की पवित्रता एक ढोंग है। क्यों साहब?"

"जी हाँ आगन्तुक का स्वर श्रद्धा में डूबा था।"

इसी समय चपरासी ने कमरे में प्रवेश किया। कोई और मुलाक़ाती आ गया था। कुसुमाकर ने उसको नाराजगी से घूरा। चपरासी के जाने के बाद उसने आगन्तुक से पूछा, "हाँ तो आपने कुछ सोचा?"

"क्या?" आगन्तुक फिर चौंका।

"अरे भाई, है तो बहुत मामूली सी बात, पर मेरा कलाकार इसको स्वीकार नहीं करता! आप तो मानते ही होंगे कि लेखक को अपनी रचना पर रॉयल्टी का अधिकार होता है?"

"इसका विरोध करने का सवाल ही नहीं उठता।"

"बस यही बात है दिल में एक काँटा-सा रह जाता है। आत्मा पीड़ित रहती है। राज़ की बात मैं आपको आज बताता हूँ। इससे पहले किसी को नहीं बताया। असल चीज़ यह है कि आठ वर्ष पहले मैंने कुछ लोगों के दुर्व्यवहार से चिढ़कर यह प्रतिज्ञा कर ली थी कि अपनी रचना पर रॉयल्टी अवश्य ही लूँगा, चाहे वह कितनी भी कम क्यों न हो।"

"आप मेरी बातों पर विश्वास करें...मैं कभी झूठ नहीं बोलता...।"

आप पर अविश्वास थोड़े है मुझे, और न पैसे की बात है। इसमें आत्मा का प्रश्न है, सिद्धान्त की बात है। इसीलिए मैं इतना आग्रह कर रहा हूँ। घबराइए नहीं, कुछ-न-कुछ हल निकल आएगा।"

आगन्तुक का चेहरा फिर लाल हो गया था किसी फोड़े की तरह।

"मैं आपसे हज़ार-दो हज़ार नहीं माँगता। कोई दूसरा होता तो छोड़ता नहीं, सुप्रीम कोर्ट तक रगड़ता। आप दस-पाँच जो भी सम्भव हो, मुझे रायल्टी के रूप में दे दीजिए। इतना न हो सके तो दो रुपये ही सही। एक रुपया भी दे सकते हैं। चलिए एक रुपया दे दीजिए। इससे मेरे सिद्धान्त की भी रक्षा हो जाती है और आपको भी सन्तोष हो जाएगा कि मैंने लेखक के प्रति न्याय किया।"

"एक रुपया?" आगन्तुक का चेहरा लाल हो गया जैसे किसी महफ़िल में कान ऐंठ दिये गए हों।

"हाँ-हाँ, कोई बात नहीं। सिद्धान्त का प्रश्न है।" कुसुमाकर हँस रहा था।

"अच्छा...।" इतना कहकर आगन्तुक ने अपना बैग खोलकर दस रुपये का एक नोट निकाला और उसको कुसुमाकर की ओर बढ़ाकर कहा, "यह मेरी तुच्छ सेवा स्वीकार कर लें।"

दस रुपये का नोट लेकर लापरवाही से जेब के हवाले करते हुए कुसुमाकर ने कहा, "अरे छोड़ो भी यार, यह बहुत है। मैं आप पर बहुत प्रसन्न हूँ, आपने मेरे सिद्धान्त की रक्षा कर ली। मैं फिर कहता हूँ कि रुपये-पैसे के लिए मैं नहीं लिखता, पर दुनिया ऐसी कमीनी है कि अपने अधिकारों के लिए न लड़ा जाए तो वह चटनी की तरह चाट जाए। कहिए झूठ कहता हूँ?"

"ठीक है यह बात।"

"वाह आज बड़ा मज़ा आया आपसे बातें करके। हम लोग देर तक बातें करते रहे। आप ही हैं जिससे मैंने इतनी देर तक बातें कीं, नहीं तो मैं किसी की परवाह नहीं करता। बड़े-बड़े मिनिस्टर तक मुझसे मुलाक़ात करने के लिए तरसते रहते हैं, पर मैं किसी को लिफ्ट नहीं देता। आपकी बात दूसरी है, आपमें इनसानियत है। मैं इनसानियत की क़द्र करता हूँ..."

"अच्छा, मैं चलूँगा।"

"चलेंगे? अच्छा भैया। तो वह बात याद रहेगी न? लिखिएगा।"

"हाँ-हाँ।"

आगन्तुक जल्दी से उठा और प्रणाम करने के बाद कमरे से बाहर निकल गया।

मकान

मैंने चौंककर सिर उठाया। मनोहर मेरे सामने दाँत निपोरे दुबका-सा खड़ा है। मैं या तो चिट्ठी लिखने में इतना व्यस्त था या वही पता नहीं किधर से किसी मच्छर या मक्खी की तरह कमरे में घुस आया कि मुझे मालूम ही न पड़ा। मैं सामाजिक और राजनीतिक काम भी करता हूँ और एक ऐसे उदार व्यक्ति के रूप में मशहूर हूँ, जिसका बड़े-बड़े लोगों से परिचय है और जो दूसरों के काम कर दिया करता है, इसलिए घर पर भी मेरे पास लोग आते रहते हैं। वह पहले भी मेरे पास एक-दो बार आ चुका है। मेरा ख़याल है, अक्सर मैंने मनोहर को खाकी पैंट पहने और छाती निकालकर चलते हुए देखा है। बोलते समय उसकी आँखें बुरी तरह सिकुड़ती हैं। दवाइयाँ बनाने की एक फ़र्म में वह चिट्ठियाँ डिस्पैच करता है और बिल्टियाँ बनाता है, इसलिए उसको 'डिस्पैच बाबू' या 'बिल्टी बाबू' कुछ भी कहा जा सकता है।

मैंने कलम बन्द करके मेज़ पर रख दी और उसको साग्रह कुर्सी पर बिठाया। दो-तीन बार मज़े की बारिश हो जाने से मौसम में शीतलता आ गई है और तेज़ पुरवाई चलने के कारण दरवाज़े और खिड़कियों के पर्दे फड़फड़ा रहे हैं। रात के आठ बजे हैं। बग़लवाले मकान से रेडियो के सुगम संगीत की धुन आ रही है। मैं उसके आने का कारण पूछता हूँ।

"बाबूजी, एक काम है!" उसने तिरछी दृष्टि से देखकर संकोचपूर्वक कहा।

"कहिए!" मैंने पीठ कुर्सी पर टिका दी। मेरा काम ऐसा है कि मुझे हर व्यक्ति की बात सुननी ही चाहिए और आश्वासन के दो-चार शब्द भी कहने ही चाहिए।

"बाबूजी, मेरी समझ में नहीं आया कि अपनी परेशानी किससे कहूँ। दूसरे लोग मज़ाक़ करते हैं, लेकिन आप..."

"ठीक है, ठीक है, मैं समझ गया। अपनी बात बिना किसी संकोच के कहिए!" मैंने उसकी बात काटकर मुस्कराते हुए कहा।

"बाबूजी मुझे एक मकान चाहिए।"

"ख़रीदना है?" मुझे अचम्भा हुआ कि ऐसे मामूली लोग इतना पैसा कहाँ से इकट्ठा कर लेते हैं।

"जी नहीं, बाबूजी," वह दाँत खोलकर हँस पड़ा, "किराए पर ही...इसको बदलना चाहता हूँ।"

ऐसे बेकार काम के लिए कोई आए तो उस पर कुछ ग़ुस्सा होना स्वाभाविक है। मकान दिलाने की मेरे पास कोई एजेन्सी है? यह तो सौभाग्य की बात है कि मेरे पास अपना मकान है, पर जो किराये में रहते हैं, उनकी हालत मैं कुछ-कुछ जानता हूँ। मैं हैसियतवालों की बात नहीं करता। यह सभी जानते हैं कि आजकल मकान नहीं मिलते और जो मिलते हैं उनके किराये अनाप-शनाप बढ़ गए हैं। वस्तुत: एक साधारण आदमी को मकान के बारे में सोचने का अधिकार नहीं है। मकान-मालिक तरह-तरह के होते हैं, पर सबके कुछ-न-कुछ नख़रे होते ही हैं। इधर से न जाइए, गोश्त-मछली-अंडा न खाइए, लकड़ी न जलाइए, हारमोनियम-तबला वग़ैरह न बजाइए, हल्ला-गुल्ला न कीजिए, घर के काम में हिस्सा बँटाने की उदारता भी दिखाइए, हर दो वर्ष पर किराया बढ़ने दीजिए या मकान छोड़ दीजिए...। स्पष्ट है कि इस काम में कोई पड़ना नहीं चाहेगा, पर ऐसा मैं कह भी कैसे सकता हूँ?

"आप इस मकान में कितने दिनों से हैं?" मैंने पूछा।

"छह-सात साल से।"

"क्या तकलीफ़ है उसमें? मकान-मालिक से कोई झंझट हुआ है? मैं समझा दूँगा...।"

"झगड़ा-झंझट नहीं है। अँधेरी गली में एक कमरे के मकान में कुछ तकलीफ़ तो है ही, पर इसकी मैं परवाह नहीं करता। बस, मैं इस मकान को छोड़ना चाहता हूँ। आपका इतना परिचय है, आप कह सुनकर मेरे नाम...।"

"एलाटमेंट करवाना चाहते हैं? बस, इसका नाम न लीजिए। यह तो और भी मुश्किल काम है। कितना किराया है आपके मकान का?"

"आप रद्दी-से-रद्दी मकान भी लेंगे तो चालीस-पचास लग ही जाएँगे। मेरा ख़याल है, अगर मकान-मालिक से लड़ाई नहीं है तो कुछ तकलीफ़ बर्दाश्त करके उसी में बने रहिए।"

वह कुछ देर तक ख़ामोश रहकर दूसरी ओर देखता रहा। उसकी आँखों से किसी बूढ़े बीमार बैल की बेचारगी झाँक रही थी। फिर गिड़गिड़ाए-से स्वर में बोला—"क्या बताऊँ बाबूजी, मुझे कोई रास्ता नहीं सूझ रहा है। हमेशा एक डर बना रहता है। अजीब बात...।"

वह फिर ख़ामोश हो गया। मुझे लगा, उसका स्वर रुआँसा हो उठा है। ख़ैर, एक बात तो है कि मुझे लोगों से बात करने और उनकी समस्याएँ जानने में मज़ा आता है। मैंने उसको उत्साहित करते हुए मुस्कराकर कहा, "साफ़-साफ़ कहिए न! संकोच न कीजिए, मेरे पास समय है। शायद मैं कोई हल निकाल लूँ।"

वह मेज़ पर रखे पेपर-वेट को देखकर कुछ देर तक सोचता रहा। उभरी हुई हड्डियों वाले उसके पीले चेहरे पर इस समय एक विचित्र गम्भीरता दृष्टिगोचर हुई, गोया वह कोई अरस्तु या सुकरात हो। बात कहने के पूर्व उसके होंठों में कम्पन भी नज़र आया; शायद वह अपने विचारों को निश्चित आकार और रूप देने का प्रयास कर रहा है।

"साहब, लोगों को मकान की ज़रूरत होती है?" उसकी आँखें किसी सनकी की तरह चमकने लगीं, "मकान सर्दी-गर्मी, आँधी-पानी, ओला-पत्थर से रक्षा करता है कि नहीं? भकान एक छाया देता है, जिसके नीचे इनसान सुख के साथ सो सकता है। मकान में रहकर हमें गर्व होता है कि हमारा भी कोई अस्तित्व है। मकान आदमी को हँसाता है, सन्तोष देता है, उसमें जोश भरता है, उसको ऊँचा उठाता है, उसको आगे बढ़ता है। ऐसे ही हँसते हुए मकान में आदमी रहना पसन्द करता है। लेकिन कुछ मकान ऐसे होते हैं जिनमें तकलीफ़-ही-तकलीफ़ होती है। उसमें हर काम उल्टा होता है। उसमें रहकर हर जगह मात खानी पड़ती है। आशा और विश्वास ख़त्म हो जाता है। मेरा मकान ऐसा ही है।"

वाह, यह तो मकान का दर्शन समझाने लगा! उसके मुँह के दोनों कोनों पर गाज उभर आए, जैसे किसी खीरा को उसके कटे हुए भाग से देर तक रगड़ा गया हो। मुझे बड़ा अचम्भा हो रहा था। मैं उसको ऐसा फटीचर व्यक्ति समझे हुए था, जिसके पास दिमाग़ नाम की वस्तु होती ही नहीं, लेकिन वह इस समय अपनी बात ऐसे सधे हुए ढंग से पेश कर रहा था कि उसको दाद देनी ही पड़ेगी। मेरी दिलचस्पी बढ़ गई। मैंने अचानक आए एक टेलीफ़ोन-कॉल को अटेंड किया, फिर फ़ोन रखकर बोला—"रुक क्यों गए?"

"बाबूजी, मेरी समझ में नहीं आता कि क्या करूँ। पहले मैं इन बातों पर ध्यान नहीं देता था, पर अब दिमाग़ में अजीब-अजीब-सी बातें उठती हैं। जो कुछ नहीं चाहता, वही सोचने और करने लगता हूँ। पता नहीं क्या हो गया है। पहले मुश्किल-से-मुश्किल काम हो जाते थे, अब कुछ भी नहीं हो पाता। दुनिया में और लोग भी तो हैं, मेरे साथ ऐसा क्यों होता है? बाबूजी, मैंने एक विधर्मी लड़की से शादी की थी। हम एक-दूसरे को बहुत प्यार करते थे। मैं उसकी हर ख़्वाहिश पूरी करने की कोशिश करता। मुझे घमंड होता था कि जब हम एक ही ज़मीन के इनसान हैं तब धर्म का बन्धन तोड़कर हमने एक बड़ा काम किया है। मैं उन दिनों पास ही के एक क़स्बे में काम करता था। मैं एक हफ़्ते के लिए काम पर चला जाता और शनिवार को चला आता; जब मैं इस मकान में आया तब मेरे चार बच्चे हो गए थे, लेकिन यहाँ आने के दूसरे साल ही वह बीमार पड़ गई। उसको टी.बी. हो गई। यह एक लम्बी बीमारी थी और उसके इलाज में क़र्ज़ा बढ़ गया। महाजन के यहाँ से उधार आने लगा, जो अब तक जारी है। बाज़ार में अगर डेढ़ रुपये का एक किलो

चावल मिलता है तो वह मुझे डेढ़ रुपये का एक सेर देता है। हर सामान में ऐसा ही होता है। वेतन मिलने पर जब मैं उसको पिछला पैसा देता हूँ तब अगले महीने के लिए उधार देता है। बीवी की हालत अब भी बीच-बीच में ख़राब हो जाती है। अब हम लोग एक हफ़्ता दाल खा पाते हैं, एक-डेढ़ हफ़्ता सब्ज़ी और बाक़ी दिन बेसन, चना वग़ैरा के साथ रोटी या चावल खाते हैं। ऐसा कब तक चलेगा? मैंने अपना भाग्य सुधारने की जी-तोड़ कोशिश शुरू की। बीवी के जेवर बेचकर मैंने एक साथी के साथ मिलकर चौक में चाट की दुकान खोली, पर वह साथी सारा पैसा खा गया। इसके बाद मैंने एक साहब के यहाँ छोटे-छोटे बच्चों को पढ़ाना शुरू किया, लेकिन बाद में उन्होंने मुझे छुड़ा दिया और आधा पैसा भी मार लिया। फिर मैंने लाटरी के टिकट लेने शुरू किये। दो साल तक मैंने ऐसा किया, पर यहाँ भी भाग्य ने साथ नहीं दिया। इस बीच मेरे दोस्त बिखर गए। यह उम्र का असर है या मेरी ही तरह उनमें भी निराशा की भावना है, मैं नहीं कह सकता। मैंने हर जगह चिट्ठियाँ लिखना बन्द कर दीं। रिश्तेदारों के यहाँ आना-जाना बन्द हो गया। मैं ऐसा जानबूझकर नहीं करता, बल्कि ऐसी स्थिति आ जाती है कि इसके अलावा कुछ हो नहीं पाता। आख़िर ऐसा क्यों होता है? मेरे मोहल्ले में और भी लोग तो हैं, वे कितने ख़ुश दिखाई देते हैं। लेकिन सबसे परेशानी की बात यह है कि इधर मेरे दिमाग़ में अजीब बहके-बहके ख़याल आने लगे हैं, जैसे मैं पागल हो जाऊँगा..."

"पागल क्यों?"

"हाँ, पागलपन नहीं तो और क्या? मैंने मकान के बारे में अभी आपसे कहा था। जब मैं घर में रहता हूँ, उस समय मेरी जो हालत रहती है, वह घर से निकलते ही बदल जाती है। घर से बाहर रहने पर मैं हमेशा घर के बारे में ही सोचता हूँ और घर में घुसते ही उससे नफ़रत करने लगता हूँ। मैं एकदम बदल जाता हूँ गोया आदमी से शैतान हो गया होऊँ। दूर से घर को देखते ही मेरे शरीर में तनाव महसूस होने लगता है और निराशा, क्रोध और नफ़रत के तूफ़ान मन में उठने लगते हैं। मेरा मुँह गम्भीर होकर फूल जाता है। मैं या तो मनहूस की तरह, चुप रहता हूँ या ज़ोर-ज़ोर से चिल्लाने लगता हूँ। बीवी का वही बेचारगी से भरा पीला चेहरा, आँगन से उठती वही दुर्गन्ध और बच्चों के वही फटे-पुराने कपड़े। घर में सभी मुझसे डरते हैं और जितना वे डरते हैं उतना ही मैं उनको अपमानित करता हूँ। उन पर चिल्लाता हूँ, उनको कोसता हूँ। इससे मुझे सन्तोष मिलता है। लेकिन घर से जब मैं बाहर निकलता हूँ तब मेरा मन अपने-ही-आप पश्चाताप से भर उठता है। मुझमें बीवी और बच्चों का असीम प्यार उमड़कर लहरें लेने लगता है। मैं कल्पना में उनको ढाँढस बँधाता हूँ, उनके बालों को सहलाता हूँ, उनके ललाट को प्यार से चूमने लगता हूँ। लगता है कि उनको जितना मैं प्यार करता हूँ, उतना कोई भी किसी को न करता होगा। मैं उनको ख़ुश देखना चाहता हूँ। ऐसा सोचते ही पता नहीं कैसे यह विश्वास

मन में आ बैठता है कि यह स्थिति बदल जाएगी। बदलेगी कैसे नहीं? मैं बादलों की तरह हल्का होकर ऊपर उड़ने लगता हूँ और फूलों की तरह खिल उठता हूँ। हाँ, रोज़ ही ऐसा होता है। यह अपने-आप हो जाता है। इसको आप पागलपन नहीं तो क्या कहेंगे? और एक दिन तो मुझसे एक अपराध भी हो गया..."

"अपराध?" मैंने बड़ी ही हैरानी से उसको देखा।

"जी हाँ।"

वह ख़ामोश हो गया और सिर झुकाकर अपने होंठों को काटने लगा। उसके चेहरे में सिकुड़न आ गई और नथुने फूलने लगे। निश्चय ही उसकी बातें बड़ी विचित्र थीं, लेकिन मैं अभी तक समझ न सका कि वह क्या कहना चाहता है। क्या इसने अपनी बीवी को मार डाला है या चोरी-डकैती जैसा अपराध किया है? यह तो स्पष्ट है कि ऊपर से यह जितना बेवकूफ़ दिखाई देता है, उतना शायद है नहीं। बहुत-कुछ सोचता और समझता है। वह अब चेहरा उठाकर सामने दीवार की ओर देखने लगा था।

"जी हाँ, उसको मैं अपराध ही कहूँगा।" वह धीरे-धीरे बोला—"बाबूजी, दो महीने पहले की बात है। मैं निराशा के एक बड़े ही भयंकर दौर से गुज़र रहा था। गोया मैं सड़ान्ध और बदबू से भरे एक कमरे में बन्द कर दिया गया होऊँ। मैं दफ़्तर से आया तो पत्नी मेरी ओर देखकर मुस्कराई। अभी एक घंटा पहले मैं दफ़्तर में उसके मासूम चेहरे और स्वच्छ सफ़ेद दाँतों के बारे में सोच रहा था और यहाँ आकर मेरे मन में एक बेपनाह अन्धकार छा गया था। मैं ज़ोर-ज़ोर से चिल्लाना चाहता था, लेकिन शकीला मुस्कराए जा रही थी। क्या कोई ख़ुशख़बरी है?" मैंने उसको घूरकर देखा तो उसने एक चिट्ठी मेरे सामने बढ़ा दी। यह शकीला के मामू मुहम्मद अली की थी। मेरी आँखों के सामने एक ठिगने आदमी का हँसता चेहरा उभर आया। पर वह बड़े ही नेक थे। मैंने जब शकीला से शादी की तब मुहम्मद अली को छोड़कर सभी ख़िलाफ़ थे। मुहम्मद अली की तमाखू की एक दुकान है। उनके बाल-बच्चा कोई नहीं। शकीला को वह बहुत प्यार करते थे। जब फ़ुरसत होती थी, यहाँ आते थे और कुछ-न-कुछ दे ही जाते थे। शकीला की बीमारी में भी उन्होंने भरसक मदद की। पर इधर तीन-चार साल से बीमारी और तंगी में रहने लगे थे। क़रीब दो साल से वह इधर न आ पाए थे और हम भी नहीं गए थे। हम लोगों की ग़लती और लापरवाही के कारण चिट्ठी का आना-जाना भी बन्द हो गया था।

"उन्होंने चिट्ठी में लिखा था कि उनकी तबीयत बड़ी ख़राब है और वह कुछ दिनों के लिए हमारे पास आना चाहते हैं। इससे उनकी तबीयत बहल जाएगी। अगर हम लोग कहें तो वे आठ-दस दिन के अन्दर यहाँ आ जाएँगे। चिट्ठी पढ़ने के बाद मैं कमरे में जाकर टूटी कुर्सी पर चुपचाप बैठ गया। मैं चिल्लाना चाहता था, पर मेरी चीख़ मेरे अन्दर घुमड़कर रह गई। लेकिन कुछ ही देर बाद मैं बेहद डर गया।

शायद दूसरों के एहसान को याद करने की शक्ति है मुझमें। शायद अब भी मुझमें नैतिक शक्ति है। मेरा दिल रोने लगा। जैसे कोई मुझे छुरियाँ चुभो रहा है। शकीला के मामू के एहसानों को मैं भूल नहीं सकता। उन्होंने हमेशा मेरे लिए किया है और मैं उनके लिए कुछ भी न कर सका, और आज जब उन्होंने ज़बान खोलकर कुछ कहा है तब तो मेरा कुछ कर्तव्य हो जाता है। नहीं, मैं ज़रूर करूँगा...उनको बुलाऊँगा, इज़्ज़त से रखूँगा, दवा-दारू कराऊँगा। मैंने उत्साह से सिर ऊपर उठाया तो शकीला मेरे सामने खड़ी थी।

"क्या सोच रहे हैं?" उसने पूछा।

"कुछ नहीं।" मैंने दूसरी ओर देखते हुए कहा।

"मुझसे आप नाराज रहते हैं न?"

"क्यों?"

"मैं बीमार रहती हूँ। कुछ कर नहीं पाती। बताइए, हम रोज़ झगड़ते रहते हैं। मेरे मुँह में भी जो आता है, कह जाती हूँ। यह होना नहीं चाहिए। एक-से-एक दुख लोगों पर पड़ते हैं..."

"नहीं, अब कुछ नहीं होगा।"

"हमको रोज़ एक-आध घंटा आपस में बातचीत करनी चाहिए।"

"हाँ-हाँ।"

"आपने मामू के बारे में कुछ सोचा?"

"ठीक है, चिट्ठी लिख दूँगा।"

"हाँ जी, मेरी भी तबीयत है कि मामू को एक-दो महीने अपने पास रखूँ और उनका इलाज करवाऊँ। पता नहीं क्या होगा, मेरे भी देह का क्या ठिकाना। अपने हाथ से मामू के लिए कुछ कर सकूँ तो मुझे तसल्ली होगी।"

"हाँ, ठीक है, मैं आने के लिए लिख देता हूँ।"

"इतना कहकर मैं उठ गया। मैं नहीं चाहता था कि शकीला मुझसे भविष्य के किसी प्रोग्राम के बारे में बात करे और मेरे उत्साह में खलल डाले। मेरे पास उत्साह के अलावा क्या है? घर के अन्दर बहुत दिनों के बाद ऐसा उत्साह आया था। क्या यह शर्म की वजह से था या उसके मूल में टालने का उद्‌देश्य था। लेकिन यह उत्साह एक-डेढ़ घंटे से अधिक नहीं रहा। इसके बाद मन में फिर वैसा ही अन्धकार छा गया। बल्कि और भी घना। मैं यह कैसे कर पाऊँगा? मैं क़र्ज़ से लदा था। मैं पैबन्द लगा-लगाकर एक ही पोशाक को पहने हुए था और ज़रा-सा भी खिंचाव मुझे पूरी तरह नंगा कर देता। मैं बेहद बेचैन हो उठा। शकीला मुझे देख-देखकर मुस्करा देती। उसकी आँखों में सच्ची ख़ुशी नाच रही थी। उसकी आँखों से मुझे डर लग रहा था। उसने कई बार कहा कि चिट्ठी लिख दूँ और मैंने कहा कि 'अभी लिख देता हूँ।' इस तरह मैं टालता रहा। जब वह बरामदे में खाट पर लेट गई तो

उसने कहा कि लिफ़ाफ़ा उसके सिरहाने रखा है। मैं कमरे में टहल रहा था। मेरी दिली इच्छा थी कि मैं मामू साहब को बुलाऊँ और उनका दवा-इलाज कराऊँ, पर वास्तविकता मुझे दूसरी ओर ले जा रही थी। मैं और क़र्ज़ा लेने की स्थिति में नहीं था। फिर क़र्ज़ा कौन देगा? शकीला पर मुझको तरस आ रहा था; मैंने उसके लिए क्या किया है? मेरा प्यार झूठा है, क्योंकि अब मैं कोई उसका ठोस सबूत नहीं दे सकता। मेरे दिमाग़ में अजीब-अजीब डरावने ख़याल आ रहे थे। जब मुझे ऐसा लगा कि शकीला सो गई है तब मैं चुपके से दबे-पाँव बरामदे में गया; शकीला की आँखें खुल गईं। वह बहुत मीठे ढंग से मुस्कराई। जवानी के दिनों में वह इसी तरह मुस्कराती थी। "ख़त लिखेंगे?" वह बोली। "अभी लिख देता हूँ," मैंने कहा।

"मैं फिर कमरे में आ गया। मैं कभी बैठता और कभी टहलता। बहुत देर के बाद मैंने कमरे से ही झाँककर देखा। चारों ओर ख़ामोशी थी, जिसमें शकीला की साँस की आवाज़ मुखर हो रही थी। मेरी इच्छा हुई कि जाकर उसके होंठों और पलकों को चूम लूँ। काश, मैं उसके लिए कुछ कर सकता। लेकिन मेरी हिम्मत नहीं हुई। निश्चय ही अब वह सो रही है। सुख की नींद। पर अगर मैं जाऊँ तो वह कहीं जग न जाए। इसी समय मैंने एक अजीब-सी हरकत की। मैंने चप्पलें निकाल दीं और घुटनों के बल ज़मीन पर बैठ गया। फिर धीरे-धीरे खिसककर उसके सिराहने की ओर जाने लगा। कोई भी आशंका होने पर मैं ज़मीन में दुबक जाता। आख़िर मैंने सिरहाने के पास जाकर दोनों चिट्ठियों को उठा लिया। इसके बाद साँस रोककर कुछ क्षण मैं वहीं पड़ा रहा। फिर पहले की ही तरह खिसक-खिसककर वापस आया। खड़े होकर मैंने कपड़े को झाड़ा और शकीला की ओर देखा। एक क्षण के लिए ऐसा लगा कि वह मुस्करा रही है। मेरा कलेजा तेज़ी से धड़धड़ाने लगा। पर ऐसी बात नहीं थी। मैंने बरामदे की बत्ती बुझा दी। इसके बाद मेज़ के सामने कुर्सी पर बैठ गया। पहले मैंने शकीला की लिखावट पेन से बुरी तरह काट दी। केवल दस लाइनें लिखी थीं। तब मैंने जल्दी-जल्दी उसके नीचे कुछ लिखा और उसको जल्दी-से-जल्दी बन्द करके पता लिख दिया; ख़त में जानते हैं क्या लिखा था? क़रीब-क़रीब यही बातें थीं, "यहाँ सभी मज़े में हैं। आपकी कोई भी ख़बर इधर नहीं मिली। ख़ास बात यह है कि मैं दो महीने के लिए दफ़्तर के काम से दिल्ली जा रहा हूँ। शकीला की तबीयत भी ठीक नहीं रहती, इसलिए सबको अपने साथ लिये जा रहा हूँ। वहाँ दफ़्तर की ओर से ठहराने का इन्तज़ाम है। आप कोई ख़त लिखें तो यहाँ केयर ऑफ़ पोस्टमास्टर के पते से भेज दें। यहाँ के पोस्ट आफिस से चिट्ठी मेरे पास रिडायरेक्ट हो जाएगी। और सब ठीक है। भगवान आपको मज़े में रखे।"

मनोहर चुप हो गया। उसने अपने चेहरे को दोनों हाथों से ढक लिया। उसका सारा शरीर दो-तीन बार काँपा। मैं दुख से उसको देख रहा था। मेरे पास लोग आते हैं, गिड़गिड़ाते हैं, रुपया-पैसा देने की लालच देते हैं, पर इस तरह दिल खोल कर

कोई भी बात नहीं करता। मनोहर के ख़त का मतलब मैं समझता हूँ, पर मैं उसको क्या ढाँढस दे सकता हूँ।

उसने आँखें पोंछ लीं और अपने सिर को उठाया। वह मुस्कराने लगा। फिर अचानक गम्भीर होकर बोला—"बाबूजी, उस ख़त को मैं लेकर चुपके से बाहर निकल गया। लेटर-बाक्स में ख़त छोड़कर जब मैं वापस आया शकीला सो रही थी। मैंने सवेरे शकीला को बता दिया कि ख़त लिखकर छोड़ दिया है। शकीला बहुत ख़ुश हुई। उसके चेहरे की उदासी की कालिमा को जैसे किसी ने भीगे हुए तौलिए से रगड़-रगड़कर साफ़ कर दिया था। वह चेहरा चमकने लगा था। पर मेरा मन रो रहा था। उसके दिल में कोई सन्देह न उठे, इसलिए मैं भी मुस्कराने लगा। यह मुस्कराहट मेरे लिए बड़ी अस्वाभाविक थी। शकीला दिन गिनने लगी। वह रोज़ कहती कि रुपये-पैसे का इन्तज़ाम कर लीजिए। मैं कहता कि सब ठीक हो जाएगा। दिन-पर-दिन बीतने लगे। इस तरह एक महीना से अधिक दिन निकल गए। और एक दिन सूचना मिली कि मामू की मृत्यु हो गई। मैं चाहता था कि इस ख़त को छिपा दूँ, जिसको किसी पड़ोसी ने लिखा था। मैं किसी तरह पैसे का इन्तज़ाम करके वहाँ गया। शकीला को साथ ले जाना सम्भव न हुआ। कोई फ़ायदा भी नहीं था। मुहम्मद अली कंगाली की हालत में मरे थे। जब मैं वापस आया तब मुझे ऐसा महसूस हुआ जैसे किसी ने मेरे कलेजे में छुरा घोंप दिया है और इस घाव से मैं ज़िन्दगी-भर छटपटाता रहूँगा। यह अपराध नहीं तो क्या है? मैं मुहम्मद अली का हत्यारा नहीं हूँ? मैं ऐसी धोखेबाज़ी नहीं करना चाहता था। मैं एक सच्चा इनसान बनना चाहता था, हँसमुख, मर्दाना! पर यहाँ सब कुछ उल्टा हो रहा था। इस दुनिया में मुझसे दुखी कौन होगा? आख़िर यह मेरे साथ क्या हो रहा है? कई बार शकीला ने कहा है कि इस मकान में कोई बात है। जब से इस मकान की छाया के नीचे हम रह रहे हैं। हमारी यह हालत हो रही है। मैं बेहद घबरा और डर गया। कम-से-कम किसी पंडित या ज्योतिषी को दिखाना चाहिए। यहाँ एक अच्छे ज्योतिषी हैं; मैं एक दिन सवेरे-सवेरे शकीला को कुछ बताए बग़ैर घर से निकल गया। वहाँ बड़ी भीड़ थी। कई कारें खड़ी थीं। भीतर कई मिनिस्टर, व्यापारी, जज और बड़े-बड़े अफ़सर श्रद्धापूर्वक बैठे थे। उन्होंने जीवन में बहुत कुछ पाया था, पर इससे उनको सन्तोष नहीं था और वे कुछ और पाना चाहते थे। मैं पीछे बैठ गया। जब बड़े लोग प्रसन्न होकर चले गए तब कुछ मामूली लोग बच रहे, जिनमें मैं भी था। मेरा नम्बर आने पर कलेजा बुरी तरह धड़कने लगा। ज्योतिषी ने मेरी जन्म-तिथि और परेशानी की बात पूछी। फिर मन में एक फूल का नाम लेने को कहा। इसके बाद आँखें मूँदकर उसने कुछ सोचा और अन्त में कहा कि 'तुम्हारे कमरे के नीचे एक कपारचिरंवा प्रेत है। बहुत पहले एक व्यक्ति की धन के लालच में कपार पर लोहे की छड़ से मारकर हत्या कर दी गई थी।

और वहीं दफ़ना दिया गया था। तुम्हारी क़िस्मत में धन तो बहुत है, पर यह प्रेत हर चीज़ को खा जाता है, वह कुछ होने नहीं देता। जब तक तुम उस मकान में हो, तुम मज़े में नहीं रह सकते। तुम्हारी जान को भी ख़तरा है। इसलिए जल्दी-से-जल्दी उस मकान को छोड़ दो...।"

"बाबूजी जब मैं वहाँ से चला तब मैं होश में नहीं था। मेरी जान सूखी हुई थी। ऐसा लगा, जैसे कोई मेरा पीछा कर रहा है। ज्योतिषी ने जो बात कही है वह सच है। आज शाम को मैंने कई मकान देखे, पर वे बड़े महँगे हैं; इसलिए मैं आपके पास दौड़ा चला आया। बाबूजी, आप ही बताइए, मैं क्या करूँ?"

उसकी आवाज़ बिखर गई। मैंने उसको समझाया कि आजकल के ज़माने में ज्योतिषी पर विश्वास करना ठीक नहीं। फिर आश्वासन दिया कि इसके बारे में कुछ-न-कुछ सोचा जाएगा और किया जाएगा। मकान के बारे में इससे अधिक किया ही क्या जा सकता है? वह कुछ देर तक मेरी बातें चुपचाप सुनता रहा। फिर उठकर नमस्कार करने के बाद लड़खड़ाते क़दमों से कमरे से बाहर निकल गया।

उनका जाना और आना

ऐसा तो नहीं है कि गोपालदास कभी बाहर गए ही न हों, फिर भी यह सफ़र मोहल्ले के सर्वज्ञ बूढ़ों को भी अचम्भे में डालनेवाला है। पहली बार गए वह सन् 1940 में, जब उनकी कानपुर वाली बहिन ने अपनी लड़की की शादी में रिश्ता टूट जाने की चेतावनी दे डाली थी और दूसरी बार गए ठीक दस वर्ष के बाद—जब सख़्त बीमारी के समय उनके छोटे भाई ने आगरा से आकर पटना मेडिकल कॉलेज में चलकर इलाज कराने के लिए उन्हें बाध्य कर दिया था। लेकिन जिन अवसरों पर नहीं गए, उनकी सूची बड़ी लम्बी है। वह हाथ को नचाकर कहा करते थे, "लड़का लखनऊ में सख़्त बीमार था, मैं नहीं गया। बहिन कैंसर से मर रही थी, मैं नहीं गया। गाँव के 100 बीघे खेत निकल गए, मैं नहीं गया। भैया, मुझसे राम-ख़ुदैया नहीं होगी। बस एक समय में एक काम। वकालत में पूरा ध्यान लगाता हूँ, रोज़ बारह-चौदह घंटे मेहनत करता हूँ; फिर कैसा लड़का, कैसी लड़की, कैसा खेत, कैसी बारी, कैसा कौन...।"

मई के शुरू में मज़े की गरमी पड़ने लगी थी। धोती, कुर्ता, मोजा, पम्प-शू और पन्द्रह-बीस वर्ष पुराना पारसी कोट पहन तथा हाथ में छड़ी लेकर गोपालदास ठीक साढ़े चार बजे पूरी तरह तैयार हो गए थे। विजय और अनिल के नेतृत्व में सारा परिवार दल-बल सहित बरामदे में खड़ा बेसब्री से उनकी प्रतीक्षा कर रहा था। ठीक इसी समय उन्होंने एक और काम कर लेना ज़रूरी समझा। वह चुपके-से सरक कर चौकी पर रखी भगवान की मूर्ति के सामने खड़े हो गए और हाथ जोड़कर श्रद्धापूर्वक बुदबुदाने लगे, 'सरकार, एक हफ़्ते के लिए माफ़ी चाहता हूँ...।' लेकिन सीलन-भरे और नोना खाई हुई दीवारोंवाले खपरैल के जीर्ण-शीर्ण मकान की रक्षा का भार वह पूर्ण रूप से मुरलीधर के सिपुर्द कर भी नहीं पाए थे कि उन्हें लगभग एक ही साथ बालरुदन और डपटने की आवाज़ें सुनाई पड़ीं। यदि दूसरा वक़्त होता तो उन्होंने पोते की पिटाई का विरोध किया होता, लेकिन इस समय उन्होंने इस घटना का बहुत ही उचित अर्थ ग्रहण किया और 'खेत खाए गदहा, मार खाए जुलाहा' वाली कहावत याद कर जल्दी-जल्दी शेष निवेदन पूरा कर वह सिर झुकाए कोइरी के देवता की तरह बाहर निकल गए।

पर ऐसी बात इस ख़ानदान में कभी नहीं हुई। इसी घर में लड़के-बच्चे पैदा हुए और पढ़-लिखकर अच्छे ओहदों पर पहुँचे। इसी घर में उन्होंने तीन बहिनों, चार लड़कियों और छह लड़कों की शादियाँ कीं। उन्होंने जैसा चाहा वैसा ही किया, मजाल है कि उनके सामने कोई ज़बान भी खोल सके! भई, फटीचर ही सही, पर यह तुम्हारे बाप-दादा का घर है, इसी घर में तुम्हारे सगे बाबा और ज़िले के प्रसिद्ध मुहर्रिर वीरप्रसाद मरहूम की पैदाइश हुई, इसी घर में तुम्हारे बाप पैदा हुए, स्वयं तुम यहीं पैदा हुए यहाँ गृहदेवता निवास करते हैं। हाँ, यह घर है, होटल-सराय नहीं, यहाँ हर साल होली-दीवाली में अवश्य आइए, अपने बाल-बच्चों की शादी यहीं से कीजिए और इस घर की शरण में रहकर तथा गृहदेवता और माँ-बाप का आशीर्वाद पाकर अपनी-अपनी नौकरी पर लौट जाइए, कौन रोकता है? पर जब दूसरे साहबज़ादे की, जो इलाहाबाद में डॉक्टर थे, चिट्ठी आई कि 'बेबी की शादी उस घर से किसी भी हालत में नहीं हो सकती। मेरी इज़्ज़त आबरू का सवाल है, बड़े-बड़े लोग आएँगे। आप लोग यहीं आकर लड़की को आशीर्वाद दे जाइए...' तो वह जड़-से बैठे रह गए थे।

ठीक सवा पाँच बजे गाड़ी खुल गई। धूप उतार पर थी, पर हवा के गर्म थपेड़े अब भी लग रहे थे। डिब्बे में अधिक भीड़ नहीं थी, पूरे बर्थ पर बिस्तरा बिछा दिया गया था और वह एक सिरे पर पालथी मारकर बैठे अपनी सफ़ेद मूँछों पर ताव दे रहे थे। जब गाड़ी प्लेटफ़ार्म पार कर गई तो उन्होंने पीछे सरकते हुए अपने शहर को हाथ जोड़कर नमस्कार किया। फिर वह हास्यपूर्ण कुतूहल से डिब्बे के लोगों की तरफ़ देखने लगे, गोया कोई मज़ाक़ की बात हो गई हो! वह सत्तर पार कर गए थे और एक समय का उनका बेहद तगड़ा शरीर अब जैसे नमक की तरह गल गया था और चूजे के समान गर्दन पर टिका उनका झुर्रीदार चेहरा निरर्थक ढंग से हिलने लगता था।

गाड़ी स्टेशन के बाद स्टेशन पार करने लगी थी और उसकी भाग-दौड़ पर किनारों के वृक्ष गोया अट्टहास करते हुए पीछे भाग जाते थे। धूप तेज़ी से लुप्त हो रही थी। उन्होंने अपनी बग़ल में पड़ा श्रीरामायण जी का बस्ता खोला और उसमें से तुलसी की माला निकालकर आँखें बन्द करके जाप करने लगे। लेकिन उनकी तबीयत लगी नहीं। वह नित्य हर लड़के और लड़की के लिए माला का जाप करते हुए भगवान से प्रार्थना करते थे और इसमें पहला नम्बर आता था विजय का। उन्होंने सामने बर्थ पर बैठे विजय की क़मीज़ के फटे कालर को देखा और उनका जी न जाने कैसा होने लगा! छह भाइयों में से विजय ही ऐसा था जो तीन बार में भी हाई स्कूल पास नहीं कर सका था। इसके बाद उसने कुछ जाली विद्यालयों से पत्र-व्यवहार द्वारा पहले इंजीनियरिंग और फिर होम्योपैथी की परीक्षाएँ पास करने की कोशिश की। और अन्त में उसने एक वैद्य से सर्टिफ़िकेट लिया और सरकारी

रजिस्ट्रेशन प्राप्त कर प्रैक्टिस करने का भ्रम पालने लगा। पहले के ज़माने में परिवार में एक-दो ऐसे व्यक्ति आदर और आराम से ज़िन्दगी काट देते थे, पर अब तो घोर महँगाई है, सबके अपने बाल-बच्चे हैं तथा अन्य बहुत-सी बातें हैं। उन्होंने कुछ अधिक उम्मीद की थी, पर अन्ततः बच्चों के कपड़ों के लिए रुपये उधार लेने पड़े और बहुओं ने मोहल्ले से कुछ साड़ियाँ उधार माँगकर काम चलाया था। दरअसल इस घर को दिन-पर-दिन गहरा होता एक गड्ढा समझना चाहिए। अब इसे कोई कितना, कब तक भरेगा!

दिन कभी का डूब गया था और अब बाहर मैदान में अँधेरी रात दौड़ लगा रही थी। उन्होंने माला को बस्ते के अन्दर रख दिया। डिब्बे में बिजली की मटमैली-सी रोशनी जल रही थी। उन्होंने अपनी जाँघ पर दाहिनी कुहनी को जमाकर हाथ की कटोरी में अपने चेहरे को रख लिया और डिब्बे के लोगों को टुकुर-टुकुर देखने लगे। उनके होंठों पर हल्की-सी मुस्कराहट थिरक आई थी और आँखों में इस आशा का भाव कि लोग उनको एक महत्त्वपूर्ण व्यक्ति समझें। सचमुच वह महत्त्वपूर्ण व्यक्ति तो थे ही, जिसका कारण हर व्यक्ति को जानना चाहिए और यह सोचकर उनको अपने तथा अपने लड़कों पर गर्व होने लगा। इस गर्व की दुनिया में वह आजकल निरन्तर विचरण किया करते थे और दूसरों को भी अत्यन्त उदारतापूर्वक उसकी सैर कराते थे।

उन्होंने अपना चेहरा सहसा ऊपर उठा लिया और पीठ सीधी करके बैठ गए। जल्दबाज़ी में उन्होंने इधर-उधर देखा, थोड़ी देर तक धीरे-धीरे मुस्कराया, फिर हाथ के संकेत से बग़ल के बर्थ पर बैठे एक पगड़ीधारी अधेड़ देहाती को बुलाया, "भैया आप आ जाइए।" इसके बाद ठीक उसी स्टाइल में एक पढ़े-लिखे से दीखते बूढ़े सज्जन तथा एक मौलवी साहब को भी अपने पास बुलाया। पहले वे तीनों ही बड़े सन्देह और अविश्वास के भाव से उनको देखते रहे, लेकिन कई बार आग्रह करने पर सहमत हुए। वे आकर उनकी बर्थ की ख़ाली जगह पर बैठ गए और ऊँट की तरह सिर उचकाकर उन्हें देखने लगे।

गोपालदास इस समय किसी उच्च सरकारी आयोग के विशेषाधिकारी की तरह विश्वासपूर्वक मुस्करा रहे थे। उन्होंने तीनों आगन्तुकों से बारी-बारी से उनका नाम-गाँव पूछा फिर अपने स्वर पर ज़ोर देते हुए नाटकीयता से बोले, "बन्दा को कहते हैं गोपालदास। गाज़ीपुर में पिछले 45 वर्षों से वकालत करता हूँ। 5 मई, सन् 1929 को प्रैक्टिस शुरू की थी, अब भी साढ़े छह सौ रुपये महीना आमदनी है। लाखों कमाया, लाखों ख़र्च किया। भगवान की दया से छह लड़के और चार लड़कियाँ हैं। बड़े लड़के हैं—बाबू शशिकुमार, बनारस में पत्रकार। बड़े ज़हीन हैं। अरे भैया, पत्रकार! दूसरे लड़के हैं डॉक्टर रविकुमार, इलाहाबाद में एम.बी.बी.एस. डॉक्टर हैं, हज़ारों रुपये महीना की प्रैक्टिस है। तीसरे लड़के हैं बाबू पवन कुमार,

इस समय देहरादून में डिप्टी-कलक्टर हैं। वह कलक्टरी में आ ही गए थे, पर इंटरव्यू में कुछ बेईमानी की जाने से गड़बड़ी हो गई। चौथे लड़के हैं विजयकुमार। आयुर्वेदाचार्य। आला दिमाग़। वह भी प्रैक्टिस करते हैं। पाँचवें लड़के हैं अनिलकुमार एडवोकेट, बन्दा के साथ रहकर वकालत करते हैं। छठे लड़के हैं महीपकुमार, काठगोदाम स्टेशन पर ए.एस.एम. हैं ...।"

इसके बाद वह हर लड़के के नाक-नक्श, उसके शैक्षिक जीवन, नौकरी की प्रतियोगिताओं में उसके कमाल और उसकी रुचियों के बारे में असाधारण विस्तार से बताने लगे। जब एक स्टेशन पर भीड़ का न्यायोचित लाभ उठाते हुए आगन्तुक वहाँ से खिसक गए तब अनिल ने अपने पिता की ओर नाराज़ी से देखा, पर भीड़ का न्यायोचित लाभ उठाते हुए उन्होंने फुसफुसाए स्वर में कहा, "भैया, बड़ा रिलीफ मिला है...।"

सुबह वह इलाहाबाद पहुँचे थे। स्टेशन पर ही उनकी पत्नी ने उन्हें सचेत कर दिया था, "किसी की बात में पड़ने की ज़रूरत नहीं। हर समय लड़कों की तारीफ़ किया करते हैं। अधिक बोलने से फ़ायदा? यह गाज़ीपुर तो है नहीं, यहाँ एक-से-एक बड़े लोग आएँगे, लड़के की इज़्ज़त आबरू है, कोई बात मुँह से निकल जाने पर ज़िन्दगी-भर कहने के लिए हो जाएगा। विजय और अनिल की भी यही राय है...।"

उन्होंने पत्नी की ओर घूरकर देखा। उनके मन को बड़ा धक्का लगा। वह अपने लड़के के यहाँ आए हैं, किसी रिश्तेदार के यहाँ नहीं। लाख डॉक्टर हैं, अगर वह कह दें कि एक पैर पर खड़े हो जाओ तो वह फ़ौरन तैयार हो जाएँ। ये लोग चाहते क्या हैं? ख़ैर, ठीक है। अपने तमतमाए हुए चहरे को दूसरी ओर फेरकर उन्होंने कहा, "तुम लोगों की यही राय है तो मैं बोलूँगा ही नहीं...?"

उन्हें एक छोटा-सा कमरा दे दिया गया। उसमें एक तख़्त पर उनका बिस्तरा लगा दिया गया। वहाँ हर आराम का प्रबन्ध था। अपने किसी लड़के की नौकरी पर वह पहली बार आए थे और यहाँ की दुनिया कुछ दूसरी ही थी। आलीशान मकान, कार, स्कूटर, नौकर-चाकर, हर तरफ़ चमचम। अन्य सभी लड़के, बहुएँ, लड़कियाँ, दमाद, बाल-बच्चे तथा अन्य रिश्तेदार पहुँच गए थे। इसके अलावा डॉ. रविकुमार के ससुराल पक्ष के रिश्तेदार, उसके कुछ दोस्त तथा उनके परिवारजन भी थे और एक सरकारी उच्चाधिकारी रामसहाय को एक महीना पहले ही विशेष रूप से बुलाया गया था और वह सपत्नीक शादी का सारा प्रबन्ध सँभाल रहे थे। जब बरामदे में एक बड़ी मेज़ के चारों ओर खड़े होकर सभी लोग नाश्ता करने लगे, तब उन सबको देखकर गोपालदास का हृदय गर्व एवं प्रसन्नता से भर उठा, जैसे वह एक पुराने वटवृक्ष हों और उसकी शाखाएँ-प्रशाखाएँ चारों ओर फैलकर एक सुखद वातावरण की सृष्टि कर रही हों।

नाश्ते के बाद रामसहाय उनके कमरे में आकर सोफे पर बैठ गए। इच्छा रहते हुए भी उन्होंने रामसहाय से कोई बातचीत नहीं की, उनको देखकर सिर्फ़ मुस्करा भर दिया। रामसहाय ने पूछा, "बाबू जी, नाश्ता कर लिया?"

"हाँ भैया, आपका प्रबन्ध ठीक चल रहा है न!"

रामसहाय ने क्षण-भर के लिए उनकी आँखों में कौतुक से देखा, फिर सिर झुकाकर मुस्कराते हुए बोले, "ठीक चल रहा है, बाबू जी! हम लोगों को जैसे समझ में आया कर दिया। आप लोग पहले आ जाते तो बड़ी मदद मिल जाती, और जो कुछ त्रुटियाँ रह गई हैं, वह भी न रहतीं।"

"सब भैया, भगवान करता है", उन्होंने धीरे-से कहा, पर उनका चेहरा शर्म से तमतमा आया। रामसहाय फ़ौरन उठकर चले गए तो वह बिस्तर पर लेटकर चुपचाप छत को निहारने लगे। उन्हें लगा, जैसे किसी कमरे से ठेलकर उन्हें ज़बरदस्ती बाहर कर दिया गया हो। इसमें कोई शक नहीं कि दो लड़कों, उनकी बीबियों तथा बच्चों का ख़र्चा उन्हीं पर है क्योंकि अनिल की वकालत भी सँभल नहीं पा रही है। यह भी सच है कि एक दिन भी कचहरी यदि वह न जाएँ तो घर-गृहस्थी की गाड़ी एक दिन भी न चले। लड़के भेजते ही रहते हैं, पर समय ख़राब आ गया है और सबकी अपनी-अपनी समस्या है। पर उनको दुख है—दुख इस बात का कि पोती की शादी घर से नहीं हो रही है और यहाँ हो रही है तो वह पहले नहीं आ सके और जब आए तब ख़ाली हाथ। चाहे कोई कितना भी बड़ा हो, शादी-ब्याह क्या अकेले होता है? उनको यह सोचकर अत्यन्त अफ़सोस होने लगा कि उनके शरीर में आज ताक़त नहीं है, उनकी आमदनी बेहद कम हो गई है और वह अपनी ज़िन्दगी में पैसा कभी जमा ही नहीं कर सके। एक अजीब-सी हीनता और अपराध भावना से वह बेचैन हो उठे।

उन्होंने आँखें मूँद लीं और उनके सामने अजीब-अजीब ख़याल नाचने लगे। घर के अन्दर या बाहर बीच-बीच में सहसा ज़ोर-ज़ोर से बातचीत करने या खटपट की आवाज़ें उठतीं और ग़ायब हो जातीं। छोटे-छोटे बच्चे शोर करते हुए कमरे में घुसते और भाग जाते। कभी-कभी रविकुमार कभी काम के सिलसिले में तेज़ी से कमरे के अन्दर आता। गोपालदास लड़के की ओर आशा-भरी दृष्टि से देखने लगते। लगता कि लड़का उनके पास आकर बैठ जाएगा और शादी-सम्बन्धी प्रबन्ध तथा ज़रूरी बातों के बारे में बातचीत करेगा और उनकी राय लेगा। लेकिन रविकुमार उनकी ओर उड़ती दृष्टि से देखता और चला जाता, जैसे बाज़ार में किसी व्यक्ति को देखकर भी कोई अनदेखा कर दे। कभी इच्छा करती कि वह स्वयं बात छेड़ें, पर पत्नी की हिदायत का स्मरण कर चुप लगा जाते। वैसे राय-सलाह लेने की बात ही क्या है, लड़के ने अपने मन की शादी तै की, अपने मन से तिलक चढ़ाया और अपने मन से शादी कर रहा है। उसने किसी से राय नहीं पूछी और वह इतना समर्थ

है कि कोई राय दे भी नहीं सकता। हर इन्तज़ाम ठेके पर सिपुर्द कर दिया गया है और जो कुछ साधारण घरेलू प्रबन्ध हैं, उनको स्थानीय मित्रों, परिचितों, मददगारों और नौकर-चाकरों की एक सशक्त सेना पूरा कर रही है।

दोपहर के भोजन के बाद गोपालदास कुछ देर के लिए ही सो सके। फिर नींद उचट गई। वह उठकर बैठ गए और घर के अन्दर से आती आवाज़ों को चुपचाप सुनने लगे। अचानक उनकी एक अजीब-सी मन:स्थिति हो गई थी और वह हर चेहरे और हर आवाज़ में कोई-न-कोई अर्थ ढूँढ़ने की कोशिश करने लगे। उन्हें एक-दो बार लगा कि रवि के बच्चे भी उनके साथ अपरिचित जैसा व्यवहार कर रहे हैं, जबकि पहले वे उनके पास बैठकर देर तक बातें किया करते थे।

एक बार उन्हें ऐसा महसूस हुआ कि बाहर से आई उनके परिवार की औरतों तथा उनकी लड़कियों के चेहरे गम्भीर हैं। वे सभी नाश्ते या खाने में झुंड बनाकर आतीं और इस तरह झुंड बनाकर अपने-अपने वास-स्थान को चली जातीं। उनका कोई गाना-बजाना क्यों नहीं हो रहा है? न कोई हँसी-मज़ाक़! फिर बीच-बीच में रवि के किसी स्थानीय मित्र की पत्नी या मोहल्लेवाली आ जाती तो भीतर का बरामदा उत्साहपूर्ण बातों से गूँज उठता। ऐसा क्यों है? या यह उनका भ्रम है?

शाम को घर सूना-सूना-सा मालूम पड़ रहा था, शायद लोग इधर-उधर चले गए थे। गोपालदास तख़्त पर बैठे जाप कर रहे थे। सहसा उनकी बड़ी लड़की दमयन्ती कमरे में घुसी। वह पचास से ऊपर थी और उसके कई दाँत टूट गए थे, जिससे उसका चेहरा बुढ़िया की तरह दिखाई दे रहा था। वह चुपके से एक कुर्सी खींचकर उनके पास बैठ गई।

"कौन दमयन्ती?" गोपालदास ने उसके पास अपना चेहरा ले जाकर पूछा।

"हाँ, बाबू जी, सोचा, चलकर आपके पास कुछ देर बैठूँ।"

"ठीक किया बेटी! बहुत ठीक किया", उनका गला भर आया, "तीन वर्ष बाद तुमको देख रहा हूँ!"

"मीना के पापा की तबीयत ठीक नहीं रहती, पर मैं ज़िद करके आई। सोचा इस बहाने सबसे मुलाक़ात हो जाएगी और आपके दर्शन भी हो जाएँगे।"

"बहुत ठीक किया...बहुत ठीक किया...।" उन्होंने अपनी आवाज़ पर बल देते हुए कहा।

"बाबू जी, जब तक आप लोग हैं, पूछ हो रही है, आगे की कौन जानता है? ज़माना कितना बदल गया है! पहले ग़रीब रिश्तेदार भी आते थे तो बड़ी पूछ होती थी। पहले सोचा जाता था कि रिश्तेदार कैसा भी सही, पर वह हमारी इज़्ज़त बढ़ाने हमारे दरवाज़े पर आता है। हम तो ग़रीब ही हैं, न, बाबू जी? हमारे पास कार नहीं, बँगला नहीं। हम किस क़ाबिल हैं? हम तो देहाती हैं—गँवार..." दमयन्ती आँखें पोंछने लगी।

"ऐसा क्यों कहती हो, बेटी?" गोपालदास ने हैरत से उसे देखते हुए कहा।

"ठीक ही कहती हूँ बाबू जी", दमयन्ती ने गला साफ़ करके कहा, "मैं बहुत शौक़ से आई। मेरी बिटिया मीना को भी बड़ा उत्साह था। मीना कुछ लड़कियों को लेकर अर्चना के पास गई, पर रवि की छोकरियाँ तो किसी को अपने पास फटकने नहीं देतीं, भई, यहाँ भीड़ न लगाइए, भई, यहाँ शोर न कीजिए। सभी के साथ ऐसा व्यवहार हो रहा है। कोई ठीक से नहीं बोलता। इसी से सभी औरतें और लड़कियाँ कट-कटी रहती हैं। जो कुछ है रामसहाय की बीवी और उनकी लड़की। कहा जाता है कि एक महीने से रुकी हैं। हमें ख़बर कराई जाती तो क्या हम नहीं आ सकते थे? भाई लोग नहीं आ सकते थे? पर किसी को तिलक की ख़बर तो थी नहीं। घर के किसी से नहीं कहा गया कि चलो, देख लो, क्या-क्या सामान दिये जा रहे हैं। शादी-विवाह का यही क़ायदा है। पर यहाँ की कोई आ जाती है तो बड़े शौक़ से दिखाया जाता है। ऐसा इसलिए न कि हमारी हैसियत नहीं कि हम यह सब देखें। लड़कियाँ कहती हैं, "भई, आप लोग देहाती भाषा न बोलिए। भाई, तुम लोग क्या लन्दन-विलायत की हो? तुम...।"

"दमयन्ती बेटी, "गोपालदास ने बीच में टोका, "मन को छोटा न करो। शादी-ब्याह के घर में कुछ-न-कुछ होता ही है। रवि की एक हैसियत है, एक इज़्ज़त है। फिर रवि ने ख़ानदान को बहुत सँभाला है। उसने सबके लिए किया है..।"

"मैं यह नहीं कहती, रवि भैया का दिल बड़ा नेक...है।"

दमयन्ती आँचल मुँह में रखकर रोने लगी। गोपालदास उसको करुणा से देख रहे थे। उनका सिर विचित्र ढंग से हिल रहा था और अँगुलियाँ तख़्त पर इस प्रकार गतिशील हो गईं जैसे तबला बजा रहे हों...!

गोपालदास बँगले के सामने तने विशाल शामियाने के नीचे खड़े हैं। शादी का दिन! शामियाना बड़ी ख़ूबसूरती से सजाया गया है। चारों ओर बिजली के रंग-बिरंगे लट्टू जगमगा रहे हैं। शामियाने में ही एक ही सिरे पर शादी का एक मंडप तैयार किया गया है, जिसके सामने एक बड़ा-सा तख़्त है, जिस पर एक ख़ूबसूरत लाल कालीन बिछा है। उस पर दो कुर्सियाँ रखी गई थीं। इसी मंच पर जयमाल की व्यवस्था थी। और उसके सामने थोड़ी दूर पर कई सोफे और उनके पीछे अनगिनत कुर्सियाँ पंक्तियों में सजाकर रखी गई थीं।

धीरे-धीरे भीड़ बढ़ने लगी। शामियाने की बग़ल में बहुत-सी कारें खड़ी हो गई थीं। शहर के बड़े-से-बड़े लोग बुलाए गए थे—कलक्टर, डिप्टी-कलक्टर, अन्य उच्च पदाधिकारी, नामी एडवोकेट, यूनिवर्सिटी के प्रोफ़ेसर आदि। रविकुमार, उनकी पत्नी प्रमिला तथा तीन लड़कियाँ दीप्ति, कीर्ति और प्रीति सबको रिसीव करके सोफों पर बिठा रहे थे। बड़े-बड़े अफ़सरों की पत्नियाँ एक-से-एक ख़ूबसूरत साड़ियाँ

और गहने पहनकर आई थीं, जिनके वस्त्रों से इत्र की ख़ुशबू चारों ओर उड़ रही थी। और इन सबके बीच रेकार्ड-प्लेयर की एक क्लासिकी धुन तिर रही थी और समस्त वातावरण को अत्यन्त भव्य एवं सुखद बना रही थी।

गोपालदास धोती-कुर्ता पहने थे। वह फाटक के पास आकर खड़े हो गए थे। वहीं रवि मेहमानों का स्वागत करने के लिए आता था। वह लड़की के पिता के पिता थे और निश्चय ही उनका स्थान अत्यन्त महत्त्वपूर्ण था और यह सोचकर उनको अपने ऊपर गर्व होता था। उनको विश्वास था कि लड़का अपने आगन्तुक मित्रों और परिचितों से उनका परिचय कराएगा ही और इसीलिए वह नज़दीक-से-नज़दीक रहना चाहते थे। लेकिन रवि को उनकी ओर देखने की भी फ़ुरसत न थी। अन्त में वह बेहद थक गए तो वहाँ से हट आए और पीछे की ओर एक कुर्सी पर बैठ गए, जहाँ कुछ ही दूरी पर उनकी अन्य बहुएँ, लड़कियाँ, उनके बाल-बच्चे झुंड-सा बनाकर बैठे थे।

गोपालदास अचम्भे से आँखें फाड़-फाड़कर देख रहे थे। निश्चय ही उनके परिवार लड़का भी तो उसने ख़ूब चुना था—आई.पी.एस.। रवि और उसकी पत्नी अत्यन्त प्रभावशाली ढंग से अपनी भूमिकाएँ अदा कर रहे थे। रवि पुरुष-समाज में प्रफुल्लता और व्यस्तता से घूम रहा था। वह तपाक से आगे बढ़कर आगन्तुकों का स्वागत करता, उनसे हाथ मिलाता, कुछ हँसी-मज़ाक़ चलते, ठहाके लगते, फिर उनको सोफे या कुर्सी पर बिठा दिया जाता। प्रमिला और तीनों लड़कियाँ महिला समाज में व्यस्त थीं। वे बेशक़ीमती बनारसी साड़ियों तथा गहनों से लकदक थीं। 'आंटी जी, इधर आइए', 'मिसेज़ शर्मा यहाँ बैठिए।' कइयों के हाथ में प्रेजेंट्स के पुलिन्दे होते थे, जिनको प्रमिला उनसे लेकर दीप्ति को दे देती थी।

गोपालदास कुर्सी में धँस गए थे। उनको अपनी आँखों पर विश्वास नहीं हो रहा था। उनके मन को एक धक्का लगा। एक ज़माना था, जब सभी बहुएँ लम्बा घूँघट काढ़ती थीं, मुँह दिख जाने पर डाँट खानी पड़ती थी। कभी-कभी उनका ध्यान अपने लड़कों और रिश्तेदारों की ओर चला जाता। पवनकुमार डिप्टी-कलक्टर था, शायद इसीलिए वह अधिक व्यस्तता के साथ अपने भाई के साथ-साथ घूमता। अन्य इधर-उधर बिखरे थे और इस चकमक और शान-शौक़त में बड़े ही निस्तेज एवं अनुपयोगी लग रहे थे। इसमें कोई सन्देह नहीं कि उनके रिश्तेदारों में से कई क्लर्क, नकलनवीस, पेशकार आदि थे। वे मुँह छिपाए भीड़ के पीछे दिखाई दे जाते थे। कहीं कोई एक जगह खड़ा होकर जम्हाई ले रहा होता या अपनी देह को तोड़-मरोड़ रहा होता। किसी-किसी को देखकर ऐसा लगता जैसे सिगरेट का ज़ोर-ज़ोर से कश खींचकर अपने भीतर आत्म-विश्वास पैदा करने की कोशिश कर रहा है। इतना ही नहीं, रवि के एक साले, जो चकबन्दी-विभाग में क्लर्क, शक्ल-सूरत से मजबूर और सांकेतिक भाषा समझने में बड़े कुशल थे,

शामियाने के बाहर एक उटुंग पैंट पहनकर चुपके-चुपके चहलक़दमी कर रहे थे। गोपालदास को ऐसा लगा, जैसे एक ऐसी लकीर खींच दी गई है, जिसने वहाँ उपस्थित लोगों को दो भागों में विभक्त कर दिया है।

तभी किसी की यह आवाज़ सुनाई पड़ी कि बरात आ रही है। लोग चौंक कर बाहर की ओर देखने लगे। सहसा दीप्ति तेज़ी से अपने परिवार और औरतों की मंडली के पास आई और ऊँचाई से बोली, "भई, जब बरात आ जाए तो आप लोग खड़ी हो जाइएगा...।"

"तू सीधे विलायत से आ रही है क्या रे?" किसी बुज़ुर्ग औरत ने ग़ुस्से से कहा।

"भई, यहाँ रे-बरे न कीजिए। बरात का रिसेप्शन होने जा रहा है। वे बड़े फारवर्ड हैं, ऐसा न हो कि आपमें से कोई बैठी रह जाएँ। तब बड़ी बदनामी होगी। हाँ, रिसेप्शन के बाद डिनर होगा, उसमें चम्मच से खाइएगा, हाथ से नहीं...।"

दीप्ति फ़ौरन वहाँ से चली गई। गोपालदास की आँखें और फैल गईं। इसी समय लोग खड़े होकर फाटक की ओर जाने लगे। औरतें खड़ी हो गईं। बाहर रंग-बिरंगी आतिशबाज़ी छूटने लगी। पटाखों और बन्दूक के हवाई-फायर की आवाज़ें आने लगीं। रेकार्ड-प्लेयर पर शहनाई की कोई मधुर धुन बज रही थी और बाहर से आई आर्केस्ट्रा पार्टी ने अपना फ़िल्मी संगीत शुरू कर दिया था।

रवि और प्रमिला ने समधी का स्वागत किया। फिर वे दुल्हे को अपने साथ मंडप की ओर ले आए। पहले द्वार-पूजा हुई, फिर जयमाल की रस्म अदा की गई। इसके बाद शीतल पेय के साथ आधुनिक संगीत का एक सांस्कृतिक कार्यक्रम आरम्भ हुआ। शामियाने के मध्य में खड़े होकर रवि अपने समधी का परिचय महत्त्वपूर्ण पदाधिकारियों एवं मित्रों से कराने लगा। इसी अवसर पर गोपालदास भी वहाँ जाकर खड़े हो गए और देर तक खड़े रहे। वह उनकी ओर उत्सुकता से देखते और मुस्कराते। आख़िर उनकी टाँगों में दर्द होने लगा। वह बेहद थक गए थे। वह समझ गए थे कि उनका यहाँ आना अनावश्यक था। जब शारीरिक तकलीफ़ बर्दाश्त के बाहर हो गई तब वह डगमग चाल से वहीं से चल पड़े और एक नज़दीक की ख़ाली कुर्सी पर जाकर बैठ गए। बैठते ही उनका हड्डियोंवाला कमज़ोर शरीर सिकुड़कर गठरी की तरह दिखाई देने लगा। उन्होंने आगे झुककर कुहनी पर गाल टिकाकर आँखें बन्द कर लीं।

सहसा उन्हें रवि की आवाज़ सुनाई पड़ी। वह बुला रहा था, "बाबू जी, बाबू जी।" गोपालदास ने आँखें खोल दीं। उनका हृदय ख़ुशी से गेंद की तरह उछलने लगा। वह उठ खड़े हुए और डगमग चाल से उधर चल पड़े। पर कुछ क़दम जाने पर ही उन्होंने देखा कि एक बेहद मोटे, बूढ़े सज्जन चूड़ीदार पाजामा और कुर्ता पहने रवि की ओर मुस्कराते हुए आ रहे हैं। रवि उन्हीं को "बाबूजी, बाबू जी" पुकार रहा था। गोपालदास मन-ही-मन बहुत लज्जित हुए। उन्होंने अगल-बग़ल देखा,

पर सौभाग्य से उनको कोई देख नहीं रहा था। वह कुर्सी पर आकर फिर बैठ गए। उन्होंने कुर्सी के माथे पर सिर टिकाकर आँखें बन्द कर लीं और शीघ्र ही नींद में ऊँघने लगे।

दूसरे दिन सवेरे गोपालदास की तबीयत ढीली-ढाली थी। रात में खाने में बदपरहेज़ी हो गई थी और नींद भी ठीक से नहीं आई। उनके सारे शरीर में दर्द था और उन्हें धुआँइन डकार आ रहा था। पर उन्होंने किसी को बताया नहीं। नाश्ता-पानी नहीं किया उन्होंने, बस काली मिर्च के दो दाने मुँह में डाल लिये और चुपचाप चारपाई पर पड़े रहे।

प्रातः आठ बजे विदाई थी। बाहर ट्रक पर सामान लादा जा रहा था। फ्रिज़, कूलर, स्कूटर आदि से लेकर अन्य छोटा-मोटा सामान। गोपालदास चुपके से उठे और बरामदे में जाकर खड़े हो गए। औरतें आँगन में इकट्ठी थीं और दुल्हा को विदाई देने के रस्में पूरी कर रही थीं। दुल्हा टेरीवूल का सूट पहने ख़ुशनुमा टाई में सुसज्जित एक कुर्सी पर बैठा था। औरतें दुल्हे को अँगूठी, घड़ी, रुपये, रूमाल आदि भेंट कर रही थीं।

पास वाले कमरे में दुल्हिन को तैयार किया जा रहा था। कोई खटका होने पर गोपालदास कमरे की ओर देखने लगते। सहसा उन्हें दीप्ति की आवाज़ सुनाई पड़ी, "दीदी, रोना नहीं है। एक क़तरा आँसू भी गिराने की ज़रूरत नहीं, यह तो गँवारों-देहातियों की रीति...है।"

गोपालदास को बड़ा अचम्भ हुआ। क्या बिना रोए-धोए लड़की की विदाई हो सकती है? वह कुछ देर तक उसी तरह खड़े रहे और उसी समय चौंके, जब किसी नौकर ने आकर उनसे कहा, "बाबू जी, बाहर भैया जी बुला रहे हैं।"

वह सहसा घूमकर चल पड़े। चलने में उनको काफ़ी प्रयास करना पड़ा। बाहर दो कारें खड़ी थीं। उनको देखते ही रवि अपने समधी को लेकर उनके पास आया, "ये मेरे बाबू जी हैं!"

गोपालदास ने अपने हाथ पहले ही जोड़ दिये थे। उन्होंने आगे की ओर अपनी गर्दन कुछ झुका दी थी। वह अत्यन्त ही विनम्रतापूर्वक मुस्करा रहे थे। रवि के समधी ने कहा, "आपके दर्शन करके बड़ी प्रसन्नता हुई। मैं तो कल ही...!"

गोपालदास बीच ही में बोले, "आप बड़े हैं। आपके लड़के की शादी मेरी पोती से करके आपने जो अहसान किया है, उसको हम भूल नहीं सकते...।"

अन्य लोगों से भी यह परिचय और मिलन कार्य कुछ देर तक चलता रहा, इसके बाद दुल्हिन बाहर आई। माँ उसको अँकवार में लिये हुए थी। अगल-बग़ल और पीछे तीनों बहिनें, मोहल्ले की कुछ औरतें और कुछ रिश्तेदारों की औरतें थीं। अन्य सभी औरतें बाहर निकली ही नहीं और कुछ दरवाज़े तक आकर ठिठक गईं।

गोपालदास कुछ आगे बढ़ गए, पर दुल्हिन को सीधे कार के पास ले जाकर उसके अन्दर बैठा दिया गया। कुछ ही देर में दोनों कारें चल पड़ीं और शीघ्र ही दृष्टि से ओझल हो गईं।

गोपालदास के मन को बड़ी चोट पहुँची। ऐसा क्यों? लड़की ने उनका आशीर्वाद क्यों नहीं लिया? वह अनमने से अपने कमरे में लौट आए और तख़्त पर बैठ गए। माला लेकर वह जाप करने लगे। अपनी पोती के सौभाग्य-सुख और ख़ुशहाली के लिए वह यह जाप कर रहे थे। इसके बाद वह निश्चिन्तता का अनुभव करने लगे।

जब रवि उनके कमरे में आया तब उन्होंने कहा, "बेटा, मैं अब कल सवेरे चला जाऊँगा। तुमने बहुत अच्छा किया, बड़ा शानदार किया। सब भगवान की कृपा है।"

"बाबू जी, अभी जल्दी क्या है? कुछ दिन रहिए...।"

"नहीं बेटा, वहाँ का हर्ज़ होगा। सब हो ही गया। मैं भी आकर खड़ा हो गया। बस अब क्या चाहिए?"

उनके सामने एक जीर्ण-शीर्ण मकान उभर आया। वह वहाँ जल्दी-से-जल्दी पहुँचने के लिए व्याकुल हो उठे।

अन्तरात्मा

जुलाई की उस रात को नगर के प्रसिद्ध सामाजिक और सांस्कृतिक नेता, नारी-कल्याण समिति के संस्थापक, ललित कला-संघ के संरक्षक तथा राष्ट्रीय विद्यालय के नव-निर्वाचित अध्यक्ष अपने कमरे में बिस्तरे पर लेटे एक शानदार विजय-सुख को चुभला रहे थे। क़रीब दो घंटे पहले ही कार से उतरकर वह अपने बँगले की ओर इस तरह चल पड़े थे कि खद्दर के सफ़ेद चूड़ीदार पैजामे, चुस्त रेशमी शेरवानी तथा गाँधी-टोपी से सुसज्जित उनके नाटे, थुलथुल शरीर को देखकर किसी लुढ़कते हुए फुटबॉल की याद आ जाती थी।

वह महत्त्वपूर्ण ढंग से काफ़ी गम्भीर थे, लेकिन बीच-बीच में उनके मुँह पर हल्की-सी मुस्की रोशनी की पतली, छोटी लकीर की तरह फैलकर तिरोहित हो जाती थी। उनके पीछे-पीछे उपनायक क़िस्म के चार व्यक्ति लपकते हुए लपर-लपर चल रहे थे, जो उच्च नैतिक कर्तव्य के वशीभूत होकर अपने नये अध्यक्ष को पार्टी के बाद उनके घर पहुँचाने आए थे।

वे सभी इतने उत्साहित और उत्तेजित थे कि उनके होंठों पर बार-बार व्यर्थ-सी मुस्कराहट फैल जाती थी। जब विमल बाबू बरामदे में पहुँचे तो सहसा एक कुशल ड्रिल-मास्टर की तरह घूमकर वह उनके सामने खड़े हो गए थे। उन्होंने रूमाल से मुँह के पसीने को पोंछने के बाद एक लम्बी-सी विशेष मुस्कराहट छोड़ते हुए दोनों हाथ जोड़कर कहा था, "अच्छा तो आप जाइए...हमें दुनिया को दिखा देना है।" इसी सफ़ाचट, छोटे और मज़ाक़िया चेहरेवाले एक व्यक्ति ने वार्षिक-अधिवेशन के परिपत्र के बारे में कुछ पूछना चाहा था। विमल बाबू ने इस बेवक़्त की शहनाई के लिए उसको एक क्षण घूरा, लेकिन उसको फ़ौरन ही ख़याल आया कि इस समय अनुदारता अनावश्यक है, इसलिए वह हो-हो करके हँस पड़े थे, जिससे उनका सारा शरीर बुरी तरह दलकने लगा था। उन्होंने गम्भीर होकर कहा था कि "एकाध दिन तो आराम कर लीजिए...। उसके बाद डटकर मेहनत कीजिए।"

अन्त में एक ऐसे ठहाके के साथ, जो निर्मल और निर्द्वंद्व चरित्र का आभास देता है, उन्होंने अपने सहायकों को विदा दी थी, जो उनकी बातों का बहुत उचित अर्थ ग्रहण करते हुए वहाँ से चले गए थे।

घर के अन्दर पहुँचकर विमल बाबू चहकते और खिलखिल करते हुए परिवारजनों के बीच घिर गए थे। उन्होंने सबकी जिज्ञासाओं को शान्त किया था और बच्चों को मिठाई खाने के लिए रुपये दिये थे। इसके बाद आग्रह करने पर एक प्लेट मखाने की खीर और दो कलाकन्द खाकर वह बाहर आ गए थे। लान में कुछ देर टहल कर वह अपने कमरे में आकर बिस्तरे पर लेट गए थे। बाहर से कुछ बूँदा-बाँदी होने की पट-पट की आवाज़ आ रही थी। ऊपर सीलिंग-फैन भन-भन चल रहा था और कूलर की शीतल लहरें कमरे में तैर रही थीं। उनका मन गर्व और आनन्द की ऊँचाइयों में उड़ रहा था। विजय में जो सुख है, वह अन्य किसी चीज़ में नहीं...। विजय अपने पौरुष एवं महत्त्वाकांक्षा के सन्तोष और आनन्द का विस्तार है। उनका जीवन बुद्धि, साहस, धैर्य और अनन्त क्षमताओं का इतिहास है...।

वह खोए-खोए मुस्कराने लगे। उनका मन फूलों के कुंज में भँवरे की तरह विचरण करने लगा। देर तक वह कल्पना-लोक में उड़ते रहे। धीरे-धीरे उनके शरीर पर एक सुस्ती छा गई। उनके अंग-अंग ढीले पड़ गए। उनकी आँखें आधा मुँद गईं।

वह सहसा चौंक पड़े। उन्होंने देखा कि एक अजीब-सा व्यक्ति उनके कमरे में घुस आया है। बेहद लम्बा, दुबला-पतला, हड्डियों का ढाँचा। गन्दी धोती और फटा हुआ कुर्ता पहने था वह। उसकी सफ़ेद दाड़ी बेहद बढ़ी हुई थी और उसके चेहरे पर ऐसी मुर्दनी छाई थी, जैसे कई दिनों से खाना ही न मिला हो।

"कौन हो तुम?" उन्होंने घुड़कते हुए पूछा।

"आप मुझे नहीं पहचानते?" बूढ़े के मुँह पर एक उदास मुस्कराहट उभर आई। उसकी आवाज़ ऐसी थी गोया सूखा सत्तू खाते समय अन्दर तक सरक गया हो।

"नहीं पहचानता मैं आपको। आप हैं कौन? इस समय अन्दर आने की आपको अनुमति किसने दी?"

"मैं आपका शुभचिन्तक हूँ।"

"वाह, वाह! ख़ैर, चलिए ठीक है। पर आप हैं कौन?"

"आपको मालूम हो जाएगा। या न भी मालूम हो तो फ़र्क़ नहीं पड़ता। लोग कहते हैं कि आपकी जीत हुई है, मैंने सोचा आपके दर्शन कर आऊँ!" बूढ़ा हँस पड़ा।

"आपका यही प्रयोजन है?"

"मैं आपसे कुछ बात भी करना चाहता हूँ।"

"बात? कौन-सी बात? भई देखिए, यह जनता की विजय है, आप सबकी विजय है। मेरा व्यक्तिगत श्रेय कुछ भी नहीं है।" विमल बाबू कुछ नरम पड़ गए।

"पर आप सचमुच इसको विजय समझते हैं?" बूढ़ा उसी तरह हँस रहा था।

"क्या मतलब?" विमल बाबू की भौंहें तन गईं।

"मतलब वही है, जो मैं पूछ रहा हूँ।"

"आप होते कौन हैं पूछनेवाले?"

"मैं कुछ पुरानी बातों का स्मरण कराना चाहता हूँ।"

"कौन-सी बातें?" विमल बाबू हैरान होकर उसको देखने लगे।

"आप रामकिशोर को जानते हैं?"

"कौन रामकिशोर?"

प्रिंसिपल रामकिशोर। इतनी जल्दी भूल गए? अभी तो पन्द्रह वर्ष भी नहीं बीते!" बूढ़ा उनको तिरछी दृष्टि से देखकर धीरे-धीरे मुस्करा रहा था।

विमल बाबू की आँखें फैल गईं। फिर नफ़रत से मुँह सिकोड़कर वह बोले, "मैं नहीं जानता किसी प्रिंसिपल को!"

"आपने अयोग्यता का आरोप लगाकर उसे निकलवाया था!"

"जो जैसा करता है, उसका फल भुगतता है, एक शब्द भी तो नहीं निकला था उसके मुँह से उस समय!"

"उसने सोचा था कि झूठ का जवाब देने की ज़रूरत नहीं होती।"

"यह असमर्थता और अकर्मण्यता का तर्क है।" घृणा से विमल बाबू का चेहरा विकृत हो गया।

"जब रामकिशोर विद्यालय में आए तब राष्ट्रीय विद्यालय टूटी-फूटी खपरैल वाली एक छोटी-सी इमारत में लगता था।"

"मैं नहीं जानता ये वाहियात बातें।"

"वह ज़िले का सबसे रद्दी स्कूल था। उसमें सबसे कमज़ोर लड़के पढ़ने आते थे। उसका रिजल्ट सबसे ख़राब होता था। न ढंग की कुर्सियाँ, न ढंग की मेज़ें। बरसात में कमरों में पानी टपकता था।"

"होगा।"

"हाँ, ऐसा ही था। न कोई फंड था और न कोई सहारा। रामकिशोर विद्यालय के कार्य में जी-जान से जुट गए। वह थोड़ी-सी तनख़्वाह पाते थे और बहुत सादगी से रहते थे। वह दो वर्ष पहले ही तीन साल की जेल काटकर छूटे थे। स्वतंत्र भारत में वह चुपचाप शिक्षा के क्षेत्र में कार्य करना चाहते थे। खद्दर की धोती और खद्दर का सफ़ेद कुर्ता पहनते थे। उनको पद और यश की भूख नहीं थी, वह बच्चों को प्यार करते थे, उनके चरित्र का निर्माण करना चाहते थे, उनको साहसी और परिश्रमी बनाना चाहते थे, जिससे वे देश को शक्तिशाली बनाएँ...।"

"आप अपनी यह बकवास बन्द कीजिए।" विमल बाबू ने चिड़चिड़ाकर कहा।

"वह रोज़ दिन-भर स्कूल में डटे रहते और जब फ़ुरसत मिलती तब झोली लेकर बाहर निकल जाते और विद्यालय के लिए चन्दा माँगते। जब छुट्टियाँ होतीं तब वे अध्यापकों की एक टोली लेकर दूसरे शहरों में चले जाते। कभी बम्बई, कभी कलकत्ता और कभी दिल्ली। वह स्वयं परिश्रम करते और बच्चों तथा अध्यापकों को प्यार करते थे, जिसके बदले में उनको वांछित सहयोग भी मिला। वह तेज़ विद्यार्थियों

और खिलाड़ियों को खोज-खोजकर अपने स्कूल में लाते, उनको सुविधाएँ देते, उनको उत्साहित करते! ग़रीब विद्यार्थियों को वह किताब दिलवाते, उनकी फ़ीस माफ़ कराते। कमज़ोर विद्यार्थियों के लिए उन्होंने अतिरिक्त कक्षाएँ खोल दी थीं।"

"आप उनके दलाल मालूम पड़ते हैं। कितना पैसा मिला है आपको?" विमल बाबू विद्रूप-से हँसे।

"आप केवल इतना ही सोच सकते हैं।"

"अयोग्य व्यक्तियों की वकालत करनेवालों के लिए मैं यही कहा करता हूँ।"

बूढ़ा कुछ देर तक चुप रहकर सामने देखता रहा। फिर मुस्कराकर बोला, "रामकिशोर ने एक-एक पैसा जोड़ा और उसका हिसाब रखा। उसने विद्यालय के लिए ज़मीन दिलवाई और उनमें नई इमारत बनवाई। इंटर और बी.ए. की कक्षाएँ खुलवाईं। विज्ञान की प्रयोगशाला बनवाई। विद्यालय चमक उठा। उसका रिजल्ट सुधरने लगा। तेज़ विद्यार्थी उसमें शिक्षा लेने में गर्व अनुभव करने लगे। कई विद्यार्थियों ने प्रदेशभर में सर्वोच्च स्थान प्राप्त किया था। खेल-कूद में भी विद्यालय की टीम नाम कमाने लगी।"

"दुनिया का सारा अच्छा काम रामकिशोर की वजह से ही होता था।" विमल बाबू ने व्यंग्य किया।

"इसके बाद आप आए थे।" बूढ़ा अपनी बात कहता गया।

"मैं आया था? कहाँ आया था?" विमल बाबू ने अनजान बनते हुए पूछा।

"आप उस समय एक वकील थे-एक ग़रीब वकील! आप रामकिशोर के मोहल्ले में रहते थे...।"

"ग़लत! मैं कभी नहीं रहा वहाँ।" विमल बाबू ने सिर हिलाते हुए नकारा।

"आप एक उत्साही नौजवान थे। आपमें प्रतिभा थी। बुद्धि थी। आपने शिक्षा के कई कार्यों में रामकिशोर की मदद की थी। रामकिशोर ने आपको उत्साहित किया और वह आग्रह करके आपको विद्यालय की व्यवस्था समिति में सदस्य के रूप में भी ले आए।"

"झूठ है। सफ़ेद झूठ!" विमल बाबू गुर्रा उठे।

"आपने शुरू-शुरू में अच्छा काम किया, पर आप बेहद महत्त्वाकांक्षी थे।"

"तो आपके ख़याल में महत्त्वाकांक्षा भी बुरी चीज़ है।" विमल बाबू व्यंग्य से हँसे।

"नहीं, यदि वह समाज के उत्थान के लिए हो!"

"समाज के उत्थान का तो आप ही लोगों ने ठेका ले रखा है।"

"राष्ट्रीय विद्यालय एक सम्पन्न विद्यालय बन गया था। वह शक्ति का स्रोत था। आपने एक योजना बना ली...।"

"योजना? योजना? मैं तो स्पष्टवादी हूँ, मैं योजना कभी नहीं बनाता।" विमल बाबू ने मुँह दूसरी ओर फेरकर होंठ बिचकाते हुए कहा।

"आपको एन. शर्मा याद हैं?"

"कौन एन. शर्मा?" विमल बाबू का चेहरा फक पड़ गया।

"वाह, विमल बाबू! कमाल कर दिया!" बूढ़ा अपनी दाढ़ी को हिलाते हुए हँस पड़ा, "एन. शर्मा और बी.के. सिंह शहर के दो रईस थे। दुर्भाग्य से अपनी नौजवानी में वे दोनों फुटबॉल के अच्छे खिलाड़ी थे और तभी से उन दोनों में छत्तीस के तीन और छह का रिश्ता था। बी. के. सिंह विद्यालय की व्यवस्था समिति के अध्यक्ष थे। वह शिक्षा के कार्यों में गहरी दिलचस्पी लेते थे। एन. शर्मा ख़ुशमिजाज़ थे। उनको मौज़-मस्ती के अलावा किसी चीज़ से मतलब नहीं था; आप एक दिन एन. शर्मा के यहाँ गए...।"

"देखिए, कहे देता हूँ, एन. शर्मा को इसमें न खींचिए..." विमल बाबू बूढ़े को लाल आँखों से घूरने लगे।

"आपको वह रात याद है?"

"कैसी रात?"

"सर्दी का मौसम था। बूँदा-बाँदी हो रही थी। आप एक सूती शेरवानी और पुरानी चप्पले पहने थे। छाते के नीचे आपके दाँत किटकिटा रहे थे। आप परिश्रम और ईमानदारी के रास्ते पर चलकर इस ऊँचे पद पर पहुँच सकते थे। आप ऐसा करते तो आपके चरित्र की छाप सारे बच्चों, सारे समाज और शायद सारे राष्ट्र पर पड़ती, पर यह धैर्य, कष्ट और त्याग का रास्ता है...।"

"आप बकवास बन्द कीजिए। आपकी इस भावुकतापूर्ण गलाज़त को मैं नहीं सुनना चाहता।"

"आपकी स्कीम दूसरी थी। आपकी महत्त्वाकांक्षाएँ असीम थीं। उनको सिद्ध करने के लिए आपने फूट और दलबन्दी की नीति अपनाई...।"

"यह बूचड़खाने की बातें हैं।" विमल बाबू ने हँसकर उनकी बात को मज़ाक़ में उड़ाने की कोशिश की।

"आप दिल पर हाथ रखकर ऐसा कह सकते हैं?"

"बिलकुल!" विमल बाबू ने ज़ोरदार ठहाका शुरू किया जो जल्दी ही खंडित होकर बिखर गया, जिससे उनका चेहरा लाल पड़ गया।

"ख़ैर! बी. के. सिंह आपको मानते थे। उनके ख़िलाफ़ आपने एक ऐसा व्यक्ति खड़ा किया, जिसके पास पैसे के अलावा कुछ भी नहीं था। आपने एक कुशल मनोवैज्ञानिक और कूटनीतिज्ञ की तरह एन. शर्मा के अन्दर दबी ईर्ष्या की चिन्गारी को फूँक-फूँककर सुलगाया और सुलगा कर उसको लपलपाती अग्नि का रूप दे दिया।"

"ख़ूब-ख़ूब, क्या समझ है आपकी!"

"हाँ, इस प्रकार की अवसरवादी राजनीति राष्ट्रीय विद्यालय के लिए सर्वथा

नवीन थी; आपने एन. शर्मा की मदद से व्यवस्था समिति में दरार डाल दी। पहले एक छोटा-मोटा गिरोह ही बन सका, फिर जाली सदस्य बनने लगे। रुपया बँटने लगा। आपने एक विशेष बाना धारण कर लिया...।"

"कैसा बाना, जी?"

"नकारवादी क्रान्तिकारिता का।"

"यह क्या बला है? वाहियात बात!"

"हर चीज़ को नकारकर, हर व्यक्ति को गाली देकर श्रेष्ठतम क्रान्तिकारी होने का आभास देना। इस नीति के अन्तर्गत पहले दुश्मन को चुन लिया जाता है, फिर उस पर ज़ोरदार हमला करके उसको सैद्धान्तिक जामा पहना दिया जाता है। इसका दूसरा नाम है स्वार्थ।"

"मिस्टर, तुम बहुत बढ़-बढ़कर बातें कर रहे हो!" विमल बाबू ने चेतावनी के स्वर में कहा।

"आपने बी. के. सिंह पर ज़ोरदार हमला कर दिया। उनकी हर योजना और बात को काटना शुरू कर दिया। बी. के. सिंह गाय कहते तो आपका भैंस कहना ज़रूरी था। वह पूरब चलें तो आप पश्चिम! आपने नकार और सुनहरे वायदों की राजनीति के आधार पर झूठ को सच और सच को झूठ साबित करने की कोशिश करके अपनी शक्ति निर्मित की...।"

बूढ़ा रुक गया। लगातार बोलने से उसका गला बैठ गया। वह हाँफ रहा था। विमल बाबू उसको ग़ुस्से और नफ़रत से घूर रहे थे। बूढ़ा थूक निगलकर बोला, "और आपने कॉलेज में हड़ताल करवा दी।"

"मैंने ही सब करवाया? कुशासन की वजह से कुछ भी न हुआ?"

"यह दबाव और शक्ति की राजनीति थी। आपने कुछ लड़कों को फोड़कर अपना एक गिरोह बना दिया। यह आपने बुरा किया।"

"यार, तुम एकदम पागल मालूम पड़ते हो, कहीं पी-पिलाकर तो नहीं आए?" विमल बाबू ने हँसने की कोशिश की।

"आपने जातिवाद का सहारा लेकर अपने गिरोह को मज़बूत किया। अन्त में आपका दल चुनाव जीत गया। बी. के. सिंह हट गए और एन.के. शर्मा नये अध्यक्ष हो गए। आप बने मंत्री। पर आपको एक व्यक्ति बुरी तरह खटक रहा था। वह आपके मार्ग का काँटा था।"

"मार्ग का काँटा?" विमल बाबू का चेहरा छोटा पड़ गया था।

"हाँ! वह थे—रामकिशोर। रामकिशोर के रहते आपकी दाल गल नहीं सकती थी। रामकिशोर लोकप्रिय थे। उनके पास कर्म, परिश्रम और चरित्र की शक्ति थी। उनको लड़कों और अध्यापकों का सहयोग प्राप्त था। वह कोई ग़लत बात बर्दाश्त नहीं कर सकते थे। आपने रामकिशोर को तंग करना शुरू किया और अन्त में उन

पर अयोग्यता का आरोप लगाकर निकलवा दिया; यही नहीं, इसके बाद उन सभी अध्यापकों और व्यक्तियों को आपने निकलवा दिया, जो रामकिशोर के आधार स्तम्भ थे। इसके बाद आपका एकछत्र राज्य हो गया। आपने अपने क़िस्म के लोगों की भर्ती शुरू कर दी...।"

"चुप रहिए। आप कौन हैं, साफ़-साफ़ बतलाइए। ग़लत आरोप लगाने के लिए मैं आपको पुलिस में दे सकता हूँ, जेल में डलवा सकता हूँ...।"

"मैं स्वयं रामकिशोर हूँ।"

"रामकिशोर?" विमल बाबू के चेहरे का रंग उड़ गया।

"हाँ!"

"इस रूप में? इतने बूढ़े ऐसे फटेहाल। दाढ़ी तो कभी नहीं थी।" विमल बाबू फुससाए से स्वर में बोले।

"नहीं थी, पर अब तो है।"

धीरे-धीरे विमल बाबू का चेहरा ग़ुस्से से आरक्त होकर विकृत हो गया। वह होंठों को सिकोड़कर बोले, "तो तुम रामकिशोर हो! रामकिशोर जी, आप बहुत कह चुके हैं, अब आप मेरी भी सुन लीजिए। आप सचमुच अयोग्य थे...।"

"यह तो पुराना आरोप है। और कुछ नया कहिए।" बूढ़ा हँस रहा था।

"आपमें इनिशिएटिव नहीं था...।"

"और?"

"आपमें डैश नहीं था।"

"और?"

"आप आधुनिक नहीं थे। आप पुराने क़िस्म के व्यक्ति थे...।"

"और?"

"आप किसी नई स्थिति का सामना नहीं कर सकते थे। आपका दिमाग़ कुन्द था और आप अपने हितों की रक्षा नहीं कर सकते थे।"

"और?"

"और आप अपनी कमियों को सादगी, त्याग और बलिदान आदि नारों से छिपाने की कोशिश करते थे।"

"पर मैंने शिक्षा को व्यापार नहीं बनाया। मैंने अपनी इमारत नहीं खड़ी की। मैंने विद्यार्थियों की आकांक्षाओं और उनके भविष्य के टुकड़े नहीं किये। मैंने उनको पथभ्रष्ट नहीं किया; मैंने अध्यापकों को लापरवाह, अकर्मण्य और अवसरवादी नहीं बनाया, मैंने उनकी तनख़्वाह दो-दो, तीन-तीन महीने तक नहीं रोकी; मैं कहना चाहता हूँ कि आप यह सब छोड़ दीजिए और सच्चाई के साथ समाज-निर्माण का काम शुरू कर दीजिए।"

विमल बाबू का चेहरा एकदम फक पड़ गया। वह फिर बेतहाशा हँसने लगे।

फिर बोले "यार, तुम तो सत्तू खाकर मेरे पीछे पड़े हो! आख़िर तुम चाहते क्या हो? यदि निराशा में यह कह रहे हो, तो ऐसा सोचने की ज़रूरत नहीं है। मैं तुमको फिर आगे बढ़ा सकता हूँ। मैं तुम्हारा नाम सारे देश में फैला दूँगा। तुमको ऊँचा उठा सकता हूँ...।"

"नहीं! मुझे कुछ नहीं चाहिए; मैं आपको एक बार याद दिलाने आया हूँ। अच्छा नमस्कार।"

"अरे, सुनो-सुनो! अरे भाई...सुनो तो..."

विमल बाबू की नींद टूट गई। उन्होंने जल्दबाज़ी में इधर-उधर देखा। वह उठकर बैठ गए। उनका शरीर पसीने से नहाया हुआ था। वह बिस्तर से उतरकर खड़े हो गए। कमरे के चारों कोने में उन्होंने देखा, पर वहाँ कोई नहीं था। कौन था यह व्यक्ति? रामकिशोर? इस व्यक्ति को तो वह नहीं जानते। एन. शर्मा और बी.के. सिंह! ये नाम भी उन्होंने कभी नहीं सुने! बेकार की बात। कभी-कभी सपने भी अजीब दिखाई देते हैं। उन्होंने सिर को कई बार हिलाया; वह अब पूरी तरह चैतन्य हो गए थे। वह खिड़की के पास जाकर खड़े हो गए। अब पानी तेज़ी से बरस रहा था।

दुर्घटना

राजेश उठकर बैठ गया, जैसे छेड़ने पर कोई साँप फन निकाल ले। लतिका ने उसके पाँव को ज़ोर-ज़ोर से हिलाया था। वह लाल-लाल आँखों से चारों ओर घूरने लगा। फिर उसको याद आया कि ट्रेन एक वीरान मैदान में असंख्य झींगुरों और मेढकों के शोर के बीच एक फ्लैग स्टेशन के सामने जब खड़ी हो गई थी, तब वह पत्नी को खिड़की के पास बैठाकर स्वयं शेष सीट पर लम्बा हो गया था। जून के अन्तिम सप्ताह की एक रात थी और आकाश के भूरे भूरे बादल दौड़ रहे थे। हवा तेज़ चल रही थी और कभी-कभी हल्की झींसी पड़ने लगती। डिब्बे के अन्य कई लोग भी अपने शरीर को हास्यास्पद वक्रताओं में ढालकर खर्राटे भर रहे थे और जो जगे थे, वे बाड़ों में बन्द चूजों की तरह टुकुर-टुकुर बाहर देख रहे थे। और ऐसे लोगों की भी कमी नहीं थी, जो छोटे-से-छोटे स्टेशन पर गाड़ी के रुकते ही नीचे उतरकर अपने पेट का पानी पचाने लगते हैं। एक-डेढ़ घंटे के बाद जब ख़ून से लथपथ वह काला-सा व्यक्ति घायल भालू की तरह लड़खड़ाता हुआ टेढ़ी-मेढ़ी लकीरों में प्लेटफ़ार्म पर आया और उसके मुँह से एक दहशत-भरी लड़ती, हाँफती, काँपती और चीख़ती-सी आवाज़ निकलकर हवा में खो गई, उस समय भी राजेश बेहोश पड़ा था। क्या कहा था उस व्यक्ति ने?

लतिका ने बताया था। राजेश की रही-सही नींद का नशा भी हिरन हो गया; वह डरे हुए कुत्ते की तरह चौकन्ना हो गया। लतिका के चेहरे का रंग उड़ा हुआ था। सामने की सीट पर लेटी उसकी बुढ़िया माँ भी उठकर बैठ गई थी और कबूतर के स्वर में कराहने लगी थी; सभी के चेहरे फक थे और अन्य डिब्बों में भी यही हाल था। स्टेशन की तरफ़ से किसी के दो-तीन बार जल्दी-जल्दी और ज़ोर-ज़ोर से पुकारने की आवाज़ आई। कहीं से कोई शोर उठा। एक बार ऐसा लगा कि प्लेटफ़ार्म पर अनगिनत मवेशियों के खुर पड़ रहे हों। फिर जगह-जगह से बातचीत की भनभनाहट उभरने लगी। एक बेपनाह भय चारों ओर रेंगने लगा। हवा की हहराहट जैसे घायलों की भयावह चीख़-चिल्लाहट अपने साथ बहाकर ले आ रही थी। एक बूढ़ा माथे पर दोनों हाथ जोड़कर 'राधाकृष्ण' जपने लगा था और दूर कोने में बैठा हुआ कोई व्यक्ति ऊँचे स्वर में 'हनुमान चालीसा' की कुछ पंक्तियों का स्मरण करने लगा।

लतिका के मना करने पर भी राजेश भय की उत्तेजना में काँपते पाँव से नीचे उतर गया और प्लेटफ़ार्म पर प्रेतों की तरह डोलते या जगह-जगह पर एकत्र लोगों के झुंड में घुसकर स्थिति का जायजा लेने लगा। ऐसी किसी को कहाँ उम्मीद थी। कभी-कभी ऐसा भी हो जाता था कि उधर से आनेवाली एक्सप्रेस ट्रेन के लेट होने पर इस ट्रेन को नदी के इधर ही किसी स्टेशन पर क्रॉसिंग के लिए रोक लिया जाता था और इस ट्रेन के लोगों का भाग्य आज अच्छा था। लेकिन वह कौन है, जो प्लेटफ़ार्म पर दौड़ते हुए आया था और कुछ देर बाद बेहोश हो गया था? क्या कोई सेठ है? या नेता? कुछ ही देर बाद एक ज़िम्मेदार क़िस्म के पैंटधारी सज्जन ने व्यक्तिगत रूप से पता लगाकर बताया कि वह दुर्घटनाग्रस्त ट्रेन के इंजिन का फायरमैन है, जो छटककर दूर गिरने से खोपड़ी फूटने तथा हाथ-पैर टूटने पर भी बच गया है। उन्होंने यह सूचना देने का भी कष्ट किया कि डाकुओं ने लूटपाट करने की गरज़ से फ़िश प्लेट हटाकर ट्रेन को लाइन से गिरा दिया और इस ट्रेन पर भी उनका हमला होने का ख़तरा है। भगवान ही मालिक है। पता नहीं कब तक यह गाड़ी खड़ी रहेगी। मीलों तक न कोई बस्ती है और न कोई रूख़पात। कैसी भारी विपत्ति में फँस गए हैं।

राजेश जल्दी-जल्दी अपने डिब्बे में लौट आया। वह स्वयं बेहद घबराया हुआ था और उसने यह भी न देखा कि लतिका का चेहरा पीला पड़ गया है और उसका शरीर पत्ते की तरह काँप रहा है। उसकी दृष्टि अपने सामानों पर बारी-बारी से घूम रही थी—एक बड़ा बक्सा, सूटकेस, बड़ा बिस्तरबन्द, गठरी और डोलची। और हाँ, सुराही भी। सभी चीज़ें अपनी-अपनी जगह पर सुरक्षित थीं। फिर उसने दुबले-पतले ग्रामीण नौजवान की तरफ़ देखा, जो बाथरूम के बग़ल में नीचे बैठा था और सहमी-सहमी दृष्टि से इधर-उधर ताक रहा था। अन्त में उसकी नज़र अपनी पत्नी की ओर गई तो वह चौंका। कहीं इसका हार्ट न फेल कर जाए?

"क्या बात है?" उसने लतिका को होश में लाने के लिए उसकी बाँह पर चपत लगा दी।

"अब क्या होगा?" लतिका ने फुसफुसाए हुए स्वर में कहा।

"क्या होगा?" राजेश ने उसको घूरा।

"चलते वक़्त बिल्ली ने रास्ता काट दिया था।"

"यह वाहियात बात है।"

"पता नहीं किस वजह से भगवान यह आफ़त हम पर ले आए हैं।"

"तुम चुप नहीं रहोगी?" राजेश ने उसको ऐसी आवाज़ में डाँटा, गोया लोटा में मुँह रखकर बोल रहा हो।

लतिका हठात् चुप हो गई। राजेश की आँखें बार-बार नीचे से होकर अपने सामानों तक होती हुई उस ग्रामीण तक अर्द्धवृत्त में घूम जातीं। वह ग्रामीण 24-25

वर्ष का एक नौजवान था। उसके आगे एक नौजवान था, जो एक मटमैला कुर्ता और धोती पहने हुए था। उसके आगे एक लाठी रखी थी। उसके चेहरे में कोई ख़ास बात नहीं थी, सिवाय इसके कि वह गहरा साँवला था और उसके होंठों के ऊपर एक टेढ़ी-मेढ़ी और चौड़ी मूँछ फड़क रही थी। राजेश का दिमाग़ बहुत-सी भयजनित उलझनों में फँसा हुआ था। और उसके सामने गोरखपुर स्टेशन की एक घटना बार-बार चरखी की तरह घूम रही थी।

35-36 वर्ष का, लम्बी नाक और पतले होंठोंवाला एक व्यक्ति अपने एक नज़दीकी रिश्तेदार की शादी में शामिल होने के निमित्त इलाहाबाद जाने के लिए सपरिवार स्टेशन पर समय से पहले पहुँच जाता है। काफ़ी तैयारी के साथ वह जा रहा है—क़ीमती साड़ियाँ, गहने, क़ीमती प्रेजेंट्स के सामान। साथ ही उसका एक और भी उद्देश्य है! वह इलाहाबाद में अपने कारोबार का एक नया सिलसिला भी शुरू करना चाहता है। उसने हर दृष्टि से विचार करके लगभग बीस हज़ार रुपये अपने पास रख लिये हैं और जानबूझकर तीसरे दर्जे में यात्रा करनेवाला है। ट्रेन आते ही वह दो बर्थों पर कब्ज़ा कर लेता है। ऊपर सामान गाँज दिये जाते हैं, नीचे की एक बर्थ पर उसकी बुढ़िया माँ लेटकर कराहने लगती है, दूसरी पर उसकी पत्नी सो जाती है और उसकी बग़ल में वह स्वयं बैठ जाता है। ट्रेन में सदा की तरह ख़ूब भीड़ है। जब लोग जगह के लिए आते हैं तब बुढ़िया माँ और ज़ोर-ज़ोर से कराहने लगती है। कुछ लोग जनानी सवारी के संकोच से, कुछ बीमारी की कल्पना करके और कुछ उच्च वर्ग के रोब में आकर लौट जाते हैं और एक-दो कुछ कहते भी हैं तो वह नौजवान बहुत ऊँचाई और गम्भीरता से बोल उठता है—"इन दोनों की तबीयत बहुत ख़राब है, आगे जाइए।" गाड़ी खुलने के डेढ़-दो मिनट पहले एक दुबला-पतला देहाती आता है।

"बाबू जी, ज़रा-सी जगह दे दीजिए।" देहाती कहता है।

लम्बी नाकवाला व्यक्ति एक ही दृष्टि में आदमी और उसकी असलियत को पहचान जाता है। वह गरज़ पड़ता है—"कहाँ जगह है, आगे जाओ!"

"कहीं और जगह नहीं है बाबू जी!"

"जाओगे नहीं तुम? तुम जानते नहीं हो कि किससे बातें कर रहे हो! जल्दी में थर्डक्लास के डिब्बे में आकर बैठ गया तो यह मत समझना कि खा जाओगे, एक इशारा कर दूँ तो बड़े घर की हवा खानी पड़ेगी। इसीलिए कहता हूँ कि हिन्दुस्तान में भेड़ियाधसान है, इन लोगों को पता ही नहीं कि कल्चर किस चिड़िया का नाम है, ये केवल डंडे की भाषा समझते हैं।"

लेकिन इतनी ही बात थी, जो ट्रेनों पर या और जगह भी अक्सर घटित होती रहती है, लेकिन इस समय वही राजेश के सामने एक भयावह दानव की तरह नृत्य कर रही थी। नाना प्रकार की आशंकाएँ प्रेत-छायाओं की तरह उसका लगातार

पीछा कर रही थीं और वह बहुत आसानी से एक अपराध-भाव से ग्रस्त हो गया था, जो कि संकट में पड़े उस-जैसे व्यक्ति के लिए अस्वाभाविक भी नहीं है। कहीं यह दुर्घटना दंडस्वरूप एक दैवी विपत्ति के रूप में तो नहीं आई है? या सम्भव है कि वह ग्रामीण डाकुओं के किसी गिरोह का सदस्य हो और यहाँ छिपकर मौक़े की तलाश में बैठा हो। सभी लोग घबराए हुए हैं, पर वह कैसा निश्चिन्त दिखाई दे रहा है। पास में लाठी के अलावा कोई सामान नहीं। यदि ऐसा न भी हो तो इस असहायावस्था में उसकी नीयत कहीं बदल न जाए और वह बदला लेने की बात न सोचने लगे। अगर अकस्मात् ट्रेन की बत्ती गुम हो जाए और डाकू ट्रेन पर हमला कर दें तो क्या गारंटी है कि वह डाकुओं के साथ न मिल जाए। ऐसे लोग कर ही क्या सकते हैं?

वह एक क्षण रुआँसा-सा हो उठा। वह अपने को बहुत होशियार समझता था तथा प्रत्येक स्थिति में अनुकूल मार्ग बना लेने में दक्ष था, लेकिन अचानक भय और घबराहट ने उसको इस तरह दबोच लिया था कि उसकी बुद्धि के सभी कपाट बन्द हो गए थे और उसे महसूस हो रहा था कि जो कुछ हो रहा है, वह उसी के विरुद्ध एक भारी षड्यंत्र है। उसने ठेकेदारी का काम नया-नया ही शुरू किया था, किन्तु वह उसमें ख़ूब अच्छा जा रहा था। वह बहुत ही सफल व्यक्ति था और उसने आज तक मात नहीं खाई थी। चाहे मिट्टी और पत्थर ही क्यों न हो, जिस वस्तु में उसका हाथ लगता, वह सोने में बदल जाती। उसके जीवन के कुछ सिद्धान्त थे—आदमी की पहचान, फ़ायदा और होशियारी। यह होशियारी उसके आचार-व्यवहार, मित्रता, रिश्तेदारी, दुनियादारी, विचार, आदर्श, त्याग आदि सभी चीज़ों के मूल में विद्यमान रहती थी। उसने अपने सारे परिवार को इसी ढंग से शिक्षित किया था, यद्यपि उस की जैसी सर्वपाचक प्रतिभा उनमें नहीं थी। वह अपनी योजनाएँ अत्यधिक गुप्त रखता, सफलता मिलने तक उनके ख़िलाफ़ बातें किया करता और जब बहुत ही छोटी बात करनी होती, उस समय बहुत ही ऊँचे विचार प्रस्तुत करता। सिनेमा जाने के समय वह पड़ोसियों को किसी मित्र के यहाँ जाने की सूचना देता और जब कोई सस्ता सामान लाता तब महँगा दाम बताता और महँगा सामान लाने पर सस्ता। वह समर्थ के सामने विनम्र बना रहता, कमज़ोर की छाती पर सवार हो जाता, अपनी बातें ख़ूब जमाकर रखता, अपनी ग़लती एक नहीं मानता, दूसरों की एक नहीं सुनता और अन्ततः झूठ को सच और सच को झूठ साबित करके अपने लिए व्यापक प्रभाव का सृजन कर लेता। दिन-पर-दिन उसका धन और इज़्ज़त-आबरू बढ़ती गई थी, लेकिन इस समय उसके जैसा प्रतिभा-सम्पन्न और शक्तिशाली व्यक्ति एक घायल कीड़े की तरह असहाय पड़ा था।

किन्तु उसने जल्दी ही उन विचारों को दिमाग़ से झटक देने की कोशिश की। वह इस तरह हथियार डाल देनेवाला व्यक्ति था भी नहीं। हर बात का दूसरा पक्ष

भी होता है, उसने सोचा। यह सोचते ही उसका दिमाग़ मशीन की तरह काम करने लगा और बहुत-सी बातों के जोड़-तोड़ में लग गया। उसने अचानक चेहरा घुमा कर ग्रामीण की ओर फिर देखा और उसको आश्चर्य हुआ कि ग्रामीण की आँखों से एक बालसुलभ उत्सुकता झाँक रही थी। ऐसा व्यक्ति तो लाख जन्म में डाकू नहीं हो सकता और न कोई ख़तरा ही कर सकता है, उसने मन-ही-मन कहा। उसको उन चेहरों की याद आई जिनसे वह सफलता-अभियान के दौरान सम्पर्क क़ायम कर चुका था और उनमें ग्रामीण का चेहरा खप जाता था और यदि उसका अनुमान ग़लत हो, तो भी प्रयास करने में बेरुखी का बर्ताव करनेवाले तथा विरोधी विचार रखनेवाले कितने ही व्यक्तियों को आत्मीय बनाकर अपना काम निकाल चुका था। उसकी नीति क्या यहाँ काम नहीं दे सकती? यह सब सोचकर उसको ख़ुशी महसूस हुई, जैसे कई दिनों की बदली के पश्चात् अचानक धूप दिखाई पड़ गई हो। वह झटपट उठकर खिड़की के पास चला गया और बाहर झाँकने लगा। रात्रि का अन्धकार झनझना रहा था। वह बाहर थूककर तथा मुँह से दो-तीन सीटियाँ निकालकर अपनी सीट पर वापस आकर बैठ गया। फिर यह मुँह घुमाकर देहाती की तरफ़ देखने और मुस्कराने लगा।

"कहाँ जाओगे भैया?"

"बनारस जाऊँगा, साहब!" देहाती उसको आश्चर्य से देखने लगा।

"ठीक है, ठीक है," राजेश का मुँह मिठास से गीला हो गया—"तुम्हारा नाम क्या है भैया?"

"बचई, साहब।"

"बचई?" राजेश की आँखें बनावटी अचम्भे से फैल गईं, "वाह! लतिका, पाँच-छह साल पहले हमारे यहाँ जो नौकर था, उसका नाम बचई था न?"

"बचई था या बुधई?"

राजेश मन-ही-मन लतिका पर बहुत ही नाराज हुआ। बहुत ही बेवकूफ़ औरत है, सिखाना-पढ़ाना सब बेकार। पर उसने मुस्कराकर कहा—"तुमसे मेरी एक यही तो शिकायत है कि तुमको बातें याद नहीं रहतीं। उसका नाम बचई था। चाहो तो पाँच-पाँच रुपयों की बाज़ी लगा लो!"

"बचई ही था बहू!" उसकी माँ ने कहा, जो अपने बेटे को अच्छी तरह जानती थी।

"ख़ैर, ठीक है, "राजेश ने कहा—"तो भैया, तुम गोरखपुर शहर में ही रहते हो न?"

"नहीं, देहात में रहता हूँ साहब।"

"किस देहात में?"

"दोमिनगढ़ के और उधर है।"

"बनारस किस मोहल्ले में जाओगे?"

"चेतगंज में।"

"चेतगंज में?" राजेश इस तरह चहककर बोला, जैसे किसी आनन्ददायी रहस्य का पता लग गया हो। "किसके यहाँ भैया? बात यह है कि बनारस का चप्पा-चप्पा मेरा घूमा हुआ है और चेतगंज में मैं छह-सात साल रह चुका हूँ।"

"चेतगंज में रामसुख पनवाड़ी के यहाँ।"

"रामसुख पनवाड़ी? हाँ, ठीक है, ठीक है, याद आया। कोई मुक़दमा है?"

"नहीं साहब, वह हमारे गाँव का ही है, वहाँ जाकर बस गया है। उसकी लड़की की मँगनी है।"

राजेश मन-ही-मन बहुत प्रसन्न हुआ और ऊपर से लापरवाही दिखाने के लिए दूसरी ओर देखने लगा, गोया देहाती की बात सुनी ही न हो। उसकी बहुत-सी शंकाओं का समाधान हो चुका था, साथ ही उसे एक उच्च नैतिक सन्तोष भी प्राप्त हो चुका था। अब वह निश्चित रूप से कह सकता था कि यह आदमी डाकू-वाकू नहीं है और न वह कुछ नुकसान ही कर सकता है। बल्कि ऐसे लोगों का संग-साथ संकट के समय फ़ायदा ही पहुँचाता है। यह भी सम्भव है कि यदि डाकुओं का हमला हो भी जाए तो वह उसकी रक्षा में उठ खड़ा हो। इस दुनिया में क्या नहीं हो सकता, बस व्यक्ति को पहचानकर अवसर की धारा को एक ख़ास दिशा में मोड़ देने की क्षमता होनी चाहिए।

उसने देहाती की तरफ़ फिर देखा और एक ओर खिसककर बोला—"आओ भैया, यहाँ बैठ जाओ, क्यों तकलीफ़ करोगे?"

"ठीक है बाबू जी, आराम से बैठा हूँ।"

"वाह, यह तो हो ही नहीं सकता। बात यह है कि ज़रा मैं साफ़-साफ़ बातें कह देता हूँ, लेकिन मेरे दिल में कुछ रहता नहीं। इन लोगों की तबीयत ख़राब चल रही है और मेरी कमर में भी दर्द रहता है, इसलिए कभी-कभी दिमाग़ चिड़चिड़ा जाता है। मैं तो दूसरों के लिए जान देता हूँ। फिर तुम तो रामसुख पनवाड़ी के रिश्तेदार हो, ऐसे नज़दीकी आदमी को मैं वहाँ नहीं बैठने दे सकता। आओ, बैठ जाओ!"

"हाँ भैया, आ जाओ!" लतिका ने भी कहा और अपने पति को अर्थपूर्ण दृष्टि से देखा।

"आओ, बेटा, आओ! हम लोगों का दिल ऐसा-वैसा नहीं है, हम तो कुत्ता-बिल्ली पर भी दया माया रखते हैं।"

पर बेटे की घूमती हुई दृष्टि को देखकर बुढ़िया की बात पूरी न हो पाई। राजेश सचमुच जल-भुन गया था। बुढ़िया सठिया गई है, सारा गुड़ गोबर करके ही चैन लेगी। उसने कड़े स्वर में कहा—"अम्मा, तुम सोती क्यों नहीं, तबीयत ठीक नहीं है न, चलकर वहाँ परेशान करोगी।"

"हाँ बेटा," कहकर बुढ़िया प्रशंसनीय फुर्ती से लम्बायमान हो गई। ग्रामीण उठकर राजेश की बग़ल में संकोचपूर्वक बैठ गया। राजेश अब ख़ुश दिखाई देने लगा और उसने चमकती आँखों से इधर-उधर देखा। फिर बोला—"मुझे तो दूसरों की तकलीफ़ बर्दाश्त नहीं होती। मेरी प्रकृति में है कि मैं दूसरों के लिए कुछ-न-कुछ करता ही रहता हूँ, पर दूसरे मेरी तकलीफ़ में ज़रा भी काम नहीं आते। अब यही देखो, मैं इलाहाबाद एक मित्र की बीमारी में जा रहा हूँ सारे परिवार के साथ, हालाँकि उस मित्र ने मुझे एक बार धोखा भी दिया था। और तारीफ़ तो यह है कि आजकल मैं बहुत तंगी में हूँ और एक दोस्त से उधार लेकर यात्रा कर रहा हूँ। अब अफ़सोस है कि इस बक्से को क्यों ले आया? इसमें कुछ है थोड़े, एक कोने में कुछ कपड़े होंगे रोज़ के पहननेवाले और एक कोने में कुछ चावल एक झोले में रख लिये हैं। बात यह है कि गोरखपुर का महीन चावल उन लोगों को बहुत पसन्द है। उफ़, बहुत भूख लग आई है, कहीं लतिका, कुछ रखा है?"

"हाँ-हाँ, अभी देती हूँ" लतिका ने ऊपर से डोलची उतारी और उसमें से केक, बिस्कुट, काजू निकालकर तथा उनको एक प्लेट में रखकर राजेश की तरफ़ बढ़ा दिया।

"अरे लतिका, बचई को भी कुछ दो!"

"अरे हाँ," लतिका ने अपने होंठ को इस तरह काटा, जैसे बहुत बड़ी ग़लती हो गई हो। वह दूसरी प्लेट में सामान निकालने लगी।

"नहीं बाबू जी, आप खाइए! हम लोग देहाती आदमी हैं, बार-बार मुँह जुठारने की आदत नहीं है," ग्रामीण ने कहा।

"वाह, यह कैसे होगा?" राजेश ने व्यस्ततापूर्वक कहा—"इसका मतलब है कि तुम हम लोगों से अपने को अलग समझते हो। मेरा दिल ऐसा नहीं है। मैं तो एक बार जिसका साथ देता हूँ, उसका अन्त तक देता हूँ। अगर मान लो कि यदि यहाँ डाकू आ जाएँ और तुम पर हमला कर दें तो मैं पहला आदमी होऊँगा, जो आगे बढ़कर तुम्हारी रक्षा करेगा और ज़रूरत पड़ने पर अपनी जान भी दे देगा। मुझ पर विपत्ति पड़ने पर तुम क्या करोगे, यह मैं नहीं जानता अच्छा बचई, सचमुच यह बताओ कि अगर ऐसा हो जाए तो तुम क्या करोगे? यों ही पूछ रहा हूँ!"

"साहब हम लोग देहात के आदमी हैं मौक़ा आने पर ही बोलते हैं।"

क्या मतलब! राजेश सन्देह से चौंक उठा। कहीं यह व्यंग्य तो नहीं कर रहा है। पर उसने हँसकर कहा—"भाई, मैं नहीं समझा। ज़रा समझाकर कहो।"

"साहब, हम लोग बात करना नहीं जानते। मान लीजिए कि आप किसी देहात के आदमी के साथ बाहर जा रहे हैं और रास्ते में कोई हमला करता है। तो यह समझिए कि पहले उस देहाती की लहास गिरेगी, तब आपका कुछ होगा..."

"अरे, मैं ख़ूब जानता हूँ भैया," राजेश प्रसन्न होकर गम्भीर उत्साह से बोला—"तुम देहाती कहते हो, पर मैं एक देहाती को बहुत ऊँची नज़र से देखता हूँ। वह पवित्र, निश्छल, परिश्रमी और त्यागी होता है। वह देश की आत्मा और अन्नदाता है। कभी मैं भी देहात में रहता था, पर अब शहर में रहकर बहुत-से जंजालों में फँसा हुआ हूँ। हम शहरी लोगों में बड़ा दिखावा होता है, यही देखो न, पास में पैसा है नहीं और जा रहे हैं इलाहाबाद। इसके गहनों को देखकर लोग कहेंगे कि सोने के हैं, पर राम भजो, आजकल बाज़ार में पॉलिश लगाए हुए पीतल के गहने मिलते हैं कि बड़ा-से-बड़ा सर्राफ़ भी उनकी असलियत नहीं पहचान सकता। चलते वक़्त एक मित्र से क़र्ज़ा लेकर ये ख़रीद दिये थे। चलिए, इनका शौक़ भी पूरा हो गया। कितने के हैं लतिका?"

"क्या चीज़?" लतिका पति की इतनी ऊँची बात सहसा न समझ सकी।

राजेश को पत्नी की मूर्खता पर फिर क्रोध आया, लेकिन उसने असीम धैर्य का परिचय देते हुए शान्त स्वर में कहा—"अरे, यही पीतल के गहने, जो तुम पहने हुए हो। 15-20 रुपये लगे थे। हाँ याद आया, ठीक 19 रुपये 75 पैसे लगे थे। तुम कितनी जल्दी भूल जाती हो।"

"हाँ, हाँ, आप ठीक कहते हैं। क्या करूँ, मेरा दिमाग़ बड़ा कमज़ोर है।"

"कोई बात नहीं," राजेश हँस पड़ा—"अच्छा भैया, लो, थोड़ा-सा चखो।"

इस बीच लतिका एक प्लेट में खाद्य सामग्रियाँ रखकर पति की ओर बढ़ा चुकी थी। ग्रामीण नौजवान को खाने के लिए बाध्य होना पड़ा। वह बहुत ही संकोच से खा रहा था। लेकिन वह सन्तुष्ट और प्रसन्न दिखाई दे रहा था। उसने एक बार यह भी सोचा कि 'ये बाबू, कितने अच्छे हैं।' खाना समाप्त होने पर भी राजेश का बोलना बन्द न हुआ। वह अपनी तरफ़ से कोई पक्ष ढीला नहीं रहने देना चाहता था, किन्तु इसी समय ग्रामीण नौजवान को नींद आ गई और वह पीछे सिर टेक कर खर्राटे भरने लगा। गाड़ी रात-भर अन्धकार में असहाय और बेचैन खड़ी थी। हवा लगातार चीख़ती-चिल्लाती सिसकियाँ भरती रही। कुछ नौजवानों ने सारी गाड़ी की रक्षा का भार अपने ऊपर ले लिया। उन्होंने डिब्बों में से कुछ लाठियाँ एकत्र कीं और प्लेटफ़ार्म पर लाठियाँ पीट-पीटकर पहरा देने लगे। डरते, घबराते और भगवान से प्रार्थना करते-करते लोग थक गए। लेकिन अचम्भे की बात थी कि कुछ घंटे बाद सवेरा हो गया। दिन का उजाला देखकर लोगों का डर कुछ कम हुआ। बादल छँट गए थे और तेज़ धूप निकल आई थी। कुछ देर में हवा गर्म हो गई। चारों ओर रेत-मिश्रित ज़मीन का अनन्त वृक्षहीन विस्तार फैला था। न कोई गाँव और न कोई दुकान। भूख से बच्चे चिल्लाने लगे, केवल स्टेशन का कुआँ सबको जिलाए हुए था। दोपहर होते-होते हवा ख़ूब गर्म हो गई। कुछ लोग दुर्घटना स्थल पर जाकर परस्पर विरोधी सूचनाएँ ले आए थे। सारे वातावरण में एक भयानक मनहूसियत और भय पुनः व्याप्त हो गया।

लगभग दो बजे गाड़ी खुल गई। वह पुल तक जाएगी, और जो लोग आगे जाना चाहेंगे, उनको वहीं उतार देगी और जो लोग लौटना चाहेंगे, उनको वापस ले जाएगी। पुल के पास जब गाड़ी रुकी तब वह विनाशकारी दृश्य दिखाई देने लगा। पुल के नीचे एक पतली-सी नदी बहती थी, जिसमें एक डिब्बा खड़ा था और दूसरा पट पड़कर आधा डूब गया था। पीछे के एक कम्पार्टमेंट को छोड़कर सारे डिब्बे उलट गए थे। पटरी के पास बहुत-सी लाशें एक पंक्ति में रखी हुई थीं, जिनको पहचानना कठिन था। बहुत-सी लाशें छिटककर अब भी कुछ दूरी पर पड़ी थीं। चारों ओर भीड़ लगी थी—दूर-दूर गाँवों के देहाती, रेलवे अधिकारी, पुलिस अफ़सर, पी.ए.सी. के जवान, प्रेस फ़ोटोग्राफर, संवाददाता आदि सभी तरह के लोग मौजूद थे।

पुल के इधर खड़ी गाड़ी से लोग उतरने लगे। भय और आतंक की कालिमा सबके चेहरे पर पुती थी। बहुत-सी औरतें काँप रही थीं और रो रही थीं। नदी में घुटने से अधिक पानी नहीं है। वह एक नाले की तरह दिखाई दे रही है। उसको पार करके दो-तीन फ़र्लांग चलना पड़ेगा, जहाँ एक ट्रेन उनका इन्तज़ार करते हुए मिलेगी। लेकिन सामानवालों की आफ़त थी, क्योंकि कोई कुली या मज़दूर वहाँ उपलब्ध नहीं था। ख़ैर, मुसाफ़िर धर्म, जाति तथा अन्य ग्रन्थियाँ भूलकर एक-दूसरे को ढाँढस दे रहे थे। वे बहुत ही धीमे-धीमे और मीठे स्वर में बोलते और एक-दूसरे की यथासम्भव मदद करने की भी कोशिश करते।

उसी भीड़ में लम्बी नाकवाला एक व्यक्ति नीचे उतरते हुए दिखाई दे रहा है। उसके आगे-आगे एक ग्रामीण नौजवान चल रहा है, जिसके सिर पर एक बड़ा बक्सा और एक बड़ा बिस्तर-बन्द रखा है। उसके दूसरे हाथ में एक सूटकेस है। लम्बी नाकवाला व्यक्ति एक गठरी और एक लाठी लिये हुए है। उसकी पत्नी के हाथ में डोलची है तथा बुढ़िया माँ के हाथ में एक सुराही।

वे नदी पार कर लेते हैं। फिर वे धीरे-धीरे आगे बढ़ते हैं। रेतीली ज़मीन ख़ूब गर्म हो चुकी है। शरीर पर हल्की लू के थपेड़े पड़ रहे हैं। ग्रामीण नौजवान पसीने से नहाया हुआ है। उसका मुँह लाल हो गया है और गर्दन की नसें मोटे केचुओं की तरह निकल आई हैं। वह नंगे पैर है, इसलिए क़दम जल्दी-जल्दी रखने की कोशिश कर रहा है।

जब मुसाफ़िरों के इन्तज़ार में नदी से लगभग तीन फ़र्लांग की दूरी पर खड़ी ट्रेन निकट आ जाती है, तब लम्बी नाकवाले व्यक्ति की ख़ुशी का ठिकाना नहीं रहता। वह आत्मगर्व से सिर नीचा करके हँसने लगता है।

"भैया, ज़रा सँभलकर चलना। मुझे तो हर क्षण तुम्हारी ही चिन्ता लगी हुई है।" वह ग्रामीण नौजवान से कहता है।

सप्ताहान्त

शनिवार का दिन है, रामसंजीवन रोज़ की तरह सवा पाँच बजे दफ़्तर से निकलकर बाथरूम में घुस गया, नल पर जाकर थूकने-खखारने लगा। उसके हाथ में वह लम्बा-सा झोला लटक रहा था, जिसके बिना उसके अस्तित्व की कल्पना करना कठिन है। वह सफ़ेद कुर्ता-पैजामा और घिसी-पिटी मटमैली चप्पलें पहने था और उसके लम्बे शरीर, झुर्रीदार चेहरे, गंजी खोपड़ी, चोंच की तरह लम्बी नाक और आगे की ओर बिचके होंठों को देखकर किसी ऊँट की याद आ जाती थी। चौराहे पर दृष्टि जाते ही वह उधर ही चल पड़ा।

नौजवान रोज़ ही चौराहे या उसके आसपास खड़ा होकर उसका इन्तज़ार करता है। उन दोनों की लम्बाई और उम्र में समानुपातिक सम्बन्ध था। नौजवान अभी-अभी आया था, स्वभाव से सीधा-सादा था और अभी तक एक आदर्श श्रोता था।

"सुनाओ भई शम्मा, क्या हालचाल है?"

नौजवान ने मुस्की छोड़ी। 'र' अक्षर को ज़ज़्ब करने की उसकी मजबूरी को वह जानता है। "ठीक है, साहब," वह होंठों में ही भुनभुनाया।

"लाटई का टिकट लेऽहे हो?"

"कभी-कभी ले लेता हूँ जी।"

"नहीं, हमेशा लेना चाहिए। बन्दा के तो हमेशा आठ-दस खच्च हो जाते हैं। लेना चाहिए। हैं भैया?"

वे बाईं ओर घूमकर चल पड़े। इधर लाटरी पर बात करना रामसंजीवन का प्रिय विषय है। यदि आदर्शवादी भाषण सुनने की ही बात होती, तो कोई हर्ज़ नहीं था, लेकिन नौजवान को बड़ी ही मुस्तैदी से अपने शरीर की रक्षा भी करनी पड़ रही थी। रामसंजीवन की शरीर को धक्का देने और कन्धे पर धौल ज़माने की भी आदत थी। जब कोई गुंजाइश नहीं रह जाती, तो नौजवान कभी बाएँ से दाएँ और कभी दाएँ से बाएँ आ जाया करता था। रामसंजीवन बीच-बीच में 'हैं भैया!' कहकर अपनी बात का समर्थन प्राप्त कर लिया करता था।

रामसंजीवन की ज़िन्दगी में शनिवार का महत्त्व है। शादी होने पर वह हर शनिवार की शाम को रबड़ी-मलाई खाता, रात को स्पेशल भोजन करता और कमरे

में रंगीन रोशनी जलाता। जब उसके परिवार में तेज़ी से वृद्धि होने लगी, तो लोगों ने कहा कि यह शनिवार की क़रामात है। उसके पिता मर चुके थे। वह स्वयं पढ़ नहीं सका या उसके पिता पढ़ा नहीं सके, इस पर विवाद करना व्यर्थ है, पर यह सत्य अवश्य है कि पिता से दो हज़ार रुपये लेकर उसने पुस्तकों की एक छोटी-मोटी दूकान खोली थी, जिसमें बहुत ही जल्दी की, जो उसके लिए टेम्पोरेरी सिद्ध हुईं। ख़ास बात यह थी कि जहाँ वह जाता, कुछ लोग उसके पीछे पड़ जाते और अन्त में उसकी हालत ठीक कुर्सी-दौड़ में हारे हुए खिलाड़ी की तरह हो जाती। ख़ैर, उसने बहुत कुछ खोया, तो बहुत कुछ पाया भी। तनख़्वाह वह इतनी अवश्य पा जाया करता था कि सप्ताह बीतते-बीतते उसके पास दो-चार रुपये बच ही जाया करते थे। लेकिन दफ़्तर में कम-से-कम काम करने, एक मेज़ से दूसरी मेज़ पर जाकर गपशप करने, प्रतिद्वंद्वियों को अपमानित करने, उधार लेने, बिना सब्ज़ी के रोटी खाने तथा पैदल चलने में वह अत्यधिक दक्ष हो गया। ख़ैर, अब भी उसका महान उद्‌देश्य प्रकाशन और पुस्तक-विक्रय के द्वारा लखपति बनने का था।

इस समय तक उसके परिवार में चार भवानियाँ और एक शंकर हुड़दंग मचाने लगे थे। दो लड़कियाँ जवान हो गई थीं और शेष तेज़ी से गाँठें फेंक रहे थे। उसने बहुत जल्दी सारे दफ़्तर का ध्यान आकर्षित कर लिया था। यहाँ तक कि कुछ लोगों ने उसको 'भूडो अडवानी' के नामकरण से विभूषित भी कर दिया। उसने अपने इस सम्मान के प्रति कुछ इस ढंग से आभार प्रकट किया कि एक अत्यधिक शक्तिशाली व्यक्तित्व ने उस पर अनुशासन क़ायम करने का निश्चय कर लिया, जिनका नाम 'बलदाऊ' था। बलदाऊ अक्सर दौरे पर रहते, लेकिन वापस आने की फ़ुरसत पाते, तो दफ़्तर के कल्याण के बारे में सोचने के अलावा कुछ भी न करते। एक दिन रामसंजीवन ने अत्यधिक अभिभूत होकर हाथ जोड़कर नमस्कार करते हुए बलदाऊ से कहा, "चाचा, आम-आम", जिस पर बलदाऊ का पतला चेहरा कान की जड़ों तक लाल होकर अत्यधिक ख़ूबसूरत दिखाई देने लगा। इसके बाद शिकायतों के कुछ 'महा-अभियान' शुरू हुए, जो अन्य कर्मचारियों के स्वास्थ्य के लिए लाभदायी सिद्ध हुए। पर रामसंजीवन का स्नेह बढ़ता ही गया और एक दिन उसने बलदाऊ से कहा, "चाचा, दो आने पैसे निकालो, मूँगफली खाऊँगा..." और कुछ ही दिनों में यह मामला ऐसी चरम स्थिति पर पहुँच गया कि बलदाऊ को मुस्कान पर मजबूर होना पड़ा।

दिन मज़े में कटने लगे, पर यह नहीं कहा जा सकता कि लखपति बनने की योजना को उसने भुला दिया था, बल्कि उसका काम मुस्तैदी से हो रहा था। सबसे पहले उसने हिन्दी पत्रिकाओं में छपे टालस्टाय के कुछ कहानियों के हिन्दी अनुवादों की नकल उतार ली और उनमें 'आवश्यक है' के स्थान पर 'ज़रूरी है' और 'अनुभव किया' के स्थान पर 'महसूस किया' आदि कुछ महत्त्वपूर्ण संशोधन करके उनको सर्वथा मौलिक अनुवाद का रूप दे दिया। वह हिन्दी-जगत के सामने

बच्चों की कहानियों के कुछ ऐसे सेट प्रस्तुत करना चाहता था, जो सारे भारत में तहलक़ा मचा दें। चाहिए थे उसको सिर्फ़ दो हज़ार रुपये। हर वर्ष वह अपनी इस योजना की घोषणा करता, जिससे लगभग आधा शहर भी परिचित हो गया, लेकिन, छह वर्ष बीत गए और यह अभागा देश अब भी एक महान प्रकाशक से वंचित था। धीरे-धीरे वह एक निष्काम स्थिति पर पहुँच गया। इन्हीं दिनों वह शनिवार से डरने लगा था। रविवार घूरती आक्षेपपूर्ण आँखों, घुटन-भरी ख़ामोशी और शहर के निरुद्देश्य पर्यटन के अलावा कुछ भी न था। जब ज़िन्दगी सूखे हुए धान की तरह पड़ी थी, उसी समय लाटरी की स्कीम ने जल-वर्षा का कार्य किया था।

"शम्मा, तुम चलो, ज़रा मैं उस प्रेस में जाऊँगा..." रामसंजीवन सहसा ठिठक कर खड़ा हो गया।

शाम तेज़ी से उतर रही थी और सूरज की ललौंछ फीकी धूप वृक्षों और मकानों के शिखरों पर दिखाई दे रही थी। वे सड़कों तथा बलखाती हुई सँकरी, बदबूदार गलियों को पार करके एक चौड़ी सड़क पर चले आए थे, जहाँ बाईं तरफ़ 'राष्ट्रीय प्रेस' का बोर्ड लगा हुआ था। जब नौजवान नमस्कार करके आगे बढ़ गया, तो रामसंजीवन झोला हिलाते हुए प्रेस के अन्दर चला गया, जहाँ एक मोटा-तगड़ा नौजवान एक बड़ी मेज़ के सामने बैठा था। भीतर के कमरे से मशीन की घर्र-खट, घर्र-खट सुनाई दे रही थी। वह नौजवान उसके गाँव की तरफ़ का ही था, जिससे एक ट्रेन-यात्रा के दौरान परिचय हुआ था, जिसको घनिष्ठ स्नेह का रूप देने के लिए उसके यहाँ से एक बोरा रद्दी काग़ज़ लाने का उसने निश्चय कर लिया था। कई बार जाने पर नौजवान ने वादा भी कर लिया था, लेकिन नियमिंत रूप से दो महीने तक धावा करने पर भी उसको एक मिनट की भी फ़ुरसत नहीं होती थी। बेशक अँगीठी जलाने के लिए रद्दी काग़ज़ों से अच्छी चीज़ कोई भी नहीं, बशर्ते वे मुफ़्त मिल जाया करें। इस समय उनके बीच प्रशंसनीय हुज्ज़त हो रही थी और रामसंजीवन इस तरह मुस्करा रहा था, गोया किसी रूठी प्रेमिका को मना रहा हो। अन्त में मोटे प्रेस-मालिक को उसके झोले को रद्दी काग़ज़ों से भरने का आदेश दे देना पड़ा। जब रामसंजीवन लौटा, तो उसको 'निकम्मे, मुफ़्तख़ोर' शब्दों की भुनभुनाहट सुनाई पड़ी, लेकिन स्नेह एवं मैत्री की सर्वोत्तम परम्पराओं पर चलते हुए उसने सोचा कि मोटा नौजवान किसी शरारती मज़दूर को डाँट रहा है।

वह बाहर निकलकर सड़क पर आ गया और चौराहे से बाएँ घूमकर आगे बढ़ चला! दफ़्तरों से लोग साइकिलों और स्कूटरों पर तथा पैदल तमतमाए चेहरों के साथ पसीने से नहाए हुए तेज़ी से चले आ रहे थे। सहसा रामसंजीवन की नज़र उसके मोहल्ले के पास की ही बस्ती में रहनेवाले जनक बाबू पर पड़ी, जो दोनों हाथ में दो लौकियाँ मुगदर की तरह हिला रहे थे, और जो कभी एक दफ़्तर में उसके साथ काम कर चुके थे।

"ताऊ, आम-आम!"
"राम-राम बरखुरदार।" जनक बाबू ने चहकते हुए कहा।
"अकेले-अकेले ताऊ? हज़म नहीं होगी..."
"तुम भी खाओ जी..."
"दिल से कहते हो, ताऊ? बाद में पछताओगे।"
"अरे छोड़ो...'
"तो लाओ फिफ्टी-फिफ्टी।" यह कहकर रामसंजीवन ने हाथ आगे बढ़ाकर एक लौकी जनकबाबू के हाथ से ज़बरदस्ती ले ली और 'अच्छा, आम-आम' कहकर चलता बना। जब वे दोनों साथ-साथ काम करते थे, तो जनक बाबू ही पहले-पहल उसको चिढ़ाना शुरू किया था, इसलिए इस समय वह किसी खिलाड़ी की तरह बहादुरी के साथ मुस्कराने की चेष्टा कर रहे थे, लेकिन मन में लौकी के लिए घोर चिन्ता उत्पन्न हो गई थी। जिनके लिए आठ-दस दुकानें छानी थीं और क़रीब एक घंटा बरबाद किया था, उनमें से एक हाथ से निकली जा रही है।
"अरे बरखुरदार, सुनते तो जाओ, एक ज़रूरी काम है..." जनकबाबू ने ज़ोर से पुकारा।
"कहो ताऊ...अब लौकी हमाई है...हाथ न लगाना।" रामसंजीवन ने पास आकर और लौकी को पीछे छिपाते हुए कहा।
"छोड़ो भाई मज़ाक़ की बातें। यह बताओ, लाटरी का टिकट ले रहे हो न?" जनक बाबू ने रामसंजीवन में सहृदयता उत्पन्न करने के उद्देश्य से गम्भीर बातों की ओर रुख किया।
"लेऽहा हूँ ताऊ, यू. पी. का लिया है।"
"मलहोत्रा से लेते हो न?"
"हाँ..."
"आज शाम को ड्रॉ है। मेरा तो एफ सीरीज़ में है। तुम किसमें हो यार!"
"मैं एन सीईज में हूँ, ताऊ। तीन लाख छब्बीस हजाअ पाँच सौ, मुझे याद हो गया है। इस बाऽ आना है, ताऊ तुम्हाआ क्या है?"
"नम्बर याद नहीं। अच्छा तो ठीक है..."
जनक बाबू इस समय तक लौकी की चिन्ता करते-करते सुस्त पड़ गए थे। सहसा एक बहुत ही उपयुक्त समय देखकर उन्होंने लौकी की ओर झपट्टा मारा, पर रामसंजीवन इस मामले में अधिक होशियार निकला और अन्ततः हँसते हुए लौकी-सहित तेज़ी से आगे निकल गया...
अँधेरा फैलने लगा था और घर में से अँगीठी का धुँआ उठ रहा था। अन्दर पहुँचकर रामसंजीवन ने एक कोने में चुपके-से लौकी और झोला रख दिया और अलगनी पर टँगी एक मैली चीकट लुंगी और मटमैला खद्दर का तौलिया लेकर

कपड़ा बदलने लगा था, अन्त में कान पर जनेऊ चढ़ाकर बाथरूम में घुस गया। लौकी और झोले ने उम्मीद की ऐसी तरंगें उठा दीं कि पत्नी से लेकर तीनों लड़कियों और लड़के तक ने झोले में झाँक-झाँककर देखा। छोटी लड़की शशि के पैर में फोड़ा था, उसने खाट पर पड़े ही पूछा, "क्या दीदी?" बड़ी लड़की नीमा ने मुँह बिगाड़कर और ज़बान ऐंठकर कहा, "रसगुल्ला" इसका अर्थ शशि समझती थी। वह झेंपकर छत को देखने लगी। लड़का पैर पटकता हुआ बाहर निकल गया। लेकिन पत्नी शीला ने दोनों वस्तुओं को लेकर गई।

इस समय तक रामसंजीवन कमरे में आ गया था। उस छोटे-से घर में केवल एक ही छोटा कमरा था, जिसमें ट्रंक, बिस्तर, मेज़, कुर्सियाँ, किताब-कॉपियाँ, छाता, छड़ी, कपड़े आदि सब कुछ रखे थे। जिस कोने में एक छोटी-सी चौकी पर राम-सीता और हनुमान के चित्र रखे हुए थे, उसके सामने जाकर वह बैठ गया और एक गुटका रामायण लेकर पढ़ने लगा। सस्वर पाठ वह अवश्य ही कर रहा था, लेकिन संगीत से उसका कुछ ऐसा लगाव था कि उसके मुँह से निकलकर हर पंक्ति डाँट-फटकार का रूप धारण कर लेती थी।

"आओ जी, रोटी खा लो..." पत्नी ने बरामदे में से आवाज़ लगाई।

पाठ समाप्त करके वह आकर एक पीढ़े पर बैठ गया। पत्नी ने खाना परोस कर थाली आगे सरका दी। लौकी की रसेदार सब्ज़ी, रोटी, कटी हुई प्याज और एक हरी मिर्च।

"लौकी क्या हिसाब मिली है?"

रामसंजीवन ने सिर उठाकर पत्नी की ओर अचम्भे से देखा, फिर बोला, "पैंतीस पैसे।"

इसके बाद बात करने के लिए उनके पास कोई विषय नहीं रहा। चारों ओर ख़ामोशी छा गई, सिर्फ़ बीच में चापुड़-चापुड़ की आवाज़ सुनाई पड़ जाती थी। भोजन के बाद उसने पैजामा, कुर्ता और चप्पलें पहन लीं और बाहर निकल पड़ा। उसी समय एक व्यक्ति आँधी की तरह उसकी तरफ़ दौड़ता हुआ आया। वह सड़क पर का पानवाला मोती था।

"भैया जी...बहुत बड़ी बात हो गई है। आपको लाटरी का पहला इनाम मिला है। आज ही शाम को तो खुला है...बधाई है भैया जी।"

"आयँ...आयँ...आयँ..." रामसंजीवन का चेहरा पीला पड़ गया और उसका शरीर थर-थर काँपने लगा।

"हाँ भैया जी, रेडियो से नम्बर बोला है। सब भगवान की दया है।"

सहसा रामसंजीवन कमरे के अन्दर दौड़कर चला गया और पागल की तरह चिल्लाने लगा, "दो लाख...दो लाख!" सभी दौड़ते हुए उसके पास आ गए। पत्नी ने कहा कि बाई की वजह से कभी-कभी दिमाग़ सनक जाता है।

लेकिन जब मोती ने भीतर आकर सब कुछ बता दिया, तो शीला धम से फ़र्श पर बैठ गई और मुँह को आँचल से ढककर ऊँ-ऊँ रोने लगी, गोया कोई ग़मी हो गई हो...।

सारे मोहल्ले में यह ख़बर बिजली की तरह फैल गई। मोती ने बताया था कि जनक बाबू अपने एक मित्र के साथ पान खाने आए थे। उनके मित्र की पत्नी की तबीयत बहुत ख़राब थी, इसलिए वे जल्दी में थे और डॉक्टर के यहाँ जा रहे थे। उन्होंने स्वयं अपने कानों से प्रादेशिक समाचार सुना था, जिसमें बहुत ही संक्षेप में लाटरी के परिणाम की घोषणा की गई थी। डॉक्टर के यहाँ से लौटने पर वे बधाई देने आएँगे।

कुछ देर बाद रामसंजीवन मोहल्ले के दो नौजवानों के साथ जनक बाबू के यहाँ गया, पर उनसे मुलाक़ात नहीं हुई। इसके बाद वे चौक में एजेंट मल्होत्रा से मिलने गए, जो उसे देखते ही दौड़कर उससे तपाक से गले मिला। इसके बाद एजेंट उससे मीठा-वीठा खाने के लिए आग्रह करने लगा और रामसंजीवन किसी दामाद की तरह इनकार करता रहा। अन्त में उसको दोनों नौजवानों के साथ चौक की सबसे अच्छी मिठाई की दुकान पर जाना पड़ा। जहाँ डटकर ऐसा नाश्ता हुआ कि रामसंजीवन को अफ़सोस होने लगा कि इतनी जल्दी उसने भोजन क्यों कर लिया। जब वह मोहल्ले में आया, तो उसके लिए भीड़ से घिरे नायक की तरह आगे बढ़ना मुश्किल हो गया। जो कोई मिलता वही उससे गले मिल जाता या ज़ोर से हाथ मिलाता। उसको कुछ ऐसे लोगों ने बधाई दी, जो उसकी ओर भूलकर भी नहीं देखते थे। आख़िर जब वह घर आया, तो उसकी छाती और पखुरों में ज़ोरों का दर्द हो रहा था।

घर में भी लोगों का आना जारी था। बहुत से लोग तो सपरिवार आ रहे थे। वे उस व्यक्ति को फिर से अपनी आँखों से देख लेना चाहते थे, जो रंक से राजा बन गया था। शीला फ़र्श पर बैठी थी, उसने दोनों बाँहें फैलाकर हाथ जोड़ दिये थे। उसकी खींसें निकल आई थीं और वह मतवाले की तरह सिर हिला-हिलाकर "हाँ भैया! आपकी दया है" आदि कह रही थी। लड़कियाँ अपनी सहेलियों के बीच खुसुर-फुसुर और खिल-खिलकर रही थीं। लड़का भीतर से बाहर और बाहर से भीतर घुड़दौड़ कर रहा था। लोगों ने बताया कि स्वयं ज़िलाधीश या तो इसी समय या कल तड़के ही यहाँ आकर इसकी ख़बर देगा और हाथ मिलाएगा।

"ख़ैर...यह तो होता है जी।" रामसंजीवन ने समर्थन किया।

"होगा क्यों नहीं, यह राष्ट्रीय महत्त्व की घटना है। हर ग़रीब आदमी को लाटरी का इनाम मिल जाए, तो कितना अच्छा हो! समाजवाद लाने का इससे सरल उपाय क्या हो सकता है?" किसी ने समर्थन किया।

बारह-साढ़े बारह बजे तक बधाई का यह कार्यक्रम चलता रहा। सबके चले जाने पर रामसंजीवन ज़ोर से हँसा, फिर बोला, "भई, जनक बाबू को एक तगड़ी दावत देनी होगी। सोचता हूँ, दो हजाअ उपये भी उनको दे दूँ।"

"दावत तो दूँगी ही मैं, पास-पड़ोस सबको बुलाऊँगी, किसी को न छोड़ूँगी।" शीला ने कहा।

"पिता जी, इसी घर में रहेंगे? एक नया मकान बनवा लीजिए, पिता जी।" शशि ने कहा।

"वाह, मकान तो बनेगा ही। इसीलिए तो इतना किया है। इस नअक में अब थोड़े अहना है?"

तीनों लड़कियाँ फ़र्श पर बिस्तर बिछाकर लेटी थीं। वे कोई बात करके ख़ूब हँस रही थीं। अचानक रामसंजीवन को बहुत ही क्रोध आ गया। यह क्या अनुशासनहीनता है? अब तक वह यह सब बर्दाश्त करता रहा है, लेकिन आगे से बर्दाश्त नहीं करेगा। वह गरज़ पड़ा, "चुप ऽहो...बदतमीज़!"

लड़कियाँ—सन्न खींच गईं, जिस पर रामसंजीवन ने गर्व के भाव से अपनी पत्नी की ओर देखा। फिर वह लेटकर मुस्कराने लगा। शशि के पैर का फोड़ा जैसे ठीक हो गया था। वह बार-बार उठकर नल पर जाकर ख़ूब कुल्ला करती या पानी पीती थी। रामसंजीवन बहुत ही गम्भीरता से अपनी योजना बता रहा था। पहले तो बनेगा मकान। फिर लड़कियों की शादी होगी। एक-एक लड़की पर बीस-बीस हज़ार। इसके बाद शेष रुपये बैंक में जमा कर दिये जाएँगे और उनके सूद से आराम से ज़िन्दगी कटेगी...नहीं, वह तो यही नौकरी करता रहेगा...

"वाह, यह कैसे होगा?" पत्नी ने टोका।

"अच्छा छोड़ो...अब तुम लोग सोओ। सुबह ही ज़िलाधीश की काऽ पहुँच जाएगी। देखो जी, पड़ोस से दो अच्छी कुर्सियाँ मँगा लेना। घी भी तो नहीं होगा? हाँ, ज़िलाधीश के आने पर कुछ ख़ातिर-बात तो करनी ही चाहिए..."

अगली सुबह स्वच्छ धूप निकली। उन लोगों की आँखें बहुत ही तड़के खुल गई थीं। घर की ज़ोरदार सफ़ाई-दफाई होने लगी। लड़कियाँ साफ़-साफ़ कपड़े पहनकर चिड़ियों की तरह इधर-उधर फुदकने लगीं। रसोईघर से ख़ुशबू उठकर चारों ओर फैलने लगी। उसके दरवाज़े के सामने मोहल्ले के बीस-पच्चीस लड़के इकट्ठे होकर चिल्लाने लगे, "चाचा जी, मिठाई खिलाइए..." लेकिन ज़िलाधीश के आने के पहले अख़बार आ गया, जिसमें लाटरी के प्रथम पाँच विजेताओं के टिकट नम्बर निकले थे, लेकिन उनमें रामसंजीवन का टिकट-नम्बर कहीं भी नहीं था। जल्दी-जल्दी अंग्रेज़ी का अख़बार मँगाया गया कि सम्भव है, हिन्दी के अख़बार में टिकट-नम्बर ग़लत निकल गया हो, पर उसमें भी वही नम्बर थे। देखते-ही-देखते सबके चेहरे काले पड़ गए। दरवाज़े बन्द कर लिये गए। किसी समझदार पड़ोसी ने लड़कों को डाँटकर दरवाज़े पर से भगा दिया। शीला भगवान के चित्र के सामने बैठकर कलेजा कूटने लगी, "मैं तो लुट गई...मैं तो लुट गई..."

"धोखा...इस घर में हमेशा धोखा दिया जाता है..." बड़ी लड़की ने मुँह बिचकाकर कहा।

इसी समय बाहर से दरवाज़ा खटखटाने की आवाज़ आई। किसी अप्रिय स्थिति से बचने की उम्मीद में रामसंजीवन ने फ़ौरन दरवाज़ा खोल दिया। सामने पड़ोस के ही दो व्यक्ति दिखाई पड़े, जो ईर्ष्यावश पिछली रात को बधाई देने नहीं आए थे, लेकिन जिन्होंने इस संकट के समय सहानुभूति प्रकट करना उचित समझा था।

"कोई बात नहीं...ऐसे समय में घबड़ाना नहीं चाहिए। समझिए, आपका भाग्य खुल गया है..."

वे गए, तो दो-तीन व्यक्ति और आ गए। फिर तो ताँता लग गया। वे सब पड़ोसी का धर्म निभाने के लिए आ रहे थे। लड़का ग़ायब हो गया। लड़कियाँ भीतर छिप गईं। पत्नी मुँह लटकाए थी। बाद में चार-छह औरतें आकर शीला के पास बैठ गईं। डर और घबराहट के मारे रामसंजीवन का दिल थर-थर काँपने लगा। उसने इधर-उधर जल्दीबाज़ी में देखा, फिर एक उपयुक्त अवसर जानकर वहाँ से खिसक गया और पीछे का दरवाज़ा खोलकर चुपके से बाहर निकल गया।

वह सिर झुकाए हुए आगे बढ़ता गया। बीच में दो-तीन परिचितों ने उसे पुकारा, लेकिन वह 'अभी आता हूँ' कहकर निकलता गया। कुछ देर बाद वह सड़क पर आ गया, जो सीधे दूर चली गई थी। उसने आँख उठाकर किसी की ओर भी न देखा।

वह चलता गया, चलता गया। धूप तेज़ हो गई थी। लोगों की हँसी। बच्चों के शोरगुल। चारों ओर खट-खट पट-पट की आवाज़ें। मोटर और स्कूटर की चीख़ें। पर वह कुछ भी नहीं सोच रहा था। उसके पैर फुर्ती से पड़ रहे थे। कुछ देर बाद जब वह बड़ा पार्क आ गया, तो वह उसी में घुस गया।

कुछ देर तक पार्क का चक्कर लगाने के बाद अन्त में वह एक बरगद के पेड़ के नीचे बने चबूतरे पर बैठ गया। फिर वह वहीं लेट गया। उसे लगा, वह किसी ऊँचे पर्वत से नीचे गिर पड़ा है और उसके अंग-अंग ढीले पड़ गए हैं। उसने सोचा कि दिन-भर वह यहीं रहेगा और अँधेरा होने पर घर जाएगा। इसके बाद कल सवेरे दफ़्तर चला जाएगा और अँधेरा होने तक घर आएगा।

इस तरह तीन-चार दिन तक उसको करना पड़ेगा, फिर सब कुछ ठीक हो जाएगा। फिर उसी तरह उसकी ज़िन्दगी बीतने लगेगी। चाहे जो हो, उसकी वर्तमान ज़िन्दगी में एक ढर्रा तो है। उसका उसे अभ्यास तो है। यह सोचते ही उसको कुछ इत्मीनान हुआ। धीरे-धीरे उसका शरीर सुस्त पड़ने लगा। और आँखें झपने लगीं। कुछ देर बाद ही उसकी नाक बोलने लगी और वह सुखपूर्वक सोने लगा...।

मरुस्थल में

बृज को अचानक मालती की याद कैसे आ गई? वह भी क़रीब तीन वर्ष बाद। वह उसके सामने ही जैसे आकर खड़ी हो गई...थोड़ा स्थूल शरीर, गोल, साँवला चेहरा, छोटी नाक। मुस्कराती हुई कैसे मग्न होकर चलती है। इसी शहर में होने पर भी आज तक एक बार भी क्यों नहीं उसके यहाँ गया वह? उसे अपनी नासमझी पर अफ़सोस होने लगा। फिर पहाड़ से सोते की तरह उसके दिल से मालती के लिए दया-करुणा फूट पड़ी।

लिखा तो उसने सभी रिश्तेदारों के पास कि इस मौक़े पर किसी को ज़रूर भेज दें, लेकिन सबने अपनी-अपनी समस्या बता दी। कइयों के तो बच्चों के ही 'टेस्ट' थे, किसी की पत्नी ख़ुद बीमार। किसी को ज़रूरी काम से जाना था। एक भी व्यक्ति ऐसा न मिला, जो ख़त से ही सहानुभूति जता दे।

मलाल हुआ था उसे। अजीब बात है कि उनके बीच आफ़त-विपत्ति पड़ती है तो वे एक-दूसरे के यहाँ ज़रूर जाते हैं, चाहे कितना भी कष्ट उठाना पड़े। नीहार तो चाचा का लड़का है, जब उसकी बीवी की टाँग-हड्डी टूटी तो उसकी अपनी सगी भाभी ख़ुद कमर दर्द से परेशान होने पर भी तीन बच्चों को छोड़कर वहाँ गई और पूरे दो महीने डटी रहीं और लिखा जा रहा है कि बच्चों को छोड़कर जाना मुमकिन नहीं। ख़ैर, दुख-तकलीफ़ तो सब पर पड़ती है, तभी बताएगा वह।

उसके बाद रजनी ने अपनी सहेलियों को पटाने की कोशिश की थी, परन्तु किसी ने भी पुट्ठे पर हाथ नहीं रखने दिया। यहाँ भी वैसे ही जवाब। एक ने तो स्पष्ट कह दिया, "यार, किसी रिश्तेदार को बुला लो। तुम्हारे गाँव में कोई काम करनेवाली ही मिल जाए। तुम लोग बड़े आदमी हो, तुम्हारा परिवार भरा-पूरा है, तुम लोग भाई बड़े जमींदार भी हो...।"

रजनी कुढ़ गई। उसने बृज से कहा, "तुम भी अजीब हो, सारे शहर में अपनी जमींदारी और नौकर-चाकर का बख़ान कर आए हो। इसका कितना नुकसान उठाना पड़ता है, यह तुम क्या जानो। सुनना तो मुझे पड़ रहा है। ऐरी-गैरी, फिसड्डी कोई भी आकर आयँ-बायँ सुनाकर चली जाती है—इसी से यहाँ भी कोई मदद देने को तैयार नहीं। थोड़ी-बहुत काश्तकारी है, उसे ज़मींदारी कहने से क्या फ़ायदा?

मैं जो आज तक तुम्हारे खेत-ज़मीन और रिश्तेदारों का एक पैसा भी नहीं जानती।"

पहले तो बृज हक्का-बक्का-सा रजनी को देखता ही रह गया। फिर अपने ग़ुस्से को किंचित नियंत्रित करके बोला, "ज़मीन-जायदाद के लिए खटना पड़ता है, रुपया-पैसा लगाना पड़ता है। जो ऐसा कर रहा है, वह सुख भोग रहा है। मैंने कई बार कहा कि गाँव-घर को छोड़ना ठीक नहीं, कभी वहाँ चाचाजी के पास चलो, कभी उस छोटे शहर में 'भाइयों' के पास चलो, पर तुम तो एक दिन के लिए भी उनसे सटना नहीं चाहती...।"

"क्या कहा? सटना नहीं चाहती?" रजनी को ग़ुस्से में समझ में ही नहीं आया कि जवाब में क्या कहे।

"हाँ, सटना नहीं चाहती। शादी-ब्याह, छठी-बरही में तुम जाना नहीं चाहती। दुख-तकलीफ़ में किसी को देखने भी नहीं...।"

"मुझ पर क्यों लांछन लगा रहे हो? मैं अपने सीधे-सच्चे माँ-बाप के पास से आई तो ख़ुद कितनी सीधी-सच्ची थी। ससुराल में सभी लोगों की नौकरानी की सेवा करने को तैयार थी। तुम्हीं ने मुझे बिगाड़ दिया। इसीलिए वे मुझे पराई और दुश्मन समझते हैं...।"

"इस शहर में भी तो वही हाल है।" बृज ने व्यंग्य किया।

"ख़बरदार, मुझसे ऐसी बातें न किया करो" रजनी ग़ुस्से में अपनी आँखें निकालकर बोली, "कोई मेरी नौकरानी नहीं है, सबकी अपनी-अपनी समस्या है। वहाँ तो तुम्हारी मोटी-मोटी रिश्तेदारिनें दूसरों का जमा मारकर चारपाइयाँ तोड़ रही हैं।"

बृज उसका अत्यधिक उग्र रूप देखकर चुप लगा गया। फिर वह धीरे-से उठकर वहाँ से बाहर बरामदे में चला गया। सम्भव है कि रजनी की कई बातें ग़लत हों, लेकिन एक-दो बातें सच भी हो सकती हैं, उसने सोचा। जो भी हो, वह इस समय रजनी का दिल ज़रा भी दुखाना नहीं चाहता। एक तो आजकल उसकी हालत भी नाज़ुक है, फिर वह उससे ख़ूब ख़ुश भी है। सुखद संयोग की बात है कि इसी मोहल्ले में एक ऐसी अनुभवी और समझदार महिला रहती है जो औरतों के होंठ देखकर ही बता देती है कि लड़का है या लड़की। उनके सामने अल्ट्रासाउंड क्या चीज़ है। यह तो ख़ैर, ठीक ही है कि रजनी के होंठ शुरू से ही सूखे-सूखे रहे—जब से लड़का सुना है, वह भी ख़ूब प्रसन्न रहती है।

इसी मन:स्थिति में उसे मालती का ख़याल आ गया। उसका दिल उछल गया। जब सँभालने के लिए एक औरत की ज़रूरत है तो मालती से अच्छी कौन हो सकती है? वह उत्साहपूर्वक तेज़ी से भीतर आया।

"रजनी, अब किसी ससुरा-ससुरी के तलवे सहलाने की ज़रूरत नहीं है। मैं तो भूल ही गया था कि इस शहर में भी कोई है। मैंने नाहक़ ही तुमको भला-बुरा कह दिया, अब सारी चिन्ता छोड़ दो।"

"कौन है भला, ज़रा मैं भी सुनूँ।" रजनी का ग़ुस्सा इतना कम नहीं हुआ कि उसका चेहरा सीधा और तनावमुक्त दिखाई देने लगे।

"वही—मालती।" बृज के मुख से एक लम्बी मुस्कराहट पसर गई।

"कौन मालती?" रजनी ने कड़वा मुँह बनाया, जिससे समझौते वाली प्रसन्नता झलकने लगी।

"क्या तुम भूल गई? याद करो, जब हम तबादले पर यहाँ आए ही थे..."

"वही मज़दूर की मुटल्ली बीवी।" रजनी ने टेढ़ी गर्दन करके कुतूहल से उसे देखा।

"रजनी! व्यवहार और बातचीत दोनों में ही तुम बेवक़्त की शहनाई बजाने लगती हो।" बृज ने उसे घूरकर देखा।

"तो मैं क्या कह रहा हूँ, भाई।" रजनी हँसने लगी।

"वह ऐसी औरत है, जो अकेली ही दस आदमियों का काम सँभाल ले हँसते हुए, मुँह पर एक शिकन नहीं...।"

"तुम्हारे गाँव की बहन है न। याद है, एक बार बेमौक़े ही आ गई थी...।"

"अब छोड़ो अपनी पंचायत की बातें। मैं सब देख लूँगा।"

वह शाम को निकल गया। हवा भी उसी की तरह मस्त चल रही थी। स्कूटर उसका ख़राब था। उसकी प्रतिभा इस वक़्त ऐसी बुलन्दी पर थी कि एक दुर्लभ विचार आने की उसे स्वप्न में भी उम्मीद नहीं हो सकती थी। ख़ुश होकर वह बाज़ार की ओर मुड़ गया, जहाँ से आधा किलो मिठाई ख़रीदने के बाद वह स्टॉप की ओर बढ़ गया मालती के बारे में सोचते हुए। वह नाराज तो नहीं होगी? इस ख़याल को उसने सिर झटककर उड़ा दिया।

वह बस पर बैठ गया। इस समय भी वह मालती के बारे में ही सोच रहा था। उसी के गाँव के एक ग़रीब किसान की लड़की। माँ-बहन के मरने के बाद चाचा-चाची ने उसका पालन-पोषण किया। शादी के पहले वह कितनी दुबली-पतली थी, लेकिन उसके मुँह पर सदा एक मुस्कराहट विराजमान रहती, जैसे उसके शरीर का ही एक अंग हो। जब वह क्रोध में होती या नाराज, तब भी उसका चेहरा मुस्कराता-सा लगता। उन दिनों छोटी उम्र में भी गाँव में उसकी बड़ी चर्चा हुई थी। सबसे बड़ी बात तो यह कि उसने गम्भीर रूप से बीमार अपनी चाची की सेवा-सुश्रूषा एकाग्र मन से पूरे एक साल तक की थी। लोग कहते हैं, बड़ी लक्ष्मी है, सावित्री है, अपनी चाची को यमराज के जबड़े में से खींचकर ले आई है। मोहल्ले में टोले में किसी के यहाँ आफ़त-विपत्ति या काज-प्रयोजन पड़ने पर वहाँ पहुँच जाती तो उसे बुलवा लिया जाता। फिर नौकरी लगने पर जब वह शहर में चला गया तो वह मालती को भूल गया।

वर्षों बाद, वह उस समय अचानक मिली, जब वह एक अच्छा प्रमोशन मिलने

पर इस बड़े शहर में एक दिन पहले ही आया था। बाज़ार में पत्नी के लिए दवाई लेते समय वह पता नहीं किधर से सामने आकर बोली थी, 'नमस्ते भैया' याद दिलाने पर ही वह पहचान पाया, क्योंकि उसका शरीर स्थूल हो गया था और उसका चेहरा भी कुछ ढीला-ढाला और फैला हुआ। उसकी गोद में एक छोटा बच्चा और साथ में पति रामनारायण। जब उसने बताया कि रजनी बीमार है और तबादले के बाद जो सामान आए हैं वे जहाँ के तहाँ पड़े हैं तो मालती के चेहरे पर फ़िक्र की एक हल्की बादल-छाया दौड़ गई।

"भैया, आप पता बता दीजिए, हम कल ही आकर सब कुछ ठीक कर देंगे। एक दिन की छुट्टी ले लेंगे ये...।"

दूसरे दिन सचमुच ही वे आ गए सवेरे ही क़रीब साढ़े आठ बजे। रामनारायण एक कारख़ाने में प्रशिक्षित मज़दूर था। गोरा, चेचक का दगहा चेहरा, छोटे-छोटे बाल खड़े से हँसने पर लाल मसूड़ा दिखाई दे जाता। पहले तो मालती ने बच्चे को ख़ुद ले लिया और अपने पति से बड़े-बड़े बंडल खोलने को कहा। रामनारायण ने पैंट और अधबँही क़मीज़ उतारकर सिर्फ़ कच्छा-बनियान में निपटने लगा। कितना धैर्य, फिर भी बहुत जल्दी ही यह काम निपट गया।

इसके बाद मालती ने बच्चा अपने पति को दे दिया और स्वयं काम पर जुट गई। उसने पहले सभी कमरों तथा अलमारियों की सफ़ाई करके सभी सामानों को क़रीने से यथास्थान लगाया। रसोई घर को साफ़ करके धोने के बाद बर्तनों और मसालों आदि के डिब्बों को सजाकर रखा। बीच में उसने दो बार चाय बनाकर सबको पीने को दिया। खिचड़ी का भी पता नहीं कब तैयार कर दी और एक बार रजनी के पास बैठकर उसका माथा भी जाँत दिया। वह जब चाहती झट से खड़ी हो जाती और बैठ जाती। कभी उकड़ूँ और कभी पालथी मारकर। मानो स्विच ऑन कर दिया गया हो और मशीन निर्बाध चल रही है; हर पुर्ज़ा दुरुस्त और नियम से गतिशील। रजनी को वह हमेशा 'भाभी-भाभी' कहती रही, जबकि वह टेढ़ा मुँह करके दूसरी ओर देखती रही, शायद ही उससे एक-दो शब्द बोली हो।

"तुम लोग भी खा लो।" बृज ने कहा था।

भैया, हम लोग वहाँ से खाकर चले हैं। ये सवेरे कारख़ाना जाते हैं न। हम लोग उसी समय खा लेते हैं। अब घर जाकर ही खाएँगे, बनाकर आई हूँ। कोई भी बात हो, कहला दीजिएगा, संकोच न कीजिएगा।..."

अगले दो-तीन दिन भी वह अकेली आकर सब कुछ देख-सँभाल गई। उसने सोचा था कि रजनी के अच्छा होने पर वे दोनों उसके यहाँ जाएँगे, पर रजनी की इच्छा भाँपकर वह चुप लगा गया।

"क्या यह भैया-भैया लगाए रहती है। न अपनी जाति, न रिश्तेदार। मैं तो ऐसे लोगो को मुँह नहीं लगती।" रजनी ने कहा था।

बाद में तो वे उसको भूल ही गए। वैसे उसका भी यही विचार था कि साधारण लोगों से मिलना-जुलना ठीक नहीं। इससे समय बर्बाद होता है और छवि भी धूमिल होती है। सारी दुनिया नई रिश्तेदारियाँ क़ायम कर रही है। यदि कोई दस वर्ष बाद भी शक्ति व प्रभाव के पद पर पहुँचनेवाला हो तो उससे आज से ही रिश्तेदारी बनाने का ज़माना आ गया है। अन्य प्रकार के सगे रिश्तों का आज कोई मतलब नहीं। वह स्वयं दिन-रात इसी जोड़-तोड़ में लगा रहता।

मालती बीच-बीच में कई बार अपने पति के साथ आई। उनके आते ही रजनी मुँह बिचका लेती। उसका भी मुँह लटक जाता। मालती उसी तरह हँसती रहती। बार-बार वह अपने घर आने का उनको निमंत्रण देती। बृज भी वादा करता और नहीं जाता। एक दिन वह किसी ज़रूरत से आई। उसे मकान बदलना था, पर नया मकान-मालिक दस महीने का किराया एडवांस माँग रहा था, बस दो हज़ार रुपये की कमी पड़ रही थी।

इतने रुपये दे देना बृज के लिए कोई समस्या नहीं थी, लेकिन उसके मुँह पर एक खिंचाव आ गया। वह बैठके में अख़बार पढ़ रहा था। "अच्छा देखता हूँ" वह अख़बार बग़ल में रखकर उठ खड़ा हुआ और तेज़ी से अन्दर चला गया। कुछ देर बाद वह बैठक में आया और आलमारी में कोई चीज़ टटोलने लगा। फिर तेज़ी से अन्दर चला गया। इस तरह एक बार और किया उसने और अन्त में बैठके में आकर बैठते हुए मालती से काफ़ी करुण आवाज़ में बोला—

"अरे मालती, क्या बताऊँ, मुझे बड़ा अफ़सोस है। मैं तो अपने लोगों के लिए जान निकालकर दे दूँ। तुम एक दिन विलम्ब से पहुँची हो। कल सुबह भी अगर तुम आ गई होती—तो तुम्हारा काम बन जाता। बैंक में पाँच हज़ार पाँच सौ रुपये थे। बस इतना ही कल दोपहर को एक मित्र आ गए। उनकी बीवी को अल्सर का ऑपरेशन होनेवाला है और मैंने पाँच सौ रुपये छोड़कर सभी धनराशि मित्र को दे दी।"

बस से उतरकर उसे कुछ दूर चलना पड़ा। रात उतर आई थी। मालती एक बड़े आदमी के आउट-हाउस में रहती थी। उसे सदा की तरह हँसते हुए उसे एक कुर्सी पर बिठाया।

"बड़ा भाग्य है मेरा कि आप आए तो। भाभी को क्यों छोड़ आए, भैया?"

"यह सब बातें बाद में होंगी। पहले यह बताओ कि हालचाल क्या है? मुझे तो तुम लोगों के लिए हमेशा चिन्ता बनी रही। क्या करूँ, फ़ुरसत ही न मिली, बड़ी गम्भीर समस्याओं में फँसा हूँ। कुछ आर्थिक चिन्ताएँ भी हैं, अधिक नहीं मामूली ख़ैर, और लोग कहाँ हैं?" उसने सकपकाई दृष्टि से चारों ओर देखा।

"दोनों बच्चे तो आज जल्दी ही सोए हैं। ये भी आज देर से आएँगे, इनके कारख़ाने में कोई बीमार हैं, अस्पताल से होते हुए आएँगे।"

"अच्छा पहले यह मिठाई तो रख लो। पहली बार आया हूँ। क्या करूँ मालती, इस बड़े पद पर आकर बड़ी ग़लती की। एक तो इस शहर में स्वार्थी-ही-स्वार्थी लोग हैं, फिर दफ़्तर में काम का बोझ मेरे सिर पर ही डाल दिया गया है। ऊपर से, घर में बच्चा भी होनेवाला है। सभी रिश्तेदारों को लिखा था, कोई आने को तैयार नहीं। मैं तो सबके लिए जान देता हूँ, पर मुझ पर पड़ी है तो सभी ने मुँह फेर लिया है...।"

"अरे कैसी बात करते हैं, भैया। मैं तो हूँ। वाह, यह तो बड़ी ख़ुशख़बरी है। आप किसी तरह कि चिन्ता न करें। मैं आपका सब काम सँभाल दूँगी। इनसे कहूँगी, ये आठ-दस दिन की छुट्टी ले लें, छुट्टियाँ इनकी बहुत बाक़ी हैं। मैं कल ही आपके यहाँ आकर सब देख जाऊँगी...।"

बृज जब वहाँ से घर वापस चला तो उसके मुख पर विजय-भाव की स्वप्निल मुस्कराहट थी।

['वागर्थ', 1997]

बधाई

आकाश नीला और ख़ुशनुमा है। लगभग पाँच बजे हैं और धूप भाग रही है। प्रतुल एक चितकबरे ख़रगोश को अपने दोनों हाथों में लेकर घर से निकला। वह काला नेकर, सफ़ेद क़मीज़ और किरमिच के सफ़ेद जूते पहने था। बाहर क़दम रखते ही उसने अपनी प्रफुल्लित दृष्टि चारों ओर दौड़ाई। कुछ दूर आगे बढ़ने पर तो उसे ख़ूब मज़ा आने लगा। उसने दो-तीन बार मुँह से सीटी की आवाज़ें निकालीं, ख़रगोश की पीठ सहला-सहलाकर 'टिंकू-टिंकू' पुकारा और अन्त में उसे नीचे ज़मीन पर रखकर तथा कंकड़ और ढेले बीन-बीनकर किसी काल्पनिक प्रसिद्ध क्रिकेट खिलाड़ी के विरुद्ध ज़बरदस्त 'गेंदबाज़ी' करने लगा।

ख़रगोश हरी घास पर तेज़ी से दौड़ने लगा। उस बस्ती में दिन-भर के सन्नाटे के बाद अब चहल-पहल दिखाई दे रही थी। बच्चे स्कूलों से लौटने के बाद बाहर खेलकूद रहे थे और कुछ लोग स्कूटरों या साइकिलों पर दफ़्तरों से घर भी पहुँच गए थे। गृहपत्नियाँ चटक, ख़ुशनुमा साड़ियाँ पहन, जूड़ों को सँवार तथा भरे-भरे सजीव होंठों पर लिपस्टिक पोतकर या तो बरामदों या लॉनों में चहलक़दमी कर रही थीं अथवा अपने ही दरवाज़े के सामने खड़ी होकर पड़ोसिनों से बतकूचन कर रही थीं।

प्रतुल ने कई काल्पनिक खिलाड़ियों को आउट करने के पश्चात् ख़रगोश की तलाश में इधर-उधर देखा। ख़रगोश कुछ दूरी पर स्थित एक झाड़ी के पास पहुँचकर ठिठक गया था और घास को सूँघ रहा था। प्रतुल छलाँगें लगाकर सीटी बजाता हुआ उधर लपका। उसने ख़रगोश को हाथों से उठाते हुए पुचकारती आवाज़ में कहा, "टिंकू, बड़ा पाजी है यार तू!"

वह ख़रगोश को लेकर चल पड़ा, बस्ती बहुत बड़ी नहीं थी। वह उत्तर से दक्षिण लम्बाई में फैली थी। वह नई बनी थी। वहाँ अधिकतर शिक्षित, प्रतिष्ठित एवं उच्च नौकरीपेशा लोग रहते थे। प्रोफ़ेसर, अध्यापक, लेखक, पत्रकार, इंजीनियर, एडवोकेट, एकाउंटेंट तथा अन्य क़िस्म के उच्चाधिकारी आदि। उनमें से हर व्यक्ति को इस बात पर गर्व था कि वास्तव में देश का कर्णधार वही है, पर जितनी प्रतिष्ठा एवं सम्मान उसको मिलना चाहिए, वह उसको इस समय में प्राप्त नहीं है। उनमें से लगभग हर व्यक्ति अच्छा खाता था, अच्छा पहनता था, आधुनिक फ़ैशन में रहता था,

बीवी के साथ सैर-सपाटे करता था, अपने बच्चों को अंग्रेज़ी स्कूलों में पढ़ाता था और राष्ट्रभाषा हिन्दी का प्रबल समर्थक था। लगभग हर व्यक्ति का विश्वास था कि उसकी राजनीतिक और सामाजिक समझ बहुत मौलिक एवं दूरदर्शितापूर्ण है और हरेक के पास देशोत्थान की अपनी-अपनी मौलिक योजना भी थी। इस प्रश्न पर तो उनमें अद्‌भुत एकता थी कि सभी अपने बच्चों को शिक्षित, परम अनुशासनप्रिय, सभ्य, सुसंस्कृत, महान और कलेक्टर, डॉक्टर तथा इंजीनियर बनाना चाहते थे।

प्रतुल की ख्याति उस बस्ती में अच्छी नहीं कही जा सकती। वह एक कॉलेज के साधारण अध्यापक का लड़का था, जिसने बड़ी कठिनाई से वहाँ दो कमरों का एक मामूली मकान बनवाया था, जो अधिकार चेष्टा है, यह बहुतों का मत था पढ़ने-लिखने में प्रतुल बुरा नहीं था, पर खेलकूद में उसकी तबियत जितनी लगती थी, उतनी किसी चीज़ में नहीं। खेलकूद भी कैसे? विचित्र फूल और तितलियों की तलाश में डगमग घूमना, लट्टू नचाना और गोलियाँ खेलना। उसको ख़ास तौर पर पशु-पक्षियों और भिखमंगों से बहुत प्यार था। वह अपने माँ-बाप का इकलौता लड़का था, पर उसके शौक़ों से वे बहुत परेशान थे। उसकी ज़िद्द पर घर में तोता-मैना पाले गए थे और शीशे के जारों में रंगीन मछलियाँ भी पाली जा रही थीं, पर सबसे अधिक कठिनाई उस समय होती, जब वह किसी आवारा पिल्ले या बिल्ली के बच्चे को उठा लाता। यह दिन-रात उन्हीं में व्यस्त रहने लगता। एक बार वह सड़क के किनारे पड़े एक भिखमंगे को, जो भूख और रोग से त्रस्त था, देखकर बड़ा दुखी हुआ। उसकी सारी दिलचस्पियाँ भिखमंगे में ही केन्द्रित हो गईं। जब फ़ुरसत होती, वह भिखमंगे के पास पहुँच जाता, घर से उसके लिए खाना ले जाता, उसको खिलाता, उसे पानी पिलाता, अपने पैसे से उसके लिए कुछ ख़रीद देता। उसके माँ-बाप को बड़ी चिन्ता हुई और उन्होंने चुपके से उस भिखमंगे को अस्पताल भेजवा दिया। दूसरे दिन जब प्रतुल ने भिखमंगे को वहाँ नहीं देखा तो वह अत्यधिक उदास हो गया और कई दिनों तक उदास रहा। यही नहीं, उसमें संग्रह-वृत्ति भी ज़बरदस्त थी, इस समय उसके पास बीस फाउंटेनपेन, पचास पेंसिलें, अनगिनत रबड़, लट्टू, फूल आदि थे। ख़रगोश भी वह अपनी ननिहाल से ज़िद्द करके लाया था और उसको प्राण से भी अधिक प्यार करता था, पर इन्हीं सब आदतों की वजह से बस्ती के लोग उससे नाराज रहते थे और अपने बच्चों को उसके साथ खेलने से मना करते थे। क्या सभ्य लड़कों के यही लक्षण हैं? न कोई अनुशासन और न कोई शिष्टाचार।

प्रतुल उस बस्ती के बाएँ किनारे होकर जा रहा था। बस्ती के ख़त्म होने पर एक पार्क पड़ता था, जिसके सामने एक बड़ी कोठी थी। कोठी के बड़े फाटक पर एक चौकीदार खड़ा रहता था। वह कोठी शहर के एक बहुत बड़े रईस रामलाल की थी, जिनके शहर में कई मकान थे। अपार सम्पत्ति। कई कारें, नौकर-चाकर।

वे शहर के बड़े ही प्रभावशाली व्यक्ति थे और कई राजनीतिक, सामाजिक एवं सांस्कृतिक संस्थाओं के अध्यक्ष तथा संरक्षक थे।

वह पार्क प्रतुल के लिए विचित्र कुतूहल एवं आकर्षण का स्थान बन गया था। पिछले दिन उसने वहाँ एक अत्यन्त ख़ूबसूरत और प्यारी-सी बच्ची देखी थी, जो एक चपरासी के साथ वहाँ टहलने आई थी। वह लड़की बार-बार उसके ख़रगोश को लालच-भरी दृष्टि से देखा करती थी। प्रतुल उसको ललचाने के लिए बार-बार ख़रगोश को उसके पास ले गया था। प्रतुल उस लड़की को और भी ललचाना चाहता था। इससे उसको अपने प्यारे ख़रगोश पर बड़ा गर्व होता था।

जब प्रतुल पार्क में पहुँचा तो लड़की वहाँ पहले से मौजूद थी। आज लड़की के साथ कोई गोरी और अधेड़ स्त्री थी, जो क़ीमती साड़ी पहने थी। यह स्त्री रईस रामलाल की पत्नी थी और छोटी-सी बच्ची उसकी पुत्री थी। स्त्री के हाथ में एक जंजीर थी, जिससे एक छोटा-सा झबरा कुत्ता बँधा था। विदेशी जाति का वह कुत्ता बड़ा प्यारा था, जिसको देखकर प्रतुल की आँखें चमकने लगीं। ऐसा प्यारा कुत्ता तो उसने देखा तक न था। कुत्ते के लिए उसका मन ललचाने लगा।

प्रतुल जब उस लड़की के पास पहुँचा तब उसकी माँ ने उसे अपने पास बुलाया।

"यह ख़रगोश कहाँ से मिला, लड़के?" स्त्री ने पूछा।

"मैं अपने मामा के यहाँ से लाया हूँ जी। वह पटने में रहते हैं।"

"ख़रगोश मुझे दे सकते हो?"

"क्यों?" प्रतुल तन गया।

"यह ख़रगोश बहुत प्यारा है और मेरी बेबी को बहुत पसन्द है।"

"मुझे यह कुत्ता दे दीजिए।" प्रतुल ने साहस करके कहा।

स्त्री गम्भीर हो गई और उसको रुखाई से देखने लगी, पर उसकी बेबी ज़िद करने लगी, "मम्मी, दे दो न।" कुछ देर बाद वह स्त्री मुस्कराने लगी। बोली, "अच्छी बात है, यह कुत्ता विदेशी जाति का है और बड़ी मुश्किल से मिला है। इसकी क़ीमत भी काफ़ी है, पर मेरी बच्ची को यह ख़रगोश बहुत पसन्द है इसलिए यह मुझे हर क़ीमत पर चाहिए ही। तुम ख़रगोश दे दो, कल मैं कुत्ता तुम्हारे यहाँ पहुँचवा दूँगी। तुम मुझे अपना पता दो।'

कुत्ते के लालच में प्रतुल ने ख़रगोश दे दिया। वह बहुत ख़ुश था। कितना प्यारा कुत्ता है। जब वह घर चला तो उसका हृदय गेंद की तरह उछल रहा था।

दूसरे दिन शाम के धुँधलके में उस बस्ती में एक अजीब दृश्य देखने में आया। एक बढ़िया-सी फिएट कार, प्रतुल के दरवाज़े पर आकर रुकी। रामलाल की पत्नी कार को ड्राइव कर रही थीं। पीछे की सीट पर वह विलायती कुत्ता था। उसके साथ बहुत सा सामान था—कुत्ते के कपड़ों का एक बक्सा, उसके खाने-पीने के बरतन, रूमाल, साबुन, पाउडर, दवाइयाँ आदि। उसके समान में बिस्तरा एवं दो चार्ट भी थे,

जिनमें से एक कुत्ते की वंश-परम्परा तथा दूसरा उसके उपयुक्त भोज्य-पदार्थों से सम्बन्धित था। प्रतुल की ख़ुशी का ठिकाना नहीं था। वह कभी बाहर जाता और कभी भीतर। प्रतुल के पिता आश्चर्यचकित थे! यह क्या बवाल है? फिर भी वे गद्‌गद थे कि इतने बड़े आदमी की पत्नी स्वयं उनके यहाँ आई हैं। ये किसी से कहलवा सकती थीं और यहाँ से कोई भी जाकर ला सकता था, पर बड़े आदमियों की बात बड़ी होती है। यही नहीं, सारी बस्ती में तहलक़ा मच गया और कुछ बच्चों और बड़े लोगों की भीड़ भी इकट्‌ठी हो गई।

प्रतुल ने अपने कमरे में ही उस कुत्ते को रखा। उसकी आँखें प्रसन्नता से चमक रही थीं। सोने से पहले कुत्ते की सफ़ाई की, उसको पाउडर लगाया और उसका बिस्तर लगाकर उसे सुला दिया। वस्तुतः वह इतना उत्तेजित था कि रात-भर उसे ठीक से नींद भी नहीं आई।

लेकिन दूसरे दिन सवेरे लगभग आठ बजे से ही प्रतुल के घर में लोगों का आगमन शुरू हो गया। उसमें वे सभी बड़े-बड़े अफ़सर थे, जो प्रतुल के पिता को देखकर मुँह फेर लेते थे या व्यंग्यपूर्वक मुस्करा पड़ते थे। वे लोग आ-आकर प्रतुल के पिताजी को बधाइयाँ देने लगे। पहले लोग बधाइयाँ देते, फिर कुत्ते की प्रशंसा करते।

"भई, ऐसा प्यारा कुत्ता तो मैंने देखा नहीं।"

"और बड़प्पन देखिए, यहाँ ख़ुद पहुँचाने आईं।"

"आपका लड़का भी होनहार है। मैं तो पहले से ही जानता था..."

प्रतुल के पिता पागल की तरह उनको देखते और बेवकूफ़ की तरह सिर हिलाते। शाम को भी यही सिलसिला शुरू हुआ और रात देर तक चलता रहा।

प्रतुल पीछे वाले कमरे में अकेले सिर लटकाकर बैठा था। चारपाई से नीचे लटके हुए उसके पैर निरर्थक ढंग से हिल रहे थे। उसकी आँखों से चमक ग़ायब हो गई थी। कुत्ते के प्रति उसका सारा प्यार और उत्साह भी समाप्त हो चुका था। उसे कुत्ते पर बेहद ग़ुस्सा आ रहा था।

['कादम्बिनी', 1974]

दोस्ती

उन दिनों हम दोनों की दोस्ती की चर्चा होने लगी थी। ईश्वर की कुछ ऐसी दया है कि मेरी सबसे पट जाती है। हाँ, मुझे वह व्यक्ति न समझिए जो दूसरों की तरक़्क़ी से जल उठता है। मैं झगड़े-झंझट से दो गज़ दूर ही रहता हूँ। इसकी मुझे ज़रूरत भी नहीं पड़ती। यदि मुझे सैर-सपाटे करने, चटक-मटक खाने, गप्पे लड़ाने, अच्छे उपन्यास पढ़ने और डटकर सोने को मिल जाए तो मुझे कुछ भी नहीं चाहिए। मुझे शान्तिपूर्ण और आरामदेह ज़िन्दगी पसन्द है। दूसरों से मेरी जल्दी ही दोस्ती हो जाती है। डींग की बात नहीं, लेकिन मैं दोस्ती निभाना भी जानता हूँ। मैं अपने दोस्त की इज़्ज़त और ख़ातिर की बात करता हूँ और उसकी बातें घंटों चुपचाप सुन सकता हूँ...।

बात यह है कि कुछ वर्ष पूर्व मुझे वाराणसी में रहने का सौभाग्य प्राप्त हुआ था। एक प्राइवेट फ़र्म में स्टेनोग्राफ़र के पद पर मेरी नियुक्ति हुई थी, अपने नये मकान में जाने पर पहले ही दिन मुझे मालूम हो गया कि बग़ल के मेरे एक पड़ोसी किसी मजिस्ट्रेट के पेशकार हैं। फिर मैं गोल-मटोल शरीर और साँवले, चिकने और सफ़ाचट चेहरेवाले एक व्यक्ति को अक्सर देखने लगा। वह बहुत ही गम्भीर और नाराज से रहते थे और किसी की ओर देखते नहीं थे या देखते भी थे तो किसी मुर्गे की तरह गर्दन को ऊँचा करके, अक्सर उनके आँगन से बातों के कुछ टुकड़े हवा में उड़कर इधर आ जाते थे विशेष रूप से उस दिन अवश्य, जब उनके यहाँ कोई विशेष बात हुई होती और लगभग हर रोज़ ही ऐसी कोई-न-कोई बात होती भी थी। चाहे मछली-गोश्त बना हो या किसी के लिए कपड़ा सिला हो, कोई नया सामान ख़रीदा गया हो या सिनेमा थियेटर जाना हो, इन सबकी सूचनाएँ हमें मिल ही जाया करती थीं। कभी उनकी पत्नी ज़ोर से कहेंगी, "मुन्ना, आओ, गोश्त-पराँठा खा लो," या वही ऊँचे स्वर में हिदायत देंगे, "बेटे, टेरीकॉट की नई क़मीज़ उतारकर खेलने के कपड़े पहन लो," कभी-कभी बच्चों के छोटे-मोटे झगड़ों को लेकर उनकी कुछ पड़ोसियों से झड़पें भी देखने में आईं।

इस साधारण-से परिचय के बाद कूड़ा फेंकने के बारे में एक झगड़े को लेकर पड़ोसियों की एक मीटिंग की नौबत आ गई। बहस के दौरान अल्पमत में होकर

सन्दीप सहसा तैश में आ गए और उनका चेहरा तमतमा गया। वह हाथ नचा-नचाकर गरज़ने लगे। मैं चुपचाप बैठा था, इसीलिए वह बार-बार मेरी ओर देख रहे थे। कुछ देर बाद ही मैंने ग़ौर किया कि मैं सिर हिलाकर उनकी बातों का समर्थन कर रहा हूँ। इसका कारण मैं नहीं बता सकता। बातें तो सभी कम-वेश अनर्गल ही कर रहे थे। मीटिंग के बाद वह मेरे पास आए और मुझसे अलग ले जाकर बोले, "मैं किसी साले की परवाह नहीं करता। यहाँ सभी नीच और बेईमान रहते हैं। मैं तो सिद्धान्त का आदमी हूँ और उसकी कसौटी पर केवल एक बार किसी की परीक्षा करता हूँ और जो इस पर ख़रा नहीं उतरता, उसको सदा के लिए अपने मन से दूध की मक्खी की तरह निकाल बाहर करता हूँ। मैं तो आपको ख़ास नहीं जानता, लेकिन मैं आपसे इसलिए बोल रहा हूँ कि मैंने आप में इनसानियत देखी।"

इस दिन की मुलाक़ात शीघ्र ही दोस्ती में बदल गई, जो शीघ्र ही हल्के बादलों की तरह ऊपर उठकर एक दिशा विशेष की ओर बढ़ने लगी। वह रोज़ ही मेरे यहाँ आ जाते इसे मैं गर्व और ख़ुशी की बात समझता। लोग देखें कि जो व्यक्ति अपने सामने किसी को रेत-पाई भी नहीं समझता, वह मेरे यहाँ रोज़ आता है। कितने क़ीमती, स्वच्छ और चम-चम कपड़े वह पहनते थे। आते ही वह कुर्सी पर बैठ जाते और कृपापूर्वक बहुत ही कंजूसी से मुस्की-छोड़ते। मैं व्यस्त हो उठता। उनके विचारों से मैं परिचित हो चुका था। इसलिए मैं उनको दिखा भी देना चाहता था कि मैं दूसरों की तरह नहीं हूँ। यदि दूसरों से उनकी लड़ाई है तो इससे मुझे क्या लेना-देना? एक हाथ से ताली बजती है? मेरे साथ कोई कर ले न झगड़ा। मैं अपने व्यवहार से किसी को शिकायत का मौक़ा भी देना नहीं चाहता। मैं उनके आते ही अन्दर जाकर पत्नी को चाय, नमकीन या हलवा बनाने की हिदायत देता और फिर उनकी बातें सुनने के लिए आ बैठता।

वह नाक को हल्के से सिकोड़कर खाते थे, गोया अनिच्छा हो या कहीं से बदबू आ रही हो। बीच-बीच में दाएँ और बाएँ गर्दन घुमाकर कमरे में रखे मेरे सामानों को देखना न भूलते। मेरी दृष्टि अपने कपड़ों पर तथा कमरे में चारों ओर घूम जाती। मेरे सामने उनके घर और कमरे का चित्र उभर आता। उनके कमरे में कितना बढ़िया सामान है। हर चीज़ ढंग से रखी हुई। क्या वह मुझको तुच्छ समझते हैं? लेकिन मैं जल्दी ही ऐसे विचारों को दिमाग़ से निकाल बाहर करता। अपने मित्र के लिए क्या ऐसा सोचना चाहिए? दोस्ती एक दायित्व का कार्य है। ऐसी छोटी-छोटी बातों से ही दोस्तियाँ टूट जाती हैं। मैं अपने को धिक्कारने लगता और इसके बाद में स्नेह, मैत्री और सौहार्द्र के समुद्र में तैरने लगता।

चाय-वाय के बाद वह अपनी बातों का सिलसिला छेड़ देते। बीच-बीच में पूछते, "कहिए, ग़लत कहता हूँ?" मेरे मुँह पर एक मनोहारी मुस्कराहट खेलने लगती। मेरा सिर स्वीकृति में हिलने लगता। वह सदा अपने ही बारे में बातें करते रहते।

रुपये-पैसे, सामान तथा कुटुम्ब की बातें। ख़र्च-पर-ख़र्च। वह अपनी पत्नी के लिए दो-ढाई सौ की साड़ी और कभी चार सौ-पाँच सौ के गहने ले आते। किसी दिन गोदरेज की अलमारी ख़रीदी जा रही है। महीने में गोश्त-मछली का कितना ख़र्चा है और बच्चों के ट्यूशन पर कितना देना पड़ रहा है, यह बताना भी वह न भूलते। कितने रुपये तो वह अपने बाप के पास भेजा करते थे। वह कहते, "क्या बताऊँ, लोग समझते हैं कि यहाँ रुपये फलते हैं। आज फादर का एक पत्र आया। हिदायत थी कि छह सौ रुपये भेजो, बैल ख़रीदने हैं। ख़ैर बैंक से निकालकर रुपये भेज दिये। मैं तो साहब सबके साथ करता हूँ, लेकिन मेरे साथ कोई नहीं करता..."

कभी वह कहते, "देखिए साहब, अपने बच्चों और परिवारवालों का मैं जिस तरह लालन-पालन करता हूँ; वैसा कोई क्या करता होगा? सैकड़ों रुपये तो हर महीने इन्हीं लोगों पर ख़र्च हो जाते हैं। इतने अच्छे कपड़े यहाँ किसी के लड़के पहनते हैं। वाइफ़ को अगले साल से म्यूज़िक की ट्रेनिंग दिलवानी है। पचास-सौ रुपये लग जाएँगे। चलिए, यह भी सही! जैसे छप्पन वैसे घप्पन। मैं तो इसकी परवाह नहीं करता। यहाँ तो इज़्ज़त के लिए जान दिया करता हूँ। मैं उन लोगों में नहीं हूँ जो छोटी जाति का होते हुए भी शहर में आकर ब्राह्मण ठाकुर बन जाते हैं। अब भी गाँव में इतना होता है कि बहुतों को मैं ख़रीद लूँ। कहिए, झूठ कहता हूँ?"

"नहीं, इसमें झूठ क्या है? मैं ऐसी सन्तुलित वाणी में बोलता, गोया बहुत ही सोच-समझकर कह रहा हूँ।"

कोई सामान या फर्नीचर ख़रीदते ही वह मेरे घर आकर कुर्सी पर मुस्कराते हुए बैठ जाते और कहते, "ससुरा, बड़ा ख़र्च हो गया...एक क्षण चुप रहकर वह धीमे-से कहते, "आइए ज़रा, मेरे यहाँ एक कप चाय पी लीजिए।" मैं संकोचवश मना करता, लेकिन वह खींच ले जाते। यदि वह सामान सामने कमरे में होता तो कोई बात नहीं, अन्यथा वह पत्नी को आवाज़ देते, "अरे भाई, ज़रा वह चीज़ लाना तो, जो मैं बाज़ार से लाया हूँ?" पत्नी वह सामान लेकर आती। कभी साड़ी, कभी गहना और कभी कोई और शौक़ की चीज़।

"देखिए साहब, यह पसन्द है?" वह सामान को सामने मेज़ पर रखकर बहुत ही उदासीनतापूर्वक पूछते।

"बहुत ही सुन्दर।" मैं देखते ही कहता।

"देखिए, ठीक से बताइए। संकोच की बात नहीं मैं साफ़-साफ़ बात पसन्द करता हूँ?"

"नहीं, नहीं, बहुत बढ़िया चीज़ है।"

"चलिए, ठीक है। यूँ ही ले लिया। मैं तो मोल-तोल नहीं करता। दुकानदार से कहता हूँ कि सबसे बढ़िया चीज़ लाकर दो। मेरा सिद्धान्त है कि या तो बढ़िया

चीज़ लो या लो ही नहीं। बस, यही न कि कुछ पैसे अधिक लग जाएँगे? लग जाएँ—अरे भाई, चाय लाओ।"

एक कप चाय पर मुझे और क्या-क्या सुनना पड़ेगा, यह मैं जानता हूँ। मेरे चेहरे पर एक नासमझ-सी मुस्कराहट स्थिर हो जाती और चेहरा बबुए की तरह हिलने लगता, लेकिन मैं मन-ही-मन आश्चर्य ओर तुच्छता का अनुभव किया करता। क्या शान-शौक़त है! इतने पैसे आते कहाँ से हैं? उनके दिमाग़ में कैसी-कैसी योजनाएँ हैं? उन्होंने ज़मीन ख़रीद ली है और वह जल्दी ही मकान बनवा लेंगे। उनका विचार जल्दी ही एक फ़ार्म लेने का है। एक बार मेरी पत्नी ने पूछा, "क्या बात है, काम आप भी करते हैं और वह भी करते हैं, लेकिन आप में और उनमें कितना अन्तर है? क्या आप पेशकार नहीं हो सकते?" मेरे सामने अपने घर का ख़ाका लुढ़क आता। पुरानी मेज़-कुर्सियाँ, घिसे, बेरंग पर्दे, एक छोटा-सा रेडियो, जो वर्ष में छह महीने बिगड़ा ही रहता है। हम लोग तो साधारण कपड़ों पर ही वर्ष काट देते हैं, जबकि उनके बीवी-बच्चों का फ़ैशन देखते ही बनता था। सहसा मुझे अपना जीवन बेकार लगने लगता, लेकिन इसके फ़ौरन बाद ही मैं अपने को सम्हाल लेता। मैं कितना गया-गुज़रा हूँ कि ऐसी बातें सोचता हूँ? क्या रुपये-पैसे ही सब कुछ हैं इस दुनिया में? मुझे दूसरों के आन्तरिक जीवन से क्या मतलब? मुझको तो अपना कर्तव्य करना चाहिए। मैं जल्दी ही शान्ति और आदर्श के क़िले में पहुँचकर अपने को सुरक्षित कर लेता।

एक दिन वह रात के नौ बजे, जब सभी सोने की तैयारी कर रहे थे, दरवाज़ा खटखटाकर भीतर आए। उनके साथ उनका दस वर्षीय लड़का भी था। लड़का उसी स्कूल तथा उसी दर्जे में पढ़ता था, जिसमें मेरा लड़का पढ़ता था। वह टेरेलिन की सफ़ेद क़मीज़, पैंट, काले जूते और सफ़ेद मोज़े पहने हुए था। सन्दीप ने आते ही कहा—

"भाई साहब, दिस ब्वाय, हैज़ सेक्योर्ड सेकेंड पोजीशन इन थर्ड मन्थली इक्जामिनेशंस!"

"अच्छा! यह तो बहुत अच्छी बात है!" मैंने कहा।

"ही हैज़ सेक्योर्ड मोर दैन सिक्सटी परसेंट मार्क्स।"

"वाह बेटे, वाह, तुम सालाना में टॉप कर जाओ, यही हमारी इच्छा है।"

"ही विल डू, श्योरली, आई श्योर यू। आई विल इंगेज वन मोर ट्यूटर फॉर हिम। व्हेयर इज योर चैप?"

वह इस समय एक शब्द भी हिन्दी नहीं बोल रहे थे। उनका मेरे लड़के को 'चैप' कहना मुझे बुरा लगा। मैंने पप्पू को बुलाया, जो आकर सकपकाते हुए खड़ा हो गया। सन्दीप ने पूछा, "तुम्हारा नाम क्या है, जी? मैं तो नाम ही भूल जाता हूँ।" वह हँसने लगे।

मुझे ऐसा लगा, गोया मेरे कान जल रहे हों, लेकिन मैं अपने शान्ति को खोना नहीं चाहता था। फिर मेरा कुछ कर्तव्य भी तो है। मैंने बहुत ही शालीनतापूर्वक लड़के का नाम बताया।

"कितने नम्बर मिले हैं जी, तुमको?" सन्दीप ने उनसे पूछा।

लड़के ने मेरी ओर डरकर देखा। मुझे भी बहुत शर्म लगी। उत्तर मैंने ही दिया, "गणित में फेल है। पढ़ता ही नहीं।..."

"दिस इज़ वेरी बैड!" सन्दीप ने कहा, "भाई साहब, मैं तो इस लड़के को हमेशा खेलते हुए देखता हूँ। देखो जी, यह ठीक नहीं, आइन्दा देखूँगा खेलते हुए तो कनइठी दूँगा..."

वह अपने लड़के को लेकर कुछ और लोगों के पास भी घूमे, जिनसे उनकी पटती थी। पप्पू मुँह लटकाकर खड़ा था। पता नहीं, मैं कैसी मजबूरी का अनुभव कर रहा था। मैंने चिल्लाकर कहा, "निकल जाओ यहाँ से।" पप्पू बेहद डरा हुआ था। अब वह डहक-डहककर रोने लगा। बाद में मुझे बहुत अफ़सोस होने लगा। मैं चुपचाप देर तक बैठा रहा। मुझे ऐसा प्रतीत हो रहा था, गोया मेरे अन्दर कोई ऐसी चीज़ है, जो बाहर निकल आएगी।

लेकिन इसके बाद, मैं सब कुछ भूल गया और अपनी शान्ति की दुनिया में खो गया। फिर सब कुछ वैसे ही चलने लगा। धीरे-धीरे मैं सन्दीप के घर, द्वार और जीवन के बारे में बहुत-सी बातें जान गया, यहाँ तक कि कुछ तो ज़बानी भी याद हो गईं। उनके कौन-कौन-से रिश्तेदार ऊँचे पद पर हैं, जिन्होंने लाखों रुपये पीटकर रख दिये हैं? मजिस्ट्रेट साहब उनको कितना मानते हैं? एक इशारे से वह जिसको चाहें जेल भेजवा सकते हैं। ये बातें न मालूम कितनी बार मुझसे कह चुके थे और मैं असीम धैर्य और उत्साह से उनकी ये बातें सुनता रहा था। कभी-कभी मैं सोचता कि क्या मेरी समस्त ज़िन्दगी इसी तरह कट जाएगी? लेकिन मैं फ़ौरन ही इसको टाल जाता और बच निकलता।

एक दिन जब मैं शाम को दफ़्तर से आया तो पत्नी का चेहरा तना हुआ था। मुझे देखते हुए वह बोलीं, "भाई, आपको तो अपने से ही फ़ुरसत नहीं। आपको क्या मतलब है कि घर में क्या हो रहा है। ज़रा उनसे कहिए न, वह अपने को क्या समझते हैं?"

"धीरे बोलो। क्या बात हुई?"

पत्नी ने जो कुछ बताया, उससे मुझे बड़ा आघात लगा। कुछ देर पहले पप्पू खेल रहा था तो सन्दीप ने उसको अपने पास बुलाया। फिर उन्होंने अपने लड़के मुन्ना को भी पुकारा। इसके बाद वह पप्पू से अंग्रेज़ी के कुछ शब्दों के हिज्ज़े और अर्थ पूछते और जब उसे नहीं आता तो अपने लड़के से पूछते। उनका लड़का बता देता। शायद उन्होंने उन्हीं के शब्दों के अर्थ पूछे थे, जो उनके लड़के को याद थे।

अन्त में उन्होंने मेरे लड़के का बहुत मज़ाक़ उड़ाया और डाँटा-फटकारा।'' माँ-बाप का नाम हँसाता है? दिन-भर आवारों की तरह घूमता रहता है? जानता है कि शरीफ़ों के मुहल्ले में रहता है...मैं ऐसी आवारगी बरदाश्त नहीं करूँगा।..."

पप्पू अपने कमरे में मुँह लटकाए बैठा था। मैं न मालूम कैसे भय और आतंक का अनुभव करने लगा। क्या मुझे कोई रोग है? क्या मैं ज़िम्मेदारियों से बचने के लिए दोस्तियाँ करता हूँ और अपमान सहता हूँ? क्या मैं स्वार्थी हूँ? लेकिन इतना सोचने के बाद ही मुझे पप्पू पर ग़ुस्सा आने लगा और मैंने पप्पू के गाल पर एक ज़ोर का तमाचा जड़ दिया, "बदमाश, पढ़ता-लिखता कुछ नहीं..."

लड़के के रोने पर पत्नी तेज़ी से आईं और मुझसे झगड़ने लगीं। बाद में मुझे बहुत अफ़सोस हुआ। तब मुझे याद आया कि एक दिन भी मैंने अपने लड़के को अपने पास बिठाकर पढ़ाया नहीं था। ट्यूटर रखने की मेरी स्थिति नहीं थी। क्या मैं उसको पढ़ाने के लिए अपना कुछ समय दे सकता हूँ? मेरी देह मजबूरी में ऐंठने लगी। तब मेरे घूमने-टहलने का क्या होगा? इसका मतलब है कि मैं नॉवेल पढ़ना और दोस्तों से बातचीत करना छोड़ दूँ। मैं अपने सारे शौक़ त्याग दूँ और दफ़्तर में भी मरूँ और यहाँ भी। मेरे पिता ने ही मुझे क्या पढ़ाया था? सभी अपनी क़िस्मत लेकर आते हैं और पढ़नेवाले लड़के हर परिस्थिति में पढ़ लेते हैं। ईश्वरचन्द विद्यासागर को किसने ऊँचा उठाया था?

किन्तु मैं किसी निश्चय पर नहीं पहुँच पाता। निश्चय का मतलब था कार्य! मैं दिन-भर सुस्त बना रहता। सन्दीप अब भी आते थे और बातें करते थे। मैं उनकी बातें भी उसी तरह ध्यानपूर्वक सुनता था, लेकिन वे बातें बहुत अन्दर नहीं जा पातीं, क्योंकि वहाँ एक तूफ़ान मचल रहा था।

एक दिन रात में मैंने पप्पू को अपने पास बुलाया। वह बहुत डरा-डरा था। मैंने अंग्रेज़ी किताब लेकर पूछा, "तुम्हें पहले पाठ का अर्थ आता है?"

"हाँ, आता है।"

"पढ़ो।"

वह पढ़ने लगा और तेज़ी से पढ़ गया। मुझे ख़ुशी हुई। फिर मैंने अर्थ और हिज़्ज़े पूछा तो वह सिर झुकाकर बैठ गया। मामूली-से-मामूली शब्द का वह एक हिज़्ज़े नहीं बता सका। अर्थों का भी वही हाल था। दो-तीन पाठ और मैंने उसको पढ़ाए। यहाँ भी वही हाल। पाठ तो वह पढ़ जाए लेकिन अर्थ और हिज़्ज़े वह नहीं बता सके। मुझे बड़ा अचम्भा हुआ और ग़ुस्सा भी आया। कुछ अन्य विषयों के बारे में भी मैंने यही बात देखी और तब मुझे समझने में देर नहीं लगी। उसकी किताबों के शुरू में स्याही की बूँदें टपकी थीं। किसी पाठ पर किसी आदमी का चित्र बना था। कहीं सही के निशान बने थे और कहीं कट्टम के। कुछ पाठों में प्रकाशकों की तरफ़ से ही मदद की गई थी यानी उन पाठों में कुछ चित्र भी थे।

उसका हर विषय का ज्ञान अत्यल्प था, लेकिन अपने शिक्षक या तेज़ साथियों से सुनने तथा पाठों के उन संकेत-चिह्नों के बीच एक विचित्र ताल-मेल स्थापित करके उसने पाठ का पाठ याद कर लिया था। वे संकेत-चिह्न रेलवे स्टेशन के समान थे, यहाँ कोयला पानी लेकर उसकी गाड़ी तूफ़ानी गति से आगे भाग चलती थी।

मैं बेतहाशा हँसने लगा। इतने कम ज्ञान पर जिसकी स्मृति की ऐसी अद्‌भुत स्थिति है, उसको अगर ढंग से पढ़ाया गया होता तो क्या वह तेज़ नहीं हो सकता था? मेरे हँसने से वह डरा, लेकिन मैंने उसकी पीठ थपथपाकर उसको आश्वस्त किया, "बेटे, तुमको डरने की ज़रूरत नहीं है। यह बात समझ लो कि तुम बहुत ही कमज़ोर हो। तुमको मेहनत करनी पड़ेगी। यदि तुम मेहनत करोगे तो मैं भी तुम्हारे साथ मेहनत करूँगा...

इसके बाद मैं रोज़ उसके साथ बैठने आ जाता। उसको पढ़ाना कितना कठिन था! मुझे ग़ुस्सा आ जाता। इच्छा होती कि उसको दो-चार झापड़ लगाकर चलता बनूँ, लेकिन तभी सन्दीप की बातें याद आ जातीं और तब मैं धैर्य के साथ फिर कोशिश करना शुरू कर देता। अपमान सहने से लड़के को एक बात समझ में आ गई थी। जब मैं नहीं रहता, उस समय भी वह बड़ी मुस्तैदी से पढ़ता रहता। इसका असर होना स्वाभाविक था। आँख मूँदकर रटने की आदत उसने छोड़ दी थी और अपने विषयों को कुछ-कुछ समझने लगा था।

छमाही इम्तहान में वह किसी विषय में फेल नहीं हुआ तो मेरा उत्साह और भी बढ़ा, लेकिन उसके नम्बर अभी अच्छे नहीं थे, जबकि सन्दीप के लड़के का कक्षा में छठा स्थान था। मैंने अब और भी अपने लड़के के साथ मेहनत करनी शुरू कर दी। नॉवेल पढ़ना छोड़कर मैं देर रात तक उसके साथ जमा रहता। फिर चार बजे सवेरे उसको उठा देता और स्वयं भी उठ जाता। उसके साथ मैं बैठा रहता ताकि वह सो न जाए। वह याद करता रहता। परिश्रम भी कितनी कष्टदायक चीज़ है।

सालाना इम्तहान में मेरी ख़ुशी का ठिकाना नहीं रहा। पप्पू तो इम्तहान में पास हो ही गया था, विशेष बात यह थी कि उसका स्थान कक्षा में पाँचवाँ था। सन्दीप के लड़के मुन्ना का स्थान आठवाँ उतर गया था। इच्छा हुई कि पप्पू को लेकर सन्दीप के पास चलूँ और यह शुभ सूचना सुनाऊँ, लेकिन मैं टाल गया। यह अब करके मैं क्या करूँगा। सन्दीप का रास्ता अलग है और मैंने एक-दूसरे ही रास्ते पर अपनी यात्रा शुरू की है, लेकिन इतने पर भी मैं सन्दीप से अपना व्यवहार बदलूँगा नहीं। अपनी ओर से मैं उनको कोई भी शिकायत का अवसर नहीं दूँगा।

दूसरे दिन ही सन्दीप मिले। वह अपने दरवाज़े से निकलकर कहीं बाहर जा रहे थे। मुझको देखकर उन्होंने मुँह दूसरी ओर घुमा लिया। उनका चेहरा किस तरह तन और फूल गया था? मैंने मुस्कराकर कहा, "नमस्कार! कहाँ चले?"

"आप मज़ाक़ कर रहे हैं?" उन्होंने घूरकर मुझे देखा।

"मज़ाक़?" मैं जैसे आकाश से गिरा।

"हाँ, मज़ाक़ तो है ही। मैं जानता हूँ कि आपको घमंड हो गया है, लेकिन भाई साहब, घमंड में न रहिए। सिफ़ारिश करके और घूस देकर नम्बर बढ़वाने से गदहा कभी घोड़ा नहीं बन सकता! मैं इस दुनिया को बहुत जानता हूँ...।"

वह तेज़ी से आगे निकल गए और मैं हक्का-बक्का खड़ा रह गया। उस दिन से उन्होंने मुझसे बोलना छोड़ दिया। मैंने दो-तीन बार बोलने की कोशिश की, लेकिन वह घृणा से मुझे देखकर आगे बढ़ जाते। इसके बाद मुझे यह भी मालूम हुआ कि वह किसी के यहाँ पहुँचते ही सबसे पहले मेरी याद करते हैं। यानी मैं धूर्त, बेईमान और कमीना हूँ...।

['नई कहानियाँ', 1962]

बीवी के ख़त

आप मुझे कब बुलाएँगे? इतने बड़े शहर में क्या सचमुच कम किराये का मकान नहीं मिल सकता? आपके बिना एक पल भी तबियत नहीं लगती।

देखिए जी, क्या कुछ रुपये नहीं भेज सकते? बच्चेवालियों के हाथ में कुछ रहना ही चाहिए। भाभीजी के लड़के खाते हैं और मुन्ना खड़ा देखा करता है। माँगता है। पता नहीं लोगों का जी कैसे मानता है, मैंने जब कोई चीज़ ख़रीदी है, भाभी के लड़कों को बुलाकर ज़रूर हाथ पर रखी है। मुन्ना को आज मैंने बहुत मारा और बाद में ख़ूब-ख़ूब रोई।

आप बड़े लापरवाह हैं, अपने शरीर का ध्यान नहीं रखते। मेरी क़सम, टाइम से नाश्ता और खाना खाइएगा। आपकी बड़ी याद आती है, क्या कुछ दिनों के लिए नहीं आ सकते? छह महीने तो हो गए हैं आपको आए हुए। क्या आपको मेरी याद नहीं आती?

× × ×

रहने दीजिए, बहुत बहाने करते हैं, आना-जाना तो है नहीं, चिट्ठी भी देर से भेजते हैं। आपका तो मन बहल जाता होगा, सैकड़ों मिलती होंगी। सच जी, आप बड़े सुन्दर हैं।

नहीं, कुछ दिनों के लिए ज़रूर आइए, सभी ज़ोर दे रहे हैं। एक रोज़ सिनेमा चलेंगे और एक रोज़ बाज़ार से अपने मन की चीज़ें ख़रीदेंगे। मेरा भी तो हौसला है। ...हाँ, जो चुम्बन की बात की है—वह मैं दूर से चुम्बन स्वीकार नहीं करूँगी। जाड़े में आए थे, सभी के होने की बातचीत का ठीक से मौक़ा नहीं मिला, लेकिन अब तो गर्मी है, खुली लम्बी छत है, जहाँ चाहें सोए। मैं रोज़ इन्तज़ार करूँगी।

× × ×

क्या कहते हैं, छुट्टी नहीं मिलती। आपका दफ़्तर दुनिया ऊपर है क्या? पापी, छाती फाड़कर काम लेते हैं और छुट्टी देने के नाम पर नानी मरती है। आप मालिक से क्यों नहीं कहते, साहब, नौकरी का तो मतलब यह नहीं कि अपने बाल-बच्चों के पास कोई जाए ही नहीं। कोढ़ पड़ेगा हरामियों के।

दो दिन पहले आपको पत्र डाल चुकी हूँ।...देखिए जी, ज़रा ठीक से रहिएगा। मैं तो बहुत डर गई हूँ। आज घर के सामने दो रिक्शेवालों में बात-बात में लड़ाई हो गई और एक ने दूसरे को छुरा मार दिया। वह फ़ौरन वहीं तड़प-तड़पकर मर गया। मैं तो एकदम घबरा गई। इसी मारे आपको चिट्ठी लिख रही हूँ। ज़माना बड़ा ख़राब आ गया है। आप किसी से लड़िएगा-झगड़िएगा मत। कोई दो बात बोल भी दे तो चुप हो जाइएगा। लोग छोटी-छोटी बातों पर छुरा-डंडा चला देते हैं। आजकल झुककर चलने में ही भलाई है। इसकी क़सम इसका ध्यान रखिएगा।

× × ×

क्या कुछ रुपये नहीं भेज सकते? बड़ी अच्छी साड़ी आई है। भाभी ने ख़रीदी है। उन्होंने मुझसे ज़िद की, पर मेरे पास पैसे कहाँ थे? मैंने बहाना बना दिया कि मुझे साड़ी पसन्द नहीं।

× × ×

जाने दीजिए, पैसे नहीं थे, न सही। साड़ी नहीं तो कोई बात नहीं, पर मुन्ना की तबियत ख़राब रहती है। वह दिन-पर-दिन दुबला होता जा रहा है। न ठीक से खाता है चौबीसों घंटे रोता रहता है। मेरी तो चिन्ता बढ़ गई है। भाभी को देखने डॉक्टर आया था तो उसको भी दिखाया। डॉक्टर ने बताया कि पेट में केंचुए हैं। सूई लगेगी। तीस रुपये फ़ौरन चाहिए। आप तो जानते हैं कि आप परवाह नहीं करेंगे तो कोई नहीं पूछेगा। मुन्ना आपको बहुत याद करता है। हमेशा कहता है, अम्माँ, बाबूजी के पास कब चलेंगे? मुन्नी ख़ूब हाथ-पैर चलाती है।

× × ×

क्या कहते हैं, तबियत ठीक नहीं है? कमज़ोरी क्यों मालूम होती है? खाने-पीने की तकलीफ़ होती होगी। पर मेरी क़सम, आप कोई मकान ज़रूर ले लें, छोटा भी हो तो हर्ज़ नहीं। मैं अब आपको अकेले छोड़ नहीं सकती। मेरी क़सम है, आप अपना ज़रूर इलाज कराइएगा किसी अच्छे डॉक्टर से। मकान भी ज़रूर ले लीजिएगा। पन्द्रह दिन में आप सब ठीक कर लीजिए। अगर आप नहीं ठीक करेंगे तो भी मैं वहाँ चली आऊँगी। बताइए भला, मैके में मैं कब तक रहूँगी?—आप किसी बात की चिन्ता न कीजिएगा। मुन्ना मज़े में है। मेरी भी तबियत ठीक है।

× × ×

चलिए, मकान तो मिला। क्या उसमें सचमुच एक ही कमरा है? आँगन भी नहीं? ख़ैर, चलिए, किसी तरह कट जाएगी। आपने अच्छा किया कि बड़ावाला मकान नहीं लिया।

सारी तनख़्वाह देकर हमें अच्छे मकान में नहीं रहना। अब अगले महीने में तनख़्वाह मिलते ही मुझे ज़रूर बुला लीजिए। आपको देखे कितने दिन हो गए?—आपका ख़याल करके कलेजा धड़कने लगता है।

× × ×

इतनी जल्दी चिट्ठी लिखने का कारण है। देखिए जी, मैं सोचती हूँ, पढ़ूँ। आजकल तो पति-पत्नी दोनों के कमाने का फ़ैशन है। हमारे घर के बग़ल में एक नये किरायेदार आए हैं। उनकी पत्नी स्कूल में मास्टरनी हैं। बड़ी मिलनसार हैं। हर क़िस्म की मदद करने को तैयार रहती हैं। बी.ए., एल. टी. हैं। यह सब पढ़ाई उन्होंने ससुराल में आकर की है। उनके पति मामूली नौकरी पर हैं, पर दोनों मियाँ-बीवी कमाकर बड़े अच्छे ढंग से रहते हैं।—मैं कहे देती हूँ, आपको मुझे पढ़ाना पड़ेगा।...

पक्षधरता

आख़िर एक दिन की देरी हो ही गई। इसीलिए मोहिनी नाराज हो गई और उसने दर्शन को कभी भी क्षमा न करने का निश्चय कर लिया। वह जानती है कि यदि अपने भाई-बहन की शादी की बात होती, तो वे दो महीने पहले से ही शोर मचाने लगते और पन्द्रह दिन पहले ही उस छोटे से धुँआए घर में जलने-भुनने और दूसरों की आनी-बानी सुनने के लिए भेज देते। पर दुश्मन तो उसके मैकेवाले ही हैं। ख़ैर, इस बार वह तुल ही गई और उसने तत्काल कुछ ऐसा सख़्त इन्तज़ाम कर दिया कि दर्शन को बहुत ही जल्दी बेशर्त और दयनीय आत्म-समर्पण की स्थिति से गुज़रना पड़ा।

आख़िर ऐसे शुभ अवसर पर वह न जाती तो कौन जाता? वह लाड़-प्यार से पली धनी बाप की लड़की और साँवले तथा सीधे-सादे पति की गोरी पत्नी थी। वह दिल्ली जैसे महानगर में रहनेवाली शिक्षित, आधुनिक और उदार विचारों की महिला थी, जिसको चाट और फ़िल्में बेहद पसन्द थीं और जो साधारण-सामान्य स्त्रियों पर दया करती थी। उसका विवाह परम्परागत तरीक़े से अवश्य हुआ था, पर उसको 'प्रेम विवाह' की कोटि में भी रखा जा सकता है, क्योंकि उसके लिए अपनी ही जाति के दो नवयुवकों में भारी प्रतिद्वंद्विता उठ खड़ी हुई थी, जिनमें से एक उसके पति के रूप में विख्यात हुआ और दूसरा मॉरिशस का राजदूत बनते-बनते रह गया। जब उसके छोटे भाई ने उसे एक लम्बा पत्र लिखकर उससे ज़रूर आने का अनुरोध किया तो उसे लगा, यह दुनिया का सर्वाधिक उचित कार्य हुआ है। और यदि वह नहीं गई, तो भाई के प्रति भारी अन्याय हो जाएगा।

उसने नई बहू को उपहार देने के लिए साढ़े छह सौ की बनारसी साड़ी तथा गले का हार, बच्चों, पति और अपने लिए कुछ ज़रूरी कपड़े, मैके में देने के लिए कुछ अन्य ज़रूरी सामान और खिलौने ख़रीदे। यही नहीं, वह दर्शन के अधखिचड़ी बालों को भी नहीं भूली और आश्चर्यजनक दृढ़ता का परिचय देते हुए पहली बार टू-टोन लगाने के लिए भी बाध्य कर दिया। ख़ैर, वह शादी के दिन तो नहीं, बल्कि 'ऐट होम' के दिन पहुँची और यह एक तरह से ठीक भी था, क्योंकि शादी कोर्ट में हुई थी।

चौधरी स्वीट हाउस से ऐट होम का इन्तज़ाम कराया गया था, पर वह साधारण ही था। लेकिन जिनको बुलाया गया था वे बहुत ही प्रेम से आए थे। उसमें सूचना विभाग के डिप्टी डायरेक्टर, दो एम.एल.ए., कुछ लेखक और कलाकार तथा कई अनजान युवा राजनीतिज्ञ बैठे थे। लेखक और कलाकार एक अलग मेज़ के चारों ओर बैठे थे और ज़ोर-ज़ोर से ठहाके लगाकर अपने महत्त्व का परिचय दे रहे थे। लड़के बहुत थे, जिनके साथ एक-एक बुज़ुर्ग को बिठा दिया गया था, जिससे कोई असुविधा न हो, यद्यपि कि बाद में यह अफ़वाह सुनने में आई थी कि बच्चों के साथ जो बुज़ुर्ग थे, उन्होंने रात में खाना नहीं खाया और उन मेज़ों पर के बच्चे घर आकर भूख-भूख चिल्लाते रहे। हर मेज़ पर एक-एक स्टैंड था, जिन पर चार-चार आदमियों के लिए मिठाइयों, दही-बड़े तथा छोले की प्लेटें लगी हुई थीं।

बीच में एक सोफा सेट था, जिस पर नई दुलहिन लाल बनारसी साड़ी पहने बैठी थी। उसके कानों में सोने के इयररिंग, और गले में सोने का हलका हार और हाथों में चूड़ियाँ थीं। हलके ढंग से दृष्टि नीची करके दीये की स्थिर लौ की तरह वह चुपचाप बैठी थी। उसका रंग गोरा नहीं था और उसे ख़ास ख़ूबसूरत भी नहीं कहा जा सकता, पर उसका चेहरा हँसता हुआ था, जिसमें से एक सरल दृढ़ता झाँक रही थी और उसकी बड़ी-बड़ी आँखों में अनोखी चमक थी। उसकी एक बग़ल में मोहिनी बैठी थी और दूसरी बग़ल में राकेश, अर्थात् दुल्हा महोदय बेहद संकोचपूर्वक बैठे थे, गोया किसी महफ़िल में चोरी से घुस आए हों।

मोहिनी ने मैके में आते ही औरतों की खुसुर-फुसुर के प्रति असाधारण कड़ा रुख अपनाया और सबको झिड़क दिया, "यह वाहियात बात है। हमारी दिल्ली में यह सब नहीं होता।" वह छाया की तरह नई बहू के साथ बनी रहती और उसके पास ऐरी-गैरी औरतों को फटकने तक नहीं देती। उसका दृढ़ विश्वास था कि छोटी-छोटी जगहों में रहनेवाली औरतें राकेश और नई बहू की भावनाओं को कतई नहीं समझ सकतीं और यह भगवान का शुक्र है कि वह इस अत्यन्त महत्त्वपूर्ण अवसर पर यहाँ पधार सकी है।

पर सहसा मोहिनी के कान खड़े हो गए और उसने बेहद नापसन्दगी के साथ अपने बहनोई-छोटी बहन के पति-अखिल को देखा, जो मैदान ख़ाली देखकर नेतृत्व ग्रहण करने की कोशिश कर रहे थे। वह हाथ जोड़-जोड़कर, सभी मेज़ों पर घूम-घूम कर नाश्ता करने के लिए निवेदन करने लगे थे और डिप्टी डायरेक्टर वाली मेज़ के पास तो वह पूरे दस मिनट तक रुके। उनको सबसे महत्त्वपूर्ण व्यक्ति समझकर कुछ लेखक, कलाकार तथा क्रान्तिकारी विचारों के कई नौजवान उनसे बेहद दोस्ताना और आत्मीय ढंग से बात करने लगे। अब एक ऐसी स्थिति पैदा हो गई थी, जिसे मोहिनी जैसी आधुनिक और न्यायप्रिय महिला बरदाश्त नहीं कर सकती थी।

सहसा मोहिनी उठी और एक बार गम्भीरता से अपने बहनोई की ओर दृष्टिपात

करने के बाद अत्यन्त धृष्टतापूर्वक अपने पति के पास चली गई। उसने राजेश के कान के पास मुँह ले जाकर बहुत ही धीमी आवाज़ में कहा, "चलिए भाई, आप तो अजीब आदमी हैं..."

"क्या," दर्शन ने मुँह बा दिया।

"आपकी अक्ल मारी गई है। इतनी भद्द हो रही है, पर आप यहाँ चुपचाप बैठे हैं। यह क़ायदा है कि दूल्हा-दुलहिन को घुमाकर उनसे परिचय कराया जाता है। यहाँ के लोग क्या जानें...।"

दर्शन मोहिनी की प्रतिभा को उचित समय पर पहचान लेता था, इसलिए उसने झट से खड़े होकर अत्यन्त गम्भीरतापूर्वक कहा, "चलो...।"

इसके बाद वे दोनों दूल्हा-दुलहिन के पास गए और उनको अपने साथ लेकर हर मेज़ पर घुमाने लगे। अखिल ने एक तत्त्वज्ञानी की तरह इस नूतन परिस्थिति को ताड़ लिया और फ़ौरन हँसना बन्द कर दिया। दरअसल वह कुछ मिनट पहले तक अपने को काफ़ी धन्य और आधुनिक समझ रहा था। लेकिन कहीं जाकर अब उसकी समझ में आया कि इस अवसर पर ऐसा भी होता है, जिसके लिए वह बेकार ही अपनी अज्ञानता को बुरी तरह कोसने लगा। मोहिनी और दर्शन ने नवदम्पती का परिचय तो कराया ही, साथ ही आत्म-परिचय के शिष्टाचार को भी काफ़ी विकसित रूप में प्रस्तुत करना शुरू किया, जिसके बाद अखिल ने भी दूरदर्शिता का परिचय देते हुए स्वयं ही मैदान छोड़ दिया।

मोहिनी ने मैके आते ही इस विवाह और नई बहू के लिए अपना पूर्ण और बेशर्त समर्पण घोषित कर ही दिया था। 'ऐट होम' के बाद तो उसने अशिक्षा, पिछड़ापन, आलस्य, ग़ैर-ज़िम्मेदारी, गन्दगी, कुचराई, गप्पबाज़ी और समय की बर्बादी के विरुद्ध भी ज़बरदस्त अभियान छेड़ दिया। उसने साफ़-साफ़ ऐलान कर दिया, "हमारी दिल्ली में तो अब ऐसे ही विवाह का चलन है। धर्म और जाति...वाहियात बातें।"

वह बेहद गम्भीर रहती और नाक सिकोड़कर इस तरह चारों ओर देखती, गोया किसी चीज़ की तेज़ बदबू आ रही हो। उसने जल्दी ही सबका नाका-नाका बन्द कर दिया और स्वयं एक डिक्टेटर जैसी शक्ति एवं रोबदाब का परिचय देने लगी। औरतें गुट बनाकर देर तक खुसुर-फुसुर नहीं कर सकेंगी। घर में कोई भी भदेसी भाषा नहीं बोल सकेगी। खाट पर बैठकर कोई नहीं खाएगी। सबके सामने बाल खोलकर जूँ कोई भी नहीं बिन सकेगी। बच्चे शोर नहीं मचाएँगे और नई बहू के कमरे में भीड़ नहीं लगाएँगे। दोपहर में गप्पबाज़ी नहीं हो सकेगी। मुहल्ले की बूढ़ी, खूसट चाचियों और दादियों को 'लिफ्ट' नहीं दी जाएगी। घर की कोई बात किसी बाहरी औरत से नहीं कही जाएगी...

"ग़लत बात है। ऐसी ख़ूबसूरत लड़की चिराग़ लेकर ढूँढ़ने पर भी नहीं मिलेगी।" वह बड़ी ही कड़वाहट से किसी का प्रतिवाद करती थी।

वैसे इस शादी से घर की अन्य औरतें कतई प्रसन्न नहीं थीं। न तिलक-दहेज, न गाजा-बाजा और न कोई बरात। ऐसी शादी तो घुरऊ-कतवारू की भी नहीं होती। राकेश की माँ की बड़ी ही इच्छा थी कि अपने सबसे छोटे लड़के की शादी ख़ूब धूमधाम से हो। और जब लड़का कठिन परिश्रम करता हुआ विश्वविद्यालय में लेक्चरर नियुक्त हो गया, तो उनका उत्साह अत्यधिक बढ़ गया। यह एक ऐसा अवसर था, जब कोई भी लड़का ऊँचे पद पर पहुँचकर अपने पुराने निश्चयों पर पुन: विचार करता है, नये ज़माने की वास्तविकताओं को स्वीकार करता है और हैसियत तथा सम्पन्नता की दिशा में दृढ़ क़दम उठाता है। पर राकेश का केवल एक ही उत्तर था।

"ठीक है। मैं कोई नहीं हूँ। आज से तुम सभी यही समझना की रामेश्वर मर गए।" राकेश के पिता ने आँगन में खड़े होकर ऊँचे स्वर में घोषणा की थी।

"ए बाबू, ए बाबू।" राकेश की माँ ने रोते हुए लड़के से कहा था।

यह मामला क़ाफ़ी दिनों से चल रहा था—क़रीब दस वर्ष से। दिव्या बहुत ही ग़रीब घर की लड़की थी, जिसकी पाँच बहनें थीं। उसके पिता एक स्कूल में क्लर्क थे, जिनका मकान एक कल्पनातीत बदबूदार गली में था। मूसलाधार बरसात में एक दिन राकेश ने उसे पहली बार देखा था। वह एक साधारण, सफ़ेद साड़ी पहने थी। वह बुरी तरह भीग चुकी थी। साड़ी उसके शरीर से बुरी तरह चिपक गई थी। तेज़ हवा के कारण उसके टखने नंगे हो जाते थे और उसके वक्षों के उभार बेहद स्पष्ट हो गए थे। एक हाथ से किताबों को वह अपने आँचल के भीतर छिपाने की बेकार कोशिश कर रही थी और दूसरे हाथ में अपनी टूटी हुई चप्पलें पकड़े हुए थी। उसकी सारी शक्ति उसे सँभालने ही में लगी थी, फिर वह कैसे आगे बढ़ रही थी, यह चकित करनेवाली बात हो सकती है।

राकेश झट उसके पास पहुँच गया और उससे अपने छाते के नीचे आने के लिए कहा। उसने अपने भीगे चेहरे को ऊपर उठाकर अपनी बड़ी-बड़ी आँखों से राकेश की ओर देखा। इसके बाद वह चुपचाप छाते के अन्दर आ गई और राकेश ने उसे उसके घर तक पहुँचा दिया। इसी मामूली-सी मुलाक़ात ने कब घनिष्ठता और प्रेम का रूप धारण कर दिया, यह कोई जान नहीं पाया और जब परिवार से पहली टकराहट हुई, तो एक अजीब ही तूफ़ान खड़ा हो गया। दोनों की जातियाँ भिन्न थीं, इसलिए दोनों परिवार ही उग्र रूप से विरोधी थे, पर वे दोनों चट्टान की तरह दृढ़ रहे। राकेश ने किसी का एहसान न लेने की गरज़ से ट्यूशन करके अपनी पढ़ाई जारी रखी और साथ ही दिव्या को भी सहारा देता गया। और इस तरह बड़ा समय देखते-ही-देखते गुज़र गया।

पर मोहिनी का मुस्तैदी भरा नियंत्रण घर की औरतों के विरोध को दबा नहीं सका। वे मौक़ा देखते ही एक जगह इकट्ठा हो जातीं और खुसुर-फुसुर करने लगतीं। जाति की बात तो अलग, वह किसी से परदा भी नहीं करती थी।

ससुर और जेठ के सामने वह धड़ल्ले से निकल जाती और उनसे कभी-कभी बातें भी कर लेती। औरतें छाती पीटने लगती थीं, "सब इज़्ज़त-पानी ख़त्म। नई बहू क्या ससुर-जेठ के सामने इस तरह माथा खोलकर निकलती है? अपनी जवानी दिखा रही है...।"

"गन्दी बात। ज़माना बदल गया है। अब यह सब नहीं चलेगा।" मोहिनी ने झिड़क दिया था।

"बेटी, तुम तो खाँसना-खखारना सब कुछ बन्द कर दोगी।" उसकी माँ ने कहा था।

"मुझे तो लोगों की आदतें बेहद नापसन्द हैं।" वह वहाँ से उठकर चली गई थी। निश्चय ही इस प्रश्न पर उस परिवार में दो दल बन गए थे। एक ओर सारी औरतें थीं और दूसरी ओर अकेले मोहिनी थी। पिछड़ी हुई उन औरतों का विरोध करके मोहिनी अपनी नज़र में काफ़ी ऊँची उठ गई थी। वह नई बहू की हर बात का समर्थन करती थी और यह अपनी नैतिक ज़िम्मेदारी समझती थी कि उस पर कोई आँच न आने पाए। घर की हर बात में, उनकी चाल-ढाल में उसे पिछड़ापन और गँवारपन की झलक दिखाई दे जाती और वह मोर्चा सँभालने के लिए तत्काल मैदान में आ जाती।

नित्य दोपहर को बढ़िया साड़ी तथा गहने पहनकर वह नई बहू के कमरे में आ जाती। सब कुछ विपरीत होते हुए भी नई बहू के कमरे में बच्चों की भीड़ लगी रहती। वह सबसे पहले डाँट-डपट और कनइठी का सहारा लेकर सारे बच्चों को भगाती। फिर वह मुस्कराती हुई चारपाई अथवा कुर्सी पर बैठ जाती और बातचीत का एक लम्बा सिलसिला छेड़ देती। पहले वह यहाँ की औरतों की जमकर निन्दा करती, फिर नई बहू को जीवन में आगे बढ़ने का उपदेश देती और अन्त में दिल्ली-जीवन के रोचक संस्मरणों पर उतर आती, जिनमें एक या दो फ़िल्मों की कहानियाँ अनिवार्य रूप से होती थीं। जब चार या पाँच बजने को आते, तो वह मुस्कराती हुई अत्यन्त अनिच्छापूर्वक उठ खड़ी होती।

"अच्छा, तो दिव्या चलती हूँ..."

दिव्या वैसे सबके प्रति अपना आदर प्रकट करती थी, पर मोहिनी के प्रति वह बेहद विनयशील थी। वह बड़ी-बड़ी आँखें मोहिनी के चेहरे पर स्थिर टिकाकर उसकी बातें सुनती रहती थी। बीच में वह उसी समय बोलती थी, जब उसकी ज़रूरत आ उपस्थित होती अथवा उसे बोलने के लिए बाध्य कर दिया जाता।

दिन-पर-दिन बीतने लगे और रोज़ ऐसा ही होता। दिव्या इस बीच कई बार मोहिनी के मुँह से कुतुबमीनार की पिकनिक के बारे में संस्मरण तथा गणतंत्र दिवस समारोह का वृत्तान्त आश्चर्यजनक विस्तार के साथ सुन चुकी थी। वही भाषा, वही घटनाएँ, वही बातचीत, वही अन्दाज़। दिव्या कभी-कभी मोहिनी को आश्चर्य से देखने लगती और उसकी आँखें और फैल जातीं।

एक दिन दोपहर को जब मोहिनी कमरे में आकर चुपके से कुर्सी पर बैठी, तो दिव्या ने हल्के से मुस्कराकर कहा, “जीजी, आप दोपहर में आराम किया करें। मैं कुछ देर बच्चों को पढ़ाऊँगी और स्वयं एम. ए. की परीक्षा की तैयारी करूँगी।”

मोहिनी का चेहरा फक पड़ गया, जैसे बुझी हुई राख। इसके बाद वह काफ़ी गम्भीर हो गई और उसका चेहरा तन गया। वह उठकर, मुँह बिगाड़कर बोली, “ठीक है, जाती हूँ...।”

इसके बाद मोहिनी कभी भी दिव्या के कमरे में नहीं गई। अब वह अक्सर खुसुर-फुसुर करती हुई औरतों के जमावड़े के बीच बैठकर मंत्रणा करती हुई दिखाई देने लगी है।

रामू की बहन

उसका घर का नाम बालादत्त था। जब वह आया तो दीपा की माँ ने मुस्कराकर कहा कि ऐसा अन्धेर इस घर में नहीं चलेगा। दीपा के दादा का नाम भी तो कुछ ऐसा ही था। बालगोविन्द बौर बालादत्त में क्या फ़र्क़ है? नौकर-चाकर पुरखों के बराबर बैठेगा?

ख़ैर, उसका नाम रामू पड़ गया। वह एक पहाड़ी छोकरा था। लगभग बारह वर्ष की आयु, गोरा रंग, गुल्ली की तरह ठिगना, फुर्तीला और हँसमुख। वह डटकर काम करता। दीपा के पिता जी को बाबू जी, उसकी माँ को माता जी और बड़े भाई को भइया कहता। रात को सब काम ख़त्म करने के बाद वह अपनी जेब में से छोटे ताश के पत्ते, कुछ गोलियाँ, एक छोटा आईना और श्रीकृष्ण भगवान की एक फ़ोटो निकालकर खाट पर रख देता। वह उनसे देर तक खेलता रहता। फिर धीमे-धीमे स्वर में कुछ गाने गाते हुए सो जाता।

उसकी एक आदत अजीब थी। वह सबका काम करता, लेकिन जब दीपा कोई काम करने को कहती तो वह गम्भीर हो जाता और वहाँ से खिसक जाता।

दीपा माँ से शिकायत करती। इस बात को लेकर रामू पर कई बार डाँट पड़ी। दीपा की माँ कहती, “क्यों रे, तू दीपा से कब की दुश्मनी निकाल रहा है? हमारी एक ही तो लड़की है और तू इसको फूटी नज़र से देखना नहीं चाहता। आइन्दा से ऐसी बात सुनूँगी, तो ठीक नहीं होगा।”

रामू नीचा सिर करके मुस्कराने लगता। बात यह थी कि दीपा को देखकर उसको अपनी बहन धीरा की याद आ जाती। धीरा की वजह से ही उसको अपना घर छोड़ने को बाध्य होना पड़ा था। धीरा ने उसकी शिकायत न की होती, तो आज उसे यह नौकरी क्यों करनी पड़ती?

काठगोदाम के पास एक गाँव में वह रहता था। उसका बाप मर चुका था। उसकी माँ मज़दूरी करके किसी तरह अपने दोनों बच्चों का पालन-पोषण करती थी। वह बहुत शरारती था। स्कूल से भाग चलता और जंगल में जाकर पेड़ों पर चढ़ जाता। वहाँ फल भी खाता और घोंसलों से चिड़ियों के बच्चे भी पकड़ता। वह घर का काम बिलकुल नहीं करता था। सारा काम धीरा को ही करना पड़ता। धीरा जब-तब माँ से शिकायत करके उसको पिटवाती रहती थी।

एक दिन माँ ने मज़दूरी पर जाने के पहले रामू से कहा, "तुम पानी भरकर घर में रख देना। और जंगल से लकड़ी काटकर ले आना। इसके बाद ही कहीं जाना।" लेकिन माँ के जाते ही वह रसोई में रखी हुई बासी रोटियों को खाकर घर से खिसक गया। शाम को धीरा ने माँ से नमक-मिर्च लगाकर उसकी शिकायत की। माँ ने क्रोध में रस्सी से बाँधकर उसकी ख़ूब पिटाई की। दूसरे दिन वह माँ के कुछ पैसे चुराकर घर से भाग चला। अब वह माँ और धीरा का मुँह कभी नहीं देखना चाहता था।

दीपा भी धीरा की तरह गोरी-चिट्ठी थी। उसकी आयु भी उतनी ही थी। दीपा को देखकर रामू को ऐसा लगता, जैसे धीरा रूप बदलकर उसको सताने के लिए यहाँ भी आ पहुँची हो। उसे देखते ही वह शत्रुता के भाव से भर उठता। रामू उसके सामने जाते ही भौंहें सिकोड़ लेता और दूसरी ओर देखने लगता। कभी उसकी बात पर भुनभुनाने लगता। यदि उसे उससे कोई बात कहनी होती तो उसे 'ऐ' कहकर बोलता।

दीपा की माँ चिल्लाती, "रामू, तुम अपनी आदत नहीं छोड़ोगे? तुमसे कितनी बार कहा कि दीपा को दीदी कहा करो।"

दीपा की माँ की बातों को वह मुस्कराकर टालता गया और अपनी हरकत से बाज़ न आया। वह धीरे-धीरे घर का काम ठीक से सीख गया था। दीपा की माँ उसको खाना बनाना भी सिखाने लगी। जब वह सारे घर की रोटियाँ बना लेती, तो रामू से कहती कि वह अपने लिए रोटियाँ बना ले।

रामू बड़े शौक़ से रोटियाँ बनाता और अपनी बनाई हुई रोटियों को देखकर खिलखिलाता। एक दिन अपनी बनाई एक तिकोनी रोटी को देखकर उसने कहा—"यह 'चाइना पीक' की रोटी है।" यह कहकर वह अपनी ही बात पर देर तक हँसता रहा।

एक दिन माँ की तबीयत ठीक नहीं थी। दीपा खाना बना रही थी। दीपा ने माँ की तरह सबकी रोटियाँ बनाने के बाद मुँह बिगाड़कर रामू से कहा, "ऐ, लो जी, अपनी रोटी सेंक लो।"

"मैं नहीं बनाऊँगा" रामू भुनभुनाया।

कमरे से दीपा की माँ चिल्लाई— रामू, तुम अपनी रोटी क्यों नहीं बना लेते?"

पर उस पर कोई असर नहीं हुआ। उसने सब काम किये, लेकिन अपने लिए रोटियाँ नहीं बनाईं। दीपा की माँ ने उससे कहा कि जब तक रोटी नहीं बनाएगा, उसको रोटी नहीं मिलेगी। वह एक कोने में सिर झुकाकर खड़ा रहा और टस-से-मस न हुआ। वहाँ भीड़ लग गई। घर के बच्चों के अलावा मोहल्ले की दो-तीन औरतें भी आ गईं। सभी ने समझाया, पर वह नहीं माना। दीपा की माँ ने उसको मारा। दीपा के भाई ने उसके कान गरम किये, पर वह नहीं माना।

"अच्छा तो ठीक है, इसी तरह पड़े रहो। सोचते हो कि मैं ख़ुद तुम्हारा पेट भरूँगी। इस भुलावे में न रहना। पता नहीं, यह क्यों मेरी बेटी के पीछे पड़ा है।

बताए देती हूँ, अगर मेरी बेटी को कुछ हो गया तो मुझसे बुरा कोई न होगा।", माँ ने क्रोध में कहा।

सब खा-पी चुके, लेकिन रामू ने अपने लिए रोटियाँ नहीं बनाईं। वह उस दिन बिना खाए ही सो गया।

दूसरे दिन वह सदा की तरह प्रसन्न था। वह काम-धाम में जुट गया। पर दीपा की माँ उससे चिढ़ गई थी। वह उसको बात-बात पर डाँटती रही, पर उसने बुरा नहीं माना।

क्वार का महीना। दीपा शाम को स्कूल से आई, तो खाट पर पड़ गई। उसे हल्का-हल्का बुख़ार था। उसने रामू से पानी माँगा, मगर उस दिन भी रामू ने उसकी बात सुनकर अनसुनी कर दी।

दूसरे दिन दीपा को तेज़-ज्वर चढ़ आया। वह बड़बड़ाने लगी। घर के लोग घबरा गए। दीपा की माँ रोती हुई बोली, "पता नहीं मेरी लड़की को क्या हो गया है? एक तो यह मुआ रामू इसके पीछे पड़ा रहता है।" यह सुनकर रामू एकदम डर गया। उसका मुँह भय से सूख गया। उसको एक-एक करके पिछली बातें याद आने लगीं। वह अपने को अपराधी समझने लगा। वह सोच रहा था, "अगर दीपा को कुछ हो गया, तो उसी को अपराधी ठहराया जाएगा।" दीपा की बात सोचते-सोचते उसे धीरा की याद आ गई। एक दिन शाम को दीपा की तबीयत बहुत ख़राब हो गई। डॉक्टर बुलाए गए। सभी घबरा गए। रामू बार-बार सूखे मुँह से दीपा के कमरे में झाँकता।

रात में वह सोने गया तो उसको देर तक नींद नहीं आई। उसको पता नहीं कैसे रुलाई आने लगी। वह बुरी तरह सिसकने लगा। उसने श्रीकृष्ण की फ़ोटो निकाली और हाथ जोड़कर दीपा के लिए प्रार्थना करने लगा।

उसकी प्रार्थना का असर था या डॉक्टर की दवा का प्रभाव, दीपा अच्छी होने लगी।

अब रामू की ख़ुशी भी वापस लौट आई। वह उत्साह से घर का सारा काम करता रहा। दीपा की माँ को वह बार-बार याद दिलाता, "माता जी, दीदी को दवा दे दो।"

धीरे-धीरे दीपा का बुख़ार उतर गया। एक दिन रामू डाकख़ाने से एक पोस्टकार्ड ख़रीद लाया। उसने अपनी माँ को टूटी-फूटी भाषा में पत्र लिखा—

'इहाँ से हम बालादत्त चिट्ठी लिखता। इहाँ मज़े में रहता। इहाँ का बाबू जी और माताजी ख़ूब मानता। फिकिर न करना। हम रुपया भेजेगा। तुमको तकलीफ़ न देगा। धीरा को भी तकलीफ़ नहीं देगा। घर पर आएगा तो पानी भरेगा, लकड़ी काटेगा, बाज़ार जाएगा। तुमको काम नहीं करने देगा। हम बड़ा हो गया है। हम रुपया कमाएगा और तुम दोनों को सुख देगा।'

घर

क़रीब चार बजे ही उसकी नींद उचट गई। कुछ देर तक खाट पर पड़े-पड़े वह अपने पैरों को हिलाता रहा। फिर स्प्रिंग की तरह उछलकर खड़ा हो गया। नाली से उठती हुई दुर्गन्ध और मच्छरों की भनभनाहट को छोड़कर वह गली अन्धकार में निस्पन्द पड़ी थी। उसने बिस्तर को लपेटकर काँख में दबाया, बँसखट को नाली के ऊपर सँकरे और छोटे चबूतरे पर दीवार के सहारे खड़ा कर दिया और ताला खोलकर घर के अन्दर घुस गया। उसने दाड़ी बनाई, बड़ी ही मुस्तैदी से ब्रश किया, कुछ कपड़े साफ़ किये और अन्त में नल के नीचे बैठकर हहर-हहर नहाने लगा। इधर प्रत्येक सुबह वह अपना जीवन इन्हीं गतिविधियों से शुरू करता था, तब उसे लगता कि असाधारण उत्साह उसके जीवन में नया मोड़ लाएगा, लेकिन जब वह कमरे में आकर आईने के सामने खड़ा हुआ तो उसका दिल फिर एक जर्जर मकान की तरह बैठ गया।

जुलाई में एक बार पानी बरसा था, फिर आकाश साफ़ हो गया और अगस्त के मध्य में अब इतनी गर्मी पड़ रही थी कि उमस और घुटन से बुरा हाल था। सचमुच सारा घर आग की तरह जल रहा था। बरसाती रातों और तेज़ सर्दी के मौसम को छोड़कर वह बाहर उस सँकरी, लँगड़ी और अँधेरी गली के बीच में बँसखट बिछा कर सोया करता था, जिसकी नालियों में काला, बदबूदार कीचड़ भरा रहता था। इस समय घर की असलियत उसकी छाती पर एक विशाल शिला की तरह बैठ गई थी। खुले हुए बक्से की आधारभूमि की तरह उस मकान का आँगन था, जिसमें तीन खाटें पड़ी थीं। बड़ी खाट पर पन्द्रह वर्ष, तेरह वर्ष और दस वर्ष के क्रम में तीन लड़के सिरहाने की तरफ़ लम्बाई में एक-दूसरे पर हाथ-पैर चढ़ाए हुए सोए थे और उनके पैरों के नीचे पैताने की तरफ़ आठ वर्ष और छह वर्ष की दो बच्चियाँ चौड़ाई में सोई थीं। एक पतले छोटे और झोलर बँसखट पर उसके पिता दाईं करवट 'ॐ' बने हुए थे। तीसरी चारपाई पर एक जवान लड़की चित पड़ी थी। और उसी पर उसकी माँ दूसरी ओर पाटी के नीचे पैर लटकाए तथा हथेली पर ठोड़ी को टिकाए बैठी थी और कभी-कभी सिर उचकाकर कमरे की ओर देख लेती थी।

आकाश फटते ही आँगन का व्यक्तित्व उभर आया था। इस समय पुरवा हवा चलने लगी थी, इसलिए सभी खाट पर इस तरह पड़े थे, गोया नशे में बेहोश हों। उसकी माँ उठकर आँगन में डोलने लगी और कुछ खटर-पटर की आवाज़ आने लगी। कंघी से बाल झाड़ते हुए उसके हाथ की गति और तेज़ हो गई थी। उसके अन्दर नाचते हुए बवंडर की तरह कुछ उठने लगा था और देखते-ही-देखते उसका मुँह आग से निकले पके कुल्हड़ की तरह फूल गया। उसने सहसा कंघी आलमारी पर रख दी और पैर पटकते हुए आँगन में तेज़ी से चला गया। उसने बचन को हाथ पकड़कर झटके से उठाकर बिठा दिया। उसने उसके बाद यह काम सरिता के साथ किया।

"नालायक़ कहीं के! दिन-भर सोते रहते हैं। पढ़ना-लिखना तो है नहीं..." वह क्रोध में बोला।

किसी की कर्कश आवाज़ से सुबह की शान्ति भंग होना एक अनहोनी-सी घटना है। लगा कि आँगन हिल गया। उसके पिताजी की नींद उचट गई और उन्होंने सिर उठाकर खाट की ओर देखा, लेकिन वह कुछ बोले नहीं और पहले की तरह शान्त पड़ गए।

"विनय भैया, तुमने सवेरे-सवेरे यह क्या नाँध दिया? रात-भर तो गर्मी के मारे छटपटाते रहे हैं, सवेरे झिर-झिर हवा चलने लगी तो आँखें लग गईं। तुम इस तरह चिल्ला रहे हो, मोहल्लेवाले क्या कहेंगे? फिर मैंने कई बार कहा कि उनकी बाँहें झटके से न खींचो, पखुरा उखड़ जाएगा..."

माँ का सहारा पाकर बचन शोले की तरह भड़क उठा और लाल-लाल आँखों से अपने बड़े भाई को घूरते हुए बोला, "नहीं पढ़ूँगा, नहीं पढ़ूँगा...।"

"अच्छा।" विनय ने उसको एक क्षण तक घूरा, जैसे कच्चा ही खा जाएगा, फिर लपककर बचन के गाल पर ज़ोर का तमाचा जड़ दिया।

"अरे बाप रे, अरे बाप रे, अरे बाप रे..." सवेरे-सवेरे सिहरन-भरी और दाँत कटकटाती सर्दी में किसी नये कठिन शब्द के हिज़्ज़े रटनेवाले विद्यार्थी की तरह बचन के मुँह से आवाज़ निकलने लगी।

"अरे, तुम क्यों मार रहे हो, कसाई की तरह उसके कान की जड़ में?" उसकी माँ चीख़ उठी, "तुम अपने को क्यों नहीं देखते?"

सरिता ने अपने पैर कुछ आगे की ओर फैला लिये थे और मिले हुए दोनों घुटनों के बीच अपने मुँह को रखकर नीचे भावशून्य दृष्टि से देख रही थी। उसके पिता ने इधर विनय की बातों में बोलना ही बन्द कर दिया था, पर बचन की 'बाप रे' वाली रुलाई शायद उनको चुनौती की तरह लगी और वह हड़बड़ाकर, चारपाई से उतरकर बेंत की तरह तनकर खड़े हो गए। वह एक गन्दी, चीकट लुंगी पहने हुए थे और शेष शरीर नंग-धड़ंग था। छाती, खूँटी की तरह बढ़ी हुई मूँछ-दाढ़ी तथा

सिर के सफ़ेद, घने बालों के कारण वे किसी ऐसे धुनिया की तरह दिखाई दे रहे थे, जो रूई धुनकर अभी-अभी चला आ रहा हो।

"अच्छा तो विनय, तुम चुपके से यहाँ से चले जाओ, नहीं तो मुझसे बुरा कोई न होगा। तुम तो लाज-हया सब घोलकर पी गए हो। मैं बहुत दिनों से तुम्हारी बदतमीज़ियाँ बरदाश्त कर रहा हूँ। इस घर का मालिक मैं हूँ, लड़के पढ़ते या आवारा निकलते हैं, यह देखना मेरा काम है, तुम्हारा नहीं। तुम कौन होते हो बोलने वाले? इस घर में रहना है तो ठीक से रहो, नहीं तो कहीं इन्तज़ाम कर लो...।" उसके पिता क्रोध से काँप रहे थे।

"घर! ठीक है, कौन आता है इस घर में?" विनय का मुँह घृणा और क्रोध से टेढ़ा हो गया। वह तेज़ी से जाकर कमरे में पैंट-क़मीज़ पहनने लगा। जब वह साइकिल लेकर चबूतरे के नीचे उतर गया तो उसकी माँ लपकती हुई बाहर आई, "अरे भैया, चाय पीकर कहीं जाओ...नाराज नहीं होते।" लेकिन विनय ने मुड़कर इधर देखा भी नहीं, बल्कि लम्बे-लम्बे डग भरते हुए आगे बढ़ गया।

गली के दो-तीन घुमावों को पार करने के बाद वह सड़क पर आ गया। उस समय सड़क पर एक ऐसी चहल-पहल जारी थी जो सड़ी हुई गर्मी की सुबह ही देखने में आती है। हवा में कुछ तेज़ी अवश्य आ गई थी और उससे कुछ राहत भी मिल रही थी। सड़क पर धूल उड़-उड़ जाती थी। कई लोग अभी भी सड़क के दोनों ओर पटरियों पर खाट डाले नंग-धड़ंग-से पड़े थे। कुछ लोग बनियान-लुंगी अथवा सिर्फ़ लुंगी पहने निरुद्‌देश्य सड़क के आर-पार आ-जा रहे थे। और एक जगह एक व्यक्ति सिर्फ़ लँगोटा ही पहने नज़र आया।

विनय ने बाईं ओर मुँह करके थूका गोया क्रोध और घृणा ने उसके हृदय को मथकर उसके मुँह में फेन भर दिया हो। फिर वह साइकिल पर झुका हुआ, धीरे-धीरे पैडिल चलाते हुए ज़मीन के समानान्तर उड़नेवाले किसी पक्षी की तरह आगे बढ़ने लगा। वह देर तक निरुद्‌देश्य सड़कों पर साइकिल चलाता रहा। धूप निकल आई थी। आकाश धूल से भरा धुँधला दिखाई दे रहा था। वह पसीने से लथपथ हो गया था और उसे ज़ोर से प्यास लग आई थी। वह साइकिल से उतरकर सड़क की पटरी पर खड़ा हो गया। उसने अपनी क़मीज़ और पैंट की जेबें टटोलीं—केवल एक पाँच पैसे का सिक्का निकला, जिसे पुनः जेब के हवाले करके वह एक नल की ओर बढ़ गया और साइकिल खड़ी करके हकर-हकर पानी पीने लगा।

पानी पीकर वह वहीं खड़ा खड़ा सुस्ताने लगा। अब उसे याद आया कि उसके सारे शरीर में कुछ देर से हल्का-हल्का दर्द है। वह थकान का अनुभव करने लगा। उसके सामने कुछ दूरी पर एक छोटा-सा पार्क था, जिसमें कुछ बच्चे खेल रहे थे। ऊँचे-ऊँचे मकानों और वृक्षों के कारण पार्क में अभी पर्याप्त छाया थी।

साइकिल लेकर वह पार्क में चला गया। एक किनारे छाया में एक बेंच पड़ी थी, जिसके सामने उसने साइकिल खड़ी कर दी और स्वयं उस पर बैठ गया। कुछ देर बाद बेंच के पृष्ठ भाग पर अपने शरीर को टिका, अपने पैरों को आगे फैलाकर उसने आँखें मूँद लीं।

उसके सामने एक-एक बात पहले की तरह घूमने लगी। वह एक दुबला-पतला, लम्बा और साँवला-सा नौजवान था, जो एम. ए. पास करके दो वर्ष से बेकार था। वैसे बेकारी कोई नई बात नहीं थी, वह इधर राष्ट्र की एक ख़ास पहचान बन गई थी, जिसका वह पूरी तरह अभ्यस्त भी हो गया था। उसके परिवार में लोगों की संख्या लगातार बढ़ती रही थी। उसके हाई स्कूल करने के बाद ही एक ऐसी स्थिति आ गई कि उसने रोज़गार-दफ़्तर में अपने नाम का पंजीकरण करा लिया था, लेकिन एम. ए. करने तक तथा उसके बाद टाइप सीखने के बावजूद उसे जो कुछ मिला, उसके कारण वह रोज़गार-दफ़्तर को बेकारी-दफ़्तर कहने लगा।

"घर...हुँह! पता.. हुँह..।" वह होंठों में ही बुदबुदाया।

उसके सामने अपने पिता की मूर्ति नाचने लगी और उसके होंठ बिचक गए। उसके पिता एक प्राइवेट कम्पनी में क्लर्क थे, जो थोड़ी-सी तनख़्वाह पाकर भी फ्लश खेलने के शौक़ीन थे। वह दफ़्तर से सात-आठ बजे आते और खाना खाकर बाहर निकल जाते तथा एक-डेढ़ बजे रात तक घर लौटते। छुट्टी के दिनों में वह दिन-रात चौबीस घंटे ग़ायब रहते और दीपावली के आसपास तो उनका दर्शन ही दुर्लभ हो जाता। जब वह जीतकर आते थे तो ख़ूब मीट, अंडा उड़ता था और बच्चों के लिए कपड़े तथा पत्नी के लिए साड़ी भी आती थी। लेकिन हारने पर वह चुपचाप घर में आकर खाने-पीने के बाद चारपाई पर चित पड़। वह घंटों खर्राटे भरते रहते और सारा घर आसानी से समझ जाता कि वह खुख होकर आए हैं। उसके बाद तेल, ड़ालडा और सब्ज़ी में भयंकर कटौती शुरू हो जाती और ऐसा मोटा चावल खाना पड़ता जिससे गला छिल-छिल जाता। उसकी माँ छोटी-से-छोटी चीज़ उधार माँगने के लिए पड़ोस में पहुँच जाती और बच्चे मामूली चीज़ों के लिए तरसकर रह जाते।

"सारा घर चौपट हो गया। घर...हुँह।" वह फिर बुदबुदाया।

"भाई साहब...क्या बात है? कोई तकलीफ़ है?"

कोई पुकार रहा था। विनय ने आँखें खोल दीं। वह हड़बड़ाकर सीधा हो गया। कोई अनजान व्यक्ति उसी बेंच पर उसकी बग़ल में बैठा एक दोने में पूड़ियाँ और सब्ज़ी खा रहा था। वह उम्र में उससे दो-चार साल बड़ा होगा। वह पैजामानुमा खाकी पैंट, सफ़ेद मैली क़मीज़ और जूते-मोज़े पहने हुए था। उसका चेहरा बन्दर की तरह छोटा और गोल था तथा उसके गले में रूमाल बँधा था।

"सपना देख रहे थे?" उस व्यक्ति ने फिर पूछा।

"नहीं तो...।" विनय अनजान रुखाई से बोला।

"साथ दीजिए..." वह व्यक्ति आँखें मलकर तथा हल्के से मुस्कराकर इस ढंग से बोला, गोया मज़ाक़ कर रहा हो।

विनय ने कनखी से पूड़ियों की तरफ़ देखा और तब उसे याद आया कि उसे ज़ोरों की भूख लगी हुई है। उसकी इच्छा हुई कि एक पूड़ी और कुछ सब्ज़ी लेकर खा ले, इसमें हर्ज़ ही क्या है, उसने माँगी भी तो नहीं, वह स्वयं दे रहा है, लेकिन वह ऐसा न कर सका और उसका मुँह और भी गम्भीर हो गया और उसने लापरवाही से जवाब दिया, "मैंने अभी-अभी खाया है..."

वह व्यक्ति अब प्रेमपूर्वक खाने में लीन हो गया। वह एक बड़ा-सा निवाला मुँह में रखता और दो-तीन बार मुँह चलाने की औपचारिकता के बाद उसे फ़ौरन गले के नीचे उतार देता, जिसकी सूचना एक 'गट' की आवाज़ से मिल जाती थी! उसने वांछित समय से पहले ही दोना साफ़ कर दिया, जिसके बाद फ़ौरन बाद लँगड़ाती हुई चाल से नल की ओर प्रस्थान कर गया।

विनय सुस्त नज़रों से उसे जाते हुए देखता रहा। फिर उसने पहले की तरह अपनी पीठ बेंच पर टेककर अपनी आँखें मूँद ली। उसने महसूस किया कि वह व्यक्ति उसके पेट को जगाकर उसे घायल अवस्था में छोड़ गया है। उसने अपने सिर को झटक दिया। किस बात की चिन्ता थी उन्हें? उसे याद है, हाई स्कूल करने के बाद ही उसकी एक बहिन का जन्म हुआ था, जो उसके पिता की सातवीं सन्तान थी। किसी पड़ोसी का यह कथन कि 'बलराज को कोई इन्तज़ाम करा लेना चाहिए...' सफ़र करके जब उनके पास पहुँचा, उन्होंने आँगन में खड़े होकर ग़ुस्से में कहा था, "साले जलते हैं। जो इन्तज़ाम कराते हैं उनको मैं हत्यारा समझता हूँ। किसी की क़िस्मत में दस बच्चे लिखे हों और उसने तीन के बाद इन्तज़ाम करा लिया तो सात की हत्या हुई या नहीं? भगवान देता है और वही सबका इन्तज़ाम करता है। अगर मेरे सौ बच्चे हो जाएँ, तब भी मैं अस्पताल नहीं जाऊँगा...।"

अपने पिता की बात पर सर्वप्रथम उसे शर्म आई थी, यह उसे याद है और वह घर के बाहर निकल गया था। पिता के कारण उसके घर पर सदा एक तलवार लटकती रहती थी। कोई गम्भीर रूप से बीमार पड़ जाए, कोई दुर्घटना की चपेट में आ जाए, अचानक कोई रिश्तेदार आ जाए, चावल-गेहूँ समय से पहले समाप्त हो जाए, कोई अन्य ज़रूरत की बात पड़ जाए—पिता जी ग़ायब! दौड़ने वाले दो ही व्यक्ति थे, पहले केवल माँ दौड़ती थी, बाद में वह भी दौड़ने लगा। माँ उसकी इतनी हिम्मती थी कि किसी संकट में हिम्मत हारना नहीं जानती थी और छोटे-छोटे बच्चों को लेकर कहीं भी चली जाती थी। सारा राशन-पानी बाज़ार से वह लाती थी, कपड़ा-लत्ता वह ख़रीदती थी, डॉक्टर के यहाँ वह दौड़ती थी, उधार के लिए दरवाज़े-दरवाज़े वह भटकती थी, बच्चों को वह सँभालती थी और पिताजी बीमार पड़ते तो रात-दिन सेवा वह करती थी। और कभी घर में कुछ भी नहीं होता था,

बच्चे चुपचाप बैठे या लेटे अथवा दरवाज़े पर खड़े होते थे और माँ कमरे अथवा छोटे-से बरामदे में बैठ और आँचल को माथे से आगे खींचकर टप-टप आँसू गिराती रहती थी।

सहसा उसके सामने क़रीब सात-आठ वर्ष के एक मरियल से बच्चे की आकृति उभर आई। उसके पिता ने पहली बार उसको एक पुर्जा दिया था, "मिश्रा जी को दे देना...जो दें, लेकर चले आना...।"

पिता जी का पुर्जा उसने ले तो लिया, लेकिन वह वहाँ से टला नहीं, बल्कि सिर नीचे किये खड़ा रहा।

"क्या बात है?" उसके पिता जी ने डाँटा।

"मैं नहीं जाऊँगा।" वह आँखों पर अँगुली फेरते हुए रोने लगा।

तड़ाक! उसके गाल पर पाँचों अँगुलियों के सट्टे उभर आए थे। वह लड़खड़ा गया। और तभी से उसके दिल और दिमाग़ पर एक काली छाया मँडराने लगी थी।

वह पसीने-पसीने हो गया था। उसने आँखें खोल दीं। उसके दिल को जैसे कोई ज़ोरों से ऐंठ रहा था। पार्क में धूप की सीमा फैलती जा रही थी। हवा गरम हो रही थी। उसे फिर प्यास लग आई। वह उठ खड़ा हुआ और साइकिल लेकर नल की ओर चल पड़ा। ख़ाली पेट पानी के बाद उसे उबकाई आने लगी, जैसे सारा पानी मुँह के रास्ते निकल जाएगा। वह एक ओर बैठकर 'ओ-ओ...' करने लगा। उसकी आँखों और नाक से तेज़ी से पानी गिरने लगा, लेकिन मुँह से कुछ भी नहीं निकला, लगा उसका कलेजा उखड़कर बाहर आ जाएगा।

वह कुछ देर तक उसी तरह बैठा रहा और जब शरीर स्थिर हुआ तो साइकिल लेकर पैदल ही चल पड़ा। उसे रह-रहकर मितली अब भी आ जाती थी और उसका मुँह कड़वाहट से भर गया था। घर! माँ-बाप! भाई-बहिन! कोई नहीं है उसका। वह मर जाएगा, लेकिन मुँह नहीं देखेगा। क्या किया है उन लोगों ने उसके लिए? उसने जब से होश सँभाला है, वह उस डरे हुए गीदड़ की तरह लगातार भागता रहा है, जिसका हिंसक जानवर पीछा कर रहे हों। मस्ती में मशग़ूल उसके पिता ने न कभी किसी भाई बहिन को प्यार किया, न ही किसी को अपने पास बिठाकर पढ़ाया। घर-गृहस्थी में उनकी कोई दिलचस्पी नहीं थी। एक गिलास पानी भी वह अपने हाथ से नहीं पी सकते थे, अवश्य जब कोई बात उनके मन के ख़िलाफ़ होती थी, तो वह आँगन में खड़े होकर गरज़ने लगते थे। माँ को कुछ कह देना अथवा किसी बच्चे को मार देना उनके लिए बहुत आसान था। और जब किसी व्यक्ति से सचमुच ग़लती हो जाती और उससे उनका काम बिगड़ जाता तो उनका रूप अत्यन्त उग्र हो जाता था। लेकिन जब वह स्वयं कोई काम बिगाड़कर आते अथवा घर पर कोई संकट आ जाता, जब कोई उपाय नहीं रह जाता तो वह या तो घर से खिसक जाते थे या खर्र खर्र-खर्राटे भरने लगते थे।

विनय ने फिर थूका। उसका जीवन कैसा भयावह बीता था! उसे पढ़ने और खेलने की फ़ुरसत नहीं मिलती थी। उसे बार-बार पाँच-दस पैसे के समान के लिए बनिये के यहाँ दौड़ना पड़ता। माँ के अब बहुत से काम उसे करने पड़ते थे, क्योंकि माँ के शरीर में कुछ भी नहीं रह गया था, गाल धँस गए थे और वे बेहद चिड़चिड़ी होती जा रही थीं। कभी फ़ीस न होने से नाम कटने की नौबत आ जाती, तो कहीं-न-कहीं से माँगकर इन्तज़ाम करती थीं। कपड़े फटे रहते थे, और चिप्पी लगाते-लगाते बेकार हो जाते थे। पिता जी हाथ-पैर छोड़कर चिल्ला पड़ते थे, "भई, मुझसे नहीं होता, करो इन्तज़ाम तुम लोग।" ऐसी ही हालतों में माँ को अपने गहने गिरवी रखने पड़े थे...।

उसके पाँव रुक गए। वह एक बड़े-से नये मकान के सामने खड़ा था, जिसका बड़ा-सा फाटक बन्द था। वह अपने घर की बातें एकदम भूल चुका था और वह इस बड़े घर को इस तरह घूर रहा था, गोया कोई योद्धा मैदान में खड़े होकर अपने प्रतिद्वंद्वी को ललकार रहा हो।

उसने फाटक खोलकर ज्यों ही बरामदे में क़दम रखा, बलराम सिंह भी कमरे से बाहर निकला। विनय को देखते ही उसकी आँखें सिकुड़ गईं। और उसने विनय के नमस्कार का हल्के-से सिर हिलाकर जवाब दिया। फिर वह बरामदे से उतरकर फाटक की ओर चला गया। वह खद्दर की लुंगी-बनियान पहने था और उसकी तोंद नाद की तरह आगे निकल आई थी।

फाटक पर खड़े होकर कुछ देर तक बलराम सिंह ने बाहर की ओर देखा, फिर लौटकर कहा, "कहिए, ठीक-ठाक? बैठिए, आता हूँ...।"

बलराम सिंह अत्यन्त व्यस्ततापूर्वक तेज़ क़दमों से भीतर चला गया। विनय का चेहरा अत्यन्त गम्भीर हो गया था। उसे आशंका थी कि कहीं बलराम सिंह पीछे के रास्ते निकल न जाए। लम्बा इन्तज़ार तो करना ही पड़ेगा। पता नहीं आज क्या बहाना बनाएगा। लेकिन आज जो न होना होगा, वही होकर रहेगा। वह फाटक के सामने धरना देकर बैठ जाएगा चाहे उसकी जान ही क्यों न चली जाए। देखते-ही-देखते उसका मुँह इस तरह तन गया, मानो कोई ढीली-ढाली चारपाई तन गई हो।

बरामदे में एक मेज़ के सामने कुछ कुर्सियाँ रखी हुई थीं, जिनमें एक को खींचकर वह बैठ गया। उसका ख़ाली पेट जैसे कोई हौंड़ रहा हो और उसके सिर में तेज़ दर्द हो रहा था। सहसा उसका आक्रोश बालू के घरौंदे की तरह ढह गया और एक बेपनाह डर की अँधेरी खाई में वह लुढ़कने लगा। एम. ए. फाइनल में फ़ीस दाख़िल करने के लिए उसने बलराम सिंह का कुछ काम किया था। उसने कुछ प्रूफ़ पढ़े थे और 'चुन्नी मतवाली' शीर्षक की चालीस-चालीस पृष्ठों की चार पुस्तकें लिखी थीं, जिनके पच्चीस रुपये प्रति पुस्तक के हिसाब से 100 रु. बहुत चक्कर लगाने के बाद मिले थे। कई वर्ष पहले से ही वह बलराम सिंह को जानता था,

जब वह दुबला-पतला था और सड़क की पटरी पर पुरानी पुस्तकों और पत्रिकाओं की दुकान लगाता था। उसके बाद उसने छोटी-छोटी सस्ती पुस्तकें, नोट्स और कुंजियाँ छापनी शुरू कर दी थीं और जल्दी ही साहित्यिक पुस्तकों के प्रकाशन के क्षेत्र में भी वह आ गया था।

सौभाग्य की बात यही थी कि देश में ज़रूरतमन्द लोगों की संख्या इतनी बढ़ गई थी कि बहुत ही कम पैसे देकर उनसे कोई पुस्तक लिखाई जा सकती थी। वस्तुतः प्रकाशन जगत में जाकर वह उस औरत की तरह कमाल दिखाने लगा, जो सर्कस में काफ़ी ऊँचाई पर बिना किसी सहारे तार पर चलती है और वहाँ से नीचे बहादुरी से कूद पड़ती है। उसका कोई एक रास्ता था भी नहीं। कभी वह बाएँ मुड़ जाता, कभी वह दाहिने, कभी आगे और कभी पीछे...।

लगातार सम्पर्क और लोगों द्वारा दी गई जानकारियों तथा अफ़वाहों के द्वारा वह बलराम सिंह को अच्छी तरह जान गया था। शहर में ऐसा जीवन्त व्यक्ति कोई था भी नहीं, जो मानवता की सेवा लगातार किये जा रहा था। उसके जीवन का एक महान उद्देश्य था, जिसको वह सदा एक सूत्र वाक्य में घोषित करता रहता, "बाई गॉड, ज़हर खाने को भी पैसा नहीं।" किसी महान सिद्धान्तवादी की तरह ही उसकी दृढ़ता उस समय देखने में आती थी, जब वह नित्य नया दोस्त बनाता था और सुअवसर आने पर सबसे पहले उसी मैत्री को आघात कर देता था।

इसी तरह उसके जीवन के कई नियम थे, जिनमें शाम को रोज़ मीट-मछली और शराब से सेवन जैसी अत्यन्त मामूली चीज़ भी शामिल थी। बेकार नौजवानों, नये लेखकों, ज़रूरतमन्द लोगों, ग़रीब मित्रों तथा शोध-छात्रों को आगे बढ़ाने के लिए वह विशेष रूप से कृतसंकल्प था, शर्त केवल यही थी कि वे दन्द-फन्द से रहनेवाले सीधे-सादे व्यक्ति हों। ख़ैर, और भी बहुत से लोग थे, जैसे साहित्यकार, अफ़सर, सेठ-साहूकारों के लड़के, घूसख़ोर शिक्षित साहित्य-प्रेमी, कॉलेज के जमाऊ विभागाध्यक्ष व अध्यापक, धनी छपासू और मोटी थीसिसों तथा व्याकुल आत्माओं वाले पी-एच. डी. सम्मानित बेकार विद्वान! ऐसे लोग अपने-अपने कारणों से यश प्राप्त करने तथा लेखक कहलाने के लिए उत्सुक थे और उसके लिए धन की कुर्बानी के लिए भी कटिबद्ध थे। ऐसे लोगों के पीछे तो वह इस तरह पड़ जाता जैसे बर्फ मलाईवाले के पीछे कोई बच्चा। मलाई चाटकर वह दोना बेरहमी से फेंक देता था।

उसका एक यह भी उसूल था कि लेखक को खिलाने-पिलाने में चाहे जितना ख़र्च कर दो, हक़ के नाम पर उसे पैसा न दो, क्योंकि किसी का हक़ देकर उसका हक़ नहीं मारा जा सकता। और दूसरे का हक़ ही अपनी इमारत होती है! और सबसे अधिक महत्त्व देता था वह हवा के रुख को, इसीलिए तत्कालीन प्रभावशाली अफ़सर, यूनिवर्सिटी-कॉलेजों के सर्वाधिक दबंग विभागाध्यक्ष, जोंक की तरह तिरछे चलनेवाले अध्यापक, विभिन्न कार्यालयों के खाऊ क्लर्क, शासनारूढ़ दल के नेता

या तो उसके नज़दीकी रिश्तेदार निकल आते अथवा घनिष्ठतम मित्र बन जाते। इस तरह उच्च सिद्धान्तवादिता और घोर ग़रीबी का जीवन व्यतीत करते हुए उसने एक आलीशान घर बनवा लिया था।

उसे फिर प्यास लग आई और जब बलराम सिंह का नौकर बाहर आया तो उसने पानी लाने को कहा। पानी पीने के बाद उसे घबराहट-सी महसूस होने लगी। बलराम सिंह से अब मुलाक़ात होगी भी या नहीं? वह उठ खड़ा हुआ और बरामदे में धीरे-धीरे टहलने लगा। बी.ए. पास करने के बाद ही उसने एक मित्र की सलाह पर प्रूफ़ पढ़ना सीखा था। दरअसल वह पढ़ाई से ऊब चुका था और अब कोई काम करना चाहता था, क्योंकि घर की हालत दिन-पर-दिन बिगड़ती जा रही थी। उसने न मालूम कितनी नौकरियों के लिए आवेदन-पत्र दिये होंगे और कुछ प्रतियोगिताओं में भी वह बैठा था, पर कोई लाभ नहीं हुआ था। किसी ने उससे कहा था कि यदि तीन हज़ार का इन्तज़ाम कर ले तो उसे आज नौकरी मिल सकती है। पर इतने रुपये आएँगे कहाँ से?

वह छिटपुट काम करने लगा और बलराम सिंह ने इसी समय उसकी प्रतिभा पहचान ली। तब उसने बलराम सिंह के लिए काफ़ी काम शुरू कर किया। जब बलराम सिंह ने काफ़ी रस निकाल लिया तब उसे चूसी हुई गंडेरी की तरह फेंक दिया। क़रीब 1000 रु. का पेमेंट बाक़ी था। अब वह लगा दौड़ने। अक्सर बलराम सिंह समय देकर मिलता ही नहीं और अगर कभी मिलता तो किसी बुक-सेलर या प्रकाशक पर बड़ा क्रुद्ध नज़र आता जो उसका पैसा मारकर बैठ गया था। लेकिन ऐसे समय भी वह दो काम अवश्य करता था। एक तो वह विनय को डट कर नाश्ता कराता और दूसरा एक निश्चित वादा ज़रूर कर देता। इस तरह लगभग एक वर्ष बीत चुका था।

वह फिर बैठ गया, लेकिन कुछ देर बाद नौकर उसे बुलाकर अन्दर ले गया। बलराम सिंह कमरे में धोती-कुर्ता पहने और ललाट पर टीका लगाए बैठा था। उसके चेहरे के अन्दर हँसी और प्रसन्नता भरी हुई थी। वह एक छोटा कमरा था, जिसमें फ़ाइलों और काग़ज़-पत्रों से लदी एक मेज़, तीन-चार कुर्सियाँ, एक आले पर गौरी-गणेश की मूर्ति और किताबों का कंजास भरा था।

"बैठिए, क्या हाल है?" बलराम सिंह ने एक अत्यन्त लम्बी मुस्कान फैलाते हुए पूछा।

"ठाकुर साहब, मैं आज कुछ साफ़-साफ़ बातें करने आया हूँ।" विनय ने मुँह बिगाड़कर कहा।

"अरे बातें तो होंगी...पहले कुछ चाय-वाय?"

"मैं काफ़ी नाश्ता करके आया हूँ...इच्छा नहीं।"

"वाह, यह तो हो ही नहीं सकता...अरे रामधनी?"

कुछ ही देर में उसके सामने चार मिठाइयाँ, दो समोसे और एक कप चाय आ गई। उसे इस समय बेहद कमज़ोरी लग रही थी और न चाहते हुए भी वह जल्दी-जल्दी मिठाइयों और समोसे पर हाथ साफ़ करने लगा। पेट में कुछ ठोस पहुँचते ही उसकी आँखों से पानी गिरने लगा जिसको उसने बार-बार रूमाल से पोंछा, निश्चय ही इससे उसके शरीर में थकान आ गई थी और उसकी कटुता भी कम हो गई थी।

"हाँ, तो क्या हाल है?" बलराम सिंह ने मुस्कराकर पूछा।

"मुझे कुछ पैसे की सख़्त ज़रूरत है।" बलराम सिंह ने उसे बोलने का मौक़ा नहीं दिया। बीच में ही बोल पड़ा, "भैया, पैसे की तो तुमसे अधिक मुझे ज़रूरत है। इधर मेरी जो हालत थी और लोगों ने मुझे जैसा धोखा दिया, उसकी वजह से तो मैं आत्महत्या करने जा रहा था। लेकिन इतने पर भी मैं आपकी हमेशा याद करता रहा। पैसा तो मुझे मर-जीकर देना ही है, देर भले ही हो जाए। इधर दो-तीन दिनों से तो मैं आपकी बहुत ही याद कर रहा था। पाँच सौ हैं न?"

"नहीं हज़ार!"

"भैया, मैं साफ़ बात करने का आदी हूँ। मैं जिस संकट से गुज़र रहा हूँ, भगवान ही जानता है। मैंने किसी तरह आपके लिए पाँच सौ का इन्तज़ाम कर लिया है। मैं जानता हूँ कि इस संकट के समय आपसे छूट देने के लिए कहूँगा तो आप मना नहीं करेंगे। आपमें जो मानवता और उदारता है, उसकी मैं कद्र करता हूँ, मुझे आप जैसे नौजवान ही पसन्द हैं...।"

"पर पैसे मुझे अभी चाहिए...।"

"एक हफ़्ता रुक नहीं सकते?"

"आप मेरी हालत नहीं जानते...।"

"अच्छा रहो, देखता हूँ...।"

बलराम सिंह तुरन्त उठकर अन्दर चला गया और कुछ देर बाद बड़े रूमाल की एक गठरी के साथ बाहर आकर बोला, "भाई, घर में इतने ही थे। अब तो ज़हर खाने के लिए पैसा नहीं है, एक हफ़्ते बाद पचास रुपये और दे दूँगा।"

उसने रूमाल की वह गठरी मेज़ पर रखकर खोली। उसमें काग़ज़ में लपेटी हुई अठन्नियों, चवन्नियों, दस पैसों और पाँच पैसों की ढेरियाँ थीं। उसने ढेरियाँ खोल-खोलकर पूरे साढ़े चार सौ रुपये के सिक्के गिनवा दिये और अन्त में सारे सिक्कों को रूमाल में बाँधकर गठरी विनय के पास सरका दी। विनय आँखें फाड़-फाड़कर यह सब देख रहा था। सचमुच उसे इस समय बड़ा ग़ुस्सा चढ़ रहा था। उसने बलराम सिंह को एक क्षण घूरा, लेकिन बलराम सिंह का चेहरा चिकने घड़े की तरह नज़र आया। उसके बाद उसका ग़ुस्सा स्वत: ही दब गया, जैसे साइकिल की हवा धीरे-धीरे निकल जाती है।

अन्त में विनय ने हाथ बढ़ाकर साढ़े चार सौ रुपये की वह गठरी इस तत्परता से ले ली जैसे इस समय उसने नहीं लिया तो उसे वे कभी मिलेंगे ही नहीं। उसकी सारी कटुता पता नहीं कहाँ चली गई थी और उसका दिल न चाहते हुए भी ख़ुशी से उछल रहा था।

पूरा पेमेंट पा जाने की रसीद पर दस्तख़त करने की औपचारिकता के बाद बलराम सिंह ने होंठों से भुनभुनाते हुए बड़ी लापरवाही से पूछा "आप कोई काम करना चाहेंगे?"

"हाँ-हाँ" विनय ने कहा, "कौन-सा काम है?"

बलराम सिंह के पास इधर बहुत पैसा आया था और वह अपने काम को फैलाना चाहता था, इसलिए उसे एक मेहनती, योग्य और गरज़मन्द नौजवान की ज़रूरत थी। वह बाहर देखते हुए बोला, "भई, एक नौकरी है। ऐसा ही काम है। 100 रु. महीना तनख़्वाह देगा। इसके अलावा तीन रुपये रोज़ और दोनों जून का भोजन। उसका सारा काम देखना पड़ेगा। सब कुछ सँभालना पड़ेगा। समझो, मालिक बनकर रहोगे। बड़ा ही अच्छा और उदार प्रकाशक है। बड़ी ईमानदारी और परिश्रम चाहिए, बस आपके 'हाँ' करने की देरी है, नौकरी पक्की। कल ही से नौकरी मिल जाएगी...।"

"करूँगा...।" ख़ुशी के मारे विनय की साँस गले में अटकने लगी।

"तब कल से ठीक नौ बजे आ जाओ...।"

जब वह बाहर निकला तो उसके क़दम तेज़ी से पड़ रहे थे। उसने दाहिने हाथ में साढ़े चार सौ रुपये की रेजगारियों की वह गठरी ज़ोर से पकड़ रखी थी। हवा बहुत गर्म हो गई थी, लेकिन उसे ऐसा महसूस नहीं हो रहा था। उसकी आँखें भरी हुई थीं। उसे बार-बार घर की याद आने लगी। उसके सामने बूढ़े बाप, जर्जर माँ तथा ग़रीब भाई-बहनों के चेहरे नाचने लगे। बचन की याद करके तो वह बेहद छटपटाने लगा। उसकी इच्छा हुई कि वह ज़ोर से अपने को एक तमाचा मारे। पता नहीं वे लोग कैसे होंगे। पता नहीं कैसा संकट घर पर आया होगा। पिता! हाँ अब वह अपने को बदल नहीं सकते। वह जल्दी-से-जल्दी घर पहुँच जाना चाहता था। उसका घर संकट में था, और ऐसी हालत में वह घर छोड़ नहीं सकता, क्योंकि घर को उसकी सबसे अधिक ज़रूरत है।

वह बाज़ार में पहुँच गया। उसने पिता के लिए एक धोती, माँ के लिए एक साड़ी, बचन के लिए पैंट का कपड़ा, बहन के लिए कुर्ते का कपड़ा तथा अन्य भाई-बहनों के लिए एक-एक कपड़ा ख़रीदा। फिर एक किलो मिठाई और दो दर्जन केले लेकर वह छाती निकाले घर की ओर चल पड़ा।

हंगामा

इस मोहल्ले के लोग किसी के साथ कोई नाम चस्पा करने में उस्ताद हैं। धीरेन्द्र कुमार भट्टाचार्य डिग्री कॉलेज में पढ़ाते हैं, सम्मानित व्यक्ति हैं, लेकिन उनका मकान चूँकि आटे की एक चक्की के पास है, इसलिए लोग उनको धीरेन्द्र चक्की के नाम से याद करते हैं। इसी तरह रोब से बात करने के कारण किसी का नाम तोप रख दिया गया है और नाक लम्बी होने के कारण किसी का नाम नकुल। लीला के इस मोहल्ले में आने के दो-तीन महीने बाद ही उसका नामकरण किया गया है 'हंगामा'। इसलिए लीला यानी 'हंगामा' काफ़ी नाटी, गोरी तथा तगड़ी है। उम्र उसकी क़रीब चालीस होगी। जब चलती है तो लगता है उड़ रही है। चलते हुए वह ख़ूब ढुलकती है। उसके पति प्रजापति श्रीवास्तव चूँकि ख़ूब दुबले-पतले हैं, इसलिए उनका नाम भी यारों ने रख दिया है 'सरकंडा'। लीला जब देखती है कि पाँच बज गए हैं तो वह जल्दी-जल्दी चोटी करके माथे पर शीशे की चमकदार बिन्दी लगाती है और दरवाज़े पर नीचे दोनों पैर लटकाकर बैठ जाती है। उसकी बिन्दी दूर से ही चमकती है। श्रीवास्तव जी की इन्तज़ारी में वह चारों तरफ़ निगाहें फेरती रहती है। दफ़्तर से आनेवाला जो भी उधर से गुज़रता है, प्रत्येक को वह चाहत की तरह आँखें फाड़-फाड़कर देखती है और हल्की-हल्की मुस्की काटती है। जब तक श्रीवास्तव जी नहीं आते, वह वहीं उसी तरह बैठी रहती है।

लेकिन इस मोहल्ले में लीला के जीवन का एक महत्त्वपूर्ण पक्ष उस समय उजागर हुआ, जब वह हाथ में कटोरा लिये हुए अपने घर की बाईं तरफ़ रहनेवाली पड़ोसिन के घर में पहुँच गई। पड़ोसिन का नाम है अलका। उसका एक उपनाम भी है, जो बताना यहाँ उचित नहीं है। वैसे अलका एक ख़ूबसूरत, सीधी-सादी और उदार औरत है। लीला अन्दर घुसते ही अलका के पास रखे हुए मोढ़े पर धम से बैठ गई।

"आप मुझे जानती हैं?"

"हाँ-हाँ, आप श्रीवास्तवजी की औरत हैं न? बहुत दिनों तक यह सूना रहा... अच्छा हुआ, आप आ गईं।"

"बहिनजी, एक कटोरी दाल दे दीजिए...मेल-मिलाप करने से ही तो प्रेम बढ़ता है।"

अलका भकुआकर उसे देखने लगी। जान न पहचान, एकदम दाल माँगने ही पहुँच गई। दाल कितनी तो महँगी है। पर अलका को किसी बात की कमी नहीं रहती है। उसके पति उसे प्यार करते हैं और पूरी तनख़्वाह उसके हाथ पर रख देते हैं। उसने दाल देते हुए पूछा :

"आपके बच्चा नहीं है?"

"नहीं बहन जी, जब मेरा गौना हुआ तो श्रीवास्तवजी गाँव में दस-पन्द्रह दिन मेरे साथ रहकर नौकरी पर यहाँ आ गए थे। कभी मुझे नौकरी पर अपने साथ तो रखा नहीं, दो-दो साल पर कुछ दिनों के लिए जाते थे। फिर बच्चा किससे होगा दीवार से या पेड़ से?"

इसके बाद मुस्की काटते हुए वह बोली, "अब मैं इनका साथ छोड़कर जाऊँगी थोड़े। आप लोगों की दुआ रही तो भगवान मुझे भी बेटा या बिटिया ज़रूर देंगे। घबराइए नहीं, सोंठउरा खिलाऊँगी।"

अलका भी हँसने लगी। विचित्र औरत है। लीला के जाने के बाद वह काम-धाम में लग गई। पर कुछ ही देर बाद फिर खटखटाहट हुई। दरवाज़ा खोलने पर उसे हैरत हुई।

"बहिन जी, ज़रा जीरा होगा।"

अलका को मन-ही-मन में बड़ा ग़ुस्सा आया पर उसने हँसकर बहाना बना दिया कि जीरा नहीं है। दरवाज़े के अन्दर झाँकती हुई लीला का चेहरा टेढ़ा हो गया। वह लौटकर जब अपने दरवाज़े पर आई तो 'हरामज़ादी' वग़ैरह बड़बड़ाने लगी।

इसके बाद तो लीला के माँगने से कुछ ही दिनों में सारा पड़ोस ही घबरा गया। शायद इन्हीं दिनों उसका उपनाम भी रख दिया गया होगा। कोई औरत जब देखती कि लीला उसकी ओर आ रही है, तो वह उठकर अन्दर चली जाती, "अरे बाबा, 'हंगामा' आ रही है।"

श्रीवास्तव जी को अपने घर से तो मतलब था नहीं। वह अपने ठाट-बाट और मौज़-पानी पर कुछ अधिक ही ध्यान देते थे। दिन में लीला डग-डग पड़ोसिनों के यहाँ घूमती रहती। कोई औरत कुछ देने से इनकार कर देती या कुछ कह देती तो लीला अपने घर में आकर बकने-झकने लगती। लेकिन आधा-एक घंटा बाद वह फिर सबके यहाँ जाना शुरू कर देती।

"क्या हो रहा है, बहिन जी?" वह बैठते ही श्रीवास्तवजी की शिकायत करना शुरू कर देती। श्रीवास्तव जी उसके हाथ पर पाँच-दस पैसे भी मुश्किल से रखते हैं। राशन भी खुचुर-खुचुर आता है। कुछ देर बाद वह उठकर चल देती।

"चलूँ बहिनजी, क्या करूँ, दिन तो पहाड़ लगता है। कहाँ जाऊँ? न मुझे नींद आती है, न कोई काम-धाम ही है। कई बार इनसे कहा कि मुझे पढ़ा-लिखा दो, पर ये एक कान से सुनते हैं दूसरे कान से निकाल देते हैं..."

अलका से कई बार लीला अपने यहाँ आने का आग्रह कर चुकी थी। एक दिन अलका घर-गृहस्थी के काम से निबटकर लीला के घर पहुँची तो क्या देखती है कि दाल और भात की दोनों बटलोइयाँ खुली पड़ी हैं और उसमें कौए मुँह डालकर मज़े से खा रहे हैं। एक तरफ़ लीला टाँगें फैलाकर बैठी थी और उसकी टाँगों के बीच में कड़ाही रखी थी। कड़ाही में भोजन था और वह बड़े-बड़े कौर लेकर खाती जा रही थी और ऊपर छत पर देखती जा रही थी।

"क्या हो रहा है?" अलका ने पूछा।

"आइए बहिनजी, खाना खाएँ...।"

"मैं खा चुकी हूँ। आप थाली में क्यों नहीं खा रही हैं?"

"बहिन जी, थाली कौन जाए मलने? पेट भरने से काम है। न थाली, न फाली...हाँ।"

"सभी खाना तो कौए खा रहे हैं।"

"अभी ढक देती हूँ। शाम को खाना नहीं बनाएँगे, अब यही खाना हम और ये खा लेंगे।"

"सब खाना तो कौओं ने जूठा कर दिया है।"

"क्या हुआ? चिड़िया-चुरंग तो खाते ही रहते हैं...उनका तो यह काम है।"

"ब्लाउज क्यों उतार दिया है?"

"बहिनजी, नहाकर आई तो खाना बनाने बैठ गई। हम लोगों में बड़ी सफ़ाई से खाना बनता है...बिना नहाए हम लोग खाना नहीं बनाते..."

अलका हल्के से मुस्कराकर रह गई। लीला की और कई बातों की चर्चा मोहल्ले में होने लगी थी। वह किसी औरत को कभी कोई नई और अच्छी साड़ी पहने देख लेती तो काफ़ी परेशान हो जाती। तब वह उस औरत से बोलना भी बन्द कर देती। उसे सुनाकर व्यंग्य बानी बोलने लगती। जब उसे इत्मीनान हो जाता कि अब वह साड़ी पुरानी पड़ गई है, तब वह उस औरत से फिर बोलना शुरू कर देती। और जब कभी उसके घर में कोई नया समान आ जाता तो सारे पड़ोस में घूम-घूमकर दिखा आती। यदि उसके लिए नई साड़ी या ब्लाउज आता तो वह उसे पहनकर घूम आती। हर पड़ोसिन के सामने एक मिनट खड़ी होकर मुस्कराती हुई घर लौट आती।

एक दिन एक मिस्त्री उसके यहाँ फ़र्श बनाने के लिए आया। लीला उससे मोल-तोल करने लगी। मिस्त्री ने कहा, "माताजी, बहुत कम पैसे दे रही हैं...।"

लीला को उसकी बात इतनी बुरी लगी कि वह हाथ नचा-नचाकर चीख़ने लगी, "ऐ मिस्त्री, ज़बान सँभालकर बोलो। मुझे बूढ़ा बनाता है? तेरी माँ बूढ़ी, तेरी बहन बूढ़ी...।"

मिस्त्री तो पहले हक्का-बक्का होकर उसे देखने लगा। बाद में वह भी बिगड़ गया। वह बूढ़ी नहीं तो क्या है? जो बूढ़ा रहेगा उसे बूढ़ा कहा जाएगा और जो जवान रहेगा, उसे जवान। ख़ैर, लोगों ने मिस्त्री को समझा-बुझाकर वहाँ से हटा दिया।

लेकिन धीरे-धीरे दो वर्ष बीत गए, पर उसे बच्चा नहीं हुआ। एक दिन उसने अलका से पूछा, "ए बहिनजी, दो-ढाई साल हो गए श्रीवास्तवजी के साथ रहते हुए। अब हमें बच्चा न होगा क्या? कल मेडिकल कॉलेज जाएँगे, जितना लगेगा लगाएँगे, भले लड़का न हो, भगवान लूली-लँगड़ी ही दे दे...।"

इसके बाद तो उससे जो मिलता, उसी से यही बात शुरू कर देती। घर में कोई भी रिश्तेदार आता, तो उससे भी वह पूछना न भूलती, "ए भईया, हमें लड़का-लड़की कुछ भी न होगा क्या?" जब वह सुन लेती कि किसी औरत को बच्चा हुआ है तो उसकी परेशानी काफ़ी बढ़ जाती। सबके घर जाकर यह ख़बर सुना आती।

एक बार किसी औरत ने कह दिया, "अरे तो क्या हुआ? अभी वह जवान है, उसको तो बच्चा होगा ही। तुम क्यों परेशान हो?"

इतना कहना क्या था कि आफ़त। लीला उस औरत से तीन दिन तक लड़ती रही,

"बहुत जवान बनी है, चोट्टी! क्या हम जवान नहीं हैं? क्या हमारे दाँत टूट गए हैं? क्या हमारे बाल पक गए हैं? हम क्या जलपा बुढ़िया हैं? जो मुझे बुढ़िया कहे, उसकी ज़बान गल-गलकर गिरे। भगवान चाहे तो मैं आठ-आठ बेटवा जनकर दिखा दूँ...।"

पर डॉक्टरों की दौड़-धूप के बाद भी कोई परिणाम नहीं निकला। इसके बाद वह उदास-सी रहने लगी, किसी पड़ोसिन को देखते ही वह मुँह फुला लेती।

पर एक दिन सवेरे-सवेरे ही वह बहुत प्रसन्न नज़र आई। उसके घर के सामने एक कुतिया ने चार बच्चे रात में जने थे। सवेरे लोगों ने देखा कि कुतिया और उसके बच्चे लीला के दरवाज़े पर खड़े हैं और वह बच्चों को मिट्टी के सकोरों से दूध देकर पिला रही है। बच्चे चटर-चटर दूध पी रहे थे और वह उन्हें पुचकार रही थी, "पी लो, बड़े राजा बेटा हैं...।"

इसके बाद तो उसका लावारिस कुत्तों, गायों, गदहों आदि जानवरों से गहरा लगाव हो गया। मोहल्ले में इन जानवरों को कोई मारकर तो देखे।

खंड 2

सम्पूर्ण कहानियाँ

अमरकान्त

सम्पूर्ण कहानियाँ–2

सम्पादक

अरविन्द बिन्दु

राजकमल प्रकाशन

ISBN : 978-93-6086-312-8

मूल्य : ₹2500
(दो खंडों का पूरा सेट)

पहला संस्करण : 2026

प्रकाशक : राजकमल प्रकाशन प्रा. लि.
1-बी, नेताजी सुभाष मार्ग, दरियागंज
नई दिल्ली-110 002

शाखाएँ : अशोक राजपथ, साइंस कॉलेज के सामने, पटना-800 006
पहली मंजिल, दरबारी बिल्डिंग, महात्मा गांधी मार्ग, प्रयागराज-211 001
1, अनमोल सोराबजी सन्तुक लेन, धोबी तलाव, मरीन लाइंस, मुम्बई-400 002

वेबसाइट : www.rajkamalprakashan.com
ई-मेल : info@rajkamalprakashan.com

मुद्रक : विकास कंप्यूटर एंड प्रिंटर्स
ट्रॉनिका सिटी-201 102

SAMPOORNA KAHANIYAN-2
Stories by Amarkant
Edited by Arvind Bindu

खंड 2

क्रम

1980 के दशक की कहानियाँ

1990 के दशक की कहानियाँ

2000 के दशक की कहानियाँ

असंकलित कहानियाँ

कुहासा

क़रीब-क़रीब छह महीने पहले उस छोटे से गाँव की चमरटोली का वह छोकरा अपने घर से भाग निकला। सावन का महीना था पर आकाश में बादल का नामोनिशान तक नहीं था। तारे जगमग जगमग कर रहे थे। हवा तेज़ चल रही थी जैसे हाकड़। आषाढ़ भी बिन बरसे ही बीत गया था। बारिश न होने से खेती चौपट हो गई थी और गाँव में मर-मजूरी का कोई काम भी नहीं था। जब चारों ओर त्राहि-त्राहि मची हुई थी और ग़रीब लोग दाने-दाने को तरस कर घास-पात खाने लगे थे, उस छोकरे के बाप झींगुर ने तंग आकर उसे मार-पीट कर घर से निकाल दिया।

"ससुर ढद्दू का पाड़ा हो गया, कोई काम-धाम नहीं करता, दिन-रात डग-डग घूमता रहता है। साफ़-साफ़ समझ ले, मैं तुझे बैठाकर खिला नहीं सकता। जहाँ मन हो, जाकर मुँह पिटा, जैसे चाहे अपना गड्ढा भर। गाँव के कई लड़के शहर में रिक्शा चलाकर पैसा पीट रहे हैं, घर परिवार चला रहे हैं, यह सूअर है कि यहाँ जाँगरचोरी कर रहा है...?"

झींगुर एक खेतिहर मज़दूर था। छोकरे का नाम था दूबर। दूबर की उम्र सत्तरह वर्ष से अधिक नहीं थी। काला भुजंग, दुबला-पतला व ठिगना, मोटे-मोटे होंठ और छोटी मिचमिचाती आँखें। पेट उसका ज़रूर ख़ाली था, पर दिमाग़ ग़ुस्से से भरा हुआ था। भागते वक़्त उसने चिल्लाकर कहा था, "अब तुम लोग मेरा मरा मुँह भी नहीं देख सकोगे..." उसकी माँ छाती पीटती हुई उसके पीछे कुछ दूर तक दौड़ी थी। उस समय छोकरे के शरीर पर एक मटमैली धोती, एक बनियाननुमा अधबँही क़मीज़ और कन्धे पर मटमैला ही एक लम्बा अँगौछा था। वह देखते-ही-देखते आँखों से ओझल हो गया और गाँव से निकलकर सड़क के रास्ते शहर की ओर कूच कर गया जो वहाँ से दस-बारह कोस की दूरी पर था।

रात-भर चलकर दूबर क़रीब चार बजे सवेरे शहर में पहुँचा। अभी अन्धकार का पर्दा नहीं फटा था। वह शहर धर्म, संस्कृति व राजनीति का केन्द्र था। ख़ास तरह से वह ऊँचे-ऊँचे ख़ूबसूरत मकानों, भव्य मन्दिरों, मस्जिदों एवं गिरिजाघरों, दबंग मानववादी नेताओं, करोड़पति सेठों तथा अंग्रेज़ी शिक्षा-प्रभावित अधिकारियों

के लिए विख्यात था। दूबर थककर चूर-चूर हो गया था। वह एक बन्द दुकान के आगे निकले बरामदे में बैठकर लुढ़क गया।

जब उसकी नींद खुली तो धूप निकल आई थी। क़रीब आठ बजे थे। उसे याद आया कि कल से उसके पेट में कुछ भी नहीं गया है और यह ख़याल आते ही भूख से उसका बुरा हाल हो गया। उसे बेहद कमज़ोरी मालूम होने लगी। वह उठकर सड़क पर निरुद्देश्य चलने लगा। कुछ आगे जाने पर उसे एक चौराहा मिला जहाँ सड़क के किनारे सैकड़ों मज़दूर और पन्द्रह-बीस मज़दूरिनें खड़ी थीं।

यह एक मज़दूर-चौराहा था जो किसी बड़े मेले में जानवरों के हाट की याद दिला रहा था। दूबर उनके पास खड़ा होकर और मुँह बाकर तथा आँखें फाड़कर उन्हें निहारने लगा। उस भीड़ में तेरह-चौदह वर्ष की उम्र से लेकर साठ-सत्तर वर्ष तक के प्रशिक्षित एवं अप्रशिक्षित मज़दूर थे। उनमें से बहुत से तो शहर के ही थे और न मालूम कितने आसपास के गाँवों से आए थे। काफ़ी अनुशासित ढंग से और बहुत ही शान्ति के साथ वे चौराहे पर खड़े अथवा बैठे थे, जैसे तालाब के किनारे कतार में तैरते अनिगनत बत्तख। उनके कपड़ों के रंग में जो अनोखी समानता थी, वह थी उनका मटमैलापन। प्रशिक्षित क़िस्म के कई मिस्त्रीनुमा मज़दूरों के सिरों पर पगड़ी थी और हाथ में उनके झोले जिनमें खाने के लिए रोटी-वोटी और काम के औजार थे। वे सामने से गुज़रने वाले बाबू लोगों को बेहद आशा और उत्सकुता से घूर रहे थे। पर मज़दूरिनें किसी की ओर देख नहीं रहीं थीं, बल्कि वे सिर के पल्ले को थोड़ा आगे खींचकर एक-दूसरे की ओर मुँह करके भेड़ों की तरह खड़ी थीं।

यह संयोग की बात है कि उधर से गुज़रने वाले एक पैंट-बुशर्ट-धारी बाबू ने दूबर को एक बुद्धू मज़दूर समझा। उन्होंने उसके पास पहुँचकर उससे पूछा, "क्यों बे छोकरे! काम करेगा?"

दूबर उनकी ओर मुँह बाकर देखने लगा।

"अरे बोलता क्यों नहीं? काम करता है तो बोल। बता क्या लेगा?"

चूँकि दूबर को मज़दूर बाज़ार की तत्कालीन दरें तथा मोलतोल का गणित ज्ञात नहीं था, इसलिए इस महत्त्वपूर्ण प्रश्न का भी जवाब वह नहीं दे पाया।

"काम मामूली है...जल्दी बोल..."

"जो मन हो दे दीजिएगा मालिक।"

"तो चल।"

वे चल पड़े, आगे-आगे बाबू साहब और पीछे-पीछे दूबर। भूख के मारे दूबर से चला नहीं जाता था। बाबू साहब बीच-बीच में सिर पीछे घुमाकर सशंक दृष्टि से देख लेते कि कहीं वह भाग तो नहीं गया। कई सँकरी और गन्दी गलियों का चक्कर खिलाते हुए उसे वह एक ऐसे घर के अन्दर ले गए जिसमें दो छोटे-छोटे कमरे और एक छोटा-सा अँधेरा आँगन था। आँगन में दो बड़े देग, दो बड़े भगौने,

कई बड़ी थालियाँ, पीतल की कई बाल्टियाँ, ईंट की दो भट्ठियाँ, जिसकी राख चारों ओर फैली थी, अनिगत जूठे पत्तल, मिट्टी के कुल्हड़, कसोरे आदि बिखरे थे। सारा घर मक्खियों से भन भन भन भन कर रहा था।

"बेटे, ये सारे बर्तन साफ़ करने हैं, पहले ये जूठे पत्तल, कुल्हड़ वग़ैरह कूड़े पर फेंक आओ, फिर भट्ठियों की ईंटें उठाकर बाहर चबूतरे पर एक ओर रख दो। इसके बाद राख बटोर कर कूड़े पर फेंक आओ। यह सब कुछ करने के बाद सभी बर्तन चमाचम साफ़ करो और पानी गिरा कर आँगन को धोकर शीशे की तरह चमका दो। बहुत हल्का काम है। घबड़ाओ न यार, ख़ूब खाना बचा है, दही-बड़े और बूँदियाँ हैं। काम अच्छा करो तो सभी चीज़ें खाने को मिलेंगी, खाकर अघा जाओगे..." बाबू साहब ने बड़े ही मीठे स्वर में कहा।

दूबर सकपका कर आँगन के अनोखे जूठे दृश्य को देख रहा था। इतने में पीली साड़ी, कड़ा-छड़ा और बुलाक पहने हुए एक अधेड़ औरत छम-छम करती हुई वहाँ आकर ठिठक गई। फिर झनक कर बोली, "अरे, यह तो बड़ा कमज़ोर मालूम पड़ता है। खड़े क्या हो जी? ए भाई, साफ़-साफ़ बता दो, तुम चोर-चाई तो नहीं हो?"

बाबू साहब ने उस औरत को तेज़ आँखों से इस तरह घूरा कि वह वहाँ से रफूचक्कर हो गई। बाबू साहब को पोता हुआ था, जिसकी बरही के अवसर पर पिछली रात एक अच्छी-ख़ासी दावत हुई थी। इस ख़ुशी के कारण बाबू साहब मन में काफ़ी उदार हो रहे थे, इसीलिए उन्होंने दूबर से सिर्फ़ पाँच घंटे डटकर काम लिया जिसकी वजह से वह अधमरेपन की स्थिति पर पहुँच गया। बाबू साहब की इसलिए भी तारीफ़ करनी पड़ेगी कि काम ख़त्म होने पर उन्होंने दूबर के सामने पत्तल पर रात का बचा हुआ खाना परोसवा दिया, जिसमें लकड़ी की तरह कड़ी पूड़ियाँ-कचौड़ियाँ, कोंहड़े की बासी महकती सब्ज़ी, पुलाव की भुरकनी और ढेर सारी मीठी चटनी थी लेकिन दही-बड़े और बूँदियाँ नदारद।

"ले ससुर, डटकर खा। बेटा, ऐसा खाना तुम्हारे सात पुश्तों ने न खाया होगा..." बाबू साहब ने हँसते हुए कहा।

दूबर खाने पर कुत्ते की तरह टूट पड़ा। एक पूड़ी के सिर्फ़ दो टुकड़े वह करता था। सचमुच इतना अच्छा खाना उसने कभी नहीं खाया था। चलते वक़्त बाबू साहब ने उसे डेढ़ रुपये देने की कृपा करते हुए कहा, "लो, मेरे जैसा शरीफ़ आदमी इस शहर में ढूँढ़ने पर भी नहीं मिलेगा। दूसरों को खिलाने-पिलाने ही में तो मैं बरबाद हो गया...।"

उस शहर में दूबर की यह पहली मज़दूरी थी। इसके बाद वह रोज़ सवेरे मज़दूर-चौराहे पर आकर खड़ा हो जाता। उसे अक्सर छोटी-मोटी मज़दूरी का काम मिल जाता। इस तरह क़रीब दो महीने का समय उसने खींचा। जो पैसा उसे मिलता उससे वह दोनों जून पेट भर लेता। वह कभी सत्तू खा लेता, कभी तेल का पराँठा और

सब्ज़ी, कभी चावल-दाल। स्टेशन पर तथा दूसरी जगहों पर फुटपाथ पर छोटी-मोटी दुकानें मिल जातीं, जहाँ मज़दूर, भिखमंगे वग़ैरह आकर अपनी भूख मिटाया करते। पर जिस दिन काम नहीं मिल पाता, वह खाने को तरस जाता, तब नल का पानी पी-पीकर वह अपना दिन काट देता। रात में वह कभी किसी पार्क की बेंच पर और कभी फुटपाथ पर सो रहता। एक दिन उसे एक बूढ़े मज़दूर ने समझाया :

"ए बच्चा, यहाँ तो काम का ठिकाना नहीं, कभी मिला, कभी नहीं मिला। राशन की मंडी में जाकर मजूरी करो, रोज़ कुछ-न-कुछ मिल ही जाएगा खाने को। चाहो तो टीसन पर जाकर साइकिल ढोने का भी काम कर सकते हो..."

इसके बाद वह राशन की मंडी में आकर विचरण करने लगा जहाँ वह क़रीब एक महीना रहा। वहाँ भी बहुत से मज़दूर काम करते थे। लोग राशन ख़रीदते और उससे बोरे, झोले वग़ैरह उठवा कर बाहर ले आते और उसके हाथ में बीस पैसे, पच्चीस पैसे रख देते। जब कभी कोई सामान उठवा कर घर तक ले जाता तो उसे एक रुपया तक मिल जाता। पर यहाँ भी उसे बहुत काम नहीं मिल पाता और अन्ततः वह स्टेशन पर आ गया।

स्टेशन पर एक ओवरब्रिज था, जिससे होकर पब्लिक आया-जाए करती थी। पहले ऐसी बात नहीं थी, पर इधर तीन-चार वर्षों से पुल के दोनों ओर कुछ मज़दूर खड़े रहते जो बाबू लोगों की साइकिलें इस पार से उस पार पहुँचा कर कुछ कमा लेते थे। पहले इस प्रकार की मज़दूरी की दर पाँच नये पैसे प्रति खेप थी। यह कैसे शुरू हुआ इसका इतिहास भी किसी को नहीं मालूम। यदि इस तरह के धन्धे की शुरुआत किसी मज़दूर ने की होगी तो कहना होगा कि मज़दूर वर्ग की मौलिक बुद्धि का विकास हो रहा है। इसके साथ यह भी सही है कि बाबू लोग अब इतना कमा लेते हैं कि साइकिल मज़दूरों पर दस-बीस पैसे ख़र्च करना मामूली बात है। कहने को तो लोग यह भी कहते हैं कि जहाँ कुछ लोगों के पास ख़ूब पैसे हैं, वहीं ग़रीबों और मज़दूरों की संख्या काफ़ी बढ़ी है और बढ़ रही है। सचाई चाहे जो भी हो दूबर को सिर्फ़ यही करना पड़ा कि वह पुल के पास खड़ा हो गया और उसे काम मिलने लगा।

पुल पर सवेरे नौ बजे से लेकर ग्यारह बजे तक और सायंकाल चार बजे से लेकर छह-साढ़े छह बजे तक अच्छा काम रहता था। इस समय दफ़्तरों के ऐसे बाबू लोग और छात्र काफ़ी संख्या में आते-जाते थे जिनके पास साइकिलें होती थीं। अब एक खेप की मज़दूरी पाँच पैसे से बढ़कर दस पैसे हो गई थी। पर दोपहर में काम बहुत कम हो जाता था। चूँकि मज़दूरों की संख्या अच्छी-ख़ासी थी, इसलिए एक मज़दूर तीन-चार रुपये से अधिक नहीं कमा पाता था। पर महँगाई कितनी बढ़ गई थी? अब आटा साढ़े तीन रुपये किलो तक पहुँच गया था। इतने पैसे से किसी होटल में खा लेना तो मुश्किल ही था। पर स्टेशन पर भी तेल के घसुआ पराँठे

तैयार करने वाली कई फुटपाथी दुकानें थीं। कई जगह सत्तू, लइया, चबैना वग़ैरह भी मिल जाता था। जिसके पास बैठने सोने का ठिकाना था और कामचलाऊ बर्तन थे, वह अपने हाथ से रोटी पाथ कर भी काम चला सकता था। स्टेशन के सामने सड़क के किनारे एक मोटी अधेड़ औरत बड़े गोल-गोल तेलहा पराँठा बनाती थी। वह अल्यूमीनियम के भगौने में दाल-भात पकाकर भी रखती थी। दूबर उसे 'काकी' कहता था। पर 'काकी' होशियार बहुत थी, मज़दूरों से वह नाक सड़क-सुड़क कर बड़े प्रेम से बोलती थी, पर किसी को एक कौड़ी का भी उधार किसी भी हालत में नहीं देती थी। इन 'मरभुक्खों, भगोड़ों का क्या ठिकाना!'

दूबर को कभी-कभी स्टेशन के एक प्लेटफ़ार्म से दूसरे प्लेटफ़ार्म पर फल वग़ैरह की पेटियाँ-टोकरियाँ आदि पहुँचाने का काम मिल जाता। पर अमूमन फल वाले इस काम के लिए तगड़े कुली-मज़दूर को ही तलाशते थे और बड़ी मजबूरी में ही दूबर जैसे छोकरों को काम देते थे। उस दिन दूबर के हाथ में कुछ अधिक पैसे होते थे और वह डटकर भोजन करता था। उस दिन उसकी 'काकी' उस पर बहुत ख़ुश रहती थी। और उसे बड़े प्रेम से खिलाती थी। रात में वह कभी पुल के ऊपर, जहाँ अनेक भिखमंगों का अड्डा था, सो रहता और कभी प्लेटफ़ार्म की किसी ख़ाली बेंच पर या मुसाफ़िरख़ाने की पक्की फ़र्श पर।

नवम्बर के मध्य में शहर में एक उपचुनाव की तैयारी शुरू हुई। मतदान दिसम्बर में होने वाला था। ख़ैर, यह उपचुनाव दूबर और अन्य मज़दूरों के लिए ख़ुशी का पैगाम लेकर आया। जब चुनाव का प्रचार ज़ोर पकड़ने लगा, एक दिन सवेरे-सवेरे ही एक ऐसा आदमी आया जो शहर में अक्सर दिखाई दे जाया करता था। वह स्टेशन के पास ही किसी गली में रहता था। मझोले कद का मोटा और थुलथुल, रामचरन नाम के उस व्यक्ति का चेहरा आकर्षणहीन था, पर उसकी आँखों में शान पर चढ़ाए हुए किसी चाकू की धार की तेज़ी थी। वह बाईं ओर सिर झुकाकर तथा हाथों को पीछे की ओर कुछ अधिक ही फेंकते हुए तेज़ी से चलता था। उसने पहले पुल के सभी साइकिल मज़दूरों को इकट्ठा किया, फिर उनसे पूछा,

"तुम लोग रोज़ कितना कमा लेते हो?"

"तीन-चार रुपये मालिक।" रहमान नामक एक मज़दूर ने कहा।

"तो दो दिनों के लिए यह घटिया काम छोड़ दो और मेरे साथ चलो, पाँच-पाँच रुपये रोज़ दिलवाऊँगा तुम लोगों को। साथ में पूड़ी-जलेबी का नाश्ता। चाय चाहे जितनी पीयो। चौक में और आसपास की गलियों में जुलूस बनाकर घूमना होगा, नारे लगाने होंगे। घबराते क्यों हो बच्चू, तुम लोगों का तो ज़माना आ रहा है। सरकार तुम्हारी ही बनने वाली है। अगर तुमने काम अच्छा किया और चुनाव में जीत हो गई तो तुममें से हर आदमी को एक-एक रिक्शा और एक-एक मकान दिलवा दूँगा..."

रामचरन दलाली और ठेकेदारी के क्षेत्र में शहर का एक उभरता हुआ व्यक्तित्व था। किसी सभा, जुलूस, सम्मेलन या अधिवेशन की सफलता के लिए आदमियों की ज़रूरत होने पर वह बयाना मिलते ही सैकड़ों-हज़ारों श्रोताओं और स्वयंसेवकों की सप्लाई कर सकता था। उसके यहाँ विदेशी कैमरे, टेपरिकॉर्डर, घड़ियाँ, पेन, फैन्सी कपड़े, जाड़े के कोट, जैकेट, कम्बल वग़ैरह भी बाज़ार से अधिक सस्ते दामों में मिल जाते थे। ज़मीन और मकान ख़रीदने के इच्छुक लोगों के लिए भी वह बहुत ही काम का आदमी था। वे दो दिन सचमुच दूबर और अन्य मज़दूरों के बहुत अच्छे बीते। उन्हें सचमुच पूड़ी-जलेबी खाने को मिली। जिस पार्टी के लिए उन्हें काम करना था, उसके झंडे लेकर वे सड़कों और गलियों में घूमे। दूबर के लिए यह नया अनुभव था और उसे बड़ा मज़ा आया।

तीन-चार दिन बाद फिर रामचरन उनके पास आया और उन सबको चुनाव में खड़ी किसी दूसरी पार्टी के चुनाव प्रचार करने के लिए दूसरे मुहल्ले में ले गया। उस चुनाव में तीन पार्टियाँ खड़ी थीं और रामचरन उन तीनों ही पार्टियों के लिए अलग-अलग दिनों में चुनाव प्रचार के लिए दूबर तथा अन्य मज़दूरों को ले गया। इन प्रचारों में पार्टियाँ व झंडे बदल जाते थे, पर एक-दो नारे छोड़कर और सभी नारे सभी पार्टियों के एक ही तरह के थे। सभी पार्टियाँ 'इंकलाब ज़िन्दाबाद', 'किसान-मज़दूर ज़िन्दाबाद' के नारे ज़रूर ही लगवाती थीं। दूबर के ये दिन बड़ी मस्ती से कटे। उसने गला फाड़-फाड़ कर नारे लगाए। बात-बात पर वह ख़ूब हँसता था। खाने-पीने का भी बड़ा आराम रहा उसे। प्रचार के आख़िरी दिन उसने रामचरन से पूछा था, "रिक्शा, मकान कब मिलेगा मालिक?"

"जल्दी दिलवाऊँगा बेटे, जीतने तो दो। जल्दी ही तुम लोग मौज़-मस्ती की दुनिया में सैर करोगे। फिर तो तुम मुझे भी नहीं पहचानोगे यार।" रामचरन अपनी आदत के विपरीत एक क्षण दाँत खोलकर हँस पड़ा।

इसके बाद दूबर की मानसिक दुनिया में एक ख़ास परिवर्तन यह हुआ कि वह भी भविष्य के सपने देखने लगा।

चुनाव समाप्त हो गया, जीतने वाले जीत भी गए, दूबर रोज़ ही सोचता कि रामचरन एक दिन आकर रिक्शा और मकान दिलवा देगा। पर रामचरन कहीं दिखाई नहीं देता।

इस उम्मीद में दिसम्बर का महीना कैसे बीत गया, उसे पता ही नहीं चला। पर नया वर्ष आते ही तापमान तेज़ी से गिरने लगा और सर्दी पेंग बढ़ाने लगी। दिन-रात कुहासा छाया रहता। दिन के दो-तीन बजे कुहासा कुछ छँटता हुआ-सा मालूम होता, कभी-कभी थोड़ी देर के लिए झँवराई हुई शक्तिहीन धूप, फिर सब कुछ वैसा हो जाता। रात को कुहासे के मारे धुआँ-ही-धुआँ नज़र आता। धरती ओस से तर हो जाती, शाम होते ही दुकानें फटाफट बन्द हो जातीं, लोग अपने घरों में घुस जाते और शहर लगभग निर्जन हो जाता।

दूबर से अब जाड़ा काटे नहीं कट रहा था। अब तक उसने जो कमाया था, वह खाने में ही ख़र्च हो गया था। उसके तन पर अब भी वही कपड़े थे जो गाँव से भगाते समय थे। उन कपड़ों पर मैल की तह जम गई थी। धोती कई जगह से फट गई थी। इस भयंकर जाड़े में लँगड़े, लूले, अपाहिज, भिखमंगे, जो पुल के ऊपर या मुसाफ़िरख़ाने में निश्चिन्त सोते थे, पता नहीं कहाँ ग़ायब हो गए थे। उसे बार-बार रामचरन की याद आती। कितना अच्छा होता अगर रामचरन इसी समय आ जाता और उसके लिए मकान और कपड़े दिलवा देता। लेकिन जब रामचरन नहीं आता तो उसे अपने गाँव की याद आने लगी। वह अपनी फूस की झोंपड़ी में पुआल पर कितने आराम से सोता था! वह पुआल में धँस जाता, कथरी ओढ़ लेता और उसके ऊपर पुआल डालकर अपने को ढक लेता। सोने के पहले उसकी माँ कितने स्नेह से गरम-गरम बाजरे की रोटी खाने को देती थी। यह सोचते ही इस निर्मम शीत में भी उसे गरमी-सी महसूस होने लगती।

रात में मुसाफ़िरख़ाने में सोना उसे बड़ा भयावना लगता। इतने बड़े मुसाफ़िरख़ाने में लोग दिखाई ही नहीं देते थे। कभी-कभी चार-छह मुसाफ़िर बड़े ही मजबूरी में उसे सोते हुए नज़र आते। जब तक पराँठे वाली की भट्ठी जलती रहती, वह वहीं आग तापता रहता। पर अब वह जल्दी ही अपनी दुकान बढ़ा देती थी। बाद में वह प्लेटफ़ार्म पर चला जाता था जहाँ पूड़ी बेचने वाले दस बजे तक खड़े रहते थे। वह ऐसे ही किसी दुकानदार की ठेलागाड़ी की धधकती हुई अँगीठी के पास खड़ा हो जाता था। जब एक दुकानदार वहाँ से भगा देता तो वह दूसरे की ठेलागाड़ी के पास चला जाता था। जब ठेलेवाले दुकान बढ़ाकर चले जाते तो वह मुसाफ़िरख़ाने में फिर आ जाता। रात भर वह कभी लेटता और कभी ठिठुरा बैठा रहता। कई बार वह काग़ज़, घास-फूस, सूखे पत्ते, तिनके बीन ले जाता और जलाता पर सब कुछ जल कर जल्दी ही समाप्त हो जाता और फिर ठिठुरन, गलन और कम्पन का सिलसिला शुरू हो जाता।

इधर उसकी कमाई भी कम हो गई थी। सर्दी के मारे स्कूल-कॉलेज बन्द हो गए थे, इसलिए छात्रों का आना-जाना भी कम हो गया था। इसके अलावा दफ़्तर के बाबू भी सर्दी के मारे अक्सर कम ही दफ़्तर जाते थे। इसकी वजह से उसे आधा पेट ही खाकर रह जाना पड़ता था।

एक दिन सवेरे ही बादल घिर आए और बूँदाबाँदी होने लगी। उस दिन दूबर को कोई काम नहीं मिला और वह दिन-भर भूखा रहा। वह मुसाफ़िरख़ाने में ही दिन-भर डग डग घूमता रहा। शाम को बादल साफ़ हो गए, पर ठंड और बढ़ गई और चारों तरफ़ पहले से भी अधिक कुहासा छा गया।

अगले दिन उस मौसम की भयंकरतम सर्दी थी। तापमान चार डिग्री सेंटीग्रेड से नीचे चला गया था जिससे घने कोहरे में लिपटा शहर बर्फ़ की एक विशालकाय

शिला के समान हो गया था। दिन के नौ बजने वाले थे। स्टेशन के सामने लोगों का आवागमन बहुत कम था। रिक्शावाले पाँच-छह से अधिक नज़र नहीं आते थे। चायवाले ने अपनी भट्ठी जला दी थी, पराँठावाली का अभी कहीं पता नहीं था। कुहासे में कुछ दिखाई नहीं देता था। यह भी संयोग की बात है कि दूबर ठीक उसी समय निबटने के बाद उधर से ही गुज़र रहा था। वह दोनों हाथों को कलेजे से सटाकर तथा आगे झुककर धीरे-धीरे फुदकते हुए इस तरह चल जा रहा था जैसे युद्ध के मोर्चे पर कोई सैनिक दुश्मन पर गुप्तघात करने के लिए चुपके-चुपके आगे बढ़ता है।

जब वह सड़क से स्टेशन की ओर मुड़ने को हुआ कि एक कार सामने से आकर रुक गई। कार की रोशनी जल रही थी। ड्राइवर ने बाहर निकलकर कार का दरवाज़ा खोला तो उसमें से दो व्यक्ति बाहर निकल आए। वे दोनों काले लम्बे ओवरकोट पहने हुए थे, जिनमें से एक अधिक लम्बा और मोटा था। उनके गले के चारों ओर मोटा आकर्षक गुलबन्द लिपटा हुआ था।

"ऐ कहाँ जा रहे हो?" लम्बे व्यक्ति ने गम्भीर आवाज़ में पुकारा।

दूबर ठिठक गया। फिर उसने धीरे से सिर घुमा कर उधर दृष्टिपात किया।

"आना इधर।" ठिगना व्यक्ति बोला।

दूबर बेहद डर गया। ठंड से पहले ही वह काँप रहा था, अब उसके हाथ-पैर और तेज़ी से हिलने लगे। डर के मारे उसका शरीर यंत्रचालित खिलौने की तरह स्वत: ही सीधा हो गया। लेकिन जब उसके दाँत बुरी तरह किटकिटाने लगे तो वह पहले की तरह फिर बदन सिकोड़ कर झुक गया। वह झुके-किकुरे ही उनके पास लँगड़ता हुआ पहुँचा।

"कौन हो जी तुम?" ठिगने व्यक्ति ने पूछा।

दूबर ने तिरछी दृष्टि से उनकी ओर देखा। फिर घिघियाई-सी आवाज़ में बोला, "चो...चोर...चा...चाई...न...नहीं हूँ सड़कार..."

उसके मुँह से आवाज़ ठीक से नहीं निकल रही थी। इसलिए वे दोनों समझ नहीं पाए कि वह क्या कह रहा है। लम्बे व्यक्ति ने पूछा, "तुम भिखमंगे हो न?"

"ही-ही-ई..."दूबर के मुँह से ऐसा ही जवाब निकल सका।

"ठीक है, ठीक है...ड्राइवर इसे एक कम्बल दे दो।" लम्बे व्यक्ति ने कहा, "घबराओ नहीं, ट्रक से अभी लकड़ी के कुन्द लाए जा रहे हैं...तुम लोग जलाकर ख़ूब तापना..."

ड्राइवर ने मोटर के पिछले हिस्से में चपतकर रखे कम्बलों की ढेर में से एक कम्बल निकालकर दूबर को दिया।

दूबर ने डरी-डरी दृष्टि से देखते हुए झिझक से कम्बल ले लिया। लम्बे व्यक्ति ने कहा, "यह तुम्हारे लिए है, और कोई भिखमंगा, लूला-लँगड़ा है इधर?"

कई दिनों से भिखमंगे वग़ैरह इधर नज़र नहीं आ रहे थे। उसने सिर हिला दिया।" चलो आगे देखते हैं..." यह कहकर वे दोनों पैदल ही कुछ आगे बढ़ गए। अख़बारों में कई दिनों तक आलोचनाएँ निकलने के बाद नगरपालिका की ओर से लकड़ी के कुन्दे गिराने और अपाहिजों को कम्बल बाँटने की कार्यवाही हो रही थी। अपाहिजों के मामले में भी यह शहर किसी से पीछे नहीं था, पर इतने सवेरे आसपास कोई नज़र नहीं आ रहा था। अन्य कुली-मज़दूर भी इस समय पता नहीं कहाँ थे, अन्यथा वे भी वहाँ पहुँच गए होते।

कम्बल चितकबरे रंग का अच्छा-ख़ासा मोटा था। हाथ में लेते ही दूबर को अद्भुत गर्मी महसूस होने लगी। इससे उसे रामचरन की याद आई। ज़रूर उसी ने यह कम्बल भिजवाया होगा, उसने सोचा। जीवन में उसने ऐसे कम्बल का स्पर्श भी नहीं किया था। कितना गदम्मड़ है, इसके रोएँ कितने मुलायम हैं। उसके मन में गुदगुदी होने लगी और ख़ुशी से उसके होंठ स्वत: ही फैल गए। वह दिन दूर नहीं, जब उसे रिक्शा और मकान दोनों ही मिल जाएँगे।

वह कम्बल लेकर मुसाफ़िरख़ाने में चला गया। उसे विश्वास ही नहीं हो रहा था कि कम्बल उसी का है। उसने बार-बार सशंकित दृष्टि से इधर-उधर देखा कि वे दोनों व्यक्ति कहीं आकर उससे कम्बल ले न लें। इसी से उसे कम्बल को खोलने की सहसा हिम्मत नहीं हो रही थी। कुछ देर तक मुसाफ़िरख़ाने में चक्कर लगाने के बाद उसने कम्बल की एक पर्त खोलकर उसे अपनी पीठ पर डाल लिया। कितना सुख मिल रहा है! यह सोचते ही उसमें न मालूम कहाँ का साहस उत्पन्न हुआ कि उसने पूरा कम्बल खोलकर उससे अपने पूरे शरीर को ढक लिया। उससे शरीर को इतना आराम और सुख मिला कि उसकी आँखों से आँसू गिरने लगे। उसका रोआँ-रोआँ रामचरन को आशीर्वाद देने लगा। इसके बाद वह मुसाफ़िरख़ाने के एक कोने में जाकर बैठ गया। उसने घुटनों में अपने सिर को छुपा लिया और ऊपर से सिर को कम्बल से ढक लिया। इतना सुख मिलने पर वह भावी जीवन के सपने देखने लगा।

उसने सोचा कि रिक्शा और मकान मिलने पर वह ख़ूब पैसे कमाएगा। फिर वह अपने माँ-बाप और भाई-बहनों को अपने पास बुलाएगा। अपने बप्पा से कहेगा, तुम चुपचाप बैठकर आराम करो। तुमने ज़िन्दगी में बहुत तकलीफ़ सही है, अब किसी की ग़ुलामी करने की ज़रूरत नहीं है। दूबर जब तक ज़िन्दा है, तुम चिन्ता-परवाह न करो, दोनों जून डटकर खाओ और दिन-भर बीड़ी-तमाखू पिओ। माँ से कहेगा, अब रोटी-नून खाने की ज़रूरत नहीं है, डटकर अरहर की दाल और आलू-बैंगन की तरकारी बनाओ, तुम्हारा दूबर किसी चीज़ की कमी नहीं होने देगा...और भी अपने गाँव की और अपने बचपन की उसे न मालूम कितनी बातें याद आने लगीं। सोचते-सोचते वह थक गया और ऊँघने लगा।

पर कुछ शोर-शराबा सुनकर उसकी नींद उचट गई। उसने कम्बल से सिर निकालकर देखा तो वह डर गया। कुछ लोग उसकी ओर इशारा करते और गालियाँ देते हुए उसी की ओर बढ़े चले आ रहे थे। वह चौकन्ना होकर खड़ा हो गया। उनमें गाँती बाँधे हुए अधेड़ उम्र के दो कोढ़ी, लँगड़ाता हुआ एक दुबला-पतला भिखमंगा और गुदड़ी ओढ़े हुए एक भिखमंगिन थी। इन चारों के पीछे मैले कपड़ों में लिपटे दो नाटे मज़दूर थे, जो साइकिल ढोने से लेकर मज़दूरी के अन्य छोटे-मोटे काम करते थे। उन दोनों में से एक ने दूबर की ओर उँगली से इशारा करते हुए कहा, "यही है साला।"

बात यह है कि कम्बल दिये जाने का दृश्य दो चार व्यक्तियों ने देखा था पर यह समाचार पता नहीं कैसे इस ठंड में भी आग की तरह फैल गया। वे सभी आक्रमणकारी सैनिकों की तेज़ी से दूबर के निकट आ गए। फिर उनमें से बूढ़ी भिखमंगिन आगे बढ़कर, दोनों टाँगों को फैलाकर और हाथों को तलवार की तरह नचाकर चिल्लाने लगी, "अरे हरामी, चोट्टा, मरकिलौना, तूने हमारा कम्बल क्यों ले लिया? बाबू लोग तो हमें देने लाए थे। जरिद्दर, जमामार, तुझे काल उठा ले जाए, तू सड़-सड़कर मरे! ला कम्बल दे दे नहीं तो लाद चीर दूँगी..."

इसके बाद तो सभी भिखमंगे एक ही साथ हाथ नचा-नचाकर बोलने लगे। लँगड़ा ग़ुस्से में आगे-पीछे इस तरह भचक रहा था जैसे नृत्य कर रहा हो।

"हरामजादे ख़ून पी जाऊँगा...कम्बल तो हमारे लिए आया था और तूने ज़बरदस्ती ले लिया! उनसे कह दिया कि यहाँ कोई भिखमंगा नहीं है! इतना ही शौक है कम्बल का तो भीख क्यों नहीं माँगता? किसी का हक़ क्यों मारता है।"

उस ठंड में बड़ा हाँव-हाँव, काँव-काँव मच गया। दूबर बार-बार कहता, "कम्बल मेरा है...उन लोगों ने अपने हाथ से मुझे दिया। तुम लोग थे ही नहीं... जाकर माँगो उनसे।"

इस हल्ला-गुल्ला से एक छोटी भीड़ इकट्ठी हो गई। और वे लोग कौतुक से इस झगड़े को देख-सुन रहे थे। इतने में क्या हुआ कि अपाहिजों के पीछे जो दोनों मज़दूर थे, वे आगे बढ़कर आए और उन लोगों ने लपक कर दोनों ओर से दूबर को पकड़ लिया और उनमें से एक ने कहा, "बुढ़िया, छीन ले कम्बल इससे, देखें क्या करता है। हम तो कहीं चले गए थे, नहीं तो देखते कैसे लेता यह कम्बल! हम लोग जाड़ा खाएँगे, यह कम्बल ओढ़ेगा?"

पर इसी समय न मालूम कहाँ से रामचरन वहाँ आ टपका। उसने डपट कर कहा, "ए, हटो यहाँ से...ऐसा हाथ दूँगा कि नानी याद आ जाएगी। इसको म्युनिस्पैलिटी वालों ने दिया है...मैंने ख़ुद देखा है, सब लोग म्युनिस्पैलिटी चले जाओ...सबको मिलेगा। नहीं मानोगे तो एक-एक को जेल में बन्द करवा दूँगा।"

रामचरन के तेवर को देखकर वे डर गए, और मज़दूरों ने दूबर को छोड़ दिया। इसके बाद वे 'सच, मिलेगा बाबू' कहते हुए खिसक गए।

"चलो तुम लोग।" रामचरन ने भीड़ के लोगों से कहा। जब वे चले गए तो रामचरन ने दूबर से पूछा, "क्या नाम है तुम्हारा? भूल रहा हूँ..."

दूबर के अपना नाम बताने पर रामचरन ने इधर-उधर सशंकित दृष्टि से देखा कि पास में तो कोई नहीं है, फिर आगे मुँह बढ़ाकर धीमे स्वर में उसने कहा, "देख भाई, मेरा कोई स्वार्थ नहीं है, पर तुम्हें सही राय दूँगा। एक तो तुमने ग़लत काम किया है, ये कम्बल भिखमंगों के लिए थे, तुमको यह कम्बल नहीं लेना चाहिए था। अगर उन लोगों को मालूम हो गया तो कम्बल भी छीन लेंगे और तुम्हें जेल भी भेज देंगे। फिर यह अस्पताली कम्बल है, विलायत से मँगाया गया है, इसमें रोग का छूत है, इसे जो ओढ़ेगा हैजा, टी.बी., कैंसर से जल्दी ही मर जाएगा।" फिर उसने इधर-उधर देखा, "और इसे तू रखेगा कहाँ बे? काम-धाम कैसे करेगा? कम्बल तुम लोगों के लिए थोड़े है बच्चू! तुम्हें तो ऐसी चीज़ चाहिए जिसे तुम ओढ़ कर काम-धाम कर सको। और देख दूबर, ये सब बड़े हरामी हैं, तुमसे कम्बल तो छीन ही लेंगे, तुम्हें मार भी डालेंगे। इन सालों को मैं जानता हूँ। एक बात करोगे..."

"क्या मालिक...?"

रामचरन कुछ सोचते हुए बोला, "मेरा कहना मान, इस मनहूस कम्बल को बेच दे। करेगा भी क्या, जाड़ा दो-चार दिन में ख़त्म हुआ जाता है फिर यह कम्बल तेरे लिए बेकार हो जाएगा। मैं जानता हूँ कुछ और भी भिखमंगों को कम्बल मिले हैं, उन्होंने अपने-अपने कम्बल बेचकर पैसे कमा लिए हैं। न कम्बल उनके लिए बना है और न वे कम्बल के लिए बने हैं। कोई लेगा तो नहीं इसे, पर मैं 30 रुपये इसके किसी से दिलवा दूँगा, इस रुपये से कोई धन्धा शुरू कर देना, कल मैं तुझे लइया और मँगफली दिलवा दूँगा, तुम शहर में घूम-घूमकर बेचना और पैसा पीटना। रोज़ तुझे इतना मिल जाएगा कि दोनों जून डटकर नाश्ता-भोजन कर लेगा और इतना पैसा बच रहेगा कि दूसरे दिन के धन्धे के लिए मूँगफली...लइया ख़रीद सकेगा..."

"मकान और रिक्शा, मालिक?"

"अरे वह तो मैं दिलवाऊँगा ही। तुम लोगों के लिए तो हमेशा जान देता रहता हूँ—मालामाल कर दूँगा एक दिन तुझे..."

इसके बाद रामचरन और भी धीमी आवाज़ में दूबर से पता नहीं क्या साँय-साँय करता रहा। तत्पश्चात वे दोनों बाहर निकल गए। रामचरन उसे पतली गलियों में घुमाता हुआ ले गया और एक जगह उसे खड़ा करके एक मकान के अन्दर घुस गया। कुछ देर बाद ही मकान से निकलकर उसने पच्चीस रुपये दूबर की मुट्ठी में दबा दिये। फिर कम्बल उससे लेने के बाद मसूड़े निकालकर हँसते हुए वह बोला, "जा मौज़-मस्ती कर। पाँच रुपये बाद में ले लेना, उस आदमी के पास थे ही नहीं..."

पैसे लेकर दूबर चलता बना। रामचरन ने उससे ऐसी बातें की थीं, जिनसे वह बहुत प्रसन्न था। पैसे की गर्मी भी अलग थी। पहले इतने रुपये एक साथ उसके पास कहाँ होते थे? इस ठंड में भी वह अकड़ कर इस तरह चल रहा था जैसे कहीं का बादशाह हो। रामचरन क्या कह रहा था? वह भी घोर ग़रीबी से उठा था। वह कल से मूँगफली बेचेगा और पैसे कमाएगा। किसी की ग़ुलामी नहीं करेगा।

स्टेशन पर आकर पराँठेवाली को देखकर उसे ज़ोरों की भूख लग आई। कल से उसने कहाँ खाया था? उसने पराँठेवाली को मुट्ठी खोलकर रुपयों को दिखाते हुए घमंड से कहा, "बहुत ठगती हो काकी। एक दिन सिपाही तुम्हें उठा ले जाएँगे... जेल में चक्की पिसवाएँगे। ताज़ा और गरम-गरम खिलाती जाओ...?"

पराँठेवाली को ग़ुस्सा तो बहुत आया पर रुपये देखकर वह मुस्कराने लगी। वह नाक सुड़क-सुड़क कर पराँठे खिलाने लगी। आलू की सब्ज़ी भी ख़ूब बनाती है काकी। खाकर तबीयत मस्त हो जाती है। अँगीठी की आग से सटकर उसने पराँठे ख़ूब खाए। खाने के बाद उसने पानी भी ख़ूब पीया। फिर मुसाफ़िरख़ाने में आकर एक कोने में बैठकर लुढ़क गया। ऊपर से उसने अँगोछा ओढ़ लिया। अब वह साइकिल ढोनेवाला घटिया काम नहीं करेगा, कल से मूँगफली वाला धन्धा जमाएगा। यह सोचते-सोचते उसे नींद आ गई।

जब उसकी नींद खुली तो शाम हो गई थी। वह उठ बैठा। सारी देह उसकी अकड़ी हुई थी। बहुत ज़ोर का जाड़ा उसे लग रहा था। सर्दी और भी बढ़ गई थी। कोहरा छँटने का नाम नहीं। इसके अलावा हवा तेज़ चल रही थी और शरीर में डंक की तरह लग रही थी। वह बाहर निकलकर चौराहे पर आ गया, जहाँ लकड़ी के कुन्दे जल रहे थे और बहुत से लोग ताप रहे थे। वह भी बैठकर तापने लगा। आग कितना मज़ा दे रही थी!

आग का सुख मिलने पर उसे फिर भूख लग आई, उसने पराँठेवाली दुकान पर फिर पराँठे खाए। इसके बाद उसने फिर आग तापी, पर बैठे-बैठे उसे झपकी आने लगी। वह मुसाफ़िरख़ाने में आ गया, एक जगह उसने लेटने की कोशिश की, पर उसका शरीर इस तरह हिलने लगा, जैसे भूकम्प आ गया हो। ऐसी ठंड तो कभी पड़ी नहीं थी। उसका सारा शरीर सुन्न हो गया था। ठंड इतनी भयंकर थी कि जाड़े का एहसास ख़त्म हो गया था, बस कभी-कभी जलन-सी महसूस हो रही थी। लगता था, जाड़ा न ऊपर है और न नीचे, न अगल है न बग़ल, बल्कि उसके शरीर के अन्दर बैठकर उसको दलका रहा है।

रात बढ़ती जा रही थी। चारों ओर सन्नाटा छाया हुआ था। वह किकुरी मार कर बैठा रहा कुछ देर तक, पर जब नहीं बैठा गया तो वह प्लेटफ़ार्म पर चला गया। वह पूड़ी बेचनेवालों की ठेलेगाड़ियों के पास खड़ा हो-होकर आग तापता रहा।

पर जब वे लोग चले गए तो वह फिर मुसाफ़िरख़ाने में आ गया। पूरा मुसाफ़िरखाना ख़ाली था, बस एक जगह दीवार से सटकर चार मुसाफ़िर कम्बल सिर तक ओढ़कर सोये थे। दूबर से वहाँ बैठा न गया। वह लँगड़ता हुआ बाहर चौराहे पर आ गया, पर वहाँ लकड़ी के कुन्दे भी नहीं थे। पता नहीं कौन लोग कुन्दे उठाकर ले गए थे!

वह हार कर फिर मुसाफ़िरख़ाने में आ गया। वह कहाँ जाए? उसे घर की याद आने लगी—गरम-गरम पुआल की और अपनी कथरी की। उसे अफ़सोस होने लगा कि बेकार ही उसने कम्बल बेच दिया था। वह एक जगह मन मार कर बैठ गया पर उसका शरीर मिर्गी के रोगी की तरह काँप रहा था। जब उसे बर्दाश्त नहीं हुआ तो वह उठकर धीरे-धीरे उन चार मुसाफ़िरों की तरफ़ बढ़ा जो कम्बल ओढ़ कर लेटे थे। तीन मुसाफ़िर तो एकदम सटकर सोये थे और चौथा थोड़ा अलग हटकर सोया था। दूबर चुपके से लेट गया और तीसरे तथा चौथे मुसाफ़िर के बीच में ख़ाली जगह के अन्दर सरकने लगा। पर जाड़े के मारे उन मुसाफ़िरों को भी नींद नहीं आ रही थी। जब चौथे मुसाफ़िर को सरसराहट-सी महसूस हुई तो उसने मुँह पर से कम्बल हटाकर देखा। दूबर को देखकर वह डर गया और उछल कर चिल्लाया, "चोर...चोर...कौन है रे तू..." उसने दो हाथ दूबर को लगा दिया।

"अरे नहीं बाबू...चोर नहीं हूँ...जा...जाड़ा लग रहा है..."

"तो यहाँ क्या आ रहा है? जाकर कम्बल रजाई ओढ़ कर सो रह। भाग यहाँ से नहीं तो पुलिस को बुलाता हूँ।"

तीनों मुसाफ़िर भी उठ बैठे। दूबर वहाँ से भाग गया। वह उनसे काफ़ी दूर जाकर एक जगह दीवार से सटकर बैठ गया। वह ख़ूब रोना चाहता था, पर उसे रोया नहीं गया ठंड के मारे। वह लेटकर सोने की कोशिश करने लगा। लेकिन जल्दी ही वह बैठ गया। कुहरे में खोयी रात बर्फ़ हो गई थी। वह घुटनों के अन्दर मुँह डाल कर पड़ा रहा। उसे फिर माँ-बाप और घर की याद आ रही थी। कुछ देर बाद वह मूँगफली, मकान, रिक्शा, रामचरन के बारे में सोचने लगा। उसने देखा कि वह खोंचा लेकर शहर में घूम रहा है। बाबू लोग उससे मूँगफली लेकर ख़ूब खा रहे हैं। ख़ूब पैसे उसके पास आ रहे थे। अचानक उसे लगा कि वह ख़ूब मोटा कम्बल ओढ़कर आराम से सो रहा है। बड़ा सुख मिल रहा है उसे और वह गहरी नींद में सो गया है...

पता नहीं कब वह नीचे लुढ़क गया। फिर वह कुछ बड़बड़ाने लगा। बड़बड़ाते हुए उसने दो-तीन बार हाथ उठाकर हवा में मुट्ठी तानी, शायद एक बार उसके मुँह से निकला, 'ज़िन्दाबाद'। हाथ नीचे गिरने के बाद उसके मुँह से बुद-बुद की आवाज़ निकलने लगी, जैसे किसी छेद से पानी निकलने की कोशिश कर रहा हो। देर तक ऐसी आवाज़ निकलती रही। अन्त में वह भी बन्द हो गई।

कुहासे की रात भींगती रही, भींगती रही। लगता था, इस कुहासे का कोई अन्त नहीं है और यह शहर में ही नहीं, सारे देश में फैल गया है। जब सवेरा हुआ और जमादार झाड़ू लगाने आया तो उसे देखकर वह चिल्लाया, "अरे, यह तो मर गया..."

उसकी लाश देर तक पड़ी रही। बाद में कुछ भीड़ इकट्ठी हो गई। लाश लावारिस पाई गई थी। कुछ देर बाद उसे पोस्टमार्टम के लिए भेज दिया गया। यह जानना ज़रूरी था कि उसकी स्वाभाविक मृत्यु हुई थी या किसी ने इसको ज़हर-वहर दे दिया था अथवा किसी ने गला घोंटकर मार डाला था।

बउरैया कोदो

कई दिनों की बारिश के बाद जब चटक धूप निकल आती है तो घरों के अन्दर और बाहर भी विशेष चहल-पहल नज़र आती है। सवेरे आपस में खेलने वाले कुत्तों की तरह बच्चे धमाचौकड़ी मचाए हुए थे। देखते-ही-देखते अनेक घरों के सामने गन्दे तोशक, छटी हुई धोतियाँ, साड़ियाँ, बच्चों के कपड़े और पोतड़े पसार दिए गए। इसी अवसर का लाभ उठाकर रामबाबू बनिया ने अपने घर के सामने खुले सहन में एक पुराना टाट बिछाकर उस पर एक ओर बारिश में भीगे चने और दूसरी ओर कोदो धूप में सूखने के लिए डाल दिये।

सूखते हुए अनाज की रखवाली के लिए रामबाबू बनिया पहले स्वयं टाट के पास एक कुर्सी पर डंडे के साथ बैठ गया। लपकती हुई मुर्ग़ी, बकरी या गाय डंडा फटकते ही दूसरी ओर मुड़ जाती थी। पर जल्दी ही रामबाबू की कमर दुखने लगी। फिर काम का भी हर्ज़ा हो रहा था। उसने अपने बारह वर्षीय पुत्र प्रकाश को डपटकर वहाँ बिठाया और स्वयं मकान के अन्दर लुप्त हो गया।

प्रकाश के साथ यह अन्याय ही था क्योंकि कुछ ही दूरी पर उसके साथी गुल्ली-डंडा खेल रहे थे। फिर तो वह स्वयं बीच-बीच में उठकर गुल्ली-डंडा खेलने चला जाता और कोई जानवर अगर अनाज खाने पहुँच जाता तो कुर्सी पर पुन: बैठकर डंडा भाँजने लगता। ऐसे ही घपले के बीच पता नहीं किधर से एक गधा सूँघता-चरता उस टाट के पास पहुँचकर कोदो पर मुँह मारने लगा।

गधे की शक्ल-सूरत और रंग-ढंग हू-ब-हू एक देशी गधे की तरह ही था। एकदम सीधा-सादा और गम्भीर। दुनिया के ताम-झाम के प्रति उदासीन और अपने काम से काम। उसकी अगली दोनों टाँगों को नीचे की तरफ़ एक रस्सी से बाँध दिया गया था जो न अधिक मोटी थी और न बहुत कसी हुई। प्रकाश गुल्ली-डंडा खेलने में बेहद मस्त था जिसका लाभ उठाते हुए गधा बहुत सफ़ाई, तरीके व फुर्ती से कोदो पर अपना मुँह चला रहा था। कैसा सुन्दर मौसम था और कैसा सुन्दर भाग्य था उसका!

जब वह काफ़ी कोदो खा चुका तो उसने अचानक खाना बन्द कर दिया। उसके फ़ौरन बाद दूसरी ओर मुँह करके और उसी के अनुसार अपने शरीर को घुमाकर

और साधकर इस तरह खड़ा हो गया, गोया किसी गम्भीर, दार्शनिक समस्या पर विचार कर रहा हो। कुछ देर तक वह इसी तरह विचारमग्न रहा, फिर तेज़ी से उछला, लेकिन अगली टाँगों में रस्सी बँधी होने के कारण वह लड़खड़ा कर गिर पड़ा। कुछ प्रयास के बाद ही वह जल्दी उठ खड़ा हुआ, खड़ा होकर फिर उछला, पर अबकी बार टाँगों की रस्सी टूट गई और मुक्त होकर वह सरपट दौड़ पड़ा।

जब गधा पहली बार उछला उसी समय प्रकाश तथा उसके साथियों का ध्यान उधर आकर्षित हुआ। पर वे एक या दो बार ही चिल्ला सके। उसके बाद तो गधा दिशाहीन होकर सरपट दौड़कियाँ करने लगा और बच्चे गुल्ली-डंडा वहीं छोड़कर नौ-दो ग्यारह हो गए। किसी धार्मिक जुलूस में तलवार भाँजने का कमाल दिखाने वाला जिस तरह हर दिशा में दौड़कर हवा में तलवार भाँजता और घोंपता है, उसी तरीके की दौड़ गधे की भी थी। पहले वह सरपट दौड़कर रामबाबू के बरामदे में गया। वहाँ अचानक रुककर घूम गया और बाहर की ओर दौड़ पड़ा। तत्पश्चात पूर्व दिशा में कुछ दूर तक सरपट भागा। अचानक वह रुका और एक भौंकते हुए कुत्ते पर दुलत्तियाँ झाड़ दीं और कुत्ता काँय-काँय करता हुआ वहाँ से भाग चला। फिर पश्चिम दिशा में दौड़ता हुआ वह कुछ दूर तक गया और वहाँ से लौटते हुए उसने ऐसा कोण बना लिया कि तीर की तरह रामबाबू के घर के अन्दर घुसकर आँगन में पहुँच गया। वहाँ धूप में रखे अचार से भरे दो घड़ों व एक जार को फोड़ने का श्रेय अर्जित करने के बाद वह वापस आकर सरपट दौड़ने लगा। औरतों ने पहले ही आँगन व बरामदे में भागकर अपने को कमरों में बन्द कर लिया था। रामबाबू भी घर में ही कहीं ग़ायब हो गया था।

गधे के करतब देखते ही सबके होश फाख़्ता हो गए। भय और आतंक से सभी काँप रहे थे। लड़कों को कमरे में बन्द कर दिया गया या घर से दूर भगा दिया गया। कई घरों के दरवाज़े बन्द कर दिये गए। वयस्क पुरुष वहाँ से तितर-बितर होकर डरे हुए बन्दरों की तरह सुरक्षित दूरी पर खड़े थे। कुछ ही देर में मुस्टंड क़िस्म के पाँच-छह लोग हाथों में डंडे लिए हुए मज़बूत साहस के साथ वहाँ आ डटे कि गधा उधर दौड़ता हुआ आए तो उसको पीठ पर डंडे बरसाए जाएँ।

कुछ लोगों को लाठियों सहित इकट्ठा देखकर छह-सात और लोग हिम्मत करके उनके पास आ गए।

"किसका गधा है?" किसी ने धीमे स्वर में पूछा।

एक अधेड़ व्यक्ति चामत्कारिक ढंग से बोले, "अरे कौन जाने भैया। रोज़ ही न मालूम कितने गधे इस मुहल्ले में आते हैं और चले जाते हैं। अब यही जानना हमारा काम रह गया है कि कौन-सी मुर्ग़ी किसकी है और कौन-सा गधा किसका है? उन लोगों को क्या, हम तो उनके नौकर हैं, वे इत्मीनान से अपने जानवर छोड़ दें,

हम उनकी दिन-भर रखवाली करें और किसी दिन उनके किसी जानवर को कुछ हो गया तो लाठी-बन्दूक के साथ लड़ने-भिड़ने के लिए आ जाएँगे।"

वह विचित्र गधा था। उससे यह भी नहीं होता था कि दूर-दृष्टि से काम ले और मुहल्ला छोड़कर किसी वीरान मैदान में निकल जाए। वह उसी मुहल्ले में और वहीं पूरब से पश्चिम, पश्चिम से पूरब और उत्तर से दक्षिण और दक्षिण से उत्तर किये हुए था। लोग अनिश्चय की स्थिति में थे कि गधा पता नहीं कब कौन-सा रूप धारण कर ले।

अचानक एक तमाशबीन पदयात्री ने वहाँ प्रवेश कर एक सवाल फेंका, "गधा तो भाई बड़ा सीधा-सादा जानवर है। इसे क्या हो गया, क्या पहले शान्त था?"

"हाँ भैया, पहले तो एकदम शान्त था। अचानक ही इस पर भूत सवार हुआ।" भीड़ में से किसी ने उत्तर दिया।

"कहीं किसी कुत्ते की अँठई तो इस पर नहीं चढ़ गई? वही परेशान कर रही होगी। जब कुत्ता परेशान हो जाता है तो गधा फिर गधा ही है।"

इस उक्ति से कोई प्रभावित नहीं हुआ। एक व्यक्ति ने लापरवाही से कहा, "होगा साहब।" फिर वह गधे की ओर देखने लगा। इस समय गधा एक जगह चुपचाप खड़ा था। क्या सोच रहा है वह? बाप रे, पता नहीं कब उछलना-कूदना शुरू कर दे।

सम्भवत: अब नवागन्तुक पदयात्री गधे की खाद्य समस्या पर ही विचार करने लगा था क्योंकि उसने उसी समय पूछा, क्या खाया है उसने?"

"गधा जो कुछ खा सकता है, वही तो खाएगा?" किसी ने चिढ़कर कहा।

"भैया बिगड़िए मत। यह भी तो हो सकता है कि उसने जो कुछ खाया हो उसमें भाँग, धतूरा या नशे की कोई चीज़ मिली हो।"

"भाँग-धतूरा कहाँ से आ जाएगा? आप जानते हैं कि गधा घास-वास चरता रहता है। यह भी घास चरता हुआ इधर आ गया। वहाँ रामबाबू बनिया के घर के सामने टाट पर चना और कोदो फैलाकर रखे थे सूखने के लिए। यह सब तो गधा लोग खाते ही रहते हैं।"

आगन्तुक पदयात्री ने उस विज्ञ की तरह, जिसने सबको निरुत्तर कर दिया हो, उपेक्षाभरी संक्षिप्त हँसी के बाद कहा, "मैं भी चक्कर में था कि आख़िर बात क्या है भैया, इस गधे ने बउरैया कोदो खा लिया है।"

इस विशेष सूचना से सबकी आँखें बटन हो गईं और मुँह खुल गए।

"यह क्या चीज़ होती है भाई?"

"सुनिए, सुनिए।" आगन्तुक ने भीड़ की जिज्ञासा शान्त करने के लिए समझाया, "कोदो तो आप भाई लोग जानते ही हैं। साधारण कोदो जानवर, आदमी सभी खाते हैं, कुछ भी नहीं होता। पर कोदो की किसी-किसी फसल में बड़ी गर्मी होती है। यह कोदो आदमी, जानवर जो भी खा लेता है, उसके दिमाग़ पर गर्मी चढ़ जाती है

और वह पागल, बउरैये की तरह व्यवहार करने लगता है। अब समझो भाई कि दिमाग़ की गर्मी बड़ी ख़राब चीज़ होती है, कारण चाहे जो भी हो। बस, बउरैया कोदो खाकर इसकी यह दशा भई है।"

"मैं तो बड़ों-बड़ों की गर्मी झाड़ देता हूँ, यह तो गधा ही है।" एक मुच्छैल मोटे व्यक्ति ने अपनी बहादुरी का ऐलान करते हुए अपनी छाती ढाल की तरह आगे निकालकर अपनी लाठी तलवार की तरह तान ली।

पर उसकी तमन्ना दिल में ही रह गई। ठीक उसी समय एक मकान से दुबके-दुबके निकलकर एक अधेड़ टीकाधारी महापुरुष ने नंगे बदन वहाँ प्रवेश किया, जिनकी छाती में खिचड़ी बाल झौवे की तरह हिल रहे थे। उन्होंने धोती इतनी ढीली-ढाली पहन रखी थी कि उसके पुछटे के बीच से बिलैया कूदकर निकल जाए। वह मुहल्ले के प्रतिष्ठित वकील, नगरपालिका के सदस्य और महिलोत्थान निकेतन नामक संस्था के अध्यक्ष भी थे। उन्होंने लाठीधारी मुच्छैल को हाथ से बरजते हुए कहा, "ना भैया, ऐसा करना मत, बड़ा अनर्थ हो जाएगा।"

"क्या हो जाएगा चचा?" मुच्छैल ने ग़ुस्से से हकलाते हुए पूछा।

एक दूसरा लठैत तो और भी तेज़ आवाज़ में बोला, "अजीब बात है...न ख़ुद कुछ करेंगे और न हमें करने देंगे...इसकी दौड़ और दुलत्तियों से न मालूम कितनी गाय, बकरी, कुत्ते घायल हो गए, कितने सामान फूटे और बरबाद हो गए। चारों ओर कीचड़, धूल और गन्दगी फैल गई। मर्द, स्त्री, बच्चे सभी डरे हुए हैं। आप ही बताइए, इससे अधिक अनर्थ क्या होगा?"

"भैया बात समझो, शान्ति से काम लो। नहीं मानोगे तो सबको भुगतना पड़ेगा। इस मुहल्ले में कौन-सा कर्म नहीं होता? अब पाप का घड़ा भर गया समझो। जब अति हो जाती है तो ईश्वर भी कुपित हो जाता है। यह गधा नहीं, कोई अवतार है। जो जीवात्मा महान होती है, उसी में परमात्मा अवतरित होता है। हमारे पाप कर्म से ये नाराज़ हैं। इनकी पूजा करो, इनके हाथ जोड़ो, इनको शान्त करो..."

तिलकधारीजी की बात सबको तर्कसंगत लगी। ऐसे विद्वान व अनुभवी व्यक्ति झूठ बोलेंगे? सचमुच उन्होंने किसी साधारण गधे को ऐसी लीलाएँ करते हुए कभी नहीं देखा था। नहीं, यह कोई साधारण जीव नहीं है, ज़रूर इसमें ईश्वरीय शक्ति है। कुछ लोगों ने तो गधे की ओर मुँह करके गद्गद भाव से मुस्कराते हुए श्रद्धापूर्वक हाथ जोड़ दिये। और लठैतों का गुब्बारे की तरह फूला हुआ उत्साह भी धीरे-धीरे पिचकने लगा।

"आप भी अजीब बात करते हैं, चाचा। क्या सबूत है आपके पास?" मुच्छैल ने अनमने भाव से पूछा।

उत्तर मिला, "अरे, ईश्वरीय लीला के बारे में सबूत पूछा जाता है? लोगों को रोग-शोक क्यों होता है? लोग भूचाल और महामारी से क्यों मरते हैं? यह सब दैवी

प्रकोप से होता है। हमारे पाप का यह फल है। इन पर ईश्वरीय प्रतिभा सवार है, इसीलिए ये ऐसी हरकतें करते हैं। इनकी पूजा करो, नहीं तो इस मुहल्ले पर बड़ी भयंकर विपत्ति गिरेगी।"

और जैसे टीकाधारी व्यक्ति की बात को सत्य सिद्ध करने के लिए थोड़ी दूर पर घास चरते हुए गधे ने सिर उठाया और अचानक सीधे उसी दिशा में दौड़ पड़ा, जिधर भीड़ खड़ी थी। मुच्छैल की वीरता हिरन हो गई और वह फ़ौरन से पेश्तर भाग चला। यह सोचकर वह डरा कि अवहेलना और अवज्ञा-भरी उसकी बातों से नाराज़ होकर ही वह सर्वशक्तिमान गधा सिर्फ़ उसी को दंड देने के लिए उधर दौड़ा आ रहा है। उसके बाद तो अन्य सभी पलायन कर गए। पर गधा वहाँ तक नहीं पहुँचा, बल्कि उसके पहले ही एक जगह खड़ा हो गया और फ़ौरन घूमकर दूसरी दिशा में दौड़ते हुए पुनः एक अन्य व्यक्ति के घर में घुस गया। घर के अन्दर से एक विचित्र चीख़-चिल्लाहट उभर आई, पर वह अवतारी जीव वहाँ कई सामान को तोड़ते-फोड़ते फिर बाहर निकल आया और एक जगह चुपचाप खड़ा हो गया।

अब तो बेपनाह भय और आतंक व्याप्त हो गया और किसी को भी सन्देह नहीं रहा कि गधे में किसी ऐसे देवता का निवास है जो बेहद क्रुद्ध है। अब तो सबको अपनी ग़लतियाँ व तुच्छताएँ भयंकर अपराध की तरह लगने लगीं और स्त्री-पुरुष, जो भी जहाँ खड़े थे, उन्होंने हाथ जोड़ दिये।

गधा जब कुछ देर तक चुपचाप खड़ा रहा, जैसे मुहल्लेवालों की करनी पर और गम्भीरता से विचार कर रहा हो, तो विभिन्न घरों में बूढ़े और बुज़ुर्ग लोग शंका से धीरे-धीरे पाँव रखते हुए फिर बाहर निकलकर एक जगह इकट्ठे हो गए। इस बार नौजवान और बच्चों को विशेष रूप से बाहर निकलने से मना कर दिया गया क्योंकि उनकी नादानियों का फल सबको भुगतना पड़ता है।

"कुछ सोच रहे हैं..." किसी ने कहा।

"यह हाथ जोड़ने का फल है, मैंने तो पहले ही समझ लिया था। पूजा-पाठ में बड़ा ज़ोर होता है। हम इससे दूर हटते जा रहे हैं, इसीलिए ऐसी हैरानी-परेशानी आती है।" तिलकधारी ने गद्गद भाव से कहा।

"अरे, मैं तो पहले से ही डंडा-वंडा के ख़िलाफ़ था। लौंडे-लपाड़ी सब काम बिगाड़ देते हैं। बड़े-बुज़ुर्गों से पूछ लेना चाहिए। ख़ैर चलिए, कुछ असर तो हुआ..." यह टिप्पणी थी एक पैंटधारी अधेड़ सज्जन की, जिन्होंने तोते की तरह गर्दन टेढ़ी कर ली थी।

"हमें तो रोज़ गर्दभ भगवान की पूजा करनी चाहिए..."

इसी समय एक और आश्चर्यजनक दृश्य उपस्थित हुआ। रामबाबू बनिया की पत्नी कलावती महिलोत्थान निकेतन की सदस्या भी थी। उसके नेतृत्व में अधेड़ व बूढ़ी औरतों का एक दल बाहर निकलकर मैदान में एक तरफ़ गधे को हाथ

जोड़कर खड़ा हो गया। इसके बाद फ़ौरन उनके कंठ से किसी भजन या पूजा गीत की तरह एक समवेत स्वर फूटकर गूँजने लगा।

"यह सही काम हुआ है।" तिलकधारीजी ने मुस्कराते हुए कहा।

पहले तो समझ में ही नहीं आया कि कौन-सा पूजा-गीत गाया जा रहा है। बाद में अनुमान किया गया कि वह उपासना का एक प्रचलित गीत ही है। गधे की पूजा के लिए कौन-सा गीत गाया जाए, यह अवश्य उन महिलाओं के सामने समस्या रही होगी, पर जब कलावती जैसी विदुषी महिलाएँ भी उपस्थित रहती हैं तो ऐसी कठिनाइयाँ आसानी से दूर भी हो जाती हैं। बाद में तो और कई भजन और गीत गाए जाने लगे और आरती भी की गई।

गधा एकदम निश्चल और शान्त खड़ा था। अब सर्वसम्मत राय थी कि यह पूजा-पाठ की ही करामात है। तिलकधारीजी ने उत्साह से कम्पित स्वर में चिल्लाकर कहा, "सब लोग अपने मकान के दरवाज़े खोल दें। जिस घर में उनका प्रवेश हो जाएगा, वह पवित्र हो जाएगा।"

इस आदेश का जादू जैसा असर हुआ और उसका परिपालन तत्परता से किया गया। उसके बाद लोग धैर्यपूर्वक इन्तज़ार करने लगे कि गर्दभ देवता अपनी लीला शुरू करें और उनके घरों में प्रवेश करें। इसी समय गधा एक बार फिर हरकत में आ गया, पर यह हरकत उसकी सीमित थी, उस ग़ुस्सैल कुत्ते की तरह, जो ज़ंजीर तुड़ाने के लिए चारों दिशाओं में भागने की असफल कोशिशें करता है। कुछ क्षणों की चौमुखी हरकतों के बाद गधा फिर शान्त होकर दूसरी दिशा में मुँह करके खड़ा हो गया। कुछ देर बाद तो वह आगे बढ़कर वहाँ उगी घास को चरने भी लगा।

काफ़ी समय बीत गया और सूरज सिर पर चढ़कर ढलान की ओर बढ़ने लगा। अब गधा घास चरता अथवा कूड़ा-करकट पर मुँह मारता हुआ भीड़ की उल्टी दिशा में अग्रसर हो रहा था। लोग आश्वस्त हो रहे थे और तनाव की रेखाएँ लुप्त होने से उनके चेहरे ढीले-ढाले, अस्वाभाविक और बेरौनक दीखने लगे। इस भाव परिवर्तन के बाद वे महसूस करने लगे कि वे बेहद थक गए हैं और भूख से उनके पेट भी कुड़बुड़ाने लगे हैं। पर औरतों का भजन-कीर्तन मद्धिम स्वर में अब भी जारी था।

"भई, हमारे देश में धर्म-कर्म औरतों से ही चलता है।" तिलकधारी महानुभाव वहाँ से खिसकने से पहले हँस पड़े।

"अरे भइया, हमारा ही ऐसा देश है, जहाँ की औरतें पतिव्रता और सती होती हैं, इसीलिए तो उनकी प्रार्थना में इतना ज़ोर होता है।"

उक्त अमृत वचन के साथ एक दूसरे सज्जन भी आत्म प्रशंसा के भाव से दूसरों को देखते हुए वहाँ से खिसक गए। धीरे-धीरे भीड़ छँटने लगी। बाद में तो औरतें भी ग़ायब हो गईं। अन्ततः बाहर का माहौल एकदम सामान्य हो गया, गोया कुछ देर पहले कोई घटना घटी ही न हो।

गधा उसी तरह से चुपचाप घास चर रहा था। बीच-बीच में वह थोड़ा आगे भी सरक जाता। बूढ़े बुज़ुर्गों ने तो सूझ-बूझ, बुद्धिमत्ता और भक्तिभाव से सदा की तरह संकट को टाल दिया था। अब वे निश्चिन्तता के साथ डटकर भोजन करने के बाद आराम कर रहे थे। औरतें भी बेहद थकी थीं। पर उन सबके स्थान पर बाहर नौजवानों का एक दल खा-पीकर आ डटा, जिसमें दूसरे बड़े शहरों में ऊँची शिक्षा प्राप्त करने वाले, नौकरियों की प्रतियोगिताओं में लगातार बैठने वाले तथा ओवर एज हो गए बेकार छात्र भी थे। अभी-अभी बूढ़े बुज़ुर्गों ने जिस जानवर में देवत्व के दर्शन किये थे, उसी में असाधारणता के लक्षण वे भी ढूँढ़ने लगे।

"यार, उधर देखो, उसके कान किस तरह काँप रहे हैं।" किसी नौजवान ने कहा।

"बीच-बीच में पूँछ क्यों फड़फड़ा रहा है?"

"यार, आँखों को देखो, जैसे ग़ुस्से में लाल हो रही है।"

"भाई हो सकता है कि यह कोई दैवी शक्ति हो, इसलिए सम्मान-सूचक शब्दों का इस्तेमाल करो..."

"हाँ, अब पूजा-पाठ भी नहीं हो रहा है, फिर कुछ अनिष्ट-अनर्थ न हो जाए..."

"यार चाहे कुछ भी कहो, इन बातों में सचाई तो है ही..."

"बिलकुल, अरे साइंस भी अब दिशा शूल, प्रेत, जीवात्मा, अवतार, पुनर्जन्म, भविष्यवाणी की सचाई पर विश्वास करने लगा है, काफ़ी साहित्य इस सम्बन्ध में प्रकाशित भी होने लगा है, भारतीय साधु-महात्माओं और ज्योतिषियों की पूछ विदेशों में बढ़ रही है, वैज्ञानिक लोग पशु-पक्षियों, जानवरों की बोलियों पर अनुसन्धान कर रहे हैं। वैसे तो मनुष्य हाड़-मांस का पुतला है, पर जब अपनी आत्मा में परमात्मा को पा लेता है तो वह चमत्कार करने लगता है, यही हाल पशु-पक्षियों का भी है।"

"एकदम सही कहते हैं..."

"भैया, मैं तो अपने अनुभव की बात बताता हूँ! पार साल सालाना इम्तहान शुरू होने के एक दिन पहले मैंने एक कुत्ते को डंडा से मार दिया, दूसरे दिन जब मैं इम्तहान देने गया तो दिमाग़ खोखला होकर सन-सन करने लगा। इतना पढ़ा-लिखा था, सब भूसा हो गया। इसे क्या कहोगे?"

"यह सब ढकोसला है, मैं यह सब नहीं मानता।" एक नौजवान ने, जो अपने को देर से ज़ब्त किये हुए था, विस्फोटक आवाज़ में ऐलान किया।

"क्यों नहीं मानते?"

"नहीं मानता। तुम्हीं बताओ, अगर मैं अचानक बेतहाशा दौड़ने लगूँ तो क्या मैं ईश्वर हो जाऊँगा?"

"कोई अकारण थोड़े दौड़ने लगता है?"

"फिर कब दौड़ता है?"

"जब वह बउरैया कोदो खा लेता है।"

"जब तुम्हारे नाम लाख रुपये की लॉटरी निकल जाएगी तो तुम भी नाचने, गाने, दौड़ने और दुलत्तियाँ झाड़ने लगोगे...यही बउरैया कोदो है..."

"यार, हमारे एक आर्टिस्ट मित्र ने बउरैया कोदो खा लिया है, उसको हाल में एक पेंटिंग पर जब से पुरस्कार मिला है, वह अपने को सबसे श्रेष्ठ समझने लगा है, वह हमेशा ग़ुस्से में रहता है, जिसको चाहे अपमानित कर देता है, चिल्लाकर बोलता है, चमत्कारिक बातें करता रहता है..."

"हमारे बहुत-से राजनेताओं ने भी तो बउरैया कोदो खा लिया है?"

कुछ नौजवानों ने ठहाका लगाया, पर एक गम्भीर दिखने वाले नौजवान ने चेतावनी दी, "भाई, इस तरह का मज़ाक़ ठीक नहीं, सब इतनी आसानी से भूल गए? कुछ देर पहले तो सबकी आई-बाई गुम थी।"

सभी चुप हो गए और गधे की ओर सशंकित भाव से देखने लगे। गधा सामान्य ढंग से घास चरता हुआ कुछ और आगे निकल गया था, इसके बाद तो नौजवान लोग पता नहीं कब और कैसे भूकम्प, अणु युद्ध, भ्रष्टाचार आदि सम्बन्धी बातों पर उतर आए। अन्त में वे भी बेहद ऊब और थक गए और धीरे-धीरे इधर-उधर बिखर गए।

सूरज ढल गया था, धूप तेज़ी से भाग रही थी। गधा चरता हुआ दूर निकल गया था और बाईं ओर घूमकर एक जगह गझिन घास के बड़े टुकड़े पर मुँह मार रहा था। गधे में अब किसी की दिलचस्पी नहीं रह गई थी, सिवाय कुछ छोटे बच्चों के, जो बड़े-बुज़ुर्गों के मैदान छोड़ देने के बाद नये कौतुक भाव से गधे के पीछे इकट्ठे होकर स्थिति की समीक्षा कर रहे थे।

"यह भगवान है, ढेला न मारना," किसी बच्चे ने कहा।

"क्या भगवान भूत होता है?" एक काफ़ी छोटे बच्चे ने पूछा।

"अरे बड़ा पागल है...भूत तो भूत होता है।"

"भगवान टाफी देते हैं?"

"हाँ देते हैं।"

"यह गधा भी देगा?"

"गधा नहीं, भगवानजी कहो, नहीं कहोगे तो दुलत्ती लगाएँगे।"

"ए जी, क्यों न फूल की एक माला पहना दें?"

"कहाँ माला है रे?"

"मेरे घर में है, मैं लाता हूँ..." माली का एक लड़का दौड़ता-दौड़ता घर गया और जब लौटा तो उसके हाथ में गेंदे के फूलों की एक माला थी। माला उससे लेकर एक साहसी बच्चे ने डरते-डरते आगे बढ़कर गधे के गले में माला पहना दी। इतने पर भी जब गधा चुपचाप घास चरता रहा तो उससे लड़के और भी उत्साहित हुए। कोई दौड़कर रोली ले आया और उससे गधे के माथे पर टीका कर दिया।

इसके बाद तो उसकी पूँछ में ऐसी रस्सी बाँधने की कोशिश होने लगी जिसमें एक छोटा-सा डिब्बा बँधा था। पर इसी समय धोती-बनियान में एक काला व्यक्ति तथा उसके पीछे-पीछे उसकी पत्नी वहाँ अचानक आ टपके, उस व्यक्ति ने बच्चों को गालियाँ दे देकर दौड़ाया, बच्चे वहाँ से भाग चले।

वह गधे का मालिक धोबी था, जो अपने जानवर को खोजता-खोजता वहाँ आ पहुँचा था, धोबी की पत्नी ने गधे की अगली टाँगों में रस्सी बाँधी और धोबी गधे को हाँकता हुआ ग़ुस्से में बोला, "पहले देख लेता तो कच्चे चबा जाता।"

रिश्ता

नईम के आते ही रामानुज सिंह ने पहले अचकचा कर उसे गौर से देखा, लेकिन पहचानते ही उसकी धुँधली आँखों में एक विचित्र चमक आ गई। नईम ने सदा की तरह झुक कर उनके पैर छुए।

"अरे नईम, तुम हो? कब आए बेटा? आओ बैठो।" रामानुज सिंह ने खाट पर एक ओर खिसकते हुए कहा।

"भीतर अम्माँ से मिलकर अभी आता हूँ मास्टर साहब। मैं आज ही आया हूँ...।"

नईम जल्दी से घूमकर घर के अन्दर चला गया। चूँकि उसके हाथ में मिठाई का एक डिब्बा और काग़ज़ का एक बड़ा पैकेट था, इसलिए वह संकोच कर रहा था। घर में घुसते ही रामानुज सिंह की पत्नी उसे मिल गई। उनको नमस्कार करके मिठाई के डिब्बे और पैकेट को पास में पड़ी खाट पर रखते हुए उसने पूछा, "सीता और गीता कहाँ हैं?"

"अरे यहीं तो थीं," इसके बाद सीता और गीता को पुकारने के बाद वह बोलीं, "अरे भैया, तुम कैसे हो? नीरू दो महीने पहले आई थी। तुम्हें बहुत पूछ रही थी। भैया, तुम्हारा उपकार कभी नहीं भूल पाऊँगी। एक को पार किया, ज़रा इनकी भी चिन्ता करो, बेटा। मास्टर साहब का तो शरीर अब थक गया, गठिया बड़ा परेशान कर रहा है। कहीं आना-जाना मुश्किल हो रहा है। बैठे-बैठे चिड़चिड़े भी बहुत हो गए हैं...।"

"अम्माँ, आप उपकार की बात न कीजिए। अल्लाह चाहेंगे तो जल्दी ही सब ठीक हो जाएगा।"

"हाँ भैया, तुम बड़े अफ़सर हो, तुम्हें अच्छे-अच्छे लड़के मिलते होंगे। मेहमान बाबू से भी कहा है। आजकल लखनऊ में हो न?"

"जी हाँ, अम्माँ।"

इतने में, सीता और गीता दौड़ती हुई आईं। 'भैया नमस्ते' 'भैया नमस्ते' कहने के बाद वे हालचाल पूछने लगीं। सीता की उम्र बीस के उपर रही होगी और गीता उससे क़रीब दो वर्ष छोटी थी। निरूपमा यानी नीरू की तरह वे गोरी अवश्य थीं, पर उतनी ख़ूबसूरत नहीं थीं।

"देखो, मैं तुम लोगों के लिए क्या लाया हूँ..." नईम ने खाट की ओर इशारा करते हुए कहा।

"भैया, इसकी क्या ज़रूरत थी?" सीता ने शरमा कर हँसते हुए कहा।

"तुम तो पुरखिन की तरह बात कर रही हो, सीता। खोल कर देखो न।" सीता और भी शरमा कर मुँह पर हाथ रखकर हँसने लगी। फिर गीता ने आगे बढ़कर पैकेट खोला। उसमें सबके लिए कपड़ा था। मास्टर साहब के लिए धोती और कुर्ते का कपड़ा, उनकी पत्नी के लिए साड़ी और ब्लाउज तथा सीता और गीता के लिए कुर्ता-सलवार के कपड़े। कपड़े सभी बहुत अच्छे थे। सभी बहुत प्रसन्न हुईं।

"दुनिया बदल गई, पर तुम ज़रा भी नहीं बदले, नईम। हमें कोई लड़का तो नहीं, पर उसकी साध तुमसे पूरी हो रही है। तुम बैठो न-अरे सीता, तुम लोगों को लूर-सहूर कब आएगा...भैया तभी से खड़े हैं...कुर्सी लाओ..."

गीता दौड़कर कुर्सी ले आई। नईम कुर्सी पर बैठकर सीता और गीता से उनकी पढ़ाई की बात पूछने लगा। सीता प्राइवेट एम.ए. की परीक्षा देने वाली थी और गीता इंटरमीडिएट पास करके बी.ए. में पहुँची थी। यह सुनकर नईम ने वादा किया कि शहर जाते ही वह उनके लिए किताबें भेज देगा।

इसी समय मास्टर साहब रामानुज सिंह भी बाहर से भीतर आ गए। वह पैर में तकलीफ़ होने के कारण कुछ लँगड़ाकर चल रहे थे। नईम उनको देखते ही उठ खड़ा हुआ। मास्टर साहब ने एक और कुर्सी मँगाई। उधर मास्टर साहब की पत्नी उत्साहपूर्वक नईम के लिए हलवा, नमकीन और चाय बना रही थीं। कपड़े देखकर मास्टर साहब की आँखें भर आईं थीं। उनके पढ़ाए हुए कई लड़के अच्छे ओहदे पर थे और सभी उनकी बेहद इज़्ज़त करते थे। उन्होंने अपने शिष्यों को प्यार और धैर्य से पढ़ाया। वह भाषा और गणित पर बेहद ज़ोर देते थे क्योंकि जिस लड़के की ये दोनों चीज़ें मज़बूत हैं, वह लड़का जीवन में आत्मविश्वास कभी नहीं खोएगा, ऐसा उनका विश्वास था। वह हर चीज़ को इतना सरल करके पढ़ाते थे और लगातार उसी को दोहराते भी थे कि लड़के में पढ़ाई के प्रति स्वत: ही रुचि विकसित होती जाती थी। उन्होंने अनेक ग़रीब और कमज़ोर लड़कों की नींव पक्की की और विभिन्न प्रतिभाओं, सम्प्रदायों व जातियों के लड़कों में कभी भेद नहीं किया और यही उनकी सफलता व सम्मान का रहस्य था।

"अरे नईम," उन्होंने कुर्सी पर बैठते हुए कहा, "मैं तो एक मामूली अध्यापक हूँ, लड़कों को पढ़ाने के अलावा मेरी कोई इच्छा नहीं रही, पर बेटा, शरीर मेरा दिन-पर-दिन कमज़ोर होता जा रहा है। रिटायर होने के बाद भी मैंने कितनों को घर पर पढ़ाया, पर ए भैया, अब मुझसे नहीं होता। इसी का मुझे बहुत अफ़सोस है। सन्तोष मुझे इसी बात का है कि मेरे शिष्यों में तुम्हारे जैसे लोग हैं जो हमारे देश और समाज का माथा ऊँचा करेंगे...।"

मास्टर साहब दूसरी ओर मुँह करके हँस पड़े—एक ऐसी हँसी जो अपनी मजबूरी के एहसास और स्वीकृति से ही सम्भव है। मास्टर साहब के स्वभाव में यह कभी नहीं रहा। उनका लहीम-शहीम शरीर, उनका धीर गम्भीर स्वभाव और उनका आत्मविश्वास दूसरों में अद्भुत शक्ति उत्पन्न करता था। आर्थिक रूप से वह बहुत अच्छे नहीं रहे, पर उन्होंने, जो कुछ मिला, सदा उसी पर सन्तोष किया। अब उनके चेहरे पर झुर्रियों और लकीरों का जाल सिमट आया है, उनका शरीर झुक गया है और बेहद ढीला पड़ गया है। नईम ने उनको देखकर अपना सिर झुका लिया। उसकी आँखें भर आईं।

उसके बाद सभी एक साथ चाय पीते हुए देर तक बातें करते रहे। गाँव की पुरानी बातें और इस समय जो कुछ हो रहा है। बीच-बीच में निरूपमा, उसके पति और उसकी ससुराल की बातें छिड़ जातीं। मास्टर साहब और उनकी पत्नी दोनों ही अपने दामाद और निरूपमा की ससुराल वालों से बेहद सन्तुष्ट थे।

नईम वहाँ से उठा तो गाँव के लोगों से मिलने गया। सभी उसे देखकर बेहद ख़ुश हुए। नईम ने गाँव का नाम रोशन किया था, गाँव के हर व्यक्ति का माथा ऊँचा किया था। आसपास के गाँव में कोई आई.ए.एस. अफ़सर है? नईम ब्राह्मण ठाकुरों के घर गया और अपने सम्प्रदाय वालों से मिला। वह अहीर टोली गया, चमरटोली गया, यहाँ तक की सुखिया भंगिन के घर भी जाना वह न भूला। जब वह घर लौटा तो बेहद थक गया था, फिर भी वह अपने अन्दर ऐसे सुख और सन्तोष का अनुभव कर रहा था, जो दुर्लभ होता है।

पर रात में नईम को देर तक नींद नहीं आई। आधी रात बाद वह उठ बैठा। उसके अब्बा, अम्मी और दोनों बहनें गहरी नींद में थे। वह चुपके से उठा और दरवाज़ा खोल कर बाहर निकल गया। शरीर पर उसने एक हल्का रैपर डाल लिया था क्योंकि मौसम में एक हल्की-सी खुनकी थी। चारों ओर चटक चाँदनी छिटकी थी। जब वह अपने मकान के सामने टहलने लगा तो एक बात से उसे बड़ा अचम्भा हुआ जैसे इस रहस्य का उसे पहली बार पता लगा हो। आज भी वही गाँव है, वही बँसवारी है, वही खजूर के अनगिनत पेड़ हैं, इमली का वही झंखाड़ बग़ीचा है, वही नीबिया पोखरा और उसके पास स्थित वही स्कूल है, वही मास्टर साहब और उनका परिवार है, बहुत कुछ वही है, जो पहले था—पर इतने पर भी एक ऐसा अभाव है, जो आज बेहद खल रहा है और जिससे अचानक सब कुछ आज बेहद सूना लग रहा है।

उसके सामने निरूपमा का चेहरा उभर आया। लम्बा, पतला शरीर, छोटी नुकीली नाक, बड़ी-बड़ी भावपूर्ण आँखें, विश्वास पैदा करने वाली दृष्टि और वाणी। इसके बाद निरूपमा एकदम छोटी बच्ची बन गई। वह स्वयं एक छोटे बच्चे के रूप में नज़र आने लगा, गन्दे और फटे कपड़ों में लिपटा हुआ। वह और निरूपमा यानी नीरू

प्राइमरी स्कूल में एक ही साथ पढ़ते थे। उसी स्कूल में निरूपमा के पिता रामानुज सिंह भी अध्यापक थे। मास्टर साहब के पास खेती-बाड़ी भी थी, जिससे उनकी गृहस्थी की गाड़ी ठीक-ठाक चल जाती थी। नईम एक ग़रीब जुलाहे महरज्जब का लड़का था, जिसका परिवार भयंकर तंगी से गुज़र रहा था। नईम एक-एक चीज़ के लिए तरस जाता। पहनने ओढ़ने के लिए न ढंग का कपड़ा और पढ़ने के लिए न ढंग की कॉपी-किताब। दोपहर को जब स्कूल में आधे घंटे का अवकाश होता था तो बच्चे छत्ते की मधुमक्खियों की तरह भर-भर कर बाहर निकल आते और जुम्मन खोमचे वाले को घेर लेते। कोई पेड़ा खा रहा है, कोई आटे की पकौड़ी और कोई लाई की मीठी पट्टी। नईम दूर खड़ा तिरछी दृष्टि से उन लड़कों को हसरत से देखता रहता था।

एक बार वहीद मौलवी साहब उस पर बेहद बिगड़ गए थे। उन्होंने लड़कों से नई कॉपी पर ख़ुशकत लिखकर लाने के लिए कहा था। पर नईम को नई कॉपी ख़रीदने के लिए घर से पैसे नहीं मिले। मौलवी साहब ने एक लड़के को बाहर भेज कर उससे खजूर की छड़ी काट कर लाने के लिए कहा। छड़ी आने पर उन्होंने नईम की उससे जमकर पिटाई की। नईम लहूलुहान हो गया। सारी कक्षा में आतंक भरा सन्नाटा छा गया। वहीद मौलवी साहब मोटे-तगड़े थे और वह अक्सर कक्षा में सोते रहते थे। लेकिन साल में एक बार वह बहुत मुस्तैद और कठोर हो जाते थे, जब डिप्टी साहब मुआइने के लिए आते थे।

शाम को छुट्टी होने पर लड़के घर वापस लौटने लगे। नईम मुँह लटकाए सबसे अलग जा रहा था। मार खाने के कारण लड़के उसे चिढ़ा रहे थे। जब वह इमली के झंखाड़ बग़ीचे के पास पहुँचा तो पता नहीं किधर से निरूपमा उसके पास आ गई थी। उसने बस्ते में से लाई-पट्टी निकालकर नईम की ओर बढ़ाते हुए कहा, "लो खाओ...।"

"नहीं, मैं नहीं खाऊँगा...।"

"अरे खाओ न...मास्टर-मौलवी तो सभी को पीटते हैं...।"

नईम ने उसके हाथ से लाई पट्टी लेकर कहा था, "मैं अब नहीं पढ़ूँगा।"

"क्यों नहीं पढ़ोगे?"

"ऐसे ही।"

"अरे बताओ न...।" नीरू ने पूछा था।

"कॉपी-किताब नहीं होगी तो कैसे पढुँगा। हम ग़रीब हैं, अब्बा कहते हैं पढ़ाई लिखाई हमारे लिए नहीं है।"

"अरे, ऐसी बात नहीं करते," निरूपमा ने बुढ़िया की तरह उसे समझाते हुए कहा था। पिताजी कहते हैं कि ईश्वरचन्द विद्यासागर सड़क पर लगे बिजली के

बल्ब की रोशनी में पढ़कर बड़े आदमी बन गए। आदमी को हिम्मत नहीं हारनी चाहिए। मेरी किताबें ले जाकर पढ़ा करो। कॉपी मेरे पास फ़ालतू है, मैं दे दूँगी...।"

"नहीं लूँगा मैं कॉपी-किताब। नहीं लूँगा, नहीं लूँगा..."

सहानुभूति के ये शब्द सुनकर नईम रो पड़ा था। इसके बाद वह तेज़ी से आगे बढ़ गया था।

इस रात में भी नईम को वे बातें इस तरह याद आ रही थीं गोया वे कल ही घटी हों। उस दिन से ही नीरू उसके लिए प्रेरणा बनकर आई। दूसरे दिन नईम को एक नई कॉपी और अपनी किताबें पढ़ने के लिए दी थी। पता नहीं नईम के मन में यह बात कैसे जमकर बैठ गई थी कि उसी ईश्वरचन्द विद्यासागर की तरह उसे विद्वान बनना है। वह कक्षा में बहुत मन लगाकर पढ़ता। घर पर भी उसे जब मौक़ा मिलता पढ़ने बैठ जाता। एक दिन उसकी अम्मी ने झल्लाकर कहा था, "क्या बात है रे कि तू हमेशा दफ़्तर खोलकर बैठ जाता है? जुलाहे का बेटा, क्या जज-कलक्टर बनेगा? अब्बा के काम में हाथ नहीं लगाएगा तो खाएगा क्या?"

"हाँ, कल से इसकी पढ़ाई छुड़ा देता हूँ," उसके अब्बा ने ग़ुस्से में कहा था, "क्या तेरी यह कॉपी-किताब रोटी देगी? रोटी तो करघे से ही मिलेगी। कल से स्कूल छोड़ और करघे पर बैठ...।"

नईम का चेहरा उदासी से लटक गया था। उसने सारी बात निरूपमा से जाकर कही थी। कहते-कहते उसकी हिचकी बँध गई थी। नीरू भी रोने लगी थी। बाद में नीरू ने सारी बात अपने पिताजी से भी कही थी। रामानुज सिंह उसी समय महरज्जब के पास गए। उन्होंने कहा, "महरज्जब मियाँ, पढ़ाई-लिखाई से बढ़कर कोई चीज़ नहीं। इसकी पढ़ाई का जिम्मा मेरे ऊपर। शाम को इसे मेरे घर भेज दिया करना, मैं इसे पढ़ाऊँगा। जो किताबें लगेंगी, मैं दूँगा। कोई नहीं जानता कि कौन लड़का बड़ा होकर क्या बनेगा। हो सकता है, तुम्हारा यही लड़का आगे चलकर बहुत बड़ा आदमी बने। माँ-बाप का फ़र्ज़ है कि वह अपने बच्चों को पढ़ाने में मदद करें...।"

"बात तो ठीक ही कह रहे हैं मास्टर साहब...हम लोग यह सब क्या जानें?"

टहलना बन्द करके नईम फिर घर में आकर लेट गया। पर नींद अब भी उसे नहीं आई और घटनाएँ उसका पीछा करती रहीं। मास्टर साहब के कहने से पढ़ाई बन्द नहीं हुई। वह रोज़ शाम को मास्टर साहब के यहाँ पढ़ने जाने लगा। फ़ीस, कॉपी और किताबों से मास्टर साहब ने उसकी हमेशा मदद की। मास्टर साहब उसको बेहद चाव से पढ़ाने लगे, जैसे यह उनके जीवन की सबसे बड़ी चुनौती हो। नीरू भी उसे सदा उत्साहित करती रही। अब उसकी तबीयत पढ़ाई-लिखाई के अलावा और किसी चीज़ में न लगती। और कभी खेलता-कूदता भी तो नीरू के साथ ही। धीरे-धीरे वह एक तेज़ विद्यार्थी बन गया। और जब हाई स्कूल की परीक्षा में उसका उत्तर प्रदेश में दूसरा नम्बर आया तो सारे गाँव में तहलका मच गया।

मास्टर साहब इतने ख़ुश हुए कि नईम के सिर पर हाथ फेरते हुए उनकी आँखों से आँसू निकल आए। निरूपमा की भी ख़ुशी का ठिकाना नहीं रहा। उसकी बड़ी-बड़ी आँखें विचित्र ढंग से चमककर बेहद आकर्षक लग रही थीं। वह कभी घर में जाती और कभी बाहर आती। निरूपमा का वह कौन होता था? उसकी सफलता पर वह क्यों इतनी ख़ुश होती थी? यह सोचकर नईम की आँखें भर आईं।

छात्रवृत्ति पाकर वह पढ़ने शहर चला गया। मास्टर साहब ने कहा था, "मेरी और गाँव की इज़्ज़त रखना नईम।" नीरू अब बड़ी हो गई थी। उसकी चंचलता और शोखी ने गम्भीरता का रूप ले लिया था। जब वह उससे विदा लेकर गाँव से जाने लगा तो निरूपमा अजीब दृष्टि से उसको देख रही थी। उसकी आँखों में ख़ुशी भी थी और उदासी भी। शायद उसकी आँखें भरी हुई भी थीं। निरूपमा की यह छवि उसके दिल में सदा के लिए बस गई। गाँव को, निरूपमा को और मास्टर साहब को छोड़कर उसको जैसी तकलीफ़ हुई थी, उसकी उसने कल्पना भी नहीं की थी। इन लोगों के बिना क्या वह जीवन में आगे बढ़ सकेगा?

पर निरूपमा ने उसके दिल में एक ऐसी ज्योति जला दी थी, जो कभी बुझ नहीं सकती थी। मास्टर साहब ने उसे ऐसा आत्मबल और आत्मविश्वास दिया था, जो कभी नहीं मिट सकता था। वह शहर में और भी मेहनत से पढ़ने लगा। वह अपने घर, निरूपमा और मास्टर साहब के पास पहुँचने के लिए व्याकुल हो जाता। लेकिन उन्हीं की बातें उसे दृढ़ता प्रदान करतीं और हर चिन्ता छोड़कर वह पढ़ने बैठ जाता।

छुट्टियों में जब वह गाँव आता तो घर से वह सबसे पहले मास्टर साहब के पास जाता। मास्टर साहब के घर में उसका घर के लड़के की तरह स्वागत होता। मास्टर साहब उसे सदा उत्साहित करते। निरूपमा ने उसमें देश और समाज के बारे में सोचने की अजीब शक्ति, क्षमता उत्पन्न कर दी थी। वह अपने गाँव, देश और समाज में गहराई से जुड़ गया था। वह अपने देश व समाज को सभी संकीर्णताओं से ऊपर उठाने के लिए कुछ करना चाहता था, ताकि सभी प्रेम और भाईचारे के साथ रहें, ग़रीब से ग़रीब लोग ऊँचा उठकर सबके बराबर हो जाएँ।

दिन बीतते गए, और वह इंटर में उत्तर प्रदेश में प्रथम आया। वह और उसके माँ-बाप तो ख़ुश थे ही, गाँववाले भी बेहद ख़ुश थे। पर मास्टर साहब और निरूपमा की ख़ुशी का कोई अन्त नहीं था। इस तरह उसकी प्रगति होती रही। बी.ए. और एम.ए. में उसने टॉप किया। उसकी ऐसी सफलता में निरूपमा का बहुत बड़ा हाथ था। निरूपमा की वह बेहद इज़्ज़त करता था। पर इस इज़्ज़त के अलावा भी उसके मन में निरूपमा के लिए अनेक कोमल भावनाएँ थीं। निरूपमा भी उसके अत्यधिक निकट आ गई थी। कभी-कभी वे मिलने पर एक-दूसरे को देखते ही रह जाते। जब वह गाँव छोड़कर जाने लगता तो निरूपमा दूसरी ओर मुँह करके रोने लगती। नईम भी कुछ न बोलता और दूसरी ओर देखने लगता। उसे छोड़कर जैसी पीड़ा होती,

वह उसको बर्दाश्त के बाहर लगती। वह अपने को ज़ब्त करता और अपने को दूसरे ख़यालों की तरफ़ ले जाता। दिन पर दिन उसका यह आन्तरिक संघर्ष बढ़ता जाता। आख़िर वह क्या चाहता है? निरूपमा क्या चाहती है? क्या यह उचित है? और एक दिन उसने दृढ़ निश्चय कर लिया।

एम.ए. की परीक्षा देकर वह गाँव आया था। शाम के झुटपुटे में वह मास्टर साहब के घर गया तो निरूपमा उसे बरामदे में अकेले ही मिल गई। उसकी माँ और सीता तथा गीता गाँव में ही किसी के यहाँ गई थीं। मास्टर साहब भी नहीं थे। उसे देखते ही निरूपमा ने उसका हाथ पकड़कर काँपते हुए स्वर में पूछा।

"तुम कब आए?"

नईम का दिल रोने-रोने को हो उठा। लेकिन बड़ी मुश्किल से उसने अपने को ज़ब्त किया और दृढ़ आवाज़ में बोला, "नीरू, तुमसे अधिक प्रिय मेरे लिए कोई भी नहीं है। पर हमें और बातों का भी ख़याल करना चाहिए। मास्टर साहब रिटायर होने वाले हैं। हमारा समाज जैसा है, वह तो तुम जानती ही हो। अगर हम कुछ फ़ैसला करते हैं, तो तुम्हारी दो बहनों का क्या होगा? उसकी वजह से गाँव में फसाद भी फैलेगा। मास्टर साहब का दिल टूट जाएगा। उन्होंने मुझ पर जो विश्वास किया था, वह खंड-खंड हो जाएगा। तुमने मेरे दिल में जो रोशनी जलाई है वह हमेशा जलती रहेगी और मुझे रास्ता दिखाएगी। वही रोशनी मुझे अब भी रास्ता दिखा रही है। और उसकी वजह से ही मैंने तुमसे ऐसी बातें की हैं..."

नीरू उसका हाथ छोड़कर सिसकने लगी। फिर यह कहकर कि "तुम ठीक कहते हो, नईम "वह वहाँ से चली गई। नईम कुछ देर तक खड़ा रहा था, फिर चुपचाप घर वापस लौट आया। कुछ समय के लिए तो उसे ऐसा लगा कि उसने बहुत बड़ा अपराध किया है। पर बाद में वह जितना विचार करता गया, उसे अपना फ़ैसला उचित ही लगा।

दूसरे दिन निरूपमा से जब वह मिला तो वह हँस रही थी। वह बोली, "नईम तुमने ठीक ही कहा। इसकी वजह से तुम्हारे प्रति मेरे मन में जो इज़्ज़त है वह और भी बढ़ गई है। तुम मेरे लिए भाई की तरह हो। यह रिश्ता कभी ख़त्म न होने पाए...।"

नईम ने इस रिश्ते का सदा ध्यान रखा। इसलिए जब वह आई.ए.एस. पास करके ट्रेनिंग में गया तो निरूपमा को वह एक क्षण के लिए भी नहीं भूला। विवेक उसका पुराना मित्र था और वह भी आई.ए.एस. में पास होकर उसी के साथ ट्रेनिंग में गया था। विवेक और निरूपमा की जोड़ी कैसी रहेगी? दोनों की जाति भी एक ही है। विवेक से उसने मास्टर साहब तथा उनके परिवार की कई बार प्रशंसा की थी। इस बार उसने विवेक के सामने निरूपमा की शादी का प्रस्ताव रखा। विवेक एक सुलझे हुए दिमाग़ का लड़का था, जो दहेज वग़ैरह से सख़्त घृणा करता था।

"तुम निरूपमा के पिताजी को हमारे पिताजी पास भेज दो। तुम मेरे विचार जानते हो। तुम्हारी बातों पर मैं अविश्वास कर ही नहीं सकता। सब कुछ ठीक हो जाएगा, किसी प्रकार की परेशानी नहीं होगी...।"

शादी तय हो गई थी। और अब नईम के सामने शादी के बाद विदाई का दृश्य नाचने लगा। बाहर बरामदे में रामानुज सिंह, उनके सभी रिश्तेदार, पड़ोसी खड़े थे। वह भी सबसे पीछे दीवार से सटकर खड़ा था। भीतर से निरूपमा के ज़ोर-ज़ोर से रोने की आवाज़ सुनाई पड़ रही थी। मास्टर साहब बार-बार चेहरा घुमाकर इधर-उधर देख रहे थे, गोया उन पर कोई भी असर नहीं है।

अचानक निरूपमा औरतों के झुंड के साथ बाहर आई। उसे अगल-बग़ल से दो औरतें सँभाले हुए थीं। वह बनारसी साड़ी पहने और रेशमी चादर ओढ़े थी। उसके चेहरे पर घूँघट था। उसके साथ आने वाली औरतें भी रो रही थीं। सबके चेहरे आँसुओं से भीगे थे। निरूपमा के दाहिनी ओर उसका पति विवेक गम्भीरतापूर्वक चल रहा था।

पर नईम को ऐसी उम्मीद नहीं थी। निरूपमा सबके पास गई और उनको पकड़कर बुरी तरह से रोयी। सबसे भेंट के बाद वह उसकी ओर बढ़ी। नईम पीछे हटने को हुआ, पर पीछे तो दीवार थी। निरूपमा उसको पकड़कर बिलख-बिलख कर रोने लगी। अपने आँसुओं को रोकने के लिए नईम ने अपने होंठ भींच लिये थे। उसका कलेजा मुँह को आ गया था। अन्त में किसी तरह उसके मुँह से आवाज़ निकली थी, "अरे पागल हो? तुम तो बार-बार यहाँ आओगी। तुम्हारे घर के लोग बार-बार तुम्हारे पास जाएँगे। अब चुप हो जाओ...।"

निरूपमा से यही उसकी आख़िरी मुलाक़ात थी। उसकी आँखों से स्वतः ही आँसू गिरने लगे और उसका चेहरा भीग गया।

दलील

विनय ठीक चार बजे घर से निकला। सर्दी ज़रूर कुछ कम हो गई थी, पर एहतियात के लिए उसने कोट पहन लिया था, क्योंकि समारोह से लौटने में काफ़ी रात भी हो सकती है। यूँ भी कोई मीटिंग-जलसा समय से शुरू होने की उम्मीद नहीं की जा सकती है। चार बजे का समय दिया गया है, यदि वह पाँच बजे भी पहुँचेगा तो कोई हर्ज नहीं। उसने घड़ी देखी, जेब से डिबिया व माचिस निकालकर सिगरेट जलाई और एक कश खींचकर सड़क पर फुट-फूट चलने लगा, गोया किसी खिलौनेवाले बबुआ को चाभी भरकर छोड़ दिया गया हो।

रिक्शा आदि सस्ता पकड़ना हो तो आपको कुछ दूर चलकर अड्डे तक पहुँचना चाहिए। यहाँ से सात-आठ से कम नहीं माँगेंगे। ख़ैर, सस्ता तो एक-डेढ़ साल पहले था, जब अड्डे से आनन्द भवन तक दो-ढाई रुपये से अधिक नहीं लेते थे। और आज पाँच से कम पर जाने का सवाल ही नहीं उठता। पर रिक्शेवाले भी क्या करें? जब महँगाई सुरसा की तरह बढ़ेगी, बाबू लोगों की तनख़्वाह बढ़ेगी, बिजनेस वाले भी दोनों हाथ से मनमानी बटोरेंगे, दादा लोगों की चाँदी कटेगी...सोच के इस बिन्दु पर पहुँचकर ख़ुश हो गया, बस-बस, उसको अच्छा विषय मिल गया है, आज समारोह में वह इन्हीं सवालों को उठाकर एक ज़ोरदार क्रान्तिकारी भाषण देगा। ऐसे विचारों से वह बहुत ख़ुश होता था और आज तो ख़ैर अच्छा मौक़ा था। उसका शरीर और मन हल्का हो गया और उसकी चाल में और तेज़ी आ गई।

आकाश साफ़ था, सिर्फ़ पूरब में सफ़ेद बादल का टुकड़ा जमा था। समारोह एक ऐसी स्थानीय साहित्यिक संस्था का था जिसका वार्षिक अधिवेशन हर वर्ष धूमधाम से मनाया जाता है। वह एक टीचर था। ज़माने का असर उस पर ऐसा पड़ा कि उसने हर आदर्श को व्यवसाय तक और व्यवसाय को आदर्श तक खींचने की कला में अपने को प्रशिक्षित कर लिया। वह बड़ी कुशलता से विचार और व्यवहार के अनेक परस्पर विरोधी और विजातीय तत्त्वों को एक में मिलाकर एक ख़ूबसूरत उपयोगी वस्तु का रूप दे देता था। ऐसी ही परिस्थितियों से गुज़रकर वह ऐसे कुशल वक्ता के रूप में मशहूर हो गया, जिसके हर भाषण का आरम्भ और अन्त अत्यन्त दिलचस्प, सामयिक, क्रान्तिकारी और चमत्कारपूर्ण होता था।

वह एक गोरा, ख़ूबसूरत और मँझले कद का ऐसा चालीस वर्षीय व्यक्ति था, जिसकी हल्की-सी तोंद निकल रही थी।

वह मुँह टेढ़ा करके कुछ इस भाव से देख रहा था कि लोग पहचानें कि वह कितना विद्वान है। सिगरेट उसने फेंक दी थी और एक पान की दुकान के सामने खड़ा होकर दो बीड़ा पान, तम्बाकू, चूना वग़ैरह खाने के बाद और तेज़ी से चल पड़ा। रिक्शे का अड्डा भी नज़दीक आ गया था। चार से अधिक रिक्शे वहाँ नहीं थे, जिनमें से दो तो पश्चिम दिशा में मुँह करके खड़े थे और शेष दो पूरब दिशा में। उसे पूरब जाना था, इसलिए पश्चिम मुँह करके खड़े रिक्शेवालों से बात करने से कोई फ़ायदा नहीं था। गनीमत यह हुई कि पूरब दिशावाले रिक्शों में एक ने तो सात रुपये माँगे, पर दूसरे ने हल्के से मुस्कराकर कहा, "आप तो जानते हैं बाबू जी, समझ-बूझकर दे दीजिएगा।"

उसने गौर से रिक्शेवाले को देखा। उसकी उम्र भी चालीस के क़रीब हो रही होगी। लम्बा वह ज़रूर था, पर शरीर से टाँठ नहीं था। जबड़ा चौड़ा व मज़बूत, गाल की हड्डियाँ उभरी हुईं, नाक गोल, रंग काला, भावहीन आँखें, कितना बदसूरत लग रहा था वह। फिर भी वह काफ़ी सीधा-सादा है, उसने सोचा। इतना सोचते ही वह ख़ुश हो गया। और जब वह बैठने लगा तो रिक्शे की सीट में खामी निकाल दी।

"कैसी सीट है भाई! तुम लोग मुसाफ़िरों के आराम की परवाह नहीं करते...।"

"मालिक सीट तो ठीक ही है..." रिक्शेवाला विनम्रता से बोला।

"ख़ाक ठीक है!" उसने रुखाई से कहा, "मैं ऐसे रिक्शे पर चलने का आदी नहीं हूँ। ख़ैर, चलो ठीक से चलाना...।"

रिक्शा चल पड़ा। वह ख़ुश था कि रिक्शेवाले ने कोई प्रतिवाद नहीं किया। वैसे वह पहले से आश्वस्त था कि रिक्शेवाला सीधा-सादा है और उसे जो कुछ दिया जाएगा, चुपचाप ले लेगा। फिर भी जाँच-बूझ तो लेना ही चाहिए। किसी से लाभ उठाने के लिए ज़रूरी है कि उसकी आलोचना कीजिए, उसके काम में दोष निकालिए, उसको यह सोचने पर इतना मजबूर कर दीजिए कि वह ग़लती पर है। फिर वह अपने हक़ पर ज़ोर नहीं दे पाएगा, तो दूसरे को लाभ होगा ही। अब लाभ चाहे आठ आने का हो, एक रुपये का हो, दस रुपये का हो, दस हज़ार का हो, महत्त्व सबका है। पैसा अपने से तो आता नहीं, या तो उसे बचाइए अथवा उसे कमाइए। और वह इन तीनों सिद्धान्तों पर मुस्तैदी से चलता था। ज़ाहिर है कि यदि रिक्शेवाला सीधा-सादा है तो उसे आसानी से तीन रुपये दिये जा सकते हैं, वह कुछ नहीं बोलेगा और यहाँ भी दो रुपये की सीधी बचत हो जाएगी।

"रिक्शेवाले, तुम कहाँ के रहने वाले हो?" उसने प्रसन्न होकर चिकने स्वर में पूछा।

"मैं जमुना किनारे रहता हूँ बाबू जी...गोसाई हूँ।"

"गोसाईं कौन होते हैं? क्या गोस्वामी?"

"बाबू जी, हम लोगों को गोसाईं बोलते हैं। हमारे लोग किसी की नौकरी-चाकरी, मज़दूरी-ग़ुलामी नहीं करते, उसे ओछा समझा जाता है। हम ईश्वर की सन्तान हैं, ऋषि-मुनि के वंश के हैं, हमारे लोग, दुआ-आशीर्वाद बाँटते हुए माँगते-खाते हैं।"

उसे कुछ अचम्भा हुआ। पर वह जल्दी सब कुछ समझ भी गया। यह स्पष्ट है कि यह भिखमंगों की किसी जाति का है। पर यह रिक्शा क्यों चला रहा है? कारण जो भी हो, अपनी जाति की विशेषता इस व्यक्ति में अब भी होगी और इसे जो कुछ भी दिया जाएगा, उसे सहर्ष स्वीकार कर लेगा। नहीं, इसे तीन रुपया देना ठीक होगा।

"तो अब रिक्शा क्यों चला रहे हो?" उसने अपने स्वर में और मिठास भरकर फिर पूछा।

"बाबू जी, हमारी कहानी लम्बी है। जब बाप ज़िन्दा थे तो ख़ूब मौज़ की। लड़ाई-झगड़ा, मार-पीट, नशा-पानी, आवारागर्दी कुछ भी नहीं छोड़ा। उसके बाद बाप ने शादी कर दी, बाल-बच्चे हुए, बाप भी चल बसे तो सँभल कर चलना पड़ा...।"

"अरे!" वह सचमुच चौंक उठा था। लगता है, यह रिक्शेवाला ऊपर से ही सीधा दिखाई देता है, दरअसल यह कोई लफंगा और बदमाश है, जिसने इस पेशे को अपना रखा है। ऐसे ही रिक्शेवाले सवारियों से पहले कुछ तय नहीं करते और अड्डे पर पहुँचकर झगड़ा-झंझट खड़ा करने लगते हैं। अच्छा यही होता है कि पहले से ही तय कर लिया जाए। ख़ैर, यह कहेगा तो साढ़े चार रुपये दे दूँगा। नहीं मानेगा तो पाँच ले लेगा, यह उसने सोचा। रिक्शेवाला इत्मीनान से रिक्शा चला रहा था—न बहुत तेज़ और न बहुत धीमे। वह कह रहा था, "पर बाबू जी, ज़माना बड़ा ख़राब आ गया है। लोगों में न वह दिल रहा, न विचार। पहले की तरह नहीं जब लोग बिना माँगे ही दे देते थे। अब लोग माँगने-गिड़गिड़ाने पर भी नहीं देते। अब तो हमारे लोग उजड़ गए। बाप के मरने पर मेला-ठेला भी जाता था, पर वह बात नहीं रही जो बाप के समय में थी। परिवार बढ़ रहा था, महँगाई बढ़ रही थी, हारकर जनाना और बच्चियों को चौका-बरतन माँजने के काम पर भेजना पड़ा। मैं ख़ुद कानपुर के एक कबाड़ी के यहाँ से कपड़े लाकर बेचने लगा।"

"कैसे कपड़े? माँगने-खाने का काम छोड़ दिया?"

"नहीं बाबू जी, वह भी चलता था। कबाड़ी लोगों के पास कई तरह का माल होता है। अच्छा कपड़ा ख़रीदने के लिए पैसा कहाँ था, रेडीमेड कपड़ों में जो सबसे छँटुआ और घटिया ऊनी-सूती माल होता था, उसे घर लाता था। परिवार के सभी लोग उन गन्दे कपड़ों की छँटाई करते। कोई-कोई कपड़े फटे होते तो उनकी सिलाई भी करनी पड़ती। फिर प्रेस करके ग़रीब लोगों में उनको बेच देते। फ़ायदा उससे अधिक नहीं था बाबू जी, पर घर का काम तो चलता ही था।"

"कपड़े ख़ुद बेचते थे?"

विनय कुछ सावधान हो गया था। यह आदमी उतना सीधा नहीं है जितना दिखाई देता है। कई घाट का पानी पी चुका है। कई पापड़ बेल चुका है। ख़ैर, बहुत हुज्जत करेगा तो चार या साढ़े चार तक दे देंगे। फिर भी एक रुपया, आठ आना तो बचेगा ही।

रिक्शेवाला बड़बड़ाए जा रहा था, "हम कोई बनिया बक्काल हैं? नहीं बाबू जी, ऋषि-मुनि की सन्तान हैं, मोल-तोल करना क्या जानें? हमारे लोग इसे अच्छा नहीं समझते। कभी शहर में मज़दूरों की बस्ती और कभी हरिजन टोले के चक्कर लगाता, कभी गाँव जाता। वे लोग जो देते, ले लेता। हमारे लोग लड़ाई-झगड़ा अच्छा नहीं समझते, बाबू जी। अच्छे बुरे, सबको आशीर्वाद देते हैं। इस काम से जब छुट्टी मिलती, तो माँगने-खाने वाला काम भी कर लेता...।"

रिक्शा आधी दूरी पार कर चुका था। मुट्ठीगंज में ट्रकों की रेल-पेल के कारण कई जगह रुकना पड़ा था। अब शहर का भीड़वाला हिस्सा पीछे छूट गया था और आगे अपेक्षाकृत कम भीड़ थी। विनय रिक्शेवाले की बात से फिर ख़ुश हो गया था। नहीं, यह सीधा-सादा है, सन्तोषी है, इसे तीन रुपये आसानी से दिये जा सकते हैं।

इस विचार से उत्साहित होकर विनय ने रिक्शेवाले की फिर आलोचना की, "यार, तुम्हारी सीट बड़ी सख़्त है। नीचे से गड़ रही है, बैठने में तकलीफ़ दे रही है, रिक्शा भी बड़ा खड़-खड़ कर रहा है, इतना हिल रहा है कि शरीर का अंजर पंजर ही ढीला पड़ जाएगा। ख़ैर, तुम्हारी यह बात ठीक ही है कि पैसे के पीछे नहीं दौड़ना चाहिए। इनसानियत बड़ी चीज़ है। पैसा तो इनसान को गिरा देता है। जो थोड़े में सन्तोष करते हैं, वे बड़े सुखी हैं...।"

"आदमी आदमी की बात होती है बाबू जी। मैं इसी साइड में चलाता हूँ... आपने मुझे पहले भी देखा होगा। इनसानियत बड़ी चीज़ है बाबू जी, आपने ठीक कहा। कई तरह के आदमी इस रिक्शे पर बैठते हैं। हम आदमी पहचानते हैं, पर पैसे के लिए कभी ओछा काम नहीं करते। एक रात को एक फ़ौजी अफ़सर आ गया। उसे मनौरी जाना था। उसने ख़ुद जेब से पचास का नोट निकालकर दे दिया...।"

"पचास का नोट?" विनय चक्कर में पड़ गया। किस स्वभाव का है यह रिक्शेवाला? पर उसने फ़ौरन बात काट दी, "अरे छोड़ो इन अफ़सरों की बात भी। कुछ समय के लिए बाहर से आते हैं तो शान दिखाते हैं। मुझे यह सब पसन्द नहीं। हाँ, तो कपड़े का धन्धा तुमने छोड़ क्यों दिया?"

"सब कुछ छोड़ दिया बाबू जी। बाप-दादा का पेशा भी छोड़ दिया...।"

"क्यों? क्यों?" विनय सचमुच चौंका।

"कपड़े के काम में फ़ायदा है...पर उसमें पहले पैसा लगाना पड़ता है। जितना पैसा लगेगा उतना माल मिलेगा। हम जो माल लाते थे, वह बहुत घटिया होता था। एक सीजन में चल जाए तो गनीमत समझिए। उस माल पर लोग पैसा भी सही नहीं देते थे।

कई लोग उधार लगा देते थे। दौड़-धूप भी अधिक करनी पड़ती थी...फिर एक दिन उसे दूर से ही सलाम कर दिया।..."

विनय उसकी बात से फिर आश्वस्त हुआ, आलसी आदमी है, भिक्षा की आदत पड़ी है, बिजनेस क्या खाकर करेगा? न बुद्धि है, न जाँगर। इसे कुछ भी दिया जा सकता है।

"पुश्तैनी काम से भी दिल फट गया बाबू जी। लड़का रामनिहोर दस के ऊपर हो रहा था। उसे बाप दादे का काम सिखाना चाहता था। पर लड़के को किसी ने सिखा दिया कि भीख माँगना ठीक नहीं है, पढ़-लिखकर अपने पैरों पर खड़ा होना चाहिए। मैं उसे अपने साथ ले जाना चाहता था, पर वह जाता ही नहीं था। एक बार कुम्भ आया। इस मेले में उसे हर हालत में ले जाना चाहता था। नहीं माना तो उसे ख़ूब-ख़ूब मारा। वह उस दिन साथ तो गया, पर दूसरे दिन घर से भाग निकला।"

"भाग गया?"

"हाँ बाबू जी, बहुत खोजा, पर नहीं मिला। एक ही लड़का और सब तो लड़कियाँ ही लड़कियाँ हैं। लड़का कहाँ होगा, यह सोचकर कलेजा मुँह को आता है। इस घटना ने मेरी आँखें भी खोल दीं। लड़का ग़लत क्या कहता था? भीख माँगने में आदमी को कितना बरदाश्त करना पड़ता है? लोगों के सामने हाथ पसारना पड़ता है, अरे, लोग कुछ-न-कुछ उलटी सीधी सुना ही देते हैं। सबका ही सुनना पड़ता है। आदमी इनसान नहीं रह जाता, आँखें मिलाकर किसी से बात नहीं कर सकता। बाल-बच्चे, परिवार के लोग इज़्ज़त से नहीं रह पाते। दो रोटी कम खाएँ पर अपनी मेहनत की कमाई खाने में ही मज़ा है...मैं उसी दिन से बाप-दादे के काम पर लात मारकर रिक्शा चलाने लगा...। अपना कमाता हूँ, अपना घरवाली रंग के एक कारखाना में पुड़िया बाँधती है, लड़कियाँ बर्तन मलने जाती हैं। किसी से न लड़ाई, न झगड़ा, न किच-किच, न खिचखिच। अपने काम से काम।"

कुल मिलाकर शान्तिप्रिय लगता है, विनय ने फिर सोचा। पर अपने पैरों पर खड़ा होने वाली बात जमी नहीं इसकी। शायद झूठ बोल रहा है। जिसकी आदत माँगने की हो तो वह क्या छोड़ सकता है, अपनी वह आदत? क्या खड़ा होगा अपने पैरों पर यह?

"अरे, तुमने ग़लती की।" विनय ने कहा, "बाप दादे का काम तुम्हारा अच्छा था। न किसी का लेना और न किसी को देना। भगवान जो देता है, उसे स्वीकार कर लेना। इस तरह की कमाई बड़ी पवित्र होती है। फिर गम्भीरता से सोचना इस पर। अरे यार, तुम्हारी सीट बड़ी तकलीफ़ दे रही है। पहले से मालूम रहता तो मैं इस रिक्शे पर चढ़ता ही नहीं...।"

पर इतने में गन्तव्य स्थान आ गया था। विनय रिक्शे से फ़ौरन उतर गया। पहले वह इस तरह लँगड़ाया जैसे रिक्शे पर उसे बड़ी तकलीफ़ हुई हो। फिर जेब से

तीन रुपये निकालकर दूसरी ओर देखते हुए उसने रिक्शेवाले की तरफ़ बढ़ा दिया। हाथ में रुपये लेकर रिक्शवाले ने प्रतिवाद किया, "बाबू जी यह क्या दे रहे हैं?"

"अरे, तुम्हीं ने तो कहा था कि जो वाजिब समझिएगा, दे दीजिएगा। यह वाजिब है। तुम रिक्शेवाला का दिमाग़ बहुत बढ़ गया है!" विनय दूसरी ओर देखकर उत्तेजित स्वर में बोला।

"मैंने कहा था ज़रूर, पर रेट तो आप भी जानते होंगे।"

विनय अचानक ग़ुस्से में चिल्लाकर बोला, "मैं रेट-वेट कुछ नहीं जानता। हो तो चोर-भिखमंगे ही न। मौक़ा देखकर अपनी वाली करने लगे।"

रिक्शेवाला विनय के सामने तनकर खड़ा हो गया। धीमे, पर विश्वासपूर्ण स्वर में बोला, "बाबू जी, आप ऐसी बात न कीजिए। चोरी मैंने कभी नहीं की हाँ, भीख ज़रूर माँगता था पहले। पर लड़के के कारण वह भी छोड़ दी। अब बाल-बच्चों की इज़्ज़त के लिए ही रिक्शा चलाता हूँ, तो अपना हक़ क्यों न लूँ? आपसे भीख नहीं माँग रहा हूँ, अपनी मजूरी माँग रहा हूँ। मैं पाँच रुपये से एक पैसा भी कम न लूँगा।"

विनय ने उसका चेहरा गौर से देखा। रिक्शेवाले के काले चेहरे पर एक अजीब चमक आ गई थी जिससे वह बड़ा ख़ूबसूरत लग रहा था। विनय सहसा घबरा उठा। उसने अपने अन्दर जो घरौंदा बनाया था, वह स्वत: ही भहरा गया। खीझ, निराशा और तुच्छता के भाव से उसका मुँह बिगड़ गया। उसने इधर-उधर देखा, फिर दो रुपये निकालकर रिक्शेवाले के हाथ पर रखकर चलना बना, जैसे किसी की ग़लती को माफ़ कर दिया हो।

पहलवानी

अचानक कोई व्यक्ति धीरे से फाटक खोलकर बरामदे में आया तो मैं चौंका। मैंने सीधा होकर दरवाज़े की ओर देखा तो एक लम्बा-पतला नौजवान नज़र आया। उसकी उम्र क़रीब तीस वर्ष होगी। गोरा रंग और चेहरा बन्दर के मुँह की तरह गोला और छोटा। मुँह की हड्डियाँ तथा आँखों के नीचे की नसें उभरी हुईं। वह खद्दर की धोती, कुर्ता और सदरी पहने हुए था।

"आइए, किससे मिलना है" मैंने कहा।

नौजवान ने कमरे के अन्दर क़दम रखते हुए अपने माथे की बाईं ओर दोनों हाथ जोड़कर मुझे तिरछी दृष्टि से देखते हुए पूछा, "भैया हैं?"

मैं समझ गया कि वह भाई साहब को ही पूछ रहा है। शायद कोई रिश्तेदार हो, इसलिए मैंने और पूछताछ न करके उत्तर दिया, "वह तो बाहर गए हैं, बैठिए।"

"नहीं, मैं बहुत जल्दी में हूँ। लेखक सम्मेलन में आया हूँ, आज मेरा भाषण भी है। बड़ी मुश्किल से समय निकालकर यहाँ पहुँचा हूँ कि भैया से मिल तो लूँ, बाद में मिलने का मौक़ा मिले या न मिले। मेरे फैन तो हिलने-डुलने का भी मौक़ा नहीं देते।"

इतनी महत्त्वपूर्ण सूचनाएँ देने के बाद वह कुर्सी पर बैठ गया। उसका चेहरा मेरी सीध में नहीं बल्कि तीस अंश का कोण बनाकर तिरछा घूमा हुआ था। उसका शरीर भी उसी तरह तिरछा था। अपना वक्तव्य समाप्त करते समय वह थोड़ा हँसा था, जिससे उसके बड़े-बड़े दाँत दिखाई पड़ गए थे। निश्चय ही उसका शरीर दुबला-पतला था, पर बैठा वह इस तरह था, जैसे रंगमंच पर खेले जाने वाले किसी ऐतिहासिक नाटक का कोई बादशाह। उसके चेहरे पर विजय का भाव था और कभी-कभी वह मेरी ओर इस तरह देख लेता, गोया मैं कोई बहुत तुच्छ और मामूली व्यक्ति हूँ।

रविवार का दिन, भाई साहब भाभी और बच्चों के साथ कोई फ़िल्म देखने गए थे। शीत ऋतु उतार पर भी और मौसम में एक सुखद बदलाव आ रहा था। मैं लेटा-लेटा एक उपन्यास पढ़ रहा था कि वह नौजवान आया था। उन दिनों मैं भाई साहब के साथ ही रहता था, जो मेरे फूफा के लड़के और मुझसे उम्र में बड़े थे।

मैं भाई साहब के साथ ही रहता था, जो मेरे फूफा के लड़के और मुझसे उम्र में बड़े थे। मैं उन सौभाग्यशाली नौजवानों में हूँ, जिनके पिता जब पन्द्रह-बीस हज़ार ख़र्च करते हैं तो उन्हें नौकरी मिल जाती है। जब मेरी इस शहर में नियुक्ति हुई तो भाई साहब ने कहा कि अलग मकान लेने की ज़रूरत नहीं, उनके मकान में इतनी जगह है कि एक दूसरा परिवार आराम से रह सकता है। उन दिनों मेरी शादी भी नहीं हुई थी, इसलिए उनका प्रस्ताव स्वीकार करने में कोई हिचकिचाहट नहीं हुई।

पढ़ने-लिखने में मेरी कोई रुचि नहीं रही। सच बात यह है कि हर परीक्षा मैंने सस्ते नोट रटकर और नकल करके ही पास की। यह ठीक भी है क्योंकि इन सब कामों के लिए जब आसान रास्ते बन गए हैं तो कठिन रास्तों पर चलने की ज़रूरत भी क्या है? फिर भी सस्ते चालू उपन्यास और फ़िल्मी पत्रिकाएँ पढ़ने का मुझे अच्छा शौक है। और जब उसने बताया कि वह लेखक है तो उसके लिए मेरे मन में आदर का भाव भी उत्पन्न हुआ।

मैंने गद्‌गद भाव से कहा, "यह जानकर बड़ी ख़ुशी हुई कि आप लिखते भी हैं...।"

और मेरे पूछने के पहल ही उसने अपना नाम बता दिया, "मैं रामकृष्ण श्रीवास्तव 'अनादि' हूँ। मैंने डेढ़ सौ उपन्यास लिखे हैं...।"

'डेढ़ सौ' मैंने अविश्वास के भाव से उसे देखा।

"हाँ डेढ़ सौ।" उसका मुँह अब भी तिरछा ही था, जो उपेक्षा के भाव के कारण और भी तिरछा लग रहा था।

"कहाँ उपलब्ध हैं आपके उपन्यास?"

"अब छोड़िए, इस देश का दुर्भाग्य है कि अपने साहित्य के प्रति देश के लोगों की कोई दिलचस्पी नहीं है। नेता, पूँजीपति, धार्मिक गुरु, अफ़सर इनमें से कोई भी नहीं जानता कि हमारे साहित्य में क्या लिखा जा रहा है। इसीलिए मैं लिखे जा रहा हूँ, छपाने में मेरा विश्वास नहीं है। पर साहित्य तो फूल की तरह है न—वह दाँत खोलकर रहस्यमय ढंग से हँसा—उसकी सुगन्ध उड़ती रहती है। मेरे साहित्य की शोहरत साहित्य जगत् में पहले ही पहुँच चुकी है। साहित्य को मैं एक तपस्या मानता हूँ...।"

वह सहसा चुप हो गया। मैं उसे अचम्भे से देख रहा था, पर मुझे लगा, वह बड़ी ऊँचाई से मुझे देख रहा है, जैसे मैं कोई कीट-पतंगा होऊँ।

"आजकल आप कहाँ रहते हैं?" मेरा अगला प्रश्न था।

"मेरा कोई ठिकाना नहीं। लोग मुझे स्थिर बैठने नहीं देते। आज यहाँ तो कल वहाँ। मैं उन दिनों अपना उपन्यास "सफ़ेद कोयल" लिख रहा था। यह एक नया प्रयोग था। इसी बीच चंडीगढ़ से मेरा बुलावा आ गया। वहाँ जब मैंने अपने नये उपन्यास का नाम बताया तो तालियों की गड़गड़ाहट से हाल गूँज गया।

वहाँ एक महान साहित्यकार ने कहा, "अनादि भैया, लगातार प्रयोग करने की आकांक्षा तुम्हें बहुत दूर ले जाएगी...!"

उसने गर्व से मेरी ओर देखा। मेरे पूछने पर उसने कई उपन्यासों के नाम बताए, जिनमें से कुछेक के नाम अब भी याद हैं, जैसे 'तेल गगरा', 'कुँवारी भाभी' आदि। अचम्भे की बात यही है कि उसका कोई भी उपन्यास मैंने अभी तक नहीं पढ़ा था...।

"आप कहीं काम भी करते हैं?"

"काम!" वह मुँह बिगाड़ कर बोला, "साहित्यकार कहीं बँधकर रहता है? मेरे कुछ सिद्धान्त हैं। एक तो यह कि मैं अपनी कृति छपवाऊँगा नहीं। दूसरा यह है कि मैं कोई सरकारी नौकरी नहीं करूँगा। सरकारी नौकरी ही क्या, मैं कहीं भी बँधकर नहीं रहना चाहता। मैं घूमता रहता हूँ और मेरा मुख्य उद्देश्य होता है घर-घर जाकर अपने उपन्यासों के लिए प्लाट इकट्ठा करना।"

"अच्छा!" मैंने आश्चर्य व्यक्त किया।

"हाँ, नौकरी तो मेरे बाएँ हाथ का खेल है। मैं चाहूँ तो बिना सिफारिश के ही रेडियो, सूचना विभाग, दूरदर्शन आदि में नौकरी ले लूँ। दूरदर्शन के एक पदाधिकारी ने मुझे विशेष रूप से बुलवाया था। मैं टाइम देकर वहाँ नहीं पहुँचा। मुझे क्या गरज पड़ी है? कई महीने बाद एक गोष्ठी में मिलने पर वह बोले, "अनादि जी, यह दूरदर्शन का दुर्भाग्य है कि वह आप जैसे महान व्यक्ति की सेवाएँ प्राप्त नहीं कर सका। ख़ैर, आपके लिए हमारा दरवाज़ा हमेशा खुला है...।"

मुझे अब हँसी आ रही थी, जिस पर नियंत्रण रखते हुए कहा, "आप रेडियो भी तो गए होंगे?"

"लोग बुलाते हैं, पर मैं कहीं जाता-वाता नहीं। वे लोग तो मुझसे जलते रहते हैं। वहाँ एक महिला ड्रामा प्रोड्यूसर हैं। उन्होंने मुझसे एक ड्रामा लिखने के लिए कहा और मैंने दो घंटे के अन्दर लिखकर दे भी दिया। जब उन्हें ड्रामा मिल गया तो लगीं सहकने। जब बहुत टिन-फिन करने लगीं तो मैंने डाँट दिया। अपनी पांडुलिपि वापस लेकर मैंने कहा, "आप नाख़ून पालिश लगाती हो, आप चेस्टर पहनती हो, आप क्या जानो कला किस चिड़िया का नाम है...।"

मैं हँसने लगा। उसकी बातें काफ़ी दिलचस्प होने लगी थीं। पर मेरी हँसी ने जैसे उसे काफ़ी उत्साहित कर दिया। वह उत्तेजित होकर बोलने लगा, "इसमें हँसने की बात नहीं है, सचमुच ये लोग क्या जानें कि कला किसको कहते हैं। मैं तो इतना लिख चुका हूँ कि मेरे एक शब्द को कोई काट नहीं सकता। मैं तो कहता हूँ कि मेरे एक उपन्यास के किसी एक शब्द से मेरे दूसरे उपन्यास के किसी भी शब्द से कोई मिला दे तो मैं अपनी पांडुलिपियों में आग लगा दूँ। आपको विश्वास न हो तो मुझे शीर्षक दीजिए, मैं उस पर उपन्यास लिख दूँगा। मेरे महत्त्वपूर्ण उपन्यास 'राखी की लाज' का शीर्षक एक महान साहित्यकार ने दिया था।

उन्होंने कहा कि मैं कलाकारों के चक्कर में न पड़ूँ, इसीलिए मैं अज्ञेय जी से कभी नहीं मिला..."

मैंने उसे पैनी दृष्टि से देखा कि मज़ाक़ तो नहीं कर रहा है, पर वैसी ही गम्भीरता उसके चेहरे पर विराजमान थी। मैंने देखा कि जानता वह सभी लेखकों को था। हर दफ़्तर में वह गया भी था। देश के अनेक शहरों में वह घूमा भी था। आश्चर्य यही था कि डेढ़ सौ उपन्यास लिखने का उसने समय कैसे निकल लिया।

"और किसी बड़े लेखक से आप मिले हैं?" मैंने उत्सुकतावश पूछा।

"किससे नहीं मिला हूँ? इलाचन्द्र जोशी जी से भी मैं मिल चुका हूँ। जोशी जी ने कहा था—तुम ध्यान लगाकर लिखते जाओ और किसी की परवाह मत करो। महादेवी जी से भी मिलने का मुझे सौभाग्य प्राप्त हो चुका है। उनसे बातचीत करते वक़्त मुझे 'संगम' व 'सरस्वती' नामक दो उपन्यास लिखने की प्रेरणा मिली थी। आवारा जी से भी मैं एक बार मिला था। मैंने उनसे कहा कि ज़रा इन रचनाओं को भी देखिए, इनमें ज़रा भी अश्लीलता नहीं है...।"

इसके बाद वह सहसा चुप होकर इधर-उधर देखने लगा। एक-दो बार जल्दीबाज़ी में मेरी ओर भी घूर कर देखा। फिर दोनों हाथों को उठाकर बदन को ऐंठा और तोड़ा। धूप तेज़ी से भाग रही थी। "अब मैं चलूँगा, लोग मेरा इन्तज़ार कर रहे होंगे।" उसने बाहर देखकर कहा।

"बैठिए कुछ देर तक और। अगर सिनेमा देखकर भैया सीधे घर आ गए तब तो जल्दी से मुलाक़ात हो जाएगी। हाँ, वहाँ से कहीं और चले गए तो देर हो जाएगी। ठहरिए, मैं आपको चाय पिलाता हूँ।"

'चाय' वह मुस्कराया, "ख़ैर, कुछ देर और रुक जाता हूँ, शायद भैया आते ही होंगे...!"

मैं उठ खड़ा हुआ। रसोई घर की चाभी मेरे पास ही थी। मैंने चाय बनायी और एक प्लेट में बिस्कुट नमकीन के साथ, जो घर की अलमारी में ही रखे थे, वापस आ गया। बिस्कुट और नमकीन देखकर उसकी आँखों में एक विचित्र चमक आ गई और वह उन पर इस तरह हाथ साफ़ करने लगा, जैसे देर से भूखा हो। चाय पीते समय बातचीत के दौरान यह मालूम हुआ कि वह भाई साहब के ही गाँव का रहने वाला है और रिश्ते में उनका भाई है। गाँव में उसे किसी बात की कमी नहीं है। पर्याप्त खेत है, बाग़-बग़ीचे हैं, नौकर-चाकर हैं, प्रजा-पवनी हैं। घर में ही खाने वाले पच्चीस-तीस लोग हैं। खाना बनाने के लिए महाराजिन लगी हुई है। दूध, दही, आम, अमरूद, जामुन, शरीफा, खजूर, गन्ने का रस सब कुछ ख़ूब होता है। ख़ूब जमकर खाइए और पीजिए। जो भी वहाँ जाता है खाकर अघा जाता है।

उसका मूड बदला हुआ नज़र आ रहा था। वह बीच-बीच में हँस पड़ता था। शरीर व चेहरे का तिरछापन भी वैसा नहीं रह गया था। मैं उसको ही बोलने का

मौक़ा दे रहा था। गाँव सम्बन्धी उसकी बातें भी बड़ी दिलचस्प थीं। पता नहीं कब तक वह बोलता रहा, फिर सहसा चुप हो गया, जैसे बोलने के लिए अब उसके पास कुछ भी न हो। अन्ततः बदन को तोड़ते हुए उसने कहा, "अब मैं चलता हूँ। भैया तो अभी आए नहीं। हो सकता है पिक्चर से कहीं और चले गए हों।"

वह चुप हो गया। मैंने सोचा वह उठे तो मैं भी उठूँ। पर वह बैठा ही रह गया। बीच-बीच में उसने दो-तीन बार मुस्कराकर तिरछी दृष्टि से मेरी ओर देखा। शाम का धुँधलका गाढ़ा हो रहा था। मैंने सोचा, शायद भाई साहब से मिलकर ही जाना चाहता है, इसीलिए बैठा हुआ है। मैं चुप्पी को भंग करने के लिए कोई और बात छेड़ना चाहता ही था कि अचानक वह उठ खड़ा हुआ और नमस्कार करके तेज़ी से कमरे से बाहर निकल गया। मैं हड़बड़ाकर उसके पीछे भागा और जब मैंने उसको नमस्कार किया तो वह फाटक खोलकर चल चुका था। पर पाँच-दस क़दम आगे चलकर वह घूमकर लौट आया। मेरे पास आकर उसने अजीब बेचारगी से मेरी ओर देखा।

"आप मुझे पचास रुपये दे सकते हैं? हज़ार रुपये का एक चेक कहीं से मिल गया था। बैंक में जमा कर दिया था—कल पैसा मिल जाएगा। कल शाम को मैं ज़रूर दे जाऊँगा।"

"हाँ हाँ।" मैंने कहा। भैया जब मेरा इतना ख़याल करते हैं तो उनके एक रिश्तेदार की मदद करने से मुझे ख़ुशी नहीं होगी? यह भैया से ही रुपया माँगने आया था और वह सहर्ष दे भी देते। मैं तेज़ी से कमरे में जाकर पचास रुपये ले आया। रुपये लेकर उसने कहा, "पचास-सौ रुपये तो मैं होटल के बैरों को टिप्स दे देता हूँ, पर इस समय बात ही ऐसी आ गई है...कल मैं आऊँगा...।"

अचानक वह बेहद प्रसन्न नज़र आ रहा था। वह आराम व इत्मीनान से चला जा रहा था। उसके जाने के आधा घंटे बाद ही भाई साहब आ गए। कपड़ा बदलकर जब वह निश्चिन्त होकर बैठे तो मैंने उन्हें सारी बातें बतायीं। वह सिर पर हाथ रखकर कुछ चिन्तित होकर सोचने लगे।

"क्या सोच रहे हैं," मैंने पूछा।

"कुछ नहीं बस यूँ ही। बात यह है कि इस दुनिया में अमूनन चार तरह के पहलवान मिलते हैं। एक श्रेणी तो उन पहलवानों की है जो वर्जिश करते हैं, अखाड़े में कुश्ती लड़ते हैं और पटकते हैं। दूसरे तरह के पहलवान वर्जिश कम ही करते हैं पर दाँव कई जानते हैं और दाँव लगाकर जीत जाते हैं। तीसरी श्रेणी में वे लोग हैं, जो वर्जिश नहीं करते हैं, पर अखाड़े में लड़ते ज़रूर हैं और पटखनियाँ खाते हैं। चौथे वे होते हैं जो न कभी वर्जिश करते हैं, न लड़ते हैं पर दूसरों से हमेशा कहते हैं कि मैंने उसको पटक दिया, उस पर यह दाँव लगाया! यदि लोग लड़ने के लिए कहते हैं तो जवाब देते हैं कि मैं नागपंचमी के दिन लड़ता हूँ।

और जब नागपंचमी आती है तो वे कहीं नज़र ही नहीं आते। बाद में पूछने पर कहते हैं कि मैं दूसरे अखाड़े में चला गया था और एक पहलवान को वह पटखनियाँ दी कि उसकी नानी याद आ गई?"

इतना कहकर भाई साहब खिलखिला कर हँस पड़े। मैं सकपकाकर उन्हें देखने लगा। क्या मतलब है उनका?

दर्पण

बहुत दिनों के बाद आज कुलदीपक 'भारती' का कमरा खुला नज़र आ रहा है। जब भारती जी शहर में होते हैं तो जन-सम्पर्क का उनका समय सुबह सात बजे से नौ बजे तक रहता है। पर लोग भी ख़ूब हैं, छह बजे से ही जमावड़ा शुरू कर देते हैं; जबकि भारती जी नौ बजे से पहले कमरे में आते ही नहीं। अनेक सामाजिक-सांस्कृतिक संगठनों के अध्यक्ष, कई विद्यालयों और आश्रमों के संचालक तथा दो फार्मों के स्वामी भारती जी से अधिक प्रतिष्ठित, प्रभावशाली और तपा-तपाया नेता इस अंचल में कोई है नहीं।

भारती जी कभी समाजवादी पार्टी यानी विपक्ष के बड़े ही तेज़-तर्रार और क्रान्तिकारी नेता थे, इसके बाद वह अचानक सत्ता में आ गए, फिर वह विपक्ष में चले गए, कुछ दिन बाद पुनः सत्ता के साथ आ मिले, फिर आसानी से एक बार और विपक्ष में चले गए और अन्त में उन्होंने पके आम की तरह अपनी ऐसी हालत बना ली कि एक बार खोदने से भद से फिर सत्ता की गोद में जा गिरे। और लोगों को विश्वास था कि सत्ता जब अपनी राष्ट्रीय ज़िम्मेदारियों का ठीक से परिपालन नहीं कर पाएगी तो भारती जी पुनः सहर्ष विपक्ष में चले जाएँगे। इधर भारती जी की लोकप्रियता कुछ अधिक ही बढ़ जाने का कारण यह है कि कोटि-कोटि जनता की नब्ज महसूस करने तथा शोषित, ग़रीब लोगों के आँसू पोंछने के लिए वह एक लम्बी पद-यात्रा करके कुछ ही दिन पहले अपने नगर वापस आए हैं।

सचमुच वह एक महान पदयात्रा थी, साथ में दो कारें, असंख्य भक्तगण और आदमी-जन, जहाँ पहुँचते, लोग दूध-दही, फल-फूल, रुपये-पैसे से स्वागत करते, पर स्वयं भारती जी चार रोटी, उबली हुई सब्ज़ी, एक गिलास दूध, दो सेब, दो सन्तरे और अखरोट-किशमिश से अधिक कुछ भी न लेते थे। देश के लिए कष्ट भुगतने की भारती जी की अपरिसीम क्षमता इस घटना से भी स्पष्ट हो जाती है कि पदयात्रा के दौरान जब एक बार उनके पैर में काँटा चुभ गया और कुछ ख़ून निकल आया तो उनके मुँह से 'उफ़' तक नहीं निकली। भारती जी के अन्दर जनतांत्रिक भाईचारे की भावना भी कूट-कूटकर भरी थी, इसीलिए रात में विश्राम के समय जब भक्तगण उनके थके हुए पैरों को दबाने का आग्रह करते तो वह बार-बार मना

करने के बाद ही पराजय स्वीकार करते। पदयात्रा सम्बन्धी ऐसे ही असंख्य प्रसंगों की विस्तारपूर्वक चर्चा करते हुए अख़बारों ने उनका काफ़ी गुणगान किया था और भविष्यवाणी भी की थी कि किसी दिन भारती जी के भाग्य का सितारा काफ़ी बुलन्दी पर जाकर जगमगाएगा।

ठीक सवा नौ बजे भारती जी घर से प्रकट हुए, एक क्षण के लिए वह बरामदे में गए, वहाँ उपस्थित लोगों को हाथ जोड़कर नमस्कार किया, फिर कमरे के अन्दर जाकर बैठ गए। बैठते ही उन्होंने कलाई घड़ी पर नज़र डालकर व्यस्ततापूर्वक अगल-बग़ल तथा पुनः बाहर बरामदे की ओर देखा। इतने में नौकर रामधन उनके सामने छोटी-सी गोल मेज़ पर हिन्दी के कुछ पत्र और पत्रिकाएँ रख गया।

"कित्ते लोग हैं बरामदे में?" उन्होंने रामधन से पूछा।

"यही पन्द्रह लोग साब।"

"सबसे पहले कौन आया था?"

"बख्शीपुर की एक बुढ़िया महरी है, दो बार पहले भी आ चुकी है...।"

"ठीक है...ठीक है, दस मिनट बाद उसे भेजना, सबको बारी-बारी से...समझे?"

"ठीक है साब।"

इसके बाद रामधन उनकी कलम-पेंसिल, डायरी और टेलीफ़ोन मेज़ पर रख गया, भारती जी अंग्रेज़ी का एक अख़बार खोलकर उसमें डुबकी लगाने लगे। वह खद्दर सिल्क का कुर्ता और खद्दर का पाजामा पहने थे, और बड़ी-बड़ी आँखोंवाला उनका चग्घड़ चेहरा इस समय सौम्य-शान्त दिखाई दे रहा था। अख़बार के पन्ने पलटते समय वह सिर उठाकर उच्चता, पवित्रता और आत्मविश्वास के मिश्रित भाव से सामने लॉन की ओर देखते, जहाँ एक फिएट कार खड़ी थी। इस तरह वह बारी-बारी से सभी पत्र-पत्रिकाएँ पलट गए।

बरामदे में एक तख़्त, टीन की दो कुर्सियाँ और दो बेंचें रखी हुई थीं। वहाँ बैठे लोगों की बेचैनी बढ़ गई थी। हर व्यक्ति के साथ अपनी परेशानी थी और हर व्यक्ति को जल्दी भी थी। कोई तेज़ी से पैर हिला रहा था, कोई जम्हाई ले रहा था और कोई बदन तोड़ रहा था। उनमें सभी ऐसे थे, जो अपने को असहाय समझकर यहाँ दौड़े आए थे, महरी के लड़के के अलावा वहाँ दो और नौजवान थे, जो बेकार तो थे ही, ओवर एज भी हो चुके थे। उनमें से एक को व्यवसाय चलाने के लिए ऋण नहीं मिल रहा था और दूसरे को कोई अन्य नौकरी न मिलने पर पत्रकारिता में घुसने के लिए सिफारिश करानी थी। उनमें तीन ऐसे व्यक्ति थे, जिनमें से दो को उनके मकान मालिक मकान से निकाल चुके थे और उन्हें कोई मकान नहीं मिल रहा था—और तीसरे व्यक्ति के आवास-विकास परिषद वाले मकान पर दूसरे लोग ज़बरदस्ती काबिज हो चुके थे। वहाँ तीन-चार बुरकाधारी औरतें भी थीं, जिनके मर्द या लड़के जुआ, बदचलनी आदि के अभियोग में पुलिस द्वारा पकड़ लिए गए थे।

"भेजो," पत्र-पत्रिकाओं से निबटकर भारती जी ने सिर उठाकर रामधन से कहा।

जल्दी ही साठ-बासठ वर्ष की एक नाटी-सी बुढ़िया लँगड़ाती-सी चाल से कमरे के अन्दर दाख़िल हुई, उसके पीछे तेईस-चौबीस वर्ष का एक काला, नाटा नौजवान भी जो भीत नज़रों से भारती जी को देख रहा था। बुढ़िया एक मैली-कुचैली साड़ी पहने थी और उसके आँचल को उसने सिर के कुछ आगे खींच लिया था, लड़का बी.ए. करने के बाद भी बेकार घूम रहा था, और उसके लिए बुढ़िया पहले भी दो बार आ चुकी थी कि उसे चपरासीगिरी भी मिल जाती। कमरे के अन्दर भी एक बेंच थी, पर दोनों ही नीचे चमचमाते पक्के फ़र्श पर बैठ गए।

"तुम्हारा नाम क्या है?" भारती जी ने नौजवान की ओर तिरछी दृष्टि से देखते हुए पूछा।

लड़के ने जवाब देने के लिए मुँह खोला ही था कि भारती जी के ड्राइवर बाबूराम ने कमरे में प्रवेश किया। उसने भारती जी को सलाम किया। वह पुरानी ख़ाकी पैंट बुश्शर्ट और चप्पल पहने हुए था।

"अरे तुमने इतनी देर कहाँ लगा दी, भाई! मालूम है कि शाम को पार्टी है?" भारती जी ने रुखाई से पूछा।

"गाँव से कुछ मेहमान आ गए थे साब।"

"सारा सामान इस समय तक आ जाना चाहिए था, फिर जाओ जल्दी, भीतर से लिस्ट और पैसे लेकर ला दो सभी सामान फटाफट।"

बुढ़िया और उसका लड़का, दोनों भकुआकर उन्हें देख रहे थे और उनकी बातें सुन रहे थे। पदयात्रा के बाद अपने सम्पर्कों तथा सम्बन्धों को और व्यापक एवं मज़बूत बनाने के लिए भारती जी ने आज रात में एक दावत का आयोजन किया था, जिसमें नगर के प्रभावशाली रईस, सेठ, वकील, बुद्धिजीवी, कई अफ़सर तथा विभिन्न राजनीतिक-सामाजिक संगठनों के नेता लोग शामिल होने वाले थे।

पर इधर से ड्राइवर का जाना था कि उधर से दो सफ़ेदपोश व्यक्तियों का आगमन हुआ। वे कमरे में मुस्कराते हुए बेधड़क घुस आए, जैसे रेल के डिब्बे में टी.टी.ई.।

"आइए...आइए प्रद्युम्न जी," भारती जी उनके स्वागत में उठ खड़े हुए। उन्होंने दोनों को अपनी बग़ल में कुर्सियों पर बिठया।

अधेड़ व्यक्ति ने बैठते ही मज़ाक़िया लहजे में कहा, "इनको तो जानते हैं न? रमेश जी हैं...आपके दर्शन करने के इच्छुक थे, मैं और रमेश जी चौक से ही पदयात्रा करते हुए आ रहे हैं..."

उन्होंने भारती जी को तिरछी दृष्टि से देखते हुए यह बात कही थी और बात समाप्त होते ही बेतहाशा हँसने लगे। हँसते समय उनका शरीर इस तरह हिलने लगा, जैसे वह किसी लूप लाइन की पैसेंजर ट्रेन में यात्रा कर रहे हों।

"ऐसी भी क्या आफ़त है?" भारती जी ने मुस्कराते हुए पूछा।

"अभी से अभ्यास कर रहा हूँ..."

अब इसका मतलब जो भी हो, तीनों ने इस पर ज़ोरदार ठहाके लगाए, और जब वे गम्भीर हुए तो बातचीत सीधे राजनीति पर आ गई। प्रद्युम्न जी की सामान्य आवाज़ भी बड़ी तेज़ थी, जैसे गला फाड़कर बोल रहे हों, जिससे कान झनझना जाते थे। वह जितना बोलते थे, उससे अधिक हँसते थे, जैसे बड़ी होशियारी की बात कर रहे हों।

"सचमुच आपकी हैदराबाद वाली स्पीच, मुझे बहुत अच्छी लगी..."

"क्या कहा था मैंने? मुझे तो याद ही नहीं," भारती जी हल्के-फुल्के ढंग से मुस्कराकर इस तरह बोले, जैसे उन्हें सचमुच अचम्भा हो रहा हो।

"अरे, वही चतुर्मुखी क्रान्तिवाली बात, भाई, मज़ा आ गया..." चटपट खाने की वह जिस तरह तारीफ़ करते हैं, उसी तरह मज़ा शब्द पर उन्होंने ज़ोर दिया।

भारती जी सहसा काफ़ी गम्भीर हो गए, फिर सिर नीचा करके कुछ सोचते हुए उन्होंने कहा, "हाँ...ठीक है...याद आया, भई, मैं तो खरी बात कहने का आदी हूँ, चाहे किसी को भला लगे या बुरा। ए भाई प्रद्युम्न जी, जब जनता के कल्याण के लिए हम लोग काम करते हैं तो किसी से डरें क्यों..."

भारती जी अब ऊँचे स्वर में बोल रहे थे, मानो वह पचास हज़ार की भीड़ के सामने बोल रहे हों। इसके बाद बातचीत, सम्प्रदायवाद समाप्त करने तथा समाजवाद लाने की ज़रूरत पर होती हुई इस विषय पर आ गई कि भारत कैसे विश्व को रास्ता दिखा सकता है। इस सम्बन्ध में प्रद्युम्न जी तथा रमेश जी ने भी कुछ बहुत ही मौलिक विचार रखे।

भारती जी ने घड़ी की तरफ़ देखा, साढ़े दस बज चुके थे और बाहर क्वार की धूप और तेज़ हो गई थी। बुढ़िया अब भी उनकी ओर बीच-बीच में आशापूर्ण दृष्टि से देख लेती थी कि कब उनकी बात ख़त्म हो और वह अपनी बात रखे, पर उसके चेहरे पर थकान स्पष्ट नज़र आ रही थी। लड़का लगातार जम्हाई ले रहा था, बरामदे में कुछ लोगों के पैर और तेज़ी से हिल रहे थे और कुछ आदमी बरामदे में ही चहलक़दमी करने लगे थे।

सहसा प्रद्युम्न जी ने भारती जी के कान के पास मुँह ले जाकर सायँ-सायँ आवाज़ में कहा, "भैया, एक काम है...

"बताओ...बताओ," भारती जी ने उत्सुकता प्रदर्शित करते हुए पूछा।

"बस, समझिए एक निजी काम है...अपने लोगों का ही..."

"अरे तो बताओ न...मैं तो हज़ार लोगों का काम छोड़कर अपने लोगों का काम करता हूँ, सभी कर रहे हैं तो हम क्यों न करें," भारती जी भी धीमी आवाज़ में भुनभुनाते हुए बोल रहे थे।

"बस, आप ही को ऐसा देख रहा हूँ...नहीं तो और जगह तो अपने लोग ही अपने लोगों को काटते हैं। हमारे लोगों में यही तो कमज़ोरी है कि हममें एका नहीं है..."

जैसे बहुत राज़ की बात कर रहे हों, इस तरह भारती जी ने अपने मुँह को प्रद्युम्न जी के कान के पास ले जाकर आँखें मटकाते हुए फुसफुसायी आवाज़ में कहा, "भैया, मैं मौक़ा नहीं चूकता...चपरासी तक...समझे? बस आज्ञा दीजिए..."

"भैया, ये रमेश जी हैं न...इनके बड़े भाई कुछ संकट में पड़ गए हैं, ये दोनों भाई हीरा हैं...अपने लोगों के लिए हमेशा जान देने को तैयार रहते हैं। बस समय है...ख़ैर, हाँ, पर आप जानते हैं कि यह ईमानदारी का ज़माना नहीं है, इसलिए हमेशा कष्ट में ही रहते हैं...कोई दूसरा उस जगह पर होता तो लाखों पीटकर रख चुका होता। तो उनका एक लड़का है, पढ़ने में कुछ ठीक नहीं है, किसी तरह बी.ए. किया है, बस आगे पढ़ने का नाम ही नहीं ले रहा है, उसी वजह से इनके बड़े भाई साहब चिन्तित रहते हैं...किसी सरकारी दफ़्तर में घुस जाता...दस-पन्द्रह हज़ार ख़र्च करने को भी तैयार हैं..."

भारती जी ने झट से प्रद्युम्न के हाथ पर हाथ रखते हुए कहा, "बस? मैं करा दूँगा...समझे भैया, मैं करा दूँगा, यह अपना काम है...अपने लोग हर जगह हैं, नहीं, नहीं, मैं करा दूँगा...एड हॉक हो जाएगा, फिर कमीशन में देख लिया जाएगा, लड़के को बायोडाटा के साथ हमारे पास भेज दीजिएगा।"

जब वे चले गए तो भारती जी ने घड़ी देखने के बाद बुढ़िया और लड़के की ओर दृष्टिपात करते हुए रुखाई से कहा, "अरे, तुम लोग बैठे हो? मैं तुमसे कई बार कह चुका हूँ कि केवल बी.ए. करने से काम नहीं चलेगा, आगे पढ़ो...किसी चीज़ की ट्रेनिंग ले लो...वकालत ही पढ़ लो...वकील लोग बड़ा पैसा पीटते हैं..."

"दुहाई हो सरकार की," बुढ़िया ने गिड़गिड़ाते हुए स्वर में हाथ जोड़ते हुए अपील की, "इसका बाप चार साल पहले मर गया, मैंने किसी तरह बर्तन माँजकर इसे पढ़ाया, एक बाबू से कहा था, उन्होंने कहा कि रेलवई में लगवा दूँगा, दस हज़ार का ख़र्चा पड़ेगा। माई बाप, एक दो हज़ार की बात होती तो समान बेचकर, क़र्ज़ा लेकर करती, अब दस हज़ार कहाँ से लाऊँ? सरकार, आपका रुतबा बढ़े... किसी सरकारी दफ़्तर में इसे चपरासी लगवा दें..."

"एक अर्ज़ी लिखवाकर भेज दो।"

"सरकार, पिछली बार आई थी तो एक अर्ज़ी दे गई थी..."

"अच्छा?" भारती जी इस तरह बोले, जैसे उन्हें बड़ा अचम्भा हो रहा हो, फिर वह सिर झुकाकर कुछ याद करने की कोशिश करने लगे। लेकिन, ठीक इसी समय फिर किसी नवागन्तुक ने प्रवेश किया जिसे देखते ही भारती जी बेहद प्रसन्न हो गए "आइए...आइए अहो भाग्य। बहुत दिनों बाद दर्शन दिया। किस दुनिया में रहते हैं आजकल?"

नवागन्तुक एक बुज़ुर्ग सज्जन थे, उम्र साठ से कम न थी, पर शरीर अब भी ठाँठ था। साँवला रंग, नुकीली नाक, संकीर्ण ललाट, बाल उल्टे झाड़े हुए। वह महीन कीमती धोती, रेशम का कुर्ता और पम्प शू पहने थे।

"शहर अब कहाँ रहता हूँ?" बुज़ुर्ग सज्जन ने बैठकर हँसते हुए कहा, "कभी-कभी आ जाता हूँ...बस, वकालत अब छोड़ दी है, वकालत तो आप जानते हैं, सरासर जलालत है। आप शहर में रहकर फार्मिंग कराते हैं, मैं गाँव में रहकर खेती-बारी करता हूँ...ट्रैक्टर ले लिया, नलकूप लगा लिया है, आपकी कृपा से दोनों जून के लिए रूखा-सूखा कुछ मिल ही जाता है।" फिर मुस्कराकर, "आपकी गतिविधियों की ख़बर रखता हूँ। भई, कमाल कर दिया आपने। भारती जी कुछ कीजिए...आप ही जैसे लोग देश को बचा सकते हैं। आपने इस जिले और राष्ट्र का नाम ऊँचा कर दिया, मैं तो लोगों के बीच में घूमता हूँ न...जहाँ जाता हूँ, आपकी चर्चा होती है, आपकी धूम मच गई है, क्या हिन्दू, क्या मुसलमान, क्या सिख, क्या ईसाई, सभी आपकी भूरि-भूरि प्रशंसा करते हैं। आपके एक इशारे पर लोग जान कुर्बान करने को तैयार हो जाएँगे।"

भारती जी नीचे मुँह करके सज्जनतापूर्वक मुस्कराते हुए बोले, "अरे, ऐसा न कहिए...और बहुत से लोग हैं इस देश में।"

"अरे, कुछ नहीं...सबकी पोल-पट्टी खुल चुकी है, आप आगे बढ़िए तो हमें भी उत्साह आए, मेरे भी ख़यालात आप ही की तरह हैं, मैं बड़ों-बड़ों की परवाह नहीं करता...पर जनता की तकलीफ़ मुझसे एकदम बरदाश्त नहीं होती। किसी को कष्ट में देखता हूँ तो आत्मा तड़पने लगती है, आपने जो शुरुआत की है, उससे देश का भाग्य बदल सकता है। देश अपना पुराना रुतबा पा सकता है। बताइए न, यह देश विश्व का गुरु था कभी, क्या नहीं था यहाँ? बिजली, एटमबम, राकेट, मिसाइल, विमान, अन्तरिक्षयान, सब कुछ था। रामायण, महाभारत, धार्मिक ग्रन्थों में सब कुछ पढ़ने को मिल जाएगा।"

इतना कहकर वह ज़ोर से हँस पड़े। भारती जी ने भी उनका साथ दिया। फिर गम्भीर होकर बोले, "रघुनन्दन जी, घबराइए नहीं, मैं करूँगा, सब कुछ करूँगा। इसी शहर में बहुत कुछ किया है, अब पूरे देश के लिए करूँगा। आप लोगों का सहयोग रहा तो सब कुछ होगा जो आप सोचते हैं।"

भारती जी का मुँह और नाक के नथुने उत्साह से फूल आए। इसी समय रामधन चाय-बिस्कुट और पान ले आया। वे लोग चाय पीते हुए बातें करने लगे उन योजनाओं के बारे में जिनसे देश स्वर्ग बन जाएगा।

बुढ़िया और उसके बेटे के चेहरों पर थकान की लकीरें और गहरी होती गई थीं।

चाय पीने तथा पान खाने के बाद रघुनन्दन जी ने भारती जी की ओर झुककर अत्यन्त धीमे स्वर में कहा, "इधर एक संकट में पड़ गए हैं..."

"ऐं..." भारती जी का चेहरा गम्भीर हो गया।

"पुलिस बेकार में हमारे पीछे पड़ी है..."

"क्यों?"

"कुछ खाना चाहती है..."

"आख़िर कोई बात भी हो।"

दोनों में बहुत ही धीमे-धीमे स्वर में बात हो रही थी। रघुनन्दन जी ने कहा, "आप तो जानते ही हैं मेरे लड़के को। ऐसा सीधा लड़का दीया लेकर ढूँढ़ने पर भी नहीं मिलेगा। आप तो उसकी शादी में गए ही थे। क़िस्मत ही उसकी ख़राब थी—स्त्री उसे बीमार मिली। पचासों हज़ार दवादारू में निकल गए। उसको लेकर लड़का चौबीसों घंटे परेशान रहता। अपनी बीमारी से ख़ुद परेशान रहती थी वह, एक बार उसने ज़हर खाने की कोशिश की; पर हमारी वाइफ ने देख लिया तो उसकी जान बची। इसी तरह चल रहा था। एक दिन उसकी हालत बहुत ख़राब हो गई। पता नहीं क्या हो गया उसे। हम लोग एक रिश्तेदारी में बाहर गए थे। बेचारी बीमारी से घबरा गई थी, अपने को अकेला पाया तो फिर कुछ खा लिया। इस बार घर में कोई था भी नहीं...हमने लौटकर सब कुछ देखा तो हम पर वज्र गिर पड़ा। वाइफ और लड़के का रोते-रोते बुरा हाल हो गया। पर इधर लगता है कि दुश्मन लोगों ने समधी को कुछ सिखा-पढ़ा दिया है, उसने पुलिस में रिपोर्ट कर दी है..."

"यह तो बहुत बुरा हुआ। फिर?"

"वाइफ़ और लड़के को छिपा दिया है और आपके पास आया हूँ। दुश्मनों ने..."

"कौन दुश्मन?" भारती जी ने बीच ही में टोका।

"समझ जाइए अपन लोगों के कौन दुश्मन हैं? ये लोग हमारी जाति से बहुत जलते हैं, इन लोगों की चले तो हमारी जाति को ही खा जाएँ, पर भगवान की दया से वहाँ वे हम लोगों से काफ़ी कम हैं। अब आप ही बताइए हम-आप दहेज के लालची कहे जाएँगे?"

"फिर तो चुनाव में हमारी पोजीशन काफ़ी मज़बूत होगी?" भारती जी ने बीच में टोककर प्रश्न किया।

"अरे ख़ूब...आप खड़े तो होइए, वहाँ 90 फीसदी वोट मैं आपको दिलवाऊँगा। अपने लोगों के सामने वे लोग मच्छर हैं। वहाँ एक-से-एक जबर लोग भी अपने साथ हैं...मौक़े पर कुछ भी कर सकते हैं। हाँ, तो मैं कह रहा था कि आप ही की तरह दहेज से मैं घृणा करता हूँ...हाँ, कोई देना चाहे तो मैं रोक तो नहीं सकता? वैसे मैंने काफ़ी रोका भी था, पर वह हाथ जोड़कर गिड़गिड़ाने लगे कि 'मेरा भी कोई हौसला है, मेरी इकलौती लड़की है।' अब आप अपने को ही देखिए, लड़के की शादी आपने भी की। आपने साफ़-साफ़ कह दिया कि "मुझे कुछ नहीं चाहिए।" पर लड़कीवाले माने नहीं!

"आप माँगते तो पाँच-दस लाख रुपये आसानी से मिल जाते। पर आपको दहेज माँगने से घृणा थी, फिर भी लाख दो लाख तो मिल ही गए। ऊपर से रिसेप्शन में सेठ साहूकार, मंत्री, रईस, अफ़सर, नकद, जेवर, साड़ी, कीमती भेंट के रूप में लाख रुपये का नकद दे गए। आपने तो यह सब नहीं चाहा था, पर जब लोग दे जाएँ तो आप क्या कर सकते हैं। क़सम भगवान की, मैंने एक पैसा भी किसी से कुछ न चाहा था..."

रघुनन्दन जी सन्तुष्ट होकर मुस्कराने लगे। उन्होंने एक काग़ज़ पर कुछ लिखकर भारती जी को दिया। कुछ देर तक वे पता नहीं क्या गुप्त मंत्रणा करते रहे, फिर रघुनन्दन जी उठ खड़े हुए।

उनके जाने के बाद भारती जी उठकर भीतर चले गए। दस मिनट बाद बाहर आए तो बुढ़िया को उसी तरह बैठे देखकर रुखाई से बोले, "अरे माता जी, मैंने कह दिया कि एक अर्ज़ी लड़के से और भिजवा देना...मैं कोशिश करूँगा..."

बुढ़िया बिना कुछ खाए-पीये सवेरे ही यहाँ पहुँच गई थी। ढाई-तीन घंटे कमरे में बैठे-बैठे उसका शरीर अकड़ गया था। वह किसी तरह काँखकर उठी और लड़के के साथ बाहर निकल गई।

पर इसी समय एक अजीब घटना हुई। सामने फाटक से प्रवेश करके पाँच-छह व्यक्ति लपककर इधर आते हुए दिखाई पड़े।

उनके चेहरों पर भयजनित उत्तेजना और घबराहट दिखाई दे रही थी। भारती जी का ध्यान भी उधर आकर्षित हुआ और वह भी अचम्भे में उन्हें देखते रहे।

कुछ ही देर में वे कमरे के अन्दर आ गए। उनमें बड़ी-बड़ी मूँछोंवाले एक व्यक्ति ने घबराई हुई आवाज़ में कहा, "नेताजी, ग़ज़ब हो गया, शहर में दंगा हो रहा है। दुकानें लूटी जा रही हैं। मकानों मे आग लगाई जा रही है, छुरे चल रहे हैं। मकानों से धुँआ उठ रहा है..."

भारती जी का चेहरा फक पड़ गया। वह भी घबराकर उठ खड़े हुए, "यह कैसे हो गया?"

"कुछ दिनों से दो गुंडों में आपसी रंजिश व लड़ाई चल रही थी। उनमें से एक हिन्दू है और दूसरा मुसलमान। आज दोनों दल काफ़ी संख्या में इकट्ठे हुए और उनके बीच जो मारपीट हुई, उसने साम्प्रदायिक दंगे का रूप धारण कर लिया। यही हमने सुना है..."

भारती जी तेज़ी से बरामदे में गए और उन्होंने वहाँ इकट्ठे लोगों से कहा, "आप लोग जल्दी से अपने-अपने घर जाइए। शहर में दंगा हो गया है, कोई ख़तरा नहीं है, चले जाइए...शान्ति हो जाने पर आइएगा..."

जब लोग घबराहट में भेड़-बकरियों की तरह एक-दूसरे से टकराते हुए वहाँ से चले गए तो भारती जी ने रामधन से फाटक बन्द करके उसमें ताला लगाने के लिए कहा।

उनके कार्यकर्ता भी कुर्सियों पर बैठ गए थे। मूँछोंवाले व्यक्ति ने धीमे स्वर में पूछा, "अब क्या किया जाए, यही पूछने हम आए हैं, मेरा तो ख़याल है कि शहर में पदयात्रा करने व शान्ति जलूस निकालने से अच्छा असर पड़ेगा। आपके व्यक्तित्व का भी बड़ा प्रभाव पड़ेगा।"

भारती जी ने नाराज़ी से उसको घूरते हुए कहा, "हर काम का एक समय होता है। मैं अभी अधिकारियों को फ़ोन करके फटकारता हूँ। आप लोग भी घर जाइए... हाँ मेरा एक बयान अख़बार के दफ़्तर में होते हुए निबटा जाइएगा। मेरा ख़याल है, उस इलाके में कोई गड़बड़ी न होगी..."

इसके बाद भारती जी ने उन लोगों को देने के लिए एक काग़ज़ पर निम्नलिखित वक्तव्य लिखा—

"देश एक संकट के दौर से गुज़र रहा है, जातिवाद व सम्प्रदायवाद हमारे देश के दो भयंकर शत्रु हैं, जनता को इन दोनों शत्रुओं से बचकर रहना होगा। विभिन्न जातियों व सम्प्रदायों के बीच प्रेम व भाईचारा स्थापित करने से ही हमारा देश विश्व में सम्मानपूर्ण स्थान बना सकता है। मैं अपील करता हूँ कि लोग छोटे-छोटे झगड़ों को छोड़कर ऊपर उठें और इस शहर व देश की प्रेम-शान्ति की महान परम्परा पर चलते हुए नवनिर्माण में आज योग दें।"

लोक परलोक

मुझे सुबह चाय-वाय पीने के बाद बरामदे में बैठकर अख़बार पढ़ना अच्छा लगता है। बरसात की कचड़-पचड़ के बाद अब मौसम भी सूखा एवं ख़ुशनुमा हो गया है। निर्मल, विस्तृत आकाश, चटख धूप और गह गह अँजोरिया, पर उस रोज़ अख़बार उठाया ही था कि दिनेश को एक व्यक्ति के साथ आते हुए देखा। दिनेश कभी मेरे साथ विश्वविद्यालय में पढ़ता था, पर उस समय का दुबला-पतला, चुप्पा और मामूली लड़का अब मोटा, बातूनी और बहुधन्धी हो गया है। अब सिर बाईं ओर झुकाकर दोनों हाथों को झटके से आगे-पीछे फेंकता हुआ चलता है, जैसे उससे सन्तुष्ट और उत्साही व्यक्ति इस दुनिया में कोई और नहीं है। चन्दा उगाहने में उसको कमाल हासिल है। होली, दीवाली, दशहरा, दुर्गा-पूजा आदि त्योहारों की तो बात ही अलग है, अन्य कई समारोहों के सिलसिले में भी उसके दर्शन होते ही रहते हैं। कभी वह कोई कवि सम्मेलन करा रहा है, कभी मुशायरा, कभी हरि कीर्तन और कभी रामायण का अखंड पाठ। एक महिला कव्वाल और एक पुरुष कव्वाल को एक ही समारोह में बुलाकर उनके बीच कव्वाली प्रतियोगिता कराना उसका ख़ास सालाना शौक है। मैं उसके आने की उम्मीद भी कर रहा था, क्योंकि दुर्गा-पूजा भी नज़दीक आ रही थी।

मैं उठ खड़ा हुआ और नमस्कार-बन्दगी करने के बाद उन्हें बग़ल में रखी कुर्सियों पर बिठाया। दिनेश अपने साथी का परिचय पहले ही दे चुका था, जिनका नाम माहेश्वर प्रसाद 'वैरागी' है। वह मोटे-तगड़े, लम्बे और साँवले चालीस वर्षीय व्यक्ति हैं, जो पान भरे अपने मुँह को लगातार बकरी की तरह चला रहे थे और बीच-बीच में मुस्कराते हुए मुझे कनखी से देख भी लेते थे। उनकी बड़ी-बड़ी चमकती आँखों में यह भाव था कि उनके जैसे महत्त्वपूर्ण व्यक्ति के बारे में हर व्यक्ति को जानकारी होनी ही चाहिए। खेद की बात यह थी कि यद्यपि सन् 1980 और सन 1984 में संसदीय चुनाव में वह उम्मीदवार के रूप में खड़े हो चुके थे, फिर भी अख़बारों का मेरा जैसा पढ़ाकू व्यक्ति कुछ मिनट पहले तक उनके अस्तित्व से अनभिज्ञ था।

घर के अन्दर जब मैं चन्दे की रकम लाने के लिए गया तो पत्नी को चाय-वाय

बनाकर बाहर भेजने की हिदायत भी दे दी। बाहर आकर छोटे लड़के को सड़क के नुक्कड़ से पान लाने के लिए भेज दिया। इस समय माहेश्वर प्रसाद 'वैरागी' मुस्करा-मुस्कराकर कई बार मेरी ओर कनखी से देख चुके थे, जैसे कोई राज़ की बात बताना चाहते हों। अब मैं भी निश्चिन्त होकर बात करने के मूड में आ गया था, पर उसके पहले ही वैरागी जी के मुँह से वाणी के बुलबुले स्वत: ही फूट पड़े।

"क्या ज़माना आ गया है साहब, किसी के लिए जान भी निकालकर रख दीजिए, पर वह उसका उलटा मतलब लगाता है, पर मुझ पर इन बातों का कोई असर नहीं होता, मैं तो चुपचाप अपना काम करता रहूँगा..."

मेरी समझ में कुछ नहीं आया, इसलिए मैंने बात को निश्चित दिशा देने के उद्देश्य से उनसे पूछा, "आप किस पार्टी से चुनाव में खड़े थे?"

"इन कलियुगी पार्टियों को तो अपने राम दूर से ही नमस्कार करते हैं।" यह कहते हुए उन्होंने दोनों हाथ जोड़कर माथे पर रखे, "मैं लम्बी-चौड़ी बात नहीं करता। मेरा सोचने का अलग ढंग है, काम करने का अलग ढंग है, क्यों दिनेश जी?"

"अरे भाई साहब, यह भी कोई कहने की बात हुई साली! आदमी का तो काम बोलना है। अब आपसे कोई साली पार्टी क्या खाकर मुक़ाबला करेगी? लोग आते हैं, भाषण दे जाते हैं और जब काम करने का वक़्त आता है तो तिड़ी हो जाते हैं। यह भी साली कोई राष्ट्र सेवा हुई?"

दिनेश की यह ख़ूबी बताना मैं भूल ही गया कि अब उसकी कोई भी बात 'साला-साली' के बिना नहीं पूरी होती। ख़ैर, उन लोगों की बातों में मुझे मज़ा आ रहा था क्योंकि राजनीति में मेरी भी दिलचस्पी अच्छी-ख़ासी थी। मैंने बहस के लहजे में पूछा, "आख़िर कोई विचारधारा तो होगी ही आपकी?"

"सच बात सुनना चाहते हैं आप?"

"वाह, नेकी और पूछ-पूछ!"

"तो सुनिए भाई, मैं देश एवं जाति को सबसे अधिक महत्त्व देता हूँ, मैं पार्टी नहीं जानता, मैं विचारधारा नहीं जानता, पर एक बात स्पष्ट कह सकता हूँ कि मैं राजनारायण की हार से ख़ुश हूँ। और कुछ जानना चाहते हैं तो कान खोलकर सुनिए, मैं समाजवाद और साम्यवाद नहीं जानता, जनतंत्र-वनतंत्र को मैं बकवास समझता हूँ, पर यह ज़रूर जानता हूँ कि इस देश में अधिक से अधिक चार सौ और कम-से-कम एक सौ रुपये लोगों की तनख़्वाह होनी चाहिए।"

"वाह भाई साहब, ख़ूब कहा। अब यह हुई साली विचारधारा।" दिनेश ने समर्थन किया।

वैरागी जी बेहद ख़ुश थे। उन्होंने ऊँट की तरह गर्दन उचकाकर मुझे एवं दिनेश को गर्व और विजय के भाव से देखा। इसी समय भीतर से चाय और नमकीन आ गई। लड़का पान पहले ही दे गया था। चाय पीने के बाद वैरागी जी ने पान चबाया,

दो बार बाहर जाकर थूका, फिर बोले, "अभी दो दिन पहले तक मैं बहुत परेशान था। क्या बताऊँ, देश और जाति का जब मामला आता है तो मेरी तबीयत मानती नहीं। परसों शाम को कुछ राहत मिली...क्यों दिनेश जी?"

"यह काम ही साला ऐसा है भाई साहब!"

"अरे तो मैं भी सूनूँ कुछ, भाई।" मैंने चापलूसी वाली मुस्कराहट के साथ कहा।

"भैया, आप तो जानते हैं मंडी में मेरी गल्ले की एक दुकान है..."

"अच्छा!" मुझे सचमुच इस नई सूचना से अचम्भा हुआ।

"मेरी दुकान में एक आदमी काम करता था। नाम, अकबर। वह गाँव से भाग कर आया था..."

"हाँ, भागकर। बड़े ग़रीब घर का था। खेत में मज़दूरी करता था। बड़ी मुश्किल से रोज़ी-रोटी चलती थी। माँ-बाप उसके मर चुके थे। स्वयं तो वह काला भुजंग था, पर बीवी बड़ी हसीन। कुछ मनसहकी भी। अकबर के भाग्य में सुख नहीं लिखा था। उसका एक दोस्त असलम बम्बई में दर्ज़ीगिरी करता था। जब वह कुछ दिनों के लिए गाँव में आया तो दोस्त की बीवी को देखकर उसके मुँह में पानी भर आया। शौकीन तो वह था ही, जब देखो, तब अकबर के घर में घुसा रहता। उसने अकबर की बीवी को सिनेमा में हीरोइन बनाने का लालच दिया और अन्त में जो होना था वही हुआ...।"

"अकबर ने मुझे जो बताया था, वही मैं आपसे कह रहा हूँ। वह अपनी बीवी को जान से अधिक प्यार करता था। एक गोद का बच्चा था, उसे भी वह अपने साथ लेती गई थी। अकबर का मन गाँव से उचट गया। काम-धाम में उनकी तबीयत नहीं लगती, उसे बीवी एवं असलम से ही नहीं, बल्कि अपनी जाति-बिरादरी और पूरे गाँव से ही नफ़रत हो गई। वह एक दिन शहर भाग आया..."

"सीधे आपके पास आया होगा?" मैंने एक बच्चे की तरह जिज्ञासा प्रकट की।

"नहीं भाई, क्या मैं उसका कोई रिश्तेदार था?"

"फिर?"

"उस मंडी में एक महापुरुष रहते हैं, जिनकी भी गल्ले की एक दुकान है। मैं महान व्यक्तियों का नाम नहीं लेता, आपको उनका नाम कभी मालूम भी हो जाएगा। यहाँ मैं उनको 'भाई जी' कहूँगा। भाई जी उसी सम्प्रदाय के हैं, जिस सम्प्रदाय का अकबर था। आप दीया लेकर खोज आइए, भाई जी जैसा बेईमान और काइयाँ व्यक्ति दूसरा नहीं मिलेगा। हमेशा इसी फिराक में रहते हैं कि किस तरह उलटे उस्तरे से किसी को मूँड़ा जाए। चेहरा गोरा है, पर दिल के बड़े काले हैं भाई जी, मुझसे तो बेहद जलते हैं। अगर एक पैसे का भी मेरा नुकसान होता हो तो वह वैसा करने से बाज़ नहीं आएँगे। बड़े ही तुच्छ और नकलची हैं। जो मैं करता हूँ वही वह करते हैं। अफ़सर लोग मेरी इज़्ज़त करते हैं, पर भाई जी

घूसखोरी से अफ़सर को ख़ुश रखते हैं। मेरी नकल करके अब वह भी पार्लियामेंट कर चुनाव लड़ना चाहते हैं। इसीलिए वोट लेने के लिए उनकी उछलकूद इधर अधिक ही बढ़ गई है...!"

"अभी खड़े नहीं हुए?"

"खड़े हो बच्चू। मैं तो चाहता हूँ कि कुछ पैसा बरबाद करें, तभी आटा-दाल का भाव मालूम होगा! ऐसे लोगों को तो जनता ही तमाचा मारती है। तो मैं अकबर की बात कर रहा था। वह गाँव से भागकर इस मंडी में सबसे पहले आया। भाई जी ने मीठी-मीठी बात करके और लालच देकर अकबर को फुसला दिया और उनसे मुफ़्त ही दुकान और घर का भी काम लेने लगे..."

"साली दुनियाँ भी ख़ूब है..." दिनेश ने हँसते हुए कहा।

"भाई जी ने एक साल तक उससे केवल खुराकी पर काम लिया। भैया, हमारे पास भी नौकर-चाकर रहते हैं, पर जाकर देखिए, हमेशा राजा की तरह रहते हैं। इतना खिलाता-पिलाता हूँ कि ससुरों का पेट ख़राब हो जाता है," वैरागी जी हो-हो करके हँस पड़े, "तो भैया, एक दिन अकबर ने भाई जी से कुछ पैसे माँगे, बस क्या था, अपनी आदत के मुताबिक भाई जी आपे के बाहर हो गए। उन्होंने गाली-गलौज और मारपीट करके अकबर को निकाल बाहर किया..."

"अरे...!"

"हाँ, ऐसे-ऐसे पापी लोग रहते हैं इस दुनिया में भैया, दुख में लोग मेरे पास ही दौड़े आते हैं। अकबर भी आकर फूट-फूट कर रोने लगा। मैंने उसे चुप कराया और हिम्मत बँधाई। फिर पाव भर ताज़ा जलेबी और कचौड़ियाँ मँगाकर उसे नाश्ता कराया। खाकर मस्त हो गया वह। मैंने कहा, "जब तक इच्छा हो, यहाँ रहो, दुकान को अपना घर समझो।"

सहसा वैरागी जी चुप होकर दिनेश को कनखी से देखकर शरमायी हुई हँसी-हँसने लगे। फिर सिर झुकाकर ऐसी बँधी आवाज़ में धीमे-धीमे बोले, "जैसे किसी घड़े में मुँह रखकर बोल रहे हैं, "देखिए भैया, मैं साफ़ बात कहता हूँ। मैं इस मंडी की किसी दुकान से निकले हुए किसी व्यक्ति को अपने यहाँ लेने में विश्वास नहीं करता, न लेता ही हूँ, पर यहाँ कुछ दूसरी ही बात थी..."

"क्या?"

"यहाँ तो भाई जी की बात थी। भाई जी मेरे एक नौकर को पहले ही फोड़ चुके थे और कइयों को फोड़ने की कोशिश भी कर चुके थे। भाई जी मुझको जानते नहीं। मैं छोटी-छोटी हरकतों में विश्वास नहीं करता, पर जो मुझे छेड़ता है, उसे मैं आख़िर तक नहीं छोड़ता। यह बड़ा अच्छा मौक़ा था। मैं भाई जी को इस तरह डसना चाहता था कि उनको लहर भी न आए। और अपने इसी काम से देश एवं जाति की सेवा भी करना चाहता था। एक ढेले से दो चिड़िया का शिकार।"

"हाँ, साला ख़ूब मौक़ा आया था..." दिनेश ने ठहाका लगाते हुए कहा। माहेश्वर जी काफ़ी उत्साहपूर्वक अपना क़िस्सा सुना रहे थे। बोले, "अरे, अकबर तो भाई जी से जला-भुना था ही। मैंने मौक़े का लाभ उठाया। ख़ूब सेवा की उसकी। उसको एक से एक तर माल खिलाता। पैसा-कौड़ी, कपड़ा-लत्ता किसी बात की कमी नहीं होने देता। बस समझिए जैसे दामाद की खातिर होती है। ऊपर से दो घंटा रोज़ उसको प्रवचन झाड़ता था। आख़िर प्रभु ने सफलता दिला दी...।"

मैं उनकी बात समझ नहीं पाया, "कैसी सफलता?"

एक लम्बी मुस्कराहट के बीच वह बोले, "अरे काम हो गया। वह हो गया..."

"क्या हो गया वह" मैं हतबुद्धि-सा उनको देखने लगा।

वे दोनों हँसने लगे। फिर माहेश्वर प्रसाद वैरागी ने बताया, "आप बड़े भोले हैं। मेरा मतलब यह है कि वह अकबर से बालचन्द आर्य बन गया..."

मैं जैसे आसमान से ज़मीन पर गिरा। मैं कुछ दूसरा ही सोच रहा था। मैंने जिज्ञासावश ही पूछा, "कैसे हो गया यह सब?"

"आप भी ख़ूब पूछते हैं। अरे भाई, ऐसे कामों में बड़ी सावधानी और होशियारी से काम लेना होता है। बहेलिया जैसे चिड़िया फँसाता है, उसी तरह समझ लीजिए..."

"फिर तो बड़ा बवाल मचा होगा?"

"कैसा बवाल? चुपके-चुपके सब काम हो गया। पहले तो किसी को पता ही न लगा। हाँ, जब पता लगा तो भाई जी ने उछल-कूद ज़रूर मचाई। अकबर के पास एक आदमी को भेजा।"

"आदमी को भेजा?" मैंने साँस रोककर पूछा।

"हाँ-हाँ, भाई जी को और क्या समझते हैं आप?" माहेश्वर जी ने हँसते हुए कहा, "उस आदमी ने अकबर को ख़ूब समझाया-बुझाया। ख़ूब लालच दिया। जब अकबर नहीं माना तो उस आदमी ने उसे डराया कि जो आदमी अपना धर्म बदलता है, वह अगले जन्म में छिपकली होता है, पर अकबर यानी बालचन्दजी मेरा प्रवचन सुनकर ख़ूब पक्के हो गए थे। किसी की दाल नहीं गली...।"

माहेश्वर जी हो-हो करके हँस पड़े, फिर अचानक चुप होकर गम्भीर हो गए, गोया ऐसी महत्त्वपूर्ण बात करते समय हँसकर उन्होंने कोई अनुचित हरकत कर दी हो। इसके बाद वह जैसे गम्भीर चिन्तन में लीन हो गए। अन्त में मेरी ओर मुँह बढ़ाकर धीमी आवाज़ में बोले, "समझिए काम तो बहुत बड़ा हो गया। इसे कलियुगी पार्टियाँ और कलियुगी नेता नहीं समझ सकते। अब आप ही बताइए, चाहे एक ही सही, हमारी संख्या तो बढ़ी। हमारी जाति के लोगों की कमज़ोरी है, वरना यह मुश्किल नहीं है—अगर हमारी जाति का प्रत्येक आदमी एक विजातीय का जिम्मा अपने ऊपर ले ले तो देश का बड़ा कल्याण हो। ख़ैर, मैंने तो अपना कर्तव्य कर दिया। मेरे चुनाव प्रचार की दृष्टि से भी यह बहुत काम की घटना हुई थी।

सन् 1980 वाले चुनाव में अकबर यानी बालचन्द आर्य ने बड़ी मेहनत की। घूम-घूमकर ख़ूब नारे लगाए। उसे मंच पर अपनी बग़ल में खड़ा करके मैं भाषण देता था। बड़ी तालियाँ बजती थीं। समझिए, मुझे पूरे तीन हज़ार वोट मिले। जिन उम्मीदवारों की जमानतें ज़ब्त हुई थीं, उनमें मैं सबसे आगे था..."

"वह भाषण-वाषण भी करता था?" मैंने पूछा।

"अरे नहीं," माहेश्वरी जी ने कहा, "बज्र गँवार था, उसे बोलना-वोलना क्या आता? उसको सिखाने के लिए मैंने क्या-क्या नहीं किया। मैं चाहता था कि जिस धर्म और जाति में वह शामिल हुआ है, उसी के अनुसार बातचीत करे, वैसी ही भाषा का इस्तेमाल करे, पर भैया उसने तो नाकों चने चबवा दिया।"

"क्या हुआ? कैसे नाकों चने चबवा दिया?" मेरी उत्सुकता चरम सीमा पर थी।

दिनेश इस बीच मेरी कुर्सी के हत्थे पर रखे अख़बार को उठाकर उसमें डूबने-उतराने लगा था। स्पष्ट है कि ये बातें वह कई बार सुन चुका होगा। कभी-कभी वह किसी बात पर हमारी ओर देखता, यांत्रिक ढंग से हँसता, फिर पढ़ने में लीन हो जाता। माहेश्वर जी का उत्साह तो ख़ैर हर क्षण बढ़ता ही जा रहा था। मेरे प्रश्न के जवाब में उन्होंने कहा, "बस पूछिए मत। मैंने बार-बार कहा, 'भगवान रामचन्द्र जी कहो' कई बार रटाया भी। पर वह ठीक-ठीक उच्चारण कर ही नहीं पाता था। हमेशा कहता था—'रामचन्दर जी' अपना नाम भी ठीक नहीं बोल पाता था। बालचन्द आर्य को कहता था—'बालचन आर।' मैंने कई बार उसे समझाया और अभ्यास कराया—गंगा नदी, यमुना नदी। नदी, नदी, नदी पर नदी शब्द कभी उसकी ज़बान पर चढ़ा ही नहीं, बार-बार वह नदी को 'दरिया' ही कहता। मैंने कई बार कहा, 'और कहो, सवेरा कहो, प्रातःकाल कहो?' पर वाह रे इनसान और उसकी ज़बान। वह हमेशा कहता था—सुबह। मैं बेहद तंग आ गया। अब आप ही बताइए, मैं क्या-क्या करूँ? ख़ैर, सन्तोष मुझे इसी बात का है कि मैंने किसी का परलोक तो बना ही दिया!"

मुझे बड़ी तेज़ी से हँसी आ रही थी और जब उन्होंने अपना वक्तव्य समाप्त किया तो मैं बेतहाशा हँसने लगा। माहेश्वर जी मेरी ओर चकित होकर देखने लगे और दिनेश ने भी चौंककर मुझे देखा। पर मैं जल्दी ही गम्भीर होकर माहेश्वर जी से पूछा, "सन् 1990 के चुनाव में भी तो वह आपके साथ होगा?"

"कहाँ?" माहेश्वर जी ने मुँह बिचका कर कहा, "बड़े कृतघ्न हैं ये लोग। 1980 के चुनाव के बाद भी कुछ दिनों तक वह बड़ा सही रहा। हमेशा 'बाबू जी, बाबू जी' किये रहता। फिर पता नहीं किसने उसको क्या सिखा दिया या भगवान जाने कुछ खिला-पिला ही दिया हो। अचानक एक दिन सनक गया। सवेरे-सवेरे ही बोला, "मैं डेढ़ सौ रुपल्ली पर काम नहीं करूँगा। सरकार जितना कहती है, उतना मिलने पर ही कामधाम होगा।" मुझे बड़ा ग़ुस्सा आया। मैं उसको डेढ़ सौ रुपये देता था।

मंडी में कोई भी माई का लाल किसी को इतना न देता होगा। इसके अलावा कुछ-न-कुछ खाता ही रहता था। ख़ास अवसरों पर कपड़ा-लत्ता अलग, फिर भी मैंने उसे समझाया-बुझाया, पुचकारा, बाबू-भैया कहा। वह काहे को माने! मैंने कहा, "वह काम करता जाए, कुछ दिनों बाद बढ़ा दूँगा "पर दूसरे दिन से वह बैठ गया।"

दिनेश ने अख़बार पढ़ना बन्द कर दिया था। उसने चलने का इशारा किया।

माहेश्वर जी ने कहा, "बस चलता हूँ। अपनी बात पूरी कर लूँ। हाँ तो भैया, उसके छोड़ देने से मन को बड़ा धक्का लगा। झूठ क्यों कहूँ, बड़ा ईमानदार था। पूरी दुकान उस पर छोड़कर चला जाता था। जब चाहे काम लो, जब चाहे बुला लो। डेढ़ सौ रुपये उसको देता था, पर हज़ार दो हज़ार का फ़ायदा हो जाता था। मुझे लगा कि भाई जी ने उसे फोड़ लिया है और फिर अपनी पुरानी जाति में चला जाएगा। पर ऐसा हुआ नहीं। ख़ैर, पक्का तो मैंने उसे ख़ूब कर दिया था। पर बच्चू मेरे यहाँ से जाने के बाद दाने-दाने को तरसने लगे। कई पापड़ बेले उन्होंने। अब इसके लिए मैं क्या कर सकता हूँ? मेरे घर से एक फर्लांग की दूरी पर एक चुंगी घर है, उसी के बरामदे में सोता था। कई जगह काम किया, पर मैं जितना खातिर-बात करता था, देता था, उतना किसी ने नहीं दिया। मुझे उसके बारे में रिपोर्ट मिलती रहती थी। कभी सुनने में आया कि वह मज़दूरों के एक जूलूस में नारा लगा रहा है। इसी तरह इन लोगों का जीवन बीतता है। कभी कुछ कभी कुछ। अभी परसों मुझे पता लगा कि वह मर गया..."

"मर गया? कैसे?" मुझे सचमुच चोट लगी इस सूचना से।

"बस, मर गया। बुख़ार आया, मर गया। ये लोग जैसे पैदा होते हैं, वैसे ही मर जाते हैं, मुझे भाई दुख तो हुआ। ख़ास दुख इस बात का था कि अगर सन् 1990 के चुनाव तक यह मेरे साथ रह गया होता तो देश एवं जाति का कल्याण भी होता और मैं 'चुनाव' में जीत भी जाता। ख़ैर, उसकी वजह से जाति-बिरादरी में मुझे काफ़ी प्रतिष्ठा मिल गई है। कुछ लोगों ने मुझे उसके मरने की ख़बर दी तो मुझ पर एक व्याकुलता छा गई। मैं दौड़ गया, कोई भी माई का लाल उसे पूछने वाला था नहीं। मैंने परसों शाम को उसकी विधिवत् अन्त्येष्टि करवाई। मुझे सन्तोष हुआ..."

वह अपनी बात समाप्त नहीं कर पाए, क्योंकि दिनेश पहले ही दिन उठ खड़ा हुआ था और उन्हें भी उठना पड़ा। मैं उन्हें छोड़ने बाहर तक गया। विदा होते समय माहेश्वर जी ने हाथ जोड़कर कहा, "अगले चुनाव में ध्यान रखिएगा। मैं अभी से आप लोगों को हर बात बताए दे रहा हूँ। देश और जाति का सवाल है..."

"अरे वाह, आप निश्चिन्त रहिए," मैंने उत्तर दिया।

तूफ़ान

रात आवाज़ों से ख़ाली होती जा रही है। आसपास के मकानों की रोशनी गुल हो चुकी है। घर के अन्दर भी सदा की तरह सिर्फ़ दो ही कमरों की बत्तियाँ जल रही हैं। यह कहना अधिक सही है कि सुमन को प्रोत्साहित करने के लिए ही हरिहर बाबू देर तक जगे रहते हैं। वैसे और भी काम उनको करने रहते हैं। लम्बे-लम्बे उनके सारे पत्र जो कई परिवारों में मनोरंजनपूर्ण चर्चा के विषय रहे हैं, इसी समय लिखे गए थे।

पुराने ज़माने के इंग्लिश टीचर हैं, इसलिए अंग्रेज़ी भाषा पर उनका अधिकार है और उनकी लिखावट भी बहुत सुन्दर है। बड़ी मेहनत से तैयार किये अपने पत्र वह सीधे लड़कों के पास ही भेजते थे, जिनमें करुणा, नैतिकता, न्यायप्रियता एवं अन्य सद्वृत्तियों को जगाने की ज़ोरदार कोशिशें होती थीं। वह पत्रों में अपने जीवन और परिवार के सकारात्मक और नकारात्मक दोनों ही पक्ष साफ़-साफ़ पेश कर देते थे, इस आशा में कि उनकी ईमानदारी का गहरा असर पड़ेगा। आज भी वह पत्र ही लिख रहे हैं और शायद वहीं लिख रहे हों।

सुमन चुपचाप बैठी थी। पढ़ने में उसकी तबीयत ज़रा भी नहीं लग रही है। आज़ की ही बात नहीं, पिछले कई दिनों से उसकी यही हालत थी। वह कुर्सी पर बैठी है और उसके सामने मेज़ पर एक मोटी किताब खुली है, पर वह सामने कमरे के बाहर आँगन के अँधेरे में एकटक देख रही है, जैसे उसकी आँखें कुछ टटोल रही हों। कभी-कभी वह सिर झुकाकर दोनों हाथों में अपने माथे को भींच लेती है, जैसे उसके सिर में भारी पीड़ा हो रही हो। मौसम बदल रहा है, गर्मी बढ़ रही है और सिर के ऊपर पंखा धीरे-धीरे घूम रहा है।

वह उठ खड़ी हुई। दुबली-पतली तो वह है ही, जब साड़ी पहनती है तो और लम्बी लगती है। अधिक गोरी तो वह नहीं है, और बड़ी-बड़ी आँख के कारण उसे ख़ूबसूरत भी कहा जा सकता है। कमरे की बत्ती बुझा कर वह आँगन में निकल गई जहाँ से ऊपर की छत के लिए जीना गया है। लम्बी, खुली छत पर एक छोटा-सा कमरा है, जो हरिहर बाबू के लिखने-पढ़ने का कमरा है। वह धीरे-धीरे ऊपर चढ़ गई। खुली छत पर पहुँचकर शीतल, मन्द बयार का झोंका लगा। कमरा खुला था, हरिहर बाबू लिखने में लीन थे पर पैरों की आहट पाकर वह चौंक पड़े।

"क्या बात है, बेटी? कोई काम है?"

सुमन के मुँह से कोई उत्तर नहीं निकला। वह एकटक अपने पिता को सनकी की तरह देख रही थी। हरिहर बाबू न लम्बे थे, न तगड़े ही, बल्कि नाटे और इतने पतले थे कि उनके शरीर पर हर कपड़ा ढीला-ढाला ही नज़र आता था। उम्र उनकी लगभग पैंसठ वर्ष की है, जिससे चेहरे पर झुर्रियाँ सिमट आई हैं—पर उनकी आँखों की ज्योति अब भी तेज़ थी और दाँत मज़बूत। चेहरे का रंग उनका गाढ़ा साँवला था, सिर गंजा और उनकी आँखें एक सरल, विनम्र एवं ईमानदार व्यक्तित्व का एहसास करा रही थीं।

"बैठो...कोई परेशानी है?" उन्होंने प्यार से पूछा।

वह उनके सामने मेज़ की दूसरी ओर रखी कुर्सी पर बैठ गई। किन्तु तब भी उसके मुँह से कोई आवाज़ नहीं फूटी। उसकी आँखों में वैसी ही नासमझी और सनकीपन का भाव था, पर बीच-बीच में उसके होंठ बिचक जाते थे और नथुने हल्के से फूल उठते थे, गोया उसके भीतर भावनाओं का कोई ऐसा तूफ़ान उठ खड़ा होता है, जिसको शब्दों के रास्ते वह बाहर निकाल नहीं पा रही हो।

"जाओ...आराम करो। तुम थक गई हो...। कल बात करेंगे।"

"पापा, पिछले कुछ दिनों से मैं बेहद कष्ट पा रही हूँ।"

"सिर में दर्द है? बताया क्यों नहीं...किसी डॉक्टर को दिखाते।" हरिहर बाबू चिन्तित हो उठे।

"नरक की मर्मान्तक पीड़ा से यह किसी भी हालत में कम नहीं है। बार-बार मेरे अन्दर यह सवाल उठता रहा है कि क्या मैं एक झूठी ज़िन्दगी नहीं जी रही हूँ, एक बनावटी और ओढ़ी हुई ज़िन्दगी, जिसमें अपना कुछ भी नहीं है...!"

हरिहर बाबू का चेहरा सहसा फक पड़ गया। सुमन के मुँह से ऐसी कोई बात उन्होंने कभी नहीं सुनी थी। वह उनकी इकलौती सन्तान थी, जो एक गम्भीर और परिश्रमी लड़की के रूप में जानी जाती थी। वह आज जो कुछ है, उन्हीं की बनायी हुई है। उसके लिए उन्होंने क्या-क्या नहीं किया। जब तक वह पढ़ती रही उन्होंने उसके साथ घोर परिश्रम किया। रात-रात भर जागकर उन्होंने उसके लिए नोट्स बनाया, हिन्दी और अंग्रेज़ी के कठिन गद्यांशों एवं पद्यांशों की व्याख्याएँ लिखीं, परीक्षाओं के लिए हर विषय के महत्त्वपूर्ण प्रश्न चुनकर उनके उत्तर लिखवाए। और सुमन उनकी हिदायतों पर दृढ़तापूर्वक चलती रही, जिसका अच्छा परिणाम भी निकलता गया। वह हर कक्षा में अच्छे नम्बरों से पास होती गई और एम.ए. में उसने प्रथम श्रेणी भी प्राप्त की। उन्होंने उसकी ख़ुशी के लिए उसके जीवन के बारे में एक महत्त्वपूर्ण योजना तैयार की थी और वह पूरी होगी, इसका उन्हें पक्का विश्वास था। पर उन्हें अचम्भा यह हो रहा था कि कठिन-से-कठिन परिश्रम के दिनों में जब उसने अपने मुँह से ऐसी बातें नहीं निकालीं तो आज ही कौन-सी बात हो गई?

उन्होंने अत्यन्त क्षीण और अशक्त आवाज़ में पूछा, "झूठी ज़िन्दगी? ओढ़ी हुई? कैसे?"

"कुछ दिनों में मेरी उम्र के 26 वर्ष पूरे हो चुके होंगे और मैं सत्ताइसवें में प्रवेश कर जाऊँगी। मैं बच्ची नहीं हूँ...पिछले आठ-दस साल से मैं बच्ची नहीं हूँ... लेकिन कुछ दिन पहले जब मेरे दिमाग़ में पहली बार यह बात आई कि मैंने आज तक कोई ऐसा काम नहीं किया जो अपना हो, तो मैं भय से काँप उठी। हाँ, मेरा कोई विचार अपना नहीं था, कोई भी फ़ैसला अपना नहीं था, दूसरे के विचारों व फ़ैसलों को अपना समझ कर उन पर चलती रही...।"

"तब किसके विचार थे? किसके फ़ैसले थे?" हरिहर बाबू ने फुसफुसाई आवाज़ में पूछा। किसी अनजाने भय और आशंका से उनका चेहरा काला पड़ गया।

"वे विचार, वे फ़ैसले आपके थे, पापा।" सुमन शान्त और निर्विकार स्वर में बोली।

"मेरे...!" हरिहर बाबू की आवाज़ अचानक उनके गले के अन्दर ही घुट गई। उनके चेहरे पर डरा-डरा-सा एक अपराध भाव उतर आया। अन्त में वह बेहद बेचारगी से बोले, "सुमन बेटी, मैंने जो कुछ किया है तुम्हारे कल्याण के लिए किया है, मैं तुम्हारा पिता हूँ, मेरे विचार व फ़ैसलों में न स्वार्थ की गन्ध थी और न हो सकती है...।"

"यह मैं जानती हूँ पापा। पर आप ही बताइए, क्या यह ज़रूरी है कि एक पिता अपनी बेटी की ज़िन्दगी का बोझ हमेशा ढोता रहे?"

"सुमन..." हरिहर बाबू के मुँह से एक हलकी-सी चीख़ निकल गई।

"एक पिता अपने निजी अरमानों का ख़ून करके ज़िन्दगी भर अपनी बेटी की शादी के लिए दहेज जुटाता रहे और फिर भी न जुटा पाए? अपनी बेटी की शादी बड़े-से-बड़े अफ़सर से करने की तमन्ना पाले, उसके लिए लगातार कोशिश करे, फिर भी सफल न हो पाए?" सुमन के स्वर में तल्खी थी, शायद हल्का-सा व्यंग्य और विद्रूप भी।

"तुम मुझ पर लाँछन लगा रही हो, सुमन। पर जब तुम माँ बनोगी तो तुम्हारी समझ में आएगा कि अपनी सन्तान की सुरक्षा व ख़ुशहाली के लिए माँ-बाप कितना चिन्तित रहते हैं..." हरिहर बाबू के मुँह से बड़ी मुश्किल से आवाज़ निकल रही थी और उस प्रयास में उनके होंठ टेढ़े हो गए थे।

"सुरक्षा!" सुमन व्यंग्य से बोली, "सुरक्षा से मतलब आपका धन, आलीशान मकान और ऊँची हैसियत वाले परिवार में शादी से है तो करोड़ों लोगों में कितने लोग मिलेंगे जो अपने बेटे-बेटियों को ऐसी सुरक्षा दे पाते हैं? और ऐसी सुरक्षा सुविधाओं भरी नकली ज़िन्दगी के अलावा सन्तान को क्या दे पाती है? ऐसी ज़िन्दगी में अपना अर्जित किया हुआ क्या होता है? ऐसी ज़िन्दगी में अपने निजी अस्तित्व

की धड़कन नहीं होती। ऐसी ज़िन्दगी संघर्षों द्वारा मंज़िल की यात्रा का सन्तोष नहीं देती, हार-जीत का अनुभव नहीं कराती। इस प्रकार की सुरक्षा सच्चाइयों का एहसास नहीं होने देती, बल्कि अधिक से अधिक भौतिक सुविधाएँ इकट्ठी करने की मशीन बना देती है, उन सुविधाओं का अभ्यस्त और मुहताज..."

"तुम मुझसे अधिक बुद्धिमान हो; तुम बोलना भी सीख गई हो, पर तुम्हें अन्दाज़ा नहीं है कि तुम मुझे कितना दुखी और अपमानित कर रही हो..." हरिहर बाबू का चेहरा अजीब ढंग से तन गया और वह दूसरी ओर देखने लगे।

किसी निर्मम दुख व पीड़ा से सुमन का मुँह छोटा और काला पड़ गया। फिर उसकी आँखों से टप टप आँसू गिरने लगे। आँसू पोंछते हुए वह बोली, "मैं आपको अपमानित करने नहीं आई हूँ पापा। मैं तो आपको यह बताने आई हूँ कि मेरे सुख के लिए आप जो दुख उठा रहे हैं, दूसरों की उपेक्षा व अपमान सह रहे हैं, दर-दर की ठोकरें खा रहे हैं, उनसे मैं अपने को छोटा महसूस कर रही हूँ। मैं जानती हूँ कि पिता होने के नाते आप मुझे ऐसा सोच, समझ व ज़िन्दगी देना चाहते हैं, जिसमें मुझे कोई कष्ट न हो बल्कि आराम-ही-आराम मिले। मेरी असुरक्षा व दुख की कल्पना से आपके हृदय के टुकड़े-टुकड़े हो जाते होंगे। पर मेरे उस असहनीय दुख का अन्दाज़ा आपको नहीं है पापा, जो मुझे उस समय होता है, जब मैं सोचती हूँ कि इस उम्र में आप मेरे लिए भयंकर यातना सह रहे हैं और मैं आपकी तकलीफ़ कम करने के लिए कुछ भी नहीं कर सकती...।"

"तुम लड़की हो...तुम क्या कर सकती हो?" हरिहर बाबू उसे अत्यधिक आश्चर्यभाव से देख रहे थे।

सुमन का चेहरा तमतमा आया। वह तैश में बोली, "मैं जवान हूँ, अपनी लड़ाई मैं ख़ुद लड़ सकती हूँ, उस लड़ाई में ख़ुशी-ख़ुशी अपना बलिदान दे सकती हूँ। दूसरे के लिए आप ग़लत लड़ाई और ग़लत ढंग से जो लड़ाई लड़ रहे हैं, उससे मैं आपको रोक सकती हूँ, मुक्त कर सकती हूँ...।"

"ग़लत लड़ाई? ग़लत ढंग से लड़ाई? क्या मतलब तुम्हारा?"

"जी हाँ, पापा। आपकी लड़की की शादी की लड़ाई लड़की की है, आपकी नहीं। और मान लीजिए कि यह लड़ाई आपको ही लड़नी है तो उसके लड़ने का ढंग तरीका भी सही होना चाहिए। आप ज़िन्दगी भर ईमानदार व आदर्शवादी रहे, इस समय आपके पास चालीस-पचास हज़ार से अधिक नहीं है, जो आपने रोटी-नमक खा-खाकर इकट्ठे किये हैं। और अब आप चाहते हैं कि आपकी लड़की की शादी बड़े-से-बड़े अफ़सर से हो।"

"सुमन, बस करो...।" हरिहर बाबू ने असहाय आवाज़ में कहा।

"मुझे कह लेने दीजिए, पापा। मैं यह जानना चाहती हूँ कि मेरे लिए बड़ा-से-बड़ा अफ़सर ही क्यों खोजना चाहा आपने? जब वकील साहब का लड़का इतनी बड़ी

अफ़सरी में आ गया तो आप अत्यधिक उत्साहित हो उठे थे। पर मेरे इंटरव्यू के पहले आपको इंटरव्यू देना पड़ा। इसके आद आप घर आए तो मुझसे घोर परिश्रम करने को कहा। जनरल नॉलेज और अन्य विषयों की अच्छी-अच्छी किताबें व नोट्स ख़रीद कर आप मेरे लिए ले आए क्योंकि शादी के इंटरव्यू में कुछ भी पूछा जा सकता था। आपकी राय में चूँकि लड़का और परिवार के लोग नेक व आदर्शवादी थे, इसलिए इंटरव्यू अच्छा होने पर सेलेक्शन श्योर था..."

हरिहर बाबू एक अजीब क़िस्म की पस्ती और थकान का अनुभव कर रहे थे। उन्होंने एक बार सुमन की ओर जल्दीबाज़ी में देखा, फिर उन्होंने सिर झुका लिया।

"इंटरव्यू के पहले दौर में पिता, चाचा और दो मामा लोग बैठे..." सुमन कहती गई, "मेरा इंटरव्यू बहुत ही अच्छा हुआ। पर बाद में मालूम हुआ कि इंटरव्यू कमेटी में लड़का और उसके दो मित्र भी शामिल कर लिए गए हैं और इंटरव्यू फिर से होगा। मैं इंटरव्यू में फिर गई, इस बार भी इंटरव्यू बड़ा अच्छा हुआ, पर सफलता किसी दूसरी को मिली, जिसके बाप ने कार-मकान आदि सब कुछ देने का वायदा किया।"

"बन्द करो, यह बकवास!" हरिहर बाबू चिल्ला पड़े।

"आप अब भी विश्वास करते हैं कि आपके विचारों का उन लोगों पर असर होगा, इसलिए आप वकील साहब के बेटे को आज भी पत्र लिख रहे हैं। पिछले कई वर्षों से आपने ऐसा ही किया है पापा। आप उच्च परिवार के अनेक अविवाहित अफ़सरों व भावी अफ़सरों से मिल चुके हैं। अपनी लड़की के गुणों, संस्कारों और अपने परिवार के आदर्शवादी परम्पराओं का बखान करके उनको प्रभावित करने की कोशिश की है। पर उन लोगों ने आपके साथ कैसा व्यवहार किया है?"

"ठीक है, सारी ग़लती मेरी है...मैं तुमसे माफ़ी चाहता हूँ। अब तुम चुप रहो...।"

"नहीं पापा, मैं आपसे माफ़ी चाहती हूँ। मैं यह सब कहना नहीं चाहती थी, मैं तो यह बताने आई थी कि मैं बोझ नहीं हूँ, आप मेरे लिए कोई चिन्ता न करें... मैंने एक फ़ैसला ले लिया है...।"

"कौन-सा फ़ैसला?" हरिहर बाबू ने तिरछी दृष्टि से उसको देखा।

फ़ैसला सुनकर हरिहर बाबू चीख़े-चिल्लाए, गरजे-बरसे। लड़का अपनी जाति का नहीं था। वह अपनी बेटी के लिए सुख के लिए जो मनपसन्द इमारत बना रहे थे, वह बालू के घरौंदे की तरह टूट-बिखर गया।

एक बाढ़ कथा

इस वर्ष बाढ़ ने कुछ दूसरा ही रूप दिखलाया। पहले जब-जब बाढ़ आई, सम्भ्रान्त लोगों के इन दोनों मुहल्लों के लोग बन-ठन कर अपनी बीवी और बच्चों के साथ कारों अथवा स्कूटरों पर बाढ़ की लीला देखने चल देते थे। पर इस वर्ष इन दोनों मुहल्लों में भी बाढ़ का अनुचित हस्तक्षेप हो गया और वे उक्त सौभाग्य से वंचित रह गए।

यह सचमुच एक बाढ़ नगर है, जो एक बड़ी नदी के किनारे बसा है, जहाँ हर साल बाढ़ आती है। नदी तब समुद्र का रूप धारण कर लेती है। वृक्ष, मकानों के छप्पर, लकड़ी की तख़्ते, लाशें, साँप आदि तेज़ी से बहते निकल जाते हैं। कहीं-कहीं डूबे हुए मन्दिरों अथवा मकानों के शीर्षतम हिस्से दिखाई दे जाते हैं। हर सेकंड धीरे-धीरे चढ़ता हुआ पानी नगर के निचले मुहल्लों में घुस जाता है और त्राहि-त्राहि मच जाती है। असंख्य लोग बेघरबार हो जाते हैं और स्टेशनों के प्लेटफ़ार्म, स्कूलों-कॉलेजों के बरामदे तथा मैदान ग़रीब बाढ़ पीड़ितों से पट जाते हैं।

पर बाढ़ आते ही नगर के सुरक्षित क्षेत्रों में ज़बरदस्त उत्तेजना और चहल-पहल नज़र आने लगती है। इन क्षेत्रों के अनगिनत स्त्री-पुरुष और बच्चे रंगगिरंगे कपड़े पहन कर अत्यन्त उत्साह के साथ अपने-अपने घरों से निकल पड़ते हैं। नदी के किनारे जगह-जगह मेला लग जाता है। हर तरह के खोंचेवाले तथा बाजा-पिपिहरी वाले वहाँ पहुँचकर अच्छा धन्धा कर लेते हैं। लौंडे-लपाड़ियों तथा यूनिवर्सिटी-कॉलेज के छात्रों के जत्थे हा-हा ही-ही करते हुए सबसे आगे पहुँचकर धमा चौकड़ी करते हुए अपने दुस्साहस का परिचय देने से बाज़ नहीं आते। कोई चश्मा लगाए हुए है, कोई जोकर की तरह कैप पहने हुए और किसी के हाथ में कैमरा है। बातों की इमरती निरन्तर छनती रहती है।

किसी को भी यह बात अच्छी नहीं लगती कि पानी घट रहा है। भूल से यदि कोई ऐसा कह देता है तो सभी उस पर टूट पड़ते हैं।

"कैसी बात करते हो, गुरु? एकदम वाहियात बात है।"

"हर घंटा एक-एक सेंटीमीटर पानी चढ़ रहा है। अख़बार में साफ़-साफ़ लिखा है जी..."

"पानी घटता नहीं जी, दरिया बीच-बीच में साँस लेता है...।"

"आगे-आगे देखिए होता है क्या। एक ज्योतिषी ने कहा है कि इस साल प्रलय हो जाएगा...।" कोई ठनक ठनक कर हँसता है।

"मकान गिर रहे हैं। लोग और जानवर मर रहे हैं। सवेरे से ही यहाँ खड़ा हूँ... ख़ुद पचास लाशें गिन चुका हूँ...।"

"अभी तो और मरेंगे जी।"

लोग ये सभी बातें बड़े उत्साह में करते हैं, जैसे हर व्यक्ति का विश्वास हो कि वह और उसके परिवारजन हर हालत में सुरक्षित रहेंगे ही। इसलिए शायद बाढ़ की बरबादी देखने में उन्हें सिनेमा और मेला-ठेला से अधिक सुख और मनोरंजन प्राप्त होता है।

शायद इतनी बारिश और किसी साल न हुई हो। क़रीब एक महीने से रोज़ पानी गिर रहा था। बीच-बीच में दस-पन्द्रह मिनट के लिए पानी रुकता, फिर न मालूम कहाँ से काले-काले बादल छा जाते और आसमान बुरी तरह चूने लगता। नदी चढ़ती उमंग में मतवाली चाल से चलने लगी। नाले उल्टी दिशा में चलने लगे। निचले इलाकों की सड़कों पर पानी जमा होकर मुहल्लों के अन्दर घुसने लगा।

सम्भ्रान्त लोगों के उन दोनों मुहल्लों से होकर एक बड़ा नाला चला गया है, जो आगे जाकर शहर का गन्दा पानी नदी में गिराता है। दरिया की बाढ़ से इस नाले का मुँह कब रुका और पानी उल्टी दिशा में कब बह चला, यह किसी को मालूम ही न हो पाया।

ये नगर के श्रेष्ठतम मुहल्ले हैं, जहाँ नगर के बड़े-बड़े व्यापारी, ठेकेदार, नामी एडवोकेट, विश्वविद्यालय और डिग्री कॉलेज के शिक्षक, इंजीनियर, डॉक्टर तथा अनेक तरह के छोटे-छोटे अफ़सर निवास करते हैं। बाढ़ तो हर साल आती रहती है, पर यहाँ के लोग ऐसे समय में भी ख़ूब मस्ती से रहते आए हैं। अब किसने सोचा था कि ऐसा भी होगा...

उस दिन दोपहर से ही पानी जमना शुरू हो गया। पानी तेज़ी से चढ़ता गया और शाम तक बँगलों के अहातों में पानी का प्रवेश हो गया। उन मुहल्लों से एस.एस.पी. और जिलाधीश के नाम फ़ोन पर फ़ोन जाने लगे। उस समय तक प्रशासन हर साल की तरह कुम्भकर्णी निद्रा में निमग्न था। फिर उसमें सुगबुगाहट हुई। अन्त में वह झटके से जाग पड़ा और उस पर एक बदहवासी छा गई। देखते ही देखते जिलाधीश से लेकर निम्नतम अधिकारी और कर्मचारी तक 'पम्प' 'पम्प' की चीख़-पुकार मच गई। ठीक है कि बाढ़ हर साल आती है और बाढ़ नियंत्रण के वादे हर साल किये जाते हैं, भाषणों और वक्तव्यों में हर वर्ष यह आश्वासन दिया जाता है कि शीघ्र ही नगर में कुछ शक्तिशाली पम्पों की व्यवस्था कर ली जाएगी, पर अच्छे पम्प अब भी यहाँ हैं कहाँ? ख़ैर, इस बार जिलाधीश इतने होशियार थे

कि जल्दी ही समझ गए यह समय भाषणों का नहीं है और उन्होंने शक्तिशाली पम्प लाने के लिए कुछ व्यक्तियों को दूसरे शहरों के लिए रवाना कर दिया।

फिर पुलिस दल के साथ कई नावें उन मुहल्लों में भेज दी गईं। उस समय तक पानी बँगलों के अन्दर घुस गया था। कार व स्कूटर वाले उस ऊँचे बाँध पर भाग गए जो उन मुहल्लों के बीच से गुज़रता था। और जो भाग नहीं सकते थे वे छतों पर चढ़ गए। भागने वालों में जो बहुत ही फुर्तीबाज़, बुद्धिमान, भविष्यद्रष्टा थे, वे ही अपने साथ हल्की अटैचियों में कुछ कपड़े-लत्ते, गहने-वहने और रुपये-पैसे ले जा सके। फिर उन लोगों के फ्रिज, टी. वी. सेट, रेडियो, अल्मारियाँ, सोफासेट, फोम के मोटे गद्दों वाली मसहरियाँ, राशन-पानी—सभी कुछ जलमग्न हो गया। बूढ़े, मोटे और आर्थराइटिस के मरीज़ स्त्री-पुरुषों की हालत तो सबसे ख़राब थी और पुलिसवालों के पहुँचने में यदि ज़रा भी विलम्ब हुआ होता तो वे निश्चय ही जल समाधि ले लेते।

प्रशासन अचानक काफ़ी जागरुक हो गया था। ईमानदारी से देखा जाए तो उसे सपने में भी ऐसी उम्मीद नहीं थी। बाढ़ तो निचले इलाकों में हर साल आती है और ग़रीब लोग उसके अभ्यस्त भी होते हैं। हर साल वे बाढ़ में बर्बाद होते हैं और अनुदान वग़ैरह पाकर खड़े भी हो जाते हैं। तब राहत कार्य भी इत्मीनान से होता रहता है। लेकिन अब क्या होगा? ख़ैर, जिलाधीश ने जल्दी ही एक बाढ़ कंट्रोल विभाग का गठन कर लिया और उसका इंचार्ज एक ऐसे ईमानदार मजिस्ट्रेट को बना दिया, जिससे पुलिसवाले भी मन ही मन नाराज़ रहते थे। नाम उसका था श्याम कुमार दास। जिलाधीश ने सख़्त आदेश दिया, "जितनी जल्दी हो सके, बाढ़ पीड़ितों को राहत दीजिए। इस समय जो भी मिले, जहाँ से और जैसे भी मिले, उनके पास पहुँचाइए। जो भी राहत दे सकें, दिलवाइए। फटाफट काम होना चाहिए..."

श्याम कुमार दास अपने बाल-बच्चों को भगवान के सहारे छोड़कर बाढ़-कंट्रोल रूम में जम गए। वह मेहनती और ईमानदार तो थे ही, हर विषय पर वह मौलिक ढंग से भी सोचते-विचारते थे। उन्होंने तर्क किया कि यदि कोई बड़ा, प्रतिष्ठित और सम्पन्न व्यक्ति बाढ़ पीड़ित होकर कहीं शरण लेता है तो उसे बाढ़ पीड़ित के अलावा क्या कहा जाएगा? और यदि वह बाढ़-पीड़ित है तो उसे सामान्य बाढ़ पीड़ितों से श्रेष्ठ और ऊँचा कैसे समझा जाएगा? चूँकि एक जनतांत्रिक सरकार की दृष्टि से सभी नागरिक बराबर हैं और बाढ़-पीड़ित भी नागरिक होता है, अत: सरकार की नज़र में सभी बाढ़-पीड़त भी बाराबर हैं। इस सारी परिस्थितियों को ध्यान में रखते हुए कौन-सी चीज़ उन्हें आसानी से उपलब्ध कराई जा सकती है?

ऐसे अवसर पर उन्हें चने की याद आई। चना होता है सबका यार। अमीर और ग़रीब, सबको प्रिय! उसमें ताकत भी होती है। उसे खाकर सुअर और घोड़े कितने मज़बूत बने रहते हैं। चना शहर में आसानी से उपलब्ध भी है और उसे तो

कच्चा भी चबाया जा सकता है। इस समय बाढ़ पीड़ितों के लिए एक आदर्श और सर्वप्रिय भोजन इसके अलावा और कुछ भी नहीं हो सकता, और उन्होंने रात भर दौड़-धूप करके पच्चीस बोरे चने और दो हज़ार माचिस के डिब्बों का इन्तज़ाम भी कर लिया। और जब वह बोरे लदवा कर चले तो दिन के आठ बज रहे थे।

सौभाग्य की बात यह भी हुई कि इतने दिनों के बाद पहली बार पानी बन्द हुआ था और हल्की धूप निकल आई थी। बाँध के दोनों ओर पानी के फैलाव में ज़रा भी कमी नहीं आई थी। क़रीब सभी मकान आधा जलमग्न थे। पानी में लगातार नावें चल रही थीं। सुनने में यह भी आ रहा था कि मकानों के सीलिंग फैन और कई अन्य सामान ग़ायब थे। आश्चर्य की बात यह थी कि तमाशबीनों की एक भारी भीड़ भी इतने सवेरे-सवेरे पानी के आसपास मँडरा रही थी।

रेलवे लाइन के बाँध पर पुरुष, महिलाएँ और बच्चे भीड़ की ओर टुकुर-टुकुर देख रहे थे। सबके चेहरे उड़े-उड़े थे और उन पर मैल-सी जम गई थी। उनकी आँखों में भय, क्रोध, दुख और निराशा के मिले-जुले विचित्र भाव दृष्टिगोचर हो रहे थे। कोई खड़ा था और कोई बैठा था। बहुत-सी औरतें सिर पर आँचल डालकर तथा घुटनों के अन्दर मुँह गाड़कर चुपचाप बैठी थीं। बाँध के नीचे चारों ओर पानी फैला था, दर्शकों की भीड़ इधर-उधर मँडरा रही थी, पर वे हर चीज़ से उदासीन और निर्लिप्त थे।

इतने में चने के बोरों वाला ट्रक आ पहुँचा। उसमें कुछ मज़दूर, तराजू और कुछ अन्य ज़रूरी सामान थे। ट्रक के पीछे मजिस्ट्रेट की कार तथा उसके पीछे एक पिकअप में हथियारबन्द पुलिस सिपाही थे। इन मोटर गाड़ियों के पहुँचते ही तमाशबीनों की भीड़ उधर उमड़ पड़ी और उसने उन्हें चारों ओर से घेर लिया। पुलिसवालों ने तमाशबीनों को भगाया। फिर पुलिस के एक अधेड़ सिपाही ने बाँध पर चढ़कर उन बाढ़ पीड़ितों के बीच पहुँचकर ऐलान दिया कि हर व्यक्ति को एक-एक किलो चना और एक-एक माचिस दी जाएगी।

"भाग जाओ। हमें क्या जानवर समझ रखा है?" बाढ़ पीड़ितों में से एक मोटे और अधेड़ व्यक्ति ने, जिसकी आँखें लाल-लाल और सूजी हुई थीं, उछल कर और हाथ आसमान की ओर उठाते हुए इस प्रकार चिल्लाकर अपना रोष व्यक्त किया, जैसे अचानक कोई बम फट गया हो।

मोटा व्यक्ति शहर का एक नामी एडवोकेट था। नौजवान क़िस्म के दो-तीन और व्यक्ति एडवोकेट का साथ देने के लिए उधर लपके। जो लोग बैठे थे, उनमें से कई उठ खड़े हुए। औरतें मुर्गियों की तरह गर्दन उचका कर उधर देखने लगीं। सबके थके चेहरों पर क्रोधपूर्ण तनाव की एक अनोखी तमतमाहट दिखाई देने लगी। पुलिसवाले से उनकी झाँव-झाँव, काँव-काँव होने लगी। वे ख़ूब चिल्ला रहे थे और बीच-बीच में अंग्रेज़ी शब्दों का इस्तेमाल कर रहे थे, जिनमें 'करप्ट', 'इडियट' आदि शब्द साफ़ सुने जा सकते थे।

"नीचे मजिस्ट्रेट से बात कर लेव जी," अन्ततः पुलिस सिपाही रुखाई से बोला।

"तोमरा नाम क्या होता?" नगर की एक प्रसिद्ध फर्म के एक दुबले-पतले बंगाली अफ़सर ने गला फाड़कर पुलिस को ललकारा, "तोम तोमीज से नहीं बोलता? अम प्राइम मिनिस्टर को लिखेगा। तोमको नौकरी से खारिज कराएगा...।"

"तो हमको नौकरी की परवाह है क्या?" सिपाही बंगाली अफ़सर की ओर बिना देखे हुए बोला, फिर घूमकर हाथ हिलाते हुए चलता बना।

बाँध पर भारी उत्तेजना छा गई और कुछ ही देर में अभिजात्य वर्ग के उन बाढ़-पीढ़ितों की एक भीड़ बाँध से नीचे उतरती हुई दिखाई पड़ी, जिसके आगे-आगे वही मोटे एडवोकेट लँगड़ाती चाल से फुटबाल की तरह लुढ़क रहे थे।

"मजिस्ट्रेट साहब, हम यह पूछना चाहते हैं कि आप यहाँ किसलिए आए हैं?" मोटे एडवोकेट ने ट्रक के पास पहुँचकर अचानक गर्जन किया।

श्याम सुन्दर दास सकपका गए। मोटे एडवोकेट की प्रतिष्ठा और प्रभाव से वह वाकिफ थे। अन्य कई चेहरों को भी वह पहचान रहे थे। बड़ी विनम्रता से उन्होंने समझाने की कोशिश कि "बाढ़ पीड़ितों को राहत पहुँचाने का जिम्मा मुझे सौंपा गया है...।"

"हम बाढ़-पीड़ित हैं? यह शब्द इस्तेमाल करने की आपकी हिम्मत कैसे हुई?" मोटे एडवोकेट की बग़ल में खड़े विश्वविद्यालय के एक नौजवान शिक्षक ने तैश में पूछा।

"अगर बाढ़ की वजह से भगवान को भी भाग कर कहीं शरण लेनी पड़े तो इस समय उन्हें बाढ़ पीड़ित ही कहा जाएगा।" श्याम सुन्दर दास ने व्यंग्य से मुस्कराते हुए कहा। फिर वह गम्भीर होकर विनम्र स्वर में बोले, "स्थिति को शान्ति के साथ समझने की कोशिश कीजिए। इस समय हम चने का इन्तज़ाम कर सके...।"

"लानत है आपके चने पर...।" पीछे से कोई चीख़ पड़ा।

"चले जाइए यहाँ से...।"

"कहाँ मौज़ कर रहे थे अभी तक?"

"आप जानते हैं किससे बात कर रहे हैं?" यूनिवर्सिटी के शिक्षक ने फिर पूछा।

"भई जानते हैं..."

"ख़ाक जानते हैं," एडवोकेट के पीछे खड़ा काफ़ी गोरे चेहरे वाला एक नव-धनिक उद्योगपति हाथ नचा-नचा कर बीच ही में बोल पड़ा, "आपको मालूम होना चाहिए कि यहाँ शहर का क्रीम इकट्ठा है; जो आप लोगों की लापरवाही की वजह से यह दिन देख रहा है। आपको मालूम नहीं है कि हम लोगों के बलबूते पर ही देश का शासन टिका हुआ है। चुनाव में लाखों-करोड़ों का चन्दा कौन देता है? युद्ध में आगे बढ़कर सरकार का साथ कौन देता है? देश की शिक्षा को कौन सँभाले हुए है? और आप हमें बाढ़ पीड़ित कहते हैं? जनाब, हम न होते तो देश में

कभी हिंसात्मक क्रान्ति हो गई होती। आज सब कुछ ख़त्म हो गया होता और आप मजिस्ट्रेट बने न घूमते। और इस सबका नतीजा यह हैं कि आप हमें बाढ़ पीड़ित कहते हैं और हमें राहत पहुँचाने के लिए सड़ा चना लेकर आते हैं। अच्छी तरह समझ लीजिए कि ये वे लोग हैं, जो आप जैसों को नौकर रख लें। आपने इनका अपमान करके राष्ट्रीय उन्नति, राष्ट्रीय विकास व जनतांत्रिक मूल्यों का अपमान किया है, राष्ट्रीय सम्मान और राष्ट्रीय प्रतिष्ठा को क्षति पहुँचाई है।" आख़िर में वह इतने ज़ोरों से चिल्लाने लगा कि उसके गले की नसें उभर आईं और वह हाँफने लगा।

श्याम सुन्दर वास्तव में डर गए, जिससे उनका चेहरा धूमिल हो गया। उन्होंने धीमे स्वर में कहा, "देखिए, समझने की कोशिश कीजिए। सिर्फ़ आप ही नहीं हैं, निचले इलाकों से लाखों लोग परेशान हैं, सबको राहत पहुँचानी है...।"

"फिर आपने उन लोगों को और हमें एक में मिला दिया! वे लोग चना खा सकते हैं, यहाँ तो हमारे जानवर भी नहीं पूछते। अपनी-अपनी हैसियत होती है, अपनी-अपनी आदत होती है, अपनी-अपनी क़िस्मत होती है। उनकी क़िस्मत में जो लिखा है, उसे भोग रहे हैं, उनके साथ हमें सानने में आपको शर्म नहीं आई? समझ जाइए यह अच्छी बात नहीं है। ले जाइए अपना चना यहाँ से...।"

"आप चाहते क्या हैं?" श्याम सुन्दर दास ने किसी तार्किक की भाँति प्रश्न किया।

"पूड़ी-सब्ज़ी भिजवाइए जल्दी से।" कोई पीछे से चिल्लाया।

इस बीच हल्ला-गुल्ला सुनकर बाढ़-दर्शकों की एक अच्छी-ख़ासी भीड़ वहाँ सिमट आई थी। यह इत्तिफ़ाक़ की बात है कि उस भीड़ में एक ऐसा उभरता हुआ नौजवान नेता था, जिसे मौक़ों की तलाश रहती थी। पढ़ा तो वह हाई स्कूल तक भी नहीं था, लेकिन दो वर्ष पूर्व एक अस्पताल के कथित भ्रष्टाचार के विरुद्ध भूख हड़ताल करके राजनीति में पदार्पण अवश्य कर गया था। इसके बाद तो वह दूसरे दफ़्तरों के फाटक पर पहुँचकर जोशीले भाषण देने लगा। अभी ढाई महीने पहले हुए विधान सभा के आम चुनाव में उम्मीदवार के रूप में खड़ा होकर जमानत ज़ब्त होने का सम्मान भी वह प्राप्त कर चुका था। वह भीड़ में से आगे निकल आया और पान थूक कर बड़े ही नाटकीय अन्दाज़ में बोला,

"मजिस्ट्रेट साहब, हम यह अन्याय नहीं चलने देंगे," सहसा उसका चेहरा ख़ूब तमतमा आया और वह पीछे भीड़ की ओर घूमकर हाथ उठा कर धाराप्रवाह बोलने लगा, "भाइयों, अब यह जुलुम नहीं चलेगा। आप उस बाँध पर देखिए, जो देवियाँ फोम के गद्दों और फूल की सेज पर सोने की आदी हैं, वे धूप में मुरझाई हुई खड़ी हैं," फिर वह मजिस्ट्रेट की ओर घूम गया, "माफ़ कीजिए मजिस्ट्रेट साहब, आपको पता नहीं ये लोग कौन हैं। इन्हीं लोगों के बल पर सरकार चल रही है। ये समाज के मक्खन हैं, मलाई हैं, देश के सिरताज हैं। आपका सारा कच्चा चिट्ठा असेम्बली और पार्लियामेंट तक ले जाऊँगा। आप लोग अन्याय कर रहे हैं, उसके ख़िलाफ़

आमरण अनशन करूँगा। आप मुझे नहीं जानते, मुझसे जो टकराएगा, वह चूर-चूर हो जाएगा। मैंने बड़ों-बड़ों को नाक से पानी पिलवा दिया। ले जाइए अपना चना। इनको पूड़ी-हलवा मैं खिलवाऊँगा।" इसके बाद वह पुनः बाढ़ दर्शकों की भीड़ की ओर घूम गया, "भाइयों, आप भारत माता के लाल हैं। आज भारत माता के कुछ सपूत बिलख रहे हैं, तड़प रहे हैं, दाने-दाने को तरस रहे हैं। आप अपने-अपने मुहल्ले में जाइए और देश के इन सपूतों के लिए पूड़ी-सब्ज़ी और हलवा बनवा कर ले आइए। जल्दी जाइए। ये भाई लोग हमारे राष्ट्र के गौरव हैं। ये देवियाँ राष्ट्र की माताएँ हैं। इन देवियों की दुर्दशा देखकर मुझे कविवर भूषण की एक कविता याद आ रही है..."

और इसके बाद वह भूषण का एक मशहूर कवित्त बड़े ही जोशीले स्वर में सुनाने लगा :

ऊँचे घोर मन्दर के अन्दर रहनवारी
ऊँचे घोर मन्दर के अन्दर रहाती हैं,
कन्द मूल भोग करें कन्द मूल भोग करें
तीन बेर खाती तैं वे तीन बेर खाती हैं...

कवित्त की आगे की पंक्तियाँ वह भूल गया और उन्हें याद करने के लिए ललाट पर उँगली रखकर सिर धुनने लगा। बाढ़-दर्शकों की भीड़ में से कुछ लोगों ने हँसकर तालियाँ पीट दीं। फिर पता नहीं क्या हुआ, उस नौजवान नेता ने उछल कर हवा में हाथ फेंका और गला फाड़कर नारा बुलन्द करने लगा:

"लाठी-गोली की सरकार?"

भीड़ ने उसकी पूर्ति की—"नहीं चलेगी, नहीं चलेगी।"

"जो हमसे टकराएगा?"

"चूर-चूर हो जाएगा।"

इस तरह कुछ देर तक नारे चलते रहे। जब पुलिस ने डंडे फटकारे तो नारे बन्द हो गए और भीड़ तितिर-बितिर हो गई। इसी बीच पता नहीं कब श्याम सुन्दरदास कार पर चढ़ कर नौ-दो ग्यारह हो गए।

श्याम सुन्दर दास वहाँ से सीधे कलक्टर के यहाँ गए और उन्हें पूरी स्थिति की जानकारी दी। कलक्टर साहब बेहद घबड़ा गए और वह श्याम सुन्दर दास को ही फटकारने लगे। आपसे चना ले जाने के लिए किसने कहा था? आपको इतनी भी समझ नहीं कि कौन कैसा आदमी है और कहाँ पर क्या ले जाना चाहिए? हमसे पूछ तो लेते। हम तो समझ रहे थे कि आप कोई अच्छा इन्तज़ाम करेंगे। अनुभवी आदमी हैं, यही समझ कर मैंने यह ज़िम्मेदारी आपको सौंपी थी। अब इस स्थिति के लिए आपको ही जवाब देना पड़ेगा। जाइए, फ़ौरन से पेश्तर एक दर्जन हलवाई बिठा कर पूड़ी-सब्ज़ी बनवाइए और उनके पास जल्दी पहुँचवाइए...

गनीमत की बात यह थी कि शाम तक कुछ शक्तिशाली पम्प भी आ गए। दो दिनों में पम्पों की मदद से उन मुहल्लों से बाढ़ का पानी निकाल दिया गया। नदियों का जल-स्तर भी कम हो रहा था। पर बाढ़ ख़त्म होने के बाद दोनों मुहल्लों के कुछ सर्वाधिक सम्पन्न और प्रतिष्ठित लोगों ने मिल-जुलकर एक मेमोरैंडम तैयार किया, जिसमें श्याम सुन्दर दास की सख़्त निन्दा की गई थी और उनकी हरकतों को राष्ट्र विरोधी बताया गया था। मैमोरैंडम की प्रतियाँ सड़े हुए चने के नमूने के साथ केन्द्रीय सरकार, प्रादेशिक सरकार, कुछ संसद और विधान सभा के सदस्यों और जिलाधीश के पास भेज दी गईं। इस घटना को लेकर विरोधी दलों ने बड़े ही क्रान्तिकारी जोश के साथ एक बड़ा आन्दोलन छेड़ दिया, जिसका बहुत ही जल्दी यह सुपरिणाम निकला कि श्याम सुन्दर दास का तबादला दूर एक पहाड़ी जिले में कर दिया गया, जहाँ के पानी से डायरिया होने का निरन्तर ख़तरा रहता था। इसके बाद ही एक मंत्री का बाढ़ के सम्बन्ध में एक लम्बा-चौड़ा वक्तव्य आया जिसकी सबसे महत्त्वपूर्ण बात यह थी कि बहुत ही जल्दी बाढ़ की मास्टर योजना लागू कर दी जाएगी और सरकारी अधिकारियों और कर्मचारियों की लापरवाही किसी भी हालत में बरदाश्त नहीं की जाएगी। निश्चय ही इस बयान से सरकार, विरोधी दल, अफ़सर आदि सभी को परम सन्तोष का लाभ प्राप्त हुआ। मौसम अब सुहावना हो गया था और हर जगह पहले की तरह सुखद निश्चिन्तता व्याप्त हो गई थी।

कबड्डी

मैं एक दिन फँस गया।

बात यह है कि उन दिनों क़ब्रिस्तान के सामनेवाले बड़े मैदान में कबड्डी का एक टूर्नामेंट हो रहा था। यह जगह मेरे घर से कुछ दूर, मेरे दफ़्तर से बिलकुल नज़दीक और दफ़्तर आने-जाने के मेरे रास्ते में ही पड़ती है। शाम को लौटते वक़्त रोज़ ही अनेक दिशाओं से न मालूम किन बिलों और सुराखों से निकलकर लोगों की भीड़ लहरों की तरह मैदान की ओर बढ़ती हुई दिखाई देती थी। इस भीड़ में निम्नतम वर्गों के छोटे-छोटे छोकरों से लेकर सत्तर-अस्सी वर्ष तक सभी उम्र के लोग होते थे। उस समय बड़ी हँसी आती थी, जब मैले जाँघिये, लुंगी, पायजामा और धोतीवाली इस मिश्रित भीड़ के पीछे बिना हाड़-मांस का कोई निहायत बूढ़ा आदमी इस तरह घिसटते हुए चलता नज़र आता था, जैसे किसी गदहे की पूँछ में शरारती लड़कों द्वारा बाँधी गई कोई लकड़ी या पुराना कनस्टर। काश, आपने उस मोटे पहलवान को देखा होता जो गन्दी बनियान और लुंगी पहने और छाती निकाले, ज़ोर-ज़ोर से हँसते तथा बातें करते हुए, मरियल-से एक अधेड़ लँगड़े व्यक्ति के साथ मैदान की तरफ़ जा रहा था! ऐसे ही अनेक विचित्र जोड़े और समूह मिलते थे इस मैच में।

मेरा शहर एक प्राचीन धार्मिक तथा सांस्कृतिक स्थान है, लेकिन खेल-कूद और मनोरंजन के मामले में इसे एक मुर्दा नगर ही समझना चाहिए। फिर कबड्डी जैसे निहायत बेकार खेल के लिए इन लोगों में उत्साह कैसे आ गया? अब देखिए न, एक ओर तो दुनिया के लोग फुटबॉल, हॉकी, बैडमिंटन, टेनिस, क्रिकेट, शूटिंग, तैराकी, मोटर-दौड़ आदि में नये-नये कीर्तिमान कायम कर रहे हैं और ये लोग हैं कि एक गँवार खेल के लिए मजनूँ हो रहे हैं। निश्चय ही यह देश अभी भी पुरानी सदियों में विचरण कर रहा है। यहाँ तो एक तानाशाह की ज़रूरत है, जो बाबा आदम के ज़माने की इन बातों पर कड़ा प्रतिबन्ध लगाकर बन्दूक के बल पर लोगों को आधुनिक जीवन अपनाने के लिए बाध्य करे।

किसी दिवंगत स्थानीय नेता की स्मृति को जीवित रखने के लिए यह टूर्नामेंट शुरू किया गया था। मैच तो कई दिनों से चल रहे हैं, लेकिन पता नहीं इसका

फाइनल कब होगा। इस आयोजन की एक ख़ास बात यह भी है कि मैच रात में बिजली की रोशनी में होते हैं और उस समय आप यदि सामने की सड़क से गुज़रें तो आपको सिनेमा के इश्तहार बाँटनेवाले प्रचारकों की स्टाइल में रनिंग कमेंट्री सुनाई पड़ेगी। बीच-बीच में हर्ष-ध्वनि और तालियों की गड़गड़ाहट। कितने ख़ुश हैं भाई लोग, जैसे कुबेर का ख़ज़ाना ही मिल गया हो।

उस दिन शाम को दफ़्तर से बाहर निकला कि मौर्य मिल गया। उसने कबड्डी का मैच देखने का निमंत्रण दिया। बिहार, मध्यप्रदेश और महराष्ट्र की भी टीमें आई हैं, बड़ा मज़ा आएगा। मैं भरा हुआ तो था ही, मुझे ग़ुस्सा आ गया।

"यार कोई अच्छी बात करो।"

"तो क्या यह बुरी बात है?" वह हँसने लगा।

"बेशक," मैं और भी उत्तेजित होकर बोला, "दुनिया के और किस देश में कबड्डी खेली जाती है? इंग्लैंड खेलता है? अमेरिका खेलता है? रूस व चीन खेलते हैं? पर हम एक तो कूपमंडूक हैं। हम तो कबड्डी ही खेलेंगे! हमारा इतिहास भी ऐसा ही रहा है। विदेशों के लोग अनुशासित सैनिक और गोला-बारूद लेकर आए, पर हम तो साहब तलवार और तीर-धनुष से लड़ेंगे! हम तो हाथियों पर चढ़कर दुश्मन से लोहा लेंगे। अरे जाओ, लड़ो-देख तो लिया तुमने इसका नतीजा! इसी आलस्य और पिछड़ेपन की अपनी प्रवृत्ति के कारण हम खेलकूद में भी कोई ख़ास सफलता प्राप्त नहीं कर पाते।"

मैं अच्छा-ख़ासा भाषण देने पर ही उतर आया, पर मौर्य बीच ही में ठहाका मारकर हँस पड़ा। फिर गम्भीर होकर बोला, "देखो भाई, मैं तुम्हारी तरह इतिहास का विद्वान नहीं हूँ। हाँ, यह बात जानता हूँ कि किसी भी खेलकूद में कोई ख़राबी नहीं होती और हर खेल का विकास करके उसे नई बुलन्दियों पर पहुँचाया जा सकता है। कबड्डी हमारी धरती से उपजी है और उसे विकसित करके जिमनास्टिक और सरकस के स्तर तक पहुँचा दिया गया है।"

मौर्य ने यह भी कहा कि हमारी सरकार ऊपरी तड़क-भड़क व विदेशों की नकल करने में अधिक विश्वास करती है। राष्ट्रीय प्रतिभा और क्षमताओं का विकास करने में उसकी दिलचस्पी भी नहीं। फिर देशी खेलकूदों को आगे बढ़ाने का प्रश्न ही नहीं उठता। और भी अनेक खेल हैं हमारे यहाँ। गुल्ली-डंडा शुरू बचपन से ही खेलते हैं यहाँ के लोग। फिर सरकारी स्तर पर इस खेल की उपेक्षा क्यों होती है? उसकी बातों से मुझे और भी चिढ़ हुई थी और मैं अपनी बात के समर्थन में चिल्लाने लगा था। कितने गँवार और असभ्य हैं इस देश के लोग!

पर, एक दिन ग़ज़ब हो गया। मेरे एक मित्र रेडियो में काम करते हैं। उन्हें क्या सूझी कि कबड्डी पर एक फ़ीचर लिखने के लिए मेरे पास उन्होंने अनुबन्ध पत्र भिजवा दिया, साथ ही फ़ोन पर भी आग्रह किया कि दो दिन के भीतर फ़ीचर

लिखकर दे दूँ और उचित तो यह है कि फ़ीचर लिखने के पहले कबड्डी का मैच भी एक बार ज़रूर देख लूँ।

"भाई, तुम यह काम किसी दूसरे को दे दो," मैंने कहा।

"बेकार बात है। यह काम तुम्हें ही करना है। हर हालत में। कबड्डी में है ही क्या यार, उस पर लिखना तो बाएँ हाथ का खेल है।"

मेरी एक न चली। आई हुई लक्ष्मी को भगाना भी तो नहीं चाहिए। रात के साढ़े आठ बजे थे। मैं चुपके से निकला और कबड्डी के मैदान की ओर सरकने लगा। बीच सड़क पर एक गपोड़िया रिश्तेदार मिल गए तो कुछ देर भी हो गई। पर संयोग ही बिगड़ा हुआ था। कहा भी गया है कि 'जैसी नीयत वैसी बरकत।' आकाश में पहले से भूरे-भूरे बादल छाए थे। बिजली बार-बार चमक रही थी। हवा में भी तेज़ी आ गई थी। मैं ज्यों ही टिकट लेने के लिए खिड़की पर पहुँचा कि हवा काफ़ी तेज़ चलने लगी। चारों ओर धूल छा गई।

शायद एक-दो क्षण मैंने उसी जगह अपने पैरों को जमाने की कोशिश की। फिर तो हवा दानव-दूत की तरह दौड़ने लगी। यह तूफ़ान है क्या? सहसा हवा के गरजने, गुर्राने, चीख़ने, चिल्लाने, कराहने, सिसकारने आदि की अनेक आवाज़ें निकलने लगीं। इसके साथ ही तेज़ पानी भी गिरने लगा। और यह पट-पट की आवाज़ कैसी है? क्या गरमी के इस मौसम में ओले भी गिर रहे हैं।

मैं भागा। पर हवा भागने नहीं देती। कभी वह आगे से रोक देती और कभी नीचे पटकने पर ही उतारू हो जाती। क्या यह बुढ़िया आँधी है? सचमुच वह हाकिन-डाकिन की तरह ग़ुस्से में हुँकारती, सैकड़ों मील की रफ़्तार से दौड़ती हुई आ रही थी। अचानक शहर की रोशनी भी गुल हो गई। पानी से मैं सरोबार हो गया और तेज़ ठंड से काँपने लगा।

सामने शायद कोई झोंपड़ीनुमा चीज़ थी। मैं उसी के अन्दर घुस गया। यह उसी ग्वाले की झोंपड़ी थी, जिसने बाद में दूध का कारोबार छोड़कर भट्ठे का काम शुरू कर दिया था और इसलिए यह जगह पिछले एक वर्ष से पशु-शून्य थी। पर अन्दर पहुँचकर मैं किसी से टकराया और गिरते-गिरते बचा।

"कौन है, जी?" किसी की भय-मिश्रित काँपती हुई आवाज़ थी।

किसी ने दो-तीन बार टार्च जलाई। वह झोंपड़ी लोगों के खचाखच भरी थी। कब घुसे ये लोग इस झोंपड़ी में? सभी पानी से तर-बतर थे। सामने वह मोटा पहलवान और लँगड़ा मरियल व्यक्ति पास ही खड़े थे। टार्च की रोशनी में मुझे दो नौजवान ऐसे भी दिखाई पड़े, जो सिर्फ़ लँगोट में थे। मालूम होता है, कबड्डी खेलते समय अचानक तूफ़ान आ गया और वे कपड़े भी नहीं बदल पाए। तूफ़ान की भयंकर हड़हड़ाहट के नीचे बकरी-भेड़ की तरह में-में, बें-बें की विचित्र आवाज़ें झोंपड़ी के अन्दर अचानक उभरती थीं और डूब जाती थीं।

"हाय अल्ला...।"

"हे हनुमान जी रक्षा करो...।"

"अब क्या होगा? अब क्या होगा?

"प्रलय है..."

"अब सब ख़त्म। एक दीवार पहले ही से गिरी है। अम्माँ कई दिनों से बुख़ार में पड़ी है...।"

"किसी से मुलाक़ात नहीं होगी...।"

टार्च दो-तीन बार फिर जली। मोटा पहलवान गिड़गिड़ाती हुई आवाज़ में पूछ रहा था, "ए दादा, हम बच जाएँगे? यह आख़िरी है, ए दादा...।"

"ए भइया, घबराओ नहीं। हिम्मत से काम लो। सब ठीक होगा...।" उसका मरियल-सा लँगड़ा साथी समझा रहा था।

कई बार रोशनी जलने से अब समझ में आ गया था कि टार्च कबड्डी के उन दोनों खिलाड़ियों में से एक के हाथ में थी, जो अधिक लम्बा था। उनमें से क़रीब सभी गली-कूचों के टूटे-फूटे मकानों व झुग्गी-झोंपड़ियों में रहते थे। लेकिन यह कहना कठिन है कि उन्हें अपने मकानों व परिवारजनों की चिन्ता थी या अपनी जान की! तूफ़ान और तेज़ हो गया था। लगता था, मकान, वृक्ष, पशु-पक्षी, आदमी-जन सभी उड़ जाएँगे। धरती डोल रही है क्या? दहशत से मैं सुन्न हो गया।

मैं डरी हुई आवाज़ में चीख़ पड़ा, "भूकम्प..."

"भैया, कुछ नहीं होगा। घबराओ नहीं..." शायद लँगड़ा आदमी मुझे समझा रहा था।

टार्च फिर जली। कबड्डी के लम्बे खिलाड़ी का धुँधला-सा चेहरा दिखाई पड़ा। वह स्पष्ट गम्भीर आवाज़ में बोला, "आप लोग घबराएँ नहीं। जहाँ जो खड़ा है, वहीं खड़ा रहे। जल्दी सब ख़त्म हो जाएगा।"

यही आवाज़ कुछ-कुछ स्वाभाविक लग रही थी। और लोग तो दहशत के मारे जनानी आवाज़ में बोल रहे थे। मेरी आँखों से पता नहीं कब आँसू निकलने लगे। मेरी बीवी ने कहा था कि अब छोड़ो कबड्डी-वबड्डी! पर मैं ही नहीं माना। अचानक हमारे सिर के ऊपर झोंपड़ी की छत उखड़कर उड़ गई। लोग चिल्लाने लगे। पानी और ओलों से बचने के लिए मैंने अपने सिर के ऊपर बाँहें कर लीं। अब लगता था, जान निकल जाएगी। जान निकल भी जाती तो अच्छा होता, क्योंकि अब यह दुख बरदाश्त नहीं हो रहा था।

अचानक टार्च जली। फिर कबड्डी वाला वही खिलाड़ी काँपती हुई आवाज़ में बोला, "कोई यहाँ से भागे नहीं। एक-दूसरे को पकड़ लें। एक-दूसरे को सहारा नहीं दोगे तो तूफ़ान में उड़ जाओगे। फिर अकेले कुत्ते-बिल्ली की तरह मरोगे।

इससे अच्छा है कि हम सब इनसान की तरह मरें। एक-दूसरे का हाथ पकड़े हुए एक साथ मरें। सावधान भाइयो! एक-दूसरे का हाथ पकड़ लो...।"

पता नहीं कब मैंने बग़ल में खड़े किसी व्यक्ति का हाथ पकड़ लिया था। बीच-बीच में टार्च जल उठती थी। उसकी रोशनी में मैंने देखा कि सभी सिकुड़े व झुके एक-दूसरे का हाथ पकड़े हुए थे। शायद सभी शीत के मारे काँप रहे थे मोटा पहलवान लँगड़े का हाथ पकड़े था और हीं हीं करके बुरी तरह रो रहा था। एक दुबला-पतला व्यक्ति दाएँ हाथ से किसी को पकड़े था और बाएँ हाथ को आगे-पीछे करते हुए अपने शरीर की अकड़न को दूर करने की चेष्टा कर रहा था।

इसी तरह दस-पन्द्रह मिनट तक चला। या आधा घंटा! मुझे कुछ भी होश नहीं। बारिश, ओले व सर्दी की मार खाकर लोग अधमरे हो चुके थे। पर सभी एक-दूसरे का हाथ पकड़े थे। मैं भी दो व्यक्तियों का हाथ पकड़े था। दाईं ओर एक दुबला-पतला नौजवान था, जिसकी क़मीज़ कन्धे पर फटी हुई थी और बाएँ हाथ से मैं एक अधेड़, ठिगने काले व्यक्ति का हाथ थामे हुए था। मैं नहीं जानता कि पहले मैंने उनके हाथ पकड़े या उन्होंने मेरे! अथवा एक ही साथ यह सब हो गया!

धीरे-धीरे तूफ़ान की गति धीमी पड़ती गई। पानी भी रुक गया। हम बाहर निकल आए। पर सड़क पर सैलाब उमड़ आया था। कैसे जाएँगे? चारों तरफ़ अँधेरा। लोग सड़कों पर निकल आए। चीख़, पुकार, हल्ला अब ठीक से सुनाई दे रहा था।

मैं धीरे-धीरे आगे बढ़ने लगा। सहसा एक पुरानी साइकिल वाले ने मेरे पास रुक कर पूछा, "कहाँ जाएँगे?"

"मट्ठीगंज...।"

"आइए...बैठ जाइए। चले चलेंगे।"

मैं चुपचाप उसकी साइकिल के आगे डंडे पर बैठ गया। शायद दोनों को ही एक-दूसरे की ज़रूरत थी। चाहे जो हो, उस दिन से मेरी दृष्टि में कबड्डी का अर्थ कुछ दूसरा ही उभरने लगा।

चाँद

उस समय उसके मुँह से एक फ़िल्मी गाने की गुनगुनाहट निकल रही थी। कॉफ़ी हाउस में घूमकर वह अकेले एक कुर्सी पर बैठ गया। शाम के लगभग साढ़े सात बजे थे। बैठते ही उसने अपनी दृष्टि चारों ओर घुमाई, पर कोई आत्मीय दोस्त नज़र नहीं आया। लेकिन उसके बाद भी उसके चेहरे पर ऐसी आशा का भाव था, जैसे उसके अभिवादन में जल्दी ही कई हाथ उठ जाएँगे। कुछ लेखकों, राजनीतिज्ञों, वकीलों और छात्रों की भीड़ में दो ही परिचित चेहरे फिलहाल नज़र आ रहे थे।

पर वह जानता है कि ये बड़े ही सिड़ी लोग हैं। प्रमोद जी तो जैसे कॉफ़ी हाउस के अन्न जल पर जीवित थे। वह एक ऐसे बेचल्लू वकील थे, जो सवेरे ही वहाँ उपस्थित हो जाते, बीच-बीच में बाहर जल्दी ही लौट आते और रात में जब एक को छोड़कर सारे बल्ब बुझ जाते तथा मैनेजर भी उनको कई बार घूर चुका होता, तभी वह टसकने का नाम लेते थे। दूसरे व्यक्ति राकेश जी भी कॉफ़ी हाउस की मेज़-कुर्सियों और बेयरों की तरह ही सुपरिचित थे। वह शाम को ठीक छह बजे आ धमकते और रात में साढ़े नौ बजे उठकर ग़ायब हो जाते। और आने तथा जाने के बीच किसी के साथ लग जाते, उससे गपशप करते, उसी के मत्थे अपनी सेवा का भार डाल देते और इसका ऐसा अच्छा नतीजा निकला कि जल्दी ही उनको लोग गुप्तचर विभाग का एक उच्चाधिकारी भी समझने लगे।

लेकिन वह किसी मित्र की तलाश में था, जिससे आध एक घंटा गपशप कर सके और इसमें उसको सफलता भी मिल गई। उसने बेयरा को बुलाने के लिए उँगलियों से मेज़ को बजाया ही था कि सामने दरवाज़े से प्रदीप अन्दर घुसता हुआ नज़र आया। उसने ख़ुश होकर हाथ उठाकर प्रदीप को अपने पास बुलाया।

बहुत ख़ुश नज़र आ रहे हो, गुरु।" प्रदीप ने पास बैठते हुए मुस्कराकर कहा।

"बताता हूँ, यार। सचमुच मैं तुम्हारी ही तलाश कर रहा था। कहाँ रहते हो, आजकल?"

"तुम्हारे ही आसपास रहता हूँ, पर तुम तो आजकल बहुत बड़े आदमी हो गए हो। देखकर भी अनदेखाकर जाते हो।"

"देखो प्रदीप, ऐसी बात मेरे बारे में नहीं कह सकते," वह अत्यन्त गम्भीर हो गया।

"मैं ज़रा भी बदला नहीं हूँ, बल्कि मैं अपने मित्रों के लिए अब भी जान देता हूँ, मैं तो तुमसे एक ज़रूरी सलाह भी लेने वाला हूँ...।"

"अच्छा ठीक है...पहले कॉफ़ी पिलाओ...।" प्रदीप हँसने लगा।

"हाँ...हाँ...।" उसने सिर घुमाया तो बेयरा उसी की ओर आता नज़र आया। उसने बेयरे को दो कप कॉफ़ी और एक प्लेट पकौड़े का आर्डर देकर प्रदीप की ओर आत्म-प्रशंसा के भाव से देखा। प्रदीप एक हिन्दी दैनिक पत्र का विशेष संवाददाता था। वह मिलनसार, स्पष्टवक्ता किन्तु अत्यन्त हँसमुख व्यक्ति था। कभी प्रदीप और वह, दोनों ही घनिष्ठ मित्र थे, जो कथा-लेखन के क्षेत्र में अभी-अभी उतरे थे। दोनों की शोहरत एक ही तरह की थी, लेकिन बाद में उसका एक कहानी-संग्रह छप गया और उस पर एक सरकारी पुरस्कार भी मिल गया। और इसका परिणाम यह निकला कि उसके सामाजिक सम्बन्धों में परिवर्तन होने लगा, फलतः प्रदीप पीछे छूट गया। अब उसने प्रदीपं को काटा अथवा प्रदीप स्वयं उससे कट गया, इसके बारे में निश्चित रूप से कुछ नहीं कहा जा सकता और इस प्रश्न पर भी शहर में दो स्पष्ट मत मिल जाते थे।

"अब सुनाओ..." जब बेयरा ने खाने-पीने का सामान मेज़ पर रख दिया तो प्रदीप ने एक पकौड़ा खाकर काफ़ी की चुस्की लेते हुए कहा।

"यार, मैं एक उलझन में फँस गया हूँ..." उसने किंचित् कारुणिक दृष्टि से देखते हुए प्रदीप से कहा।

"बोलो...।" प्रदीप भी गम्भीर हो गया।

"तुम तो जानते ही हो कि कल बादल सरकार का नाटक हुआ था?"

"हाँ-हाँ। मैं भी था... तुमको देखा भी था। तुम तो भाई बड़े लोगों के साथ थे..."

"यार, मज़ाक़ न उड़ाओ...।"

"अच्छा ठीक है। नाटक ठीक-ठाक था। हाँ, तो क्या हुआ?"

वह एक क्षण सामने देखते हुए कुछ सोचता रहा, फिर बोला, "तुम तो जानते ही हो कि नाटक सात बजे से था। मैं छह बजे से घर से चल पड़ा। स्कूटर सर्विसिंग के लिए दे दिया था, इसलिए रिक्शा से ही जाना पड़ा...।"

वह रुका और मुस्कराने लगा। वह कुछ खोये-खोये भाव से प्रदीप को देखने लगा, गोया कोई अत्यन्त महत्त्वपूर्ण बात उसके गले में आकर अटक गई हो।

"तुम्हारा घर तो दूर है...रिक्शा ने आधा-पौन घंटा लिया होगा?" प्रदीप ने अन्वेषक दृष्टि से उसको देखते हुए पूछा।

"हाँ, क़रीब-क़रीब। पर रास्ते में कुछ मज़ेदार घटनाएँ हो गईं...।"

"अच्छा?"

"रिक्शा कुछ दूर चला होगा कि सामने से आते एक व्यक्ति ने दोनों हाथ जोड़कर मुझे नमस्कार किया। मैंने चौंककर देखा, वह सत्ताइस-अट्ठाइस वर्ष का एक नौजवान था, जो सफ़ेद पैंट और क़मीज़ पहने था। लेकिन मैं उसे एकदम नहीं पहचानता था...।"

प्रदीप व्यंग्यपूर्वक हँस पड़ा, "अरे, तो इसमें क्या ख़ास बात है? मेरे साथ तो रोज़ ही ऐसा होता है...कोई-न-कोई तो ऐसा मिल ही जाता है...।"

"भाई, सुनो तो सही, कोई कभी मिल गया, यह दूसरी बात है। मैं कुछ आगे बढ़ा तो एक दूसरे ही व्यक्ति ने अभिवादन किया हाथ उठा कर! यह भी एकदम अनजान व्यक्ति था। खद्दर का पायजामा, खद्दर का कुर्ता, पैरों में चप्पल, बाएँ हाथ की कलाई में घड़ी। मैंने हँसकर अभिवादन का जवाब तो दे दिया पर बहुत कोशिश करने पर भी मैं याद नहीं कर सका कि इस व्यक्ति से कभी मुलाक़ात भी हुई है।"

"अच्छा?" प्रदीप अब भी हल्के-हल्के मुस्करा रहा था।

"हाँ...पर यहीं सब ख़त्म नहीं हो गया। जान्स्टनगंज से आगे बढ़ने पर दो अनजान व्यक्तियों ने नमस्कार किया। उनमें से एक रिक्शा से आते हुए मिला और दूसरा सड़क की पटरी से।"

"फिर?"

"हाँ, बता रहा हूँ। उस समय तो मैं कुछ ख़ास सोच नहीं पाया। ड्रामा में जल्दी ही पहुँचना चाहता था कि सीट अच्छी मिल जाए। केवल इतना ही ख़याल आया था कि सम्भव है, कभी इनसे मुलाक़ात हुई हो, और मुझे याद नहीं आ रहा हो। मुश्किल तो यही थी कि ये उन चेहरों वाले व्यक्ति भी नहीं थे जिनको देखकर लगे कि ये चेहरे कहीं देखे हुए हैं, ये शहर ही के हैं और मुमकिन है कि इनसे कभी मिलना भी हुआ हो...!"

"ख़ैर, यह तो अच्छी बात है...।" प्रदीप ने दूसरी ओर देखते हुए कहा।

वह कुछ देर के लिए चुप हो गया। वह सिर झुकाकर मेज़ पर इस तरह देखने लगा, गोया किसी बहुत ही गम्भीर समस्या पर विचार कर रहा हो। कॉफ़ी हाउस में शोरगुल बहुत बढ़ गया था, जिसका ख़ास कारण यह था कि एक राजनीतिक सम्मेलन में शामिल होने के बाद शासनारूढ़ पार्टी के नेताओं और कार्यकर्ताओं का एक बड़ा गिरोह भीतर आकर तथा कई मेज़ों को जोड़कर उनके चारों ओर बैठ गया।

उसने सिर उठाया और मुस्कराकर आगे कहना शुरू किया, "ख़ैर साहब, मैं संगीत समिति के हॉल में पहुँच गया। वहाँ भी कई लोगों ने नमस्कार किया, जिनमें से दो या तीन तो परिचित थे। सबसे मज़ेदार घटना तो इंटरवल के समय हुई। मैं राष्ट्रीय उद्योग के मालिक मिस्टर सरोज और उनके कुछ मित्रों के साथ बाहर खड़ा गपशप कर रहा था। फ़िल्मों के बारे में हम बातचीत कर रहे थे। कुछ ही दूरी पर कुछ नौजवान खड़े हमारी और कनखी से प्रशंसात्मक भाव से देखते हुए हमारी

बातें सुन रहे थे। मुझे प्यास लगी थी। मैंने मिस्टर सरोज से कहा कि 'भाई, मैं ज़रा पानी पीकर आता हूँ...।' मैं नीचे उतर कर मैदान की ओर बढ़ा ही था कि उन नौजवानों में से एक लपक कर मेरे पास आया और अत्यन्त शिष्ट ढंग से बोला, "आप चलिए, मैं पानी लेकर आता हूँ...।"

मैं तो हक्का-बक्का रह गया। वह आधुनिक परिधान में सजा एक बहुत ही ख़ूबसूरत नौजवान था...।'

"परिचित था?" प्रदीप ने गम्भीर और जिज्ञासु स्वर में टोका।

"नहीं भाई।" वह झुककर हँसने लगा, "यही तो चक्कर है। पानी पीकर मैं भीतर आकर बैठ गया, पर सच बताता हूँ, ड्रामा देखने में मेरी तबीयत लगी नहीं। मैं आज की घटनाओं पर सोचता रहा। घर आकर भोजन करने के बाद जब मैं लेटा तो मुझे देर तक नींद नहीं आई। उन्हीं घटनाओं में मेरा मन भटकता रहा। आख़िर क्यों ऐसा है? और मुझे याद आया कि ऐसी घटनाएँ मेरे साथ क़रीब एक वर्ष से हो रही हैं। हाँ, पिछले वर्ष से मुझे ऐसे साधारण लोग मिल जाते हैं जो मुझे देखकर काफ़ी विनम्रतापूर्वक हाथ जोड़कर नमस्कार करते हैं और मैं उन्हें एकदम नहीं जानता। ऐसा क्यों है? और बहुत सोचने पर मुझे यह लगा कि शायद ये मेरे पाठक हैं...।"

"हाँ, भाई, तुम महानता की सीढ़ी पर चढ़ते जा रहे हो...।" प्रदीप ने व्यंग्यपूर्वक मुस्कराकर कहा।

"कैसी महानता, यार?" वह ख़ुश होकर बोला, "मैं तो बहुत ही साधारण व्यक्ति हूँ। न मैं कोई राजनीतिक नेता हूँ, न कोई पूँजीपति हूँ, और न कोई कालिदास और टैगोर ही हूँ...!"

वह बेतहाशा हँसने लगा। प्रदीप ने उसकी हँसी में एक हद तक साथ दिया, फिर गम्भीर होकर वह बोला, "तुम चाँद हो...।"

"चाँद?" वह इस तरह चौंका, जैसे आसमान से गिर गया हो, "क्या मतलब है तुम्हारा?"

"मैं बताता हूँ। तुम्हारा व्यक्तित्व चाँद की तरह ही सुन्दर हो गया है और तुम्हारे व्यक्तित्व की चाँदनी दूसरों को अत्यन्त सुखद लग रही है, इसीलिए लोग कृतज्ञतापूर्वक तुम्हें नमस्कार करते हैं...।"

उसके प्रदीप के कथन को मज़ाक़ समझ कर हँसने की कोशिश की, पर प्रदीप उतना ही गम्भीर था, जिससे उसकी हँसी इस तरह रुक गई, गोया किसी भागते हुए घोड़े की लगाम ज़ोर से खींच दी गई हो।

"साफ़-साफ़ बताओ, यार। उल्लू न बनाओ...।"

मैंने जो कहना था, कह दिया, इस पर तुम विश्वास करो या न करो...।"

"मेरी समझ में तो कुछ भी नहीं आया...।"

"तुमने कितने वर्षों से कोई कहानी नहीं लिखी?"

"क्या?" वह हतप्रभ हो गया।

"तुम इनकार कर सकते हो कि इधर तीन वर्ष से तुमने एक भी कहानी नहीं लिखी?"

"लिखूँगा—इसका मतलब यह तो नहीं कि मैंने लिखना ही बन्द कर दिया है? अभी तो सारी ज़िन्दगी ही पड़ी है। कितने अच्छे-अच्छे कथानक दिमाग़ में पड़े हैं, सभी पक चुके हैं—बस ज़रा फ़ुरसत मिल जाए।"

प्रदीप मुस्कराया, "हाँ, यह तो है ही। देखो, फ़ुरसत कब मिलती है...!"

"तुम ईर्ष्यावश ऐसा कह रहे हो। मुझे जो सम्मान मिला है, उससे तुम लोग जलते हो।" वह क्रुद्ध हो गया था।

"ऐसा नहीं है," प्रदीप ने शान्त स्वर में कहा, "साहित्य के बारे में मेरी कोई महत्त्वाकांक्षा कभी भी नहीं रही। मैं अपने बारे में जानता था कि मेरे अन्दर लिखने की कोई ख़ास प्रतिभा नहीं है। पर तुम्हारा मैं प्रशंसक था। तुम्हारी वे कहानियाँ—'नई रोशनी', 'तेवर', 'बीमारी' आदि बहुत अच्छी कहानियाँ थीं। तुम्हारे अन्दर, तुम्हारी रचनाओं में एक अनोखा तीखापन था। और इसका कारण भी है...।"

"क्या कारण है और अब वह कारण क्यों नहीं है?"

"कारण यह था कि तुम साधारण लोगों के साथ थे, उनसे जुड़े थे, ईमानदारी से रोटी कमाते थे और डट कर मेहनत करते थे। पर अब तुम्हारे जीवन में उसका अस्तित्व समाप्त हो गया है।"

"ऐसी बात नहीं है, दोस्त। मैं साधारण लोगों का दुश्मन नहीं हूँ। मैं अब भी उनसे पहले की तरह जुड़ा हूँ।" उसने मुस्कराने की कोशिश की, लेकिन वह मुस्कराहट फ़ौरन तिरोहित हो गई।

वे दोनों कॉफ़ी समाप्त कर चुके थे और सिगरेट पी रहे थे। प्रदीप ने अपनी सिगरेट का आख़िरी कश खींचकर उसे नीचे फेंक दिया और दूसरी सिगरेट जलाकर बोला, "मुझसे यह सब क्यों कहते हो? यह सब मैं जानता हूँ। तुमने इस अवसरवादी युग के सत्य को ग्रहण कर लिया है और इसी वजह से तुम्हारी आर्थिक स्थिति भी अच्छी हो गई है। और इसी वजह से तुममें आरामतलबी आ गई है, मेहनत करने की तुम्हारी क्षमता समाप्त हो गई है। तुम्हारा सारा समय अब इसमें ख़र्च होता है कि शहर के प्रभावशाली लोगों, अफ़सरों व धनी लोगों को कैसे ख़ुश किया जाए। क्या यह किसी से छिपा है कि तुम्हारी यह बढ़िया नौकरी एक मंत्री की लगातार तारीफ़ छापने से मिली थी?"

"तुम तो यार आज पुरानी दुश्मनी निकाल रहे हो...।"

"नहीं, मैं तुम्हारा शुभ चिन्तक ही हूँ, यद्यपि मैं और तुम एक-दूसरे से काफ़ी दूर हो गए हैं। तुम बढ़िया मकान में रहते हो, आधुनिकतम सुविधाओं के बीच रहते हो, पार्टियाँ देते हो, पार्टियों में जाते हो। साधारण लोगों में तुम अपने को अत्यन्त

ऊँचा समझ कर ख़ूब गम्भीर हो जाते हो, लेकिन धनी व प्रभावशाली लोगों के बीच में जाकर तुम्हारी बाँछें खिल जाती हैं। शहर के राजनीतिक नेता तुम्हारे दोस्त हैं।

"बड़े-बड़े उद्योगों के मालिकों से तुम्हारा साथ है, अफ़सरों के बीच तुम उठते-बैठते हो, उनकी बीबियों से चापलूसी-भरे मज़ाक़ तुम करते हो। मैं यह नहीं कहता कि यह सब बुरा है, पर यह साहित्य का रास्ता नहीं है। इन लोगों को पटाने में तुम्हारा कितना समय व कितनी शक्ति ख़र्च होती हैं! इन लोगों को कई तरह से प्रसन्न करने की कोशिश करते रहते हो, झूठ के कितने रास्ते अपनाते हो, इसके बारे में तुमने कभी सोचा है? आख़िर ये बड़े-बड़े लोग किस वजह से तुमको पूछते हैं? इसलिए कि वे सोचते हैं कि तुम उनके काम के आदमी हो, तुम उनका मनोरंजन करते हो, उनको ख़ुश रखते हो। उनका प्रचार करते हो...।"

उसका चेहरा अपमान और क्रोध से लाल हो गया, जिस पर किसी तरह नियंत्रण करके उसने कहा, "यह सब झूठ है! तुमने इसका जवाब तो दिया नहीं कि ये साधारण लोग मेरा क्यों सम्मान करते हैं, क्यों मेरा अभिवादन करते हैं।"

"इसका कारण साफ़ है। ये साधारण लोग उन प्रभावशाली लोगों के दफ़्तरों के छोटे-छोटे कर्मचारी हैं। जब ये लोग देखते हैं कि तुम उनके मालिक के साथ घूमते-फिरते हो, तो ये भी तुम्हारा अभिवादन करते हैं। इसलिए मैंने कहा कि तुम चाँद हो। अब तुम्हारे अन्दर अपनी रोशनी नहीं है, बल्कि दूसरों की रोशनी लेकर तुम चमकते रहते हो...!"

उसका चेहरा फक पड़ गया था। फिर अचानक उस पर एक प्रबल ग़ुस्से का प्रकोप हुआ और वह मुँह टेढ़ा करके बोला, "झूठ, एकदम झूठ!"

जन्मकुंडली

शिवदास बाबू आज धुनी हुई रुई की तरह हल्के होकर फैल गए हैं। सुबह क़रीब साढ़े सात बजे वह घर से निकलकर लॉन में आ गए। कई दिनों की बदली और बूँदा-बाँदी के बाद आकाश स्वच्छ और नीला नज़र आ रहा था। फ़रवरी मास की पन्द्रह तारीख आ गई, पर अब भी तेज़ ठंड पड़ रही है और शरीर गलने-गलने जैसा हो रहा है। शिवदास बाबू धोती, कोट, ओवरकोट, मोजे, और दस्ताने पहने हैं और उनकी गर्दन से लिपटा चेक डिजाइन का मफ़लर उनकी छाती पर लटक रहा है। ठिगने, गोल-मटोल शरीर पर उनका चेहरा एक छोटे-से कद्दू की तरह दिखाई देता है, लेकिन ख़ास बात हैं उनकी आँखें, जो सान पर चढ़ाए गए तेज़ धार वाले चाकू की तरह चमक-चमक कर उनके व्यक्तित्व का परिचय दे देती हैं।

लॉन में खड़े होकर शिवदास बाबू ने गद्गद भाव से अगल-बग़ल देखा। उनके सामने पूरा अहाता साफ़-सुथरा और भीगा-भीगा पड़ा था, जैसे कोई नहा-धोकर ख़ुशनुमा परिधान धारण कर ले। एक ओर क्यारियों में रंगबिरंगे फूल खिले थे, जिन पर ओस के कण चमक रहे थे और दूसरी ओर आम्र-वृक्षों के शीर्ष भागों पर बहुत दिनों के बाद धूप पिघले हुए सोने की तरह फैल गई थी।

"सब भगवान की दया है..." ख़ुश होकर होंठों में ही बुदबुदाकर उन्होंने कहा।

फ़ौरन ही उनकी नज़र आम के पेड़ों के बीचोंबीच खपड़ैल की कोठरी की ओर चली गई। कोठरी के बाहर भैयालाल उकड़ूँ बैठा तीन ईंटों के चूल्हे में आग जला रहा था। उस ठंड में चूल्हे से उठने वाली आग की लपटें शिवदास बाबू के शरीर को भी ताप का एहसास देने लगीं। भैयालाल तड़के ही उठकर पहले बड़े फाटक का ताला खोलता है। उसके बाद नित्यकर्म से छुट्टी पाकर उस बड़े बँगले के बाहरी बरामदे, पूरे अहाते तथा अपनी कोठरी को झाड़ू लगाकर चमाचम साफ़ करता है। और अन्त में अपना भोजन बनाने बैठ जाता है। दिन-भर के लिए वह मोटी-मोटी रोटियाँ और आलू या बैंगन का भुरता बना लेता है। कभी सिर्फ़ रोटियाँ-ही-रोटियाँ। दो या तीन रोटियों का वह नाश्ता करता है और शेष काग़ज़ में लपेट कर अँगोछे में बाँध लेता है और काम पर चल देता है।

"सब वही कराता है। वही रंक को राजा और राजा को रंक बनाता है। जब वह चाहेगा, तभी मन में विचार व इच्छाएँ भी उत्पन्न होंगी और योजनाएँ बन जाएँगी। उसने हर प्राणी, मनुष्य, भालू, शेर, बन्दर, चींटी, चींटे, कीड़े-मकौड़े, चिरई-चुरंग की क़िस्मत पहले से ही तैयार कर रखी है..." भैयालाल को ध्यान से देखते हुए, भक्ति-विभोर होकर शिवदास बाबू धीमी, अस्पष्ट आवाज़ में स्वगत बोलने लगे।

वह अब लॉन में धीरे-धीरे टहलने लगे थे। सामने की अट्टालिकाओं तथा वृक्षों पर धूप कुछ और नीचे उतर आई थी। मौसम के बदलाव का तो ख़ैर हर व्यक्ति स्वागत करेगा, पर उसके अलावा कुछ अन्य कारण थे, जिससे शिवदास बाबू आज विशेष रूप से प्रसन्न हैं। अर्द्ध-कुम्भ में आए एक महात्माजी, जो ज्योतिष के प्रकांड पंडित बताए जाते हैं, शहर में कुछ दिनों के लिए रुके हैं। उनके दर्शन के लिए रोज़ अपार भीड़ उमड़ आती है। दिन-रात बड़े-बड़े लोगों की कारें खड़ी रहती हैं। कुछ नेता, निजी सचिव, भावी संसद-उम्मीदवार, राजनीति, व्यापार एवं साहित्य के महत्त्वाकांक्षी पुरुष तथा लिप-लिप करने वाले अफ़सर तो रात में छिप कर आते हैं और अपने सुनहरे भविष्य की गारंटी ले जाते हैं। और जो शर्म-लिहाज़ के कारण ऐसा नहीं कर सकते, वे अपना कोई दूत भेज देते हैं। शिवदास बाबू पिछली रात ही ज्योतिषी जी से मिले थे और अपनी जन्म-कुंडली भी दिखाई थी। वहाँ से लौटते समय रास्ते में ही उन्होंने निश्चय कर लिया कि अगले चुनाव में वह अवश्य खड़े होंगे। पहले तो वह सत्ताधारी दल से टिकट प्राप्त करने की कोशिश करेंगे, न मिलने पर विरोधी दलों से कहेंगे और वे भी न देंगे तो स्वतंत्र उम्मीदवार के रूप में खड़े होंगे। नहीं, चुनाव में उन्हें अवश्य खड़ा होना है, क्योंकि ग्रह, नक्षत्र, भाग्य रेखाएँ, ज्योतिषी, ईश्वर सब उनके पक्ष में हैं।

ज्योतिषी जी ने कहा था कि मित्र तो उनके बहुत-से होंगे, पर उनमें से किसी का साथ स्थायी न होगा, इसलिए मित्रों से सावधान रहने में ही उनका कल्याण है। यह बात तो ख़ैर कुछ अन्य ज्योतिषियों ने भी बतायी थी। कितनी सही बात थी यह। ईश्वर की कुछ ऐसी कृपा रही है कि महत्त्वाकांक्षाओं की यात्रा में आसानी से उनके मित्र बन जाते हैं। चुटकी बजाते ही वह किसी को मित्र बना लेते हैं, पर कुछ समय बाद जब वह निरर्थक और अनुपयोगी लगने लगता है, तो उससे अपने को आसानी से काट लेते हैं और किसी दूसरे जीवन्त, उपयोगी पुरुष को नया मित्र बनाने का अभियान चलाने लगते हैं। सचमुच इससे उनको बहुत लाभ हुआ है और वह निरन्तर प्रगति करते गए हैं। बात यह है कि जब कुंडली में यही लिखा है तो दूसरा होता क्या? ज्योतिषी जी ने यह भी बताया था कि शुरू का उनका जीवन अनिश्चय का रहा है, पर सन् 1972 से उनका भाग्योदय होता है और तब से वह एक विशेष दिशा में विशेष प्रगति करते रहे हैं। पीली वस्तु उनकी प्रगति में विशेष सहायक हुई है। और पीली वस्तु से उनका सम्पर्क और गहरा होता गया तो वह बहुत दूर जाएँगे।

सन् 1983 में राजनीति में जाने का विशेष योग है, सन् 1985 में चुनाव में सफल होंगे और 1990 तक वह राजनीति के एक ऊँचे शिखर पर पहुँच जाएँगे। इसके बाद तो वह जीवनपर्यन्त दूध का कुल्ला करेंगे। हाँ, काली वस्तु से सतर्क रहें, उससे अनिष्ट का ख़तरा है, पर सावधान रहने तथा पीली वस्तु का सहयोग सम्पर्क करने से उनका कुछ बिगड़ नहीं सकता।

शिवदास बाबू ज्योतिषी की भविष्यवाणी को मन में लेमनचूस की तरह चभुला रहे थे। उनके सामने भविष्य की सुनहरी मंज़िल जगमगा रही थी और आशा एवं विश्वास की आन्तरिक ख़ुशी से उनके होंठ स्वतः ही फैल गए थे। यह सही है कि सन्‘68-69’तक उनका जीवन काफ़ी अनिश्चित रहा था। तब तक उनके पिताजीवित थे, जो एक बड़े अफ़सर थे। पिता के पैसे पर शिवदास बाबू ने ख़ूब गुलछर्रे उड़ाए। हर कक्षा पास होने में वह दो वर्ष लेते थे और लगभग चार वर्ष फेल होने के बाद उन्होंने बी.ए. पास किया था। उन्होंने जीवन में कौन-सा कर्म नहीं किया? शराब उन्होंने पी, भाँग-गाँजा का सेवन उन्होंने किया, चकलों की यात्राएँ उन्होंने कीं, यार-मित्रों पर पैसा पानी की तरह उन्होंने बहाया। पर बी.ए. पास होते ही जब उनके पिता का देहान्त हो गया तो उनके जीवन की दिशा बदल गई। पिता कुछ पैसा छोड़ गए थे, कुछ उनके बीमे का मिला और शेष गाँव की ज़मीन बेचकर उन्होंने प्राप्त किया। इसके बाद वह व्यापार के राजमार्ग पर चल पड़े। पहले उन्होंने एक होटल खोला, फिर उसे छोड़कर किराने की एक दुकान खोली, बाद में वही कपड़े की दुकान में परिवर्तित हो गई। अन्त में सब कुछ छोड़कर ठेकेदारी की ओर मुड़ गए।

इस संघर्ष के फलस्वरूप उन्हें जीवन का एक बहुत बड़ा सत्य भी हासिल हुआ था। हर सम्बन्ध से लाभ मिलना चाहिए और लाभ की दृष्टि से ही कोई सम्बन्ध बनाना-बिगाड़ना उचित है। ऐसे कैसे हो गया? हो गया क्योंकि यही होना था। यानी जो लिखा है, वह होकर रहता है। ज्योतिषी जी का कहना ठीक है कि हर व्यक्ति का एक भाग्य होता है, उसकी नियति होती है, उससे अलग हटकर कुछ हो ही नहीं सकता। उन्हें यदि शक्ति व सफलता के शिखर पर नहीं पहुँचना होता तो वह अब तक शराब व चकलेबाज़ी में लिप्त नहीं होते? पर नहीं, उन्होंने वह सब छोड़ा, बिजनेस को अपनाया, ठेकेदारी की ओर उसमें ख़ूब सफल भी होते गए। बस यही भाग्य है।

वह टहलते हुए भैयालाल के निकट पहुँच गए थे। भैयालाल तवे पर एक मोटी रोटी रखे हुए था। बाईं ओर एल्यूमीनियम की एक थाली में आटा गूँथा हुआ था। उसके पास अख़बार के एक टुकड़े पर चार-छह आलू, लहसुन का एक छोटा टुकड़ा, एक प्याज़ और दो हरी मिर्च रखी हुई थी। काग़ज़ के एक दूसरे टुकड़े पर दो सिंकी हुई मोटी रोटियाँ रखी थीं। भैयालाल सिर झुकाकर अपने काम में इस हद तक व्यस्त था कि शिवदास बाबू के आने का उसे भान ही न हुआ।

"भैयालाल, खाना बन गया?"

उन्होंने कुछ दूर से ही पूछा।

भैयालाल ने चौंक कर सिर उठाया, फिर विनम्र स्वर में बोला, "बन रहा है, मालिक।"

"रात में फाटक का ताला ठीक से बन्द कर दिया था न?" यह प्रश्न शिवदास बाबू क़रीब-क़रीब रोज़ ही पूछते थे।

"हाँ, मालिक।"

"हाते में हर जगह सफ़ाई कर दी थी?" यह भी एक नियमित प्रश्न था।

"हाँ, मालिक।"

"पूरब वाले कोने पर गन्दगी दिखाई दे रही थी। वहाँ भूल गए थे क्या?"

"नहीं मालिक, झाड़ू लगा दिया था। फिर लगा दूँगा झाड़ू।" भैयालाल ने रोटी तवे पर से उतार कर चूल्हे के अन्दर डाल दी थी।

"ठीक है," शिवदास बाबू पलटकर अहाते में चहलक़दमी करने लगे। वह जानते हैं कि भैयालाल अपना काम बहुत मुस्तैदी से करता है, फिर भी कुछ-न-कुछ मीन-मेख निकालते रहने से डर व अनुशासन कायम रहता है। ख़ूब हैं ये लोग भी। इतनी ठंड में एक फटा कुर्ता, घुटनों तक मैली धोती और कन्धे पर एक अँगोछा—पर माथे पर कोई शिकन नहीं! ठीक जानवरों की तरह। सचमुच पत्थर का शरीर है इन लोगों का। और खाना ऐसा, जिसे उनके घर के कुत्ते-बिल्ली भी न खाएँ। बस, बस, इसे ही कहते हैं क़िस्मत। जब इनके करम में यही लिखा है तो मोहनभोग कैसे खाएँ? क्या ये लोग अपनी जन्म-कुंडलियाँ बनवाते हैं? भैयालाल की जन्म कुंडली में क्या लिखा होगा? यह एक ऐसा अप्रत्याशित, अकल्पनीय एवं अनोखा कुतूहल था कि शिवदास बाबू को हँसी आने लगी।

ये लोग जन्म-कुंडली क्या बनवाएँगे? न तो इनके पास पैसा है और न कोई आशा और आकांक्षा ही। इनकी जन्म कुंडली में लिखा भी क्या होगा? घोर दरिद्रता में परम सन्तोष व परमानन्द। और दुनिया का कौन ज्योतिषी इनकी जन्म-कुंडली देखने की जहमत उठाएगा? शिवदास बाबू को अबकी ज़ोरों की हँसी आ गई। लेकिन जल्दी ही अपनी हँसी को नियंत्रित करके उन्होंने सिर घुमाकर पीछे की ओर देखा कि भैयालाल ने कहीं सुन तो नहीं लिया। उनकी शंका निर्मूल थी। इसके बाद वह फिर आकाश-लोक में विचरण करने लगे। जन्म-कुंडली तो बस उनकी है। ज्योतिषी जी का यह कहना सही है—उनकी जन्म-पत्री में ग्रहों का कुछ ऐसा योग है कि हर कठिन अवसर पर उनकी बुद्धि तेज़ बल्ब की तरह जल उठती है, कुहासा छँट जाता है और सामने का रास्ता साफ़ नज़र आने लगता है। और पीली वस्तु वाली बात तो सौ किलो वज़न की भविष्यवाणी है। यह एकदम सही है कि पीली वस्तुएँ उनको बहुत प्रिय रही हैं। सोना तो ख़ैर सभी चाहते हैं, पर उसका उनसे

बड़ा आशिक शायद कोई न होगा। जीवन में सोने के एक-एक कण को उन्होंने दाँत से पकड़ा है। फिर एक और पीली चीज़ उन्हें बेहद प्रिय रही है—बेसन। सुना है, पूरब के ब्राह्मण लोग दही चिउड़ा के लिए बारह कोस और लिचुई (पूड़ी) की दावत के लिए अट्ठारह कोस तक जा सकते हैं—पर वह स्वयं बेसन की पकौड़ी और बेसन की कढ़ी खाने के लिए 19-20 कोस तक की दौड़ लगा सकते हैं! बेसन के लड्डू, बेसन का हलवा और बेसन का चीला भी उन्हें बेहद प्रिय है। इसी तरह पीले दशहरी आम, पपीते, नींबू, सन्तरे, मोसम्बी, पीले पके अमरूद और आमलेट पर भी वह कुर्बान रहते हैं। उनके भाग्य का सितारा यदि बुलन्द न होता तो हर पीली वस्तु से उनकी ऐसी आत्मीयता होती? ज्योतिषी जी की एक-एक बात सही उतर रही है। पीली वस्तुओं से यदि उनका भाग्य चमका है—और ज़रूर ही ऐसा हुआ है—तो उनसे अपनी निकटता, आत्मीयता तथा अभिन्नता वह और भी बढ़ाएँगे...बढ़ाते चले जाएँगे...

शिवदास बाबू के दिमाग़ में सहसा एक ज्योति-सी जल उठी। उन्हें उन दिनों की बात याद आई, जब भैयालाल उनके बँगले के बाहर फाटक के लगभग सामने शाम को खाना बनाता था और रात में वहीं सो भी जाता था। उन दिनों शिवदास बाबू कुछ परेशानी में भी थे। एक तो उनका पाँच वर्ष पुराना विश्वस्त नौकर काम छोड़कर कहीं दूसरी जगह चला गया था और ढंग का कोई दूसरा आदमी मिल भी नहीं रहा था। ठेकेदारी का काम ऐसा है कि मर-मज़दूरों से उनका पाला रोज़ ही पड़ता था, पर चोरी-डकैती के आज के युग में अहाते व घर की पहरेदारी के लिए किसी सरल, सच्चे, बुद्ध, ईमानदार और साहसी व्यक्ति को ही रखा जा सकता है। इसके अलावा वह ठेके का एक बड़ा काम प्राप्त करने की जी-तोड़ कोशिश कर रहे थे, पर उसमें सफलता मिल ही नहीं रही थी। फिर देखिए, भगवान की दया से होता क्या है। सोमवार का दिन, रात का अँधेरा-क़रीब आठ बजे थे। वह किसी रिश्तेदार को विदा करने स्टेशन आए थे। वहाँ से लौटे तो फुटपाथ पर उन्होंने एक सड़क छाप ज्योतिषी को बैठे देखा, जो एक चिड़िया से भाग्य का कार्ड निकलवाता था और हाथ-वाथ भी देखता था! निराशा उनकी इतनी अधिक थी कि सबकी नज़र बचाकर उसके पास पहुँच गए और दस रुपये का नोट थमाकर उससे कुछ बताने का आग्रह करने लगे। वह ज्योतिषी भी उस समय का एक निराश व्यक्ति था क्योंकि पास आते ही वह उनको बाज़ की तरह देखने लगा था। उसने हाथ कुछ इस ढंग से देखा कि शिवदास बाबू को दस रुपये और भी उसके हवाले करने पड़े। और उसके निर्देशानुसार ही दूसरे दिन मंगलवार को शिवदास बाबू ने रुद्राक्ष की माला निकालकर गले में सोने की ज़ंजीर और बाएँ हाथ की बीच वाली दो उँगलियों में भी सोने की दो अंगूठियाँ पहन लीं।

उसी दिन एक और संयोग भी बन गया था। घर में कढ़ी बनी थी, जिसमें मज़े की हींग और हल्दी पड़ी थी और उसका रंग बड़ा शानदार और पीला था। वही कढ़ी खाकर वह घर से रवाना हुए और उसी दिन उनको ठीके का वह बड़ा काम मिल गया था। वह ख़ूब प्रसन्न थे और जब घर लौटे तो रात हो गई थी। फाटक के बाहर भैयालाल खाना बना रहा था, जिसे देखते ही उनके मन में एक विचार कौंध गया —क्यों न इसे ही? पीले का माहात्म्य! तभी तो भैयालाल की तरफ़ उनका ध्यान गया था और मन में वैसे विचार आए थे। उनकी क़िस्मत में यह पहले से ही लिखा था और भैयालाल की क़िस्मत में भी यही लिखा होगा। उनकी और भैयालाल की जन्म-कुंडलियाँ अलग-अलग होंगी, फिर भी उनमें कितना गहरा सम्बन्ध है!

"कौन हो जी, तुम?" उन्होंने रोबीली आवाज़ में पूछा।

पहले उसने सकपका कर उनकी ओर देखा, फिर उत्तर दिया, "ग़रीब-दुखिया हूँ, मालिक।"

"नाम क्या है?"

"भैयालाल।"

"तुम्हें कोई और जगह नहीं मिलती? कोठरी-वोठरी क्यों नहीं ले लेते?"

"मालिक, खाएँगे क्या?" भैयालाल डरे-डरे भाव से उन्हें देख रहा था।

"तुम लोग बड़े चालाक हो। ख़ैर, हमारे बँगले में एक कोठरी है, चाहो तो रह सकते हो। दुखिया-ग़रीबों के लिए मैं जान देता रहता हूँ, नहीं तो इस कोठरी का किराया दो सौ, ढाई सौ फ़ौरन मिल जाए। तुम्हें जो जुरे, दे देना-दो रुपया, एक रुपया, आठ आना जो भी हो। हाँ, तुम्हें रोज़ अहाते और बँगले में झाड़ू लगाना पड़ेगा, फूल-पौधों की क्यारियों में पानी देना होगा और रात में चौकन्ना होकर बँगले की रखवाली करनी होगी। पर कोई बदमाशी न होने पाए-बदमाशों के लिए मैं काल हूँ, श्मशान घाट से भी पकड़वा मँगाता हूँ। कोठरी में रहना हो तो कल आठ बजे सवेरे आकर नाम पता, हुलिया वग़ैरह लिखवा जाना।"

शिवदास बाबू ने अगले दिन एक-एक बात भैयालाल से पूछकर नोट की थी और एक अकल्पनीय-सी अनेक शर्तों वाली भाषा में लिखे एक प्रतिज्ञा-पत्र के नीचे उसके अँगूठे का निशान लगवाया था। भैयालाल सोराँव के पास एक वज्र देहात का रहने वाला था और कुछ महीने पहले काम के सिलसिले में शहर में आया था। उस समय उसके पास एक फावड़ा और एक खुरपी के अलावा कुछ भी न था। पता नहीं, क्या सोचकर वह ये दोनों समान अपने साथ लेते आया था। वह सवेरे नख़ास कोने पर मज़दूरों की एक भीड़ में खड़ा हो जाता, जहाँ से लोग अपने मन का मज़दूर ले जाते थे। पहले दिन उसे क़ब्र के लिए ज़मीन खोदने का काम मिला था, फिर तो अप्रशिक्षित मज़दूरी की जितनी क़िस्में होती हैं, उसके लिए लोग उसे ले जाने लगे—शादी-बरात में बर्तन माँजना, गैस बत्तियाँ ढोना, मोटियागिरी करना।

मकान बनाते समय ईंट-मिट्टी ढोना आदि आदि। अमूमन उससे लोग समय से अधिक काम लेते, और गैर-वाजिब मजूरी देकर छुट्टी दे देते थे।

यह भी संयोग ही है कि पहले दिन शिवदास बाबू के बँगले के सामने ही उसने भोजन बनाने का स्थान चुना था। संयोग क्या—यही क़िस्मत में लिखा था! तभी तो वह रोज़ शाम को काम-धाम के बाद वहीं अड्डा जमाने लगा। शुरू-शुरू में उसके पास कोई बर्तन-वर्तन नहीं था। तब वह आटा अँगोछे में रखकर सान लेता। अँगोछे का एक कोना वह कन्धे पर रखकर गर्दन से दबा लेता, दूसरा कोना बाएँ हाथ से पकड़कर अँगेछे को तान देता और उसकी गहराई में दाहिने हाथ से आटा और पानी अन्दाज़ से डाल कर पूरा आटा गूँथ लेता। इसके बाद दो ईंटों का चूल्हा बनाकर आग जला लेता। फिर चूल्हे पर फावड़ा गर्म करके उस पर रोटियाँ सेंक लेता। और अन्त में वह नमक या प्याज़ के साथ रोटी खाकर ज़मीन पर सो रहता।

शिवदास बाबू का विश्वास है कि जो क़िस्मत में लिखा था, उसका एक-एक अक्षर घट रहा था, नहीं तो ऐसा आदमी उनके यहाँ क्यों आता और उस पर उनकी नज़र क्यों जाती? फिर हर आदमी का जहाँ जितने दिनों तक आबोदाना होता है, वहाँ उतने ही दिनों तक वह रहता है। और गाय भी जब तक दूध देती है, तभी तक वह प्यारी रहती है। वैसे शिवदास बाबू को पैसे की तो ज़रूरत नहीं थी, पर सिद्धान्त यही कहता है कि उससे कुछ-न-कुछ ज़रूर लेना चाहिए, अन्यथा वह गरजू समझ जाएगा। सम्बन्धों की परिभाषा के लिए भी ये चीज़ें ज़रूरी होती हैं। शाम-सवेरे जब वह बँगले में होता तो उससे डट कर काम लेते। जहाँ चाहते दौड़ा देते। जिस काम पर चाहे भिड़ा देते। औरतों की अलग फरमाइशें होतीं, वे अपने तरीके से उसे पेरती रहतीं। बदले में कभी-कभी वह एक फूटे-से कप में चाय पा जाता। कभी किसी त्योहार पर पूड़ी-प्रसाद मिल जाता। ज्योतिषी जी की एक-एक बात जब सही उतर रही है तो आगे भी सही नहीं उतरेगी, यह असम्भव है।

शिवदास बाबू अहाते के कई चक्कर लगा चुके थे। वह अब पूरी तरह बदल गए थे। इस समय अपने को वह एक जगमगाते सिंहासन पर आसीन देख रहे थे। देखिए न, ज्योतिषी कैसे सब कुछ बता गया। भावी सफलता की कल्पना में उनका हृदय अत्यधिक विशाल और उदार बन गया था। वह एक दिन दुनिया को दिखा देंगे! एक दिन दुनिया में उनकी यश-पताका फहरेगा। ज्योतिषी जी की भविष्यवाणी यदि ग़लत है तो अब तक की बतायी हुई उनकी सभी बातें सही क्यों उतर रही हैं? वह एक युग पुरुष हैं, भविष्य उनकी मुट्ठी में है...

धूप अब चटक हो गई थी और आँखों को सुख दे रही थी। भैयालाल के पास वह फिर आ गए थे। भैयालाल अपने प्रातः कालीन कोटे की रोटियाँ खाकर पानी पी रहा था। उसके बाद वह एक लम्बी-सी डकार लेकर शेष रोटियों को काग़ज़ में लपेट कर अँगोछे में बाँधने लगा।

"भैयालाल, खाना खा चुके?"

"हाँ मालिक।"

"चावल इस समय नहीं बनाते?"

"बड़ा महँगा है, मालिक। इसमें झंझट भी बहुत है।"

शिवदास बाबू ने खरगोश की तरह इधर-उधर देखा। इस समय उनकी प्रतिभा अपनी उच्चतम बुलन्दियों पर पहुँच गई थी। वह हल्की-सी भुनभुनाहट वाली आवाज़ में बोले, "देखो, मैं कुछ करूँगा। मैं तो हमेशा तुम्हीं लोगों के बारे में चिन्तित रहता हूँ। दिन-रात तुम्हीं लोगों के बारे में सोचता रहता हूँ, जो कुछ कर रहा हूँ, तुम्हीं लोगों के लिए कर रहा हूँ। तुम लोग सोच नहीं सकते कि किन परेशानियों में मुझे रहना पड़ता है। पर मैं अपनी जान की भी परवाह नहीं करता। एक हिसाब से तुम लोग बड़े अच्छे हो। न कोई समस्या, न कोई झंझट, कमाया, पकाया, खाया और डट कर सोया। यहाँ तो नींद ही नहीं आती। दिन-रात देश, समाज, जाति व धर्म आदि के कल्याण के लिए सोचते रहते हैं— पर इसके बदले में मुझे मिलता क्या है? मुझसे तुम लाख दरजे अच्छे हो। तुम आजकल रिक्शा चला रहे हो न?"

"हाँ, मालिक।"

"रिक्शा मालिक को कितना देते हो?"

"चार रुपये मालिक।"

"बहुत कम है। इस कोठरी का कुछ देना पड़ता है तुम्हें? मुझे याद नहीं आ रहा है..."

"दो रुपये मालिक..."

"भई यह कम है। समझो, तुम मुफ़्त में राजमहल में रह रहे हो। मैं भी कहूँ... ख़ैर। हाँ, इस समय मैं कुछ परेशानी में हूँ और तुम लोग हो कि नोट बटोरे जा रहे हो। भई, तुम अब दे सकते हो, इस कोठरी का किराया अब तुम्हें चार रुपये देने पड़ेंगे..."

"मालिक..." भैयालाल ने दाँत निपोरे।

"अरे, यह कुछ नहीं...हाँ तो ज़रा उस कोने में झाड़ू लगा देना..."

जल्दी से घूमकर वह वहाँ से चल पड़े। जाते हुए उन्होंने भैयालाल को देखा। वह अब गम्भीर था और ज़मीन की ओर देखकर जैसे कुछ सोच रहा था। वह घर के अन्दर आ गए। मेज़ पर नाश्ता लगा था। टोस्ट-मक्खन, केक, बिस्कुट, आमलेट, पकौड़ी, मिठाई, कटे हुए सेब, हरी छाल के केले...दस्ताने उतार कर वह बैठ गए। सारे समान देखकर वह गद्गद और प्रसन्न थे। लेकिन बैठते ही उनका कलेजा धक से कर गया। उन्हें अचानक याद आया कि भैयालाल का रंग काला है। ज्योतिषी जी ने भी तो कहा था कि काले से...एक क्षण के लिए उन्हें लगा कि भैयालाल उनकी बात पर कहीं रुष्ट तो नहीं हो गया था।

उन्होंने नाश्ते के सामानों पर नज़र दौड़ाई। केक-बिस्कुट जला, लाल दिखाई दे रहा था। आमलेट में भी सफ़ेदी थी—फार्म का अंडा था शायद। मिठाई में भी सफ़ेद छेने का रसगुल्ला और सेब, केले का भी प्रश्न नहीं उठता। बस, पकौड़ियों का रंग ही केवल आदर्श था। और वह पकौड़ियाँ उठाकर गप गप खाने लगे।

"बर्फ़ी लीजिए..." उनकी पत्नी ने कहा।

"आज तो बस पकौड़ियाँ खाने का जी कर रहा है..." उन्होंने हँसकर कहा। उन्होंने उँगलियों को देखा, जिनमें सोने की अंगूठियाँ जगमगा रही थीं। उनका मन पुनः आश्वस्त हो गया और हल्का होकर ख़ूब ऊपर उड़ने लगा।

सफ़र

एक ही शहर के उन दोनों का आपसी रिश्ता दो साँड़ों जैसा था। इसीलिए दोनों जब मशहूर संस्था राष्ट्रीय संस्कृति अकादमी के वार्षिक सम्मेलन में पहले बार आमंत्रित किये गए तो सभी हैरत से दंग रह गए। अंचल के साठ वर्षीय बुज़ुर्ग नेता गौरी बाबू जल-भुन कर कबाब हो गए, "जिस सम्मेलन में भृगुनाथ जैसा दोकड़िया नेता बुलाया जाए, उसमें कौन जाएगा? इसका संस्कृति से क्या लेना-देना?" पर भृगुनाथ भी राजनैतिक तीरन्दाजी में कम प्रवीण न थे। उन्होंने गौरी बाबू के ख़िलाफ़ धुआँधार प्रचार किया, "बुढ़ऊ का अब रंग-रौनक ख़त्म, दो-चार साल में इनकी ऐसी हालत हो जाएगी कि गिद्ध-कौए भी न पूछेंगे, सम्मेलन में जाने का इतना शौक है तो जाएँ न भाई...मैं कतई न जाऊँगा..."

अंचल की दो परस्पर विरोधी राजनैतिक पार्टियों के दोनों ही आंचलिक स्तर के कट्टर नेता थे। संस्कृति सम्मेलन में निमंत्रित किये जाने के अधिकारी दोनों ही थे क्योंकि राजनैतिक नेता होने के साथ-साथ दोनों ही अनेक सामाजिक, शैक्षिक, सांस्कृतिक एवं आर्थिक संगठनों के अध्यक्ष, महामंत्री, संरक्षक आदि थे। ख़ैर, सम्मेलन में निमंत्रित किये जाने की ख़बर आग की तरह फैल गई। उसके कुछ दिनों बाद ही दोनों पार्टियों का आपसी संघर्ष बहुत तेज़ हो गया। दोनों ओर से धुआँधार जन-सभाएँ की गईं जिनमें एक-दूसरे पर ऐसे भयंकर आरोप लगाए गए जो वास्तविक और काल्पनिक दोनों ही थे। कई जगह संघर्ष केवल बात तक की सीमित नहीं रहा। विशेषज्ञों द्वारा तैयार किये गए ज़ोरदार नारे भी ख़ूब लगाए जो शहर के बच्चों को ज़बानी याद हो गए। पर ना-ना करते रहने पर भी कुछ अत्यधिक महत्त्वपूर्ण निजी एवं सार्वजनिक कारणों से दोनों ने ही सम्मेलन में शामिल होने का संकल्प कर लिया। और कुछ संयोग भी ऐसा बैठा कि दोनों को एक ही दिन, एक ही गाड़ी के डिब्बे की आमने-सामने वाली बर्थों पर बैठकर उस जलसे के लिए प्रस्थान करना पड़ गया।

गाड़ी शाम को छूटी, दिन-भर हल्की बूँदा-बाँदी होती रही, पर उस वक़्त बादलों का मटमैला पर्दा कई जगहों से फट गया था। तेज़ हवा थम गई थी, फिर भी पहले जैसी गरमी और उमस अब नहीं थी। सबसे अचम्भे की बात यह देखने

में आई कि दोनों को विदाई देने के लिए उनके दलों की नारे लगाती उग्र भीड़ें कहीं भी नज़र नहीं आईं—बस कुछ ख़ास लोग ही पहुँचाने आए जो बहुत ही शान्त, शिष्ट व सज्जन लगे।

डिब्बे के भीतर घुसते ही भृगुनाथ ने कुछ झुक कर और हाथ जोड़कर नमस्कार किया। गौरी बाबू ने अचकचा कर देखा, फिर सिर हिलाकर मुस्कराते हुए अभिवादन को स्वीकार भी कर लिया। ट्रेन खुलने पर दोनों अचानक विरोधी दिशाओं में मुँह फेर कर खिड़कियों से बाहर स्थिर दृष्टि से देखने लगे, जैसे दो खिलौनों की चाभियाँ एक ही साथ घुमा दी गई हों। गौरी बाबू लम्बे, गोरे और मोटे थे। चेहरा भी लम्बा और दाढ़ी-मूँछ सफाचट। वह गले में रुद्राक्ष की माला पहने हुए थे, खद्दर की धोती, कुर्ता और जवाहर जैकेट में सुशोभित वह पालथी मारकर और पीठ एकदम सीधी करके बैठे थे। मोटे तो भृगुनाथ भी थे, पर उनका कसरती मोटापा था। वह उतने लम्बे भी नहीं थे और उनकी तरह गोरे भी नहीं। अलीगढ़ी पायजामा और कुर्ता, सँकरा माथा, कोताह गर्दन, हल्की पतली मूँछ, लम्बे ख़त, कलाई पर घड़ी और होंठों पर अस्पष्ट मुस्कराहट।

ट्रेन देखते-ही-देखते स्पीड में आ गई। जब शहर की सीमा पीछे छूटकर दूर चली गई और हवा के ठंडे झोंके भीतर आकर शरीर पर प्रहार करने लगे तो गौरी बाबू सीधा मुँह करके मुस्कराए। तत्पश्चात अपने बैग में से एक डिब्बा निकालकर, उसमें से दो बीड़े पान लेकर मुँह में दबा लिए और खुला डिब्बा भृगुनाथ की ओर बढ़ा दिया।

"नहीं दादा, आप खाइए...मैं इससे दूर ही रहता हूँ..."

"चलो, यह भी ठीक है।" गौरी बाबू ने डिब्बा बन्द करके बैग में रख दिया। इसके बाद दो छोटी डिबिया निकालकर, उनमें से जर्दा और चूना ले-ले कर बहुत ही शौक और पसन्द के भाव से मुँह ऊपर उठाकर उसमें बारी-बारी से डाला। कुछ देर बाद तक वह बकरी की तरह मुँह चलाते रहे, फिर उठकर खिड़की के बाहर थूकने के बाद पूछा—

"दिल्ली जा रहे हो न? कोई काम है क्या?"

भृगुनाथ मन-ही-मन बहुत पिनके, लेकिन जल्दी ही अपने को सँभाल भी लिया। फिर मुँह को बेहद चिकना बनाकर कहा, "दादा, मैं तो आपके पीछे-पीछे चलने वाला जीव हूँ, जहाँ आप जाएँगे, पीछे-पीछे चला चलूँगा..."

बात समाप्त होते ही गौरी बाबू ज़ोर से हँस पड़े। भृगुनाथ भी उसी तरह हँसे। लगा, दो घोड़े एक ही साथ हिनहिना रहे हों। फिर गौरी बाबू सहसा गम्भीर होकर बन्दर की तरह मुँह आगे बढ़ाकर बोले, "भृगुनाथ बाबू, अपन लोगों की अब कोई उपेक्षा नहीं कर सकता, चाहे कितना बड़ा क्यों न हो, हम किसी से कम थोड़े ही हैं!"

"अरे राम भजिए," भृगुनाथ ने चूर में चूर मिलाते हुए कहा, "उपेक्षा कोई क्या खाकर करेगा? ऐ दादा, प्यारा काम होता है न कि चाम? मेहनत में, बुद्धि में कोई क्या मुक़ाबला करेगा अपन लोगों का?"

"और नहीं तो क्या?" गौरी बाबू ने आगे झुक कर फुसफुसाए स्वर में कहा, "तुमसे बताता हूँ, जब से हमारा एक लड़का अन्तर्राष्ट्रीय प्रतियोगिता में कांस्य पदक जीतकर लाया है, लोगों की आँखें बटन हो गई हैं। हमारे लड़कों को कौन पूछता है? हमारे इस लड़के को ट्रेनिंग की सुविधा कुछ नहीं मिली, अपने ही घर की खुद्दी-चुन्नी खाकर और अपने ही देसी पहलवानों से दाँव सीखकर विदेश में गया और नामी-गिरामी उस्तादों को पटखनियाँ दी। तुम्हीं कहो, अगर उसकी पूरी तैयारी होती तो क्या होता?"

"अच्छा तो यह बात है!" भृगुनाथ की आँखें आश्चर्य से भाँटा की तरह निकल आईं।

"अरे तो इसमें आश्चर्य की क्या बात है भाई? सुनो, और बताता हूँ। जानते हो इस साल हमारे अंचल से चार लड़के आई. ए. एस. और छह लड़के पी.सी.एस. में चुने गए हैं! हाई स्कूल में तीन लड़के और इंटर में दो लड़के मेरिट लिस्ट में आए हैं। नहीं तो, क्या बात है भृगुनाथ कि जबसे आज़ादी मिली है हमारे अंचल की घोर उपेक्षा होती रही है और आज उसके दो प्रतिनिधि इतने बड़े संस्कृति सम्मेलन में बुलाए जा रहे हैं?"

"यह तो आपने पते की बात कह दी, दादा।" भृगुनाथ के नथुने उत्साह से फूलने लगे, "तभी कहूँ कि हमारी तरफ़ बड़ी लाइन क्यों नहीं आई, हमारे अंचल में इतनी ग़रीबी क्यों है, हमारे लोग मेहनत-मजूरी करने के लिए दूसरे प्रदेशों में मरने-खपने क्यों जाते हैं? सबको तो अपनी-अपनी पड़ी है। आप ही बताइए दादा, क्या यही राष्ट्र की परिभाषा है, क्या यही राष्ट्रीय संस्कृति है?"

"अरे, कहा है न कि सीधे का मुँह कुकुर चाटता है? वही हाल हमारा है। समूचे राष्ट्र की खातिर हम चुप रहते हैं और अपनी आवाज़ नहीं उठाते और जो वाचाल हैं, जो दबंग हैं, जो धक्का-धुक्की कर सकता है, जो पीछे से लंगी मारने में उस्ताद है, वह बाज़ी मार लेता है। मैं ये सारी बातें सम्मेलन में उठाऊँगा!"

"मैं तोला-माशा-रत्ती आपके साथ हूँ, दादा," भृगुनाथ ने तिरछी दृष्टि से गौरी बाबू को देखते हुए आश्वासन दिया।

गौरी बाबू पान का पीक थूकने के लिए फिर खिड़की के पास गए। भृगुनाथ पीछे पीठ टिकाकर ऊपर डिब्बे की छत निहारने लगे। ट्रेन तेज़ी से भागी जा रही थी। रात पता नहीं कब उतर आई थी। गौरी बाबू जब पुनः अपनी सीट पर बैठे तो उन्हें कुछ ठंड महसूस होने लगी। वह खिड़की का शटर गिराने के लिए फिर उठने ही वाले थे कि भृगुनाथ ने आशय समझ कर कहा, "आप बैठिए दादा, मैं गिरा देता हूँ..."

गौरी बाबू ने गद्गद भाव से भृगुनाथ को देखा, सहसा उन्हें विश्वास नहीं हुआ। यह सब कैसे हो गया? यह सब संस्कृति सम्मेलन की महत्त्वपूर्ण यात्रा का परिणाम है अथवा कृत्रिम प्रदर्शन? वह अपना दिल टटोलने लगे, पर भृगुनाथ के प्रति ईर्ष्या, द्वेष, घृणा, क्रोध के उनके स्थाई भावों का कोई अवशेष भी वहाँ विराजमान नहीं था!

दोनों ही क्षेत्रीय पार्टियों के नेता थे—उन्होंने एक-दूसरे के राजनैतिक जीवन को मटियामेट करने के लिए क्या-क्या नहीं किया? और आज वे पास-पास बैठे प्रेम से बातें कर रहे थे। क्या ट्रेन में बैठते ही उनमें एक ऐसा परिवर्तन हुआ था जिसकी उन्होंने कल्पना नहीं की थी? ज्यों-ज्यों वे उस शहर और अंचल से, जहाँ उनका कर्म व संघर्ष स्थल था, दूर होते हुए राष्ट्रीय महत्त्व की उस सम्मेलन की नगरी के नज़दीक आ रहे थे, एक-दूसरे के प्रति उनके दिल की कोमलता बढ़ती जा रही थी। भृगुनाथ तो हमेशा "दाद-दादा" किये रहते थे और उनके लिए दोनों पैरों पर खड़े रहते थे। कई बार उन्होंने ट्रेन रुकने पर नीचे से चाय लाकर गौरी बाबू को पिलाई और पान ख़त्म होने पर दो बार उनके लिए पान भी ले आए।

क्या उन पर कोई दैवी कृपा होने वाली है? गौरी बाबू को लगा और शायद भृगुनाथ को भी कि किसी ने जादू करके उनके दिलों पर जमी मैल की परतों को साफ़ कर दिया हो, जिससे उनके शरीर और मन हल्के होकर आकाश में उड़ रहे हों। और नहीं तो ऐसा क्यों होता? इतने वर्ष बीत गए, छोटे-मोटे राजनैतिक सम्मेलनों की बात और है, पर इतने उच्च सांस्कृतिक सम्मेलन में उनको पहले क्यों नहीं बुलाया गया और जब बुलाया गया है तो इसका मतलब यह है कि उनमें क़ाबिलीयत है और सांस्कृतिक बुलन्दियों पर पहुँचने की क्षमता भी। सम्भव है कोई बड़ा काम उनको सौंपा जाने वाला हो अथवा हो सकता है कि देश का राजनैतिक, सामाजिक व सांस्कृतिक उद्धार उन्हीं के हाथ होने वाला हो। ऐसी ही भावनाओं और विचारों से प्रभावित होकर वे महानता के आकाश में विचरण करने लगे थे। हाँ, सम्मेलन के लोग देखेंगे कि वे कैसे सभ्य, उदार, चरित्रवान तथा राष्ट्रभक्त हैं! वे वहाँ बताएँगे कि राष्ट्र की वास्तविक परिभाषा क्या है, संस्कृति की परिभाषा क्या है और राष्ट्रीयता किसे कहते हैं?

परन्तु उनमें एक ऐसी ग्रन्थि भी थी जो उनकी भावनाओं को और हवा दे रही थी। इसी वजह से शायद वे एक-दूसरे के निकट आ गए थे। यह बात सही है कि जहाँ सम्मेलन होने जा रहा था, वह उनका अंचल नहीं है, वहाँ देश-भर से योग्य, प्रबुद्ध, विदेशों में पढ़े लोग अथवा नक्शेबाज़, दम्भी और दूसरों की क़ीमत पर आगे बढ़ने वाले भी इकट्ठे होंगे, कहीं इनमें से कोई उनका अपमान न कर दे! वे आपस में लड़ेंगे अथवा एक-दूसरे से अलग रहेंगे तो दूसरे उनकी खिल्ली न उड़ाएँगे? और अगर वे एक रहेंगे तो किसी की हिम्मत न होगी उनकी ओर आँख उठाकर दखने की। अब कोई कह तो दे उनको पिछड़ा और दकियानूस! मुँहतोड़ जवाब मिलेगा उसको!

वे देर तक फुटकर विषयों पर बातें करते रहे। अपना-अपना भोजन वे अपने साथ ही लाए थे, पर उसके बाद उनकी बात आगे बढ़ नहीं पाई और उन्हें जुम्हाई पर जुम्हाई आने लगी।

"दादा, सोइए, बत्ती बुझाता हूँ।"

गाड़ी तड़के ही गन्तव्य स्टेशन पर पहुँची, गौरी बाबू की नींद पहले ही से खुली हुई थी। उन्होंने उठते हुए कहा, "अरे भृगुनाथ जी, पहुँच गए..."

भृगुनाथ हड़बड़ाकर उठे और आँखें मलते हुए खिड़की के बाहर देखने लगे, फिर शान्त स्वर में बोले, "दादा, घबराइए नहीं, मैं कुली बुलाकर सामान उतरवाता हूँ। आप धीरे-धीरे उतर जाइए..."

स्टेशन प्लेटफ़ार्म पर सम्मेलन के स्वयंसेवक पहले से ही मौजूद थे, इसलिए कोई ख़ास दिक़्क़त नहीं हुई। बाहर पेड़ों के शिखरों और मकानों की छतों पर धूप पिघले हुए सोने की तरह फैल गई थी। आकाश साफ़ था और कभी-कभी हवा का हल्का झोंका आकर शरीर और मन को सुख पहुँचा देता। कार में बैठकर वे वहाँ से प्रस्थान कर गए।

एक अच्छे होटल के कमरे में उन दोनों को टिकाया गया। सम्मेलन के एक नौजवान स्वयंसेवक ने, जो उनके साथ आया, विनम्रतापूर्वक कहा, "सर, पहले यही सोचा गया था कि सबको अलग-अलग ठहराया जाए, लेकिन यहाँ एक दो सम्मेलन और भी हो रहे हैं इसलिए शहर के होटल भरे हैं। स्वागत समिति के अध्यक्ष महोदय ने इसके लिए माफ़ी माँगी है, वैसे यह होटल है बड़ा अच्छा, आप आराम करें और किसी चीज़ की ज़रूरत हो तो फ़ोन कर दें..."

स्वयंसेवक ख़ूब अच्छी तरह प्रेस किये हुए साफ़-सुथरे कपड़े पहने था। उसके चेहरे पर एक आकर्षक मुस्कराहट सदा विराजमान रहती थी। वह कितने सहज भाव से बात कर रहा था। उनको सहसा आत्महीनता का अनुभव होने लगा। पर जल्दी ही स्वयंसेवक वहाँ से चला गया और वे चारों ओर आँखें फाड़-फाड़ कर देखने लगे। स्वयंसेवक की बातों पर तो गौरी बाबू को विश्वास ही नहीं हो रहा था। ऐसा तो नहीं है कि उनको बेवक़ूफ़ बनाया जा रहा हो? और लोगों को अलग-अलग कमरा दिया गया हो, और सिर्फ़ उन्हीं दोनों को एक ही कमरे में टिकाया गया हो? ख़ैर, गनीमत की बात यही थी कि कमरे में आराम का सभी इन्तज़ाम था, मंजन-कुल्ला करके नहाने के बाद जब वे दूधिया, गुदगुदे बिस्तर पर लेटे तो उनके थके हुए शरीर को बड़ा-सुख मिला, जैसे वे स्वर्ग पहुँच गए हों।

कुछ देर बाद स्वयंसेवक फिर प्रकट हुआ, उसने शिष्ट मुस्कराहट से फिर कहा, "सर, थोड़ी देर बाद बैरा आएगा, नाश्ते में जो भी इच्छा हो आर्डर दे दीजिएगा...ब्रेड, मक्खन, पनीर, आमलेट, फ़्रूटजूस, आइस्क्रीम, कुछ भी। हाँ सर, अध्यक्ष महोदय ने अनुरोध किया है कि सम्मेलन में आप दोनों ज़रूर बोलें..."

स्वयंसेवक इतनी विनम्रता से बोल रहा था कि गौरी बाबू अपनी महत्ता प्रकट करने के लिए बेताब हो उठे। आमलेट के उल्लेख ने उनके सन्तुलन को बिगाड़ दिया, शाकाहारी मेहमान के साथ क्या ऐसी बातें करनी चाहिए? सहसा वे शोले की तरह भड़क उठे और ग़ुस्से में चिल्लाकर बोले, "क्या बोलें-वोलें लगाए हुए हो जी? तुम्हें और कोई काम नहीं है? अरे, समय आएगा तो बोलेंगे भी, इस समय हमारी जान न खाओ। आप जाओ, कोई दूसरा काम करो..."

"अच्छा सर, ठीक है सर, मैं जाता हूँ, अध्यक्ष जी से कह दूँगा..." इसके बाद स्वयंसेवक वहाँ से नौ-दो ग्यारह हो गया।

उसके जाते ही गौरी बाबू ने तिरछी दृष्टि से बाईं ओर आँख दबाकर भृगुनाथ को देखते हुए पूछा, "कैसी रही भृगु बाबू?"

और इस सवाल के जवाब में दोनों ही एक साथ खिलखिला कर हँस पड़े। फिर गौरी बाबू सहसा असाधारण रूप से गम्भीर होकर बोले, "ए भृगुनाथ, ये शहरी लोग बड़े चिकने घड़े होते हैं। मुँह में राम बग़ल में छुरी। अपने लोगों की तरह दिल के साफ़ नहीं होते। अपने लोगों के दिल में जो आता है, वह साफ़-साफ़ कह देते हैं। अब बताओ, बार-बार आमलेट, पनीर, आइसक्रीम का जिक्र क्यों कर रहा था? इसलिए न कि हम लोग छोटी जगहों से आ रहे हैं और ये चीज़ें नहीं देखी-सुनी-खायी हैं!"

"आप ठीक कहते हैं, दादा," भृगुनाथ भी काफ़ी गम्भीर थे, "ये लोग ऐसे ही होते हैं! यहाँ देश-विदेश चिल्लाते हैं और विदेशों में जाकर अपने को भारतीय कहने में इनको शर्म आती है। ये अपनी भाषा बोलने में शर्माते हैं, अपनी पोशाक पहनने में शर्माते हैं। अपने देश के विचारक और बुद्धिजीवी इनको पसन्द नहीं आते, विदेशी विचारकों की लम्बी सूची इनको ज़बानी याद रहती है..."

"ए भृगुनाथ" गौरी बाबू ने बीच में ही काट कर कहा, "इन लोगों का यह हाल है कि इनके यहाँ जाओ तो ये घर में रहकर भी कहला देंगे कि मौजूद नहीं हैं; जबकि हमारा-तुम्हारा यह हाल है कि कोई भी आएगा, हम उसे अन्दर बुला लेंगे और उसे सिर आँखों पर बिठाएँगे। जो साग-सत्तू खाते हैं, उनके सामने रख देंगे। कहो, झूठ कहता हूँ?"

"अरे नहीं, यह तो सौ किलो की बात हुई! मैं तो लाख बात की एक बात कहता हूँ कि हम लोगों की ज़बान में जो मिठास है, हमारे अन्न में जो स्वाद है, हमारे यहाँ के पेड़-पौधों में जो हरियाली है, हमारे अंचल की हवा में जो ताज़गी है, वह स्वर्ग में तो मिलेगी नहीं, ये लोग किस खेत की मूली हैं?"

"क्या बात है! अरे, इन लोगों की हर बात में चालबाज़ी होती है, बाप, माँ भाई, बहन, बीवी सबसे चालबाज़ी! अपने यहाँ जो प्रेम, भाईचारा देखने में आता है वह दुर्लभ है! क्यों भृगुनाथ?"

"सही है दादा...हमारी औरतों में कितनी शर्म-हया है?"

इसी समय बैरा ने अन्दर प्रवेश किया। जब नाश्ते का ऑर्डर लेकर बैरा चला गया तो गौरी बाबू ने शंका से देखते हुए कहा "ए भृगुनाथ, इससे पूछते कि यह कौन बिरादर है?"

भृगुनाथ ने हैरानी से उसकी ओर देखा।

"नहीं समझे?" गौरी बाबू बोले, "भई, इन लोगों का ठिकाना थोड़े है? काम इन लोगों का दूसरा होता है, पर पैसे के लिए कुछ घंटे होटल में भी काम कर लेते हैं। होटल वालों को भी सस्ते आदमी चाहिए ही। ए भृगुनाथ, हम लोगों का कोई धर्म-कर्म है कि नहीं?"

भृगुनाथ भी यह सब मानते थे, पर उतने दकियानूस नहीं थे और अंडे की गणना शाकाहारी व्यंजन में करते थे। उन्होंने हँसकर कहा, "अरे दादा, आप शंका न कीजिए...यहाँ यह सब नहीं होता। यहाँ अच्छी जातियों के प्रशिक्षित लोग रखे जाते हैं और हमारे घरों की तरह यहाँ सफ़ाई होती है...मैं तो सब जानता हूँ..."

सम्मेलन का उद्घाटन तीन बजे होने वाला था और दो बजे से ही प्रतिनिधियों का आगमन शुरू हो गया। ख़ूब भव्य इन्तज़ाम था। स्वयंसेवक बहुत ही व्यवस्थित ढंग से प्रतिनिधियों को उनकी सीटों पर पहुँचा रहे थे। हर उम्र, कद और आकार के लोग और उनके तन पर हर तरह की पोशाक। लगभग सभी के चेहरों पर व्यस्तता के भाव। सम्मेलन-आयोजकों की सुरुचि सम्पन्नता का एक सबूत यह भी था कि सीट पर बैठते ही प्रतिनिधि के सामने बिस्कुट की तश्तरी तथा पानी का गिलास पहुँच जाता। फिर चाय या कॉफ़ी 'सर्व' की जाती। सिर के ऊपर अनगिनत सीलिंग फैन तथा किनारों पर चारों ओर पेडस्टल फैन अपनी सुपरिचित आवाज़ों के साथ तेज़ी से चल रहे थे।

उद्घाटन से पहले राष्ट्रगान, सचिव की रिपोर्ट और स्वागताध्यक्ष के भाषण ने दो घंटे लेकर धैर्य की कठिन परीक्षा की घड़ी उपस्थित कर दी। उद्घाटन भाषण भी छपा था और उसे पढ़ने में भी पूरा एक घंटा लगा। लोग भाषण सुनते-सुनते थक गए और देखते-देखते आधा हॉल ख़ाली हो गया। जो बचे वे तालियाँ पीट-पीट कर अपनी ऊब मिटा रहे थे। सभी बीच-बीच में जम्हाई ले लेते थे और गौरी बाबू तो कुर्सी के पीछे पीठ टिका कर मज़े से खर्राटे लेने लगे। तीन चौथाई भाषण में संस्कृति की व्याख्या और भारतीय संस्कृति का इतिहास प्रस्तुत किया गया था और अन्त में कहा था कि आपसी सद्भाव से देश प्राचीन महानता की ऊँचाइयों पर पहुँच सकता है।

भाषण समाप्त होते-होते नाश्ता का समय हो गया और प्रतिनिधियों को भाषण करने का मौक़ा नहीं मिला। नाश्ते का इन्तज़ाम पास ही एक दूसरे हॉल में किया गया था।

प्रतिनिधिगण अचानक भरभराकर उठ खड़े हुए और बाहर निकलकर तेज़ी से धक्कम-धुक्की करते हुए जलपान स्थल की ओर कूच कर गए। नाश्ते का भी बड़ा अच्छा इन्तज़ाम था। शुरू में मांसाहारी नाश्ता था और दूसरी तरफ़ शाकाहारी। इस सम्बन्ध में माइक से ऐलान भी कर दिया गया था, पर गौरी बाबू और भृगुनाथ देर से पहुँचे और मांसाहारी नाश्ते की भीड़ में ही घुस गए।

एक ओर कटलेट बड़ी-बड़ी प्लेटों में ख़ूबसूरती से सजाकर रखे हुए थे और उसी ओर प्रतिनिधिगण लपक रहे थे। धक्कम-धुक्की इस सीमा तक हो रही थी कि संघर्ष से दूर रहने वाले लोग अलग खड़े चुपचाप मुस्करा रहे थे। भृगुनाथ ने अपने कसरती शरीर का सदुपयोग करते हुए दो-चार आदमियों को विस्थापित कर दिया और उनके आग्नेय नेत्रों के तीरों को झेलते हुए एक प्लेट में चार कटलेट और चटनी लेकर गौरी बाबू की ओर बढ़ाया और दूसरी प्लेट में अपने लिए व्यंजन लेकर बाहर निकल आए।

गौरी बाबू को भूख भी लग आई थी। उन्होंने कटलेट गपागप खाते हुए कहा, "भृगुनाथ बाबू, बना ख़ूब है! दो-चार और लाओ यार। लगता है, ये लोग बड़ी सफ़ाई से बनाते हैं...सब बड़े क़ायदे से! अपन लोगों को यह सब सीखना चाहिए..."

भृगुनाथ ने उसी उपाय से चार कटलेट और उनकी प्लेट में डाल दिये। जब गौरी बाबू आख़िरी पीस सफाचट करने वाले थे, उसी समय उन्हें बग़ल में खड़े एक प्रतिनिधि की आवाज़ सुनाई पड़ी जो अपने किसी साथी से कह रहा था, "भाई, मछली का कटलेट सचमुच बड़ा अच्छा बना है, पता नहीं चलता मछली है, न कोई काँटा, न कोई हींक..."

गौरी बाबू की हालत ख़राब हो गई थी। उन्होंने सकपकाई हुई नज़र से भृगुनाथ को देखा। भृगुनाथ का चेहरा फक पड़ गया था। दोनों के मुँह खुले-के-खुले रह गए। गौरी बाबू ने मुँह का निवाला झुक कर थूकने का विचार किया, पर उसका विपरीत असर हुआ और वह गले के नीचे उतर कर पेट में चला गया। फिर भी उन्होंने बग़ल वाले प्रतिनिधि से पूछ ही डाला, "भाई साहब, क्या यह मछली का कटलेट है? आलू का भी तो हो सकता है!"

उस प्रतिनिधि ने ज़ोर से हँसते हुए कहा, "आपने क्या समझा है? शाकाहारी नाश्ता उधर है।"

उन दोनों ने अपनी प्लेटें फुर्ती से नीचे रख दीं। वाश बेसिन पर जाकर कई बार कुल्ला किया, फिर दुबक कर शाकाहारी नाश्ते की ओर बढ़ चले। उन्होंने उम्मीद की थी, चूँकि वे शाकाहारी हैं, इसलिए मांसाहारी व्यंजन पेट में जाने की वजह से उनको उल्टी हो जाएगी, पर इस मामले में भी निराशा ही हाथ लगी। उल्टे वे कई आलू की टिकिया और मिठाइयाँ उदरस्थ कर गए। बाद में कलाकन्द उन्होंने इसलिए खाया कि वे अन्दर जाकर मांसाहार का प्रभाव नष्ट कर देंगे।

नाश्ते के बाद गौरी बाबू ने कहा, "अब सांस्कृतिक कार्यक्रम नहीं देखेंगे, भृगुनाथ...नाश्ते ने सब गुड़ गोबर कर दिया। अब होटल चलते हैं। खाना तो दस बजे है न? भृगुबाबू, उस समय सावधान रहना भैया...कहीं नाश्ते वाली गड़बड़ी न हो जाए..."

क़रीब साढ़े सात बजे वे होटल पहुँचे। आधा घंटा आराम करने के बाद वे नहा धोकर फ्रेश हुए और कपड़े पहन कर बाहर जाने की तैयारी करने लगे।

भृगुनाथ ने अचानक व्यस्त होकर कहा, "दादा, अभी देर है, थोड़ा बैठते हैं। आप थोड़ा..." दाहिने हाथ से आकार बनाकर उन्होंने संकेत से पूछा।

गौरी बाबू समझ तो सब कुछ गए, पर अनजान बनते हुए बोले "भृगु बाबू, नहीं समझा कि आप क्या कह रहे हैं..."

"दादा, मैं भी पक्का संन्यासी हूँ...पर कभी-कभी ज़रूरी भी होता है—दवा की तरह। ख़ैर, छोड़िए, आप आराम कीजिए...देर नहीं लगेगी..."

यह कहकर भृगुनाथ अपने सूटकेस में से एक बोतल निकालकर ले आए और उसे छोटी गोल मेज़ पर रखकर वहीं कुर्सी पर जम गए। उसके बाद फ़ोन करके बैरा को बुलाया और भुने हुए आलू, उबले अंडे, प्याज़, मिर्च, बर्फ़, दो ख़ाली गिलास और पानी लाने का ऑर्डर दिया।

सभी सामान आ जाने पर भृगुनाथ सिर झुकाकर बड़े मन से धीरे-धीरे पेग तैयार करने लगे। उसी समय गौरी बाबू बिस्तरे से उछलकर उनकी बग़ल में आकर बैठ गए, "भृगु बाबू, नाराज़ हो क्या?"

भृगुनाथ ने कोई उत्तर नहीं दिया। उन्होंने चुपचाप एक गिलास में बोतल में से कुछ डाला, फिर गिलास को पानी से भर दिया। ऊपर से बर्फ़ के कुछ टुकड़े भी।

"नहीं भृगु बाबू...मेरे लिए नहीं...मैं क़सम खा चुका हूँ..."

इतने पर भी भृगुनाथ ने कोई जवाब नहीं दिया, बल्कि एक गिलास तैयार करके गौरी बाबू की ओर सरका दिया और दूसरे गिलास में अपने लिए तैयार करने लगे।

गौरी बाबू थूक घोंटकर ज़बान चटचटाते हुए बोले, "भृगुबाबू, अपना ख़र्च क्यों किया? होटल से मँगा लेते, लाखों ख़र्च हो रहे हैं..."

भृगुनाथ ने फिर भी कोई जवाब नहीं दिया, बस सिर झुकाकर मुस्कराते रहे। जब उनका पेग तैयार हो गया तो अपने गिलास को उठाकर गौरी बाबू की ओर बढ़ाते हुए बोले—"अच्छा तो दादा, आपके स्वास्थ्य के लिए..."

"अरे...अरे...भृगुनाथ बाबू क्या करते हैं...अच्छा, यही सही, ईश्वर को यही मंजूर है तो यही सही..." गौरी बाबू ने अपना गिलास उठाकर भृगुनाथ के गिलास से स्पर्श कराया और एक चुस्की लेने के बाद कहा, "चीज़ तो बड़ी अच्छी है प्यारे।"

इसके बाद तो पेग पर पेग ढलने लगे। बीच-बीच में वे एकाध टुकड़ा कुछ खा लेते थे। उनके चेहरे तमतमाने लगे हीटर की तरह। बातें भी उनकी जारी थीं...

उखड़ी-उखड़ी असम्बद्ध। बातों की शुरुआत धीमे स्वर में हुई थी। पर अब वे ज़ोर-ज़ोर से बोलने लगे थे, जैसे झगड़ा कर रहे हों। बीच-बीच में ज़बान लड़खड़ा जाती या बाहर निकल आती। अचानक गौरी बाबू ने सम्मेलन के आयोजकों को गालियाँ देते हुए थू: थू: कहा और सचमुच नीचे थूक भी दिया।

"वाह दादा," भृगुनाथ ने लड़खड़ाते हुए स्वर में कहा, फिर वे बेतहाशा हँसने लगे। गौरी बाबू उनको घूर कर देखते रहे, फिर सहसा उठ खड़े हुए और लड़खड़ाते हुए क़दमों से अपने बिस्तरे की ओर बढ़े। जब वह क़दम उठाते थे तो उनके पैर नाक की ऊँचाई तक उठ आते थे। पर वह बिस्तरे पर नहीं गए बल्कि अचानक वापस लौट पड़े और नीचे झुक कर भृगुनाथ के पैर पकड़ते हुए बोले, "तुम महान हो भृगुनाथ भैया...मैं तो बहुत नीच हूँ...मैं बहुत मामूली आदमी था... दूसरों का हक़ मारकर आगे बढ़ा हूँ, पैसे और शक्ति के लिए मैंने क्या-क्या नहीं किया...तुम बहुत महान हो भृगु बाबू...ही ही ही ही..." और वह भृगुनाथ के पैर पर गिरकर रोने लगे।

भृगुनाथ ने उनकी पीठ पर हाथ रखकर लड़खड़ाती आवाज़ में कहा, "दादा, रोओ मत, तुम अपनी क़ीमत नहीं समझते...तुम तो मेरे गुरु हो...सब कुछ मैंने तुमसे सीखा है..."

"मैं...राजनीति से संन्यास ले लूँगा। भृगु भैया...सब कुछ तुम्हें सौंप जाऊँगा," गौरी बाबू फिर रोने लगे।

सहसा भृगुनाथ ने अपने पैर खींच लिए। वह उठे और दीवार के पास जाकर उससे नाक सटाकर खड़े हो गए चुपचाप, जैसे कोई तपस्वी अपनी विशेष तपस्या मुद्रा में साधनारत हो।

दूसरे दिन सम्मेलन में भाषण और बहस थी। शाम को कई प्रस्ताव किये गए। पर गौरी बाबू और भृगुनाथ सवेरे कुछ देर तक सम्मेलन में भाग लेने के बाद बाहर घूमने के लिए निकल गए। भृगुनाथ ने गौरी बाबू का बड़ा ख़याल रखा। बस में चढ़ाना, बस से उतारना, हाथ पकड़कर सड़क पार कराना। बीच-बीच में किसी दुकान पर ले जाकर नाश्ता-पानी कराना। गौरी बाबू बात-बात में 'भृगु भैया, भृगु भैया' कहते। दोनों में ऐसा प्रेम व सौहार्द्र कभी भी देखने में नहीं आया। कितना शुभ व उम्दा सफ़र है यह! स्वयं उनको भी विश्वास हो चला कि उनका हृदय परिवर्तन हो गया है और वे वापस लौटकर प्रेम व भाईचारे का अभूतपूर्व उदाहरण प्रस्तुत करेंगे।

रात की गाड़ी से उनका रिजर्वेशन था। काफ़ी थक गए थे वे और गाड़ी में चढ़ने के बाद वे अपनी-अपनी बर्थ पर लेटकर खर्राटे भरने लगे। सवेरे जब उनकी नींद खुली तो अपने शहर के नज़दीक पहुँच रहे थे। उन्होंने एक-दूसरे की ओर नहीं देखा।

उन्होंनें कोई बात भी नहीं की। वे काफ़ी गम्भीर दिखाई पड़े। उनके चेहरे सिकुड़ गए थे और उन पर मोटी-मोटी लकीरें दिखाई देने लगी थीं। वे नाराज़ी से होंठ बिचका कर खिड़की के बाहर देखने लगे।

गाड़ी रुक गई, गौरी बाबू और भृगुनाथ ने एक-दूसरे की ओर नहीं देखा। उन्होंने रुखाई से मुँह फेर लिए और एक-दूसरे को नमस्कार भी नहीं किया। वे नीचे अपनी ज़मीन पर उतर गए और प्लेटफ़ार्म पर इकट्ठी अपने-अपने समर्थकों की भीड़ों के बीच खो गए जो एक-दूसरे के विरुद्ध नारेबाज़ी करने लगी थी।

सपूत

मेरे दोस्त विवेक का भी कोई जवाब नहीं। जब कभी मिलता है देर तक गप्पें लड़ाता है, मज़ेदार क़िस्से सुनाता है और कभी-कभी हाँकने लगता है। उस बार आया तो शिवप्रकाश का क़िस्सा छेड़ बैठा। झूठ क्या बोलूँ, मैंने उस पर एक कहानी लिख डाली—हाँ, एक ख़ास चरित्र को अधिक गहन, सम्पूर्ण और जीवन्त बनाने के लिए कई व्यक्तियों के जीवन-प्रसंग भी उसमें जोड़ दिये। छपने पर वह रचना लोगों को बहुत पसन्द आई और बधाई के कई पत्र भी मुझे प्राप्त हुए।

विवेक मेरे ही शहर का रहने वाला है। कभी हम सहपाठी थे, बाद में नौकरी के सिलसिले में वह वाराणसी चला गया। बीच-बीच में जब कभी आता है तो मुझसे ज़रूर मिलता है। पिछली बार एक लम्बी छुट्टी पर आया और दूसरे दिन ही मुझसे मिला। दो या तीन वर्षों बाद ही उससे मुलाक़ात हो रही थी। कड़ाके की सर्दी पड़ रही थी। वह कुछ स्थूल हो गया था। खिलखिलाने की उसकी आदत अब भी वैसी ही है, जब कमर के ऊपर उसका धड़ पीछे चला जाता है और शरीर तेज़ी से हिलने लगता है, उस पुरानी मशीन की तरह जिसका स्विच ऑन कर दिया गया हो। हमने हल्का जलपान किया, फिर धूप में बैठकर गपशप करने लगे।

"यार, तुम्हारे लिए मेरे पास एक कैरेक्टर है...शायद तुम उससे मिल भी चुके हो..."

"किससे?" मुझे उसकी बात पर अचम्भा हुआ।

"यार, याद करो...जब तुम पहली बार वाराणसी मेरे पास आए थे तो हम सभी सपरिवार फ़िल्म देखने गए थे...क़रीब दस आदमी होंगे। उस समय मेरा एक पत्रकार मित्र भी था...याद करो...गोरा गोरा चेहरा, बड़ी-बड़ी आँखें, पतले-पतले होंठ, मुँह कान तक फैला हुआ। अरे, उसी ने सबके लिए बालकनी के पास मँगवाए थे...!"

बहुत सोचने पर उसका चेहरा धुँधला-धुँधला-सा याद आया। वह बड़ा चलता-पुर्जा था, उसमें कई ख़ूबियाँ भी थीं। उम्र उसकी बहुत अधिक नहीं थी, पर शहर के प्रभावशाली लोगों तक उसकी अच्छी पहुँच थी। शहर में कोई ऐसा पिक्चर हॉल नहीं था, जहाँ फ़िल्म के पहले ही दिन वह बालकनी और बॉक्स के पास न माँग लेता हो। और हॉल में पहुँचने पर डिस्ट्रीब्यूटर और सिनेमा-मालिक दामाद की तरह खातिर-बात करते थे।

वह एक सीधे-सादे, ईमानदार और त्यागी स्वातंत्र्य सेनानी का इकलौता पुत्र था। जब तक देश गुलाम था, वह अक्सर जेल में रहे और उनके परिवारजन दरिद्रता तथा भुखमरी के शिकार रहे। बचपन में शिवप्रकाश एक-एक चीज़ के लिए तरस गया और उसकी पढ़ाई भी ठीक से नहीं चल पाई। आज़ादी मिलने तक वह कई वर्ष तक फेल होने के बाद इंटर पास हो सका। उम्मीद यह की जाती थी कि आज़ादी मिलने पर एक स्वातंत्र्य सेनानी के लड़के को कोई ढंग की नौकरी दिला दी जाएगी पर पिता के स्वाभिमान व ईमानदारी ने पुत्र का बड़ा नुकसान कर दिया। फिर कुछ लोगों के कहने-सुनने से उसे एक हिन्दी दैनिक पत्र में पत्रकार की नौकरी मिल गई, जहाँ सौ रुपये महीने भर बीवी-बच्चे का पालन-पोषण करना दूभर हो गया। शिवप्रकाश का मन कड़वाहट से भर गया।

"क्यों ऐसा हुआ?" मैंने विवेक से पूछा।

"क्या नहीं समझे?" विवेक ने हँसते हुए कहा, "अरे, ज़माना तेज़ी से आगे बढ़ रहा था। बहुत-से लोग त्याग और कुर्बानी का रास्ता छोड़ चुके थे और सुख से जीवन बिता रहे थे। आख़िर शिवप्रकाश और उसके परिवार के लोग ही क्यों दुख उठा रहे हैं? यह कैसा आदर्श है कि जब आपके घर में अन्धकार है तो आप दूसरों के घर में दीपक जलाने जा रहे हैं! विकासशील समाज में आदर्श की भी क़ीमत होनी चाहिए और वह क़ीमत मिलनी भी चाहिए; और क़ीमत है भी और वह मिल भी रही है, पर आप लेना ही न चाहें तो कोई क्यों दे? इस तरह सोचते-सोचते उसकी हालत पागल की तरह हो जाती। अगली बार जब वह गाँव गया तो अपने पिताजी से बोला, 'मैं आपके रास्ते पर नहीं चल सकता, मुझे अपना रास्ता बनाने दीजिए। आपकी चले हो हम सभी भूखों मर जाएँ। आपने दरिद्रता के सिवाय और क्या दिया है? मुझे दुनिया में त्याग और दरिद्रता के अलावा सब कुछ चाहिए...।'

यहाँ तक पहुँचते-पहुँचते कहानी जानदार लगने लगी थी। मैं अचम्भे से विवेक को देखने लगा था। मैं उससे दो-एक बातें पूछना भी चाहता था, पर यह सोचकर चुप लगा गया कि आगे वह शायद बताएगा ही। बातें तो वह ख़ैर बहुत ही नाटकीय ढंग से करता है, कभी स्वर को उठाता है, कभी गिराता है, हाथ और मुद्रा-संचालन में विचित्र अभिनय-कौशल का प्रदर्शन करता है। शिवप्रकाश के वह काफ़ी निकट रहा है और शिवप्रकाश ने उसे अपनी सारी बातें बतायी भी थीं। वह शुरू-शुरू में सीधा-सादा ही था, पर बाप से अलग होने पर उसने अपनी जीवन शैली बदल डाली। आदर्श, त्याग आदि शब्दों से उसे घृणा हो गई और शक्ति तथा धन की महत्त्वाकांक्षाएँ उसके अन्दर कूट-कूट कर भर गईं। उसने जल्दी-ही अपने सोच-विचार और कार्यों को व्यावसायिक स्तर पर उतार दिया। उसने अपने जीवन के अनेक नये नियम बना लिए, जिससे वह सदा आधुनिक, महत्त्वपूर्ण, प्रभावशाली, दबंग और अद्वितीय लगे। पहनावे से लेखन तक वह सदा आत्म-परिवर्तन करता रहा।

उसने धीरे-धीरे विभिन्न पत्र-पत्रिकाओं को उनकी आवश्यकता के अनुसार रचनाएँ भेजनी शुरू कर दीं। जिन पत्रों को क्रान्तिकारी क़िस्म की रचनाएँ चाहिए, उनके लिए वैसी ही रचनाएँ भेज दी जातीं। प्रेम-रोमांस की रचनाएँ, कविताएँ, लघु-कथाएँ, फ़िल्म समीक्षाएँ-हर तरह का मसाला वह तैयार कर लेता। ऐसा करना कठिन नहीं था। बाज़ार में देशी-विदेशी साहित्य भरा था, करना यह था कि ज़रूरत के मुताबिक रचनाएँ चुनकर उनमें ऐसे परिवर्तन कर दिये जाएँ कि वे मौलिकता का भ्रम उत्पन्न करें। धीरे-धीरे उसके पास नियमित रूप से कुछ पैसे आने लगे।

"...पर वह सन्तुष्ट नहीं था..." विवेक ने आगे कहा।

"क्यों?"

"बात यह है कि हिन्दी पत्रकारों की हालत बहुत ख़राब थी। छपनेवाली रचनाओं का पारिश्रमिक भी बहुत कम था, उसे चाहिए था, पैसा, पैसा, पैसा। प्रतिष्ठा की भूख भी कम नहीं थी उसकी, पर एक ग़रीब पत्रकार को प्रतिष्ठा कहाँ से मिल जाती? उसने आगे पढ़ने का निश्चय किया। रात की स्थायी ड्यूटी की व्यवस्था कराके उसने बी.ए. में नाम लिखा लिया। लेखन भी उसने छोड़ा नहीं क्योंकि उसकी वजह से कई लोग उसे विद्वान समझने लगे थे। लफ्फाजी, अनुकरण और चोरी का वह ऐसा मिश्रण तैयार करता, जिसका रसास्वादन करना सभी पसन्द करते थे। धीरे-धीरे वह शक्तिशाली, प्रभावशाली और सफल लोगों से सम्पर्क भी साधने लगा। उनकी तारीफ़ अख़बारों में निकालना उसका ख़ास शौक बन गया। जिन लोगों का वह समर्थन करता, उनके दुश्मनों की ख़बर भी वह ज़रूर ले लिया करता। उसके लिए इस तरह के सम्पर्क किसी व्यापार में पूँजी लगाने की तरह था। इस तरह योजनाबद्ध तरीके से काम करने का नतीजा यह निकला कि दो वर्षों में वह बी.ए. भी हो गया और उस अख़बार के विशेष रिपोर्टर के पद पर उसकी नियुक्ति भी हो गई।

"रिपोर्टर बनते ही रुपया, ताकत और कुर्सीवाले उसका सान्निध्य चाहने लगे। उसने इसका भरपूर फ़ायदा उठाना शुरू किया। फिर तो उसको अनेक सुविधाएँ मिलने लगीं। अब वह अच्छी तरह जान गया कि किस पुर्जे को कब कितना कसना है। उसकी गाड़ी शान से चल निकली। रोज़ ही उसे न मालूम कितनी दावतों और समारोहों में शामिल होने का सुअवसर मिलता और वहीं...उसको खाने और पीने का हर चस्का लग गया। वह सवेरे-सवेरे ही घर से निकलता, नुक्कड़ पर पान खाता, होंठों में सिगरेट दबाता और दुनिया पर विजय के लिए झूमता हुआ आगे बढ़ जाता। वह पात्र के अनुसार व्यवहार बदलता रहता—किसी से प्यार तो किसी को दुत्कार। उसको शक्ति मिलती गई और जितनी शक्ति मिलती उससे अधिक उसकी भूख बढ़ जाती, जिसको शान्त करने के लिए वह नियमित रूप से पीने लगा, फिर उस घटना ने तो उसके जीवन को एक और नई दिशा दे दी।"

"कौन-सी घटना?" मैंने बीच में ही उसे टोका।

"अरे यार, उसके जीवन में एक लड़की आ गई...।"

"यह तो होना ही था...।" मैं हँस पड़ा।

"हँस क्यों रहे हो? क्या मैं झूठ बोल रहा हूँ...?" विवेक भी हँस पड़ा।

"यह तो तुम ही बता सकते हो..."

"ठीक है, सुनो" विवेक ने गम्भीर होकर आगे कहना शुरू किया, "एक परदेशी जी थे, जो संगीत में पारंगत थे। उन्हें संगीत समारोहों में दूर-दूर से बुलाया जाता। वे उन दिनों अपनी ससुराल में ही रहते थे। उनकी तीन सालियाँ थीं, जिनमें से सबसे छोटी ख़ूबसूरत और अविवाहित थी। दूसरी सालियाँ दूसरे शहरों में रहती थीं, पर बीच-बीच में अपने पतियों के साथ अपनी माँ से मिलने आ जाती थीं। कहा जाता था कि परदेशी जी की विधवा सास के पास काफ़ी सम्पत्ति थी, जिन पर लोगों की नज़र भी थी। उसी बीच बुढ़िया की एक दिन हत्या हो गई, जिससे शहर में तहलका मच गया। किसने हत्या की थी? पुलिस को कई लोगों पर सन्देह था और परदेशी जी भी हिरासत में ले लिए गए। इसी घटना की रिपोर्टिंग के सिलसिले में शिवप्रकाश का उस घर में प्रवेश हुआ। वहाँ उसने परदेशी जी की छोटी साली शीला को देखा तो उसके मुँह में पानी आ गया। इतना सौन्दर्य इस शहर में है और वह जानता तक नहीं! शीला बेहद दुखी थी। पूछताछ करने पर वह डर जाती और रोने लगती। जब नहीं रोती तो छत को सूनी दृष्टि से निहारने लगती। शिवप्रकाश फ़ौरन समझ गया कि इस समय लड़की को सहानुभूति, प्यार व पुचकार की ज़रूरत है।"

विवेक की कहानी ज़ारी थी, "शिवप्रकाश ने इस हत्या की एक ऐसी विस्तृत, सनसनीख़ेज़ और तर्कसंगत रिपोर्ट छापी, जो परदेशी जी और शीला के पक्ष में जाती थी। शिवप्रकाश रोज़ ही शीला के पास पहुँच जाता। वह बेहद डरी हुई थी, पर शिवप्रकाश उसे आश्वासन देता और बीच-बीच में अपने अख़बार में हत्या सम्बन्धी नये-नये तथ्य छापता। पुलिस अँधेरे में भटक रही थी, पर इन रिपोर्टों से उसकी आँखें खुल गईं। अन्त में असली अपराधी पकड़ा गया और परदेशी जी छोड़ दिये गए। इसके बाद तो वह परदेशी जी और शीला के बहुत निकट आ गया। और उँगली पकड़ते-पकड़ते पहुँचा पकड़ने के मुहावरे को चरितार्थ करते हुए उसने शीला को अपने प्रेम जाल में बुरी तरह जकड़ लिया। उस जैसे व्यक्ति के लिए, जिसकी शादी बचपन में देहात में हो गई हो, यह सर्वथा नया अनुभव था। इस अनुभव में कितनी ताज़गी थी!"

"तब तो उसके पारिवारिक जीवन में विकट समस्याएँ पैदा हो गई होंगी?" मैंने पूछा।

"नहीं," विवेक ने दृढ़तापूर्वक इनकार किया, "बीवी तो उसकी घूँघट में रहती थी और अपने पिता से वह कोई सम्बन्ध ही नहीं रखता था। प्यार के नशे में वह डूब गया। पर प्यार भी वह क्या था—एक शारीरिक पिपासा थी।

उसकी ज़िन्दगी अभाव और हीनता में बीती थी और उसकी क्षतिपूर्ति में वह सब कुछ पा लेना चाहता था। दो-तीन वर्षों तक वह सम्बन्ध चला, जब टूटा तो वह नये सम्बन्धों के लिए आतुर हो उठा। वह गहरी खाइयों में उतरता गया। वह अब न मालूम कहाँ-कहाँ जाने लगा। कोई ख़ूबसूरत चीज़ देखते ही वह उसके पीछे पड़ जाता चाहे उसको प्राप्त करने के लिए जो भी करना पड़े। हर चीज़ उसे आसानी से मिल रही थी, फलस्वरूप उसका पढ़ना-लिखना एकदम छूट गया। लड़कियों का पीछा करते-करते वह अपराध जगत् तक पहुँच गया, तब उसने महसूस किया कि ग़लत तरीकों से इच्छित वस्तु बहुत आसानी से मिल जाती है। और कुछ समय बाद तो वह ग़लत काम को ही सही समझने लगा। समय तेज़ी से बीत रहा था। बीवी उसकी दिन-रात विलाप करती रहती। बच्चे घास-फूस की तरह बढ़ रहे थे। वह स्थूल होता गया, उसके मुँह पर मांस लटकने लगा, उसके बोलने-चालने और हँसने में बनावटीपन आ गया। उसे क्या नहीं मिला—पैसा, ताकत, ख़ूबसूरत औरतें सब कुछ, पर वह गम्भीर व ईमानदार मेहनत का परिणाम नहीं था, उसका हृदय की पवित्रता से कोई भी सम्बन्ध नहीं था, उसके मूल में थी धोखाधड़ी, चालाकी, धूर्तता, बेईमानी और क्षुद्र महत्त्वाकांक्षाएँ। धीरे-धीरे उसकी जीवन-शक्ति क्षीण होती गई और एक दिन दिल का दौरा पड़ने पर वह इस संसार से कूच कर गया। उसकी बीवी और बच्चे बेसहारा हो गए..."

विवेक सहसा चुप हो गया। जब व्यक्ति ही नहीं रहा तो कैसी उसकी कथा! कुछ देर और गपशप करने के बाद विवेक चला गया था। इतना ही मसाला वह दे गया था, जिसको फैलाकर और कुछ दूसरा मिर्च-मसाला लगा कर मैंने वह कहानी तैयार की थी।

कहानी छपने के क़रीब दस-ग्यारह महीने बाद एक इनलैंड लिफ़ाफ़ा मुझे प्राप्त हुआ था, जिसमें मामूली लिखावट में लिखा था—

आदरणीय लेखक महोदय,

आपने एक कहानी लिखी है, जिसकी कतरन मेरे पास एक परिचित ने भेज दी थी। कहानी में तो मेरे लड़के का नाम नहीं है और मेरा नाम भी ठीक नहीं दिया गया है। कुछ और भी बातें सही नहीं हैं, पर कुल मिलाकर यही लगता है कि कहानी मेरे लड़के पर ही है। आपको उसके बारे में किसने बताया? मैं कई दिनों से आपको पत्र लिखना चाहता था... पर हिम्मत नहीं हुई। आख़िर आज लिखने बैठ गया।

आप जानते ही होंगे कि वह मेरा इकलौता लड़का था। मैं उसे कुछ दे नहीं पाया, उसने जो कुछ पाया, अपने बलबूते पर, अपनी इच्छा के मुताबिक। वह सदा मुझसे अलग और नाराज़ रहा। उसने मुझसे न कभी

कुछ माँगा और न मुझे कुछ दिया। जब कभी हमने कुछ भिजवाया तो लौटा दिया। उसकी मृत्यु इतनी जल्दी हो गई कि मैं उसकी कोई सेवा भी नहीं कर पाया। वह जिस रास्ते पर चला, वह मेरा रास्ता नहीं था, पर था तो वह अपना लड़का, मेरे कलेजे का टुकड़ा। जिस बाप के पहले ही उसका लड़का गुज़र जाए, उससे अधिक अभागा कौन होगा। मैं इतना बूढ़ा हो गया हूँ, ठीक से चल नहीं पाता, पर सच कहता हूँ कि आपकी कहानी पढ़ने के पहले तक मुझे समझ में नहीं आता था कि एक लड़का चाहे जो भी समझे और करे, वह अपने बाप से नाराज़ क्यों रहेगा? उससे ठीक से बोलेगा क्यों नहीं? बाप उससे कुछ माँगता तो नहीं? मैं अपने बच्चे के प्यार के लिए तड़पता रहा और मुझे अन्त तक वह नहीं मिला। मेरा कसूर क्या था? मैंने किसी का क्या बिगाड़ा था? पर हर अच्छाई और बुराई से परे था तो वह मेरा लड़का ही। क्यों नाराज़ था वह? क्यों दूर रहता था मुझसे वह? आपकी कहानी ने मेरी आँखें खोल दी हैं। एक तो यह मेरे बच्चे ने जो कुछ किया, उसकी ज़िम्मेदारी उस पर नहीं, दूसरे लोगों पर है। दूसरी बात यह कि मेरा बच्चा समझता था कि मेरा आदर्श दूसरा है, उस आदर्श को मैं नहीं छोड़ सकता, इसलिए वह मुझसे अलग रहा। मुझे अपने तरीके से ज़िन्दा रहने दिया और ख़ुद अपने तरीके से ज़िन्दा रहा। बचपन में वह कितना सीधा-सादा और समझदार था! आपकी कहानी पढ़कर मुझे पक्का विश्वास हो गया कि वह पहले की तरह ही हमेशा मेरा सम्मान करता रहा। वह बच्चा मेरा हीरा था... हीरा! अच्छा तो लेखक महोदय, अब मैं अपना पत्र ख़त्म करता हूँ। हाँ, इतना ही कहूँगा कि मैं इस कहानी के हर पन्ने को मढ़ा कर रखूँगा अपने पास, जब तक मैं ज़िन्दा हूँ...आख़िर था तो वह मेरा बच्चा ही...

पत्र समाप्त हो गया। नीचे शिवप्रकाश के पिता का नाम भी लिखा हुआ था। मैंने अपनी कहानी का क्या अन्त किया था और यह क्या हो गया! काश मैं इस पत्र को भी अपनी कहानी में जोड़ पाता!

परमात्मा का प्रेमी

बाबू रामअवतार जी ने अपने अश्रुपूरित आँखों से एक क्षण आकाश की ओर देखा, फिर रुँधे गले से कहा, "चाची, मैं तो लाख बात की एक बात जानता हूँ कि भगवान की मर्ज़ी के बिना एक पत्ता भी नहीं हिल सकता। वह जिसकी रक्षा करना चाहता है, उसकी ओर कोई उँगली तक नहीं उठा सकता। अब इसे ही देखो न।"

उनकी चाची ज़मीन पर बैठी थीं और उनकी गोद में सिकुड़ा एक पिल्ला धीरे-धीरे काँय-काँय कर रहा था। चाची साठ पार कर गई थीं और वे स्वयं ही काफ़ी भक्तिन थीं। उन्होंने अपने बड़े भतीजे की हाँ में हाँ मिलाई, फिर कुत्ते को हाथ से थपथपाया और अन्त में दूसरी ओर मुँह फेरकर नाक सुड़कने लगीं।

बाबू रामअवतार जी अत्यन्त ही धार्मिक, दयालु एवं सहृदय व्यक्ति थे। वे गर्मी में दोनों जून गंगा-स्नान करते और साल भर नियमित रूप से रामायण और गीता का पाठ करते थे। शाम को शिवजी के मन्दिर जाते, घंटे हिलाते, गाल बजाते और आख़िर में भगवान के सामने माथा टेककर बहुत देर तक रोते-कलपते।

बात यह हुई कि आज सवेरे, जब वह बाहर के चबूतरे पर बैठ दातुन कर रहे थे कि उनका ध्यान लल्लूलाल जी के मकान के सामने पेड़ के नीचे काँय-काँय करते रेंगते हुए एक काफ़ी छोटे पिल्ले की ओर आकर्षित हुआ। अचानक उनको आशंका हुई कि इस कुत्ते का कोई पुर्साहाल नहीं और यदि वह सड़क पर चला गया तो किसी एक्के-ताँगे से अवश्य की कुचल जाएगा। वह तेज़ी से उसके पास गए, झुककर उसे गौर से देखा, आश्चर्य एवं सन्देह से चारों ओर निहारा, फिर झटपट पिल्ले को गोद में उठा लिया और घर चले गए।

पिल्ले को चाची के हवाले करके उन्होंने हल्के-फुल्के ढंग से कहा, "ज़रा इसे दूध-भात खिला देना। सड़क पर रेंग रहा था। अरे, यह कहो कि मैं वहाँ पहुँच गया, नहीं तो सुखई के एक्के से कुचल गया होता। सब भगवान कराता है, चाची।"

चाची को सवेरे-सवेरे यह बवाल बड़ा बुरा लगा। कुत्ता-बिल्ली पालने-पोसने के बवाल का उनको काफ़ी अनुभव और ज्ञान था, लेकिन कोई चारा तो था नहीं। उन्होंने अपनी नाक को देखते हुए उत्तर दिया, "भगवान तो कराता ही है बाबू, भगवान तो कराता ही है।"

चाची ने कुत्ते को नहलाया-धुलाया और उसे दूध पिलाया। सभी लड़के घेरकर हल्ला मचाने लगे।

बाबू रामअवतार जी ग़ुसलख़ाने में नहाने गए थे, जब वह बाहर निकले तो उनके मुँह पर एक विचित्र स्वप्निल मुस्कराहट थिरक रही थी। वे ओसारे में थोड़ी देर तक खड़े रहकर मुस्कराते रहे, फिर अचानक रोमांचित होकर बोले, "चाची, मेरा मन बार-बार उधर ही चला जाता है! ग़ुसलख़ाने में बार-बार यही ख़याल आता रहा कि भगवान चाहता था, इसीलिए मेरा ध्यान पिल्ले की ओर गया। पिल्ले को घर लाने का विचार भगवान ने ही सुझाया था। चलो, मेरे जैसे कीड़े-मकोड़े को भगवान ने इस योग्य तो समझा।"

"हाँ वह तो है ही।" चाची ने जमुहाई लेते हुए कहा।

रामअवतार जी जब अपने कमरे में चले गए और माथा झाड़ने लगे। फिर चारपाई पर बैठकर बोले, "चाची, ज़रा इसे इधर लाना तो।"

चाची पिल्ले को लेकर कमरे में आई और नीचे बैठ गई। लड़के भी पीछे आकर खड़े हो गए।

रामअवतार जी नीचे झुककर ख़ुशी से पिल्ले को देखने लगे। इसके बाद उस पर हाथ फेरा, सिर को ऊपर करके बुलन्द आवाज़ में बोले, "मैं कौन होता हूँ? भगवान चाहता था ओर मैं निमित्त मात्र बना। अब यही बताओ न, मुझे क्या पड़ी थी, जहाँ रोज़ मैं घर ही में दातुन-कुल्ला करता हूँ, आज बाहर चबूतरे पर चला जाता हूँ और लल्लूलाल जी के मकान की ओर देखता हूँ। मेरे चार लड़के हैं, पर आज से मैं यह समझँगा कि मेरे पाँच लड़के हैं।"

चाची ने समर्थन में एक अत्यन्त जटिल कूटनीतिक वाक्य कहा, "हाँ बाबू, भगवान चाहता था कि इसे किसी ऐसे घर में भेजें, जहाँ बहुत से लोग हों, जिससे इसकी रक्षा हो सके।"

जब रामअवतार जी पूजा कर रहे थे, तो उनके छोटे लड़के ने चोर-साह देखने के लिए कुत्ते का कान पकड़कर उठा लिया, जिससे वह काँय-काँय चिल्लाने लगा।

रामअवतार जी पूजा-पाठ छोड़कर बाहर निकल आए और क्रोध से आग-बबूला होकर चिल्लाने लगे, "सूअर का पिल्ला, अगर तेरे कान पकड़कर उठा लिया जाए तो बाप-बाप चिल्लाने लगेगा। ख़बरदार कि आइन्दे ऐसा किया, कान पकड़कर उखाड़ लूँगा।"

रविवार का दिन था। बाबू रामअवतार जी को दफ़्तर-वफ्तर जाना नहीं था। पिल्ला सबकी गोदी में जाकर निहाल था। दूसरी बार उसे दूध पिलाया गया और वह एक कोने में सो गया।

भोजन के बाद रामअवतार जी ने धीरे से पूछा, "सो रहा है, क्या?"

चाची के हामी भरने पर उन्होंने घर में सबको सुनाकर ज़ोर से कहा, "कल सवेरे से तुम लोग सब भगवान का भजन और श्रीरामायण का पाठ किया करो। इससे सब काम सिद्ध होंगे...।"

इसके पश्चात् वह लेट गए और जब उनकी आँख लग ही रही थी कि किसी के कराहने की आवाज़ सुनकर वे चौंक उठे।

"कौन कराह रहा है, चाची?"

चाची ने चिन्तातुर स्वर में कहा, "यही दुल्हिन है, पेट में दर्द हो रहा है।" रामअवतार जी ने कुछ रुखे स्वर में कहा, "तुम्हारी दुल्हिन भी तो ख़ूब हैं। जब देखो पेट में दर्द ही हुआ करता है। फिर इसमें चिल्लाने-कराहने की क्या बात है? गर्म पानी में नींबू का रस निचोड़ कर दो, भगवान चाहेंगे तो सब ठीक ही हो जाएगा।"

चटपट नींबू का रस दिया गया, पर रामअवतार जी की पत्नी का दर्द कम नहीं हुआ, बल्कि बढ़ता ही गया। कराह की आवाज़ और तेज़ हो गई। घर की सभी औरतें तथा कुछ बच्चे उनके पास एकत्रित हो गए थे और चाची उनकी पीठ, पेट तथा सर को बारी-बारी से सहला रही थीं।

जब दर्द और बढ़ा तो रामअवतार जी ने गर्म पानी की बोतल पेट पर रखने की सलाह दी, लेकिन उससे भी कुछ न हुआ। जब उनकी पत्नी 'हाय राम, हाय राम' कहकर और ज़ोर-ज़ोर से चिल्लाने लगी थीं।

रामअवतार जी आँगन में आकर ग़ुस्से से बोले, "इतना चिल्लाती क्यों हो, भाई? चाची, उनसे कह दो कि इतना कराह कर सारा घर सिर पर उठा लेने से कोई लाभ नहीं होगा। पेट का दर्द कोई ख़तरनाक चीज़ नहीं है। चिल्लाएगी तो और भी बढ़ेगा। धीरज रखो और हरि का नाम स्मरण करो, सब ठीक हो जाएगा और अभी तो नींबू का रस दिया ही है और बोतल का पानी रखा ही गया है, उनका असर तो होने दो, भाई।"

यह कहने के पश्चात् वह अपने कमरे में लौट गए और दूसरी ओर मुँह करके आँखें बन्दकर करवट पड़ रहे, लेकिन दर्द बढ़ता ही गया और अब उनकी पत्नी इतने ज़ोर से चिल्ला रही थीं कि बग़ल के घरों के कुछ बच्चे तथा औरतें भी आ गई थीं। रामअवतार जी धीरे से उठकर बैठ गए, जैसे नींद से उठे हों और आँखें मलकर इधर-उधर देखने लगे। फिर चुपके से उठे और बाहर की अँधेरी और छोटी कोठरी में जाकर आँखें बन्द कर चित्त पड़ रहे। जैसे वहाँ डेढ़-दो घंटे से सो रहे हों और घर के लोगों को उसकी ख़बर न हो।

अब उनकी पत्नी की हालत बहुत ख़राब हो गई थी। चाची ने घबराकर रामअवतार जी के बड़े लड़के से कहा, "भाड़ में जाए नींबू का रस। जाओ रमण, डॉक्टर को बुला लाओ।"

रमण दौड़ा हुआ गया। रामअवतार जी कमरे में इस तरह पड़े थे, जैसे दिन-भर चार-पाँच घंटे लगातार चलने के पश्चात् कोई थका मुसाफ़िर दोपहर को किसी कदम्ब के वृक्ष के नीचे बेख़बर सोया हो। पता नहीं वह सो रहे थे अथवा भगवान से प्रार्थना कर रहे थे, लेकिन उनके गले से ऐसी आवाज़ निकल रही थी जैसे मलेरिया का रोगी कभी-कभी धीरे-धीरे काँप-काँप कर कराहता है।

उनकी लड़की जानकी दरवाज़े से बाहर झाँक रही थी। बीस-पच्चीस मिनट बाद वह यह कहकर दौड़ती हुई भागी, "भैया आ गए, भैया आ गए...।"

रामअवतार जी आँखें खोलकर इस तरह बैठकर आश्चर्य से इधर-उधर देखने लगे, जैसे ग़लती से बहुत देर तक सो चुके हों और अब यह पता लगाना चाहते हों कि अन्दाज़न समय क्या हो गया है।

इतने में उनका लड़का भीतर घुस गया और जाकर कहने लगा, "रामहरख सिंह डॉक्टर तो कोई मरीज़ देखने गए हैं...।"

रामअवतार जी की चाची ने चिल्लाकर कहा, "बड़े भुच्चड़ हैं सब। क्या शहर में केवल रामहरख सिंह ही डॉक्टर हैं और सब डॉक्टर मर गए। बाप रे बाप, इस घर में किसी की जान निकल रही हो, पर कोई टस से मस होने वाला नहीं। तुम्हें किसी और डॉक्टर का घर मालूम नहीं है तो जाकर अपने बाबू जी से कह दो वह डॉक्टर को बुला लाएँ।"

इतना सुनते ही रामअवतार जी चुपके से चारपाई पर जाकर फिर आँखें मूँदकर लेट गए, जैसे देर से अभी सो ही रहे हों।

किन्तु लल्लूलाल जी के लड़के ने, जो वहाँ आ गया था, कहा कि वह दूसरे डॉक्टर का घर जानता है और वह रमण को लेकर फुर्र-से ग़ायब हो गया।

रमण की माँ और ज़ोरों से चिल्ला रही थी और रामअवतार बाबू चित्त होकर छाती को हाथी से बाँधे हुए इस तरह लेटे हुऐ थे, जैसे छत के गिरने पर उसे छाती पर झेलने की प्रतीक्षा कर रहे हों।

आधा घंटा बाद लड़कों ने हल्ला मचाया कि भैया डॉक्टर को लेकर आ रहे हैं। रामअवतार जी ने अपने सीधे पड़े शरीर को थोड़ा हिलाया, फिर आँख मलकर उठकर चौंक पड़े, जैसे शाम होने वाली हो। वह चुपचाप उठकर खड़े हो गए और उन्होंने चुपके से आकर बाहर के बदामदे में पड़ी चारपाई पर आकर बैठ गए क्योंकि उनको आते हुए किसी ने देखा भी नहीं।

उन्होंने अपने दूसरे लड़के से, जो बाहर आकर पिता को देखकर वही थमकर खड़ा हो गया था। इस तरह कहा, जैसे नींद में हों, "बेटा, एक कुर्सी बाहर लाकर रख दो।"

बाहर कुर्सी लाकर रख दी गई और एक-दो मिनट में डॉक्टर भी पहुँच गया। रामअवतार जी उठ खड़े हुए और उन्होंने दोनों हाथों से नमस्ते करके डॉक्टर को कुर्सी पर बैठने का इशारा किया।

डॉक्टर का नाम हेमन्त कुमार चट्टोपाध्याय था। वह साँवला, लम्बा और तगड़ा भी था और वह शहर का मशहूर होम्योपैथ डॉक्टर समझा जाता था। उसने बैठते ही पूछा, "कहिए, कितनी देर से दर्द है।"

रामअवतार जी ने नकली जमुहाई लेते हुए कहा, "क्या बताऊँ, मैं तो सो गया था। अभी उठा तो यह क़िस्सा मालूम हुआ। अन्दर बताते हैं कि क़रीब-क़रीब दो घंटा हो गया होगा। क्या बताएँ इनको बार-बार यही शिकायत हो जाती है...।"

"कोई बात नहीं, देखता हूँ न, सब ठीक हो जाएगा...।"

इतने में लड़का भीतर से दौड़ता हुआ आया और उसने डॉक्टर से चलने के लिए कहा। डॉक्टर अपने पेटी हाथ में लेकर भीतर चला गया।

रामअवतार जी बाहर बैठे सड़क की ओर देखकर खोये-खोये से मुस्कराने लगे।

बाहर नाली के पास रामलगन की अधेड़ बहू बर्तन माँज रही थी। उसने अपनी राय बतायी, "बाबू जी, डॉक्टर बाबू के हाथ में बड़ा यश है। पानी भी देते हैं तो अमृत का असर होता है।"

रामअवतार जी ने उत्साह में आकर कहा, "मामूली थोड़े हैं! पहले सिविल सर्जन थे लेकिन उस पर उन्होंने लात मार दी। उन्होंने कहा कि एलोपैथी से रोगी अच्छे तो क्या होंगे हर साल लाखों-करोड़ों की संख्या में मरते हैं : जब से होम्योपैथी की डॉक्टरी करने लगे। रोगी मर ही क्यों न रहा हो, पर इनका हाथ लग जाए तो मज़ा कि वह मर जाए! आदमी नहीं देवता हैं।" इतना कहकर वह उत्साह से गुनगुनाने लगे।

दस मिनट बाद डॉक्टर बाहर आकर बैठ गया। उसने गम्भीर मुद्रा बनाकर कहा, "केस तो सीरियस ज़रूर है, पर आप लोगों ने मौक़े पर डॉक्टर बुलाकर बड़ा अच्छा काम किया है। मैंने एक खुराक दी है, भगवान चाहेगा, ज़रूर फ़ायदा करेगा। तब तक मैं यहीं बैठ जाता हूँ यह देखने के लिए कि दवा का क्या असर होता है।"

रामअवतार बाबू ने और उत्साह से कहा, "अरे जिसमें आप हाथ लगा दें, मजाल है कि रोग अच्छा न हो? लाख बार अच्छा होगा।"

फिर उन्होंने लगन की बहू को सम्बोधित करके कहा, "दाई चमनसिंह की लड़की को बच्ची हुई थी, लेकिन उसका ख़ून नहीं बन्द होता था। उसकी हालत ख़राब होती गई, डॉक्टर पर डॉक्टर आने लगे, पर 50-100 रुपये का नुस्खा अवश्य लिख देते, लेकिन मर्ज़ अच्छा किसी से नहीं हुआ। अन्त में थककर डॉक्टर साहब को बुलाया गया। इन्होंने एक खुराक दे दी—बस। लेकिन जानती हो क्या हुआ? सवेरे तक सब ठीक हो गया। ठीक होता कैसे नहीं? अरे भाई, डॉक्टर तो भगवान होता है।"

डॉक्टर ने झेंपकर हँसते हुए कहा, "अरे नहीं, कहाँ भगवान.., रामअवतार जी ने बीच में बात काटते हुए घोषणा कर दी, 'ना साहब, मैं यह नहीं मानने वाला। आख़िर भगवान होता है क्या? अब यही देखिए न, यदि आप नहीं आते तो यह लाख जन्म में अच्छी नहीं होती, चाहे हम कितना हाथ-पैर क्यों न मारते! डॉक्टर पूरा भगवान होता है, कहो दाई?'"

रामलगन की बहू ने सिर हिलाकर कहा, "यह तो है ही बाबू जी।"

डॉक्टर परिश्रमी और क़ाबिल था और उसको अपनी तारीफ़ बुरी नहीं लग रही थी। उसने शर्माकर मुस्कराते हुए कहा, "डॉक्टरी पेशा मुश्किल है और उसमें अजीब-अजीब केस मिलते हैं।"

फिर उसने विस्तार से बताया कि उसने एक ग़रीब की लड़की को किस तरह तपेदिक से अच्छा किया और एक पैसा भी फ़ीस नहीं ली।

दस मिनट बाद ही लड़के ने बताया कि दर्द में काफ़ी कमी है।

डॉक्टर ने सन्तोष की हँसी हँसकर और रामअवतार जी तथा दाई की ओर आत्मप्रशंसापूर्ण नेत्रों से देखते हुए कहा, "मैं जानता था असर होगा। अच्छा, जो एक खुराक दवा मैंने दी है, इसे भी दे दो। आधा घंटा में सब ठीक हो जाएगा।" रामअवतार जी अब ज़रा ठीक से शरीर को ढीला करके बैठ गए। उन्होंने लड़के से बाज़ार से चार बीड़ा पान लाने के लिए कहा, फिर चुपचाप सड़क की ओर देखने लगे, जैसे कोई बहुत गहरी बात सोच रहे हों।

दो मिनट बाद उन्होंने कुछ चिन्तापूर्ण स्वर में कहा, "मैं सोचता हूँ, यह ज़िन्दगी भी क्या है किसी का कोई ठिकाना नहीं। आज मैं यहाँ हूँ, कल नहीं भी रह सकता हूँ। दुनिया में रोज़ लाखों-करोड़ों लोग मरते हैं किसी का क्या चारा है?"

डॉक्टर ने आँखें मलकाते हुए जल्दी से उत्तर दिया, "सो तो है ही।"

रामअवतार जी ने ज़रा और ज़ोर देकर कहा "नहीं, आप ही बताइए, है कोई चारा? अभी परसाल की बात है। जाड़े के दिन थे। यह बग़ल में कमला बाबू रहते हैं। उनके लड़के को अचानक ज़ोर से ज्वर आ गया। पूरे 106 डिग्री। उन्होंने किसको नहीं दिखाया, पर उसको तो जाना था, भगवान के यहाँ से बुलावा आ गया था। दूसरे दिन तो उसकी तबीयत काफ़ी अच्छी रही, पर रात को अचानक हालत फिर ख़राब हो गई और वह सबको छोड़कर चलता बना। अरे साहब, इनसान का कहीं बस चलता है?"

डॉक्टर ने शून्य की ओर देखते हुए कहा, "सही कहते हैं आप।"

लड़का पान लेकर आ गया। रामअवतार जी ने दो बीड़ा डॉक्टर को देते हुए तथा दो बीड़ा अपने खाते हुए कहा, "और यह भी है कि भगवान जिसकी रक्षा करना चाहता है, उसको कोई मार भी नहीं सकता। अब आप डॉक्टर बुलाइए या नहीं बुलाइए, लेकिन यदि प्रभु की इच्छा है कि वह ज़िन्दा रहे तो उसका बाल बाँका नहीं हो सकता।"

अब डॉक्टर उठकर अपने हाथ में पेटी लेते हुए बोला, "मैं चलूँगा।" रामअवतार जी उसको फ़ीस देकर उसे कुछ दूर तक पहुँचा आए और रास्ते में उन्होंने पिल्ले वाली घटना उसे विस्तारपूर्वक बताई और अन्त में पूछा, "अब आप ही बताइए, इनसान की हस्ती ही क्या है? अगर पिल्ले को एक्के-ताँगे से कुचलकर मरना होता तो मैं सवेरे चबूतरे पर दातुन करने जाता?"

सच्चाइयाँ

जीवन की सच्चाइयों के लिए जान देना चाहते थे और वन्दना ठाकुर की उम्र चालीस के क़रीब थी। बाक़ी सब नौजवान थे विश्वविद्यालय से ताज़ा निकले हुए। किसी की दो-तीन कहानियाँ मामूली पत्र-पत्रिकाओं में छप चुकी थीं और किसी के कुछ निबन्ध। ठाकुर का शरीर लम्बा और मोटा था। भूरी आँखें, चौड़ा ललाट। खोपड़ी का अग्रभाग गंजा था, जिसमें बालों का एक गुच्छा व्यतिक्रम पैदा करता था, जो रेत के झौवे की तरह दिखाई देते थे।

पहले दिन 'वर्कशाप इंचार्ज' ने उनका सबसे परिचय कराया था, "यह आपके बैच के शेक्सपियर हैं...।" सब भकुआ कर देखने लगे। ठाकुर ने दोनों हाथ जोड़कर कहा था—"मैं हिन्दी का एक तुच्छ सेवक हूँ। मैंने पूरे 250 नाटक लिखे हैं—लेकिन आदमी मैं ज़रा दूसरे क़िस्म का हूँ। लिखकर रखता जाता हूँ। मैं क्यों किसी प्रकाशक ससुरे के पास नाक रगड़ने के लिए जाऊँ? गुटबाज़ी, प्रचार-प्रसार और भाई-भतीजावाद को दूर से ही प्रणाम! छपा लें लोग चाहे जितनी पुस्तकें, मेरी कृतियाँ तो मेरी मृत्यु के बाद ही छपेंगी। तब लोग समझेंगे। भैया यह कृतघ्नों का देश है। ख़ैर! मैं एक बात और बताऊँ...मैं शेक्सपियर को दो कौड़ी का नाटककार समझता हूँ। अंग्रेज़ों तथा उनके पिट्ठुओं ने उस साधारण लेखक को हल्ला-गुल्ला करके इतना बढ़ा-चढ़ा दिया है। मैं तो दावे के साथ कहता हूँ कि इस समय हमारे देश में कम-से-कम पचास नाटककार ऐसे हैं, जिसके सामने शेक्सपियर पानी भरे...।"

इसके बाद वे सब एक ही छात्रावास में रहने लगे। आरम्भ में उनमें आत्मविश्वास की कमी थी, उनकी चाल में इत्मीनान नहीं था और वे तेज़ी से चलते। वे शिष्टता का व्यवहार करते ओर गम्भीरता पूर्वक बातें करते। हाँ, जब वे डाइनिंग हाल में एकत्रित होते या शाम को टहलने के लिए बाहर निकलते तो उनके बीच कुछ जोश-खरोश के साथ बातें होने लगतीं। वे देश की दुर्गति से बहुत दुखी थे। भूख और भ्रष्टाचार। शोषण और अन्याय। लेखक होकर वे क्या यह सब बर्दाश्त कर सकेंगे? देश को एक क्रान्ति की आवश्यकता है। ऐसी परिस्थिति में उनमें से हरेक अपने कर्तव्य के प्रति सचेत था। यानी आगामी क्रान्ति के लिए उनमें से प्रत्येक कोई बहुत ही सशक्त कृति देश को शीघ्र ही देना चाहता था।

ठाकुर के स्वर में गुर्राहट एवं घरघराहट का मिश्रित आवेग था। जब वे बोलना शुरू करते तो उसका अन्त ही नहीं हो पाता था। वह हर बात नाटकीय मुद्रा तड़प-तड़प कर जोश-खरोश के साथ कहते। उस समय उनके मुख पर ऐसी रेखाओं का जाल बुन जाता, जो उनके कथन का आवश्यकता से अधिक समर्थन करती हुई प्रतीत होतीं और होंठों पर ऐतिहासिक नाटक के खलनायक की तरह विद्रूपात्मक हँसी। उनका जीवन भी कुछ आदर्शों के लिए समर्पित था। हमारा देश अध: पतन की खाई में पड़ा कराह क्यों रहा है? इसलिए कि हम अपनी पुरानी संस्कृति को छोड़ चुके हैं। हमारी नारियाँ त्याग और सेवा के मार्ग से हटकर फैशन एवं आडम्बर का जीवन अपनाये हुए हैं। नवयुवक लोग पश्चिमी सभ्यता का अनुकरण करके कमज़ोर, कायर और उच्छृंखल होते जा रहे हैं। हमारे कॉलेजों की लड़कियाँ भ्रष्टाचार फैला रही हैं। वे वस्तुत: वेश्याएँ बन गई हैं।

वह बन्दर की तरह घुड़ककर कहते, "क्या आप समझते हैं कि मेरा लेखक इसको बरदाश्त करेगा? मैं अपनी आगामी कृति में इन सारी बुराइयों पर प्रबल आघात करूँगा। मैं मानवता को ब्रह्मचर्य, सदाचार, सेवा और त्याग का सन्देश दूँगा।"

कभी-कभी वह हजरतगंज या किसी अन्य जगह से घूमकर आते तो बहुत ही उत्तेजित और उत्साहित दिखाई पड़ते। उनका ऐसा प्रत्येक घूमना-टहलना एक बहुत बड़ा अनुभव होता, जैसे वह किसी गोताखोर की तरह अमूल्य मोती निकाल लाए हों। यह अनुभव किसी आधुनिक फैशन की लड़की के बारे में होता, जो किसी नवयुवक के साथ रिक्शे पर जा रही होती। या होटल-रेस्तराँ में बैठी हुई किसी अधनंगे ब्लाउज वाली अधेड़ स्त्री के बारे में। ये सभी स्त्रियाँ सैर के लिए नहीं, बल्कि अपने शरीर का व्यापार करने के लिए निकलती हैं! इसका तो वह ख़ूब अच्छी तरह पता लगा चुके हैं। फिर तो वह हर व्यक्ति से यह सब कह आते। दो-तीन दिन तक यही बातें एक व्यक्ति से कई बार। इन बातों का विस्तार हनुमानजी की पूँछ की तरह बढ़ता जाता।

उस दिन मिस वन्दना व्यवस्था अधिकारी के पास बैठी फ़ाइल में से कुछ काग़ज़-पत्र निकालकर दे रही थीं। वह सफ़ेद साड़ी और ब्लाउज पहने थीं—किसी नर्स की तरह। मुख्यमंत्री का भाषण होने वाला था। मंच के सामने दफ़्तर के कर्मचारी, प्रशिक्षण प्राप्त करने वाली ग्राम सेविकाएँ, खंड विकास समितियों के कुछ सदस्य और कुछ बाहरी लोग भी थे। बीच में वन्दना का वह प्रेमी भी था, जिसे वहाँ का बच्चा-बच्चा जानता था। वे दोनों बार-बार एक दूसरे की ओर देखते थे। ठाकुर अपने साथियों के साथ पीछे जमे थे। खोखली बातें। खोखले वादे। लेखकों को कोई धोखा दे सकता है? अपनी उपेक्षा प्रकट करने के लिए वे कभी-कभी ज़ोर से बातें करने लगते या ज़ोर से हँस पड़ते।

समारोह समाप्त होने पर ठाकुर बहुत नाराज़ दिखाई पड़े। लौटते हुए बोले, "बन्धु, आज जैसा अनुभव तो मुझे कभी भी नहीं हुआ। सेवा और त्याग की ये संस्थाएँ भ्रष्टाचार के अड्डे नहीं बनती जा रही हैं? आज मैंने अपनी आँखों से सब कुछ देख लिया। वन्दना के उस तथाकथित प्रेमी को भी देखा। अपने को वह प्रोफ़ेसर कहता है? क्या पढ़ाता होगा लड़कों को? बेशर्म की तरह नज़रें लड़ा रहा था। इसीलिए तो देश रसातल में चला जा रहा है। हमारी शिक्षा संस्थाओं का क्यों ऐसा हाल है? और वह लड़की। मैं इन पेशेवर औरतों को ख़ूब समझता हूँ। मैं लिखूँगा...विस्तार से लिखूँगा—एक-एक की ख़बर लूँगा...।"

वन्दना? वह व्यवस्था अधिकारी स्टेनो थी। वह एक दुबली-पतली मामूली लड़की थी, जो फुर-फुर चला करती। उसको कभी-कभी नाक सिकोड़ने की आदत थी। यहाँ आने वालों को वन्दना का क़िस्सा सबसे पहले मालूम हो जाता था। उसका विवाह कम उम्र में ही एक निर्दयी अधेड़ व्यक्ति से हुआ था, जो उस पर सदा सन्देह करता था। वन्दना इस जीवन से ऊबकर एक स्कूल टीचर से प्यार करने लगी। उसने पति को छोड़ दिया और टाइप-शॉर्टहैंड सीखकर स्टेनो बन गई। यहाँ उसको एक क्वार्टर मिला हुआ था और वह 'प्रोफ़ेसर' लगभग रोज़ ही उससे मिलने आता था।

एक महीना आत्मविश्वास प्राप्त करने के लिए अपर्याप्त नहीं था। शुरू में जो अनजान परिस्थिति थी, उस पर वे विजय प्राप्त कर चुके थे। अपना काम वे बख़ूबी समझ चुके थे। यहाँ के लोग भी बहुत ही साधारण थे और उनको वे महत्त्वपूर्ण समझते। लेखक विचित्र प्राणी नहीं होता? जहाँ सूर्य नहीं पहुँचता वहाँ लेखक पहुँचता है। उनका दबा हुआ गर्व गेंद की तरह उछलने लगा। वे बेढंग तरीके से रहते, पैसे ख़ूब ख़र्च करते, गन्दे-गन्दे मज़ाक़ करते और बाहरी लोगों से उपेक्षा का व्यवहार करते।

उस दिन मनोहर ने क्या कहा था? डाइनिंग-हाल में सवेरे के नाश्ते के लिए सभी पहुँच गए थे।" हम भारतीयों की एक कमज़ोरी है कि हम दिल से सोचते हैं दिमाग़ से नहीं...।"

"दिल से?" ठाकुर ने प्रश्नचिह्न के शीर्ष भाग की तरह अपने सिर को आगे निकालकर पूछा।

"हाँ-हाँ, दिल से। हमारा दिमाग़ सदा निष्क्रिय सोता रहता है। कभी-कभी वह नींद से जागता है, चौंककर लाल-लाल आँखों से इधर-उधर देखता है, फिर कुम्भकर्ण की तरह सो जाता है। जिसकी बुद्धि सक्रिय होती है वह सदा जीवन को साहस और तर्क के साथ जीता है। जिसकी नहीं होती, वह थोथे आदर्शों और परम्पराओं के भँवरजाल में चक्कर काटता रहता है। ऐसा व्यक्ति क्या क्रान्ति करेगा? आप सेक्स को ही लीजिए। सेक्स हमारे जीवन की एक प्रबल आवश्यकता है,

पर हम उनको सदा नकारते रहते हैं। क्यों? इसलिए कि हमारी बुद्धि को आलस्य की आदत है। एक तर्कसंगत बुद्धि सदा नवीन सच्चाइयों को ग्रहण करने को तैयार रहती है; जबकि हृदय झूठे आदर्श, झूठी पवित्रता, झूठी संस्कृति को ओढ़ लेता है—इस तरह हमारा जीवन सड़े हुए बदबूदार पानी की तरह हो जाता है। मैं तो उसको लेखक नहीं मानता, जो प्यार की बातें नहीं करता, जो सेक्स की भूख पर मुलम्मा चढ़ाने की कोशिश करता है।"

उसने और भी बहुत सी बातें कहीं। वह उत्तेजित हो गया था और उस उत्तेजना के ताप से दूसरे के चेहरे भी तमतमा आए थे—कामता ने सिगरेट के धुएँ उड़ाते हुए कहा, "भैया मैं तो ढोंग बर्दाश्त नहीं कर सकता। मैं साफ़ कहता हूँ कि मैं एक व्यभिचारी हूँ। मैंने एक साथ नौ लड़कियों को प्यार किया है। मैं एम.ए. तक तो कुछ नहीं जानता था। फिर लड़कियाँ मिलीं—आईं और गईं। गली-गली मेरा प्यार हुआ। मैं अगर उत्तर प्रदेश का दौरा करूँ तो हर शहर में मेरी कोई-न-कोई प्रेमिका मिल जाएगी।"

"राइट...यू आर राइट" सिद्दीकी ने मेज़ पर हाथ पटकते हुए कहा, "हमको इस ढोंग के ख़िलाफ़ बगावत कर देनी चाहिए। आज से यहाँ प्यार और रोमांस की बातें हुआ करेंगी। जो ऐसा नहीं कर सकता, हमारे बीच वह न आया करे। ऐसे लोगों को लेखक होने का हक़ क्या है?"

"लो, मैं इसका श्रीगणेश किये देता हूँ" विमलेश ने उनका समर्थन किया। इसके बाद वह काफ़ी विस्तार से अपनी एक प्रेम-कहानी सुनाने लगा, जब उसकी एक दूर की भाभी ने उसको प्यार का पहला पाठ पढ़ाया था। उसने ऐसी यथार्थवादी भाषा का इस्तेमाल किया कि कुछ लोग शर्माने लगे। फिर तो यह रोज़ का क़िस्सा बन गया। वे डाइनिंग हाल में इकट्ठा होते ही प्यार और सेक्स की बातें छेड़ देते। कइयों ने स्वेच्छा से अपने प्रेमानुभव सुनाये। कइयों से ज़बरदस्ती सुने गए। सभी को सच्चा ईमानदार बुद्धिवादी और क्रान्तिकारी साबित करने को उत्सुक थे। उनमें एक होड़ सी होने लगी और वे बहुत जल्दी सेक्स की गन्दी और भद्दी बातों पर गन्दे मज़ाक़ों पर उतर आए। वे रात में डाइनिंग हाल में बैठे रहते या बाहर लॉन में टहलते रहते और ऐसी बातों और कहकहों से अपनी मुक्ति और महानता का एहसास करते रहते।

और ठाकुर! उनके लिए यह एक सर्वथा नवीन परिस्थिति थी। उनके जो विचार थे उसके ठीक विपरीत ही एक धारा बहने लगी थी। शुरू में दो-तीन दिन वह चुप रहे, लेकिन उसके बाद शाम को जब सभी इकट्ठा हुए तो वह मेढक की तरह सिर को उचकाकर बहुत ही धीमे रहस्यमय स्वर में बोले, "बन्धु, आज तुमको मन की बात बताऊँगा। मन ही तो है, उसमें आज भावनाएँ उठने लगीं। मैं कोई साधारण व्यक्ति नहीं, मैं तो एक लेखक हूँ लेखक...मैं क्यों कोई बात छिपाऊँ?

हाँ, बात यह है कि आज सवेरे जब मिस वन्दना को कार्यालय में देखा तो पता नहीं क्यों मेरा हृदय बहुत तेज़ी से धड़कने लगा। देह मीठी उत्तेजना से काँपने लगी...।"

पहले तो सभी चकित हो गए। उम्र में बड़े होने की वजह से उनको कोई नहीं छेड़ता था। इसके बाद सभी ठहाके लगाने लगे। ठाकुर भी उनके साथ बेतहाशा हँसने लगे।

"एक्सेलेंट।" सिद्दीकी चिल्लाया, "हियर इज ए जेंविन राइटर।"

ठाकुर सहसा गम्भीर हो गए। फिर बोले, "हाँ यार, मैं क्यों पीछे रहूँ नौजवान पार्टी से! मेरे शरीर में ख़ून प्रवाहित हो रहा है—मेरे मन में वासनाएँ हैं, मैं क्यों अस्वीकार करूँ सेक्स को! अभी तक तो ऐसे विचार मेरे मन में नहीं उठे थे...पर आज उठ ही गए तो क्या करूँ? ढोंग करूँ? हरगिज नहीं। साफ़ बात तो यह है कि आज मेरा हृदय एक मस्ती में झूम रहा है...।" फिर तो ठाकुर ने एक दूसरा ही रंग पकड़ लिया। आते ही आते वह वन्दना का क़िस्सा छेड़ देते। कभी चाँद को देखकर व्याकुल हो जाते। कभी बादलों की गर्जन से उनका हृदय बेचैन हो जाता। वह कहते, "आज तो मेरा मन बड़ा चंचल है। वह धानी साड़ी में आई थी।" किसी दिन बाज़ार से घूमकर आते तो कहते, "बन्धु, अभी तक तो मैं स्त्रियों की उपेक्षा करता था, पर आज हजरतगंज को पहली बार दूर से देखा। हर युवती में वन्दना का ही रूप दिखाई पड़ा। आज जीवन का वास्तविक अनुभव प्राप्त हुआ।"

जब वह ऐसी बातें करते तो बीच-बीच में हँसते जाते। कभी वह नाटकीयता से तड़प-तड़प कर बोलते। कभी वह दिल पर हाथ रखते और कभी आँखों को छत पर टाँग देते। सचमुच सच्चा लेखक होने का अपना अधिकार उन्होंने सिद्ध ही कर दिया था।

वन्दना क्या ताल के किनारे भी घूमने जाती है? कामता जब डाइनिंग-हाल में आ रहा था तो उसको जाते हुए देखा था। सूरज अभी नहीं डूबा था। पर यह कोई नई बात भी नहीं थी। लोग जानते थे कि कभी-कभी वह ताल के किनारे जाकर अपने प्रेमी की प्रतीक्षा करती है। ताल दूर नहीं था, जिसमें सेवार और जल कुम्भियाँ थीं। घूमने-टहलने का कोई आदर्श स्थान नहीं था, इसलिए वहाँ एकान्त मिल जाता था।

"फिर क्या हुआ?" सिद्दीकी ने चाय की चुस्की लेते हुए पूछा था।

पर ठाकुर ने बीच ही में टपक कर कहा, "बन्धु! आज मेरा मन बहुत ही चंचल है। आसमान पर बादल छाए हैं, मस्त हवा चल रही है...मेरा हृदय धड़क रहा है...।" उन्होंने अन्त में अपना हाथ हृदय पर रखते हुए कहा।

"अच्छा।" कामता ने कुछ व्यंग्य से कहा, "पर ठाकुर साहब, आप में हिम्मत की कमी है। लेखक का दिल पाक-साफ़ होता है, वह अपनी भावनाओं को छिपाना नहीं जानता। आप तो मिस वन्दना को देखकर भाग खड़े होते हैं...।" सभी हँस पड़े, जिसमें ठाकुर ने भी योग दिया। फिर गम्भीर होकर तड़पकर बोले,

"ग़लत बात! मेरे जैसा साहसी यहाँ कोई है? मेरा साहस देखना चाहते हो तो चलो अभी...दिखाता हूँ तुमको अपना...साहस।"

"आप अपने दिल का राज़ खोल सकते हैं उसके सामने?" सिद्दीकी से पूछा।

"ज़रूर! मैं लेखक हूँ...किसी से नहीं डरता।" ठाकुर की छाती चुनौती स्वीकार करने के कारण आगे निकल आई।

सभी हँसते हुए भरभरा कर उठ खड़े हुए। सूरज क्षितिज पर फैले हुए बादल के एक काले टुकड़े में डूब गया था। अनगिनत पगध्वनियाँ। हँसी-कहकहों के बीच में ठाकुर की आगे बढ़ती हुई गम्भीर मुद्रा। ढेले, घास, झौवे, कंकड़, पत्थर। वन्दना क्या वहाँ थी?

वह ताल के किनारे खड़ी जल को निहार रही थी। स्कूल टीचर कब आएगा? उसने एक बार चौंककर उधर देखा था। वे एक विजयी सैनिक टुकड़ी की तरह बढ़ते आ रहे थे। वन्दना का आश्चर्य एक धुंध में परिवर्तित हो गया। वह एक ओर हट गई। वे कुछ दूर पर खड़े हो गए। एक-दूसरे से टकराते बादलों की तरह।

"वाह, क्या एकान्त जगह है?"कामता ने सिगरेट सुलगाकर तिरछी दृष्टि से वन्दना की ओर देखा।

"सतयुग में ऐसे ही सरोवर के किनारे प्रेमी-प्रेमिका विहार करते थे।" मनोहर ने आकाश की ओर देखा।

ज़ोर का ठहाका। ताल के जल में कगार टूटकर तो नहीं गिरा? ठाकुर बोले, "आज मेरा मन चंचल है, इस सरोवर की तरह ही।"

"चले जाओ न भाई उधर भी इन्तज़ार है।"

"हाँ, हाँ, ज़रूर।"

"लेखक नहीं हो क्या?"

"हिम्मत घास चरने चली गई?"

"प्यार और हुस्न! वाह। कैसी ख़ुशबू आ रही है।" सिद्दीकी ने चटखारे लिए।"

"बढ़ो-बढ़ो।"

ठाकुर को उन्होंने आगे ढकेल दिया। कुछ भभक कर वह बढ़े। वन्दना का चेहरा सूख गया। उसने जल्दीबाज़ी में सिर पीछे घुमाकर देखा। हवा के अलावा कोई भी नहीं। हे भगवान! क्यों अकेले आई वह? उसने क्या बिगाड़ा है इनका? पर सोचने का मौक़ा कहाँ है? सूरज डूब रहा है और पीछे साँझ का धुँधलका सिमट रहा है। वह पीछे घूमकर तेज़ी से चल पड़ी। डरी हुई लड़की की हास्यास्पद चाल।

"भाग रही है।"

"सुनिए-सुनिए"

"ठाकुर जाने न पाए।"

"हाँ पकड़ लो।"

वे पीछे-पीछे चल पड़े। हँसी, कहकहे। मुँह से सीटी की आवाज़ें। वह दौड़ रही है क्या?

"देवी जी! देवीजी!"

"एक मिनट के लिए रुकिये प्लीज।"

"कितने घाट का पानी पी चुकी है?"

"दुनिया में प्रोस्टिट्यूशन बढ़ रहा है।"

"हाय रे जवानी।"

"शेम-शेम।"

तेज़ चलने से उसके पैर लड़खड़ाकर उलझ गए। मुँह के बल गिर पड़ी। वे हँसे, "ठाकुर दौड़ो " किसी ने कहा। पर वह किसी तगड़े कुत्ते के प्रहार से धराशायी मरियल कुत्ते की तरह फुर्ती से उठकर भाग चली। वे तालियाँ पीटकर ठहाके लगाने लगे। वे कुछ तेज़ी से बढ़े भी, पर कार्यालय नज़दीक आ गया था। उनकी चाल ढीली पड़ गई, पर कुछ देर तक उनके कहकहे और मज़ाक़ मैदान में गूँजते रहे।

एक धनी व्यक्ति का बयान

पत्रकार लोग मेरा इंटरव्यू लेते समय यह सवाल ज़रूर पूछते हैं कि 'संघर्ष का वह कौन-सा रास्ता है, जिस पर चलकर आप धन-वैभव के शिखर पर पहुँच गए?' मेरी समझ में नहीं आता कि इस सवाल का क्या जवाब दूँ क्योंकि कोई ऐसा पिटा-पिटाया और आसान रास्ता तो है नहीं कि आप उस पर चल दें और फटाफट धनी बन जाएँ। बाज़ार में ऐसी अनेक पुस्तकें मिल जाएँगी, जिनमें धनी बनने के गुर और नुस्खे बताए गए होते हैं, किन्तु उन्हें पढ़कर कौन वैसा बन पाता है?

इसी से जुड़े और कई सवाल हैं। जो लोग कंजूसी, भ्रष्टाचार आदि से धन-संग्रह करते हैं और जिन्होंने तस्करी, ज़ख़ीरेबाज़ी आदि से अपार धन बटोर रखा है—वे सभी क्या धनी की परिभाषा के अन्तर्गत आएँगे? साधारण लोगों पर अन्याय और आक्रमण करके विशाल और अथाह सम्पत्ति अर्जित करनेवालों को धनी व्यक्ति की प्रतिष्ठा मिल सकेगी? इसी तरह जो लोग धन हासिल करने की ख़ास मंज़िल पहले से ही निश्चित कर लेते हैं, वे मोहग्रस्त होकर अपनी ही इच्छाओं के दास नहीं बन जाते? फिर वे धनी कैसे हुए? फिर किसी धनी व्यक्ति का अन्धानुकरण करके उसकी आनन्ददायी उपलब्धियों तक पहुँचा जा सकता है? इस तरीके से सफलता मिलने पर भी आत्महीनता एवं पिछलग्गूपन के लांछन से मुक्ति मिल जाएगी?

फिर धनी है कौन? क्या धनी बनना किसी महान सच्चाई से जुड़कर निष्काम कर्म करते रहना है, जिसकी कोई मंज़िल नहीं, बल्कि अनवरत कर्म ही उसकी वास्तविक मंज़िल और आनन्द है? अथवा वह किसी मानवीय सौन्दर्यानुभूति को साकार करने की इच्छा से प्रेरित किसी कलाकार का स्वत:स्फूर्त मौलिक कर्म है? अथवा यह आत्माभिव्यक्ति का ही एक तरीका है जो पूरी तरह मौलिक और स्वतंत्र है? शायद इसका निश्चित उत्तर किसी के पास नहीं है।

जहाँ तक मेरे जीवन वृत्तान्त का प्रश्न है, उसमें कोई ऐसी ख़ास बात नहीं है। मैं एक निहायत ग़रीब परिवार में पैदा हुआ। मुझमें कोई गुण भी नहीं था। नाटा, साँवला, दुबला-पतला और चेहरे पर नुक़्ते की तरह छोटी नाक। हकला-हकला कर बोलता था। दरअसल मैं इतना बदसूरत था कि लोग मुझे देखकर उपेक्षा से दूसरी ओर मुँह कर लेते या हँस पड़ते अथवा अकारण अपमानित ही कर देते।

बचपन मेरा बहुत ही कष्ट से बीता। माँ मर चुकी थीं और नई माँ तथा पिताजी छोटी-छोटी बात पर गाली-गलौज करते, डराते-धमकाते और मारते-पीटते। मेरे हास्यास्पद चेहरे को देखकर कोई सोच भी नहीं पाता था कि भीतर से मैं बड़ा कोमल हूँ और मेरे अन्दर प्यार लबालब भरा हुआ है। मेरा दिल दूसरों से स्नेह और सहानुभूति पाने के लिए तरसता रहता और अगर कोई थोड़ा भी मीठा बोल देता तो मैं इतना उत्साहित हो जाता कि ख़ुशी की ताज़ी हवा से मेरे नथुने फूल जाते और छाती आगे निकल आती।

सबसे अधिक कष्ट तो मुझे इस बात का था कि इच्छा होते हुए भी मैं अधिक नहीं पढ़ सका। मौक़ा कहाँ था? दिन में माताजी या तो काम से इधर-उधर दौड़ाती रहतीं अथवा किसी छोटे सौतेले भाई या बहन को गोद में पकड़ा देतीं। रात होने पर भी यही सब चलता रहता और सोते समय पिताजी के पाँव दबाने पड़ते और पीठ पर मुक्कियाँ लगानी पड़तीं। ऐसे ही झँझटों में बीच-बीच में स्कूल छूट जाता, जहाँ का काम पूरा न होने पर मास्टर की डाँट फटकार और मार खानी पड़ती। इस तरह फेल-पास होते हुए जब मैंने इंटर कर लिया तो पिताजी ने अचानक ऐलान कर दिया कि मैं बड़ा हो गया हूँ, मेरा ख़र्चा वह एक दिन के लिए भी नहीं उठा सकते और जल्दी ही मैं कोई नौकरी-चाकरी कर लूँ।

दुख और निराशा से मेरा सिर चकराने लगा। पिताजी के सामने मैं बहुत गिड़गिड़ाया, मगर वह टस से मस न हुए, बल्कि बेहद बिगड़ कर चिल्ला पड़े कि नौकरी मिलते ही मैं अपना अलग इन्तज़ाम कर लूँ। अपमान से मेरा बुरा हाल था। इच्छा हुई कि तत्काल घर छोड़ दूँ, किन्तु जाता भी कहाँ? मैंने सोचा था कि अच्छी तरह पढ़-लिखकर कोई अच्छी नौकरी करके घर की हालत सुधारूँगा। मैं शहर का अन्धाधुन्ध चक्कर लगाने लगा, मगर नौकरी थी कहाँ और थी भी तो मुझे कौन देता? मुझे लोग फ़ौरन दुत्कार देते। बड़ी मुश्किल से दो छोटे बच्चों की ट्यूशनी मिली तो एक अँधेरी गली में एक छोटा-सा कमरा लेकर माँ-बाप से अलग रहने लगा। उन्होंने एक बार भी मुझे नहीं रोका और न साथ में कोई सामान या रुपया-पैसा दिया। पैसे मुझे इतने नहीं मिलते थे कि दोनों जून भर पेट भोजन कर सकूँ। मैं अपने हाथ से खाना बनाता, सिर्फ़ एक जून भोजन करता और कुछ पैसे बचाकर टाइपिंग सीखने लगा।

मैं बेहद त्रस्त था। मुझे लगता, मैं किसी बड़े रेगिस्तान में भूखा-प्यासा ऐसे रास्ते पर अकेला चल रहा हूँ, जिसका कोई ओर-छोर नहीं है। मेरा रोआँ-रोआँ कलप रहा था। ऐसी ही हालत में पता नहीं कब से मैं उन अपरिचित लोगों को सलाम करने लगा, जो मुझे सम्पन्न और प्रभावशाली दिखाई देते। कार, स्कूटर और सड़कों पर सुन्दर-सुन्दर कपड़ों में शान से चलनेवाले न मालूम कितने लोगों को मैंने सलाम किया होगा। वे भी या तो आधा हाथ उठाकर अथवा सिर हिलाकर जवाब दे देते।

कोई-कोई चौंककर देखने लगता और कोई देखकर मुँह फेर लेता। किन्तु उनमें से एक ने भी रुककर नहीं पूछा, 'भई, तुम कौन हो, तुम्हें क्या तकलीफ़ है कि तुम रोज़ मुझे नमस्कार करते हो?'

गलीवाले अपने कमरे से निकलकर जब मैं टूटी-फूटी सड़क पर चार-पाँच फर्लांग चल चुका होता तो बाईं तरफ़ एक बड़ा-सा पुराना मकान मिलता जिसके काफ़ी बड़े बरामदे में एक पलंग पर एक बूढ़े बुज़ुर्ग लेटे दिखाई देते। उनकी उम्र 80 वर्ष से क्या कम होगी। उनको दूर से ही देखकर कहा जा सकता था कि अपनी जवानी में वह बहुत ख़ूबसूरत रहे होंगे। गोरा चेहरा, बड़ी-बड़ी आँखें और सुती नाक। बालों पर मेहँदी की लाली क़रीब-क़रीब उड़ चुकी थी। एक-दो बार तो मैंने उन्हें कुर्सी पर भी बैठे देखा। उनके अलावा कोई चिरई का पूत भी उस मकान में मुझे कभी नज़र नहीं आया। वह बड़ी ही हसरत से सड़क से आते-जाते लोगों को निहारते रहते। कभी-कभी उनकी मुद्रा को देखकर खाद्य पदार्थ झपटने की फिराक़ में ठिठक कर खड़े किसी बन्दर की याद आ जाती। बाद में मालूम हुआ कि वह एक मुस्लिम रईस हैं, जो लकवा के कारण मुश्किल से चल-फिर सकते हैं।

एक दिन जब वह मुझे घूरते हुए देख रहे थे, मैंने उन्हें सलाम कर दिया। उन्होंने न कोई जवाब दिया न ही हाथ उठाया, बस उसी तरह देखते रहे। फिर तो रोज़ ही मैं आते-जाते वैसा करने लगा। इस तरह एक-डेढ़ महीने बीत गए। जवाब तो उन्होंने कभी नहीं दिया, मगर मुझे देखकर अब उनकी आँखों में एक फीकी-सी चमक आ जाती और चेहरे पर आतुरता का भाव, जैसे वह कुछ कहना चाहते हों। और एक दिन मेरे आश्चर्य का ठिकाना नहीं रहा, जब उन्होंने हाथ के इशारे से मुझे बुलाया।

मुझे विश्वास तो नहीं हुआ, लेकिन सहमते हुए मैं उनके पास चला गया। पहले उन बुज़ुर्ग ने मुझे कुछ देर तक घूरते हुए देखा, फिर उनकी खीसें निकल आईं। अन्त में अपने पीछे बरामदे के बड़े दरवाज़े की तरफ़ मुँह घुमाकर देखने के बाद धीमे स्वर में किसी षड्यंत्रकारी की तरह बोले, "क्या तुम मुझे एक पैकेट कैंची सिगरेट, माचिस की डिब्बी और अंडे का हलवा लाकर दे सकते हो? हाँ, यह जान लो कि मेरे पास पैसा-कौड़ी कुछ भी नहीं है...।"

मैं तो भकुआ कर देखने लगा। मेरी समझ में नहीं आया कि एक रईस मुझसे यह सब क्यों माँग रहा है?

"अरे म्याँ, इस तरह देख क्या रहे हो? क्या तुम मुझे नहीं जानते? मैंने ज़िन्दगी में ख़ूब सैर-सपाटा किया, एक-से-एक बढ़िया खाना खाया, दूसरों को खिलाया-पिलाया, बच्चों को पढ़ाया-लिखाया, उनकी शादियाँ कीं। किसके लिए मैंने नहीं किया, सबने मुझसे फ़ायदा उठाया, अब उसका मज़ा मिल रहा है। घर में किसी चीज़ की कमी नहीं, ख़ूब ऐश किये जा रहे हैं, पर मुझसे ऐसा परहेज़ कराया जा रहा है। कभी लोगों की मेरे घर पर भीड़ लगी रहती, अब कोई भूल कर भी नहीं आता।

अंडे का हलवा बड़ा पसन्द था म्याँ...सिगरेट की याद करके आँखों में आँसू आ जाते हैं...।"

"दादाजी, कहीं आपको नुकसान न करे...।"

"क्या नुकसान करेगा जी...क्या नुकसान करेगा? कैसा नुकसान? अरे गोली मारो! मैं 80 से ऊपर हो चुका हूँ...दुनिया देख चुका हूँ...और मुझे बेवक़ूफ़ बनाया जा रहा है। अव्वल तो मुझे कुछ न होगा...फिर अधिक जी कर क्या होगा? किसी काम का नहीं हूँ बरखुरदार, कोई पूछता नहीं, पास में आकर कोई बैठता नहीं, बड़ी रूखी और कड़वी ज़बान में बोलते हैं...चाहे कोई भी हो। बच्चों को पास आने से मना कर दिया गया है। तुम यह कर दो तो एहसान मानूँगा...नहीं तो अपना रास्ता नापो...आदाबर्ज़।"

बता नहीं सकता कि उनकी बातें सुनकर कितनी तकलीफ़ हुई। पता नहीं कैसा डर भी। ट्यूशन के पैसे में से पन्द्रह-बीस रुपये बचे थे। मैं चुपचाप वहाँ से चला आया मगर जब लौटा तो मेरा हाथ ख़ाली नहीं था।

उन्होंने सिगरेट का पैकेट और माचिस की डिबिया अपने जेब के हवाले करके प्लास्टिक के खोखे में रखे हलवे पर हाथ साफ़ करना शुरू कर दिया। बीच-बीच में वह पीछे दरवाज़े की ओर देख लेते। आख़िर में प्लास्टिक का ख़ाली खोखा मुझे थमाते हुए बोले, "बहुत-बहुत शुक्रिया। इसे बाहर फेंक देना। कभी-कभी ऐसे ही मेरे पास आ जाना। हाँ, एक बात और...तुम क्यों ऐसी मुहर्रमी सूरत बनाये हुए हो? नौजवान हो, मस्त रहो। रुपया-पैसा छोड़कर कोई बात हो तो मुझे बता सकते हो..."

वह कितने सन्तुष्ट नज़र आ रहे थे। तृप्त और ख़ुश। मैंने अपनी समस्या संक्षेप में बता दी। वह कुछ सोचते रहे, फिर बोले, "म्याँ, कल एक काग़ज़ और पेन लेते आना। एक खत लिख दूँगा, तुम लेकर चले जाना। अपने लोग भले ही कुछ न समझें, बाहर के एक-दो लोग अब भी मेरी कद्र करते हैं...अल्ला चाहेगा तो तुम्हारा काम ज़रूर होगा...।"

समय तो ज़रूर लगा, मगर उनके खत पर एक सरकारी दफ़्तर में जब मुझे जूनियर ग्रेड की क्लर्की मिली, तो मेरी ख़ुशी का अन्त नहीं था। मैं हलवा और सिगरेट का पैकेट लेकर उनके पास पहुँचा तो वह लेटे थे। शुरू अप्रैल के दिन और हवा गर्म होने लगी थी। वह उदास नज़र आए...किन्तु मुझे देखकर उनके होंठों पर एक हल्की-सी मुस्कान फिसल गई। हलवा चाव से खाकर वह बोले—

"म्याँ, तुम्हारी कामयाबी से मैं बहुत ख़ुश हूँ। मुबारक हो तुम्हें यह नौकरी। जब तक तुमसे मुलाक़ात नहीं हुई थी, मैं सोचता रहता कि दिल की कुछ हसरतें दिल में रखकर और अपने घर के लोगों की बेरुखी बरदाश्त करते हुए एक दिन मर जाऊँगा। तुमने मुझे जिला दिया, दोस्त। अब मेरे दिल में कोई तमन्ना नहीं रह गई,

जो कुछ है भी वह तुमसे पूरी हो रही है। अब आराम से मरूँगा। मुझे ख़ुशी है कि आख़िरी समय में एक शरीफ़ इनसान ने मेरी खिदमत की है...।"

मैं उनसे बीच-बीच में मिलता रहा। सिगरेट और हलवा के अलावा और कुछ नहीं माँगा उन्होंने कभी। मुझे देखकर वह कितने ख़ुश होते थे। पर दो महीने बाद ही अचानक उनका इन्तकाल हो गया। दफ़्तर के बाहर चाय की दुकान पर अख़बार उलटते-पुलटते जब मैंने ख़बर पढ़ी तो सन्न रह गया। सचमुच वह शहर के एक बड़े रईस रह चुके थे। सामन्तवादी परिवार में जन्म लेने के बावजूद शहर में खेल-कूद को बढ़ाने के लिए उन्होंने अच्छा काम किया। उनके एक बड़े बग़ीचे में कभी दो-दो, तीन-तीन अखाड़े चलते थे जिनमें शहर के नवहे शाम-सवेरे ज़ोर करते, कुश्ती के दाँव-पेंच सीखते और कुश्ती प्रतियोगिताओं में भाग लेकर शहर का नाम रोशन करते थे। वह ख़ुद हॉकी के अच्छे खिलाड़ी और पहलवान रह चुके थे। अख़बार में उनकी तारीफ़ में और बहुत कुछ लिखा था। जब उन्हें दफ़नाया जा रहा था तो वहाँ एकत्रित लोगों के पीछे मैं भी खड़ा था। फिर पता नहीं मुझे क्या हो गया कि दोनों हाथों में मुँह छिपाकर फूट-फूटकर रो पड़ा। अपने को ज़ब्त करने की जितनी ही कोशिश करता, उतने ही ज़ोर से मेरा शरीर ऊपर-नीचे काँपने लगता। मेरे अन्दर कई तरह की भावनाएँ उफन रही थीं, जिनमें से एक यह भी थी कि मेरे स्वार्थ ने ही इतनी जल्दी उनकी जान ले ली।

नौकरी मिलते ही पिताजी और माताजी मुझे मनाने के लिए आए थे। उनकी नज़र में मैं एक दुधारू गाय था और मेरी शादी के लिए एक-से-एक अच्छी पार्टी भी आ रही थी। मैंने इस समय शादी करने से इनकार कर दिया। और परिवार से अलग रहने का अपना निश्चय बताते हुए यह वादा मैंने अवश्य किया कि भाई-बहन जितना भी पढ़ना चाहेंगे, उनकी पढ़ाई का ख़र्चा मैं ही दूँगा।

अब मैंने दूसरे मुहल्ले में एक बड़ा-सा कमरा ले लिया, जिसमें एक टॉयलेट भी लगा था। उसी जगह की एक ज़रूरतमन्द बेसहारा बुढ़िया भी मिल गई, जो दोनों जून मेरा खाना बना देती थी। हर महीने एक निश्चित रकम माताजी के हाथ में दे आता था, जो भाई बहन की फ़ीस और कॉपी-किताब के ख़र्च से कुछ अधिक ही होती थी। पिताजी तो अब भी मुझे देखकर मुँह फुला लेते, मगर माताजी और सौतेले भाई-बहन ख़ुश होकर मेरा स्वागत करते। मैं अब भी उन छोटे बच्चों को पढ़ाने जाता और जो ट्यूशन फ़ीस मिलती उसे नियमित रूप से डाकख़ाने में जमा कर देता। इसके साथ ही प्राइवेट बी.ए. करने की तैयारी भी मैंने शुरू कर दी।

इतना सब होते हुए भी मैं बड़ा दुखी था। शुरू से ही दफ़्तर का माहौल मेरे अनुकूल नहीं था। दफ़्तर में जब मैं पहुँचता तो लोग या तो उपेक्षा से मुँह फेर लेते अथवा हँसने लगते। कुछ लोग फिकरे कसने से भी बाज़ नहीं आते। आपस में बात करने के बहाने से 'चापलूस', 'सिफारिशी टट्टू', 'चमचा', 'वनमानुष' आदि

शब्दों का इस ढंग से इस्तेमाल करते कि वे मेरे ही दिल पर चोट करते। मैं सबसे मीठा बोलता, सबको नमस्कार करता, लेकिन लोगों के चेहरे दूसरी ओर घूम जाते। मैं अगर कोई बात किसी से पूछता तो वह व्यंग्य से टेढ़ा मुँह करके कहता, 'आप महान हस्ती हैं, आपको कौन बता सकता है?' जो मुझसे एक सप्ताह भी सीनियर था, वह मेरे काम में मीनमेख निकालता, मुझ पर उपदेश झाड़ता, मेरी लात-मलामत करता। 'पता नहीं कहाँ के निकम्मे भरती कर लिए जाते हैं?' यह वाक्य मुझे अक्सर सुनने को मिल जाता। मैं सुबह से शाम तक इस आशा में डट कर मेहनत करता कि लोगों का दिल नरम होगा, विचार बदलेगा, मगर हालत यह हुई कि मर्ज़ बढ़ता गया, ज्यों-ज्यों दवा की। एक दिन शाम को दफ़्तर के कमरे से निकलते समय हुई भीड़ में किसी ने पीछे से मेरे बाल खींच लिए तो मेरी आत्मा कराह उठी।

मैंने सोचा चलकर अपने सेक्शन अधिकारी से शिकायत करूँ लेकिन हिम्मत नहीं हुई। मैं डरा कि इससे तो लोग और भी मुझे सताएँगे। मैं चुपचाप बर्दाश्त करता रहा, जिसका परिणाम और भी बुरा हुआ। तंग परेशान करने के अनेक तरीके थे और उस मामले में कार्यालय के सहकर्मियों का कोई जवाब नहीं था। क़रीब-क़रीब रोज़ ही जब मैं कार्यालय पहुँचता तो मेज़ पर कोई-न-कोई ऐसा काग़ज़ रखा मिलता, जिस पर कुछ ऊल-जुलूल लिखा रहता अथवा कोई बेहूदा चित्र बना होता। एक दिन मेज़ पर कोई निहायत पुराना, फटा, धूल-भरा जूता मिला। पता नहीं किसने सड़क के कूड़े से उठाकर वहाँ रख दिया था। मेरे कमरे में आते ही हँसी का एक समवेत स्वर उठा, जैसे गन्दे पानी का पाइप फटने से दुर्गन्धपूर्ण जल ऊपर उछल पड़े। वे बहुत ही ख़ुश और आनन्दित थे। चपरासी ने भी हँसते हुए दूसरी ओर मुँह कर लिया। ग़ुस्सा तो मुझे बहुत आया, किन्तु मैंने उसे ज़ाहिर होने नहीं दिया बल्कि बड़े ही प्रेम से चपरासी से पूछा कि किसने जूता रखा है और उसे हटाकर मेज़ साफ़ कर दे।

"मुझे कुछ नहीं मालूम जी। मैं तो अभी आ रहा हूँ। सफ़ाई का काम जमादार को बुलाकर करा लीजिए...मैं नहा-धोकर, पूजा-पाठ करके आता हूँ...।"

"अरे भाई, तो तुम्हीं जमादार को बुला दो...।"

"अच्छा देखिए...उधर जाऊँगा तो देखूँगा, अभी तो वह मिलेगा भी नहीं, बारह-साढ़े बारह बजे आता है...।"

वह वहाँ से टल गया और कुछ दूसरा काम करने लगा। आश्चर्य यह है कि किसी ने भी मेरे समर्थन में कुछ भी नहीं कहा, यहाँ तक कि सेक्शन इंचार्ज भी सिर झुकाकर इस तरह कोई फ़ाइल पढ़ने लगे, गोया कार्य व्यवस्था में वह दीन-दुनिया को भी भूल गए हैं। हँसी तो अब बन्द हो चुकी थी, मगर सभी के चेहरे दमित हास्य से फूले और दमकते अथवा तमतमाए नज़र आए। जमादार को खोजने मैं कहाँ जाऊँ? आँसू का घूँट पीकर मैं स्वयं जूते को उठाकर कूड़ेदान में डालने के लिए चल पड़ा।

उस समय समवेत हँसी फिर उछली। बाद में मेज़ को स्वयं साफ़ करके, हाथ-मुँह धोने के बाद मैं काम पर बैठा तो सहसा सेक्शन इंचार्ज ने सिर उठाकर तथा मुँह बिगाड़ कर मुझसे पूछा, "क्या बात है, देख रहा हूँ, तभी से आप बाहर-भीतर कर रहे हैं।"

"कुछ नहीं सर।"

"किसी ने इनकी मेज़ पर जूता रख दिया, सर।" कमरे के एक कोने से किसी ने चहकती आवाज़ में टिप्पणी की।

"यही हालत रही तो किसी दिन कोई सिर पर न रख दे...।"

कमरे में एक ज़ोर का ठहाका लगा जिसके नीचे शर्म और अपमान से दुबक कर मैं चुपचाप काम करने लगा। घर में भी मेरे साथ बड़ा दुर्व्यवहार हुआ था, पर यह घर तो है नहीं। यहाँ मैं सबसे अधिक मेहनत करता हूँ और यहाँ मेरे साथ ऐसे सुलूक करने का किसी को अधिकार भी नहीं। फिर भी सब कुछ हो रहा था, यहाँ तक कि चपरासी मेरा एक भी काम न करते, अन्त में मैंने उनसे कहना ही बन्द कर दिया। पानी पीने की इच्छा होती तो ख़ुद उठकर पी लेता। यह जानते हुए भी कि यह सम्भव नहीं है, कभी-कभी मैं सोचने लगता कि नौकरी छोड़कर कहीं भाग जाऊँ अथवा ख़ुदकशी कर लूँ जिससे समस्त पीड़ा का एक ही बार में सदा के लिए अन्त हो जाए।

एक दिन तो ग़ज़ब हो गया। दिन में डेढ़-दो बजे मुझे ज़ोर की भूख लगती थी, इसलिए मैंने एक नया, ख़ूबसूरत टिफिन ख़रीदा। बुढ़िया रसोईदारिन दो पराँठे अधिक सेंक कर अचार और सब्ज़ी के साथ रख देती। उस दिन मैं टिफिन मेज़ पर छोड़कर कुल्ला करने बाहर गया था—जब वापस आया तो मेज़ ख़ाली थी। कौन उठा ले गया टिफिन कैरियर? मैंने कमरे में चारों ओर नज़र दौड़ाई, ऊपर-नीचे झाँककर देखा, कोने-अन्तरे गया। इसके बाद चपरासी से पूछा।

"मैं क्या जानूँ? मैं तो यहाँ था ही नहीं। मैंने तो यह भी नहीं देखा कि आपका टिफिन कैरियर कहाँ रखा था।"

दूसरे लोगों ने भी निर्दोष बनते हुए अपनी अनभिज्ञता बताई। मेरे चेहरे का रंग उड़ गया। समझ में ही नहीं आ रहा था कि क्या करूँ। शायद किसी ने मज़ाक़ किया है, यह सोचकर मैं चुप लगा गया लेकिन शाम होते ही जब सब भर-भर उठकर चले गए तो मैं अकेला खड़ा रह गया—बेहद उदास और दुखी। दो दिन तक मैंने इन्तज़ार किया कि यदि किसी ने मज़ाक़ किया है तो मेरी सिधाई और दयनीयता से प्रभावित होकर मेरा सामान लौटा देगा। तीसरे दिन मैंने एक उच्चाधिकारी से लिखित रिपोर्ट कर दी। सेक्शन इंचार्ज बुलाए गए, कुछ लोगों से और पूछताछ हुई जिसके परिणामस्वरूप उल्टे मुझी पर डाँट पड़ी कि मैं लापरवाह हूँ, मेरी वजह से अनुशासनहीनता बढ़ रही है और टिफिन कैरियर मैं किसी दूसरी जगह पर ही छोड़ आया हूँ क्योंकि इस दफ़्तर में आज तक कोई चीज़ ग़ायब ही नहीं हुई।

मेरा सिर घूम रहा था। चारों ओर अँधेरा, जिसमें कुछ सूझ नहीं रहा था। दिल पर इतना दबाव बढ़ गया कि धड़कनें तेज़ महसूस होने लगीं। मैं किससे और किसकी शिकायत करूँ? शायद सारा दोष मेरा ही है। मेरी शक्ल-सूरत इतनी हास्यास्पद न होती और मुझमें अन्य कमियाँ तथा कमज़ोरियाँ न होतीं तो क्या मेरी हर सही बात ग़लत हो जाती और लोग मुझे सता कर आनन्द उठाते?

घर आकर मैं चुपचाप सिर पर हाथ रखकर बैठ गया। चिन्ता से मेरा बुरा हाल था। न मैं बच्चों को पढ़ाने गया और न मैंने खाना ही खाया। सोचते-सोचते मेरे दिमाग़ में दर्द होने लगा। फिर बेहद थककर मैं ऊँघने लगा। अजीब-अजीब डरावने सपने दिखाई देने लगे और मैं अधनींद में कराहता रहा। अचानक जब नींद खुली तो आधी रात बाक़ी थी। बाहर का दरवाज़ा खुला था, जिसे बन्द करके मैं आकर फिर बैठ गया और अब कुछ सोचने लगा शुरू से। आगे-पीछे कोई भी रास्ता नज़र नहीं आया। मैं लेट गया और फिर ऊँघने लगा। फिर सपने। मैं अन्धकार में भटकते हुए रो रहा था कि अचानक एक तेज़ रोशनी हुई और लम्बी, सफ़ेद दाढ़ीवाला एक तेज़स्वी पुरुष मेरे पास आकर मेरे सिर पर हाथ फेरते हुए बोला, 'उठो, मुस्कराओ, तुम्हें कुछ न होगा।' मैं कुछ कहने के लिए उठने को हुआ कि यह दढ़ियल पुरुष ग़ायब हो गया और उसकी जगह पर एक लम्बा, तगड़ा और गोरा अधेड़ पुरुष नज़र आया, जिसके होंठ फूले-फूले थे, आँखें बड़ी-बड़ी और चेहरा आत्मविश्वास से मुस्कराता हुआ। उस व्यक्ति ने मेरी ओर मैत्री भाव से हँसते हुए देखा और मैं भी हँसने लगा। इसी समय मेरी नींद खुल गई। मैंने चौंक कर चारों ओर देखा, मगर कहीं कोई नहीं था और कमरे में उजाला फैल गया था। अचम्भे की बात यह थी कि मेरी पीड़ा समाप्त हो गई थी और मैं अपने को बेहद हल्का महसूस कर रहा था।

मैं कुछ देर तक बैठकर सपने की बातें सोचने लगा और मेरा दिमाग़ शहद एकत्रित करनेवाली मधुमक्खी की तरह व्यस्त हो गया। सवेरे कार्यालय के लिए आधा घंटा जल्दी ही निकल गया। गुदड़ी बाज़ार के पास पान की एक मशहूर दुकान थी, जहाँ उम्दा मगही पान मिलता था। मैं पान नहीं खाता था, लेकिन उस दुकानदार के बारे में सुना था कि उसका पान, कत्था, चूना, तम्बाकू, सुपारी, मसाला सब कुछ बहुत ही अच्छा होता है। मैं उधर से ही गया, उस दुकान से एक पत्ते में दो बीड़े पान बँधवा लिए, अलग से तम्बाकू वग़ैरह ले लिए। जब मैं वहाँ से चला तो पता नहीं क्यों बेहद ख़ुश था, जैसे हवा में उड़ रहा होऊँ।

कार्यालय में दोपहर को लंच की जब छुट्टी हुई तो बाहर निकलकर एक पान की दुकान के सामने खड़ा हो गया। एक साथ ही धूप-छाँव की तरह मेरी अजीब हालत थी। ऊपर से उत्साहित लेकिन भीतर किसी कोने में अज्ञात डर और घबराहट। और जब मैंने उस लम्बे-तगड़े और गोरे व्यक्ति को, जिसके होंठ फूले-फूले तथा आँखें बड़ी-बड़ी थीं, अपनी ओर आते देखा तो मेरी हिम्मत कूच कर गई और मैं

पसीना-पसीना हो गया। एक बार तो यह इच्छा हुई कि वहाँ से भाग चलूँ, फिर भी मेरे पैर वहाँ चिपके ही रहे।

जब वह व्यक्ति पास आया तो मैंने आगे बढ़कर नमस्कार किया और पान उसके आगे बढ़ाते हुए हकलाते हुए कहा, "आज मेरे कहने से यह पान खाइए... बड़ा उम्दा है...।"

पहले तो उस व्यक्ति ने अचकचा कर मेरी ओर देखा, फिर उनके होंठ हल्की मुस्कराहट से फैल गए। अन्त में 'अच्छा, लाइए' कहकर उन्होंने पान ले लिए।

"आप?"

"मेरे पास और है...बाद में खाऊँगा..." मैंने झूठ कहा। उन्होंने चारों पान अजीब कोमलता से अपनी दो उँगलियों के बीच दबाकर मुँह में एक ओर रख लिए। फिर तम्बाकू, सुपारी और चूना भी मुँह के हवाले करते हुए बोले, "वाह, बढ़िया है। हम लोग इसके पहले कहाँ मिले हैं?"

"मैं विमल हूँ जी। कमलाकरजी के सेक्शन में लोअर डिवीज़न क्लर्क हूँ..."

"वाह...तब तो ठीक है। अच्छा..."

वह आगे बढ़ गए। मैंने सोचा कि वह मुझसे कुछ और भी पूछेंगे। इनसे यह मेरा पहला परिचय था। यहाँ आने के कुछ दिन बाद ही मैंने उनके बारे में कई बातें सुनी थीं। रामदत्त सिंह नाम, वह एक-दूसरे सेक्शन के इंचार्ज भर थे, मगर सारे दफ़्तर में उनका बड़ा दबदबा था। वह कार्यालय परिषद् के महामंत्री भी थे, जिनकी अनेक प्रभावशाली लोगों से घनिष्ठता थी और जिनके अनेक धन्धे भी चलते थे। कार्यालय तो वह औपचारिकता निभाने के लिए ही आते, बीच-बीच में जब चाहते—ग़ायब हो जाते। निश्चय ही उनकी अनेक प्रकार की व्यस्तताएँ थीं, मेरी ओर ध्यान देने की उन्हें फ़ुरसत भी कहाँ थी?

उनके पास रोज़ ही मैं उनके लिए चार (दो बीड़े) पान लाने लगा। लंच टाइम में दफ़्तर के बाहर मैं उनको पान देता और वह इनकार नहीं करते। न वह कुछ पूछते और न मैं ही कुछ बताता। कुछ दिनों बाद तो मुझे देखते ही वह 'लाइए' कहकर हाथ बढ़ा देते और पान खाकर सहसा गम्भीरतापूर्वक चल देते। जिस रोज़ वह लंच टाइम में बाहर नहीं मिलते, मैं बाद में उनके सेक्शन में जाकर उनके सामने पत्ते में लिपटे पान रख देता। उनके मुँह से सिर्फ़ यही निकलता 'अरे वाह।'

दिन बीतते गए और पान का यह सिलसिला चलता रहा। पता नहीं क्यों इसमें मुझे आनन्द आ रहा था और उन्होंने कभी आपत्ति भी नहीं की। हाँ, उन्होंने कभी पान नहीं खिलाया और न कभी चाय-वाय ही पिलाई। इसकी मुझे ज़रूरत भी नहीं थी और न ही मुझे कभी इसका ख़याल ही आया।

बरसात के दिन थे। बाहर हल्की बूँदाबाँदी हो रही थी। जब मैं उस दिन दफ़्तर पहुँचा तो मेरी मेज़ पर वह मटमैला-सा झोला रखा नज़र आया, जिसमें मेरा नया

टिफिन कैरियर रखा था। मेरा खोया सामान कौन रख गया था? मैंने सिर इधर-उधर घुमा कर देखा, मगर किसी ने मेरी तरफ़ देखा भी नहीं। क्या अधिकारी ने जाँच पड़ताल करके मेरी चीज़ वापस भेजवा दी है? यदि ऐसी ही बात है तो किसी ने बुलाकर मुझसे कुछ कहा क्यों नहीं अथवा किसी चपरासी से ही क्यों नहीं कहलाया?

मैंने झोला उठाकर मेज़ के नीचे रख दिया और चुपचाप काम करने लगा। उत्तेजना से मेरे हृदय की गति तेज़ महसूस हुई। शुरू में मुझे ख़ुशी ज़रूर हुई थी, पर जल्दी बुझ भी गई। किसी विजय का भाव अथवा किसी के प्रति दुर्भावना मेरे अन्दर नहीं उत्पन्न हुई, हाँ, ऐसा अवश्य महसूस हुआ कि मैं एक खुले मैदान में पहुँच गया हूँ, मेरे फेफड़ों में ताज़ी हवा भर गई है और मुझे अपूर्व शान्ति, धैर्य और आनन्द की मृदु तरंगें सहला रही हैं। नहीं कह सकता कि ये भाव आत्महीनता की मजबूरी के अहसास से उत्पन्न हुए थे अथवा ये मेरी महत्त्वाकांक्षाओं के ही रूप थे। शायद इन सबसे कोई अलग चीज़ थी, वह, जो कभी-कभी मनुष्य के अन्दर पानी के बुलबुले की तरह उठकर लुप्त हो जाती है। सम्भव है कि यह मेरा भ्रम ही हो।

कुछ दिन बीते ही थे कि मेरे सेक्शन इंचार्ज ने मुझे अपने पास बुलाया और मुस्कराकर पूछा, "कहिए क्या हाल हैं?"

"ठीक है, सर।"

"कोई परेशानी तो नहीं है?"

"नहीं सर।"

"निश्चिन्त होकर काम कीजिए, मैं देख लूँगा सबको...।"

मेरे प्रति लोगों का दृष्टिकोण बदलता ही गया। जब मैं कार्यालय पहुँचता तो कई लोग 'आइए साहब' कहकर मेरा स्वागत करते। कुछ तो हाथ उठाकर नमस्कार कर देते। कार्यालय के एक साथी मुझ पर इतना प्रसन्न हुए कि एक शाम जब मैं घर लौट रहा था, वह मेरे साथ दूर चलते गए। इस समय उन्होंने बताया कि दफ़्तर में कौन-कौन-से लोग शातिर हैं और उनसे किस तरह बच कर रहना चाहिए।

मैं ऐसी बातें चुपचाप सुन लेता, जिनका मेरे लिए कोई अर्थ नहीं रह गया था। चूँकि मैं जानता था कि जो कुछ हो रहा है, उसके मूल में मेरा प्रभाव नहीं काम कर रहा है, अत: अपनी कमियों का मुझे इस हद तक एहसास हो गया था कि कोई सफलता मुझे मतवाला नहीं बना पाती थी। चाहे आत्म-सुरक्षा की इच्छा हो या आत्महीनता अथवा आन्तरिक बनावट, हर व्यक्ति के लिए मेरे मन में प्यार का सद्‌भाव था। हाँ, अपनी वाणी द्वारा उस प्यार को अभिव्यक्त करने का तरीका मुझे कभी नहीं आया। यदि अपने प्यार का इजहार कर भी दूँ तो क्या ठिकाना कि वह मुझे हास्यास्पद बनाकर दूसरों से फिर उपेक्षित और अपमानित न करा दे? अत: जब लोग मेरी पसन्द की बात, यहाँ तक कि चपरासी भी मुझे ख़ुश करने की कोशिश करते तो मेरी समझ में नहीं आता कि प्रतिदान कैसे करूँ।

इस तरह तीन साल से अधिक समय बीत गया। इस बीच मैं बी.ए. द्वितीय श्रेणी में पास कर गया। कुछ छोटे बच्चों को अब भी मैं पढ़ाता था। पिताजी की पहली स्त्री से मैं सबसे बड़ा और इकलौता लड़का था। नई माँ से एक लड़की और दो लड़के थे। इन भाई-बहन को मैं अधिक-से-अधिक पढ़ने के लिए उत्साहित करता। पिताजी तो अब भी मुझसे गम्भीर रहते, मगर माताजी बार-बार शादी के लिए आग्रह करतीं। मैंने साफ़-साफ़ कह दिया कि बहन की शादी के बाद ही मैं इस समस्या पर विचार करूँगा। हाँ, शादी भी मैं बिना किसी लेन-देन के अपनी ही तरह मामूली शक्ल-सूरत की पढ़ी-लिखी लड़की से ही करना चाहूँगा।

रामदत्त सिंह से पानवाला रिश्ता जारी रहा। उनसे अधिक घनिष्ठता नहीं बन पाई। न मैं बढ़ा और न वह बढ़े। वह अभी भी उसी तरह हलके से मुस्कराकर पान ले लेते। लेकिन इतने पर भी इधर वह कुछ गम्भीर नज़र आए।

सोमवार का दिन था, यह मुझे आज भी याद है। कड़ाके की सर्दी पड़ रही थी। चारों ओर फैले धुंध से छनकर आती धूप बहुत ही फीकी और बेअसर थी। कार्यालय से निकलते ही वह मिले थे। पान खाकर उन्होंने कहा, "आइए कहीं बैठें...।"

मैंने चौंक कर देखा। बेमन की मुस्कराहट थी उनकी। ऐसा कभी नहीं हुआ था। कहीं अस्वस्थ तो नहीं हैं? एक चाय की दुकान पर बैठने के बाद सिर्फ़ मेरे लिए चाय का ऑर्डर देते हुए बोले, "मेरा पान बेमजा हो जाएगा, इसके पहले चाय पी भी चुका हूँ। यहाँ मैं एक ख़ास मकसद से आपको ले आया हूँ। कुछ दिनों से सोच रहा था, आपसे बात करूँ...।"

वह चुप हो गए और कुछ सोचते हुए सड़क की ओर देखते रहे। फिर गम्भीरतापूर्वक बोले, "यहाँ गेहूँ की बड़ी मंडी है, जहाँ गेहूँ की बोरियों पर फटका होता है—लाभ-नुकसान दोनों का ही मुझे अनुभव है। कुछ दिनों से आपके नाम पर भी बोरियाँ ख़रीदने-बेचने लगा था। सोचा था कि नुकसान होगा तो ख़ुद भुगत लूँगा, मगर इधर लाभ ही लाभ हो रहा है और आपके नाम बीस हज़ार रुपये जमा हैं। मेरी इच्छा है कि ये रुपये आप ले लें क्योंकि आपके नाम से जमा रुपये मैं नहीं ले सकता और उन रुपयों से हमेशा फटकेबाज़ी भी नहीं खेल सकता। ये रुपये आपके ही हैं...इनका जो भी करें।"

"यह क्या कह रहे हैं? मैं तो कुछ समझा नहीं..."

"कोई बात नहीं, धीरे-धीरे सब समझ में आ जाएगा। साढ़े तीन वर्ष से अधिक हो गए, आप रोज़ मुझे चार उम्दा पान खिलाते रहे। उससे मुझे जो आनन्द मिला है, उसकी कोई क़ीमत नहीं। उसमें आपकी बुद्धि, असीम धैर्य और प्यार का मसाला मिला था। धैर्य, प्यार व समझदारी से पोषित बुद्धि ही वह पूँजी है, जिसका निवेश करनेवाला व्यक्ति वास्तव में धनी है, इसीलिए आप बिना परिणाम की परवाह किये अपना काम करते रहने में सफल हैं। मैं स्वयं धनी बनना चाहता था,

लेकिन हमेशा अपने को ही प्यार करता, छोटी-छोटी चालाकियों द्वारा दूसरों से आगे बढ़ता रहा, सिद्धान्त और आदर्श को सदा भुनाने के चक्कर में रहा...और दरिद्र बना रहा। ख़ैर, एक दिन आप चलिए मैं सबसे परिचय करा दूँगा...।"

वह चुप हो गए और मुस्कराने लगे। इसके बाद मैं कैसे धनी बना, इसका राज़ तो आप कुछ-कुछ समझ ही गए होंगे।

जनशत्रु

सूरज डूब गया है। एक गुमसुम शाम! आकाश सफ़ेद हल्के-पतले बादलों की परत से ढका हुआ, जैसे किसी बड़े कमरे की छत पर चूनाकली कर दी गई हो। महन्त बाबू—महन्त प्रसाद बदवलिया—बरामदे में आकर कुर्सी पर बैठकर सामने लॉन में माली को काम करते हुए देखने लगे, रेशमी कुर्ता, धोती, दोनों हाथों की उँगलियों में सोने और कुछ बेशकीमती पत्थरों की ख़ूबसूरत अँगूठियाँ, बड़ी-बड़ी आँखें, लम्बा स्वस्थ और कुछ थुलथुल शरीर। दरअसल अपनी साठ वर्ष की उम्र से वह कम ही लगते थे। सहसा बैठकख़ाने में फ़ोन की घंटी बजने पर वह चौंक कर उठे और तेज़ी से अन्दर चले गए।

फ़ोन पर जो सूचना दी गई थी, उससे वह उत्तेजित हो गए, "क्या बकवास है, ठीक-ठीक बताओ..."

आगे जो कुछ बताया गया, उससे वह ग़ुस्से में आ गए और फ़ोन पर ही न मालूम क्या-क्या कह गए। लेकिन अन्त में उनका स्वर धीमा पड़ गया और चेहरे पर चिन्ता का साया नज़र आने लगा। "अभी आता हूँ" कहकर फ़ोन रखने के बाद वह तेज़ी से घर के अन्दर चले गए।

बड़ा शोर था कि महन्त बाबू इस बार—और पहली बार—बड़े ज़ोर-शोर के साथ संसदीय चुनाव में खड़े होने की तैयारी कर रहे हैं। जबसे—यानी दो वर्ष पहले—उन्होंने अपनी एक अलग पार्टी का गठन किया है, उनकी सभाओं, रैलियों, भाषणों और अख़बारी प्रचार की धूम मची हुई है। समस्या बस यही थी कि जिस निर्वाचन क्षेत्र से वह खड़े होने वाले हैं, वह बहुत ही पिछड़ा और ग़रीब इलाका है, जहाँ के लोग अभूतपूर्व एकता का प्रदर्शन करते हुए पिछले दो बार से एक ऐसे ग़रीब और फिसड्डी आदमी को जिताते रहे हैं, जो बड़ी-से-बड़ी आँधी तूफ़ान में रात-बिरात उनके लिए मरने-कटने को तैयार रहता है। इस गढ़ को लेना आसान नहीं है लेकिन महन्त बाबू को विश्वास है कि कई हलकों से अप्रत्याशित सहयोग मिलने की वजह से वह सफल होकर रहेंगे।

एक सफल, प्रभावशाली, होशियार और दबंग शख़्सियत के रूप में उनकी प्रतिष्ठा इधर बहुत बढ़ गई है। लेकिन बहुत कम लोगों को पता होगा कि एक

विशेष मामले में वह एक युग प्रवर्तक व्यक्ति भी हैं। हमारे यहाँ हर विषय पर शोध करने का प्रचलन नहीं है, अन्यथा यह बहुत पहले सिद्ध कर दिया गया होता कि छोटी-छोटी सोसायटी और छोटी-छोटी संस्था के आधुनिक और ऐतिहासिक महत्त्व को समझने वाले वह पहले व्यक्ति हैं। ऐसे छोटे-छोटे संगठनों का अस्तित्व तो पहले भी किसी-न-किसी रूप में रहा था, पर उन्हें युगानुकूल परिभाषा, रूप-रंग, महत्ता, आधुनिकता, व्यावहारिकता और उपयोगिता से लैस कोई भी नहीं कर पाया था। सबसे पहले महन्त बाबू ने ही यह कार्य किया और आज जो लोग इस तरह के काम कर रहे हैं उन्हें शायद नहीं मालूम कि वे महन्त बाबू के कितने ऋणी हैं!

क़रीब पैंतीस वर्ष पहले वह एक बहुत ही मामूली व्यक्ति थे और गाँव में रहकर अपनी टूटी-फूटी ज़मींदारी की देख-रेख कर रहे थे। पर इस तरह के काम में बड़ी मेहनत और पैसे की ज़रूरत थी और अब उसमें वह मज़ा नहीं रह गया था, जो ज़मींदारी उन्मूलन के पहले उनके स्वर्गीय पिता के ज़माने में रहा था। पच्चीस वर्ष की उम्र थी उनकी और वह बी.ए. कर चुके थे। उन्हें अक्सर दो पुछँटे की धोती, कुर्ता और फ्लेक्स जूते में और हाथ में एक छोटे, चिकने डंडे के साथ गाँव का चक्कर लगाते हुए देखा जा सकता था। वह किसी भी शिक्षित व्यक्ति को देखकर रुक जाते और झट उसे घर आने का निमंत्रण दे देते, "आइए न कभी, कोई ढंग की बातचीत हो, कोई सोसायटी-वोसायटी बने।" कॉलेज-यूनिवर्सिटी में पढ़ने वाले गाँव के लड़के जब छुट्टियों में आते तो उनसे भी वह यही कहते। सभी चकित होकर उनकी ओर देखते और अविश्वसनीय ढंग से मुस्कराकर आने का वायदा करते। महन्त बाबू की दूरदर्शिता का अन्दाज़ा इसी से लगाया जा सकता है कि उन दिनों शहर या गाँव में कोई भी छोटी-छोटी सोसायटी के आधुनिक एवं ऐतिहासिक महत्त्व को समझ नहीं पाता था।

शायद महन्त बाबू ही वह पहले व्यक्ति हैं, जिसने सबसे पहले महसूस किया कि देश एक संक्रमण काल से गुज़र रहा है। उन्होंने अत्यन्त धीमी गति से बहने वाली परिवर्तन की उस हवा के स्पर्श को अत्यन्त संवेदनशीलता से अनुभव कर लिया, जो आगामी कुछ ही वर्षों में आँधी-तूफ़ान का रूप धारण कर लेगी। हाँ, महन्त बाबू उसी समय फ़ौरन ताड़ गए कि सभी राजनीतिक पार्टियों के क्रान्तिकारी विचार सदा के लिए निष्क्रिय भाषणों, प्रवचनों और नारों का रूप धारण करने की प्रक्रिया में हैं और सामाजिक, आर्थिक और सांस्कृतिक कल्याण का हर काम परिश्रम व कुरबानी के ठोस रचनात्मक तरीकों से अलग हटकर ख़ूब पैसा ख़र्च करके काग़ज़ पर, काग़ज़ी आँकड़ों की मदद से सिद्ध किया जाने वाला है।

यह विचार सूझते ही महन्त बाबू की हालत किसी उच्च प्रतिभासम्पन्न कल्पनाशील कवि अथवा विचारक की हो गई। उनके दिमाग़ में मौलिक विचारों की फूलझड़ियाँ छूटने लगीं और उन्होंने कई अद्भुत एवं महत्त्वपूर्ण निष्कर्ष भी निकाल लिए।

पहला तो यह कि हर राजनैतिक पार्टी बहुत जल्दी जेबी संगठन का रूप धारण कर लेगी। और हर पार्टी में और उसके बाहर भी ऐसे लोगों की बाढ़ आ जाएगी, जो मौक़ा मिलते ही बेहद दबंग जेबी समर्थकों की मदद से जब चाहे जेबी गुट या जेबी पार्टी बना लेंगे। उन्होंने यह भी सूँघ लिया कि शिक्षा और ग़रीबी तो वास्तव में टस से मस न होगी, पर उससे सम्बन्धित हर काम पैसे से और पैसे के लिए काग़ज़ पर सम्पन्न होता जाएगा और यह भी उन्होंने समझ लिया कि आने वाले समय में पार्टी, संस्था और उसकी विचारधारा की भी ज़रूरत नहीं होगी क्योंकि हर व्यक्ति पार्टी और विचारधारा से ऊपर उठकर स्वयं मूर्तिमान पार्टी, संस्था और विचारधारा बन जाएगा। फिर वह जो करेगा वह अनुकरणीय आदर्श बन जाएगा और जो भी बोलेगा, उसे विचारधारा समझ लिया जाएगा।

वह बहुत ख़ुश हुए थे और इन्हीं मौलिक निष्कर्षों से प्रभावित होकर उन्होंने लघु सोसायटी और लघु संगठन के जेबी रूपान्तरण की परिभाषा निश्चित की थी। उन्हें अब किंचित् भी सन्देह नहीं रहा कि भविष्य में राजनैतिक पार्टियों को भी उन जेबी संस्थाओं की बेहद ज़रूरत होगी और दोनों का साथ चोली और दामन की तरह होगा। इससे देश के चतुर्मुखी विकास का सन्तोष भी प्राप्त होगा और हर व्यक्ति धनी और सम्पन्न भी बनता जाएगा। और तभी उन्होंने 'रचनात्मक कार्य परिषद्' नाम से एक ऐसी जेबी संस्था का गठन किया, जिसका उद्देश्य रचनात्मक कार्यों द्वारा देश का उत्थान करना था। वह आधुनिक परिभाषा की सबसे पहली सोसायटी थी जिसने अपने चार सच्चे, ईमानदार और उत्साही सदस्यों की मदद से पक्के कुएँ और पक्के तालाब बनवाने का बीड़ा उठाया था। एक कुआँ बनने पर एक बड़ा भव्य उद्घाटन समारोह हुआ, फिर तो एक ही वर्ष के भीतर ही सारा काम सम्पन्न हो गया, जिसके बारे में अख़बारों में प्रशंसात्मक रिपोर्ट भी छपी। वह एक जेबी संस्था की आदर्श, आधुनिक और काग़ज़ी कार्यशैली थी जिसमें अजीब आकर्षण और नवीनता थी। इसके बाद तो उन्होंने सड़क निर्माण, वृक्षारोपण, शिक्षा, साहित्य, कला, नाटक कुछ भी न छोड़ा। और यह ईश्वर ही जानता है कि आज उनकी जेब में कितनी संस्थाएँ और व्यक्ति हैं। इन संस्थाओं के जलसे बड़े सफल होते थे, जिनमें ख़ूब पैसे ख़र्च किये जाते, लम्बे-लम्बे भाषण होते, बढ़िया खाना-पीना होता और जश्न मनाया जाता जैसे शादी-विवाह का दुर्लभ अवसर हो।

फ़ोन की सूचना के अनुसार जब महन्त बाबू पहुँचे तो शाम का धुँधलका गहरा हो गया था। हवा न चलने की वजह से उमस बहुत बढ़ गई थी। पास में बहने वाले गन्दे नाले और जगह-जगह इकट्ठे कूड़ों के अम्बार से बड़ी सड़ी हुई दुर्गन्ध निकलकर चारों ओर फैल रही थी। वह अपनी कार सड़क के किनारे खड़ी करके उस भीड़ की ओर बढ़ गए, जो उस पुराने मुहल्ले की गली के मुहाने पर इकट्ठी थी। वहाँ तक पहुँचने में उन्हें काफ़ी मेहनत करनी पड़ी क्योंकि सड़क जगह-जगह पर कटी थी।

और पग-पग पर ऊबड़-खाबड़ ज़मीन, गड्ढे और बड़े-बड़े ईंट पत्थर को लाँघना आसान नहीं था।

मैले-कुचैले वस्त्रों में साधारण लोगों की उस भीड़ को देखकर मुहल्ले की वास्तविक परिस्थितियों का अन्दाज़ा हो जाता था। पर भीड़ के अजीब तेवर थे, जैसे किसी तलवार की धार। लोग बेहद उत्तेजित थे और एक समुद्र की तरह तरंगित हो रहे थे। भीड़ के आगे क़रीब एक पैंतीस वर्ष के नौजवान को दो लोगों ने पकड़ रखा था, जो एक ख़ाकी पैंट और चेकदार आधी बाँहीं क़मीज़ पहने हुआ था। उसकी आँखें छोटी-छोटी थीं।

उसकी दोनों बाँहें पीछे करके बाँध दी गई थीं। उसका चेहरा लटक आया था और उस पर लाल-लाल दाग उभर आए थे, जिससे स्पष्ट था कि उस पर मार भी पड़ चुकी है।

महन्त बाबू ने बड़ी ही नरमी से पूछा, "अरे, भाई, क्या बात है? मैं तो किसी दूसरी जगह जा रहा था कि यह भीड़ देखकर रुक गया। कौन है यह?"

एक काले अधेड़ व्यक्ति ने, जो मटमैले पायजामा-क़मीज़ में था, आगे बढ़कर उत्तर दिया, "साहब, इसने बड़ा जुल्म किया है। हम तो इसे कच्चा ही चबा जाते, फिर सोचा कि इसे पुलिस के ही सुपुर्द कर दें। पुलिस को ही देने जा रहे हैं इसे।"

"यहाँ भी इसकी अच्छी पूजा हो गई है। पुलिस अलग से बताएगी," किसी ने भीड़ से चिल्लाकर कहा।

"मारो साले को..." भीड़ में से कई आवाज़ें उठीं।

"चुप रहिए...मैं सहूलियत से पूछताछ कर रहा हूँ, फिर इस तरह बात करने का क्या मतलब है?" महन्त बाबू सहसा उत्तेजित होकर बोले लेकिन फ़ौरन पहले जैसी नरमी पर भी लौट आए, "भाई मेरे, अब मैं यह जानना चाहता हूँ कि क्या हुआ मैं तो आपकी मदद भी करना चाहता हूँ। नहीं तो, मैं अपने काम से कहीं जा रहा था। आप मुझे ठीक से बताएँगे तो मैं आपको हर परेशानी से बचाऊँगा। आप तो मुझे जानते ही होंगे..."

"आपको कौन नहीं जानता हुजुर," उस अधेड़ व्यक्ति ने मुस्कराकर कहा। "देखिए साहब, यह ग़रीब लोगों का मुहल्ला है और हर जाति और धर्म के लोग न मालूम कब से प्रेम और शान्ति से रहते हैं। आज भी मुहल्ले में कोई झगड़ा-झंझट होता है तो हम अपने में ही मिल-जुलकर सुलझा लेते हैं, न बाहर जाते हैं और न किसी बाहरी आदमी को बुलाते ही हैं। इधर पिछले छह महीने से इस मुहल्ले में अजीब-अजीब बातें हो रही हैं। हम बहुत दिनों से ताक में थे कि कौन आदमी है जो यह सब कर रहा है और आज मालूम हुआ कि इसके पीछे कौन है..."

"कौन आदमी है? क्या बात हुई, बताइए भी तो।"

"बताता हूँ साहब जी। यह आदमी कई महीनों से मुहल्ले के घरों में ख़ुद या दूसरों से ढेले फेंक-फेंकवा रहा है। पहले-पहले क़रीब एक महीने तक बारह-एक बजे मुसलमानों के घरों में ईंट-पत्थर फेंके गए, इससे मुहल्ले में आपस में बड़ी उत्तेजना फैली। लोगों को किसी तरह समझाया गया। कुछ दिनों बाद हिन्दुओं के घर में ढेले आने लगे। सारा मुहल्ला इकट्ठा हो गया। लोग इधर-उधर दौड़े, पर कोई नहीं मिला। पहले से ही प्रोग्राम बनाकर यह सब किया जा रहा था। अब अलग-अलग जातियों को चुना गया। आपस में, एक-दूसरे पर लोगों को शक-शुबहा पनपने लगा। गनीमत की बात यह थी बाबू जी कि हममें से जो समझदार थे, वे जल्दी ही समझ गए कि कुछ ऐसे लोग हैं जो हमारी एकता और आपसी मुहब्बत से चिढ़े हुए हैं और हमें तोड़ना चाहते हैं..."

"यह कैसे कह सकते हैं आप? हो सकता है कि मुहल्ले के लोग ही यह सब कर रहे हों..." महन्त बाबू ने कुछ रुखाई से पूछा।

"यह नहीं हो सकता। यह आदमी तो आज रंगे हाथ पकड़ा गया है। हम ताक में तो थे ही। आज इस बेवक़ूफ़ ने पता नहीं क्यों शाम को ही ढेले फेंकवाने शुरू कर दिये। चारों ओर ढेले गिरने लगे। कई लोग चोट खा गए। सारा मुहल्ला दौड़ पड़ा। इस मुहल्ले के बीच में एक बड़ा पुराना खँडहर है। वहाँ कोई जाता नहीं है। ये लोग इसी खँडहर में इकट्ठे होकर काम करते थे। मुहल्ले में बड़ा हल्ला मचा। लोग चारों ओर दौड़ने लगे, उसी समय किसी ने तीन आदमियों को खँडहर से निकलकर भागते हुए देख लिया। उन्होंने ललकारा। दो तो भाग निकले, यही आदमी ठोकर खाकर गिर पड़ा और पकड़ा गया..."

"इसने अपनी ग़लती कबूली?" महन्त बाबू ने ऐसे पूछा जैसे ग़ुस्से में हों।

"नहीं बताता बाबू जी...मार खा चुका है, अब पुलिसवाले ही इससे उगलवाएँगे।"

"काफ़ी पैसा मिला है इसे..." किसी ने भीड़ के बीच में से चिल्लाकर कहा।

"अभी मेरे हवाले कर दिया जाए तो इसका सारा भूत झाड़ दूँगा..." पहलवान क़िस्म का एक गोल मुँह वाला व्यक्ति चिल्लाया।

"अरे तुम लोग चुप रहो," उस अधेड़ व्यक्ति ने पीछे मुड़कर भीड़ को मना किया, फिर महन्त बाबू की तरफ़ मुखातिब होकर बोला, "हम इसे भीड़ को नहीं देना चाहते, कुछ हो-हवा गया तो बेकार में मुहल्ले पर दोष लगेगा..."

महन्त बाबू चेहरा लटकाकर कुछ देर तक सोचते रहे। फिर गम्भीरतापूर्वक बोले, "आप बहुत ठीक कह रहे हैं। मैं तो बहुत ख़ुश हूँ आप लोगों पर। आप लोगों के लिए तो मैं ख़ुद हमेशा चिन्तित रहता हूँ कि किस तरह यहाँ की ग़रीबी, अशिक्षा, गन्दगी दूर हो, यहाँ के नौजवानों को कैसे रोज़गार मिले। यहाँ के लोगों का कष्ट देखकर मेरा दिल रोता है। यहाँ कितनी गन्दगी है चारों ओर! नालियाँ कैसी हैं, सड़कें कैसी हैं। ख़ैर, ईश्वर कभी आप लोगों के लिए...नहीं, ले जाइए इसे।

मैं होता तो ख़ुद इसे भीड़ के हवाले कर देता या ख़ुद इसकी चमड़ी उधेड़ देता। बड़ा जुल्म किया है इसने। जनता के असली दुश्मन हैं ये लोग। बड़े ख़तरनाक। नहीं-नहीं, ले जाइए इस हरामजादे को..." उत्तेजित स्वर में बोलने के बाद वह चुप हो गए, सिर झुकाकर कुछ सोचने लगे, फिर बेहद धीमी और मीठी आवाज़ में बोले, "पर एक बात है। इनसानियत का सवाल उठता है यहाँ। आप सब लोग अच्छे इनसान हैं। अच्छे इनसान का काम है कि ग़लती कोई भी करे, उसे एक बार तो क्षमा कर ही दें। ठीक से सोच लीजिए, क्या इसे एक बार माफ़ नहीं कर सकते? सिर्फ़ एक बार..."

"नहीं-नहीं," भीड़ में से क्रोध में कई आवाज़ें उठीं, "इसे ज़िन्दा दफ़न कर दो..."

"यह बदअमनी फैलाने आया था, इसे वाजिब सजा मिलनी चाहिए..."

महन्त बाबू भीड़ को तिरछी आँखों से देखकर इस तरह हँसने लगे जैसे उन्होंने मज़ाक़ कर दिया था। फिर मीठी आवाज़ में कहने लगे, "अरे, तो मैं कहाँ कहता हूँ इसे सजा न दी जाए। मैं तो आपका मन टटोल रहा था कि कहीं आप भीतर से कमज़ोर तो नहीं हैं? सच बात तो यह है कि आप लोग इसे माफ़ भी कर देते तो मैं कतई नहीं मानता, इसे जहन्नुम में भेजवा कर ही दम लेता। नहीं, ले जाइए इसे अभी, पर..." कुछ देर वे रुके, "एक अनुरोध है आपसे। इसे ले जाने के पहले कुछ देर के लिए मेरे सामने लाइए। मैं यहीं, आपके सामने इसे पचास जूते लगाना चाहता हूँ, इसके बाद आप ले जाइएगा। मैं जनता का प्रतिनिधि हूँ और मेरा भी फ़र्ज़ बनता है कि इसे कोई कड़ा दंड दूँ..."

"अरे, आप जाने दीजिए बाबू जी," अधेड़ आदमी ने कहा, "हम इसके लिए काफ़ी हैं..."

"आप मेरी बात को मज़ाक़ न समझिए..." महन्त बाबू ने तैश में आकर कहा, "मैं इसे पच्चास जूते अभी लगाऊँगा। मेरे रहते इसकी हिम्मत कैसे हुई?" महन्त बाबू के बार-बार आग्रह करने पर लोगों ने उस व्यक्ति की मुश्कें खोल दीं और उनके सामने लाकर खड़ा कर दिया। उसके सामने आते ही महन्त बाबू उस पर ज़ोर-ज़ोर से चिल्लाने लगे, "क्यों बे, तू कौन है? तेरा क्या नाम है? तू कहाँ से आया है..., बोल कमीने..." वह हाँफने लगे।

उस अपराधी ने अजीब तरह से चौकन्ना होकर उनकी ओर देखा, गोया किसी सम्भावित प्रहार से बचने की तैयारी कर रहा हो। उसकी आँखों में एक अद्‌भुत चमक भी आई। इतने में ही महन्त बाबू ने घूमकर उसके कूल्हे पर ज़ोर की लात जमाई, जिससे वह आगे लुढ़क गया। वह एक ओर लात जमाने जा रहे थे कि वह व्यक्ति इस तरह उठकर भाग चला, जैसे सौ मीटर की दौड़ में दौड़ने वाला झुका हुआ खिलाड़ी सिग्नल मिलने पर तेज़ी से दौड़ पड़ता है। बड़ा फुर्तीबाज़ था वह। बड़ी तेज़ी से तीर की तरह सड़क की दूसरी ओर स्थित एक अन्य गली की ओर भाग चला।

"बता देता हूँ, रुक जा। मैं तुझे पाताल से भी पकड़ मँगवाऊँगा..." इतना कहते हुए महन्त बाबू उसकी ओर भागे। किसी बूढ़े घोड़े की दुलकी चाल से वह दौड़ रहे थे। पहले तो लोग कुछ समझ ही न सके और भकुआकर देखने लगे। इसके बाद भीड़ में से कई लोग दौड़ पड़े। बड़ा हल्ला मचा। महन्त बाबू ख़ुद "पकड़ो-पकड़ो..." चिल्ला रहे थे।

लेकिन अब तक काफ़ी देर हो चुकी थी। हल्का अँधेरा भी उतर आया था और उसी में वह व्यक्ति पता नहीं किधर लुप्त हो गया।

पेड़-पौधे

उनके बीच कैसी रात थी वह? घबराहट में वह उठे और कमरे में टहलने लगे। कुर्ता-पायजामा में उनका लम्बा, मोटा और थुलथुल शरीर किसी जलपोत की तरह हिल-डुल रहा था। क्वार का महीना बीत रहा था, ऊपर पंखा मामूली गति से चल रहा था और वह पसीने से नहाये हुए थे। उनका उठा-पिचका ढीला-ढाला गोरा चेहरा लाल हो रहा था। उनके घर की 'खटपट' बन्द हो चुकी थी और ओस-भीगी रात के सन्नाटे की आवाज़ें उभरने लगी थीं।

वह ठिठक कर खड़े हो गए। लगा, पलंग पर सीमा का चादर से ढका बेजान-सा शरीर कुछ हिला है और उसके गले से चीं-चीं की आवाज़ निकल रही है। उनका दिल दो-तीन बार ज़ोर-ज़ोर से धड़का। वह एक क्षण के लिए लड़खड़ाए, फिर जल्दी-जल्दी पलंग के पास पहुँचे। नीचे झुक कर कान के पास मुँह ले जाकर उन्होंने पूछा :

"कैसी तबीयत है डियर! कुछ चाहिए? पानी दूँ? थोड़ा सूप पी लो..."

"प्रशान्त...तुम कहाँ हो? देखो न...वह कौन आदमी खड़ा है...मुझे छोड़कर कहाँ जा रहे हो?"

सीमा की आवाज़ बहुत धीमे-धीमे निकल रही थी, जैसे वह गहरी खाई में गिर कर बेहोशी में ही बड़बड़ा रही हो। वह बेहद डर गए, "अरे कोई तो नहीं है डार्लिंग...तुम्हारा वहम है। मैं तो तुम्हारे पास बैठा हूँ? कैसी तबीयत है? डॉक्टर को बुलाऊँ?"

वह सीमा के बालों को धीरे-धीरे सहलाने लगे। सीमा ने बाएँ हाथ को उठाने की कोशिश की, पर वह नीचे गिर पड़ा। उन्होंने सीमा के माथे को अपने होंठों से स्पर्श करते हुए फुसफुसाहट भरी आवाज़ में कहा, "तुम बहुत जल्दी अच्छी हो जाओगी...डॉक्टर भी आज कह रहे थे।"

सीमा चुप हो गई! उसकी आँखें बन्द थीं और उसके गले से हल्की-सी घरघराहट निकलने लगी। जबसे सीमा पड़ी है, भय, आशंका और दुख से वह बुरी तरह क्षत-विक्षत हो गए हैं। चार महीने पहले सीमा की ज़बान पर लकवा गिरा।... फिर दाहिना अंग ही बेजान हो गया। इकलौता लड़का मद्रास से नौकरी से छुट्टी

लेकर सपत्नीक आया। तीनों लड़कियाँ भी घर-गृहस्थी की ज़िम्मेदारियाँ छोड़कर तथा बच्चों की पढ़ाई का हर्ज़ा करके दौड़ी आईं। नौकर-चाकर, आदमी-जन, सर्वोत्तम डॉक्टर। एक हकीम के कहने पर कबूतर का ख़ून बेजान अंगों पर मला गया पर कोई लाभ नहीं हुआ। और एक हफ़्ते से सीमा एकदम सुन्न पड़ गई है। आँखें बन्द किये रहती है। बीच-बीच में कभी आँखें खोलती है, प्रशान्त को खोजती है...फिर सब कुछ शान्त।

कितने थक गए हैं वह। लड़कियाँ और लड़का चले गए हैं, केवल बहू अपनी छोटी बच्ची रिमझिम के साथ रह गई है। इन दिनों रात में वह सीमा से दूर नहीं रहना चाहते थे और बहू को उन्होंने मना कर दिया था। अनेक रातें उनकी सोते, जागते, ऊँघते, टहलते और सोचते बीत रही हैं। स्मृतियाँ विस्थापित मधुमक्खियों की तरह लगातार काट रही थीं। पीड़ा के असंख्य काँटों से दुखते शरीर से निकल वह कभी-कभी छाया-रोशनी के चितकबरे पर्वतों, हरी-भरी घाटियों और सरसराते मैदान में उत्साह एवं स्फूर्ति से विचरण करने लगते। इस समय वह ऊँघ रहे हैं। आह, कितनी दूर वह पहुँच गए हैं। मिट्टी, ईंट और खपरैल का पुराने ढंग का वह बड़ा मकान। ऊँची धरन वाले कमरे की दीवार की ऊँचाई पर मात्र एक मुक्की (रोशनदान)। माँ के दुबले-पतले शरीर और छोटे चेहरे पर बड़ी-बड़ी आँखों से अक्सर आँसू गिरते रहते थे, जैसे कोई पक्का घड़ा चिटक गया हो और उससे पानी रिस रहा हो। लहीम-शहीम शरीर व बड़ी मूँछोंवाले पिता आँगन में खड़े होकर दहाड़ने लगते। वह घर में किसी नई माँ को लाए थे। माँ अक्सर कमरे में बन्द रहतीं और उन्हें भी किसी से न मिलने देतीं। सर्दी के डर से वह उन्हें महीनों न नहलातीं, जाड़े में कपड़ों से लादें रहतीं, हँस-ठूँस कर खिलातीं और मौक़ा देखते ही उन्हें पढ़ाने बैठ जातीं।

उस दिन पिता ने माँ के कमरे के सामने खड़े होकर कहा, "मैं इसे बरदाश्त नहीं कर सकता। मैंने इससे बाकायदा शादी की है। नहीं, तुमसे अब मेरा कोई रिश्ता नहीं। शहर में मैं मकान ख़रीद दूँगा, बैंक में तुम्हारे नाम रुपये जमा कर दूँगा...तुम अपने बच्चे को लेकर वहीं रहो और मेरा पिंड छोड़ो..."

धुँधली-सी याद है उन्हें जब पिताजी उन्हें इसी मकान में छोड़ गए थे। माँ की आँखों में कैसी आग थी, जो स्थिर लौ की तरह जल रही थी! उसके बाद माँ कभी गाँव नहीं गईं और न ही पिता, नई माँ और उनके बच्चे कभी शहर में आकर उनसे मिले। बाद में पिताजी ने एक वकील के हाथ, उनकी ज़मीन-जायदाद में कोई हिस्सा न लेने के बारे में एक काग़ज़ भेजा तो माँ ने चुपचाप दस्तख़त कर दिये।

माँ सदा चींटी की तरह व्यस्त रहतीं। तड़के वह उठ जातीं और नौकरानी के बावजूद स्वयं अपने हाथों से घर की सफ़ाई-दफाई करतीं। कभी नाश्ता बना रही हैं, कभी खाना, कभी बाज़ार जा रही हैं, कभी उन्हें स्कूल से ले जा रही हैं, कभी उन्हें दूध दे रही हैं कभी उनके हाथ-पैर व सिर में तेल लगा रही हैं। और जब वह ख़ाली

रहतीं तो मकान के सहन में से पेड़-पौधे लगाने लगतीं। बरामदे में अनेक गमलों में विभिन्न पौधे व पौधों के फूल लहलहाने लगे। स्वयं वह और पेड़-पौधे—इन्हीं को सींच-सींच कर बड़ा करने में माँ का सारा जीवन बीत गया। माँ के स्नेहाश्रय में वह कब बड़े हुए, कैसे हर कक्षा अच्छे नम्बरों से पास करते गए, एम.ए. में टॉप किया और तीन वर्ष तक रिसर्च करके कैसे पीएच.डी. किया—यह सब मालूम ही न हुआ। माँ व पढ़ाई के अलावा उन्होंने कुछ भी तो नहीं जाना। यूनिवर्सिटी में नियुक्ति के बाद माँ ने बड़े हौसले से एक ऊँचे व सम्पन्न ख़ानदान की एक अत्यधिक ख़ूबसूरत पढ़ी-लिखी लड़की से उनकी शादी कर दी। बड़ी ख़ुश थीं माँ।

लेकिन उनका शरीर बहुत थक गया था। वह अधिक चल न सकीं और साल भर बाद मरते समय उन्होंने प्रशान्त को सीमा के सिपुर्द करते हुए कहा था :

"मैंने तुम्हारे लिए ही इसे सहेज कर रखा था, तुम इसे सँभाल कर रखना...।"

माँ ने बहुत खोजबीन करके उनके लिए सीमा को ढूँढ निकाला था। सीमा अच्छे दहेज के साथ आई। प्रथम मिलन की वह रात। अद्‌भुत थी सीमा...जाड़े में सूरज की प्रथम धूप की हल्की, ललौंछ गोराई, बड़ी-बड़ी चंचल आँखें, आतुर रसीले होंठ और जीवन-शक्ति से भरपूर पतला लोचदार शरीर। उसको देखते ही उन्होंने अपना होश-हवास खो दिया था, जैसे उनको मूर्च्छा आ जाएगी। उनके रोम-रोम में सीमा बस गई। उसे देखते ही वह एक घायल पक्षी की तरह तड़पने लगते, हृदय की प्यास बेहद बढ़ जाती और उससे एक क्षण का वियोग भी उनको सह्य नहीं होता था।

दुख से उनकी आँखें भर आईं। क्या सचमुच सीमा उनको छोड़कर चली जाएगी? सीमा के वियोग के दुख का कैसे झेल पाएँगे वह? माँ का दुख तो वह पी गए, पर इस दुख को पीने की आदत कहाँ है उनकी? इस दुख में बेपनाह डर और उम्मीदों के टुकड़े-टुकड़े होकर नष्ट होने की आशंका है! वह बेहद घबरा गए और एक बार फिर सीमा के मुँह के पास मुँह ले जाकर धीमे से पुकारा, "सीमा सीमा!"

किन्तु दो-तीन बार कोशिश करने पर भी सीमा कुछ न बोली।

कुछ देर तक कुर्सी पर बैठे हुए वह सीमा को एकटक देखते रहे। स्वयं उनका शरीर थक कर चूर-चूर हो गया था। कमर में दर्द हो रहा था और आँखें जलने लगी थीं। वह उठकर एक ओर दीवार से सटा कर रखे सोफे पर बैठ गए, फिर वहीं रखे तकिये का टेक लगा कर पैर सिकोड़ कर लेट गए। उन्होंने आँखें मूँद लीं, पर नींद नहीं आई। आँखें उनकी अपने से खुल गईं और वह ऊपर छत को सूनी-सूनी नज़रों से देखने लगे, पर मस्तिष्क में स्मृतियों की एक रील चलने लगी।

कैसे दिन थे। विश्वविद्यालय में पढ़ाते समय भी उनका मन उड़-उड़ कर सीमा के पास पहुँच जाता। और छुट्टी होते ही वह स्कूटर पर बैठकर फ़ौरन घर चल देते, जहाँ नीला फाटक, पेड़-पौधे और सीमा पहले से ही उनका स्वागत करने को तैयार रहते।

सीमा अजीब शान व सलीके से उनसे मिलती। वे एकटक एक-दूसरे को देखते ही लिपट जाते। सीमा लगातार फुसफुसाए स्वर में बोलती जाती, 'प्रशान्त...प्रशान्त...' उसके शरीर से कम्पन की छोटी-छोटी लहरियाँ उठती थीं, जैसे वह सिसक रही हो। सीमा के स्पर्श में उन्हें ओस-नहायी नवप्रस्फुटित कली की कोमलता, ताज़गी एवं शीतलता का एहसास होता। सीमा के प्रति उनके प्यार में क्या-क्या नहीं था...सब कुछ पाने की आकांक्षा और सम्मान, त्याग और कुर्बानी की हद तक एक अटूट लगाव।

वे एक-दूसरे का हाथ पकड़े सोफे पर अगल-बग़ल बैठ जाते और कुछ देर तक बात करते रहते। वह सीमा को विश्वविद्यालय की छोटी-छोटी बातें सुना जाते। सीमा अपने कॉलेज जीवन, सहेलियों तथा अपने माँ-बाप के क़िस्से सुनाने लगती। वह मुस्कराकर उसकी बातें सुनते रहते और अन्ततः उनका दिल भर आता। एक सुकुमार, भोली-भाली लड़की अपना घर छोड़कर जब पहली बार दूसरे घर में जा बसती है तो वह अपने माँ-बाप की याद न करे तो किसकी करे? कितना बड़ा त्याग है सीमा का।

ऐसे ही अवसर पर उन्होंने सीमा का हाथ अपने हाथ में लेकर कहा था, "सीमा, मुझमें कई कमज़ोरियाँ हैं, मैं बेहद कोमल हूँ भीतर से। मुझे तुम्हारा सहारा चाहिए, उससे मैं अपनी कमज़ोरियों पर विजय प्राप्त करके कोई बड़ा काम कर सकता हूँ। जब तक माँ थीं, उन्होंने सब कुछ दिया। अब तुम्हीं हो! तुम शान्ति दे सकती हो, ताकत दे सकती हो, तुम्हारे बिना मैं कुछ भी नहीं कर सकता। तुम्हारी कोई भी तकलीफ़ मेरे बरदाश्त के बाहर है..."

"प्रशान्त!" सीमा अचम्भे से उन्हें देखने के बाद हल्की-सी नखरीली आवाज़ में बोली, "प्रशान्त कैसी बात कर रहे हो...जाओ न नहाओ...मैं खाना लगा रही हूँ।"

"अभी जाता हूँ पर खाना मैं लगाऊँगा, फिर तुम बताना कि मेरे परोसे हुए खाने में मिठास है या नहीं।" वह ठहाका लगाकर हँस पड़े थे।

"प्रशान्त, जाओ न...मेरी आदत न बिगाड़ो...खाना मैं ही लगाऊँगी..."

"सीमा, मुझे समझने की कोशिश करो, मैंने सपने में भी नहीं सोचा था कि तुम्हारी जैसी लड़की मुझे मिलेगी। हम जो कुछ करेंगे मिल-जुल कर। सीमा, मैं बहुत ख़ुश हूँ...मैं जो कुछ करना चाहता हूँ करने दो, तुम जो चाहोगी मैं करने दूँगा। तुम्हारे सहयोग से मैं दुनिया में कोई बड़ा काम कर सकता हूँ...करना चाहता हूँ।"

"बड़ा काम? कौन-सा?" सीमा चकित तिरछी दृष्टि से उन्हें देखने लगी।

"जानती हो, शुरू से ही मुझे पढ़ने-लिखने का शौक है—यह शौक माँ ने लगाया था। माँ के कहने पर ही मैं इस लाइन में आया क्योंकि वे मेरे लिए शान्ति की ज़िन्दगी चाहती थीं, जिससे मैं कोई अच्छा काम कर सकूँ। वह नहीं चाहतीं थीं कि मैं पैसे के पीछे भागूँ और अपने को गिराऊँ। डियर, मैंने सोचा है कि अंग्रेज़ी की कुछ सर्वोत्तम कृतियों का ख़ूब मेहनत से हिन्दी में अनुवाद करूँ।

काम मेहनत का है, दिन-रात खपना-खटना पड़ेगा लेकिन है महत्त्वपूर्ण। मुझे विश्वास है कि तुम्हारे सहयोग से यह काम कर लूँगा..."

"क्या मिलेगा तुम्हें इस काम का?"

वह आश्चर्य-विस्फरित आँखों से कुछ क्षणों तक उसे देखते रहे। फिर धीमे स्वर में बोले, "बहुत-कुछ सीमा, बहुत कुछ। और कुछ नहीं तो मेहनत का आत्म-सन्तोष।"

"तब तो ठीक है..." सीमा टेढ़ा मुँह करके हँसने लगी। फिर गम्भीर होकर बोली, "अच्छा अब जाओ नहाने प्लीज!"

और वह दिन! वह तड़के ही उठ गए थे। उन्होंने सीमा के बालों पर हल्के-हल्के हाथ फेरा, फिर कमरे से बाहर निकल आए और बाहर बरामदे से उतर कर लॉन में टहलने लगे। आकाश का पर्दा फटने वाला था और सामने मैदान के पास पूर्वी क्षितिज पर मद्धिम उजाला उभर रहा था। वह बच्चों की तरह ख़ुश थे और कुछ गुनगुना रहे थे। मन्द-मन्द हवा के झोंकों से वह ताज़गी एवं स्फूर्ति से भर उठे। उन्होंने अँधेरे में खड़े और प्रसन्नता से हिलते आम, अमरूद और कदम्ब के वृक्षों पर नज़र दौड़ाई। उनका मन नाच उठा। अन्त में वह नल में पाइप लगा कर लॉन और बरामदे के फूल-पौधों की सिंचाई करने लगे।

यह लॉन, गमलों वाले अनेक फूल-पौधे तथा वृक्ष उनकी माँ के परिश्रम का ही फल है, वह मीठी नीम, अमलतास, गुड़हुल और कैक्टस भी। और माँ की प्रेरणा से पेड़-पौधों का साथ-संग उन्हें भी बेहद अच्छा लगने लगा था। एक-एक पेड़ और पौधे का नाम उन्हें याद है। जब-जब वह पढ़ाई-लिखाई से थक जाते, अपने अध्ययन कक्ष से निकलकर बाहर आ जाते और उन पेड़-पौधों के बीच बैठ जाते। वह उनको सहलाते, उनसे बातचीत करते और कभी उनके बीच चित्त लेटकर आकाश को निहारने लगते। उनकी थकान मिट जाती और उन्हें बड़ा सुकून मिलता। और क्या चाहिए उन्हें! कितने वर्षों के कठिन परिश्रम व प्रतीक्षा के बाद विश्वविद्यालय में अंग्रेज़ी का अध्यापन और उसके बाद यह सीमा! यह सब सोचकर वह अपने अन्दर हिम-मंडित पर्वत शिखर की ऊँचाई एवं पवित्रता का स्पर्श अनुभव करने लगे।

नल बन्द करके वह लॉन में बैठ गए। कुछ देर बाद ही पेड़ों पर कौए बोलने लगे और गौरेया पक्षियों का बरामदे में फुर्र-फुर्र आना-जाना शुरू हुआ। धीरे-धीरे उजाला फैल गया और क्षितिज पर लाली पुतने लगी। वह उठकर भीतर चले गए और जब नहा-धोकर ग़ुसलख़ाने से बाहर निकले तो सूर्य की प्रथम धूप लॉन में पसर गई थी। वह शयनकक्ष में गए, पर सीमा अब भी दीवार की ओर करवट लेकर वक्र सो रही थी। उन्होंने उसके मुँह पर झुककर पूछा, "उठो, बेड-टी तैयार करके लाता हूँ..."

सीमा आधी नींद में थीं, उनकी आवाज़ से वह जाग गई। वह अपनी बाँहें, उनके गले में डालकर अधमुँदी आँखों से उन्हें देखती हुई बच्चे की तरह बोली,

"तुम कहाँ थे प्रशान्त? कितने निष्ठुर हो तुम? मुझे इस तरह छोड़कर न जाया करो...तुम्हारे बिना मैं नहीं रह सकती..."

"मैं कहीं नहीं गया था डियर..." उन्होंने प्यार से कहा, "मैं तो यहीं था, पौधों में पानी दे रहा था। तुम तो जानती ही हो कि तड़के उठकर जब तक मैं पेड़-पौधों के बीच कुछ समय बीता नहीं लेता, मुझे चैन नहीं आता। आह, प्रकृति का यह संग-साथ कितनी ताकत देता है।"

"चलो...आज मुझे मालूम हुआ कि मैं पेड़-पौधों से भी गई-गुज़री हूँ।" सीमा की आँखें पूरी तरह खुल गई थीं।

"सीमा! कैसी बात कर रही हो? पेड़-पौधे तो हमारे साथी हैं—हमारे, तुम्हारे और सबके। एक बात हमेशा के लिए गाँठ बाँध कर रख लो...इस दुनिया में तुम्हारे सिवाय मेरा कोई नहीं है और तुम्हीं मेरी सबसे प्रिय हो।"

उनका चेहरा गहरी आन्तरिक उत्तेजना से दमक रहा था। सीमा उन्हें एकटक देखती रह गई, फिर धीरे से बोली, "मेरा मतलब वह नहीं था, जो तुमने समझा। मैं तो मज़ाक़ कर रही थी। तुम हर चीज़ को इतना गम्भीर क्यों बना देते हो?" वे मुस्कराने लगे थे। उन्होंने अपनी उँगली से सीमा के होंठों को दो-तीन बार हिलाया, फिर मीठे स्वर में बोले, "तुम लेटी रहो, तुम्हें बेड टी की आदत है, मैं अभी बना लाता हूँ..."

झमाझम पानी से वर्षा का आगमन हुआ। बरसात में प्यार के अलावा उन्होंने कुछ भी नहीं किया। वे लॉन में देर तक साथ-साथ टहलते, पेड़ों की छाया में कुर्सियाँ डालकर बैठते, कभी ताश खेलते, कभी कैरम। रात में देर तक बातें करते रहते।

वह उसे बहुत कुछ करने न देते। सवेरे वह उसको बेड-टी पिलाते, खाना स्वयं अपने हाथों से लगाते, रात में बिस्तर अपने हाथों से चमाचम बिछाते। सवेरे और शाम वह उसे फल अपने हाथ से छील और तराश कर खिलाते।

उस दिन विश्वविद्यालय से आने के बाद भोजनोपरान्त उन्होंने गम्भीर होकर कहा था, "सीमा, कुछ दिनों में बरसात बीत जाएगी। 10 नवम्बर को मेरा जन्मदिन पड़ता है, इसी दिन से मैं अपना काम शुरू करूँगा।"

"कौन-सा काम," सीमा ने बहुत ही निर्दोष बन कर पूछा, जैसे उसे कुछ मालूम ही न हो।

"कैसी बात करती हो? तुम भूल गई क्या? तुम्हें पहले ही बता चुका हूँ कि अंग्रेज़ी की कुछ उत्तम कृतियों का मैं हिन्दी में अनुवाद करना चाहता हूँ। तुम तो जानती हो, एक तो हिन्दी में अनुवाद ही कम हुए हैं और जो हुए हैं वे बहुत कामचलाऊ। कुछ हिन्दी की श्रेष्ठ कृतियों का अंग्रेज़ी में भी अनुवाद करूँगा। मैं कुछ किताबें लाया हूँ, कुछ अच्छे शब्दकोश भी। मैं इनका अविकल अनुवाद करूँगा। मैं बहुत मेहनत करूँगा, सीमा। यह बहुत बड़ा काम है। मैं अपना जीवन इसी काम में लगाना चाहता हूँ, बस तुम्हारा साथ चाहिए...।"

सहसा सीमा का चेहरा बेहद गम्भीर हो गया। वह चिल्ला पड़ी, "बार-बार यह क्यों कहते हो? क्या मैं मना करती हूँ? इसका मतलब यह है कि मुझ पर तुम्हारा विश्वास नहीं। ठीक है, विश्वास नहीं है तो साफ़-साफ़ सुन लो, मुझे इस प्रकार का काम सख़्त नापसन्द है, समय की बर्बादी है।"

सीमा का चेहरा क्रोध से तमतमाने लगा, नथुने फड़कने लगे और बड़ी-बड़ी आँखें बाहर निकल आईं। उनका चेहरा एकदम फक पड़ गया था।

सीमा, नाराज़ न हो...मेरा मतलब वह नहीं था। तुम पर विश्वास क्यों नहीं करूँगा? तुम तो मेरी सब कुछ हो, तुम्हारी ख़ुशी के लिए मैं सब कुछ सहन कर सकता हूँ...।"

वह दिन-भर सीमा को मनाते रहे। शुरू-शुरू में वह जितना मनाते, सीमा और भी रूठती जाती। आख़िर में सीमा की नाराज़ी एक ऐसी सीमा पर पहुँच गई, जिसके आगे वह सुबकी भरे रुदन में टूट-बिखर गई।

शाम होते ही उन्होंने उत्साह से कहा, "सीमा, तैयार हो जाओ...आज बाहर खाएँगे डियर...।"

"आज रहने दो...फिर कभी चलेंगे।"

"अब नाराज़ होने की बारी मेरी होगी, फिर न कहना..." वह हँसने लगे, "यार, बात यह है कि आज बाहर खाने की इच्छा हो रही है। किसी भी हालत में आज घर का खाना नहीं खाऊँगा...।"

देखते-देखते ही सीमा ख़ुश हो गई और उसका चेहरा हँसने लगा। उन्होंने रेशमी कपड़े की बुशर्ट पहन ली थी और सीमा ने उसी रंग की ख़ूबसूरत साड़ी। जब वे बाहर निकले तो उनके चेहरे दमक रहे थे। बीच-बीच में मुस्कराकर वे एक-दूसरे की ओर देख लेते।

बाज़ार में पहुँचकर वे पहले चाट की एक मशहूर दुकान पर गए जहाँ उन्होंने अजीब आक्रामक भाव से चाट खायी। सीमा की पूरी जान चाट खाने में लगी थी और बीच-बीच में उसकी जीभ बाहर निकल आती। इसके बाद वे मिठाई की दुकान पर गए, जहाँ दो-दो पीस रसमलाई और पतीसा का सेवन हुआ। तत्पश्चात लस्सी की दुकान पहुँचकर सबसे बड़े गिलास से मलाई से भरी दही की मीठी लस्सी पालक के पकौड़े के साथ ली गई।

वहाँ से उठकर वे मीठे पान खाकर सड़क पर चहलक़दमी करने लगे। क़रीब आधा घंटा बाद उन्होंने यह कहकर कि उन्हें अपने लिए क़मीज़ का कपड़ा लेना है, सीमा को कपड़े की एक बेहद सजी-धजी नामी दुकान पर ले गए। उनके कहने पर दुकानदार ने एक से एक बढ़िया साड़ी की नुमाइश लगा दी। और जब सीमा सिल्क की एक बेहद ख़ूबसूरत और काफ़ी कीमती साड़ी बार-बार देखने लगी तो उन्होंने सीमा से पूछा कि क्या उसे पसन्द है तो सीमा ने प्यार से

मुस्कराकर इनकार में सिर हिला दिया। इसके फ़ौरन बाद उन्होंने दुकानदार से कहा, "पैक कर दीजिए...।"

घर पहुँचकर वह चुप हो गए थे। कुछ देर खिड़की के बाहर देखते हुए अँधेरे की गहनता में कुछ टटोलने लगे। फिर एक अजीब अभिमान-भाव के प्रवाह में स्वतः ही उनके मुँह से आवाज़ निकलने लगी थी, "सीमा, मैं पिताजी की तरह सख़्त और निर्मम नहीं हूँ। मैं माँ की तरह कोमल हूँ। मुझे पेड़-पौधे, झील, नदी, पहाड़, खुला आकाश, खुली हवा पसन्द है। मुझे साधारण लोग पसन्द हैं। मुझे सार्थक परिश्रम पसन्द है। पर इन सबसे अधिक तुम मुझे पसन्द हो। तुम मुझसे नाराज़ न होना, सीमा। तुम ख़ुश रहोगी तो मैं कोई अच्छा और बड़ा काम करूँगा...।"

सीमा के चेहरे पर एक हल्का-सा खिंचाव आ गया था, जैसे रेशम के कपड़े में कोई खोंचा लग गया हो...

सहसा वह उठ खड़े हुए। चौंक कर और घबराहट में उन्होंने चारों ओर देखा। लगा था कि माँ उनके पास में खड़ी है। पर वहाँ तो कोई नहीं था।

वह सीमा के पास कुर्सी पर फिर बैठ गए थे। उन्होंने झुककर उसके बालों पर हाथ फेरा। उनका कलेजा मुँह को आने लगा। पता नहीं कैसे उन्हें आज एक-एक बात याद आ रही है। कितना प्यार किया था उन्होंने सीमा को। उस दिन के ग़ुस्से के बाद सीमा फिर अपने स्वाभाविक रूप में आ गई थी—प्यारी, ख़ुशदिल और जीवन्त। बेहद ख़ुशी उनको इस बात की भी थी कि जल्दी ही क्वार का महीना बीत जाएगा और अपने जन्मदिन पर वह अपना अनुवाद-कार्य शुरू कर देंगे। और उनका गहरा विश्वास था कि सीमा उनका उसी तरह ख़याल रखेगी, जिस तरह उनकी माँ पढ़ाई के दिनों में रखती थीं। फिर धीरे-धीरे वह इस काम से सीमा को भी जोड़ लेंगे। सीमा फ़ाइल सँभाल देगी, पुनर्लेखन में कुछ मदद कर देगी, कुछ शब्द के अर्थ शब्दकोश में देखकर लिखे रहेगी। अहा, कितना आनन्द आएगा साथ-साथ काम करने में! वे मिल-जुलकर पढ़ेंगे-लिखेंगे, बग़ीचे में काम करेंगे, फूल खिलाएँगे और फ़ुरसत मिलने पर ख़ूब सैर-सपाटा करेंगे। वे एक-दूसरे का हाथ पकड़कर सफलता के उच्चतम शिखर पर पहुँच जाएँगे, जहाँ खुला निर्मल आकाश होगा, प्यार होगा, पवित्रता होगी। ऐसी बातें सोच-सोचकर वह एक ख़ूबसूरत ख़्वाब में खो जाते थे।

लेकिन इसके साथ-साथ उनके अन्दर किसी कोने में यह डर भी बैठ गया था कि सीमा कहीं उसी तरह फिर नाराज़ न हो जाए। यह सोचकर उनका दिल बैठ जाता। तब वह दूने उत्साह से सीमा को ख़ुश करने में लग जाते। वह सीमा को घर में अधिक-से-अधिक आराम देने की कोशिश करते। उसकी हर बात पूरी कर देते और उनसे थोड़ी-सी भी ग़लती होती तो फ़ौरन उसे स्वीकार करके क्षमा माँग लेते। वह सीमा की ख़ूबसूरती की भूरि-भूरि प्रशंसा उसके सामने ही करते हुए कहते, "तुम्हारा कोई क्या खाकर मुक़ाबला करेगा?"

उस दिन कितने उमंग और उत्साह से सीमा को अपने पास खींचकर उन्होंने कहा था, "सीमा, मैं उन लोगों में से नहीं हूँ जो स्त्रियों को अधिकार देना नहीं चाहते। मैं पुरुष और स्त्री में कोई फ़र्क़ नहीं समझता। तुम आगे बढ़ो, लोगों से मिलो-जुलो, बहस करो, बातचीत करो...पूरी तरह आज़ाद हो तुम...।"

इन बातों का जो भी अर्थ हो, सीमा इन दिनों बेहद ख़ुश रहती थी। वह उनसे प्यार, प्रशंसा, आराम और उपहार प्राप्त करके आत्म विश्वास एवं गर्व से भर उठी, और जल्दी इस बात की कायल भी हो गई कि उससे सुन्दर और बुद्धिमान कोई नहीं है। धीरे-धीरे उसे बड़ा स्वाभाविक व सामान्य लगने लगा कि जो कुछ वह उसको दे रहे थे, वैसा करना उनका कर्तव्य है और वह सब प्राप्त करने की वह योग्य अधिकारिणी है। अत: जब वह कहीं चले जाते अथवा फल खिलाना वह भूल जाते तो वह बच्चों की रूठकर रूँआसे स्वर में कहती, "प्रशान्त, तुम कहाँ थे, आज मुझे फल नहीं मिले।"

इसी तरह जब तक वह बिस्तर झाड़-झूड़ कर चमाचम बिछा नहीं देते, वह उसे वैसा ही रहने देती। बीच-बीच में कभी वह छोटी-छोटी बात पर तुनक जाती, रूठ जाती और जब तक वह उसे ख़ूब न मना लेते और बाज़ार न घुमा लाते, वह नहीं मानती। वह ख़ूब शौक से रहती और मुहल्ले के लोगों तथा ग़रीब रिश्तेदारों पर सदा दया करती। उसका पक्का विश्वास हो गया था कि दुनिया में सिर्फ़ वही ख़ूबसूरत, बुद्धिमान और आदर्श स्त्री है और दूसरे पुरुष अपनी पत्नियों से असन्तुष्ट रहते हैं। वह मुहल्ले की स्त्रियों में बैठती तो हर बात को वह काट देती। जब उनमें से कोई कहती कि "सवेरे उठना ठीक होता है" तो वह फ़ौरन प्रतिवाद करती "मैं तो यह बात नहीं मानती। ग़लत है यह सब। जीवन में आराम का बहुत महत्त्व है, यह क्या सवेरे-सवेरे अधूरी नींद में उठकर बैठ जाए?" और दूसरे दिन ही यदि कोई कहती "मैं देर तक सोती रही..." तो वह झट कह देती, "यह आदत ठीक नहीं है। सवेरे उठना ठीक रहता है, बड़ी ताज़गी आ जाती है...।"

इन परिस्थितियों में उसकी प्रतिभा और व्यक्तित्व का एक ख़ास दिशा में विकास होने लगा।

अपने जन्मदिन के कुछ रोज़ पहले उन्होंने कहा था, "सीमा, वह दिन आ रहा है, जब मैं अपना अनुवाद कार्य शुरू कर दूँगा...।"

सीमा ने उनको घूर कर देखा था, फिर बिना उत्तर दिये ही घूमकर चली गई थी। सीमा के इस व्यवहार की तरफ़ उन्होंने ध्यान नहीं दिया था क्योंकि सीमा ने उनको आश्वस्त किया था और वह स्वयं दृढ़ संकल्पों से भरे हुए थे। जन्मदिन की सुबह जब वह उठे तो उनके होंठों पर हल्की मुस्कराहट थिरक रही थी। उन्होंने रोज़ की तरह बेड-टी तैयार की और उसकी ओर बढ़ाते हुए कहा, "सीमा, आज मेरा जन्म दिन है, बधाई न दोगी?"

सीमा ने जैसे अपनी ग़लती की स्वीकृति में जीभ निकालते हुए कहा, "अरे, इसका तो मुझे ख़याल ही न रहा। बधाई प्रशान्त, बधाई! तुम आज कुछ न करना, मैं सब कुछ करूँगी...।"

"ऐसी बात नहीं है सीमा," उन्होंने गम्भीरता से कहा था, "मैं वह सब कुछ करूँगा, जो रोज़ करता हूँ। इसके अलावा मैं अपने कमरे को ठीक करूँगा, फ़ाइलों का ठीक करूँगा, पूरे अहाते की सफ़ाई करूँगा, झाड़ियों को काटूँगा...कुछ नये पौधे लगाऊँगा...।"

"अरे, इतने सारे काम क्यों?"

"सीमा, मैं तुमसे कई बार कह चुका हूँ कि ये पेड़ और गमलों के फूल-पौधे माँ के लगाए हुए हैं, जो हमेशा माँ की याद दिलाते हैं। माँ ने स्नेह, त्याग और परिश्रम की जो परम्परा कायम की, उसको आगे बढ़ाना चाहता हूँ और उससे तुमको भी जोड़ना चाहता हूँ!"

"मुझ पर कृपा करो, प्रशान्त!"

वह उसे हक्का-बक्का होकर देखते रह गए थे। उन्होंने बहस को आगे बढ़ाना उचित नहीं समझा और वहाँ से चुपके से खिसक गए।

दूसरे दिन जब वह क़रीब नौ बजे यूनिवर्सिटी जाने के लिए कमरे से बाहर निकले तो सीमा अपने कमरे में बैठी आँसू गिरा रही थी।

"क्या बात है, सीमा?"

सीमा अचानक उछलकर खड़ी हो गई और बड़ी-बड़ी आँखें निकालकर चिल्ला पड़ी, "मैं सारे गमले उठाकर बाहर सड़क पर फेंक दूँगी, आज बताए देती हूँ। गमले चाहे जिसने लगाए हों, मैं उनसे टकराकर घायल होने के लिए नहीं पैदा हुई हूँ। यह घर मेरे लिए नरक बन गया है। मैं हमेशा बैठकर घुटती और कुढ़ती रहती हूँ।"

"ऐसा न कहो सीमा। तुम भी कुछ करो, कोई नौकरी करो, घर पर ही कोई काम शुरू करो, जब चाहो, भाई और माँ को बुला लो..."

सीमा बीच ही में चीख़ पड़ी, "तुम्हारी नज़र में मेरे मैकेवाले ही गड़ते रहते हैं। मैं कहे देती हूँ, मेरी माँ और भाई का नाम न लो—मैं तुम्हारे माँ-बाप के बारे में कुछ नहीं कहती, मेरी तो क़िस्मत ही फूट गई। दिन-भर अकेली मनहूस की तरह बैठी रहती हूँ, मन बहलाव का भी कोई समान नहीं। दूसरे लोगों के घर में एक-से-एक सामान आ रहे हैं, वी.सी.आर. पर पिक्चरें देखी जा रही हैं, सारे दिन दावत पार्टी हो रही है, सैर-सपाटा हो रहा है। यह भी कोई ज़िन्दगी है। यह तो मेरे मैके वाले हैं, जिनकी वजह से इस घर में कुछ सामान दिखाई भी दे रहे हैं। मैं तो इस घर का एक पैसा भी नहीं जानती, बस हमेशा पेड़-पौधे, गमले, अनुवाद, माँ! क्या रखा है विश्वविद्यालय की नौकरी में? समाज में कौन-सी इज़्ज़त है तुम्हारी? इससे अच्छा तो कचहरी का क्लर्क है, कौन पूछेगा अनुवाद को?"

उनका चेहरा दुख, डर और शर्म से काला पड़ गया। उन्होंने बेबस आवाज़ में पूछा "क्या चाहती हो सीमा?"

"क्या चाहती हूँ? कुछ नहीं चाहती, कुछ नहीं चाहती। हुँह, दूसरे टीचरों को देखती हूँ, लोग नौकरी के अलावा कई-कई कोचिंग क्लास में जाते हैं, अपने घर में लड़के-लड़कियों को बुलाकर पढ़ाते हैं, नोट्स वग़ैरह लिखते हैं...ख़ूब पैसा बरस रहा है। बिना पैसे के कोई पूछता है कुछ रूपल्ली के यूनिवर्सिटी टीचर को?"

"सीमा, तुम जो चाहती हो, सब कुछ होगा। हर सामान इस घर में आएगा, मैं भर दूँगा हर चीज़ से इस घर को। तुम्हारे मुख की चमक और मुस्कान के लिए मैं सब कुछ कर सकता हूँ...।" उनकी आँखों में आँसू आ गए थे।

फिर वही सीमा के सामने गिड़गिड़ाना, उसे देर तक मनाना, शाम को बाज़ार में खिलाना और कीमती उपहार देना। जब वे घर लौटते तो सीमा का चेहरा चमकता-दमकता रहता था, जैसे वह नशे में हो। अहा जब वह प्रसन्न रहती है तो उसका कैसा प्यारा चेहरा बन जाता है! घर कैसा ख़ुशनुमा लगता है! उनके दिल में जैसे शान्ति और ख़ुशी का एक साम्राज्य व्याप्त हो जाता है। कुछ बड़ा करने के लिए उनकी निजी ख़ुशी और शान्ति कितनी ज़रूरी है, जो सीमा के सहयोग के बिना सम्भव नहीं है। और सीमा को निरन्तर ख़ुश रखने के जी-तोड़ प्रयास में भी उनके भीतर किसी कोने में यह विश्वास विद्यमान था कि उनके व्यवहार से प्रभावित होकर एक दिन सीमा पहले की तरह प्रसन्न हो जाएगी और फिर दोनों मिलकर कोई बड़ा काम करेंगे।

पर उनका सपना, सपना ही रह गया। कुछ दिनों बाद सीमा ने उनसे प्यार से कहा, "प्रशान्त, मैं सोचती हूँ इन गमलों को बरामदे और लॉन से हटा दिया जाए। एक तो बार-बार मुझे ठोकर लग जाती है, फिर ये अच्छे भी नहीं लगते। ये बड़े मनहूस लगते हैं..."

"सीमा..." वह असहाय आवाज़ में बोले, जैसे समुद्र के अथाह पानी में डूब रहे हों। वह उसके प्रस्ताव के विरोध में ज़ोर से चिल्लाना चाहते थे, पर सीमा के क्रोध से विकृत चेहरे की कल्पना करके वह कुछ कह नहीं सके।

"तुम चिन्ता न करो.. मैं इस बरामदे और लॉन को नये ढंग से सजा दूँगी कि तुम भी क्या कहोगे। मैंने तुम्हारे लिए और अपने लिए एक योजना बनायी है..."

"कैसी योजना?"

"बाद में बताऊँगी...बस तुम हाँ कर दो...।"

"तुम जो चाहो करो...मुझे तुम्हारी ख़ुशी चाहिए...।" उन्होंने मरी हुई आवाज़ में हामी भर दी थी।

"तुम कितने अच्छे हो, प्रशान्त।" सीमा ने बेहद प्यार से उनके गले में हाथ डाल कर कहा।

देखते-ही-देखते उनके जीवन का ढर्रा ही बदल गया। उन्होंने स्वयं सोचना बन्द कर दिया। वह पूरी तरह सीमा पर निर्भर हो गए। वह स्वतंत्र रूप से जो कुछ सोचते, वे जल्दी ही बालू के घरौंदे की तरह मिट जाते। किसी जटिल स्थिति में उनकी समझ में नहीं आता कि क्या सही है, और सीमा जो कुछ कह देती वह एकदम सही लगता। उनका ध्यान सदा सीमा की बातों और उन बातों के संकेतों पर रहता, और उन्हीं के अनुसार वह अपने को ढालने की कोशिश करने लगे। वह सीमा के साथ देर तक बिस्तरे पर पड़े रहते और उसी के साथ उठकर पहले की तरह बेड टी बनाते। तैयार होते ही बी.ए. कक्षा के दो लड़के उनके यहाँ पढ़ने आ जाते, जिनको वह नौ बजे तक पढ़ाते। शाम को वह बाहर-ही-बाहर एक कोचिंग क्लास में जाते, जहाँ दो घंटे तक पढ़ाते। शाम को घर आते तो एकदम पस्त होकर लेट जाते। और तब सीमा उसके पास आकर बैठ जाती और छोटी-छोटी शिकायतों और समस्याओं का बयान करने लगती। महरी ने पोंछा नहीं लगाया, बग़लवाली की तरफ़ से ईंट की एक कंकड़ी आई, दिन-भर उसकी कमर में दर्द होता रहा, उसने बग़लवाली को किस तरह खरी-खोटी सुनाई, रद्दीवाला बड़ा बदमाश है, पता नहीं कैसे घूर कर देखता है...

वह भूखे भी होते थे और प्यासे भी। वह सोचकर आते थे कि सीमा उनसे कोई अच्छी बात करेगी, और उनके सामने खाने के लिए कोई चीज़ एक गिलास पानी के साथ रखेगी। अन्त में वह स्वयं ही उठकर एक गिलास पानी लेकर पी लेते। इस पर सीमा हँसने लगती क्योंकि उसमें उसे कुछ भी अस्वाभाविक नहीं लगता।

उन्होंने पैसा कमाने का क्षेत्र और भी बढ़ाना शुरू किया। उन्होंने कुछ प्रकाशकों से सम्पर्क किया और हर दर्जे के नोट्स और कुंजियाँ लिखनी शुरू कर दीं। गेस पेपर्स के लिए मसाला भी तैयार करने लगे। उनके पास ख़ूब पैसा आने लगा। पैसा देखते ही सीमा की आँखें नशीली हो जातीं। उनको स्वयं ऐसे काम में मज़ा आने लगा और वह अधिक से अधिक परिश्रम करने लगे। उनके घर में सभी तरह के समान आने लगे। इन दिनों सीमा अपना प्यार ख़ूब लुटाती और इस प्यार से अभिभूत और ख़ुश होकर वह पैसा कमाने की और तरक़ीबें सोचते। सीमा भी कई तरक़ीबें सुझाती। पैसा कमाने के लिए सस्ती क़िस्म की धार्मिक पुस्तकें लिखने का सुझाव सीमा ने ही दिया था। और वह इसका भी ध्यान रखती कि उनका एक मिनट बर्बाद न हो।

यदि कोई कॉलेज के साथी या लड़के आ आते मिलने और थोड़ी भी देर हो जाती तो सीमा तेज़ आवाज़ में टोक देती, "प्रशान्त, तुम्हें जाना है न!"

वह झट एक पालतू जानवर की तरह उठ खड़े होते और आने वाले भी झट नौ दो ग्यारह हो जाते। वह घोर परिश्रम करने लगे एक मशीन की तरह उनकी किताबों, पत्र-पत्रिकाओं, अख़बारों और फ़ाइलों पर धूल जम गई। फिर वे किताबें आदि कब

रद्दीवाले के हाथ बेच दी गईं, यह उन्हें पता ही न चला। बरामदे और लॉन के सभी गमले तो कभी हटा दिये गए थे। लॉन के सभी पौधे सूख गए और उखाड़ दिये गए। केवल बचे रहे कुछ पेड़। बरामदे में दो बड़े-बड़े केबिन बनवा दिये गए, जहाँ वह स्वयं अपने घर में कोचिंग चलाने लगे। सीमा उस कोचिंग क्लास की प्रिंसिपल बन गई और वह मैनेजर। सीमा ख़ूब प्रसन्न रहती, और शृंगार करती, सैर-सपाटे करती, दावतों में जाती और दावतें देती। और अक्सर ऐसा होता कि जब दावतें हो रही होतीं और हा-हा-ही-ही चल रही होती, वह अपने कमरे या केबिन में बैठे कोई नोट या कुंजी लिख रहे होते!

सीमा का परिवार बढ़ता गया, सम्पन्नता बढ़ती गई और वह मोटी होती गई...

इतना सब सोचते हुए उसका दिमाग़ थक गया और वह ऊँघने लगे। जब उनकी नींद खुली तो उन्होंने चौंक कर इधर-उधर देखा। सीमा धीरे-धीरे कराह रही थी।

"क्या है सीमा" उन्होंने आगे झुक कर धीरे से पूछा।

सीमा की आँखें खुली थीं, जिनमें एक अजीब अस्वाभाविक-सी चमक थी। फिर उसने उनके बढ़े हुए हाथ को अपने बाएँ हाथ से पकड़कर अपनी छाती पर रख लिया। उसकी साँसें तेज़ चल रही थीं। उसने लड़खड़ाती-सी आवाज़ में कहा—

"प्रशान्त, मैं जा रही हूँ। मैंने अन्याय किया...तुम्हारे साथ...धोखा दिया...मुझे मा...फ़ करना..."

उसकी छाती दो-तीन बाद ज़ोर से उठी गिरी, फिर उसकी साँस उखड़ गई।

सीमा की बात का मतलब वह कुछ भी समझ नहीं पाए। फिर वहीं ज़ोर-ज़ोर से फूट-फूट कर रो पड़े।

लाखो

खिचड़ी के मेले में मैंने उसे पहली बार देखा, चूड़ी, टिकुली और सिन्दूर की एक दुकान के सामने बैठी वह रोये जा रही थी, दुकानदार उसे तरह-तरह की चूड़ियाँ दिखाकर फुसला रहा था, पर उसका कोई असर नहीं हुआ। वह कभी ज़ोर-ज़ोर से रोती और कभी अपने मुँह को घुटनों के बीच में दबाकर बीच-बीच में वह सिर उठाकर इधर-उधर देखती, जैसे किसी को खोज रही है।

मेरा क़स्बानुमा गाँव गंगा के किनारे बसा है और रेत पर नदी के किनारे ही वह मेला लगता है, जहाँ दूर-दूर के गाँवों के लोग स्नान करते हैं। ख़ूब चहल-पहल रहती है। रंगबिरंगे कपड़ों में श्रद्धालु स्त्री-पुरुष, बच्चों का शोर-गुल, चूड़ी-रिबन, चोटी की दुकानें, बाजा-पिपिहरी, लाउडस्पीकरों की तेज़ आवाज़ें, मन्दिरों में चढ़ावा और नदी पर नावखोरी। लेकिन शाम होने पर भीड़ छँटने के बाद भी वह औरत वहीं बैठी थी और उसकी खोज-ख़बर लेने कोई नहीं आया। उसके आसपास दो-चार औरतें और कुछ लोग खड़े थे और उसे बड़ी उत्सुकता से निहार रहे थे।

वह लाल बार्डर की एक पीली साड़ी पहने हुए थी, उसकी माँग भरी हुई और हाथों में चूड़ियाँ, औरतों ने उससे उसका पता-ठिकाना पूछा, पर वह धारोधार रोये जा रही थी। रोते-रोते उनकी आँखें सूज गईं और आँसू भी सूखने लगे, आसपास भीड़ देखकर वह काफ़ी सिकुड़ गई थी। उम्र उसकी चौबीस-पच्चीस से अधिक न होगी। छोटा-गोल चेहरा, साँवला रंग, छोटी-सी नाक, बड़ी-बड़ी आँखें, मोटे होंठ।

"ई कोन जगह है?" जब अँधेरा घिरने लगा तो उसने डर कर एक औरत से पूछा। नौसा की माई, जो सफ़ेद रंग की मोटी साड़ी पहने थी और ललाट पर चन्दन, बोली, "अरे, ई तो परशुराम बाबा का जन्म-स्थान है, यहीं बाबा पैदा हुए थे। वह देखो, ऊपर टीले पर उनका मन्दिर भी है, हाँ, पहले तुम यह बताओ कि कहाँ से आई हो, कोई दुखिया लग रही हो..."

"क्या करूँ ए मैया," वह रोती हुई बोली, "हमारे साथ बड़ा धोखा हुआ है, वे लोग मुझे नैया से नहलाने के बहाने ले आए। हमारे साथ हमारे देवर, हमारे आदमी, हमारी जेठानी भी थीं। पहले मुझे गंगाजी में नहलाया, फिर बोले, तुम यहीं बैठो, हम लोग भी नहाकर आते हैं। तभी से हम बैठे हैं..."

"अपने गाँव-घर का पता बताओ, हम तुम्हें वहाँ पहुँचा देंगे..." मैंने बीच में हस्तक्षेप करते हुए पूछा।

"ना ए मालिक, गाँव-घर का पता जानकर क्या करेंगे? मैं अब नहीं जाऊँगी। घर में सौत बिठा ली है, लड़के को मुझसे छीन लिया है, दोनों मिलकर रोज़ मेरी कुटम्मस करते हैं, यहीं पड़ी रहूँगी...नहीं तो नदी-तालाब में डूब मरूँगी..."

"अरे, कैसी बात करती हो? तुम यहाँ रात में कैसे रहोगी? इतना जाड़ा-पाला है, चलो, वहाँ मन्दिर में सधुआइनजी हैं, वहीं रहना। तुम्हारा कोई आदमीजन आएगा तो चली जाना...

इतना कहकर नौसा की माई उसे सधुआइन के पास ले गई थी।

मैं गाँव के प्राइमरी स्कूल का हेडमास्टर हूँ, जिससे हर तरह के लोग मेरी इज़्ज़त करते हैं। मैं कड़ियल मिज़ाज का ज़रूर हूँ, लेकिन किसी के दुख-दुख में मदद करना भी मेरी आदत है। ठाकुर टोले के चार मकानों में से सबसे बड़ा मेरा ही मकान है। मज़े का खेत-बग़ीचा है मेरे पास और गाँव भर में मेरा दबदबा भी है। बात यह है कि मेले में छोड़ी गई उस जवान औरत की वजह से मैं कुछ चिन्तित था। पता नहीं कैसी औरत है, किस गाँव-जवार की है, उसको लेकर कोई बवाल न खड़ा हो, कहीं वह जान न दे दे, किसी दिन पुलिस थानेदार आकर किसी को पकड़ न लें...आदि-आदि। इस तरह के संशय गाँव के लोगों के लिए स्वाभाविक होते हैं क्योंकि वे भी आत्म-सुरक्षा के हथियार के रूप में ही ग्रामीणों द्वारा सदा इस्तेमाल किये जाते हैं।

उसके बारे में मुझे कुछ सूचनाएँ नियमित रूप से मिलती रहती थीं। नौसा की माई जाति की कहारिन थी, जिसका मर्द असम में कमाने-धमाने गया तो वहीं मर-बिला गया, जिसके बाद वह पूजा-पाठ में ज़्यादा समय बिताने लगी। वह गाँव के पूरबी छोर पर सड़क के किनारे अपने परिवार के साथ रहती थी उसके घर के सामने एक पक्का चबूतरा वाला कुआँ था और कुँआ के सामने हम ठाकुर लोगों के घर। मेरी एक बूढ़ी विधवा बुआ थी, जो मेरे पास ही रहती थीं। उनकी नौसा की माई से ख़ूब पटती और वे दोनों गंगाजी नहाने और मन्दिर में पूजन-अर्चन करने जातीं और उन्हीं से उस परित्यक्ता के समाचार मिल जाते।

उसने अपना नाम बताया था लाखो। वह रोज़ सवेरे उठती और कुएँ से पानी भर-भर कर मन्दिर को धोती और पोंछती और मन्दिर में चावल, दाल, आटा, आलू, जो भी चढ़ावा मिलता उसी को पकाकर ख़ुद भी खाती और सधुआइन को भी खिलाती। एक दिन मैं उत्सुकतावश लाखो की खोज-ख़बर लेने मन्दिर गया तो सधुआइन जी ने मुझसे कहा—

"ए जजमान, ई लाखो यहाँ कब तक रहेगी? ऊँच-खाल कुछ हो जाए तो मन्दिर की बदनामी होगी। है तो बहुत ईमानदार और मेहनती...हाँ, आगे क्या होगा,

यह कोई नहीं जानता। मैंने नौसा की माई से कई बार कहा कि इसे अपने घर ले जाओ और घर गृहस्थी के काम में मदद लो..."

"अच्छा रहिए, मैं भी उससे कहता हूँ..." नौसा की माई मेरा कहना मान गई और लाखो मन्दिर से आकर गाँव-समाज के बीच रहने लगी। अब अक्सर वह मुझे दिख जाती और जब नहीं भी दिखाई पड़ती तो उसके बारे में सभी ख़बरें मालूम होती रहतीं। दरअसल गाँव के लोगों के लिए एक कौतुक का विषय हो गई थी वह और लोग उसके बारे में हँस-हँसकर चर्चाएँ करने लगते। उसके बारे में ये बातें अस्वाभाविक व अटपटी-सी लगतीं, जिससे शंकाएँ बढ़ जातीं।

लाखो सुबह अँधेरा रहते ही उठ जाती और अन्य औरतों के साथ मैदान जाती। वहाँ से लौटकर ठाकुर लोगों के कुएँ के पक्के चबूतरे पर बैठकर गुनगुनाने लगती। साड़ी वह हमेश उटुंग पहनती, जिससे चिकनी मिट्टी की तरह उसकी टाँगें दिखाई देती रहतीं। सुबह-सुबह मुहल्ले के कुछ छोकरे उससे चुहलबाज़ी करते तो कभी वह उनको जीभ निकालकर चिढ़ाती, कभी थूकती और जब वे हद कर देते तो रोने लगती। नौसा की माई जब गंगा स्नान करने चली जाती तो वह नौसा के साथ खेत पर काम करने जाती। काम करते-करते वह कभी-कभी रोने लगती। नौसा की माई जब गंगा-स्नान करने चली जाती तो वह नौसा के साथ खेत पर काम करने जाती। काम करते-करते वह कभी-कभी रोने लगती। इस पर नौसा उसे गालियाँ देता और कभी-कभी हाथ-पैर चला देता। जब खेत से बोझा अपने सिर पर ढोकर घर चलती तो रास्ते में ठाकुर लोगों के इमली के बग़ीचे में बोझा पटककर कर सुस्ताने लगती और बुदबुदाती रहती। नौसा जब कभी उसे इस हालत में देख लेता तो गाली-गलौज और मारपीट पर उतर आता।

गर्मी के दोपहर में वह अक्सर गड़ही के किनारे आकर बैठ जाती। वहाँ कोई नहीं होता था, बस कुछ भैंसे पानी में तैरती रहती थीं। वह किनारे बैठकर देर तक पानी में कंकड़ व ढेला फेंकती रहती। कभी वह चुपचाप रोने लगती और कभी कोई राहगीर पास से गुज़रता तो उसे देखकर मुस्करा दिया करती। मैंने ख़ुद कई बार उसे वहाँ बैठकर मुस्कराते और रोते देखा था और मुझे समझ में नहीं आता ऐसा वह क्यों करती है? क्या उसने दुख और सुख दोनों इतना देखा है कि वह दोनों तरह की हरकतें करती है? अथवा अपने दुख को पछाड़ने के लिए वह हँसती और मुस्कराती थी? कभी-कभी लगता कि वह पागल या अर्द्ध-विक्षिप्त होकर यह सब करती है। जब वह ख़ुश होती तो अजीब ढंग से उछल-उछल कर बदन को तानकर और टेढ़ा करके बाईं तरफ़ तिरछे चलने लगती। सचमुच ऐसे समय में वह सीधे तो चलती ही नहीं, बल्कि तेज़ी से क़दम रखती अर्द्धवृत्त-सा बनाने लगी। तब उसके कूल्हे ख़ूब मटकते थे। वह कभी-कभी साड़ी खोंट कर आम, इमली और जामुन के पेड़ों पर जल्दी-जल्दी चढ़कर पुलई पर पहुँच जाती और वहाँ फल ख़ुद खाती और डालियों

को झोर कर नीचे गिराती जाती। ऐसे अवसरों पर गाँव के लड़के और लड़कियाँ इकट्ठे हो जाते और ख़ूब हो-हल्ला मचता। वह भी ख़ूब चीख़ती व चिल्लाती थी। उसकी एक और बात भी चिन्तित करने वाली थी। ठाकुर लोगों के कुएँ पर कुछ लोगों के पानी भरने पर प्रतिबन्ध था। वे लोग दूर पांतर में जाकर किसी कच्चे कुएँ से पानी लाते अथवा गड्ढे-तालाब से काम चलाते, पर गरमी में बड़ी दिक़्क़त होती। तब लाखो उनको बुलाकर चुपके से उनके लिए पानी भर कर दे देती।

"ले जाओ...और लेना हो तो आ जाना...कोई देखने प पाए..." वह फुसफुसाए स्वर में कहती थी।

जब मैंने यह सुना तो नौसा की माई को बुलाकर समझाया कि ऐसा करने से गाँव में बवाल हो जाएगा, इसलिए वह उसे मना कर दे। उसने अपनी यह हरकत बन्द की या नहीं, यह तो मैं नहीं कह सकता, पर उसके बाद इस तरह की कोई शिकायत सुनने को नहीं मिली।

मेरे घर से थोड़ी दूर पर सुल्लू मियाँ नाम के एक रिटायर्ड फ़ौजी रहते थे। वह अपने साथ एक कुत्ता और बन्दर-बन्दरिया रखते थे। जब वह बाहर निकलते तो ये तीनों मूर्तियाँ उनके साथ दिखाई देतीं। मेहँदी में रँगे बाल, नाटा चकइठ शरीर, छोटी-छोटी आँखें, सलवार और लम्बी क़मीज़ और रास्ते में हर व्यक्ति को रोककर मज़ाक़-भरी बक-बक। सवेरे ठाकुर लोगों के कुएँ पर वह भी अपने साथ पानी लेने पहुँच जाते। उन्होंने पानी लेने का एक तरीका यह निकाल लिया था कि कुएँ पर पहुँचते ही अपने बन्दर-बन्दरिया से लाखो को डराने लगते और लाखों डर कर मुफ़्त में ही उनका पानी भर देती। सचमुच वह बन्दरों से बहुत डरती थी। कभी-कभी बन्दरिया कूदकर उसके कन्धे पर बैठ जाती और वह डर कर सड़क पर भागने लगती और मदद के लिए चिल्लाती जाती।

जब मैंने सुना तो मुझे बहुत बुरा लगा। सुल्लू मियाँ मेरे यहाँ आते-जाते थे। मैंने एक दिन उनसे कहा—"मुसीबत की मारी है, किसी दिन कुएँ-तालाब में डूब मरी तो सब आप को ही पकड़ेंगे। कहिए, पानी भरने के लिए अपने आदमी को भेज दिया करूँ?"

"अरे...मैं मज़ाक़ करता हूँ..." सुल्लू मियाँ शरमा गए।

लेकिन सबसे अधिक चिन्ता मुझे उस समय हुई जब गाँव के कुछ लोगों ने चुन्नीलाल और लाखो को जोड़कर एक क़िस्सा सुनाया। नौसा की माई का देवर था चुन्नीलाल। क़रीब पैंतालीस वर्ष की उम्र, पतला-लम्बा कद-काठी, आँखों से उसे कुछ कम ही दिखाई देता। उसकी दो-दो शादियाँ हो चुकी थीं। पहली बीवी तो हैजा से मर गई थी। दूसरी बीवी धूमधाम से शादी करके लाई गई थी, पर वह एक दिन गहना-गुरिया लेकर अपने पुराने यार के साथ चम्पत हो गई। चुन्नीलाल ने काफ़ी दौड़-धूप की, मान-मनौवल चला, पंचायत बैठाई गई, पर वह आने को

तैयार नहीं हुई। अब चुन्नीलाल अकेला पड़ गया था। उसके पास थोड़ी-बहुत खेती थी, उसके अलावा वह सुबह-शाम ठाकुर टोला में मेरे यहाँ और कम्पाउंडर साहब के यहाँ पानी भर दिया करता।

क़िस्सा यह है कि एक दिन जाड़े के मौसम में लाखो इमली के बग़ीचे में बोझ नीचे पटक कर बैठी हुई थी। उस दिनों बग़ीचे में धान का खलिहान लगा हुआ था। चुन्नीलाल भी खेत से लौट कर उसी बग़ीचे में अपना धान सुखा रहा था। कहते हैं कि लाखो चुन्नीलाल को देखकर मुस्की काटने लगी। चुन्नीलाल भी अपना काम-धाम छोड़कर उसके पास आकर बैठ गया। फिर दोनों हँस-हँसकर एक-दूसरे से बातें करने लगे। लाखो ख़ूब ख़ुश थी। उन दोनों के इस व्यवहार को गाँव के कई स्त्री-पुरुषों ने देखा, और यह ख़बर आग की तरह गाँव भर में फैल गई। लोग कहने लगे, "अरे ई देखने में ही पगली लगती है, पर है बहुत चालाक। चुन्निया को कैसे फँसा लिया और इस चुन्निया का क्या, दो बीवी रख चुका, एक और रख लेगा।" मैंने नौसा की माई को बुलवाया और कहा, "बहुत चन्दन-टीका लगाए घूमती हो, कुछ लाखो के बारे में भी सोचा? अरे, इसकी चुन्निया से शादी करवा दो। चुन्निया भी बे-औरत-बे-औलाद है, उसको एक सहारा मिल जाएगा और यह भी एक मर्द वाली हो जाएगी।"

मेरे ज़ोर देने पर दोनों की शादी हो गई थी। अब लाखो मुहल्ले में किसी की मौसी, किसी की चाची, किसी की भाभी और चुन्नीलाल की बीवी बन गई। वह चुन्नीलाल को "मलिकार" कहती। उन दोनों को सड़क के किनारे वाला एक कमरा मिल गया। इस शादी से दोनों बड़े ख़ुश रहने लगे। लाखो अब खेत भी जाती और चुन्नीलाल के दूसरे कार्यों में सहयोग भी देती। दोपहर में खेत से लौटते समय वह इमली के बग़ीचे में नहीं रुकती और न ही गड़ही के किनारे बैठती। सीधे घर आ जाती। चुन्नी भी अपना काम ख़त्म कर दोपहर में कमरे पर आ जाता, दोपहर में उनके कमरे का दरवाज़ा बन्द हो जाता। कभी-कभी मुहल्ले के शैतान लड़के बाहर से दरवाज़े पर कंकड़-पत्थर फेंक देते।

चुन्नी और लाखो की इस शादी को गाँव-घर में किसी ने स्वीकारा तो कुछ लोगों ने अस्वीकार भी दिया? चुन्नी की एक भौजाई इस शादी से बहुत चिढ़ती थी। एक दिन उसने लाखो को ख़ूब गालियाँ देते हुए कहा, "अरे मरद के साथ सोने से कोई मेहरारू नहीं हो जाएगी! रखैल तो रखैल ही कही जाएगी..."

इसका लाखो ने कोई जवाब तो नहीं दिया। उसने बस चुपचाप कमरे के अन्दर जाकर बाल में ख़ूब तेल लगाया। बाल को झाड़ा और चोटी की। फिर माँग में ख़ूब चटख सिन्दूर भरा, माथे पर टिकुली लगाई, शादी वाली रंगीन साड़ी पहन ली और अन्त में पक्के कुएँ के चबूतरे पर आकर साड़ी मोड़कर बैठ गई। सारे मुहल्ले में तहलका मच गया। कई औरतों ने आकर मनाया, "यह क्या करती हो?

चुन्नी बाहर गए हैं, जब आकर देखेंगे तो क्या कहेंगे? गाँव के लोग क्या सोचेंगे?" पर वह कुछ बोली नहीं, बल्कि सीधे देखती रही, जैसे दीये की स्थिर निर्वात लौ। जलती जाए, जलती जाए। मैंने स्वयं आकर देखा और उसे समझाया पर वह टस से मस न हुई। शाम को चुन्नीलाल आया तो काफ़ी भीड़ हो गई थी। उसने सारा क़िस्सा सुना तो वह ग़ुस्से से लाल हो गया। उसने चिल्लाकर कहा, "हे गाँव के बाबू-बबुआनों, बिरादरी के लोगों, जनता भाई, सभी कान खोलकर सुन लीजिए, लाखो मेरी विवाहिता है। इसे कोई कुछ कहेगा तो ठीक न होगा। लाखो को कुछ हो गया तो मेरी भी लहास उसी के साथ उठेगी। अब आप लोग अपने घर जाइए, मैं हाथ जोड़ता हूँ..."

वह हाथ जोड़ कर खड़ा था। उसकी बाईं टाँग कुछ उठ गई थी, जैसे एक ही टाँग पर खड़ा हो। आँखें वह बुरी तरह मलका रहा था। देखते-ही-देखते लोग वहाँ से खिसकने लगे। "हाँ भाई, मियाँ-बीवी का मामला है," जब सभी चले गए तो चुन्नीलाल ने लाखो को अँकवार में लेकर मनाया और उसे बहुत प्यार व इज़्ज़त से अपने कमरे में ले गया।

महीनों बीत गए और बीतने लगे। लाखो और चुन्नीलाल की जोड़ी को पूरी सामाजिक मान्यता मिल गई थी। उस दिन की घटना के बाद किसी की भी हिम्मत नहीं हुई कि उसे कोई चुन्नीलाल की रखैल या कुछ भी अंड बंड कह दे। वह बहुत प्रेम से रहते। चुन्नीलाल उसे फूल की तरह रखता और चुन्नीलाल को वह जान से अधिक चाहती। वह चुन्नीलाल के हर काम में हाथ बँटाती। उसके लिए रच-रच कर नाश्ता और खाना बनाती। रात में उसके सिर व बदन में तेल लगाती। जब वह बीमार भी पड़ती तो चुन्नीलाल की सदा फिक्र करती।

एक बार जेठ की दुपहरिया में चुन्नी व लाखो कुएँ पर पानी भर रहे थे, चुन्नीलाल पानी भरते-भरते थक गया था और अगली बार जब उसने बाल्टी कुएँ में डाली तो बाल्टी के साथ वह भी कुएँ के अन्दर चला गया। जेठ की दुपहरिया में लाखो इस तरह चिल्लाई जैसे उसका ज़ब्ह किया जा रहा हो। वह मदद के लिए चिल्लाती हुई सड़क पर बवंडर की तरह भागने लगी। ऊँघता हुआ गाँव जाग गया। मैं बाहर निकल आया। चारों ओर चीख़-चिल्लाहट और पुकार मची हुई थी। अन्त में कुछ कुम्हारों की मदद से चुन्नीलाल को कुएँ में से ज़िन्दा निकाल लिया गया। वह काफ़ी पानी पी गया था और चाक पर घुमा कर उसके पेट से पानी निकाला गया।

चुन्नीलाल के बचने से लाखो बहुत ख़ुश हुई। उसने उस दिन दुल्हन के सभी कपड़े और जेवर पहने। गुलाब जामुन और बताशे ख़रीद कर मन्दिर में चढ़ाया और प्रसाद मुहल्ले वालों को बाँटा।

उनकी इस ख़ुशी से मुझे भी सन्तोष होता था। सन्तोष इस बात का कि कोई ऐसी-वैसी बात नहीं हुई और एक परित्यक्ता स्त्री पार घाट लग गई। और मेरे ही

करने से यह सब हुआ था, इस बात से भी मुझे अपने ऊपर कभी-कभी गर्व भी होता, पर सुनने में यह भी आया था कि वे दोनों कोई बच्चा न होने से दुखी रहते थे। लाखो ने बहुत इलाज कराया, साधु-संन्यासियों के पास गई, पर कोई लाभ नहीं हुआ। कभी-कभी चुन्नीलाल खिन्न हो जाता और लाखो को कुछ कह-सुन देता। वह क्या करती। वह बैठकर चुपचाप रोने लगती।

बहुत दिन बीत गए थे और एक दिन लाखो रोते-कलपते मेरे घर में आई तो मुझे बड़ा अचम्भा हुआ। वह सीधे मेरी पत्नी के पास गई थी। पत्नी ने उसे बड़े प्यार से बिठाया और उसकी बात सुनी। उसे कुछ समझाया और अन्त में गेहूँ-चावल फटकने के लिए उसे कुछ काम दे दिया। दोपहर होने पर उसने चार मोटी-मोटी रोटियाँ, सब्ज़ी और अचार लाखो को खाने के लिए दे दिये। उन चार रोटियों में से दो लाखो ने स्वयं खायीं और बाक़ी दो साड़ी के खूँट में बाँध कर चुन्नीलाल के लिए खेत में लेती गई। उसके जाने के बाद मैंने पत्नी से पूछा, "क्या बात है, जो वह सवेरे से जमी हुई है?"

"अरे, वह चुन्नी है उसका दिमाग़ सठिया गया है। बच्चे के लिए हमेशा इसे कोसता रहता है। यह बेचारी इतना करती है उसके लिए, अब बच्चा कहाँ से ले आए? यह तो भगवान की इच्छा से होता है, आज वह सवेरे किसी बात पर बिगड़ गया और उसकी पिटाई कर दी। तब वह रूठ कर मेरे यहाँ चली आई। इसका कलेजा बड़ा कोमल है। अकेले उससे रोटी खाई नहीं गई और दो रोटी बचाकर चुन्नी के लिए भी लेती गई।"

धीरे-धीरे चुन्नी बूढ़ा होता गया और उसकी आँखों से भी बहुत कम दिखाई देने लगा। और अन्त में वह लाखो पर ही पूरी तरह निर्भर रहने लगा। लाखो खेत पर जाती, पानी भरती और चुन्नी की पूरी सेवा भी करती।

और कुछ दिनों बाद चुन्नी की अस्वस्थता का एक ऐसा दौर शुरू हुआ जो कभी भी ख़त्म नहीं हुआ। और कमज़ोर और मजबूर होते ही उसका भतीजा नौसा और उसकी औरत उसकी ख़ूब सेवा करने लगे। वे सदा चुन्नी के कान लाखो के ख़िलाफ़ भरते रहते और चुन्नी उनकी बातों में आकर लाखो के साथ गाली-गलौज करने लगता, तो वे भी लाखो के साथ ज़ोर-जुल्म करने लगते। दरअसल वे चुन्नीलाल को बहकाकर उसका खेत अपने नाम लिखवा लेना चाहते थे।

मैंने एक दिन चुन्नी को अपने यहाँ बुलाया। वह लाठी के सहारे काँखते-कराहते आया। मैंने पहले उसे बिठा कर जलपान कराया, फिर नैतिकता का पाठ पढ़ाते हुए समझाया, "तुम्हें कुछ सोचना चाहिए चुन्नी। आख़िर वह तुम्हारी औरत है। तुमको उसने सुख दिया है, तुम्हारी सेवा की है, कभी सोचा है तुमने कि तुम्हारे मरने के बाद तुम्हारा भतीजा लाखो पर कितना जुल्म करेगा? तुम अगर अपना खेत भतीजे के नाम लिखोगे तो बहुत बड़ा अपराध करोगे। तब भगवान भी तुम्हें क्षमा नहीं करेंगे।"

चुन्नीलाल को बात समझ में आ गई। वह रोते हुए बोला, "मेरी अक्किल मारी गई है मालिक। मैं कल ही कचहरी जाकर अपने खेत लाखो के नाम लिख देता हूँ।"

और सचमुच चुन्नीलाल ने अपना सारा ख़ेत लाखो के नाम लिख दिया। इस पर नौसा बड़ा नाराज़ हुआ। वह लाखो का जानी दुश्मन बन गया, पर चुन्नीलाल के सामने लाखो को कुछ कहने की उसकी हिम्मत नहीं हुई।

चुन्नीलाल का स्वास्थ्य बिगड़ता गया और सही दवा-दारू न मिलने के कारण उसकी जल्दी ही मृत्यु हो गई।

उसकी अन्त्येष्टि के बाद जब नौसा घर आया तो रोती हुई लाखो के सामने बैठकर ख़ुद रोने लगा। फिर हाथ जोड़कर उसने लाखो से कहा, "चाची, मैं हाथ जोड़कर अपनी भूल-चूक की माफ़ी माँगता हूँ। मरने के पहले चाचा ने मेरा हाथ पकड़कर कहा था, "अपनी चाची का ख़याल रखना। ए चाची, तुम किसी बात की चिन्ता न करना। हम तुम्हारे बेटे की तरह हैं, तुम अकेले क्या रहोगी, हमारे साथ रहो। हम तुम्हारी दिन-रात सेवा करेंगे, हमें और कुछ नहीं चाहिए, भगवान ने बहुत कुछ दिया है, बस चाचा ने जो कुछ कहा है उसी का पालन करना चाहते हैं..."

इसके बाद नौसा और उसकी पत्नी लाखो की ख़ूब सेवा करने लगे। नौसा की पत्नी उसे कोई काम करने ही न देती, रात को उसके हाथ-पैर दबाती, सिर में तेल लगाती। लाखो तो अपने ही दुख से दुखी थी। वह अब फिर बे-औलाद और बे-मर्द थी। अब उसके पास क्या बचा था? उसने अपने को भतीजे के सहारे छोड़ दिया और उन्हीं के कहने के अनुसार चलने लगी। मैं यह सब सुनता था। पर मैं कर भी क्या सकता था? जानता था कि एक दिन उसका भतीजा उसे धोखा देगा। कभी-कभी सोचता कि हो सकता है, नौसा का दिमाग़ बदल गया हो और वह उसके साथ अच्छा व्यवहार करता रहे...अब तो सब कुछ भगवान और क़िस्मत के सहारे है। अब तो नौसा ही इसको पार घाट लगाएगा। और यह सोचकर मैंने लाखो की समस्याओं में सक्रिय दिलचस्पी बन्द कर दी।

सचमुच लाखो की उन्होंने इतनी सेवा की कि वह उसकी पूरी तरह अभ्यस्त हो गई और ईमानदारी से यह विश्वास करने लगी कि नौसा और उसकी बीवी ज़िन्दगी भर उसकी इसी तरह सेवा करते रहेंगे। और उनकी मीठी-मीठी बातों और व्यवहार से तथा बार-बार उनके यह आश्वासन देने पर कि वे ज़िन्दगी भर उसकी सेवा और रक्षा करेंगे, वह इतनी प्रसन्न हुई कि उसने अपना सारा खेत उनके नाम लिख दिया।

ज़मीन लिखा लेने के बाद नौसा और उसकी पत्नी का असली चेहरा प्रकट हुआ। उन्होंने अपना रूप और व्यवहार आसानी से इस तरह बदल लिया कि किसी को भी आश्चर्य हो सकता है। अब वे लाखो के साथ नियमित रूप से गाली-गलौज करने लगे। उसके खाने में कटौती होने लगी। उससे तरह-तरह के काम लिए जाने लगे। जब वह अपनी ज़मीन और हक़ की बात करती तो सब मिलकर उसे मारते-पीटते।

धीरे-धीरे लाखो खाने-पीने के अभाव, दुर्व्यवहार और अत्यधिक श्रम के कारण कमज़ोर होती गई, उससे अब और अधिक श्रम नहीं हो पाता था। बात-बात पर नौसा और उसकी पत्नी उसे घर में बन्द कर देते, उसे पीटते और उसको खाना नहीं देते।

एक दिन किसी तरह छिपकर वह मेरे पास आई। वह फूट-फूट कर रो रही थी। मेरी समझ में नहीं आया कि कैसे आश्वस्त करूँ उसे। मैंने उससे कहा कि खेत का टुकड़ा उसी का है। जब तक वह ज़िन्दा है, उसकी मालकिन वही है और उसके मरने के बाद ही उसके पति का भतीजा उसका मालिक बन सकता है। मैंने उसे एक-दो दिन रुकने के लिए कहा, फिर कचहरी चलकर दावा ठोंकने में उसकी मदद करने का वचन दिया।

लेकिन दूसरे दिन ही सुनने में आया कि लाखो का कहीं पता नहीं है। मैं बेहद चिन्तित और क्षुब्ध हो गया। मैंने नौसा से जाकर पूछा, पर वह क़सम खाकर कहने लगा कि उसे कुछ भी पता नहीं, कल जब वह घर से गई उसके बाद लौटी ही नहीं।

सचाई का ख़ैर, जल्दी ही पता लग गया। मेरे यहाँ से जब लाखो गई तो वह बेहद उत्तेजित थी। वह नौसा के पास जाकर ज़ोर-ज़ोर से अपने हक़ की बात करने लगी। वह चुन्नीलाल की विवाहिता पत्नी है, चुन्नीलाल ने ख़ुद ज़मीन उसके नाम लिखा है। वह पत्नी है, पत्नी। आज के ज़माने में पत्नी का हक़ कोई नहीं छीन सकता। वह आज से नौसा और उसकी पत्नी को अपने खेत में जाने नहीं देगी। दिन-भर उसने खाना-पीना कुछ भी नहीं किया और लगातार लड़ती रही।

दिन में तो वे लोग अधिक नहीं बोले, लेकिन रात में उन लोगों ने उसको बुरी तरह मारा, इतना मारा कि अधमरा-सा कर दिया, फिर घसीट कर उसे घर के बाहर कर दिया। मैंने नौसा को बड़ा फटकारा और मामला पुलिस में देने की धमकी दी। नौसा बेहद डर गया और लगा क़समें खाकर गिड़गिड़ाने। मैंने उस समय तो कोई कार्रवाई नहीं की और यह उम्मीद करता रहा कि लाखो जल्दी ही लौट आएगी, लेकिन चार-पाँच दिनों तक उसका कोई पता ही नहीं लगा।

फिर वह दिन नहीं भूलता। आकाश में बादल छाए थे और तेज़ हवा चल रही थी। सुबह का ही समय था। मैं बाहर बरामदे में बैठा अख़बार पढ़ रहा था कि मुहल्ले के रामलखन नाई ने आकर बताया कि गाँव में दूर एक खेत में कुछ राहगीरों ने एक औरत की लाश देखी है। मैं उठ खड़ा हुआ और चादर ओढ़ कर बाहर निकल गया।

हवा थी कि रुकने का नाम ही नहीं ले रही थी। हल्की-हल्की बूँदें भी पड़ने लगी थीं। मेरे साथ गाँव के कुछ और लोग भी चल पड़े। मेरी शंका सच साबित हुई। वह औरत कोई नहीं बल्कि लाखो ही थी। खेत उसी का था और वह उस खेत की मिट्टी से पुती हुई थी जैसे उसने लोट-लोट कर उस खेत में स्नान किया हो।

हौसला

जिस क्वार्टर के सामने सहजन का पेड़ है, वह ब्लॉक नम्बर एक के सबसे दक्षिणी सिरे पर है।। क्वार्टर के बाहरी बरामदे में सेब, दालमोठ, नमकपारे, तिल के लड्डू, अनरसा, खाजा, पेठे आदि की दुकान है जिस पर उमा अक्सर बैठी हुई दिखाई देती है। उम्र पैंतालीस से ऊपर। कई दिनों के बासी आँवले की तरह उसका चेहरा अब सूखा और दगहा हो चला है। पह हमेशा गम्भीर और व्यस्त दिखाई देती है और सिर झुकाकर, गर्दन टेढ़ी करके तेज़ी से चलती है। देहात की होने के कारण व्याकरण के मामले में वह कुछ कमज़ोर ही पड़ती है। बातचीत में उसके सभी शब्द पुल्लिंग ही होते हैं, मगर कभी-कभी वह बीच में सचमुच के पुल्लिंग शब्द को अप्रत्याशित रूप से इस तरह स्त्रीलिंग का रूप दे देती है कि सभी चकित होकर देखते रह जाते हैं।

वह एक निहायत ग़रीब बाप की लड़की थी, पर ज़बान की धनी और मीठी। खाने में उसको मीठा बहुत पसन्द था, जैसे मीठे आम, अमरूद, गुलाब जामुन, खुरमा, बालूशाही, मेथी के लड्डू और अकबरी। बन्दलिया की तरह गोल-सा छोटा व प्यारा चेहरा, लम्बा छरहरा शरीर और बड़ी-बड़ी आँखें। स्कूल में वह दर्जा छह से अधिक पढ़ नहीं सकी जिसका उसे बहुत अफ़सोस रहा। जब वह बच्ची से बड़ी हुई तो अपने दूल्हा का सपना देखने लगी, जो नौजवान और ख़ूबसूरत हो किसी फ़िल्मी नायक की तरह, सभी शौक पूरे करे। मगर मिली उसको तितलौकी।

अठारह की होते-होते उसके बाप ने ऐसे व्यक्ति से उसकी शादी तय कर दी, जिसकी उम्र कम न थी। नाटा, दुबला-पतला, काला, चेहरे पर चेचक के दाग, गाल पिचके हुए, बीच-बीच में नाक सिकोड़ने वाला। बारात सवेरे ही आ गई थी और जनवासा बग़ल में ही था। अतः जब दूल्हा रेशमी कुरता और पायजामा पहन कर सामने सहन में छाती निकालकर ऐंठते हुए टहल रहा था तो सहेलियों ने दूर से दिखाया। रूप-धजा देखकर ही उमा का पहले सिर चकराया फिर सामने अँधेरा छा गया और वह गश खाकर गिर पड़ी। चारों ओर तहलका मच गया।

होश आने पर उसकी ज़बान से कोई आवाज़ नहीं निकली। बस आँखों से झर-झर आँसू गिरने लगे। समझाने वालों की अनुभवी फ़ौज छोटी न थी—आजा-आजी,

बाप, ताऊ-ताई, मौसा-मौसी, फूफा-फूफी, मामा-मामी, पट्टीदार-पट्टीदारिन, अड़ोसी-पड़ोसी वग़ैरह। सबके वचन अमृत की तरह इतने मीठे, तर्कसंगत और प्रभावशाली थे कि मूढ़ से मूढ़ व्यक्ति भी चेत जाए, किन्तु उमा बहुत एहसान फरामोश निकली और अपने आँसू बहाती रही। अन्त में वह सज्जन बुलाए गए जिनकी जी-तोड़ कोशिश से यह शादी तय हुई थी।

उन्होंने प्यार से समझाया, "बेटी, माँ-बाप अपनी बेटी का अहित कर ही नहीं सकते। ठीक है कि तुम्हारे माँ-बाप के पास अधिक पैसा नहीं है, पर मैं दावे के साथ कह सकता हूँ कि कोई भी ग़रीब बाप अपनी बेटी के लिए इससे अच्छा वर ढूँढ़ ही नहीं सकता। आदर्श विवाह, न कोई दान, न कोई दहेज। लड़का भी अव्वल, शहर में सरकारी नौकरी है, अपना मकान है। अंग्रेज़ी बहुत अच्छा बोलते हैं। शादी तो भगवान स्वर्ग से ही तय कर देते हैं—तुम्हारी क़िस्मत में यही बमभोले शंकर थे। हाँ, ख़याल करो, और भी बहनें हैं तुम्हारी...।"

फिर भी आँसू नहीं थमे और बोल नहीं फूटी। तब वे सज्जन अपने एक सहयोगी को लेकर उमा के माँ-बाप के साथ अलग विचार-विमर्श करने लगे। उन्होंने फिर लौट कर एक बार और उमा को समझाना-बुझाना शुरू ही किया था कि उनके सहयोगी ने पीछे से आकर ऐलान कर दिया कि उमा के पिताजी ज़हर खाकर आत्म हत्या करने जा रहे हैं। इस घोषणा का उमा ने जो भी अर्थ ग्रहण किया हो, कुछ देर बाद वह आँखें पोंछकर उठ खड़ी हुई और एक सीधी गाय की तरह आचरण करने लगी।

विदाई के समय उमा की आँखों में आँसू नहीं थे; जबकि माँ-बाप, नातेदारों-रिश्तेदारों के साथ धारोधार रो रहे थे। शादी के बाद वह शहर आ गई, जहाँ उसका पति हरनाथ अपनी बीमार माँ के साथ उस क्वार्टर में रहता था। हरनाथ में कई ख़ूबियाँ थीं। घूमने टहलने का उसे कतई शौक नहीं था। सफ़ाई-दफाई से वह कोसों दूर रहता था। दफ़्तर से घर आकर चाय पीने वह बैठ जाता और घंटों बैठा रहता बिना किसी से बोले-बतियाये। बस उसकी बाईं आँख लगातार फड़कती रहती और बीच-बीच में मुँह से साँस लेकर नाक ऊपर सिकोड़ लेता। महीना-दो महीना में पता नहीं, किस बात पर जब वह ख़ुश होता तो उस रोज़ उसके होंठों में बहुत ही मामूली-सी हरकत होती। लेकिन निश्चय ही यह एक तरह की 'भविष्यवाणी' भी होती थी कि उस रोज़ रात में, एक पुराने ग्रामोफ़ोन पर बाबा आदम के ज़माने का वह घिसा-पिटा रेकार्ड ज़रूर बजाया जाएगा, जिसकी पहली पंक्ति होती थी, 'मेरे मौला बुला ले मदीने में...।' पैसे बचाने का भी वह विशेषज्ञ था और जब जान पर बन आती थी पैसे तभी वह निकालता था, जिसका अनुकरणीय उदाहरण यह है कि अड़तालीस वर्ष तक जब उसकी शादी नहीं हुई तो बहुत मुश्किल से उसने बारह हज़ार रुपये निकालकर दिये थे, जिसमें आठ हज़ार ही उमा के पिताजी को मिल पाए थे।

उमा को अपने पति की यह बात भी पसन्द न थी। उसने हरनाथ से साफ़-साफ़ कह दिया, "देखिए जी, अब तक आपने जो किया सो किया अब इस घर में वही चलेगा, जो हम कहूँगी। अब रुपया-कौड़ी ख़र्च होगा। ऐसा गन्दगी में जीने नहीं आया है कोई...।"

उसने घर को पूरी तरह अपने नियंत्रण में ले लिया। सवेरे से शाम तक वह अपने काम में जुटी रहती और घर चमचमाने लगा उसका। अब बीमार सास के तन पर कपड़े नज़र आते। बाल ठीक से झाड़े हुए और चोटी गुँथी हुई। वह रात में सिर पर तेल चाँप देती, हाथ-पैर दबा देती, बुढ़िया का रोआँ-रोआँ जुड़ाने लगा। हरनाथ के तन पर प्रेस किया हुआ साफ़-साफ़ कपड़ा दिखाई देता। वह ऐसे वस्त्र में मुँह सिकोड़कर दाना चुगते कबूतर की तरह धीरे-धीरे आगे बढ़ता—नज़र कभी अपने कपड़े पर, कभी सामने दूसरों की ओर। घर में मेहमान आने पर उसकी ख़ूब खातिर-बात होती। स्वयं वह बहुत क़ायदे से रहती। जब वह पहन-ओढ़ लेती तो उसका आकर्षण और बढ़ जाता, किन्तु वह इतनी गम्भीर, सन्तुलित व प्रखर बनी रहती कि उसकी ओर बढ़ने की किसी की हिम्मत नहीं होती।

सास उसकी चाहती थी कि मरने से पहले वह एक पोता खेला लेती, पर भगवान की ऐसी लीला कि उसको लगातार पाँच लड़कियाँ हुईं, जिनमें से दो ही ज़िन्दा रहीं। जब लड़की होती तो वह मुँह चुआ लेती, हरनाथ चिड़चिड़ा जाता पर उमा कहती, "आप लोग ऐसा क्यों सोचते हैं? जब लड़की होती है तो कोई बीग देता है?"

निर्मला उसकी पेट-पोंछनी बेटी थी। उसी समय सास के न चाहने पर भी उसने अपना ऑपरेशन करा लिया। सास बहुत बिगड़ी, दोनों हाथों को नचाते हुए बोली, "तुम हत्यारिनी हो, हत्यारिनी...।"

"ऐसा बात मुँह से मत निकालियो—कहे देती हूँ...।"

"हत्यारिनी तो हो ही, जी। बनारस के एक ज्योतिषी ने हरनाथ बाबू का हाथ देखकर बताया था—पाँच लड़कियों में से तीन भगवान अपने पास बुला लेंगे, उसके बाद दो लड़के होंगे। ऑपरेशन कराके दो लड़कों की हत्या हुई कि नहीं?"

उमा का चेहरा तमतमा आया। उसने व्यंग्य से मुँह सिकोड़कर कहा, "अपने लड़के का दूसरी विवाह कर दीजिए...।"

बुढ़िया छाती पीट-पीट कर विलाप करने लगी, "हाय, यह मुझसे ज़बान लड़ाती है, कुभाषा निकालती है...।" सास-बहू में ऐसा हंगामा हुआ जो पहले देखने-सुनने में नहीं आया। हरनाथ नाक सिकोड़े हुए बैठा रहा, पर बोला कुछ नहीं। बुढ़िया सास की आस दिल में ही रह गई और कुछ दिनों बाद वह स्वर्ग सिधार गई।

पर सास के मरने के बाद उमा पर एक और विपत्ति आई। हरनाथ आर्डिनेंस डिपो में काम करता था, जहाँ से पता नहीं कब से पीतल की चोरी करके वह

बाज़ार में बेच रहा था। एक दिन वह पकड़ा गया और जाँच पड़ताल के बाद उसकी नौकरी से छुट्टी हो गई।

"बेईमानी कभी फलता नहीं," उमा ने कहा, "बाल-बच्चों पर उसका अच्छा असर नहीं पड़ता। इस लक्षण से हमारी लड़कियों को कौन पूछेगा? मेरी तो क़िस्मत ही फूट गया था। कहे देती हूँ, लड़कियों को नहीं डूबने दूँगी। जो कुछ पैसा है, लाकर दीजिए—उससे दौरी—दुकान चलाऊँगी। चुपचाप बैठकर देखते रहिए...।"

उसकी बुद्धिमानी, समझ और मेहनत के बल पर नीचे बाहरी बरामदे में दुकान खुल गई। ऊपर वे रहने लगे और नीचे भीतर के बरामदे और आँगन में दुकान के समान बनने लगे। गाँव में उसका मकान एक हलवाई के बग़ल में ही था, जहाँ सभी समान उसने बनते हुए देखा था और उसमें सहयोग भी दिया था। उसने नौकरानी रख ली और उसकी मदद से बिकने वाले खाद्य पदार्थ तैयार होने लगे। कभी बेसन के सेब बन रहे हैं, कभी तिल के लड्डू, कभी पेड़े। सदा आँगन से ख़ुशबू उड़कर बाहर तक फैल जाती।

उमा की मेहनत पर सबको हैरत होती। कैसे यह सब कर लेती थी? सामान उसका साफ़-सुथरा था—ताज़ा और स्वादिष्ट। दुकान उसकी चल निकली। हरनाथ जब तक जी चाहता, बैठता, फिर वह आ जाती। उम्र उसकी बढ़ रही थी, चेहरा झँवरा गया था। होंठ काले पड़ गए थे और ललाट पर हल्की-हल्की लकीरें उभर आई थीं। उसकी दुकान पर हर तरह के ग्राहक आते थे पर वह सदा नीचे देखती रहती, ख़ूब गम्भीर रहती और मतलब से अधिक कुछ भी नहीं बोलती।

वह अपनी लड़कियों से अक्सर कहती, "तुम लोग पढ़ो, जितना पढ़ोगी, पढ़ाऊँगी। लड़कों की तरह नौकरी कराऊँगी। सफ़ाई से चलो। तुम्हारा दूल्हा मैं खोजूँ, तुम खोजो, एक ही बात है। ध्यान रहे, लड़का कमासुत हो, भला इनसान हो, दिल में दया-दर्द हो, शौक हौसला पूरा करे।"

बड़ी लड़की कमला अपनी माँ पर गई थी। माँ की तरह वह आकर्षक, मेहनती और समझदार थी। उमा सवेरे चार बजे उठती तो कमला को भी उसी समय पढ़ने के लिए जगा देती। कमला पढ़ने में अच्छी थी, पर पढ़ने के अलावा वह माँ को काम में मदद भी देती। छुट्टी के दिनों में माँ-बाप को आराम देने के लिए वह दुकान पर भी आ बैठती। गुड़ पर जैसे चींटे लगते हैं, उसी तरह कई तरह लोग उसके बैठते ही उसकी दुकान पर आ जुटते। कमला बेहद गम्भीर फुर्ती से सामान देती रहती। दिलफेंक क़िस्म के लोग उससे आँखें लड़ाने की कोशिश करते, अपने मुँह पर लपलपाती मुस्कराहटें उभार देते, माने मतलब वाली बातें फेंकते और सामान लेते समय उसका हाथ छूने की कोशिश करते। लड़की को जब परेशान देखती तो उमा या तो ख़ुद आकर बैठ जाती अथवा हरनाथ को भेजती। हरनाथ तो आते ही पास बैठे किसी कुत्ते या वहाँ घूमते किसी सूअर को

भद्दी-भद्दी गालियाँ देते हुए ग्राहकों को घूरने लगता। और इसका कुछ न कुछ तो असर पड़ ही जाता।

इन कठिन परीक्षाओं को पास करती हुई कमला स्कूल-कॉलेज की परीक्षाएँ भी अच्छे नम्बरों से पास करती गई। किन्तु बी.ए. पहुँचने पर उसके पीछे अपराधी क़िस्म का एक लफंगा पड़ गया। कॉलेज जाते, लौटते समय वह उसके पीछे लग जाता और एक बार उसने उसके हाथ में एक चिट्ठी भी थमा दी। वह बी.ए. फाइनल का इम्तहान दे रही थी, लफंगा एक रात शराब के नशे में धुत उसके दरवाज़े पर आकर "मेरी जान, मेरी जान" कहकर सिर पटकने लगा। मुहल्ले में सन्नाटा छा गया और किसी की हिम्मत बोलने की न हुई। हरनाथ भी घर के सभी लोगों को चुप कराके अन्दर बैठा ही रहा। कमला कमरे में बैठी बुरी तरह सिसक रही थी।

आख़िर उमा से यह सब बरदाश्त न हुआ। उसने अपने हाथ में एक डंडा उठाया और बूढ़े पति को धिक्कारते हुए कि "चूड़ियाँ पहन कर घर में बैठो" बिजली की गति से बाहर निकल आई और बाहर पहुँचते ही उसने उस लफंगे की पीठ पर धमधम लाठी बरसानी शुरू कर दी। इसका असर यह हुआ कि हरनाथ और दोनों लड़कियाँ भी बाहर आकर उस कार्य में उमा को सहयोग देने लगे। मार खाकर लफंगे ने भागने की कोशिश की पर उस समय तक मुहल्ले वाले भी जागरुक हो चले थे और उन्होंने उसे पकड़कर पुलिस के हवाले कर दिया।

बी.ए. पास करने के बाद ही कमला को टेलीफ़ोन इंडस्ट्री में नौकरी मिल गई और एक साल के अन्दर वहीं उसने अपने लिए एक जीवन-साथी ढूँढ़ लिया। वह उसके साथ काम करता था। उमा ने लड़के को अपने घर बुलाकर उससे देर तक बात की और अन्ततः शादी के लिए अपनी अनुमति भी दे दी।

हरनाथ यानी हरनाथ सिंह ने दूसरी जाति में लड़की देने की बात सुनी तो उसका जातीय गौरव फन काढ़कर फुफकारने लगा।

"मैं जब तक ज़िन्दा हूँ, यह शादी नहीं हो सकती। मुझे समाज में रहना है कि नहीं?"

"आप बैठकर चुपचाप राम-नाम भजिए। कौन-सी इज़्ज़त है समाज में आपकी? आपके समाज में कितने समझदार लड़के हैं जो आगे बढ़कर ग़रीब लड़कियों से शादी करने को तैयार हैं? दहेज के लिए आपके पास क्या है? हमारी लड़की लोग हिम्मती हैं, वे मेरे लिए लड़कों की तरह हैं। वे लोग कोई भी ग़लत क़दम नहीं उठाएँगी। लड़का समझदार है, यह शादी होगी, ज़रूर होगी...।"

हरनाथ के मुँह से कोई आवाज़ नहीं निकली। बिना दान-दहेज की शादी थी पर उमा ने अपनी ओर से लड़की और लड़के को कुछ दिया भी। कमला और राजेन्द्र दोनों की जोड़ी काफ़ी अच्छी थी। उम्र में बहुत फ़र्क़ नहीं और शक्ल-सूरत में भी अच्छा।

उमा ख़ुश और सन्तुष्ट थी। वह लड़की को विदा करते हुए ख़ूब रोयी। कैसे आँसू थे वे?

दूसरी लड़की निर्मला उतनी तेज़ और सुन्दर नहीं थी। मगर स्मार्ट और सलीकेमन्द अवश्य थी। आवाज़ बहुत मीठी। सदा हँसती रहती। खेल-कूद में वह जिले में काफ़ी नाम कमा रही थी। लम्बा, छरहरा शरीर, लम्बे-लम्बे क़दम, दौड़ते समय वह हवा से बात करती थी। ऊँची कूद में भी उसका कोई मुक़ाबला नहीं। उमा ने खेल-कूद में उसको कभी नहीं रोका, किन्तु पढ़ने-लिखने पर हमेशा ज़ोर दिया। निर्मला को पढ़ने के लिए रोज़ चार बजे उठना पड़ता और दुकान पर भी कभी-कभी बैठना पड़ता। उमा के अनुशासन का ही नतीजा था कि निर्मला हर कक्षा में पास होती गई और खेल-कूद में नाम कमाती हुए एम.ए. में पहुँच गई।

मगर निर्मला का क़िस्सा भी काफ़ी अरसे से चल रहा था, जो बाद में उमा को निर्मला से ही ज्ञात हुआ। एक खेल-कूद समारोह में निर्मला की जान-पहचान एक फ़ौजी अफ़सर से ही हो गई थी, जिसका नाम कुमार था। निर्मला की स्फूर्ति, हँसमुख चेहेर और सन्तुलित व्यवहार से कुमार बहुत प्रभावित था। एक मामूली परिचय धीरे-धीरे प्रगाढ़ प्रेम में परिवर्तित हो गया और कुमार ने कहा कि निर्मला के माँ-बाप यदि उसके माँ-बाप से बात करें तो शादी हो सकती है।

कुमार के पिता शहर के नामी वकील थे। हरनाथ आत्महीनता से इतना पीड़ित था कि वकील साहब के पास जाने की उसकी हिम्मत ही नहीं हुई। वह हर बढ़िया काम में उमा को आगे कर देता और इस बार भी उमा अकेली ही वकील साहब के पास गई।

उसने हाथ जोड़कर वकील साहब से कहा, "हम लोग मामूली लोग हैं, आपके ख़ानदान में सम्बन्ध होना हमारे लिए सौभाग्य की बात होगी। तबीयत ठीक न होने से ये नहीं आ सके, माफ़ी चाहते हैं।"

"आपने कुमार को देखा है?" वकील साहब ने पूछा।

"जी हाँ, एक बार खेल-कूद में निर्मला ने मिलाया था...।"

"लड़का पसन्द है?"

"हाँ वकील साहब, लाखों में एक है।"

"ठीक है, लड़की से मैं भी एक बार मिल चुका हूँ। लड़की मुझे पसन्द है। मगर एक ही शर्त पर यह शादी हो सकती है। हमारी तरफ़ से सिर्फ़ दस लोग बारात में जाएँगे और आप सिर्फ़ एक कप चाय पिलाएँगी सबको। बस इससे न कम और न इससे अधिक। एक बात और शादी के बाद लड़के-लड़की की ज़िन्दगी परिवार में रहते हुए भी परिवार से अलग हो जाती है। उनकी ज़िन्दगी में आप लोग कोई दखल नहीं देंगे। मैं भी नहीं दूँगा। वे जैसी ज़िन्दगी जीना चाहते हैं, जिएँ।"

उमा का चेहरा फक पड़ गया। लगा, कोई उसका कलेजा काट कर निकाल रहा है। उसने अपनी रुलाई मुश्किल से नियंत्रित करते हुए कहा, "माँ-बाप क्या अपनी सन्तान छोड़ देते हैं?"

"नहीं, आप लड़की से मिल सकेंगी और लड़की आपसे मिल सकेगी। लेकिन आप समझदार हैं, मेरा मतलब समझ रही होंगी या समझ जाएँगी...।" उमा अपनी रुलाई रोक नहीं सकी। एक बार उसकी इच्छा हुई कि इस शादी से इनकार कर दे। लेकिन ऐसा करने का उसको अधिकार क्या था? अपनी लड़की की इच्छाओं का गला क्यों घोंटे वह? शादी की मंजूरी देकर वह चली आई। निर्मला की शादी में वह बहुत रोयी। विदाई के बाद वह अपने पति के साथ चारों धामों की तीर्थयात्रा पर निकल गई। हर धाम पर उसने अपनी दोनों लड़कियों के लिए ही प्रार्थना की। वे सदा सुहागिन रहें, दूधों नहाएँ, पूतों फलें। वे हमेशा रोग-शोक से दूर रहें। अपने लिए उसने कुछ नहीं माँगा। अब तो उसकी ज़िन्दगी बीत रही थी। उसके चेहरे पर लकीरें गहरी हो रही थीं, हाथ-पाँव में ताकत कम हो रही थी। और अब उसे चाहिए भी क्या?

दिन बीतने लगे। उसकी दुकान चल रहीं थी। निर्मला तो अपने पति के साथ तबादले पर दूर-दूर जाती रहती थी। शादी के बाद वह माँ-बाप को जैसे भूल ही गई। वह चिट्ठी भी नहीं लिखती थी। एक-दो बार उमा ने उसके पास चिट्ठी लिखी, लेकिन बहुत डर-डर के। कहीं कुछ ऐसा न लिख दे कि उसके दामाद और सास-ससुर को बुरा लग जाए। निर्मला एक-दो बार आई तो बड़ी मुश्किल से एक दिन उसके पास रही। उससे बात करने के लिए निर्मला के पास कुछ था ही नहीं। उमा उससे बहुत कुछ पूछना चाहती थी। क्या वह ख़ुश है? क्या उसके दिल में माँ-बाप के लिए कोई जगह है? बेटी-दामाद के लिए उसने कितना रच-रच कर भोजन बनाया पर वे सवेरे दो-तीन मित्रों से मिलने निकले तो रात में आए, जब खाना एकदम ठंडा पड़ गया था। और वे कहीं से खाकर भी आए थे। जब निर्मला चली गई तो उमा फूट-फूट कर रो रही थी।

निर्मला के बारे में उसका हौसला उसके दिल में ही रह गया। उसने निर्मला और कुमार को कपड़े और रुपये देने चाहे किन्तु दोनों ने एक कौड़ी भी लेने से इनकार कर दिया। दामाद तो ख़ैर दामाद है, लेकिन लड़की होकर निर्मला ऐसी कठकरेजी कैसे निकल गई? क्या इसी दिन के लिए उसने उसको पाला-पोसा, पढ़ाया-लिखाया, दिन को दिन और रात को रात नहीं समझा? अब उसे केवल कमला का ही सहारा था। कमला ऐसी नहीं है। लड़कपन में वह उसका कितना ख़याल रखती थी। जब वह बीमार पड़ती थी तो कमला रात भर उसके सिरहाने बैठी रह जाती थी। कमला से जब वह मिलती थी तो उसे कलेजे से चिपटा लेती। उसकी आँखों से झर-झर आँसू गिरने लगते।

निर्मला को तो कोई सन्तान नहीं हुई पर कमला के दो पुत्र और एक पुत्री हुई। वह दोनों नातिनों और नतिनी के जन्म पर ख़ूब खटी थी। खाना व नाश्ता लेकर न मालूम, कितनी बार वह अस्पताल दौड़ी। हर रात जच्चा-बच्चा के पास रही। कमला के बच्चों को सँभाला था। उनकी मालिश की थी। अपने हाथ से ख़ूब मेवा डालकर हरी राव ओछवानी तैयार करके उसे खिलाया-पिलाया। बच्चे के जन्म पर जो भी ख़र्चा हुआ, उसने दिल खोलकर किया। दामाद, लड़की और बच्चे के लिए ख़ूब कपड़े दिये। यही नहीं, हर तीज-त्योहार पर वह लड़की-दामाद के लिए कपड़े-लत्ते, मिठाइयाँ तथा रुपये अवश्य भेजती।

अब चौबीसों घंटे उसका मन नातियों और नतिनी में ही लगा रहता। वह जब चाहती, कमला को अपने पास बुला लेती और कमला जब ससुराल में होती तो वह उसके पास पहुँच जाती। कमला के बच्चों को वह ख़ूब खेलाती, उनको मिठाइयाँ और आइसक्रीम खिलाती, उनके हाथ पर दो-चार रुपये अवश्य रख देती। बच्चे भी उससे ख़ूब हिल-मिल गए थे। वे नानी को ख़ूब परेशान करते, वह बनावटी क्रोध प्रकट करती पर मन-ही-मन ख़ूब प्रसन्न होती। वह उनसे देर तक बात करती और उनकी बातों पर ख़ूब हँसती।

इन बच्चों के खेल-तमाशे में वह निर्मला की निर्ममता भूल जाती थी, हालाँकि कभी-कभी उसके दिल में अजीब-सी हुड़क-सी उठती थी।

एक दिन जब वह कमला के पास पहुँची तो उसकी लड़की बहुत गम्भीर थी। उमा ने कारण पूछा तो कमला ने कहा, "अम्मा, हम दोनों बाहर बदली करा रहे हैं...।"

"क्यों क्या हुआ?" उमा का चेहरा फक पड़ गया।

"ये बहुत नाराज़ हैं—बच्चे यहाँ अच्छी आदतें नहीं सीख रहे हैं। कितना भी सिखाओ, इनकी भाषा नहीं सुधर रही है, उलटे ये तुम जैसी बोलती हो, वैसी ही बोली बोलने लगे हैं। इनको अपने सिर न चढ़ाओ अम्मा। ये कह रहे थे कि कहीं बच्चे फूहड़ और आवारा न निकल जाएँ। माँ-बाप का प्यार कम थोड़े ही हो जाता है—हम ख़ुद आकर तुमसे मिल लेंगे। बाबू जी वाली घटना से भी हमारी बदनामी हो रही है।"

उमा का चेहरा राख की तरह काला पड़ गया। वह कुछ देर तक सामने देखती रही, फिर एक सूखी हँसी उसके होंठों पर उभर आई। उसने क्षीण स्वर में कहा, "तुम ठीक ही कहती हो, बेटी। तुम्हारे बच्चे तुम्हारे ही हैं। तुम लोगों की जैसी इच्छा हो, उसी तरह उनको पालो-पोसो...। मैं कोई बाधा नहीं दूँगी।"

बीच की ज़मीन

वह पहली सद्भावना सभा थी। कई दिनों के कर्फ़्यू के बाद वह छोटा शहर लँगड़ाते हुए चलने लगा था। जले हुए मकानों-दुकानों का धुआँ अब भी आकाश में जमा है और वह तेज़ हवा अपने साथ निर्दोष लोगों की चीख़-चिल्लाहट ला रही है। छत्ते की मधुमक्खियों की तरह अब भी लोग अपने-अपने घरों से निकलकर अगल-बग़ल और पीछे देखते हुए सड़कों पर गीदड़ों की तरह भागते हैं और अफ़वाह, घृणा तथा दहशत के माहौल में सब साफ़ नज़र आ रहा है कि शहर दो ही नहीं बल्कि अनेक टुकड़ों में बँट गया है अथवा बँटने वाला है।

सौहार्द का काम शुरू करने वालों में कुछ तो वही व्यक्ति हैं, जो इसके पहले भी हर दंगा-फसाद के बाद सबसे पहले सड़कों पर शान्ति जुलूस के रूप में देखे गए थे। मज़ा लेने वाले कहा करते थे कि ये लोग शायद इसी इन्तज़ार में रहते हैं कि कब ख़ून ख़राबा हो और वे मेल-मिलाप कराने का अपना नाटक शुरू करें। ऐसे समय में इन लोगों को खुजली होने लगती है क्या? लेकिन इस बार दोनों सम्प्रदायों की जानी-मानी हस्तियाँ ऐसे प्रयासों पर काफ़ी नाराज़ हो गईं। आख़िरी फ़ैसला करने का जब मौक़ा हाथ आ गया है तो ये लोग अमन की बात करके जले पर नमक छिड़कने का काम कर रहे हैं। सारी बुराइयों की जड़ तो यही लोग हैं और पहले इन्हीं की ख़बर ली जानी चाहिए।

अजीब तरह के विदूषक भी समझे जाते थे ये लोग। क्या ताकत है इनकी और कौन सुनता है इनकी बातें? फिर भी ये अपनी हरकतों से बाज़ नहीं आते। टिटिहरी की तरह हमेशा वे लोग सोचते हैं कि आसमान तो उन्हीं के पैरों पर टिका है। अभी एक वर्ष पहले की बात है, जब इन्हीं मुट्ठी भर लोगों ने सड़कों और गलियों में घूम-घूमकर बहुराष्ट्रीय कम्पनी के माल का बहिष्कार करने की अपील की थी। इससे कुछ लोगों का तो बड़ा मनोरंजन हुआ। वाह भाई वाह, जब विदेशी कम्पनियों को नेवता देकर देश में समृद्धि एवं सम्पन्नता लाई जा रही है और इम्पोर्टेड माल का सुख लूटने की तमन्ना सब में ज़ोर मार रही है, कुछ लोग गांधी जी के पुराने असहयोग आन्दोलन की नकल में स्वदेशी का प्रचार करके वस्तुतः देश में 'ग़रीबी बढ़ाओ' कार्यक्रम पर ही ज़ोर दे रहे हैं। ख़ैर, इस बार उनके साथ हर तबके के कुछ

नये नौजवान, अध्यापक और कलाकार भी आ गए थे। अलग-अलग थानों में जब कर्फ़्यू में ढील शुरू हुई तो उनका पहला शान्ति जुलूस निकला। उन्हीं दिनों उन्होंने अपने ही साधनों के बलबूते पर रिक्शावालों के खटालों और कुछ झुग्गी-झोंपड़ियों में राशन आदि का वितरण कर कुछ राहत कार्य किया था। और यह पहली सभा भी एक ऐसे मुहल्ले के नौजवान एडवोकेट श्री नईम के घर में ही की गई, जहाँ दोनों सम्प्रदायों के लोग पास-पास ही रहते हैं।

नईम साहब ने अपने मकान के अहाते में एक लम्बी दरी बिछा दी थी और शहर के हर मुहल्ले से कुछ ख़ास-ख़ास लोगों को बुलाया गया था। दो-चार व्यक्ति गाँवों से भी आए थे, जिनमें एक वृद्ध राष्ट्रप्रेमी लोककवि भी थे। राष्ट्रीय आन्दोलन के ज़माने में वह जनसभाओं में देशभक्ति के गीत गाया करते थे। उनको शायद यह पता नहीं था कि संगीत, लोकगीत, कला आदि को धकिया कर ज़माना आगे बढ़ गया था, इसलिए वह अपने जवान लड़के के साथ किसी तरह इसी उम्मीद व विश्वास से आए थे कि उनके गीतों से लोगों के दिलों को जोड़ने में मदद मिलेगी। मुहल्ले के तो हर सम्प्रदाय के कई लोग आए, जिनसे कहा गया कि वे अपनी बातें खुल कर कहें क्योंकि इसी से एक-दूसरे को समझने और परस्पर संवाद कायम करने में मदद मिलेगी।

निश्चय ही कई लोगों के मुँह कुल्हड़ की तरह फूले थे। कुछ के चेहरे टेढ़े। सभा का माहौल बड़ा बोझिल था। संशय, डर और एक हल्की-सी मनहूसियत हावी थी। शुरू में ही सफ़ेद टोपियाँ पहने कुछ नौजवानों का एक छोटा-सा जुलूस वहाँ आ पहुँचा, जिनके हाथों में पोस्टर थे। हर पोस्टर पर लिखा था 'क्या इस देश में जम्हूरियत बाक़ी है?' यह पोस्टर मकान के फाटक पर चिपका कर वे नौजवान बुलाने पर भी रुके नहीं बल्कि ग़ुस्से से घूरते हुए वहाँ से चले गए।

सभा में एक खलबली-सी मच गई थी, जिसका कारण किसी की समझ में नहीं आया। कुछ लोग उत्तेजित भी नज़र आए। उसके बाद नईम साहब ने खड़े होकर सबसे शान्ति के साथ बैठकर सभा के कार्यक्रम में भाग लेने की अपील की। चालीस वर्ष के उस नाटे, नौजवान एडवोकेट की आँखें बड़ी-बड़ी और चेहरा हँसता हुआ-सा था। उसने बहुत ही धीमे और शान्त स्वर में कहा, "हम यहाँ लोगों के ज़ख्म पर मरहम रखने आए हैं। यह कोई आसान काम नहीं है। यहाँ जनतंत्र है या नहीं, यह तो बड़े-बड़े नेता और विद्वान जानें। फिर भी आज हर आदमी को अपने से ज़रूर सवाल करना चाहिए कि अगर इस देश को जम्हूरियत की ज़रूरत है तो वह ख़ुद उसके लिए क्या कर सकता है।"

सभा की कार्रवाई वृद्ध लोककवि दिनेश स्वरूप 'क्रान्तिवीर' के गीत से शुरू हुई। उनके कलेजे में वह ताकत नहीं रह गई थी। बीच-बीच में गले से अजीब खरखराहट निकल जाती थी। उनके गीत में तिलक, गोखले, गांधी और भगत सिंह

का भी जिक्र था। इस तरह की पुरानी कविता उस माहौल में बड़ी अस्वाभाविक लगी। लोग आशंका से सड़क की ओर देखने लगे।

इसके बाद कई लोगों के भाषण हुए, जिनमें व्यवस्था की आलोचना करते हुए शान्ति व एकता पर ज़ोर दिया गया था। तत्पश्चात उस शान्ति आन्दोलन के एक प्रमुख नेता जानकी शर्मा ने भाषण करते हुए कहा, "हम यहाँ किसी के पक्ष और विपक्ष में बोलने नहीं आए हैं। यह भी यहाँ बताना ज़रूरी समझते हैं कि हम बहुत ही मामूली लोग हैं और हमें अपने बारे में कोई मुग़ालता भी नहीं है। हम जो करते हैं और कहते हैं वह अख़बारों में अमूमन छपता भी नहीं। हमारे अनेक पत्रों में जनतंत्र के नाम पर जनतंत्र-विरोधी, सनसनीख़ेज़ बातें आए दिन छपती रहती हैं। कहने का मतलब यह है कि हमारे पास बड़ा संगठन नहीं है, हम बड़े नेता नहीं हैं, बड़े-बड़े अख़बार हमारे हाथ में नहीं हैं, इसलिए हमारी बहुत-सी बातें लोगों तक पहुँच नहीं पातीं। हमें आपका ही सहारा है, हम आशा करते हैं कि हमारी बातों को आप अधिक-से-अधिक लोगों तक पहुँचाएँगे।

"हम यहाँ जो कुछ कहेंगे, उसकी प्रेरणा हमें कुछ दिन पहले एक मामूली घटना से प्राप्त हुई। घटना मैं बाद में सुनाऊँगा, पहले अपनी वह बात ही कहूँगा। हमारे देश की कल्पना सदा एक ऐसी बीच की ज़मीन के रूप में की जाती रही है, जिसमें विभिन्न वर्ग और समुदाय के लोग सम्मानपूर्वक मिल-जुलकर रहें। हमारे इतिहास में, हमारी संस्कृति में, हमारे वर्तमान हिन्दुस्तान में वह बीच की ज़मीन अब भी बची है। अफ़सोस की बात है कि हम अपनी ताकत, शान-शौकत, घमंड और स्वार्थ में उस बीच की ज़मीन को शुरू से ही संकुचित करने और टुकड़ों में बाँटने की कोशिश कर रहे हैं। हम या तो यह नहीं समझते कि उस बीच की ज़मीन का क्या मतलब है और यदि समझते भी हैं तो अपनी सुविधा और आराम के लिए उन सारी चीज़ों को स्थगित करने जाते हैं, जिनमें वह ज़मीन और बढ़ती तथा मज़बूत होती है। यह सबके समझने की बात है कि जिस दिन यह बीच की ज़मीन ख़त्म हो जाएगी, उस दिन यह देश मिट जाएगा। हमारा देश कोई छोटा देश नहीं है। तब वह न लेबनान बनेगा और न यूगोस्लाविया। वह कुछ ऐसा बनेगा, जिसकी आप कल्पना नहीं कर सकते। सबको यहीं रहना है, भाग कर कहाँ जाएँगे? हमारे देश में कितने ग़रीब और भिखमंगे हैं? कैसे मकानों में रहते हैं वे, यह जाकर देखने से मालूम होगा। कर्फ़्यू के दिनों में हमने कुछ ग़रीब मुहल्लों में राहत पहुँचाने का निश्चय किया। दंगे-फसाद और कर्फ़्यू से इन्हीं लोगों की सबसे अधिक तबाही होती है, इसलिए हम उन्हीं लोगों तक पहुँचना चाहते थे, जो सचमुच ज़रूरतमन्द थे।

"अपने ही साधनों से हमने कुछ राशन पानी और मामूली खाद्य सामग्रियाँ इकट्ठी की थीं। प्रशासन ने भी अनुमति दे दी। सड़क पर वैन खड़ी कराके जब

हम बस्ती के अन्दर घुसे तो दुर्गन्ध के मारे हमारा बुरा हाल था। जगह-जगह कूड़ा और हर जगह की गन्दगी। चारों ओर सन्नाटा, बस कुछ सुअर और कुत्ते कूड़ों में मुँह लगाए दिखाई पड़े। अधिकतर मकान चारों ओर कुछ टूटी-फूटी ईंटें खड़ी करके और ऊपर किसी मैले कपड़े का तम्बू तान कर बनाए गए थे।

"हम एक मकान में पहुँचे जो चार फुट लम्बा और चार फुट ही चौड़ा रहा होगा। ऊँचाई भी इतनी कि झुक कर ही अन्दर प्रवेश मिल सकता था। हाँ, उसे आप मकान कहिए या तम्बू अथवा कुछ और। भीतर जो कुछ देखा, उससे पहले कुछ समझ में नहीं आया। हाँ, बर्तन की एक खनखनाहट ज़रूर सुनाई दे रही थी, जैसे कोई खाना बनाते समय पल्टा या करछुल चला रहा हो। भीतर अँधेरा और घुटन। बहुत गौर करने पर एक छोटा-सा झोलर खटोला नज़र आया, जिस पर एक मैली गठरी पड़ी थी। और खटोले की बग़ल में क़रीब पचास वर्ष का एक अधेड़ व्यक्ति नीचे फ़र्श पर बैठा था। वह चिथड़े में लिपटा था, उसके गाल की हड्डियाँ उभरी थीं और आँखें धँसी। उसके सामने चार ईंटों का एक चूल्हा था, जिस पर तामचीनी का एक पुराना-सा भगौना रखा हुआ था। वह उस भगौने में करछुल डालकर बीच-बीच में चला देता था। पहले हमने सोचा कि वह कुछ बना रहा है, लेकिन चूल्हे के नीचे कोई लकड़ी या आग नहीं थी और भगौने में भी कोई समान नहीं था।"

उन्होंने ज़ोर से साँस लेकर कहा, "मैंने उस व्यक्ति से पूछा, 'आप कैसे हैं? घबराइए नहीं, हम आ गए हैं।' उस आदमी ने कोई जवाब नहीं दिया, बल्कि मुँह बाकर और आँखें फाड़ कर हमें देखने लगा। साँस उसकी इस तरह चल रही थी, जैसे वह हाँफ रहा हो। ज़ाहिर है कि उसकी समझ में कुछ नहीं आया कि हम कौन हैं और किस उद्देश्य से आए हैं। हमने आगे सवाल किया 'कितने लोग हैं आप लोग' इतने पर भी वह कुछ समझ नहीं सका। वह उसी तरह देख रहा था, हाँ, उसकी आँखों में संशय का एक हल्का भाव भी तिर आया था। अब मैंने स्पष्ट कहा, 'हम आपकी मदद करने के लिए आए हैं। कर्फ़्यू में आपको बड़ी परेशानी हुई होगी। चावल, आटा, दाल वग़ैरह लाए हैं, कितने लोग हैं आप लोग?' अब उसकी समझ में आया। उसकी आँखों में शायद कोई चमक भी आई हो। उसने खटोले पर पड़ी गठरी की ओर हाथ से इशारा किया। इसके साथ ही उसके मुँह पर रुदन की अनेक रेखाएँ उभर आईं और वह झर-झर बेतहाशा रोने लगा।

"हम चकित रह गए। जब उसकी रुलाई रुकी तो उसने गठरी पर से मैली चादर हटा दी। वह बेजान से चेहरे वाली दुबली-पतली उसकी जवान लड़की थी, जो खटोले में सिमट कर गठरी की तरह पड़ी थी। पूछने पर मालूम हुआ कि कई दिनों से वह बुख़ार से लस्त पड़ी है और उसे कुछ ब्लीडिंग भी हुई है और कोई खनदान में नहीं था, लड़की की माँ एक साल पहले मर चुकी थी।

हम डॉक्टर भेजने का आश्वासन देकर उसको एक हफ़्ते के लिए चावल-दाल और आटा, दो डबल रोटी, एक पैकेट बिस्कुट और माचिस की डिबिया देकर वहाँ से चले आए।

"आप पूछेंगे कि वह कौन था? हिन्दू था, या मुसलमान अथवा ईसाई? कौन-सा धर्म था उसका? कौन सी जाति थी उसकी? नाम तो उसका कुछ भी हो सकता है। इसीलिए हमने बीच की ज़मीन की बात कही थी।"

इसके बाद वह बैठ गए।

बीमारी

मैं बाहर बरामदे में रखी बेंचों में से एक पर मरीज़ों के बीच में धँस कर बैठ गया। ठीक साढ़े छह बजे पहुँचा था वहाँ। डॉक्टर का क्लीनिक मेरे घर से तीन मील दूर रेलवे क्रॉसिंग के पास एक बड़े मैदान में बने नये-नये आठ-दस मकानों के बीच में स्थित है। मेडिकल कॉलेज के लेक्चरर उस डॉक्टर की उम्र चालीस से अधिक न होगी। आज वह जल्दी ही आकर कुछ इमरजेंसी मामलों में व्यस्त हो गया था।

सर्दी के दिन, पाँच बजे ही शाम हो गई थी। बाहर फैले धुँध-भरे अन्धकार में रोशनी के चार-छह बिन्दु उभरने की कोशिश कर रहे थे। हवा में भी कुछ तेज़ी थी। मैं पैर हिलाते हुए बेसब्री से इन्तज़ार करने लगा कि कब डॉक्टर को फ़ुरसत हो और मैं भीतर पहुँचकर अपने मन की बात उसके सामने उगल दूँ।

यह सही है कि जब तक मुन्ना बीमार रहा, मैं बेहद डरा हुआ था। मैं उन दिनों सदा घबराया हुआ रुआँसा रहता था और डॉक्टर के सामने भीगी बिल्ली बना अजीब में-में स्वर में बोलने लगता। निश्चित ही डॉक्टर शहर का एक मशहूर चाइल्ड स्पेशलिस्ट है। पता नहीं, अपनी योग्यता या सफलता से प्रभावित होकर अथवा स्वभाववश वह सबसे रुखाई से ही पेश आता। उसका मुँह हमेशा गम्भीर और सिकुड़ा रहता। वह बहुत ही संक्षेप में नकियाए स्वर में बातें करता, बीच-बीच में व्यंग्य-बाण छोड़ने से भी बाज़ नहीं आता और जब इच्छा होती, अचानक मरीज़ या उसके साथ आए स्त्री-पुरुष, किसी को डाँटने-फटकारने लगता। लेकिन उसकी शोहरत ऐसी थी कि हर व्यक्ति उसकी बातों पर इस तरह सिर हिलाने लगता, गोया उसकी दया पर निर्भर हो अथवा कोई अपराधी जिरह के दौरान अपना अपराध क़बूल रहा हो।

मुन्ना अच्छा होकर अस्पताल से घर आ गया था और अब मैं इतना निश्चिन्त हो गया था कि हर चीज़ को भूल गया, सिर्फ़ डॉक्टर का कटु बात-व्यवहार ही याद रहा। सचमुच मैं क्रोध और कुछ-कुछ प्रतिशोध की भावना से भी भरा हुआ था। मैं एक संवेदनशील लेखक और कलाकार हूँ। मैं देश, समाज, संस्कृति एवं जीवन की महत्त्वपूर्ण समस्याओं से सदा टकराता हूँ और गगनचुम्बी कल्पनाओं में खोया रहता हूँ। मेरे पास पैसा है, कुछ ज़मीन-जायदाद भी है, मैं शान्ति प्रेमी हूँ,

जब मैं किसी का उधार नहीं खाता तो किसी की बात क्यों बरदाश्त करूँ? मैं किसी ससुरे की परवाह नहीं करता।

बच्चे की बीमारी सर्दी-जुकाम और हल्के बुख़ार से शुरू हुई थी। जब पत्नी ने कहा कि मुन्ना को बार-बार खाँसी हो जाती है, मैं किसी अच्छे डॉक्टर को दिखा दूँ तो मेरा पारा अचानक चढ़ गया।

"तुम तो छोटी-छोटी बातों से परेशान हो जाती हो। अरे कुछ नहीं हुआ है उसे। अगल-अगल किसी को दिखा क्यों नहीं देतीं? मैं अचानक एक बहुत ही अच्छे कथानक के बारे में सोच रहा हूँ, अगर यह चीज़ उतर गई तो चारों ओर तहलका मच जाएगा। शोहरत और पैसा दोनों। तुम यह क्यों नहीं समझती कि मुझ पर देश और समाज का कितना बड़ा दायित्व है। मैंने तुम पर सब-कुछ छोड़ दिया है प्लीज, कुछ हाथ-पैर चलाओ।"

पत्नी मुहल्ले के ही होम्योपैथ डॉक्टर सक्सेना से दवा ले आई। मैं ख़ुश हो गया। मैंने कल्पना में सोचा कि दो-चार पुड़िया खाकर ही बच्चा अच्छा हो जाएगा। वह नाटा डॉक्टर बहुत ही उत्साहपूर्वक दौड़ता हुआ चलता था और उसका यही लक्षण मुझे आपकी योग्यता का बहुत बड़ा सबूत लगा। कई वर्षों तक कम्पाउंडरी करने के बाद उसने निजी प्रैक्टिस शुरू की थी और हर होम्योपैथ डॉक्टर की तरह उसके साथ भी कुछ असाध्य रोगियों को अच्छा करने के चमत्कारी क़िस्से जुड़े हुए थे...मसलन, उसने कैंसर के एक ऐसे रोगी को खड़ा कर दिया था, जिसे बड़े-बड़े ऐलोपैथ डॉक्टर जवाब दे चुके थे।

"आप चिन्ता न कीजिए, मैं ऐसी दवा दे दूँगा कि बार-बार जुकाम होने का यह मर्ज़ जड़ से चला जाएगा" डॉक्टर ने पत्नी से कहा था।

डॉक्टर सक्सेना के इस कथन पर सबको अगाध विश्वास हो गया, जैसे कोई शुभ अटल भविष्यवाणी हो। लेकिन छह-सात दिन बीतने पर भी बुख़ार नहीं उतरा तो पत्नी ने किसी और के पास ले जाने के लिए कहा। बड़ी ही अनिच्छा से मैं बग़लवाले मुहल्ले के ऐलोपैथ डॉक्टर पी. दयाल के पास बच्चे को ले गया। उन्होंने आला लगा कर बच्चे को फ़ौरन देखकर धड़ाधड़ पुर्जा लिखना शुरू किया और पूछने पर बताया कि कोई ख़ास बात नहीं है, दो-एक दिन में बुख़ार उतर जाएगा। वह सत्तर वर्ष के एक बूढ़े डॉक्टर थे, जो अनेक तेज़ दवाइयाँ सूई देकर मर्ज़ को जल्दी-से-जल्दी भगा देते थे और उनके यहाँ शाम-सवेरे मरीज़ों की काफ़ी भीड़ होती थी।

दवा चलने लगी। हर सुबह मैं सोचता कि आज बुख़ार उतर जाएगा। किसी दिन बुख़ार कम हो जाता या उतर जाता तो बड़ी ख़ुशी होती लेकिन शाम होते-होते फिर चढ़ जाता। बच्चे का चेहरा लाल हो जाता और वह कराहने लगता। पाँच-छह दिन बाद डॉक्टर ने ऐलान कर दिया कि पैरा-टाइफाइड है दवा देते रहिए, ठीक हो जाएगा, हाँ, कुछ परहेज़ ज़रूरी हैं।

मैं घबड़ा गया। एक तो मैं घर-गृहस्थी के काम से भरसक दूर ही रहता था। अधिकांश कार्य तो पत्नी ही कर देती थी। यानी बाज़ार से लेकर राशन-बाशन लाना भी—फिर इस बीमारी हैरानी का अन्त कब होगा? बुख़ार की वजह से लड़का कमज़ोर हो गया और उसकी भूख मर गई थी। कभी-कभी वह कुछ माँगता लेकिन एक-दो टुकड़ा डालते ही मुँह फेर लेता। उसे बहला-फुसला और पुचकार कर दूध, चाय, बिस्कुट और स्लाइस में से कुछ-न-कुछ हम खिला-पिला ही देते। लेकिन कभी-कभी वह सब कुछ उलट देता। बुख़ार के साथ उसकी खाँसी भी नहीं जा रही थी और कभी-कभी वह रात में बुरी तरह खाँसने लगता।

डॉक्टर अब भी विश्वासपूर्वक मुस्कराते हुए कहता कि पैरा-टाइफाइड ही है। वह सबसे चीनी-मिश्री बोलता था और उसकी बातें सुनकर मन विश्वास से भर उठता। बच्चा तो बच्चा, वह बिस्तर पर ही कई तरह के खेल खेलता। कभी-कभी नीचे भी उतर जाता है। मैं रोज़ उसके लिए कोई-न-कोई खिलौना लाता, जिसे देखकर वह ख़ुश हो जाता। कुछ देर तक बड़े उत्साह से बिस्तर पर ही उसके साथ खेलता लेकिन जल्दी ही थक कर लेट जाता। मैं और पत्नी एक-दूसरे की ओर चिन्ता से देखने लगते।

"कोई और अच्छा डॉक्टर नहीं है?"

अरे ठीक हो जाएगा। बड़े होशियार डॉक्टर हैं। सभी बड़ी तारीफ़ करते हैं। आज एक मरीज़ ने बताया कि जब वह आया था तो उसके बचने की उम्मीद नहीं थी लेकिन अब उसकी बीमारी रुपये में बारह आने अच्छी हो गई है। कहने लगा कि साहब जी, ऐसा डॉक्टर शहर में कोई दूसरा नहीं है। बस धैर्य के साथ दवा करते जाइए। मैं घुमा-फिरा कर कई बार पूछ चुका हूँ मगर हर बार डॉक्टर का यही कहना है कि पैरा-टाइफाइड है। बड़ी भीड़ होती है। दूर देहातों से लोग दिखाने आते हैं।" मैंने पत्नी को ढाढ़स बँधाया।

लेकिन बच्चे की बीमारी मुझे ऐसी दहशत में जकड़ती गई, जिसका कोई अन्त नहीं था। कभी-कभी ऐसा लगता कि बच्चा अब अच्छा न होगा, तब मेरा जी चींटी की तरह छोटा हो जाता। मैं बेहद घबरा जाता किन्तु कुछ अन्य क्षणों में जब बुख़ार कुछ कम हो जाता और बच्चा अचानक उत्साहपूर्वक बोलने लगता, मेरी उम्मीद लौट आती। इस तरह आशा-निराशा में मैं रोज़ ही डूबता-उतरता रहता। चिन्ता के मारे मेरा बुरा हाल था और समझ में नहीं आता कि क्या करूँ। दूसरे लोग यही राय देते कि जल्दी-जल्दी डॉक्टर नहीं बदलना चाहिए, टाइफाइड ऐसा रोग ही है, उसमें डॉक्टर की सलाह के अनुसार दवा चालू रखते हुए धैर्यपूर्वक प्रतीक्षा करना चाहिए। डॉक्टर पी. दयाल को मामूली डॉक्टर न समझिए, बड़े ही कुशल और अनुभवी हैं।

जब दवा करते बीस दिन बीत गए और मैं बच्चे के पास बैठा कर उसे थपकी दे-दे कर सुलाने की कोशिश कर रहा था कि हरेकृष्ण आ गया। वह मेरे गाँव का

ही था और मेडिकल कॉलेज में फाइनल का छात्र। कभी-कभी वह घर पर आ जाता था, लेकिन इधर वह अपनी पढ़ाई के ही सिलसिले में एक लम्बी छुट्टी पर गया था और अपनी परेशानियों में मैं उसे भूल ही गया था।

बीमारी का पूरा क़िस्सा सुनकर उसने मुन्ना की परीक्षा की, फिर गम्भीर होकर बोला, "पैरा-टाइफाइड? कौन डॉक्टर है? अच्छा रहिए, मैं अभी आता हूँ।"

वह बिना कुछ बताए कि कहाँ जा रहा है, बाहर निकल गया और क़रीब एक घंटा बाद जब लौटा तो अपने साथ शीशे की तीन स्लाइडें लेता आया, जिन पर बच्चे का ख़ून लगा कर चला गया। दूसरे दिन दोपहर में आकर बोला, "भाई साहब, डॉक्टर बदल दीजिए। टाइफाइड नहीं है। बीस दिन कम नहीं होते। किसी चाइल्ड स्पेशलिस्ट को दिखाना कैसा रहेगा?"

"मैं तो किसी को नहीं जानता। तुम ही जानते हो। इन चक्करों में कभी पड़ा ही नहीं। डॉक्टर-वॉक्टर के बारे में तो तुम ही बता सकते हो।"

वह अपने होंठों पर उँगली रखकर कुछ क्षण सोचता रहा, फिर बोला, "डॉक्टर वाजपेयी को दिखा दीजिए। चाइल्ड स्पेशलिस्ट हैं, मेडिकल कॉलेज में पढ़ाते हैं। अच्छी समझ है उनकी। मेडिकल साइंस में रोज़ नये-नये आविष्कार हो रहे हैं, नई-नई दवाइयाँ और नये टेकनीक...और हमारे यहाँ के कई डॉक्टर अब भी सल्फा-डाइजीन और मरक्यूरोक्रोम चलाए जा रहे हैं। मैं डॉक्टर वाजपेयी के क्लीनिक का पता बता देता हूँ, कल सुबह ही आठ बजे पहुँच जाइए और उनको अपने साथ घर पर ले आइए।"

उसकी बातों से ऐसा लगा कि घुटन और उमस भरे कमरे में ताज़ी हवा के स्पर्श से स्फूर्ति मिल गई हो। इसी क्लीनिक में मैं पौने आठ बजे ही पहुँच गया था।

पाँच मिनट बाद ही जब डॉक्टर आया तो मैंने उससे बच्चे का हाल विस्तार से बताना शुरू किया। डॉक्टर ने मुझे बीच ही में रोक कर बड़ी ही रुखाई से कहा, "बस-बस, अपना लेक्चर बन्द कीजिए। आप लोग लापरवाह क़िस्म के लोग हैं, पहले अंड बंड इलाज कराते हैं, जब मामला बिगड़ जाता है तो यहाँ दौड़े आते हैं। देखिए साहब, मैं मरीज़ को देखे बगैर कुछ नहीं सुनना चाहता और सिर्फ़ वही बातें जो मैं जानना चाहता हूँ।"

डॉक्टर से ऐसे व्यवहार की मुझे आशा नहीं थी, लेकिन मैं इतना घबराया हुआ था कि उसको कोई महत्त्व नहीं दे पाया। फिर हरेकृष्ण ने उसकी बड़ी तारीफ़ की थी। मैं स्वयं जानता था कि लेखक, कलाकार, डॉक्टर, विद्वान, नेता आदि का व्यवहार भले ही ऊपर से रूखा होता है लेकिन अन्दर से वे बड़े ही कोमल होते हैं। वे चूँकि लोगों का सचमुच कल्याण चाहते हैं, इसीलिए उसी उद्देश्य से प्रेरित होकर अधिकारपूर्वक कटु से कटु बातें भी साफ़-साफ़ कह देते हैं, बेवजह मीठी-मीठी बातें करके ख़ुश करने की कोशिश नहीं करते और लोग भी गाय की

लात की तरह उनकी ग़लत-सही, हर तरह की बात ख़ुशी-ख़ुशी बरदाश्त कर लेते हैं। शक्ल-सूरत से भी वह डॉक्टर जीनियस ही लगा—मामूली पहनावा, मक्खी की तरह मूँछ, छोटी-सी दाढ़ी, छोटी-छोटी आँखें और बेहद आत्मविश्वास से टेढ़ी और अकड़ी गर्दन।

घर पर देखने की पचहत्तर रुपये फ़ीस थी उसकी। चलने से पहले उसने मेरी आर्थिक अवस्था की भी जानकारी ले ली। अत्यधिक गम्भीरता के साथ लड़के की उसने जिस तरह परीक्षा की, उससे बड़ी आशा बँधी मुझे। डॉक्टर दयाल ने तो गले के भीतर टार्च जलाने और दो-चार ज़गह आला लगाने के अलावा कुछ भी नहीं किया था। साधारण और असाधारण का फ़र्क़ फ़ौरन समझ में आ जाता है। शरीर को उलट-पुलट और मोड़कर देखना, घुटनों और पाँवों की हड्डियों को ठोंक-बजाकर परीक्षा करना, मरीज़ को चला कर देखना, अनेक सार्थक प्रश्न करना, ये सभी तरीके किसी स्पेशलिस्ट को ही मालूम हो सकते हैं। बेचारे पी. दयाल जैसे डॉक्टर क्या जानें!

"क्या है डॉक्टर साबह बच्चे को?"

"आप यह दवा दीजिए। बड़ी लापरवाही हो चुकी है। टाइफाइड नहीं, इनको मलेरिया है। कमाकुइन नाम की यह दवा जर्मनी की बनी है, सिर्फ़ इसे ही लीजिएगा। कुनैन की दूसरी गोलियाँ किसी भी हालत में न लीजिएगा और परहेज़ वग़ैरह बन्द कीजिए। भूखों मार डाला है अपने बच्चे को। बच्चा जो भी माँगे दीजिए और तीन दिन बाद मुझे फिर दिखा दीजिए..."

"ठीक हो जाएगा न डॉक्टर साहब?"

"ठीक क्यों न होगा? हाँ, बुख़ार का चार्ट चार टाइम ज़रूर बनाइए, सुबह आठ बजे, फिर बारह बजे, चार बजे और आख़िर में आठ बजे रात। लापरवाही किसी भी हालत में नहीं होनी चाहिए।" डॉक्टर ने मुँह बिगाड़ कर कहा।

फ़ीस लेने के बाद भी डॉक्टर की गम्भीरता और रुखाई से मुझे पक्का विश्वास हो गया कि वह बहुत ही अनुभवी और योग्य डॉक्टर है। सचमुच अब जाकर रोग का सही निदान हो सका है। जब मैंने बच्चे को कामाकुइन की गोली खिलाई तो वह डॉक्टर की अचूक समझ, मेरी इच्छाओं एवं उसके आरोग्य की सुखद कल्पनाओं की वजह से और भी असरदार प्रतीत हुई। मैं उसी समय अपनी आँखों के सामने अपने स्वस्थ बच्चे को आँगन में दौड़ते और किलकारियाँ मारते देखने लगा। और जब दूसरे दिन सवेरे बच्चे का शरीर मैंने ठंडा पाया तो थर्मामीटर लगा कर देखने पर बुख़ार 97 डिग्री से अधिक नहीं नज़र आया। मेरा हृदय उछलने लगा और मैं गुनगुनाने लगा ख़ुशी से। लगभग एक महीने बाद मेरे घर में ख़ुशी का माहौल देखने में आया। पत्नी के उत्साह का अन्त नहीं था और वह पड़ोस में सबको बता आई कि योग्य डॉक्टर पैसा अधिक लेते हैं तो खलता नहीं, अब देखिए न, डॉ. वाजपेयी

की दवा की एक खुराक खाकर ही बच्चे का बुख़ार छुमन्तर हो गया। मैंने भी कई मित्रों और परिचितों से असाधारण विस्तार के साथ डॉक्टर की भूरि-भूरि प्रशंसा की। मैं शाम को बहुत दिनों बाद कॉफ़ी हाउस भी चला गया और देर तक गपशप और हा-हा-ही-ही करता रहा। जब क़रीब ग्यारह बजे घर लौटा तो पत्नी घबराई हुई थी। मुन्ना 104 डिग्री बुख़ार में पड़ा कराह रहा था।

अचानक ऐसा लगा कि मेरे दिल में ऑक्सीजन की बिलकुल कमी आ गई हो। मगर मैंने भी हँसकर पत्नी को आश्वासन दिया, 'अरे कोई ख़ास बात नहीं है। लोग कहते थे कि मलेरिया बड़ा ज़िद्दी होता है।' ख़ैर बुख़ार तो उतर ही गया था, वह भी दिन-भर उतरा रहा, इसका मतलब यह है कि दवा सही दी जा रही है—हाँ, कई दिनों का बुख़ार है, लगातार दवा देने से दो दिन में जड़ से चला जाएगा।'

बुख़ार उसी तरह चालू रहा। कभी लगता एकदम उतर गया है या कम हो गया है लेकिन बाद में एकदम तेज़ हो जाता। तीसरे दिन डॉक्टर को मैं फिर घर ले आया। परीक्षा पहले की तरह देर तक मेहनत और गम्भीरता से की गई। फिर उसने कहा, "वही कामाकुइन खिलाते रहिए, दो दिन तक दे चुके हैं, पाँच दिन और दीजिए। अगर तब भी बुख़ार न उतरा तो मैं छह-सात दिनों के लिए कैप्सूल दूँगा। यह कैप्सूल ख़ुद किसी मर्ज़ या बुख़ार की दवा नहीं है, हाँ बुख़ार उतारने में मदद ज़रूर करता है। इससे बुख़ार ज़रूर उतर जाएगा। और मान लीजिए, उससे भी मदद नहीं मिली तो पहले छाती का एक्स-रे कराऊँगा और ज़रूरत पड़ी तो रीढ़ की हड्डी को पंक्चर करके कुछ फ्लुइड निकालनी पड़ेगी।"

डॉक्टर ने हमें एक ऐसे निर्जन और भयावह स्थान पर छोड़ दिया, जहाँ से रास्ता अस्पष्ट और अनिश्चित था। मेरे मुँह से एक कराह-सी निकल गई, पर कुछ पूछने की हिम्मत नहीं हुई। दरअसल अब मैं बुरा-ही-बुरा सोचने लगा। इन दवाओं से अगर फ़ायदा न हुआ तो क्या होगा? अब मुझे हरेकृष्ण पर बड़ा ग़ुस्सा आया कि पता नहीं कैसे डॉक्टर के पास उसने मुझे भेज दिया है। मैं दौड़ा-दौड़ा उसके पास गया, लेकिन उसने शान्त स्वर में मुझे जवाब दिया, "भाई साहब, इतनी जल्दी घबराने से क्या होगा? अभी तो इसका इलाज शुरू ही हुआ है। उस फॉसिल को तो आपने बीस दिन दिये, इन्हें सात-दस दिन तो देंगे। नये डॉक्टरों में बड़ा नाम है इनका। जानकारी व अनुभव दोनों ही हैं इनके पास। इत्मीनान रखिए। किसी दिन मैं भी आपके साथ चलूँगा..."

मेरी स्थिति ऐसी थी कि कोरे आश्वासनों से मेरा काम नहीं चलने वाला था। लेकिन ऐसे मामले में आश्वासन के अलावा कोई क्या दे सकता है? निराशा की हालत में मुझे ऐसा लगा कि हरेकृष्ण भी एजेंट टाइप का उसका ऐसा छात्र है, जो अपने डॉक्टर की बढ़ा-चढ़ा कर तारीफ़ करके उसके क्लीनिक में मरीज़ों की भीड़ इकट्ठी करता है। नहीं तो चाइल्ड स्पेशलिस्ट तो और भी हैं और इनसे बेहतर भी। डॉक्टर वाजपेयी में ही कौन-से सुरखाब के पर लगे हैं।

फिर भी उम्मीदों का पल्ला थामे उसी इलाज को जारी रखने के अलावा और कोई उपाय मुझे नहीं सूझा, जिसका कोई वांछित नतीजा नहीं निकल रहा था। मैंने हर चीज़ को भाग्य और ईश्वर के सहारे छोड़ दिया बच्चे को देखकर बड़ा कष्ट होता। कभी-कभी बड़ी दया आती। कितनी बहादुरी से वह ऐसी तकलीफ़ सह रहा था और मैं उसकी राहत के लिए कुछ नहीं कर पा रहा था। मैं घंटों उसके पास बैठा रहता, उसको कहानियाँ सुनाता, कन्धे पर लेकर देर तक घुमाता, उसे थपकी देकर सुलाता।

कितना डरा-डरा रहता था मैं। दफ़्तर से, बाज़ार से, या डॉक्टर के यहाँ से जब मैं लौटता तो बहुत ही धीमे-धीमे क़दम रखते हुए अन्दर प्रवेश करता। आँखों से इशारा करते हुए पत्नी से पूछता कि क्या हाल है, उस समय मेरे अन्दर यह ख़याल होता कि ईश्वर की कृपा से इस बीच बच्चे का बुख़ार उतर भी चुका होगा, कितना आनन्द आएगा, जब घर पहुँचने पर मालूम होगा कि बच्चे का बुख़ार एकदम उतर गया है।

मेरी हालत फाँसी के कैदी की तरह थी। यह जानते हुए भी कि उसे एक दिन फाँसी पर लटकना है वह हर क्षण यह सोचकर अजीब निश्चिन्तता का अनुभव करता है कि अभी तो फाँसी का समय आने में देर है और हर दिन इसी तरह व्यतीत होता है और जब फाँसी का समय आता है तो वह उठकर तेज़ी से फन्दे की तरफ़ चल देता है, शमा की ओर लपकते हुए परवाने की तरह। उससे बचने का अब कोई उपाय नहीं है, फिर भी उस समय भी उसके अन्दर कोई-न-कोई उम्मीद रहती है। कैसी उम्मीद है यह। शायद यह जिजीविषा है, या मनुष्य की गरिमा है या अपने किये का पश्चात्ताप है अथवा किसी ऊँचे आदर्श पर कुर्बान होने का गर्व या मृत्यु की अनिवार्यता में मृत्यु से जल्दी-से-जल्दी निपट कर मुक्त होने की आतुरता। बच्चे की जीवन-मौत की कशमकश को मैं स्वयं भुगत रहा था और जब मुझे घर लौटना होता तो मैं फाँसी के फन्दे की तरफ़ बढ़ने वाले कैदी की तरह चल देता भाग्य व ईश्वर के सहारे और शायद इस तैयारी के साथ कि जो होना है, वह आज ही हो जाए ताकि सबको नरक की यंत्रणा से मुक्ति मिल जाए। और इस भयावह कष्ट और पीड़ा को भुगतते हुए पहली बार मुझे महसूस हुआ कि मेरे जीवन की सार्थकता के लिए वह बच्चा कितना ज़रूरी और प्यारा है और उसकी रक्षा के लिए बड़े-से-बड़े कष्ट, प्रयास व संघर्ष के दौर से गुज़रने से मैं नहीं हटूँगा।

लेकिन कुनैन की जर्मनी-निर्मित गोलियों से भी कोई फ़ायदा नहीं हुआ। मैं दौड़ा-दौड़ा डॉक्टर के पास गया और रुआँसी आवाज़ में बोला, "डॉक्टर, पैसा मैं जो कुछ लगेगा लगाऊँगा। ज़मीन-जायदाद बेच दूँगा लेकिन मेरे बच्चे को बचा लीजिए।"

डॉक्टर चुपचाप कुछ देर तक मुझे देखता रहा, फिर बहुत ही धीमे स्वर में प्रश्न किया, "चार्ट कहाँ है?"

"चार्ट तो मैं भूल गया डॉक्टर साहब। पर मुझे सब कुछ ज़बानी याद है" और मैं तीन दिन का चार्ट ज़बानी सुनाने लगा, जैसे कोई काग़ज़ पर लिखी इबारत पढ़ रहा होऊँ। डॉक्टर कुछ देर हास्यपूर्ण कौतुक से मुझे घूरता रहा। शायद वह मेरी दयनीयता का आनन्द ले रहा था। फिर अचानक उसका चेहरा तमतमा आया और वह गरजने लगा, "बेहद नाटककार हैं। यह कोई क्लास नहीं है कि आप टीचर को रटा हुआ पाठ सुना रहे हैं। कितना पैसा है आपके पास? क्या-क्या ख़रीद सकते हैं आप उससे? आप इलाज करा रहे हैं या मज़ाक़ कर रहे हैं?"

"माफ़ कीजिए, एक बार चल कर देख लीजिए।"

डॉक्टर ने मेरा भारी अपमान कर दिया था, पर डर और मजबूरी के नीचे वह सब कुछ दब गया। सचमुच मेरा हाल कक्षा में ज़बानी ग़लत-सलत पाठ सुनाने वाले किसी फिसड्डी बच्चे की तरह दयनीय और हास्यापद हो रहा था। मुझे लगा कि मेरा चेहरा शर्म से लाल हो गया है।

घर पर फिर उसी गम्भीरता से बच्चे की परीक्षा करते हुए डॉक्टर ने कहा, "अब कैप्सूल देना शुरू कर दीजिए। इससे बुख़ार उतर जाएगा।"

मैंने पुर्जा ले लिया, पर मेरी हिम्मत नहीं हुई कि और कुछ पूछूँ। डॉक्टर का कोई ठिकाना नहीं था कि कब क्या बोल दे। मैंने भगवान का नाम लेकर कैप्सूल देना शुरू कर दिया। हर खुराक के साथ सोचता कि अब बुख़ार उतर जाएगा, लेकिन जब उसका कोई असर नहीं होता तो मेरी जो हालत होती, उसका बयान नहीं किया जा सकता। पाँच-छह दिन में बच्चा इतना कमज़ोर हो गया कि पानी का गिलास उठाते समय उसके हाथ बुरी तरह काँपने लगते थे।

यह सोचते हुए कि बच्चा हाथ से गया, मैं डॉक्टर के पास फिर दौड़ा। इस बार परीक्षा करने के बाद पुर्जे पर कुछ लिखते हुए उसने कहा, "इनको मेडिकल कॉलेज के अस्पताल ले जाइए, चिल्ड्रेन वार्ड में, मैं लिख देता हूँ।"

"क्या मतलब?"

"अभी ले जाइए साहब" वह हँस पड़ा। अपने बच्चे के केस में पहली बार मैं उसे हँसते हुए देख रहा था, जिसका कारण मेरी समझ में नहीं आया। शायद मेरे मूर्खतापूर्ण प्रश्न अथवा मेरी भयजनित घबराहट पर उसे हँसी आ गई हो।

अस्पताल में पहुँचते ही डॉक्टर वाजपेयी के निर्देशन में बच्चे को स्ट्रेप्टोमाइसिन की सूइयाँ और कुछ अन्य गोलियाँ खाने को दी जाने लगीं, एक्सरे तो दो दिन बाद करा कर पुष्टि की गई। निश्चय ही अब दवा सही दी जा रही थी क्योंकि बच्चे की हालत में तेज़ी से सुधार होने लगा। मेरी समझ में यह नहीं आया कि क्या डॉक्टर ने रोग का निदान पहले ही कर लिया था? ख़ैर, बच्चे को अस्पताल से दस दिन के अन्दर ही छुट्टी मिल गई।

डॉक्टर ने मुस्कराकर कहा, "इत्मीनान से ले जाइए इन्हें। मैंने कहा था...ख़ूब अंडा-वंडा दीजिए। इन्हें फेफड़े में इन्फेकशन था, खुराक अच्छी मिलनी चाहिए। आठ-दस दिन गोलियाँ और खिलाइए, फिर दवा बन्द कर दीजिए...।"

मैं बैठा-बैठा यही सब सोच रहा था और डॉक्टर पर ग़ुस्से से उबलने लगा था। उस दिन मरीज़ों की पहले से ही भीड़ थी और नये-नये मरीज़ भी आते जा रहे थे। उन मरीज़ों में धनी ही नहीं थे, अनेक ग़रीब लोग थे जो अपने बच्चों को निरुपाय अवस्था में लिए चले आ रहे थे। मरीज़ दरवाज़ा खोल कर भीतर जाने लगते तो एक क्षण के लिए भीतर बैठे डॉक्टर व किसी अन्य मरीज़ की झलक दिखाई दे जाती। मरीज़ और उसके साथ आए अभिभावक के चेहरे कितने दयनीय होते थे और डॉक्टर के चेहरे पर प्रखरता, मुस्तैदी और होशियारी की चमक। एक-दो बार डॉक्टर आया भी किसी मरियल बच्चे को देखने, उसने शायद मुझे देखा भी, पर उसको बोलने या सिर हिलाने की फ़ुरसत भी नहीं थी।

समय गुज़रता गया। ओस से रात भीगती गई। मैं डॉक्टर को कुछ बता देना चाहता था, जिससे उसे हमेशा के लिए सबक मिल जाए। उसकी ग़लती क्या है, उसकी ज़िम्मेदारी क्या है आदि आदि। लेकिन अभी बहुत-से मरीज़ बाक़ी थे। मैं इन्तज़ार करते-करते सहसा थक और ऊब गया। मैं तेज़ी से उठ खड़ा हुआ और डॉक्टर के बन्द दरवाज़े की ओर क्रोध से घूरते हुए पैर पटकते हुए बाहर निकल गया। मैं मन-ही-मन उसे कोस रहा था, 'भाड़ में जाए डॉक्टर व उसकी डॉक्टरी। मेरा समय मूल्यवान है, मुझे अनेक शक्तिशाली कृतियों की रचना करनी है। ऐसे छोटे-छोटे लोगों के पीछे पड़ने से फ़ायदा क्या...'

मनोबल

ऐसा मौसम अगस्त के महीने में उस समय देखने में आता है, जब दिन-भर की तेज़ धूप और उमस के बाद पुरवा हवा चलने लगती है और आकाश में हल्के-हल्के बादल भागने लगते हैं। शाम के पाँच बजने वाले थे और प्लेटफ़ार्म पर यार्ड से गाड़ी आने का इन्तज़ार था। न मालूम कब से अकेले या बाल-बच्चों वाले मुसाफ़िर तेज़ी से आकर भीड़ में मिल जा रहे थे और प्लेटफ़ार्म लबालब भर गया था, बाढ़ में उमड़ी हुई नदी के समान।

जब ट्रेन यार्ड से प्लेटफ़ार्म की ओर सरकती हुई नज़र आई तो भीड़ में खलबली मच गई, जैसे मधुमक्खी के छत्ते में कोई ढेला मार दे। दूरदर्शी क़िस्म के बहुत से लोग पहले ही यार्ड में पहुँचकर गाड़ी में चढ़ गए थे और उनके झाँकते हुए सिर दूर से दिखाई दे रहे थे और जब गाड़ी नज़दीक आई तो बहुत से लोग जगह लूटने के लिए गाड़ी की ओर भागते हुए लपके। जब गाड़ी रुकी तो समूची भीड़ एक सुपरिचित भाग-दौड़, गर्जन-तर्जन और चिल्ल-पों में लिप्त होते हुए ट्रेन के अन्दर समाने की जी-तोड़ कोशिश करने लगी। कुछ ही देर में प्लेटफ़ार्म काफ़ी हल्का नज़र आने लगा। अब उस पर बच रहे थे कुछ खोमचे वाले, पान सिगरेट व अख़बार बेचने वाले, इधर-उधर आते-जाते व्यस्त चेहरे वाले कुछ रेलवे कर्मचारी, कुछ भिखमंगे-भिखमंगिनें और ऐसी सेकंड के एक ख़ास डिब्बे के सामने कुछ किंकर्तव्यविमूढ़ मुसाफ़िरों की एक छोटी-सी भीड़।

समस्या यह थी कि इस डिब्बे के दरवाज़े और खिड़कियाँ बन्द थीं। उस भीड़ के बेचैन लोग कुछ देर तक इधर-उधर देखकर प्रतीक्षा करते रहे कि डिब्बे का दरवाज़ा खोलकर भीतर से कोई निकले अथवा कंडक्टर या कोई अन्य रेलवे कर्मचारी आकर दरवाज़ा खोल दे। गाड़ी खुलने में अभी मज़े की देर थी, पर यह राशन की दुकान तो थी नहीं कि आप घंटों लाइन में खड़े रहें!

इस छोटी-सी भीड़ में सिर्फ़ एक ही नेता थे, जिन्होंने यह ज़रूरी सूचना पहले ही दे दी थी कि फर्स्ट क्लास एयर कंडीशन में रिजर्वेशन न मिलने के कारण उन्हें सेकंड में मजबूरन रिजर्वेशन कराना पड़ा क्योंकि जाना तो था ही! इसके अलावा इस समूह में एक उभरते हुए उद्योगपति, दो व्यापारी, एक स्वातंत्र्य सेनानी,

एक पत्रकार, एक वकील भी थे, जिनकी संख्या तेज़ी से बढ़ती जा रही है और जो जल्दी ही अपनी पहचान करा देते हैं।

नेताजी की उम्र चालीस-बयालीस से अधिक न रही होगी, किन्तु इतनी कम उम्र में उनका शारीरिक विकास सराहनीय था। उनका गुस्सा करना स्वाभाविक था और देखते-ही-देखते क्रोध से उनका चेहरा तमतमाने लगा। उन्होंने तेज़ आवाज़ में कहा, "यह क्या मज़ाक़ है! जब तक मैं नहीं बोलता हूँ, नहीं बोलता हूँ, जब मुझ पर ग़ुस्सा चढ़ जाएगा तो मुझे ब्रह्मा के बाप भी नहीं रोक पाएँगे...लापरवाही और निकम्मेपन की हद होती है!"

"लोग समझते हैं कि इस डिब्बे में मामूली लोग सफ़र कर रहे हैं, पर उनको मालूम नहीं है कि इस डिब्बे में देश का क्रीम सफ़र कर रहा है! हम लोग जितना ही चुप हैं, उतना ही हमारा अपमान किया जा रहा है।" भीड़ में से किसी ने कहा।

"रहो, मैं बताता हूँ...।"

गार्ड का डिब्बा नज़दीक था और नेताजी उधर ही बढ़ गए। उनके होंठ किसी दृढ़ संकल्प से एक-दूसरे पर बैठ गए थे, जैसे दाँत लग गया हो। चेहरा बेहद गम्भीर! उनके पीछे-पीछे भीड़ के कई लोग चल पड़े।

दुबला-पतला मरियल-सा अधेड़ गार्ड अपने डिब्बे में चुपचाप बैठा किसी डायरीनुमा चीज़ पर कुछ लिख रहा था। नेताजी के नेतृत्व में भीड़ कुछ क्षण इस आशा में खड़ी रही कि गार्ड उन्हें स्वयं देखकर उनके पास आएगा और उनकी समस्या ध्यानपूर्वक सुनेगा। इस बीच किसी ने हल्के से खाँसा भी किन्तु गार्ड सिर झुकाकर इस तरह लिखता रहा, जैसे बदतमीज़ और अहमक लोगों के इस लोक में वह हो ही नहीं।

"अरे जनाब, ज़रा सुनिएगा...।"

"फरमाइए," गार्ड धीरे से बोला। लगता है, उसे कोई दिव्य दृष्टि प्राप्त थी क्योंकि सिर उठाए बिना अब उसने देख लिया कि कोई बाहर खड़ा है।

"अरे, इधर आइए न...आपको पता नहीं कि किससे बात कर रहे हैं।" किसी ने पीछे से चिल्लाकर कहा।

इस पर भी गार्ड ने सिर नहीं उठाया और बड़े ही इत्मीनान व धैर्य से बोला, "जानता हूँ कि किसी तोप से बात कर रहा हूँ...।" वह तेज़ी से बूढ़ा हो रहा था और उसके रिटायरमेंट में कुछ वर्ष बाक़ी थे। उसने शायद सोचा था कि उसके पास तरह-तरह के लोग आते हैं, जो या तो क़ानून छाँटते हैं अथवा घूस देकर कुछ सुविधा प्राप्त करना चाहते हैं तो उसे सिर उठाकर देखने की क्या ज़रूरत है कि सामने कौन खड़ा है? सबकी शक्ल तो एक जैसी ही होती है!

"ज़रा तमीज़ से बोलो...।" भीड़ में से कोई फिर चिल्लाया।

अब गार्ड ने बहुत ज़रूरी समझा कि सामने देख लिया जाए कि कौन बदतमीज़ी

कर रहा है लेकिन देखकर वह सहम गया। उसके नज़र उठाते ही नेताजी ने तैश में कहा, "क्या बात है साहब, इतनी अव्यवस्था तो मैंने कहीं देखी ही नहीं...।"

"आख़िर कुछ बताएँगे भी...?"

"वही बताने आया हूँ लेकिन लोगों के दुख-दर्द से आपको मतलब ही क्या है! आप तो इस तरह डूब गए थे, जैसे कोई शायरी कर रहे हों। यह तो ख़ैर आपको बाद में पता लगेगा कि मैं कौन हूँ। ज़नाब, आपकी ज़िम्मेदारी होती है कि गाड़ी यार्ड से आने पर हर डिब्बा खुला रहे, उसमें पानी, बिजली, सफ़ाई हर चीज़ मुकम्मिल हो, लेकिन आपको तो पता ही नहीं कि आपके पास का ही एक डिब्बा और उसकी खिड़कियाँ सब बन्द हैं...।"

उनकी बात से गार्ड चिड़चिड़ा गया लेकिन शान्त स्वर में बोला, "आप स्टेशन मास्टर से कहिए...।"

"स्टेशन मास्टर से क्यों? यह आपकी ड्यूटी है...।"

गार्ड बहुत ही कुशलता से विष में चीनी मिलाते हुए आक्रामक विनम्रता से बोला, "जब तक गाड़ी प्लेटफ़ार्म पर होती है ड्यूटी स्टेशन मास्टर की होती है और जब गाड़ी खुल जाती है तो ख़ाकसार की ड्यूटी शुरू हो जाती है। और अगले स्टेशन पर गाड़ी रुकते ही ख़ाकसार की ड्यूटी ख़त्म और स्टेशन मास्टर की शुरू।"

"झूठ बोल रहे हैं।"

"सच्ची बात स्टेशन मास्टर से पूछ आइए...मेरा समय कीमती है।"

इतना कहकर गार्ड ने पहले की तरह ही सिर झुकाकर लिखना शुरू कर दिया। नेताजी ने भुनभुनाकर 'ईडियट' कहा, जिसे गार्ड सुन पाया या नहीं, यह निश्चित रूप से नहीं कहा जा सकता। इसके बाद भीड़ वापस अपने डिब्बे की ओर चली गई।

"तोड़ दो इस डिब्बे को...मैं कहता हूँ...तोड़ दो...।" नेताजी ने गरजती हुई आवाज़ में कहा, "अच्छा मज़ाक़ है कि सारे डिब्बे खुले हैं और एक डिब्बा बन्द है, किसी ससुरे को परवाह नहीं कि डिब्बे के मुसाफ़िर कहाँ बैठेंगे! स्टेशन मास्टर से हम क्यों कहें, स्टेशन मास्टर को ख़ुद पता होना चाहिए कि गाड़ी ठीक चल रही है या नहीं। नहीं, तोड़ दो डिब्बा और अगर डिब्बा नहीं टूटता तो इंजिन के सामने मैं धरना दूँगा...आज यह नहीं जाएगी, चाहे प्राइम मिनिस्टर ही क्यों न चले आएँ!"

कई उत्साही नौजवान आगे बढ़ गए। पहले उन्होंने हाथ से ही भड़-भड़ करना शुरू किया, "अरे, खोलो..." उन्हें विश्वास था कि अब भी भीतर से बन्द करके कोई सो रहा है। इसी समय भीड़ में से कोई कहीं से एक ईंट उठा लाया और उसे एक दरवाज़े पर भड़-भड़ मारने लगा।

इस तरह के हंगामे में पता नहीं कहाँ से तमाशबीन भी आ गए। धीरे-धीरे भीड़ आनन्द लेने के मूड में आ गई। उसमें से कुछ लोग कभी हँस पड़ते और कभी चिल्ला पड़ते। पर उनका यह खेल देर तक नहीं चला क्योंकि जल्दी ही रेलवे पुलिस के दो

सिपाही अचानक वहाँ आ टपके, जिनमें से एक अधेड़ दीवान था और दूसरा एक तगड़ा नौजवान। उन्होंने भीड़ को पीछे हटाया और डिब्बे को खोलने की कोशिश करने लगे। कंडक्टर भी आ गया, पर उससे डिब्बा खुला नहीं, वह भीतर से ही बन्द था। इसका मतलब है कि ज़रूर कोई भीतर बैठा है।

अब सिपाही तथा कुछ रेलवे कर्मचारी डिब्बे के एक दरवाज़े को तोड़ने की कोशिश करने लगे। प्रहार के हथियार में दो हथौड़े भी आ गए थे। पीछे खड़ी भीड़ अत्यधिक शान्ति से यह सब देख रही थी। पर इस तरह से कुछ ही देर के भड़-भाड़ के बाद वह दरवाज़ा अचानक खुल गया। कैसे खुला दरवाज़ा? क्या भीतर से किसी ने खोला था या कोई पेंच या खटका ढीला होकर नीचे गिर गया था?

दरवाज़ा खुलते ही भीतर की गुमसी गुमसी हवा एक विचित्र-सी गन्ध लिए हुए बाहर आई। सहसा भीतर जाने की किसी की हिम्मत नहीं हुई। बाहर से झाँकने पर अन्दर कोई दिखाई नहीं दिया, बस सामने वाली बर्थ पर एक गन्दी-सी गठरी, जिसे पोटली ही कहना उचित होगा, पड़ी थी, मालूम होता है, ज़रूर कोई भीतर है, जो दरवाज़ा खुलते ही छिप गया है। दोनों सिपाही कुछ देर तक सहमे-सहमे से भीतर देखते रहे, किन्तु अन्त में नौजवान सिपाही डरी-डरी मुस्कराहट के साथ डिब्बे में चढ़ गया। चढ़कर वह आगे नहीं चढ़ा बल्कि एक जगह खड़ा होकर चौकन्ने कुत्ते की तरह चारों ओर देखने लगा।

लेकिन गठरी की ओर गौर से देखते ही उसके अन्दर एक अनजान दहशत समा गई। फिर गठरी बड़ी रहस्यमय लगने लगी, जिसे छूने की उसकी हिम्मत नहीं और वह जल्दी से बाहर निकलकर दीवान से बोला, "उस्ताद, किसी को अन्दर जाने न दिया जाए...मामला बड़ा गड़बड़ लग रहा है, लगता है, कोई बदमाश कुछ रख गया है...।"

"ऐं!" दीवान चौंका, फिर लापरवाही से बोला, "तुम बेकार में डरते हो...कुछ नहीं है...खोल कर देख लो।"

"अरे नहीं उस्ताद...मेरी तो हिम्मत नहीं हो रही है। आप ही जाकर देख लीजिए न...।"

"तुम कैसे नौजवान हो जी, मैं जब तुम्हारी उम्र का था तो जिन्न-भूत से लड़ने रात में बारी-बग़ीचा पहुँच जाता था। मेरी पुरानी बाई पुरवा में उभर आई है, कमर में दर्द है...नहीं तो मैं दिखा देता...।"

"आपकी बात पुरानी है, पुरानी हड्डी है, हम लोग क्या मुक़ाबला करेंगे? फिर लाख बात की एक बात कहूँगा, उस्ताद, आप अभी देश के बड़े-से-बड़े डाकू, बदमाश, क्रिमिनल को मेरे सामने खड़ा कर दीजिए, उसे धूल न चटा दूँ तो असल बाप का बेटा नहीं! पर धोखाधड़ी के ऐसे खेल में मैं अनाड़ी हूँ।"

"तो क्या तुम समझते हो कि इसमें बम रखा है?"

"है कोई ऐसी ही चीज़...शायद उससे भी ख़तरनाक। मेरा तो यही ख़याल है।"

"तो हटो पीछे...।" दीवान ने भय जनित क्रोध से नाक सिकोड़ कर कहा। भीड़ तो पहले ही से सशंकित एवं बेचैन थी। बम का नाम सुनते ही एक बेपनाह दहशत भीड़ में दौड़ गई। लोग जल्दीबाज़ी में इधर-उधर देखने के बाद पीछे हटने लगे जो खोमचेवाले और ठेलेवाले आसपास खड़े थे, वे फ़ौरन से पेश्तर वहाँ से हट गए।

भीड़ छँट गई और नेताजी तथा उनके साथी काफ़ी दूर जा खड़े हुए।

दीवान कमर पर हाथ लगाकर डिब्बे में चढ़ गया और नौजवान सिपाही कुछ और पीछे जाकर वहीं से अपने उस्ताद को आँखें मलका-मलका कर देखने लगा। दीवान उस गठरी के पास खड़ा था। अब उसके दोनों हाथ दोनों ओर कमर पर थे, टाँगें फैल गई थीं और गर्दन टेढ़ी हो गई थी। वह गम्भीर दार्शनिक मुद्रा में गठरी को देख रहा था। फिर पता नहीं क्या हो गया कि वह जल्दी से पलट कर डिब्बे से धड़-धड़ नीचे उतर गया।

"क्या हुआ उस्ताद? फ़ोन करके फोर्स बाहर से बुला लीजिए।"

"भई, है तो कोई गड़बड़ चीज़। भीतर गठरी है और भीतर कोई है भी नहीं! ज़रूर किसी बदमाश की 'कारस्तानी' है। ख़ैर, मैं अभी इन्तज़ाम करता हूँ। तुम लोगों को यहाँ फटकने न देना, अभी आता हूँ।"

वह फ़ौरन बाईं ओर मुड़ा और उसी दिशा में पागल की तरह चल पड़ा। सभी लोग अजीब दहशत-भरे आश्चर्य से उसे देखते रह गए। अन्य डिब्बों से भी बहुत से लोग निकल आए थे और यह समाचार तेज़ी से फैल रहा था कि एक डिब्बे के अन्दर कोई भयंकर बम रख गया है। लोग वहाँ फैले आतंक के अनुरूप ही सतर्क हो गए थे और वे अनजान व्यक्ति और उसके सामान को गहरे सन्देह के साथ देख रहे थे। प्लेटफ़ार्म पर कई छोटे-छोटे समूह में इकट्ठे होकर लोग बातें कर रहे थे। क्या बात है कि कुछ दिन पहले ऐसी घटनाएँ नहीं होती थीं और अब आए दिन हो रही हैं? इसके लिए कौन ज़िम्मेदार है? आदि-आदि।

भय-आतंक से बेचैन और परेशान भीड़ बातचीत में संलग्न ही थी कि दीवान एक तेरह-चौदह वर्ष के एक दुबले-पतले लड़के के साथ डिब्बे की ओर बढ़ता नज़र आया। लड़के का रंग साँवला था। वह एक बेहद ढीला-ढाला गन्दा हाफ पैंट पहने था, जिसके पीछे एक गोल-सा छेद दिखाई दे रहा था। शेष शरीर नंग-धड़ंग। दीवान बहुत गम्भीर था, होंठ पर होंठ रखे तेज़ी से चल रहा था, जैसे कोई मंज़िल फतह कर ली हो और लड़का भी, जिसके होंठ मोटे और नाक चिपटी थी, लगभग दौड़ता हुआ दीवान की बराबरी करने की कोशिश कर रहा था। दीवान बार-बार उसकी ओर देख लेता, जैसे उसे डर हो कि लड़का कहीं नौ दो ग्यारह न हो जाए।

बाहर इकट्ठी भीड़ तथा डिब्बों से झाँकते चेहरों का ध्यान दीवान और लड़के पर केन्द्रित हो गया। पहले तो लोग हैरत में पड़ गए लेकिन जल्दी उनकी समझ में आ गया कि पुलिस ने डिब्बे में बम रखने वाले अपराधी का पता लगा लिया है! क्या किसी ने कुछ पैसे देकर इस लड़के से गठरी रखवा दी थी? क्या लड़के ने सब कुछ उगल दिया है और इसलिए क्या पुलिस उसे शिनाख्त के लिए घटनास्थल पर ले जा रही है? इस अनुमान से लोगों के तनाव भरे चेहरे ढीले पड़ गए और कुछ लोग तो हँसने भी लगे।

डिब्बे के पास जाकर दीवान ने भीतर इशारा करते हुए आगे झुक कर बहुत धीमे स्वर में कहा, "जा बेटा, उसे उठा ले आ, भरपेट हलवा-पूड़ी खिलाऊँगा, ऊपर से बाबू लोग ख़ूब रुपये-पैसे देंगे। बहुत बड़ा काम है रे, कहीं अच्छी नौकरी भी लग जाएगी। उठेगी तुमसे?"

लड़का बेहद उत्साहित हो उठा। छाती आगे निकालकर बोला, "इससे भारी-भारी चीज़ें उठा लेता हूँ मालिक...।"

"तो जा मेरे शेर...शाबास!"

लड़के को गठरी के रहस्य का पता नहीं था। वह हँसता हुआ भीतर गया और बेझिझक गठरी उठाकर तेज़ी से नीचे उतर आया। दीवान और नौजवान सिपाही की आँखें बटन की तरह निकल आईं। वे कई क़दम पीछे भी हट गए। पीछे खड़ी भीड़ अचम्भे से यह तमाशा देख रही थी।

"गठरी को नीचे रख दो और खोलकर देखो कि उसमें क्या है।" लड़के ने वैसा ही किया। फिर बेधड़क गठरी खोलकर देखने लगा। उसमें एक अँगौछे में एक ओर मज़े का सत्तू बँधा था और दूसरी ओर प्याज़, मिर्च और एक पुड़िया में नमक। इसके अलावा गठरी में कुछ और चीज़ें थीं। एक छोटे-से पैकेट में रेवड़ी, दूसरे पैकेट में बिस्कुट, गाढ़े की एक नई बनियान और बच्चों के बजाने के लिए एक पिपिहरी। जब दीवान को इत्मीनान हो गया कि गठरी में कुछ नहीं है तो उसकी खीसें निकल आईं। इसके बाद वह बेहद गम्भीर हो गया और वीरतापूर्वक गठरी के पास जाकर रुखाई से बोला—

"गठरी बाँधकर अपने सिर पर रख लो...।"

लड़के ने हक्का-बक्का होकर सिपाही की ओर देखा, जैसे उससे कोई ग़लती हो गई हो। फिर फुर्ती से उसने गठरी बाँध कर सिर पर रख ली। दीवान ने अब उसे डपटते हुए कहा, "यह सब सामान तेरे लिए है। इसमें बड़ा माल है बच्चू, मज़े में तुम्हीं लोग हो। अच्छा, अब भाग यहाँ से। भाग!"

आख़िरी शब्द दीवान ने बहुत तेज़ आवाज़ में कहा और लड़का उसकी आज्ञा का अक्षरश: पालन करते हुए जान छोड़कर वहाँ से भाग चला। रेलवे पुलिस के दोनों सिपाही तथा भीड़ के कई लोग हँसने लगे।

“जाओ बेटा, लोगों से कह दो कि डिब्बे में आकर इत्मीनान से बैठें।” दीवान ने अपने नौजवान साथी से कहा और कुछ ही देर में नौजवान सिपाही के नेतृत्व में मुसाफ़िर लोग इत्मीनान से हँसते हुए डिब्बे की ओर बढ़ चले।

नौजवान सिपाही की छाती निकली हुई थी और दीवान अत्यन्त साहस-पूर्वक अपनी छड़ी घुमाते हुए डिब्बे का मुआयना करने लगा। लोग हँसी-ख़ुशी भीतर घुस गए थे। नेताजी ने दीवान के पास आकर उँगली से डिब्बे के भीतर चारों ओर इशारा करते हुए हलके-फुलके ढंग से नकियाये हुए स्वर में पूछा, “आपने तो अब देख ही लिया होगा...?”

“अरे इत्मीनान से बैठिए हुजूर, मेरा काम बड़ा पक्का होता है। अब समझिए कि एक बड़ी आफ़त टल गई।”

“कोई ख़ास बात थी क्या? वह लड़का...।”

“अब मुझसे न कहलाइए, अच्छा है कि ये बातें पब्लिक को मालूम न हों, लोग परेशान होंगे। बस आराम से सोते हुए जाइए, अब कोई साला डिब्बे के पास फटकेगा ही नहीं...।”

“बहुत-बहुत शुक्रिया। मुझे लौट आने दीजिए...मैं आपके लिए कुछ करूँगा। दस दिनों के बाद महिमा होटल में मुझसे मिल लीजिएगा। होटल का मैनेजर हमारे पास आपको पहुँचा देगा...बस कह दीजिएगा कि नेताजी से मिलना चाहता हूँ।”

“ज़रूर मिलूँगा हुजूर। आप लोगों का सहारा मिल जाए तो कहाँ-से-कहाँ पहुँच जाऊँ। नहीं तो लोग लंगी लगाने को हमेशा तैयार रहते हैं। आप लोगों की हमेशा खिदमत करता रहता हूँ। मौक़े पर मैं चूकता नहीं, हुजूर, इसीलिए जब मामला फँसता है तो लोग मुझे बुलाते हैं। आप लोगों के लिए जान पर खेल जाता हूँ... मुश्किल यही है कुछ लोग जलते हैं और मेरी तरक़्क़ी के रास्ते में गड्ढे खोद देते हैं, ठीक है हुजूर मिलूँगा।”

डिब्बे की सभी चीज़ें जल्दी ही दुरुस्त कर दी गईं। गाड़ी खुलने का समय आ गया। लोग अपनी सीटों पर आराम से बैठकर हँस-हँसकर बातें कर रहे थे। ख़ूब ख़ुश और उत्साहित थे वे। धीरे-धीरे उनके बीच मज़ाक़ों की फुलझड़ियाँ छूटने लगीं। कहकहे और ठहाके गूँजने लगे। कितने बेफिक्र और निश्चिन्त थे वे! कुछ देर बाद ही गाड़ी ने सीटी दी और ट्रेन सरकने लगी।

श्वान गाथा

आज़ाद ख़यालों के उस शहर का प्रशासन अपने ही ढंग से और अपने ही समय पर काम करता। ताज़ा क़िस्सा यह है कि जनता एक लम्बे अरसे से पानी-बिजली की सप्लाई, कूड़ों की सफ़ाई और महँगाई से राहत के लिए चिल्लाते-चिल्लाते शान्त हो चुकी थी, तभी प्रशासन ने शहर के कुत्तों की समस्या हल करने के लिए ज़बरदस्त अभियान छेड़ दिया।

निःसन्देह पहले भी कुत्ते लोगों को काटते थे, जिसकी वजह से अनेक स्त्री-पुरुष और बच्चे अकाल मौत के शिकार हो चुके थे। मच्छरों, चूहों और छुट्टा घूमने वाले साँड़ों, गायों और सुअरों की संख्या कम नहीं थी, जिनसे कई बार घातक दुर्घटनाएँ तथा संक्रामक बीमारियाँ हो चुकी थीं। पर हुआ यह कि विश्वविद्यालय से आगे, जहाँ मज़दूरों और कमकरों की एक छोटी-सी बस्ती थी, कुछ कुत्तों ने शहर के सबसे प्रभावशाली व्यक्ति विमलदास 'सेवक' के सुपुत्र को काट खाया।

कई फ़ैक्टरियों तथा बड़े-बड़े फर्मों के मालिक विमलदास अनेक धार्मिक, सांस्कृतिक, शैक्षिक एवं राजनीतिक संस्थाओं के अध्यक्ष, संरक्षक और हितैषी थे। अन्य क्षेत्रों में भी उनकी धाक जमी हुई थी और उनको उच्च कोटि का वक्ता, विचारक, भाषाविद्, कवि, लेखक तथा कलाकार भी समझा जाता। सम्मेलन, समारोह, गोष्ठी, सेमिनार आदि सार्वजनिक आयोजनों में वह अनिवार्य रूप से बुलाए जाते, जहाँ अपने अद्‌भुत विचारों से वह सबको मोह लेते और उनके भाषण की रिपोर्ट अख़बारों की मोटी-मोटी सुर्ख़ियों के नीचे छापी जाती। जानकार हल्कों का विश्वास था कि शहर की अच्छी-बुरी किसी भी बड़ी घटना की जड़ में उनकी सहमति-असहमति की भूमिका ज़रूर होती है। प्रशासन की दृष्टि में ऐसे महत्त्वपूर्ण व्यक्ति की सन्तान को कुछ हो जाना सार्वजनिक हित की एक गम्भीर समस्या थी।

विमलदास के सबसे बड़े पुत्र कमलदास की उम्र तीस से अधिक कतई नहीं है। व्यक्तित्व, स्वास्थ्य एवं रोग की दृष्टि से वह अपने पिता के वास्तविक उत्तराधिकारी समझे जाते, वैसे विमलदास उनको सीधे राजनीति में भेजना चाहते थे। इधर शहर के सबसे बड़े डॉक्टर ने कमलदास की शारीरिक जाँच करके बताया था, "सन्तुलित भोजन कीजिए, मीठा एक दम न खाइए और सवेरे पैदल चलने-दौड़ने

तथा साइकिल चलाने जैसी कसरतों में से एक ज़रूर कीजिए।" कमलदास तथा उनके समस्त परिवार ने कई दिनों तक गहन मनन-चिन्तन के बाद रोज़ सवेरे साइकिल के कार्यक्रम को सर्वोत्तम घोषित कर दिया।

विश्वविद्यालय के थोड़ी दूर आगे उत्तर दिशा में सड़क किसी पर्वतीय मार्ग की तरह ऊपर उठती थी। सड़क की ढलान पर साइकिल चलाने में कमलदास को बड़ा आनन्द आता। दो-चार बार पैडिल मारने के बाद ही साइकिल हवा से बातें करने लगती। कमलदास के मन में अजीब-सी गुदगुदी होने लगती और होंठ बरबस हँसी से फैल जाते। ढलान ख़त्म होने पर ही बस्ती आती थी। बेशक शहर के लगभग हर मुहल्ले में कुत्तों की अड्डेबाज़ी ज़रूर दिखाई देती है, पर बस्ती के सामने से गुज़रने वाली वह सड़क इससे मुक्त नज़र आती थी। फिर उस दिन क्या हुआ?

हाँ, उस दिन सवेरे बस्ती के सामने सड़क के किनारे एक ही पंक्ति में कूड़ों के बड़े-बड़े दस-बारह ढेर पड़े हुए दिखाई पड़े। निश्चय ही वह बस्ती का कूड़ा नहीं हो सकता था। पहले ही ढेर में एक मरी हुई बिल्ली पड़ी थी, जिसकी दुर्गन्ध चारों ओर फैल रही थी। और उसी ढेर में अनगिनत मक्खियाँ, चार-छह कौए, एक गिद्ध और कई कुत्ते मुँह लगाए हुए थे। लगता है, तेज़ी से आती हुई साइकिल की सर सर की आवाज़ उन कुत्तों ने सुन ली होगी, क्योंकि कमलदास के पास पहुँचने से पहले ही वे घूमकर भौंकने लगे।

कमलदास हाफ पैंट, अधबहीं क़मीज़ और कैनवास के सफ़ेद जूते पहने हुए थे। गर्मी के महीने की ख़ुशगवार सुबह थी, पर वह पसीने से लथपथ थे। जब वह बस्ती के सामने से गुज़रे तो पाँच-छह: लम्बे-तगड़े कुत्ते भौंकते हुए उनकी साइकिल के पीछे लग गए। उम्मीद तो यह थी कि कुछ दूर तक दौड़ने के बाद कुत्ते स्वत: ही रुककर अपनी जगह पर लौट जाएँगे। लेकिन जब ऐसा नहीं हुआ तो कमलदास अचानक किसी पटाखे की तरह ज़ोर से चिल्लाए।

"धाऽऽत! दुर साले..."

मुड़कर चिल्लाने से साइकिल की गति कुछ धीमी पड़ गई। कुत्ते भी कुछ क्षणों के लिए सड़क पर ठिठक गए लेकिन जब उन्होंने देखा कि कोई ख़ास बात नहीं और वह व्यक्ति अब भी साइकिल तेज़ी से दौड़ता हुआ चोर की तरह भाग रहा है तो वे पुन: पीछे लग गए। हाँ, इस बार सिर्फ़ दो कुत्तों को छोड़कर सभी पीछे रुक भी गए। वे दोनों कुत्ते शायद सबसे तगड़े तेज़-तर्रार और खूँखार रहे होंगे। वे साइकिल के दोनों ओर मज़े की दौड़ लगा रहे थे। कभी-कभी जब वे साइकिल के समानान्तर आकर हमला करने की कोशिश करते तो कमलदास अपने दोनों पैर उठाकर आगे साइकिल के डंडे या मडगार्ड पर रख लेते। इस भाग-दौड़ की प्रतियोगिता के बीच दाहिने बाजूवाले कुत्ते ने लपककर उनकी पिंडली में दाँत गड़ाने में सफलता प्राप्त कर ली।

कमलदास का सन्तुलन बिगड़ गया और वह नीचे गिर पड़े। पिंडली पर कई दाँतों के निशान उभर आए थे, जहाँ से ख़ून निकल रहा था। उनके गिरते ही कुत्ते भी ठिठक कर खड़े हो गए, पर उनका भौंकना जारी था। यह घटना मैदान की ओर जाते हुए बस्ती के दो व्यक्तियों ने देख ली, जिनमें एक अधेड़ और दूसरा नौजवान था। वे दौड़कर वहाँ पहुँच गए। पहले उन्होंने ढेले मार-मार कर कुत्तों को वहाँ से भगाया, फिर कमलदास के पास पहुँच अफ़सोस ज़ाहिर करने लगे।

कमलदास अचानक बेहद बिगड़ गए। उन्होंने चिल्लाकर पूछा, "तुम्हारा कुत्ता है यह?"

"कौन-सा कुत्ता? यहाँ के कुत्ते ये नहीं हैं।" नौजवान ने सकपका कर जवाब दिया।

"मैं ख़ूब समझता हूँ। साफ़-साफ़ बताओ किसके कुत्ते हैं ये?"

"हमें नहीं मालूम साहब," अधेड़ व्यक्ति ने सफ़ाई दी, "ऐसे कुत्ते तो श्मशान घाट और बूचड़ख़ाने के आसपास ही दिखाई देते हैं। देखिए साहब, हम ग़रीब आदमी हैं, हमारी बात कोई नहीं सुनता। कल रात तक ये कूड़े नहीं थे, रात में दूसरी जगह के कूड़े फेंकवा दिये गए हैं। यहाँ इसकी गन्दगी को सूँघकर ये कुत्ते, गिद्ध इकट्ठे हो गए हैं।"

"बकवास है यह सब। नाम बताओ तुम दोनों...मैं देख लूँगा सबको...।"

नाम बता दिये उन्होंने। सवेरे की घटना है यह और शाम तक सारे शहर में यह ख़बर आग की तरह फैल गई। हर व्यक्ति के पास दुर्घटना का आँखों-देखा विवरण था, जिसके अनेक रूप, आकार और विस्तार सुनने में आए। लेकिन सचाई पर से पर्दा उस समय हटा, जब दूसरे दिन शहर के जागरुक अख़बारों ने उसके सम्बन्ध में अपनी विशेष रिपोर्ट प्रकाशित की। एक अख़बार ने अपने विशेष संवाददाता द्वारा भेजे गए समाचार का हवाला देते हुए कमलदास पर कुत्तों के हमले की कड़ी निन्दा करते हुए उसे किसी षड्यंत्र के तहत की गई घृणित कार्रवाई की संज्ञा दी थी। उक्त पत्र ने आगे लिखा था कि लगता है विमलदास व उनके परिवार के कुछ विरोधियों और दुश्मनों ने कुछ पागल कुत्ते बाहर से लाकर रास्ते में छोड़ दिये थे और कमलदास गम्भीर रूप से बीमार पड़ गए हैं। विश्वास किया जाता है कि इस दुर्घटना में बस्ती के कुछ लोगों का हाथ है और दो व्यक्तियों के नाम तो मालूम भी हो गए हैं।

एक अन्य पत्र ने अपनी ख़ास रिपोर्ट में यह सवाल उठाया था, आख़िर क्या बात है कि हाल के कुछ वर्षों में नगर में आवारा और पागल कुत्तों की संख्या इतनी बढ़ गई है? इस सम्बन्ध से उक्त पत्र ने आँकड़े पेश करते हुए लिखा था कि बीस वर्ष पहले शहर में ऐसे कुत्तों की कुल संख्या 2350 से अधिक नहीं थी, लेकिन आज उनकी आबादी बढ़कर 30270 हो गई है! ऐसा तो नहीं है कि इस शहर की तरक़्क़ी

से ईर्ष्यान्वित होकर दूसरे शहरों से कुत्ते लाकर यहाँ छोड़ जा रहे हैं—क्योंकि कुछ कुत्ते इतने तगड़े और खूँखार हैं कि इस शहर के हो ही नहीं सकते। इस दुर्घटना से प्रशासन की लापरवाही व निकम्मेपन का पर्दाफाश हो गया है।

सारा शहर बेहद दुखी और चिन्तित होकर विमलदास, ख़ास तरह से कमलदास के प्रति हमदर्दी से भर उठा। सहानुभूति के लिए महत्त्वपूर्ण लोगों की भीड़ चल पड़ी, जिसमें बड़े-बड़े अफ़सर, सेठ साहूकार, उद्योगपति, नेता, विशेषज्ञ, शिक्षक, ज्योतिषी और लेखक भी शमिल थे। विमलदास के दरवाज़े पर सदा कार, स्कूटर, थ्रीह्वीलर आदि गाड़ियाँ खड़ी नज़र आतीं। बाहर के लोगों को मालूम हुआ तो सहानुभूति में फ़ोन पर फ़ोन आने लगे। शहर के सामान्य लोग बस्ती की उस जगह को देखने के लिए उमड़ पड़े, जहाँ ऐसी ऐतिहासिक घटना हुई थी। भीड़ को देखकर वहाँ अनेक ठेलेवाले, खोमचेवाले, खिलौने-गुब्बारे बेचनेवाले मँडराने लगे। अचम्भे की बात यह है कि वहाँ के कूड़े पता नहीं कब साफ़ कर दिये जा चुके थे और कौए, गिद्ध और कुत्तों का कहीं अता-पता भी नहीं था। मुश्किल यह भी है कि सड़क पर ख़ून का कोई कतरा भी नज़र नहीं आ रहा था, फिर भी भीड़ थी कि चली आ रही है, चली आ रही है।

प्रशासन जाग कर पूरी तरह चौकन्ना हो चुका था। नगर के सर्वोच्च अधिकारी ने अपने पर्सनल असिस्टेंट को बुलाया, जो सामने सिर झुकाकर खड़े हो गए।

"यह शहर में क्या तमाशा हो रहा है?" उन्होंने डपट कर पूछा। पर्सनल असिस्टेंट सिर खुजाने लगे, सिर्फ़ मुँह से आवाज़ निकली, "सर...।"

"सुनते हैं आप लोगों की बड़ी मस्ती कट रही है। दफ़्तर में कोई भी समय से नहीं आता-जाता?"

"कुछ मातहत, यूनियन वालों के चक्कर में पड़ गए हैं सर...नहीं तो...।" क्या बेकार की बात कर रहे हैं। सभी नियम-क़ानून लागू कराने के अधिकार तो हमने आपको दिये हैं। आप क्या करते हैं? लगता है प्रशासन की सारी इज़्ज़त-प्रतिष्ठा आप ख़ाक में मिला देंगे। विमलदास व कमलदास के दो फ़ोन आ चुके हैं। आपको तो कुछ पता ही नहीं है। साफ़-साफ़ बताइए, शहर में इधर कुत्तों की संख्या क्यों बढ़ गई है?"

पर्सनल असिस्टेंट ने सपने में भी नहीं सोचा था कि कभी ऐसे प्रश्न का भी उत्तर देना पड़ेगा। किन्तु उनका दिमाग़ बड़ा उर्वर था, जो अब बहुत तेज़ी से काम कर रहा था। उन्होंने फ़ौरन कहा, "सर, कारण तो कई हैं, पर सबसे ख़ास कारण यह है, इधर कुदरत में अजीब-अजीब बदलाव आ रहे हैं जिससे आदमी, जानवर, कीड़े-मकोड़े सबकी आबादी तेज़ी से बढ़ रही है। इन सबकी लम्बाई और मोटाई भी पहले से बढ़ी है। विशेषज्ञों का कहना है कि आज़ादी के बाद आदमी की औसत लम्बाई दो इंच बढ़ गई है। और...।"

"क्या बकवास कर रहे हैं? भाँग खाकर आए हैं क्या? आप लोग पढ़ते-लिखते तो कुछ भी नहीं, लम्बी-चौड़ी बातें बहुत करते हैं। चौबीस घंटे मौज़-मस्ती की फिराक में रहते हैं। फ़ौरन पता लगाइए कि कमलदास के साथ ऐसी ख़तरनाक घटना कैसे हो गई? कौन इसके लिए ज़िम्मेदार है? शहर में पालतू, आवारा और पागल कुत्ते कितने हैं! कुत्ते इस शहर में बाहर से तो नहीं छोड़े जा रहे? जो भी ज़िम्मेदार हो, चौबीस घंटे के भीतर उसकी गिरफ़्तारी हो जानी चाहिए। हर चीज़ मुझे कल शाम तक मालूम हो जानी चाहिए। फ़ौरन जाइए।"

सर्वोच्च अधिकारी ज़ोर-ज़ोर से चिल्ला रहे थे। पर्सनल असिस्टेंट डर तथा घबराहट के मारे पसीना-पसीना हो रहे थे। वह 'अच्छा सर' कहकर फ़ौरन चलते बनते। इस फटकार के बाद उनका दिमाग़ सचमुच एक निश्चित दिशा में दौड़ने लगा और उन्होंने अभूतपूर्व मौलिकता और सूझबूझ से कार्रवाई शुरू कर दी। सबसे पहले उन्होंने बस्ती के उन दोनों व्यक्तियों को पकड़ मँगवाया और उनसे पूछताछ के बाद उनके कुछ रिश्तेदारों तथा उन पुराने मुहल्लों के कुछ अन्य व्यक्तियों की भी गिरफ़्तारियाँ हुईं, जहाँ कुत्तों के बड़े-बड़े गिरोह दिखाई देते थे। सबसे कठिनाई उस समय हुई, जब किसी दफ़्तर में शहर के कुत्तों के बारे में कोई आँकड़ा उपलब्ध नहीं हुआ। लेकिन हर तरह के गणित के कुछ सिद्ध लोगों की मदद से यह जटिल समस्या भी सुलझा ली गई।

दूसरे दिन एक विस्तृत रिपोर्ट पेश की गई, जिससे अनेक आश्चर्यजनक तथ्य प्रकाश में आए। रिपोर्ट में अख़बार में छपी कई ख़बरों का खंडन किया गया और दूसरे आँकड़े और तथ्य पेश किये गए। मसलन, बीस वर्ष पहले आवारा कुत्तों की संख्या 1500 से अधिक नहीं थी और अब लगभग 2500 है। हाँ, यह कहा जा सकता है कि अर्द्धपागल और पागल कुत्तों की संख्या पहले के मुक़ाबले काफ़ी बढ़ गई है। यह पता नहीं लग सका कि ऐसा क्यों हैं, अच्छा हो इसका पता लगाने के लिए विशेषज्ञों की एक कमेटी बिठा दी जाए। निश्चित रूप से यह भी नहीं कहा जा सकता कि शहर में कुछ बाहरी कुत्ते छोड़े गए हैं, पर इसकी सम्भावना के प्रति निरन्तर सतर्क और सावधान रहने की ज़रूरत है। ऐसे संकट की स्थिति में ज़रूरी है कि शहर में जल्दी-से-जल्दी श्वान-उन्मूलन अभियान छेड़ दिया जाए। ऐसा न किया गया तो परिणाम बड़े भयंकर होंगे!

रिपोर्ट पढ़कर सर्वोच्च अधिकारी ने आदेश दिया, "इस समय सावधानी और कड़ाई से काम लीजिए। जाँच-पड़ताल जारी रखी जाए और सन्दिग्ध लोगों पर कड़ी नज़र। अख़बारों और दूसरे लोगों द्वारा फैलाई गई अफवाहों को रोकिये और फ़ौरन शहर के लावारिस कुत्तों की पकड़-धकड़ शुरू कर दी जाए।"

अगले ही दिन कई पत्रों में अफवाहों के खंडन के लिए विज्ञापन और समाचार छपे। उनमें कहा गया कि पिछले दस वर्षों में शहर के कुत्तों के काटने की जो भी

घटनाएँ हुईं, उनसे एक भी मौत नहीं हुई। इनमें जो भी मरे वे दूसरी बीमारियों से। अनेक लोग तो सात कुएँ झाँककर अच्छे हो गए, उन्हें सूई नहीं लगवानी पड़ी। अख़बारों में आवारा और पागल कुत्तों की संख्या के बारे में मनगढ़न्त ख़बरें छापी गई हैं; जबकि यह संख्या बहुत ही कम है। लोग अफवाहों पर विश्वास न करें। अपने-अपने कुत्तों को ज़ंजीर में बाँधे, उनको सुई लगवा दें, और उसका पंजीकरण करा लें। नियमों का उल्लंघन करनेवालों के ख़िलाफ़ सख़्त कार्रवाई की जाएगी।

शीघ्र ही शहर में आवारा और पागल कुत्ते पकड़ने का अभियान छेड़ दिया गया। मुश्किल यह है कि इतने बड़े शहर में लोहे की मज़बूत छड़ोंवाली एक ही पहिएदार गाड़ी की व्यवस्था की जा सकी। गाड़ी बड़ी भी नहीं थी, जिसमें तीस-पैंतीस से अधिक कुत्ते नहीं आ सकते थे, वह भी ठूँस-ठूँस कर। उस गाड़ी के नीचे एक छोटा-सा दरवाज़ा था। गाड़ी में लगे एक पेंच को दबाने से, दरवाज़ा ऊपर उठ जाता था। दो जमादार सँड़ासी जैसे लोहे के दो बड़े औजार लेकर चल रहे थे। किसी कुत्ते को देखते ही वे उसको सँड़ासी में दबोच लेते और उसे घसीटकर उस दरवाज़े के रास्ते गाड़ी के अन्दर ठेल देते। तब वह पेंच छोड़ दिया जाता और दरवाज़ा नीचे गिर जाता था।

कुत्ता पकड़ने के मामले का यह काम उतना कठिन नहीं था, जितना कुछ अन्य जानवरों को पकड़ने का। मसलन, जब बन्दर पकड़ने वाले आते हैं तो बन्दर चाल को झट समझ जाते हैं। वे नीचे उतरने के बजाए पेड़ों और छतों की ऐसी ऊँचाइयों पर चले जाते हैं जहाँ किसी मनुष्य का पहुँचना भी मुश्किल होता है। वे अपने समुदाय के सदस्यों को सावधान करने के लिए 'कू-कू' की आवाज़ भी बोलने लगते हैं। वे नीचे तभी उतरते हैं जब उन्हें विश्वास हो जाता है कि पकड़ने वाले चले गए, जो उनकी नज़र से ओझल होकर ही उनको धोखा दे जाते हैं। पर कुत्ते इस माने में बड़े बेवक़ूफ़ होते हैं। उनकी बहादुरी और वफ़ादारी की गणना बेवक़ूफ़ी के अन्तर्गत ही की जानी चाहिए। जब उनको कोई भी बात ग़लत और चुनौती भरी लगती है, वे उस चुनौती को झट स्वीकार कर भौंकने लगते हैं। आजकल राजनीति, कूटनीति और अक्लमन्दी के ज़माने के ऐसे स्वभाव को महत्त्व नहीं दिया जा सकता, किन्तु इसी वजह से आज तक अनगिनत कुत्तों ने चोरों, डाकुओं और अपराधियों के हाथ अपनी जानें गँवा दी हैं।

इस मामले में शहर के कुत्तों की भूल यह थी कि जब वह गाड़ी किसी मुहल्ले में पहुँचती, आसपास के कुत्ते भौंकने के लिए वहाँ आ जाते। एक तो जमादारों की शक्लें—अत्यधिक गम्भीर और सन्दिग्ध थीं। फिर गाड़ी के अन्दर लड़ते-झगड़ते कुत्ते भी उनको चुनौती देते हुए लगते। जब वे गाड़ी के पास आकर भौंकने लगते, जमादार सँड़ासी से उनको पकड़ लेते।

यह कार्य छह दिनों से सफलतापूर्वक चल रहा था, पर सातवें दिन झंझट खड़ा हो गया। गाड़ी नाले के एक छोटे-से पुल को पार करके घनी आबादीवाले उस मुहल्ले में खड़ी की गई थी कि एक लम्बा-तगड़ा काले रंग का कुत्ता, जो एक बहुत ही मामूली घर के सामने कुछ खा रहा था, सहसा मुँह ऊपर उठाकर ज़ोर-ज़ोर से भौंकने लगा। इस पर एक जमादार ने आगे लपक कर सँड़ासी से उसको पकड़ लिया। कुत्ता ख़ूब भौंका-चिल्लाया। उसने अपने अगले-पिछले पैर भी छटपटा-छटपटा कर आसमान की ओर फेंकने की कोशिश की, पर सँड़ासी का शिकंजा बहुत मज़बूत था। गाड़ी के अन्दर कुत्तों का टीला बन चुका था। इसलिए जब उसे मुश्किल से भीतर ठूँसा गया तो वह अनेक छोटे-बड़े कुत्तों के बोझ के नीचे दब गया। पर वह लम्बा-तगड़ा था इसलिए ऊपर आने का ज़ोरदार प्रयास करने लगा, जिसके परिणाम स्वरूप गाड़ी के भीतर भीषण लड़ाई-कटाई और चीख़-चिल्लाहट शुरू हो गई।

इसी समय क़रीब चालीस-पैंतालीस वर्ष की एक मैली-कुचैली औरत अपने शरीर का हड्डीदार ढाँचा लिए और छह-सात वर्ष के एक लड़के का हाथ पकड़े हुए तूफ़ान के वेग से आ पहुँची। वह छाती पीट-पीटकर रुआँसी आवाज़ में पूछ रही थी, "अरे कहाँ है रे? अरे कहाँ है रे?"

लड़का एक मैला, ख़ाकी नेकर पहने था। शेष शरीर नंग-धड़ंग। उसने रोते हुए उँगली से गाड़ी के अन्दर संकेत किया। इस पर वह औरत बेहद बेचैन हो गई। उसने घूमकर अपने घर की ओर हाथ उठाकर चिल्लाना शुरू किया, "अरे सुनो सब रे! अरे बजरंगिया, दौड़ रे! ये हरामी टैगरवा को पकड़े ले जा रहे हैं।" देखते-देखते एक परिवार की तीन पीढ़ियों के सदस्य गाड़ी के सामने संयोग से इस तरह खड़े नज़र आए, जैसे कोई सीढ़ी रख दी गई हो। उस औरत का साठ वर्षीय ससुर सबसे लम्बा था, जिसकी नंग-धड़ंग छाती पर सफ़ेद बाल झौवों की तरह उगे थे। उससे कम लम्बा उसका बेटा था यानी उस औरत का पति। उसके बाद जवान होता उसका लड़का बजरंगी, फिर स्वयं वह औरत और अन्त में फ्रॉक पहने उसकी दस वर्षीय लड़की तथा वह रोता लड़का, जो अपनी माँ का हाथ छोड़कर अपनी बहिन की बग़ल में खड़ा हो गया था।

"ऐ, चुपचाप हमारे टैगर को निकालकर बाहर करो, नहीं तो जो न होना होगा, वही होकर रहेगा।" बजरंगी ने ललकारते हुए कहा।

"अरे, क्या टैगर-टैगर चिल्ला रहा है? कुत्ता पालने का इतना ही शौक है तो ढंग का कुत्ता पालो, ठीक नाम बोलो। किसी सड़कछाप कुत्ते को पकड़ लिया और टाइगर उसका नाम रख दिया! रास्ता नापो यहाँ से।"

"अरे, तेरी यह मजाल? हमारे टैगर को तूने सड़क छाप कहा? निकाल साले हमारे टैगर को...," बूढ़ा काँपती हुई आवाज़ में चिल्लाने लगा।

"अरे जाओ जाओ, यह सरकारी हुक्म है। जाओ, सरकार से लिखा लाओ...।"

"अच्छा तो यह गाड़ी अब आगे नहीं जाएगी। आज यहीं तुम दोनों की लहास गिरेगी।"

इसके बाद तो दोनों ओर से हाथ फेंके जाने लगे और ऐसी चीख़-चिल्लाहट मची कि कुछ क्षणों के लिए गाड़ी के कुत्ते भी शान्त होकर उनकी ओर देखने लगे। परिवार के सभी लोग मोटे-पतले स्वर में एक ही साथ बोल रहे थे। वह औरत उन दोनों जमादारों को चुन-चुनकर शाप दे रही थी।

गाड़ी के साथ कुछ तमाशबीन तो चलते ही रहते थे, उस इस शोरगुल से एक बड़ा मजमा इकट्ठा हो गया, जिससे दोनों ओर का रास्ता रुक गया।

इत्तफाक की बात है कि उस भीड़ में एक राजनीतिक पुरुष भी विद्यमान थे, जिनकी पार्टी ने अगले चुनाव में हर तरीके से जीतने का संकल्प कर लिया था। वह बाहर निकल आए। उनका चेहरा तमतमा रहा था। उन्होंने गाड़ी की ओर हाथ से इशारा करते हुए जमादारों से कहा, "ऐ छोड़ दो उसके कुत्ते को। यह क्या मज़ाक़ हैं?"

"साहब, यह सरकारी हुक्म है..."

इसके जवाब में भीड़ में से एक बेहद मोटे, अधड़े सज्जन चिल्लाए, "कैसी सरकार? किसकी सरकार? ये कुत्ते क्या सरकार के बाप के हैं? हमें ख़ूब मालूम है कि सरकार इनको पकड़वाकर कर विदेश भेज रही है, जहाँ इनको बूचर और सलाटर किया जाएगा और इनकी जीभ और ब्रेन से दवाईयाँ बनाई जाएँगी। क्या यहाँ के कुत्ते सस्ते हैं? अपने कुत्तों से वे लोग दवाएँ क्यों नहीं बनाते? छोड़ो इन सभी कुत्तों को, हम देश को नहीं बिकने देंगे।"

"सुना है विश्वयुद्ध की ज़ोरों की तैयारियाँ हो रही हैं, इस बार आणविक युद्ध में कुत्ते, भालू, शेर और अमानुष आगे लगाए जाएँगे..."

"कुत्ते तो बड़े स्वाभाविक और बहादुर होते हैं जी।"

"हम यह सब नहीं होने देंगे..."

"अब यह गद्दारी नहीं चलेगी, नहीं चलेगी..."

इसके बाद तो बेहद उत्तेजना फैल गई और ज़बरदस्त नारे लगने लगे। कुत्तों के बारे में आज तक कोई नारे नहीं बने थे और इतनी जल्दी ईजाद भी नहीं किये जा सकते थे, अतः इस महत्त्वपूर्ण अवसर पर भी मजबूरी में उन सभी समित नारों से ही काम लिया जाने लगा, जो क्रान्ति, प्रतिक्रान्ति और दंगे-फसाद की विशेष उपलब्धियाँ बने हुए हैं।

उस स्थिति के लिए वे दोनों जमादार तैयार नहीं थे और उन्होंने डर कर सबसे पहले उस औरत के काले कुत्ते को निकाल बाहर किया। कुत्ता बाहर निकलते ही पूँछ दबाकर भागा। उस परिवारिक पीढ़ी के सभी लोग बेहद प्रसन्न हो उठे। औरत ने अपने टैगर को गले लगा लिया और 'मेरे बाबू, मेरे बाबू' कहकर आँसू बहाने लगी।

पर भीड़ इसी से शान्त नहीं हुई, बल्कि उसने जमादारों को मार-पीटकर उनसे गाड़ी के सारे कुत्ते निकलवा दिये। फिर गाड़ी को भी बुरी तरह क्षतिग्रस्त कर दिया गया। उसी समय पुलिस पहुँच गई और उसने आँसू गैस छोड़कर और हल्का लाठी चार्ज करके भीड़ को तितर-बितर कर दिया।

पर मामला यहीं नहीं रुका। चुनाव जीतने के लिए दृढ़ संकल्प पार्टी को यह बहुत अच्छा मौक़ा मिल रहा था, जिसे वह हाथ से नहीं जाने देना चाहती थी। निःसन्देह इधर की घटनाओं से यह पार्टी बहुत चिन्तित थी। कमलदास वाली घटना से जनता की पूरी सहानुभूति विमलदास और उनके परिवार के पक्ष में चली गई थी। अगले चुनाव में जीतने के लिए ज़रूरी था कि विमलदास को अधिक से अधिक बदनाम किया जाए, पर कुत्तों को लेकर विमलदास के विरुद्ध अभियान छेड़ने की कोई युक्ति समझ में नहीं आ रही थी। लाठी चार्ज ने एक सुनहरा मौक़ा दे दिया।

शाम को विरोधियों की एक बड़ी मीटिंग हुई, जिसमें कुत्तों की पकड़-धकड़ को विमलदास के इशारे पर किया गया एक राष्ट्र-विरोधी कार्य बताया गया और लाठी चार्ज की निन्दा करते हुए अगले दिन शहर में पूरा बन्द रखने का निश्चय किया गया। साथ में यह भी ऐलान किया गया कि यदि श्वान-विरोधी अभियान बन्द नहीं किया गया तो यह बन्द लगातार रखा जाएगा।

शहर के लोग, ख़ास तरह से दुकानदार बन्द करने के लिए सदा तैयार रहते थे। बन्द के अनेक फ़ायदे थे। बन्द का आह्वान हर तरह की पार्टी करती थी। सबसे ख़ूबी उसकी यह थी कि साल भर कुछ न करने पर भी साल छह माह में एक बार हर पार्टी को अपनी कर्मठता और राजनैतिक, सामाजिक व सांस्कृतिक परिवर्तन करने की अपनी क्षमता का एहसास हो जाता था। हर बन्द पूर्ण सफल होता था, साथ ही हर बन्द की सफलता के बारे में मतभेद भी पैदा हो जाते थे। अन्त में हर बन्द व्यापार वाणिज्य के विकास में भी सहायक होता था, क्योंकि उसके दौरान और उसके बाद माल दब जाता था, और कीमतें बढ़ जाती थीं। यह बन्द भी वैसा ही रहा, जैसा अमूमन होता है। शहर में कई जगह मीटिंग हुई, जुलूस निकले, जिनमें प्रशासन की निन्दा की गई और कुत्तों तथा अन्य पशु-पक्षियों के प्रति सद्व्यवहार की माँग की गई।

पर इन अप्रत्याशित मीटिंगों तथा बन्द से विमलदास बड़े चिन्तित हुए। इन घटनाओं में उन्होंने अपनी प्रतिष्ठा की हानि देखी। वह अपनी और अपने परिवार की लोकप्रियता किंचित् भी नहीं खोना चाहते थे। यह प्रतिष्ठा कमलदास के भविष्य के लिए भी बड़ी ज़रूरी थी। इसके लिए उन्होंने तत्काल एक बयान जारी कर दिया। बयान का सारांश यह है :

"हम एक बड़े संकट से गुज़र रहे हैं। इसलिए मैं सबसे पहले प्रशासन से अपील करूँगा कि वह अपना श्वान-विरोधी अभियान फ़ौरन बन्द कर दे। कुत्ते इनसान के

सबसे पुराने साथी हैं। वे हमारे रक्षक रहे हैं। हमारे प्रति उनकी वफ़ादारी स्वर्णाक्षरों में लिखने लायक है। मैं श्वान-विरोधी कभी नहीं रहा और न हमारे परिवार का कोई सदस्य ही ऐसा है। हर प्रकार के पशु-पक्षी, कीट-कीटाणु की रक्षा का मैं प्रबल समर्थक हूँ। हमें ऐसा कुछ नहीं करना चाहिए जिससे विदेशों में हमारी बदनामी हो। व्यक्तिगत रूप से मैं किसी का शत्रु नहीं हूँ और न मैं किसी को अपना दुश्मन मानता हूँ, अत: मेरा सबसे अनुरोध है कि वे सभी आन्दोलन बन्द कर दें, सभी प्रेम से रहें। मैं श्वान तथा अन्य पशु-पक्षियों के हितार्थ जल्दी ही एक स्थायी कोष निर्मित करने का वादा करता हूँ, जिसके संचालन की ज़िम्मेदारी एक स्वतंत्र समिति पर होगी, जो कमलदास की अध्यक्षता में गठित की जाएगी।"

इस वक्तव्य का बड़ा अनुकूल प्रभाव पड़ा, जिसके बाद श्वान-उन्मूलन अभियान फ़ौरन बन्द कर दिया गया। दो दिन बाद सर्वोच्च अधिकारी ने पर्सनल असिस्टेंट को बुलाया। उनके चेहरे पर तनाव नहीं था, बल्कि चेहरे की रेखाएँ ढीली पड़ गई थीं और वह हँस रहे थे।

"कहिए क्या हाल हैं?"

"सब ठीक है, सर।"

"शहर में ठीक-ठाक है?"

"हाँ सर, एकदम ठीक है।"

"गुड, आप छुट्टी पर जाना चाहते हैं?"

पर्सनल असिस्टेंट सकपका कर अपने अधिकारी को देखने लगे। सर्वोच्च अधिकारी ने हँसकर कहा, "अरे, चिन्ता की कोई बात नहीं, आप निश्चिन्त रहिए। आप लोगों ने इधर बड़ी मेहनत की है, चाहें तो दो-एक दिन की छुट्टी पर जा सकते हैं, मैं सब देख लूँगा। टेंशन छोड़िए और आराम से काम कीजिए पहले की तरह...।"

"जैसा आप कहें सर।"

"अरे हाँ, इस सिलसिले में कुछ गिफ्तारियाँ हुई थीं—उनका क्या हुआ? छोड़ दिया न?"

"नहीं सर, बड़े शातिर लोग हैं, कुछ बताते ही नहीं, हर हिकमत फेल हो गई...।"

"अरे, उनको छोड़िए भाई, आज ही छोड़ दीजिए।"

"कुत्तेवाली गाड़ी का क्या करें सर? बड़ा नुकसान कर दिया है कमबख्तों ने।"

"जो चाहे कीजिए। मरम्मत करा लीजिए, मेरा सर न खाइए छोटी-छोटी बातों के लिए।" अधिकारी अचानक गम्भीर हो गए।

"ठीक है सर।"

पोखरा

वही हुआ। मैंने मेधा से कई बार कहा था, मौसम अच्छा है, कोई झंझट न करो, समय पर निकल चलेंगे तो शाम तक वीरगंज पहुँचकर रात भर विश्राम करेंगे और अगले दिन आराम से पोखरा के लिए रवाना हो जाएँगे लेकिन वह एक ही तरीका जानती है—आँखें न मिलाओ, हूँ-हूँ के पश्चात् अन्त में अपनी वाली ही करो।

मेरी समझ में नहीं आया कि क्या ज़रूरत थी उसी दिन तड़के ही उठकर उतने कपड़ों और दो मोटी चादरों की लादी फींच-कचार कर सुखाओ और प्रेस करो। फिर नाश्ते में सबको दलिया और पराँठे तथा भोजन में खिचड़ी खिलाकर रास्ते के लिए पूड़ियाँ, मोएन डालकर मीठे ठेकुए तथा आलू परवल की मसालेदार लटपट तरकारी बनाने बैठ गई। मोमबत्ती, माचिस की डिबिया, अगरबत्ती, अंजन-मंजन, साबुन, कंघी, तेल कई प्रकार के साफ़, फटे कपड़े, अख़बारी काग़ज़ों में सबकी चप्पलें तथा कई अटरम-सटरम सामान सहेज कर रखने में उसने काफ़ी समय लगा दिया। भारी होल्डाल देखकर मैं तो चिल्लाने ही लगा—"क्या तुम हमेशा धर्मशाला में ठहरने की इच्छा लेकर ही यात्रा करोगी? क्या तुम यह कभी नहीं समझ सकोगी कि सराय और धर्मशाला का समय गया, आज आधुनिक से आधुनिक होटल खुल गए हैं, जहाँ ओढ़ना-बिछौना की ज़रूरत नहीं होती।"

यही नहीं, समय-सीमा के उल्लंघन के काफ़ी देर बाद जब महरी वादा के बाद भी नहीं आई तो उसने स्वयं जूठे बर्तन चमाचम साफ़ क़रीने से सजाए कि लौटने पर यह सब कौन करेगा! और अन्त में बच्चों को ठेल-ठेल कर बारी-बारी से टायलेट में घुसाया कि रास्ते में वे कोई परेशानी न पैदा कर दें।

ज़माना तेज़ी से बदल रहा है, ऐसे समय में कोल्हू का बैल बनने की क्या ज़रूरत है? मैं तो चाहता हूँ कि मेरी पत्नी और बच्चे स्मार्ट, चालाक, आधुनिक बनें। अपने परिवारजनों को नई-नई जगहें घुमाने का ऐसा शौक और किसके पास होगा? काठमांडू तो उन्हें विमान मार्ग से पहले ही ले जा चुका हूँ और इस बार नई कार पर सड़क मार्ग जाने का कार्यक्रम है—पहले रक्सौल—वीरगंज, फिर पोखरा और अन्त में वहाँ से नेपाल की राजधानी।

पिछले वर्ष दशहरा की छुट्टियों में ही जाने का प्रोग्राम था, मगर बनारस से

मेरे साले साहब अपनी पत्नी और बच्चों के साथ आ गए। उसके बाद गर्मी में बच्चों के स्कूल बन्द होने पर यह अवसर मिला है। गर्मी ज़रूर पड़ने लगी है, मगर बच्चे ज़िद करने लगे फिर पोखरा और काठमांडू में इतनी गर्मी थोड़े ही पड़ेगी।

काफ़ी विलम्ब के बावजूद जब हम पटना से रवाना हुए तो वर्तमान, भारी ज़िम्मेदारी की वजह से आन्तरिक तनाव के काँटे स्वत: ही नीचे बैठ गए। शहर से बाहर निकलने पर पसीने की वजह से हवा के तेज़ झोंके सुख देने लगे। बाल-बच्चों के साथ जल्दीबाज़ी वैसे भी ठीक नहीं होती, मैं आराम से धीरे-धीरे ही ड्राइव कर रहा था। बिहार के विभिन्न अंचलों की हरियाली दर्शनीय होती है और उस हरे रंग के अनगिनत शेड्स पेड़-पौधों, झाड़ी, झंखाड़ों, खेतों, जंगलों से झलक रहे थे और उनमें और भी कई रंग घुले-मिले थे, जैसे पकी या पकती फसलों के धूसर पीले या ललौछ रंग। आम वृक्षों पर लदे टिकोरे या कुछ अन्य पेड़ों पर देर से आई बौरों के लाल-पीले हरे और अन्य रंग। इससे पहले कभी भी प्रकृति के इन विविध रंगों की ओर मेरा ध्यान गया ही न था।

मेरा हृदय आनन्द से भर गया। मैंने मेधा और दोनों बच्चों की ओर देखा। उनकी आँखें अपूर्व अनुभव के आश्चर्य, ख़ुशी एवं ताज़गी से चाहा की तरह फैली हुई थीं। मेरा पुत्र अभिषेक आगे मेरे ही पार्श्व में बैठा है। वह अपनी उम्र के अनुपात से कुछ अधिक ही लम्बा है। उसे क्रिकेट, वीडियो गेम्स, फ़िल्मी नायक नायिकाओं के पिक्चर काड्र्स, चॉकलेट और कोल्ड ड्रिंक्स से अतिशय प्रेम है। पीछे की सीट पर मेरी पुत्री नमिता अपनी माँ के साथ बैठी है, जो पन्द्रह वर्ष की उम्र के हिसाब से अधिक गम्भीर है जिसे साहित्यिक पत्र-पत्रिकाएँ कॉमिक्स पढ़ना पसन्द है और जो मेधा की तरह विनम्रतापूर्वक मुस्कराती रहती है।

किन्तु मुजफ्फरपुर के पहले ही कार में कोई मामूली ख़राबी आ गई और मरम्मत कराने में और भी विलम्ब हो गया। वहाँ से बाहर निकलने पर पता नहीं कब सारे रंग तेज़ी से उतरती शाम के धुँधलके में डूब गए। मैंने कार स्पीड कुछ तेज़ कर दी। मोतीहारी के आगे आकाश पर बादल घिर आए। हवा में भी तेज़ी थी। कुछ ठंडा-सा लगने लगा। मेधा का ध्यान पहले से ही इस ओर था, उसने पास रखे बैग में से एक-एक हाफ स्वेटर निकालकर सबको दे दिया।

रक्सौल हम रात में क़रीब साढ़े नौ बजे पहुँचे, लेकिन वहाँ सीमा चुंगी ने कार रोक ली। इस समय किसी वाहन के सीमा के पार वीरगंज जाने की अनुमति न देना आश्चर्यजनक लगा। कुछ ग़ुस्सा भी आया। "सवेरे आठ बजे आकर कार ले जाइएगा।" यह कहकर उसने एक काग़ज़ पर कुछ लिखकर मुझे थमा दिया।

मैं पहले एक ट्रैवलिंग एजेंसी चला चुका हूँ जिससे यहाँ से काठमांडू तक अनेक होटल मालिकों से मेरी घनिष्ठता है और वे अब भी मुझे एक कमरा दे देते हैं मुफ़्त। स्वागत-बात अलग। वीरगंज के होटल में आराम ही आराम था लेकिन

होटल मालिक अजय राय ने दूसरे दिन सुबह मेरे लिए एक पहाड़ी ड्राइवर वाली अच्छी गाड़ी मँगा दी और कहा, "पहाड़ पर तुम ख़ुद ड्राइव न करो, इसके लिए अनुभवी ड्राइवर चाहिए। लौटते समय अपनी कार मुझसे ले लेना।"

पोखरा के लिए प्रस्थान करने के कुछ देर पहले मुझे दवाइयों को अपनी उस पेटी की याद आ गई, जिसमें ज़रूरत की कुछ एलोपैथिक गोलियाँ, होम्योपैथिक और आयुर्वेदिक दवाइयाँ थीं, जिनके बीच चाइना बाम भी अनिवार्य रूप से रखा रहता था, जो हर तरह के दर्द, फोड़ा, फुंसी, कटे-फटे मामूली हरारत-बुख़ार तथा अन्य कई अबूझ तकलीफ़ों में 'रामबाण' समझ कर दे दिया जाता था। पेटी मैं ही अपने ड्राइंग रूप में रखता और किसी को भी छूने नहीं देता था। कहीं जाना हो तो मैं ही उसे अपने साथ ले जाता था लेकिन इस बार पता नहीं कैसे साथ ले आना भूल गया।

"अरे दवाइयों की पेटी साथ में रख ली थी न" मैंने मेधा को चिड़चिड़ाई दृष्टि से देखा।

"अरे कहाँ? वह तो—मैंने समझा आपने रख ली होगी..." वह घबराहट में पूरी बात कह न सकी और उसकी आँखों में डर की स्याही फैल गई।

"दुनिया का हर गैर-ज़रूरी काम तुम्हें याद आ गया और एक बेहद ज़रूरी चीज़ पर तुम्हारा ध्यान नहीं गया। तुमसे यही उम्मीद थी।" मैंने अपने ग़ुस्से को किसी तरह दबाया।

"ए नमिता, तुमने भी ख़याल नहीं कराया।" मेधा ने लापरवाही पर कोई टिप्पणी करने की जगह अपनी आरोपित ज़िम्मेदारी लड़की पर थोपने की कोशिश की।

"चलते समय तो कोई एक काम की भी मदद आपकी नहीं करता। दवाई की पेटी छूने पर आपकी कई बार नसीहत भी हो चुकी है। आप हर बात के लिए अपने को ही ज़िम्मेदार क्यों समझती हैं!"

मैं सन्न रह गया। मेरी आँखें स्वत: ही नीचे झुक गईं। नमिता में कई अच्छाइयाँ हैं, काम भी ख़ूब करती है, विनम्र भी है, मगर वह अन्याय की कोई बात बर्दाश्त नहीं कर पाती और कटु सत्य के रूप में जैसे विष ही उगल देती है। मेरा ग़ुस्सा बुझ गया और मेरे होंठ एक समझौतावादी और दब्बू क़िस्म की घरेलू हँसी से फैल गए।

"अच्छा, छोड़ो, पोखरा में दवाइयाँ ले लेंगे..." मैंने कहा।

काठमांडू-मार्ग पर तो पोखरा नहीं है, बल्कि एक स्थान पर दूसरा मार्ग उससे अलग होकर थोड़ा नीचे की ओर जाता है। वीरगंज से खा-पीकर आराम करने के बाद ही हम रवाना हुए थे, इसलिए अपने गन्तव्य पर क़रीब दस बजे रात में पहुँचे। बाज़ार बन्द हो चुका था। चारों ओर अन्धकार, जिसे मेधा और बच्चे डरी-डरी दृष्टि से घूर रहे थे जो अपने अन्दर छिपी पर्वत श्रेणियों की गहरी, धब्बानुमा रहस्यमयी आकृतियों का आभास दे रहा था।

होटल का द्वार चौकीदार ने खोला। वह एक नया, नेपाली युवक था। पहले भी इस होटल में दो-तीन बार आ चुका हूँ। तब मेरे सभी पर्यटक इसी होटल में भेजे जाते थे। लम्बी-चौड़ी लाबी में काउंटर पर बैठा व्यक्ति मुझे जानता था। मुझे देखकर वह अभिवादन करते हुए कुर्सी से उठ खड़ा हुआ "अरे, आइए साहब।" उसने तत्काल और सहर्ष दो-बिस्तरों का एक कमरा ऊपर की मंज़िल पर एलाट करके चौकीदार को हिदायत दे दी। चौकीदार सामान ले जाते वक़्त स्वत: बड़बड़ाने लगा—

"पोखरा का शबशे अच्छा होटल है शाब। यहाँ शन-कुछ मिलता, शब आराम। यहाँ दूर-दूर से लोग आता—पाकिस्तानी, अमरीकी, अंग्रेज़ी, चीनी, जापानी शाब ख़ूब शैर-शपाटा करता। शुबह अन्नपूर्णा की चोटी पर 'श्नो व्यू' देखता। शुबह होने में कुछ समय बाक़ी रहे, तभी होटल की शबसे ऊपरी छत पर पहुँचना होता। इन्तज़ार करना होता शाब। उधर गहरी घाटी में शूरज का लाल-लाल गोला निकलता और अन्नपूर्णा की बर्फ़ीली चोटी पर शोना पिघल कर फैल जाता। यही शमय है, शाब। बड़े भाग्य से देखने को मिलता। अन्नपूर्णा देवी हैं शाब, उनका दर्शन करके मन पवित्र हो जाता है...।"

हम काफ़ी थक गए थे। कमरा सचमुच अच्छा था। अभिषेक एक बिस्तरे पर बिना कपड़े बदले और जूते उतारे नीचे पैर लटका कर लेट गया। मैं भी पीठ सीधी करने के लिए दूसरे बिस्तरे पर उसी तरह लेटा और जल्दी ही खर्राटे लेने लगा।

"ए बाबू, उठो, खाना खा लो," मेधा जब बार-बार पुकार कर अभिषेक को जगाने लगी तब मेरी नींद खुल गई। मैं चौंककर उठा। इस बीच मेधा कपड़े बदलकर तैयार हो गई थी और नींद में बेहोश अभिषेक के पैरों से जूते निकालकर उसके मोज़े उतार रही थी। नमिता भी अपनी माँ के साथ लगी थी और कपड़े बदल कर एक गोल, मोटे शीशे से ढकी मेज़ पर कटोरदान और प्लेटें सजा रही थी। होटल में इस समय चाय-बिस्कुट और पानी के अलावा कुछ भी उपलब्ध नहीं था।

"चलो, जल्दी-जल्दी गटको! मम्मी को गुलाम समझ रखा है क्या!" जब अभिषेक कपड़े बदल तथा हाथ-मुँह धोकर बाथरूम से बाहर निकला तो वहीं खड़ी नमिता ने उसे दबी ज़बान में डाँटा।

"चुप!" अभिषेक इस प्रत्युत्तर के बाद मेज़ के पास जाकर कुर्सी पर बैठ गया। मेधा ने नरम-नरम पूड़ियाँ, मीठे ठेकुए, लटपट मसालेदार सब्ज़ी और आम तथा सिघाड़ा छिलकों के स्वादिष्ट और चटपटे अचारों से प्लेटें सजा दी थीं। एक बड़ी प्लेट में लीची और केले रखे थे। भूख भी ख़ूब लगी थी। क्या नरम हाथ हैं मेधा के! मोटा-महीन जो कुछ भी बनाती है वह अनोखे स्वाद में बदल जाता है। मैं अवश होकर मन-ही-मन उसकी तारीफ़ करने लगा, जिसको प्रकट करना ज़रूरी नहीं समझता। मेरा तो प्रोग्राम यह था कि जब खाना नहीं मिलेगा तो डबल रोटी, मक्खन और अंडों से काम चला लिया जाएगा। ख़ैर, ख़ूब जमकर खाया गया।

"क्या समय है अभिषेक।"

"एक बजा है, पापा।"

मेधा दो हल्के गद्दे, दो प्रेस की हुई चादरें, तकिये ओर दो हल्के कम्बल भी ले आई थी, उसने नीचे फ़र्श की कारपेट पर अगल-बग़ल दो बिस्तरे बिछाए, जिन पर माँ-बेटी सोयीं। मेधा की यही आदतें मुझे पसन्द नहीं हैं। हमेशा धर्मशाला में ठहरने की तीर्थ यात्रियों वाली मानसिकता।

"इसकी क्या ज़रूरत है? गँवारपन की हद हो गई।" मैं पिनक कर धीमे से बोला

"बात यह है कि नमिता और अभिषेक लम्बे हो गए हैं। ये सीधे होकर चुपचाप सोना नहीं जानते, हमेशा अपनी लम्बी टाँगें, दूसरे के शरीर पर फेंकते रहते हैं। अब सभी अपने-अपने बिस्तरे पर अकेले आराम से जैसे चाहें सोएँगे।" मेधा हँसने लगी।

मुझे और भी ग़ुस्सा आय, मगर क्या बोलूँ, समझ में नहीं आया। वैसे अकेले सोने में सचमुच आराम मिला। वे जल्दी ही खराटे भरने लगे लेकिन मेरी नींद उचटी-उचटी रही। समय पर न सोने से मेरे साथ अक्सर ऐसा ही होता है। दिमाग़ में कोई एक बात आती और चक्कर काटती रहती! कुछ मच्छर भी थे। मन में यह भी था कि तड़के उठकर 'स्नो व्यू' के लिए सबको जगाकर ऊपर ले जाना है।

तीन बजे मेरी नींद एकदम उचट गई। जल्दी उठकर बैठ गया। अभी से छत पर जाकर क्या होगा? मैं कुछ देर तक बैठा रहा! कमरे की बत्ती जल रही थी। मैं ज़ोर-ज़ोर से खाँसने लगा, ताकि किसी की भी तो नींद खुले, किन्तु सदा चौकन्नी और कुकुरनींद सोने वाली मेधा भी बेहोश पड़ी रही। मैं बाथरूम चला गया।

बाहर निकला तो चार बजे थे। मैंने सबको हिला-हिलाकर जगाने की कोशिश की। मेधा तो उठ बैठी मगर दोनों बच्चे हाथ पकड़कर उठाने पर भी कटे वृक्ष की तरह गिर पड़ते थे।

"आप जाइए, ये बहुत थक गए हैं, मैं इनके पास रहूँगी। कल हम लोग भी देख लेंगे..."

मैंने प्रयास छोड़कर एक हल्का स्वेटर पहन लिया और बाहर निकलकर कुछ आगे की सीढ़ी से सबसे ऊपर की खुली छत पर पहुँच गया। वहाँ ठंडी हवा ने स्वागत किया। पूरा आकाश बादलों से ढका था। कुछ लोग पहले ही से खड़े थे अलग-अलग चहारदीवारी के पास। पिचके गाल वाला एक अधेड़-व्यक्ति कंटोप लगाए पीठ पीछे हाथ बाँधकर सीमित दूरी में व्यग्रतापूर्वक टहल रहा था, जैसे रात भर यही करता रहा हो। मैं चहारदीवारी से लगभग सट कर अलग खड़े उन दो लम्बे नौजवानों की ओर बढ़ गया, जो पैंट-क़मीज़ में अपनी अपनी छाती पर हाथ बाँधे खड़े भारत पंजाब या हरियाणा प्रदेश निवासी प्रतीत हो रहे थे।

"अब यहाँ खड़े होने से कोई लाभ नहीं, चारों ओर बादल छाए हैं..."

"अल्ला की मर्ज़ी से बादल छँट भी जाएँगे। अब क्या हिन्दुस्तान से आए हैं?"

सुती नाक वाले उस व्यक्ति ने, जो अपने साथी से कम लम्बा था, छाती पर से अपने दोनों हाथ नीचे गिराकर जो सवाल किया, उससे स्पष्ट था कि वे पाकिस्तानी हैं। मैं कुछ सतर्क हो गया। आश्चर्य है कि किसी पाकिस्तानी से यह मेरी पहली मुलाक़ात थी। मेरी पैदाइश देश के विभाजन के बाद हुई लेकिन दोनों देशों के बीच हमेशा कोई-न-कोई खुरपेंच, झगड़ा-झंझट चलता रहता है, एक के अख़बारों में दूसरे के बारे में तैश भरी कड़वी बातें छपती रहती हैं, इस माहौल का मुझ पर कुछ-न-कुछ असर होना स्वाभाविक है। मुश्किल तो यह है कि आज तक मुझे यह पढ़ने को नहीं मिला कि किसी दूसरे देश में एक पाकिस्तानी से मिलने पर हिन्दुस्तानी उसके साथ कैसा व्यवहार करे? शायद यही समस्या एक पाकिस्तानी के साथ भी हो। मैं अनजाने में ही पीछे की तरफ़ तन सा गया। वे भी ढीले-ढाले नहीं रहे, बल्कि तनकर मुझे अचम्भे से घूरने लगे। इच्छा हुई कि मैं कुछ गोल-मोल उत्तर दे दूँ, फिर मैंने इसकी भी ज़रूरत नहीं समझी और सिर हिलाकर अपनी सहमति जता दी।

कुछ क्षण तो वे बार-बार मुझे देखने लगे, किन्तु अधिक लम्बी नाक वाले व्यक्ति के चेहरे पर कुछ हरकत हुई। वह हँसते हुए बोला—

"देखिए, मैं अफ़ज़ल हूँ, पेशे से डॉक्टर। ये मेरे दोस्त भी वही हैं—डॉक्टर मोहसिन। हम मामूली पाकिस्तानी हैं, दोनों ही लाहौर के एक ग़रीब इलाके में प्रैक्टिस करते हैं। हम अपने पीछे बीमारी हैरानी, दर्द-तकलीफ़, मनहूसियत, मौत छोड़कर सैर-सपाटे, मौज़-मस्ती, हँसी-कहकहे, इनसानी दोस्ती और मुहब्बत इरादे से बाहर निकल गए हैं। आज हमारे दोनों मुल्कों के बीच लाहौर बस चलने से माहौल भी बहुत अच्छा हो गया है। यह तो ख़ुशी मनाने के दिन हैं। आप हमारे दोस्त हैं अभी से और आप भी हमें वही समझें। आप अपने बारे में भी कुछ बताइए, हूजूर।"

निश्चय ही मुझे शर्मिंदगी का कुछ अनुभव ज़रूर हुआ। सचमुच प्रधानमंत्री की बस यात्रा से मैं प्रभावित था। ख़ुश था। रोज़ के खुच्चड़ और खुरपेंच से अच्छा था कि लोग आपस में मिलकर रहें, तरक़्क़ी करें, दुनिया के लिए मिसाल बनें। लेकिन 'हुजूर' कहने से उसकी बात मुझे नाटकीय लगी, जैसे मज़ाक़ कर रहा हो। उनके मन में क्या है और वे किस उद्देश्य से यहाँ आए हैं, यह तो ईश्वर ही जानता है, परन्तु इनसानी प्रेम, मैत्री, उदारता वग़ैरह के बारे में क्या कोई किसी हिन्दुस्तानी को उपदेश दे सकता है! वैसे भी मैं एक साधारण व्यापारी हूँ और व्यापार के लिए शान्ति और मैत्री के महत्त्व को जानता हूँ। मैंने अपना कुछ और भी परिचय दे दिया लेकिन यह छिपा गया कि आगे भी काठमांडू तक हमें सफ़र करना है।

इसके बाद कुछ दिलचस्प बातें होने लगीं। वे भारतीय संसद की खुली बहसें बड़ी दिलचस्पी से सुनते हैं। यही तो जम्हूरियत है। दोनों मुल्कों की कई बातें मिलती-जुलती हैं। उनसे यह भी मालूम हुआ कि अफ़ज़ल का ख़ानदान तो लाहौर का ही रहने वाला है, लेकिन मोहसिन का ख़ानदान—उसके अब्बू अपने भाई से

अलग होकर पाकिस्तान जाकर लाहौर बस गए। बँटवारे के बाद मोहसिन का जन्म हुआ और उसने अपनी यात्रा का अनुभव सुनाया, जो बनारस में छूटे सगे रिश्तेदारो से मिलने-जुलने के लिए की गई थी। उसने बनारसी लँगड़ा आम, मगही पान और दशाश्वमेध घाट की तारीफ़ के तो पुल ही बाँध दिये।

लेकिन इसी बीच बूँदा बाँदी होने लगी। हमने चौंककर जल्दी से बाहर देखा। छँटते धुँध-भरे अन्धकार से चारों ओर फैली पर्वत चोटियाँ उभर रहीं थीं। ठंडक बढ़ती हुई मालूम हुई। हवा की भी तेज़ी और चंचलता बढ़ गई। मोहसिन नीचे अपने कमरे में चलने का निमंत्रण देते हुए सीढ़ी की ओर दौड़ गया। पीछे-पीछे हम भी। आज स्नो व्यू कहाँ मिलेगा?

दूसरे लोग तो पहले ही वहाँ से ग़ायब हो चुके थे। मैं भी उन्हीं के साथ उनके कमरे में जाकर बैठ गया। कुछ-कुछ सतर्क तो अब भी था मैं लेकिन उनकी बातें अच्छी भी लग रही थीं। पता नहीं क्यों महसूस हो रहा था कि दोनों मुल्कों की आपसी कटुता जल्दी ही समाप्त हो जाएगी और प्रेम और मैत्री का नया युग शुरू होगा। वे लगभग मेरी ही उम्र के थे और याराना ढंग से बात कर रहे थे। मोहसिन ने काउंटर पर फ़ोन करके तीन चाय का ऑर्डर दिया, फिर पहले मुझे और बाद में अफ़ज़ल को देखकर कहा—

"कई साल पहले हम बनारस गए थे। मेरे वाल्दैन तो पाकिस्तान चले आए थे, मगर मेरे चचाजान ने वही रहना पसन्द किया। उन्हें हम खालू कहते हैं क्योंकि उनकी बीवी और मेरी अम्मी सगी बहनें हैं। मैं तेरह-चौदह साल का था! मुझसे चार साल बड़ी नफ़ीसा आपा भी हमारे साथ गई थीं, जो 'प्रिग्नैंट' थीं। हम वहाँ काफ़ी दिनों तक रहे, ख़ूब लुत्फ़ उठाया गया। वहीं आपा के बच्चा हुआ ख़ूब तन्दुरुस्त। उसका नाम पड़ गया 'बनारसी मुन्ना'। खाला की छोटी बेटी नज़मा तो मुन्ना को बेहद प्यार करती। उसकी बारह साल की उम्र थी, निहायत शोख, गाने का बेहद शौक, लेकिन उन दिनों सब कुछ भुलकर मुन्ना में ही मस्त रहती। जब देखो मुन्ना का ही कोई-न-कोई काम करती रहती..."

इसी बीच चाय आ गई। मैंने मना कर दिया कि सुबह मंजन-वंजन करने के पहले कुछ भी नहीं लेता। उन्होंने ज़िद नहीं की। मोहसिन ने जल्दी चाय ख़त्म करके कहा—

"जुदाई का मौक़ा बड़ा दर्दनाक होता है। तड़पना, रोना, सिसकना। आगे कब मुलाक़ात हो। औरतों और मर्दों की भी आँखें और नाक लाल हो जाते। मगर नज़मा की हालत तो बहुत ख़राब थी। उसके लिए मुन्ना की जुदायी बर्दाश्त के बाहर थी। उसके दो दिन पहले एक मिली-जुली ख़ानदानी महफिल में उसने सबको रुला दिया। एक अजीब गाना तैयार किया था उसने बनारसी ज़बान में। मुहल्ले की उसकी कोई हिन्दू सहेली ढोलक बजा रही थी। वह खड़ी होकर गाने लगी—

पियारे, तोहरी याद में हम रोअलीं सारी रात,
बनारसी, तोहरी याद में हम रोअलीं पिछली रात,
मुन्ना, तोहरी याद में हम जगलीं सारी रात।
जगलीं, गवलों, हँसली, रोअलीं
पियारे तोहरी याद में हम रोअलीं सारी रात।

"इसके बाद वह अपने दोनों हाथ सीधे आगे और कुछ तिरछे फैलाकर ढोलक के थाप पर लगी नाचने, थिरकने। उसकी आँखों से लगातार अश्क गिर रहे थे, जिससे उसका चेहरा भीग गया। ख्वातीनें दुपट्टा और आँचल मुँह में छिपाकर लगीं सुबकने। मुझे तो बर्दाश्त न हुआ और वहाँ से भाग खड़ा हुआ..."

मोहसीन सहसा चुप हो गया और सिर झुकाकर नीचे देखने लगा। मुझे हँसी आ रही थी। यह नाटक है या इसमें कोई सच्चाई भी है? मैंने बात बदलने के लिए पूछा—

"आपने कुछ देर पहले ग़रीबी की बात की थी। मैं तो समझता था, सिर्फ़ हिन्दुस्तान में ही ग़रीबी है। पाकिस्तान में कैसी ग़रीबी?"

मोहसिन ने सिर उठाया। वे दोनों आँखें फाड़कर अचम्भे से मुझे देखने लगे। शायद जानने की कोशिश करने लगे कि मेरे कहने का क्या अर्थ है। फिर दोनों ने मेरे व्यंग्य को समझकर ठहाका लगाया एक साथ। अन्त में अफ़ज़ल ने गम्भीर होकर कहा—

"बँटवारे में सब कुछ बँट जाता है। ज़मीन-जायदाद तो बँटती ही है, ग़रीब, मरीज़, भिखमंगे, ग़रीबी, बेवक़ूफ़ी, जहालत, नासमझी सब कुछ दो हिस्से में बँट जाता है। इनके बीच मुक़ाबला भी होने लगता है। कुछ अच्छी चीज़ें बँट नहीं सकतीं, जैसे लिटरेचर, म्यूजिक वग़ैरह, फिर भी बाँटने की कोशिश तो होती ही है। इत्मीनान रखिए पाकिस्तान में भी वह सब कुछ है, जो आपके यहाँ है। इसके बारे में फ़िक्र करके आप क्या करेंगे। कुछ दिनों तक ऐसा ही चल सकता है—जब तक आवाम जाग नहीं जाते..."

वह हँसने लगा। मैं उठ आया। सुबह कभी हो गई थी, लेकिन पानी बन्द होने पर भी बादल छाये थे। मेधा ने सबको उठा लिया था और वह स्वयं भी नहा-धोकर तैयार हो गई थी। मैंने मेधा और बच्चों को सारी बातें बतायीं। मेधा मचल गई—

"अरे, बनारस के हैं! कुछ ठेकुआ, सिंधाड़े-छिलके का अचार, हाजीपुरी केले और मुजफ्फरपुरी लीची दे आइए न।"

मुझे सचमुच ग़ुस्सा आ गया। वे तो मनुष्य थे, अगर मैके का कुत्ता, बिल्ली, साँप, छूछून्दर कुछ भी हो, औरतें उसके प्रति भी अपनी मुहब्बत या पक्षपात ज़रूर प्रकट करेंगी। मेरा यह उपहास सुनकर अप्रभावित मेधा बोली—

"कैसी बात करते है, इतनी देर तक आप उनके साथ रहे तो आप कह सकते हैं

कि उनके साथ आपका कोई रिश्ता नहीं है? ठीक है, मैका का रिश्ता ही सही, आप उन्हें दे तो आइए..."

"अरे भाई, उनमें से तो एक ही बनारस का है, वह भी पाकिस्तान में पैदा हुआ..."

"कैसी ओछी बात है...।" मेधा ने गम्भीर होकर अपना मुँह दूसरी ओर कर लिया।

मैं उसे फटकारने वाला ही था कि अभिषेक ने प्रार्थना के स्वर में कहा, "पापा, दे आइए न, प्लीज़! मम्मी की एक बात तो मान लीजिए..."

मेरा सिर झुक गया। मुझे शर्मिन्दगी का अनुभव होने लगा। क्या बच्चे जानते हैं कि मैं सदा मेधा को छोटा करने की फिराक में रहता हूँ? जब मैं उक्त सामान लेकर उन्हें देने के लिए चला तो सभी के चेहरे पर मुस्कान थी। अफ़ज़ल और मोहसिन, दोनों ही बड़े ख़ुश हुए और उन्होंने बार-बार 'शुक्रिया' कहा।

रात की नींद पूरी न होने और बेहद थकान के कारण हम दिन-भर होटल में ही सोते-जागते रहे। दूसरे दिन सुबह आठ बजे के क़रीब हम होटल से बाहर आए। दो दिनों के बाद बादल फटे थे और सूरज निकला था। हवा तेज़ थी और धूप सुहावनी। हम बाज़ार को पार करके उत्तर दिशा में सड़क पर बढ़े। पत्थरों के बीच से लुकती-छुपती, टेढ़ी-तिरछी, उतरती, चढ़ती साफ़-सुथरी सड़क। कुछ दूरी पर एक ओर झील थी, जिसका जल दर्पण की तरह चमक रहा था और जिस पर नौका विहार भी हो रहा था। सब कुछ पवित्र था चारों ओर जिसमें आन्तरिक उत्साह फट पड़ रहा था। मन और जीवन का सारा कलुष धुल-पुँछ गया। मेधा का उत्साह देखने लायक था। वह सबका साथ छोड़कर सबसे आगे एक नेपाली औरत के साथ ऊँचाई पर भी तेज़ी से दूर निकल गई थी। उसकी साड़ी फड़फड़ा रही थी, बाल उड़ रहे थे और वह निश्चिन्त थी, जैसे वह चाहे जहाँ भी चली जाए, उसका कुछ नहीं होगा, परिवार से भी उसका वियोग न होगा और वह चलती जाएगी, चलती जाएगी...।

पहाड़ पर धूप-छाँह का खेल चल रहा था। कभी सूरज बादल में छिप जाता और सामने छाँह हो जाती तो बग़ल में सुदूर गहरी घाटी में धूप पसर कर विश्राम करने लगती। कभी-कभी सुदूर सामने का, पेड़ों तथा वनस्पतियों से भरा कोई पहाड़ चितकबरा सा दिखाई देने लगता। बीच-बीच में छाया के अनेक धब्बे। हम आसमान, पर्वत, हवा एवं धूप का पर्याप्त सुख लूटने के बाद वापस आकर बाज़ार में एक नेपाली ढाबे में घुस गए।

सभी ने रोटी, दाल, चावल, खाने का निश्चय किया लेकिन अभिषेक आलू भरे पराँठे और आमलेट खाने की ज़िद करने लगा। मेधा ने मना किया—

"बाबू, तुम दो दिन से पूड़ी, ठेकुआ, लीची खा रहे हो, इस समय हल्का चावल-भात खाओ..."

मुझे ग़ुस्सा आ गया, "तुम क्या हर समय उसको टोकती रहती हो। तुम्हारी वजह से उसकी पर्सनलिटी विकसित नहीं हो सकती। नहीं, उसे वही खाने दो, जो वह कह रहा है।"

जब ढाबे वाले ने दो मोटे-मोटे आलू पराँठे सामने रख दिये तो मेधा ने एक पराँठा उठाकर सूँघा। उसने फिर मना किया, "बाबू, आलू अरुआइन महक रहा है। इसे न खाओ, कहीं नुकसान न कर दे।"

मैं चिल्ला पड़ा, "क्या जहालत है। उसे खाने क्यों नहीं देती? उसे कुछ नहीं होगा...।"

मेधा चुप होकर बेचारगी के भाव से नमिता को देखने लगी। अभिषेक ने आमलेट के साथ दो ही नहीं बल्कि एक और पराँठा भी खाया। हमने भी चावल-दाल खाया और होटल में लौटकर विश्राम करने लगे।

शाम को मैं चौंक गया, बल्कि मुझे बड़ा आघात लगा। मैं अपने ट्रांजिस्टर पर सवेरे, दोपहर, शाम और रात को नियमित रूप से समाचार सुनता हूँ। पहली ही ख़बर थी कि कश्मीर के कारगिल में भारतीय सीमा की ओर पहाड़ की ऊँची चोटियों पर घुसपैठियों न मालूम कब से कब्जा जमाए बैठे हैं। पहले तो मुझे विश्वास ही न हुआ। यह कैसे सम्भव है? ग़ुस्से और अपमान से मैं भर उठा। मैं उसी हालत में देर तक बैठा रहा। चीनी में किसने ज़हर मिला दिया? क्यों, आख़िर क्यों?

"क्या सोच रहे हैं?" मेधा ने पास आकर पूछा।

"कुछ नहीं।" मैंने रुखाई से उत्तर दिया।

इसके बाद शीघ्र ही मैं उठकर बाहर निकल गया। मैं पहाड़ी सड़क पर कुछ देर तक एकान्त में टहलना चाहता था। इसी उद्देश्य से जब नीचे उतरने लगा तो अफ़ज़ल ओर मोहसिन सीढ़ी से ऊपर जाते हुए बीच में मिले लेकिन इस बीच पता नहीं क्या हो गया है कि उनके देखते ही मेरा मुँह सिकुड़ कर दूसरी ओर घूम गया और वे भी सिर झुकाकर दूसरी ओर देखते हुए ऊपर चले गए। जैसे हमारा, आपस में परिचय न हो। पहली बार शाम को यह ख़बर आई थी और उन्होंने ज़रूर ही वह सुनी होगी। तभी शायद उन्होंने मुझे देखते ही सिर दूसरी ओर घूमा लिया था। हम एक दिन पहले अमन-चैन, मेल-मुहब्बत, विकास की बात कर रहे थे उत्साहपूर्वक और अब एक-दूसरे की ओर तलवार की तरह तन गए हैं—शायद न चाहते हुए भी।

बाद में दूसरी गड़बड़ी यह हुई कि क़रीब एक बजे रात में अभिषेक को दस्त शुरू हो गए। पहले पेट में दर्द हुआ था। मैं घबरा गया। पहली लापरवाही तो मुझसे यह हुई कि दवाइयों की पेटी ले आना भूल गया। दूसरी यह कि पोखरा में आने पर ज़रूरी दवाइयाँ ख़रीदना भूल गया। अब कहाँ जाऊँ, बन्द बाज़ार है और सब कुछ अन्धकार में डूबा हुआ है। पास में इलेक्ट्राल तक नहीं। मुझे अपनी मूर्खता

पर पश्चाताप होने लगा, जब मैंने ढाबे में आलू-भरे पराँठे के मामले में मेधा को फटकारा था! ये मन के लौंडे मानते भी नहीं, रात में पता नहीं क्या-क्या खाया होगा।

मैं, बेहद घबराया हुआ, कमरे से बाहर निकलकर नीचे काउंटर पर गया कि उसके पास दस्त की कोई दवाई हो! उसके पास नहीं थी। मैं उसे लौटने लगा कि किसी ने मुझे पुकारा, "भाई जान।" काउंटर की पल्ली तरफ़ अफ़ज़ल और मोहसिन खड़े थे, जिनकी ओर मेरा ध्यान गया ही न था।

"घबराइए नहीं, ऊपर चलिए, मेरे पास दस्त की दवा है। आप तो जानते ही हैं कि हम डॉक्टर हैं। यहाँ हम चाय के लिए आए थे पर इस समय कुछ भी नहीं मिल सकता। चलिए हमारे साथ...।"

उन्होंने तीन गोलियाँ दीं, जिनमें से एक फ़ौरन देनी है। अगर कोई लाभ न हो तो दो घंटे बाद दूसरी गोली दे देनी है—निश्चित ही लाभ होगा। वे मरीज़ को भी देखना चाहते थे, मैंने अपने को अजीब संकट में पाया।

मैंने भीतर जाकर मेधा को गोली तो दे दी, लेकिन साथ ही सावधान भी कर दिया—

"उन्हीं लोगों ने दवा दी है, पता नहीं कैसी दवा है...रखे रहो, देना कतई नहीं। बाद में देखा जाएगा..."

"क्या मतलब है आपका। जब दवा देनी नहीं तो लाए क्यों? लड़के की हालत ख़राब हैं दो दस्त और हुए हैं। एकदम सुस्त पड़ गया है...।"

मेधा की इस बात ने मेरा पारा आसमान पर चढ़ा दिया। मैं चिल्लाने लगा, "तुम एकदम नासमझ हो, तुम्हें कोई बात समझ में नहीं आती। कैसे बताऊँ कि यह देश की इज़्ज़त का मामला है। बड़ा धोखा हुआ है, फिर विश्वास किस बात के लिए? ख़बरदार, देना मत एक गोली भी, मैं जल्दी ही दूसरा इन्तज़ाम करता हूँ...।"

"फिर लौटा दीजिए यह दवाई उन्हें। डॉक्टर होकर भी अगर वे ज़हर दे रहे हैं तो क्यों रखी जा रही हैं ये गोलियाँ? हाँ, ले जाइए इन्हें..."

मेधा किसी मुर्ग़ी की तरह चिल्ला रही थी। सहसा मुझसे कोई जवाब देते न बना। कुछ सोचकर मैंने कहा, "अच्छा लौटा दूँगा। इस समय वे सो रहे हैं। सवेरे दे दूँगा। हाँ, इस समय न देना भूल कर भी। मुझे उन पर ज़रा भी विश्वास नहीं है। मैं नीचे जा रहा हूँ, कोई न कोई इन्तज़ाम ज़रूर करूँगा, तब तक धैर्य रखो..."

मैं अपने ड्राइवर का पता लगाने नीचे गया। काउंटर इंचार्ज या चौकीदार को उसके बारे में पता नहीं था। मैं वहाँ देर तक व्यर्थ ही इन्तज़ार करता रहा उसका! वह आ भी जाता तो इस समय डॉक्टर की तलाश में कहीं जाना उचित नहीं है, यह सभी ने कहा। मैं देर इसलिए भी लगा रहा था कि इस बीच शायद लड़के का दस्त बन्द हो जाए। क्रोध, बेवक़ूफ़ी और मजबूरी की हालत में इस तरह से आश्वासन और सन्तोष कैसे मिल जाता है!

मैंने अपने कमरे में बहुत देर बाद पहुँचकर मेघा से लड़के की हालत के बारे में पूछा तो उसने मुस्कराकर कहा, "बाबू सोए हैं। आपके जाने के बाद एक दस्त हुआ था, उसके बाद नहीं हुआ। आराम है।"

"गोली-वोली तो नहीं दी।"

"नहीं तो...।" मेधा दूसरी ओर देखते हुए धीमी आवाज़ में बोली। लड़का अच्छा हो गया। लड़ाई की बात सुनकर काठमांडू जाने का उत्साह भंग हो गया। हम दूसरे दिन घर लौट चले।

कुछ दूर जाने पर मैंने किंचित आत्म-श्लाघा के भाव से कहा, "यह अच्छा हुआ कि अभिषेक को गोली नहीं दी गई। पता नहीं वह गोली कैसी थी, उसमें क्या था।"

मेरी बात पर मेधा, नमिता और अभिषेक ने एक-दूसरे की ओर चौंककर देखा, फिर उनके होंठों पर मीठी मुस्कान उभर आई।

['कथाक्रम', 1999]

वह हँसी

उसे नींद नहीं आई। शानदार दावत खाने के बाद कुछ लोग आधी रात को शादी सम्पन्न कराने के लिए दूल्हे के साथ लड़की वालों के यहाँ ही रुक गए थे। बाक़ी होटल की पाँच मंज़िली इमारत में बनाये गए जनवासे में लौटकर तेज़ आवाज़ में गपशप और हा-हू करने लगे। जब थककर सभी एक के बाद एक पट-पकट सो गए तो वह धीरे से उठा और दबे क़दमों से नीचे उतरकर सहन के दूसरे छोर पर स्थित पत्थर के चबूतरे पर बैठ गया।

उसने फिर अचम्भे से चारों ओर देखा। रात के क़रीब दो बजे हैं और सारा शहर सो रहा है। दिन के चार बजे एक मित्र के लड़के के बारातियों के साथ स्टेशन पर उतरकर इस होटल में आते समय यह मुहल्ला कितना अनजान-सा लगा था। पकी ईंटों व खपरैल के वे छोटे-छोटे मकान कहाँ गए और वे झंखाड़ पेड़ तथा दरवाज़ों पर खाट डालकर हुक्का गुड़गुड़ाने और बतकूचन करने वाले लोग? उनकी जगह अब सड़क के दोनों ओर कई मंज़िलों के मज़बूत और ख़ूबसूरत मकान सुशोभित हैं, जिनके निचले हिस्सों में आकर्षक शो-रूम वाली बड़ी-बड़ी दुकानें खुल गई हैं। भीड़भाड़ वाले बाज़ार के रूप में परिवर्तित इस मुहल्ले के भाग्य में अब थोड़ा-सा आकाश, कम हवा और अधिक घुटन बची रह गई है।

और होटल से सटा बायीं ओर श्याम बाबू सेठ का वह दुमंज़िला मकान, जिस पर ध्यान जाते ही उसे पुरानी बातें याद आने लगी थीं। ट्यूब-रोशनियों से जगमगाते इस गगनचुम्बी शानदार होटल के बग़ल में यह मकान अब कितना बौना, तुच्छ और मनहूस लग रहा है। उस समय का सबसे हँसता और कारोबारी गोला कैसे इतना उजाड़ हो गया। सेठ स्वयं बड़े उदार और हँसमुख थे। जब वह एक बार गिलहरी को ढेला मार रहा था, उन्होंने प्यार से मना करते हुए कहा था, "ना बच्चा, रूखी को नहीं मारते। रूखी मारे दुखी, कौआ मारे सुखी।" यह सोचकर उसके होंठों पर एक क्षण मुस्कराहट खेल गई।

हाँ इसी गोले से सटा और इस होटल की जगह पर किराए का एक साधारण व पुराना मकान था, जिसमें उसके पिताजी रहकर वकालत करते थे। वे सभी भाई-बहन यहीं पैदा हुए, खेल-कूदकर बड़े हुए, लालटेन की रोशनी में पढ़े-लिखे

और यही से नौकरी की प्रतियोगिताओं में बैठकर कोई मीर घाट गया, कोई तीर घाट और इसी मकान और मुहल्ले की मिट्टी में लोट-पोटकर पता नहीं कब और कैसे उसमें देश के प्रति प्यार व स्वाभिमान जागा। वह पढ़ाई छोड़कर स्वतंत्रता संग्राम में शामिल हुआ और आज़ादी के बाद उसने पत्रकार बनकर हिन्दी की सेवा करने का संकल्प किया।

इन सारी बातों को वह भूल चुका था, इनका कोई महत्त्व भी नहीं था लेकिन उसे इस तरह याद आने लगीं, गोया कल ही घटी हों। इसी स्थान पर, जहाँ वह आज बैठा है, एक शीशम का पेड़ था, जो हवा चलने पर मौज़ से झूमने लगता। रात-दिन के साथी मुहल्ले के इस सबसे बड़े पेड़ पर न मालूम कितनी गिलहरियाँ दौड़ती रहतीं, पक्षी बसेरा लेते, छाया में रास्ते के मुसाफ़िर विश्राम करते और इक्का-ताँगा वाले अपने घोड़ों के पैरों में नाल ठुकवाते। उसके नीचे उसने कितनी बार अपने भाइयों और दोस्तों के साथ गुल्ली-डंडा, कबड्डी, कंचे और 'लट्टू-फाड़' खेले थे और जब सेठ के गोले के सामने रेंड़ियाँ गिरती थीं, वह और उसके साथी कई दिनों तक अपनी-अपनी हथेली पर रेंड़ी रखकर लड़ाने की प्रतियोगिताएँ करते रहते थे।

रात कुछ क्षणों के लिए सुगबुगाई। एक भूला-भटका पक्षी न मालूम किधर से आया और पंख फड़फड़ाता हुआ ऊपर से दूसरी ओर निकल गया। सामने नाली में एक मेढक तीन-चार बार ज़ोर-ज़ोर से चीख़ा-चिल्लाया। पीछे के मकान से किसी के लगातार खाँसने की आवाज़ आने लगी। फिर सब कुछ शान्त हो गया और पहले जैसी खामोशी छा गई। पता नहीं कब उसके अन्दर चुपके से एक उदासी उतर आई थी। उसके दिमाग़ में एक रोशनी जल उठी थी, जिसमें वह सब कुछ काफ़ी स्पष्टता से देखने लगा, गोया किसी फ़िल्म की रील चल रही हो...

...वही पुराना, जर्जर मकान है जिसके दरवाज़े पर एक मटमैला पर्दा हवा में हिल रहा है। शाम का वक़्त, वह ट्रेन से उतरकर कई महीने बाद घर आया है एक भिन्न परिस्थिति में, आँगन में जिस चारपाई पर उसके पिजाती बैठे हैं, उसी के पैताने वह भी बैठ गया है। बग़ल में खड़ी उसकी माँ पंखा डुला रही हैं।

चारों ओर एक मनहूस सन्नाटा छाया है। वह अपनी हथेली पर मुँह टिकाए हुए है और उसके पिताजी का सिर झुका हुआ है। वह तेज़ी से बूढ़े हो रहे हैं और उनका शरीर नमक की तरह गल रहा है। वह मुस्कराने की चेष्टा करते हुए अपने मुड़े हुए घुटने पर उँगलियों से तबला बजा रहे हैं।

"दफ़्तर बन्द हो गया न?" वह अचानक ऐसी आवाज़ में पूछते हैं मानो किसी शुभ घटना की पुष्टि चाहते हों।

"कर दिया गया," वह और स्पष्ट करता है।

"अच्छा..." उसके पिता सिर हिला-हिलाकर उसकी बात को समझने की कोशिश करते हैं और अन्त में उत्साह में आकर तेज़ आवाज़ में कहते हैं,

"अरे ठीक है, कोई चिन्ता की बात नहीं है। अब उसकी मर्ज़ी है। जब वह नहीं चाहेगा तो प्रधानमंत्री के भी चाहने पर नौकरी नहीं रहेगी जिस दिन वह चाह लेगा, नौकरी पाने से तुम्हें कोई रोक नहीं सकता।"

उसने दूसरी ओर मुँह फेर लिया, फिर बदामदे में जाकर अपने छोटे भाई निरंजन से बात करने लगा, जो कोई सरकारी नौकरी न मिलने पर एक बेहद असफल वकील की ज़िन्दगी बिता रहा था।

उसका चार वर्षीय लड़का चंचल कभी बाहर चला जाता और कभी दौड़कर उसके पास आकर खड़ा होता है। पहचानने के भाव से चमकती आँखों से उसे देखता है, फिर खिलखिलाते हुए भाग जाता है। वह गम्भीर होकर दूसरी ओर देखने लगता है।

रात में वह अपने कमरे में गया तो उसका पत्नी का चेहरा लटका हुआ था। उसकी स्वाभाविक मुस्कराहट और ओस-बूँदों की तरह उसकी आँखों की चमक ग़ायब थी। अन्दर गरमी थी और चारों ओर मच्छर भुनभुना रहे थे। वह सिर झुकाए हुए ही बोली, "आपसे यह सब नहीं होता न? इसी घर में जब दूसरे लोग आते हैं तो बच्चों के लिए ज़रूर कुछ-न-कुछ लाते हैं। ख़ैर, जाने दीजिए, इसे पर जब चंचल बार-बार आपके पास आ रहा था, उसे गोद में उठाकर प्यार नहीं कर सकते थे? उसका मन कितना हिनस गया..."

"क्या करूँ, परेशानियाँ..."

"परेशानियाँ तो आपकी चलेंगी लेकिन दुनिया का बात-व्यवहार तो नहीं बदल जाएगा?"

"तुम कहना क्या चाहती हो?"

"स्वभाव-स्वभाव की बात होती है, कुछ लोगों को परेशान होना अच्छा लगता है," विमला नरमायी से कहती है।

वह भड़क उठा, "पिताजी के मन में भी यही बात है कि मैं जानबूझकर नौकरी छोड़कर चला आया हूँ। लेकिन है यह सफ़ेद झूठ।"

"यह मैं कहाँ कह रही हूँ बाबा। मेरा तो यह मतलब है कि परेशानियाँ तो आती ही रहती हैं, जब मर्द ही घबरा जाएगा तो उसके बाल-बच्चे कहाँ जाएँगे?"

वह चुप होकर नीचे देखने लगता है। लगा, उसके मुँह पर किसी ने कालिख पोत दी है। कुछ देर तक दोनों के बीच अनजान आशंकाओं से भरी एक चुप्पी छाई रही। कितनी घुटन थी उस कमरे में भी, जिसका दरवाज़ा भीतर से बन्द था।

"मुन्नी की तबीयत अधिक ख़राब रहने लगी है," विमला उदास स्वर में कहती है।

उसका दिल बैठने लगा। उसने पहले विमला और फिर बग़ल की चारपाई पर सोये दोनों बच्चों को देखा। विमला स्वयं कैसी निस्तेज़ दिखाई दे रही है, जैसे शरीर का सारा रक्त सोख लिया गया हो। मुँह छोटा पड़ गया है और गालों की हड्डियाँ

उभर आई हैं और चंचल के बग़ल में ढाई वर्ष की उसकी छोटी पुत्री मुन्नी पेट और मुँह के बल सोयी हुई है, जिसकी साँसों के जरिये बीच-बीच में अजीब-सी घरघराहट बाहर आ रही है।

"क्या हुआ मुन्नी को?" अशक्त आवाज़ में वह अन्ततः पूछता है। विमला के पास इसका कोई संक्षिप्त उत्तर नहीं है, "क्या करूँ, आप तो नौकरी में इतने मस्त हो जाते हैं कि सबकी सुध-बुध खो देते हैं। कोई भी हैरानी हो, परेशानी हो, चिट्ठी पर चिट्ठी लिखने पर जवाब ही नहीं देते, पैसे-कौड़ी की तो भगवान ही जानता है। निरंजन लाला की बात नहीं करती, उनकी तो वकालत ही नहीं चलती पर इसी घर में और भी हैं, जो बाबू जी-अम्मा के होते हुए भी हाकिम की तरह रहती हैं। हर महीने तार से पैसा आता है, उनकी गरम दाल में चारों उँगलियों से घी निकालकर डाला जाता है। वे दिन में अपने कमरे में चारपाइयाँ तोड़ती हैं और रोज़ एक-से-एक साड़ियाँ निकालती हैं..."

"मैंने क्या पूछा था और तुम अपना ही दुखड़ा लेकर बैठ गई। तुम बड़ी हो, ईर्ष्या में ऐसी बातें नहीं करनी चाहिए।" वह खीझकर कहता है।

विमला का चेहरा तमतमा आया, "ईर्ष्या तो वे करती हैं जिनके मर्द मज़बूत होते हैं। आपको अपने बड़प्पन पर घमंड होता होगा, मैं अपने को बड़ी नहीं समझती। हाँ, एक बात जरूर कहूँगी। जब तक बाबू जी की प्रैक्टिस चलती थी, इस घर में महानता थी, न्याय था, पारिवारिक प्रेम था। अब सबको अपने-अपने की पड़ी हुई है।"

वह आँखें मूँद लेता है। उसके दिमाग़ में कई तरह की छायाएँ और धब्बे उभर आए हैं। विमला उसी रौ में बोलती जा रही है और कुछ ही देर में उसने एक भारी गट्ठर खोलकर उसकी छाती पर रख दिया कि उसे साँस लेने में तकलीफ़ महसूस होने लगी। जब मुन्नी पेट में आई तो विमला को खाने-पीने को कुछ नहीं मिला, न फल-दूध और न मेवा-मिश्री। बाद में भी वही हालत। विमला का दूध कम होते होते बन्द हो गया। तब मुन्नी को बाहर के दूध का इन्तज़ाम न होने पर समय से पहले ही दाल-भात, घास-पात, आसी-बासी सब कुछ दिया जाने लगा।

मुन्नी ज्यों-ज्यों बड़ी होती गई, उसकी क्षुधा बढ़ती गई, जो कभी भरी नहीं। वह हमेशा छुछुआई रहती और 'काना-काना' किये रहती। जब कोई खाता होता, वह पता नहीं कहाँ से आकर खड़ी हो जाती और खाने की ओर तिरछी दृष्टि से देखने लगती। खाने वाला बिगड़ उठता, "यह देखो, टोनहिन की नानी आकर खड़ी हो गई हैं। अरे, यहाँ से जाओ भाई, भर पेट खिला क्यों नहीं दिया जाता इसे?"

"अरे जितना खिलाओ इसके पेट में तो हमेशा डाढ़ा लगा रहता है..." कोई कहता था।

विमला उसे उठाकर कमरे में ले जाती तो वह रोने लगती, "अम्मा, भत्ता, अम्मा भत्ता।"

विमला उसे समझाती, "रोओ मत, यह दाल-भात अच्छा नहीं है, उसमें बड़ा मिर्चा है। मैं अभी अपनी बेटी को ताज़ा दाल-भात बनाकर खिलाऊँगी, किसी को नही दूँगी।"

"अम्मा, बिस्कुट।" जैसे दाल-भात नहीं तो बिस्कुट मिल ही सकता है

"बिस्कुट नहीं खाते। गन्दी चीज़ है, उसमें कीड़े होते हैं, अब सो जाओ।"

तब वह 'पापा-पापा' कहकर ज़ोर-ज़ोर से चिल्लाकर रोने लगी। निरंजन को ही वह पापा कहती थी, जो उसे देर तक घुमाता और कन्धे पर लेकर थपकी देता हुआ सुलाता था।

"पापा कचहरी गए हैं, शाम को आएँगे, तब तक सो रहो।"

विमला खाट पर लेटकर उसे सुलाती रही। मुन्नी रोते-रोते सो गई तो उसको भी नींद आ गई।

शाम को मुन्नी को बुख़ार चढ़ आया। कुछ दस्त भी हुए। वह पस्त और सुस्त होकर बड़े आदमियों की तरह कराहने लगी। विमला घबराकर मुन्नी को दादी के पास ले गई, "अम्मा जी, मुन्नी का शरीर आवाँ की तरह जल रहा है, दस्त भी हुए हैं। मुझे बड़ा डर लग रहा है, मेरे पास तो फूटी कौड़ी भी नहीं है, आपके पास हो तो डॉक्टर के यहाँ से दवा मँगवा दीजिए, चिरौरी करती हूँ।"

"कैसी बात करती हो," उसकी सास ने गम्भीर स्वर में कहा, "क्या मैं छिपाकर रखती हूँ? तुम तो जानती हो, बाबू जी की प्रैक्टिस बहुत कम रह गई है। अब दूसरी जातियों के लोग भी पढ़-लिखकर वकील बन गए हैं और मुवक्किल कतराकर अपनी-अपनी जाति के वकील के पास चले जाते हैं। इतने बड़े परिवार का ख़र्चा जिस प्रकार से चलाती हूँ वह मैं ही जानती हूँ। तुम्हारे मर्द को कोई फ़िक्र नहीं है तो मैं कहाँ तक तुम लोगों की ज़रूरत पूरी करूँगी...रहो, निरंजन को आने दो, शायद आज कुछ मिला हो..."

विमला बीच-बीच में रोती जाती है—मुन्नी को मुकम्मल दवा हो नहीं पाती और उसका रोग बिगड़ गया है। वह हड्डियों का ढाँचा रह गई है और उसका पेट नदिया की तरह फूल गया है। बीच-बीच में दस्त-बुख़ार से पस्त हो जाती है, तो कभी होमियोपैथी की गोलियाँ आ जाती हैं। ऊपर से बाबू जी और निरंजन को छोड़कर घर में सभी उसे दुरदुराते ही रहते हैं।

विमला के एकालाप का वह सिर्फ़ श्रोता है—न बकार और न हँकार। बिना किसी सहारे व प्रोत्साहन के वह बोलते-बोलते थक गई। उसी आँखें झपकने और ज़बान लटपटाने लगी। अन्त में सो गई हर चिन्ता से बेफ़िक्र। वह कमरे के अँधेरे में देख रहा है और दिमाग़ में एक विचित्र सन सन, झन झन हो रहा है।

वह देर तक उसी तरह पड़ा रहा। उसके साथ यह क्या हो रहा है? उसने कभी इस सम्बन्ध में सोचने की कोशिश भी नहीं की। इस समय वह शुरू से आख़िर तक

अपने जीवन की समीक्षा करना चाहता है, पर दिमाग़ हर विचार से ख़ाली हो गया है।

अचानक वह चौंक पड़ा। बाहर आँगन में खट-पट की आवाज़ आने लगी। वह उठकर बैठ गया। सवेरा हो रहा है और उसके पिताजी जाग गए हैं। वह धीरे से दरवाज़ा खोलकर आँगन में आ गया, फिर गलियारे से होता हुआ बाहर जाकर शीशम के वृक्ष के नीचे खड़ा हो गया। अँधेरा फट रहा है और एक क्षीण आभा आकाश से झाँक रही है। चीं-चीं करके कुछ गौरैया पक्षी इधर-उधर उड़ने-फुदकने लगे हैं। हवा का एक पत्ता भी नहीं हिल रहा है और उमस तथा गरमी भीतर से किसी भी माने में कम नहीं है।

सहसा उसे लगा, वह एक पत्थर का टुकड़ा है जिसे नदी में फेंक दिया गया है, जो कभी भी ऊपर नहीं आएगा, बल्कि उसकी गहराइयों में डूब जाएगा। वह साँस लेने के लिए छटपटाने लगा। वह सड़क पर आ गया और तेज़ी से पूरब दिशा में चलने लगा। क्या वह घर से भाग रहा है?

सड़क पर धूल की कमी नहीं है और तेज़ी से आता हुए एक ट्रक उसे नहला गया है। वह चलता गया, चलता गया। भृगु आश्रम के काफ़ी आगे वह दक्षिण दिशा में मुड़ जाता है, जहाँ बस्ती ख़त्म हो जाती है और रास्ता एक ढलवें मैदान की पगडंडी में उतर जाता है। वहाँ की ज़मीन अर्ध-बालुई है, जिसमें चप्पलों के धँसने-फँसने पर चाल बँध जाती है। जगह-जगह छोटे-छोटे रंग-बिरंगे फूलों वाले झाड़-झंखाड़, कँटीले पौधे और भौंरे हवा में झूल रहे हैं। दाएँ-बाएँ ककड़ी और खरबूजे के खेत नज़र आ जाते हैं। कितनी दूर चली गई हैं गंगा।

छह या सात मील ज़मीन धाँगने पर जहाँ पहुँचा, वह गंगा और सरयू का संगम है, वहाँ बड़ी चहल-पहल है, मनुष्यों की अधिक पक्षियों की, जैसे कोई बड़ा जश्न मनाया जा रहा है। हंस-बगुले, सारस, मुर्गाबी, हारिल, मैना, सुग्गे और अन्य कई तरह के छोटे-बड़े पक्षी मोटी पतली तथा एकदम महीन आवाज़ों में हल्ला मचाए हुए हैं। दोनों नदियों के रजत जल की तरंगें धूप में चमक-दमक रही हैं। वह कुछ देर खड़ा होकर मुग्ध दृष्टि से देखने लगा। इतनी पवित्रता, इतनी ख़ुशी, इतना सौन्दर्य! लेकिन यह सोचते ही वह उदास हो गया पहले से अधिक, जैसे उसने कोई अपराध कर दिया हो।

वहाँ से दूर निर्जन एकान्त में जाकर वह नहाया-धोया, फिर तट पर चुपचाप बैठ गया। गंगा का जल बढ़ा हुआ है। बड़ी-बड़ी लहरें एक-दूसरे को धकेलती हुईं पूरब की ओर बढ़ रही हैं और कहीं-कहीं एक ही जगह चारों ओर घूमने लगती हैं। किस चकोह में फँस गया है उसका जीवन? हाँ, क्यों फँस गया है वह चारों ओर से शिकारियों से घिरे भयभीत हिरन की तरह। किसका दोष है इसमें-इसके लक्षणों का? उसके संस्कारों का? परिस्थितियों का अथवा उसके विचारों का? यदि बचपन से ही कोमल स्वभाव का था तो वह कैसे और क्यों स्वातंत्र्य संग्राम के कठिन मार्ग

पर चल पड़ा? और आज़ादी मिलने पर वह उसकी प्राप्ति के विभाजित तरीक़े, परिणाम और प्रगति अभियान से बहुत जल्दी, आसानी से असन्तुष्ट क्यों हो गए? उसने वह सर्वप्रिय, सुपरिचित, व्यावहारिक एवं आरामदेह मार्ग पकड़ने की जगह पत्रकारिता में जाने का क्यों निश्चय कर लिया, जो उस समय त्याग-कुरबानी का मिशन समझी जाती थी और कैसे तय कर लिया उसने कि भाषा और साहित्य का काम जन-शिक्षा और जन-सेवा का पर्याय है?

इस सोच ने उसके अन्दर एक कट्टरता का बीजारोपण कर दिया, जो अंकुरित होकर पल्लवित-पुष्पित होने लगा। पवित्रता और उच्चता का दृढ़ भाव कि वह अपना काम पुरस्कार की आशा के बगैर परिश्रम और लगन से करेगा, भाषा और साहित्य के माध्यम से स्वतंत्रता संग्राम को आगे बढ़ाएगा और कोई ग़लत बात स्वीकार कर उसकी प्रतिष्ठा को आँच न आने देगा।

तेज़ रफ़्तार से विपरीत चलती दुनिया में यह एक ख़तरनाक खेल सिद्ध हुआ। वह कहीं भी जाता, अत्यन्त अनुकूल परिस्थितियों में भी जल्दी ही विरोध पक्ष में चला जाता अथवा ख़ुद विरोध पक्ष निर्मित करके उसका नेतृत्व ग्रहण कर लेता और अन्त में वह समय भी आता जब उसे हटना पड़ता। तनख़्वाह उस समय बहुत कम मिलती, कहीं-कहीं किस्तों में ही। उसका ख़र्चा मुश्किल से चल पाता लेकिन उसे किसी चीज़ की परवाह नहीं थी, वह तो बस न्याय, और सच्चाई की जीत चाहता था। इस तरह उसकी तीन-चार नौकरियाँ छूट चुकी थीं और वह इस हद तक चर्चित हो चुका था कि उसे लेने को कोई जल्दी ही तैयार नहीं होता।

घर-परिवार में उसका फँसान दूसरे क़िस्म का है, बाहर जब वह किसी अन्याय और ग़लत बात को स्वीकार नहीं करता तो यहाँ उलटा क्यों है? एक आदर्शवादी संयुक्त परिवार में अपने माँ-बाप की सबसे बड़ी सन्तान होने के नाते उससे बड़ी-बड़ी आशाएँ थीं। पारिवारिक एकता और प्रेम के आदर्शों की रक्षा में वह बुज़ुर्गों का चरणस्पर्श करता, उनकी बात का जवाब नहीं देता और दूसरों के सामने अपने बच्चों को प्यार-दुलार नहीं करता। इसीलिए उसने अपनी पत्नी को सबके सामने सिर झुकाकर सब कुछ सहने और छाती-फाड़ काम करने के लिए मजबूर किया। उसके ख़िलाफ़ हमेशा दूसरों का पक्ष लिया लेकिन यह सब करने पर भी आर्थिक आधार न होने से उसकी बातों का कोई असर नहीं था। फिर भी उसे सन्तोष था कि वह परिवार, देश, साहित्य और संस्कृति के लिए महान कार्य कर रहा है और यदि उसके बाल-बच्चे संयुक्त परिवार में पल रहे हैं तो कोई ख़ास बात नहीं, यह तो होना ही चाहिए...

उसने सकपकाकर अगल-बग़ल देखा। वह क्या-क्या सोच रहा है! तब भी इससे निकलने का उसे कोई रास्ता नहीं सूझ रहा है। शायद उसकी इच्छा भी नहीं है। उसमें क्षमता ही नहीं है दूसरे रास्ते पर जाने की। वह अचानक उठ खड़ा हुआ और लौट चला।

गंगा जल को हवा के शीतल-स्पर्श के बावजूद ऊपर चढ़ते सूरज की प्रखरता महसूस होने लगी थी। वह जल्दी से जल्दी घर पहुँचने के लिए बेताब हो उठा।

घर के लोग बेहद घबराए हुए थे। विमला उसे देखकर रोने लगी। वह डरी हुई थी कि उसकी किसी बात से नाराज़ होकर वह कहीं चला गया है और लौटकर नहीं आएगा।

"कहाँ चले गए थे, पूता..." उसकी माँ ने पूछा था।

"ऐसे ही...कोई ख़ास जगह नहीं।"

रविवार होने और उसके आने से भी एक-दो ख़ास चीज़ें बनी थीं। भोजन के बाद वह बरामदे में चारपाई पर बैठकर अख़बार पढ़ने लगा। वहीं कुछ दूरी पर विमला ज़मीन पर बोरा बिछाकर बैठी थी। उसने मुन्नी को फ्रॉक और जूता पहनाया, बाल में कंघी करके रिबन लगाया और उससे कहा, "जाओ, बाबू जी के पास चली जाओ।"

वह खुटुर-खुटुर चलती हुई उसके पास आकर खड़ी हो गई। वह सब कुछ सुन रहा था, एक बार उसने उसको उड़ती नज़रों से देखा भी। वह हड्डी का ढाँचा मात्र रह गई है। कभी-कभी खड़-खड़ खाँसती है। एक बार उसकी इच्छा हुई उसको गोद में उठा ले लेकिन हिम्मत नहीं हुई, बल्कि उलटे एक अनजान रुखाई से उसकी भौंहें सिकुड़ गईं।

वह विमला के पास लौटकर रोती हुई बोली, "अम्मा, बाबू जी ना..."

"जाओ, पापा के पास चली जाओ।"

निरंजन अपने कमरे में बैठा यह सब देख-सुन रहा था। वह जल्दी से उठकर मुन्नी के पास आकर बोला, "आओ।" फिर मुन्नी को गोद में उठाकर बाहर चला गया।

वह जानता है कि मुन्नी की अन्तिम सान्त्वना निरंजन ही है। वह उसे रोने से या तकलीफ़ में होने पर गोद में लेकर घूमता है। बाहर अथवा घर के अन्दर एक निश्चित दूरी में आना और जाना एक-एक, दो-दो घंटे तक। उसके कन्धे पर लेकर हल्की-हल्की थपकी देता थप-थप...अन्त में वह सो जाती है तो उसे चारपाई पर सुला देता। उसे ख़याल आया कि एक पराए बच्चे को इतना प्यार किसने किया होगा? इसी समय उसके दिमाग़ में एक बिजली चमक गई।

रात में उसने विमला से कहा, "तुम कुछ दिनों के लिए अपने मायके चली जाओ।"

विमला का मुख तन गया, "क्यों? मैं नहीं जाऊँगी वहाँ। जब नौकरी छूटती है तो आपको सबसे आसान लगता है मुझे ठेलकर मायके भेज देना। इस संकट में वहाँ जाकर उन लोगों को परेशान नहीं करूँगी—बताए देती हूँ।"

"देखो भाई, इस समय जो हालात है, उसमें यहाँ मुन्नी का इलाज नहीं हो सकता। तुम वहाँ जाओगी तो तुम्हारी तबीयत भी बहलेगी और बच्ची की दवा भी हो जाएगी।

मेरे पास पैसे बहुत कम हैं, उधर निरंजन तुम्हें छपरा पहुँचा आएँगे। इधर मैं वाराणसी जाकर काम ढूँढने का फिर प्रयास करूँगा। इस बार काम मिलते ही तुम लोगों को पास बुला लूँगा। मुझे आशा है कि काम इस बार भी मिल ही जाएगा। हिम्मत हारने की कोई बात नहीं। तुम्हारा कहना ठीक है कि परेशानियाँ तो आती ही रहती हैं..."

दो दिन बाद विमला और बच्चों को छपरा भेजकर, वह वाराणसी के लिए रवाना हो गया था। यह सिर्फ़ संयोग की बात है कि जब वह पहुँचा तो एक पत्र को अचानक एक ऐसे अनुभवी व्यक्ति की ज़रूरत पड़ गई जो बहुत कोशिश करने पर भी नहीं मिल रहा था। अतः उसे मजबूरन स्वीकार करना पड़ा। तनख़्वाह तो साधारण ही थी लेकिन इससे उसे ऐसी इत्मीनान भरी ख़ुशी महसूस हुई, जिसकी उसने कल्पना भी नहीं की थी। अगली तनख़्वाह मिलने पर वह उत्साहपूर्वक एक सस्ता, छोटा मकान तलाशने लगा, जो मिल भी गया और एक सप्ताह के बाद दो दिन की छुट्टी की भी व्यवस्था हो गई।

उस दिन दोपहर की शिफ्ट में वह कुछ विलम्ब से पहुँचा। कुर्सी पर बैठकर टेलीप्रिंटर की एक ख़बर का उसने अनुवाद करना शुरू ही किया था कि शिफ्ट इंचार्ज ने एक पोस्टकार्ड उसे सामने रख दिया, जिसे उठाकर वह जल्दी-जल्दी पढ़ने लगा। विमला की कुछ पंक्तियों की चिट्ठी थी वह, जिसमें लिखा था, मुन्नी अब नहीं रही। छपरा पहुँचने के कुछ दिन बाद उसकी तबीयत काफ़ी ख़राब हो गई। बड़े भैया ने उसे बचाने की क्या-क्या कोशिश नहीं की। सबसे बड़े डॉक्टर को दिखाया। डॉक्टर ने कहा, उसका लीवर का रोग काफ़ी बिगड़ है। आख़िर में उसे निमोनिया हो गया। आख़िर दम तक वह 'पापा-पापा' रटती रही। मैं तो पागल हो गई हूँ।

वह कुछ क्षण चुप बैठा रहा, फिर उस पोस्टकार्ड को मोड़कर लापरवाही से अपनी जेब में रख लिया। अन्त में उसने शिफ्ट इंचार्ज को देखा, जो गम्भीर होकर उसी की ओर देख रहे थे। सहसा वह हँस पड़ा।

"क्या करते हैं आप? मुझे तो बड़ा दुख हुआ," शिफ्ट इंचार्ज ने मुँह सिकोड़कर कहा।

वह मेज़ में मुँह गाड़कर अनुवाद कार्य करने लगा। उसे समझ में ही नहीं आया कि कैसे क्या हो गया। जब तक ड्यूटी पर रहा, उसके मुँह से एक शब्द भी नहीं निकला और ख़त्म होने पर धीरे से चुपचाप बाहर निकल गया।

बाद में उसने बड़े साले को लिखा कि वे विमला को पहुँचा जाएँ। ख़ुद जाने की उसकी हिम्मत नहीं हुई। सचमुच वह पागल हो गई थी। वह भी कई दिनों तक परेशान रहा, फिर सब कुछ भूल गया। उसका जीवन पहले से अच्छी तरह बीतने लगा क्योंकि वह बहुत सँभाल-सँभाल कर क़दम रख रहा था। ज़िन्दगी तो काफ़ी तेज़ रफ़्तार से बदल रही थी लेकिन वह बहुत कम अपने को बदल पाया। एक-दो बार ऐसा विचार उठा, बाद में टाँय-टाँय फिस्स। उसने एक-दो छोटे-मोटे

समझौते ज़रूर किये, कुछ बातों की अनदेखी ज़रूर की, जिनका दूसरों की नज़र में कोई ख़ास महत्त्व नहीं था। कुल मिलाकर उसे सन्तोष था अपने काम से, अपने विचार से क्योंकि उसे बड़ी-बड़ी चीज़ें चाहिए थीं।

हाँ, एक-दो बार उसे उस दिन की अपनी हँसी याद आई थी। वह किसी अनजान पीड़ा से चौंक पड़ा था, जैसे कोई पुरानी चोट उभर आई हो। कई दिनों तक वह बेचैन रहा था, फिर जीवन की दौड़-धूप और खट्टे-मीठे के नीचे वह दब गई थी।

उसका सिर चकराने लगा। उसकी आँखें जल रही थीं। बदन में एक अजीब थरथराहट। पश्चिम दिशा से किसी मुर्गे के बाँग देने की आवाज़ आई उसने अचकचा कर होटल की पाँचमंज़िली इमारत को देखा, फिर खड़ा होकर वहीं धीरे-धीरे टहलने लगा।

इस समय उसे एक गहरी पीड़ा की अनुभूति हो रही थी। उस दिन की हँसी की स्मृति दुख रही थी एक ताज़े घाव की तरह। वह बार-बार सिर पटक रहा था, फिर भी वह समझ नहीं पा रहा था कि उस दिन वह क्यों हँसा था। बार-बार अपने से ही वह पूछ रहा था और सवाल अनुत्तरित वापस लौट-लौट आता। क्यों हँसा था वह?

एक अनजान, संक्षिप्त हँसी जो उस समय महसूस तक नहीं हुई, आज क्यों उसे इतना सता रही है? क्या वह शोक का अवरण मात्र थी अथवा ज़िम्मेदारी से मुक्ति का एहसास? क्या वह दूसरों को यह जताने के लिए हँसा था कि वह एक बहादुर, क्रान्तिकारी इनसान है, जो हँसते-हँसते बड़े से बड़े दुख को बर्दाश्त कर सकता है? अथवा एक लापरवाह, गैर-ज़िम्मेदार, हृदयहीन और कायर व्यक्ति की भावनाओं की अभिव्यक्ति? या वह इसलिए हँसा कि उसने उस बच्ची से कभी लगाव महसूस ही नहीं किया और गम्भीरता से उसके बारे में सोचा ही नहीं। वह किसी अपराधी की निर्ममता थी या किसी महानता का दम्भ?

वह बार-बार सच्चाई तक पहुँचने की कोशिश करता रहा लेकिन उसके हाथ कुछ भी नहीं आया। कभी वह हँसी उसी पर हँसने लगती, कभी हृदय में अनेक सुइयाँ चुभने लगतीं। वह अनेक सम्भावनाओं के रूप में आती और अन्त में दिमाग़ से बिछल जाती और वह अनिश्चय की वेदना में अपना सिर धुनने लगता। वह थक गया। उसका चेहरा पीला पड़ गया। उसका शरीर काँपने लगा और उसकी आँखों में आँसू भर आए। वह ऊपर देखकर बुदबुदाया—हे ईश्वर, एक कोमल, दुखियारी नन्हीं बच्ची की मौत पर कोई क्यों हँसेगा?

वह कुछ देर चुपचाप खड़ा रहकर अपने को सँभालता रहा। फिर ऊपर जाकर और अपनी अटैची हाथ में लेकर बिना किसी को सूचना दिये धीरे-धीरे नीचे उतर गया।

['इंडिया टुडे', 1997]

दुश्मन

विनोदजी से आजकल हमारी ख़ूब पट रही है। सुबह की ड्यूटी में ताज़े समाचारों की प्रेस कापियाँ कम्पोजिंग के लिए भेजने के बाद उनके कमरे में जाकर कुछ देर गपशप करना अच्छा लगता है। जाड़े का दिन, वह चारपाई पर बैठकर दाढ़ी बना रहे थे। उन्होंने सिर झुकाए 'आओ साहब' कहकर मेरा स्वागत किया। मैं कुर्सी खींचकर बैठ गया। उनके सामने एक गोल मेज़ थी, जिस पर एक छोटा आईना, ब्रश वग़ैरह तथा उसी पर दूसरी तरफ़ एक टी-पॉट, एक प्लेट में चार ताज़ी कचौड़ियाँ और तीन ख़ाली कप रखे हुए थे। इसी ओर प्रेस चौकीदार बरकत अली एक स्टूल पर बैठा सर्दी के मारे सी-सी करते हुए चायदानी और खाद्य पदार्थ को तिरछी दृष्टि से देख रहा था।

"साहब जी, एक कप पी लूँ? बड़ी सर्दी है...।" बरकत ने ढिठाई से हँसते हुए पूछा?

"अभी रुक जाओ...," विनोदजी उस पर मन-ही-मन इसलिए नाराज़ थे कि इस समय के लिए सिर्फ़ दो कप चाय लाने का आदेश पाकर भी वह एक बड़ा टी-पाट और कचौड़ियाँ लेता आया था, "साहब जी, गर्म-गर्म निकल रही थीं, बड़ी खस्ता हैं, सोचा आपको पसन्द आएँगी।"

किन्तु आज उसके चाय डालकर पीते ही वह आपे से बाहर हो गए। यद्यपि उनके कमरे में चौकीदार या कम्पोजिटर की ऐसी हरकत कोई अनहोनी घटना नहीं है। ऐसी गुस्ताख़ी पर वह कभी नाराज़ नहीं हुए, लेकिन आज दोनों हाथ कठिनाई से आगे बढ़ाकर गर्म चायदानी को उठाकर उसके सिर पर दे मारा। यह अप्रत्याशित था, फिर भी बरकत फुर्ती से स्टूल के साथ पीछे हट गया, लेकिन उसकी खोपड़ी भी काफ़ी मज़बूत थी, जिससे टकराकर चायदानी ही नीचे गिरकर टूट-फूट गई।

हमारे पत्र का सम्पादकीय कार्यालय ऊपरी मंज़िल पर एक हॉलनुमा कमरे में है। उसके चारों ओर खुली छत, जिसके एक छोर पर स्थित कोठरी में शहर के जाने-माने पत्रकार विनोद शंकर 'विनोद' रहते हैं। तीन वर्ष पहले जब वह आए थे, तो कितना शोर मचा था कि मुम्बई के एक सीनियर सम्पादक के आने से पत्र की प्रसार संख्या तेज़ी से बढ़ेगी। वह गोरे रंग के थे। चेचक के दाग वाला उनका

चपटा चेहरा खुदाई कराई गई किसी सिर का आभास देता था। वह अक्सर गेलिस वाली पैंट और अधबँही क़मीज़ पहनते थे। उनकी छाती चौड़ी और आगे की ओर निकली हुई थी और उनकी गर्दन, धड़ से एकदम चिपकी हुई। लेकिन कमर के नीचे उनके अंग हलके और पतले थे, ख़ास तरह से पैर।

चलने के पहले वह चारपाई या कुर्सी पर से ज़ोर लगाते हुए उठ खड़े होते। इसके बाद अपना दाहिना पैर आगे बढ़ाकर कुछ देर तक अपने शरीर को साधते और अन्त में अचानक झटके से चलना शुरू कर देते। उस समय उनके दोनों हाथ आगे की ओर टँग जाते और धड़, विशेषकर कमर से नीचे का हिस्सा नियमित रूप से आगे-पीछे होता रहता, गोया किसी खिलौने के सिपाही को चाबी भरकर ज़मीन पर छोड़ दिया गया हो। उनके शरीर का सन्तुलन इतना नाजुक, कमज़ोर और अविश्वसनीय था कि एक हलका झटका लगने अथवा एक कंकड़ी, पैर के नीचे आ जाने पर वह धड़ाम से गिर जाते। भरसक वह किसी की मदद नहीं लेते। बल्कि कभी दीवार, कभी मेज़, कभी कुर्सी अथवा कभी अन्य वस्तु का सहारा लेकर धीरे-धीरे उठ जाते। छत से नीचे उतरने अथवा नीचे से ऊपर चढ़ते समय वह एक जीने पर बैठकर और अगले जीने पर पैर रखकर दीवार का सहारा लेते हुए उठ खड़े होते थे। इस तरह बैठकर खड़े होने और खड़े होकर बैठने की पूरी क्रिया में क़रीब बीस-पच्चीस मिनट ज़रूर ही लगते थे। इसी तरीके से वह रिक्शा और ट्रेन पर भी उतर-चढ़ जाते थे। हमें यह सोचकर अचम्भा होता कि ऐसी हालत में उन्होंने मुम्बई, कलकत्ता, दिल्ली और नागपुर में कैसे पत्रकारिता की होगी।

किन्तु उनकी योग्यता में किसी प्रकार के सन्देह की गुंजाइश नहीं थी। हिन्दी और अंग्रेज़ी दोनों में ही एम.ए., वह अनुवाद का काम काफ़ी बढ़िया करते थे। स्थान के अनुपात में समाचार को छोटा-बड़ा करने में दक्ष। रेडियो पर बैठा दीजिए, व्यापार-वाणिज्य, खेल-कूद, जिला समाचार, किसी पर लगा दीजिए, वह नाक-भौं सिकोड़े बिना डटकर बैठ जाते और फुर्ती से काम निबटाते जाते लेकिन वह इतने कमज़ोर, असमर्थ और एकाकी थे कि इसकी क्षतिपूर्ति के लिए काल्पनिक उड़ान, गपशप, लोगों का निरन्तर साथ-संग उनका एकमात्र सहारा था।

लोगों से दोस्ती करने अथवा उनको अपने अनुकूल बनाये रखने का सिर्फ़ एक ही तरीका उन्हें मालूम था—खिलाना, पिलाना और गप्पें लगाना। "आओ बड़े साहब, एक कप चाय हो जाए," छोटे-से-छोटे व्यक्ति का वह इसी तरह स्वागत करते। चाहे कितना भी अनजान, अजनबी अथवा छोटी या बड़ी हैसियत का व्यक्ति क्यों न हो, वही सबसे पहले उसकी ओर दोस्ती का हाथ बढ़ाते और यह दोस्ती बहुत जल्दी बुलन्दियों पर पहुँच जाती। इसीलिए जब वह ड्यूटी पर नहीं होते, उनके कमरे में सवेरे से शाम तक लोगों की भीड़ लगी रहती। कभी प्रेस मैनेजर, कभी सम्पादक, कभी समाचार सम्पादक, कभी कोई उप-सम्पादक, कभी फोरमैन,

कभी मशीनमैन, कभी कम्पोजिटर, कभी कोई अन्य बाहरी व्यक्ति। चाय पर चाय। सिगरेट-बीड़ी के धुएँ छोड़े जा रहे हैं। इस तरह उनके ज़रूरी काम भी होते रहते थे और समय भी कटता था।

उनकी बातों का कोई अन्त नहीं था। धर्म, राजनीति, साहित्य, प्रेम-विषय जो भी हो, वह अनुकूल टिप्पणी प्रस्तुत करते हुए एक लम्बा, निजी अनुभव सुनाने लगते। ये अनुभव विचित्र होते या तो सफ़ेद झूठ अथवा विस्तृत, उबाऊ होने की वजह से झूठ समझ लिए जाते। लोग विश्वास ही नहीं कर पाते कि ऐसे कारनामे वह कर भी सकते हैं।

लड़कपन में पोलियोग्रस्त होने की वजह से उनकी टाँगें काफ़ी कमज़ोर थीं। फिर भी वह कई बार असाधारण विस्तार से सुना चुके थे कि अपने छात्र जीवन में वह सौ मीटर की दौड़ में प्रथम आए थे और 'पोल वाल्ट' में उनका कोई मुक़ाबला नहीं कर पाता था। इस तरह कई बार उनके मुँह से सुन चुका था कि अनेक लड़कियाँ उनको प्यार करती थीं और दो तो उनके वियोग में आत्महत्या कर चुकी हैं। इसके बाद दो उँगलियों में फँसी सिगरेट का कश खींचकर वह अपनी आँखों में प्रेम की कृत्रिम भावनात्मक चिकनाहट पैदा करके शहीदी मुस्की काटते हुए कहते, "मिस्टर वर्मा, मेरी आँखों में झाँककर देखो, वहाँ तुम्हें मिलेगी प्रेम की सुनहरी झलक, प्रेम की पीड़ा।"

एक साधारण सा परिचय बहुत शीघ्र ही घनिष्ठ मैत्री का रूप धारण करते हुए पारिवारिक स्तर पर पहुँच जाता लेकिन पता नहीं क्या हो जाता कि उसमें अकस्मात् अप्रत्याशित तनाव आ जाता और उसकी डोरी यकायक झटके से टूट जाती। लोग दया करके अथवा उनको विद्वान और प्रभावशाली समझकर, दोस्ती का उनका बढ़ा हुआ हाथ ग्रहण कर लेते थे लेकिन वह अपनी उबाऊ गप्पबाजियों, झूठ की तरह लगने वाली बातों और चाय-समोसे-टिकिया द्वारा स्वागत-सत्कार में ऐसी अति कर देते कि लोग ढीठ होकर सटक जाते और उन्हें हलका और खोखला समझकर उनके साथ वैसा ही व्यवहार करने लगते। किसी की असहमति, मतभेद, व्यंग्य, चुनौती और विरोध उनके बर्दाश्त के बाहर था। वह क्रोध में चिल्लाकर अनाप-शनाप बकने लगते और किसी को भी, चाहे वह कितना भी तगड़ा अथवा प्रतिष्ठित हो, सामना करने को तैयार हो जाते। कभी समाचार सम्पादक, कभी उप-सम्पादकों, प्रूफ़रीडर, टाइपिस्ट, फोरमैन, कुछ कम्पोजिटरों से उनकी ख़ूब छनती थी, लेकिन आज क्या है?

उनसे दोस्ती के ख़तरों से मैं अवगत हो चुका था, इसलिए मैं अपने व्यवहार के बारे में काफ़ी सावधान रहता। अधिकतर मैं श्रोता बनकर उनकी हाँ में हाँ मिलाता रहता। अत: उनकी और मेरी दोस्ती भी ख़ूब बढ़ी। मैं उनको होली, दिवाली जैसे त्योहारों तथा अन्य घरेलू समारोहों में अपने घर सम्मानपूर्वक ले जाता। घर पर ख़ूब गपशप होतीं और खाना पीना होता।

होली बीत चुकी थी और गर्मी के दिन आ गए थे। मेरी और विनोदजी की ड्यूटी दिन में एक साथ पड़ी थी। दो अपराधी गिरोहों के बीच गोलीबारी के समाचार पर उन्होंने शीर्षक लगाया 'गोलियों की दनादन'। इस शीर्षक से वह इतने ख़ुश थे कि मुझे भी दिखाया। शीर्षक मुझे भी बुरा नहीं लगा लेकिन पता नहीं उस समय मुझे क्या हो गया कि मैंने उसमें संशोधन का सुझाव दे डाला, "थोड़ा-सा इसे और बदल दिया जाए तो...।" मेरी बात पूरी नहीं हुई कि उनका मुँह क्रोध से लाल हो गया। वह चिल्लाकर बोले, "तुम्हें कुछ आता-जाता है? इससे अच्छा तो यह होता कि घास खोदते। चले हैं सम्पादक बनने। न मालूम कहाँ से गधे भर लिए जाते हैं...।"

उन्होंने इतना भयंकर हमला किया था कि इच्छा हुई उनके चेहरे पर एक मुक्का जड़ दूँ। ख़ैर, शाब्दिक जवाब तो मैंने भी दिया। इस बीच इतना हल्ला मचा कि सम्पादक और नीचे से कुछ प्रेस वाले भी दौड़े चले आए। लोगों ने बीच-बचाव करके हमें अलग किया।

देखते-ही-देखते उनसे बोलचाल बन्द हो गई। उनको देखते ही मेरा मुँह दूसरी ओर घूम जाता। मेरे होंठ बिचक जाते। उनका ख़याल आते ही प्रतिशोध की आग में जलने लगता। क्या बिगाड़ा था मैंने उनका? ऐसा उलट खोपड़ी मित्र कहाँ मिलेगा? मित्र भी क्या, दुश्मन है।

कुछ महीने बाद रक्षाबन्धन पड़ा। उस दिन मेरी ड्यूटी दिन ही में थी। विनोद जी की भी ड्यूटी मेरे साथ थी, पर वह छुट्टी पर थे। शायद अस्वस्थ हों। अच्छा है, उनका साथ नहीं होगा। उनको देखकर ही ग़ुस्सा आ जाता है और काम में भी तबीयत नहीं लगती।

शाम को ड्यूटी ख़त्म होने पर मैं सीधे घर गया, तो पत्नी ने मुस्कराकर कहा, "विनोदजी आए थे...।"

मैं ग़ुस्से से चिल्ला पड़ा, "क्या मतलब? तुमने उस आदमी को भगा क्यों नहीं दिया? ख़बरदार, आइन्दा वह घर के अन्दर घुसने न पाए।"

"कैसी बात कहते हैं? झगड़ा आपसे होगा, मुझसे तो नहीं। दो वर्ष से वह राखी बँधवाने आते थे और इस बार भी वह इसीलिए आए थे। उन्होंने राखी बँधवायी और मुझे सौ रुपये दिये। मैंने उन्हें खाना खिलाया। वह बहुत ख़ुश थे। बार-बार वह मुझे बहन-बहन कहते रहे...।"

मैं अवाक् पत्नी को देखता रहा। समझ में नहीं आया कि क्या कहूँ। यह आदमी तो किसी ओर भी चलने नहीं देगा।

['अमर उजाला', 1996]

शेष बयान

मुझे अचम्भा हुआ। मेरे मकान के बरामदे में तख़्त पर बैठकर कुछ देर सुस्ताने और रूमाल से मुँह-हाथ पोंछने के बाद वह बोले, 'आप चले गए थे—तब ख़याल आया कि कुछ तो रह गया।

उनके होंठों पर एक सूखी मुस्कराहट की पतली रेखा उभर आई। जून मास की सड़ी-गर्मी, वह इतनी दूर से मिर्च की तरह कड़वी धूप में भचकती हुई चाल से आए थे। अपने पत्र सम्पादक के निर्देश पर मैंने आधा घंटा पहले ही—उनके मुहल्ले की एक छोटी चाय दुकान में उनसे लम्बी बातचीत पूरी की थी।

"ख़ूब आराम से सुनाइए, मुझे ख़ुशी होगी।"

मैंने उनके झुके हुऐ गोल चेहरे को गौर से देखा। उनका शरीर गल और सूखकर सिकुड़ गया है, मुँह पर गहरी लकीरें उभर आई हैं। जब वह बोलना शुरू करते हैं तो नीचे का काला, मोटा होंठ अजीब ढंग से बेकाबू होकर बाहर लटक आता है।

जब मैं इंटरमीडिएट का एक उत्साही छात्र था तो उन्हें कई बार बड़े-बड़े जुलूसों का नेतृत्व करते हुए देखा। इस्पात की तरह मज़बूत शरीर, आगे निकली हुई चौड़ी छाती, मुख पर जोश और संकल्प की दृढ़ता। सीधा, तना शरीर देश की आज़ादी के लिए कुर्बानी को बढ़ाता हुआ और उनके पीछे नारे लगाती, राष्ट्रीय गीत गाती, लहराती, कतारबन्द भीड़ क़दमताल करती हुई।

उन्होंने कहा, "आज़ादी की लड़ाई में अपने संघर्ष के क़िस्से तो सुना दिये, पर कुछ बातें शेष रह गईं। अब सोचता हूँ कि आप मेरे बारे में अख़बारों में छपवाएँगे जिसे देशवासी पढ़ेंगे तो कोई चीज़ छूटने न पाए...।"

मैं हैरान था। अब क्या बताने जा रहे हैं ये? इनसे कोई अपराध तो नहीं हो गया? लेकिन फ़ौरन ही मैं इस विचार के लिए अपने को धिक्कारने लगा। आज़ादी मिलने पर जब मैं छूटा तो मेरी उम्र पचास से कुछ ऊपर चल रही थी। शरीर गिर तो गया था, पर मन में उमंग थी। देश के किसी भी काम में कोई मुझे लगाकर तो देखे, पर ऐसा कोई कार्यक्रम था नहीं। मेरा घर जलाया गया था तो कुछ मुआवजा मिला। तराई में कुछ एकड़ खेत भी। गाँव में भी कुछ ज़मीन थी, पर खेती-बारी में मेरी तबीयत लगी नहीं। तराई और गाँव के बीच कई फेरे साल में लग जाते।

मैं धीरे-धीरे अपने साथियों से कटता भी गया। संघर्ष के दिनों में हम साथ-साथ रहते थे, पर अब अधिकतर लाभकारी धन्धों और राजनीति में लग गए थे किसी को फ़ुरसत नहीं थी।"

"मैं जब अकेले होता या रात में सोने जाता तो मेरे दिमाग़ में वही घटनाएँ नाचने लगतीं; जिनसे मैं गुज़र चुका था। माला जाप की तरह बार-बार वही चित्र घूमने लगते। कभी हवालात में रोज़ मार खाने का दृश्य और गांधी जी की याद करके थके पुलिस कप्तान से हाथ जोड़कर कहता हूँ 'फिर आइएगा..।' एकान्त कोठरी में बैठा घास-पात मिली रोटियाँ चबा रहा हूँ। पगली घंटी बजने पर कैदियों के साथ लात, जूते और डंडे खा रहा हूँ। कभी भूख हड़ताल पर बैठा हूँ। कभी किसी बड़ी सभा को सम्बोधित करते हुए ललकारता हूँ, 'हम देश की ग़ुलामी और हर तरह का अन्याय मिटा देंगे...' सपने में भी यही बात आती और राह चलते भी इन्हीं बातों को सोचकर बुदबुदाता रहता।

"सचमुच और किसी भी काम में मन नहीं लगा। हर समय दिमाग़ में आन्दोलन और संघर्ष की भनभनाहट। क्या मुझमें किसी और काम की योग्यता नहीं थी? या दूसरे काम बहुत ही मामूली लगते? क्या मैं आन्दोलन और संघर्ष की कोई मशीन था? हम जो कुछ कर चुके हैं, उन्हीं को सबसे अच्छा समझकर हमेशा जहाँ-तहाँ और हर जगह दोहराने की कोशिश करते हैं? पत्रकार महोदय, आप ही बताइए, यह अभ्यास की मजबूरी है? या अपने जीवन की सार्थकता पर गर्व करने का एक ढंग? मैं घबरा गया और तराई का अपना खेत एक परिचित, ज़रूरतमन्द नौजवान को बटाई पर देकर अपने शहर चला आया।"

वह सहसा चुप होकर मुँह पोंछने लगे। उनके संकेत पर भीतर से एक गिलास ठंडा पानी ले आया। उनकी बातें अनोखी तो थी हीं किसी नतीजे पर भी नहीं पहुँच रही थीं। एक आदर्शवादी, हिम्मती, त्यागी, संवेदनशील और सम्मानित राष्ट्रकर्मी के ये कैसे अनुभव थे?

"शहर में वही हाल। वही पुराने विचार, पुरानी घटनाएँ, वही सपने, वही भन भन। एक सहकारी समिति में काम दिया गया तो कुछ गड़बड़ी देखकर भड़क गया और मेहनत करके हर चीज़ को समझने और सुधारने के बजाए दो-तीन व्यक्तियों को बुरी तरह फटकार कर बाहर चला आया। दो-तीन और सार्वजनिक स्थानों पर भी काम करने के मौक़े मिले। हर जगह देखने में आया कि न मालूम कहाँ से चालाक, लफ्फाज, धनी और दबंग लोग आ गए हैं मेरी तरह ही अनेक राष्ट्रकर्मी थे, जिनको इन बातों में कोई दिलचस्पी नहीं थी। जिन्होंने दिलचस्पी ली वे ज़माने के साँचे में ढल गए। मैं खीझकर हर काम से अलग हो गया। अब सोचता हूँ पत्रकार जी, कि राजनीतिक लोगों को सिद्धान्त के साथ संघठन, शासन, प्रशासन की ख़ास-ख़ास व छोटी-छोटी उबाऊ और जटिल और व्यवहारिक बातों की ट्रेनिंग होनी चाहिए

जिससे मौक़ा मिलने पर हिम्मत और धैर्य न टूटे और ग़लत लोग अनुचित लाभ उठाकर हर चीज़ को ग़लत दिशा में न ले जा सकें।"

"एक दिन एक ख़ास साथी ने मुझसे कहा, 'अब तुम अपना घर बसा लो, शरीर को कुछ सुख और आराम तो मिले। देश को राजनीतिक आज़ादी मिल गई, अब कैसा आन्दोलन और कैसा संघर्ष? फिर सब तुम्हीं करोगे क्या? गृहस्थी हो जाएगी तो देखभाल और परवाह करने वाले हो जाएँगे।' उसने शादी का एक प्रस्ताव भी रख दिया और कुछ दिनों बाद लड़की भी दिखा दी। वह पन्द्रह वर्ष से अधिक न होगी। गोरी, लम्बी, भोली-भाली। बाप बहुत ग़रीब था।" मैं आश्चर्यचकित होकर, आँखें फाड़-फाड़कर उनको देख रहा था। उनके चेहरे पर थकान थी। आवाज़ धीमी पड़ गई थी। आँखें बुझी बुझी। मैंने उनसे कहना चाहा था कि बाद में या कल सुनाइएगा, लेकिन इसी बीच सिर उठाकर उन्होंने फिर कहना शुरू किया—

"पत्रकार महोदय, मैंने शादी से इनकार कर दिया। कहाँ मेरी उम्र, कहाँ उसकी। सारी उम्र जेल में बीत गई, अब क्या बचा है? ऐसी लरिकाई उम्र वाली स्त्री से शादी करना पाप नहीं होगा? पर मेरा साथी पीछे पड़ा रहा, 'एक लड़की का उद्धार हो जाएगा, नहीं तो वह बरबाद हो जाएगी। बाप इसकी शादी क्या करेगा, वह अपने परिवारजनों को दो जून की रोटी नहीं खिला सकता। देश आज़ाद तो हो गया, लेकिन चारों ओर भयंकर ग़रीबी व्याप्त हैं' भाषण, लेख और देह ऐंठकर चलने से यह दूर नहीं होगी। पूरी जाति के मिल-जुलकर धैर्यपूर्वक काम करने से शायद यह समस्या हल हो सके। फिलहाल यह दूर की कौड़ी लगती है। इस समय तो ऐसा लगता है कि ग़रीब जनता एक गाय है जिसे सभी दुहने की कोशिश कर रहे हैं। ख़ैर छोड़ो छोड़ो, मैं इस समय बेकार की बातें ले बैठा। मेरा कहने का मतलब है कि तुम इस परिवार को बचा सकते हो...।"

मैं आज यह सोचकर डर जाता हूँ कि मेरे ख़यालों में, स्वतंत्रता के मेरे सपनों में भी स्त्री का कोई स्थान नहीं रहा और आज जब ग़रीब अशक्त हो रहा है और कोमल भावनाएँ भोंथरा गई हैं तो मुझसे कहा जा रहा था कि शादी कर लो। मैं अपने मित्र से भागता रहा, भागता रहा।"

वह अजीब शंकित भाव से मुझे देखने लगे। मैंने दबी ज़बान से संकोचपूर्वक पूछा, "फिर क्या हुआ?"

"नहीं जानता, यह कैसे हुआ। मेरे अन्दर कोई चोर घुस आया है। हाँ, अचानक पहली बार यह ख़याल आया कि देश के लिए जब मैंने इतना त्याग किया है तो लोगों को मेरे प्रति कृतज्ञ होना ही चाहिए और यदि मुझे कोई सुख मिलता है तो ग़लत भी नहीं क्योंकि मैं उसका अधिकारी भी हूँ। रोज़ यह तर्क मेरे दिमाग़ में उठने लगा, जिससे मैं लड़ता, उसका विरोध करता लेकिन मेरा निश्चय बार-बार मेरी बन्द मुट्ठियों में फिसल जाता रहा और एक दिन मित्र के प्रस्ताव का मेरा इनकार

बादल की तरह गरजने के बाद हल्का और पतला होते-होते आख़िर में न मालूम कहाँ ग़ायब हो गया।"

उनकी आवाज़ दुख से भारी हो गई, "क्या अहंकार भरा मेरा तर्क बहाना मात्र नहीं था? हाँ, मैंने अपने मित्र का प्रस्ताव स्वीकार कर लिया। शादी काफ़ी सादे ढंग से हुई। मेरा संकोच और विरोध दूर हो गया था। मैं एक नौजवान की तरह नई उमंग और उत्साह से भर गया। कैसी अजीब बात है कि जिस संग-साथ और सुख को हेय और त्याज्य समझा, उसी ने मुझ पर जादू कर दिया। मेरे रंग-ढंग पूरी तरह बदल गए। आपने 'बूढ़ी घोड़ी लाल लगाम' जैसे जर्जर बूढ़े रसिया लोगों को दाँत निपोरते हुए देखा होगा—वैसी ही हालत मेरी भी हो गई। लगा कि जीवन का तो यह भी सुख है। इसमें ताकत है, शान्ति है, सुकून है। इस सुख से क्यों वंचित किया गया? मैंने उनको अधिक से अधिक प्यार किया, हर बात में उसकी ख़ुशी और आराम का ख़याल रखा, अपनी सामर्थ्य के अनुसार उसे कपड़ों और गहनों से भर दिया। उसे कहाँ-कहाँ नहीं घुमाया। हमारे दिन मज़े से कटने लगे और जिस दिन उसने एक सुन्दर बच्चे को जन्म दिया, मैं ख़ुशी से झूम उठा।"

उनकी आँखें एक क्षण चमककर फिर बुझ गईं। चेहरा झुक गया लेकिन वह जल्दी ही सँभल गए। वह किसी दुख या दयनीयता के भाव को देर तक अपने पर हावी नहीं होने देते थे। अन्त में मेरी आँखों में सीधे देखते हुए वह बोले—

"वर्ष गुज़रने लगे। मैं पब्लिक का आदमी हूँ। मेरे यहाँ कोई भी जब चाहे आ सकता है और मैं उसकी मदद के लिए रात-बिरात भी चल देता हूँ। मुहल्ले के लड़के और लड़कियाँ आते-जाते रहते हैं। रिश्तेदार अलग हैं। गाँव से भी कोई न कोई पहुँचता रहता है। कोई मुझे बाबा कहता है, कोई चाचा। कुछ भैया भी कहते हैं। इन रिश्तों को निभाते हुए मेरी पत्नी को दादी, चाची, भाभी आदि कहते हैं। शादी के बाद ही मेरी पत्नी पर एक अजीब गम्भीरता और बुज़ुर्गियत आ गई थी। वह सदा माथे पर आँचल आगे बढ़ाकर बड़ी ज़िम्मेदारी वाली बातें करती। छोटे लोगों को सलाह और उपदेश देती। बाहरी लोगों का स्वागत सत्कार करती। मैंने तो उसे खुलकर हँसते हुए भी नहीं देखा। मेरे सामने वह गम्भीर रहती। मैं स्वयं ही ऐसा था और उस पर शायद मेरा ही असर पड़ा था। वह रात को नित्य मेरे सिर में और हाथ-पैर में तेल ज़रूर लगाती। मैं बड़ा प्रसन्न था। इसे कहते हैं भारतीय नारी। सचमुच वह देवी है। बचपन से ही वह उच्च कर्तव्य-गुण सीखकर आती है।

"मैं उसके आचरण और व्यवहार से इतना प्रसन्न था कि क्या बताऊँ। उसको और प्रभावित करने के लिए सदा उसे पुराने जीवन के उपदेश-भरे अनुभव सुनाता। ऐसे ही दूसरे क़िस्से भी। वह सशंकित भाव से मुझे देखती हुई ध्यान से मेरी बातें सुनती। एक दिन मैं शाम को बाहर से लौटा तो चौंक गया। अन्दर बरामदे में मेरी पत्नी और एक नौजवान एक ही चारपाई पर बैठे किसी बात पर ख़ूब खिलखिला

रहे थे। उनकी हँसी रुकती ही नहीं थी। वह मेरे मुहल्ले का ही छात्र था, जो मुझे बाबा और उसे दादी कहता था। मेरी पत्नी का यह अप्रत्याशित रूप था। मुझे बड़ा आघात लगा। मेरे पीठ पीछे गुलछर्रे उड़ रहे हैं। मेरे सामने तो बकार नहीं निकलती और यहाँ ऐसी उन्मुक्त खिलखिलाहट। मैं ईर्ष्या भरे क्रोध से सुलगने लगा। मेरे प्यार और विश्वास का इतना अपमान? मेरी निजी और राष्ट्रीय प्रतिष्ठा पर प्रहार? मैं भयंकर प्रतिहिंसा से भर उठा, जो बड़ी डरावनी थी? मैं ज़ोर से खाँसकर बाहर निकल गया।

"मैं एक पार्क में पहुँचकर पेड़ के नीचे बेंच पर देर तक बैठा रहा। ठंडी हवा चल रही थी, पर मेरा मन उससे कोसों दूर था। मैं यह सोचकर दहशत से भर गया कि मेरे पास एक स्त्री को देने के लिए साड़ियों, गहनों, आत्मश्लाघा, गर्वोक्तियों, प्राचीनता और पराधीनता के सिवाय कुछ नहीं है, मैं लगातार सोच रहा था और मेरे माथे में दर्द होने लगा। मैं थक गया और ऊँघने लगा...अचानक मेरे सामने एक अजीब दृश्य दिखाई देने लगा। एक अधेड़ स्त्री एक छोटी बच्ची को गोद में बिठाकर मिठाई खिला रही है। उसी समय उस बच्ची की ही उम्र के दो बच्चे अन्दर आते हैं वह बच्ची पहले तिरछी दृष्टि से उन बच्चों को देखती है, फिर अपनी माँ के मना करने पर भी मिठाई छोड़कर उन बच्चों के पास चली जाती है और दो-चार सरल बातों के बाद ही उनसे घनिष्ठ होकर बेतहाशा खेलने लगती है...। मेरी नींद उचट गई। मैं घबरा गया। इसका क्या मतलब है।

"मैंने घर जाकर उसे प्रेम से समझाया, कुछ सामयिक उपदेश दिये। उसका चेहरा स्याह पड़ गया। फिर सब कुछ ठीक चलने लगा। कुछ दिनों बाद उसके पेट में फिर बच्चा आया तो मुझे बड़ी ख़ुशी हुई। पर, प्रसव के समय मालूम हुआ कि पेट में बच्चा मर चुका था। साथ में वह भी नहीं बची। पत्रकार जी, मैं बड़ा रोया...।"

वह मौन हो गए। मैं आश्चर्य और दुख के भाव से उन्हें देखने लगा। अन्त में धीमे स्वर में बोले—

"इतना ही मैं आपसे कहना चाहता था। अब मैं यही चाहता हूँ कि मेरा लड़का पढ़-लिखकर किसी अच्छे काम-धाम में लग जाए...अच्छा नमस्कार।"

['उत्तर प्रदेश', 2001]

पुनरागमन

"बाबू जी, मैं सत्यदेव हूँ, आजमगढ़ का। दही वाला..."

परिचय-संकेत के बेहतर सन्दर्भ हैं, परन्तु यह सच है कि वर्ष में दो बार लम्बी छुट्टियों में वह अपने गाँव जाकर लौटता एक मझोली हंडिया में दही के साथ। बाँगर इलाके की छोटी-छोटी मीठी दूब घास चरने वाली गाय-भैंस के देर तक औटाए दूध से जमाया गया, मोटी मलाई वाला दही बेहद जायकेदार होता। उस बड़े परिवार का प्रत्येक सदस्य अपने अपर्याप्त हिस्से के लिए लालायित रहता, सिर्फ़ रामशरण हिचकी की बीमारी के कारण खट्टी चीज़ों से दूर रहते।

रामशरण कुछ बोले नहीं, सिर्फ़ नासमझी के भाव से उसे देखते रहे। आँखों में बुझने वाले दीये की टिमटिमाहट! बाहर का वही कमरा है और उसकी जानी-पहचानी गन्ध, जिसके बीच पढ़ते और सोते उसने अपनी जवानी के प्रारम्भिक दिन व्यतीत किये थे।

"हाँ, बाबू जी, मैं वही सत्यदेव हूँ। आप तो मुझे भूल गए, मैं कैसे भूल सकता हूँ आपको। मैं तो हर दिन, हर क्षण याद करता हूँ...।"

वह उनके सिरहाने के बाद बैठ और आगे झुककर लगभग चिल्लाते हुए बोलता है, लेकिन इस बीच रामशरण खर्राटे भरने लगे हैं। सिर्फ़ चमड़े वाले उनके चेहरे पर गाल के दो गड्ढे और आँखों की दो खाइयाँ हैं। साँस गले और नाक में अटक-अटक कर बड़ी मुश्किल से भारी, डरावनी 'खर्र-खट' आवाज़ के साथ बाहर निकल रही है।

पच्चीस वर्ष बाद वह आया है। हाईस्कूल में दो बार फेल होने पर जब वह फूट-फूटकर रोने लगा तो रामशरण ने उसके सिर को सहलाते हुए ढाँढस बँधाया था," मैं ज़िन्दा हूँ, जितना पढ़ोगे, पढ़ाऊँगा।" इंटर भी उसने यहीं किया, जिसके बाद उसे वायु सेना के तकनीकी विभाग में लोअर डिवीजन क्लर्क ग्रेड की नौकरी मिल गई। वह हर साल गाँव आता तब वह शुरुआती उत्साह में यहाँ भी लगातार तीन बार आया। प्रथम आगमन में वह रामशरण के लिए एक कुर्ता और मिलिट्री कैंटीन की एक ख़ूबसूरत मसहरी ले आया और उनकी पत्नी मालिनी देवी के लिए एक साड़ी तथा शेष परिवार के लिए दही और आधा किलो लड्डू।

दूसरे और तीसरे वर्ष भी वह कुछ हल्के-फुल्के उपहारों के साथ आया। तत्पश्चात उसका आना बन्द हो गया और उसकी चिट्ठियाँ भी, जो वह तीन-चार महीने में एक बार लिखता था और इस वर्ष गाँव आने पर किसी ने यह बताया कि रामशरण सख़्त बीमार हैं, तो वह चौंका, "बाबू जी क्या जीवित हैं?" और छुट्टियाँ ख़त्म होने में जब दो दिन रह गए वह एक अत्यन्त सफल व्यक्ति के कर्तव्य-भाव तथा अप्रत्याशित उत्सुकता से अनुप्रेरित होकर एक किलो मुसम्बी के साथ सवेरे वाली गाड़ी से यहाँ आ पहुँचा।

इस्तरी किया हुआ तांजेब का सफ़ेद, कलीदार कुर्ता तथा लट्ठे का पायजामा पहने और पैरों में सलीमशाही स्लीपर डाले, वह अपने फूले-गालों का स्पर्श करती अपनी चितकबरी मूँछों पर गर्व और सन्तुष्टि से ताव दे रहा है, गोया अपनी ससुराल में हो। पचहत्तर वर्षीय रामशरण से दस वर्ष छोटी हैं मालिनी देवी, जो अब कमर दर्द से भचक-भचक कर चलती हैं। उसको देखकर वह रोने लगी, फिर बाद में उसने बताया कि उसके पति स्मृति-भ्रंश के शिकार हैं, कुछ का कुछ समझ कर उसी की रट लगाए रहते हैं, उनकी भूख एकदम मर गई है और दिन-पर-दिन दुबले होते जा रहे हैं।

"क्या केशव आए हैं?" मालिनी देवी के याद दिलाने पर रामशरण ने क्षीण मुस्कराहट के साथ पूछा।

केशव उनका चौथा लड़का था जो एक घूसखोर अफ़सर की नाराज़ी मोल लेकर, अपनी ही ईमानदारी की बलि चढ़ गया। फिर अच्छी सरकारी नौकरी से इस्तीफ़ा देकर उसने क़ानूनी पढ़ाई करके अपनी वकालत शुरू की, जिसमें बुरी तरह असफल होकर बीवी और बच्चों की चिन्ता में कुछ ही वर्षों में स्वर्ग सिधार गया।

"म्हाई, तैने मेरे पास चिट्ठी क्यों नहीं लिखी? रुपयो से घर भर देता। ज़रूरत पड़ने पर ख़ुद चला आता, बाबू जी को बम्बई, कलकत्ता ले चलता, बड़े से बड़े डॉक्टर का इलाज कराता। तुम लोगों ने बाबू जी को ठीक से न दवा दी है और न खिलाया-पिलाया है। वह एक किलो मुसम्बी ले आया हूँ न, बड़ी ताज़ी है और महँगी है, लाओ, मैं उसका रस निकालकर पिलाता हूँ।"

"दोपहर के बाद दूँगी, अभी तो सवेरा है, गला ख़राब हो जाएगा।"

"यही तो ठीक नहीं है म्हाई तेरी बात। इसी से बाबू जी का यह हाल है। हर समय पुरानी बात चलाने के चक्कर में। भैया लोग कुछ भी परवाह नहीं करते? पैसा-कौड़ी कुछ भी नहीं भेजते?"

"क्यों नहीं परवाह करते? दूर-दूर नौकरियाँ हैं, जल्दी-जल्दी तो आ नहीं सकते। फिर अपने बीवी-बच्चे हैं, और समस्याएँ हैं। हमें अधिक चाहिए भी नहीं, बाबू जी को तो पेंशन मिलती ही है।"

वह अपने कथन से प्रसन्न था। वह मालिनी देवी को उन दिनों 'माई' कहता था घर के अन्य लड़कों की तरह। लेकिन नौकरी पर, दूरवर्ती इलाकों में रहने से, उसकी आदतों और बोली में कुछ परिवर्तन भी हुए, ऐसे दिल्ली में उसका दोस्त उसकी माँ को 'माई' के बजाए 'म्हाई' कहता था, जिसके अनुसरण में यह उच्चारण करके वह भी अपने को श्रेष्ठ और दिल्लीवाला सिद्ध करने लगा। जब मालिनी देवी पर काम का कितना बोझ था। वह तड़के सुबह से लेकर देर रात तक नाचती रहती। हर व्यक्ति की तरह उसे भी वह ठीक समय पर नाश्ता देती ताकि खराई-सेवराई न होने पाए और उसमें कोई खट्टी और ठंडी चीज़ नहीं होती थी। बीमार पड़ने पर दवा का पथ्य का वह कितना ख़याल रखती। टायफायड होने पर उसकी हालत कितनी ख़राब हो गई थी और मालिनी देवी ने उसकी कैसी खातिरदारी की थी!

रामशरण के खर्राटे बन्द हो गए थे। उनकी पलकें तेज़ी से उठ-गिर रही थीं। उसी की ओर। वह आगे की ओर झुककर फिर बोली—

"बाबू जी, आप पहचान रहे हैं न मुझे? नौकरी लगने के दो-तीन साल बाद भाई-भतीजों ने ख़ूब परेशान किया। ज़मीन ही कितनी थी? नरक में ठेला-ठाली। फिर तो मैंने उनको मुक़दमेबाज़ी में ऐसा फँसाया कि दाने-दाने को मोहताज हो गए। ले जाओ। अपनी ज़मीन क्या लगाओगे, क्या खाओगे! इधर मैंने गाँव में ही धीरे-धीरे कई बीघे ज़मीन ख़रीद ली, ख़ूब खेती होने लगी। सोना बरस रहा है बाबू जी। वे लोग क्या खाकर मुक़ाबला करेंगे। लड़की नीलम बी.ए. में पढ़ रही है, उसकी शादी के लिए अलग बैंक में दो लाख रख दिये हैं। छोटा लड़का पब्लिक स्कूल में पढ़ रहा है। भोपाल में हॉस्टल में रहता है। उस पर हज़ारों रुपये ख़र्च हो रहे हैं, फल-फूल, अंडे-चिकन का आराम है। बड़े लड़के को कम्प्यूटर करा दिया है। बड़ी तेज़ चीज़ है, बाबू जी, वह। बंगलौर की एक कम्पनी में ख़ूब नोट कमा रहा है।"

"केशव, क्या हाल है, कब आए?" रामशरण के मुँह से बुदबुदाहट निकली। फिर एक अशक्त मुस्कराहट फैल गई। उस समय कितना बड़ा परिवार था उनका। उनके भाई के बच्चे भी थे और उनके रिश्तेदारों का कोई-न-कोई लड़का रहकर पढ़ाई करता—यदि दूसरी जगह अथवा छात्रावास में रहता तो यहाँ दोनों जून भोजन अवश्य करता। तब वह कितने स्वस्थ थे। लम्बे, चौड़े शरीर में हाथी के मांस की तरह गूदा ही गूदा था। वह गर्दन तानकर उत्साहपूर्वक चलते, सबसे विनम्र उत्साह से बोलते और किसी की गमी या ख़ुशी में मदद के लिए दौड़ पड़ते।

"बाबू जी, बड़े लड़के कमल ने बड़ा परेशान किया। कम्प्यूटर करते समय किसी दरिद्र व्यक्ति की लड़की के चक्कर में पड़ गया। मैं बर्दाश्त नहीं कर सकता था। अरे भाई पढ़ाई-लिखायी, खाने-पीने और शान-शौकत में चाहे कितना ख़र्च करो, एक ग़रीब घर की बहू से क्या फ़ायदा है, चाहे वह इन्द्रासन की परी ही क्यों न हो!

मैंने लड़के को बुलाया और सख़्ती से उससे कहा, 'बरखुरदार, जल्दी से जल्दी उस लड़की का साथ और सपना छोड़ दो प्रेम और शादी-ब्याह भी बिना किसी उद्‌देश्य और मतलब के नहीं करना चाहिए। सुन्दर चमड़ा हमेशा नहीं रहता लेकिन एक धनी ससुराल जैसा मददगार कोई नहीं होता। मेरी बात समझ में नहीं आती तो पढ़ाई छोड़ दो।' बाबू जी, मैं ठीक आप की ही तरह समझाता हूँ। लड़का भी बड़ा ज़हीन है, अब उसकी शादी एक ऐसे सजातीय व्यक्ति के लड़की से कर दी है, जिसने तो हमारा घर ही भर दिया है। गहना-गुड़िया सब कुछ और उसने अपने दामाद को दो कमरे का एक फ़्लैट भी दे दिया है...।" वह बोले जा रहा था धारा-प्रवाह, यह देखे बिना कि रामशरण फिर नींद के आगोश में चले गए हैं। इस बार खर्राटा भारी और तेज़ नहीं था—इतना हल्का और धीमा कि बहुत गौर करके सुनने पर ही पता लगता था।

आठवीं कक्षा में पहुँचने पर वह सोलह वर्ष का हो चुका था। वह घर के अन्य लड़कों की तरह ही रह रहा था और खाना-नाश्ता को लेकर कभी मालिनी देवी से रूठ भी जाता। गुलरोगन के तेल या शीशा-कंघी की तलाश में वह किसी के भी कमरे में निस्संकोच घुस जाता। काफ़ी ढीठ हो चला था, यहाँ तक कि बुढ़िया दादी को चिढ़ाने के लिए कभी-कभी मुँह का पाकुर-पाकुर चलाते हुए कहता, "दादी, क्या तीतलौकी का चौखा खाओगी?" दादी उसे गरियाती हुई मारने को दौड़ती तो वह ही-ही-ही-ही हँसी से दोहर होते हुए वहाँ से भाग जाता। एक बार उसने अकेले में आशा का हाथ पकड़ लिया, जो रामशरण की पन्द्रह वर्षीया छोटी हँसमुख लड़की थी घर में हंगामा मच गया। लोग कहने लगे, "यहाँ से जाए मन जहाँ मन हो। आस्तीन का साँप है साँप?" बाद में रामशरण ने उसे अपने पास बुलाया था।

"सच-सच बताओ कि क्या हुआ।"

वह डर के मारे आगे झुके और पीछे पूँछ निकाले थर-थर काँप रहा था। प्रश्न का उत्तर देने के पूर्व ही उसकी हिचकियाँ बँध गईं और वह आगे बढ़कर रामशरण के चरणों में गिरकर मुश्किल से बोला, "बाबू जी, ग़लती हुई माफ़ कीजिए, अब ऐसा कभी न होगा...।"

रामशरण ने उसे उठाते हुए कहा, "कोई बात नहीं, ग़लती इनसान से ही होती है। इस बात का ध्यान रखो, तुम यहाँ सिर्फ़ पढ़ने के लिए आए हो। तुम घर के लड़के की तरह हो, आशा तुम्हारी बहन की तरह है, जाओ उससे और उसकी माँ से माफ़ी माँग लो। एक बात और समझ लो, तुम अब लड़के नहीं, सोलह साल के जवान हो, मर्द हो। जवान होने पर स्त्री की ओर आकर्षण हर व्यक्ति में पैदा होता है लेकिन इसका यह मतलब नहीं कि तुम राह चलते हर स्त्री का हाथ पकड़ लो, जिससे चाहो छेड़खानी करने लगो। स्त्री की इज़्ज़त करना सीखो। उसकी भी भावनाएँ होती हैं, इसका हमेशा ध्यान रखो। अपने को शक्तिशाली और श्रेष्ठ

समझकर उसका अपमान कतई न करो। जब तुम पढ़-लिखकर नौकरी करने लगो तो अपने माँ-बाप की राय से अपने ही जैसे परिवार की किसी सुशील और गुणी लड़की से शादी कर लो। अपने से भी ग़रीब परिवार की कोई अच्छी लड़की ला सको तो इससे बढ़कर पुण्य काम कोई भी न होगा। अब जाओ, निश्चिन्त होकर पढ़ो-लिखो।"

मालिनी देवी ने कमरे में प्रवेश करते हुए कहा, "बाबू, खाना खा लो।" रामशरण की नींद खुल गई और वह बुदबुदाए, "केशव, जाओ, चिन्ता करने की कोई ज़रूरत नहीं।"

वह रामशरण की ओर देखते हुए उठ खड़ा हुआ, किन्तु भीतर लीपे चौके और पीढ़े को देखकर वह घुन्नी हँसी के साथ बोला—"म्हाई, पीढ़े-वीढ़े की तो आदत ही छूट गई। मुझसे तो बैठा ही नहीं जाएगा और बैठा भी गया तो एक कौर भी नहीं खा सकूँगा।"

सौभाग्य से, रसोईघर के बाहर बरामदे में पहले से ही एक छोटी मेज़ और कुर्सी रखी थी। मालिनी देवी ने मेज़ और कुर्सी को दो बार झाड़ा और पोंछा, फिर वहीं, खाना लगा दिया। उसने धीरे-धीरे ही सही, बहुत रच-रचकर भोजन तैयार किया था। सवेरे से ही वह कितना उत्साहित थी। वह बार-बार उसे देख रही थी। आलू की कचौड़ी, आलू परवल की रसदार सब्ज़ी, बैंगन का चोखा, मखाने की खीर, नमकीन चावल, टमाटर की चटनी और मिर्चे का अचार। क्या हाथ था मालिनी देवी का। अतिशय स्वाद की ख़ुशबू का एक भभका उसकी नाक के अन्दर घुसा और वह मनपसन्द व्यंजन की भूख की ख़ुशी से अधीर होकर जल्दी-जल्दी नाक सुड़कने और मुँह का बेकाबू लार घोटने लगा।

"म्हाई, चारों ओर बड़ी गन्दगी है..." कचौड़ी और खीर के कई निवाले गपकने के बाद उसने मुँह सिकोड़कर कहा।

वह कचौड़ी का एक बड़ा टुकड़ा तोड़कर और उससे पर्याप्त सब्ज़ी तथा चोखा सरपोट कर मुँह के अन्दर डाल देता और तीन-चार चप-चप के साथ गले के रास्ते आसानी से पेट में उतार देता। बाद में दो चम्मच नमकीन चावल और खीर ग्रहण करके स्वाद के स्वर्ग में पहुँच जाता। पायजामा का नारा ढीला करके वह लगातार कचौड़ियाँ माँगता गया और इन्तज़ार के क्षणों में उसके मुँह से परमानन्द की गुनगुनाहट निकलने लगती।

पानी का अन्तिम गिलास चढ़ाने के बाद उसने एक लम्बी डकार लेकर कहा, "म्हाई, यह देर से खाना-वाना बन्द कर मुझे सख़्त चिढ़ है इससे मेरे घर में ऐसा हो तो थाली-वाली पटक दूँ। और म्हाई, एक बात और सुन, कोई ढंग की कामवाली रख ले, जो खाना भी बना दे। क्या लेगी, तीन-चार सौ रुपये? आधिक से अधिक पाँच सौ। काली माई की कृपा से, रुपये-पैसे की कमी नहीं रहती, म्हाई।

चार-छह हज़ार तो हमेशा टेट में पड़े रहते हैं। तुझे रुपये चाहिए? दो हज़ार अभी दे जाऊँगा। तू ख़ूब आराम कर और दूध, फल-फूल का सेवन कर। किसी बात की चिन्ता न कर, जब बाहर क लोग हज़ार दो हज़ार डकार जाते हैं तो तेरी बात तो एकदम अलग है। हाँ, पहले वाली अपनी लेट-लतीफी छोड़ दे, बस कहे देता हूँ..."

उसकी बातें मालिनी देवी के कानों के अन्दर तक नहीं जा पा रही थीं। वह तो लगातार उसके चेहरे को देखे जा रही थीं। उसकी नाक केशव की नाक के समान नुकीली दिखाई दे रही थी। आँखें वैसी ही सद्‌भावना-भरी और आवाज़ वैसी ही मीठी। वह देर तक उससे बात करना चाह रही थी लेकिन इस बीच वह उठ खड़ा हुआ और पायजामा का नारा कसते हुए उस छोटी-सी कोठरी की ओर बढ़ गया। जहाँ मालिनी देवी ने उसका बैग रखकर उसका बिस्तरा लगा दिया था। वह चित्त लेट गया। और उसके पेट के शिखर से पैरों तथा चेहरे की ओर दो ढलान स्पष्ट दिखाई दे रहे थे। वह जल्दी ही खर्राटे भरने लगा।

पूरे तीन घंटे सोने के बाद वह हड़बड़ा कर उठा। सूरज काफ़ी ढल गया था और चार बज रहे थे। वह शीघ्रता से बाथरूम में घुस गया और वहाँ से ताज़ादम होकर, कपड़े बदल कर, पैंट-क़मीज़ में नये जूते चरमराते हुए रामशरण के पास जाकर कुर्सी पर बैठ गया।

"केशव, खा चुके?" रामशरण उसको एकटक देखते हुए मुस्कराने लगे।

"यह सत्यदेव हैं आजमगढ़ वाले। याद कीजिए..." मालिनी देवी ने उनके कान के पास मुँह ले जाकर भर्राई आवाज़ में कहा।

रामशरण अपनी पत्नी की ओर देखकर कुछ सोचने लगे। उनका मुँह खुल गया और होंठ गोलाकार हो गए और उस शिशु की तरह, जिसे किसी नये शब्द का उच्चारण सिखाया जा रहा हो। काफ़ी प्रयास करने के बाद उनके मुख से वही शब्द निकला "केशव...।"

मालिनी देवी अपना प्रयास छोड़कर रो पड़ीं और मुँह पर आँचल रखकर तेज़ी से अन्दर चली गईं। वह आज ख़ुश थीं, जिसका विशेष कारण तो यह था कि रामशरण बहुत दिनों बाद आज बोल और मुस्करा रहे हैं। उन्होंने आज चाव से खाया भी। वह स्वयं भ्रम में पड़ जाती कि यह सत्यदेव है या केशव? यदि तारों की तरह उसके अन्दर जगमग-जगमग करने लगतीं। उसका पत्थर बना हृदय अचानक पिघलकर हिचकी-भरे आँसुओं में बहने लगा।

इस समय मन्द-मन्द हवा चलने लगी। उसने अपनी मूँछों पर ताव दे-देकर अपना मुँह दरवाज़े की तरफ़ कर लिया और उधर से आती झिर-झिर शीतल, सुखद हवा के स्पर्श का आनन्द लेने लगा। फिर अचानक रामशरण की ओर मुँह करते झुकते हुए बोला, "बाबू जी, आपको याद है जब में आजमगढ़ से दही लाता था

तो आप सभी लोग उसका सेवन करके बहुत ख़ुश होते थे? आज वैसा दही कोई माई का लाल खिला दे तो मैं अपनी मूँछ कटवा दूँ। केशव तो उस दही का बड़ा एहसान मानता था। एक बार उसने मुझसे कहा था, 'सत्यदेव, इस दही को तो मैं मरते दम तक याद रखूँगा। संसार भर का अमृत एक तरफ़ इस हंडिया का दही दूसरी तरफ़—यह दही ही भारी पड़ेगा।' बाबू जी केशव में कुछ ख़ूबियाँ ज़रूर थीं लेकिन उसमें कमियाँ आज के ज़माने में अवगुण समझी जाती हैं। वह पढ़ने में कुछ तेज़ ज़रूर था, मगर वह अपने को बड़ा ईमानदार, सच्चा और श्रेष्ठ समझता था। इससे हर जगह उसका काम बिगड़ जाता। उसकी ये आदत मुझे नापसन्द थी। उसने मुझे क्या सहयोग दिया? हाईस्कूल परीक्षा में वह मेरे ही कमरे में एक मेज़ छोड़कर बैठा था मैंने उससे पूछा चुपके से, पर उसने मेरी मदद नहीं की। मैं तो कहूँगा उसी की वजह से मैं फेल हुआ। ऐसे लोग न अपना भला कर सकते हैं और न ही अपने संगी-साथियों का...।"

"केशव, कचहरी से आ गए?" रामशरण उसे गौर से देखकर मुस्कराकर कहा। वह अपना सिर घुमा-घुमाकर धरन और पुरानी दीवारों का मुआइना करने लगा और झोल, जाले और मकड़ियाँ देखकर उसका मुँह सिकुड़ गया। केशव उस समय कक्षा पाँच में सिर्फ़ ग्यारह वर्ष का था। वह रोज़ अपनी माँ से ज़िद करता, "माई वह मेरा दोस्त है। बहुत ग़रीब घर का है। किसी रिश्तेदार के यहाँ रहकर पढ़ रहा था। उसके पिताजी ने उसे आगे पढ़ने से मना कर दिया है। वह क्लास में रो रहा था। तुम बाबू जी से कह दो न, यहीं हम लोगों के साथ रहकर पढ़ लेगा।" तब मालिनी देवी ने पति से कहा था। जब वह आकर रहने लगा तो एक दिन केशव ने गिड़गिड़ा कर कहा, 'माई, मैं तेरे पैरों पर पड़ता हूँ, पहले मुझे नाश्ता न दो, भले ही उसे दे दो।' केशव हमेशा उस पर नज़र रखता कि कोई कष्ट न हो जाए उसे। जब उसका कोई कपड़ा फटता तो माँ से आग्रह करके उसके लिए नया कपड़ा सिलवा देता। आशा के मामले में जब घर के लोग नाराज़ थे तो वह सबसे पहले केशव के पास जाकर फूट-फूट कर रोया था और क्षमा माँगी थी—तब केशव ने अपनी पिताजी के पास जाकर उसकी सिफारिश की थी. जब वह हाईस्कूल में रह गया तो केशव ने उसे बहुत समझाया था और हिम्मत बँधाई थी...।

. उसने आगे झुककर फिर कहा, "बाबू जी, आप किसी बात की चिन्ता न कीजिए, अभी मैं ज़िन्दा हूँ। ए फ़रात का पैसा है बाबू जी, दो लाइन की चिट्ठी लिखवा दीजिएगा, दस बीस-पचास हज़ार जैसी ज़रूरत हो, भेजवा दूँगा...।"

"केशव..." रामशरण मुँह में ही कुछ बुदबुदाए, पर स्पष्ट कुछ सुनाई नहीं पड़ा।

सहसा घड़ी देखकर वह उठ खड़ा हुआ और भीतर जाकर अपना बैग लेकर मालिनी देवी से बोला—"म्हाई, अब चलूँगा, गाड़ी छूटने वाली है...।"

"अरे, चाय नाश्ता...।"

"अरे म्हाई, मैं चाय-वाय नहीं पीता, इस समय दही या दूध की लस्सी लेता हूँ...।"

रामशरण फिर खर्राटे लेने लगे थे। उसने उनको हाथ जोड़ा और सिसकती हुई मालिनी देवी को नमस्कार करके बोला, म्हाई, मैंने जो कहा है, उसका ध्यान रखना।" अन्त में अत्यन्त व्यस्ततापूर्वक सिर हिलाते तथा कोई फ़िल्मी गीत गुनगुनाते हुए वह प्रस्थान कर गया।

['वागर्थ', 1998]

बेरोज़गारों की बात

वहीद ने ही पुकारा। महीनों बाद वे मिल रहे हैं। कन्धे से एक बैग लटकाए कालीचरण ने मुड़कर देखा। यह कोई बड़ा बाज़ार नहीं है...बस कुछ दुकानें, ढाबे और कुछ आगे एक सिनेमा भवन। एक पान-दुकान के सामने खड़ा वहीद मुट्ठी में सिगरेट दबाकर धुआँ उड़ा रहा है।

"अरे वाह! क्या तुम यहाँ आ गए? कितने मकान बदलोगे?" पास पहुँचकर हाथ मिलाते हुए कालीचरण ने उसके सुट्टक्की पायजामे, बाथरूम स्लीपर और अधेड़ावस्था की दिशा में बढ़ते हुए उभरी हड्डियों वाले सिकुड़े चेहरे की तरफ़ देखा।

"सुना है, तुम पाँच छह मील दूर चले गए हो...आख़िर क्यों? और बैग के साथ यहाँ क्यों मटरगश्ती कर रहे हो?"

"यार, उस सिनेमाहाल के पास जो स्टोरवाला है न, वह बड़ा ईमानदार है, समान अच्छा देता है, मैं जिस मुहल्ले में रहने जाता हूँ, कुछ सामानों के लिए यहीं आता हूँ। चार साल पहले जब यहाँ रहता था...।"

"बस-बस समझ गया...लगता है, आजकल नोट बरस रहे हैं, तभी तो ईमानदारी पर इतना समय और पैसा ख़र्च किया जा रहा है?" वहीद ने ज़ोरदार सा कश लेकर सिगरेट का टुकड़ा नीचे फेंकते हुए तिरछी दृष्टि से देखा।

"अरे कहाँ?" कालीचरण ने उदास स्वर में कहा, "मियाँ की दौड़ मस्जिद तक। दो वर्ष पहले एक टुटपुंजिया प्रकाशक का काम किया था, उसने इधर मकान बनवा लिया है, पहले उधर दौड़ाया, फिर इधर, दो बार दौड़ चुका हूँ। आज तीसरी बार आया हूँ तो दो सौ...।"

"पर्याप्त है, पचास मुझे दे दो, अगले हफ़्ते तुम्हारी तरफ़ आऊँगा तो लौटा दूँगा...।"

"नरक में ठेला-ठाली? ख़ैर, ठीक है..."

"इसी पैसे से तुम्हारा उस ढाबे में स्वागत करूँगा...बस एक समोसे के साथ चाय...वाह मज़ा आ गया।"

वे एक अख़बारी दफ़्तर में साथ काम करते थे। दोनों अनुवाद करते, प्रूफ़ पढ़ते, चुटकुले लिखते और सुनाकर माहौल को अपने अनुकूल बनाया करते।

लेकिन जब से दफ़्तर बन्द हो गया है, वे रमता योगी की स्थिति में गुज़र-बसर कर रहे हैं।

"और सुनाओ, उस मुहल्ले में कैसी कट रही है?" वहीद ने पूछा।

"सब कुछ तो ठीक-ठाक है। हाँ, एक परेशानी यह है कि जो भी मेरे घर आता है, आँखें फाड़-फाड़कर देखता हुआ पूछता है—अरे कालीचरण, तुम यहाँ क्यों आ गए, यह तो एकदम पाकिस्तान।"

वहीद ने ज़ोर का ठहाका लगाया। हँसी रुकी नहीं और दोहरा हो गया। फिर गम्भीर होकर, बन्दर की तरह घूरकर देखते हुए धीमे स्वर में बोला, "प्यारे, इस हिसाब से तो मैं भारत में...।"

"एक दिन दूर के एक रिश्तेदार आए, कहने लगे, 'कालीचरण बाबू, कोई और मुहल्ला नहीं मिला? यहाँ तो मुर्ग़ी ही मुर्ग़ी है..।"

"तुम क्या बोले?" वहीद ने सहास्य उत्सुकता से पूछा।

"नाश्ते पर उनसे पूछा गया कि आमलेट से उनको परहेज़ तो नहीं, तो बोले कभी कभी खा लेता हूँ, मगर साथ में मोटा पराँठा हो तब।"

"इस बेरोज़गारी की महँगाई में मोटे पराँठे के मामले में कुछ दिक़्क़त हुई होगी?"

कालीचरण ने हँसते हुए कहा, "यार, इस अंडे को लेकर जन समाज में कई विवाद और बहसें चल रही हैं। एक दोपहर के सन्नाटे में, मेरी पीछे वाली गली में, जुबुन्निसा नाम की एक उम्रदराज भोजपुरी औरत अपनी हिन्दू पड़ोसन कमला से बात करती हुई बोली—जब से हिन्दुए अंडा खाने लगे हैं, हमारा अंडा सोने की तरह महँगा हो गया है।"

"तब तो पड़ोसन के पास इसका कोई जवाब नहीं रहा होगा?"

"हाँ, कठिनाई में तो पड़ ही गई थी, मगर बहस में पीछे रहने वाली नहीं थी। हकला-हकलाकर बोली—'ख़ूब कह रही हो, उल्टे जब से मुसलमान मिठाई खाने लगे हैं, हमारे लड्डू-पेड़े के दाम आसमान छूने लगे हैं।'"

दोनों खिलखिलाने लगे। लेकिन एक कार के लगातार हार्न देने से बाधा पहुँची और वे फ़ौरन गम्भीर होकर उधर देखने लगे। चार-पाँच स्मार्ट, पैंटधारी नौजवान सड़क के केन्द्र में खड़े थे और हटने के लिए एक कार ड्राइवर चेतावनी दिये जा रहा था। परन्तु नौजवान कार की तरफ़ नाराज़ी से घूरने लगे, गोया वह ग़लत रास्ते से आ रही हो। लेकिन ड्राइवर समझदार था, वह कन्नी काटकर फुटपाथ से ही कार को निकालकर भगा ले गया।

"ऐसी ही अडिग दृढ़ता की देश को ज़रूरत है...।" वहीद ने टिप्पणी पेश कर दी।

"तुम्हारे जैसा सलाहकार जिस देश को मिल जाए, उसकी तरक़्क़ी कोई रोक नहीं सकता। तुम यहाँ कैसे आ गए?"

"मैं तुमसे बेहतर हूँ शायद...सीमारेखा हूँ। तुम्हारी तरह नहीं।"

"मेरे कुछ दोस्त पहले से ही हैं वहाँ, नये भी बन रहे हैं। एक दिन काम से जा रहा था, सड़क से हटकर मेरे एक पत्रकार दोस्त महबूब आलम एक बुज़ुर्ग टीचर से बात कर रहे थे। बग़ल से गुज़र रहा था तो उनकी कुछ बातें सुनाई पड़ गईं। बुज़ुर्ग कह रहे थे—अपने के यहाँ कुछ अधिक पैदाइश हो गई तो आफ़त मच गई है चारों तरफ़। मेरे दोस्त ने समझाया—सिक्योरिटी की कमी से बच्चे अधिक होते हैं।"

"तब तो तुम्हारे दिन बड़े मज़े से कट रहे हैं।" वहीद के दाँत निकल आए।

"जब मैं आगे बढ़ गया तो महबूब की नज़र मुझ पर पड़ गई, उसने पुकारा और मैं लौट पड़ा। दोस्त ने बुज़ुर्ग से मेरा परिचय कराया—ये कालीचरण साहब हैं, सेकुलर हैं। इस पर बुज़ुर्ग ने होंठ सिकोड़कर अत्यन्त तिरछी दृष्टि से मेरी तरफ़ देखा।

"मैं तो समझता था कि तिरछी नज़र वाली शोहरत मुझे ही मिली है लेकिन आज मालूम हुआ कि इस मैराथन रेस में तुम भी शामिल हो।"

वे कुछ देर हँसते रहे। फिर वहीद ने गम्भीर होकर पूछा, "यार, सुना है कि दफ़्तर खुलने वाला है और सब बकाया भी मिल जाएगा?"

"कहाँ हो तुम? यह प्रगति की अन्धी मस्ती का दौर है, जो वह बन्द हुआ वह खुलने से रहा और जो बाक़ी है वह मिलने से...। तुम तो अहमदाबाद जाने वाले थे? कहते थे बड़ा पैसा है वहाँ...।"

"तुम भी तो आसाम जाने वाले थे? बड़ा अच्छा ऑफर बता रहे थे अपने लिए?"

"अब चीज़ें किसी के वश में नहीं रहीं...।" कालीचरण का मुँह लटक गया।

"कोई असाइनमेंट मुझे भी दिलवाओ...बड़ी कड़की है...।"

"मैंने तो कम्प्यूटर पर कम्पोजिंग सीख ली है, एक जगह जाता हूँ। पेमेंट तो बहुत कम है पर महीने में समय से मिल जाता है। बच्चों के लिए किताबें भी लिख रहा हूँ, पाँच-छह सौ में बेच देता हूँ। यही रेट चल रहा है। इसका मार्केट बना हुआ है, हमारी सरकारें बच्चों का भविष्य सुधारने पर तुली हुई हैं।"

"दो-चार किताबें मुझे भी दिलवाओ...।" वहीद ने कहा अनुरोध के स्वर में।

"चलो, सेवा करने के लिए हाज़िर हूँ। आजकल कर क्या रहे हो?"

वही सब, अनुवाद, उर्दू से हिन्दी में और हिन्दी में उर्दू में। चुटकुले भी अख़बारों में भेज देता हूँ। मसाला कहानियों की माँग भी अच्छी है। हिन्दी-उर्दू-दोनों भाषाओं में अच्छा मैटर अनुवाद के लिए मिल जाता है। मगर स्थायी तो है नहीं, पेमेंट के लिए बड़ा दौड़ाते हैं...।"

"तुम्हारे जैसा अनुभवी यह भी नहीं जानता? रहस्य, रोमांच, सेक्स के मिश्रण में आदर्श, दर्शन तथा मानवतावाद की छौंक।"

"बस या और कुछ?" कालीचरण ने ठनककर हँसते हुए पूछा।

"इधर एक प्रोफ़ेसर ने एम.ए. हिन्दी के विद्यार्थियों के लिए नोट्स लिखने का कार्य सौंप दिया है। दस रुपये पेज।"

कालीचरण हँसी से लोट-पोट होने के बाद बोला, "कौवा चले हंस की चाल।... चलो, ठीक है बी.ए. पास उर्दू का छात्र अधेड़ावस्था में एम.ए. हिन्दी के नोट्स लिखे तो इससे अच्छी क्या बात हो सकती है।"

"तब भी तो चैन नहीं...।"

"आख़िर क्यों?"

"मेरे वालिद प्राइवेट फर्म में थे, पेंशन तो मिलने से रही, हाँ प्रॉविडेंट फंड कुछ रुपये मिले। पाँच छह वर्ष पहले तेरह फीसदी सूद मिलने से कुछ मदद मिल जाती थी, जब से घटकर छह प्रतिशत हुआ, हमेशा चिड़चिड़ाए रहते हैं, सब पर झल्लाते रहते हैं...।"

"तुम घर से ग़ायब रहा करो..." कालीचरण ज़ोर से हँसा।

"यही तो कर रहा हूँ इस समय।"

इस शहर में कुछ है नहीं। चलो हम तुम देहरादून चलकर पकौड़ों की दुकान खोलें। नई राजधानी है, बड़ी रौनक हैं वहाँ, टूरिस्ट भी ख़ूब आते हैं।" कालीचरण ने गम्भीर होकर कहा।

"अन्धे को सूझे बहराइच। इससे तो अच्छा है सऊदी चलो...ख़ूब पैसा है वहाँ। एक जान पहचान वाला है, हमारा-तुम्हारा दोनों का इन्तज़ाम कर देगा।"

"जंग चल रही है उधर। अमेरिका ने सभी ख़्वाब नष्ट कर दिये हैं...।"

"जब ओखली में सिर है तो मूसल का क्या डर?"

"तुम काफ़ी मगज चाट चुके हो, मुझे देरी हो रही है, मैं जा रहा हूँ।"

"अच्छा ठीक है, पचास रुपये निकालो तो सामने से उस ढाबे में चलकर चाय पिलाता हूँ।" वहीद ने हाथ आगे फैलाया।

"वहाँ चलो, तुड़ाकर देता हूँ...।"

उन्होंने हँसते हुए सड़क को पार किया। फिर ढाबे की तरफ़ बढ़ गए।

चिन्ताओं के बीच विवश रात

मैं एक शाम कम्पनी गार्डेन में एक बेंच पर बैठकर किसी व्यक्ति का इन्तज़ार कर रहा था, रमण पता नहीं कब पीछे से आकर मेरी पीठ पर धौल जमाते हुए बोला, "कहो प्यारे, यहाँ क्या कर रहे हो?"

अनचितली चोट से मुझे ग़ुस्सा तो बहुत आया लेकिन उसे देखकर एक खिसियानी हँसी के साथ चुप लगा गया। हम दोनों कभी एक ही साथ एक कॉलोनी में रहते थे। वह हँसमुख और मज़ाक़िया दोस्त रहा है लेकिन एक अजीब आदत है उसकी कि साथ राह चलते या बग़ल में बैठकर बातचीत करते समय कोई विचित्र क़िस्सा छेड़ देता है और बीच बीच में किसी टेक की तरह उछलकर, जान छोड़कर हँसते हुए ही पीठ पर हाथ चला देता है, गोया बड़ी ही मज़ाक़िया और दिलचस्प बात हो।

"रमण, तुम बैठो, कोई आने वाला था, नहीं आया तो मुझे भी जल्दी घर पहुँचना है।" वह मेरे नज़दीक सरक आया, "ठीक है, चले जाना, मैं कहाँ रोक रहा हूँ? दो मिनट बैठो, अपना हाल बताओ...कुछ ख़बर रखते हो कि आजकल शहर में क्या हो रहा है?"

मैं बचाव की मुद्रा में पीठ सिकोड़े और वक्र दृष्टि से उसके हाथ की तरफ़ देखते हुए बोला, "शहर में ऐसा कुछ ख़ास तो हो नहीं रहा।"

"तुम अपने को बहुत विज्ञ समझते हो लेकिन तुम एक ऐसे सामाजिक जानवर हो, जो रात में तो सोता ही है, दिन में भी आँखें खुली रहने पर सोता ही रहता है।" उसके भड़काऊ कथन पर मैं व्यंग्य से हँस पड़ा, ऐसा वह कह रहा है जो कभी अख़बार भी नहीं देखता।

"अख़बार में राजनीति और अपराध के अलावा और क्या रहता है?"

मुझे ग़ुस्सा आ गया, "रमण, तुम्हारी ड्रामेबाज़ी से मैं ख़ूब परिचित हूँ। भुगत चुका हूँ। आज मेरे पास फ़ालतू समय ज़रा भी नहीं है, मैं चलता हूँ, फिर मिलेंगे... नमस्कार।"

"अच्छा सुनिए हुज़ूर, एकदम नई चीज़।" उसने ज़ोरदार ठहाका लगाया और इसी के साथ हाथ भी चला दिया लेकिन मैं निरन्तर सावधान था, इसलिए वार बचाने में सफल भी हो गया।

"अच्छा सुनाओ जल्दी दो-चार मिनट में, कोई फ़ालतू भूमिका बाज़ी नहीं।" मैंने कृत्रिम नाराज़ी से तो ज़रूर कहा लेकिन समझ भी गया कि उसके जाल में फँस चुका हूँ।

वह अब मूड में आ गया था। उसके गाल और नथुने फूलने-पचकने लगे। उसने किसी विशेषज्ञ गपोड़िए की तरह अपना चेहरा कौए की तरह तिरछा कर लिया और आँखों की भंगिमा भी ऐसी कि पुतलियाँ ग़ायब और सफ़ेदी की चमक शेष। वह कह रहा था—

"प्यारे, तुम तो जानते ही हो कि मुझे कम्पनी के काम से टूर पर जाना पड़ता है। जब इधर के इलाके का टूर रहता है तो फैमिली को बुला लेता हूँ। जब दूर के क्षेत्रों में जाना पड़ता है तो सबको गाँव भेज देता हूँ। तुम तो जानते ही हो कि मेरा मकान बदलता रहता हैं आजकल जिस मकान में रहता हूँ, उसमें दो छोटे छोटे से अँधेरे कमरे हैं लेकिन भीतर एक अच्छा हवादार आँगन है, आँगन के अन्त में एक दीवार है कोई ख़ास उँची नहीं, जिसके उस पार ठीक ऐसा ही दूसरा क्वार्टर है। कुछ दिनों पहले की बात है, मैं बाहर खाना खाकर देर से आया और आँगन में बिस्तर बिछाकर सो गया। लेकिन जल्दी ही घेरती नींद एकदम उचट गई क्योंकि दीवार के उस पार से एक क्रोध भरी फुसफसाहट आई थी, 'हटिए।'"

वह अब बेतहाशा हँसने लगा था। उसका स्थूल शरीर तेज़ी से ऊपर-नीचे हिलने लगा, जैसे मलेरिया का रोगी बुख़ार चढ़ने पर बुरी तरह काँपता है। मैं कुछ समय के लिए असावधान हो गया था, इसलिए उसके हर प्रहार से अपना ठीक से बचाव भी नहीं कर सका था।

मैंने नाराज़गी से उसे देखते हुए कहा, "तुम्हारे क़िस्से को नहीं जानता, लेकिन यह तो समझ ही रहा हूँ कि तुम्हारा दिमाग़ विकृत है। अब जल्दी चालू हो जाओ और ख़त्म करो।"

"ऐसा नहीं है डियर, यह मात्र संयोग ही है। जानते हो, उसके बाद सन्नाटा छा गया और उधर से कोई आवाज़ नहीं आई। मुझे भी नींद आ गई। लेकिन अगली रात फिर वही। दो फुसफुसाहटों के बीच नोक-झोंक, बहस और झड़प जैसा कुछ। अगर ऐसी स्थिति हो तो आवाज़ बहुत दबी भी नहीं रहती।"

"शट-अप। मुझे यही सब सुनाने के लिए रोका है? ख़ाली दिमाग़ शैतान का घर...वाहियात बातें।"

"अरे मेरे नादान दोस्त, पाँच मिनट बैठो, बस पाँच मिनट। मैं तुम्हारा समय नष्ट नहीं कर रहा हूँ। सार्थक बातें हैं, सुनने के बाद कहना। अब मैं सिर्फ़ डायलॉग ही बताऊँगा, उसे सुन लो, फिर जहाँ जाना हो जाओ, मैं नहीं रोकूँगा। अटेंशन..."

"क्या हो गया है आपको? आपको शर्म नहीं आती? बच्चे बड़े हो गए हैं और आपका यह हाल है, मैं तो लज्जा से गड़ जाती हूँ, तबीयत होती है कुछ खाकर सोई रहूँ...।

"तुम दुनिया से ऊपर हो क्या? जाकर दूसरे कौमों की बीवियों को देखो, कहीं कोई झंझट-झगड़ा नहीं। सभी कौमें अपनी-अपनी संख्या में तेज़ी से बढ़ोत्तरी कर रही हैं और तुम ना-नूकूर और ठकठेन मचाने पर उतारू हो। पता नहीं, तुम्हें किसने सिखा पढ़ा दिया है। तुम अपने समाज चिन्तकों से अधिक बुद्धिमान हो। उन्होंने तो स्पष्ट शब्दों में बार-बार कहा है कि अपनी तादाद बढ़ाइए क्योंकि दूसरे भी मुस्तैदी से इसी कार्यक्रम पर चल रहे हैं, ऐसा न हो कि आप अल्पसंख्यक में हो जाएँ और आपकी पहचान मिटने का ख़तरा उपस्थित हो जाए। मुझे राष्ट्र की चिन्ता है, समाज और अपनी कौम की चिन्ता है और तुम हो कि नाहक सत्याग्रह ठाने हुई हो।"

"ख़ूब कहते हैं। यह कहिए कि आपको अपनी स्वार्थपूर्ति की चिन्ता है। मुझे अपने बच्चों की चिन्ता है, अपने परिवार की चिन्ता है। मैं यह सोचकर मरी जा रही हूँ, ये मेरे दसों बच्चे कैसे पार-घट लगेंगे। मैं चौबीस घंटे सोचती रहती हूँ कि अगर मुझे कुछ हो गया तो मेरे बच्चों का कौन पुर्साहाल होगा?

"आप? आपके समाज चिन्तक? फिर आपने निजी तौर पर अपने कर्तव्य का निर्वाह भी कर दिया है, मैंने भी आपका पूरा सहयोग दे दिया है, लेकिन अब नहीं। कई बार कहा आपसे कि अस्पताल में जाकर अपना इन्तज़ाम करा लीजिए। तब आप गरजते-तड़पते हैं। अगर आप नहीं गए तो मैं कल ही लेडी डॉक्टर के पास ज़रूर जाऊँगी। आपकी कमायी थोड़ी है, फिर भी आप राजा धृतराष्ट्र का मुक़ाबला करना चाह रहे हैं...।"

"तुम मुझे धृतराष्ट्र बनाकर मेरे बच्चों को दुर्योधन, दुःशासन बनने का शाप दे रही हो? यही तुम्हारा पुत्र प्रेम है? तुम मेरी एक बात कान खोलकर सुन लो कि तुम उस महान पतिव्रता नारी गान्धारी के चरणों की धूल के बराबर भी नहीं हो और यह भी जान लो कि आइन्दा इस तरह की समाज विरोधी बातें जुबान से निकाली तो मुझसे बुरा कोई नहीं होगा। यह फैमिली प्लानिंग और दुनियाभर के वाहियात उपाय विदेशियों का षड्यंत्र है, जिससे हमारे देश में अनीति और भ्रष्टता फैले।"

"अब आप विदेशियों पर आरोप लगाने लगे। अपनी ज़िद पूरी करने के लिए कोई बहाना तो चाहिए ही आपको। आप ये फ़ालतू बातें छोड़िए और अपने ही देश के महान ऋषि-मुनियों के बताए मार्ग पर चलिए। आप जानते ही हैं कि उन्होंने आदर्श गृहस्थ धर्म और संयम के महत्त्व पर क्या कहा है और कितना ज़ोर दिया है!"

"अरे छोड़ो बाबा आदम के ज़माने की वे बातें। अब कौन उन फ़ालतू बातों पर चलता है। फिर वह ज़माना दूसरा था और यह ज़माना अलग है। यह कलियुग है और इस कलियुग की जो ज़रूरतें हैं, उनको समझ कर ही उन्हीं के अनुसार आचरण करना चाहिए। इसीलिए तो हमारे कर्णधारों ने...।"

"हे भगवान, यह सब सुनते-सुनते परेशान हो गई हूँ। कैसे कर्णधार? कौन है? किसको चिन्ता है स्त्री की? उसके बच्चों की? उसके स्वास्थ्य की? देश की आबादी

बढ़कर भयंकर हो गई है। एक मामूली जलसे में लोग टिड्डियों की तरह उमड़ पड़ते हैं और अगर कोई हादसा हो गया तो सबसे अधिक स्त्रियाँ और उनके बच्चे दबकर मरते हैं। ज़मीन कम हो रही है, खेत कम हो रहे हैं, किसान तेज़ी से मज़दूर बनकर शहरों को भाग रहा है, नौजवानों की बेरोज़गार बेकार भीड़, हताश बेचैन होकर चारों और मँडरा रही, मैं सोचकर मरी जा रही हूँ कि मेरे बच्चे बड़े होकर ऐसे बेकार नौजवानों की भीड़ में शामिल न हो जाएँ..।

"हाय, मैं क्या करूँ, मैं भागकर कहाँ जाऊँ? हर जगह तो स्त्रियों और उनकी सन्तानों के दुश्मन भरे हैं मुखौटे लगाकर। हे गिरधारी, तुम्ही रक्षा करो...।"

वह चुप होकर मेरी ओर इस भाव से देखने लगा, गोया कोई बड़ी मंज़िल हासिल कर ली हो। मेरे मुँह से निकला, "गप...एकदम झूठ।"

उसने कहा, "सही कहते हो...एकदम दुरुस्त। लेकिन शेष बात सुनते जाओ। उसके बाद एक रहस्यमय सन्नाटा छा गया था। मैं सात-आठ महीने उस मकान में रुका। जो कुछ देखा और सुना, उससे तुम्हें यही सूचित कर सकता हूँ कि देश की सवा अरब की आबादी में एक अंक वृद्धि की निश्चित सम्भावना घटित हो गई थी...।" उसने ठठाकर हँसने के बाद हाथ भी चलाया, लेकिन मैं पहले ही बेंच पर से उठ गया था।

भूतपूर्व श्रीमती की प्रेमकथा

शिक्षा एवं प्रशिक्षण से जुड़े सरकारी मान्यता प्राप्त उस ईसाई संस्थान के कठपुतली विभाग में मिज रूपबाला सिन्हा कार्य करती हैं, जिनको कुछ लोग पर्यायवाची की समझ से 'मिस' सम्बोधन से पुकारते हैं। वस्तुतः वह भूतपूर्व श्रीमती हैं : एक रोचक शुरुआती प्रेमकथा से सज्जित। लेकिन यही नहीं बल्कि संस्थान के कुछ लोग तो यह भी कहने लगे हैं कि रूपबाला सिन्हा के प्रथम प्रेम का हलके तरीके से उल्लेख करना न्यायसंगत नहीं है बल्कि यह कहना सम्मानजनक होगा कि लड़कबुद्धि जवानी में उनको प्रेम का रोग लग गया था। वह कोमल सम्बन्ध स्वयं में इसलिए तो और भी महान है कि उनके प्रेमी क्रिकेट के स्वनामधन्य खिलाड़ी प्रभुनारायण प्रसाद सिंह हैं, जिनको जनता अब तो स्नेह और इज़्ज़त से प्रभुजी कहने लगी हैं।

इधर तो रूपबाला सिन्हा 'एक प्रतीक्षासुर प्रेमिका सम्मान' से भी नवाजी जाने लगी हैं जिसके लिए संस्थान के सदा जागरुक रहने वाले कुछ प्रबुद्ध जन धन्यवाद के पात्र हैं। आश्चर्य की बात तो यह भी है कि एक असाध्य रोग के ताप और शीत को झेलकर उम्र की तीसवीं मंज़िल के निकट पहुँचकर भी वह बीस इक्कीस की झलक देती हैं। सामान्य गोरे नाक नक्श पर जैसे किसी सिद्ध चित्रकार ने दो तीन ऐसी विरल रेखाएँ निर्मित कर दी हैं कि चेहरा सदा एक अनजान अर्थ के आकर्षण से दिपदिप करता रहता है। उसी चाल में वक्र लावण्य एवं स्त्री सुलभ स्वाभाविक लोच है जिसे चुप्पा तथा चरित्रवान की छवि अर्जित करने वाले महानुभाव भी चोरी छिपी दृष्टि से देख ही लेते हैं।

उक्त संस्थान में लेखक वर्कशाप का संचालन किया ही जाता है, खंड विकास समितियों के सदस्यों तथा ग्रामसेविकाओं आदि का भी प्रशिक्षण चलता रहता है। इस तरह के कार्यक्रमों में कठपुतलियों के छोटे-छोटे नाटकों का प्रदर्शन भी शामिल हैं शिक्षा, परिवार नियोजन, सहकारिता आदि के पक्ष में तथा रूढ़ियों और अन्धविश्वासों के विरुद्ध लोगों को जागरुक बनाने का यह तरीका ख़ासा मनोरंजक होता है। मज़ेदार कथोपकथन, हास्य विनोद के टुकड़ों तथा शिक्षाप्रद अन्त वाले ये नाटक रूपबाला सिन्हा स्वयं लिखती हैं। इसके साथ वह पीछे से हाथ के इस्तेमाल तथा तारों के संचालन से कठपुतलियों का अभिनय कराती हैं और स्त्री पात्रों के संवाद भी बोलती

हैं। ग़ज़ब का सुरीला कंठ है उनका, हर तरह के ग्रामीण गाने स्वाभाविक सटीक धुन में ही गाती हैं। इसके साथ यह ज्ञातव्य है कि सप्ताह में दो बार प्रशिक्षु महिलाओं के होस्टल में जाकर प्रशिक्षण सम्बन्धी पाठ पढ़ती हैं और होस्टल की प्रभारी मिसेज विमला राबर्ट्स रूपबाला को अपनी बेटी की तरह मानती हैं।

मिज रूपबाला का कथित प्रेमी सप्ताह में एक बार शाम को आता है और वे दोनों एक साथ वहाँ से हिरन हो जाते हैं, हाँ, क्रिकेट के भूतपूर्व पैंतीस वर्षीय खिलाड़ी प्रभुजी अब भी सुन्दर और स्मार्ट हैं।

रूपबाला सिन्हा का ही यह सौभाग्य माना जाएगा कि वह सिर्फ़ सोलह वर्ष की उम्र में ही उस ग़ज़ब के क्रिकेट खिलाड़ी की फैन बनकर प्रेम गली की तरफ़ भी मुड़ गई। पढ़ने-लिखने में फिसड्डी प्रभु नारायण प्रसाद सिंह उर्फ प्रभु जी शोहरत के उस शिखर पर पहुँच चुके थे जब यह विश्वास हो जाता है कि उन्हीं की मुस्कान देखने और अमृत वचन सुनने के लिए मंत्री से संन्तरी तक बेचैन रहते हैं और देश की सभी सुन्दरियाँ उन्हीं को गले लगाने को तैयार बैठी हैं।

फिर क्या, उच्चाधिकार सम्पन्न आत्ममुग्ध खिलाड़ी ने सान्निध्य का लाभ उठाते हुए ऐसी आकर्षक वाचालता का प्रतिदान किया जिसमें 'प्रेम' को छोड़ चाँद-सितारे सब कुछ थे। सीता सावित्री की छवि की आकांक्षिणी वह भारतीय नारी एक ठोस प्रस्ताव की प्रतीक्षा में दिन बिता ही रही थी कि उसके परिवारजनों ने उसका विवाह ही कर दिया।

पति मिले आकाश कुमार जो कुछ अधिक उम्र के अफ़सरनुमा किन्तु सहृदय एवं प्रबुद्ध व्यक्तित्व के स्वामी हैं। उन्होंने अपनी कमसिन धर्मपत्नी को हर सुख, प्यार, इज्ज़त और अन्य शिक्षा-संस्कृति सम्बन्धी आकांक्षाओं की पूर्ति के लिए भरोसेमन्द आज़ादी दी जो शब्दों में मौजूद होते हुए भी व्यवहार में अमूनन ग़ायब पाई जाती है। इसका कृतज्ञता-पूर्वक लाभ रूपबाला सिन्हा ने भी उठाया। उन्होंने छह महीने का कुकरी कोर्स किया, कढ़ाई बुनाई की विशेष ट्रेनिंग ली और संगीत, अभिनय, लेखन और अन्य सलीके सीखने के स्कूल में दाख़िल हो गई। यह सब करते हुए एक बच्ची भी हुई, पर विभिन्न हुनर का प्रशिक्षण प्राप्त करने का उत्साह कम न हुआ।

उन्होंने पुराना सब कुछ भूलकर वर्तमान वैवाहिक जीवन सुख एवं शान्ति से बिताना शुरू कर दिया था पर ऐसे समय में 'प्रभुजी' के दिल में अजीब खलबली मचने लगी। उनका ग्लैमरस समय तो ख़त्म हो गया था और वह स्पोर्ट्स कमेंटेटर, चयन समिति के सलाहकार आदि के बेरौनक, उबाऊ और जोड़-तोड़ वाले कार्यों तक सीमित रह गए थे। उनकी कुछ अन्य रोमांटिक परिचिताएँ भी उनसे फिरंट होकर फुर्र हो गई थीं और नायकत्व से वंचित उस खिलाड़ी को पता चला था कि शहर में एकमात्र बची पूर्व प्रेमिका जो अब सुखी श्रीमती हो गई थी। स्वयं उनकी दकियानूस

और कट्टर माँ पहले से भी अधिक अन्तर्जातीय विवाह की दुश्मन बन गई थीं। यह सब जानकर भी उन्होंने रूपबाला सिन्हा से चोरी छिपे मिलना शुरू कर दिया।

रूपबाला सिन्हा बिगड़ गई, "तुम मेरे जीवन में विष घोलने फिर आ गए? आइन्दा तुम मेरे रास्ते में आने की कोशिश न करना।"

"तुमसे मैं कुछ नहीं चाहता, बस कभी-कभी इजाजत चाहता हूँ...। मैं पश्चाताप की आग में जल रहा हूँ रूपबाला...।"

फिर क्या, वही हुआ जो होता है यानी रूपबाला सिन्हा के दिल में प्रेम की राख के अन्दर जो एक अनजान चिनगारी बुझने को तैयार थी भड़क गई और देवदास बनने की तमन्ना रखने वाले प्रभुजी ने इस बार बेताब होकर करुण वाचालता के कुछ ऐसे दृश्यों को अंजाम दे दिया कि पति आकाश कुमार भी अनजान नहीं रहे। नतीजा यह कि अपने सम्मान की रक्षा के लिए उन्होंने सम्बन्ध-विच्छेद का नोटिस ही दे दिया।

मिज रूपबाला सिन्हा अपनी बच्ची के साथ मायके आ गई और उक्त संस्थान में प्रशिक्षण लेकर वहीं कठपुतली विभाग में कार्य करने लगीं। जब तक प्रभुजी बूढ़ी माँ जीवित रहीं तो टालू वादों का एक ढर्रा था और लम्बी प्रतीक्षा के बाद माँ भी नहीं रही तो दूसरे तरह के वादे आरम्भ हुए। परिणामस्वरूप मिज रूपबाला सिन्हा वादों के झूले पर झूलते-झूलते थक गई।

"जीवन बिताने का यह कौन सा तरीका है प्रभु? मैं यह सब बर्दाश्त नहीं करूँगी, समझ लो। अब तुम किस बात का इन्तज़ार कर रहे हो...?"

"डार्लिंग, नाराज़ न हो, बस सिर्फ़ दो महीने की मोहलत दे दो। हमारे चचेरे भाई की सास का निधन हो गया है, उनका अन्तिम संस्कार आदि हो जाने के एक महीने बाद आगामी 15 फ़रवरी को हम दोनों सदा के लिए एक हो जाएँगे। पक्की बात कह रहा हूँ, तुम मुझ पर विश्वास नहीं करोगी तो कौन करेगा।"

इन्हीं दिनों महिला प्रशिक्षण होस्टल की प्रभारी मिसेज विमला राबर्ट्स के इकलौते पुत्र कप्तान सौरभ राबर्ट्स लम्बी छुट्टी लेकर अपने माँ बाप से मिलने संस्थान आए। मिसेज विमला स्वयं इस उम्र में भी स्वस्थ, लम्बी और सुन्दर थीं, उनका पुत्र को रंग दबा होने पर भी अधिक सुदर्शन और गम्भीर। चेहरे पर ताज़गी और होंठों पर हल्की शिष्ट मुस्कराहट। एक दिन जाड़े की ख़ुशनुमा शाम को राबर्ट्स दम्पती ने अपने यहाँ कुछ मित्रों को दावत दी, जिसमें मिज रूपबाला सिन्हा सम्मान के साथ बुलाई गईं। रूपबाला बन ठनकर अपनी पाँच वर्षीय बच्ची के साथ शामिल हुई।

फिर तो कप्तान सौरभ से मुलाक़ातें होने लगीं। प्रभुजी के व्यवहार से रूपबाला का हृदय लोहे की तरह कठोर बन गया था, सौरभ के चुम्बकीय व्यक्तित्व की तरफ़ खिंचने लगा। एक दिन सौरभ ने रूपबाला से कहा, "आप जैसा आर्टिस्ट मैंने नहीं देखा। कठपुतली के नाटकों में आप जान डाल देती हैं। कैसे इतना कर लेती हैं? वंडरफुल टैलेंट।"

"इतनी तारीफ़ न कीजिए मुझ नाचीज़ की, मैं तो अभी सीख रही हूँ...।" रूपबाला ने मन-ही-मन ख़ुश होकर कहा।

"गुलाब अपनी क्वालिटी को नहीं समझता। उसका काम तो सिर्फ़ खिलकर ख़ुशबू बिखेरना है। यह काम तो उन पर छोड़ दीजिए, जिनकी आँखों और मन को सुख मिलता है। टैलेंट के मामले में तो आपकी जगह और ऊँची है..।"

मिज रूपबाला सिन्हा का सिर स्वतः नीचे झुक गया और मुख पर हलकी लाली दौड़ गई। वह अचानक गम्भीर हो उठीं और 'अच्छा नमस्कार' कहकर वहाँ से चली गई।

दो दिन रूपबाला नहीं आई। वह सिरदर्द का बहाना करके अधिकांश समय बिस्तर पर लेटी रहीं। वस्तुतः वह एक प्रबल मानसिक द्वंद्व से परेशान होती रहीं। वह एक बार रोई थी लेकिन तीसरे दिन जब वह ड्यूटी पर संस्थान गई तो काली बदली हट जाने से उनका चेहरा सुबह के आकाश की तरह उज्ज्वल और ख़ुशनुमा था।

रूपबाला सबसे सहज एवं उत्फुल्ल भाव से मिलीं। अब वह अक्सर शाम को मिसेज राबर्ट्स के यहाँ देखी जातीं। कुछ दिनों में सबने अचम्भे से यह ख़बर सुनी कि मिज रूपबाला सिन्हा और कप्तान सौरभ राबर्ट्स का वैवाहिक रिश्ता तय हो गया है।

प्रभुजी 15 फरवरी के बजाए 15 मार्च को लौटे तो पूरा क़िस्सा सुनकर ग़ुस्से से पागल हो गए। दूसरे दिन अधिकार और चुनौतियों के साथ टालू मिक्सचर पिलाई गई पूर्व प्रेमिका से मिले। उन्होंने गरजने तड़पने और रूपबाला पर प्रेम और स्वधर्म को धोखा देने का आरोप लगाने के बाद अपने प्रेम की सच्चाई की क़समें भी खायीं।

रूपबाला ने धीमे स्वर में उत्तर दिया, "प्रभु, पिछड़े दृष्टिकोण और मनमौजी, टालू व्यवहार से कभी भी धर्म, सिद्धान्त और वचन की रक्षा नहीं होती, अब कुछ नहीं हो सकता। हम सिर्फ़ मित्र हैं।"

वह घूमकर धीरे-धीरे चली गई।

एक ड्रामा यह भी

इस मुहल्ले में जब से स्थायी रूप से आया हूँ, बैठे-बैठे आराम से एक नाटक मुफ़्त में देखने को मिल रहा है। किन्तु यह भी कहना ठीक नहीं है; कोई दृश्य दिख गया, बाक़ी तो दूसरे ही सुना जाते हैं सनसनीख़ेज़ दिलचस्पी के साथ। दो-तीन मकान छोड़कर एक पड़ोसी हैं कामेश जी, जो गपशप के लिए सायंकाल पाँच बजे अक्सर आ जाते हैं। सेवा-निवृत्त होने के कारण किसी का आना मुझे अच्छा ही लगता है। एक दिन चाय की चुस्कियों के बीच जब किसी समस्या पर रोचक बहस हो रही थी, अकस्मात् कामेश जी की तबीयत उचट गई और वह सामने सड़क से गुज़रने वाली एक लड़की को घूरने लगे।

लड़की तेज़ी से, कहीं अपने घर जा रही थी, जो इस मुहल्ले के एक छोर पर है। जब दृष्टि से ओझल हो गई तो कामेश जी की लुतरी आवाज़ में बोले, "भाई साहब, बड़ी मनबहकी है, कैसे उतान चल रही है...!"

कैसी भाषा है! काफ़ी जूनियर नवपरिचित का इस प्रकार अशिष्ट और मुँहफट होकर कम उम्र की एक लड़की पर टिप्पणी करना अच्छा नहीं लगता लेकिन मैं टीचर ही रहा हूँ और स्टाफ रूम में ऐसे उखड़ू जूनियर मिल ही जाते रहे हैं। इसके अलावा वह पड़ोसी भी थे। अहम बात यह है कि रिटायरमेंट के बाद यदि आपको जीवन्तता और बाहरी सम्पर्क बनाये रखना है तो ऐसी बदतमीज़ियाँ बरदाश्त करने को तैयार भी रहना चाहिए।

कामेश जी की उम्र पैंतालिस वर्ष से कुछ कम ही है। लम्बा, पतला चेहरा, लम्बी नाक, साँवला रंग, फैशनेबुल और मुखमंडल ऐसा साफ़-सुथरा और चिकना, जैसे हजामत बनाने के बाद स्नान करके और पाउडर-क्रीम-सेंट लगाकर चले ही आ रहे हैं। वह एक डिग्री कॉलेज के एक ऐसे टीचर के रूप में जाने जाते हैं जो हर तरह की परीक्षाओं में सफलता की गारंटी देकर छात्र-छात्राओं को आकर्षित कर लेते हैं। उनमें इधर राजनीति का शौक पैदा हो गया है और फ़िल्म प्रेमी होने के कारण मशहूर फ़िल्म अभिनेता राजबब्बर द्वारा स्थापित एक राजनीतिक दल की सदस्यता भी ग्रहण कर ली है।

"आख़िर माजरा क्या है?" मैंने पूछा।

"भाई साहब, आप बुज़ुर्ग और सीधे-सादे हैं, दुनिया में क्या-क्या हो रहा है, आप नहीं जानते। लेकिन मुझसे पूछिए तो मैं पूरा क़िस्सा बताता हूँ...एक बड़ा लागू आदमी है...।"

"साफ़ बताइए कौन हैं?"

"एक बड़ा ही फटीचर, बेगैरत टीचर है—समझिए टीचर समुदाय में कलंकी अवतार। शहर के टीचरों का माथा शर्म से झुक ही गया है, मुहल्ले वाले भी त्रस्त हैं...। उसे कुछ आता-जाता नहीं, सौ-सौ, दो-दो सौ पर टीचरी करके घरों के अन्दर पैठ बना लेता है, और..."

भूमिकाबाज़ी छोड़िए, साफ़ बताइए क्या वह उस लड़की को पढ़ाता है?" मैं चिड़चिड़ा गया।

"लीजिए, तभी से तो मैं यही बता रहा हूँ।"

"अच्छा अब यह भी बताइए कि क्या वह भी राज़ बब्बर की पार्टी में है?"

"अरे, वह क्या राजनीति करेगा, उसके लिए दिमाग़ भी चाहिए। आप तो जानते ही हैं कि हर पार्टी में शरीफ़ और बदमाश दोनों ही तरह के लोग होते हैं।"

"अच्छा!" मैं अपनी हँसी दबाने की कोशिश में काफ़ी गम्भीर हो गया था। लेकिन इससे उत्साहित होकर कामेश जी ने दुर्लभ सूचनाओं का पिटारा ही खोल दिया, जिनमें सबसे महत्त्वपूर्ण यह है कि मुहल्ले की सभी पतिव्रता महिलाओं में खलबली मच गई है और कतिपय पतियों पर घरेलू जासूसी भी बढ़ गई है। उनके मुँह से पूरी कहानी सुनकर लगा कि उनमें नाटक ही नहीं बल्कि फ़िल्म और रहस्य-रोमांचक कथाओं के भी प्रचुर गुण हैं।

एक दिन मैंने उन दोनों को सड़क से गुज़रते हुए देख लिया। वह फटीचर टीचर आगे-आगे तेज़ी से जा रहा था, बीच-बीच में चोरी छिपे, अगल-बग़ल देख भी लेता। मुझे तो उसमें कोई चीज़ सन्दिग्ध नहीं लगी। अरे टीचर है तो क्या अपनी शिष्या के बराबर या उसके पीछे चलेगा? हाँ, चाल में उछाल के साथ उसके बाल ज़रूर कंघे से झाड़े जाने के बावजूद नियंत्रणहीन और खड़े-खड़े थे। मझोले कद का पतला, हड्डीदार और चीमड़ शरीर। चेहरे का रंग लाली को स्पर्श करते पीले आम जैसा, भूरी आँखें, मुख की बनावट भी निरर्थक और नगण्य। ऐसे टीचर तो मैंने कई देखे हैं और वे शरीफ़ भी होते हैं और मेहनती भी। लेकिन कामेश जी से जब मैंने बताया तो उन्होंने रँगे सियार से उपमा देकर यह तर्क प्रस्तुत किया कि उसके तेज़ी से चलने का कारण मुहल्ले की घूरती आग्नेय नज़रों से शीघ्र दूर निकल जाना ही है।

जहाँ तक लड़की का सवाल है, जिसका नाम चंचला बताया गया, वह सोलह-सत्रह वर्ष की खाबड़ मिट्टी वाली लम्बी-सी लड़की है, जो चाहा, की तरह अपनी आँखों से निर्भीकता से इधर-उधर देखती है। बहुत गोरी-वोरी नहीं है,

पर नन्दूगोपाल नामधारी उस टीचर और चंचला में उम्र और रूप के मामले में मज़े का अन्तर है। आख़िर स्वस्थ, जवान तथा उन्नत जिस्मवाली एक लड़की चले भी तो कैसे? वाह रे कामेश जी!

लेकिन चीज़ें यहीं रुकने वाली नहीं थीं। एक दिन मेरी श्रीमती जी ने कह ही दिया, "आप कैसे मुहल्ले में चले आए?"

"क्यों, क्या हुआ?" मैं अनभिज्ञ बन गया।

"अरे, इस मुहल्ले में चंचला नाम की एक बड़ी हरामज़ादी लड़की रहती है।"

"क्या इस मुहल्ले में कोई लड़की नहीं रहे?"

श्रीमती जी चिढ़ गईं, "बात सुनिए, सबकी नस मैं पहचानती हूँ। पता नहीं, कहाँ से उसने नन्दूगोपाल नाम के एक लफंगे टीचर को खोज निकाला है। खुलेआम बेहयाई हो रही है..."

"देखो, बिना ठीक से जाने-बूझे किसी को गाली देकर अपनी ज़बान न बिगाड़ो, स्पष्ट बताओ कि क्या वह उसे पढ़ाता है?" मैंने धीमे स्वर में कहा।

"ख़ाक पढ़ाता है! उसने वादा किया है वह इंटरमीडिएट फर्स्ट डिवीज़न में पास करा देगा, उसकी दूर-दूर तक पहुँच है, पढ़ाने के बहाने वह घर के अन्दर घुस जाता है और बाद में उसे कहीं घुमाने और मिलाने के लिए भी ले जाता है..।"

"देखो, लड़की जिस तरह पढ़ना चाहती है और वह जिस तरह पढ़ाना चाहता है, निर्विध्न पढ़ने दो, चिन्ता में दुर्बल होना उचित नहीं है। ज़माना बहुत ख़राब आ गया है, बढ़ती महँगाई में जो भी रास्ते नज़र आते थे, वे बन्द होते जा रहे हैं, आम आदमी के लिए। अगर वे पढ़ते-लिखते हैं तो इसलिए कि आगे गाड़ी दलदल में फँस न जाए। तुम अपने काम से मतलब रखो और सुख की नींद सोओ..।"

इतना कहकर मैं श्रीमतीजी की घूरती दृष्टि से हट गया। लेकिन नये-नये दृश्य की सूचनाएँ निरन्तर आ रहीं थीं और अब सूचनाएँ देने वाले कामेश जी ही नहीं हैं। सबसे हाल की यह है कि घर में भूँजी-भाँग नहीं और बहन, भाई, भाभी और सभी बड़ी शोख़ी और रँगबाज़ी से रहते हैं। चंचला लोगों के पास भले दो-तीन कपड़े ही हों, लेकिन वे साफ़ और इस्तरी करके ही धारण करते हैं और कृत्रिम सभ्यता के साथ टिप-टॉप निकलते हैं गोया उच्च शिक्षित और सम्पन्न परिवार के हों। चंचला के पिता का निधन हो गया है, जो कचहरी में कोई मामूली काम करते थे, और जिन्होंने एक लड़के और लड़की को पढ़ाया और क़र्ज़ा काढ़कर दोनों की शादी करा दी। रह गई चंचला, जिसकी शिक्षा और शादी का बोझ भाई पर है।

बताने वाले ने यह भी बताया कि भाई ओंकारनाथ बड़ा चंट और लापरवाह है। एक प्राइवेट कम्पनी में मामूली मुलाज़िम। वह उन व्यक्तियों में है, जो एक जेब में चना रखते हैं और दूसरी जेब में चार-छह दाने किशमिश और जब कोई

मिल जाता है तो एक दाना किशमिश निकालकर मुँह में डाल लेते हैं। परले नम्बर का स्वार्थी, जब दूसरे का काम होता है तो नहीं आता। न मालूम कहाँ ग़ायब हो जाता है, लेकिन जब अपना काम पड़ता है तो झट पहुँच जाता है और दोनों हाथ जोड़कर और ग़ज़ब की लम्बी, मीठी मुस्कान छोड़ते हुए चाटुकारिता वाली बातें करने लगता है। उसने अपनी बहन को भी पूरी तरह ट्रेनिंग दे दी है और छुट्टा छोड़ दिया है।

ख़ैर इस तरह मुहल्ले वालों के कोप तथा शाप, गृहिणियों की ईर्ष्याजनित खलबली एवं एकजुटता तथा पतियों की आत्मरक्षात्मक क़वायदों के बीच यह सब चलता रहा और परीक्षा का समय भी आ ही गया। जब चंचला द्वितीय श्रेणी में पास हो गई तो मुहल्ले में बड़ी निराशा फैली, आम विश्वास तो यह था कि जिस तरह आग और पानी का साथ सम्भव नहीं है, वैसा ही हाल पढ़ाई और गुलछर्रे का भी होता है।

एक दिन कामेश जी ने कुढ़न की हँसी के साथ साथ कहा, "आप ही बताइए, जब सब कुछ न्यौछावर किया जा रहा है तो असफलता कैसी? फिर उस दो कौड़ी के मास्टर का नकल माफ़िया से सम्बन्ध है और वह ख़ुद भी परीक्षक के पास पहुँचकर पैरों पर गिर जाता है..."

गर्मी की छुट्टियाँ बीताने पर चंचला ने यूनिवर्सिटी में दाख़िला प्राप्त करने में सफल होकर मुहल्लावासियों को हताशा के अन्धकार में धकेल दिया। कामेश जी तो मिले ही नहीं लेकिन एक सूचना-दूत ने बताया कि चंचला के सफल होने पर नन्दूगोपाल गर्व से फूल कर कुप्पा हो गया था। वह शान से छाती आगे निकालकर प्रतिदिन चंचला के यहाँ अधिकारपूर्वक टाइम-कुटाइम पहुँच जाता। आश्चर्य है कि चंचला के न मिलने पर जो भी उपस्थित होता, उस पर ही आत्मप्रशंसा की बौछार करने लगता। वही बातें जो वह कर सकता था यानी उसके पढ़ाए हुए अनेक छात्र-छात्राएँ विदेशों में आज ख़ूब नोट पीट रहे हैं, आदि। एक दिन ओंकारनाथ ने दोनों हाथ जोड़कर अत्यन्त विनम्रता के साथ दबी ज़बान में कहा, "मास्टर साहब, आप बहुत सही और माक़ूल बात कह रहे हैं लेकिन पता नहीं क्यों चंचला एक दिन कह रही थी कि अगर वह किसी टीचर से न पढ़ती तो फर्स्ट क्लास पास हो जाती..।"

इसी बात पर तो नन्दूगोपाल कुर्सी पर उछल ही गया। पीले आमवाला चेहरासुर्ख़। शरीर बाईं तरफ़ टेढ़ा करके फँसे गले से ही चुनौती दे दी, "चंचला सामने आकर तो कह दे। यह हो ही नहीं सकता। एक मिनट के लिए बुलाइए तो उसे..."

"मास्टर साहब, इसमें कोई ख़ास बात नहीं, कभी मुँह से ऐसी निरर्थक बात उत्साह में निकल भी जाती है। आपकी योग्यता तो सारा शहर जानता है। हाँ, चंचला तो एक रिश्तेदारी में गई है।"

वह फ़ौरन स्प्रिंग की तरह उछलकर खड़ा हो गया और बिना देखे तथा नमस्कार लिए दिये तेज़ी से बाहर निकल गया। दो दिन वह लगातार आया सिर्फ़ सबके सामने पूछने-पुछवाने। तीसरे दिन चंचला चमकदार साड़ी पहने, पाउडर क्रीम, सेंट की ख़ुशबू उड़ाते तथा हँसते हुए नमूदार हुई, "मास्टर साहब, नमस्ते, मैं फूफा के यहाँ चली गई थी। वहाँ एक बड़े अच्छे टीचर मिले, एम.ए., पी-एच.डी."

अवसर मिलते ही नन्दूगोपाल जैसे किसी बन्दूक की गोली की तरह छूट गया, "तुम धोखा खाओगी, चंचला..."

चंचला ने बाहर देखकर ज़रा नखरीली आवाज़ में हँसते हुए ही कहा, "आप तो इंटर के टीचर हैं न, मास्टर साहब, डिवीज़न भी अच्छा नहीं मिला। बी.ए. और एम.ए. पढ़ाने का आपको अभ्यास नहीं है न!" वह और भी हँसने लगी।

"एहसान का यह बदला!" नन्दूगोपाल का लाल चेहरा बुझ गया और चंचला के भीतर जाने के बाद दो-तीन मिनट तक बैठा रहा, पता नहीं किस उम्मीद में। उसके पश्चात उठा और लुत्ती की तरह छिटककर बाहर निकल गया। फिर तो कटी पतंग की तरह कहाँ चला गया, ख़बर ही नहीं। हाँ, बाद में किसी ने ज़रूर बताया था कि वह फ़िल्म अभिनेता की पार्टी छोड़कर किसी अन्य नव-निर्मित राजनीतिक दल, 'निर्माण पार्टी' में शामिल हो गया है।

ख़ैर इस नाटक का दूसरा ऐक्ट काफ़ी सनसनीख़ेज़ है। हाँ, अब नायक नन्दूगोपाल के स्थान पर स्वनामधन्य कामेश जी ही नज़र आने लगे। सबने दाँतों तले उँगली दबा ली। बड़ा क्रोध फैला, परस्पर सन्देह भी। ऐसे में नन्दूगोपाल के प्रति हल्का-फुल्का सहानुभूति भाव भी प्रकट किया जाने लगा। पहले कामेश जी के व्यवहार और योग्यता पर जो आम विश्वास था, उसका तेज़ी से क्षरण हुआ और अब वह दूर से आते दिख जाते तो कोई गृहिणी बाहर खड़ी अपनी लड़की पर चिल्ला पड़ती, "चलो अन्दर!"

कामेश जी तो काफ़ी गम्भीर थे ही, उनका मुँह भी फूल गया था। नाराज़गी से या उत्साह से? चंचला पर तो इसका कोई असर ही नहीं था, बल्कि पहले से और अधिक आत्मविश्वास! आख़िर वह बी.ए. की छात्रा है। शायद बड़ी उम्र और ऐसे विचार ने उसके रूप को और निखार दिया था।

एक दिन वह बग़ल पड़ोस में चाबी देने गई, "आंटी, घर में कोई है नहीं, मैं भी जा रही हूँ, यह चाबी रख लीजिए। थोड़ी देर में भाभी आएँगी..."

सीधी-सादी पड़ोसिन राधारानी ने टेढ़ी नज़र से देखकर किंचित ऐंढी ज़बान से पूछा, "कहाँ चली, इतना बन ठन कर?"

चंचला ठिठकी हँसी के साथ बोली, "क्या आंटी, सब तो सब, आप भी? मैं आप जैसी महँगी साड़ी कहाँ पहन सकती हूँ...मामी के यहाँ जा रही हूँ।"

"मामी! इस शहर में तुम्हारे बड़े रिश्तेदार हैं भई!" राधारानी के होंठों पर एक लघु, वक्र व्यंग्य-मुस्कान।

"आंटी, रिश्तेदार तो मेरे जन्म से पहले के ही हैं, इसमें मेरा क्या दोष है? ख़ैर यह चाबी ले लीजिए, मुझे वहाँ से यूनिवर्सिटी भी जाना है।"

"देखो भई, मैंने अब चाबी...वाबी रखना बन्द कर दिया है। ये कहते हैं कि ख़बरदार, तुम किसी की चौकीदार नहीं हो...!" रुखाई से इतना कहकर राधारानी घूमकर किचन की तरफ़ बढ़ गईं।

तफ़्सील से लोग एक-एक बात बता जाते हैं। घर में और बाहर के भी लोग जैसे इसी सहारे जीवित हों। मैं रिटायर आदमी, कुछ दिलचस्प चीज़ भी तो चाहिए ही, तो यही सही। एक दिन कामेश जी ही मिल गए, बाहर निकला था किसी काम से।

"आप तो एकम के चाँद हो गए!"

"कहाँ भाई साहब? मैं तो वही हूँ, दूसरे ही टेढ़े हो गए हैं...पहले बेचारे नन्दूगोपाल के पीछे सत्तू-पिसान लेकर पड़े थे, अब मेरे पीछे! भाई साहब, लाख बात की एक बात, हम हिन्दुस्तानी सदा पिछड़े और कमीने ही रह जाएँगे, कभी सुधर नहीं सकते।"

"बेचारे! नन्दूगोपाल हज़रत हैं कहाँ?"

कामेश जी के होंठों पर एक कंजूस मुस्कान दौड़ गई, "छोड़िए भाई उसकी बात, वह जहाँ भी रहे सुख से रहे। मैं तो यह जानता हूँ कि जो जिस स्थान के योग्य होता है, अन्त में वहीं पहुँच जाता है।"

"कभी आइए ग़रीबख़ाने पर।"

वह हँस पड़े, "अरे भाई साहब, ख़ैर देखिए।"

ज्ञात हुआ कि कामेश जी पहले चंचला के घर पढ़ाने जाते थे लेकिन कमरा बहुत छोटा है, जिसमें घुटन के अलावा जब बिजली चली जाती तो इंवर्टर न होने से मोमबत्ती की रोशनी में बड़ी दिक़्क़त होती थी। फिर वह उसे अपने घर बुलाने लगे। पर उसी वक़्त उनकी आज्ञाकारी पत्नी दरवाज़े पर बैठकर कुछ बुनने लगती थी। एक दिन वह पत्नी पर ही बिगड़ गए, "क्या नालायकी है! वह यूनिवर्सिटी में है, पढ़ने आती है, उसे कोई डिस्टर्वेंस नहीं होगा? वह क्या सोचेगी?"

"मैं भी यूनिवर्सिटी में फर्स्ट ईयर में थी तो शादी हो गई, यहाँ छाती फाड़ काम, कोई प्रोत्साहन नहीं; तो एम.ए. में टॉप करके आई. ए. एस. हो गई होती। फिर शादी भी नहीं करती और विलायत चली जाती। और मैं कर क्या रही हूँ यहाँ हवा आती है और जी-मन बहल जाता है।"

कामेश जी ने माथा ही पकड़ लिया। जिस पत्नी के मुँह में ज़बान ही नहीं थी, उसकी इतनी लम्बी ज़बान! क्या यह शादी के शुरुआती समय का मलाल है

या इधर विकसित हुआ है? कारण तो कामेश जी ख़ैर जानते ही हैं। घर के अन्दर गर्जन-तर्जन करने के मामले में कामेश जी पीछे रहने वाले नहीं हैं लेकिन इस समय अप्रत्याशित होशियारी का परिचय देते हुए चींटी बन गए और वैसी ही आवाज़ में बोले, "अरे भाई नाराज़ न हो, मन बहलाने का यही तरीका नज़र आता है तो यही सही...यही करो...मैं कुछ कहता थोड़े ही हूँ।"

इसके बाद तो पत्नी का बुख़ार बढ़ाते हुए पुन: चंचला के घर में पढ़ना-लिखना चालू हुआ। तीन वर्ष तक इसी तरह चला तो एक-एक बात लिखने के लिए समय, धैर्य और काग़ज़ तीनों की ही ज़रूरत है। यही समझिए कि सन्देह नैतिक तथा धार्मिक क्रोध की हवा सवार बातें दर्शन-स्पर्शन से आरम्भ होकर सिनेमा, पार्क तथा न मालूम कहाँ-कहाँ चली जाती हैं। ख़ैर, चंचला फिर द्वितीय श्रेणी में पास हो गई। घोर निराशा!

परन्तु, इस एक्ट में कामेश जी को आत्मप्रशंसा का जौहर दिखाने का बहुत अवसर नहीं मिला। और चंचला को भी दूसरे की पतंग काटने की ज़रूरत नहीं पड़ी बल्कि वह स्वयं पतंग के मानिन्द हत्थे से उखड़कर उड़ती हुई एक मशहूर कोचिंग संस्थान में गिरी, जिसके टीचर प्रबन्धक कामेश जी के पढ़ाए एक सहदेव सिंह नामधारी भूतपूर्व छात्र थे। विदाई के औपचारिकता से वंचित कामेश जी से वह गर्वपूर्ण सन्तोष भी छिन गया, जो किसी टीचर को अपने भूतपूर्व शिष्य की सफलता पर प्राप्त होता रहता है। बहुत दिनों तक तो वह घर से निकले ही नहीं, फिर लम्बी छुट्टी लेकर किसी तीर्थयात्रा पर चले गए। बाद में एक हास्यास्पद ख़बर यह भी सुनने को मिली कि तीर्थयात्रा से लौटकर वह नन्दूगोपाल के निकट पहुँच गए और फ़िल्म अभिनेता की पार्टी त्याग कर 'निर्माण पार्टी' की सदस्यता ग्रहण कर ली।

तीसरा एक्ट तो बहुत छोटा है। अब चंचला के घर भारी-भरकम शरीर और वैसी ही आवाज़ वाले कोचिंग संस्थान के सहदेव सिंह का आगमन कार पर होने लगा। कभी कार पर चंचला भी चली जाती। कार पर! बाप रे! बड़ा गम्भीर क्रोध फैला। अब खुसुर-फुसुर बहुत धीमे स्वर में होती पर क़िस्से पर क़िस्से नये तरह के। पर बातों का अर्थ तो वही। बड़ी चंट, स्वार्थी है, पता नहीं कैसे अपने जाल में फँसा लेती है। इतने महँगे कोचिंग संस्थान का टीचर इस तरह आता है जैसे शमा की ओर पतंगा। अब कार है, उसमें कौन सी पढ़ाई होती है, कौन जाने!

लेकिन घटनाएँ तेज़ी से घटीं और चंचला एम.ए. के आरम्भ में ही किसी परीक्षा में बैठी थी और नतीजा आते ही यह ख़बर फैली कि वह दिल्ली के केन्द्रीय सचिवालय की सीनियर क्लर्की के लिए चुन ली गई। उसने एम.ए. की पढ़ाई छोड़ दी और कुछ दिन बाद नौकरी करने दिल्ली चली गई। इतना ही नहीं उसने नौकरी करने के सात-आठ महीने के भीतर एक लड़के से अन्तर्जातीय शादी शुरू भी कर ली।

शादी पर भी बड़ी नाराज़गी फैली। हर मामले में इस लड़की ने मुहल्ले की नाक कटा दी है। जब नाराज़गी कुछ कम हुई तो यह चर्चा कि कितनी घमंडी है कि उधर ही शादी कर ली, किसी को निमंत्रण भी नहीं, दिल्ली में ही शादी और वहीं दावत वग़ैरह। यहाँ मिलने भी नहीं आई!

धीरे-धीरे सब शान्त हो गया! जब लड़की ही नहीं तो चर्चा भी क्या! सब पर मुर्दनी छा गई। हाँ, कभी-कभी पश्चाताप और आत्म-समीक्षा तथा पुनर्जागरण से सम्बन्धित बैठकें हो जाती हैं, ऊब और थकान के साथ!

औरत का क्रोध

एक रिक्शे की खड़खड़ाहट बाहर दरवाज़े के सामने रुकी। रमेश प्रसाद कोर्ट चले गए थे। सुबह हल्का कोहरा था ज़रूर लेकिन चटक धूप। और ठंड भी कुछ कम। सुभाषिनी ने गलियारे से ही झाँककर देखा। चौंक उठी, "अरे प्रतापगढ़ वाली जीजी!" माथे की साड़ी आगे सरकाकर व्यस्ततापूर्वक वह तुलबुल चाल से बाहर पहुँच गई।

"जीजी, बस से आ रही हैं?" चरण-स्पर्श के पश्चात् अपनी बड़ी ननद को हाथ का सहारा देते हुए सुभाषिनी ने पूछा।

सरस्वती गम्भीर थी, एक होंठ पर दूसरा होंठ चिपका हुआ था। कुछ उखड़ी आवाज़ में बोली, "कैसी बात करती हो, बहुरिया। बस से नहीं तो क्या हवाई जहाज़ से आऊँगी?"

सुभाषिनी ने एक फीकी मुस्कान के साथ चुप रहना ही उचित समझा। सरस्वती का पन्द्रह वर्षीय पुत्र गोपाल, मामी नमस्कार करने और दोनों ममेरे भाइयों के स्कूल गमन की सूचना पाने के बाद, घर के बाहर और भीतर चहलक़दमी करने लगा। आँगन की धूप में कुर्सी पर बैठकर मुँह दूसरी तरफ़ करती हुई सरस्वती बोली, "मैंने सोचा, जब तुम लोग नहीं पूछते हो तो मैं ही खोज-ख़बर ले आऊँ।"

"हाय जीजी, कैसी बात कहती हैं। अभी एक हफ़्ता पहले ही तो फ़ोन गया था।"

"हाँ, फ़ोन क्या हो गया है, रिश्ता, फ़र्ज़, हौसला सब उसी से पूरा कर लिया जाता है।"

"अच्छा जीजी, यह सब छोड़िए। शाम को कोर्ट से आने पर कहिएगा। पानी लाती हूँ, हाथ-मुँह धोकर एक कप चाय पी लीजिए। फिर खाना भी तैयार है, गरम-गरम खाकर आराम कीजिए। हाँ, साथ में जीजाजी को क्यों नहीं ले आईं?"

"जैसे तुम लोग, वैसे तुम्हारे जीजाजी, हुँह!" सरस्वती का मुँह फूल गया। कैसे विष-बाण छोड़ रही हैं! सुभाषिनी बिना कुछ बोले वहाँ से खिसक गई। दो बहनों और एक भाई में सबसे बड़ी होने के कारण इस घर में काफ़ी इज़्ज़त है सरस्वती की। कोई भी उनकी बात का उत्तर नहीं देता। कुछ भड़भड़ैया ज़रूर हैं, नाराज़ होने पर चालू हो जाती हैं, मगर अधिक समय तक यह सब अन्दर नहीं रहता। क्या वहाँ कुछ हुआ है, अन्यथा एक क्षण भी अलग न रहनेवाली अकेले कैसे आ गईं?

सरस्वती इधर कुछ मोटी ज़रूर हो गई हैं, किन्तु कद अधिक लम्बा न होने पर भी उसे गोल-मटोल नहीं कहा जा सकता है। बातचीत करते समय किंचित हँफनी के कारण बीच-बीच में साँस ज़ोर से भीतर खींचती हैं। ईश्वरी बाबू अभी हाल में ही रिटायर हुए हैं तो इस समय चौवन-पचपन से कम क्या होंगी। नाश्ता और भोजन के समय भी उसकी गम्भीरता कम नहीं हुई थी लेकिन जब रमेश प्रसाद के दोनों लड़के प्रमोद ओर विनोद स्कूल से आ गए, तब ही जाकर उसके चेहरे पर मुस्कान और हँसी दृष्टिगोचर होने लगी।

रमेश प्रसाद कोर्ट से एक घंटा पहले आ गए। सरस्वती को भीतर के बरामदे में चारपाई पर बैठकर बच्चों से बात करते हुए देखकर ख़ुशी से चहक उठे, "अरे बहिन!" फिर तेज़ी से आगे बढ़कर पैर छूने के बाद बोले, "कब आई बहिन? वहाँ सब ठीक-ठाक है न? जीजाजी आए हैं न? वहाँ रमण और बहू मज़े में हैं न?"

सरस्वती कठिनाई से चारपाई से उतरकर माथे पर साड़ी सरकाते हुए रुँआसे स्वर में बोली, "ए भैया, तुम लोग तो मुझे स्वार्थियों के बीच में भेजकर निश्चित हो गए। कभी खोज-ख़बर नहीं ली कि मर रही हूँ या जी रही हूँ।..." मुँह पर आँचल रखकर वह रोने लगीं।

रमेश प्रसाद ने हक्का-बक्का होकर पहले सरस्वती, फिर बाद में आँगन में खड़ी अपनी पत्नी को देखा और अन्त में कुछ आगे बढ़कर उसके सिर पर हाथ रखते हुए भर्राए स्वर में कहा, "यह क्या कह रही हैं। रोज़ ही बातें करते हैं। फिर प्रतापगढ़ है ही कितनी दूर? हाँ, वकालत में इतनी फ़ुरसत नहीं मिलती कि एक-दो दिन के लिए कहीं बाहर निकल सकूँ। कुछ मेरी आदतें भी ख़राब हैं। आप तो जानती हैं कि चिट्ठी लिखने में मैं कितना आलसी हूँ। पर इससे प्यार मुहब्बत में क्या कोई कमी आ गई है?...ज़रा भी नहीं। आप बताइए न कि क्या हुआ? किसी ने कुछ कहा है? शरीर में कोई तकलीफ़-रोग है? साफ़-साफ़ बताइए, तो, फिर देखिए मैं क्या करता हूँ।...चुप रहिए, हँसिए-बोलिए...बताइए।"

कुछ पीछे हटते हुए सरस्वती ने आँखें पोंछकर गम्भीर स्वर में कहा, "मैं ठीक हूँ, मेरे शरीर में कुछ नहीं है।...हाँ भैया, मैं क्या चाहती हूँ इसे ध्यान से सुनो। सिर्फ़ इसी काम के लिए मैं आई हूँ। मैं तलाक देना चाहती हूँ। तुम वकील हो, भाई हो। इसके लिए पक्का काग़ज़-पत्र बनवा दो। यह मज़ाक़ न समझना, मेरा आख़िरी फ़ैसला है।..."

"तलाक! यह क्या कर रही हैं!" रमेश प्रसाद की आँखें निकल आईं और मुँह खुला रह गया।

"नहीं भैया, मैंने बहुत देख लिया और बहुत सुन लिया। काफ़ी सोच भी लिया। यह अनीति मुझसे बरदाश्त नहीं होती। सौ बात की एक बात यह कि मैं तलाक देना चाहती हूँ। तुम काग़ज़ तैयार कर दो...।"

"आप चारपाई पर बैठ जाइए और इत्मीनान से पूरी बात बताइए। पूरा क़िस्सा सुनने के बाद ही कोई कार्रवाई हो सकती है।"

परन्तु सरस्वती इतनी उत्तेजित थी कि रमेश प्रसाद के कुर्सी पर बैठने के बाद भी नहीं बैठी, बल्कि उसके सामने बहुत छोटी दूरी में चहलक़दमी करती हुई उँगली हिला-हिलाकर बोलने लगी।

"जब उम्र थी, ऐसा कभी नहीं हुआ। कहने पर भी घर में घुसे रहते थे। अब बुढ़ौती आई तो रात-रात भर घर से ग़ायब रहते हैं। एक बार हो गया, दो बार हो गया...पर यहाँ तो रोज़-रोज़। मैं ऐसे माँ-बाप की लड़की हूँ जिन्होंने किसी को तकलीफ़ नहीं पहुँचाई और न किसी के सामने सिर झुकाया या...फिर मैं क्यों बरदाश्त करूँ, कुत्ता बिल्ली की तरह पूँछ हिलाऊँ?"

"ग़ायब रहते हैं? क्या हुआ साफ़-साफ़ बताइए।" रमेश प्रसाद का चेहरा भी यह कल्पना करके ग़ुस्से से तमतमा गया कि देवता की तरह उसकी बहिन पर कोई बड़ा अत्याचार किया गया है।

यह तो दुनिया जानती है कि ईश्वरी बाबू कॉलेज के एक योग्य, परिश्रमी तथा कर्तव्य निभानेवाले ईमानदार टीचर रहे हैं। लेकिन उतने ही मुस्तैद वह अपनी पारिवारिक ज़िम्मेदारियों के प्रति भी रहे। समय पर घर पहुँचना, स्वयं लिखना-पढ़ना, कभी अपने बड़े लड़के रमण को पढ़ाना, पत्नी से देर तक दीन-दुनिया, गृहस्थी की बातें करना, बाहर होटल, सिनेमा या घूमने टहलने अकेले न जाना और कभी पत्नी ही के साथ बैठकर टी.वी. का कोई अच्छा कार्यक्रम देखना। इसके अलावा न कोई काम, न कोई शौक-शराब, सिगरेट, पान कुछ नहीं। सरस्वती का भी यही हाल था, उसका प्राण ईश्वरी बाबू में ही बसता। उनको छोड़कर और कहीं रह नहीं सकती। यदि कभी किसी रिश्तेदार या मायके भी जाती, तो जल्दी ही "भागो-भागो।" इसलिए आनी बानी सुननी पड़ती, "ए भाई, जीजाजी ने आपको क्या खिला दिया है कि किसी और से सटती ही नहीं!"

परन्तु कॉलेज से सेवा-निवृत्त होने के पश्चात् ईश्वर बाबू के रंग-ढंग क्यों बदले नज़र आ रहे हैं? वैसे तो पहले ही दिन से सरस्वती ने उनको ज़िद करके बाहर भेजा था, "जाइए, बाहर घूम आइए, जी-मन बहल जाएगा।" वह रोज़ जाने लगे लेकिन कुछ समय बाद वापस आने में विलम्ब होने लगा।

"मैं बाहर जाने से कहाँ मना करती हूँ पर भोजन के समय तक तो आ ही जाइए...समय से खाइए, समय से आराम कीजिए। नहीं तो तन्दुरुस्ती पर ख़राब असर पड़ेगा।"

"हाँ एकदम दुरुस्त...सरजू बाबू के यहाँ कुछ अधिक ही गप-शप हो गई। कल से ठीक नौ बजे हाज़िर।"

"लेकिन एक दिन जब ईश्वरी बाबू ग्यारह बजे के बाद आए तो सरस्वती

बिगड़ गई, "क्या बात है? आप ने तो हद कर दी। साफ़-साफ़ बताते क्यों नहीं अभी तक कहाँ थे आप? मुझे तो बड़ी घबराहट हो रही है।"

"तुमसे झूठ नहीं बोलूँगा, सरजू बाबू के यहाँ ही बैठा था। वहाँ बच्चू सिंह, राकेश शर्मा, बनारसी लाल आ जाते हैं। तुम तो सबको जानती नहीं हो कॉलेज के ही टीचर-साथी हैं। चाय के साथ कुछ गप-शप होती है। फिर दो हाथ ताश पर फ्लाश हो जाता है...आज कुछ देर हो गई।"

"फ्लाश?...जुआ?" सरस्वती का चेहरा तमतमा गया।

"भाई, थोड़ा सा समय कट जाता है।...हाँ इतनी बैठक नहीं होनी चाहिए। कल से बन्द...तुम्हारी क़सम।"

"आप बाहर जाइए, ख़ूब मिलिए-जुलिए। पर इस उम्र में यह फड़-जुआ क्या? लोग क्या सोचेंगे? बच्चे भी..."

"एकदम दुरुस्त...मानता हूँ गन्दी चीज़ है यह विश्वास रखो, कल से सब कुछ बन्द।"

समझना चाहिए कि ईश्वरी बाबू सचमुच सुधर गए। ठीक नौ बजे घर पहुँच जाते। परन्तु एक दिन फिर देर हुई और बारह बज गए। सरस्वती कुर्सी पर बैठे उठगाए दरवाज़े को एकटक निहारती रही। रमण और बहू सो चुके थे। सन्नाटा साँय-साँय बज रहा था। अचानक कोई किराकिची बोली उठी...। सरस्वती किसी अपशकुन की आशंका से काँप रही। अचानक दरवाज़ा खुला। ईश्वरी बाबू दबे पाँव घुसे एक चोर की तरह कुछ क्षण खड़े सरस्वती को देखा। फिर झुककर पैर की चप्पल एक हाथ में ले ली और तेज़ी से सरस्वती से पास पहुँचकर दबी और गिड़गिड़ाती आवाज़ में कहा—

"सरस्वती यह चप्पल लो और इससे मेरे सिर पर ज़ोर-ज़ोर से मारो। हाँ, दस-बीस-पचास जितनी चाहो मारो सरस्वती। मैं तुम्हारा गुनहगार हूँ। मुझे दंड दो सरस्वती।"

सरस्वती त्वरित गति से खड़ी होकर उँगली हिलाती और नाक, आँख, भौं तथा मुँह चलाती अवश तीखी आवाज़ में बोली।

"क्या पुरख-पाखंड कर रहे हैं? आज आप फ्लाश खेलते हैं, कल बड़े जुआरियों के साथ बैठेंगे। परसों शराब पीकर कोठे पर जाएँगे। बड़े सोझिया युधिष्ठिर बने हैं! आज साफ़-साफ़ सुन लीजिए, मैं कोई द्रुपद की लड़की द्रौपदी नहीं, रामग़रीब प्रसाद और फूलमती देवी की पुत्री हूँ। आपको झूठी क़सम खाते हुए ज़रा भी शर्म नहीं आई? आपसे मेरी नहीं पटेगी, नहीं पटेगी नहीं पटेगी...।" उसके होंठ ऐंठकर टेढ़े हो गए।

पूरा क़िस्सा सुनकर रमेश प्रसाद ने माथा पकड़ लिया। इतनी दुखी उसने अपनी बहिन को कभी नहीं देखा। फिर सिर उठाकर धीमे स्वर में बोला, "बहिन, मैं सोचता हूँ जीजाजी रिटायर हो गए हैं...ज़िन्दगी भर तो उन्होंने सबका बड़ा ख़याल किया,

आपको हमेशा मुहब्बत और इज़्ज़त दी...अब एकाध बार देर हो गई, ताश पर फ्लाश खेल लिया तो कोई ऐसी बात नहीं।"

सरस्वती भड़क उठी, "तुम भी उन्हीं में मिल गए? स्त्री जब दुख पाती है तो मायके को याद करती है। माँ-बाप चले जाते हैं तो भाई के पास दौड़ती है। ख़ैर, तुम्हारी यही समझ है तो मैं अब तुमसे कुछ नहीं कहूँगी। मैं किसी दूसरे वकील के पास जाऊँगी।"

रमेश प्रसाद ने बेहद आहत होकर सरस्वती के पैर छूकर कहा, "बहिन ऐसा न कहिए। मुझे याद है आप मुझे गोद में लेकर घूमती रहती थीं। आपसे मुझे तो माँ जैसा प्यार मिला है। आपको प्रतिष्ठा, आपका स्वाभिमान मुझे जान से भी प्यारा है। आप शान्ति से बैठिए, हँसिए-बोलिए और देखते रहिए कि मैं क्या करता हूँ? जब कचहरी की दौड़ लगानी पड़ेगी और जेल की रोटी तोड़नी पड़ेगी तो आटा-दाल का भाव मालूम होगा।"

रमेश प्रसाद उस समय तक कुर्सी पर बैठे रहे जब तक सरस्वती मुस्काने-हँसने नहीं लगी।

बाद में सुभाषिनी पास आकर ज़मीन पर चूका-मुकी बैठ गई और चारपाई से लटकते हुए सरस्वती के पैरों को दबाती हुई बोली, "जीजी, ख़ूब आराम कीजिए, ख़ूब घूमिए-फिरिए। जो खाना चाहती हैं बताइए, मैं बनाकर खिलाऊँगी। धन्य भाग मेरे कि आपकी सेवा का मौक़ा मिला। यह तो आपका घर है...।" सरस्वती ने उसे एक क्षण घूरकर देखा फिर संक्षिप्त हँसी के साथ कहा, "यह क्या कहने की बात है दुलहिन?"

वास्तव में, आपने भाई का आश्वासन पाकर सरस्वती का कलेजा जुड़ा गया था, जैसे सूखे धान में पानी। उसका क्षत-विक्षत स्वाभिमान लौटकर हरा-भरा हो गया। दूसरे दिन ख़ुशी का माहौल था। रमेश प्रसाद मुक़दमा न होने से कचहरी नहीं गए। सबने एक साथ भोजन किया और बाद में आँगन की धूप में बैठकर शकरकन्दी का सेवन किया और गन्ने की गँडेरियों की ख़ूब चुसाई हुई। साथ में बतकुचन भी होता रहा-बचपन की शैतानियों, माँ-बाप की विचित्र आदतों और बोली-वचन तथा कुछ रिश्तेदारी की हास्यास्पद हरकतों के सम्बन्ध में। सरस्वती बात-बात पर खिलखिलाती रही। बीच में दो बार उठाकर बाथरूम गई और गलियारे में जाकर बाहर झाँका भी।

"क्या बात है जीजी, कोई चीज़ चाहिए? बाहर क्या देख रही थीं?"

"बाहर देखना भी क्या मना है तुम्हारे राज़ में बहुरिया? अरे, बाहर का पेड़ बड़ा हरा-भरा है और गझिन है, देखकर आँखों को ठंडक पहुँचती है, दुलहिन।"

सरस्वती के स्वाभाविक विनोद-भाव लौटने के अहसास से सभी में वैसी ही प्रवृत्ति का संक्रमण हुआ। ऐसा समवेत खिलखिलाहट का गुँजार हुआ कि तीनों बच्चे बाहर दौड़कर हो-हो करते हुए उछलने-कूदने लगे।

दूसरे दिन रमेश प्रसाद को कोर्ट तो जाना ही था। वह काफ़ी गम्भीर थे और सरस्वती से भी आँखें बचा रहे थे। हाँ, वह कोई फ़ालतू बात नहीं करना चाहते और अपने काम द्वारा ही दिये गए वचन को प्रमाणित करना ज़रूरी समझते थे। परन्तु सरस्वती ने भी उसका कोई उल्लेख नहीं किया। वह ख़ूब ख़ुश थी और चह-चह बोलती रही थी। उसने बच्चों को पास बिठाकर 'चतुर सियार' की कहानी भी सुनाई, दो-तीन बार पेड़ को झाँकने गलियारे में गई और शाम को रमेश प्रसाद के लौटने के पूर्व अपने लड़के गोपाल को डाँटा भी, "बेटा तुम बहुत खेल रहे हो...किताबें ले आए तो कुछ देर पढ़ते क्यों नहीं? बड़े दिन की लम्बी छुट्टी है तो उसको एकदम बरबाद न करो।"

अगले दिन सुबह कोहरा था और धूप निकलने में बारह बज गए। वैसे ही ख़ुशी-ख़ुशी दिन बीता। आज तय था कि शाम को सभी सिविल लाइन्स चलकर चाट और दोसे खाएँगे कॉफ़ी के साथ। लेकिन रमेश प्रसाद को आने में देर हो गई और प्रोग्राम अगले दिन के लिए टल गया। इस पर गोपाल ज़िद करने लगा कि "कहीं और चलो।" सरस्वती को काफ़ी ग़ुस्सा आ गया। चिल्लाकर बोली, "शरारत करोगे? दिन-भर घूमता रहता है, पढ़ता-लिखता कुछ नहीं।" इतना कहकर उसने हल्की चपत भी लगा दी।

गोपाल तन गया और आँखें निकालकर गुर्राया, "तुम्हीं तो पापा से लड़कर मुझे ज़बरदस्ती ले आई थीं। जाइए मैं नहीं पढ़ूँगा..."

दूसरे दिन सवेरे से ही चाट के प्रोग्राम की तैयारी होने लगी। लड़के ख़ूब। मगर सरस्वती कुछ गम्भीर थी। अचानक सुभाषिनी ने देखा कि सरस्वती ख़ुश थे। गलियारे में खड़ी आँचल से मुँह ढककर रो-सिसक रही हैं। वह दौड़ी-दौड़ी गई।

"यह क्या जीजी? तबीयत ख़राब है? संकोच न कीजिए, इसी मुहल्ले में बड़े अच्छे डॉक्टर रहते हैं। मैं लेकर चलती हूँ। उन्हें भी फ़ोन कर बुला लूँगी...चलिए आराम कीजिए।"

"नहीं दुलहिन, मैं ठीक हूँ। मुझे रमण की याद आ गई थी...।" वह और सिसकने लगी।

"अरे जीजी, रमण और बहू तो ठीक हैं।"

"जब मैं चली थी तो रमण के सिर में ज़ोर का दर्द था।..."

शाम को कोर्ट से आने पर सुभाषिनी ने रमेश प्रसाद को सब कुछ बताया। वह सिर झुकाकर कुछ देर तक सोचते रहे, फिर सरस्वती के पास जाकर बोले, "बहिन, आप तैयार हो जाइए। हम सब प्रतापगढ़ चलेंगे। सभी। रमण और बहू को देखे भी काफ़ी समय हो गया।"

"मैं गोपाल के साथ चली जाऊँगी भैया।"

"वाह, रमण मेरा भी तो सगा भाँजा है। हम सब चलेंगे। अभी।"

मुआइना

इंस्पेक्टर काशीलाल का माथा ठनका—सुबह-सुबह इस सुहावने मौसम में बड़े साहब का चपरासी कैसे? कुछ ठिगना शरीर, मुँह का थुथुर आगे निकला, माथे पर लाल टीका, ढीली-ढीली ख़ाकी पैंट और तंग उटंग बुशर्ट—वह मुँह के पान को, बकरी की तरह, जल्दी-जल्दी चबा रहा था, मानो उसे किसी की परवाह नहीं है! काशीलाल को चिन्ता हुई कि अभी नौ ही बजे हैं, वह तो तैयार ही नहीं हुआ, कौन-सा ज़रूरी काम आ गया बड़े साहब को। बाहर निकलकर, कृत्रिम काँपती अनुकूल मुस्कराहट के साथ बोला, "कहिए, पंडित जी, कोई ख़ास बात तो नहीं... इतने सवेरे...?"

चपरासी सहदेव ने पहली जैसी ही लापरवाही से मुँह चलाकर ताम्बूल अवशेष को बायीं तरफ़ गाल के अन्दर सरकाया, फिर अगल-बग़ल वैसे ही भाव से देखकर कहा, "क्या बताएँ, सर, बड़े साहब का काम किसी और से होता भी तो नहीं, इतने लोग तो हैं। समझिए, सर, पूजा-पाठ के लिए प्रातः काल कम्पलीट एक घंटा चाहिए, उसमें कोई बोले-बाले नहीं...पर क्या बताएँ, सर, एक मामूली काम के लिए भी कोई उठने को तैयार नहीं हुआ, तो मुझे पूजा छोड़कर आना पड़ा...।"

"अच्छा, अब बताइए कि क्या काम है...।" काशीलाल ने उठते हुए ग़ुस्से को अन्दर ही दबाकर संक्षिप्त हँसी के साथ पूछा।

"हाँ, सर, मैं पूरा बाज़ार घूमकर आ रहा हूँ, किसी ससुर के पास शुद्ध देशी घी है ही नहीं। अजीब जगह है। तो हारकर सर के पास आ रहा हूँ। बात यह है, सर, कि बड़े साहब को बिना शुद्ध-देशी घी के कोई खाना पसन्द ही नहीं आता। साहब इतने सीधे हैं कि कहते तो कुछ नहीं...मगर मैं तो जानता हूँ न इतने साल से उनकी सेवा जो कर रहा हूँ! इसीलिए तो साहब का मुझ पर इतना विश्वास है। तो सर, एक किलो शुद्ध देशी घी का प्रबन्ध हो जाए, तो सभी काम बन जाए..."

"अरे, पंडित, एक किलो शुद्ध देशी घी तो कल ही भिजवाया था, क्या दो जून के खाने और नाश्ते में ख़त्म हो गया? इतनी जल्दी?" काशीलाल अब अधिक आत्म-नियंत्रण नहीं कर सका। उसका चेहरा ग़ुस्से से किंचित तमतमाकर तन गया।

“तो, सर, क्या मैं झूठ कह रहा हूँ? एक घंटा पूजा-पाठ व्यर्थ ही करता हूँ? सभी काम नियम, धर्म, सच्चाई से नहीं करता, तो...तो बड़े साहब हमसे इतना सन्तुष्ट और प्रसन्न रहते हैं?”

आबकारी इंस्पेक्टर काशीलाल ने इस बीच अपने को सँभाल लिया था। अभी तो मुआइना शुरू भी नहीं हुआ, साहब तो कल सुबह ही आए हैं। उसके होंठों पर सुलह-समझौते जैसी लम्बी मुस्कराहट फैल गई थी। वाणी में मिठास घोलकर, पंडितजी बात समझिए...यह छोटी जगह है, छोटे दुकानदार हैं, मैंने देहात भेजकर एक आदमी से शुद्ध देशी घी मँगाया था कि मुआइना तक आराम से चलेगा। बस दाल में ही तो चाहिए...पूड़ी-पराँठे के लिए तो अलग से वनस्पति घी और तेल वग़ैरह है ही। अब इस समय मैं कहाँ से मँगा दूँ? अच्छा, शाम तक रुकिये...तब तक काम चलाइए, फिर मैं कोई न कोई बन्दोबस्त करूँगा।”

सहदेव ने दाएँ और बाएँ अपने शरीर को डुलाया, फिर पीछे देख, अन्त में अपने सिकुड़े, आगे निकल मुँह को बिगाड़कर, नीचे देखते हुए कहा, “अच्छा, तो जाता हूँ। कर्तव्य करने में आस्था है, तो आ गया, अपनी ड्यूटी समझकर कह दिया...” वह नीचे देखता हुआ, बिना सलाम-बन्दगी किये ही, पैर लापरवाही और अवज्ञा से फेंकते हुए वहाँ से प्रस्थान कर गया।

काशीलाल उसे ग़ुस्से से देखता ही रह गया। ऐसी अनीति! वह ऐसा नया बोल्टू इंस्पेक्टर तो नहीं ही है, जो यूनिवर्सिटी से अभी-अभी निकला हो और कुछ आदर्शों की वजह से, बदली हुई नई दुनिया के सम्बन्ध में कुछ सोच न पाता हो। वह भी था कभी, मगर कई कठोर, कड़वे अनुभवों का उसका सफ़र अब बीत चुका है, और वह उस भव्य मंज़िल की तरफ़ अग्रसर है, तो सबका काम्य होता है। यह ज़रूरी है कि उसमें अभी कच्चापन है और वह यह गुरुमंत्र अच्छी तरह सीख नहीं पाया है कि जहाँ ग़ुस्सा करना ज़रूरी हो, वहाँ मुस्कराना उचित है। वह चाहता, तो इस समय भी शुद्ध देशी घी का प्रबन्ध कर सकता था। ज़ाहिर है, उससे इस अवसर पर ग़लती हो ही गई!

बड़े साहब के पैंतालीस वर्षीय चपरासी सहदेव के साहसिक कारनामों के क़िस्से हर क्षेत्रीय कार्यालय में पहले से मौजूद हैं। वस्तुतः बड़े साहब जितने सिद्धान्तवादी हैं, सहदेव कुछ अधिक ही है। यूँ भी कहा जा सकता है कि सहदेव एक व्याख्याकार की हैसियत रखता है। इसलिए सभी मातहत अधिकारी सहदेव के प्रति अनुकूलता पर ही अपनी शक्ति ख़र्च करते हैं। यह स्वाभाविक ही है कि ऐसी स्थिति में काशीलाल को भी अपनी अपरिपक्वता पर अफ़सोस होने लगा। क्या कर दिया उसने! इस विभाग में रहकर इतना अनाड़ीपन! कहीं गुड़ गोबर न कर दे यह शख़्स।

वैसे काशीलाल ने अपनी समझ से किसी बात की कमी नहीं होने दी थी। इसलिए बड़े साहब जब उसके साइट पर पहले मुआइने के लिए आए, तो उसने

साहब तथा उनके चार आदमियों के स्टाफ के लिए पर्याप्त समान भेजवा दिये थे। उच्च कोटि का बासमती चावल, आटे के दो बड़े थैले, कई क़िस्म की दालें, बेसन, सूजी, मैदा, वनस्पति घी और तेल, मक्खन का बड़ा डिब्बा, बढ़िया बिस्कुट के पैकेट, भुजिया नमकीन, डबलरोटी, ताज़ी सब्ज़ियाँ, प्याज़, मिर्चा, अदरक, लहसुन, सभी क़िस्म के पाउडर मसाले, एक किलो शुद्ध देशी घी भैंस का। यही नहीं, आज की सुबह उसने बड़े साहब के लिए ताज़ा बनारसी और दशहरी आम के ख़ुशबूदार दाने भी भेजवाए थे। और एक नये इंस्पेक्टर द्वारा किये गए ऐसे इन्तज़ाम के बाद भी यह बवाल!

सचमुच इंस्पेक्टर काशीलाल काफ़ी डर गया। उसके कुछ क्षणों के लिए इस सवाल पर अचम्भा भी हुआ कि क्या उसके अन्दर साहस नाम की चीज़ बची ही नहीं। पहले का ज़माना होता, तो वह तनकर खड़ा भी हो जाता कि झुकेंगे नहीं, चाहे जो भी हो जाए।

कुछ ज़रूरी काम निबटाने के बाद क़रीब साढ़े चार बजे उसे बड़े साहब के पास जाने की फ़ुरसत मिली। बाहर बरामदे में आराम कुर्सी निकलवाकर बड़े साहब कृपानारायण लेटे-लेटे सिगरेट पी रहे थे। दाल में शुद्ध देशी घी के न होने से पहले ही गड़बड़ था, जो कसर रह गई थी, वह सहदेव के सूचनात्मक स्पष्टीकरण ने पूरी कर दी। काशीलाल बड़े साहब को झुककर नमस्कार करके पूँछ निकालकर खड़ा हो गया। नमस्कार को कोई जवाब न देकर, दूसरी तरफ़ मुँह करके क्रोध से शून्य को देखने लगे।

"सर, कल साइट पर...।" लेकिन डर से काँपती आवाज़ आगे बढ़ने में असमर्थ हो गई।

कृपानारायण को भी अपने क्रोध को प्रकट करने के लिए तिनके के सहारे की ज़रूरत थी। काशीलाल के मुँह से आवाज़ निकलते ही फट पड़े, "क्या साइट, क्या मुआइना! बेकार बातें, झूठ-मूठ का दिखावा। मेरा चपरासी पैसा लेकर जाता है और आप उसे भगा देते हैं। जब आप आधा किलो घी का बन्दोबस्त नहीं कर सकते तो, इंस्पेक्टर जैसा ज़िम्मेदारी का काम ख़ाक करेंगे? क्या आप समझते हैं कि आप यहाँ बैठकर मुफ़्तखोरी करते हैं तो हम भी यही करने आते हैं? हम यहाँ जो भी खाते-पीते हैं, उसका एक-एक पैसा चुका देते हैं, क्या यह ग़लत है?"

निश्चय ही यहाँ साहस की ज़रूरत थी, लेकिन काशीलाल के मुँह से निकल गया, "नहीं, साहब, आप सही कहते हैं।"

कृपानारायण लगभग चिल्ला ही पड़ा, "तब आप हमारे वफ़ादार, ईमानदार चपरासी पर रौब किस बात के लिए झाड़ते हैं? और इतने पर भी जो सामान आया था, उसमें देशी घी डेढ़ पाव ही था...ख़र्च हो गया। अब यहाँ आकर साइट-साइट

चिल्लाकर अपने को ईमानदार और ड्यूटीफुल साबित करने की कोशिश करते हुए आपको शर्म नहीं आई?"

कुछ क्षणों के लिए वहाँ सन्नाटा छा गया। काशीलाल भीतर से थर-थर काँप रहा था। लेकिन जैसा कि वहाँ के स्थानीय स्टाफ के लोगों का विचार है, उसके अन्दर सचमुच कुछ कच्चापन रह ही गया है। उसके अन्दर से एक सवाल उठा, "हर चीज़ का पेमेंट?" और इसी प्रश्न के साथ उसके स्वाभिमान का एक अंश लौट आया। सब तो ठीक है, लेकिन सहदेव का झूठ तो वह नहीं ही चलने देगा।

"सर...।"

"क्या सर-सर कहके आप सर खा रहे हैं? इस समय जाइए...गो अवे।"

"सर, मैं विनम्रता से अनुरोध करता हूँ कि मेरी एक छोटी सी बात सुन ली जाए...।"

कुछ क्षणों की चुप्पी के बाद बड़े साहब ने कड़वे मिर्च की तरह टेढ़ा मुँह करके कहा, "सुनाइए..।"

"सर, मैंने कल सभी सामानों के साथ एक किले पक्का शुद्ध देशी घी भेजवाया था...।"

"यह सफ़ेद झूठ है...।"

"सर, आप चपरासी को बुलाकर पूछ लीजिए...सहदेव को सभी सामान दिये गए थे।"

कुछ ही देर में, जब सहदेव आकर हाथ जोड़कर खड़ा हुआ, तो कृपानारायण ने पूछा, "क्या एक किलो शुद्ध देशी घी भेजवाया गया था?"

"हुजूर, बात यह है कि...।"

"मैं जो कुछ पूछ रहा हूँ, साफ़-साफ़ बताओ।"

सहदेव को उम्मीद नहीं थी कि निचली कतार का कोई मातहत अधिकारी ऐसी हिम्मत कर जाएगा, जो पहले किसी ने भी की ही नहीं थी। साहब को भी आज क्या हो गया है? और जल्दी ही टूटकर थरथराती और हकलाती आवाज़ में बोला, "सर.. सर...हुजूर...ग़लती हुई...माफ़ किया जाए...मैं आपका बच्चा हूँ...।"

पता नहीं आज काशीलाल को क्या हो गया था, उसने कुछ और जड़ दिया, "सर, मैंने आज सवेरे ताज़े दशहरी ओर लँगड़ा आम आपके लिए भेजवाए थे... भोजन के वक़्त मिले होंगे...।"

"आम? अच्छा...क्यों जी, इंस्पेक्टर साहब क्या कह रहे हैं...?"

सहदेव का चेहरा काला पड़ गया। उसका शरीर काँप रहा है, यह दिखाई भी देने लगा, उसके मुँह से कोई आवाज़ तो नहीं निकली, लेकिन क्षमादान हेतु बार-बार दोनों हाथों से ज़मीन को छूकर माथे पर लगाने लगा।

"गो अवे...ईडियट..."

इस पर सहदेव फुर्ती से पीछे घूमकर गीदड़ की तरह कमरे की ओर पलायन कर गया।

कृपानारायण का मुँह कुल्हड़ की तरह फूल गया था। वे किसी तरफ़ नहीं देख रहे थे। इस समय यह भी समझना मुश्किल था कि वे नाराज़ हैं या कोई और बात है। या यदि नाराज़ हैं, तो किस पर? उन्होंने बिना देखे ही कहा, "इंस्पेक्टर साहब, आप जाइए, आराम कीजिए...कल बातें होंगी..."

दूसरे दिन सवेरे-सवेरे ही सहदेव आकर काशीलाल के पैरों के पास साष्टांग दंडवत होकर लेट गया और उसी हालत में फ़र्श पर सटे मुँह से गिड़गिड़ाने लगा, "सर, मेरी नौकरी आप ही बचा रहते हैं...सर, मेरे बच्चे भूखों मर जाएँगे। मेरे अपराध को क्षमा कर दें और हुजूर, साहब से कह दें...नहीं तो ज़हर खाने की नौबत आ जाएगी।"

इतना सब होने पर काशीलाल को कुछ अनुभव तो हुआ ही था, फिर भी किंचित कच्चापन रह ही गया। इस समय जा कुछ होना चाहिए, उसके विपरीत काशीलाल बड़े साहब के चपरासी को देखकर मुस्कराने लगा और पंडित जी-पंडित जी के सम्बोधनों के सहारे कुछ ऐसी बातें कह दीं, गोया वह किसी मित्र से गुफ्तगू कर रहा हो और अन्त में आश्वासन देते हुए यह भी कह दिया, "अरे, पंडित जी, आप कोई बेगाने थोड़े ही हैं। हम दोनों तो एक ही डिपार्टमेंट के लोग हैं। साहब का जितना ख़याल रखते हैं, उससे अधिक नहीं, तो उसके बराबर मैं भी करने को तैयार ही रहता हूँ। मैं कैसे बताऊँ कि साहब की मैं कितनी इज़्ज़त करता हूँ। जाइए, आप मस्त रहिए...आपको भी हमारा कुछ ख़याल तो रखना ही चाहिए...।"

इसका ऐसा असर पड़ा कि सहदेव फ़ौरन उठकर खड़ा हो गया और मुस्कराने लगा। उसमें कुछ क़समें खायीं और मुस्कराने लगा। अन्त में लापरवाही से सलाम करते चलता बना।

मुआइना बड़ा अच्छा रहा। काशीलाल ने अपनी ओर से कोई कमी न रहने दी, खातिर-बात से लेकर हर चीज़ दुरुस्त। साहब की हर नाजुक मौक़े पर 'गुड', 'सेटिसफ़ैक्टरी', 'एक्सेलेंट' वग़ैरह विशेषणों का इस्तेमाल करते थे। उनके चेहरे पर बड़ी मीठी मुस्कराहट हर समय थिरकती रही। काशीलाल ख़ूब मुस्तैदी से डटा रहा, व्यस्त रहा, सक्रिय रहा और ज़रूरत से अधिक 'येस सर', 'ओके सर' कहता रहा। वह मन ही मन गद्‌गद भाव से अपनी सराहना भी कर रहा था कि अगर उसने उस दिन शाम को हिम्मत से काम न लिया होता, तो ऐसा सुनहरा परिणाम कभी नहीं आ सकता था।

परन्तु, मुआइने के बाद बड़े साहब उसके चरित्र के बारे में जो टिप्पणी लिख गए, वह काशीलाल के अनुभव को बढ़ाने वाली सिद्ध हुई—

"इंस्पेक्टर श्री काशीलाल बड़े ही आलसी और लापरवाह अधिकारी हैं और उनको फिलहाल कोई बड़ी ज़िम्मेदारी नहीं दी जानी चाहिए। इतने वर्षों की सर्विस में यह भी नहीं सीख पाए कि कब कौन सा काम करना चाहिए और कब कौन-सी बात कहनी चाहिए...आदि-आदि..."

सवालों के बीच लड़की

ऐसी कोई एकान्त जगह नहीं, जहाँ शान्ति से पढ़ सके जानकी। एक वीरान और उपेक्षित गाँव में एक छोटा-सा पुराना, कच्चा मकान, घर भर में खरपतवार, ओखल-मूसल, चक्की, चना, चावल, मकई आदि से भरे झोले और बर्तन। और कहीं बैठ भी गई तो खटपट, टोका-टोकी और बड़बड़ाहट शुरू।

भीतर के ओसरे में कच्चे फ़र्श पर आगे टँगरी पसारकर ज्यों ही वह गणित का एक कठिन सवाल करने बैठी कि जतिया ने गिड़गिड़ाते स्वर में अनुरोध किया, "ए बूची, हाथ ख़ाली नहीं है, चने की बाल्टी तनी भाड़ तक पहुँचा देती।" दुबारा कहने पर भी जानकी के बदन में कोई हरकत नहीं हुई। जतिया जल-भुन गई।

"अरे जनकिया घमंडिन, मैं तेरी घकई ख़ूब समझती हूँ, अभी कोई सहेली आ जाए तो कैसे घोड़ी की तरह उछलकर खड़ी हो जाएगी और सारा गाँव माक आएगी। क्यों रे गूँगी, जांगरचोटिन, तेरे मुँह में जाबी लगी है? बाप और मास्टराइन ने इसे बिगाड़ दिया है। पढ़ाई का अच्छा बहाना मिल गया है, कापी-किताब में मूँड़ी गाड़कर गूँगी-बहरी बन जाना और घर का एक खर न टसकाना। अरे मनहसकी, मुफ़्तखौकी, तुझे किस बात का घमंड है, क्यों नहीं समझती कि भुजवा की छौंड़ी है तू और आख़िर में तुझे वैसे ही घर में जाना है। अरे, जल्दी पढ़ाई छुड़वाकर इसके घर न भेजा गया तो यह बेहाथ हो जाएगी।"

माई की बड़बड़ाहट पर भरसक ध्यान नहीं देती जानकी। नवीं कक्षा में गणित का नया पाठ्यक्रम है, मगर स्कूल और घर, दोनों जगह कोई समझाने-बताने वाला नहीं है, इसलिए उसकी कठिनाइयाँ बढ़ी हुई हैं। लेकिन माई ने उसके लिए जिन संबोधनों का इस्तेमाल किया, ये विषैले तीर की तरह आहत कर गए जानकी को। फिर क्या, मुँह उठाकर और बिजली की तरह चमक चमक हर वह भी ज़बान की कैंची चलाने लगी।

"ए मावो, गाली तो देना मति, यहाँ कोई सहने वाला नहीं है। मैं पढ़ रही हूँ तो कोई जुर्म नहीं कर रही हूँ। क्या चाहती हो कि तुम्हारी तरह मैं भी भाड़ में जल-बुझकर अपना जीवन चौपट कर लूँ? तुम आज कान खोलकर सुन लो, मैं न भाड़ झोंकूँगी और न कहीं जाऊँगी, बल्कि पढ़ूँगी, पढ़ूँगी..."

जतिया क्रोध से पागल होकर ज़ोर-ज़ोर से चीख़ने लगी। फिर तो माई-बेटी में कुछ देर तक चख-चख जारी रही लेकिन अन्त में जतिया को ही हथियार डालने पड़े और वह माथा ठोककर अपनी क़िस्मत का रोना रोने बैठ गई, "हाय हो दइब, हाय री क़िस्मत...मैं क्यों पैदा हुई? ठीक ही कहा है कि भुजवा की लड़की को न मायके सुख और न सासुरे सुख...नैहर में चार साल की थी तभी से भरसायं झोंकने लगी और तेरह साल में दुल्हन बनकर इस घर में आई तो दो दिन भी सुख-आराम न कर पाई। हाय हो पार्वती जी, मेरी कंचन सी देह चौपट हो गई, मुँह झौंस गया, कमर टूट गई। ऊपर से मैं सबकी दुश्मन बन गई...मुझे उठा लो हे काली मैया...!"

जानकी सहम गई और कुछ देर तक तिरछी दृष्टि से अपनी माई को देखती रही...फिर एक झपट्टे में कॉपी-किताब समेटकर वहाँ से लुत्ती हो गई। इसके पश्चात् शीघ्र ही वह दरवाज़े के सामने खड़ा होकर कुछ सोचती हुई-सी न-देखती आँखों के सामने का दृश्य निहारने लगी...गेहूँ-चने के हरे लहलहाते खेत, खजूर के पेड़ बिखरी हुई भीड़ की तरह दूर और चरागाह का विस्तार। इतने में उसकी एक ख़ास सहेली आ गई। वह अन्दर जाकर आँगन में खड़ी होकर और मुँह ऊपर उठाकर जैसे शून्य से बोली, "रामप्यारी के घर जा रही हूँ, मैडम आई हैं..." फिर फुर्र हो गई।

शाम को बड़ागाँव से आने पर अकलूराम जतिया से सब कुछ जानने के बाद कच्चे मकान के बाहरी ओसारे में एक बंसखट पर बैठकर अपनी बिटिया का इन्तज़ार कर रहे हैं। उन्हें अचम्भा हो रहा है कि बचपन की यह उत्पाती लड़की ताड़-खजूर की तरह लम्बी, पढ़ाई-लिखाई में ख़ूब मन लगाने वाली और हर बात का टुभ-टुभ जवाब देने वाली कब से हो गई? न गोरी और न साँवली, लम्बी-लम्बी टाँगों से पन्द्रह की उम्र फलाँगती, मुँह और ललाट पर एक पवित्र आभा, अपने निरखते सौन्दर्य से अनभिज्ञ और बड़ी-बड़ी आँखों में किसी सपने का संकल्प। हे भोलानाथ अब क्या होगा?

शाम जब गाढ़ी होने लगी तो जानकी आँधी तूफ़ान की गति से घर लौटी। इस छोटे से गाँव में बिजली नहीं है, जतिया एक लालटन जलाकर बाहर रख गई है। जानकी ओसारे में अकलूराम को देखकर ठिठक गई, "बाबू, आज देर हो गई न!"

"हाँ, बिटिया। रास्ते में साइकिल पंचर हो गई थी...मैं तो जलपान करके तुम्हारी प्रतीक्षा कर रहा था कि अँधेरा होने वाला है, कहाँ चली गई।"

"बाबू, रामप्यारी के यहाँ गई थी, बोलकर गई थी..."

"बूची, अब तुम छोटी नहीं हो। तुम पढ़ने-लिखने में बहुत अच्छी हो, पर तुम्हें इस दुनिया का कुछ भी अनुभव नहीं है..."

जानकी का चेहरा हतप्रभ होकर कुछ लटक गया, "बाबू, रामप्यारी के यहाँ मैडम आई थीं...।"

"बिटिया, आज की ही बात नहीं है...तुम्हारे अन्दर छल-कपट नहीं है लेकिन दूसरे लोग कैसे हैं, यह तुम नहीं जानती हो। यह गाँव है, यहाँ जलने वाले लोग भी बहुत हैं, नाक-भौं सिकोड़ने वाले अपनी ही बिरादरी में कई हैं। हमारी हैसियत भी कुछ नहीं...ठीक है, तुम आठ कक्षा पास कर गई...अब आगे की दूसरी बातें भी तो सोचनी चाहिए...।"

"बाबू, तुम क्या कहना चाहते हो, मैं ठीक से समझ नहीं पा रही हूँ...जब तुम ही हिम्मत छोड़कर मुझे हिलाओगे तो मैं क्या पढ़ूँगी और क्या आगे बढ़ूँगी।"

बेटी की वाणी में बाप के लिए चुनौती तो है ही। आन्तरिक व्यथा की ध्वनि भी। वह एक घायल पक्षी की तरह छटपटाते हुए माथा झुकाकर एक विशाल शून्य में भटकने लगे।

जानकी इकलौती सन्तान है अपने माँ-बाप की, इसलिए प्यारी और दुलारी भी। पाँच-छह सम्पन्न घरों को छोड़कर पिछड़ी और दलित-अनुसूचित जातियों के इस छोटे से गाँव में यदि कर्नल अवधेश कुमार ने सेवानिवृत्ति के बाद गाँव में ही बसने का निश्चय करके अपनी दिवंगत पुत्री की स्मृति में एक कन्या विद्यालय खोलने का निश्चय न किया होता तो जानकी निरक्षर रहकर अपनी माई को उसके काम में सहयोग दे रही होती। कर्नल की पत्नी श्रीमती दिव्या कुमार भी शिक्षित, प्रबुद्ध, उदार और नये ख़याल की महिला हैं और वही, प्रधानाध्यापिका के तौर पर ग़रीब घरों में जा-जाकर और समझा-बुझाकर बच्चियों को अपने स्कूल में ले आई। जानकी भी इकलौती सन्तानों की तरह ज़िद्दी और उपद्रवी थी लेकिन जब वह स्कूल में मन लगाने लगी और काफ़ी अच्छे नम्बरों से पास भी होने लगी तो अकलूराम ने ख़ुशी के उत्साह में अपने कच्चे मकान के आँगन में ऐलान कर दिया, "इसे मेरी ही बुद्धि मिली है, यह जितना भी पढ़ना चाहेगी, पढ़ाऊँगा...।"

अकलूराम सतमासा होने के कारण बचपन में बड़े मरियल थे लेकिन दिमाग़ के डबल—शुरू से ही बूढ़-पुरनिया की तरह बोली-वचन। तब उनके बाप ने बुद्धि के अनुकूल नाम रखकर साढ़े तीन मील दूर बड़ा गाँव में एक स्कूल में दाख़िला करा दिया, जहाँ वे मिडिल तक ही पढ़ पाए और अन्त में वही प्राइमरी स्कूल के अध्यापक के तौर पर नियुक्ति भी पा गए। जानकी उनके ख़ानदान की पहली लड़की है, जिसने पढ़ाई की तरफ़ क़दम बढ़ाए हैं लेकिन देह-धजा में वह अपने बाबू की तरह नहीं बल्कि माई पर गई है—लम्बी, सुन्दर और मज़बूत। विडम्बना यह है कि लड़की ज्यों-ज्यों बड़ी होशियार हो रही है, भूत, वर्तमान और भविष्य तथा सोच-विचार के कुछ अन्य मामलों में माँ-बाप और बेटी के बीच अन्तर्विरोधों की स्थितियाँ भी विकसित होती रही हैं।

"ए बूची, मैं हीना नहीं रहा हूँ, पर माई को भी सहयोग-मदद चाही... बोली-व्यवहार भी..."

जानकी चमक उठी, "बाबू, मना कर दो माई को, वह मुझे गाली-वाली न दें। जब मैं ख़ाली रहती हूँ तो कुछ नहीं कहती और जहाँ मैं पढ़ने बैठ जाती हूँ तो 'ए बूची, ए बूची' शुरू कर देती हैं और यह भी कह दो माई से कि ऊपरी-झापड़ी काम कर दूँगी पर भाड़ नहीं झोंकूँगी...।"

"ऐसी बात नहीं कहत, बिटिया...आजा-परआजा का काम है, इसकी उपेक्षा क्या ठीक है?"

"बाबू, तुमसे मैंने कई बार कहा कि माई से यह काम छुड़वा दो...जब से बड़े बाबू अपने परिवार के साथ शहर चले गए हैं, माई एकदम अकेली पड़ गई हैं। तुम चले जाते हो बड़ा गाँव अध्यापकी करने और मुझसे पढ़ने को कह दिया तो माई की कौन मदद करेगा? जहाँ तक आजा-परआजा का काम है, इसमें अब क्या रखा है? पहले के ज़माने में बात दूसरी थी...क्या इस बदले ज़माने में भी हमारा ख़ानदान भाड़ ही झोंकता रहेगा? इतनी पढ़ाई करके मैं दूसरों को भूजा-भूजी खिलाने के लिए माई की तरह अपनी देह को जलाकर नष्ट नहीं करूँगी...।"

"पुरखों-बुज़ुर्गों का काम-धाम है, उसके लिए मान-सम्मान मन में होना चाहिए। हम मामूली ख़ानदान के नहीं हैं बूची, उस पर गर्व होना चाहिए। हमारे आजा और तुम्हारे परआजा बार गणेशराम...बाप रे बाप, वह ऐस दिमाग़ी, हुनरमन्द थे कि क्या बताऊँ...क्या-क्या नहीं किया उन्होंने...और डॉक्टरी, दवा-दारू, जड़ी-बूटी, मंत्रविद्या...बड़ा नाम कमाया...।"

जानकी ने कोई जवाब नहीं दिया और मुँह सिकोड़कर दूसरी तरफ़ घुमा लिया। वह अपने बाबू से कई गणेशराम पर आजा का क़िस्सा सुन चुकी है। राष्ट्रीय और अन्तर्राष्ट्रीय इतिहास से पृथक् हर गाँव का अपना एक स्वतंत्र इतिहास भी है। इसलिए इस छोटे से गाँव में भी डीहबाबा हैं, सत्ती मैया का चौरा है, चमत्कारी पूर्वजों के कई तरह के क़िस्से हैं, पोखरे, बगीचों आदि के अपने-अपने ख़ास नाम हैं और अकाल और महामारी की तबाही की कड़वी यादें हैं। मझोले कद और चकइठ शरीर के गणेशराम एक बार कमाने-धमाने पटना की तरफ़ गए तो वहाँ से भूजा-भुजने की कला सीखकर आए और अपने परिवार में सबसे पहले भड़भुजई का काम शुरू किया। वह ख़ूब मेहनती और बड़े बुद्धिमान थे और नये-नये प्रयोग करके तरह-तरह के सामान तैयार करने लगे। वह जो कुछ बनाते, उसमें मुलायमियत के साथ कुरकुरापन, सोंधापन और ग़ज़ब का स्वाद था। वह हर तरह के अन्न का भूजा, सत्तू, दलिया, लावा, ढूँढ़ी-ढूँढ़ी तैयार करते। उनके दरवाज़े पर भीड़ लगी रहती और लोग सदूर-दूर से भी सामान लेने आते।

लेकिन वे हिम्मती भी ख़ूब थे और किसी विपत्ति में ज़रा भी घबराते नहीं थे। एक बार ऐसा अकाल पड़ा कि भूजा उद्योग चौपट। जब अन्न नहीं तो भूजा कैसे? लेकिन गणेशराम विचलित नहीं हुए और उन्होंने अपने ही तरह के विपत्ति ग्रस्त

पाँच-छह लोगों की टोली बनायी और बाबू-बबुआनों के यहाँ डोली-पालकी की कहारी शुरू कर दी। उन दिनों न ठीक सड़क और न बस वाहन आदि। तरह-तरह के काम मिलते। शादी-ब्याह में तो बिदाई होने के बाद वे दूल्हा-दूल्हन को एक डोली या दो डोलियों में लाकर, ताल तलैया, जंगल-झाड़ी, औतर पांतर पार करके कोसों ज़मीन धाँग जाते और बीच-बीच में कन्धा बदलकर सधे क़दमों, लचकती कमर और मटकते कूल्हों के सहारे अपनी द्रुत चाल पर कोई मौलिक सुर-संगीत छेड़े रहते, जैसे—"धपे भर भाई धपे भर, बोल भवानी धपे भर।"

अकाल के बाद उन्होंने भूजा का धन्धा फिर शुरू किया और जमा लिया। जब उम्र अधिक हुई और शरीर दुर्बल तो वह परोपकार की तरफ़ मुड़े और ओझती-सोखैती करने लगे। रोगों का निदान हवा-वताश, जादू-टोना, भूत-चुड़ैल के बुरे असर के रूप में होता और इलाज झाड़ फूँक के द्वारा होता। इस ग़रीब जनता की सेवा उन्होंने शुरू की और यह भी ख़ूब चली। वह दूर-दूर तक बुलाए जाते। लेकिन एक बार उनकी किसी ने पिटाई कर दी और वह खटिया पर लाँद-फाँद कर घर लाए गए। ग़रीब जनता में शोर हुआ कि किसी धूर्त प्रेत ने बेकाबू होकर उनकी पिटायी कर दी। उन्होंने चारपाई पकड़ ली और बहुत दिनों तक हल्दी-गुड़ पीने पर भी उठ नहीं सके।

जानकी जब छोटी थी, अपने पूर्वज की प्रशंसा से ख़ुश होती थी लेकिन अब उसने झट अपने बाबू का प्रतिवाद किया, "बाबू, पर आजा की बुद्धि बहुत अच्छी थी, वे हिम्मती और परिश्रमी भी थे, अगर वह शिक्षित होते तो कोई बड़ा काम करते...पर मैडम कहती हैं कि ग़रीबी और अशिक्षा कुछ नहीं करने देती, इससे लोग मजबूरी में अन्धविश्वासों के शिकार हो जाते हैं। वह यह भी बताती हैं कि झाड़-फूँक कोई डॉक्टरी नहीं है, इससे तो हर साल अनगिनत लोग मरते हैं। आज तो हर गाँव में नये ढंग का एक जानकार गणित अध्यापक भी नहीं है। मैडम कहती हैं, पूर्वजों की हर बात का महिमामंडित नहीं करना चाहिए, उनको भूत-प्रेत ने थोड़े ही पीटा था, उन्हें तो किसी दूसरे सोखा ने जलन से पिटवाया था। बाबू मुझे ग़रीबी, अशिक्षा से नफ़रत है...बस मुझे पढ़ने दीजिए...।"

इस उत्तर से अकलूराम का मुँह नाराज़गी से फूल गया, "बिटिया, तुम्हारी मैडम क्या-क्या सिखाती हैं? इससे तो वह लड़कियों को बिगाड़ देंगी। घर-परिवार में आग लगा देंगी और बड़े-बुज़ुर्गों, पूर्वजों का सम्मान ख़त्म हो जाएगा। फिर पढ़ने-लिखने से क्या फ़ायदा?"

जानकी हतप्रभ होकर, सिर झुकाकर दबे स्वर में बोली, "यह सब तो वह नहीं सिखातीं। वह तो यही कहती हैं कि लड़कियों की शिक्षा बहुत ज़रूरी है, उन्हें शिक्षित होकर बुद्धिमान और हिम्मती बनना चाहिए और अपने पैरों पर खड़ा होने की कोशिश करनी चाहिए..."

इस पर अकलूराम कुछ बोले नहीं बल्कि अपना गम्भीर, फूला हुआ मुँह घुमाकर अपनी छोटी-छोटी आँखों से मलुर-मलुर अँधेरे में देखने लगे। सर्दी मालूम होने पर उन्होंने पास में रखा रैपर ओढ़ लिया था। एक विचित्र मानसिक स्थिति गुज़र रहे हैं अकलूराम। जहाँ एक निजी सवाल है, उनको मलाल है कि ग़रीब और अस्वास्थ्य की वजह से वह आगे नहीं पढ़ सके, अन्यथा वह एक उच्चपदस्थ अधिकारी होते। यह स्थिति आज की तारीख में भी थी, वह कल्पना में ईमानदारी से अपने को बड़ा योग्य, कुशल और साहसी तथा आधुनिक समझते हैं और कल्पना में ही सोचते भी हैं कि यदि गाँव से दूर किसी जनसभा में उनको भाषण देने का सुअवसर मिल जाए तो मैडम से अधिक आधुनिक, प्रखर और प्रगतिशील विचार प्रकट करके सबको अभिभूत कर देंगे। उनको इस बात का भी बड़ा गर्व है कि उनकी प्यारी-दुलारी बेटी इतनी तेज़, हिम्मती और नई-नई बातें सोचती-समझती है, परन्तु यह सब एकान्त काल्पनिक-बौद्धिक विलास के स्तर पर ही है; वस्तुतः व्यावहारिक स्तर पर वह पुराने संस्कारों और सोच में जकड़े हुए एक संकुचित, अन्धविश्वासी, डरपोक, घमंडी, कुढ़नू और भाग्य के चमत्कारों में आस्था रखने वाला व्यक्ति है। पढ़ाई-लिखाई के लिए जानकी को उन्होंने ही उत्साहित किया था, मगर पारिवारिक स्तर पर यह उम्मीद तो सपने में भी नहीं की थी कि बड़ी होकर वह इतनी तेज़ निकलकर माँ-बाप से ही तर्क-वितर्क करने लगेगी। ऐसी चुनौती इकलौती लड़की से मिलने से वे बेहद डरे हुए हैं कि ऐसे सोच-विचार से वह किसी भारी संकट को न बुला ले। यह जवान हो गई है, इसके ब्याह, पारिवारिक मर्यादा, सामाजिक सम्मान का क्या होगा!

लेकिन इतनी विकट समस्याएँ होने पर भी अकलूराम की हिम्मत नहीं हुई कि अपनी निर्दोष बिटिया को डाँट-डपट दें या निर्ममता से उसके उत्साह को भंग कर दें। फिलहाल समस्या को टालने और माहौल का हल्का बनाने के लिए धीमे स्वर में बोले, "बुची, बड़ा गाँव में कॉलेज के एक टीचर हैं, बड़े योग्य और विचारवानन... उनसे बात करूँगा, अगर तैयार हो गए तो इतिवारे-इतिवारे तुमको साइकिल पर बिठाकर वहाँ ले चलूँगा...एक डेढ़ घंटा बता देंगे तो तुम घर पर अभ्यास कर लेना। अच्छा, अब हर फिक्र-चिन्ता छोड़कर तुम माई के पास जाओ...तुम्हें दाल-भरा गोझा पसन्द है न, वही बना है। तुम्हारी माई दो बार आकर पूछ चुकी है कि अभी तक नहीं आई, भूखी होगी..."

जानकी की पक्की सहेली है रामप्यारी। सहपाठिन, पड़ोसिन और बालकचन्द रजक की पुत्री। एक दिन उसने एक अनोखी सूचना दी कि उत्तर टोला में पीपल पोखरा के पास जो पीला दो मंज़िला मकान है, उसमें रहने वाले बूढ़े, बीमरिया नरेश सिंह आजा पटना में गणित के प्रोफ़ेसर रह चुके हैं। अगर वह आधा घंटा बता दिया करें कभी-कभी तो उनकी समस्या हल हो जाएगी। वह इसी गाँव में पैदा

हुए लेकिन उनकी पूरी पढ़ाई पटना में ननिहाल में ही हुई और वहीं एक कॉलेज के गणित के प्रोफसर हो गए। रिटायर होने के एक साल पहले उन पर लकवा गिरा और अच्छा होने पर गाँव में रहकर तन्दुरुस्ती बना रहे हैं। ठीक हैं, मगर कमज़ोरी है, और उनकी पत्नी रामदेवी किसी से उनको मिलने-जुलने नहीं देती, बड़ा कंट्रोल रखती हैं उन पर। जलपा बुढ़िया हैं, मोटी आवाज़ है, हमेशा गल-गल बड़बड़ाया करती हैं, हब-खब नहीं कि मुँह से क्या निकल रहा है। मगर दिल की बुरी नहीं है, अगर वे मान जाएँ तो नरेश सिंह आजा मदद कर सकते हैं। अगर वह नहीं चाहेंगी तो कुछ भी नहीं हो सकता।

एक दिन दोनों रामदेवी को मनाने के लिए दोपहर बाद पीले मकान में पहुँच गईं। नरेश सिंह के परिवार के कपड़े रामप्यारी के यहाँ ही धुलते हैं। रामप्यारी जब छोटी थी, अपनी माई के साथ कभी-कभी उनके यहाँ जाती रहती थी लेकिन जब से बड़ी होकर कक्षा नौ में पहुँची है, किसी के यहाँ नहीं जाती।

"कौन है रे, बोलती क्यों नहीं, मुँह में जीभ नहीं है?"

रामप्यारी और जानकी पीले मकान के बाहरी दरवाज़े की चौखट पर ठिठककर खड़ी हो गई थी। अब रामप्यारी अपनी झिझकती सहेली को साथ लेकर भीतर पहुँचकर बोली, "आजी प्रणाम। मैं रामप्यारी हूँ और यह मेरी सहेली जानकी है। हम कन्या विद्यालय में पढ़ती हैं।"

"तुम किसकी लड़कियाँ हो भाई, मैं पहचान नहीं रही हूँ, अब आँख से ठीक भी तो नहीं...।"

"हाय आजी, आप मुझे नहीं पहचान रही हैं? मैं जब छोटी थी तो यहाँ माई के साथ जाती थी। मैं श्री बालचन्द रजक की पुत्री हूँ और यह मेरी सहेली जानकी, श्री अकलूराम की पुत्री, जिसके यहाँ का भूजा आप भी खाती हैं।"

"बाप रे बाप, पुत्री! तुम तो किसी लाटगवर्नर की बेटी की तरह बोल रही हो। काम कुछ, बोली-वचन कुछ!"

"आजी ग़ुस्सा न कीजिए, लाट-साट कहाँ हैं, वे तो अब विलायत भगा दिये गए। अब तो सभी बराबर हैं, तभी तो हम भी पढ़ रहे हैं। जब पढ़ रही हैं तो शिक्षित की तरह बोलना चाहिए न, आजी?"

"अंडा सिखावे बच्चा को कि चें-चें बोल? लेड़ी-बूची होकर मेरी मास्टराइन बनने आई हो? लाज-लिहाज़ तो तुम घोलकर पी गई हो, घोड़पराड़ की तरह लम्बी छुट्टा घूम रही हो, कोई हाँकदाव नहीं है तुम लोगों पर?"

रामप्यारी अवाक् होकर खिसिया गई और अपनी सहेली की तरफ़ विवश दृष्टि से देखा। जानकी ने तो पहले किंचित झिझक के साथ रामदेवी को देखा, जो दरवाज़े के सामने भीतरी बरामदे में पसरी धूप में बाल खोले एक मचिया पर बैठी बदन की सिंकाई कर रही है—फिर आगे बढ़कर बिगड़ी बात बनाने की गरज से कहा,

"आजी, हम तो आपकी मदद लेने आए हैं। हम परेशान हैं, अगर हमारी मदद कर देंगी तो आपका हम पर बड़ा उपकार होगा। आपके सामने हमारी हस्ती भी कुछ भी नहीं हैं, हमसे भूल-चूक हो गई हो तो क्षमा कीजिएगा। बात यह है आजी कि हमें गणित बतानेवाला कोई नहीं है, आप आजा से कह देंगी तो वह आधा घंटा बता देंगे...आपके कहने से हम कुछ सीख जाएँगे...।"

जानकी के स्वर में मिठास हैं और विश्वसनीयता भी, जिसका प्रभाव भी पड़ा रामदेवी पर और उसके कुछ कहने के पहले ही नरेश सिंह बरामदे के सामने वाले कमरे से निकलकर खसखस चलते हुए पास आकर बोले, "क्या बात है?" सत्तर की तरफ़ सरकती उम्र, लम्बा-पतला शरीर, छोटा झुर्रीदार मुख और किंचित् सिकुड़ी हुई लम्बी नाक, गोया किसी दुर्गन्ध से परेशान हों। लकवामुक्त हो तो गए हैं लेकिन पैर अब भी कमज़ोर हैं, इसलिए छोटे-छोटे क़दम रखते हैं। रामदेवी इस अप्रत्याशित आगमन से चिढ़ गई और उनके अन्दर लड़कियों के प्रति जो ग़ुस्सा था, वह अपने पति पर ही इस रूप में निकला, "मैं बात कर तो रही थी, आप क्यों चले आए? दाल-भात में ऊँट का ठेहुन। जवान छोकरियों को देखकर तबीयत नहीं मानी? देख रही हूँ पुरानी आदतें अभी छूटी नहीं..."

रामदेवी की बात से दोनों लड़कियाँ घबरा गईं। उनके चेहरे सुर्ख हो गए। गाड़ी पर नाव थी, अब नाव पर ही गाड़ी है लेकिन नरेश सिंह अभ्यस्त हो गए हैं और उन्होंने अनुकूलता प्राप्त करने के लिए लड़कियों को ही तेवर दिखाना शुरू किया, "आने का यह कोई समय है, ऐ? शरीफ़ लोग आराम करते रहते हैं न, ऐं? गणित कहीं इस तरह पढ़ा जाता है ऐं? सभी गणित ही पढ़ेंगे तो दूसरे काम कौन करेगा, ऐं?"

जानकी ने रामप्यारी की ओर देखकर चलने का संकेत किया और वे किसी की ओर देखे बिना घूमकर चलती बनीं। रामदेवी ने "रुको रुको" कहकर उनको रोकने की कोशिश की, पर वे बाहर निकल गईं और निकलते ही एक नवयुवक से टकराने से बाल-बाच बचीं, जो उन्हीं की तरह सिर झुकाकर तेज़ चाल से अन्दर आ रहा था।

"अरे...तुम लोग मुँह फुलाए क्यों जा रही हो...मुझे बताओ क्या बात है?" नौजवान ने ठिठककर कहा।

बाहर आते ही दोनों लड़कियों को मिला अपमान और दुख ग़ुस्से में बदल गया था—जानकी ने झनककर कहा, "तुम कौन होते हो जी पूछने वाले?"

"अच्छा! बताऊँ मैं कौन हूँ?"

"तुम क्या बताओगे...जाओ अपने रास्ते!"

वे जब आगे बढ़ गई तो नौजवान ने हँसते हुए यह टिप्पणी छोड़ी, "बड़ा छनकत बाड़ हो...जल्दिये मालूम हो जाई।"

जानकी उस नौजवान को नहीं जानती, जो लम्बा, गोरा और सुन्दर है। पहले गाँव में नहीं देखा, इधर चार-छह दिनों से नज़र आ रहा है, ख़ास तरह से स्कूल और छुट्टी होने के समय। परन्तु रामप्यारी को उसके सम्बन्ध में पता है। यह नरेश सिंह का रिश्ते में पौत्र लगता है, उनके दिवंगत भाई दिनेश सिंह के पुत्र सुरेश सिंह का पुत्र उमेश, जो दो साल इंटर में फेल होकर कुछ दिनों के लिए वहाँ आया है।

जानकी घर आँगन में फैली धूप में रखे स्टूल पर चुपचाप बैठ गई। उसका गम्भीर और उदास चेहरा हथेली पर टिका है। शर्म और अपमान और क्रोध की जगह अब उसके दिल पर एक अनजान भय और चिन्ता का हल्का हल्का दबाव है। कई तरह की बातें उसके दिमाग़ में आ-जा रही हैं और सब मिलकर या अलग-अलग भी, किसी सार्थक नतीजे पर न पहुँचने के कारण, उसके जल्दी ही ऐसा महसूस होने लगा गोया आराम से तैरते हुए अचानक वह किसी चकोह में फँसकर बाहर निकलने के लिए छटपटा रही हो।

कुछ देर बाद जतिया उसके पास भागती हुई-सी आई, "क्या बात है बूची, उदास क्यों बैठी हो, कपार बथ रहा है? चलो, खटिया पर लेट जाओ, माथा दबा दूँगी। उसके बाद खाना खा लो, पेट में कुछ जाएगा तो सारा बथा निकल जाएगा।"

अनेक भावनाओं और दुश्चिन्ताओं से भरी जानकी प्यार और सहानुभूति का यह सहारा मिलने पर अपने का सँभाल नहीं सकी और दोनों हाथों में मुँह छिपाकर सुबकने लगी।

जतिया घबरा गई, "अरे क्या हुआ हमारी बाछी को! क्य किसी ने कुछ कहा है? मेरी क़सम साफ़-साफ़ बताओ बूची...?"

रुलाई ने और ज़ोर मारा तो जानकी उठकर अपने कमरे में चली गई। जतिया भी पीछे-पीछे जाकर क़सम धरा-धराकर पूछती रही लेकिन जानकी कुछ नहीं बोली। जब रुलाई थम गई तो उसने हँसने की कोशिश करते हुए कहा, "माई कोई बात नहीं...बड़े ज़ोर की भूख लगी थी...कुछ खाने को दो...।"

जतिया ने अपनी बिटिया को सन्देह की दृष्टि से निहारते हुए कहा, "भुजाने के लिए कुछ घरों के झोले रखे थे, वही निबटा रही थी। भूख तो लगी ही होगी, दस बजे के गए गए...। ओसारे में पीढ़ा रख देती हूँ, हाथ-मुँह धोकर बैठो तो देती हूँ...आज लहसुन-मिर्चा-मेथी—हींग में छोंककर बथुआ का साग बना है...उसमें मज़े का सोया भी डाला है, बड़ा चटक है। साथ में साठी के नये चाउर का भात... चलो, बैठ जाओ, भर पेट खा लो..."

खाने के बाद जानकी दरवाज़े पर धूप में खड़ी हो गई। उसने ऊपर आसमान को देखा, फिर चारों ओर सुहावनी धूप को भी। अब उसके अन्दर भी वे काली छायाएँ नहीं हैं, बल्कि एक खुला सुहावनापन फैल गया है। और जीवन के विविध रंगों के साथ एक आत्मबोध भी किसी पुष्प की तरह प्रस्फुटित हो रहा है।

शाम को अकलूराम जब घर आया तो वह घबरा गया। लेकिन बार-बार पूछने पर भी जानकी ने कारण वही बताया। अकलूराम ने आश्वस्त होने के बाद कहा, "तुम घबराओ नहीं बूची, मैंने बड़ा गाँव में तुम्हारे लिए बातचीत कर ली है। बड़े योग्य गणित के अध्यापक हैं और व्यवहार सबसे बड़ा अच्छा है। सुनते ही तैयार हो गए। उन्होंने यह भी कहा कि नये क़िस्म का कोई गणित मास्टर तुम्हारे स्कूल के लिए खोज देंगे। ठीक है न? अगरे रविवार को तुमको साइकिल पर बिठाकर ले चलूँगा।"

दूसरे दिन सवेरे-सवेरे ही रामप्यारी आ गई। जानकी को अलग ले जाकर उसने जल्दी-जल्दी बताया कि, "हमारी माई पीपल पोखरा वाले पीले मकान में गई थी। वहाँ के बूढ़े नरेश आजा पढ़ाने को तैयार हो गए हैं, रामदेवी आजी ने हम दोनों को उसी समय पर बुलाया है, कह रही थीं माई से, वे दोनों चली क्यों गईं? लड़की-पोती की तरह है, आधा घंटा बता क्यों नहीं देंगे। तैयार रहना...।"

"तुम वहाँ पढ़ सकोगी?" जानकी ने गम्भीर स्वर में पूछा।

"इनकी बड़बड़ फिर सुननी पड़ी तो छोड़ दूँगी...।" रामप्यारी ने संकेत समझ लिया।

"मैडम याद है क्या कहती हैं...स्वाभिमान और इज़्ज़त गँवाकर कोई भी चीज़ नहीं लेनी चाहिए, चाहे वह कीमती से कीमती भी क्यों न हो..."

"हाँ, वैसी जगह कोई क्यों पढ़ेगा?"

जानकी ने बाबू के साथ बड़ा गाँव जाने का प्रोग्राम बताया और मुस्कराते हुए कहा, "मैं जो भी सीखूँगी, उसे कक्षा की सभी लड़कियों को बता दूँगी...तुम लोगों की टीचर..."

वे हँसने लगीं। जानकी की तरह रामप्यारी की आँखें भी उत्साह एवं ख़ुशी से चमक रही थीं।

खलील मियाँ का शागिर्द

खलील मियाँ खुर्जा वाले का शागिर्द भीमलराम राजगीर, पुरानी धराऊँ धोती-कुर्ता, पगड़ी धारण कर चप्पलों में पैर डालकर चल पड़ा। दरम्याना कद, दुबला-पतला शरीर, मूँछे और भवों के बाल खिचड़ी—वह आशा और आशंका के झूले में झूल रहा है। रोग मुक्त होने पर कुछ ख़ून दौड़ने से चेहरे की रंगत बदल तो गई है लेकिन डॉक्टर ने और छह मास आराम करने को कहा है। क़रीब एक वर्ष बाद वह निजी काम से बाहर जा रहा है। आकाश में हल्के बादल, हवा भी सक्रिय पर गर्मी और उमस में कमी नहीं।

बड़ी सीधी मूँछों और छोटी आँखों वाले ठेकेदार लालचन्द को भीमल मिस्त्री को अचानक सामने देखकर सहसा विश्वास नहीं हुआ। उसका मुँह सिकुड़ गया, फिर उसने अपने को सँभाल कर हँसते हुए कहा, "आओ मिस्त्री, आओ। बैठो, अब तो तुम्हारे चेहरे पर रौनक आ गई है...।"

भीमल रास्ते भर सोचता आया था, 'बाबू जी, आजकल बहुत दिक़्क़त आ गई है इसलिए आपके पास दौड़ा आ...।'

लेकिन उसकी शेष बात मुँह में ही रह गई क्योंकि लालचन्द ने जल्दीबाज़ी में अगल-बग़ल देखते हुए सोफे से उठते हुए कहा, "मिस्त्री, एक बहुत ज़रूरी बात याद आ गई है। अन्दर से फ़ोन करके आ रहा हूँ...बस दो मिनट...।"

वह भागते हुए-सा अन्दर प्रस्थान कर गया और भीमल मुँह बाकर देखता ही रह गया। थकान मालूम होने पर वह एक किनारे रखी बेंच पर बैठकर प्रतीक्षा करने लगा। वह कभी, दरवाज़े की तरफ़ देखता और कभी मुँह घुमाकर बाहर देखने लगता...गुलमोहन, कचनार, कुछ गमले और एक ख़ूबसूरत लॉन जैसे कोई हरी कालीन बिछी हो। अचानक उस्ताद खलील मियाँ की याद आने लगी उसे...।

जब वह चौदह वर्ष का ही था, उसके बाबू खलील के यहाँ उसे ले गए थे, 'मेरी ज़िन्दगी तो मज़दूर चौराहे पर ही बीत गई, कुछ नहीं मिला, ए मियाँ साहेब। यह बच्चा है, इसे शरण दे दें तो अच्छे घाट लग जाएगा।'

खलील ने रहम करके अपने साथ रख लिया। भीमल बहुत ही सीधा, आज्ञाकारी, मेहनती होने के साथ काम में भी अच्छा होशियार निकला। कुछ समय बाद तो वह

अपने उस्ताद का बहुत विश्वासपात्र और भरोसे वाला सहायक भी बन गया लेकिन खलील तेज़ी से बूढ़ा हो रहा था और अपनी गम्भीर बीमारी के वक़्त एक दिन वह भीमल से बोला, पुश्त-दर-पुश्त हमारे ख़ानदान में यही हुआ है। इस ख़ानदान की दूर-दूर तक मशहूरी रही है। तुमसे बताता हूँ, सदियों पेश्तर जब ताजमहल बनाने लगा तो बादशाह ने अपना एक ख़ास कासिद भेजकर हमारे एक बुज़ुर्ग मरहूम को बुलाया था। सब अल्ला की मर्ज़ी है, इस घर में लड़कियाँ-लड़कियाँ ही आ गईं तो यह हुनुर मेरे साथ ही ख़त्म। बरखुरदार, मैं चाहता हूँ कि तुम मेरे काम और नाम को आगे ले जाओ...मैंने सब कुछ तुम्हें सिखा दिया है। बस एक चीज़ का ख़याल रखना—काम दुरुस्त और दाम भी दुरुस्त, इस बावत भूल कर भी मुरव्वत नहीं...।

धीमल ने वही किया जो उसके उस्ताद ने कहा था। उसने उस्ताद के नाम के साथ अपने नाम और काम को ख़ूब चमकाया। पैसा भी अच्छा कमाया जिससे तीन लड़कियों की अच्छी शादियाँ कीं, चौका-बासन करने वाली पत्नी चुनिया के लिए सोने का चन्द्रहार बनवाया, बीस वर्ग गज की एक सस्ती ज़मीन ख़रीद कर एक चुनमुनिया मकान भी खड़ा कर लिया और अपने पेट पोंछना बेटे राजू को अधिक से अधिक पढ़ाने का संकल्प भी।

किन्तु उस्ताद की आख़िरी सीख पर वह मुस्तैद नहीं रह सका। खलील मियाँ उसके स्वभाव को जानते थे कि वह बेहद सीधा, मुँहदूवर और मुरव्वती है। जब तक शरीर में ताकत और उमंग थी, उसे जो नुकसान उठाना पड़ा उसका पता भी नहीं लगा लेकिन अधेड़ावस्था में जब राजा-महाराजा के रोग की गिरफ़्त में आ गया तो सारी चीज़ें उलट गई और उस्ताद की बात याद आने लगी।

कहीं पैंतीस मिनट बाद अजीब नाटकीय तरीके से लालचन्द प्रकट हुआ, गोया किसी रंगमंच का पात्र। वह अपने ही में ख़ूब मगन था और उसके मुँह से कोई गुनगुनाहट निकल रही थी। उसके हाथ में एक प्लेट थी जिसमें साबुत मूँगफली के कुछ दाने और बेसन के कुछ बारीक सेव रखे थे।

"मिस्त्रीजी, लो, तुम भी कुछ कुटकुटाओ। यह महात्मा गांधी को ख़ूब पसन्द था। मैं तो रोज़ इसी का सेवन करता हूँ।"

"बाबू साहेब, मैं यह सब नहीं खाता। मैं इस समय दूसरे काम से आया हूँ। याद कीजिए, एक साल पहले आया था...।"

लालचन्द बीच ही में बोल पड़ा, "मिस्त्री, पहले दूध में बनी मलाई से ढकी चाय पियो फिर और बातें होंगी। मैंने जल्दी लाने के लिए कहा था...रहो, देखता हूँ...फिर एक ख़ुशख़बरी भी सुनाता हूँ...।" ठेकेदार फिर अन्दर जाकर लापता हो गया लेकिन शीघ्र ही नौकर ज़रूर वैसी ही एक चाय मग में रख गया।

भीमल कुछ क्षणों तक किंकर्तव्यविमूढ़ बैठा रहा। लेकिन ख़ुशख़बरी की बात कहकर ठेकेदार ने एक उम्मीद भी जगा दी इसलिए वह कुछ सोचकर चाय आदि

का सेवन करने लगा। इससे उसके स्वाद, तरी और ताकत भी मिली और दिल में नरमी भी पैदा हो गई।

अकस्मात् लालचन्द ने तेज़ी से बाहर आकर बैठते हुए कहा, "भीमल मिस्त्री, मैंने कहा था न, मैं अभी एक बड़ी हस्ती से फ़ोन पर बात करके आ रहा हूँ। अब ख़ुशी मनाओ, बहुत जल्दी तुम लोगों की ज़िन्दगी में भारी बदलाव होने जा रहा है। तुम लोगों के लिए हर जगह स्कूल, कॉलेज और अस्पताल खुलेंगे जिनमें तुम्हारे बच्चे मुफ़्त पढ़ेंगे और तुम सबके भयंकर रोगों कैंसर वग़ैरह का मुफ़्त इलाज...।"

"अरे बाबू जी...।"

"क्या विश्वास नहीं है? अब इस तरह समझो...आज हमारे देश में धनियों की भरमार हो रही है। सितारों की तरह जगमगा रहे हैं। गली-गली करोड़पति पैदा हो गए हैं। तो भैया, तुम्हारे लिए भी बड़ी-बड़ी योजनाएँ बन रही हैं, कुछ ही दिनों में तुम सितारों की तरह चमकोगे और लोग टुकुर-टुकुर देखेंगे...।"

खलील का शार्गिद सब कुछ जानता था लेकिन आदत से मजबूर मुस्कराते हुए बोला, "बाबू साहेब, आप झूठ नहीं कहेंगे लेकिन अगर मैं परेशानी से लाचार न होता तो आपको कष्ट न देता। आपने छह महीने बाद बुलवाया था, अब तो एक साल...।"

"मिस्त्री, मैं सब जानता हूँ। तुम्हारे जैसा शरीफ़ इनसान तो मैंने देखा ही नहीं। मैं अभी ज़िन्दा हूँ। तुम्हारी एक-एक समस्या मैं हल करवाऊँगा। बस दो मिनट रुको...अभी आया...।"

उम्मीद के ढुलमुल स्वप्न में फिर छोड़ गया लालचन्द और पूरे चालीस मिनट बाद प्रकट हुआ ख़ूबसूरत सूट-बूट और काले चश्मे में। भीमल की उम्मीद और बढ़ गई, गोया बकाया चुकाने के लिए ऐसी भव्य पोशाक धारण करना ज़रूरी हो।

लालचन्द के पास आकर भुनभुन बोला, "मिस्त्री, पाँच मिनट में आता हूँ, तुम बैठो।" इतना कहकर वह तेज़ी से घूमकर बरामदे में आहते में उतर गया और एक ओर खड़े स्कूटर को पकड़कर साधने लगा। यह देख भीमल घबरा गया और तेज़ी से उठकर 'बाबू जी' पुकारते हुए अहाते ही ओर लपका। पास आने पर लालचन्द सिर झुकाकर भुनभुन बोला, "तुमने हद कर दी, भीमल, एक छोटी रकम के लिए शरीफ़ घर में इतना चिल्लाना! दस लाख का पेमेंट आज तक नहीं मिला, तुम्हारे लिए ही जा रहा हूँ। लड़ जाऊँगा आज। आज से छह महीने बाद आ जाना, पक्का वादा है। हाँ, अभी बैठो, दूध की चाय पीकर जाना।"

इसके बाद भर-भर स्टार्ट हुआ और बाहर निकलकर नज़र से ग़ायब। भीमल का चेहरा बुझकर नीचे लटक गया। वह मझधार में हाथ-पैर मारने लगा। ऐसे में फँसा व्यक्ति हर तिनके को पकड़ने की कोशिश करता है। उसे अचानक राधाकृष्ण साहू की याद आने लगी जिसका घर यहाँ से नज़दीक भी है।

भीमल उधर ही चल पड़ा। राधाकृष्ण अपनी दुकान पर ही थउस कर बैठा है। सिर पर पग्गड़, माथे पर चन्दन का टीका और गले में रुद्राक्ष की माला। स्वागत करने पर भीमल लोहे की पुरानी इकलौती कुर्सी पर बैठकर बोला, "अच्छा हो गया हूँ। डॉक्टर ने छह महीने आराम करने को बताया है। इस बीच पूरी तरह खुख हो गया हूँ, सेठ जी। जनानी बाहर काम-धाम करने जाती है पर उससे क्या होने वाला है, लड़के की पढ़ाई भी छूटने वाली है। बस छह महीने की बात है इस बार कुछ और मदद कर दें, बड़ा अहसान होगा...।"

दुकानदार का सिर झुक गया। चुप...जैसे अब बोलेगा ही नहीं। बहुत देर बाद आवाज़ निकली, "मिस्त्री, मैं तो ख़ुश हो रहा था कि सोने का चन्द्रहार छुड़ाने आए हो। बाक़ी मैं भी बड़ी मजबूरी में आ गया हूँ। मेरा नौकर बहुत माल-मत्ता लेकर चम्पत हो गया और बग़ल में एक टुटपुंजिया दुकान खुल गई, उसने मेरे सभी ग्राहकों को तोड़-फोड़ लिया है।"

"छह महीने की बात है, तब ठेकेदार तीन हज़ार का बकाया दे देगा और मैं भी काम पर जाने लगूँगा। तब मूल-सूद सब चुकता कर दूँगा..., ऊपर से कोई कमरा या बैठक बनवाना हो तो कहना, बना दूँगा...।"

साहूकार सिर झुकाकर फिर मौनी बाबा बन गया। अन्त में खँखारकर बोला, "मिस्त्री, तुम बहुत सीधे हो। अगर बुरा न मानो तो एक राय दूँ। आजकल लड़कों को पढ़ा-लिखाकर बेकारों की फ़ौज बढ़ाने से अच्छा है किसी काम पर लगा देना। न हो तो तुम लड़के को मेरी दुकान पर भेज दो...हम दोनों को सहूलियत हो जाएगी।"

भीमल उठकर भारी मन से बोला, "फिर आऊँगा।"

स्मृति सभा

अख़बारों में दो तीन बजे का ही समय दिया गया है। दिसम्बर के आख़िरी दिन, कड़ाके की सर्दी, धूप में जान नहीं। आसमान में, ठीक ऊपर जलहीन बादल का एक मामूली स्थिर टुकड़ा, गोया पतली, झीनी चादर बिछा दी गई हो। ठीक समय पर दो युवा कवि वहाँ पहुँचे तो मेज़-कुर्सियाँ निकालकर दरी बिछाने की तैयारी हो रही थी। गम्भीर और उदास, वे नज़रें झुकाए हुए थे। कुछ आगे बढ़कर सुबीर ने पूछा, "रघुनाथ, क्या अभी देर है?"

"थोड़ा टहल आइए, साहब...अब हो ही गया है..."

वे दोनों एक सूखी मुस्कराहट के साथ घूमकर सड़क की तरफ़ निकल गए।

"मैंने उसे मना किया था, यार...।"

सेवकराम ने अपने साथी की तरफ़ देखा।

"छोड़ो...अब इस पर विचार करने से कोई लाभ नहीं...।"

वे मौन हो गए और बेमन इधर-उधर देखते हुए टहलने लगे। ये सभा स्थल की पहुँच सीमा में ही किसी सड़क पर मुड़ जाते, कुछ दूर तक टहलते और लौट आते। वे चुप थे—और जब बात करने की कोशिश करते तो वह बीच में ही टूट जाती क्योंकि अचानक उन्हें महँगी, चमचमाती मोटरकारों तथा मोटर-बाइकों की तेज़ रफ़्तार की जद से बचने की क़वायद करनी पड़ती।

"कॉफ़ी हाउस के सामने कैसी गगनचुम्बी इमारत खड़ी कर दी गई है। रोशनी, हवा, मस्ती सभी ख़त्म!"

"चलो चलें...हर जगह तो ऐसा ही है..."

बातों के टुकड़े सर्द हवा और शोर में लुप्त हो गए। समय का अन्दाज़ा हो जाने पर वे लौट चले। वे सिर झुकाकर सोच रहे थे। अचानक वे चौंक उठे। पीछे बाज़ार की तरफ़ से ज़ोर से आवाज़ आई, जैसे कोई बम फटा हो। वे सभास्थल के निकट आ ही गए थे। वे आवाज़ों के अभ्यस्त हो चले थे और चुपचाप गन्तव्य की तरफ़ बढ़ चले। राष्ट्रीय शिक्षा भंडार का धुँधला बोर्ड नज़र आने लगा।

जब वे पहुँचे तो प्रसिद्ध प्रकाशक और पुस्तक-विक्रेता की दुकान का जो हिस्सा ख़ाली किया जा चुका था, उसमें एक बड़ी दरी और सफ़ेद जाजिम बिछाई

जा चुकी थी, जिस पर पाँच-छह साहित्य प्रेमी विराजमान थे। वे दरवाज़े के सामने दीवार से पीठ सटाकर बैठे थे, फिर भी सिर घुमाकर बार-बार उधर ही देख लेते थे। बीच-बीच में वे जम्हायी लेते और बाँहें ऊपर करके शरीर को तोड़ने लगते। जब पहले ही काफ़ी देर हो चुकी हो तथा फिर भी उतनी ही और देर होने का मंजर दिखाई दे रहा हो, तो सच्ची भावना लेकर आए श्रोतागण की ऐसी दुर्दशा होना अस्वाभाविक नहीं है।

सुबीर और सेवकराम सब समझकर कुछ देर तक बाहर ही डोलते रहे थे। जब वे चप्पलें दरवाज़े पर निकालकर अन्दर बैठे तो प्रकाशक व पुस्तक विक्रेता परेशचन्द्र बाकलीवाल ने, जो दो मिनट पहले पधारे थे, तिरछी दृष्टि से दोनों कवियों को देखा। ठिगना कद, पेट नदकोला, वह गुल्ली की तरह छटक-छटक कर फँटे बाँस के स्वाभाविक स्वर में चिल्ला-चिल्लाकर विलम्बित मुस्तैदी से अपनी प्रबन्धकीय तैयारी को फिनिशिंग टच दे रहे थे। अचानक वह छटककर दोनों कवियों के पास पहुँचकर बोले, "इतनी देर? कम-से-कम आप लोगों को तो..." फिर दरवाज़े की तरफ़ मुँह घुमाते हुए, "रघुनाथ, दो गर्म कॉफ़ी जल्दी...।"

"सूप बोले तो बोले...चलनी भी?" सेवकराम ने होंठ बिचकाते हुए कहा।

"अरे नहीं जी, ऐसी बात नहीं...हमें इस वर्ष पचास लाख का आर्डर मिला। आप जाकर हरिहर संन्यासी जी से पूछिए...क़िस्मत को रो रहे हैं।"

"आपकी महानता से सभी परिचित हैं। घड़ी की सुई चार से आगे चली गई, अब तो होश में आइए..."

"नाराज़ न होइए, शहर का पहला प्रकाशक हूँ मैं, जिसने आप तीनों की प्रतिभा को सबसे पहले पहचाना था। अफ़सोस है कि इस त्रयी में एक..."

"कुछ तो शर्म कीजिए...।" सुबीर ने ग़ुस्से से घूरते हुए कहा!

"देखिए, ऐसे संकटकालीन आयोजन में कुछ विलम्ब हो ही जाता है। आप तीनों तो मेरे भावी कवि-लेखक रहे, अपनी-अपनी चुनी कविताएँ और दिवंगत साथी की भी—सब दे दीजिए कि पाँच-दस मिनट की देर है, बस हरिहर 'संन्यासी' का इन्तज़ार है। हाँ, उन्हीं की प्रतीक्षा...वह शख़्स ख़ुशी हो या गम, हर वक़्त एक जैसा ही व्यवहार करता है...।"

इतना कहकर परेशचन्द्र बाकलीवाल ने दाएँ-बाएँ और पीछे देखा, फिर छिटक कर, अन्दर की तरफ़ जाकर 'अगरबत्ती-अगरबत्ती' चिल्लाना शुरू कर दिया। चपरासी दौड़े और शीघ्र ही दो मसनद दाहिनी दीवार से सटाकर रख दिये गए, जहाँ सबसे विलम्ब से पहुँचने के अधिकार-प्राप्त दो विशिष्टतम साहित्यकार विराजमान होने वाले थे। इसके बाद दोनों तरफ़ अगरबत्तियाँ जलाकर रख दी गई थीं।

घड़ी की सुई साढ़े चार के आगे सरक रही थी। सूर्यास्त जल्दी होने वाला है। हवा में तेज़ी। कमरे में सभी राड और सौ वाट का एक बल्ब जला दिये गए।

लोग अब जल्दी-जल्दी आने लगे थे। इनमें से अनेक पहले ही आकर टहलने चले गए थे वे आकर बैठते, किसी से फुसफुस बात करते, फिर इत्मीनान की जगह बनाते, दरवाज़े की तरफ़ बार-बार देखने लगते। वे यही जाने-अनजाने हिन्दी प्रेमी हैं, जिनके लिए अख़बारी सूचना ही पर्याप्त होती है, और जो हिन्दी साहित्य और साहित्यकार सम्बन्धी आयोजन में ठीक समय पर भक्ति एवं भावना से ज़रूर पहुँचते हैं। विशिष्ट साहित्यकार के आगमन से पाँच-दस मिनट पूर्व कई जाने-माने और सुपरिचित भी बाहर डोलते दिखाई पड़ने लगे और उनकी मोटरकार आते ही वे भीतर बैठ गए, टिप-टॉप या नियोजित विचित्रताओं तथा इस उद्धत भाव के साथ ही हम भी कुछ कम नहीं। इसके फ़ौरन बाद विशिष्टतम अतिथि साहित्यकार हरिहरनाथ 'संन्यासी पहुँचे अपने ही अन्दाज़ में। पाँवों में काले मोजे, खद्दर की धोती कुर्ता के ऊपर काला फुल स्वेटर, काले रंग का शॉल, आँखों पर काला चश्मा और सिर पर काली कश्मीरी टोपी। पोशाक, चाल और मुद्रा के साथ पूरा व्यक्तित्व गहरे शोक का परिचायक।

पाँच बज चुके थे। अब ऐसे सभी विशिष्ट, सामान्य तथा नगण्य पहुँच चुके थे, जो मिलकर किसी साहित्यिक सभा को स्वाभाविक और सार्थक बनाते हैं। सहसा बातचीत करने की भुनभुनाहट बन्द हो गई और सबकी नज़रें दोनों मसनदों के आगे बैठे महानुभावों के गम्भीर और गमगीन चेहरों पर जम गई। इसी परेशचन्द बाकलीवाल भीतर की तरफ़ से अत्यन्त अनुशासित ढंग से दबे पाँव आए और विशिष्ट अतिथियों की तरफ़ खड़े होकर जेब से एक काग़ज़ निकालकर बोले—

"आप बन्धुगण जानते ही हैं कि एक उदीयमान सशक्त काव्य-प्रतिभा श्यामदेव सिंह के निधन से हिन्दी साहित्य समाज को भारी क्षति पहुँची है। शोकसभाएँ तो पहले ही हर जगह हो चुकी हैं, वर्तमान सभा कुछ विलम्ब से हो रही है, इसलिए स्मृति सभा के रूप में इसका आयोजन किया गया है। विलम्ब जान-बूझकर नहीं किया गया, बल्कि कुछ मजबूरियों की वजह से ही हो गया क्या बताऊँ, आप तो जानते हैं कि पन्द्रह दिनों का विश्व पुस्तक मेला पड़ गया, उसी के ठीक बाद केन्द्र का एक बड़ा आर्डर भी सप्लाई करना पड़ गया...हमको और हरिहरनाथ 'संन्यासी' को मरने...मेरा मतलब है दो-तीन मिनट की भी फ़ुरसत नहीं थी। ख़ैर, अब अधिक विलम्ब न करके मैं प्रस्तावित करता हूँ कि इस शोक...नहीं इस स्मृति सभा में मुख्य अतिथि का आसन महान लेखक और समर्थ प्रकाशक तथा अनेक कालजयी रचनाओं के रचयिता श्रद्धेय जी हरिहरनाथ 'संन्यासी' ग्रहण करें। मुझे यह भी कहने दीजिए कि महान सम्भावनाओं वाले दिवंगत कवि श्यामदेव सिंह पर 'संन्यासी' जी का अपार स्नेह था। मेरे कहने का अर्थ है कि दुख वेदना की इस घड़ी में 'संन्यासी' जी कुछ ऐसा कालजयी उद्‌बोधन दें कि दुख सन्तप्त हिन्दी साहित्य समाज के दिलों पर मरहम लगे। इसी के साथ सुपरिचित नाटककार

डॉ. बृजमोहन बृज से अनुरोध है कि वे अध्यक्ष का आसन ग्रहण कर स्मृति सभा की कार्रवाई संचालित करने की कृपा करें।"

डॉ. बृजमोहन बृज ने जो दूसरे मसनद के सामने पहले से ही बैठे थे, दिवंगत युवा कवि श्यामदेव सिंह के संघर्षों तथा उनकी कुछ कविताओं को उल्लेख करते हुए उसके प्रति श्रद्धांजलि अर्पित की और उसके घनिष्ट युवा कवि मित्र सेवकराम को नाम लेकर पुकारा।

सेवकराम फ़ौरन उठ खड़ा हुआ और उसी जगह पर जा खड़ा हुआ, जहाँ कुछ देर पहले सभा आयोजक एवं प्रबन्धक परेशचन्द्र बाकलीवाल ने खड़े होकर प्रस्तावना प्रस्तुत की थी। पैंट-क़मीज़ और हाफ-स्वेटर के लिबास में सत्तईस-अट्ठाईस वर्ष का एक नौजवान, साफ़ रंग और गम्भीर विचारपूर्ण चेहरा। वह क़रीब एक-डेढ़ मिनट तक सिर झुकाकर खड़ा रहा, मानो भावनाओं को नियंत्रित करने अथवा अपने बयान के क्रम का निर्धारण करने का प्रयास कर रहा हो। फिर कम्पित स्वर में बोला, "युवा कवि श्यामदेव सिंह के निधन के बाद इस नगर में हर जगह, हर संस्था द्वारा शोक सभाओं का आयोजन बहुत पहले ही हो चुका है। लेकिन जब से शिक्षा विभाग के एक उच्च अधिकारी ने श्यामदेव सिंह की कविताओं की सराहना करते हुए उनके प्रकाशन में रुचि दिखाई है, नगर की विशिष्ट संस्था 'साहित्य गंगा' ने काफ़ी विलम्ब से यह आयोजन किया है, 'स्मृतिसभा' के नाम से शायद झेंप मिटाने के लिए। यदि ऐसा न भी हो और श्री बाकलीवाल के बताए कारण ही सही हों तो अब समझा जा सकता है कि ऐसी संस्था की प्राथमिकता क्या है। इस संस्था के तत्वावधान में कोई आयोजन सही समय पर और सादगी से होगा, इसकी उम्मीद कम ही रहती है, परन्तु इतना सुविचारित विलम्ब, उपेक्षा, लापरवाही, नाटक और मसखरापन का सामना करना पड़ेगा और संवेदनशील साहित्यप्रेमियों के समय, सद्भावना, आशा एवं विश्वास का ऐसा दुरुपयोग होगा, इसकी कल्पना नहीं की जा सकती थी। ख़ैर, इस अप्रिय प्रसंग को छोड़कर मैं कुछ शब्द श्यामदेव सिंह के बारे में कहूँगा। यह सही है कि श्यामदेव सिंह उन्हीं सामान्य छात्रों में थे, जो शिक्षा पूरी करके किंकर्तव्यमूढ़ होकर सिविल सर्विसेज की परीक्षाओं में बैठने लगते हैं। छात्र जीवन में ही उन्होंने कविताएँ लिखनी शुरू कीं और हमारे बीच सर्वोत्तम कविताएँ भी उन्होंने ही लिखी। वह स्वस्थ था, मस्त था, परिश्रमी था और जीवन की अन्य गतिविधियों में भाग लेता था। ख़ैर, जब नौकरी नहीं मिली तो हम हिन्दी पत्रकारिता और लेखन की तरफ़ मुड़े। स्वतंत्र लेखन पर निर्भर रहना पहले आसान था लेकिन अब भयंकर महँगाई से यह सम्भव नहीं है। मैं तो एक पत्र में स्ट्रिंगर के रूप में कार्य कर रहा हूँ और सुबीर दिल्ली चले गए। इस बीच श्यामदेव सिंह ने कुछ बहुत अच्छी कविताएँ लिखीं। उसने अपनी कुछ रचनाएँ एक दिग्गज को दीं कि वे किसी प्रकाशक से कहकर छपवा दें, जिसे बन्द रास्ता कुछ तो खुलेगा।

परन्तु वह इन्तज़ार करता रह गया और उसे कुछ खोखले उपदेशों और वादों के सिवाय कुछ न मिला।

"अब हुआ यह कि वह कविताएँ लिखना छोड़कर विभिन्न प्रेसों में प्रूफ़रीडिंग करने, प्रकाशकों के यहाँ पुस्तकों के फ्लैप मैटर लिखने, किसी के लिए प्रायोजित समीक्षाएँ लिखने और फ़ौरन पेमेंट पर तुरन्त छोटे-छोटे अनुवाद करने में व्यस्त हो गया। वह प्रूफ़ लेने और पढ़कर लौटाने के लिए प्रतिदिन तमाम प्रेसों के चक्कर काटने लगा।

"इन परिस्थितियों में वह अधिक से अधिक पैसा कमाने और बचाने की भी कोशिश कर रहा था। वह पैसा बचाकर कोई धन्धा करना चाहता था, जिससे निश्चिन्त होकर बाद में कविताएँ लिख सके। एक दिन मैंने उससे कहा, 'तुम पहाड़ी खच्चर की तरह यह काम बन्द कर दो, तुम्हारा स्वास्थ्य और कविता दोनों ही नष्ट हो जाएँगे।' वह हँसमुख और मज़ाक़िया भी था, लेकिन इस बात पर बिगड़ गया, मुझे उपदेश देने की कोशिश न करो, मैं ख़ूब जानता हूँ कि क्या कर रहा हूँ। माइंड योर बिजनेस।

"कुछ समय बाद वह मानसिक रूप से विक्षिप्त हो गया और एक दिन हमसे रुखसत हो गया। साहित्य पर एक कठोर आघात। बस इतना ही कहना चाहता हूँ...।"

जब सेवकराम आकर बैठा तो श्रोताओं के चेहरे गम्भीर और आवेश से तमतमाये हुए थे। किसी कोने से आवाज़ आई 'शेम'। फिर आपस में फुसफुसाहट और भुनभुनाहट आरम्भ हुई। परेशचन्द्र बाकलीवाल अपनी ज़िम्मेदारी समझ कर उठ खड़े हुए और 'अवसर का ख़याल कीजिए कृपया' कहकर हाथ हिलाते हुए शान्ति की अपील करने लगे। अध्यक्ष महोदय ने भी वैसी ही अपील करके दूसरा नाम पुकारा।

दिक़्क़त यह है कि कई वक्ताओं को दिवंगत के सम्बन्ध में बहुत कम मालूम था—सिर्फ़ उतना ही जो अख़बारों में साहित्य और साहित्यकारों के सम्बन्ध में बहुत कम अलटप्पू ढंग से छपता है और वह भी जो सेवकराम ने अभी-अभी श्यामदेव के सम्बन्ध में कहा था। नतीजा यह कि जो बातें कही जाने लगीं, उनका एक ख़ास ढर्रा-सा बन गया अर्थात् लगभग सभी ने एक उदीयमान, संघर्षशील काव्य प्रतिभा के अवसान पर दुख प्रकट किया और उसके लिए समय, व्यवस्था तथा बुज़ुर्ग पीढ़ी की हृदयहीनता और अवसरवाद को ज़िम्मेदार ठहराया। सबसे कम उम्र के यानी नवीनतम पीढ़ी के एक कवि-नाटककार मुक्तेश्वर मुक्त के एक ऐसे बेहोश क्रोध में पहुँचकर तेज़ी से बोलना शुरू किया कि हड़हड़ आवाज़ के साथ आए आँधी तूफ़ान में किसी वृक्ष के झकझोरे जाने का दृश्य उपस्थित हो गया। वह अधिक बोल भी नहीं सका और उसकी वाणी जल्दी ही अवरुद्ध हो गई।

यही नहीं, वह अपनी दोनों हथेलियों में मुँह छिपाकर रोने भी लगा। इस अवसर पर परेशचन्द्र बाकलीवाल ने उस नौजवान के प्रति सहानुभूति प्रकट करना बहुत ज़रूरी समझा और उठकर छटककर उसके पास पहुँचते हुए कह दिया, "दुख न कीजिए, हम भी बहुत दुखी हैं, आप अपने कुछ चुने हुए एकांकी नाटक दे दीजिए, मैं अपने शेड्यूल में उसे छाप दूँगा।" इस पर नौजवान नाटककार ने मुँह उठाकर ग़ुस्से से परेशचन्द्र को देखा और कुछ बुदबुदाकर वहाँ से तेज़ी से बाहर निकल गया। इस पर अधेड़ क़िस्म के एक साहित्यप्रेमी ने उठकर ग़ुस्से से कहा, "अध्यक्ष महोदय, यह सब क्या तमाशा हो रहा है? जिसको देखो वही नाटक कर रहा है। ये लोग किसी लेखक को याद कर रहे हैं या आत्मप्रचार? हिन्दी में विदूषकत्व की प्रवृत्ति क्यों बढ़ती जा रही है? कृपया आज उसी को बुलाइए जो दिवंगत लेखक की गरिमा का ध्यान रखे और कुछ अच्छी बातें कहे, जिसका हिन्दी जगत पर सकारात्मक प्रभाव पड़े। अगर ऐसे सन्तुलित लोग नहीं हैं तो मुख्य अतिथि महोदय का भाषण कराकर तथा कोई प्रस्ताव पास कराके मीटिंग समाप्त करा दीजिए... कितना विलम्ब हो गया है।"

इसके पश्चात थोड़ी देर के लिए सन्नाटा पसरने के बाद पुनः खुसुर-फुसुर तथा भुनभुनाहट आरम्भ हुई। अध्यक्ष ने शान्ति की अपील करते हुए बुज़ुर्ग पीढ़ी कुछ ऐसे सुपरिचित लेखकों को बुलाया जो साहित्य को आध्यात्मिक बुलन्दी तक की यात्रा के रूप में व्याख्यायित करते हैं। इनके भाषणों से भी लोग नाराज़ हो गए क्योंकि उनमें श्यामदेव सिंह के संघर्षों का कोई उल्लेख तो था ही नहीं बल्कि यश और भौतिक सफलता के लिए बेचैन युवा पीढ़ी को धैर्य और त्याग के उपदेश भी दिये गए थे।

इसके बाद अध्यक्ष ने मुख्य अतिथि श्री हरिहरनाथ 'संन्यासी' के दुर्लभ सृजनात्मक गुणों एवं उनकी उपलब्धियों का विस्तृत उल्लेख करते हुए उनसे प्रार्थना की कि वे दिवंगत महान काव्य प्रतिभा श्यामदेव सिंह के प्रति श्रद्धा संवेदना के अपने कुछ शब्द-सुमन अर्पित करें। सन्नाटा के बीच गला खँखारकर मुख्य अतिथि

हरिहरनाथ 'संन्यासी' ने बोलना शुरू किया—

"बन्धुओ, मैं अब साहित्यिक आयोजनों में जाता नहीं, इसका कारण भी बताए देता हूँ। वैसे यह स्वीकार करता हूँ कि एक समय था, जब मैंने भी ख़ूब गोष्ठीबाज़ी की और भाषण-वाषण दिये। बात यह है कि आज के लोगों के दिमाग़ का सन्तुलन यानी कोई स्क्रू ढीला हो गया है। वे सही ढंग से बात कर ही नहीं सकते, कुछ ऐसा कह देंगे कि गम्भीरता नष्ट होगी। इसी सभा में ऐसे ही किसी ग़लत आदमी ने मुझे प्रकाशक बता दिया। यह ठीक है कि दाल-रोटी के लिए मैंने दो-चार पुस्तकें छाप रखी हैं लेकिन यह बता दूँ आपको कि न कभी मैं किसी विश्व पुस्तक मेला में गया और न कभी कोई आर्डर सप्लाई करता हूँ। मैं जानता हूँ कि कुछ लोग मेरे ख़िलाफ़ गन्दा और बेहूदा प्रचार करने के गन्दे खेल में निरन्तर लिप्त रहते हैं,

बेशर्मी के साथ मौक़ा-बेमौक़ा। मैं इस सभा में ऐलान करता हूँ कि लेखन के अलावा मैं और किसी चीज़ को भी अहमियत नहीं देता, किसी को भी नहीं...।

"इसी सभा में यह भी कहा गया कि स्वर्गीय प्रतिभाशाली कवि से मैं बड़ा स्नेह रखता था। मैं जानता हूँ कि किस मंशा से यह बात कहीं गई, फिर भी स्वीकार करता हूँ कि यह सही है। मैं हर नौजवान से स्नेह करता हूँ, सृजनशील, प्रतिभाशाली नौजवान से तो और। ये ही नौजवान हमारी परम्परा को आगे ले जाएँगे। पर मैं इस सिलसिले में एक स्पष्ट बात कह देना चाहता हूँ, आशा है आप सब समझने की कोशिश करेंगे। आप ख़ूब मेहनत कीजिए, आपका कुछ नहीं बिगड़ेगा। यह ग़लत है कि मेहनत करने से कोई विक्षिप्त हो जाता है। हमारा मज़दूर, जिसको ठीक से खाना भी नहीं मिलता और आराम भी नहीं, क्या वह काम की वजह से विक्षिप्त हो जाता है? कारण कुछ दूसरे हैं। मैं बताता हूँ। मैं कभी होमियोपैथी का डॉक्टर बनना चाहता था तो मैंने पूरी मैटिरियामेडिका ही पढ़ डाली। कभी-कभी हमारे लेखक परम्पराएँ तोड़ने के उत्साह और जीवन के अनुभव प्राप्त करने के लिए अंड बंड जगह पहुँच जाते हैं और कोई रोग की गिरफ़्त में आ जाते हैं। मैं जानता हूँ कि इसका असर पीढ़ी-दर-पीढ़ी होता है अनेक रूपों में, जिनमें विक्षिप्तता तथा पागलपन भी है।

"ख़ैर जो भी हो, उस नौजवान के चले जाने से हमारी हिन्दी भाषा और साहित्य को भारी क्षति हुई है। वह प्रतिभाशाली कवि मेरे पास काफ़ी आता था। वह मुझसे साहित्य तथा व्यावहारिक जीवन के बारे में पूछता था, और मैं उसको विस्तार से बताता भी था। एक रोज़ वह ज़िद करने लगा कि बताइए जीवन में सफलता कैसे प्राप्त की जा सकती है? मैं जानता था कि किसी के बताने से कोई सफल नहीं होता लेकिन वह जब उत्तर प्राप्त करने के लिए तुल ही गया तो मैंने कुछ बातें बता दीं। यह अनुकरण ख़तरनाक है। रास्ता ख़ुद खोजना चाहिए, दूसरे की नकल करना, किसी के सहारे रहना, उसके पीछे दौड़ना प्रतिभा नष्ट कर देगा। मैं यहाँ उपस्थित साहित्य प्रेमियों से यही कहूँगा कि आप दूसरों से सीखिए तो ज़रूर किन्तु किसी की नकल न कीजिए, बल्कि साहस, धैर्य और सन्तुलन के साथ साहित्य का नया मार्ग स्वयं खोजिए। मैं इन्हीं शब्दों के साथ हिन्दी के दुर्लभ प्रतिभावान कवि श्यामदेव सिंह के प्रति अपनी श्रद्धांजलि अर्पित करता हूँ।"

सभा में करतल ध्वनि हुई। इसके पश्चात् अध्यक्ष महोदय ने एक शोक-प्रस्ताव प्रस्तुत किया, और सभी श्रोताओं ने खड़े होकर दो मिनट तक दिवंगत कवि की स्मृति में मौन रखकर अपनी श्रद्धांजलि अर्पित की।

काँटा

सर्दी की एक ठिठुरती रात में क़रीब दस बजे के भोजन की घरेलू गपशप के उपरान्त, जब हम सोने जा रहे थे, किसी ने दरवाज़ा खटखटाया। हम दोनों अकेले ही थे और उन दिनों हमारे शहर में ऐसी अनहोनी घटनाएँ घट रही थीं, जो सामान्य हालत में कतई नहीं घटतीं। झूठ क्यों बोलूँ, ऐसे में मेरी हिम्मत नहीं हुई कि आगे बढ़कर दरवाज़ा खोल दूँ। लेकिन इन्तज़ार नहीं करना पड़ा और फ़ौरन आवाज़ आई, "अरे खोलो अविनाश जी, मैं नरेशचन्द्र हूँ...।"

मेरी पत्नी भी शंकित दृष्टि से उधर ही देख रही थी, आवाज़ सुनते ही उसके चेहरे पर तनाव की जगह एक चमक आ गई और वह ख़ुशी भरे कम्पित स्वर में बोली, "अरे, यह तो नरेश भैया हैं, ठहरिए मैं खोलती हूँ।"

नरेशचन्द्र मेरी पत्नी के ही चचेजाद भाई हैं; एक पट्टीदार चाचा के लड़के लेकिन शख़्सियत शानदार। उन्होंने पट्टीदार जैसा व्यवहार कभी नहीं किया बल्कि मेरी पत्नी को सगी बहन की तरह माना। एक समय था, जब वह इसी शहर में क़रीब तीन वर्षों तक डिप्टी कलक्टर के पद पर रहे। तब वह मेरे यहाँ महीने में एक बार सपरिवार ज़रूर आते और दिन-भर रहते और मछली-भात खाकर शाम को अपने बँगले पर चले जाते। उनकी पत्नी रेखा भाभी ग़ज़ब की सुन्दर थीं, साथ ही कोई घमंड नहीं, सबसे घुल-मिल जातीं, काम में हाथ बटातीं और मेरी पत्नी को छोटी बहन की तरह मानतीं। कई वर्ष पहले वह रिटायर होकर गाजियाबाद बस गए थे। लम्बे अरसे से उनसे कोई सम्पर्क नहीं था।

दरवाज़ा खुलते ही बर्फ़ीली हवा के झोंके के साथ नरेशचन्द्र हाथ में सूटकेस लिए अन्दर आए। उन्होंने तेज़ी से घूमकर दरवाज़ा ख़ुद बन्द करने के बाद फ़ौरन कहा, "देखो सविता, साफ़ कहता हूँ, कोई तकल्लुफ़ नहीं। मैं स्टेशन पर उतरकर भापा होटल में डटकर भोजन करके ही चला हूँ। मैं रिटायर तो हो गया हूँ, मगर एक पुराने मुक़दमे के सिलसिले में मुझे आना पड़ा है। एक बार मन में आया तो ज़रूर कि किसी होटल या सर्किट हाउस में जाकर रुक जाऊँ, इस ख़राब मौसम में तुम लोगों को क्यों तकलीफ़ दूँ। मगर तबीयत नहीं मानी। यहाँ ख़ूब गप्पें लड़ेंगी, खाना-पीना होगा। हाँ सविता, मैं जल्दी में आया हूँ,

मिठाई और तुम्हारी साड़ी नहीं ला सका। मगर मैं तीन दिन रुकूँगा। हाँ, बच्चे कहाँ हैं, भीतर पूरा सन्नाटा है...।"

सविता शिकायती लहजे में बोली, "भैया, आप हमें भूल ही गए और यहाँ आकर बेगाने की तरह बात कर रहे हैं। भोजन बनाने में क्या दिक़्क़त है! आपको इस समय जो भी खाना हो बता दीजिए, मैं बना दूँगी...देर भी नहीं होगी। आप कपड़े बदलकर हाथ-मुँह धोकर आराम कीजिए और किसी बात की चिन्ता न कीजिए। दोनों लड़के अपनी-अपनी नौकरी पर हैं आराम से। आप भाभी की लेकर क्यों नहीं आए?"

"देखो सविता, मैं झूठ नहीं बोलता, इस समय एक गिलास गुनगुना पानी और एक कप चाय को छोड़ और कुछ नहीं ले सकता...।"

सविता पशोपेश में पड़ी। मुँह लटकाकार बोली, "क्या बताऊँ, दूध तो फट गया है। आजकल दूध वाला बहुत रद्दी दूध दे रहा है। ख़ैर, मैं बग़ल वाली से कहती हूँ।"

"सविता तुम मेरा यह अटल सिद्धान्त जान लो, मैं पराए घर के दूध की चाय कभी भी नहीं पीता। अगर नींबू हो तो दूध की जगह वह और नींबू न हो तो चाय और शक्कर और अगर शक्कर भी न हो तो सिर्फ़ चाय का लीकर...।"

सभी हँसने लगे। फिर सविता ने पूछा, "आप नींबू की चाय पीएँगे?"

"वाह, नींबू की चाय मिल जाए तो सबसे अच्छा! एकदम दुरुस्त। जानती हो सविता, अखिल भारतीय कम्युनिस्ट पार्टी के एक पुराने महामंत्री श्री पी. सी. जोशी अपने यहाँ आने वालों को बिना दूध की चाय से स्वागत करते थे। हाँ, उसमें नींबू का आधा टुकड़ा काटकर ज़रूर डाल देते थे। सुना है सोवियत रूस में चाय बिना दूध की ही मिलती थी लेकिन जब श्री पी.सी. जोशी महामंत्री पद से हटाए गए तो कुछ मसखरे लोग नींबू के टुकड़े के इस्तेमाल का जिक्र करते हुए उसे पी.सी. जोशी का संशोधनवाद कहते थे।"

नरेशचन्द्र अब भी वैसे ही जीवन्त थे और उनकी बातों से हमारा भय और बोरियत ग़ायब। मैंने उन्हें छेड़ा, "भाई साहब, आप छुपे रुस्तम निकले। मुझे मालूम नहीं था कि आप कम्युनिस्ट पार्टी के सदस्य भी रह चुके हैं।"

"नहीं अविनाश जी, मैं जब स्टूडेंट था, दो-तीन पहाड़ी दोस्तों के साथ उनके यहाँ गया था। मेरा सिद्धान्त तो यह रहा है कि हर चीज़ की अच्छाई को देखो और अच्छाई को ही ग्रहण करो मुझे कम्युनिस्ट पार्टी में नींबू की चाय वाली आदत ही सबसे अधिक पसन्द है...।"

इस तरह की मज़ेदार बातों के बाद हमने नींबू की चाय ग्रहण की। वह बाथरूम में पहले ही जाकर कपड़ा बदलकर आ गए थे। दो बिस्तर तो बिछे ही थे, पत्नी भीतर सोने चली गई। वह पाजामा कुर्ता और हाफ स्वेटर में थे। हम दोनों अगल-बग़ल की चारपाइयों पर बिस्तरों पर लेट और पैरों पर लिहाफ़ डालकर नींद की पूर्व की अनौपचारिक बातें करने लगे।

"भाई साहब, आप तो दिल्ली में सेवानिवृत्ति की ज़िन्दगी बिता रहे हैं; बताइए कैसा महसूस कर रहे हैं। आपके एक-से-एक कारनामे रहे हैं, आपने ग़ज़ब के अचूक तीर चलाए हैं और बल-बुद्धि से आपने हर लक्ष्य को साधा है। यह सब सोचकर तो आपको ख़ूब आनन्द आता होगा, अपार सन्तोष-सुख मिलता होगा?" मैंने मज़ाक़िया लहजे में उनसे पूछा।

उन्होंने एक संक्षिप्त मुस्कराहट के साथ कहा, "अविनाश जी, इस सन्नाटे में तुमने क्या छेड़ दिया...मैं तो अब उन बातों से बहुत दूर हूँ। उनके बारे में न तो स्वयं सोचता हूँ और न ही किसी से बात करता हूँ।...तुम्हारी बातें शायद सही हैं... लेकिन...।" दो बार उन्होंने शंका से सिर घुमाकर भीतर के कमरे की दिशा में देखा।

मैं उनका मतलब समझ गया, "भाई साहब, सविता बग़ल वाले नहीं बल्कि उसके बाद वाले कमरे में सोयी है। जानते हैं, उसका शुमार घोड़ा बेचकर सोने वाली औरतों की चैम्पियनों में होता है। जहाँ बिस्तर पर लेटी नहीं कि बेहोश! आप जो कुछ कहना चाहते हों, निस्संकोच कह सकते हैं।"

नरेशचन्द्र ने हँसकर ऊपर छत पर नज़र गड़ा दी। जब से आए हैं, उनका गौर से निरीक्षण करने को मुझे पर्याप्त मौक़ा मिल गया है। कुछ हैरत हुई, कुछ निराशा और किंचित एक विचित्र हास्यास्पदता का एहसास भी। इसलिए कि जब बाहर थे, मैं सोच रहा था कि कुछ ही देर में मेरे सामने पुराने फ़िल्मी नायक मोतीलाल सरीखा कोई हँसमुख, चुस्त-दुरुस्त, सुदर्शन व्यक्ति खड़ा हो जाएगा। यद्यपि नरेशचन्द्र कुछ अधिक कोताह गर्दनिया हैं, मगर उनका वह शरीर काफ़ी गल गया है, मुँह पतला और उसकी चमक घिसे हुए पुराने धूमिल आइने की तरह बेरौनक। संक्षेप में एक ऐसा शरीर जो उम्र और बुढ़ापे की मज़बूत गिरफ़्त और दबाव में होकर भी, अपनी हार को अस्वीकार करने की ज़ोरदार कोशिश कर रहा हो। ख़ैर, कुछ ही देर में उन्होंने मेरी तरफ़ करवट लेकर, पके भुट्टे के रेशों की तरह अपने विरल बालों पर हाथ फेरकर कहा, "अविनाश बाबू, तुम मुझसे पाँच वर्ष छोटे हो। मुझे मालूम है कि दो वर्ष पहले तुम्हारा भी रिटायरमेंट हो गया है कहने का मतलब यह है कि इस समय तुम्हारे तजुर्बे भी कम नहीं हैं, फिर मुझसे ऐसा क्यों पूछ रहे हो?"

"भाई साहब, मेरे सवाल से बचने की कोशिश न कीजिए। अगर नींद आ रही हो तो आराम से सो जाइए, कल इत्मीनान से बातें होंगी। मेरी ज़िन्दगी में क्या है, वह तो एक सीधी-सरल लकीर है, एक जगह से शुरू हुई और सीधी इस मुकाम पर पहुँच गई है। आपका तो ऊँचा ग्राफ़...।"

वह खुलकर हँसे। पहली बार। फिर गले तक लिहाफ़ खींचते हुए बोले, "देखो भाई, तुम्हारा यह कथन भी सही है। मेरा अनुभव यह कहता है कि ज़िन्दगी काम, मेहनत, संघर्ष और बड़ी उपलब्धि का नाम है। अगर आपके जीवन का कोई बड़ा लक्ष्य नहीं है और उसके लिए आप अपनी पूरी ताकत से कोशिश नहीं करते तो ऐसे

जीवन से क्या फ़ायदा? और जब आप एक बड़ी मंज़िल की दिशा में सफ़र शुरू करते हैं तो आपके रास्ते में अनेक तरह की बाधाओं और प्रतिद्वंद्वी से आपके संघर्ष को सार्थकता मिलती है। हार-जीत की ज़बरदस्त लड़ाई शुरू होती है तो आपकी उपलब्धि काफ़ी मूल्यवान समझी जाती है। मेरी ज़िन्दगी में वाकये और हादसे भरे पड़े हैं और यह स्वीकार करने में मुझे कोई हिचक नहीं है कि आख़िरी विजय मेरी ही हुई है। मैंने पाया है कि आपके संघर्ष का प्रतिद्वंद्वी उस तेज़ और ख़ुशबूदार मसाले की तरह है, जिससे सब्ज़ी या कोरमे के शोरबे का स्वाद बेहिसाब बढ़ जाता है।"

वह रुके। उन्हें जम्हुआई आ गई थी। फिर बात को आगे बढ़ाते हुए बोले, "मेरी ज़िन्दगी में शुरू से ही एक ऐसा विकट प्रतिद्वंद्वी मिल गया था, जो किसी भी मायने में मुझसे उन्नीस नहीं था। मेरे गाँव का लड़का रामदयाल। मैं प्राइमरी से ही पढ़ाई में तेज़ था, टॉप करता। एक वर्ष बाद रामदयाल भी मेरी कक्षा में प्रवेश लेकर मेरा मुक़ाबला करने लगा। वह देखने में सुस्त लगता, बेमतलब ही-ही-ही-ही करता रहता, सबसे नरमाई से बोलता, मगर उसके नम्बर ग़ज़ब के आते। कभी मैं आगे निकलता और कभी वह बाज़ी मार ले जाता। अन्तर भी दो-चार अंकों का ही होता। उसे देखकर मुझे बड़ा ग़ुस्सा आता और ग़ुस्से में मेहनत करने लगता। हाई स्कूल में हम दोनों मेरिट में आए, किन्तु मैं एक स्थान ऊपर था। अन्तर सिर्फ़ एक अंक का। लेकिन इंटर की मेरिट में वह मुझसे दो स्थान ऊपर था—बस दो अंकों का फ़र्क़। हम दोनों ने घोर प्रतिद्वंद्विता के भाव से यूनिवर्सिटी में दाख़िला लिया। वहाँ ग़ज़ब यह हुआ कि एक सहपाठिन ने हमारी प्रतिद्वंद्विता को उस शिखर पर पहुँचा दिया, जिससे ऊँचा कोई स्थान होता ही नहीं है और इतने पर भी अगर आगे जाने की कोशिश हुई तो गिरावट लाजिमी है...।"

"अच्छा!" मैं अपने बिस्तर पर ही लेटे-लेटे उनकी तरफ़ कुछ और खिसक गया। वाकई मुझे लगा कि वह अपनी पुरानी रंगत में आ गए हैं, यद्यपि ऐसा नहीं कहा जा सकता—क्योंकि वे ठहाके, आवाज़ की उत्तेजना-भरी टनटनाहट और नाटकीयता तथा कई तरह के पर्यायवाची सम्बोधन और टेक ग़ायब थे। फिर भी कौतुहलभरी दिलचस्पी के क्या कहने!

उनका कथन जारी था—"वह एक मामूली छात्रा थी, जिसके चेहरे पर किसी प्रकार का भाव ही नहीं था, जैसे कोई थपुआ या नरिया। पढ़ाई-लिखाई में भी वह सुस्त थी। थर्ड डिवीजन में इंटर पास करके आई थी और बी.ए. में उसने अंग्रेज़ी विषय लेने का दुस्साहस कर लिया था। वह कक्षा में ख़ूब गम्भीर होकर लेक्चर सुनती और बाहर इस या उस लड़के के पीछे नोट्स के लिए उसी तरह पड़ जाती, जैसे किसी तीर्थस्थान में धनी श्रद्धालु के पीछे कोई ज़िद्दी भिखमंगा। उसका नाम गरिमामयी था, यह मुझे आज भी याद है। ऐसा दृश्य रोज़ ही नज़र आता, मगर मेरा माथा ठनका उस समय गरिमामयी नोट्स का आदान-प्रदान ही नहीं,

बल्कि ख़ाली पीरियडों में छुट्टी के बाद भी रामदयाल के साथ टहलती और घुल-मिलकर बातचीत करती दिखाई देने लगी। मुझे वह लड़की सदा मूर्खरानी लगी, किन्तु यह दृश्य देखकर मैं ग़ुस्से से पागल सा हो गया। यूनिवर्सिटी में प्रवेश लेते समय मैंने प्रतिज्ञा कर ली थी कि रामदयाल को किसी भी मोर्चे पर बढ़ने नहीं दूँगा और ऐसी शिकस्त दूँगा कि सात पीढ़ी के पुरखे याद आ जाएँगे। इस उद्देश्य के लिए मैं पहले से भी अधिक मेहनत करने लगा, टीचरों और प्रोफ़ेसर से अच्छे रिश्ते भी बनाये...मगर यह मोर्चा! मुझे तो लगा कि रामदयाल मुझे चिढ़ाने के लिए यह नाटक कर रहा है। सच कहता हूँ अविनाश जी, इसके बाद पता नहीं क्या हुआ कि वही लड़की मुझे आकर्षक लगने लगी और मैंने निश्चय कर लिया इस मोर्चे पर भी रामदयाल को पटकनियाँ दूँगा। इसी समय बी.ए. फाइनल का इम्तहान हुआ और मैं टॉप कर गया। रामदयाल की दूसरी पोजीशन आई और अचम्भे की बात तो यह हुई कि वह थर्ड डिवीजनर लड़की सेकेंड डिवीजन में निकल गई। क्या रामदयाल की मदद से ऐसा हुआ...?"

इसी समय बाहर पुलिस का गश्ती दल सीटी बजाता हुआ सामने से गुज़रा। कई वारदातें होने के बाद, एक प्राइवेट चौकीदार की गश्त के बावजूद पुलिस की यह नई क़वायद शुरू हुई थी। कुछ देर तक उस सर्दी और ओस भरे भयावह सन्नाटे में उनके जूतों की खट-खट आवाज़ उभरकर अन्दर कमरे में भी आ रही थी।

नरेशचन्द्र इसी समय उतरकर बाथरूम में गए। लौटकर उन्होंने बिस्तर पर ही मुस्तैदी से बैठकर लिहाफ़ ओढ़ लिया—"अविनाश जी, अगर तुमको नींद नहीं आ रही हो तो बता देना, मैं तो ट्रेन में सोते ही आया हूँ। ख़ैर, आगे का क़िस्सा यह है कि मैं उस लड़की के पीछे पड़ गया और उससे मुलाक़ात करने लगा। मैंने टॉप तो किया ही था, मेरे नोट्स रामदयाल से हल्के भी नहीं थे, शायद अच्छे ही। इसके अलावा मैंने अपनी पूरी शक्ति-विद्वत्त, चातुरी, झूठ और सच का स्वादी मिश्रण और कई क़िस्म की अन्य सुप्त तुच्छताओं यानी सभी बौद्धिक मारक हथियारों के इस्तेमाल करने शुरू कर दिये। यार अविनाश, तुम मुझसे छोटे हो लेकिन अपना यह तजुर्बा सुनाने से अपने को रोक नहीं पा रहा हूँ कि अगर एक 'डल' यानी बोदी लड़की को दो परस्पर प्रबल और ईर्ष्यालु प्रतिद्वंद्वी प्रेमी मिल जाएँ तो उसकी ज़िन्दगी के प्रति दिलचस्पी काफ़ी बढ़ जाती है। न मालूम कौन-सी बौद्धिक प्रतिभा उसमें जाग जाती है। उसकी चाल में भी ख़ूबसूरत स्फूर्ति आ जाती है और मुख पर नैतिक उत्साह भरी सुनाई। वह ख़ूब सक्रिय हो गई और अविश्वसनीय तो यह है कि वह दोनों से खेलने लगी। वह कभी रामदयाल से कटी-कटी रहने लगती और मुझे ख़ूब प्रोत्साहित करती लेकिन कुछ दिनों बाद ठीक उल्टा आचरण। जब वह मुझे काट देती तो मेरा बुरा हाल हो जाता। उस पर ग़ुस्सा तो मुझे कम आता, मगर रामदयाल के प्रति तो मैं खूँखार सा हो जाता। रामदयाल ग़ुस्सा कम करता,

मगर अब उसकी हँसोड़ आदत न मालूम कहाँ लुप्त हो गई और वह कभी-कभी मुझे क्रोध और ईर्ष्या से, तीती, छोटी हरीमिर्च की कड़वाहट से घूरकर देखने लगता। नतीजा यह कि गरिमामयी का यह खेल जारी रहा। उसने हम दोनों से ख़ूब-ख़ूब वादे किये और दोनों की ईर्ष्याग्नि को पूरा दहकाया और उसके प्यार का पेंडुलम हम दोनों के बीच नियमित रूप से घूमता रहा।"

"वाह भाई साहब, आज आपका भंडाफोड़ हो गया। और वाकया भी ऐसा, जैसा कोई जासूसी उपन्यास!" मैंने हँसते हुए उनका उत्साहवर्द्धन किया।

नरेशचन्द्र फिर लेट गए थे, "अविनाश, तुमने खोद दिया है मधुमक्खी के छत्ते को तो अब भागो नहीं। तुमने मुझसे जो सवाल किया था, उसी का जवाब देने के लिए में संक्षेप में अपनी ज़िन्दगी के एक-दो क़िस्से सुना रहा हूँ। वैसे क़िस्से तो बीसियों हैं...ख़ैर, फ़ालतू बातों को छोड़कर छूटे सूत को पकड़ लें कि मैं और रामदयाल, दोनों ही गरिमामयी को एक दूसरे से काटने और उस पर सम्पूर्ण विजय के ज़ोरदार प्रयास कर रहे थे, जिसके परिणामस्वरूप दोनों की पढ़ाई का नुकसान होने लगा। क्या बताऊँ अविनाश, वह लड़की इसका ख़ूब लुत्फ़ उठा रही थी और उसकी भावनात्मक ख़ूबसूरती और भी निखर गई। लेकिन लगता है, रामदयाल के दिल को गरिमामयी के दोमुखे आचरण से काफ़ी आघात लगा था और वह अपने स्वभाव के विपरीत गम्भीर और उदास रहने लगा। परीक्षा के समय तो वह बीमार ही पड़ गया और स्वस्थ भी हुआ तो परीक्षा में नहीं बैठा। मैं और गरिमामयी दोनों ही एम.ए. (अंग्रेज़ी) फाइनल में पहुँच गए लेकिन प्रथम श्रेणी मिलने पर भी मेरा प्रतिशत काफ़ी घट गया और दूसरे लड़कों की पोजीशन प्रथम और द्वितीय आई। गरिमामयी को द्वितीय श्रेणी मिली लेकिन अंक प्रथम श्रेणी को लगभग स्पर्श करते हुए। रामदयाल की हताशा काफ़ी बढ़ गई और उसने गरिमामयी से बोलना ही छोड़ दिया। एक बार गरिमामयी उत्साह से उछलती रामदयाल के पास जाकर समझाने लगी, रामदयाल ने उसे झिड़क कर दूरदुरा दिया, 'चली जा दगाबाज़, चुड़ैल आज से मुझसे बात करने की हिम्मत न करना...।' यह प्रसंग गरिमामयी से ही सुनकर मैं बड़ा ख़ुश हुआ। जन्म-जन्म का मेरा प्रतिद्वंद्वी मेरे सामने धराशायी पड़ा है। जिसको अपनी प्रेमिका समझकर वह घमंड से इतराता रहता था, वही अब उससे घृणा करती है। हाँ सच है, गरिमामयी अब उसकी ख़ूब शिकायत और निन्दा कर रही थी और मुझ पर अपना समस्त प्यार लूटा रही थी...।

"रामदयाल ने मेरी बोलचाल बन्द नहीं थी। हम कभी मिलने पर बातें भी करते थे, तल्खी से कुछ गुर्राहट के साथ चिढ़ाने के लिए सही। एक गाँव के तो हम थे ही। हम पर यह ग्रामीण मुहावरा लागू होता था, 'कनवा देखे आँख पिराय, कनवा बिना रहा न जाए!' एक दिन मैंने उसकी दुर्गति का मज़ा लेने के लिए उससे कहा, 'क्यों दोस्त, इतने मायूस क्यों हो, एक वर्ष की नाकामयाबी से क्या

दुनिया ही ख़त्म हो गई? यह क्यों नहीं सोचते कि तुम्हें सफल चुनौती देने वाला रास्ता से हट गया और तुम्हें टॉप करने से अब दुनिया की कोई ताकत रोक नहीं सकती। ख़ुश रहा करो प्यारे!' उसने काफ़ी ज़हरीली नज़र से देर तक मुझे घूरने के बाद कहा, 'क्या उस बेगैरत लड़की की वजह से तुम हवा में उड़ रहे हो? मैंने तो उसे खारिज कर दिया है, तुम्हें मुबारक।' मगर उस ग्रामीण लोककथा में आया यह कथन हमेशा याद रखना, 'पहिल बियाह मोर, बड़ा-भात कोई खाय।' क्या समझे? अब दफ़ा हो जाओ सामने से..."

उन्होंने कुछ रुककर आगे कहा, "मैं चला आया लेकिन मेरी ख़ुशी का कोई अन्त नहीं था। एक घटिया लोककथा का हवाला देना उसकी हताशा का परिचायक था। पहले वह कितना हँसा करता था। उसकी हँसी पर मुझे ग़ुस्सा आता। मुझे लगता, वह मुझसे श्रेष्ठ होने की अपनी योग्यता के प्रति अगाध आत्मविश्वास की हँसी है। लेकिन आज अपनी असफलता और पराजय से दुख और निराशा की गहरी खाई में लुढ़क गया है। अब मेरे सामने हँसने की हिम्मत नहीं कर सकता वह—यह सब सोचकर मेरा हृदय प्रतिशोध से परितृप्ति से लबालब हो गया...।"

"वाह भाई साहब, इसका मतलब यह है कि आपने दोनों मोर्चों पर अपने प्रतिद्वंद्वी को पराजित कर दिया...चारों खाने चित्त।"

"अविनाश जी, ऐसे शब्दों का प्रयोग मैं नहीं करूँगा...निष्कर्ष निकालना तुम्हारा काम है। इस सिलसिले में मैं और यह कहना चाहता हूँ कि वो प्रतिद्वंद्विता समाप्त होने से उस लड़की के प्रति मेरा आकर्षण भी वैसा नहीं रहा। वह मेरे काफ़ी निकट आ गई थी लेकिन उसके प्रति मैं उदासीन होता गया और वह क्या करती है, किससे मिलती है इससे मेरा कोई मतलब नहीं रहा। लेकिन जीवन के नये अनुभवों ने उसे काफ़ी होशियार और महत्त्वाकांक्षी बना दिया था और कुछ ही समय में उसने मुझसे छिटककर अपने विभाग के एक प्रभावशाली फितरती टीचर से सम्पर्क साध लिया। आश्चर्य तो यह है कि उसने एम.ए. फर्स्ट डिवीजन में पास ठीक साठ प्रतिशत अंक के साथ और मुझसे एक ही प्रतिशत नीचे थी। ख़ैर इससे कोई मतलब नहीं रहा मेरा। मैंने कम प्रतिशत आने पर भी टॉप किया था। फिर तो मैं सिविल सर्विस की परीक्षाओं में जुट गया, हालाँकि कई वर्षों की मेहनत के बाद पी. सी.एस. में ही आ सका...।" वह चुप होकर खोई नज़रों से मुझे देखते हुए मुस्कराने लगे।"

"बस इतना ही भाई साहब उस लड़की का क्या हुआ...और रामदयाल का?" मैं अचम्भे से देखने लगा।

"देखिए अविनाश जी, यह सब मैं नहीं जानता। हर आदमी का अपना ठिकाना होता है। सभी अपनी-अपनी मेहनत, बुद्धि और मन:स्थितियों से प्रेरित अपने-अपने ठिकाने पर पहुँचते हैं, कोई दूसरा नहीं ले जाता। नौकरी मुझे देर से मिली। यह तो स्वीकार करना पड़ेगा कि रामदयाल मेरा अत्यन्त शक्तिशाली प्रतिद्वंद्वी था।

इसी से मैं उससे निकल जाने के लिए ख़ूब मेहनत करता था। जब वह प्रतिद्वंद्विता नहीं रही तो मैं भी निश्चिन्त हो गया। जब निश्चिन्तता आ गई तो वैसी मेहनत कर ही नहीं सका। मेरी शादी भी कुछ देर से हुई। मुझे दहेज-वहेज नहीं चाहिए था, बस लड़की सुन्दर, शिक्षित, गुणवती और गृहस्थी में निपुण। इस सम्बन्ध में मेरी महत्त्वकांक्षा पूरी हुई और रेखा को पत्नी के रूप में पाकर अपने को ख़ुशक़िस्मत समझा...।"

"भाभी जी न? वाह, आप सचमुच भाग्यशाली हैं। हर बात का ख़याल-विनम्रता, सेवा, मेहनत, लज़ीज़ खाना-नाश्ता...वाह! ऐसी सुयोग्य पत्नी कहाँ नसीब होती है किसी को...!" इतना कहकर मैंने आशंका से अन्दर के कमरे की तरफ़ देखा कि पत्नी जगी न हो, लेकिन भय निर्मूल था।

"अविनाशजी, एक अच्छी बात तो यह हुई कि जहाँ मेरी ससुराल है, उसी शहर में मेरी पहली पोस्टिंग हुई। जल्दी सरकारी मकान नहीं मिला तो मैं ससुराल में ही रहने लगा। रेखा भी गाँव से अपने मायके में आ गई। मकान अच्छा था, इसलिए कोई दिक़्क़त नहीं हुई। मैं रेखा के प्यार में गुड्डी हो रहा था और दूसरों को तुच्छ और नगण्य समझने लगा। मैं सतर्क भी रहता कि अपनी सुन्दर पत्नी को अंडोबंडो और छैलविहारियों की नज़र से दूर रखा जाए। अगर कोई पहुँच ही जाता तो मैं पत्नी को पहले ही हिदायत दे देता या उस व्यक्ति को किसी बहाने से बाहर ले जाकर इधर-उधर टहला देता। इस पर कोई ध्यान भी नहीं देता। मगर कुछ दिनों बाद वहाँ एक ऐसा गड़बड़ आदमी आ गया कि उसकी हरकतों को देखकर मुझे ग़ुस्सा आने लगा।"

"क्या कोई दूसरा प्रतिद्वंद्वी?" मैं अपना कुतूहल रोक नहीं सका।

"अरे नहीं...प्रतिद्वंद्वी तो एक सम्मानजनक शब्द है...वह एक घटिया रिश्तेदार था। ऐसे शख़्स के लिए देहाती मुहावरा है—फटहा। यानी न कोई शर्म न लिहाज़ और न किसी चीज़ का हब-खब। गहरा साँवला चेहरा चेचक के दाग से भरा। ठिगना, चौड़ा-चकइठ, आवारा टट्टू की तरह मज़बूत। वह मेरी बड़ी साली का पति परमेश्वर था और चूँकि वे मेरी शादी में नहीं आए थे, इसलिए वे लम्बी छुट्टी लेकर आए थे। घर में एक अविवाहित साली थी, दो सलहजें, सास वग़ैरह। अजीब आदमी था। जब हम बाहर बैठकर फ्लाश या शतरंज खेलते तो वह भीतर स्त्रियों के बीच में ज़बरदस्ती मौजूद रहकर मसखरी करता रहता। मेरी पत्नी के प्रति वह काफ़ी तवज्जो देता, जैसे वह अकारण रेखा के पास पहुँचकर यह जुमला निकालता, 'आपके कोमल, नरम हाथों से बना बैंगन का भुर्ता बड़ा लज़ीज़ होता है।' मज़ाक़ का रिश्ता तो था ही, उसकी बातों से सभी हँसने लगते, सिवाय मेरे। महिला वर्ग भी उससे बड़ा ख़ुश रहता था—खिल-खिल-खिल-खिल।

"ऐसी ही अनेक हरकतें वह करता था। ग़ुस्सा मुझे उस पर इसलिए आता कि वह बिना अंडरवियर धारण किये ही एक गन्दी चेकदार लुंगी पहने घर के अन्दर

औरतों के बीच एक बदतमीज़ जोकर की तरह घूमता रहता। इतना ही नहीं, वह भोजन करने के बाद उसी लुंगी और बनियान में भीतर ही एक कमरे में सो जाता बेख़बर। कभी-कभी तो विचित्र स्थिति पैदा हो जाती। एक बार मुझे इतना ग़ुस्सा आया कि रिश्ते में बड़े होने का ख़याल परे हटाकर मैंने उससे एक बेकार सी बात पर ज़बरदस्ती गम्भीर बहस शुरू कर दी और उसे तुच्छ, नीच, और असभ्य भी कह दिया छद्म हँसी के साथ। मगर उसकी मोटी चमड़ी पर इसका कुछ असर नहीं हुआ। उसने हँसकर कहा, 'अरे नरेश बाबू, इन सालों के सामने हमें लड़ना नहीं चाहिए...हम भाई-भाई हैं न...!' इसी तरह चलता रहा और एक दिन मेरा गाजियाबाद के लिए अचानक तबादला हो गया...।"

"फिर? आपने तो एक विचित्र मोड़ पर लाकर छोड़ दिया है न!"

"अविनाश जी, मैं चाहता था कि पत्नी मेरे साथ गाजियाबाद चले, मगर सास जी ने कहा, बड़ी बहन बहुत दिनों पर आई है, रेखा पन्द्रह-बीस दिन और रह ले, फिर आप एक दिन आकर उसे ले जाइएगा, गाजियाबाद दूर ही कितना है? पत्नी की इच्छा जानकर मैं अकेले चला गया। मगर मैं काफ़ी व्यस्त हो गया और मुझे छुट्टी नहीं मिली। मैंने बड़े साले साहब को लिख दिया कि आप रेखा को गाजियाबाद पहुँचा दीजिए, खाने की तकलीफ़ हो रही है। मैं निश्चिन्त होकर काम में व्यस्त हो गया। परन्तु पन्द्रह बीस दिन बाद देखता क्या हूँ कि सुबह-सुबह रेखा उस फटहे रिश्तेदार के साथ टेम्पो से उतर रही है। मेरा मुँह लटक गया। इसके साथ अकेले? वो दोनों मुस्करा रहे थे। परन्तु वह रुका नहीं। कोई ख़ास बात भी नहीं हो सकी। उसे फ़ौरन बस पकड़कर आगरा जाना था, जहाँ वह एक प्राइवेट फर्म में काम करता था।"

"बस या और कुछ?" मैंने पूछा।

अविनाश जी, क़िस्से तो और भी हैं एक से एक दिलचस्प नौकरी के नौकरशाही के, नेताओं के टक्कर के, अन्य स्त्रियों के। सचमुच मैंने जो कुछ चाहा है, पाया है। मेरी सबसे ऊपर रहने की आदत शुरू से ही पड़ गई थी और उसके लिए मैंने हर तरह के प्रयास किये हैं, जैसे जब ज़रूरत हो। और मैं हर जगह सफल हुआ हूँ मेरा घरेलू जीवन भी बड़ा सुखमय रहा है। रेखा ने मुझे हर तरह का आराम दिया है, त्याग किया है। मेरे दोनों बच्चे ऊँचे पोस्ट पर हैं। मेरा बैंक बैलेंस बहुत अच्छा है। मकान अपना है। क्या नहीं मिला है मुझे? तुम्हारा कहना एक तरह से ठीक ही है कि यह सब सोचकर मुझे सन्तोष सुख मिलता है। लेकिन अविनाश कभी-कभी आज कल मेरे अन्दर कोई काँटा चुभने लगा है। क्या मुझे कभी सही-सही मालूम हो सकता है कि उस रात को क्या हुआ ट्रेन सफ़र के दौरान? तब मुझे एक भयावह खोखलापन का एहसास होने लगता है..."

वह जम्हुआई लेने लगे थे। नींद उन्हें दबोच रही थी। मैंने उठकर बत्ती बुझा दी।

कुख्यात

मैं अक्सर करुणा की आदतों से खीझ उठता हूँ। दुनिया में हर व्यक्ति को अपनी हैसियत और सम्मान की चिन्ता रहती है, मगर उसको कहाँ? सायंकाल कार्यालय से लौटने पर मुझे क़रीब हर रोज़ उससे बात सुनने को मिल ही जाती है। अब यही देखिए, सामने के ब्लॉक वाले राजनाथ से सभी बचते हैं, किन्तु यहाँ दिल खोलकर उसका स्वागत किया जा रहा है।

मुझे तो फ़ुरसत कम ही मिलती है, मगर बाहर आते-जाते या सुबह कभी-कभी बाहर निकलकर खड़े होने पर, सामने वाले ब्लॉक के क्वार्टर पर नज़र पड़ ही जाती है। यहाँ कॉलोनी सस्ती है श्रमिक वर्ग के लिए लेकिन अधिसंख्य क्वार्टरों में अच्छी हैसियत के लोग अपने नाम आवंटित कराके या अन्य कई तरीकों से हासिल करके शान से रहते हैं। इन्हीं छोटे क्वार्टरों में हर तरह की आधुनिक सुविधाओं का सुख भोगा जा रहा है। हर क्वार्टर के सामने एक सहन है, जहाँ जाड़े में परिवारजन बैठकर धूप खाते हैं और आपस में या अगल-बग़ल के वैसे ही लोगों से आराम से गपशप करते हैं, परन्तु जब से राजनाथ आया है और समूचे परिवार के साथ वहाँ जमकर बैठने लगता है, वे दिक़्क़त महसूस करने लगे हैं। जब राजनाथ का परिवार आकर बैठना शुरू करता है, उनकी नाक-भौं सिकुड़ जाती है और वे धीरे-धीरे उठकर भीतर चले जाते हैं।

एक रोज़ राजनाथ के ठीक बग़ल में एक तरफ़ रहने वाले राजेश भाटिया से मिलने पर अपना दुखड़ा रोने लगे, "क्या बताऊँ भाई साहब, जब से यह शख़्स आया है, साँस लेना मुश्किल हो गया है। जिधर जाइए मौजूद। नाका-नाका बन्द हो गया है जी, क्या बड़ा काम, क्या छोटा काम, अमन-चैन के साथ आप कुछ भी नहीं कर सकते।"

"आख़िर ऐसी क्या बात हो गई?" मैंने उत्सुकतावश पूछा।

"भाई साहब, क्या-क्या बताऊँ, एक बात तो है नहीं। अब यही देखिए, जब तक यह लोग नहीं आए थे, यहाँ बड़ा अमन-चैन रहता था, जनानिएँ बैठकर काढ़ती-बुनती थीं, धर्म-भक्ति की बातें करती थीं। मेरे पप्पू की हाईस्कूल की बोर्ड की परीक्षा है, अराम से पढ़ लेता था। अब कल की ही बात है, पप्पू बाहर सहन में मेज़-कुर्सी

लगाकर पढ़ रहा था, ख़ूब मन लगा रहा था, तभी उसके गन्दे लड़के बाहर आकर शोर मचाते हुए गेंद खेलने लगे। मैं दफ़्तर नहीं गया था, तबीयत कुछ ढीली थी जी, तो मैंने बहुत प्यार से उन बदतमीज़ छोकरों से कहा, "बच्चों, तुम उधर मैदान में जाकर खेलो, यहाँ भैया पढ़ रहा है न!" अरे भाई साहब, इतना कहना था कि भीतर से पूरी फ़ौज आकर डट गई। सभी एक साथ बोलने लगे। पिल्ला जैसा एक तीन साल का बच्चा है, वह भी ललकारने लगा, "क्या कर लोगे?"

मैं हँसकर कोई बहाना बनाकर वहाँ से खिसक गया। राजनाथ हिन्दी का एक प्रूफ़रीडर है, जिसे और कई प्रेसों से प्रूफ़ इकट्ठे करके पढ़ने की ज़रूरत पड़ती है। जब मैंने सुना कि प्रूफ़रीडर होकर भी अपने को पत्रकार कहता है, मुझे बड़ा ग़ुस्सा आया था। वह हमेशा व्यस्त ही रहता है, कभी खट-खट, कभी खुट-खुट, कभी बाहर बैठकर प्रूफ़ पढ़ना, कभी बीवी और बच्चों से ज़ोर-ज़ोर से बातें करते हुए किसी काम के लिए निर्देश देना, बार-बार जाना साइकिल से, और ऐसी व्यस्तता में पड़ोस वालों से मोर्चा भी लेना। और शीघ्र ही वह एक झगड़ालू, बदतमीज़, और गन्दे व्यक्ति के रूप में कॉलोनी में कुख्यात हो गया।

मैंने करुणा से पहले ही कह दिया था कि ऐसे लोगों से बचकर रहने में ही भलाई है। मगर आज शाम को जब कार्यालय से आया और करुणा ने जो कुछ बताया, उससे मेरी क्या हालत हुई, उसके शब्दों में व्यक्त करना कठिन है।

"सामने वाले ब्लॉक में जो हैं न, अरे आप तो उनको जानते ही हैं, वे ही दोपहर में आए थे। पूरे दस ताज़े भुट्टे लाकर देते हुए कहा, 'बहन, गाँव गया था, मकई की फसल बहुत अच्छी हुई है, जीजा जी को भी धीमी आँच पर भूनकर दीजिएगा, जलाइएगा नहीं।' अभी कुछ देर बाद दूँगी। सचमुच बड़े दुधारू और मीठे हैं।"

मुझे बड़ा ग़ुस्सा आया, "मेरे आते तुमने यह क्या बेसिर-पैर की बात शुरू कर दी। सामने वाले, बहन, जीजा, भुट्टा! वाहियात बात।"

"अरे आप नहीं जानते, ये मेरे मायके के बग़ल वाले गाँव के ही रहने वाले हैं। उसी नाते मुझसे बहन का रिश्ता जोड़ लिया है। हमेशा 'बहन-बहन' कहते रहे। जब वह इतने हौसले से ले आए तो क्या मैं 'दूर-दूर' कह देती? बेचारे गाँव गए थे, वहाँ उनके छोटे भाई रहते है। खेत तो अधिक नहीं है, भाई का ख़र्चा मुश्किल से चलता है, बता रहे थे। यहाँ भी इनका बड़ा परिवार है, लेकिन 'बहन' का रिश्ता मानकर दस भुट्टे दे गए हैं। इतनी सी बात है, इसमें बेसिर-पेर की कौन सी चीज़ है।"

"तुम हमेशा किसी प्रपंच में पड़ी रहती हो। दुनिया में सबसे अक्लमन्द तो तुम्हीं हो। मैंने न मालूम कितनी बार तुमसे कहा है कि इस गन्दे झगड़ालू व्यक्ति से दूर रहो, मगर बेवक़ूफ़-से-बेवक़ूफ़ आदमी इसको समझ लेगा लेकिन तुम नहीं। ज़रूर अपने को पत्रकार कहने वाले इस ढोंगी प्रूफ़रीडर का कोई स्वार्थ होगा। जानता है, मैं अच्छे सरकारी पोस्ट पर हूँ, प्रभावशाली लेखक हूँ, अनेक पत्रमालिकों से मेरी

अच्छी जान-पहचान है, कोई सिफारिश कराने के लिए रिश्ता जोड़कर पहुँच गया है।"

"तो इसमें कौन-सी बुराई है! अगर वह अपना कोई काम कराने के लिए अनुरोध करे, तो आप कर दीजिएगा। एक ग़रीब, ज़रूरतमन्द आदमी का भला हो जाएगा और आपका भी नाम होगा।"

"तुम्हारी इस फ़ालतू सलाह पर चलना शुरू कर दूँ तो लोग माटी के देवता की तरह चरण छू-छूकर की मेरा लोप कर दें। यह बकवास छोड़ो और जल्दी से चाय ले आओ। ख़बरदार कि भुट्टा-सुट्टा मेरे सामने आया।"

"भुट्टा ने आपका क्या बिगाड़ा है कि इतना खफ़ा हो रहे हैं। इस समय थोड़े ही दूँगी, कुछ देर खाकर देखिएगा कि कितना दुधारू और मीठा है।" यह कहकर करुणा जल्दी-जल्दी कमरे से बाहर निकल गई।

इस लापरवाही-भरी अवज्ञा पर मुझे ग़ुस्सा आया, मगर ऐसे तुच्छ विषय पर गरजने-तड़पने के सिवाय और कोई बात तो की नहीं जा सकती। नाश्ता करने के पश्चात् मेरा क्रोध, दूध के उबाल की तरह खुद-ब-ख़ुद नीचे बैठ गया और मैं इस प्रसंग को भूल गया।

परन्तु, कुछ दिनों बाद फिर वही यानी बहन-भाई का रिश्ता जारी है और उसके साथ मुझे भी 'जीजा' के रूप में घसीटा जा रहा है, जब कि आज तक मेरी बातचीत भी उससे नहीं हुई।

करुणा का बयान जारी है, "जानते हैं, वह आया था, चार नीम के छरके दे गया है। कहने लगा, 'बहन, एकदम ताज़े हैं, न पतले और न मोटे। अत्यन्त लाभकारी हैं। मेरा मझला पुत्र कहता है, बुआ नीम का दातुन करती हैं। बड़ा चुल्ली है न, इधर-उधर दौड़ता है, देखा होगा। हम लोग तो यही करते हैं। जीजा से कह दीजिएगा, पेस्ट करते हों तो छोड़ दें, इससे अच्छा तो दाँतों के लिए कुछ भी नहीं। चिन्ता की बात नहीं, मैं तो देहात का हूँ, किसी पेड़ पर चढ़ जाता हूँ, ला दिया करूँगा, जैसे अपने लिए लाता हूँ, यहाँ के लिए भी आ जाया करेगा।"

मैं चिढ़ गया, दातुन जैसी तुच्छतम बात को इतने विस्तार से! मैंने मुँह बिगाड़ कर दूसरी तरफ़ मुँह करके कहा, "जब तुम्हारा सगा भाई ही है तो 'वह वह क्या करती रहती हो, इज़्ज़त से 'राजनाथ भइया' नाम लेकर तो कहा करो।"

वह हँसने लगी। बोली, "यह भी आप ठीक ही कहते हैं। मगर वह उम्र में मुझसे छोटा जो है, चलिए एक-दो बार निकल गया मुँह से। आपको भी तो 'जीजा' कहा जा रहा है।"

"जब इस घर में रहता हूँ तो तुम्हारे ऐसे क़िस्से सुनने ही पड़ेंगे। यदि मुझे पहले ही मालूम हो जाता कि मेरी शादी इस ज़माने में भी दातुन करने वाली एक ज़िद्दी औरत से हो रही है तो मैं फ़ौरन मना कर देता। शादी के पूर्व जन्मकुंडली भी देखी थी ज्योतिषी पुरोहित ने, मगर ऐसी छोटी बात की भविष्यवाणी भी नहीं कर सके।"

"आप गँवार की तरह मुझे 'औरत औरत' न कहिए। आपको मैं मर्द या मर्दवा कहूँ तो तीता लग जाएगा।"

उस रोज़ परस्पर ख़ूब व्यंग्य-बाण छोड़े गए और मैं कुछ कहकर बाहर निकल गया। उसके बाद मैंने चुपचाप भोजन किया और कोई बात किये बग़ैर स्कूटर पर दफ़्तर के लिए प्रस्थान कर दिया।

मेरा रास्ता राशन की दुकान के बग़ल से ही निकलता है। शायद मिट्टी का तेल आया था और ख़ूब भीड़ थी। मैं क्या देखता हूँ कि राजनाथ नाम का वह शख़्स अपने उसी शैतान लड़के रंजन को एक टिन के डिब्बे के साथ दोनों हाथों में पकड़कर, आगे खड़े कई लोगों की खोपड़ियों के ऊपर उठाए, कई चिल्लाहटों के बीच स्वयं भी चिल्ला रहा है—

"ऐ राशन वाले बनिया जी, मिट्टी का तेल शीघ्र दीजिए, इस बालक को बहुत देर से आया हूँ, बनिया जी। समझ लीजिए भली भाँति, इस बार ब्लैक नहीं कर पाएँगे, तत्काल देना होगा, अन्यथा मैं विशेष राशनिंग अधिकारी और विशेष पुलिस अधिकारी को लिखित प्रतिवेदन दूँगा।" उसका चेहरा तमतमाया हुआ था और गर्दन की नसें फूल-फूल जा रही थीं और बाल के धूर्रे उड़ रहे थे।

यह दृश्य देखते हुए मेरा स्कूटर आगे बढ़ गया मुझे बड़ी हँसी आई उसकी यह दुर्दशा देखकर, ख़ास कर इसलिए कि हिन्दी का एक मामूली प्रूफ़रीडर इस हालत में भी शुद्ध हिन्दी बोलकर पत्रकार होने का पाखंड भरा-नाटक कर रहा है।

उसके एक मास उपरान्त मेरे दस वर्षीय पुत्र राजीव का जन्मदिन पड़ा। स्वाभाविक है कि ऐसे शुभ अवसरों पर छोले-भटूरे, मिठाइयों, दही-बड़े, केक, आइसक्रीम आदि का इन्तज़ाम हुआ और कुछ बच्चों और दम्पत्तियों को आमंत्रित किया गया। करुणा का उत्साह देखते ही बनता था। उसका राजनाथ से रिश्ता तो चल ही रहा था और वह शख़्स दातून तो देता ही रहा, दो बार गाँव से लाया सामान भी—एक बार साठी का चावल और दूसरी बार आधा किलो मूँग की दाल। करुणा ने स्वप्निल मुस्कान छोड़ते हुए मुझसे कहा—

"राजनाथ, उनकी पत्नी और बच्चों का बुला लेती हूँ। राजीव तो उस शैतान बच्चे रंजन के साथ खेलता भी है।"

ग़ुस्से से मेरी आँखें निकल आईं, "ऐसे मौक़े पर भी तुम चाहती हो कि जो कुछ इज़्ज़त बची रह गई है, वह भी ख़ाक में मिल जाए।"

"इसमें इज़्ज़त-बेइज़्ज़ती की क्या बात है? आपको इस मौक़े पर ख़ुश रहना चाहिए और अपने दिल को भी खुला रखना चाहिए। जब उनके बग़ल के भाटिया लोग और उनके बच्चे आ रहे हैं तो राजनाथ लोगों को न बुलाना कैसा लगेगा। जब वह मुझे बहन मानते हैं तो मैं उनको दुश्मन मान लूँ और न बुलाऊँ?"

"तुम तो दातुन से इतनी बुलबुल हो गई हो। ख़बरदार, उन शिवजी के बारातियों को अगर बुलाया तो मुझसे बुरा कोई न होगा।"

करुणा काफ़ी ग़ुस्सा गई और बाईं तरफ़ मोड़ और मुँह बिगाड़कर बोली, "मैं तो समझ नहीं पाती कि आपका कैसा दिल-दिमाग़ है। आप बड़ा लेखक तथा अफ़सर बनते हैं और ऐसे विचार रखते हैं। उनकी ख़ासी अच्छी शक्ल-सूरत है, वे इनसान हैं, वे किसी का कुछ बिगाड़ते नहीं, किसी से कुछ माँगते नहीं, बस थोड़ा ग़रीब हैं, कपड़े-लत्ते वैसे नहीं हैं लेकिन अपने लिए दिन-रात मेहनत करते हैं तो आपने हिक़ारत से 'शिवजी के बराती' बना दिया। अरे लड़के हैं, आपस में मिलकर ख़ुश होंगे, खेलेंगे, फंक्शन तो उन्हीं का है। उनके अन्दर तो नफ़रत और भेद-भाव नहीं है, पता नहीं ये सब बाते कहाँ से आ गई आपमें।"

मैंने ग़ुस्से को दबाते हुए कहा, "देखो, तुम ठंडे दिमाग़ से चीज़ों को समझो, फंक्शन के बाद तुम राजीव के हाथ ही मिठाई, भटूरे, दही-बड़े वग़ैरह सभी कुछ भिजवा देना। उस शख़्स के पड़ोसी आ रहे हैं, जिनसे उसके आए दिन झगड़े होते रहते हैं, अगर कोई बदमज़गी हो गई तो किसी को मुँह नहीं दिखा पाएँगे। बाद में समान भेजकर ख़ूब अच्छी तरह से रिश्तेदारी निभा लेना। साफ़ बता देता हूँ, अगर तुमने कहना नहीं माना और मनमानी की तो मैं इस आयोजन में शामिल नहीं होऊँगा।"

ख़ैर, वह तो नहीं हुआ, जो करुणा चाहती थी। फंक्शन में रौनक रही और दस बज रात तक बच्चों ने ख़ूब आनन्द उठाया। दूसरे दिन सवेरे करुणा ने एक बड़े कटोरदान में सभी चीज़ें सजाईं ओर उसे एक झोले में रखकर राजीव को थमाते हुए कहा, "कह देना मेरी जन्मदिन पार्टी थी, मम्मी ने भिजवाए हैं।" राजीव के लौटने में देर हो गई। उसके हाथ में वही झोला लटक रहा था। करुणा ख़ुश हो गई, "देखिए कितने समझदार हैं, कटोरदान को ख़ाली करके लौटा दिया है।" राजीव के कमरे में क़दम रखते ही करुणा ने पूछा, "क्या हुआ बेटा, पूरा बता जाओ, सभी ख़ुश हुए न।"

राजीव ने झोला फ़र्शपर रखते हुए जो कुछ बताया उसका आशय कुछ दूसरा ही है। जब वह पहुँचा तो राजनाथ आँगन को झाड़ से साफ़ कर रहे थे। राजीव की आवाज़ सुनकर सभी बच्चे इकट्ठे हो गए और रंजन डिब्बा निकालकर खोलने लगा। राजनाथ ने झाड़ू का एक तरफ़ रखकर हाथ को साफ़ किया और स्वयं कटोरदान को लेकर उसमें से एक लड्डू निकालकर उसमें थोड़ा-थोड़ा निकालकर बच्चों में बाँट दिया। उसके बाद कटोरदान को बन्द करके झोले में रखने के बा़द अपनी पत्नी के पास जाकर पाँच रुपये माँगे। वह आँगन में पीढ़े पर बैठकर बथुआ का साग काट रही थीं, उन्होंने कहा कि घर में बस वही पैसे हैं जो दवा के लिए रखे हैं। धीमी आवाज़ में कुछ कहकर स्वयं कमरे में जाकर

पाँच रुपये के साथ लौटाते हुए उन्होंने रंजन को बुलाया और उसे पाँच रुपये थमाकर उसके कान में कुछ कहा। उसके बाद रंजन ने राजीव के पास आकर वह पाँच रुपये का नोट उसके हाथ में देते हुए कहा, "भैया, जन्मदिन की बधाई। हमने आपके जन्मदिन का प्रसाद ले लिया है। बुआ को भी हमारी तरफ़ से बधाई कह दीजिएगा। यह झोला लेते जाइए।"

करुणा का चेहरा स्याह हो गया। उसने जल्दी से झोले में से कटोरदान निकालकर और खोलकर देखा। उसके बाद वह सिर झुकाकर और माथे पर हाथ रखकर आँसू गिराने लगी, 'हे भगवान।'

मुझे तत्काल बड़ी शर्मिंदगी महसूस हुई और मैं कमरे से निकल गया लेकिन कुछ ही देर बाद वह लौट कर गरजने-तड़पने लगा, "लौटा दो यह पैसे, उसकी ये जुर्रत कि इस तरह अपमानित करे। हाँ, इसमें और पाँच रुपये रखकर लौटा आओ, राजीव। और अगर इसके बाद भी उसने आयं-बायं किया तो मैं उसके दरवाज़े पर जाकर उसकी ऐसी ख़बर लूँगा कि सात पीढ़ियाँ याद आ जाएँगी। असभ्य, मगरूर।"

करुणा उठ खड़ी हुई। उसका चेहरा आँसुओं से भीग गया था लेकिन अब तमतमा आया। वह झनझनाती आवाज़ में ही चिल्ला ही पड़ी, "राजीव नहीं लौटाएगा वह पैसा। उसके जन्मदिन पर मिला है, वह पैसा, क्यों लौटाएगा? नहीं लौटाएगा, नहीं लौटाएगा, चाहे आप मार-काट डालें। अब आपकी शराफत और सभ्यता सबने देख ली। इसका जग भर में डंका बज गया है, देवता ऊपर से फूल बरसा रहे हैं। एक व्यक्ति अपमानित किये जाने पर भी अगर स्वाभिमान का व्यवहार करता है तो आप इसलिए चिल्लाएँगे कि वह ग़रीब हैं, और आप जैसे शिक्षित और उँचे पद पर काम करने वाला नहीं है। अगर अब आप कोई ग़लत व्यवहार करेंगे तो मैं सबके सामने आपका विरोध करूँगी।"

"तुम मूर्ख और स्वार्थी, दोनों ही हो।" यह कहकर मैं वहाँ से निकल गया। ख़ैर, इसके बाद मैंने बात आगे नहीं बढ़ाई। अमूमन, करुणा ग़ुस्से से दूर ही रहती है, उसकी उदारता और सदाशयता सभी जानते हैं, मगर उसकी भावना सभी नहीं समझ पाते और एक व्यक्ति मिला भी है तो वह असभ्य झगड़ालू और पाखंडी परले नम्बर का है। करुणा भभकती उसी समय है जब कोई बात उसे बेहद आहत कर देती है। और जब उससे कोई ग़लती हो जाती है तो माफ़ी भी माँग लेती है। ख़ैर, मैंने राजनाथ की बात करना ही बन्द कर दी और उसने भी। दरअसल, उस दिन से राजनाथ ने आना ही बन्द कर दिया।

लेकिन कुछ दिनों बाद एक शाम जब मैं कार्यालय से आया तो नाशता के बाद करुणा ने राजनाथ की चर्चा फिर छेड़ दी। मैं पहले ही संकल्प कर चुका था, इसलिए मैं कुछ बोला नहीं। करुणा मुस्कराकर बताने लगी।

वे आज इतने महीने बाद आए थे। वैसा ही हँसता चेहरा, कहने लगे, "बहन, अब मैं यहाँ से जा रहा हूँ। बात यह है बहन कि मेरे बड़े पुत्र प्रमोद आई.टी.आई. प्रवेश परीक्षा में प्रथम आए हैं, वजीफ़ा भी मिलेगा। अब बच्चों का भी तो ख़याल रखना है बहन। शान्तिपूर्ण वातावरण भी तो मिलना आवश्यक है। यहाँ से उसे ऐसा कुछ भी न मिला, यह तो भगवान की ही कृपा है कि ऐसी सफलता मिलीं यहाँ तो हर आदमी दुश्मन। आगे, पीछे, अगल-बग़ल। यह मकान मेरे नाम नियमानुसार आबंटित है, मगर व्यवहार ऐसा, मानो मैं चोरी से रह रहा हूँ। किराया नहीं देता। बात-बात पर अपमान।...ख़ैर, आपका जो स्नेह और समर्थन प्राप्त हुआ, उससे मेरा साहस बना रहा। मैं गाँव गया था, इस वर्ष ख़ूब आम हुआ है। इस झोले में बीजू आम हैं, हनुमान जी का प्रसाद है और नीम के चार छरके हैं। मुझे आशीर्वाद दीजिए, इधर आऊँगा, ज़रूर दर्शन करूँगा।" मुझे फिर ग़ुस्सा आने लगा, मगर यह सोचकर उस पर काबू पाने में सफल हुआ कि शीघ्र ही एक बड़ा कंटक दूर हो जाएगा।

फूलरानी

अभी कुछ समय पहले, उस छोटे से शहर में गर्मी का प्रकोप बढ़ने के साथ, एक वेश्या को गंगा-स्नान का विचार सूझा। किन्तु ठहरिए, यहाँ ध्यान देने की बात है कि अब यह 'शब्द' एक तरह से अप्रासंगिक हो गया है, और राष्ट्रीय विचार की अनेक पत्र-पत्रिकाएँ तथा प्रबुद्ध व्यक्ति शुद्ध, सभ्य हिन्दी में संस्कृतिकर्मी की तरह दूसरा ही नामकरण इस्तेमाल करते हैं। सच पूछिए तो अक्षम संकल्पों के चलते, आज सब कुछ गड्ड-मड्ड हो गया है और हर जगह वे पुराने मुहल्ले अजीब ढंग से बदलकर सिकुड़ गए हैं। अब इस रूप में वहाँ एक उपायहीन निर्धनता की काली छाया में, एक उजाड़ मनहूसियत पसर गई है और भौंडी नवीनता के साथ अब भी वही पुराना खेल!

इस देश में सभी नदियाँ मोक्षदायिनी मानी गई हैं, परन्तु जहाँ गंगा है, बात ही अलग है। गर्मी में तो पवित्र उत्साह और भी बढ़ जाता है। कई मामलों में यह छोटा सा शहर अन्य कई नगरों से भिन्न नहीं है। ट्रैफिक पुलिस-विहीन सड़कों पर ट्रकों, बसों, कारों, स्कूटरों की बेतहाशा दौड़। धूल धक्कड़ और पेट्रोल-धुआँ के झोंकों तथा हड़हड़-भड़भड़ की दिल धड़क आवाज़ें। सफ़ाईकर्मियों की एक हड़ताल वहाँ भी चल रही थी उन दिनों यानी जगह-जगह कुड़ों के अम्बार। और भी कई उल्लेखनीय बातें हैं, जैसे मामूली शहर में भी बरसाती घास की तरह अनगिनत दल भी पैदा हो गए हैं और सभी पुतले जलाने के क्रान्तिकारी कार्य में अक्सर व्यस्त रहते हैं।

नाम फूलरानी है उसका। वह साठ की उम्र पार कर ढलान पर कुछ और नीचे सरक गई है। आज वह भूतपूर्व है लेकिन कभी अभूतपूर्व भी थी। लम्बा स्वस्थ शरीर, साफ़ रंग, कुछ-कुछ चग्घड़ चेहरा, बड़ी-बड़ी आँखें, मर्दानी आवाज़, बोली, बात का सलीका और संगीत-नृत्य का कौशल। उस समय के सबसे मशहूर उस्ताद मास्टर मस्ताना से ही उसने उक्त कलाओं की शिक्षा ग्रहण की थी। वह धनी-मानी और रईसों के घर शादी-ब्याह के शुभ अवसरों पर भी बुलाई जाती तथा मिलनी और विदाई की रस्म के समय भैरवी, भजन, दादरा, ग़ज़ल, पुरबी आदि के गायन से सबको ख़ुश कर देती। और उस समय सबकी आँखों में आँसू आ जाते, वह विदाई के वक़्त हृदयस्पर्शी करुण स्वर में मुबारक गीत प्रस्तुत करती—

दुल्हनिया पिया के घर को चली,
मुबारक हो, मुबारक हो।
दुल्हनिया बाबा का घर छोड़ चली
मुबारक हो, मुबारक हो।
दुल्हनिया अम्मा का आँचल छोड़ चली
मुबारक हो, मुबारक हो

स्वतंत्रता प्राप्ति के बाद कुछ समय तक यह सब चलता रहा, परन्तु तत्पश्चात मार्केट का हुलिया बिगड़ता गया। धीरे-धीरे शौकीन, सामन्त, रईस और कद्रदान परिदृश्य से ग़ायब होते गए और उनकी जगह अजीब बेढंगे, अधकचरे, अर्धउज्जड़ लोगों ने ले ली, जिनके पास किसी सभ्य, बारीक शौक के लिए फ़ुरसत ही न थी। न कलात्मक संगीत और नृत्य के लिए और न ही बात-व्यवहार तथा मधुर व्यवहार तथा मधुर लच्छेदार सम्भाषण के लिए ही। वे तेज़ी से आते जैसे गाड़ी छूटने वाली हो और एक छद्‌म मुस्कराहट के साथ बुड़बुड़ बोलते, "इस जनता के युग में कोई जनता वाली चीज़ हो जाए...सिनेमा की कोई चटपटी, फड़कती चीज़...दिल पर फ़ौरन कुछ चल जाए। भई, वह पुराना, घराऊँ आऽ आऽ नहीं..."

यही समय था, जब एक साफ़-सुथरे समाज के निर्माण के सिलसिले में कुछ घोषणाओं को लागू करने की प्रक्रिया आरम्भ हुई, जिसकी प्रगति उस लदू घोड़े की दशा को प्राप्त हुई, जो आगे चलने से इनकार कर दे। परिणामस्वरूप न इधर के रहे न उधर के यानी त्रिशंकु की तरह बीच में निराधर घूमती छटपटाती ज़िन्दगियाँ, जो न ऊपर जा सकीं और न पहले की अपनी ज़मीन ही पा सकीं।

फूलरानी के यहाँ दो जुड़वाँ बेटियाँ पैदा हुईं और जब वे बड़ी हुईं तो समय काफ़ी बदल चुका था। आरम्भ में उसने यही सोचा था कि यदि बेटी हुई तो मास्टर मस्ताना के योग्य पुत्र मास्टर मदन मस्ताना से ही उसको शिक्षा दिलवाई जाएगी। लेकिन अब तो सभी बची-खुची कोठेवालियों के यहाँ शास्त्रीय संगीत और नृत्य का पूरी तरह बहिष्कार हो चुका था और उसकी जगह सिनेमा के सस्ते गानों और नाचों का प्रवेश हो गया था। यहाँ तक कि फूलरानी को भी मजबूर होकर यह नया ढर्रा अपनाना पड़ा।

वह समय भी आया, जब हर कोठे पर ऐसे हर घर में आशा और उत्साह की हवा बहने लगी। बात यह है कि एक ख़ुशख़बरी तेज़ी से फैली कि सबको एक-एक घर मिलेगा, सिलाई की मशीन मिलेगी, कढ़ाई-बुनाई सीखने-सिखाने का पक्का इन्तज़ाम होगा, उनकी सन्तान की शिक्षा की पूरी व्यवस्था होगी और इस पेशे को छोड़कर समाज की मुख्यधारा में शामिल होने और सम्मानजनक स्वावलम्बन के लिए मासिक आर्थिक सहायता भी प्राप्त होगी। फूलरानी ने भी इस नई परिस्थिति में

अपने लिए और अपनी सन्तान के लिए बहुत कुछ सोचा तथा सुन्दर सपने देखे। परन्तु इन्तज़ार में आँखें पथरा गई, दिल डूबने लगा और जो कुछ हुआ, उससे एक आधा-अधूरा प्रतिबन्ध लग गया, जिसके नीचे छद्म और नाटक चलने लगा।

इस कथा के अनेक आयाम हैं, पर सबका सार-संक्षेप यह कि फूलरानी अपनी दोनों बेटियों को शिक्षा नहीं दिला सकी, और न कोई अन्य स्वावलम्बी काम। दिन-पर-दिन गिरती आर्थिक अवस्था में रास्ता सिर्फ़ वही बचा था जो पहले से चला आ रहा था। आरम्भ में तत्कालीन सिने तारिका 'कुक्कू' के स्टाइल पर नाच और गाने पेश किये जाते रहे। परन्तु समय बीतने के साथ सामूहिक नृत्य आदि की नकल शुरू हुई। समूह के नाम पर दो जुड़वाँ बहनें ही थीं और उनका अप्रशिक्षित प्रस्तुतीकरण भी विचित्र था। उछल-कूद और धमाधम—कभी माइकल जैक्सननुमा भी। गानों में भी 'यह लड़की, वह लड़का' के साथ पश्चिमी संगीत के अनुकरण की खींचतान। यह सब करते-करते लोकप्रियता घटती गई। उम्र बढ़ती गई और साथ में पाउडर-पुते चेहरे का भोथरापन भी।

फूलरानी असफल अधेड़ावस्था को पार करके बेकार और उपेक्षित वृद्धावस्था में पहुँच चुकी थी। उसके नियंत्रण में कुछ भी नहीं रहा। संगीत-कला और नृत्य कला उसके अन्दर ही कहीं डूब गई थी। अब तो उसने कुछ कहना भी बन्द कर दिया था, यद्यपि लड़कियों के शुरुआती दिनों में अक्सर अपने पुराने दिनों का बखान करने लगती थी, जिस पर वे दोनों नाक-भौं सिकोड़कर विष उगलने लगतीं, "अम्मा, तुम्हें क्या हो गया है, तुम देखती नहीं कि ज़माना किधर जा रहा है। हमेशा वही रट-साड़ी, सलीका, पक्का गाना, रईस, कद्रदान। अब कहाँ हैं वे सब? सब घास चरने चले गए। अब तो उन आरामतलब रईसों की जगह सूट-बूट में रहने वाले मेहनती, नये लोग आ गए हैं। वे ग़ज़ल-सज़ल, भजन भैरवी से मीलों दूर रहते हैं। उर्दू-सूर्दू को पास भी फटकने नहीं देते। वे गिटपिट अंग्रेज़ी हैलो-हाय करते हैं, अमेरिका-विलायत घूमते हैं। जहाँ जाते हैं, सबसे अच्छे होटलों में ठहरते हैं...वहीं सब कुछ उन्हें मिल जाता है...।"

छबीली आक्रामक ढंग से फर्राटे से बोल रही थी। फूलरानी को कोई जवाब न सूझा और वह फक चेहरे से बड़ी-बड़ी आँखें निकालकर अपनी बेटी को देखने लगी। तभी दूसरी बेटी रंगीली अपनी बहन के समर्थन में बोल उठी, "अम्मा, तुम सोचो, कोठा-वोठा तो सड़ियल अंडा है, जिसे घटिया लोगों को छोड़ कोई नहीं पूछता। इसे तो, मुफ़्त की शाबासी लेने के लिए सरकार भी नहीं मानती। आज साड़ी-जम्पर को भी कौन पूछता है? हाय अम्मा, तुमने हमारे लिए कुछ भी नहीं किया। तुम पुराने ज़माने की तारीफ़ हमारे सामने न किया करो। सब झूठा है। तुम्हारे पास तो पैसा-रुपया, गहना कुछ भी नहीं है। इज़्ज़त वाला काम तो छोड़ो, पर तुमने हमें थोड़ा-बहुत पढ़ा दिया होता और धन से मदद की होती तो इस काम में भी चमक जाते।

तब पतली, ख़ूबसूरत पैंट और नये डिज़ाइन का ऊँचा टॉप, ऊँची हील वाली सैंडिल पहनकर बड़े-बड़े होटलों में जाते, ख़ूबसूरत सड़कों पर निकलते, जहाँ नये क़िस्म की ख़ूबसूरती का ख़ूब स्वागत होता है...

रंगोली इस सीमा तक उत्तेजित हो गई कि अश्रुपात से ही उसे मुक्ति मिली। छबीली ने भी आँखें पोंछते हुए कहा, "हाँ अम्मा, बाहर पैसा बरस रहा है और हम ऐसे अभागे हैं कि कुछ भी नहीं कर पाते! अब भी तुम क्यों नहीं सोचती-समझती? इस घर के मर्द भी निखट्टू हैं कोई काम-धाम भी नहीं करते, बाहर कहीं दलालों के साथ नशे में डूबे रहते हैं। यहाँ दलाली के काम में भी क्या रखा है? इसके ऊपर साल में एक दो-चार को पकड़ कोतवाली ले जाया जाता है, कुछ दिनों तक नाटक चलता है, फिर जैसा था वही होने लगता है। एक दिन यहाँ भी आ धमका था एक। मैंने कह दिया "नाच-गाना की शिक्षा दी जाती है।" मुस्कराकर बोला, "साइनबोर्ड लगवा लो नहीं तो जेल की चक्की चलानी पड़ेगी।"

"अम्मा, घबराओ नहीं, किसी तरह कुछ पैसों का इन्तज़ाम करो, फिर देखो हम क्या करते हैं...तुमको रानी का सुख देंगे..."

दिन-पर-दिन फूलरानी का शरीर कमज़ोर होता गया था। बाँहों का चमड़ा ढीला होकर झूलने लगा और चेहरे पर भी झुर्रियाँ दिखाई देने लगीं। कभी-कभी ऊँघते समय उसे लगता कि जल्दी ही वह पुराना समय फिर आ जाएगा—पुरानी रौनक, पुरानी कद्रदानी, जब संगीत और नृत्य की इज़्ज़त होगी। उसे आधी नींद में ही उत्साह आ जाता और आँखें खोलकर चारों ओर देखने लगती। लेकिन यह सब क्षणिक ही था। वस्तुतः अभावों के बढ़ने से कई समस्याएँ बढ़ीं और घर में तथा बाहर भी लड़ाई-झगड़े होने लगे। चीख़-चिल्लाहटें भी। कभी-कभी बीच में मनहूस सन्नाटा।

गर्मी के मौसम में एक और परेशानी। अब ऊपर फूलरानी के कोठे पर पानी चढ़ता ही नहीं। अन्य कोठों का भी यही हाल था। बात यह है कि उस मुहल्ले में दूसरे इज़्ज़तदार व्यवसाय या नौकरी करने वाले लोग भी रहते थे, जिन्होंने अपने-अपने मकान के ऊपर कई मंज़िलें बनवा ली थीं, जिससे रोशनी तथा हवा में रुकावट आ ही गई थी, मोटर लगवाने से ग़रीब कोठेवालियों के घर में पानी भी धीमे-धीमे सिर्फ़ सुबह आधे घंटे तक ही चढ़ता।

पानी बन्द होने पर आफ़त मच जाती। आख़िर पानी न होने से कौन-सा कार्य सम्पन्न होगा? नीचे, कुछ आगे की तरफ़ एक नीचा नल था, जिससे नौ बजे तक ही पानी आता था। लेकिन वहाँ भी भीड़ लग जाती और चाँय-चाँय शुरू हो जाती। छबीली और रंगीली भी नीचे पहुँचकर मोर्चा जमा देतीं, लेकिन दो-तीन 'युद्ध' के बाद ही कुछ पानी ऊपर पहुँचा पातीं। लेकिन कितने से चाय बने, कितने से खाना? कितने से कौन नहाय और इस सड़ी गर्मी में कितना पानी पीने के लिए रखा जाए? नहाना क्या, फूलरानी के लिए एक छोटी-सी बालटी या कुछ पानी दे दिया जाता

कि हाथ-पाँव धोकर कुल्ला-वुल्ला कर ले। वह जल-भुनकर चीख़ने लगती, "तुम लोग स्वार्थी हो, स्वार्थी, स्वार्थी।" बेटियाँ भी हाथ फेंक-फेंक कर चिल्लाने लगतीं।

एक दोपहर के बाद उसने कमरे में सोते हुए सपना देखा कि वह एक नदी के किनारे खड़ी है और ख़ूब हर-हर ठंडी हवा चल रही है। वह मुँह खोलकर हवा को पी रही है। कितना ठंडा लग रहा है, जैसे वह बर्फ़ मलाई खा रही हो। अचानक उसकी नींद भंग हो गई और वह हड़बड़ा कर उठी। वह पसीने से तर-ब-तर थी और ज़ोर की प्यास लगी थी उसे। पास ही में नीचे मिट्टी की एक छोटी सुराही थी, जिसमें थोड़ा-सा पानी बचा था, गिलास में डाला तो वह आधा से कुछ अधिक था। वह हकर-हकर सब पी गई। कुछ धरान हुआ तो गिलास रखकर सपने के बारे में सोचने लगी।

इसी समय उसके दिमाग़ में वह विचार कौंधा था। हाँ क्यों नहीं। वह गर्मी में रोज़ सुबह नदी तक चली जाए, समय भी कटेगा, ठंडी हवा मिलेगी और नहाना भी हो जाएगा सभी खिचखिच से छुट्टी! यह सब सोचकर वह अत्यधिक ख़ुश हुई और इसकी सूचना लड़कियों को भी दे दी।

"यह क्या पलंजर लेकर बैठ गई। बदन में दम नहीं और चली गंगा नहाने! अम्मा, यह सब न करो, मैं कल से तुम्हारे लिए नहाने का पूरा पानी ला दूँगी..." छबीली ने मना किया।

"उल्टा ही समझती हो तुम हर बात। हर काम बेढंगा करती हो। तुमने हम लोगों के नाम भी इतने रद्दी रखे हैं। छबीली, रंगीली—ये सड़े नाम पता नहीं किस गली में पड़े मिल गए तुम्हें। कोई नये नाम नहीं मिले तुम्हें? हर चीज़ पुरानी, अब गंगा नहाने वहाने की सूझी है! जाओ, तुम जानो तुम्हारा काम जाने।"

जिस दिन वह सुबह के अँधेरे में नदी के लिए रवाना हुई, मौसम बड़ा सुहावना था। ऊपर आकाश खुला और साफ़। मन्द मन्द शीतल हवा के झोंके। ऐसा लगा कि अब उसका सभी दुख-दारिद्रय दूर हो जाएगा। गली से ही लोग मिलने लगे। वे दूसरे मुहल्ले के थे और इधर से ही गुज़र रहे थे। सचमुच अधिक दूर नहीं चलना पड़ा, फिर भी आदत न होने के कारण दिक़्क़त होने लगी और पंजों में दर्द। लेकिन हवा सुख दे रही थी और वही चलती रही, चलती गई।

गली से निकलकर कुछ दूर चलने पर तो स्त्री-पुरुष, किशोरों, नौजवानों तथा अपनी-अपनी माँ के साथ चलने वाले बच्चों की भीड़ भी मिलने लगी। कई अधेड़ और बुज़ुर्ग धीमी, नकियाई भुनभुन आवाज़ में रामायण की कोई चौपाई अथवा ईश्वर-नाम का जाप करते जा रहे थे। कई स्त्रियाँ डोलची लेकर चल रही थीं, जिसमें छोटी सी लुटिया, फूल तथा पूजा के अन्य सामान भी थे।

गंगा-किनारे आकर, उसने ऐसी स्फूर्ति का अनुभव किया, मानो वह अभी जवान हो और शरीर में कोई तकलीफ़ भी न हो। मन हुआ कि ख़ूब तेज़ी से चले अथवा

किसी एकान्त में बैठकर भैरवी का आलाप करे। वह सिर चारों ओर घुमाकर देख रही थी और नाक से गहरी साँस खींचकर जल का स्पर्श करते आती हुई हवा को अपने फेफड़ों में भर रही थी। अहा, इतनी भीड़, चहल-पहल, ख़ुशी और पवित्रता!

स्नान के पश्चात् बदलने वाले कपड़े किनारे रखकर उसने गंगा जल में उस जगह प्रवेश किया, जहाँ स्त्रियों का समूह स्नान कर रहा था। सब कुछ कितना शीतल और प्यारा! ख़ुशी और एक अनजान डर से उसका शरीर थरथरा रहा था। जब हिम्मत लौटी तो उसने कमर भर पानी में पहली डुबकी लगाई। एक अभूतपूर्व दिव्य अनुभूति! किसी भी नदी में स्नान करने का उसका यह पहला अनुभव था। आह, कितना सुख! इसकी तो उसने कल्पना भी नहीं की थी। पहले क्यों नहीं आई यहाँ? कितनी प्यारी होती है नदी! वह सबको सुख देती है। अमीर, ग़रीब, दुखिया, अपाहिज किसी को भी दुत्कारती नहीं। सबको बुलाती है, सबका स्वागत करती है। वह मन-ही-मन 'गंगा मैया, गंगा मैया' जपने लगी। उसने ख़ूब डुबकियाँ लगाईं, जब तक उनका मन भर नहीं गया।

धोया हुआ गीला कपड़ा लेकर वह जब घर लौटी तो थकान के बावजूद ख़ुश थी। उसने आते ही लड़कियों को विस्तार से बताया लेकिन वे कुछ देर तक सुनती रहीं, फिर मुँह बिचका कर वहाँ से खिसक गईं। लेकिन उसके उत्साह उमंग में कोई कमी नहीं आई और उसके आश्चर्य की उस वक़्त सीमा न रही, जब न मालूम कहाँ से उसके कंठ से एक भूले हुए भजन की पंक्ति फूटकर गुनगुनाहट के रूप में निकलने लगी, "कुछ लेना न देना, मगन रहना..."

दिन-भर वह अपने ख़यालों में ही व्यस्त रही। रात में उसे देर तक नींद नहीं आई और वह विभिन्न रागों में उनको बोलों को बारी-बारी से गाती-गुनगुनाती रही आलाप के साथ। उसका अन्तिम गायन था जैजैवंती में, जिसका बोल था, 'सुन्दर श्याम दरस की आशा।' उसने ख़ूब गाया-गुनगुनाया और आलापा। बीच-बीच में गला फँस जाता अथवा वह थककर चुप हो जाती। साँस फूलने लगती। किन्तु कुछ रुककर फिर शुरू कर देती। दुख और हताशा में कला-अभ्यास तथा उसकी स्मृतियाँ अकस्मात् कहीं गुम हो जाती हैं; परन्तु यह स्थिति दूर होते ही वह सब कुछ याद आने लगता है, लुप्त स्वर-सरस्वती प्रकट होकर लहराने लगती है। वह पहले की ही तरह आलाप को स्वेच्छा से हर दिशा में ले जाकर कलात्मक ऊँचाइयों पर पहुँच गई। फिर तो आनन्द के सागर में भी डुबकी लगाने लगी। और अन्ततः उसका कण्ठ अवरुद्ध हो गया था 'सुन्दर श्याम दरस की आशा, नैनन आन बसी', पंक्ति, अश्रुनिर्झर के रूप में झुर्रीदार कपोलों से बह चली।

उसकी स्नान-यात्रा जारी रही। वह रोज़ सुबह, उसी समय पर निकल जाती तथा स्नानार्थियों की छोटी-बड़ी भीड़ के सहादे तट पर पहुँच जाती। स्नान का ऐसा सुख उसे पहले कभी नहीं मिला था। शरीर और आत्मा की जब तृप्ति हो जाती,

तभी जल से बाहर निकलती। तब उसके कंठ से किसी भजन की पंक्तियाँ स्वत: ही किसी सोते की तरह फूट पड़ती, 'प्रभु जी, मेरे अवगुन चित न धरो' अथवा 'मेरे तो गिरिधर गोपाल...'

कितने सुख से उसके दिन बीत रहे थे! वह फिर संगीत की गुनगुनाहटों से भर गई। उसकी बेटियों को यह सब अच्छा तो न लगता लेकिन घर में पहले से अब अधिक शान्ति थी, इसलिए उन्होंने बोलना छोड़ दिया। हाँ, जब तब वह बाहर रहती, पानी के लिए उसकी चीख़-चिल्लाहट सुनने को नहीं मिलती। घर में भी वह किसी बात के लिए ज़िद नहीं करती और न ही अब पुराने उबाऊ किस्सों तथा फ़ालतू उपदेशों से परेशान ही करती। वह किसी बात पर मुस्करा देती या एकान्त में बैठकर संगीत में खोयी रहती।

एक दिन जब स्नान के बाद घर वापसी के रास्ते पर कुछ आगे बढ़ी थी कि पीछे से एक तेज़ पतली आवाज़ हवा में गूँज उठी, "अरे, सत्तर चूहे खाकर, भगतिन बनके कहाँ चली?" ऐसा लगा कि कोई छोकरा, जिसकी घाँटी न फूटी हो, किसी को पुकार कर पूछ रहा हो। फूलरानी अपने मन में मगन थी, इसलिए उसे ऐसा नहीं लगा कि कोई उसी के लिए कह रहा है। वह सिर झुकाकर पहले की तरह चलती रही। वहाँ भीड़ नहीं थी, आगे बाई तरफ़ दो बुज़ुर्ग माथे पर चन्दन का टीका लगाए बातें करते हुए जा रहे थे। उन्होंने बस सिर उठाकर इधर-उधर लापरवाही से देखा फिर पहले की तरह बातों में मगन हो गए।

कुछ ही क्षणों बाद वह वैसी ही आवाज़ फिर आई। अब फूलरानी ने आशंकित होकर दायीं तरफ़ की झाड़ी की ओर सिर घुमाकर देखा, मगर आवाज़ उधर से आने पर भी वहाँ तो कोई भी नहीं था। डर से उसका दिल तेज़ी से धड़कने लगा था। क़दम भी शक्ति-सीमा में और तेज़ पड़ने लगे। बीच-बीच में वह पीछे देख लेती। वह वैसी आवाज़ फिर सुनायी नहीं पड़ी तो वह आश्वस्त होती गई और उसकी चाल सामान्य हो गई। होगा कोई, उससे क्या मतलब? यहाँ उसे जानता भी कौन है?

अगले दिन वैसा कुछ नहीं हुआ तो वह प्रसन्न हो गई। ज़रूर उसे भ्रम हो गया था, उसने सोचा। परन्तु तीसरे दिन फिर वैसा ही हुआ तो वह बेहद भयभीत हो गई। उसने पीछे मुड़कर देखा तो कुछ ही दूरी पर छह-सात छोकरों का एक छोटा-सा झुंड मँडराता हुआ आ रहा था। उसके देखने पर उन्होंने अपने मुखड़े दूसरी तरफ़ घुमा लिए। वह घबराकर तेज़ चलने लगी, जैसे भागना चाहती हो, परन्तु पैर लड़खड़ाकर एक-दूसरे से टकराने लगे और वह गिरते-गिरते बची। इसके पश्चात् वे फिर समवेत स्वर में चिल्ला पड़े, "सत्तर चूहे खाइके बिलार भई भगतिन।"

वह घूमकर देखती तो वह चुप होकर मुँह फेर लेते। वह तेज़ चलने की कोशिश करती तो वे भी कुछ तेज़ चलकर पास आ जाते। वे आपस में मज़ाक़ करते, हँसते,

हँसकर तालियाँ बजाते और बीच-बीच में वही फ़िक़रा उछाल देते। उस समय कोई भीड़ नहीं थी, काफ़ी स्नानार्थी तो पहले ही निकल गए थे। आकाश में सूरज-देवता और भी ऊपर चढ़ गए थे और हवा भी अभी से गरम होने लगी थी। वह पसीने से तर-बतर रुआँसी हो गई। उसने क्या बिगाड़ा है इनका उसको अचानक ग़ुस्सा आ गया और वह पीछे घूमकर थर-थर काँपती हुई चिल्ला पड़ी, "तुम्हें शर्म नहीं आती?"

छोकरे सहम कर रुक गए। उन्होंने कुछ दूर भागने का नाटक भी किया। जब पुनः अपने रास्ते पर तेज़ी से चलने लगी तो वे तालियाँ बजाकर ज़ोर से हँस पड़े। फिर वही फ़िक़रा। एकदम निकट अन्य कोई नहीं था। वह अपनी समझ से भाग रही थी। लेकिन कुछ देर में एक ढेला आकर उसी पिंडली में लगा। 'हाय अम्मा', वह रुआँसी आवाज़ में चीख़ पड़ी। लड़खड़ा कर सँभल तो ज़रूर गई लेकिन आगे चला नहीं गया तो झुककर हाथ पिंडली के ऊपर सहलाने लगी। साथ में आँखों से अनचाहे आँसू गिरने लगे।

इसी समय, इधर से ही अपने घर से ड्यूटी पर जाता हुआ एक पुलिस का सिपाही निकला। यह सब देखकर उसने दौड़ाया तो छोकरे नौ-दो ग्यारह हो गए। उसने सहारा देकर कुछ फूलरानी को सीधा खड़ा किया और कुछ दूर तक ले गया।

"आप कौन हैं, कहाँ जाएँगी? ये क्यों परेशान कर रहे हैं आपको?"

"नहीं जानती...भैया छोड़ दो, मैं चली जाऊँगी...दूर नहीं है।" उसके मुँह से आवाज़ बहुत धीमी आ रही थी। चेहरा गर्मी की लाली तथा डर और हताशा की कालिमा से विवर्ण होकर डरावना हो गया था।

जब वह किसी तरह घर में पहुँचकर चारपाई पर बैठकर कराहने लगी तो दोनों लड़कियाँ "क्या है, क्या है" कहती हुई तेज़ी से आईं। फूलरानी ने बुदबुदाकर कुछ बताया, फिर उससे बोला नहीं गया और आवाज़ मुँह के अन्दर ही गुम हो गई।

"कहाँ चोट लगी, लेटो देखती हूँ। रंगीली, दूसरे कमरे में ताखा पर बाम रखा है, जल्दी लेती आओ। एक पट्टी भी..."

छबीली ने उसे लिटाया और साड़ी हटाकर घाव देखने लगी लेकिन फूलरानी को शरीर से अधिक मन पर चोट पहुँची थी। उसका चेहरा सफ़ेद पड़ गया था, जैसे शरीर में ख़ून ही न हो। उसका दिल डूब रहा था। पिंडली पर सूजन, नीलापन और रक्त देखकर छबीली भय से क्रोध में चिल्लाने लगी, "बताओ कौन था, किसने उन छोकरों को सिखाया था...मैं रिपोर्ट करूँगी, उसका मुँह नोच लूँगी। मैं सड़क पर चिल्लाऊँगी, जुलूस निकालूँगी...। मैंने मना किया था, लेकिन ज़िन्दगी में तुमने किसी का कहना माना भी है? अब हौसला पूरा हो गया तुम्हारा? वह ज़रूर तुम्हारा कोई जाना-पहचाना है। बताओ कौन है वह?"

फूलरानी भावहीन, दिशाहीन आँखों से उसे देख रही थी। उसके होंठ बोलने के लिए फड़फड़ाए।

छबीली का गुस्सा कम नहीं हुआ, "क्या तुम अपने पाप कटाकर स्वर्ग जाना चाहती हो? वहाँ भी तुमको कौन पूछेगा? वहाँ भी तुम्हारे लिए कोई जगह न होगी। सबसे बड़ा स्वर्ग यह अपना घर है, चुपचाप यही पड़ी रहो, कल से नहाने-वहाने न जाना...हाँ?"

रंगीली बाम और पट्टी लेकर आ गई। लेकिन फूलरानी थी कहाँ? उसने इस बार भी लड़कियों का कहना नहीं माना। दोनों छाती पीटकर रो पड़ीं, "हाय अम्मा, अब हमारा क्या होगा?"

एक निर्णायक पत्र

उस क़स्बानुमा शहर के मास्टर कुमार विनय को आजकल क्यों लग रहा है कि उसके साथ दूसरी बार धोखा किया जा रहा है? पहली बार जब हुआ तो प्रसंग दूसरा था और कारण भी। तब उसको अपने से काफ़ी उम्मीदें थीं, उत्साह और उमंग भी ख़ूब, जिसमें दूसरा शब्द पहले रखकर अपने नाम को नायकत्व की गरिमा भी दे दी थी उसने। परन्तु, एम.ए. करने के बाद, नौकरी की सभी मुमकिन प्रतियोगिताओं में बैठने के बावजूद वह सफल नहीं हो सका। विडम्बना यह कि इस छोटी-सी जगह में किराए पर एक मकान लेकर रहने तथा हर स्तर के प्राइवेट ट्यूशन करने पर विवश इस अनोखे व्यक्ति के पढ़ाए कुछ छात्र-छात्राएँ अच्छी प्रतियोगिताओं में पास होने का सम्मान भी प्राप्त कर चुके हैं।

फिर भी, निरन्तर दौड़-धूप करने वाले, अच्छे कद-काठी और सूरत के इस मास्टर ने व्यवस्था द्वारा उसके साथ किये गए पहले धोखे के बाद भी 'निराशा' शब्द तक अपने पास फटकने नहीं दिया। वह एक गम्भीर, स्वाभिमानी और परिश्रमी व्यक्ति है और उसका अपने सम्बन्ध में स्पष्ट विचार है कि देश और समाज की विभिन्न समस्याओं पर उसका दृष्टिकोण आदर्शवादी, सही और प्रगतिशील है। वह साधारण कपड़ों में भी चुस्त-दुरुस्त और स्मार्ट बना रहता, किसी दूसरे का छोटा-सा भी एहसान स्वीकार नहीं करता और हँसी-मज़ाक़ से कोसों दूर रहता—यहाँ तक कि होली में चुपचाप खड़ा और पतली मूँछों में मुस्कराता, अपनी भाभियों की चुहलबाज़ी तथा बाल्टी-भरे रंग से सराबोर होता रहता। और एक अन्य अनोखी आदत उसकी यह भी थी कि किसी के दुख तकलीफ़ में वह झट पहुँच जाता और चल देता फ़ौरन, जहाँ जाने की यदि ज़रूरत होती।

बात यह है कि प्राप्त ट्यूशन फ़ीस के अनुपात से काफ़ी अधिक समय उसने अपनी स्टूडेंट नीति को भी दिया था। मॉडल पेपर तैयार किये, लगातार अभ्यास कराया, और जब वह अपने पिताजी के साथ प्री-मेडिकल परीक्षा देने लखनऊ गई तो उन लोगों के आग्रह पर वह भी साथ गया और हर पेपर के लिए अतिरिक्त मेहनत और अभ्यास कराया था उसने।

पास होने की ख़ुशी में डूबी नीति अपनी छोटी बहत प्रीति के साथ मिठाई का

डिब्बा लिए चली। सड़क पर एक सहेली के मिल जाने के बाद जब उससे बात करने लगी तो नीति अपनी अधीरता सँभाल नहीं पाई और अकेले ही कुमार विनय के घर पहुँच गई। उज्ज्वल, सरल, हँसमुख चेहरे तथा बड़ी-बड़ी आँखों में कुछ और भी था, ऐसी आत्मीय ज्योति कि जब वह पहली बार उसके पैर छूने झुकी तो कुमार विनय ने बीच में रोक और उठाकर कहा, 'तुम्हारी वहाँ जगह नहीं है।' फिर भी अपने को, और अपने कथन का अर्थ ठीक से न समझते हुए भी, उसको अपने हृदय के पास खींच लिया था, जैसे वह उसकी कोई नादान बच्ची छात्रा हो। फिर उसका चेहरा और ठुड्डी पकड़कर उठाते हुए कहा था, "इस सफलता का श्रेय एकमात्र तुम्हीं को जाता है, तुम्हारी मेधा और कड़ी मेहनत को।" और वह अतिशय भावावेश में, फिर भी स्पष्ट कुछ भी न समझते हुए दोनों हाथों में मुँह छिपाकर सुबकने लगी।

इसके पश्चात् वे एक-दूसरे के निकट आ गए, यहाँ तक कि उन्होंने आपस में कुछ क़समें भी खाई। डॉक्टरी पढ़ने के लिए लखनऊ जाने के पूर्व वह उससे मिलने गई तो उसने कहा, "तुम पर काफ़ी ज़िम्मेदारियाँ आ गई हैं। मैं चाहता हूँ, तुम ख़ूब तरक़्क़ी करो और भारतीय नारी के उच्च चरित्र और आदर्शो पर दृढ़तापवूक चलो। और महीने में एक बार मुझे भी अपने पत्र द्वारा स्मरण कर लो। पत्र लिखोगी न?"

"हाँ..." आँसुओं में डूबे होंठों के बीच से वह किसी तरह बोली, काँपती-हिलती उँगलियों की वजह से रूमाल से आँखें पोंछने में असमर्थ।

कुमार विनय ने इस तरह की घटना की कल्पना भी नहीं की थी। नौकरी की परीक्षाओं में असफल होने का कारण उस समय समझ में आया था उसे, जब एक में कुछ माँगा गया, किन्तु उतनी धनराशि उसके पास थी नहीं, यदि होती भी तो वह इसके लिए तैयार नहीं था। व्यवस्था के भ्रष्टाचार को उसने चुनौती के रूप में स्वीकार करके तत्काल दो फ़ैसले कर लिये, जिनमें एक तो यही है कि कोई नौकरी न करके स्वावलम्बन का मार्ग अपनाते हुए नये लोगों को अपने से भी अधिक योग्य बनाएगा, जिससे वे अपने प्रयासों में ज़रूर सफल निकल जाएँ। अपनी इस चुनौती में वह अवश्य आंशिक रूप से कामयाब हो रहा था, परन्तु उसकी दूसरी चुनौती के सम्बन्ध में ऐसा नहीं कहा जा सकता, जो यह थी कि सम्भाव्य अनिश्चित एवं अव्यवस्थित जीवन के कारण वह नारी से दूर ही रहेगा।

आश्चर्य तो यह है कि नीति के जाने के बाद उसके दिमाग़ में अजीब-अजीब ख़याल आने लगे। पहले तो उसे अभूतपूर्व सूनापन और पीड़ा का अनुभव हुआ। और कुछ दिनों बाद एक धूमिल ईर्ष्या भाव का भी कि एक प्यारी-सी निरभिमानी लड़की, जो उसी की वजह से आगे बढ़ी, अब उसकी सीख एवं प्यार की नियंत्रण सीमा के बाहर, एक बड़े शहर तथा उसके स्वच्छन्द समाज में चली गई है। और एक अनजान-सा हीनता-बोध भी कि हस्ती और हैसियत से वंचित तथा जीवन की

हर परीक्षा में असफल एक मामूली मास्टर के पास एक सफल, आधुनिक और सुन्दर लड़की को रिझाने के लिए क्या रखा है?

ऐसे विचार को शीघ्र ही झटक दिया था उसने। और उसकी अनेक बातें याद करके पुनः आशा और विश्वास से भर उठा। उसके आँसू, विदा होते समय उसका एकमात्र सहमत चुम्बन, व्याकुल प्यार से देखती उसकी आँखें। वह दीवार पर टंगे बड़े आईने के सामने खड़े होकर अपने चेहरे को बार-बार देखने लगा, यह सोचते हुए कि किसी सिने-नायक से कम प्रभावशाली उसका व्यक्तित्व नहीं है। और वह एक ख़ूबसूरत दिवास्वप्न में खो गया कि एक दिन उसका भाग्य ज़रूर चमकेगा और वह नीति को अनन्त ख़ुशियों से सराबोर कर देगा।

हर दिन तो वह उसके पत्र की प्रतीक्षा करता रहा और जब सितम्बर बीतने को आया तो एक दिन रास्ते में मिलने पर उसकी छोटी बहन प्रीति ने बताया कि उसकी दीदी पहले रैगिंग से परेशान रही, बाद में बीमार पड़ गई और अब इतनी मेहनत पड़ गई है कि गर्मी की छुट्टियों के पहले शायद ही आ पाए। उसको कुछ मलाल तो ज़रूर हुआ कि कम-से-कम एक पत्र तो उसके पास भेजा ही जा सकता था, किन्तु इसको बहुत तूल नहीं दिया उसने, इस विचार के साथ कि वह एक नेक और सच्ची लड़की है और दिये हुए उसके वचन का चरितार्थ न होना अकारण नहीं हैं तथा उससे मिले बगैर किसी काल्पनिक नतीजे पर नहीं पहुँचा जा सकता।

परन्तु, उसके ख़ूबसूरत स्वप्न को एक हल्का आघात उस समय लगा, जब लखनऊ सचिवालय के एक क्लर्क ने, जो उसका पूर्व सहपाठी भी था, अचानक मिलने पर नीति की चर्चा चला दी और व्यंग्यपूर्वक कहा—

"बीमारी तो एक बहाना है, मेरे प्यारे दोस्त। एक दिन मेडिकल कॉलेज गया था कि क्या देखता हूँ, मेडिकल कॉलेज के छात्रों के झुंड के बीच में नखरे से चमक-उछल कर खिल-खिल कर रही है। एक बात तो कहूँगा कि हमारे-तुम्हारे घरों की लड़कियाँ ऐसी बेशर्मी पर नहीं उतर सकतीं, चाहे मेडिकल पढ़ाई के लिए उन्हें अमेरिका ही क्यों न भेज दिया जाए...।"

कुमार विनय ने संकीर्ण मनोवृत्ति के लिए अपने सहपाठी को फटकारा ज़रूर, किन्तु जब वह एकान्त में बैठकर विचार करने लगा तो प्राप्त सूचना का यह अर्थ तेज़, विषैले बाण की तरह उसके हृदय के अन्दर धँसता गया कि उससे बचने के लिए ही दुनिया भर के बहाने हैं। क्या सचमुच? काम सिद्ध हो जाने पर अँगूठा दिखाने वाली कहावत को क्या वह चरितार्थ कर रही है अपने सच्चे, आदर्शवादी, पुरुष प्रेमी पर? एक ठगे जाने वाले निर्दोष व्यक्ति की तरह सहसा उसे महसूस हुआ कि घोर अवज्ञा, उपेक्षा एवं अपमान से उसका माथा और कान गरम होकर जलने लगे हैं।

उसके अन्दर हीनता-बोध फिर प्रबल होने लगा। हाँ, इस अर्थ में तो वह सचमुच बेकार है कि उसके पास कोई ऐसी पक्की नौकरी नहीं है जिसमें तरक़्क़ी, प्राविडेंट फंड,

ग्रेच्युटी, छुट्टियाँ तथा अन्य सुविधाएँ मिलती हैं। वह चाहे भी तो रविवार छोड़कर एक दिन के लिए भी कहीं जा नहीं सकता अथवा आराम ही। अपने घर में और बाहर भी, काम पड़ने तक ही उसकी पूछ है, अन्यथा कोई भी उसे गम्भीरता से नहीं लेता। लम्बी बीमारी उसके भविष्य के लिए भी घातक है। और यह भी सच है कि एक दिन वह अशक्त हो जाएगा, जिससे वह सादे ढंग और कंजूसी से रहता है, एक-एक पैसा दाँत से पकड़ते हुए।

लेकिन, नीति से तो उसने कुछ भी नहीं छिपाया था। ऐसी ही बात है तो उसने पहले ही मना क्यों नहीं कर दिया? उसने तो कभी उसके प्यार का फ़ायदा नहीं उठाया, बल्कि प्यार दिया दूरी तथा इज़्ज़त के साथ और सोचने-समझने का समय भी। फिर उसी समय क़सम खाकर वचन क्यों दे गई वह? क्या कृतज्ञता का नाटक? नहीं, वह उस पर अविश्वास नहीं करेगा और स्वयं लखनऊ जाकर उससे मिलेगा। इस फ़ैसले से वह ख़ुश हो गया और उसका प्यारा-सा चेहरा देखने को व्याकुल भी।

नवम्बर मास के आरम्भ में, जब वस्तुत: सर्दी आई भी नहीं थी, साफ़ आसमान और मन्द हवा के ख़ुशनुमा मौसम में वह लगातार दो रविवारों को लखनऊ गया। प्रथम बार उसके छात्रावास के कई चक्कर लगाने के बाद भी वह मिल नहीं सकी। उस अवसर पर कई लड़कियों ने किंचित ऊँचाई और संशय से घूर कर संक्षिप्त उत्तर दिया, 'मुझे पता नहीं।' एक अन्य से सूचना मिली कि किसी परिचित से मिलने गई है, किन्तु पता-ठिकाना नहीं मालूम। शाम और गाड़ी का समय होने पर वह स्टेशन लौट गया। वह थक गया था और निराश तथा ग़ुस्से में पता नहीं कैसे उसे सन्त कवि तुलसीदास की एक कविता पंक्ति याद आ गई, जिसका अर्थ है 'जैसे स्वतंत्र होकर नारी बिगड़ जाती है।'

दूसरे रविवार को, एक दूसरी ही लड़की ने शहर में रहने वाली एक सहपाठिनी सहेली का पता बताया, जिसके यहाँ वह छुट्टी के दिन जाती है और शाम को खा-पीकर ही लौटती है। वहाँ जाने पर सहेली तो मिल गई, लेकिन नीति नहीं। सहेली ने सन्देह से घूर कर कहा, "आती तो है यहाँ, लेकिन आज नहीं आई। कभी-कभी अपनी एक मौसी के यहाँ जाती है, उनका पता नहीं मालूम। आप अपना परिचय दे दीजिए, प्लीज, काम भी बता दीजिए, मैं कल जब कॉलेज जाऊँगी तो बता दूँगी।"

उसे यह समझ में नहीं आया कि मेडिकल कॉलेज की छात्राएँ ऐसा व्यवहार क्यों करती हैं, जैसे किसी मातहत से बात कर रही हों। कुछ क्षणों के लिए ऐसा भी लगा था उसे कि उसकी सहेली ज़बान को कुछ ऐंठ कर बोल रही है और एक-दो बार वह व्यंग्य से मुस्कराई भी थी। उसने सिर झुकाकर ऊपर-नीचे अपने को उड़ती दृष्टि से निहारा। हाँ, वह तो स्टेशन पर उतरने के बाद नहा-धोकर और प्रेस किये हुए साफ़-सुथरे कपड़े पहन कर ही चला था। लेकिन भावनाओं को नियंत्रित करके अत्यन्त धीमे स्वर में बोला वह—

"मैं उन्हीं के क़स्बे से आया हूँ। हाँ, यदि आपके घर के अन्दर हों तो जाकर उनसे कह दीजिए कि ज़रूरी काम है, कुछ देर के लिए मिल कर चली जाएँ..."

"मैं उसे क्यों छिपाऊँगी, प्लीज। मैं सचमुच समझ नहीं पा रही हूँ कि आप अगर उसके क़स्बे के और परिचित भी हैं तो आप स्वयं अपना परिचय क्यों नहीं दे पा रहे हैं और वह आपसे क्यों नहीं मिलना चाहेगी?"

उसने कुछ क्षणों तक उसकी सहेली को देखा। फिर, कुछ न बोलकर और कहीं न जाकर स्टेशन पर ही लौट गया, और एक सस्ते होटल में बेमन से कुछ खाकर, प्लेटफ़ार्म पर जाकर एक बेंच पर बैठ गया। वह निराशा की अतल गहराइयों में लुढ़कने लगा। उसका चेहरा लटक आया, उस गदहे की तरह, जिस पर उसकी मालिक की मार पड़ी हो। वह अपने को बहुत छोटा, बेगैरत और असहाय महसूस करने लगा। फिर ऐसा आभास हुआ उसे, गोया सब उस पर हँस रहे हों—नीति और उसकी सहेलियाँ, मेडिकल कॉलेज के आसपास के दुकानदार तथा बाशिंदे और स्वयं उसके क़स्बे वाले दोस्त भी जो उसके बार-बार लखनऊ जाने से आश्चर्यचकित थे। हाँ, यही वह रीढ़हीन व्यक्ति है जिसने अपने को हिम्मती पुरुष समझ कर दुनिया को चुनौती दी थी और आजीवन शादी न करने की शपथ भी खाई थी और आज एक मामूली लड़की के चक्कर में दर-दर भटक रहा है!

तीसरे रविवार को वह दृढ़ निश्चय के साथ आ गया, चाहे तीन-चार दिन ही क्यों न लग जाएँ। काफ़ी कष्टों से बचाए गए पैसों में से कुछ अधिक निकालने में और भी कष्ट हुआ था। मेडिकल कॉलेज के पास चौक के एक होटल में पहुँचकर, नहाने-धोने तथा एक कप चाय पीने के बाद वह अपने कमरे की कुर्सी पर चुपचाप बैठ गया। वह बेहद गम्भीर था, चेहरा सख़्त। वह देर तक सामने देखता रहा, फिर उँगली हिला हिला कर घृणा से होंठ संचालित करते हुए बुदबुदाने लगा, जैसे सामने खड़े किसी शत्रु को फटकार रहा हो।

आकाश पर कुछ बादल तथा सर्दी थी और हवा में भी तेज़ी और बदलाव। वह पैंट-क़मीज़ तथा अधबाँही स्वेटर पहन कर होटल के नीचे उतर आया और सड़क पकड़कर मेडिकल कॉलेज की दिशा में जाने लगा। अचम्भे की बात तो यह है कि जब वह कई दिन रुकने का इरादा लेकर आया है, पास पहुँचने पर नीति छात्रावास से निकलती हुई दिखाई पड़ गई। वह सिर झुकाए हुए थी और सड़क पार करके बस स्टैंड पर खड़ी हो गई।

वह क्रीम रंग की साड़ी पहने हुए थी और उसी रंग के ब्लाउज़ के ऊपर एक स्लीवलेस स्वेटर भी। उसके चेहरे पर एक क़स्बाई लड़की का सहमा-सहमा भाव नहीं था, बल्कि अभूतपूर्व आत्मविश्वास तथा समझदारी की प्रखर आभा। पहले उसे देखकर कुमार विनय का हृदय धक सा कर गया। पता नहीं कैसा महसूस होने लगा उसे, उसका सलोना मुखड़ा देखकर विवश प्यार की दुर्बलता...किन्तु यह क्षणिक ही था।

और इस बस यात्रा के दूसरे अर्थों पर ध्यान जाते ही उसका क्रोध दूने वेग से लौट आया और चेहरे पर सख़्ती और तमतमाहट भी।

"अरे आप? यहाँ कैसे? कोई बीमारी तो नहीं?" कुमार विनय के अचानक सामने आकर खड़े होने पर नीति का चेहरा फक पड़ गया।

"बताऊँगा। अगर तुम ज़रूरी काम से नहीं जा रही हो तो क्या मुझसे कुछ देर के लिए मिल सकती हो? इस समय फ़ुरसत न हो तो बताओ कब सम्भव है?"

नीति ने अपने को सँभाल लिया था इस बीच। अब वह प्रफुल्लित होकर प्यार-ज्योतित आँखों से उसे एकटक देखती हुई बोली, "आप क्यों ऐसे हो रहे हैं? मैं तो एक सहेली के यहाँ जा रही हूँ...छुट्टी के दिन उसके पास चली जाती हूँ, कभी-कभी अमीनाबाद में रहने वाली अपनी मौसी के पास भी। आप आ गए हैं तो वहाँ जाने का सवाल ही नहीं है। चलिए उधर, पहले चाय पीते हैं, फिर बातें होंगी..."

"मैं यहीं चौक में एक होटल में रुका हूँ। अगर तुम्हें आपत्ति न हो तो वहीं चलते हैं, मैं तुम्हें चाय पिलाऊँगा।"

नीति ने अचम्भे से उसे देखते हुए पूछा, 'होटल में रुके हैं? ख़ैर, चलिए, वहीं सारी बातें होंगी।'

बड़े पार्क के पास चौराहे पर स्थित वह होटल साधारण ही है। ऊपर का कमरा भी छोटा, जिसके मध्य किसी दीवान पर बिस्तरा, सफ़ेद चादर, सफ़ेद गिलाफ वाला तकिया तथा ओढ़ने के लिए लपेट कर रखा हल्का कम्बल। दरवाज़े की दिशा में नाश्ते की एक मेज़ और अगल-बग़ल रखी दो कुर्सियाँ।

"कुर्सी पर बैठ जाओ—चाय के साथ क्या लोगी?"

"मैं तो सिर्फ़ चाय...आप अपने लिए..."

फ़ोन द्वारा आर्डर देकर बिस्कुट और दो कप चाय आने पर वे पीने लगे चुपचाप। कुमार विनय इतना गम्भीर था कि नीति को कुछ बोलने की हिम्मत नहीं हुई। वह बेहद परेशान भी थी क्योंकि वह उसकी तरफ़ देख भी नहीं रहा था। सहसा उसे अपनी सहेली की बात याद आई लेकिन उसने सब कुछ ऐसे विद्रूपात्मक ढंग से बताया था कि कुमार विनय होने की बात एक क्षण के लिए भी उसके दिमाग़ में नहीं आई थी।

"शुरू में मुझे काफ़ी परेशान होना पड़ा। अब काफ़ी मेहनत करनी पड़ रही है। आपका पूरा पता भूल रहा थी...और सच कहती हूँ, समझ में नहीं आया कि कैसे लिखूँ..."

वह उखड़े ढंग से बोल रही थी और छत को देख रही थी। उसका चेहरा भी तमतमा गया था शर्म से। इसी समय बैरा आकर कप-प्लेट ले गया। दो-एक मिनट की चुप्पी के बाद कुमार विनय ने सहसा उठकर भीतर से दरवाज़ा बन्द कर दिया, फिर लौट कर बिस्तरे पर बैठते हुए बोला, "अब सुनाओ कि क्या कहना चाहती हो..."

वह बेहद डर गई क्योंकि उसके पूर्व शिक्षक तथा वर्तमान प्रेमी की आँखें कपार पर चढ़ गई थीं और चेहरा किसी घुन्ने व्यक्ति की तरह ग़ुस्से में ईंगुर के समान लाल हो गया।

"मैं पत्र के बारे में..."

"और हाँ, यह भी बताओ कि पिछले दो रविवारों को तुम अपनी सहेली के यहाँ छिपी बैठी थी, तो तुम्हें ढूँढते हुए कोई भी नहीं पहुँचा था।"

"ग़लत है यह। मैं दोनों रविवारों को मौसी के यहाँ थी..." वह रुआँसी हो गई।

नीति की बात कुमार विनय के कानों के अन्दर गई ही नहीं। उसकी लाल-लाल आँखें और चढ़ गई और उसकी हालत लगभग उस मानसिकता तक पहुँच गई, जिसमें एक पुरुष स्त्री के साथ उन तीन तरीकों पर उतर आता है, जिनमें वह अपने को सक्षम और एकाधिकारी भी समझता है। वह विषधर की तरह फुफकारने लगा—

"तुम एक झूठी, पाखंडी, बेगैरत, नाटकबाज़ और दगाबाज़ औरत हो। तुम्हारी यह हिम्मत? तुम जैसी औरतें तो मेरे यहाँ नौकरानियाँ हैं। चलो हमारे गाँव और देखो कि हमारी भाभियाँ पढ़ी-लिखी होने पर भी किस तरह शालीन और सभ्य तरीके से रहती हैं। तुम हमारे ख़ानदान के पुरुषों को नहीं जानती, वे स्त्रियों की इज़्ज़त तो करते हैं लेकिन उसको सिर पर नहीं चढ़ाते। तुमको अपने रूप, यौवन, आधुनिकता और मेडिकल पढ़ाई का घमंड हो गया है? यह मजाल तुम्हारा कि जिसने तुम्हारे साथ उपकार किया, तुमको आगे पहुँचाया और अपनी शपथ तोड़ने का साहस करके प्रेम का हाथ बढ़ाया, उसके साथ वादाख़िलाफ़ी करो और यह उम्मीद भी करो कि तुम्हारे प्यार में वह दर-दर भटका करे। तुमने क्या सोचा है कि ऐसी दगाबाज़ी मैं बरदाश्त कर लूँगा? मेरे अन्दर जो तुम्हारी छवि थी, वह तो धूल में मिल ही गई है लेकिन आज मैं तुम्हारी ही नज़र में, तुम्हारी ही इज़्ज़त मिट्टी में मिला कर रख दूँगा। यहाँ गुलछर्रे उड़ाकर दूसरों के सामने सती-सावित्री बनती हो? उठो, खड़ी हो जाओ..."

वह डर कर उठ खड़ी हुई और थरथर काँपती हुई, हाथ जोड़ कर रोती हुई बोली, "आप ऐसी ग़लत और कड़वी ज़बान न बोलिए। आपके सभी आरोप असत्य हैं। मैंने आपको ही अपना सब कुछ माना है। लेकिन अनजान में या मजबूरी में कोई भूल हो गई हो तो माफ़ कर दीजिए...।"

लेकिन इन बातों का भी कुमार विनय पर कोई असर नहीं हुआ और वह उसे दंड देने के लिए उठ खड़ा हुआ, अधिकार के साथ। और यह कहकर कि 'अब यह पाखंड करने लगी? तुम जैसी औरत की इज़्ज़त-आबरू मैं चौपट करके रख दूँगा' वह पागल की तरह आगे झपट कर ज़बरदस्ती उसके कपड़े उतारने लगा। साड़ी, पेटीकोट, पैंटी, स्लीवलेस स्वेटर, ब्लाउज, ब्रेसरी, सब अत्यन्त क्रूरता के साथ, बारी-बारी से, डर-आतंक से थरथराती और हिलती-डोलती कोमल देह से

खींच लिए उसने। जब कुछ भी निकालने को न रहा तो कुमार विनय के हाथ कुछ देर के लिए निष्क्रिय होकर थम गए, जिसका लाभ उठाकर वह झट नीचे पंजों के बल उकड़ूँ-सी बैठ गई और आगे दोनों सटे हुए घुटनों पर झुक कर, वक्ष को ढकने की कोशिश करने लगी, और अपनी दोनों बाँहों को आपस में सटा कर आगे आवरण की तरह इस्तेमाल करती धारोधार गिरते आँसुओं के बीच बोली, "सर, आपको पूरा हक़ है। इज़्ज़त-आबरू, प्राण, सब कुछ मैं आपको सहर्ष देने को तैयार हूँ गुरु-दक्षिणा के रूप में।"

क्या नीति के कथन में ही कोई ऐसी बात थी, जिससे कुमार विनय अब सचमुच उसकी तरफ़ देखने लगा, जैसे बेहोश व्यक्ति जल के छींटे देने पर चैतन्य हो जाए? अथवा समर्पण के उसके शब्द, उसकी काया की निर्मम दुर्दशा, लगातार, असहाय रुदन, पहले हाथ जोड़ कर की गई निर्दोषता की वकालत तथा क्षमा-याचना, आदि सभी अर्थों के साथ याद आकर, अपने संयुक्त प्रभाव से जैसे प्रतिशोध की भंयकर जलन में शीतल सन्तोष देकर उसे सजग और सामान्य कर गए हों? और तब उसके अन्दर नीति के लिए न मालूम कहाँ से करुणा की गहरी भावना उत्पन्न होती गई और उसने अत्यन्त कोमल स्वर में कहा—

"मैं बाथरूम में चला जाता हूँ...तुम कपड़े पहन लो..." इसके बाद वह पीछे की तरफ़ जाकर दृश्य से ओझल हो गया। कपड़े फिर धारण करते समय नीति के आँसू और भी तेज़ी से गिरे और हिचकियाँ-सी बँधने लगीं, जिन्हें वह अत्यन्त कठिनाई से सँभाल पाई।

बाहर आकर कुमार विनय ने प्यार के स्वर में कहा, "चलो, मैं तुम्हें होस्टल छोड़ आता हूँ।"

"चली जाऊँगी।"

"नहीं...ऐसा नहीं होगा...।"

छात्रावास के फाटक के पहले विदा के समय कुमार विनय के होंठ कुछ विशेष कहने के लिए आतुर दिखे, किन्तु अन्ततः उसकी हिम्मत नहीं हुई क्योंकि शायद अनजान में ही लघुता और शर्म की एक अजनबी अनुभूति से वह विवश हो गया। वह जल्दी-जल्दी बोला—

"तुम सब कुछ भूल जाओगी, जैसे कुछ भी न हुआ हो। तुम वैसी ही हो, जैसी मेडिकल पढ़ाई के लिए जाते समय मेरे लिए थी। मैं भी वही हूँ तुम्हारे लिए उसी दिन की तरह। जाओ, आराम करो, मुझे एक ज़रूरी काम से कहीं जाना है। मैं जल्दी ही तुम्हारे पास विस्तार से लिखूँगा...ठीक है?"

नीति ने सिर हिलाया। वह उड़ती दृष्टि से उसे देखते हुए घूमकर जल्दी-जल्दी चला गया, जैसे सचमुच उसे ज़रूरी काम से कहीं जाना ही हो। उसके बाद नीति एक ऐसे धुंध से घिर गई, जिसमें वह कुछ भी सोच-समझ नहीं पा रही थी।

यह सब क्यों और कैसे हो गया? हिम्मत, ईमानदारी, संघर्षशीलता तथा दूसरों के लिए जान देने को तैयार रहने के पुरुष गुणों के कारण ही वह उसे प्यार करने लगी। यह सही है कि वह पत्र नहीं लिख सकी, जिसका एक कारण तो सम्बोधन के सम्बन्ध में उसका संकोच भरा अनिश्चय भी है। क्या इसी वजह से तथा कुछ अन्य दुर्योगों के कारण ही। कोई इतनी अधीरता तथा नासमझी से वह सब ज़बरदस्ती छीन लेगा, जो उसने स्वयं सौंपा था और नीति के लिए भी जो जीवन-मरण का प्रश्न है? फिर भी, कभी-कभी आशा की एक क्षीण रोशनी दिखाई दे जाती कि अब वह उसका सब कुछ लौटा देगा, उसकी इज़्ज़त, स्वाभिमान ओर परिणामस्वरूप प्यार भी, जो उसने होटल के कमरे में अपहृत कर लिया था। वह रोज़ ही उसके पत्र का इन्तज़ार करने लगी और एक दिन पत्र पाकर जल्दी-जल्दी पढ़ने लगी—

"उस दिन तुम्हें बहुत निकट से देखने का मौक़ा मिला और मैं तुम्हारे और भी निकट आ गया हूँ। तुम्हारे जिन गुणों को नहीं समझ सका था, आज बताना चाहता हूँ। भारतीय नारी का एक सर्वोत्तम गुण है तुम्हारे अन्दर—वह है विवेकपूर्ण सहनशीलता। तुम दुर्लभ स्त्री हो, जो घटिया स्तर पर नहीं उतर सकती और उदारता, सच्चाई और अपने वचन पर अटल रहती है। गरिमापूर्ण समर्पण तथा आँसुओं में तुम्हारी जैसी ख़ूबसूरत स्त्री इस दुनिया में कोई नहीं है। इसकी तो मैं प्रशंसा कर सकता हूँ कि तुम कसी ब्रेसरी पहनती हो, फिर भी मैं चाहता हूँ कि तुम एक सही आकार की ले आओ। वक्ष नारी की शोभा है, उन पर अनुचित और अतिरिक्त दबाव नहीं होना चाहिए और न ही बेसहारे होने चाहिए। और मैं तुम्हें यह भी बताना चाहता हूँ कि तुम स्वास्थ्य और सफ़ाई के प्रति लापरवाह नहीं हो, उन स्त्रियों की तरह जिनकी साँसों से दुर्गंध आती रहती है। मैं ख़ुश हूँ, परम सन्तुष्ट हूँ और इन्हीं प्यार भरे विचार के साथ तुम्हें जल्दी से जल्दी अपना बनाना चाहता हूँ..."

पत्र समाप्त होते ही नीति के आगे वहीं धुंध पसरने लगा और जल्दी ही गाढ़ा होकर अन्धकार की तरह उसके भीतर भी छा गया। उसने पत्र के काग़ज़ को एकटक देखा, लेकिन अब कोई भी अक्षर दिखाई न पड़ा। फिर उसे कोने से पकड़कर खिड़की से आती हवा में फड़फड़ाते निहारती रही। और अन्त में छोड़ दिया, जो हवा में उड़कर कोने में रखी रद्दी की एक टोकरी में जा गिरा और पड़ा रहा...।

निर्माण

मृदुल कुमार क़रीब आठ बजे घर पहुँचे। दिसम्बर महीने के अन्धकार में चेहरा काफ़ी गम्भीर नज़र आ रहा है। सुबह जाते वक़्त उन्होंने कह दिया था कि ठीक साढ़े पाँच बजे वह दफ़्तर से आ जाएँगे, तब दोनों लड़के हाथ-मुँह धोकर अपनी-अपनी जगह पर बैठकर पढ़ते हुए मिलें। यद्यपि देर हो गई है, बदली की वजह से सर्दी भी कुछ बढ़ गई है लेकिन दफ़्तर है, काम-धाम है, दोस्त-मित्र हैं, रास्ता-घाट है, इसी से क्या घर के लोग ठीक समय पर अपनी-अपनी ड्यूटी शुरू नहीं करेंगे और उसी के इन्तज़ार में बैठे रहेंगे!

सुबह ठीक साढ़े नौ बजे, पैंट-कोर्ट-टाई की चुस्त दुरुस्त पोशाक में, अपने चेहरे पर एक ऐसी छोटी-सी वक्र मुस्कान की अनुमति देते हुए वह घर से निकले थे जो अमूमन एक तल्ख आलोचनात्मक टिप्पणी-सी लगती है। निश्चय ही उन्होंने जीवन में संघर्ष किया है—ऐसा कोई क्या करेगा, यही उनका मत भी है। अत: उनको अधिकार है कि दूसरों की त्रुटियों पर नज़र रखें और आलोचना भी करें। पड़ोसी गिरिधर स्वरूप ने 'जै रामजी' कहने के बाद तिरछी दृष्टि से देखते हुए कहा था "मैंने तो और किसी दूसरे को समय से दफ़्तर जाते हुए नहीं देखा। वाह, एक मिनट की भी देरी नहीं...।"

मृदुल कुमार ने आवश्यक समझा कि एक मिनट रुक कर पड़ोसी को भी अपना जीवन-दर्शन बता दें, "मैं जीवन में सबसे अधिक अनुशासन को महत्त्व देता हूँ। मेहनत कीजिए, उसका अर्थ होता है वैसा ही राष्ट्र। बहुत-से अभिभावक, अध्यापक रोते रहते हैं, लड़के कहना नहीं मानते, टी.वी. ने बरबाद कर दिया है। ग़लत बात! मेरे पास आकर पूछिए तो बताऊँ कि आप क्या करें कि आपका लड़का टेकुए की तरह सीधा हो जाए..."

ड्राइंग-रूम में पहुँचते ही मृदुल कुमार तेज़ आवाज़ में बोले, "अरे झुल्ली-चुल्ली, कहाँ हो तुम दोनों। अभी से करने लगे हरामखोरी? चलो जल्दी, पढ़ने बैठो..."

दोनों लड़कों की उम्र में दो वर्ष का अन्तर है। बारह वर्षीय बड़ा जन्म से ही दुबला-पतला और रोअनिया था और जब तक उसे बाँहों में लेकर झुलाया नहीं जाए, चुप ही नहीं होता था। छोटा शुरू से ही मोटा-झोटा, हाथ-पैर फेंकने वाला हुआ,

इसीलिए उसका नाम चुल्ली पड़ा। साथ-साथ उनके नामोच्चरण में तुकबाज़ी वाली छोटी-सी कविता का आनन्द आता था, अतः खाने के लिए बुलाना हो, डाँटना हो, कोई हिदायत देनी ही, हर अवसर पर वैसा ही संयुक्त सम्बोधन। लड़के तो फ़ौरन नहीं आए, बदले में उनकी पैंतीस वर्षीय माँ, किचन से दौड़ती हुई-सी आकर आत्मीय ढंग से मुस्कराने लगी। यह मृदुल कुमार को चिढ़ाने के लिए पर्याप्त था, "क्या बेवक़ूफ़ की तरह मुस्करा रही हो? बार-बार कहा कि फ़िल्मी हीरोइन बनने की कोशिश न करो...।"

पति की आवाज़ में कर्कशता के बावजूद सुमिता ने समय को देखकर हल्के होंठ—संकुचन के साथ किंचित लापरवाह हास्य-भाव से कहा, "तुम तो आते ही बमकने लगते हो...अच्छी तरह समझ लो, न तुम हीरो हो और न मैं हिरोइन। सीधी बात है कि मास्टर आज आने के ठीक पाँच मिनट बाद ही पता नहीं क्यों उठकर चले गए। मुँह फूला था, कुछ बताया भी नहीं। दोनों पढ़ ही रहे थे, अभी-अभी उठे हैं, बड़ा बाथरूम में है और छोटा किचन में बैठा गाजर का हलुवा खा रहा है..."

"मुझे नहीं खाना है तुम्हारा गाजर का हलुवा...।"

"अरे बाबा, तुम क्यों पिड़िकते हो, यह तो छोटा कई दिनों से ज़िद्द कर रहा था...।"

"फ़ालतू बातें! यहाँ हमेशा एक ही कार्यक्रम रहता है, भले ही लड़के भीख माँगें! तुम कैसे जानो कि दुनिया तेज़ी से आगे बढ़ रही है, अमेरिका मेहनत के बल पर मंगल ग्रह पर आदमी भेजने जा रहा है।...और तुम लोग खद्दुक बनने में होड़ कर रहे हो...जाओ, भेजो उनको...।"

सुमिता का चेहरा तमतमा गया, लेकिन बात को आगे न बढ़ाकर सिर्फ़ "तुम क्यों नहीं मंगल पर चले गए?" कहती हुई अन्दर प्रस्थान कर गई।

मृदुल कुमार तब घूमकर अपने कमरे में प्रवेश कर कपड़े बदलने लगे, और दोनों लड़के उस समय उनके सामने आकर खड़े हुए, जब वह तौलिया, क़मीज़ और कनटोप की नई वेश-भूषा धारण करके बाथरूम की दिशा में जाने को तैयार हो चुके थे। देखते ही गरज पड़े—

"मास्टर क्यों चले गए?"

"पिताजी, वह गणित का सवाल देकर सोते रहते हैं...जब नींद खुलती है तो ज़ोर-ज़ोर से चिल्लाते हैं और सिर में कान के पास मारते हैं..." बड़ा लड़का झुल्ली दुबला-पतला होने पर भी सत्यवादी था।

"मेरे सवाल का जवाब दो..."

"पिताजी, पिछले साल की दीवाली के कुछ दीये ऊपर छत पर रखे हैं..." इतना कहने के बाद उसने बग़ल में खड़े अपने छोटे भाई चुल्ली की तरफ़ सकपकाई दृष्टि से देखा।

"साफ़-साफ़ बताओ..." मृदुल कुमार ज़ोर से चिल्ला पड़े, जैसे आवाज़ फट जाएगी।

"पिताजी, चुल्ली छत पर से चार दीये ले आया था...एक-एक दीया कुर्सी के चारों पाए के नीचे रख दिया। आने पर जब मास्टर साहब बैठे तो सभी दीये पट-पट बोल कर फूट गए! इस पर मास्टर साहब उछल कर खड़े हो गए। उन्होंने लाल-लाल आँखों से देखकर मेरी पीठ पर दो घूँसे जमा दिये...फिर चले गए, कह रहे थे 'पढ़ाई बन्द'।"

झुल्ली रुआँसा हो गया था और उसके मुँह से आवाज़ काँप-काँप कर निकल रही थी। मृदुल कुमार ने आग्नेय दृष्टि से छोटे लड़के को घूरते हुए पूछा: "क्यों रे बदमाश...ऐसा क्यों किया?"

"पिताजी, उन्होंने कल मेरे माथे पर ज़ोर-ज़ोर से मारा था, जैसे कैरम के स्ट्राइकर को उँगली से मारा जाता है...।"

"मैं अच्छा, तुम दोनों को अभी बताता हूँ..." यह कहकर मृदुल कुमार तेज़ी से बाथरूम की दिशा में प्रस्थान कर गए।

माथे पर मारने को सुमिता बहुत बुरा मानती है, इसीलिए लड़के भी अपनी सफ़ाई देते समय यह बात ज़ोर-ज़ोर से कहते हैं ताकि माँ सुन ले। वह कई बार पति से कह चुकी है, "दिमाग़ बहुत नाजुक चीज़ है, उसी से तो लड़के इतनी मेहनत करते हैं। आप कहीं भी मारिए लेकिन दिमाग़ पर और कान के पास न मारिए... इसी वजह से बड़ा रात में बिस्तर भी गीला कर देता है...।"

परन्तु सुमिता के इस तर्क को न घर के लोग मानते हैं और न ही मास्टर। पहुँच में आसान और कष्ट के मामले में भी अधिक कारगर! और बड़ा होने के नाते झुल्ली को ही अधिक भुगतना पड़ता है।

यह स्वाभाविक है कि अनुशासन एवं परिश्रम द्वारा सर्वोच्च बनाने का काम झुल्ली से ही शुरू किया गया। वह दुबला-पतला, कमज़ोर था, फुटबाल, क्रिकेट, आदि खेलों से दूर रहने वाला। सुबह ही उठाकर बिठा दिया जाता क्योंकि यह समय अंग्रेज़ी और संस्कृत रटने के लिए सबसे उपयुक्त समझा जाता है। फिर जल्दी-जल्दी खाकर भारी बस्ते के साथ स्कूल जाना पड़ता है। और शाम को लौटकर, मुँह में कुछ डालने के बाद होमवर्क के लिए बैठना होता है। रात में गणित, विज्ञान, सामाजिक विषय पढ़ना पड़ता है। अब तो कम्प्यूटर भी।

आर्ट का भी अभ्यास चलता ही रहता है। ठीक भी है, शुरू से ही लड़का सभी विषय पढ़ना शुरू नहीं करेगा तो विश्व का सर्वगुणसम्पन्न नागरिक कैसे बनेगा? योग्यतम प्रशासक या इंजीनियर कैसे होगा? आज लोग कितना नोट पीट रहे हैं! वे तो बहुत-कुछ स्वयं नहीं कर पाए लेकिन वे अपने लड़कों को पढ़ा-लिखाकर ऊँचा ले जाएँगे।

इनके बीच जो भी समय मिलता, झुल्ली अपनी पसन्द का कोई खेल-खेलता जैसे काग़ज़ की नाव बनाकर और उसमें कोई चींटा रखकर नाली में छोड़ देता। सौभाग्य से कुछ दूर तक नाली खुली थी, जिसमें बदबूदार गन्दगी बहती रहती, किन्तु उस पर उसकी नाव अपनी सवारी के साथ आराम से बहती जाती। वह किनारे से साथ-साथ चलता जाता, जहाँ नाली पत्थर की पटिया से ढक गई थी। नाव नाली के बहाव के साथ पट्टियों के ढक्कनों के नीचे जाकर नज़र से ग़ायब हो जाती। वह खड़ा हो जाता, उसकी आँखें चमक उठतीं और नाली के अन्दर झाँककर एक उँगली हिलाता हुआ आत्मीय आदेशात्मक स्वर में कहता, "जाओ, चली जाओ कोलकाता...।"

कभी-कभी वह काग़ज़ का हवाई जहाज़ बनाता। उसको ऊपर फेंक कर उड़ाता मुँह से 'घन...न...न' की आवाज़ निकालते और गोलाई में दौड़ते हुए। जहाज़ तो कुछ दूर उड़कर नीचे आ जाता, किन्तु झुल्ली उसी तरह दौड़ता हुआ, हाथ उठाकर और उसकी एक उँगली निकालकर आसमान को घूरते हुए कहता "चले जाओ मंगल...लड्डू ले आना...।"

रोज़ तो वह अपना खेल नहीं खेल पाता, और जब खेलने लगता तो आवाज़ सुनाई देती, "झुल्ली, चलो बैठ जाओ...होमवर्क पूरा करो...।" लड़ने-झगड़ने में भी वह छोटे भाई का मुक़ाबला नहीं कर पाता। यदि कभी छिड़ जाती तो झुल्ली दब्बू ढंग से हाथ चलाता हुआ पीछे हटता जाता और माँ का हस्तक्षेप होने तक कई हाथ खा जाता। लेकिन कुछ दुर्लभ क्षणों में कुश्ती बच नहीं पाती, जिसमें भी उसे वैसे ही परिणाम भुगतने पड़ते। छोटा पूड़ी, हलुवा, शोरबेदार सब्ज़ी और खोआ वाली खीर, हबक कर खाता जबकि झुल्ली हर चीज़ में 'मुचुर-मुचुर'। बस एक ही चीज़ में बाज़ी मारता, फिर भी उसके ही हिस्से में डाँट-डपट और मारपीट आती। चुल्ली के बारे में तो यही कहा जाता कि अभी वह छोटा है!

परन्तु अच्छा नम्बर आने पर भी मृदुल कुमार को सन्तोष नहीं था। एक दिन उन्होंने झुल्ली से कहा, "ये तो बेकार नम्बर हैं। साठ प्रतिशत कोई नम्बर हैं? नब्बे प्रतिशत से कम किसी भी हालत में नहीं आना चाहिए। क्या पढ़ते हो तुम? क्या पढ़ाया जाता है तुम्हारे स्कूल में? कल से मैं तुम्हें ठीक छह बजे से रोज़ दो घंटे पढ़ाया करूँगा...।"

परन्तु, अगले एक सप्ताह तक वह सात-साढ़े सात बजे से पहले दफ़्तर से घर पहुँचने में असमर्थ रहे, लेकिन आठवें दिन साढ़े पाँच बजे पहुँचकर चिल्ला पड़े, "अरे झुल्ली, फिर हवाई जहाज़ उड़ाने लगे? मैंने हमेशा मना किया है, इसी से तुम कुन्द जेहन बनते जा रहे हो। बार-बार कहा कि साढ़े पाँच बजे पढ़ने बैठ जाओ...।"

डाँट-डपट और एक झापड़ खाकर जब वह मुँह लटकाकर पढ़ने बैठा तो मृदुल कुमार उसे प्रेम से समझाने लगे "तुम्हारा तो दिमाग़ तेज़ है, बस कमी यह

है कि तुम नियमित रूप से पढ़ते नहीं और मन लगा कर भी पढ़ते नहीं...नहीं तो कहाँ से कहाँ पहुँच जाते। मैं तुमको बताऊँगा...तुम्हें आगे बढ़ना है, टॉप करना है। देखो, ईश्वरचन्द विद्यासागर म्युंसिपैलिटी के लैम्प-पोस्ट के पास बैठकर पढ़ते थे। एक मशहूर गणितज्ञ ऑपरेशन के समय गणित का सवाल लगाने लगते तो उनको महसूस ही नहीं होता कि उन्हीं का ऑपरेशन हुआ है। उनका नाम जानते हो? बाबू गणेश प्रसाद...हाँ, यह चोरी-छिपे नाव-जहाज़ का खेल बन्द करो...समझाने का यह ज़रूरी काम कुछ देर और चला और अन्त में उन्होंने अपने पुत्र से बहुत प्यार

बहुत प्यार से पूछा, "ठीक है न?"

झुल्ली सिर उठाकर बोला, "आप भी तो माता जी के मना करने पर छिप कर सिगरेट पीते हैं?"

मृदुल कुमार का चेहरा फक होकर घोड़े के मुँह की तरह लटक गया। फिर कुछ ही क्षणों के बाद ख़ून दौड़ पड़ा। पहले माथे पर तीन बार तड़-तड़-तड़, तत्पश्चात गर्जन्, "नालायक, ज़बान लड़ाता है, मैं इसके भले के लिए कह रहा हूँ। मैं चाहता हूँ, अनुशासित रहे, मेहनती बने मगर इसका दिमाग़ तो फ़ालतू बातों में रहता है। समझ लो, हुक्म नहीं मानोगे, आँख दिखाओगे तो मारते-मारते चमड़ी उधेड़ दूँगा...।"

यही समय है, जब सुमिता देर तक अपने पति से झगड़ती रही थी। वह किचन से दौड़ती हुई आई और लड़के के माथे को गोद में लेती और सहलाती ग़ुस्से में बोली, "मैंने कई बार कहा है बच्चों के माथे पर न मारिए। जब आपको पढ़ाने-लिखाने और समझाने-बुझाने का ढंग नहीं आता तो पढ़ाने क्यों बैठते हैं? मारने-पीटने से कहीं अनुशासन आता है? ख़ुद अनुशासित रहिए तब किसी को अनुशासन सिखाइए। बहुत दिन से सुन रही हूँ कि छह बजे से पढ़ाऊँगा, आज पढ़ाने बैठे तो जान लेने पर उतारू हैं। नहीं पढ़ा सकते तो कोई मास्टर रखिए...।"

"जैसा वह नालायक, वैसी तुम।" मृदुल कुमार चिल्ला कर वहाँ से टल गए। इसी के बाद मास्टर रखा गया था। वह भी चला गया तो दुनिया का सबसे अच्छा मास्टर कहाँ से ले आएँ? इसी कोशिश में दिन बीतने लगे-साथ ही सन्देह में यह सोचकर चिड़चिड़ाए रहते कि लड़के बिगड़े जा रहे हैं, उनका कीमती समय नष्ट हो रहा है, इस तरह तो जीवन में वे कुछ भी नहीं कर पाएँगे। सबसे ख़ास बात तो यह भी कि वह झुल्ली को सदा घूरते रहते, लगता कि वह बहानेबाज़ी कर रहा है। उसको हर बात में झूठा साबित करने की कोशिश भी करते। छोटी-छोटी बात पर भी डाँट-डपट।

एक दिन झुल्ली को सवेरे से ही बिस्तर पर पड़ा देखकर उन्होंने पत्नी से पूछा, "क्या बात है, यह पढ़े-लिखेगा नहीं, स्कूल नहीं जाएगा? मैंने तो इसके बारे में कुछ कहना ही बन्द कर दिया है...।"

"इसके पेट में दर्द है...।"

"बहानेबाज़ी कर रहा है...कह दो उससे, खाना न खाए और स्कूल जाए... पेट का दर्द ठीक हो जाएगा।"

सुमिता ने बहुत से तर्क दिये, परन्तु मृदुल कुमार तुल गए थे।

"मैं जानता हूँ यह क्यों नहीं जा रहा...दिन-भर काग़ज़ का जहाज़ उड़ाएगा। बता देता हूँ, यह एक बार भी नहीं होना चाहिए...जाओ, चुपचाप।"

वैसे नाव और जहाज़ का खेल उसका बन्द भी हो गया था, क्योंकि अब उसको माँ की तरफ़ से भी प्रोत्साहन नहीं मिलता। जहाँ वह अख़बारी काग़ज़ लेकर बनाने बैठता, सुमिता मना कर देती, "बेटा झुल्ली, यह सब न करो...तुम्हारे पिताजी सुनेंगे तो नाराज़ होंगे, डाँट-मार खाना तुम्हें अच्छा लगता है? जाओ, बैठ जाओ पढ़ने..."

वह चुपचाप बैठ जाता। सामने किताब और कॉपी खुली है और वह ऊपर छत की तरफ़ एकटक देख रहा है।

"क्या देख रहे हो, झुल्ली बेटा?"

"कुछ नहीं माताजी, याद कर रहा हूँ।"

बात ग़लत नहीं थी। वह ऊपर सिर करके संस्कृत याद करने की कोशिश कर रहा था, लेकिन दिमाग़ में कुछ घुस ही नहीं रहा था। ख़याल पता नहीं कहाँ-कहाँ बहके जा रहे थे।

एक दिन जब सुमिता सभी कमरों में जा-जाकर कुछ खोज रही थी, मृदुल कुमार ने मुस्कराकर कहा, "क्या बात है, इस तरह कुछ ढूँढ रही हो, जैसे तुम्हारा सोने का गहना गुम हो गया हो...।"

"सोना नहीं...झुल्ली का स्कूल वाला बैग नहीं मिल रहा है...।"

"क्या? सुई है क्या स्कूल का बैग?"

"हाँ, वही तो..."

"छिपा दिया होगा ख़ुद ही, ताकि स्कूल न जाना पड़े। मैं इसकी नस-नस पहचानता हूँ।"

"कैसी बात करते हैं...आप तो उसके पीछे पड़ गए हैं..."

"झुल्ली! चलो...!" सहसा मृदुल कुमार ने तड़पकर पुकारा। जब लड़का आकर सामने खड़ा हुआ तो वैसे ही स्वर में पूछा, "बताओ, बैग छिपाकर कहाँ रखा है?"

"मैंने नहीं रखा है, "झुल्ली सिर झुकाए बोला।

"झूठ न बोलो, सही बता दोगे तो मैं कुछ न बोलूँगा, बल्कि इनाम भी दूँगा।"

"मैंने नहीं रखा है..."

"मैं जानता हूँ तुम झूठ बोल रहे हो। हमेशा झूठ बोलता है। मैं बड़ो-बड़ों की नस पहचानता हूँ, तू किस खेत की मूली है। बता जल्दी...।"

यह कहकर मृदुल कुमार ने उसके माथे पर एक तमाचा ज़ोर से मारा। सुमिता रसोई में व्यस्त थी, और उसके दौड़कर पहुँचने के पहले उसके पति ने झुल्ली के बाल पकड़कर ज़ोर-ज़ोर से तमाचे जड़ दिये। माथे पर ही। हर प्रहार पर वह लड़खड़ा कर घूम-सा जाता था। उसका चेहरा लाल होकर काला पड़ गया था, आँखों में आँसू गिर रहे थे लेकिन मुँह से सिर्फ़ एक ही उत्तर निकल रहा था "मैंने नहीं रखा है...।"

सुमिता चिल्ला पड़ी, "छोड़िए उसे...कसाई की तरह मार रहे हो। मैं नहीं रहूँगी ऐसे घर में। बड़ी-बड़ी ऊँची बातें और काम हत्यारे की तरह...।"

वह लड़के को लेकर वहाँ से चली गई रोती हुई। मृदुल कुमार भी चेतावनी भरी गरज-तड़प के साथ दफ़्तर निकल गए।

बात यह थी कि स्कूल का बैग घर में ही था, उसको छिपाकर छोटे लड़के चुल्ली ने कंजास-भरे एक ट्रंक में रख दिया था। उन दोनों में एक नई पेंसिल को लेकर झगड़ा हुआ था, परन्तु अन्ततः माँ के हस्तक्षेप से वह उसके असली स्वामी झुल्ली को ही मिली। तब छोटे ने बड़े भाई को परेशान करने के लिए बैंग छिपा दिया था। यह अब छोटे ने ही बड़े भाई की हालत ख़राब देखकर रुआँसा होकर बताया था।

शाम को झुल्ली को तेज़ बुख़ार आ गया। सुमिता डॉक्टर को ले आई थी। डॉक्टर ने गम्भीर होकर कहा कि यह चोट ख़तरनाक हो सकती है।

सुमिता घबरा रही है। रात के साढ़े आठ बजे हैं। छोटा कुछ खाकर सो गया है। वह झुल्ली के सिर पर पट्टी रखकर रो रही है और बाहर कान भी लगाए हुए है। मृदुल कुमार नहीं आए हैं अभी...दफ़्तर है, मित्र हैं, ज़रूरी बहसें हैं, रास्ता घाट है...।

शाम के घिरते अँधेरे में भटकता नौजवान

एक नौजवान को संकोचपूर्वक भीतर आते देखकर मैं चौंक उठा। शाम के साफ़ मौसम, भविष्य की कुछ निश्चित उम्मीदों तथा पीड़ा-रहित शरीर की वजह से मैं प्रसन्न हूँ। चेहरा तो पहचाना नहीं लग रहा है लेकिन मुझे वह इस ढंग से देख रहा है, मानो पहले मिल चुका हो। वैसे इसमें आश्चर्य की बात भी नहीं है, अख़बारों में नाम देखकर अक्सर मुझसे मिलने अजनबी नौजवान आ जाते हैं, जिनमें से अधिसंख्य सिविल सेवाओं की परीक्षाओं के लिए इस मुहल्ले में किराए पर मकान लेकर तैयारी करते हैं।

"आप निश्चिन्त होकर बैठिए, मेरे पास फ़ुरसत है। बातें होंगी लेकिन पहले बताइए कि चाय पीएँगे न?"

"सर, मैं चाय पीता ही नहीं।" नौजवान विनम्रता से बोला।

"अच्छा? पानी-वानी?"

"पीकर ही चला हूँ...।"

मुझे लगा, नौजवान की आवाज़ में कुछ घबराहट है, शायद भीतर से बेचैन, अन्यथा वह सिर घुमाकर कभी बाहर की तरफ़ और ऊपर उठाकर कभी छत को क्यों देखता?

"लगता है, आई.ए.एस. की परीक्षा में कोई समस्या आ गई?"

"सर, मैं यहाँ आई.टी. का विद्यार्थी हूँ, दूसरा वर्ष है। एक बार अपने मित्र के साथ मिला था। अनुराग...।"

नौजवान को एक बार फिर गौर से देखा। आई.टी. की बात सुनकर मेरी याददाश्त में कोई छोटा, धूमिल-सा बल्ब जल उठा। हाँ, एक वर्ष पहले दो विद्यार्थी आए थे और चूँकि एक अधिक लम्बा और मुखर था अत: दूसरे दुबले-पतले, संकोची तथा विनम्र नौजवान की तरफ़ ध्यान नहीं दे पाया, शायद इसी वजह से इस नौजवान का चेहरा अनजाना लगा था।

"अनुराग जी, आपके साथी कहाँ रह गए?"

"वह कहीं बाहर गए हैं, सर...मैं...।"

"हाँ-हाँ, बताइए, संकोच न कीजिए...।"

"मैं इधर से गुज़र रहा था कि मेरे दिमाग़ में यह बात आई कि आपसे सलाह ले लूँ। पिछली बार आया था तो आपकी कुछ बातें बड़ी अच्छी लगी थीं...।"

यह तो मुझे याद नहीं है कि पिछली मुलाक़ात में मैंने क्या-क्या कहा था लेकिन उखड़े-उखड़े ढंग से बोल रहा है यह नौजवान। इन नौजवानों की कठिनाइयों का कुछ-कुछ अन्दाज़ा है मुझे, इसकी वजह यह है कि ये आकर अपनी समस्याएँ बता जाते हैं।

बड़े संकोची होते हैं ये लोग। नौकरी की कुर्सी दौड़ में लगे तथा हर जगह सन्देह-भरे सवालों से घिरे, ये सिर्फ़ उन्हीं बातों की फिराक में रहते हैं जो उन्हें निश्चित सफलता दिला दे। ख़ैर यह तो मैं समझ ही गया कि यह किसी गम्भीर संकट के दौर से गुज़र रहा है, अन्यथा घर-परिवार के आत्मीय लोगों और रिश्तेदारों से लेकर कॉलेज के योग्य शिक्षकों तक को छोड़कर मेरे पास सलाह के लिए क्यों आता, जो बुज़ुर्ग होने पर भी आई.टी. की पढ़ाई और उसकी नई समस्याओं के सम्बन्ध में ख़ास नहीं जानता, सिवाय इस सुनी-सुनाई बात के कि इस विषय के लोगों की पूछ बहुत बढ़ गई है और अनेक लोग दूसरे देशों में ऊँची-ऊँची तनख़्वाहों पर काम करते हुए शान की ज़िन्दगी जी रहे हैं।

"बताइए न...आप की कठिनाई कम कर सका तो ख़ुशी होगी मुझे।"

"सर, इस शहर में कोचिंग का प्रचलन बढ़ता जा रहा है...।" उसने सिर घुमाकर बाहर देखा।

"हाँ, कहिए, रुक क्यों गए? यह तो अच्छी बात है, शिक्षा का प्रचार-प्रसार हो रहा है..."

"कुछ मशहूर संस्थाएँ हैं सर, उनके अलावा निजी स्तर पर भी लोग अपने घरों पर कोचिंग खोले हुए हैं और अच्छा कमा रहे हैं। फिर भी लड़कों की कमी नहीं है, सर्वेक्षण करने पर पता लग जाएगा कि हर सड़क और गली में पुरुष और स्त्रियाँ अपने-अपने घर कोचिंग कक्षाएँ चला रहे हैं..."

"अच्छा!" मुझे आश्चर्य हुआ। यदि ऐसी ही बात है तो इसका अर्थ यह हुआ कि मैं अपने शहर की शैक्षिक समस्याओं के सम्बन्ध में बहुत नहीं जानता। बच्चों को पढ़ाना तो एक समाजोपयोगी कार्य है और पहले भी कोचिंग और प्राइवेट ट्यूशन होता ही था, लेकिन गली-गली यह कार्य हो रहा है, इसमें कुछ अतिरंजना अवश्य है।

"यह सही बात है, सर! मैं भी कुछ विद्यार्थियों को पढ़ाता हूँ अपना ख़र्चा निकालने के लिए। अब बहुत-से लड़के आते हैं मेरे पास। पढ़ाने का मेरा ढंग ऐसा है सर कि अनेक लड़के दूसरी जगह छोड़कर मुझसे पढ़ने के इच्छुक हैं।"

"क्या पढ़ाते हैं आप उनको?"

"सर, मैं बी-एस.सी. हूँ गणित से। पढ़ने में ठीक-ठाक था और आई.टी. प्रवेश परीक्षा में भी अच्छे नम्बर आए थे। कक्षा नौ से बी-एस.सी. तक के छात्र

मिल जाएँगे आसानी से। इंजीनियरिंग तथा कुछ अन्य प्रतियोगिताओं के छात्र। इस तरह मैं देख रहा हूँ कि इस कार्य में अगर जम जाऊँ तो कुछ ही वर्षों में पचासों लाख कमा लूँगा।"

पचासों लाख! यह रकम अधिक तो है, किन्तु आज के ज़माने में लाखों-करोड़ों की बात सुनना या करना अथवा उसका ख़्वाब देखना अस्वाभाविक नहीं है। आई.टी. का कोर्स करने वाले के लिए यह ख़्वाब भी नहीं, जहाँ पढ़ाई ख़त्म हुई नहीं कि लम्बी तनख़्वाहों वाली नौकरी आपको खोजती हुई दरवाज़े पर पहुँच ही जाएगी। फिर इतनी जल्दीबाज़ी क्यों?

"तो पढ़ाई छोड़कर आप यही करेंगे?"

"नहीं सर, पढ़ाई भी चलती रहेगी..."

"कैसे? इतने व्यापक स्तर पर कोचिंग के लिए तो आपको सवेरे से शाम तक व्यस्त रहना पड़ेगा..." मैं उससे तर्क करने लगा।

"शाम को मैं ख़ाली हो जाऊँगा, उसके बाद कॉलेज के सर के घर जाकर उनसे दो घंटे पढ़ लूँगा...।"

मेरा माथा चकराने लगा। यदि इम्तहान पास करना ही ध्येय है तो उसके लिए कॉलेज में जाकर नियमित रूप से पढ़ना ज़रूरी नहीं है!

"प्रैक्टिकल भी तो करना होता है?"

नौजवान सहसा इसका उत्तर नहीं दे पाया। उसने लगातार दो बार सिर घुमाकर बाहर की तरफ़ देखा, फिर कुछ उद्धत स्वर में कहा—

"सब इन्तज़ाम हो जाता है..."

मुझे आघात लगा। इन बातों को समझना मुश्किल नहीं है। सामने बहुत कुछ उभर आता है और सहसा समझ में नहीं आता कि आप बाहर से आए एक अजनबी, वयस्क नवयुवक से क्या कहें। फिर भी मैंने अपने को संयत रखकर धीमे स्वर में पूछा—

"तो मुझसे आप क्या चाहते हैं?"

"सर, मैं आपकी सलाह चाहता हूँ...मुझे क्या करना चाहिए?"

"क्यों? और किसी से क्यों नहीं पूछा?"

कई लोगों से पूछा था, फिर इच्छा हुई कि आपकी सलाह ले लूँ।"

"अगर उन लोगों ने आपकी योजना का विरोध किया तो आप यह समझकर मेरे पास आए हैं कि मैं अनुकूल राय दूँगा?"

कुछ देर तक वह मेरी बात कर अर्थ समझने और उसका उत्तर ढूँढने के लिए मौन होकर सोचता रहा, फिर स्पष्ट, दृढ़ स्वर में बोला—

"अनुकूल-प्रतिकूल की बात नहीं सर। मैं आपकी राय चाहता हूँ। उन लोगों ने तो मुझे प्रोत्साहित ही किया है...।"

उसने जैसे मुझ पर ज़िम्मेदारी का एक भारी बोझ रख दिया। मैंने तो सोचा भी नहीं था कि वह इस ढंग से मेरी नैतिक सोच को चुनौती देगा। ख़ैर, मैंने उसे राय दी कि यह उसकी पढ़ाई का दूसरा वर्ष है और दो वर्ष बाद जब उसका कोर्स पूरा हो जाएगा तो बड़ी-बड़ी कम्पनियों के अधिकारी स्वयं कैंपस में आकर उसका चुनाव करके बड़ी नौकरियों में ले जाएँगे।

"सर, अब वैसी बात नहीं है, अभी एक विकसित देश से इसी विषय के कई इंजीनियर मन्दी की वजह से नौकरी से निकाल दिये गए हैं। वे स्वदेश लौट आए हैं और काम के लिए काफ़ी परेशान हैं...।"

अब मुझे कुछ समझ में आने लगा। चीज़ों को न जानने से भी सही आकलन और सही निर्णय सम्भव नहीं है। लड़के ने उम्मीद से पढ़ाई शुरू की थी लेकिन इस तरह की घटनाओं से निराशा तो होगी ही। जब वहाँ नहीं है तो यहाँ क्या है? सामने अन्धकार। ऐसी स्थिति में सही राय क्या होगी?

मैंने कुछ सोचकर कहा, "लगता है आप घबरा गए हैं लेकिन घबराने से काम नहीं चलेगा। मन्दी हमेशा थोड़े ही रहेगी? अच्छी स्थिति शीघ्र ही आएगी। मेरा ख़याल है, आप मेहनत से यह कोर्स पूरा कर लें और नियमित रूप से पढ़ाई करके ख़ूब अच्छे नम्बरों से निकल जाएँ। इसीलिए आप आए भी हैं और क़रीब आधा समय बीत भी गया है।"

"जो पढ़ चुके, डिग्री-डिप्लोमा ले चुके, उन्हीं का क्या हो गया?"

नौजवान ने अपनी आँखें दूसरी ओर फेर लीं और उसका मुँह भी किसी घुन्ने की तरह फूल गया। मुझे लगा कि वह नाराज़ हो गया है, जैसे यह कहना चाहता हो कि मैं फ़ालतू उपदेश दे रहा हूँ।

मैंने समझाने की कोशिश की, "फिर भी डिग्री-डिप्लोमा तो है ही उनके पास। स्थिति सुधरने पर उनको ही पूछा जाएगा। अपने देश में अच्छी नौकरी मिल सकती है, यहाँ नहीं तो अन्य विकसित देशों में। एक ही देश थोड़े ही है?"

"क्या है यहाँ? ढंग की शिक्षा कहाँ हो रही है? ढंग के प्राइमरी स्कूल तो मिलेंगे नहीं लेकिन कम तनख़्वाहों पर अप्रशिक्षित और अयोग्य टीचरों से अंग्रेज़ी में विज्ञान, गणित और सभी विषय पढ़ाने का उत्साह। हर जगह एक ही मनोवृत्ति है...स्कूल, कॉलेज, कार्यालय, अस्पताल...।"

"क्या कहना चाहते हैं आप? यही न कि हर जगह लोग मेहनत, नियम और कष्ट के रास्ते पर नहीं चलना चाहते? जब हर व्यक्ति का उद्देश्य धनार्जन है तो इसके लिए निकाले गए आसान रास्तों पर क्यों न चले कोई? नियम, ईमानदारी और नैतिकता के कठिन रास्ते को क्यों पकड़े? लेकिन इतने पर भी मैं कहूँगा कि आप का कॉलेज अच्छा है, आपका विषय अच्छा है, आप स्वयं तेज़ छात्र हैं, आप नियमित रूप से अपनी पढ़ाई पूरी कर लें। यह भी बताऊँ कि क्यों?"

मैं शायद कुछ तैश में आ गया था। यह सही है कि नौजवान को असहाय अवस्था में ग़ुस्सा आ गया था, जैसे उसके ग़लत चुनाव को इसी से न्यायोचित सिद्ध किया जा सकता हो लेकिन उसके तर्क से प्रभावित होने के बजाए मैं जब अपनी पहली राय पर दृढ़ रहा तो उसका ग़ुस्सा पता नहीं कहाँ चला गया और वह बेचारगी से देखकर हथियार डालते हुए धीमे स्वर में बोला—

"सर, मैं तो आपकी राय चाहता हूँ..."

"अब कैसे राय दूँ? ख़ैर, इसको और भी स्पष्ट कर देता हूँ। पढ़ाई, मेहनत, योग्यता, किसी का भी आसान रास्ता नहीं होता, इसके बावजूद कि आसान रास्तों पर चलकर कुछ लोग ख़ूब धनार्जन कर रहे हैं और आज ईमानदार और परिश्रमी लोगों की पूछ नहीं है! आसान रास्ते पर चलने से अन्ततः उसकी आदत ही पड़ जाती है, फिर तो नियम, क़ानून तोड़ने में देरी नहीं होती। हमेशा झूठ का सहारा लेना पड़ता है। तब तो आसान रास्ता का मतलब हो जाता है ग़लत रास्ता। रेल का टिकट लेते समय कई लोग कतार के नियम तोड़कर जल्दी टिकट ले लेते हैं और कई हक़दार लोगों को टिकट से वंचित कराकर कभी-कभी गाड़ी भी छुड़वा देते हैं, तो इसका यह अर्थ नहीं कि उनका तरीका सही है। जब आप नियम, ईमानदारी, मेहनत के रास्ते पर चलते हुए योग्यता प्राप्त कर लेते हैं तो वह योग्यता सन्तोष के साथ एक अच्छे मित्र की तरह साथ देगी सर्वदा। वह आपके चरित्र का आधार बनेगी और दूसरों को सचरित्रता भी सिखाएगी। ठीक नहीं कह रहा हूँ मैं?"

"नहीं सर, आप ठीक कह रहे हैं...आपकी बात मेरी समझ में आ रही है..." उसका स्वर रुँआसा हो गया।

"पढ़ाई का ख़र्चा तो ठीक से चल ही रहा है आपका।" मैंने बात को दूसरी दिशा में मोड़ना चाहा, किन्तु जैसे उसकी दुखती रग पर हाथ रख दिया हो, वह कठिनाई से अपने को नियंत्रित करते हुए बोला—

"सर, एक वर्ष में क़रीब पैंतीस हज़ार रुपये फ़ीस देनी होती है, एक मामूली किसान का लड़का कहाँ से देगा?"

"इतनी फ़ीस?" मुझे अचम्भा हुआ।

"हाँ सर, एक छोटा भाई साथ में रहकर पढ़ता है, उसका ख़र्च। एक मकान किराए पर लेकर रहते हैं, हाथ से खाना बनाते हैं।...कपड़ा-लत्ता आदि और भी तो ख़र्च हैं। एक वर्ष में लगभग सत्तर हज़ार रुपये चाहिए। पिताजी बूढ़े हो रहे हैं, उनके परिवारिक ख़र्चे हैं, शादी ब्याह, नातेदारी-रिश्तेदारी अलग। खेती मामूली है, उससे कितना पैसा आएगा? घर का बड़ा लड़का हूँ, यह सब देखा नहीं गया। सोचा, ट्यूशन करके पिताजी का बोझ हल्का करूँगा। लड़के मेरा पढ़ाना पसन्द करने लगे तो यह ख़याल आया कि किसी तरह मेरी पढ़ाई चलती रहे और कोचिंग

द्वारा काफ़ी पैसा कमाने लगूँ तो भाइयों की पढ़ाई आसानी से हो जाएँगी और बहनों की शादी में भी कोई दिक़्क़त नहीं होगी..."

वह आगे बोल न सका, कंठ अवरुद्ध, मुँह तमतमाया और आँखें भरी कुछ देर सिर झुकाकर वह रुदन को नियंत्रित करने की कोशिश करता रहा। फिर बोला—

"मैं चलता हूँ..."

उठकर नमस्कार करने के बाद वह कमरे से बाहर निकल गया।

सेवानन्द

नहीं माने बड़ागाँव प्राइमरी पाठशाला के सेवानिवृत्ति हेडमास्टर सेवानन्द लाल अपनी पत्नी का कहना और निकल पड़े कॉलरवाले गाढ़े के ऊपरी दो-जेबी कुरते और उटँग चुन्नटदार धोती, केनवास के पुराने पम्प-शू, गांधी टोपी और छड़ी के साथ। एक जेब में उस सस्ते, मोटे फ़ाउंटेन पेन की अनिवार्य उपस्थिति भी है, जिसे उनका एकमात्र बिल्ला या तमगा समझा जाना चाहिए, पुराने पद की याद दिलाता—कोई बच्चा उससे छेड़छाड़ करता या ग़ायब कर देता तो ग़ुस्से से ताँबा होकर गरजने-तड़पने लगते। आज तो ख़ैर कलेजे में न वह दम है और न आवाज़ में ताकत। जब वह बाज़ की तरह तेज़ देखते और शरीर सीधा करके, छाती निकालकर बेहद गम्भीरता से आगे बढ़ते किसी मूठदार डंडे या बेंत की छड़ी के साथ।

खपड़े के पुराने बरामदे से नीचे उतर गए हेडमास्टर सेवानन्द लाल। कुछ देर तक खड़े रह गए भारी, गहरी साँसें लेकर अपनी तेज़ धड़कनों का संयमित करते हुए उन्होंने दरवाज़े के सामने साफ़-सुथरे सेहन की अन्तिम बाईं सीमा पर हलकी हवा में धीरे-धीरे झूमते शीशम के वृक्ष को देखा और यह सोचकर ख़ुश हो गए कि क़रीब पच्चीस वर्ष पूर्व ठीक उनकी पैदाइश के दिन ही यह वृक्ष लगाया गया था, जिसके साथ बढ़ते हुए उसी तरह और मज़बूत होकर हर दिन हर मौसम में आँधी-तूफ़ान भी झेलते रहे। उन्होंने चारों ओर नज़र दौड़ाई तो लगा, इन छह महीनों के बाद भी सब कुछ वैसा ही है और क्वार के अन्तिम दिनों की खट्टी-मीठी धूप में पेड़-पौधे, ताड़, खजूर, कच्चे-पक्के मकान, झोंपड़ियाँ—सभी में पहले से अधिक स्वच्छता, चमक और ताज़गी है।

और तब अपने को वैसा ही महसूस कर उत्साहपूर्वक तेज़ी से चल पड़े थे, यह सोचते हुए कि अपने गाँव के हवा-पानी में सब कुछ दुरुस्त हो जाएगा। शहर से प्रस्थान करते समय ही उन्होंने अपने पुत्र किशोर से भी कहा था लेकिन शीघ्र ही थकान का अनुभव करने लगे वह। चाल धीमी पड़ गई। शरीर उनका दफ्ती की तरह हलका हो गया था, जो चाल की हर गति में तिरछा होकर डगमगाता रहता; जैसे कोई डूबता हुआ जहाज़। चेहरा तना और सीधा रखने की कोशिश के बावजूद भी उसकी रेखाएँ निर्बल और लाचार होकर बेहद ढीली पड़ गईं और आँखें जल्दी-जल्दी झपकने लगीं।

खेतों के बीच कुछ ऊँची चौड़ी पगडंडी पर नौरंगा बग़ीचा की तरफ़ बढ़ गए थे सेवानन्द लाल। अचानक सब कुछ ख़ुशनुमा महसूस होने लगा उन्हें, मानो पहले जैसी ताकत आ गई हो। उनके सूखे होंठों पर एक क्षीण मुस्कराहट दौड़ गई। उन्हें पाँच वर्ष पहले किये गए अपने संकल्प की याद आ गई थी, जब उनके दिमाग़ में अपने आप गर्व के साथ सौ वर्ष जीवित रहने और इक्कीसवीं सदी में जाने का, ख़याल किसी सुनहरे सपने की तरह झिलमिल करने लगा। हाँ, उनको हक़ है नई सदी में जाने का, एक सही स्वास्थ्य और कीमती अनुभवों के साथ।

लेकिन जैसे अशुभ संकेत लेकर आया हो यह ख़याल और कुछ ही दिनों में वह पड़ गए बुख़ार दस्त में। अगले वर्ष मधुमेह की चपेट में आकर दिन पर दिन दुर्बल होने लगे। शरीर खोखला होकर जब-तब तीव्र स्पन्दनों का धक-धक अलार्म बजाने लगा। कभी समय को एक दिशा देकर सँवारने की कोशिश की थी, परन्तु अब समय ही उन्हें घसीट-घसीटकर लिथड़ा करने लगा। उनके क्रियाकलाप का दायरा काफ़ी सीमित-संकुचित हो गया। हाथ के गट्टे इतने हलके और पतले हो गए कि नींबू को भी निचोड़ नहीं पाते थे। पिंडलियों का मांस झूलने लगा। स्मृतियाँ झड़ने और वाणी थरथराने तथा थकाने लगी। हारकर ज़बरदस्ती ले गया पुत्र किशोर उन्हें अपनी शहरी नौकरी पर।

शहर के डॉक्टर ने उच्च रक्तचाप और हृदयरोग के निदान के साथ उन्हें चारपाई पर लिटा दिया, जो अप्रत्याशित और अरुचिकर था उनके लिए। ऐसा तो कभी नहीं हुआ उनके साथ। जीवन में एक दिन भी ऐसा नहीं आया जब वह घूमे फिरे न हों। घर में सन्नाटा छा गया। दोनों पौत्रों ने शैतानियाँ बन्द कर दीं और पौत्री रिंकू ने सहेलियों के घर जाना या अपने घर बुलाना भी। जब कभी घर में पड़ोसिनें या रिश्तेदारिनें आतीं तो सबसे पिछली कोठरी में साँय-साँय आवाज़ों में सेवानन्द लाल के बारे में ही बातें शुरू हो जातीं कि वह अखरोट या नारियल के खोल की तरह सख़्त हैं और घर में ऐसा कोई नहीं है जो उनके हाथ से न पिटा हो। रिंकू बचपन में बड़ी चंचल और शरारती थी। एक बार उसकी टाँगें पकड़कर उलटा टाँग दिया था उन्होंने। तभी से वह सुधर गई और शाम-सवेरे आप पढ़ने के लिए बैठ जाती।

लेकिन शहर काटने लगा उन्हें दवा से आराम ज़रूर हो रहा था लेकिन उनकी दिलचस्पी के लिए कुछ भी नहीं था यहाँ। ऊपरी मंज़िल पर चारों ओर एक ही तरह के फ़्लैट के बीच में चौकोर लॉबी। पुरुष अपने-अपने घरों में बन्द रहते, किसी से न बोलना, न बतियाना। कैसी ज़िन्दगी जीते हैं ये शहरी लोग! बाद में डॉक्टर के कहने पर वह जब लॉबी में शाम-सवेरे धीरे-धीरे टहलने लगे तो एक दिन दूसरे फ़्लैट को अपना समझकर उसमें घुसकर उसके बाथरूप में लघुशंका करके बाहर निकल आए। बाद में हंगामा मचा, किशोर की पत्नी आशा से कहा-सुनी हुई और किशोर ने अपने पिताजी को भी कुछ सुना दिया।

"ऐ किशोर, अब मुझे घर पहुँचा दो। नहीं, नहीं, मुझे गाड़ी में बिठा दो, मैं ख़ुद चला जाऊँगा। वहाँ घर-गृहस्थी चौपट हो रही है। तुम्हारी माँ छह महीने से अकेली खट रही है। हमेशा बन्द-बन्द रहना। पानी भी कसैला है। मैं तो यह जानता हूँ, यहाँ का दूध क्या होगा, जो बात हमारे गाँव के पानी में है। मैं ठीक हो ही गया हूँ, जो कसर है वह गाँव के हवा-पानी से पूरी होगी।"

यही सब सोचते हुए उन्होंने नौरंगा बग़ीचे के पार दाहिने घूमकर सड़क का मार्ग पकड़ लिया और आगे बाईं तरफ़ झंखाड़ इमली वृक्षों के ठंडे अँधेरे रास्ते से होकर मस्जिद की बग़ल से गुज़रने लगे। आगे पतली गली के दोनों ओर घुचुर-पुचुर कच्चे-पक्के मकान थे—घूरों पर चलती मुरगियाँ, घर-घर लँगड़ाकर जाने वाले फ़कीर या भिखमंगे, चाय-बिस्कुट, बनद, रस्क आदि के इक्का-दुक्का होटल, लुंगी-बनियान पहनकर बसूला से लकड़ी छिलता अब्दुल बढ़ई। जब गली ख़त्म हुई तो चौड़ी जगह पर दाईं तरफ़ एक बड़े दो मंज़िले मकान के बरामदे में से एक मोटा-लम्बा अधेड़ व्यक्ति पायजामे-कुरते में व्यस्ततापूर्वक लपकते हुए बाहर उनके पास आया और सिर झुकाकर बोला, "अदाब-अर्ज़, हेडमास्टर साहब। ख़ैरियत तो है न?"

सेवानन्द लाल रुक गए और उसे कुछ सशंकित भाव से देखने लगे। फिर मकान और चेहरा दोनों पहचान गए, मगर नाम याद नहीं आया। मुस्कराकर उन्होंने पूछा, "अब्दुल गफूर हो न?" बड़ी मुश्किल से उनके मुँह से आवाज़ निकली थी। हँफनी की वजह से आगे कुछ कह नहीं सके।

"क्या आपने अपने शागिर्द अब्दुल कयूम को नहीं पहचाना, हेडमास्टर साहब? मैं ज़र्रा था, निहायत मगरूर और गुस्ताख़—उसे आपने इनसान बना दिया। गाँव के ज़मींदार जनाब मोहम्मद अयूब खान मरहूम मेरे अब्बा हुजूर थे। आप थक गए हैं, दो मिनट ग़रीबख़ाने पर सुस्ता लें, हमारी क़िस्मत बन जाएगी।"

अब्दुल कयूम ने उन्हें हाथ का सहारा देकर आहिस्ता-आहिस्ता बरामदे में ले जाकर एक कुरसी पर बिठा दिया। फिर अन्दर जाकर बताया तो हल्ला मच गया—फुसफुसाहटों और बुदबुदाहटों से भरा। खवातीन और बच्चों ने बारी-बारी से दबे पाँव बाहर आकर झुककर आदाब किया। दुपट्टों से चेहरों पर शर्म, लिहाज़, अदब और श्रद्धा की अनजान मुस्कराहटें। सेवानन्द लाल के लिए इस तरह का अनुभव कोई नई बात नहीं है, फिर भी उन्हें बहुत अच्छा लगा; जैसे कोई नई घटना हो और वह मुस्कराने लगे। शायद एक कारण यह भी हो कि बैठकर आराम करने से उनकी फूलती साँस नियमित चलने लगी थी।

"बिट्टू साह की दुकान से अभी-अभी ताज़ा पेड़ा आया है। उसके साथ कुएँ का मीठा पानी लाऊँ, हेडमास्टर साहब?"

सेवानन्द लाल अपनी बुझी बुझी, मुलुर-मुलुर आँखों से अब्दुल कयूम को कुछ क्षण देखते रहे। उनके होंठों पर एक क्षीण सी मुस्कान लहरकर लुप्त हो गई।

अन्त में उन्होंने कहा, "नहीं, अब्दुल कयूम, मीठा नहीं खाता, परहेज़ चल रहा है। घर से पानी भी ख़ूब पीकर चला था।...और क्या हाल है?"

कयूम एक छोटे से स्टूल पर बैठा था। उसका लम्बा-चौड़ा शरीर उनके सामने इस तरह सिकुड़कर छोटा हो गया था जैसे वह सचमुच एक ज़र्रा हो, लेकिन उसकी मुद्राओं से ऐसा लगता था गोया इतने से भी वह पूरी तरह सन्तुष्ट न हो। स्टूल और पास खींचकर वह धीमे स्वर में बोला, "उरई के डिग्री कॉलेज में अब अंग्रेज़ी विभाग का हेड हूँ मास्टर साहब। पिछली बार आया था तो रीडर था, बताया ही था, आपको। इस बार लम्बी छुट्टी पर आया हूँ। आते ही आपको आदाब करने गया था, वहाँ बच्ची से सब कुछ मालूम हुआ। मैं जल्दी ही शहर जाकर आपका हाल-चाल लेना चाहता था। आपका पाक दीदार करना चाहता था। आज आपको यहाँ देखकर मैं घबरा गया लगा, मैंने बड़ा जुर्म कर दिया और पहले शहर न जाकर..."

अब्दुल कयूम नीचे से ऊपर तक भावनाओं से भर गया और अपने को रोकने की कोशिश में धीरे-धीरे काँपने लगा।

"मैं ठीक हूँ, अब्दुल कयूम। शहर में कुछ नहीं रह गया है। लोग एक-दूसरे से अलग-थलग रहते हैं। छोटे-छोटे दुख सुख में शामिल होना उन्हें अच्छा नहीं लगता। छोटी-छोटी बातें सचमुच उन्हें छोटी लगती हैं। पास जाओ तो मुँह दूसरी ओर घूम जाता है। वहाँ तो लोग ही नहीं हैं। मैं तो चला आया; यहाँ का हवा-पानी, यहाँ के लोग...और कोई न मिला तो यहाँ के पेड़-पौधे, पोखर-तालाब, खेत, मकान, सड़क-पगडंडी सभी तो परिचित हैं। इनमें स्पन्दन है, इनके पास हमारा इतिहास है, ये हमारी स्मृतियों को जगाते हैं। आप इनसे बोलिए-बतियाइए। ख़ैर, छोड़ो, तुम तो सन् 42 के बैच के थे।"

सेवानन्द लाल हाँफ गए उनकी आवाज़ रुक गई; अब्दुल कयूम पहले सिर झुकाकर मन्द मन्द हँसा, फिर ज़र्रानवाज़ी की दुर्लभ भाषा इस्तेमाल करते हुए उसने प्रतिवाद किया कि '42 नहीं, बल्कि सन् '50 में वह प्राइमरी स्कूल की अन्तिम कक्षा चार की वार्षिकी परीक्षा में प्रथम श्रेणी में उत्तीर्ण हुआ था।

इसके बाद यह सोचकर कि हेडमास्टर सेवानन्द लाल को उसके सम्बन्ध में कुछ भी याद नहीं है, अपनी पढ़ाई के आरम्भिक दिनों की बातें बताने लगा। गाँव के पठान ज़मींदार मोहम्मद अयूब खान का बड़ा लड़का इतना सरकश निकला कि अपने वालिद के नियंत्रण में भी नहीं रहा। उम्र बढ़ गई थी। प्राइमरी स्कूल में नाम लिखाया गया तो स्कूल से नागा करके अपने घर से घोड़े या आवारा टट्टुओं पर सवार होकर खेत मैदान में निकल जाता और पास के किसी अन्य गाँव में लड़ाई-झगड़ा करके शान में वापस आ जाता। यह सब सेवानन्द लाल को बर्दाश्त नहीं हुआ और उन्होंने एक दिन स्कूल के कुछ लड़कों को भेजकर उस निडर घुड़सवार को नीचे गिराकर टाँग मँगवाया और स्कूल के सामने ताड़ के वृक्ष से

बाँधकर खजूर की छड़ी से इतनी पिटाई की वह सिर्फ़ बेहोश ही नहीं हुआ और सब दुर्गति उसकी हो गई।

ख़ून से लथपथ जब वह कराहते हुए घर गया तो उसके ज़मींदार वालिद ने कहा, "तुम्हारे जैसे नालायक का क़त्ल भी कर दिया जाता तो मैं कुछ न बोलता। उस्ताद को क्या समझ रखा है तुमने! एक क़ाबिल उस्ताद मिल गया है तुम्हें, अक्ल का इस्तेमाल करोगे तो आदमी बन जाओगे।"

कयूम चुनौती बन गया था सेवानन्द के लिए। उसे अपने घर पर बुला बुलाकर पढ़ाया था उन्होंने। उसकी अक्ल खोल दी उसके साथ किये गए प्यार भरे परिश्रम ने। पर अब यह सब याद कहाँ है सेवानन्द लाल को। इतने लड़के थे, आज भी कई बड़े-बड़े ओहदों पर हैं। एक बार भी उनके दिमाग़ में यह बात नहीं आई कि उन्होंने किसी को मारा-पीटा था। उनकी सख़्त जान में 'छड़ी-डंडे' की शान का कोई चिह्न शेष नहीं रहा। दिल व दिमाग़ में कुछ बड़ा हासिल करने का घमंड नहीं; केवल शीतल छायादार पेड़ और ख़ुशबूदार फूलों की कोमल पँखुरियों का सुखद एहसास—एक माँ की तरह।

ख़ुश था अब्दुल कयूम और बोले जा रहा था—

"भिखारी निषाद के बेटे रामनिहोर की याद है, हैडमास्टर साहब? आपके ही कहने-सुनने पर उसका नाम लिखाया गया था; मगर बाप ने ही बाद में स्कूल जाने से मना कर दिया। उसकी भी उम्र माफ़िक हो गई थी और वह ग़रीबी में काम-धाम में अपने बाप की मदद कर रहा था। आपने बाप-बेटा दोनों को पकड़ मँगवाया और उन्हें स्कूल के सामने अगल-बग़ल दो पेड़ों से बँधवाकर भिखारी निषाद को चेतावनी दे दी—'वादा करो कि रामनिहोर को कल से नियमित रूप से स्कूल भेजोगे। जब तक हामी नहीं भरोगे, तुम दोनों इसी तरह बँधे रहोगे।'

"ग़रीब का लड़का पढ़कर क्या करेगा, मास्टर साहब। नाव चलाएगा, मछली पकड़कर बेचेगा तो पैसा घर में आएगा।"

"नहीं, तुम चिन्ता न करो। फ़ीस माफ़ होगी। किताब, कॉपी, पटरी, स्लेट, पेंसिल—सब मुफ़्त। पाँच रुपये वज़ीफ़ा भी मिलेगा लड़के को। यह समझ लो, पढ़-लिख जाएगा तो तुम्हारा मज़बूत सहारा बन जाएगा और कोई परेशानी होगी तो मैं देखूँगा।"

"आपने एक-एक लड़के को तैयार किया था, हैडमास्टर साहब। उस माली की तरह जो पेड़-पौधों को सींच-सींचकर, काट-छाँट करके ख़ूबसूरत बग़ीचा तैयार करता है। रामनिहोर पर आपने जो मेहनत की थी, उसका कैसा नतीजा निकला था। उसने दर्जा चार की परीक्षा में पुराना रिकॉर्ड तोड़ दिया। आगे भी वह ऐसे ही नम्बरों से पास होता रहा और आज एक बड़ा अफ़सर है—मेहनती, मिलनसार, फ़र्ज़ की पाबन्दी के लिए मशहूर। आप हर लड़के को अपने गाँव, अपनी ज़बान और अपने

वतन से प्यार करने की सीख देते थे। आपके रहते गाँव में कोई झगड़ा न हुआ। कोई भी मसला होता, आपके पास लोग दौड़े आते और आपका सुझाव मान जाते। एक बार ऐसी नौबत आई भी तो आपने दोनों फ़िरक़ों के बीच में खड़े होकर कहा था— 'गाँव सबका है। गाँव में न झगड़ा-झंझट हुआ है और न होगा। इससे अच्छा है तुम मेरे गले पर वार करो।' सभी आँखें नीचे करके वापस चले गए थे।"

अब्दुल कयूम का गला रूँध गया और वह आगे बोल न सका। सेवानन्द लाल बाहर देखते हुए बोले, "अब चलूँगा, अब्दुल कयूम। शाम हो रही है। मैं तो सिर्फ़ घूमने के लिए निकला था, अच्छा हुआ कि तुम मिल गए और गाँव का हाल चाल मिल गया। अब प्राइमरी पाठशाला और नीबिया पोखरा होते हुऐ सीधे घर जाऊँगा।"

"दो मिनट रुक जाइए, पहुँचा देता हूँ।"

"नहीं, अब्दुल कयूम, मैं चला जाऊँगा।"

"अच्छा, पाठशाला तक पहुँचा देता हूँ।"

धूप झँवराकर पेड़ों की पुलुई पर पहुँच गई थी आख़िरी साँस लेती हुई। ठंड कुछ बढ़ गई थी। सामने से इक्का खड़खड़ करते हुए निकल गया धूल उड़ाता हुआ। अपने घोंसलों को जाते हुए पक्षी शोर कर रहे थे। पाठशाला पहुँचते-पहुँचते धूप लुप्त हो गई। बीच रास्ते में अब्दुल कयूम ने जब बचन्नी पंडित के निधन की शोक सूचना दी तो सेवानन्द लाल दुख से गम्भीर हो गए।

क़िस्सा उन्हें भी याद है धुँधला-धुँधला सा। बचन्नी का कद कुछ नाटा था, कमअक्ल, जिसे किसी तरह ठोक-पीटकर कथा बाँचने और विवाह कराने लायक पंडित के रूप में तैयार किया गया था। वह हकलाकर बोलता, स्त्रियों को आँखें फाड़कर और मुँह बा कर देखने लगता। ऐसी हरकतों और ग़लत श्लोक उच्चारण के बावजूद भी शोहरत थी कि वह काफ़ी विधि के साथ विवाह कराता है और वे सभी सफल और सुखी भी हुए हैं। फिर भी गंगापार के एक विवाह में सेवानन्द लाल इतना रुष्ट हो गए कि हाथ पकड़कर उसे आसनी से उठा दिया और उन्होंने वहाँ स्वयं बैठकर शुद्ध श्लोकों के साथ विवाह सम्पन्न कराया था। ग़लत उच्चारण और ग़लत पाठ सेवानन्द लाल कहीं भी बर्दाश्त नहीं कर पाते थे और इसी वजह से एक शादी में कुरान की आयतें अशुद्ध सुनकर मौलवी हलीम को ज़बरदस्ती उठाकर स्वयं शुद्ध निकाह कराया था और आश्चर्य है कि उनके ऐसे व्यवहार का कभी किसी ने बुरा नहीं माना।

नीबिया पोखरा पहुँचते-पहुँचते शाम काफ़ी गाढ़ी हो गई। अब्दुल कयूम को उन्होंने पहले ज़बरदस्ती वापस भेज दिया था। वह काफ़ी धीरे-धीरे चल रहे थे। उनके हाथ में छड़ी काँपती हुई सी उठती और हलके झटके से नीचे गिरती। लगता, उनका चेहरा आँखों और नाक के साथ नीचे लटककर लम्बा हो गया हो।

नक्शा काफ़ी बिगड़ गया था। नीबिया पोखरा के चारों ओर लगा बाज़ार उजड़ रहा था। उन्हें देखकर लोग अदब से नमस्कार, प्रणाम या आदाब अर्ज़ करते; पर थकान और अशक्तता की ऐसी हालत हो गई थी कि वह न छड़ी उठा पाते और न मुँह से कोई आवाज़ ही निकल पाती।

जब वह बाज़ार की आख़िरी दुकान के सामने पहुँचे तो उनकी हिम्मत जवाब दे गई। अन्दर तेज़ी से धड़कनों का अलार्म बज रहा था। मुँह सूख गया, जीभ चारों ओर घुमाने पर भी थूक या लार शेष नहीं। दाएँ हाथ की दो उँगलियाँ फरफरा रही थीं। हृदय केन्द्र की गहराई से कोई असह्य दर्द उठ-उठकर ग़ायब हो जाता। अँधेरे की ओर बढ़ते धुँधलके में वह किसी तरह दुकान की ओर बढ़ गए।

"क्या नाम है भाई, तुम्हारा?" मुश्किल से आवाज़ निकली।

"मैं बरमेसर कोइरी हूँ, मास्टर साहब। सलाम! सब्ज़ी दूँ, बड़ी ताज़ी गोभी है, लाल-लाल टमाटर है, हरी-हरी मटर भी आ गई है, मलिकार।"

"नहीं, बरमेसर, ज़रा मुझे घर तक पहुँचा दो। अँधेरे में पाँव आगे नहीं बढ़ रहे हैं।" बरमेसर कूदकर उनके पास आ गया और दुकान पर बैठी अपनी पत्नी को ज़रूरी हिदायत देते हुए बोला, "चलिए, मलिकार, इत्मीनान रखिए, कुछ नहीं होगा। ठंड है न, अच्छे-अच्छे का जी-मन ख़राब हो जाता है।"

बरमेसर ने बग़ल में होकर उनकी बाईं बाँह पकड़ ली। बीच-बीच में वह बोलता जाता—"इधर से, मालिक। उधर गड्ढा है, मास्टर साहब। आ जाइए...इधर से आ जाइए।" दुकानों की बिजली-बत्तियों का घेरा पार करने के बाद अन्धकार का साम्राज्य है। कभी-कभी सेवानन्द लाल लड़खड़ा जाते। और सड़क की ठंडी धूल उछलकर जूतों के अन्दर पैरों पर पड़ती है; मगर कुछ ख़ास महसूस नहीं होता क्योंकि पैर तो पहले से ही उतने ठंडे हैं।

धूल ख़त्म होने पर पक्की सड़क का वह हिस्सा आ जाता है जो टूटा-फूटा नहीं है। चलने में अब आसानी है कुछ-कुछ। बरमेसर बरबराए जा रहा है, "मास्टर साहब, आपन लरिकवा कूदन पर भी तो कुछ ध्यान दें। दो छड़ी लग जाए आपकी तो उसकी जिनगी बन जाए। सारा गाँव कहता है, आपकी पिटायी एक ओर, उसके सामने दूसरों की पढ़ाई पानी भरे। आज के मास्टरों की पढ़ाई का तो पता होगा, मलिकार, आपको। लड़कों को कुंजी रखने को कह देते हैं, अपने राजनीति, चुनाव में लगे रहते हैं। फेल कर दिया मेरे कूदन को, मालिक। हम ग़रीब लोग कुंजी कहाँ से ख़रीदें, मालिक!"

सेवानन्द लाल के मुँह से आवाज़ नहीं निकल रही है। मुँह, कंठ सब कुछ सूख गया है। हृदय केन्द्र का दर्द फैल भी रहा है। पता नहीं किस ताकत से वह आगे बढ़ रहे हैं। बीच-बीच में बरमेसर अपनी बात दोहरा देता है, "मास्टर साहब आपका दो हाथ पड़ जाए तो कूदन सुधर जाए।"

जब दरवाज़े पर पहुँचे तो सेवानन्द लाल की पत्नी एक बार फिर अपने पति को निहारने बाहर आई थीं। उन्होंने चिल्लाते हुए पूछा, "क्या हुआ है इनको?"

"जी ख़राब है, मैया। कमरे में लेटा दें।"

"जाओ, बिहरी शर्मा वैद्य को जल्दी भेज दो। बता देना, बहुत ज़रूरी है। जल्दी जाओ।"

"अच्छा, मैया।" कहकर बरमेसर हिरन हो गया।

बाहर के बैठके में लेटाकर और कम्बल ओढ़ाकर उनकी पत्नी ने चेहरे पर झुकते हुए घबराई आवाज़ में पूछा, "क्या हुआ है? मैंने मना किया था न..."

"कोई आया था?" सेवानन्द लाल ने बहुत ही धीमी आवाज़ में पूछा।

"नहीं।"

"कोई ख़ास बात नहीं...।" सेवानन्द लाल ने साँस लेने की कोशिश की, मगर वह साँस फिर नहीं लौटी।

['साहित्य अमृत', 2000]

टिटिहरी

मैं सोफे पर एक किनारे बैठकर इन्तज़ार करने लगा। मुझे वह छोटा सा कमरा याद आ गया, जिसमें नरपति बाबू ने रहकर विश्वविद्यालय की पढ़ाई की थी और अब यह आलीशान मकान और इसका यह हॉलनुमा हवादार कमरा। उनके शरीर में भी काफ़ी बदलाव आ गया है, पूए की तरह फूला-फूला मुँह कुछ छोटे-मोटे गड्डों के साथ आँखों के नीचे सूजन, चूड़ीदार पायजामा और शेरवानी में तो बाज़ार में अचानक मिलने पर पहचान ही नहीं पाया।

"अरे तुम?" कार से उतरने पर अचानक मेरी तरफ़ नज़र जाने पर उन्होंने चौंककर कहा था।

"माफ़ किजिए, मैं आपको नहीं पहचान पाया।" गर्मी के दिन आ गए थे और मैं एक ढीला-ढाला पायजामा और तंजेब का कुर्ता ख़रीदने के लिए तेज़ी से जा रहा था।

"अरे मैं नरपति हूँ, इतनी जल्दी भूल गए। कहाँ हो और क्या कर रहे हो। मैं भी जल्दी ही में हूँ, कल शाम पाँच छह बजे आओ, इत्मीनान से बात होगी।"

मुझे सब कुछ याद आ गया और मैं उनके फूले चेहरे को गौर से देखने लगा, और आश्चर्य है कि वही चेहरा सिकुड़कर छुहारा जैसा हो गया, हड्डियों के उभार और सूखे, पतले होंठों की चंचलता के साथ। मैंने भी बता दिया था कि पत्रकार होने के नाते आगे होने वाले चुनाव के बारे में विशेष रिपोर्ट तैयार करके अपने पत्र को भेजने के लिए इस शहर में आया हूँ और कुछ दिन रुकूँगा भी।

नरपति बाबू नहा रहे हैं तो देर होगी ही, यह ख़याल आते ही मैं सामने दीवार पर टँगी मोनालिसा की तस्वीर को देखते हुए बीते समय को याद करने लगा। कितने वर्ष हो गए? शायद तीस, आपातकाल से एक वर्ष पूर्व उनसे परिचय हुआ था। मैं बी.ए. का विद्यार्थी और वह एम.ए. फाइनल में दो वर्ष लगातार अनुत्तीर्ण होने के बाद क़ानून की पढ़ाई कर रहे थे। मुझसे सात-आठ वर्ष बड़े तो होंगे ही, मेरे ही मुहल्ले में मेरे मकान से कुछ दूरी पर ही किराए वाला उनका कमरा था। एक साधारण ग्रामीण खेतिहर परिवार से आए थे वह। भोजन किसी साधारण होटल में करते और पायजामा-कुर्ता में भी वह सदा साफ़ सुथरे और स्मार्ट लगते। दुबला-पतला, सीधा, लम्बा शरीर चलते समय हाथों में शानदार जुम्बिश, चेहरे पर गम्भीरता।

हमारे मुहल्ले में एक छोटा मैदान था, वहाँ रोज़ शाम एक नेट लगाकर हम वॉलीबॉल खेलते। याद नहीं आता कि कब और कैसे नरपति बाबू भी हमारे साथ आकर खेलने लगे। वह बँयहथा थे, किन्तु उनकी सर्विस और वॉली ज़ोरदार होती। उम्र से बड़े होने पर भी उनका व्यवहार हमारे प्रति दोस्त जैसा था और उनकी तरह-तरह की बातें दिलचस्प। वह मोटे खद्दर का अपना अलीगढ़ी पायजामा इस ढंग से सिलवाते कि प्रेस करके पहनने पर पतली पैंट की तरह लगता। ऊपर से प्रेस किया हुआ लम्बा कुर्ता तथा आँखों पर धूप का चश्मा लगाकर चलते तो काफ़ी प्रभावशाली और आकर्षक लगते।

"साहब आ ही रहे हैं, देरी के लिए माफ़ी माँगी है। चाय लाऊँ क्या, साहब जी।"

"नहीं, आने दो, कोई जल्दी नहीं है।"

नौकर पानी के साथ अंग्रेज़ी के दो दैनिक पत्र तथा रंगीन पत्रिकाएँ रख गया था। मैं पानी पीकर पुरानी दुनिया में विचरण करने लगा। हाँ, हमने भी वैसे ही पायजामे-कुर्ते बनवाए, टेरीकॉट, टेरिलिन की पैंट क़मीज़ तो पहनते ही थे, किन्तु किसी भी सूरत में नरपति बाबू की तरह चुस्त-दुरुस्त कभी भी नहीं लगे। मुहल्ले के ही एक सेठ का लड़का, जिसका मुँह बाईं तरफ़ टेढ़ा था और जो हाई स्कूल से अधिक नहीं पढ़ पाया, नरपति बाबू के व्यक्तित्व के प्रति अत्यधिक आकर्षित था। वह उनके पीछे पड़ गया, "भैया, मुझे अपनी तरह पहनना, चलना, बोलना, बतियाना सिखा दीजिए, मैं नेता बनना चाहता हूँ...।"

नरपति बाबू ने अत्यन्त गम्भीरता से अपने चश्मे के भीतर से उसे देखते हुए कहा, "नेता? तुम आराम से सिल्क का कुर्ता और गले में सोने की चेन पहनकर घूमते रहते हो, किस चीज़ की कमी है कि तुम नेता बनोगे? अपने पिताजी की गद्दी पर नहीं बैठोगे क्या?"

"नहीं भैया, इसके लिए कई लोग हैं। मैं तो इसी लाइन में जाना चाहता हूँ। उस दर्ज़ी से जान पहचान करा दीजिए, जिससे आप कपड़े सिलवाते हैं। और जो भी कहिए, मैं करने को तैयार हूँ।"

"यह काम मुफ़्त थोड़े ही होता है।"

"हाँ भैया, यह तो जानता हूँ, जो-जो आप कहेंगे, करने को तैयार हूँ। मेरा मुँह टेढ़ा है न, हमारे बाबू कहते हैं, तू गद्दी पर बैठने का विचार छोड़। यहाँ बैठेगा तो अपनी साइत और दूसरों की साइत बिगड़ेगी ही, सभी ग्राहक भी भाग जाएँगे। तू किसी नेता का साथ-संग पकड़ ले, बोलना-बतियाना सीख ले, इसका भी अच्छा ज़माना आ गया है, नेतागिरी सीख जाएगा तो उसमें खप भी जाएगा और हमारा भी कुछ भला होगा। इस काम में जो लगेगा लगा दूँगा।"

"ठीक है, तुम नेता बन सकते हो लेकिन उसके लिए मेहनत भी करनी पड़ेगी। पहले तो तुम रोज़ अख़बार पढ़ो, ख़ास तरह से पक्ष या विपक्ष के किसी नेता का

भाषण छपा हो, उसे अकेले अपनी छत पर जाकर कई बार ज़ोर-ज़ोर से इस तरह पढ़ो, जैसे किसी मीटिंग में भाषण दे रहे हो। रेशमी कुर्ता छोड़कर शुद्ध खद्दर पहनो, छाती निकालकर चलो, गम्भीर रहो, किताबें पढ़ो, अगर पढ़ न सको तो किताबें ख़रीदो, और जब बाहर निकलो तो एक हाथ में किताब ज़रूर रहे जैसे तुम बहुत अध्ययनशील, विद्वान और ज्ञानी हो। किताबें अपने घर न ले जाओ, बनिया-सेठ के घर में उसकी कद्र न होगी, तुम्हारी ख़रीदी हुई सभी किताबें मेरे कमरे में ही रहेंगी, जब ज़रूरत हो ले जाना। और हाँ, पार्टी के काम के लिए चन्दा भी देना होगा।"

उस समय वह किस पार्टी में थे, इसकी तो जानकारी नहीं हो सकी, किन्तु उसमें नेतृत्व के गुण थे, इसका पहले से ही पता लगता था। बहुत बातें तो आज याद नहीं, किन्तु उनके विचार का मूलाधार नारी और क्रान्ति था। ये शब्द उनके वार्तालाप में ख़ूब आते थे। नारी की अस्मिता, गरिमा, उसके लज्जा रूपी आभूषण, उसके त्याग आदि की चर्चा करते हुए वह कहते, "नारी संयमित करती है, पुरुष को ऊँचा उठाती है, महान लक्ष्यों तक पहुँचाती है, अगर पढ़ाई करते समय बग़ल में कोई ख़ूबसूरत लड़की बैठी हो तो मन्दबुद्धि नौजवान भी मन लगाकर पढ़ेगा और टॉप भी कर सकता है। वह आई.ए.एस. में सफल होगा, यह निश्चित है।"

कच्ची बुद्धि के हम नौजवानों को ये बातें काफ़ी प्रभावित करती थीं। सेठ लड़के के उनके निकट पहुँचने का यह भी एक कारण ज़रूर था क्योंकि उसका विश्वास था, नरपति बाबू के संग से उसे भी कोई ख़ूबसूरत प्रेमिका मिल जाएगी, जिससे उसका सब कुछ बदल जाएगा और सफलता उसके चरण चूमेगी।

प्रसिद्ध उपन्यासकार भगवतीचरण वर्मा का उपन्यास 'चित्रलेखा' नरपति बाबू को काफ़ी पसन्द था, यह मुझे याद आता है। नायक और नायिका का एक विशेष संवाद उन्हें काफ़ी प्रिय था, जब नायक कहता है 'तुम मेरी अभिलाषा हो', तो नायिका प्रेमातुर उत्तर देती है 'तुम मेरे उन्माद।' शायद ये ही वाक्य थे, और जब वह राजनीति तथा अन्य गम्भीर विषयों पर बात करते हुए थक जाते तो उक्त संवाद दोहरा कर अर्थपूर्ण दृष्टि से हमको देखते हुए हँस पड़ते, जैसे यह उनके वार्तालाप का कोई टेक हो और इसके जरिये कह रहे हों कि देखो, तुम नौजवानों के लिए मैंने कैसी अच्छी मज़ेदार बात बताई है।

क्रान्ति तो उनका मुख्य विषय था ही। इस प्रश्न पर वह हर राजनीतिक दल से असन्तुष्ट होकर उसकी आलोचना करते। वे कहते, 'ये राजनीतिक दल क्या करते हैं, इनके नेता मेरे पास आएँ तो मैं बताऊँ कि राजनीति कैसे की जाती है। नेता प्लेटो की रिपब्लिक ध्यान से पढ़ जाए तो तर्क करना हर समस्या की जड़ में पहुँचना सीख जाएगा। कम से कम वह देश में चतुर्मुखी क्रान्ति और विकास के तरीकों का ककहरा तो सीख ही जाएगा।'

उनकी बातों से हमें बड़ा आनन्द भी आता। हमारे अन्दर अनेक महत्त्वाकांक्षाएँ उत्पन्न हो गई कि हम स्वयं वैसे ही बन जाएँ जैसा वे चाहते हैं। इस बीच सेठ के लड़के का हुलिया भी काफ़ी बदल गया। खद्दर की वैसी ही पोशाक वह उसी दर्ज़ी से सिलवाने लगा किन्तु उसके पैरों में कुछ गाँठें थीं, जिससे वह उनको अगल बग़ल फेंक-फेंक कर ही चल पाता, नरपति बाबू की शानदार और सन्तुलित ढंग से नहीं। हाथ में कोई मोटी किताब ज़रूर ही होती। असाधारण गम्भीर और छाती ख़ूब आगे निकली हुई। एक ही वर्ष में काफ़ी पुस्तकें ख़रीदवा ली गई थीं उससे जिनमें प्लेटो की रिपब्लिक तो नहीं ही थी, हाँ मोटे उपन्यासों और जीवनियों के साथ कार्ल मार्क्स की मशहूर पुस्तक ही अधिक पसन्द थी, शायद उसकी मोटाई की वजह से, जिसे लेकर वह शान से रास्ते में चलता उच्चता की भावना से। इस बीच नरपति बाबू की आर्थिक अवस्था भी कुछ सुधर गई और वह बेहतर होटल में मांसाहारी व्यंजन कोफ्ता, कोरमा, बिरियानी वग़ैरह ग्रहण करने लगे।

सौभाग्य से, देश में आपातकाल लागू कर दिया गया, जिसमें नरपति बाबू की प्रतिभा के विकास का उत्तम अवसर मिल गया। वह हमारे शहर के उस ऐतिहासिक मौन जुलूस में शामिल हुए जो तानाशाही के विरोध तथा जनतंत्र की रक्षा में निकला। उस क्रान्तिकारी जुलूस की यह कोई शर्त तो नहीं थी, और अधिसंख्य लोग पूरा चेहरा खोल तथा मुँह बन्द करके चल रहे थे, किन्तु नरपति बाबू दो-तीन विरल लोगों के साथ एकदम बीच में, भीड़ की मझधार में अग्रसर थे और सिर तथा माथे को एक दुपट्टे से ढक लिया था। इस तरह कि सिर्फ़ दो आँखें और नाक ही बाहर दिखाई दें।

ऐसा करने का एकमात्र महान उद्देश्य यह था कि जुलूस के बाद की गिरफ़्तारियों से बचे रहें क्योंकि एक सम्बद्ध सरकारी क्लर्क ने बताया कि गुप्तचर विभाग की सूची में उनका नाम सबसे ऊपर था, जिसके सामने कोष्ठक में लिखा था 'ख़तरनाक'। हाँ यदि वह गिरफ़्तार हो जाते तो बाहर की जनक्रान्ति का संचालन कौन करता? बाहर भी तो कर्मठ नेता तथा कार्यकर्ता रहना चाहिए।

और बाहर रहने की सार्थकता भी सिद्ध कर दी नरपति बाबू ने। मुझे याद आ रहा है शायद जुलूस के दूसरे या तीसरे दिन उन्होंने सेठ के लड़के को भेजकर मुझे बुलवाया। वह एक अँधेरी गली में मुँह पीछे की ओर घुमाकर खड़े थे, ताकि सामने से आता हुआ व्यक्ति उनका मुँह देख नहीं सके क्योंकि कौन कह सकता है कि वह गुप्तचर विभाग का कोई आदमी ही न हो। वह हमें हमारे कमरे में ले गए और कुछ पर्चे चिपकाने के लिए हमें दे दिये उन्होंने। उन पर्चों के ऊपर किंचित मोटे टाइप में नारे लिखे थे, जिनकी इबारत ठीक से याद नहीं आ रही, शायद ख़ूनी क्रान्ति से इस जनतंत्र विरोधी सरकार का तख़्ता पलटने का आह्वान किया गया था उसमें।

"पास न चिपकाना, नहीं तो हम पर सन्देह होगा लोगों को। दूर मुहल्लों में चिपका कर चले आना।" नरपति बाबू ने साँय-साँय आवाज़ में कहा था।

यह कार्य हमने अत्यन्त सावधानीपूर्वक सम्पन्न किया था, जिसमें सेठ के लड़के ने सर्वाधिक उत्साह से भाग लिया। नरपति बाबू स्वयं कभी नहीं गए, वह निर्देश देते रहे। उन दिनों वह अत्यन्त गम्भीर रहे। स्वयं अपने कमरे में बहुत कम निकलते, यदि ऐसा अवसर आता तो मुँह से दुपट्टा लपेट लेते। कोई बहुत मामूली बात भी हमसे कहनी होती तो बहुत धीमे स्वर में कहते, 'भइया, ज़रा दो सिगरेट तो लेते आना।'

इसके बाद उन्होंने गाँवों में जाकर क्रान्तिकारी प्रचार करने का निश्चय किया। मेरा गाँव और उनका गाँव, दोनों शहर के पास ही थे, पहले मेरा तथा बाद में उनका। हम दोनों ही पैदल गए थे, साथ में सेठ का लड़का भी लग गया। रास्ते भर वह पुरानी बातें ही दोहराते रहे, ख़ूनी क्रान्ति, प्लेटो, रिपब्लिक और चित्रलेखा उपन्यास का विशिष्ट सम्वाद। हाँ, मुझे यह भी याद आ रहा है कि इस क्रान्तिकारी यात्रा में उन्होंने एक और मनोरंजक टेक का भी आविष्कार कर दिया था।

मैंने कुछ दूर चलने पर सुझाव दिया था, "हम बीच-बीच में गाँवों में जनता की मीटिंग करते चलें तो अच्छ होगा। आप गाँव वालों को समझाएँगे तो काफ़ी अच्छा असर पड़ेगा।"

"अरे, अभी तुम्हारे गाँव पर चलकर आराम करेंगे कुछ देर, और वहीं विस्तृत कार्यक्रम बनाएँगे। जल्दबाज़ी में कुछ करना ठीक नहीं, काम बिगड़ भी सकता है। वह देखो, सरसों, गेहूँ, चने और अरहर के खेत और गाँवों की युवतियाँ।"

उनकी आँखें ख़ुशी से चमक रही थीं, मुस्कराहट से मुँह किंचित खुल गया था। फिर तो वह रास्ते भर बीच-बीच में यह सम्वाद बोल पड़ते, 'अरहर के खेत और गाँवों की युवतियाँ।'

ये टेक हमें ख़ुश तो ज़रूर करते लेकिन उनका स्पष्ट उद्देश्य समझ में नहीं आता। नहीं जानता, शायद हम किशोरों को प्रभावित करने का यह भी एक तरीका हो।

मेरे गाँव पहुँचकर वह ख़ुश हुए। हमारे एक अधेड़ अविवाहित चाचा खेती-बारी देखते थे, जो उस समय गाँव के ही एक भाट से बात कर रहे थे। उन्होंने भाट से गाँव के अन्दर जाकर मिठाई लाने को कहा लेकिन भाट ने कहा, "बाबू अभी दुकान खुली न होगी, इससे अच्छा तो हलवा बन जाए।"

"कौन बनाएगा, मुझे तो नहीं आता," चाचा ने कहा था।

"अरे चिन्ता न कीजिए, मैं ख़ूब अच्छा हलवा बनाकर खिलाता हूँ बाबू लोग कुछ सुस्ता लें, सवैया-कवित्त मेरा सुन लें, फिर जायकेदार हलवा खिलाता हूँ।"

इसके बाद तो उसने फटी हुई चिल्लाहट भरी आवाज़ में अपनी कविताएँ सुनानी शुरू कर दी और उसके मुँह से शब्द छेड़ी गई मधुमक्खियों की तरह तेज़ी से निकलने लगे, साथ में नाटकीय अभिनय भी। वह हमारे चाचाजी की विरुदावली थी, लगा कि शादी का कोई अवसर आ गया है। चाचा के बहुत मना करने पर वह मुश्किल से माना।

हम बाहर के बरामदे में बैठे थे; जहाँ एक छोर पर एक चूल्हा बना हुआ था। चाचा जी स्वयं खाना बनाते या किसी गाँव वाले से ही बनवा लेते। उनके निर्देश पर भीतर से बर्तन और सामान ले आकर भाट ने आग जलाई और अपनी पाक कुशलता की तारीफ़ करने के बाद हलवा बनाने बैठ गया। चूल्हा दूर नहीं था, इसलिए उसकी गतिविधियाँ स्पष्ट दिखाई दे रही थीं। यदि गौर न भी करें तो यह आभास तो हो ही रहा था, जैसे वह कोई कसरत कर रहा हो, कभी उछलकर बाएँ बैठ जाए कभी दाएँ। ख़ैर, उसने घी कम डाला और आटा काफ़ी तथा अच्छी तरह से भुनने से पहले ही उसमें आधा लोटा मीठा पानी डालकर करछल से चलाने लगा। पहले खदबद हुआ, उसके बाद कड़ाही और करछुल से उसकी जो कसरत शुरू हुई, वह सर्वाधिक प्रशंसनीय थी, जिससे वह पसीना-पसीना हो गया।

हलवा नीचे उतारकर वह बड़ा ख़ुश था। बड़े कटोरों में उसने सबको दिया काफ़ी, फिर भी बहुत बच गया। एक उँगली से अधिक किसी ने नहीं खाया। भाट स्वयं एक सुगृहिणी की तरह बैठकर शिष्टतापूर्वक मुस्कराता रहा कि जब सब खा लें अच्छी तरह तो वह भी निबटे। उसको छोड़कर हम लोग चार आदमी थे, अतएव उन कटोरों में से सिर्फ़ चार अदद उँगलियों से जितना हलवा निकल सकता था, उससे एक जौ भी अधिक हलवा नहीं निकला। और चारों कटोरे पूरी खाद्य-सामग्री के साथ नीचे रख दिये गए। लगा कि किसी ने ख़ूब कड़ा आटा गूँथकर ऊपर से घी और मीठा छोड़ दिया हो।

"बाबू लोग, और लीजिए, ख़ूब अच्छा बना है।"

"भाई, हमने रास्ते में ख़ूब खा लिया था एक हलवाई के यहाँ, इच्छा नहीं। तुम ग्रहण करो।"

वह बड़े कटोरे में नहीं, बल्कि एक छोटी तश्तरी में कुछ लेकर बैठा, किसी तरह एक निवाला अपने अन्दर ठूसा लेकिन उसमें संयम और धीरज भी काफ़ी था और उसमें सिर्फ़ दो बार ही ओ ओ किया तथा उसका मुँह थोड़ा ही लाल हुआ। उसके बाद उसने खड़े होकर तथा आगे बढ़कर पतली आवाज़ में तू-तू कहा और जब कई कुत्ते दौड़कर आ गए तो उसने सारा हलवा निकालकर उनके सामने डाल दिया, परन्तु उन्होंने वैसी स्वादिष्ट खाद्य सामग्री को सूँघने का भी प्रयास नहीं किया और वे सभी विपरीत दिशा में घूमकर चलते बने।

"देखिए, देश में क्रान्ति होने वाली है, आप वीर रस की कविताएँ तैयार रखिए, उनकी ज़रूरत पड़ेगी।" नरपति बाबू ने उठते हुए कहा, जिसके बाद ही हम उठ खड़े हुए।

"अरे, वैसी कविताएँ काफ़ी है बाबू जी, कहिए तो सुनाऊँ।" भाट ख़ुश होकर बोला।

"अभी नहीं, आप उनको काग़ज़ पर लिखकर एकत्रित रखिए, मैं सूचना दूँगा, आपकी कविताओं की लाखों प्रतियाँ छपाकर देश की जनता में वितरित की जाएँगी।

इस समय निराला और माखनलाल चतुर्वेदी की कविताओं की नहीं, बल्कि आप जैसे क्रान्तिकारी कवियों की कविताओं की ज़रूरत है। आप अपना पता चाचाजी को दे दीजिए, समय आने पर हम आपको बुलवा लेंगे। क्रान्तिकारी जनता को आपका बनाया हुआ हलवा भी खिलाया जाएगा। इस समय हम लोग गाँव जा रहे हैं एक बड़े उद्देश्य से..."

हम लोग नरपति बाबू के नेतृत्व में गाँव के अन्दर जन सम्पर्क के लिए चले गए। सेठ के लड़के के पास मज़े का पैसा-वैसा था, हमने एक हलवाई की दुकान पर जो कुछ मिला, उसको ग्रहण किया जिसके बाद हलवा स्वाद की स्मृति काफ़ी हद तक दूर हुई। फिर मेरा एक सम्पन्न सहपाठी मिल गया, जो शहर में मेरे साथ हाईस्कूल में पढ़ता था और अब गाँव में रहकर ख़ूब ठाट से खेती करा रहा था।

"देखिए जनक्रान्ति होने वाली है, हम देश की जनता को जगाने के लिए घूम रहे हैं। आपके पास अंग्रेज़ी की कोई डिक्शनरी है?"

"हाँ-हाँ, चैम्बर्स की बहुत अच्छी है," सहपाठी ने सहर्ष कहा।

"तो दे दीजिए, बाद में आपको लौटा दी जाएगी, क्रान्तिकारियों को इसकी ज़रूरत पड़ेगी। क्या आगामी क्रान्ति में इतना सहयोग कर सकेंगे, यह एक महान कुर्बानी भी होगी।"

"हाँ, ठीक है, ले जाइए, मुझे तो अब ज़रूरत नहीं पड़ती, आगे पड़ेगी तो इससे अच्छी ख़रीद ली जाएगी।" सहपाठी ने गर्व से मेरी तरफ़ देखा।

"आप आज से हमारे भरोसे के साथी हैं, हम आपको बुलाएँगे। हाँ, इस बीच आप प्लेटो की रिपब्लिक ख़रीद कर ध्यान से पढ़ जाइए, आगे इसकी ज़रूरत पड़ेगी।"

डिक्शनरी काफ़ी पहले ख़रीदी गई थी, किन्तु ऐसा लगा कि अभी हाल में पुस्तक की किसी दुकान से लाई गई है, शायद ही उसका कभी इस्तेमाल हुआ हो। नरपति बाबू ने उसे सेठ के लड़के के हवाले करते हुए कहा, "इस बार प्लेटो की रिपब्लिक लाकर तुम भी इस डिक्शनरी की मदद से पढ़ डालो।"

इसके बाद हम उनके गाँव गए थे, जहाँ वह पुआल के बिस्तरे पर बैठकर एक पुराने साथी से संगीत तथा ग्रामीण रोमांस की बातें करते रहे। बीच-बीच में दूध-चिउड़ा खाने को ख़ूब मिला। दो दिन वहाँ बैठे-बैठे गपशप करते रहे, और तीसरे दिन वह चलने की तैयारी के साथ अपने सहपाठी से बोले, "तुम गाँव की जनता को शिक्षित किये रहना, तुम्हारी बहुत ज़रूरत है हम लोगों को। क्रान्ति के तुम सिपाही ही नहीं, एक महत्त्वपूर्ण नेता हो।"

हम लोग वापस चल पड़े। नरपति बाबू ने कहा था, "हम लोग काफ़ी प्रचार कर चुके हैं। देखा नहीं, लोग तैयार हैं। उस भाट की कविताओं को मामूली न समझना, वह मौक़े पर आग बरसा सकता है। तुम्हारा, सहपाठी है, हमारा साथी है, तुम्हारे चाचाजी हैं, ये सभी लाखों लोगों को इकट्ठे कर सकते हैं।"

शहर में लौटने के कुछ महीने बाद चुनाव हुए थे और जनता की भारी विजय हुई थी। नई सरकार बनाने पर नरपति बाबू किसी मंत्री के साथ लग गए थे। सेठ का लड़का भी एक छोटा-मोटा नेता बनने की तेज़ कोशिशों में लग गया। शेष हम पढ़ाई में व्यस्त हो गए क्योंकि नरपति बाबू हमसे दूर होते गए थे। हाँ, अब वह राजनीति में खुलकर आ गए थे, मंत्री के साथ-साथ वह भी ख़ूब भाषण देते अन्ततः उनसे मुलाक़ात भी मुश्किल हो गई।

भीतर से खटपट और खखारने की याद आने लगी तो मैं चौंका। मैं इस बीच कब उठकर कमरे में ही टहलने लगा था यह स्वयं मुझे ही नहीं पता लगा। उन बीती बातों को सोचते-सोचते मेरा माथा थक भी गया था। ख़ैर, वह आ गए थे, कुर्ता पायजामा में ही। उनके कपड़ों से पाउडर और सेंट की ख़ुशबू आ रही थी। इस बार मेरी दृष्टि उनके हाथों की उँगलियों की तरफ़ भी गई जिनमें महँगे नग वाली कीमती अंगूठियाँ जगमगा रही थीं।

वह सोफे पर मेरी बग़ल में ही बैठकर खेद प्रकट करते हुए बोले, "डियर, थोड़ी देर हो गई, क्या करूँ, पाइल्स की थोड़ी शिकायत हो गई है, टायलेट में कुछ देरी हो जाती है। दुनिया के सारे रोग मुझे हैं, हार्ट अटैक मुझे हो चुका है, गाल ब्लाडर का ऑपरेशन मेरा हो चुका है, नर्वसनेस मुझे है लेकिन मैं परवाह नहीं करता। शुरू से ही मैंने संघर्ष किया है तो क्या अभी डर जाऊँगा, मैं झुकना नहीं जानता। हाँ, साफ़ बताओ, थोड़ी चलेगी न।"

"अरे छोड़िए, तकल्लुफ़ करने की ज़रूरत क्या है, हम तो कुछ गपशप करने आए हैं, पत्रकार हूँ, कोई स्टोरी आपसे मिल जाए। हाँ, यह बताइए यह आलीशान बँगला कब से...कुछ अपने बारे में तो बताइए...।"

"सब कुछ बताऊँगा लेकिन बँगला-बँगला की बात मैं किसी से नहीं करता। मेरा तो कुछ नहीं है, पहले की तरह वीतरागी हूँ। मेरा कुछ नहीं है, सब बीवी साहब का है, किसी हैसियत वाले की लड़की हैं, अपार सम्पत्ति है, हुआ करे, मैं इसकी परवाह नहीं करता। मुझ पर आशिक हो गई थीं, पीछे पड़ गईं, ज़हर खाने लगीं तो मैंने कहा, "चलो ठीक है, तुम्हारी ही सही, मेरा क्या? याद है न 'तुम मेरी अभिलाषा' और 'तुम मेरे उन्माद'।"

वह हँसे लेकिन अब वह बात कहाँ? आवाज़ दो-तीन बार निकली और शरीर के साथ फूले गाल भी तीन-चार बार हिले। मैं आँखें फाड़कर उन्हें देख रहा था।

वह जोश में कह रहे थे, "मैं सब कुछ बताऊँगा। ख़ूब होंगी बातें। हैं दो लड़के, बीवी ने कुछ कारोबार फैला रखे हैं, हुकूमत में भी रसूख़ है, वे ही दोनों वह सब देखते हैं। उन्हीं के कहने में हैं। मैं तो एक पत्ती नहीं खिसकाता। लेकिन उनको यानी लोगों को, सत्ताधारियों को सबको जानना चाहिए कि मैंने—अपने इसे देश के लिए जनतंत्र की रक्षा के लिए जो कुछ किया है। उसके लिए इस देश को

हमार एहसानमन्द होना चाहिए। याद है न हमने उस शहर में और समूचे देश में कितने क्रान्तिकारी परचे चिपकाए थे, जिससे देश की जनता तन कर खड़ी हो गई थी। मैं आज भी चुपचाप देख रहा हूँ। चीज़ें बिगड़ रही हैं लेकिन तुम्हीं बताओ, मैं आप इसे कैसे बरदाश्त कर सकते हैं, कब तक? आज तो वैसी ही जनक्रान्ति की ज़रूरत है, जो मेरे आपके प्रयास से हमारी कुर्बानियों से सफल हुई थी। वे क्रान्तिकारी पर्चे, वह जोश, सब कुछ, वह आपातकाल, लोकनायक, प्लेटो की रिपब्लिक, वह ख़ूनी क्रान्ति, सबकी आज ज़रूरत है।"

वह दो गिलासों में शराब ढारकर रुके तथा तमतमाए आवेश में उन दिनों दिये गए अपने क़रीब एक हज़ार भाषणों, कुछ महत्त्वपूर्ण मीटिंगों का विस्तृत ब्योरा देने लगे कि उन्होंने वास्तव में क्या कहा था, कौन-कौन से क्रान्तिकारी ओजस्वी शब्द थे उनके, कितनी बार तालियाँ गड़गड़ाई थीं।

वह गिलासों में सोडा डालने लगे ओर मैं उन्हें आतंक, अचम्भे और किंचित आनन्द के मिश्रित भाव से देख रहा था।

यह दुनिया है

विद्याशरण कोई जवाब न देकर चुपचाप छत पर चला गया। उसकी पत्नी अस्पताल से आकर स्वास्थ्य-लाभ कर रही है तो उदास होने का कारण भी क्या हो सकता है? बीमारी के दौरान की वह परेशानी...डर और आतंक अब है भी कहाँ?

वह टहलने लगा अपने मकान की छोटी सी छत पर। शाम का वक़्त, धूप साथ छोड़कर सामने विशाल नीम वृक्ष की पुलुई को स्पर्श करती हुई लुप्त हो गई थी। सर्दी के बाद, मौसम और हवा में सुहावना बदलाव। फिर भी कहीं कुछ खल रहा है, इस ख़याल के साथ कि यह उचित नहीं है।

कुछ देर बाद वह दवा देने के लिए जब नीचे गया तो काफ़ी गम्भीर बना रहा। उसने अपनी दृष्टि भी यथासम्भव नीचे ही रखी, यद्यपि न चाहते हुए भी यह तो पता लग ही रहा था कि वह उसे लगातार देख रही है।

"आपने दिन-रात एक कर दिया, मुझे अब ताकत भी आ गई है, अब मैं धीरे-धीरे सब कुछ कर सकती हूँ आप इतने घूमने-फिरने वाले, क्यों नहीं कुछ देर के लिए टहल आते, जी-मन बहल जाएगा।"

"मैं तो तुमसे काफ़ी डरता हूँ, काफ़ी लापरवाह भी तो हो तुम, लौट कर देखता हूँ कि दवाई अलमारी के एक कोने में पड़ी है और समय बीत चुका है...विद्याशरण झुंझला उठा, जो बात को दूसरी तरफ़ मोड़ने का प्रयास ही कहा जाएगा।

"नाराज़ न होइए, मैं तो आपके लिए ही कह रही हूँ। पुरुषों की घूमने-टहलने की आदत होती है, उसमें कमी करने की ज़रूरत ही क्या है? आप तो उसके ख़ास शौकीन हैं, जिस दिन आप अपने दोस्तों से नहीं मिल लेते थे, आपको चैन ही नहीं आता था। मैं तो कारण ही पूछ रही हूँ कि क्यों नहीं जा रहे हैं आप?"

"अजीब सवाल है, जब कोई कारण ही नहीं तो मैं क्या बताऊँ? फ़ालतू बात।" उसके होंठ एक असफल हँसी से अनोखे ढंग से टेढ़े हो गए।

"अच्छा, जाने दीजिए, जब इच्छा तभी बताइएगा। अब हर चिन्ता को छोड़कर ठीक से खाइए-पीजिए और ख़ूब आराम कीजिए।"

कुछ जवाब न देकर विद्याशरण दूसरे कमरे में चला गया। शाम का धुँधलका गाढ़ा ही होने लगा था। बत्ती जलाकर वह कुर्सी पर बैठ गया और मेज़ पर रखा

दैनिक पत्र उठाकर फिर पढ़ने की कोशिश करने लगा। लेकिन तबीयत लगी नहीं और मन बीती घटनाओं के चक्कर लगाने लगा। यही कि किस तरह विनीता पर आर्थराइटिस का पुनः भयंकर दौरा पड़ा, और अन्ततः अस्पताल में दाख़िल करना पड़ा। और वहाँ भी एक विशेषज्ञ डॉक्टर की लापरवाही तथा अतिविश्वास ने ऐसी गोलियाँ दिलवा दीं कि मरीज़ को ख़ून की उल्टी और दस्त होने लगे और वह मरते-मरते बची।

वह बैठा रहा, जब उसका दिमाग़ थक नहीं गया। मौसम बदल जाने से मच्छर फिर आ गए थे। वह उठकर बाहर चला गया और टहलने लगा।

रात के भोजन के बाद विनीता ने फिर टोका, "मैं जानती हूँ, आप क्यों नहीं जा रहे हैं..."

"क्या मतलब? आजकल तुम्हें यही बात सुझ रही है?" विद्याशरण ने अचम्भे से अपनी पत्नी को देखा था।

"नहीं, मुझे चिन्ता हो गई है। अस्पताल में भी मुझे लगा था। आप कोई आहट आने पर फ़ौरन दरवाज़े पर जाकर बाहर झाँकते थे। यहाँ भी यही देखती हूँ...।"

"क्या देखती हो?" उसने तरेरती आँखों से उसे देखा था।

"छोड़िए इन बातों को। मैं तो चाहती हूँ कि आप पहले की तरह फिर रहना, बोलना-बतियाना और बाहर निकलना शुरू कर दीजिए। मेरी वजह से अपना रूटीन न बिगाड़िए। अब मुझे कुछ नहीं है और आगे भी नहीं होगा।"

"तुम ग़लत सोच रही हो। मुझे ख़ुशी है कि तुम अच्छी हो रही हो, निश्चिन्त हो गया हूँ। बस, समय की बात है, तुम जल्दी ही देखोगी कि मैं नियमित रूप से मटरगश्ती करने लगा हूँ।" वह हँस पड़ा, जैसे उसकी बात में कोई कृत्रिमता नहीं हो।

"मैं कारण जानती हूँ, आप प्रतीक्षा कर रहे हैं..." अचानक विनीता ने खोजी आँखों से अपने पति को देखा।

"कैसा कारण? कैसी प्रतीक्षा?" उसकी आवाज़ से ऐसा लगा, गोया लालटेन की रोशनी अचानक भभक गई हो।

"बुरा न मानिएगा..."

"अरे, मैं कौन ग़लत काम कर रहा हूँ, जिसे तुम बता दोगी तो मैं बुरा मान जाऊँगा।"

"मैं जानती हूँ आप अपने मित्रों को प्यार करते हैं। उनकी पत्नी बीमार थीं तो शाम सवेरे जाकर उनके साथ बने रहते थे घंटों। स्वयं अपनी पहचान का दूसरा योग्य डॉक्टर ले गए थे, जिसके निदान पर वह स्वस्थ..."

"तुम मुझे छोटा बनाने पर तुल गई हो..." वह रुआँसा हो गया।

"इसीलिए मैं कोई बात नहीं कहना चाहती—आपसे। आप पूरी बात कहने नहीं देते। मैं तो यह सोचकर चिन्तित हूँ कि क्या आप इसलिए तो घूमने टहलने नहीं जाते

कि भीतर से आपकी तबीयत ठीक नहीं है? आप कुछ साफ़ बताते भी तो नहीं। फिर ऐसी बात है तो किसी डॉक्टर को दिखाइए, दवा लीजिए...।"

"अब तबीयत की बात लेकर बैठ गई?" वह धीमे स्वर में बोला।"

फिर क्या करूँ? कोई बात ही न करूँ?"

"नहीं भाई, यह मैं कहाँ कह रहा हूँ? मेरा मतलब है कि जो कुछ कहना हो, साफ़-साफ़ कहो, घुमा-फिरा कर पंचायत वाली बात नहीं..।" वह हँसने लगा।

"मैं आपसे पंचायत क्या करूँगी? आपने मेरी बीमारी में जो कुछ किया है, वह कोई नहीं कर सकता लेकिन मैं दुनिया की ज़बान तो नहीं रोक लूँगी..।"

"क्या कहते हैं दुनिया वाले? बताओ साफ़-साफ़ कि कौन है, मैं चलकर पूछूँगा, ऐसा जवाब दूँगा कि..." वह विनीता को फिर ग़ुस्से में देखने लगा।

"मैं मर रही थी, आप बेहद परेशान थे। जिसने सुना दौड़ा आया। सारा मुहल्ला खड़ा हो गया, मामूली लोग। दूर-दूर के लोग, जिनसे हमारी कोई मुलाक़ात नहीं लेकिन...।"

विद्याशरण चुपचाप पत्नी को घूरता रहा, फिर हाथ जोड़कर धीमे स्वर में बोला "देखो, मैं प्रार्थना करता हूँ, हमारी दोस्ती को लांछित न करो...।"

"मैंने तो कुछ कहा भी नहीं..।" विनीता ने डरी-डरी आँखों से अपने पति को देखा।

"तुम्हें मालूम होना चाहिए कि हमारी दोस्ती पवित्र है और किसी बड़े उद्‌देश्य के लिए है...।" वह गर्दन उठाकर एक नाटकीय आवाज़ में बोला।

"अरे.. अरे..।"

"हाँ, तुम अच्छी तरह सुन लो, यह दोस्ती समाज में सम्पूर्ण बदलाव के संकल्प से जुड़ी है। यह ऐसी छोटी-छोटी बातों में वक़्त जाया करने और दूसरों को दिखाने के लिए नहीं है...।"

"ये छोटी-छोटी बाते हैं! फिर बड़ी क्या है?" विनीता के चेहरे पर अत्यन्त क्षीण सी तमतमाहट दौड़ गई।

"हाँ एक महान उद्‌देश्य और संकल्प के सामने ये छोटी तो हैं ही, एकदम तुच्छ, तुच्छतम।" उसका चेहरा सिकुड़ गया।

"ठीक है, मानती हूँ। ऐसी दोस्ती को अच्छा भी समझती हूँ। फिर यह तो ज़रूर है कि आपके ख़ुद के व्यवहार में कोई ऐसी कमी ज़रूर है कि एक घनिष्ठ मित्र के घोर संकट में कोई...।"

"क्या कह रही हो?" विद्याशरण में डर कर देखते हुए फुसफुसाई आवाज़ में कहा।

"मुझे तो केवल यही कारण समझ में आता है..."

विद्याशरण सिर झुकाकर सोचने लगा। फिर धीमे स्वर में बोला, "ठीक नहीं जानता।

शायद कमज़ोरियाँ हैं मेरे अन्दर। एक तो यही कि मैं हर बैठक में एकदम ठीक समय पर पहुँच जाता हूँ, न एक मिनट देरी से और न एक मिनट पहले। देर से पहुँचने वाले मेरे मित्र मुझे पहले ही से बैठा देखकर माथा ठोक कर व्यंग्य से मुस्कराते हैं।"

विनीता ने खिलखिलाकर हँसने की कोशिश की, किन्तु कमज़ोरी की वजह से उसमें पूरी तरह सफल नहीं हो सकी। फिर गम्भीर होकर बोली, "आप भी ख़ूब मज़ाक़ करते हैं। कोई और बात होगी।"

उसने कुछ सोचते हुए कहा, "मैं तो अक्सर सुनना पसन्द करता हूँ, कम बोलता हूँ। हम सभी बातों या कार्यक्रम में गम्भीर रहते हैं, उसका आनन्द उठाते हैं। हाँ, कभी-कभी बातें पटरी से उतर जाती हैं या भटक भी जाती हैं..."

"कैसे? कौन-कौन सी बात?"

"अरे, विस्तार की बात छोड़ो...हाँ जैसे किसी की निन्दा होने लगी, चरित्र हनन जैसी चीज़ों में रस लिया जाने लगा...तो...तो अगर मुझे अच्छा नहीं लगता तो टोक देता हूँ, कभी-कभी विरोध भी कर दिया...।"

"यह भी कोई ख़ास बात नहीं। बातें होने लगती हैं तो हर तरह की बातें होती हैं, कोई कुछ कहता है, कोई कुछ..."

"हाँ, इसमें भी कोई ऐसी बात नहीं, लेकिन जब तुमने कहा तो मैं अपने हर व्यवहार शंका संशय से देख रहा हूँ। जैसे...देखो, मैं ऐसे लोगों से मिलता-जुलता हूँ जिनको शायद मेरे मित्र महत्त्वहीन समझते हों। सामान्य लोग हैं वो, मुझसे उम्र में कई बहुत छोटे हैं, एकदम नौजवान हैं लेकिन जब वे मेरे घर आते हैं तो मैं जाता हूँ उनके यहाँ..."

"इसमें क्या है? क्या वे विरोधी हैं आपके...आप लोगों के..." विनीता के चेहरे पर उत्सुकता का भाव था।

"अरे नहीं, आम लोगों जैसे हैं, क्रान्तिकारी विचार क्या, किसी ख़ास विचार के चक्कर में भी नहीं है। सुरुचि सम्पन्न तो ज़रूर हैं लेकिन पढ़-लिखकर नौकरी के चक्कर में हैं, सबके पास जाते हैं, कहना चाहिए हर उस विचार से बचते हैं जिससे नुकसान हो जाए। सबसे मीठा, मीठा..."

वह हँसने लगा। विनीता आश्चर्य से देखने लगी, "आप पुरुषों की बात भी अनोखी होती है..."

"वे नौजवान अब दिल्ली चले गए हैं। तुम्हारी बीमारी के पहले जब मैं दिल्ली गया था तो कुछ समय निकालकर उनसे भी मिलने फरीदाबाद चला गया था। वापस आकर दिल्ली का अनुभव सुनाते समय इस मुलाक़ात की बात भी बतायी तो मित्रों ने मज़ाक़ भी उड़ाया, जब चूहा पहाड़ से मिलने आता है तो पहाड़ चूहे से मिलने क्यों नहीं जाए?" शायद मित्र सोचते हैं कि ऐरे गैरे सबसे मिलने से उद्देश्य की गम्भीरता नष्ट होती है। प्रतिष्ठा भी कम होती है।"

"मैं समझ गई, वे लड़के..."

"हाँ-हाँ, वे ही, तुम जानती हो उनको। अब यही देखो, पिछली बार मकबूल आए थे... तुम्हारे भाई ने ही अपने उस दोस्त को हमारे यहाँ भेजा था यह कहकर कि 'जब सगी बहन है तो होटल में रुकने की ज़रूरत क्या है? 'कितनी अच्छी शायरी और गला भी कितना मीठा। घूमने-फिरने, बातचीत के शौकीन और मिलनसार। उनको मैं अपने मित्रों के पास भी ले गया था..."

वह चुप होकर अपनी पत्नी को देखने लगा। विनीता ने उत्साह से कहा, "हाँ-हाँ, बताइए, मेरा बनाया कोफ्ता उन्हें बहुत पसन्द आया था।"

"मकबूल तो मज़ाक़िया, दोस्ताना ढंग से बात करते रहे, अपनी ही तबीयत से कुछ ग़ज़लें भी सुनाई, और वे ख़ूब गम्भीर होकर और तिरछी दृष्टि से देखते, मौन ही रहे, प्रशंसा या निन्दा का एक भी शब्द मुँह से नहीं निकला। ऐसा भी क्या व्यवहार जब आप समाज का उत्थान करना चाहते हैं, तो समाज के आम लोगों से कैसे कट कर रह सकते हैं? यह भी मेरी ग़लती हो सकती है, मकबूल को वहाँ...।" विद्याशरण की आवाज़ रुक गई, नींद की एक झपकी के कारण।

"देखिए, आपने जो कुछ बताया है, उसमें ऐसा कुछ है ही नहीं कि कोई इस हद तक नाराज़ हो जाए! यह दुनिया है, बहुत सी ऐसी बातें हो जाया करती हैं। होगा कोई कारण या कुछ भी न होगा। ऐसी बातों से रिश्ते थोड़े ही टूट जाएँगे... बड़े काम थोड़े ही रुक जाएँगे? आप कल से ज़रूर बाहर जाइए, और सबसे पहले की तरह मिलिए-जुलिए..."

पता नहीं कितनी बातें विद्याशरण ने सुनी क्योंकि नींद की गिरफ़्त में उसका सिर लटक गया था।

हार

सदा ग़ुस्से में क्यों रहते हैं बृजबिहारी बाबू? वैसे भी, किसी गम में घुलना-पचना उनके स्वभाव में नहीं है, इस प्रकार की स्थिति यदि कभी आ भी जाती है तो कुछ देर की गम्भीरता के बाद विस्फोट अवश्यम्भावी! चेहरा भी ईश्वर ने ऐसा बनाया है कि सामान्य अवस्था में भी लगता है कि अत्यधिक क्रोध में हैं, गोलाकार, गोरा मुख, गोल नाक के नथुने भी क्षण-क्षण फूल जाने वाले और किंचित मोटे होंठ परेड करने वाले सैनिक की तरह अतिशय जोश और विश्वास के साथ परस्पर जमे हुए और जब सचमुच क्रोध आ ही जाता तो उनके मुखड़े के समस्त चिह्न ग़ायब हो जाते ओर सामने जेठ मास का एक लाल, दहकता सूरज आग उगलने लगता।

"भाई साहब हमेशा ग़ुस्से में क्यों रहते हैं?" एक दिन पड़ोसन ने सामान्य जिज्ञासा भाव से पूछा तो बृजबिहारी बाबू की पत्नी शीला देवी ने चिन्ताग्रस्त ललाट नीचे झुकाकर इंगित किया था—"बहन, जब घर में जवान बेटी बैठी हो तो कौन शान्ति से रह सकता है।"

अंकिता पाँचवी लड़की है जो अपनी माँ पर गई है। लम्बी, सुन्दर और एम.ए. तक शिक्षित। लड़के की आशा में लगातार पैदा हुई पाँच में से चार लड़कियों की शादी में दिक़्क़तें आईं और बवाल हुए। उनका कारण सहित विवरण पेश करने के लिए कई पृष्ठ चाहिए। संक्षेप में, यह बताना पर्याप्त है कि प्रारम्भिक विवाह-वार्ता में ही झूठ, पाखंड, खोखले शान-प्रदर्शन और गैर-क़ानूनी व्यावसायिकता के लक्षण मिलने पर भिड़ जाते बृजबिहारी बाबू। तब लानत, मलामत, फटकार, वह भी अंग्रेज़ी में! फिर तो बनता काम भी बिगड़ जाता।

एक दिन बृजबिहारी बाबू के अत्यन्त वृद्ध पिता ने धीमे स्वर में सुझाव दिया, "भैया, मैं जानता हूँ तुम्हारा दिल पाक-साफ़ है, तुम झूठ और अन्याय बरदाश्त नहीं कर पाते, मगर यह तो कलियुग है, लोग अन्दर से काले और लालची हो गए हैं, तुम आइन्दे शादी की बातचीत को अपने से अलग रखो...तुम्हारे कई प्रतिष्ठित रिश्तेदार हैं, ज़रूरत पड़ने पर मैं भी जा सकता हूँ।"

कुछ लोग मज़ाक़ में कहते हैं कि भले ही बृजबिहारी राजनीति में न हों लेकिन जीवन के रंगमंच पर वह सदा विपक्ष में ही रहेंगे और यदि विपक्ष को कभी सिंहासन

मिल भी गया तो वह उसके भी विपक्ष में चले जाएँगे। इस तरह की प्रवृत्ति तो बहुत पहले ही देखने में आई थी, जब बृजबिहारी बाबू एक अठारह वर्षीय इंटरमीडिएट छात्र के रूप में एक दिन सायं चार बजे कॉलेज से घर लौट रहे थे। स्टेशन के सामने चौराहे पर एक मोटा-तगड़ा, मुच्छैल, दबंग व्यक्ति, पता नहीं कब से एक बेहद दुबले-पतले, हड्डीदार और बीमारिया क़िस्म के अधेड़ रिक्शावाले को गन्दी गन्दी गालियाँ देता हुआ पीट रहा था।

माघ का महीना, उस रिक्शावाले की देह पर एक गन्दी लुंगी और वैसी ही फटी क़मीज़! वह ज़मीन पर गिरा हुआ, रो-चिल्लाकर कुछ कह रहा था और कई लोग कुछ दूरी पर एकत्रित होकर, सहास्य कौतुक भाव से यह कृत्य देख रहे थे। यह संयोग है कि नौजवान बृजबिहारी बाबू ठीक उसी समय उधर से गुज़र रहे थे। दबंग ने उनकी तरफ़ देखा और सामान्य आदत के अनुसार उनकी भी नज़र उसकी ओर चली गई। फिर तो पता नहीं क्या हो गया कि तेज़ी से बढ़ते हुए उनके क़दम रुक गए और देखते ही देखते उनके चेहरे के सभी चिह्न लुप्त हो गए तथा दबंग के सामने एक गोल, लाल सूरज दहकने लगा।

"क्यों मारा तुमने उसे? क्यों मारा? अपना पता बताओ, मैं तुम्हें जेल भेजवाऊँगा..." बृजबिहारी बाबू काँप रहे थे, फिर तो उसे अंग्रेज़ी में फटकारने लगे, जिससे सहमकर और अलग छिटककर वह बोला, "भैया, आप जाइए, अपना काम कीजिए, यह हमारा आपस का मामला है। दो साल पहले इसने पचास रुपये उधार लिए थे, मैंने कई बार प्रेम से कहा—भइया जान मोहम्मद, मैं सूद नहीं लूँगा, बस मूल दे दो हमारा। यह बड़ा चालबाज़ है, वादा करके धोखा दे देता है..."

"तो तुम मारोगे? तुम्हारी यह हिम्मत? तुम अपने को क्या समझते हो, तुम कोई यहाँ के गवर्नर हो? शर्म नहीं आती तुम्हें कमज़ोर पर हाथ उठाते? नहीं, तुम अपना नाम-पता बताओ..."

"तो मेरा पैसा दिला दीजिए..."

"चले जाओ यहाँ से, तुम्हारा पैसा कल तुम्हारे घर पहुँच जाएगा..."

बृजबिहारी बाबू उस ग़रीब देहाती रिक्शावाले को अपने घर ले गए। उसे इज़्ज़त से कुर्सी पर बिठाया, हाथ-पैर धुलाए, चाय के साथ नाश्ता कराया, अपना धुला हुआ पायजामा-कुर्ता पहनने को दिया अधबँही स्वेटर के साथ और जाते समय दबंग का क़र्ज़ा पाटने के लिए पचास रुपये भी।

आगे ऐसी प्रवृत्ति का विकसित रूप दिखाई देने लगा, जब उन्होंने दो नौकरियों से इस्तीफ़ा देने तथा दो अन्य से निष्कासित किये जाने के बाद वकालत-निवृत्त पिता की गद्दी सँभाल ली। नौकरियों के दौरान कुछ भी नहीं बचा पाए और वकालत में बेहतर हालत होने पर भी कुछ विशेष नहीं हो सका। उम्र के साथ ख़ानदान में वृद्धि लड़कियों के रूप में और सबको पढ़ा लिखाकर योग्य और स्वावलम्बी बनाना।

मेहनत करते-करते चेहरा छुहारा होकर हास्यप्रद बन गया, सिर के बाल कपास होकर झड़ने लगे, मगर गर्दन पहले की तरह तनी अकड़ी और होंठ सदा की तरह आपस में जुड़े।

हर लड़की की शादी एक युद्ध! और वह अभी तक लड़के वालों की स्वार्थपरता और लोलुपता के विरुद्ध लाखों विषैले शब्दबाण छोड़ चुके थे। अंकिता को भी तीन जगह दिखाया गया था, अफ़सोस यही कि उन्हें विवाह वार्ता से दूर रखा गया था, अन्यथा हेकड़ी और झूठी शान का मज़ा अन्य कईयों को अब तक चखा चुके होते बृजबिहारी बाबू।

वकालत के क्षेत्र में भी विपक्ष की ही भूमिका प्रिय है बृजबिहारी बाबू को! परिणामस्वरूप, अपने दो साल सीनियर एक वकील का विरोधी होने का श्रेय भी मिलने लगा है उन्हें। निर्मल बाबू सरकारी वकील हैं और उनकी सबसे अच्छी चलती है। राजनीति में तो हैं ही वह, जिले-शहर की मुक़दमेबाज़ी-प्रेमी जनता पर भी उनकी अच्छी धाक है। इसके अलावा अन्य कई गुण भी उल्लेखनीय हैं निर्मल बाबू के। एक तो यही कि कचहरी में एक कमरे से निकलकर दूसरे कमरे में भागते हुए जाना। उनकी दूसरी विशेषता है चुनिन्दा उर्दू शब्दों का धड़ल्ले से प्रयोग करना और बार रूम में सिगरेट पीकर धुआँ के छल्ले निर्मित करते हुए मौन दर्शनीय भाव से मन्द-मन्द मुस्कराना।

ऐसी सद्गुणी भंगिमाओं के मामले में शेष वकीलों की प्रतिभा भी धूमिल ही है। अत्यन्त छोटे अवसरों पर भी अत्यन्त प्रभावशाली व्यक्तियों और हाकिमों को बड़ी-बड़ी दावतें देने जैसी कई मामूली बातें भी हैं जिनका यहाँ उल्लेख करना बहुत ज़रूरी नहीं है।

बृजबिहारी बाबू के पास निजी विशेषताएँ तो थीं ही, इसलिए यह सहज स्वाभाविक है कि वह निर्मल बाबू के कथित गुणों को पाखंड के रूप में शीघ्र चिह्नित करके उनका नियमित रूप से विरोध करने लगते। धीरे-धीरे स्थितियाँ इस तरह विकसित हुई कि फ़ुरसत के क्षणें में बार-रूम मे माननीय वकीलों को कुछ दिलचस्प बहसें और बृजबिहारी बाबू के विस्फोटक विचार सुनने का सौभाग्य प्राप्त होने लगा।

निर्मल बाबू सुवक्ता, क़ानूनी, दाँवपेंची, यहाँ तक की बुद्धिमान और सहृदय भी कहे जाएँगे। वह अपनी प्रतिभा तथा सदगुणों के प्रति प्रेमपूर्वक सजग और आश्वस्त भी हैं। वह तो पहले बृजबिहारी बाबू के विध्वंसक तर्कों को मन्द-मन्द मुस्कराते हुए चुपचाप सुनते थे और अन्त में कोई दार्शनिक-सी व्यंग्यात्मक बात कहके उठ जाते थे, जैसे नहला पर दहला लगा दिया हो। किन्तु बृजबिहारी बाबू ने अपनी हिन्दी-अंग्रेज़ी मिश्रित बहसों से ऐसा घेराव किया कि निर्मल बाबू निरुत्तर से होते गए और अन्ततः अपने अन्दर यह महसूस भी करने लगे कि एक कमरे से दूसरे कमरे में भागना उनकी प्रतिभा और प्रभाव का परिचायक नहीं,

बल्कि वस्तुतः एक पलायनवादी अक्षमता को क़ानूनी गुण के रूप में प्रदर्शित करने का पाखंड है। सबसे आश्चर्य की बात यह है कि कुछ समय बाद उनका कचहरी में भागना-भूगना ही बन्द हो गया।

सिगरेट सम्बन्धी उनकी बहसें भी कचहरी के इतिहास में अविस्मरणीय हैं, जो ख़ूब लम्बी चलीं और अन्ततः नशाबन्दी पर एक अत्यन्त महत्त्वपूर्ण वाद-विवाद प्रतियोगिता का रूप धारण करने लगी। इस विषय पर भी बृजबिहारी बाबू की ही विजय हुई, जब उन्होंने कहा कि नशा को निन्दनीय बताकर नशा की छूट देना कहाँ की अक्लमन्दी है; जबकि इससे सबसे अधिक नुकसान ग़रीबों का ही होता है। इससे अच्छा तो यह क़ानून बना देना कि नशा करना सबके लिए अनिवार्य है। इस तर्क का ऐसा ज़बरदस्त असर हुआ कि निर्मल बाबू ने धुएँ के छल्लों का निर्माण तो फ़ौरन ही बन्द कर दिया और सिगरेट पीना भी बहुत कम होता गया और लगभग ख़त्म ही हो गया।

ग़लत चेहरे और बिगड़े दिमाग़ का प्रतिभाहीन वकील समझने का नतीजा अब निर्मल बाबू को भुगतना पड़ रहा है, क्योंकि ग़लत, क्रोधी चेहरे वाले बृजबिहारी बाबू के मुँह से ऐसी तर्कपूर्ण बातें निकलती थीं, जो सच थीं और सच के सिवाय और कुछ नहीं थीं, वस्तुतः निर्मल बाबू घिरते गए और इस तरह घिर गए कि मन ही मन अपने को पाखंडी और बृजबिहारी को सच्चा-पाक समझने के अलावा कोई दूसरा रास्ता ही न बचा।

संसार की सभी समस्याओं पर जब बहसें हुईं तो स्पष्ट है कि शादी-ब्याह, दहेज आदि विषय भी अछूता नहीं रहा। निर्मल बाबू ने यह कहकर सच्चाई का पक्ष लिया कि दहेज प्रथा का कड़ाई से उन्मूलन कर दिया जाना चाहिए। परन्तु, बृजबिहारी बाबू ने माने-मतलब से स्पष्ट कर दिया कि यह भी निर्मल बाबू का पाखंड भरा कथन है क्योंकि जब वह अपने इकलौते लड़के की शादी करेंगे तो चुपके से लाखों रुपये दहेज में लेंगे ही, अपनी शान-शौकत दिखाने के लिए स्वयं लाखों रुपये ख़र्च करेंगे।

यहाँ भी निर्मल बाबू इस तरह घिर गए कि बृजबिहारी बाबू को अपनी बड़ी-बड़ी ख़ाली आँखों से देखते हुए कुछ सोचने लगे। कुछ देर बाद उनके मुख से आवाज़ फूटी, "मैंने आपकी लड़की देखी है। आपने भी मेरा लड़का देखा ही है जो इस समय फ़ौज में कप्तान है। मेरी इच्छा है कि आपकी पुत्री से मेरे पुत्र का विवाह हो जाए। कोई ऐतराज है?"

"अब छोड़िए...इस तरह की पाखंड भरी बात सुनने का मैं आदी नहीं हूँ।"

"यह पाखंड नहीं है, मेरे इस प्रस्ताव में सच्चाई है, सौ फीसदी सच्चाई। हाँ, शादी में मेरी एक शर्त माननी पड़ेगी, कोई लेन-देन, शान-शौकत का प्रदर्शन नहीं, बस हम सिर्फ़ दस व्यक्तियों की बारात ले जाएँगे। वहाँ सिर्फ़ शादी को छोड़ और

कोई रस्म नहीं होगी और आप बारातियों को सिर्फ़ एक-एक कप-हाँ, और कुछ भी नहीं, सिर्फ़ एक-एक कप चाय पिलाकर विदा करेंगे। यहाँ इतने लोग हैं, सबके सामने बता दीजिए, इस शर्त पर विवाह का यह प्रस्ताव आपको मंजूर है कि नहीं?"

शादी तय हो गई लेकिन रिश्तेदारों तथा महिलाओं क ज़ोर देने पर कुछ मिठाई और खाने-पीने और दूल्हा-दुल्हिन को देने का इन्तज़ाम तो किया गया। परन्तु यह सब देखकर निर्मल बाबू गम्भीर हो गए। उन्होंने बृजबिहारी बाबू को घेर लिया—"वकील, शर्त याद कीजिए, नहीं पालन होगा तो बारात लौट जाएगी।"

"वकील साहब, यह तो कुछ भी नहीं है, आख़िरी लड़की है, हमारा भी तो कुछ हौसला है।" बृजबिहारी बाबू की आँखें डबडबा गईं।

लेकिन निर्मल बाबू अब हारने को तैयार नहीं थे बृजबिहारी बाबू से। अब चेहरे का क्या करें कि भरी आँखों के बावजूद लग रहा था कि वह क्रोध में हैं।

ठंड और ऊष्मा

क्या गोपाल का ख़याल इस मौसम के समान दुखदायी नहीं है? लेकिन गुस्सा तो नन्दू के लिए होना चाहिए, उसे अपने ऊपर क्यों उतार रहा है? कक्षा में भी उसकी तबीयत नहीं लगी थी और वहाँ से छूटने पर वह सीधे घर न जाकर सड़कों का चक्कर लगाने लगा, यहाँ से दो बार गुज़रा। कटकटाती सर्दी की एक रात धुंध में लिपटी, आँख-नाक से पानी बहाती और गले के अन्दर काँटे उगाती।

सुबह मंडी जाते समय गोपाल ने माँ को स्मरण कराया था कि बहनों के काम का पैसा आज मिलेगा और दोपहर से भोजन के बाद भी वह माँ को पटाने में लगा रहा। सुगनी देवी लड़कियों के पैसों पर अपना जितना अधिकार समझती हैं, उतना बड़े लड़के नन्दू के कमाये पैसों पर नहीं। जब आज उसका हाथ ख़ाली नहीं है तो उसकी उदारता भी छलक रही है। तब गोपाल पर उसे बड़ी दया आती है। कभी कुछ नहीं माँगता और उन दो रुपयों पर सब्र बाँधे रहता है, जो साइकिल में हवा भराने के लिए वह उसे रोज़ देती है। क्या माँ होकर यह नहीं जानती कि उसका भी जी-मन है? वह प्यार भरी दृष्टि से गोपाल को देख भुल-भुल हँसती है और खूँट से 20 रुपये का नोट निकालकर देती है फुसफुसाए स्वर में मटकी मारती हुई कहती है, "चुपके से रख लो..."

वह डर कर दरवाज़े की तरफ़ देखती है, किन्तु सचमुच बड़ा लड़का नन्द किशोर यानी नन्दू ही आ रहा था। वह दूर से ही पूछता है, "क्या दे रही हो चुपके से अम्मा?"

"अरे कुछ नहीं...वही रोज़ वाला...पढ़ने जा रहे हैं न गोपाल..." सुगनी ने कहा।

"अभी तो समय नहीं हुआ है," यह कहते हुए नन्दू पास पहुँच गया। गोपाल का चेहरा फक पड़ गया था। वह बीस का नोट अपनी जेब में नहीं रख पाया था, तभी नन्दू ने तेज़ी से झुककर उसकी बन्द मुट्ठी ज़बरदस्ती खोल कर नोट ले लिया। फिर ग़ुस्से से भड़क कर बोला, "मुझसे छिपाकर रुपये दिये जा रहे हैं? मैं ख़ून-पसीना एक करके कमाऊँ और उसको तुम लुटाओ अपने लाडले पर।"

"कैसे कठकरेजी होते जा रहे हो तुम नन्दू? मेरे लिए तो तुम दोनों ही लाडला हो। यह लड़का तो एक पैसा माँगता भी नहीं।"

"तुम्हीं तो सब बिगाड़ रही हो। तुम क्या जानती हो, यह पढ़ने जाता है? तुम्हारा लाड़ला गुलछर्रे उड़ा रहा है। मैंने तो इसके बारे में बोलना बन्द कर दिया था, मगर अब बर्दाश्त नहीं कर सकता। यह तो संयोग है कि पास से गुज़र रहा था कि प्यास लग गई और ठेला बाहर खड़ा करके अन्दर चला आया। अब मैं नहीं जाऊँगा चिल्ला-चिल्ला कर फेरी लगाने। आज मैं चलूँगा इसके साथ और देखूँगा कि कहाँ जाता है।"

नन्दू गरजने-तड़पने के साथ छोटे भाई की बाँहें पकड़कर उठाने लगा था। गोपाल का चेहरा तमतमा गया और वह बोला, "बाँह छोड़ दो भाई। मैं चलता हूँ दूसरों की तरह घूमने का शौक नहीं है मुझे।"

"तुम मुझ पर ताना मार रहे हो? मेरी तरह मेहनत करो तो यह हुलिया दिखाई न दे। बैठकर हराम का खाने का नतीजा है यह। चलो, अभी चलो...नहीं चले तो वह गत बनाऊँगा कि बाप-दादा याद आ जाएँगे।"

सुगनी तेज़ी से उठी और बीच में आकर बोली, "ख़बरदार, हाथ उठाना नहीं। बाप जब से बीमार पड़े हैं, तुम बाघ हो गए हो। बड़े भाई हो, कभी प्यार से तो पूछा नहीं कि कहाँ पढ़ने जाते हो, क्या पढ़ते हो, ऊपर से उसके हाथ में कुछ रुपये देखकर आफ़त मचाने लगे। मैंने उसे जो पैसे दिये हैं, वे तुम्हारी कमाई में से नहीं हैं, काली मैया मेरी दोनों लड़कियों को सही-सलामत रखें, ये कुछ घरों में चौका-बासन न करें तो इस घर का ख़र्चा न चले...।"

"आज सबका हुलिया दुरुस्त करके चैन लूँगा..।" नन्दू ज़ोर से गरजा था।

गोपाल झगड़ा बढ़ाने के डर से पहले ही बाहर निकलकर अपनी साइकिल झाड़ने लगा था। कुछ देर बाद नन्दू भी बाहर आकर कड़वा मुँह बनाते हुए बोला, "मैं बशीर साइकिल वाले से किराए की साइकिल लेकर आगे चलता हूँ तुम पीछे-पीछे आओ...मैं आज बताऊँगा तुम लोगों को..."

यमुना नदी के ककराहा घाट के निकट एक पुराने जर्जर मकान में रहने वाले यमुनालाल के पुत्र छत्तीस के दोनों अंकों की तरह क्यों हैं? साफ़ रंग और छोटी-छोटी आँखों वाला नन्दू लम्बा चौड़ा, खाने-पहनने-घूमने का शौकीन है, वाचाल, ग़ुस्सैल और पढ़ाई लिखाई में असफल; जबकि गोपाल कुछ ठिगना, दुबला पतला, साँवला, खाने-पहनने में सन्तोषी, मितभाषी और पढ़ाई में तेज़। कुछ देर में दोनों ही अपनी-अपनी साइकिल पर चले पड़े आगे-पीछे।

एक लम्बी सड़क यात्रा के लिए क्या मौसम सहयोगी था? ज़िद्दी धुंध किसी-न-किसी रूप में विद्यमान थी, जिसके सूक्ष्म कण सर्द हवा में उड़ रहे हैं; एक फीकी, खखरी धूप अवश्य निकली थी लेकिन गलन का मुक़ाबला करने में असमर्थ। गोपाल उसी पुरानी खँचड़ी साइकिल पर सवार था, जिसकी टूटी सीट कपड़ों से बाँधी गई है और चेन ढीली है। वह सबसे छोटा तो नहीं बल्कि

दो बहनों के बीच में है और नन्दू सबसे बड़ा। लेकिन शान्त स्वभाव का होने तथा हर टकराहट से बचने पर भी नन्दू भाई उससे क्यों नाराज़ रहते हैं? वह अपनी चीख़ती साइकिल पर अतिरिक्त ज़ोर लगा कर आगे बढ़ते हुए उसकी नाराज़गी के कारणों के बारे में सोच रहा था लेकिन उसे कुछ भी ऐसा नहीं मिला, जो उसे प्रत्यक्ष दोषी ठहरा दे।

ऐसी ठंड में भी घोर अपमान तथा हताशा के ख़यालों में डूबा हुआ था गोपाल। उसकी आत्मा को कुचल देना चाहते हैं भाई, दोनों तरफ़ सब्ज़ी वालों की समानान्तर कतारों के बीच से गुज़र रहा था वह, नई साइकिल पर आराम से चलता हुआ मज़े का आगे निकल गया है नन्दू। यहीं उसके बाबू शुरू में टोकरियों में रखकर दुकान लगाते थे लेकिन बाद में उसकी अम्मा को वहाँ बिठाकर एक ठेले पर भी सब्ज़ियाँ लादकर शहर के चक्कर लगाने लगे। तन्दुरुस्त, हिम्मती और मेहनती—वह चाहते थे कि घर में मज़े का पैसा आए, ताकि लड़के पढ़-लिखकर अच्छी सरकारी नौकरियों में निकल जाएँ, घर की 'दलिद्दरी' दूर हो और दोनों लड़कियों की भी अच्छी शादियाँ हो जाएँ।

फिर तो नन्दू की पढ़ाई बड़े ही शौक से शुरू हुई थी। सम्पन्न घरों के लड़कों से हीन क्यों रहे अपना बच्चा, इसलिए लाड़-प्यार, अच्छा खाना-पहनना, सभी हौसले पूरे किये जाने लगे। परन्तु आठवीं कक्षा में पहुँचते ही नन्दू घुमक्कड़ी और शौकीनी करने लगा था। इसमें माँ-बाप की ग़लती ज़रूर थी और नन्दू भी नहीं समझ सका कि वह एक ग़रीब घर का लड़का है और धनी मानी घरों के साथियों की तरह रहने की इच्छा को पूरा करना सम्भव नहीं है। घर में तकरार बढ़ी, तीन वर्षों तक वह लगातार फेल हुआ और अन्ततः पढ़ाई भी छूट गई। और काफ़ी समय बरबाद करने के बाद, बाबू के बीमार पड़ने पर आज जब नन्दू को ठेले पर सब्ज़ी बेचनी पड़ रही है, तो इसमें उसका क्या दोष है?

ढलान के बाद जब चढ़ाई आई तो उसने काफ़ी ज़ोर लगाया और चेन उतर गई। वह रुक कर चेन चढ़ाने लगा। लेकिन आगे दो बार उसे ऐसा ही करना पड़ा। जेब में एक भी पैसा नहीं था कि चेन को कसवा भी लें। बाईं तरफ़ से पंजाबी क्वार्टरों में से एक के दरवाज़े पर खड़ी एक नौजवान लड़की उसकी दुर्दशा को सहास्य कौतुक भाव से निहार रही थी। बहुत आगे पाठशाला के चौराहे के पास ज़मीन पर पैर टिकाए, सीट पर ही बैठा-बैठा, मुँह मोड़कर चिल्ला रहा है नन्दू ग़ुस्से में, जिसके शब्दों के कुछ अस्पष्ट टुकड़े उसके कानों से टकराते हैं। जो भी कह रहे हों भाई, यह तो जानता ही है कि कारणों का पता लगाने की कोशिश किये बगैर वे सदा उसको अपमानित करने की फ़िराक में रहते हैं।

वह फिर बैठकर, हल्का-से-हल्का ज़ोर लगा धीरे-धीरे आगे बढ़ रहा था। अगर साइकिल इसी तरह अबाध चले, तब भी ठीक है देर तो हर हाल में होनी ही है।

ख़ाकी पुरानी पैंट, दो क़मीज़ें, एक स्वेटर तथा चप्पलों में वह इस सफ़र पर निकला है। वह अतरसुइया की उस पतली सड़क पर पहुँच गया था, जिससे दोनों ओर की बेहद घनी, मिश्रित बस्तियों की सँकरी गलियाँ आकर मिलती हैं। बाईं तरफ़ का छोटा पार्क, दाहिने हनुमान की मूर्ति, और आगे दोनों ओर मिठाई, दर्ज़ी, चूड़ियों, पटहेरा तथा परचून की बक्सानुमा दुकानें। भीड़ भी कम थी, फिर भीर घनी बस्ती की वजह से सर्दी भी कम महसूस हो रही है। वह रुआँसा होकर सोच रहा था कि अगर उसका दिमाग़ ठीक-ठाक है और उसका मन घुमक्कड़ी, खेलने और शौकीनी में न लग कर पढ़ने में लगता है तो क्या यह भी दोष-अपराध है उसका?

उसके शुरू से ही अच्छे नम्बर आते रहे और हर क्लास में कोई न कोई पोजीशन भी। घर का कोई-न-कोई काम करना पड़ता ही है। चीख़ चिल्लाहट और झगड़े झंझट भी चलते ही रहते हैं लेकिन उनके बीच भी वह अपना उत्साह बनाये रहता और कक्षा में ध्यान लगाने के साथ घर में भी देर रात तक ज़रूर पढ़ता। घर वाले भी ख़याल रखते कि उस पर बहुत बोझ न डाला जाए। तब नन्दू भी उस पर बड़ा ख़ुश रहता और कभी-कभी अपनी अम्मा से चहक कर कहता, "देखना, हम दोनों भाई ख़ूब पढ़-लिखकर अच्छा काम-धाम करेंगे। तुम लोगों का हर दुख दूर कर देंगे।" लेकिन पढ़ाई छूटने के साथ चीज़ें बिगड़ने लगीं थीं।

"तुम अब भी घुमाई फिराई बन्द करके पढ़ाई पूरी कर लो। कम-से-कम टेंथ तो पास कर लो। उसके आगे पढ़ोगे तब भी पीछे नहीं हटूँगा, क़र्ज़ा काढ़ कर भी पढ़ाऊँगा। तुम बड़े लड़के हो आगे पढ़ोगे तो सबकी हिम्मत बढ़ेगी। ख़ानदान भी सुधरेगा।" एक दिन उसके बाबू ने नन्दू से कहा था।

परन्तु नन्दू बिगड़ गया था, "क्या पढ़ाओगे तुम लोग? फ़ालतू की बातें हैं। न रहने का ठिकाना, न खाने-पहनने का। क़र्ज़ा ही काढ़ना है तो मेरे लिए छह-सात हज़ार रुपयों का इन्तज़ाम कर दो, मैं सऊदी जाना चाहता हूँ। एक आदमी है, वह मुझे काम दिला देगा। वहाँ ख़ूब पैसा मिलता है, फिर देखना घर की सूरत मैं कैसे बदल देता हूँ।"

"इतने रुपये मैं कहाँ से लाऊँ? पढ़ने वाले लड़के तो ग़रीबी में भी पढ़ लेते है। तुम्हारा छोटा भाई पढ़ ही रहा है न, अच्छे नम्बर लाता है। इसी घर में पढ़ कर। मुझे तो दोनों लड़कियों की शादी भी करनी है। पढ़ना नहीं ही चाहते हो तो तुम्हारे लिए भी एक ठेला ख़रीद देता हूँ, तुम भी घूम-घूम बेचो मेरी तरह। इससे घर में और पैसा आएगा, तुम्हारे हाथ में भी कुछ रहेगा। इसके लिए रोज़-रोज़ की खिचखिच नहीं होगी। तुम जवान हो गए हो। ग़रीब घर के लड़के का बेकार बैठना ठीक नहीं होता।"

इसके बाद तो बड़ी चीख़-चिल्लाहट मची थी। हाथापाई की नौबत भी आ गई। उसकी माँ भी नन्दू को बुरा-भला कहने लगी।

थक गया है वह साइकिल चलाते चलाते और सोचते-सोचते भी आगे बढ़ता नन्दू जगह-जगह रुककर चिल्लाता है। छोटा भाई होने के नाते वह अभी नन्दू का लिहाज़ करता है, उससे डरता भी है लेकिन करे भी तो क्या करे वह? अधिक ज़ोर लगाना तो चेन-विद्रोह को आमंत्रण देना होगा। वह और साइकिल, दोनों जर्जर यंत्र की तरह गतिमान हैं ख़यालों से घिरा हुआ है वह और हर ख़याल ज़िन्दगी की कठिनाइयों पर विजय प्राप्त करने की उसकी हिम्मत को भीतर ही भीतर खदेड़ रहा है, जिनसे बेहद कमज़ोर होकर धूल में लिथड़ गया है वह तथा यह सोचने में असमर्थ है कि कहाँ चला जाए, जिससे उसका भद्दा चेहरा कभी न देख सके।

उसके मुँह से कराह-सी निकल गई। उसने डर कर चारों ओर देखा, परन्तु भीड़ कम होने पर भी उसे कोई आश्वासन नहीं मिला, जैसे वहाँ मौजूद हर व्यक्ति ने उसकी आवाज़ सुन ली हो। फिर भी, वह सर्द कोहरे के घने धुएँ को ठेलता हुआ आगे बढ़ता जा रहा है। उसे इसकी परवाह नहीं थी कि बाबू से कहा-सुनी के बाद नन्दू का ग़ुस्सा इसलिए उस पर गिरता है कि वह छोटा, कमज़ोर, सीधा, मुँहदूबर और पढ़ाकू है। माँ-बाप तथा बहनों को नन्दू जितना सुनाता है, उसका माकूल जवाब भी पा जाता है उनसे। किन्तु उससे यह नहीं होता, और वह सब कुछ भूल कर पढ़ने में ही अधिक ध्यान देता है ताकि आगे बढ़कर एक दिन वह सबकी तकलीफ़ दूर कर दे, यहाँ तक कि नन्दू को भी इस काम से छुट्टी दिला दे। परन्तु यह बात तो उसके बर्दाश्त के बाहर है कि जब वह किसी को वादा के अनुसार चाय पिलाने के लिए अम्मा से माँग कर जो पैसे ले जा रहा था, उसे नन्दू भाई ने छीन लिया और ऊपर से यह देखने साथ में चल रहे हैं कि वह पढ़ने जाता है या नहीं, जैसे वह सबकी आँखों में धूल झोंक रहा हो।

बिजलीघर से आगे बढ़ने पर घनी बस्ती ख़त्म होने तथा खुले में आ जाने से ठंड अधिक महसूस होने लगी, परन्तु नन्दू ने अपने व्यवहार से उसे आत्मउत्पीड़न तथा आत्म-प्रतिशोध के ऐसे बिन्दु पर पहुँचा दिया है जहाँ शारीरिक कष्ट भी नगण्य लगते हैं। हाईस्कूल का इम्तहान देने के बाद उसके बाबू की तबीयत ख़राब हो गई थी। मेहनत, चिन्ता, खुराक की कमी की वजह से वे कमज़ोर होते गए थे और उन्हें बुख़ार आने लगा। डॉक्टर ने पूरा आराम बताया। तब समस्या आ गई कि घर का ख़र्चा कैसे चले? नन्दू चिल्लाने लगा, "मैं सवेरे-सवेरे सामान लाने सब्ज़ी मंडी नहीं जा सकता उससे कहो, पढ़ाई का लफड़ा बन्द करे और सवेरे मंडी जाकर सामान लदवा कर ले आवे...तब मैं फेरी पर निकलूँगा...सब कुछ अकेले मैं नहीं कर सकता।"

उसने तब निश्चय किया था कि आगे पढ़ाई बन्द करके वह सुबह नन्दू भाई को काम में मदद देगा और दिन में नौकरी खोजेगा कोई। हाईस्कूल की परीक्षा के लिए भी वह पारिवारिक गड़बड़ियों की वजह से अधिक मेहनत नहीं कर पाया और

उसे सेकेंड डिवीजन ही मिला। सुबह पाँच बजे वह ख़ाली ठेला लेकर निकल जाता और आठ या साढ़े आठ बजे तक ताज़ी सब्ज़ियों से भरा ठेला दरवाज़े लाकर खड़ा कर देता। तब नन्दू उठकर जल्दी जल्दी तैयार होता और सब पर गरजने-झल्लाने के बाद ठेला लेकर निकल जाता। फिर वह नहा-धोकर भोजन और कुछ देर तक आराम करने के बाद काम खोजने के लिए निकल जाता, कभी साइकिल पर और वह ठीक नहीं रही तो पैदल ही।

एक दिन क़रीब साढ़े तीन बजे जब वह चौक की सड़क से जा रहा था, एक रिक्शावाला अपना ख़ाली रिक्शा तेज़ी से टेढ़ा-मेढ़ा चलाते हुए आया और पैदल जा रही लड़की को टक्कर मार कर खड़-खड़ आगे निकल गया। लड़की ठीक उसके पैरों के पास धराशायी हो गई। उसने फ़ौरन झुक कर लड़की को उठाया और उसकी इधर-उधर छिटकी पुस्तकें, फ़ाइल आदि एकत्रित की। उसे चोट बहुत तो नहीं आई थी, फिर भी दाहिने कुर्ते में लगभग सत्रह वर्ष की वह शरमाई और रुआँसी लड़की उठकर अपने शरीर और कपड़ों से धूल झाड़ने लगी थी।

"आपको चोट आ गई है। भाग गया नहीं तो पकड़कर पुलिस के हवाले कर देता। पानी पीएँगी? बग़ल में होटल है।"

"नहीं, मैं चली जाऊँगी, "लड़की की आँखों में आँसू आ गए थे।

"कहाँ जाएँगी?"

"मैं नरवास के एक कॉलेज में इंटर फर्स्ट इयर में पढ़ती हूँ, बहादुरगंज में मकान है। दूर नहीं है। रोज़ आती-जाती हूँ...ऐसा कभी नहीं हुआ था..."

उसके मना करने पर भी वह उसे घर तक छोड़ आया। रास्ते में क़रीब चुप ही रहे वे। उसने अपना नाम नगमा बताया था। वह बहुत दुखी थी।

"आप पढ़ते हैं?" उसने पूछा था।

"पढ़ता था, मेरा नाम गोपाल है, मेरा क़िस्सा सुनकर क्या करेंगी?" वह घूमकर तेज़ी से चला आया था।

लेकिन तीन-चार दिन बाद ही फिर उसी समय नगमा से मुलाक़ात हुई थी उसकी।

"आप चाय पीते हैं न?" वह बोली।

उसे बड़ा संकोच हुआ कि चाय पिलाने के लिए उसके पास पैसे ही नहीं हैं। उसने दोबारा कहा तो वह तैयार हो गया। चाय की एक लोकप्रिय दुकान में चाय पीते समय उसने अपनी पढ़ाई के बारे में सब कुछ बता दिया था। वह कुछ देर तक चुप रही, फिर बोली, "नम्बर तो अच्छे हैं। आप कोई कोर्स कर लीजिए। मेरे भाईजान प्रिंटिंग टेक्नोलॉजी वाले विद्यालय में पढ़ते हैं। उनका आख़िरी साल है। वहाँ पार्टटाइम पढ़ाई भी होती है। क्लास शाम को ले सकते हैं, डे टाइम के लिए तो भर्ती बन्द हो गई है, मगर पार्टटाइम में कुछ हो सकता है, भाई जान ऐसा ही कह रहे थे, उनसे पूछँगी। कुछ दूर है, मगर क्या हुआ, भाईजान भी साइकिल से

आते-जाते हैं, मैं भाईजान से मँगा कर परसों फार्म भी लेती आऊँगी...आप यह कोर्स कर लीजिए।"

उसकी हिम्मत तो नहीं हो रही थी लेकिन नगमा के ज़ोर देने पर उससे दाख़िला ले लिया। फ़ीस की मदद उसे बहनों से मिल गई। नन्दू को बाद में बताया गया, उसने शुरू में गर्जन तर्जन तो बहुत किया लेकिन आगे कोई बाधा नहीं पहुँचाई। जाते समय कभी-कभी नगमा ज़रूर चौक में मिल जाती। वे चाय पीते और पढ़ाई के बारे में बात करते नगमा की बातों से बड़ी हिम्मत बँधती, वह भी पढ़ने में तेज़ थी और उसकी तमन्ना एम.बी.ए. करने की थी। लेकिन उसे काफ़ी शर्म आती थी। नगमा के पैसे से चाय पीते, इसीलिए वह दो-तीन दिनों से माँ को पटा रहा था और पूर्व आश्वासन पाकर ही उसने आज का दिन निश्चित किया था और नगमा को भी इसकी सूचना दे दी थी। लेकिन आज वह नहीं मिलेगा तो क्या सोचेगी नगमा उसके बारे में? झूठा और धोखेबाज़! विकट आर्थिक तंगी और भाई की डाँट फटकार सुनकर भी उसने कभी भी ख़ुद को इतना बेगैरत और गिरा हुआ महसूस नहीं किया था।

पहले नन्दू ही प्रिंटिंग टेक्नोलॉजी के फाटक पहुँचा था। उसने दहशत से चारों तरफ़ देखा। उसे अचम्भा हुआ कि इतना घुमक्कड़ होने पर भी इस तरफ़ पहली बार आया है वह। एक तो मौसम ख़राब है, अगर न होता तो यह कोई मामूली दूरी नहीं है। रोज़ का आना-जाना। जब वह स्वयं थका महसूस कर रहा है तो एक पुरानी रद्दी साइकिल पर आने वाले उसके दुर्बल, छोटे भाई की हाल क्या होगी? और काफ़ी देर बाद जब गोपाल पहुँचा तो उसने अत्यन्त चिन्तित दृष्टि से अपने भाई को देखा, "तुम तो अपना मफ़लर ही छोड़ आए, बड़े बेवक़ूफ़ हो। लो, मेरा मफ़लर लगा लो...बहुत चाहने पर अपनी आवाज़ की रुखाई कम नहीं कर सका नन्दू।

"मुझे सर्दी नहीं लग रही है।" गोपाल दूसरी ओर देखता हुआ साइकिल जमा करने लगा।

"अच्छा ये रुपये रख लो..." छोटे भाई के लौटने पर बीस रुपये का नोट निकालकर उसकी तरफ़ बढ़ाते हुए नन्दू ने कहा।

"मुझे ज़रूरत नहीं है..." गोपाल ने दूसरी तरफ़ देखकर कहा।

"अच्छा, मेरी साइकिल रख लो। तुम्हारी साइकिल एकदम रद्दी है, जल्दी आ जाना...।"

परन्तु गोपाल कोई उत्तर न देकर मुँह घुमा कर फाटक के अन्दर चला गया। विवश होकर नन्दू वापस घर रवाना हो गया। रास्ते भर उसके सामने गोपाल का चेहरा नाचता रहा, रक्तहीन, सिकुड़ा मुख, आँखों और नाक से पानी बहता, ठिठुरी-सिकुड़ी उँगलियाँ, घिसी चप्पलें...और धुंध में लिपटी निर्मम, निरंकुश सर्दी।

लेकिन गोपाल तो साढ़े दस बजे रात तक नहीं आया था, घर वालों के साथ नन्दू भी बेहद घबराया हुआ था। वह कभी बाहर जाता और कभी भीतर आता।

दो बार वह पास के मन्दिर में गया और जब पौने ग्यारह बजे गोपाल ने दरवाज़े पर आकर साइकिल रखी तो खड़-खड़ की आवाज़ सुनकर सुगनी दौड़ी आई और रोती हुई चिल्लाकर बोली, "कहाँ था रे हरामजादा अब तक?"

लेकिन नन्दू ने उसे मना किया और बर्फ़ बने और काँपते भाई का हाथ पकड़कर उसे बिस्तर पर बिठाया, कपड़े से उसके पैर पोंछे और उसे लेटा कर ऊपर से एक कम्बल और रज़ाई डाल दी। फिर सरसों तेल गरम करवा कर उसके पाँवों के तलवों में तेज़ी से मालिश करने लगा। उसकी आँखें भरी हुई थीं और उसके मुँह से भर्राई आवाज़ निकल रही थी, "तुम्हें मैं पढ़ाऊँगा, जब तक ज़िन्दा हूँ, तुम्हें चिन्ता करने की कोई ज़रूरत नहीं।"

मिठास

मेरी तरह ही हैं धर्मेश धीरज लेकिन कुछ बड़ी हैसियत वाले, जिनका ड्राइंग रूम बड़ा और हवादार है। एक छोटे जहाज़ के समान हिलती-डुलती देहधजा पर चिपका साँवला चेहरा जैसे चारों ओर से सिकुड़ते हुए नाक और होंठों के पास एकत्रित होकर एक नोक बना रहा हो। कुछ दिन बाद ही एक शाम को उनके पास मुझे ले गए मेरे भी मकान मालिक।

"आइए बेनी साहब, ठीक-ठाक हैं? कई दिनों से दिखाई नहीं दे रहे हैं। समझिए, आपका काम हो जाएगा। पक्का...।" धर्मेश धीरज ने तिरछी दृष्टि से मेरी तरफ़ देखा।

उनके संकेत पर हम दोनों बग़ल वाले सोफे पर बैठ गए। बेनीलाल ने मेरा परिचय कराया—"ये है जनकराज जी, इनको आपके बग़ल वाला छोटा पोर्शन दे दिया है, बेचारे काफ़ी परेशान थे। छोटा परिवार है...बस, एक छोटा बच्चा...बड़े सीधे-सादे हैं ये लोग।"

इस तरह परिचय देना मुझे अच्छा नहीं लगा। नौकरी के लिए तो मैंने कहा भी नहीं था। सही है कि मैं कुछ परेशानी में हूँ, किन्तु जीवन के प्रति मेरा दृष्टिकोण आधुनिक और सकारात्मक है, इसलिए मैं मुंसिफी के लिए तैयारी भी कर रहा हूँ और मुझे विश्वास है कि उसमें सफल भी हो जाऊँगा।

"बेनी साहब, शुरू में ही मैंने आपसे कह दिया था कि अपनी आज़ादी में किसी प्रकार का दखल मुझे बर्दाश्त नहीं होगा, इसीलिए इतना किराया भी आपको देता हूँ...है कि नहीं? धर्मेश धीरज ने मुँह सिकोड़कर दूसरी तरफ़ चेहरा घुमा लिया।

"अरे नहीं...आपको नहीं पसन्द है तो वैसा नहीं होगा...मैं मना कर दूँगा।" बेनीलाल की खीसें निकल आईं।

"हटाइए, बेनी साहब, इन छोटी-छोटी बातों को, मैं परवाह नहीं करता। मैं चाहूँ तो किसी और अच्छे मकान में जा सकता हूँ लेकिन हर जगह आप जैसा शरीफ़ मकान मालिक नहीं मिलता। हाँ, इनके लिए परेशान न होइए, लॉ अफ़सर तो अभी बना सकता हूँ इन्हें, एक व्यक्ति को तो अभी कुछ दिन पहले बनवाया है। आप जानते हैं, प्राइवेट कम्पनियाँ भी अपने लॉ अफ़सर को ख़ूब तनख़्वाह और इज़्ज़त देती हैं...।"

"हाँ-हाँ, यह भी बड़ी अच्छी चीज़ है इनके लिए। इसकी तो गारंटी दे सकता हूँ कि जनकराज जी क़ाबिल है, बुद्धिमान हैं, ईमानदार हैं, ज़रूरत पड़ने पर और किसी सेवा से भी पीछे नहीं हटेंगे...।"

मुझे महसूस हुआ मेरा मुँह तमतमा आया है, गोया भरी महफिल में अपमान कर दिया गया हो।

किन्तु मेरे प्रतिवाद के पहले ही धर्मेश धीरज ने कहा—"ठीक है, मैं जल्दी ही पता लगा देता हूँ। जब कहूँ तो आपको अपने एक बायो-डाटा के साथ आवेदन पत्र देना होगा। फिर इंटरव्यू होगा। कुछ दिनों बाद, उसमें सफलता का जिम्मा मेरे ऊपर।"

चाय पीने के बाद बाहर निकलने पर मैंने आपत्ति की—"आपने और सेवा से पीछे न हटने जैसी बात क्यों कही? कुछ कठिनाइयाँ हैं लेकिन इन चीज़ों पर विश्वास नहीं है।"

"अरे, वह तो जानता ही हूँ। मैंने शुरू में ही बता दिया था कि आप जैसा ईमानदार ढूंढे नहीं मिलेगा...लेकिन आप लोग अभी नौजवान हैं, जोश में आ जाते हैं। ख़ैर, यह भी ठीक है। आपको नहीं तो क्या हम बूढ़ों को आएगा? फिर भी, ज़माने पर थोड़ा गौर ज़रूर करना चाहिए, आजकल तो छोटी-छोटी चीज़ों के लिए भी चल रही है...ऐसा नहीं होगा। लेकिन बता इसलिए दिया कि किसी मामूली बात के लिए काम रुकने न पाए। और इसके लिए फिक्र करने की ज़रूरत भी नहीं है, अगर ऐसा मौक़ा आ भी गया तो आपकी मदद मैं करूँगा। रिटायर हो गया हूँ, हालात आपसे भी पतली है, मगर एक-डेढ़ लाख के लिए पीछे थोड़े ही हटूँगा, बिना सूद-ब्याज के हाज़िर कर दूँगा। हाँ, यह धर्मेश जी हीरा आदमी हैं। ऊँची पहुँच है इनकी। ज़रा ख़ुश रखिएगा इनको...।"

दो-तीन दिन बाद मेरी पत्नी ने जो कुछ बताया, उससे वास्तविकता की जानकारी के साथ किंचित अनजान मधुर आश्चर्य भी हुआ।

"देखिए जी, हम तो काफ़ी अच्छी जगह आ गए हैं। इस मकान में आराम भले ही न हो, किराया भी अधिक ले रहे हैं, मगर मकान मालिक बहुत भले हैं, आपको तो पता ही होगा कि आपकी एक बहुत अच्छी नौकरी पक्की करा दी है इन्होंने। कह रहे थे कुछ महीनों की बात है। कुछ महीने क्या, एक-डेढ़ साल इन्तज़ार कर लूँगी... हाँ, जब यह काम मिल जाएगा तो सब संकट-दलिद्दर दूर हो जाएगा। इन लोगों से मेल-मुहब्बत से रहना चाहिए आपको भी।"

"क्या मैं झगड़ा करता हूँ?" मैंने ग़ुस्से से पत्नी की तरफ़ देखा।

"बात कह रही हूँ...आप तो हर चीज़ का मतलब निकालने लगते हैं। मुझे तो 'बहन-बहन' कहते हैं। बड़े अच्छे ज्योतिषी भी हैं। शौक है, घर पर पढ़-लिखकर सीख लिया है सब कुछ, बाहर से लोग जन्मकुंडली बनवाने के लिए भी इनके पास आते हैं। इन्होंने ख़ुद आपकी कुंडली माँगी तो मैंने ट्रंक में से निकालकर दिखा दी।

सब कुछ देखकर ख़ुश होकर बोले—ऐसी कुंडली तो लाखों लोगों में से एक-दो की होती है...जल्दी ही ग्रह सुधरने वाले हैं। जब धन बरसना शुरू होगा तो रुकने का नाम नहीं लेगा।...हाँ, मकान मालिक कह रहे थे कि अगर म्युनिसिपैलिटी वाले या कोई सरकारी दफ़्तर का आदमी पूछे तो यह न बताइएगा कि आठ सौ रुपये मकान किराया देते हैं...बस, सिर्फ़ दौ सौ रुपये ही बताइएगा।"

"क्यों भाई?"

"इतना भी नहीं समझे?" बस दो सौ रुपये ही बताइएगा, इससे उनकी इन्कम टैक्स और मकान टैक्स में राहत मिल जाएगी। काफ़ी दुखी रहते हैं, कह रहे थे, जबसे रिटायर हुए हैं, दाने-दाने को मोहताज हो गए हैं।"

एक साथ इतनी बातें और निर्देश सुनने के पश्चात विवश क्रोध के साथ मुझे याद आया कि इस छोटे से पोर्शन का पहला एडवांस किराया देने के साथ जब मैंने रसीद की बात उठाई तो बेनीलाल ने रूखी हँसी के साथ कहा था, "अरे, आप तो शुरू में ही क़ानून की बात करने लगे। मैं कहीं भागा तो नहीं जा रहा हूँ। कुछ दिन आराम से रहिए, दोनों ओर से प्रेमभाव बढ़े, रसीद तो मिल ही जाएगी।"

इसके बाद तो रसीद का इन्तज़ार करना भी मैंने छोड़ दिया। हाँ, यदि किसी व्यक्ति में अच्छाइयों का पलड़ा भारी हो, तो उसकी कुछ विवशताओं और व्यावहारिक कठिनाइयों को नज़रअन्दाज़ करना ही श्रेयस्कर है।

कौन मकान-मालिक होगा, जो अपने ग़रीब किराएदार की आर्थिक स्थिति सुधारने के लिए हर तरह से मदद देने को तैयार हो, इस सम्भावना को जानते हुए भी कि उसमें उसके छोटे पोर्शन का परित्याग भी निहित है? तब जन्मकुंडली में बताए गए अपने भविष्य की ओर मेरा ध्यान चला गया और अन्दर एक मीठी-सी गुदगुदी होने लगी, यह सोचकर कि इतना बड़ा ज्ञान-विज्ञान है, सदियों से लोग इस पर विश्वास करते रहे हैं, तो इसमें कुछ-न-कुछ अवश्य ही होगा। कितना आसान और सुन्दर है अपने सुनहरे भविष्य के आश्वासन पर विश्वास करना, जिसमें करना तो कुछ नहीं, बस, सपना देखना होता है। मेरा हृदय ख़ूब नरम हो गया सबके प्रति, जिसके परिणामस्वरूप बेनीलाल तथा धर्मेश धीरज के प्रति भी मेरी समस्त कड़वाहट समाप्त हो गई और मैंने निश्चय भी कर लिया कि यदि मैं सिद्धान्तवादी हूँ तो कोमल व्यवहारवादी होने में कोई हर्ज नहीं।

सायंकाल धर्मेश धीरज के ड्राइंग रूम में होने वाली लगभग नियमित बैठकों ने मेरे सपने को और उज्ज्वल तथा मधुर बना दिया। यह सब बेनीलाल की वजह से ही सम्भव हुआ। क़रीब सात बजे, जब मैं भी दफ़्तर से आकर चाय-साय पीकर आराम कर रहा होता, वह दरवाज़े पर आकर खड़े हो जाते, "चलिए साहब।"

मेरी पत्नी भी माथे पर आँचल आगे सरकाकर, अत्यन्त व्यस्त होकर मुझसे धीमे स्वर में कहती—"जाइए, जाइए, देर न कीजिए।"

और मैं भी उत्साहपूर्वक उधियाता-सा चल देता।

ऐसा रोज़ होने लगा, और धर्मेश धीरज के यहाँ क़रीब नौ बजे रात तक ख़ूब बातें, गप्पें और बहस जारी रहतीं। वे दोनों ही बड़े आशावादी थे और उनके तार आपस में इस तरह जुड़े होते थे कि यदि एक कोई भी विचार प्रकट करता तो दूसरा उसका फ़ौरन समर्थन कर देता। और मेरा प्रतिवादी विचार बीच में रखा-का-रखा रह जाता तथा अन्त में, मैं भी सिर हिलाकर मुस्कराने लगता।

धर्मेश धीरज तार विभाग में एक मामूली तरक़्क़ी-प्राप्त अधिकारी थी, किन्तु अक्सर मुख गम्भीर तथा टेढ़ा करके ऊँचाई तथा सर्वज्ञता के भाव से बात किया करते, गोया स्वयं किसी बड़े पद पर हों।

ख़ैर, यह तो सही है कि उनके एक ख़ास रिश्तेदार ऐसे उच्च पदस्थ सरकारी इंजीनियर हैं जो अत्यन्त चहुँदिशि प्रभावशाली, त्रुटिहीन ईमानदार, गहन संवेदनशील तथा ज़रूरतमन्दों के मददगार होने के लिए भी विख्यात हैं। उन सायंकालीन घरेलू बैठकों में कोई भी दिन ऐसा नहीं होता था, जिसमें वह अपने इंजीनियर भइया का उल्लेख न करते हों और कोई-कोई दिन की पूरी गप्प-गोष्ठी ही 'भइया' के सुरतुल्य गुणों को समर्पित कर दी जाती।

हम दोनों अधिकांश समय अमूमन श्रोता की भूमिका में ही होते। बेनीलाल उनकी ही बात का समर्थन करते हुए अवश्य कहते, एकदम सही बात है। मैं बहुधा मौन मुस्कराने और सिर हिलाने वाला।

धर्मेश धीरज की बातें बहुत दिलचस्प होतीं, जिनमें नाटकीय आरोह-अवरोह, अस्थायी विराम, उत्तेजना, चमत्कार, तेज़ी, चुनौतियों और सवालों का अद्‍भुत मिश्रण होता। वह ऐसे उत्साह से भरकर, जो क्रोध की सीमा रेखा का स्पर्श करने लगता, ऊँची आवाज़ में कहते—"और क्या हुआ साहब, जानते हैं? यहाँ तबादला होने पर, पहले दिन तो वह चुप रहे, लोगों को सँभलने का मौक़ा दिया—मगर भाई लोगों पर कहाँ असर होता? दूसरे दिन ठीक समय पर न एक मिनट पहले न एक मिनट बाद में, जब वह कार्यालय पहुँचे तो पहले जैसी मस्ती हो रही थी। अनेक कर्मचारी तो सीट पर ही नहीं थे, कई अभी कार्यालय पहुँचे ही नहीं थे। उन्होंने फ़ौरन अपने मातहत अधिकारी को बुलवाया। मगर दफ़्तर में होंगे तभी तो मिलेंगे! फिर मातहत अधिकारी के जूनियर को बुलावा भेज दिया। वह भी अभी-अभी आकर पसीना पोंछ रहा था। चपरासी ने नये बड़े साहब का हुक्म सुनकर उसे दिन में ही तारे नज़र आने लगे। जल्दी-जल्दी अपनी पोशाक की सलवटें सहलाने के बाद लेफ्ट राइट करते हुए सिर झुकाकर तथा पूँछ निकालकर साहब के सामने जा खड़ा हुआ।...भइया ने उसे प्रेम से कुर्सी पर बिठाया और जब वह उससे नाम-गाँव और काम-धाम के बारे में पूछ ही रहे थे कि मातहत अधिकारी भी बेहाल-से आकर सिर झुकाकर खड़े हो गए। और जानते हैं साहब, तब क्या हुआ?"

यहाँ धर्मेश धीरज ने अपने कथन को स्वर की ऊँचाई देकर एक नाटकीय विराम दिया था और तमतमाए मुख के संकुचन के साथ, सामने दीवार को कुछ क्षण इस तरह निहारा, जैसे उसी पर क्रुद्ध हों। तत्पश्चात झटककर सिर नीचा करने के साथ वैसे ही हस्त संचालन के बाद हम दोनों श्रोताओं को देखते हुए, लगभग चिल्लाते हुए ऐलान कर दिया, "अरे साहब, भइया ने अपने उस मातहत को भी कुर्सी पर बिठाया! फिर उन्होंने चपरासी से एक पाट में चाय मँगवाई और अपने मातहत से कहा प्रेम से कि वह पहले दो कप चाय तैयार करके अपने जूनियर तथा स्वयं उनको सर्व करे और फिर अपना एक कप लेकर साथ में चाय-पान का आनन्द लें। जूनियर बड़ा घबराया, बार-बार उठकर कहता था—"साहब, चाय मैं तैयार कर देता हूँ," मगर भैया ने मुस्कराकर बिठा दिया—"आप बैठिए तो।"

"चाय पीते हुए भइया उन दोनों से दफ़्तर की नहीं, बल्कि बाहर की बात करते रहे—हल्की-फुल्की। अन्त में उनको विदा करते हुए कहा—'आप लोग जाइए, कल काम की बातें होंगी। मैं ठीक दस बजे आ जाता हूँ।' और अब जानते हैं साहब, क्या हुआ?"

धर्मेश धीरज का चेहरा अचानक एक प्रश्न चिह्न-सा बन गया, फिर उन्होंने विस्फोटक आवाज़ में उद्घोषणा कर दी—"उस दिन के बाद सबकी मस्ती बन्द।"

और भी सुखद होती गई शाम की वे बैठकें। धर्मेश धीरज अपने बड़े ड्राइंग रूम में जैसे दोनों बाँहें बढ़ाकर तथा हृदय खोलकर स्वागत करने को तैयार बैठे रहते। पहले तो चाय के साथ बड़ा अच्छा नाश्ता मिलता गरम गरम, घर में तैयार किया हुआ। फिर बातों की इमरती छनने लगती, जिसमें वह अत्यन्त कुशल भी थे। दुनिया की ऐसी कोई समस्या नहीं, जिसका हल उनके पास न हो और ख़ास बात तो यह है कि वे सभी समाधान उनके इंजीनियर भइया द्वारा सुझाए गए थे।

कभी-कभी लगता, उनके भइया कोई बड़े सिद्धान्तकार हैं और वह उन सिद्धान्तों के भाष्यकार। वस्तुतः ऐसे कथन भइया की तारीफ़ शुरू करने का बहाना भी थे, जो सिद्ध करते थे कि इंजीनियर भइया उनको कितना मानते-जानते हैं और स्वयं वह तो भइया के लिए अपनी जान कुर्बान करने को भी तैयार हैं।

ऐसा कहना उचित होगा कि धर्मेश धीरज सदा भ्राता रस में डूबे रहते। इसीलिए तो हमें कुछ मालूम हो चुका था, जैसे बहुत ऊँची तनख़्वाह होने पर भी भइया पैसे को हाथ का मैल समझते हैं और उनकी नेकी, सदाशयता और परदुखकातरता के क़िस्से भी अपने गाँव-जवार के अनेक ग़रीब नौजवानों को नौकरियाँ दिलाई ही हैं, बाहरी लोगों की मदद करने को हमेशा तैयार रहते हैं। धर्मेश धीरज की तो एक बात भी आज तक नहीं टाली उन्होंने। जिसके लिए एक बार भी सिफारिश कर दी, उसका काम सिद्ध।

उनकी ज़ानदार बातों से निश्चित आश्वासन तथा अतिशय मिठास ग्रहण करके हम बाहर निकलते। अन्दर रंग बिरंगी आतिशबाज़ी होने लगती। बेनीलाल आँखें मटकाकर मुझसे कहते—"बड़ी ऊँची चीज़ है यह व्यक्ति। आप निश्चिंत रहिए। समय की बात है, काम तो आपका होना ही है। अगर न होता तो यह आदमी कुछ कहता ही नहीं। चलिए, आपके भाग्य के सहारे मुझे भी एक छोटी-मोटी ठेकेदारी मिल जाएगी। फिर तो मौज़ ही मौज़ हो जाएगी हम दोनों के लिए।"

निश्चय ही, मेरे जीवन में ख़ुशी और निश्चिंतता के दिन आ गए थे। वे आश्वासन का एक ठोस सच्चाई लगते जिसके बाद बेनीलाल का प्रोत्साहन मुझे उम्मीदों के आकाश पर चढ़ा देता। मैं सवेरे उठते ही सायंकालीन बैठक की व्यग्रतापूर्वक प्रतीक्षा करने लगता और मेरा पूरा दिन अनेक झटकों और अभावों को झेलता हुआ आसानी से बीत जाता। प्रतीक्षा का हर दिन सफलता का दिन भी लगता, जिसकी वजह से पुराने क़िस्म की बातें भी सर्वथा नवीन।

आश्चर्य तो यह है कि यह एक प्राइवेट दफ़्तर के कटु अनुभवों के बाद जब मैं घर आता तो मुझे कुछ भी करने की इच्छा न होती और मैं समय पर बेनीलाल के साथ, यदि वह न हुए तो स्वयं अकेले उस गोष्ठी की तरफ़ चल देता, जहाँ अब स्वयं भी साहसपूर्वक बात-बहसों में भाग लेकर अनोखी मानसिक परितृप्ति का अनुभव करने लगा था।

इस बीच कब मुंसिफी की परीक्षा की पढ़ाई और तैयारी छूट गई थी, पता ही न चला। बाद में बेनीलाल और मेरी पत्नी, दोनों ने ही मुझे ढाढस बँधाया—"पढ़ाई-वढ़ाई में अब जान देने की ज़रूरत ही क्या है? अब एक चीज़ तो पक्की है ही, बस उसी की चिन्ता करनी चाहिए।"

फिर तो शेष दुविधा भी दूर हो गई और मैं हर चीज़ उस ऊँचाई दे देखने लगा, जहाँ मेरी क़िस्मत जल्दी ही पहुँचा देने वाली है।

दिन तेज़ी से बीतने लगे और धर्मेश धीरज के बहुत क़रीब आ गया, जो बीच-बीच में यह रिपोर्ट भी देते रहते कि मेरी नौकरी के सिलसिले में वह तथा उनके इंजीनियर भइया अब तक क्या-क्या कर चुके हैं और पचहत्तर प्रतिशत से अधिक काम होने के बाद जो कुछ भी बाक़ी रह गया है, वह पूरा हो जाएगा। बेनीलाल के न होने पर वह कभी बाहर लॉन में टहलने के लिए ले जाते। हम घूम-घूमकर बातें करने लगते। कभी-कभी बीच में वह रुक जाते और मेरे कन्धे पर हाथ रखकर तथा इस तरह अपने भारी शरीर का पूरा ही बोझा मेरे दुबले-पतले शरीर पर डालते हुए अतिशय आत्मीय भाव से कहते—"डियर ब्रदर, तुम ज़रा भी निराश न होना। तुम्हारा काम ज़रूर करा दूँगा, चौबीसों घंटे तुम्हारी ही चिन्ता रहती है मुझे...।"

यह संयोग है कि एक दिन यानी पहली तारीख को बाज़ार में धर्मेश धीरज मिल गए। तनख़्वाह मिली थी और मैं जल्दी घर पहुँचना भी चाहता था, किन्तु जब उन्होंने यह कहा कि "डियर, ज़रा आओ साथ में, फटाफट एक-दो सामान ख़रीदते हैं, फिर साथ ही घर चलते हैं," तो मैं रुक गया। लेकिन उन्होंने देर तक घूमकर ख़रीदारी की, जैसे डालडा, चाय, ब्लेड, दियासलाई वग़ैरह और अन्त में एक गेहूँवाले के यहाँ पहुँचकर चालीस किलो फार्म का गेहूँ तौलकर, फटकवाकर तथा उसका आटा पिसवाकर तैयार करने का आर्डर दे दिया। अन्त में ख़रीदे हुए सामान के पैकेट मेरे सुपुर्द करके उन्होंने कहा—"डियर फ्रेंड, मुझे इसी समय भइया से मिलना था। तुम्हारी नौकरी के सिलसिले में ही बात करने के लिए उन्होंने बुलाया था। शायद काम हो भी गया हो—मैं तो भूल ही गया था, अब याद आया। तुम्हें ज़रा कष्ट करना होगा। तुम यह आटा पिसवाकर बोरे को आगे एक रिक्शा पर रख लेना, उसके साथ समानों के इन पैकेटों को भी मेरे घर पहुँचवा देना। तुम्हें कुछ करना नहीं है, गेहूँ वाला सब कुछ कर देगा, रिक्शा बुलाकर सामान रख देगा, बस, तुम्हें सिर्फ़ बैठ जाना है। बहुत देरी भी नहीं होगी। यह दुकानदार मुझे बहुत मानता है...अभी मैंने इसके लड़के के लिए ठेकेदारी का काम दिलाया है...अच्छा, चलता हूँ, भइया मेरा इन्तज़ार कर रहे होंगे...अरे चलिए, सामने चाय और समोसे ग्रहण कर लिए जाएँ...।" मैंने मना कर दिया और रिक्शा भाड़ा के लिए पैसे भी नहीं लिए संकोचपूर्वक कि एक व्यक्ति मेरे लिए इतना कर रहा है और मैं उसके लिए यह छोटा-सा त्याग भी न करूँ।

जब मैं थके शरीर के साथ भारी बोरा लदवाकर रवाना हुआ तो जाड़े की रात के साढ़े नौ बजे थे। उनका सामान देकर मेरे घर पहुँचते ही पत्नी चिल्लाने लगी, लेकिन सारी स्थिति बताने के बाद उसके मुख की ग़ुस्सायी रेखाएँ लगाम खिंचे घोड़े की तरह नियंत्रित होकर ख़ुशी की ओर दौड़ पड़ीं।

इस घटना के बाद मुझे उम्मीद थी कि धर्मेश धीरज मेरे और निकट आ जाएँगे। दूसरे दिन भी वैसा ही संयोग हुआ और फिर बाज़ार में मिल गए। पहले कुछ डर ज़रूर हुआ कि कल जैसा ही कोई काम थमा न दें, किन्तु फ़ौरन ऐसे तुच्छ विचार को खारिज करके मैं उत्साह के साथ उनकी तरफ़ तेज़ी से लपकते हुए बढ़ा कि वह ज़रूर ही नौकरी पक्की होने की ख़बर देंगे, किन्तु मेरे हाथ जोड़कर नमस्कार करने पर उन्होंने प्रत्युत्तर तो दिया ही नहीं, उल्टे अपना गम्भीर मुख भी दूसरी तरफ़ फेर लिया, जैसे मुझे पहचानते भी न हों।

"आइए चलते हैं घर, मैं रिक्शा करता हूँ...।" उनके व्यवहार का कोई अर्थ न समझते हुए भी मैंने कहा।

उन्होंने धीरे से अपना चेहरा मेरी ओर घुमाया और एक संक्षिप्त मुस्कराहट के साथ कहा, "कहो मास्टर, क्या हाल है?" और इसके बाद मुँह फेरकर वह विपरीत दिशा में बढ़ गए और मैं देखता ही रह गया।

अपमान और क्रोध से मैं बेहाल हो गया। ऐसा व्यवहार तो इस व्यक्ति ने पहले कभी नहीं किया, अब क्या हो गया? मुझसे कोई ग़लती हो गई या इसकी तबीयत ख़राब है? अथवा मेरी नौकरी पक्की हो गई, जिससे वह अपनी ऊँचाई और महत्त्व प्रदर्शित करने के लिए मेरी उपेक्षा कर रहा है? मैं कोई निर्णय नहीं कर पाया जिसकी वजह से एक कड़ा दृष्टिकोण अपनाना भी सम्भव नहीं हुआ।

लेकिन अगले दिन रविवार को जब मैं क़रीब दस बजे उनके ड्राइंग रूम के सामने से गुज़रते हुए बाहर पान खाने जा रहा था कि उन्होंने पुकारा—"अरे आइए न...।"

मुझे सचमुच बड़ा अचम्भा हुआ। उनकी आवाज़ में आत्मीयता तथा स्वागत-भरा आमंत्रण था। और जब मैंने सिर घुमाकर देखा तो वह उसी भाव से हँस भी रहे थे। विशेष बात यह थी कि उस समय वह एक पलंग को नीवार से बुनने की कोशिश कर रहे थे, जिसके फ्रेम पर नीवार की चार-पाँच पंक्तियाँ कसी भी जा चुकी थीं और आगे की तरफ़ उसका लम्बा फीता फैला हुआ भी था। मिनटों में मेरी कटुता ख़त्म हो गई और दिल ख़ुशी से उछलने लगा। जब मैं अन्दर गया तो उन्होंने मीठे स्वर में कहा—"आप नाराज़ तो नहीं? गम्भीर दिखाई दे रहे हैं। लेकिन यह समझ लीजिए, आप लोग भले ही बदल जाएँ, मैं कभी बदलने वाला नहीं। लगातार दो दिनों से आपके लिए दौड़ रहा हूँ, आपका काम सिद्ध हो गया है, अधिक से अधिक दो महीने...बस, इससे एक दिन भी अधिक नहीं। तब तो आप मुझसे भी ऊँचे पहुँच जाएँगे। हाँ, बुलाया आपको इसलिए कि आज मेरे साथ भोजन कीजिए, बड़ा आनन्द आएगा। बहुत दिनों से मैं कहना चाहता था, संकोच से कुछ नहीं कह पा रहा था। तो ठीक है न?...हाँ, यह काम करते हुए देखकर आपको अचम्भा हो रहा होगा...एक बुनने वाले को बुलाया था, नहीं आया तो मैं ही बैठ गया, जब यह काम मुझे ख़ुद आता है तो मैं क्यों किसी का मोहताज रहूँ? आपको तो नीवार से पलंग बुनना तो आता ही होगा?"

"नहीं, मुझे नहीं आता...।"

"ख़ैर, आप कुछ सहयोग तो कर ही सकते हैं। आप कुछ दूर से फीता पकड़कर हल्के-से तानते जाइए और मैं बाक़ी काम करता जाता हूँ। फटाफट हो जाएगा, फिर उसके बाद ठाठ से भोजन किया जाता है..."

मेरी प्रसन्नता का अन्त नहीं था। मैंने ग़लत समझा था इस व्यक्ति को। ऐसा स्वार्थी नहीं होना चाहिए कि किसी परिस्थिति की वजह से मन माफ़िक कोई बात न हो तो अन्य व्यक्ति के सम्बन्ध में अपनी पूर्व धारणा ही बदल दी जाए;

जबकि व्यक्ति मेरी ही भलाई के लिए लगातार प्रयासरत है। मैंने भोजन के लिए तो मना कर दिया, किन्तु नीवार के कार्य में सहर्ष सहयोग का प्रस्ताव स्वीकार कर लिया।

फिर वैसी ही, बल्कि उससे भी अधिक ख़ुशी लौट आई। मीठे, ठोस और एकदम निश्चित सफलता के आश्वासनों के सहारे एक सुखद लक्ष्य की ओर एक-एक दिन बढ़ते हुए मई का महीना आ गया।

एक दिन जब मैं बेनीलाल के साथ सायंकालीन गोष्ठी में पहुँचा तो धर्मेश धीरज ख़ुश थे। उन्होंने अपनी बातों से ख़ुश किया ही, अत्यन्त बढ़िया नाश्ता भी कराया, जिसमें लाल-सफ़ेद रसगुल्ले तथा दुर्लभ सन्देश भी थे। विदा होते समय उन्होंने हलके-से हँसते हुए कहा—"हाँ, बेनी साहब, मैं आप दोनों को बताना ही भूल गया। मेरा तबादला हो गया है और मुझे एक हफ़्ते के भीतर दूसरी जगह चले जाना है।" फिर मेरी ओर देखकर बोले—"देखिए, आपका काम मैंने करा दिया है। आपको कुछ दिनों या ठीक एक महीने के बाद नियुक्ति पत्र मिल जाएगा। एक बहुत बड़ी कम्पनी है। ख़ैर, आप शिष्टाचार के नाते भइया से मिल भी लीजिए, एकदम इस समय नहीं, वह दौरे पर कल ही गए हैं लेकिन पन्द्रह दिन में लौट आएँगे...आप ठीक सोलहवें दिन शाम को ठीक सात बजे वहाँ पहुँच जाइए। सारी बातें बता दीजिए...हाँ, पता मुझसे कल ले लीजिएगा याद करके...।"

बाहर निकलने पर बेनीलाल ने गाल फुलाकर उत्साहपूर्वक कहा—"चलिए, आपका काम तो हो गया, मेरा ही काम रुक गया। ख़ैर, कोई बात नहीं, मेरा काम भी होगा ज़रूर। आप हो जाइए, तब आपका ही सहारा लूँगा, हाँ, जैसा धीरज ने बताया है, इंजीनियर साहब से मिल ज़रूर लीजिएगा...।"

मेरी ख़ुशी का अन्त नहीं था और अपनी पत्नी का हाल क्या बताऊँ! वह तो जैसे उछल रही थीं—कभी बाहर और कभी भीतर।

मैं ठीक सोलहवें दिन ठीक समय पर इंजीनियर साहब के यहाँ गया। वह निहायत शरीफ़ आदमी थे, और उनकी वाणी में मिठास थी। मैंने तो जाते ही उत्साह, ख़ुशी और कृतज्ञता के भाव से आगे झुककर उनके पैर छू लिए थे। उन्होंने बहुत क़ायदे से बिठाया और बड़े ही प्रेम से मेरे आने का उद्देश्य पूछा। मैंने नियुक्ति कराने के लिए उनके प्रति अपना विनम्र आभार प्रकट किया, फिर धर्मेश धीरज से अपनी गाढ़ी निकटता का उल्लेख करके विस्तार के साथ पूरा क़िस्सा ही बता दिया। इंजीनियर साहब धैर्य से सब सुनते हुए मृदु स्वर में बोले—"अच्छा, वह धीरज! हाँ, वही न जो तार विभाग में है? बताता था कि मेरे गाँव के पास का है...ख़ैर होगा भी! वह कभी-कभी मेरे यहाँ आता ज़रूर था। वह लखनऊ में अपने तबादले के लिए बेचैन था। वहाँ उसके लड़के हॉस्टल में रहकर पढ़ते हैं, दो गृहस्थी चलानी पड़ती हैं। संयोग से मेरी पहचान थी, मैंने कह दिया और उसका तबादला हो गया।...

लेकिन आपकी या किसी की भी नौकरी कैसे दिला सकता हूँ? फिर नौकरी के लिए सारे क़ायदे-क़ानून हैं, परीक्षाएँ हैं...।"

मैं रुआँसा हो गया और जाने लगा तो उन्होंने कहा—"थोड़ी देर रुकिये, चाय आ रही है, तब जाइएगा...।"

चाय आई—दो बिस्कुट के साथ। इंजीनियर साहब नाश्ता कर चुके थे, इसलिए मुझे अकेले ही चाय पीनी पड़ी। बिस्कुट और चाय में भी हद से अधिक चीनी थी।

सहधर्मिणी

मेरी नींद उचट गई। अपने तेरह वर्षीय लड़के अतुल को देखकर तो आश्चर्य भरी परेशानी का अनुभव होने लगा। जून के महीने में आँधी तूफ़ान के साथ हल्की वर्षा ने लू कम करके उमस बढ़ा दी है, किन्तु रविवार को कुछ सोचकर ताज़ा दम होने की इच्छा इसलिए पूरी नहीं हो सकी कि मेरे दोनों बच्चों के पैर में शनीचर है और आँखों में माटा। लेकिन इस बार अतुल की शरारती आँखों में भय और आतंक का फैलाव कैसा? वह अन्दर जाकर बरामदे में अपनी माँ से खुसुर-फुसुर करने लगा।

"क्या है...क्या है?" पत्नी ने किंचित तेज़ आवाज़ में पूछा।

"ऐं...क्या बात है, कौन है?" मैं चौंककर उठ बैठा।

पत्नी तेज़ी से मेरे पास आकर ग़ुस्साई आवाज़ में बोली, "आपको तो दीन-दुनिया का पता नहीं रहता, चाहे अगल-बग़ल डकैती ही क्यों न पड़ जाए!"

मुझे भी बड़ा क्रोध आया, मगर किसी तरह मैंने अपने को ज़ब्त किया, "तुम कुछ बताए बगैर मुझ पर क्यों पिनक रही हो?"

"आप हर चीज़ से कटे रहते हैं, पता नहीं क्यों इतना डरते हैं...अपने में ही मस्त रहते हैं...ख़ैर छोड़िए, एक हट्टा-कट्टा अनजान आदमी एक जवान लड़की के साथ आया और उसने बग़ल पड़ोसी के मकान का ताला खोलकर अन्दर घुसकर भीतर से कुंडी लगा ली। पड़ोस का मामला है, फ़ौरन जाकर उससे पूछिए कि वह कौन है, लड़की कौन है, किसके कहने से वह कमरे में घुसा और भीतर से दरवाज़ा क्यों बन्द कर लिया?"

"तुम तो भई, हमेशा किसी न किसी बवाल के चक्कर में रहती हो। तुम्हें और काम नहीं रहता? काजी जी दुबले क्यों, शहर के अन्देशे से! किसी के घर में कोई क्यों रोया, कोई क्यों खाँसा, बाहर कोई क्यों ज़ोर से बोला...हद हो गई! अरे होगा कोई, उनका रिश्तेदार हो सकता है, उनने चाभी ले ली होगी, होगी लड़की कोई उसकी बहन या बेटी...इस तरह क्यों नहीं सीधे-सीधे सोचतीं। यह दुनिया है, तरह-तरह के लोग हैं, तरह-तरह की बातें हैं, कहाँ-कहाँ दौड़ोगी, किसको किसको सुलझाओगी?"

"मैं कोई उल्लू नहीं कि दूसरों की समस्याएँ सुलझाने दौड़ूँगी। लेकिन यह पड़ोस है, एकदम आपसे सटा हुआ मकान है। जब पड़ोसी ताला बन्द कर छुट्टी पर गाँव गए हैं तो आपका फ़र्ज़ बनता है पूछने का कि 'आप कौन हैं?' हो सकता है वह कोई रिश्तेदार ही है, पर बताना भी तो चाहिए, दरवाज़ा खुला रखना चाहिए... उतनी लू भी नहीं है और शाम भी होने वाली है। और मान लीजिए, कोई रिश्तेदार नहीं हुआ...तो? ज़माना कितना ख़राब है, दूसरे क़िस्म का कोई आदमी हुआ, एक रात पहले चुपके से आकर चाभी आजमा गया हो...और आज किसी लड़की के साथ घुस गया। फिर पड़ोसन जाते समय मुझसे कह गई थी कि 'बहनजी' मेरे मकान पर भी नज़र रखिएगा..."

"फ़ालतू बात न करो...अनेक बार कह चुका हूँ कि अपने काम-से-काम रखो। चुपचाप घर में बैठी रहो...मैं यह सब पसन्द नहीं करता।" मैंने ग़ुस्से में कहा।

"आपकी यह बात मैं नहीं मानूँगी। आप अपने कमरे में आराम से बैठिए... पर मैं जाकर उससे ज़रूर शराफत से पूछूँगी, 'भाई साहब, आप कौन हैं और यह लड़की कौन है।' इसमें कोई हर्ज नहीं।"

मैं क्रोध से आँखें निकालकर उसे घूरता ही रह गया। एक पत्नी की यह हिम्मत? घर का मालिक मैं हूँ या वह? वह मेरी सिधाई का अनुचित लाभ उठा रही है। अगर कोई झगड़ा झंझट खड़ा हो जाए तो झेलना मुझे ही पड़ेगा, मुक़ाबला मुझे ही करना पड़ेगा। इन्हीं चीज़ों से बचता हूँ मैं। ग़लती मुझसे उसी समय हो गई जब कानपुर में तबादला होने पर एक परिचित ने इस कॉलोनी में मुझे एक कमरे का यह क्वार्टर दिला दिया। किराया सस्ता है, सिर्फ़ एक कमरा तो ज़रूर है, लेकिन आगे अच्छा सहन और भीतर भी मज़े का बरामदा और बड़ा आँगन। पानी, बिजली, सफ़ाई सभी ठीक-ठाक। मेरा परिवार भी बड़ा नहीं मियाँ-बीवी और दो छोटे बच्चे। सोचा था, यह दुनिया स्वार्थी है, किसी से मतलब नहीं रखूँगा, बीवी से भी यही कहूँगा और घर से सीधे दफ़्तर जाऊँगा और वहाँ से सीधे घर और इस तरक शान्ति चैन की ज़िन्दगी बिताते हुए दो पैसे बचाऊँगा।

लेकिन पत्नी बाहर निकलकर पड़ोसी का बन्द दरवाज़ा खटखटा रही थी। मेरी इच्छा हुई कि वही से डपट कर उसको घर फ़ौरन आने का सख़्त आदेश दे दूँ, परन्तु शर्म, आशंका और भय से वहीं चारपाई पर चिपका ही रह गया।

जब भीतर से कोई आवाज़ नहीं आई तो एक बार फिर पत्नी ने दरवाज़ा खटखटाया—

"खोलिए...खोलिए...मैं उनकी पड़ोसन बोल रही हूँ। आप उनके रिश्तेदार हैं तो दरवाज़ा तो खोल दीजिए...शाम भी हो रही है।"

अन्दर से कोई जवाब नहीं। मुझे डर से कँपकँपी-सी हो रही थी क्योंकि यह कोई रिश्तेदार होता तो जवाब देने या दरवाज़ा खोलने में हिचक क्यों? मैं समझ गया

कि एक नादान बेवक़ूफ़ स्त्री से शादी करने का कोई बहुत बुरा नतीजा निकलने वाला है आज!

परन्तु स्त्री क्या जो मान जाए? सारा मुहल्ला सुन रहा होगा। कोई भी आकर साथ देने को तैयार नहीं। पड़ोसी और पड़ोसनें तो और भी हैं लेकिन मेरी पत्नी यह सिद्ध करने पर तुल गई है कि वह दुनिया की सर्वोत्तम पड़ोसन है।

ख़ैर, तीसरी बार को खटखटाहट का नतीजा यह निकला कि भीतर से दरवाज़ा धड़ाम से खोला गया और उसमें से डरी हुई एक लड़की निकलकर सटे हुए मेरे कमरे के दरवाज़े के अन्दर तेज़ी से घुस गई, जैसे फँसी हुई कोई मुर्ग़ी। पीछे-पीछे मेरी पत्नी अतिशय व्यस्तता का भाव लिए हुए उसे आँगन में ले गई, जहाँ से धूप कभी निकल गई थी। वहाँ एक खाट पहले से ही बिछी थी, जिस पर उसे बिठाकर मेरी पत्नी आश्वासन देती कह रही थी, "रोओ नहीं...इसे अपना घर समझो...यहाँ कोई ख़तरा नहीं है। साफ़-साफ़ सब बताओ, तुम्हारा कुछ नहीं बिगड़ेगा..."

मैं कमरे में ही बैठा रह गया। इस पत्नी ने तो अच्छा फँसा दिया है। लड़की की एक झलक देख ली थी मैंने। यह सोलह-सत्रह से किसी भी हालत में अधिक नहीं थी। पतला लम्बा शरीर, दूध के साथ सने हुए मैदा की चिकनी, बड़ी लोई की तरह निर्दोष, सुन्दर चेहरा।

मैं बेहद घबरा रहा था। अब तो मुझसे उठा नहीं जा रहा था। मेरे घर में भीतर लड़की और बग़ल वाले कमरे में वह व्यक्ति, जो भीतर शायद खटपट कर रहा है, शायद बाल्टी में पानी भर रहा हो अथवा पता नहीं क्या...।

शाम तेज़ी से उतर रही है, बाहर चहल-पहल और आवाज़ें बढ़ रही हैं। दोनों लड़के कई बार उत्तेजित उत्साह का चेहरा लिए हुए भीतर-बाहर कर चुके हैं। यह सब क्या हो रहा है? मैं अपने की घर में एक भयंकर नाटक का मूकदर्शक बना बैठा हूँ...क्यों? मैंने अपने क्रोध से अपने को उत्तेजित करने की कोशिश की। हाँ मैं चलकर अभी उस आगन्तुक से पूछूँगा कि वह कौन है और किसकी अनुमति से लड़की के साथ यहाँ घुस आया है। यह शरीफ़ों का मुहल्ला है, ऐसी-वैसी जगह नहीं है यह। यह ठीक है कि मेरी पत्नी ने बेवक़ूफ़ी कर दी है लेकिन घर का मालिक तो मैं हूँ और उसे मेरे सवालों का जवाब देना ही होगा...।

लेकिन इसी समय मेरी पत्नी किसी काम से कमरे में आई। बाद में मेरे पास आकर फुसफुसा कर कहने लगी, "उसकी सगी साली है...किसी काम से, शायद कोई सामान-वामान ख़रीदने के लिए शहर ले आया था। शाम तक गाँव लौट कर चलने का वादा किया था...लेकिन रास्ते में कहीं देर हो गई..."

उसके मुँह पर ऐसी हँसी थी, जो चेतावनी के बावजूद काम बिगड़ जाने पर आ जाती है। मैंने ग़ुस्से में दाँत पीसते हुए कहा, "चुपके-से पहुँचा दो उसके पास... वह रिश्तेदार है उसकी, तुमको क्या हक़..."

"मैं कोई बुलाने थोड़े ही गई थी उसके पास, वह ख़ुद ही डरकर मेरे घेरे में आ गई। मैंने कहा भी कि तुम जाना चाहती हो तो जाओ...लेकिन वह तो टस से मस नहीं हो रही है। कह रही है 'मैं नहीं जाऊँगी'...।"

"तो भोगो बैठकर...मैं तो चलता हूँ, तुम्हारे साथ निर्वाह मुश्किल है। तुम्हारी वजह से इस घर में एक मिनट के लिए शान्ति से बैठा नहीं जा सकता...।"

उसने गम्भीर होकर आँगन की तरफ़ देखा। ऐसा लगा कि वह जाने वाली है, लेकिन उसके बजाए और निकट आकर फुसफुसाने लगी, "झबली की अम्मा अभी-अभी आई थीं। मुझे अलग ले जाकर बोलीं कि आप लोग नहीं जानते, नये-नये आए हैं लेकिन हम लोग इस कॉलोनी में बहुत दिनों से हैं,...यह पड़ोसी का दूर का रिश्तेदार है, बड़ा ख़तरनाक है...यह हत्या के एक मामले में अभी-अभी जमानत पर छूटा है। कॉलोनी की सभी औरतें छाती पीट रही हैं कि अरोड़ा साहब ने यह क्या किया, ऐसे आदमी के मामले में पड़ना तो बहुत बुरा हुआ...कहीं कुछ...।"

उसके मुँह पर अब एक तुच्छ मुस्कराहट उभर आई। वह सारा क़िस्सा इस तरह सुना गई थी, जैसे कोई ख़ुशख़बरी हो। लेकिन मैं जानता हूँ कि पत्नी होने के नाते वह अपने पति से कोई बात छिपाकर नहीं रखना चाहती और परिस्थिति की पूरी रिपोर्ट रख देना चाहती है, ताकि जो कुछ भी हो गया है, उसकी ज़िम्मेदारी और चुनौती को स्वीकार करना मेरा फ़र्ज़ है।

वह अचानक चली गई आँगन में। एक अकल्पनीय भय से मेरा शरीर सन्-सन् करने लगा। अब क्या करूँ? किसके पास जाऊँ मदद के लिए? यह तो निश्चित ही है कि जब इतना ख़तरनाक आदमी बग़ल में है तो अब कुछ भी हो सकता है। परन्तु इस कॉलोनी के लोग कायर हैं, सब कुछ जानते हुए कोई तो नहीं आया कि चीज़ें मिल-जुलकर सँभाल ली जाएँ...क्योंकि यह मुहल्ले की इज़्ज़त और सुरक्षा का मामला है! ऊपर से उनकी पत्नियाँ अपने-अपने दरवाज़े पर खड़ी हाय-हाय कर रही हैं कि मैंने बड़ा बुरा किया है!

मैं तो घिर गया हूँ और हर चीज़ मेरी इच्छा के विपरीत अनिश्चित और ख़तरनाक हो गई है। अब क्या रास्ता है? तब मेरा निरुपाय भय एक ऐसे क्रोध में बदलने लगा, जिसकी मेरे जैसा शान्तिप्रिय व्यक्ति कल्पना भी नहीं कर सकता था। ठीक है, कुछ दूरी पर पुलिस चौकी है, मैं सीधे वहाँ जाकर पूरी बात बताता हूँ कि वह इस मामले को अपने हाथ में ले ले और उसके माँ-बाप को तार करके या आदमी भेजकर यहाँ बुलवा ले कि वे अपनी बेटी को ले जाएँ, जो यहाँ सुरक्षित तो है लेकिन कब तक कोई उसे अपने पास रखेगा। हम तो नये आए हैं, अपने पड़ोसियों को भी ठीक से नहीं जानते। फिर यह देखना हमारा काम थोड़े ही है कि कौन किसके मकान का ताला तोड़कर अन्दर किस उद्‌देश्य से घुसा। जब मुहल्ले के पुराने लोग भी सब कुछ जानकर कुछ नहीं बोलते तो पुलिस के अलावा और कौन ऐसी ज़िम्मेदारी निभा सकता है?

रात का अँधेरा घिर आया है और हर जगह बत्तियाँ जगमगाने लगी हैं। मौसम एकदम साफ़, गर्मी और उमस दोनों ही लेकिन शायद पूर्णमासी होने की वजह से शाम से ही चारों ओर चाँदनी बिछ गई है। मैं कुर्सी पर बैठा किसी दार्शनिक की तरह तर्क-वितर्क करता हुआ किसी दृढ़ परिणाम तक पहुँचने की कोशिश कर ही रहा था कि क्या देखता हूँ एक लम्बे-चौड़े डीलडौल वाला आदमी बिना अनुमति के मेरे कमरे में अचानक प्रवेश करके मेरी चारपाई पर बैठ गया है।

मेरे शरीर का सारा रक्त ही जैसे निकल गया हो। छह फीट से कम क्या, एक-दो इंच अधिक ही होगा। काफ़ी तगड़ा, बड़ा चेहरा, चौड़ा मज़बूत जबड़ा। छोटी आँखें और गाढ़ा साँवला रंग। सहसा इच्छा हुई कि कमरे से निकलकर भाग जाऊँ क्योंकि यह शख़्स निश्चित ही अत्यन्त ख़तरनाक इरादे से इस कमरे में दबंगई से बैठ गया है। शायद यह पहले अनखुन खोजकर झगड़ा करेगा फिर उठकर मुझ दुबले-पतले व्यक्ति का गला अपनी लम्बी-लम्बी मज़बूत उँगलियों के गिरफ़्त में कस देगा। अथवा किसी हथियार से ही प्रहार करे।

किन्तु मुझे कुछ भी न हुआ और मैं टेढ़ा मुँह करके, उसको न देखती आँखों से भी देखते हुए बेहद चौकन्ना हो गया कि कोई हरकत होने पर उछल-उछलकर ज़ोर से चिल्लाने लगूँ।

"का हो ठाकुर, क्या टेम है?"

ऐसा लगा, मोटे उद्धत स्वर में मौत की भविष्यवाणी आकाश से की गई हो। यह तो ख़ैर स्पष्ट है कि उसने मेरे सम्बन्ध में कुछ पता लगा ही लिया है, अन्यथा एक साधारण खत्री क्लर्क को क्षत्रिय समझ कर ठाकुर सम्बोधन का प्रयोग कैसे सम्भव है? मेरी इच्छा हुई कि अत्यन्त विनम्र शब्दों में कुछ ऐसा कह दूँ कि उसका क्रोध कम हो जाए, लेकिन यह भी न हुआ और मेरे मुँह से निर्लिप्त-सी आवाज़ निकली—"साढ़े सात बजे हैं..." मैंने अपने कलाई घड़ी को देखकर बताया।

इसके पश्चात वह कुछ भी न बोला। बल्कि इधर-उधर और ऊपर-नीचे देखता रहा और बीच में कभी मुझे घूरने लगता। एक बार ऐसा लगा कि मुँह टेढ़ा करके, किसी ओर भी न देखता हुआ, कान कुछ ऊँचा करके भीतर आँगन की आवाज़ें सुनने की कोशिश कर रहा हो, जहाँ मेरी पत्नी उस लड़की के साथ बैठी हुई धीरे-धीरे बहुत कुछ कह रही थी।

अचानक वह उठ खड़ा हुआ। मेरे तो होश ही फाख़्ता हो गए, लगा प्रहार करने आ रहा है। लेकिन ऐसा नहीं हुआ, और वह लम्बे-लम्बे क़दम रखता हुआ बाहर निकल गया। ग़ज़ब तो यह हुआ कि इस समय मेरी पत्नी किसी संक्षिप्त स्वप्निल मुस्कान के साथ आँगन की तरफ़ तेज़ी से आई और विशालकाय मानव को पड़ोसी के मकान में घुसने के पहले रुकने पर मजबूर कर दिया।

"भाई साहब, आप कोई चिन्ता न करें, किसी बात की परेशानी नहीं होगी इन्हें। पता नहीं क्यों बहुत डरी हुई हैं और यहाँ से जाने को तैयार नहीं हैं। रात में यहीं सोएँगी मेरे साथ। मैं इनको अपनी छोटी बहन की तरह रखूँगी। बस यही प्रार्थना करूँगी भाई साहब आपसे कि किरन फूटने से पहले इनको लेकर निकल और इनको सीधे इनके माँ-बाप के पास पहुँचा दीजिए। हाँ, मैं इनको खिला-पिला दूँगी...और आपके लिए पूड़ियाँ निकाल देती हूँ, आप भी बिना संकोच के खा लीजिए...।"

"अरे नहीं...खाना है..."वह गुर्राकर भीतर चला गया।

पत्नी के पास आकर धीमे गम्भीर स्वर में कहा, "परेशान है...अपनी आँखों से देखने आया था कि लड़की कहाँ है, सुरक्षित है या नहीं...कोई गड़बड़ तो नहीं करेंगे लोग। आपको भी देख गया है कि कोई अड़िल, ख़तरनाक आदमी तो नहीं है। इसीलिए मैंने साफ़-साफ़ बता दिया...खाना भी पूछ लिया।" वह हँसने लगी मानो काफ़ी होशियारी की बात हो।

मैंने हाथ जोड़कर कहा, "अच्छा जाओ यहाँ से...तुम्हारे जैसी बावलिया औरत शायद ही इस दुनिया में हो।"

"क्या करती?" वह ग़ुस्से में बोली, "मैं तो पूछने ही गई थी न कि तुम लोग कौन हो। वह भी घर के बग़ल में रहने वाली एक पड़ोसन के नाते। आप इस दुनिया में रहकर किसी से मतलब रखना ही नहीं चाहते तो मुझे मजबूर होकर दुनियादारी निभाने के लिए सब कुछ करना पड़ता है। आप ख़ुद मर्द की तरह सब चीज़ों का ध्यान रखते तो मुझे क्या पड़ी थी? आपने एक बार भी तो उस आदमी से नहीं पूछा कि यहाँ किस इरादे से आए हो? साफ़-साफ़ मर्दों से बात हो जाए तो औरतें क्यों बीच में बोलें। ख़ैर, मैं फ़र्ज़ समझकर रात-भर उसकी देखभाल करूँगी और सवेरे कह दूँगी कि भाई, तुम जाओ अपने घर, जिसके साथ आई हो...बस मेरा काम ख़त्म।"

धीमे स्वर में ही इतना बोलकर वह आँगन की तरफ़ चली गई। ग़ुस्सा तो अब भी था, लेकिन पता नहीं कहाँ से उसके लिए प्रशंसा भरे आश्चर्य भाव का उदय हो गया था। उसमें उद्देश्य और दृष्टि की स्पष्टता थी और उसके लिए सन्तुलित और दूरदर्शी साहस भी। किन्तु में जल्दी सतर्क भी हो गया। इस तरह की अललटप्पू परोपकारी सोच से लाभ भी क्या है और परेशानियाँ अलग। और पत्नी के प्रति मेरा क्रोध दूने वेग से लौट आया और भय किसी अन्धी खाई की तरह गहरा होता गया।

समय बीतने लगा, आँगन में खुसुर-फुसुर और गतिविधियाँ जारी थीं। कुछ देर तक लड़के भी बाहर-भीतर करते रहे और मुहल्ले के परिचित चाचियों का सन्देश लाते रहे कि रात बड़ी सावधानी से रहे, कोई-न-कोई ज़रूर जगा रहे, पता नहीं क्या हो जाए!

मेरा सारा ग़ुस्सा पत्नी पर ही था। एक-दो बार मैं आँगन में बाथरूम गया था, चटकार चाँदनी में खाट पर बैठी उस लड़की की तरफ़ बिना देखे ही। एक बार पत्नी ने आकर सहमी हुई संक्षिप्त हँसी के साथ बताया था कि वह ख़तरनाक व्यक्ति उधर से किसी चीज़ पर चढ़कर सिर उचकाकर हमारे आँगन में झाँक रहा था।

"जाओ भागो...मुझसे कोई मतलब नहीं...।" मैंने झिड़क दिया।

मुझसे कुछ खाया नहीं गया, मुश्किल से एक रोटी ली थी। चारों ओर चाँदनी तो खिली ही थी लेकिन घरों की बत्तियाँ और दरवाज़े बन्द होने लगे। समय अपनी रफ़्तार से आगे बढ़ने लगा, जब काफ़ी देर हो गई तो पत्नी ने आकर अपना दरवाज़ा भीतर से बन्द कर लिया।

"एक बार और झाँका था..." उसकी साँय-साँय आवाज़ सुनाई पड़ी।

ऐसी बात का क्या उत्तर दिया जा सकता है, जब कहने के लिए कोई बात ही न हो, मन अँधेरी खाई में लुढ़कता जा रहा हो...नीचे और नीचे।

मैं चित्त लेट गया, मगर नींद नहीं आई। लगा, छाती पर एक भारी, असहय बोझा रख दिया गया हो, साँस भी मुश्किल से ले पा रहा था। भीतर गर्मी थी और मच्छर भी। बाहर सड़क से कोई लॉरी उत्तर से दक्षिण दिशा की तरफ़ भर्राहट के साथ चली गई। इसके पश्चात् दूर से कई कुत्तों के एक साथ बोलने की आवाज़ आने लगी। झींगुर, मेढक आदि की छोटी-छोटी आवाज़ों पर मेरा ध्यान जाने लगा—और कभी-कभी एक अजीब मामूली सी राहत का भी एहसास होने लगा कि मैं अकेला नहीं हूँ। इस तरह डूबता-उतरता कब गहरी नींद में सो गया, मुझे मालूम ही न हुआ।

पता नहीं कितनी देर तक सोया, परन्तु नींद कुछ खटपट की आवाज़ों के साथ उस समय खुल गई, जब पत्नी दरवाज़े पर खड़ी कह रही थी, "नमस्ते भाई साहब इनको ठीक से ले जाइए और सीधे इनके माँ-बाप के पास पहुँचा दीजिए..."

"अरे हाँ..." वह गुर्राया। मैंने बैठकर बाहर झाँका। लम्बा-चौड़ा वह हाथ में झोला लटकाए हुए था और कुछ पीछे उसके कन्धे से भी छोटी वह दुबली-पतली लड़की चली जा रही थी। कुछ देर बाद जब वे दृष्टि से ओझल हो गए तो मैं झट लेट कर सोने का नाटक करने लगा। किन्तु पत्नी से छिपा नहीं था, उसने घूमकर पास आकर कहा—"मैंने सवेरे ही उठकर तैयार करा दिया था, एक कप चाय भी पिला दी। ठीक से समझा दिया कि वे तुम्हारे रिश्तेदार ही हैं, कहीं इधर-उधर न जाना और सीधे घर ले चलने के लिए कहना। उनसे भी साफ़ कह दिया...।"

इच्छा हुई कि उठकर, चिल्ला-चिल्लाकर ख़ूब फटकारूँ लेकिन ऐसा कर नहीं सका और मुँह फुलाकर दूसरी करवट घूम गया।

लेकिन क़िस्से का क्या यही अन्त हो गया? यदि ऐसा होता तो ठीक ही था कि चलो जो कुछ हुआ, वह बीत तो गया। पत्नी से तो मैंने बोलना ही बन्द कर दिया, बहुत ज़रूरी हुआ तो 'हाँ-ना' में जवाब दे दिया। लेकिन जब दफ़्तर जाने के लिए

बाहर निकला तो कॉलोनी के एक सज्जन, जिनकी नाक काफ़ी लम्बी और नुकीली थी और जो सदा मुस्कराते रहते थे, मेरे पास आकर नमस्कार करके बोले—"भाई साहब, अब ज़रा सँभलकर रहिएगा।"

"क्यों, क्या बात है।" मैंने उनका मतलब समझकर भी अनजान बनते हुए कहा।

"अरे, ये लोग बड़े ख़तरनाक होते हैं, बाद में भी बदला लेते हैं, रास्ता-घाट...।"

"ऐसी बात होगी तो मैं मदद के लिए आपके पास ही आऊँगा..." बात तो उसने वही कही थी जिसकी मुझे आशंका है लेकिन कल दुम दबाकर घर बैठने और आज बिन माँगी सलाह देने के लिए आने से उस पर मुझे काफ़ी ग़ुस्सा आ गया था।

उसकी साँसें निकल आई और झट लम्बा नमस्कार करके 'जी अच्छाजी' कहते हुए घूमकर तेज़ी से चलता बना। लेकिन सचमुच मेरे भीतर एक डर स्थायी तौर पर बैठ गया। रास्ते में मैं सचमुच चौकन्ना होकर चलता और अगल-बग़ल तथा पीछे लगातार देखता जाता। किन्तु एक आश्चर्यजनक बात यह देख रहा था कि अब बस्ती के अनेक अनजान लोग और कुछ वयस्क औरतें भी मुझे आदरपूर्वक नमस्कार करने लगे। एक-दो ऐसे ही व्यक्तियों की बातचीत से यह पता लगा कि वे मेरी हिम्मत, धैर्य तथा मेरी समझदारी के घोर प्रशंसक हो गए हैं।

मैंने एक पत्ता भी नहीं खड़काया था, लेकिन लोग मुझे ही सारा श्रेय दे रहे हैं और अचानक बढ़ी हुई इस प्रतिष्ठा का मुझे आनन्द भी आने लगा। तब मेरी छाती गर्व से फूल जाती और माथा उँचा उठ जाता।

पड़ोसी भी छुट्टी से आ गए थे। मेरी पत्नी ने उनकी पत्नी को पूरा क़िस्सा सुनाया। उन लोगों ने कुछ कहा तो नहीं लेकिन हमारे प्रति उनका व्यवहार काफ़ी बदल गया, ख़ास तरह के मेरे पड़ोसी, जिनसे मेरी बोलचाल भी नहीं थी, अब मुझे नमस्कार करने लगे और कभी-कभी पूछ लेते, "कहिए साहब, क्या समाचार है!"

दिन ठीक से बीतने लगे, बरसात के अन्त में एक साफ़ छुट्टी के दिन क़रीब सुबह नौ बजे वही लम्बी नाक वाले सज्जन दो अन्य व्यक्तियों के साथ आ गए। मैंने उन्हें अन्दर बिठाया और उनके आने का कारण पूछा।

लम्बी नाकवाले व्यक्ति ने एक लम्बी मुस्कान के साथ कहा, "साहब, यह हमारा सौभाग्य है कि यहाँ हमारे बीच आप जैसा ऊँचे ख़यालात का इनसान आ गया है। इस कॉलोनी में बड़े स्वार्थी और दुष्ट लोग रहते हैं साहब लेकिन आपके रहने से, समझाने-बुझाने से सभी सुधर जाएँगे, इसकी मुझे पूरी उम्मीद है। तो हमने एक छोटी-सी संस्था बनायी है। 'मानव कल्याण सोसाइटी', उसकी बैठकों में आया कीजिए, साहब। हर हफ़्ते उसकी मीटिंग होती है, आपके आने से रौनक बढ़ जाएगी और एक बात..."

"हाँ रुक क्यों गए?" मैंने पूछा।

"साहब, एक बड़ा दुष्ट आदमी मेरे ब्लॉक में आ गया है, ठीक मेरे क्वार्टर के ऊपर रहता है। उसका काम क्या है, बताऊँ? वह रात में ठीक साढ़े आठ बजे से नौ बजे के बीच नीचे के क्वार्टरों में बड़े-बड़े ढेले फेंकता है। अधिक नहीं, दो-चार या छह...अभी तक तो कुछ हुआ नहीं लेकिन किसी को किसी दिन लग गया तो क्या हालत होगी उसकी? पूछने पर कहता है कि 'मैंने ढेला-वेला नहीं फेंका, मुझे झूठ-मूठ बदनाम किया जा रहा है।' चलकर कह दीजिए साहब, समझा दीजिए, इस कॉलोनी में आपकी बात कोई नहीं टाल सकता..."

फिर वही घनचक्कर। जितना ही शान्ति से रहना चाहता हूँ, फँसाव और उलझाव उतना ही बढ़ता जाता है।

"मैं क्या कोई नेता हूँ? जाइए, ऐसे ही किसी व्यक्ति को पकड़िए या आपस में बातचीत करके सुलझा लीजिए। मुश्किल से तो छुट्टी मिलती है, इन कामों के लिए मेरे पास समय नहीं है।" मैंने ग़ुस्से में दूसरी ओर मुँह करके कहा।

"नेता तो गली-गली हैं लेकिन वे उल्टा-सीधा रास्ता बता देंगे और सभी परेशान हो जाएँगे। आप हमारे बीच के हैं, कॉलोनी में आपकी बेहद प्रतिष्ठा है, आपका कोई स्वार्थ नहीं है, आप कोई भी ग़लत बात नहीं करेंगे। आपकी बात का असर ज़रूर ही होगा, इसीलिए हम बड़ी उम्मीद से आपके पास आए हैं।"

मुझे समझ में नहीं आया कि क्या उत्तर दूँ। अभी तक बवाल से छुटकारा मिला है किसी तरह, अब यह दूसरा बवाल। लेकिन समस्या तो यह है कि भीतर बरामदे में बैठी मेरी पत्नी यह सब सुन रही थी। ऐसी समस्याओं का उसके पास तुरन्त समाधान तैयार रहता है। उसने फ़ौरन शिष्टतापूर्वक प्रवेश किया और सबको नमस्कार करके मुझसे धीरे से कहा, "चले जाइए न, भाई साहब परेशान हैं, उनकी मदद हो जाएगी, मुहल्ले की बात है..."

ग़ुस्से से मेरा बुरा हाल हो गया। एक शान्तिप्रिय पति के साथ एक पत्नी का कितना बुरा व्यवहार है यह! सरासर अन्याय है, अत्याचार है! मेरी आँखें निकल आईं और उसे घूरते हुए, बड़ी कठिनाई से आत्मनियंत्रण करते हुए धीमे स्वर में बोला, "तुम चली जाओ, मुझे फ़ुरसत नहीं...।"

"नहीं भाई साहब!" नकुले ने अत्यन्त सभ्यतापूर्वक कहा, "बहनजी को कहाँ कष्ट देंगे, आपकी बात का जितना असर होगा उतना किसी का भी नहीं हो सकता।"

"हाँ, चले जाइए, संकोच न कीजिए, सुख-दुख सब पर पड़ता है, आपका कहना मान जाएँ तो ठीक ही है...प्रेम से समझा दीजिएगा..."

पत्नी की यह सीख सुनकर मेरी क्या हालत हुई, यह वर्णनातीत है। अवश्य मेरा मुँह फूल गया। आँखें निकालकर मैंने आगन्तुकों को भी घूरा। क्या सहधर्मिणी इसी को कहते हैं जो पति की राय के ठीक उल्टा चले और अजनबी लोगों के सामने

ज़लील भी करे। लेकिन इस तरह की परिस्थिति में अन्ततः मुझे पाँव और मन को ठीक विपरीत दिशा में उनके साथ जाना पढ़ा।

मौसम तो ख़ैर सुहावना ही कहा जाएगा। तेज़ पुरवा हवा और नीले आकाश में सफ़ेद बादल के टुकड़े दौड़ते हुए, जिससे गर्मी, उमस और पसीने में कुछ राहत मिल रही थी। लेकिन वे मेरे साथ जाने को तैयार नहीं हुए। नासिका श्रेष्ठ ने अपनी सुपरिचित लम्बी मुस्कान के साथ कहा, "भाई साहब, आप अकेले चले जाइए, अच्छा होगा। हमें देखकर झगड़ने लगेगा, बड़ा फितरती आदमी है..."

इस समय अपनी पत्नी को ही कोस रहा था। उन लोगों को भी बुरी तरह घूरते हुए मैं बहुत भारी और कड़वे मन से ऊपर गया डरते हुए कि वह मुझसे भी न झगड़ने लगे और मारपीट पर उतारू न हो जाए।

वह एक ग़रीब मज़दूर है, जो कानपुर की एक फ़ैक्टरी में काम करता है और जिसके नाम भी एक कमरे का यह क्वार्टर आबंटित है। उसने ख़ाली कच्छा पहने दरवाज़ा खोला लेकिन अचम्भे की बात तो यह है कि पता नहीं कैसे वह मुझे पहचान गया और हाथ जोड़कर गद्गद स्वर में बोला, "आइए साहब, धन्य भाग्य हमारे कि आप हमारी कुटिया में पधारे। साहब, आप मुझे नहीं जानते, पर आपको तो इस बस्ती का बच्चा-बच्चा जानता है। आप जैसा हिम्मती और न्याय करने वाला इनसान तो हमने देखा नहीं। मैं तो एक दिन जाकर आपसे कहने वाला था कि चलकर देख लीजिए, मुझ ग़रीब के साथ कैसा जुल्म हो रहा है। आइए साहब, अन्दर आ जाइए..."

भीतर एक झोलर बंसखट था, जिस पर एक मटमैली-सी दरी बिछा दी उसने। कमरे में सामान इधर-उधर बिखरे थे और एक कोने में दीवार से सटी चार-पाँच वर्ष की एक बच्ची आँखों और मुँह में काजल पोते, भवानी बनी, फ़र्श पर बैठकर रोटी खा रही थी। भीतर बरामदे में से एक औरत, जो शायद उसकी पत्नी ही थी और आठ तथा दस वर्ष की उम्र वाले दो बच्चों ने बारी-बारी से झाँका। बंसखट पर किसी तरह बैठकर मैंने पूछा—"बताइए, आपकी क्या समस्या है?"

"साहब जी, माफ़ कीजिए, मैं अपनी लेकर बैठ गया। पहले मुझे यह बताएँ, मुझ ग़रीब के यहाँ कैसे आना हुआ?"

वह फ़र्श पर नीचे बैठ गया था। मुझे हैरत हो रही थी कि उसे दुष्ट और फितरती बताया गया था लेकिन वह मुझे एक निहायत शरीफ़ इनसान लग रहा है।

"ऐसे ही चला आया। मैं इस कॉलोनी में नया आया हूँ और मैं सबसे जान-पहचान करना चाहता हूँ। आप पहले अपनी बात कहिए, फिर और बातें होंगी।" इसी समय एक लड़का एक बड़ी तश्तरी में दो कप चाय लेकर आया। एक कप मुझे थमाकर तथा एक अपने हाथ में लेकर वह बोला, "पीजिए साहब, ग़रीब के घर की चाय पीजिए...गुड़ की है...।"

मैं चाय पीने लगा। उसने भी पीते हुए जो कुछ बताया, वह हैरत में डालने वाला और कष्टदायी भी है। समस्या पानी को लेकर है। उसमें ठीक नीचे बड़ी-नाक वाले सज्जन रहते हैं, जिनके आँगन में एक बड़ा और गहरा टैंक है। सुबह छह बजे पानी आने के साथ ही, वह मोटी धार के लिए टुल्लू लगाकर टैंक भरना शुरू करते हैं। आठ-साढ़े आठ बजे टुल्लू बन्द होने तक पानी का प्रेशर इतना कम हो जाता है कि ऊपर चढ़ता ही नहीं। ऊपर वाले ने कई बार कहा कि आप सुबह डेढ़ घंटा टुल्लू न चलाइए, प्रेशर ठीक होने से ऊपर पानी आने दीजिए, हम अपने काम का भर लेंगे तो आराम से साढ़े सात बजे से दस बजे तक पानी का इस्तेमाल कीजिए। लेकिन वह नहीं मानते, ऊपर से अबे-तबे कहते हैं। एक बार नीचे उन्हीं के घर से पानी लाने अपनी पत्नी को भेजा तो नीचे वाले की पत्नी चिल्ला पड़ी, 'अरे, नल न छूना, पता नहीं किस जाति के हो...।' हारकर उसे दूर सड़क के नल से पानी के लिए कई बार दौड़ना पड़ता है।"

"क्या आप उनके आँगनों में नीचे ईट-पत्थर फेंकते हैं? मैंने गम्भीर स्वर में पूछा।

वह पहले तो चुप रहा लेकिन मैंने सवाल दोहराया तो बोला, "साहब जी, आपसे झूठ नहीं बोलूँगा, कोई और पूछता तो नकार जाता। यह सच है इनसे मैं कई बार हाथ जोड़कर प्रार्थना कर चुका हूँ, पर ये दूसरे की तकलीफ़ नहीं समझते। ऊपर से अपने को सभ्य और ऊँचा समझते हैं और ग़लत बर्ताव करते हैं। मेरे बच्चों के साथ अपने बच्चों को खेलने से मना करते हैं। मैं कहाँ जाऊँ, सभी अपनी-अपनी ही सोचते हैं। मेरा दिल बहुत जला हुआ है तो मैंने सोचा कि ये भी थोड़ा भुगतें, जब परेशान होंगे तो दूसरे की तकलीफ़ समझ में आ जाए शायद..."

मैं तो सहसा कुछ बोल नहीं सका। एक मामूली-सी बात इतनी पेचीदा हो गई है—इस तरह की गाँठ कैसे खुल सकती है? मुझे घबराहट होने लगी। मैं कर भी क्या सकता हूँ मैं किंकर्तव्यविमूढ़ सिर पर हाथ रखकर रुआँसा-सा होकर सोचने लगा। अचानक मेरे दिमाग़ में न मालूम कहाँ से यह सवाल उत्पन्न हो गया कि यदि मेरी पत्नी होती तो कौन-सा समाधान ढूँढ लेती? और आश्चर्य की एक विद्युत कौंध की तरह मुझे उत्तर भी मिल गया। मैंने सहसा सिर उठाकर कहा—"देखिए, अब मैं चलता हूँ। आपसे मिलकर बड़ी ख़ुशी हुई। हाँ, ईंट-पत्थर वाली बात छोड़ दीजिए, यह ठीक नहीं है। मैं उनसे बात करूँगा और कोई हल नहीं निकला तो कुछ और सोचा जाएगा।"

मैं नीचे उतरा तो लम्बी नाक वाले सज्जन अपने दरवाज़े के सामने उन्हीं दोनों साथियों के साथ गपशप करते हुए मिल गए। उन्होंने अन्दर चलकर बैठने के लिए कहा, लेकिन मैंने मना करते हुए गम्भीर स्वर में कहा—"कभी और सही। हाँ, एक बात मैं कहूँगा..."

"साहब बताइए, आप जो भी कहेंगे, सिर-आँखों पर..."

"देखिए, वह एक ग़रीब स्वाभिमानी मज़दूर है, इस मामले में मैं उसके साथ हूँ। आप की तरफ़ से अनुचित व्यवहार हुआ है। वह अपना खाता है, अपना कमाता है, मकान उनके नाम आबंटित है, जीने के लिए पानी उसको भी चाहिए। पानी पर तो सबका हक़ है, सिर्फ़ एक आदमी का नहीं। आपसे मेरा अनुरोध है कि छह से साढ़े सात बजे सुबह तक टैंक के पानी से काम चलाइए। तब तक वह अपने काम भर का पानी भर लेगा। शाम को भी कुछ समय ऐसा ही कीजिए मिल-जुलकर...।"

"साहब, आप तो मुझे ही दोष देने लगे। वह बड़ा नीच...।"

"देखिए, इस तरह की ज़बान न बोलिए...यह शब्द गैर क़ानूनी है, क़ानून की दृष्टि में सभी बराबर हैं, न कोई बड़ा और न कोई छोटा। मेल-जोल का माहौल बनाइए। बस इतना कहकर मैं जाता हूँ। अगर पुराना रवैया चालू रहा तो मैं कोई और उपाय करूँगा और उसका आख़िर तक साथ दूँगा...।"

मैं चला आया। मुझे आश्चर्य हो रहा था कि कैसे मेरे मुँह से वैसी बातें निकल सकीं, जिसमें धमकी का भी कुछ अंश था। एकदम हवाई या वास्तविक? और अविश्वसनीय-सी घटना तो यह है कि जब दो दिन बाद वहाँ गया तो मालूम हुआ ऊपर वाले की पानी की दिक़्क़त दूर हो गई है और नीचे कोई ढेला-वेला भी नहीं आया है। मैं गर्व से फूल उठा अपनी इतनी सुन्दर एवं प्रभावशाली छवि की कल्पना करके किन्तु शीघ्र ही यह सोचकर कुछ हतप्रभ अवश्य हुआ कि इसमें कितना मेरा स्वयं अर्जित किया हुआ है।

प्रतीक्षा जारी है

ख़ैर, वह समय आ गया है और कवि राम 'दूरदर्शी' की पत्नी को अस्पताल में दाख़िल करा दिया गया। सबकी इच्छा भी है कि घर में चार लड़कों के बाद एक लड़की का पदार्पण हो। यदि पहले ही ऐसा हो गया होता तो हुड़दंग, दूरदर्शनी छायायुद्ध तथा असह्य विचित्र अनुशासनहीनता की शिकायतें न मिला करतीं। इस विचार का उदय भी उस दिन हुआ था, जब 'दूरदर्शी' की पत्नी ने आजिज आकर माथा ठोकते हुए कहा था, "भगवान ने मेरी कोख से ऐसे उपद्रवी बच्चे पैदा करके बड़ा अन्याय किया है। इससे अच्छा तो यह है कि चारों लड़कियाँ ही होतीं!"

ऐसे कथन को तत्काल अशुभ घोषित करके घर की एक बुज़ुर्ग औरत ने कहा था कि "कृष्णमुरारी भी तो अपने बचपन में बाललीलाएँ करते थे। हाँ, कन्या लक्ष्मी है, भवानी है, अब मोहन बाँसुरी वो एक भेज दें तो घर में रौनक आ जाए।" इस विचार से कवि दूरदर्शी भी सपत्नीक अत्यन्त प्रभावित हुए। कवि दूरदर्शी के एक अधेड़ पड़ोसी प्रद्युम्न ने भी इसका समर्थन किया, जो शिक्षित, तुकबाज़ और बहसबाज़ है : "ठीक सोचते हैं। घर के लोग। आज दुनिया में क्यों हिंसा और आतंक का ज़ोर है, जानते हैं? इसलिए कि हर जगह पुरुषों की संख्या अधिक है। अगर स्त्रियाँ अधिक होतीं तो क्या ऐसा अनर्थ होता? एक कन्या का आना तो आवश्यक है।"

"अच्छा? मेरे हाथ में भी चार महादेव और एक भवानी हैं, जिसको हाथ दिखाया, वह यही कहता है। इसीलिए तो मैंने किसी का कहना नहीं माना..."

"ठीक किया, दूरदर्शीजी...अगर मान गए होते तो आप पर कुछ अजन्मों की हत्या का पाप पड़ता कि नहीं? फिर विधि के विधान में दखल देने वाले आप कौन? रेखाएँ बता रही हैं फिर चार हुए कि नहीं? उसके बाद एक लड़की लिखी है तो वह इस बार अवश्य आएगी..."

कुछ रुककर प्रद्युम्न ने कहा था, "उसने जो लिख दिया है, उसमें फेरबदल कोई भी नहीं कर सकता। आप, याद कीजिए न, एक समय जो 'परिवार नियोजन' था, उसे 'परिवार कल्याण' क्यों और कैसे कर दिया गया? शब्दों-मुहावरों का भी बड़ा महत्त्व होता है, जिनमें उद्देश्य स्पष्ट नहीं हैं, उनके स्पष्ट परिणाम कैसे प्राप्त किये जा सकते हैं?"

"आप तो बहुत कुछ सोचते हैं...।"

प्रद्युम्न ने संक्षिप्त हँसी के साथ कहा, "हाँ, मैं यह बताना चाहता हूँ कि जब उसने यह लिख दिया कि 2002 ई. तक इस देश की आबादी एक अरब हो जाएगी तो हम-आप उसे कैसे कम कर सकते हैं? इसलिए तो पहले ही ऐसी परिस्थितियाँ उत्पन्न हो गई थीं कि मानसिकता, सोच, शब्द, अर्थ, नीयत सबमें बदलाव आ गया और आरामदायी निष्क्रियता फैल गई...।"

"सुरक्षा की भावना भी तो...।"

"अल्पसंख्यकों और बहुसंख्यकों, दोनों के ऐसे ही तर्क होते हैं। अन्य जातियों और धर्मों के लोग भी इसी तरह सोचते हैं। कुछ लोग कहते हैं, जीवन-स्तर सुधारने से यह कार्यक्रम सफल होगा। सच पूछिए तो ये सभी तर्क कुछ न करने के बहाने हैं, जो विधाता ने हमारे देश के लोगों के दिमाग़ में पैदा कर दिये हैं..."

अस्पताल में भर्ती के बाद तीन दिन तो लग ही गए। सदा कल्पना-विहार करके निरन्तर साहित्य-संस्कृति की सेवा करने वाले कवि 'दूरदर्शी' को कुछ तनाव आदि से अवश्य गुज़रना पड़ा। बात यह है कि उनकी पत्नी की हड्डी काफ़ी मज़बूत हैं—बच्चों को पालने-पोसने तथा अनुशासन में रखने के अलावा, वह राशन से लेकर अन्य सौदा-सुलुफ, गोश्त-मछली आदि सभी समान स्वयं बाज़ार से ले आती थीं। खाना बनाकर खिलाने के शौकीन तो थीं ही, स्वयं खाने की भी। यहाँ तक कि यदि कुछ दिनों की देरी हो जाती तो पति या पड़ोसनों से बड़ी हसरत से कहतीं, "बकरे की अँतड़ी खाए बहुत दिन हो गए..."

लेकिन, जब स्वयं आटा पिसाने तथा अन्य की तरह दौड़-धूप करने का सुअवसर आया तो कवि महोदय को आटे-दाल का भाव मालूम होने लगा, जिससे उनका मुँह सदा पिनक और ग़ुस्से से सिकुड़ा रहता। ऐसे में कई ख़ास मित्रों तथा रिश्तेदारों को अच्छा पन-पियाव मिल गया, जो ऐसे नाजुक मौक़ों का महत्त्व न समझकर ग़ायब रहने की कोशिश करते हैं और जो कुछ चुने हुए व्यंग्य बाणों से तिलमिला और विवश होकर अब उपस्थित होकर दुर्लभ संवेदनशीलता से हिल-डुल रहे हैं। एक ऐसे व्यक्ति ने जब यह कहा कि "क्या करें भाई साहब, वाइफ की तबीयत काफ़ी ख़राब हो गई थी..." तो दूरदर्शी ने तत्काल प्रत्युत्तर दिया था, "मैं जानता हूँ, मेरे ऐसे मौक़े पर कई लोगों की पत्नियाँ बीमार पड़ जाती हैं..."

सिजेरियन ऑपरेशन क़रीब ग्यारह बजे दिन में हुआ। सचमुच उस अवसर पर ढाँढस बँधाने और संकटकालीन मदद देने के लिए रिश्तेदारों और मित्रों की एक अच्छी-ख़ासी मंडली एकत्रित हो गई थी, उन दो-चार लोगों को छोड़कर, जो हर संकट की घड़ी में अनुपस्थित रहने के लिए विख्यात हैं। सभी गम्भीर और चिन्तित होकर, ऑपरेशन थिएटर की तरफ़ गिरगिटों की तरफ़ मुँह आगे बढ़ाते और हिलाते खड़े थे। कुछ देर तक तो कुछ पता ही नहीं लगा—उसके बाद जब एक लेडी

डॉक्टर गम्भीर मुँह लेकर निकली और किसी की ओर बिना देखे तेज़ी से जाने लगी तो दूरदर्शी के एक बुज़ुर्ग से ग्रामीण चाचा उधर लपके। और डॉक्टर ने उँगली हिलाकर संक्षेप में जो कुछ कहा, उसे सुनकर वह अगला ब्रेक-लगी साइकिल के समान अचानक रुककर उछल से गए और उनका मुँह लटक गया।

वातावरण पहले से ही इतना गम्भीर और संशय-भरा था कि उक्त दृश्य को गौर से देख रहे दूरदर्शी के एक साले ने समझा कि सब खेल ख़त्म! तब अपने चेहरे को अत्यन्त शोकाकुल बनाकर और एड़ियों के सहारे ज़िम्मेदारी के भाव से उचकतें हुए बुज़ुर्ग के पास पहुँचकर बोले, "बाबू जी, दूरदर्शी को अभी न बताइएगा।"

गनीमत यही है कि बुज़ुर्ग चाचा ने अच्छा ही समझा कि दूरदर्शी का रिश्तेदार कन्या के बजाए पुत्र होने से दुखी है। किन्तु ऐसा विचार भी बुज़ुर्ग के लिए कोई शुभ तो नहीं था, इसीलिए उन्होंने आगे बढ़कर मंडली के लोगों को सूचना देने से पहले दूरदर्शी के रिश्तेदार का काफ़ी हिक़ारत से देखना ज़रूरी समझा।

इसी बीच प्रद्युम्न एक महान पड़ोसी तथा परम हितैषी सलाहकार के भाव से अत्यन्त चैतन्य रहे थे। बुज़ुर्ग की शुभ उद्घोषणा तथा मंडली के लोगों की बधाइयों के बीच उनके मन में यह शंका उत्पन्न हुई कि इस कल्पित प्रसव परिणाम से कवि हृदय को कहीं आघात न लगे, अतः दूरदर्शी के पास पहुँचकर उन्होंने कविता-पाठ जैसे कम्पित स्वर में कहा, "भाई साहब, आपको मालूम होना चाहिए कि जब बच्चा सकुशल बाहर आ गया है तो इससे बड़ी ख़ुशख़बरी कुछ नहीं हो सकती। यह उसके विधान के अनुसार ही है। भाई साहब। मैं घर चलकर इत्मीनान से सब बता दूँगा भाई साहब।"

कवि दूरदर्शी भी समझ नहीं पाए कि स्वयं वह इस सूचना से ख़ुश है या उदास। जब उदास होने के सोचते तो होंठ हँसी से फड़कने को आतुर हो उठते और मुस्कराने-हँसने की इच्छा होने पर उदासी का कर्तव्य याद आ जाता। अनिश्चय की ऐसी ही स्थिति में प्रद्युम्न के जब कम्पित सान्त्वना शब्द सुनाई पड़े तो दूरदर्शी को ख़याल आया कि इसी व्यक्ति के तर्क-वितर्क ओर भविष्यवाणी से उनकी दुविधा-भरी दुर्गति हो रही है और अचानक वह चिढ़कर चिल्ला उठे, "जाइए, उधर टहलिए।"

जच्चा-बच्चा को क़रीब एक सप्ताह तक तो रुकना ही था, छँटने वाले छँट गए सिर्फ़ बचे वही जिन्हें दूरदर्शी के व्यंग्य बाणों की चिन्ता सताती है, जो दिन में कई बार आते और जाते। प्रद्युम्न की चैतन्यता कई गुनी बढ़ गई थी और उन्होंने सात दिनों के भीतर दूरदर्शी से कई बार कहा, "आपने, भाई साहब, बहुत तकलीफ़ झेली।"

शुरू में कई लोगों ने यानी लगभग सभी ने कहा कि ऐसे वक़्त में डॉक्टर की राय पर ही चलना चाहिए। जब वे ऐसा वक्तव्य कई बार देकर थक गए तो मैदान साफ़ देखकर प्रद्युम्न आगे बढ़कर अत्यन्त प्रभावशाली शब्दावली में बोले,

"भाई साहब, मेरी निजी राय है कि जच्चा-बच्चा को डॉक्टर के सहारे छोड़ दें।" एक दिन दूरदर्शी ने महत्त्वपूर्ण सूचना दी, "साहब, आज तो सिर्फ़ चाय ही दे रहा हूँ, कल से मुसम्मी दूँगा।"

प्रद्युम्न ने कहा, "नहीं साहब, दीजिए, मैं कहता हूँ न, कुछ-न-कुछ देना चाहिए...।"

गहरी सहानुभूति रखने का साक्ष्य प्रस्तुत करने को अत्यधिक आतुर हितैषियों के बीच कई बार मतभेद भी उत्पन्न हो जाते। डॉक्टर ने दही देने को कहा था लेकिन जच्चा दही लेना नहीं चाहती थी। अन्य लोगों ने भी कहा कि दही देना ठीक नहीं, डॉक्टर जो कुछ बताए सभी नहीं दे देना चाहिए, अपने दिमाग़ से भी कुछ सोचना चाहिए। लेकिन प्रद्युम्न ने इस अवसर पर अपनी भिन्न मौलिक राय बताना ज़रूरी समझा।

"नहीं दूरदर्शी जी, मेरी राय है कि डॉक्टर ने जो बताया है, उसमें कुछ राज़ ज़रूर है। भाई साहब, वह सब दीजिए जो डॉक्टर बताए, मैं कहता हूँ न...।" इसके पश्चात् तो उन्होंने दही के गुणों पर विस्तृत प्रकाश भी डाला। ख़ैर, दस दिनों के भीतर जच्चा-बच्चा स्वस्थ होकर घर आ गए। जमकर दावत हुई और सोहर संगीत पर नृत्य भी। बाद में एक शाम को प्रद्युम्न ने राज़ की बात बताई—"देखिए दूरदर्शी जी, आप किसी के कहने में न आइए...जब भाग्य में कन्या लिखी है तो उसका भी आगमन ज़रूर ही होगा। बात यह है कि जैसे कोई दुकानदार पूरे समान के साथ घलुआ भी देता है, ठीक उसी तरह यह बच्चा भगवान ने दिया है, उसको प्रसाद समझकर ख़ुशीं मनाइए। अब अगली बार कन्या का आना निश्चित..।"

इसके बाद तो फिर कवि दूरदर्शी कल्पना-विहार करते हुए संस्कृति की सेवा-साधना में डूब गए, एक और शुभ घड़ी की प्रतीक्षा के साथ।

जाँच और बच्चे

उस गाँव में...हाँ, उसी गाँव की वजह से; जबकि वैसी ख़बर पहले दूसरे प्रदेशों से भी आई थी। तब फिर चारों तरफ़ शोर तथा खलबली वाली जागरुकता फैल गई और हर स्तर पर आँखों देखी जाँच द्वारा सच्चाई जानने की पवित्र दौड़ शुरू। साहसी पत्रकार, कर्तव्यनिष्ठ राजनीतिक नेता, पंचायत प्रधान, तमाशबीन शुभेच्छुओं आदि के बयानों की टकराहट के बाद प्रशासन भी, साधिकार एक नैतिक ज़िम्मेदारी से जाग उठा, इस दृढ़ विचार के साथ कि वास्तविकता के तल में पहुँचना ज़रूरी हो गया है और यदि कोई भूल या गड़बड़ी हो गई हो तो तत्काल दुरुस्त भी कर दिया जाए।

जाँच का काम एक सीनियर, गम्भीर और ज़िम्मेदार अधिकारी (मजिस्ट्रेट) को सौंप दिया गया, जिसका रेकार्ड उत्तम ही उत्तम है। सवेरे ही निकल जाना था क्योंकि स्थान एकदम निकट भी नहीं और कार भी दरवाज़े तक नहीं पहुँच सकती। मुख्य सड़क पर उतर कर चलना है सूखे खेतों की पगडंडियों से, फिर एक छोटे-से आम के बग़ीचे के अन्त में बँसवारी, और वहाँ से ढेले-पत्थर और कूड़ों वाली सौ गज ज़मीन पार करके कुछ झोंपड़ियाँ। साथ में एक और जूनियर, स्टेनोग्राफर, एक पत्रकार कैमरा के साथ, अर्दली तथा अलग एक जीप में पीछे-पीछे एक मुस्तैद पुलिस अधिकारी, दो बन्दूकधारी पुलिस कांस्टेबिल के साथ।

क़रीब दस बजे छोटा-सा काफिला गन्तव्य सड़क पर उतरा। सूखे खेत जैसे अपनी दरारों से असहाय, दुखी और किंचित क्षोभ के भाव से झाँक रहे हों। जूतों के आघात और टकराहट से पगडंडियों के धुर्रे उड़ने लगे। तेज़ घाम की वजह से कइयों ने अपने माथे पर रूमाल रख लिया। सड़क पर ही कुछ अन्य लोग मिल गए थे—खंड विकास अधिकारी, प्रधान, लेखपाल, चौकीदार और दो स्थानीय राजनीतिक नेता भी।

अप्रिय रास्ते और तेज़ धूप में वे मुस्तैदी के साथ चल रहे थे। मत-वैभिन्य के बावजूद मुख पर राष्ट्रसेवा भाव की दृढ़ता। छाती आगे निकली और हाथों में मज़े की जुम्बिश, नदी में धार को काटते कुशल तैराक की तरह। आम के वृक्ष मुरझाए और उदास तथा बँसवारी के बाँस बूढ़ों-पुरनियों की तरह झुके।

कुछ लोग—अधिक नहीं पहले से ही जमे हैं और अलग हटकर कुछ मैले कुचैले बच्चे भी। सड़क के उस तरफ़ मुख्य गाँव और इस तरफ़ कुछ झोंपड़ियाँ। एक झोंपड़ी के सामने, कुछ हटाकर एक पुराना तख़्त रखा हुआ है, शायद आगन्तुकों का ख़याल करके कुछ उत्साही लोगों ने यहाँ रखवा दिया है। और झोंपड़ी के दरवाज़े पर पकठाए, पतले चेहरे वाली एक अधेड़ दुबली औरत मैली साड़ी में पैरों के सहारे उकड़ूँ-सी बैठी है, माथे पर का आँचल थोड़ा आगे खींचे हुए।

तख़्ता यदि मज़बूत होता तो भी जाँच अधिकारी नहीं बैठते, तब कौन बैठता, अतः उसे और पीछे हटा दिया गया। सभी झोंपड़ी को घेर कर खड़े हो गए। इस औरत के लिए ऐसी भीड़ अपरिचित नहीं हैं। उसे अचम्भा भी नहीं है कि कुछ दिनों से यही भीड़ बार-बार क्यों आ रही है! उसे याद है, यही लोग तो थे, जो कुछ समय पहले आए थे, कुछ रुपये दिये थे और उन्हें गाड़ी पर बिठा कर वोट दिलाने ले गए थे। मन-ही-मन उसका विश्वास है कि इस बार भी वोट दिलाने ले जाएँगे। जो आता, वही कुछ-न-कुछ दे जाता है। आख़िर क्यों?

"मतवा राम, मैं बोल रहा हूँ, पहचान रही हो न! अरे, सड़किया पार का प्रधान हूँ, तुम्हारा प्रधान, जो हमेशा तुम लोगों की खोज-ख़बर लेता रहता है! कल ही तो तुम्हारे यहाँ आधी बोरिया पिसान भेजवाया था...तो वही प्रधान मैं हूँ। मतवा, सबसे बड़े साहब आए हैं, साहब को सच सच बता दो, कैसे तुम्हारे मरद बेरामी से मर गए...।"

जाँच अधिकारी ने प्रधान के इस ढीठ दुस्साहस पर नाराज़ होकर विस्फारित बड़ी आँखों से बग़ल में कुछ ही पीछे खड़े पुलिस अधिकारी को देखा, जिसने तत्काल सही अर्थ ग्रहण करके प्रधान को घुड़का, "प्रधान जी, आपसे किसने कहा आगे आने को...पीछे खिसकिये..."

"जनता का निर्वाचित प्रतिनिधि हूँ, इन्हीं लोगों ने चुना है मुझे...सबका ख़याल रखना पड़ता है...इसका दिमाग़ ठीक नहीं रहता, समझा ही तो रहा था...।"

"हाँ, चलिए यहाँ से, साहब के काम में अड़चन न पड़े, इसीलिए आया हूँ मैं...हाँ, तो बूढ़ी माता, साहब जो पूछें बताइए...।"

प्रधान अपमानित-सा, तमतमाए चेहरे पर खिसियानी हँसी के साथ कुछ पीछे हट कर खड़ा हो गया।

"क्या नाम है आपका?" जाँच अधिकारी ने कुछ झुककर शिष्ट किन्तु तेज़ आवाज़ में पूछा।

"चनरी है मालिक..."

"उम्र क्या है...कितने साल की हो गई।..."

अधेड़ औरत अपने सूखे चेहरे को इधर-उधर घुमाते हुए, अन्त में प्रधान की तरफ़ देखकर सूखी हँसी के साथ बोली, "पाँच साल...सरकार।"

कुछ लोग हँस पड़े। जाँच अधिकारी ने चकित होकर खंड विकास अधिकारी की तरफ़ देखा, जिसने स्वयं की हँसी ग़ायब कर अत्यन्त गम्भीर स्वर में सूचित किया, "बज्र निरक्षर है, सर..."

"लेकिन..."

"ये लोग न मालूम कब से इसी तरह रहते हैं, इनको टाइम और स्पेस का ज्ञान नहीं होता, सर..."

ऐसी नई और मौलिक बात कहकर खंड विकास अधिकारी स्वयं अपने से ही अत्यन्त प्रभावित हुआ। उसने गर्व से चारों ओर, यहाँ तक कि पुलिस अधिकारी को भी देखा, किन्तु जाँच अधिकारी ने रुखे स्वर में जब पूछा, "आप लोग क्या करते हैं...कोई पाठशाला?" तो वह अचानक सिटपिटा कर चुप हो गया।

"हुजूर, उधर एक है, ये लोग वहाँ जाते ही नहीं। कई बार तो मैंने ही कहा होगा। स्कूल तो यहाँ कल खुल जाए, पर कोई अध्यापक यहाँ आना नहीं चाहता। इस सम्बन्ध में ऊपर भी एक आवेदन पत्र भेजने के लिए तैयार कराया जा रहा है...।"

"प्रधान जी, बीच में नहीं...साहब को काम करने दीजिए..." पुलिस अधिकारी ने टोका।

"मैं सारा मामला अपने क्षेत्रीय सांसद को देने वाला हूँ, जब वहाँ हंगामा मचेगा तो सबको आटा-दाल का भाव मालूम होगा..." पीछे खड़े एक स्थानीय नेता ने तैश में चिल्लाकर कहा।

जाँच अधिकारी ने क्षुब्ध होकर उस नेता को देखने की असफल कोशिश करते हुए अपने सिर को पीछे घुमाया था, फिर बग़ल में खड़े अपने स्टेनो से भुनभुनाए स्वर में 'पाठशाला' से सम्बन्धित कोई बात कही। और अन्त में सावधान होकर उस अधेड़ औरत से पूछा, "हाँ, क्या हुआ...आपके यहाँ कुछ दिन पहले किसी की मृत्यु हुई थी...वह आपके कौन थे, कैसे मरे? बताइए सच्ची बात..."

"मनसेधू।" औरत ने सिर चारों ओर घुमा कर हँसने की कोशिश की।

"नाम बताइए...।"

औरत ने घबराकर अगल-बग़ल, फिर पीछे देखकर पास ही में पड़ा एक गन्दा फटा कपड़ा उठाकर हतप्रभ जाँच अधिकारी को दिखाया, किन्तु कुछ लोगों की हँसी के बाद प्रधान ने फिर हस्तक्षेप किया, "मैं बताता हूँ हुजूर, इसके मर्द का नाम चिरकुट था, वही बता रही है..."

"ये लोग ग़रीब हैं, निरक्षर हैं, परन्तु इसके बावजूद इन पर भी भारतीय संस्कृति का कितना गहरा असर है...भारतीय नारी का त्यागमय रूप..."

खंड विकास अधिकारी की इस उक्ति का आशा के विपरीत जाँच अधिकारी पर ऐसा प्रभाव पड़ा कि उन्हें मुँह बिगाड़कर कहना पड़ा, "काम करने दीजिए..."

इसके बाद तो पुलिस अधिकारी ने मूँछों पर ताव देते हुए चारों ओर देखकर 'हुंकार' जैसा शब्द निकाला।

"हाँ बताइए, क्या हुआ...कैसे मरे आपके पति...बीमारी थी या क्या हुआ था?"

होंठ से कहने के लिए बुदबुदाहट न फूटने पर उसने सशंकित दृष्टि से प्रधान की तरफ़ देखा, जिसने खंड विकास अधिकारी की तरफ़ देखने के बाद कहा, "सच क्यों नहीं बता देती कि उल्टी-बुख़ार हो गया था...कुछ न होगा तुम्हारे सच बोलने से..."

"हूँ..." पुलिस अधिकारी के मुख से चेतावनी का स्वर फिर निकला।

जाँच अधिकारी कुछ गम्भीर सोच में पड़ गए। माथे पर कुछ क्षण उँगली रखकर बोले, "आपके हस्बैंड यानी पति..."

कुछ भटकने के बाद प्रधान ने मदद दी, "मनसेधू सरकार...मतवा राम, तुम सच-सच क्यों नहीं बता देती कि तोहार मनसेधू मर-मजूरी करते थे..."

"हाँ मालिक...इस बार तो सुखाड़ पड़ गया...काम किसी के पास नहीं है मालिक। सभी दुर-दुर कह देते हैं। साग-पात, फल-फूल...पहले कोई नहीं बोलता था, जितना चाहो तोड़ लो...अब लोग लाठी लेकर दौड़ा लेते हैं, गाली देते हैं, 'हरामी, मरभुक्खे, आम-जामुन खाने का तुम्हारा ही मुँह है, बाज़ार-परदेश में जाएगा तो झर-झर पैसा लाएगा...तुम्हारे पास पैसा हो तो ले जाओ...नहीं तो भाग जाओ'...तो हम दोनों प्राणी सवेरे ही माँगने निकल जाते...लोग भगा देते हैं, 'भाग जाओ, सुखाड़ है'।"

"क्या भीख माँगने जाते थे?"

"हाँ मालिक...अकाल-सुखाड़ में यही करना पड़ता है न...बाबू लोगों के दरवाज़ा जाकर नाचते, डिरामा करके हँसाते तो ख़ुशी-ख़ुशी खाना, पैसा कुछ-न-कुछ मिल जाता...अबकी जहाँ जाओ दूर-दूर..."

"डिरामा? यह क्या?" जाँच अधिकारी चकित होते हुए भी मुस्कराकर एकदम गम्भीर हो गए।

"हाँ मालिक...अब तो बूढ़ा गए थे...देह में दम नहीं। पतली आवाज़ में कहकर नाचते थे, "मडुवा की लिट्टी चरंग मछरी," आगे वह कुछ बोल नहीं सकी, आवाज़ गले में फँसकर खर-खर हँसी में रूपान्तरित होकर गिल-गिल रुदन में ही बदल गई।

"यह क्या, प्रपंच क्या फैलाने लगी...साफ़-साफ़ क्यों नहीं कहती कि बीमारी में मर गए। रोना बन्द करो, साफ़-साफ़ बताओ...।"

प्रधान के इस हस्तक्षेप पर कोई आपत्ति न करके जाँच अधिकारी ने कहा, "हाँ-हाँ, आगे बताइए क्या हुआ—डरिए नहीं..."

"सरकार...दुपहरिया बीते आए...कराह रहे थे, इन्हें कुछ भी नहीं मिला था। नीचे लेटकर पानी माँगने लगे। मुझे एक छोटी सी जली लिट्टी मिली थी, एक टुकड़ा

मैंने खाया था और बचा हुआ इनके लिए रख दिया था। उसे भी वह खा नहीं पाए मालिक, थोड़ा तोड़कर घोंट लिया और हकर-हकर पानी पीने लगे। कुछ देर बाद पेट में दर्द होने लगा...फिर ख़ूब उल्टी हुई, रात भर कराहते रहे, देह जलते तवे की तरह तप रही थी...सवेरे सब कुछ ख़त्म हो गया मालिक...।"

"बीमारी...डॉक्टर को नहीं दिखाया?"

अधेड़ औरत ने सशंकित दृष्टि से प्रधान को देखा, फिर बोली, "सवेरे-सवेरे सोखा के यहाँ गई थी, बीस रुपये माँग रहा था तो अकेली लौट आई। यहाँ आकर देखा, ननका के बाबू का मुँह बवा गया है, देह में जान नहीं हैं, पखेरू उड़ गया ए सरकार..." वह मैले आँचल से आँखें फिर पोंछने लगी।

"कहा न...बीमारी थी...ये लोग पैसा कौड़ी रहने पर भी डॉक्टर के पास नहीं जाते। ख़ूब सुविधा मिली है...कुछ फ़ायदा उठाते ही नहीं...।"

प्रधान ने इतनी बहुमूल्य सूचना देकर खंड विकास अधिकारी की तरफ़ देखा, जो पहले से ही प्रधान को देख रहा था।

"तो भूख से मरे या बीमारी से, साफ़-साफ़ बता दीजिए..." जाँच अधिकारी ने अन्त में वह सबसे ज़रूरी सवाल पेश कर दिया, जिसके उत्तर पर ही अन्तिम निष्कर्ष निर्भर था।

"मौउवत आ गई थी, मालिक...काल ले गया..."

तत्पश्चात जाँच अधिकारी सिर झुकाकर अत्यन्त ईमानदारी और ज़िम्मेदारी से सोचने-विचारने लगे। आगे कुछ और भी जानकारियाँ ली गई, जैसे झोंपड़ी के अन्दर एक बोरिया में पिसा आटा आधा से कम, दो सूखे आलू, एक पत्तल में दो ककड़ी पूड़ियाँ अधखाई हुई, मसालेदार सब्ज़ी का अवशिष्ट, गुदड़ीनुमा ज़मीनी बिस्तर बदबू फेंकता...फिर एक पीला राशन कार्ड ख़ाली...

"लाल कार्ड तो इनको..." जाँच अधिकारी ने इस बार प्रधान को ही देखा, जिसने सकपका कर हकलाते हुए कहा, "इन लोगों को सब कुछ नियमानुसार दिया जाता है, ये लोग पता नहीं क्या करते हैं, इनकी माया ये ही जानें..."

जाँच अधिकारी ने एक-दो बातें और पूछीं, जैसे झोंपड़ी के अन्दर जो औरत दरवाज़े की तरफ़ पीठ करके पालथी मार कर बैठी थी, वह अधेड़ औरत के उसी लड़के ननका की दो बच्चों वाली पत्नी है, जो सूखा के बाद शहर भाग गया था, काम के लिए और बाप के मरने की ख़बर पाकर अपनी स्त्री को पहुँचा वापस शहर लौट गया था।

इसके बाद जाँच अधिकारी कुछ नहीं बोले और सिर झुकाकर सोचते रहे। लगा कि यह तो विशाल समुद्र है, जिसकी गहराई का पता लगाना उनके जैसे गोताखोर के लिए सम्भव नहीं है। और यहाँ तो वह एक छोटी, मामूली बात का ही पता लगाने आए हैं, जिसका उत्तर जब औरत ने साफ़ दे दिया है कि न भूख और न बीमारी,

बस मौत आ गई...यानी मौत ही मौत का कारण...तो इसके आगे और कुछ पूछने और जानने की ज़रूरत क्या है, यह तो उनका काम है ही नहीं।

"ठीक है, अब लौटते हैं...आगे मुस्तैदी से देखना है कि ऐसा कुछ भी न होने पाए।" जाँच अधिकारी ने निहायत निर्लिप्त दृष्टि से पहले प्रधान, फिर खंड विकास अधिकारी और अन्त में पुलिस अधिकारी को देखा, जो तेज़ धूप में इस मशक्कत से मुक्ति की ख़ुशी से ढीले चेहरे और ढीले होंठों में मुस्कराने की कोशिश कर रहे थे।

दल लौट चला। जाँच अधिकारी का चेहरा बड़ा सख़्त था। उन्होंने किसी से बात नहीं की। वह फुर्ती से पीछे घूम गए और जल्दी से हटी भीड़ द्वारा दिये गए रास्ते पर तेज़ी से चल पड़े जिसके परिणामस्वरूप अनुगामी मंडली कुछ पीछे छूट गई। वह शीघ्र ही उन दो मैले कुचैले बच्चों के निकट पहुँच गए, जिनमें एक सात वर्षीय फटे हाफ पैंटधारी बच्चे का पेट फूला और हाथ-पैर पतले थे। दूसरा भी आठ या नौ वर्ष का ही होगा दुबला-पतला जिसकी हाफ पैंट फटी नहीं लेकिन मैली थी।

वे बच्चे आपस में बातें कर रहे थे अचम्भे के भाव से लेकिन अचानक एक अफ़सर को निकट पहुँचते देखकर चुप हो गए...किन्तु उड़ते शब्दों के कुछ अधूरे टुकड़े जाँच अधिकारी के कानों में पहुँच ही गए। वह बेहद चौंके, कुछ रुके और पीछे आती मंडली को पास आने दिया।

काफ़ी अनुनय-विनय करने के बाद एक छँटी और चुनी हुई मंडली सड़क के पार गाँव स्थित प्रधान के मकान के बरामदे में कुछ देर के लिए रुकी। जाँच अधिकारी ने दही और मीठे का शीतल शर्बत नहीं लिया...बस, एक गिलास सादा पानी। इस अवसर पर टुकड़ों में कुछ बातें भी हुई और ठहाके भी लगे, जैसे—"हमारे देश की ग़रीब जनता कितनी सच्ची और ईमानदार है कि प्रलोभन, दबाव और भय में भी उस बुढ़िया ने ग़लत बात स्वीकार नहीं की..."

"जनाब, अभाव और भूख इनकी ज़िन्दगी के स्थायी, स्वाभाविक और सामान्य हिस्से हैं, उसके लिए भूख कोई ख़ास बात नहीं, अलग से वह क्या बताती।"

"भूख वाली बात इसलिए ग़लत है कि भूख से इतनी जल्दी मौत होती भी नहीं...याद है न क्रान्तिकारी यतीन्द्रनाथ दास जेल में आमरण अनशन करते हुए कितने दिनों में शहीद हुए थे!"

ठीक इसी कथन के बाद जाँच अधिकारी घड़ी देखकर खड़े हो गए। इस बीच वह सख़्त चेहरों के साथ मौन बैठे रहे थे। कई बातें दिमाग़ में आ-जा रही थीं। एक बार शुरू में तो उन दो मैल-कुचैले बच्चों की उड़ती बातें याद आई, तब उन्होंने अत्यन्त आश्चर्य से वहाँ बैठी मंडली के एक-एक व्यक्ति के मुख तथा देह को गौर से निहारा था...फिर बड़े ज़ोर की हँसी भी आई थी उनको, जिस पर बड़ी कठिनाई से नियंत्रण पा लिया था...।

शहर पहुँचकर सबसे पहले वह जिले के उच्चतम अधिकारी से मिले और वहीं लिखकर एक ऐसी रिपोर्ट पेश कर दी, जिसमें असत्य होने की सूचना के साथ भावी आश्वासनों का भी अंश होता है। यहाँ भी जाँच अधिकारी उस समय अपने अन्दर से उठती तेज़ हँसी से बेहाल होने लगे थे, जब उच्चतम अधिकारी को रिपोर्ट पढ़ते उन्होंने गौर से देखा। बड़ी कठिनाई से अपने को रोकने के बाद अपने अधिकारी की सन्तुष्टि-भरी गम्भीर मुस्कराहट देख तथा "ठीक है," का विदाई सन्देश पाकर वह अपने गृह स्थान के लिए प्रस्थान कर गए।

उनके बंगले पर पहुँचते ही चहल-पहल आरम्भ हो गई और उनके साथ गया अर्दली भी अब फुर्ती से बाहर-भीतर दौड़ने लगा। वह सीधे भीतर अपने शयन कक्ष में जाकर गद्देदार-बिस्तर-सज्जित पलंग पर ही बैठ गए। किन्तु चैन नहीं मिला तो एक तरफ़ दीवार पर लगे आदमकद शीशे के सामने खड़े होकर अपने को निहारने लगे। उनके चेहरे पर एक हँसी दौड़ गई। फिर गम्भीर होकर वापस पलंग पर बैठ गए।

"हो गया, सब?" इसी समय पत्नी ने तेज़ी से आकर पूछा था।

"हाँ..." उन्होंने उत्तर दिया।

"तो कपड़े बदल लीजिए...।"

वह उठने को हुए फिर रुक कर बोले, "देखो, मैं इधर मोटा तो नहीं हो गया हूँ?"

"कैसी बातें करते हैं, इधर तो आप झटक गए हैं। उठिए, कपड़े बदल कर खाना खा लीजिए...सवेरे नाश्ता भी बहुत कम, एक पराँठा और जलेबी ही खाकर गए हैं..."

"भूख नहीं है..." इतना कहते ही पता नहीं कैसे उनका आत्म-नियंत्रण समाप्त हो गया और "हूँ" के साथ तेज़ हँसी मुँह से फूट पड़ी। पत्नी आँखें फाड़ कर देखने लगी, फिर चिढ़ती-सी आवाज़ में बोली, "मैं समझ गई, पहले मोटापा की बात पूछकर मुझ पर ताना कसा गया...अब हँसी आ रही है, मैं नस-नस पहचानती हूँ..."

"लो, कुछ का कुछ समझ रही हो...अरे भाई, तुम मोटी कहाँ हो! मैं तो सचमुच, बाई गॉड अपने बारे में ही पूछ रहा था। फिर उस मनहूस जगह से अपने घर में आकर इतना आराम मिला कि ख़ूब हँसने की तबीयत होने लगी। सच, क़सम, विश्वास करो...वहाँ कितना गम्भीर रहना पड़ा था! छोड़ो इन फ़ालतू चीज़ों को, अब बताओ क्या बना है? मैं कपड़े बदल कर पाँच-दस मिनट आराम करूँगा... फिर आता हूँ..."

"मटन कोरमा है, थोड़ा कीमा भी मँगा लिया था चने की दाल में डालने के लिए...खोवा डालकर सेवई भी है, बच्चों को भी बहुत पसन्द है।"

"मुझे मटन, खोवा न दिया करो...बस, चपाती और चावल...रोज़ से एक रोटी कम..."

"आपको वहम हो गया है, इस घर में कोई मोटा नहीं है। भरपेट खाने से कोई मोटा थोड़े हो जाता है...शरीर का कोई काम न करने से यह सब होता है। आप या तो बैठकी करते हैं या सोते हैं। हाथ-पैर भी तो चलाइए, माना अर्दली-चपरासी हैं, सब आराम है लेकिन सवेरे शाम टहल तो सकते हैं साफ़ हवा में, अपने बग़ीचे में काम करने से कोई हेठी भी नहीं..."

कपड़े बदल कर, हाथ-पैर धोने के बाद, जाँच अधिकारी पलंग पर चित्त लेट कर आराम करने लगे। सचमुच बड़ा अच्छा लग रहा था, जैसे शरीर का बथा रोआँ-रोआँ से निकल रहा हो। सहसा उनकी दृष्टि अपने शरीर की तरफ़ गई तो बीच का उठा हिस्सा नज़र आया, तब वह झट से करवट लेट गए फिर हँसी आने लगी, किन्तु करुणा और दुख की बातें सोचकर आत्म-नियंत्रण भी प्राप्त कर लिया। शीघ्र ही आँखें मुँदने लगीं कि पत्नी की आवाज़ सुनकर हड़बड़ा कर उठ बैठे।

डाइनिंग रूम में कुर्सी पर बैठने के बाद हँसते हुए कहा उन्होंने, "सब चीज़ें दो आज...हाँ, कल से खोवा, मीठा, मलाई, मटन वग़ैरह बन्द...बस सादा...एकदम एक चपाती कम ही...।"

"मैंने कहा न, सवेरे शाम टहला कीजिए, सब ठीक हो जाएगा, खाना में खुन-खुन न कीजिए, प्रेम से खाया कीजिए...।"

हाथ-मुँह धोकर और पोंछकर वह बिस्तर पर लेट गए। आज का दृश्य आँखों के सामने घूमने लगा। फिर तेज़ हँसी आने लगी। कुछ देर तक शरीर तेज़ी से हिलता रहा, फिर पता नहीं कहाँ से रुलाई आने लगी। अन्त में शरीर सुस्त पड़ने लगा और शीघ्र ही वह खर्राटे भरने लगे।

दुख

चारों ओर अँधेरा फैल रहा है। मैं विश्वमोहन के घर की ओर चल पड़ा। वह पास ही के मुहल्ले में रहते हैं, पर कई महीने बाद मेरा इधर जाना हो रहा है। हल्की-हल्की सर्दी पड़ने लगी थी। सच कहा जाए तो मैं ख़ूब स्वार्थी आदमी हूँ। जब मुझे कोई ज़रूरत पड़ती है, तभी किसी से मिलता हूँ या किसी को चिट्ठी डालता हूँ। उस समय मैं काफ़ी विनीत यहाँ तक कि दयनीय बन जाता हूँ और जब काम निकल जाता है तो बेहद लापरवाह हो जाता हूँ, इधर झाँकने भी नहीं जाता और हा-हा-ही-ही में मस्त हो जाता हूँ। पिछली बार जब मैं उनसे मिला तो इन दिनों मेरा एक भूतपूर्व मोटा मकान मालिक किराया बढ़ाने के लिए मुझपर एक विचित्र दबाव की नीति का प्रयोग कर रहा था। उसके बाद बीच-बीच में और भी छोटे-मोटे काम उनसे कराता रहा हूँ। और अब बात यह है कि कार्पोरेशन के मेयर उनके मित्र हैं और यदि वह मेयर से कह दें तो शायद सिविल लाइन्स में मुझे एक 'गुमटी' मिल सकती है। हाँ, ज़माना यह 'बिजनेस' का है जिसके बिना आदमी फटीचर ही बना रहेगा।

मुझे ठीक से याद नहीं कि उनसे मेरा कब परिचय हुआ। शायद मतदान के समय की बात है जब वह मेरे मुहल्ले में लगातार आते रहे थे। ख़ैर मैं तो एक ऐसा आदमी हूँ जो अपना काम बनाने के लिए दूर-दूर तक पहुँच जाता है। छोटी नाक वाली उनके गोरे चेहरे और मलकती आँखों को देखकर ही उनकी शराफत और ईमानदारी का अन्दाज़ा लगाया जा सकता है। एक मज़ेदार बात यह है कि जब प्रथम बार अपना काम साधने के लिए मैं उनके यहाँ गया तो शुद्ध घी की दो किलो मिठाई भी अपने साथ लेता गया था, पर उन्होंने साफ़-साफ़ मना कर दिया। मैंने कई बार कहा कि यह बच्चों के लिए है लेकिन वे इनकार में सिर हिलाते रहे। वह एक साधारण से हाईस्कूल के अध्यापक हैं लेकिन सार्वजनिक कार्यों के लिए शहर में माने जाने जाते हैं। वह आज के अर्थों में नेता नहीं कहे जा सकते, क्योंकि उनके पास धन नहीं है और न अपनी जेब भरने की वह कोशिश ही करते हैं, यद्यपि हर चुनाव के समय साधारण जनता सोचती है कि इस बार अवश्य ही उनको किसी पार्टी का टिकट मिलेगा। ख़ैर, आप आधी रात को पहुँच जाइए और वह आपके साथ चल देंगे। लोगों के दुख-सुख में शामिल होने से वह कतराते नहीं।

पिछले दंगों में जब बड़े-बड़े नेता दिखाई ही नहीं देते थे, वह गली-गली घूमा करते थे और वह कैसे बच गए, इसको भगवान ही जानता है। शहर में साम्प्रदायिक सद्भाव बनाने के लिए उन्होंने जन-ऐक्य समिति गठित की है, जिनके अध्यक्ष पद से वह सदा अपीलें निकाला करते हैं। वह किसी को देखते ही झट पहले ही हाथ उठा देते हैं, सदा मुस्कराते रहते हैं और इस तरह बातचीत करते हैं गोया किसी ग़लती के लिए माफ़ी माँग रहे हों।

लेकिन उनका दरवाज़ा बन्द था। मुझे बड़ा आश्चर्य हुआ क्योंकि आधा घंटा पहले मुझे एक व्यक्ति से मालूम हुआ कि वह घर ही पर हैं। क्या वह कहीं चले गए हैं या अन्दर ही हैं? मैं ठिठककर खड़ा हो गया। बड़े-बड़े वृक्षों और बिजली का खम्भा दूर होने के कारण वहाँ काफ़ी अँधेरा था। मैं एक अधबँही क़मीज़ पहनकर लिफ़ाफ़ा बना हुआ था और मुझे सिहरन-सी महसूस हो रही थी। जब मुझे यह मालूम होने लगा कि इस हालत में यहाँ देर तक खड़ा नहीं रहा जा सकता तो आगे बढ़कर मैंने दरवाज़ा खटखटा दिया।

मैंने कुछ देर तक प्रतीक्षा की, पर कोई उत्तर नहीं मिला। इसके बाद बाईं ओर की खिड़की से झाँककर अन्दर देखा, कमरे में कोई नहीं था। केवल एक बड़ी-सी मसहरी के ऊपर एक 40 वाल्ट का बल्ब जलता नज़र आया। अन्दर से किसी खटपट की आवाज़ भी नहीं आ रही थी। यह सोचकर कि इस बार उत्तर न मिलने पर लौट जाऊँगा, मैंने एक बार फिर दरवाज़ा खटखटाया।

कुछ देर बाद दरवाज़ा खुला और मैंने अपनी घनिष्ठता प्रदर्शित करने के लिए झट दोनों हाथ जोड़ दिये," भाभी जी, नमस्कार"।

उनकी पत्नी शीला चौड़े किनारे की हैंडलूम की एक मामूली साड़ी पहने थीं। वह बेहद दुबली-पतली हैं। उनके बाल की दो-तीन लटें आगे की ओर लटक रही थीं, जिनको उन्होंने झट से सम्हाल कर पीछे कर लिया। मैं एक या दो बार इसी कमरे में बैठकर इन्हीं की हाथ की चाय पी चुका हूँ। इसीलिए मैंने सोचा कि वह मुझे अच्छी तरह जानती हैं; लेकिन वह मुझे अनजान कुतूहल के भाव से देख रही थीं। उनकी उम्र पैंतीस से अधिक न होगी लेकिन वह बेहद दुबली-पतली हैं और अधेड़ की तरह दिखाई देती हैं। उनकी बड़ी-बड़ी आँखें गड्ढे में धँस गई हैं और उनकी हँसली और गाल की हड्डियाँ उभरी हुई हैं।

"आइए, अन्दर आ जाइए।" अन्त में उन्होंने मुस्कराते हुए कहा।

"कहीं गए हैं भाई साहब?"

"वह तो अभी थे, कोई आया था, उसके साथ चले गए। आइए बैठिए, हो सकता है, जल्दी जा जाएँ। कोई काम है?" उन्होंने अन्त में मुस्कराते हुए पूछा?

"नहीं, कोई ख़ास नहीं। बहुत दिनों से मिलना नहीं हुआ था...।" मैं धूर्ततापूर्वक हँस पड़ा।

"आ जाइए...।"

"बाद में आऊँगा...।" मैंने बनावटी संकोच प्रदर्शित करते हुए कहा।

"आ जाइए, बैठकर थोड़ी देर इन्तज़ार कर लीजिए, शायद आ जाएँ। कहीं दूर नहीं गए हैं...।"

मैं कमरे के अन्दर चला गया और उनके आग्रह पर कुर्सी पर बैठ गया। इसी समय अन्दर से तीन बच्चे कमरे में आकर खड़े हो गए। उनकी उम्र दस से लेकर पाँच वर्ष तक के बीच में थी और वे नेकर तथा क़मीज़ पहने थे। वे अपनी माँ की तरह ही काले थे और उनके चेहरे अजीब ऊबड़-खाबड़ थे, जैसे महादेव जी की बरात के बराती। वे मुझे आँखें फाड़-फाड़कर देखने लगे।

"जाओ...अन्दर जाओ। पढ़ने के लिए बैठो अभी।"

तीनों बच्चे झट से अन्दर चले गए तो वह हँस पड़ीं, "बड़े शरारती हैं। उनके पापा बैठा गए...मेरा तो कहना ही नहीं मानते हैं।...आप चाय पीएँगे।"

"नहीं...कोई ख़ास...।"

"अरे वाह, आप तो उनके दोस्त हैं न? वह तो दिन-भर चाय पीते रहते हैं। मुझे भी इसकी बुरी लत पड़ गई है। आप तो यहाँ आ चुके हैं।"

"जी हाँ...कई बार।"

"हाँ, यही तो मैं सोच रही थी इनके बहुत से दोस्त और मुलाक़ाती हैं। मुझे नाम-वाम याद नहीं रहते। आप भी टीचर हैं न?"

"जी नहीं...मैं एक दफ़्तर में काम करता हूँ।"

"अच्छा। दूसरे काम-धाम करने वाले लोग भी आते हैं। बताइए, मैं किसका-किसका नाम याद रखूँ। यहाँ टीचर लोग भी बहुत आते हैं। आप बृजेन्द्र बाबू को जानते हैं न?"

वह मुझे अपने पति का कोई ख़ास दोस्त समझकर ऐसे विश्वास से बात कर रही थीं कि सच बोलकर उनके भ्रम को तोड़ने की मेरी इच्छा नहीं हुई।

"हाँ...हाँ...।" मैंने कहा।

"बृजेन्द्र बाबू अक्सर यहाँ आते हैं! आप तो उनसे मिले होंगे? बड़े भले आदमी हैं। बहुत हँसते हैं। इन दोनों में बहुत पटती है। वह भी इन्हीं की तरह फक्कड़ हैं...।"

वह हँसने लगीं। उनके दाँत कुछ बड़े थे, इसलिए मुँह खुलने पर वे होंठों के बाहर आ गए। मैं भी हँसने लगा, गोया बहुत मज़ाक़ की बात हो। वह सहसा गम्भीर होकर दरवाज़े के पास चली गईं। उन्होंने बाहर अँधेरे में झाँककर देखा, फिर वापस आकर बोलीं, "आप बैठिए...मैं चाय लाती हूँ।"

वह भीतर चली गईं तो मैं बड़े संकोच में पड़ा। मैं उनका दोस्त नहीं हूँ, बल्कि काम निकलने की गरज से कभी-कभी उनसे मिलता हूँ, इसलिए उनके घर पर इत्मीनान से बैठकर चाय पीना मुझे अच्छा लगा। मैं एक प्राइवेट दफ़्तर में क्लर्की करने के अलावा छोटे-मोटे कई धन्धे भी करता हूँ। इस सिलसिले में जब मैं किसी

नेता या अफ़सर से मिलता हूँ तो कभी फक्कड़ या भिखमँगे की तरह उनके यहाँ नहीं जाता हूँ। इस तरह काम थोड़े होता है? इस व्यवहारिक में कुछ दीजिए और कुछ लीजिए। इस व्यवहार का सिलसिला चालू करने में पत्नियाँ बहुत सहायक होती हैं, यह भी मैं ख़ूब जानता हूँ, पर यहाँ मेरी दाल कभी नहीं गली। ख़ैर, मेरा काम भी कभी नहीं बिगड़ा। पर दोस्त बनकर आतिथ्य स्वीकार करने की बात जब उनको मालूम होगी तो उनके मन को चोट नहीं पहुँचेगी और इससे मेरा काम नहीं बिगड़ेगा?

वह शीघ्र ही चाय के दो प्याले लेकर आ गईं। एक प्याला उन्होंने मुझे दिया और दूसरा प्याला लिए कुर्सी पर बैठ गईं। उन्होंने चाय की एक चुस्की ली, फिर मुस्कराकर बोली, "इनको फ़ुरसत नहीं मिलती। घर पर चैन से बैठ नहीं पाते।"

"हाँ, वह तो मैं जानता हूँ। इनकी तरह शरीफ़, त्यागी ओर मेहनती इस शहर में कोई नहीं।" मैंने शीला जी को ख़ुश करने की गरज से कहा।

"सभी लोग तो यही कहते हैं। मैं भी इसे अच्छा समझती हूँ, पर अपना भी तो ध्यान करना चाहिए। आप तो विमलेश बाबू को जानते होंगे?"

"हाँ...हाँ...।" मैंने फिर झूठ बोला।

"अरे वही, जिनका सिविल लाइंस में बड़ा-सा मकान है। वह इनके साथ ही पढ़े। वह इनसे तेज़ नहीं थे, पर उन्होंने वकालत किस तरह जमा ली! महीने में हज़ारों पीटते हैं। बहुत दन्द-फन्द करते हैं। राजनीतिक नेता भी हैं और अफ़सरों को खिलाते-पिलाते भी ख़ूब हैं।"

"हाँ, ऐसी ही दुनिया है," मैंने सिर झुकाते हुए बहुत शराफत से कहा।

"इनके बहुत दोस्त बड़े-बड़े अफ़सर हैं। उनके पास कारें हैं, सभी शान-शौकत से रहते हैं। इनके बच्चे ठाट-बाट से रहते हैं और अच्छे-अच्छे स्कूल कॉलेजों में पढ़ते हैं। नित्यानन्द को तो जानते ही हैं। अरे, वह यहीं के रहने वाले हैं। आजकल सुपरिंटेंडेंट पुलिस हैं। वह भी इनके साथ पढ़ चुके हैं।"

"मैं जानता हूँ जी, ख़ूब अच्छी तरह।" मैं झूठ पर झूठ बोले जा रहा था।

"अपने दोस्तों और रिश्तेदारों में यही केवल ऐसे हैं। इनको किसी बात का शौक नहीं है—न खाने-पीने का और न पहनने ओढ़ने का। यह ठीक से भोजन नहीं कर पाते। खाना छोड़कर उठ जाते हैं और किसी के साथ चल देते हैं। आप लोग भी तो उनके दोस्त हैं। ढंग से रहते हैं, ठीक से खा-पी लेते हैं, बीवी-बच्चों की फिक्र करते हैं। मैं मना नहीं करती उनको, पर यह ज़रूर कहती हूँ कि बाहर कुछ ख़रीदकर खा-पी लें, आजकल फल सस्ते भी हो रहे हैं, पर यह अकेले तो कुछ खा ही नहीं सकते, दस आदमी को बटोर लेते हैं। इसी से इनकी तन्दुरुस्ती ऐसी है, बताइए, इनको कुछ हो जाए तो हम लोग कहाँ जाएँगे? बच्चों का पालन-पोषण कैसे होगा? फिर कौन पूछने आएगा?"

"कोई नहीं आता जी पूछने। मैं तो देख चुका हूँ।" मैं उत्साहपूर्वक बोला।

"यह लगातार धोखा खाते रहते हैं, पर यह करेंगे वही। अभी मैं दो महीने तक बीमार रही। यह गर्मी के दिनों की बात है। कोई पास नहीं फटका। यह दिन-रात खाना बनाते थे। इनके भाई लोग नहीं आए। मेरी बहन ख़ुद नहीं आई। उसके पति दिल्ली में सेंट्रल गवर्नमेंट में बड़े ऊँचे अफ़सर हैं। वे लोग कुछ दिनों के लिए आ सकते थे और उन लोगों को कुछ हो जाता है तो फ़ौरन मुझे भेज देते हैं, चाहे तबीयत ख़राब की क्यों न हो।"

"हाँ जी, मेरी पत्नी को पिछले साल बीमारी हो गई थी। उस समय मेरे दोस्त और रिश्तेदार सभी ग़ायब हो गए। कोई पास नहीं आया। मैं तो सब भुगत चुका हूँ। आप एकदम ठीक कहती हैं।"

मैं चाय पी चुका था। मैंने प्याला पास में ही पड़ी एक गोल मेज़ पर रख दिया। वह तो पहले ही पी चुकी थीं। उनके कमरे में कोई ख़ास समान नहीं थे। दो कुर्सियाँ, एक मेज़, एक मसहरी और किताबों का एक रैक। शीला जी दोनों प्याले उठाकर घर के अन्दर रख आईं और फिर बैठकर मुस्कराने लगीं।

"आप वीरभद्र को तो जानते हैं न?"

मैं कुछ अचकचाया। कौन वीरभद्र? मैंने उनकी ओर जिज्ञासा भाव से देखा।

"अरे वही जो किताबें छापते हैं। कई साल पहले की बात है कि उन्होंने इनसे एक मोटी किताब का अनुवाद कराया। किताब छापने पर पैसा देने को कहा था। इसके बाद दो वर्ष तक इनको दौड़ाया। हर बार कहता था कि अगले हफ़्ते पैसा मिलने ही वाला है।"

"अरे? फिर दिया कि नहीं?" मैंने ऐसा भाव प्रकट किया गोया मुझे बड़ी चोट पहुँची है यह बात सुनकर।

"साफ़ डकार गया। वह जानता था कि यह आदमी सख़्त नहीं हैं, कुछ करेंगे नहीं। एक बार त्योहार के समय घर में एक पैसा नहीं था। यह उस आदमी के यहाँ गए। वह बहुत बिगड़ा। उसने कहा कि 'क्या मैं पैसा लेकर भागा जा रहा हूँ। मैं इस समय बड़ी तंगी में हूँ।' वह लाखों का आदमी है पर उसने ऐसा कहा। ऐसे ही उनके साथी हैं, ऐसे ही लोगों के लिए यह काम करते हैं...।"

"भाभीजी, ठीक ऐसी ही मेरी हालत है। मैंने एक दोस्त के लिए कुछ काम किया था, पर उसने मौक़ा देखकर मेरा पैसा मार लिया। दोस्त से कहा भी क्या जाए। मैं तो दोस्तों की खातिर बरबाद हो गया...। मैंने नैतिक क्रोध प्रदर्शित किया।

"इनसे कहे कौन?" यह तो किसी की सुनते ही नहीं। यह सब कुछ अच्छा लगता है जब अपना घर भरा रहे। अपने घर में चिराग जलाकर ही मन्दिर में चिराग जलाया जाता है, सारी दुनिया जब पैसा कमाने के फेर में है, तो ये क्यों त्याग करने पर तुले हुए हैं। लोग कहते कुछ हैं और करते कुछ हैं। यही युगधर्म है। अपने स्वार्थ को साधना सभी ने सीख लिया है, पर यह लकीर के फकीर हैं।"

"मुझे भी दुनिया के लोगों ने काफ़ी बेवक़ूफ़ बनाया है, भाभीजी।" मैं बेशर्मी से हँस पड़ा।

"आप भी तो उन्हीं के दोस्त है न मुझे यह कहना तो न चाहिए, पर दो वर्ष पहले मेरी बहन यहाँ आई। वह मुझसे छोटी है, पर उसको पैसा होने का घमंड हो गया है। आपसे क्या छिपाना, उनकी खातिर बात करने में हम कर्जे में पड़ गए। मैंने इनको बहुत मना किया, पर यह माने ही नहीं। विदाई में सबको कपड़े दिये एक से एक बढ़िया। हम लुट गए, पर बहन को उन कपड़ों से सन्तोष नहीं हुआ। चारों ओर कहती फिरती थी कि पुराने कपड़े दे दिये कपड़े किसी काम के नहीं थे और जब मैं गई उसके यहाँ तो उसने किसी के लिए कपड़ा न दिया। मेरे दिल में कोई मलाल नहीं है, पर बात कहती हूँ। पैसा पाकर लोगों का दिमाग़ कितना ख़राब हो जाता है। तब वे दूसरों को इनसान नहीं समझते। उनका सारा व्यवहार पैसे के लिए होता है। उनकी मीठी-मीठी बातें पैसे के लिए होती हैं। वे किसी को प्यार करते हैं पैसे के लिए और घृणा करते हैं पैसे के लिए, पर इनसे कहे कौन—ये तो हमेशा जनता-जनता किये रहते हैं...।"

"हाँ, आप एकदम ठीक कहती हैं। दुनिया ऐसी ही हो गई है। मैं तो ख़ुद भुक्तभोगी हूँ। लोग मुझे धोखा देते हैं, पर मैं अपना व्यवहार नहीं छोड़ता...।" इससे आगे मैं बोल न सका और मेरा चेहरा अपराध-भाव से झुक गया।"ये जिसके लिए करते हैं, वही इनको धोखा देता है...।"

"ठीक कहती हैं, भाभी जी। मेरी भी यही आदत है, मैं दूसरो के लिए कर देता हूँ और बेवक़ूफ़ बनता रहता हूँ। इसलिए तो मेरे भाई साहब से मेरी पटती है..।"

"पहले ये लोग पाँच दोस्त थे...।"

"अच्छा? हाँ, मेरे भी कई दोस्त थे पहले।"

"इन लोगों में बहुत पटती थी। पाँचों एक-दूसरे के दुख-सुख में काम आते थे। तब मेरी शादी नहीं हुई थी। यही बताते हैं, पर बाद में यह सब धीरे-धीरे टूट गया। किसी दल में जब एक या दो चालाक आदमी घुस आते हैं तो वह दल चौपट हो जाता है। यही इन लोगों के साथ हुआ। इनके दल में इनके एक साथी थे, जो दल और उस दल के विचार तथा कार्य से व्यक्तिगत स्वार्थ साधने की चेष्टा करने लगे। बाद में वह एक सरकारी अफ़सर बन गए। यही हाल दूसरों का हुआ। कोई व्यापार में गया, कोई किसी फर्म में लग गया। इनको छोड़कर सभी मज़े में हैं। इनके दो साथी तो लखपति हैं। मैं इसको बुरा नहीं मानती। ये सभी अपने बाल-बच्चों के लिए करते हैं। पहले बीवी-बच्चे आते हैं, तब समाज और देश आता है। देश और समाज के लिए कौन करता है? बात सभी उसी की करते हैं पर त्याग और बलिदान करने का मौक़ा आता है तो अपनी पूँछ दबाकर लोग बिल में घुस जाते हैं। ये जिस पार्टी में हैं, उसमें भी वही लोग ऊँचे पद पर हैं, जो चालाक हैं। मैं इनसे धोखाधड़ी करने

को नहीं कहती, मैं तो चाहती हूँ कि ये भी अपने बाल-बच्चों का ध्यान दें, उनके बारे में सोचें...।" आप ठीक कहती हैं। हम दोनों को इसके बारे में सोचना चाहिए। हम दोनों को ज़माने ने ठगा है।...आए नहीं अभी," मैंने सहसा सिर घुमाकर पूछा।

"हाँ, कहीं रुक गए।"

"अच्छा तो मैं चलूँगा "

"चलेंगे? बैठिए। एक कप चाय और पीजिए...।"

"चाय तो आज बहुत पी चुका हूँ...।" मैं ही-ही-ही-ही हँसने लगा।"

"अच्छा मैं कह दूँगी..."

मैं उठ खड़ा हुआ। जब मैं बाहर निकल गया तो उन्होंने मुझे पुकारा। मैं लौट आया। मैं आश्चर्य से उनको देख रहा था। उनके चेहरे पर न मालूम कैसा भय सिमट आया था। वह मुझे एक टक देख रही थी।

"कोई बात है।" मैंने पूछा।

"मैं आपसे हाथ जोड़कर प्रार्थना करती हूँ कि आप उनसे कहिएगा नहीं। पता नहीं मुझ पर क्या भूत सवार हो गया था..."

"नहीं भाभीजी, मैं भला कह सकता हूँ, मैं सब जानता हूँ। क्या बताऊँ, आपके और मेरे परिवार की हालत एक जैसी है। जैसे भाई साहब वैसा मैं, जैसी आप वैसी मेरी पत्नी। एक दिन आपसे मिलवाऊँगा...ख़ैर, आप निश्चिन्त रहिए, मैं कभी उनसे नहीं कहूँगा, मैं जानता हूँ भाई साहब बुरा मान जाएँगे...।"

"बुरा नहीं मानते, दुखी हो जाते हैं। एक बार मुझ पर ऐसा ही पागलपन सवार हो गया था। ये देर तक सिर झुकाए बैठे रहे। फिर बोले—देखो, तुम ऐसी बात न करो। मैं किसी की सेवा करने के भाव से यह सब नहीं करता। न मैं यश और पैसा चाहता हूँ। मैं इसके अपना धर्म समझता हूँ। मैं जानता हूँ, मेरी वजह से तुम लोगों को कष्ट है, पर जब तक लोग चालाकी और स्वार्थ नहीं छोड़ेंगे, तब तक तुम अच्छी से अच्छी व्यवस्था में दोष रहेंगे, कुछ लोग शोषक बने रहेंगे और दूसरों को पीड़ित और अपमानित करते रहेंगे। मेरे साथ तुम लोगों को कष्ट भुगतना पड़ेगा। तबसे मैंने उनसे कुछ भी नहीं कहा। आज मेरा मन दुखी था। आज छुट्टी के दिन सवेरे से ही वह दौड़ रहे हैं और घर में छोटी बच्ची बीमार है तब भी उनको फ़ुरसत नहीं है।"

उनकी आँखें डबडबा आई थीं। मैं जल्दी से जल्दी वहाँ से खिसक जाना चाहता था। मैं बोला, "ठीक है, ठीक है। भाई साहब की आदत ठीक मेरी तरह ही है। आप निश्चिन्त रहें, मैं किसी से नहीं कहूँगा...अच्छा नमस्कार..."

मैं जल्दी से बाहर निकल आया और अन्धकार में तेज़ी से बढ़ने लगा।

['नई कहानियाँ', 1972]

भूकम्प

दीप कुमार शंकित भाव की अनजान कम्पित मुस्कान के साथ सुबह साढ़े आठ बजे ही उस शानदार बंगले के फाटक के सामने खड़े हो गए। लम्बाई ऐसी कि तीन में और न तेरह में; मार्च के बदलते सुहावने मौसम में सफ़ेद कुर्ता-पायजामा, काली ऊनी जैकेट, मामूली चप्पलें, पर बड़ी घाँटी वाले चेहरे पर विनम्रता और सदाशयता की हल्की लकीरें। शानदार फाटक के बीचोबीच नाटे कद का एक टाँठ चौकीदार तन कर खड़ा है और दोनों किनारों पर प्राइवेट पुलिस के दो सशस्त्र सिपाही।' अरे, ऐसा नहीं हो सकता', वह उस भव्य बंगले तथा ऊपर साफ़ नीले आकाश को देखते हुए सन्देह से होंठों में बुदबुदाए। लेकिन वह आगे बढ़कर कुछ पूछें, उससे पहले ही चौकीदार ने जो उनको पहले से ही घूर रहा था, आगे बढ़कर कड़ाई से कहा, "कौन हो जी, आप? यहाँ खड़े होकर क्या देख रहे हो? फ़ौरन यहाँ से चलते बनिये...नहीं तो...।"

दीप कुमार का चेहरा ऊपर से नीचे हिला, फिर नरेटी से बड़ी मोटी आवाज़ निकली, "आप नाराज़ न होइए चौकीदार जी, सिर्फ़ यह बताइए कि क्या यह बंगला श्री विनोद बिहारी जी का है? नेम प्लेट नहीं है तो पूछ रहा हूँ। मैं उनका एक पुराना मित्र हूँ, इस शहर में आया तो उनसे मिलने की तबीयत हुई। अन्दर जाकर सूचित कर दीजिए, मेरा नाम दीप कुमार है...।"

चौकीदार का चेहरा कुछ ढीला पड़ गया है और दृष्टि में भी बदलाव लेकिन शरीर कुछ तिरछा-ऐंठा सा भी हो गया है। उसने कौए की तरह देखते हुए कहा, "यह कोई मिलने का समय नहीं है, शाम को आइए।"

"जाकर कह तो दीजिए, शाम को तो वापस चला जाऊँगा अपने शहर...।"

चौकीदार कुछ देर वहीं रुककर कुछ सोचा रहा, निश्चय-अनिश्चय के बीच झूलता, फिर बोला, "क्या नाम बताया आपने...?"

दीप कुमार ने अपनी बात दुहरा दी, और चौकीदार घूमकर और फाटक के अन्दर दाख़िल होकर दृष्टि से ओझल हो गया। दीप कुमार ने महसूस किया कि उनके हृदय की धड़कनें तेज़ हो गई हैं। वह अब काल्पनिक आशंकाओं से मुक्त होकर, स्पष्टता और आशावादिता के साथ, नये सिरे से उन सभी बातों के सम्बन्ध

में सोच रहे हैं, जा क़रीब पच्चीस वर्षों के बाद, एक बहसबाज़ मित्र से मिलने पर कहेंगे। चार-पाँच दिन पूर्व अपने शहर लखनऊ में एक भव्य समारोह की ख़बर पढ़कर वह परेशान हो गए। कभी लगता ऐसा हो ही नहीं सकता लेकिन बाद में अपने से ही तर्क करने लगते कि इस दुनिया में क्या नहीं होता—जब वह स्वयं ऐसे हो गए हैं तो दूसरा क्यों नहीं हो सकता। इस आन्तरिक तर्क वितर्क से जब वह काफ़ी परेशान हो गए, तो एक दिन स्वयं सब कुछ जानने के लिए ट्रेन से इस महानगर के लिए चल पड़े। ट्रेन में उनको नींद नहीं आई थी और वह अजीब-अजीब सपनों में खोये रहे। कभी उनका सिर हिलने लगता। कभी तो कल्पना में बहस करते हुए उनके होंठों से बुदबुदाहट निकलने लगती...।

चौकीदार के लौटने में विलम्ब हुआ था लेकिन इस बार वह अदब से झुककर बोला, "सर, मालिक इन्तज़ार कर रहे हैं।" फिर तो वे तेज़ी से पीछे-पीछे चल पड़े। हवा में भी किंचित चंचलता थी जिसमें उनके खिचड़ी बाल उड़ रहे थे। उनके क़दम यंत्र चालित खिलौने की तरह पड़ रहे थे। कुछ ही देर में वह चमचम, चिकने और फिसलन भरे रास्ते को पार करके एक बड़े, हवादार कमरे में पहुँचे जिसकी सादी सज्जा मुग्धकारिणी थी, परन्तु उनकी दृष्टि कहीं न जाकर उस मोटे शरीर और फूले गाल वाले व्यक्ति पर पड़ी, जो एक महँगे सोफे पर सीधे बैठा था और बिना सिर घुमाये तिरछी आँखों से उनकी तरफ़ कुछ ऊँचाई से देख रहा था।

वह एक दुबले-पतले व्यक्ति से मिलने की उम्मीद लगाए हुए थे, और वह निराशा से घबराए भी, मिली भौंहों तथा मुँह के दाएँ काले मस्से से आशा का किंचित संचार भी हुआ। सहसा आगे बढ़कर दोनों हाथ जोड़कर नमस्कार करते हुए चमकती आँखों से देखकर बोले, "मैं दीप कुमार। पहचाना?

"नहीं तो..." मोटे व्यक्ति ने स्पष्ट रुखाई से नकार का सिर हिलाते हुए होंठ सिकोड़कर कहा।

"याद कीजिए...पच्चीस वर्ष पहले आप लखनऊ के राजेन्द्र नगर मुहल्ले में रहकर वहाँ की एक प्राइवेट कम्पनी में कोई काम करते थे दौड़ने-घूमने का। आप काफ़ी दुबले पतले थे लेकिन आदर्शवाद, नैतिकता के उत्साह और आत्मविश्वास से भरे। मैं कुछ ही दूरी पर अपने मकान में रहकर वकालत करता था। परिचय के बाद हम अक्सर गहरे दोस्त की तरह मिलने लगे। लेकिन हम दोनों के बीच जीवन दृष्टि के सम्बन्ध में गहरे मतभेद थे, इसलिए हम मिलते ही गर्मागर्म बहसों में उलझ जाते..."

"अरे...! मोटे व्यक्ति के मुख पर विराजमान अपरिचय और अनभिज्ञता की स्पष्ट रेखाओं में किंचित बदलाव परिलक्षित हुआ। वह सिर झुकाकर आँखों को हाथ से ढकते हुए से कुछ सोचने लगे। इस बीच दीप कुमार ने होंठों की मुस्कान के साथ आँखें मलकाईं और आराम देने के लिए अपनी अकड़ी गरदन ज्यों ही घुमायी कि

उनकी दृष्टि साफ़-सुथरी चमकती दीवार पर टँगी एक फ्रेम मढ़ी-तस्वीर से टकराई जो गेरूवा वस्त्रधारी, लम्बी दाढ़ी वाले एक मोटे, अधेड़ साधु महात्मा की थी।

मोटे व्यक्ति, जो पैंट-क़मीज़ पहने थे, उठ खड़े हुए और हाथ बढ़ाकर आकस्मिक पहचान की आत्मीय आवाज़ में बोले, "अरे आइए...हमारे पास बैठिए.. आप तो मोटे-तगड़े थे आधुनिक फैशन में रहते थे...अच्छा छोड़िए, पहले बताइए क्या लेंगे, ठंडा या गरम?"

हाथ मिलाने के पश्चात् उसी सोफे पर बग़ल में बैठते हुए दीप कुमार ने संक्षिप्त हँसी के साथ कहा, "इसके लिए धन्यवाद, मैं स्टेशन से ही खा-पीकर चला हूँ, आगे तबीयत होगी तो माँग लूँगा। मैं अख़बारों में एक भव्य समारोह की रिपोर्ट पढ़ने के बाद संशय से परेशान होकर सब कुछ यानी सच्चाई जानने के लिए जिज्ञासावश ही यहाँ आया हूँ। मैं अपने सम्बन्ध में बताऊँगा कि इन पच्चीस वर्षों में क्या हुआ...।"

"तो ठीक है, आप ही बताइए, मैं तो बहुत भूल चुका हूँ...।"

कुछ सोचते हुए दीप कुमार ने धीमे स्वर में बताना आरम्भ किया, "लखनऊ में आपके पास जो नौकरी थी वह अच्छी नहीं थी। आप काफ़ी व्यस्त रहते लेकिन जब भी मिलते, चेहरे पर हल्की सी मुस्कान रहती और आँखों में चमक। दुबले-पतले शरीर के कारण आपके गाल पिचके होते लेकिन छाती आगे निकली होती। फिर हम दोनों के बीच ज़ोरदार बहसें होने लगतीं। आपकी आवाज़ मेरी तरह बुलन्द नहीं है, आप उत्साह के शिखर पर सवार होकर मुट्ठी बाँधकर तेज़ आवाज़ में कहते, 'नहीं, अपनी सामाजिक चिन्ताओं से मुक्त होकर अपनी निजी मस्ती और स्वार्थ में डूबे रहने में इस जीवन की सार्थकता नहीं है। हमें दूसरों के लिए, विशेष रूप से दुखी मनुष्यता के लिए भी सोचना और करना चाहिए, नहीं तो मनुष्य जीवन प्राप्त करने का मतलब ही क्या है!' मैं व्यंग्य से मुस्कराकर अपनी बुलन्द आवाज़ में जवाब देता, 'दुखी मनुष्यता वग़ैरह की बात करना एक पाखंड सा बन गया है। जो इस तरह की बातें करते रहते हैं, दरअसल किसी रोग के शिकार होते हैं। वे ऐसे आडम्बरी शब्दों की आड़ में मज़े में स्वार्थ-साधन करते रहते हैं। एक ही तो मनुष्य की ज़िन्दगी मिली है, उसमें यह दिखावा! अरे मस्त रहिए, मौज़ कीजिए। समस्याएँ तो असंख्य हैं, सब अपनी-अपनी मौज़-मस्ती के बारे में सोचेंगे तो एक सन्तुलन बना रहेगा और समस्याएँ भी हल होती रहेगीं।' हम बहस करते हुए न मालूम कहाँ-कहाँ पहुँच जाते, वह मुख्य मुद्दा यही रहा कि दूसरों की चिन्ता करना या चिन्तामुक्त रहना...।"

सेवक इस बीच गोल मेज़ पर नाश्ते का सामान रख गया था...आलू के कटलेट, खोये की उम्दा बर्फ़ी, भुने काजू, सेब का शर्बत, चाय, जग में पानी, गिलास।

दीप कुमार ने सिर्फ़ एक गिलास पानी पिया था। फिर कुछ क्षणों तक सन्नाटा छाया रहा। विनोद बिहारी गाल पर हाथ रखकर और सिर टेढ़ा करके इस तरह बैठे थे,

गोया सभी बातें सुनने के साथ पच्चीस वर्ष पुराने उस दृश्य का भी अवलोकन कर रहे हों। फिर उनके मुँह से अचेतन सी आवाज़ फूट पड़ी, "फिर?"

"फिर आप कुछ समय के बाद लखनऊ छोड़कर चले गए, यह कहते हुए कि 'जल्दी लौटूँगा तो हमारी बहसें फिर शुरू होंगी।' लेकिन आप लौटे ही नहीं। मैंने आपकी कम्पनी के कार्यालय में पता लगाया, पर किसी ने कुछ न बताया। मुझे बड़ा सूना-सूना लगा। मुझे आपकी दोस्ती और आपके साथ हुई बहसों की आदत सी लग गई थी। रात में जब सोता तो नींद नहीं आती और मैं दिमाग़ में उन्हीं बहसों और उनके दोनों तरफ़ के तर्कों को बार-बार दुहराने लगता। सपने उन्हीं के आते। काफ़ी दिनों तक ऐसा चलने के बाद यह भी ख़त्म हो गया और मैंने अपनी वकालत पर अधिक ध्यान लगाया। मगर पाँच-छह वर्ष बाद एक अजीब घटना हुई...।"

"कौन सी घटना?" विनोद बिहारी चौंककर देखने लगे।

दीप कुमार के होंठों पर एक विवश सी मुस्कान फिसल गई। उनका दाहिना हाथ उठकर हवा में कुछ टटोलने लगा मानो जो बात कहना चाह रहे हैं वह स्पष्ट तौर पर कह नहीं पा रहे हों। अन्त में हिचक और हकलाहट के साथ उनके मुँह से आवाज़ निकली, "भाई विनोद बिहारी, उस दिन मुझे मालूम हुआ कि जो शब्द हम बोलते हैं और जो सुनते हैं, उनमें कितनी शक्ति होती है। सिर्फ़, शब्द ही नहीं, बल्कि उनकी सार्थक गूँजें भी हमारे अनजाने में ही भीतर गूँजती रहती हैं और हमारी आत्मा पर अजीब ढंग से असर डालती रहती हैं।"

वह थोड़ा रुके और कुछ सोचते हुए फिर कहने लगे, "मैं छुट्टी में एक दिन एक मामूली काम से पैदल ही जा रहा था कि मेरी आँखों के सामने ही, कुछ दूरी पर तेज़ी से आती एक कार ने एक आदमी को टक्कर मार दी। गनीमत की बात यह हुई कि वह आदमी कार की तरफ़ नहीं। बल्कि विपरीत दिशा में गिरा, फिर भी उसके पैरों और सिर में चोटें आईं। वह सुन्न पड़ा रहा। वीरान जगह थी, इसलिए कोई आया नहीं। इतने में क्या देखता हूँ कि एक लफंगा-सा ग़रीब-गन्दा छोकरा तेज़ी से दौड़ता आया और उस गिरे आदमी की जेब से सब कुछ निकालकर इधर-उधर हँसकर देखते हुए रफूचक्कर हो गया। मैं सब कुछ समझने की कोशिश करूँ, तभी एक पुलिस सिपाही न मालूम किधर से पहुँचा और उस धराशायी व्यक्ति को एक डंडा लगाकर बोला, देखकर नहीं चलता? जल्दी उठकर भाग यहाँ से...सिपाही के ग़ायब होने के बाद भी वह आदमी ज़मीन से उठ नहीं पाया...।

"मैं ऐसे अवसरों पर फ़ौरन से पेश्तर रफूचक्कर हो जाता रहा हूँ। न मालूम कितनी दुर्घटनाएँ तो मैने देखी होंगी। इस तरह की और भी बातें। लेकिन उस समय मेरे दिमाग़ में आपसे हुई उन बहसों की बातें गूँजने लगी थीं, विशेष रूप से वे बातें और तर्क जो आपने पेश किये थे कि सामाजिक दायित्व, ख़ास तरह से दुखी मनुष्य की निरन्तर चिन्ता करने और उसके लिए कुछ करने से ही मनुष्य जीवन सार्थक होता है।

मेरी जीवन दृष्टि इसके विपरीत रही है लेकिन उस समय न चाहते हुए भी आपके तर्क लगातार गूँजते रहे। अन्त में विवश होकर कैसे मैं उस गिरे हुए व्यक्ति के पास पहुँचा, यह क्या बताऊँ...।

"वह एक भिखमंगा था। बाईं करवट गिरा था, आँखें खुलीं, दर्द से सिकुड़ा चेहरा, आँखों के गिरे आँसू...सूखे। पूछने पर नहीं बोल सका और उठाने पर भी। मैंने एक टेम्पो बुलाकर, ड्राइवर की मदद से उसको उसमें लेटाया अस्पताल ले जाने के लिए। चार दिन अस्पताल में रहने के बाद उसकी छुट्टी हो गई। मैं उसको कुछ आर्थिक मदद देता रहा, फिर वह आराम से अपना पुराना काम करने लगा।

"आश्चर्य है कि यह काम करके मुझे बड़ा अच्छा लगा, सन्तोष मिला। क्या यह आपकी सोहबत से हुआ या आपके उन तर्कों की गूँज से जिससे मेरी जीवन-धारा ही बदल गई? मैं वही सब करने लगा जो पहले आप ज़रूरी समझते थे। वकालत करते हुए भी इस तरह के कार्य में सुख मिलने लगा। मैं कह सकता हूँ कि दूसरों की चिन्ता करके उनके लिए कुछ करते रहने से जो आनन्द मिलता है, वह बड़ा दिव्य है और..."

दीप कुमार सहसा चुप हो गए। वह शायद यह सोचकर उद्विग्न हो गए थे कि पता नहीं अब विनोद बिहारी क्या कहें! उनका सिर झुक गया। लेकिन प्रतीक्षा नहीं करनी पड़ी क्योंकि विनोद बिहारी ने कुछ सोचते हुए आत्मविश्वास से भरी आवाज़ में कहा, "अफ़सोस है कि आपको यह सब सोचना और करना पड़ रहा है। लेकिन यह तो मैं कह ही सकता हूँ कि आपने की, आपकी पच्चीस पूर्व की उन बातों ने उस फ़ालतू मानसिकता से मुझे मुक्ति दिलाई। इस अर्थ में तो आप मेरे गुरु ही हैं...।"

"गुरु? कैसे भाई विनोद बिहारी?" दीप कुमार ने फुसफुसाई आवाज़ में पूछा।

"आपका कहना ठीक है कि शब्द ब्रह्म होता है। कहे गए या सुने गए का किसी न किसी रूप में असर होता ही है। मैं लखनऊ से अपनी पुरानी कम्पनी में बरेली चला गया। वहाँ मुझे बड़ा हैरान-परेशान किया गया था। बरेली में एक सामाजिक संस्था पहले से ही चलती थी, जिसको मेरे पक्के विश्वासपात्र और मित्र रामेश्वर प्रसाद चलाते थे। उस संस्था द्वारा सामाजिक कार्य होते और रामेश्वर प्रसाद तो उनकी जान ही थे। शहर और उसके आसपास के इलाके के लोग उन्हें बहुत मानते थे। लगातार दौड़ने वाला सच्चा आदमी। आने वाले एक चुनाव में संस्था ने निश्चय किया कि रामेश्वर प्रसाद को संसद में भेजा जाए और वहाँ पहुँचकर उस क्षेत्र के आम लोगों की समस्याएँ उठाएँगे। संस्था के इस फ़ैसले के समय मीटिंग में मैं उपस्थित नहीं था लेकिन बाद में बताया गया तो मैंने रामेश्वर प्रसाद का पूरा समर्थन किया। यह बता दूँ कि पहले संस्था की स्थापना और उसको जमाने में मैंने अहम भूमिका निभायी थी और लोग मुझे रामेश्वर प्रसाद से अधिक चाहते और मानते थे और मैंने हर मौक़े पर इस तरह का सहयोग देने का वादा किया रामेश्वर को।

"इस बीच हुआ यह कि एक और व्यक्ति उस संसदीय चुनाव में खड़ा हो गया था। उसको मैं जानता तक नहीं था, शक्ल देखना अलग। एक दिन वह मेरे यहाँ पहुँचा और मेरा पाँव पकड़कर बोला कि वह मेरा रिश्तेदार है और भले मैं रामेश्वर प्रसाद का समर्थन करूँ लेकिन उसको भी मैं अपने हृदय के निकट रखूँ, अपना समझूँ। मैंने उसको रुखाई से वहाँ से विदा किया और कभी कतई न आने के लिए कहा। मेरे सामने एक मित्र और विश्वासपात्र के साथ एक महत्त्वपूर्ण परीक्षण के वक़्त दृढ़तापूर्वक खड़ा होना था। वह प्रतिद्वंद्वी, जिसके चेहरे पर सफ़ेद दाग़ थे और फँसे गले वाले व्यक्ति की तरह बोलता था, मना करने पर भी आता रहा और चुपचाप कटु शब्द सुनकर चला जाता...।"

"फिर?" दीप कुमार ने उत्सुकता से पूछा।

"हाँ, वही बता रहा हूँ। इस वक़्त यानी जब वह अवांछित संसदीय उम्मीदवार चला गया, मेरे अन्दर भी लखनऊ की बहसों के आपके तर्क गूँजने लगते कि अपना हित, अपनी मौज़-मस्ती ही सत्य है, दूसरों की चिन्ता मिथ्या और अनुपयोगी है और उससे शीघ्र ही मुक्त हो जाना चाहिए। जब पहली बड़ी सभा हुई तो मैं उन्हीं तर्कों की गूँज के प्रभाववश वहाँ गया ही नहीं अस्वस्थता का बहाना करके और मतदान के पूर्व वाली सर्वाधिक महत्त्वपूर्ण सभा में गया तो कुछ बोल आया। मैंने कहा, रामेश्वर प्रसाद बड़े ईमानदार व्यक्ति हैं वह सदा स्वाभिमान से रहे। आज के ज़माने में साधारण सुविधाएँ तो चाहिए ही। जिस जनता के लिए उन्होंने इतना सब किया, उस जनता ने उनको कुछ नहीं दिया। यह बड़ा ख़राब समय है, हमें कट्टरता छोड़कर उदारता की भी बात करनी चाहिए। रामेश्वर प्रसाद चाहे जीतें या हारें, वे देश की शान हैं, वह समाज के निर्माता हैं, राष्ट्र को दिशा दिखाने वाले हैं।"

विनोद बिहारी खाँसने लगे जिससे उनके फूले गाल हिलने लगे। फिर गहरी साँस लेकर उन्होंने पुन: बताना शुरू किया, "मेरे भाषण के बाद सन्नाटा छा गया। एक ताली भी नहीं बजी। मैंने अपने विश्वासपात्र साथी की जीत के बारे में कुछ भी नहीं कहा था, प्रतिद्वंद्वी की कमियों के सम्बन्ध में एक शब्द भी नहीं। मैंने रामेश्वर प्रसाद की दूसरी समस्याओं के सम्बन्ध में, जो असामयिक और अप्रासंगिक थीं, ज़ोरदार शब्दों में बोल आया ओर उसके लिए जनता को ही दोषी ठहरा आया। मुझे अकेले ही घर...

एक दावत कथा

दो नौजवान पॉकेटमार लम्बे सफ़र के बाद जब अपने शहर में पहुँचे तो एक शानदार दावत का आयोजन होने ही वाला था। एक मशहूर नेता कुमार शार्दूलेन्द्रश 'जमुनी' की इकलौती पुत्री के शुभ विवाह पर एक पाँच सितारा होटल से शेफ, बावर्ची तथा कैटरर बुलाए गए थे और हर तरह का खाना घर पर ही तैयार हो रहा था। बढ़िया ख़ुशबू उड़ रही थी, जिससे पास से गुज़रने वाले लोग मस्त होकर ज़बान चटपटा और नाक सुड़क रहे थे।

एक दुर्गन्धपूर्ण शहर में, जहाँ तुच्छतम गलीज़ नालियों में बह रहा हो और जहाँ-तहाँ कूड़े बिखरे हों, ऐसा आयोजन अनहोनी-सी घटना है और वे लोग भी जो अपने जीवन में वैसे समारोह में कभी जा न सकेंगे और वैसा ही खाना खा न सकेंगे, अपने शहर पर गर्व कर रहे थे।

वे पॉकेटमार भी उसी दावत की बात कर रहे थे। यही नहीं, वे उसमें शामिल होने की योजना भी बनाने लगे। दोनों की उम्र बीस से ऊपर कम अन्तर के साथ, एक अधिक साँवला और दूसरा कुछ ही ठिगना। दोनों ही गन्दी और मिमुड़ी-चिमुड़ी पैंट पहने थे। और क़मीज़ भी वैसी ही। दावत-स्थल से दूर, एक खँडहर मकान की अवशिष्ट दीवार पर बैठे वे गप्पें लड़ा रहे थे।

"मैं उधर गया था, बड़ी ख़ुशबूदार है, यार..." ठिगना आह-सी भरते हुए बोला।

"चुप कुत्ता...तभी से उसी की बात। बकवास बन्द कर नहीं तो मारूँगा।"

"तेरा क्या जाता है मशालची तेली का तेल जले और...।"

बात काटते हुए, "अच्छा बता तू चाहता क्या है?"

"मक्खी की औलाद...क्या मेरी चाह पूरी कर देगा तू।"

"बता तो भूतनी के।"

ठिगना ने धीमे स्वर में जैसे समझाते हुए कहा, "यार तू कैसी बात कर रहा है, शानदार दावत हो रही है और तू मुझ से पूछ रहा है...।"

"अच्छा तो दावत खाने की तबीयत है? पहले गड़हिया में मुँह देख आ, साले।"

"पहले यह सुन मैं पिछले साल किसी के साथ लग गया और अन्दर! ग़ज़ब की दावत, क्या-क्या चीज़ें थीं मैं चोट्टा मरभुक्खा क्या जानूँ...जो मिला उसी पर

हाथ साफ़ करने लगा। और वह बकरे का..."

"बकरे का.. क्या बकरे का..."

ठिगना बिगड़ गया, मुँह चिढ़ाते हुए बोला "क्या बकरे का...खंदकी साले, तुझे हर चीज़ बतानी पड़ेगी? बताया कि बड़ी ज़ोरदार दावत थी...चारों तरफ़ लज़ीज़ माल पड़ा था ओर कई चपरगट्ट दहीबड़े और रबड़ी खा रहे थे...वह भी डरते-डरते, सकुचाते। लानत है ऐसी ज़िन्दगी पर..."

ठिगने की बात सुनकर दूसरा कुछ सोचने लगा। फिर बोला, "तेरी बात सुनकर मेरी भी लार टपकने लगी। इस बार कुछ कमाई नहीं हुई यार। कानपुर वाले ने एक मालदार आदमी को सौंप दिया। वह काफ़ी नामा लेकर तीसरे दर्जे में सफ़र कर रहा था। मैंने हर जगह टटोला कुछ मिला ही नहीं। तब मेरी निगाह जूते की तरफ़ गई। बाप रे? बड़ी ज़ोरदार गाँठें लगी थीं। मेरी तो समझ में न आया कि कैसे खोलूँ...आधी रात के बाद जब सभी ऊँघ रहे थे, मैंने धीरे-धीरे खोलने की कोशिश की। ...वह जाग गया मैं पटना के आगे वाले को सौंप कर ख़ाली हाथ चला आया...।"

वह चुप हो गया। ठिगना उसे गौर से देखने लगा, "तू रो क्यों रहा है?"

"धत् सालों! रोऊँगा क्यों?.. बहुत दुनिया मैंने भी देखी है...पर तू तो जानता ही है, बासी ककड़ी हुई, पावरोटी, रस, चिनियाबादाम, ढाबे की तरकारी खाते-खाते नाक में दम हो गया है, ज़बान और तालू घिस कर घवाह हो गए हैं। तू ठीक कहता है, कुछ तर माल भीतर जाए तो मरहम की तरह आराम मिले। चलो, प्रोग्राम बनाते हैं..."

"कैसे?" ठिगने की आँखें अचम्भे से फैल गईं।

"चपरगट्टू, चपरकनाती...तेरी खोपड़ी में दिमाग़ नहीं, वही भरा है...संडास!"

ठिगना हँसने लगा, "वाह बेटा शराबी।"

"वह मकान देख रहा है सामने?"

"क्यों नहीं, दो लड़के रहते है यूनिवर्सिटी में पढ़ने वाले...विपिन और घनश्याम...।"

"चाबी बनाना तो जानता ही है तू...चौक के उस चाबी वालों के यहाँ काम भी तो किया है।"

ठिगना उसे घूरने लगा, "क्या तू चोरी करना चाहता है? इतने अच्छे हैं, मेहनत से पढ़ने वाले हैं, दिमाग़ का काम करते हैं।"

"सच्ची यार तू, निरा उल्लू का पट्ठा है। वहाँ क्या मिलेगा चोरी करने वाले को, वे लोग तो छुट्टी पर गए हैं। तू इन्हीं फटीचर कपड़ों में दावत खाने चलेगा?"

"अन्दर क्या मिलेगा?"

"वही तो देखना है। वे लोग हैं भी तो हमारी ही तरह। कपड़े ठीक मिल गए तो खा लेना दावत नहीं मिले तो कुछ और सोचेंगे।"

"और जूते या यही फटीचर चप्पलें?"

"बड़ा गदहा है, भाई तू कमरा खोल तो! सैंडिल भी मिल गए तो गम नहीं। और यह भी सुन..."

वह चुप होकर कुछ सोचने लगा। ठिगना उसे जब मुँह सिकोड़ और आँखों से घूरकर देखने लगा तो वह बोला, "कपड़े-सपड़े मिल गए तो दावत के फाटक पर पहुँचकर यह भी देखो उँगलियाँ-हाँ सिरिफ दोनों उँगलियाँ उठाकर फैला देना... ऐसे...उसने उन उँगलियों से अंग्रेज़ी के अक्षर 'वी' का चिह्न बनाया।

"यार, ऐसा क्यों करते हैं," ठिगना ने बड़ी गम्भीरता से पूछा।

"मैं नहीं जानता...जानकर क्या करेगा? हमारा बाप तो पॉकेटमार नहीं था, तेरा बाप भी ग़रीब मज़दूर ही था.. तू ही बता, हम पॉकेटमार क्यों बन गए...?"

"तू ही बता क्यों बन गए?"

"फ़ालतू बात मत कर...इससे दावत नहीं, जूते खाएगा। जो मैं कहता हूँ वही कर! कुछ दिन पहले मैंने एक बूढ़े आदमी से पूछा था, यही सवाल। वह सूट-बूट में थे..."

"क्या पूछा था," ठिगने को बात ठीक से समझ में नहीं आई।

"मैंने दोनों उँगलियाँ उठाकर और फैलाकर पूछा था। वह घूर कर मुझे देखने लगे। चिड़चिड़ा कर बोले, 'जान कर क्या करेगा छोकरे, जब देश के काफ़ी लोग बिना जाने-बूझे यही कर रहे हैं तो तू भी कर। यह नकलचियों का देश है। साठ साल पहले अंग्रेज़ गोरों का एक परधान मंत्री लड़ाई के जमाने में वही करता था। अब गोरों ने ऐसा करना छोड़ दिया है। मगर यहाँ के गँवार नेता और उनके चेले तो वही किये जा रहे हैं...तो भी कर, तू भी नेता बन जाएगा...' इतना कहकर वह मुस्कराते हुए चले गए। उनकी बात ठीक से समझ नहीं पाया...हाँ, यह लगता है हम लोग वैसा करेंगे तो तो कोई शक भी नहीं करेगा...ठीक कह रहा हूँ न?"

"मैं नहीं जानता, यार...तू जैसा कहेगा वैसा ही कर दूँगा..." ठिगने ने कहा।

"अच्छा तू, उस कमरे को खोलने का इन्तज़ाम कर..."

"यार, तू ऐसा न कर...मेरी आत्मा..."

दूसरे ने ज़ोर का ठहाका लगाया, "वाह बेटा तूने...चुड़ैल भी दो घर छोड़ देती है...वे लड़के को तो जानते हैं कि हम क्या हैं...इस पर भी वे हमसे प्यार से बोलते हैं—कभी एक-दो रुपये भी दे देते हैं। तुझे शर्म नहीं आती?" ठिगना काफ़ी गम्भीर हो गया था।

"देख यार...तुझे समझाना भी बड़ा मुश्किल है। हम वहाँ से कुछ भी न लेंगे। हाँ, ठीक-ठाक कपड़े मिल गए तो वे पहनेंगे और दावत खाने के बाद आकर वैसे ही रख देंगे...वहाँ रुपये पैसे मिल गए तो भी उसमें से कुछ न लेंगे...बाप क़सम खाता हूँ।"

ठिगना हँसने लगा, "बाप तो तेरा पहले ही मर चुका है, क़सम क्या खाया करता है।"

"फ़ालतू बात न कर...कल दावत है, तू कमरे की चाभी तैयार कर आज कीं रात में।"

"इतना आसान काम नहीं है..।"

"नहीं है, तो नहीं है...दावत का चक्कर छोड़।"

ठिगना चुपचाप हँसने लगा। फिर गम्भीर होकर बोला, "ऐसी मनहूस बात न कर। तू जो कहेगा, मैं कर दूँगा। आज रात सब फिट हो जाएगा।"

वे नीचे उतर कर एक ढाबे की तरफ़ चल दिये। दो बजे से अधिक का समय था, काफ़ी गर्मी थी, मुँह पर पसीना, नीचे क़मीज़ के अन्दर बहता हुआ, चेहरे ताँबे की तरह तमतमाए हुए।

ठिगने ने रात में चाभी तैयार कर दी और ताली खोलकर और बत्ती जलाकर भीतर का मुआइना भी कर लिया। कमरा सचमुच बड़ा था, जिससे भीतर की तरफ़ लगा एक ओसारा था, जिसमें बाथरूम आदि थे। कमरे और ओसारे में एक-एक खिड़की। दोनों चारपाइयों पर जो कमरे में आमने-सामने थे, बिस्तर लगे थे। दो खूटियों पर एक-एक पैंट और क़मीज़ें टँगी थीं—पहनकर उतारी हुई लेकिन बहुत कम गन्दी। एक कोने में एक मेज़, कुछ लम्बी सी, जिस पर एक इस्तरी, रेजर, ब्लेड का पैकेट, छोटी-सी कैंची, काला बूट पालिश आदि सामान पड़े थे। मेज़ के नीचे जूते भी थे दोनों छात्रों के, जिनके अन्दर मोजे भी थे, जिनसे हल्की दुर्गन्ध निकल रही थी। इस समय ठिगने ने काफ़ी होशियारी का परिचय दिया। उसने बाथरूम में ले जाकर मोजे, दोनों पैंट क़मीज़ें और बनियानें साबुन से धोकर तथा फींच-कचार कर ओसारे में फैला दिये।

अगले दिन वे दोनों पाकेटमार अँधेरा होते ही उपर्युक्त कमरे में ताला खोलकर चुपके से अन्दर घुस गए। उन्होंने बारी-बारी से दाढ़ी बनायी, जूतों में पॉलिश लगाया, बारी-बारी से बाथरूम में जाकर स्नान किया, सूखे कपड़ों को प्रेस किया और अन्त में चमाचम पोशाक और जूते पहन कर ख़ासा जेंटिलमैन बन गए।

वे ठठाकर हँस पड़े लेकिन डर कर फ़ौरन चुप हो गए। खिड़की बन्द थी, लेकिन कुछ देर तक आहट लेते रहे। निश्चिन्त होने पर चुपके से निकले। ठिगना ताला बन्द करने के लिए रुक गया।

गर्मी की अँधेरी रात थी। धीमी हवा चलने से राहत मिल रही थी। कुछ दूर स्थित खँडहर ने राक्षसी छायाकृति धारण कर ली थी। वे पाँव दबा कर चल रहे थे। साढ़े सात तक वे ढाबे में खाना खा लेते हैं लेकिन ढाबे तक पहुँचकर वे लौट चले। उनके होंठों पर मुस्कान थिरकने लगी। वे बनावटी शानदार चाल से इधर-उधर घूम रहे थे।

ठीक सवा आठ बजे वे दावत-स्थल के निकट थे। दूर से ही उन्होंने देखा कि फाटक पर एक वर्दीधारी चौकीदार था और उससे कुछ ही दूरी पर भीतर की तरफ़ लगभग तीस-पैंतीस वर्ष का एक नौजवान सूट-बूट-टाई में सज्जित खड़ा था।

वे होंठों में हल्की मुस्कराहट के साथ आगे बढ़े। उन्होंने आपस में भुन-भुन बात की। फिर फाटक पर पहुँचकर दोनों ने ही अपनी पहली दोनों उँगलियों को उठाकर अंग्रेज़ी अक्षर 'वी' का चिह्न बनाकर आगे बढ़ना चाहा।

भीतर की तरफ़ खड़ा सूटेड-बूटेड नौजवान चौंक गया। वह केयर टेकर था। उसने विनम्रता से पूछा, "कृपया बताइए आप कौन हैं, मैं आने वाले निमंत्रित सभी व्यक्तियों को अच्छी तरह से जानता हूँ...हो सकता है मेरी याददाश्त धोखा दे रही हो.. तो अपना परिचय बता दें या अपना निमंत्रण कार्ड पास में हो तो दिखा दें...।"

उन्होंने फिर दोनों उँगलियों तो उठा कर 'वी' का चिह्न बनाया और आगे बढ़ना चाहा। अब केयर टेकर का सन्देह पक्का हो गया ओर उसने डपटकर पूछा—"कौन हो, भाई साब? जल्दी बताओ..।"

उन्होंने पुन: उँगलियाँ उठाकर 'वी' का चिह्न बनाया। इसी समय सेवकनुमा तीन—चार व्यक्ति दौड़कर आ गए और केयर टेकर का संकेत पाकर उन दोनों को पकड़कर धुनाई करने लगे, बता सही—कि तू कौन है? मार इतनी तेज़ पड़ने लगी कि उन्हें अपना असली परिचय देना पड़ा। लेकिन सच बोलने का कोई अन्तर नहीं पड़ा और मार की तेज़ी बढ़ती गई। वे लहू-लुहान होकर नीचे गिर पड़े और बेडौल हो गए।

कुछ ही देर में पुलिस आ गई। एक सिपाही बोला, अरे ये तो वही हैं...।

सागर

सागर नाम है उसका सीधा-सादा और पढ़ने में ठीक-ठाक। बी.ए. पास होने के बाद, गर्मी की छुट्टी में, एक दिन वह बाहर वाले कमरे में टँगे एक कैलेंडर को देख रहा था, जिसमें एक ख़ूबसूरत औरत की तस्वीर बनी हुई थी।

"क्या करता है, आवारा कहीं का। पढ़ने-लिखने से मतलब है नहीं, जब देखो, किसी औरत की तस्वीर निहारता रहता है।" कुमार बसावन ने कमरे के अन्दर आकर फटकार लगाई।

सागर का मुँह फक पड़ गया और सिर नीचे झुक गया। इतने में सागर की मम्मी रजनी, कमरे में आकर लड़के का पक्ष लेती हुई बोली, "लड़के को क्यों डाँटते हैं? एक तस्वीर क्या देख ली कि गरजने-तड़पने लगे।"

"तुम्हीं ने तो उसे बिगाड़ दिया है। तुम्हारी वजह से यह घर चौपट हो गया है।" कुमार बसावन ने प्रत्यारोपण का रामबाण निकाल लिया।

"बस-बस। सारी दुनिया जानती है और रोज़ इसे देखती भी है। आप तो टीचर हैं, आप ही सोचिए कि आपने इसे पास बिठाकर कभी पढ़ाया लिखाया? हर कक्षा में अच्छे नम्बरों से पास होता है और इस वर्ष बी.ए. में भी उसके बहुत अच्छे नम्बर आए हैं। फिर इतनी डाँट फटकार क्यों?"

"चुप रहो, मूर्ख औरत हो। जानती-समझती नहीं और आकर हर बात में टाँग अड़ाती हो और बक-बक शुरू कर देती हो। तुमने तो पूरे घर को चौपट कर रखा है। तुम्हारी वजह से ही सभी लड़के बिगड़ रहे हैं..."

"ऐ-हैं! उल्टे चोर कोतवाल को डाँटे! जब मैं इस घर में आई तो कैसी सोने की तरह देह थी मेरी। लेकिन सबकी सेवा करते और सबकी आनी-बानी सुनकर और सुनते-सुनते, मेरी देह, दिल और दिमाग़ सब चौपट हो गया। अब समझ लीजिए, आप सबका अंडबंड मैंने बहुत सह लिया, पर यह बरदाश्त नहीं कर सकती कि मेरे बच्चों पर कोई झूठमूठ तोहमद लगाए।"

"अरे जाओ, इस लायक रहतीं तो घर में रोज़ का रोना ओर रोज़ की किच-किच न होती। पहले लायक बनो, तब ज़बान लड़ाओ। इसकी हक़दार बनने के लिए अपने में क़ाबिलियत पैदा करो।"

"ईश्वर बहुत कुछ सोच-समझ कर देता है। जो जितना क़ाबिल होता है, उसे वैसी ही पत्नी भी मिलती है। नहीं तो ईश्वर ने आपको लन्दन-रिटर्न विलायती मेम पत्नी के रूप में न दे दी होती।...अब अफ़सोस करने से क्या फ़ायदा? जो कुछ भगवान ने दिया है, उसी पर सन्तोष कीजिए और धैर्य के साथ कोशिश कीजिए कि आपके लड़के आपके रास्ते पर न चलकर ऊँचे हों।"

"मतलब आप ख़ूब समझते हैं और नासमझ बनकर नाटक कर रहे हैं। अगर मुझसे सुनना चाहते हैं तो मुझसे फिर सुन लीजिए। आपने ख़ूब गुलछर्रे उड़ाए हैं। आप एक आत्मकेन्द्रित, कमज़ोर और बेहद कायर व्यक्ति हैं। आपने जो कुछ किया है, उससे आपके परिवार, आपके समाज और आपके राष्ट्र का अपमान हुआ है। इसका अधिकार आपको किसने दे दिया? आप यह सब छोड़कर रोज़ रामायण पढ़िए और कुछ अच्छा सोचिए और अच्छा कीजिए..."

पति-पत्नी के बीच चख-चख कुछ देर तक चलती रही। सागर सिकुड़ कर खड़ा था। जब उसने देखा कि झगड़ा रुकने का नाम नहीं ले रहा है। और अजीब-अजीब बहानों के सहारे दावानल की तरह बढ़ता जा रहा है तो उसने अपनी माँ का हाथ पकड़कर घर के अन्दर खींचते हुए कहा, "मम्मी, मुझे भूख लगी है, भीतर चलकर कुछ खाने को दो...।"

शायद इससे पति-पत्नी दोनों को कुछ राहत मिली क्योंकि दोनों ही आत्मनियंत्रण की सीमा रेखा लाँघ चुके थे। छोटी-मोटी झड़प तो उनके बीच हो ही जाती थी अमूमन। इन दोनों झगड़ों की धमक-बमक बाहर मुहल्ले वालों के घरों में भी पहुँचती, जिसकी उपयोगिता इस रूप में समझी जाती कि उनकी छंह सन्तानें इसी बीच तो हुई थी—चार लड़के और अन्त में दो लड़कियाँ। ख़ैर, चीज़ें वहाँ बिगड़ीं जब वह एक शिक्षिका के साथ घूमते नज़र आए जिसको रजनी ने 'सौत' पदवी से विभूषित कर दिया।

रजनी स्व सुन्दर थी। लम्बी, गोरी, बड़ी-बड़ी आँखें। उसने यह सोचकर रियायत करनी चाही कि उसकी माँ, मर्द के कुत्ते और छुछुन्दर की जाति कहती थी। पर कुमार बसावन के मामलों में चीज़ें इतनी आसान नहीं थीं। वह अपने को बड़ा योग्य समझता था और बहुत मामूली अवसर पाकर भी उपदेश देने या डाँट फटकार करने लगता।

सागर के ज़िद करने पर रजनी उसके साथ अन्दर रसोई घर की तरफ़ चली गई। इससे सबको राहत तो मिल गई लेकिन सागर ने अपनी माँ से झुँझलाकर कहा, "आप क्यों हर जगह पहुँचकर पिताजी से लड़ने लगती हैं?"

इस प्रश्न का जवाब रजनी सहसा नहीं दे सकी। उसका मुँह तमतमा गया और ग़ुस्से से आँखें गुड़ेर कर लड़के को देखने लगी। फिर बोली, "तुम कैसे बेईमान हो, बेटा? वह तुम्हें फ़ालतू बात के लिए डाँट रहे थे, मैं तुम्हें बचाने के लिए पहुँच गई तो मुझ पर ही दोष मढ़ रहे हो।"

"मैं दोष नहीं दे रहा हूँ, मम्मी। आप चुप रहा कीजिए। आपको पिताजी जब डाँटते-फटकारते हैं तो मुझे अच्छा नहीं लगता। अगर वह मुझे डाँटते हैं। तो मैं उसे बरदाश्त कर लेता हूँ। अगर मुझसे कोई ग़लती हो रही है तो मैं उसे सुधारने की कोशिश भी करता हूँ। वह मेरे भले के लिए ही तो डाँटते हैं?"

"चुप रहो...अभी तुम्हारे पिताजी मुझसे लड़ रहे थे, अब तुम लड़ने पर उतारू हो। मैं तुम्हारी बातों का जवाब नहीं दूँगी। मैं कोई पागल और बेवक़ूफ़ स्त्री नहीं हूँ। मैं वहीं बोलती हूँ, जहाँ बोलना ज़रूरी होता है, जब कोई ग़लत काम किया जा रहा हो, या ग़लत बात बोली जा रही हो। मैं जानती हूँ कि तुम ख़ुद बहुत समझदार हो, तुम खेल-कूद और मनोरंजन से दूर रहकर अपनी पढ़ाई पर ध्यान देते हो। अगर कोई बहुत ही मामूली बात पर तुम्हें फटकारता है तो मुझे बुरा लगता है। मैं ग़लत बात बरदाश्त करने वाली नहीं...।"

"अच्छा, मुझे कुछ खाने को दो, अम्मी! दूसरी बातों को छोड़ो...मैं बड़ा हो गया हूँ, अपना भला-बुरा समझ सकता हूँ, मैं ऐसा कोई काम नहीं करूँगा, जिससे पिताजी या तुमको कष्ट हो।"

कुमार बसावन मझोले कद के गोरे और ख़ूबसूरत व्यक्ति थे। हर बात के शौकीन भी। यानी पहनने, ओढ़ने, खाने-पीने और सैर-सपाटों के। कमाल यह था कि अपनी मौज़-मस्ती के साथ ही वह अपने परिवार पर कड़ी नज़र भी रखते जिससे हर व्यक्ति उनके कड़े अनुशासन में रहे। उनका बड़ा लड़का उन्हीं की तरह सुन्दर और बहुत अच्छा खिलाड़ी भी निकल रहा था। वह फुटबाल तथा हॉकी ऐसे ख़ूबसूरत स्टाइल से खेलता कि उसकी ख्याति दूर-दूर तक फैल गई थी। लेकिन पिता की डाँट फटकार से उसने खेलना छोड़ दिया और पढ़ाई पर ध्यान लगाया। लेकिन पिता की फटकार से मुक्ति नहीं मिली उसे। जब वह समझ गया कि इसी परिस्थिति में उसे आगे बढ़ने की कोशिश करनी पड़ेगी।

जब पिताजी घर में नहीं रहते तो बड़ी-शान्ति छाई रहती और हर काम सुचारु रूप से चलता रहता लेकिन जब आ जाते तो छोटी-छोटी बात पर भी झाँव-झाँव शुरू हो जाता। वह बड़ा हो गया और उसे कभी-कभी बड़ा ग़ुस्सा आ जाता। उसकी पढ़ाई का तो नुकसान होता ही था, उसके छोटे भाइयों और बहनों की पढ़ाई का भी काफ़ी नुकसान होता। वह पढ़ाई के विषय पर ही अकारण डाँटते और इस तरह पढ़ाई का ही काफ़ी नुकसान करते।

ऐसी परिस्थिति में वह रात में जाग-जाग कर पढ़ाई करता और भरसक कोशिश करता कि छोटे भाई-बहनों की भी मदद कर सके। इसका परिणाम भी अच्छा ही निकला। सभी छोटे, अच्छे नम्बरों से पास हुए और उसने स्वयं भी एम.ए. अंग्रेज़ी में टॉप किया।

इस परिणाम से क्या कुमार बसावन ख़ुश हुए? ऐसा तो नहीं कहा जा सकता, फिर भी उसका कुछ असर तो पड़ा ही। परिणाम जानकर वह घर के अन्दर आकर नरमाई से बोले, "देखो, नतीजा अच्छा निकला न।" मैं इसीलिए तुमको डाँटता-फटकारता था।"

"वह अपनी मेहनत से सफल हुआ है या आपकी डाँट फटकार से बेमतलब डाँट-फाटकार अच्छी चीज़ थोड़े ही है?" रजनी ने प्रतिवाद किया।

"तुम अपनी आदत से बाज़ नहीं आओगी। अच्छी बात कही जाएगी तो तुम उसका उल्टा मतलब लगाओगी तुम्हारी समझ में कोई चीज़ आती ही नहीं।" सागर माँ-बाप की ऐसी बातों पर ध्यान नहीं देता था। वह अकेले में माँ से ऐसी बहसों में न पड़ने का अनुरोध भी करता था।

वह और कठिन परिश्रम करने लगा क्योंकि आई.ए.एस. की परीक्षा में बैठने वाला था। ऐसी मेहनत उसने पहले तो कभी की भी नहीं थी। वह अपने प्रथम प्रयास में अच्छी पोजीशन से सफल हुआ।

इसमें कोई सन्देह नहीं कि कुमार बसावन इस परिणाम से बहुत ख़ुश हुए। लेकिन उन्होंने इस बार अपनी डाँट फटकार को महत्त्व देते हुए उसमें ईश्वर की मर्ज़ी को भी जोड़ दिया।

गुत्थी

मेरी समझ में नहीं आता कि दीदी आज भी ऐसा क्यों करती हैं? कुछ समय पहले की बात है, नौकरी से लम्बी छुट्टी लेकर घर जाते हुए दो दिनों के लिए मैं दीदी के यहाँ रुक गया था। जब चलने लगा तो मेरी अनिच्छा के बावजूद मेरी मुट्ठी में ज़बरदस्ती दस रुपये का नोट हँसती हुई दीदी बोली, "चुपके से रख लो, अपने जीजा को मत बताना।"

मैं बिगड़ गया, "यह क्या करती रहती हैं आप? जब मैं छोटा था, तो यह सब अच्छा लगता था। अब मैं स्वयं बड़ा होकर हज़ारों रुपये कमा रहा हूँ। हर बात समझता हूँ और आप यह ठीक नहीं कर रही हैं, मेरे बचपन के समय की तरह! साफ़ सुन लीजिए, यह सब करेंगी तो मैं यहाँ आऊँगा ही नहीं...।"

वह हँसने लगीं, "चल, तू बातें करना बहुत सीख गया है, इसीलिए क्या तू बहन को छोड़ देगा? तू तो अब भी मेरे लिए छोटा भैया है, जिसे गोद में लेकर मैं घुमाती थी...।"

अपने रूखे व्यवहार पर शर्म से मेरा सिर झुक गया। कुछ क्षणों तक आवाज़ ही न निकली, फिर मैंने धीमे स्वर में पूछा, "अच्छा यह बताइए, मैं जीजा से क्यों न कहूँ? देखिए, मैं जानता हूँ कि ये चीज़ें किसी अन्य को नहीं बताई जातीं, फिर भी, मान लीजिए कि मैं जीजा को बता ही देता हूँ, तो क्या इसके लिए वह आपको डाँटेंगे?"

दीदी का मुँह सिकुड़ गया और उन्होंने छाती पर हाथ रखकर कहा, "हाय राम, तू कैसी बात करता है, इसके लिए क्यों डाँटेंगे?"

"दीदी, जब जब मैं कुछ नहीं जानता और आप बताती भी नहीं, तो मेरा दिमाग़, क्या इधर-उधर नहीं दौड़ेगा कि क्या कारण है? आप यही जुमला हमेशा निकालती हैं—जब से मैंने होश सँभाला, तभी से यही सुनता आ रहा हूँ। आप या तो कारण बता दीजिए अथवा जीजा से छिपाकर यह सब न कीजिए, मुझे अच्छा नहीं लगता यह सब...।"

सहसा मुझे समझ में नहीं आया कि इसके उत्तर में क्या कहूँ? कुछ सोचते हुए बोला, "ठीक है दीदी, यह मेरे लिए प्रसाद ही है और इसे इसी रूप में मैं ग्रहण भी

करता रहा हूँ लेकिन आज पहली बार मेरे अन्दर जो शंका पैदा हो गई है, उसका क्या समाधान नहीं होगा?"

"क्या शंका पैदा हो गई मेरे दादा! मैंने कौन सी ऐसी बात कह दी? मेरी क़सम, सच-सच बताना।" दीदी आश्चर्य से मेरी तरफ़ देख रही थीं।

"आपने क़सम क्यों धरा दी। इसकी ज़रूरत ही क्या थी, मैं तो बताने ही जा रहा था। पहले तो ऐसा नहीं हुआ था और मैंने सोचा भी नहीं था लेकिन आज दूसरे लोगों की इस बात पर मुझे विश्वास हो गया कि जीजा बेहद कंजूस हैं, फिर यह शंका भी उठी कि जीजा आपको रुपया-पैसा कुछ भी नहीं देते और आप उनकी मर्ज़ी के बिना एक रुपया भी ख़र्च नहीं कर सकती हैं, अगर आप मजबूरी में कुछ ख़र्च कर देती हैं, तो डरती रहती हैं कि यह जीजा को मालूम न होने पाए। कहिए, क्या मैं झूठ कहता हूँ?"

"हाय राम! यह सब कौन कहता है, मेरे माँ-बाप या मेरी बहनें? या बाहर का कोई दूसरा आदमी?" दीदी पहले डरी-फुसफुसाई आवाज़ में, फिर नाराज़गी से बोली, "भैया तुम लोगों को ऐसी ही बात करनी हो तो यहाँ न आया करो। माँ-बाप ने जब इस घर में शादी कर दी, तो अब मेरा घर तो यही है, तुम लोगों में से कोई भी यहाँ आकर इस घर के ख़िलाफ़ कुछ कहेगा, तो मैं बरदाश्त नहीं करूँगी। हम कंजूस हैं, आपस में लड़ते हैं, हम अच्छा खाना नहीं खाते यही न? ठीक है, हम अपने घर में रहकर यह करते हैं, दूसरों को इससे क्या मतलब? हम तुम्हारे घर में जाकर तुम्हारे ख़िलाफ़ तो कुछ नहीं कहते? तुम लोगों के लिए मैं जान देती रहती हूँ और तुम लोग मेरे साथ ऐसा बर्ताव करते हो। जब तक तुम्हारी शादी नहीं हुई है, मैं यह सब करती हूँ, जब हो जाएगी, तो यह भी नहीं करूँगी, तब तो यह भी नहीं पूछूँगी कि तुम अपनी बीवी के साथ कैसे रहते हो? तुम लोगों ने समझ क्या रखा है मुझे?"

वह आँचल में मुँह छिपाकर आँसू बहाने लगीं। मैं डर गया। अवाक् होकर उनकी तरफ़ देखने लगा, फिर भी मेरी समझ में नहीं आया कि मेरी किस बात ने उन्हें इतना आहत कर दिया था। मैं गम्भीर हो गया। सच पूछा जाए तो उनकी बातें मुझे अच्छी भी नहीं लगीं थीं। आरम्भ में जो आत्मीयता थी, वह माँ-बाप, भाई-बहन के प्रति रुखाई में क्यों बदल गई?

मैंने भी किंचित रुखाई से कहा, "अनजाने में मेरे मुँह से कोई ऐसी बात निकल गई हो, जिससे आपके दिल में चोट पहुँची हो, तो माफ़ कीजिएगा। मैंने तो स्वाभाविक जिज्ञासावश एक मामूली बात पूछी थी लेकिन जब आप वह भी नहीं बतातीं, तो व्यर्थ ही बात का बतंगड़ हो रहा है। आप तो शायद यह चाहती हैं कि मैं आपसे साधारण बातचीत भी न करूँ, कुछ भी नहीं पूछें, फिर मेरे लिए रास्ता क्या बचता है? मैं क्या समझूँ और क्या कहूँ? बस, अब मेरे पास एक यही उपाय

है और मैं क़सम धराकर आपसे पूछता हूँ, आप मेरा मरा मुँह देखें कि यह न बताएँ कि मैं जीजा को क्यों नहीं बताऊँ?"

दीदी डरी हुई आँसू-भीगी आँखों से मुझे देखती हुई छाती पर हाथ रखकर बोली, "हाय दैया, तुम पुराने ज़माने की औरतों की तरह यह क्या कर रहे हो? इतना पढ़-लिखकर और एक बड़े शहर में अच्छी नौकरी करके भी ऐसी मेहरूई क़सम धराना तुम्हें शोभा देता है?"

"आपने कोई रास्ता ही नहीं छोड़ा है, तो क्या करूँ? यह भी आप ही लोगों से सीखा है। अब तो आपको बताना ही पड़ेगा।"

दीदी कुछ सोचने लगी, फिर हँसने लगी। हँसी रुकने पर बोलीं, "तुम ऐसे ज़िद्दी तो कभी नहीं थे, ख़ैर, तुमने क़सम धरा दी है, तो मुझे बताना ही पड़ेगा। इसमें कोई ख़ास बात नहीं है, कुछ भी नहीं है, पर तुमको सन्तोष नहीं है, तो तुम अनग्राहित से यह सब पूछ लेना, वह सब बता देगा..।"

अब तो मेरे आश्चर्य का अन्त नहीं था और मैं आँखें फाड़कर कुछ देर तक उनको देखता ही रह गया, फिर मेरे मुँह से किसी तरह आवाज़ निकली, "आप मज़ाक़ तो नहीं कर रही हैं? आप स्वयं कह रही हैं कि यह मामूली बात है लेकिन ऐसी साधारण बात स्वयं न बताकर अपने मज़दूर-नौकर से पूछने पर ज़ोर दे रही हैं। क्या यह निहायत बेतुकी और हास्यास्पद बात नहीं है?"

"मैं झूठ नहीं कह रही हूँ, सचमुच वह इतनी मामूली बात है कि मैं उसे नहीं बता सकती, लेकिन अनग्राहित आसानी से बता देगा।"

"मैं तीन दिन से तो यही पर हूँ, अनग्राहित तो दिखाई ही नहीं देता।"

"वह छुट्टी पर गया है, दस दिन में आ जाएगा।"

"मैं तो घर जा रहा हूँ...।"

"भैया, तुम शान्ति से घर जाओ, हुज्जत न करो। नौकरी पर से वापसी में इधर से ही होकर जाना। आओगे न? या अब अपनी दीदी के पास आओगे ही नहीं? तब तक अनग्राहित भी आ जाएगा। समझ लो, मैंने तुम्हारी क़सम पूरी कर दी है। मैंने आज तक तुमसे कोई झूठ बात नहीं कही है, तो आज क्यों कहूँगी? या तुमको अपनी दीदी की बात पर विश्वास नहीं है?"

मैं उनके चरण-स्पर्श करके चला गया। बहुत समय बाद एक लम्बी छुट्टी पर अपने छोटे से क़स्बे में वापस आया था। सभी पुराने दोस्त अपनी नौकरी के सिलसिले में बाहर चले गए, दो ही बचे थे, जो कचहरी में वकालत करते थे। हम शाम को या छुट्टी के दिन इकट्ठे होते, ताश या शतरंज खेलते, खाते-पीते और गप्पें लड़ाते।

उन्हीं दिनों प्रसिद्ध मेला लगा था। गंगा छोटी सरयू नदी (टोंस) के संगम पर लगने वाला यह मेला इस वर्ष हमारे क़स्बे के नज़दीक ही था। कभी हम घूमते-घूमते वहाँ भी पहुँच जाते लेकिन घटनाओं का संयोग देखिए, क्या इस दुनिया में बहुत-सी

घटनाएँ संयोग से ही घटित नहीं होती हैं? मैं तो गया था दीदी से मिलने, मुझे क्या मालूम था कि वहाँ एक मामूली बात पर ऐसी हुज्जत हो जाएगी कि उसमें अनग्राहित नाम का प्रवेश हो जाएगा? ख़ैर मैं तो बेचैन तो था ही कि जल्दी अनग्राहित मिले, अब फिर संयोग का खेल देखिए कि जब एक दिन हम ददरी मेला गए, तो वहाँ अनग्राहित भी मिल गया। उसे अलग ले जाकर और संक्षेप में दीदी से हुई बहस के मुद्दे का उल्लेख करते हुए उसका कारण मैंने उससे पूछा। अनग्राहित ने मजबूरी ठनक-छनककर हँसते हुए कहा, "मालेकिन भी ख़ूब हैं, बड़ों की बात में मुझे क्यों शामिल कर लिया? मैं क्या जानूँ यह सब?"

"जब दीदी ही चाहती हैं कि तुम मुझे बता दो, तब परेशान क्यों कर रहे हो? अपनी तरफ़ से मैं आश्वासन देता हूँ कि मैं यह बात दीदी, जीजा या किसी अन्य से भी नहीं कहूँगा। हाँ, दुनिया में किसी से भी नहीं।"

कई बार ना-नुकुर करने और मेरे बार-बार ज़ोर देने के बाद उसने घुमा-फिराकर और माने-मतलब से एक ऐसी उखड़ी-उखड़ी घटना बताई जिनके तार जोड़ने में मैं सफल हो गया। पूरी कहानी समझ लेने पर मुझे आश्चर्य तो हुआ ही, हँसी भी ख़ूब आई। वाह रे दुनिया!

मुझे बचपन की याद आ गई, जब मैं चचेरे कमल भैया के साथ दीदी की ससुराल दो-चार दिनों के लिए गया था। बड़ा गाँव था, बड़ा खपरैलवाला मकान। ज़मीन-जायदाद भी ख़ूब थीं। जीजा के पिताजी का पहले ही निधन हो चुका था, लेकिन शेष चार भाई अपने परिवारों के साथ उसी मकान में रहते, एक संयुक्त परिवार। भाइयों में तो प्रेम ज़रूर था, लेकिन घर के भीतर औरतों के बीच ऐसी राजनीति चलती की हद। आए दिन मेरा-तेरा, नई दलबन्दी, नये गठबन्धन, चख-चख। सबके लड़के बड़े हो गए और बहुएँ आ गईं, तो उनको लेकर भी ख़ूब राजनीतिबाज़ी, बहुओं को दूसरे भाइयों के परिवारों से मिलने-जुलने नहीं दिया जाता। हर सास को डर था कि उसकी बहू को सिखा-पढ़ाकर बिगाड़ दिया जाएगा। जीजा थे इकलौते सन्तान, बाप थे नहीं। दीदी जब इस परिवार में आई, तो अपनी सास के कंट्रोल में रहने लगी।

दीदी की सास दुबली-पतली तो ज़रूर थी लेकिन पति के मरने के बाद उन्होंने आन्तरिक राजनीति के ऐसे झटके सहे कि भीतर से वह काफ़ी ईर्ष्यालु, ज़हरीली और प्रतिशोधी बन गईं थीं; प्रतिशोध के उनके अपने तरीके थे। अन्य परिवारों की बहुएँ तो घूँघट निकालकर कमरे से बाहर निकलती थीं लेकिन दीदी को तो उन्होंने कमरे में ही बन्द कर दिया। बड़ा कमरा, ऊपर एक छोटी-सी मुक्की (रोशनदान), दरवाज़ा उढ़काया हुआ। जब बाथरूम आदि जाने की ज़रूरत होती, तो ख़ुद साथ-साथ जाती पहुँचाने और वापस भी ले आती। बीच-बीच में दूसरे परिवारों के कमरों की तरफ़ मुँह मोड़कर होंठ बिचकाकर देखती हुई कि वह अपनी सुन्दर बहू

का जैसा ख़याल करती है, वैसा वे क्या करेंगीं? बहू के प्रति प्यार प्रदर्शित करने के लिए, उन्होंने दीदी को धर्म-कर्म की दुनिया में धकेल दिया। हिन्दू धर्म में जितने व्रत-उपवास हैं, वे सब दीदी करने लगी। जितने अन्धविश्वास हैं, सब पर अगाध श्रद्धा भी। जब ऐसा 'योग्य' और 'परिश्रमी' प्रशिक्षक मिल जाए, तो शिष्या कैसे पीछे रह सकती है? ऊपर से ख़ाली समय में दीदी के पास बैठकर उनके कान में मुँह सटाकर परनिंदा का विष वमन सुनकर घंटों भुनभुनातीं। जीजाजी अपनी माँ को मानते तो काफ़ी थे लेकिन उनकी आदतें पसन्द नहीं थीं। दीदी को जो कुछ सिखाया और पढ़ाया और कराया जा रहा था, उससे उनको बड़ी परेशानी होती थी लेकिन कुछ कहने या उनका विरोध करने की हिम्मत उनमें नहीं थी। वह जानते थे कि उस परिवार में वह काफ़ी मानसिक दुख पा चुकी थी। बहुत से धार्मिक कार्यक्रम तो उन्हें इसलिए करने पड़ते कि माँ की भावनाओं को चोट न पहुँचे।

जीजा भीतर से कितने दुखी थे, इसका अन्दाज़ा इस बात से लग जाएगा कि माँ के निधन के बाद वह सनातनी से आर्य समाजी हो गए। दीदी को उस संयुक्त परिवार से मुक्त करके अपनी नौकरी पर ले गए। और उनके स्वास्थ्य पर विशेष ध्यान देने लगे। खुली हवा और पड़ोस की महिलाओं से मिलने-जुलने और बातचीत करने से दीदी का स्वास्थ्य लौट आया। उनके कर्मकांड काफ़ी कम हो गए, यद्यपि कइयों को छोड़ना काफ़ी काफ़ी कठिन था लेकिन दीदी बीच-बीच में जीजा की कुछ बातों से दुखी हो जाती थीं। जीजा ने दीदी को हमेशा प्यार और सम्मान दिया और उनके जीवन में कोई हस्तक्षेप भी नहीं किया, किन्तु अन्धविश्वास, दिशाशूल, पत्थर-मिट्टी पूजने की कटुक्तियों से, जिसमें 'सारे' शब्द का ज़रूर ही इस्तेमाल होता था।

"दुनिया बदल जाएगी, लेकिन ये सारे नहीं बदल सकते।" दीदी से या उनके सामने तो ऐसी बातें नहीं करते लेकिन घर में कोई आ जाए, तो शुरू। दीदी भीतर रहती थीं, मगर जीजा की आवाज़ इतनी तेज़ बुलन्द और भारी थी कि आगन्तुकों की आवाज़ों को दबोचती हुई अन्दर पहुँच जाती थी। समस्या यह थी कि जीजाजी कभी भी धीमे स्वर में बोल ही नहीं सकते थे, मामूली नगण्य बात भी लाउडस्पीकर से भी तेज़ होती।

दीदी भीतर छाती पर हाथ रखकर रुँआसी और फुसफुसाए स्वर में कहतीं, "हाय बाबा बालेश्वर नाथ! यह क्या कह रहे हैं?"

ख़ैर, इसकी ज़रूरी भूमिका के पश्चात अब अनग्राहित द्वारा बताई गई कहानी यह है कि जब मेरी बहन कान्ति दीदी की शादी तय हो गई, तो मेरे बड़े भैया ने इसकी शुभ सूचना जीजा के पास भेजी। कान्ति की शादी विलम्ब से तय हुई थी। जीजा ने घर के अन्दर आकर चिट्ठी, दीदी को थमा दी और वहाँ से आँगन में आकर बुलन्द आवाज़ में ऐलान कर दिया, गोया किसी दूसरे व्यक्ति को बता रहे हों।

कान्ति की शादी तय हो गई...हमारी ससुरालवाले ख़ूब हैं...डेढ़ लाख दहेज पर शादी तय करके मुझे बता रहे हैं सारे, मैं जब बिना दहेज की शादी बता रहा था, तो मुँह बिचकाकर बोले कि लड़का ड्राइवर-खलासी है। इंजीनियर या अफ़सर चाहते थे, सारे मिला है एक्ससाइज का मामूली मुलाजिम। कहते हैं आगे चलकर यही राजा हो जाएगा, ख़ूब नोट पीटेगा...सारे...अक्ल ही नहीं है।

इसके बाद उन्होंने मुँह घुमाकर देखा और देखते ही वहाँ से नौ दो ग्यारह हो गए लेकिन उनकी आवाज़ पास-पड़ोस के घरों में पहुँच चुकी थी। दीदी का मुँह भय और आतंक से काला पड़ गया था। कुछ देर बात आँखों से आँसू टप-टप गिरने लगे। उसके बाद तो दीदी ने किसी से कुछ नहीं कहा और चुपचाप खाना-पीना छोड़ दिया। उन दिनों खाना अनग्राहित बना रहा था। उधर दीदी को उपवास की आदत थी ही, भोजन त्याग में कोई ख़ास दिक़्क़त नहीं हुई। अनग्राहित ने यह सोचा कि उससे खाना बनाने में कोई 'त्रुटि' हुई है, इसलिए उसने माफ़ी माँगते काफ़ी पूछा और समझाया लेकिन दीदी ने सिर्फ़ यही कहा, "मुझे भूख नहीं है...।"

यह घोषणा घर के आर-पार मुहल्ले में गई तो दीदी को भय से आतंकित कर गई। इसका जवाब उनके पास था ही नहीं। जीजाजी की तरफ़ से ऐसा सिलसिला शुरू हो जाएगा, तो मुहल्ले वाले क्या समझेंगे और क्या कहेंगे? इसके बाद तो उपवास टूट गया और अनग्राहित की मध्यस्थता से एक अलिखित सुलहनामा भी हुआ, इसकी एक शर्त थी कि 'सोरे' शब्द का इस्तेमाल नहीं करेंगे।

अनग्राहित की कहानी ख़त्म हो गई थी लेकिन इससे मेरे प्रश्न का समाधान कहाँ हुआ? तब अनग्राहित ने मुँह नीचे झुकाकर संकोचपूर्वक हँसते हुए बोला, "बाबू, आप भी किस फेर में पड़े हैं? हमारे मालिक जैसा—सच्चा आदमी इस दुनिया में नहीं मिलेगा। किसी को दुख-तकलीफ़ पड़ जाए, वह सबसे पहले पहुँच जाते हैं और उसे मदद देते हैं। सबका हालचाल पूछते रहते हैं। बस एक बात ज़रूर है कि ईश्वर ने उनको सादी और ऊँची आवाज़ दी है। धीमे-धीमे बात करना मालिक नहीं जानते। रुपया-पैसा तो अब मालेकिन ही रखती हैं, राशन-पानी, कपड़ा-लत्ता, सब ख़र्च तो वही करती हैं। कोई रोक टोक नहीं है। यह ज़रूर है, छोटी-से-छोटी बात भी मालिक अपने अन्दर नहीं रख सकते, उस पर बोलकर ही विचार करते हैं। मालकिन से ज़रूर कहेंगे। मालेकिन डरती हैं कि अगर आप मालिक से कह देंगे, तो वह मालेकिन से ज़रूर कहेंगे ख़ुश होकर कि यह तो बहुत अच्छा हुआ कि बाबू के हाथ में दस रुपये रख दिया गया...। मालेकिन नहीं चाहती कि छोटी-छोटी बात मुहल्ले में जाए...।"

अच्छा तो यह बात है। मैं अपनी मूर्खता के बारे में क्या कहूँ?

एक थी गौरा

लम्बे क़द और डबलंग चेहरे वाले चाचा रामशरण के लाख विरोध के बावजूद आशू का विवाह वहीं हुआ। उन्होंने तो बहुत पहले ही ऐलान कर दिया था कि 'लड़की बड़ी बेहया है।'

आशू एक व्यवहार कुशल आदर्शवादी नौजवान है, जिस पर मार्क्स और गांधी दोनों का गहरा प्रभाव है। वह स्वभाव से शर्मीला या संकोची भी है। वह संकुचित विशेष रूप से इसलिए भी था कि सुहागरात का वह कक्ष फ़िल्मों में दिखाए जाने वाले दृश्य के विपरीत एक छोटी अँधेरी कोठरी में था, जिसमें एक मामूली जंगल था और मच्छरों की भन-भन के बीच मोटे-मोटे चूहे दौड़ लगा रहे थे।

लेकिन आशू की समस्या इस तरह दूर हुई कि उसके अन्दर पहुँचते ही गौरा नाम की दुल्हन ने घूंघट उठा कर कहा, "लीजिए मैं आ गई। आप जहाँ रहते, मैं वहीं पहुँच जाती। अगर आप कॉलेज में पढ़ते होते और मैं भी उसी कॉलेज में पढ़ती होती तो मैं ज़रूर आपके प्रेम बन्धन में बँध गई होती। आप अगर इंग्लैंड में पैदा होते तो मैं भी वहाँ ज़रूर किसी-न-किसी तरह पहुँच जाती। मेरा जन्म तो आपके लिए ही हुआ है।"

कोई चूहा कहीं से कूदा, खड़खड़ की आवाज़ हुई और उसके कथन में भी व्यवधान पड़ा। वह फिर बोलने लगी, "मेरे बाबू जी बड़े सीधे-सादे हैं। इतने सीधे हैं कि भूख लगने पर भी किसी से खाना न माँगें। इसलिए जब वह खाने के पीढ़े पर बैठते हैं तो अम्मा कहीं भी हों, दौड़कर चली आती हैं। वह ज़िद करके उन्हें ठूँस-ठूँस कर खिलाती हैं, उनकी कमर की धोती ढीली कर देती हैं ताकि वह पूरी खुराक ले सकें। हमारे बाबू जी ने बहुत सहा है। लेकिन हमारी अम्मा भी बड़ी हिम्मती हैं।" वह चुप हो गई। उसे सन्देह हुआ था कि आशू उसकी बात ध्यान से सुन नहीं रहा है। पर ऐसी बात नहीं थी। वस्तुत: आशू को समझ में ही नहीं आ रहा था कि वह क्या कहे। फिर उसकी बातें भी दिलचस्प थीं।

उसका कथन जारी था, "बाबू जी असिस्टेंट स्टेशन मास्टर थे। बड़े बाबू दिन में ड्यूटी करते थे और हमारे बाबू जी रात में। एक बार बाबू जी को नींद आ गई। प्लेटफ़ार्म पर गाड़ी आकर खड़ी हो गई। गाड़ी की लगातार सीटी से बाबू जी की

नींद खुली। गार्ड अंग्रेज़ था, बाबू जी ने बहुत माफ़ी माँगी, पर वह नहीं माना। यह डिसमिस कर दिये गए। नौकरी छूट गई, गाँव में आ गए। खेती-बारी बहुत कम होने से दिक़्क़त होने लगी। बाबू जी ने अपने छोटे भाई के पास लिखा मदद के लिए तो उन्होंने कुछ फटे कपड़े बच्चे के लिए भेज दिये। यह व्यवहार देखकर बाबू जी रोने लगे।"

इतना कहकर वह अँधेरे में देखने लगी। आशू भी उसे आँखें फाड़कर देख रहा था। यह क्या कह रही है? और क्यों? क्या यह दुख-कष्ट बयान करने का मौक़ा है! न शर्म और संकोच, लगातार बोले जा रही है!

उसने आगे कहना शुरू किया, "लेकिन मैंने बताया था न, मेरी माँ बड़ी हिम्मती थी। एक दिन वह भैया लोगों को लेकर सबसे बड़े अफ़सर के यहाँ पहुँच गई। भैया लोग छोटे थे। वह उस समय गई जब अफ़सर की अंग्रेज़ औरत बाहर बरामदे में बैठी थी। अम्मा का विश्वास था कि औरत ही औरत का दर्द समझ सकती है। अफ़सर की औरत मना करती रही, कुत्ते भी दौड़ाए पर अम्मा नहीं मानी और दुखड़ा सुनाया। अंग्रेज़ अफ़सर की पत्नी ने ध्यान से सब कुछ सुना। फिर बोली, "जाओ हो जाएगा।" अम्मा गाँव चली आई। कुछ दिन बाद बाबू जी की नौकरी पर बहाल होने का तार भी मिल गया। तार मिलते ही बाबू जी नौकरी जॉइन करने के लिए चल पड़े। पानी पीट रहा था पर वह नहीं माने, बारिश में भीगते ही स्टेशन के लिए चल पड़े।

"उनकी रुहेलखंड रेलवे में नियुक्ति हो गई। बनबसा, बरेली, हलद्वानी, काठगोदाम, लाल कुआँ। हम लोग कई बार पहाड़ों पर पैदल ही चढ़कर गए हैं। भीमताल की चढ़ाई, राजा झींद की कोठी। उधर के स्टेशन क्वार्टरों की ऊँची-ऊँची दीवारें। शेर-बाघ, जगंली जानवरों का हमेशा ख़तरा रहता है। एक बार हम लोग जाड़े में आग ताप रहे थे तो एक बाघ ने हमला किया लेकिन आग की वजह से हम लोग बाल-बाल बच गए। वह इस पार से उस पार कूद कर भाग गया।"

वह रुककर आशू को देखने लगी। फिर बोली, "मैं तभी से बोले जा रही हूँ... आप भी कुछ कहिए...।"

आशू सकपका गया, फिर धीमे से संकोचपूर्वक बोला, "मैं...मेरे पास कहने को कुछ ख़ास नहीं है। हाँ, मैं लेखक बनना चाहता हूँ...मैं लोगों के दुख-दर्द की कहानी लिखना चाहता हूँ, लेकिन मेरे अन्दर आत्मविश्वास की कमी है। पता नहीं, मैं लिख पाऊँगा कि नहीं...।"

"क्यों नहीं लिख पाएँगे? ज़रूर लिखेंगे। मेरी वजह से आपके काम में कोई रुकावट न होगी। मुझसे जो भी मदद होगी, हो सकेगी, मैं ज़रूर दूँगी...आप निश्चित रहिए। मेरे भैया ने कहा है कि 'तुम्हें अपने पति की हर मदद करनी होगी...जिससे वह अपने रास्ते पर आगे बढ़ सकें...।' मुझे अपने लिए कुछ नहीं चाहिए...आप

जो खिलाएँगे और जो पहनाएँगे, वह मेरे लिए स्वादिष्ट और मूल्यवान होगा। आप बेफिक्र होकर लिखिए, पढ़िए...आपको निरन्तर मेरा सहयोग प्राप्त होगा...।"

उसकी आँखें भारी हो रही थीं और अचानक वह नींद के आगोश में चली गई।

आशू कुछ देर तक उसके मुखमंडल को देखता रहा। वह सोचने लगा कि गौरा नाम की इस लड़की के साथ उसका जीवन कैसे बीतेगा...लेकिन लाख कोशिश करने पर भी वह कुछ सोच नहीं पाया। वह अँधेरे में देखने लगा।

['आउटलुक', अक्टूबर 2009]

साड़ियाँ

रेखा का चेहरा बुझ गया। रागिनी ने अपनी नज़रे नीची करके टेढ़ी मुस्कराहट के साथ सिर्फ़ इतना ही कहा था—

"बहन, आप भाई साहब से कहकर बाज़ार से अच्छी-अच्छी साड़ियाँ मँगा कर पहनिए। आप पीले, जोगिया रंग की साड़ियाँ कब तक पहनेंगी? इस उम्र में आप संन्यासिन बनना चाहती हैं?"

रेखा ने अपनी ही आँखों से देह में लिपटी अपनी साड़ी को ऊपर से नीचे तक देखने की कोशिश की। और तब उसे याद आया कि जब से वह अपने पति की नौकरी पर आई है, सचमुच इसी या इसी से मिलते-जुलते रंग की साड़ियाँ पहनती आ रही है। ऐसा क्यों?

पड़ोसन रागिनी सचमुच उस पर चिढ़ी रहती है कई कारणों से। अपने सीमित साधनों में वह ढंग से रहती है, किसी से माँगने तो नहीं जाती। लेकिन यह रेखा उस समय ज़रूर टोकती है, जब वह पहन-ओढ़कर बाहर निकलती है, 'वाह भाई, यह साड़ी ख़ूब है, कहाँ से ख़रीदी है?' घर के अन्दर भी आएगी तो पहला ही सवाल उसका साड़ी के बारे में ही होगा, यह साड़ी कितने की है? कब ख़रीदी? यदि उसने कह दिया कि साड़ी पुरानी है, तब भी रेखा उसकी बात पर विश्वास नहीं करेगी। आश्चर्य से उसकी आँखें निकल आएँगी।

दरअसल, रागिनी की चिढ़ उसके पति बिहारीलाल के प्रति ही है। वह लम्बे, चौड़े, ख़ूबसूरत हैं, सरकारी दफ़्तर में हैं, मगर अपनी बीवी को लेकर उनके मन में कोई शौक नहीं है। स्वयं ख़ूब ठाट-बाट से रहते हैं, अकेले ख़ूब सैर-सपाटा करते हैं, हा-हा हँसते हैं, मगर बीवी को बाज़ार-हाट नहीं ले जाते। ड्रामा-सिनेमा तो राम-राम! लेकिन सबसे अधिक कोफ़्त रागिनी को उस समय होती है, जब वह धार्मिक त्योहारों तथा अपने जातीय समारोह के अवसरों पर दो-चार व्यक्तियों की टोली के साथ घर-घर चन्दा के लिए घूमते हैं। होंठों के ऊपर उनकी छोटी-सी मूँछ बरसाती मक्खी की तरह हिलने लगती है और उनके भीतर से धार्मिक और जातीय प्रतियोगी आदर्शों की मनमनाहट निबटाने लगती है।

रागिनी ने आगे और भी दो-तीन बातें जोड़ दी, 'अरे बहन, बाज़ार में एक-से-एक

डिजाइन वाली साड़ियाँ पड़ी हुई हैं, साड़ियों का फैशन तो रोज़ ही बदलता है। आप सीधी-सादी है, चुपचाप रहती है, टोक-टाक नहीं करतीं, इससे आराम है सबको। ठीक है, बीवी नेक है, गाय भी हूँ और भैस भी हूँ, प्रसन्न है, सन्तुष्ट है, उसके बारे में सोचने की ज़रूरत क्या है सीधे मुँह तो कुत्ता तक चाटने लगता है। हर जगह यही बात है, सरकार से लेकर आदमी तक, पति तक। सभी लोग जागरूक और समझदार नहीं होते, उनको समझाना पड़ाता है, न समझाइए तो वे कभी समझेंगे भी नहीं और अपनी अनुचित बातों को सही समझते रहेंगे। आप हर फैशन की साड़ी ख़रीदवा कर पहनिए। खाने-पीने, पहनने-ओढ़ने की तो यही उम्र है।'

रेखा अपनी पड़ोसन के इतने लम्बे वक्तव्य से घबरा गई, क्या उसकी छाती से सांस निकल जाएगी। वह तो आई थी उसकी साड़ी की तारीफ़ करने, उससे कुछ गपशप करने। जब कोई जवाब नहीं सूझा तो सत्यांश ही उसके मुँह से निकल पड़ा:

"अरे भाई, आप लोगों की तरह कमाई-धमाई कहाँ है हमारे यहाँ। हर बात देखनी पड़ती है।" रेखा ने दबे स्वर में कहा।

"कमाई-धमाई? थोड़ी-सी अधिक इसलिए कही जाएगी कि मैं दो वर्ष से साधारण टीचर की नौकरी करने लगी हूँ। सहूलियत मुझे इस बात की है कि दो बच्चों के बाद हम दोनों ने परिवार नियोजित करने का संकल्प कर लिया। आपके स्वामी भी अच्छी नौकरी में हैं, इधर उनका प्रोमोशन भी हुआ है और स्टोर के इनचार्ज भी हो गए हैं।"

"इनचार्ज? यह तो झूठ है," रेखा अचम्मे से देखने लगी उसे।

"यह बात सही है, भले ही आपको मालूम नहीं है। पूछ कर देखिएगा..."

"अगर स्टोर इनचार्ज हों भी गए तो क्या हुआ है?" रेखा के तेवर बदल गए। वह अब जाकर समझ पाई कि किसी कुढ़न से पड़ोसन उसका अपमान कर रही है।

"कोई ख़ास बात नहीं। पहले के इनचार्ज थे उनके बारे में अगर कहा जाता है कि वे क्या से क्या बन गए तो कौन बुरा मानता है? और अगर कोई दरिद्र ही रहना चाहता है तो भूखों तो नहीं मर जाता?"

"हाँ इन बातों का आप दोनों को ख़ूब अनुभव है।" रेखा काफ़ी चिढ़ गई।

"नाराज़ न होना बहन," रागिनी काफ़ी गम्भीर हो गई, "मैं आपको कुछ दूसरी ही सलाह देना चाहती हूँ। पढ़ी-लिखी तो आप भी हैं, नौकरी आप भी कर सकती थीं, मगर आप अपने को इनसान या स्त्री समझ कर ज़िन्दा नहीं रहना चाहती। पति और परिवार को प्यार करने का मतलब यह तो नहीं कि बाँदी बनकर रहें। सबसे पहले तो पुरुषों का कर्तव्य है यह सोचना कि परिवार नियोजित करके कैसे अपनी स्त्री और बच्चों के स्वास्थ्य और जीवन-स्तर को उन्नत बनाये। अगर वे नहीं करते तो स्त्री का कर्तव्य है कि वह अपने और परिवार की बेहतरी के लिए ज़रूरी क़दम उठाए। एक बात और..."

रागिनी भी तैश में थी और उसका चेहरा तमतमा रहा था। वह उसके पति के बारे में कुछ और जली-कटी सुनाना चाहती थी, फिर कुछ सोचकर रुक गई।

"कौन-सी बात?" रेखा की आँखें क्रोध की लुत्ती बन गईं।

रागिनी ने बात बदल कर धीमे स्वर में कहा, "बाज़ार में आजकल नये-नये फैशन की सस्ती साड़ियाँ भी मिलती हैं। पुराने फैशन की साड़ियाँ तो ग़रीब स्त्रियाँ भी नहीं पूछती।"

"हम ग़रीब ही सही...।" मुँह फेरकर देखा उठ खड़ी हुई और धीरे-धीरे वहा से चली गई।

रेखा एक सरल और विश्वासी महिला है नासमझी और नुकसान की हद तक। तीन बच्चियाँ और दो बेटे होने की वजह से उसे फ़ुरसत नहीं मिलती, इसलिए वह बाज़ार-हाट नहीं जा पाती। साड़ियाँ तथा अन्य कपड़े बिहारीलाल ही लाता है और वह गदगद हो जाती है। पति की पसन्द की साड़ियाँ पहनना पत्नी का सौभाग्य होता है और बिहारी इस ढंग की साड़ियाँ इसलिए लाता है कि वह उनमें उसे सुन्दर लगती होगी। इस भावना की सन्तुष्टि के बावजूद यदि उसे किसी दूसरे औरत की साड़ी अच्छी लगती है तो क्या यह अनुचित है? पड़ोसन होने के नाते वह उसकी साड़ी की तारीफ़ की होती।

औरतों को बुलाकर तो नहीं करती। इसमें बुरा मानने की क्या बात है? ऊपर से पति और बच्चों तक पहुँच गई। जलती है। अब बच्चे नहीं होते तो परिवार नियोजन की डींग मारने लगी। न मालूम किस-किस चक्कर में रहती है, स्टोर इनचार्ज होने की ख़बर को पता लगा लिया, दूसरे मर्दों पर नज़र लगाती है...

अपने घर आकर वह देर तक जलती-भुनती रही। यह सब उसके स्वभाव के अनुकूल नहीं है, मगर आज रागिनी ने उसके दिल का कौन-सा तार छू लिया कि वह सिर्फ़ अपमान से ही नहीं जलने लगी बल्कि उसके अन्दर अनेक चुनौती-भरे सवाल बर्छी की नोक की तरह उठकर छेदने लगे।

रात में जब खाना-पीना होने के बाद सब बच्चे सो गए, उसने शयन कक्ष में पति पर पहला साड़ी सवाल दाग़ दिया—

"आप हर बार मेरे लिए पीले और जोगिया रंग की साड़ियाँ क्यों लाते हैं?"

बिहारीलाल अचकचा गया। फिर मुस्कराकर बोला, "यह बेवक़्त की शहनाई क्यों? यह लाल-पीला क्या शुरू कर दिया?"

"नहीं मैं इसका जवाब आप से लेकर रहूँगी। आजकल एक-से-एक बढ़िया, नये-नये फैशन की साड़ियाँ आई हैं, सभी औरतें पहन रही हैं। सस्ती-से-सस्ती भी हैं मनभावन डिजाइनों वाली। लेकिन आपको बाबा आदम के ज़माने का रंग सूझता है। मुहल्ले की औरते ताना देती हैं कि जोगिन-संन्यासिन क्यों बनती हो इसी उम्र में।

फिर बाज़ार से रंगीन साड़ी लाने की क्या ज़रूरत है, सस्ती, सफ़ेद साड़ियाँ लाइए, मैं यहाँ घर में पीले रंग से रंग दूँगी..."

"अरे तुम पागल हुई हो क्या? लगता है कि तुमको किसी ने चढ़ा दिया है। चाहे जो हो, आपको बताना होगा। मैंने बहुत सोचा, लेकिन इसका कारण समझ में नही आता। मैं मुहल्लेवालियों को क्या जवाब दूँ? आख़िर कोई कारण तो होगा इस रंग की साड़ी लाने का?"

बिहारीलाल चक्कर में पड़ गया। यह क्या संयोग है? ऐसा भी नहीं कह सकता वह। कुछ सोचकर वह बोला—

"यह रंग चरित्र, पावनता, दृढ़ता, त्याग, विद्वता, आदर्श का प्रतीक है।"

"वह तो ठीक है। मुझे भी यह रंग पसन्द है। लेकिन हमेशा एक रंग! और रंगों का महत्त्व नहीं है? आप सिर्फ़ रोटी दाल खाएँ रोज़ दोनों जून वे क्या आपको अच्छा लगेगा? तरह-तरह की सब्ज़ियाँ, पूड़ी, कचौड़ी, खीर, चटनी, अचार बदल-बदल कर खाने की इच्छा नहीं करती? फिर क्या दूसरे रंग बेकार है? तब दुनियाँ में प्यार क्यों, राग-विराग क्यों खट्टा-मीठा और तीखा क्यों बाल-बच्चे क्यों?"

बिहारीलाल ने गौर से अपनी पत्नी को देखा। मिलन की इस बेला में इस तरह का लफड़ा उसे अच्छा नहीं लगा। बड़ा ग़ुस्सा आ रहा था उसे। बड़ी कठिनाई से अपने को संयत करके उसने कहा, "भई तुम समझने की कोशिश क्यों नहीं करती? इसके मूल में जो भावना है उसको समझने की कोशिश करो। प्राचीन काल में गार्गी, अदीति, मैत्रेयी, अपोला, सीता, सावित्री जैसी सती साध्वी विदुषी नारियाँ इस रंग की साड़ियाँ पहनती थीं। वही छवि में तुमको देखना चाहता हूँ। चाहता हूँ कि सभी लोग तुमको वही समझे वैसा ही समझे।"

"लेकिन आधुनिक नये तरीके से रहने वाली स्त्रियाँ मुझ पर व्यंग्य क्यों करती हैं? क्यों मुझे पिछड़ी समझती है? तब मैं आत्महीनता से अपने को बचा नहीं पाती। क्यों? फिर यह भी अच्छा नहीं लगता कि ये महिलाएँ एक ही रंग का इस्तेमाल करती थीं। पहले भी लोग फूलों आदि से अनेक रंग बनाते थे। बासन्ती रंग के अलावा पलाश तथा अन्य रंगों के फूलों से तैयार रंगों में रंगी साड़ियाँ स्त्रियाँ पहनती थी..."

"तब क्या चाहती हो भाई? तभी से कुतर्क किये जा रही हो..." बिहारी लाल अपना ग़ुस्सा रोक नहीं सका।

रेखा ने निडर होकर कहा, "मेरी बात ध्यान से सुनिए। मैं आपको प्यार करती हूँ। आप का सम्मान करती हूँ, आपके ख़िलाफ़ किसी का एक शब्द भी बरदाश नहीं कर सकती। लेकिन आपको मेरा, बाल-बच्चों का ख़याल रखना पड़ेगा..."

"क्या मैं तुम लोगों पर अत्याचार करता हूँ?" बिहारी लाल चिल्ला पड़ा।

"नहीं, आप ख़याल रखते हैं, पर अपने तरिके से। आपका ढर्रा काम करने का तरीका, सोचने का तरीका, सब पुराना है। पहले के ज़माने में एक या दो रंग ही भले महत्त्वपूर्ण रहे हों लेकिन आज सभी रंग महत्त्वपूर्ण हो गए हैं। मैंने कहीं पढ़ा था कि आदिवासियों में काले रंग का बड़ा महत्त्व है। तरह-तरह के रंगों के तालमेल से एक से एक ख़ूबसूरत साड़ियाँ तैयार होती हैं। आप बदलते हुए ज़माने में हर रंग के तालमेल को महत्त्व दीजिए और अपने बाल बच्चों और पत्नी को आधुनिक, स्मार्ट, उपयोगी और प्रखर बनाने में मदद दीजिए। बज्र अपरिवर्तनशील बनाने का फ़ायदा? कब तक ऐसा बने रहेंगे? दुनिया तो तरक़्क़ी और सफलता की मंज़िल पर मंज़िल फतह करती जा रही है..."

"यह लांछन है मुझ पर...।" इस चिल्लाहट के बाद बिहारीलाल कुछ नहीं बोल पा रहा और सिर झुका और उस पर हाथ रखकर दबाव बना रहा। उसने तो अपनी पत्नी को महा गाय समझ, एक क्षण के लिए भी नहीं सोचा कि उसके अन्दर ऐसे विचार, ऐसी आग होगी। वह सहसा डर गया कि रेखा और भी मीन मेख निकाल कर रख दे। इसको टालने के लिए वह झट से सिर उठाकर मुस्कराते हुए बोला, "तुम जैसा चाहोगी अब वैसा ही होगा। अब मुझे बता दो कि नये-नये फैशन की कितनी साड़ियाँ चाहिए तुमको? कल ही ला दूँगा।"

"आप बुरा न मानिए। मैं साड़ियों की भूखी नहीं हूँ। मैं क़ायदे की बात कर रही हूँ। बदलते हुए ज़माने और बदलते हुए दृष्टिकोण की बात कर रही हूँ। मैं पिछड़ी क्यों कहलाऊँ? मेरे बच्चे हीन-दीन और पिछड़े क्यों बने? एक बात और कहूँगी। वह परिवार को सन्तुलित करने के बारे में है। आपने इस पर ध्यान ही नहीं दिया। मैं भी मूर्ख हूँ इसके बारे में कुछ भी नहीं सूझा। अब बच्चे और बढ़े तो सब कुछ असन्तुलित हो जाएगा। आर्थिक रूप से शारीरिक रूप से..."

बिहारी लाल ग़ुस्से से खड़ा हो गया। उसकी आँखें लाल हो गईं। उसने चिल्ला कर कहा, "तुम क्या इस ख़ानदान को बर्बाद करना चाहती हो। ईश्वर ने भाग्य में जो बच्चे दिये हैं, उनकी परिवार नियोजन द्वारा हत्या करना चाहती हो? सभी धर्मों और जातियों के लोग अपनी-अपनी संख्या को बढ़ाने में लगे है तो क्या तुम चाहती हो कि हमारी संख्या सबसे कम-से-कम हो जाए, हमारी तरक़्क़ी रुक जाए? यह कभी नहीं होगा।"

वह चिल्ला रहा था और अन्त में थक कर बैठ गया। वह रूआंसा हो गया था। रेखा ने उसके बालों पर हाथ फेरते हुए कहा, "आप दुखी न होइए। जनसंख्या के बढ़ने से उन्नति होती है, यह सही नहीं है। पहले मैं भी यही समझती थी। बच्चों के लिए पागल रहती थी सोचती थी कि हमेशा गोद में कोई छोटा बच्चो रहे। लेकिन अब सोचकर डर जाती हूँ कि इनकी शिक्षा कैसे होगी, इनकी शादियाँ कैसी होगी। दिन-पर-दिन मैं कमज़ोर होती जाती हूँ। जल्दी थक जाती हूँ।

बच्चों की देखभाल नहीं कर पाती ठीक से। वे बच्चे परिवार, समाज और देश पर बोझ नहीं बन जाएँगे? जो बच्चे हमें मिले हैं वो ठीक ढंग से पढ़-लिख जाएँ, अच्छे नागरिक बन जाएँ हमारे लिए काफ़ी है। बच्चों से मुक्ति मिलने पर मैं भी कुछ करना चाहती हूँ, इन बच्चों के लिए, आपके लिए, परिवार के लिए। बच्चों मैं आपका साथ चाहती हूँ, सहयोग चाहती हूँ, आपसे अनुरोध करती हूँ। आप इन बातों पर सोचिए।"

रेखा स्नेहपूर्वक उसके बालों को सहलाती रही और वह सोचता रहा।

नानी याद आई

आज मेरे पड़ोस के ख़ाली एपार्टमेंट में एक ऐसी बुज़ुर्ग महिला सपरिवार रहने के लिए आ गईं कि उन्हें देखकर मुझे अपनी नानी का स्मरण हो आया। मेरी नानी छह फुट से कम लम्बी नहीं थीं। ख़ूब गोरी, लाल-लाल पलकें, छोटा मुँह और भारी आवाज़। विडम्बना यह कि नानाजी साँवले रंग के थे। कद नारा, पेट, नदकोरमा, अक्सर बाहर दरवाज़े के सामने एक खाट पर बैठे या लेटे मिलते।

उस क़स्बे में मेरा घर मेरे ननिहाल से दूर नहीं था। मेरी उम्र दस-बारह की रही होगी, मैं जब चाहता, नानी के यहाँ पहुँच जाता। इसका कारण पैसे का लोभ ही था। नानी के आँचल के खूँट में कुछ नोट और पैसे बँधे रहते।

मेरा परिवार शुद्ध वैष्णवी। मेरे घर के अन्दर मांस-मदिरा का प्रवेश वर्जित था। मेरे पिताजी सुबह उठकर और नहा-धो कर श्रीरामायण का पाठ करने के पश्चात् ही मुँह में कुछ डालते। लेकिन नानी के यहाँ मैं जब पहुँचता, चूल्हें पर मछली पक रही होती, कभी रोह, कभी गोड़रा, कभी गरई...। गरई के कटे हुए हिस्से कड़ाही में भी छटपटाते रहते और कभी कोई टुकड़ा उछल कर कड़ाही के नीचे गिर जाता।

मुझे मछली महक पसन्द नहीं थी लेकिन मैं वहाँ जिस वजह से जाता, यह बता ही चुका हूँ। नानी अपने खूँट से पैसे जल्दी नहीं निकालती थी। उनका यह सोचना सही था कि पैसे मिलते ही मैं वहाँ से खिसक जाऊँगा।

"माछो खाओगे?" मेरा उत्तर जानते हुए भी यह प्रश्न वह ज़रूर ही पूछती थीं। मेरे इनकार में सिर हिलते ही उनका अगला प्रश्न होता, "तुम्हारी अम्मा क्या कर रही है?"

"खाना बना रही है।"

नानी चिढ़ जाती, हमेशा खाना बनाती रहती है या कभी आराम भी करती हैं?"

"खाना बनाती है।" मेरा उत्तर होता।

क्या-क्या खाना बनता है, बच्चा तुम्हारे घर में यहाँ तो मांस-मछली हमेशा चढ़ी रहती है, फिर भी सबको आराम करने का समय मिल जाता है।

मैं झूठ नहीं बताता था। मेरी माँ खाना तो बनाती ही थी, इसके अलावा शाम

को या रात में दूसरी चीज़ें कुछ-न-कुछ बनाती ही रहती थी—कभी गोंद के लड्डू, कभी खस्ता मीठा खुजूर। वह शायद ही कभी मुँह में कुछ डालती हों, जो कुछ बनता वह बच्चों और परिवारजनों के लिए ही।

मेरी माँ मांसाहारी परिवार से आई थी लेकिन अब शुद्ध शाकाहारी बन गई थी और वह जब मायके जाती, वहाँ भी मांस-मछली नहीं छूती थी।

बहुत-सारी बातें मुझसे करने के पश्चात् नानी ओसारे में बैठ जाती। दीवार पर पीठ टेक कर और दाएँ कोने की तरफ़ मुँह घुमाकर और नाक सिकोड़ कर कहती, "क्या रे, बड़ा किरवाइन महक रहा है।"

वह झूठ नहीं कहती थी। उनका मकान एक बड़े गड़हे के काफ़ी निकट था। यह वही गड़हा है, जिसमें सन् 1916 ई. की भयंकर बाढ़ में गंगा का पानी गिरता था। इसके पूर्व मेरा क़स्बानुमा छोटा शहर दो बार गंगा में डूब चुका था और यह तीसरा क़स्बा था, जो नये तरीके से बसाया गया है।

यह स्पष्ट है कि हर तरह के कीड़े-मकोड़े गड़हे से निकलकर आसपास के घरों और नानी के घर में भी पहुँच जाया करते और नानी हर तरह के कीटों के गंध से परिचित थी।

मैं मामी और छोटी मौसी से बातें करने व मामी की छोटी लड़की सीता के साथ खेलने-कूदने के बाद वहा से चला आता। इस बीच मैं वहाँ बहुत-सी स्वादी चीज़ें खा चुका था—बर्फ़-मलाई, बुढ़िया के सफ़ेद बाल के लड्डू, चनाज़ोर गरम वग़ैरह। ये चीज़ें फेरीवाले बेचने के लिए ले आते थे।

नानी साहसी भी ख़ूब थी। रात में दो-तीन बार उठकर देख आती थीं बाहर-भीतर कि कहीं कोई चोर-चाई तो नहीं घुस आया है। वैसे उस घटना के बाद किसी बदमाश को अन्दर घुसने की हिम्मत नहीं होती थी। हुआ यह कि एक बार बाहर बरामदे के एक कोने में चिपके एक चोर को पकड़ लिया था नानी ने। उन्होंने उसकी कलाई पकड़कर इतने ज़ोर से दबाई कि वह रोने-चिल्लाने लगा। चिल्लाने पर लोग जाग गए और चोर को पीटने के लिए आ पहुँचे। पर चोर अधिक मार नहीं खा सका। नानी ने ही मना कर दिया। उन्होंने चोर की कलाई इतने ज़ोर से दबाई थी कि उसकी हर गति बन गई थी।

ये बचपन की बाते हैं। बाद में मेरा नाम अंग्रेज़ी स्कूल में लिख गया और मैं पढ़ाई-लिखाई में ध्यान लगाने लगा। उम्र बढ़ने से मैं शर्मिला होता गया और नानी के यहाँ मेरा जाना बहुत कम हो गया। मैं उसी समय वहाँ जाता, जब कोई शादी-ब्याह अथवा अन्य समारोह होता और हमारे परिवार के लोग भी वहाँ जाते।

छोटी मौसी की शादी की मुझे याद है। ख़ूब शानदार तरीके से वह शादी हुई थी। बारात आने के रास्ते पर दो पोल गाड़ कर ऊपर मचान बनाया गया था, जिस पर दो शहनाई वादक बैठे शहनाई बजा रहे थे।

मौसी की विदाई पर मुझे बड़ा दुख हुआ था। मौसी, नानी की तरह ही लम्बी और बहुत सुन्दर थीं। वह मुझे बहुत प्यार करती थी। उनके दूल्हा, नये मौसा जी का व्यक्तित्व भी बड़ा भव्य था। लम्बे, स्वस्थ, दमकता हुआ चेहरा, सुन्दर नासिका, सफ़ेद चमकते हुए दाँत। वह बंगाल की तरफ़ एक रेलवे स्टेशन पर अच्छे पद पर थे।

मेरा नानी के यहाँ जाना कम होता गया। हमारी माँ भी घर-गृहस्थी के झझटों में फँसती गई और उनका भी अपने मायके जाना कम हो गया। मुझे याद है, मौसी की शादी के अवसर पर जब वह गई तो उन्होंने अधिकांश समय नानी की सेवा में ही बिताया। कभी उनके हाथ-पैर की मालिश कर रही हैं, कभी बाल में तेल लगाकर माथा देख रही है, कभी उनके बाल से जूँ हेर रही हैं।

इस बीच नाना का निधन हो गया। उनके बाद भी नानी की सक्रियता बहुत दिनों तक जारी रही। उन्होंने घी की मालिकिन मामी को बना दिया। अब आँचल के खूँट में घर की चाभी और पैसे-नोट वग़ैरह मामी बाँधने लगी। लेकिन मैं अब बड़ा हो गया था और ननिहाल बहुत कम जा पाता था। लेकिन नानी के यहाँ से खाने का सामान कुछ-न-कुछ ज़रूर आता रहता।

सीता भी बड़ी हो गई और ऊँची कक्षा में पहुँच गई। जब मैं हाईस्कूल में था तो वह आठवीं कक्षा में थी। कभी-कभी वह मेरे घर में आती ज़रूर थी, एक-दो दिन रहती, पर हम दोनों बड़े हो गए थे और हमारे बीच बहुत कम बातें होतीं। कभी वह शर्माती हुई गणित का सवाल पूछने आती। मुझे उस पर बहुत ग़ुस्सा आता और खसियानी आवाज़ में उसे सवाल का हल बताता। ऐसी स्थिति में वह चाहते हुए भी मुझसे बहुत कम पूछ पाती।

कुछ दिनों बाद उसका मेरे यहाँ आना बहुत कम हो गया। घर पर इसके लिए एक टीचर लगा दिया गया था। वह विचित्र बातूनी टीचर था। अध्यापन की उसकी सारी क्षमता आत्म-श्लाघा में ही ख़र्च होती। परिणामस्वरूप सीता पढ़ने में कमज़ोर की कमज़ोर ही बनी रही।

नानी के मकान के बग़ल में एक बग़ीचा था, जिसे फुलवारी कहा जाता था। फुलवारी लम्बी-चौड़ी थी। उसमें तरह-तरह के फूल लगे थे और एक कमरा था, जिसका बरामदा भी अच्छा-ख़ासा था। पढ़ने-लिखने की वह अच्छी जगह थी और सीता वहीं जाकर अध्ययन किया करती थी। स्पष्ट है कि उसका टीचर भी वहीं सीता को पढ़ाता था।

आत्मप्रशंसक होने के साथ टीचर में कई ऐब भी थे। सीता पढ़ने में पहले से ही कमज़ोर थी, टीचर की गपबाज़ियों में भी उसकी तबीयत ख़ूब लगती थी और वह रुचिपूर्ण हास्य के साथ उसके मसालेदार क़िस्से सुना करती।

टीचर यही तो चाहता था। आख़िर में इसका मनोनुकूल मतलब लगा कर उसने

एक दिन सीता के साथ गन्दी-छेड़खानी कर दी। भोली-भाली सीता को ऐसी उम्मीद नहीं थी। वह आहत होकर रोने लगी और रोती हुई घर में भाग आई। नानी तथा घर के शेष लोग उससे पूछते रहे, बार-बार पूछते रहे, पर वह रोती रही और रोती रही।

अब समझना कठिन नहीं रहा। नानी ने मामा के लड़के बच्चन से कहा, "बेटा, जाकर देखो तो फुलवारी में कि वह पंडितवा वहाँ बैठा है या भाग गया?"

बच्चन दौड़ता हुआ गया लेकिन जल्दी ही लौट आया। नानी ग़ुस्से में बोली, "आने दो कल तो मैं उसका मामर हेठ करूँगी"

अगले दो दिन टीचर नहीं आया लेकिन जब तीसरे दिन आया तो वह सीता को बुलाने के लिए मकान पर नहीं गया, बल्कि मुहल्ले में घूमता रहा।

वैद्य जी की विरासत

उस शहर के प्रसिद्ध वैद्य पं. रामविचार पांडे ने निधन के कुछ दिन पहले अपने दोनों पुत्रों को बुलाकर कहा था, "देखो बेटे, तुम अपनीवाली कर चुके, जब तक मुझमें जान, शक्ति और बुद्धि थी, मैंने किसी पर आंच नहीं आने दी। मैंने अपने काम को बढ़ाया और व्यवसाय को भी। तुम लोगों से विदा होने का मेरा समय आ गया है। मैंने परिवार की एकता में कोई दरार नहीं आने दी। मैं आख़िरी समय में और आख़िरी बार तुमसे यही कहना चाहता हूँ कि तुम अपने घर-द्वार को सँभालो, अपने परिवार की श्रेष्ठ परंपरा को विकसित करके उच्च बुलंदियों पर ले जाओ। अगर ऐसा नहीं करोगे तो घर-द्वार, व्यवसाय आदि चौपट हो ही जाएगा। वह काम भी ठीक से नहीं कर पाओगे, जो तुम करना चाहते हो। अपने घर में जलाने के बाद ही दीया मंदिर में जलाया जाता है। ईश्वर तुम दोनों को शक्ति और सद्बुद्धि दे।"

दोनों पुत्र—रामकुमार और कृष्णकुमार—एक ही कद-काठी के। अपने लहीम शहीम मुच्छैल पिता के विपरीत सिर्फ़ पाँच फीट एक इंच के क़रीब और दुबले-पतले, दाढ़ी-मूँछ सफाचट। शुरू से ही छोटे भाई पर बड़े का गहरा प्रभाव रहा है। छोटपन में भी जब बड़ा भाई अपने साथियों के साथ बाहर की नाली में थूकने की प्रतियोगिता करता तो दो दिन बाद छोटा भाई भी वैसा न करे, यह असम्भव। इसी वजह से कभी उसकी माँ हँसकर पुकारती थी, "ऐ नकलचिया!"

पिता चाहते थे कि दोनों लड़के अच्छे आयुर्वेदिक कॉलेज में शिक्षा ग्रहण करके, नये ज्ञान से सम्पन्न होकर, अपने घर के व्यवसाय को नई बुलंदियों पर ले जाएँ। ऐसा हुआ भी। बुद्धिमान और मेहनती दोनों ही थे। दवाई बनाने का ज्ञान घर पर भी मिलता रहता। लेकिन कॉलेज की पढ़ाई में एलोपैथी का भी मिश्रण था। शुद्धतावादी वैद्य रामविचार पांडे ऐसी मिलावट के ख़िलाफ़ थे लेकिन बड़ा लड़का रामकुमार बहस करने लगता, "पंडितजी, आयुर्वेदिक चिकित्सा की प्रणाली सदियों पुरानी है। बीच में विदेशी ग़ुलामी की वजह से विकसित नहीं हो सकी; जबकि इसी प्रणाली को लेकर एलोपैथी ख़ूब विकसित हो गई है। इसलिए अगर हम एलोपैथी का कुछ सहयोग ले लेते हैं तो ग़लत नहीं है। आप ही बताइए पंडितजी, सूई या 'ऑपरेशन' से कितनी जल्दी आराम हो जाता है।"

वे अपने पिताजी को यही कहते थे लेकिन पंडितजी अवाक् होकर अपने बड़े लड़के को देखते रहते। कृष्णकुमार ऐसी बहस में बहुत कम बोलता। लेकिन विनम्र और मेहनती होने पर भी उसमें साहस का अभाव था। यद्यपि बीच में एक-दो बार भाई का समर्थन कर देता, "हाँ, पंडितजी।"

आयुर्वेदिक कॉलेज में रामकुमार का एक क्रान्तिकारी राजनीतिक दल से संपर्क हुआ और बाद में उससे जुड़ाव भी। उसके बाद वह तेज़ी से चलने लगा। उसका चेहरा किंचित बाईं तरफ़ घूम जाता, उस पर ग़ुस्से का तनाव उभर आता और आँखें सामने इस तरह देखतीं, गोया किसी गद्दार दुश्मन पर नज़र पड़ गई हो।

दो वर्ष बाद छोटे भाई कृष्णकुमार का भी उसी कॉलेज में दाख़िला हो गया। तब छोटे भाई का भी उसी क्रान्तिकारी राजनैतिक दल से जुड़ना अस्वाभाविक नहीं था। वह भी चेहरा घुमाकर तेज़ी से चलने लगा-देह को उसी तरह लहराते और बाँहों में वैसी ही जुंबिश।

दोनों पुत्रों के रंग-ढंग से वैद्यराज चिंता में पड़ गए। जब वे घर आते तो पास बैठाकर देर तक समझाते। उद्धत स्वभाव का रामकुमार हर बात पर बहस करने लगता। विपरीत स्वभाव के कारण छोटा भाई घर का काम भी काफ़ी सीख गया। लेकिन बड़े भाई का अपने ऊपर काफ़ी प्रभाव होने के कारण कॉलेज से निकलने के बाद वह भी राजनैतिक आन्दोलन में कूद पड़ा। वे घर से अक्सर ग़ायब हो जाते।

काफ़ी समझाने पर भी जब वे नहीं माने तो वैद्यराज यह सोचकर चुप लगा गए कि जवानी की गदहपचीसी है, जब यह समय बीत जाएगा तो वे स्वतः ही रास्ते पर आ जाएँगे। व्यवसाय जमा ही था, आदमी-जन की कमी न थी, हर काम में बढ़ोतरी हो ही रही थी। लेकिन आशानुकूल सुधार न होने पर उन्होंने एक वर्ष के अन्तर से दोनों का विवाह कर दिया। इसका समझाने पर भी जब वे नहीं माने तो वैद्यराज यह सोचकर चुप लगा गए कि जवानी की गदहपचीसी है, जब यह समय बीत जाएँगा तो वे स्वतः ही रास्ते पर आ जाएँगे, असर तो पड़ा। पहले दोनों के पाँव घर में टिकते नहीं थे, अब वैसा नहीं रहा तो विवश होकर घर के काम में कुछ न-कुछ दिलचस्पी लेनी पड़ी।

"पंडितजी, इस काम में अब कोई मज़ा नहीं। पहले शोध होता रहता था, अब तो इसमें कुछ है ही नहीं। सब कुछ चौपट करके रख दिया गया है। पहले के वैद्यों की प्रतिष्ठा ऐसी थी कि क्या बताएँ—उन्हें ईश्वर से ऊँचा दर्जा मिला हुआ था। जो काम कई दिनों के पूजा-पाठ, मृत्युंजय जाप से सिद्ध नहीं होता, वह वैद्य की एक सस्ती गोली से हो जाता था। अब वैसा ज्ञान कहाँ रहा? वैसी सिद्धि कहाँ चली गई?"

वैद्यराज सिर झुकाकर अपने लड़के की बात सुनते रहे। बीच में उन्हें महसूस हुआ, गोया वह कोई मुजरिम हों और कचहरी के कटघरे में खड़े हों। वह चुप लगा गए। लड़के की उद्धत वाचालता बढ़ती जा रही थी, इससे शायद उसे ग़लती का

एहसास हो! कभी वह घोर निराशा से घिर जाते। सामने अंधकार छा जाता। जो काम व्यवसाय न मालूम कितनी पीढ़ियों से फल-फूल रहा है, उससे कामधेनु गाय की तरह सुख-सुविधा की हर चीज़ उपलब्ध होती रहती है—वह क्या चौपट हो जाएगा?

फिर भी, उन्होंने निराशा को हावी नहीं होने दिया। उसे झटककर वह आशा की डोर मज़बूती से पकड़ लेते। इस ख़ानदान के लोग पीढ़ी-दर-पीढ़ी कर्मठ और बुद्धिमान रहे, सबने अपने समय में काम को कुछ-न-कुछ बढ़ाया ही अब यह कैसे और क्यों होगा कि उसी ख़ानदान की नवीनतम पीढ़ी के लड़के सब कुछ चौपट कर दें! दोनों लड़के स्वस्थ हैं, बुद्धिमान हैं, फुर्तीबाज़ हैं। उनके बीच एकता और प्रेम है, वे ज़रूर ही इस ख़ानदान के काम-व्यवसाय को आगे ले जाएँगे।

इस तरह पंडितजी अन्त तक आशा की डोर पकड़े रहे लेकिन जब उन्होंने संसार ही छोड़ दिया तो दोनों पुत्रों की आँखें खुलीं। रामकुमार की तो इस काम में ख़ास रुचि नहीं थी लेकिन छोटा भाई विनम्र था, इसलिए पिता के समझाने-बुझाने पर वह घर का काम व्यवसाय बहुत-कुछ सीख-समझ गया था। इसीलिए पिता के जाने के बाद घर के व्यवसाय को उसी ने सँभाला। उसने बड़े भाई से कहा, "दादा, आप बैठकर आदेश देते जाइए, सब कुछ सँभल जाएगा।"

कृष्णकुमार काम में व्यस्त हो गया। बहुत अनुभव और अभ्यास न होने से उस बड़े पैमाने पर तो काम सम्भव नहीं था। पूँजी की भी कमी पड़ गई क्योंकि वैद्यराज के निधन के बाद बँटवारा हो गया और चाचाजी का परिवार अलग। बँटवारे में दोनों भाइयों का नुकसान भी हुआ, क्योंकि घर-परिवार और व्यवसाय में पर्याप्त रुचि न लेने से वे बहुत-सी चीज़ों से अनभिज्ञ थे।

कृष्णकुमार ने शुद्ध आयुर्वेद चिकित्सा पद्धति ही अपनाई, एलोपैथी का बहुत कम प्रयोग करता था, लगभग नगण्य ही बड़ा भाई नाममात्र ही सहयोग प्रदान करता। इस काम में उसकी तबीयत लगती ही न थी। वह कोई दूसरा ऐसा व्यवसाय करना चाहता था, जो उसका निजी हो, सिर्फ़ उसके बलबूते पर फले-फूले और उसमें उसकी तबीयत भी ख़ूब लगे। एक दिन उसने कृष्णकुमार से कहा, "बच्चा, यह तो बहुत अच्छा है कि तुम्हारा मन घर के काम-व्यवसाय में लगता है। मेरी तो इसमें कोई रुचि नहीं। मैं समझता हूँ, कोई दूसरा व्यवसाय करूँ। हाँ, मैं सोचता हूँ, घर के व्यवसाय से जो लाभ होता है, उसमें से अपना हिस्सा लेकर उससे पुस्तक प्रकाशित करने का धंधा करूँ...।"

कृष्णकुमार हक्का-बक्का अपने बड़े भाई को देखने लगा और उसके मुँह से कोई आवाज़ भी न निकली।

"सच कहता हूँ, बच्चा...पुस्तक प्रकाशन का काम जम गया तो तुम्हारे व्यवसाय को भी मदद मिलेगी, इस तरह हम दोनों भाई एक-दूसरे की मदद करते हुए उन्नति के पथ पर अग्रसर होते रहेंगे।"

"दादा, आप तो जानते हैं कि बँटवारे के कारण इस व्यवसाय में वह बात नहीं जो पंडित जी के ज़माने में थी। पुस्तक प्रकाशन के लिए तो बहुत पैसा चाहिए। कहाँ से आएगा?"

"बच्चा, मैं जानता हूँ। मुझे थोड़ी-थोड़ी मदद चाहिए। काम धीमे-धीमे ही शुरू होगा, 'अगर' मेहनत और क़िस्मत ने साथ दे दिया तो तुम्हारे काम में भी अच्छी मदद मिलती रहेगी। मेरा काम बढ़ने से तुम्हारे काम में भी बढ़ोतरी होती रहेगी...।"

काम धीरे-धीरे ही आरम्भ हुआ। रामकुमार ने सर्वप्रथम हिन्दी में कुरान और बंकिमचन्द्र लिखित 'आनन्दमठ' का प्रकाशन किया। सिर्फ़ दो पुस्तकों की मदद से शुरू किये गए इस धंधे में बड़े भाई ने ग़ज़ब की मेहनत की। इन्हें लेकर वह हिन्दू और मुस्लिम मुहल्लों में गली-गली घूमने लगा। पुस्तकें जल्दी ही बिक जातीं। फिर तो उसने इसी तरह की दूसरी पुस्तकें भी छापनी आरम्भ कीं, जैसे 'स्वास्थ्य सम्बन्धी अभिनेत्रियों के नुस्खे', वग़ैरह।

इस व्यवसाय को बढ़ाने के लिए जब पैसे की ज़रूरत होती तो वह छोटे भाई से माँगने पहुँच जाता, "कुछ और निकालो, बच्चा ज़रा यह काम जम जाने दो तो, मैं तुम्हें पैसे से पाट दूँगा। फिर को तुम्हारी आयुर्वेदिक दुकान भी शहर में सबसे चमकदार हो जाएगी। मेरा काम जमने दो...।"

आयुर्वेदिक दुकान से अब पहले जैसा लाभ न था। जो कुछ लाभ होता, उसकी मदद से वह व्यवसाय को आगे बढ़ाना चाहता लेकिन बड़े भाई की ज़रूरतें पूरी करने से कुछ भी न हो पाता। बड़े भाई का काम बढ़ता रहा। छोटे भाई से आर्थिक मदद मिलती रहती और पुस्तकें बेचने में बड़े भाई ने ग़ज़ब की मेहनत की। रोमांस की कथाएँ, विभिन्न व्यंजन बनाने के अभिनेत्रियों के नुस्खे, स्वस्थ रहने की तरक़ीबें—इस तरह की पुस्तकें ही उसने छापीं और उन्हें बेचने में ख़ूब मेहनत की। उसके घर में पैसा आने लगा। यहाँ तक कि उसकी पत्नी के लिए गहने भी बनने लगे।

छोटा भाई कृष्णकुमार चौंक उठा। वह स्वयं जब कभी साड़ी और कोई सामान अपनी पत्नी के लिए लाता तो अपनी भाभी के लिए भी वही, सामान ज़रूर ही लाता। लेकिन बड़े भाई को क्या हो गया है? वह तो सिर्फ़ अपने लिए और अपने बाल-बच्चों के लिए ही सोचते हैं! इस स्वार्थ भावना से कभी संयुक्त परिवार चल सकता है? उसकी पत्नी भी उससे नये गहनों की फ़रमाइश करने लगी। कृष्णकुमार के दिल में भी ज़हर भरने लगा, यद्यपि वह घर के अन्दर पत्नी को डाँट देता। एक दिन उसने बड़े भाई पैसों से फ़रमाइश कर ही दी, "दादा, इधर कुछ की कमी पड़ रही है। दवाओं के लिए बाज़ार से सामान लाना है। क्या आप दो-चार हज़ार रुपये उधार दे सकते हैं?"

रामकुमार बिगड़ गया। ग़ुस्से में लाल मुँह करके चिल्ला पड़ा, "तुमने क्या समझ लिया है कि यहाँ पुस्तकों से बड़ी कमाई हो रही है? दुनियाभर का उधार

मुझ पर चढ़ गया है। तुम तो यहाँ बैठकर मौज़ में दवाइयाँ बेचते रहते हो। मैं गली-गली घूमता हूँ तब कुछ किताबें बेच पाता हूँ। अगर मेरी ढंग की कमाई होती तो मैं उसमें से आधा तुमको दे देता, तुम्हें कहना पड़ता। मैं तुमसे बीच-बीच मैं कुछ पैसे माँग लेता हूँ, इसीलिए तुमको खल रहा है? लो, मैं मैया की शपथ खाकर कहता हूँ कि तुमसे से नहीं लूँगा। तुम अपना काम सँभालो और मैं अपना काम सँभालता हूँ। अब तुम सन्तुष्ट हो?" कृष्णकुमार इसका उत्तर न दे सका और किसी चूजे की तरह सिर हिलाने लगा।

['कादंबिनी', नवम्बर, 2009]

बलेसरा मउगा

पीछे वाली गली के झरकटहा बो जब मर गई तो उसका छौंड़ा बलेसरा मउगा (स्त्रैण) चौका-बासन करने लगा। उसे देखकर कुलदीप सिंह वकील का छोरा लड़का बिगड़ गया, "अम्मा इसे क्यों लगा लिया—दूसरी कामवाली कोई नहीं मिली? न मालूम कितनी तो इस मुहल्ले में करती है, इधर से ही आती-जाती हैं...।"

वकीलाइन गम्भीर हो गईं, "इसकी माई तो ज़िन्दगी भी इस घर में काम करती रही जो दिया-लिया, किसी बात के लिए ज़िद नहीं की। बीमारी-हैरानी में भी काम करने चली आती थी। देने-लेने में मैंने भी कोई कोताही नहीं की। इसका एहसान वह मानती थी, ऊपरी-झापड़ी कोई काम कह देती तो मजाल है कि मना कर दे! उसी का यह लड़का है, उससे भी अच्छा काम करता है। इसके माँजे बर्तन सोना-चाँदी की तरह चमकते हैं। तुम्हीं बताओ, आजकल ईमानदारी और मेहनत से काम करने वाले कितने लोग हैं दुनिया में?"

"तुम तो अम्मा, पूरा क़िस्सा सुनाने लगीं। मैं सब जानता हूँ और तुम्हारे ही मुँह से बार-बार सुन चुका हूँ। मुझे तो इसका मउग की तरह चमक-चमक कर, ताली पीट-पीट कर बात करना अच्छा नहीं लगता। दोनों जून आधा-आधा घंटा का काम है; चुपचाप काम करो और चलता बनो...।"

"देखो बेटा, इसमें उसका क्या दोष है! यह तो भगवान की बनावट है। भगवान किसी को पुरुष बनाता है, किसी को स्त्री और कुछ को मउग भी बना देता है। ऐसा क्यों करता है वह, यह तो वही जानता है। हाँ, इसको उसने ऐसा ही बना दिया है। पर यह भी तो देखे बेटा कि उसमें कौन-कौन से गुण हैं। हमेशा दूसरों के गुण ही देखने चाहिए। यह मेहनती तो है ही, सच्चा और ईमानदार, किसी से डरता नहीं है और सच्ची बात मुँह पर ही कह देता है...।"

"अम्मा, इसकी सचाई से हमें क्या लेना है! हमें तो काम चाहिए और यह काम दूसरे भी पूरी शान्ति से..."

"कैसी बात करते हो, पूता! तुम चाहते क्या हो? तुम्हारा क्या बिगाड़ा है इसने और इसके पीड़े हो, साफ़ बताओ...।"

"इसने मेरा कुछ नहीं बिगाड़ा है लेकिन इस घर में चमक-चमक कर बोलना

मुझे अच्छा नहीं लगता। इस घर में शान्ति चाहता हूँ।"

वकीलाइन काफ़ी गम्भीर हो गईं, "जब वह सवेरे आता है तो तुम सोए रहते हो और जब शाम को आता है तो तुम घर में रहते ही नहीं। तुम्हारी शान्ति कब भंग होती है? तुम अपने काम से मतलब रखो इतना परेशान क्यों हो रहे हो?"

"अम्मा, एक दिन मैं उसे घर से निकाल दूँगा...।"

वकीलाइन कुछ क्षणों तक अपने लड़के को देखती रह गईं। फिर उनका मुँह नाराज़ी से फूल गया।

"विमल बेटा, तुमको चेता रही हूँ, ऐसा कभी करना मति। इस मुहल्ले में जितनी काम वाली आती हैं सब जल्दी-जल्दी गन्दा काम करके भागती हैं। यही नहीं, महीने में कम-से-कम दस दिन नागा तो ज़रूर करती हैं। हर तीन-चार महीने पर साड़ी माँगती हैं और पैसा बढ़ाने को कहती हैं। मउग समझ कर इसे हल्का न समझना, यह बड़ा स्वाभिमानी है। जब इसे ठेस लगेगी तो काम छोड़ देगा, फिर कोई नाक भी रगड़े तो वह नहीं आएगा। जब वह चला जाएगा तो इस घर का कोई तिनका भी सरकाने वाला नहीं है। फिर सब कुछ मुझ पर ही आ जाएगा। तुम सब लोग मिलकर मुझे ही पेरना चाहते हो तो जाओ; जो मन हो करो, मेरी जान न खाओ। मेरे पास सौ काम हैं, तुम लोगों से बैठकर हुज्जत करने की फ़ुरसत नहीं है मेरे पास।"

वकीलाइन 'ऊह' करके उठीं और किसी ज़रूरी काम की याद से उलझी हुई आँगन की तरफ़ बढ़ गईं, बड़बड़ाती हुई। आश्चर्य तो यह है कि इस घर में बलेसरा का महत्त्व कोई समझता नहीं। कड़ाके का जाड़ा हो या मूसलधार बरसात, ठीक साढ़े पाँच बजे पहुँच जाता है वह। सभी फों-फों सोए रहते हैं, वकीलाइन को छोड़ कोई उठता ही नहीं कि चलो दरवाज़ा खोल दें। वह आते ही, भीतर और बाहर के आँगन और बरामदे झाड़-पोछ कर चमचमाता है, रसोईघर को लीप-पोत कर साफ़-स्वच्छ करता है। फिर ड्रम, कंडाल, बाल्टियों आदि को साफ़ करके पानी से भरना और ऊपर से ढकना। सब कुछ करने के बाद वह साफ़ किये हुए बर्तनों को रसोईघर में करीने से लगाने के बाद वकीलाइन से कहता है, "मलिकाइन जी जा रहा हूँ, अपना घर देखिए-सँभालिए..."

जानबूझकर वह नागा नहीं करता, लेकिन दुर्योग से कभी बीमार पड़ गया और वकीलाइन की भी तबीयत ठीक न रही, तो बर्तन पड़े ही रह जाते। ऐसे समय में वकीलाइन किसी छोटे लड़के को देवरानी के पास भेजकर बर्तन माँजने के लिए कहतीं तो वह कहला देती कि उनकी कमर में बड़ा दर्द है।

तब बर्तन माँजना और खाना बनाना समस्या बन जाता और गृहस्थी की गाड़ी में ज़बरदस्त गतिरोध उत्पन्न हो जाता। लेकिन वकीलाइन को छोड़कर और किसी को, यहाँ तक कि घर के स्वामी वकील साहब को भी चिन्ता नहीं होती कि वह कैसे दूर होगा। लेकिन बलेसरा को यह सब बरदाश्त नहीं है।

बीमारी की वजह से वह एक बार दो दिन बाद काम पर आया तो बहुत-से बर्तन गन्दे पड़े थे। उसने देह चमका कर और ताली पीट कर कहा, "ऐ है, कैसा घर है आपका मलिकाइन जी। आप बीमार थी तो और लोग नहीं हैं? हथिनी की तरह देह है, मोटी-मोटी जाँघें हैं, ये थोड़े-से बर्तन नहीं माँजे गए? और लोग किसलिए हैं, बैठकर चारपाई तोड़ने के लिए?"

थोड़ी देर के लिए सन्नाटा छा गया। वकीलाइन ने छत की तरफ़ देखकर इशारे से मना किया। लेकिन बलेसरा चुप रहने वाला तो था नहीं, झट बोला, "चुप क्यों रहूँ मलिकाहन जी! आपके घर में सभी कठकरेजी हैं। आप बात-बात पर जान देती रहती हैं, दूसरों को तो रत्ती भी भी फ़िक्र नहीं। मैं दूसरे घरों में जाता हूँ, वहाँ सभी मिल-जुलकर काम में जुटी रहती हैं। बड़ी गृहस्थी एक औरत के सहारे थोड़े ही चलती है!"

संयुक्त गृहस्थी में नीचे वकीलाइन का परिवार रहता है और ऊपर देवरानी का, जिनके पति बीमा कम्पनी में काम करने की वजह से अक्सर दौरे पर रहते हैं। देवरानी लम्बी हैं और लँगड़ी भी, पर वह दर्द से अक्सर परेशान रहती हैं, कभी सिर में, कभी कमर में, कभी छाती में। स्पष्ट है कि काफ़ी दबाव पड़ने पर ही वह नीचे उतरती हैं। लेकिन जब से बलेसरा आया है, इनको पर्याप्त मनोरंजन भी मिलने लगा है। उसके चमक-चमक कर बोलने पर उनके मुख से अनायास ही खिल-खिल और ही-ही-ही-ही! पास में अगर कोई बैठा हो, चाहे लड़की हो या लड़का, उसे खोदकर कहती हैं, "अरे चुप रहो, देखो, वह क्या कहता है...।" उसकी हर चाल और बात पर गुदगुदी और हँसी।

वकीलाइन तो सुबह से ही गृहस्थी के काम-धाम में उलझकर परेशान हो जातीं। दूसरे लोग भी कुछ देर से ही उठकर अपने नित्यकर्म में व्यस्त हो जाते लेकिन देवरानी पहले भी देर से उतरती थीं और अब भी; फिर विशेष बात यह हो गई है कि बलेसरा के आने से आराम के साथ पर्याप्त मनोरंजन भी; जिससे मुख पर विशेष सन्तोष भरी चमक भी आ गई है।

लेकिन एक दिन इसमें बाधा पड़ गई। गर्मी के दिन थे, देवरानी की सात वर्षीया लड़की कोई शरारत करके नीचे भागी लेकिन देवरानी उसके पीछे दौड़ी और नीचे पहुँचते-पहुँचते पकड़कर उसकी पिटाई करने लगी। बलेसरा उस समय काम कर रहा था, जब बच्ची जान छोड़कर चिचियाने लगी, तो वह चमक कर बोला, "ऐ है, महतारी होकर अपनी ही बच्ची को कसाई की तरह मारा-पीटा जाता है? चचिया, आप देखती नहीं, कितनी नाज़ुक है!"

वकीलाइन के लड़के देवरानी की 'चचिया' कहते हैं। लेकिन देवरानी का चेहरा ग़ुस्से से सुर्ख हो गया और वह चीख़ पड़ी, "चुप! ख़बरदार कि मुझसे ज़बान लड़ाई। ये नखरे भाभी जी को दिखाना, मैं तो जीभ पकड़ बाहर खींच लेती हूँ..."

"ऐ है...यह देखो, उल्टे चोर कोतवाल को डाँटे! मैं तो इनके भले के लिए कहता हूँ। चचिया नया क़ानून निकला है, बच्चों को मारने से जेहल की हवा खानी पड़ती है। माँ-बाप हों, मास्टर हों, दुकान का मालिक हो...कोई बच्चे को मार नहीं सकता। बच्चे को प्रेम से समझाओ, उसके पास अक्ल कहाँ है...!"

इसी समय वकीलाइन तेज़ी से आईं और बलेसर को ज़ोर से डाँटने के बाद देवरानी को हाथ पकड़कर ऊपर ले गईं। निश्चित तौर पर ऊपर पहुँचकर देवरानी को कुछ ऐसा समझा दिया कि उनका ग़ुस्सा शान्त भी हो गया। सचमुच डरने की बात यह थी कि चारों ओर सरकार के जासूस घूम-घूमकर पता लगा रहे हैं कि बच्चेको कोई मार तो नहीं रहा है, उन पर अत्याचार तो नहीं हो रहा है!

एक दिन बलेसरा ने कहा, "एक बात पूछूँ मलिकाइन जी?"

"क्या बाबा?" वकीलाइन ने शंकित दृष्टि से देखा।

"सुना है, आपकी बहू कुछ पढ़ी-लिखी हैं। इनको और पढ़ाकर नौकरी क्यों नहीं कराती?"

वकीलाइन की बड़ी-बड़ी आँखें ग़ुस्से से बाहर निकल आईं। सहसा सूझा नहीं कि इसका क्या उत्तर दें। मुँह से सिर्फ़ इतना ही निकला, "तुमसे मतलब?"

"बात है मलिकाइन, मैं हरिहर बाबू के यहाँ भी काम करता हूँ। उनकी बहू तो अनपढ़ थी, लड़का बाहर काम करता है, तनख़्वाह भी अच्छी नहीं है। हरिहर बाबू ने उसको आगे पढ़ाया और अब उसके लिए नौकरी ढूँढ़ रहे हैं। यही सोचकर मैंने कहा।"

वकीलाइन तेज़ आवाज़ में बोलीं, "तुम यहाँ काम करने आते ही या दुनिया भर की पंचायत करने! तुम्हारी बातों से तो मैं चिन्ता में पड़ गई हूँ। मैंने सोचा था, भले तुम मउग हो, पर काम साफ़-सुथरा करते हो, समय से आते हों, इस पर की फ़िक्र अपने घर की तरह करते हो—लेकिन मैं देख रही हूँ कि तुम उधर की बात इधर और इधर की बात उधर करते रहते हो। हम तो कभी नहीं सोचते कि दूसरे की बहू क्या कर रही है, ही घर के रहने-सहने के अपने तरीके होते हैं। हम तो इसके चक्कर में पड़ते ही नहीं। उनकी बहू को बात करके यहाँ लहरा लगा दिया तुमने...यह ठीक नहीं है।"

"इसमें लहरा लगाने की क्या बात है मलिकाइन जी! ज़माना तेज़ी से आगे बढ़ रहा है, वही कह रहा हूँ तो बुरा लगता है। आपकी बहू पढ़ी-लिखी है, उनसे नौकरी कराएँगी तो घर में दो पैसा ही तो आएगा। अच्छे-अच्छे सामान ही तो आएँगे, आपके यहाँ तो सभी सामान पुराने हैं, न मालूम कब के हैं। ऐसे पुराने जाकड़ी सामान तो अब ग़रीबों के यहाँ भी नहीं मिलेंगे।"

"ख़बरदार, इसके आगे जवान न हिलाना, नहीं तो बहुत बुरा होगा। मैं जितना तुम्हारा ख़याल करती हूँ, तुम उतना ही सिर पर चढ़े जा रहे हो। दूसरे घरों की बात मुझसे न बताओ, मुझे सबका कच्चा-चिट्ठा मालूम है। हमारे घर में बहू को जितना

मान-जान है, उतना कोई क्या करेगा। हमारे पास कमी किस बात की है कि बहू से नौकरी कराएँ। बाबू-बबुओं के घर में बीसियों नौकर-चाकर लगे रहते हैं, न मालूम कितने आदमी-जन खाते-पीते रहते हैं; हमारे गाँव चलों तो पता चले। वहाँ तो बहुएँ गद्देदार बिस्तरे पर बैठकर आराम करती रहती हैं, उनका नाख़ून तो कोई बाहरी आदमी देख नहीं सकता। हम दूसरों की तरह बैठकर बहू की कमाई नहीं खाते। यह सब दूसरे घरों में होता होगा। हाँ, किसी को देखना हो तो चलो हमारे गाँव, वहाँ महँगी लकड़ी के ऐसे भारी-भारी सामान हैं कि एक सामान पर दूसरों का परिवार बिक जाए...।"

"आप बिगड़ती क्यों हैं, माता जी! बहू आपकी हैं, नौकरी न कराना चाहे तो न कराएँ...हाँ, यह समझ लीजिए, आजकल कोई भी अपनी पढ़ी-लिखी बहू को घर में बिठा कर अचार नहीं डालता...।"

वकीलाइन का ग़ुस्से से बुरा हाल हो गया। ऐसा ग़ुस्सा बतकूचन की सीमा पार कर क्रियात्मक बिन्दु का ओर बढ़ने लगता है। लेकिन बहुत-सी व्यावहारिक बातें सोचकर वहाँ से उठकर चली गईं। बलेसरा झूम-झूम कर बर्तन साफ़ करता हुआ बीच-बीच में बोलता रहा था। वकीलाइन जानती है कि दुधारू गाय की दो लात भी सही जाती है—उसी तरह यह मउगा मेहनत में ख़ूब साफ़-सुथरा काम करता है तो उसकी अनर्गल बातें एक कान से सुनकर दूसरे कान से निकाल देने में भी भलाई है। फिर भी बहू का मामला उनके निजी अधिकार से ही सम्बन्धित है और उसमें किसी का भी हस्तक्षेप असहनीय है।

बलेसरा के जाने के बाद वकील साहब ने जो कमरे में बैठे थे, बाहर निकलकर अपनी पत्नी से कहा, "ठीक तो कह रही थी वह, हमारी बहू पढ़ी-लिखी तो है ही, अच्छी नौकरी भी मिल जाएगी उसे। तबीयत भी लगेगी और घर में हर महीने रुपये भी आएँगे।"

वकील साहब घर-गृहस्थी के मामले में भरसक बोलते नहीं। वस्तुत: सब कुछ अपनी पत्नी पर छोड़कर पूरा समय मुवक्किलों तथा कोर्ट-कचहरी के कार्यों में ख़र्च करते हैं। बलेसरा के सम्बन्ध में तो वह कुछ बोलना पसन्द भी नहीं करते थे क्योंकि उसे पुरुष के रूप में पूरी स्त्री ही समझते थे और उसके सम्बन्ध में पहली बार बात भी की तो उसी रूप में।

वकीलाइन को हँसी आई और ग़ुस्सा भी। बलेसरा के सम्बन्ध में उनके कथन पर हँसी और बहू को नौकरी करने के उसके सुझाव के समर्थन पर ग़ुस्सा। ऐसी मिश्रित स्थिति में उनकी मुद्रा वैसी ही बन गई और आवाज़ भी वैसी ही निकली, "बहू से नौकरी कराने का विचार था तो अभी तक चुप क्यों बैठे थे? या मउगा का विचार ही मन भा गया है?"

"लाहौल विला क़ूव्वत, यह क्या मउग-मउग शुरू कर दिया? मैंने तो सब कुछ

आप पर छोड़ दिया हे, चाहो तो अपनी बहू से नौकरी कराओ या न कराओ।" इतना कहकर वकील साहब घूमकर वहाँ से चलता बने।

वकीलाइन का पारा चढ़ गया और अन्दर उल्टी गंगा बहने लगी। वकील साहब तो पति ही थे और बहू भी बेगानी नहीं, इसलिए उनका पूरा ग़ुस्सा बलेसरा का तरफ़ दौड़ा। उनका मुँह फूल गया, बलेसरा के कुछ कहने पर भी दूसरी तरफ़ मुँह फेर लेतीं। अब घर में अजीब दृश्य नज़र आने लगे। जब बलेसरा आता काम पर तो वकीलाइन और उनकी देवरानी खुसर-फुसुर करती नज़र आतीं। पहले देवरानी ने कई बार अपना गहना ग़ायब होने का नाटक किया था और बलेसरा पर सन्देह व्यक्त भी किया। तब वकीलाइन ने बलेसरा का ही पक्ष लिया था—

"अरे नहीं दुल्हन, ऐसा काम तो वह कर ही नहीं सकता...मैं ख़ूब अच्छी तरह जानती हूँ।"

"भाभी जी, मैं झूठ नहीं बोलती, मेरा चन्द्रहार मेरे बक्से से ग़ायब है...चाहे तो चलकर देख लीजिए।"

"अरे उसी में होगा दुल्हन...तुम लापरवाही से चीज़ों को रखती हो। उस बेचारे को क्यों दोष देती हो, ऊपर तो वह जाता ही नहीं।"

"भाभी जी, इन लोगों को आप नहीं जानती ये तो ऐसी हरकतें करते हैं कि सुनकर आप दाँत तले उँगली दबा लेंगी।"

"मैं नहीं मानती, चलो मैं तुम्हारे बक्से में दिखा देती हूँ।"

देवरानी को मजबूरी में बक्सा खोलकर दिखाना पड़ा था और उसी में चन्द्रहार मिल भी गया। वकीलाइन के घूर कर देखने पर देवरानी हँसने लगी, "भाभी जी, पता नहीं वही कब रख गया हागा। एक घंटा पहले मैंने देखा था तो गहना नहीं था, मैं गुरु लगा कर कहती हूँ।"

इस तरह के प्रसंग कई बार आए और गए लेकिन अब वकीलाइन ही बदल गई थीं। एक दिन जब बलेसरा शाम को काम पर आया तो उन्होंने कुल्हड़ की तरह मुँह फुलाकर पूछा—"बलेसरा, मैं नहीं जानती थी तुम ऐसा भी करोगे। दूल्हन का चन्द्रहार ग़ायब है, क्या तुम ले गए हो? पुराने काम करने वाले हो, तुम्हारी माई बहुत अच्छी थी, इसीलिए प्रेम से पूछ रही हूँ। चन्द्रहार लेते आना।"

बलेसरा खड़ा हो गया, उसकी आँखें निकल आईं, "ऐ है, मलिकाइन। अब आप यह कहने लगीं। चचिया भुलक्कड़ हैं, दो बार उनके गहने बाथरूम से लाकर आपको दिया मैंने...भूल गईं चचिया से कहिए कि वे सामानों में खोजें, वहीं होंगे। अपना घर-द्वार सँभालिए, मैं जाता हूँ..."

"बता रही हूँ, कल गहना लेते आना...वकीलाइन ने मुँह बिगाड़ कर कहा।

वह चला गया...फिर नहीं आया वकीलाइन अब बर्तन माँज रही हैं, उनके यहाँ कोई काम वाली काम करने को तैयार नहीं। आँसू गिर रहा हैं—यह क्या हो गया।

कोमल

कोई साहित्यिक नाम नहीं है कोमल, यह उसका असली नाम ही है। लेकिन साहित्यिक प्रवृत्ति का व्यक्ति ज़रूर है और कभी-कभी कविताएँ एवं कहानियाँ भी लिख लेता है। उसने स्नातकोत्तर स्तर तक अपनी सभी परिक्षाएँ ठीक-ठाक अंकों से पास की, लेकिन सिविल सर्विसेज में मेहनत के बावजूद कुछ हो न सका। नौकरी की दौड़-धूप में भी कुछ हासिल न हुआ और गाँव तथा घर में भी खुसुर-फुसुर होने लगी।

एक दिन दूर के एक रिश्तेदार उनके घर पहुँच गए जिनकी शक्ल काफ़ी दिनो बाद दिखाई दे रही थी। उम्र अधिक हो गई है उनकी नाक-नक्श और पुरा हुलिया पकठाए हुए भुट्टे की तरह। वह अपने काम व्यवसाय में असफल होकर राजनीति तथा नेतागिरी के क्षेत्र में आ गए थे और अगले विधान सभा चुनाव में सफलता के लिए जनसमर्क बढ़ाने का कार्य ज़ोरशोर में चला रहे थे।

"ए जीजा बबुआ...अरे कोमल बबुआ के सम्बन्ध में न पूछ रहा हूँ...हाँ तो कारख़ाना में काम करेंगे, बबुआ?"

कोमल के पिता रमापति यादव पहले ही समझ गए थे कि इतने समय बाद जब वह अपनी शक्ल दिखा रहे हैं तो मतलब कोई ज़रूर होगा। फिर भी, लड़के की नौकरी के सम्बन्ध में प्रस्ताव सुनकर दिल कुछ नरम हुआ।

"लीजिए, यह भी पूछने की बात है? ना से तो अच्छा ही है।"

"वही तो कह रहा हूँ। अरे, बड़ी अच्छी जगह है जीजा, राजा हैं वे लोग। मेरा तो बड़ा सम्मान करते हैं। मैं पुरप कह दूँ तो पूरब मान लें और पश्चिम कह दूँ तो पश्चिम। आप पूछेंगे—पगार? अरे गल्ला पैसा मिलता है। और परमानेंटी के बाद? अरे जीजा क्या बताऊँ इतना मिलने लगता है कि पी.डब्लू.डी. डिपार्टमेंट वाला पानी भरे। मैं एक काम से जा रहा हूँ, पन्द्रह दिन बाद आऊँगा तो बबुआ को अपने साथ ले जाऊँगा और मिनटों में सब कुछ फिट करा दूँगा।"

"अरे, कराइए जल्दी महाराज।"

"जीजा, मै झूठ नहीं बोलता, जो कह देता हूँ वह कर-कराके चैन से बैठता हूँ। आप देखते रहिए। पंद्रह दिन बाद लौटने तो दीजिए। हाँ, एक बात और बता देता हूँ, जल्दी विधानसभा का चुनाव होने वाला है, अगर मै निर्वाचित होकर विधायक

बन गया तो मंत्री बनने से कोई रोक नहीं सकता। सब तो पहले से ही फिट है... तब देखिएगा, बबुआ को मैं कहाँ से कहाँ पहुँचा देता हूँ। हाँ तो अब यह जिम्मा आप पर छोड़ता हूँ कि इस। गाँव से राजा पांडे को एक भी वोट न मिले। विषधर है जीजा जीत गया तो रुला हारेगा। बड़ा कृतघ्न है। बस आप अपने गाँव को सम्भाल लीजिए। बाक़ी तो सब मैं देख ही लूँगा...।"

रमापति यादव ने रामखेलावन नामक उक्त रिश्तेदार की फूली-फूली बातों में आ गए और उसके लिए गाँव में शोर शोर से प्रचार भी करने लगे। और उसने भी कोमल को गन्ने के एक कारख़ाने में टाइप बाबू की नौकरी दिला दी। वहाँ शिफ्ट के हिसाब से काम होता था, एक महीना दिन में और एक महीना रात मैं। छह बजे काम शुरु होता तो छह बजे ही समाप्त होता, बीच में डेढ़ घंटे का इंटरवल। पगार भी बहुत मामूली और जब सीजन समाप्त हो जाता तो तीन महीने की बैठकी करा दी जाती इस आश्वासन के साथ कि शीघ्र ही स्थाई कर दिया जाएगा।

कोमल उसी से सन्तुष्ट था। इतनी मेहनत के बाद क़िस्मत में यही है तो यही सही। वस्तुत: वह नाम के विपरीत बेडौल शरीर का कोल्हू के बैल की तरह बेहद कर्मठ और आज्ञाकारी है। बैगन के रंग का चेहरा। लेकिन बेहद स्नेही तथा विश्वासी यानी आप जो भी कहें, उसे सही मानकर उसके लिए ख़ुशी ख़ुशी दौड़ जाने वाला। मुँह पर मांस है, जो हँसने अपमानित होने और ग़ुस्सा करने पर लाल हो जाता है। उसके शरीर में कुछ स्थूलता भी है, जब वह चलता है तो उसके कन्धों के बीच की दूरी सिकुड़ कर कुछ कम हो जाती है और दोनो बाहें सीधे न गिर कर कुछ बिल्ली की पूँछ की तरह तन जाती है और जुम्बिश नियमित गति से, गोया चाभी भर दी गई हो।

गाँव के कुछ लोगों की राय है कि उसका दिमाग़ भी बेडौल ही है क्योंकि कभी-कभी वह ऐसी हरकतें करता है, जिसका मतलब ही नहीं समझ में आता और यह भी कि जब वह अपने या दूसरों के पक्ष में कुछ कहता है तो प्रतीत होता है कि विपक्ष में ही बोल रहा है।

उसके परिवार की आर्थिक स्थिति कोई अच्छी नही है। गाय-भैंस के दुध के व्यापार में असफल होकर उसके पिता ने शहर की तरफ़ जाने वाली चहल-पहल वाली सड़क पर एक गुमटी बनाकर चाय, दालमोट, नमकीन, बिस्कुट, पावरोटी, चिप्स, चुरमुरा, चाकलेट आदि की दुकान खोलकर घर का ख़र्चा चला रहे हैं। घर तथा गाँव के लोगों का भी विचार कि कोमल जहाँ इतना पढ़-लिख गया है तो ज़रूर ऊँचा जाएगा और ख़ानदान की इज़्ज़त बढ़ाएगा। लेकिन इस समय वह जो कुछ कर रहा है उससे घर की आर्थिक स्थिति क्या होती, जगहँसाई ज़रूर हो रही है। बैठक में क्या कोमल परेशान रहता है? ऐसा तो नही कहा जा सकता। वह सुबह चाय-नाश्ता करके एक किनारदार धोती तथा काँलर वाला कुर्ता धारण कर घूमने निकल जाता है।

यह धोती किसी शादी विवाह में ससुराल से ही उसे मिली थी। उसकी पत्नी मंजरी टोकती है, "यह मेहरूई धोती क्या पहन कर चल पड़े? दो-दो पैंट क़मीज़, पायजामा-कुर्ता धुले-धुलाए रखे हैं वे क्या आचार डालने के लिए हैं?"

कोमल एक सैनिक की तरह लेफ्ट-राइट करते हुए कहता है, "मैं टाम गाबुल हूँ।"

उसे कभी पुराने उपन्यासकार ज्वाला प्रसाद श्रीवास्तव के एक उपन्यास का टाम गाबुल नामक चरित्र बड़ा मज़ेदार लगा था जो अक्सर सिर के बल गिर पड़ता था। किसी बात को टालने के लिए ऐसी ही बातें किया करता है और मंजरी कभी हैरत से और कभी खीझ से उसे देखती रह जाती है।

पत्नी के साथ ही नहीं बल्कि अन्य लोगों के साथ या घर के बाहर भी ख़ुशी, दुख निराशा-हताशा आदि आम परिस्थितियों में, वह कुछ स्पष्ट और सार्थक न कहकर ऐसे शब्द या शब्दावली में अपने को अभिव्यक्त करता है जिसको, सुनने वाले देखते ही रह जाते हैं। कुछ लोगों का मत है कि यह विक्षिप्ता या पागलपन की निशानी है।

जिस रोज़ वह ससुराल प्रदत्त विशेष धोती पहन कर जा रहा था, रास्ते में किसी मसखरे ने दूर से चिल्लाकर कहा, "झाड़े रह महँगुआ किनारदार धोती।" उसने मुड़ कर न उधर देखा और न ही कोई उत्तर दिया लेकिन कुछ दूर आगे बढ़कर हवा में मुक्के से प्रहार करते हुए कहा काफ़ी धीमे स्वर में, "चूहा चमगादड़।"

वह इस समय ऐसी जगह जा रहा था जहाँ एक खपड़ैल वाले बड़े मकान के बारामदे में दो जलपा बूढ़े एक तख़्त पर बैठकर शतरंज खेला करते थे। वे काफ़ी जोश से और चुनौतियाँ देते तथा एक-दूसरे को चिढ़ाते हुए खेलते थे लेकिन उनके खेल का नतीजा अक्सर चारमोहरी में होता था। दरअसल, उनके खेल का स्तर फिसड्डीपन से ऊँचा नही था लेकिन उनके उत्साह और उत्तेजना की कोई सीमा नही थी।

घूमने-घामने से तबीयत ऊबने पर वह कविताएँ और कहानियाँ लिखने लगता। एक दिन जब वह अकेले बैठा था तो उसे लगा कि पत्रकार की नौकरी उसके लिए सर्वोत्तम होगी। इसके बाद तो इस विचार से वह बेहद उत्साहित हो गया और विभिन्न पत्र पत्रिकाओं के सम्पादकों को पत्र लिखना आरम्भ किया कि यदि उनके अख़बार में यदि उसे पत्रकार की नौकरी मिल जाए तो वह पत्र की उन्नति के लिए जी जान लगा कर परिश्रम करेगा और उसका विश्वास है कि पत्र की प्रसार संख्या तेज़ी से बढ़ेगी। उसने अपनी योग्यता सिद्ध करने के लिए अपने सभी ज़रूरी सर्टिफिकेटों के साथ अपनी कविताओं तथा कहानियों की पांडुलिपियाँ प्रेषित कर दी। इन्ही दिनों उसने रजनीश रंजन नामक एक बहुचर्चित कवि से सम्पर्क कायम करने में सफलता भी प्राप्त कर ली। इसमें कोई सन्देह नहीं कि ऐसे अवसरों पर वह अपनी मौलिक रचनाएँ न भेजने की ग़लती नहीं कर सकता था।

रवि ने काफ़ी विलम्ब से उत्तर भेजा था, 'आप लिखते जाइए, काफ़ी परिश्रम की ज़रूरत हैं। कभी इधर आएँ तो मिल लें।'

एक दिन उसकी पत्नी काफ़ी नराज हो गई, "यही सब करने के लिए आपने इतनी पढ़ाई लिखाई की थी? पता नही कैसा रिश्तेदार है वह मुहकरिखहा, ऐसे रद्दी कारख़ाने में नौकरी लगाकर ग़ायब हो गया, जहाँ न ढंग का पैसा और न ढंग का बात-व्यवहार। यह भी कोई नौकरी है। अगर यहाँ आ जाए तो जलते चैले से मुँह झौंस दूँ। आपको भी इसी में सुख है, बाप के सहारे मुफ़्त की रोटी तोड़ना और बाल-बच्चों की दुर्गति कराना।

दो दिन बाद ही बिल्ली के भाग का छींका टूटा। मंजरी जिस रिश्तेदार के प्रति पहले से ही भरी बैठी थी, उसे अपनी भड़ास निकालने का अवसर जल्दी ही मिल गया। सवेरे वाली गाड़ी से कथित रिश्तेदार उस समय आ धमके जब घर के बाक़ी सदस्य अपने-अपने काम से घर से बाहर गए थे। घर के भीतर आंगन से लगे बरामदे में कुर्सी पर बैठकर वे अपने जीजा यानी रमापति यादव का इन्तज़ार करने लगे। कुछ देर घर में सन्नाटा छाया रहा फिर अचानक बरामदे के खंभे की ओट से मंजरी की तेज़-तेज़ आवाज़ आने से सन्नाटा टूटा, तब रामखेलावन की तंद्रा भंग हुई। उसने मंजरी की तरफ़ हड़बड़ाते हुए देखा। मंजरी ने अपने चेहरे पर बड़ा सा घूँघट डाल रखा था परन्तु अपने दोनों हाथ उस कथित रिश्तेदार की ओर फेंक-फेंक कर, ग़ुस्से में ज़ोर ज़ोर से खुब खरी खोटी सुना रही थी। वह क्रोध में बुरी तरह हाँफ रही थी।

रामखेलावन को माजरा समझ में आ गया, सहमा हुआ वहाँ से पलायन कर लेने में ही अपनी भलाई समझी, कुछ देर और रुका तो ये मंजरी आज डंडे से मेरा स्वागत करेगी। आम तौर पर शाँत और अतिथि सत्कार करने वाली मंजरी आज चंडी का रूप धारण कर चुकी है। कुर्सी से उठकर यह कहते हुए कि बबुआ से कहो—ज़रा पूजा-पाठ किया करें भगवान को विशेष प्रसन्न किया करें। घूँघट के भीतर से दमदार आवाज़ मे जवाब आया—अपनी मेहनत और कार्य पर विश्वास करते हैं।

घर से बाहर जाते हुए उसे सहन में कोमल घर के अन्दर आता दिखाई देता है। उसके हाथ में एक लिफ़ाफ़ा है और चेहरे पर मुस्कान। आज वह बहुत ख़ुश लग रहा है। रामखेलावन को तेज़ी से बाहर जाते हुए देखकर वह कहता है—अरे मामा आइए, घर चलिए आपको ख़ुशख़बरी देनी हैं, बाबू जी भी आ रहे हैं। परन्तु वह कोमल की बातों को अनसुना कर, मंजरी के बाद वह किसी का सामना नहीं करना चाहता था। बिना उसकी ओर देखे तेज़ तेज़ क़दमों से सहन को पार करने लगा।

कोमल घर के अन्दर प्रवेश करते ही मंजरी का रूप देखकर सब कुछ समझ गया। वह अपनी दोनो बाहें फैलाकर पत्नी को आलिंगन कर लेता है और एक गाना गुनगुनाता है "दुख भरे दिन बीते रे भइया, बीते रे भइया।" इस पर मंजरी कोमल को हल्का धक्का देते हुए कहती है, आपको मसखरी सूझ रही है।

"नहीं बिलकुल नहीं, तुम शान्त होकर यह ख़ुशख़बरी सुनो, यह पत्र पढ़ो, कल इतवार है मंगल को मुझे लखनऊ सचिवालय पहुँचकर ज्वाइन करना मेरे जाने की तैयारी करो," कोमल कहता है।

मंजरी चकित होकर, ख़ुशी से देखती है। पिताजी कोमल के बच्चों के साथ खाँसते हुए प्रवेश करते हैं।

कोमल उस पत्र को पिता के हाथ में देता है। बच्चों को उठा कर, गोल-गोल घूमने लगता हैं।

आत्मकथ्य : देश के लोग और वह

उत्तर प्रदेश में बलिया जिले के छोटे-से गाँव भगमलपुर को आप नगरा भी कह सकते हैं क्योंकि वह नगरा का एक टोला-सा लगता है, जो सड़क के दूसरी ओर बसा है। भगमलपुर में अहीरों का टोला था उत्तर में और दक्षिण में थी चमरटोली, जिनके बीच कायस्थों के तीन परिवार थे। इसी गाँव में, एक कायस्थ परिवार में, आषाढ़ के किसी बरसाती दिन को उसका जन्म हुआ। मिट्टी का बड़ा मकान था, जिसमें दो आँगन थे। रात में कमरे की धरन से गेहुँअन साँप लटक कर ती-ती बोला करते। मकान के बाहर दरवाज़े के सामने एक क़दम्ब का वृक्ष था...

कुछ बड़ा होने पर उसका नाम नगरा के प्राथमिक विद्यालय में लिखा दिया गया। उसके दो नाम थे—एक श्रीराम और दूसरा अमरनाथ लेकिन उसका पहला नाम ही चल पाया। अमरनाथ किसी साधु का रखा हुआ नाम था। कभी-कभी कोई दादी स्नेह से भर कर पुकार उठती थी ए अमरनाथ, और इसके बाद किसी दूसरे को देखकर खिलखिला कर हँस पड़ती थीं। गाँव के घरेलू नौकर ढेलू बाबा रोज़ स्कूल छोड़ आते और वापस ले आते। ढेलू बाबा घुटने के ऊपर धोती पहनते थे। कभी-कभी वह कन्धे पर बिठा लेते थे। जब कभी वह समय पर नहीं पहुँचते तो वह छुट्टी होने पर दूसरे लड़कों के साथ घर के लिए रवाना हो जाता लेकिन नीबिया पोखरा के आगे दाएँ घूमकर सभी लड़के नगरा गाँव में प्रवेश कर जाते और वह अकेला पड़ जाता। कुछ दूर ही आगे धूल-भरी कच्ची सड़क के किनारे इमली के बड़े-बड़े झंखाड़ वृक्षों की एक बारी पड़ती थी जिसमें अजगर सर्प रहने की ख़बर प्रसिद्ध थी। उसके प्राण कूच कर जाते। रात में माँ (अनन्ती देवी) नींद से जगाकर उसे अपने हाथ से दाल-भात खिलाती और सिआरों की आवाज़ें सुनकर कहती कि 'चोर मेंटा में मुँह डाल कर हुआ-हुआ बोल रहे हैं।' उन्हीं दिनों उसकी बड़ी बहन बीमार पड़ी, जिसकी दयनीय सूरत देखकर उसे बड़ी रुलाई आती और वह उसको छिपाकर अचार खाने को देता। जब गायित्री बहन की अर्थी जा रही थी, वह आँगन में महावीर जी के चबूतरे के पास वाले कमरे के चौखट पर मन मार कर बैठा था...

बाद में वह बलिया शहर में पिताजी के पास आ गया। पिताजी (सीताराम वर्मा) मुख्तार थे। उसका नाम पहले तहसीली मिडिल स्कूल, फिर गवर्नमेंट हाई स्कूल

में लिखा दिया गया। वह घर के बाहर बेहद शर्मीला और चुप्पा था, पर घर के अन्दर उसे सीधा नहीं कहा जा सकता। छोटे भाइयों की नाक मलने में उसे बड़ा आनन्द आता, जिसके बाद उनकी लाल नाक जुकामिया लगने लगती थी। नौकर छबीला जब गाँजा का दम लगाकर आँखें लाल-लाल किये आँगन में पानी भरे गगरे लेकर चलता तो वह उसके पीछे से लंगी लगाकर गिराने की कोशिश करता। हॉकी-फुटबाल, गुल्ली-डंडा, चिक्का-कबड्डी, गोली, लट्टू वग़ैरह खेलों का भी वह बेहद शौकीन था। उसको लड़कियों के साथ खेलने में भी बड़ा अच्छा लगता था, पर कई बार उसे चिढ़ा-चिढ़ा कर भगा दिया जाता था। वह किसी का दुख सह नहीं सकता था। मनमुटाव उसे अच्छा नहीं लगता था। कभी-कभी परिवार की औरतों में ऐसी स्थिति आ जाती थी, जब दोनों पक्षों के बच्चे एक-दूसरे की ओर जाना बन्द कर देते थे। शिकायतों का बाज़ार गर्म हो जाता। वह कोई असहमति की बात कह देता तो माँ दात पीसती थीं—'पापी'। ऐसी स्थिति एक-दो दिन तक रहती थी, फिर सब कुछ पहले ही जैसा हो जाता था। तब उसकी ख़ुशी का अन्त न होता था। दरवाज़े पर रोज़ दुखिया, दरिद्र, अपाहिज, बेसहारा लोग आते थे, मुँह खोल गिड़गिड़ाते थे और लोगों की डाँट-डपट खाते रहते थे। किसी दावत समारोह के बाद मेहतर लोग कूड़े पर फेंके गए जूठे पत्तलों के लिए आपस में लड़ते थे। ऐसे दृश्यों को देखकर वह उदास हो जाता...

उसके घर में कोई साहित्यिक वातावरण नहीं था। उसके पिताजी उर्दू और फारसी पढ़े थे, फिर भी उनको हिन्दी का कामचलाऊ ज्ञान था। वह बहुत ही शान-शौकत से रहते थे। जवानी के दिनों में उन्होंने घर पर पहलवान रखकर कसरत और कुश्ती में कुशलता प्राप्त की थी। ख़ूब अच्छा खाते थे और ख़ूब अच्छा पहनते। सन्तान के बारे में उनकी कोई महत्त्वाकांक्षा नहीं थी, सिवाय इसके कि हाई स्कूल करने के बाद लड़के की शादी हो जाए और वह कोई नौकरी-चाकरी करे। लड़की हो तो शादी जल्दी कर दी जाए। फिर भी वह काफ़ी भाव-प्रवण और उदार व्यक्ति थे और उनकी भाव-प्रवणता नाटकीयता को स्पर्श करने लगती थी। उनका ग़ुस्सा बहुत ज़बरदस्त था लेकिन वह बहुत जल्दी पश्चात्ताप तथा करुणा से विगलित हो जाते थे। फिर वह बच्चे की तरह रोने लगते और छोटे-से-छोटे बच्चे से क्षमा माँग लेते। फिर उनका एक लम्बा और करुण भाषण भी सुनना पड़ता। साल में एक या दो बार उसे अपने पिताजी का एक दूसरे ढंग का भी लेक्चर सुनना पड़ता, जिसका मुख्य विषय था कभी नागा न करना और रोज़ स्कूल जाना। इसके बाद वह 'नागा' विषय पर दो या चार लाइनें गाकर सुनाते थे। अद्भुत स्वर था उनका और बहुत अच्छा गाते थे वह। बुलन्द, चिकनी और फिसलती हुई आवाज़, जो दूर तक सुनाई देती थी। मन्दिर में जब वह कोई भजन गाते तो सारा मन्दिर गूँजने-गमकने लगता। वह निश्चित रूप से कह सकता है यदि उनकी अच्छी ट्रेनिंग

होती तो वह फैयाज खाँ की टक्कर के संगीतकार होते। सच्चाई पर वह बेहद ज़ोर देते थे और खरी बात मुँह पर ही बिना किसी दुर्भावना के कह देते थे। एक बार उसका छोटा बाई बाज़ार से एक फलवाले की दुकान से एक कच्चा आम उठा लाया था। मालूम होने पर उन्होंने उसको बहुत डाँटा, आम वापस कर आने के लिए कहा और जब वह फिर घर आया तो उसको अपने पास बुलाकर ख़ूब रोये और अन्त में एक लम्बा भाषण भी दिया। बहुत ही अच्छा बोलते थे वह, अत्यन्त प्रभावशाली, एक मँजे हुए अभिनेता की तरह, जो गहरा प्रभाव छोड़ता था। वस्तुतः वह उस छोटे से शहर के रईसों में से एक थे—लम्बे, चौड़े, मज़बूत, प्रभावशाली। वह उस स्थानीय टाउन क्लब के प्रेसीडेंट रहे, जो वर्ष में एक बार कोई ऐतिहासिक नाटक अवश्य खेलता था और वह अनिवार्य रूप से नायक का अभिनय करते।

उसको घर में एक पंडित जी पढ़ाते थे, जो ख़ूब दुबले थे और जिनके चेहरे की नसें उभरी हुई थीं। पढ़ाने से अधिक वह मार-पीट और लंठई के आत्मानुभव सुनाते थे, जिनमें उन्हीं की सदा जीत होती थी। उन्होंने ही एक बार बताया था कि 'सुमित्रानन्दन पन्त एक महिला कवि हैं।' पर एक चीज़ से उस को लाभ अवश्य हुआ। उसके पिताजी को 'चलता पुस्तकालय' का सदस्य बना दिया गया था अथवा वह स्वयं बन गए थे, जहाँ से दो पुस्तकें घर पर पहुँचा दी जाती थीं। उसके पिताजी के पास इतनी फ़ुरसत नहीं थी कि कोई भी पुस्तक पूरी पढ़ ही लेते, पर वह चुरा-चुरा कर उन पुस्तकों को पढ़ा करता था। निश्चय ही उनमें से कई पुस्तकें हल्की-फुल्की, रूमानी और जासूसी होती थीं लेकिन कई बहुत ही अच्छी पुस्तकें होती थीं, जिनका उस पर अच्छा असर पड़ा। याद है, जब उसे 'महाभारत' अथवा शरच्चन्द्र की 'चरित्रहीन' पढ़ने को मिली थी, तो वह खाना-पीना तक भूल गया था। सारा घर सोता होता था, मच्छरों की भनभन सन्नाटे को दबोच लेती थी और वह कोठरी अथवा बरामदे या भीतर आँगन में एक बसंखट या खटोले पर लेटकर लालटेन की पीली, धुँधली-सी रोशनी में किताबें चाटा करता था...।

उन दिनों वह मच्छर रोड स्थित मच्छर भवन में रहता था। सड़क और मकान का यह नूतन और मौलिक नामकरण उसकी एक बहन की शादी के निमंत्रण-पत्र में छपा था। वह नहीं कह सकता कि उसका मुख्य उद्देश्य तत्कालीन म्युनिस्पैलिटी पर व्यंग्य करना था अथवा रिश्तेदारों को मच्छरदानी के साथ आने का निमंत्रण।

मकान के सामने एक गहरी नाली चली गई थी, जो जगह-जगह पत्थर की पटिया से ढक दी गई थी। बाहर अच्छा-ख़ासा बरामदा था। वहाँ काठ की तीन चौकियाँ थीं, जिनमें से दो को जोड़ कर एक बड़ी चौकी का रूप दे दिया गया। उन चौकियों पर चौबीसों घंटे टाट बिछे रहते थे लेकिन सुबह होते ही नौकर छबीला बरामदे को चमाचम झाड़-बुहार कर छोटी चौकी पर कालीन या दरी और सफ़ेद

दूधिया चादर बिछाकर उस पर एक बक्सा रख देता था। संयुक्त चौकी पर भी एक बड़ी-सी सफ़ेद जाजिम बिछा दी जाती और एक मटमैला-सा बस्ता रख दिया जाता। लगभग आठ बजे उसके पिताजी नहा-धोकर पूजा-पाठ करने के बाद मूँछों को सँवारे और ललाट पर चन्दन का टीका लगाए चट्टी या खड़ाऊँ खटपटाते हुए आते थे और छोटी चौकी की चादर के ऊपर एक छोटी-सी वर्गाकार आसनी बिछाकर बैठ जाते थे। बड़ी चौकी पर मुहर्रिर और मुअक्किलों की भीड़।

उन चौकियों से उसका बड़ा घनिष्ठ सम्बन्ध था। पढ़ने से उछलने-कूदने और मारपीट तक सारा काम वहाँ आसनी से हो जाए करता। बरसात की रातों में उन चौकियों पर खाट बिछाकर सोने में बड़ा मज़ा आता। वह आठवीं कक्षा पास कर चुका था। एक दिन बड़ी चौकी पर बैठकर वह प्रेमचन्द का कोई उपन्यास पढ़ रहा था। उसी समय मुन्नू चाचा भीतर से बाहर आए। वह उसके गाँव के ही थे और उसके पिताजी के मुहर्रिर। वह पिताजी को बड़े भाई की तरह मानते और उनको 'भैया' कहते थे। वह रविवार को घर पर आते थे। भीतर के बरामदे में पिताजी पलंग पर लेट जाते थे और मुन्नू चाचा सिरहाने की ओर एक कुर्सी या स्टूल पर बैठकर डेढ़-दो घंटे तक तेल की मालिश करते थे। उस बीच उन दोनों के बीच बातों और गप्पों की जो जलेबी छननी शुरू होती, उसका अन्त ही न होता। मुन्नू चाचा का पुरलुत्फ़ व्यक्तित्व था और उन्होंने पिताजी की बात का ढंग और उनके कई मुहावरे सीख लिए थे। उनकी हर बात में बेहद गप्पबाज़ी और हास्यास्पद गम्भीरता होती थी।

"क्या पढ़ते हो जी?" घूरता हुआ प्रश्न था।

उसने साफ़-साफ़ बता दिया।

"नाभेल पढ़ते हो?" वह बेहद बिगड़ गए, "मै देखता हूँ तुम्हारी सोसाइटी ठीक नहीं। नाभेल तो लंठ-आवारा पढ़ते हैं, उसमें आशिक-माशूक की बातें होती हैं। समय को इस तरह बरबाद करते हो? भैया नाभेल चौपट कर देगा तुम्हें। आइन्दा देख लिया तो ठीक न होगा। तुम चचा की बात नोट कर लेना कि नाभेल आवारा बना देता है। मैं आजकल का चचा नहीं हूँ, आजकल के चचा तो चूतिया चचा होते हैं। बड़ा सख़्त हूँ मैं। इस समय तुम ख़ुशकत लिखते, हिज्जे याद करते। दोस्त तो दस्तरखान की मक्खी हैं।। मेरा ही देख लो, मैं पढ़ने में बड़ा जहीन था, बड़ा जहीन! नाभेल, आशनाई वग़ैरह से कोसों दूर था! मैं तो कम्पलीट दो घंटे तक ख़ुशकत लिखता था, कम्पलीट चार घंटे तक सवाल लगाता था...।"

उसने सुना था, वह सात पास या फेल हैं पर आधा-पौन घंटे तक उनका उपन्यास-द्रोही प्रवचन उसे ग्रहण करना पड़ गया...

अपने पिताजी की बहुत सी बातें उसे विरासत में मिली थीं और बहुत-सी बातें नहीं भी मिली थीं। लेकिन उस पर प्रेमचन्द का असर ख़ास नहीं था। उनकी रचनाएँ भी उसने कम ही पढ़ी थीं। टैगोर को भी वह अभी नहीं पढ़ पाया था। हाँ,

शरच्चन्द्र की रचनायें सहज उपलब्ध हो जाती थीं। शरच्चन्द्र की रचनाओं ने उस पर बेहद प्रभाव डाला।

एक शाम की याद उसे आती है। मौसम में कुछ हल्की-फुल्की सिहरन थी। उसने शरच्चन्द्र की कोई सशक्त कहानी पढ़कर अभी-अभी समाप्त की थी। अँधेरा घिरने लगा था। पुस्तक समाप्त करते ही उसने अपने अन्दर एक अद्‌भुत परिवर्तन का अनुभव किया, जैसे बिजली दौड़ गई हो। वह बरामदे से बाहर निकल आया। मकान और सामने की सड़क के बीच मज़े की खुली जगह थी। वह वहाँ टहलने लगा। सहसा उसके अन्दर से कोई आवाज़ उठी, "मैं लिख सकता हूँ...ठीक वैसा ही उसी तरह...।" यह सोचकर उसे रोमांच हो आया। एक असम्भव कल्पना थी। सब कुछ अविश्वसनीय। सामने धुँआए-से आसमान में निर्मल चाँद निकल आया था। सिर के ऊपर पीपल के पत्ते हल्की हवा में चंचल हो रहे थे। जिसका वर्णन नहीं हो सकता, वैसी ही कोमलता, करुणा एवं ख़ुशी उसके अन्दर लबालब भरी हुई थी। उसकी आँखों में आँसू उमड़ने लगे...

रोमांटिक ढंग से ही उसके लेखन की शुरुआत हुई। इसके अलावा हो भी क्या सकता था? वह अपने पिताजी की तरह ही भाव-प्रवण था। वह एक पिछड़े हुए इलाके में पैदा हुआ था। फिर उसकी उम्र व बुद्धि भी कच्ची थी।

उस दिन की घटना के बाद उसमें कुछ परिवर्तन होने लगा। वह बड़ा भी हो रहा था। वह अब अक्सर सपनों की दुनिया में खोया रहता। कहानियाँ उसके अन्दर जन्म लेने लगीं, बहुत ही हलके, लगभग अनजान और बचकाने ढंग से, कुछ शरच्चन्द्र की कहानियों की तरह, कुछ-कुछ अजीब ढंग की...पर उन कहानियों का नायक वह स्वयं होता था, जो किसी काल्पनिक प्रेमिका को प्यार करता था और दुख तथा निराशा के दौर से गुज़रता था। इन कल्पनाओं का ही वह होकर रह गया, पर इनसे उसकी धारणा पक्की हो गई कि वह शरच्चन्द्र की तरह ही उच्चकोटि की कहानियाँ लिख सकता है। वह हर जगह, हर क्षेत्र में अपने को नायक के रूप में कल्पना करने लगा...

उसके स्कूल में चन्द्रिका नामक उसका एक सहपाठी था। उसकी हिन्दी और अंग्रेज़ी बहुत तेज़ थी। चन्द्रिका हिन्दी में सबसे अधिक नम्बर लाता। बनारस से निकलने वाले आज' में 'पहाड़ी जी' और नर्मदा प्रसाद जी खरे की कहानियाँ धड़ल्ले से निकला करती थीं। चन्द्रिका उन्हीं के स्टाइल पर कहानियाँ लिखा करता। वह नहीं जानता कि उसको कहानियाँ लिखने की प्रेरणा कहाँ से मिली, बाबू गणेश प्रसाद से अथवा किसी अन्य से। बाबू गणेश प्रसाद जी हिन्दी पढ़ाते थे। वह साहित्य-प्रेमी थे। वह चन्द्रिका को बहुत मानते थे। स्वयं वह पढ़ने-लिखने में अच्छा था, पर चन्द्रिका की तरह उसके नम्बर नहीं आते थे, फिर भी अब वह यह मानने के लिए तैयार नहीं था कि हिन्दी में चन्द्रिका उससे तेज़ है। चन्द्रिका से अच्छी कहानियाँ तो वह जब चाहे लिख सकता है।

बाबू गणेश प्रसाद बहुत ही सीधे, सरल, सच्चे और परिश्रमी थे। वह सदा हिन्दी की दुनिया में खोये रहते। हिन्दी भाषा और साहित्य का काम ऐसा नहीं था जिससे सम्मान मिल जाता। बाबू गणेश प्रसाद जी को हिन्दी से सहज प्रेम था। हिन्दी के जो अन्य अध्यापक थे, उनमें पंडिताऊपन अधिक था। बाबू गणेश प्रसाद युवक थे और एम.ए. पास थे। वह बहुत ही मेहनत से पढ़ाते थे। उनसे साहित्य-सम्बन्धी बहुत-सी जानकारियाँ मिलती रहती थीं। उसे याद है, उन्होंने एक बार डॉ. मुल्कराज आनन्द की प्रसिद्ध कहानी 'लास्ट चाइल्ड' का कथानक सुनाया था। उन्होंने कहा था कि कहानी लिखने का ढंग बदल रहा है और कहानी लेखन का आधुनिक तरीका मुल्कराज आनन्द के लेखन का ही तरीका है।

उसे हँसी आती है। कच्चे मन के अहंकारी किशोर कभी-कभी महान लेखकों पर बड़ा ही जुल्म करते हैं। उसे अब भी याद है, डॉ. मुल्कराज आनन्द की कहानी का कथानक सुनकर भी उसने यही सोचा था—इसमें है ही क्या? इससे अच्छी कहानी तो वही लिख सकता है। एक दिन जब उसकी कहानी प्रकाशित होगी तो सभी मित्र, यहाँ तक कि बाबू गणेश प्रसाद जी भी चकित रह रह जाएँगे, आदि।

नवीं कक्षा में ही उसके मुहल्ले के एक मित्र ने एक हस्तलिखित पत्रिका निकाली। वह उससे एक कक्षा आगे पढ़ता था। हस्तलिखित पत्रिका भी निकल सकती है, यह वह नहीं जानता था। उस पत्रिका पर उस मित्र का नाम सम्पादक के रूप में गया था। ऐसा मौलिक विचार उसके दिमाग़ में आया कैसे और सम्पादक के रूप में वह अपना नाम क्यों दे रहे हैं, यह सब सोचकर उसने चुनौती-भरी ईर्ष्या का अनुभव किया। बात यह है कि मुहल्ले में ही उसके जैसा एक भावी महान लेखक निवास कर रहा था, फिर क्या यह उचित नहीं था कि सम्पादक के रूप में उसी का नाम जाए?

उससे भी कुछ लिखने को कहा गया और उसने काफ़ी आत्मविश्वास के साथ एक कहानी लिखी। उस कहानी का शीर्षक तो उसे याद नहीं पर वह एक अद्‌भुत कहानी थी। एक नौजवान अपने एक दोस्त की बहन को मन-ही-मन प्यार करता है, अपनी भावनायें छिपाकर रखता है और एक रात दोस्त की अनुपस्थिति में जब उसके घर पर डाकुओं का हमला होता है तो वह नौजवान ख़बर पाकर वहाँ पहुँचता है और डाकुओं से लड़ते-लड़ते अपनी जान दे देता है। और दूसरे दिन अख़बार में निकलता है कि एक नौजवान...

बाद में उस हस्तलिखित पत्रिका का एक और अंक निकला, जिसमें उसने एक और कहानी लिखी। उस कहानी का कथानक भी उसे ठीक से याद नहीं, सिवाय इसके कि परिवार के सभी लोग अन्ततः संन्यासी बन जाते हैं। सम्भवतः संन्यासी बनने की शुरुआत परिवार के नौजवान लड़के से हुई थी, जिसका कारण एक लड़की का प्रेम था। निराशा में जब लड़का साधु बन जाता है तो उसको खोजने

के लिए पहले बाप निकलते हैं और साधु बन जाते हैं और तब माँ। बस ऐसी ही कहानी थी या होगी। विचार करने की बात है कि जो नौजवान शरच्चन्द्र की तरह कहानियाँ लिखना चाहता था, उसमें कैसी सृजनात्मक प्रतिभा थी।

नवीं और दसवीं कक्षाओं के वर्ष उसके लिए और बहुत-सी चुनौतियाँ लेकर आए थे, आजकल छोटे-छोटे बच्चे गांधीजी और नेहरूजी के नाम जानते हैं पर ब्रिटिश काल में, बच्चों में गांधी जी का नाम कम ही प्रचारित था। स्कूल में कोई ऐसा नहीं था, जो यह सब बताने की हिम्मत करता। घर में भी राजनीति में किसी की दिलचस्पी नहीं थी। गांधी जी का नाम यदि उसने कभी सुना भी होगा तो उसका अर्थ समझ में नहीं आया होगा। गांधी जी पर उसने कोई पुस्तक पढ़ी भी नहीं थी। घटना के रूप में उसे हिन्दू-मुस्लिम दंगे की याद आती है। तब वह सातवीं या आठवीं कक्षा में पढ़ता था। महावीरी झंडे के एक बड़े जुलूस पर पुलिस ने गोली चलाई थी। उस जुलूस में उसके पिताजी आगे-आगे कोई धार्मिक गीत गा रहे थे। पिताजी के एक मुहर्रिर उसे जुलूस दिखाने ले गए थे, पर स्टेशन के पास पहुँचते ही भगदड़ सी मच गई। गोली चलाना क्या होता है यह वह ठीक से नहीं जानता था। उसके पिताजी किसी तरह बच कर निकल आए थे।

हाँ, भगतसिंह और स्वामी श्रद्धानन्द के नाम गानों में सुनने को मिले थे। भगतसिंह पर एक गाना बहुत प्रचलित था, जिसकी एक लाइन थी—'बम केस में पकड़ा गया मर्दाना भगतसिंह।' काफ़ी दिनों तक तो बम केस का अर्थ ही नहीं समझ में आया था। इसी तरह स्वामी श्रद्धानन्द पर भी एक गाना था—'श्रद्धानन्द पर गोली चलाई गई।' यहाँ भी वह बहुत दिनों तक श्रद्धानन्द को शारदानन्द समझता रहा था। बाबू शारदानन्द मुख्तार उसी के मुहल्ले में रहते थे और जब वह यह गाना सुनता तो उनका चेहरा सामने आ जाता।

नवीं कक्षा में उसके बहुत-से भ्रम टूटे। उसी समय तीन-चार लड़के उसके बहुत निकट आए। वे जब मिलते, बहुत-सी बातें किया करते। वे साथ-साथ घूमने जाते, गंगा स्नान करते तथा अपने बीच पुस्तकों एवं पत्र-पत्रिकाओं का आदान-प्रदान करते। इनमें कुछ बहुत ही अच्छी पुस्तकें थीं-स्वामी शिवानन्द की 'ब्रह्मचर्य ही जोवन है' से लेकर क्रान्तिकारियों की पुस्तकों तक। विशेष रूप से उसे मन्मथ नाथ गुप्त की पुस्तक 'भारत में सशस्त्र क्रान्ति की चेष्टा' और यशपाल जी द्वारा सम्पादित 'विप्लव' की फ़ाइलों की याद आती है। इन पुस्तकों ने उसकी दुनिया ही बदल दी। जीवन का अर्थ कुछ-कुछ समझ में आने लगा। क्रान्तिकारियों की कुर्बानियों ने देश का एक चित्र खड़ा कर दिया। तब समझ में आया कि ग़ुलामी कितनी बुरी चीज़ है। ग़ुलामी अब उसे एक क्षण के लिए भी सह्य नहीं थी। देश की आज़ादी के लिए वह फ़ौरन फाँसी पर चढ़ने को तैयार हो गया।

उन्हीं दिनों 'चाँद' का 'फाँसी अंक' भी पढ़ने को मिला था। ये पुस्तकें छिपाकर लाई जाती थीं। कहाँ से आती थीं ये पुस्तकें? बहुत से स्थानीय क्रान्तिकारी छिप कर काम करते थे। वे नौजवानों को अपने साथ लाने के लिए सचेष्ट भी रहते थे। उनमें से तो कई हास्यास्पद भी थे यद्यपि वे अपने को अत्यधिक महत्त्वपूर्ण समझते थे और छोटे बच्चों के बीच पिस्तौल आदि की रहस्यमयी बातें कर अपने रोब-दाब को बढ़ाते रहते थे। उसका व्यक्तिगत सम्पर्क उनमें से किसी से नहीं था, लेकिन उसके एक मित्र का एक स्थानीय उग्र क्रान्तिकारी से परिचय था, जिससे कई पुस्तकें पढ़ने को मिली थीं। बाद में वह व्यक्ति पुलिस लाइन में फ़ौजियों की भर्ती के विरुद्ध नारे लगाते हुए पकड़ा गया। निश्चय ही उसके लिए साहित्य, लेखन आदि गौण हो गए और देश की स्वतंत्रता सर्वाधिक महत्त्वपूर्ण।

इसके बाद उसने तथा उसके मित्रों ने मिल-जुलकर राजनीतिक सतर्कता दिखाई, जो हास्यास्पद भी ख़ूब थी, लेकिन उन दिनों की उत्तेजना, उत्साह और क्रोध का ख़याल करके आज भी उसका हृदय भर आता है। देश की ग़ुलामी की याद करके उसको एक काल्पनिक भारत माता का ख़याल आता जो बन्दिनी बना ली गई है, जो उदास और दुखी है, जिसके करोड़ों बच्चे अपार कष्ट भुगत रहे हैं। उसी भारत माता को आज़ाद करने के लिए असंख्य लोगों ने कुर्बानियाँ दी थीं और वह तथा उसके मित्र भी कुर्बानियाँ देने को तैयार थे।

अपनी हरकतों के कारण वह तथा उसके मित्र चर्चा के विषय बन गए। पुलिस हलक़ों में कुख्यात उसके एक साथी का स्कूल से रस्टीकेशन हो गया। हेडमास्टर ने उसके पिता को बुलाकर चेतावनी दे दी। हाई स्कूल परीक्षा के बाद ही क्रान्तिकारियों की तलाश में पुलिस ने कई जगह छापे मारे जिनमें उसके तीन साथी गिरफ़्तार कर लिए गए। वह बाल-बाल बच गया, वह भी इस वजह से कि उसके मामा सिविक गार्ड्स के जिला कमांडर थे। यह स्मरणीय है कि उन दिनों द्वितीय विश्व युद्ध ज़ोरों पर था और ब्रिटिश सरकार भारी संकट से गुज़र रही थी। फ़ौज के लिए भर्ती तेज़ी से हो रही थी और नागरिक सुरक्षा के लिए हर जगह सिविक गार्डस जैसा अर्द्ध-सैनिक संगठन खड़ा कर दिया गया था।

हाईस्कूल परीक्षा के बाद उसके कई साथी बिखर गए। दो की तो शादी ही हो गई। सौभाग्य से उसका कुछ अच्छे लोगों का साथ हो गया। उसका एक सहपाठी उन लोगों के संघटन में था। वह परीक्षा के पहले ही कई बार उससे कह चुका था, "मैं कुछ लोगों से तुमको मिलाऊँगा।" वह उसे कांग्रेस सोशलिस्ट पार्टी के एक क्लास में ले गया। उस क्लास के इन्चार्ज थे श्री नर्मदेश्वर चुतर्वेदी। वह नहीं जानता था कि चतुर्वेदी जी हिन्दी के लेखक भी हैं। उस समय की राजनीति साहित्य-सृजन का अवसर नहीं देती थी। चतुर्वेदी जी स्थानीय राजनीतिक हल्कों में समाजवादी विचारधारा के क्रान्तिकारी के रूप में विख्यात थे।

बाद में ज्ञात हुआ कि वह सन्त-साहित्य के मर्मज्ञ आदरणीय श्री परशुराम चतुर्वेदी के छोटे भाई हैं।

श्री नर्मदेश्वर चतुर्वेदी बहुत ही योग्यतापूर्वक पार्टी का क्लास चलाते थे। बहुत शान्ति, धैर्य और मुस्तैदी के साथ वह अपना काम करते थे। क्लास में छह-सात नवयुवक आते थे। दूसरी ओर कम्युनिस्ट पार्टी भी छात्रों और नवयुवकों का क्लास चलाती थी। कभी-कभी एक क्लास का कोई युवक टूट कर दूसरे क्लास में चला जाता था। लेकिन इस वजह से उससे सम्पर्क तोड़ नहीं दिया जाता था। उसे फिर अपने क्लास में बुलाया जाता समझाने-बुझाने के लिए, बहस के लिए। बात यह है कि वहाँ दो ही राजनीतिक पार्टियाँ थीं, जिनमें कई वर्ष पूर्व संयुक्त मोर्चा भी कायम हुआ था, जो बाद में टूट गया। उस एक घटना की याद आती है। एक बार एक नौजवान को, जो पहले सोशलिस्ट क्लास में था और बाद में टूटकर कम्युनिस्ट क्लास में चला गया था, किसी तरह समझा-बुझा कर लाया गया। उससे बहुत ही धैर्य के साथ पूछताछ की गई, उसे समझाने-बुझाने की कोशिश की गई, पर वह किसी राजदरबार में बैठे हुए किसी दबंग, साहसी बागी की तरह गर्दन टेढ़ा करके तना रहा और अन्त तक बहस करता रहा। आश्चर्य की बात यह है कि दोनों पार्टियों में आपसी विरोध होते हुए भी कुछ पुस्तकें दोनों ही क्लासों में अनिवार्य रूप से पढ़ने को दी जाती थीं। सोशलिस्ट पार्टी के क्लास में ही उसे राहुलजी की कई पुस्तकें पढ़ने को मिलीं। थर्ड इंटरनेशनल का घोषणा-पत्र भी वहीं से प्राप्त हुआ। सोवियत रूस पर भी कई पुस्तकें मिलीं। दोनों पार्टियों में दुर्भावना अवश्य थी, पर दोनों में एक अच्छी होड़ भी मची रहती थी।

अद्भुत दिन थे वे। कितनी पुस्तकें पढ़ी होंगी उसने? नाम याद नहीं और न संख्या ही। कुछ तो छोटी-छोटी पुस्तकें होती थीं-पुस्तिकाएँ। उसे पहली बार देश की स्वतंत्रता का अर्थ समझ में आया। वैज्ञानिक समाजवाद। समाजवाद और साम्यवाद का अन्तर! समाजवादी देश सोवियत रूस। आचार्य नरेन्द्र देव और राहुल जी की कुछ पुस्तकों की अब भी याद आती है। ये दोनों ही राजनीति में थे और विद्वत्ता में अद्वितीय। राहुल जी की शक्ति की कल्पना करके अचम्भा होता है। मोटे ग्रन्थों की रचना के साथ ही उन्होंने भोजपुरी में भी छोटी-छोटी पुस्तकें प्रकाशित कराई थीं, जो गाँव के किसान-मज़दूरों के लिए बहुत ही उपयोगी थीं।

इसी काल में महात्मा गांधी तथा पंडित जवाहर लाल नेहरू की आत्मकथाएँ भी उसे पढ़ने को मिलीं। इन आत्मकथाओं का उस पर गहरा असर पड़ा। गांधी जी को अब वह अच्छी तरह जान गया था। गांधी जी की सच्चाई सबसे अधिक प्रभावित करती थी। उनकी अंग्रेज़ी और उसके स्टाइल का अनुकरण करना असम्भव है। उनकी भाषा अनुभव की सच्चाइयों से निकली थी। पंडित नेहरू का अन्दाज़ अलग था। पंडित नेहरू के बारे में उसने कई बार सोचा था कि यदि उन्हें राजनीति में न

आना पड़ता तो वह अवश्य ही महान कवि और लेखक होते। फिर भी उन्होंने जो कुछ लिखा है, उसके बल पर उन्होंने साहित्य में अपना अलग स्थान बना लिया है। नेहरू जी ने अपनी आत्मकथा में 'भारतमाता' का अर्थ समझाया है। देश को राजनीतिक स्वतंत्रता तो चाहिए ही, लेकिन वही पर्याप्त नहीं थी। साथ में आर्थिक स्वतंत्रता भी चाहिए जिससे मनुष्य द्वारा मनुष्य का शोषण समाप्त हो जाएगा। उसने समाजवाद के बारे में जो कुछ पढ़ा था, उसको नेहरू जी के विचार ने पुष्ट कर दिया। नेहरू जी भी समाजवादी है, यह जानकर उसे आश्चर्य हुआ और अत्यधिक ख़ुशी।

आज ये बातें बहुत ही साधारण लग सकती हैं लेकिन परतंत्रता के उस काल में वे असाधारण बातें थीं। एक महत्त्वाकांक्षी, भाव-प्रवण एवं संवेदनशील युवक को वे बातें झकझोर देती थीं। उसकी तरह न मालूम कितने युवक आँधी में बह चले। गांधी जी और नेहरू जी का देश की जनता पर जो व्यापक एवं गहरा प्रभाव था, उसकी कल्पना नहीं की जा सकती और न उसे देखकर ही समझा जा सकता था। कई ढंग से वे एक-दूसरे के पूरक भी थे। गांधी जी के प्रभाव को उसने एक बार अपनी आँखों से देखा था। वह उसके शहर से गुज़र रहे थे। बिहार में कांग्रेस के किसी अधिवेशन अथवा कांग्रेस कार्य समिति की बैठक में भाग लेकर वह लौट रहे थे। जंगल में जैसे आग फैलती है उस तरह यह सूचना चारों ओर फैल गई थी। लोग पागल हो गए थे, किसी को होश नहीं था। सभी स्टेशन की ओर दौड़े जा रहे थे। गाँवों से भी लोग दौड़े आए थे। वह भी भागा। ट्रेन आकर रुकी तो पता नहीं कैसे वह गांधी जी के डिब्बे के पास पहुँच गया। लेकिन कुछ ही देर में सारी भीड़ उस डिब्बे की ओर लपकी। वह श्रद्धा से उन्मत्त उस भीड़ के बीच पड़ गया और उसके कुचलने की नौबत आ गई। पता नहीं कैसे एक व्यक्ति की उस पर नज़र पड़ी। वह एक लम्बा और तगड़ा व्यक्ति था। उसने शक्ति का प्रदर्शन करते हुए अपनी दोनों टाँगें फैला दीं और उनके बीच से उसको पीछे की ओर निकाल दिया। वह कुछ देर तक हाँफता ही रह गया था, फिर वह पुल पर चढ़ गया और ऊँचाई से गांधी जी के दर्शन किये। उसको एक झलक मिली और गाड़ी चल पड़ी। गगनभेदी नारे। अनगिनत लोग ट्रेन के पावदानों पर चढ़कर चल पड़े। जहाँ मौक़ा मिलेगा, दर्शन करेंगे। लेकिन स्वयं वह उसके बाद गांधी जी का कभी भी दर्शन नहीं कर सका।

उसके अन्दर एक ज़बरदस्त उथल-पुथल मची हुई थी। अब आज़ादी उसके लिए 'भारत माता की मुक्ति' जैसी रहस्यमयी बात नहीं थी, बल्कि करोड़ों किसानों, मज़दूरों एवं शोषितों-पीड़ितों की आर्थिक स्वतंत्रता थी—एक ऐसी स्वतंत्र व्यवस्था जिसमें जाति एवं धर्म का विभेद नहीं था, बल्कि आपसी भाईचारे और समानता के आधार पर एक शोषणहीन समाज की स्थापना का आश्वासन था। वह ख़ुशी, उत्साह एवं शक्ति से भर उठा। वह कृतज्ञ था कि उसका जन्म ऐसे समय में हुआ था, जब इतिहास में पहली बार एक अभूतपूर्व राष्ट्रीयता ने देश को जागरुक बनाकर

संगठित कर दिया था—एक ऐसे देश को, जहाँ भगत सिंह, चन्द्रशेखर आज़ाद, रामप्रसाद बिस्मिल, अशफाकउल्ला जैसे क्रान्तिकारी तथा महात्मा गांधी और पंडित जवाहरलाल नेहरू जैसे महान नेता पैदा हुए थे—एक ऐसे राष्ट्रीय आन्दोलन के काल में, जिसमें वह जी-जान से अपना योग देने को तैयार हो गया था। देश और जनता को जो कुछ पीछे ले जाने वाला था, उसका वह विरोधी बन गया था। उसका गम्भीर एवं क्रान्तिकारी विचारों के लोगों से सम्पर्क बढ़ा और वह परिवार में और उसके बाहर प्राचीन, सड़े-गले विचारों, संस्कारों तथा स्थितियों से लगातार टकराने लगा।

हाई स्कूल परीक्षा के बाद उसमें तेज़ी से परिवर्तन हुआ था, वह कांग्रेस सोशलिस्ट पार्टी का मेम्बर बन गया! इसके लिए कांग्रेस और सोशलिस्ट पार्टी के दो फार्म भरने पड़ते थे। वह खद्दर पहनने लगा। वह अब अच्छी तरह समझ गया था कि भारत जैसे बड़े देश स्वातंत्र्य प्राप्ति के लिए आतंकवादी कार्रवाइयों की ज़रूरत नहीं थी बल्कि ज़रूरत थी जनता के पास पहुँचने की, उनको संगठित करने की, उनको जागरुक एवं संघर्षशील बनाने की। सच पूछा जाए तो राष्ट्रीय आन्दोलन पर गांधी जी का प्रभाव अत्यन्त व्यापक था। सोशलिस्ट पार्टी में भी लोग गांधी जी के प्रभाव से मुक्त नहीं थे। देश में उस समय राष्ट्रीय आज़ादी के लिए जो कुछ हो रहा था, उसकी गांधी जी के बिना कल्पना ही नहीं की जा सकती।

उसकी राजनीतिक शिक्षा कोई बहुत ही गम्भीर नहीं थी, बल्कि आरम्भिक क़िस्म की थी, पर इसी से वह अपने को अत्यधिक महत्त्वपूर्ण समझने लगा था। उस समय उस पर गांधी जी, जवाहर लाल नेहरू, जय प्रकाश नारायण और क्रान्तिकारियों की सच्चाई तथा त्याग-बलिदान का एक अजीब मिला-जुला प्रभाव था। सोशलिस्ट पार्टी में कम्युनिस्ट-विरोध का वातावरण होते हुए भी उसे यह सोचकर ख़ुशी होती थी कि दुनिया में मज़दूरों का एक राज्य है और इस देश में भी एक दिन मज़दूरों का राज्य होना चाहिए। गांधी जी की कई बातें उसे समझ में नहीं आती थीं और कुछ अव्यावहारिक भी लगती थीं, पर उनकी बहुत-सी बातें हृदय की गहराइयों में प्रवेश कर जाती थीं। पूँजीपति जनता के ट्रस्टी हैं उनके इस कथन की सोशलिस्ट क्षेत्रों में काफ़ी आलोचना होती थी और वह भी उसमें विश्वास नहीं कर सकता था, पर गांधी जी जिस हद तक सामान्य जनता से जुड़े थे, उतना कोई भी नहीं। गांधी जी ने जिस भाषा, मुहावरे तथा टेकनीक का इस्तेमाल किया, उसने मामूली-से मामूली व्यक्ति को हिला दिया। गांधी जी ने देखते-ही-देखते सारे राष्ट्र को भयमुक्त करके उसमें स्वतंत्रता की भावना भर दी और राजनीति को सरल मुहावरों में घुरऊ-कतवारू तक पहुँचा दिया, जिससे साधारण लोगों ने अपने अस्तित्व का कुछ-कुछ अनुभव करना शुरू किया, अपने सिर को ऊँचा करने का साहस दिखाया, सदियों के डर को झटकारा और इतिहास में पहली बार सामूहिक रूप से सपना देखना शुरू किया। यह सही है कि गांधी जी ने जनता को जो सपने दिये, वे आधुनिक युग की आर्थिक

आज़ादी के सपने नहीं थे लेकिन वे राष्ट्रीय आज़ादी, राष्ट्रीय एकता, समानता, धर्म निरपेक्षता एवं नैतिक उत्थान के सपने अवश्य थे। भारत के इतिहास में यह एक अनहोनी घटना थी। जिस देश की आम जनता का कोई इतिहास नहीं मिलता, जो सामन्ती अन्याय, युद्ध, बड़ी जातियों की ग़ुलामी और साधु-संन्यासियों के आडम्बर के बोझ के नीचे दबी कराह रही थी, उसने अँगड़ाइयाँ लेनी शुरू कर दी थीं।

नेहरू जी में उसे सबसे अच्छी बात यह लगती थी कि वह गांधी जी को पूरी तरह स्वीकार करते हुए भी उनकी आलोचना करने तथा अपना मतभेद प्रकट करने का साहस रखते थे। यह सही है कि गांधी जी ने नेहरू जैसे जननायकों को पैदा किया था—उनको खड़ा किया था और ऊँचा उठाया था। फिर भी नहेरू जी का एक अलग व्यक्तित्व था। वह व्यक्तित्व एक प्रभामंडल से घिरा था। नेहरू जी ख़ूबसूरत, अंग्रेज़ों के देश इग्लैंड में सुशिक्षित एवं ऊँचे तथा सम्पन्न परिवार में उत्पन्न हुए थे। फिर भी उन्होंने समस्त सुख बैभव को छोड़कर देश की आज़ादी के लिए कष्ट का जीवन अपनाया था—यह बात बेहद आकर्षित करती थी। नेहरू जी में अद्‌भुत स्वाभिमान, साहस, ज्ञान, समझदारी और मानवीयता थी। आश्चर्य की बात यह थी कि नेहरू जी के कारण ही कांग्रेस ने पूर्ण स्वतंत्रता का प्रस्ताव पास किया था और जनता की आर्थिक आज़ादी पर बल दिया था। धर्म और सम्प्रदाय की सीमाओं से ऊपर उठे गांधी जी कभी-कभी नेता अथवा किसी ग्रामीण सन्त की तरह प्रतीत होते थे, नेहरू जी एक आधुनिक व्यक्ति थे। पंडित नेहरू पश्चिम की ख़ूबियों को ग्रहण करना चाहते थे, ख़ास करके उनकी आर्थिक एवं वैज्ञानिक ख़ूबियों को। फिर भी नेहरू जी पश्चिमी साम्राज्य के चरित्र को समझते थे और उसके वह सख़्त विरोधी थे। वस्तुत: पंडित नेहरू कई अर्थों में गांधी जी के पूरक भी थे और पंडित नेहरू के असर के कारण ही कांग्रेस संघटन प्राचीनता, ग्रामीणता, पुनरुत्थानवादिता आदि कई प्रवृत्तियों से बच सका।

नेहरू जी के बारे में उसे एक रोचक प्रसंग की याद आती है। पंडित जी को वह कई बार देख चुका था, पर उस दिन एक दुर्लभ मौक़ा मिल गया। उसे ठीक से याद नहीं, शायद सन् 42 की पहली अगस्त की बात थी, जब पंडित नेहरू पुरुषोत्तमदास पार्क में भाषण करके बम्बई में अखिल भारतीय कांग्रेस समिति के अधिवेशन में भाग लेने के लिए जाने वाले थे। बहरहाल, इलाहाबाद के चौक घंटाघर से एक छोटा सा जुलूस पुरूषोत्तम दास पार्क के लिए रवाना हुआ। वह भी घंटाघर पहुँच गया था, नेहरू जी को उसने भीड़ में देखा था पर यहाँ मुट्ठी भर लोगों के साथ देखकर उसे काफ़ी अचम्भा हुआ। अविश्वसनीय बात यह थी कि पंडित जी हाफ पैंट—सम्भवत: लाल—और ऊपर से सफ़ेद क़मीज़ पहने! थे। वह जुलूस के आगे-आगे थे। जिस नेहरू ने साहस के साथ लखनऊ में पुलिस के डंडे खाए थे, जिन पर सारा देश गर्व करता था, जिनकी सभाओं में लाखों का जनसमुद्र उमड़

पड़ता था, उन्हीं के साथ चलने का उसे सौभाग्य मिल रहा था। वह स्वयं अपने को असाधारण समझने लगा। वह बार-बार नेहरू जी को देखता था। शक्ति, उत्साह एवं ताज़गी की मूर्ति। वह साहस करके उनकी बग़ल में आ गया और उसके आश्चर्य का ठिकाना नहीं रहा जब उसने जानबूझकर अपनी ऊँचाई को उनकी ऊँचाई से नाप कर यह देखा कि वह उससे बहुत कम लम्बे हैं। उसकी बहुत-सी हीनता तो इसी से दूर हो गई और उसका आत्मविश्वास काफ़ी बढ़ गया।

जयप्रकाश नारायण से प्रभावित होने का कारण यही था कि वह उस पार्टी के सर्वोच्च नेता समझे जाते थे, जिस पार्टी का वह सदस्य था। फिर जय प्रकाश जी का व्यक्तित्व भी प्रभामंडित था। उन्होंने अमेरिका में जाकर अपने ही बूते पर क़रीब सात वर्ष तक पढ़ाई की थी और वहाँ से लौटकर राष्ट्रीय आन्दोलन में कूद पड़े थे। सोशलिस्ट नेताओं में वह मार्क्सवादी समझे जाते थे। दूसरे नेताओं के बारे में ऐसा नहीं कहा जा सकता, जैसे डॉ. लोहिया को गांधीवाद प्रभावित समाजवादी समझा जाता था। मार्क्सवाद के बारे में उसका ज्ञान बहुत ही मामूली था, फिर भी उसने मानव सृष्टि एवं उसके इतिहास की जैसी व्याख्या प्रस्तुत की थी और जो जीवनदर्शन दिया था, उसकी आधारभूत जानकारी उसे हो गई थी और इससे वह बेहद प्रभावित हुआ था। जातीय, धार्मिक एवं आर्थिक वैषम्य की दुनिया में मार्क्स ने मानवीय आज़ादी, समानता एवं प्रगति का जो बिम्ब प्रस्तुत किया है, वह मानवता की महानतम् उपलब्धियों में से एक है। सोशलिस्ट कैम्प में भारतीय कम्युनिस्ट पार्टी की तत्कालीन नीतियों की आलोचना होती थी लेकिन मार्क्स की आलोचना कतई नहीं होती थी। सोशलिस्ट क्लास में मार्क्सवाद की शिक्षा दी जाती थी, आदर्शवादी समाजवाद तथा वैज्ञानिक समाजवाद का भेद समझाया जाता था। बहरहाल, एक मार्क्सवादी तथा राष्ट्रीय नेता के रूप में, जो कि उस समय देवली कैम्प में नज़रबन्द था, वह जयप्रकाश बाबू का बेहद आदर करता था।

ऐसी ही मानसिकता एवं विचार लेकर वह बढ़ रहा था। मिली-जुली मानसिकता। मिला-जुला विचार। फिर राष्ट्रीय स्वातंत्र्य एक ज्वलन्त प्रश्न था, इसलिए सभी विचार एक महान राष्ट्रीय धारा में घुल-मिल जाते थे। वस्तुत: राष्ट्रीय आज़ादी के आगे सभी बातें प्रभावहीन हो जाती थीं। हाई स्कूल करने के बाद वह सपने देखने लगा। दिन-रात वह अजीब-अजीब सपनों में खोया रहता लेकिन बहुत-से सपने व्यक्तिगत और रोमांटिक हो जाते थे और उसकी महत्त्वाकांक्षा हावी हो जाती थी। हर कार्य में वह स्वयं सबसे आगे रहना चाहता था। सपने भारत के उत्थान के ही होते थे, और उसी के लिए कभी वह महान क्रान्तिकारी, कभी महान संगीतकार, कभी महान खिलाड़ी, कभी महान जननायक बन जाता था, और इन कल्पनाओं में अनिवार्य रूप से एक ख़ूबसूरत लड़की उपस्थित हो जाती थी। एक मध्यमवर्गीय परिवार में जिस लाड़-प्यार से वह पला था, जैसे बँधे, पिछड़े और ग्रामीण समाज में वह रहता था,

जैसी कच्ची उम्र थी और उसका देश जिस कष्ट, पीड़ा, अन्याय और ग़ुलामी के दौर से गुज़र रहा था और जैसा वह स्वयं अव्यावहरिक एवं कल्पनाशील था—ऐसी स्थितियों में 'रोमांटिसिज्म' एक अनिवार्य परिणाम था। जड़, स्थिर और पिछड़े हुए समाज में रोमांटिसिज्म हरकतें पैदा करता है और फलस्वरूप एक प्रगतिशील कार्य करता है। शरतचन्द्र की रचनाओं ने गहरी रोमांटिक संवेदनाओं द्वारा भारत में एक अद्‌भुत कार्य किया है। शरतचन्द्र ने युवक-युवतियों को संवेदना के स्तर पर अपने व्यक्तित्व का एहसास कराया, नारी को अभूतपूर्व गरिमा प्रदान की और उनको अनन्त सपने प्रदान किये।

शरतचन्द्र का रोमांटिसिज्स व्यक्तिवाद, कोरी काल्पनिकता, कलाबाज़ी और छद्‌म आधुनिकता पर आधारित नहीं है। उनकी रचनाएँ अपने समय के प्रगतिशील यथार्थ की गहरी समझ के बल पर खड़ी होती हैं और परिवर्तन की कामना को तीव्रता से व्यक्त करती हैं।

इंटरमीडियेट कक्षा में प्रवेश लेने के बाद उसने शरतचन्द्र के स्टाइल पर कई लम्बी-लम्बी कहानियाँ लिखीं। उन कहानियों में प्रेम एवं करुणा लबालब भरी होती थी, पर उनका आधार बहुधा कोरी कल्पना ही होता था, जिससे वे अस्वाभाविकता एवं हास्यास्पदता की सीमाओं को छूने लगती थीं। उन कहानियों के नाम उसे याद नहीं हैं, फिर भी राजनीतिक तूफ़ान के प्रभावों के बीच उनसे भारी सन्तोष मिलता था।

वास्तव में, उसके सामने स्पष्ट नहीं थी कि वह क्या करेगा। यह सही है कि उसने शरतचन्द्र की तरह ही महान लेखक बनने की कल्पना की थी और हिन्दी की सेवा करने का निश्चय किया था, फिर भी ये कल्पनाएँ राष्ट्रीय आन्दोलन के सामने फीकी लगती थीं अथवा राष्ट्रीय आन्दोलन का ही एक अंग लगती थीं। उसके अन्दर एक व्याकुलता और पीड़ा थी, एक छटपटाहट थी, जिसको वह अच्छी तरह समझ नहीं पाता था, कभी-कभी ऐसी स्थिति उसे एकदम बेकार कर देती। वह आलस्य, निराशा और उदासी की दुनिया में पड़ा रहता। तब उसे लगता, दुनिया में वह कुछ नहीं कर पाएगा और उसमें कोई गुण नहीं हैं। उसका उत्साह जितना बड़ा था, उतना ही अधिक उसकी निराशा भी थी। जब वह वापस लौटता था तो उसका पढ़ना और लिखना शुरू हो जाता था, राष्ट्रीयता उस पर बेहद हावी हो जाती थी, ग़ुलामी के प्रति घृणा एवं आक्रोश अत्यन्त प्रबल हो उठते थे। ऐसे हालातों में, किसी मैदान में, अथवा दूर वीरान जगहों में वह निकल जाता था अथवा अपनी छत पर या कमरे में अकेले बैठ जाता था। और तब उसकी आँखें भर आती थीं। ये आँसू जीवन के प्रति उत्साह एवं प्यार के आँसू थे। उस समय दुनिया बेहद ख़ूबसूरत लगती थी। ऐसे दिनों में वह ख़ूब हँसता भी था, गाता भी था, लोगों से बहसें करता था, ईश्वर की सत्ता को चुनौती देता था, नई-नई पुस्तकें पढ़ता था।

इंटर ही में जब वह सेंट एंड्रूज कालेज गोरखपुर छोड़कर यूईंग क्रिश्चियन कालेज, इलाहाबाद में आ गया तो उसका एक मित्र उसको हालैंड छात्रावास में ले गया, जहाँ उसके एक रिश्तेदार रहते थे। रिश्तेदार के कमरे में उनके एक साथी भी बैठे थे। दोनों एम.ए. फाइनल के विद्यार्थी थे और स्टूडेंट्स फेडरेशन के सदस्य भी। उन दिनों छात्रों का एक ही संघटन था जिसमें कम्युनिस्ट और सोशलिस्ट दोनों ही काम करते थे। वे दोनों बड़े ही सभ्य एवं सुसंस्कृत थे और कम्युनिस्ट विचारधारा के समर्थक। उनसे बहत-सी पुस्तकें प्राप्त हुई थीं पढ़ने को। वामपक्षीय विचारधारा की पुस्तकें थीं वे। उनसे वह पुस्तकें ले आता रहा और पढ़कर लौटा देता रहा। उसे एम.एन. राय की एक पुस्तक की याद आती है, जिसमें मार्क्सवादी दृष्टि से 'सभ्यता' की व्याख्या की गई थी। ऐसी पुस्तकों ने निश्चित ही उसके मानसिक क्षितिज का विस्तार किया। कभी-कभी वह उनसे बहस भी करता था। वे उससे बड़े थे और उसके साथ छोटे भाई की तरह व्यवहार करते थे। वे उसके विचारों को सुनकर उत्तेजित नहीं होते थे और न बिगड़ते ही थे, बल्कि उसे धैर्यपूर्वक समझाते थे अथवा समझाने की कोशिश करते थे।

सन् 1942 में गांधी जी ने 'भारत छोड़ो' आन्दोलन छेड़ दिया। द्वितीय विश्वयुद्ध ज़ोरों पर था। सुनने में आया था कि सोवियत रूस पर हमला होने के कारण नेहरूजी इस पक्ष में नहीं थे कि इस समय आन्दोलन छेड़ कर युद्ध-प्रयत्नों में बाधा पहुँचाई जाए, लेकिन वे बाद में गांधी जी के प्रभाव में आ गए। उसे नहीं मालूम कि इसमें क्या सच्चाई थी। गांधी जी उन दिनों अहिंसा की भाषा में आग उगल रहे थे। भारत की साधारण जनता पर महात्मा गांधी का जो प्रभाव था, वैसा किसी भी नेता का नहीं था। गांधी जी के उन लेखों ने अकेले ही सारे देश को क्रान्तिकारी स्थिति में लाकर खड़ा कर दिया। गांधी जी के 'करो या मरो' आह्वान पर उसने भी पढ़ाई छोड़ देने का निश्चय कर लिया। असंख्य नौजवानों की यही हालत थी। इसके बाद क्या हुआ, यह सभी जानते हैं। बड़े-बड़े जुलूस, लाठियाँ, गोलियाँ, पटरी उखाड़ना, तार काटना, घर से भागना, घर पर पुलिस का छापा। वह घरवालों के लिए समस्या बन गया था और उसका असर छोटे भाइयों पर भी पड़ा...

दो वर्ष तक भूमिगत आन्दोलन। धीरे-धीरे आग ठंडी हो गई थी और चारों ओर भय एवं आतंक का वातावरण व्याप्त हो गया था। गाँवों में भी अब कुछ करने को नहीं रह गया। पुराने नेता, जो पकड़े नहीं गए थे, जिला छोड़कर भाग गए थे अथवा अपने जिले में ही ईख और अरहर के खेतों में छिपे रहते थे। कई जगह जनता भी कांग्रेसियों से ख़िलाफ़ हो गई थी। उसे एक घटना याद आती है। वह और इसके दो साथी एक छिपे हुए नेता से सम्पर्क कायम करने उसके गाँव पहुँचे थे, पर वहाँ की जनता—कुछ लोग—लाठी लेकर उनके पीछे दौड़े। वह और उसके दो साथियों ने मैराथन दौड़ में शामिल होने की अपनी योग्यता का उस दिन

अच्छा परिचय दिया। ईख, अरहर के खेत, पगडंडिया, खूटियाँ, पीछे दौड़ता हुआ हल्ला। कोसों दौड़ने के बाद एक बाज़ार में उन लोगों ने एक दुकान पर पीतल की थालियों में सत्तू खाया था...

वह घर आ गया। कई साथी गिरफ़्तार हो गए थे। कुछ फरार थे। बहुत-से साथी आगे की कक्षाओं में बनारस और इलाहाबाद में पढ़ रहे थे। पर वह अब भी आगे पढ़ने को तैयार नहीं था, क्योंकि गुलाम व्यवस्था में वह शिक्षा को अब भी निष्प्रयोजन समझता था।

उसके बाद वह घोर निराशा से गुज़रने लगा। उन दिनों गांधी जी का उस पर ज़बरदस्त प्रभाव था। गांधी जी के लेखों को पढ़कर ही उसने पढ़ाई फिर नहीं शुरू की थी। पर उसे यह जानकर आश्चर्य होता था कि बहुत-से नेतागण अपने लड़कों को देश-विदेश में पढ़ा रहे थे। पढ़ाई छोड़ने से उसका क्या लाभ हुआ और क्या नुकसान, यह बताना उसके लिए आसान नहीं है। गांधी जी के कारण ही वह पाप-पुण्य के फेर में भी पड़ गया। वह शारीरिक एवं मानसिक रूप से अपने को पूर्ण पवित्र रखना चाहता था, पर बार-बार उसे भावनाएँ दबोच लेती थीं। वह जितना ही महानता की ऊँचाइयों पर जाना चाहता था, उतना ही वह अपने को नीचे जाता हुआ महसूस करता था। वह सेक्स और प्रेम की भावनाओं से लगातार लड़ रहा था। उसने अपने अन्दर से हर प्रकार की महत्त्वकांक्षा निकालने की कोशिश की और उसके लिए उसने प्राकृतिक चिकित्सा, गांधीवादी प्रयोगों तथा हठयोग आदि का भी सहारा लिया। कभी-कभी उसकी स्थिति उस निर्मल जल की तरह हो जाती, जिसका गंदलापन नीचे बैठ गया हो और कभी-कभी वह हींड़े फेटे हुए पानी की तरह गंदला हो जाता। शारीरिक एवं मानसिक रूप से इसका भयंकर असर हुआ, और वह आत्महत्या का ख़्वाब देखने लगा।

दो वर्ष तक वह अपने से लड़ता रहा और रोज़ ही आत्महत्या का निश्चय करता रहा। विचित्र बात यह हुई कि पस्ती के ऐसे ही दिनों में उसने रोज़ डायरी लिखनी शुरू कर दी। यह डायरी विचित्र क़िस्म की होती था, जिसमें अपने 'पाप', अपनी कमज़ोरियों तथा असफलताओं का जिक्र होता था, साथ ही उसमें दिन-भर की घटना की समीक्षा होती थी। सवेरे से शाम तक उसके साथ शारीरिक एवं मानसिक रूप से जो घटित होता था, जिन लोगों के सम्पर्क में वह आता था, जिन स्थानों पर वह जाता था—उन सब के बारे में वह रात को बैठकर लिखता था। छोटी-सी-छोटी बात, विचारों के घात-प्रतिघात, लोगों की चेष्टाएँ, उनकी हास्यास्पद बातें, उनकी डींगें, लोगों के मुहावरे। वह अपने बारे में लिखता था, 'मैं तेज़ी से 'पतन' के रास्ते पर जा रहा हूँ।' आत्मविनाशकारी ऐसी परिस्थितियों में वह सबसे कट गया था। पिताजी के आदेशों की उसने लगातार अवहेलना की थी, भाई-बहनों से कोई ख़ास मतलब नहीं रह गया था, हर दृष्टि से वह अनुपयोगी हो गया था। उसकी एकमात्र सहारा थी वह डायरी।

उसने हर बात को याद करने के लिए अपने दिमाग़ को अभ्यस्त कर लिया था। वह दिन-भर विचारों एवं घटनाओं का पुंज बना रहता। वह बेहद-जर्जर हो गया और रोगी की तरह दिखाई देने लगा। वह चला था ब्रिटिश शासन से लड़ने, पर अब वह अपने से लड़ रहा था। उसका ख़याल है—पर उस समय उसने ऐसा नहीं सोचा था—भारत की दुर्बलता का एक मुख्य कारण अवैज्ञानिक और ग़लत लड़ाई लड़ना अथवा अवैज्ञानिक एवं ग़लत ढंग पर लड़ाई लड़ना है।

उन्हीं दिनों उसने अपने समाज और उसके इतिहास का एक अत्यन्त वीभत्स रूप देखा। युद्ध के दिनों में जब नौकर-चाकर फ़ौज में भर्ती हो गए थे, रजुआ पता नहीं किस बिल-सुराख से निकलकर आया था। काला भुजंग, नाटा, गंदा, बदबूदार, डरपोक, हास्यास्पद, हर स्थिति में जीने वाला, आत्मसमर्पण वाली होशियारी से हर स्थिति को स्वीकार करने वाला—एक प्रतिशत इन्सान। आधा फीसदी नम्बर तो मनुष्य शरीर मिलने से ही मिल जाता है और शेष आधा फीसदी में आत्म अधिकार, चेतना, भावनाएँ आदि हैं। सदियों से उसे इतिहास ने इतना ही दिया है और उसी पूँजी को कलेजे से चिपकाए वह जीवित रहने का ढंग सीख गया है। समाज में ऐसा भयंकर अन्तर्विरोध क्यों है? रजुआ सपना देख सकता है? वह उसे रोज़ देखता, घंटों उसके बारे में सोचता, अपने अन्दर दूर-दूर तक देखता और चारों ओर कष्ट, घोर अन्धकार में एक रोशनी टिमटिमाती नज़र आती। कैसी रोशनी थी वह! उसके अन्दर परिवर्तन की प्रक्रिया की शुरुआत हो गई थी। वर्षों वह प्रक्रिया चलती रही...

सन्'46 में जब यह निश्चित हो गया कि भारत को आज़ादी मिल जाएगी, तो उसने फिर पढ़ाई शुरू की, इंटर किया और शादी के लिए भी अपनी स्वीकृति दे दी। निश्चय ही आज़ादी एक बहुत बड़ी घटना थी, भारतीय इतिहास का सर्वथा नया मोड़ था, पर वह जिस ढंग से मिली, उसने उसके मन को भारी आघात पहुँचाया। साम्राज्यवाद और साम्राज्यवाद के गठबन्धन से अत्यन्त भयंकर घटनायें होने लगीं और किसी के वश में कुछ भी नहीं था। सारा देश तड़फड़ा रहा था। एक लड़ाई हिटलर की पाशविक शक्तियों के विरुद्ध अभी हाल में लड़ी गई थी जिसमें जनतांत्रिक शक्तियों की विजय हुई थी; और एक लड़ाई यह हो रही थी जिसमें एक देश स्वतंत्र होकर दो ख़ूनी टुकड़ों में बँट रहा था। उसे दिन रात बेगुनाह स्त्रियों और बच्चों के चीत्कार सुनाई देने लगे। वह दु:स्वप्नों से घिर गया और अपने से ही बेहद डरने लगा। उसके अन्दर एक दूसरे ढंग की प्रक्रिया चलने लगी पहली प्रक्रिया के साथ-साथ। शायद उन प्रक्रियाओं में घनिष्ठ सम्बन्ध था और वे एक-दूसरे की सम्पूरक भी थीं। दुख की बात यह थी कि सभी नेताओं ने विभाजन के विरुद्ध विचार प्रकट किये थे लेकिन अब सबको स्वीकार करना पड़ रहा था। यदि विभाजन शांतिपूर्वक हो गया होता तो कोई ऐसी बात नहीं थी, लेकिन उस समय जो भयंकर रक्तपात हुआ, अमानवीयता का जो तांडव रूप देखने में आया, वह मानव इतिहास का एक बहुत

बड़ा कलंक है। विभाजन होता क्यों हैं? साम्राज्यवाद, सम्प्रदायवाद तथा न्यस्त स्वार्थों के सहयोग से विभाजन होता है और जब तक इनका प्रभाव ख़त्म नहीं होता, विभाजन का ख़तरा बार-बार उपस्थित होगा।

एक तीसरे ढंग की प्रक्रिया उसके अन्दर उस समय आरम्भ हुई, जब उसने आज़ादी मिलने के बाद बहुत-से लोगों को चोला बदलते हुए देखा। उनमें से कई तो ऐसे थे, जिनका वह बेहद आदर करता था। एक ओर शरणार्थियों की फ़ौज, सारे वातावरण को विषाक्त करने वाली घटनायें और क़िस्से, साम्प्रदायिक दंगों का दावानल और दूसरी ओर सत्ता एवं सुविधाओं के लिए दौड़। चारों ओर जातिवाद, क्षेत्रवाद और सम्प्रदायवाद का नृत्य दिखाई देने लगा। कालाबाज़ार, भ्रष्टाचार, गुटबाज़ी, परमिटपरस्ती, धक्का-धुक्की। बहुत-से प्रतिक्रियावादी, सामन्तवादी, सम्प्रदायवादी तत्त्वं भी राष्ट्रीय संगठन कांग्रेस में चोला बदल कर घुस आए। गनीमत यही थी कि देश की बागडोर नेहरू जैसे प्रगतिशील व्यक्ति के हाथ में थी, अन्यथा देश साम्प्रदायिकता की अग्नि में स्वाहा हो गया होता। फिर भी नेहरू की जनतांत्रिकता, उदारता, मानवीयता का कई प्रतिक्रियावादी तत्त्वों ने अनुचित लाभ उठाना शुरू किया। सोशलिस्ट पार्टी भी फूट के रास्ते पर चल पड़ी।

तीनों प्रक्रियाएँ उसके अन्दर कार्य करने लगीं और उसकी आँखों के सामने से रोमांटिसिज्म के रंगीन पर्दे हटने लगे। भारत को आज़ादी मिल ही गई थी। उसमें भी एक निश्चिन्तता आती गई। वह अब अपने को देखने लगा। यानी अब उसके सामने यह स्पष्ट हो गया कि राजनीति उसका क्षेत्र नहीं है, बल्कि हिन्दी और साहित्य ही उसका कार्य-क्षेत्र हो सकता है। वह विदेशी और देशीय लेखकों से अधिकाधिक परिचित होने की कोशिश कर रहा था। प्रेमचन्द, शरतचन्द्र, रवीन्द्रनाथ टैगोर, गोर्की, दोस्तोएव्सकी, मोपासां, रोमां रोलां, तुर्गनेव, हार्डी, डिकेन्स, जैनेन्द्र कुमार, अज्ञेय, इलाचन्द्र जोशी, पहाड़ी, रांगेय राघव तथा अन्य बहुत-से लेखकों को उसने पढ़ डाला। गोर्की व दोस्तोएव्सकी के प्रभाव को वह भूल नहीं सकता। गोर्की का उपन्यास 'माँ' तथा दोस्तोएव्सकी का उपन्यास क्राइम एंड पनिशमेंट' वह पढ़ चुका था। दोनों रचनाओं ने गहराई से उसको हिला दिया। गोर्की का उपन्यास सर्वहारा वर्ग का एक बेजोड़ उपन्यास है। गोर्की अपने समाज से जिस सीमा तक जुड़े थे वह उनकी इस तथा अन्य रचनाओं से प्रकट है और यह चीज़ सर्वदा लेखक को प्रेरणा देती रहेगी। और दोस्तोएव्सकी ने अपनी रचना के द्वारा रोमांटिसिज्म का मोह जाल काट ही डाला और जीवन की बहुत-सी परतें खोल डालीं। दोस्तोएव्सकी की रचनाओं को पढ़ना एक गम्भीर अनुभव है। उनकी रचनाएँ जीवन की समझदारी प्रदान करती हैं, अनुभवों से सम्पन्न करती हैं, सृजनात्मकता को उपजाऊ बनाती हैं और मानसिक रूप से कई युग आगे बढ़ा देती हैं—दो अन्य लेखकों ने भी उस पर भारी प्रभाव डाला। उनके नाम हैं टॉलस्टॉय और चेखव। लेकिन इन दोनों रचनाकारों को उसने गोर्की

और दोस्तोएव्सकी के बाद ही पढ़ा था। मानवता में जो कुछ भी श्रेष्ठ हैं, वह चेखव की रचनाओं में अभिव्यंजित हुआ है। टॉलस्टॉय को पढ़कर तो उसे आश्चर्य हुआ था। ऐसा महान लेखक युगों बाद पैदा होता हैं। साधारण जनता की प्रतिभा, उसकी साम्राज्यवाद विरोधी भावनाओं, उसके स्वातंत्र्य प्रेम, उसके स्वाभिमान और उसकी संघर्षशीलता के समर्थक और कायल टॉलस्टॉय की रचनाओं को पढ़कर मनुष्य जाति की, उसकी उपलब्धियों और उसकी महानता पर गर्व होता है और उसकी क्षमताओं के प्रति गहरी आस्था उत्पन्न होती है।

प्रयाग विश्वविद्यालय से बी.ए. करने के बाद उसने हिन्दी और उसके साहित्य के लिए काम करने का निश्चय किया। उसे सरकारी नौकरी आसानी से मिल गई होती, पर उसने पत्रकार बनने का फ़ैसला करके आगरा के दैनिक पत्र 'सैनिक' के सम्पादकीय विभाग में कार्य करना शुरू किया। लेकिन वह अपना समय इस ढंग से गुज़ारने लगा, जिसे 'आवारगी' कहा जा सकता है। उसकी गतिविधियों से उसके चाचाजी (स्वर्गीय श्री साधुशरण वर्मा) को चिन्ता हो गई और उन्होंने उसके पिताजी को लिखा कि वह उसको आगरे से हटा लें। फिर भी उसने मन-ही-मन यह पक्का कर लिया था कि उसे लेखक बनना है। शायद इसी वजह से उसमें निश्चिन्तता और लापरवाही आ गई थी और वह अपने समय को ग़लत ढंग से बरबाद कर रहा था। ख़ैर, उन्हीं दिनों (शायद 1949) 'सैनिक' के एक विशेषांक में उसकी पहले की लिखी एक कहानी 'बाबू' छपी। वह कहानी कैसी है, उसके बारे में साहित्यिक प्रतिक्रिया जानने का कोई उपाय नहीं था। बाद में वह अंक कोई उसके यहाँ से उठा ले गया और उसका रेकार्ड नष्ट हो गया। उस कहानी में मध्यवर्गीय बाबूगिरी पर व्यंग्य किया गया था।

श्रीकृष्णदत्त पालीवाल द्वारा संस्थापित उस पत्र में उसके साथ काम करते थे श्री विश्वनाथ भटेले, जिनका एक कहानी-संग्रह भी प्रकाशित हो चुका था। वह उसको प्रगतिशील लेखक संघ की बैठकों में ले जाने लगे। भटेले के साथ ही वह कई बार रांगेय राघव के मकान पर गया था। भटेले के कहानी-संग्रह को देखकर उसने एक चुनौती का अनुभव किया। फिर प्रगतिशील लेखक संघ में वह सर्वथा नये लोगों के सम्पर्क में आया। बेशक उसे लोगों ने पहले गम्भीरतापूर्वक नहीं लिया। मीटिंग के अन्त में उसे गजल गाने. का आग्रह किया जाता। इस रूप में उसकी मान्यता थी। प्रगतिशील लेखक संघ की बैठक में डॉ. रामविलास शर्मा, राजेन्द्र यादव, रावी, राजेन्द्र रघुवंशी तथा अन्य बहुत-से लेखक भाग लेते थे। उसने एक दिन चुपके से एक कहानी लिख डाली। कहानी लिखने के लिए उसने अपनी डायरी को टटोला। वह स्वयं एक इंटरव्यू में शामिल हुआ था, उसी का विवरण विस्तार के साथ उसकी डायरी में नोट किया हुआ था। उसने 'इंटरव्यू' नामक अपनी कहानी लिख डाली और प्रगतिशील लेखक संघ की अगली बैठक में अपनी वह कहानी सुनाई। मुक्त कंठ से कहानी की प्रशंसा हुई। यह पहला अवसर था, जब साहित्यकारों की

बैठक में उसकी रचना की प्रशंसा हुई थी। वह एक दिन में लेखक बन गया अथवा मान लिया गया। उसे स्वयं भी ऐसी उम्मीद नहीं थी। अब लोग उसे ऊँची निगाह से देखने लगे। कहना चाहिए कि वह अपने को उन्हीं की निगाहों से देखने लगा।

उसका जीवन एकदन बदल गया। उसने पुराने मित्रों का साथ छोड़ दिया और नये साहित्यिक मित्रों के साथ हो गया। पहले वह लेखकों और साहित्यकारों के बारे में बड़ी हसरत से सोचा करता था, पर अब वह उन्हीं के बीच में आ गया था, वह स्वयं एक 'साहित्यकार' बन गया था। यह गर्व की बात नहीं थी?

उसका पुराना साथ-संग छूट गया। अब गम्भीरतापूर्वक उसका एक रचनात्मक जीवन आरम्भ हुआ। उसने और कई कहानियाँ लिख डालीं—बाबा (जो बाद में सवा रुपये शीर्षक से प्रकाशित हुई), गले की ज़ंजीर, कम्युनिस्ट, नौकर, सुहागिन आदि। हर कहानी उसने प्रगतिशील लेखक संघ में सुनाई और उसको प्रशंसा भी मिली।

इसके बाद वह इलाहाबाद के 'अमृत पत्रिका' नामक दैनिक पत्र के सम्पादकीय विभाग में आ गया। यहाँ वह प्रगतिशील लेखक संघ की कार्यवाहियों में भाग लेने लगा। इलाहाबाद में लेखक अधिक थे। नये लेखकों की संख्या भी कम न थी। ओमप्रकाश, कमलेश्वर, जितेन्द्र, मार्कंडेय, दुष्यन्तकुमार तथा अन्य कई नये लेखक प्रगतिशील लेखक संघ की बैठकों में भाग लेते थे। पुराने लेखकों में स्वर्गीय प्रकाशचन्द्र जी गुप्त, शमशेर, पहाड़ी, श्यामू संन्यासी, भैरवप्रसाद गुप्त, श्रीकृष्णदास, अमृतराय, नेमिचन्द्र जैन आदि कई लेखक थे। आगरा में लेखकों में कोई विभाजन नहीं था, विभिन्न विचारों के लोग भी प्रगतिशील लेखक संघ की बैठकों में भाग लेते थे। लेकिन इलाहाबाद में मुख्य रूप से दो दल कार्य करते थे। एक प्रगतिशील लेखक संघ और दूसरा 'परिमल'। दोनों दलों में बड़ी होड़ रहती थी।

लेकिन इलाहाबाद का जीवन उसके लिए बहुत ही सुखमय नहीं था। उस पर कई तरह के दबाव थे। उसमें आर्थिक दबाव मुख्य था। पत्रकार बनकर हिन्दी की सेवा करने का जो नशा था, वह हिरन हो गया था। हिन्दी पत्रकारों की हालत अत्यन्त दयनीय थी, यद्यपि हिन्दी गद्य के निर्माण में उनका महत्त्वपूर्ण योगदान रहा है। बहुत ही मामूली तनख़्वाह पर वह दिन-रात परिश्रम करते थे। उनको हर तरह से अपमानित किया जाता था और 'राष्ट्र-सेवा', 'मानवता सेवा','साहित्य सेवा' आदि का उनको सदा उपदेश दिया जाता था। आर्थिक दबाव के अलावा वह सदा व्याकुल-बेचैन रहता था। वह कहीं चैन से बैठना जानता ही न था। उसके प्रेस में आर्थिक लड़ाई शुरू हो गई थी। इसके अलावा वह साहित्यिक मीटिंगों में भी भाग लेता था। फिर और कई ढंग से वह समय को बरबाद कर रहा था। बात यह है कि उसमें कोई ख़ूबी नहीं थी। वह न व्यावहारिक था, न वह अनुशासित ढंग पर कहीं बैठकर काम कर सकता था। साहित्यिक रचनाएँ भी उसकी बन्द हो गई थीं। और जो कुछ उसने लिखा था, सब मिला कर उसकी एक विचित्र स्थिति थी।

आगरा में लेखन की शुरुआत के कुछ पहले से ही शरच्चन्द्र के रोमांटिसिज्म से वह मानसिक रूप से मुक्त होने की कोशिश कर रहा था। जो कुछ घटनायें हमारे देश में घटित हुई थीं और हो रही थीं और जैसी प्रक्रियाएँ उसके अन्दर चल रही थीं, उन सबने शरउच्चन्द्र के कई प्रभावों से उसे अलग कर दिया। इसके बदले प्रेमचन्द की ऐतिहासिक दृष्टि-सम्पन्नता एवं प्रगतिशीलता उसे अधिक आकर्षित करने लगी। प्रेमचन्द ने साहित्य के क्षेत्र को देश के निम्नतम समाज तक पहुँचा दिया। साहित्य में सदियों से शोषित और अन्याय से पीड़ित लोगों का चित्रण एक सर्वथा नई घटना थी। यह एक प्रगतिशील विद्रोह की, अन्याय, शोषण और निर्धनता के विरुद्ध संघर्ष की, सामाजिक एवं आर्थिक न्याय के लिए सतत प्रयास की और पिछड़ेपन, पुनरुत्थानवादिता, उच्चता, अस्पष्टता, ग्रामीणता एवं प्रतिक्रियावादिता के विरुद्ध जनवादी कला-मूल्यों की परम्परा थी।

सन् 1954 की जनवरी में वह बीमार पड़ गया। वह हृदय रोग का शिकार हो गया। नौकरी छोड़कर वह लखनऊ चला आया। उसकी बीमारी बिगड़ती गई। उसे अपने जीवन की कोई आशा नहीं रही। जब वह जीवन और मृत्यु के झूले में झूल रहा था, उस समय उसे एक ही अफ़सोस था। वह जो कुछ लिखना चाहता हैं, लिख नहीं सका। उसे जीवन से कितना प्यार था। अपने देश और उसकी जनता को वह कितना प्यार करता था। सब कुछ ख़त्म हो जाएगा और एक जीवन व्यर्थ ही नष्ट हो जाएगा। शायद ऐसी ही भावनाओं एवं विचार के कारण वह मौत से संघर्ष कर सका और फिर जीवित खड़ा हो गया। पर अब उसकी ज़िन्दगी एक लड़खड़ाती हुई ज़िन्दगी थी। उन ज़िन्दगी को बहुत ही सहेज कर रखना पड़ेगा। उस ज़िन्दगी पर दुनिया भर की रोकें लग गईं। वह ज़िन्दगी कैसे बच सकती है? लिखने के लिए ज़िन्दगी ज़रूरी है। अब वह ज़िन्दगी से खिलवाड़ नहीं कर सकता। भावनाओं और अनियंत्रित उत्साह के सहारे अपने को वह नहीं छोड़ सकता। एक ज़बरदस्त अनुशासन के दौर से उसे गुज़रना पड़ेगा।

वह घर पर आ गया और बेकार बैठा रहा। अभी वह अपने को स्वस्थ महसूस नहीं कर पा रहा था। एक-डेढ घंटा बैठकर काम करना उसके लिए मुश्किल था। इसी बीच अपने छोटे भाई के यहाँ वह आजमगढ़ गया और वहीं उसे कहानी कार्यालय से एक कहानी सन् 1955 के विशेषांक के लिए भेजने का निमंत्रण मिला। कहानी लिखने की मन:स्थिति में वह नहीं था लेकिन लिखना ही उसके जीवन की एकमात्र शर्त थी। उसने अपनी एक पुरानी डायरी उठाई। बीमारी के पहले तक डायरी लिखने की उसकी आदत नहीं छूटी थी। उसी डायरी में एक जगह दो-चार लाइनें लिखी थीं। किसी उत्साह एवं प्रेरणा के क्षणों में उसने वे पंक्तियाँ लिखी थीं। वे पंक्तियाँ फैलकर विशाल आकार ग्रहण करने लगीं। उसने दो-तीन ढंग से उस कहानी को लिखने की कोशिश की, लेकिन उतर नहीं पाई। फिर उसने एक दूसरे ही ढंग से वह कहानी लिखी।

और नाम रखा 'दोपहर का भोजन'। वह कहानी उसने अपने छोटे भाई राधेश्याम (केदार) को सुनाई। केदार बहुत प्रसन्न हुआ। केदार ने कलाकार का दिल पाया है। केदार से वह घंटों बात करता था। कितनी ही कहानियों के प्लाट उसे केदार से मिले हैं और उसे प्रोत्साहन देने में केदार का भी भारी योग रहा है। फिर वह बलिया आ गया। बेकारी कष्टदायक चीज़ थी, जो बार-बार संकट पैदा कर रही थी। पर वह अभी सँभल नहीं पा रहा था। एक भय भी उसके अन्दर समा गया था। वह अपने को अभी मरने देना नहीं चाहता था। बात यह है कि उसे अभी लिखना था, बहुत-कुछ लिखना था। पर अफ़सोस है कि उसका शरीर उस क़ाबिल नहीं था। घोर परिश्रम वह उस समय कर ही नहीं सकता था। ख़ैर, बलिया में उसने 'कहानी' पत्रिका में ही एक अखिल भारतीय कहानी प्रतियोगिता का विज्ञापन देखा। उसने सोचा कि इस समय कुछ ऐसा लिखना चाहिए, जिससे पुरस्कार अवश्यक ही मिल जाए। बेकारी में जो भी आर्थिक लाभ हो जाए। उसने अपनी सारी शक्ति लगा देने का निश्चय किया। पर शक्ति कितनी थी? घबड़ाने की ज़रूरत नहीं। जल्दीबाज़ी का काम नहीं। एक-डेढ़ घंटा रोज़ लिखा जाए तो लगभग एक महीने के भीतर तीन श्रेष्ठ कहानियाँ लिखी जा सकती हैं। इन तीनों में जो श्रेष्ठ हो, उसे प्रतियोगिता के लिए भेजा जाएगा।

सवेरे नाश्ता वग़ैरह करके वह एक-डेढ़ घंटा बैठता था। इससे अधिक वह जनबूझकर नहीं बैठता था। अधिक बैठ भी नहीं सकता था। पहले उसने रजुआ की कहानी लिखनी शुरू की। रजुआ जो कि वर्षों उसके दिमाग़ में घुमड़ता रहा था। जिसने उसे सबसे पहले इतिहास का अनुभव कराया। रजुआ अब पूरी तरह उद्भासित हो चुका था। उसने दस-बारह दिन में वह कहानी लिखी होगी, जो बाद में 'ज़िन्दगी और जोंक' के नाम से प्रकाशित हुई। फिर 'डिप्टी कलक्टरी' कहानी इस तरह लिखी गई। अन्त में एक काफ़ी लम्बी कहानी लिखी, पर वह ठीक से उतर नहीं पाई। केदार तथा अन्य मित्रों की मंडली में उसने वे दोनों कहानियाँ सुनाई और तै हुआ कि 'डिप्टी कलक्टरी' ही प्रतियोगिता में भेजी जाए। इसके आगे का क़िस्सा क्या है? उसमें शारीरिक, मानसिक एवं आर्थिक क्षमताएँ बहुत नहीं थीं, पर उसे सन्तोष था कि वह अपने देश की साधारण जनता के साथ था, वह उनकी लड़ाई में शामिल था—अन्याय, शोषण एवं निर्धनता से मुक्त होने की लड़ाई। उसको अपने देश के लोगों से प्यार था। उनका साहस, उनकी अद्भुत जीवन-शक्ति, त्याग-बलिदान और बरदाश्त करने की उनकी क्षमता, उनकी उदारता और विनम्रता, उनका आलस्य, हार को जीत में परिवर्तित करने की उनकी आदत, उनका साहस और उनकी विलक्षण प्रतिभा। उसके जीवन को एक सार्थक आधार मिल गया था।